Dados Internacionais de Catalogação na Publicação (CIP) de acordo com ISBD

L992d   Lyra, Heitor

Dom Pedro II / Heitor Lyra. - 2. ed. - Belo Horizonte - MG : Garnier, 2021.
1024 p. ; 16cm x 23cm.

Inclui índice.
ISBN: 978-85-7175-169-9

1. Biografia. 2. Dom Pedro II. 3. Brasil. I. Título.

2020-974

CDD 920
CDU 929

Índice para catálogo sistemático:

1. Biografia 920
2. Biografia 929

Copyright © 2021 Editora Garnier.

Todos os direitos reservados pela Editora Garnier.
Nenhuma parte desta publicação poderá ser reproduzida
sem a autorização prévia da Editora.

DOM PEDRO II

Diretor editorial
Henrique Teles

Produção editorial
Eliana S. Nogueira

Arte gráfica
Ludmila Duarte

Revisão
Mariângela Belo da Paixão

Prefácio, Iconografia e Índices
Alexandre Eulálio

Crédito das fotografias
*Arquivo Heitor Lyra
Host Merkel
Edson Pacheco
Raul Lopes
Carlos Alber Felício dos Santos
Rômulo Fialdini
Raul Lima
Washington Racy*

EDITORA GARNIER
Belo Horizonte
Rua São Geraldo, 67 - Floresta - Cep.: 30150-070 - Tel.: (31) 3212-4600
e-mail: vilaricaeditora@uol.com.br

HEITOR LYRA

DOM PEDRO II
ASCENSÃO
1825-1870

GARNIER
desde 1844

O OFÍCIO DE ESCREVER DE HEITOR LYRA

A historiografia de Heitor Lyra é fruto do encontro entre a espontânea curiosidade pelo passado de certo moço disponível, talentoso, e a prática concreta dos arquivos, que em breve ele teria a oportunidade profissional de esquadrinhar de alto a baixo. Candidato à carreira diplomática, ao ingressar nela o aprendiz de estudioso saberá aproveitar as oportunidades oferecidas pelo posto que assume, conciliando com habilidade tendência nativa e necessidade de serviço. A consequente semi-profissionalização compensará as lacunas maiores desse confesso autodidatismo, aliás rotineiro na nossa tradição.

Coerente com o mecanismo político da Primeira República, a administração superior, regularmente assediada pelo postulante pertinaz, consegue, em 1916, o lugar de adido à Secretaria de Estado das Relações Exteriores para o jovem Heitor Pereira de Lyra. Indiferente ao espanto dos funcionários do Itamaraty, o bacharel recém-egresso do seu Direito pede para ser lotado na Seção do Arquivo [1]. No Ministério desse tempo a Seção do Arquivo não era apenas a menos brilhante mas ainda a mais, literalmente, empoeirada de toda a Casa. Pousava aí, com desconsolo, a poalha espessa de quase século e meio de documentos; empilhados de qualquer maneira nos desvãos das antigas cavalariças, lá permaneciam desde o fim do século, data da transferência da Secretaria de Estado do Palácio Merity, no Largo da Glória, para a solarenga casa rosada da Rua Larga de São Joaquim.

A escolha do setor em que desejava funcionar o adido recém-admitido decide de vez a vocação mais ou menos diletante de Heitor Lyra. Até então havia ele alternado amadoristicamente, como muitos outros filhos-família, leituras de gabinete no escritório paterno com as curiosas conversas evocativas da gente grada e antiga que frequentava a sala de visitas —, aquelas personagens pateticamente pitorescas que bem poderiam inspirar uns escritos interessantes[2]. Muito diferente, agora, a tarefa de compulsar e organizar papéis avulsos nas pastas encardidas da repartição, indexadas mal e mal no vasto arquivo morto.

O trabalho árido, anônimo, avesso a fantasias devaneadoras, no entanto foi aceito com entusiasmo pelo jovem Lyra. Dos cartapácios meio despencados do Ministério iria aflorar pouco a pouco a matéria prima de artigos e ensaios que a imprensa especializada foi estampando. Os mais ambiciosos seriam pouco depois reunidos no volume Ensaios Diplomáticos, *que Monteiro Lobato & Companhia dão ao prelo em 1922, o ano do Centenário. Tratam do panamericanismo antes de Monroe, da política brasileira no Prata, do trabalho diplomático para de novo casar o primeiro Imperador; pela agilidade da argumentação e a novidade dos assuntos afirmam o nome do jovem estudioso no campo que afinal conta com poucos cultores. Nesta data, já Segundo Secretário, parte para o primeiro posto no estrangeiro (Londres); aliás acabara de participar ativamente do grupo de trabalho que havia compilado os seis volumes do* Arquivo Diplomático da Independência, *reunião da correspondência trocada pela Secretaria de Estado com as suas missões no Exterior ao tempo da fundação do Império[3]. Documentário que sai em letra de forma em 1923, alcançou ele repercussão expressiva mesmo além do restrito círculo de leitores especializados.*

As primeiras armas da carreira levaram o novel diplomata, nesta fase definitiva de aprendizagem, da Londres dos primeiros Gabinetes Baldwin a Genebra da Liga das Nações (1925), a Berlim da República de Weimar (1926) e, brevemente ainda, a Montevidéu art déco de 1927 — sua primeira experiência do Prata. A cabeça fervilhando com o movietone simultaneísta dessas inumeráveis experiências novas, retorna finalmente ao Rio de Janeiro, onde permaneceu na Secretaria de Estado até o ano seguinte. Ocupa então a chefia da Seção de Negócios Políticos e Diplomáticos da América, que então está toda voltada para o temário da Sexta Conferência Internacional Americana, que se reunia em Havana. Evidentemente as contínuas mudanças de cenário, sem interromperem de todo, perturbam o ritmo da produção estudiosa. Esta, no entanto será logo valentemente retomada em Roma a partir de 1928, nos quatro anos e tanto que Lyra aí há de servir em nossa Embaixada junto à Santa Sé.

Não terá sido de todo indiferente a esse retorno à pesquisa o convívio com Magalhães de Azeredo, chefe da missão. Escritor de talento desmaiado, sobriamente fosco em verso e em prosa, era ele também discreto diletante de História; em breve aliás tornar-se-ia colaborador providencial da Enciclopédia Italiana, que começava a ser compilada, e para a qual contribui com verbetes sobre Literatura e outros temas brasileiros. De modo semelhante a um dos seus antecessores no posto, Gonçalves de Magalhães, que na Itália viu transcorrer os melhores anos da carreira — em Nápoles, depois em Roma —, Azeredo conseguiria permanecer sem interrupção, na qualidade de representante diplomático do Brasil, junto aos diversos pontífices que se sucederam de Leão XIII a Pio XII. Cada vez mais imerso no absorvente mundo romano, fora ele progressivamente perdendo contato com a vida cultural do país de origem, apesar dos naturais esforços a fim de se manter informado do que ali acontecia, membro fundador que era afinal da Academia Brasileira. A chegada do novo segundo secretário deve ter significado para ele, portanto, uma efetiva intensificação de contatos com o mundo intelectual atuante do Rio de Janeiro. Tanto mais grato pois, além do ofício, possuíam um e outro diversos interesses em comum.

Viva era a curiosidade do recém-chegado pelos contatos de Azeredo, no fim do século, com os maiores escritores do tempo — Machado de Assis e Eça de Queirós, em especial por este último —, que ele havia frequentado com alguma intimidade, conforme era notório. Para a geração nascida com o Fradique Mendes a admiração pelo pobre homem da Póvoa de Varzim, revista e filtrada através do ceticismo bem posto e suavemente metropolitano de Anatole France, era ainda quase religiosa. O Senhor Embaixador se beneficiava assim com a auréola de aplicado comensal de gestos, frases e gravatas do mestre insuperável. Por outro lado, o interesse demonstrado pelo diplomata veterano relativamente à história do Brasil e, de modo particular, pelas relações internacionais e pela crônica política do tempo da Monarquia — havia sido ele afastado algum tempo da carreira por motivo do seu suposto apego ao regime decaído —, só podia provocar a simpatia do pesquisador voltado para aquele período. O entendimento de superior e subordinado teria de ser profícuo e agradável, e assim de fato aconteceu.

Instalado em Roma, Heitor Lyra continuará nas horas de folga a abordar problemas ligados à carreira ou temas de história diplomática, em artigos que envia para publicação no "Jornal do Commercio" carioca; mantém dessa forma, ainda que sem assiduidade, a colaboração na imprensa do Rio. Na força da idade, aproximando-se dos quarenta anos, sente por certo que se deve dedicar a obra que lhe empolgue o talento e o faça valer de modo definitivo, em vez de apenas se dispersar em trabalhos de circunstância. Efetivamente essa oportunidade havia de aparecer em breve e de modo mais ou menos inesperado.

Em 1930 passa pela capital italiana, em demanda de Palermo (onde deveria casar a filha mais velha com o jovem Conde de Paris), o primogênito da Princesa Isabel e antigo Príncipe do Grão-Pará, Dom Pedro de Alcântara. Está acompanhado da família e Magalhães de Azeredo oferece, na sede da Embaixada, um almoço ao conterrâneo ilustre. Nesta ocasião, conversando o jovem secretário com o neto de Dom Pedro II a respeito do segundo Imperador, comentou o fato de que, na sua opinião, a figura e a obra do monarca eram então quase desconhecidas na própria terra dele; isto apesar dos cinquenta anos de reinado e das comemorações em sua homenagem que, de tanto em tanto, aí tinham lugar. Segundo a maneira de ver de Lyra, tornava-se mais necessário do que nunca o aparecimento de obra séria, consistente, que abordasse como um todo o estadista e o homem; um tal livro permitiria a avaliação da presença de um e outro em mais de meio século de história nacional. O Príncipe Dom Pedro voltou-se para o moço diplomata e perguntou à queima-roupa: porque então não empreendia ele esse estudo? Se o tema interessava-o tanto, e ele era pesquisador experimentado, pusesse mãos à obra. Por que, do seu lado, prometia abrir-lhe de par em par o arquivo da Casa Imperial conservado no Castelo d'Eu. Assumisse o desafio e tudo se resolveria a contento. Surpreso com a inesperada proposta, Lyra titubeou ainda: Dom Pedro não se haveria comprometido já com algum outro estudioso? Não aparecera, até esse momento, qualquer Históriador profissional que o houvesse sondado com propósito semelhante?[4] 0 Príncipe tranquilizou-o: os arquivos do segundo Imperador estariam inteira e exclusivamente à sua disposição, caso ele de fato se dispusesse a empreender essa esperada obra.

Decidido a assumir a empreitada, que logo o apaixonou, mesmo se o intimidava, Heitor Lyra se deslocaria nas férias do ano seguinte para a França (repetindo a mesma viagem em 1932), a fim de trabalhar os famosos documentos, até então compulsados por uns raros especialistas. Valeu-lhe muito a experiência da Seção do Arquivo Itamaratyano, e assim, ao regressar em fins desse mesmo 1932 à Secretaria de Estado, no Rio de Janeiro, trazia o primeiro esboço geral da obra, além do conhecimento pormenorizado dos papéis recolhidos em Eu. Completando o material estudado na França com mais outro colhido em arquivos públicos e particulares do Rio de Janeiro, começa a compor o trabalho; sem pressa, mas com muita constância e espírito de continuidade. Quando em março de 1936, casado, de novo parte para o Exterior — ano e dois meses na Berlim exaltadamente revanchista do Führer, logo substituída, a pedido, por dois anos da remansosa pacatez de Lisboa —, já redigiu, e encaminhou ao editor, o primeiro tomo da obra, Ascensão (1825-1870), que vai aparecer em 1938. O segundo e o terceiro seguem a este, regularmente, nos dois anos subsequentes, permitindo deste modo ao velho Príncipe Dom Pedro — que em 1934 se estabelecera de vez em Petrópolis com a família — ter o contentamento de percorrer o conjunto da biografia antes da sua morte em 1940.

De Lisboa Lyra havia regressado Conselheiro de Embaixada, em fevereiro do ano anterior; assumiu rapidamente a direção de uma das Divisões do Ministério, mas logo sairia do país outra vez; de julho de 1940 até fins de 1942 serve em Buenos Aires onde (ao mesmo tempo que era promovido a Ministro de 2º classe) recebe a notícia da edição, no Rio, de sua História Diplomática & Política Internacional, *coletânea de ensaios e estudos.Outra vez no Brasil, permanecerá, até o fim da guerra, à frente de diferentes divisões do Itamaraty; começa então a publicar na imprensa, por insistência do conterrâneo Assis Chateaubriand, as lembranças da juventude e dos primeiros tempos de vida diplomática; fora-as redigindo aos poucos na Alemanha, em Portugal, na Argentina, e mesmo antes. Estas, pela fluência espontânea da escrita como pela maliciosa vivacidade de Lyra, dotado para o gênero enquanto conversador convicto e entusiasta, logo lhe conquistaram grande número de leitores. Mesmo então não abandona os trabalhos de pesquisa; entre as obras que anuncia apontam um volume de estudos avulsos,* História & Literatura *e o complemento que lhe pareceu indispensável ao Dom Pedro II:* a História da Proclamação da República no Brasil. *Extremamente organizado, admirável correspondente, dispondo de rigoroso arquivo que viaja com ele, os seus escritos prosseguem lentamente através de países e cidades, conforme o inabalável equilíbrio do seu temperamento. Sem recusar-se a nenhuma atividade, social ou profissional, Heitor Lyra não abdica de modo algum dessa íntima fidelidade a si mesmo, protegendo, pela constância da prática, a vocação de cronista — cronista do seu tempo e do tempo que o precedeu. Vocação de que jamais fez alarde, aliás, e de cujo prestígio jamais se procurou valer.*

Em agosto de 1945, Lyra será removido para Copenhague na qualidade de ministro plenipotenciário; permanecerá na Dinamarca até fevereiro de 1950. Começa a se aproximar o período de maior responsabilidade da carreira; ele o assume com a naturalidade de sempre, fazendo prosseguir os trabalhos pessoais sem prejuízo das atribuições do cargo. Vencido o novo período regulamentar no Exterior, de novo no Itamaraty, chefia o Departamento Político; secretário-geral do Ministério, ocupa interinamente o cargo de Ministro de Estado antes de partir para o Canadá, promovido a Ministro de 1ª Classe. Seu período como embaixador em Ottawa prolongar-se-ia de março de 1951 a janeiro de 1955; durante o mesmo representou o Brasil como nosso delegado à nona Sessão da Assembleia Geral da ONU, em Nova York (1954); foi, assim, o único diplomata do país a ter funcionado tanto aí como na Liga das Nações, — traço de união entre duas épocas. Removido como embaixador em fevereiro de 55, para Lisboa, logo o seria de novo, em outubro do ano seguinte — mas desta vez contra a vontade — para Roma, onde ocupou, ainda em vida de Magalhães de Azeredo, o cargo do antigo chefe. Encerraria a carreira como representante do Brasil junto a Santa Sé em abril de 58.

Lisboa havia sido posto sempre muito grato ao escritor, e em Lisboa havia decidido ele fixar-se após deixar a carreira. Assim realmente o fez, vivendo nesta cidade os últimos quinze anos dele. Agora sem outras preocupações ou interrupções, dedica-se aos trabalhos históricos e literários que sempre o haviam apaixonado: de 1959 a 1962 ataca de frente, revendo e melhorando, a História da Queda do Império, *novo título do estudo em elaboração desde 1936; largamente ampliada e atualizada, a obra (dois tomos compactos) aparece no Brasil em 1964. Concluída esta, Lyra avança rapidamente na redação de um ensaio de índole diversa: o levantamento minucioso, instigante, apaixonado, da presença do Brasil e dos brasileiros na vida e na obra do escritor que ele admirava como nenhum outro desde a adolescência, e ao qual voltara com idêntico transporte pela vida a fora: Eça. Escrito com a bonomia, o aprazimento, a vivacidade curiosa de tudo, que Lyra preservara dentro de si como a sua força secreta,* O Brasil na vida de Eça de Queirós *não constituía apenas — conforme registrava a epígrafe — "a dupla felicidade de louvar, através do homem que tanto prezo, a terra que tanto amo" (as palavras de Eça sobre Eduardo Prado agora lhe eram devolvidas); desejava antes documentar, no seu enlevo confesso, tanto a identidade vicária que havia deixado em Lyra a impressão "de ter sido também um dos frequentadores daqueles famosos serões de Neuilly como o reconhecimento profundo pela felicidade intelectual que ele, como todos nós, ficamos a dever ao autor de* Os Maias.

Enquanto la coligindo, entre uma leitura e outra, as fichas que depois estampou num volume de Efemérides Luso-Brasileiras *(1971), o Historiador também prosseguia sempre o fluxo das reminiscências; o primeiro volume destas, abrangendo o período que vai de 1916 a 1925, apareceu finalmente em 1972. Chegou então a vez de empreender a revisão rigorosa da* História de Dom Pedro II. *Para este trabalho necessário, mais de uma vez adiado, fora recolhendo através de todo aquele tempo — trinta anos em*

1970! — impressionante massa de achegas: livros, artigos, ensaios, documentos. Pouco a pouco o estudioso selecionaria o que lhe pareceu importante nesse cafarnaum; acrescentou notas, refez e desdobrou os capítulos, sintetizou contribuições recentes, a fim de reconcentrar, na obra que marcara época, as suas antigas qualidades. A morte, que surpreendeu o estudioso em abril de 1973, não viria assim interromper esse trabalho retomado por volta de 1961 e que dispôs pelo menos de um metódico decênio para ser completado[5].

Ligado ao critério de seriedade, aplicação e independência de um Oliveira Lima e um Pandiá Calógeras, como eles admirando o rigor exigente e a espantosa erudição de Rio Branco e de Capistrano de Abreu (todos eles herdeiros diversos de Varnhagen, e fiéis, nessa diversidade, a uma visão conservadora), Lyra estava ciente da observação de Joaquim Nabuco, no prefácio de Um Estadista do Império*: apenas quem escrevesse a vida do Imperador, ilustrada pelos documentos, "poderia pôr em foco, no seu ponto de convergência, a grande era brasileira que lhe pertence." Procurando seguir os critérios de exigência definidos por aqueles ensaístas nas suas obras, é para a biografia do Conselheiro José Tomás escrita pelo filho que Heitor Lyra naturalmente se volta. Esta será o modelo virtual e o exemplo concreto segundo os quais ele se orienta.*

Dentro da historiografia brasileira Um Estadista do Império *era sem dúvida a obra que, acima de qualquer outra, havia resolvido na própria estrutura a tensão conflitante entre a abordagem minuciosa dos fatos ao longo de determinado itinerário, e a síntese interpretativa, paralela e iluminante, desses mesmos fatos — uma síntese que só podia ser fruto de meditação acurada sobre os problemas aí propostos. Aliada a capacidade ensaística ao dom da crônica, o texto ganhava particular poder de convicção, distanciando-se sem dificuldade dos demais estudos que houvessem aspirado ao mesmo fim. Para o Historiador jovem e ainda intimidado a obra de Nabuco vai oferecer sombra e apoio; junto a ela o Dom Pedro II toma força e com ela dialoga, assentindo ou discordando longamente.*

Retrato vivo das classes dominantes brasileiras durante boa parte do Século XIX, o poder descritivo de Lyra permite-lhe, ao lado da exposição analítica, alguns excelentes quadros de costumes do tempo, que inegável finura psicológica, algumas vezes irônica, outras comovida, faz reviver de modo exemplar. Do capítulo inicial, (onde, ao lado de certo confesso prazer narrativo aparecem ainda, transparentes ao nível da escrita, certos maneirismos reminiscentes de Eça) até os grandes momentos da obra — nos quais o Autor estuda o "professorado de Aureliano", o "rei que governa", a "questão servil", a "questão dos Bispos" (o diplomata de carreira analisa com lucidez a imadureza passional dos participantes do episódio), a batalha da reforma eleitoral, as desavenças com os militares, o desapego geral às instituições —, existe sempre um contraponto cuidadoso, alerta, sistematicamente organizado, entre análise e descrição, perfil e vista de conjunto. Assim mais do que simples vida do Imperador a obra se torna verdadeira biografia do Segundo Reinado, um panorama complexo e orgânico, em que a personagem central firma a linha dos acontecimentos, contracenando com os mais diferentes aspectos, problemas e questões do momento.

Fiel ao programa de se concentrar em torno ao "ponto de convergência" referido por Nabuco, Lyra reservaria o vasto material recolhido para servir ao último tomo da obra (Declínio, os anos críticos do reinado) um outro ensaio mais especificamente de crônica política. Teria este, como tema próprio, a análise pormenorizada das múltiplas situações, estados de espírito, acontecimentos que haviam concorrido para levar de roldão a Monarquia brasileira. Um ensaio que naturalmente se esgalhava da História *dedicada ao soberano, e havia começado a germinar antes mesmo da sua conclusão. Constituiria assim a segunda tábua de um díptico na qual, desta vez, o foco estava centrado no problema das instituições e em questões políticas paralelas: uma* História da Queda do Império.

O esforço empregado na análise objetiva da derrocada das instituições monárquicas no Brasil é assim levada a cabo por um Históriador que aparece dividido interiormente. Partilhado entre a simpatia profunda pelo sistema cujo desmoronamento ele estuda e a disciplina de ser objetivo e veraz, esse livro logo denuncia uma infraestrutura. De modo diferente àquilo que acontece na História de Dom Pedro II, *a análise histórica aqui parece manter-se, durante todo o tempo, como um veemente diálogo subterrâneo entre aquilo que o autor teria preferido presenciar, e os acontecimentos que na verdade tiveram lugar, — e que ele afinal aceita, examina e julga sem contemplação. Essa atitude parece de modo insensível levar o autor à tentativa insólita de surpreender o fluxo histórico naquele momento provisório em que o condicional ainda não se fez passado. Durante todo o estudo faz-se presente, portanto, esse encontro inquisitivo com o que poderíamos chamar de véspera da História: o autor retrocede a um momento de indeterminação e escolha dos seus figurantes, quando diferentes possibilidades de devir ainda estão em pauta.*

Isto porque a sua visão da História é, antes de mais nada, a da ação dos homens sobre as instituições, e as contradições internas, "humanas" — sociais, culturais, morais, temperamentais — dessas personagens, colocando em discussão os móveis que levaram os figurantes a agir ou não agir. Expressiva, neste sentido, a epígrafe de Eunápio Deiró, que Lyra escolheu para colocar ao alto da obra: "O Históriador, apesar da superioridade do seu poder, não cria a História; ela forma-se de fatos que acusam e responsabilizam os seus autores." Os autores da História, acusá-los e responsabilizá-los: não poderia estar mais claramente proposta a concepção que o autor esposa tanto do métier de l'historien, como da ideia de dever, de missão, atribuída àqueles que participaram dos acontecimentos e influíram na construção do futuro. Nela, Clio, com dignidade quase estoica de Parca, e a venda e a balança da silenciosa Justiça, arbitra implacável. O levantamento factual do passado, o modo pelo qual nele assumiram as suas responsabilidades os figurantes da História, infama ou exalça, nas entrelinhas largas do livro, todos aqueles que souberam ou não estar à altura dos seus deveres.

Mesmo implicando na valorização moralizante do fato histórico, Lyra desse modo coloca em pauta certos problemas centrais da teoria da História, mesmo se o faz indiscretamente no quadro preciso de um estudo de história política, ainda por cima nacional. Longe de mero exercício abstrato, ele exaspera aqui a discussão condicional sobre "aquilo que aconteceu" — o ton eonta de Herodoto —, ao colocar, de modo implícito, uma hipotética solução diferente aos acontecimentos. Abre as portas, portanto, para uma reapreciação genética dos fatos que tiveram lugar, libertando-os, do ponto de vista crítico, da sua antiga imobilização determinística. O Históriador aí pretende perquirir os primeiros móveis daqueles que agiram; artificialmente devolvidos ao seu dinamismo inicial, os acontecimentos revivem com um calor, um interesse e, para o crítico, uma liberdade surpreendente. Tal método como que possibilita ao cronista da História da Queda do Império *recolocar várias figuras e vários acontecimentos no seu antigo devir histórico, descongelando-os da visão estereotipada do imprescindível.*

Suspensão provisória de juízo, essa reconsideração da História na sua véspera esforça-se por ser nuito pormenorizada preocupado e minuciosa. É bem verdade – Sidney Hook já o observou — que o Históriador preocupado demais com o pormenor verdade tende a dar ênfase exagerada ao aspecto contingente dos acontecimentos. Daí provém, sem dúvida, a estrutura do livro, o seu ritmo sincopado — ao contrário do Dom Pedro II, *um longo estudo* dividido em capítulos curtos —, ritmo que a todo momento lembra ao leitor a encruzilhada humana-demasiado-humana, as possibilidades de alternativa latentes no comportamento dos figurantes. Espírito ceticamente realista, Lyra parte da tábula rasa de uma desejada ingenuidade — ingenuidade entendida na acepção de quase vindicatório sentido comum e acaba por fazer, dentro desse critério do bom senso, o processo geral da sociedade brasileira em todos os seus escalões. A seu modo contribui para a desmitificação de alguns lugares-comuns perenizados no menos perene dos bronzes, sem com isso colaborar seja para a criação de novos mitos, seja para a recriação de antigos.

Já foi assinalado o fato de Heitor Lyra possuir como poucos o dom de encadear a narrativa, qualidade que lhe mantém acesa a fluência do texto. O autor não despreza o "retrato" tradicional das personagens mais importantes, alguns deles escritos com acuidade e real empatia. Além disso a reconstituição criteriosa acaba por recriar o espírito da época, facultando ao leitor — principalmente ao estrangeiro, desligado do nosso passado — copiosos elementos para o conhecimento de mentalidade e costumes dos diversos meios — militares, mundanos, acadêmicos, populares, diplomáticos, eclesiásticos. Deste ponto de vista a sua análise transforma-se muita vez numa verdadeira crônica de usos e costumes das classes superiores brasileiras do tempo — do Establishment imperial —, na área mais especificamente do Rio de Janeiro; e neste ponto o compêndio de História Política transborda com felicidade para um amplo documentário social. Sabe colher nas diversas fontes que utiliza o traço característico sempre que este contribua para a definição de personalidade e sociedade nas relações mais próximas com o poder. Isto sem cair na facilidade, ou fazer qualquer concessão ao pitoresco, elemento em relação ao qual demonstrou a mais total impaciência. O desprezo dele pelos "arranjos" históricos, interessassem a quem pudessem interessar tais "arranjos" (a apaixonada denúncia do "mito dos Andradas" é característica), está ligada à formação dele, ao respeito pela responsabilidade documental do pesquisador, integrando a ânsia desmistificadora e o fundo polêmico da sua personalidade. Heitor Lyra ligar-se-ia antes a um ideal de análise totalizante do passado, que a este desejaria recuperar íntegro, no conjunto dos valores e das coordenadas que foram dele. Uma abordagem que, surpreendendo e provocando as contradições que todos os tempos abrigaram, procuraria avaliar ao termo dessa operação aquilo que esse passado — ideia, homem, movimento, escola — contribuiu efetivamente, de modo decisivo, para o hoje.

Isto porque, a nativa tendência conservadora de Heitor Lyra era dotada de ampla curiosidade; espírito de contradição marcado, agilidade polêmica e capacidade humorística aliavam-se nele ao visceral ceticismo, que não era despido de simpatia e generosidade, e o tornava extremamente atraente. O antidogmatismo intelectual permitia-lhe compreender o opositor, com quem podia dialogar, mesmo sabendo-se irremediavelmente distanciado dele. Ao assumir os seus preconceitos com desarmante naturalidade, Heitor Lyra contribuía do modo mais objetivo para a franca discussão dos pontos de vista. A sua tendência desmitificadora era fruto de imperiosa necessidade de justiça; esse paradoxal elemento anticonformista infiltrava as próprias opiniões reacionárias, tornando-o inesperadamente receptivo e aberto a atitudes e posições nele de outro modo incompreensíveis. Respondiam, no entanto, àquilo que no seu íntimo eram independência de caráter, altivez intelectual e admiração inteligente, as quais necessitavam procurar, debaixo das aparências, o que havia de grande e indomável nas figuras que admirou.

Sem falar em vaidade dos homens e desconcerto do mundo, transuda dessa visão desencantada (desencantada sem perder o gosto das coisas) pungente sentimento machadiano. Tudo isso transparece de modo discreto na sua obra valiosa de anotador e *compilador de História — de determinados episódios e determinadas personagens que lhe eram caros em determinada História. Ao redor desses personagens e episódios, Heitor Lyra tecem cuidadosamente, com brilho muitas vezes surpreendente, uma obra que não ambicionava senão a utilidade informativa, mas que alcançou inegável grandeza. A presente* História de Dom Pedro II *não me deixa mentir.*

Alexandre Eulalio

NOTAS

1 - Eis o depoimento do Autor em *Minha vida diplomática (Coisas vistas e ouvidas I)* 1916-1925: "Quando entrei para o Itamaraty fui servir na Seção do Arquivo — aliás a meu pedido. Minhas inclinações eram para os papéis velhos, para as pesquisas históricas, para o nosso passado diplomático tão mal conhecido e por vezes tão mal julgado. E para isso nenhuma Seção da velha Casa me tentava mais que o Arquivo. Tive assim, por tarefa, dada pelo meu chefe Mário de Vasconcelos, separar e fichar papéis relativos à nossa intervenção no Prata, nos anos que precederam e logo se seguiram à Independência. Foi no decorrer desses trabalhos que consegui descobrir a cifra, ou melhor, uma das cifras que o nosso Ministério usava na correspondência com os agentes diplomáticos no Exterior, graças ao que me foi possível traduzir muitos documentos considerados até então indecifráveis. Aurélio Porto cita esse fato nos *Anais do Itamaraty*, que a esse tempo eram publicados com certa regularidade" (p. 69). Mais adiante acrescentava: "Devo a Mário de Vasconcelos a dose de ceticismo com que iria ver depois os homens e as coisas da Carreira. Tínhamos alguns traços em comum: o amor pelo passado, o respeito pela tradição, a curiosidade pelos fatos da nossa História. E também o conhecimento deles, sem o que, é claro, não seria possível apreciá-los no seu justo valor, situá-los em suas épocas e interpretá-los em função de sua influência na formação da nossa nacionalidade" (p. 71).

2 - "Dona Joaninha era filha de Evaristo da Veiga, o grande jornalista da Independência, redator da "Aurora Fluminense", falecido em 1837. Pouco antes tinha perdido o marido, o Almirante Ponte Ribeiro, irmão do Barão desse título. Nossa vizinha na Travessa Doux, na Rua Voluntários da Pátria, em Botafogo, a lembrança mais remota que tenho dela deve datar de 1907. Ainda recordo os dias em que ela nos la visitar, empertigada no espartilho, com um vestido de gorgurão de seda, muito digna e cheia de compostura. Por ela eu me considerava ligado à geração que libertara o Brasil do domínio português e lançara as bases do Império liberal. Quando o pai morreu ela devia ser uma criança. Estava destinada entretanto a sobrevivê-lo para mais de setenta anos. Mas eu não estive ligado à época da Independência apenas pela filha de Evaristo da Veiga. Também pelo Visconde de Barbacena, filho do célebre Marquês, que foi ministro de Dom Pedro l, seu primeiro representante diplomático em Londres. Nessa ocasião, seu filho, feito pouco depois Visconde (1830) era secretário da nossa Legação na Inglaterra. Quando conheci o Visconde de Barbacena por volta de 1903, sendo eu um menino de dez anos, ele andava pelos seus 101 anos, pois nascera em 1802"

Expressivo o sentimento palpável de contiguidade física com a História, sentimento poderoso e envolvente que lhe devolve viva aquela realidade. A transmissão vicária da experiência pregressa que assim tem lugar, com a subterrânea carga vital e sentimental que naturalmente envolve, permitirá subsequente abordagem da intimidade concreta do período em muitos dos seus aspectos decisivos, ideológicos e vivenciais. Semelhante "projeção sentimental" funcionará em dois sentidos, positivo ou negativo, conforme a abordagem crítica, mais ou menos exigente, que o Históriador vai exercer naquele contexto.

3 - "A esse tempo (1922) eu trabalhava na Seção de Limites e Atos Internacionais, criada ao tempo de Domício da Gama e chefiada por Mário de Vasconcelos, que tinha sido transferido da Seção do Arquivo. Foi nessa ocasião que, por inspiração de Mário de Vasconcelos, constituímos uma comissão formada por ele, Zacarias de Góis [Carvalho / Hildebrando] Accioli, Osvaldo Correia e por mim, para a elaboração de uma obra em seis volumes intitulada *Arquivo Diplomático da Independência*. Nela relacionamos a correspondência recebida e expedida com as nossas Missões no Exterior, ao tempo da Independência. Cada um de nós se ocupou de determinados setores, sendo os meus a França e a então Confederação Argentina" (p. 107).

4 - Lyra queria aludir a Tobias Monteiro, que nesse momento prosseguia as pesquisas para a *História do Império*, cujo primeiro volume *A Elaboração da Independência* fora publicado em 1927. Conforme era voz corrente, e Pandiá Calógeras regista na sua resenha da obra (*Res nostra*. São Paulo, 1930, p. 16), a intenção inicial de Tobias Monteiro havia sido "escrever a vida de Dom Pedro II e, por essa ocasião narrar o Segundo Reinado. Suas investigações preliminares conduziram-no a Históriar todo o Império." Embora não faça referência a isso em *Minha Vida Diplomática* (p. 500) ao narrar a entrevista com o neto do Imperador na casa da Embaixada, mais de uma vez ouvi de Heitor Lyra o fato de haver-lhe declarado nessa ocasião o Príncipe Dom Pedro que a atitude desrespeitosa e o tom caricatural com que Tobias Monteiro havia tratado Dom João VI na obra haviam-no decidido fechar definitivamente as portas do Arquivo da Casa Imperial ao Históriador. Fica registado aqui o episódio, que pode parcialmente explicar a interrupção da *Histona do Império* tobiana no segundo tomo (*O Primeiro Reinado*, 1940).

5 - Não levaria a termo, contudo, o prefácio que esboçou para a reedição do ensaio (aqui reproduzido aliás, como documento justificativo, fora do corpo da obra). Pensaria Lyra talvez dar-lhe a última demão quando a História já se encontrasse com o editor. A morte do estudioso sobreveio no entanto antes dessa fase.

6 - Poder-se-ia enquadrar aqui, talvez, a desarticulação do *sorites* de Nabuco de Araújo ("O Governo no Brasil procede do Poder Pessoal, que escolhe os Ministros, que nomeiam os Presidentes das Províncias, que por sua vez fazem as eleições, que apoiam os Gabinetes, criaturas do Poder Pessoal"), que, segundo João Camilo de Oliveira Torres, justificaria sozinha a contribuição crítica de Heitor Lyra. Sem esquecer a realidade coronelismo-enxada-e-voto (que sempre presidiu as eleições no universo rural do país, desde a introdução do sistema eletivo, atravessando todos os sistemas de votação), o Históriador raciocina com 'simplicidade': "Se as proposições de Nabuco se verificavam, de *fato*, uma delas pelo menos, de *direito*, era falsa, tirando assim, ao sorites, todo o fundamento legal. Os Presidentes das Províncias, dizia Nabuco, 'faziam' as eleições. Onde colhiam eles *esse direito*? Se outro fosse o estado social do país e outra a educação, outra seria certamente a mentalidade das elites, e as eleições não exprimiriam nunca a vontade exclusiva dos Gabinetes, veiculada pelos Presidentes da Província, mas sim a vontade nacional, o sentimento real, livremente manifestado pelos eleitores." Ver "O clima político", capítulo XIV de *Fastígio*, volume II da presente *História*.

ICONOGRAFIA DA OBRA

As ilustrações que valorizam esta obra, conferindo-lhe a indispensável referência visual, foram reunidas graças ao alto espírito de colaboração de instituições e personalidades que generosamente nos permitiram reproduzir, ou forneceram, reproduções, de material debaixo da sua custódia. Seja louvadas também em tempo a sensibilidade e a inteligência dos editores, que aceitaram enriquecer desse modo a nova aparência da obra de Heitor Lyra, substancialmente aumentada e melhorada também sob este aspecto.

Destacamos de modo especial o Centro Nacional de Referência cultural, de Brasília, que nos permitiu colher aquilo que nos interessava entre a excelente iconografia relativa ao Segundo Reinado reunida quando da elaboração da série de dez cartazes *Tempo de Dom Pedro II* (projeto que tivemos o gosto de coordenar para o CNRC em 1975); constitui ela o contingente maior e mais importante das imagens que apresentamos, aqui ordenados com diferente critério.

Desejamos agradecer igualmente ao Museu Imperial, em Petrópolis, ao Museu Histórico Nacional e ao Museu de Belas Artes, no Rio de Janeiro, através dos seus diretores (Professores Lourenço Luís Lacombe, Geraldo Raposo da Câmara e Edson Mota, respectivamente), que com presteza notável e tradicional boa vontade também nos remeteram o material representativo a eles solicitado.

O nosso apreço se estende ainda ao Príncipe Dom Pedro Gastão de Orleans e Bragança, cujo interesse pela reedição da presente obra — um pouco escrita sob os auspícios de seu pai, o antigo Príncipe do Grão-Pará — confirmou-se pela remessa generosa de achegas iconográficas marcantes. Não nos seria possível esquecer ainda as significativas contribuições que nesse campo devemos ao Professor Pietro Maria Bardi, do Museu de Arte de São Paulo "Assis Chateaubriand"; ao Dr. Orôncio Vaz de Arruda Filho, curador da paulistana Fundação Maria Luísa & Oscar Americano; e ao Dr. Renato de Magalhães Gouveia e ao seu Escritório de Arte. O nosso obrigado à Secretaria Municipal de Cultura de São Paulo, pelo apoio logístico que emprestou aos trabalhos da presente reedição.

Todas as ilustrações precedidas de * já faziam parte da primeira edição da *História de Dom Pedro II*.

A.E.

PREFÁCIO ESBOÇADO (c. 1968) PELO AUTOR PARA UMA 2ª EDIÇÃO DA *HISTÓRIA DE DOM PEDRO II*

Esta obra foi publicada em 1938-1940, isto é, há mais de um quarto de século. De então para cá apareceram muitas outras reproduzindo documentos antes desconhecidos sobre Dom Pedro II e o seu reinado; porém esta continua sendo a mais completa e a mais extensa que até hoje se publicou sobre o nosso Imperador e a sua época. Seu principal mérito consiste na soma incalculável de documentação, então inédita, que o Autor colheu em vários arquivos nacionais e estrangeiros, a começar pelo inestimável e riquíssimo arquivo particular de Dom Pedro II, levado para o Castelo d'Eu, em França, depois da queda da Monarquia, e agora depositado no Museu Imperial em Petrópolis, com o nome de Arquivo da Casa Imperial. Esse arquivo, embora esteja hoje aberto ao público, continua a ser em grande parte desconhecido. Só ultimamente uns poucos dos nossos Históriadores o tem devassado. Quando o falecido Dom Pedro de Orleans e Bragança, filho primogênito da Princesa Isabel, teve a generosidade de abri-lo e pô-lo à inteira disposição do Autor para a elaboração desta obra, somente o haviam pesquisado Alberto Rangel, Miguel Calógeras (que preparou sobre o mesmo uma espécie de catálogo) e Tobias Monteiro, este para a sua monumental *História do Império*, infelizmente inacabada devido à morte do eminente jornalista e Históriador. Assim é que coube ao Autor da presente obra o privilégio de conhecer e utilizar a totalidade do precioso arquivo nas duas vezes em que esteve no Castelo d'Eu. Utilizar a totalidade é uma maneira de dizer, porque, se todo lhe passou pelas mãos, só o aproveitou em parte, dado o curto tempo de que dispunha quando lá esteve nos anos de 1931 e 1932. Para que se julgue do valor inestimável desse grande acervo de documentos, basta transcrever o que disse Joaquim Nabuco em carta ao cunhado Hilário de Gouveia, quando se propunha escrever a biografia de seu pai, o Conselheiro Nabuco de Araújo: "Quem me dera conhecer o arquivo particular do Imperador, que deve ser para um estudante da nossa história constitucional uma mina incomparável. Está aí uma coisa a que eu estimaria dedicar o resto da minha vida — uma Vida de Dom Pedro II, escrita à luz dos documentos que ele deixou. Por onde anda tudo isso? Com a coleção dos jornais, das leis, dos anais, eu estou certo de que faria um trabalho útil à Dinastia e ao País. A quem será ele cometido?" (Carta de Petrópolis, 10 de março de 1894). Isso dizia Joaquim Nabuco há mais de setenta anos. Esse precioso arquivo, preservado pela filha, netos e bisnetos do Imperador, está hoje, conforme dissemos, no Brasil, e aberto aos estudiosos da nossa História. Mas quais os que se tem dado ao trabalho de consultá-lo, de pesquisá-lo e de gastar horas seguidas a ler ou decifrar documentos antigos, num trabalho de verdadeiro beneditino? Preferem simplesmente escrever História na base das improvisações, inclusive repetir os erros daqueles que escreveram antes, fazendo obras de pura compilação. Guilherme Auler, o eminente Históriador e pesquisador pernambucano, e o homem que melhor conhecia o Arquivo da Casa Imperial, disse certa vez a esse propósito: "Na verdade, atualmente, entre nós, a História é uma total improvisação. A começar pelos medalhões de fardões acadêmicos maracajados de crachas policromos. Pesquisa histórica nunca, em tempo algum, realizaram; pois isso de perder tempo em arquivos e bibliotecas, queimar pestanas e respirar poeira, fica para os noviços inexperientes. E o resultado é o que vemos entre os considerados Históriadores e mestres, que só tem feito obras de compilação, repetindo os palpites dos autores do século passado, sem um simples e rapidíssimo exame das verdadeiras fontes" (Guilherme Auler, *Pernambuco no Arquivo da Casa Imperial*, Recife, 1956).[Interrompe-se aqui o manuscrito]

À memória de meu Pai,

A. A. PEREIRA DE LYRA,

Deputado provincial, sob o Império, eleito

pelos Liberais pernambucanos;

membro da Assembleia Constituinte Repúblicana

e um dos signatários da Constituição de 1891;

representante do Estado de Pernambuco,

na Câmara dos Deputados federal,

durante 24 anos de regime Repúblicano;

na companhia do qual aprendi,

desde a infância, a respeitar e a

fazer justiça a Dom Pedro II

H.L.

* Antônio Alves Pereira de Lyra, 1857 - 1926

SUMÁRIO

ASCENSÃO
(1825-1870)

CAPÍTULO I - PRIMEIROS ANOS 27
CAPÍTULO II - JOSÉ BONIFÁCIO, TUTOR DE DOM PEDRO II 35
CAPÍTULO III - A EDUCAÇÃO DOS PRÍNCIPES 53
CAPÍTULO IV - A MAIORIDADE 93
CAPÍTULO V - PRIMEIROS ANOS DE GOVERNO........ 101
CAPÍTULO VI - PROFESSORADO DE AURELIANO........ 115
CAPÍTULO VII — O CASAMENTO........ 133
CAPÍTULO VIII — DESAVENÇA COM O CONDE D'ÁGUILA 165
CAPÍTULO IX — PRIMEIRA VIAGEM AO RIO GRANDE DE SÃO PEDRO 173
CAPÍTULO X — FIM DO PROFESSORADO DE AURELIANO 191
CAPÍTULO XI — GUERRA CONTRA ROSAS 205
CAPÍTULO XII — O "LIBELO DO POVO" 217
CAPÍTULO XIII — EDUCAÇÃO DAS PRINCESAS 223
CAPÍTULO XIV — A CONCILIAÇÃO........ 231
CAPÍTULO XV — O HOMEM MADURO - CHRISTIE - CASAMENTO DAS PRINCESAS 245
CAPÍTULO XVI — GUERRA DO PARAGUAI — DE AGUIRRE A LÓPEZ........ 273
CAPÍTULO XVII — GUERRA DO PARAGUAI — URUGUAIANA 287
CAPÍTULO XVIII — GUERRA DO PARAGUAI — CAXIAS CONTRA ZACARIAS.. 295
CAPÍTULO XIX — GUERRA DO PARAGUAI — O ESPÓLIO DA CAMPANHA 317
NOTAS 331

FASTÍGIO
(1870-1880)

CAPÍTULO I — APOGEU DO IMPÉRIO 389
CAPÍTULO II — A VIDA NA CORTE........ 409
CAPÍTULO III — OS PAÇOS E A FAMÍLIA IMPERIAL 425
CAPÍTULO IV — REI QUE GOVERNA 461
CAPÍTULO V — OS SÁBIOS........ 483
CAPÍTULO VI — DOM PEDRO II E VARNHAGEN 511
CAPÍTULO VII — AINDA OS SÁBIOS........ 533
CAPÍTULO VIII — DOM PEDRO II E RICHARD WAGNER 549

CAPÍTULO IX — EMANCIPAÇÃO DOS ESCRAVOS — LEI DO VENTRE LIVRE... 567
CAPÍTULO X — PELA PRIMEIRA VEZ NA EUROPA...................................... 577
CAPÍTULO XI — A QUESTÃO DOS BISPOS 611
CAPÍTULO XII — SEGUNDA VIAGEM AO ESTRANGEIRO 627
CAPÍTULO XIII — REFORMA ELEITORAL... 675
CAPÍTULO XIV — O CLIMA POLÍTICO 703
NOTAS.. 723

DECLÍNIO
(1880-1891)

CAPÍTULO I — EMANCIPAÇÃO DOS ESCRAVOS 797
CAPÍTULO II — EMANCIPAÇÃO DOS ESCRAVOS — A CÉSAR O QUE É DE CÉSAR. 813
CAPÍTULO III — O DECLÍNIO 821
CAPÍTULO IV — PELA TERCEIRA VEZ NA EUROPA 845
CAPÍTULO V — DESAVENÇA COM OS MILITARES.. 861
CAPÍTULO VI — MINISTÉRIO OURO PRETO 875
CAPÍTULO VII — 15 DE NOVEMBRO DE 1889. 885
CAPÍTULO VIII — O IMPERADOR NO PAÇO DA CIDADE 897
CAPÍTULO IX — A DEPOSIÇÃO 907
CAPÍTULO X — OS DEMOLIDORES DO IMPÉRIO 919
CAPÍTULO XI — VIAGEM PARA O EXÍLIO. 933
CAPÍTULO XII — EXÍLIO E MORTE 943
NOTAS.. 973

CRONOLOGIA

ASCENSÃO

(1825-1870)

1825	2 dezembro	Nascimento do Príncipe Imperial.
1826	2 agosto	Seu reconhecimento solene.
	11 dezembro	Falecimento de Dona Leopoldina.
1831	7 abril	Abdicação de Dom Pedro I. Governo da Regência Trina provisória.
	8 abril	Tutoria de José Bonifácio de Andrada e Silva.
	9 abril	Aclamação de Dom Pedro II.
	13 abril	Partida de Dom Pedro I para a Europa.
	17 junho	Regência Trina permanente.
1833	15 dezembro	Destituição de José Bonifácio e sua substituição pelo Marquês de Itanhaém.
1834	24 setembro	Falecimento em Lisboa de Dom Pedro I (Duque de Bragança).
1835	20 setembro	Revolução dos Farrapos no Rio Grande do Sul.
	12 outubro	Diogo Feijó, Regente do Império.
1837	12 março	Falecimento de Evaristo da Veiga.
	19 setembro	Demissão de Feijó e sua substituição interina por Pedro de Araújo Lima (Marquês de Olinda).
1838	6 abril	Falecimento de José Bonifácio.
	22 abril	Olinda é eleito Regente do Império.
1840	23 julho	Proclamação da Maioridade do Imperador.
	24 julho	Gabinete da Maioridade; Aureliano Coutinho, Ministro dos Negócios Estrangeiros.
	12 dezembro	Bento Lisboa parte para Viena, negociar o casamento do Imperador e de suas irmãs.
1841	23 março	Queda do Gabinete da Maioridade; formação de novo Ministério; a permanência de Aureliano Coutinho na pasta de Estrangeiros.
	18 julho	Sagração e coroação de Dom Pedro II.
1842	10 maio	Revolução dos Liberais em São Paulo.
	20 maio	Bento Lisboa assina em Viena o contrato de casamento do Imperador com a Princesa Teresa Cristina de Nápoles.
	10 junho	Revolução dos Liberais em Minas Gerais.
	12 julho	Vitória do Governo em São Paulo.
	23 julho	Chegada ao Rio do contrato de casamento do Imperador.
	20 agosto	Vitória do Governo em Minas Gerais.
1843	20 janeiro	Gabinete Honório Hermeto (Marquês de Paraná); Aureliano deixa o Ministério.
	1º maio	Casamento no Rio de Dona Francisca com o Príncipe de Joinville. (François d'Orléans).

	30 maio	Casamento em Nápoles (por procuração) do Imperador com a Princesa Teresa Cristina.
	3 setembro	Chegada da Imperatriz ao Rio.
1844	28 abril	Casamento no Rio de Dona Januária com o conde d'Áquila
	22 outubro	Partida dos Condes d'Áquila para a Europa.
1845	23 fevereiro	Nascimento do Príncipe Imperial Dom Afonso.
	1º março	Vitória do Governo contra os Farrapos.
	8 agosto	Promulgação do Bill Aberdeen contra o tráfico de Negros.
	6 outubro	Partida do Imperador para as Províncias do Sul.
1846	26 abril	Volta do Imperador à Corte.
	28 junho	Partida de Paulo Barbosa para a Europa.
	29 julho	Nascimento da Princesa Dona Isabel.
1847	11 junho	Falecimento do Príncipe Dom Afonso.
	13 julho	Nascimento da Princesa Dona Leopoldina.
	20 julho	Criação da Presidência do Conselho de Ministros. Fim do professorado de Aureliano
1848	19 julho	Nascimento do Príncipe Dom Pedro Afonso.
	29 setembro	Subida dos Conservadores ao poder, com o 1º Gabinete do Marquês de Olinda.
1849	6 outubro	Queda de Olinda. Monte Alegre, Presidente do Conselho, e Paulino de Sousa (Visconde de Uruguai) Ministro dos negócios Estrangeiros . Nova Política contra Rosas
1850	10 janeiro	Falecimento do Príncipe Dom Pedro Afonso.
	4 setembro	Lei Eusébio de Queirós contra o tráfico de Negros.
	30 setembro	Rompimento de relações com o governo de Rosas.
1851	14 dezembro	Início das operações contra Rosas.
1852	5 fevereiro	Derrota de Rosas em Monte Caseros.
1853	6 setembro	O Marquês de Paraná organiza o Gabinete da Conciliação.
1854	30 abril	Inauguração da estrada de ferro do Rio a Petrópolis.
1855	25 setembro	Falecimento de Aureliano Coutinho.
1856	3 setembro	Falecimento do Marquês de Paraná. Caxias assume a chefia do Gabinete da Conciliação.
1857	4 maio	2º Gabinete Olinda.
1858	12 dezembro	Gabinete Abaeté.
1859	10 agosto	Gabinete Ângelo Ferraz (Barão de Uruguaiana) e fim da Conciliação.
	2 outubro	Partida do Imperador para as Províncias do Norte.
1860	11 fevereiro	Volta do Imperador à Corte.
	25 fevereiro	Apresentação das credenciais do novo Ministro da Inglaterra, W. D. Christie.
1861	2 março	1º Gabinete Caxias.
1862	24 maio	1º Gabinete Zacarias.
	30 maio	3º Gabinete Olinda.

	30 dezembro	Represálias dos navios ingleses contra barcos brasileiros.
1863	11 março	Partida de Christie para a Inglaterra.
	5 julho	Ruptura com a Inglaterra.
1864	15 janeiro	2º Gabinete Zacarias.
	4 agosto	*Ultimatum* de Saraiva ao Governo de Montevidéu.
	31 agosto	Gabinete Furtado.
	2 setembro	Chegada ao Rio do Conde d'Eu (Gaston d'Orléans) e do Duque de Saxe (August von Saxe-Coburg-Gotha).
	15 outubro	Casamento da Princesa Dona Isabel com o Conde d'Eu,
1864	1º dezembro	Inicio das operações contra o governo uruguaio.
	15 dezembro	Casamento da Princesa Dona Leopoldina com Duque Saxe
	27 dezembro	Invasão de Mato Grosso pelas forças paraguaias de Solano López
1865	20 fevereiro	Rendição de Montevidéu
	1º de maio	Tratado da Triplice Aliança
	12 de maio	4º Gabinete Olinda
	11 de junho	Batalha do Riachuelo
	18 setembro	Rendição Uruguaiana
	23 setembro	Entrega das credenciais do novo Ministro inglês e reatamento das relações com Inglaterra
	9 novembro	Volta do imperador à Corte
1866	23 de Abril	Invasão do Paraguai pelas forças aliadas (Paso de la Pátria
	24 de maio	Batalha de Tuiuti.
	3 de agosto	3º Gabinete Zacarias.
	22 setembro	Desastre de Curupaiti.
	10 outubro	Caxias é nomeado comandante-chefe das forças em operações de guerra.
1867	17 de agosto	Falecimento do Marquês de Itanhaém
1868	13 de janeiro	Caxias assume o comando do Exército.
	19 fevereiro	Passagem do Humaitá.
	16 de julho	Gabinete Itaboraí: volta dos Conservadores ao poder.
	11 dezembro	Batalha de Avaí
1869	1º de janeiro	Ocupação de Assunção.
	19 de janeiro	Retirada de Caxias da guerra.
	16 de abril	O Conde d'Eu assume o comando do Exército.
	16 de agosto	Batalha de Campo Grande.
1870	1º de março	Morte de Solano López em Cerro Corá e fim da Guerra do Paraguai.

CAPÍTULO I

PRIMEIROS ANOS

Dona Mariana de Verna. Proteção imperial. Uma visita de Dom Pedro I. Convite que é uma ordem. Dom Pedro I. Dona Leopoldina. Nascimento do herdeiro do trono. A lenda dos Franciscanos. Apresentação oficial do Príncipe herdeiro. Menino mirrado e amarelo. Falecimento de Dona Leopoldina. Abdicação de Dom Pedro I. O que significa o 7 de Abril. Partida de Dom Pedro I. Governo da Regência. Aclamação de Dom Pedro II.

I

Dona Mariana de Verna Magalhães Coutinho, Condessa de Belmonte em 1844, era uma dessas senhoras cujo coração não se cansava de espalhar benefícios e provas de bondade, e cujo fim na vida parecia não ser outro senão o de criar, em torno de si, um ambiente de larga e profunda generosidade. Dela podia dizer-se que praticava integralmente aquela ciência da bondade de que nos fala Montaigne.

Portuguesa, como o marido, Joaquim José de Magalhães Coutinho[1], tinham vindo ambos para o Brasil, em 1808, com a Família Real portuguesa. Traziam um casal de filhos. Gente de poucos recursos pecuniários, passaram a viver no Rio à sombra da larga e patriarcal generosidade de seu Soberano.

Quando da volta deste para Portugal, e pouco depois com a declaração da independência do Brasil, o marido de Dona Mariana foi feito por Dom Pedro I, Guarda Roupa do Imperador. Para o fidalgo pobre, esse emprego foi um achado do céu. Mas o bom homem não o desfrutaria por muito tempo. Oito meses depois, estava ele numa manhã ajoelhado a ouvir missa na Igreja da Glória em ação de graças pelo seu Imperador e amigo, quando caiu pesadamente sobre o lajedo do templo, com um ataque mortal de apoplexia.

Viúva, a pobre senhora, não a deixou no desamparo a generosidade de Dom Pedro I. Fez-se o Monarca protetor de toda a sua família: deu emprego ao filho; fez da filha mais velha aia da Princesa Dona Francisca; das duas sobrinhas, Açafatas do Paço; e dos dois sobrinhos, Moços Fidalgos da Casa Imperial. Mas não se limitaram a isso as provas de amizade do Imperador. A grande surpresa viria pouco depois.

Uma tarde, estava Dona Mariana descansando dos calores do estio, à sombra de uma das árvores de sua chácara do Engenho Novo, quando lhe apareceu à cancela o vulto esguio do Monarca, montado num cavalo baio. Dom Pedro I costumava, uma vez que outra, em seus passeios pelos bairros do Rio, visitar a chácara de Dona Mariana, onde lhe apeteciam, sobretudo, as águas frescas de um riacho que por lá corria. Certa vez, teve a fantasia de plantar-lhe ao lado uma mangueira.[1a]

27

A visita imperial, portanto, nada tinha em si mesma de extraordinária. A surpresa do dia foi o convite, que fez o Soberano, para Dona Mariana servir como aia do filho que esperava lhe nascesse daí a um mês. De fato, era sabido que a imperatriz dona Leopoldina estava em adiantado estado de gravidez e todos no Paço aguardavam ansiosos o nascimento dessa criança, que seria talvez o herdeiro do trono Imperial.

Dona Mariana era então uma senhora de 46 anos de idade. Além do filho rapaz e da filha moça, tinha ainda a educar uma outra filha, menina de oito anos de idade. Ora, o cargo de aia de um filho do Monarca, e com maior razão do herdeiro da Coroa, se a criança esperada fosse um varão, além da responsabilidade moral, trazia-lhe os mais absorventes encargos. Obrigá-la-ia a entregar-se inteiramente aos deveres do Paço. Além disso, a vida que se levava no Palácio Imperial, apesar de nada ter de aparatosa, e do razoável ordenado do emprego que lhe ofereciam, era demasiado custosa para as parcas posses de Dona Mariana.

Por todos esses motivos, a excelente senhora, na sua modéstia, sem outras ambições que não fosse a vida recatada do Engenho Novo, cercada de sua família e entregue exclusivamente à educação dos filhos, recusou confusa e agradecida a honra que lhe fazia o Monarca, seu senhor. Mas este insistiu, foi teimoso, fez-se amável, apelou para os sentimentos cristãos da boa dama, para a sua fidelidade à Família Imperial. Premida dessa forma, ela cedeu.

E foi assim que, em meados de novembro de 1825, Dona Mariana de Verna deixava definitivamente a velha chácara do Engenho Novo para transportar-se para a Quinta da Boa Vista, a fim de aguardar ali o esperado nascimento do Príncipe que o destino lhe depunha nos braços generosos.

II

Dom Pedro I tinha então 27 anos de idade. Produto de um Português medíocre, sem grandes virtudes e sem grandes defeitos, e de uma Espanhola de mau caráter, buliçosa e sem escrúpulos, herdara de ambos — do pai Bragança e da mãe Bourbon — uma soma de predicados opostos, que o tornavam um dos homens mais contraditórios do seu tempo.

De temperamento, era um impulsivo. Volúvel até os extremos, era capaz dos maiores egoísmos e das mais largas generosidades. Tudo nele era incompleto: maleducado, malguiado, mal aconselhado, faltou-lhe sempre o senso da medida. Mas, como todas as naturezas espontâneas, tinha um fundo de grande bondade.

Herdou do velho Rei seu pai a liberalidade; não aquela bonomia igual e sedativa, que o fazia tão estimado pelos que o cercavam. Tinha, da mãe, sobretudo, a impetuosidade. Foi essa impetuosidade, aliada ao seu estabanado cavalheirismo, que o levou a libertar dois povos.

Um punhado, largo, cheio, de boas qualidades: bravura, honestidade, desprendimento pessoal, idealismo. E um acentuado desejo de bem fazer — o que o não impedia de ser, muita vez, injusto e agressivo até com os seus melhores amigos.

Fisicamente, era o que se chama um belo homem. Nada de distinção, porém um belo macho. Tinha o porte gracioso, embora fosse malcuidado no vestir. Seu olhar era sobranceiro e dominador, e sua fisionomia, por vezes dura, dava-lhe uma aparência de rudeza — *of a savage looking man*, conforme dizia Napier.

Sua mulher, aquela infeliz Imperatriz Leopoldina, era o contraste do marido. O que tinha este de excessos, tinha ela de ausência. Da educação religiosa de Schoenbrunn, resultara uma mulher profundamente pacífica, obediente, sem grandes exigências nem grandes vaidades. Era de uma despretensão quase rústica; e generosa, a seu modo, sem ostentações nem espalhafatos. Possuía uma natureza enfadonhamente igual, — monótona, triste, árida, como uma longa planície despovoada.

Culta, com aquela cultura geral das arquiduquesas de Viena. Uma instrução generalizada, um pouco de tudo; e, sobretudo, uma predileção marcada para as ciências naturais. Mas uma cultura sem brilho, sem realce, sem *attaches*, enfadonha como a sua própria natureza.

Fisicamente, era uma mulher feia: desengonçada, desagradável, baixa, atarracada, como a viu Schlichtorst no ano do nascimento de Dom Pedro. "Uma certa semelhança com a irmã, a Imperatriz Maria Luísa — acrescenta; mas suas feições não têm, porém, o afinamento e a graça, que tão encantadora tornaram a esposa de Napoleão."

Deselegante de corpo e de espírito; com uma inteligência sem brilho; desleixada no vestir e, por vezes, nas maneiras, parecendo antes uma rude burguesa da província do que uma Imperatriz — ela foi para o marido, para aquele marido que a Política madrasta lhe dera, uma mulher cacete e desenxabida.

Ela, coitada, amava-o! Mas à sua maneira: enfadonhamente. Antes por virtude dornéstica do que por um desses sentimentos profundos e espontâneos. Mas esse amor mesmo acabou fenecendo, como tudo secava naquela planta de estufa transportada para o solo agreste da América.

III

Pela noite de 1º para 2 de dezembro de 1825, a Imperatriz Dona Leopoldina começou a sentir as primeiras dores do parto. Durante cerca de cinco horas lutou a soberana para dar à luz o filho que tanto almejava. Já doente e precocemente envelhecida, toda sua esperança de mãe estava depositada nesse ente que lhe la nascer.

Lembrava-se ainda, com funda tristeza, do seu pequenino João Carlos Borromeu, Príncipe da Beira, nascido havia quatro anos, e tão cedo roubado, pela morte, aos seus carinhos de mãe. Com o prematuro falecimento dessa criança confirmara-se, mais uma vez, aquela velha lenda dos Franciscanos, segundo a qual os primogênitos dos Braganças não cingiriam jamais a Coroa[2].

29

Afinal, às duas e meia da madrugada de 2 de dezembro, verificou-se o nascimento tão esperado. "Sua Majestade deu à luz um Príncipe com a maior felicidade possível — dizia o boletim oficial do médico do Paço — no meio de um trabalho bem que de quase cinco horas, todavia assaz incômodo, tanto pela posição pouco favorável do tronco à entrada do estreito superior da bacia, que não deixava sem grande dificuldade descer a cabeça (primeira parte que se apresentou), aliás bem situada, como pela distância dos ombros. Esta circunstância, unida à primeira, influía grandemente para dificuldade do parto, para o bom êxito do qual foi mister a intervenção de socorros, que foram prudentemente ministrados [2a].

IV

O Príncipe que agora nascia era o sétimo — e seria o último — de uma prole da qual só ele, dos varões, devia vingar. A bem dizer, dos sete filhos de Dom Pedro I e Dona Leopoldina (quatro meninas e três meninos), apenas quatro sobreviveram: Dona Maria, que foi Rainha de Portugal; Dona Januária, que foi Condessa d'Aquila; Dona Francisca, que foi Princesa de Joinville; Dom Pedro II. Dona Paula faleceu com dez anos apenas, vitimada pela varíola. O resto antes, mal nascera, morrera.

O nascimento do herdeiro do trono foi festejado com as cerimônias públicas comuns então a esses acontecimentos. Mas esteve longe de despertar o entusiasmo que era de esperar. Apesar do edital do Senado da Câmara do Rio determinando que os moradores da Capital iluminassem e ornamentassem suas fachadas desde quinze dias antes do nascimento do Príncipe, a grande parte da população, a bem dizer, não deu maior atenção ao acontecimento. E, se este não passou despercebido, também não suscitou grandes entusiasmos.

A instituição monárquica estava no seu terceiro ano de existência. Não tinha criado ainda raízes entre nós; e o povo brasileiro tinha mais em que pensar, com os múltiplos problemas políticos e sociais que o absorviam, do que nesse menino que agora nascia, destinado, é certo, a ocupar, mas tarde o trono, mas num futuro ainda muito distante e por todos os motivos incerto e imprevisível.

Aliás, o próprio pai, se o recebeu com sincera satisfação, bem pouca atenção pôde prestar-lhe, preocupado que andava, nessa época, de um lado com as discórdias políticas que punham em perigo a estabilidade do seu próprio trono, e de outro lado com os laços sentimentais que o prendiam à Marquesa de Santos, e que lhe absorviam assim dizer, todas as reservas sentimentais.

V

No mesmo dia do nascimento do herdeiro do trono fez-se a sua apresentação oficial aos dignitários do Paço, para isso convocados numa sala do Palácio de São Cristóvão. Quando o Brigadeiro Francisco de Lima e Silva (pai do futuro Duque de Caxias) o apresentou sobre a bela almofada de seda, todos os presentes viram uma criança magrinha, mirrada e amarela. Como o grande poeta da *Lenda dos Séculos*, não parecia destinada a vingar:

Un enfant sans couleur, sans regard et sans voix;
Si débile...

Qu'on ne lui donnait pas même un lendemain à vivre.

Mas vingou. Graças, sobretudo, ao cuidado com que desde logo o cercaram. A Imperatriz, já doente e muito debilitada nessa época, não o pôde aleitar. Serviu-lhe de ama de leite uma mulher do campo, a *Catarina*, trazida anteriormente de Nova Friburgo para amamentar a Princesa Dona Paula[2b].

Quando ele completou um mês de idade, foi levado pelos pais à Igreja da Glória do Outeiro para ser ali consagrado à Virgem. "As tropas, envergando uniforme de gala, formaram em frente ao templo. Os moradores dependuraram nas janelas e sacadas, vistosas colchas e cortinas, e alcatifaram de folhas as ruas por onde deveria passar o séquito, a cuja frente la a carruagem imperial. Tendo saído às 8 horas da manhã do Paço de São Cristóvão, chegava ela ao templo uma hora depois, entre vivas demonstrações de regozijo do povo. Dom Pedro I, tomando o filho nos braços, depositou-o sobre o altar, e aí recebeu a bênção do Cônego Renato Pedro Boiret, capelão-mor do Exército e mais tarde um dos professores do Imperador-menino. Seguiu-se missa com sermão, e logo depois um almoço, servido no próprio consistório da Igreja"[2c]

A respeito de Dona Mariana, Condessa de Belmonte:

"A sua bondade inata e constante piedade radiaram nos Palácios Imperiais com a simplicidade, a meiguice, a dedicação e o encanto das nossas velhas mucamas, exercidos esses dons com a autoridade que soube temperar, na rigidez do seu cargo agro e solene. Chamavam-na Famíliarmente de *Dadama*, e esse tratamento, de suave apelido e manifesta intimidade, é bem significativo da maneira carinhosa a que se deveria consagrar, com os seus deveres maternais, a respeitável senhora portuguesa. Nela cunha-se à brasileira a parcela de ternura que ela fez florir em torno do berço desamparado do segundo Monarca brasileiro" [2d]

Em fevereiro de 1826 Dom Pedro I partia para uma visita à Província da Bahia. Logo em seguida, Dona Mariana mandava-lhe notícias do filho, "que se conserva na mais perfeita saúde dizia ela — desenvolvendo muito a inteligência, o que nos faz pensar que a natureza foi igualmente pródiga nas suas faculdades morais, como nas físicas." Dias depois outra carta:

"Já tive a honra, em outra carta, de levar à Augusta presença de V.M.I. a boa notícia da perfeitíssima saúde de S.A.I. meu Amo. Felizmente é a mesma agradável nova que tenho a honra de participar a V.M.I., e até com a diferença que o pequeno incômodo, que tinha nos olhos quando V.M.I. o deixou, já de todo desapareceu, de forma que já apresenta os seus lindos olhos muito enxutos e azuis (até agora), e parece que assim ficarão, pois já é muito tempo para mudar[2e].

A ama Catarina vai-se comportando muito bem, sem tristezas nem perseguições do marido, que parece estar conforme e decidido a passar sem ela o tempo necessário à criação. E nós vamos pondo todos os nossos desvelos na elevação [sic] da jóia preciosa que V.M.I. teve a bondade de entregar ao nosso cuidado. Eu mostro a todos (cheia de vaidade) a grande semelhança que tem com o herói que lhe deu o ser, na esperança que, sendo tão parecido nas perfeições físicas, o seja igualmente nas heroicas ações; ainda que V.M.I. tendo colhido todos os loiros, só lhe deixa a possibilidade de se enfeitar com eles"[2f]

Doente e enfraquecida com os sucessivos e laboriosos partos, a Imperatriz foi pouco a pouco perdendo a saúde, que, aliás, desde certo tempo nunca se mostrara brilhante; para não falar no moral abalado com a vida desregrada e cheia de aventuras amorosas do marido. Assim que, quando lhe sobreveio outra gravidez, terminada num mau sucesso, ela não pôde resistir ao choque: rendeu serenamente a alma ao Criador.

Faleceu, depois de sucessivos dias de sofrimentos, em 11 de dezembro de 1826, sendo sepultada no Convento da Ajuda, no mesmo sarcófago que durante cinco anos fora ocupado pela Rainha Dona Maria I, cujo corpo havia sido trasladado para Lisboa. Dom Pedro I não assistiu à morte da Imperatriz, pois havia partido dias antes para o Rio Grande do Sul. Estava na cidade do Rio Grande quando recebeu a notícia do falecimento da Imperatriz, decidindo então voltar sem demora para o Rio de Janeiro, onde chegou a bordo da fragata *Isabel* em 15 de janeiro de 1827. Aliás, nessa época ele já estava inteiramente preso aos amores de Dona Domitila de Castro Canto e Melo, feita pouco depois da morte de Dona Leopoldina, isto é, a 12 de outubro de 1827, Marquesa de Santos. Já tinha dela uma filha, Isabel Maria, nascida em 22 de maio de 1824[3]. A Marquesa tinha nessa época 31 anos de idade. Casada muito nova em São Paulo, divorciara-se do marido em 1822, quando passou a residir no Rio em casa do pai, na companhia dos dois filhos que tivera desse casamento. Seu pai era Monteiro-Mor e Camarista de Dom Pedro I. Foi quando ela conheceu o Imperador, que, seduzido por sua beleza e atraente juventude, fê-la sua amante. Foi o começo da grande paixão que iria se criar entre os dois, e se prolongaria cerca de sete anos, para terminar nas vésperas do segundo casamento de Dom Pedro I com a Princesa Amélia, sobrinha do Rei da Baviera e filha do Príncipe Eugênio de Beauharnais, Duque de Leuchtemberg, este enteado do Imperador Napoleão I pela Imperatriz Josefina [3a]

VI

Quando Dona Leopoldina morreu, Dom Pedro era uma criança de apenas um ano de idade. Assim, foi numa completa inconsciência que se deixaria levar pela mão do Camarista João de Andrade Pinto até junto ao catafalco para beijar, pela última vez, a mão daquela que o destino impiedosa e prematuramente lhe roubava.

Órfão de mãe, a criança encontraria em Dona Mariana, senão os carinhos maternos, porque estes são insubstituíveis, em todo o caso um zelo e um amor jamais diminuídos. Desde então a boa senhora seria o seu verdadeiro anjo protetor, quem primeiro lhe abriria o espírito para este mundo e lhe incutiria os princípios da moral cristã, que tão larga e profundamente deviam prevalecer, depois, na formação do caráter do homem. No dizer de Alberto Rangel, foi sobretudo "graças a essa matrona que se deve em parte a reparação do infortúnio da maternidade que lhe faltava e inexoravelmente vitimou o herdeiro do trono em tão tenra idade, com a morte de Dona Leopoldina e a sedição de 7 de abril."

Mas, apesar de todo o desvelo com que Dona Mariana velava pelo filho do Monarca e suas irmãs, nem sempre era lhe fácil o exercício de suas tarefas no Paço, sob as vistas por vezes severas e exigentes de Dom Pedro I, homem cheio de rompantes e de impaciências[3aa]. Contudo, ao que se sabe, apenas uma vez ela teve um sério aborrecimento com o Monarca, menos pela causa insignificante que lhe deu lugar, do que pela maneira injusta e despropositada com que a tratou seu amo e senhor, com a agravante de tê-lo feito diante de outros empregados do Paço. Foi sobretudo isso que feriu a sua sensibilidade feminina. Sentindo-se ofendida, Dona Mariana não teve dúvidas em escrever ao Monarca expondo-lhe franca e sinceramente a sua mágoa. Dizia ela nessa carta:

"Senhor – Eu sou muito infeliz, mas nunca vil. A repreensão dura e áspera que V.M.I. me deu ontem diante de tanta gente, precisava eu não ter brio nenhum para não ser para mim mortal. V.M.I. me convidou para vir tomar conta de seu augusto filho. Eu, tão longe de fazer valer o meu merecimento para esse efeito, até me escusei, como V.M.I. está lembrado. Desde então V.M.I. me tem mostrado sempre dar-se por satisfeito da educação que tenho dado ao Príncipe, e me tem feito imensos benefícios que eu sempre confessarei. Mas esta lembrança só serve de fazer maior o meu desgosto, pois vejo que V.M.I. já está doutro acordo, e não está contente do meu serviço. Isto me faz julgar-me eu mesma incapaz de cumprir as minhas obrigações, pois que na minha idade os defeitos que se têm com eles se morre, e já não é susceptível de correção, E geralmente o público que sempre me respeitou, e os filhos que eduquei e se apresentam no mundo com probidade, e nenhum passa por mentiroso, me fizeram ganhar alguma vaidade. Mas toda perdi de ontem para cá. Peço a V.M.I. de sangue frio julgar a minha razão, e, se achar que assim mesmo posso fazer algum serviço ao Príncipe, então peço encarecidamente a V.M.I. me poupe a semelhante tratamento, que nem eu tenho forças para suportar nem a vileza dalguma que é preciso para os sofrer; e até ao mesmo Príncipe faz inutilizar todas as minhas instruções, porque é necessário que ele me julgue sem defeitos, e defeitos tais, para fazer caso das minhas palavras.

Atendendo a todas essas razões é que rogo a V.M.I, como uma especialíssima graça que se tivermos a desgraça de o ofender (o que nunca pode ser que por um entendimento), sendo falta que uma repreensão baste para corrigir, V.M.I., por sua alta piedade, nos chame em particular e descarregue sobre nós o peso da sua cólera, poupando-nos a horrorosa vergonha de ser repreendida diante desta gente."

O original desta carta está no Arquivo da Casa Imperial. Não tem, porém, data. Mas tudo faz crer que foi escrita em 1828, ano em que Dona Mariana se afastara do Paço, possivelmente magoada com a injusta repreensão que sofrera de seu amo. Aliás, tanto mais injusta quanto o fato que provocara a zanga de Dom Pedro I não se passara com ela, mas com sua filha Dona Maria Antônia, dama a serviço da Princesa Dona Francisca. Tudo, afinal, se resumira num ato de desobediência desta. Pelo regulamento, que o próprio Dom Pedro I redigira para as governantes de suas filhas, estas não podiam se apropriar dos objetos que cada uma possuía. Ora, acontecera que Dona Francisca, entrando no quarto da irmã Dona Paula, se apossara de um brinquedo desta, pelo que a filha de Dona Mariana resolvera retirá-lo de suas mãos, fato que a pôs enraivecida, a gritar, aos choros, fazendo a cena de atirar-se ao chão. E quando Dona Maria Antônia, procurava acalmá-la, levando-a para o seu quarto, mais esperneava a Princesa, sempre aos berros. Foi quando apareceu Dom Pedro I, que, surpreendido com a cena, pensou que a governanta maltratava a filha. Sem refletir e inteirar-se do que se passara, mandou chamar Dona Mariana para repreendê-la, em termos rudes e diante de outras damas do Paço [3b]

VII

Não passariam quatro anos depois da morte da Imperatriz Leopoldina, quando sobreveio o 7 de Abril de 1831, isto é, a abdicação de Dom Pedro I e sua retirada para a Europa, deixando os quatro filhos (o mais velho, que era a Princesa Dona Januária, tinha então nove anos de idade) entregues à Nação brasileira. Dom Pedro II contaria, muitos anos depois, as tristes condições em que se encontrou nesse doloroso transe de sua primeira infância:

Coube-me o mais funesto dos destinos;
Vi-me sem pai, sem mãe, na infância linda...

A abdicação de Dom Pedro I não foi, em última análise, senão o resultado de um movimento de reação nacional. Foi o epílogo da luta entre o elemento brasileiro, encarnado nos liberais e na facção revolucionária do Exército, e o elemento português ou luso-brasileiro, o elemento dos antigos donos do país, remanescentes do governo de Dom João VI, representados agora no jovem Monarca e seus principais conselheiros. Eis porque se disse, com razão, que o 7 de Abril assinala, mais do que o 7 de Setembro, a verdadeira independência política do Brasil.

Saint-Hilaire, que viajava por esse tempo entre nós, diz que Dom Pedro I podia ter conservado a coroa, se tivesse feito uma concessão ao movimento sedicioso,[3C] dissolvendo o Ministério reacionário que havia formado dois dias antes, tendo à frente o 1º Marquês de Paranaguá, e reintegrado o Gabinete de 19 de março, que tinha a inteira confiança dos brasileiros. Mas, por uma questão de brio e de amor próprio, recusou. Aos representantes da França e da Inglaterra, que o foram procurar em São Cristóvão para fazer-lhe ver que essa é que seria a solução mais indicada, o Imperador respondera que a Constituição dava-lhe o direito de escolher seus Ministros, e não podia assim faltar a seus deveres e à sua honra, cedendo à imposição que lhe faziam; tudo o que poderia era organizar um novo Ministério, para o que mandara chamar o Senador Vergueiro, um dos principais chefes da oposição. A mesma resposta, ele daria ao Brigadeiro Francisco de Lima e Silva quando este o foi procurar para dizer-lhe que a tropa, reunida no Campo de Santana, exigia a retirada de Ministério de 5 de abril [3d]

Não querendo submeter-se às imposições da tropa e dos políticos que o combatiam, decidiu-se o Monarca por abdicar a coroa, e abandonar de uma vez o País. Declarou (segundo relato de Pontois, representante diplomático francês):

"Prefiro descer do trono com honra a assinar uma capitulação desonrosa. Não façamos, aliás, ilusões: o conflito tornou-se nacional. Os nascidos no Brasil congregaram-se contra mim. Não querem mais que os governe porque sou Português. Estão dispostos a desfazer-se de mim não importa por que meio. Desde muito que esperava por isso. Quando foi da minha viagem a Minas Gerais anunciei que à minha volta se abriria a luta entre Portugueses e Brasileiros. Meu filho tem sobre mim a vantagem de ser Brasileiro e de ser estimado por eles. Governará sem dificuldades, com a garantia dos direitos que lhe dá a Constituição. Quanto a mim, descendo do trono, terei a glória de acabar como comecei — constitucionalmente."[4]

Pontois e Paranaguá ainda tentaram dissuadi-lo de abdicar. Mas ele insistiu no seu propósito, assinando em seguida o ato da abdicação[4a]. No dia seguinte, 7 de abril, dirigiu-se para bordo da nau inglesa *Warspite*, na companhia da Imperatriz Dona Amélia, da filha Dona Maria da Glória (depois Rainha Dona Maria II de Portugal), e do irmão da Imperatriz, o Duque Augusto de Leuchtenberg (que depois se casaria com Dona Maria II). Aí, aguardariam que se preparassem os aposentos em outra fragata inglesa, *Volage*, que iria levá-los para a Europa. Os Marqueses de Loulé (a Marquesa era a Infanta Dona Ana de Jesus, irmã de Dom Pedro I), o Marquês de Cantagalo e o Conde de Sabugal, representante de Portugal no Brasil, que quiseram acompanhar o ex-Imperador, seguiram na mesma ocasião pela fragata francesa *La Seine*, na companhia de Dona Maria da Glória.[3]

Refugiado a bordo da *Warspite*, Dom Pedro I ainda ficou seis dias no porto do Rio de Janeiro, cuidando de seus interesses particulares. Assim que foi somente no dia 13 de abril que ele e sua comitiva deixariam definitivamente o Brasil.

Enquanto isso constituía-se uma Regência provisória, composta do Senador Marquês de Caravelas, do Senador Nicolau de Campos Vergueiro e do Brigadeiro Francisco de Lima e Silva [4aa], comandante da tropa que se sublevara contra o Imperador, para governar o país durante a menoridade de Dom Pedro II, então uma criança de pouco mais de cinco anos de idade.[4b]

CAPÍTULO II

JOSÉ BONIFÁCIO, TUTOR DE DOM PEDRO II

O menino Imperador. O Governo e os homens da Regência. Vida de incertezas e de sobressaltos. José Bonifácio de Andrada e Silva. A lenda do "Patriarca." Seu verdadeiro papel na Independência. Seu empenho na conservação do Reino Unido. Independência e autonomia. Perseguição a Ledo e aos Liberais. Triunfo e queda dos Andradas. Exílio de José Bonifácio. De volta ao Brasil. O 7 de Abril e a Tutoria imperial. Desavença com a Regência. José Bonifácio e o Partido Restaurador. Destituição de José Bonifácio. Sua reação e expulsão do Paço.

I

"Ao despertar do sono inocente, nessa manhã de 7 de abril de 1831, o pequeno Príncipe, que dormia numa câmara de São Cristóvão, acordou Dom Pedro II, Imperador Constitucional e Defensor Perpétuo do Brasil, pela vontade de Deus e unânime aclamação dos Povos. Faltavam-lhe somente os Santos Óleos da coroação", diz o cronista Alberto Rangel em sua obra *A Educação do Príncipe*.

De fato, com a abdicação de Dom Pedro I passava o seu jovem filho a ser o novo Imperador do Brasil. No dia seguinte ao seu embarque na *Warspite*, nomeava o ex-Monarca o Conselheiro José Bonifácio de Andrada e Silva, que fora seu Ministro meses antes da proclamação da Independência, Tutor de seu filho enquanto este fosse menor de idade. A Assembleia Geral Legislativa entendeu, porém, que essa nomeação era ilegal por usurpar uma atribuição que lhe cabia pela Constituição do Império. José Bonifácio logo protestou contra semelhante interpretação, por julgá-la "injusta e ilegal, apesar da fonte donde emanou." Contudo, dizia, já que a Assembleia assim o entendia, ele achava "não estar mais obrigado a cumprir a promessa feita, logo que não valha a nomeação paterna que tinha aceitado por sensibilidade e em agradecimento à honrosa confiança que nela pusera o ex-Imperador."[5] Mas tudo se regularizou com a votação, pouco depois, pela Assembleia Geral, elegendo, na sessão de 30 de junho desse mesmo ano, por 62 votos contra 54, José Bonifácio Tutor do Imperador e de suas três irmãs. Assim que a 24 de agosto de 1831, o velho paulista assumia as funções do seu novo cargo. No decurso dessa divergência com a Assembleia, fizera as funções de Tutor, por designação da Regência, o Ministro do Império, Bernardo José da Gama, Visconde de Goiana,[sa] substituído, depois de 26 de abril, por Manuel de Sousa França, que o sucedera na pasta do Império.

A aclamação oficial do novo Soberano realizou-se a 9 de abril. Foi, pode dizer-se, a verdadeira jornada da independência nacional. O cortejo imperial levou-o, através das ruas da velha cidade para assistir ao *Te Deum* na Capela Imperial, deixando-o depois no Paço da Cidade, onde iria ficar. "Ondas de povo se haviam reunido para o verem passar.

Apenas despontou em um coche, puxado por inúmeros braços, rebentou uma imensidade de vivas. Todos se abraçavam e se congratulavam. Após os Juízes de Paz, que iam a cavalo, com as bandeiras verdes desenroladas, seguiam mais de 500 cidadãos com os braços entrelaçados."[6]

Sentado ao fundo do carro, "como um deus do amor", o jovem Imperador nada podia compreender, na despreocupação dos seus cinco anos, da cena histórica que os seus olhinhos azuis presenciavam. As aclamações repetidas do povo, que comprimia a carruagem, ele respondia com o mais inocente sorriso, cheio de curiosidade e de ternura. Ao seu lado, velando pela perfeita compostura do Monarca, segredava-lhe, de vez em quando, Dona Mariana de Verna: *imperador, cumprimente; cumprimente, Imperador*. E o menino, muito solene, muito compenetrado, mas já desde então muito dócil e obediente, balançava a cabecinha loura, ora para a direita, ora para a esquerda.

A 12 de abril, na véspera, portanto, de deixar o Brasil, o ex-Imperador escrevia umas linhas ao filho pedindo que não o esquecesse; que amasse a sua Pátria e seguisse os conselhos que lhe dessem aqueles que cuidariam de sua educação, que contasse que o mundo o haveria de admirar, "e que eu me hei de encher de ufania por ter um filho digno da Pátria."[7]

Em viagem para a Europa a bordo da *Volage*, o ex-Monarca, sempre com o pensamento no filho, escrevia-lhe com data de 6 de junho de 1831:

"Lembre-se bem de um pai que ama e amará até a morte a Pátria que adotou como sua, e em que V. M. teve a fortuna de nascer. Eu não digo isso porque me arrependesse de ter abdicado; bem pelo contrário, eu nasci muito livre e amigo da minha independência para gostar de ser Soberano, e em uma crise em que eles têm ou de esmagar os povos que governam ou de serem esmagados por eles. Porque a luta tem chegado a um tal ponto de apuro, que a conciliação, quando não seja impossível é pelo menos mui dificultosa e de pouca duração caso que possa ser conseguida"

A carta é longa. E como era natural, cheia de reflexões sobre os sucessos políticos do Brasil que o levaram à abdicação, num tom de grande pessimismo a respeito do futuro que aguardava o país que ele libertara do jugo da Mãe-Pátria e do regime monárquico que fundara. Via a sorte do filho e do Brasil "já retalhadas e em esperanças de guerra civil." Esperava que Deus desse força moral à Regência para que ela pudesse entregar ao filho o cetro e a coroa "tão inteira como eu a abdiquei." Infelizmente, achava isso pouco provável. E perguntava: "onde está o prestígio da Regência? Onde está a opinião pública interessada em manter o Governo? Ele não os via. De certo, que a Assembleia Geral capricharia em salvar a Pátria, mas desgraçadamente nada faria. De que serviriam leis sem costumes? Não havia obediência, não havia respeito às autoridades, não havia ordem; tudo era confusão, tudo era anarquia. Se era lícito ver as consequências pelo que se passava no Brasil, ele via a destruição do "grande Império." Se ainda houvesse quem respeitasse a Constituição, a Pátria poderia ser salva dos horrores que a ameaçavam. Mas nunca tinha havido quem a respeitasse — salvo ele. Assim antevia que o partido, que andava escondido à sua partida, aparecesse em campo "proclamando a República, ou pelo menos a destruição dessa Constituição com o intento de tirar ao Governo e ao Imperador os formais, direitos que tem."[8]

Seis meses depois da partida do ex-Monarca, agora Duque de Bragança, ou seja, em 23 de outubro de 1831, escrevia-lhe Dona Mariana de verna dando-lhe notícias dos filhos. Nessa data, já ele se achava instalado em Paris com a mulher, esta esperando o nascimento do filho, que seria a Princesa Dona Maria Amélia, e se daria em 12 de dezembro:[8a]

"O Imperador, assim como as três Princesas, têm gozado sempre perfeitíssima saúde. O Imperador, esse menino raro em tudo, está adiantadíssimo. Está lendo Português quase correntemente. Lê também inglês e vai agora ler Francês, principiando a dar lições regulares com Monsieur Boiret; faz-lhe os cadernos de palavras, pergunta-lhe, e sem estudar responde-lhe a todas. Está aprendendo Gramática, isto sem ter ainda seis anos. Faz um gosto tal com as lições que eles tomam em classe todos juntos, que, estando com um destes pequenos incômodos e não podendo sair do quarto para ir dar lição com as manas, desatou a chorar. E foi preciso mudar a casa de lição para o quarto dele, e apesar de estar com a cara inchada não perdeu lição nenhuma, sem que ninguém o obrigasse ou persuadisse.

Tem o melhor caráter possível, franco, dócil, polido e alegre. Assim também as princesas, que são uns bons anjinhos. Agora vamos para São Cristóvão. Perguntou-se ao Imperador se gostava de ir para passear na Quinta. Respondeu que não, que não gostava nada. E por quê? se lhe replicou — Porque tenho muitas saudades do Papai e da Mamãe. Por mais que se lhe tornou a replicar, nada mais quis responder...

No dia 12, anos de V.M.I., o Tutor mandou dar um chá no quarto do Imperador. Triste dia, em que não houveram senão lágrimas, dia tão alegre em outro tempo. Havia neste chá todos os elementos de uma função e de um divertimento, muita luz, muitos doces e alguma gente; mas como os corações todos estavam oprimidos, não houve senão pesares."[9]

De Paris, pouco depois, respondia-lhe o Duque de Bragança:

"No dia dos anos do Imperador meu filho, eu também cá fiz o que o meu amor me pedia, e o que as minhas circunstâncias, bastantemente apertadas, me permitiram: dei um jantar, ao qual foram convidados o Ministro do Brasil e toda a Legação, e bastantes brasileiros distintos, e os Embaixadores da família." [10]

Dom Pedro I tinha certamente muitos defeitos. Mas era bom pai e amava os filhos. Queria-lhes realmente bem. Apesar de longe, na Europa, com a atenção já absorvida pelos sucessos políticos de Portugal, não esquecia os filhos que deixara no Brasil, sobretudo esse menino, que era toda a sua esperança de pai e de Monarca, e sobre cuja cabecinha loura pesava o destino de um grande povo.

A falta de notícias do filho doía-lhe o coração. Dona Mariana nem sempre podia escrever-lhe, e José Bonifácio, este, raramente o fazia. Era um silêncio que o mortificava. Em janeiro de 1832, ia fazer dez meses, quase um ano, que deixara o Brasil, e o Tutor não encontrara ainda tempo para mandar-lhe, sequer, uma carta. Impaciente, escrevia de Paris ao filho:

"Mui sentido estou porque José Bonifácio não me tem escrito nem uma só palavra até a data desta. Dize-lhe que se lembre de me mandar notícias tuas, como me prometeu a bordo da *nauWarspite*,[11] e pelas quais suspiro, e às quais tenho direito como pai. Dize-lhe que assim como ele não gostaria de não receber notícias de seus filhos, também eu não gosto. Dize-lhe finalmente que eu espero que ele me corresponda àquela prova de amizade e confiança que lhe dei entregando-lhe o que tinha de mais caro, mandando-me diretamente notícias tuas e de tuas lindas manas... Faze os meus cumprimentos à Regência e também aos Ministros, com muita especialidade ao mui honrado Paulista, que tem sabido conter os anarquistas e apoiar os homens de bem"[12].

O *mui honrado Paulista*... Era Feijó, o Padre intrépido, Ministro da Justiça da Regência Trina Permanente, que enfrentava o caudilhismo revolucionário com uma coragem e uma decisão de impressionar os mais ousados. "Forte e inquebrantável, valeu por Exércitos. Quanto mais assustadores eram os perigos, mais viril se mostrava sua energia. Conteve o povo com a tropa, e quando, a tropa sublevou-se, encontrou o Ministro no povo o apoio e a força precisos para combatê-la."

Da Europa, à proporção que os meses passavam, Dom Pedro não esquecia os filhos deixados no Brasil, apesar da luta de morte em que se empenhava contra o mano Miguel. Assim que de São Miguel nos Açores, em vésperas de invadir o norte de Portugal com o seu pequeno Exército, exprimia ao filho o prazer que lhe causavam suas cartas, pelas quais se convencia dos progressos que fazia nos estudos. "Aplica-te — dizia — que um dia virás a ser um digno Monarca." A 12 de agosto seguinte, recomendava em nova carta: "Não posso deixar de vos recomendar (posto que me parece que não será necessário) que sejas obediente ao vosso Tutor, e vos apliqueis aos vossos estudos."

Apesar da vida tormentosa que levava, assoberbado com problemas militares e políticos que tornara a si resolver, não esquecia o Brasil e seus próprios problemas, um país onde vivera vinte e três anos da sua curta vida, e ao qual podia chamar, com justo orgulho, a sua segunda Pátria. Já no Porto, reunindo as forças para marchar contra Lisboa, voltava a escrever ao filho:

"Deus permita que o Brasil goze de tranquilidade — união e liberdade, que tão necessárias lhe são, para que em breve possa ser admirado e respeitado das mais Nações do Velho Mundo. Eu faço ardentes votos aos Céus para que a minha adotiva Pátria seja feliz. Estou com ela. Não permitirá Deus que nos vejamos ainda um dia, nesse abençoado país, quando tu imperares em pessoa? Ah, que meus olhos se me enchem de lágrimas, quando penso que um dia ainda poderei ver-te, e morrer naquele mesmo país em que tu imperas; em que estão minhas filhas; daquele país ao qual jamais o meu coração deixou de pertencer, apesar do tanto que sofri, pelo amar, como se fosse nele nascido!"

Essa carta é de 28 de setembro de 1832. O destino já lhe tinha traçado o curto tempo que teria que viver. Não iria ver mais o Brasil. Não veria mais o filho. Dois anos depois de escrever essa carta expiraria no Palácio de Queluz.

Ainda do Porto, nova carta ao filho:

"Peço-te que continues a estudar, e que obedeças ao teu Tutor; e que faças, da minha parte, esta mesma recomendação a tuas imãs. É mister que dês os meus louvores a Januária pela boa escrita, e a Nhonhô e a Paula por terem feito seus nomes muito bem, tendo a desconsolação de ver que a Chiquinha não escreveu o seu também como era para desejar. Espero que empregueis bem o tempo e que vos apliqueis aos vossos estudos, como convém a pessoas tais que a Providência colocou em tão alta hierarquia."

"Peço-vos que cada um de vós dê um abraço em José Bonifácio da minha parte, pelo triunfo que alcançou.[12a] Eu me congratulo convosco por um tal motivo, e vos recomendo que lhe sejais[12b] obedientes."

Vinte dias depois, voltava Dom Pedro a escrever ao filho, sempre preocupado com o progresso de seus estudos e da sua educação. Dizia: "Não posso deixar de vos pedir que estudeis com aplicação, que seguis os conselhos do meu amigo e vosso Tutor, que trateis bem a todos e que vos lembreis de mim, que tanto vos amo"

2 de dezembro de 1832 era o dia do aniversário natalício do pequeno Imperador, o segundo que o pai passava no Estrangeiro, longe dele e da sua pequena família brasileira. Dom Pedro II completava, nesse dia, sete anos de idade. O pai escrevia-lhe do Porto:

"O ano passado tive o gosto de te escrever de Paris, neste mesmo dia, para te dar os parabéns dos teus anos Hoje igualmente faço desta heroica cidade para o mesmo fim, bem como para te certificar do interesse que tenho por ti. Todos os bons brasileiros que desejam de coração (como eu) ver feliz a Terra de Santa Cruz, não poderão deixar de celebrar, com todo o entusiasmo, este dia, como o de maior para O Império Brasileiro. Da tua conservação dependerá a futura felicidade do hoje desgraçadamente anarquizado Brasil. A ti está reservada a glória de o fazer chegar àquele grau de prosperidade de que é capaz, e de fazer agrilhoar a anarquia, apegando, para sempre, o facho de discórdia e firmando a Constituição.

Eu faria uma grande injustiça aos meus cidadãos se não estivesse persuadido de que eles se acham penetrados destas verdades, e de que à porfia se desvelam por sustentar-te no trono convencido de que, se não seguirem a Constituição e a Dom Pedro II, a mesma sorte da infeliz América (outrora espanhola) os espera."

II

O período regencial que se seguiu à abdicação de Dom Pedro I foi o mais agitado da nossa História. Nove anos de convulsões políticas, de motins e de revoluções armadas. Lutas pelo Poder e contra o Poder. Choques de ideias e de ideais, que encobriam, por vezes, meras ambições individualistas. Choques entre as diversas correntes partidárias, e das quais sairão, mais tarde, os dois grandes partidos constitucionais do Império. Tudo concorreu para tornar essa época a prova de fogo da nossa nacionalidade ainda em formação.

Graças sobretudo à rígida estrutura dos homens da Regência, às grandes e sólidas qualidades de cada um deles, o país livrou-se da anarquia e do esfacelamento; e o princípio monárquico, então como em outras ocasiões, foi o elo que uniu as Províncias desavindas e convulsionadas, congregando-as num só pensamento, numa só aspiração, salvando e cimentando a unidade nacional. Evaristo da Veiga foi, na imprensa, um dos heróis dessa África. Logo depois, o Padre Feijó manterá, inflexível e corajosamente, diante da ameaça da espada e nas vésperas de cairmos no caudilhismo latino-americano, a supremacia do poder civil. Bernardo de Vasconcelos, enfim, terá a glória de reconstituir, elevando-a e dignificando-a, a autoridade. Foram esses três gigantes, mais a respeitável e sempre avisada figura moral de Araújo Lima (futuro Marquês de Olinda), os grandes nomes da Regência. Dirá Joaquim Nabuco, numa bela evocação:

"Esses homens possuíam, naquela época, outro caráter, outra solidez, outra retidão. Os princípios conservavam-se em toda a sua firmeza e a sua pureza; os ligamentos morais que seguram e apertam a comunhão, estavam ainda fortes e intactos, e por causa disso, apesar do desgoverno, mesmo por motivo do desgoverno, a Regência aparece como um grande período nacional, animado, inspirado por um patriotismo que tem alguma coisa de sopro puritano"[13]

Fundando e consolidando a ordem civil num país que iniciava a vida de Nação independente, e resistindo à onda de anarquia que do Norte ao Sul invadia e minava os alicerces do país, esses homens mereceram, sem favor, a glória de terem sido os verdadeiros obreiros da nossa nacionalidade. Mas para prestigiar-lhes os atos e dar-lhes a necessária autoridade para poderem enfrentar a anarquia, havia, acima deles, de todos e de cada um, acima das paixões, dos despeitos, das malquerenças e das ambições pessoais pela posse do Poder, a suave figura do Imperador-menino, do pequeno Monarca, do *pupilo da Nação*.

Ele foi, nesses nove anos de incertezas, como que a luz salvadora do farol, que nas noites tormentosas guia e acolhe os navegantes desamparados. Todos o fitavam com a mais profunda esperança. Todos lhe queriam bem. Na Capital do Império como nas Províncias mais remotas, nas cidades do litoral como nos campos do sertão, havia um só sentimento de respeito, uma só aspiração de ternura pelo pequeno órfão brasileiro. Todos se julgavam com o sagrado dever de o defender, de o amparar, de o cobrir. Não os movia nesse sentimento nem o brilho da coroa que lhe ornava a cabecinha loura, nem o prestígio que acaso pudesse irradiar aquele trono de dez anos apenas de existência: mas sim o carinho, para não dizer a compaixão que a todos inspirava o próprio órfão.

"O trono brasileiro — dirá Oliveira Lima pelo próprio fato da sua singularidade na América, repousava sobre uma base precária; e ter-se-ia certamente desmoronado sob o peso do seu novo ocupante, se não fosse este uma criança de cinco para seis anos, e não representasse, portanto, um fardo levíssimo. A compaixão, mola poderosa num povo sentimental, tomou o lugar das amizades e dedicações dinásticas que faltavam, e o receio de ver despedaçar-se a bela unidade nacional, alcançada não sem esforço, agiu como se houvesse um partido organizado e disciplinado para manter as instituições monárquicas ou de uma classe verdadeiramente interessada em defendê-la"[14]

Joaquim Nabuco, ao tempo em que, levado por seu amor à Abolição, era menos justo para com a Monarquia, dirá que os brasileiros, em 1831, pela mão de Evaristo da Veiga, haviam salvado o trono, que então era um berço; "mas que apesar da imensa irradiação liberal do Continente americano nunca foi possível conciliar esse órfão do absolutismo com a democracia que o adotou e *lhe salvou a Coroa*." [15] Ora, foi precisamente o contrário que se verificou sob a Regência: foi sobretudo a Coroa, senão unicamente a Coroa, então encarnada no Imperador-menino, que salvou a democracia brasileira. Justamente porque nos sentíamos todos desamparados, como que já perdidos no caos da anarquia, quase desgovernados, à mercê das intempéries, é que corremos nos abrigar, num movimento natural de conservação e de defesa, à sombra daquela Coroa, na certeza de que nela é que estava a salvação, a segurança de todas as crenças, a esperança e o anseio de todas as aspirações.

E nada exprimia melhor a grande significação que tinha para todos nós o menino Imperador do que o cuidado constante, o zelo nunca diminuído, o interesse e o amor com que cada um velava pela sua segurança e tranquilidade. A preocupação geral estava voltada para o trono. Todos reconheciam a necessidade de isolar o menino das lutas que dividiam a Nação, da sua intangibilidade e da sua inacessibilidade.

Cada comoção mais grave por que passava o país, cada motim que se descobria, cada conspiração que se desmascarava eram tantos motivos de sobressaltos para os patriotas, todos preocupados com a segurança e a integridade do jovem Monarca.

No dia mesmo da abdicação do pai verificou-se esse receio. O Barão von Daiser, agente da corte de Viena no Rio, denunciou-o ao seu Governo, sugerindo até que uma fragata austríaca desembarcasse tropa para proteger o menino e suas irmãs: "Em caso de perigo — dizia — farei o possível para salvar as augustas crianças. Se não mas derem por bem, não hesitarei em tomá-las"[16].

III

Em verdade, não havia sossego possível, sobretudo nos primeiros tempos da Regência. Os sobressaltos eram diários. A todo o momento, era preciso pensar na segurança das crianças. Várias vezes mesmo foi necessário tirá-las do Paço de São Cristóvão, onde residiam habitualmente, para colocá-las, com mais resguardo, num sítio distante da Capital, geralmente a Fazenda de Santa Cruz. [17] "A sua primeira infância — dirá Suetônio [Ferreira Viana], referindo-se ao Imperador — foi sempre perturbada pelas comoções políticas que agitavam o Império, principalmente a Capital, tendo de sair muitas vezes para lugares mais ocultos, a fim de ser garantida a sua pessoa, o que deu ocasião a se propalar que haviam *roubado o menino*, como então o chamavam"[18].

Esses sobressaltos só serviam para aterrorizar o espírito do pequeno Imperador. Se ele não tinha ainda a idade para se aperceber da extensão dos perigos que o cercavam, tinha, contudo, bastante inteligência para compreender a falta de segurança em que vivia e os sustos por que passava a gente do Governo. Por outro lado, essa atmosfera de suspeições, de intrigas e de conspirações diárias não era a melhor para formar-lhe uma natureza aberta e acessível. Ao contrário, só podia concorrer, como de fato concorria, para torná-lo um menino reservado, precavido contra tudo e contra todos, numa atitude sempre de defesa, que não podia nunca sentir-se seguro nem confiar em quem quer que fosse.

Afinal, mais cedo do que era de esperar, graças à energia com que agiu o governo da Regência, todos esses sobressaltos em que viviam as pobres crianças, tiveram o seu epílogo em dezembro de 1833, com nota de grande escândalo, na destituição de José Bonifácio do cargo de Tutor da Família Imperial.

IV

O velho estadista não tinha mais, nessa época, o prestígio que desfrutara durante o Primeiro Reinado. Podia ser ainda respeitado por sua ilustração, por suas excelentes virtudes privadas e pelos serviços prestados nos dias difíceis da organização do novo Império. Mas, politicamente, era um homem à margem. Velho, já, com cerca de 70 anos de idade, doente e alquebrado, não contava mais no ambiente jovem e sadio dos homens das Regências. E, se estes o vinham ainda tolerando na Tutoria Imperial, era apenas por um certo respeito à última vontade de Dom Pedro I. Muitos deles, no fundo, detestavam o velho estadista, sobretudo aqueles que lhe conheciam, por experiência própria, o feitio truculento e vingativo.

Para esses, José Bonifácio era sobretudo o homem faccioso, "despóticos no poder e facciosos na oposição", conforme chamara Armitage aos Andradas; opressor e rancoroso, sempre pronto a perseguir os adversários, e, quando falava, com uma voz rouquenha, lançava perdigotos para todos os lados, no dizer de Varnhagen (depois Visconde de Porto Seguro), que o conhecera quando criança em casa do pai, na Fábrica de Ferro do Ipanema. [18 a] Todos conheciam a força dos recursos capazes de sair da ardilosa imaginação do velho Paulista, e não esqueciam a perseguição cheia de rancor que movera contra os patriotas do grupo de Gonçalves Ledo — a este, sobretudo, que tanto haviam feito pela independência do Brasil.

A lenda do Patriarca não se havia ainda firmado,[19] e os homens da época, seus contemporâneos ao tempo da proclamação da Independência, conheciam bem a atitude mais que suspeita que ele assumira naquela ocasião para poderem emprestar-lhe outro papel que não fosse de um grande oportunista, para o que tinha, como diz hoje Candido Mota Filho, "gênio político"[19 a]

Oportunista e aderente. Porque, no fundo, tudo o que fizera José Bonifácio, uma vez firmada a Independência, em 1822, fora aderir, como tantos outros, ao movimento encabeçado pelos liberais de Gonçalves Ledo. Aderiu à *revolução*, como ele chamava esse movimento. Não podendo vencê-lo, porque chegara tarde e a política inapta das Cortes de Lisboa concorria para precipitá-lo, e antes de ser por ele vencido, preferiu dar-lhe sua adesão e vencer com ele.

Aderiu, portanto. Uma adesão, aliás, suspeita e cheia de reticências. Que a atitude de José Bonifácio, em 1821 e 1822, fora a mais suspeita para quantos trabalhavam pela separação total do Brasil de Portugal, é hoje um fato que não sofre dúvidas. As provas, sobre isso, são as mais abundantes e as convincentes. Os testemunhos são os mais autorizados. *Era oposto à Independência*, dizia o depois Marquês de Olinda. *Não era partidário da nossa causa,* confessava José Joaquim da Rocha. *Esse homem não fez a Independência*, dizia o Cônego Januário da Cunha Barbosa. *Aderiu quando a revolução já se podia considerar triunfante*, afirmava o

41

General Luís Nobrega. E o Marquês de Sapucaí dizia: *Cooperou muito menos do que se pensa. Obedeceu às circunstâncias porque não lhe era possível resistir. A opinião pública, desde o 9 de janeiro [de 1822 dia do "Fico"] até meado de setembro de 1822, não foi por ele dirigida, e sim por aqueles que ele perseguia,* — quer dizer, Gonçalves Ledo e os amigos deste.[20]

Ao lado desses testemunhos, a afirmação dos Históriadores insuspeitos, bastando citar apenas dois, que conviveram com os homens de 1822 — Melo Morais e Vamhagen. E dois posteriores — Euclides da Cunha e Pandiá Calógeras. Este último diz: "José Bonifácio, chamado ao Rio, [21] veio encontrar o movimento emancipador já iniciado. Não foi o seu criador"[22]

Finalmente, o testemunho dos diplomatas estrangeiros na correspondência para os seus Governos. O Barão von Mareschal, por exemplo, representante austríaco no Rio, mandava dizer para Viena, em agosto de 1822, nas vésperas, portanto, da proclamação da Independência, que José Bonifácio lutava *contra a revolução*, e considerava prematura e até mal arranjada "a solução que aqui la se dar ao dissídio surgido entre as duas porções do Reino Unido"[23]

V

O papel desempenhado por José Bonifácio no movimento da Independência, tanto na sua articulação como na sua deflagração, foi tão modesto, para não dizer tão obscuro ou simplesmente nulo, que, pouco antes do 7 de Setembro, Mareschal, que era no entanto um homem enfronhado em nossas coisas e acompanhava de perto os sucessos políticos da época, com uma longa residência entre nós, quase não conhecia o velho estadista, cujo nome citava de uma maneira vaga e indecisa. Referindo-se às instruções que os Deputados paulistas levavam para as Cortes de Lisboa, dizia que elas tinham sido redigidas "por um Sr. Andrada" — *par un Mr. Andrada, que a résidé longtemps en Europe et est un homme de beatcoup d'esprit.*[24] Isso Mareschal escrevia dez meses, apenas, antes da proclamação da Independência, quando era de supor que o movimento emancipador já estivesse inteiramente articulado e a caminho de uma solução final. Ora, como conciliar essa obscuridade que cercava o nome de José Bonifácio com o papel de grande projeção que iriam emprestar-lhe nessa época os seus amigos e a grande parentela?

Essas instruções, de fato redigidas por José Bonifácio, são, aliás, a prova justamente do contrário: mandavam que os nossos Deputados nas Cortes se empenhassem pela conservação da *integridade e indivisibilidade do Reino Unido.*[25] São de outubro de 1821, menos de um ano antes de se romperem definitivamente os laços que nos uniam a Portugal. Que melhor prova se pode ter dos verdadeiros sentimentos do velho estadista?

Todo o empenho seu, portanto, naquela época, pelo menos, era no sentido de conservar-se a união luso-brasileira. Sua política em combater as ideias avançadas do grupo de Gonçalves Ledo, que pugnava pela separação total do Brasil de Portugal, e dirigi-las no sentido de uma espécie de união pessoal entre os dois Reinos: autonomia administrativa para cada um, com um só Rei e uma só coroa.

"A ideia que ainda predominava aqui — dirá um estudioso do assunto — entre os homens de Governo, era a de uma simples autonomia administrativa para o Brasil ou, quando muito, a de uma união pessoal com Portugal. Esse pensamento está, aliás, bem patente no sobredito decreto de 12 de agosto e nos dois manifestos do mesmo mês. José Bonifácio, que redigiu o último desses documentos (manifesto de 6 de agosto), ainda se exprimiria no mesmo sentido na circular dirigida ao Corpo Diplomático estrangeiro, em 14 de agosto. Sabe-se, ao demais, que o grande Ministro de Dom Pedro I, nada obstante o título com que o crismaram de *Patriarca da Independência*, não foi favorável ao movimento de completa emancipação política, do qual, em 1822, Joaquim Gonçalves Ledo e alguns amigos se fizeram denodados paladinos."[26]

E tão pouco favorável foi ele que, ainda depois do 7 de Setembro, isto é, após a volta ao Rio de Dom Pedro, não quis integrar-se no movimento, que, entretanto, se acelerava vertiginosamente. Se não lutava mais contra a revolução, como em agosto, também não lhe dava apoio. Mantinha-se estranho a ela. Como bom oportunista, preferia ficar na expectativa, para ver em que davam as coisas. *"Le ministre de S.A.R. ne prend pas participation à cet évênement; il laisse faire"*[27] dizia o Coronel Maler, representante francês no Rio. José Bonifácio a ele declarara pouco mais tarde, a 11 de outubro desse ano, — nas vésperas, portanto, da aclamação de Dom Pedro como Imperador, que, se Dom João VI voltasse ao Brasil, seria recebido de braços abertos.[28]

O velho rei Dom João VI... No fundo, o sentimento do velho Paulista podia mui dificilmente se despregar de Portugal e de tudo que era português. Que havia de estranhar nisso, aliás, quando se sabia que toda a sua vida se passara quase no velho Reino, que lá formara o espírito, lá se fizera homem, criara o círculo de amigos, estabelecera as bases de sua vida, e construíra, em suma, todo o ambiente de sua existência?

VI

É sabido que José Bonifácio deixara São Paulo aos 20 anos de idade, quando se havia transferido para Portugal, a fim de se matricular na Universidade de Coimbra. Terminados os estudos, fora para Lisboa, onde passaria a viver identificado com a terra, a gente e os costumes portugueses. Graças à amizade do Duque de Lafões, entrara para a Real Academia das Ciências daquela cidade. Aos 27 anos de idade, fora indicado por essa Academia para desempenhar uma comissão científica em vários países do Velho Continente. E durante dez anos viajara pela Europa. Voltaria a Portugal em 1800, sendo nomeado lente da Universidade de Coimbra e pouco depois Intendente-Geral das Minas de Portugal e Desembargador da Relação do Porto.

Quando foi da invasão de Portugal pelas tropas francesas e subsequente retirada da Família Real para o Brasil, José Bonifácio não a acompanhou ao Novo Mundo: incorporou-se ao corpo militar acadêmico para combater os invasores, em defesa do solo português. Foi então comissionado Tenente-Coronel.

Expulsos os invasores, continuou a viver em Portugal. Era então Intendente da Cidade do Porto. [28a] Afinal, em 1819, persuadido de que a corte não voltaria mais para Lisboa, e o Rio de Janeiro passaria a ser a sede da Monarquia portuguesa, tomou a resolução de regressar ao Brasil. Fazia 36 anos que o deixara. Saíra aos 20 anos de idade e voltava agora um ancião.

Pergunta-se pois: que apego podia ter a essa terra que quase não conhecia, onde não tinha amigos, nem o prendiam interesses, longe da qual passara quase toda a existência, identificado com a vida, os costumes e as gentes de Portugal? O velho Reino, pelo contrário, tinha sido, até então, a sua verdadeira Pátria. Ali desembarcara um rapazinho, fizera os estudos, desenvolvera o corpo e o espírito e criara o seu círculo de amigos. Mas, sobretudo, fora o país que o amparara materialmente, de quem recebera todos os proventos para a sua manutenção. Nesse particular, José Bonifácio aparece como um verdadeiro cabide de empregos portugueses. Sem falar na comissão de estudos mineralógicos que lhe confiara o Governo português em vários países europeus, ocupou mais os seguintes cargos: professor de Metalurgia da Universidade de Coimbra; Intendente-Geral das Minas e Metais do Reino;

Superintendente do Rio Mondego e das Obras Públicas de Coimbra; Desembargador da Relação e Intendente da Cidade do Porto.

VII

Essa questão de empregos iria ter, aliás, uma certa importância na vida do velho estadista e, portanto, na orientação de sua carreira política. Quando ele deixou Portugal e voltou para o Brasil, em 1819, não quis exonerar-se desses empregos. Esperava voltar para o *velho Reino*? Não se sabe. Pode ser que não, que fosse apenas para não perder os proventos que lhe davam, e representavam uma soma não pequena — cerca de 9 mil cruzados anuais.[28b] O fato é que continuou no Brasil a receber esses proventos. "Tem muitos ofícios e não serve a nenhum", dizia o Deputado Borges Carneiro nas Cortes de Lisboa, onde apresentou um projeto mandando suspender esses pagamentos, mas que não teve, como era de esperar, aplicação no Brasil.[28c]

Pode não ter havido entre esses fatos nenhuma espécie de relação. Mas é sabido que José Bonifácio só *consentiu* no movimento pela Independência depois que em Portugal quiseram suspender-lhe o pagamento dos empregos que não exercia. Veja-se agora a inconsequência do velho estadista: uma vez exonerado desses empregos e nomeado Ministro de Dom Pedro, logo se apressou em mandar lavrar um decreto (de 18 de junho de 1822), proibindo "que seja reunido em uma só pessoa mais de um ofício ou emprego, e vença mais de um ordenado." E, para isso, punha em vigor velhas cartas régias (como a de maio de 1623) e velhos alvarás (como o de 1668), que nunca tinham sido observados, estavam ignorados no pó dos arquivos e que ele próprio, com o seu exemplo, se fartara de desrespeitar.

Outro fato que deve ter influído no espírito do velho Paulista, para decidi-lo a aceitar a Independência, foi a atitude das Cortes de Lisboa contra ele. Estas não exigiam somente o regresso de Dom Pedro a Portugal. Também a prisão e processo de José Bonifácio. Em Lisboa, tinham-no como um rebelde, associado ao Príncipe no propósito de desrespeitar as decisões das Cortes.

Assim, quando vieram de Portugal as ordens definitivas naquele sentido, e José Bonifácio as transmitira a Dom Pedro, que se achava em São Paulo, seu parecer não podia ser outro: mandou dizer ao Príncipe que só lhe restavam duas soluções — ou partir para a Europa e entregar-se às Cortes de Lisboa, que certamente o fariam prisioneiro, como já tinham feito ao pai; ou rebelar-se contra elas e proclamar-se Rei do Brasil. Foi esse o seu primeiro passo de adesão à *revolução*. Dom Pedro se achava a caminho da cidade de São Paulo, vindo de Santos, nas alturas do campo de Ipiranga. O Padre Belchior, que lá estava ao lado e era seu confidente e amigo, dá o testemunho disso. Consultado a respeito por Dom Pedro, respondeu-lhe: 'Não há outro caminho senão a Independência.'[29]

Foi nessa ocasião, que o Príncipe lançou a frase que se tornaria histórica: — *Independência ou Morte!* Esse seu gesto, entretanto, não significava a separação definitiva do Brasil nem a criação do Império. Valia, sem dúvida, como um passo para a independência; mas não significava a *independência*. Ou melhor, significava a independência do Brasil *das Cortes de Lisboa*, que o queriam submeter ao seu exclusivo domínio, num certo sentido à sua antiga situação de Vice-Reino. A nossa separação definitiva de Portugal só viria a firmar-se dentro de um mês ou pouco mais, a 12 de outubro desse ano de 1822, dia do aniversário natalício de Dom Pedro e data da Descoberta da América, quando os liberais de Gonçalves Ledo, explorando o gesto do Príncipe em Ipiranga, conseguiram que ele se desprendesse de todos os laços que o ligavam a Lisboa e aceitasse o título de Imperador, o que dava ao Brasil, consequentemente, a categoria de Império e Nação independente.

Porque até então, apesar do grito de 7 de setembro, nem Dom Pedro nem o seu Ministro José Bonifácio, tinham cogitado de Império ou de Imperador. O Brasil continuará a ser Reino, unido a Portugal, e Pedro o Príncipe Regente. Tudo, enfim, como dantes. Império e Imperador são palavras que só iriam aparecer nos documentos oficiais depois de 12 de outubro. Não há, de fato, um que antes disso lhes faça menção. Os atos públicos assinados por Dom Pedro ou por José Bonifácio, depois que o primeiro voltou de São Paulo, são todos expedidos pelo Príncipe Regente em nome de Dom João VI, Rei de Portugal. Mais, ainda: o próprio Dom Pedro, em carta ao pai, de 22 de setembro de 1822, quinze dias, portanto, após o grito do Ipiranga, hipotecava o respeito do povo brasileiro à "autoridade real" (que só podia ser a do pai), e se intitulava, ele próprio, "Príncipe Regente do Reino do Brasil" [30]

Mais ainda: quando, em 4 de outubro seguinte, começaram a aparecer cartazes declarando o Brasil independente e Dom Pedro Imperador, este, dando ele próprio notícia disso ao pai, afirmava:

'Queriam-me e dizem que me querem aclamar Imperador. Protesto a Vossa Majestade que nunca serei perjuro, que nunca lhe serei falso, e que eles farão essa loucura, mas será depois de eu e todos os portugueses estarem feitos em postas, o que juro a Vossa Majestade, escrevendo nesta com o meu sangue estas palavras: *Juro sempre ser fiel a Vossa Majestade, à Nação e à Constituição portuguesa*" [30a]

Oito dias depois dessa carta, Dom Pedro aceitava, por imposição do grupo liberal chefiado por Gonçalves Ledo, o título de Imperador, e declarava o Brasil um Império, independente de Portugal...

VIII

Por tudo isso, não há por que emprestar ainda hoje a José Bonifácio um papel que não teve nos acontecimentos que nos levaram a separar de Portugal. A lenda do *Patriarca* é contrária a todos os fatos históricos. A Independência foi obra exclusiva de um grupo de agitadores, liberais exaltados, a cuja frente estava Gonçalves Ledo, os quais, não podendo processá-la dentro dos princípios Republicanos, como era talvez a intenção deles, sobretudo de Ledo, serviram-se do Príncipe Regente para obtê-la dentro do quadro de uma Monarquia constitucional. A Independência por todos os meios, contanto que fosse a Independência. Era a divisa dessa gente.

Essa expressão *independência* tinha, aliás, na época um sentido duplo, e é preciso considerar também este fato para compreender-se exatamente o papel de cada um nos acontecimentos do tempo.

Para muitos, e dentre os quais estava o Príncipe Dom Pedro e José Bonifácio, a palavra *independência* não tinha o sentido amplo que veio a ter depois, exprimindo a ideia que hoje fazemos, de uma completa separação do Brasil de Portugal. Era entendida apenas como exprimindo a *autonomia* do Brasil. Significava, não uma ruptura com Portugal, mas apenas a nossa libertação das Cortes de Lisboa, que porfiavam em recolonizar o Brasil, atrair o Príncipe Dom Pedro a Portugal, para tê-lo lá prisioneiro, como já o tinham ao pai, e processar e prender José Bonifácio, tido como faccioso.

Ela só veio a tomar o sentido amplo e exprimir de fato uma ruptura completa dos nossos laços com Portugal, quando Ledo e seus companheiros, explorando habilmente o desentendido que se abrira entre Dom Pedro e as Cortes de Lisboa, precipitaram os acontecimentos e levaram o Príncipe a aceitar o Império e o título de Imperador.

Para Ledo e seus companheiros, a palavra *independência* nunca teve, porém, outra acepção que não fosse no sentido amplo, de um divórcio completo e definitivo com Portugal. Para eles, o desentendido entre as Cortes e o Príncipe Dom Pedro era um mero acidente. O que lhes interessava não era somente a incompatibilidade do Príncipe com os legisladores portugueses, mas separá-lo também do próprio Portugal, de todo Portugal, de seu Rei, de seu povo, de Governo, divorciá-lo radicalmente do velho Reino. Só assim poderiam identificá-lo completamente com o Brasil e servir-se dele como instrumento do fim que visavam, isto é, de seus ideais libertadores.

Foi a esses liberais entusiastas, de tendência quase Republicana, que tudo sacrificaram pela causa que defenderam, que José Bonifácio, uma vez nomeado Ministro do Reino e dos Negócios Estrangeiros de Dom Pedro, moveu uma guerra tenaz e sem quartel. Primeiro por uma questão de princípio político, levado por seus ideais absolutistas e anticonstitucionalistas, tradição do Século XVIII, que era afinal o seu século; depois, por uma questão de prestígio, quando sentiu que eles lhe faziam sombra e lhe ganhavam terreno na opinião pensante do país.[30b]

Combatendo Ledo e os seus aliados, e indiretamente o movimento liberal e revolucionário que eles *encamavam*, José Bonifácio combatia a igualdade dos cidadãos, princípio social que ele nunca aceitara e contra o qual se revoltava toda a sua formação política. No fundo, ele se mostrava consequente consigo mesmo, isto é, com os seus princípios absolutistas. Revelava o homem de formação antiliberal que sempre fora, adverso por espírito e por educação a tudo que estivesse ligado, de longe ou de perto, aos ideais de 1789.

Procurou, a princípio, atingir os liberais brasileiros pelos meios legais. Mandou instaurar processo contra alguns oficiais sabidamente simpáticos ao grupo de Ledo, e cujas atividades tinham sido descobertas por uma denúncia do Visconde do Rio Seco, futuro Marquês de Jundiaí. Este, em seu depoimento, dissera: "Pensando, como S. Exa. o Sr. Conselheiro José Bonifácio, que não estamos nós brasileiros capacitados para nos governarmos a nós mesmos, como querem os carbonários da Maçonaria e das tropas que conspiram..." [31]

Falhando esse recurso, tentou um outro mais radical e violento: a prisão de Ledo e seus correligionários. Mas também falhou o golpe por esse lado. Ponderou-lhe o chefe de Polícia: "Permita V. Exª. que diga ser impossível agir sem tropas fiéis, pois as que temos estão na maioria filiadas aos conspiradores, sendo conveniente mandar buscar outras no Reino, pois o movimento da independência é por demasia generalizado pela obra maldita dos maçons astuciosos com a chefia de Gonçalves Ledo ."[32]

Ainda obteve que Dom Pedro escrevesse ao pai pedindo remessa de tropas portuguesas. Mas, falhando também esse recurso, por não terem as Cortes de Lisboa consentido na vinda de tropas, empenhadas que estavam em criarem dificuldades ao Príncipe, para obriga-lo a ir para Portugal, resolveu mudar de tática. Compreendeu que já era tarde para enfrentar e tentar anular o movimento emancipador. Deixou então que ele seguisse seu curso. *le laisse faire*, como dizia o representante francês. Assumiu uma atitude de mera expectativa, sobretudo porque sentiu que Dom Pedro se comprometia cada vez mais com o movimento, e, não lhe convinha abrir luta com o Príncipe. E quando, afinal, o movimento se tornou vitorioso, com a cumplicidade do Príncipe Regente, tomou-lhe Joé Bonifácio depressa a dianteira, passando a dirigi-lo, mas já dentro da nova ordem de coisas implantada no quadro de uma Monarquia constitucional. Foi o seu grande golpe oportunista. Voltou-se, mas já então armado de todos os recursos, portanto seguro de si mesmo, contra o *carbonário* Gonçalves Ledo, que, para escapar-lhe das garras, teve que refugiar-se numa fazenda da Província do Rio, e, pouco depois, salvar-se, disfarçado, num barco que o levou para Buenos Aires.

IX

A perseguição a Ledo e seus companheiros, "obra mais de vingança do que exigência da razão de Estado", como diz Calógeras, marcaria o auge do prestígio de José Bonifácio e de seus irmãos. De então para diante, estes começariam a sentir escapar-lhes a confiança do Monarca. E, para recuperá-la, adotariam uma tática a que sempre se afeiçoaram: fizeram-se de vítimas.

O primeiro golpe seria de fato coroado de sucesso: os Andradas, tendo abandonado o poder, voltariam, em breve, cercados de grande prestígio. Mas essa vitória foi curta. Nove meses não eram ainda passados, e eles sofriam o grande choque: deixavam definitivamente o Governo.

Perdidos, vendo-se por terra, desamparados por Dom Pedro I e privados do mando político, deixaram de lado quaisquer escrúpulos. Nas ruas, nos clubes, nos jornais, sobretudo na Assembleia Constituinte, reunida para elaborar a Constituição, por toda a parte, enfim, onde puderam penetrar, começaram a fazer-se de vítimas, mascarados em liberais perseguidos, espalhando a intriga, infiltrando a desconfiança, provocando a discórdia, solapando os próprios alicerces do trono. "Foram inesgotáveis no açular paixões da plebe, no acirrar desconfianças contra a lealdade brasileira do Monarca e de seus auxiliares, no promover medidas na Constituição em debate que cerceassem o poder do Imperador." [33]

Afinal, este resolveu acabar de vez com tudo aquilo. Num de seus gestos impulsivos, dissolveu violentamente a Assembleia Constituinte, prendeu e expulsou do país esses Andradas turbulentos, que em companhia de outros do seu grupo foram remetidos para a Europa. "Seguiram caminho do exílio — pondera Calógeras — aqueles mesmos homens que haviam banido Ledo e a seus colegas. Nêmesis das revoluções"

X

Velho, doente, desiludido com tudo o que fizera para "pôr espeques (*estacas*) à vida no Brasil", como ele dizia na referida carta ao sobrinho Aguiar de Andrada, é claro que esse exílio foi uma dura prova para o chefe dos Andradas. Zangado com o Brasil, dizia que não mais voltaria para a sua Pátria: *Ao Brasil não conto mais voltar, senão na última extremidade; ou arrastado pelas necessidades da minha malfadada e pobre família. Sejam felizes lá como quiserem, que eu não posso nem devo buscar voluntariamente uma terra em que só encontrei ingratos e inimigos.* Recomendava ao sobrinho que se comportasse com toda a prudência e moderação, *para poder escapar com jeito das garras e dentes dos lobos, harpias e raposas, que tanto pululam e medram nesse país.*

Quando, seis anos mais tarde, esses Andradas voltaram à Pátria, encontraram já maduro o fruto que haviam sido os primeiros a semear: incompatibilidade do Monarca com a Nação. O resultado foi o 7 de Abril de 1831.

Com a partida de Dom Pedro I para a Europa e a subsequente entrega da Tutoria imperial a José Bonifácio, os Andradas julgaram que a sorte política novamente lhes caía nas mãos. Mas essa ilusão foi curta. Depressa compreenderam que o partido dos moderados, [34] senhor da situação, dispensava tanto os conselhos como, sobretudo, o mando discricionário do velho Tutor.

Sentindo-se afastados do poder e das posições de destaque por uma Regência que timbrava em desconhecê-los, voltaram-se, como novos sebastianistas, para o ex-Monarca, de cujo nome passaram a lançar mão como arma política contra os homens da Regência.

O plano deles era simples: a abdicação de 1831 seria dada por nula e Dom Pedro I restaurado no trono brasileiro. Como, porém, o ex-Imperador estivesse longe, e sua volta demandasse tempo, formar-se-ia, *en attendant*, uma Regência provisória, em nome do Monarca ausente, Regência que ficaria, naturalmente, nas mãos dos Andradas e seus aliados. Em duas palavras, toda a conspiração no seguinte: substituir a Regência, que estava no poder em nome de Dom Pedro II, por outra Regência (de que os Andradas fariam parte) em nome de Dom Pedro I.

Essa conspiração pela volta do ex-Imperador nada mais era, portanto, do que uma forma, como qualquer outra, de luta pelo poder. Todas as acusações que os Andradas lançavam agora contra a Regência, de despotismo, de incapacidade, de tendência Republicana, não passava, em última análise, de mera parolagem, adrede preparada para iludir a opinião pública, e mascarar o verdadeiro sentimento dos Caramurus, que era, tudo somado, simples *fome de poder*.

No fundo, eles argumentavam como argumenta todo partido de oposição: identificando os interesses da sua grei com o que julgavam ser, ou queriam fazer crer que fossem, os interesses do país. A volta do ex-Imperador não era senão um meio, ou melhor, um pretexto para forçar a atual Regência a abandonar o Governo. Não havia entre os Andradas a menor sinceridade no desejo de ver novamente Dom Pedro I no trono. Nesse momento, isto é, em 1833, eles apresentavam essa restauração como a própria salvação do país. Mais tarde, com o falecimento prematuro do ex-imperador, o recurso de que lançariam mão com o mesmo propósito de se colocarem, senão à frente, ao menos nas antessalas do poder, seria a Regência da irmã mais velha de Dom Pedro II, a Princesa Dona Januária. E, falhando também esse recurso, voltariam a tentar, pouco depois, novo assalto ao poder, antecipando a maioridade do Imperador-menino.

XI

Dentre as balelas espalhadas pela gente dos Andradas, para indispor o país com a Regência, estava a acusação de que ela pretendia levar o menino Imperador para longe da Capital, onde mais facilmente pudesse dar cabo dele e da Monarquia, proclamando em seguida a República.

Os velhos reacionários e autocratas que eram esses Andradas tinham por costume acenar com o espantalho da República, sempre que precisavam justificar, perante a opinião pública, os seus desejos de mando. Era a mesma lenda que haviam tecido quando da perseguição a Ledo e seus companheiros.

A acusação que faziam agora contra a Regência era inapta. Mas a natureza dela veio confirmar, no espírito do Governo, a suspeita que há muito o preocupava: que o Tutor José Bonifácio estava mais ou menos ligado à conjura que se armava contra a Regência.

É impossível ainda hoje afirmar que José Bonifácio estivesse de fato conspirando com o partido Caramuru pela volta do ex-Imperador. Não há provas disso, mas apenas declarações dos contemporâneos, afirmando a convivência do velho Andrada com os restauradores. Em princípio, nem ele nem os irmãos tinham motivo para desejarem ver Dom Pedro I novamente no trono. Para tanto precisaria que já tivessem esquecido tudo o que haviam sofrido do caráter volúvel e contraditório do ex-Imperador, inclusive o longo EXÍLIO em França.

Mas o despeito, em política, deforma as mais sólidas consciências. Eles preferiam, apesar de tudo, sofrer novamente as inconstâncias e os caprichos do último Imperador a se sentirem desprezados e afastados do mando político pela Regência que ali estava. O amor próprio e a vaidade ferida dos Andradas eram já tradicionais na política brasileira.

Não importa, aliás, apurar se eles tinham de fato a intenção, de restabelecer Dom Pedro I no trono. O que interessa é saber que se serviam do nome do ex-Imperador para apearem a atual Regência, e formarem eles uma outra, em nome do Monarca ausente. Obtido isso, quer dizer, uma vez no poder, quem sabe mesmo se o nome de Dom Pedro I não sairia do cartaz político, como desnecessário e, até mesmo, prejudicial?

José Bonifácio podia não estar diretamente metido nessa conspiração. E talvez, nada prove melhor essa hipótese do que a ignorância em que deixava na Europa o ex-Imperador, de notícias suas ou de suas intenções políticas. Dom Pedro I já se havia queixado desse silêncio poucos meses após deixar o Brasil. [35]

Passado um ano, em carta do Porto, de 11 de março de 1833 (em plena campanha restauradora, portanto), ele voltava a queixar-se da falta de notícias do Tutor. Escrevia ao filho:

"Tu farás os meus cumprimentos ao meu amigo José Bonifácio e teu Tutor, ao qual tenho escrito diferentes vezes e do qual ainda não tive resposta alguma; e lhe dirás que eu julgo que esta falta não provenha dele, mas das circunstâncias delicadas e críticas em que desgraçadamente se tem achado, e que o forçam, por seu bem, a obrar contra o que desejara"[36]

XII

Mas, se José Bonifácio não estava de parceria com os restauradores, ninguém ignorava as manobras em que se metia com seus irmãos Martim Francisco e Antônio Carlos, ostensivamente partidários da volta do primeiro Imperador.[36a] Se não estava, de fato, envolvido nas manobras do partido Caramuru, era certo que deixava, até certo ponto, que o envolvessem.

Uma prova disso estava nas confabulações que entretinha, no próprio Paço, com a gente desse partido, consentindo, assim, que a residência do Imperador e das Princesas fosse transformado em centro de intrigas e conspirações contra o Governo, de quem afinal o Tutor dependia e devia ser pessoa de confiança. Diz Vieira Fazenda:

"Não há porque censurar a atitude dos Moderados, que não viam com bons olhos a continuação, na tutoria, de José Bonifácio, a cuja sombra se reuniam no Palácio de São Cristóvão intrigantes e amotinadores contra o Governo estabelecido. Demais, na residência do Imperador, menor, reinavam a intriga, a anarquia, a indisciplina e o favoritismo.[37] Ora, ninguém dirá que tal coisa fosse conveniente à perfeita educação de qualquer criança, quanto mais daquela sobre a qual estavam concentradas todas as esperanças do Brasil." [38]

A posição de desafio em que José Bonifácio e a sua gente se haviam colocado contra o governo da Regência era sabida de todos, e não era de supor que um tal estado de coisas pudesse continuar. O Conde Alexis de Saint-Priest, Ministro de França no Rio, dirá para o seu Governo, dias depois da destituição de José Bonifácio, que era de todos sabida a conspiração que ele tramava contra o Governo, suas entrevistas secretas não somente com os Generais Morais,[38a] e São Payo e outros chefes da Sociedade Militar, mas também com "o aventureiro Teobaldo, que tinha vindo de Minas Gerais e se acolitado na antiga casa da Marquesa de Santos, isto é, nas imediações do Paço de São Cristóvão, sendo fora de dúvida que tanto o Paço como a casa da Marquesa estavam cheios de armas e de pólvora"[39].

Por outro lado o Barão Daiser, representante austríaco, se havia esforçado por preparar o espírito de José Bonifácio para a tempestade que o ameaçava — acrescentava Saint-Priest. Mas não pudera entrar diretamente no assunto porque o velho Tutor se pusera numa grande exaltação. Em todo o caso, sempre lhe fizera ver que não devia contar com as forças navais estrangeiras estacionadas no Brasil, unicamente para a proteção de seus nacionais. Dissera-lhe então José Bonifácio: *Na verdade eu não compreendo a política das grandes potências europeias, porque os canalhas, as bestas e os ladrões que governam esses países não são certamente nossos amigos. Quanto a mim, podem vir atacar-me; estou pronto, como o Sr. virá* E, abrindo as gavetas da sua biblioteca, mostrou-as a Daiser cheias de pistolas de todos os tamanhos, uma das quais exibira com a mão trêmula.

Parece — e assim constara a Saint-Priest — que a Regência ainda tentara arrumar as coisas sem maiores desaires para José Bonifácio, mandando um emissário aconselhá-lo a se afastar voluntariamente da Tutoria sob o pretexto de que estava velho e doente. *Vá dizer a esses canalhas*, fora a resposta do Tutor, *que, se estou velho, tenho ainda saúde para fazê-los se arrepender dessa insolência.*

XIII

Afinal, vendo que não havia mais nada a fazer para levar José Bonifácio às boas razões, a Regência decidiu pôr um fim nesse estado de coisas. Pouco antes não fora possível obter o apoio do Senado para a exoneração do Tutor, exigida pelo Ministro da Justiça, o Padre Feijó. Por causa disso e das repetidas dificuldades que lhe criava o partido Caramuru, aborrecido e cansado de tanto lutar, Feijó decidira a abandonar a pasta de Ministro, sendo substituído por Aureliano de Sousa e Oliveira Coutinho, futuro Visconde de Sepetiba.

Assumindo o cargo, este depressa compreendeu que, para acabar de uma vez com a recalcitrância do Tutor e o que se passava na *entourage* do Paço, era preciso, antes de tudo, não contar mais com o apoio do Senado. Cumpria agir diretamente no Paço, afastando de lá, por todos os meios, o Tutor faccioso. Seria um ato de violência. Não importava. Justificava-o a gravidade da situação

"Dizia-se que o Conselheiro Joé Bonifácio conferenciava frequentemente em São Cristóvão com alguns Juízes de Paz e chefes autorizados do Partido Restaurador. Impressionada com isso, a Regência incumbiu ao Chefe de Polícia[40] de descobrir o que significavam aquelas estranhas manobras. Tendo começado por ouvir os Juízes de Paz que lhe indicaram, deles teve Eusébio de Queirós a declaração de que o Tutor dos Príncipes os convocava por vezes para combinar os meios de prover a guarda do Paço no caso de perturbação da ordem pública. Disseram ainda que José Bonifácio

50

andava aterrorizado com as denúncias, que recebia, de que se projetava arrancar-lhe do poder a Família Imperial. Não hesitaram alguns daqueles Juízes em confessar ao Chefe de Polícia que estavam resolvidos a auxiliar o Tutor, por ser nobre o seu empenho e fundadas as suspeitas" [40a]

Diante disso, Aureliano resolveu providenciar sem demora. Mandou primeiro responsabilizar os Juízes de Paz; determinou depois que o Chefe de Polícia fornecesse uma guarda de confiança ao Paço da Cidade, para onde José Bonifácio havia transferido a Família Imperial.

O velho Tutor, apesar da idade avançada, nada perdera do feitio violento que o caracterizava. Num daqueles gestos de mau humor resolveu, com grande irritação, abandonar o Paço da Cidade e voltar com as crianças para o Palácio de São Cristóvão. Ora, a Regência, justamente para ter os príncipes sob suas vistas e prevenir assim qualquer golpe de surpresa do Tutor, havia proibido que retirassem as crianças do Paço da Cidade. Indeferira, mesmo, uma solicitação de José Bonifácio nesse sentido. A deliberação tomada agora por este, valia, portanto, como uma provocação e espécie de desafio.

Aureliano intimou-o a voltar imediatamente com os príncipes. José Bonifácio quis contemporizar: pretestou que o Imperador e suas irmãs precisavam se fortalecer com os ares sadios de São Cristóvão. A Regência compreendeu que ele procurava uma diversão. A resposta à semelhante alegação foi um Decreto suspendendo-o da Tutoria imperial, e nomeando para substituí-lo o Marquês de Itanhaém, pessoa de toda a confiança de Aureliano Coutinho[41]

Recebia em seguida José Bonifácio ordem para abandonar o Paço. Recusou. Respondeu que não reconhecia na Regência o direito de suspendê-lo do cargo de Tutor, e que só cederia à força: "Cederei à força, pois que não a tenho; mas estou capacitado que muito obro conforme a lei e a razão, pois nunca cedi a injustiças e despotismos, há longo tempo premeditados e ultimamente executados para vergonha deste Império. Os juízes de paz fizeram tudo para me convencerem, porém a tudo resisti. E torno a dizer só cederei à força." E assinava: "De V, Ex.ª exacerbado e pirrônico concidadão — José Bonifácio de Andrada e Silva"[41a]

Aureliano resolveu então confiar a execução de destituição a dois generais de sua confiança, que convenceram, sem dificuldades, o velho estadista a retirar-se para a sua antiga residência na Ilha de Paquetá. Logo depois, o Imperador e suas irmãs eram transferidos para o Paço da Cidade, em companhia do novo Tutor.

Congratulando-se com a queda do velho Andrada, Aureliano (que aliás se casaria, onze anos depois, com uma neta de José Bonifácio) escrevia à sua amiga e conivente Dona Mariana de Verna:

"Parabéns, minha senhora. Custou, mas demos com o colosso em terra. A conspiração estava disposta para arrebentar qualquer destes dias, e chegaram a distribuir, antes de ontem, 18 mil cartuchos e algum armamento. Tudo foi descoberto e providenciado a tempo. O ex-Tutor resistiu às ordens e Decreto da Regência, e foi preciso empregar a força e prendê-lo.

Seria bom que V. Exa. viesse hoje para minha casa, pois que vamos falar ao novo Tutor para chamar V. Exª para o Paço, porque convém muito que ao pé do Monarca esteja pessoa sua amiga e de muita confiança. Não tenho tempo para mais. Sou, de V. Exa., afetuoso respeitador e criado, – Aureliano"[41b]

Por seu lado, Paulo Barbosa escrevia também à Dona Mariana:

"Está o Tutor preso, e em seu lugar o Marquês de Itanhaém. Os Srs. do Governo esperam Sua Majestade Imperial e Augustas Princesas agora mesmo, e pretendem que o Tutor chame a V. Exª para o Paço. Entretanto, queira V. Ex.ª de ordem dos Srs. do Governo, vir para o Paço da Cidade hoje mesmo o mais breve possível, onde receberá ordem do Tutor.

Digne-se receber meus parabéns.

Seu obrigadíssimo e afetuosíssimo criado,

Paulo Barbosa da Silva"[41c]

Vitorioso com a destituição de José Bonifácio, Aureliano depressa firmou sua situação no Paço, nomeando para assistirem o pequeno Imperador, amigos seus e pessoas de sua confiança: Itanhaém era o novo Tutor; Frei Pedro de Santa Mariana, futuro bispo de Crisópolis, preceptor do Monarca, e o oficial de engenheiros Paulo Barbosa da Silva, mordomo da Casa Imperial. Dona Mariana de Verna foi restabelecida no cargo de governanta e camareira do Imperador e suas irmãs.

XIV

Destituído o velho Tutor, foi ele viver os últimos anos no seu retiro da Ilha de Paquetá. Retraiu-se e fez-se esquecido, só voltando a dar sinal de si em dezembro de 1834, quando soube que Dom Pedro I tinha morrido no Palácio de Queluz, nas proximidades de Lisboa, em 24 de setembro daquele ano. Dirigiu então uma carta ao seu antigo Pupilo, dizendo: "Depois do fatal dia 13 de dezembro do ano passado [*dia da destituição*], deixei de escrever pessoalmente a Vossa Majestade e às suas Augustas Irmãs, a quem um só momento não tenho cessado de fazer ardentes votos pela sua prosperidade. Carregado de pesares e de profunda amargura, eu vou dar os pêsames pela irreparável perda de seu Augusto Pai, *o meu amigo*. Não disse bem, Dom Pedro não morreu; só morrem os homens vulgares e não os heróis. Eles sempre vivem eternamente na memória ao menos dos homens de bem, presentes e vindouros. A sua alma imortal vive no céu para fazer a felicidade do Brasil e servir de um modelo de magnanimidade e virtudes a V. M. Imperial, que o há de imitar, e às suas Augustas Irmãs, que nunca o perderão da saudade"[41d]

José Bonifácio ainda viveu cerca de três anos e meio nessa espécie de exílio, afastado deliberadamente de toda intromissão nos assuntos do Governo pelos novos dirigentes do país, vindo a morrer em São Domingos de Niterói, em 6 de abril de 1838, com a idade de 75 anos.

CAPÍTULO III
A EDUCAÇÃO DOS PRINCÍPES

Os mestres dos príncipes. Diversidade de nível e de cultura. O Marquês de Itanhaém tutor. A morte do ex-Imperador em Lisboa. A ex-Imperatriz viúva e os enteados distantes. A volta de Dona Mariana de Verna ao Paço. Frei Pedro de Santa Mariana. O dia dos meninos imperiais. Visitas dos parentes europeus. O Príncipe de Joinville no Rio de Janeiro. Suas impressões de São Cristóvão. O que eram então a Corte e arredores. A vida fluminense do tempo. Gente de sociedade e as classes abastadas. O Imperador-menino e as esperanças dos patriotas.

I

José Bonifácio exerceu efetivamente a tutoria do Imperador e de suas irmãs de 19 de agosto de 1831 a 14 de dezembro de 1833, isto é, cerca de dois anos e poucos meses. É claro que se ocupou, como devia ou como podia, da educação de seus pupilos. Mas, visto a época turbulenta e cheia de incertezas para a ordem pública e estabilidade do regime imperial que se seguiu à abdicação de Dom Pedro I, e o feitio faccioso e batalhador do velho Tutor e de seus irmãos, ele nem sempre pôde dar todo o tempo e toda a atenção à educação e comportamento das crianças imperiais. Vivia ora às turras com as autoridades da Regência, ora com os empregados dos Paços, com muitos dos quais não comungava, e tudo acabou, por ser ele demitido das funções de Tutor, e confinado na sua casa da Ilha de Paquetá

Reportando-se ao que diz Henri Raffard em seus *Apontamentos*, diz Alberto Rangel que à aparição de José Bonifácio no Paço, como Tutor dos filhos do ex-Monarca, "gruparam-se os camaristas, danas e mais dornésticos do Palácio em dois partidos opostos. Um apoiaria o Tutor; o outro lhe seria totalmente infenso. E isso, naturalmente, soprado e alimentado por elementos fora do Paço, em virtude de relações de família ou outras quaisquer. José Bonifácio, nem cordato nem hábil, ver-se-ia assim sitiado entre as saias da Condessa de *Itapagipe*[41e] e as cachochas de Dona Mariana de Verna" [41f]

Quando José Bonifácio assumiu a Tutoria, já encontrou vários professores lecionando no Paço de São Cristóvão, tais como Simplício Rodrigues de Sá, Fortunato Mazziotti, Luís Lacombe, o Padre Boiret, Giuseppe Muraglia, Guilherme Tilbury e Frei Severino de Santa Cruz. Manteve-os, naturalmente, a todos em seus respectivos empregos.

Simplício Rodrigues de Sá era o mestre de desenho e pintura. Substituíra, como tal Armand Jean Pallière, que, tendo chegado ao Brasil com a Princesa Dona Leopoldina, em 1818, fora depois admitido como professor das princesas imperiais. Era casado com Julie-Elise Grandjean de Montigny. Em 1826, voltaria para a França, com a família, quando então, foi contratado para substituí-lo Simplício de Sá, discípulo de J. B. Debret. Mas que não ficaria muito tempo no emprego, porque, sofrendo de cataratas em ambos os olhos, teve que pedir exoneração em 1835 (José

Bonifácio não era mais Tutor), sendo substituído por Félix Emílio Taunay, então diretor da Academia de Belas Artes do Rio, que se oferecera para ensinar gratuitamente aos meninos imperiais, recebendo apenas a gratificação de transporte para ir dar lições ao Paço de São Cristóvão ou à Fazenda de Santa Cruz, no primeiro caso, 4$000 e no segundo 50$000 para cada viagem. Quanto a Simplício, ficaria a receber os vencimentos do cargo até o seu falecimento em 1839.

Fortunato Mazziotti era um italiano que havia substituído o famoso compositor português Marcos Antônio Portugal quando este falecera em 1830, como mestre de música e de composição dos príncipes. Era mestre da Capela Imperial e tinha de ordenado 480$000 anuais. Suas funções cessariam em 1845, sendo substituído por um brasileiro, Isidoro Beviláqua.

Luís Lacombe era o mestre de dança. Tinha chegado ao Rio em 1811, vindo da França, seu país natal. Ensinava "todas as qualidades de danças próprias nas sociedades"— anunciava ele na *Gazeta do Rio de Janeiro*. Vencia a princípio 400$000 de ordenado anual, aumentado depois para 900$000 Quando José Bonifácio assumiu a Tutoria, decidiu reduzir esse ordenado para os 400$000 que Lacombe vencia a princípio, a igual dos demais professores, "pois não existem motivos que justifiquem semelhante desigualdade de vencimentos", dizia ele num Ofício dirigido à Regência. Lacombe, porém, não concordou com essa diminuição: reclamou ao Governo, não sendo porém atendido. Falecendo em maio de 1833, foi substituído pelo irmão Lourenço, com o ordenado de 750$000. Lourenço tinha chegado ao Rio, em janeiro de 1819, com a mulher, para serem bailarinos no Teatro de São João. Em maio de 1826, instalaram uma "Sala de Danças" na Rua dos Latoeiros, depois chamada Gonçalves Dias. Lourenço iria falecer no Rio de Janeiro, em janeiro de 1867, deixando no Brasil larga descendência de professores, Históriadores e homens de letras.

Giuseppe Muraglia, italiano de Milão, chegado ao Rio em 1819 como músico contratado para o Teatro São João. Tocava rabeca para as princesas dançarem desde 1828, muito embora, elas já tivessem, desde o ano anterior, outro mestre de dança, chamado Nuno Álvares Pereira.

O Reverendo Guilherme Paulo Tilbury, natural de Londres, era mestre de Inglês desde 1827. Professava também essa língua no Seminário Episcopal de São José, no Rio de Janeiro. Em sua casa, na Rua do Cano (depois chamada 7 de Setembro) dava também lições particulares de Inglês, Francês, Geografia e Belas Artes. *Walsh, em Notices of Brazil* refere-se muito agradecido às informações sobre diversos assuntos que o "Dr. Tilbury" lhe havia fornecido sobre o Brasil. Não sabemos até quando Tilbury foi professor de Inglês no Paço de São Cristóvão. O que sabemos é que José Bonifácio nomeou, em 26 de março de 1832, outro professor dessa língua, Nathanael Lucas, súdito inglês que trabalhara na Comissão de Liquidação das Presas Inglesas, e que se havia oferecido para ensinar gratuitamente ao Imperador-menino, recebendo apenas a importância do aluguel da sege "quando o mesmo Augusto Senhor estiver residindo fora da Cidade." Contudo, foi-lhe arbitrada uma gratificação de 750$000 anuais. Quando Lucas teve uma licença para ir à Inglaterra, substituiu-o provisoriamente o Padre Marcos Neville, um francês naturalizado brasileiro que seria, anos depois, professor também de Inglês da Princesa Dona Isabel, lecionando ainda esse idioma na Escola Normal do Rio de Janeiro, onde iria falecer em 5 de novembro de 1889, dez dias antes da queda do Império. E para terminar com o capítulo de língua inglesa, resta dizer que

Dom Pedro II, quando menino, tinha um criado inglês chamado Richard Shelly, com o qual gostava de praticar a língua de Shakespeare, possivelmente com maior proveito do que com os seus mestres oficiais.

Frei Severino de Santo Antônio lecionava português às princesas desde 1824. A princípio gratuitamente, e depois de 1827 com 400$000 anuais de ordenado. Tinha chegado ao Brasil com a Família Real portuguesa. Foi Esmoler-Mor do Império, sucedendo a Frei José Doutel, religioso de São Bernardo, que por sua vez sucedera a Frei José de Morais, Esmoler-Mor ao tempo de Dom João VI.

II

Finalmente, o Padre René Pierre Boiret, que merece um capítulo à parte. Era um francês originário de Angers, que, fugindo da revolução de 1789, se refugiara primeiro na Inglaterra, passando-se depois para Portugal. Fora professor de Francês no Colégio dos Nobres de Lisboa, onde talvez tivesse travado relações com José Bonifácio, a esse tempo, Secretário da Academia das Ciências dessa cidade. Embarcou para o Brasil como capelão da Casa Cadaval, quando da retirada da Família Real portuguesa. Uma vez no Rio, depressa procurou "acercar-se da sombra do Trono", como diz Alberto Rangel. Assim que em 1820 era preceptor da Casa Real, professor de Francês da Princesa Maria da Glória, futura Rainha de Portugal, confessor da Imperatriz Leopoldina e seu companheiro de excursão pelos arredores do Rio. Maria Graham diz que "uma vez ou outra ele costumava vir ao quarto da Princesa sob o pretexto de dirigir seus estudos de francês, mas que seus hábitos aborrecidos e Famíliares induziram-me a obter da Imperatriz que suas visitas fossem restritas a dias e horas regulares" [42]

Maria Graham, que não gostava dele, tinha-o, como um intrigante e num certo sentido mesmo como um espião a serviço da Legação da França no Rio. Reconhecendo sua grande influência no Paço, diz ela que não deixava de empregá-la a serviço dos "agentes políticos de sua Pátria." De fato, eram sabidas suas intimidades com o Conde de Gestas, representante no Rio do Governo Francês, que tinha sempre palavras de elogio para o padre, seu compatriota e amigo. Dizia que ninguém tinha contribuído tanto quanto o Padre Boiret para combater as antipatias de infância que o Príncipe Dom Pedro (depois Dom Pedro I) tinha contra os franceses, acabando por merecer a confiança ilimitada do Príncipe, que passava com ele uma parte disponível do seu tempo.

Sobre o Padre Boiret diz-nos Rodolfo Garcia:

"Por suas maneiras desabusadas e sua moralidade duvidosa, esse padre não deixou boa fama entre os contemporâneos. Foi amigo da leviana Madame Bonpland, mulher do ilustre botânico francês desse apelido, ao tempo prisioneiro do ditador Francia do Paraguai. Madame Bonpland estivera em Buenos Aires antes de estacionar no Rio de Janeiro; mas, por suas atividades equívocas, o Governo daquela Província se viu constrangido a convidá-la a residir em qualquer outro lugar que não fosse a Nação platina. No Rio de Janeiro, travou logo relações com o Padre Boiret: frequentava-lhe a casa, ponto de reunião de uma sociedade por demais elegante e livre. O Padre tratou de introduzi-la no Paço Imperial, e Lorde Cochrane (*Narrativa de Serviços*) chegou mesmo a afirmar, não sem uma ponta de malícia, que *essa senhora tinha singulares oportunidades para vir a saber segredos de Estado.* Era propósito oculto de Boiret, que ela viesse a alcançar influência sobre Dom Pedro I, de maneira a suplantar Dona Domitília de Castro [*Marquesa de Santos*]. Que não logrou inteiro sucesso, [informa Maria Graham no *Esboço Biográfico de Dom Pedro I.* A última novidade que se soube a seu respeito, foi que estava viajando no Pacífico, em companhia de um oficial complacente" [42a]

Boiret costumava organizar recepções na chácara onde morava, às quais comparecia, por vezes, Dom Pedro I, que sabidamente o tinha em simpatia, talvez por suas relações de intimidade com a Marquesa de Santos, cuja casa Boiret frequentava com assiduidade. Pertencia no Rio, à Loja Maçônica do Apostolado, a mesma de José Bonifácio, vindo talvez, daí, as suas boas relações com o futuro Tutor dos filhos de Dom Pedro I. Quando se cogitara da viagem da Princesa Dona Maria da Glória para a Europa, Boiret esteve a ponto de ser indicado para acompanhá-la, o que só não conseguiu por oposição do Conde de Resende, quando este declarou "que o Abade Boiret, farsante e apaniguado das famílias Cadaval e Lafões, não deve acompanhar a Sra. Rainha Dona Maria da Glória."

Helio Vianna diz que ele era "um dos mais medíocres mestres do Imperador", que ninguém o tornava a sério; e o Visconde de Taunay o chama de desfrutável." Mas era, em todo caso, um homem modesto, no sentido de que conhecia as próprias deficiências. Contavam que em seus sermões, ele tinha dessas franquezas: *Mes frères*, exclamava, comovido, do alto do púlpito, *je ne suis qu'un imbécile*! E os fiéis, ao deixarem a igreja, impressionados com as palavras do padre: "Ele foi hoje de uma eloquência! Disse grandes verdades!". Tinha a mania, aliás inofensiva, de se considerar poeta. Um dia, fez uma ode para o seu imperial discípulo declamar, em que este condecorava a Virgem Santíssima com a Ordem da Rosa:

> *Ah! Pour mieux t'honnorer j'imagine une chose:*
> *C'est de te décorer de l'Ordre de la Rose!*

Numa outra vez, para comemorar o aniversário do 7 de Setembro, fez o Imperador recitar, para ser ouvida por José Bonifácio, uma quadrinha em que dizia:

> *Eu sou firme Brasileiro,*
> *Amo a Pátria esclarecida.*
> *Defenderei seus direitos,*
> *À custa da própria vida!*

Ainda numa outra vez compôs, para as crianças imperiais recitarem, uma espécie de sainete intitulado: *Sentiments d'amour, d'honneur et de fidelité d'un sujet à son Souverain*, em que diziam:

> *Connais ma vanité*
> *Mon titre de noblesse.*
> *C'est ma fidelité,*
> *Et voilà ma grandesse.*

III

Quando Boiret faleceu, substituiu-o, como professor de Francês do Imperador e suas irmãs, Félix Emílio Taunay, "ganhando-se com a sucessão — diz Alberto Rangel pois o filho de Nicolas Taunay, que sucedera a seu pai na cadeira de paisagem da Academia de Belas Artes, e seria mais tarde diretor desse estabelecimento, tinha sem dúvida mais valor literário para o ensino da sua língua que o velho áulico e obtuso sacerdote desaparecido." Em Cannes, muitos anos mais tarde, exilado da Pátria, o Imperador diria a Ferreira Viana, referindo-se a Félix Taunay: "Espírito vasto, versado em quase todos os conhecimentos humanos, este, sim, foi o meu verdadeiro mestre." Esses Taunay, o pai, Nicolas Taunay, "pintor de batalhas", e o tio, Auguste Taunay, escultor, haviam chegado ao Brasil em 1816, com a missão artística francesa contratada pelo Conde da Barca. Diz Guilherme Auler a respeito de Félix Taunay:

"A amizade do Imperador com o seu mestre de Desenho e Francês prolongou-se pelos anos afora. Por mais de 40 anos, duas vezes por semana, às terças e aos sábados, no torreão direito do Paço de São Cristóvão, das 11 às 15 horas, Dom Pedro e Félix Emílio Taunay, como nos velhos tempos de discípulo e mestre, discutiam as novidades científicas, literárias e artísticas, juntos faziam leituras de jornais ou de obras clássicas. A influência poderosa exercida, na formação da personalidade do Imperador, pelo seu mestre de Desenho, confessou-a o próprio Monarca: *Devo-lhe muitíssimo, principalmente quanto ao amor do belo e seu cultivo*"[42b]

Ia a São Cristóvão ter com o Imperador, e juntos faziam leituras, quer de jornais da Europa, quer dos grandes clássicos (diz o filho de Félix Taunay). Essas conferências, em outras épocas que não de férias, davam-se às terças-feiras e aos sábados, e o Monarca com elas imensamente lucrou na esfera literária, científica e artística, pois meu pai tudo levava preparado, os jornais anotados para dispensar pesquisas inúteis, páginas inteiras de leitura condensada e imediatamente proveitosa. Isto durante anos e anos, na prática do maior desinteresse por parte de quem gastava, e não pouco, do bolsinho, só em conduções para ser útil ao imperial amigo. Em compensação, força é confessar, o Senhor Dom Pedro II lhe deu provas de inexcedível estima e consideração, sempre e sempre, e não pouca paciência exércitou para com ele quando, em avançada idade, meu pai se achou sob a obsessão de ideias fixas e teimosas. Nessa reciprocidade, feito o balanço equitativo, um nada ficou a dever ao outro, tendo havido, por ocasião dos apuros de meu tio Teodoro Taunay na liquidação das contas do Consulado francês, não pequena dádiva feita pelo Imperador com a maior discrição e gentileza" [42bb]

Anos depois, ele repetiria ao filho de Félix Taunay: "por mais longe que eu olhe no passado, sempre encontro seu pai a meu lado, solícito e nunca importuno!"[42bbb]. Era uma amizade que ele não só manteria pelo seu velho mestre de Francês até o fim da vida deste, como a transmitiria a seu filho, o Visconde de Taunay. Ainda nos últimos dias de vida do Imperador, este lhe escrevia de Vichy, em 5 de setembro de 1891, quer dizer, três meses antes de expirar em Paris: "Muitas e respeitosas lembranças a sua mãe. Nunca esqueço a família de Félix Emilio Taunay, a quem tanto devo o que talvez não seja completamente aquilatado. Nunca me esquecerei do que devo a seu pai" [42c]

Quando Dom Pedro I abdicou a Coroa e se preparava para voltar para Portugal, Frei Antônio de Arrábida, Bispo titular de Anemúria, que fora o seu confessor e preceptor desde o tempo de Dom João VI, escreveu-lhe uma carta de despedida, exprimindo "os sentimentos do meu coração" e acrescentando: "Aqui fico pobre, doente[*tinha então 60 anos de idade*] e desamparado, mas na decidida resolução de sair do Brasil e a mendigar um asilo e um bocado de pão por este mundo, até que a morte termine a minha vida de dor e os meus sentimentos; mas ao menos terei a consolação de acabar sendo, de Vossa Majestade, fiel servidor" etc.[42CC]

Mas, contrariamente, ao que disse ou pretendia fazer, não se afastou do Brasil. Porque José Bonifácio, quando assumiu a Tutoria, foi buscá-lo ao Convento de Santo Antônio para diretor da educação literária do pequeno Imperador, "ficando-lhe submetidos todos os mestres a quem eu incumbi os diferentes ramos de sua instrução", e dando-lhe o ordenado de um conto de réis anual[42d]. José Bonifácio, que o conhecia e apreciava as suas virtudes, tivera-o como companheiro no Apostolado. Arrábida era nascido em Portugal, onde fora professor no Convento de Mafra. Partindo para o Brasil com a família Real, passara a ser mestre do Príncipe da Beira, depois Dom Pedro I. Em 1822 fora nomeado Diretor da Biblioteca Nacional, onde descobriu o original da flora *Fluminense*, de Frei Conceição Veloso, que se julgava perdido. Nomeado Bispo titular de Anemúria e coadjutor do Capelão-Mor era, em 1838, Reitor do Colégio de Pedro II, e em 1842 Conselheiro de Estado Honorário. Iria falecer em 1850, com 79 anos de idade.

IV

Quando José Bonifácio foi afastado da Tutoria, o indicado pela Regência para substituí-lo foi Manuel Inácio de Andrade Souto Maior Pinto Coelho, Marquês de Itanhaém, a princípio interinamente e depois efetivado no cargo com a sua eleição pela Assembleia Geral em 11 de agosto de 1834, por 73 votos contra 53.

Tratava-se de um homem de 52 anos de idade, nascido na antiga Capitania do Rio de Janeiro, pertencente a ricas famílias dessa Capitania e da de Minas Gerais. Era filho de um Brigadeiro e seguira a carreira do pai, não passando, porém, do posto de Coronel. Ainda porque nunca se afeiçoara à vida militar, já que por educação, por suas maneiras delicadas e pela vida de cortesão que levava no Rio de Janeiro, à sombra do trono e dos poderosos do dia, suas preferências eram outras. Parece que a sua indicação para substituir José Bonifácio na Tutoria partira do Mordomo Paulo Barbosa, que o sabendo a espécie de homem que era, maleável, submisso e fácil de ser manobrado — tudo ao contrário de José Bonifácio, rebelde a toda espécie de submissão — seria o homem ideal nas mãos do Mordomo, de Aureliano Coutinho e de quantos estavam ligados ao *Clube da Joana*, já, nessa época, centro de todas as atividades da vida política do país. Como de fato o foi.

Quanto aos seus méritos, muito pouco se poderia dizer. Alberto Rangel se limita a dizer que Itanhaém era "o tipo do indefectível e bom servidor nas velhas Casas de Morgado." E Pandiá Calógeras o qualifica de "um homem austero." Como se vê, pouca coisa. O Conde de Saint-Priest, Ministro de França no Brasil, o chama de "Brasileiro Distinto, mas ao que parece muito mole e instrumento passivo nas mãos da Regência." E o Conde Ney, também diplomata francês, diria anos depois que Itanhaém era um "homem fraco e sem meios"[42e]

Mas, se não tinha méritos nem meios para fazer muita coisa, tinha ao menos o bastante para ir buscar entre as empregadas do Paço as quatro mulheres com que sucessivamente casaria. Quando ele assumiu o cargo de Tutor, já era viúvo duas vezes, da sua primeira mulher, Dona Teodora Arnault de Rios, e da segunda Dona Francisca Matilde Pinto Ribeiro, que tinham sido ambas damas do Paço. Casaria pela terceira vez, em 1831, com uma irmã da última, também açafata do Paço, Dona Joana Severiana Pinto Ribeiro. E, quando esta faleceu, foi buscar para sua quarta mulher a retreta Dona Maria Angelina Beltrão, casamento que ficou a princípio em segredo, só tendo sido anunciado quando Dona Maria Angelina se viu em estado interessante. Diziam que essa senhora era filha de um certo Policarpo, músico ambulante, que vestido de palhaço costumava tocar rabeca nas ruas do Rio de Janeiro. O *Café Reformado*, um pasquim que se publicava na Corte, punha em bulha o velho Itanhaém: "Que viva o Sr. Tutor Marquês! A Sra. Tutora Marquesa, filha do músico Policarpo! E toque a música!" Outro pasquim daquele tempo, *O Barriga*, era mais irreverente. Dizia do Tutor:

> "Este é um ente nulo. Paulo Barbosa é quem faz tudo, e ele assina de cruz. A única coisa para que semelhante animalejo tem mostrado algum jeito, é para arranjar casamentos com vantagem. Tanto que dizem que, no caso de falecer a Sra. Marquesa Policarpo (o que é bem de esperar), já tem de olho na Fazenda de Santa Cruz uma beleza descendente da Etiópia. É voz pública que o Tutor está aprendendo a tocar rabeca. Não para fazer disso profissão, mas para de algum modo suavizar as saudades que de seu sogro Policarpo tem a Marquesa sua consorte."

Quando Itanhaém realizou esse quarto casamento, era um homem de pouco mais de cinquenta anos de idade. Não se podia dizer que fosse um ancião, muito embora tivesse todo o aspecto de um homem muito mais velho. Mas o ridículo em que puseram esse seu casamento, foi menos por causa da sua idade do que pela espécie de mulher que tornara por esposa. Embora se tratasse de uma retreta do Paço, era certo que pertencia a uma humilde família, e tinha por pai esse rabequista Policarpo. Saint-Priest, que considerava o novo Tutor como um homem *distingué* e um *honnête homme*, apesar de *mol et instrument passif entre les mains de la Régence*, chega a dizer que a nova Marquesa não passava de uma mulata: *un mariage ridicule qu'il Vient de contracter avec une mulatresse*[421f]

Mas com todos os seus defeitos, Itanhaém iria se manter na Tutoria imperial até Dom Pedro II ser declarado maior, apesar da época de incertezas, de revoluções e de arruaças em que se veriam envolvidos os homens da Regência. Declarada a Maioridade, o velho Marquês recolheria discretamente a casa, passando a cuidar exclusivamente dos seus negócios particulares. E, salvo nas cerimônias da Corte, raramente aparecia no Paço de São Cristóvão. Mas não deixaria de ir ao Senado (seria nomeado Senador por Minas Gerais em 1844). Já velho, alquebrado, Machado de Assis iria focalizá-lo em sua crônica sobre o Velho Senado: "Um molho de ossos e peles, trôpego, sem dentes nem valor político. Mal se podia apear do carro e subir as escadas. Arrastava os pés até a cadeira e ficava do lado direito da mesa. Era seco e mirrado, usava cabeleira e trazia óculos fortes." Pouco tempo depois disso, em 1867, Itanhaém iria morrer no Rio de Janeiro, com 85 anos de idade. Seria mais uma tradição do Primeiro Reinado e da Regência que iria desaparecer.

V

Um mês depois de Itanhaém ser empossado como Tutor, morria em Lisboa o Duque de Bragança (ex-Dom Pedro I do Brasil), a 24 de setembro de 1834. Com essa morte, abria-se o problema da Tutoria dos seus filhos menores que tinham ficado no Brasil, pois constava no Rio que, no seu testamento, o Duque de Bragança determinava que, por sua morte, a viúva, ex-Imperatriz Dona Amélia, residente em Lisboa, passaria a ser a Tutora de seus filhos brasileiros, para o que — constava também no Rio — ela se mudaria para o Brasil. Aliás, essa hipótese estava prevista na Constituição do Império, cujo artigo 130 dizia: "Durante a menoridade do sucessor da Coroa será seu Tutor quem seu pai lhe tiver nomeado em testamento. Na falta deste, a Imperatriz-Mãe, enquanto não tornar a casar. E faltando esta, a Assembleia Geral nomeará o Tutor, contanto que nunca poderá ser Tutor do Imperador menor aquele a quem possa tocar a sucessão da Coroa na sua falta"

Era, portanto, admissível em virtude dessa disposição constitucional, que, falecendo o ex-Imperador, seria Tutor dos príncipes brasileiros "quem seu pai tiver nomeado em testamento"; que, em caso contrário, seria Tutora "a Imperatriz-Mãe"; e que, faltando esta, a Assembleia Geral nomearia o Tutor. Todo o problema, portanto, estava em saber-se o que dizia o testamento do falecido Imperador. Porque, no caso de este silenciar, e já tendo igualmente falecido a "Imperatriz-Mãe" Dona Leopoldina, Dona Amélia não poderia ser tida como tal, uma vez que ela não passava de "madrasta" do Imperador menor. Cabia então à Assembleia Geral eleger o Tutor dos príncipes brasileiros — como de fato fizera quando da abdicação de Dom Pedro I, confirmando a nomeação de José Bonifácio feita pelo ex-Imperador.

Para saber como devia se haver no caso em apreço, e prevenir-se, como diz Helio Vianna, "das possíveis consequências do testamento do Duque de Bragança na parte referente à tutela de Dona Amélia sobre os filhos do primeiro Imperador que aqui se encontravam"[42g] mandou Aureliano Coutinho, Ministro dos Negócios Estrangeiros e futuro Visconde de Sepetiba, um longo despacho ao nosso Encarregado de Negócios em Lisboa, Sérgio Teixeira de Macedo, com data de 9 de dezembro de 1834, e no qual dizia:

"Consta ao Governo Imperial que o Duque de Bragança, em seu testamento, constituíra sua esposa Tutora de todos os seus filhos; e de cartas desta Princesa à Família Imperial se depreende o mesmo, e que ela pretendia transportar-se para o Brasil[3]

Tal disposição testamentária é evidentemente nula na parte que nos diz respeito, não só porque na forma do artigo 130 da Constituição já acha nomeado o Tutor do Imperador-menor pela Assembleia Geral, a quem competia, por não se darem então os dois primeiros casos do referido artigo, como porque, sendo deveras civis os encargos que têm de desempenhar um Tutor, nunca tal qualidade poderia recair na Duquesa de Bragança, por ser estrangeira de nascimento e viúva de um grande funcionário português, e, além disso, madrasta do tutelado [43a]

É mister, pois, que Vossa Mercê, procurando ter umas conferências com o Ministro competente, lhe faça estas observações para conhecimento; e, bem assim, que procurando falar à dita Princesa com a precisa delicadeza, lhe faça sentir que de nenhuma forma poderá realizar-se tal disposição, pelas razões apontadas, e que o Governo Imperial se verá na dura obrigação de inibir-lhe o ingresso no Brasil, quando aqui se apresente, pois o seu primeiro dever é prevenir qualquer ocorrência que possa perturbar a paz interna do Império, como aconteceria se recebesse a Princesa para reivindicar um direito inadmissível. Vossa Mercê lhe fará mais conhecer que o Brasil inteiro e o Governo Imperial se interessam vivamente na conservação da Monarquia constitucional do Brasil e principalmente na existência e boa educação dos Augustos Príncipes brasileiros, sem que seja necessário que pessoas estrangeiras tomem nisso parte, e que aquela nomeação foi assaz impolítica, pois que ofende de algum modo a autoridade e delicadeza da Assembleia Geral do Brasil. O que participo a Vossa Mercê para a sua inteligencia e pronta execução"[43b]

Havia dois testamentos do Duque de Bragança: o primeiro feito em Paris em 21 de janeiro de 1832, pelo qual ele determinava que no caso em que falecesse e seus filhos menores tivessem que sair do Brasil, sua mulher, Dona Amélia, ficaria como "Tutora e Curadora" desses menores, tornando-se, portanto, nula a nomeação que ele fizera, de José Bonifácio para Tutor. No segundo testamento, feito em Queluz aos 17 de setembro de 1834, e nas vésperas de morrer, era novo Tutor o Marquês de Itanhaém. Dom Pedro repetia a mesma disposição contida no primeiro testamento. Isto é, saindo a Família Imperial do Brasil, a tutoria dessas crianças passaria para sua mulher a Duquesa de Bragança.

Assim que, dando cumprimento às instruções recebidas do Governo Imperial, Sérgio Teixeira de Macedo não encontrou maiores dificuldades em obter de Dona Amélia a promessa de que só reivindicaria a tutoria das crianças imperiais se estas saíssem do Brasil. E, como àquela data uma tal eventualidade não era sequer cogitada, o problema estava por mesmo resolvido.

Era, pelo menos, o que se devia supor. Mas de fato não o estava, porque dois anos mais tarde ele voltaria a aberto e posto novamente em pauta. A esse tempo, 1836, era Regente do Império o Padre Diogo Antônio Feijó, Senador pela Província do Rio de Janeiro. Foi quando começou a formar-se uma corrente parlamentar encabeçada pelos chamados "Holandeses", isto é, os partidários do Deputado Antônio Francisco de Paula e Holanda Cavalcanti de Lacerda (depois Visconde de Albuquerque), que tinha disputado e perdido para o Padre Feijó a eleição para Regente do Império. Pretendiam os "Holandeses", com o fito mal encoberto de afastarem Feijó da Regência, que a Princesa Dona Januária, irmã mais velha de Dom Pedro II (tinha completado 14 anos de idade), já proclamada Princesa Imperial e herdeira do trono, passasse a ser a Regente do império. Falhado esse golpe, apegaram-se a outro estratagema: convidar a Duquesa de Bragança se transportar para o Brasil, não só para reclamar "o pagamento do que fora estipulado no seu contrato matrimonial, mas também assumir a tutela do Imperador e suas irmãs que aqui se encontravam"[43]

Para cortar, como se diz, o mal pela raiz, decidiu o Governo Imperial dirigir-se novamente ao nosso Encarregado de Negócios em Lisboa, que era ainda Sérgio Teixeira de Macedo, para que este procurasse saber da Duquesa de Bragança, "com todo o cuidado e reserva" se ela tinha sido procurada por algum emissário do Brasil que aconselhasse sua ida para o Rio de Janeiro a fim de defender os seus direitos e assumir a tutoria dos enteados. Acrescentava Aguilar Pantoja, Ministro dos Negócios Estrangeiros da Regência, não parecer aconselhável semelhante viagem; que, se a Duquesa tivesse qualquer reclamação a apresentar no Brasil com relação ao seu contrato matrimonial, podia fazê-lo por intermédio de um procurador, "porque não lhe faltaria a justiça"; e, quanto à questão da tutoria do Imperador e suas irmãs, já se lhe tinha feito saber que em caso algum mereceria aprovação do Governo Imperial. Mas se, apesar de tudo, ela insistisse em empreender essa viagem, a Regência proibiria a sua entrada no país[43e]

Sérgio Teixeira de Macedo não ousou voltar a falar pessoalmente desse caso com a Duquesa de Bragança[43f]. Mas fê-lo por intermédio de seu camarista o Marquês de Resende[43g]. Este lhe responderia, dias depois, que a Duquesa continuava com as mesmas disposições de antes, isto é, que só reclamaria a tutela de seus enteados se estes deixassem o Brasil. Dizia mais, que, se contavam com ela para ir perturbar a tranquilidade do Império, "enganavam-se miseravelmente." Ainda porque era sua intenção ir à Baviera logo depois do inverno, para estar alguns meses com sua mãe em Munique.

Diante de tão peremptória resposta, é claro que a questão da tutoria imperial foi posta definitivamente fora de toda discussão, continuando tudo como estava, isto é, com o Marquês de Itanhaém no desempenho do cargo de Tutor do Imperador e de suas imãs. Ainda porque a tutoria deixaria de ser um pretexto político para afastar o Padre Feijó do Governo desde quando ele tornaria essa decisão a partir de setembro de 1837, chamando para substituí-lo, como Regente do Império, o Senador pela Província de Pernambuco, Pedro de Araújo Lima, depois Marquês de Olinda.

VI

Uma das primeiras providências tomadas por Itanhaém depois que assumiu a Tutoria imperial, foi chamar Dona Mariana de Verna e sua filha Dona Maria Antônia para servirem novamente no Paço, de onde se haviam afastado em virtude de intrigas e desentendimentos que reinavam em São Cristóvão nos últimos tempos da tutoria de José Bonifácio. Assim que Dona Mariana voltou a ser camareira-mor, e sua filha governanta da Princesa Dona Francisca. Sendo ambas muito estimadas por Aureliano Coutinho e Paulo Barbosa, os dois homens que mandavam agora no Paço e em tudo que dizia respeito às crianças imperiais, pode-se bem calcular o grande significado que tinha a volta das duas senhoras às suas antigas funções.

Quando Itanhaém foi nomeado Tutor, Frei Antônio de Arrábida se retirou do Paço. Foi nomeado para substituí-lo Frei Pedro de Santa Mariana e Sousa, mais tarde Bispo de Crisópolis, que desde o começo do ano anterior já dava ao Imperador algumas lições de Latim, de Lógica e de Matemáticas. Ao que parece, foi Paulo Barbosa quem sugeriu a Itanhaém se desse a esse Frade a substituição de Arrábida. Recebia o ordenado de 30$000 mensais, o mesmo, aliás, que lhe era pago como lente do 2º ano da Academia Imperial Militar; ordenado que passaria depois a ser 50$000. No relatório apresentado em 15 de maio de 1835 à Assembleia Legislativa, dizia Itanhaém:

"Tendo no ano próximo passado convocado uma Comissão composta de pessoas conhecidamente interessadas no progresso da educação de S.M.I. e A.A. para[44] consertarem um método que estes Augustos Senhores deveriam seguir, concordaram todos na necessidade de pôr-se ao lado do Imperador um pedagogo, que não só assistisse às suas lições, e às das princesas, como o preservasse de adquirir ideias falsas das coisas, aumentando-lhe pela lição os conhecimentos indispensáveis a um Monarca constitucional, dando para assim dizer unidade e sistema à educação. Convencido também desta necessidade, convidei Frei Pedro de Santa Mariana, lente jubilado de Matemática, para desempenhar essas funções, ao que ele do melhor grado se prestou. Devo acrescentar que tem desempenhado o seu lugar com todo o desvelo e probidade, que suas virtudes davam lugar a esperar. Tendo, pois, deixado por isso o engajamento da Academia Militar, onde ganhava 30$000 por mês, mandei abonar-lhe igual quantia pelo cofre da Casa Imperial, até vossa deliberação; esta quantia não é suficiente. Frei Pedro, além das obrigações que lhe impus, vai esclarecendo as ideias de meus Augustos Pupilos com prolegômenos de Matemática e de Lógica, e infundindo-lhes o gosto pela leitura da História" [44a]

Esse Carmelita era nascido no Recife, em Pernambuco, e na época em que foi admitido no Paço de São Cristóvão tinha 53 anos de idade. Estudara Filosofia e Retórica no Seminário de Olinda. Seguira depois para Lisboa, onde recebera as ordens sacras, frequentando em seguida o Colégio dos Nobres. Vindo para o Rio de Janeiro, fora nomeado lente de Matemáticas da Academia Militar, tendo se jubilado nesse cargo em 1833.

"Entrando para o serviço do Paço Imperial, nunca mais abandonou a Quinta da Boa Vista. Tal era a estima que lhe dedicou Dom Pedro II, que a suas instâncias o Papa Gregório XVI o nomeou Bispo de Crisópolis *In Partibus Infidelium*, por bula de 6 de março de 1841 , sendo sagrado na Capela Imperial da Quinta em 13 de junho seguinte. Faleceu em 6 de maio de 1864, com 82 anos de idade, e foi sepultado no Convento da Lapa com honras extraordinárias. O Imperador, que lhe assistiu os últimos momentos, esteve presente aos funerais, em companhia da Imperatriz. Todos os anos, no aniversário da morte do santo velhinho, Dom Pedro II la ao Convento para ouvir missa em intenção de sua alma"[44b]

Além do Latim, Frei Pedro ensinava também Religião e Matemáticas; e até a maioridade do Imperador seria o diretor geral de seus estudos, uma espécie de preceptor ou de aio. Tinha sob suas vistas tudo o que dizia respeito à vida privada do pequeno Monarca "e nada se fará sem ordem sua", determinavam as instruções de Itanhaém. A própria vontade do Imperador, qualquer ordem ou desejo seu, nenhum criado particular, homem de serviço, moço ou encarregado da rouparia devia cumprir sem a prévia e indispensável autorização do Frade.

Todos, no Paço, respeitavam as excelentes virtudes de seu caráter. *O Sr. Padre-mestre*, como o chamavam. Itanhaém o tinha na conta a mais elevada: "A sabedoria e a prudência do mui respeitável Sr. Padre-mestre..." Fora do Paço, notadamente nos meios políticos ou parlamentares, como na roda dos diplomatas estrangeiros, já o conceito que faziam do Frade não era, naturalmente, o mesmo. Tinham-no talvez como um homem incômodo, que os distanciava do jovem Soberano, isolando-o de quantos procuravam conquistar-lhe o apoio ou ganharem simplesmente a sua empatia. Edouard Pontais, por exemplo, que era o Ministro de França no Brasil em 1835, dizia que o Frade era tido como um bom matemático, mas que todo o seu mérito se limitava a essa especialidade[44C]

Não é fácil dizer qual tenha sido, exatamente, a influência que Frei Pedro exerceu na formação moral e intelectual do Imperador. Deve, em todo o caso, ter sido muito grande. E o certo é que nenhum dos homens que então o rodeavam exerceu influência igual. Também nenhum manteve com o jovem Monarca um contato tão assíduo e tão direto; muito maior do que o próprio Tutor, ou dos professores da preferência do menino Imperador, como Félix Taunay ou Araújo Viana, futuro Marquês de Sapucaí. Pode dizer-se que Frei Pedro foi uma das poucas, bem raras, afeições de Dom Pedro II, fora do círculo limitado de sua pequena família. Tendo assumido o cargo de preceptor quando o Monarca andava pelos seus nove anos de idade, só se afastaria dele quando da declaração da Maioridade; e, ainda assim, não abandonaria os aposentos que ocupava no Paço de São Cristóvão, onde iria falecer em 1864.[44d]

VII

Ao assumir a Tutoria, Itanhaém teve o bom senso de conservar os mestres que José Bonifácio nomeara para o ensino do Imperador e de suas irmãs, só nomeando outros para as disciplinas em que se fizessem necessários ou para substituírem os que voluntariamente se retirassem.

Assim, uma das suas primeiras nomeações foi para mestre de equitação do menino Imperador, na pessoa de um oficial da Secretaria de Guerra e antiga praça da Guarda Cívica, Roberto João Damby, nomeado em dezembro de 1835. Foi-lhe fixado o ordenado de um conto de réis anuais, além da gratificação de transporte. Mas, ou porque esse ordenado não figurasse, como devia, claramente especificado na folha de pagamentos da Casa Imperial, ou por qualquer outro motivo, o fato é que Damby teve que andar de ceca em meca, com repetidas petições, a reclamar o que lhe era devido, já que, baseados em informações capciosas, insistiam em lhe pagarem com descontos que não lhe cabiam. E em abril de 1839 o pobre do Damby continuava a protestar contra tais descontos.

Enquanto isso o seu imperial discípulo la se iniciando na arte da equitação. A princípio no picadeiro e depois, pouco a pouco, em "passeios demorados, análogos à sua idade." E tão boas provas dava das lições do seu mestre, que Pontois, Ministro de França, já podia dizer em 1835: *Cet enfant qui, il y a peu de temps encore, était si timide et tremblait au moindre bruit, est déjà devenu un bon chasseur et un intrépide cavalier.* Caçava e galopava, diz Alberto Rangel, nas terras da Fazenda de Santa Cruz, propícias ao desembaraço de tais práticas.[44e] Mas, ao contrário dos pais, ambos excelentes cavaleiros, foi essa uma arte para a qual nunca se sentirá atraído, apesar das longas caminhadas a cavalo, léguas e léguas sem fim, que teria de fazer em suas viagens pelo interior de nossas Províncias. Dom Pedro II será visto, montado a cavalo, não sem um certo garbo, ladeado de dois autênticos cavaleiros — Bartolomé Mitre e Venancio Flores, respectivamente Presidentes da Argentina e do Uruguai. Isso defronte da cidade sitiada de Uruguaiana, na primeira fase da Guerra do Paraguai. Mas estará ali por dever de ofício. Aquela sua postura não passará à História, mas antes àquele da estátua que lhe levantarão em Petrópolis — sentado numa poltrona com um livro na mão.

Em janeiro de 1839, era nomeado professor de literatura e "ciências positivas" Cândido José de Araújo Viana (nome que adotou, pois seu verdadeiro nome era Cândido Cardoso Campos da Cunha), mineiro de Congonhas de Sabará e formado em Direito pela Universidade de Coimbra. Voltando ao Brasil, tornara-se magistrado. No ano de sua nomeação para professor de Dom Pedro II era eleito e nomeado Senador pela Província de Minas. Feito Visconde de Sapucaí em 1854, passaria a Marquês do mesmo título em 1872, falecendo no Rio de Janeiro três anos depois. De 1851 a 1853 seria Presidente do Senado do Império. Alberto Rangel diz que a influência de Araújo Viana sobre o espírito do jovem Monarca foi "grande e permanente"; e é certo que Dom Pedro II sempre lhe dispensaria uma certa estima e grande respeito pelo saber, sentimentos que se manteriam até o falecimento de Sapucaí.

Para professor de Alemão foi nomeado, em abril de 1839, Roque Schuch, austríaco de nascimento, que havia chegado ao Brasil em 1817 e fora bibliotecário e diretor do museu particular da Imperatriz Dona Leopoldina. Homem de saber, membro da Academia das Ciências de Lisboa, tinha sido, em Viena, bibliotecário do Imperador da Áustria, vindo talvez daí a proteção que lhe dispensaria no Rio a primeira Imperatriz do Brasil. Feito professor de Dom Pedro II em 1839, iria morrer cinco anos depois deixando um filho, que seria o futuro Barão de Capanema.

Para mestre de Ciências Naturais a escolha de Itanhaém recaiu em Alexandre Vandelli, português de Lisboa, filho do grande naturalista Domingos Vandelli. Quando foi nomeado mestre do Imperador, em junho de 1839, Alexandre era homem de mais de 50 anos de idade, com vários trabalhos publicados sobre sua especialidade. Faleceria no Rio de Janeiro em 1859, com 74 anos de idade.

Finalmente, para encerrar a galeria dos mestres de Dom Pedro II, resta acrescentar que o futuro Duque de Caxias, então Coronel Luís Alves de Lima, foi algum tempo professor de esgrima do jovem Monarca, exercício que o Imperador praticaria com o filho de Roque Schuch, o futuro Barão de Capanema.

A educação que davam ao Imperador não tinha nada de especial. Não era nem melhor nem pior do que aquela que recebiam, na época, os filhos das famílias abastadas brasileiras. O único reparo que se podia fazer seria se essa espécie de educação, ou melhor dizendo, de instrução, era a que melhor convinha a uma criança destinada a assumir, mais cedo ou mais tarde, o governo de um país como o Brasil, com uma série de problemas políticos, econômicos e sociais que, por sua complexidade, desafiavam o melhor e o mais capaz dos estadistas.

Ensinavam-lhe um pouco de tudo: Ciências Físicas e Naturais, Literatura, Religião; um pouco de Música, de Desenho, de Dança; Geografia e História; as Matemáticas elementares. E as línguas: Português, bem entendido; Francês, Inglês e Alemão; e o Latim e o Grego, indispensáveis, então, a todo curso de Humanidades. No estudo das línguas, unicamente, é que a sua educação era mais severa. Aliás, ele revelaria desde cedo uma grande propensão para tais estudos. Tinha para isso uma das principais condições: admirável memória. Tudo quanto o Monarca viria depois a aprender — e seria considerável — fora desses princípios gerais, dever-se-á exclusivamente a sua iniciativa, à sua perseverança, à sua decidida vontade de ilustrar-se. Nesse particular, como em muitos outros aspectos, ele será um produto do próprio esforço.

Aos nove anos — em 1834 — já lia, escrevia e traduzia regularmente o francês. Começava a ler e traduzir o inglês. Conhecia o globo terrestre, as capitais dos países, os acidentes geográficos mais importantes. Não era nada de famoso, claro: mas denotava aplicação.

Dançava regularmente — segundo atestava *Monsieur Lacombe* — arte, entretanto em que não quis ou não pôde jamais igualar os seus antepassados franceses, esses entretanto Luíses galantes, todos eles grandes dançarinos. Não seria também um novo Rei David, que dançava outrora diante da Arca da Aliança. É verdade que naqueles tempos blílicos a dança era uma arte sagrada, pura manifestação de fé. Os padres dançavam diante ao altar. *Dançar, era rezar com as pernas,* dizia Henri Heine.

Lia bem a música e tocava piano. "Vai todos os dias ganhando prática e desenvolvimento no piano forte — dizia Mazziotti —, tira as lições de per si, combina a repartição perfeitamente da música em ambas as mãos. Tem adquirído muito compasso naquelas peças que toca e promete um desenvolvimento satisfatório para o futuro".

Na Geografia, o Imperador progredira um pouco: alcançara o mapa da América e la passar ao da Ásia. Mostrava-se muito aplicado na História, "para a qual tinha muita penetração e excelente memória", atestava Félix Taunay. Mas o estudo das línguas estrangeiras continuava a ser seu forte. Progresso constante. Aos 14 anos começara a aprender o Alemão. No Latim continuava a fazer rápidos progressos, e compunha já com raros erros. *Mostra predileção por Virgílio*, dizia Frei Pedro.

Tinha acentuada predileção para o desenho, e que manteria um pouco nos anos futuros, em suas viagens no Brasil e no Estrangeiro. Em 1842, quando Príncipe Adalberto da Prússia visitaria o Brasil, o Imperador o presentearia com um retrato a óleo de Frederico II, produto de seu pincel. O que o teria levado a pintar a figura do grande Rei, tão diferente, sob muitos aspectos, dele próprio? Talvez o único traço de caráter que o ligava ao Rei da Prússia: o grande culto à inteligência. Mais do que os feitos guerreiros do grande Frederico, devia tê-lo impressionado a amizade, misturada de profunda admiração do Senhor de Sans-Souci pelo desabusado Monseur de Voltaire. Dom Pedro II não teria jamais o seu Voltaire. Apesar da opinião em contrário, mas certamente suspeita, de Lamartine.

VIII

Terminadas as aulas, o Imperador e suas irmãs podiam ir divertir-se, para o que lhes davam duas horas diárias, isto é, até cerca da uma e meia. Não era sem razão que se criticava a falta de divertimentos para os príncipes. Realmente , não eram nada brilhantes. Qualquer menino de família burguesa daquela época possuía, certamente, melhores e mais adequados a crianças da mesma idade.

Dentro de casa, nos dias de chuva ou de grandes calores, as crianças imperiais divertiam-se jogando cartas ou brincando de padre: Dona Francisca (a Chica) fantasiava-se de padre; e a irmã e o irmão faziam de sacristãos. Havia também um jogo de cavalinhos. Era companheiro de brinquedos do Imperador um pequeno grupo de meninos, filhos de famílias das relações de Dona Mariana de Verna: Dom Manuel de Assis Mascarenhas, filho legitimado do Marquês de São João da Palma, Mordomo-Mor do Imperador;[45] Francisco Otaviano, filho do médico Dr. Almeida Rosa; e os dois filhos do Desembargador Pedreira — Luís e João, seus vizinhos no Engenho Novo.[45a] Às vezes, o Imperador brincava de soldado com os filhos de Aureliano Coutinho.[45aa]

"A maior parte do ano passavam o Imperador e suas irmãs[45b] no Paço Imperial da Quinta da Boa Vista, em São Cristóvão, onde habitavam o 1°. andar; nesse mesmo piso estavam os aposentos do Tutor e sua família, na parte central saliente do lado de Pedregulho. A parte reentrante tinha dois grandes salões: o da frente ocupado pelo Museu de Mineralogia, e o do fundo pela Biblioteca trazida pela então Princesa Dona Leopoldina, em 1817, quando veio para o Brasil. A pequena livraria de Dom Pedro I acomodava-se no reduzido espaço do chamado Torreão Velho"[45c]

Havia ainda no Paço de São Cristóvão um teatrinho, onde o Imperador e suas irmãs exercitavam-se na arte de declamação. "Declamam em língua francesa! "exclamava o zelo patriótico do Deputado Rafael de Carvalho. "Quem despreza a língua nacional é porque não conhece o valor que ela tem, é porque não tem ideias sãs de coisa alguma..." O pano de boca desse teatrinho era deveras pitoresco. O Deputado nos dava a descrição:

"Representava o Brasil nos seus três estados de categoria. Em um porto achava-se ancorado um navio de três mastros, muito grande, e, se bem me lembro, sem bandeira. Na praia, estavam alguns homens trajados afonsinamente, levantando uma grande e pesada cruz, com a qual mal podiam as suas forças. Ao longo da mesma praia, achavam-se alguns indígenas, trajando marcialmente, assentados sobre um monte de bananas, cajus e ananazes, de costas voltadas para tão grandes novidades. A sua postura indolente, o seu ar de estúpida indiferença e o seu arreganho marcial, faziam uma tal desarmonia, que se diria, ou que eles não partilhavam a natureza humana, ou que o pintor havia feito um painel de fantasia. Um anjo suspenso no ar tinha na mão esquerda abaixada a bandeira do Reino Unido, com a qual estava fazendo foscas àquela Santa Cruz; e na direita, a bandeira imperial, conservando o braço tão levantado, que a insígnia servia de ventilador à Divindade"

Fora, no parque, a principal distração era o lago, onde havia um bote, no qual o Imperador se entregava ao exercício do remo. Havia ainda um pequeno jardim, onde ele se distraía plantando flores. Rafael de Carvalho acusava o Tutor de não proporcionar ao jovem Monarca brinquedos adequados à sua idade. Indo ele mesmo inspecionar o Paço, dizia, referindo-se a esse pequeno jardim: "A Princesa Imperial não tem um jardim seu, existindo naquele Paço um só jardim, muito pequeno, mal colocado e muito pobre" [46].

IX

Não era sem um fundo de razão que se criticava o método de educação a que submetiam o menino Imperador, e que para muitos estava errado, não somente no que se referia às distrações para o seu espírito como, sobretudo, às matérias e aos programas de ensino. Bernardo de Vasconcelos, por exemplo, censurava o fato de sua educação ser ministrada em grande parte por professores estrangeiros,[46a] "cuja capacidade de governo não está certificada. Era um desleixo (dizia o político conservador) de que jamais se poderá justificar o Governo."

Mas se uns achavam que era um mal o Imperador estar entregue a mestres estrangeiros, outros entendiam que o que se deveria fazer era mandar o menino educar-se no Estrangeiro, num meio mais adiantado e menos ronceiro do que o do Rio de Janeiro de então. Que fosse mandado, sugeria um jornal gaúcho, *Matraca dos Farroupilhas*, para se educar nos Estados Unidos, "aprender ali, na sábia escola das suas instituições democráticas e federais, como deve governar um povo."

Mania de imitação americana, pondera Alberto Rangel, "de que andamos infelizmente tão infestados, oferecendo-nos como modelo de civilização política um povo tão distante do nosso como pode ser o Mongol do Fregiano." Para Rangel, o que o menino Imperador precisava era justamente ficar no Brasil; preparar-se para "bem respirar da sua atmosfera, seguir e meditar na sua História, contemplar os nossos acidentes geográficos e imbuir-se das nossas crenças, incorporando dessa forma integral a alma de Soberano ao profundo amor e conhecimento da terra natal" [47]

Apesar das críticas que se faziam aos processos de educação do Imperador e de suas irmãs, em nada eles foram alterados, e tudo no Paço de São Cristóvão continuou na mesma. "A educação do Imperador — dizia o Tutor em 1834, com os exageros de um bom artesão, — fazia um progresso pasmoso, devendo muito ao seu talento e espírito indagador." Esse *espírito indagador* iria depois se tornar famoso, no Brasil como no Estrangeiro. Fazia perguntas sobre tudo, muito embora tivesse sempre nos lábios uns *já sei, já sei...* "Se já sabe, comentou certa vez alguém, por que pergunta tanto?"

"Lê e escreve bem — informava ainda o Tutor — traduz as línguas francesa e inglesa. Aplica-se, além disso, à Geografia, à Dança e Desenho. Nisto, principalmente, faz progressos admiráveis, por ser o estudo que mais o deleita. Apesar de aplicar-se a muitos ramos, não é fatigado pelos mestres, que exigem as lições com a parcimônia que as forças e a idade do discípulo permitem."

Nesse ano de 1834 morria-lhe o pai em Lisboa. Poucos dias antes de falecer, o filho Imperador mandara-lhe do Rio uma carta cheia de uma doce ternura infantil.

A mão pequenina que a traçara fora certamente guiada pela boa Dona Mariana; mas o estilo é sem dúvida da criança de nove anos:

" Meu querido Papá do coração — Sinto que estivesse doente, e agora já sei que está melhor, o que muito estimo. Eu passo bem e também as manas, que mandam saudades ao meu querido Papá e Mamã, à mana pequena também igualmente.[48] Papá, perdoe minhas faltas, eu mesmo noto as minhas cartas. Dou parte a V. M. que eu e as manas estamos muito contentes com o nosso amigo Marquês de Itanhaém, que gosta muito de nós e nós gostamos muito dele. Dê-me V. M. a sua bênção. Seu afetuoso e obediente filho — PEDRO."[49]

X

Itanhaém não tinha, junto do Imperador, a mesma assiduidade nem os mesmos deveres do Frade carmelita. Sua ação era sobretudo a de um coordenador. Limitava-se a presidir a educação que os mestres ministravam ao jovem Monarca. Para esse fim redigira uma espécie de catecismo cívico, *ad usum Delphini*. Alguns trechos desse trabalho dão uma ideia aproximada do feitio moral que o Tutor procurava dar ao seu pupilo. E retratam, ao mesmo tempo, o homem que os traçou.

"Por esse programa, um tanto informe no seu mistifório, o Imperador deveria estatuir-se o suprassumo dos homens, sabendo todas as coisas qual um Pico de Mirandola e mais que perfeito na sua carga e provisão de qualidades morais. Das mãos do Preceptor imaginar-se-ia sair um rei São Luís encarnado no próprio Aristóteles. Ora, o Brasil colheria em Dom Pedro II um Soberano excepcional; mas a educação que lhe deram entrou nisso por bem pouca coisa. A verdade é ter-se nele reproduzido o que se deu com Luís XV, Victor Emanuel e o próprio Dom Pedro I do Brasil: a natureza preponderante supriu a insuficiência das intervenções alheias."[49 a]

Partindo da máxima — conhece-te a ti mesmo — queria Itanhaém que seu discípulo discernisse o falso do verdadeiro e compreendesse o que era a dignidade humana, ante a qual o Monarca é sempre homem, sem diferença natural de qualquer outro indivíduo, embora a sua categoria civil o elevasse acima de todas as condições sociais. Queria que o menino fosse um Monarca "bom, sábio e justo"; mas para isso era indispensável que ele conhecesse as condições do homem sobre a terra, isto é, as contingências do nascimento, da vida e da morte. *Memento homo...* Só assim teria uma noção exata da força da natureza social. Dava-lhe excelentes conselhos, que não ficariam perdidos: "A tirania, a violência da espada e o derramamento de sangue, nunca fizeram bem a ninguém, antes pelo contrário." E citava a propósito um fato histórico, que podia bem ter servido de exemplo ao liberalismo de que daria mostra mais tarde o Imperador: Augusto indo à casa de Cina, seu adversário, para dar-lhe um abraço e convidá-lo para seu colega no Governo. Os Cinas no Brasil seriam todos aqueles políticos, que depois de acusarem o Imperador das coisas mais feias, viriam sentar-se a seu lado, à mesa dos Ministros. Houve vários.

Dava em seguida um conselho aos professores do menino, sem dúvida da maior oportunidade numa época em que estavam ainda em moda as cacetíssimas dissertações literárias, onde havia mais retórica do que propriamente ideias: "Os mestres não gastem o tempo com teses, nem mortifiquem a memória do discípulo com sentenças abstratas; mas, descendo logo às hipóteses, classifiquem as coisas e as ideias de maneira que o Imperador, sem abraçar nunca a nuvem por Juno, compreenda bem que o pão é pão e o queijo é queijo." Saboroso, este Marquês!

O *caráter humano* do Soberano preocupava sempre o democrata que no fundo sempre fora aquele cortesão, e nele não se cansava Itanhaém de insistir, embora ressalvando fosse o Imperador um "representante da divindade sobre a terra." É que convinha não chocar as susceptibilidades da Santa Aliança, que a esse tempo ainda tentava salvar os destroços do direito divino de um naufrágio que em breve seria total. "O Monarca é sempre homem, e um homem tão sujeito que nada pode contra a lei da natureza, feita por Deus em todos os corpos, em todos os sentidos." E com aquela pitoresca maneira de dizer que *pão é pão e queijo é queijo,* o velho Tutor resumia toda a sua filosofia nesta frase definitiva: "Deus fez o mundo como quis fazê-lo, sem dar satisfação a algum homem ".

Terminava, afinal, com o mais sábio dos conselhos, uma dessas verdades, que,se tivesse penetrado na inteligência de muito chefe de Estado, certos povos não teriam jamais sofrido o que sofreram: "Não deixem de repetir todos os dias que um Monarca, toda vez que não cuida seriamente dos deveres do trono, vem sempre a ser vítima dos erros, caprichos e iniquidades de seus Ministros, cujos erros, caprichos e iniquidades são sempre a origem das revoluções e guerras civis; e então paga o justo pelos pecadores, e o Monarca é que padece, enquanto que seus Ministros sempre se ficam rindo e cheios de dinheiro e de toda a sorte de comodidades."

XI

Sobre que estado de espírito do menino Monarca influíam tão sábios e oportunos ensinamentos? "O Imperador é dócil de gênio e de muito boa índole", atestava o próprio Itanhaém. E Antônio Carlos, pouco mais tarde, confirmaria: 'Ele é bom menino, tem patriotismo e pode-se fazer dele alguma coisa."

A boa natureza, a docilidade e a aplicação aos estudos, quer dizer, aos seus deveres, a obediência e a disposição para ouvir são, pois, as qualidades que desde cedo atestam o excelente caráter do Monarca. Seu passatempo predileto são os estudos. Foi desde criança um apaixonado pelos livros, dos quais só a custo consentia em separar-se. "Muita vez o Sr. Bispo de Crisópolis, sendo já adiantada a noite, se transportava ao aposento do menino, e, achando-o sobre os livros, lhe representava que sua idade tenra não comportava semelhante assiduidade, com que a saúde, e até a natureza, se lhe podia prejudicar. Convidava-o a recostar-se e apagava-lhe a luz. Algumas vezes voltando, passada meia hora ou uma hora, tornava a achar o estudantinho sobre seus livros, tendo por si mesmo reacendido as luzes"[49aa]

Educado na *escola do infortúnio,* como dirá Oliveira Lima, sua infância corria sem os carinhos e as alegrias próprias da idade. "Dia e noite metido naquele enorme casarão' cercado de homens ilustres, mas circunspectos, metidos numa farda verde com botões dourados, muito cerimoniosos e atentos, sem arredar um passo do terreno das conveniências protocolares, presos à carga de seus elevados cargos palatinos"[49b] sua inteligência depressa amadureceu, e o espírito tomou precocemente uma feição concentrada, que se tornaria um dos traços marcantes do seu caráter.

Fisicamenteera um menino magrinho, de aspecto doentio, cor anêmica, enfezado. Não prometia ser o belo homem que foi mais tarde — alto, de grande porte, verdadeiramente soberano, denunciando um organismo rijo e bem plantado. Sua saúde, nessa época da Regência, deixava tanto a desejar, que por vezes fazia até recear não lhe permitisse chegar sequer à madureza, cortando-lhe a vida, como haviam sido cortadas a dos seus dois irmãos, precocemente falecidos. Em outubro de 1833, deu um susto àqueles que velavam por sua saúde com o ataque epilético que o assaltou (e que iria repetir-se por duas vezes, a última das quais depois da Maioridade, em março de 1849), "grave síndrome — diz Alberto Rangel — de que seu pai e avós paternos, desde Dom João V, tinham sido vítimas .[49 C]

"O Imperador é de uma constituição débil — informava o Tutor em 1834 — e o seu temperamento é nervoso. Em outubro do ano passado, sofreu um ataque de febre cerebral, temendo-se até por sua existência. Seu restabelecimento completo tem sido lento e interrompido por ligeiros sofrimentos de estômago; presentemente, submetido a uma regularidade de vida inalterável, passa bem e ganha forças visivelmente."

Regularidade de vida inalterável.... Conhecemos o traçado desse viver, elaborado pelo previdente Tutor. Nada podia ser mais enfadonho, sobretudo para essa criança privada de todos os carinhos, rodeada, diariamente, pelo mesmo grupo de palacianos circunspectos, e cuja única alegria verdadeiramente sã estava na companhia de suas irmãzinhas, pouco mais velhas do que ele.

XII

Levantava-se às sete horas da manhã. Ao seu despertar e vestir, estava sempre presente o Preceptor, Frei Pedro. Este devia ainda vigiá-lo desde a manhã até às 2 horas da tarde; e, depois, das Ave-Marias até a hora de dormir. No intervalo, durante a ausência do Padre-mestre, o Imperador ficava entregue aos cuidados de seus Camaristas.

Às 8 horas, era o almoço, na presença do médico, que tinha o encargo de examinar a comida e velar por que o menino não comesse demais. Esse médico certamente foi quem lhe incutiu o costume de comer muito pouco, não o deixando seguir o exemplo do avô Dom João VI, que engolia facilmente dois ou mais frangos.

Às 9 horas, passava aos estudos, que se prolongavam até cerca de 11 e meia. Competia ao Preceptor, *como diretor da educação de Sua Majestade*, estar sempre presente às lições, tomadas conjuntamente com as duas jovens Princesas Januária e Francisca. "Vossa Senhoria terá bondade de dizer-me todos os dias — recomendava o Marquês Tutor a Frei Pedro — o resultado das lições, para que eu saiba se os mestres me informam bem." Essas aulas realizavam-se numa das salas de São Cristóvão. A elas assistia também (por causa das Princesas) uma das damas do Paço, "cumprindo permanecer à porta da sala um reposteiro", para não deixar que um estranho penetrasse ali. Esse rigor não era, porém, mantido nas aulas de dança, às quais costumavam assistir várias pessoas do Paço.

Às duas horas, era o jantar, ao qual assistia o médico — aquele terrível médico do almoço! — um camarista e, quando possível, a Camareira-mor, Dona Mariana de Verna. À refeição, a disciplina era rigorosa, e bem mostrava a mentalidade da época: só podiam conversar à mesa sobre assuntos científicos ou de beneficência. Pobre menino, que mal tinha os dez anos de idade! Após a refeição, não devia saltar nem se aplicar a coisa alguma; nem muito menos dormir. À tardinha, por volta das cinco horas, o tempo permitindo, podia o Imperador fazer um passeio pelo parque do Palácio. "Findo o passeio, devia ler livros e coisas compatíveis com a idade e o seu desenvolvimento intelectual, tendendo essa leitura, progressivamente, para assuntos cada vez mais profundos." À noite, o Padre-mestre costumava receitar-lhe páginas de História e de Literatura; por sua vez, o menino lia outros trechos sobre as matérias. Esse habito de ler em voz alta, e fazer com que os outros lessem, para ele ouvir, o Imperador conservaria durante toda a vida.

XIII

Como se vê, não podia haver vida mais monótona para uma criança nas condições e na idade do Imperador nessa época, do que a que lhe traçaram os homens de governo da Regência. Fora do programa quotidiano, nada mais havia que pudesse distrair ou interessar o espírito do menino.

De vez em quando o levavam ao teatro da Cidade, para assistir representações, mas das quais não podia entender nem o sentido nem os diálogos, como, por exemplo esse dramalhão espalhafatoso que chamava *O Ministério Constitucional*, levado à cena no Teatro Constitucional Fluminense,[50] meses depois da abdicação do pai. Com a partida para a Europa do *violador* da Constituição, após o 7 de Abril, estava-se sofrendo de um forte acesso de constitucionalite.

Quando não eram dramalhões como aquele, eram as festividades cívicas ou religiosas, a que os meninos imperiais assistiam. As festividades cívicas primavam pela sua monotonia. No dia em que o Imperador completou seis anos de idade houve uma delas. Representou-se nessa ocasião, no teatro da cidade, um drama alegórico, em que "apareciam os gênios da América do Norte e do Sul, dando amistosamente as mãos ao Brasil." Eram nada menos de três gênios a um tempo! Depois do que, trouxeram para o palco, sob aclamações da plateia, um busto do Imperador menino. E para terminar, o fatal dramalhão: *O Aldeão Ministro*. Dom Pedro II e as duas princesas estiveram presentes em companhia do Tutor. Quando ele apareceu na tribuna, um pouco contrafeito, com um ar indiferente, como que sem compreender nada daquilo, foi acolhido por uma grande salva de aplausos da plateia, cheia da melhor gente da Corte .[51]

Além do teatro, havia ainda as recepções oficiais no Paço, às quais o Imperador e suas duas irmãs tinham que estar presentes. Era do protocolo. Essas recepções, ao menos, eram mais divertidas, embora por vezes fatigantes: tinham movimento, tinham animação, bandas de música, muita gente, muito uniforme bonito, sob as condecorações reluzentes. Prendiam a imaginação das crianças, que delas participavam, e não se limitavam, como no teatro ou nas festas religiosas, a simples assistentes.

Um oficial da marinha de guerra norte-americana, que visitava o Rio em 1834 (isto é, quando o Imperador andava pelos seus nove anos de idade), dava-nos uma notícia pitoresca e certamente verdadeira da recepção que assistira no Paço da Cidade, no dia do aniversário da Independência. Não podendo ser admitido isoladamente, foi-lhe consentido incorporar-se à missão diplomática do seu país.

"Às nove e meia — contava ele a Legação americana chegou à entrada lateral do Palácio descendo dos carros, atravessou a porta em direção à escadaria. Quando subíamos, alguém da comitiva observou-me que o uso de luvas e chapéu, na presença imperial, era proibido pela etiqueta. Eu estava devidamente instruído sobre a atitude que deveria manter no desfile.

No alto da escadaria, à entrada do salão, estava postado um alabardeiro, vestido com uma roupa verde, de arlequim, xadrezada com listas amarelas, da largura de meia polegada. No primeiro salão, elegantemente mobilado, estavam várias pessoas do Corpo Diplomático, entre as quais o Núncio do Papa. Tinham todos, naturalmente, os seus uniformes de corte. Daí passamos para um largo salão, ainda melhor mobilado. Ambas as salas estavam ornamentadas com retratos e pinturas ilustrativas da história do Brasil, as quais serviam de assunto de conversa a vários Ministros estrangeiros, que aguardavam o início da recepção.

...Abriu-se uma porta à direita, e entraram as senhoras e os cavalheiros da Casa Imperial brasileira. Dom Pedro II fazia-se acompanhar de suas irmãs e da Regência. As roupas da gente da Corte eram esplêndidas; a do jovem Imperador, muito simples e elegante. Quando ele atravessou ao longo das salas, cada um de nós o saudou com uma inclinação de cabeça.

Agora, uma fanfarra de trombetas, seguida de uma marcha, anunciava o início da recepção. Todos passamos para a sala ao lado. Pouco depois, o camarista informava ao Corpo Diplomático que Sua Majestade estava pronto para recebê-lo... Ao entrarmos, todos nos curvamos; novamente o fizemos quando nos encontramos a meio caminho do docel, repetindo ainda a mesma reverência ao passarmos diante de Suas Altezas. Recuando, depois, com a frente para a trono, inclinamo-nos por três vezes, até sairmos pela porta da direita. Detivemo-nos depois na sala onde o camarista nos reuniu, observando aqueles que ainda entravam para fazer sua corte ao Imperador-menino

A Sala do Trono era ricamente forrada com veludo verde, salpicado de estrelas douradas e prateadas, e o soalho coberto com um tapete de cor viva, ao centro do qual havia um medalhão. Dom Pedro II estava de pé, sob um docel (num estrado de um pé de altura, no qual o trono é geralmente colocado), com a Regência à sua direita e as suas duas irmãs à esquerda. Seus olhos, largos, brilhantes, vagavam de uma pessoa a outra, com uma expressão de indiferença. Seus cumprimentos eram rígidos, e as princesas, mais idosas do que ele, pareciam sofrer uma espécie de *mauvaise honte*."[52]

XIV

De vez em quando aportava ao Rio algum príncipe europeu, geralmente oficiais de Marinha. Eram visitas que quebravam um pouco a monotonia da vida do Paço, e davam às crianças imperiais a novidade de verem qualquer coisa que só conheciam através dos livros de História ou de viagens.

Assim que em janeiro de 1837, por exemplo, chegava ao Rio, a bordo da fragata *Andromède*, o Príncipe Luís Napoleão (futuro Imperador Napoleão III), filho da ex-Rainha Hortênsia e sobrinho de Napoleão I. Vinha como exilado político, depois do golpe falhado de Estrasburgo, no ano anterior, e se destinava aos Estados Unidos da América. Tendo sido expulso de França, a Regência não o deixou desembarcar no Rio de Janeiro, com receio de complicações com o Governo de Luís Filipe, tendo o Príncipe estado apenas em casa do ex-Cônsul de França, o Conde de Gestas, na Ilha do Viana.

Em janeiro do ano seguinte, era a vez de aparecer no Rio o Príncipe de Joinville, filho do Rei dos Franceses, Luís Filipe. Era Tenente de Marinha da fragata *Hercule*. Rapaz alto e simpático, de feitio brincalhão, com cerca de 20 anos de idade. Para acolhê-lo, a Regência, presidida então pelo Visconde, depois Marquês de Olinda, organizou todo um programa: recepção, jantar e baile no Paço de São Cristóvão; divertimento naval na Ponta do Caju; baile a bordo da fragata francesa; e uma longa excursão do Príncipe, de cerca de um mês, às Províncias do Rio e de Minas Gerais.

Sobre essa sua primeira estada no Brasil, Joinville nos deixou um *Diário detalhado*[52a], com alguns desenhos feitos por ele (era um ótimo desenhista), e onde nos conta, num fraseado pitoresco e cheio de *verve*, por vezes com duras franquezas sobre as nossas coisas, as múltiplas peripécias por que passou.

Precedendo esse *Diário*, há estas observações de Lourenço Luís Lacombe:

"Sobre suas opiniões a respeito de pessoas e coisas do Brasil, devemos notar o espírito de franca crítica que presidiu a toda a descrição de nossos usos e costumes desde as recepções ou simples jantares em São Cristóvão, a convite do Imperador menor, até os hábitos do Interior brasileiro, aprendidos na jornada para Minas. Quanto às primeiras dessas críticas, não podemos deixar passar sem reparo o gênio verdadeiramente pilhérico do Príncipe, que oblitera muitas vezes seu julgamento, forçando descrições e dando às cenas um caráter malicioso."

Vejamos algumas dessas apreciações, que vamos reproduzir no original em francês, não só para não perder o sabor da língua em que as ditou, como porque nem todas elas são traduzíveis em português. Assim, sobre o Paço da Cidade:

Espèce de grande maison carrée uns aucun goût et de très peu d'apparence, dont la chapelle est couverte de dorures et ornée de tribunes — rien de curieux. Je vois l'ancien appartement de Jean VI, où on me loge; c'est vieux et pauvre. J'y vois le cabinet où, lorsqu'il tonnait, Jean VI se refugiait. Il s'enveloppait alors d'un rideau de soie et se plaçait sur sa chaise percée; un prêtre était à côté de lui et lui donnait la bénédiction.

O Paço de São Cristóvão era, segundo o Príncipe, um "castelo com uma pequena aparência, ao pé de uma escada como a de Fontainebleau, mas mil vezes mais pequena". Santa Cruz, a terceira residência imperial no Rio de Janeiro, era um suposto palácio com o aspecto de um grande convento[52b], situado no meio de uma vasta planície cheia de animais do Imperador. Mais longe estava a mata e, depois, de um lado, o mar; e, de outro, as montanhas. Assim que, ali chegando, Joinville foi ver um "curral", onde estavam cerca de 200 cavalos, dos 2.000 que se espalhavam pela planície.

Sobre o Imperador, que era então um menino de 13 anos de idade, ele nos dá este pequeno instantâneo da primeira vez que o viu no Paço de São Cristóvão: *Un petit mirloret, haut comme ma jambe, raide, pincé, patarafé.* Achava que o pequeno Monarca tinha muito da sua família austríaca — "mas com as maneiras de um homem de 40 anos." Contava-nos depois como se passara a sua primeira entrevista com Dom Pedro II:

Je lui fais un profond salut, qu'il me rend, et je lui tourne mon compliment d'arrivée; il ne répond rien. J'avais préparé ma main pour le cas où il y aurait poignée de main, ce qui en a eu lieu en effet; mais il a gardé ma main et nous sommes entrés en nous donnant la main droite, et mon sabre, que je pouvais pas tenir, lui battant dans les jambes. Nous nous sommes asiss, et lui, toujours sans rien dire, s'est mis à me contempler; ma fois, cela ne m'amusait pas. Je faisais des phrases pour nouer la conversation et cela ne réussissait pas. Le Régent voyant l'embarras général, a voulu nous en tirer et s'est mis à me parler; mais il y avait un malheur: c'est qu'il est sourd comme un pot — et moi aussi Ainsi nous avons fait des cacophonies complètes. Enfin, voyant que cela devenait insupportable, j'ai fait mine de me retirer, mais l'Empereur a baragouiné quelque chose, et, reprenant notre marche, main dans la main, nous vous sommes acheminés vers l'appartement des Princesses.

Poucos dias depois Joinville voltava a São Cristóvão para encontrar-se novamente com o Monarca, que já não se mostrava tão retraído e tão tímido como da outra vez. *La glace a commencé à briser entre nous*, constatava o Príncipe em seu *Jornal. Le petit Empereur est venu au devant de moi. Il m'a mené voir la vue que l'on a de son palais, qui est admirable. Il m'a fait voir un beau Cabinet de Minéralogie [deixado por sua mãe] où j'ai profité des leçons de ce pauvre Réaumur[52d] pour me donner des airs de connaisseur.* Nesse dia, Joinville estava convidado para jantar com a Família Imperial. Vieram entao as duas princesas, *et l'on a passé à table. J'étais entre l'Empereur et le Ministre des Affaires Étrangères, qui est de beaucoup ce qu'il y a de mieux ici, car il a été étudiant en médicine à Paris[52e]. Le diner s'est fort bien passé et était assez bon. Il y avait une musique composée de Nègres esclaves de l'Empereur. Après le diner on s'est assis, et j'ai commencé avec l'Empereur et ses soeurs une conversation de deux heures, où je me suis mis tout-à-fait à mon aise et l'Empereur aussi, mais point ses soeurs.*

L'Empereur a un front très élevé et proéminent, des yeux renfoncés: ses joues sont grasses du bas et viennent se joindre à mâchoire inférieure qui est en saillie sur l'autre. Il était en bourgeois et avait son cordon de la Croix du Sud et un énorme diamant pour bouton de chemise.

XV

Numa outra vez que Joinville foi a São Cristóvão, como o Imperador e suas irmãs tivessem manifestado o desejo de ver alguns desenhos que o Príncipe fizera ao longo de suas viagens, este levou seu *livre du Levant et quelques autres dessins dont je me proposuis d'offrir un à la famille; mais ils m'ont pillé, chacun a voulu avoir le sien, et l'Empereur m'a pris sans qu'il me fût possible de le lui refuser un dessin à l'aquarelle auquel je tenais beaucoup. J'ai fait bonne contenance, mais j'étais cruellement vexé. Pour me consoler famille m'a annoncé qu'à mon retour de Minas elle me donnerait de ses dessins. J'ai pris du thé et des glaces, puis je suis parti.*

No dia 9 de janeiro houve o jantar de gala, seguido de danças, no Paço de São Cristóvão, homenagem oficial ao filho do Rei dos Franceses. Tudo correu, dessa vez, como devia correr; pelo menos Joinville não fez, a propósito desse jantar, as suas costumadas críticas. Depois do jantar:

On s'est assis dans le salon, et il a commencé à arriver du monde; nous étions, les trois Brésiliens (o Imperador e suas duas irmãs) et moi Sir un canapé du fond, et chaque Brésilien ou Brésilienne qui entrait mettait un genou en terre et baisait la main de l'Empereur et de ses soeurs. Quelques uns cependant se dispensaient des genoux. Les toilettes étaient singulières: quelques dames avaient des oiseaux de paradis, la queue en l'air piqués gir la tête; mais cela avait plutôt l'aspect d'une réunion de Province pour les passages du Roi. Les petites Princesses étaient bien mies avec des robes de tulle à manches plates et à dessous bleu et de parures en opale et dia- mants; par dessus tout était le grand cordon de la Croix du Sud tout bleu.

Quand il y avait assez de monde d'arrivé, l'Empereur a pris ses deux soeurs par la main, ils se sont assis au piano et ont commencé une sonate à six mains, mais le maître de piano[52f], vieillard apoplectique en grand uniforme et cordon de commandeur de je ne sais quoi ayant tourné deux feuilles au lieu d'une, il y a eu une cacophonie complète. C'était assomant. Il y a eu ensuite une seconde sonate pour la princesse Januaria. Puis on a dansé. L'Empereur a pris l'ainée, moi la cadette et nous sommes allés nous placer au milieu de la salle. Je croyais qu'il allait venir plus de monde, mais on nous a laissés tous les quatre seuls et il a fallu danser. J'avais une invie de rire inextinguible que je pouvais à peine contenir, car l'Empereur sans gants et un grand mouchoir flottant à la main faisait des pas si extraordinaires que vraiment c'était à en pouffer et que j'en souffre pour son maître de danse qui était là[52g]

Ficou, assim, Joinville sentado no meio da sala com a Princesa Dona Francisca a seu lado. *Périssant d'ennui*, diz ele em seu journal, mas dançando todo o tempo com ela (uma vez só dançou com a irmã), o que nâo parece seja uma maneira de se aborrecer. A verdade é que ji nessa altura começavam a se criar laços de simpatia entre os dois, e, apesar de Joinville dizer nesse seu diario que "procuravam", em todas as ocasiões, aproximá-lo dela (*m'aboucher avec la Princesse Francisca*), a que ele chamava *drôles de manoeuvres*, as coisas entre os dois iam acabar, como se sabe, em namoro e depois em casamento.

Terminadas as danças nessa noite, foi servida a ceia. O Imperador, suas irmãs e o Príncipe sentaram-se a sós, numa mesa, enquanto que os demais presentes, que deviam ser, além do Regente e dos Ministros de Estado, pessoas da sociedade e altas autoridades do país cercavam a mesa imperial para se sentarem depois da partida do Imperador. *J'ai mangé, diz Joinville, avec un sang froid imperturbable À la barbe de toutes les puissances du Brésil deux pommes qui valaient bien mieux qu'eux tous.* Depois do que deixou o Paço e recolheu a bordo de seu navio cerca d. uma hora da manha.

A primeira impressão que teve Joinville, quando viu as duas princesas, foi positivamente má. Nao Viu nelas senão *leur raideur et leurs dents qui sont affreuses*. Achou- as *fagotées à la diable*. Mas na segunda vez, sua impressão jánão foi tão ruim. Pareceram-lhe *assez gentilles, bien mises avec des robes à volants à manches plates*. Mas tinham umas luvas *en fil — ce qui est affreux*. Achou-as *étonamment peu formées pour leur âge*. Dona Januária tinha então 16 anos e Dona Francisca 14 anos de idade. A primeira muito mais tímida do que a outra; *plus grasse, elle se tient un peu vouté*, enquanto que Dona Francisca *est droite, sèche et extraordinairement éveillée*. Vendo essas crianças, pobres órfãs, vivendo naquele triste ambiente de São Cristóvão, cercadas de pessoas na sua maior parte idosas e levando uma vida a menos indicada para as suas idades, o coração do Príncipe sentiu-se tocado de piedade *pour ces pauvres enfants abandonnés, à qui on donne tout juste ce qu'il faut pour vivre et qui sont uns cesse poursuivis par une nuée de gens sans moralité qui laissent le pays qu'on leur a confié se diviser et tomber dans une rapide décadence.*

XVI

Não sabemos se, depois de casado com a Princesa Dona Francisca e de ter conhecido melhor o Brasil, Joinville modificou para melhor seus sentimentos a nosso respeito. Porque nessa primeira visita que nos fez, a impressão, que levou de nós, não foi certamente das melhores. Na viagem que empreendeu pela Província de Minas, ao lado, naturalmente da natureza, que mereceu francos elogios, só viu *la misère générale e la laideur des femmes; la mollesse et l'inertie des habitants.* O Brasil, para ele, *par sa situation, sa population et le caractère de ses habitants, est destiné à rester longtemps stationnaire.* Inteirando-se das condições políticas em que nos encontrávamos, nesses tempos turbulentos de motins e de revoluções que caracterizavam a Regência, dizia Joinville: *une chose crève les yeux — c'est l'impossibilité de conserver réuni cet immense Empire,* prognóstico tantas vezes feito por muitos outros viajantes estrangeiros, e repetido, por assim dizer, até quase os nossos dias. E outras tantas vezes falhado.

A excursão que empreendeu pelas Províncias do Rio e de Minas Gerais, com um grupo de pessoas, durou cerca de um mês, feita toda a cavalo, com um troço de mulas atrás, carregando as bagagens. Depois de subir a Serra dos Órgãos, passando pela *Fazendée des Corrieros*[52h], alcançaram o Vale do Paraíba, de onde se passaram para a Província de Minas. Em longas páginas de seu *Jornal*, o Príncipe nos relata, no seu estilo pitoresco e por vezes malicioso, todas as peripécias da excursão. Em Barbacena, ao lado da população elegante, viu *de sales mulatresses, dont l'une est une ancienne maîtresse de Dom Pedro — comme il y en a partout,* acrescentava.

Depois de Mariana, de Ouro Preto e outras cidades mineiras, a caravana rumou para as minas de ouro do Gongo Soco, que os ingleses exploravam, e onde foram recebidos com provas de cortesia que muito os sensibilizaram. O diretor da empresa era um Sr. Duval, inglês, mas filho de francês, casado com uma polonesa *bien mise et de três bonnes manières — ce qui est vraiment bien agréable dans ce pays-ci,* acrescentou maldosamente o Príncipe.

De volta ao Rio, houve, na Ponta do Caju, um pequeno simulacro de guerra, com os marinheiros da fragata francesa, o que muito divertiu o Imperador e suas irmãs. Finalmente, como encerramento dá estada do Príncipe no Brasíl, houve o baile dado por ele a bordo da *Hercule*, em homenagem à Família Imperial e com cerca de 700 convidados. Começando pelas 7 horas da tarde, só terminou cerca das 4 e meia da madrugada seguinte. Nesse entretempo houve a ceia, com uma mesa para 120 convidados. *J'ai dansé d'abord avec les Princesses,* disse o Príncipe; *puis je m'en suis affranchi et en faisant cela j'ai jeté à bas une des lois de l'étiquet-te brésilienne. Car ils ont été forcés de faire danser l'Empereur avec des Dantes et les Princesses avec des officiers, des diplomates etc., comme chez nous.*

Depois do que, contente com o sucesso do seu baile, *qui a vraiment bien soutenu l'honneur national et celui de la famille,* Joinville partiu com a sua fragata, deixando no Rio um coração à sua espera. E que sabia que ele voltaria...[52][i]

Em maio de 1839 aparecia no Rio um outro Príncipe: Eugênio de Savoia-Carignano, da Família Real da Sardenha. Era um pouco mais velho do que Joinville, mas, como esse, um oficial de Marinha. Vinha a bordo da fragata sarda *Regina.* Programa das festas em sua *honra*: jantar em São Cristóvão, dado pelo Imperador; representação, com as duas princesas, no Teatro de São Januário, onde assistiram uma cornédia em francês — *Le Cornédien Ventriloque*; e baile de gala no Paço. Depois de uma estada de quatro dias no Rio, lá se la o Príncipe a caminho de seu destino.

Em 1842, era a vez de aparecer o Príncipe Adalberto da Prússia, que ficaria algum tempo entre nós, fazendo várias excursões pelo interior do país, para escrever depois um interessante livro sobre essa sua viagem, publicado em Berlim, em 1847, sob o título *Aus Meinem Tagebuche, 1842-1843.*

XVII

Apesar das demoras e dificuldades da navegação marítima, quando a totalidade dos navios transatlânticos era de velas,[53] e a distância que ficava o Brasil das costas europeias, os portos brasileiros eram visitados por não poucos estrangeiros, muitos dos quais deixariam, em obras ainda hoje citadas, a narração de suas viagens, excelentes fontes de informações para um melhor conhecimento do Brasil daquela época, quer dizer, do Primeiro Reinado e do governo das Regências. Podemos citar, entre outros, o Major G. A. von Schaeffer, que nos deixou um livro, *Brasilien als Unabhangiges Reich*, publicado em Altona, em 1824; o muito lembrado J. B. Debret e a sua *Voyage Pittoresque et Historique au Brésil*, magnificamente ilustrado com desenhos do autor editada em Paris nos anos de 1838 e 1839; J. Friedrich von Welch, que nos daria um livro, *Brasilien Gegenwãtiger Zustand an Colonial System*, relatando as vagens ao Brasil e ao Rio da Prata, de 1823 a 1827; o Reverendo Walsh, autor de umas *Notices of Brazil in 1828-1829*; o francês Ferdinand Denis, cujo livro *Souvenirs du Brésil* publicado em 1825, ainda hoje é citado;John Armitage, autor da também conhecida História do Brasil de 1808 a 1831 ;o Dr. Johann Immanuel Pohl, naturalista austríaco, antigo lente de Botânica da Universidade de Praga,-que,chegando ao Rio em 1817, empreendeu, à frente de uma comissão austríaca extensas excursões pelas Capitanias do Rio de Janeiro, de Minas Gerais e de Goiás penetrando em regiões até então quase desconhecidas e deixando-nos um livro, *Reise inlnneren Brasilien*, publicado em Viena em 1832, com magníficas estampas, entre as quais as do paisagista Thomas Ender, um dos membros da comissão; o Tenente Charles Seider, que esteve no Brasil de 1825 a 1835, e nos deixou o livro *Zehn Jahre in Brasilien*; Charles F. Bunbüry, que, tendo estado entre nós em 1833, publicaria uma interessante *Narrativa de um Naturalista Inglês* ; Abel de Petit Thouars, que esteve no Rio em 1837, e daria suas impressões do Brasil num livro, *Voyage autour du Monde*, publicado em Bruxelas em 1844 ; em 1839 passava pelo Rio uma expedição norte-americana chefiada por Charles Milkes, publicado em seguida a história dessa viagem, num livro intitulado *Narrative of the United States Exploring Expedition*, publicado em Filadélfia em 1844.

Em 1821 chegava ao Rio de Janeiro, na companhia do Cônsul da Rússia von Langsdorff, Johann Moritz Rugendas. Interessado pelo país, iria percorrê-lo em grande parte e em várias direções até 1825, tomando notas, observando e traçando no papel magníficos desenhos da nossa flora, das nossas casas e dos nossos costumes. Voltando à Europa para cuidar da impressão desse trabalho, voltaria ao Brasil em 1845 e, em 1847, regressaria definitivamente ao Velho Mundo para fixar-se em Munique. Sua obra sobre o Brasil, ilustrado com as belíssimas estampas de sua mão, seria publicada em Paris em 1835, sob o título *Malerische Reise in Brasilien*. Carl Schlichthorst apareceu no Brasil em 1824, alistando-se como tenente do 2º. Batalhão de Granadeiros, no qual serviria até 1827. Deixaria um interessante livro sobre o Rio de Janeiro em 1824-1826, publicado no Hanover em 1829, intitulado *Rio de Janeiro Wie es ist*. Frei Ludwig von Rango é o autor do livro *Tagebuch meiner Reise nach Rio de Janeiro in Brasilien*, publicado em Leipzig em 1821, com a descrição da viagem que o autor fez ao Brasil de 1819 a 1820. Um outro alemão que esteve no Brasil por essa época foi Robert Herman Schomburgh, o qual depois de uma estada nos Estados Unidos em 1826, veio levantar, em 1844, a planta da fronteira da Guiana Inglesa com o Brasil. Foi o descobridor na Guiana da planta depois chamada *Victoria-Regia*. Iria traduzir do alemão para o inglês a obra do Príncipe Adalberto da Prússia sobre o Brasil, com um prefácio do Barão de Humboldt. Karl Sieweking, alemão de Hamburgo, onde era Síndico do Senado da Cidade, também esteve no Brasil nessa época. Ministro em São Petersburgo em 1821, das Cidades Livres e Hanseáticas de Bremen, Hamburgo e Lubeck, foi removido em 1827 para o Brasil. Deixou uma narração de sua estada entre nós num livro intitulado *Bilder aus Karl Sieweking Leben*, publicado em Hamburgo, em 2 tomos, em 1847, ano da sua morte nessa última cidade.

Ainda um outro alemão e também diplomata foi J.J. Sturz, natural de Francoforte, que veio para o Brasil em 1830, feito em 1843 Cônsul da Prússia no Rio de Janeiro. Deixou um livro intitulado *A review, financial, statistical and commercial of the Empire of Brazil and its resources*, publicado em Londres em 1837. Também alemão, este de Hamburgo, foi Johann Wappaus. Viajou pelo Brasil em 1833 e 1834. Geógrafo notável, seria professor da Universidade de Gottinga, deixando uma obra sobre nosso país que, segundo Alfredo de Carvalho,[53a] era "um verdadeiro monumento de criteriosa erudição" Essa obra tem por título simplesmente *Brasilien*, tendo sido publicada em Leipzig, em 1871. Eduardo Frederico Poeppig, naturalista e explorador originário da Saxônia, que depois de ter estado no Chile e no Peru, desceu pelo Rio Amazonas, publicaria em Leipzig, em 1836, a descrição dessa sua viagem, num livro intitulado *Reise in Chile, Pern und auf dem Amazonen strone*. Finalmente, o Príncipe Maximiliano de Wied-Neuwied, naturalista, antigo oficial do Exército alemão. Empreendeu, em 1815, com os naturalistas Freyreiss e sellow, uma longa viagem pelo Brasil, deixando sobre essa viagem uma obra do mais alto valor histórico, ilustrada com numerosas estampas e mapas, publicada em Francoforte sob o título *Reise nach Brasilien in der Jahren 1815 bis 1817*. A acrescentar às obras acima citadas, resta-nos referir um livro publicado em Filadélfia, em 1834, sob o título *Three Years in the Pacific, including notices of Brazil, Chile, Bolivia and Peru por "An Officer of the U.S. Navy"*

XVIII

A imprensa da Corte, como aliás das Províncias, só nessa época começava a ter certa importância, tanto na apresentação gráfica dos jornais como na qualidade e natureza dos artigos, para não falar também na parte propriamente noticiosa. Porque até então, com raras exceções, não passara de umas folhas avulsas, meros pasquins, que a caracterizaram no Primeiro Reinado, tendo, aliás, como um de seus mais ativos "jornalistas" o próprio Imperador, encoberto naturalmente por nomes supostos.[53b] E ao tempo do Vice-Reinado e do governo de Dom João VI a bem dizer não existira, muito embora o primeiro jornal aparecido no Rio de Janeiro fosse *a Gazeta do Rio de Janeiro*, em 10 de dezembro de 1808.

Ao tempo da Regência e nos primeiros anos do Reinado de Dom Pedro II, os principais jornais da Corte eram o *Jornal do Commercio*, órgão geralmente Oficioso, fundado por Pierre Plancher em 1827 e ainda hoje existente (é o segundo, no Brasil, em antiguidade, sendo o primeiro o *Diário de Pernambuco*, do Recife, também ainda existente); *o Correio da Tarde*, lançado em 1848, mas suspenso em 1862; *o Brasil*, jornal conservador, lançado em 1840 (viveria até 1852), por Firmino Rodrigues da Silva e Justiniano José da Rocha, um mestiço, que no dizer do Barão do Rio Branco era "o primeiro jornalista do tempo [53 C] mas que para Helio Vianna era "o maior jornalista brasileiro" [53d] autor do célebre libelo — *Ação, Reação, Transação*, que publicaria em 1855, com uma larga síntese sobre a evolução política do Brasil de 1822 a 1856. Um outro jornal desse tempo era a *Aurora Fluminense,* que tinha tido uma ação de destaque por ocasião da independência do Brasil, redigido por outro grande jornalista, Evaristo Ferreira da Veiga, morto prematuramente em março de 1837. Havia ainda a *Liga Americana,* dirigida por Aureliano Coutinho e Odorico Mendes, "provavelmente, diz Helio Vianna, o primeiro jornal brasileiro a ocupar-se de assuntos do Continente americano." A propósito do incidente entre a França e o Brasil, provocado pela ocupação francesa de uma parte do território do Amapá, a *Liga* aconselhava que não se comprasse mais nada aos comerciantes franceses estabelecidos no Brasil, enquanto não fosse evacuado o nosso território pela gente armada de Luís Filipe.[53e] *O Novo Tempo* era outro jornal, dirigido por Alves Branco e José da Silva Paranhos, futuro Visconde de Rio Branco, que revelava nessa folha seus dotes de jornalista, confirmados brilhantemente mais tarde nas *Cartas ao amigo ausente*, publicadas no *Jornal do Commercio*, e que levariam o futuro Marquês de Paraná a ir buscá-lo para secretário da missão diplomática que teria no Prata em 1851. Finalmente, a *Gazeta Official do Império do Brazil*, órgão, já se vê, do Governo Imperial, aparecido em 1846 e sucedido pelo *Diário Official*, criado em 1º de outubro de 1862 e até hoje existente.

Fora esses jornais, as demais folhas impressas que saíam na época da Regência e primeiros anos do governo efetivo de Dom Pedro II eram uns jornalecos mais ou menos pasquins políticos, que se salientavam pelo abuso e violência da linguagem, sendo os principais o *O Maiorista*, de Sales Torris-Homem, futuro Visconde de Inhomirim; *O Sova*, impresso na Oficina de Paula Brito, onde trabalharia, anos depois, a princípio como revisor e depois como colaborador, Machado de Assis; *a Malagueta*, de Luís Augusto May, português que tinha uma marcada propensão para as polêmicas jornalísticas; *A Verdade*, redigida por Paulo Barbosa, o depois Mordomo do Paço e Saturnino de Sousa e Oliveira, irmão do futuro Visconde de Sepetiba; *o Sete de Abril*, orientado por Bernardo Pereira de Vasconcelos e caracterizado pelos violentos ataques lançados contra Aureliano, seu adversário de sempre; o *Brazil Afflicto*, pasquim de Clemente José de Oliveira, para o qual *A Verdade de Saturnino* não passava de mentirosa e abjeta, e que por desprezo publicava o nome desse jornal de cabeça para baixo; *o Crioulino*, que insultava, em prosa e em verso, chamando-o de "General Oleré", o irmão de Aureliano. Eram quase todas folhas efémeras, que nasciam hoje e morriam amanhã.

Finalmente, havia ainda dois jornais em língua francesa (os primeiros, diz Helio Vianna, do Brasil), *L'Indépendant e l'Echo de l'Amérique du Sud*, ambos fundados pelo médico José Francisco Sigaud e impressos na oficina de Pierre Plancher, o fundador do *Jornal do Commercio do Rio de Janeiro.*

XIX

O Paço de São Cristóvão estava longe de ter o fausto das velhas cortes europeias. Sem desprezar as regras protocolares, já de si modestas, tudo ali se passava com muita simplicidade. A idade do Imperador e de suas irmãs, a educação por assim dizer, burguesa, que recebiam; a austeridade dos homens da época, num país cuja índole sempre fora essencialmente democrática; a relativa pobreza interior do Paço — tudo concorria para tornar aquele ambiente de uma singeleza quase Famíliar.

Também o Rio de Janeiro era uma cidade bem diferente da que seria mais tarde. Conservava ainda o velho aspecto colonial do Século XVIII, com suas ruas sem calçamento, de terra batida, as casas baixas, avarandadas, paredes caiadas de branco, portas e janelas estreitas. A cidade tinha cerca de 150 mil habitantes, mas dos quais dois terços eram negros ou mulatos escuros. Os morros que a guarneciam apresentavam um aspecto agreste, com a mataria ainda virgem, de um verde unido e sadio. Em seus flancos não apareciam ainda os feios barracos cobertos de palha ou as cicatrizes destoantes das pedreiras. Os arrabaldes mais distantes mal chegavam à Praia do Caju, na direção do norte, e à Praia de Botafogo, na direção do Sul. Nessa última praia já havia a casa, pertencente mais tarde ao futuro Marquês de Abrantes, onde a Rainha Carlota Joaquina costumava ir passar uma temporada, no verão, com os filhos, para tomarem "banhos de mar"[53 f] "Botafogo é uma praia de banhos europeia à margem do sertão" — diria em seu *Diário* o Príncipe Adalberto da Prússia "ao mesmo tempo balnear e estação de repouso dos diplomatas." Por sua vez W. G. Ouseley escreveria:

"Esta formosa baía, cuja pitoresca praia requer um excelente artista para apreciá-la, é o lugar preferido para as vilas ou residências de campo de grande número de pessoas da melhor sociedade da Capital. O recente Marquês das Palmas,[53 g] o senhor Charles Hamilton, antigo enviado extraordinário no Brasil; Sir Arthur Ponsomby e muitos outros que ocuparam em diferentes tempos várias das numerosas e [53h] grandes casas muito bem situadas, pelas quais a baía se acha quase circundada."

"Toda a gente ouviu gabar a beleza da paisagem junto à Praia de Botafogo", diria Charles Darwin."A casa que eu habitava achava-se situada ao pé da montanha bem conhecida do Corcovado" [53i] Mas, para chegar-se a esses arrabaldes, não eram fáceis nem curtos os caminhos. Estava-se já no ano de 1853, e Álvares de Azevedo cantava ainda em sua *Lira dos Vinte Anos*:

> *Eu moro em Catumbi. Mas a desgraça*
> *Que rege a minha vida malfadada,*
> *Põe lá no fim da Rua do Catete,*
> *A minha Dulcineia namorada.*

Para se ir, por exemplo, ao Jardim Botânico ou à Gávea, como não havia ainda a Rua Voluntários da Pátria, era preciso contornar o Morro do Secretário pelo Caminho do Pasmado (atual Rua da Passagem) e pela Rua do Berquó, antigo Caminho da Lagoa, hoje Rua General Polidoro. As duas principais colônias estrangeiras, de franceses e de ingleses, viviam afastadas do centro da cidade. Os franceses para os lados da Tijuca, onde estavam os Taunay; e os ingleses pelo Flamengo, Laranjeiras e Botafogo, como Guilherme Young, comerciante e banqueiro, como Henry Charberlain, para não falar de outros.

A cidade propriamente dita, isto é, onde estavam as repartições públicas e os principais estabelecimentos comerciais, tinha como limites a Praia do Caju, a Praia do Valongo, a Prainha, hoje Praça Mauá; o Morro de São Bento, a Ponta do Calabouço; o Arsenal de Marinha, a Alfândega, a Praia dos Mineiros com o Mercado da Candelária e em seguida o Largo do Paço (antigo Terreiro do Polé, Largo do Carmo e atualmente

Praça 15 de Novembro) — "o passeio mais frequentado da cidade", no dizer de Charles Schlinchthorst,[53j] onde se erguiam o Chafariz do Mestre Valentim e o Paço da Cidade,[53k]antiga Casa dos Governadores, construída em 1743, chamada depois Palácio dos Vice-Reis e hoje Repartição-Geral dos Telégrafos; em seguida, a Praia Dom Manuel e a Casa do Trem, depois Arsenal de Guerra da Corte e atualmente Museu Histórico Nacional; a Praia de Santa Luzia, outrora Praia da Forca, o Boqueirão do Passeio, o Convento da Ajuda (depois destruído) e o belo Passeio Público, a bem dizer o único existente na cidade, obra do mestre Valentim Largo do Rossio (atual Praça Tiradentes), tendo atrás o Campo de Santana, antigo Campo da Honra (hoje Praça da República), que tinha ao centro o chamado *Palacete*, construído para acomodar o Rei Dom João VI e os dois Imperadores por ocasião das paradas militares, mas destruído por uma explosão em julho de 1841; a Capela de Santana (demolida em 1857 para dar lugar à Estação Central da Estrada de Ferro Pedro II) e o extenso edifício do Quartel do 2º Regimento da Guarnição da Corte (onde hoje se encontra o Palácio da Guerra).

XX

As principais ruas da Cidade eram a Rua Direita (atual 1º de Março, data da terminação da Guerra do Paraguai) e a Rua do Ouvidor, que já tinha esse privilégio desde o tempo dos Vice-Reis. A Rua Direita era "paralela aos cais, uma das mais amplas, cheias de armazéns onde se encontra de tudo, por importação europeia", no dizer de Eugenio Rodriguez, oficial napolitano que viria no séquito da Imperatriz Teresa Cristina, quando do seu casamento com Dom pedro II.[531] Nessa rua, esquina do Largo do Paço, encontrava-se o Hotel de France, um dos melhores da cidade. Outro hotel de categoria era o Pharoux, instalado por francês desse nome, chegado ao Brasil em 1815, casa de dois andares, com balcões e águas-furtadas, que ficava nas proximidades do Largo do Paço. A Rua do Ouvidor, no dizer do citado Rodriguez, era "notável pelas suas confortáveis e elegantes lojas, suas ricas montras, onde se exibem os mais procurados objetos."

Em plena cidade se erguia o Morro do Castelo (desmontado em 1921), primitivamente Morro do Descanso, depois Morro de São Januário e finalmente do Castelo, por causa da fortaleza de São Sebastião levantada por Mem de Sá quando transferiu para aí o pequeno núcleo de povoação que se tinha criado no Morro Cara de Cão, depois Morro de São João, nas proximidades da atual Praia Vermelha.

Havia ainda, como uma das características da cidade, o Aqueduto da Carioca, com a sua dupla arcada romana, construído no tempo de Gomes Freire de Andrade, a fim de trazer as águas de Santa Teresa para o antigo Campo de Santo Antônio, depois Largo da Carioca.

O Campo de Santana (atual Praça da República) era o maior espaço aberto da cidade, a esse tempo de terra batida, onde labutavam lavadeiras, pastavam animais e estacionavam os *tílburis*. Só mais tarde, sob o Ministério Rio Branco é que seria ajardinado e embelezado pelo paisagista Glaziou. Separava a velha da nova cidade.

Um dos principais edifícios que tínhamos era o teatro a princípio chamado Real Teatro de São João, inaugurado em outubro de 1813, quer dizer, ainda ao tempo de Dom João VI, depois chamado Constitucional Fluminense, em seguida São Pedro de Alcântara e, finalmente, João Caetano, que é o seu nome atual. O edifício foi presa várias vezes de fogo, e o atual Teatro é, a bem dizer, uma reconstrução. Ficava no antigo Largo do Rossio, atual Praça Tiradentes. Não tinha galerias. O proscênio era bastante extenso, "decorado como nos Teatros europeus" diria o referido Rodriguez.[53ll] Havia ainda outro grande edifício, que era a Academia de Belas Artes, construído por Grandjean de Montigny. E, para muito além da cidade, para o lado sul, o atual Jardim Botânico, construído também ao tempo de Dom João VI, e então chamado "Viveiro da Lagoa Rodrigo de Freitas."

Entre os muitos templos da cidade contavam-se a Igreja da Candelária, reconstruída em 1775, em estilo barroco renascentista; a Igreja do Carmo, construção também do Século XVIII, no Largo do Paço (as suas torres de pináculos azulejados seriam erguidas de 1849 a 1850), e a seu lado a Capela Imperial, antiga Ermida de Nossa Senhora do ó, depois Capela Real e Catedral do Bispado, e atualmente Catedral Metropolitana. Nas suas proximidades estava a Igreja da Santa Cruz dos Militares, com o respectivo campanário. No Morro do Castelo, havia a Igreja dos Jesuítas, a princípio uma simples Capela do Hospital Militar, ali existente. Também nesse morro estava a Matriz de São Sebastião, em cujas lajes descansavam os restos mortais de Estácio de Sá, fundador da cidade. No alto do Morro de Santa Teresa estavam a Igreja e o Convento desse nome, construídos em 1751. No Morro de São Bento (outrora de Manuel de Brito), viam-se igualmente uma Igreja e um Mosteiro do mesmo nome, construções do século XVII. O Rio de Janeiro foi a princípio uma cidade construída nos morros, já que entre eles o que havia eram sobretudo mangues e alagadiços. Mas, à proporção que a cidade aumentava, esses alagadiços foram sucessivamente secados, depois do que, a cidade foi se estendendo mar a dentro, com os repetidos aterros, em grande parte com a terra retirada dos morros.

XXI

Os principais meios de transporte eram ainda os cavalos e, para a gente mais abastada, as cadeirinhas, denominadas vulgarmente "serpentinas", versão brasileira da *chaise à porteurs* da França de Luís XIV. Eram carregadas por dois escravos. O varapau que as sustentava tinha na ponta uma cabeça de serpente. Daí o nome que o povo lhes dava. Havia também a sege aberta, puxada por uma parelha de cavalos, e onde atrás, de pé, se postava um lacaio negro, de casaco azul e calças amarelas. Seges e cadeirinhas eram pintadas exteriormente com cores vivas, e forradas por dentro com damasco de seda ou simplesmente com algodão adamascado, conforme os recursos de seus possuidores.

O primeiro serviço de ônibus, naturalmente de tração animal, que houve no Rio foi estabelecido por Aureliano Coutinho, quando era Ministro da Justiça na Regência Trina Permanente, em 1833. Em 1846 inauguravam-se os ônibus chamados *gôndolas* (porque balançavam), com lotação para dez passageiros. O preço da passagem do Largo do Moura (antigo Mercado Municipal) ao Rossio Pequeno (depois Praça 11 de Junho), era de 120 réis. No ano seguinte, inaugurava-se o serviço de *tílburis*, que irá servir de transporte para a população da cidade até os primeiros anos do atual século.

Tudo era então patriarcal. Nada de ostentações. Nada de refinamentos, o que não excluía, naturalmente, as boas maneiras ou, como então se dizia, o *bom-tom*, nos gestos como nas palavras. Estava-se na primeira infância da Monarquia, e as velhas tradições do Vice-Reinado ou da corte de Dom João VI eram ainda observadas. As famílias, geralmente numerosas, conservavam vivos os laços que as prendiam, e havia entre os seus membros, dos novos para com os mais idosos, uma acentuada corrente de respeito e, ao mesmo tempo, de um sincero afeto. Podia-se dizer que era o tempo em que se tinha ainda ou se reconheciam os parentes, cujos retratos, inclusive dos antepassados, nos seus trajes do Século XVIII e princípios do Século XIX, pendiam das paredes das salas de visitas ou guarneciam as páginas dos grossos álbuns com as primeiras fotografias que apareciam nessa época. A dizer que a primeira fotografia que se viu no Rio de Janeiro foi uma vista do Largo do Paço (depois Praça 15 de Novembro),tirada em junho de 1840 pelo Abade Combes, que chegou à Corte no navio-escola francês *l'orientale*.

"Vivia-se sob a mesma atmosfera do tempo colonial. Não viera ainda uma independência de costumes, muito menos uma autonomia intelectual. Não possuíamos ainda uma literatura que refletisse o nosso ambiente. O jornal — tacanho, a retratar, em frases empoladas e vazias, a estreiteza da sociedade e o clima de politicagem — é o único veículo para isso. Decorre a vida nos cafés da Rua do Ouvidor, então o ponto máximo da cidade e centro do Comércio elegante, local de encontro ao cair da tarde, de exibições da moda — como o resto, vinda da Europa. A vida das sinhazinhas dividia-se entre os bailes e namoricos, feitos nos vaivéns das cartas de amor, levadas e trazidas por mucamas. Os máximos divertimentos eram ainda o entrudo,[53m]e, para uns poucos, o teatro lírico, com as suas prima-donas importadas da França e sobretudo da Itália."

<h2 style="text-align:center">XXII</h2>

Os dois salões mais afamados desse tempo eram o do Regente Araújo Lima (depois Marquês de Olinda) e o de Aureliano Coutinho, futuro Visconde de Sepetiba. Neles se encontravam a alta sociedade e os principais chefes das Missões Diplomáticas acreditadas no Rio de Janeiro — Saint-Georges, da França; Charles Hamilton, da Inglaterra; Tomás Guido, da Argentina; Vasconcelos e Sousa, de Portugal; David Todd, dos Estados Unidos da América.

O salão do Regente tinha mais austeridade e era mais formalista do que a casa de Aureliano, onde reinava mais alegria, com a presença da mocidade do tempo, e nele transpirava a primavera da vida. Havia ainda o salão do casal Bregaro (Manuel Maria), com recitativos, cantatas e danças. Ficou célebre nos anais mundanos da Corte o baile que ofereceram, em janeiro de 1853, para apresentação da filha, o "vasto salão ofuscado pela infinidade de bugias, que derramavam torrentes de luzes, refletidas e multiplicadas nos espelhos e cristais dos lustres."[53n]

Outro salão muito em moda era o dos Viscondes de Maranguape, cuja filha Maria Eugênia (depois Senhora Guedes Pinto), uma das belezas do tempo, "inexcedível de graça, fazendo com encanto as honras da casa paterna" Comentava-se a boca pequena a indisfarçável simpatia com que a cercava o jovem Imperador.

Nesses salões o *tom de Paris* era de regra, e foi neles que o Rio começou verdadeiramente a civilizar-se. Foi em casa de Aureliano que se serviram sorvetes pela primeira vez — um sucesso! A gente moça se encontrava ali para as danças e também para os namoros, que então se travavam numa atmosfera de puro romantismo. "Estava em moda o dicionário das flores. Por meio dele se correspondiam os namorados, por intermédio das mucamas e dos moleques pernósticos, fazendo sentir às suas queridas afetos do coração"[53o]

"O Rio era uma pequena cidade, suja, desconfortável e tumultuada. Divulgavam os jornais, diariamente, notícias de tocaias, de lutas, de negros fugidos. Com suas ruas estreitas, raramente calçadas, por onde rolavam os *tílburis*, seus pequenos sobrados, seus lampiões a gás,[54] era uma cidade acanhada. Nas redondezas, entre as casinholas humildes, as grandes chácaras dos senhores do Império, destacando-se com a sua imponência colonial[54a]

Fora as missas aos domingos e dias santificados, as festas religiosas, as procissões e as cerimônias oficiais ou recebimentos nos Paços imperiais, a principal ocupação social era receber ou retribuir a visita de amigos ou de parentes. Quando se ia à casa de um deles, mobilizava-se, por assim dizer, toda a família, isto é, todos que viviam sob o mesmo teto, inclusive os fâmulos ou os escravos que faziam o serviço dornéstico. Debret deixou-nos, num de seus belos desenhos, o aspecto pitoresco do préstito Familiar saindo à rua para uma visita: à frente, as negrinhas, depois as crianças, seguindo-se as mocinhas, e, por fim, fechando o cortejo, o chefe da família, solene e compenetrado, dando o braço *à sua dona.*

XXIII

A indumentária masculina sofria, então, uma das suas mais radicais transformações: abandonavam-se os calções curtos, que durante séculos fora a vestimenta dos homens, para substituí-los pelas calças compridas, combinadas com as casacas de cor. Era de bom-tom ter-se, pelo menos, quatro casacas: uma preta, para as missas de defuntos ou atos solenes; outra verde, com botões amarelos, para as cerimônias oficiais; outra azul, para as visitas; e outra cor de rapé para a Cidade, para flanar na Rua Direita[54b] ou na Rua do Ouvidor, já nessa época com foros de civilizada.

Os chapéus altos começavam também a aparecer. Como se estava em plena euforia nacionalista, depois da partida do Imperador *português*, era de bom gosto e sinal de patriotismo trazer nos chapéus o competente tope nacional, verde e amarelo. Porque o Brasil era, realmente, brasileiro. Não estava ainda invadido pelo internacionalismo. Em 1843, estabelecia-se o uniforme para os Senadores, a serem usados nos atos públicos e funções nos Paços imperiais. Conta-nos Vieira Fazenda:

"Nas senhoras eram constantes os vestidos de cintura alta, sapatinhos rasos, ligados às pernas por fitas pretas. Vestidos e saias curtas. Crivos, rendas e bicos de sinhaninha. Os penteados, nos dias solenes de procissão, davam que fazer aos cabelereiros. Nos bailes, dançavam-se o miudinho, o muquirão, o minueto afandangado, o solo inglês e as contradanças ou quadrilhas. Nos intervalos das danças havia sempre o número dos recitadores, poetas nas horas vagas, de longas e lustrosas melenas, olhar terno, atitudes românticas, que declamavam sonetos ou cantavam modinhas. Estava em moda o bitu — *Quando as glórias que eu gozei... Arvoredo tu já viste... Se os meus suspiros pudessem...* Um notável político estreava-se enviando à sua querida dolorida versalhada:

Mandei um terno suspiro
Saber noticias de Arminda..."[55]

Havia em tudo distinção, e as boas maneiras eram a regra. Mas, com isso, muita simplicidade, nada de afetação, uns hábitos verdadeiramente democráticos sob o regime regencial, que correspondia no fundo a uma República provisória. A tal ponto se estava longe de todo o espírito de corte, que chegou a causar escândalo a tentativa, então iniciada por alguns políticos, e depois vitoriosa, de se beijar a mão do Imperador-menino. Conta uma testemunha:

"Que digam que sensação imensa produziu na Cidade, de exaltação em uns, de indignação em outros, de surpresa em todos, quando se soube que na festividade da Cruz, à porta da Igreja, diante de numerosíssimo concurso, havia-se o Regente inclinado e beijado a mão do Imperador"[56]

"No fundo — dirá Joaquim Nabuco — era uma sociedade moralizada e de extrema frugalidade; os princípios tinham ainda muita força, o honesto e o desonesto não se confundiam, sabia-se o que cada um tinha e como tivera; inquiria-se da fortuna dos homens públicos como um censor romano da moralidade dos personagens consulares; respeitava-se o que era respeitável; os estadistas de maior nome morriam pobres, muitos tendo vivido sempre uma vida de privação quase absoluta, em que merecer uma condescendência qualquer era quebrar a austeridade e provocar comentários. O interior de suas casas, sua mesa, seu modo de viver, revelando quase indigência, impressionava os estrangeiros que tinham de tratar com eles. A invasão do luxo só se fará mais tarde"[57]

XXIV

Era nesse meio austero, pela simplicidade e pureza dos costumes, que o Imperador rapaz forjava a sua mentalidade, moldava a sua moral e fundia, no exemplo diário de seus mestres e dos estadistas que o cercavam, aquelas fortes virtudes de que saberia mais tarde dar exemplo a várias gerações de brasileiros. Nele se concentravam então as esperanças de todo o país. O Brasil inteiro confiava no *menino*, que, nas salas tranquilas do Paço de São Cristóvão, numa vida que era já um exemplo, aprendia a arte de governar.

"Encontrou nos homens da Regência (diz Otávio Tarquínio de Sousa) — deputados, ministros, regentes, jornalistas — pela ação, pelo zelo, pela tenacidade, talvez os verdadeiros modeladores da sua personalidade política. Mestres de Dom Pedro II foram ao cabo esses homens sempre preocupados com o bem coletivo, inquietos, por vezes turbulentos, não raro facciosos, mas jamais desatentos, ausentes ou acomodatícios. Nem faccioso nem turbulento seria jamais o Imperador sul-americano, que sofreu um amadurecimento temporão e cedo se deu todo com seriedade aos encargos de reinar, não visando ao brilho e às aparências de paradas militares, de festas de corte, de espetáculos pomposos, mas empenhado dia após dia na tarefa solitária e tão amiúde tediosa de examinar papéis do Estado, defender os interesses deste e resguardar os dos particulares."[57a]

Mas, se os dias corriam no Paço de São Cristóvão tranquilos e sem maiores problemas, com as três crianças imperiais entregues aos seus estudos e aos seus brinquedos, já o mesmo não se dava cá fora, nos meios políticos do país, nos corredores do Parlamento, na imprensa e nos clubes das facções que disputavam o poder, onde sentia-se que havia qualquer coisa que não la bem, que espalhava a discórdia e a insatisfação entre os homens responsáveis pelos destinos do país, qualquer coisa que parecia vir, mas que ninguém podia prever o que seria.

Como em 1831, no dia da Abdicação, os olhos dos patriotas voltavam-se todos para o Imperador-menino, que era como o farol a iluminar a noite tormentosa, depositando nele as suas esperanças. Já agora, ele não era mais uma criança apenas saída do berço, mas um rapazinho de quinze anos, discreto, de pouco falar, mas denunciando o homem de virtudes sãs e bem assentadas que iria ser depois. Mais cedo do que se esperava e muito além de seus desejos ou de suas ambições, que por enquanto iam todas para os estudos, a Nação insatisfeita indagava se não convinha que o seu Monarca tomasse desde logo as rédeas do Governo, para dar, com a força moral, que representava, a segurança e a tranquilidade a que todos aspiravam.

1. Pormenor de panorama da Cidade do Rio de Janeiro visto da Ilha de Villeigagnon. Desenho a lápis de Charles Landseer, 1825. Rio de Janeiro, Coleção Cândido de Paula Machado.
O autor anotou no alto da página transversalmente: Castello; Hospital Militar, formerly Jesuits Church; Candelaria; Military Arsenal; Convento de São Bento; Naval Arsenal. O trecho do desenho de Landseer aqui reproduzüo abrange o casario que se aglomera ao longo do eixo da Rua Direita, entre os Morros do Castelo e o de São Bento. Ao fundo, os primeiros contrafortes da Serra dos Órgãos

2. O herdeiro do trono. Pastel de Simplício de Sá, 1826.
Petrópolis, Palácio Grão-Pará.
Numa fotografia da pintura que ofereceu à Baronesa de Loreto a Princesa Isabel escreveu: Papai pequenino, pintado por Simplício. Vem ela reproduzida no número especial da "Revista da Semana" (Rio de Janeiro) de 28 de novembro de 1925, dedicado ao centenário de Dom Pedro II.

3. Pormenor do óleo de Simplício de Sá Visita dos Imperadores à Casa dos Expostos, pintado em 1826. Rio de Janeiro, Fundação Romão Duarte.
O caráter hiperrealista do retratismo de prestígio desse pintor da Imperial Câmara —, muito representativo de certa pintura periférica que floresceu, com características semelhantes, em áreas culturalmente provincianas tanto da Europa como da América — consegue exprimir inegável verdade psicológica, à margem da sua intenção lisonjeira. Em meio ao espírito celebrativo e gratulatório da cena (os imperantes que visitam com seus ministros o asilo das crianças abandonadas), as efígies de Dom Pedro e Dona Leopoldina, como que desligadas do contexto num ensimesmamento atemporal, vacilam entre a abordagem erudita e a iconografia popular. Possuem, contudo, por isso mesmo, uma presença própria, que restitui muito da personalidade de cada um dos retratados. Notar que a Imperatriz ostenta no peito um medalhão com o retrato do consorte na mesma posição de três quartos em que ele aparece na tela, criando assim curioso efeito de espírito "ingênuo."

4. O Príncipe Imperial Dom Pedro de Alcântara. Têmpera de Armand-Julien Pallière, c. 1829. Petrópolis, Museu Imperial. *Dom Pedro aparenta de três para quatro anos nesta rara pintura na qual aparece ele ao lado a um dos brinquedos de menino.*

5. Casamento de Dom Pedro I com a Princesa Amélia de Leuchtemberg. Desenho a lápis de Debret, 1829. Rio de Janeiro, Museu Histórico Nacional.
Original do desenho gravado por Thierry para a Voyage Pittoresque et Historique au Brésil (vol. III, prancha 50). Apenas os traços do pequeno Príncipe Imperial estão definidos no grupo dos filhos do Imperador que assistia as bodas.

6. Clérigo. Prancha colorida da série *The Brasilian Souvenir (sic) de Ludwig & Briggs*, 1846-1849. Rio de Janeiro, Biblioteca Nacional.

7. Dona Amélia, Dom Pedro, Dona Maria II e a Carta Constitucional Portuguesa. Desenho de N. Maurin, lito de Ch. Motte. Paris, 1832. Rio de Janeiro, Biblioteca Nacional.
A decoração festiva e elaborada da presente estampa não esquece, contudo, a notação realista dos retratados, reproduzindo, com acuidade, a insegurança narcisista de Dona Amélia, o princípio de obesidade joanina de Dom Pedro, a expressão ausente e entediada da jovem rainha. Já a alegoria da parte inferior — o Duque de Bragança que consigna a Carta e a soberana constitucional aos portugueses de três continentes, enquanto Crime, Vício, Fanatismo e Ignorância são desbaratados pela Regeneração Nacional — pertencem à atmosfera das convencionais apoteoses cênicas do tempo.

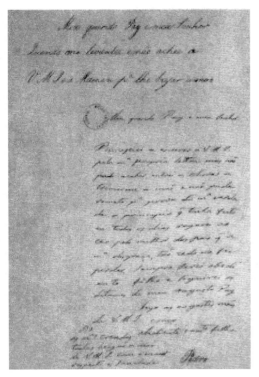

8. Início de carta de Dom Pedro II ao pai interrompida e retomada por outra mão. Petrópolis, Museu Imperial.
Vê-se, debaixo do papel sobreposto ao original, o modelo a lápis que o menor imperial deveria recobrir a tinta com a própria mão, e ficou incompleto na terceira linha. Os dois textos definitivos são os seguintes:
"Meu querido Pai e meu Senhor
Quando me levantei e não achei a V. M. I. e a Maman para lhe beijar a mão"
"Meu querido Pai e meu Senhor
Principiei a escrever a V. M. I. pela minha própria letra mas não pude acabar, entrei a chorar a tremer-me a mão e não pude (.) Remeto para prova a minha verdade o principio que tinha feito (.) Eu todos os dias rogarei ao céu pelo melhor dos pais que a minha desgraça tão cedo me fez perder. Sempre serei obediente filho e seguirei os ditames de meu Augusto Pai.
"Beijo as augustas mãos de V. M. I. como obediente e amante filho
"Pedro"
"PS
"As minhas criadas beijam a mão de V. M. I. com o maior respeito e saudade"

9. *Aclamação de Dom Pedro II*. Litografia de Thierry para a Voyage Pittoresque de Debret. Vol. III, prancha 51. Rio de Janeiro, Biblioteca Nacional.

10. Pormenor da gravura anterior: na sacada do Paço da Cidade o Imperador menino agradece as manifestações trepado numa cadeira de palhinha.

11. Cédula de 10$000 com a efígie do Dom Pedro II *Emitida a 24 de dezembro de 1835, foi substituída a 1º de junho de 1845. Rio de Janeiro, Museu Histórico Nacional.*

12. *Carregadores de café. Prancha colorida da série The Brasilian Souvenir,* cit. Rio de Janeiro, Biblioteca Nacional.

13. Pormenor central superior da Folhinha Nacional para MDCCCXXXVII. Litografia de Andrew Picker. Londres: Day & Hague, 1836. Rio de Janeiro, Biblioteca Nacional.
    Picker resume, nas variadas vinhetas da sua folhinha, não apenas os retratos do monarca infante e das duas princesas traçados por Félix Taunay — retratos que de agora em diante serão repetidamente glosados de modo mais ou menos livre: Dona Januária sempre com uma mantilha de rendas —, mas ainda as várias vistas da Corte e arredores anteriormente recolhidas: Kretschmar, Theremin, Earle, Planitz... Uma alegoria de "Nação zelando pelo Menor Imperial com o beneplácito do Commercio, debaixo da égide do Anjo do Brasil" (que sustenta um pálio de estrelas sobre o Órfão do Império) coroa a composição com o seu sentimentalismo pequeno-burguês. Nesse grupo alegórico, entremeado de tufos de vegetação tropical e aspectos da Corte entrevista a distância, figura a Indústria, que, logo atrás de Nação, comparece junto a uma barrica de Chá Brasileiro (mate) pronto para a exportação.

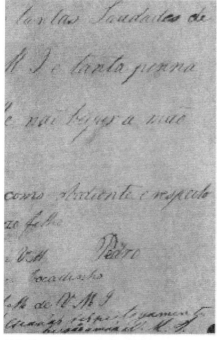

*14. *Carta de Dom Pedro II ao pai, c. 1832.*
Petrópolis, Museu Imperial
"Meu querido Pai meu Senhor
" Tenho tantas saudades de V.M. I. e tanta pena de lhe beijar a mão
" como obediente e respeitoso filho
"Pedro"
Peço a V.M.I. um bocadinho de cabelo de V.M.I. As minhas criadas respeitosamente benjam a mão a V.M.I.

15. *A família Imperial do Brasil.* Gravura de Welch & Walter (Londres, 1839), segundo Taunay. Petrópolis, Museu Imperial.

16. *Senador Diogo Antônio Feijó, regente do Império.* Litografia de Sisson a Galeria dos Brasileiros Ilustres.

17. A Rua Direita na Corte. Da série Rio de Janeiro Pittoresco: litografias de Heaton & Rensburg sobre desenhos de Buvelot (vistas) e Moreau (figura), 1845.

18. Escravos castigados. Prancha colorida da série *The Brasilian Souvenir*, cit., Rio de Janeiro. Biblioteca Nacional.

19. O Paço de São Cristóvão c. 1839. Litografia de Speckter & Cia. (Hamburgo) segundo desenho de Carl Robert von Planitz. Das Doze vistas do Rio de Janeiro, s. d., publicadas c. 1848.
O torreão "indiano", à direita, construído ao tempo do "Rei Velho" será em breve demolido (já não aparece na estampa de Buvelot Quinta Imperial de São Cristóvão, litografada em 1842 para o Rio de Janeiro Pittoresco), a fim de permitir a ereção de outro, simétrico levantado por Pézérat, à equerda, em 1829. (Ver n. 23).

20. Guardas Nacionais. Prancha de *The Brasilian Souvenir*, cit. Rio de Janeiro, Biblioteca Nacional.

CAPÍTULO IV

A MAIORIDADE

Antecipação da maioridade do Imperador. Evolução dessa ideia. Situação precária do governo regencial. Golpe parlamentar dos Maioristas. Papel exato do Imperador na Maioridade. A lenda do "Quero já." Verdadeiro significado da Maioridade. Coroação do Imperador. As festas da Coroação.

I

Pela Constituição imperial, a maioridade do Imperador só se verificaria quando ele completasse 18 anos de idade, quer dizer, em 1843. Muito antes, porém, dessa data, precisamente desde cerca de 1835, a ideia de antecipar a maioridade do Monarca começou a fixar-se no espírito de alguns homens políticos.

A princípio, não era senão um simples recurso de partido, como fora antes o da restauração de Dom Pedro I, de que os oposicionistas lançariam mão para afastar do Governo os seus adversários. Simples manobra de oposição. "Foram os vencidos nas urnas — dirá Rocha Pombo — que sugeriram esse recurso como expediente contra os adversários"[58]. Por isso, talvez, ele não logrou desde logo maior repercussão nem no Parlamento, nem na opinião pública do país. O ambiente não estava ainda preparado para aceitar uma solução que a todos, ou a quase todos, se afigurava demasiado arriscada, por assim dizer revolucionária. A primeira vez que se tratou do assunto na Câmara dos Deputados, insurgiu-se contra ele quase que a totalidade da Casa. Não teve melhor sorte o projeto, também de origem oposicionista, de levar ao poder a irmã mais velha do Imperador, a Princesa Dona Januária, sob o pretexto de que, tendo completado 18 anos de idade, a ela competia, de acordo com a Constituição, assumir a regência do Império[59].

Se o plano de precipitar a maioridade imperial não passou, a princípio, de um simples recurso político, sem grande repercussão, o certo é que a ideia depressa foi ganhando terreno, para aparecer, em poucos anos, como uma medida de salvação pública. Concorreu para isso, de um lado, a propaganda habilíssima dos chamados *maioristas*, da primeira e da segunda hora; e, de outro, a necessidade, que todos acabaram por reconhecer, de colocar-se "o poder inacessível às intrigas locais, imparcial e forte, contra quem nada possam os chefes irregulares de minorias turbulentas", como aliás já o reconhecia em 1835, se bem que com intuitos diferentes, o próprio Ministro da Justiça da Regência. [60]

Assim, quando, em 1840, o Partido Liberal tornou a si precipitar, por um verdadeiro golpe de estado parlamentar, a maioridade de Dom Pedro II, essa tarefa não foi realmente difícil. Encontrou uma opinião já suficientemente trabalhada. Os próprios governistas tinham acabado por concordar com a necessidade de se pôr um fim ao regime eletivo da Regência para se entrar definitivamente no governo pessoal do Monarca;reconheciam que a Regência estava realmente gasta, e que outra solução não havia para a segurança e integridade do país do que antecipar a maioridade do jovem Imperador.

II

O mal da Regência, nas condições em que se encontrava então o Brasil, era ser um governo de partido, um governo eletivo, exposto, portanto, às competições, ambições pessoais e sujeito, assim, aos altos e baixos das facções que dividiam a Nação. Se tivesse sido possível, em 1831, isto é, quando Dom Pedro I se retirou do país, confiar a Regência a um membro da Família Imperial em condições de assumir diretamente o Governo, não resta dúvida em que a maioridade de Dom Pedro II não teria sido antecipada, como foi, servindo de atração para os homens da oposição e arriscando lançar o país na revolução.

Minada de alto a baixo, a Regência já estava, em 1840, completamente gasta. Nem o Regente Olinda, nem de novo Feijó, nem os dois Andradas (José Bonifácio falecera em 1838), nem Eusébio de Queirós, nem Bernardo de Vasconcelos, nenhum, enfim, dos homens eminentes da época, podia restituir-lhe o prestígio e o vigor de que carecia para durar. "Há pelas esferas da alta política um desânimo geral. Aquele regime fatigava a todo o mundo. A instabilidade dos Ministérios; a apresentação aparatosa de programas, que logo eram esquecidos; o esforço com que se formavam Gabinetes, ainda assim sempre incompletos; a inquietação do espírito público, à vista do que se passava no país; a discórdia em que viviam os homens mais eminentes dos dois partidos — tudo isso parece desenganar os mais fiéis de que a nação venha a vencer aquela fase dolorosa. Sente-se que alguma coisa falta naquele aparelho, tanto mais trôpego e ronceiro quanto mais, afanosos, querem todos reformá-lo" [61]

O que faltava, afinal, o que todos sentiam, fora mesmo de todo espírito de partido, era a necessidade do Imperador assumir ele mesmo a alta magistratura do país, a fim de a Nação poder funcionar definitivamente com o mecanismo integral das instituições que a regiam. "É preciso um único senhor cuja sabedoria distribua as recompensas e os castigos — já dizia Tasso; quando o poder está dividido, o governo flutua incerto, sem princípios e sem regras"

III

Mas como precipitar a maioridade do Monarca? Dentro da Constituição não era possível: suas disposições eram claras e teria que se fazer uma reforma da Carta. Foi, aliás, o que os governistas tentaram com um projeto de Honório Hermeto, o futuro Marquês de Paraná, visando com isso frustrar as manobras da oposição liberal. Mas logo se viu que uma revisão constitucional, além de ser um processo longo e cheio de surpresas, não era viável naquela ocasião.[62]

Afastado esse recurso, só restavam mesmo duas possibilidades para antecipar a maioridade do Imperador: um golpe militar ou um golpe da minoria parlamentar.[62a] O primeiro recurso era impossível por não se poder contar com o apoio da tropa. Prevalecem o segundo, com um projeto do Deputado Antônio Carlos, declarando o Imperador maior *desde já*. A Regência ainda tentou amparar o golpe, adiando as Câmaras para daí a quatro meses. Mas em vão. Resultou-lhe o contrário do que esperava. O adiamento, em vez de inutilizar o projeto, precipitou-o. Teve o efeito de um estopim. E a explosão foi imediata.

Olinda, apesar de saber que os Liberais maioristas não visavam outra coisa senão alijá-lo do poder, para se colocarem no Governo, não era contrário, em princípio, à medida da antecipação da Maioridade. Estava disposto a abrir mão dos dois anos que ainda lhe restavam de governo, e entregar ao Imperador rapaz a chefia efetiva do Estado. Somente Olinda não queria afastar-se da boa doutrina jurídica, e não via outro meio de chegar-se a esse resultado que não fosse com a revisão constitucional. Falhando esse recurso, parece que o Regente já se conformava com aguardar apenas o mês de dezembro, quando, no dia 2, o Imperador completaria quinze anos de idade. Daí, a sua tentativa de adiar as Câmaras até novembro, com o consenso, evidentemente, do Presidente da Câmara, Joaquim Marcelino de Brito.

Mas todas essas tentativas resultaram inúteis e mesmo contraproducentes. Porque, longe de consertarem a situação, só serviriam para inflamar ainda mais os espíritos e precipitar os acontecimentos. Tinha-se avançado demais com a ideia da Maioridade, e já agora era impossível parar ou retroceder. Mesmo fixá-la para uma época próxima.

Assim, Antônio Carlos e o seu grupo logo se levantaram na Câmara contra os propósitos dilatórios do Regente. Protestaram em altos brados contra o adiamento da Câmara, que consideravam um ato ilegal e violento. Chamaram a Olinda de infame e traidor, acusando-o de tentar afastar o jovem Monarca para fora da Capital, quer dizer, servindo-se do mesmo recurso que tinham ensaiado outrora, para evitarem a destituição de José Bonifácio da tutoria imperial.

Finalmente, Antônio Carlos acabou convidando os seus partidários — "a todos que fossem patriotas" — a abandonarem aquela Câmara *prostituída* e se dirigirem ao Senado, onde de acordo com o seu presidente, Joaquim Marcelino de Brito, constituíram uma comissão que foi ao Paço solicitar a aquiescência do Monarca para a declaração imediata da sua maioridade; para que "salvasse o trono e a Nação", e entrasse desde logo no pleno exercício de suas funções soberanas.

IV

Teófilo Ottoni dirá mais tarde[63] que os senadores e deputados liberais que provocaram, em julho de 1840, a maioridade do Imperador, só agiram depois que tiveram assegurada a aquiescência do próprio Monarca; que este, consultado a respeito por uma pessoa do Paço, das relações dos Andradas, respondera que queria e estimava muito *que este negócio fosse realizado pelos Andradas e seus amigos.*[64]

A verdade, porém, é muito outra. O próprio Imperador a colocaria mais tarde em seus termos exatos.

Dom Pedro II era então um rapazola de pouco mais de catorze anos de idade. Não alimentava nenhuma ambição pessoal, avesso, por índole e por educação, a tudo quanto fossem golpes de audácia ou conjuras parlamentares. Suas preocupações iam então para os estudos, que lhe absorviam, pode-se dizer, todas as horas. Andava quase que inteiramente alheio às competições políticas que se teciam em torno de sua pessoa. Os debates no Parlamento, a agitação nos clubes e nas ruas, as polêmicas na imprensa, tudo isso mal lhe chegava aos ouvidos. E se, alguma vez, ouviu conversarem no Paço a respeito da antecipação de sua maioridade, não fora solicitado nem dera jamais opinião sobre o assunto. Mesmo porque não a tinha[65]

Ele vivia, nessa época, a tal ponto afastado dos negócios públicos, que o Barão Daiser, representante no Rio do Imperador da Áustria, não cansava de insistir por que o jovem Monarca fosse mais diretamente enfronhado nos assuntos do Governo, a fim de sua maioridade não o apanhar desprevenido. Referindo-se a Olinda, dizia Daiser:

"Supliquei-o, mais de uma vez, que admitisse Sua Majestade o mais possível ao Conselho dos Ministros, para que ele possa habituar-se ao manejo dos negócios sem ficar pessoalmente comprometido; para que conheça as necessidades de seu povo, os recursos do país e, sobretudo, para que aprenda com que facilidade se é levado a cometer erros, cujas consequências desastrosas são algumas vezes impossível de evitar"[66]

A comissão parlamentar que o procurou no Paço encontrou-o, assim, quase completamente alheio à medida que lhe iam solicitar. Terminando Antônio Carlos a leitura da mensagem, Olinda, ali presente, limitou-se a perguntar ao Imperador se queria, de fato, ser declarado maior imediatamente. Surpreendido e, mais do que surpreendido, embaraçado com a resposta que lhe cabia dar, voltou-se, com um olhar indagador, para o Marquês de Itanhaém e Frei Pedro, ambos também presentes. O Tutor e o Preceptor eram desde muito os seus verdadeiros guias, os únicos, talvez, a quem o Imperador acostumara a pedir conselhos.

Nem um nem outro estavam de acordo em princípio com a agitação política encabeçada por Antônio Carlos e o grupo maiorista. Chegadas, porém, as coisas onde haviam chegado, achavam, já agora, que era impossível evitar-se a declaração mediata da maioridade, medida que se tornara, afinal, de salvação pública. Aconselharam assim, ao Imperador que acedesse aos desejos da comissão parlamentar. *Sim*, respondeu timidamente o Monarca.

Olinda ainda procurou explicar à comissão parlamentar que o adiamento das Câmaras para daí a quatro meses tinha apenas em vista dar tempo a fim de se preparar a solenidade da maioridade para o dia do próximo aniversário do Imperador, 2 de dezembro.

Mas a comissão, que já obtivera o *sim* do Monarca, insistiu por que se fizesse a convocação imediata das Câmaras. "Sua Majestade disse então ao Regente que se fizesse a convocação para o dia seguinte[67] que era o 23 de Junho de 1840. O que foi feito, sendo então proclamada solenemente a maioridade do Imperador.

V

Oliveira Lima dirá que a Maioridade foi, em resumo, "uma revolta do instinto de conservação. Ninguém preocupou de indagar propriamente dos méritos do régio adolescente: a confiança geral residia no princípio que ele encarnava, e que era o símbolo da paz e a garantia da segurança da nacionalidade. Nesse dia 23 de julho de 1840, o prestígio da instituição salvou o Brasil" [68]

É certo. Salvou-o, como aliás já o havia salvado antes, no 7 de Abril. E é fato que todos se voltaram para o imperador menino como vissem nele o único recurso possível de salvação para o país. Porque o que todos queriam, o que todo o mundo sentia era a necessidade de enterrar-se para sempre a Regência antes que, por causa dela, lavrasse o incendio de uma revolução no Brasil, da qual a mais séria e mais temível das consequências seria o desmembramento da grande Pátria.

Ninguém, certo, negava os serviços que a Regência havia prestado ao país, sobretudo nas horas difíceis em que o primeiro Imperador havia abdicado, e o Brasil ficara à mercê do primeiro aventureiro que se apoderasse dele. Salvou-o um grupo de patriotas, civis e militares, que se congregaram em torno do trono desamparado, fortalecendo-o e prestigiando-o em torno da criança que se havia tornado o símbolo da unidade nacional e da Monarquia representativa. Mas, como todo governo de eleição num país de escassa cultura política como era então o Brasil, as sucessivas Regências foram pouco a pouco perdendo a autoridade; e quaisquer que fossem os homens que estivessem à sua frente, era impossível vencer a má vontade com que todos se viam na necessidade de aceitá-los. O Brasil estava convencido de que já bastava de governos eletivos, e que somente um poder "superior e inacessível às contingências dos partidos, poderia pacificar e tranquilizar os espíritos", dar à Nação a precisa força, e robustecer os laços da unidade nacional. Queria-se, em suma, o Imperador; mesmo menor, mesmo sem idade, mesmo despido de méritos, mesmo contra a Constituição, — mas o Imperador. Cantava-se pelas ruas da Capital:

> *Queremos Pedro Segundo*
> *Embora não tenha idade!*
> *A nação dispensa a lei,*
> *E viva a Maioridade!*

VI

Debaixo do ponto de vista político, a Maioridade não passou de um golpe de força da minoria parlamentar, visando, sobretudo, afastar os Conservadores do Governo.

Por outro lado, os Conservadores, convencidos de que não podiam manter-se no poder, não tentaram oferecer maiores dificuldades à antecipação da maioridade do Monarca; tanto mais quanto estavam persuadidos de que não perderiam com isso o mando político, mantendo-se nas antessalas do trono e manobrando jeitosamente o que eles acreditavam ser a ingenuidade e a inexperiência do jovem Imperador.

Dirá Alencar Araripe: "Nenhum dos dois partidos pleiteou então pela causa da Pátria, mas sim pelos interesses de sua preponderância política. Um lado queria derrubar o seu antagonista para colocar-se no poder; o outro lado defendia-se para não cair. Um alegava o bem da Pátria, que o Governo regencial arruinava; o outro exibia a lei, cuja observância buscava guardar. Se o partido agressor fosse sincero, aguardaria o termo legal para as funções majestáticas[69]; o partido acometido, tivesse em mira tão somente o patriotismo, não procuraria tergiversar, e sujeitaria francamente a questão aos eleitos da nação. Bem viam os impugnadores da Maioridade, que a essa ideia caberia o triunfo, e que baldado seria contrariá-la de frente; a questão agora não era não impedir a realização da ideia, mas de ser executor dela. Entendia cada um dos partidos que, realizando a Maioridade, captaria a benevolência do Monarca infante, e que no poder teria a faculdade de armar-se de meios para conservar a sua diuturna posse"[70]

VII

Prestado o juramento prescrito pela Constituição, o Imperador assumiu o governo do país. No ano seguinte, realizava-se a cerimônia de sua coroação.

Era a terceira vez que o Rio de Janeiro assistia a uma solenidade dessa natureza: a primeira fora por ocasião da elevação ao trono de Portugal de Dom João VI, por morte de sua mãe, a Rainha Dona Maria I; a segunda por ocasião da fundação do Império e consequente entronização de Dom Pedro I; e agora com a declaração da maioridade de Dom Pedro II.

Foram dias sucessivos de festas na velha cidade colonial. Durante meses, todos se vinham preparando para o maior brilho das cerimônias. O Governo, com uma prodigalidade bem nossa, nada poupou para realçá-las, e, as arcas do Tesouro público, embora mal providas, foram largamente abertas. "E embora tenham mui justamente censurado a prodigalidade das despesas, não se pode negar a viva impressão que esse ato político e religioso produziu em todas as classes da população brasileira", dizia o Barão Rouen, Ministro de França, relatando ao seu Governo as festas da coroação[71]

Um exército de operários, escravos e homens livres, trabalhou dia e noite no preparo dos Palácios e do local destinado à cerimônia da coroação. Da Europa, vieram móveis, tapeçarias e alfaias. Nunca se vira uma ostentação de tanta riqueza e de tanto aparato, "um fausto e uma magnificência que o Brasil não tinha ainda oferecido exemplo", acrescentava Rouen. E Daiser, Ministro da Áustria, sempre avisado, escrevia: "Uma exibição de luxo nada razoável, dado o estado das finanças deste país, mas bem conforme o gosto brasileiro"[72].

A parte decorativa das cerimônias foi dirigida por Araújo Porto Alegre, futuro Barão de Santo Ângelo. À maneira do que se fizera em 1817, para a coroação de Dom João VI, fez construir uma larga e extensa galeria ou varanda, ligando o Paço da Cidade à Capela Imperial. No centro dessa galeria foi levantado um pequeno templo, onde repousava o trono imperial, e em cada uma das extremidades havia um grande pavilhão, representando, um, o Amazonas e, o outro, o Prata — do Amazonas ao Prata, isto é, o Brasil. "O aspecto geral do monumento parecia simples, porém os ornatos eram do mais apurado gosto e bem acabados. O trono imperial é sem dúvida o primeiro que o Brasil viu com tanta majestade, riqueza e elegância. Quarenta e dois lustres, duzentas arandelas, vinte e cinco lâmpadas e uma infinidade de globos pendiam do teto dessa vasta galeria"[73] Evidentemente, essa profusão de luzes nos parece hoje mesquinha. Mas é preciso não esquecer que as ruas do Rio de Janeiro de então eram iluminadas — quando o eram — com mechas embebidas em azeite de peixe.

As cerimônias começaram pela entrada simbólica do Imperador na sua mui leal e heroica cidade do Rio de Janeiro, a 16 de julho de 41. Vindo de São Cristóvão, dirigiu-se à Capela Imperial, para fazer aí a sua oração. Seguiu depois em companhia das duas princesas suas irmãs e de grande cortejo para a Sala do Trono do contíguo Paço da Cidade onde recebeu o Corpo Diplomático e as altas personalidades do Império. Logo depois começou o beija-mão, "que teve a maior concorrência que já se viu no Brasil", dizia Daiser.

A 18, foi o grande dia da sagração e coroação. A cerimônia começou logo de manhã, quando o Imperador se dirigiu com grande cortejo à Capela Imperial, a cuja porta foi recebido pelo Bispo Capelão-Mor e Cabido. Dom Pedro II la vestido de cavaleiro, coberto com o manto do Cruzeiro que servira ao pai. Depois de fazer a oração na capela do Sacramento, foi conduzido ao trono por uma delegação de seis Bispos, que o levaram em seguida ao presbitério. Aí teve lugar a cerimônia propriamente da sagração. Coube ao Bispo Dom Romualdo, Marquês de Santa Cruz, dar-lhe unção solene no pulso do braço direito e nas espáduas. Depois de ungido e coberto das vestes imperiais, voltou ao trono, de onde ouviu missa. "Avisado pelo mestre de cerimônias, baixou do trono, dirigiu-se ao altar, e aí recebeu das mãos do celebrante as insígnias imperiais — espada, cetro, coroa, globo e mão de justiça." Depois voltou ao trono, sentando-se para ouvir o *Te Deum* com música expressamente composta para a cerimônia por Domingos da

Rocha Muçurunga[73a] "Findo o sermão, desfilou o cortejo para a varanda. O Sr. Dom Pedro II, logo que chegou ao adro, foi saudado por imensos *vivas* do povo apinhado no Largo do Paço. Tendo chegado ao templo da varanda, subiu Sua Majestade ao trono, e ali foi cumprimentado pelo cabido, pelos reverendos bispos que assistiram à sagração e pelo excelentíssimo sagrante. Finda a cerimônia, desceu Sua Majestade do trono, e veio apresentar-se em frente das colunas do templo".

Foi quando o Rei de Armas, pedindo silêncio com um largo gesto da mão direita, exclamou :

"Ouvide, ouvide, estai atentos!"

E o Conde de Lajes, Alferes-Mor da coroação, proclamou por três vezes, *em voz alta e sonora:*

"Está sagrado o mui alto e mui poderoso Príncipe o Senhor Dom Pedro II, por graça de Deus e unânime aclamação dos povos, Imperador Constitucional e Defensor Perpétuo do Brasil! Viva o Imperador!"

VIII

As festas da coroação duraram nove dias. Terminaram a 24 de julho com um grande baile de gala no Paço da Cidade. Cerca de 1.200 pessoas ali compareceram. Às cinco horas da tarde chegavam já os primeiros convidados. O Imperador só apareceu às oito da noite, acompanhado das irmãs e dos dignitários do Paço. Fez a volta de estilo pelo Salão Nobre, tendo à direita a Princesa Dona Januária, herdeira do trono, e à esquerda a Princesa Dona Francisca. Pouco depois começaram as danças. O Imperador não dançou, sendo o baile aberto pelas princesas. Paulo Barbosa, como Mordomo da Casa Imperial, foi incumbido de convidar os cavalheiros designados para lhes servirem de par. A Hamilton, Ministro da Inglaterra, e a Daiser, Ministro da Áustria, couberam as primeiras contradanças, aquele com a Princesa Dona Januária, e este com a Princesa Dona Francisca. A Caxias, então Barão, rapaz de 38 anos de idade, mas general já glorioso por suas vitórias militares, coube dançar com Dona Francisca o terceiro número do programa.

No intervalo dessas contradanças, as princesas conversaram com as senhoras da sociedade, as grandes damas do Paço, como a Marquesa de Maceió, ou com as suas companheiras de mocidade, as Andrades Pinto, entre outras[74]

À meia-noite foi servida a ceia. Em cada um dos pavilhões da varanda, foi disposta uma mesa de oitenta talheres, onde os convidados se vinham sentar sucessivamente. Na Sala do Trono, estava a mesa do Imperador. Cerca das duas horas da madrugada, estava terminado o baile, e, com ele, as festas da coroação.

O Barão Daiser ao Príncipe de Metternich: "Devo dizer, a bem da verdade, que a Corte ostentou nessa ocasião um luxo em *équipages*, em librés e em mobiliário de toda a espécie, realmente espantoso neste país, onde os recursos são muito limitados, onde outrora tudo faltava, e onde há tão pouco e, por assim dizer, nenhum precedente; porque tudo que se tinha feito ao tempo de Dom Pedro I, não se aproximava nem de longe do que vimos atualmente, nem em riqueza, nem em bom gosto, nem em dignidade. O jovem Soberano tinha um aspecto excelente com o seu traje, antes e depois da coroação, e suportou maravilhosamente as fadigas do dia 18, a ponto de dirigir várias vezes as pessoas do seu cortejo. As Senhoras Princesas estavam cobertas de diamantes, encantadoras pela emoção que transparecia visivelmente em suas fisionomias, durante a cerimônia religiosa e solene da sagração de seu augusto irmão, cuja santa e alta significação talvez bem poucos brasileiros e assistentes compreendiam tão bem quanto elas. O golpe de vista no momento em que o Imperador se apresentou ao povo da balaustrada da Varanda era magnífico e possivelmente incomparável por causa da natureza do local:

essa galeria de colunas, com mais de 250 pés de comprimento, repleta de muitas centenas de uniformes ricamente bordados; à direita, o Palácio, com todas as suas janelas guarnecidas pelas damas do Paço; à esquerda os edifícios ricamente decorados e cheios de uma imensa multidão de espectadores; na praça, a Guarda Nacional em grande uniforme e quase ao completo. E todo esse belo espetáculo era ainda realçado, de uma maneira inimitável, pela vista do mar em frente da galeria e ao longo da praça, e no qual se viam os navios de guerra e uma quantidade de outros, todos embandeirados e salvando; ao longe, estava a Cidade da Praia Grande[75], e todos os fortes salvavam ao mesmo tempo; o sol estava deslumbrante e o mar calmo e belo, na sua cor de veludo celeste"[76].

CAPÍTULO V

PRIMEIROS ANOS DE GOVERNO

O Imperador no trono. Sua natureza enigmática. Estadistas que o rodeavam. Ambiente político do tempo. Primeiras preocupações literárias do Imperador. Um Ministério palaciano. Primeiras recepções do novo monarca. Sua personalidade e o Diário que então escreve.

I

Estava, pois, Dom Pedro II no trono, em pleno exercício de suas funções soberanas. Ei-lo chefe de fato da Nação, enfeixando nas mãos as vastas prerrogativas que lhe dava a Constituição, senhor todo-poderoso e quase absoluto de um dos mais extensos Impérios da terra. Cercado de homens que não desejavam senão servi-lo, ansiosos por uma autoridade forte, que prestigiasse, ao mesmo tempo, o poder enfraquecido pelas lutas civis e o sentimento de ordem da Nação, de que tanto se fazia mister para evitar-se a decomposição do país que irá ele fazer?

Que poderia, antes de tudo, ele fazer? Que poderia fazer, naquelas difíceis conjunturas, um menino de pouco mais de quatorze anos, que vivera até então quase exclusivamente para os livros, recluso, por assim dizer, num palácio, entregue a preceptores bisonhos e atrasados, que nada entendiam da arte difícil de governar um Império? Que sentimentos poderiam acaso mover-lhe as intenções? A ambição do poder? O desejo do mando? Não os tinha. Não os terá jamais. É possível que mais tarde, à força do hábito, acabasse por tomar gosto, e, até certo ponto, identificar-se com os deveres e as obrigações de um Chefe de Estado. Mas nunca haverá nele um sentimento espontâneo de mando, que é a massa com que se fazem os verdadeiros Soberanos, uma tendência nata para governar. Neste particular, Dom Pedro II será no Trono, até o fim do Reinado, um homem deslocado.

Em 1840, como nos anos imediatamente subsequentes, criança ainda, nem o seu temperamento, nem a educação incompleta que recebera, nem as suas ambições, que eram modestas e limitadas, impeliam-no para a posse completa e imediata de uma coroa que mais lhe pesava do que lhe aliviava os ombros. Arrancado, quase dos livros, e colocado, por assim dizer, de surpresa, na chefia do Estado, sua primeira impressão devera ter sido de tédio.

Tédio desses homens que se moviam em volta de sua pessoa, numa agitação diária, ansiosos por lhe descobrirem a vontade e ganhar-lhe a confiança; que o haviam tirado do convívio dos livros para enfronhá-lo nas lutas de partido, no jogo das intrigalhadas da política, nos mexericos dos corredores parlamentares e dos Gabinetes, coisas que o repugnariam até o fim da vida e de que só por dever de Ofício ele terá que se ocupar. E sua natureza que não era nada expansiva, seu caráter suspeitoso, desconfiado, ainda mais se retrairá, num movimento natural de defesa.

No fundo, ninguém ainda o conhecia exatamente. Continuava a ser um menino calado, de olhar incerto e irrequieto, de gestos lentos, que ouvia muito e quase não falava, paciente e obediente, mas, no fundo, talvez, emperrado, e, em certas pequenas coisas, mesmo voluntarioso. Não se abria completamente a ninguém, talvez nem mesmo às irmãs. Nada provocava uma expansão maior do seu temperamento. Num ambiente exuberante e irrequieto como o nosso, indiscreto e falacioso, ele a todos desconcertava. "Ocupa-se a ler as petições e os jornais — mandava dizer Daiser a Metternich —mas não comunica a quem quer que seja nem o seu pensamento sobre as primeiras, nem a sua opinião sobre o conteúdo dos últimos. É geralmente muito reservado."[77] E Saint-Georges, Ministro de França, completava:

"É impossível conhecer-lhe o pensamento íntimo, os terrores que lhe perseguiram a infância tendo feito da dissimulação um instinto da sua natureza, e, dado o seu olhar, que ele move em todos os sentidos, qualquer coisa de intranquilo, confirmado pelo seu acanhamento e a dificuldade de encontrar uma frase, uma simples palavra, tantos nos atos públicos como nos particulares, para responder às pessoas que não são da sua intimidade"[78]

Dois anos mais tarde, a Legação de França no Rio não parecia melhor informada sobre o caráter suspeitoso do jovem Monarca. O Conde Ney mandava dizer para Paris:

"O Imperador, tendo sido, desde a sua infância, cercado de pessoas muito mais velhas do que ele, cheias de reservas na sua presença, com genuflexões e beija-mãos, não se sentiu nunca inclinado a qualquer movimento de afeição, que uma maior liberdade e uma sociedade mais conforme à sua idade, teriam talvez provocado. Seus instintos infantis não encontraram eco, e pouco a pouco, adiantando-se ao tempo, e sem conhecer os prazeres ou a liberdade dos primeiros anos, adquiriu as maneiras, os hábitos e o terror das pessoas que haviam vivido com ele"

E mais adiante:

"Essas maneiras aflitivas para as pessoas que tem um verdadeiro interesse por Sua Majestade são devidas ao Tutor e àqueles que cercaram o seu pupilo durante a sua infância. Eles descuidaram ao mesmo tempo da sua saúde, e o atraso do desenvolvimento das faculdades físicas de Sua Majestade não é senão o resultado da vida monacal em que tinham o jovem Príncipe, eminentemente linfático, e já propenso, devido a essa predisposição, a não gostar de exercício"[78a]

Um enigma, portanto, que despistava a todos sem se deixar descobrir por ninguém. Cada um que procurasse julgá-lo ou decifrá-lo por um dos raros aspectos acessíveis do seu temperamento: ninguém o compreendia ou possuía inteiramente. E, em seu íntimo, cada qual perguntava: o que sairá dali? Um rei déspota e sanguinário como Luís XI? Um imbecil como Afonso VI? Um soberano pachorrento e maleável, mas no fundo emperrado, como o avô João VI? Um estabanado como o pai?

O Conde de Suzannet, que o conheceu nessa época, perdia-se em conjecturas, como tantos outros viajantes estrangeiros que dele se aproximaram, para compreender-lhe as intenções ou definir-lhe o caráter. "Uma apresentação ao Imperador — dizia ele — não dá oportunidade para certificar-se se a sua impassibilidade, sua aparente simplicidade encobrem uma certa vivacidade de espírito. O Imperador não fala nunca, tem um olhar fixo e inexpressivo, cumprimenta e responde por um movimento de cabeça ou um sinal de mão, e a gente deixa com uma penosa impressão esse Príncipe, que parece tão triste e tão infeliz"[79]

Não poucos interpretavam essa timidez como um sentimento de pura dissimulação, para furtar-se ao assédio de todos quantos procuravam conquistar-lhe a confiança ou penetrar-lhe segredos mais íntimos da alma.

"É impossível acreditar que esse jovem Príncipe, tão bem dotado, evidentemente, de talentos e capacidade, seja tão apático quanto dizem" — escrevia

Daiser para a sua Corte. "Parece-me, ao contrário, que, na sua idade tão jovem, se vê forçado a dissimular e ocultar suas opiniões, e que no íntimo deve ser trabalhado por uma luta penosa, que o põe a todo o instante num estado violento, e deve inspirar-lhe desconfiança e desprezo por esse torvelinho que o assedia para amparar-se de seu espírito e desvirtuar os seus sentimentos" [80]

II

Esses primeiros anos do Reinado, ou, mais precisamente, de 1840 a 1847, isto é, desde a Maioridade até a data da criação da Presidência do Conselho de Ministros — quando se começou, de fato, a ensaiar entre nós o regime parlamentar, — sua aprendizagem política. Até então ele fora intencionalmente afastado, por seus mestres e dirigentes, de toda participação nos negócios do Estado, de todos os segredos da administração pública. Vivera, pode-se dizer, quase exclusivamente para os livros.

De 1840, em diante, é que começa a tomar pé na máquina governamental do país, a enfronhar-se nas lutas dos partidos e nos labirintos da administração pública. Vai conhecer de perto os homens políticos em evidência, aqueles que doravante serão os seus colaboradores diários, os seus conselheiros, com os quais terá necessariamente que contar na administração do vasto Império, tanto mais difícil de governar quanto não passava então de uma vasta região de terra quase despovoada, com apenas seis milhões de habitantes (escravos em grande parte) sem comunicações terrestres ou marítimas, sem cultura, com uma unidade precária, exposta a todo o momento a desagregar-se pelas revoluções e motins populares em que se debatia desde a Independência.

Olinda, Paraná, os dois Andradas (Antônio Carlos e Martim Francisco), Abrantes, Sapucaí, Eusébio, Abaeté, Aureliano (Sepetiba), Barbacena, José Clemente, os dois Cavalcantis (Albuquerque e Suaçuna), Maranguape, Itaboraí, o segundo Caravelas, o primeiro Aracati, São Leopoldo, Paula Sousa, Caxias, Uruguai, o primeiro Paranaguá, Cairu, Monte Alegre, são homens em evidência desse período, que lhe frequentam o Paço, o cercam e o assistem nos conselhos da Coroa. Uns vêm de longe, são veteranos das Cortes de Lisboa, da Constituinte e do Primeiro Reinado. Foram colaboradores de seu pai, como Olinda, Paranaguá, Antônio Carlos, São Leopoldo, Barbacena e poucos mais. Outros são de formação mais recente, apareceram ao tempo das Regências, como Itaboraí, Ministro em 1831; Vergueiro e Paraná, Ministros em 1832; Manuel de Lima e Silva (Suruí), Ministro em 1835 e 1836; Bernardo de Vasconcelos e Miguel Calmon (Abrantes), Ministros em 1837; Cândido Batista de Oliveira e Lopes Gama (Maranguape), Ministros em 1839.

No Senado vitalício é que o Imperador-menino iria encontrar as sumidades políticas da época, homens de um passado cheio de serviços à Nação e ao Império. Uns se encontravam já no ocaso da vida; eram mais uma tradição do Primeiro Reinado e da Regência do que homens do presente, como Barbacena, o diplomata da Independência; como o primeiro Paranaguá, Presidente do Senado; como Feijó, o grande lutador, Regente em 1835, agora já velho e alquebrado, que morreria, aliás, dentro de poucos anos. Ao lado desses varões havia os homens ainda no vigor da idade, cuja ação pública se prolongaria pelos anos mais próximos, como Abrantes, como Olinda, como Bernardo de Vasconcelos, como Sapucaí, que era (ainda há pouco), professor do Imperador. Como Paula Sousa, Monte Alegre, Baipendi, Albuquerque, Suaçuna.

A primeira organização do Senado em 1826, se compusera de cinquenta titulares, sendo que as Províncias que tiveram, nesse ano, um maior número de representantes, tinham sido Minas Gerais, com dez titulares, Pernambuco e Bahia com seis, e São

Paulo, Rio de Janeiro e Ceará com quatro. Quando Dom Pedro II foi declarado maior, os Senadores de maior evidência eram o Visconde da Pedra Branca (pai da futura Condessa de Barral); o segundo Visconde de Caravelas, o Conde e depois Marquês de Lajes; o Padre José Martiniano de Alencar (pai do futuro romancista José de Alencar); o primeiro Barão de Itapoã; o Visconde e depois Conde de Baipendi; o Conde e depois Marquês de Valença; Nicolau de Campos Vergueiro; Bernardo de Vasconcelos; Cândido de Araújo Viana, depois Marquês de Sapucaí; Manuel de Carvalho Pais de Andrade; Pedro de Araújo Lima, depois Visconde e Marquês de Olinda; Antônio Cavalcânti de Albuquerque, depois primeiro Visconde desse nome; Francisco Cavalcânti de Albuquerque, depois primeiro Visconde de Suaçuna; o Padre Antônio Feijó; o Marquês de Maricá (autor das *Máximas*); o primeiro Marquês de Paranaguá; o General Francisco de Lima e Silva, depois Barão da Barra Grande; Lopes Gama, depois Visconde de Maranguape; o Marquês de São João da Palma (Dom Francisco de Assis Mascarenhas); o Visconde de São Leopoldo (José Fernandes Pinheiro); o Conselheiro Sousa e Melo; e José da Costa Carvalho, depois Visconde e Marquês de Monte Alegre.

"Ser Senador do Império — dizia o Visconde de Taunay em suas *Memórias* — constituía o supremo anelo dos homens do antigo regime." Era o coroamento de uma carreira política. E, como era um cargo vitalício, oferecia todas as garantias aos azares da política. "Porto cheio de esperanças (acrescentava Taunay) livre de tempestades, calmo e sereno, abrigado de todos os contratempos. Tornados superiores ao resto dos mortais, os Senadores, apesar das divergências mais aparentes do que reais entre eles, tinham a tendência para formarem uma poderosa oligarquia de talentos, autoritarismo e interesses comuns." Discutamos, dirá o Barão de Cotegipe, Senador pela Bahia, *mas sem azedumes nem rompimentos insanáveis. Lembremo-nos de que devemos viver juntos e nos aturamos reciprocamente até os últimos dias da vida.*

O caráter vitalício do Senado era certamente uma garantia para a estabilidade e continuidade do regime. Era uma elite política que não estava sujeita às surpresas e mutações da opinião pública, sempre incerta e por vezes contraditória. Mas era também um dos argumentos não só dos Republicanos, como também daqueles que se batendo pela sua extinção, entendiam liberalizar o Império. "Pretendia-se – era ainda o Visconde de Taunay que dizia — que a renovação do Senado se tornava demasiado lenta, ficando não poucos lugares preenchidos por entidades que nada mais representavam no cenário político, mortas e desaparecidas gerações inteiras de eleitores, desde os tempos da designação popular e escolha imperial. O certo é que a morte, única a abrir vagas na corporação senatorial, se com efeito repetia os golpes (e anos houve em que o tributo foi bem pesado), neles se mostrava em extremo caprichosa. Não poucos Senadores fruíram, na verdade, as regalias daquela estabilidade política longos e longos decênios." O Senador que mais tempo se manteve nesse cargo foi o Visconde de Sousa Queirós, que, nomeado em 1848, só iria perdê-lo em 1889, com a proclamação da República, tendo morrido dois anos depois dessa última data. Quer dizer, foi Senador do Império pelo espaço de quarenta e um anos. Depois dele, foi o Visconde de Suaçuna, que, nomeado em 1839, só faleceria em 1879, sendo, assim, Senador durante quarenta longos anos.

A nomeação dos Senadores, escolhidos nas listas dos eleitos que lhe apresentavam os Presidentes do Conselho, foi sempre para o Imperador um ato ou uma decisão em que ele só via o interesse da Pátria e o decoro do Senado. Nunca se poderá dizer que ao nomear um Senador ele não tenha agido de boa fé e procurado o bem da Nação, pondo de parte as suas simpatias ou antipatias pessoais pelo escolhido. Talvez, terá colhido com isso não poucos dissabores, deixando de escolher certos eleitos que entendiam ser merecedores do cargo, como será o caso, entre outros, de José de Alencar; mas terá sempre agido de acordo com a sua consciência e correspondendo aos interesses do País. Dirá o Visconde de Taunay:

"Estudem-se bem as indicações da Coroa nesse longo reinado de cinquenta anos, e nelas se achará impresso o cunho da honestidade de intenções e da pausada ponderação com que em tão momentoso assunto de contínuo procedeu Dom Pedro II. Se, no fim, buscava conciliar, para evitar conflitos amargos e mal interpretados, as conveniências partidárias dos Gabinetes ministeriais com sua opinião de estadista e o conhecimento exato que tinha dos homens públicos, jamais abriu mão completamente da interferência que a lei orgânica da Nação lhe outorgava sem limitação alguma"[80a.]

Os homens da Câmara eram de gerações mais recentes. Vinham quase todos dos tempos dos Regentes, dos Consulados de Feijó e de Olinda. Eram Limpo de Abreu, Tosta, Paulino de Sousa, Rodrigues Torres, Aureliano, Honório Hermeto, conhecidos então nos círculos parlamentares por seus nomes de família, mas que depois entrariam para a nobiliarquia imperial com os nomes que a História iria perpetuar: Abaeté, Muritiba, Uruguai, Itaboraí, Sepetiba, Paraná.

Outras gerações de estadistas, ou melhor, de futuros estadistas, alunos ainda das escolas do Recife e de São Paulo iriam aparecer dentro em breve, no correr desses primeiros anos do Reinado. O Imperador verá desabrochar nos bancos da Câmara, mandados por suas Províncias, homens bisonhos, ainda, tímidos, no meio de tantas sumidades, mas confiantes no papel que o destino lhes reservará. Grande parte estará destinada a acompanhar o Monarca até quase o fim do Império, atravessará na brecha os cinquenta anos do Segundo Reinado, como Sales Torres Homem, futuro Visconde de Inhomirim, o célebre Timandro do *Libelo do Povo*; como Cansanção de Sinimbu, que sobreviverá ao Império e ao Monarca: ambos aparecerão pela primeira vez na legislatura de 1842. Nabuco, o velho, Ferraz, futuro Barão de Uruguaiana, e Wanderley, futuro Barão de Cotegipe, virão juntos de suas Províncias para a sessão de 1843. Na Legislatura de 48 surgirá um grupo de moços de talento, cujos nomes não sairão mais do cartaz político: Furtado, o futuro chefe liberal todo poderoso de 1864; Saldanha Marinho, o grande polemista e Republicano, o famoso Ganganelli da questão com os Bispos; Paranhos, futuro Visconde do Rio Branco, a quem estará reservado o mais longo e fecundo governo da Monarquia; Pedreira, futuro Visconde do Bom Retiro, o companheiro de meninice do Imperador, e que ficará como um de seus raros, raríssimos amigos e confidentes; Carvalho Moreira, futuro Barão de Penedo, que desgarrará para o Exterior e será o grande diplomata do Império. Outros os seguirão de perto, como Zacarias, que fará sua estreia em 1850; como Paranaguá, o segundo, e Saraiva, que sobreviverão ambos ao Império, e aparecerão na Câmara de 53.

Serão os últimos a chegar. Com exceção de uns poucos retardatários, como Ouro Preto, deputado, pela primeira vez, em 64, ou da geração que só vai surgir nas fileiras parlamentares no fim do Reinado, e será, por isso, de homens do futuro, pode-se dizer que, com o aparecimento de Saraiva e Paranaguá na Câmara temporária de 53, fecha-se o ciclo dos homens de Estado que encherão, com os seus nomes, os fastos da Monarquia brasileira. Nesse ano estarão todos a postos. A guarnição da nau ficará quase completa, e o grande piloto, que era ainda um rapazola, poderá conduzi-la, de então por diante, pela larga rota que os levará até quase o fim do século.

105

III

Mas até lá, muita água terá que correr debaixo da ponte. os passos, Por enquanto, — isto é, nesses primeiros anos do Reinado, — o Brasil iniciava apenas os passos, começava a experimentar verdadeiramente o regime constitucional representativo, e isso não se fazia sem a provação de toda a sorte de dificuldades e de contratempos.

Estava-se em plena época de confusão, tão comum aliás na história dos povos jovens, confusão não só de ideias e de princípios, mas também de homens, de partidos, de tendências. Somente agora, com o Imperador no trono, é que se irão identificar progressivamente os dois partidos constitucionais, demarcar-lhes as fronteiras, e definir, para cada um, os campos de suas respectivas atividades.

Até então, tudo se apresentara instável; não houvera uma tendência certa, que indicasse o rumo da evolução política a seguir. Vivera-se, por assim dizer, às apalpadelas, num terreno desconhecido, cheio de surpresas e de contratempos. A Constituição do Império fora apenas ensaiada, o regime representativo não passara, a bem dizer, de uma ficção e o sistema parlamentar de uma aspiração.

Durante os dez primeiros anos após a Maioridade, será esse regime de incertezas que prevalecerá. A agitação política não sossegará, e o ambiente parlamentar vive numa constante ebulição. Os Ministérios sofrerão, naturalmente, desse estado de coisas. Gabinetes se sucedem a Gabinetes, impossibilitados, quase de governar. De 1840 até a Conciliação, quer dizer, no espaço de treze anos, onze Gabinetes se substituem no Governo. A instabilidade do poder ficará patente. Por um momento, em maio de 48, Paula Sousa pensará ter conseguido, afinal, um Ministério estável. Mas logo há de reconhecer, ele também, a impossibilidade de tentar a realização de qualquer programa de governo. Terá que retirar-se, como os demais. Passará o poder ao Visconde, depois Marquês de Olinda, que também pouco durará no Governo, sendo sucedido, meses depois, pelo Visconde de Monte Alegre. Será este o quinto Ministério "que em menos de três anos se via impossibilitado de continuar pela inconstância da maioria, dividida em grupos de interesses contrários." O mal só tenderá a agravar-se, e tudo isso irá preparando o ambiente de onde nascerá a Conciliação.

Ao lado da instabilidade política, a reação revolucionária. Revoluções sobre revoluções, que serão, felizmente, as últimas da Monarquia. A revolta dos Farrapos, no Rio Grande do Sul, que vinha da Regência, só em 45 terá o seu desfecho, com a pacificação da Província e a volta dos gaúchos à comunhão política do Império. Em 42 explodem, sucessivamente, as revoluções de Minas e de São Paulo, obra dos Liberais em oposição ao Ministério conservador de março de 41; sob o pretexto de impedirem a execução das leis que instituíram o Conselho de Estado e o Código de Processo Criminal, recorriam eles aos *meios extremos*, esse eufemismo de revolução no Brasil. Finalmente, em 48, será a vez de Pernambuco, com a Revolução Praieira. Mas esta será a última guerra civil do Reinado; marcará o limite final do período de turbulências.

Sob um certo ponto de vista, essas revoluções não refletiam senão as incertezas dos primeiros anos do Reinado. Exprimiam as duas tendências da política brasileira em formação, que desde 1831 vinham agitando o espírito dos nossos homens, e que só mais tarde, depois da Conciliação, é que ficarão claramente definidas: a tendência conservadora de caráter francamente monárquico, reacionária por sua própria natureza, diante da agitação revolucionária de seus adversários, e a tendência liberal, por enquanto ainda extremada, de fundo declaradamente Republicano, mas que se irá pouco a pouco atenuando, até adaptar-se aos verdadeiros moldes do Império liberal.

IV

A ascensão antecipada do jovem Monarca aos conselhos da Coroa, o fato, apenas, do governo da Nação ter sido entregue às suas mãos ainda inexperientes não bastava para acalmar de vez os espíritos e pacificar o país. O jovem Imperador se verá ainda, durante cerca de dez anos, cercado por esse ambiente de intranquilidade, de intrigalhadas e de sustos diários; e o seu caráter, em plena formação, reservado e suspeitoso por natureza, se ressentirá desse estado de coisas, se recolherá ainda mais em seus sentimentos íntimos, num gesto natural de defesa contra o que existia, sobretudo, no fundo, nessas revoluções e lutas de partido, de ambições insatisfeitas ou desejo de mando sobre a sua mocidade inexperiente.

Era preciso que esse menino tivesse, realmente, uma boa índole, para não se deixar, de qualquer forma, amoldar aos maus exemplos que o cercavam, "A sua *entourage* atual — dizia o Conde Giorgi, Ministro da Áustria ao Príncipe de Metternich — é tão ruim e maliciosa (*si mauvaise et si mal pensante*), que, longe de contribuir para o seu desenvolvimento físico e intelectual, só faz entravá-lo. Para corrompêr o coração desse jovem Soberano, serve-se constantemente de lisonjas as mais exageradas e as mais ignóbeis, que ultrapassam tudo que se viu nesse gênero nas cortes orientais e no Baixo Império. Como prova da verdade, tomo a liberdade de enviar a Vossa Alteza o incluso discurso que o Sr. Porto Alegre, Diretor do Instituto Geográfico do Rio de Janeiro, pronunciou recentemente em presença do Imperador, e no qual não teve escrúpulo em colocar Dom Pedro I acima de Carlos Quinto" [81]. E noutro ofício acrescentava: "Seria de desejar, no interesse deste Império, que S.M. o Imperador fosse cercado de alguns homens ao mesmo tempo devotados e esclarecidos. Infelizmente não é o caso, e esse jovem príncipe se encontra presentemente mais do que nunca isolado. Ele se verá mais cedo do que se esperava na situação de constatar todas as consequências funestas de uma maioridade precipitada. A própria imprensa, que sempre o respeitou durante a sua minoridade, acaba de se voltar contra ele, fazendo de sua conduta pública e privada o objeto da crítica mais amarga"[82]. Magalhães de Azeredo dirá, com razão, que não lhe faltaram, nessa fase turva da nossa História, elementos e perspectivas para a formação de um déspota intrigante e violento, de um Príncipe conspirador, oligarquista e demagogo[83].

Foi graças, sobretudo, ao seu excepcional bom senso, precocemente revelado, bem maior nesse menino do que em muitos velhos estadistas que o cercavam, que ele pôde conservar-se alheio a todas essas intrigas e baixas competições, distanciado das facções e da politicagem, isolado, em sua verdadeira posição de rei constitucional. "É bom menino, tem patriotismo, e pode-se fazer dele alguma coisa" — dizia Martim Francisco, Ministro da Fazenda, depois de seu primeiro contato com o Imperador.

"Esse jovem príncipe, havia escrito Daiser, pouco antes ao Príncipe de Metternich, conduz-se com infinito tato e circunspecção. Assiste duas vezes por semana ao Conselho dos Ministros, onde toma conhecimento dos negócios, dos quais não se ocupa, entretanto, senão como de um estudo preparatório, à exceção dos que dizem respeito a algumas nomeações e concessões de favores, sobretudo no interior do Palácio"[84]. Note-se a revelação precoce de certos aspectos de seu feitio — fiscalização nas nomeações, nas concessões de favores e no governo interior do Paço. Esse cuidado, essas políticas constantes nessas coisas só farão acentuar-se para o futuro.

V

Fixemo-lo, um momento, para melhor observá-lo, em sua vida cotidiana nesses primeiros anos de Reinado. É Daiser, ainda, quem nos dá a resenha aproximada:

"Levanta-se entre 5 e 6 horas. Depois de fazer a *toilette* e as devoções (que pratica religiosamente), passa a ler as petições e os jornais. Das 9 às 2 horas ocupa-se de diversas lições de História Geral de Direito Público, de traduções de Virgílio, de Grego, etc., tudo isso intercalado por algumas recepções e conselhos dos Ministros. Às 2 horas janta no seu salão com as Princesas, e depois do jantar faz quase sempre passeios a pé ou em carro, e mais frequentemente a cavalo, acompanhado das Princesas. À noite há sempre algumas recepções; em seguida conversa-se até a hora da ceia, que ele toma com as Princesas em seus apartamentos.

Às quintas-feiras o Imperador vem à cidade, para assistir ao espetáculo em português no grande teatro. Nos sábados vai às 7 e meia da manhã, com as Princesas, à Igreja da Glória obedecendo ao uso adotado pelo falecido Imperador Dom Pedro I e a Imperatriz Leopoldina, de gloriosa memória. Depois de assistir ali à missa, dirige-se diretamente para o Paço da Cidade, a fim de assistir ao Conselho de Ministros, dar audiências, visitar a Biblioteca Imperial e outros estabelecimentos públicos, e à noite vai com as Princesas ao Teatro Francês ultimamente fundado aqui, depois do que, recolhe-se a São Cristóvão." [85]

Para melhor nos inteirarmos da sua maneira de viver nessa época (1840-1842), cabe reproduzir aqui algumas páginas do seu *Diário*, em grande parte publicadas muitos anos depois por Helio Vianna[85a]. Assim, em 27 de agosto de 1840, quer dizer, um mês depois de ser declarado Maior, o Imperador anotava:

"Acordei às seis e meia. Às sete e meia chegou o Deputado Navarro que me requereu uma audiência particular, na qual me pediu que o nomeasse meu oficial de Gabinete [85b]. Às oito almocei. Acabado o almoço, fui ao quarto das Manas, à casa das lições, a ver as Manas. Aconteceu que, estando a Mana sem prestar atenção, eu lhe advertisse, e ela me apresentasse as costas, eu lhe desse um soco, sem ser de propósito, e ela se banhasse em lágrimas. Retirei-me. Daí a pouco veio ter comigo Dona Mariana, dizendo-me que a Mana estava em choros, que eu devia fazer as pazes com ela. Não quis. Acabado isto, vociferou Dona Intrigante contra os Semanários, chamando ao Doutor de *Farçola*, e aos mais de *tolos*, intrigando-os, dizendo que me querem indispor contra as Manas. Que mentira!!! "[85b]

No dia 2 de dezembro de 1840, comemorava-se o décimo quinto aniversário natalício do Imperador. Ele lançava em seu *Diário*:

"Às cinco da manhã, já ribombavam os tiros pelos montes de São Cristóvão e as bandeiras hasteadas tremulavam no azulado do céu. Eram estes os indícios do meu aniversário, 2 de dezembro, dia memorável nas páginas da História do Brasil "[85c.] "As sete levantei-me. Chamam-me à mesa. . . . [*faltam palavras*] . . . . meditar sobre as mercês, a fim de ver se eram ou não justas. Depois almocei o meu costumado: ovos e café com leite, aprazível bebida. Às oito para as nove ouvi missa no novo oratório, que na verdade ficou bom. Fui me vestir. Coitados dos meus ombros, gemiam com o peso do *uniforme*, tem oito libras, afora as Ordens, a espada e a banda. Safa!

"Às dez e meia em ponto parti para a cidade. O Estado compunha-se de sete coches. O do porteiro da Casa, adiante; o dos Camaristas; o do Estribeiro-Mor; o das Manas; o meu; o do Estado; o das Damas. Levamos uma hora certa. Muitos *vivas*, e todos a mim[85d] Passei por baixo dos Arcos que estavam em caminho. O de Mata -Porcos. As laranjas iluminadas da Ponte dos Marinheiros. A iluminação do Rocio Pequeno, assaz bonita. O do fim da Rua de São Pedro, na Cidade Nova. O do princípio da Cidade Velha. O do Largo do Capim. O da Rua Direita[85e]. Chegando ao Paço, descansei um pouco. Depois fui para o Te Deum, grandezinho, mas suportável, por ser composto por meu pai. Houve muita gente, muitos criados que vinham a petiscar honras, mal sucedidos[85f]

"Já a tropa estava em ordem e de bandeiras desenroladas quando cheguei à janela.Tocaram o Hino Nacional que, aclamado, mandei parar. Depois, o trombeta tocou o seuclarim, que outrora me era tão terrível. Principiaram os tiros de artilharia, que antigamente até me faziam verter lágrimas de terror. Acabadas as descargas, o Comandante, mandando tirar as barretinas, disse: *Viva Sua Majestade Imperial o Sr. Dom Pedro II! Vivam Suas Altezas, Viva a Constituição! — ao que todos responderam com unânime* aclamação. Tendo passado em continência, fui para o beija-mão.

"O Rouen, como Decano[85g], recitou uma breve alocução, ao que respondi: *Je remercie beaucoup au Corps Diplomatique les sentiments qu'il exprime au nom Leurs Souverains*. O cortejo foi grande, teve 560 pessoas, fora o Corpo Diplomático. A parede esteve tão cheia, que foi preciso que as Excelências se metessem pelos vãos das janelas. Brilhante Corte![85h] Apareceu a lista dos despachos que, graças a Deus, agradou aos homens sensatos. Pela fidelidade e amor com que me têm servido Vaía e Brant, nomeei o primeiro Conde, com grandeza, de Sarapuí, e ao segundo de Iguaçu. Refiro-me ao *Despertador* de 3 de dezembro[85i].

"Fui para cima, despi-me, descansei. Depois fui jantar quase às três horas para quatro. Depois do jantar tomei café, um cálice de licor e joguei alguma coisa (não pensem que foi com cartas). À tardezinha vesti-me, e às sete e três quartos parti para o Teatro. Depois de tocarem a sinfonia ouvi palmas, num camarote. Disse comigo: *Lá vai verso!* Eis que me aparece o célebre Pimentel, que tão maus versos recitou que nem me dou ao trabalho de transcrevê-los (refiro-me ao mesmo jornal). Foram outros piores. Enfim, foram os últimos, péssimos. Depois de longo intervalo e desafinadas ouverturas, apareceram *Os Dois Renegados*, drama de engenho, mas muito mal executado, pois, devendo uma pessoa cantar lá dentro, a fim de parecer a Ludovina, a desengraçada Isabel cantava; foi ela mesma que tocou na harpa e cantou com um tom áspero. Nunca vi harpa como esta, nem mesmo as dos pretendentes, *horresco referens*[85j] · Acabada a peça, dormindo fui para casa, dormindo me despi e dormindo me deitei. Agora, façam-me o favor de me deixarem dormir. Estou muito cansado, não é pequena a maçada"

VI

Mas não ficavam aí os festejos pelo aniversário do Imperador. No dia seguinte, 3 de dezembro, seriam as ''luminárias'', quer dizer, as iluminações dos principais logradouros públicos da Corte, e que o jovem Monarca devia ir ver após o jantar "Ordenei — dizia ele em seu Diário — que estivesse aqui" — no Paço de São Cristóvão — "às 7 1/2 a cabeça sem capuz" — sem coberta, pois se estava em dezembro e devia ser uma noite quente — "e parti para ver as luminárias".

Esteve primeiro em Mata-Porcos. Aí, diz ele, "não esteve mau enquanto ao arco, mas a iluminação adjunta não prestava." Representava ela o Imperador e as irmãs sobre um rochedo, e o pai e a mãe, por entre as nuvens, abençoando-os com os braços estendidos, "à maneira de quatro paus e muito mal pintados." Havia um dístico em verso, do qual não se lembrava. Seguiu depois para o Rossio Pequeno. "Não esteve feia a iluminação, a modo de jardim, com um templo no centro. O que dispensava era o meu retrato, que estava mal tirado. Faltava uma coisa principal, que era a música." A iluminação do fim da Rua de São Pedro foi a que lhe pareceu melhor. O local "estava mais bem iluminado, e menos sobrecarregado de tantos ornatos."

O Campos de Santana estava *assim, assim*. O Quartel de Cavalaria "não esteve feio. Chegado que fui ali, o Coronel, em companhia de toda a oficialidade, viera me beijar a mão. Depois o Coronel pediu licença para que recitassem [versos] os quais, por estar muito rouco, não recitou, deu-os a um Sargento, que os leu com ênfase demais. Acabados que foram estes, o Coronel, por três vezes, gritou *Viva o Imperador!*, ao que o povo correspondeu unanimemente." As iluminações da Secretaria da Guerra e do Largo do Capim estavam boas; da Rua Direita, "muito bonitas e muito bem pintadas." Do Arsenal de Marinha e do Quartel dos Barbonos, boas. "Às dez horas recolhi-me a casa"[85k]

Depois das "iluminarias" do dia 3, seguiam-se, no dia seguinte, ainda a propósito do décimo quinto aniversário natalício do Imperador, as "danças no Arsenal." Dom pedro II anotava em seu *Diário*, na data desse dia:

"Levantei-me à hora do costume e estudei o meu endiabrado grego e a minha meditabunda e árida língua. Almocei. Senti-me um pouco doente dos olhos, o que não impediu de dar lição. O Tomás leu-me a *Vida dos Ilustres Contemporâneos*[85l]. Jantei, estive no quarto das manas Francisca e Januária. À tarde joguei. Sendo 7 horas, parti para o Arsenal de Guerra. Eis-me chegado, tenho muito que falar, se minha débil pena e fraco entendimento a tanto cheguem.

Era, pois, noite serena e as cintilantes estrelas brilhavam com todo o esplendor na abobada azulada do firmamento, cálida, abafada. Aproximei-me à janela e vi que arquibancadas, que quase chegavam às janelas, estavam apinhadas de mulheres, bem como a sala em que eu estava. Pensei ser uma grande festa. Enganei-me.

Apareceram-me duas turmas de rapazes dançarolando, cingidos de coroas e presos por grinaldas. Diversas figuras fizeram, mas algum tanto fastidiosas. Já Morfeu lançava sobre mim suas... *[faltam palavras]*... dormideiras, quando me aparece uma dança de velhos, um passeio e basta. Depois uma dança de Chins, uma dança de macacos, de bugios. Acabada esta, uma menina ou menino ameninado subiu sobre uma espécie de pira, recitou um intersectado discurso. Graças a Deus, está finda a maçada! Vou cear, porém logo depois volto para a casa e, sossegado, durmo até o outro dia, sábado"[85m.]

VII

Completando o ofício que mandara para Viena com data de 20 de novembro de 1840, citado páginas atrás, dizia o representante austríaco:

"Além dos dias de gala[85n], o Imperador recebe o Corpo Diplomático todas as primeiras sextas-feiras de cada mês, às 7 horas da noite, no Palácio de São Cristóvão. As princesas não aparecem nessas audiências, que são, de resto, muito breves. Elas só recebem as senhoras, e nos seus apartamentos."

Essas recepções diplomáticas já começavam a ser uma das obrigações de seu cargo que mais o aborreciam. Os representantes estrangeiros que ele acolhia nessas ocasiões, com exceção de um ou outro, são unânimes em focalizar o ar de enfado, de suma obrigação com que ele lhes aparecia nessas audiências, e se limitava apenas a saudá-los.

Saint-Georges, Ministro de França, é distinguido, numa dessas ocasiões, com uma frase, uma simples frase, banal e sem significação, uma simples cortesia que o Imperador lhe dispensa; e o diplomata logo se apressa em comunicar o fato ao seu governo, de tal modo o surpreende a *loquacidade* do pequeno Monarca, acostumado a expressão é que se estava "aos seus hábitos de taciturnidade e absoluto silêncio"[86]. Taciturnidade — usual entre esses diplomatas, quando se referem ao Imperador.

Já antes, Lansdorff, que antecedera Saint-Georges como representante da França no Rio, havia escrito para Paris: "À noite houve recepção no Palácio de São Cristóvão. Sua Majestade não modificou, a meu respeito, o costume que adotou, de não conversar com os membros do Corpo Diplomático. Não falou senão com dois ou três de seus camaristas, e assim mesmo muito pouco. Em geral nota-se com certa inquietação esse costume de reserva e quase taciturnidade"[87.]

110

Os diplomatas foram tidos sempre como gente demasiado curiosa, bisbilhoteira e imprudentemente mexedora. E a sua tradicional discreção não passa, afinal, de um recurso puramente oportunista, adaptado unicamente às ocasiões que lhes convêm. Do contrário, não há línguas piores. Ora, o Imperador, sobretudo nessa época, era aquela natureza desconfiada e extremamente reservada que se conhece. Tinha verdadeiro horror à indiscreção. Não estará, talvez, nesse antagonismo de feitios a sua quase repugnância pelos diplomatas estrangeiros, que viviam à sombra do Paço, espreitando-lhe os atos, interpretando-lhe as palavras, criticando-lhe as ações ou esmiuçando-lhe o viver?

Veja-se o que se passou com esse pobre Barão Daiser. Durante cerca de 13 anos foi o representante da Áustria no Rio. Mais do que isso: foi o intérprete, o agente de confiança e confidente do velho Imperador Francisco I da Áustria junto ao neto, o pequeno Monarca brasileiro. Daiser foi no Rio como que uma sentinela da política da Casa d'Áustria junto a esse jovem príncipe Habsburgo, órfão na primeira infância, que o destino fizera nascer nas terras do Novo Mundo, e cuja coroa esteve tantas vezes ameaçada pelas investidas do espírito demagógico americano.

Durante todos esses anos o Imperador acostumou-se a vê-lo em São Cristóvão, sempre atencioso, sempre solícito, cortesão à moda antiga, curvado em reverências, uma figura, por assim dizer, da sua primeira infância. De fato, quando ele chegou ao Rio de Janeiro, o Imperador era uma criança de apenas dois anos de idade. E desde então, nunca mais o perderia de vista; não houvera recepção, cortejo ou sarau em que não estivesse presente, cortês e genuflexo, o diplomata austríaco.

Pois bem. Chega o dia em que Daiser é chamando pelo seu Governo e deixa definitivamente o Brasil. O Imperador lhe concede a audiência de despedida. Será a última em que os dois se avistarão. Após treze anos de uma convivência quase diária, chegou o momento da separação final. O Imperador sabe que nunca mais reverá o velho diplomata da terra de seus avós. Como procede ele? Que expansões dá ao seu temperamento, num momento como aquele?

Simplesmente desconcertante. Di-lo-á o Secretário da Legação Austríaca, que acompanhou Daiser a Palácio: "Tendo acompanhado o meu chefe, fui testemunha do acolhimento glacial que o Soberano lhe fez; limitou-se a desejar-lhe uma boa viagem, e não se dignou dirigir-lhe uma só palavra amável, nem lhe dar um testemunho qualquer de interesse, ao qual entretanto tinha direito pelas atenções assíduas e desinteressadas, dispensadas à Família Imperial do Brasil durante os treze anos de residência neste país."[88]

VIII

Pouco a pouco Dom Pedro II vai procurando adaptar-se às funções majestáticas, enfronhando-se nos escaninhos da administração pública, nas malhas da política e nos segredos da arte de goVernar. Vai também conhecendo melhor os homens que o cercam, sem, contudo, ainda compreendê-los de todo. "O Imperador vai bem" —, escrevia Daiser a Metternich. "Ocupa-se muito da parte de governo que lhe toca. Vai quase diariamente à cidade, a cavalo, para visitar os diferentes ramos da administração, que inspeciona com bastante minúcia." E acrescenta: "Sua Majestade tem crescido muito, e antes o aspecto de um rapaz de dezoito anos do que um adolescente que ainda não completou os seus quinze anos"[89.]

Esse ofício é de agosto de 1840, um mês depois da Maioridade. No mês seguinte o Austríaco volta a dizer, talvez com uma ponta de exagero: "Esse jovem Soberano desenvolve-se de dia para dia de uma maneira mais que satisfatória, e direi mesmo espantosa, tanto no físico como no moral. Ele cresceu, nestes dois meses, sem exageração, pelo menos duas polegadas, e tem todo o aspecto de um rapaz de dezoito anos do nosso hemisfério"

Raquítico, que fora, nos primeiros anos, a ponto de preocupar os que lhe velavam a saúde, seu crescimento acentua-se de ano para ano. Contudo, sua aparência é antes má. Tem um ar doentio. Uma gordura precoce, que faz lembrar o avô Dom João,[90] dá-lhe o aspecto envelhecido e cansado, acentuado ainda mais pela nenhuma vivacidade do temperamento. O Conde de Suzannet nota-lhe a "saúde delicada e a aparência doentia", o que atribui à falta de exercício físico, reduzido este apenas a um pouco de equitação. Tem uma timidez constrangedora, o que lhe dá uma certa dureza de modos que a todos compunge. "A gravidade desse rapaz não inspira respeito — acrescenta Suzannet mas um sentimento de quase compaixão." Como tantos outros viajantes estrangeiros que o conheceram nesse período da vida, também Suzannet se deixa perder em conjecturas para tentar um julgamento exato dessa natureza enigmática — "fica-se reduzido a conjecturar sobre o caráter de Dom Pedro II", diz ele. E ainda, como tantos outros, acaba por concluir com um julgamento falso: "O Imperador, mesmo com as suas boas intenções, não estará nunca à altura de uma tarefa que necessita uma inteligência poderosa e uma vontade firme" [91] Saint-Georges, Ministro de França, observa: "Quanto ao físico, está muito atrasado. De um temperamento linfático, não tem nenhum gosto pela equitação, as viagens e os exercícios corporais, que são geralmente uma necessidade nesse período da existência"[91a]. Assim que só raramente saía a cavalo para dar um passeio pelos arredores da cidade, pelos lugares pitorescos dos seus arrebaldes. Um dia, animou-se a ir até o Hospício de Pedro II, fundado em 1841 (depois Hospital dos Alienados e hoje sede da Reitoria da Universidade Federal do Rio de Janeiro), à fortaleza da Praia Vermelha, estendendo o passeio até Copacabana, que era então uma praia quase deserta, frequentada apenas por uns raros pescadores.[92]

IX

Aos exercícios físicos, prefere sempre os estudos. Troca a vida ao ar livre, no grande parque de São Cristóvão, pelo convívio silencioso, nas salas do Palácio, dos livros e revistas de sua predileção. Elevado ao Poder, não dispensa as lições dos mestres. A quem quer que o possa ensinar, no correr de uma conversa ou de uma audiência, ele escuta. Tem sede de saber. Indiferente a tanta coisa que o cerca, à pompa da realeza, por exemplo, à cortesania dos áulicos, mostra-se curioso e indagador quando lhe apresentam um livro ou sugerem uma questão de ordem literária ou científica. Todos os contemporâneos são unânimes em testemunhar esse desejo seu de aprender, esse apego aos livros, essa dedicação aos estudos. Saint-Georges nos fala de sua "precocidade de inteligência para os estudos."

"Continua a tomar lições" — escreve Daiser para Viena, em março de 41, salientando o inconveniente de o deixarem enfronhar-se demasiado nos estudos das letras, em detrimento de uma educação de natureza mais prática. "Ocupam-no demais com literatura, e pouco com as ciências que deviam formar o fundamento principal dos conhecimentos de um jovem príncipe, destinado a governar um dia. Felizmente ele tem ainda tempo para preencher essa lacuna, o que, com o seu amor ao estudo, não deixará de fazer assim se encontre sob melhores influências e animado por bons exemplos."

Em outubro do mesmo ano o Austríaco volta ao assunto: "Esse jovem príncipe é sobretudo valente no trabalho e nos estudos, que continua sempre com o maior sucesso." É com efeito a sua verdadeira propensão. Lacônico por natureza e reservado por índole, de uma discrição que chega a ser quase doentia, torna-se expansivo, loquaz, quase exuberante, quando fala em Ciências, em Artes e, sobretudo, em Literatura.

O Barão de Planitz, Alemão[92a] que trabalhava na Biblioteca Pública da Corte, professor de Alemão no Colégio de Pedro II, heraldista e desenhista que ganhara as simpatias do jovem Imperador, se refere *maravilhado* (expressão sua) à conversa que teve com o Monarca, quando o ouviu descorrer, por mais de uma hora, unicamente sobre literatura alemã. Confrontando — conta Planitz — o *Regulus de Collin* com a *Virgem de Orléans*, ressaltou o caráter não-histórico e o romanticismo inútil desta última tragédia, citando alguns trechos da primeira. Chamou as comédias de Weissenthum de uma maçada, e louvou o *Sítio de Praga*, de Carolina de Pichler. Disse que, salvo o *Juramento*, nada mais entendia de Gardner, e que o mesmo acontecia com o Messias e as Odes de Klopstock. A que Planitz observou, não sem propósito, que muitos Alemães não seriam mais perspicazes do que o Imperador. Este ainda taxou de desinteressante o *Don Silvio de Rosalia*, de Wieland, e de inconveniente o *Novo Amadis*. Planitz confessa o embaraço em que o pôs Dom Pedro II, quando este lhe pediu a tradução de uma dúzia de palavras intraduzíveis (*unübersetzbarer*). O Imperador a Planitz: "Como se deve traduzir, por exemplo, a palavra *Anfklarung* — iluminação intelectual ou luz intelectual? *Lumières? Civilisation?* Na língua portuguesa não existia a palavra correspondente?" [93]

Quatro meses após a declaração da Maioridade, Daiser mandava dizer a Metternich:

"A declaração da maioridade do Imperador foi recebida, em todo o Império, com o maior entusiasmo. De todas as Províncias vieram e continuam a vir deputações das autoridades civis e militares, das Municipalidades e de todas as espécies de corporações, para apresentarem a Sua Majestade as homenagens do seu respeito e a expressão de sua viva satisfação por esse importante acontecimento. Não se passa um dia que o Imperador não tenha que receber diversas delas, às quais responde sempre com algumas palavras amáveis.

"Felizmente que, apesar da declaração da Maioridade, a pessoa do Imperador não é ainda visada. O grande bom senso da Nação reconhece bem que essa Maioridade não é no fundo senão uma ficção, e que nada do que se faz de importante nestes primeiros tempos do seu Reinado lhe pode ser diretamente atribuido." [93a]

A 23 de julho de 1842 comemorava-se o segundo aniversário da proclamação da Maioridade. Apesar de o Ministério "maiorista" não estar mais no poder, a data era considerada festiva. No mês anterior, havia explodido a revolta dos Liberais de São Paulo, rapidamente debelada pelo Brigadeiro Barão de Caxias (depois Conde, Marquês e Duque desse nome), que chegava à Corte naquele mesmo dia 23 de julho. Pela manhã desse dia, estando a almoçar, o Imperador recebia uma carta de José Clemente Pereira, Ministro da Guerra, dando-lhe parte da volta do Brigadeiro.

Terminado o almoço e antes de partir para o Paço da Cidade, onde se la comemorar o aniversário da Maioridade, Dom Pedro II, seguindo o que já era seu costume, mandou que o seu médico, Dr. Sigaud,[94] lesse para ele ouvir .com proveito, algumas páginas da agradável obra de Victor Hugo, intitulada *Le Rhin.*" Foi depois estar com o Mordomo Paulo Barbosa, com o qual entreteve esse pitoresco diálogo, lançado pelo Imperador em seu *Diário*:

"Entrando pela porta da Secretaria da minha casa, perguntei ao Mordomo: Quantos pés tem de fundo o Colégio do Anjo Custódio?[94a]

Mordomo: Não sei, meu senhor.

Eu: Assente-se.

Vai começar a conversa, que para maior clareza ponho em diálogo.

Mordomo: Vossa Majestade é admirado por sua perseverança...

Eu: Sem a qual nada se faz.

Mordomo: O seu segredismo...

Eu: Alguns, quando me viram tristes, há tempos, ficaram pesarosos.

Mordomo: Eu fiquei muito abatido.

Eu: Pensaram que eu tinha desanimado. Não desanimei, nem tinha motivo para melancolia. Era como um ataque de hipocondria.

Mordomo: Em certa idade até chorava. Nada havia de agrado no mundo.

Eu: Julgo que todos os Soberanos deverão ser em algum tempo melancólicos, porque sempre são chamados a meditar[94b]

Mordomo: O que eu não acho bom em Vossa Majestade é a sua nímia bondade. O castigo é às vezes, indispensável."

Passado esse curto diálogo, continuava o Imperador no *Diário*:

"Olhei para o relógio e, vendo que às onze vinham, levantei-me, andei, subi ao quarto de minha cama, vesti-me, desci pela volta das onze, fui ao quarto das Manas, conduzi-as à escada, embarcaram-se no seu coche com a Camareira-Mor, e o Estado partiu. A ida moeu-me, pois iam os cavalos a passo, e eu sentindo, sem perder um, todos os balanços, ainda que não muito ásperos, da rica estufa que veio da Inglaterra.[94c] Graças a Deus chegou o Estado ao Paço da Cidade, em que a Corte me esperava. E, depois de breve intervalo, com a corte adiante, baixei à Capela, onde assiste a um *Te Deum*, entoado pelo vagarosíssimo, em lugar de reverendíssimo, Bispo Capelão-Mor[94d]. *Oremus*, diz o do Monte. Reza. Ajoelho-me. Canta-se *Tantum Ergo*. Apresenta o Príncipe da Igreja o adorado corpo de Cristo, e eu, atrás do Capelão-Mor, me retiro.

Ao fazer-me encontradiço com minhas irmãs, aparece-me o Barão de Caxias, que, depois de beijar a minha mão e as das manas, se mete na corte, onde encontra apertos de mão e outros sinais de prazer em o ver.

— "Que velho é aquele, que secamente trata o pacificador de São Paulo? O Marquês de Paranaguá,[94e] que muito se sentiu de ter o Barão de Caxias vindo ao Rio de Janeiro. José Clemente, com seus passos curtos, aproxima-se e diz: *Será bom que Vossa Majestade convide Caxias para jantar*. Ao que respondi, de muito boa vontade, que *sim*. Chamo o Paulo, a quem ordenei que convidasse a jantar o Caxias, o qual, antes, tinha [sido] nomeado meu ajudante de ordens. Agradecimento de Caxias. Os Ministros começam a falar com ele. Apareço à janela. 1.800 guardas nacionais me apresentam armas, o que agradeço dando com o chapéu.

O clarim soa, o Corpo de Artilharia põe-se em movimento, e dão vinte e um tiros de canhão, os quais são seguidos por descargas de espingardas e o Hino Nacional. Depois de outras duas descargas, o Comandante da Guarda Nacional manda tirar as barretinas e dá vivas a mim, às manas e à Constituição do Império, os quais, acabados, passa a Guarda Nacional em continência. Subo com as manas ao Trono, a corte toma o seu lugar, e São-Martinho, misantropo, apresenta-me, falando tão baixo que não percebi palavra, os oficiais de um navio sardo. Chega o tempo de fazer vir o Corpo Diplomático. Apronto-me. Aparece Bayard[94f] à frente. Ora. Eu lhe respondo: *En ce jour tout national, je remercie beaucoup au Corps Diplomatique les expressions de ses sentiments.*

Quanto me custa um cortejo, como mói! Mas ele é sinal de gratidão de meus amados súditos. Devo recebê-lo com boa cara. Começa — um, dois, três, parece que não tem fim a cauda. Sim, já vejo, é a deputação do Instituto, [94g] cujo orador, o Cônego Januário, que no seu longo discurso exprime um pensamento que me agrada, este: "Escavando a base do trono de Vossa Majestade, veem a solidez sua." Alude aos maus súditos. Respondi: "Agradáveis me são os sentimentos do Instituto. Amigo dos livros, protegê-lo-ei sempre"[94h]

CAPÍTULO VI
PROFESSORADO DE AURELIANO

> *O Imperador-aprendiz e os seus ministros. Primeiros bilhetes políticos. Paulo Barbosa e Aureliano Coutinho. O papel decisivo deste último. A opinião pública e a "Facção Áulica". Impressões dos diplomatas estrangeiros. Iniciação ao papel de rei constitucional. Afirma-se a personalidade do monarca de dezoito anos. Os primeiros Gabinetes partidários. Autoritarismo de Honório Hermeto e o "incidente Saturnino". O prestigio de Aureliano.*

I

Por certo, não é ainda o Imperador que governa, no sentido amplo da palavra. Contudo, não se mostra também indiferente ou ausente dos assuntos da administração pública. Ao contrário, começa já a ter consciência da sua posição de Chefe de Estado; e se consente, em grande parte, que os seus Ministros mandem e governem em seu nome, não se deixa também apagar: em bilhetes e cartas aos seus colaboradores diretos, faz-lhes sentir que ele está ali, que tem voz ativa e, quando preciso, quer que prevaleça a sua vontade ou o seu modo de pensar.

Temos a prova disso numa série desses bilhetes, escritos a José Clemente Pereira, seu Ministro da Guerra de março de 1841 a janeiro de 1843, quer dizer, quando da revolução separatista do Rio Grande do Sul e das revoltas dos Liberais de São Paulo e de Minas Gerais.[94i] São talvez, os únicos que se salvaram da sua correspondência, nessa época, com os seus Ministros. Mas são o bastante para vermos que, apesar de ser um rapaz de cerca de dezesseis anos de idade, que fora conservado, até então, afastado dos assuntos do Governo, Dom Pedro II la se integrando, pouco a pouco, no seu papel de Rei constitucional.

São vinte e sete cartas e — bilhetes a José Clemente, dos quais onze tratam de providências relativas à revolução rio-grandense; quatro sobre a revolta dos Liberais em São Paulo e em Minas Gerais; e onze sobre assuntos da Secretaria de Estado da Guerra. No que se refere à revolução do Rio Grande, é de salientar-se a sua decisão favorável à nomeação de Saturnino de Sousa de Oliveira, irmão de Aureliano (futuro Visconde de Sepetiba) para a Presidência daquela Província. É possível que se veja nisso a influência que Aureliano, então Ministro dos Negócios Estrangeiros, tinha sobre o espírito do jovem Monarca; mas não significa menos a sua vontade de mandar, de impor uma decisão sua ao Ministro da Guerra. Num outro bilhete, vamos vê-lo exprimindo-se em termos por assim dizer imperativos. Dizia: "Sr. José Clemente — Amanhã traga, antes da conferência, para eu ver, a resposta, por escrito, que há de apresentar a seus colegas, e na quarta-feira a Mim, no despacho; e, quanto antes, trate de organizar a tabela que, com tanta instância e razão, pede o Presidente do Rio Grande na sua carta de 25 de abril de 1842."[94j] É preciso salientar que o seu Ministro da

115

Guerra era um homem, nessa época, de perto de sessenta anos, com um passado cheio de serviços ao País, tendo sido um dos principais personagens nos acontecimentos que nos levaram à Independência; e Dom Pedro II não passava, então, de um rapaz de dezessete anos de idade, que apenas dois anos antes assumira o governo do país.

Nos bilhetes dirigidos a José Clemente, a propósito dos movimentos sediciosos em São Paulo e em Minas Gerais, é o mesmo tom de mando que se nota: "Devemos, quanto antes — diz ele — ver se convém ou não o emprego do armamento que se acha no Bananal." Em outro bilhete ele achava *impudente* a nomeação do Tenente-Coronel João da Silva Machado (futuro Barão de Antonina) para Comandante das forças estacionadas em Curitiba, acrescentando "Prudência, força e diligência." Acha Helio Vianna que era excepcional em Dom Pedro II esse final como sugestão de normas de ação a um Ministro de Estado, e lembra que Dom Pedro I, escrevendo a seus Ministros, costumava terminar suas cartas com a invocação "Saúde, união e olho vivo."

No bilhete a José Clemente sobre os revolucionários mineiros, é manifesta a sua firmeza de vontade. Diz ele: "Os Coronéis Cid e Freitas devem responder a Conselho de Guerra e não comandar mais. Porque não responde também Ataíde [Tenente-Coronel *Assis Ataíde*, que cometeu um ato de insubordinação? São necessários exemplos ao meu relaxado Exército " (grifo no original). Fosse o Imperador um homem já maduro em idade e tivesse uma longa prática de governo, não falaria certamente com maior rigor e maior autoridade do que esse rapaz ainda adolescente.

Com relação à administração propriamente dita da pasta da Guerra, sua vigilância era a mesma, inclusive nos menores detalhes, revelando um traço de seu feitio que o marcará pela vida toda, não somente nos assuntos de ordem pública como em tudo o que terá de opinar, inclusive nas coisas de sua casa ou de sua corte, mesmo na vida das irmãs, a igual do que fará mais tarde com relação às filhas. Neste sentido, pode dizer-se que o conceito, depois repetido, de que o *Império era o Imperador*, começa a firmar-se desde essa sua primeira fase de governo. Dir-se-á que em muitos assuntos de ordem pública ele era sobretudo um porta-voz de Aureliano (futuro Sepetiba), como o seria de Paulo Barbosa nos assuntos de sua casa, sabida que era a ascendência que ambos tinham sobre o seu caráter em formação. Não importa. Seu comportamento, nessas coisas, não marcava menos um traço da personalidade dele, o desejo e a propensão para o mando. Ou, melhor dizendo, seu espírito absorvente, procurando de tudo se ocupar e de tudo querendo saber.

Veja-se, por exemplo, no tocante à administração da pasta da Guerra. José Clemente tratava nessa época da reforma da sua Secretaria de Estado, no sentido de dar-lhe um novo regulamento. O jovem Imperador, que acompanhava e se interessava por esse trabalho , não o deixava sossegado. Eram perguntas e mais perguntas: qual era o mais antigo marechal do Exército [*nesse tempo, o Marquês de Barbacena*]; por que suas irmãs, Dona Januária e Dona Francisca, não assistiam, "em carruagem descoberta", aos exercícios militares; por que não se fornecia vinho, nessas ocasiões, aos soldados; por que não se diminuíam, no Regulamento da Secretaria de Estado que se elaborava, os tiros de canhão nas salvas de artilharia.[94k] Descia mesmo a detalhes mínimos, como medidas de um livro, enviando, para esse fim, a José Clemente, tiras de papel numeradas AB, AC, DE, para os respectivos comprimentos, largura e altura.

Assim, mais cedo do que era de esperar-se, seu caráter voluntarioso e jeitosamente absorvente, prevalecia sobre o desinteresse dos primeiros E, mais por falta de confiança em todos os que o cercavam do que propriamente por ambição de mando, la tomando a si as rédeas da Nação. Mas por enquanto é ainda até certo ponto dócil, maleável, de uma timidez silenciosa, deixando-se, deliberadamente ou não (durante muito tempo continuará a ser um enigma), manobrar em muitas coisas por aqueles com que priva mais de perto.[95]

Daiser nos dá conta da inquietação que se manifestava em certas rodas da Corte, sobretudo da campanha movida por alguns jornais "contra várias pessoas do Paço, acusadas de conservar o Imperador num estado de coação e quase cativeiro."[96] Que haveria de verdade nisso? É o que iremos ver.

II

Dois homens, nesses primeiros sete anos do Reinado, conseguem, de fato, ter sobre ele uma ascendência marcada. E se não o mantém em cativeiro, como diziam exageradamente os jornais oposicionistas, conservaram-no, em todo o caso, numa posição de isolamento, longe de quantos, direta ou indiretamente, procuravam ganhar-lhe a confiança ou por qualquer forma manobrá-lo: Aureliano de Sousa e Oliveira Coutinho, futuro Visconde de Sepetiba, e Paulo Barbosa da Silva.

Filho de um antigo oficial do Exército, também ele oficial, Paulo Barbosa nascera em Minas Gerais. Viera muito jovem para o Rio de Janeiro, ainda Tenente de Cavalaria, e logo se metera com um grupo de camaradas Republicanos à frente de um jornal de tendências avançadas, *A Verdade*, onde se maltratava impiedosamente o primeiro Imperador e os homens que o cercavam.

Depressa, porém, compreendeu o jovem Tenente, cuja ambição de subir e de tornar-se alguém começava já a ganhar-lhe o espírito, que os ataques aos homens que detinham o poder não era certamente o melhor caminho para se ir por diante. Mudou, assim, de rumo. Chegou-se aos poderosos, e obteve ser mandado à Europa, com outros oficiais, para aperfeiçoar-se nos estudos de Artilharia. Andou por Paris, por Viena, e voltou para o Brasil pouco antes de 7 de Abril.

Datavam de então suas relações com Aureliano Coutinho. Meteu-se com este no movimento que provocou a abdicação de Dom Pedro I. Vitorioso nessa primeira empreitada, obteve, logo depois, certamente por influência de Aureliano, ser nomeado para o cargo de Mordomo da Casa Imperial, o que lhe dava entrada no Paço e acesso junto ao menino Imperador. A destituição de José Bonifácio, pouco depois, e subsequente nomeação de Itanhaém, seu amigo, para Tutor do jovem Monarca, iriam abrir-lhe as portas do futuro.

Paulo Barbosa tinha então cerca de quarenta anos. "Fino de espírito, mas não de corpo," dizia o Encarregado de Negócios de França, "vingativo e vaidoso." Ambicioso, em todo o caso, ele o era, embora sob uma aparência de modéstia e desprendimento.

Insinuando-se manhosamente atrás dos reposteiros, conseguiu conquistar a confiança das principais pessoas que, com ele, cercavam e assistiam diariamente no Paço ao pequeno Imperador, e delas se fazer amigo: Frei Pedro, o preceptor do Monarca; o médico Dr. Jobim; e a Camareira-Mor, Dona Mariana de Verna, Condessa de Belmonte.

Cercado e coadjuvado por tais elementos, não foi difícil a Paulo Barbosa criar no Paço uma situação de destaque. A única pessoa que teria podido dificultar-lhe, até certo ponto, os passos, e que apenas o tolerava, seria a Condessa de Itapagipe, Dona Romana de Aragão Calmon. Mas ele soube anular-lhe a influência, servindo-se para isso de Dona Mariana de Verna, que era, no Paço, a grande rival de Dona Romana. E com tanto maior facilidade quanto esta havia perdido ali o principal apoio, com a destituição de José Bonifácio, seu amigo e protetor, e o atual Tutor, Itanhaém, era *um homem fraco e sem meios*, como dirá Saint-Georges, que se deixava levar pelas manhas do ambicioso Mordomo.

Que espécie de sentimentos ligavam o Imperador a Paulo Barbosa? Apurar a natureza dos sentimentos do Imperador é sempre uma tarefa difícil, sobretudo nesse primeiro período de sua mocidade, quando se mostrava, sob este aspecto, inteiramente impenetrável. Contudo, sempre se pode dizer que uma certa estima o unia ao Mordomo. O Imperador não lhe tinha possivelmente amizade. Mas estimava-o. Apreciava as maneiras melífluas do Mordomo, seu espírito cordato e sem arestas, facilmente adaptável a todas as situações. Para o Imperador era um serviçal obediente e respeitador, atento às suas ordens, pronto sempre a descobrir-lhe as intenções. Era, sobretudo, um homem cômodo. E, além do mais, como Mordomo, excelente funcionário.

Paulo Barbosa não teve certamente junto ao Imperador-rapaz a ascendência preponderante que já se dizia no seu tempo, e se repetiu depois até os nossos dias. Foi uma lenda espalhada sobretudo pelos seus desafetos ou invejosos, que os havia, e muitos, mormente no grupo dos Andradas, que se viram sempre combatidos pela vontade velada, porém firme e tenaz do Mordomo.

A influência de Paulo Barbosa talvez tenha sido maior no Paço, isto é, nas antessalas do trono do que propriamente junto ao Imperador. No Paço, os principais personagens eram criaturas suas, e o Imperador lhe dava ali inteira liberdade, prestigiando-lhe os atos e as atitudes. "Tomou conta do Paço", diz o diplomata francês dessa época, o Conde Ney, que o chama de "homem bastante importante", para logo perguntar: "Está ele certo do apoio do Imperador? É o que parece, embora digam no Paço, onde ele tem muitos inimigos, que o Imperador não gosta dele" [97]

O Imperador não gostava dele? *O Imperador não gosta de ninguém!* — exclamava o próprio Paulo Barbosa, quando sentia, apesar de todas as suas manhas, não poder dominar inteiramente a natureza inacessível do pequeno Monarca.[98]

O diplomata francês talvez estivesse com a razão: no fundo tanto o Imperador como Paulo Barbosa se receavam mutuamente. "Sua Majestade não pode, com razão ou não, dispensar seu Mordomo; este age com prudência, evita o que poderia provocar uma ruptura; e, ou por persuasão, por intimidação e por outro qualquer meio, ele consegue, dizem, fazer com que o Imperador o satisfaça sempre em seus pedidos... É um homem cujo poder está em plena evolução. Os Ministros não tomam nenhuma providência sem o consultarem, e sua importância está de tal modo acreditada que se costuma perguntar, gracejando, quem é, afinal, que governa, se P. I. ou P.II."[99]

III

Aureliano Coutinho era outro homem em tudo, bem diferente de Paulo Barbosa. Outra cultura, outro caráter. Sobretudo outro caráter. Era antes de tudo um político, jeitoso, maneiroso, sem que lhe faltasse, por isso, força de vontade e gestos de audácia quando se faziam necessários. Filho de um Coronel de Engenheiros que andara fortificando as costas da Província fluminense contra possíveis desembarques de franceses, ao tempo do Vice-Rei Conde de Resende, nascera Aureliano em 1800, na antiga Vila Real da Praia Grande e desde abril de 1836, cidade de Niterói.

Pouco depois seu pai fora incumbido da construção da estrada na serra de Inhomirim, também na Província do Rio, o que o obrigou a fixar-se, com a família, nas cercanias do Córrego Seco (atual cidade de Petrópolis), onde iria nascer, em 1803, um outro de seus filhos, Saturnino, que seria fiel companheiro e associado à carreira política do irmão Aureliano. No Córrego Seco, este passaria uma parte de seus primeiros anos.

Completados os estudos preparatórios na corte, Aureliano iria obter de Dom João VI com intervenção do pai, que era pobre e tinha numerosa família — nove filhos), uma pensão do Estado para fazer o curso de Direito na Universidade de Coimbra. Isso em 1820. Completado o curso, voltaria para o Brasil, já então separado de Portugal e constituído em Império, quando seria nomeado, em 1826, juiz de fora de São João Del-Rei, sendo quatro anos depois aleito Deputado-Geral pela Província de Minas. Aparecendo pela primeira vez no Parlamento, nessa sessão tumultuosa que precedeu a abdicação de Dom Pedro I, logo se impôs por sua inteligência bem aplicada, suas boas maneiras, seu bem falar e a habilidade com que se havia naquele meio de desavenças e toda a sorte de intrigas. Assim que no ano seguinte era despachado Presidente da Província de São Paulo, para ser depois, sucessivamente, Ministro do Império, de Estrangeiros e da Justiça. Ocupava essa última pasta no Gabinete que destituíra o Conselheiro José Bonifácio da Tutoria Imperial. É sabido, aliás, o papel preponderante que desempenhou nessa conjuração de palácio. [100]

Datava dessa época sua entrada na intimidade do Paço, unindo-se à espécie de *côterie* que se vinha ali formando e disputava a confiança do Imperador-menino. Ligado a Paulo Barbosa, amigo e companheiro de seu irmão Saturnino, na redação do jornal *A Verdade*, que combatia os Andradas na tentativa de restauração do primeiro Imperador,[100 a] e ao grupo palaciano chamado no tempo de *Camarilha* ou de *Facção Áulica*, não foi difícil a Aureliano insinuar-se no espírito do menino Imperador. Suas qualidades pessoais fizeram o resto.

A chamada *Camarilha*, também chamada *Clube da Joana*, reunia-se na chácara de Paulo Barbosa, nas imediações da Quinta da Boa Vista, onde corria um riacho de nome Joana, que era o da antiga proprietária da chácara, com um moinho de trigo para serventia da Quinta Imperial, chácara que tinha sido comprada por Dom João VI. [101]Com a abertura, muito posteriormente, da Avenida Maracanã, a antiga chácara da Joana passaria a ser a residência dos Ministros do Exército.

IV

Aureliano era um dos homens mais maneirosos do seu tempo. Inteligente e bem falante, dotado de uma cultura variada, de um mundanismo insinuante, tinha, de fato, todos os predicados para vencer. A elasticidade do seu espírito, aliada a um temperamento cordial e otimista, o predispunham a enfrentar as mais difíceis situações. Era desses homens que a gente acolhe com prazer, com uma simpatia bem disposta. Araújo Porto Alegre, futuro Barão de Santo Ângelo, que o conhecia de perto, nos fala de seus recursos de sociabilidade no trato com os homens "em horas e ocasiões impróprias de discutirem interesses ou recriminações individuais." E acrescenta:

"Para obstar tais ensejos, começou a fazer reuniões periódicas em sua casa, onde a presença do belo sexo desarmava os pugilatos políticos, onde a dança e a harmonia consorciavam almas que se haviam amado e desquitado por opiniões políticas. Foi num desses saraus que pela primeira vez apareceram os sorvetes, e os magníficos exemplos de sua urbanidade e gentileza diluíram muitos ódios, aplacaram muitas raivas e acalmaram muitos ressentimentos."

Como administrador "foi dos mais notáveis que teve o Brasil monárquico", diz-nos Helio Vianna,[102] e para Joaquim Nabuco "possuía um número de qualidades e dotes políticos que raramente se encontram juntos: era um administrador, um diplomata, um homem de ação, um observador" [102a]

119

Com tais predicados, e as entradas fáceis que tinha no Paço, não lhe foi difícil fascinar o jovem Imperador. *Encantou o mancebo*, diz Oliveira Lima, que acrescenta: "o feitio de Aureliano era um refrigério ao lado da presunção dos Andradas, das excentricidades de Holanda Cavalcanti, da senilidade de Paranaguá, da secura beata de Itanhaém, da soberba de Paraná e do temperamento arisco de Abaeté"[102b.] Sua influência no Paço foi, de fato, preponderante. "Tem relações muito íntimas no Paço mandava dizer o Barão Daiser para a corte de Viena — e tanto o Imperador como as Princesas lhe querem bem; em todo o caso, estão habituados com a sua presença"[103.]

Não é fácil, ainda hoje, definir exatamente o papel que Aureliano desempenhou junto ao Monarca nesses primeiros anos do Segundo Reinado. Os testemunhos da época nem todos merecem fé: os que lhe eram contrários procuravam, naturalmente, rebaixá-lo; e os que lhe eram simpáticos procuravam exaltá-lo. Joaquim Nabuco, quando escrevia a história de seu pai, dizia que a influência de Aureliano junto ao Imperador rapaz constituía "um dos enigmas das nossa história constitucional"[104]. Nabuco dizia isso há cerca de setenta anos. Ora, apesar do muito que se tem escrito sobre esse "enigma" e dos numerosos documentos que foram desde então revelados, as controvérsias e as divergências a este respeito continuam a existir.

Helio Vianna, por exemplo, que pode ser tido, sem favor, como o melhor conhecedor de seu tempo da história do Império, depois do desaparecimento de Tobias Monteiro, e que escreveu sobre Aureliano uma tese que ainda é a mais completa sobre a atuação política do futuro Visconde de Sepetiba, é um dos que negam ter sido ele chefe de uma *"inexistente Facção Áulica"*. Reduz o apregoado prestígio de Aureliano junto ao Imperador a "pequenos favores de parte a parte, em que se imiscuíam, algumas vezes, questões políticas ou simples providências de serviço." Para prova do que, transcreve dois bilhetes existentes no Arquivo de Paulo Barbosa (ambos sem data, mas que devem ser da época da Maioridade), um do Mordomo a Aureliano, e o outro dirigido a este por Dom Pedro II.

O primeiro diz assim:

"Aureliano amigo — O Imperador veio para o Paço [*Paço de São Cristóvão*] sem ir à Glória [*Igreja da Glória*] por ter ameaçado chuva. Eu disse-lhe que me tinhas dito que por hoje o despacho não podia ser senão depois da audiência, porque o Ministério tinha de conferenciar mais longamente, e que me tinhas encarregado de lho dizer. Anuiu; mas, não tendo ele ocupação antes do jantar, bom será que V. Ex[a]s. [*os Ministros de Estado*] conferenciem nas sextas-feiras para fazerem o despacho nos sábados de manhã, porque Ele não pode estar desocupado, e não convém que venha à cidade de tarde, por causa das trovoadas. — Saúde. Teu do c. — Paulo."

O outro bilhete é nestes termos:

"Sr. Paulo Escrevo-lhe esta a fim de lhe dizer que, apresentando-me o Aureliano uma subscrição para *eu assinar, se quisesse,*[104a] sendo o seu fim sustentar a Companhia Dramática Francesa, eu lhe respondi que bastava o dar-lhe eu para sua sustentação 100$ rs. por mês; e que não estava disposto para gastar uns poucos mil réis com esta subscrição, os quais posso empregar em coisa mais útil. Então o Aureliano me disse que seria bom que o Sr. Paulo respondesse por mim nesse sentido ao diretor do Teatro Francês do Brasil. — D. Pedro 2º." [105]

Ora, esses dois bilhetes nos provam justamente o contrário da tese defendida por Helio Vianna, isto é, que Aureliano e Paulo Barbosa eram os dois verdadeiros mentores do Imperador-menino, que só em pequenas coisas da vida cotidiana sabia querer ou fazer prevalecer a sua vontade. Em tudo o mais, eram os dois que lhe traçavam as horas de cada dia e a maneira de ocupá-las, velando, naturalmente, antes de tudo por sua saúde; não deixando, por exemplo, Paulo Barbosa que ele fosse à Igreja da Glória, como fazia todos os anos a essa data, por causa da chuva que caía, receando que com isso se resfriasse.

Por esse primeiro bilhete, vemos que era Aureliano quem marcava as horas de audiência que o Imperador devia ter, contra o que o pequeno Monarca nada objetava. Por outro lado, era Paulo Barbosa que receando vê-lo sem nada fazer "antes do jantar", e achando que não podia ficar desocupado nem sair do Paço de São Cristóvão por causa das trovoadas (que lhe metiam então muito medo) fixava o dia e a hora que os Ministros deviam estar em conferência (às sextas-feiras), para terem na manhã do dia seguinte despacho com o Imperador.

No outro bilhete já não vemos Dom Pedro II tão submisso às decisões de seus dois mentores. Como Aureliano sugerisse que ele desse algum dinheiro para o sustento de uma companhia de artistas franceses (*se acaso ele quisesse,* dizia), o menino Imperador concordava, é verdade, com essa sugestão; mas não com a soma pretendida por Aureliano, mas apenas com 100$ 000 por mês, não se mostrando disposto a gastar mais dinheiro com a companhia, já que podia empregá-lo "em coisa mais útil.". Demonstrava, assim, que em certas pequenas coisas ele tinha opinião e sabia impô-la, se bem que concordasse, nesse caso, que fosse Paulo Barbosa que informasse o diretor da Companhia sobre a soma que ele fixara e estava disposto a conceder-lhe.

Naturalmente que um rapaz de cerca de dezessete ou dezoito anos, pouco depois de ser declarado *maior*, já podia e devia ter discernimento e modo de pensar eu em assuntos da administração pública ou em coisas que lhe diziam particularmente respeito. Também já devia ter consciência de seu papel é de suas atribuições como Imperador do Brasil, bem como dos dilatados poderes que lhe dava a Constituição do Império. Assim que no trato com alguns dos Ministros ele não é sempre maleável; e por mais de uma vez faz prevalecer o seu pensamento e serem cumpridas as suas ordens.

Mas, com Aureliano e Paulo Barbosa o seu procedimento é outro: sente-se que tem pelos dois um grande respeito para com as opiniões e decisões deles, não apenas naquilo que lhe diz particularmente respeito, no seu foro íntimo e nos negócios da sua casa, como no geral das coisas públicas e de suas obrigações como Chefe de Estado. Mesmo nos assuntos da alçada dos demais Ministros, era por vezes a opinião de Aureliano que mais contava para ele. E quando se tratava, por exemplo, de um Ministro que ele sabia ser desafeto de Aureliano, como José Clemente Pereira, ele se mostrava de um rigor e de uma intransigência que estava longe de usar no trato com aquele ou mesmo com Paulo Barbosa.

Assim que esses dois homens foram de fato, nessa época, os verdadeiros mentores do Imperador. É o que nos parece hoje fora de dúvida, dando margens a que ele recebesse cartas anônimas como esta, acusando os dois de serem falsos amigos do Monarca, que só pretendiam, com essa fementida amizade, tirar proveitos para próprios, a fim de pescarem bom peixe, como diz o autor da carta:

"Paulo Barbosa da Silva é vosso amigo porque tendes o que lhe dar. Do contrário diria de vós o mesmo que disse de vosso pai no periódico *Verdade,* que dirigia[105a].

Aureliano é vosso amigo, mas pretendeu, com o Feijó e outros, fazer o 30 de julho para vos tornar zero[105b]; porém, não conseguindo, mudou de rumo e virou a casaca. E se virou logo vosso amigo para pescar bom peixe, o que tem conseguido. Está hoje feliz. Que especulação!" [105c]

Mas fosse ou não Aureliano chefe da então chamada *Facção Áulica*, e houvesse ou não essa facção [106,] o que não resta dúvida é que o futuro Visconde de Sepetiba desfrutou junto do Imperador-rapaz de uma ascendência que nenhum outro personagem ou político do tempo conseguiu igual. Mas não se diga por isso que ele fosse um *valido* do Monarca. Nem o caráter de Aureliano se acomodaria com uma tal situação, de mera figura palaciana. A sua grande personalidade repugnaria

121

aceitar semelhante papel. "O Sr. Aureliano — dizia Saint-Georges, Ministro de França — que desfruta como ninguém a amizade do jovem Monarca, é um magistrado íntegro [106a] administrador de mérito, animado das melhores intenções"[107].

O próprio Imperador, aliás, o defenderia mais tarde dessa acusação de aulicismo, afirmando de uma maneira categórica: *Nunca tive favoritos*. E sobre Aureliano: *Dava-me com Aureliano, e estimava-o por suas qualidades*[108]. De fato, nunca os tivera, não os tinha então, nem os terá jamais. Nem Aureliano, nem Paulo Barbosa, nessa época, nem nenhum dos políticos que mais tarde desfrutariam um pouco de sua intimidade — inclusive Couto Pedreira, Visconde de Bom Retiro, seu companheiro de meninice — poderá jactar-se de ter sido objeto de favoritismo seu. Nenhum deles, aliás, alegará semelhante favor. "Num ponto (dirá Joaquim Nabuco, referindo-se ao Imperador), sente agudamente e a sua susceptibilidade é grande: não deve ser suspeitado de ter validos. Depois que termina o seu noviciado e dispensa os conselhos de Aureliano, e o reduz a um político tão dependente, tão ignorante dos altos mistérios como os outros, não quer ao seu lado e nos seus Conselhos individualidades culminantes, governando com o seu prestígio e à sombra, como se tivesse poder próprio sobre a Nação"[108a]

Conselheiro — eis talvez o papel exato de Aureliano ao seu lado nos anos que se seguiram à Maioridade. Conselheiro e, ao mesmo tempo, professor político, uma espécie de guia, de mentor, na direção geral do País, que lhe abria o espírito para as coisas do governo e da administração pública, que lhe dirigia até certo ponto os passos, sem chegar, contudo, a anulá-lo ou substituí-lo no governo de fato da Nação. Mas longe de ser tido como um valido, que o manejasse *por trás do reposteiro*, como quer Oliveira Lima, que, para isso, o equipara a Lorde Bute, na Inglaterra, ao tempo de Jorge III.

V

O grande serviço que se deve a Aureliano, ou mais precisamente, ao seu professorado, foi justamente o de ter iniciado o jovem Monarca no verdadeiro sentimento de Rei constitucional; de o ter colocado, tanto quanto era possível nas contingências imprecisas dessa época primária de nossa organização política, ele, Imperador, e os homens de Governo, no papel exato de cada um, dentro do regime representativo. Aliando-se ora a Liberais, ora a Conservadores, sem, contudo, escravizar-se ou subordinar-se a uns e a outros, e deixando, portanto, que se refletisse, ora sobre um partido, ora sobre o outro a preferência ou o apoio do Soberano, que ele próprio transmitia, como agente condutor, Aureliano colocava o jovem Imperador no seu verdadeiro lugar de Rei constitucional — isto é, na posição equidistante entre os partidos e as facções, com eles e acima deles, conforme o exigissem as circunstâncias políticas do momento.

Talvez por isso ninguém o haja exatamente compreendido, e a política de Aureliano tenha sido tão duramente combatida e censurada. Essa posição distanciada das facções, alheia às tricas da politicagem, que o isolava, com o Monarca, dos cantos de seria dos políticos profissionais, impacientava Liberais e Conservadores, ansiosos ambos por atraírem, cada qual para o seu grêmio, a jovem inexperiência do Imperador, e poderem, por meio dela, montarem uma guarda avançada junto ao tono.

Porque uns e outros houvessem concorrido para a antecipação da Maioridade — os Liberais provocando o golpe de Estado parlamentar, e os Conservadores deixando-se, docilmente, vencer — ambos se julgavam com direito de tutela sobre o jovem Soberano, tutela que depressa redundaria numa servidão política. Foi o que não consentiu se fizesse Aureliano. Daí a revolta dos despeitados.

Certo, eles tinham razão quando acusavam Aureliano de se intrometer na vida política do país; sobretudo naquilo que se podia chamar de *política oficial*, isto é, na vida e nas diretrizes dos gabinetes ministeriais. Mas que havia nisso de extraordinário?

Num país como era então o Brasil (e continuará a sê-lo, pode-se dizer, até quase o fim do Império): onde toda a vida da Nação, sobretudo a vida política, girava em tomo do Soberano, era natural que a influência de um homem com os predicados e a situação pessoal que Aureliano desfrutava não se limitasse à economia propriamente do Paço, mas abrangesse a esfera mais larga da administração e da política ministerial.

O fato é que de 1840 a 1847, isto é, desde a Maioridade até a criação da Presidência do Conselho de Ministros, quando o Imperador passou a delegar ao Chefe do Governo a incumbência de escolher os Ministros, a influência de Aureliano foi preponderante em todas as organizações ministeriais que se fizeram. É claro que não é ele quem forma os Gabinetes ou escolhe os Ministros; mas nada se faz nesse particular sem que seja ouvido, sem que seja previamente consultado, ou dê antes o parecer.

Já na própria organização do Gabinete chamado da Maioridade, constituído a 24 de Julho de 1840, o papel de Aureliano é preponderante. Não foi ele, certamente, o "organizador" ministerial. O Gabinete formou-se por si mesmo, como efeito imediato dos acontecimentos do dia, congregando, em tomo do Soberano, os chefes políticos do golpe de Estado parlamentar que o elevaram ao governo de fato da Nação. Mas a forma mesma por que ele se processou, e foi Aureliano incluído na organização ministerial, é uma prova do prestígio que todos já então lhe reconheciam.

Repetindo uma acusação de Teófilo Ottoni, Tito Franco atribuiu, durante algum tempo, ao Imperador, a indicação do nome de Aureliano para o Gabinete da Maioridade, como Ministro dos Negócios Estrangeiros. Quis, com isso, salientar o favoritismo que já então lhe dispensava o jovem Monarca.

Essa acusação destrói-se por si mesma. O Imperador era então um menino de pouco mais de catorze anos de idade. Não entendia nem podia entender nada de organizações ministeriais. Como nos demais sucessos da Maioridade, também ali nada mais fizera do que aceitar os fatos consumados. Levaram-lhe a lista dos novos Ministros, na qual figurava o nome de Aureliano com a pasta de Estrangeiros. Que podia ele fazer, senão dar simplesmente a sua aprovação? E foi, de fato, o que fez.

Aliás, o próprio Imperador se encarregaria mais tarde de desmentir a Tito Franco em termos peremptórios, de cuja sinceridade não é lícito duvidar: "Dava-me com Aureliano; estimava-o por suas qualidades. Porém não o impus como ministro, nem, começando então a governar, com menos de 15 anos, fazia questão de ministros. Saíram dentre os que me fizeram maior"[109]

VI

O Imperador queria dizer com isso que Aureliano fora incluído no Ministério de 24 de julho de 1840 pelos próprios chefes liberais maioristas que o organizaram, isto é pelos dois Andradas, os dois Cavalcanti e Abaeté. E é a verdade histórica [110]

Pode parecer isso, até certo ponto, um contrassenso, dadas as divergências e mesmo pessoais que separavam Aureliano dessa gente, sobretudo dos dois Andradas e de Abaeté. Aureliano se havia indisposto com Abaeté desde a presidência deste em Minas Gerais, em 1833, e era Aureliano, ministro da justiça. Com os Andrada a sua turra era mais profunda. A bem dizer, nunca se *tinha* tolerado; e era ainda viva na ilustre trindade a lembrança de como a perseguira Aureliano sob a Regência, sobretudo ao velho José Bonifácio, quando este fora violentamente afastado da Tutoria do menino Imperador, preso e exilado depois na Ilha de Paquetá.

Mas uma coisa são as incompatibilidades políticas, e outra coisa são a ambição e a conveniência dos homens. Todos sabemos o que valem essas incompatibilidades, a sua capacidade de transformação, de adaptação e mesmo de acomodação. Apesar do feitio de intolerância dos Andradas, a ambição pelo poder era mais forte neles do que todas as incompatibilidades ou malquerenças políticas: a *sede de governo*, que os atormentara durante anos seguidos de ostracismo, fazia-os esquecer agora, ou pôr de lado muita lembrança amarga.

Certo, nada feriria tão profundamente o amor próprio sempre vivo desses Andradas quanto o processo violento com que Aureliano e os seus aliados de 1833 lhes inutilizaram o plano de assalto ao Poder, sob pretexto de restaurarem Dom Pedro I no trono. Mas que importavam, afinal, já agora, esses fatos, morto que era o ex-imperador, e quando o presente era a volta triunfal dos dois irmãos ao Poder, com a perspectiva de uma longa e proveitosa permanência nas altas posições de mando?

Contudo — e aí está a exata explicação da inclusão de Aureliano no Ministério que organizaram no dia da vitória maiorista — essa permanência não seria jamais uma coisa durável, se não contassem eles com o apoio e a confiança do jovem Imperador. Mas como conquistá-los, se o pequeno Monarca vivia isolado, quase sequestrado no Paço, sob a vigilância ininterrupta de um grupo de cortesãos, a cuja frente estava aquele a quem Teófilo Ottoni chamava *o pontífice da seita palaciana*, isto é, o todo poderoso Aureliano de Sousa e Oliveira Coutinho?

Para alcançarem, portanto, as boas graças do Monarca era preciso, era mesmo imprescindível ganharem antes de tudo as próprias boas graças do seu mentor todo poderoso. Aureliano aparecia-lhes não só como o caminho mais acessível para alcançarem o Monarca, como, até certo ponto, o único mesmo viável. E o processo mais fácil de se aproximarem de Aureliano era trazerem-no para o Ministério, associá-lo ao governo, captar-lhe a simpatia e o prestígio, e dele se sentirem depois como acesso fácil junto ao jovem e inexperiente Monarca. Aureliano seria assim uma espécie de *ponte*, o agente condutor, o caminho cômodo e desimpedido que os levaria ao Imperador-rapaz.

Foram postas de lado, para isso, todas as incompatibilidades, todas as queixas e dissensões, e Aureliano foi convidado para fazer parte desse primeiro ministério chamado da Maioridade. Para Aureliano, a sua entrada para o governo, em tais condições, valia por um grande sucesso. Entrava independentemente de conchavos ou de compromissos partidários, mas atendendo às solicitações daqueles mesmos que tinham sido, até a véspera, seus adversários políticos. Isso lhe dava imenso prestígio, que valia por uma verdadeira consagração. Tendo tido a habilidade de não se gastar no poder, nem se ligar aos partidos que o disputavam [111], sua reputação de homem público ficara a salvo dos ataques de fora; e no Ministério seria o elemento estável e invulnerável, a que todos obedeceriam e escutariam. "É o único que até agora não somente não sofreu o ataque de nenhum partido, como é solicitado por cada um deles" — dizia Daiser [112]

VII

Quando, menos de um ano depois, esse Ministério se retirou, e os Andradas, amargando as piores desilusões, foram obrigados a deixar o Poder, passaram a acusar Aureliano de ter sido no Governo o elemento dissolvente. Daiser escrevia para Viena: "A oposição não deixou de atacar o Sr. Aureliano, e sobretudo de o acusar de ser o autor de uma intriga do Paço contra os seus ex-colegas, os quais atribuem sua queda exclusivamente a esse incidente" [113]Teófilo Ottoni e Tito Franco fizeram-se mais tarde eco dessas acusações, que chegaram mesmo até os nossos dias[114]

Que Aureliano tenha tido a sua parte na dissolução do Ministério da Maioridade e subsequente queda dos Andradas, pode-se crer. Ele deverá ter influído de qualquer modo o espírito do jovem Monarca para indispô-lo com os Andradas e forçá-los, assim, a deixarem o Poder. O feitio truculento e despótico dos dois irmãos, aliado ao espírito reacionário de Limpo de Abreu, futuro Visconde de Abaeté, seus intuitos de vingança contra os adversários políticos, a ambição de mando que os animava, tudo concorria para incompatibilizá-los depressa com um homem como Aureliano, de maneiras, de educação e de caráter tão diferentes. Era impossível uma colaboração assídua e prolongada entre eles [115]

Além disso, os Andradas depressa deixaram trair o plano, que haviam arquitetado, de se acercarem do inexperiente Monarca, conquistarem-no à sua política e propósitos de mando, e o tomarem depois, em suas mãos, um instrumento maleável e submisso. Ora, Aureliano estava bem pouco disposto a abrir mão da situação privilegiada que se havia criado no Paço, da confiança que tinha sabido conquistar junto ao Monarca, para satisfazer os planos ambiciosos desses Andradas, seus inimigos de ontem, mas que o capricho da política fizera, momentaneamente, seus aliados e colaboradores.

Pouco antes da queda dos Andradas, o Barão Rouen, Ministro de França, escrevia para Guizot:

'Estou informado positivamente de que se cuida de uma remodelação de Ministério, uma modificação pelo menos parcial, com o fim especial de afastar os Andradas. O Imperador, esclarecido sobre os abusos que eles fizeram até agora da autoridade e da influência que exercem no Conselho, e sobre a gravidade das queixas feitas contra os atos de uma administração tão violenta quanto arbitrária, reconheceu a necessidade daquela medida.

Parece que ela é provocada aparentemente pelas novas discussões que se levantaram no Conselho sobre os negócios do Rio Grande, e pela recusa dos outros Ministros em consentir na chamada do Comandante das Armas dessa Província, proposta pelo Sr. Aureliano e aprovada secretamente pelo Imperador.

Mas essa última circunstância não pode ser considerada senão como um pretexto, do qual os Srs. Aureliano Coutinho e outras pessoas do Paço, inquietas e enciumadas com a influência que os Andradas começavam a ter sobre o espírito e a vontade do jovem Imperador, se serviram habilmente para os colocar numa posição onde dificilmente poderão defender-se e manter-se [116]

Podia ser um pretexto, como dizia o Ministro de França, mas a verdade é que não tendo os revoltosos rio-grandenses aceitado o convite à pacificação oferecido por Antônio Carlos, persuadido este de que a declaração da maioridade do Imperador facilitaria essa aceitação[116a]; e dividindo-se depois o Ministério sobre a demissão do Comandante das Amas da Província, proposta por Aureliano mas contrariada pelos irmãos Andradas e por Limpo de Abreu, viram-se estes na contingência de se retirarem do governo, atendendo sobretudo ao fato de o Imperador dar razão ao seu Ministro dos Negócios Estrangeiros[116b]

Contudo, o que também indispôs o Imperador com os Andradas, e escandalizou-lhe o espírito já precocemente equânime, foi a atitude facciosa que eles logo assumiram no Governo. De fato nunca se tinha visto, e raramente se verá depois

125

tanta desfaçatez. Com um simples traço de pena, demitiu Antônio Carlos nada menos de catorze Presidentes de Província. Martim Francisco, na Fazenda, não agiu com menos escrúpulo e logo procedeu a uma verdadeira sangria na repartição do Tesouro. Limpo de Abreu não lhes ficou atrás: removeu juízes de Direito, exonerou chefes de Polícia, suspendeu comandantes superiores e oficiais da Guarda Nacional. Tão escandalosa falta de compostura política foi apenas o prenúncio dessas célebres eleições de dezembro de 1840, que ficariam conhecidas como uma das mais violentas e imorais da história constitucional do Reinado as *eleições do cacete*.

Foi, em verdade, uma bem triste prova que deram os dois Andradas de seu apregoado liberalismo. Liberais eles se diziam agora. Mas era fato que, depois da morte de Dom Pedro I, provocando a extinção do Partido Restaurador, do qual eram chefes, eles se haviam unido aos Conservadores, com os quais desfrutaram o Poder até 1839, isto é, até brigarem com Olinda. Só então é que passaram a dizer-se Liberais; e sob esse rótulo moveram a mais tenaz campanha contra o Regente, que acabaram, afinal, por desalojar do Poder com a declaração antecipada da maioridade do Imperador. No fundo, eles não passavam de dois oportunistas, liberais hoje e conservadores amanhã, conforme conviesse às suas políticas e às possibilidades de alcançarem ou não o Poder, — tudo o que visavam em suas ambições.

As convicções democráticas dos dois irmãos podiam, aliás, ser julgadas por este exemplo: encastoados no governo com a declaração da Maioridade, e convencidos de que a escandalosa vitória eleitoral de dezembro de 40 lhes havia dado a posse do Poder por largos anos, logo se apressaram em se galardoarem a si próprios, com a nomeação de camaristas da Casa Imperial, para terem acesso fácil e diário à pessoa do jovem Imperador. Mas pouco depois, quando postos fora do Governo cessaram-lhes esses cargos, Antônio Carlos sairia a exclamar, com uma indignação de fazer rir, que ele e o irmão se haviam libertado da única *nódoa* que tinham em suas vidas.

Limpo de Abreu, esse, era em tudo outro homem. Sua formação política nada tinha de semelhante à dos Andradas. Apesar dos excessos que praticou nesse Gabinete, para servir à ambição de seus dois aliados, podia-se crer, até certo ponto, na sinceridade do seu liberalismo. Mais tarde, com os anos, com a reflexão, enobrecido com o título de Visconde de Abaeté e elevado à dignidade quase inamovível de presidente do Senado Imperial, ele se mostraria um homem de princípios conservadores, se bem que fiel ao programa do partido Liberal, um monarquista sincero, amigo do trono e do Imperador.

VIII

O Ministério da Maioridade foi dissolvido em março de 1841. Os liberais maioristas que o formavam, isto é, os dois Andradas (Antônio Carlos, Ministro do Império, e Martim Francisco, Ministro da Fazenda); os dois Cavalcantis (Antônio de Paula, Ministro da Marinha e futuro Visconde de Albuquerque, e Francisco de Paula, Ministro da Guerra e futuro Visconde de Suaçuna); e Limpo de Abreu, Ministro da Justiça e futuro Visconde de Abaeté, foram todos para o ostracismo. Dos Ministros salvou-se apenas Aureliano, para conservar, na organização ministerial seguinte, a pasta dos Negócios Estrangeiros.

Mas, quaisquer que fossem os motivos da dissolução do Ministério da Maioridade o fato, apenas, da manutenção de Aureliano Coutinho no Gabinete seguinte, era prova de seu prestígio político. Com a circunstância de que um dos primeiros atos desse Gabinete foi a nomeação de Saturnino de Oliveira e Sousa, seu irmão, para Presidente do Rio Grande do Sul, cargo que exercia em 1840 quando fora "abruptamente", diz Helio Vianna, exonerado por Rodrigues Torres (futuro Visconde de Itaboraí), Ministro do Império da Regência Olinda e desafeto de Aureliano por questões de política fluminense. Nomeação, aliás, atribuída a uma sugestão do Imperador a Araújo Viana (depois Visconde de Sapucaí), Ministro do Império do novo Gabinete. [117]

Outro fato que vinha mostrar não ter Aureliano, *homem do Paço*, perdido o seu valimento junto ao jovem Monarca era que o novo Gabinete se compunha, quase exclusivamente, de elementos do Paço ou ligados ao Paço. Podia ser considerado um Ministério *palaciano*, deixando claro com isso ter tido Aureliano um papel saliente em sua organização.

De fato, dele faziam parte o citado Araújo Viana, homem politicamente nulo, a quem Teófilo Ottoni qualificava de "dócil até a subserviência": e que outros títulos não tinha para justificar sua inclusão no Gabinete senão o de antigo mestre do Imperador, seu afeiçoado e empregado no Paço;[118] Miguel Calmon, futuro Marquês de Abrantes, que embora ligado, por relações de amizade, a Bernardo de Vasconcelos, o mais perigoso dos adversários de Aureliano, fazia vida de cortesão, de mistura com a roda palaciana de Paulo Barbosa, divertindo o Imperador-rapaz com seus ditos espirituosos, seu espírito *frondeur*, com sua eterna *mocidade*,[119] José Clemente, remanescente da Independência, velho frequentador do Paço, onde o Imperador se habituara a vê-lo desde os primeiros dias da infância, ao tempo ainda de seu pai.

As únicas notas discordantes nessa sinfonia palaciana eram Paulino de Sousa, futuro Visconde de Uruguai, representante, no governo, do elemento conservador puro, os chamados "puritanos", que exigiam a sua parte no Governo depois de tudo que tinham sofrido dos liberais maioristas; e o velho Paranaguá, o qual, segundo a expressão pitoresca de Teófilo Ottoni, "fazia rancho à parte" — e este mesmo não podia, em rigor, ser considerado um elemento inteiramente estranho ao Paço, pois tinha nele as suas entradas privadas, e eram sabidos os laços de simpatia que o ligavam ao Imperador.

Era, como se vê, um Ministério escolhido a dedo,[120] com gente no ocaso da vida, como Paranaguá e José Clemente, quando as ambições começam a amortecer, e não podia por isso criar embaraços às vistas futuras de Aureliano e aos de sua roda. Paranaguá, este quase decrépito, José Clemente, Calmon, Araújo Viana, eram homens já desencantados da política e das posições de mando, *mobília estragada e carcomida do Primeiro Reinado*, como os qualificava Timandro, e sobre os quais predominava o espírito jovem e ambicioso de Aureliano Coutinho.

IX

Quando esse Ministério teve que se retirar, três anos depois, ainda aí foi Aureliano a causa da sua dissolução. É verdade que dessa vez ele não se manteria no Governo: teria que se demitir. Mas arrastou em sua queda os demais Ministros, quando, em rigor, deveria ter sido ele o único a sair. Porque era um fato que o Ministério desfrutava de maioria parlamentar, e o único de seus membros que era alvo de ataques na Câmara dos Deputados era precisamente Aureliano, na sua qualidade de Ministro dos Negócios Estrangeiros, por causa da posição que assumira, concordando com a prorrogação do Tratado de Comércio com a Inglaterra, que, assinado em 1827, devia expirar em 1842.[121]

Incompatibilizado com os colegas de Ministério, sobretudo com Paulino de Sousa (futuro Visconde de Uruguai), Ministro da Justiça, cujo concunhado, Rodrigues Torres (futuro Visconde de Itaboraí), era um dos que lhe moviam guerra na Câmara, sua posição no Governo tornou-se insustentável. Pediu, assim, ao Imperador que lhe concedesse a demissão, no que foi seguido, com idêntico pedido, pelos demais Ministros. Mas o Imperador, a ter que sacrificá-lo, preferiu conceder a demissão de todo o Gabinete.[121a] Era uma nova prova de que a posição de prestígio de Aureliano no Paço se mantinha a mesma. Foi ele então ocupar sua cadeira de Senador por Alagoas, para a qual o nomeara o Imperador em setembro de 1842, na vaga deixada com a morte do Marquês de Barbacena.

Se a sua situação no Paço se mantinha a mesma, é fato, entretanto, que ele em nada contou para a formação do Ministério seguinte, em janeiro de 1843, cabendo essa tarefa, exclusivamente, a Honório Hermeto Carneiro Leão (futuro Marquês de Paraná), Senador por Minas Gerais, por incumbència, aliás, do próprio Imperador. Dando essa incumbència a Honório, Dom Pedro II queria mostrar que não queria mais ter Ministros seus, e deixava à inteira responsabilidade dos políticos a organização dos Gabinetes.

Joaquim Nabuco dirá: "Em 20 de janeiro de 1843 formava-se uma nova administração, e o *Jornal do Commercio* anunciava que Honório Hermeto fora encarregado da organização do novo Gabinete, fórmula nova, que mostrava da parte do Imperador o desejo de escapar à censura de inspirar a formação dos Ministérios e de ter neles sempre pessoa sua."[122]

Sem dúvida, deve ter havido da parte do jovem Soberano, ao confiar a Honório a incumbència de organizar o governo, um pouco o propósito de fugir àquela crítica. Mas a verdadeira significação do gesto do Imperador tinha um alcance mais largo e menos pessoal. Era a primeira manifestação sua do propósito, que se firmará definitivamente daí a quatro anos, com a criação da Presidência do Conselho, de ceder à tendência parlamentarista dos homens políticos do Império.

Ao dar a Honório Hermeto o encargo de organizar o novo Gabinete, ele abdicava voluntariamente de uma das suas principais regalias constitucionais, qual a da livre escolha dos Ministros. Não importava que esse gesto tivesse um duplo significado, visando mostrar também seu empenho em não ter Ministros seus: não exprimia menos uma *afirmação parlamentarista*, como bem acentua Tavares de Lyra.

X

Ao formar o novo governo, Honório Hermeto fez empenho em constituir um Ministério com elementos nitidamente conservadores. Os Liberais estavam então completamente desprestigiados, com o ostracismo dos Andradas em 1841 e o fracasso das revoltas de Minas e de São Paulo, no ano seguinte, que eles haviam planejado e provocado. Assim que em 1843 o Partido Conservador era o senhor da situação, dominando todos os políticos do Império no Senado, na Câmara e no Conselho de Estado. O novo Gabinete não foi, assim, senão a consagração oficial desse prestígio. Pode-se dizer que foi o primeiro governo de feição nitidamente partidária que se organizou no Império.

Isso explica melhor o afastamento de Aureliano da nova organização do que um possível declínio de seu prestigio político ou perda da situação que desfrutava junto ao Imperador. Aureliano, como se sabe, fazia empenho em não ter, desde a Maioridade, nenhuma cor partidária, em não se ligar a compromissos políticos de qualquer natureza. Mantinha-se afastado dos partidos que disputavam então o Poder. Não tinha, portanto, por que fazer parte de um Gabinete que Honório organizara dentro de um espírito rigorosamente partidário.[122a]

128

E tanto a sua exclusão do governo nesse ano de 1843 não era prova de desprestígio ou desgraça sua que, um ano depois, quando esse Ministério se viu na contingência de deixar o Poder, foi ainda Aureliano, por via do seu irmão Saturnino, outra vez o *elemento de dissolução.*

Tudo se originou, como é sabido, de um sério desentendido entre Honório Hermeto, organizador do Ministério, e Saturnino de Oliveira e Sousa, irmão de Aureliano. Saturnino era, desde 1833, o inspetor da Alfândega do Rio, cargo do qual se afastara somente quando exercera as duas presidências do Rio Grande do Sul (1839-1840 e 1841-1842), e na ocasião em que, não se entendendo com a Regência do Padre Feijó, este o exonerara, mas para logo depois voltar a ocupá-lo.

Homem inteligente, dotado de inegáveis qualidades de homem de ação, publicara Saturnino, em 1843, o opúsculo intitulado *Projeto para supressão de alguns impostos e amortização da dívida pública fundada*, onde "alguns viam uma mal disfarçada censura contra as exigências do Ministro que havia causado o mau êxito das negociações com a Inglaterra",[122b] quer dizer, contra Paulino de Sousa (Uruguai), que era agora Ministro dos Negócios Estrangeiros de Honório Hermeto. Além disso, Saturnino se apresentara candidato à sucessão de Feijó, morto em novembro de 1843, como Senador pela Província do Rio; mas frisando que o fazia sem os auspícios do Governo. Realizadas as eleições em 1844, Saturnino foi derrotado.

Foi quando Honório aproveitou para propor ao Imperador a sua exoneração de inspetor da Alfândega, alegando que se tratava de um cargo da confiança do Gabinete (e que de fato não o era), tratando-se de cargo puramente administrativo. Foi um golpe de audácia de Honório, que sabia jogar uma cartada não propriamente contra Saturnino, mas contra o irmão, o todo poderoso Aureliano. Contra, porém, a sua expectativa, o Imperador recusou atender a uma tal exigência, o que levaria Honório a demitir-se, arrastando consigo todo o Ministério.

XI

Esse incidente entre o Imperador, que era então um rapaz de menos de vinte anos, e o todo poderoso Honório Hermeto, teve a maior repercussão na época, e ainda, durante muito tempo se falaria nele. Não lhe faltou mesmo a nota de escândalo. A todos surpreendeu a firmeza com que o jovem Monarca enfrentou um dos principais estadistas do regime, respeitado por seu caráter altivo e inquebrantável. *Paraná não se curvava!* ,exclamaria mais tarde Dom Pedro II. E o fato é que teve que se retirar. O Imperador preferiu sacrificá-lo, e com ele todo o Ministério, apesar de este contar com a maioria parlamentar, a ter que exonerar o irmão de Aureliano. O Conde Giorgi escrevia pouco depois para Viena:

"O Ministério demissionário dispunha da maioria de votos nas duas Câmaras; acabara de obter a aprovação do Soberano e dos representantes da Nação para todas as medidas que tinha proposto. E, seguro do apoio de todos os grupos do Partido Conservador, seguia na sua tarefa quando o inspetor da alfândega do Rio, Sr. Saturnino entendeu de entravar a execução de suas ordens. Ligado a *camarilha* e ao partido de Santa Luzia,[123] desafia o de Governo. Um tal estado de suas coisas não podia convir ao Chefe do Gabinete passado, Honório Hermeto Carneiro Leão, que propõe ao Imperador a demissão do recalcitrante. Mas, Sua Majestade, influenciado pelo teimoso Paulo Barbosa e pelo Sr. Aureliano, irmão do acusado, resiste a tais instâncias; e não se precisou de mais para levar o Ministério a dar sua demissão [124].

Sem embargo, anos mais tarde, o Imperador se defenderá dizendo ter achado a demissão de Saturnino *injusta*; e que, *pelo modo* com que Honório Hermeto

129

insistiu nela, achara que, se cedesse, o reputariam fraco. Mas ninguém influíra em seu espírito para assim proceder.[125] E, em notas dadas à filha, voltaria a afirmar que havia negado a demissão de Saturnino por não a reputar justa, e lhe parecer que lhe era exigida tendo em conta a sua mocidade e pouca experiência de governo, julgando-o, consequentemente, "falto de qualidades necessárias a combater tais exigências."[125a]

Sem dúvida, havia nessa atitude do Imperador uma grande parte de amor-próprio ferido. O rapaz caprichoso e algo voluntarioso, e por vezes mesmo *obstinado*, como ele próprio então se julgava; e, além do mais, desconfiado de tudo e de todos,[126] revelava-se nessa atitude para com Honório Hermeto. Disse o Imperador que, *pelo modo* por que este insistiu na demissão de Saturnino, entendeu que não devia satisfazê-lo.

Honório, é verdade, era já conhecido pelo seu feitio autoritário e mandão, e a intolerância, por vezes, com que pretendia impor suas opiniões. "Gênio altaneiro e ríspido", diz José Antônio Soares de Sousa. "Homem atrabiliário, que acabou por fazer de sua vida um rosário de rixas, desafios e agressões"[126a] "Gênio altivo e assomado conhecido, que foi, por vezes, objeto de discussão nas Câmaras." Correu, de fato, nessa época, a versão de que Honório, ao insistir com Dom Pedro II pela demissão de Saturnino, fizera-o em termos que haviam ferido a sensibilidade e o amor-próprio do Imperador-rapaz. "A maneira por que insistiu, (diz ainda Melo Matos) era bem diferente da que permite a etiqueta, e pelo menos estranha nas relações de súdito com o Soberano." Assim, conclui Melo Matos, " o Gabinete retirou-se por uma questão de amor-próprio, e não por motivo político." Quer dizer, amor-próprio do Imperador, ferido com o modo pelo qual Honório queria arrancar-lhe a demissão de Saturnino;e amor-próprio do futuro Paraná, também ferido por se ver contrariado, por ver a sua autoridade de Chefe de Governo desatendida pelo rapazola de dezenove anos que era então o Imperador. [126b] Explicando no Senado essa crise e as razões que o levaram a deixar o Governo, dirá Honório Hermeto: "A causa da retirada do Ministério foi *uma questão pessoal*. O Ministério entendeu que não podia continuar a servir um Chefe de Repartição da Fazenda que era inteiramente oposto à sua política."

Tito Franco, no seu conhecido livro sobre o Conselheiro Furtado diz, referindo-se a esse caso, que o futuro Paraná não obtivera a demissão do irmão de Aureliano por causa do favoritismo que este ainda gozava no Paço. A isto, respondeu Dom Pedro II em nota à margem desse livro: "Nunca tive favoritos. Recusei, é certo, a demissão do inspetor da Alfândega desta cidade, e concedi a do Ministério, que disso fizera questão, por dois motivos: em primeiro lugar, *não me provara o* Ministro nenhuma irregularidade no procedimento daquele funcionário honestíssimo; depois, eu era então muito moço, começava a exercer as minhas funções, e entendi dever mostrar que tinha vontade e resolução."

Mas tudo isso eram explicações que não encobriam o verdadeiro motivo da recusa do Imperador em exonerar Saturnino da direção da Alfândega da Corte, que não foi outro senão a ascendência que Aureliano ainda tinha sobre o espírito do jovem Monarca, e o desejo deste de não punir (admitamos que não achasse justa a punição) o irmão de Aureliano. Ficava assim patente o prestígio que este e o seu grupo ainda desfrutavam no Paço, para prova do que, aliás, vamos ver o futuro Sepetiba no primeiro plano do cenário político do Império pouco depois da formação do novo Ministério.

XII

Assim, retirando-se Honório Hermeto, foi encarregado de constituir o novo Governo o Senador Liberal pela Bahia, Conselheiro José Carlos de Almeida Torres, depois segundo Visconde de Macaé. Reichberg, Ministro da Áustria, escrevia para Viena: "o primeiro resultado da união da camarilha com o Partido Ultraliberal foi a queda do Ministério conservador, a nomeação do Ministério José Carlos, a dissolução da Câmara eletiva que havia apoiado o Partido Conservador e, enfim, a eleição da Câmara atual, na qual domina o Partido Ultraliberal. [127]

Subindo ao Poder em 9 de fevereiro de 1844, um dos primeiros atos do novo Ministério foi a nomeação de Aureliano Coutinho para Presidente da Província do Rio, uma das mais ricas do Império, e da qual o futuro Sepetiba iria fazer, no correr dos próximos anos, o seu principal reduto político. Sua nomeação foi concertada pelo novo Gabinete em casa do Mordomo Paulo Barbosa, o que provava as ligações de quase subordinação do Ministério à chamada *Facção Áulica*. O Conde Ney escrevia para Paris: "Não se pode mais dizer hoje que Paulo Barbosa não desempenha importante papel no governo, pois está ligado aos Ministros. Todos os cantos da Joana estão cheios de carruagens. Foi lá que o Sr. Aureliano, seu amigo íntimo, foi feito Presidente da Província do Rio de Janeiro. É, enfim, na Joana que se discutem neste momento as demissões e nomeações que tanto preocupam o Ministério [127a]

Outra prova do prestígio do Clube da Joana no Ministério recém-formado foi a concessão a Dona Mariana de Verna, amiga íntima e pessoa de toda a confiança de Paulo Barbosa e Aureliano Coutinho, do título de Condessa de Belmonte (em 5 de maio de 1844). Dona Mariana era Camareira-Mor desde 30 de julho de 1840, quer dizer, logo em seguida à declaração da maioridade do Imperador, quando ela deixou o cargo de Governanta do jovem Monarca.[127b]

Em maio de 1846 José Carlos se via na contingência de deixar o Poder por incompatibilidades com Aureliano: questões de prestígio e de nomeações não satisfeitas. De nada valera uma recomposição ministerial feita um ano antes. Acrescia que Manuel Alves Branco, depois segundo Visconde de Caravelas, que ocupava a pasta da Fazenda, se desaviera também com Aureliano, "e o Ministério não podia resistir à perda desse apoio. Depois de uma fútil tentativa para viver sem ele, Alves Branco reconhece que o chefe da *Facção Áulica* era a coluna da situação.[127 C]

Com a retirada de José Carlos, veio o Ministério de 5 de maio de 1846,[127d] *soit disant* sob a chefia de Joaquim Marcelino de Brito, um bom magistrado, mas de fato organizado e chefiado pelo Senador pernambucano Antônio de Paula e Holanda Cavalcanti de Albuquerque, futuro Visconde desse nome, que, apesar de liberal maiorista de 1840, metera-se de parceria com a grei conservadora de Honório Hermeto. Foi a sua perdição. Logo abriu uma funda divergência com Aureliano, que se propunha acabar na Província do Rio com os últimos redutos dos conservadores seus desafetos. "O que teria levado a *Facção Áulica* a hostilizar e, afinal, causar a queda do Gabinete de 5 de maio? Os interesses contrariados de seu chefe Aureliano, Senador do Império e Presidente da Província do Rio de Janeiro. O Ministério cometera o sacrilégio de se opor às suas pretensões."[127e] Quer dizer, aos seus interesses nessa Província, aproveitando-se, para isso, da circunstância de Aureliano estar afastado da Presidência, no desempenho de seu mandato de Senador; e, entre outras coisas, aprovando a suspensão do chefe da Polícia da Província, pessoa da confiança de Aureliano e por este nomeado.

Concorreu também para a retirada do Ministério a falta de apoio do Imperador contra a nomeação de Chichorro da Gama e Ernesto Ferreira França para o Senado do Império, fortemente combatida por Holanda Cavalcanti, mas apadrinhada por Aureliano.[127f] Aliás, já era sabido, nos círculos políticos da Corte e da Província do Rio, que os dias desse Ministério estavam contados. Quando alguém vaticinara a Aureliano que este iria perder as eleições em Itaboraí, ele respondera: "Não lhe dê isso, o Ministério há de ser demitido, e com o que lhe suceder havemos de triunfar." E quando foi do jantar em São Cristóvão no dia 2 de dezembro, aniversário do Imperador, o Ministério, contrariamente à praxe já estabelecida, não foi convidado. Por outro lado, o Bispo de Crisópolis, amigo e antigo professor do Imperador, anunciava aos lentes da Academia Militar, onde ele lecionava, que o Ministério la demitir-se,[127 g]

XIII

Exonerado em março de 1847, veio o Gabinete de 22 do mesmo mês e ano, presidido por Manuel Alves Branco, depois segundo Visconde de Caravelas, e com o qual, segundo vaticinara Aureliano, este iria triunfar. De fato, a quem Alves Branco chamava para ocupar a pasta dos Negócios Estrangeiros? A Saturnino Coutinho, irmão de Aureliano, aquele inspetor da Alfândega que dera por terra com o Gabinete conservador do todo poderoso Honório Hermeto! [127h]

Essa nomeação, depois de tudo o que se vinha passando e apesar dos reconhecidos méritos de Saturnino, levantou uma tempestade de protestos nos arraiais políticos do Império. Alves Branco, para defender-se, não receou dizer a verdade, muito embora descobrindo a Coroa: *Esse candidato viera do Paço*. Era a confissão de que a Facção Áulica desfrutava ainda de todo o prestígio. E não somente fazia Ministros, como vetava a nomeação de outros, conforme confessava o próprio Alves Branco com relação a candidatos ministeriais de aliados políticos *seus que não conseguira fossem nomeados*.

Essa intromissão da gente do Paço na formação dos Gabinetes, à força de repetir-se, com escândalo público e clamor nos meios políticos, acabou por levar o Imperador a decidir-se pelo que, desde algum tempo, era já um anseio de alguns de nossos homens públicos: a criação de uma Presidência do Conselho de Ministros. Na história política do Reinado ela teve uma grande significação: assinala o fim do professorado de Aureliano e a implantação, entre nós, do regime parlamentar, que, não tendo sido estabelecido na Constituição do Império, foi instituído nos moldes adotados pela Inglaterra, mercê da abdicação do Imperador de uma das suas principais prerrogativas — a escolha na nomeação e demissão dos Ministros de Estado.

CAPÍTULO VII

O CASAMENTO

O problema da sucessão imperial. Primeiros passos para o casamento do Imperador e de suas irmãs. Relaxamento de costumes no Paço. A "moralidade" do Imperador-rapaz. Suas condições de fortuna. O negociador do casamento. Candidatos à missão. Partida de Bento Lisboa. Sua estada em Viena. O Príncipe de Metternich. O Ministro de Nápoles em Viena. A Princesa Teresa Cristina. A assinatura do contrato de casamento. Repercussão no Rio e primeira impressão do Imperador. Carneiro Leão, Embaixador especial. Sua chegada à Itália. O casamento em Nápoles. Casamento no Rio de Dona Francisca. Chegada da Imperatriz à Corte. Decepção do Imperador.

I

O casamento do Imperador começou a preocupar os nossos homens de Estado antes mesmo da declaração da Maioridade. Como nas demais Monarquias hereditárias, a sucessão do trono era tida, entre nós, como uma questão política da maior importância. Apresentava-se com o duplo aspecto, de garantir a manutenção da forma monárquica de governo e de perpetuar a família Imperial brasileira. Esta se compunha então, apenas, de três crianças, — duas meninas e um menino, e era preciso casá-los para garantir-lhes a sucessão hereditária.

Por força da Constituição imperial, a sucessão do Imperador, na falta de filhos seus, devia caber à irmã mais velha, a Princesa Dona Januária. Esta era, por lei, a herdeira presuntiva da Coroa.[128] Tinha por isso o título, que mais tarde passaria para Dona Isabel, filha mais velha do Imperador, de Princesa Imperial. Mas Dona Januária era solteira, como solteira era sua irmã mais moça, Dona Francisca, a segunda herdeira — segunda e última — na ordem da sucessão hereditária.

O casamento de Dona Januária não resolveria, porém, por si só a questão da sucessão do trono. Além de *ser apenas* a irmã do Imperador, o que até certo ponto enfraquecia, perante a Nação, o prestígio da hereditariedade imperial, era uma mulher, e, como tal, destinada, "na falta de príncipes de sangue brasileiro", a casar-se com um Príncipe estrangeiro. Ora, era sabida a situação delicada de todo Príncipe Consorte, máxime estrangeiro, e o prejuízo que traria à popularidade da mulher, chamada um dia a governar o país. Ter-se-ia aliás a prova disso alguns anos mais tarde, com o casamento da Princesa Isabel com um Príncipe francês.

Essas considerações levaram os nossos homens de Governo a pensarem cedo no casamento do Imperador e de suas duas irmãs. A primeira vez que Olinda, Regente do Império, falou nesse assunto ao jovem Monarca foi, parece, em março de 1840, quatro meses antes da declaração da Maioridade.[128a] Disse-lhe então o Chefe de Governo ser necessário que ele "pensasse oportunamente" em seu casamento. Foi uma simples sondagem, mera advertência, que o Regente entendeu fazer ao espírito adolescente do Monarca. E, para tranquilizá-lo, acrescentou que nada empreenderia nesse terreno sem

133

se ter primeiro "assegurado da participação e consentimento de Sua Majestade." Diz nos Daiser: "O jovem Príncipe pareceu muito contente com essa referência." [129]

Dias depois Olinda referiu o assunto às duas Princesas, na presença do Imperador e do Tutor, Marquês de Itanhaém. "Elas pareceram receber também esses primeiros passos com grande satisfação, embora não tivessem entrado em nenhum detalhe a respeito, dada a modéstia que convém ao seu sexo." [130]

Estava lançada a semente. Agora era deixá-la germinar no espírito dos jovens Príncipes. Contudo, Olinda não dormiu sobre o assunto. Toda vez que se lhe apresentava uma oportunidade, não deixava de referi-lo, direta ou indiretamente, ao Imperador. Daiser objetou-lhe, certa ocasião, a pouca idade do Monarca – catorze incompletos. Mas Olinda ponderou-lhe a longa distância que se estava da Europa, o que retardaria consequentemente as negociações que se viessem a fazer para o casamento; além disso, era necessário "pôr fim às intrigas [131]

O empenho que tinha Olinda em casar o Imperador não residia apenas na razão de Estado. No fundo, ele defendia também a sua Regência, ou melhor, a sua permanência no Governo. É que o velho estadista sentia crescer cada vez mais a oposição que lhe faziam nas Câmaras, onde tudo era pretexto para afastá-lo do Poder. A questão dos casamentos era um desses. Os Liberais chamados *maioristas*, servindo-se da própria opinião de Olinda, de que era necessário cuidar desde logo dos casamentos dos Príncipes, objetavam contudo a impossibilidade de efetivá-los enquanto o Imperador fosse menor, sobretudo o casamento das princesas, uma vez que era indispensável para isso o consentimento do Monarca, que só o podia dar se declarado maior. O projeto de declaração da Maioridade, que Holanda Cavalcanti apresentou ao Senado em maio de 1840, tinha seu fundamento nesses argumentos.

II

"O Imperador terá brevemente 15 anos," — escrevia Daiser a Metternich em maio de 1840. "O clima deste país desenvolve o homem bem mais depressa do que na Europa. A idade das paixões começa muito antes, e a vida feminina e sedentária que o obrigam a levar contribui muito para isso. Acredito que a moralidade do jovem Imperador ainda esteja intacta. Mas a imoralidade de toda a espécie está de tal modo espalhada neste país, e os vícios, apenas reconhecidos como tais, são tão diversos e em tão grande número, que temo pelo futuro próximo [132]

Daiser andava escandalizado sobretudo com o desleixo, a desordem e a sem cerimônia que reinavam no Paço. Ele via o poder do Regente praticamente destruído pelas intrigas e manejos da oposição parlamentar, e sua autoridade reduzida, com isso, a quase nenhuma. O Tutor, por outro lado, não tinha energia. "Os homens mais indicados para influírem na educação do Imperador estão perdidos pela inépcia e fraqueza do Tutor, e pela timidez e irresolução do Regente." O único em quem Daiser depositava inteira confiança era em Frei Pedro, o preceptor do Monarca, "que continua a gozar da estima e da afeição filial do Imperador." "Mas — acrescenta — é um Frade, que antes nunca tinha saído do convento, um matemático pouco versado nas intrigas deste mundo e menos ainda nas malhas da sedução"[133]

Para isolar o Imperador e suas irmãs de um ambiente como esse, onde a distinção e as boas maneiras andavam tão relaxadas, Daiser só via um remédio: casá-los. A vinda de príncipes e de uma princesa, educados nos meios a esse tempo exigentes das cortes europeias, é que poderia influir beneficamente na atmosfera dissolvente do Paço. Dizia ele:

"Uma melhora só pode vir de casamentos, do exemplo dado por príncipes e princesas educados de conformidade com suas altas posições e cercados de pessoas que saibam inspirar confiança a uns e respeito a outros. Se se chegar a casar a princesa Dona Francisca, será preciso trazer aqui o seu futuro esposo acompanhado de uma pequena corte, composta de alguns homens superiores e de duas damas para o serviço da Princesa. A presença de um Príncipe, que fosse, por seu casamento, parente próximo do Imperador, e o exemplo de respeito dado por essa pequena e bem escolhida corte, só poderiam exercer, sob todos os sentidos, uma influência salutar.[134]

III

Com a declaração da Maioridade, em julho de 1840, o negócio dos casamentos iria entrar em sua fase prática. Inicia-se o período das negociações diplomáticas. Deve-se isso a Aureliano Coutinho, que, chamado a ocupar a pasta dos Negócios Estrangeiros, logo avoca a si a questão.

Numa das primeiras reuniões do novo Ministério, ele chama a atenção dos colegas para a necessidade de "se ocuparem imediatamente dessa questão, tanto para Sua Majestade o Imperador como para as Senhoras Princesas." Sugere que se conclua esses três casamentos .com a Casa d'Áustria" — "por sua alta moralidade e pelo interesse que os laços de parentesco lhe inspiram para o bem-estar da Família Imperial brasileira e prosperidade deste Império."[135]

Obtido o apoio do Gabinete, Aureliano refere o assunto ao Imperador. Este dá-lhe carta branca, autorizando-o a entender-se a respeito com o Ministro da Áustria no Rio.

Aureliano expõe a Daiser as suas razões. Embora não lhe parecesse possível realizar o casamento antes de dois ou três anos, entendeu oportuno assentarem-se o mais cedo possível a escolha e as disposições convenientes, "a fim de ocupar o espírito e o coração do Imperador, e impedi-lo de tornar-se a vítima da sedução, o que seria a maior das desgraças."[136]

A tradição amorosa de Dom Pedro I pairava, ainda, ameaçadora, sobre o espírito dos homens que cercavam o Imperador adolescente. A possibilidade de uma segunda Marquesa de Santos o inquietava. Inquietava-os e amedrontava-os. Eles não queriam ver reprodução daquelas cenas escandalosas do Primeiro Reinado, o Monarca a percorrer as ruas escusas da Capital, à caça de raparigas de má fama, ou refastelado, como um Sultão, nos braços de uma concubina oficial.

A vida no Paço podia não ser ainda a que melhor conviesse, como exemplo, para um país de sociedade em plena formação, como era o Brasil desse tempo. Notavam-se-lhe não poucas falhas, e a desordem que andava lá dentro, a par com um certo desleixo e a liberdade de costumes, não era para tranquilizar os mais exigentes. Mas estava longe, contudo, de ser aquela vida dissoluta da regência do Príncipe Dom Pedro ou do Primeiro Reinado.

O próprio Imperador-rapaz inspirava bem mais confiança do que o pai. Sua índole, sua educação e suas maneiras eram inteiramente outras. "A vida do pai, que não esteve, a respeito de costumes, isenta de culpas, foi apresentada como um exemplo a evitar." É certo que ele andava então pelos quinze anos apenas. Mas os velhos do tempo de Dom João VI estavam bem lembrados do pai nessa idade, quando, de parceria com a ralé de São Cristóvão, andava à calada da noite atropelando as filhas dos escravos e outras raparigas dessa espécie, que lhe rondavam a vizinhança.

Ao contrário do pai, o filho nunca mostrara nenhuma marcada atração pelo belo sexo. Ney nos fala de seu *desprezo pelas mulheres*, o que atribui aos princípios que Frei Pedro, Bispo de Crisópolis, o *Padre-mestre*, lhe incutiu desde os primeiros dias. "As disposições que levam o Imperador a fugir dos prazeres do mundo, são o fruto dos caprichos de Frei Pedro, o Frade que lhe colocaram ao lado desde a sua infância. O desprezo pelas mulheres é o resultado das mesmas lições, e foi sempre o princípio a que ele deu maior importância"[137.]

De fato, ele se contentava em viver a vida enclausurada do Paço, absorvido por suas leituras prediletas, na companhia do que havia de menos convidativo às expansões do coração. Esse seu indiferentismo e pouca propensão pelas coisas do amor iriam até facilitar a tarefa daqueles que lhe teriam de escolher uma noiva. Qualquer que fosse ela, sob o aspecto físico, bonita ou feia, graciosa ou não, contentaria, ou pelo menos satisfaria a natureza supostamente pouco exigente do Imperador.

Importa apurar se nessa época ele era de fato inteiramente ignorante nos assuntos do amor, e se a noiva, que lhe iriam dar, seria, realmente, a primeira mulher que conheceria? Tudo faz crer que sim. Os que o privavam de perto não tinham, parece, dúvidas a respeito. Na primeira entrevista que o Barão Daiser teve com ele, para tratar de casamento, "estava muito tímido e embaraçado; corava todas as vezes que se falava em seu casamento."[138]

Quase um ano depois, em vésperas de completar dezesseis anos, a confiança de Daiser no que ele chamava *moralidade* do Monarca, continuava inabalável. Dizia o representante austríaco: "Dom Pedro II completará 16 anos dentro de três meses. Está forte e robusto. A natureza no Brasil desenvolve mais depressa do que na Europa, e, se em dezembro de 1842 ele terá 17 anos, poder-se-á, sem nenhum exagero, considerá-lo como tendo 19. Até agora a sua moralidade é perfeita, posso assegurá-lo; entretanto, o perigo cresce de dia para dia. Mas como esse Príncipe possui uma grande firmeza de caráter, e — graças aos cuidados do Sr. Bispo de Crisópolis — bons princípios de moral e de religião, estou certo de que o fato de se saber noivo de uma princesa digna de sua alta posição bastará para garanti-lo contra qualquer tentativa de sedução" [139]

"Num clima de desenvolvimento precoce — dizia, por seu lado, Saint-Georges, Ministro de França no Rio — nada indica ainda nele o despertar das paixões. Ostenta mesmo um desprezo e um indiferentismo singular pelas mulheres, que, segundo ele, são incapazes de negócios, e devem ser dirigidas pelos homens." E Saint-Georges observava: "Aliás, ele põe em prática essa máxima, exercendo sobre todas as damas no interior do Palácio, uma espécie de tirania, da qual as Princesas suas irmãs suportam todo o peso. Educado com elas numa intimidade fraternal, apenas declarado maior nada mais lhes comunicou; deixou-as de lado, sem dar-lhes o menor crédito, e as submete a uma vigilância, uma reclusão e um constrangimento ininterruptos." [140]

IV

Aureliano não via necessidade de precipitar o casamento. O essencial, por enquanto, era as negociações, não somente para ganhar tempo, como para ocupar, como ele dizia, o espírito do Imperador e de suas irmãs, interessados já agora com a alviçareira notícia.

O desejo do Imperador, ou melhor, de Aureliano, era que o Imperador da Áustria, tio do jovem Monarca brasileiro, se encarregasse ele próprio de abrir e encaminhar as negociações na Europa. Nesse sentido Aureliano falou a Daiser. Ter-se-ia naturalmente de mandar alguém a Viena, com os necessários poderes para o casamento. Mas por enquanto Aureliano preferia aguardar os primeiros resultados que a corte austríaca pudesse colher.

Conviria cuidar desde já do casamento do Imperador e da Princesa Dona Januária. Dona Francisca, mais moça, e a segunda na ordem da sucessão hereditária, ficaria para mais tarde. Poderia mesmo ir casar-se no Estrangeiro, o que não era o caso de Dona Januária, que a Constituição obrigava a residir no Brasil, como Princesa Imperial que era.[140a]

O melhor seria, naturalmente, casar logo os dois na Família Imperial da Áustria, possivelmente com irmã e irmão. De toda maneira, a noiva do Imperador devia ser escolhida nessa família — os Habsburgos, seguindo a tradição da Casa de Bragança, que vinha de Dom João V, quando se casara com a Arquiduquesa Mariana, filha do Imperador Leopoldo. Para não falar no pai de Dom Pedro II, que se casara com a Arquiduquesa Leopoldina, filha de Francisco I. Indo buscar uma noiva na Casa d'Áustria, Aureliano fazia empenho que fosse uma arquiduquesa.

Certo, o Imperador do Brasil pertencia a uma das melhores linhagens europeias. Filho e neto de Reis e de Imperadores, ligado por parentesco próximo, às melhores Casas reinantes da Europa, cabia-lhe o direito de pleitear um casamento à altura de seus foros de nobreza. Mas fora disso, que podia ele oferecer à sua futura noiva? Nos casamentos dessa natureza, pouco ou nada conta o lado moral ou sentimental. Só vale, a bem dizer, o aspecto ou o valor político dos noivos. Ora, por esse lado, Dom Pedro II pouco contava, já que o Brasil era, no conceito das Nações, uma quantidade por assim dizer insignificante. Politicamente, quase nula. Economicamente, apesar de ser um país de grandes possibilidades, figurava em plano inferior. Socialmente, era, a bem dizer, uma terra de escravos. E historicamente, nascera fazia apenas vinte anos.

Sob o ponto de vista monárquico, oferecíamos a vantagem de sermos na América o representante desse princípio. Mas que interessava isso, no fundo, aos tronos europeus, ainda tão numerosos nessa época? A realeza na América era, até certo ponto, para algumas cortes europeias, motivo antes de *blagues* ou de pilhérias de mau gosto. Já não se estava mais no tempo da Santa Aliança. Os movimentos liberais que explodiam um pouco por toda a parte na Europa, sobretudo a revolução de 1830 em França, abalavam o velho prestígio das Monarquias legitimistas. O princípio monárquico na América, de que o Brasil se fazia porta-voz, era, assim, coisa que não chegara a criar tradição, e de que pouco se importava o novo espírito europeu, moldado nos preceitos liberais de 1789 e de 1830.

Dom Pedro II não era, portanto, o que se chama um *bom partido*. Pessoalmente era quase uma criança. Um adolescente. Se, por esse lado, podia acaso interessar a imaginação romântica de alguma princesa casadoira da Europa, a fama que deixara o pai não concorria certamente para apresentá-lo como um marido ideal.

Acresce que era um noivo pobre. De renda, sólida e líquida, com que garantir a subsistência e responder aos numerosos compromissos do cargo, só tinha, a bem dizer, a dotação de 800 contos que lhe pagava o Estado, e os juros de 193 apólices da Dívida Pública, que lhe deixara a mãe.[141]

A coroa possuía certamente algumas propriedades, mas que lhe davam antes despesas do que lucros. Tinha, por exemplo, o Paço da cidade, no Cais Pharoux, casarão velho e mal conservado, antiga residência dos Vice-Reis142. Tinha o Palácio de São Cristóvão no centro de um grande terreno, chamado de Quinta da Boa Vista. "Esse palácio foi aumentado durante a menoridade do Imperador, graças sobretudo ao Sr. Paulo Barbosa, que administrou da melhor forma para o Imperador a renda bem medíocre de então, dando ao mesmo tempo ao Palácio um conforto que está longe do luxo, mas que o torna, em todo o caso mais cômodo e decente do que ao tempo do Imperador Dom Pedro I.

"A casa está bem fornecida em *équipages*, prataria etc., embora lhe falte ainda muita coisa, visto ter o último Imperador levado consigo e ter mandado buscar mais tarde tudo que tinha algum valor, inclusive móveis" [143]

"O Imperador tem ainda o usufruto da grande propriedade da Coroa de Santa Cruz, distante oito léguas alemãs, onde se encontra um castelo de recreio com as dimensões aproximadas de Hetzendorf. Essa propriedade tem a extensão de cerca de vinte léguas quadradas da Alemanha, e é explorada em proveito do Imperador por cerca de 1.600 negros, que pertencem igualmente à Coroa. O produto é muito medíocre em proporção à sua grande extensão, mas pode-se fazer dessa propriedade uma das mais belas e produtivas do mundo" [144]

V

Daiser a Metternich — "No dia 25 do mês passado tive a primeira entrevista com o Imperador, que me confirmou explicitamente tudo que o seu Ministro me tinha dito relativamente ao negócio dos três casamentos. Repeti-lhe as mesmas observações que fizera antes ao Ministro, e perguntei-lhe se ele tinha por acaso em vista algumas Casas ou alguma Princesa ou Príncipes. Respondeu-me que não, que deixava isso à escolha do Imperador seu tio, e que para si desejava sobretudo uma Arquiduquesa d'Áustria.

"Disse-lhe então que depois de muito meditar sobre a primeira conversa que tivera com o seu Ministro, viera-me a ideia de perguntar a Sua Majestade se o Príncipe Eugenio di Savoia-Carignano, que tinha estado ultimamente aqui, não poderia talvez convir para a Princesa Dona Januária; e que opinião teria essa Princesa sobre ele. Respondeu-me Sua Majestade que de seu lado nada tinha contra ele; que iria sondar sua irmã.

A 12 do corrente tive a honra de uma segunda entrevista com o Imperador, sempre na presença do Ministro. Disse-me então Sua Majestade que havia sondado sua irmã Januária. Que ela não se tinha manifestado desfavoravelmente ao Príncipe de Carignano, de sorte que ele pensava que, se uma proposta lhe fosse feita, ela não a recusaria. Aproveitei a ocasião para repetir ao Imperador que essa ideia era inteiramente minha, que eu a tinha sugerido apenas para saber qual era mais ou menos o gosto de S.A.I., e não sabia absolutamente se essa minha proposta teria qualquer aceitação na Europa.

Depois de ter assim colocado a questão, e inteirado diretamente pelo Imperador de seus desejos e de sua vontade, fiz-lhe sentir a conveniência, e mesmo a necessidade de ele escrever uma carta autógrafa a S. M. o Imperador nosso augusto Soberano, pedindo-lhe que se ocupasse da escolha de uma esposa para ele e de dois Príncipes para as Senhoras suas irmãs. Além disso, permiti-me observar a sua Majestade a necessidade de ele enviar a Viena uma pessoa de sua confiança, munida de instruções e plenos poderes bastantes, para concluir essas negociações sob os auspícios do Imperador da Áustria, o que ele me prometeu fazer, exprimindo, todavia, o desejo de que, enquanto isso, eu me desembaraçasse o mais depressa possível do encargo que ele acabava de me dar"[145]

Até então tudo se vinha passando na maior reserva. Raros suspeitavam de que já se cogitasse oficialmente do casamento do Imperador e de suas irmãs. Mas não foi possível guardar segredo durante muito tempo, ao menos para a roda mais chegada ao Paço e aos Ministérios de Estado. Logo se soube que era intenção do governo imperial mandar alguém à Europa, negociar os casamentos; e a cabala saiu a campo. Os candidatos, como sempre, se multiplicaram. Cada qual se julgou em condições de poder descobrir, nas cortes do Velho Mundo, dois Príncipes e uma Imperatriz para o Brasil.

Não se sabia ainda que o Imperador tinha delegado, para isso, ou la delegar poderes ao seu tio Imperador da Áustria. Assim, os candidatos à comissão na Europa julgavam que iria caber-lhes a honra de descobrir esses príncipes encantados. E cada qual que fizesse alarde de seus conhecimentos nobiliárquicos, de sua erudição heráldica, de suas leituras sobre a genealogia das principais casas reinantes e PRINCÍPEScas da Europa. Daiser notava, com um fundo de ironia: "Há muita intriga para obter a comissão que irá à Europa buscar a Imperatriz e os Príncipes com o Almanaque de Gotha na mão"[146]

Até o velho Marquês de Barbacena, relíquia do Primeiro Reinado, já quase septuagenário, mexia-se com o auxilio da sua família no Paço. Como fora o plenipotenciário do segundo casamento de Dom Pedro I, julgava-se com credenciais para arranjar também uma noiva para o filho. Trouxera para o Brasil a segunda Imperatriz, e queria agora trazer a terceira. Mas Metternich, que tinha contas a ajustar com ele, desde as negociações do casamento de Dona Amélia, e não o queria ver de novo em Viena, com honras de plenipotenciário, tratou de afastar-lhe a candidatura, por intermédio de Daiser.

O candidato mais em evidência era, naturalmente, Aureliano Coutinho. Sua qualidade de Ministro dos Negócios Estrangeiros o indicava, aliás, para o desempenho de tão importante comissão. "Ele tem muito boas maneiras — dizia Daiser — um belo físico e fala o Francês com muita facilidade. Penso portanto que é o homem que convém perfeitamente para essa missão. Mas ele é também muito necessário no Ministério, onde desempenha o papel de mediador entre as paixões divergentes de seus colegas, sendo ao mesmo tempo o único dos atuais Ministros que não é atacado pela oposição e seus numerosos jornais."[147] Dias depois, em outro Ofício, referindo-se sempre a Aureliano: "Deseja essa comissão para ele mesmo, e eu o julgo inteiramente apto. Mas é muito necessário aqui, e os colegas se opõem à sua partida."[148]

Coube, afinal, a comissão a Bento da Silva Lisboa, alto funcionário da Repartição dos Negócios Estrangeiros, da qual ele fora Ministro em 1832. Era filho do antigo conselheiro de Dom João VI, Visconde de Cairu, título que iria herdar mais tarde, quando será feito barão. Dadas suas estreitas relações com Aureliano, que o substituíra na pasta de Estrangeiros em 1832, é de supor que tenha sido indicado por este ao Imperador para o desempenho da ambicionada comissão.

"É excelente homem — informava Daiser a Metternich — conhecedor dos assuntos e de seu país, e possui um caráter geralmente estimado. Pretende evitar Londres e sobretudo Paris, e ir diretamente a Viena, onde chegará incógnito, mas munido de todas as instruções necessárias, bem como das credenciais de Enviado Extraordinário temporário [*em missão especial*], e que ele exibirá quando as circunstâncias o permitirem e de acordo com Vossa Alteza."[149]

A 12 de dezembro de 1840 partia Bento Lisboa para a Europa. Os que estavam a par de sua missão o viram seguir com as mais fundadas esperanças. Estava-se persuadido de que o Imperador da Áustria não demoraria em encontrar uma noiva para o seu sobrinho do Brasil, e que a nova alviçareira não deveria tardar em chegar à Corte.

Daiser escrevia para Viena: "Bento da Silva Lisboa parte esta noite. Vai com uma carta do Imperador Dom Pedro II para S. M. o Imperador nosso augusto amo; uma carta do Ministro de Estrangeiros para Vossa Alteza; e suas instruções."[150]

139

Depois acrescentava:

'Meu papel de primeiro intermediário está terminado. Creio ter fornecido as informações mais necessárias. Permito-me apenas observar que no caso em que se trate de uma Arquiduquesa, seria útil e conveniente que se estipulasse no contrato de casamento que a futura Imperatriz terá direito de trazer e ter com ela uma dama de honra, ou leitora com as mesmas prerrogativas; uma criada de quarto (*kammerfrau*); um médico, um confessor e um secretário."

E, um pouco com a ideia fixa na necessidade de uma renovação de costumes no Paço, terminava:

"Quando se tratar de constituir a corte da jovem Imperatriz, será preciso nomear Camarei-ra-mor (*Grande-maîtresse*) a Sra. de Maceió, a mais digna e mais apta para essas altas funções... Torna-se absolutamente necessário libertar, com precaução e sem fazer sentir, essas augustas crianças da roda que atualmente as cerca, que não está de acordo com as suas altas posições e é sempre nociva a seus interesses."[151]

VI

Bento Lisboa só chegou a Viena em fins de março de 1841. Não pudera evitar a passagem por Londres, e ali os jornais logo divulgaram o caráter de sua missão, pouco depois confirmado pela imprensa alemã e austríaca, quando de sua entrada em Viena. "Foi só portanto ultimamente, escrevia Daiser em junho de 41, quando chegou o último paquete com os jornais contendo os artigos do *Allgemeine Zeitung*, sobre a chegada e o fim da missão do Sr. Lisboa, que esse mistério foi em parte revelado."[152]

Durante quase dois anos iria esperar-se no Rio pelos resultados da missão de Bento Lisboa. Os meses se passariam sem que de lá viesse uma notícia promis-sora. O Imperador da Áustria encarregara Metternich de negociar os casamentos, e o enviado brasileiro aguardava, paciente, em Viena, os resultados da ação do Chanceler austríaco. E era tudo quanto se sabia a respeito no Rio de Janeiro.

A opinião pública, os meios oficiais e, mesmo, o próprio Paço, inclusive o Imperador e as Princesas, acabaram, naturalmente, por impacientarem-se com tão dilatada demora e parcos resultados. Daiser nos fala do *nervosismo* da Família Imperial "desde que foi pronunciado o nome de casamento e encetadas as primei-ras negociações"[153]. Apesar das vagas explicações de Metternich, transmitidas por intermédio de Daiser ou de Bento Lisboa, nada justificava uma tal situação, que começava até parecer desairosa para a família Imperial.

Daiser procurava atenuar essa má impressão:

Há três meses que me esforço por fazer compreender que um negócio de natureza tão delicada fiz como esse devia necessariamente, pelos motivos que já dei detalhadamente, sofrer delongas, e mesmo ver que esse atraso não era tão grande quanto geralmente se pensa...

"Sua curiosidade [*do Imperador*] é sempre grande em saber qualquer coisa de mais positivo. Não se mostrou muito satisfeito com a possibilidade dessa união só poder efetuar-se dentro de um par de anos. Pedi ao Sr. Aureliano que explicasse ao Imperador que esses dois anos tinham sido referidos fazia já alguns meses; que a primeira ideia de casamento datava das primeiras propostas chegadas a Viena, em novembro de 1840, e que por consequência era bem possível que essa união pudesse vir a ser celebrada antes do fim do ano próximo."

Sem nunca dar sobre isso garantias inconsideradas, e me limitando sempre ao cálculo das probabilidades, achei entretanto dever expandir-me nessa conformidade, para conter uma impaciência que é muitíssimo natural, e impedir os manejos de intrigas e complicações, como as que vimos por ocasião das negociações para o segundo casamento do falecido Imperador Dom Pedro I." [154]

Fossem quais fossem as justificativas, uma coisa era certa: os meses se passavam, e as notícias vindas de Viena não adiantavam grande coisa. Metternich estava bem à procura da suspirada noiva e dos dois príncipes encantados. Mas nada adiantara aos primeiros passos de há um ano atrás. Afinal, o próprio Daiser acabou por se mostrar desassossegado com essa demora, e em outubro de 41 escrevia a Metternich: "É necessário que a missão do Sr. Lisboa chegue a um resultado satisfatório. Essa incerteza prolongada causa má impressão ao público. A oposição aproveita para tirar partido, e acusar o Ministério de não inspirar confiança no Estrangeiro." [155]

Em fevereiro do ano seguinte voltava a insistir. Fazia ver o isolamento em que se encontrava o Imperador, desamparado moral e espiritualmente, e a necessidade de ter alguém ao lado, em quem pudesse confiar integralmente. "Aguarda, por isso, com a mais viva impaciência, cada chegada de um navio da Europa, porque é de lá que espera o remédio para esse seu isolamento. Sob todos os sentidos, uma solução, mesmo um simples projeto, torna-se cada vez mais desejável e urgente." [156]

Abril de 1842. Havia quase ano e meio que Bento Lisboa partira para a Europa, e as notícias que vinham de Viena não eram mais animadoras do que dantes. A questão dos casamentos continuava no mesmo pé. Negociações se atavam e desatavam sem alcançarem resultados positivos. Não se entrara a fundo em nenhuma delas. Tudo não passara de vagas ofertas ou sugestões, logo deixadas de lado ou esquecidas. Praticamente nada se fizera. E as princesas não tinham mais sorte do que o Imperador. Como o irmão, elas continuavam na mesma situação de impaciente e improdutiva expectativa, à espera que o Senhor Príncipe de Metternich se dignasse encontrar-lhes os desejados maridos.

De vez em quando, chegavam ao Governo Imperial, por vias indiretas, propostas ou sugestões de casamentos fora das vistas da corte de Viena. Mas Aureliano e o próprio Imperador receavam iniciar qualquer outra negociação, para não dificultar ainda mais a de que estava encarregado Bento Lisboa. Por outro lado, não queriam também melindrar o Imperador da Áustria ou o Príncipe de Metternich, aos quais havia sido entregue, com plenos poderes, a questão dos casamentos. "O Sr. Aureliano pediu-me com grande interesse que Vossa Alteza continuasse a interpor os seus bons ofícios em todas as negociações matrimoniais" — escrevia Daiser a Metternich. [157]

Tantas vinham sendo as decepções, as delongas suportadas e as impaciências mal contidas, que o governo Imperial começava a ceder em muitas de suas primitivas imposições. Já não fazia mais questão da família Imperial da Áustria. Mesmo uma arquiduquesa para o Imperador não era mais condição *sine qua*. Tudo que se desejava, já agora, era uma solução, contanto que fosse digna do Imperador do Brasil — mas que fosse sobretudo uma solução. "O Sr. Aureliano começa a prever que será difícil concluir esse negócio no terreno que ele desejara, e pede por conseguinte que nesse caso Vossa Alteza dirija suas vistas para outro lado, contanto que se possa chegar de uma maneira aceitável a um resultado satisfatório" [158]

Também já não se insistia muito no casamento das princesas, que poderiam esperar. O do Imperador, esse, sim, era o mais urgente. Considerava-se imprescindível concluí-lo de uma maneira ou de outra, quando menos não fosse como uma satisfação à opinião pública. "O Sr. Aureliano deseja sobretudo e lhe parece da maior importância a escolha de uma esposa para o Imperador", acrescentava Daiser, para concluir:

"Conveio comigo em que esse Príncipe é ainda muito jovem, mas se aproxima depressa da idade crítica, quando a natureza começa a se desenvolver; dotado de grande caráter de moralidade, basta a ideia da existência de uma pessoa de sua categoria, à qual está ligado por laços que o casamento tornará indissolúveis, para preservá-lo dos desvios da mocidade. Se não chegar nenhuma notícia de um projeto ou de uma proposta por mais vaga que seja, se ele não vir que se inicia uma negociação, se se sentir abandonado, então será de temer-se que acabe por ceder às seduções de toda a espécie que cercá-lo, duplamente perigosas num país onde é grande a imoralidade em todas as classes, onde não se recua diante do que quer que seja e onde existem antecedentes tão deploráveis" [159]

VII

Com tudo isso, a situação de Bento Lisboa em Viena tornava-se cada vez mais difícil. Aliás, ele nunca se sentira ali à vontade. Desde o começo da negociação que ficara patente o desinteresse, proposital ou não, de Metternich pelos casamentos brasileiros. E, à medida que os meses se foram passando, esse desinteresse se tornara cada vez mais evidente. Não era de fato crível que um homem como o Chanceler austríaco, com a projeção e o prestígio que gozava nos meios internacionais e nas cortes da Europa, e dispondo, além disso, do apoio do Imperador da Áustria, não pudesse encontrar uma princesa para Dom Pedro II. Por menos tentadora que fosse essa coroa americana, eram sempre um trono e uma coroa. Era evidente, portanto, a manifesta má vontade de Metternich para com o Governo e a família Imperial do Brasil.

E quanto ao pobre de Bento Lisboa, não lhe davam positivamente atenção. Deixavam-no mofando nas antecâmaras do palácio da Chancelaria. A corte austríaca, essa, o pusera simplesmente de lado. Fizera mesmo pior: certos fidalgotes, na falta de outro divertimento, passaram a ridicularizá-lo, a por em bulha esse emissário de um país exótico, esse simples empregado de um vago Ministério de Estrangeiros, que se dava ares de grande personagem.

Ressentido, Bento Lisboa deixou de frequentar a Corte. Rareou suas visitas à Chancelaria. Afastou-se do elemento propriamente austríaco. Passou a fazer vida à parte, com um pequeno grupo de diplomatas acreditados em Viena. Entre estes, havia o Ministro do Rei Fernando II das Duas Sicílias, Vincenzo Ramirez. Expansivo, como bom napolitano, acolhedor e amável, depressa cativou a simpatia e a confiança de Bento Lisboa. Este, que vivia agastado com o acolhimento que lhe fazia a sociedade vienense, cansado de esperar que Metternich se decidisse afinal a encontrar uma noiva para Dom Pedro II, expôs as suas mágoas a Ramirez, a quem confiou, ao mesmo tempo, o caráter da missão confidencial que o trouxera a Viena.

Uma noiva? Bento Lisboa estava à procura de uma noiva para o seu Imperador? E perdera, para isso, longos meses em Viena, à espera que o Sereníssimo Príncipe, Senhor de Metternich se decidisse a descobrí-la entre as princesas casadouras da Europa? Não fosse este o problema, Ramirez dar-lhe-ia essa noiva tão almejada. Era uma princesa de bom sangue, bem-educada, bem prendada, dotada das melhores qualidades de coração e de caráter; e além do mais, estranha à *côterie* enfatuada de Viena. Que melhor oportunidade podia ele encontrar para vingar-se da displicência de Metternich e da empáfia dos fidalgotes que lhe torciam o rosto nos salões de Schoenbrunn? Tratava-se da Princesa Teresa Cristina Maria, irmã mais moça do rei Fernando II das Duas Sicílias.

142

Bento Lisboa acolheu com a maior simpatia a sugestão de Ramirez. Mas não quis nada precipitar. Fez-lhe ver sobretudo que, dadas as suas instruções, não poderia entrar em nenhuma negociação sobre o assunto sem primeiro entender-se com Metternich. Iria, portanto, procurar o Chanceler austríaco.

Metternich não deixou de trair o seu desapontamento. Ele não estimava ver o casamento se fazer fora de suas vistas diretas, e sobretudo com uma princesa estranha aos seus manejos e aos que o cercavam no palácio da Chancelaria. Isso significaria um duplo fracasso, político e diplomático. E o seu desapontamento foi tanto maior quanto justamente nessa ocasião ele se havia decidido, afinal a fazer qualquer coisa para casar Dom Pedro II, parecendo que as suas vistas estavam voltadas para a Grã-Duquesa Olga, a mesma que se casaria, pouco mais tarde, com o Rei de Wurtenberg.

Contudo, Metternich soube manter uma discreta reserva. Limitou-se a dizer a Bento Lisboa que não via na Princesa Teresa Cristina nenhum obstáculo quanto à ilustração da família; notava, apenas, como uma possível dificuldade, a diferença de idade entre os dois jovens príncipes. De fato, ela era quase quatro anos mais velha do que Dom Pedro II.

VIII

A boa acolhida dada por Bento Lisboa à proposta de casamento com essa princesa parece ter animado a corte de Nápoles, que logo se apressou a submetê-la ao governo Imperial, por intermédio de seu Encarregado de Negócios no Rio, Don Gennaro di Merolla. Era um oferecimento em regra: "O Rei de Nápoles está disposto a dar a mão de sua irmã ao Imperador do Brasil no caso em que a peça."

Aureliano limitou-se a responder que era impossível entrar em entendimentos no Rio sobre este assunto; que todas as negociações deviam ser feitas em Viena. Sem embargo, acrescentou, o Imperador "não levantava nenhuma objeção pessoal contra essa união"[160]

Merolla não precisava de mais. Essa resposta valia implicitamente por uma aceitação. Logo se apressou em partir para Nápoles, a fim de levar a boa nova à sua Corte. Nessa ocasião chegavam ao Rio os ofícios de Bento Lisboa, dando conta da proposta que lhe fizera Vincenso Ramirez e de sua conversa, a respeito, com o Príncipe de Metternich. Esses ofícios eram datados do começo de abril, e foram recebidos no Rio em fins de junho de 1842. Nesse intervalo — precisamente a 20 de maio — Bento Lisboa firmava com Ramirez o contrato de casamento. De forma que, quando se soube, no Rio, da proposta de união de Dom Pedro II com a Princesa Teresa Cristina, já estes estavam legalmente casados, ou pelo menos prometidos.

Bento Lisboa, como se vê, não perdera tempo. Cansado de estar em Viena de braços cruzados, à espera que Metternich se decidisse a encontrar uma noiva para o Imperador, logo se apressou em aceitar a proposta do Ministro napolitano. Não esperou nem mesmo pela autorização ou parecer do Governo imperial. Cobriu-se com as instruções que trouxera do Rio e com o beneplácito do Príncipe de Metternich. Ramirez falara-lhe pela primeira vez em casamento em março de 1842; e dois meses depois estava assinando o respectivo contrato. Que melhor resposta poderia dar Bento Lisboa às excessivas delongas de Metternich, que durante quase dois anos o fizera esperar inutilmente em Viena.

A notícia do contrato de casamento só chegou ao Rio a 23 de julho daquele ano. Até então tudo se vinha passando com grande reserva. Apenas Aureliano, seus colegas de Ministério e algumas pessoas do Paço — Paulo Barbosa e poucos mais — estavam, a par dos entendimentos de Bento Lisboa com Ramirez. O público de nada sabia. O próprio Corpo Diplomático acreditado no Rio, com exceção de Daiser, ignorava o que se passava, e a sua surpresa foi grande, como a de todos, quando chegou da Europa o Secretário de Legação José da Silva Ribeiro, trazendo o contrato de casamento do Imperador, com um retrato da futura Imperatriz.[161]

Saint-Georges, Ministro de França, escrevia para Paris:

"A negociação relativa ao casamento foi conduzida mui secretamente, e nada havia transpirado. Somente agora é que se pode explicar a partida súbita do Sr. Merolla. É evidente que ele partiu com o duplo propósito de fazer corte em seu proveito e de preparar o espírito da futura Imperatriz em favor dos Srs. Aureliano e Paulo Barbosa, que se concertam para conservar e consolidar a influência que exercem sobre o Imperador"[162]

A notícia do contrato de casamento não deixou de causar uma certa decepção no Rio. Esperava-se francamente coisa melhor. Nada se sabia dessa tal Princesa Teresa Cristina, cujo parentesco com o Rei de Nápoles nem mesmo se conhecia ao certo. Uns diziam-na filha, outros irmã do Rei. Esse próprio Rei mal lhe conheciam o nome, ou não o conheciam de todo. E até o nome do Reino era incerto: para uns era Reino de Nápoles, para outros das Duas Sicílias, o que vinha dar, aliás, no mesmo [162a]

E quem era afinal essa moça, que viria sentar-se no trono do Brasil? Sabia-se apenas que tinha vinte anos de idade e vivia reclusa no velho Palácio de Chiaramonte numa vida modesta e sem aparato. A diferença de idade entre os noivos foi a primeira decepção que esse casamento causou à sociedade e ao público do Rio. O Imperador tinha então dezesseis anos, era ainda quase um menino, embora aparentasse maior idade; e não se compreendia que o fossem casar com uma moça quatro anos mais velha do que ele.

A outra decepção foi a família da noiva. Sabia-se que Bento Lisboa estava em Viena negociando com a corte da Áustria o casamento do Imperador, e todos esperavam que se conseguisse, senão uma arquiduquesa, ao menos uma princesa das chamadas *grandes famílias* reinantes da Europa — uma Habsburgo, uma Hohenzollern, uma Bourbon de Espanha, ou mesmo uma Orleans. Teresa Cristina era certamente uma Bourbon. Mas esses Bourbons andavam então bem desprestigiados, depois de sua expulsão do trono de França, com a queda de Carlos X. Além disso, ela pertencia aos Bourbons de Nápoles, quer dizer, a um dos ramos colaterais da família, talvez o menos bem visto de todos.

Era daquela família de príncipes turbulentos, um pouco aventureiros e um pouco grão-senhores, que dispunham e tiranizavam a seu modo esses napolitanos desabusados, sempre prontos para aceitarem ou reclamarem um novo Rei. Fernando II ficaria na História como um príncipe cruel e déspota, que não se cansara de perseguir o seu povo. Em Nápoles, deixaria o apelido famoso: *Re Bomba*. Torres — Homem, quando era ainda o panfletário Timandro, foi dos que mais desapiedadamente o trataram no Brasil, a ele e à sua família — *estirpe sinistra*, como a crismou. De Fernando II dizia não passar de um *déspota atrozmente beato e beatamente verdugo*.

Falecendo em 1859, este seria sucedido pelo filho Francisco II, que não lograria reinar mais de um ano, pois em 1860 seria deposto pelas forças garibaldinas. Sua mulher era aquela curiosa Rainha Maria Sofia, Princesa da Baviera, irmã de infeliz Imperatriz da Áustria, assassinada em Genebra. Maria Sofia era uma mulher de uma intrepidez sem limites. Daria prova de sua coragem defendendo, ao lado do General Bosco, com o entusiasmo de um velho soldado, o trono e o Reino de Nápoles contra a investida das tropas garibaldinas. A Condessa de Kleinmichel, que a conhecera nos últimos anos de vida, nos fala dos cinco meses de sítio em Gaeta, quando Maria Sofia era vista "de noite e de dia,percorrendo a cavalo as trincheiras, entusiasmando os oficiais e soldados, dividindo com eles as privações, as fadigas, tratando os feridos e enterrando os mortos."

IX

O retrato de Teresa Cristina, que o Secretário José Ribeiro trouxera de Viena, desfez grande parte da má impressão que causara no Rio o noivado. Todos foram acordes em reconhecer uma certa beleza na futura Imperatriz, uma naturalidade de expressão que agradava, e um ar de profunda e acolhedora simpatia. Daiser escrevendo a Metternich, ao dar conta da chegada de José Ribeiro ao Rio, com o contrato de casamento e o retrato da noiva, acrescentava:

"Como era justamente dia de grande gala no Paço, por causa do aniversário da proclamação da maioridade do Imperador, a notícia se espalhou rapidamente, e à noite o retrato círculou no teatro por muitos camarotes, o mesmo acontecendo no dia seguinte, tendo os Srs. Ministros se apoderado dele para mostrarem a todos que o quisessem ver. O Sr. Aureliano me disse que o Imperador achara o retrato muito bonito, mas guardara a sua costumada impassibilidade"[163]

Não foi tanto assim, e pode-se mesmo dizer que ele foi francamente expansivo nessa ocasião, quase transbordante, se se levar em conta a sua natureza retraída. Temos justamente a página do seu *Diário* nesse dia 23 de julho de 1842, quando recebeu o contrato de casamento e o retrato da futura mulher.

Depois de um dia cheio de cerimônias, com beija-mão, cortejos, e tudo quanto exprimia, ou fingia exprimir satisfação pelo aniversário da proclamação da Maioridade, o jovem Monarca, curvado ao peso do uniforme e das condecorações, foi repousar alguns instantes entre os Famíliares do Paço.

"Mal podendo comigo de cansado, fui-me assentar na Sala do Despacho, onde, conversando eu com os meus Ministros, veio dizer Paulo[164] que aí estava o Ribeiro. Dissemos; o tratado de casamento, que boa nova, que feliz coincidência! O Ministro de Negócios Estrangeiros[165] saiu, e daí a pouco voltou com os ofícios de Bento Lisboa e o retrato de minha futura esposa, que é mui bela, e dizem alguns diários da Europa mui prendada e instruída. Abriram-se; deu-me Aureliano o tratado de casamento meu com a irmã do Rei das Duas Sicílias, Teresa Maria Cristina. [166]Todos nós, eu e meus Ministros, fomos alegres jantar, findo o qual subi a meu quarto a largar o enorme peso que trazia.

Sinto alguém subir a escada; é Cândido, [167] que me pede licença para publicar tão fausto acontecimento, a qual depois de alguma hesitação dei. Os Semanários beijam-me a mão, e vêm depois felicitar-me os criados que tinham ficado, menos o Barão de Caxias.[168]

Das mãos de Aureliano tomo o retrato, e corro ao quarto da mana Januária. Elas já sabiam. Mostrei-lhes o retrato, de que gostaram muito. O Barão de Caxias beija-me a mão pelos dois motivos.

Passado o resto da tarde com os Semanários. Às oito e tanto da noite apareci na tribuna o Teatro Grande ao povo, e o Juiz Municipal deu *Vivas* que foram acompanhados. O Hino rompeu, levantou-se o pano, e iam os atores começar a representação quando dum camarote se ouviram palmas um moço recitou mal uma poesia que talvez não fosse má. A cornédia ou drama intitulava-se *Os Incendiários*, e a dança, que chamaram baile anacreôntico, talvez por ser amoroso, *Amor protege amor,* foi tempo perdido" [169]

X

Daiser a Metternich "Trata-se agora de escolher as pessoas que devem compor a nova corte, sobretudo o pessoal que terá de ir a Nápoles, buscar a jovem Imperatriz. O número de candidatos é numeroso, mas o das pessoas aptas para comissões dessa natureza é muito limitado. Parece certo que irá o Sr. Aureliano, na qualidade de embaixador extraordinário, munido de todos os plenos poderes para o pedido solene, para os esponsais e para a entrega da Imperatriz. Sente-se a intenção de oferecer à Sra. Marquesa de Maceió o cargo de dama de honra, mas parece que ela só dificilmente o aceitará, e, quando muito, apenas durante a viagem, o que será certamente mais prudente, porque essa jovem corte tornar-se-á um foco de intrigas perigosas e intermináveis.

Preparam-se duas fragatas, que devem ir a Nápoles buscar a futura Imperatriz; mas elas só poderão estar prontas em dezembro próximo, de forma que duvido que o casamento possa ser celebrado aqui antes de julho de 1843." [170]

Esse caso da Embaixada especial que devia ir a Nápoles buscar a futura Imperatriz desnorteou a muita gente, pela surpresa da decisão do Imperador. Durante meses teceram-se os mais desencontrados palpites. Não houve nome de personalidade política em evidência que não fosse citado para o cargo de embaixador extraordinário. Foi indicado até o do ex-Regente Marquês de Olinda. Cada um dos numerosos candidatos se julgava mais apto do que os outros para a honrosa comissão. Aureliano, sendo Ministro de Estrangeiros, era, naturalmente, o nome mais apontado, e parece que desejava realmente a embaixada. Mais de um ano antes, já Daiser mandara dizer a Metternich: "O Sr. Aureliano está sempre decidido a partir para a Europa, assim que as informações recebidas de Viena tenham um caráter mais positivo. Aliás, há muita intriga para essa comissão." [171]. O Imperador, como sempre, foi o último a falar. Guardou, sobre isso, a mais absoluta reserva. Ninguém lhe conhecia as intenções, mesmo os mais chegados ao Paço.

Foi quando menos se esperava que ele decidiu nomear o Embaixador. Foi buscá-lo fora da lista de sumidades políticas que a imaginação dos interessados lhe oferecia. Coube a desejada comissão a José Alexandre Carneiro Leão, futuro segundo Visconde de São Salvador de Campos, homem independente, de largos haveres, estranho às facções políticas, que tinha se educado na Inglaterra e fora Gentil-homem do primeiro Imperador. Tinha ele então cerca de cinquenta anos e era aliado, por parentesco, às mais conceituadas famílias da época. Era primo-irmão de Honório Hermeto, a esse tempo Senador, Ministro da Justiça e interino dos Negócios Estrangeiros, e posteriormente Visconde e Marquês de Paraná. [172] "É efetivamente um homem dos mais amáveis — informava Daiser — sinceramente ligado à família Imperial, não pertencendo nem tendo nunca pertencido a nenhum partido que não seja o do Paço, e extremamente cortês." [173]

Carneiro Leão foi nomeado "Comissário Plenipotenciário e Embaixador junto ao Rei das Duas Sicílias, para ir a Nápoles receber a Princesa em nome de seu Augusto Esposo, e ter a honra de conduzi-la a esta Corte, a bordo da esquadra [sic] para esse fim destinada." Era o que rezavam as suas instruções, datadas de 16 de fevereiro de 1843.[174]

Coube ao Chefe de Esquadra Teodoro de Beaurepaire-Rohan, o comando da esquadra que devia ir buscar a nova Imperatriz. Essa esquadra se compunha de três vasos de guerra: a fragata *Constituição*, sob o comando do Capitão de Mar Guerra José Inácio Maia; e as corvetas *Dois de Julho*, sob o comando do Capitão de Mar e Guerra Pedro Ferreira de Oliveira, e *Euterpe*, sob o comando do Capitão de Fragata João Maria Wandenkolk futuro primeiro Barão de Araguari e pai do futuro Almirante e Ministro da Marinha do Governo Provisório da República.

A mulher de Beaurepaire-Rohan, Dona Isabel, seguia como açafata para a futura Imperatriz, e a filha, como dama de honra. Dona Elisa Leopoldina, mulher de Carneiro Leão, la igualmente como dama de honra. A Camareira-mor era a Marquesa de Maceió, sobrinha e cunhada de Carneiro Leão; e seu sobrinho, Brás Carneiro Beléns, seguia como Secretário da Embaixada, passando depois a Veador da nova Imperatriz. Era um pouco, como se vê, uma Embaixada de família. Como Mordomo-mor la o filho da Condessa de Belmonte, Ernesto Frederico de Verna Magalhães. Havia ainda o médico, o Dr. Francisco Freire Alemão, e o Capelão, que era o Cônego Manuel Joaquim da Silveira.

Esperava-se que a Embaixada pudesse partir em fins de 1842. Mas só no começo do ano seguinte é que ficou pronta a esquadra imperial. "Faltavam marinheiros brancos, e não se queria mandar muitos negros" [175] Esse adiamento permitiu que se preparassem com mais vagar os aposentos nos paços imperiais, fazendo-se vir da Europa "certos adornos, para maior esplendor da Casa Imperial" [176] escrevia Aureliano a Bento Lisboa, acrescentando: " A fragata *Constituição*, em que deverá vir S.M. a Imperatriz, e que é de primeira ordem, está ficando mui bonita, e irá mui decentemente adornada, e com todas as acomodações necessárias."[177]

Em 3 de março de 1843 partia, enfim, Carneiro Leão com a sua comitiva. "Desnecessário é recomendar a V. Exª. que empregue todos os meios para fazer pouco penosa a viagem de S. M. a Imperatriz, procurando por todas as formas que ela seja tratada com as atenções e delicadezas que exige sua subida jerarquia; e que comece desde logo a apreciar devidamente o amor e alto respeito que lhe consagram os brasileiros, que ardentemente fazem votos pela prosperidade e feliz chegada a este Império; porque tenho cabal conhecimento do préstimo, qualidades e distinta delicadeza de V. Exª." [178]

XI

A 20 de maio chegava a esquadra brasileira a Nápoles. No dia seguinte desembarcava Carneiro Leão. Ocupou o Palácio Scaletta, especialmente alugado para residência sua e da Embaixada, tendo declinado, "como era o costume", a oferta de um dos palácios reais, que por cortesia lhe fizera o Rei de Nápoles. "Obséquio que S. M. só costuma fazer aos príncipes de sangue", prevenia o avisado Carneiro Leão. [179]

No dia 26 teve lugar a recepção oficial do Embaixador do Brasil. Estavam presentes o Rei Fernando II e o governo de Nápoles. Foi revestida "de toda a pompa" diz Bento Lisboa, que já então se encontrava em Nápoles, chamando a atenção o carro de Carneiro Leão, *a sege*, como diz Bento Lisboa, "que fora remetida da Inglaterra pelo prestante brasileiro, meu colega Marques Lisboa" [180]

No dia seguinte, 27 de maio, foi a cerimônia oficial do pedido. Recebido no Palácio Real, com todas as honras, foi o nosso Embaixador introduzido, com o pessoal da Embaixada, na Sala do Trono. Aí o esperava, de pé, o Rei das Duas Sicílias.

"Sire, — disse-lhe Carneiro Leão em francês, — o Imperador do Brasil mandou-me em Embaixada extraordinária junto a Vossa Majestade pedir em seu nome a mão de Sua Alteza Real a Princesa Teresa Cristina Maria, vossa ilustre irmã. As eminentes qualidades dessa Princesa, a ilustração de sua família concorrem para aumentar o ardente desejo de meu augusto Senhor, de estreitar com essa aliança os laços que já o unem a Vossa Majestade e à Família Real."

Respondeu-lhe o Rei:

"Senhor Embaixador A honrosa missão de que foi encarregado Vossa Excelência pelo seu augusto Soberano, o Imperador do Brasil, de pedir-me, em seu nome, a mão de minha amada irmã Teresa, não podia ser mais grata ao meu coração... Estou seguro de que minha cara irmã fará a felicidade de seu augusto esposo, e que procurará merecer o amor e a estima da nação brasileira."

Daí Carneiro Leão foi conduzido, com sua comitiva, aos aposentos da Rainha, onde foram trocados novos discursos. Dirigiram-se em seguida aos aposentos da Rainha-mãe, Isabel de Espanha. Outros discursos. Pediu depois Carneiro Leão licença para presentear a noiva com o retrato do Imperador do Brasil. Foi ela então introduzida na sala. "S. A. R., saindo da sala ao lado, acompanhada da aia, fez uma profunda reverência à sua augusta mãe, cumprimentou o Embaixador e colocou-se depois à esquerda da Rainha sua mãe." Carneiro Leão recitou-lhe um pequeno discurso em francês, no estilo pomposo da época, assegurando-lhe o amor e a dedicação do Imperador. Ofereceu-lhe em seguida o retrato de Dom Pedro II, "que aceitou, depois da autorização dada pela Rainha-mãe, tendo uma dama de honra lhe pegado ao peito." Recitou depois a Princesa um pequeno discurso, em italiano, agradecendo o presente do Imperador[181]

No outro dia, 28 de maio, houve o jantar dado pelo Rei de Nápoles em homenagem ao Embaixador brasileiro e à sua comitiva, estando também presentes o Chefe da Esquadra e os três Comandantes dos navios brasileiros. Nesse mesmo dia, a Princesa Teresa Cristina renunciava aos seus direitos à sucessão do trono das Duas Sicílias

Na manhã de 30 de maio, teve lugar a cerimônia do casamento, realizada na Capela Palatina, oficiando o Arcebispo Capelão-mor. Representou Dom Pedro II o irmão da noiva, Príncipe Leopoldo de Bourbon Parma, Conde de Siracusa[181a] Estavam presentes a Família Real, as principais figuras da nobreza napolitana, os Ministros da Justiça e dos Negócios Estrangeiros das Duas Sicílias, os quais foram, com os Embaixadores de Dom Pedro II, as testemunhas do casamento. O impedimento de consanguinidade existente entre os noivos (eram primos, sendo a mãe de Dom Pedro II, a Imperatriz Leopoldina, filha de uma Princesa de Nápoles), foi dispensado por um Breve do Papa Gregório XVI, lido em voz alta pelo Cônego — presbítero assistente. Seguiu-se um solene *Te-Deum*, com festejos na cidade pelo grande acontecimento.

À noite, realizou-se um baile no Palácio Real de Chiaramonte, "em uma magnifica sala (diz Bento Lisboa), verdadeiramente real, sendo a primeira vez que se abria. El-Rei mostrava-se cheio de amabilidades, e conversou muito com os nossos oficiais de Marinha, que dançaram e agradaram sumamente às senhoras presentes." "Terça-feira (acrescenta Bento Lisboa), El-Rei irá a bordo da fragata *Constituição*, pelas quatro horas da tarde, mas com a modéstia que lhe é própria, mandou-me cientificar, pelo Príncipe de Scilla[182] que todas as honras nesse dia deviam ser feitas à Imperatriz do Brasil. Eu respondi ao Príncipe para declarar a S.M. que, sendo a fragata brasileira considerada como território brasileiro, a Imperatriz era dona da casa, sendo S.M. o hóspede, e que portanto a ele é que competiam todas as honras. O Príncipe riu-se, e agradeceu a maneira polida com que respondi a El-Rei."[183]

Finalmente, a 1° de julho teve lugar a entrega solene da Imperatriz ao Embaixador de Dom Pedro II. A cerimônia realizou-se numa das salas do velho Palácio de Chiaramonte. Essa sala — conta Carneiro Leão — "estava dividida por uma fita encarnada, colocada no pavimento, fazendo representar os dois territórios, napolitano e brasileiro; e tinha sobre a porta, que dava entrada pelo lado de terra, as armas napolitanas, e sobre a que dava saída para o mar, as brasileiras"

A Imperatriz chegou acompanhada de sua corte napolitana, com a qual foi sentar-se na parte da sala que representava o território napolitano. Adiantou-se então o Secretário da Embaixada brasileira, que leu o alvará de plenos poderes concedidos pelo Imperador a Carneiro Leão para receber a Imperatriz. Respondeu-lhe o subsecretário do Estado napolitano, lendo o alvará do Rei das Duas Sicílas para a entrega da Soberana.

Depois de um discurso de adeus do Príncipe de Scilla, a Imperatriz fez as suas despedidas às pessoas da corte napolitana, e todos lhe beijaram a mão. O Príncipe de Scilla levou-a em seguida até a fita que dividia os dois supostos territórios, onde a aguardava Carneiro Leão. Disse a este que a entregava em virtude dos plenos poderes que tinha do seu Soberano. Respondeu-lhe Carneiro Leão que a aceitava em virtude

148

de seus plenos poderes. Conduziu-a depois ao território tido por brasileiro, onde a fez sentar, e recitou-lhe um discurso. Houve depois o beija-mão da gente brasileira.

Estava finda a cerimônia da entrega da nova Soberana, que em seguida deixaria o palácio e, na companhia de toda a Embaixada brasileira, la para bordo da fragata *Constituição*. Ao cair da tarde desse dia, o Rei seu irmão e toda a Família Real ali apareciam para as despedidas. E pela madrugada, a esquadra brasileira ganhava o alto mar em direção ao Brasil. Seguia comboiada por uma divisão napolitana; composta da nau Vesúvio e das fragatas *Amália, Isabella e Parténope*. Comandava essa divisão o Almirante Barão de Cosa.[183a]

XII

Quando a esquadra brasileira navegava em direção a Nápoles, para buscar a nova Imperatriz do Brasil, chegava ao Rio de Janeiro (em 27 de março de 1843) o Príncipe de Joinville, que já nos havia visitado em 1838 (ver Cap. III deste volume). Vinha comandando a fragata *Belle Poule*, com a qual ele havia passado, em 1840, pela Bahia, a caminho da Ilha de Santa Helena, a fim de levar para Paris o corpo de Napoleão I.

Sua presença, dessa vez, entre nós tinha por fim pedir em casamento, a Dom Pedro II, a sua irmã Dona Francisca, que ele havia conhecido em 1838, menina então de catorze anos de idade, mas que era agora uma bela moça, com todos os encantos da sua idade e do seu sexo. Dez dias depois da sua chegada, *o Jornal do commercio* do Rio surpreendia os seus leitores com esta pequena notícia: "Corria hoje na cidade que S.A.R. o Príncipe de Joinville tinha pedido a mão de S.A.I. a Princesa Dona Francisca."

Era, de fato, verdade, se bem que o pedido de casamento só se tenha oficializado a 20 de abril, quando o enviado especial do Rei Luís Filipe, Barão de Langsdorff, foi recebido, para esse fim, por Dom Pedro II. O tratado de casamento foi assinado pelo Barão e pelo Ministro do Império, Conselheiro Bernardo Pereira de Vasconcelos, a 22 desse mês de abril, realizando-se o casamento a 1º de maio seguinte, com o testemunho do Visconde (depois Marquês) de Olinda e do Barão (depois Marquês) de Monte Alege. Depois do que, a *Belle Poule* deixava o Rio em direção à França, levando a seu bordo uma passageira a mais [183b]

A lira de Carlos Taunay entoava o "Coro das Brasileiras":

> Nos voeux te suivront, Princesse!
> Et sans cesse
> Nous prierons pour ton bonheur;
> Car ton bonheur, chère idole,
> Nous console
> Et console aussi ta soeur!

XIII

A 5 de setembro de 1843 Paulino de Sousa, futuro Visconde de Uruguai e novo Ministro dos Negócios Estrangeiros, passava uma Circular ao Corpo Diplomático:

"Com o maior prazer cumpre-me comunicar a V. Sa. que no dia 3 do corrente, às 5 e 50 minutos da tarde, entrou neste porto a fragata *Constituição*, a bordo da qual veio S.M. a Imperatriz, tendo feito uma feliz viagem de 62 dias, durante a qual gozou a mesma augusta senhora a mais próspera saúde.

"S.M. o Imperador, apenas a fragata fundeou junto à Fortaleza de Villegaignon, ao escurecer, dirigiu-se a bordo, acompanhado dos Ministros de Estado..." [184]

De fato, assim que lançou ferros à fragata *Constituição*, partiu ao seu encontro o escaler imperial, levando o Imperador e sua irmã Januária. Iam avistar-se com a nova Imperatriz, cujo desembarque, entretanto, e recebimento em terra pelo Governo Imperial, só se faria no dia seguinte, conforme ficara assentado no programa oficial da recepção da Imperatriz.

O primeiro encontro do Imperador com a sua jovem esposa não foi certamente de grande cordialidade. Nenhuma expansão de um ou de outro dos recém-casados. Surpresa talvez de ambos. Constrangimento natural de dois esposos que nunca se tinham visto. Do Imperador, que era aquela natureza reservada e desconfiada que se sabia, aquele caráter suspeitoso, que se podia esperar a mais de um simples gesto de cortesia? E daquela moça estrangeira, que fora retirada de seu recanto discreto de Nápoles, do seio de uma família modesta e quase obscura, para a levarem a um país distante, onde tudo e todos lhe eram desconhecidos, inclusive o marido que lhe davam, que se podia esperar senão um movimento de retraimento e de natural confusão?

Atribuiu-se ao Imperador um gesto de decepção, ao ver diante de si a companheira que lhe traziam da Europa. Confiado na beleza do retrato que lhe mandara Bento Lisboa, não pudera conter o seu desapontamento ao deparar com uma moça sem encanto, de rosto banal, corpo grosso e atarracado, e, ainda por cima, claudicando de uma das pemas. O que há de verdade nisso?

Não é possível saber-se. Nem o Imperador, nem a Imperatriz, como é natural, aliás, deixaram jamais trair o seu sentimento. O testemunho dos presentes nem sempre é insuspeito. Sem embargo, muitos anos depois a Princesa Dona Isabel confiaria a Tobias Monteiro, em 1920, ter sabido por Dona Elisa Carneiro Leão, Viscondessa de São Salvador de Campos, e testemunha do primeiro encontro entre os jovens esposos a bordo da fragata *Constituição*, que a nova Imperatriz logo percebeu a decepção que causara a Dom Pedro II; e que, abraçando-a, entre lágrimas, se lamentara, dizendo: *Elisa, o Imperador não gostou de mim!* Ainda segundo a Viscondessa, o retrato de Dona Teresa Cristina, que o Secretário José Ribeiro tinha trazido de Nápoles, estava "muito favorecido." Era uma tela atribuída ao pintor José Correia de Lima, onde ela aparecia em meio-corpo, vendo-se ao fundo a paisagem da baía de Nápoles com o Vesúvio fumegando, e está hoje no Museu Imperial de Petrópolis. Mas Helio Vianna, ao divulgar no *Jornal do Comercio* do Rio, em 1967, essa entrevista de Tobias Monteiro com Dona Isabel (até então inédita), diz que não podia ser este o retrato referido pelo Imperador quando dizia que o haviam enganado, porque, acrescentava, *ela nem sabe tocar uma nota de música*, visto como nessa tela não se via a Imperatriz tocando piano, mas possivelmente um decalque desse retrato, de Luís Aleixo Boulanger, em que Dona Teresa Cristina *parece* estar tocando piano, muito embora este não esteja visível. Esse decalque de Boulanger está hoje no Instituto Histórico e Geográfico Brasileiro.

Saint-Georges, Ministro de França, escrevendo a Guizot, dias depois da chegada ao Rio da nova Imperatriz, diz que o primeiro encontro dela com Dom Pedro II foi bastante desconcertante, o que atribui ao caráter reservado e à timidez do jovem Monarca, "da qual não se desfez nessa ocasião"[185]. Por outro lado, o Encarregado de Negócios da Áustria (Daiser deixara o Brasil a 27 de maio), Conde Giorgi, refere-se ao *embaraço* do Imperador, e à pressa com que logo se retirou de bordo [186]

Um ano mais tarde, o novo Ministro austríaco, Conde de Rechberg, comentando essa tão falada entrevista entre os dois esposos, atribui a atitude do Imperador ao descontentamento que lhe causara essa união, "negociada pelo Sr. Bento Lisboa sem autorização de sua corte." E acrescenta: "Sua Majestade teria desaprovado a diferença de idade entre ele e sua augusta prometida. Teria ficado muito contrariado com a notícia de que o Sr. Lisboa tornara a iniciativa de negociar esse casamento, e teria mesmo cogitado de o desautorar se as coisas não estivessem muito adiantadas para as fazer recuar." [187]

A opinião de Rechberg é suspeita. Ele não podia estimar nem esse casamento, que fora realizado a contragosto e fora das intenções de seu chefe Príncipe de Metternich, nem acolher com simpatia Bento Lisboa, que tornara a si negociá-lo e celebrá-lo a despeito da má vontade de Metternich. A crítica que se fazia agora, da diferença de idade entre os dois esposos, não era uma novidade. Quem primeiro a levantara fora precisamente o Príncipe de Metternich, quando Bento Lisboa o fora consultar sobre a possibilidade desse casamento.

Muita exploração que se fez em torno dessa primeira entrevista do Imperador com a Imperatriz foi movida pela Legação da Áustria no Rio, despeitada com o casamento napolitano. Não é possível apurar o certo, mas o provável é que dela tenha partido a versão, depois espalhada, de que a decepção do Imperador fora tanta, ao ver a Imperatriz, que os seus joelhos curvaram e por pouco as pernas não lhe falharam de todo. [188]

O que é certo, porém, é que os Agentes austríacos dessa época, Giorgi e Rechberg, não esconderam nunca a má vontade com que passaram a tratar todos quantos tiveram uma parte, direta ou indiretamente, no casamento do Imperador. Aureliano, que fora o Ministro dos Negócios Estrangeiros da negociação matrimonial, era para o Conde Giorg, o *mulato Aureliano*; Paulo Barbosa, amigo e aliado de Aureliano, *a alma danada do Mordomo*. E a célebre *Facção Áulica*, de que faziam parte Aureliano, Paulo Barbosa, a Condessa de Belmonte e outros Famíliares do Paço, era denominada *a camarilha da mais baixa extração, que ocupa atualmente todos os corredores do Palácio*.

Quanto a Bento Lisboa, Giorgi procurava simplesmente intrigá-lo ou indispô-lo com Metternich. "O Sr. Bento Lisboa — escrevia ele ao Chanceler austríaco — que regressou de Nápoles há poucos dias, continua no papel que desempenhara em Viena, espalhando as mais absurdas calúnias sobre a maneira de pensar da nossa corte, especialmente de Vossa Alteza, com relação à família Imperial do Brasil, e sobre o pouco interesse que lhe presta"[189]

E quanto a Merolla, Encarregado de Negócios de Nápoles, por pouco o Ministro da Austria não o provocou para um escândalo, por certa questão de precedência, no banquete que houve no Palácio de São Cristóvão, precisamente no dia do desembarque da Imperatriz.

Esse desembarque realizou-se, como estava previsto, na manhã do dia 4 de setembro, quando o Imperador, sua irmã Dona Januária e as altas autoridades do Governo partiram no galeão imperial e que pertencera a Dom João VI em demanda da fragata *Constituição*. Eugenio Rodriguez, oficial de Marinha napolitano que la na divisão das Duas Sicílias que acompanhara a referida fragata, dá-nos a descrição desse desembarque. Diz ele:

"Iam na galeota imperial, toda adornada de dourados, com a proa em forma de dragão alado, sustentando, entre ricos arabescos, as armas do Império. Singrava lenta e majestosamente, remada por 60 marinheiros em belos uniformes. Debaixo de soberbo toldo de damasco verde com franjas de ouro reluzente, agitado ao vento, sentavam-se o Imperador, sua irmã a Princesa Dona Januária e altas personagens, às quais se concedia o privilégio de acercar-se do Monarca. Duas outras galeotas, ricamente enfeitadas, secundavam a primeira. Nelas vinham as autoridades eclesiásticas e os grão-senhores do Império. Noutra, os dignitários, generais e oficiais. Duas bandas militares, tocando harmoniosas peças, acresciam a imponência do cortejo.

Num relance, as fortalezas e os navios ficaram ocultos em densa névoa. A baía trepidava ao ribombo da artilharia naval. A gente das naus, toda vestida de branco, dispunha-se em simetria, ao longo das vergas altas, no meio das desfraldadas bandeiras. A galeota imperial, em dado instante, atracou à fragata, desembarcando o Imperador, alto e esbelto, de cabelos louros e olhos azuis, rosto corado de juventude sadia. Vestido com discreta elegância, bem posto no uniforme militar, cingia uma espada de pedrarias faiscantes que impediam observar-se o fino cinzelamento. Seguia-o a jovem Princesa, também linda figura, porém de vivos olhos italianos [*sic*]. Em pouco, o ditoso par, em meio à comoção geral, embarcou e partiu.

O majestoso desfilar do cortejo entre as naves festivas provocava, a cada passo, novas sensações. Da Ilha das Cobras avistava-se, na cidade, magnífico templo próximo ao mar, erecto, para a solenidade, numa grande praça. Aí chegaram os nubentes, seguindo por esplêndido caminho atapetado. Dupla ordem de colunas floridas circundavam a praça. Dois escudos exibiam os retratos das Augustas personagens. Da parte que dava acesso ao Largo, o chão estava inteiramente coberto de perfumadas flores. Em duas alas, dispuseram-se duas filas de camarotes, donde as grandes damas, a nobreza, gente vestida de soberbo luxo, adornada de ricas joias, poderiam admirar os Soberanos. Numa dourada carruagem, tirada a seis fogosos cavalos, tomou assento a Imperatriz....."[189a]

O Ministro de França mandava dizer para Paris:

''A corte, os Ministros, o Conselho de Estado, os membros da Municipalidade, os magistrados, formavam o cortejo. A Imperatriz vinha na mesma carruagem que a Princesa Dona Januária; seguia uma carruagem de honra e imediatamente depois a do Imperador, com S.A.R. o Conde d'Áquila"

O cortejo conduziu os augustos esposos à Capela Imperial, de onde, depois de ter recebido a bênção nupcial, dirigiram-se ao Paço da Cidade. Não houve recepção nesse dia, estando Suas Majestades extremamente fatigados.

O cortejo se pôs em marcha para São Cristóvão, cerca das cinco horas da tarde. O Imperador, a Imperatriz, a Princesa Januária e o Conde d' Áquila ocupavam a mesma carruagem. Em São Cristóvão houve um grande banquete, para o qual foram convidados os membros do Corpo Diplomático com categoria de Ministro.

O Cais da Imperatriz, assim chamado em memória da cerimônia do desembarque, para o qual foi construído, estava ricamente ornamentado, assim como as ruas por onde passou o cortejo. O povo aí se comprimia, levado pela curiosidade de contemplar a jovem Soberana, que se mostrava tão afável, tão graciosa, tão cheia de atenção para aqueles que a procuravam ver, que desde esse momento conquistou a simpatia da população" [190]

Completando o que dizia o Ministro de França, podemos acrescentar que o cortejo que partiu do Cais da Imperatriz em demanda da Capela Imperial se compunha de cerca de uns quinze coches, com cavalaria, banda de música e guardas a pé. Num coche seguia a nova Imperatriz com a Princesa Dona Januária, a dama que servia de Camareira-mor de Dona Teresa Cristina e a Camareira-mor da Princesa. Ladeando esse coche seguiam, a cavalo, quatro moços da Câmara.

Num outro coche la o Imperador e o Conde d'Áquila. Era ladeado, à direita por um Capitão da Guarda de archeiros, e à esquerda pelo Estribeiro-mor. Além desses, davam guarda à carruagem imperial doze moços da Imperial Câmara, a cavalo, formados de lado e do outro do coche.

Deixando o cais da Imperatriz, o cortejo, para ser apreciado pelo povo da Corte, fez uma grande volta pelas ruas centrais da cidade, enveredando pela Rua da Imperatriz (depois Rua Camerino), Largo de São Joaquim (cruzamento das atuais Rua Marechal Floriano e Avenida Passos), Campo da Aclamação (atual Praça da República), Ruas de São Pedro e Direita (atual Rua 1° de Março), até a Capela Imperial no então Largo do Paço (atual Praça 15 de Novembro).

Terminada a cerimônia religiosa do casamento, Suas Majestades e a Princesa Dona Januária, dirigiram-se para o Paço da Cidade, em cuja Sala do Trono receberam as pessoas que desejassem cumprimentá-los, "sendo admitidos todas aquelas que se apresentassem vestidas com a decência própria de semelhantes atos", dizia o programa oficial do recebimento da nova Imperatriz.

Findo esse ato, formou-se novamente o cortejo, que, seguindo pela Rua Direita acima, tomou a direção da Quinta da Boa Vista, obedecendo a mesma ordem anteriormente estabelecida, com a única diferença de que o Imperador e a Imperatriz seguiram, dessa vez, na mesma carruagem.

Durante nove dias houve na velha cidade colonial a costumada iluminação dos grandes dias, com sinos repicando, foguetes estourando, fogueiras, colchas bordadas dependuradas das janelas das casas nobres. Não faltou nem mesmo o clássico arco de triunfo, levantado pelos comerciantes da Rua Direita, então a principal da cidade. Lá estavam, lado a lado, os retratos do Imperador e da Imperatriz; e guarnecendo a ambos, este delicioso produto da musa local:

> Promete, Pedro, neste enlace amável,
> Mais que o tempo, ventura perdurável
> Este himeneu, firmando a Dinastia,
> Forma co'a tua a pública alegria.

> Quis em Cristina unir a natureza
> Régia estirpe, virtude e gentileza.
> Se da Itália ao Brasil sulcaste os mares,
> Em nossos corações terás altares.

21. Desenho de Luís Aleixo Boulanger, c. 1834. Petrópolis, Museu Imperial.

22. O Outeiro da Glória e a entrada da Barra, na corte. Óleo de Pedro Godofredo Bertichem c, 1845. Petrópolis, Museu Imperial.
Ainda que deplorável pintor de figura, Bertichem, sensível ao "gênero", anotou uma mudança tendo lugar em meio à Rua da Gloria, com três escravos carregando mobília.

23. O Paço de São Cristovão, c, 1845. Litografia segundo *Adolfe d'Hastrel em Rio de Janeiro ou Souvenirs du Brésil. Paris, c. 1847. Petrópolis, Museu Imperial.*
A residência imperial já ostenta os dois torreões simétricos. Em primeiro plano, rancho de Taipa e casa de telha de populares.

24. Carregadores de rede. Prancha colorida de *The Brasilian Souvenir, Cit.*, Rio de Janeiro, Biblioteca Nacional

25. Dom Pedro II entre as manas Francisca e Januária. Desenho de Felix Emilio Taunay, litografia de Mercier, c . 1837. Petrópolis, Palácio Grão-Pará.
Uma da raras documentações pormenorizadas do interior do Paço nesta época, a cena reproduz a intrução em comum dos três príncipes.

*26. Miniatura do Imperador ao tempo da Maioridade, engastada com crisólistas. Petrópolis, Palácio Grão-Pará.

27. François d'Orleans, Príncipe de Joinvile. Litografia colorida de Léon Noel, segundo o óleo de Franz Winterhalter. Petrópolis, Museu Imperial.

28. A fragata Belle Poule. Óleo de Edoardo de Martino, s. d. Petrópolis, Museu Nacional. *Marinha convencional, sem o certo encanto de outras telas do autor, este óleo possui apenas o interesse de retratar o perfil da fragata em que a Princesa Dona Francisca partiu para a França com o marido.*

29. Dom Pedro II. Óleo de Felix emilio Taunay. Rio de Janeiro, Museu Nacional de Belas Artes. *O reposteiro levantado entremostra o Corcovado, uma das representações emblemáticas do Rio de Janeiro.*

30. Dona Francisca, Princesa de Joinville. Litografia de Henry Gravedon, segundo o óleo de Franz Winterhalter. Petrópolis, Museu Imperial.

* 31- O Convento da Ajuda, na Corte. Litografia não identificada de c. 1845. Rio de Janeiro, Arquivo Heitor Lyra.
Além da gôndola estacionada no ingresso principal, a capela do Convento, com a moldura saliente da porta em cantaria e escadório, pode ser percebida no terceiro corpo do conjunto de edificações. Essa capela servirá de mausoléu régio e imperial até a sua desastrada demolição no decênio de 1920. Então os despojos da Imperatriz Leopoldina e dos demais príncipes aí jacentes — quase todos crianças de baixa idade — foram transferidos para o vizinho Convento de Santo Antônio. Em 1954 as cinzas da Imperatriz Leopoldina seriam trasladadas para São Paulo, onde jazem hoje na cripta construída no bojo do Monumento da Independência, na encosta do Ipiranga.

32. Folha volante avulsa com a Proclamação da Maioridade do Imperador. Rio de janeiro, Biblioteca Nacional.

*33. O "Monte de Prata", carruagem de Estado. Fotografia de P. Botelho, no Arquivo Heitor Lyra. *O "Monte de Prata", de fabricação inglesa (c. 1840), encontra-se exposto em Petrópolis, no Museu Imperial.*

*34. Armas do Império pintadas na portinhola exterior do "Monte de Prata." Petrópolis, Museu Imperial.

35. Coroação de Dom Pedro II. Estudo de Araújo. Porto Alegre, c. 1843. Rio de Janeiro, Museu Histórico Nacional.

O estudo para a grande tela encomendada para o Paço, que ficou sem terminar (desde 1975, após cuidadosa restauração na sala das sessões da nova sede do Instituto Histórico e Geográfico Brasileiro), difere em diversos pormenores secundários da malograda pintura final.

O interior da varanda erguida para a coroação, projetada e em boa parte decorada pelo autor da tela, aqui nos aparece no momento em que o Primaz do Brasil (o Arcebispo da Bahia, Dom Romualdo de Seixas) proclama o Imperador sagrado e coroado. Os membros do Ministério estão dos dois lados do trono, — na tela definitiva, cada um empunhando os atributos da sua pasta; neste estudo apenas aqueles dispostos em maior destaque. Abaixo do Primaz destaca-se o rei de armas de pé sobre o primeiro degrau, o espadim desembainhado. À frente deste, na outra extremidade de escadaria, ao lado dos Evangelhos e da Constituição, encontra-se o alferes-mor da Coroação, Conde de Lajes, que sustém o estandarte imperial. Junto a ele, o Ministro da Justiça, Paulino José Soares de Sousa (na tela definitiva empunhando a Mão da Justiça). No presente estudo — cujo espaço foi ampliado e melhor definido na versão inacabada — entreveem-se ainda, dos dois lados do rei de armas, à direita Miguel Calmon du Pin, Ministro da Fazenda, à esquerda Aureliano Coutinho, Ministro dos Estrangeiros. A figura corpulenta do Mordomo-Mor, Paulo Barbosa, de perfil, destaca-se neste ponto da composição por ele encomendada; dá desenvoltamente as costas ao público e se volta para um grupo de dignitários eclesiásticos. O Cônego Moreira, protonotário da Capela Imperial, está ao seu lado. Sempre mais para a esquerda vemos ainda Marcelino de Brito, revestido de toga, e Antônio Carlos de Andrada, os cabelos brancos. Do lado oposto, as figuras irrequietas de dois pagéns recortam-se diante de outros dignitários: o Comandante das Armas da Corte; José Clemente Pereira, Ministro da Guerra; Cândido de Araújo Viana, Ministro do Império... Na tribuna fronteira ao trono, a Princesa Imperial Dona Januária e a Princesa Dona Francisca, acompanhadas das respectivas damas e camaristas, assistem a cerimônia. Junto a elas entrevê-se a pintura representando O Fico executada no pavilhão e agora copiada na tela pelo mesmo Porto Alegre. O qual se esforça, sem maior êxito, para conseguir a desenvoltura do mestre Debret em composições do gênero, (como o La premiere distribuition des Légions d' Honneur, hoje na sede da Ordem da Legião de Honra, no palácio de Rue de Lille, em Paris, tela, aliás, que vem sendo usada — sie transit... — para anunciar o Cognac Napoléon em contracapas coloridas de revistas americanas, como "The New Yoker"). Contudo o pintor brasileiro se vê traído pela rigidez algo desarticulada de planos e massas.

36. Dom Pedro II com os trajes da coroação. Desenho de Duncan, gravura de Alibert & Cia. *A despreocupação com a semelhança das feições do retratado confirma o fato de ter sido gravada no Exterior esta imagem do* Kaiser von Brasilien, *numa das séries habituais de monarcas do tempo correntes nas revistas do Biedermeier.*

37. Medalhas e moedas com a efígie de Dom Pedro II. Da época da Maioridade e do decênio de 1860. Petrópolis, Museu Imperial.

CAPÍTULO VIII
DESAVENÇA COM O CONDE D'ÁQUILA

Negociações para o casamento de Dona Januária. O Príncipe de Carignano. Casamento com o Conde d'Áquila. Áquila e o Imperador. Intrigas de Paulo Barbosa. Suposta conspiração contra o Imperador. Situação do Conde d'Áquila no Paço e na Corte. Primeira altercação com o Imperador. Áquila quer deixar o Brasil. Oposição do Imperador. Circunstâncias que cercaram sua partida para o Estrangeiro.

I

Casado que estava o Imperador, casada a Princesa Dona Francisca, restava agora sua irmã Dona Januária. Que destino lhe reservarão os homens de Estado? Que Príncipe, encantado ou não, lhe darão o interesse e as conveniências das dinastias?

Seu casamento vinha sendo objeto de cogitações desde meados de 1840. Em junho desse ano, nas vésperas da declaração da Maioridade do Imperador, quando se pensava em casar Dona Francisca na Casa d'Áustria, Daiser escrevia a Metternich, sugerindo que o marido desta fosse trazido ao Rio pelo Arquiduque Frederico, onde sua presença exerceria "uma influência salutar" sobre o espírito da Princesa Dona Januária[192]. Era clara, aí, a insinuação de casamento.

Não passou isso, porém, *d'une affaire sans lendemain*. Dois meses depois lançava Daiser um outro nome. Dessa vez era o Príncipe Eugênio de Savoia-Carignano, filho daquele Príncipe do ramo Carignano dos Savoias, a quem chamavam *Le Chevalier de Savoie*. O Príncipe Eugênio tinha então vinte e quatro anos de idade. Era já conhecido do Imperador e de suas irmãs. Estivera no Rio no ano anterior, em maio de 1839, a bordo de uma fragata sarda, e fora então banqueteado em São Cristóvão.

Não devia ser, no físico, um *prince charmant*. É o que Daiser dá a entender: "Seu aspecto talvez não agrade às princesas, mas o Imperador o estima, e prefere aos dois outros príncipes que vieram visitá-lo."

Recebido em audiência pelo Imperador, Daiser propõe-lhe abertamente o Príncipe para Dona Januária. "Sua Majestade respondeu-me que por sua parte nada tinha contra ele, e que iria sondar sua irmã." Dias depois tinha Daiser a resposta: "Disse-me que tinha sondado sua irmã Januária, a qual não se havia manifestado desfavoravelmente ao Príncipe de Carignano, donde se conclui que não o recusaria se lhe fosse feita a proposta."[193]

Foi-lhe feita a proposta. Ou melhor, o Ministro da Sardenha no Rio, Conde de San Martino, deu oficialmente os primeiros passos; e estava o casamento em véspera de ser assentado, quando o Rei Carlos Alberto lhe impôs inesperadamente uma condição que logo o inutilizo.

A documentação que se conhece sobre o caso não autoriza a assegurar, mas parece que ele reclamava o título de Imperador para o Príncipe de Carignano, quando sua futura mulher subisse ao trono, por morte de Dom Pedro II e falta de herdeiros deste. E aludindo ao marido da Rainha Victoria de Inglaterra, da Casa dos Coburgos, que não passava de "Príncipe Consorte", teria dito, com um orgulho bem *mal placé*, não desejar que um Príncipe da Casa de Savoia fosse tratado corno uni Coburgo[194]

Mas o destino tem seus caprichos. Carlos Alberto reclamava então para Carignano o título de Imperador. Achava desairoso que um príncipe da Casa de Savoia fosse apenas o marido da Imperatriz do Brasil. Entretanto, anos depois, esse Príncipe iria casar-se morganaticamente com uma simples burguesa italiana, a quem se daria, para decoro da Casa, o título de condessa. E o próprio Carlos Alberto acabaria destronado e exilado no Porto, onde morreria esquecido e abandonado.

No fundo, a exigência de Carlos Alberto era mais um pretexto para inutilizar o casamento do que uma condição para a realização dele. "Se é realmente uma condição — ponderava Daiser — é mais do que provável que ela seja inútil ou supérflua, porque não é de supor que o Imperador, ainda moço e bastante forte, morra tão cedo e sem deixar posteridade" [195]

Mas fosse como fosse, o certo é que a exigência do Rei da Sardenha causou no Rio a pior impressão. Aureliano confessava a Daiser não saber "a que atribuir uma conduta tão estranha."

"Assegurou-me ao mesmo tempo — diz Daiser — saber positivamente que essa resolução não foi tomada pelo Príncipe, o qual, pelo contrário, deseja muito sair da posição desagradável em que se encontra atualmente e teria aceitado com muito prazer a mão de uma princesa que ele tinha sabido estimar e apreciar devidamente durante o tempo que estivera aqui. Parece, ao contrário, que é o próprio Rei que insiste particularmente sobre a condição do título"[196]

O Imperador, levado por sua simpatia pelo Príncipe de Carignano, queria ainda tentar consertar as coisas. Ele tinha grande desejo em unir sua irmã a esse Savoia, que tão boa impressão lhe causara em 1839. Daiser escrevia para Viena:

"Sua Majestade acha que se a recusa velada vem positivamente da parte do Príncipe, é preciso dar como rota a negociação; mas, se se chegar a saber que a recusa parte do Rei Carlos Alberto, poder-se-á ainda, sem comprometer a dignidade da Princesa, fazer uma última tentativa junto a S.M. Sarda para fazê-lo voltar atrás dessa condição" [197]

Afinal, nada se fez ou nada se conseguiu. O casamento na Casa de Savoia foi de antemão um casamento gorado. De nada serviu a simpatia que Eugênio de Carignano nutria pela Princesa brasileira, desde a sua curta passagem pelo Rio de Janeiro. Os diplomatas, aliados aos interesses da Casa de Savoia, depressa inutilizaram uma união, que se teria certamente realizado por outros processos mais simples e menos utilitários.

Quem tinha razão era a Imperatriz Dona Amélia, viúva de Dom Pedro I, e atualmente Duquesa de Bragança, que consumia a mocidade no Palácio das Janelas Verdes em Lisboa. Para ela, devera-se ter aproveitado a estada do Príncipe no Rio, em 1839, para assentar-se desde logo o casamento. O que não conseguiram mais tarde as cortes do Rio e de Turim, teriam certamente obtido, mais rápida e facilmente, os dois maiores interessados. A inclinação de um pelo outro, fortalecida com a aproximação de ambos teria prevalecido sobre o orgulho do Rei Carlos Alberto. E o Savoia seria tratado como um Coburgo.

II

Mas o destino de Dona Januária estava de antemão traçado, e não dependia das sutilezas da diplomacia nem dos interesses ou preconceitos das casas reinantes. Como se dera com a irmã Dona Francisca, seu coração decidiria, afinal, o próprio destino.

Participando a partida de Nápoles da esquadra que trazia a nova Imperatriz do Brasil, mandava dizer para o Rio, em agosto de 1843, José Alexandre Carneiro Leão: "Previno a V. Exª., para fazer chegar ao conhecimento de S.M. o Imperador, que abordo de uma destas fragatas vem como oficial S.A.R. o Príncipe Luís, Conde d'Aquila, augusto irmão de S.M a Imperatriz." [198]

Com que sentimento ou espírito de curiosidade teria lido essa notícia a Princesa Dona Januária? Teria tido a consciência de que nessa simples comunicação de Carneiro Leão estava a chave de todo o seu futuro?

Não importa. O certo é que o Conde d'Águila chegou ao Rio com sua irmã, a nova Imperatriz; e logo em seguida ao desembarque as exigências do protocolo o puseram na mesma carruagem que a Princesa Dona Januária. E ao lado um do outro fizeram o percurso do centro ao Paço de São Cristóvão, que naquele tempo era longo e demorado. Não se precisou de mais. Foi o bastante para eles logo se entenderem. O que possivelmente não teriam conseguido a diplomacia e a razão de Estado, em longos meses de difíceis negociações, puderam esses dois jovens corações ao longo do caminho que ia do Paço da Cidade ao portão da Quinta da Boa Vista. E pouco depois, quando as fragatas napolitanas tornaram a Nápoles, recambiando esse Príncipe encantado, o Conde Ney, que tudo via e sentia, mandava dizer a Guizot: "Parece que a partida do Conde d'Áquila causou um grande pesar à Sra. Princesa Dona Januária."[199]

A verdade é que o casamento entre ambos, se não estava ainda assentado, pairava já nas altas rodas oficiais. É Ney ainda quem nos desvenda o segredo:

"O Rei de Nápoles escreveu sobre isso ao Imperador da maneira mais positiva, e o Encarregado de Negócios de Nápoles, Sr. de Merolla, também recebeu de seu Soberano uma carta que não deixa dúvida sobre suas intenções. Enfim, espera-se aqui o Príncipe lá para 10 de março próximo, e o casamento será celebrado logo em seguida à sua chegada." [200]

Houve, é certo, a princípio, certa relutância por parte dos Ministros em acederem às inclinações do Conde d'Áquila pela irmã do Imperador. Esta era, na falta de filhos do Monarca, a herdeira presuntiva da Coroa; e como tal obrigada, segundo as leis brasileiras, a residir efetivamente no país. Ora, o Conde d'Áquila não parecia muito propenso a trocar a residência cheia de facilidades e de distrações da Europa pelo meio acanhado, inconfortável e monótono do Rio de então.

Chegou-se, porém, a uma transação: o Príncipe passaria a residir oficialmente no Brasil, podendo, contudo, realizar viagens periódicas à Europa, com a autorização (que certamente não lha negariam) do Imperador e das Câmaras legislativas. E quando nascesse o primeiro filho do Monarca, que passaria a ser o herdeiro do trono, Áquila e sua mulher recuperariam inteira liberdade de movimentos.

Isso assentado, fez-se o casamento em abril de 1844. Dona Januária passou a ser a Condessa d'Áquila. Não se pode dizer que tenha feito um casamento infeliz. Afinal, os dois sempre se gostaram, e a inclinação de um pelo outro, que os levou ao altar, se manteria mais ou menos inalterada até a velhice de ambos. Mas a Princesa bem que merecia, em verdade, um outro marido.

165

Podia ela não ser uma mulher bonita, e estava longe, certamente, de ter a beleza da irmã Dona Francisca. Os traços do seu rosto eram mais duros, a expressão mais severa, e o corpo não tinha nem a graça nem a esbelteza da outra. Mas tinha, sobre esta, uma superioridade de porte, uma maior distinção de maneiras e um grande ar de dignidade e respeito. Tinha o porte de uma verdadeira rainha — "a austeridade e a dignidade de uma soberana", dizia Aureliano, algum tempo antes do casamento do Imperador, acrescentando que ela podia bem servir de modelo para escolha da futura Imperatriz do Brasil. O próprio Imperador dizia nessa época que ficaria encantado se a Imperatriz que lhe destinavam se parecesse em tudo com a irmã Januária.

O Conde d'Áquila, como o geral dos homens da Casa de Nápoles, tinha muito de um aventureiro. Estava longe de possuir as qualidades de distinção e de compostura que tanto sobravam em sua mulher. Era um espírito alegre e buliçoso, muito expansivo, como bom Napolitano, e falava mais do que raciocinava. Em moral deixava muito a desejar: *uomo di pochi scrupuli e di elastica coscienza...*[201]

Gostando do luxo ou, se não do luxo, ao menos do supérfluo, não dava valor ao dinheiro. Gastava larga e inconsideradamente, e, ao lado da mulher comedida e sensata, era um marido esbanjador. O pior, porém, é que não tinha fortuna, gastava o que não lhe pertencia, deixava-se endividar, e acabava assediado pelos credores.

Mais de uma vez, no futuro, o Imperador terá que interceder para salvar não somente o dinheiro como ainda a reputação e o bom conceito em que era tida a irmã. De uma feita, residindo os Áquilas em Londres, foram os móveis e outros objetos de sua casa levados à penhora, de que se salvaram graças somente ao fato de estarem hipotecados à Legação do Brasil naquela cidade. Mas acabaram em hasta pública[201a]

Uma tal maneira de viver só serviu para distanciar cada vez mais os dois cunhados. O Imperador, no fundo, nunca o suportou. E, se não fosse o real sentimento de amizade que o ligava à irmã, com o desejo de não magoar a Imperatriz, decerto teria acabado cortando de todo as relações com o cunhado.

III

A primeira e mais séria desavença entre os dois surgiu em seguida mesmo ao casamento do Conde com a Princesa Dona Januária. Foi um triste caso de família, que logo se tornou público, e do qual os intrigantes de toda a espécie que se moviam dentro e fora do Paço se aproveitaram para envenenarem as relações entre os dois cunhados.

Esse caso assumiu, na época, as proporções de um verdadeiro escândalo. Tornou-se assunto obrigatório em todas as rodas, na imprensa, na sociedade, nas Câmaras, nas ruas e nos cafés; e, naturalmente, no Paço, em cujos corredores foi possivelmente urdido e desvirtuado.

Não é fácil, ainda hoje, descobrir a origem desse desentendido entre o Imperador e o Conde d'Áquila, que por pouco não provocou uma séria crise dinástica no Brasil, a ponto de por em perigo a estabilidade mesma do trono e do princípio monárquico. Fatos dessa natureza são em geral difíceis de apurar. E os documentos que se conhecem não autorizam a formar sobre eles uma opinião segura. Que tenha havido, em todo o caso, um forte trabalho de intriga, visando incompatibilizar o Imperador com o seu cunhado, é ponto fora de dúvida. Inimigos ou desafetos de um ou de outro tiveram em tudo isso uma grande parte.

Mas, por outro lado, é certo também que a dessemelhança de feitio entre o Imperador e o Conde d'Áquila contribuiu grandemente para piorar e envenenar as coisas. Foi o terreno propício que a intriga encontrou para semear e colher os seus frutos.

"Desde os primeiros dias do casamento do Conde d'Áquila apareceram as desinteligências entre o Imperador e o cunhado. Entre as causas que mais contribuíram para isso está antes de tudo a falta absoluta de afinidade de caráter entre o Imperador e o jovem Príncipe.

Os que cercam o Imperador asseguram que ele tem um bom coração, é estudioso, aplicado e moral, mas devido à direção errada de sua educação, suas maneiras não são nem graciosas nem amáveis. Ele é suspeitoso, sombrio, reservado e tem a vida a mais retraída, enquanto o Príncipe não pensa senão em libertar-se dos entraves que lhe impõe uma etiqueta minuciosa e severa, para levar a vida o mais alegre possível. Popular por suas maneiras afáveis e graciosas, e pelas boas relações em que vive com a Princesa Januária, tão justamente adorada por todos quantos tem a honra de a aproximar, sua posição teria sido fácil se, habituado aos usos europeus, ele não se tivesse chocado com as maneiras do Imperador, do Paço e dos Ministros, e se tivesse conseguido vencer uma susceptibilidade bem natural de parte de um Príncipe educado numa corte europeia.

Para manter a harmonia entre essas duas naturezas tão desiguais teria sido necessário o concurso de certas pessoas de confiança que se encarregassem de as conciliar. Mas não as tiveram nem o Príncipe nem o Imperador. O único conselheiro que Sua Majestade ouve, o homem todo poderoso neste país, o Mordomo Paulo Barbosa, aproveitou a primeira oportunidade que encontrou para conquistar o jovem Príncipe e exercer sobre ele a influência que exerce sobre o seu augusto Soberano. Mas, tendo o Príncipe lhe feito saber que não se prestaria nunca a ser dirigido por ele, o Mordomo entendeu de lançar os gérmens de uma briga formal entre os dois cunhados, a fim de os afastar um do outro, e garantir o domínio que exerce sobre o seu jovem Soberano" [202]

Paulo Barbosa foi, de fato, acusado de ser o instigador da desinteligência que se abriu entre os dois. Que ele se indispôs desde logo com o Conde d'Áquila, é coisa sabida; e que se tenha querido vingar do Napolitano, afastando-o das boas graças do Imperador, é mais ou menos provável. Estava, em todo o caso, nos seus processos já sobejamente conhecidos. O espírito de intriga, de que ele se serviu com sucesso em tantas outras circunstâncias, foi ainda aí a sua principal arma. E, como das outras vezes, surtiu o esperado efeito.

"O Conde d'Áquila — mandava dizer para Paris o Ministro de França — quis ser dono em sua casa, e não consentiu que o Sr. Paulo Barbosa se metesse em seus negócios. Daí, dizem, a razão de sua animosidade. Desde o momento em que se viu afastado, começou a conspiração da qual ele é a alma e o chefe"[203]

O móvel de toda a intriga foi a lenda — porque deve ter sido uma lenda — de que o Conde e sua mulher conspiravam contra o Imperador, no propósito de afastá-lo do trono e substituí-lo pela Princesa Dona Januária, que continuava a ser a herdeira presuntiva da coroa, assumindo o Conde d'Áquila o papel de Príncipe Consorte.

Não há provas, por mais remotas que sejam, de que o Conde d'Áquila tivesse, de fato, se metido em tal empreitada. Tudo leva a crer, pois, que semelhante golpe de Estado em perspectiva não passava de uma mera intriga. Mas intriga ou não, o certo é que ela tomou vulto. E o ambiente no Paço estava de tal modo predisposto, que logo penetrou no espírito suspeitoso e ainda infantil do Monarca, assumindo foros de verdade em rodas que se deviam presumir inacessíveis a tão soezes manobras.

Rechberg, Ministro da Áustria, que fala em *expulsão do Imperador*, chegou mesmo a escrever para Viena, pedindo instruções a Metternich para o caso de uma deposição do Monarca: deveria acompanhá-lo ou conservar-se neutro, "para não desamparar inteiramente o sobrinho do Imperador da Áustria e único Soberano existente na America" [204]

IV

A intriga não se limitava a atribuir ao Conde e à mulher o papel de conspiradores contra o trono. Metia também na manobra o austero Honório Hermeto, futuro Marquês de Paraná, que pouco antes deixara o Governo incompatibilizado com Aureliano Coutinho e o seu grupo palaciano. Acusava Paulo Barbosa de estar ligado, nas tramas da conjuração, a alguns dos Famíliares do Conde e da Condessa d'Áquila, seus criados ou camaristas. Destes, os mais apontados eram o Visconde e a Viscondessa de Santo Amaro, que serviam provisoriamente nos aposentos da Princesa, e Dona Joaquina de Verna Bilstein, sua camareira e velha amiga.

Envenenado com tais intrigas, que os desafetos dos Áquilas não se cansavam de levar-lhe sorrateiramente aos ouvidos, suspeitoso por natureza, o Imperador acabou por dar-lhes crédito. E logo surtiram os efeitos.

Dona Joaquina de Verna Bilstein foi destituída de seu cargo. Depois de vinte anos de leais serviços, prestados ao lado da Princesa Dona Januária, ela se viu enxotada como uma criada desonesta. Não se teve a menor consideração nem pelos seus serviços nem pela amizade sincera e quase de infância que a unia à Princesa. Não consentiram nem mesmo que se despedisse desta última: foi por uma sentinela de guarda à porta dos aposentos de Dona Januária, que ela se viu intimada a deixar o Paço, e não mais se aproximar da Princesa.

Destituída Dona Joaquina, a severidade imperial voltou-se contra o Visconde e a Viscondessa de Santo Amaro. Admitidos, que tinham sido, a servirem provisoriamente nos aposentos do Conde d'Áquila e sua mulher, negou-se o Imperador a efetivar o Visconde nas funções de camarista, apesar das repetidas súplicas de Dona Januária. Ressentido, Santo Amaro abandona o Paço, demitindo-se, na mesma ocasião, do cargo de Ministro Plenipotenciário. Sua mulher demitiu-se igualmente do cargo de Camareira, que ocupava desde o casamento do Imperador.

Já então era impossível disfarçar o fosso que se abria entre o Monarca e o cunhado. Na Corte não se comentava outro assunto. Cada um que o interpretasse e o desvirtuasse a seu modo. E, como era de esperar, com tudo isso a posição de ambos só fazia piorar. Formavam-se os partidos: havia o partido do Conde e o partido do Imperador. Críticas acerbas eram trocadas entre ambos. Acusava-se abertamente o Imperador de despeito, de nutrir ciúmes da popularidade que gozavam o Conde e a Condessa d'Áquila em certas rodas da Capital, onde suas maneiras afáveis e expansivas conquistavam simpatias bem maiores do que o caráter sombrio, frio e suspeitoso do Imperador.

Rechberg escrevia para Viena:

"O princípio monárquico não está ainda bastante sólido no Brasil para que as desinteligências entre os membros da Família Imperial, levadas ao conhecimento público e comentadas segundo as conveniências dos partidos políticos, possam ser encaradas com indiferença. Esse acontecimento torna-se mais grave se se considera a posição do Imperador e a da Princesa Januária.

O jovem Imperador não soube tornar-se popular. Não se lhe pode fazer nenhuma acusação fundada, mas os seus hábitos, o seu aspecto frio e reservado o põem muito distanciado de todas as classes influentes da sociedade para que ele possa contar com elas num momento de crise. Os funcionários públicos, o Clero, o Exército, a Marinha demonstram-lhe mais ou menos respeito, devido à sua posição, mas não seria prudente pôr-lhes à prova a fidelidade ao Imperador. Mesmo no partido tido como monarquista, não se veem os sentimentos que devem inspirar os verdadeiros princípios monárquicos. Quer-se a Monarquia por interesse, para não se cair nas guerras civis e na anarquia que devastam a maioria das antigas colônias espanholas. Pouco importa que o Imperador seja destronado, desde que as rédeas do Governo fiquem em mãos bastante fortes para proteger os interesses particulares.

"Isolado de todos os partidos, de todas as classes influentes, o Imperador não tinha outro apoio senão a profunda veneração de todas as classes da população pela Princesa Januária. Com a sua influência, ela poderia formar um partido no caso de necessidade e prestar imensos serviços ao seu augusto irmão e à Monarquia. Por isso o partido Repúblicano não pôde conter a sua satisfação por ver destruída essa barreira entre o trono e a realização de seus funestos projetos. A posição do Imperador está bem comprometida" [205]

A do Conde d'Áquila não estava menos. Ele sentia o ambiente que o cercava cada vez mais envenenado, seus atos e seus gestos, os mais inofensivos, interpretados e desvirtuados com uma evidente má fé; e cada tentativa sua para justificar-se, longe de melhorar, só servia para embaralhar e complicar ainda mais as coisas. Parecia que tudo conspirava contra ele e a mulher, que havia uma guerra subterrânea para colocá-los em situação difícil, para diminuí-los, para rebaixá-los.

"Sua posição é digna de todo o interesse — dizia Ney, referindo-se ao Conde —. Enquanto o Sr. Paulo Barbosa estiver ao lado do Imperador, não haverá possibilidade de acomodação. Todo o prazer que tinha o Conde d'Áquila, ao voltar ao Brasil, está transformado em tristeza. Suspeitado e caluniado desde sua chegada, afastado do Paço pela frieza glacial do Imperador e abandonado por todos, ele se encontra num isolamento completo" [206]

Ernesto Ferreira França, Ministro dos Negócios Estrangeiros, encontra-o na rua, e não o cumprimenta. A mesma descortesia lhe faz várias vezes Paulo Barbosa. O Conde Ney, convidado a jantar no Paço, nota que "nenhum dos Ministros se aproximou do Príncipe, o qual, depois de conversar comigo e com o Sr. de Saint-Georges, ficou isolado, e foi sentar-se perto da Imperatriz e da Princesa Dona Januária, até que o Imperador se retirou."

"Eis como o Imperador trata o seu cunhado (acrescenta Ney): Tendo vindo à cidade há poucos dias fazer-lhe uma visita[207,] demorou-se na sala apenas meia hora. Limitou-se a olhar pela janela, a folhear alguns livros e a falar com a irmã. Não trocou uma palavra com o cunhado, nem ao entrar nem ao sair"[208]

V

O dia 4 de setembro de 1844 era aniversário de casamento do Imperador. Havia gala no Paço. Notou-se que nem o Príncipe nem a Princesa estavam presentes. Pensou-se que por motivo de moléstia. Soube-se, porém, depois que não tinham sido convidados. Haviam ficado esquecidos em casa, enquanto todo o mundo oficial e social desfilava e reverenciava diante dos Soberanos.

Essa ausência dos príncipes causou geral consternação (conta Ney) porque significava quase uma ruptura. "Falava-se até então de frieza ou mesmo de desinteligência, mas não havia disso nenhuma prova pública. Diante porém do que acaba de passar-se, não há mais dúvida possível."

Depois da gala, houve banquete em São Cristóvão. Também aí não compareceram os príncipes, não tendo sido igualmente convidados. Foi procurá-los depois o Ministro de Estrangeiros, para pedir desculpas pelo mal-entendido. Perguntou ao Príncipe se não iria à noite ao teatro "onde o Imperador ficará certamente encantado de o ver." Julgando que o Ministro estava ali a mandado do Monarca, e exprimisse um desejo deste de aproximação, resolveu o Príncipe ir. Vestiu o uniforme e se apresentou no teatro — "onde o Imperador, como de costume, não lhe disse palavra"[209]

Certa vez, o Imperador resolveu sair do seu mutismo. No Paço, diante do cunhado e da irmã, acusou-os de estarem conspirando contra ele. Rechberg, que refere a cena, acrescenta:

"A Princesa não lhe respondeu senão com lágrimas, mas o Príncipe pediu-lhe que se explicasse mais claramente. Respondeu-lhe o Imperador que num baile no Paço de São Cristóvão ele tinha falado longo tempo com o Sr. Honório Hermeto, chefe do último Ministério, da oposição conservadora, e atual membro do Conselho de Estado. Tendo o Príncipe replicado que não lhe parecia crime falar a um membro do Conselho de Estado, e que na mesma noite falara igualmente com o Sr. Aureliano, membro influente da atual administração, o Imperador limitou-se a observar secamente que ele falara mais tempo com o Sr. Honório do que com o Sr. Aureliano." E Rechberg conclui: "Eis as futilidades com que se chegou a impressionar o espírito suspeitoso do jovem Soberano! " [210]

De outra vez, voltaram a debater o assunto. O Imperador, apegado à sua ideia, insistiu em acusar o cunhado de estar tramando contra ele, aliciando adeptos, para formar um partido contra o trono e a legitimidade da sucessão da coroa.

"Meu partido é o seu, (respondeu-lhe o Príncipe) não tenho outro; estou no Brasil porque gosto de sua irmã. Se não me acredita, consinta então que eu volte para Nápoles"[211]

Chegadas as coisas a esse ponto, não havia de fato outra solução senão a retirada do Príncipe e da Princesa para o Estrangeiro. A distância, com o tempo, se encarregaria de apagar as queixas e as desconfianças que se tinham criado entre eles e o Imperador.

Não ousando o Conde d'Áquila pedir diretamente ao Imperador permissão para deixar o Brasil, encarregou dessa missão à mulher. Dona Januária não andava bem de saúde, e os médicos lhe tinham aconselhado uma viagem ao Velho Mundo. Era um bom pretexto, que pouparia a susceptibilidade do Imperador. Aproveitou ela assim um jantar no Paço, no dia do aniversário da Princesa Dona Francisca, para falar a sós com o irmão. Disse-lhe:

"Pedro, tenho um pedido a fazer-te. Deixar-me partir. Voltarei dentro de um ano. Asseguro-te que me sinto bem mal, e não hás de querer ver-me enterrada no Convento da Ajuda, não é?"

O Imperador limitou-se a responder:

"Veremos" [212]

Por diversas vezes, direta e indiretamente, o Conde d'Áquila voltou a insistir no desejo de obter autorização para deixar o Brasil. O Imperador estava possivelmente inclinado a concedê-la, mas encontrava resistência no Conselho de Estado; e o Ministério hesitava em tomar sobre si a responsabilidade de uma medida que, pela legislação em vigor, cabia às Câmaras resolverem em definitivo. "Receava as discussões que não deixariam de ter lugar na próxima sessão das Câmaras[213], discussões tanto mais deploráveis quanto elas exporiam ao público as intrigas do Paço e as fraquezas de seus augustos hóspedes." [214]

Outra vez ainda voltou a Princesa a insistir junto ao irmão. Não foi, porém, mais feliz do que das anteriores tentativas. O Imperador não se afastou de sua habitual frieza e quase mudez. Respondeu por monossílabos, sem nada resolver.

"Espero que não me julgues mais uma conspiradora," disse-lhe ela por fim.

"Ah! quanto a isso, havia muita coisa a dizer!" limitou-se a responder o Imperador[215]

Vendo, afinal, que nada obtinha por esses meios, resolveu o Conde d'Áquila escrever-lhe uma carta, pedindo-lhe categoricamente autorização para deixar o Brasil, a fim de tratar a Europa a saúde da mulher. Deu-lhe então e finalmente o Imperador a permissão. Ney diz que nessa resposta o Imperador dizia atender o desejo do Príncipe *com prazer e por vários motivos.* [216]

VI

A verdade é que o Conde d'Áquila, vendo que não conseguia obter a autorização desejada, resolvera fazer compreender a seu cunhado que, a continuar nesse impasse, ele acabaria por dispensar qualquer autorização e partiria de toda a maneira para a Europa numa fragata francesa que era esperada a todo o instante no Rio. "Partiria ainda quando essa permissão lhe fosse recusada." Fora somente diante dessa *ameaça* que o Imperador resolvera afinal ceder[217].

Obtido o consentimento do Monarca, e livre, assim, em seus movimentos, já não teve mais o Conde d'Áquila os mesmos receios de antes. Sua atitude logo mudou. Tornou-se arrogante. Não temeu mais enfrentar e discutir com o cunhado. A frieza e o laconismo deste não mais o amedrontaram.

Num jantar no Paço, certa noite, provocou-o a uma longa conversa, na presença da Imperatriz. Falou-lhe num tom que nunca se tinha permitido antes. Censurou-o por sua atitude para com ele. Pediu-lhe que provasse ter ele ou sua mulher jamais conspirado contra a sucessão do trono. Fazendo, depois, uma clara alusão, a Paulo Barbosa, aconselhou-o a que pensasse na sua própria posição, e vigiasse os que o rodeavam de perto.

Ney, que nos conta essa cena, diz que o Imperador, *que é ainda uma criança* (ele tinha então dezenove anos incompletos), ficou muito emocionado e por pouco não chorou. Pediu ao Conde d'Áquila que não embarcasse numa fragata francesa. Que pensariam disso? Que ele não quisera pôr um navio brasileiro à sua disposição! Adiasse a partida para quando houvesse um barco em condições de viajar para a Europa.[218]

O Conde d'Áquila, porém, ficou intransigente. Sentindo-se forte com a autorização que, não sem custo, arrancara do cunhado, não houve consideração de espécie alguma, nem pedidos, nem rogos, que o detivessem. Entendeu de partir imediatamente, numa precipitação de quem foge da terra ingrata. Solicitou e logo obteve da Legação de França licença para embarcar na corveta *La Reine Blanche*, que dentro de três ou quatro dias devia largar do Rio em direção a Brest, naquele Reino.

VII

O Imperador ressintiu-se muito com essa precipitação. Uma partida que era quase uma fuga, a bordo de um navio de guerra estrangeiro, ferindo-o mais dolorosamente do que qualquer outro incidente em todo esse triste drama de família. A intransigência do cunhado em não aceitar, da parte do Monarca, nenhum favor ou concessão, magoou-o profundamente.

O Imperador oferecera-lhe a fragata *Constituição*, a mesma que trouxera de Nápoles a Imperatriz, um ano antes, e que em vinte dias estaria em estado de navegar para a Europa. Recusara-a o Príncipe. Sugerira-lhe então que partisse numa fragata napolitana, que era esperada no Rio de um dia a outro. Também não aceitou.

Por fim propusera-lhe que concordasse ao menos com que a *Constituição* comboiasse a *Reine Blanche*. Concordou, mas acentuando que viajaria, de toda a maneira, na fragata francesa, o que valia dispensar praticamente o comboio, pois a *Reine Blanche* devia partir dentro de três ou quatro dias, e a *Constituição* não podia estar em condições de navegar para o Velho Mundo antes de uns quinze dias.[219]

Pediu-lhe ainda o Imperador que não partisse sem levar consigo, pelo menos, um camarista e uma dama de honra brasileiros, autorizando a escolhê-los dentre todos os empregados que servissem no Paço. Depois de muito instado, acedeu o Príncipe em levar em sua companhia o Conde de Beaurepaire, que, embora empregado no Paço, era francês de nascimento.[220] Recusou, porém, e terminantemente, a dama de honra para a mulher.[221]

Todas essas mesquinharias vieram a público, e causaram por toda a parte uma péssima impressão. A precipitação do Príncipe em partir, sua obstinação em recusar todo e qualquer auxílio do Governo Imperial, em se desligar completamente dos brasileiros, provocaram as mais acerbas críticas. As simpatias que acaso tinham criado ele e a mulher no decurso desse triste caso, depressa se desfizeram.

Rechberg dizia com toda a razão:

"Entretanto teria sido fácil evitar tudo isso. O Príncipe poderia ter ido por algum tempo para a montanha ou para as províncias do Sul, cujo clima temperado convinha melhor à saúde da Princesa, e lá aguardar o parto da Imperatriz. Depois do nascimento do herdeiro da coroa, ele poderia partir sem barulho e sem ferir o amor-próprio dos brasileiros, enquanto hoje eles se sentem profundamente feridos com a sua partida e a maneira pela qual ela se efetuou. Não perdoarão nunca à herdeira presuntiva da coroa ter partido para a Europa num navio de guerra estrangeiro, de não se fazer acompanhar por nenhuma senhora, nenhum criado brasileiro." [222]

Os príncipes embarcaram na *Reine Blanche* a 22 de outubro. "As despedidas do Imperador à sua irmã foram muito secas (escreve Ney); ela chorou muito."[223]

No dia seguinte ponderava o Conde de Rechberg para Viena:

"Essa precipitação em deixar a terra brasileira causa um péssimo efeito no espírito público.Forma um contraste muito evidente, para não ser notado e comentado, com as boas disposições que suas Majestades demonstraram ultimamente aos ilustres viajantes. Embora os membros da Família Imperial só raramente se encontrassem nestes últimos tempos, sobretudo depois que o Príncipe deixou o Palácio para ir residir numa casa que alugou em Botafogo, o Imperador e a Imperatriz, apesar do estado adiantado da gravidez, foram nos últimos três dias de São Cristóvão a Botafogo para jantar com Suas Altezas. Eles as acompanharam ontem a bordo da fragata com todos os membros do Conselho, e só se retiraram depois de terem passado três horas com a Princesa e o Príncipe." [224]

CAPÍTULO IX
PRIMEIRA VIAGEM AO RIO GRANDE DE SÃO PEDRO

Nascimento do primeiro filho. Primeira viagem às Províncias do Sul. As razões dessa viagem. Encontro no Rio Grande com os antigos chefes revolucionários. O bom acolhimento dispensado aos Monarcas. Atentado contra o Mordomo Paulo Barbosa. Pedido deste de ser afastado do cargo. Prolonga-se a viagem pelo Sul. Estada na Província de São Paulo. A célebre quadrinha de Itu. Volta dos Monarcas à Corte.

I

Com o casamento e, logo depois, o nascimento do primeiro filho, o feitio do Imperador tornava uma nova feição, que irá acentuar-se ainda mais quando se criar a Presidência do Conselho e se der o subsequente afastamento de Aureliano Coutinho e de Paulo Barbosa das organizações ministeriais. Livre desses entraves, o Imperador se tornou mais expansivo, mais comunicativo. Começou a perder aquele véu suspeitoso e retraído que tinha até então. O casamento deu-lhe o sentimento de sua personalidade, de uma nova responsabilidade, e do seu exato papel na sociedade do Império. E com o nascimento do primeiro filho adquiriu um sentimento mais humano e mais elevado, com a consciência da perpetuação da espécie. Ney, Encarregado de Negócios da França, chamava a atenção para essa mudança do Imperador, achando-o "muito menos reservado do que de costume", muito mais senhor de si, mais confiante em si mesmo e mais expansivo. "Conversa animadamente com muitas pessoas", dizia. E acrescentava: "Notou-se, o que é bem verdade, que ele tomou muito mais *aplomb* depois que a gravidez da Imperatriz tornou-se uma certeza." [225]

Esse primeiro filho nascera-lhe em fevereiro de 1845. Foi o Príncipe Dom Afonso. Logo depois de nascido, o Imperador o tomou nos braços para apresentá-lo às pessoas que o cercavam no Paço e disse-lhes emocionado: "Senhores, é um Príncipe que Deus.. ." Mas não terminou a frase. Os soluços embargaram-lhe a voz.[226.]

No fim desse ano, os Monarcas realizaram a sua primeira viagem. Para o Imperador era uma grande novidade. Até então ele pouco se afastara da Corte, e assim mesmo só para curtas excursões na Província do Rio. Em novembro de 1842, pouco depois de casado, ele foi com a Imperatriz passar uns meses de verão na Fazenda da Taquara, propriedade de um rico agricultor, Francisco Pinto.

Agora, porém, se tratava de uma verdadeira viagem. Há muito, aliás, que alguns dos nossos políticos sentiam a necessidade de o Imperador visitar algumas das nossas principais Províncias. O país era grande. O Soberano ia-se fazendo maior. Tornava-se portanto mister que ele conhecesse algumas regiões do Império, tão distantes e tão divorciadas umas das outras. Seria o melhor processo de identificá-lo com a Nação, fazer-se melhor conhecido, dando-lhe, por outro lado, uma ideia exata da Pátria e da unidade nacional.

II

Nos primeiros dias de outubro de 1845, os Monarcas partiam para o Sul, com destino à Província do Rio Grande. De passagem visitariam Santa Catarina, e na volta, a Província de São Paulo. A depois Província do Paraná ainda não tinha sido desmembrada dessa última.

Causou estranheza em certos círculos da Corte que se tivesse escolhido o Rio Grande do Sul como objetivo principal dessa viagem. A Província acabara, fazia pouco, de depor as armas, depois de dez anos de luta contra o Governo Imperial[227]. O espírito Républicano, que animara a revolução, pairava ainda nas coxilhas dos pampas. A Província, para muitos, era ainda a filha infiel do Império.

Rechberg, Encarregado de Negócios da Áustria, dava conta da "má impressão que a notícia dessa viagem fez entre os amigos sinceros do princípio monárquico. Lamentam que, em vez de deixarem o jovem Soberano ir a uma Província onde a revolução recentemente abafada tornará bem difícil a sua posição, não o tenham persuadido a visitar outras Províncias." [227a]

Ora, o fato, justamente, de o Rio Grande do Sul voltar à comunhão política do Império, depois de uma longa e penosa luta, justificava a visita do Imperador. Ela tinha por fim precisamente cimentar essa paz apenas firmada, conquistar definitivamente as simpatias dos chefes revolucionários Républicanos, identificá-los com o jovem Monarca que la espontaneamente a sua casa, para estender-lhe a mão larga e generosa. Sob o ponto de vista político, essa viagem valia por um golpe de mestre. Não é impossível que ela tenha sido uma sugestão de Caxias, o pacificador da Província, levado por aquela exata visão política que o caracterizava. Rechberg dá-nos conta do interesse que ele manifestou pelo sucesso dessa viagem do Imperador.[228]

De José Carlos de Almeida Torres (depois segundo Visconde de Macaé), chefe do Governo e Ministro do Império, é menos provável que tivesse partido a sugestão. Tinha o espírito demasiado partidário para poder compreender a largueza de tal gesto. Se, em todo o caso, a ideia da viagem ao Rio Grande do Sul partiu dele, obedeceu certamente a intuitos menos patrióticos. Teria sido um simples recurso de partido.

Falou-se em intrigas do Paço, que estariam na origem dessa viagem. Era uma alusão aos manejos da *Facção Áulica*, aliada, nessa época, a José Carlos e ao seu grupo. Dizia-se que o Imperador estava sendo trabalhado por elementos contrários ao Ministro do Império, para forçá-lo a completar o Ministério que este organizara em 26 de maio, com a nomeação de Honório Hermeto, o futuro Paraná, que era então o chefe da grei conservadora. Na verdade restavam ainda a preencher duas pastas, da Guerra e da Justiça.

Alarmados com essa possibilidade, José Carlos e o grupo liberal que o apoiava, aliados a Aureliano e Paulo Barbosa, haviam sugerido ao Imperador a vantagem dessa viagem ao Rio Grande, "onde se fariam manifestações a favor do atual Ministério, de modo a convencer o Imperador da necessidade de não mudar o espírito da administração[229]. O que havia de verdade nisso? Não se sabe. Em todo o caso, e segundo Helio Vianna, essa viagem "encerrava uma demonstração de habilidade política, pois, com a simplicidade e amabilidade de Dom Pedro II, que depois do casamento sucederam à anterior reserva e desconfiança de menino e adolescente, conseguiu conquistar a boa vontade de muitos que antes haviam combatido, de armas nas mãos, os governos da Corte,[229a] embora poupando a pessoa do Imperador, ainda menor, apesar de já estar governando. José Carlos, chefe do Ministério, atribui à sua iniciativa a realização dessa viagem, que, empreendida pouco tempo depois de obtida a pacificação do Rio Grande, cimentaria, graças à presença ali do jovem Imperador, a integração da Província no Império, que tinha então apenas catorze anos de existência. Se era esta, de fato, a intenção do Ministério, ou mais propriamente do seu chefe José Carlos, não se pode dizer que não foi alcançada.

III

A partida do Imperador verificou-se a 5 de outubro de 1845. Sua comitiva era composta de gente do Paço e de José Carlos de Almeida Torres, que la na sua qualidade de chefe do Gabinete e Ministro do Império. Embarcaram todos — Imperador, Imperatriz e comitiva — na fragata *Constituição*, que era então o nosso melhor barco de guerra, o mesmo que havia trazido de Nápoles, dois anos antes, a recém-casada Imperatriz Teresa Cristina. Seguiu comboiado por uma corveta, dois brigues e dois barcos de pequeno porte a vapor. Os barcos a vapor eram então uma novidade, porque a vela ainda dominava por toda a parte a navegação. Até à cidade de Desterro (depois Florianópolis), na Província de Santa Catarina, a *Constituição* ainda teve o acompanhamento de uma fragata norte-americana e de um brigue inglês.

A presença desses dois barcos estrangeiros na comitiva imperial resultava de uma rivalidade entre os Ministros dos Estados Unidos e da Inglaterra acreditados no Brasil, respectivamente Henry A. Wise e Hamilton Charles Hamilton. Sabedor da viagem imperial, decidira o primeiro destacar a fragata norte-americana, estacionada no Rio, para acompanhar o Imperador, e ele próprio, por sua iniciativa, se metera nela, "embora o Corpo Diplomático não tenha sido convidado a acompanhar os augustos viajantes", observava Rechberg com ares de censura. Sabedor disso, o Ministro inglês deu idênticas ordens ao brigue do seu país que também estacionava no Rio. Mas, ao contrário do seu colega dos Estados Unidos, deixou-se ficar na capital do Império. O Ministro norte-americano era o célebre Wise, com o qual o Governo Imperial se veria na contingência de romper, daí a dois anos, por causa de um oficial da corveta *Saratoga*, dos Estados Unidos, que se oporia, de armas na mão, a que a Polícia do Rio prendesse três marinheiros desse barco, promotores de grandes distúrbios na capital do Império.

No dia 11 de outubro, chegava a comitiva imperial à cidade de Desterro, situada, como se sabe, na Ilha de Santa Catarina. Recebida pelo Presidente da Província, o Marechal de Campo Antero Ferreira de Brito, depois Barão de Tramandaí, visitou o Imperador as freguesias da Lagoa e de Ribeirão, localizadas na Ilha, passando-se depois para o continente, sendo recebido na Vila de São José, "onde um lavrador o saudou em versos."[229b] Da cidade de Desterro, prosseguiu viagem para o Rio Grande, mas já agora na corveta *Imperatriz*, regressando à Corte a fragata *Constituição*.

Apesar das apreensões de muitos, o acolhimento dispensado no Rio Grande ao jovem Imperador e à sua comitiva foi o melhor possível. "Foram acolhidos com um entusiasmo muito maior do que se podia esperar depois de dez anos de guerra civil", dizia Rechberg.[230.]Foi esperar a comitiva na cidade do Rio Grande o Presidente da

175

Província, Marechal de Campo Conde de Caxias, eleito fazia pouco Senador do Império pela mesma Província. Prosseguindo viagem, chegou a comitiva a Porto Alegre a 21 de novembro desse ano de 1845, sendo igualmente bem recebido pela população da cidade.

Correu no Rio que os chefes da recente Revolução dos Farrapos se esquivaram delicadamente de aparecer para cumprimentarem o Imperador. Rechberg, Ministro da Áustria, se fez eco dessa notícia, mandando dizer para Viena, em carta de 22 de dezembro de 45:

"Apesar das reiteradas recomendações do Sr. Conde de Caxias e das promessas feitas anteriormente, nenhum dos chefes do antigo partido revoltado apresentou-se até agora para prestar submissão ao seu augusto Soberano; afastaram-se mesmo dos lugares onde devia passar Sua Majestade Imperial."

Mas tanto Caxias como o Ministro José Carlos desmentiriam mais tarde essa versão, acrescentando o primeiro que foi ele até quem apresentou ao Imperador, em Porto Alegre, o antigo chefe revolucionário Bento Gonçalves, aliás a pedido deste, bem como outros chefes Farroupilhas. A todos dirigiu-lhes Dom Pedro II "palavras graciosas", dizia Caxias, sendo que Bento Gonçalves fez questão de ir beijar a mão da Imperatriz, retirando-se em seguida[231]

Escrevendo de Porto Alegre em 15 de dezembro de 1845, dizia o Ministro do Império a Paulo Barbosa:

"O Imperador já dança seis contradanças em uma noite, e já está em um baile fora de casa e do Paço sem sono e sem fastio, até uma hora da madrugada. É um gosto ver os *Farrapos* beijarem-lhe a mão e gostarem dele. O Imperador ganhou e ganhou muito nesta viagem, e a vantagem que tem adquirido na opinião e amor dos povos, que o têm visto, é incalculável. Tenho a presunção de lhe ter prestado um grande serviço cuja recompensa quero no céu, onde não está longe que eu vá, porque sinto-me abatido e sofrendo de repente os efeitos de uma velhice incômoda. Confesso que a não esperava tão breve[231b]. Estou maçado, já não posso com tanta baldeação e mudanças, e agora é que nos preparamos para visitar o Interior, é que temos de ver embaraços e embelecos. Está resolvida a visita de São Paulo por terra ao Rio. Agora mesmo, mando por esta barca a participação oficial ao Manuel da Fonseca.[231c] Escreva-lhe V. Exª., anime-o, que ele se acha só e é pobre. Os tais Paulistas, quer legalistas, quer de Sorocaba[231d], são tão unhas de fome que estou com medo que deixem só o Presidente, que este fique arrasado, e o Imperador não será recebido como nas outras partes. Parabéns pelo progresso de Petrópolis. Se vir o Aureliano[231e] dê-lhe lembranças minhas e diga-lhe que me desculpe não lhe escrever agora.[231f]

IV

Ao partirem para o Sul, os Imperadores haviam deixado na Corte o seu primeiro filho, Dom Afonso, com menos de um ano de idade. Ficara aos cuidados do Mordomo Paulo Barbosa, que a 5 de dezembro de 1845, dava notícias dele aos Monarcas. Escrevia-lhes de Petrópolis:

"Graças a Deus, Sua Alteza Imperial tem passado bem, segundo as cotidianas notícias que da Corte me chegam. A *Sentinela* ou o *Brasil* disseram que a ama está tísica. Ouviram cantar o galo, mas ignoram o galinheiro. Além da ama bela, gorda e saudável, tem Sua Alteza Imperial uma outra de vinte e um anos, aprovada pelo Barão de Igaraçu[231g], muito bonita, alegre, saudável e com uma linda filha muito rechonchuda, da mesma idade que Sua Alteza Imperial. Ela é filha de um lavrador alsaciano, mulher de um jardineiro do mesmo país, que engajei para a Quinta Imperial, e há pouco chegados. Portanto, se a atual ama deixada por Vossa Majestade Imperial adoecer, Sua Alteza Imperial tem essa a dois passos do Paço e, além desta, a mulher do Falcão, que também está aprovada. Digo tudo isso para tranquilizar Sua Majestade a Imperatriz, quando por acaso lhe chegasse tal artigo à mão."

Referia-se depois o Mordomo aos trabalhos que se faziam em Petrópolis, então uma pequena cidade que vinha nascendo:

"A sua Petrópolis vai em progresso. Para adiantar o Palácio[232] parei com ele, e apliquei as forças à Serraria, que fica uma máquina imperial. Feita esta, a obra avançará no mesmo tempo, dobradamente. Creio em março ou talvez em fevereiro mesmo, possam Vossas Majestades Imperiais vir ver esta minha Petrópolis, que será um monumento de eterna glória para o seu reinado. Já tenho mais de 400 famílias arranchadas. O que era há quatro meses matas virgens é hoje uma povoação branca, industriosa, alegre e bendizente de Vossa Majestade Imperial. Em quatro anos, ela rivalizará com a de São Leopoldo, [232a] pois creio que não findará o ano com menos de quatro mil habitantes." [232b]

Essa carta é de 5 de setembro de 1845. Dois meses e pouco depois, Paulo Barbosa voltava a escrever ao Imperador (que ainda se achava no Sul). Mas dessa vez para inteirá-lo de um suposto atentado que haviam tramado contra o Mordomo, pondo-o, assim, num verdadeiro estado de pânico. E, a tal ponto, que o levou, para sentir-se mais tranquilo, a solicitar ao Monarca o seu afastamento da Mordomia Imperial e sua ida para um posto diplomático na Europa. "É verdade que o atentado abortou (conta-nos Guilherme Auler), pelas providências acauteladoras do Major Koeler. Mas as consequências da frustrada tocaia foram terríveis para o Mordomo, incutindo-lhe tamanho pânico, que só teve sossego quando deixou o Brasil. Um retrato do seu pavor fornece-nos estas suas palavras, em súplica a Dom Pedro II: *Se alguma coisa tenho feito a Vossa Majestade Imperial, seja isto remunerado em pôr-nos daqui para o 'polo oposto'*. [232C]

Esse atentado, que deu muito que falar nessa época, ficou sendo, aliás, um mistério, pois nada de positivo se apurou. Em carta ao Imperador, diz Paulo Barbosa, sem contudo opinar a respeito, que "a gente da oposição solta que todo o meu mal vem-me do Sr. Conde d'Áquila." E pondo o corpo fora, certamente para não se indispor com a Imperatriz, acrescenta: *Não sei. Tudo ignoro. Pergunto. Tenho-me em guarda, e ponho em Deus a minha esperança*. Mas, em todo o caso, para se sentir mais seguro, deixou Petrópolis e desceu para a Corte com a mulher, cujo estado de nervos, com a ameaça do atentado, era o pior possível.

"Tive de trazer comigo minha pobre mulher — dizia ele ao Imperador — que vive sempre sob o peso de sofrimentos nervosos, e que está com o seu mal no último grau de exaltamento. Começo a recear por seus dias, e ela merece-me muito para que eu possa vê-la sofrer, e de perecer, e mesmo acabar a fogo lento. A minha vida e a dela estão disponíveis a sacrificar-se para salvar, com honra, a de V.M.I. e do País: nós as exporíamos com prazer, se o caso se apresentasse de o fazermos. Mas acabar assim uma inocente, é bárbaro, é inumano, e eu seria um verdugo se, para que acabe o fogo lento, concorresse." [222d]

Por fim, para terminar com toda essa aflição em que vivia, pediu ao Imperador que o mandasse como Ministro do Brasil em São Petersburgo: "concedendo-me V.M.I., ao mesmo tempo, o que tem permitido aos outros, isto é, poder passar em outra corte, ou país, o rigor do inverno. Com esta nomeação cessarão os ódios contra o Mordomo, e eu poderei esperar, mais desafogado dos tormentos que minha mulher sofre, e me faz sofrer, a suspirada volta de V.M.I., para entregar [a Mordomia] a meu sucessor." [233]

Condoído com o estado de pânico em que viviam, o Mordomo e a mulher (*Vivo preso com a cidade por homenagem* — dizia ao Imperador — *e nela mesmo não tenho liberdade. Meu dia é curto, porque meto-me em casa, e assim mesmo receio, pois há muito dinheiro a ser levantado para quem me abater*), Dom Pedro II decidiu ouvir a sua súplica: mandou que o nomeassem para o posto diplomático que pedira. Agradecido, escrevia-lhe Paulo Barbosa: "Vossa Majestade Imperial acaba de salvar a vida de minha mulher. Acaba de dar-me sossego de espírito, e uma prova pública de que se digna apreciar os meus poucos serviços e, por fim, de que me honra com a sua imperial estima." [234]

Enquanto isso, a comitiva imperial prosseguia na viagem pelo Interior da Província São Pedro. Deixando Porto Alegre se dirigiu, passando por Rio Pardo (onde ficou a Imperatriz), à Cachoeira. "Já perto de São Gabriel, Dom Pedro II teve de dormir, com sua comitiva, no meio de um caminho, ao relento. Serviu-lhe de leito o ponche do Presidente da Província, Marechal de campo Conde de Caxias. E de travesseiro um tronco de árvore,cobrindo o rosto com um chapéu. Levantou-se às três da madrugada, prosseguindo para aquela povoação."[235] Chegando a São Gabriel, o Imperador recebeu notícias do antigo chefe revolucionário David Canabarro, que, não podendo ir pessoalmente, por doente, mandou um seu tio, a fim de manifestar ao Monarca a sua submissão e respeito. Dom Pedro II só iria conhecer pessoalmente Canabarro vinte anos depois, quando o Monarca voltou ao Rio Grande, em 1865, para estar presente ao cerco e rendição de Uruguaiana, no começo da Guerra do Paraguai.

V

A viagem do Imperador se prolongava mais do que se esperava. Estava-se em fevereiro de 1846, e ele ainda se encontrava no Sul, com a sua comitiva. Fazia cinco meses que se achava longe da Corte, e não se tinha ainda uma ideia de quando estaria na capital do Império. Era a primeira vez que Dom Pedro II fazia uma ausência tão longa e para tão longe (ele só havia feito, até então, curtas excursões pela Província do Rio), e isso não deixava de provocar reparos, sobretudo pelos inconvenientes que daí resultavam para a administração geral do País.

Não se culpava tanto o jovem Monarca, um rapaz de apenas vinte anos de idade, que, empreendendo essa viagem, não fizera senão obedecer aos seus conselheiros constitucionais. Culpava-se em especial o Ministro do Império, que, por questões de prestígio e de partido, não quisera completar o Ministério antes de partir para o Rio Grande do Sul, deixando desocupadas duas pastas, Guerra e Justiça, preenchidas interinamente por Holanda Cavalcanti (depois Visconde de Albuquerque), Ministro da Marinha, e Limpo de Abreu (depois Visconde de Abaeté), Ministro dos Negócios Estrangeiros. Assim que o Gabinete ficara reduzido, na Corte, apenas àqueles dois titulares e Alves Branco (depois segundo Visconde de Caravelas), que ocupava a pasta da Fazenda. Rechberg, mandava dizer para Viena em outubro de 1845:

"Esperava-se que o Ministério fosse completado antes da partida do Imperador. Mas as intrigas de partido e do Paço impediram que ele fosse recomposto; e o Ministério se vê assim reduzido, durante a ausência do Soberano, a três Ministros, uma vez que o Ministro do Império, Sr. José Carlos, acompanha Sua Majestade. A ação do Governo não há de ser fácil se algum acontecimento extraordinário ocorrer antes da volta do Imperador."

Seis meses depois voltava Rechberg a escrever ao seu Governo:

"A ausência prolongada do jovem Soberano começa a ser geralmente censurada. O Ministério, desde a sua partida, se compõe apenas de três membros, e cada um dos Ministros está encarregado interinamente de duas pastas. Desunidos entre si, esses senhores deixam a decisão de todos os negócios, mesmo os mais urgentes, para a volta do Imperador."

Enquanto isso Saint-Georges escrevia para Paris, referindo-se ao *entusiasmo* que a presença do Imperador provocava entre os gaúchos, "sobretudo pelas maneiras graciosas do Monarca, cujas faculdades parece se terem singularmente desenvolvido nessa viagem. Perdeu aquela reserva taciturna que impressionava dolorosamente a todos quantos se lhe aproximavam. Fala a todo o mundo sobre todos os assuntos e com muito a propósito, pois que, tendo lido muito, não lhe falta critério" .[235a] Finalmente, anunciou-se que Suas Majestades haviam deixado o Rio Grande e vinham num navio da esquadra comandada pelo Almirante Grenfell. De fato, chegaram a Santos a 19 de fevereiro de 1846, seguindo depois para a cidade de São Paulo, onde foram acolhidos com a mesma boa vontade que lhes haviam dispensado no Sul. De São Paulo, escrevia o futuro Conselheiro José Antônio Saraiva, que era ali estudante de Direito:

"O Imperador e sua Senhora acham-se nesta cidade. É afável com todos, dirigi-se a qualquer um, faz-lhes perguntas e procura informar-se das menores particularidades. Tem andado a pé como simples cidadão, sem aparato algum. O entusiasmo tem sido grande. É moço, muito vivo e, segundo dizem todos, tem instrução muito superior à sua idade."

VI

Na capital da Província, realizou-se em 15 de março de 1846 um grande baile em honra da Imperatriz, que havia feito anos no dia anterior, um baile que se prolongou até alta madrugada. Depois do que, o Imperador foi visitar Sorocaba, São João de Ipanema, Bom Retiro e Itu, onde chegaram a 25 do mesmo mês de março, sendo recebido com palmas e flores. Em Itu os Soberanos se hospedaram em casa do Capitão-Mor Bento Pais de Barros, feito pouco depois primeiro Barão de Itu. Como de costume, houve aí o tradicional *Te-Deum*, com sermão na Matriz. Na noite desse dia, organizou-se um sarau literário, no qual, entre outras coisas, os poetas locais deram largas, cada qual numa folha de papel, aos seus pendores líricos. O Imperador, por seu lado, deu-lhes a seguinte quadra para ser glosada:

> *O sincero acolhimento*
> *Do fiel povo ituano,*
> *Gravado fica no peito*
> *De seu grato Soberano.*

A quadra era sobretudo pueril. E teria certamente ficado no esquecimento de todos, depois da partida dos Soberanos, se alguns Vereadores da Câmara Municipal de Itu não tivessem tido a ideia de lavrar ali um termo, "para perpetuar a memória dos acontecimentos, atestando a autenticidade do autógrafo imperial" e confirmando "que a quadra foi escrita por S. M. o Imperador Dom Pedro II, nesta fidelíssima cidade de Itu, na noite do dia 25 de março de 1846."

Lavrado o termo, foi ele assinado pelo Ministro do Império, Conselheiro José Carlos de Almeida Torres (depois segundo Visconde de Macaé), que acompanhava os Soberanos; o Presidente da Província de São Paulo, Tenente-General Manuel da Fonseca Lima e Silva (depois Barão de Suruí e tio do futuro Duque de Caxias); Nicolau de Campos Vergueiro, Senador por Minas Gerais; Francisco Antônio de Oliveira (depois Barão de Beberibe); Bento Pais de Barros (depois Barão de Itu); seu irmão Antônio Pais de Barros (depois Barão de Piracicaba); José Martins da Cruz Jobim, famoso médico, diretor da Escola de Medicina do Rio de Janeiro e depois Senador pela Província do Espírito Santo; além de outras pessoas ali presentes. Lavrado e assinado o termo, foi ele enquadrado, com o autógrafo imperial, e pendurado numa parede do salão nobre da Câmara Municipal de Itu.

Trinta e oito anos depois, visitando a Princesa Imperial a Província de São Paulo e passando por Itu, assinalava em suas notas ter visto na Câmara Municipal dessa cidade o "autógrafo do versinho" do pai. Derrubada a Monarquia em 1889, os ituanos, ciosos das tradições Republicanas da cidade (que não era mais a "fidelíssima" de 1846), e onde se tinha reunido o célebre Congresso Republicano de 1873, decidiram retirar do salão nobre da Câmara Municipal o célebre autógrafo imperial e o termo que o acompanhava. Mas, passados os primeiros anos de incertezas, "serenados os receios e incompreensões dos responsáveis pela consolidação do novo regime", voltaram ambos os documentos a ser repostos na parede da Câmara de Itu, tendo obtido, em 1960, uma fotografia dos mesmos o escritor Mello Nóbrega, de quem tiramos a história dessa célebre "quadrinha."[236] Diz esse escritor:

"O desatavio ingênuo da "quadrinha", tornada lugar-comum de ironia e desapreço dos dotes intelectuais de Dom Pedro, foi aproveitado nos exageros e perfídias da campanha Repúblicana. Desses versos, que têm o que de pior pode ofender a poesia — a vulgaridade, não se consideram, sequer, as circunstâncias em que foram compostos. Vai um Príncipe de pouco mais de vinte anos, simples e inexperiente, a uma pequena cidade de seu país; lá o recebem com festas e alegrias, cercam-no clero, nobreza se povo, ávidos de um olhar e de um sorriso do Soberano; levam-no a passeios e caçadas. E, num momento de entusiasmo, à véspera da partida, em uma reunião quase Famíliar, vale-se o Monarca de seus pendores literários para dar uma oportunidade a que brilhem os talentos da terra.

Saiu-lhe mal a quadrinha? Certamente que sim. Nem muito além poderia ir, de vez que bem pouco louváveis são todos os seus versos, com exceção dos escritos quando o sofrimento e a ingratidão lhe revelaram o caminho da poesia sentida e chorada. Que se criticasse a franqueza do Imperador, de querer revelar seus dotes poéticos no exercício oficial de suas funções majestáticas — vá lá. O que caberia no caso seria o comentário tolerante de um sorriso, porquanto a falta, afinal, nada tinha de grave: não comprometia a coroa nem feria a dignidade da Pátria... A exploração política, sempre de tocaia, sempre mal-intencionada, precisava fazer oceanos de poças de água, transformar uma *gaffe* em crime, proclamar uma fraqueza pessoal do jovem Imperador como se fora a miséria da Monarquia. E foi o que se tentou fazer. A malfadada quadrinha rolou pela boca da oposição como hino de opróbrio. Ninguém, nenhum dos foliculários e ironistas que o escreviam e diziam, nenhum, intimamente, assim pensava. Para servir a uma causa, há que dizer imoral a causa alheia. Este é o princípio em que se fundamenta o direito de discutir, polemizar, litigar, combater.

Com os versos pífios de Dom Pedro foi assim: os de boa fé nada mais lhe viram que um arroubo de vaidade juvenil, manifestada sem talento poético; os da outra fé quiseram pôr, na canhestrice do poeta, os defeitos do Imperador, a decadência do Império. Foi o que fez Joaquim Felício dos Santos, em seu afã Repúblicano, entrincheirado nas montanhas mineiras, assestando contra a Coroa, o Cetro e o Manto de Papos de Tucano, a bateria de sua campanha ridicularizante."

Mello Nóbrega quer referir-se ao libelo escrito por Joaquim Felício dos Santos em 1868 (quarenta e dois anos depois de escrita a quadrinha imperial), intitulado *Páginas da História do Brasil escritas no ano de 2.000,* e que para Alexandre Eulálio são "a mais longa e uma das mais violentas sátiras políticas escritas no reinado de Pedro II" [236 a]

Inventando uma conversa entre o Imperador e o Visconde de Itaboraí, Presidente do Conselho de Ministros, Felício emprestava a este, palavras tais de elogios à quadrinha imperial, com o assentimento e a satisfação embevecida do Monarca, que ultrapassavam todos os limites do ridículo. Dizia Itaboraí que de um canto a outro do Império não havia brasileiro que não a soubesse de cor; que já era conhecida no mundo inteiro, traduzida para todas as língua; conhecidas, e que os melhores poetas eram unânimes em confessar que nunca poesia teve inspiração mais sublime; e que o próprio Victor Hugo, "um poeta admirável e detestável Repúblicano", mandara gravar o quarteto imperial, em grandes letras de ouro, na cabeceira de seu leito, para tê-lo sempre à vista! E terminava pondo a quadrinha em termos de um latim macarrônico:

Sincerus acolhimentus
Fidi populi cortesani
Gravatus ficat in pectore
Sui grati Soberani.

Agora diremos como Mello Nóbrega: "Reconstituídos, tão longe dos acontecimentos, os processos de Joaquim Felício dos Santos, em sua campanha antipedrista, perecem-nos hoje despidos de chiste e quase infantis."

VII

Sem embargo, a quadrinha imperial continua a ser lembrada nos tempos atuais. Não mais, evidentemente, como arma de ridículo contra Dom Pedro II e a Monarquia. Ainda porque um e outra estão mortos e bem enterrados. Mas simplesmente como um pretexto para fazer troça rimada — na falta, naturalmente, de coisa melhor. Haja vista este "poema-piada", como o chama Mello Nóbrega, do escritor paulistano Fontoura Costa, publicado em 1930 no *O Combate*, de São Paulo, intitulado —*Itu:*

> *Igrejas a cada canto.*
> *Muito passado,*
> *pouco presente,*
> *nenhum futuro.*
> *Indolência.*
> *Um quartel revolucionário.*
> *O Museu da Convenção.*
> *Casas, em geral, pequenas, como*
> *casas de presepes.*
> *Ricas procissões.*
> *Jogo de bicho (como em toda a parte)*
> *A filarmônica do José Vitório.*
> *E a célebre*
> *quadrinha infame de Dom Pedro II:*
>
> > *"Gravado fica no peito*
> > *Do seu grato Soberano,*
> > *O bondoso acolhimento*
> > *Do fiel povo ituano."*

Mello Nóbrega diz-nos que a publicação desses versos chegou a criar dificuldades ao autor na cidade de Itu, onde não se deram conta de que sua irreverência era despida de maldade, já que "fazia parte do arsenal poético dos modernistas de então, como as olheiras e a tísica integravam o instrumental dos românticos. A celeuma levantada contra Fontoura Costa foi tão indignada que ninguém atentou em que ele invertera a ordem dos versos imperiais... É verdade que já não estavam em jogo os dotes literários de Dom Pedro II, mas apenas os brios da cidade, em cujo brasão de armas se inscreve o lema glorioso: *Amplior et liberior per me Brasilia.*"

A 26 de abril de 1846 chegavam finalmente os Monarcas à Corte. A Imperatriz sentia-se novamente grávida, esperando a criança para daí a três meses. Rechberg, que os fora receber com os demais membros do Corpo Diplomático, confirmava a boa impressão que a todos causara o Imperador: "Sua Majestade cresceu consideravelmente e ganhou um *aplomb* que parece indicar um caráter firme e decidido.[237]

38. Dom Pedro II rapaz. Estampa segundo provável desenho de Rugendas, c, 1842.

39. Fazenda Quiçamã, na Província do Rio, comarca de Campos dos Goitacazes. Litografia de Jacottel, segundo fotografia de Victor Frond. *Em Brazil Pittoresco. Album de vistas, panoramas, paisagens, costumes, etc.. fotografiados (sic) por Victor Frond e litografiados (sic) pelos primeiros artistas de Paris. Paris Lemercier. 1861.*
Em Quiçamã Dom Pedro II adolescente dançou pela primeira vez num baile fora do Paço.

40. Sobrecarta de 1843, selada com olho-de-boi. Rio de Janeiro, Biblioteca Nacional.
Está endereçada a Joaquim Ribeiro de Avelar, futuro 1º Barão de Capivari, e traz o carimbo da agência central dos Correios. Conforme é sabido, o Brasil foi o segundo país do mundo a dotar o uso de selos postais.

41. A fragata Cristina. Óleo de Edoardo De Martino, c. 1849. Petrópolis, Museu Imperial.
Oficial da Marinha que se transformaria em pintor de ampla nomeada, De Martino retratou aqui a fragata em que o Conde de Aquila, vice-almirante da frota de Nápoles, veio ao Brasil. No quadro, uma galeota, ostentando o pavilhão real das Duas Sicílias, além do estandarte apanágio dos príncipes de sangue, transporta possivelmente o próprio Príncipe Luigi di Borbone.

*42. Fotografia do Conde de Aquila oferecida ao Barão de Cotegipe. *En souvenir d'amitié. Louis de Bourbon, Comte d'Aquila.* c. 1856. Rio de Janeiro, Arquivo Wanderley Pinho.

43. Foto de Paulo Barbosa da Silva, por Joaquim Insley Pacheco, c. 1860. Rio de Janeiro, Arquivo Heitor Lyra.

44. Dom Pedro II e a Imperatriz Teresa Cristina noivos. Litografia popular não identificada, c. 1843. RIO de Janeiro, coleção particular.

45. Casamento, por procuração da Imperatriz Cristina, na Capela Palatina de Nápoles. Óleo de Alessandro Ciccarelli, datado 1846. Petrópolis, Museu Imperial.

Seguindo costume quase inevitável nas telas que representam cerimônias realizadas na capela do Palácio Real de Nápoles — delas é exemplo o óleo de Louis Nicolas Lemasle retratando as núpcias de Carolina de Bourbon com o Duque de Berry, hoje no apartamento histórico do Museu de Capodimonte — Ciccarelli colocou-se numa das galerias laterais do templo, galeria escandida pelas colunas toscanas que pesadamente sustem as tribunas. Dividindo a cena em três seções distintas, reservou esse proscénio, onde reina meia penumbra, para as personalidades brasileiras presentes ao quadro.

A cena central, invalida pela luz festiva do sol, representa o momento em que a Princesa Teresa Cristina acede ao altar pelo braço do irmão, Conde de Siracusa (Leopoldo de Bourbon), que na cerimônia representava Dom Pedro II. A rainha-mãe de Nápoles, Isabel de Espanha, é vista em perspectiva logo acima da sua filha. A capela palatina encontra-se apinhada com os dignatários da Corte e a primeira nobreza das Duas Sicílias: o Arcebispo Capelão-mor se apresta a realizar a cerimônia que há de começar com o Breve do Papa lido pelo cônego-presbítero assistente. Ao lado deste, na extremidade esquerda da tela, destacam-se o Rei Fernando II (de perfil) e a Rainha Maria Teresa, sua consorte. De frente para o espectador, está de pé no primeiro degrau do altar o secretário de embaixada Brás Carneiro Beléns, logo abaixo do Embaixador Extraordinário do Império, Alexandre Carneiro Leão, de perfil, o joelho levemente levantado. No espaço central, bem no meio da tela, Ernesto de Verna Magalhães, Mordomo-mor, encontra-se ao lado do capelão da esquadra brasileira (Manuel Silveira), da Marquesa de Maceió, camareira da nova Imperatriz, de Dona Elisa Leopoldina Carneiro Leão e da filha de Teodoro de Beaurepaire. Ao pé da segunda coluna Inácio Maia, comandante da Constituição, João Wandenkolk e Pedro Ferreira, comandante das corvetas Dois de Julho e Euterpe. O ministro plenipotenciário Bento da Silva Lisboa (depois Barão de Cairu), ostentando uma banda, parece dirigir-se a Teodoro de Beaurepaire-Rohan e a sua mulher, Dona Isabel Francisca. Pode-se ainda reconhecer a cabeça do médico de bordo Freire Alemão, na extremidade da tela, que, emolduraem seu cavanhaque negro, fita o espectador.

46. Retrato do Imperador assinado Cav. d'Almeida, portuguez e datado 1852. São Paulo, Fundação Mana Luísa & Oscar Americano. *O aulicismo da retratística de Cavaleiro d'Almeida — pintor que parece haver fornecido aparências do monarca reinante a Câmaras Municipais e Associações do Comércio nas Províncias do Norte do Império (onde é provável tenha estado ativo entre meados de 1840 e 1860), — aparenta-se, além da distância no tempo, à pintura de Simplicio, mantendo assim, pelo menos até meados do século, certa retraída interpretação, ao mesmo tempo semi-acadêmica e semi-popular, do Neoclassicismo. O I. H. G. B. possui no seu acervo outra tela, não assinada, do mesmo Cavaleiro d'Almeida, de fatura perfeitamente idêntica à acima reproduzida.*

47. Barão de Caxias. Litografia de Heston & Rensburg sobre desenho de Moreau, c. 1845. Da série Galeria Contemporanea Brazileira.

48. A Rua Direita da Corte e a Ilha das Cobras vistas do Morro do Castelo. 1854. De *Panoramas dela Ville de Rio de Janeiro* (Paris, 1855), de Iluchar Desmons. Rio de Janeiro, Biblioteca Nacional. *O ar que circula no grafismo de Desmons, valorizado pelo litógrafo de modo muito particular, consegue atribuir aguda sensação de massa arquitetônica ao presente panorama, tornando em extremo esclarecedoras as suas definições do espaço urbano do Rio de Janeiro nesses anos de 50.*

49. Honório Hermeto Carneiro Leão, Visconde e Marquês de Paraná. Litografia de Sisson. Arquivo Heitor Lyra.

50. *Família indo à missa.* Prancha de *The Brasilian Souvenir,* cit. Rio de Janetro, Biblioteca Municipal.

*51. A Família Imperial em 1854. Tela de F. R. Moreau. Petrópolis, Museu Impenal. *Retratada num recanto convencional de Palácio, esta cena de família num interior oferece, na visão idealizadamente conformista de F. R. Moreau, um plácido retrato burguês conforme o melhor ideal Biedermeier.*

52. Primeiros tempos de Petrópolis. Desenho de Otto Reymarus, 1854. Petrópolis, Museu Imperial. *Vista do palácio de Verão. Datado 17.3.1854.*

53. O Gabinete de Conciliação. Desenhado e litografado por Sisson. 1853.
Da esquerda para a direita, contornando o Imperdor: o Marquês de Paraná, Couto Ferraz (Bom Conselho), Nabuco de Araújo, Limpo de Abreu (Abaeté), Cândido Bellegarde e Silva Paranhos (Rio Branco).
O costume de se estamparem gravuras com os membros do Gabinete circundando o Imperador ou a Regente há de perdurar até o final do regime.

54. A Condesa de Barral e Pedra Branca. Fotografia da tela pintada por Winterhalter, c 1865. Rio de Janeiro, de antigo Arquivo Wanderley Pinho.

55. Primeiros tempos de Petrópolis. Desenho de Otto Reymarus, 1854. Petrópolis, Museu Imperial. *O Hotel Bragança, à Rua do Imperador. Datado 20.3.1854.*

CAPÍTULO X

FIM DO PROFESSORADO DE AURELIANO

Criação da Presidência do Conselho. O papel de Paula Souza Ostracismo de Paulo Barbosa e de Aureliano Coutinho, Barbosa transfere-se para o serviço de diplomático. Aureliano mantém-se na Presidência da Província do Rio. Conclusão da sua vida política.

I

A criação da Presidência do Conselho, em 20 de julho de 1847, não foi, rigorosamente falando, uma iniciativa do Imperador. Resultou de uma imposição do Senador Paula Sousa. Convidado pelo Monarca para participar do Ministério de Manuel Alves Branco, segundo Visconde de Caravelas, formado em 22 de maio de 1847, ele condicionou sua entrada no Governo à criação de um órgão permanente e responsável, que fosse o colaborador e intérprete do Imperador nas organizações ministeriais, e centralizasse, por outro lado, perante a Coroa, as opiniões e os atos dos Ministros. Só assim, no seu entender, se acabaria com a intromissão indébita da gente do Paço ou aliada ao Paço, nas formações dos Ministérios, como vinha acontecendo desde a declaração da Maioridade. Além disso, os gabinetes ganhariam uma unidade e uma coesão que estavam longe de possuir, dados os defeitos de sua organização.

De fato não havia, até então, entre os Ministros, nenhuma homogeneidade de ação ou de vistas nas questões que lhes estavam afetos. Como eram tirados um pouco de toda a parte, sem nenhuma participação partidária, cada qual vinha para o governo com seus pontos de vista próprios, com os seus matizes politicos suas inclinações e princípios partidários. Com exceção do gabinete organizado por Honório Hermeto, o futuro Paraná, em 20 de janeiro de 1843, que refletira o sentimento do Partido Conservador, todos os demais haviam sido formados com homens das mais variadas origens e cores partidárias. Eram gabinetes compostos *mosaicamente*, como dizia *Timandro* (Torres Homem).

Daí as divergências que se abriam entre os seus membros e choques de opinião, com evidentes prejuízos para a coesão e estabilidade dos próprios gabinetes, que se viam reduzidos a governos de expediente em vez de governos de ação. A frase é de José Veríssimo. Nesses últimos sete anos, isto é, desde a declaração da Maioridade até a lei da criação da Presidência do Conselho, sete gabinetes se haviam sucedido no poder, uma média, portanto, de um por ano. Não havia melhor prova da instabilidade do governo.

Era para sanar, quanto possível, tais inconvenientes, que Paula Sousa insistia na criação da Presidência do Conselho. "A Presidência do Conselho — dirá um dos nossos Históriadores políticos — convinha, pois, para regularizar a marcha política e administrativa dos Ministérios, dar-lhes unidade de vistas e direção política homogênea e firmar a solidariedade, que é a condição essencial dos Ministérios no sistema representativo.[237a]

II

O Imperador não opôs dificuldade à imposição de Paula Sousa. *Aprovei muito*, dirá ele mais tarde.[237b] É que ele sentia também a necessidade de acabar-se de vez com o sisterna de improvisações ministeriais. Não era, de fato, possível continuar-se na prática seguida até agora, que à força de repetir-se acabaria por expor a Coroa a uma incompatibilidade irremediável com a opinião política da Nação.

Sem dúvida, Aureliano e sua gente tinham sempre agido a coberto da autoridade imperial, e eram assim, no fundo, ou faziam supor que eram os intérpretes do pensamento do Imperador. Não importava. A intromissão deles nas organizações ministeriais não deixava de ser por isso menos indébita, e de provocar os mais justos protestos sempre que se tratava de mudança de Gabinete.

A criação de uma Presidência do Conselho não queria dizer que o Imperador abdicasse completamente da sua prerrogativa constitucional de nomear e demitir os Ministros. Este era um *direito seu*. A tese do Partido Liberal[237C], segundo a qual esse direito *não era absoluto*, podia até certo ponto defender-se, se encarada dentro do espírito de um regime representativo puro. Mas aquele direito do Imperador não deixava, por isso, de ser uma das suas principais prerrogativas constitucionais. *Não é absoluto*, dizia o Imperador, *mas existe*.[237d] E, se existia, o interesse de todos era que ele fosse exercido com a menor soma de atritos ou divergências com os órgãos representativos da Nação. Nisso estava toda a questão.

O Imperador não aceitava apenas o princípio imposto por Paula Sousa. Sugeria a adoção de "um regulamento, que unificasse o pensamento político do Ministério no seu Presidente", de forma a resguardar de alheias interpretações a intervenção da Coroa nos atos do poder executivo, intervenção que, para o Imperador, era *inevitável*.[237e] Mas neste ponto ele teve que ceder. Preferiu-se deixar que a prática do novo sistema se encarregasse, ela própria, de regulá-lo.

A criação da Presidência do Conselho podia não resolver de pronto todos esses problemas de direito público, tanto de ordem constitucional como de ordem política e administrativa. Mas era certo que iria atenuar-lhes os pontos de maior atrito. Tiraria às organizações ministeriais o seu caráter clandestino e improvisado; unificaria o pensamento político e administrativo dos Gabinetes; exprimia uma concessão ao sentimento parlamentarista da Nação; e, sobretudo, cobria a Coroa dentro do mais rigoroso espírito da Constituição.

Mas o que marcou, sobretudo, na história do Reinado, a criação de uma Presidência do Conselho, foi o fim do professorado de Aureliano e o afastamento de Paulo Barbosa da Mordomia Imperial. O Imperador se libertava assim dos entraves que lhe cercavam e lhe tolhiam os atos. De agora em diante, ele passava a ser, em todos os sentidos, o Imperador. Não teria mais tutor. Não teria preceptor ou preceptores. Não iria mais ver, ao seu lado, a figura adiposa e reverente do Mordomo Paulo Barbosa. E Aureliano se perdia de mistura com os demais políticos, confundindo-se com eles nas antessalas do Paço. Ficava reduzido, como diz Joaquim Nabuco, a um político tão dependente como os outros da vontade e das decisões da Coroa.[238]

192

III

Paulo Barbosa deixou a Mordomia Imperial, e partiu para a Europa em junho de 1846. Essa partida foi um dos grandes acontecimentos da época. Não lhe faltaram mais desencontras interpretações, cada um querendo explicá-la a seu modo. "A facilidade com que o Imperador consentiu em sua partida tem dado muito o que falar" escrevia Rechberg, acrescentando que, segundo corria, o Mordomo caíra "no desagrado do seu jovem Soberano" por causa da sua conduta na questão do Conde d'Áquila. Falou-se numa carta do Rei Luís Filipe da França ao Imperador, e noutra do Rei de Nápoles, ambas se queixando das manobras de Paulo Barbosa,[238a]

Um fato, em todo o caso, ficava patente: era que o Imperador se via livre de um dos que mais de perto o vinham assessorando[238b]. Ganhava mais uma etapa no caminho da sua completa emancipação. A Maioridade fora a primeira dessas etapas; a partida de Paulo Barbosa era a segunda; a terceira e última seria a criação da Presidência do Conselho e o fim do professorado de Aureliano.

Que ele devia sentir-se cansado com a presença diária de Paulo Barbosa no Paço durante os últimos doze anos, de suas intervenções repetidas na vida palaciana e na vida política do país, é o que se deve crer. "O Imperador não estava descontente de se desembaraçar de um jugo que começava a pesar-lhe", dizia Rechberg. O próprio Paulo Barbosa, aliás, já sentira isso, e várias vezes, mesmo antes do tão falado atentado, manifestara ao Monarca o seu desejo de obter uma licença a longo prazo e retirar-se para a Europa.

Ele devia sentir que o terreno no Paço não lhe oferecia mais a mesma segurança de antes. Havia qualquer coisa de mudado. Não era impossível que a Imperatriz tivesse a sua parte nisso. Ela devia ter, de fato, queixas de Paulo Barbosa, pela atitude que este assumira na desinteligência aberta entre o Imperador e o Conde d'Áquila. Não era mais segredo para ninguém que se devia em grande parte a Paulo Barbosa toda a articulação desse triste caso de família.

"A Imperatriz não gosta do Sr. Barbosa, (dizia o Conde Ney), e o sentimento de repugnância que sente à vista é tal, que há poucos dias, estando à noite com o irmão e a Princesa Januária no seu salão de São Cristóvão, ela sentiu-se gelada quando ali entrou de repente o Sr. Barbosa. No mesmo instante todas as fisionomias mudaram, e, quando o Mordomo partiu, a Imperatriz disse que a sua aparição era por certo sinal de alguma desgraça.

Ele tinha vindo, com efeito, solicitar a assinatura do Imperador para a demissão de Dona Joaquina, dama de honra da Sra. Princesa Dona Januária, que educara essa Princesa sem nunca a ter largado desde a infância até o casamento."[239]

Muita gente naquele tempo pensou que o afastamento de Paulo Barbosa da Mordomia da Casa Imperial e sua nomeação para a Rússia fossem uma iniciativa do Monarca, com o fim de descartar-se dele e mandá-lo para um ostracismo distante. Mas hoje sabemos, pela carta do Mordomo, citada atrás, que foi este mesmo quem pediu o seu afastamento da Mordomia e nomeação para a Legação em São Petersburgo, pedido, aliás, prontamente satisfeito pelo Imperador, com o evidente propósito de ser agradável ao Mordomo.

Rechberg, desta vez mal informado, diz que, ao pedir essa Legação ou a de Paris, o Monarca lhe teria respondido "que não podia destituir o Ministro do Brasil em Paris para abrir vaga para o Sr. Barbosa; e que o posto de São Petersburgo estava prometido ao ex-ministro de Estrangeiros, Sr. Ernesto Ferreira França."[240] E que foi graças à intervenção de José Carlos de Almeida Torres (Macaé), que ele conseguiu *arrancar* (sua própria expressão) do Monarca sua designação para a Rússia.

Pode ser que a intervenção de José Carlos, que era amigo de Paulo Barbosa, junto ao Imperador, tenha facilitado sua nomeação para São Petersburgo. Mas isso não significava nenhum ostracismo, pois ele tinha ainda toda a estima do Monarca, sendo uma prova as honras e apanágios que recebeu deste e da Imperatriz ao deixar a Mordomia Imperial. Aliás, em vez de ser demitido dessa função, como ele solicitara, foi apenas *licenciado*, o que significava que podia voltar para reassumir o cargo.[241] Além disso, "recebeu como prêmio pelos grandes serviços prestados em doze anos consecutivos de Mordomo, a pensão anual de 1 conto e 900 mil réis", fazendo-lhe o Governo ainda um empréstimo de 4 contos, que lhe seria perdoado um ano mais tarde.[241a] Mas não foi só: "a Imperatriz deu-lhe, como lembrança, um magnífico solitário montado num alfinete, e presenteou a Sra. Barbosa com um par de brincos com diamantes."[242]

IV

Quanto a Aureliano Coutinho, ainda desfrutou por algum tempo de prestígio político com a sua nomeação para a Presidência da Província do Rio, em abril de 1844, onde iria manter-se até abril de 1848. Essa Província, podia ser tida então como uma das mais prósperas do Império, graças à lavoura do café, que ocupava imensas áreas de terras, e onde trabalhavam dezenas de milhares de escravos. Quando os Monarcas empreenderam duas excursões pela Província, a primeira em março de 1847 à região de Campos, e a segunda em fevereiro do ano seguinte, passando por Cebolas, Paraíba do Sul, Valença, Vassouras e Iguaçu, coube a Aureliano acompanhá-los, como Chefe do governo da Província. "Sua Majestade vai no dia 15 de março à cidade de Campos, acompanhado por Aureliano — escrevia Araújo Porto Alegre (depois Barão de Santo Ângelo) a Paulo Barbosa, então Ministro do Brasil na Rússia — o que tem feito cócegas a muita gente."[242a]

Nessas duas excursões, o Imperador iria percorrer e conhecer de perto, pela primeira vez, quase toda a Província, sendo recebido nas casas-grandes dos "barões do café" com uma fidalguia e riqueza de aparatos como só veria iguais em Pernambuco, nos engenhos de açúcar, quando da sua viagem ao Norte, em 1859. "Fazendeiros de mentalidade tenazmente progressista, expoentes de uma cultura e possuidores de fortunas que podiam se computar pelo tamanho das sedes de linhas coloniais, pela vastidão das salas e mesas de jantar, bem como pelo número de quartos para a família, agregados e hóspedes."[243]

Um dos principais barões do café era Laureano Correia e Castro (Barão de Campo Belo em 1854), um dos primeiros povoadores de Vassouras. Ao ser criada ali a Guarda Nacional, em 1834, e ele escolhido para seu Comandante, dispendeu cerca de setenta contos, quantia enorme para a época, para a sua organização e instalação, ao mesmo tempo em que dava quarenta contos para a construção da Matriz de Vassouras.[244] Dentre as suas numerosas fazendas destacava-se a do *Secretário* (ainda hoje existente), da qual se conhece uma linda fotografia de Victor Frond para *Le Brésil Pittoresque* de Ribeyrolles, feita quando ali estivera. Quando da visita de Dom Pedro II, nesse ano de 1848, Laureano deu um baile onde "mais de sessenta senhoras apresentaram-se ostentando nos trajes as cores nacionais e no cabelo um ramo de café."[245] Anos depois, o filho de Campo Belo, Cristóvão Correia e Castro, gastava quarenta contos para receber o Conde d'Eu na *Secretário*, "fazendo de seus terrenos de café esplendorosos jardins suspensos."[246]

Outro barão do café era o Marquês de Baipendi, tio do futuro Mordomo do Imperador, Visconde de Nogueira da Gama. Baipendi era casado com a filha do nababo Brás Carneiro Leão, possuidor de vastas terras no vale do Paraíba, onde possuía uma sesmaria dada por Dom João VI com cerca de 540 quilômetros quadrados.

Outro potentado do café, possuidor também de uma imensa fortuna, era o Comendador Joaquim de Sousa Breves, chamado o "Rei do Café", com as suas noventa fazendas e milhares de escravos. Filho de um antigo Dragão da Independência, tinha a sua casa-grande na fazenda da *Marambaia*, com um porto particular para o embarque de seus produtos libertando-se assim da ação fiscalizadora do Rio de Janeiro. Mangaratiba era obra exclusivamente sua, para onde desciam de suas terras de São João Marcos e do Piraí, setenta diligências diárias transportando centenas de milhares de arrobas de café. "Em Mangaratiba tinha ele o seu teatro, a sua chácara com uma flora importada de todos os recantos, os seus trapiches, as suas cocheiras, os seus enormes armazéns. As récitas teatrais de Joao Caetano divertiam ali a sua família e comitivas ilustres, quando desciam para os banhos de mar na *Marambaia* e estacionavam por alguns dias na pequena cidade." [247] Ali hospedou o Grão-DuqueAlexandre, sobrinho de Czar Alexandre III da Rússia, quando de sua estada no Brasil, em 1886.

Foi por essa época, isto é, na administração de Aureliano, que se fez o contrato para a vinda de seiscentos casais de alemães, destinados à colônia imperial de Petrópolis. Vieram da Alemanha 2.303 pessoas, que foram os primeiros povoadores da futura cidade, oferecendo Dom Pedro II, para a fixação de toda essa gente, as terras que ali lhe pertenciam. Os primeiros colonos haviam chegado a Petrópolis em junho de 1845. Quando o Monarca passou por ali, três anos mais tarde, deixaria trinta contos para a construção da Matriz (onde está hoje sepultado, com a Imperatriz Teresa Cristina). Naquela ocasião, já havia em Petrópolis um total de 569 famílias, somando aproximadamente quatro mil pessoas.

V

Pode dizer-se que, depois da segunda excursão do Imperador pela Província do Rio, Aureliano encerrava, ao abandonar a Presidência dessa Província, em abril de 1848, a sua longa e movimentada carreira política, marcada, aliás, nessa ocasião, por uma nota triste: a morte do irmão Saturnino, que, nomeado Senador no ano anterior, não chegaria a tomar posse da cadeira, pois iria falecer em 29 de janeiro de 1848, com apenas quarenta e quatro anos de idade. Saturnino era então Ministro dos Negócios Estrangeiros do gabinete presidido por Manuel Alves Branco, depois segundo Visconde de Caravelas.

Depois disso, a vida de Aureliano limitou-se a ir à Corte (morava em Niterói, junto da Armação) para ocupar sua cadeira de Senador por Alagoas e para aparecer no Paço quando estava *de semana* (era Camarista de Sua Majestade, cargo que ocupava desde que fora nomeado gentil-homem da Imperial Câmara, por ocasião da Maioridade). "Eu continuo no meu santo retiro escrevia, em 1853, a Paulo Barbosa — ora vendo autos e provarás que nada provam, ora indo ao Senado somente para votar segundo minha consciência; e, quando estou *de semana*, converso Literatura, Geografia, Magnetismo etc., e deixo que Deus governe o seu mundo como julgar melhor." [247a]

Feito Visconde de Sepetiba, com honras de Grande do Império, a 14 de março de 1855, data do aniversário natalício da Imperatriz, pouco depois caía gravemente doente. Ainda assim, sempre encontrou forças para estar presente à chegada dos Monarcas em Niterói no dia 8 de setembro desse ano, assistir ao *Te-Deum* e ao baile que davam em honra de Suas Majestades. Mas não pôde ficar até ao fim da festa. Obrigado a recolher a sua casa, iria falecer na madrugada de 25 de setembro do mesmo ano.

Com sua morte, perdia o Brasil um dos homens que mais se haviam destacado na sua história, e que, a igual do Marquês de Paraná e do Visconde de Rio Branco, tinha enchido todo uma época. Apesar de ter desfrutado durante alguns anos a plena confiança do então jovem Imperador, nunca pediu nada para si ou para sua família, como dirá no testamento, bastando-lhe ter servido o seu Monarca com honra, zelo, desinteresse e muita dedicação.

56. Primeiros tempos de Petrópolis. Desenho de Otto Reymarus, 1854, Petrópolis, Museu Imperial. *A rua do Imperador na altura do Fórum. Datado* 1854.

57. Bandeira do Espírito Santo. Prancha de *The Brasilian Souvenir,* cit., Rio de Janeiro Biblioteca Nacional.

*58 Desenho no Diário de viagens do Imperador traçado a 5 de outubro de 1859, durante a execução ao norte do Império. Petrópolis, Museu Imperial.
Aluno de desenho de Félix Emílio Taunay, a quem concederia o título de Barão, Dom Pedro II utilizou-se largamente do seu aprendizado nos diários que redigiu. Em especial nas cadernetas de viagem, nas quais registava rapidamente, a lápis ou a tinta, vistas ou figuras que o haviam impressionado e interessado por qualquer motivo especial.

*59-61 "Vista do desembarque de SS. MM. II. na rampa do Colégio / do Recife / tomada do Cais da Alfândega" e "Complemento da vista do desembarque de SS. MM. II. no Cais do Colégio, em 22 de novembro de 1859, tomada do Cais da Alfândega." Litografia de A. Besson para o "Monitor das Famílias." *Estas saborosas estampas populares conferem especial relevância à documentação da cena, muito pormenorizada ainda que algo fantasista. A chegada dos soberanos a Pernambuco foi fixada também, pela câmera fotográfica pioneira de Augusto Stahl.*

60. Lista de donativos distribuídos durante a excursão dos soberanos pelo Norte do Império. Rio de Janeiro, 1860. Coleção particular.

61. Sem legenda.

62. O Juramento da Herdeira Presuntiva em 1860. Pormenor da tela de Francesco Tirone, datado 1861-1862. Rio de Janeiro, Museu Histórico Nacional.

O caráter ingênuo deste óleo se define pela rígida meia-elipse descrita pelos augustos e digníssimos representantes da Nação — todos eles fisionomicamente identificáveis e dispostos da melhor maneira para não darem de todo as costas ao espectador —, postados em torno da mesa da Presidência, onde a Princesa Imperial de quatorze anos presta o juramento de fidelidade nas mãos do Presidente do Senado, o Barão de Pirapama, diante das duas câmaras reunidas. Mais um excelente exemplo de conciliação entre pintura marginal semi-erudita com celebração oficiosa, ela documenta a relação, ainda constante nestes primórdios da fotografia, entre o precário espírito ilustrativo imediatista dos periódicos hebdomadários e o registro comemorativo monumental das efemérides (no caso dinástico-constitucionais) do periférico Império Brasileiro.

63. O Gabinete Caxias, desenhado e litografado de Sisson, 1861. Rio de Janeiro, Biblioteca Nacional. *Da esquerda para a direita: Marquês de Caxias, Presidente do Conselho; José Antônio Saraiva; Sayão Lobato; Manuel Felicíssimo; Joaquim José Ignácio; Sá e Albuquerque; Silva Paranhos (Rio Branco).*

64. Rubrica do Imperador em documentos oficiais. Petrópolis, Museu Imperial.

65.66. O Imperador e a Imperatriz em 1860. Litografia de Léon Noel e Fanoli, respectivamente, conforme fotos de Victor Frond. em *Brazil e Pittoresco*. Álbum. em Paris: 1861.

67. O Cais Pharoux e o Morro do Castelo, na Corte. Litografia de Aubrun sobre foto de Victor Frond. Em *Brazil Pittoresco*. Vistas.

68. O Imperador aclamado no Largo do Paço, durante a Questão Christie. Estudo a óleo de Victor Meireles, 1863. Petrópolis, Museu Imperial (empréstimo do Museu Nacional de Belas Artes do Rio de Janeiro).
Um dos raros momentos de ruidosa popularidade do monarca, o episódio foi logo aproveitado por Victor Meireles — desde o ano anterior professor e proprietário da cadeira de Pintura Histórica na Academia Imperial de Belas Artes — para tema de uma grande tela celebrativa, que não chegou a ser executada após o restabelecimento das relações do Império com o Reino Unido em 1865.

69. Foto do Imperador, c. 1863. Autoria não identificada. Antiga Coleção Embaixador Carlos Magalhães de Azeredo. *Provável auto fotografia do monarca, amador de câmeras e fotógrafo aprendiz*

70. "Imperador com guarda." Assinatura oficial do monarca em documentos oficias. Arquivo Heitor Lyra. *Referenda este decreto — que concede privilégio ao Engenheiro Paulo José de Oliveira (avô materno do Autor da presente História) a fim de introduzir no Império máquinas para a lavoura —, Jerônimo José Teixeira Júnior, Ministro da Agricultura e futuro Visconde de Cruzeiro.*

71. As princesas do Brasil e os seus noivos. Litografia do Imperial Instituto Artístico, 1864.
O Corde d'Eu ao lado da Princesa Isabel, o Duque de Saxe com a Princesa Leopoldina, as armas do Brasil e das Casas de Orleans e Saxe-Coburgo-Gotha, enquadradas num manto de arminho coroado por folhagens.

72. O Casamento da Princesa Imperial com o Príncipe Gastão de Orleans, Conde d'Eu. Estudo a óleo de Victor Meireles, 1865. Petrópolis, Museu Imperial.
Distinguem-se claramente na capela-mor da Capela Imperial, além dos noivos ajoelhados, o Bispo Capelão do Rio de Janeiro, abençoando o casal, o General Dumas, ajudantes de ordens do Conde d'Eu, a Baronesa de Santana, dama da Princesa Imperial (de joelhos), o Duque Luís-Augusto de Saxe, padrinho do noivo, e membros do Gabinete Furtado. Sob o docel, estão a Princesa Leopoldina, a Imperatriz e o Imperador.

CAPÍTULO XI
GUERRA CONTRA ROSAS

Volta dos Conservadores com o Ministério Olinda. Papel do Imperador na volta dos Conservadores ao Poder. Política do Brasil no Prata. Problemas com Buenos Aires. Afastamento de Olinda da Presidência do Conselho. Posição do Imperador contra o antigo Regente. Guerra contra Rosas. O tráfico de escravos e o Bill Aberdeen. A Lei Eusébio de Queirós. Repulsa do Imperador ao tráfico de escravos.

I

Assinada a lei que criava a Presidência do Conselho, em 20 de julho de 1847, o Conselheiro Alves Branco (Caravelas) assumia a chefia do Governo. Vitorioso o seu ponto de vista, Paula Sousa aceitava a pasta do Império. Mas menos de dois anos depois, ou seja, em maio de 1848, retirava-se Alves Branco, sendo substituído por José Carlos (Macaé), que organizava o seu segundo Ministério. Derrotado, porém, na Câmara, dois meses depois, e já então sem o apoio palaciano que tivera antes na pessoa de Aureliano Coutinho, José Carlos teve que ceder a Presidência do Conselho ao Conselheiro Paula Sousa. Paula Sousa era considerado um *puro*. E na verdade era um homem de uma inteireza moral como poucos. E, ao lado disso, ou por isso mesmo, politicamente, um fraco. Seus princípios, ou melhor, seu enraizado amor aos princípios liberais o inutilizavam para qualquer ação que exigisse um pouco mais de firmeza ou de forte decisão. Assim, a falta de energia — a expressão é do Imperador[248]— contra o liberalismo revolucionário, que daí a meses iria tentar a última cartada em Pernambuco. Com a Rebelião Praieira, obrigou-o a retirar-se do poder. Isso em 29 de setembro de 1848. Seu Gabinete durou apenas quatro meses.

Veio o Visconde, depois Marquês de Olinda. Sua volta ao poder significava uma verdadeira *rentrée en scène*. Afastado do Governo por ocasião da proclamação da maioridade do Imperador, em julho de 1840, apeado — é a expressão exata — pelo facciosismo e ambição de mando dos Andradas, ele teve a habilidade de conservar-se distanciado do espírito de facção, que dominou a política brasileira nesses últimos oito anos — sem, contudo, deixar-se eclipsar. Manteve-se discretamente atrás dos bastidores, como num entretanto. Não se expôs. Não se gastou. Evitou tomar posição na luta que os partidos ainda em formação travaram ora a favor, ora contra Aureliano. Foi hábil e foi prudente. Conservador por índole e por educação política, não quis acompanhar Bernardo de Vasconcelos nos seus arroubos de eloquência, nem Honório Hermeto, o futuro Paraná, nos seus atos de despotismo. No fundo, como um orgulhoso que era, tinha-se na conta de homem necessário e poupava-se para as grandes crises. A observação é de Tavares de Lyra.

Sua volta ao Poder em setembro de 1848 foi, assim, um grande acontecimento. E, de fato, na história política do Império assinala o fim do liberalismo revolucionário, que se implantara no poder com o golpe de estado maiorista de 1840; se desmoralizara, em seguida, com as rebeliões de São Paulo e de Minas Gerais, em 1842; perdera, depois, a grande partida dos Farrapos, em 45; para receber, afinal, o golpe de misericórdia com a derrota dos Praieiros em Pernambuco, em 1849.

205

A volta de Olinda ao Governo, em 1848, significava assim a vitória da razão conservadora, de feição nitidamente monárquica. Com ela fechava-se de uma vez o ciclo das revoluções. O liberalismo revolucionário, quando não confessadamente Repúblicano, desmoralizado e desmantelado, recolhia, afinal, a quartéis de inverno. E durante cerca de quinze anos teria que sofrer no ostracismo todo um processo de evolução, até amoldar-se às verdadeiras diretrizes do Império liberal.

Apeados do Poder, esses Liberais voltaram-se violentamente contra o Imperador. Numa manobra a que depois se habituarão. Acusaram-no de os ter enxotado dos conselhos da Coroa, para neles colocar o ex-Regente com as principais ordenanças do Partido Conservador. Foi talvez a primeira acusação que se fez e tantas vezes depois repetida contra o *poder pessoal*, contra o *imperialismo* do Monarca. Teófilo Ottoni, um dos implicados na revolução mineira de 42, foi nessa época o seu porta-voz na tribuna da Câmara; lançou dali a expressão que ficou célebre, mas que no fundo era apenas uma frase de retórica, qualificando a subida dos conservadores de *estelionato político*. E na imprensa panfletária, em voga na época, o grito de protesto partiu do *Libelo do Povo*, que *Timandro* (Sales Torres Homem), lançava no ano seguinte, e do qual ocuparemos páginas adiante.

Certo, Ottoni não ousou *descobrir* a Coroa. Não trouxe para a discussão o nome do Imperador[249]. Mas serviu-se, para alcançá-lo, da *Facção Áulica*, que ele sabia, aliás, praticamente desfeita ou em plena dissolução depois da partida de Paulo Barbosa para o Estrangeiro e do afastamento de Aureliano Coutinho das organizações ministeriais. No fundo, seu alvo foi bem a Coroa.

Onde está a verdade nisso? Até que ponto o jovem Monarca era responsável por uma mudança tão radical nas diretrizes políticas do Império, com a entrega do poder ao elemento conservador, na pessoa do Visconde de Olinda?

II

Que ele, consultado ou simplesmente sugestionado, tenha dado sua aprovação a uma tal política, e concordado com a volta de Olinda ao Poder, é o que se pode crer. Como tantos políticos que o rodeavam, também ele deverá estar farto das revoluções que os Liberais provocavam, sempre que o Poder lhes fugia das mãos ou que a política do Governo não correspondiam às suas vistas ou aos seus interesses. A índole pacífica do Imperador, sua tendência para as medidas suaves ou conciliatórias, seu respeito à lei e às garantias constitucionais, sua moderação, seu bom senso, precoce já nessa idade, não podiam deixar de reprovar tais processos de violência, que tanto concorriam para a desmoralização e decomposição do regime. Seu desejo não podia ser senão o de ver o país entregue a outros homens, de outra educação política ou pelo menos de outros processos, e cuja mentalidade se amoldasse melhor à sua própria mentalidade.

Ora, onde buscar esses homens, senão no grêmio dos Conservadores? Dentre os Liberais é que não era possível. O que lá havia de disponível era prata usada e já gasta, quando não inteiramente desmoralizada. Almeida Torres (Macaé), Alves Branco (Caravelas), os dois Cavalcanti (Albuquerque e Suaçuna), Paula Sousa, Limpo de Abreu (Abaeté), os maiorais do Partido, eram homens que o Poder usara, que haviam perdido o crédito da opinião pública e com os quais era impossível implantar no país o regime de paz e de ordem de que ele tanto necessitava.

Não havia, portanto, outro recurso senão apelar para o elemento conservador. Havia ali um punhado de homens de valor, com o passado político intacto ou quase intacto, e cujas políticas exprimiam, nesse momento, o anseio das classes laboriosas da Nação, de todos os verdadeiros patriotas ou todos quantos desejavam entrar definitivamente numa era de paz, de ordem e de trabalho.

Desses Conservadores, Olinda era sem dúvida a figura principal. Era a que mais se impunha. Nenhum outro o valia em autoridade. Por sua idade, por seu passado, por seus serviços, por todas as suas qualidades, ele se distanciava dos demais. Honório Hermeto, futuro Marquês de Paraná, mais moço oito anos do que ele, podia, até certo ponto, fazer-lhe sombra. Mas estava longe de oferecer uma mesma fé de ofício. De resto era um homem de ontem. Sua autoridade só se firmará definitivamente daí a cinco anos, quando se imporá ao país à frente do Gabinete da Conciliação.

Além disso, estava ainda bem viva a desinteligência que se abrira entre Honório e o Imperador — fazia apenas quatro anos — por causa da atitude de Saturnino Coutinho, e que levara Honório a abandonar o Governo da forma e nas circunstâncias que todos ainda se lembravam. E a não ser o futuro Paraná, quem mais, das hostes conservadoras, podia disputar a Olinda a missão de restaurar no país o princípio da autoridade, implantar a ordem e solidificar os alicerces da Monarquia Constitucional?

Não havia de ser Bernardo de Vasconcelos. Apesar de suas qualidades, do prestígio que o cercava entre a sua gente, como fundador do Partido Conservador, não era o homem para o momento. Era, sem favor, um grande tribuno, elemento primeira ordem no Parlamento, de recursos quase inesgotáveis numa discussão ou numa campanha parlamentar; mas não era homem de Governo. Faltava-lhe a serenidade. Faltava-lhe a visão exata das coisas, o conhecimento dos homens e do que se chamavam então os "negócios." Além do mais estava doente, paralítico; fisicamente era um incapaz. Morreria, aliás, daí a dois anos.

Que outros mais? Abrantes? Paulino de Sousa, futuro Visconde de Uruguai? Eusébio de Queirós? Monte Alegre? Rodrigues Torres, futuro Visconde de Itaboraí? Eram todos homens de outro estofo, e ao lado de Olinda faziam figura de simples recrutas.

Olinda a todos sobrepujava. Antigo Regente do Império, nenhum outro, além de Feijó, que já era morto, aliás, alcançara posições tão elevadas. Nenhum dispusera de uma soma tão grande de poder, desfrutara igual autoridade, assumira tão largas responsabilidades. Na galeria dos grandes do Império, o seu lugar só podia ser e era, de direito, o segundo, logo abaixo do Imperador, com apanágios de um verdadeiro Vice-Rei.

III

De tudo isso, podia-se tirar uma conclusão: que a entrega do Poder aos Conservadores estava na ordem natural das coisas; e que, para entregar o Poder aos Conservadores, numa situação difícil como aquela, quando estava em jogo a sorte das instituições e se precisava de alguém cujo passado fosse uma garantia do presente, não havia outro nome a escolher que não fosse o do antigo Regente.

Como, pois, culpar o Imperador da inversão que se operava na política do país, com a volta ao Poder de Olinda e dos maiorais do Partido Conservador? Não havia outra solução para a crise desse ano de 48. Aliás, se o Imperador deu, como é possível, o seu assentimento a essa solução, nada prova entretanto que tenha sido ele o seu inspirador, que tenha partido dele a ideia dessa reviravolta política.

O pouco que se sabe ainda hoje desse período confuso de nossa história autoriza-nos, justamente, a pensar o contrário. Deve ter sido uma versão inventada então pelos Liberais extremistas, a facção despeitada do Partido, e repetida depois, levianamente, até os nossos dias, como se repete tanta coisa errada, sem o cuidado da mais simples investigação histórica.

De fato, não se consultam as fontes originais. Não se investiga o passado, nem se procura a inteligência dos fatos históricos. Há uma preguiça mental em estudar por conta própria. Repetem-se, digamos, copiam-se, simplesmente os erros e as heresias dos outros. Disso, podem-se culpar até mesmo os nossos maiores Históriadores.

Com relação aos acontecimentos de 1848, há o depoimento inédito de Sonnleithner, Ministro da Áustria no Rio. Testemunha do que se passava então nos bastidores do Paço, ligado estreitamente a Olinda, ele deve ser tido como uma fonte autorizada de informação. Ora, Sonnleithner diz que foi o próprio Paula Sousa, chefe do Gabinete demissionário, quem, na impossibilidade de reorganizar o Ministério por falta de "homens" no seu Partido, aconselhou o Imperador a apelar para o concurso dos Conservadores[250]. É uma versão mais do que provável. Esse desprendimento de Paula Sousa, abandonando voluntariamente o Poder, e indicando os adversários para lhe sucederem no Governo, estava bem na nobreza de seu caráter, na retidão de suas atitudes, no seu patriotismo nunca desmentido.

Sonnleithner acrescenta que o Imperador, aceitando a sugestão de Paula Sousa, encarregou o Visconde de Monte Alegre de organizar o novo Gabinete[251]. Foi então que Monte Alegre lhe deverá ter feito sentir que não era possível, num momento como aquele, nenhuma organização ministerial conservadora sem o concurso de Olinda, o pontífice do Partido, a garantia e o sustentáculo de sua política no Governo; e, onde estivesse Olinda, este tinha de ser, por direito, o chefe. Sem embargo, Monte Alegre não recusaria emprestar sua colaboração numa das pastas do novo Gabinete. E assim foi: Olinda assumiu a Presidência do Conselho de Ministros, com a pasta de Estrangeiros; Monte Alegre ficou com a pasta do Império. Eusébio de Queirós, Rodrigues Torres (Itaboraí – e Manuel Felizardo completaram o Gabinete.

IV

Se o Imperador teve ou não teve uma parte qualquer na entrega do Governo aos Conservadores, em setembro de 48, e consequente volta de Olinda ao Poder, é um fato a apurar; no que não resta dúvida, entretanto, é que se deve em grande parte a ele a retirada de Olinda um ano mais tarde. Certo, não é ele quem provoca a crise, da qual resulta a exoneração do antigo Regente. Não a agrava, tão pouco, antes a resolve, com a decisão de afastar Olinda do Governo. Mas assume nela uma atitude definida, como se não terá visto ainda, e que foi para todos uma revelação.

Pode-se mesmo dizer que essa atitude do Imperador assinala a primeira manifestação sua de governo. É a sua primeira vontade, afirmada sem rebuços nem subterfúgios. Marca por isso uma época no Reinado e na sua vida. O *quero já*, por ocasião da maioridade, foi uma lenda forjada pelos Andradas; a retirada de Honório Hermeto em 44, se resultou da intransigência do Imperador, foi provocada pelas manobras dos irmãos Coutinho, saturnino e Aureliano. Em 1849, não. É o Imperador quem toma a iniciativa de provocar a retirada de Olinda. É quem o convida a exonerar-se. É quem o despede.

Com vinte e quatro anos apenas de idade e nove de governo efetivo (se se pode chamar *governo seu* os sete anos de aprendizagem com Aureliano), ele dá a prova de que não será no trono uma mera figura de proa, um boneco acaso manejado por Ministros ou Conselheiros, mas um verdadeiro Chefe de Estado, Rei que reina e que governa. Nisso é que estava a revelação.

A crise ministerial de 49 foi provocada, como se sabe, pela política que o Brasil devia seguir no Rio da Prata. Que atitude convinha assumir para com o ditador da Argentina, Don Juan Manuel de Rosas? Devíamos enfrentá-lo e, se preciso fosse combatê-lo? Devíamos chamá-lo simplesmente a negociar, e não nos afastarmos do terreno diplomático? Era o dilema. E era toda a questão.

O Gabinete dividiu-se no julgamento, ou melhor, divergiu de seu chefe o Visconde de Olinda. Monte Alegre, que era, ao lado deste, o *brilhante segundo*, pugnava, com os seus outros colegas, pelo primeiro recurso: a força. Não lhe parecia mais possível contemporizar. Rosas estava decidido a executar o plano — digamos o sonho — de reconstituição do antigo Vice-Reinado do Prata. Para isso tinha já tomado pé no Uruguai, por via de Oribe, seu instrumento no outro lado do estuário. Ameaçava assim a fronteira do Rio Grande do Sul. Eram estes os fatos. Ninguém tinha mais o direito de iludir-se.

Olinda, em verdade, não se iludia. Ele conhecia, como todos conheciam, a aspiração imperialista de Rosas, "que estava no fundo do patriotismo argentino", como diz Joaquim Nabuco. Mas ele não queria a guerra. Não queria a guerra — eis tudo. Receava por essa guerra, ou melhor, pelo sucesso dela. Não via o Brasil preparado para empreendê-la ou enfrentá-la com vantagem. Achava que nos faltavam recursos, tanto militares como financeiros, para lutarmos vitoriosamente contra a coligação de Rosas e Oribe. E não queria aventurar-se. Temia que uma guerra infeliz, além de favorecer os planos de Rosas, custasse a vida ao próprio trono e à Monarquia. "Eram as recordações do Primeiro Reinado, o que entibiava o velho estadista", dirá Joaquim Nabuco.

Talvez não. Era antes confiança em Rosas. Ele não se iludia quanto às vistas ambiciosas do ditador argentino. Mas entendia que se podia chamá-lo à boa razão pelos meios suasórios, e que os métodos de força tinham antes o inconveniente de exasperá-lo, precipitando-o talvez em seus planos de conquista.

Em suma, Olinda queria negociar. Ministro dos Negócios Estrangeiros no Gabinete de que era chefe, acreditava nos recursos diplomáticos de que dispunha. Parece que muito influíra para isso as relações de quase intimidade que mantinha então com Don Tomás Guido, Ministro de Rosas na Corte. De fato, havia entre ambos uma grande estima. Guido frequentava assiduamente a casa de Olinda, onde era recebido como pessoa de amizade, e jeitosamente, pouco a pouco, acabara se insinuando no ânimo do Presidente do Conselho.

Monte Alegre e os demais Ministros não ignoravam isso. Eles não viam com simpatia essas intimidades de Olinda com o agente de Rosas. Sabiam quanto Guido era manhoso. Não ignoravam as manobras com que ele soubera conquistar a confiança de Olinda. Mantiveram-se por isso irredutíveis. Apesar do respeito que todos tributavam ao velho chefe, não o quiseram acompanhar em seus propósitos intransigentes de paz.

Certo, nenhum queria a guerra a todo o custo. Mas nenhum queria também evitá-la a todo o custo, como era o propósito de Olinda, mas, ao contrário, recorrer a ela se os meios pacíficos não bastassem para chamar Rosas ao bom caminho.

Entrou-se, assim, num *impasse*. A intransigência de parte a parte tornou o caso insolúvel. Não era possível uma transação, pois o dilema estava posto: intervém-se ou não se intervém no Prata? Os colegas de Olinda não queriam desautorá-lo em público, desmascarar a sua política, demitir-se coletivamente e abandoná-lo numa situação tão difícil. Mas também não queriam pactuar em suas intimidades com Guido, acompanhá-lo em sua política de paz *à outrance*.

Foi nessa altura que o Imperador decidiu intervir.

V

O Imperador, por princípio, era partidário da paz. Nada de violência — era a sua divisa. Com ela governará durante cinquenta anos uma Nação de insubordinados. Com relação à política externa, seus propósitos pacíficos e conciliadores eram ainda mais decididos. Ele nada ambicionava para o Brasil. Achava que o Brasil se bastava a si próprio. Prestígio no Continente não lhe faltava. Nós éramos de fato a primeira Nação da América Latina. E extensão territorial tínhamos de sobra. Em seu *Diário*, ele dirá: "Protesto contra qualquer ideia de anexação de território estrangeiro." Anos mais tarde, quando se ventilava a nossa questão de limites com a Argentina, ele diria, numa entrevista com Salvador de Mendonça e o Barão de Capanema, que em tomo dela não transigia: "Ou o território é nosso e não devemos alienar uma polegada dele; ou pertence ao nosso vizinho, e então é justo não querermos uma polegada do que não nos pertence."[252] E quando Avellaneda foi passar uns dias no Rio de Janeiro, em 1882, depois de deixar a Presidência da República Argentina, Dom Pedro II lhe diria: "O Sr. leva a seu país esta minha promessa — enquanto viver não consentirei em guerra."[253]

Em carta ao Visconde de Rio Branco, escrita em janeiro de 1868, ele dizia que a política útil ao Brasil era a de não intervenção direta nos negócios do Rio da Prata, o que não impedia de estarmos prontos, ao mesmo tempo, mas em nossa casa, para defendermo-nos de qualquer agressão e desafrontarmos a honra nacional ofendida.[253a]

Nada, portanto, mais claro. Para tomar posição no caso de Rosas e assumir a atitude que se verá, o Imperador não precisava afastar-se desse critério. Mas, para que possamos melhor compreendê-lo, faz-se mister conjugar aquele seu pensamento com este outro, que ele exporá bem mais tarde a Vicente Quesada, e que até certo ponto o completa: "Nenhuma mudança na geografia política da América do Sul."[253b]

Ora, de que se tratava em 1849? De estar prevenido para evitar a todo o transe que Rosas, de parceria com Oribe, realizasse a reconstituição do antigo Vice-Reinado do Prata, criando a cavaleiro de nossas fronteiras do Sul e do Sudoeste um grande e poderoso Estado formado da Argentina, Uruguai, Paraguai e Bolívia.

Que a política de Rosas no Sul visava a realização dessa aspiração, era para o Imperador um fato iniludível. Todos os atos do Argentino, desde que implantara a ditadura em Buenos Aires, suas querelas com o Brasil, suas relações com Oribe, sua ingerência na economia interna do Uruguai e do Paraguai, eram provas das verdadeiras intenções que o animavam. Seu agente no Rio, Tomás Guido, não se cansava, há bem sete anos, de protestar contra o reconhecimento que fizera o Império da independência desses dois países.

Aliás, não era apenas o Imperador: ninguém no Brasil se iludia sobre as intenções imperialistas de Rosas. Olinda, tão condescendente para com o Ditador, e apesar de suas ligações com Tomás Guido, a quem chamava, no Conselho de Estado, um *homem de honra,*[254] tinha igualmente a certeza disso. Somente ele acreditava poder chamar Rosas à realidade e à boa razão pelos meios suasórios, e não admitia a hipótese do Império chegar a combatê-lo pelas armas.

Até aí, porém, não la a ingenuidade do Imperador, nem o seu sentimento pacifista. E foi o que o distanciou de Olinda. Ele compreendeu que o Presidente do Conselho estava errado na apreciação com que julgava Rosas. E não duvidou, na divergência que se abriu entre Olinda e os demais Ministros, de formar partido com estes últimos.

Daí a sua decisão: alijar Olinda do Gabinete. Se o antigo Regente fosse um homem menos orgulhoso, teria desde logo compreendido a posição insustentável em que se colocara: e não duvidaria em afastar-se voluntariamente de um Gabinete onde passara a ser, para todos, um estorvo.

Em vez disso, teimou em ficar, na esperança de que os colegas, o Imperador inclusive, acabassem por ceder à sua política de paz. Não se pode assegurar, mas, por tudo que se conhece do caráter de Olinda, deve-se presumir que ele não admitiu a possibilidade de ser compelido, nem pelos colegas nem pelo Imperador, a abandonar o Poder. Conhecia os sentimentos de submissão e respeito que lhe devotavam os primeiros para supô-los capazes de semelhante gesto. E quanto ao Imperador, sabia-o desde a infância um homem tímido e reservado, inimigo de decisões bruscas, e não o acreditava em condições de poder tomar uma tal atitude contra ele.

No que Olinda enganava redondamente. Ele guardava do Imperador a opinião que formara ao tempo da Regência, quando o Monarca era um menino de cerca de dez anos, e ele, Olinda, dispunha do prestígio sem igual que lhe dava o cargo de Regente do Império. Mas então as condições eram outras. O Imperador vivia entretido com os livros, sujeito à disciplina rigorosa que lhe ditava o Regente, e quase nenhuma noção possuía de governo. Nutria por Olinda o respeito que tributaria ao pai, se o tivesse.

Mas já nove anos eram passados. O Imperador alcançara a sua maioridade e assumira o governo da Nação. Casara-se. Era pai de família. Libertara-se de seus tutores e mentores. Adquirira a consciência de si mesmo, de suas prerrogativas e de seus direitos. Queria ser e começava a ser, de fato, o Rei. Ora, Olinda pouco o conhecia agora. Afastado do Poder durante tantos anos, não privara mais de perto e assiduamente com o Imperador desde que deixara de ser Regente. O menino tímido, de quem ele se separara em 1840, silencioso, suspeitando de tudo e de todos, era agora um homem já formado, senhor de si e da sua consciência, de olhar aberto e atitudes decididas. Era, em suma, um homem — o Imperador, a quem todos deviam respeito e submissão.

VI

Foi esse homem que tomou a si afastar Olinda da Presidência do Conselho de Ministros. Chamou Eusébio de Queirós, que era o Ministro da Justiça, e disse-lhe francamente que não estava satisfeito com Olinda. Nada tinha a dizer dos demais Ministros, cujas vistas no Governo coincidiam em tudo com as suas. Mas diverge da atitude que Olinda assumira na *questão do Prata.*

"Quer Vossa Majestade que eu comunique isso aos meus colegas?" perguntou-lhe Eusebio.

211

O Imperador disse que não. Dias depois, porém, voltou atrás dessa decisão, Autorizou Eusébio a transmitir seu pensamento aos demais Ministros.[255] Monte Alegre, que era, no Gabinete, a pessoa de maior autoridade depois de Olinda, achou indispensável que o Presidente do Conselho fosse pessoalmente inteirado desse sentimento do Imperador a seu respeito, Foi, assim, procurar o Monarca, c combinaram os dois se desse a Eusébio, amigo íntimo de Olinda, o encargo de o pôr a par do que se passava. Assim, quando Eusébio avistou-se com o antigo Regente e disse a que vinha, este logo às primeiras palavras do seu colega compreendeu que estava despedido.[256]

Dias depois, em reunião do Gabinete, declarou que abandonava o Poder. Mas ainda aí prevaleceu o seu orgulho: não admitia que se pretextasse, para justificar a sua retirada, motivo de saúde, como era intenção de alguns de seus colegas para evitar possíveis explorações da oposição. Aceitaria qualquer outra explicação que se quisesse dar a público, menos essa. Assentou-se então alegar a verdade, isto é, a divergência sobre a política do Prata[257].

Olinda exonerado, Monte Alegre assumiu a Presidência do Conselho, guardando a pasta do Império. Para a Repartição dos Negócios Estrangeiros, em substituição a Olinda, foi nomeado Paulino José Soares de Sousa, futuro Visconde de Uruguai.[258] Paulino era, na Câmara e no Partido Conservador, um dos mais decididos partidários da nossa intervenção no Prata. Assim que ele vinha para o Governo preparar, no terreno diplomático, a guerra contra Rosas. Era a derrota completa da política de Olinda.

Este dirá mais tarde, algo despeitado, que fora traído por seus colegas. Não perdoará a *injúria*, como dirá, que lhe fizeram. Chegou-se até a fantasiar uma conjuração do Imperador com os demais Ministros, para alijar Olinda do Gabinete. O que é certo, porém, é que Olinda sofreu profundamente no seu orgulho, vendo que os seus conselhos eram dispensados pelos colegas do Ministério, homens que, exceção de Monte Alegre, tinham estreado na vida política quando o velho Marquês era já, na constelação do Império, uma figura de primeira grandeza.

Não foi menor o ressentimento que guardou de seus correligionários políticos. Atribuiu sua saída do Gabinete a manobras planejadas no seu próprio partido. Datam de então os primeiros sinais do divórcio, que se efetuará com o tempo, entre Olinda e os Conservadores, e que irá favorecer sua evolução para o campo dos Liberais.

VII

A crise de 1849 vinha mostrar a importância que tinha para o Império a política no Prata. De fato, era ali já então que estava a chave das nossas relações externas. Durante esses próximos vinte anos, isto é, até a terminação da guerra do Paraguai, *os negócios do Prata* serão o principal objeto da nossa política internacional. E nenhum estadista poderá considerar-se tal, se não for um perfeito conhecedor dos acontecimentos que ali se desenrolarão e de suas repercussões no Brasil.

Para um grande número deles o Prata passará a ser uma verdadeira escola política, Alguns terçarão ali as primeiras armas, como Paranhos, futuro Visconde de Rio Branco, como Sinimbu, como Pimenta Bueno, mais tarde Marquês de São Vicente. Outros, já formados na política interna, irão buscar no Prata, em Buenos Aires, Montevidéu e Assunção, essa dose de prestígio exterior que tanto serve para cimentar e solidificar uma situação política. Para uns e para outros, *a escola do Prata* será a grande prova onde exibirão as suas qualidades, os recursos de suas inteligências, de suas habilidades, a extensão de seus conhecimentos. Será, de fato, uma dura escola, e por ela passarão, além de Rio Branco, de Sinimbu e de São Vicente, Paraná, Abaeté, Saraiva, Otaviano e Cotegipe.

No fundo, em cada político do Império havia sempre um diplomata. Eram quase todos negociadores de primeira ordem, dotados dos mais surpreendentes recursos de imaginação, e ninguém, como eles, sabia nortear uma discussão ou evitar os seus pontos de maior atrito. Valiam os melhores diplomatas de carreira. Não lhes ficavam atrás, em todo o caso, nem na força dos argumentos, nem na vivacidade da discussão, nem no cavalheirismo das atitudes. Daí, possivelmente, a força da diplomacia imperial, o seu enorme prestígio, na América e fora da América.

A política externa do Império foi sobretudo obra desses homens. A parte que o Imperador teve nela foi certamente preponderante, sobretudo nesse ano de 49, quando sua atitude decisiva definiu a política que nos levou à guerra contra Rosas 1862, quando se teve de repelir as insolências de Christie; e em 1864 quando se decidiu enfrentar Aguirre e, logo depois, o seu associado López. Mas, nessas questões, o papel do Imperador não é tanto o de um inspirador quanto o de um colaborador. Ele não cria essas políticas, não lhes traça as linhas diretrizes. Dá-lhes, apenas, o que era muito, aliás, o que era decisivo, afinal: a sanção de sua enorme autoridade, o apoio de seu prestígio e da sua vontade.

O grosso do trabalho, porém, o processo de imaginação, toda a elaboração paciente e cuidadosa, é dos políticos, dos homens de Estado. A política internacional, nas suas linhas gerais como nos seus detalhes, é deles. A responsabilidade de todo o seu traçado é deles. É fruto de suas iniciativas, de seus labores, criado e amadurecido nas salas das nossas Legações no Prata ou no gabinete do Ministério dos Negócios Estrangeiros.

A pasta de Estrangeiros era tida, por isso, da maior importância. Nenhum estadista podia considerar completa a sua carreira política se não houvesse passado pelo estado dessa pasta, feito ali o tirocínio de política externa. E poucos, com efeito, foram aqueles que não passaram por essa escola. Foram Ministros de Estrangeiros, uma ou mais vezes, Aureliano, Caravelas, Maranguape, Olinda, Uruguai, Paraná, Abaeté, São Vicente, Rio Branco, Sinimbu, Saraiva, Dantas, Cotegipe, Paranaguá — vale dizer, quase todos os estadistas de primeiro plano.

VIII

Com a demissão de Olinda e a vinda de Paulino para a pasta de Estrangeiros, a política do Brasil no Prata entra afinal em sua fase decisiva. Há agora uma diretriz assentada, que tem o apoio franco do Imperador e de todo o Gabinete. Não há mais a nota dissonante do antigo Regente. Todos sabem o que querem, e a vontade de um é a vontade de todos.

Paulino vem para o Governo a fim de impedir a todo o transe, custe o que custar, a concretização das ambições imperialistas de Rosas. Nada mais claro. Nada mais simples de se compreender. E ele não tarda em agir. Perdera-se muito tempo a tergiversar com Rosas, e a paciência dos brasileiros começava a esgotar-se. Era mister recuperar o tempo perdido.

Assim, em julho do ano seguinte, o Brasil começa a auxiliar financeiramente a praça e o governo de Montevidéu, contra o cerco de Oribe. Em dezembro, assina com o Paraguai um tratado de aliança defensiva. Em março de 51, Paulino declara oficialmente que o Brasil toma a si defender Montevidéu contra a investida de Oribe. Pouco depois, obtém, contra Rosas e Oribe, o concurso de Urquiza, Presidente de Entre Rios, e de Virasoro, Presidente de Corrientes. Foi um golpe de mestre, dos mais rudes para Rosas que se verá agora combatido em sua própria pátria. E todos, sob a mesma bandeira de guerra ao Ditador e ao seu lugar-tenente, marcham contra Montevidéu e Buenos Aires.

Foi uma guerra *fraiche et joyeuse*, essa! Oribe capitula a 19 de outubro. Em dezembro é Grenfell, Comandante da Marinha Imperial, que força a passagem de Toneleros. E em fevereiro de 52, é Urquiza, à frente das tropas aliadas, que derrota em Monte Caseros as forças do Ditador, e entra logo em seguida, vitorioso, em Buenos Aires. Rosas foge. E assim se desfaz, para sempre, o sonho argentino do Vice-Reinado do Prata. Em três anos, a política imperial conseguia destruir definitivamente todo o longo trabalho de evolução patriótica, elaborado nos corações dos homens de Buenos Aires desde os primeiros dias da Independência.

IX

A política de intervenção no Prata coincide com a repressão do tráfico dos Negros. "É o ano dos grandes contratempos", diz Joaquim Nabuco referindo-se a 1850. De fato, é nesse ano que o Governo inglês entra a fazer proezas em nossos portos, rios e águas territoriais.

A importação dos negros fora proibida pela lei de 1831. Mas como tantas entre nós também essa lei ficara letra morta. Não passara de papel impresso. Os traficantes de escravos portugueses na quase totalidade, não se cansavam de violá-la aberta e escandalosamente.

Foi nessas circunstâncias que o Governo inglês, arrogando-se em protetor dos negros, resolveu promulgar a célebre Lei Aberdeen (*bill Aberdeen*, 8 de agosto de 1845), em virtude da qual se dava o direito de visita e busca em todo barco brasileiro suspeito de fazer o tráfico, e de submetê-lo, depois, com carga e tripulação, à jurisdição do Almirantado britânico.

"Os navios de guerra ingleses aqui estacionados — escrevia do Rio de Janeiro, em julho de 1850 o Ministro de França — não põem mais limites no rigor com que controlam a navegação e o Commercio do Brasil. Penetram nos portos, visitam os navios, arrestam os que lhes são suspeitos, enviando-os depois ao Cabo de Boa Esperança e a Santa Helena, quando não os incendia à vista mesmo dos canhões dos fortes e das populações. O litoral brasileiro tornou-se, assim, para a Marinha inglesa, um teatro de proezas igual ao que era até agora a costa de África. Os cruzeiros têm ordem, segundo parece, de arrestarem todo navio suspeito não somente de fazer o tráfico, como também de tentar fazê-lo ou tê-lo feito outrora."[259]

Essa intervenção do Gabinete de Londres colocou nosso Governo numa situação sob todo o ponto de vista difícil. Praticamente, era-lhe impossível obstar ou sequer dificultar a ação dos cruzadores ingleses. Faltava-lhe, para isso, o elemento material. Legalmente, ele nada podia alegar, pois deixara de cumprir ou fazer cumprir as leis e os tratados que o obrigavam a extinguir o tráfico. E moralmente, era inaceitável qualquer explicação sua, sabido que os próprios agentes do Governo estavam implicados na importação clandestina dos negros. "O Governo brasileiro faltou sempre aos compromissos assumidos — escrevia Saint-Georges — ou pelo menos consentiu que se faltasse, deixando de punir os delinquentes. Seus próprios agentes vendem ainda secretamente e regateiam os preços dos negros."[260]

Monte Alegre era sinceramente favorável à extinção do tráfico. Mas para poder agir estava numa situação das mais delicadas. Tinha contra si o elemento liberal, que por espírito de oposição fazia causa comum com os traficantes de escravos. Tinha uma facção do próprio Partido Conservador, cujos interesses estavam ligados à conservação do tráfico e escravidão dos negros. E tinha, finalmente, a quase totalidade da opinião pensante do país, que não compreendia nem aceitava outro sistema de trabalho que não fosse o dos negros, e outra fonte de braços que não fosse a da Costa de África. Saint-Georges chamava a isso o "critério inveterado de considerar o tráfico uma necessidade social."[261]

214

Paulino de Sousa (Uruguai), Ministro de Estrangeiros, embora ligado, na política, a um dos maiores centros escravocratas do país — o da Província do Rio — podia ser pessoalmente contrário ao tráfico. Mas, como aos demais Ministros, faltava-lhe autoridade para discutir com a Legação inglesa as medidas de repressão adotadas pelos cruzadores da Grã-Bretanha. Os tratados que o Império se comprometera cumprir estavam ali como letra morta. As leis que fizera votar eram outros tantos papéis sem valor. As estatísticas das entradas de negros no Brasil, nesses últimos anos, valiam pela melhor defesa do Governo inglês. Elas provavam, com efeito, que, depois da votação da Lei Aberdeen. a importação de africanos no Império crescera numa forma verdadeiramente escandalosa.De cerca de uns vinte mil, anos anteriores à lei, o número de escravos entrados no Brasil subiria a 50 em 1846; a 56 mil em 47; a 60 mil em 48; e a 54 mil em 49.[262]

Dir-se-ia até que essa importação escandalosa de negros, favorecida ou, pelo menos, tolerada pelo Governo Imperial, era um desafio que se lançava ao Gabinete inglês. Era esta, pelo menos, a opinião geral: "O tráfico não persiste senão como uma provocação à Inglaterra", dizia Saint-Georges ao seu Governo.

A posição de Paulino no Ministério era tanto mais difícil quanto ele fora dos primeiros a se insurgirem contra a política inglesa de repressão ao tráfico, pouco antes da promulgação da Lei Aberdeen, quando era Ministro de Estrangeiros do Gabinete Honório Hermeto (Paraná). Voltando agora ao Ministério, Paulino tinha que enfrentar uma situação bem mais delicada. Já não se tratava de simples declarações, ou de ameaças mais ou menos veladas, como em 1843: o Governo inglês passara abertamente aos atos, e os seus cruzadores estavam ali à entrada de nossos portos exercendo, sem nenhum constrangimento, verdadeiros atos de soberania.

Não podendo enfrentar esse estado de coisas, nem discutir com o Governo inglês, Paulino procurou criar-lhe dificuldades. Tentou, para isso, obter o apoio do Governo francês. Fez sentir a Saint-Georges a situação difícil em que se encontrava o Império, e a esperança de que a França, "como amiga do Brasil, não ficaria indiferente à sua sorte" Chegou a colocar a questão no terreno da "honra nacional ofendida".

Saint-Georges, porém, não se deixou levar por esses cantos de sereia. Com uma franqueza que talvez o tenha surpreendido, logo dissuadiu Paulino. Respondeu-lhe que o Governo francês não desejava senão a tranquilidade do Império; mas que, em se tratando do tráfico, o Brasil não podia contar com apoio algum, nem da França nem de nenhum país civilizado. Teria, portanto, de prosseguir sozinho nesse caminho.[263]

Perdida essa esperança, que era a última, Paulino se viu colocado num verdadeiro *impasse*. Não sabia o que fazer. Não podia ir contra o Governo inglês: faltavam-lhe meios materiais e a autoridade. Também não podia enfrentar abertamente os traficantes de escravos: seria tocar nos principais redutos políticos de sua Província. "Dir-se-ia (escrevia Saint-Georges), estar convencido, por enquanto, de que lhe faltam meios de agir, seja com relação à Inglaterra, que tem por ela a força e o direito, seja com relação ao tráfico, favorecido por todas as tendências nacionais." [264]

X

Foi nessas circunstâncias que Eusébio de Queirós, Ministro da Justiça, resolveu tomar a iniciativa de tirar o Governo do impasse em que se achava. Compreendeu que, na impossibilidade de se fazer frente aos atos de violência dos ingleses, não lhe restava outro recurso senão o de resolver o problema por sua própria iniciativa. Evaristo de Morais diz que Eusébio foi nessa ocasião o "orientador do movimento"[265] sem dúvida, mas na realidade ele foi mais que isso — foi o seu verdadeiro inspirador e propulsor. Seu mérito não foi tanto o de ter sido o autor da Lei de 4 de setembro de 1850, que pôs fim, virtualmente, ao tráfico dos escravos; mas antes o ardor, a tenacidade a coragem com que se empenhou por sua votação[266] e, sobretudo, pela execução, tanto quanto possível, integral de todos os seus artigos.

Sem dúvida, a atitude de Eusébio e do Gabinete, que lhe deu inteiro apoio, foi uma consequência da pressão inglesa. Premidos pelos cruzadores da Rainha Victoria, eles tiveram necessariamente que agir. Eusébio dirá mais tarde, naturalmente por uma questão de amor-próprio, que a pressão dos cruzadores ingleses só serviu para dificultar a ação do Ministério, já definitivamente decidido a acabar com o tráfico. Não importa. Nem por isso o seu mérito é menor. Foi graças à energia do Ministro da Justiça que o Império se viu livre, afinal, do tráfico dos negros, e, sobretudo, do vexame degradante que lhe davam os canhões ingleses — "um dos maiores insultos infligidos por um povo forte a um povo débil", segundo a expressão do célebre viajante Sir Richard Francis Burton.[267]

A decisão de Eusébio, de acabar de uma vez com o tráfico e os traficantes de escravos, não teve apenas o apoio de seus colegas de gabinete. Teve ainda este outro muito mais valioso e certamente mais decisivo: a vontade do Imperador. A *vontade sabida* do Imperador, como diz Evaristo de Morais. Saint-Georges, de volta de uma audiência com o Monarca, na qual este se lhe queixara dos atos de violência do cruzeiro inglês, diz que o encontrara *contra o tráfico*.[268]

Já o Imperador revelara, aliás, todo o seu pensamento a respeito quando a facção do Partido Conservador, aliada dos traficantes, tentara uma modificação no Ministério, visando alijar os elementos que lhe eram ali sabidamente contrários. Sondado sobre essa manobra, o Imperador logo manifestara a sua formal reprovação. Respondera "que só modificaria o Ministério quando e como julgasse dever fazê-lo em benefício dos interesses do país.[269]

Ele nunca pôde ocultar a repulsa que lhe causavam os traficantes de escravos. Nem os interesses dos políticos, nem dos lavradores e proprietários de escravos jamais pesaram, a esse respeito, em suas deliberações. Manifestava abertamente o pensamento, sem nenhuma preocupação de poupar fosse quem fosse. Já de uma vez, em sessão do Conselho de Estado, quando se levantaram ali certas objeções a essa sua atitude desassombrada, ele replicara que preferia perder o trono a tolerar a continuação do tráfico dos negros.[270]

Era uma *antipatia visceral*, que ele guardaria pelos anos vindouros, contra todos os que se tinham envolvido no degradante comércio. A condescendência que nesse particular tiveram alguns dos nossos políticos, mesmo aqueles tidos então ou posteriormente como abolicionistas, ele nunca a teve. Joaquim Nabuco diz que, se não fosse o Imperador, os piores traficantes de escravos teriam sido feitos Condes e Marqueses do Império. E Batista Pereira nos conta este fato: "Pereira Marinho, na Bahia, fizera-se opulento no tráfico. Depois de deixá-lo, tudo envidou para ter do Governo uma condecoração, um título, uma fita. Debalde. O Imperador nunca transigiu. Pereira Marinho fez-se Conde. Mas em Portugal." [271]

CAPÍTULO XII

O "LIBELO DO POVO"

Timandro e o Libelo do Povo. Quem era Timandro. A vida pública e parlamentar de Sales Torres Homem. Duas vezes Ministro da Fazenda. Feito Visconde de Inhomirim. Seus ataques aos antepassados do Imperador e da Imperatriz. A liberalidade do Monarca.

I

Nos últimos meses do Ministério Olinda, ou seja, em meados de 1849, deu-se um fato no Rio de Janeiro que não pode deixar de ser assinalado, dada a repercussão, com nota de grande escândalo, que ele teve nessa época e nos anos seguintes, nos arraiais políticos do Reinado. Foi o aparecimento do depois famoso *Libelo do Povo*. Assinava-o um nome — *Timandro*, pseudônimo que mal encobria o seu verdadeiro autor, um jovem jornalista chamado Francisco de Sales Torres Homem, que fora deputado liberal pelo Ceará, em 1842, depois por Minas Gerais, em 1847, e que havia pouco fora eleito deputado pela Província do Rio, mas que não chegara a tomar posse por ter sido a Câmara dissolvida pelo Gabinete Conservador, agora no Poder, presidido pelo Visconde, depois Marquês de Olinda.

Diz R. Magalhães Júnior[271], que, diante do "esmagamento da Revolução Praieira, em Pernambuco, com a morte do bravo líder Joaquim Nunes Machado e tantos dos seus seguidores", Sales Torres Homem lançara as páginas vibrantes desse panfleto, "Explosivo e revolucionário, escrito com um vigor de que não havia exemplo entre nós." Contudo, Helio Vianna, em *Vultos do Império*, diz que o *Libelo do Povo* já estava preparado nos últimos meses de 1848, "quando, com a Revolta Praieira, esperavam os Liberais que tivesse êxito seu protesto armado contra a política do revezamento dos partidos políticos"; e que o *Libelo* foi lançado no Rio de Janeiro no mesmo dia em que chegou à Corte a notícia da derrota dos revoltosos pernambucanos em seu frustrado ataque ao Recife.

Sales Torres Homem tinha então cerca de 38 anos de idade. Formara-se em Medicina, mas enveredou desde cedo pela carreira jornalística, que o levaria, como a tantos outros, para as lutas e as posições no Governo. Começou como colaborador da *Aurora Fluminense*, o jornal de Evaristo da Veiga, de quem se tornaria amigo, e ao qual devia a sua ida para a França como Adido à Legação do Brasil em Paris, a esse tempo, 1834, chefiada por Luís Moutinho de Lima Álvares e Silva. Aí se ligaria a Gonçalves de Magalhães e João Manuel Pereira da Silva ensaiando os primeiros passos do Romantismo brasileiro na revista — Nitheróy, ai publicada.

Regressando ao Brasil em 1837, passaria a ser, nesse ano e nos seguintes, colaborador do *Jornal dos Debates Politicos e Litterario*, do *Despertador* e do *Maiorista*. Acusado, em 1842, de estar comprometido com os revolucionários liberais de São Paulo e de Minas Gerais, foi preso e deportado para a Europa, com Limpo de Abreu, futuro Visconde de Abaeté. o Dr. Joaquim Cândido Soares de Meireles e outros mais.

Governava então o segundo Gabinete da Maioridade, cuja principal figura era o Ministro dos Negócios Estrangeiros, Aureliano Coutinho, chefe da chamada *Facção Áulica* e futuro Visconde de Sepetiba, a quem Sales, sem citar-lhe o nome, não poupava no seu *Libelo*. A acentuar que essas deportações foram as últimas havidas no Segundo Reinado, recurso que se tem usado muitas vezes sob o atual regime Repúblicano.

Voltando ao Brasil em 1843, Sales (ficou conhecido e era por todos chamado unicamente por *Sales*) assumiu a chefia da redação da *Minerva Brasiliense*, "uma das melhores revistas científicas, e artísticas que tem tido o nosso País", no entender de Helio Vianna, e onde tinha como companheiros de redação dois poetas, Domingos José Gonçalves de Magalhães, o futuro diplomata, em breve autor da *Confederação dos Tamoios* e Visconde de Araguaia; Manuel de Araújo Porto Alegre, depois Barão de Santo Ângelo, que nos daria mais tarde o poema *Colombo*; Odorico Mendes, tradutor de Virgilio e de Homero; e Joaquim Manuel de Macedo, futuro romancista de *A Moreninha e As mulheres de Mantilha*.

Em setembro de 1853 Honório Hermeto (Paraná) organizava o Ministério da Conciliação. Paladino da política de apaziguamento e trégua entre os dois partidos políticos, Sales foi nomeado Diretor do Tesouro, o primeiro passo para galgar novas posições no Governo. Contudo, com a morte prematura de Paraná em 1856, e depois de uma curta interinidade de Caxias, que tinha sido o seu Ministro da Guerra, como Presidente do Conselho, Sales abre na Câmara uma violenta campanha contra a política financeira do Visconde de Sousa Franco, Ministro da Fazenda do novo Gabinete, presidido pelo Visconde, depois Marquês de Olinda. "Vigoravam ainda no Brasil — diz Helio Vianna — as prudentes ideias financeiras do Visconde de Itaboraí, quando Ministro da Fazenda de Paraná, consentindo-se ao Banco do Brasil elevar ao triplo a sua capacidade emissora, autorização aumentada no ano seguinte, por extensão às respectivas caixas filiais"[71b]

Sousa Franco era partidário da pluralidade bancária. Autorizou, assim, a incorporação de seis bancos emissores. Foi o seu grande erro. Não tardou que caíssemos na inflação. Baixaram os preços dos produtos exportáveis. Desequilibrou-se a balança de pagamentos. Sumiu-se o ouro. Em suma, explodiu uma verdadeira crise financeira, espécie de *encilhamento*, à semelhança daquela que iríamos sofrer nos primeiros anos da República com a desastrada gestão de Rui Barbosa na pasta da Fazenda. E veio o que era de esperar: a quebra estrondosa do Banco Agrícola e o estremecimento do Banco Real e Hipotecário, além da falência de várias menores de crédito. Era o que havia previsto sales Torres Homem, atacava essa política na Câmara dos Deputados. E aconteceu o que tinha de acontecer: a queda do Gabinete de 4 de maio de 1857.

Foi encarregado de organizar um novo Ministério o Visconde de Abaeté, e velho companheiro de Sales, que o chamou para a pasta da Fazenda, a fim de enfrentar e vencer, se possível, a crise advinda dos Gabinetes anteriores, coisa que ele conseguiria em parte, porque Abaeté, combatido pelos próprios correligionários, não conseguiu sustentar-se no Poder mais de oito meses.

Deixando o Governo, Sales, que se havia reeleito Deputado pela Província do Rio para a legislatura de 1861-1864, e já integrado no Partido Conservador, abre uma campanha contra o Gabinete Liberal de 24 de maio, presidido pelo Conselheiro Zacarias de Góis, que substituíra Caxias, demissionário em 1862. Em virtude de um requerimento de Sales sobre as promoções na Marinha, assinado por numerosos deputados[271C], e aceito por Zacarias como um *teste* de confiança no seu Ministério, este é fragorosamente derrotado, obrigando Zacarias a demitir-se em 30 de maio de 1862. Durou o seu Gabinete apenas seis dias. Foi o mais curto que tivemos ao longo de todo o Reinado, e passou por isso a ser conhecido como o *Ministério dos Anjinhos*. Zacarias nunca perdoaria a Sales Torres Homem a derrota sofrida por esse seu primeiro Gabinete.

II

Depois da legislatura de 1861-1864, Sales não voltaria mais à Câmara dos Deputados. Mas, por seu valor e espírito combativo, não era homem para ficar à margem. Assim, em 1866 entrava para o Conselho de Estado, e nos três anos seguintes, de 1867 a 1869, exerceria a Presidência do Banco do Brasil. Em 1867 iria concorrer a uma eleição para Senador pelo Rio Grande do Norte, na vaga aberta com o falecimento de Dom Manuel de Assis Mascarenhas. Eleito, mas colocado no segundo lugar na lista tríplice, não logrou ser nomeado, sendo escolhido o chefe liberal da Província, que se colocara no primeiro lugar, Amaro Carneiro Bezerra Cavalcanti de Albuquerque, o que era natural, pois se estava numa situação liberal. Apesar de todo o seu mérito e de seus predicados políticos, não lhe seria fácil realizar a ambição de todo estadista da Monarquia: ser Senador do Império.

Em fevereiro do ano seguinte, iria haver novas eleições senatoriais no Rio Grande do Norte. Concorrendo uma vez mais ao pleito, Sales foi novamente eleito. O Imperador, apesar do ressentimento que podia ter com o autor do *Libelo do Povo*, por tudo que este dissera contra os Braganças, mostrou desejo de nomeá-lo para o Senado, com o que não concordou o Presidente do Conselho, que era Zacarias de Góis, por considerar essa nomeação "não acertada", levando-o por isso a pedir demissão da chefia do Governo, no fundo um mero pretexto para safar-se de uma posição em que não podia mais se manter, desde o sério incidente que tivera com o Marquês de Caxias, comandante das forças em operações de Guerra no Paraguai. Contudo, não seria ainda dessa vez que Sales entraria para o Senado, por este ter anulado o pleito, alegando irregularidades na eleição. Mas, em novembro de 1869, houve novas eleições no Rio Grande do Norte, quando então Sales Torres Homem foi eleito e colocado no primeiro lugar da lista tríplice. Nomeado pelo Imperador, tomou posse da sua cadeira em 21 dejunho de 1870.

Em setembro desse ano, subindo ao Poder o Visconde, depois Marquês de São Vicente, Sales foi chamado novamente para a pasta da Fazenda. Mas pouca coisa pôde fazer, porque o Gabinete durou apenas seis meses, sendo substituído pelo Ministério presidido pelo Visconde de Rio Branco.

Finalmente em 15 de outubro de 1872, Sales Torres Homem receberia a última homenagem a que podia aspirar na sua longa carreira política, com a sua entrada para a nobreza brasileira com o título de Visconde de Inhomirim, nome da região da Província do Rio onde ele se tornara, pelo casamento, rico fazendeiro. Como era de esperar, seus desafetos, que eram muitos, não perderiam a ocasião para pô-lo em ridículo em versinhos burlescos, como esses do Padre Correia de Almeida, que terminavam com as duas quadras.:

219

Vós, gramáticos defuntos,
Não vistes o que hoje vi:
Dois diminutivos juntos,
Um português, outro tupi!

Inho, até aqui desinência,
Já se antepõe a mirim,
Simbolizando a eminência,
Do senhor de Inhomirim!

Velho, doente, Sales viajaria para a Europa em 1876, à procura de melhoras para a sua saúde. Mas, chegando a Paris, morre subitamente no quarto do hotel onde se hospedara no dia 3 de junho desse ano.

III

Foi esse, em breves traços, o homem que lançou o *Libelo do Povo* em 1849, quando o Segundo Reinado tinha apenas nove anos de existência, e Dom Pedro II era um rapaz que andava pelos vinte e quatro anos de idade. *O Libelo* não o atacava. Nem havia, aliás motivos para tanto, já que, declarado maior em 1840, ele apenas iniciava o seu governo. Ainda porque estava-se na fase a que chamamos "Professorado de Aureliano", quando o governo propriamente dito do País e a formação dos Ministérios estavam mais nas mãos de Aureliano e do seu grupo da *Facção Áulica* do que propriamente do Imperador-rapaz. Mas, se não atacava o Monarca, atacava o regime tal como ele era então praticado entre nós, os homens que tinham a responsabilidade do Governo e, naturalmente, o pequeno grupo que atrás dos reposteiros do Paço faziam e desfaziam situações políticas.

Se é certo que não atacava Dom Pedro II, atacava desabridamente os seus antepassados portugueses, *estirpe* sinistra, como dizia, *a que Portugal deveu durante dois séculos o fatal declínio do seu poder e importância como Nação, o aniquilamento de sua indústria e a supressão de suas franquezas.* E desdobrava a série dos últimos Reis portugueses: "o bastardo João IV, inerte, pusilânime e incapaz; Afonso VI, crápula revestida das insígnias de Rei; Pedro II, moedeiro falso, vendido aos interesses estrangeiros, entregando a indústria nacional atada de pés e mãos à Inglaterra; João V, herdeiro dos vícios e continuador da tirania do pai, levando a libidinagem e o desrespeito da honestidade aos extremos do cinismo animal, fazendo dos lugares públicos e consagrados ao culto o teatro de suas infames orgias; José I, fraco, ignorante e nulo; Maria, a louca [Dona Maria I], com o furor incessante de restaurar os passados abusos e destruir os atos do Governo precedente, sem que a sombra majestosa do Grande Ministro [Pombal] pudesse reter o braço dos vândalos; finalmente Dom João VI, refalsado e suspeitoso, irresoluto e poltrão, beato sem fé e sem costumes, joguete dos mais vis e desprezíveis favoritos, estranho a qualquer sentimento de dignidade pessoal e de honra nacional, patrono dos crimes e desordens de uma corte corrompida." Sobre Dom Pedro I, a natureza de seus ataques ou de suas críticas já era outra. Reconhecia ter "algumas grandes qualidades que inteiramente faltaram a seus ascendentes e dormiam nas sombras da natureza do Monarca." Reconhecia também ter outorgado uma Constituição "onde sem dúvida foram consignadas doutrinas que são a glória das Nações cultas, e garantem a sua felicidade. " Contudo, acrescentava, "preocupado de sua pessoa, de seus direitos, de suas paixões e prazeres, nenhuma relação estabeleceu entre a felicidade dos seus súditos e a sua: isolou-se no meio da Nação a mais dócil e agradecida. Como Luís XIV, fez de seu *eu* o Estado, sem imitar, contudo, do grande Rei, outras coisas mais do que o despotismo, o fausto, os favoritos e concubinas."

Se os seus ataques aos Braganças ultrapassavam tudo o que se tinha até então escrito sobre eles[271d] os Bourbons de Nápoles, família da Imperatriz Teresa Cristina, passavam pelo mesmo crivo da pena do autor do *Libelo*: assim, o seu irmão Fernando II era o *Nero napolitano*, "déspota atrozmente beato, beatamento verdugo e dilapidador do povo."

Qual teria sido a impressão causada em Dom Pedro II por esse desabrido panfleto de Sales Torres Homem, sobretudo pela série de injúrias com que atacava seus antepassados, os "senhores Reis" portugueses? Nunca se soube exatamente. Tudo o que sabemos, pelo que nos conta o Visconde de Taunay nas suas *Reminiscências*, ouvido possivelmente de seu pai Félix Taunay, antigo professor e amigo afeiçoado do Monarca assim como frequentador assíduo do Paço de São Cristóvão, foi que Dom Pedro II ficou "viva e dolorosamente impressionado." Contudo, não devia ter guardado um grande ressentimento contra o autor do *Libelo*, porque anos depois o aceitaria, mais de uma vez, como seu Ministro da Fazenda; nomeá-lo-ia, aliás contra a vontade de Zacarias de Góis, então Presidente do Conselho, Senador pelo Rio Grande do Norte; e finalmente consentiria em fazê-lo Visconde de Inhomirim, em 1872. Tudo isso provava a sinceridade com que o Imperador encarava casos como este, ao dizer que não tinha o direito de privar a Nação dos serviços de homens capazes por causa de ataques feitos à sua pessoa ou à sua Família. A Imperatriz é que, não podendo refrear seus sentimentos femininos, deixava ver o seu constrangimento toda vez que se avistava com Sales Torres Homem.

IV

Constrangimento tanto maior quanto a figura do panfletário, quero dizer, seu físico, sua máscara e todo o seu aspecto em nada ajudavam para torná-lo simpático ou simplesmente agradável àqueles que o avistavam: gordo, baixo, barrigudo, de pernas curtas e grossas, rosto de uma tez amarelenta, lábios espessos e caídos. Usava óculos de aro de ouro, atrás dos quais se viam dois olhos pardacentos e esbugalhados. Jamais sorrindo, era a sua cara, como se diz, *de poucos amigos*. Andava com ar muito teso, o passo lento e firme, a olhar sempre para a frente, sem prestar a mínima atenção àqueles com os quais cruzava, dando-se em tudo um ar de suma importância, a encarar o resto da humanidade com o mais soberano desprezo, sempre empavesado, trajando caprichosamente e supondo, talvez, que fosse *o único mulato do mundo*. Assim o descrevia o Padre João Manuel de Carvalho, o Deputado que daria um "Viva a República" no dia em que o Visconde de Ouro Preto apresentaria na Câmara o seu Ministério. Dizia esse Padre que Sales Torres Homem era filho de uma preta quitandeira, "que estacionava no Largo do Rosário para fazer o seu negócio,[271e] e de um padre, homem de vida desregrada, negocista, senhor de escravos, metidos em brigas, de conduta tão escandalosa que até acabou proibido de celebrar o ofício divino."[271f] Chamava-se esse Padre Apolônio Torres Homem, sendo tio do famoso médico do Segundo Reinado, Dr. Vicente Torres Homem.

Com o correr dos anos e as posições de destaque que Sales Torres Homem iria conquistando na política e no governo da Nação, o *Libelo do Povo* tornou-se para ele um estorvo na sua vida pública. Não podendo renegá-lo, preferia esquecê-lo. Diziam até que comprava e destruía os exemplares que apareciam à venda[271g]. Chegou-se mesmo a espalhar que ele se tinha ajoelhado diante do Imperador, pedindo perdão de tudo o que dissera contra a Monarquia e os antepassados portugueses do Monarca. Capistrano de Abreu, comentando essa versão, diz que "em rigor o gesto era possível"; mas que se se tivesse dado, parecia duvidoso. "O Imperador não exigia tais baixezas. Enquanto reinou, os insultadores encontraram nele uma equanimidade imperturbável. Por magnânimo — como o proclamou Timandro convertido? Como espumaram os Republicanos, o próprio Lafayette e outros consolados? Talvez por motivo mais simples: por não ser tido em conta de despeitado.[271h]

O que é fato, entretanto, é que, arrependido, de então por diante, — conforme diz Helio Vianna — passou a tratar o Imperador com o maior acatamento, dizendo-se, nas cartas que como Ministro lhe dirigia, que era um *fiel e reverente súdito*, e, quando se candidatou à reeleição para deputado, em janeiro de 1859, declarou que "apesar da consciência da falta de mérito suficiente, aceitei a pasta de Ministro da Fazenda, a que fui chamado pela confiança do virtuoso Soberano a quem todo bom cidadão deve não só obediência, como dedicação sem limites.[271i]

CAPÍTULO XIII

EDUCAÇÃO DAS PRINCESAS

Falecimento do herdeiro do trono. Educação das duas Princesas. Escolha de uma preceptora para elas. Indicação da Princesa de Joinville. Vinda para a Corte da Condessa de Barral. Aia das Princesas. Sua posição no Paço. Horário dos estudos das Princesas. Primeiros tempos de Petrópolis.

I

1850 era bem, para o Imperador, o ano dos contratempos. Não bastavam os dissabores que lhe traziam a intervenção no Prata e o cruzeiro inglês em nossas costas. Sobrevinha-lhe, em 10 de janeiro, o falecimento do herdeiro do trono, seu segundo filho homem, o Príncipe Dom Pedro Afonso, nascido em 1848. "Terminou sua preciosa existência às oito e meia, na Imperial Fazenda de Santa Cruz", dizia o último boletim médico assinado pelo Dr. Joaquim Cândido Soares de Meireles.

Foi um rude golpe para o Imperador, que depositava nessa criança todas as suas alegrias e esperanças. Não teve ele ao menos o consolo de estar ao lado do filhinho na ocasião de seu falecimento. Dias antes o Monarca tinha vindo de Santa Cruz, onde a família passava o verão, para assistir, na Corte, à abertura das Câmaras. Em sua ausência o pequeno Príncipe adoeceu repentinamente e morreu no meio de convulsões. Não tinha ainda completado dois anos de idade. Foi enterrado no dia 12, saindo os restos mortais do Paço da Cidade em direção ao Convento de Santo Antônio, onde ficariam depositados. A morte desse Príncipe, dizia o *Jornal do Commercio*, do Rio, de 13 de janeiro de 1850, "foi considerada uma calamidade."

Em verdade, a fatalidade pesava sobre os herdeiros da coroa! Já o primogênito, o Príncipe Dom Afonso, falecera em 1847, com pouco mais de dois anos de idade. Agora la o segundo. "O trono está de novo sem herdeiro masculino — escrevia o Ministro da Áustria para Viena — e o princípio monárquico enfraquecido, por falta do apoio com que contava, para o futuro, a elite, já de si tão fraca, da população."[272]

Perdido esse segundo filho homem, todo o seu amor de pai voltou-se para as duas filhas que lhe restavam, Isabel Cristina, nascida em julho de 1846, e Leopoldina Teresa, nascida um ano depois. Seriam essas meninas que iriam doravante alegrar-lhe o lar, amenizar-lhe os dissabores da política e as labutas diárias da administração pública.

O Imperador tomou a si o encargo de educá-las. Fez-se o seu conselheiro e o seu guia. O seu professor. Foi quem lhes incutiu as primeiras noções dos conhecimentos humanos. Com o tempo, e à proporção que elas foram crescendo, reservará uma hora de cada dia para fazer-lhes a leitura dos clássicos portugueses: João de Barros às segundas-feiras, Camões às terças... Noutras horas dava-lhes lições de Matemáticas, de Latim; explicava-lhes a Física de Ganet.[273] Mais tarde, confiaria a Joaquim Manuel

223

de Macedo (o "Macedinho", como o chamavam no Colégio de Pedro II, onde ele lecionava História e Corografia do Brasil, autor do romance A Moreninha) o encargo de ensinar-lhes História; ao Visconde de Sapucaí, que tinha sido um dos mestres do Imperador quando menino, o de ensinar-lhes o Inglês e o Alemão; e a Guilherme Schüch de Capanema, depois Barão desse nome, o de ensinar-lhes Mineraloga e Geologia.[273 a]

II

Quando elas se tornaram mais crescidas, abriu-se o problema de arranjar-lhes uma governanta ou preceptora, o que não era fácil encontrar no meio provinciano e acanhado do Rio de Janeiro daquele tempo. Foi quando veio-lhe a ideia de recorrer à sua madrasta, a Imperatriz viúva Dona Amélia, Duquesa de Bragança, que vivia então, em Munique corn a família da mãe, a Duquesa Augusta de Leuchtenberg (posteriormente, corno se sabe Dona Amélia iria transferir-se para Lisboa, onde passaria a viver até o fim de seus dias).

Na carta que então lhe escreveu, ele dizia: "Sempre julguei que seria tarefa dificílima encontrar uma senhora digna de dirigir a educação de minhas filhas, e por isso foi minha primeira ideia rogar-lhe que dela se encarregasse." Elas tinham, cada uma, a sua açafata ou dama de companhia, Dona Rosa de Santana Lopes (depois segunda Baronesa de Santana), para Dona Isabel; e Dona Maria Amália Azambuja Carvalho de Morais, para Dona Leopoldina. "Mas, ainda que cuidadosas (honra lhes seja feita), dizia Dom Pedro II — não possuem o grau de educação que, mesmo na sociedade ordinária, se requer" Seu desejo era tomar sobre si o encargo de educá-las. "Mas bem pode prever (acrescentava), que o tempo que me resta de minhas obrigações não me permitiria; e, além disso, não sou dos mais habilitados para lidar com senhoras, principalmente com as desta Casa que, afora as ocasiões de serviço, vivem na mais completa ociosidade."

O que ele desejava, para ter junto das filhas, era uma dama em quem pudesse confiar também pelo lado da inteligência e polidez de costumes. Podia ser uma "Alemã, católica, romana e religiosa (viúva e sem filhos, melhor), maior de quarenta anos, sem pretensões, sem interesses na Europa, falando bem as línguas mais usadas, entendendo o português ou que venha depois a saber alguma coisa dele, para não estar sem ocupação quando chegar aqui; tendo gênio dócil e maneiras delicadas, e conhecendo perfeitamente diversos misteres em que as senhoras passam as suas horas vagas." Quanto à instrução, não exigia muito, porque suas filhas tinham os próprios mestres.[274]

A indicação de uma preceptora para as Princesas brasileiras não iria, afinal, partir da Imperatriz Dona Amélia, mas da Princesa Dona Francisca, irmã de Dom Pedro II, que, casada com o Príncipe de Joinville, tinha palácio em Paris, e ali, como dama de honra, a Viscondessa (depois Condessa) de Barral, Luísa Margarida, filha do Visconde de Pedra Branca; este último, depois de ser o Ministro do Brasil em França, passara a viver a maior parte do tempo na capital francesa. Luísa Margarida era a única filha do Visconde. Viúvo, este, desde 1831, todos os seus cuidados iam para a filha, de cuja educação em França ele mesmo se ocupara. Nascida na Bahia, onde seu pai possuía grandes propriedades, todo o desejo deste era vê-la casada com o seu amigo, também baiano, Miguel Calmon du Pin e Almeida, Visconde e depois Marquês de Abrantes, homem bem mais velho do que ela e político já com um nome feito e respeitado.

Mas Luísa Margarida se enamorara de um diplomata francês, Eugène de Barral, primo e afilhado do Príncipe Eugênio de Beauharnais, pai da Imperatriz Dona Amélia; e não houve argumentos nem rogos do pai que a convencessem de casar com Miguel Calmon. Assim que ela acabaria por desposar o Visconde (depois Conde) de Barral em 1837, com o qual teria um único filho, Dominique, nascido dezessete anos depois do casamento.

Nessa altura ela já era dama de honra da Princesa de Joinville, de quem se tornaria grande amiga. Assim, quando a Princesa soube, possivelmente pela Imperatriz Dona Amélia, que o irmão procurava na Europa uma governanta para as suas filhas, Dona Francisca achou que o melhor serviço que podia prestar-lhe seria indicar sua dama de honra, que tinha todos os predicados para o cargo, com a vantagem de ser uma brasileira educada nos melhores colégios de Paris, com um traquejo mundano e social como poucas.

III

Obtida a concordância do Imperador, este mandou que o Mordomo Paulo Barbosa, que conhecia Luísa de Barral de Paris e fora amigo do pai, lhe escrevesse transmitindo o convite para ser a governanta das Princesas brasileiras. Isso se passava em abril de 1856. A Viscondessa estava nessa ocasião em sua propriedade da Bahia, para onde fora a fim de estar com o pai que, muito doente, falecera meses atrás. Surpreendida com tão inesperado convite, ela respondeu a Paulo Barbosa:

"Confesso-lhe de todo o meu coração que foi a coisa mais inesperada possível, e, se não fosse a humilde opinião que de mim tenho, me teria tornado de repente a pessoa mais vaidosa deste mundo. Agora diga-me V. Ex.ª, como meu velho amigo, como poderia eu aceitar semelhante cargo! Sou casada com um francês, e só morei na Bahia enquanto ele, por sua bondade, me permitiu fazer companhia a meu velho pai nos seus últimos anos de vida. Deus, depois de me pôr velha, quis dar-me uma grande consolação mandando-me do céu um anjinho por filho. Dele, com amor de mãe e cegueira quase de avó, vivo ocupada de dia e de noite. Devemos infalivelmente voltar para a França, e, se não fossem uns negócios atrapalhados do Alexandre Borges (que quer se fazer reconhecer filho de meu pai sem que este, nesse sentido, falasse no seu testamento), já estaríamos na Europa. Nossas propriedades, nossa fortuna, estão na Bahia e na França. Como poderíamos de repente largar tudo para começar vida nova no Rio?"

Os termos pelos quais lhe fora transmitido o convite do Imperador a deixaram numa posição de não poder recusá-lo. Contudo, "para não incorrer na pecha de *precipitada*, não respondo ainda hoje oficialmente a V. Exª, e, para fazê-lo, devo-lhe pedir todos os esclarecimentos possíveis para não haver engano." Assim, ela gostaria de saber qual o seu lugar e posição na Corte, diariamente e em dias de gala? Que escolheria a *Institutrice* que em sua ausência deveria acompanhar as Princesas e lhes dar sempre as lições? De quem dependeria essa senhora em tudo e por tudo? Onde moraria ela, a Viscondessa? Porque, sendo casada, não poderia certamente morar no Paço. Com quem ela jantaria e a custa de quem? Qual seria o seu *traitement* (ordenado)? "Fazendo-lhe essas perguntas, acrescentava ela em sua carta, obedeço à minha Princesa [*Princesa de Joinville*], que em carta também recebida ontem me aconselha a saber tudo bem exatamente antes de me decidir."[275]

Num papel escrito a lápis (que se encontra ainda hoje no Arquivo da Casa Imperial), o Imperador respondeu às indagações da Viscondessa. Começava por dizer que "antes das perguntas de Madame de Barral, já tinha tenção de fazê-la dama da Imperatriz" Acrescentava depois que ela ficaria colocada "em categoria igual à dos criados de maior representação que se acham junto às Princesas." Poderia morar no Paço de São Cristóvão ou no da Cidade, "nos aposentos que foram da Condessa de Belmonte, com entrada separada". A *Institutrice* seria escolhida pelo Monarca, mas segundo proposta da Viscondessa. Esta comeria no seu aposento, à custa do Imperador.

Teria 12.000 francos por ano, com uma pensão vitalícia de metade desta soma depois de completada a educação das princesas. "E carro para andar." Satisfeita, assim, em seus desejos, a Condessa (tendo-lhe morrido o sogro, seu marido, filho primogénito, havia sucedido ao pai como Conde de Barral) deu por aceito o convite do Imperador, embarcando na Bahia para o Rio de Janeiro em agosto de 1856. Lavrado o decreto da sua nomeação, ela assumiria em seguida o cargo, indicando para ser chamada de França e ficar no Paço de São Cristóvão como *Institutrice* das Princesas Mlle Victorine Templier, da *entourage* da Rainha Maria Amélia de Orléans (viúva do Rei dos Franceses, Luís Filipe), e amiga também da Princesa de Joinville.[275a]

IV

A entrada da Condessa de Barral para o Paço de São Cristóvão, nesse ano de 1856 iria ser uma data marcante na vida pública e privada (sobretudo privada) de Dom Pedro II. Uma pessoa que participaria, desde então, de toda a vida do Monarca até o seu falecimento em França, em janeiro de 1891, onze meses antes de o Imperador entregar também sua alma ao Criador. Ficaria assim ligada intimamente à vida de Dom Pedro II pelo espaço de quarenta anos, por laços de uma profunda e leal amizade — amizade que se poderia bem ser chamada de *amorosa*. É um assunto que voltaremos a tratar para diante.

A assinalar que nessa época falecia no Rio, de cholera morbus, Dona Mariana de Verna, Condessa de Belmonte. Constatado o mal, ela fora transportada da sua chácara no Engenho Novo para a casa do genro, Dr. Luís Carlos da Fonseca, médico da Imperial Câmara, na Rua Itapagipe, onde faleceu na madrugada de 17 de outubro de 1855, com a idade de 76 anos. Como se sabe fora aia e governanta de Dom Pedro II desde o nascimento, do futuro Monarca em 1825, até a declaração de sua maioridade, em 1840, isto é, pelo espaço de quinze longos anos. No dia de sua morte, o Mordomo Paulo Barbosa mandava este bilhete ao Imperador: "Faleceu a Camareira-Mor, como V.M.I. sabe. Necessito saber as ordens de V.M.I. sobre o enterro, se é a expensas de sua Casa Imperial ou da falecida. Parece-me que deve ser a primeira. Seu humilíssimo criado Paulo Barbosa. Boa Vista, 18."O Imperador se limitou a escrever à margem: *Não se pergunta*. De fato, o enterro se fez por conta da Casa Imperial, sendo o corpo levado para o cemitério do coche fúnebre dos príncipes, fazendo-se o Imperador representar. E, quando foi da missa de sétimo dia, que ele mandou rezar na capela do Paço de São Cristóvão, assistiu pessoalmente ao ato com a sua família.

V

Pouco tempo depois de a Condessa de Barral se tornar governanta das Princesas, o Imperador redigiu o que ele chamou *Atribuições da Aia*[275b] espécie de regulamento por onde esta e as demais damas ao serviço de suas filhas deviam se nortear quanto aos deveres e obrigações de seus cargos.

Começava Dom Pedro II por dizer que só a Condessa poderia "intervir, direta ou indiretamente, na educação de minhas filhas, lembrando-me a mim e à Imperatriz tudo o que puder facilitar o preenchimento deste dever do seu cargo", sendo que a direção superior dos Monarcas se exerceria, "quando as circunstâncias o consentirem, por intermédio dela, para que não fique prejudicada a força moral de sua autoridade." Caberia à Condessa inspecionar o ensino dos diferentes mestres das Princesas, bem como propor tudo o que lhe parecesse bem para a instrução das mesmas. Escrevia depois: "Quanto à educação só direi que o caráter de qualquer das Princesas deve ser formado tal qual convém a Senhoras que poderão ter que dirigir o governo constitucional de um Império como o do Brasil." É preciso não esquecer que o Imperador só tinha essas duas filhas; e que, no caso da mais velha, Dona Isabel, a Princesa Imperial, não suceder ao pai no trono, a sucessão passaria para a mais nova, a Princesa Dona Leopoldina.

A instrução das meninas não devia diferir da que se dava aos homens, "combinada com a do outro sexo, mas de modo que não sofra a primeira." A Condessa poderia impor castigos, se forem leves, sem o conhecimento prévio do Monarca, "Sendo o maior deles a reclusão em um dos quartos dos respectivos aposentos." Por outro lado, poderia também propor ao Imperador premiá-las, mesmo perante nossas filhas", quando achasse justo a concessão de algum prêmio.

Na parte relativa às *Obrigações da Aia*, determinava o Imperador:

"Deverá acompanhar, quanto lhe for possível, as minhas filhas desde as 9 horas da manhã até 8 da noite, com a exceção adiante permitida, inspecionando os mestres, guiando-as no preparo das lições, lendo com elas e aproveitando até o tempo de descanso e de recreio para aumentar-lhes a instrução. A língua francesa, e depois a inglesa, deve ser empregada utilmente nas explicações, conversas e em qualquer outra ocasião. Não receberá visitas durante as horas do exercício efetivo do seu cargo."

"*Distribuição das horas do dia*: Levantar às 7 no inverno e 6 no verão. Até as 7 e meia, hora da missa, vestir, rezar e, no verão, enquanto não vão para a missa, ler catecismo ou algum livro pio. 8 horas, almoço. Meio-dia, recordação do preparo das lições, leituras instrutivas com a Aia e lições. Descanso de meia hora conversando com a Aia, e continuação das lições até 2 horas. Jantar. Descanso como ao meio-dia até 3 e meia; até 5 e meia nos meses de dezembro, janeiro e fevereiro; até 5 horas nos meses de março, abril, agosto, setembro, outubro e novembro; e até 4 e meia nos de maio, junho e julho. Preparo das lições, passeio de uma hora e descanso de meia hora. Até às 8 preparo das lições e leituras instrutivas ou conversa com a Aia, conforme chegar o tempo. Ceia, e às 9 e meia devem estar deitadas."

Nos domingos e dias santos de guarda, desde às 9 da manhã até a hora da missa, catecismo e leituras pias. Depois da missa, que ouviriam com os pais, dariam um passeio, "o qual poderia começar mais cedo, contanto que o sol não esteja ainda ardente; ou sairão de carro, devendo então também ir a Aia em sua companhia." Desde meia hora depois do jantar até o passeio, poderiam brincar, "e a Aia poderá não estar presente." Os dias de festa nacional seriam empregados da mesma maneira, à exceção das leituras pias, que seriam substituídas por outras. As leituras instrutivas deviam ter relação com as matérias ensinadas, ora em português, ora em qualquer das outras línguas.

As visitas que procurassem as Princesas seriam recebidas unicamente nos domingos, nas festas de guarda e nacionais; nos dias de seus anos ou dos anos dos pais, ou em qualquer outra ocasião determinada pelo Imperador. Férias, só haveria em Petrópolis, "onde talvez seja alterada a distribuição do tempo."

O programa de estudos, elaborado pelo Imperador para as suas filhas, constava das seguintes matérias: História do Brasil, de Portugal, de França e da Inglaterra. História Santa, Mitologia, Geografia, Química, Geometria, Botânica e Desenho. Línguas: portuguesa, francesa, inglesa e alemã, além do Latim, que era ensinado pelo Imperador e pelo Visconde de Sapucai. Era, como se vê, um programa de estudos sobrecarregado, muito mais do que o que tinham geralmente as moças daquele tempo, mesmo as filhas

227

de pais abastados ou altamente colocados na hierarquia imperial. Mas o Imperador, ele mesmo tão apegado aos estudos, queria que as suas filhas, ao lado de uma fina educação (para o que tinha a mais qualificada das professoras, que era a Condessa de Barral), fossem antes de tudo *instruídas*.

VI

A Família Imperial residia habitualmente em São Cristóvão, na Quinta da Boa Vista. Era no grande parque, à sombra das velhas mangueiras, que as duas Princesinhas costumavam brincar. Quando chovia ou o tempo era menos bom, suas horas de recreio se passavam dentro do Paço. Numa das salas havia um pequeno teatro que o Imperador mandara armar e onde se representavam peças ligeiras, interpretadas pelas duas meninas e algumas crianças das relações privadas dos Monarcas.

Faziam-se jogos florais. Festejava-se o carnaval com mascaradas e entrudos. Nas noites frias de São João e de São Pedro armavam-se grandes fogueiras no parque. O Imperador vinha fazer companhia às filhas e suas amigas, e entrava com elas nos folguedos. A criançada do bairro e os filhos dos empregados do Paço juntavam-se à Família Imperial, e todos saltavam sobre as fogueiras, numa algazarra de gritos e de gargalhadas.[276]

No verão, os Monarcas, com as filhas, subiam para Petrópolis, que começava a tornar-se uma pequena cidade. Situada no alto da Serra da Estrela, compunha-se, a princípio, quando era ainda a "Imperial Colônia", quer dizer, nos últimos anos de Dom Pedro I no Brasil, da Fazenda do Córrego Seco, adquirida por este Imperador, em 1830 ao Sargento-Mor José Vieira Afonso, por vinte contos de réis, e de um vasto terreno no Alto da Serra, comprado no mesmo ano por 2:400$000, a Antônio Correia Maia. Essas terras foram depois acrescidas da metade da Fazenda do Itamaraty, da Fazenda do Morro Queimado e de uma gleba da Fazenda Engenhoca; e finalmente da Fazenda Velasco, formando tudo a depois Cidade de Petrópolis. Quando era ainda a Fazenda do Córrego Seco, que Dom Pedro I desejava se chamasse *Da Concórdia*, pretendeu ele construir aí um Palácio, para o qual mandou o arquiteto dos Paços Imperiais, o francês Tenente de Engenheiros Pedro José Pézérat, fazer o orçamento da sua construção.[276 a] Mas, tendo o primeiro Imperador abdicado pouco depois o trono e abandonado o Brasil, o projeto desse Palácio só se efetuaria anos depois, já com Dom Pedro II no trono.

Com a subida da Família Imperial para a Fazenda do Córrego Seco, que se daria pela primeira vez em 1848 (subiu a 22 de outubro de 1847 e ficou ali até 12 de março de 1848), a povoação facilmente prosperou, com a construção de novas casas e novos logradouros públicos. Dos doze quarteirões que tinha em 1846, data da primeira planta da Colônia feita por seu fundador, o Major Júlio Frederico Koeler, passava a ter, em 1854, segundo a planta feita nesse ano pelo engenheiro Otto Reimarus, vinte e três quarteirões, pela subdivisão de alguns e criação de outros. A construção do futuro Palácio Imperial, mandada fazer por Dom Pedro II ("para sua residência de recreio e saúde, no tempo do verão"), teve início em janeiro de 1845, data do lançamento da primeira pedra, e iria terminar em 1859. Foi autor do projeto o Coronel de Engenheiros Joaquim Cândido Guilhobel, executor das obras o arquiteto José Maria Jacinto Rabelo, e decorador Manuel de Araújo Porto Alegre (futuro Barão de Santo Ângelo) — este, aliás, nomeado já quase no fim dos trabalhos, em março de 1855. O plano e execução do belo parque que rodeia o Palácio, de dimensões relativamente grandes, foram obra do "horticultor" João Batista Binot, um francês chegado ao Brasil por volta de 1840, tendo custado a obra cerca de sete contos de réis. Deu começo aos respectivos trabalhos em

228

abril de 1854 com a plantação de numerosas árvores frutíferas e várias plantas exóticas, como palmeiras da Austrália, pândanos da África, cedros da Índia, palmeiras imperiais e bananeiras de Madagascar, tomando-se, sob este aspecto, único no Brasil, só comparável ao parque da Quinta da Boa Vista, no Rio de Janeiro . Ao contrário, portanto, de uma informação muito vulgarizada, o jardim do Palácio Imperial de Petrópolis, não foi obra de Auguste Marie Glaziou, em 1864. Foi ele, entretanto, autor do belo parque do Paço de São Cristóvão, do Passeio Público do Rio de Janeiro e do jardim do Campo da Aclamação.

Sendo uma casa de proporções relativamente grandes, tinha um corpo central assobradado e duas alas térreas laterais. Ao fundo do saguão de mármore branco e preto (de Carrara), viam-se duas grandes colunas, ao centro, das quais uma vasta porta de madeira gradeada. Os soalhos, portas, janelas e esquadrias eram de madeiras nacionais preciosas: cedro, jacarandá, canela, peroba, pau-setim e piquiá-rosa. Referindo-se a esse Palácio, dizia Vilhena Barbosa em 1864: "Não é uma residência suntuosa de um Monarca faustoso, mas sim a habitação esbelta, simples e aprazível, de um Soberano verdadeiramente constitucional, filósofo, amigo do povo, de costumes singelos, de um Soberano enfim que reputa a sua coroa imperial um encargo prenhe de pesados deveres, e não um adorno de vaidades. É um Palácio de proporções regulares, nem vasto nem acanhado, e no qual a nobreza de arquitetura soube aliar-se com a elegância e a simplicidade."[276b] No extenso terreno onde se tinha construído o Palácio, havia ainda outras edificações, tais como a Casa de Cozinha, a Casa do Arquivo, a Casa da Superintendência e a Casa dos Semanários — atual Palácio Grão-Pará, residência, após a comutação da Lei do Banimento, do Príncipe Dom Pedro de Alcântara, neto do Imperador e hoje do seu filho Príncipe Dom Pedro Gastão.

VII

No primeiro verão que os Imperadores passaram em Petrópolis, o Palácio Imperial estava ainda no início de sua construção, e os Imperantes, com suas duas filhas, foram morar na sede da Fazenda do Córrego Seco. Nessa casa — dirá o Monarca —, nós moramos em fins de 1847 e princípios de 1848, a primeira vez que fomos a Petrópolis depois de estabelecida a povoação [276C] A viagem era longa e demorada. Levava-se praticamente dois dias para se ir do Rio à então povoação de Petrópolis, utilizando-se diligências em todo o percurso. Talvez por isso, o Imperador preferisse por vezes passar o verão nas proximidades da Corte, quase sempre na Fazenda de Santa Cruz, que era também propriedade da Coroa; ou então na chácara do velho Figueiredo, no Andaraí Pequeno, onde depois foi o Hotel Aurora. Aí o filho de Félix Taunay, Alfredo, mais tarde Visconde de Taunay, e sua irmã Adelaide, eram os companheiros de folguedos das duas Princesinhas, filhas dos Monarcas.[277]

Levava um dia para alcançar-se a Raiz da Serra, em diligências puxadas por uma ou duas parelhas de cavalos ou mulas. Depois de toda uma jornada ao longo da Baixada Fluminense, coberta de ricos cafezais onde labutavam milhares de escravos, chegava-se à Fábrica da Pólvora. Aí se dormia. E no dia seguinte, nas primeiras horas da manhã, começava-se a galgar a Serra dos Órgãos, através de vales e despenhadeiros, até alcançarem-se, no alto, as primeiras casas da colônia alemã do Major Koeler.

O percurso por trem só começou a fazer-se a partir do ano de 1854, quando foi inaugurada a estrada de ferro entre o Porto de Mauá, no fundo da Baía da Guanabara, e a Raiz da Serra. A partir de então o percurso do Rio a Petrópolis ficou sensivelmente reduzido, passando a ser feito em algumas horas: ia-se por água, através da baía, até o Porto de Mauá;

por caminho de ferro de Mauá à Raiz da Serra; e de diligência daí até Petrópolis. Mais tarde, com a inauguração da Estrada de Ferro do Norte, que, partindo da estação de São Francisco Xavier, no Rio, ligava diretamente a Corte a Petrópolis, podia-se ir a essa cidade ou por esse caminho, ou pelas barcas, que, saindo da Prainha, iam ter ao Porto de Mauá.

A primeira *festa* realizada no Palácio de Petrópolis teve lugar em 1852, quando ali se exibiu o célebre mágico alemão Alexander, fazendo as delícias dos presentes e deixando todos intrigados e maravilhados com as suas prestidigitações. Fazia de um simples botão magnífica rosa; de um pouco de água vinho puro; da prata fazia ouro; e escondia cartas, moedas e outros objetos nas pregas e mangas dos vestidos das senhoras, inclusive da Imperatriz. Um jornal da época, *Novo Correio das Modas*, dá-nos o relato de algumas das mágicas desse Alexander, sendo talvez a de maior sucesso a seguinte: pôs sobre uma pequena mesa uma pistola, pólvora, espoleta, papel e vareta, pedindo em seguida ao General Cabral (futuro Barão de Itapagipe) de a carregar, advertindo que ele, Alexander, não poria mais a mão na pistola até a experiência terminada. Carregada a arma, pediu à Imperatriz que introduzisse um de seus anéis no cano da pistola que o General Cabral tinha nas mãos. Feito o que, pediu ao General que descarregasse a arma pela janela, o que também foi feito, .com um estrondoso tiro para os silenciosos vales de Petrópolis." Nesse momento, voava pela janela a dentro um pombo branco, trazendo atada ao pescoço com fios de prata, uma carta dobrada e lacrada com o sobrescrito: *A Sua Majestade a Imperatriz do Brasil*. Recebendo e abrindo a carta, grande surpresa da Imperatriz e de todos os presentes ao verem, sob as dobras da carta, o anel que ela havia introduzido no cano da pistola!

CAPÍTULO XIV

A CONCILIAÇÃO

O imperador firma sua autoridade — Gênese da Conciliação. O Marquês de Parana. Gabinete da conciliação. Governo dos moços. Política da Conciliação. Morte de Paraná. Problema de sua Sucessão. Volta de Olinda ao Poder. Novas divergências com o Imperador. Gabinete Abaeté. Gabinete Ángelo Ferraz. Fim da Conciliação.

I

Com o seu feitio retraído e suspeitoso, o jovem Imperador não era popular. Aliás, nunca chegará a sê-lo. Misturava-se, é certo, ao povo, descia até ele com simplicidade e modéstia. Mas não se identificava com a massa das ruas. Seu porte, suas maneiras (embora simples ele era, no fundo, um aristocrata), todo o seu temperamento, mantinham-no distanciado da plebe.

Os estadistas, os políticos, os homens de Governo que o cercavam não o estimavam. Dom Pedro II começava já a tê-los sob controle, contendo-os em seus excessos partidários ou em suas querelas políticas, polindo-lhes as arestas e dando-lhes, por vezes, lições de moral política. Tornava-se, por isso, para esses homens susceptíveis e cheios de exaltação partidária, um personagem incômodo.

Eles faziam contudo justiça à nobreza de suas intenções, ao seu Patriotismo ao seu desejo de acertar. Reconheciam-lhe a honradez do caráter, já posta largamente à prova, a moralidade de propósitos. Sobretudo, respeitavam-no. Respeitavam-no pela firmeza de suas atitudes, que dera exemplo por ocasião da intervenção no Prata, ao tempo de Rosas, e da extinção do tráfico africano. Sabiam já que ele não estava no trono para ser manejado, e que nada se podia fazer sem que ele fosse consultado, fosse solicitado a dar o seu parecer ou o seu *placet*.

De fato, a administração pública começava desde então a fazer-se através do Gabinete de São Cristóvão. As intervenções do Imperador no governo do País passavam a prevalecer ou, pelo menos, a pesar sobre o pensamento e as decisões dos Ministros. É que ele se sentia agora mais Famíliarizado com os negócios do Estado, mais conhecedor de seus segredos e queria, por isso, ser consultado e escutado.

A política, porém, ele a deixava aos políticos. O partidarismo, aos partidos. Era uma atitude que o marcava desde os primeiros até os últimos anos do Reinado. Não era político. Não queria ser político. Não dava seu apoio nem simpatia a nenhum dos partidos. Não queria ter nem tinha preferências. O Partido Conservador que, por sua própria finalidade, deveria estar mais identificado com os interesses do trono ou da dinastia imperial do que o Partido Liberal, não era por isso melhor contemplado nem mais bem acolhido pelo Imperador. Tratava os dois no mesmo pé de igualdade. Suas simpatias ou antipatias eram indistintamente para os dois partidos. Fazia timbre em governar, e de fato governava com um e com o outro, acolhendo com a mesma atenção os homens de ambos os campos. Não lhes dava preferências, nem de ordem pessoal nem de ordem política ou partidária. Era uma decisão que adotara desde quando se desembaraçara de Aureliano e seu grupo, e que iria manter até o último dia, a última hora do Reinado. Não tinha nem queria ter amigos em nenhum dos partidos. Punha sua amizade a salvo de qualquer facciosismo. O único homem público do Império a quem se ligará por urna amizade a toda prova, Pedreira, Visconde de Bom Retiro, era o menos partidário dos políticos brasileiros.

Era essa sua atitude de absoluta independência que lhe dava autoridade para pleitear junto dos políticos, em 1853, uma trégua geral nas lutas partidárias; e obter deles a formação de um Governo de união nacional que congregasse, em torno de uma mesma bandeira, gregos e troianos, Liberais e Conservadores.

II

Estava-se de fato cansado de revoluções e de lutas políticas. Os partidos, ainda desarticulados e inorgânicos, não se respeitavam entre si nem se impunham à opinião pública. Viviam, a bem dizer, de meros expedientes, sem princípios nem diretrizes definidas. O que havia, no mundo partidário, era sobretudo uma luta de paixões, de sentimentos pessoais antagônicos ou interesses contrariados.

Aspirava-se à paz. Mas uma paz verdadeira. Uma paz que pusesse uma *détente* nas paixões políticas, e acabasse de vez com o espírito revolucionário, que, apesar de abatido por toda a parte, ensaiava ainda renascer de suas próprias cinzas. A Nação reclamava essa paz. Sentia necessidade dela para refazer-se das lutas que a dilaceravam, cuidar do crédito público, desenvolver as fontes de riqueza e as forças materiais do país. Toda essa aspiração resumia-se numa única palavra: Conciliação.

Era um anseio que vinha de longe. Não era uma necessidade que se tivesse imposto da noite para o dia, como o programa de um partido que se acabasse de criar. Vinha, desde muito, evoluindo no espírito de grande número de nossos homens públicos. Exprimia um sentimento que se formara lentamente na consciência da Nação. Paranhos, futuro Visconde do Rio Branco, já o pregava em 1844, pelas colunas do *Novo Tempo*, quando reclamava o que ele chamava "o bálsamo da conciliação." Dois anos mais tarde era Limpo de Abreu, depois Visconde de Abaeté, que apelava para a concórdia política, para a união dos partidos, a fim de se colocarem todos acima das competições e dos interesses de facção, que dividiam e azedavam os homens. No ano seguinte, era o Gabinete Alves Branco (segundo Visconde de Caravelas) que, pela voz do Ministro de Estrangeiros, Saturnino Coutinho, dava sua adesão de princípio à política de conciliação, — *a qual nunca rejeitamos*. Em 1851, finalmente, as ideias da Conciliação eram proclamadas, pela primeira vez, na Fala do Trono, e as duas casas do Parlamento admitiam-nas em seus respectivos votos de graça.

A Conciliação era, assim, a síntese de uma expressão geral, de todo esse anseio que vinha remoendo os corações dos homens de boa vontade. E, quando o Imperador a proclamou do alto do trono, quando lhe deu o *pensamento augusto*, exprimiu bem o sentimento geral da Nação.

Mas não bastava que houvesse esse sentimento. A Conciliação de nada valeria se não fosse objetivada num largo e generoso programa, dentro do qual cada um pudesse trazer os seus ideais e contentar todos os anseios de suas aspirações. E não era só. Precisava, além disso, que houvesse alguém que, por suas excelsas qualidades, sua fé pública e indiscutível autoridade, estivesse à altura de implantá-lo no mundo político desarticulado do Império.

232

Esse homem foi um predestinado: Honório Hermeto Carneiro Leão, Visconde e depois Marquês de Paraná. Em setembro de 1853, retirando-se o Gabinete Rodrigues Torres (Itaboraí), o Imperador lhe confiava a tarefa de organizar o Governo da Conciliação. Nenhum dos nossos estadistas assumiu, no Império uma tão grande responsabilidade.

III

Paraná era senador por Minas Gerais, sua província natal. Como muitos dos nossos homens públicos no Império, fora um antigo magistrado. Na política, era um veterano. Aparecera pela primeira vez na Câmara dos Deputados na legislatura de 1830, a segunda do Império. Em 1842 passara-se para o Senado. Presidira as províncias do Rio de Janeiro e de Pernambuco em época de agitação revolucionária, quando revelara as suas excepcionais qualidades de energia. Fora depois, por duas vezes, Ministro da Justiça e uma vez interinamente, de Estrangeiros. Fazia pouco chegara da missão especial a Montevidéu e Buenos Aires, onde fizera a aprendizagem das coisas e dos homens do Prata. Fora ali o negociador da aliança do Império com Corrientes e Entre Rios, o instrumento diplomático que decidira, por assim dizer, da sorte de Rosas.

Liberal sob o Primeiro Reinado, fizera-se moderado após o 7 de Abril, e acabara francamente conservador. Ao ser chamado para organizar o Gabinete, era a figura de maior proeminência desse Partido. Talvez não fosse um verdadeiro homem de Estado. Era demasiado impulsivo e caprichoso. Faltavam-lhe os contornos suaves. Não tinha a flexibilidade de outros políticos do tempo, como, por exemplo, Aureliano. Também não tinha o *savoir faire*, o mundanismo e a elegância de atitudes de Monte Alegre. Nem a serenidade de Paula Sousa. Paraná era ríspido e por vezes agressivo. Possuía aquele fundo despótico de Richelieu. Mas sem a maleabilidade, a astúcia do grande ministro de Luís XIII. *Paraná não se curvava*! dissera um dia o Imperador. Esta frase definia o homem.

Tinha pouca cultura. E essa mesma de formação defeituosa. Mas sobravam-lhe, em compensação, uma grande inteligência, uma energia como não a terá nenhum outro político do Império, exceção talvez de Ouro Preto, e uma agudeza de visão política verdadeiramente surpreendente. Raros dos nossos estadistas, talvez apenas o Visconde de Rio Branco, homem aliás de feitio todo diferente de Paraná, igualavam a este na segurança com que julgavam uma situação difícil ou discerniam as qualidades e os defeitos dos homens.

Dera uma prova disso em julho de 1832, quando havia feito fracassar o golpe de Estado que se esperava sucedesse à renúncia do Ministério, para a decretação de uma nova Constituição. Então, pode-se dizer, salvara a ordem constitucional e a Monarquia representativa. Fora a estaca do Império. Tinha apenas trinta e um anos de idade.

Outra prova dava ele, agora, ao formar o Gabinete da Conciliação. Nenhum outro organizador ministerial no Império conseguiria congregar em torno de si uma igual coleção de capacidades. Eram homens, como dirá Joaquim Nabuco, "que iriam bastar a todas as exigências do Império até quase à República,[279] estreantes, por assim dizer, no cenário político do Império, mas que o *faro* de

233

Paraná iria descobrir nos bancos do parlamento para trazê-los para a grande cena aberta de alta administração do país.[280]

Ao lado de Caxias, já célebre por suas vitórias militares, de Abaeté, um veterano e de Bellegarde, um general *doublé* de matemático, viam-se Pedreira, futuro Visconde de Bom Retiro; Nabuco de Araújo; Paranhos, futuro Visconde de Rio Branco; Wanderley futuro Barão de Cotegipe, todos Ministros pela primeira vez. Três deles serão futuros Presidentes do Conselho de Ministros, dos quais um, Rio Branco, o maior homem de Estado, o mais completo, o mais capaz, o mais honrado, que terá tido o Brasil.[281]

Como a Monarquia brasileira, que eles se propunham defender da investida revolucionária; como o Imperador, que era então um rapaz de vinte e oito anos de idade. como o próprio chefe do Ministério, que tinha apenas cinquenta e dois anos, — esses homens, exceção de Abaeté, formavam um punhado de jovens sadios e vigorosos, animados todos daquela *bienveillante jeunesse* de que nos fala Voltaire, e davam a esse mundo político em formação, a toda a máquina administrativa do Império, pode-se dizer que na fase ainda das experiências, uma confiança, uma fé, uma decisão de vencer que animava e revigorava a todos. Nenhum tinha ainda completado cinquenta anos. Caxias, celebrizado em todo o Império e fora dele, por suas memoráveis campanhas militares e o papel, com que a História o sagrará, de Grande Pacificador, tinha apenas entrado nessa idade; Nabuco andava pelos quarenta; Wanderley mal chegara aos trinta e oito; Pedreira aos trinta e cinco; e Paranhos não passava de um rapaz de trinta e quatro anos.

IV

O Império era, realmente, o governo dos moços. Porque o Brasil acreditava nos moços, jovens que serão os verdadeiros obreiros da Pátria e criadores da nossa nacionalidade.

Octávio Tarquínio de Sousa disse, certa vez, que o Império era o governo dos velhos; ou, se não dos velhos, pelo menos dos envelhecidos. E que o Brasil não acreditava na sua mocidade. Ora, nada menos certo. O Brasil não somente acreditava nos moços, como o Brasil era então a própria mocidade. Seus estadistas formavam uma galeria de gente nova como talvez não se terá visto depois. Apenas saídos das Escolas superiores, eram logo chamados a colaborar nos altos conselhos da Coroa. Eram homens que vinham para a vida pública em pleno viço, em pleno verdor dos anos.

Vimos Aureliano Coutinho, chefe de fato do Gabinete da Maioridade e da Facção Áulica, o homem todo poderoso do seu tempo, apontado como o mentor e o guia do Monarca, senão da própria Monarquia, quando apenas completava quarenta anos. Paraná, chamado agora para fazer a Conciliação aos cinquenta anos de idade, com poderes de quase ditador, fora Ministro da Justiça, o organizador e a primeira figura do Gabinete de 20 de Janeiro de 1843, quando apenas completara quarenta e dois anos. Zacarias seria Presidente do Conselho, na época mais difícil da Guerra do Paraguai, aos quarepta e nove anos. Paranaguá, o segundo, seu Ministro da Guerra, aos quarenta e três. Otaviano, Ministro de Estrangeiros do Gabinete anterior, aos trinta e seis. Afonso Celso, depois Visconde de Ouro Preto, à frente da Pasta da Marinha na fase mais difícil da guerra conta López, enfrentando a resistência do inimigo com a improvisação de toda uma esquadra, quando não passava de um rapazola de vinte e sete anos.

Poder-se-á objetar que a mocidade nem sempre está em função do número de anos, e que todos esses jovens, o Imperador inclusive, eram, precocemente, uns velhos, compenetrados, pesados, de alma endurecida. A objeção estaria certa até certo ponto com relação ao Imperador; mas não com relação aos demais, podiam eles não ter, e certamente não tinham, a alegria exuberante, movediça e barulhenta de boje, mas tinham a mocidade do vu tempo, que era outra que não a atual, porque outro era o meio, outros os costumes, outra a educação. A austeridade, a gravidade de tom, a justa medida, que são hoje apanágio dos velhos, não eram então sintomas de velhice precoce, mas atributos de uma boa educação, de boas maneiras, de civilidade e de bom-tom.

Não se estava ainda nos tempos atuais, quando a licenciosidade é a regra. Também não estava mais no século dos minuetos, das frases galantes, dos calções de seda, das rendas e das cabeleiras empoadas. O Século XIX tinha as suas características próprias, a sua cor, a sua mentalidade, os seus atributos, A Revolução Francesa, em 1789, o separara dos anos que lhe tinham ficado atrás, qual um largo e intransponível fogo dívisório, como a Grande Guerra, em 1914, o iria isolar dos que lhe viriam depois. O Século XIX estava, assim, enquadrado e isolado em sua própría época, com os seus atributos próprios, que eram a austeridade, as boas maneiras, o tom grave e sisudo, a *respectabílity*; e a mocidade desse tempo, produto da época, dava a todos o exemplo desse ideal de discrição.

V

Paraná subia ao Poder disposto a aceitar o concurso de todos os homens de boa vontade. Era, em síntese, o seu programa. Aos Conservadores, seus correligionários, dava a fiança de seu nome e de seu passado; aos Liberais, seus adversários de ontem, dava o penhor de seus propósitos de paz, — de governar com os princípios e não com os homens, de colher a política e a aspiração de cada um, para discuti-las e resolvê-las num ambiente de calma e de tolerância. Convidava a todos a colaborarem na obra de restauração da ordem pública e do fortalecimento do poder civil. Estendia-lhes cordialmente a mão, sem paixões nem pensamentos maus, dizendo-lhes apenas: *as lutas passadas estão terminadas e esquecidas*. E em poucas palavras resumia todo o programa de seu Ministério: conciliar para governar e governar para conciliar,

Para orientação e governo do Gabinete da Conciliação, o Imperador havia redigido umas *Instruções* (cujo original se encontra arquivado na Biblioteca Nacional do Rio de Janeiro), abrangendo vários setores políticos e da administração pública: eleição direta e por círculos; harmonização do Conselho de Estado," com a índole do nosso sistema, e criação de uma Escola de Alta Administração; instrução primária e secundária; Câmaras Municipais e reformas das Secretarias de Estado; lei de terras, criando "quanto antes, núcleos de colonização"; lei de pensões e aposentadorias; regulamentos do Censo e das obras públicas, incluindo o serviço de incêndios; estradas de ferro; embarque e desembarque das mercadorias, evitando que marinheiros estrangeiros viessem à terra; medidas de salubridade pública, inclusive limpeza e esgoto da cidade do Rio de Janeiro: navegação do São Francisco e de outros rios; desmoronamento dos Morros do Castelo e de Santo Antônio, no Rio de Janeiro, e mais melhoramentos materiais; despacho geral das graças (sobre penas de morte); repressão "enérgica" do tráfico de escravos; reforma judiciária, no sentido do projeto Nabuco de Araújo; nomeação para os lugares da magistratura, "de pessoas que não possam ser dominadas pelos partidos das localidades"; instrução do clero e melhor regulamento do modo das "oposições" (concurso para certos cargos eclesiásticos); obras do Cais da Alfândega do Rio de Janeiro; tarifas, "baseadas sobre os princípios de uma bem entendida liberdade de comércio"; relações com os Estados Unidos e as repúblicas vizinhas, a respeito da navegação do Amazonas e seus tributários, e do Rio Paraguai; empréstimo ao Estado Oriental do Uruguai; negociações com a Inglaterra; lei de recrutamento militar e movimento dos diversos corpos de armas para outras províncias, afastando, "quanto possível, os militares da política"; guarnições das fronteiras, principalmente as de Mato Grosso; Conselho Naval, obras do dique da Ilha das Cobras e aquisição de vapores; corte e conservação de madeiras; estudo dos motivos de descontentamento que lavrava pela oficialidade.[281a]

Como se vê, era um largo e substancioso programa de governo, com a inclusão de problemas que, se não foram resolvidos pelo Gabinete Paraná, iriam estar presentes no correr de todos os anos da Monarquia para somente serem levados a termo nos nossos dias, como, por exemplo, o desmonte dos Morros do Castelo e de Santo Antônio, no Rio de Janeiro; e quanto à limpeza desta cidade, nem é bom falar...

VI

Em anexo a essas *Instruções*, e sob o título de *Ideias Gerais*, o Imperador havia fixado as normas que deviam ser adotadas em suas relações com os Ministros. Já nesse tempo, alguns destes, para fugirem à responsabilidade de seus atos, costumavam atribuir ao Monarca a culpa dos mesmos. Dom Pedro II sabia disso, o que muito o contrariava. Atendendo, assim, a esse fato, ele começava essas *Ideias Gerais* declarando de uma maneira formal e definitiva: *O Ministro que se desculpar com o meu nome, ser demitido*. Era uma simples ameaça, aliás, porque não se sabe que algum Ministro tenha sido ou venha a ser demitido por fugir à responsabilidade de seus atos, atribuindo-os ao Imperador. E houve, entretanto, mais de um que assim procedeu.

Em seguida, Dom Pedro II estabelecia as bases que deviam prevalecer em seus despachos com os Ministros. 1º - Nenhuma decisão devia se tornar pública ou seria objeto de um decreto antes de ela ficar assentada em despacho, salvo, no primeiro caso, se "o negócio não admitir demora." 2º - "Todas as decisões, que não forem de expediente, serão tomadas em despacho; contudo, o Presidente do Conselho ou os Ministros poderão tratar comigo, individualmente, de qualquer negócio." O sistema de governo que se praticava na Monarquia era, como se sabe, o de Gabinete, devendo este, por consequência, formar um só todo, ser em tudo homogêneo, com iguais poderes e iguais responsabilidades. Contudo, mais para diante, iria adotar-se o costume de o Presidente do Conselho despachar a sós com o Imperador antes de este ir presidir a reunião do Gabinete em pleno. 3º -"As nomeações para lugares políticos, ou que possam influir na política, recairão em homens do partido", Era uma declaração puramente de princípio, já que se estava sob um governo de Conciliação, isto é, de união dos dois partidos constitucionais, muito embora prevalecesse em seu chefe o sentido *conservador* de seu governo. 4º - A política a respeito das Províncias devia ficar "sobranceira aos partidos" — dentro do espírito, portanto, da Conciliação; porque para diante, como era natural, a política das Províncias iria sempre afinar com o partido que detinha o Poder. 5º - "Influência, mas não interferência do Governo nas eleições." Fora essa uma ideia que o obcecara durante todo o tempo em que esteve na chefia do Estado. Mas em pura perda. Porque o facciosismo dos partidos e dos homens que os dirigiam nunca deixaram, ou só raramente deixaram de influir politicamente nas eleições, como iremos ver mais adiante.

VII

Para a realização da grande obra que lhe cabia empreender, Paraná precisaria, pelo menos, de dez anos de governo, Dez anos de paz, de trabalho e de perseverança, com a colaboração da jovem e brilhante equipe de homens públicos que formavam o Gabinete. Ora, aconteceu o que ninguém esperava: três anos, apenas, depois de estar no poder, no auge da sua carreira política, cercado de um prestígio imenso, Honório Hermeto era fulminado pela febre amarela. Morria em plena glória. Desaparecia como Robert Peel, numa auréola de verdadeiro triunfo. Essa morte, os funerais magníficos que lhe fizeram, foi a maior apoteose na vida de Paraná.

Ela não marca, entretanto, o fim da Conciliação. Mas é o primeiro sintoma da sua fragilidade. Paraná era a alma, o guia, o sustentáculo, quase a razão de ser da política inaugurada em setembro de 1853. Graças à sua energia, ao seu grande prestígio de chefe, ele havia conseguido, vencendo todas as dificuldades, lançar os alicerces dessa larga trégua política reclamada por todo o país depois de sucessivos anos de lutas, de sedições, de guerras civis ou de revoluções, que punham constantemente em perigo a unidade e a integridade da Nação brasileira.

Sua morte, em setembro de 1856, iria deixar essa obra em suspenso. Tirava-lhe o sopro que a animava. E, se não a destruiu desde logo, foi porque os fundamentos, os alicerces em que a assentaram tinham a solidez da sua têmpera. Mas deixou-a em começos de decomposição. Uma decomposição, aliás, que já a vinha ameaçando ainda em vida de Paraná, ou melhor, pouco antes de sua morte. A política generosa e idealista que lhe havia dado origem e marcado os seus primeiros passos, la se transformando numa outra bem diferente , onde prevaleciam o interesse pessoal de cada um e a conquista às posições.

Paraná foi culpado de ter sido, em grande parte, o responsável por esse desvirtuamento da Conciliação; de ter querido dar a ela uma largueza e uma extensão que ultrapassavam os princípios que lhe haviam dado origem. No empenho de obter o apoio de todo o mundo político da Nação, abriu largas as portas da Conciliação, acolhendo a quantos a procuravam, sem distinção de pessoas nem dos interesses que as marcavam. "Maçonaria política de nova espécie (dizia Tito Franco de Almeida) que recrutava aderentes em todos os campos, em todas as opiniões, em todas as indústrias e em todas as religiões." [282]

A Conciliação tornou-se, assim, uma espécie de Arca de Noé ou Torre de Babel, onde se abrigavam os homens dos mais variados matizes, das mais diversas seitas e de todas as origens. Deslumbrado com a ideia de reunir, sob o seu comando, e cada vez em maior número, toda a massa politicante da Nação, Paraná não se ateve nem aos meios de obter a adesão dessa gente nem aos interesses e propósitos que os animava. Tudo o que lhe caía na rede era bom, fosse quem fosse, quisesse o que quisesse, viesse de onde viesse.

Os Liberais, que vegetavam no ostracismo desde 1848, e não viam possibilidade de voltar tão cedo ao Poder por seus próprios meios, aplaudiram, naturalmente, o desvirtuamento que se dava ao conceito primitivo da Conciliação, graças ao qual todas as portas das salas e antessalas do Poder lhes seriam largamente abertas. E aquilo a que tão cedo não teriam podido aspirar-o aconchego do Governo, ou mesmo usufruto do Governo, com todos os seus encantos e proveitos, foi-lhes fácil e generosamente consentido.

Os Conservadores, que monopolizavam o Poder por ocasião da vinda de Paraná que se viram na contingência de dividirem as posições com essa espécie de cristãos novos, foram os primeiros a protestar contra a falsa concepção que se queria dar à política da Conciliação. Um grupo de correligionários de Paraná logo se opôs a colaborar na nova ordem de coisas: preferiu afastar-se discretamente do Governo, como Uruguai, como Eusébio, como Itaboraí, os três conservadores puros, que formavam o chamado *triunvirato saquarema*. "Retiraram-se silenciosos à tenda do repouso", como dirá Eunápio Deiró[283]. Outros, como Olinda, o velho Regente, preferiram combatê-la com epigramas com sarcasmos e ironias.

Outros ainda, mais impetuosos, romperam franca e violentamente contra a política do Gabinete, contra essa "adesão em massa", Babel de interesses e de ambições pessoais que se abrigava à sombra da Conciliação. Ângelo Ferraz, futuro Barão de Uruguaiana, foi o cabeça desse grupo. Como chefe, na Câmara, da oposição parlamentar, denunciava a Conciliação como sendo de homens e não de ideias, que falseava o sistema parlamentar rebaixava os caracteres, satisfazendo os instintos e estimulando as ambições; e que não era outra coisa senão a compra de adesões[284]. *Corrupção*, foi a expressão com que se procurou condenar a política de Paraná. Todo aquele que lhe dava a adesão e la sentar-se à sombra do Gabinete — era um corrompido. *Conciliado*, foi o eufemismo com que feriam ironicamente os novos convertidos. Sales Torres Homem futuro Visconde de Inhomirim o panfletário do *Libelo do Povo*, a quem Paraná entregara a diretoria geral das Rendas Públicas, era um "conciliado."

O Imperador foi dos primeiros a discordarem do critério que Paraná quis aplicar à Conciliação. Tendo sido um dos mais entusiastas da ideia, foi também dos primeiros desencantados dela. *Nunca entendi a Conciliação como a quiseram deturpar*, confessará em seu *Diário*[285]. Tito Franco diz que a Conciliação não se fizera "como a compreendia e procurou fosse executada o Monarca, sendo certo que este, anos depois, relembraria as advertências que então fizera a Paraná sobre *o que não me parecia ser Conciliação.*[286]

VIII

Mas, se Dom Pedro II foi dos primeiros a discordarem do conceito que se queria dar à Conciliação, não foi dos primeiros a lhe jogarem pedras. Ao contrário. Morto Paraná, ele continuou a esperar, apesar de tudo, que nem tudo estivesse perdido; que a Conciliação podia trazer ainda algum benefício para a política geral do Império, para a educação partidária dos nossos homens e o restabelecimento da paz e do trabalho ordeiro da Nação. Procurou, assim, salvar o que era ainda possível de salvar-se da obra de Paraná. Para ele, a Conciliação não era um homem, mas um princípio; e o desaparecimento daquele que primeiro lhe lançara as bases não queria dizer que o princípio estava morto.

Seu desejo era que o falecimento de Paraná não levasse cada um a desertar o posto; mas, ao contrário, que todos guardassem as posições que ocupavam e houvesse solução de continuidade da política de pacificação geral do país. Ele tinha sobretudo empenho em que as novas eleições, já anunciadas, fossem feitas dentro das diretrizes assentadas por Paraná. Ia-se experimentar a nova lei eleitoral, a *Lei dos Círculos*, um dos principais frutos da Conciliação, e *ele queria que o espírito de Paraná presidisse as eleições.*

Morto Paraná, Caxias, seu Ministro da Guerra, assumiu interinamente a chefia do Gabinete, continuando os demais Ministros em suas respectivas pastas. Mas Caxias não era o homem para levar avante a obra da Conciliação. Se lhe sobravam bom senso e espírito de conciliação, faltava-lhe autoridade política. Era, como ele próprio dizia, "mais militar que político." Não estava, assim, qualificado para sustar, sob o seu mando, todas aquelas paixões ocultas que a mão forte de Paraná soubera, durante três anos, conter e controlar. Caxias tinha já muito glória militar e seu prestígio pessoal era grande. Mas em política era um novato, se bem tivesse já sido, por duas vezes, Presidente de Províncias — do Maranhão, em 1840, e do Rio Grande do Sul, em 1845. Mas a Pasta da Guerra, que agora ocupava, era a sua estreia ministerial. Aliás, ele próprio, com o seu já conhecido desinteresse pelos cargos públicos, era o primeiro a reconhecer que lhe faltavam qualidades para ser o continuador da obra de Paraná — *a pesada cruz*, como dizia.

Se o Imperador fosse um homem de ambições políticas, ou valesse a Paraná na largueza de vistas e intenções de mando, teria facilmente se substituído a este não somente na direção da política geral do Império, congraçada sob o princípio dá Conciliação, como de todas as forças vivas da Nação. E teríamos então quarenta anos de ditadura imperial. Mas faltavam ao Imperador todos os atributos de um ditador. Ele tinha uma repugnância instintiva por tudo quanto era prepotência e desejo de mandar, e não compreendia nem aceitava nada que não fosse dentro do espírito e da letra da Constituição, no que era o oposto — diga-se entre parênteses — ao seu pai. Enquanto este tinha rasgado a primeira Constituição que lhe haviam dado, Dom Pedro II tinha pela que lhe limitava os poderes um verdadeiro culto, dogma que era para ele infalível e indiscutível.

A igual de Caxias, nenhum dos demais Ministros que compunham o Gabinete dispunha de condições para substituir o grande chefe desaparecido. Paulino de Sousa, filho do Visconde de Uruguai, escrevendo a Carvalho Moreira, futuro Barão de Penedo, nosso Ministro em Londres, dizia: "A morte de Paraná deixou tudo em uma confusão, da qual ele mesmo talvez não se poderia tirar se não falecesse quando as complicações mais avultavam."[287]

Os membros do Gabinete — Wanderley (Cotegipe), Paranhos (Rio Branco), Pedreira (Bom Retiro), Nabuco de Araújo, eram todos gente nova, estreantes na alta administração do Império, que o faro de Paraná descobrira nos bancos da Câmara dos Deputados. Não tinham ainda nem nome feito nem projeção na vida pública. Começavam apenas a ser conhecidos no país.

IX

Nessas difíceis circunstâncias para o preenchimento da sucessão de Paraná, e enquanto não encontrava o homem indicado para tão difícil missão, o Imperador preparou para Caxias uma espécie de "programa de governo", destinado a norteá-lo nesses primeiros meses de sua gestão à frente do Gabinete[287a]. Resumia-se numa série de conselhos ou de sugestões, mais ou menos semelhantes aos que já havia dado a Paraná, em 1853, quando este assumira a chefia do Governo.

Assim, quanto a eleições: 'Nenhuma intervenção direta de qualquer membro do Ministério, e ainda menos deste; podendo, contudo, os Ministros pedirem em favor de candidatos cujas relações pessoais tirem todo e qualquer caráter oficial ao pedido." Um conselho algo ingênuo, aliás, porque ainda que o Ministro se interessasse pela eleição de um candidato a título meramente pessoal, era difícil saber até quando a sua qualidade e o seu prestígio de membro do Governo não influiria para a vitória desse candidato. Admitia o Imperador que os presidentes de Província interviessem nas eleições: mas só nos casos em que "convenha opor a um candidato pouco digno de tomar assento entre os representantes da Nação; ou que defenda ideias contrárias às bases do nosso sistema político." Mas, tanto num como noutro caso, não se devia "empregar meios de coação de qualquer gênero para evitar a eleição do adversário."

Provimento de empregos: "os que não forem de confiança, se fará atendendo unicamente às qualidades dos escolhidos", convindo, em iguais circunstâncias, satisfazer ambos os partidos. Mesmo para empregos de confiança, não se devia afastar os candidatos do partido oposto, desde que "mostrarem abraçar sinceramente a política do Governo." Estava isso, de resto, no espírito da Conciliação.

Imprensa. Devia-se combatê-la por meio da imprensa e não procurar fazê-la calar. Era, aliás, a antiga ideia do Imperador, já várias vezes exposta: nada de censura ou de pressão sobre a imprensa. "Os seus abusos, acrescentava o Monarca, puna-os a lei, a qual não convém que continue ineficaz, como até agora." Ineficácia, aliás, que perdura até os nossos dias, havendo sempre uma total repulsa de toda a imprensa brasileira, toda vez que se pretende fazer uma lei mais severa para punir os abusos e os excessos de liberdade em que geralmente caem quase todos os jornais. Intitulando-se eles mesmos um "Quarto Poder", julgam-se intocáveis.

Aconselhava o Imperador que fosse reorganizada a "Aula de Comércio", criação do Príncipe Regente Dom João, em 1808, e transformada depois em Instituto Comercial da Corte[287b]. Sugeria que houvesse um Externato, separado do Internato do Colégio de Pedro II, como, aliás, se iria fazer. Reforma do Conselho de Estado. "Favorecer, quanto o consentirem os nossos recursos, a navegação por navios nossos." Era a repetição da mesma sugestão feita a Paraná. "Limpeza da cidade" do Rio de Janeiro. Tema sempre urgente na antiga capital do Brasil.

"Instrução do clero, segundo as ideias do *Relatório*." Referia-se o Monarca ao relatório apresentado pelo Conselheiro Nabuco de Araújo em 1855, segundo o qual os conventos que não tivessem, pelo menos, quatro religiosos, seriam suprimidos, com a conversão de seus bens em apólices. Em maio do mesmo ano, haviam sido cassadas as licenças para a entrada de noviços nas ordens religiosas, até que fosse celebrada uma Concordata com a Santa Sé. "Máxima diminuição da despesa com o pessoal que é menos justificável." Referia-se ao funcionalismo público, que já nesse tempo, 1856, há, portanto, mais de século, era um peso, nem sempre vivo, para os cofres da Nação.

Com relação à política exterior: não intervenção nos Estados do Prata, e "expectativa quanto à abertura do Amazonas." Cabe dizer que em 1850 havíamos feito um empréstimo ao governo do Estado Oriental do Uruguai, negociado pelo futuro Barão de Mauá (a chamada *política dos patacões*), e que em 1856 as nossas tropas ocupavam ainda o território uruguaio. Era, evidentemente, uma política de intervenções, financeira e militar, mas em atendimento sempre aos pedidos do próprio governo de Montevidéu, convindo esclarecer que *nunca* interviemos, em tempo de paz, nos países do Prata, sem que fosse a pedido deles próprios, para garantia e estabilidade de seus Governos contra a investida da caudilhagem. Quanto à navegação do Amazonas, vínhamos até então sofrendo a pressão dos Estados Unidos e da Inglaterra, para que abríssemos esse rio à navegação internacional, o que só faríamos, entretanto, por livre iniciativa, dez anos mais tarde, ou seja em dezembro de 1866.

X

Afastada a hipótese de Caxias continuar na chefia do Gabinete, o Imperador foi buscar, para substituí-lo, o Visconde de Uruguai, que fazia pouco voltara da Europa. Embora ausente do Brasil cerca de dois anos, continuava a ser um dos chefes mais autorizados do Partido Conservador, sobretudo depois que Olinda começava a evoluir para as fileiras liberais[288]

É certo que Uruguai fora, como vimos, um dos primeiros correligionários de Paraná que se haviam oposto à política da Conciliação, sem que isso significasse, entretanto, seu afastamento do partido ou rompimento com Paraná. Retraíra-se, apenas, desinteressando-se da política de fusão dos partidos. E, para melhor desprender-se dela, aceitou essa missão diplomática que o afastava do Brasil, uma ausência que só iria servir para aumentar-lhe a autoridade, não se desgastando com os mexericos e as futricas que se teciam entre Liberais e Conservadores. Assim que agora, voltando ao convívio de seus partidários, aparecia como sendo o político mais autorizado para suceder ao Marquês de Paraná[289].

Ainda porque voltava da Europa um "outro homem", como diz o seu bisneto.[289a] Com a longa ausência no Estrangeiro havia perdido ou esquecera (sobretudo depois da morte de Paraná) grande parte das reservas que fizera outrora à política da Conciliação. 'Não sou mais homem de oposição" — confessara ele, de Paris, ao seu amigo Paranhos (Rio Branco). O tempo, e alguma experiência mais que aqui tenho adquirido, me têm dado mais juízo."[289b]

Aliás, ele não fora, rigorosamente falando, contrário à Conciliação. Pelo menos em princípio. O que não aceitara fora o processo pelo qual ela fora realizada, assim como a diretriz que lhe haviam emprestado. Aceitava, não propriamente a *Conciliação*, mas uma conciliação que exprimisse apenas uma trégua na luta em que se empenhavam os dois Partidos, sem que isso pudesse significar a extinção ou desaparecimento de ambos; uma concessão que o Partido Conservador no Poder fazia ao Partido Liberal, com o esquecimento das culpas e dos erros passados, de modo a juntarem os seus esforços em prol dos interesses superiores da Nação. Era, em suma, uma conciliação no sentido unionista inglês, quer dizer, onde cada um guardava a sua própria individualidade, sem abdicação dos princípios que os caracterizavam.

Mas não era essa a política que se pretendia levar por diante. Apesar do desaparecimento de Paraná, o que se pensava fazer era prosseguir nas linhas gerais que ele havia traçado quando constituiu o Ministério da Conciliação. Ora, nessas condições, não cabia a Uruguai, quando foi convidado pelo Imperador a formar o novo Gabinete, senão declinar dessa honra, o que fez sem entrar em maiores explicações com o Monarca, alegando simplesmente o mau estado da sua saúde — no fundo mero pretexto, já que o verdadeiro motivo fora a impossibilidade de organizar um Ministério com individualidade própria, que não fosse um ajuntamento de "pessoas divididas por opiniões e interesses" que não se podiam conciliar, como o próprio Uruguai diria um ano depois em discurso no Senado.

Dando as razões da sua recusa, ele escrevia ao Barão de Penedo:

"O Ministério Paraná-Caxias se retirou, e fui chamado para organizar um outro. Julguei dever declinar essa honra nas atuais circunstâncias. Não me irei deitar no leito de Procusto sem ter alguma esperança de fazer alguma coisa de útil, e certeza de organizar um Ministério forte, que possa lutar com as inúmeras e complicadas dificuldades que nos cercam"[290]

Por seu lado, seu filho Paulino mandava dizer ao mesmo Penedo:

"Quando, no sistema constitucional, desaparecem os partidos e com eles as ideias, o interesse individual ou a corrupção é o meio pelo qual apelam inevitavelmente os governos, baldos de outros recursos com que em épocas normais poderiam formar maiorias. Infelizmente estamos neste caso, e é desagradável entrar nos comícios quando a dissolução se apodera de Roma."[291a]

Com a recusa de Uruguai, o Imperador apelou para o Marquês de Olinda — *'revenant'político*, como o chama Paulino em carta a Penedo. Olinda, como Uruguai, como Itaboraí, como Eusébio, divergira também da política de Conciliação praticada por Paraná. *A política de mistura*, como ele dizia num tom crítico e ao mesmo tempo sarcástico. Mas Olinda era outro homem diferente de Uruguai. Não tinha como este o fetichismo dos princípios. Podia ter em tudo ideias próprias, como diz Joaquim Nabuco[292], sentimentos pessoais que dificilmente se podiam modificar, e era sabidamente um homem de preconceitos. Mas em política tinha uma elasticidade que a todos surpreendia. Adaptava-se facilmente às mais difíceis e desencontradas situações. "Era politicamente de uma ductibilidade extrema (diz Joaquim Nabuco); se ninguém o torcia, ele mesmo achava sempre as razões as mais inesperadas e sutis para mudar."[293] Nada o definia melhor do que estas palavras, que ele próprio pronunciara ao tempo em que era Regente do Império: "Em política não há princípio justo nem injusto. Tudo depende da mobilidade das circunstâncias. A transação é a única lei da moral política."[294]

Transigiu, assim, com o seu primitivo ponto de vista contrário à Conciliação, com a sua "tradicional convicção conservadora", como diz Sonnleithner, e aceitou o encargo de ser no Governo o verdadeiro sucessor de Paraná. Sonnleithner acrescenta que Olinda se viu diante deste dilema: ou aceitava organizar um Gabinete *conciliador*, pois que era esta a vontade decidida do Imperador, ou recusava o Poder. E uma recusa sua do Poder, seguida à de Uruguai, quer dizer, dos dois principais chefes Conservadores, podia bem levar o Imperador a ceder à "tendência liberal" da Câmara[295], e chamar um dos chefes desse partido para organizar o novo Governo.[296]

O Gabinete que ele constituiu a 4 de maio de 1857 foi um Ministério onde havia de tudo, homens de todos os matizes, tirados dos dois Partidos, e mesmo sem nenhum partido, como Lopes Gama, Visconde de Maranguape, seu amigo íntimo, dos raros que o tratavam por *tu*. E no Senado, anunciando a política do novo Gabinete, declarou que seguiria *eficazmente* a da Conciliação — "primeira das necessidades públicas numa ocasião como esta."

Mostrou-se, assim, fiel ao pensamento de Paraná. Seu Governo ficou dentro do espírito e das diretrizes políticas da Conciliação. Podia não exprimir e certamente não exprimia uma convicção sua, nem da gente que o cercava no Poder. Mas não provava menos que a Conciliação, apesar do desaparecimento de Paraná, sobrevivia ainda ao grande chefe.Olinda manteve-se no Poder cerca de ano e meio. Retirou-se em dezembro de 1858. Em dificuldades com a oposição parlamentar à política financeira do Gabinete, preconizada por Sousa Franco, seu Ministro da Fazenda, resolveu abandonar o Poder. "A oposição do Senado — dirá o Imperador — foi a causa da mudança do Ministério,e essa oposição era sobretudo dirigida contra as ideias de Sousa Franco."[297]

Na verdade, porém, não foi precisamente esta a causa exata ou, pelo menos, a única da retirada de Olinda, mas a posição que assumiu o próprio Imperador, — "ideias ao lado da oposição parlamentar, contra os projetos financeiros de Sousa Franco que sempre ofereci objeções", dirá ele.[298]

Essa atitude do Imperador desgostou Olinda. Sousa Franco era no Ministério o representante da corrente liberal, e tinha na Pasta da Fazenda uma grande liberdade de ação. A política financeira do Gabinete era, na realidade, uma política sua, o que não significava que não tivesse o apoio dos colegas, inclusive do próprio Presidente do Conselho. Assim que a oposição do Imperador feriu a susceptibilidade e o amor-próprio de Olinda.

Conhecendo já melhor o Imperador, e sabendo emperrado em certas ideias ou preconceitos que abraçava, Olinda preferiu retirar-se a abrir luta com a Coroa. Não quis repetir o erro de 1849, que lhe custara ter sido posto fora do Governo. Nem mesmo solicitou ao Imperador o recurso constitucional da dissolução da Câmara.[299]

XI

Exonerando-se Olinda, o Imperador chamou Eusébio de Queirós, que se escusou. Apelou então outra vez para o concurso de Uruguai, que novamente recusou aceitar o Poder. "Provavelmente julgaram que ainda não era chegada a época dos Conservadores puritanos", observará mais tarde o Imperador.[300.]

Foi chamado então Abaeté, que aceitou formar Governo. Abaeté nunca fora um entusiasta da Conciliação. Mas também não lhe movera guerra. Seu Gabinete é de 12 de dezembro de 1858. Fica sendo o último da situação conciliadora inaugurada cinco anos antes por Paraná. Com exceção de Sérgio Teixeira de Macedo, Ministro do Império, um estranho à política (ele servira, aliás, à Conciliação, como diplomata), os demais Ministros — Nabuco, Paranhos (Rio Branco) e Sales Torres Homem (Inhomirim), eram sabidamente ligados à política da Conciliação. Nabuco e Paranhos tinham sido colegas de Paraná no Gabinete de 53; e Torres Homem se gabava de ter sido o primeiro, naquele ano, que pronunciara a palavra "conciliação"[301]. Era, em todo o caso, um *conciliado*.

Foi voz corrente que a sua inclusão no Gabinete, como Ministro da Fazenda, partira de uma insinuação do Imperador a Abaeté. Não há prova disso. Mas tudo faz crer que, se o Imperador não a pleiteou, lhe tenha dado, em todo o caso, pleno assentimento. Sales Torres Homem fora na Câmara o *leader* da oposição que combatera os projetos financeiros de Sousa Franco, e suas ideias coincidiam aí em tudo com as do Imperador. Era natural, portanto, que este olhasse com simpatia a sua inclusão no Gabinete, para dirigir a repartição da Fazenda. As ofensas que o antigo panfletário do *Libelo do Povo* lançara contra o Monarca não impediam que este apoiasse agora a sua entrada para o Governo, a bem da causa pública; tampouco não faziam Torres Homem hesitar em sentar-se, a mesa dos Ministros, ao lado do Imperador.

Abaeté não conseguiu firmar-se por muito tempo no Governo. Menos de um ano depois, ou seja, em agosto de 1859, entrando em divergência com o Imperador por causa da questão bancária, que Abaeté fazia depender do adiamento das Câmaras, negado pelo Monarca, ele se viu obrigado a retirar-se. Dom Pedro II apelou então para Ângelo Ferraz, futuro Barão de Uruguaiana.

Aliás, a vinda de Ferraz era uma coisa prevista. Oito meses antes, em dezembro de 58, quando Eusébio e Uruguai, convidados, sucessivamente, recusaram aceitar a sucessão de Olinda, o Imperador então lhes dissera: *Os Srs. me obrigam a recorrer a Ferraz*[302]. É que Ferraz fora o chefe da violenta oposição que se fizera na Câmara de 1853 contra a Conciliação, e o Imperador não queria, chamando-o para formar Gabinete, lançar a última pá de cal no que restava ainda da política de Paraná. Se ele fora um dos primeiros desencantados dele, era também, agora, um dos seus últimos descrentes.

Na falta, porém, de outros homens para prosseguirem com a política da Conciliação, pois Eusébio e Uruguai se recusavam aceitar o Governo, Olinda estava gasto, Abaeté descrente, e os companheiros de Paraná no Gabinete de 1853 eram todos gente

243

nova, sem tradição nem autoridade na política, o Imperador não teve outro remédio senão curvar-se ao sentimento geral e dar por encerrado, definitivamente, o ciclo da Conciliação. Daí a vinda de Ferraz em 1859.

Na verdade, a Conciliação estava bem morta e enterrada. Passara a ser uma palavra que nada mais exprimia, sobre o sentido da qual ninguém mais se entendia. Assinalava uma época já vivida e para sempre sepultada. O espírito de Paraná, que durante cerca de cinco anos presidira os destinos da política brasileira, passara definitivamente à História. Ninguém mais tinha fé nem acreditava na eficiência da Conciliação. Os políticos que a haviam combatido, não desejavam senão esquecê-la para melhor destruí-la. Os que dela se haviam aproveitado, para se passarem de um campo para outro, e disfarçarem, assim, uma fuga, não lhe tinham mais amor nem apego. E os que lhe eram sinceramente afeiçoados, como o Imperador, não acreditavam mais nos benefícios que ela podia ainda dar. Eram todos uns desencantados. Num ponto, entretanto, estavam de acordo: o que ela tinha que dar já havia dado; o que teria ainda a dar não o daria mais.

A Conciliação desapareceu assim no silêncio das coisas mortas. Diluiu-se como uma nuvem de vapor d'água. Façamos, entretanto, a devida justiça: ela assinala, na história política do Segundo Reinado, uma época cujos frutos permanecerão vivos até o fim do Império. Acabou com o espírito revolucionário e firmou definitivamente a paz dentro da qual prosperará a Monarquia. Preparou um punhado de homens novos para o futuro governo do País, selecionando os mais capazes, ensinando-os a escola da tolerância, do respeito mútuo e do interesse público, que será, doravante, a característica do Reinado. E criou, finalmente, o ambiente constitucional em que passariam a se revezar, sem se excluírem, os dois grandes partidos da Monarquia.

CAPÍTULO XV

O HOMEM MADURO — CHRISTIE — CASAMENTO DAS PRINCESAS

Primeiras ligações do Imperador com os "sábios." Manzoni e Alexandre Herculano. Gonçalves de Magalhães. Gonçalves Dias. Varnhagen, correspondente imperial. Ressurreição de Monte Alverne. Feitio simples e acessível do Imperador. O cholera morbus de 1855. Viagem às Províncias do Norte. A Questão Christie. O "ultimatum "de 1862. Atitude enérgica do Imperador. Intervenção suspeita de Mauá. Repulsa do Imperador. A displicência de Abrantes. Retirada de Christie. Rompimento com a Inglaterra. Casamento das Princesas. Noivos em perspectiva. O filho do Conde d'Aquila. Papel da Princesa Dona Francisca. Gastão, Conde d' Eu e Augusto, Duque de Saxe. As mulheres põem, e os corações dispõem. Nuvens no horizonte.

I

Esse Imperador de pouco mais de trinta anos não é ainda um desencantado do trono. Mas a coroa pesa-lhe já sobre a cabeça, e tem as atribuições soberanas como um dos mais ingratos dos seus deveres. Suas propensões são outras. "Nasci para consagrar-me às letras e às ciências", confiará ele, em 1861, ao seu *Diário*. E noutra página dirá: "O que sei — devo sobretudo à minha aplicação, sendo o estudo, a leitura e a educação de minhas filhas, que amo extremamente, meus principais divertimentos"[303].

As letras e as ciências. É dessa época, ou de pouco antes, que datam suas primeiras ligações espirituais com os homens de pensamento. Os políticos já o aborrecem e o entediam, e é no comércio dos homens de letras que ele busca uma distração e um paliativo para os dissabores que lhe dá o exercício do cargo soberano.

Manzoni e Herculano são os seus principais correspondentes nessa época: dois velhos espíritos que seduzem a curiosidade nascente do jovem Soberano. É com umas poucas linhas escritas em italiano, um pedido de autógrafo — "algumas estrofes da ode imortal *Cinco de Maio*" — que ele inicia, com Manzoni, uma correspondência que se prolongará, com alguma interrupção, por cerca de vinte anos, até quase às vésperas da morte do poeta.

Essa primeira carta é de junho de 1851. O Imperador não tem ainda vinte e seis anos. Manzoni responde-lhe com a ode copiada inteiramente por sua mão. Não precisou de mais para animar o seu jovem admirador, que logo se apressa em escrever-lhe novamente. Mas já então noutro tom; mais senhor de si, menos tímido, quase com a coragem de um velho confrade. Entra na apreciação dos versos do poeta, comparando-os, salientando as contradições encontradas nas duas edições que guarnecem a sua biblioteca. Seu respeito por Manzoni leva-o, porém, a não arriscar uma opinião sua. Não quer, não se sente com autoridade para contrariar o poeta — *non vaglio fondare un' opinione, che si arrischierà a contrastar di tal maniera il penumento dele' autore* [361].

245

Seu italiano é de um incipiente. Sente-se que ele conhece a língua. Mas não a domina ainda. Os erros de sintaxe e outros de gramática são frequentes. O Imperador, aliás, sabe disso. E noutra carta a Manzoni, pede-lhe benevolência, confessando ao mesmo tempo o prazer que lhe dá "o estudo da bela língua italiana", da qual tem na família o principal incentivo[305]. Quer, evidentemente, referir-se à Imperatriz, napolitana.

Sua correspondência com Alexandre Herculano tem outro tom. Nela, o Imperador se sente mais à vontade. A afinidade entre ambos é maior. Seus espíritos estão mais vizinhos. Compreendem-se melhor. Primeiramente, há a questão do idioma, que os aproxima; depois, Herculano não é propriamente um estrangeiro para o Imperador. Este o tem quase na conta de um dos seus súditos. Por isso seu desembaraço para com ele é maior, e lhe dispensa uma confiança que não ousa dar a Manzoni.

Em sua correspondência com Herculano o que se nota é o tom puramente, quase exclusivamente, literário que ela logo assume. Cria-se imediatamente uma espécie de *camaraderie* de letras entre ambos, como se se tratasse de dois velhos amigos e confrades. Para o espírito culto, em plena formação literária do Imperador, as cartas de Herculano têm um sabor todo especial, um grande cunho de novidade. São um puro encantamento. São páginas de uma crítica inteligente e atual da literatura portuguesa, da tendência das novas escolas, do valor, dos defeitos e das qualidades dos principais escritores de Portugal.

"Se anuncia um novo romance de Camilo Castelo Branco (escrevia ele ao Imperador em abril de 57). *Um homem de brios*, continuação de outro intitulado *Onde está a felicidade*? Camilo Castelo Branco pode-se dizer que nasceu romancista, e ninguém em Portugal tem, aos trinta ou trinta e dois anos, produzido tanto como ele, ao menos neste gênero. Sabe conciliar a atenção e a curiosidade dos leitores, e é singular no talento de observador. Os seus grandes defeitos literários explicam-se pela sua índole. Descrente e pouco severo nos costumes, os seus escritos não são a melhor escola moral. Trabalha mais com o intuito de ganhar dinheiro e de fazer ruído, do que com um fim literário. Assim, os seus esforços dirigem-se inteiramente a publicar muito e a produzir impressões fortes, embora falsas ou menos duradouras. Nos seus livros, ao lado de uma passagem excelentemente escrita, vem outra recheada de trivialidades, quando não de ideias inexatas, e até de defeitos quase pueris de estilo e de linguagem. Não há talvez, entre os nossos escritores moços nenhum mais desigual."[306]

II

Não o interessavam, porém, apenas os literatos estrangeiros. Procurava também aproximar-se no Brasil de todos quantos cultivavam entre nós as coisas do espírito. Animava a uns e auxiliava a outros. Mandava dar a Pedro Américo 400 francos de seu bolso particular a fim de que fosse estudar pintura em Roma. O artista tinha então vinte e sete anos. Ia em auxílio de Gonçalves de Magalhães, futuro Visconde de Araguaia, para a impressão do seu poema *A Confederação dos Tamoios*. Despachava Gonçalves Dias à Europa, com a missão oficial de colher documentos de interesse para a História do Brasil, mas na realidade para facilitar ao poeta a impressão de suas obras em Leipzig, com o editor Brockhaus, cunhado de Wagner.[307]

O mesmo interesse que punha na correspondência de Manzoni e de Herculano, dispensava à de brasileiros modestos, funcionários do seu Império, que viviam ainda na obscuridade, e que outros títulos não tinham para uma tal distinção do que os intelectuais. Era o caso de Francisco Adolfo Varnhagen, futuro Visconde de Porto Seguro. Tinha ele então pouco mais de trinta anos, e era secretário da nossa Legação em Madrid. Mas começava a se fazer conhecido com os seus estudos históricos, e trabalhava já na elaboração da extraordinária *História Geral do Brasil*,

246

Poetas, prosadores, artistas, Históriadores... Todos quantos, enfim, estavam ligados às coisas do pensamento atraíam o espírito indagador e sequioso de cultura do Imperador. 1a procurar Monte Alverne, que há vinte anos se recolhera ao silêncio do Convento de Santo Antônio, para induzi-lo a recitar o sermão na festa de São Pedro de Alcântara, a 19 de outubro de 1854. O grande Franciscano era então um sepultado em vida. Desde que a cegueira o atacara, deixara-se esquecer voluntariamente entre as paredes sombrias da cela. Raros eram os que se lembravam ainda de seus famosos sermões, pregados na Capela Imperial, ao tempo do Primeiro Reinado.

Monte Alverne hesitava, porém, em deixar o seu recolhimento para subir novamente ao púlpito da Capela Imperial. Não se sentia com coragem para interromper um silêncio de vinte anos, e à súplica do Imperador respondia com uma carta que era um verdadeiro grito de angústia:

"Senhor, estou na firme convicção de que as ovações e os aplausos passaram para não voltar mais. Falo a um Príncipe ilustrado, justo e magnânimo. Ele reconhecerá que eu não arriscaria uma denegação se uma necessidade de ferro não me tivesse a isso obrigado. Deus colocou-se entre mim e Vossa Majestade Imperial privando-me da vista, cercando-me de aflições; ele quis advertir-me que eu nada mais tenho a pretender do mundo. Sei, não receio dizê-lo, sei o alcance deste passo; aprecio bem a perspectiva que vai abrir-se diante de mim; ouço a voz do desprezo, da ironia e do escárnio — é a mesma voz que escutei na solidão quando, exausto de forças e já cego, não pude continuar os serviços que prestara com tanto ardor e sucesso.

A vontade de Deus seja feita! Empreguei na carreira do púlpito vinte e seis anos; vinte foram consumidos na Capela Imperial; quatorze foram gastos no ensino filosófico. Servi o Soberano, glorifiquei a Deus, não fui inútil à Pátria. Senhor, não posso pregar o sermão de São Pedro de Alcântara![309]

O empenho do Imperador foi tanto, porém, tão pressuroso, que conseguiu vencer a resistência de Monte Alverne. Este acedeu, afinal. E fez o sermão de 19 de outubro. Foi o seu canto de cisne. Joaquim Manuel de Macedo refere-se ao sucesso que coroou essa oração, que *não se pode explicar nem descrever*[310], e José de Alencar, no entusiasmo de seus vinte e cinco anos, todo emocionado ainda ao deixar a Capela Imperial, nos descreve a figura grande do Franciscano, quando apareceu na estreita arcada do púlpito, envolta na meia-escuridão da Capela, a bela cabeça encanecida, o rosto pálido e emagrecido, e, entre as mangas do burel do hábito de Franciscano, os braços nus e descarnados.

"Ajoelhou. Cruzou a cabeça sobre a borda do púlpito, e, revolvendo as cinzas de um longo passado, murmurou uma oração.... Ergueu a cabeça; alçou o porte; a sua fisionomia animou-se. O braço descarnado abriu um gesto incisivo; os lábios quebraram um silêncio de vinte anos... Frei Francisco de Montalverne pregava."[311]

III

Todos os anos, às sextas-feiras santas, fazia-se a exposição do Senhor Morto na Capela Imperial. Era ali que o Imperador se prestava à cerimônia de lavar os pés dos pobres. E na procissão do *Corpus Christi* era visto, com outras pessoas de qualidade, ajudando a carregar o pálio, durante todo o percurso do cortejo. Múcio Teixeira o focaliza num desses momentos:

"A figura olímpica do Soberano, alto, airoso, de uma distinção verdadeiramente majestosa, o cabelo e a barba louros, os olhos de um azul celestial, o passo cadenciado, na mão direita a vara de prata do pálio que abrigava o Bispo, com o Santíssimo; o Monarca la fardado de Almirante, cheio de grã-cruzes, o Tosão de Ouro sobre o largo peito, o chapéu armado na mão esquerda, os cachos das dragonas tremendo nos ombros, os cabelos ondulando ao vento."[312]

Não era mais o rapazola baixo e atarracado de poucos anos atrás, cabeça grande e corpo de uma gordura precoce e pouco sadia. Crescera. Desenvolvera-se. Tudo nele parecia agora proporcionado. Alcançara a alta estatura dos Habsburgos. Podia-se talvez chamá-lo um belo rapaz, ou antes, um belo homem. Por sua elevada figura, suas feições severas, seus modos lentos, tinha, porém, uma aparência envelhecida. Parecia antes um homem de meia-idade do que um rapaz de cerca de trinta anos.

Conservava as maneiras reservadas. Gostava muito de ouvir, mas geralmente pouco falava. Observava tudo e todos. Tinha sempre o olhar escrutador, algo suspeitoso. Desnorteava, com isso, todos quantos se aproximavam dele pela primeira vez.

Alexander, artista europeu meio excêntrico, uma espécie de mágico, que andava a exibir-se por esse tempo no Rio, obtinha uma audiência do Imperador, para agradecer-lhe a honra de o ter tido em um dos seus espetáculos.

"Recebeu-me — conta Alexander — à entrada do salão, e estendeu-me a mão para o ósculo. Ficou, então, calado, à espera do que eu lhe dizer. Confesso que sua extraordinária calma, ou antes indiferença, embaraçou-me. Falei da graça e honra, favorecendo o meu espetáculo com a sua presença. Por sua vez ele indagou há quanto tempo eu estava viajando pela América, qual o lugar que mais me agradava, onde havia aprendido o espanhol, que cidadão eu era. Inclinou, então, levemente, em despedida, a cabeça e saiu."

Deixou Alexander um pouco perplexo no meio da sala. A rapidez da entrevista não dera tempo ao artista de formar de pronto uma opinião sobre o Monarca. E quando desceu as escadas do Paço, foi fazendo as suas reflexões:

"Se havia deixado boa ou má impressão, não consegui ler no seu semblante, que não mudou. A mim parece que isso é estudado, para obstar, tanto quanto possível, que a crítica de estranhos chegue a uma conclusão segura. Não se mostrou dado ou não, comunicativo ou retraído, elegante ou deselegante, ríspido ou amável. Em uma palavra, parece tomar o caminho do meio, que é o mais cauteloso, dando com isso uma prova de sua natural prudência e conhecimento dos homens.[313]

Apesar desse feitio reservado, ele la aos poucos se identificando com o povo. Continuava a não ser popular. Nunca o será, aliás. O país, entretanto, começava a compreendê-lo. Começava a estimá-lo por suas maneiras delicadas e corteses, sempre atenciosas para com todos, fosse com os poderosos, fosse com os humildes. Seu feitio democrata, despido inteiramente de qualquer veleidade de mando ou altaneria aristocrática, seduzia francamente a todos. Começava a ser visto em atitudes simples e despretensiosas, o que não deixava de impressionar o espírito absolutamente avesso a qualquer espécie de esnobismo do povo brasileiro.

No Rio como em Petrópolis, mais em Petrópolis do que no Rio, pelas condições campestres e quase rústicas da antiga colônia do Major Koeler, ele aparecia a todos com a simplicidade de qualquer cidadão do Império, sem séquitos, sem cortesãos ao lado, apenas com os empregados do Paço em serviço na semana, e sem nenhum aparato ou atributo da realeza.

Pedro Lamas, filho de Andrés Lamas, a esse tempo Ministro do Uruguai no Brasil, e que passava o verão com a família em Petrópolis (como era já o costume entre o corpo diplomático estrangeiro), nos deixou este quadro bem característico:

Com relativa frequência víamos o Imperador penetrando na chácara de meu pai, com a Imperatriz ao lado, avançando com o seu passo lento, seguido do veador e do camarista da semana, através do jardim apenas traçado.... Avisado — parece-me o estar vendo — meu pai, com a sua roupa ligeira e o chapéu de palha, saía ao encontro do Imperador, quando este não o surpreendia conversando com o Antônio, o jardineiro, um português de grandes barbas..."[314]

IV

De outras vezes era visto, no Rio, tomando banhos de mar com a família em Botafogo, "na bela baía de Botafogo", dizia o Ministro da Áustria, recomendados pelos médicos à Imperatriz e às duas jovens Princesas[315]. Hospedavam-se para isso na casa do Marquês de Abrantes, situada na praia, à esquina do Caminho Novo de Botafogo[316]. Em 1855 passaram lá o mês de abril.

Foi no verão desse ano que irrompeu no Rio o cholera morbus. Veio com uma violência inesperada, e bem maior do que na epidemia de 1830. O pânico logo se apoderou das famílias, que fugiram apavoradas para o Interior, para as fazendas, para as casas dos amigos, para as cidades mais próximas na Província do Rio. Nessa deserção em massa, coube ao Imperador dar o exemplo. Para trazer a calma à Capital, resolveu conservar-se com a família em São Cristóvão, adiando para mais tarde sua habitual subida para Petrópolis.

Fez mais. Com uma atividade desdobrada, só comparável à que desenvolveria alguns anos mais tarde, nos dias apreensivos da Guerra do Paraguai, mostrou-se incansável nas visitas aos hospitais, na assistência aos coléricos, nas providências de toda a sorte que podiam minorar ou fazer cessar os padecimentos dos desgraçados. "Parava seu carro à porta dos hospitais, penetrava nesses focos de epidemia, aproximava-se dos leitos dos coléricos, falava a todos eles, robustecendo a coragem dos fortes, inspirando valor e ânimo aos fracos e enchendo de esperança, de fé e de gratidão os corações dos míseros doentes."

De seu bolso particular deu cerca de quinze contos para a assistência aos necessitados. Acompanhava-o na visita aos hospitais seu amigo de infância Luís Pedreira, Visconde de Bom Retiro. A Marquesa de Abrantes, Madame de Saint-Georges, Ministra de França, a Marquesa de Monte Alegre, uma das mais belas senhoras desse tempo, a Condessa de Iguaçu (meia-irmã do Imperador, filha que era da Marquesa de Santos com Dom Pedro I), eram as damas da sociedade que ajudavam a Imperatriz na instalação de hospitais, na feitura de roupas, na distribuição de alimentos e outras obras de assistência aos coléricos.

Em setembro desse ano de 55 falecia em Niterói Aureliano de Sousa e Oliveira Coutinho, Visconde de Sepetiba. Tinha a idade do século. O homem que durante tanto tempo governara quase discricionariamente o Império, que tivera sobre o jovem Imperador uma ascendência como nenhum outro viria a possuir, morria agora esquecido, ou quase numa obscuridade que era o melhor e o mais edificante dos exemplos para quantos se deixavam inebriar pelas alturas do Poder. Afastado do mando político desde 1847, com a criação da Presidência do Conselho de Ministros, passara, desde então, a desfrutar apenas as honrarias que lhe dava a cadeira de Senador do Império — *otium cum dignitate*. Historicamente era, há muito tempo, um homem morto. E o Imperador o via agora partir para sempre com o mesmo indiferentismo com que a gente vê desaparecer do solo a folha ressequida e amarelada, que já desde muito caíra da árvore e perdera para sempre o verde da sua cor.

V

O Reinado iniciava, nessa época, o período áureo de sua existência, o qual se prolongará por esses próximos vinte anos, até alcançar o apogeu logo depois de terminada a Guerra do Paraguai. O tempo das guerras civis tinha passado. A paz interna, a ordem civil, a segurança e a liberdade individual imperavam por toda parte. Não se conheciam, desde muito, nem processos políticos, nem processos de imprensa, nem conspirações, nem deportações. O Estado não tinha prisioneiros políticos nem perseguidos. "A alma é livre em todas as suas confissões, e o cidadão em todos os seus movimentos", atestava um Replúblicano ilustre, que se exilara de França depois do golpe de Estado de Luís Napoleão e viera refugiar-se à sombra da liberdade do Império.[317]

Essa liberdade, essa justiça, esse respeito à lei, pode-se dizer que tinham no Imperador a sua maior garantia, o seu principal fiador. Era, de fato, no seu caráter reto, no rigor com que já então, com pouco mais de trinta anos, queria ser e era realmente, um Rei justiceiro, que assentava toda a garantia individual, todo o respeito à ordem pública, e toda a confiança na lei.

"Tenho o espírito justiceiro (escreveria ele sem nenhuma falsa modéstia, pouco mais tarde), e entendo que o amor deve seguir estes graus de preferência: Deus, humanidade, pátria, família, indivíduo." Logo adiante acrescentaria: Minha política sempre foi a da justiça em toda a latitude da palavra, isto é, da razão livre de paixões tanto quanto os homens a podem alcançar." Repugnava-lhe tudo o que lhe parecesse ser uma injustiça. E noutra página: "Procuro cumprir meus deveres de Monarca constitucional. Jurei a Constituição, mas ainda que não a jurasse, seria ela para mim uma segunda religião."[318]

Essa Constituição era, em 1858, com exceção da inglesa e da norte-americana, a mais antiga do mundo. O Brasil podia sentir-se orgulhoso em possuir instituições que serviam de exemplo a muito país culto da Europa; e na América, além dos Estados Unidos, nenhum outro podia sequer pretender disputar-lhe a igualdade. Com exceção dos Estados Unidos, França, Inglaterra, Rússia, Prússia, Áustria e Espanha, não havia então receita mais avultada do que a do Império.[318a]

VI

Na Fala do Trono de setembro de 1859 dizia o Imperador às Câmaras:

"Para melhor conhecer as Províncias do meu Império, cujos melhoramentos morais e materiais são o alvo de meus constantes desejos e dos esforços do meu Governo, decidi viajar às que ficam ao Norte da do Rio de Janeiro, sentindo que a estreiteza do tempo que media entre as sessões legislativas me obrigue a percorrer somente as Províncias do Espírito Santo, Bahia, Sergipe, Alagoas, Pernambuco e Paraíba, reservando a visita das outras para mais tarde."

Depois da viagem que fizera às Províncias do Sul, Rio Grande de São Pedro, Santa Catarina e São Paulo (a do Paraná só seria criada em 1853, desmembrada de São Paulo), em 1845 e 1847, e curtas excursões na Província do Rio, era a primeira vez que o Imperador se afastava para longe da capital do País. Rapaz, então, de trinta e três anos, era natural que tivesse curiosidade de conhecer outras terras de seu Império, sobretudo as Províncias da Bahia e de Pernambuco, tidas como as mais progressistas e as mais civilizadas do Brasil, as primeiras onde se tinham estabelecido, poucos anos depois da descoberta, verdadeiros núcleos de civilização. Recife, por exemplo, pelo valor e a qualidade de sua edificação, pelo alto nível social de seus habitantes, a riqueza da sua produção açucareira e o trem de vida aristocrático dos senhores de engenho, podia ser colocada em plano muito superior ao Rio de Janeiro ou a São Paulo.

O Imperador partiu a 1º de outubro de 1859, acompanhado da Imperatriz e de um pequeno séquito, do qual faziam parte o Visconde de Sapucaí como seu Camarista e o Conselheiro Luís Pedreira, futuro Visconde de Bom Retiro, como seu Veador. Dona Josefina da Fonseca Costa, futura Viscondessa desse nome, la como Dama da

Imperatriz. Fazia também parte da comitiva imperial o Conselheiro João de Almeida Pereira Filho, Ministro do Império.[319]

Embarcaram todos no navio *Apa*, comandado pelo Capitão de mar e guerra Pereira Pinto, depois chefe de Divisão e Barão de Ivinheíma. Comboiava o *Apa* uma esquadra de três barcos de guerra, sob o comando do Vice-Almirante Joaquim Marques Lisboa[319a], composta da fragata *Amazonas*, comandada pelo Capitão-Tenente Raimundo de Brito[319 b]. da corveta *Paraense*, comandada pelo Capitão-Tenente Delfim Carlos de Carvalho[319C]; da canhoneira *Belmonte*, sob o comando do Primeiro-Tenente Carlos de Marize Barros[319d]

Seis dias depois de deixarem a capital do Império, chegava a comitiva imperial à cidade da Bahia. O Palácio do Governo foi transformado em Paço Imperial, fazendo, porém, questão o Imperador que as despesas com sua hospedagem corressem por conta da Mordomia da Casa Imperial. Foi um princípio que adotou desde então, e do qual não se afastará em todas as suas viagens.

A baixela posta a seu serviço no Palácio era toda de prata maciça, "não havendo para a mesa de Sua Majestade uma só peça que não fosse desse metal." E os talheres eram de ouro. Pertenciam à família Pedroso de Albuquerque, que os recebera, de presente, do Príncipe Jerônimo Bonaparte, irmão de Napoleão I, quando passara pela Bahia no começo do século.[320.]

A 20 de outubro foram visitar a Cachoeira de Paulo Afonso. "Sua Majestade sentiu arroubado seu espírito" (escrevia o correspondente do *Jornal do Commercio*, do Rio), "Assentou-se num rochedo, largamente mirou tudo nessa primeira e profunda emoção, que se não revela, mas que se sente... Havia qualquer coisa de solene na contemplação silenciosa do Imperador... "Para melhor gravá-la na memória, traçou um desenho de lápis da cachoeira. Era essa uma das suas distrações na viagem — copiar as inscrições que mais o interessavam ou desenhar aspectos interessantes da natureza. Esses desenhos não eram obra de mestre, evidentemente, mas revelavam um conhecimento exato do traço e um acentuado sentimento artístico. Valiam, em todo o caso, já nessa época, algo mais do que as suas poesias...

VII

Da Bahia, rumaram para o Recife. O mar um pouco picado. O Imperador, mau marinheiro, enjoou quase todo o tempo. O que o consolava era que grande parte de seus companheiros de bordo também passava mal, inclusive um oficial de bordo e o respectivo médico, "que tem nove anos de embarque", assinalava o Monarca.

No dia 22, chegavam ao Recife "A vista do Recife e de Olinda é muito bela" (*Diário*). Ao desembarcar no Cais do Lamarão, muita gente esperava o Imperador, com os já esperados discursos, "um pequeno seguido de outro maior", anotava Dom Pedro II. Do Cais seguiu para a Câmara Municipal (outro discurso), "custando romper o povo, que la vivando e possuído de não menor entusiasmo que na Bahia" (*Diário*). Da Câmara Municipal o Monarca e sua comitiva se dirigiram para a Igreja do Colégio, onde "ouvi um sermão político do Padre Campos, que rebateu as exagerações da propaganda descentralizadora, não me parecendo mau em geral, apesar de durar três quartos de horas."[320a]

Como na Bahia, o Palácio do Governo, que era o velho Palácio das Torres no Campo das Princesas (construído em 1841, no mesmo local onde havia a casa de Maurício de Nassau) foi transformado em Paço Imperial. "Vim para o Palácio (dizia o Imperador em seu *Diário*) atravessando imenso povo, que me dava vivas, assim como todas as pessoas que atapetaram as janelas das casas de três e quatro andares." E grande observador que sempre fora, notou o pouco calçamento das ruas, "apesar do imposto", acrescentando: "A falta de calçamento é quase geral. A poeira era muita, assim como o calor, e admirou-me ver como cerca de oitenta senhoras das principais da terra acompanharam a Imperatriz desde o embarque até a Igreja do Palácio."

O Palácio do Governo era uma casa de grandes proporções, com dez salões ricamente mobiliados, além de dois grandes quartos de dormir, reservados para o Imperador e a Imperatriz. "Um ambiente de igual ou superior conforto, luxo e bom gosto (diz Guilherme Auler) que os Palácios de São Cristóvão e de Petrópolis." O salão de jantar tinha uma mesa para quarenta e cinco pessoas, tendo sido colocada, no mesmo salão, uma outra menor, para Suas Majestades. Esse critério, de isolá-las dos demais convidados na hora das refeições podia ser fruto de um excesso de zelo do Presidente da Província, que era então Luís Barbalho Fiúza Barreto de Meneses, feito depois Barão de Bom Jardim. Não sabemos se esse era também o costume nos Paços Imperiais do Rio e de Petrópolis. Muito possivelmente não. Ainda porque la de encontro à simplicidade e Espírito democrático do Imperador que, embora zelando a dignidade do seu alto cargo e as suas funções soberanas, procurou sempre, tanto nas recepções em São Cristóvão e em Petrópolis, como no Paço Isabel, casa de sua filha, comportar-se *como todo mundo*.

"O Palácio está muito bem arranjado", notava o Imperador em seu *Diário*. Apreciou sobretudo a banheira que tinha para seu uso, "excelente banheira." Era toda de metal dourado, com torneiras de prata, requinte de luxo para a casa do Governo de uma capital de Província, mesmo se tratando do Recife de então, onde o nível social era, como já dissemos, superior em vários de seus aspectos, ao da própria capital do Império.

Desfile da Guarda Nacional. Notou o Imperador que era pouco numerosa, justificando o Barão (depois Conde) da Boa Vista que era por falta de alfaiates para fazer-lhe os primeiros uniformes, o que não deixava de ser uma desculpa... esfarrapada. Outra nota do Imperador: "Há pouca gente de cor muito escura, e o povo parece mais sério do que o da Bahia, apesar de todo o entusiasmo." Visita ao Arsenal de Marinha, cujo inspetor era o Comandante Elisiário Antônio dos Santos, depois Chefe de Esquadra e Barão de Angra. Era nascido em Portugal, mas radicado no Brasil, onde iria falecer em 1883. Em 1872 seria diretor da Estrada de Ferro Pedro II. Deixaria um *Dicionário de Termos Náuticos*, obra única do gênero e muito consultada entre nós. Na visita ao Arsenal o Imperador observou que se arranjava ali "um teclado taquigráfico de um Padre, que se apresentou ao Presidente da Província como inventor." De fato, foi corrente muitos anos em Pernambuco que um Padre daquela Província tinha sido o inventor da máquina de escrever. Mas na Bahia, acrescentava Dom Pedro II, já lhe tinha falado "um certo Armando Gentil de igual invenção, sendo que me apresentou um desenho." Que fim teria levado esse desenho? Seria interessante saber se esse Gentil ou esse Padre pernambucano tinham de fato descoberto esse meio mecânico de escrever, muito embora só quinze anos mais tarde é que a máquina de escrever se tornaria uma coisa prática. Por outro lado, é de estranhar que o Imperador, que nessa idade já se interessava por mecânica, e vinte anos depois iria chamar a atenção dos Estados Unidos da América para a invenção do telefone de Alexander Graham Bell, não tivesse dado maior importância a esses inventores ou pseudoinventores brasileiros da máquina de escrever.

Numa tarde o Imperador foi ao Hospital de Caridade, onde se encontrou com Monsenhor Francisco Moniz Tavares, antigo deputado às Cortes Constituintes de Lisboa e deputado geral por Pernambuco na legislatura de 1845. Autor da célebre *História da Revolução de Pernambuco de 1817* (comentada e anotada, mais tarde, por Oliveira Lima), da qual ele mesmo participara. Era nessa época, um homem de sessenta e cinco anos de idade (iria falecer em 1876). Em 1849, não deixando de ser Deputado por Pernambuco, obtivera o lugar de Capelão de Dom Pedro II. Escrevendo nesse ano ao Monarca ele dizia: "Os criados, em suas precisões, valem-se, naturalmente, de seus amos, porque deles esperam precisão e socorro." Que desejava o Padre, nessa época? Guilherme Auler diz que ele queria ser Senador por Pernambuco. Não foi satisfeito, naturalmente. Ainda porque Dom Pedro II, que era então um rapazola, e, embora já reinasse efetivamente havia nove anos, não tinha talvez força política para fazer Senadores. Era ao tempo do *professorado* de Aureliano Coutinho e da Facção Áulica do Clube da Joana.

VIII

Foi ver a casa onde morou João Fernandes Vieira, um dos heróis da guerra contra os holandeses, na Rua da Cruz. E detalha: "É estreita e de 3 andares, tendo 3 portas no rez do chão; 2 janelas de balcão corrido no 1º andar; 3 de sacadas de ferro corrido no 2º e 2 de peitoril no 3º". Só faltava tirar um desenho da fachada do prédio, como era seu costume. Esteve em Guararapes, para ver o local onde se travaram as duas célebres batalhas com os holandeses. "A respeito desses lugares célebres da guerra contra os holandeses (escrevia em seu *Diário*) irei juntando os extratos que pedi do Pedreira, para fazer diversas obras. Já tenho um mapa, quase que traçando todo o itinerário do Vieira, desde que fugiu da cidade até a entrada desta pelos Independentes." Carta à filha Dona Isabel, de 24 de novembro de 1859: "Já tenho bastante que contarte a respeito da história da guerra com os Holandeses, cujos lugares mais memoráveis conheci e continuarei a percorrer, esperando que à minha volta a história da nossa Pátria já esteja na ponta da língua." Ele achava que os gerais dos pernambucanos eram muito ignorantes a respeito da guerra com os holandeses — "da história gloriosa de sua Província nessa época", escrevia em seu *Diário*.

Uma manhã (às seis da manhã) foi ver o estabelecimento Cambronne para a limpeza da cidade. Esse Cambronne (Charles Louis) era um engenheiro francês que o governo da Província havia contratado para a limpeza das ruas e os serviços de esgotos de Recife.[320b] Seria descendente do célebre General que na batalha de Waterloo, intimado a render-se pelos ingleses, respondeu-lhes com aquele *mot* que o tornou célebre na história militar francesa? Em todo o caso, o Cambronne do Recife não devia ser de grande conta para a limpeza das ruas da cidade, pelo menos no que se referia a calçamento, já que o Imperador se queixava que eram em geral mal calçadas ou não calçadas de todo e cheias de pó.

Foi ver a Ponte de Caxangá e o processo da sua construção, executada em 1854 pelo engenheiro Vauthier, tida como a primeira ponte pênsil do Brasil — e talvez da América do Sul, diz Guilherme Auler. Examinando-a em todos os seus detalhes e descrevendo-a em seu *Diário*, notou-lhe o Imperador os defeitos: o vão de 270 palmos era pequeno para as grandes cheias do rio; um dos pegões tinha abatido de um lado, rachando o arco de abertura que tem para a passagem das águas. "Depois de concluída essa obra (acrescentava) sucedeu o mesmo ao pegão do lado oposto, onde se fez, para segurá-lo, o mesmo que ao primeiro. Enfim, a ponte, construída em 1854, carece ser substituída por outra de melhor sistema."

No dia 28 de novembro foi visitar a Tesouraria da Fazenda Provincial, "que parece em boa ordem", cujo diretor era José Pedro da Silva[320C]. Durante todo o tempo que ficou no Recife, era um nunca acabar de visitas a estabelecimentos oficiais e particulares naquela sua incessante atividade, um dos traços marcantes do seu temperamento. Não se pense, porém, que essa sua atividade, ou melhor, que essas visitas aos estabelecimentos públicos e particulares — hospitais, quartéis, escolas, instituições de caridade —, feitas, por exemplo, no correr dessa sua estada no Recife, fossem unicamente protocolares, para prestigiá-las com a sua presença, limitando-se ele apenas a aparecer e estar aí uns poucos minutos. Não eram verdadeiras visitas de inspeção ou de fiscalização, querendo ver tudo e tudo esmiuçar, notando-lhe as faltas e os defeitos, do que temos a prova nas notas que deixou em seu *Diário*.

Veja-se, por exemplo, essa nota com data de 4 de dezembro de 1859:

"Fui aos Quartéis do 4º de Artilaria, Comandante Higino José Coelho, do 9º de Infantaria, Comandante José da Silva Guimarães, [320d] e do 10.º de Caçadores, Comandante Coelho Kelly. Achei que convinha rasgar mais as frestas do xadrez do 1º Quartel, tremendo muito o assoalho duma sala do 1.º andar. Tanto neste como nos outros Quartéis há escola, apresentando os soldados algum adiantamento. Queixam-se de maus fornecimentos dos Arsenais, principalmente do pano para o uniforme ordinário, que é vasado, e das pequenas dimensões das peças do fardamento de brim e algodão. Os sapatos, a não serem os de Fernando, não prestam, e nos dois últimos Quartéis o pano dos bonés é mau e desbota logo. Tem gás já nos quartéis dos 9º e 10º, e falta água em todos, apesar de tê-la perto, havendo já ordem para encaná-la para o 9º e pedido para o 10º. A limpeza dos Quartéis faz-se em cubos de *pau*, estando entupido o cano de esgoto do quartel do 10º, convindo desobstruí-lo e fazer as obras necessárias para não tornar-se foco de infecção. Os gêneros não são *todos* bons em nenhum dos Quartéis, e as armas são velhas, não tendo alguns dos cães ou reservas pederneiras, e achando-se em geral pouca limpeza por fora e por dentro; do Arsenal vêm por consertadas algumas cujo cão não bate na caçoleta. As camas são de ferro, mas com tábuas. Apesar de não haver grande diferença no arranjo de tudo o que pertence aos quartéis, sempre darei a preferência ao 9º. O comandante do 9º parece mais verdadeiro militar."

Na Rua da Aurora foi ver a Fundição Starr, estabelecida em 1829, onde se construiu a primeira máquina a vapor que se fez no Brasil. Madrugador como sempre fora e será em toda a vida, era o primeiro a sair de casa para visitar um quartel, uma oficina ou dar um passeio de inspeção. São frases que se encontram a cada passo nas notas de seu *Diário*: "Fui às seis horas aos Quartéis de Cavalaria" — "Parti às 5 para Stº Antão" — "Às 6 e meia fui ver o lugar..." — "Parti às três da madrugada e cheguei ao Cabo às sete" "Ouvi missa às 5 da manhã" — "Saí pouco depois das 5 da manhã" — "Fui às 6 visitar o Arsenal de Marinha" — "Às 6 e tanto fui ver a Fábrica de Gás" — "Fui às 6 visitar as obras do porto" — "Sai de Itapirema depois das 4 da madrugada" — "Cheguei a Igaraçu às 6, tendo saído às 5 e meia." E assim por diante.

IX

Igaraçu, sublinha o Imperador, acrescentando: "É assim que se deve escrever, e não Iguaraçu. Igaraçu — de igara, canoa, e açu, grande, exclamação dos caboclos quando avistaram os navios de Duarte Coelho Pereira, no ano de 1532." Aliás, 1530, data da sua fundação por Duarte Coelho Pacheco (Olinda, por ele igualmente fundada, só o foi em 1535). Assim que se pode dizer que Igaraçu foi a primeira povoação ou vila que os portugueses fundaram no Brasil. Quando Dom Pedro II a visitou, estava em parte decadente, tendo apenas dois mil habitantes. No mesmo ano da sua fundação foi dado início à construção ali da Matriz, sob a invocação de São Cosme e São Damião. Saqueada e em parte destruída em 1632, quando da invasão holandesa, foi depois reconstruída, sendo afixados numa das paredes os seguintes dizeres:

"A primeira terra que em Pernambuco tiveram os Portugueses foi esta de Igaraçu, nome que lhe trouxe a admiração dos Naturais, vendo as grandezas das nossas embarcações, sendo o mesmo, na sua língua, Igaraçu, que é Nau grande, chegando a ela no ano de 1530, em 27 de setembro, dia de Santos Cosme e Damião, com cujo patrocínio venceram no dia uma grande multidão de indios, e expulsando-os fora"[320e]

Diário do Imperador:

"Vi um irmão do Dr. Peixoto (Igaraçu), homem já idoso e que exerce a Medicina em virtude de diploma da antiga Escola ou das antigas leis. Parece bom homem e presta-se a socorrer com a sua arte os bexiguentos pobres que se acham um pouco ao desamparo. Ele disse que a botica era boa. Havia outro do Dr. Peixoto — pai do engenheiro Pedro de Alcântara dos Guimarães Peixoto, das obras provinciais, o qual morreu há pouco. O tio disse que julga ser o sobrinho afilhado de meu Pai, e assim parece pelo nome" [320f]

Outro trecho do *Diário*:

"Às 8 da manhã fui ver, a pé, todas as luminárias, sendo a mais bonita a do Bairro da Boa Vista. Gastei 2 horas e 20. Muita gente, muitos vivas, e quando cansavam as goelas, aplausos com as palmas das mãos. E muito pó"

Baile em sua honra na Associação Comercial do Recife, no edifício do Hospital Pedro II, recentemente construído. Dois mil convidados. O Imperador dançou cinco vezes, e igual vezes a Imperatriz (quadrilhas). No outro dia o Imperador foi ao Convento do Carmo, construído em 1723, onde havia uns retratos do Bispo de Crisópolis[320g], tirados em 1841. Mas não os achou "semelhantes." Foi ver depois a cela do seu antigo *Padre-mestre*, composta de duas peças, com janelas para a Travessa do Carmo. "Escrevi o seguinte (diz o Imperador em seu *Diário*), num papel que achei na cela, tencionando mandá-lo para o Sr. Bispo: *Escrito na cela de Frei Pedro de Santa Mariana. Em 27 de novembro de 1859.*" Carta do Imperador à filha Dona Isabel: "Hás de ler o papel junto ao Sr. Bispo. Procurei a provisão, mas ainda não se achou"[320h]

Página do *Diário*:

"Depois das 8 da noite fui ao Teatro[320i] É elegante, mas pequeno, e com 4 ordens de camarotes, sendo, creio, 61, no todo. O meu camarote tem boa sala de descanso, mas a escada, apesar de bem lançada, é a geral. Cantaram retalhos, e mal, sendo a orquestra sofrível, acabando às 11 e 5 minutos. A iluminação é a gás."

X

Saindo do Recife, o Imperador foi visitar Goiana, que era a maior cidade da Província depois da Capital. E anotava em seu *Diário*: "Há muitas intrigas em Goiana, e a rivalidade existente é entre o João Joaquim e Antônio Francisco Pereira, parecendo-me ambas excelentes pessoas. Até na minha recepção influiu a rivalidade, preparando-se para minha hospedagem a Casa da Câmara, e outra maior, sob a influência de João Joaquim"[320j] Na casa em que se hospedou, em Rio Formoso, foi-lhe servido o chá num serviço de porcelana usado na ocasião de seu batizado, que seu pai dera ao Barão, depois Visconde de Goiana.

Diário: "Partida para Santo Antão às 5 3/4." Tijipió. Jaboatão. Engenho Morenos, "onde pousamos, sobre uma colina em posição pitoresca, de Antônio de Sousa Leão [*futuro Barão de Morenos*]. Este Engenho já existia no tempo dos Holandeses, pertencente a Baltazar Gonçalves Moreno, dizendo-se que uma das muralhas do açude, obra importante, de que só existem ruínas, foram construídas pelos Holandeses. Mas o Sousa Leão não crê isso." Contudo, Joaquim de Sousa Leão Fº, neto do Barão de Morenos, num erudito e longo estudo sobre esse Engenho[320k] diz que num mapa da "Capitania de Pharnamboque", de autoria do cartógrafo holandês Vingboons, existente na Biblioteca do Vaticano, aparece assinalado o "E. Apresentação" [*Engenho Apresentação*], seu primitivo nome e padroeiro da capela. Quando o Imperador e a Imperatriz visitaram o Engenho, e aí pernoitaram, seu proprietário aproveitou a oportunidade para inaugurar o longo sobrado da *casa grande*, dando a esta, com o acréscimo, um aspecto de grande solar.

"Teve isso lugar a 18 de dezembro de 1859. Conforme uma crônica testemunhal, às 9 horas chegaram ao Engenho. O anfitrião, acompanhado de muitos parentes e amigos, tinha ido esperar os augustos viajantes a meia légua de distância. Armaram-se postos com candieiros, da estrada à porta da casa, dos quais pendiam lanternas e balões multicores. Foi um acontecimento, e os vizinhos acorreram para admirar a fachada engalanada do sobradão de Morenos. Rodeada de senhoras, fez a anfitriã as honras da casa[320l], e depois do almoço percorreram os senhores o Engenho, rematando a visita lauto banquete servido em louça da Companhia das Índias"[320m]

Saindo da Vila do Cabo, o Imperador passou pelo Engenho Serraria, "legado ao filho do Nabuco (diz Dom Pedro II em seu *Diário*) por uma viúva, tia de Paulino Pires Falcão, irmão do Tenente-Coronel Camilo, por cujo belo Engenho Massangana passei já quase escuro. Nessa viagem passei ao lado do Engenho Algodoais, que foi do Morgado do Cabo."[320n]

XI

Tamandaré era uma pequena vila ao sul do Recife. O Imperador foi visitá-la. Pediu-lhe o Chefe de Esquadra Joaquim Marques Lisboa, que o acompanhava, permissão para exumar do cemitério local os restos mortais de seu irmão Manuel, ali sepultado há trinta e cinco anos, e levá-los para o Rio a bordo do *Apa*. Esse irmão fora um antigo revolucionário, que combatera a Monarquia em 1824, ao lado dos Republicanos de Pais de Andrade. Acedeu prontamente o Imperador ao desejo do Chefe de Esquadra, mandando ainda que fossem prestadas todas as honras ao antigo revolucionário.

No ano seguinte, em 1860, cogitando o Governo de dar um título nobiliárquico a Marques Lisboa, como homenagem aos seus serviços de guerra na campanha do Rio da Prata, Pais Barreto, Ministro da Marinha, sugeriu que se lhe dessem o nome de algum lugar do Rio Grande de São Pedro, sua província natal. Atalhou, porém, o Imperador, que se devia dar o título de Tamandaré, como homenagem ao irmão revolucionário que aí tombara combatendo em 1824. Alguém objetou que isso valia ligar o nome de Marques Lisboa a uma insurreição contra a Monarquia. Replicou Dom Pedro II que se o irmão de Joaquim Marques Lisboa se levantara contra as instituições monárquicas, em 1824, levado por um ideal mal compreendido, dois anos antes havia combatido, como voluntário, pela independência do Brasil. Passou, assim, Marques Lisboa a ser Barão (depois Conde e, em seguida, Marquês) de Tamandaré, nome que ficaria gravado nos anais da história naval do Brasil.

Depois de estar todo um mês em Pernambuco — de 22 de novembro a 23 de dezembro de 1859 — o Imperador, com a Imperatriz e a comitiva, seguiu viagem para a vizinha Província da Paraíba, ponto extremo dessa viagem ao Norte. Da Paraíba voltaram para o Sul, por Alagoas, Sergipe, de novo Bahia e Espírito Santo, onde chegaram nos primeiros dias de fevereiro de 1860. Aí o Imperador encontrou-se com seu primo irmão o Arquiduque Maximiliano da Áustria, que vinha do Rio de Janeiro numa fragata austríaca em direção à Bahia. [321.] Fizera escala no Espírito Santo justamente para encontrar-se e conhecer o parente brasileiro. Maximiliano teria mais tarde o mais trágico dos destinos: elevado a Imperador do México por um capricho da política imperialista de Napoleão III, cairia em Querétaro, em 1867, fuzilado pelos patriotas mexicanos.

XII

Ao chegar, de volta à Corte, em 11 de fevereiro de 1860 (sua viagem ao Norte durara quatro meses), Dom Pedro II recebia solenemente o novo representante diplomático da Rainha da Inglaterra, William Dougal Chritie.

Este nome entraria em breve para a história do Império, cercado de triste e lamentável fama. A série de incidentes provocados pelo Ministro inglês, suas insolências, as repetidas desavenças que se abririam entre ele e o Governo Imperial assinalam o que se passou a chamar, na história diplomática do Brasil, a *Questão Christie*.

Logo em meados de 1861, Christie entrava em divergência com o Gabinete Caxias por haver subtraído à ação da justiça brasileira alguns tripulantes de uma fragata inglesa surta no Rio. Depois, ainda nesse ano, foi o incidente provocado pelo náufrago, na costa do Rio Grande do Sul, da barca *Prince of Wales*, e subsequente saque dos salvados. No ano seguinte foi o caso dos oficiais da fragata inglesa *Forte*, que, embriagados, tinham sido presos por desacato à polícia da Corte.

Foram sobretudo esses dois últimos incidentes, episódios no fundo sem maior importância, que seriam, noutras circunstâncias, resolvidos com duas notas de chancelaria, que Christie transformou num grave problema de política internacional, e por pouco não levou o Brasil à guerra com a Grã-Bretanha. Tudo pelo feitio intratável do diplomata inglês, por suas reclamações descabidas e insolentes, e pela forma com que usou e abusou das instruções do Gabinete de Londres. "Preferiu o abuso ao uso dessas instruções."[321a]

Faltou-lhe sobretudo serenidade. Era um homem que não tinha, como o geral dos ingleses, o dom de refletir maduramente sobre os assuntos, de deixá-los dormir, para que o tempo se encarregasse de cortar-lhes as arestas e os pontos de maior atrito. A máxima inglesa, *wait and see*, espere e observe, não pertencia certamente ao currículo diplomático de Christie. O Barão de Penedo dizia que ele "aprendera diplomacia. no território de Mosquitos", os índios selvagens de Honduras. E Zacarias resumia todas as suas tropelias nesta frase: "As loucuras de Mr. Christie."

Era, em todo o caso, um homem irrefletido, susceptível, impulsivo e violento. No próprio Corpo Diplomático estrangeiro do Rio, entre seus colegas, que, por espírito de classe deviam ser mais complacentes e perdoar-lhe o mau caráter, era tido como um personagem incômodo e desagradável.

Com o Ministro dos Estados Unidos, por pouco não chegou, certa vez, às vias de fato. O caso passou-se em casa do Ministro da Rússia, quando Christie jogava *Whist* com o colega americano em Petrópolis; e logo se tornou público, assumindo, por toda a parte, o aspecto de escândalo, a ponto de Christie se ver obrigado a deixar temporariamente a cidade e meter-se isolado num recanto da Tijuca.

Esse incidente deu-se justamente quando Christie começava a discutir com o Governo Imperial a procedência das reclamações inglesas e certamente não o predispôs à calma de que se fazia mister. Antes o azedou.

De fato, seu primeiro passo irrefletido foi deixar de comparecer ao Paço no dia do aniversário natalício do Imperador, a 2 de dezembro de 62, quando era convocado ali todo o Corpo Diplomático. Fê-lo acintosamente,[322] na falsa persuasão de que um tal gesto de descortesia podia servir (quando de fato desservia) ao bom sucesso de suas reclamações. "Sinto dizer — escrevia, a propósito, o seu colega francês — que a ausência do Sr. Ministro da Inglaterra foi notada, e deu lugar a comentários desagradáveis a seu respeito."[323]

257

O Imperador ressentiu-se com esse seu procedimento. Pode-se dizer que datam daí as suas prevenções contra o Ministro da Rainha Victória. Em todo o caso, é desde então que avoca a si as negociações com a Inglaterra, reservando-se o papel de árbitro e de principal responsável por tudo quanto se vem a fazer em resposta às impertinências de Christie e à solidariedade que lhe empresta o Governo de Londres.

XIII

Englobando os dois casos num só — o da barca *Prince of Wales* e o da fragata *Forte* — Christie exigiu, em forma de ultimatum, a imediata satisfação de suas reclamações: uma indenização para o caso da barca naufragada, e uma reparação formal para o caso da fragata. Foi-lhe respondido que não se lhe dava nem uma nem outra coisa. Replicou então, em 30 de dezembro de 62, dizendo que dava ordens para que os navios ingleses estacionados no Rio entrassem a praticar represálias contra os barcos mercantes brasileiros.

"No dia 31, com geral espanto, viu a população da cidade levantarem âncoras os vasos ingleses, caminharem-se para a barra, divisarem cinco navios mercantes costeiros que procuravam penetrar no porto, e apreendê-los à vista das fortalezas da entrada, em mares territoriais do Brasil."[324]

Dias antes, quando Christie ameaçara apelar para os navios de guerra ingleses, a fim de forçar o Brasil a lhe dar satisfações, o Imperador declarara em Conselho de Ministros que, efetivada aquela ameaça, ele seria o primeiro a ir para o Arsenal de Marinha, a fim de aguardar ali os acontecimentos. "Disse que me avisassem de qualquer movimento hostil, dentro do porto, da marinha de guerra inglesa, para eu ir para o Arsenal de Marinha. Os Ministros observaram-me que seria melhor eu ir somente para o Paço da Cidade, para que minha presença no Arsenal não excitasse a população. Eu respondi que apenas desejava não aparecer indiferente em tal conjuntura, indo para o meio da população, e que, portanto, sairia para o Paço da Cidade logo que o Ministro da Marinha me avisasse pelo telégrafo.[325]

De fato, no dia 31, apenas conhecedor do que se passava à entrada da barra, o Imperador se apressou em ir para o Paço da Cidade, no Cais Pharoux. Ali o acolheu uma grande multidão, que apreciava do cais as façanhas dos navios ingleses, e logo se solidarizou com o Imperador na repulsa contra as insolências do estrangeiro.

A excitação, aliás, já era grande por toda a parte. Uma massa de povo percorria as ruas da cidade, manifestando contra os principais estabelecimentos comerciais ingleses. Teófilo Ottoni, Deputado liberal por Minas, punha-se à frente dos mais exaltados. E, quando correu a notícia, certamente infundada, de que Christie tivera o desplante de atravessar a Rua do Ouvidor empunhando um chicote, foi preciso a intervenção dos guardas da polícia para evitar-se o desvario da multidão.

No Paço da Cidade, foram ter com o Imperador os Ministros. O Almirante de Lamare, Ministro da Marinha, já lá o esperava. Contou ao Imperador uma história algo confusa, em que aparecia o Barão de Mauá arvorado em mediador ou intermediário de uma mediação entre o Governo Imperial e a Legação inglesa. O Imperador logo se aborreceu com essa intempestiva e prematura intervenção de Mauá, num momento como aquele, quando o Rio de Janeiro e toda a população, o Governo inclusive, se achavam sob a ameaça dos canhões britânicos. E a que título se metia Mauá nisso? Como banqueiro e homem de negócios, com interesses e capitais intimamente ligados aos Ingleses? Era mais que suspeito.

Chegou o Marquês de Abrantes, Ministro de Estrangeiros. Sua calma, a serenidade que mostrava era um contraste com a preocupação de todos. O Imperador o interpela sobre as manobras de Mauá. Abrantes explica que ele e Olinda[326] tinham sido procurados por Mauá, que "lhes sugerira a ideia de recorrer na questão da *Forte* a uma terceira potência, não parecendo Christie opor-se a semelhante ideia." Abrantes — conta o Imperador em seu *Diário* — respondera a Mauá dizendo que, se este "lhe assegurasse por escrito a aceitação por Christie da mediação dele, a apresentaria a seus colegas e a mim, mostrando a carta de Mauá neste sentido" [327]...

O Imperador repeliu imediatamente essa intervenção de Mauá em assunto de tamanha gravidade, que tão fundo feria o sentimento nacional. Estranhou a precipitação com que Abrantes lhe dera logo acolhida. "Manifestei-me logo contra semelhante alvitre no momento atual." Abrantes se desculpava. Para ele, não se deviam levar os acontecimentos ao trágico, pois que *o negócio não era de escarcéu*. A isso, respondia Polidoro, Ministro da Guerra, com uma risada — "creio que sem intenção de ofender a Abrantes", nota o Imperador. Em suma, Abrantes julgava ter feito seu dever, aceitando, como fez, a intervenção de Mauá.

Replicou-lhe o Imperador, já mal-humorado: "cumpriria seu dever se, não repelindo logo a lembrança de Mauá, ouvisse a seus colegas e a mim antes de ter dado qualquer resposta a Mauá." [328]

A atitude de Abrantes era realmente estranhável. Não se dava conta da gravidade da situação. Com o seu feitio leviano e brejeiro, não ligava a importância que todos davam, o Imperador sobretudo, às insolências do Ministro inglês. *Suetônio* (*pseudônimo* de Ferreira Viana) fala nesse seu *pouco caso*, e para melhor ilustrá-lo refere a cena hoje em dia histórica. Abrantes jogava o voltarete em seu palácio de Botafogo; na companhia de amigos. Chegou-lhe o secretário, anunciando o *ultimatum* de Christie, com a ameaça de intervenção dos navios de guerra ingleses. Receava-se que eles chegassem a bombardear a cidade. Abrantes não se alterou nem interrompeu o jogo. Respondeu apenas, num tom de pilhéria:

"Qual, histórias, bombardeado estou eu com os *codilhos* que tenho levado! [329]"

O Imperador não compreendia essa displicência de Abrantes, o seu desânimo, como ele dizia. Preocupava-o, por outro lado, a desunião que reinava no Gabinete. Olinda era outro *desanimado*. Sinimbu, Ministro da Agricultura, que daí a dias passaria para a Justiça, em substituição a Maranguape, não escondia sua desaprovação à atitude displicente de Abrantes. E, no caso da intervenção de Mauá, ameaçava retirar-se do Ministério se ela acaso fosse aceita. Acentuando a desunião que reinava entre os Ministros, observava com tristeza o Imperador: "Deus queira que antes de brigarmos com os Ingleses, não briguem eles entre si!" [330]

XIV

Em todo nesse triste episódio, o Imperador foi talvez o mais consequente. Sua atitude ficou desde logo definida, e dela não se afastou até o fim. Não cedeu às ameaças dos canhões ingleses. Pôs-se francamente à frente do movimento de repulsa a essas ameaças. "O próprio Imperador colocou-se à frente do movimento", atestava Saint-Georges, Ministro de França, que o encontrou, numa audiência diplomáticas, *três animé*

Para ficar ao lado do povo, desistiu de subir nesse verão para Petrópolis, como fazia todos os anos logo depois do Natal. Deixou-se ficar na Corte, animando a todos com a sua presença, visitando os arsenais, percorrendo as fortalezas, ordenando por toda a parte a organização da defesa, para o caso de última necessidade. O povo, que o via numa atividade incessante, fazia justiça às suas intenções, e tudo era pretexto para ovacioná-lo, para secundá-lo, para fortalecer ainda mais, se possível, o ânimo do jovem Monarca, que com a espontaneidade de seus trinta e sete anos se punha valente e decididamente à frente da consciência nacional. "Apesar de tímido (dirá Capistrano de Abreu) atingiu o apogeu na Questão Christie, quando uma brutalidade inglesa pôs de pé a Nação inteira ao lado do seu primeiro cidadão." [330a] Saint-Georges notava:

> "Ontem, quando o Imperador Ia à Igreja para o Dia de Reis, seu carro foi cercado pelo povo, que o felicitava com entusiasmo pela resistência oposta à Inglaterra. Ele falou ao povo para o acalmar, assegurando que o seu Governo não trataria, em qualquer caso, senão de uma maneira honrada e digna. As mesmas manifestações acompanharam a sua volta a São Cristóvão."[331]

Ele não era, em princípio, oposto a uma mediação estrangeira. O que não admitia era que ela se verificasse sob a pressão da esquadra inglesa. Retirasse primeiro Christie essa ameaça, e fossem devolvidos os nossos barcos apresados. Só então o Governo acederia em negociar. "Não consideraria encaminhado o entendimento antes que a Marinha inglesa lhe restituísse os navios apresados. O povo devia vê-los de volta ao porto — desfraldando, muito alta, nos penhões, a bandeira da pátria ..." [332]

A enérgica intransigência do Imperador fez compreender a Christie que este jogava uma partida errada. E Christie cedeu. Deu ordem para que cessassem as represálias, e para que os navios ingleses relaxassem as presas. Propôs, ao mesmo tempo, que as duas questões em litígio fossem submetidas à arbitragem. Aceitou-a o Governo apenas para o caso da *Forte*, que foi entregue ao Rei dos Belgas; quanto aos salvos da barca *Prince of Wales*, preferiu pagar, sob protesto, a indenização exigida pelo Foreign Office.

De tudo isso ficava, no Imperador, uma profunda mágoa contra o Ministro inglês. Fora ele o culpado de tudo. Não fossem as suas impertinências, as suas insolências, a maneira desastrada com que encaminhara as negociações, e não se teria chegado ao ponto dramático a que se chegou. Por todos os seus atos, por sua atitude intolerante, ofensiva aos brios dos brasileiros, Christie se tornara incompatível entre nós. Dele, pessoalmente, não mais queria saber o Imperador. Não se entenderia mais com ele. E só por dever de ofício, não podendo evitá-lo, é que o toleraria em sua presença. Dirá: "A este nem eu, nem minha família receberemos mais em ato que não seja público enquanto não terminarem os negócios em Londres."[333]

Incompatibilizado com o país e com o Imperador, não cabia outra solução a Christie que não fosse a sua saída do Brasil. Aliás, o Governo Imperial já havia reclamado em Londres contra a sua insólita atitude, o que valia, implicitamente, um pedido de retirada. E o Governo inglês compreendeu que não era mais possível sustentá-lo no posto. Foi-lhe concedida assim uma licença. Veio Cornwallis Eliot, Primeiro Secretário da Legação, que, tendo viajado para a Inglaterra, voltava agora para substituí-lo como Encarregado de Negócios.

Desastrado, a má sorte ainda por cima perseguia a esse pobre de Christie. Eliot era seu desafeto pessoal. Tinham os dois brigado pouco tempo antes, e o Secretário fora justamente a Londres justificar-se e queixar-se ao mesmo tempo do chefe. Voltava agora para substituí-lo à frente da Legação. Que melhor satisfação podia acaso receber?

A partida de Christie do Rio foi uma coisa triste. Verdadeira derrocada. Saiu como um fugido, quase clandestinamente. Dias antes pedira, por escrito, uma audiência ao Imperador para si e outra da Imperatriz para a filha. Foram-lhe ambas negadas. Escarmentado, não foi ao Ministério de Estrangeiros despedir-se de Abrantes. Tão pouco não se despediu dos colegas estrangeiros que moravam no Rio. Desceu diretamente de Petrópolis para bordo. [334] E desapareceu para sempre barra fora.

XV

Com a partida de Christie fecha-se no Rio o primeiro ato do nosso drama com a Inglaterra. O segundo abre-se em Londres.

Carvalho Moreira, depois Barão de Penedo, era o Ministro do Império na Inglaterra. Reclamou junto ao Foreign Office contra a atitude de Christie, pedindo ao Governo de Londres uma satisfação pela ofensa que havíamos recebido dos navios de guerra ingleses. Era, para o Governo Imperial, uma questão de decoro. E para o Governo da Rainha uma questão de justiça. Fomos, entretanto, desatendidos. Diante disso, não foi possível outra solução: Penedo pediu os passaportes e retirou-se da Inglaterra com toda a Legação. No Rio, dava-se o mesmo com a Legação inglesa: com a diferença, porém, que era o Governo Imperial quem mandava os passaportes a Eliot, e o convidava a deixar o território do Império.

O pobre do Eliot pagava o mal que não fizera. Ele nos era sinceramente afeiçoado. Mas a sua situação era a mais difícil, dada a má vontade que o Governo inglês persistia em ter para com o Brasil. O Imperador não lhe queria mal, e talvez o tivesse mesmo em simpatia Mas via nele o representante inglês. Já por ocasião de sua volta ao Rio, demorara em recebê-lo mais do que era costume, e Eliot ficara, durante dias, com um pedido de audiência sem resposta. De outra vez o Imperador ainda foi mais rigoroso, e para mostrar a sua insatisfação ao Governo inglês, deixou Eliot em apuros como nunca se vira.

O incidente passou-se por ocasião de uma das audiências mensais que o Imperador concedia ao Corpo Diplomático, e dele foi testemunha Saint-Georges, que nos conta:

"Depois de ter conversado longamente com o Internúncio e os Ministros da Rússia, de Portugal e do Peru, Sua Majestade teve que dirigir a palavra ao Encarregado de Negócios da Inglaterra. Assumindo então um tom glacial, perguntou ao Sr. Eliot: *Como vão a Rainha e a Família Real*? Mal o Sr. Eliot la formular uma resposta, o Imperador se afastou, não permitindo nem mesmo que o Encarregado de Negócios da Inglaterra lhe apresentasse um novo Secretário da Legação, como estava autorizado oficialmente a fazê-lo."[335]

Com a retirada de Eliot ficavam inteiramente rotas as relações entre os dois países. Foi isso em junho de 1863. Nessa época Christie já se achava em Londres. Não era de crer que estivesse ali trabalhando pela aproximação do Brasil com a Inglaterra. Pelo contrário. Com certeza fora destilar no Foreign Office, aos ouvidos de Lorde Russell, o seu ódio contra o Brasil e o Imperador. E o resultado aí estava: o rompimento das relações.

Certo, na intransigência de Londres tinha que se ver, antes de tudo, o amor-próprio do Ministério inglês em jogo, a vaidade, o orgulho da velha Albion. Exprimia, por outro lado, um aspecto da sua diplomacia de mão de ferro — contra os fracos, naturalmente. Era a pata do leopardo inglês, como diz Pedro Calmon, que havia quarenta anos assentara contra o Império, e dificilmente se conformava em largar a presa.

O Gabinete de Londres sabia bem que a atitude de Christie no Brasil era indefensável, e que dela tinham surgido, para nós, os maiores vexames, as mais injustas e duras provações. E não desconhecia que as façanhas dos barcos ingleses, à entrada da baía de Guanabara, valiam pela mais flagrante violação da soberania do Império. Mas o Brasil era um país fraco e desarmado. E não estava na tradição da diplomacia de Sua Majestade a Rainha curvar-se ante as nações débeis. Teria sido preciso primeiro que a Inglaterra fosse atingida em seus interesses vitais. Só então é que concederia em que se fizesse justiça.

Moralmente, a situação do Gabinete de Londres era a mais precária. Já a sentença do Rei dos Belgas, tio da Rainha Victoria, proferida em julho de 63, dera plena razão ao Brasil na questão da *Forte*. Depois, a Inglaterra não era o Foreign Office, não eram os Lordes que decidiam de seus destinos nas salas de Saint James, ditando leis ao mundo pela boca dos canhões da esquadra inglesa. Se Russell e Palmerston tratavam o Brasil como um país de Cafres, Malmesbury, Cobden, Fitzgerald, Salisbury e outras figuras da política inglesa tornavam abertamente a defesa do Império.

Contudo, seriam precisos mais de dois anos de relações suspensas, com os maiores prejuízos para o comércio inglês no Brasil, para forçar o Governo de Londres a reconhecer sua culpa e dar ao Brasil a satisfação devida. Terá que dá-las todas, pela voz de um enviado especial seu, que mandará curvar-se diante do Imperador, na barraca imperial de Uruguaiana. Mas de ordem moral, apenas; o dinheiro, que nos era devido, não pagará nunca.

XVI

As duas princesas iam ficando moças. Era mister, portanto, pensar em casá-las. Separadas do Velho Mundo por semanas de viagem através do Atlântico, não lhes era fácil o contato com as cortes europeias, onde estavam os possíveis candidatos. Salvo o caso de um ou outro príncipe se decidir vir até o Brasil por simples espírito de aventura ou curiosidade em conhecer terras novas. Do contrário, nenhum outro se abalaria a viajar voluntariamente para tão longe com o propósito determinado de conhecer e se aproximar das Princesas brasileiras. Havia tantas outras disponíveis na Europa, e tão mais tentadoras pelo brilho de suas casas, a importância política de seus países e o valor de suas heranças!

Era necessário, assim, atrair ao Brasil os príncipes possíveis pretendentes, fazê-los vir ao Brasil, sem o que as duas princesas arriscavam ficar solteiras. Ainda quanto a mais moça, Dona Leopoldina, não haveria, com isso, inconveniente maior. Mas já o mesmo não se dava com relação a Dona Isabel, que, declarada oficialmente herdeira do trono desde 1850, estava destinada a suceder ao pai como futura Imperatriz, e necessitava assim ter a seu lado um companheiro que a guiasse e a aconselhasse nos momentos difíceis quando ela assumisse a chefia do Estado; um príncipe que estivesse também decidido a fixar residência no Brasil, já que era essa uma obrigação constitucional para o futuro marido da herdeira do trono. Para não falar também na necessidade de a Princesa Imperial ter filhos que lhe sucedessem no trono, perpetuando com isso a dinastia brasileira.

É verdade que as duas irmãs do Imperador, Dona Januária e Dona Francisca se tinham casado no Brasil sem que fosse preciso, para isso, atrair da Europa seus futuros maridos, ou irem buscá-los no Velho Mundo. Mas como se haviam elas casado? Por mera coincidência. Joinville, marido de Dona Francisca, tinha vindo ao Brasil como oficial de Marinha, no desempenho de sua profissão, e no Rio a conhecera por um simples acaso. Enamorando-se dela, voltara com o propósito, dessa vez, de torná-la sua mulher. O outro, Conde d'Áquila viajara para o Rio acompanhando sua irmã, feita Imperatriz do Brasil; e também era, de profissão, um homem do mar. Mas nem todos os príncipes são marinheiros; nem todos têm irmãs que se fazem Imperatrizes do Brasil!

262

Era, portanto, preciso chamar ao Brasil os possíveis maridos das filhas do Imperador. Era preciso atraí-los. Em suma, tornava-se necessário *negociar* os casamentos. As primeiras vistas das pessoas interessadas nisso se voltaram para os príncipes mais chegados, por parentesco, à Família Imperial brasileira. Assim, o primeiro cogitado foi o Príncipe Luís, filho mais velho de Dona Januária e do Conde d'Áquila. Destinavam-no a Dona Isabel. Esse "negócio", como se dizia, fora objeto de cogitação aí por meados de 1857. Os dois possíveis primos eram então bem jovens: Luís tinha cerca de treze anos e Isabel la fazer doze anos de idade.

Sonnleithner, Ministro da Áustria, escrevia para Viena: "A ideia de colocar, com um futuro casamento, um príncipe filho de uma princesa brasileira, no trono que a Princesa Dona Isabel terá que ocupar, parece tanto mais natural quanto se adapta perfeitamente às tendências exclusivistas dos Brasileiros"[336]. Mas não era só por isso: seria também um casamento que daria oportunidade a uma aproximação entre o Imperador e o cunhado, o Conde d'Aquila, consertando assim o desentendido que se abrira entre os dois em 1844, e que tão triste recordação havia deixado no Rio de Janeiro.

Em agosto de 1860, ainda se falava na possibilidade desse casamento. "Ideia plausível (voltava a escrever Sonnleithner), para a qual o Imperador "Se inclinaria talvez momentaneamente, enquanto não aparecesse uma outra que correspondesse melhor aos seus desejos e aos interesses do país." [337] Mas tudo não passou disso. Foi, a bem dizer, um casamento de antemão gorado. O Imperador nunca o tivera em grande estima. E os Áquilas, por seu lado, parece que também não se inclinavam por ele. Foi uma ideia que se apagou antes de tomar corpo. Dona Isabel continuou a sua vida de solteira nas salas de São Cristóvão, e Luís de Bourbon-Sicílias seguiu, no caminho da vida, o seu destino[338].

Ainda nesse ano de 1860, com a visita ao Rio do Arquiduque Maximiliano da Áustria, (que iria ter no México o fim trágico que sabemos), falou-se na possibilidade de casar Dona Isabel com o irmão dele, o Arquiduque Carl Ludwig Joseph, que enviuvara em 1858 da Princesa Margarida de Saxe[338a]; ou com o cunhado, o Conde de Flandres, irmão do Rei Leopoldo II dos Belgas[338b]. Depois foi a vez do filho da Princesa de Joinville, irmã mais moça de Dom Pedro II. Tratava-se do Príncipe Pierre de Orléans, Duque de Penthiêvre, mas que iria morrer solteiro.

XVII

À Dona Francisca, ao que parece, não agradava esse casamento. Irmã de Dom Pedro II, não a tentava o papel de sogra da sobrinha. Mas, se não dava o filho para Dona Isabel, em compensação oferecia os dos outros. Para isso não necessitava ir muito longe. Bastava colhê-lo na família do marido, que era numerosa e casadoura. Seu cunhado, o Duque de Nemours, casado com Victoria de Saxe-Coburgo, tinha um filho, Gastão, Conde d'Eu, rapaz alto e desempenado, culto, um tanto heroico depois da campanha que fizera em Marrocos contra tribos berberes, a serviço da Espanha, reino onde o seu tio, o Duque de Monpensier, era casado com a Infanta Luísa Fernanda, irmã de Isabel II. Seria um bom marido para uma das Princesas brasileiras.

Enviando o retrato do novo *Prince charmant* ao irmão, em fevereiro de 1864, dizia-lhe Dona Francisca: "Se se pudesse agarrar este para uma das tuas filhas, seria excelente. Ele é robusto, alto, boa figura, boa índole, muito amável, muito instruído, estudioso, e, além do mais, possui desde agora uma pequena fama militar."

Por sua vez Dona Januária, a outra irmã do Imperador, mandava dizer-lhe de Paris: "Eu sei que Eu é um moço muito bem educado, de grande coragem e de muito boas qualidades como um Coburgo; todos me dizem isso."[340] Como segundo candidato lembraram-se do Príncipe Luís Augusto de Saxe Coburgo Gotha, primo-irmão do Conde d'Eu[341] e, como este, um rapagão sacudido e simpático. Tinha então vinte anos de idade.

Dona Francisca, que a pedido do irmão tornara a si casar suas sobrinhas brasileiras, assim distribuía os pretendentes: Augusto para Isabel e Gastão para Leopoldina. "A ambição dos Coburgos (dirá Alberto Rangel) veria com bons olhos a possibilidade de um dos seus ocupar o trono do Brasil"[342]. E não eram esses Coburgos talhados para Príncipes-Consortes? Já não estava um, Fernando, no trono de Portugal, ao lado de Dona Maria II? E outro Coburgo, o perfeito Alberto, morto em 1861, não fora o marido ideal da Rainha Victoria de Inglaterra?

Muito bem: Augusto para Isabel e Gastão para Leopoldina. Em maio de 1864, estavam assentados, em princípio, os casamentos. Mas tudo por enquanto em segredo, não passando dos círculos de família, em São Cristóvão e em Claremont House, na Inglaterra, onde os Príncipes de Joinville viviam exilados. O público sabia apenas que as duas Princesas brasileiras estavam "colocadas". Mas quais eram esses príncipes encantados, isso ninguém sabia. Pairava em tudo um mistério. Sonnleithner, pressuroso em informar seu Governo, não conseguia desvendar o segredo, apesar da sua perspicácia. Limitava-se a escrever para Viena:

"Não posso deixar de chamar a atenção para o discurso do Trono... em que Sua Majestade informa à Câmara que os casamentos das duas Princesas terão lugar no correr do ano, sem dar porém nenhuma indicação sobre as pessoas destinadas a serem seus futuros genros. A esse respeito se está aqui completamente no escuro. O Imperador dirigiu pessoalmente esse negócio, não o deixando transpirar a ninguém, nem mesmo nos círculos que lhe são mais próximos. A escolha de príncipes europeus, que parece já feita, é para todos, até agora, um segredo."[343]

Perdendo-se em cogitações e meros palpites, o Ministro da Áustria referia-se a uma suposta sugestão que Dom Fernando, segundo marido de Dona Maria II de Portugal (cunhado, portanto, do Imperador) fizera para casar dois de seus sobrinhos com as Princesas brasileiras. Encontrara, porém, sérias dificuldades, que explicavam "porque os casamentos não foram ainda anunciados oficialmente." E o Austríaco rematava revelando uma suposta desinteligência entre Dom Fernando e o Imperador, a ponto de levar o primeiro a renunciar à viagem que projetara ao Brasil, na companhia dos dois sobrinhos.[344]

Sonnleithner só acertara em tudo isso numa coisa: que se tratava realmente de dois sobrinhos de Dom Fernando, que o eram, de fato, Gastão de Orléans e Augusto de Saxe. Em tudo o mais fora de uma penetração absolutamente negativa. E, quando ele transmitia para Viena a notícia de uma desinteligência entre Dom Fernando e o Imperador, em 23 de agosto de 1864, e o adiamento da viagem dos dois pretendentes, estes já se achavam a caminho do Brasil. De fato, deixando Lisboa a 13 de agosto, iriam ao Rio de Janeiro a 2 de setembro seguinte.

XVIII

Que impressão tiveram os dois príncipes das coisas, dos homens e do país a que vinham ligar os seus destinos? De Augusto de Saxe não se conhece o sentimento. De Gastão de Orléans foi o pior possível.

264

Desembarcados, foram levados para o Paço da Cidade, palácio que não passava de um velho casarão de salas vazias. Numa delas deparou o Orléans com o quadro da coroação de Dom Pedro I, "que logo o impressionou pessimamente, dando-lhe triste ideia do que poderia ser a arte nacional." Os alabardeiros postados à entrada das salas eram "escuros e gaforinhentos", e todos de aspecto "mesquinho".[345]

A multidão que os cercou no dia seguinte, quando eles se dirigiram a São Cristóvão, pareceu a Gastão de Orléans uns "desocupados", que a polícia devia remeter para Mato Grosso e Goiás. O carro que os conduziu à Quinta da Boa Vista era "elegante"; mas ao lado trotava uma ordenança, de uniforme verde e galões dourados — e era um homem negro. "Nada chocou-me tanto — observou o Orléans — entre as mil esquisitices deste país, quanto ver um negro com calções de pele e botas *à revers*."[346]

Seu primeiro encontro com o Imperador e a Imperatriz não deu margem a um grande entusiasmo. O Imperador pareceu-lhe um *esprit distingué*; a Imperatriz, uma *bonté parfaite*. O justo para ser amável. O olhar do Imperador pareceu-lhe "muito sério e quase rebarbativo."

E as Princesas? Ah! as Princesas! Uma palavra, apenas, para classificá-las: feias. A segunda, Leopoldina, ainda mais feia do que a primeira; mais baixa, mais atarracada, "em suma, menos simpática." Positivamente esse Príncipe não tinha sorte: era essa justamente a que lhe destinavam!

A que lhe destinavam...Quer dizer, a que os homens de Estado lhe destinavam. Mas os homens de Estado nunca governaram os corações das mulheres. Dona Isabel anotava em seu diário: "Chegaram o Conde d'Eu e o Duque de Saxe. Meu pai desejou essa viagem com o fito de nos casar. Pensava-se no Conde d'Eu para a minha irmã, e no Duque de Saxe para mim. Deus e os nossos corações decidiram diferentemente." [347] *Deus e os nossos corações* era uma maneira de dizer, porque sabemos hoje que quem, de fato, decidiu trocar os noivos foi o Imperador. Comentando uma entrevista que Tobias Monteiro tivera com Dona Isabel e o Conde d'Eu, em 1920, Helio Vianna diz: "Parece-nos que a mudança dos noivos coube ao Imperador, provavelmente estudando-lhes as características pessoais que transparecessem dessas palestras-exames[347a]. Possivelmente Dom Pedro II, atendendo ao fato de que o futuro marido de Dona Isabel iria ser o Príncipe Consorte, achou que para isso convinha mais o Conde d'Eu. De resto, este mesmo confirma a troca de noivos decidida pelo Imperador, na carta que escreveu à irmã:

> *Avant hier l'Empereur a declaré au general* [347b] *que c'était moi qu'il désirait voir épouser son héritière. Cela m'a fort ému d'abord; mais je crois de moins en moins devoir me refuser à cette position importante que Dieu met sur mon chemin. Cependant jusqu'à présent aucune décision n'est prise: l'Empereur doit nous remettre ses conditions par écrit. Nous pèserons et nous demanderons quelques jours pour lui répondre.*[347c]

Enquanto isso, Gastão preparava o espírito da irmã: *Pour que tu ne sois pas surprise quand tu verras mon Isabelle, je te previens qu'elle n'a rien de joli en sa figure. Mais l'ensemble de sa tournure et de sa personne est gracieux. E noutra carta: Je l'ai cru [a Princesa Isabel] plus apte que sa soeur cadette à assurer mon bonheur domestique.*[347d]

Tudo faz crer, na verdade, que haja sido o Imperador que tomou a decisão de casar o Conde d'Eu com Dona Isabel, deixando o Duque de Saxe para a outra filha. Mas também é possível que a Princesa de Joinville e o marido tenham influído, apesar de estarem longe, por que o futuro Príncipe Consorte fosse um Orléans, isto é, uma pessoa de sua família. Por sua vez a Condessa de Barral, governanta das Princesas brasileiras e grande amiga da Princesa de Joinville, deve também ter tido o seu peso na escolha do

Conde d'Eu para Dona Isabel. Ela estava nessa ocasião no Rio, convivia com a Família Imperial em São Cristóvão e tinha já certa ascendência sobre o espírito do Imperador, do qual se tornaria grande amiga. O Visconde de Taunay, próximo desde criança da Família Imperial e companheiro de brinquedos das princesas, dá a entender em suas *Memórias* que a Barral, "orleanista dos quatro costados", e os Joinville, cunhados e amigos de Dom Pedro II tenham também contribuído para a troca dos príncipes.

"Ninguém pode dizer se foi para o bem ou para o mal essa troca de noivos. O Duque de Saxe tinha, de fato, presença e maneiras muito mais agradáveis e donairosas que o Conde d'Eu, modos mais de príncipe. Mas na estada aqui no Brasil, não revelou nenhuma das qualidades de zelo e consciencioso estudo que se manifestaram no outro." Taunay se tornaria amigo do Conde d'Eu, frequentador assíduo do Palácio Isabel no Rio, e, a pedido do Gastão de Orléans, o acompanharia ao Paraguai na última fase da guerra. Mas, apesar de certas restrições que faria sobre o seu caráter ou maneira de ser, sempre o julgaria superior em muito, ao Duque de Saxe.

XIX

A 24 de setembro de 1864 Sonnleithner escrevia para Viena:

"O casamento de Dona Leopoldina com o Príncipe Luís Augusto de Saxe Coburgo está decididamente combinado. Mas sendo o Príncipe ainda menor, e não tendo consigo ninguém com plenos poderes para assinar o contrato de casamento, o Imperador envia à Europa o Ministro do Brasil em Washington, Senhor Miguel Maria Lisboa [futuro Barão de Japurá] penso que a Viena, a fim de obter do chefe da família do jovem Príncipe, os plenos poderes necessários. Logo que voltar, terá lugar o casamento."

Também se aguardava, para o casamento do Conde d'Eu, o consentimento de seu pai, o Duque de Nemours. Quando o filho embarcara para o Brasil, levava autorização do pai para casar-se com Dona Leopoldina. Como, porém, "Deus e os corações" haviam decidido diferentemente, precisava-se agora de nova autorização de Nemours.

Mas esta não tardou em chegar ao Rio, fazendo então o Conde d'Eu o pedido oficial da mão da Princesa Isabel. Assim que a 19 de setembro Dom Pedro II podia dizer em carta ao Conselheiro Furtado, Presidente do Conselho de Ministros: "Pode dizer a quem quiser que os Príncipes pediram a mão de minhas filhas, o Conde d'Eu a de Isabel, e o Duque de Saxe a de Leopoldina, assim como comunicar a seus colegas o que for preciso para a celebração dos contratos."[347e]

Pelo contrato de casamento, Dona Isabel receberia, quando casada, 150 contos anuais para alimentação, cessando consequentemente a dotação que tinha quando solteira; 200 contos para a compra do enxoval; e 300 contos para aquisição do prédio em que iria residir com o marido — e que seria o Paço Isabel, hoje chamado Palácio Guanabara.[347f]

Assim que, tudo arranjado, celebrou-se o casamento a 15 de outubro de 1864, revestido de grande pompa e regozijo popular, não faltando a nota inédita do "monstruoso e vistoso balão do Sr. Wells", chamado *Princesa Isabel*, que "se elevou galhardamente aos ares, e que impelido pela brisa da terra foi cair são e salvo no Morro da Viúva, gastando meia hora na sua arrojada viagem aérea", noticiavam os jornais.

Uma vez casados, Dona Isabel e o Conde d'Eu foram passar os primeiros dias da lua de mel em Petrópolis, na casa do Barão de Ubá (ocupada depois pelo Colégio Sion).

Depois do que, embarcaram para a Europa em viagem de recreio, para apresentação de Dona Isabel à família dos Príncipes de Orléans.

Restava agora casar a Princesa Dona Leopoldina, para o que se esperava a autorização dos pais do jovem Duque de Saxe. E, quando esta chegou ao Rio, foi feito o casamento a 15 de dezembro desse ano de 64. "As cerimônias para esse casamento — diria Sonnleithner — eram idênticas às que se fizeram para o casamento da Princesa herdeira. Sua Majestade quis com isso demonstrar que as duas Princesas lhe são igualmente caras." Somente não tiveram a proeza de Mr. Wells e o seu balão...

A união de Dona Isabel com o Conde d'Eu — o meu *Gaston*, como ela o chamaria — foi, pode afirmar-se, em todos os sentidos, das mais felizes e duradoras, e iria subsistir até muito depois da queda do Império, nascendo dessa união três meninos. Dona Isabel iria falecer no Castelo d'Eu, em França, em 1921; e o Conde d'Eu teria o fim de seus dias em 1922 a bordo do *Massilia*, navio que o transportava para uma visita ao Brasil.

Já o mesmo não se daria da união de Dona Leopoldina com o Duque de Saxe, pois ela iria falecer em Viena sete anos depois de casada, deixando quatro filhos na orfandade. Quanto ao Duque de Saxe, que não mais pensaria em casar-se, iria falecer em Carlsbad (na atual Tchecoslováquia) em 1907, com sessenta e dois anos de idade.

Foi um fim de ano alegre no Paço de São Cristóvão, esse de 1864, com o casamento das duas jovens princesas. O Imperador e a Imperatriz podiam dar-se como satisfeitos por verem as filhas unidas a dois jovens príncipes cheios de vida e dotados dos melhores predicados para se tornarem uns bons maridos, como de fato o foram. Não se podia pedir mais para uns casamentos arranjados e concluídos à inteira revelia delas.

Mas, se na capital do Império tudo corria tranquilo, já o mesmo não se dava nas fronteiras do Sul do país, onde nuvens escuras toldavam o céu, prenúncio de dias sombrios que nos ameaçavam, e cujo desenrolar dos fatos iremos ver no Capítulo seguinte.

73. Batalha de Riachuelo. Desenho de E. De Martino, litografia de H. Fleuiss. Rio de Janeiro, Biblioteca Nacional.

74. O rio Paraguai visto de Humaitá. Desenho de Methfessel, litografia de Pelvillain. Rio de Janeiro. Biblioteca Nacional. *A preciosa série Methfessel, — Pelvillalin era estampada em Buens Aires com vistas tanto ao público platino como ao brasileiro. Daí o português vacilante de alguns letreiros dessas gravuras, de saborosa marca popular.*

76. José Joaquim Rodrigues Torres, Visconde de Itaboraí. Foto de Joaquim Insley Pacheco. Rio de janeiro. Arquivo Heitor Lyra

75. Conselho Zacarias de Góis e Vasconselos. Foto de Joaquim Insley Pacheco. Rio de Janeiro, Arquivo Heitor Lyra

77. Marquês de Caxias e Visconde de Herval. Litografia de Angêlo Agostini, na "Vida Fluminense"

78. "La Batería Londres." Fortificação de Lópes às margens do Rio Paraguai. Desenho de Methfessel, litografia de Pelvillain. Rio de Janeiro, Biblioteca Nacional.

79. Tropas brasileiras em formação. Desenho de Methfessel, litografia de Pelvillain. Rio de Janeiro, Biblioteca Nacional

80. Batalha num palmar: "La Loma Valentina." Desenho de Methfessel, litografia de Pelvillain. Rio de Janeiro. Biblioteca Nacional.

81. Depois da batalha. Desenho de Methfessel, litografia de Pelvillain. Rio de Janeiro, Nacional.

82. *Muito bom tempo. Muito mau tempo.* Desenho de Methfessel, litografia de Pelvillian. Rio de Janeiro, Biblioteca Nacional.

83. *Glórias do Exército Brasileiro.* Litografia de Henrique Fleuiss, 1868. Rio de Janeiro, Biblioteca Nacional.

CAPÍTULO XVI

GUERRA DO PARAGUAI — DE AGUIRRE A LÓPEZ

A questão uruguaia. "Blancos" e 'Colorados! A Missão Saraiva. Negociações com Aguirre. Ruptura das negociações. O "Ultimatum" de 4 de agosto. Protesto de Solano López. Intervenção do Paraguai. O tratado da Tríplice Aliança. O Imperador e a política do Prata. Invasão do Rio Grande do sul. Guerra com o Paraguai. Partida do Imperador para a guerra.

I

1864 assinala, na história da nossa política no Prata, o ano da *Questão Uruguaia.* É a origem, por assim dizer, da longa e penosa guerra que tivemos de sustentar contra o ditador paraguaio Solano López.

Desde o ano anterior que a República Oriental do Uruguai andava a braços com mais uma de suas guerras civis. O General Venancio Flores, chefe do Partido Colorado, e que durante oito anos vivera emigrado na Argentina, ali desembarcara com um troço de correligionários seus, e em poucos dias, como diz o Barão do Rio Branco, "levantara um Exército" e, com tal rapidez, que em março de 64, quando Atanasio Aguirre, chefe do partido contrário (*Blancos*), assumiu a Presidência da República, o país todo já estava dividido e convulsionado pelos rebeldes. Abria-se, assim, mais uma vez, a luta tradicional entre *Blancos e Colorados.*

Em geral, era rara a discórdia intestina no Prata em que as populações fronteiriças dos Estados vizinhos não procurassem, de qualquer modo, se envolver, ainda quando se limitassem a tomar um partido puramente platônico. Na luta civil uruguaia de 64, as simpatias das populações limítrofes, da Argentina como do Brasil, iam quase todas para os *Colorados* de Flores. Na Argentina, havia mais do que simpatia, havia um franco apoio moral e material. Flores recebia de lá não somente auxílio em dinheiro, como ainda armas, munições e até voluntários. A imprensa de Buenos Aires não poupava, em sua linguagem violenta, nem os *Blancos* nem os seus chefes, principalmente o Presidente Aguirre.

Entre nós não chegávamos a tanto. Mas ninguém fazia mistério da antipatia que nos inspiravam os *Blancos* e os seus processos de governo. Antes de tudo, tínhamos para isso um motivo sentimental, sempre tão importante em nossas manifestações coletivas: *a tragédia de Quinteros*, em 1858, ainda estava bem viva em nossa memória, e esse ato de pura selvageria indispusera, desde então, a opinião pensante do Brasil com seus ferozes autores. Todos sabíamos a parte que os Blancos tinham tomado nessa traição, trucidando os trinta oficiais prisioneiros, cujas vidas haviam sido garantidas, na véspera, ao Ministro do Brasil e ao Corpo Diplomático de Montevidéu. "O povo brasileiro tomou em horror os seus autores. É que nossos costumes eram outros. Aqui conhecíamos várias revoluções, até com caráter Republicano e separatista; mas não se fuzilavam prisioneiros. *Os tigres de Quinteros* deviam inspirar horror num país assim educado"[348], *Tigres de Quinteros* foi como os chamou, em pleno Senado do Império, o Visconde de São Vicente (Pimenta Bueno). Teófilo Ottoni, na mesma ocasião, os colocava "fora da espécie humana."

273

II

Não era, porém, apenas o trucidamento de Quinteros que nos incompatibilizava com os *Blancos* uruguaios. Eram sobretudo as condições difíceis de vida que eles impunham aos nossos patrícios ali residentes. Nisto está toda a explicação, para nós, da chamada *questão uruguaia*. O número de brasileiros domiciliados no Uruguai orçava então em mais de quarenta mil, quer dizer, mais de um quinto da população total. Em 1850, isto é, quatorze anos antes, já eles andavam por aquele número, com propriedades de uma superfície total de 1.782 léguas quadradas, e cerca de um milhão de cabeças de gado *vacum*[349]. Formavam assim um contingente dos mais importantes para o desenvolvimento da riqueza e do progresso do Uruguai.

No entanto, e apesar disso, estavam longe de gozar ali a segurança e a tranquilidade que mereciam. Eram antigas as queixas que nos chegavam, dos vexames de toda a sorte, dos assaltos, espancamentos e, até, assassinatos, que se praticavam contra os brasileiros residentes e proprietários no Uruguai, sem que as nossas justas e repetidas reclamações lograssem ser atendidas ou reparadas pelos homens do governo *Blanco*.

"Assaltos à propriedade, violências de autoridades, recrutamento de Brasileiros para as tropas legais, assassinatos impunes, roubos consentidos, tinham acumulado durante dez anos reclamações que o governo Oriental não dava a merecida atenção." São palavras de Alberto de Faria, o qual, entretanto, tem todo o interesse, na sua obra sobre Mauá, em atenuar as culpas dos *Blancos*. "Sem querer inocentá-los de todo — acrescenta — era fora de dúvida que os vexames que sofríamos iam-se tornando insuportáveis. Aguirre era um tanto fraco e seus agentes militares, particularmente Leandro Gomez, eram sanguinários."

Tantas queixas acumuladas, tantos dissabores passados, tantas perseguições sofridas acabaram, como era natural, por explodir na capital do Império. O sentimento nacional, já tão duramente abalado com as recentes proezas do Ministro inglês Christie, depressa se exacerbou novamente. E a opinião pública passou a reclamar do Governo Imperial uma ação pronta e eficaz, que pusesse termo às vicissitudes de nossos patrícios no Estado vizinho. Neste particular, pode-se dizer que nunca, como então, um ato de nossa política externa foi tão exaltadamente reclamado pelo país.

É verdade que o Governo Imperial há mais de dez anos se queixava em Montevidéu contra um tal estado de coisas. Mas eram reclamações até certo ponto de pura forma, pelo menos de resultados praticamente nulos.

"Compulsei cuidadosamente uma longa série de relatórios de nossa Secretaria de Estrangeiros — dizia, da tribuna da Câmara, o Deputado Ferreira da Veiga — e não encontrei um só exemplo de reparação completa, um só caso que fosse de reparação condigna. As reclamações passam de um para outro ano, perpetuam-se numa discussão estéril; nossos Ministros transcrevem uma por uma as notas mais ou menos enérgicas da Legação brasileira e as contestações cavilosas, dúbias, às vezes mesmo sarcásticas, irônicas, do Governo Oriental, que declina de hoje para amanhã, ora satisfação, ora explicação de tudo; até que afinal fatiga-se a diplomacia, cansada dessa luta, esquece-a e, dormindo no caso, deixa esmorecer a reclamação, e finalmente perde-a e desaparece do histórico do relatório."[350]

III

Diante desse estado de coisas, a posição do Gabinete Zacarias, então no Poder, não era fácil. Pior tornou-se ela, quando milhares daqueles brasileiros domiciliados no Uruguai se alistaram abertamente no partido *Colorado*. Fiados na promessa de que se lhes fariam justiça assim subissem ao Poder, passaram os nossos patrícios a combater ostensivamente nas fileiras da oposição, contra os agentes e as forças militares dos *Blancos* de Aguirre.

"Eles foram arrastados a tomar tão audaz e arriscada deliberação — acrescentava o Deputado Ferreira da Veiga — porque, com razão, pouco ou mesmo nada deviam esperar das reclamações feitas por intermédio dos nossos agentes diplomáticos, as quais têm sido sem nenhum resultado, até hoje, e pois resolveram apelar para o campo de batalha, preferindo morrerem aí a serem assassinados em suas próprias casas."

A exaltação dos espíritos no Rio tornou-se ainda maior, quando apareceu aí o velho General Sousa Neto, brasileiro residente e proprietário no Uruguai, trazendo as queixas impressionantes de nossos patrícios do Sul. O General Neto ganhara celebridade desde quando se vira citado e elogiado nas *Memórias* de Garibaldi, redigidas por Alexandre Dumas, e passara por isso a ser conhecido entre nós como o *Garibaldi* brasileiro. Zacarias bem que tentou amainar a irritação popular contra os *Blancos*. Mas inutilmente. Com isso sua posição no governo só fez piorar. Por todo o país corria já um grito só de revolta; de todas as parte se exigia do Gabinete uma ação definitiva e enérgica. Do Rio Grande do Sul, onde, pela posição geográfica e interesses fronteiriços, os espíritos se mostravam mais excitados, escrevia-se para o Rio de Janeiro: "Nós, rio-grandenses, chegada a última necessidade, saberemos fazer com que nos respeitem. Torna-se inevitável um conflito do Império com a República (Uruguai) ou com a Província do Rio Grande." E mais adiante: "Se a nacionalidade não serve aos nossos compatriotas para serem respeitados no Exterior, para nada mais lhes presta."[351]

Era clara a ameaça de separatismo, com a repetição de todos os tristes dias dos Farrapos. Na capital do Império, o jornal do Conselheiro José Maria do Amaral, ex-Ministro do Brasil em Montevidéu punha o Ministério diante deste dilema: "Os negócios do Rio da Prata exigem que o Gabinete ou se resolva ou se retire. As coisas chegam ao ponto em que a hesitação é perigosa. O Ministério hesita em avançar porque tem dificuldades? Pois considere que, se recuar, terá pela retaguarda a resistência do Rio Grande do Sul."[352]

No Parlamento os ânimos não eram mais serenos. Conservadores oposicionistas ou Liberais correligionários do Gabinete, todos juntavam-se para exigir deste uma política da maior energia. São Vicente (Pimenta Bueno), Silveira da Mota, Felipe Néri, Ferreira da Veiga, Barros Pimentel eram os mais exaltados. O primeiro deles levava seu entusiasmo a ponto de aconselhar o Governo Imperial a fazer imediatamente justiça por suas próprias mãos, apoderando-se do território uruguaio na região do Quaraím. Referindo-se à sessão da Câmara dos Deputados, de 5 de abril de 1864, Alberto de Faria diz que ela valeu por uma *declaração de guerra*. E acrescenta: "As vozes discordantes emudeceram. O próprio Zacarias, a alma forte para a empresa de desafiar a impopularidade na resistência por uma opinião, fraquejava."

IV

De fato Zacarias resolvera finalmente agir. Despachou para Montevidéu um dos estadistas mais respeitáveis do Império, o Conselheiro Saraiva, incumbido de exigir do governo do Uruguai a "garantia dos direitos e dos interesses" de nossos patrícios ali domiciliados, sob pena de lançarmos mão das forças do Exército estacionadas na fronteira do Rio Grande, para nos fazermos, nós mesmos, justiça, ou, como diziam suas instruções, "para proteger a propriedade dos cidadãos do Império"[353]. A missão de Saraiva representava, segundo a própria expressão do Governo Imperial *o nosso último apelo amigável.*

No começo de maio, Saraiva já estava em Montevidéu. Por natureza e por educação política, Saraiva era dos mais transigentes dos nossos homens públicos. Seu feitio era todo acomodatício. Numa época em que nossos estadistas eram apontados como modelos de ponderação, Saraiva salientava-se justamente por seu espírito transigente, por sua prudência, pelo jeito com que sabia acomodar situações as mais embaraçosas. O grande prestígio que desfrutava na política do país, vinha sobretudo desse seu feitio conciliador, sempre pronto a ouvir as ponderações dos adversários, a levá-los pelos caminhos mais suaves, procurando aplainar-lhes antes o terreno, afastar-lhes os obstáculos, sanear-lhes a atmosfera, para que amigos e inimigos pudessem assim discutir num ambiente sadio e produtor.

É dizer, portanto, que ele se apresentou em Montevidéu antes como um emissário de paz do que como um provocador de guerras. Seus melhores esforços foram logo, de fato, para conseguir um acordo entre os dois partidos em luta. Compreendendo que sem a pacificação do país dificilmente obteríamos uma garantia sólida e durável para os interesses de nossos patrícios, deixou de lado o que suas instruções tinham de "mais imperativo e violento", para só falar no tom persuasivo. Ele queria antes de tudo a paz: a paz nos partidos, a paz no espírito, a paz nos campos, a paz nas cidades.

"A atualidade da República — dizia para o Rio, referindo-se à guerra civil — permanecerá sem variações por muito tempo, e assim teremos que despender somas consideráveis e afrontar muitas dificuldades até o fim da guerra, com o propósito, em que estamos, de tornar efetiva a proteção dos brasileiros. Não serão essas considerações suficientes para pensarmos em impor a paz aos combatentes? Estou persuadido de que, se por qualquer modo e por uma ação combinada com a República Argentina déssemos a paz a este Estado, nossa tarefa facilitar-se-ia, e o Brasil terá muito que ganhar e nada que perder. A prolongação da guerra civil há de obrigar-nos mais cedo ou mais tarde a intervir para dar a paz a este país. Não seria mais generoso apressar desde já esse acontecimento?"[354]

V

Vê-se, por estas palavras, que contrariamente à expectativa geral em Montevidéu, Saraiva não apareceu ali como um instrumento do partido *Colorado*, procurando, de parceria com este, destruir a ferro e fogo o poder de Aguirre[355]. Manteve, ao contrário, a mais insuspeita neutralidade, fazendo empenho em não demonstrar predileção nem por um nem por outro grupo. Fez mais: ofereceu todo o apoio do Império ao governo estabelecido de Aguirre, para que este pudesse firmar um acordo durável com os adversários em armas e pacificar assim o país.

Só mais tarde, pelo encaminhar dos acontecimentos, e diante da atitude intransigente dos *Blancos*, é que o Governo Imperial, não mais com Saraiva, mas com Tamandaré e Paranhos (Rio Branco), se verá na contingência de aliar-se aos *Colorados* contra os *Blancos*. No começo, isto é, ao tempo da Missão Saraiva, toda sua política foi manter-se afastado dos partidos e tentar a pacificação do país.

"Nada nos importa — dizia Dias Vieira, Ministro de Estrangeiros, a Saraiva — que governem a República *Blancos* ou *Colorados*; o Governo Imperial não dá apoio nem opõe estorvos ao predomínio quer de um quer de outro; tão somente exige de ambos o respeito devido à vida, honra e propriedade dos súditos brasileiros residentes no território da República. Se hoje, para reclamar pelos seus incontestáveis direitos, dirige-se o Governo Imperial ao partido

Blanco, que está no Poder, procederá do mesmo modo amanhã para com o partido *Colorado*, se conseguir este apear o seu adversário. Não é o nome ou denominação do partido que governa que determinará o procedimento nosso — são os fatos, e estes infelizmente têm ocorrido durante o domínio quer de *Blancos* quer de *Colorados*"[356].

Em dado momento, pareceu de fato possível a paz entre os dois partidos. Os bons ofícios de Saraiva, secundados pelos representantes da Argentina e da Inglaterra, iam produzindo os melhores resultados. Aguirre mostrou-se resolvido a entrar definitivamente em um acordo amigável com Flores. Com esse fim foi assinado por ambos um protocolo, pelo qual Aguirre oferecia a paz aos rebeldes, e estes, por sua vez, reconheciam o governo *Blanco*, com a condição de se proceder imediatamente a novas eleições. Pareceu com isso que a Missão Saraiva terminava com o mais completo e auspicioso dos sucessos. Todos vislumbravam já a pacificação geral do país. A Solano López, que do Paraguai nos oferecia nessa época seus bons ofícios para colaborar conosco no Uruguai, respondia o Governo Imperial declinando a sugestão, visto como estava persuadido de obter, com o bom sucesso das negociações de Saraiva, solução amigável para todas as questões pendentes.

VI

Infelizmente, porém, era tudo ilusão. Logo depois de assinado o protocolo de paz, Aguirre, levado por sua fraqueza e pelo grupo extremado dos *Blancos*, volta atrás da promessa dada e inutiliza todo o trabalho dos pacificadores.

A causa do fracasso das negociações foi a recomposição do Ministério de Aguirre, condição *sine qua*, para Flores, da pacificação. Aguirre estava, é verdade, disposto a substituir o Ministério, mas por outro ainda mais partidário, com o que, naturalmente, não concordou Venancio Flores.

A ruptura das negociações, depois de tão penosamente encaminhadas para um acordo honroso entre os dois partidos, não deixou de impressionar o espírito conciliador de Saraiva. Era, em verdade, sua obra que naufragava, sua tarefa que se perdia, depois de quase levada a termo. Desde então ele não esconde mais suas simpatias pelos homens do partido de Flores, que estes, ao menos, se haviam portado, durante toda a negociação, com um espírito de cooperação, de lealdade e de sacrifício como ele não encontrara nos *Blancos*.

A Aguirre ele dirá, ao retirar-se para Buenos Aires:

"O General Flores vai aparecer aos olhos de todos como cheio de razão no malogro da negociação e poderia defender-se dizendo: — Pedi ao governo, a quem combati, dinheiro para pagar as dívidas do meu exército, postos para os soldados a quem promovi, esquecimento de todas as faltas, que se haviam qualificado crimes, e tudo isso se me concedeu, quando tudo isso se me deveria negar, se o governo não se achasse em tão má situação. Tratei, porém, sob a condição de que dar-se-iam garantias ao meu Partido, e essa condição, que era o dever do governo, é exatamente o que se me recusa. A pacificação, pois, não tinha por fim evitar a guerra civil, mas assegurar o predomínio do Partido dominante"[357].

De fato, outra coisa não visava, nunca visaram, aliás, Aguirre e seus partidários, sobretudo o grupo exaltado dos *Blancos*. O que eles queriam, prestando-se a negociar a paz com os adversários, era assegurarem-se de um meio artificioso para saírem das dificuldades em que estavam, e imporem definitivamente o seu predomínio ao país. Agiam com inteira má fé. Serviam-se ou tentavam servir-se de Saraiva, não como instrumento de paz, mas como arma contra os seus adversários *Colorados*.

VII

Havia, por outro lado, um fator da maior importância, que pesou, pode-se dizer, decisivamente, na atitude dos *Blancos*, rompendo as negociações de paz. É que eles contavam já como certo, nessa época, com o apoio do governo paraguaio de Solano López, senão também com o do General Urquiza, caudilho de Entre Rios. A ajuda de ambos, fosse embora platônica, quer dizer, o apoio moral que lhes dariam, levaria, no juízo deles, o Brasil a levantar a pressão que exercia sobre o governo de Montevidéu. E, caso esse apoio moral não bastasse e o Império realizasse a ameaça da intervenção armada, Aguirre contava que a entrada em guerra das forças de López bastaria, por si só, para conter facilmente os brasileiros.[358.]

O perigo de um entendimento de López com Aguirre não era, aliás, uma surpresa para Saraiva. Em 28 de maio de 1864, quer dizer, dias depois de sua chegada a Montevidéu, já ele o previra, quando mandara pedir ao Governo Imperial que o habilitasse a entender-se também com o Governo Paraguaio, "pois que podem de improviso surgir daí dificuldades. V. Ex.ª sabe que o Governo Oriental há muito faz muitas diligências perante o Presidente López, e tem procurado sua cooperação."[359]

Com a ruptura das negociações de paz, os acontecimentos se precipitaram. Em 21 de julho de 1864 0 Governo Imperial dava ordem a Saraiva para lançar mão das medidas extremas, e a 4 do mês seguinte apresentava ele um *ultimatum* ao Governo de Aguirre, intimando-o a satisfazer as condições exigidas pelo Brasil dentro do prazo de seis dias, sob pena de passarmos a agir por nossas próprias mãos.

Três dias depois, Aguirre devolvia esse *ultimatum* com a declaração de que semelhante documento não podia ficar nos arquivos da República. No dia seguinte, expedia Saraiva uma circular ao Corpo Diplomático acreditado em Montevidéu expondo os acontecimentos; e ordenava ao Almirante Tamandaré e General Mena Barreto, comandantes, respectivamente, das forças de mar e das forças de terra estacionadas nas proximidades do Uruguai, que dessem começo às represálias. Finalmente, a 22 do mesmo mês de agosto assinava ele em Buenos Aires, com Mitre, Presidente da Argentina, um protocolo estabelecendo os termos em que os dois Governos se auxiliariam no ajuste de suas questões com o Uruguai.

VIII

A precipitação com que os acontecimentos se desenrolavam no Uruguai levou o Governo Paraguaio a descobrir inteiramente as baterias. Assim, quando Saraiva, assinado o protocolo com Mitre, se retirava para o Rio, onde o Gabinete Zacarias fora substituído pelo do Senador Furtado, Solano López protestava contra as represálias anunciadas pelo Brasil, sob a alegação de que eram atentatórias ao equilíbrio do Prata. Pouco depois, sem nenhuma declaração prévia, mandava aprisionar em Assunção o vapor brasileiro *Marquês de Olinda*, inclusive as autoridades do Império que nele viajavam. E no mês seguinte era a guerra aberta, com a invasão da Província de Mato Grosso pelas forças de seu Exército[360].

Felizmente a nossa situação no Uruguai se tornava assim mais desafogada. Em vez de lutarmos em duas frentes, contra os Uruguaios no sul e contra os Paraguaios a leste, e termos a neutralidade, quiçá pouco simpática, dos Argentinos, colocados entre os dois o que nos seria, muito possivelmente, fatal, iríamos em breve aparecer unidos tanto à Argentina como ao Uruguai, contra o Exército isolado de Solano López.

Nossa aliança com os *Colorados* do Uruguai teve suas bases lançadas em Santa Luzia, em outubro de 64, no acordo secreto que aí firmaram Flores e Tamandaré, este agindo na qualidade de representante político do Império, depois da retirada de Saraiva. Em janeiro do ano seguinte é ela pública e oficialmente proclamada por Paranhos (Rio Branco), substituto de Saraiva na missão especial ao Prata, em circular dirigida ao Corpo Diplomático de Montevidéu (19 de fevereiro de 1865). Desde então Flores passa a ser nosso aliado, para o fim de ajudar-nos a pacificar o Uruguai; e suas forças são por nós reconhecidas oficialmente como beligerantes. Essa circular "ficou sendo o manifesto e declaração de guerra do Brasil contra o Governo de Montevidéu."[361]

A *Questão Uruguaia* entrava assim em sua derradeira fase. A 15 de fevereiro daquele ano, Aguirre passava o governo a Villalba, eleito Presidente pelo Senado, que logo entrou em acordo de paz com o Governo Imperial, firmando a Convenção de 20 de fevereiro de 1865, em virtude da qual os *Blancos* eram apeados do Poder e substituídos pelos *Colorados*; Flores, seu chefe, elevado e reconhecido Presidente da República.

"O Governo que nos insultara desaparecia — dirá o Barão do Rio Branco — e o General Flores, nosso aliado, era reconhecido em toda a extensão da República e pelas potências neutras, como chefe supremo e legítimo do Estado Oriental. O Governo do Paraguai, que tinha no de Montevidéu um aliado contra o Brasil, via trocarem-se inesperadamente as posições: o Império e a República Oriental uniam-se em aliança contra o Ditador Solano López"[362].

IX

Liquidado o caso uruguaio, toda nossa atenção voltava-se agora para o Paraguai. Graças à habilidade e à energia da política imperial tínhamos transformado os Uruguaios, de nossos inimigos, em nossos amigos e aliados. Quanto aos argentinos, caberia ao próprio Solano López a desastrada tarefa de torná-los aliados do Império; permitiu que o Brasil firmasse em Buenos Aires o Tratado da Tríplice Aliança, em virtude do qual o Império apareceria à face do mundo de braços dados às duas Repúblicas do Prata, contra a tirania do Governo de Assunção.

Se López se tivesse limitado a hostilizar apenas o Brasil, localizando a guerra em Mato Grosso, o destino da luta seria possivelmente outro, e a sorte do Império estaria talvez consumada. Invadindo, porém, como o fez, a Província argentina de Corrientes, sem outro motivo que não fosse a recusa de Mitre em deixar passar por ali as suas tropas, para alcançarem o Brasil na Província do Rio Grande do Sul, Lopez perdeu senão um futuro aliado, em todo o caso as simpatias de um governo e de um povo que por suas origens e finalidades históricas estavam mais identificados com ele do que com o Governo Imperial brasileiro.

Na pior das hipóteses a Argentina se conservaria neutra no conflito, e deixaria que o Brasil e o Paraguai ajustassem sozinhos as próprias contas. Estava isto, aliás, no mesmo interesse dela.

"O governo do General Mitre, a imprensa, os homens políticos e o povo de Buenos Aires viam com imenso prazer a perspectiva de uma luta prolongada e destruidora entre o Império e o Paraguai, mas desejavam que, sem sacrifício algum para a República Argentina, pudesse esta, conservando-se apenas neutra, recolher todos os proveitos da nossa vitória. A guerra esgotaria os recursos militares, o erário do Brasil e traria o aniquilamento do Paraguai... O poder militar de Solano López, que era uma ameaça e um perigo para os argentinos, Ia ser destruído pelo Brasil, sem que nossos vizinhos tivessem de despender um real ou sacrificar um soldado. Tais eram os desejos do Governo de Buenos Aires, e essa política egoísta, mas hábil foi só abandonada quando a 14 de abril do ano seguinte (1865), Solano López a tornou impossível, ocupando militarmente a Província de Corrientes e apoderando-se de dois vapores de guerra argentinos."[363]

X

A parte que teve o Imperador nessa fase crítica de nossa política no Prata foi de completo apoio à ação do Ministério. Ele não era, em princípio, partidário de nossa intervenção no Prata. "Depois da guerra contra Rosas, sempre fui partidário da abstenção do Brasil nos negócios do Prata, sem prejuízo da honra nacional e dos interesses brasileiros", escrevia em seu *Diário*, pouco antes de aberto o conflito com Aguirre, isto é, em janeiro de 1862.[364] Já anteriormente dissera: "Quanto à política externa, entendo que só nos convém por ora a da abstenção nos negócios do Prata, tornando-nos fortes nas Províncias do Rio Grande e do Mato Grosso, para defender nossos legítimos interesses quando ofendidos."[365] E nos *conselhos* dados à filha Dona Isabel, quando esta assumiria, pela primeira vez, a Regência do Império, quando da partida do Monarca para a Europa, em 1871, ele insistiria nessa política de neutralidade. Diria:

Com os nossos vizinhos devemos ser generosos (ceder no que for justamente reclamado), e evitar tudo o que nos possa fazer sair da neutralidade a todos os respeitos, sem sacrifício, todavia, da honra nacional, que não depende, por nenhuma forma, do procedimento de quaisquer brasileiros que tenham sido causa de seus justos sofrimentos em país estrangeiro. Essa política é, às vezes, dificílima; mas, por isso mesmo, tanto mais necessária. Creio que assim desaparecerão finalmente as prevenções da parte de nossos vizinhos, cujas instituições devemos considerar tão necessárias à sua prosperidade, com a qual não podemos deixar de lucrar, como julgamos as nossas quanto a nosso progresso."

Aberto o conflito com Aguirre e chegadas as coisas ao ponto que chegaram, não foi possível ao Imperador manter essa política abstencionista. Compreendeu que era forçoso ao Brasil intervir novamente no Prata, mesmo com sacrifício de uma política que parecia, a seu ver, a que mais nos convinha. Nestas suas palavras, escritas no período mais agudo de nossa desavença com Aguirre, em agosto de 64,[366] quando o *ultimatum* de Saraiva fora já repelido pelos *Blancos*, e nossas forças de terra e mar se preparavam para iniciar as represálias contra eles, está justificada, por assim dizer, toda a atitude que o Gabinete Zacarias assumiu nesta questão: "A política que tenho aconselhado como a mais conveniente no Estado Oriental é a da completa abstenção na luta civil dessa República, e enérgica reclamação a favor das pessoas e dos interesses dos cidadãos brasileiros, sendo seguida, no caso de desprezo, do emprego da força para nos fazermos justiça, tanto a respeito dos fatos passados como do futuro."[367]

Por essas palavras do Imperador pode-se julgar toda a evolução que se fizera em seu espírito, com relação à nossa política no Uruguai. Como o Ministério, como o Parlamento como a imprensa, ele também se deixara levar pelo clamor da opinião pública. E a tal ponto que não hesitará, meses depois, em consentir na demissão de Paranhos, o futuro Visconde de Rio Branco, da missão especial no Prata, por não ter ele obtido ali satisfação completa para as reclamações brasileiras. Que essa exoneração, feita da maneira inopinada por que se fez, sem nenhum aviso ao interessado, que já era entretanto um dos mais respeitáveis estadistas do Império, tivesse sido uma sugestão do Gabinete Furtado, como quer o Barão do Rio Branco, ou tivesse partido exclusivamente do Imperador, querem alguns Históriadores, Pereira da Silva entre outros[368], não importa ao caso : ela não provava menos a identidade de sentimentos que unia o Imperador à política do Gabinete.

280

Levando em conta tais sentimentos, não é difícil compreender quanto o ofendera a atitude de Solano López, atravessando-se entre o Brasil e o Uruguai numa questão em que nada tinha que ver, aprisionando, depois, sem nenhuma declaração de guerra, um vapor e autoridades brasileiras, e invadindo, por fim, o próprio território do Império.

O Imperador não nutrira jamais a menor simpatia pelos caudilhos que infestavam as Repúblicas do Continente. Via neles muito possivelmente uns homens turbulentos, dominados quase exclusivamente pela ambição do mando político, e sempre perigosos para a tranquilidade e segurança de nossas fronteiras. Por isso timbrou em mantê-los numa linha de respeito para com o Império. Sentia-se que um abismo de sentimentos separava esse Imperador erudito, inimigo de toda violência, imbuído dos mais rigorosos princípios de direito público, e aqueles caudilhos, na sua generalidade homens rudes do campo, educados, por assim dizer, no lombo dos cavalos, acostumados, desde o nascer, ao uso da garrucha, e desprovidos da menor noção de moral política.

Colocado em face da agressão inopinada de López, o Imperador não admitiu outra atitude do Brasil que não fosse aceitar imediatamente a luta, para castigar, como se fazia mister, o autor de um gesto tão contrário à sua índole de homem civilizado e sua natureza visceralmente pacífica.

XI

Idêntico sentimento, aliás, empolgou desde logo a maioria do povo brasileiro. Sobretudo porque ninguém contava com semelhante golpe. Foi para todos uma dolorosa surpresa. Pegou-nos completamente desprevenidos, inclusive o próprio Governo, apesar das judiciosas advertências do Conselheiro Saraiva em maio de 1864.

Quando, dois anos antes, alguns políticos mais extremados entendiam que o Governo Imperial devia forçar o Paraguai a resolver conosco a questão de limites antes que uma agressão armada de lá nos obrigasse a isso, o Conselheiro Paranhos, futuro Visconde de Rio Branco, então Ministro dos Negócios Estrangeiros, declarava da tribuna da Câmara, com a autoridade do cargo e do traquejo que tinha dos negócios do Prata: "O Paraguai não pode provocar uma guerra conosco. Não está isso nos seus interesses. Não pode desconhecer a desigualdade de recursos que há entre um e outro país... Quando se trata de uma Nação fraca, não queiramos só resolver à valentona."[369] E dois anos depois, no momento em que López decidia apoderar-se do vapor brasileiro *Marquês de Olinda* e invadia Mato Grosso, o nosso Ministro no Paraguai, Viana de Lima, depois Barão de Jauru, declarava, com um completo desconhecimento do meio e da gente em que vivia, que o Governo Paraguaio não empreenderia nunca uma guerra com o Império!"[370]

A nossa ilusão decepcionante foi, assim, a mais completa. Porque não somente não se acreditava numa agressão paraguaia, como não se dava a menor importância à capacidade bélica daquele povo. Tinha-se o Exército paraguaio como uma verdadeira *fantasmagoria* (como dizia o nosso Ministro em Assunção ao Almirante Tamandaré), *já pela sua péssima organização, já pela falta absoluta de oficiais de alguma capacidade e instrução*[371]. Assim como não se acreditava na sua eficiência, também não se dava crédito ao Exército paraguaio. O próprio Imperador, escrevendo a Saraiva em junho de 1865, dizia não acreditar no número das forças paraguaias que invadiam o nosso território; parecia-lhe *exagerado* — era a sua própria expressão.

Elas orçavam, entretanto, nessa época, em cerca de 80 mil homens, bem armados e municiados, enquanto o Brasil contava apenas com 16 mil, a Argentina com 12 mil e o Uruguai com 2.500 homens. Com o desenrolar da campanha, essa proporção se modificaria sensivelmente, sobretudo com relação aos Aliados. Assim, em 1866, as nossas forças alcançavam já um total de cerca de 67 mil homens; as argentinas tinham baixado a cerca de 11.500, e no ano seguinte desceriam a 7 mil homens; e as uruguaias não chegavam nem mesmo a mil homens.[372]

XII

Quando se teve no Rio a notícia da invasão do Rio Grande do Sul pelas forças paraguaias de Estigarribia, o Imperador não hesitou: decidiu partir imediatamente para a fronteira. Ele entendia que o seu lugar, como Chefe de Estado e como brasileiro, era ao lado do Exército. "O Rio Grande foi invadido (escrevia ele à Condessa de Barral). Meu lugar é lá, e para lá vou partir depois de amanhã às 8 hora."[372a] Essa decisão foi mal acolhida pelos políticos. O próprio Gabinete manifestou-se contra. Parece que só um Ministro, Silveira Lobo, a apoiou francamente. Os políticos eram de opinião (que não provou ser acertada), "que o Imperador no Sul levantava somente o Rio Grande, ao passo que na Capital animava para a guerra o país todo."[373] O Imperador, porém, num daqueles seus momentos de teimosia, não cedeu a nenhuma consideração. Estava de tal forma decidido a partir que, às objeções que lhe apresentaram no Conselho de Estado, respondeu:

"Se me podem impedir que siga como Imperador, não me impedirão que abdique, e siga como voluntário da Pátria."[374]

E no momento de embarcar proferia estas belas palavras:

"Sou defensor perpétuo do Brasil, e quando meus concidadãos sacrificam suas vidas em holocausto sobre as aras da Pátria, em defesa de uma causa tão santa, não serei eu que os deixe de acompanhar."[375]

Seu embarque, no Rio, foi um dia de grandes emoções para todos. Pela primeira vez ele ia pôr-se em contato com um exército inimigo. Ninguém esperava, é claro, que o fosse combater em pessoa. Não se desejava tanto arrojo[376]. Seria expor a um perigo desnecessário as próprias instituições monárquicas, nele encarnadas. E partindo de um homem como o Imperador, de mentalidade profundamente civil, avesso por completo à mais rudimentar arte da guerra e insensível, por natureza, ao brilho das armas, fora sobretudo um gesto de pura forma.

O Imperador era a negação mesma do espírito militar. Ele não tinha, é verdade, essa repugnância pelo soldado, como acontece não raro a certos temperamentos visceralmente pacifistas. Mas também não lhe tinha amor, nem o sensibilizavam jamais as grandes propensões guerreiras. O militar era, "aos seus olhos de estudioso insaciável de ciência, senão uma futura inutilidade, uma necessidade que ele quisera utilizar melhor, fazendo, em vez de um militar, um matemático, um astrônomo, um engenheiro"[377]. Oliveira Lima dirá: "Estava muito longe de ser um chefe marcial, e não tinha interesse pelos assuntos bélicos. Exagerava-se contudo esse paisagismo, e até contava-se, para intrigá-lo com o Exército, que , ao assistir a um desfile de tropa, ele dissera aos que estavam perto, apontando para os soldados: — Assassinos legais"[378]...

A verdade é que, apesar de nada ter de guerreiro, ele sabia dar o justo valor aos atos de bravura praticados no campo de batalha. É que aí não se tratava de gestos inúteis, ou mal utilizados, senão porém de uma forma de patriotismo, bárbara embora, mas que exigia o emprego de qualidades excepcionais, postas voluntariamente a serviço da Pátria. Quem, como ele, era profundamente patriota, não podia deixar de ter, como tinha, na mais alta conta tais atos de abnegação.

Joaquim Nabuco chegou mesmo a dizer que o Imperador foi o único amigo verdadeiro que teve o Exército em nossa política. Haverá, talvez, exagero nesta afirmativa, embora seja certo que a quase totalidade dos estadistas dos Império estava menos identificada com a farda do que ele; e que, se os nossos soldados se sentiram sempre cercados de apoio, não partia este, certamente, dos políticos. No fundo, em suas relações com a farda, estes se limitavam a tirar da proverbial ingenuidade dos chefes militares o maior proveito para suas políticas, como fizeram os Liberais com Osório, e mais tarde, ambos os partidos, com Deodoro e Pelotas. Do Imperador, a assistência que tiveram os militares foi sempre espontânea e desinteressada. Dirá ainda Joaquim Nabuco: "Não houve um Voluntário da Pátria que não devesse a ele, exclusivamente, o cumprimento da promessa nacional feita durante a guerra; não houve um oficial de mérito, de terra ou de mar, que não lhe devesse o paládio misterioso que protegeu a sua carreira."[379]

XIII

O Imperador seguiu para o Sul em 7 de julho de 1865, na companhia do Ministro da Guerra, Ângelo Ferraz, depois Barão de Uruguaiana. No Rio, foi um reboliço. A população desceu para as praias, a fim de assistir à saída do *Santa Maria*, o vapor contratado pelo Governo para levá-lo, comboiado por dois transportes cheios de tropa. De sua família, acompanhava-o apenas o Duque de Saxe, seu genro, marido da filha menor. O outro, o Conde d'Eu, então em viagem de núpcias na Europa, deveria seguir um pouco mais tarde, para encontrar-se com o Imperador no Rio Grande do Sul[379a]. Sua Majestade trajava casaca e boné de Marinha, bem como S. A. o Sr. Duque de Saxe" — dizia um cronista do tempo. "Com a severidade no semblante, a palavra amável nos lábios, Sua Majestade a todos atendia e acariciava, abraçando a uns, apertando a mão a outros e mostrando, assim, na palavra e nos atos, que era o primeiro Brasileiro, o Imperador popular, o pai do povo e o sustentáculo da Nação."

Afinal, partiu. Essa viagem, que devia ser tão cheia de peripécias interessantes, através da campanha rio-grandense, começou por um incidente grotesco. Na primeira noite de bordo, como o mar estivesse muito agitado, o comandante do *Santa Maria* entendeu de descer ao camarote imperial, para saber se o seu hóspede desejava alguma coisa. Eis senão quando deparou, espantado, com o Imperador caído por terra, deitado ao longo do corpo, numa posição de completa imobilidade. Essa cena, que lhe pareceu a princípio de trágicas consequências, teve logo sua explicação: durante a noite, certamente com o balanço do navio, o Imperador escorregou do beliche e com ele o colchão. Fatigado com a jornada anterior e profundamente adormecido, a queda não conseguira despertá-lo.

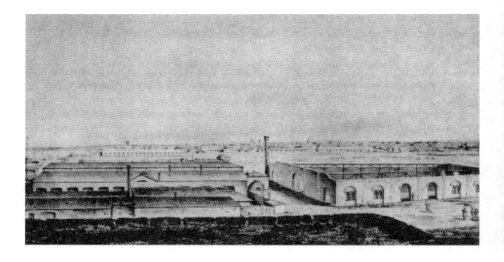

84. Vista da Asunción desde os arsenais de guerra. Desenho de Methfessel. litografia de Pelvillain. Rio de Janeiro, Biblioteca Nacional.

85. Palácio do Governo de Asunción, durante a ocupação. Desenho de Methfessel. litografia de Pelvillian. Rio de Janeiro, Biblioteca Nacional.

86-87. *Batalha de Avaí*. Pormenores do óleo de Pedro Américo, 1872-1877.
A ambiciosa composição de Pedro Américo, aspirava menos que sincronizar, num conjunto único, os principais episódios trágicos e heroicos da "guerra grande." Uma visão desejando-se tão abrangente que, ao desprezar a lição de Stendhal, na Cartuxa de Parma, acabava por se diluir num esgarço horizonte de fumo e poeira. Dentro deste se superpõem múltiplas ações paralelas, em crescendos *e* diminuendos *sucessivos, cuja dramaticidade crua está quase a exigir a contundência diacrônica e a multiplicação de enquadramentos de uma tela que ainda estava para ser inventada: o cinema. Pedro Américo realizou certamente uma das façanhas espantosas da pintura* pompier: *procurar repropor, em contexto naturalista, a agressividde e o transporte dos pintores napoleônicos da guerra. O tumulto perturbador dessa Avaí esbravejante, com as diversas citações obrigatórias da grande pintura ocidental e a justaposição exasperada de gêneros e efeitos simultâneos — natureza morta e modelo vivo, estudo de anfiteatro e desgarre gráfico, — representa, na sua bisonha ambição errada, o esforço de um pintor que procura transcender o tema, mesmo quando parece celebrar o documento até a exaustão. Pintado ao longo de cinco anos (1872-1877), na luz diferente dos estudios do artista no Rio de Janeiro e em Florença. a tela afirma uma visão monstruosa; não pretende decantar, em momento algum, o horrendo fragor e furor da guerra. Em consequência não se esquecem aí sofreguidão e mesquinharia, generosidade e sofrimento, rancor e piedade. E por duas vezes vemos, nos pormenores da tela imensa aqui reproduzidos, — tanto naquele centrado de Caxias, sereno em meio ao seu estado-maior no alto de um cômoro, quanto no outro, em que se destaca Osório, espada desembainhaia, comandando o avanço da Infantaria — , vemos o praça de cenho franzido e olhos saltados, no qual o pintor se efigiou, e que tenta entender a fúria com que o seu vizinho dispara o fuzil sobre o inimigo caído ao chão e aí ainda procura alcançar, tateando, uma escopeta abandonada. O olhar perplexo de piedade e de violento desencontro interior do artista deve ser a brecha pela qual conseguiremos ingressar no mar de sangue e lama da guerra.*

88. Dom Pedro II fardado de general. Litografia de Sisson. Rio de Janeiro, Biblioteca Nacional.

CAPÍTULO XVII

GUERRA DO PARAGUAI — URUGUAIANA

Chegada do Imperador ao Rio Grande. Sua comitiva. Viagem através da Província. Dificuldades a vencer. Chegada a São Gabriel. Primeiro prisioneiro paraguaio. Nos campos de Ituzaingó. Entre Alegrete e Uruguaiana. O temor de espiões. Chegada a Uruguaiana. Encontro do Imperador com Mitre e Flores. Anuncia-se o assalto. Rendição de Estigarribia. Entrada do Imperador em Uruguaiana. Recepção do Ministro Thornton e epílogo da Questão Christie.

I

O Imperador e comitiva pouco se demoraram em Porto Alegre. Logo seguiram para o Interior, em demanda da fronteira com a Argentina, para onde se dirigiam as forças paraguaias. Na altura de Caçapava juntou-se-lhes o Conde d'Eu, vindo do Rio.

A caminhada pelos campos rio-grandenses não foi sempre fácil. Maus caminhos, mau tempo, maus transportes — tudo concorria para tornar penosa a marcha da comitiva imperial. Esta se compunha, além do Imperador e os dois genros, de Caxias, do General Xavier Cabral, ajudante de campo do Monarca e futuro Barão de Itapagipe, do General Beaurepaire Rohan, do Almirante de Lamare, do Dr. Meireles, médico do Imperador, do Ministro da Guerra o Conselheiro Ângelo Ferraz, depois Barão de Uruguaiana, com uma dúzia de secretários e empregados e, finalmente, de uma escolta de trezentos homens armados. Mais tarde, o Ministro da Guerra se adiantaria à comitiva para alcançar, antes dela, as imediações de Uruguaiana, a fim de preparar ali a recepção do Imperador.

A comitiva viajava nuns carros chamados *carretilhas*. Eram estes cerca de uns quinze. A vantagem desses carros estava em que, não podendo a comitiva, por numerosa, alojar-se nas casas que encontrava à beira dos caminhos, eles serviam não somente para transporte da bagagem miúda, e mesmo dos viajantes, quando os cavalos cansavam, como também para dormir: armava então neles cada qual a sua cama. Tinham nessas ocasiões a vantagem sobre as barracas, além de ser menos úmidos, pois não se dormia no chão, de não precisarem do trabalho de montagem. Essas carretilhas eram puxadas por cavalos, geralmente quatro para cada uma. Os carros que se lhes seguiam, trazendo a grossa bagagem, eram puxados por juntas de bois. Tudo muito pitoresco. E muito pouco confortável.

Pelos campos afora, subindo e descendo vales, transpondo rios, galgando serras, lá se la a interminável caravana, qual uma tropa multicolor de ciganos. Ao cair da noite, fazia-se alto. Armava-se a grande barraca, de forma quadrada, sob a qual se abrigavam o Imperador, os príncipes e os oficiais-generais; e, em redor da mesa aí improvisada, todos saboreavam o jantar que a cozinha imperial lhes preparava. Terminada a comida, o tempo estando bom, vinham todos para fora. E, aconchegados ao fogo do bivaque, a conversa fazia-se fácil e comunicativa: comentários sobre a guerra, sobre as possibilidades do inimigo, sobre o concurso dos Aliados, assuntos da Corte, ou mesmo de mais longe, da Europa, ventilados estes pelos dois príncipes genros do Imperador, únicos da comitiva que conheciam o Velho Continente, e sobretudo pelo Conde d'Eu, que de lá chegara havia pouco. As horas corriam assim rápidas e agradáveis. Às oito horas o Imperador dava o sinal de recolher. Cada qual subia para a sua carretilha; corria as respectivas cortinas e — até amanhã!

II

Nem sempre, porém, as coisas se passavam assim tranquilamente. De vez em quando, lá vinha um contratempo, que deixava o Imperador e a sua gente em apuros.

Certo dia, de chuva torrencial e continuada, a comitiva lutou horas seguidas para poder ir adiante. Opunham-se-lhe todas as dificuldades: os caminhos encharcados, quase intransitáveis; o frio, o vento, o nevoeiro, que mal deixava ver cinco passos adiante; e, sobretudo, aquela maldita chuva, cada vez mais inclemente, cada vez mais copiosa! De repente, no mais forte do temporal, a comitiva sentiu que estava desnorteada: perdera-se naqueles campos sem fim, onde tudo se confundia, solo, horizonte, céu... Na região circunvizinha, nem o menor sinal de vida. Parar? Era impossível! Prosseguir? Mas em que direção? Procurou-se o Capitão Morais, a única pessoa que conhecia a região. Mas onde estava o Capitão Morais? Capitão Morais! Capitão Morais! Todos reclamavam o Capitão Morais. Mas, qual! Tinha ficado para trás, com todas as viaturas!

O momento era realmente de consternação geral. Pouco depois, porém, começa a aparecer um luar de esperança: descobriu-se à direita, a pequena distância, uma sombra que parecia uma casa. Caminhou-se um pouco mais. A sombra precisou-se. Caminhou-se ainda: era de fato uma casa!

"Para lá nos dirigimos, e foi com indizível alegria que nos apeamos e nos abrigamos da água do céu. A casa era habitada por uma viúva e suas três filhas, uma das quais, casada, tinha o marido na guerra. Não possuía a família, para todos, senão duas pobres camas e três compartimentos, a que era impossível dar-se o nome de quartos. Em um deles estavam pendurados, de uma corda, em todo o comprimento, pedaços de um boi morto na véspera. Como era o mais espaçoso, nele nos alojamos, à espera de que a chegada dos carros nos permitisse mudar de botas; e cada um se pôs a fazer considerações mais ou menos filosóficas sobre o resultado pouco brilhante da jornada. Duas horas. Às quatro, apareciam os carros tão ardentemente desejados. Mas, ai! se as pernas iam ter com que se enxugarem os estômagos ficavam logrados: o carro que trazia o jantar quebrara-se, e todos os alimentos se haviam espalhado pelo charco! Tínhamos, pois, de aceitar com reconhecimento a carne de vaca meio assada, que a dona da casa nos trazia espetada num pau. O General Cabral apoderou-se dela e, arvorando-se *maître d'hôtel*, distribuía os bocados que la cortando com uma faca. A operação podia ser suja; mas, realmente o sabor era excelente."[380]

No dia seguinte, a situação não era mais promissora. "Passa-se o dia nas carretilhas. Almoça-se churrasco, porque das carretas que trazem a cozinha e os cozinheiros não há vestígio. Para o jantar, a boa dona da casa encontra meio de acrescentar ao churrasco uma galinha cozida e uma tigela de pirão, massa de farinha de mandioca, sem sal, que eu acho sem sabor, mas que o Imperador declara deliciosa!"

Enfim, pela madrugada do outro dia, a chuva cessou de cair. Horas depois apareceu o sol, que foi recebido com uma alegria geral e comunicativa. E, como tivessem afinal chegado as célebres carretas tidas como perdidas, a comitiva tocou novamente a marchar, para a frente, sempre para a frente. . .

III

Dias depois estavam todos em São Gabriel.

O Imperador seguiu logo visitar os estabelecimentos militares. No Hospital, foram notados o interesse e a paciência que ele demonstrou para com os feridos. Eram todos da Brigada Fuentes. O Imperador passou junto a cada um, perguntando-lhes de que se queixavam, de que Província eram, a idade que tinham.

À tarde trouxeram-lhe o primeiro prisioneiro paraguaio. Era um Tenente, um rapaz bem-apessoado, bem cuidado, simpático. O Imperador mandou que ele sentasse ao seu lado. E longo tempo demorou-se a conversar com o Tenente inimigo. Este, ou por timidez ou por esperteza, falava pouco. Respondia apenas as perguntas que se lhe faziam. O Imperador indagou-lhe de seus antecedentes, de sua vida no Paraguai, antes da guerra, sua estada no exército de López, seus estudos. Pelo tom da conserva, pela cordialidade e aspecto da cena, dir-se-ia tratar-se da simples visita de um inferior a superior, e nunca de um Tenente inimigo, prisioneiro de guerra, diante do Imperador do Brasil! Realmente, este, com as suas maneiras chãs e aquele ar de extrema simplicidade, levado às vezes ao exagero, desconcertava a toda gente. Perguntou ainda ao prisioneiro se desejava voltar para o seu país. Que não! respondeu prontamente, com uma voz apavorada, porque lá certamente o matariam, assim soubesse ter ele caído em mãos dos brasileiros. Para terminar a conferência, fez-lhe ainda o Imperador várias perguntas, inclusive sobre a língua guarani, o que o levou a concluir que, exceção de muito poucos termos, o guarani brasileiro e o paraguaio eram dois idiomas quase idênticos.

A parada em São Gabriel não foi longa. Apenas o tempo bastante para um pequeno descanso, e a comitiva prosseguiu a marcha para a frente. A certa altura do caminho, o Imperador desviou-se para ir visitar o campo onde se ferira, trinta e três anos antes, a célebre Batalha de Ituzaingó, entre as forças argentinas do General Alvear e as brasileiras do Marquês de Barbacena. Duas cruzes, apenas, toscas, de madeira, assinalavam o antigo campo de luta.

O General Cabral, que dela participara, tomou a iniciativa de explicar ao Imperador o desenrolar da batalha. Natureza exaltada, pouco simpático aos rio-grandenses, Cabral atribuía todo o insucesso do combate à cavalaria dos gaúchos brasileiros, que na sua opinião se comportara desordenada e ineficientemente. Nessa altura de seu discurso, o Barão de Saicam, ali também presente, saiu em defesa da honra da cavalaria rio-grandense. Para ele, o resultado pouco brilhante da batalha deveu-se à imperícia de Barbacena e do seu Estado-maior. "Acendeu-se entre os dois uma acalorada controvérsia, que, a tal ponto se embrulhou, que por fim já nem sequer sabíamos qual fora o ribeiro do campo de batalha, nem de que direção tinham vindo os dois Exércitos." O Imperador, paciente,tolerante, sorria calado, meio céptico, em meio a esse terrível combate verbal...

Alegrete. Recepção festiva. Meninas vestidas de branco, com adornos de fita verde e amarela, dão vivas ao Imperador. Uma delas, com um passo à frente, pronuncia um discurso patriótico, saudando o Monarca. Outros vivas, muitos vivas; depois do que, a comitiva seguiu para a Câmara Municipal, onde tomou posse dos aposentos que lhe estavam reservados. Lá fora, na praça, um destacamento do Primeiro de Voluntários dava a guarda de honra ao Imperador: chapéus de feltro, blusas vermelhas e calças brancas. A variedade e o tom vivo das cores emprestavam uma nota alegre à pequena cidade dos pampas. À tarde serviu-se o jantar, e, terminado este, o Imperador saiu para visitar o hospital. No dia seguinte, pela manhã, a partida.

IV

Entre Alegrete e Uruguaiana acelerou-se a marcha. O Imperador começou a mostrar-se impaciente por chegar ao nosso Exército. Num só dia percorreu-se cerca de oitenta e quatro quilômetros, andando-se doze horas a cavalo. O Imperador e os que o rodeavam iam tão rapidamente, que a escolta e as viaturas acabaram por ficar definitivamente para trás. Como era a primeira vez, desde Rio Pardo, que o Imperador se separava da sua escolta, esta circunstância encheu de receio a todos os presentes. Um incidente veio logo aumentar esse receio.

Em um lugar pouco habitado, onde pousaram para dormir, um indivíduo, "que parecia andar a rondar à volta da casa onde se abrigava a comitiva, se aproximou de um dos criados para perguntar quem era o Imperador. Indicaram-lho; e, supondo que desejava apresentar-lhe alguma petição, perguntaram-lhe se queria ser levado à presença do Imperador. O homem disse que não, e pretendeu afastar-se. Mas o seu procedimento levantou suspeita; prenderam-no, e trouxeram-no ao General Cabral, que assumiu o seu ar o mais solene para interrogá-lo. Declarou o desconhecido ser Tenente da Guarda Nacional e ter saído do Exército ao meio-dia, encarregado pelo General em chefe, Conde de Porto Alegre, de saber em que ponto estava o Imperador, e de lhe ir participar. Qual o número do seu Regimento? Ignorava-o. Apenas sabia que o Coronel se chamava Bento Martins. Já bastava esse fato incrível, de um oficial não saber o número do seu Regimento, para pôr em dúvida a qualidade do desconhecido. O seu ar espantado, o terror que parecia ter-se apoderado dele, a completa ausência que se lhe notava, de trajes militares, confirmaram as suspeitas: este pretendido oficial podia muito bem ser um espião dos inimigos. Ficou de sentinela à vista durante a noite.

"Mas eis que o dono da casa onde se abrigava a comitiva, veio declarar que já à noitinha passara outro oficial com seis homens, que igualmente se recusavam a dizer o número do seu Regimento; e disse que lhe pareceu que não podiam estar longe. Esta revelação dizia bem o sobressalto que toda a sociedade começava a sentir. Reuniram-se os poucos soldados que seguiam a comitiva como ordenanças, e deu-se-lhes ordem de trazer o pelotão suspeito. Conseguiram-no sem resistência; e o segundo oficial passou a ser interrogado. Contou a mesma história que o outro: foi o Conde de Porto Alegre que o mandou para saber onde estava o Imperador; mas somente saiu do acampamento às três horas da tarde. Mostrava o mesmo modo espantado. Balbuciava da mesma maneira. Trazia farda militar, mas chapéu de palha, com uma lista encarnada. Tudo isto era singular. Tornou-se geral a impressão de que os inimigos formavam o projeto de se apoderar do Imperador antes de ele chegar ao Exército que sitiava Uruguaiana, e de que se acabava de surpreender os vedetas encarregados de os avisar. Confrontaram-se os dois pretendidos oficiais; declararam que se não conheciam. A seu favor só tinham a língua: eram evidentemente brasileiros, porque o seu idioma era o português."

Afinal, indaga dali, indaga daqui, revolve-se a maleta do segundo oficial, examinam-se as armas de ambos, armas indiscutivelmente do modelo brasileiro, e chega-se à conclusão de que se tratam, realmente, de soldados nossos, e não de supostos espiões paraguaios ou terríveis traidores à Pátria e ao Imperador.

No dia seguinte, pela madrugada, a comitiva prosseguia a marcha em direção às forças aliadas, acampadas em frente à cidade de Uruguaiana. A distância não era longa, e o tempo estava bom. Assim, três horas depois apresentava-se já o Ministro da Guerra, Ângelo Ferraz, o qual com os principais chefes militares brasileiros que estavam em Uruguaiana, — Porto Alegre, Caldwell, Tamandaré), adiantava-se para saudar o Imperador.

V

Ficara assentado que o encontro dos três chefes supremos aliados — o Imperador do Brasil, o Presidente Mitre da Argentina e o Presidente Flores do Uruguai — se daria em frente à cidade de Uruguaiana, dentro da qual estavam cercadas as forças invasoras. O ato teria assim toda solenidade.

Pela primeira vez, o Imperador ia avistar-se com os dois Presidentes platinos. Também pela primeira vez dar-se-ia o encontro do Monarca brasileiro com Chefes de Estado hispano-americanos. Por isso todos aguardavam essa entrevista com a mais viva curiosidade. O Conde d'Eu, ao lado do Imperador, com as demais pessoas da comitiva, tecia já, na sua imaginação romântica, o quadro histórico que contava presenciar, de encontro tão significativo. "Esperava eu que os dois Presidentes chegassem a galope, e que uma nuvem de poeira tornasse mais pitoresca esta reunião, única nos anais da América do Sul."

A cena, porém, passou-se mais simplesmente: nem corcéis fogosos, nem galopes, nem nuvens de poeira. Tudo muito prosaico, muito singelo e muito burguês. "Foi ao voltar da esquina do muro de um pomar de laranjeiras, que ambos os Presidentes apareceram a três passos do Imperador. Este, a princípio um tanto surpreendido, estendeu a mão a Mitre, depois a Flores, e fez-lhes sinal para se colocarem cada qual a um lado dele"

Bartolomé Mitre tinha então quarenta e cinco anos. Era cinco anos mais velho do que o Imperador. Alto, elegante de porte, e de maneiras delicadas, logo conquistou a todos pela sua cativante simpatia. Tinha o rosto magro, alongado, e a palidez da pele realçava ainda mais o negro da barba e da vasta cabeleira que flutuava ao vento. "A atitude, as feições, o olhar, tudo nele respirava reflexão, suavidade e certa melancolia. Quando falava, elevava um pouco a voz, fazendo uma pequena pausa a cada frase; exprimia-se sempre corretamente."

Já outro homem era Venancio Flores. O contraste de Mitre. Ao lado deste, parecia um rude camponês, ou melhor, um homem dos pampas. Tinha então cinquenta e sete anos. Para Mitre e Dom Pedro II, ele era, assim, quase um ancião. Pequeno de estatura, feio de rosto, onde brilhavam dois olhinhos de rato, cavados, redondos, de um colorido azeitonado. Tinha o cabelo liso, quase escorregadio, de um negro desbotado; o bigode era louro, e a barba, que lhe guarnecia todo o queixo, começava a ser cortada de fios brancos. "Tinha as unhas e as palmas das mãos pouco limpas", notou o olhar perspicaz do Conde d'Eu.

Essa primeira entrevista dos três Chefes de Estado foi estritamente protocolar. Colocados, Mitre à direita, e Flores à esquerda do Imperador, marcharam os três para defronte da barraca do Conde de Porto Alegre. Ali apearam-se dos cavalos. Dom Pedro II dirigiu então algumas palavras de saudação ao Presidente da Argentina; este respondeu-lhe com os cumprimentos usuais. Depois voltou-se para o Presidente uruguaio, a quem repetiu outras amabilidades; Flores agradeceu-as. Feito isto, os dois Presidentes tornaram a montar os cavalos. E retiraram-se acompanhados dos respectivos Estados-Maiores.

Estava selada, por assim dizer, a verdadeira aliança política das três Nações, que juntas se decidiam a combater a tirania paraguaia, limpando o solo da América Latina de um dos seus mais temíveis flagelos.

VI

O Quartel Imperial, formado por uma linha de carretilhas, fora instalado a princípio numa posição elevada, espécie de coxilha, do alto da qual se podiam alcançar quase todos os acampamentos aliados que cercavam Uruguaiana. A cidade, propriamente dita, ficava um pouco distante, cerca de quatro quilômetros além, para o lado do ocidente. Nela estava cercado todo o corpo de Exército paraguaio comandado pelo Coronel Estigarribia. Eram cerca de cinco mil homens. Como o Imperador se sentisse ali distante de todas as forças aliadas, deliberou-se a mudança do Quartel Imperial para mais baixo, junto à barraca do general em chefe das tropas brasileiras, o Conde de Porto Alegre. Assim, ficava também o Monarca mais próximo da cidade e, portanto, do inimigo.

Sendo o oposto do guerreiro, é claro que o Imperador não estava em frente de Uruguaiana ansioso por montar a cavalo e arrojar-se, de lança em punho, contra os inimigos invasores. Seria um ato de puro quixotismo, inadmissível num homem que tinha sempre a noção exata da justa medida e, portanto, do ridículo. Mas também não estava como uma simples figura de proa. Ele bem compreendia que a dignidade da sua função, e não apenas o seu patriotismo, obrigava-lhe a partilhar a sorte de seus companheiros guerreiros, caso lhe fosse exigido semelhante dever. Não tendo veleidades de bater-se, não se recusaria a isto, se a tanto o levassem as circunstâncias. Seria, no seu entender, uma maneira como outra qualquer de cumprir o dever de brasileiro.

Por isso viu-se, mais de uma vez, nos momentos de apreensões, quando se tinha como possível uma sortida do inimigo sitiado, com o fim de vir bater-se cá fora, para desafogar o cerco, o Imperador prevenir-se para qualquer eventualidade, preparando-se para montar a cavalo a fim de sair com as nossas tropas ao primeiro alarme. Em sua *entourage*, essa decisão de bater-se não deixava de provocar receios; achava-se que o Imperador não devia expor-se a tanto. *Acoimaram-me de imprudente,* dirá ele.[381]

Durante cerca de oito dias permaneceu o Monarca em frente a Uruguaiana, à espera do momento escolhido pelos Estados-Maiores aliados para o assalto à cidade. Enquanto isso, suas horas eram ocupadas em conferências com Mitre, Flores, e outros comandantes aliados, com revistas às tropas, visitas aos hospitais.

VII

Anuncia-se, finalmente, o dia do assalto.

Pela manhã, cedo ainda, o Imperador monta a cavalo. Os Generais, os comandantes de corpos, todos os oficiais já estão a postos. A soldadesca toda se agita, de um lado para outro, sobraçando armas, num vai e vem incessante. Começam-se a formar as fileiras das companhias. A artilharia se desloca, pesada, barulhenta, arrastando-se pelos caminhos revolvidos. Cada batalhão, cada regimento, cada bateria

292

que desfila, já formada, ao passar diante do Imperador, para ganhar sua posição de combate, lança os vivas do estilo, num coro de muitas vozes: *Viva Sua Majestade o Imperador! Viva a Nação brasileira!* O entusiasmo é geral, tanto entre as nossas tropas como as de nossos Aliados. Mitre, à frente dos argentinos, e Flores, à frente dos uruguaios, assumem cada qual o comando de seus contingentes, que aos toques estridentes dos clarins vão colocar-se nas posições que lhes estão destinadas.

Ao meio-dia, enfim, todas as forças se acham em linha de combate, numa extensão de alguns quilômetros, a leste da cidade. Formam três grandes divisões: a primeira de brasileiros, sob o comando de Porto Alegre, a segunda de argentinos, sob o comando de Mitre, e a terceira de uruguaios, sob o comando de Flores. Cada um desses exércitos guarda a sua completa autonomia. Só mais tarde se criará o comando único. Nossas tropas ocupam a direita, dando as costas para o pequeno cemitério da cidade, perto do qual se conserva o Imperador.

Alinhadas as forças, com a infantaria, a cavalaria e a artilharia a postos, e prontos todos para o assalto final, manda-se um parlamentar a Estigarribia, a quem se propõe, pela última vez, a rendição da cidade e a de toda a divisão paraguaia. Dá-se-lhe o prazo de duas horas para responder. Mas não foi preciso tanto. Antes disso, compreendendo a inutilidade de qualquer reação, o Coronel paraguaio se entregava, com toda a sua divisão, à clemência do Imperador e dos generais aliados. Era a rendição sem condições.

Começou então o espetáculo impressionante do desfile, sem armas, do Exército paraguaio prisioneiro. Pouco antes houve a cerimônia da entrega das bandeiras inimigas, que eram três: a primeira trouxe-a Porto Alegre ao Imperador; a segunda foi por este entregue a Mitre, o qual, ao aceitá-la, inclinou-se profundamente; a terceira, enfim, foi dada a Flores, que a recebeu com a mesma solenidade. O desfile foi longo e fastidioso. A todo ele assistiu o Imperador, sempre a cavalo, ladeado pelos dois Presidentes.

Terminado, Dom Pedro II fez sua entrada na cidade, acompanhado dos chefes aliados. Uruguaiana estava completamente abandonada. Nenhum habitante ali ficara. Todas as casas destruídas ou saqueadas, tudo sujo, tudo em desordem. O triste espetáculo da guerra, com todas as suas misérias.

Feita a inspeção, voltou o Imperador para o Quartel Imperial, onde, no dia seguinte, se realizou um *Te Deum* em presença de todos os chefes militares. E à noite, numa grande barraca para isso especialmente levantada, houve o jantar oferecido pelo Monarca aos Chefes de Estado aliados e seus respectivos Estados-Maiores. Fora tocavam as bandas de música. A alegria era geral e a atmosfera de franco otimismo.

Antes de o Imperador deixar Uruguaiana e voltar para o Rio, poucos dias após a rendição, houve ali a cerimônia da recepção do novo Ministro inglês, Edward Thornton. Foi o epílogo feliz da Questão Christie. Thornton vinha exprimir ao Imperador, em nome da Rainha Victoria, o pesar e as desculpas do Governo inglês pelas violências que os seus navios haviam praticado, dois anos antes, na barra do Rio de Janeiro, contra barcos mercantes brasileiros. Ficavam com isso reatadas as relações entre o Brasil e a Inglaterra, rotas desde então. Era a satisfação completa que o Império recebia da mais poderosa Nação do globo. A diplomacia imperial, secundada pela intervenção decidida do Imperador, colhia agora, sob os muros de Uruguaiana, uma de suas mais brilhantes vitórias.

A cerimônia foi a um tempo simples e solene. Armada uma grande barraca e anunciada a aproximação do Ministro inglês, o Imperador foi colocar-se ao fundo, de pé, cercado por seus generais e demais comandantes de corpos. Thornton chegou numa carruagem, escoltado por um destacamento de cavalaria. Vestia o uniforme diplomático, sobre o qual se destacava a comenda da Ordem do Banho.

O General Cabral, muito compenetrado em suas funções de introdutor, levou o à presença do Imperador. Trocaram-se em francês os discursos adequados, depois do que se retirou o enviado da Rainha Victoria. Lá fora, a música entoava o *God save the Queen*. Estava finda a cerimônia, e desagravada a honra da Pátria .

CAPÍTULO XVIII

GUERRA DO PARAGUAI — CAXIAS CONTRA ZACARIAS

Ilusão de uma curta guerra. Decisão de vencer do Imperador. Caxias e o Gabinete Zacarias. Intervenção do Imperador a favor de Caxias. Demissão de Ferraz e nomeação de Caxias para o comando do Exército. Relações do Imperador com Caxias. O título de Duque. Caxias e Zacarias. Uma carta insolente de Caxias. Pedido de demissão de Zacarias. Intervenção do Conselho de Estado. Reconciliação de Caxias com Zacarias. Agonia do Gabinete Zacarias. A senatoria de Sales Torres Homem. Demissão de Zacarias. Gabinete Itaboraí e subida dos Conservadores ao Poder. Acusações ao Imperador. Defesa de sua atitude.

I

Com a rendição de Uruguaiana, pareceu a todos que a guerra estava praticamente terminada, e que daí em diante, qualquer que fosse a resistência que oferecesse o inimigo, não passaria ela de uma simples diversão militar. "A rendição de Uruguaiana faz crer que a guerra vai acabar. O exército de López retrocede de Corrientes, e para todos o pior da guerra está vencido. Acredita-se que López não oferecerá quase resistência em seu próprio território. O Ministério, um momento, vê a guerra, na sua frase, debelada."[382] Saraiva, Ministro da Marinha, suspende a partida de voluntários, e o Conselheiro Nabuco, Ministro da Justiça, escreve a Paranaguá: "A rendição de Uruguaiana e o efeito moral que daí deve vir, determina menos esforços para a guerra e mais atenção para a organização e pacificação da Província do Rio Grande; parece que não são precisos mais esforços à vista do estado da guerra."[383]

A ilusão dessa gente seria tremenda: a guerra duraria ainda cinco anos, cinco anos de pesados sacrifícios para todos, e que ficariam, nos anais da história militar do Brasil, como os melhores atestados do patriotismo, do espírito de sacrifício e do heroísmo do nosso povo.

O Imperador diria mais tarde que se ele estivesse no Rio de Janeiro, e não no Rio Grande, Saraiva não teria suspendido a ida de voluntários[384], deixando supor, com isso, que não se enganara, como os demais, quanto à terminação da guerra, e não a tinha então como praticamente debelada. É muito duvidoso, porém, que tivesse agido dessa maneira, mesmo que estivesse no Rio, dado que todos ou quase todos os responsáveis pelos destinos do país, acreditavam no fim próximo da conflagração e, portanto, na desnecessidade de novos contingentes de combate.

Se ele, entretanto, tivesse tido, como deixaria transparecer mais tarde, a visão exata do futuro da guerra — e seria quase uma pré-ciência, dada a ignorância em que todos estavam das possibilidades bélicas do inimigo — e compreendesse, assim, que ela se prolongaria, nada lhe seria mais fácil, mesmo no Rio Grande do Sul, de dar ordens a Saraiva para prosseguir na remessa de Voluntários. Porque, embora afastado da Corte, ele nunca perderia, durante toda a viagem no Sul, o contato com os seus Ministros, aos quais dava ordens detalhadas e repetidas, diretamente ou por intermédio de Ângelo Ferraz, Ministro da Guerra, que o acompanhava nessa viagem. E não somente dava ordens, como tornava a iniciativa de fazer-lhes sugestões as mais diversas, mesmo as mais insignificantes, tanto sobre os assuntos relacionados com a guerra como sobre os problemas mais variados da administração pública.

A verdade é que depois da rendição de Uruguaiana, a 18 de setembro de 1865, tanto o Imperador como muita gente no Brasil ficaram persuadidos de que a derrota de Estigarribia significava o fim da guerra. "López pode preparar as malas" (escrevia o Barão de Cotegipe ao seu amigo Penedo, nosso Ministro em Londres). "E até março talvez o tenhas de recebê-lo na Inglaterra."[384a] De Cambridge, nos Estados Unidos, Louis Agassiz escrevia ao Imperador, possivelmente em resposta a uma carta deste, dando a guerra como terminada:

"Que felicidade para V.M. ficar livre das preocupações de uma longa guerra, e de ter livrado os Paraguaios do horrível despotismo sob o qual eles sofrem. Depois, uma dificuldade a menos para a execução de muitos projetos, entre os quais desejo sempre colocar o da sua viagem aos Estados Unidos."[385]

Todos sabemos que a rendição de Uruguaiana não foi o fim da guerra, mas, ao contrário, o começo de uma luta prolongada e cheia de sacrifícios. No entanto, a impressão geral, do Imperador inclusive, foi de que ela não duraria mais do que poucos meses. De volta ao Rio de Janeiro, ele escrevia, em 23 de dezembro de 1865, à Condessa de Barral: "A guerra vai bem, e espero que pouco durará. Espero que até março esteja terminada como convém ao Brasil." E a 8 de janeiro do ano seguinte voltava a dizer: "Espero antes de fevereiro noticiar-lhe a vitória das nossas armas, talvez definitiva."[385a]

Essa esperança num próximo fim da luta acompanhou-o, por assim dizer, durante todo o conflito, e não deixa de ser interessante acompanhar essa sua ilusão através das cartas que escrevia a Louis Agassiz. Em agosto de 1867, por exemplo, ele dizia: "A guerra, penso, chega ao seu fim. Se a esquadra forçar Humaitá, como espero, será quase o fim. Espero todos os dias a notícia desse belo feito de armas." Em outubro de 1867, ele voltava: "A guerra chega ao seu fim, segundo as últimas notícias." Em agosto de1868 ele anunciava, uma vez mais, o fim da guerra — que iria, entretanto, se prolongar por quase dois anos mais: "Felizmente a guerra contra López parece chegar ao fim, e deveis saber que a fortaleza de Humaitá não mais lhe pertence desde 25 de julho."[385b]

II

Mas quaisquer que fossem as suas ilusões sobre um próximo fim da guerra, o que se deve reconhecer é que ninguém no Brasil se identificaria mais com ela, ninguém a intensificaria com maior interesse e mais acentuado patriotismo do que o Imperador. Ele foi o grande animador da resistência. Sua atividade desdobrou-se. Fez verdadeiros milagres. Dirá Joaquim Nabuco:

"A influência do Imperador foi notável nessa época. Cedeu para as despesas da guerra a quarta parte da sua lista civil. A sua atividade proverbial aumentou ainda mais. Visitava os arsenais, administrava os serviços. A sua solicitude não teve limites. O seu ardor em animar os que partiam dava as suas palavras a emoção da voz da Pátria."

"Foi o mais tenaz, o mais delicado e talvez o mais prudente dos campeões da desafronta Nacional", dirá o Conselheiro Saraiva. Como que por encanto voltou-lhe aquele ardor que o fizera vibrar meses atrás quando no Rio Grande do Sul, e que levara o Conde da Boa Vista a ponderar, cauteloso, ao Conselheiro Nabuco: "O Imperador arrasta atrás de si quantos o circundam, e receio que o homem, no seu impetuoso patriotismo, só parará na fronteira; isto causa grandes sustos. Confiemos em Deus."[386]

Seu interesse pelo desenvolvimento da campanha não teve, de fato, um instante de esmorecimento. Tudo o preocupava nos assuntos da guerra, desde a questão, talvez a mais importante para o desfecho da luta, do comando supremo das forças aliadas, até os menores detalhes da administração militar, como, por exemplo, a remessa de algumas peças de artilharia. Suas cartas dessa época, bilhetes, lembretes, notas, dirigidos diariamente aos Ministros, contêm trechos como este: *Quantas peças de 12 francesas, foram para o Exército, e quantas de 6?* Ou este: *A remessa de tudo que se refere a peças de 32 me parece urgentíssima.* Ou ainda este, em carta a Ferraz : *Há falta de cavalhada, e no terreno em que estão perdê-la-emos toda, apesar da alfafa, que aliás foi boa ideia; mas um exército tão grande não pode mover peças até Curupaiti, ao menos, ainda que todos os Estados-Maiores e menores andem duas léguas apenas a pé* [387]. A Paranaguá, que substituíra Ferraz, ele escrevia: *"Não se esqueça a pólvora. Logo que puder, vá até a Fábrica da Estrela, onde parece que houve intrigalhada. Veja se manda o trabalho que tenho pedido, sobre as necessidades para uma campanha como a do Paraguai de um Exército de 40 mil homens das três armas: munição, fardamento, equipamento etc., reserva de pólvora e dos mais objetos. É preciso que saibamos bem de tudo o que é preciso, embora assuste a alguns.*[388]

Contra a burocracia militar, contra a inércia do funcionalismo civil, contra a moleza dos Ministros, a má vontade dos chefes, as negaças dos subalternos, contra tudo e contra todos se elevava sempre, vigilante, a sua voz. *Chame na conferência de hoje* — dizia a Paranaguá — *a atenção de seus colegas mais seriamente para os negócios da guerra. Sabem que estou disposto a todos os sacrifícios para que triunfem brevemente as armas brasileiras*[389]. E dias depois voltava, mais premente: *Muito é preciso fazer, mas cuidem sobretudo de soldados. Não há tempo a perder. Eu já lembrei os meios que me parecem eficazes. A demora da remessa de forças, nas circunstâncias atuais, há de prejudicar-nos bastante*[390]. Noutra carta: *Herval* (Osório) *é muito ativo, mas ele tem que lutar com os embaraços dos homens, muito maiores que os do céu e da terra*[391] . De novo a Paranaguá: *Cumpre mandar soldados e mais soldados, e todos os outros meios de guerra; o resto pertence aos generais e a Deus.*[392]

Forças e mais forças a Caxias — escrevia ele em dezembro de 66 — *apresse a medida de compra de escravos e todos os que possam aumentar o nosso Exército*[393]. A marcha lenta dos navios que transportavam tropas era outro motivo de preocupação, e ainda aí nada escapava à sua vigilância: *O "Galgo" chegou a Montevidéu só a 17; que seria a causa de tanta demora? Tornara que não encalhe no Rio Paraná! O "Arinos já tarda*[394] . A insistência com que repetia certas frases tinha alguma coisa de uma *delenda Cartago: Mais força e mais força para o Paraguai, e acabe-se com honra a guerra que tudo o mais se arranjará depois, havendo perseverança. — Carecemos de mandar força e mais força. Cumpre mandar soldados e mais soldados aos nossos generais*. São frases de todos os dias, em suas cartas dessa época.

Com o entusiasmo que o empolgava pelo desenvolvimento da guerra, sua mentalidade de filósofo e homem de ciência transformava-se na de um estrategista: *Tenho estado a Estudar o mapa* — escrevia em abril de 1867, ao Ministro da

297

Guerra. *Creio que Osório vem com a sua gente nos vapores até Itati na margem direita do Paraná, o que dista légua e meia a duas de Pero Gonzalez. De nossa extrema direita a este lugar, há de cinco a seis léguas, e de Pero Gonzalez a Humaitá outro tanto. O inimigo portanto não pode ter vantagem em bater a parte do Exército que fica em Tuiuti, retirar-se-á para Humaitá, enquanto Caxias fizer o movimento de flanco. Se a esquadra não forçar Curupaiti e Humaitá, haverá assédio desta praça, e urge cuidar de remeter o que é preciso para esse fim. Se o inimigo atacar Osório no desembarque deste, na sua marcha para Pero Gonzalez, terá mais que andar do que Caxias para socorrê-lo. O plano de Caxias, se o terreno da direita está bem explorado, como devo depreendê-lo de uma observação no mapa, é o melhor possível nas circunstâncias em que se acha o nosso Exército.*

Durante os cinco anos de guerra seu entusiasmo foi sempre o mesmo; jamais declinou. O Imperador foi de uma perseverança rara entre nós. Tinha a tenacidade de um Britânico. Por vezes, sua pressão era quase uma súplica: *As circunstâncias são muito graves* — escrevia depois da derrota de Curupaiti — *e todos devem concorrer para o fim patriótico de concluir a guerra como só posso admitir que termine, com honra para o Brasil. Caxias está animado. Porém ele merece, e o bem do Estado exige, que ele receba, como até agora, o maior apoio do Governo.*[395]

III

As últimas palavras dessa carta denunciam o receio, que a esse tempo já preocupava o Imperador, de uma possível desavença entre Caxias e o Ministério. Sinal de que as coisas, entre os dois, não andavam bem. É o primeiro sintoma do sério desentendido que se vai abrir daí a cinco meses, entre o Gabinete Zacarias e o Comandante em chefe das forças em operações de guerra, fase inicial da grave crise política do ano de 68, cujo epílogo foi, como se sabe, a retirada espetaculosa de Zacarias e a queda do Partido Liberal.

Quando a guerra se declarara, no começo de 65, Caxias fora afastado intencionalmente de todo comando militar. Apesar do enorme prestígio que o cercava, por suas vitórias militares dentro e fora do Império, ou por isso mesmo, o Partido Liberal, com o Senador Furtado na Presidência do Conselho, não quisera utilizar-se dos serviços do General conservador. Deixara-o completamente à margem. Preferira recorrer aos seus próprios generais, Osório e Porto Alegre entre outros. Vencera, portanto, o espírito de partido, quer dizer, o critério político.

Quando Furtado fora substituído por Olinda, em maio daquele ano, a situação de Caxias só fizera piorar, com a inclusão, no novo Gabinete, de Ângelo Ferraz, futuroBarão de Uruguaiana, a quem Olinda confiara, precisamente, a pasta militar. Ferraz era inimigo pessoal de Caxias. Sua nomeação para a pasta da guerra não tivera, certamente, o propósito de hostilizar Caxias; fora ditada por interesses puramente políticos. Mas não deixara de colocar Caxias numa posição ainda mais difícil perante o Governo sobretudo pelo caráter irascível e voluntarioso de Ferraz. Cotegipe dizia que faltava a este o essencial — *juízo e prudência*, e lembrava uma frase de Abrantes, o qual costumava dizer que Ferraz tinha *bossa de galo da índia para brigar.*[396]

Caxias bem o sentiu, quando teve de acompanhar o Imperador ao Rio Grande, na qualidade de Ajudante de campo, em julho de 65. Ferraz, como vimos, fazia parte da comitiva. Em Uruguaiana, defronte da praça assediada, Caxias foi acintosamente afastado, e teve de contentar-se com fazer simples figura de assistente. O comando de nossas forças foi entregue a Porto Alegre.[397]

Porto Alegre era certamente um oficial de grande valor. Seu passado militar, sobretudo na campanha contra Rosas, o atestava; o futuro o confirmaria. Seria aquele general que, defendendo Tuiuti, exclamaria: *Hoje morre aqui até o último Brasileiro!* Duas vezes, nessa batalha, seria derrubado do cavalo. Ela terminada, com a vitória para as nossas armas, Porto Alegre seria recolhido, quase desfalecido, prostrado pelas cargas de baioneta, a farda em farrapos, quarenta e sete vezes perfurada pelas balas inimigas. Era então um velho de sessenta e um anos de idade!

Mas, apesar de tudo, o seu valor militar não podia ser comparado ao de Caxias. Este tinha uma fé de ofício, uma folha de serviços ao Brasil e à Monarquia, como não a possuía nenhum outro dos nossos generais.

O Imperador foi em parte culpado, pelos correligionários políticos de Caxias, de haver consentido na situação difícil em que este se viu colocado, diante de Uruguaiana, pelos rancores políticos de Ferraz. Mas a posição do Imperador ali não era fácil. Antes de tudo, dado o gênio quase intratável do Ministro da Guerra, que era, afinal, o superior de Caxias, qualquer intervenção sua contra o Ministro e favorável ao General, iria provocar um incidente de caráter político-militar, cujas consequências ninguém podia prever, o que era tanto mais aconselhável de evitar-se quanto se estava diante do inimigo, na iminência ou de atacá-lo ou de ser por ele atacado. Aliás, tanto o Imperador como os que ali se encontravam, não davam maior importância ao comando militar de Porto Alegre, que a todos se afigurava de curta duração, uma vez que se tinha o inimigo por irremediavelmente vencido, e a guerra praticamente debelada.

Em agosto de 66 Olinda cede o lugar a Zacarias, continuando Ferraz na pasta da guerra. Com isso, Caxias passou a ter, em vez de um, dois inimigos no Governo, e agora o próprio Presidente do Conselho de Ministros. A turra entre Zacarias e Caxias era antiga. Vinha de longe, e se extremara em 1862, quando Caxias fora apeado do Poder por Zacarias, que nele o substituíra. Desde então haviam ficado interrompidas as relações pessoais entre os dois. Mas, se a política os desunira, a guerra, ou melhor, as exigências da guerra, secundadas pela vontade e patriotismo do Imperador, iriam novamente aproximá-los.

Quando Zacarias assumiu o Poder, em agosto de 66, a guerra, como se sabe, entrava no período mais crítico. Tinha havido, logo de início, o sério revés de Curupaiti, a que se seguira uma grande estagnação nas operações militares. O desânimo na tropa era geral. Os chefes quase não se entendiam, divididos que estavam por intrigas e rivalidades de antecâmara. Curupaiti fora mesmo, até certo ponto, o resultado desse lamentável estado de coisas.

Além de desarticuladas, nossas tropas sofriam também as consequências da falta de uma unidade de comando. Era certo que pelo tratado da Tríplice Aliança cabia a Osório a direção suprema das forças. Mas na realidade ele nunca exercera essa direção. Logo no início da campanha, fora-lhe entregue o comando do Primeiro Corpo de Exército, sendo o segundo confiado a Porto Alegre. Depois de Paso de la Pátria e de Tuiuti, Osório, doente, teve que retirar-se. Foi substituído à frente do Primeiro Corpo por Polidoro. Ambos os Corpos operaram sempre, por assim dizer, distanciados e divorciados um do outro, sem laços que os unissem numa ação eficaz comum. Havia, é certo, o comando-geral da guerra confiado a Mitre, Presidente da Argentina. Mas isto valia antes por uma honraria do que precisamente por uma direção militar efetiva,

"Até a batalha de Curupaiti — dirá José Maria dos Santos — não houve, propriamente, nas forças brasileiras do Paraguai, um comando-geral que lhes centralizasse os serviços e as submetesse a uma orientação uniforme. A coordenação das disposições estritamente militares fazia-se através do comando em chefe aliado, entregue, como sabemos, ao General Mitre. Os nossos dois como de Exército só iam articular-se, em última análise na Junta da Guerra, presidida pelo chefe argentino, gozando de uma independência ainda maior a nossa Esquadra, que dependia exclusivamente do Almirante Tamandaré."[398]

"A guerra precisava menos — reconhecerá o próprio Zacarias — de remessas de tropas do que de uma cabeça, de um General, que reunisse aos conhecimentos profissionais a precisa vantagem de inspirar plena confiança a seus camaradas."[399]

IV

Ora, esse homem era Caxias. Só podia ser Caxias. Mas como chamá-lo para o comando em chefe de nossas forças, quando o Partido Liberal estava no Poder, e quando o Presidente do Conselho e o Ministro da Guerra, além de adversários políticos, eram também seus inimigos pessoais? Para quem conhece a intolerância partidária de nossos homens, não é difícil avaliar o que podia significar, para o prestígio dos Liberais, zelosos de suas prerrogativas no Governo, a direção militar da guerra entregue a um dos mais prestigiosos chefes Conservadores. Seria a inversão de todos os princípios partidários, de que os *leaders* políticos se mostravam sempre tão ciosos. É certo que Caxias dissera, quando a guerra fora declarada — *minha espada não tem partido*. Mas uma frase, por bonita que fosse, não bastava para tranquilizar as velhas raposas liberais.

Posta a questão no terreno estritamente partidário, como era em geral a tendência dos políticos, não havia, portanto, como justificar-se a chamada de Caxias. O Imperador, porém, que pela sua posição e alto senso patriótico olhava as coisas por outro prisma, conseguiu, com aquela dose de habilidade que nunca lhe faltou, desfazer todos os preconceitos partidários do Gabinete. Fez da guerra, não uma questão de facção, como era a tendência dos políticos, mas o que realmente devia ser, uma questão nacional, que interessava indistintamente a toda a Nação, e cujo triunfo dependia do concurso de todos os brasileiros de boa vontade, fossem de que partido fossem. "A guerra contra López (dizia), nunca foi questão de partido para as pessoas sensatas, e quem a terminar como exige o bem do Brasil, terá por si a opinião nacional."[400]

Pode-se dizer que foi graças em grande parte a ele que Caxias foi chamado à frente do Exército. Pereira da Silva, em suas *Memórias*, nos dá o testemunho disso. Jeitosamente, com mil rodeios, para não ferir a susceptibilidade sempre viva do Presidente do Conselho, sugeriu-lhe a nomeação de Caxias.

Zacarias tinha dessas contradições: sendo um dos mais intratáveis dos nossos estadistas, mostrava-se às vezes de um espírito de conciliação surpreendente. Foi o que se deu nessa ocasião. Aceitou facilmente as razões do Imperador, concordando com a indicação do nome de Caxias. Havia, possivelmente, nesse seu gesto um pouco de orgulho. Ele quis certamente dar mostra de superioridade de espírito, aceitando um dos seus mais poderosos inimigos pessoais e políticos para colocá-lo à frente da política militar do Gabinete. É certo que as necessidades da guerra o forçavam a tanto; e, mais do que as necessidades da guerra, a vontade do Imperador. Não importa. Não impressionava menos o seu gesto cavalheiresco.

V

Reunido o Ministério, expôs Zacarias a necessidade de esquecerem-se quaisquer ressentimentos pessoais ou políticos e de aceitar-se o concurso de Caxias. Ele próprio, acrescentou, seu desafeto pessoal, dava o exemplo desse desprendimento patriótico. Seus colegas não lhe opuseram dificuldades. Eram homens, aliás, sabidamente de fácil acomodação, como Dantas, Martim Francisco e Paranaguá. Concordaram todos com as razões do Presidente do Conselho. Restava, porém, o assentimento de Ângelo Ferraz, que, estando doente nesse dia, não comparecera à reunião ministerial. E a palavra de Ferraz, no caso, era imprescindível, senão mesmo decisiva.

Foram-lhe despachados Dantas e Martim Francisco, com a incumbência de o cientificarem do ocorrido na reunião e trazerem, ao mesmo tempo, o seu parecer. A resposta do Ministro da Guerra veio pronta e sem rodeios, como era, aliás, de esperar-se de seu feitio impulsivo: não concordava com a indicação do nome de Caxias; não lhe daria o apoio; não assinaria uma tal nomeação. Preferia antes demitir-se.

A demissão de Ferraz privaria o Gabinete de um dos seus mais fortes esteios. Mas, num momento como aquele, representava a salvação de Zacarias senão também de todo o Ministério. Pois não dissera o Presidente do Conselho que estava disposto a demitir-se se Ferraz, vetando a nomeação de Caxias, continuasse, apesar disso, à frente da Pasta da Guerra? Ou se Caxias impusesse, como condição de sua aceitação, a exoneração de Ferraz?

A iniciativa de Ferraz, de retirar-se voluntariamente do Governo, aplainava, assim, todas as dificuldades. Facilitava a chamada de Caxias sem o sacrifício de Zacarias e do próprio Ministério. Exprimia, portanto, um grande senso patriótico. Ferraz compreendia que era de seu dever não colocar os rancores pessoais ou partidários seus acima do interesse geral. E o interesse geral, naquela ocasião, estava na nomeação de Caxias para o comando-geral do Exército.

Essa nomeação tinha o apoio geral. Mas tinha sobretudo o apoio do Imperador, já que não se fazia segredo do empenho que este pusera em ver Caxias à frente de nossas forças militares. Sabia-se mesmo que a indicação de seu nome partira *do alto*, e que a transigência de Zacarias fora devida sobretudo à forte pressão do *homem de São Cristóvão*.

Isso é tanto mais de salientar-se quanto se comentava, já nessa época, uma suposta malquerença entre o Imperador e Caxias. Dizia-se que não se gostavam, e que uma funda desinteligência os desunia de longa data. Não há, sobre isso, nenhuma prova ou indício de verdade. De Caxias, o que se sabe, é que deu sempre os maiores testemunhos de devoção ao Monarca. Entre tantos políticos displicentes, preocupados, sobretudo, em manipular os partidos, quando não declaradamente desafeiçoados ao regime e à Família Imperial, Caxias foi dos raros monarquistas sincera e profundamente convictos, amigos do Rei e da Dinastia. Pôs sempre a espada não apenas a serviço de um Brasil unido e forte, mas também de um Monarca digno e respeitado.

Do Imperador, o que se pode dizer hoje com acerto, pela documentação que se conhece, é que ele tinha por Caxias senão uma verdadeira estima, ao menos uma profunda simpatia. *Leal e meu amigo*, é como o chama numa frase de seu *Diário*, acrescentando, não sem um traço de malícia, *mesmo por ser pouco homem político.*[401]

Durante todo o tempo em que Caxias iria permanecer na guerra, à frente do Exército, não haveria quem mais o prestigiasse, quem mais o animasse do que o Imperador. Suas cartas dessa época nos dão a prova disso. *Caxias é digno de todos os louvores,* dizia ele a Muritiba, Ministro da Guerra do Gabinete Itaboraí.[402] A Paranhos, futuro Visconde de Rio Branco, que lhe transmitira certas queixas do General, escrevia: *Muito pesar me causou a carta de Caxias. Louve-o e anime-o de minha parte.*[403] . Noutra carta a Paranhos: *Minha fé nele* [Caxias] *é sempre a mesma.* Noutra ainda: *Tenho inteira confiança em Caxias.*[405]

301

Em dezembro de 68, ao ter notícia das vitórias de Itororó e Avaí, voltava a escrever a Paranhos: *Caxias encheu de alegria todos os que o prezam, como eu.* E, como se falasse que o General andava adoentado, acrescentava: *Estou certo de que ele não piorará, e que brevemente comunique a derrota do resto do Exército de López, e que o Paraguai ficou livre do seu ditador. As comunicações de Caxias a Muritiba são muito interessantes, e robustecem-me na fé de que findará a guerra com o presente ano.* [406]

VI

Quando, no ano seguinte, Caxias, alegando moléstia, abandonou a guerra contra a vontade do Governo e do Imperador, como se verá adiante, e deu a luta por terminada, apenas com a entrada das nossas forças em Assunção, retirando-se em seguida para o Rio, que fez o Imperador?

Disse-se que manifestou seu desagrado deixando de ir recebê-lo no cais, no dia de seu desembarque no Rio. Mas como, se Caxias chegou de surpresa, sem prevenir a ninguém, nem mesmo as pessoas de sua família? Chegou "sozinho, sem nenhum aviso prévio, às dez horas da noite; meteu-se num *tílburi*, mandou tocar imediatamente para o Andaraí e de lá foi para a Tijuca"[407]. Sua própria mulher foi surpreendida com essa chegada inesperada, e tornou-se preciso preparar-lhe antes o espírito, para que não sofresse uma emoção muito forte. Durante mais de um mês ficou Caxias quieto no seu refugo da Tijuca, sem ter vindo uma só vez à cidade — "longe dos foguetes e músicas da cidade, acompanhados de longos discursos, que é coisa com que os casacas pagam aos militares que têm a fortuna de não morrerem na guerra", dizia ele em carta a Osório.[408]

O Imperador, portanto, não tinha porque ir esperá-lo ao cais. Mas concedeu-lhe honras que nenhum outro Brasileiro recebeu. "Tive ontem o prazer de dar a Caxias a medalha de distinção com bravura" — participava com indisfarçável açodamento a Muritiba, Ministro da Guerra. Deu-lhe ainda a *Ordem de Pedro I*, condecoração que ninguém mais recebeu nem receberia entre nós, assim como o título de Duque, que o elevava, sozinho, ao mais alto grau da nobiliarquia do Império.

Não se podia dizer que fosse esse um título de pouca valia, que se distribuísse com grande generosidade, como acontecia às vezes com os de Barão. Luís XIV teve um dia esta frase profunda: Je ferai tant de Ducs qu'il sera honteux de l'être et honteux de ne l'être pas. O Imperador não diria o mesmo, porquanto só fizera um único, Caxias. Nenhum outro Brasileiro recebeu tamanha honraria, a qual, entretanto, não estaria em nada deslocada num Paraná, num Rio Branco ou mesmo num Osório.

O título de Duque deu a Caxias um prestígio difícil hoje de calcular. Ofuscou-lhe até certo ponto, o próprio apelido, já de si glorioso. Ele passou a ser, desde então o Duque. Não se lhe precisava declinar o nome. Bastava o título — o Duque. *O Duque*, no Brasil, era ele, só podia ser ele, como *the Duke*, na Inglaterra de Jorge IV, só podia ser Wellington. O *nobre Duque...* era como Zacarias se referia, em discurso no Senado, com um respeito nada habitual naquele caráter irreverente, quando acusava Caxias de haver abandonado a guerra sem licença do Governo imperial.

Quando não se precisasse de outras provas do apreço em que o Imperador sempre tivera Caxias, a quem chamava, em 1842, com o entusiasmo sincero de seus dezessete anos, *o pacificador de São Paulo,*[409] bastava considerar a forma quase afetuosa, bem rara naquele caráter tão pouco expansivo, com que iria apelar, em 1875, para o concurso de Caxias, a fim de substituir Rio Branco na chefia do Governo. É o próprio Caxias quem nos dá o testemunho disso, na carta que escreveu então à filha, relatando a entrevista com o Imperador.

302

Chamado a São Cristóvão, partira decidido a não aceitar o Poder. Mas tal foi a maneira por que o recebeu o Monarca, que se viu forçado a ceder, comovido. "Quando me meti na sege para ir a São Cristóvão, a chamado do Imperador, la firme em não aceitar. Mas ele, assim que me viu, me abraçou, e me disse que não me largava sem que eu lhe dissesse que aceitava o cargo de Ministro... Ponderei-lhe as minhas circunstâncias, a minha idade e incapacidade; a nada cedeu. Para me poder livrar dele, era preciso empurrá-lo, e isso eu não devia fazer. Abaixei a cabeça, e disse que fizesse o que quisesse... Mas a nada atendeu, e disse-me que eu só fizesse o que pudesse, mas que não o abandonasse, porque ele então também nos abandonaria e se iria embora."[410]

Contudo — e são estes contrastes que nos desconcertam, às vezes, na apreciação da sensibilidade do Imperador — quando Caxias faleceu, cinco anos depois daquela cena tocante, Dom Pedro II não encontrou outra frase para exprimir seu pesar pelo desaparecimento de tão grande Brasileiro do que esta, num bilhete a Baipendi, seu camarista, que lhe comunicara a triste notícia: *Diga que eu e a Imperatriz sentimos muito a morte de tão distinto servidor do Estado e amigo de quase meio século.*[411]

VII

Nomeado comandante em chefe das forças em operações de guerra, durante pouco mais de um ano Caxias e o Ministério Zacarias iriam viver senão num ambiente de grande cordialidade, ao menos de recíproca confiança.

No começo de 68, porém, começou-se a sentir que havia qualquer coisa no ar. Murmurava-se que Caxias não andava contente com a atitude do Gabinete a seu respeito. Por outro lado, alguns jornais da Corte, orientados ou subvencionados pelo Governo, começaram a fazer uma *guerra de alfinetes* a Caxias, — a frase é sua — a quem culpavam do prolongamento da luta no Paraguai, atribuindo isso à sua falta de ação ou frouxidão no cumprimento do dever de soldado.

Afinal, em fevereiro daquele ano, a coisa explodiu no Rio, com uma carta quase insolente de Caxias a Paranaguá, Ministro da Guerra. Queixando-se dos ataques da imprensa, inclusive de uma folha estrangeira, que vivia "à custa de uma consignação pecuniária saída dos cofres públicos", culpava Paranaguá de lhe faltar à consideração, dirigindo-se diretamente a um subordinado seu, sobre assunto de serviço que ele, Caxias, já houvera antes resolvido, conforme participara ao Governo. Caxias via nisso, "além de falta de confiança, uma ofensa que não posso deixar de repelir com a maior energia." Dava, por fim, a sua demissão de comandante em chefe: "O maior favor que o Gabinete atual me pode fazer é aceitar quanto antes a minha exoneração, indicando-me sem perda de tempo qual o meu sucessor, a fim de tirar-me de uma posição que, à vista do exposto, julgo insuportável, e não me compelir a qualquer ato que dela me desembarace por violento que seja."[412]

Diante dos termos dessa carta, a primeira suspeita de Zacarias foi que houvesse em tudo isso uma política. Desconfiado, por natureza, sentindo sua situação no governo extremamente difícil, com a oposição que os Conservadores e os Liberais históricos lhe moviam na Câmara, com a maioria do Senado contra ele e o Conselho de Estado formado, em grande parte, de adversários políticos seus, suspeitou que estes estivessem atiçando o General contra ele, a fim de enxotá-lo do Poder.

Em sua carta, Caxias se referira a certa "correspondência privada", que recebera do Rio, e cuja leitura o induzira, mais que nunca, a solicitar a demissão. "Entendi — confessou Zacarias ao Senado — que alguma parte dessa correspondência privada provavelmente teriam os principais amigos do nobre Marquês [Caxias não fora ainda elevado a Duque], esses a quem reputo em mais elevada posição no seu Partido." [413]

A alusão era clara. Zacarias queria referir-se aos chefes conservadores do Senado e do Conselho de Estado. E, para descobrir de uma vez as baterias, desmascarar os conspiradores, resolveu apresentar também ao Imperador o pedido de demissão do Ministério. Com isso, ele esperava lançar a confusão nas hostes dos adversários, se acaso estes tivessem tido parte no gesto de Caxias; forçava-os a se descobrirem, e a se decidirem abertamente entre o Gabinete e o Partido que o sustentava na Câmara, e o General e os Conservadores que o insuflavam.

VIII

O pedido de demissão de Zacarias foi, portanto, antes de tudo, uma sonda que ele lançou no mar político do país, para saber em que altura de fato navegava, e até onde podia o seu barco prosseguir. Mas foi também um gesto de coerência política. No seguinte:

Quando ele convidara Caxias para comandante em chefe das forças em operações, dissera-lhe francamente que a sua presença nesse posto era a tal ponto considerada indispensável pelo Ministério, que este estava disposto a retirar-se se ele acaso pusesse qualquer dificuldade em aceitá-lo. "Julgava importantíssima a sua ida para o Sul — dirá Zacarias — tão importante que o Ministério estava decidido a retirar-se, se, mostrando repugnância em servir com ele, S. Ex.ª [Caxias] se tivesse recusado a partir"[414]. Mas Caxias nada exigira. Aceitara o comando sem fazer qualquer imposição política. Sou sobretudo soldado, dissera. Apenas acrescentara: Só ponho ao Governo uma cláusula — a da mais inteira confiança.[415]

A coerência de Zacarias estava, portanto, nisto: desde que o Comandante em chefe se demitia, agora, alegando falta de confiança do Ministério, este não tinha outra coisa a fazer senão oferecer também a sua exoneração. O Imperador, que era o árbitro, decidiria, afinal, entre o Ministério e o General, cujos serviços, importantíssimos, na opinião mesma do Ministério, eram tidos mais necessários do que os dele próprio.

É certo que a Câmara dos Deputados continuava, por sua maioria Liberal, apoiando o Governo. Mas esse apoio de nada valia na situação presente, de muito pouco valeria numa situação normal, de vez que, na realidade e, até certo ponto, pela Constituição, o Ministério só durava enquanto contasse com a confiança da Coroa. De nada valia em tempos anormais, como eram esses de guerra. Que valor podia, de fato, exprimir o apoio da Câmara à facção Liberal-progressista (porque era uma facção), quando o Ministério se desaviera com o Senado, contava com uma maioria adversa no Conselho de Estado e perdia agora a confiança do Comandante em chefe das forças em operação de guerra?

A questão foi levada à deliberação do Conselho de Estado pleno. Qual julga o Conselho o menor mal, a demissão do General ou a do Ministério? Foi o dilema em que o opôs o Imperador.

Olinda, o mais velho dos Conselheiros, não duvidou em responder: "Posta a questão neste terreno, entre o Ministério e o General, parece que este não deve ser conservado" Falou aí a voz da razão. O antigo Regente dava de pronto o exemplo do bom senso. A escolher entre o civil e o militar, entre o Ministro e o General, não havia por que hesitar: preferia guardar o Ministro. O contrário seria a subordinação do Governo ao poder militar, isto é, a subversão dos mais sagrados princípios constitucionais.

Seus colegas acompanharam-no nesse parecer. Foram todos acordes, com pequenas divergências, em que o Ministério devia ser prestigiado. Os próprios Conselheiros conservadores, correligionários de Caxias, foram de igual parecer. Prevaleceu neles a voz do patriotismo. Mesmo o Marquês de São Vicente, que, além de correligionário, era amigo íntimo de Caxias, não duvidou em declarar-se contra o General — "por amor de um grande princípio", disse.

Para Zacarias, o parecer do Conselho de Estado foi um verdadeiro desafogo. Foi a melhor prova da inexistência, que ele tanto temia, de uma conjuração conservadora agindo por detrás de Caxias. Tirava todo caráter político à desavença surgida entre o General e o Presidente do Conselho. *Desarmou o Ministério* — foi a expressão de Zacarias, referindo-se à atitude do Conselho de Estado: "Formado por uma maioria de amigos dedicados do Marquês de Caxias e, ao mesmo tempo, de homens de primeira ordem do Partido Conservador, entendendo que não havia motivo para a retirada do Ministério, desarmou-o completamente."[416]

Essa atitude desassombrada do Conselho de Estado é uma honra para a grande instituição constitucional do Império. Manifestando-se abertamente contra o mais glorioso e prestigiado General da Monarquia, o próprio Comandante em chefe das forças em operações de guerra, quando o Exército estava todo ele de armas nas mãos e cada soldado era uma ameaça viva, o Conselho de Estado, formado de velhos e inofensivos Conselheiros, dava um grande exemplo da sua independência, da sua coragem e do alto senso patriótico de seus objetivos.

Cortava, por outro lado, com essa decisão, qualquer tentativa que acaso encobrisse o gesto de Caxias, de um possível golpe de espada, de uma ofensiva dessa planta até então desconhecida no Brasil, mas que grassava nas Repúblicas do Continente — o caudilhismo. *Imposição da caudilhagem* — foi, mesmo, a expressão dura de que usou Zacarias por essa ocasião.

Todos sabemos, porém, que não fora essa a intenção de Caxias. Seu gesto de demissão valera apenas como um desabafo de soldado impetuoso e brioso. Não passara disso. Movera-o sobretudo um excesso seu de susceptibilidade. Caxias podia ter tudo, menos o estofo de um caudilho. Seu passado militar, seus serviços ao país, ao tempo das guerras civis, pela pacificação dos espíritos, seu desamor às posições, sobretudo seu desapego à política, muito embora não a desprezasse de todo, eram tantas provas de como *agauchocracia* não poderia jamais contar com a ajuda da sua espada.

Outra prova ele daria agora, no incidente com Zacarias, com a atitude conciliante que logo manifestou, apenas recebeu explicações de amigos e adversários. De fato, solicitado, pelos chefes Conservadores do Conselho de Estado (que davam com isso mais uma prova de seu patriotismo, e do desejo sincero de consertarem de uma vez o desentendido entre o General e o Presidente do Conselho), a dar por findo o incidente, retirando, cada qual, o seu pedido de demissão, prontamente aquiesceu.

"Parece-nos e perece-nos ainda — diziam-lhe os chefes conservadores, Paranhos, futuro visconde de Rio Branco, São Vicente, Muritiba e Bom Retiro — não convir nem a V. Exª nem a retirada do Ministério, e que se devia apelar para o patriotismo do General e dos Ministros, no intuito de que se restabelecesse a confiança recíproca que V. Exª julgou quebrantada, e que os Ministros, consultando as suas intenções, afiançam que existiu sempre em toda a pureza e força...

V. Exª sentiu-se ofendido em seus melindres de cidadão e soldado, leal e dedicado; viu em certos fatos da imprensa, e em atos recentes do Ministério da Guerra, uma demonstração de falta de confiança. É natural o recessentimento de V. Exª, bem como o seu receio em posição de tamanha responsabilidade, mas o Ministério se não procurou desvanecer a impressão que o artigo da folha estrangeira podia produzir no ânimo de V. Exª, se não viu ofensa à dignidade do cargo de V. Exª nos dois Avisos a que se refere... afiança que sempre procedeu com as melhores intenções.

Posta a questão nestes termos, pensamos que era natural e fácil o restabelecimento das boas relações que existiam entre o Ministério e V. Exª... apagando-se inteiramente a impressão daqueles incidentes. Assim se pouparia ao Imperador e à Nação a grave dificuldade de uma mudança de Ministério nestes momentos, ou a de dar-se um substituto a V. Ex.ª.

Vimos, pois, como amigos e como Brasileiros, pedir a V. Ex.ª instantemente que desista da sua demissão; que conclua uma campanha que só V. Ex.ª pode concluir, aceitando a deliberação do Imperador, que não lhe pode ser mais honrosa, fazendo quanto esteja da sua parte para reatar suas boas relações com o Ministério... Aceda ao nosso pedido, caro amigo e Sr. Marquês; é uma nova e assinalada prova de sua dedicação ao Imperador e à Nação, que ele tão dignamente representa. Aceite a mão de cavalheiros que de novo lhe vão estender os Srs. Ministros, já agora identificados com V. Exª, no grande empenho de concluir a presente campanha..." [417]

IX

O espírito de Caxias estava tanto mais predisposto a aceitar a proposta de conciliação dos Conservadores quanto Zacarias já lhe havia escrito pouco antes, respondendo, até certo ponto, a carta que ele dirigira a Paranaguá, com as mais completas explicações sobre o incidente.

Zacarias, com aquele seu orgulho indomável, chegou a negar que o Governo tivesse respondido a Caxias, como negaria também a intervenção pacificadora dos Conservadores, guardada durante algum tempo em sigilo. Mas uma coisa e outra são fatos hoje conhecidos.[418]

"Sei que inexatas apreciações de uma parte da imprensa da Corte e cartas particulares de pessoas que não conheciam a fundo as coisas — dizia o Presidente do Conselho a Caxias — abalaram em V. Ex.ª a persuasão de que continuasse inalterável a confiança que determinou em outubro de 66 a nomeação de V. Ex.ª para comandar as forças brasileiras em operações contra o Governo do Paraguai. É felizmente um engano."

Dava depois explicações sobre a atitude dos jornais do Rio, de cujos ataques se queixara Caxias, fazendo ver que os mesmos não poupavam também o Ministério, sobre os Avisos e Ofícios do Ministro da Guerra, que nunca visaram desconsiderar o General, uma vez que a confiança que nele depositava o Governo continuava inteira. E prosseguia:

"Essa inteira confiança V. Exª a teve ao partir, teve-a enquanto circunstâncias extraordinárias, imprevistas, retardavam os golpes decisivos contra o inimigo, como tem-na hoje, que tudo conspira a fazer acreditar que se aproxima o termo da guerra sob a direção de V. Exª. Falo assim porque tenho consciência de que estudados os fatos, e reconhecidas as intenções com que foram praticados, há de verificar que a lealdade do Governo para com V. Exª é igual à lealdade de V.Exª. para com o Governo, não tendo jamais variado a confiança que nos fez escolher V. Exª para tão importante comissão"[419]

Aos Conservadores respondeu Caxias:

"Sou o primeiro a dar às considerações que Vossas Excelências emitem em sua apreciável carta, todo o peso e valor a que elas têm indispensável direito; sei as dificuldades com que terão de lutar o Imperador e a Nação, tendo ou de mudar o Ministério ou de dar-me substituto. Mas Vossas Excelências, como cidadãos conspícuos que se têm sentado já nos Conselhos da Coroa, e que avaliam em toda a sua extensão os deveres árduos do homem público, em certas e determinadas circunstâncias, me farão a honra de concordar comigo que não bastaria o que acabo de dizer para resignar-me a uma posição que eu considerasse humilhante.

As explicações, porém, que acabo de receber não só do Exmº Sr. Conselheiro Presidente do Conselho de Ministros, como do Sr. Ministro da Guerra... que apelam para o meu correligionários cavalheirismo e amor da pátria, formarão poderoso auxiliar às observações que como amigos e me fizeram Vossas Excelências.

Sinto ter dado aos Srs. Ministros e aos meus amigos alguns momentos de desassossego, e não está em minhas mãos poder oferecer-lhes nenhuma outra compensação que não seja a de lhes afirmar que continuarei no posto de honra em que me acho, prosseguindo na série nunca interrompida de sacrifícios que estou fazendo para corresponder a essa confiança ilimitada, com que parti do Rio de Janeiro e que me assegura se manterá inabalável.

...Acedi ao pedido de Vossas Excelências; ele importa indeclinável prova da minha dedicação ao Imperador e à Nação brasileira. Aceito a mão de cavalheiros que de novo me estendem os Srs. Ministros, identificados comigo no grande empenho de concluir esta campanha, salvando incólume o decoro nacional. Vossas Excelências dizem haver preenchido a missão que se impuseram — escrevendo-me; o Ministério fez o que a consciência de sua lealdade para comigo lhe ditou; as explicações vieram; pela minha parte de tudo me esqueço, para só ter diante dos olhos a pátria e suas instituições, e a para mim mui veneranda religião do dever."[420]

X

Encerrara-se com isso o incidente. Mas encerrara-se unicamente para Caxias. Para Zacarias ele ficara apenas consertado, conserto que não passava de um reboco, obra precária e provisória. Seria, aliás, desconhecer o Presidente do Conselho supor que ele pudesse iludir-se quanto às condições difíceis em que ficara o Ministério, depois desse incidente com o Comandante em chefe.

Houvera, de fato, reconciliação. Mas, na realidade, essa reconciliação era apenas aparente. Apesar do parecer do Conselho de Estado favorável ao Ministério, apesar das manifestações gerais de simpatia de seus adversários, apesar do *aperto de mão* de Caxias[421] havia ficado, entre os dois, isolando-os, uma barreira moral, um terreno neutro, imperceptível, talvez, ao grande público, mas que não iludia aos profissionais da política. Ambos se haviam saído honrosamente do incidente; mas *arranhados*. Arranhado, sobretudo, o Presidente do Conselho que tivera de dar a Caxias, para fazê-lo retirar o pedido de demissão, satisfações que valiam, até certo ponto, por uma *mea culpa* do Ministério. O orgulho de Zacarias não esqueceria facilmente essas coisas.

Ele se sentia, aliás, politicamente gasto. A fraqueza de seu Ministério não iludia mais a ninguém. O Partido Liberal, dividido, desarticulado, em luta com suas próprias facções, não estava mais em condições de o sustentar por muito tempo no Poder. Seis anos de domínio o inutilizaram. Enfraquecera-o, não tanto o uso do Poder, mas sobretudo as crises ministeriais desses últimos anos, agravadas com a guerra estrangeira, que logo se lhe atravessara no caminho. Nesses seis anos de situação liberal, seis Ministérios se tinham revezado no Poder: Zacarias, primeiro, depois Olinda, em 62; Zacarias, novamente, em 64; Furtado também em 64; Olinda, outra vez, em 65 e, finalmente, Zacarias, pela terceira vez, em 66.

Desde então ele se conservava à testa do Governo. Havia, portanto, dois anos. Se considerarmos a instabilidade própria do regime parlamentar, não era uma curta vida para um Ministério. Dois anos consecutivos no poder era mesmo um fato quase inédito na história governamental do Império. Com exceção do Gabinete Paraná, que governara de setembro de 53 a agosto de 56, e ainda assim graças sobretudo à política da Conciliação, nenhum outro, desde o início da Monarquia, conseguira até então manter-se no Poder por um período tão longo. Zacarias tinha, de fato, de que se orgulhar. A longevidade de seu atual Gabinete devia compensar-lhe, até certo ponto, a precariedade do Ministério que ele formara em maio de 62, o Ministério chamado dos *anjinhos*, que vivera apenas seis curtos dias, e morrera, por assim dizer, no nascedouro. Fora o mais curto Gabinete da Monarquia.

Mas a fraqueza do Ministério não estava somente no longo e trabalhoso período de sua administração, e no reflexo, que necessariamente o atingia, de uma situação política já gasta e desacreditada: provinha também de outras causas. Com relação à política da guerra,

307

ela ficara patente desde quando Zacarias vira forçado, para acelerar a luta, a socorrer-se de um general seu adversário pessoal e político, e dera a entender que deixaria o Poder se esta fosse a condição imposta pelo General para aceitação do convite. Por mais que quisesse depois disfarçar, Zacarias caíra aí no erro grosseiro de subordinar a existência do Gabinete à vontade da espada. Caxias, é certo, comportara como um verdadeiro soldado; aceitara o comando sem nada exigir, a não a confiança do Governo. Mas o Ministério não ficara menos exposto, sobretudo sabendo-se que o convite a Caxias provocara já o sacrifício de um de seus membros mais prestigiosos, Ferraz, justamente o Ministro da Guerra.

XI

É verdade que Caxias dissera: "A guerra não é questão de Partido, o essencial é acabá-la honrosamente, esteja quem esteja no Poder" não é menos certo que fazendo a existência do Ministério liberal depender das imposições que acaso lhe fizer o General conservador, Zacarias tornasse precisamente a guerra uma questão de Partido. Se o bom senso e o patriotismo de Caxias assim não o entenderam, e ele aceitara o comando sem condições, é uma outra questão.

A opinião pública, aliás, não se iludia quanto a isso. Ela conhecia os homens, seus defeitos, os lados vulneráveis de seu caráter. A dureza de Zacarias era tradicional. Tinha o prazer maldoso de maltratar os adversários. Sua ironia feria como a ponta de um estilete. Era desses homens que têm o maior desprezo pelos preconceitos e susceptibilidades dos outros. O que conta, para eles, é a sua vontade. *Pour être aimé, il faut être aimable.* Zacarias não praticava este preceito. Não tinha empenho em ser amável. Bastava-lhe ser temido. *O nosso Guizot* — era como o chamava Tavares Bastos, em carta a Penedo.

Era desses homens que não sabem acomodar-se nas posições subalternas. Não sabem pedir. Não sabem escutar. Só eles contam. Só eles falam. Zacarias vivia fascinado pelos postos de comando. Era um homem talhado para dar ordens. Tinha a tendência despótica de um Sultão. Toda a sua ambição política resumia-se numa palavra — mandar. Para tanto, sacrificava preconceitos, doutrinas, tradição política, tudo. Antigo Conservador, passara-se, em 1862, para os Liberais, quando Olinda, Saraiva, Otaviano e Teófilo Ottoni fundaram a liga e o progressismo, seduzido unicamente com o bastão do mando. É Eunápio Deiró quem o atesta.[422]

Ora, quando se viu um homem como esse o incorruptível, o mais intransigente e mais duro dos nossos estadistas, adversário pessoal e político de Caxias, subir as escadas do General, para pedir-lhe, quase implorar-lhe, que viesse salvar a honra do Exército e a política de guerra do Gabinete, em risco de serem sacrificadas com o desastre de Curupaiti, muito poucos se iludiram quanto ao resto de prestígio que Zacarias ainda pretendia ter. E quando se soube, então, que ele sacrificara antes o seu Ministro da Guerra, em holocausto ao General seu desafeto, e não contente com isso, oferecera também o sacrifício de todo o Gabinete, ninguém mais pôs em dúvida a existência precária do seu Ministério. Em junho de 67, Sinimbu escrevia a Penedo: "Muito desgosto se manifesta contra o atual Ministério. Além de atos imprudentes que tem praticado, acha-se embaraçado com a própria Câmara que fez eleger. Duvido muito que tenha existência longa, e a prolongação da guerra é quem mais o mata."[423]

Penedo, embora residisse no Estrangeiro, era um dos homens mais bem informados sobre o nosso meio político. Os seus correspondentes na Corte eram dos melhores.

Compadre de Cotegipe e amigo Íntimo de Sinimbu, soubera fazer sólidas amizades ao tempo da Academia do Recife e, mais tarde, na Câmara dos Deputados. Grande parte dessa gente subira, galgara as primeiras posições no cenário político do Império, e era agora os seus correspondentes habituais. Ministro em Londres durante muitos anos, ele soubera aproveitar-se de suas funções para obsequiar os políticos que por lá passavam, os quais, de volta ao Brasil, não esqueciam de mandar-lhe, de vez em quando, uma palavra amável, uma notícia agradável, uma confidência interessante. Itaboraí e Uruguai, cujo filho, Paulino de Sousa, serviria sob suas ordens na Legação em Londres, como serviram igualmente Joaquim Nabuco e Tavares Bastos, foram amizades nascidas daquelas circunstâncias.

Este último escrevia-lhe um mês antes da retirada de Zacarias, com aquela exata visão das coisas e aquela pré-ciência que o tornava quase profético: "O Ministério está em agonia; ontem falava-se em crise e convite a Nabuco. A própria maioria da Câmara começa a dissolver-se. O Ministério não durará, mas não há quem adivinhe o que lhe há de suceder. Entretanto, muitos acreditam que será o Gabinete já organizado *in petto* por Itaboraí.[424] No mês seguinte, era a vez de Cotegipe informar-lhe: "Quanto à política, a guerra paralisa tudo, e Sua Majestade receia não achar outro Zacarias. Tal é, porém, o descrédito deste, que tenho por impossível que viva dois meses mais."[425]

XII

Os Conservadores, espreitando a agonia do Ministério, se preparavam, naturalmente, para voltar ao Poder. Eles sentiam que no dia em que caísse o atual Gabinete, o Partido Liberal, dividido e trabalhado pelas facções, teria forçosamente que lhes ceder o lugar.

Contudo, a atitude que mantinham em face do Ministério agonizante era a mais correta. Não se podia dizer que mostrassem sofreguidão em subir. Não estavam, como reconhecera o próprio Zacarias, de sentinela à sua porta, prontos para arrebatar-lhe o Poder.

Pelo contrário. À exceção de Cotegipe e de uns poucos mais, que de fato reclamavam aberta e declaradamente o Governo, nenhum dos outros chefes Conservadores — nem São Vicente, nem Paranhos (Rio Branco), nem Bom Retiro, mostrava-se ansioso por conquistá-lo. A começar por Itaboraí, o chefe dos chefes, o oráculo do Partido, o qual, num memorável discurso ao Senado, definira claramente a atitude de seu grupo.

Certo, os Conservadores não fugiriam à responsabilidade de organizar Governo, se os chamasse o Imperador. O que lhes repugnava era aproveitar-se das dificuldades em que se debatia Zacarias, sobretudo da oposição que lhe fazia o Senado, para obrigá-lo a deixar o Poder.

Os mais impacientes do Partido, é certo, não alimentavam esses escrúpulos. Silveira da Mota, "Conservador da velha guarda", conforme o chamava o Barão do Rio Branco), por exemplo, que era o *cabeça quente* desse grupo, entendia que se podia derrubar o Gabinete por meio de uma simples emenda ao voto de graças: bastaria um artigo, na resposta à Fala do Trono, contra a política do Ministério, e que, aprovada pela maioria conservadora do Senado, obrigaria o Imperador a despedir Zacarias. Seria, como se vê, um verdadeiro voto de desconfiança. Não importava a Silveira da Mota e ao seu grupo o princípio constitucional de que o *Senado não faz política*. O que eles queriam, a todo o transe, era atirar com Zacarias por terra. "Demos com ele no fundo", exclamava por seu lado o Barão de Cotegipe.

Mas o bom senso do grupo moderado dos Conservadores obstou que se praticasse um tamanho absurdo. Não consentiu que a ambição de alguns arrastasse o Senado a essa posição facciosa. Itaboraí, com a sua autoridade de chefe, deu o *mot d'ordre*: votar contra a emenda de desconfiança.

Não significava isso apoio ao Gabinete adversário. Significava apenas que ele se opunha a que o Senado enveredasse pelo caminho de criar casos políticos, de lançar votos de desconfiança contra o Governo, para obrigar o Imperador a despedi-lo, função eminentemente partidária e reservada por isso à exclusiva competência da Câmara eletiva. "Entendo que o Senado não deve levantar questões de Gabinete — dizia Itaboraí — isto é, dirigir mensagens ou votos à Coroa, aconselhando-a ou constrangendo-a a demitir os seus Ministros."

Itaboraí, apontado como o futuro organizador ministerial, não fugiria à responsabilidade de formar governo se acaso fosse chamado, mas não trazido por um golpe de Estado do Senado: unicamente o que lhe viesse às mãos regularmente, pelos meios constitucionais que o regime impunha. Se a Câmara dos Deputados, liberal em sua maioria, não estava disposta a convidar o Ministério a retirar-se, ou se este, por seu lado, não querendo capacitar-se de sua fraqueza, insistia em não demitir-se, cabia então ao Senado fazer saber à Coroa a desinteligência profunda que se cavara entre ele e o Ministério, e deixar ao Imperador a responsabilidade constitucional de fazer com que este se retirasse.

São Vicente pôs a questão nos devidos termos: a resposta à Fala do Trono devia limitar-se a informar à Coroa não haver entre a maioria do Senado e o Gabinete a unidade política que os interesses públicos exigiam nas circunstâncias do momento. Seria o modo indireto de manifestar-lhe todo o desentendido, e deixar à sua "sabedoria" tirar daí as consequências que julgasse acertadas, ou fosse, "a mudança de Ministério ou da política que ele seguia."

XIII

A campanha política movida contra Zacarias, nesse ano de 68, não era, como se vê, somente aquela guerra de anedotas e de epigramas a que se refere Joaquim Nabuco; era também a guerra grande de rijos ataques, de investidas bruscas, de imposições e ameaças. Zacarias sentia-se na posição difícil de um touro acuado num recanto da arena. Não fosse o lutador de sua têmpera, de coragem pessoal e política inflexível e o Ministério, já enfraquecido e desprestigiado, teria só sobrado aos primeiros ataques de seus adversários.

Zacarias, porém, lutou na brecha com a tenacidade e a ousadia do veterano que era. Usou de todos os recursos para prolongar a vida do Ministério. Ostentou sua força junto à Coroa, coisa aliás duvidosa. Desafiou o Conselho de Estado com o pedido de demissão Ameaçou os Conservadores do Senado com o espantalho da ditadura. "A ocasião não é de meias medidas!", exclamou. A que Silveira da Mota, que não lhe dava tréguas, respondeu intimando-o a "desfazer as máscaras."

Mas tudo tem o seu fim. A esperança de Zacarias era poder prolongar a vida do Gabinete até a terminação da guerra, que já se presumia próxima. Recolheria assim para ele e o seu Partido os louros da vitória. Cairia depois, de pé, a fronte erguida, sagrado benemérito da pátria. Mas os acontecimentos, que governam os homens, não o deixaram nessa ilusão.

A emenda de Silveira da Mota caíra no Senado. Mas caíra apenas por condescendência e escrúpulo constitucional dos Conservadores moderados. Ficara, porém, a ameaça, que amanhã ou depois podia ser renovada, e talvez não encontrasse a oposição dos velhos chefes Conservadores. Que aconteceria então? Isto: o Senado intimaria o Imperador a despedir o Gabinete. Seria um golpe de Estado parlamentar! Seria. Mas o Imperador poderia acaso resistir-lhe, quando a guerra se achava em pleno desenvolvimento, e tinha à sua frente a figura tida como indispensável do general Conservador? E resistir para quê? Para salvar um Gabinete e uma situação política já sabidamente falidos?

Em fevereiro, por ocasião do incidente com Caxias, pareceu a todos, inclusive ao Imperador, que seria da maior inconveniência uma mudança de Ministério, acarretando, possivelmente, uma mudança também de situação política. Os próprios Conservadores prestigiando o Gabinete, foram, conforme vimos, desse parecer. Mas a situação agora era outra. A atitude dos Conservadores evoluíra consideravelmente. A vitória indisfarçável de Caxias sobre o Ministério, apesar de aparentemente disfarçada, dera ao Partido adversário deste um prestígio que Zacarias não podia ignorar. Com isso o Ministério perdera, ou estava em risco de perder as suas últimas posições. Era evidente que ele não poderia resistir ao golpe de força que acaso lhe desferissem os Conservadores do Senado.

Foi o que Zacarias compreendeu. Sua experiência política o aconselhou a que saltasse sobre o obstáculo antes que fosse por ele esmagado. Urgia aproveitar o primeiro pretexto airoso para abandonar o Governo, antes que fosse dele despedido. Esse pretexto apareceu-lhe em julho de 68: foi a senatoria de Sales Torres Homem. Zacarias descobrira aí a sua retirada estratégica. Ia dar o grande golpe político de sua carreira, jogando as cristas com a Coroa, atirando com o Poder sobre a mesa dos despachos, num gesto audacioso e salvando o pouco que ainda restava de prestígio do Gabinete e da situação Liberal.

XIV

Não há dúvida em que a oposição ao nome de Torres Homem para o Senado foi o pretexto que Zacarias encontrou para abandonar airosamente o Poder. Ele não deu, nem podia dar um motivo plausível, que justicasse essa oposição, e muito menos a sua subsequente retirada. A escolha de Torres Homem para o Senado era *desacertada*, dissera, referindo-se ao ato do Imperador.

Desacertada por quê? Por que faltassem méritos ao candidato? Não. O próprio Zacarias os reconhecera, quando nomeara anteriormente a Torres Homem para o Conselho de Estado e para a presidência do Banco do Brasil. Por que se tratava de um Conservador? Certo, politicamente, sob o ponto de vista partidário, fora melhor que a escolha imperial tivesse recaído num candidato Liberal; será um voto a mais que o Gabinete contaria no Senado, onde a maioria Conservadora o deixava intranquilo. Mas cabia ao Imperador, que pela Constituição pairava acima dos Partidos, acompanhá-lo nesse raciocínio? E competia acaso a Zacarias impor limites de natureza política ao direito incontestado que tinha a Coroa de escolher livremente os Senadores? No dia em que prevalecesse, na constituição do Senado, a vontade exclusiva dos Gabinetes, quer dizer o critério exclusivamente político e partidário, ficaria ele transformado numa assembleia tão facciosa quanto a Câmara eletiva, o que iria de encontro aos princípios mais elementares do sistema representativo que nos governava.

A oposição à escolha de Torres Homem para o Senado, feita pelo Imperador, foi portanto, um mero pretexto que Zacarias encontrou para abandonar um Poder que já lhe fugia por todos os lados. "Fraco pela oposição com que o fustigavam, tanto na Câmara como no Senado, Conservadores e Liberais históricos — dirá Wanderley Pinho, — vendo ressurgir o incidente Caxias, explorado pelos políticos e pela imprensa para desconceituar e desprestigiar o Gabinete; percebendo as restrições da confiança imperial, desde o momento em que o Imperador se convenceu que la de novo desaparecer a harmonia imprescindível entre o General e o Governo; antevendo claramente as consequências de quando Caxias viesse a saber da pecha de caudilho que indiretamente lhe atirara[426]; conhecedor da conspiração que elementos seus aliados tramavam para, de parceria com os Históricos, e talvez os Conservadores, apeá-lo do Governo por um pronunciamento da Câmara dando balanço em todas essas circunstâncias, Zacarias demitiu-se, antes que o despedisse o Parlamento ou a Coroa. Fê-lo com desgarre dramático, para dar a impressão de que o incompatibilizava com o Poder a sua altivez em face da Coroa. A escolha desacertada de Torres Homem fora um pretexto mútuo de Dom Pedro II e Zacarias; do Imperador para forçar o Presidente do Conselho a deixar o Ministério; de Zacarias para abandonar o Poder, por lhe faltar a confiança imperial, por se saber desapoiado da Coroa, e por se sentir desamparado de um forte apoio parlamentar." [427]

XV

Concedida a demissão do Ministério, o Imperador pediu a Zacarias que indicasse o nome do substituto. Já então o Monarca adotara o sistema, que se tornaria uma praxe, de deixar ao Presidente do Conselho demissionário a responsabilidade da indicação de seu substituto.

Zacarias, porém, preferiu não indicar ninguém. Deixou essa tarefa ao inteiro critério do Monarca. "Recusei apontar-lhe nomes — dirá ele orgulhosamente, respondendo às censuras de seus correligionários. ''Eu não podia indicar os Conservadores; mas, se era possível um Ministério Liberal, aí estava o meu."[428] Não era possível. O dele menos do que qualquer outro.

Se Zacarias fosse um homem mais acomodado e não sofresse daquele indomável, poderia ter tentado salvar a situação Liberal, ou pelo menos prolongar-lhe um pouco a existência, indicando ao Imperador, dentre os seus correligionários mais chegados, um nome que conciliasse as duas facções do Partido. Mas ele atribuía a esses seus amigos uma espécie de *complot*, tramado nos bastidores da política, de parceria com os Históricos e, possivelmente, com os Conservadores moderados, com o fim de o desalojarem do Poder. Não quis, por isso, facilitar-lhes a ascensão. Preferiu sacrificar de uma vez a situação liberal, e deixar que o Imperador, ele próprio, decidisse como entendesse. E a decisão da Coroa — sabiam-no todos — só podia pender a favor dos Conservadores.

Foi, de fato, o que aconteceu. O Imperador encarregou Zacarias de chamar Visconde de Itaboraí; e a 16 de julho estava composto o novo Ministério. Depois de seis anos de ostracismo, voltavam os Conservadores aos conselhos da Coroa.

Os Liberais acusariam desde então o Monarca de os ter apeado do Poder, violando os princípios mais elementares do sistema representativo. "Chamaram a queda de Zacarias de um *golpe de Estado da Coroa*. Se o Ministério tinha maioria na Câmara não podia ser demitido, e muito menos lançado ao ostracismo o Partido a que pertencia o Gabinete demissionário" — diz Wanderley Pinho, que muito acertadamente acrescenta: "Mas se aquela mudança política não se fizera dentro das linhas puras do regime parlamentar, também a intromissão pretendida por Zacarias em atribuições exclusivas do Poder Moderador, qual a escolha senatorial, era um lance inconstitucional, um outro *golpe de Estado*. Venceu o mais forte.

"Dentre as quedas de Gabinetes e de Partidos no Segundo Reinado, não se destaca o golpe de Estado de 1868 como uma exceção: ao contrário, vêmo-lo dentro das linhas tradicionais da política imperial, antes e depois daquele episódio. Gabinetes Conservadores com maioria na Câmara, como Gabinetes Liberais em iguais circunstâncias, foram demitidos e substituídos por Ministérios de política adversa, para aquém e para além de 1868. A Constituição dava à Coroa a liberdade de nomear e demitir Ministros; Dom Pedro II mostrou-se sempre cioso dessa prerrogativa.[429]

Fosse como fosse, o fato é que os Liberais não lhe perdoaram nunca o ostracismo a que se viram condenados em julho de 68. Na história do Partido, esse golpe de poder *pessoal* ficará assinalado como um dos maiores atentados do Monarca ao sistema representativo.[429a] "O Poder Moderador (dizia o Conselheiro Nabuco em discurso ao Senado), não tem o direito de despachar Ministros como despacha delegados e Subdelegados de Polícia. Por sem dúvida, vós não podeis levar a tanto a atribuição, que a Constituição confere à Coroa, de nomear livremente os seus Ministros: não pode ir até o ponto de querer que nessa faculdade se envolva o direito de fazer política sem a intervenção nacional, o direito de substituir situações como lhe aprouver"[430]

Em rigor, Nabuco estava certamente com a razão. Na técnica do regime representativo, e se outras fossem as nossas condições políticas, o ato do Imperador era passível de censura. Mas carecia julgá-lo sob um aspecto menos metafísico e mais atual. Era preciso considerar os motivos que o levaram a apelar, naquele momento, para o concurso dos Conservadores.

XVI

Esses motivos, que eram, afinal, um só, di-lo-á o próprio Monarca em nota ao opúsculo de Joaquim Nabuco, *O Erro do Imperador*: foi "o desejo de terminar a guerra com a maior honra e proveito para o Brasil"; e para tanto era então imprescindível, na opinião do Imperador, a conservação de Caxias no comando em chefe do Exército. Ora, acrescentará ele, "o Ministério Liberal não podia continuar com a permanência de Caxias à frente do Exército." Foi este o motivo. Não havia outro.

O momento, portanto, não era de salvaguardar princípios políticos, como queria Nabuco,e muito menos o decoro de Ministérios. O que cumpria, antes de tudo, era vencer o inimigo estrangeiro, debelar completamente a guerra isto é, salvar a integridade e a independência do País e para tanto, era indispensável a presença de Caxias à frente das tropas. Sua retirada, num momento como aquele, quando a guerra entrava num dos momentos de crise, quando escasseavam nossos melhores generais, por mortes, doentes ou cansados, e lavrara no Exército uma intrigalhada de chefes, valeria por um desastre de consequências talvez irreparáveis.

"Se Caxias tivesse se retirado do Paraguai — escreve Taunay — deixando o Exército esbarrado diante das formidáveis linhas de Piquiciri, que, apoiadas com uma série de pântanos invadeáveis, fechavam todo o país e impediam a marcha de nossas tropas sobre Assunção, incalculáveis haviam de ser para o Brasil os desastres, esgotada, de um lado, como já se achava, a série dos nossos mais conceituados e aproveitáveis generais e, de outro, ficando Solano López, com quem se não podia transigir, ainda de posse da sua capital e de grandes recursos militares."[431]

A conservação de Caxias à frente das tropas apresentava-se, portanto, como um caso quase de salvação nacional. Ora, era sabido nos círculos políticos da Corte, que o Partido Liberal estava disposto a desquitar-se definitivamente do General em chefe. Qualquer que fosse a organização ministerial que sucedesse a Zacarias, desde que formada de elementos Liberais, os dias de Caxias na guerra estariam de antemão limitados. Tanto os Progressistas, do grupo Zacarias, como os Liberais históricos, estavam de acordo em fazer a imediata substituição de Caxias ou por um general de seu Partido, ou pelo Conde d'Eu, cuja simpatia eles de há muito procuravam conquistar.

Escrevendo nessa época a Penedo, dizia Sinimbu, já então considerado um dos chefes mais autorizados dos Liberais: 'Houve mudança de Ministério, o que era uma necessidade, como também mudança de política, o que na minha opinião não foi muito político. A razão do primeiro fato é fácil de explicar, o Ministério caiu sob o peso de seus grandes pecados! E para pior até não soube escolher o gênero de morte, pois até nisso foi vítima de seus próprios erros. Foi o Sales [*Torres Homem*] a causa principal desse desastre! A causa, porém, da mudança política foi outra, foi a necessidade da conservação de Caxias no comando do Exército, pois é sabido que qualquer novo Ministério saído do seio Liberal chamaria aquele General, fazendo-o substituir pelo Conde d'Eu."[432]

A retirada de Caxias seria já de si um erro. Sua substituição pelo Conde d'Eu, por motivos de política interna, num momento como aquele, seria levar para o Exército o espírito de facção, justamente o que o Imperador tanto procurava evitar, desde os primeiros dias da guerra. O plano dos Liberais era atirar o genro do Imperador, o marido da Princesa Imperial, futura Chefe de Estado, nas malhas traiçoeiras da politicagem; fazer do Conde d'Eu um General do Partido, para jogá-lo contra o General Conservador.

Foi esse plano diabólico que o Imperador procurou evitar pelo único modo possível num momento como aquele — despedindo os Liberais e chamando os Conservadores para o Governo. Garantia, assim, a conservação de Caxias à frente do Exército, o que valia quase pela segurança da vitória; mas garantia também a intangibilidade as instituições, isolando o marido da futura Imperatriz do espírito de facção em que projetavam envolvê-lo.

XVII

Não foi dos menores de seus encargos, nem dos mais fáceis, nesse período de guerra, o papel de árbitro, de acomodador das rivalidades, dos ciúmes e das competições que diariamente se levantavam entre os chefes, civis ou militares. Ora era o mau humor de um, ora o gesto brusco de outro; ora uma ameaça de demissão, ora um começo de briga. Com aquela paciência que era um de seus segredos, o Imperador intervinha, tolerante, paternal, apelando para o patriotismo dos chefes, para o bem do país, para os altos interesses da Nação.

Antes mesmo de iniciadas as hostilidades, Tamandaré, dando azo ao seu mau humor e excessiva susceptibilidade, solicitava exoneração do comando da Esquadra, porque não lhe haviam confiado, de par com a autoridade militar, também os poderes políticos, que logicamente deviam estar nas mãos dos diplomatas. E dramatizava, em carta ao Imperador: "No fim de 42 anos de serviços, vejo-me rebaixado pelo aviltamento a que me quiseram reduzir os Ministros de Vossa Majestade!" [433]

Pouco depois, era o contrário que se via, isto é, o diplomata é que queria invadir a seara do militar: Francisco Otaviano, de Buenos Aires, ameaçava abandonar a negociação do Tratado da Tríplice Aliança, enciumado com a extensão de poderes conferidos a Caxias, e nos quais entendia dever por também o dedo. [434] Intervinha o Imperador: "Estimo muito que Otaviano não se retire da missão. Entendo que deve cingir-se ao que for diplomático, no que se não inclui tudo o que se refere a ajustes preliminares de paz, como já se lhe declarou; portanto não deve tornar ao Exército. Ele mesmo compreenderá a justiça desse parecer, e não tem razão para desconfiar de Caxias, que está lá há dois meses e tanto somente, e foi nomeado por merecer a confiança geral." [435]

A Ângelo Ferraz, Ministro da Guerra, ele advertia: "É preciso que o Sr. providencie tudo, para que não haja conflitos de comando, e diga a Herval Osório e a Porto Alegre, que chegou o momento de eles ainda melhor mostrarem seu patriotismo. Olhar para Partidos em tal ocasião é um sacrilégio. Herval também deve ser advertido de que lhe cumpre atender mais aos generais seus subordinados e aos profissionais, e não confiar somente em sua boa vontade. Será vergonhoso que, com todos os meios que se acumularam no Rio da Prata, sejamos detidos pelos Paraguaios, fracos relativamente a nós mesmos." [436]

Mais adiante, era Caxias que entrava em rivalidade de comando com Mitre, e ameaçava abandonar a luta. O Imperador escrevia a Paranaguá, que substituíra Ferraz na Pasta da Guerra: "Caxias já falou de *brios e dignidade* dele, que possam ser ofendidos, sem que tenha meios de reagir, e, portanto, convindo que ele não se retire, e ninguém melhor do que ele podendo regular as decisões do Governo a respeito da guerra, urge autorizá-lo a proceder independentemente de Mitre, *segundo o critério dele lhe aconselhar.*" [437]

De outra vez era com Osório que Caxias entrava em turra, sempre por questões de comando. Lá acudia o Imperador: "Observo que Caxias diz que será o comandante ou dará o comando a Herval da expedição que preparam, e talvez Caxias quisesse ele Próprio dirigir o ataque do dia 19, para que qualquer resolução sua posterior não seja interpretada de modo que lhe fique desairoso. Já numa folha do Rio da Prata eu notei que ele participa a tomada do reduto a Herval como sendo este o Comandante em chefe do Exército brasileiro. É preciso não pensar somente nos feitos gloriosos, que a todos os Brasileiros enchem de júbilo, e prevenir o que possa criar embaraços à terminação da guerra do modo que todos a desejamos e esperamos." [438]

Não intervinha somente para acomodar interesses contrários ou recompor mal-entendidos; adiantava-se também para evitar possíveis futuras susceptibilidades, como essa, do Conde d'Eu, que comandaria o último período da guerra: "Não será conveniente Consultar meu genro sobre a substituição do Elisiário, como se fez a Caxias a respeito de Inhaúma? Todo o acordo entre os serviços de rio e de terra é pouco." [439]

315

As forças brasileiras haviam já ocupado Assunção. Paranhos (Rio Branco) organizava ali o governo provisório paraguaio, desempenhando uma missão única no mundo, qual a de delegado de um Império compondo o governo Republicano de um inimigo. Mas não cessava a ciumada. "Não sei a que melindre dos colegas se refere Paranhos" — escrevia o Imperador a Cotegipe, Ministro da Marinha, que o substituía interinamente na Pasta de Estrangeiros — "e o Sr. deve recomendar-lhe que continue a auxiliar o meu genro, como fazia até agora, só envolvendo-se no que é administração militar por pedido de meu genro." [440]

CAPÍTULO XIX

GUERRA DO PARAGUAI — O ESPÓLIO DA CAMPANHA

*Desânimo dos generais e tenacidade do Imperador.
Retirada de Caxias da guerra. Censuras ao procedi-
mento de Caxias. Verdadeiras razões dessa retirada.
Nomeação do Conde d'Eu para a guerra. Gênese
dessa nomeação. Primitiva oposição do Imperador.
Correspondência do Imperador com o Conde d'Eu.
Partida do Conde d'Eu para a guerra. Acusações da
Princesa Imperial a Caxias. O Imperador quer levar
a guerra até o final. Morte de López e fim da guerra.*

I

A guerra prolongava-se indefinidamente. As forças de López, apesar de muito reduzidas, sempre encontravam meios de escapulir à nossa perseguição, aproveitando as
condições favoráveis do terreno. Quase cinco anos de luta! Os espíritos mais fortes iam
aos poucos fraquejando. Todos começavam a manifestar cansaço. O desinteresse pela terminação da guerra era quase geral.

Somente o Imperador não perdia o ânimo. Sua decisão de vencer e de ir até o fim
era a mesma do começo da luta. Nada o desanimava. Nada o detinha. Mas ele começava
a ver, apreensivo, que os chefes não possuíam mais o entusiasmo de antes, e procuravam
agora todos os pretextos para se retirar cada um para sua casa, no conchego do lar, ou para
o conforto das cidades, deixando o destino final da guerra entregue à inexperiência ou à
falta de autoridade dos mais novos.

Foi, então, uma nova e árdua tarefa do Monarca — a de dar ânimo aos desanimados, dar força aos fracos, reacender a chama amortecida de uns, apelar para o patriotismo
de outros, pedir, quase suplicar que não o abandonassem no fim da empresa que todos
iniciaram juntos com o mesmo entusiasmo e a mesma vontade de vencer. "Porto Alegre
(escrevia ele a Paranaguá) compreende que não deve largar o seu posto antes de finda a
guerra, e Caxias reconhece a dedicação do Visconde à causa que todos nós pleiteamos." [441]
A Cotegipe ele dizia: "Estimo que Elisiário melhore breve de seu incômodo, porém desconfio que influi nele, sobretudo, a vontade de retirar-se para o Brasil. Sinto que tal sucedesse, porque sempre estimei Elisiário como um dos nossos melhores oficiais de Marinha,
sempre pronto para o serviço." [442]

Paranhos (Rio Branco), Ministro de Estrangeiros, que estava no Prata em missão
especial, também queria retirar-se. Paranhos (escrevia o Imperador a Muritiba, Ministro da
Guerra) não deve retirar-se, e estou certo de que não apelo em vão para o seu patriotismo.
Tem servido muito bem, e assim continuará a fazê-lo." [443] E, pouco mais tarde, a Cotegipe,
esta recomendação que era quase uma ordem: "Li com toda a atenção a carta do Paranhos.
Já disse que sua permanência no Paraguai *é por ora indispensável.*" [444]

317

No começo de 1870 seria a vez do General Polidoro preparar-se também para abandonar a guerra. O Imperador logo se apressaria em recomendar ao genro, já então no comando-geral do nosso Exército:

"A retirada de Polidoro não me agrada, e Você há de ver-se embaraçado para regular o serviço como até agora. Eu ainda insistiria com ele para que ficasse. Não me consta que a conservação de sua vida exija que ele volte para o Brasil. Você sabe como eu estimo Polidoro, e por isso ainda mais sinto que ele se retirasse. Eu lhe direi isto mesmo logo que o vir." [445]

II

Quando chegou a vez de Caxias abandonar também a guerra, o desapontamento do Imperador foi maior. Essa retirada, nas condições em que se efetuava, qualquer que fosse a sua razão ou procedência, não podia deixar de afetar seriamente a marcha da guerra, de refletir sobre o ânimo já enfraquecido dos comandantes e comandados, dado o enorme prestígio de que gozava Caxias, tanto na tropa como, sobretudo, no Corpo de oficiais.

O Imperador, a princípio, custou acreditar que Caxias tomasse a iniciativa de dar a guerra por terminada apenas com os sucessos obtidos em Lomas Valentinas e a entrada de nossas forças em Assunção, e se preparasse para passar o comando-geral ao substituto, quando López, com um troço de homens bem decididos, se achava ainda de armas na mão, nas matas quase que inexpugnáveis da Cordilheira. "Já escrevi ao Paranhos e ao Muritiba — dizia ele em carta a Cotegipe, — sobre a licença pedida pelo Caxias, cuja presença ainda é indispensável no teatro da guerra. Não creio que ele, em ordem do dia, declarasse a guerra terminada, como li no boletim do *Diário do Rio*." [446]

Na carta a Paranhos, a que ele se referia, dizia o Imperador:

"Caxias não deve retirar-se por ora para o Brasil... Estou certo de que ele acabará realmente a guerra dentro de pouco tempo... Conheço Caxias desde que me entendo, e por isso posso falar com toda a confiança que o Sr. sempre tem observado." [447]

E a Muritiba, eram estas as suas palavras:

"A guerra está quase acabada, porém não o está. Cumpre que Caxias não deixe uma empresa que levou quase ao cabo do modo que dele sempre esperei...Sei quanto será penoso a Caxias continuar em sua missão ativamente, porém conto com ele até o fim completo da guerra. Espero que não tenha passado o comando ao Guilherme Xavier de Sousa, e que mesmo em tal caso volte ao seu posto, e nos dê em breve a notícia de que podemos descansar inteiramente."

Noutra carta, ainda desse dia, também a Muritiba, ele voltava a insistir, com uma percepção exata dos acontecimentos:

"Caxias dá a guerra, a parte principal dela, pelo menos, por acabada, na ordem do dia que reenvio; mas, segundo desconfio, e Deus queira que me engane, López quer manter-se no Interior e aguardar os sucessos, e quanto mais tempo ele puder ali conservar-se, maiores serão os nossos sacrifícios. Evitá-los quanto antes não é fácil, sobretudo se Caxias não permanecer à testa do Exército e por isso depois de tudo o que tenho meditado, ainda mais insisto na opinião que já manifestei. Não creio que ele passasse o comando ao Guilherme Xavier de Sousa, que chegou a Assunção no dia 14. Ele aguardará a deliberação do Governo, e tudo acabará bem como até aqui, graças principalmente ao Caxias."

Este achava que competia à diplomacia acabar com o resto do domínio de López no Paraguai. "Mas como — perguntava o Imperador na mesma carta — sem ficar provado que pela força não o pudemos conseguir? E se ele apenas se refere a medidas que auxiliem o emprego da força, a quem cumpre pôr remate na ação senão a ele? Estou certo de que Caxias não há de ter esquecido a López." [449]

A atitude de Caxias tornara-se-lhe quase uma obsessão. "Tornara que Caxias não se houvesse enganado fazendo a declaração de que tinha a guerra chegado a seu termo, e não se criem esperanças cuja desilusão seja muito penosa" voltava, no dia seguinte, em carta a Muritiba. Conformava-se, já agora, por não ter outro remédio, com a passagem do comando-geral para as mãos de outro general; mas nutria ainda a esperança de que Caxias não se retiraria para o Brasil, mas aguardaria no Paraguai as ponderações do Governo. Escrevia a Muritiba. "Leio no *Jornal do Commercio* que Caxias passou o comando a Guilherme Xavier de Sousa, que apenas foi para substituí-lo em hipótese que felizmente não se realizou, mas espero que ele não voltará ao Brasil, aguardando a resolução do Governo."[450]

A Paranhos (Rio Branco), ele tornava a escrever depois de uma entrevista que tivera com o irmão de Caxias: "Disse a José de Lima que escrevesse ao irmão que sua presença no Paraguai era indispensável pelos motivos que tenho exposto; que estava inclinado a julgar a guerra finda, mas que era necessária a direção de Caxias, para que López fosse coagido a deixar o Paraguai, se não pudesse ser preso, e isto quanto antes."[451] E dias depois, noutra carta ao mesmo: "Não lhe [*a Caxias*] dou direito para adoecer, nem para deixar de ter fé na sua estrela, que brilha cada vez mais."[452]

III

Toda essa insistência do Imperador tornou-se, porém, inútil. Caxias, a esse tempo, sem aguardar a deliberação final do Governo, já havia deixado definitivamente o Paraguai. Alegando o estado precário de sua saúde, retirara-se para Montevidéu, e ali preparava para prosseguir viagem para o Rio de Janeiro. Descobrindo o motivo principal que o levara a proceder de uma forma tão irregular, dizia Cotegipe ao seu compadre Penedo, nosso Ministro em Londres: Caxias, por doente e por não ter mais *glória pessoal* a ganhar (este é o meu juízo) retirou-se para Montevidéu, e é provável que de lá venha para aqui.[453]

De fato, não tardou que ele chegasse à Corte. Foi só então que o Imperador compreendeu que não podia mais contar com a sua colaboração na guerra. Não teve outro remédio senão conformar-se com o fato consumado, e recorrer, para substituí-lo à frente do Exército, quando os generais, fadigados, doentes ou desinteressados da luta, quando não em rivalidades uns com os outros, abandonavam o Paraguai, aos serviços do genro, o Conde d'Eu, que, na impaciência de seus vinte e sete anos, aspirava, desde o início da campanha, dar azo ao seu espírito guerreiro.

"Vendo o Governo que tão cedo eu não me poria em estado de voltar à campanha participava Caxias a Osório, num tom irônico e algo despeitado – nomeou outro General em chefe, que, sendo moço e ativo, poderá com facilidade apanhar López nas serras, para onde ele se meteu, pois que eu, velho e cansado, já não posso correr muito... Já estou safo do comando do Exército, e hoje toda a minha ambição será empregada em me livrar de alguma Pasta, de que sempre tive mais medo do que das baterias de López."[454]

O procedimento de Caxias, abandonando o Exército contra a vontade repetidamente manifestada do Imperador, e dando a guerra por terminada, quando era evidente que o fim principal dela, pelo menos (isto é, a renúncia ao Poder ou retirada de López do Paraguai), não fora ainda alcançado, era sem dúvida um ato de indisciplina. Caxias não ignorava, aliás, que uma dessas duas condições era considerada *sine qua* pelo Governo Imperial, da guerra. O único modo por que o Imperador entendia que ela deverá acabar. De fato, meses antes, em carta a (Rio Branco), Caxias pedira que este fosse o intérprete junto ao Imperador do seu propósito de acabar a guerra "do modo *único* [o grifo é do original] por que o Imperador admite que ela acabe."[455] O Tratado da Aliança, por outro lado, era taxativo a este respeito. E não o declarara o próprio Caxias, em 1867, ao representante diplomático americano no Paraguai, Washbum, quando este o convocara para saber as condições de paz do Império?

Num discurso memorável, pronunciado perante o Senado, Caxias procurou depois justificar-se de seu erro. Alegou que se retirara do Exército com a devida licença do Governo, e que fizera essa retirada premido pelo mau estado de sua saúde; e quanto ao fim da guerra, declarou, em evidente contradição, aliás, com os termos de sua Ordem do dia de 14 de janeiro: "Nunca dei a guerra por acabada, apenas manifestei a minha opinião. Depois do que vi, depois do que se passou, eu não podia supor que López pudesse ainda continuá-la do modo como a tinha sustentado até então."[456]

A sem razão de Caxias era evidente. Sua saúde não era realmente boa nessa época. Mas não a ponto de forçá-lo a fazer o que fez. A síncope que teve numa igreja de Assunção, de que tanto serviram os seus amigos e correligionários para defendê-lo da saída precipitada com que deixou o Exército contra as ordens do Governo e do Imperador, não era motivo para justificá-la. Cotegipe, seu amigo e companheiro de Partido, que sempre o tivera em grande estima, dizia do Rio de Janeiro, em carta a Penedo: "Caxias está aqui de volta, e não tão doente como se dizia.[456a] Não volta porque não tem mais glória a ganhar, e teme *gastar* a adquirida. A sua volta foi prejudicial. Que ninguém nos ouça — o homem está muito cheio de si."[457]

Respondendo, no Senado, ao discurso de Caxias, Zacarias fez-lhe ver que ele se enganara, quando dissera ter obtido licença do Governo para deixar o Exército. Caxias já concordava em que essa licença de fato não chegara a Assunção; mas que ele fora aguardá-la em Montevidéu, *que era ainda distrito do Exército*.[458] O sofisma aí era evidente. Em Montevidéu, dissera ele, avistara-se com Paranhos (Rio Branco), Ministro de Estrangeiros em missão especial ao Prata, e dele soubera que o Governo lhe havia concedido licença para tratar de sua saúde no Brasil. Ora, as cartas que o Imperador escrevera nessa ocasião a Paranhos, citadas pouco atrás, não diziam tal.

IV

O que todos compreenderam foi que Caxias se retirou do Exército porque lhe repugnava, conforme própria expressão em carta a Osório, *dar caça a López*. Entendeu que essa perseguição não estava à altura de sua glória de soldado. Julgou, por outro lado, e acreditamos que sincera e honestamente, que a guerra, depois da debandada paraguaia em Lomas Valentinas, estava virtualmente terminada, e que López não era mais do que um simples fugitivo com um pequeno troço de homens seus companheiros. "Apreciação inexata — fez-lhe ver Zacarias no Senado — porque o acabamento da guerra, conforme o Tratado da Aliança, consistia em derribar a autoridade de López, e a autoridade de López não ficou derribada em Lomas Valentinas; a fuga de López naquele lugar importava necessariamente uma terceira fase da guerra, a Campanha das Cordilheiras, prevista desde o princípio, anunciada de certo modo ao retirar-se de Tebiquari, uma vez que a morte ou a captura não lhe embargasse os planos. O tempo confirmou o erro da apreciação da Ordem do dia de 14 de janeiro: houve a Campanha das Cordilheiras, que durou catorze meses e custou ainda ao Império muito sangue e muito dinheiro."[459]

Zacarias era um homem ríspido, desses que sentem prazer em admoestar os outros. Tinha aquela imaginação egoísta, que Lorde Beaconsfield atribuía a Gladstone, fecunda em maltratar os adversários. Militando em partido oposto a Caxias, tendo com este, velhas contas a ajustar, era natural que o não poupasse num momento em que se censurava com tanto rigor o procedimento do General. Mas Zacarias tinha razão quando atribuía a Caxias, ou melhor, à sua retirada do Paraguai, toda a desorganização que sobreveio em nossas forças em operações de guerra.

Cotegipe dá o testemunho disso :

"A retirada do Marquês de Caxias, seguida por diferentes causas da de outros generais e oficiais, não podia deixar de ser muito sensível ao Governo... Esta ocorrência inesperada para nós dificultou a nossa situação política e militar no Paraguai. Um de seus mediatos ou próximos efeitos foi a paralização das operações (dando-se assim tempo a que López reúna novos recursos) e a espécie de desmoralização em que caiu o Exército, em cujo espírito inoculou-se a ideia de que seus trabalhos estavam findos."

A debandada foi, de fato, geral. Pois não dissera Caxias que a guerra estava acabada? Os navios da Esquadra puseram-se logo a descer o rio, em demanda ao Brasil; e foi preciso que se mandassem ordens terminantes para que eles reganhassem as suas bases. No Exército, grande número de oficiais logo se preparou para abandonar a luta, a exemplo do comandante-geral, inclusive o General Câmara (Pelotas), a quem o destino reservaria o papel de dar o golpe de misericórdia em López. E, se a debandada não se tomou efetiva e geral, uma espécie de "salve-se quem puder", uma debandada geral, trágica em suas consequências, deve-se isso, sobretudo, ao espírito forte e realista do Visconde de Rio Branco, que, chegando a Assunção, fez ver a todos o engano de Caxias, e a perspectiva de uma duração ainda longa e penosa da guerra.

Cotegipe, com aquela sua calma habitual, escrevia ao compadre Penedo: "Caxias (que vai ser Duque) deu a guerra por concluída, deixando o pior a esfolar, porque é a parte inglória. O Exército ia-se desiludindo e ficávamos sem paz nem guerra, depois de tantos sacrifícios e lutas heroicas. Temo-nos visto embaraçados, e assentamos em nomear o Conde d'Eu — que para lá parte a 30 do corrente. Esperamos que em maio tudo estará findo, e podia-o estar desde dezembro, se López fosse perseguido, como era de intuição.[461] No mês seguinte, noutra carta a Penedo: "Devendo estar finda a guerra em dezembro, demos três meses de respiro a López, deixamos que o Exército formasse a ideia de que estavam findos seus trabalhos, e quase que tocamos a uma debandada geral. Mandamos o Conde d'Eu, o único que podia conter aquela gente, e confiamos em que ele acabe com aquele de uma vez... Esta procrastinação há de fazer péssima impressão na Europa, como fez aqui. Entre nós — o culpado foi Caxias, que, arrostando as balas, não teve ânimo de arrostar as enfermidades."[462]

V

O Imperador ao Conde d'Eu:

"Caxias pediu demissão do comando do Exército, e Guilherme Xavier de Sousa, segundo o que há poucos dias se reconheceu, não poderá substituí-lo convenientemente. Em tais condições, propus a Você para esse cargo, porque confio em seu patriotismo e iniciativa. O Governo, que pensa como eu a respeito de Você, que é preciso livrar quanto antes o Paraguai da presença de López, julgou que se deve conceder a demissão a Caxias e nomear Você."[463]

A ida para a guerra representava para o Conde d'Eu a realização de uma antiga aspiração. Desde quando voltara da Europa, em meados de 1865, depois da viagem de núpcias, indo reunir-se ao Imperador no Rio Grande do Sul, todo o seu desejo era ir-se bater no Paraguai em defesa das armas brasileiras. Sua presença defronte de Uruguaiana, ao lado do sogro, onde assistira ao cerco e subsequente rendição de Estigarribia , não lhe dera, porém, oportunidade de bater-se, por isso que a rendição se fizera sem a queima de um único cartucho. Aliás, naquele momento, como se sabe, todos tinham a guerra, a parte principal dela, pelo menos, como virtualmente terminada, e não se acreditava possível uma séria resistência do inimigo.

Desde, porém, que reconheceu que a guerra não somente seria longa, mas rude e cheia de sacrifícios, Gastão de Orléans não cessou de pedir ao Imperador e ao Governo licença para juntar-se às forças dos Exércitos aliados. Sua situação tornou-se de fato bem difícil, sobretudo porque ele fora feito, quando ainda noivo da Princesa, Marechal do nosso Exército, e se sentia justamente ferido em seus brios de militar não podendo cumprir com os deveres que lhe impunha a farda.

Não o quiseram, porém, deixá-lo partir. Entenderam os Ministros e o Conselho de Estado que a sua presença não era conveniente na guerra: podia suscitar, dada sua condição de membro da Família Imperial e marido da herdeira do trono, rivalidades entre os nossos generais, e mesmo entre os generais aliados. Respeitando tais escrúpulos, o Imperador concordou com a opinião dos Ministros e seus conselheiros. O Conde d'Eu dirá, com justa razão, anos depois:

> "Fiz todo o esforço possível para conseguir do Imperador que me permitisse acompanhar o Exército que la transpor o Rio Uruguai e invadir o território paraguaio. Foi debalde, assim como o Governo Imperial sempre se negou a anuir aos instantes pedidos que em 1866, 1867 e 1868, sucessivamente formulei para ser autorizado a ir juntar-me ao Exército que combatia no Paraguai, com qualquer posto que se me designasse."

Quando ainda se achava no Rio Grande do Sul, o Imperador talvez não fosse infenso, pessoalmente, à ida do Príncipe para o Exército. Mas Ferraz, o futuro Barão de Uruguaiana, Ministro da Guerra, que acompanhava o Monarca, a isso se opôs decididamente: "Eu não posso convir em tal, já lho disse e repeti", escrevia ele a Nabuco de Araújo. Este pensava de maneira deferente. Entendia até que o Conde d'Eu era "O nosso melhor General, nesta terra de divisões e mesquinhas rivalidades." Achava "conveniente e muito político a nomeação de Sua Alteza para General em chefe do nosso Exército, porque a sua qualidade de Príncipe imporia silêncio às rivalidades dos generais e influencias políticas." Parecia-lhe que o Príncipe "ficaria ridicularizado se fosse somente general de papel."

Em outubro de 66, depois do desastre de Curupaiti, quando as operações militares entraram num período de grande estagnação, o Conde d'Eu voltou a insistir por que o mandasse para a guerra. Nomeado Comandante-Geral da Artilharia e, pouco depois Presidente da Comissão Revisora da Legislação do Exército, sua presença fora tida, porém, como indispensável na Corte, à frente dessas duas comissões, o que em verdade não passava de um pretexto para contê-lo na capital do Império. Ele logo se apercebeu disso: "Confesso que no fundo da minha alma tomei estas honras como peias destinadas a afastar minha mente das operações de guerra" — dirá ele mais tarde ao Imperador.

À troca de cartas que ele teve nessa época com o sogro revela bem a situação delicada que se criara entre ambos, em risco até de influir na cordialidade de relações que sempre os havia unido. A longa carta que o Príncipe dirigiu ao Imperador, a 9 de outubro de 66, implorando, quase, que o deixassem partir, é um atestado não só da nobreza de seus sentimentos, como dos verdadeiros laços que já então o ligavam ao Brasil.[466]

322

VI

Confessando-se acabrunhado por se ver privado de participar "das fadigas e glórias dos militares brasileiros no Paraguai", perguntava o Príncipe quais eram as verdadeiras razões que tinham o Governo e o Imperador para se oporem à sua partida para a luta:

"As que Vossa Majestade teve a bem dar-me, nas ocasiões em que lhe manifestei meus desejos, sabe que não fizeram impressão no meu espírito. Ninguém está mais penetrado do que eu da necessidade de manter o Brasil boas relações com todas as Nações, e muito especialmente com aquelas que a natureza lhe deu por vizinhos. Ninguém, portanto, está mais convencido da importância sobretudo moral da Tríplice Aliança, e da obrigação de não descuidar nada para conservá-la. Não posso, porém, compreender como minha presença nos acampamentos ou mesmo nas capitais dos nossos Aliados, havia de fornecer a estes, não digo motivo, mas nem pretexto para quebrar o pacto que os une à nossa causa. Em todos os tempos, semelhantes viagens internacionais ou visitas de personagens foram, ao contrário, ocasião de demonstrações de cortesia, ou mesmo foram tidas por penhores de amizade. Não vejo porque não havia de ser o mesmo por cá, nem creio os Argentinos tão tolos para afigurarem-se que eu, o esposo de vossa filha *mais velha*[467], fosse enviado para estabelecer um vice-reinado em Buenos Aires ou em Assunção.

"Mas quererá dizer que este meu anelo de ir pelejar contra os ofensores do Brasil é desarrazoado?"— perguntava depois com um *panache* bem próprio de seus 24 anos. "Que mostra, ou uma mania sangrenta ou ambição? Pois seja ambição! Creio que posso confessá-lo sem passar por um novo Maximiliano, e que, se há ambições justificadas, esta o é. Porei de parte aquela espécie de brio militar, que com o sangue me gira nas veias, herança de Roberto o Forte, de São Luís, de Henrique IV, mesmo de Luís Filipe (pois o Rei da *paix à tout prix* tinha começado sua política dando pancada nos invasores de sua Pátria e não pouco lhe serviu depois esta lembrança)."[467b]

Respondeu-lhe o Imperador no dia seguinte:

"..Jamais me opus a que meu filho prestasse seus serviços onde quisesse — dentro do Império acentuava. "São menos brilhantes na atualidade, falam menos à massa do povo, mas os que pensarem, ao menos como eu, não lhes acharão o menor inconveniente, ao mesmo tempo que se lhes afigurará havê-los de importância na presença de um membro de minha família em qualquer dás Repúblicas vizinhas, onde infelizmente lavra ciúme do Brasil, que não é uma ocasião destas que se procurará destruir por um meio que pode dar-lhe mais um forte pretexto. De certo que sua presença não há de provavelmente romper a Aliança, e eu nunca disse tal; mas pode dar azo a lhe criarem embaraços, e nossa glória consiste em auxiliar e jamais estorvar nem de longe a fácil terminação da guerra."

E rematava:

"Minha opinião não basta sobretudo no sistema que nos rege, se a maioria dos conselheiros da coroa entender que sua ida para o exército é de vantagem a causa política, eu tranquilo em minha consciência, ficarei fazendo votos a Deus pela felicidade do meu filho."

O Conselho de Estado, como era de prever, opôs-se mais uma vez à partida do Príncipe, mesmo como simples Comandante da Artilharia. Aliás, o Comando-geral acabava de ser confiado a Caxias e não era possível afastá-lo desse cargo para dá-lo a Gastão de Orléans. Nabuco achava já agora que a ida do Príncipe era *inconveniente*. E punha a questão neste dilema: "Ou Sua Alteza vai em uma posição subordinada, que repugna com a sua patente superior, ou vai com uma posição independente, que infringe a unidade que se teve em vista na nomeação do Marquês de Caxia."[468]

Para contornar, até certo ponto, a oposição do Conselho do Estado, o Príncipe havia escrito ao Imperador dizendo que, se não o deixassem partir "Sob as ordens do Marquês de Caxias ou de outro General em chefe," abandonaria o cargo de Comandante geral da Artilharia cujo "exercício aqui me parece sem eficácia enquanto durar o estado de guerra."

Era clara, aí, a ameaça. Nesse terreno, a controvérsia assumia caráter mais grave. E, para que não enveredasse por caminho pior, resolveu o Imperador dá-la por finda na carta de 16 de outubro. Seus termos severos revelam bem o dissabor que lhe causava a Insistência do Príncipe:

"Todos sabem que meu filho tem querido e quer ir para a guerra, e se não o faz é porque reconhece dever sujeitar sua opinião à de pessoas melhor instruídas dos negócios públicos do que meu filho, o que não fica mal a ninguém, sobretudo a um moço que, pela sua posição presente e ainda mais futura, deve empenhar-se em mostrar que não está disposto a colocar seu alvitre acima dos conselhos de quem tem direito de dá-los. O procedimento que pretende ter parece um apelo para a opinião dos que é de presumir se deixem arrastar por considerações menos fundadas; e se, conforme minha opinião, prejudica a meu filho, dá também e sobretudo motivos a apreciações desagradáveis para outros! Lembro-lhe pois que pense ainda sobre o passo que quer dar, e antes fazê-lo fale mais uma vez a Paranaguá, que talvez sugira em último caso algum meio menos inconveniente de meu filho ficar tranquilo a respeito dum conhecimento geral dum desgosto, que tanto mais o honrará quanto, apesar dele, meu filho evitar tudo o que possa causar embaraços na presente quadra."

VII

Afinal, a retirada de Caxias, em 1869, ofereceu ao Príncipe a oportunidade de realizar sua grande ambição de partir para a guerra. O momento podia não ser o mais estimulante, quando a imaginação popular se mostrava fatigada com a série de brilhantes vitórias alcançadas pelos Generais brasileiros e começava a desinteressar-se pelos acontecimentos de uma luta que se prolongava há quase cinco anos.

Sua nomeação de comandante-geral não prometia, assim, colher grandes glórias nem grandes projeções, muito embora parecesse certo que lhe estava reservado o papel histórico de fazer calar o último soldado de López. Por outro lado, apesar de ele poder contar com alguns Generais de valor, como Osório, como Mena Barreto (Barão de São Gabriel), como Vitorino Monteiro (Barão de São Borja), como Polidoro (Visconde de Santa Teresa), não teria outros que já haviam caído no campo da luta, como Andrade Neves (Barão do Triunfo), como Jacinto Machado Bittencourt, ou se retirado para o Brasil, como Argolo (Visconde de Itaparica), como Joaquim José Inácio (Visconde de Inhaúma) e poucos mais.[470]

Por tudo isso o Conde d'Eu fazia um sacrifício — porque era um sacrifício — tomando a si a responsabilidade do período mais ingrato da guerra, o mais inglório, o mais despido de láureas, prestando-se ao papel que a Princesa sua mulher chamava de *capitão do mato* atrás de López. Esta, aliás, bem que pôs todo o empenho para impedir que o marido partisse; e a resistência que lhe ofereceu o Príncipe é outro capítulo a seu favor.

Quando ela soube da resolução do Imperador, de consentir que o marido partisse para o Paraguai, seu desespero foi o maior. Não se conteve, nem em suas lágrimas, nem em suas mágoas. E com raciocínios bem femininos, desabafou ao pai nestas linhas:

Meu querido Papai — Gaston chegou há três horas, com a notícia de que Papai estava com um desejo vivíssimo de que ele fosse já para a guerra. Pois será possível que Papai, que ama tanto a Constituição, queira impor sua vontade aos Ministros, ou que estes sejam bastante fracos de caráter para que um dia digam branco e outro preto! Teriam eles unanimemente e ao mesmo tempo mudado de parecer, como Papai!!! Porque não convidam o seu Caxias[471] para voltar para lá? Ele já está melhor e os médicos lhe recomendaram os ares de Montevidéu. Pois será Gaston que sem mais nem menos vá já para a guerra, só porque houve boatos de sublevação de Rio-Grandenses? E é Papai que acredita logo nisso, quando tantas vezes recusa crer o que se lhe está asseverando?

Lembro-me, Papai, que na Cascata da Tijuca, há três anos, Papai me disse que a paixão é cega. Que a sua paixão pelos negócios da guerra não o tornem cego! Além disso, Papai quer matar o meu

Gaston: Feijó recomendou-lhe muito que não apanhasse muito sol, nem chuva, nem sereno; e como evitar-lhe isso quando se está na guerra? Caxias não pode ficar lá porque tem uns ataques de cabeça que podem-se curar, e além disso poderia ficar em Montevidéu,[472] Gaston que iria apanhar por lá uma doença do peito, que muito raras vezes se cura? A falta de meu bom Gaston seria muito mais prejudicial para o Brasil do que a de Caxias — e agora que há cólera em Montevidéu! O que papai saberá é que, se Gaston for para Assunção, para lá também irei com a minha Rosa, que compartilha bem minhas dores. Irei até o fim do mundo com o meu Gaston.

Papai talvez faça ideia do que estou sofrendo, e por isso perdoe-me se disse alguma inconveniência. Queime a carta, mas conserve bem no espírito o que lhe digo. Preciso desafogar-me, e só chorando não posso fazê-lo. Espero em Deus que o meu Gaston ainda não irá. Pode talvez a guerra estar acabada até que venha a resposta do Paranhos.[474] Pode vir outras coisas.

Meu Deus! Meu Deus! Não sei verdadeiramente como veio essa decisão súbita, quando o que agora só o que se tem que fazer é o papel de capitão do mato atrás do López. Pois para dirigir de Assunção (Papai mesmo me disse que não era o papel de Caxias, o de ir ele mesmo atrás de López),[475] basta outra pessoa. Os Rio-Grandenses constituem não pequena parte do Exército.

Adeus, Papai, perdoe-me."[476]

VIII

Apesar da *bonne gráce* com que aceitou o Comando-Geral de nossas forças no Paraguai, num momento que não era o mais promissor para sua glória de soldado, Gastão de Orléans não tardou em cansar-se, como os demais generais, com a monótona perseguição que se fazia a López. Também acabou por desinteressar-se da luta, o que era tanto menos desculpável quanto ele não curtira longos anos de permanência no Paraguai, como acontecera com os Generais que o haviam precedido, mas lá estava havia poucos meses apenas.

Por isso o Imperador não foi menos severo com o genro do que fora antes com relação aos demais. Suas cartas dessa época, estimulando-o para que não abandonasse também a luta, pedindo-lhe que não o deixasse só no dever de acabar com a tirania de López no Paraguai, dão bem a prova de quanto estava empenhado em levar a guerra até o fim.

"Você não deve retirar-se para o Brasil sem ordem do Governo — dizia ele seis meses depois do genro assumir o Comando-geral. Eu disse aos Ministros que você ao sair daqui pensava como eu, e eles ainda pensam, que só terminaria definitivamente a guerra com a prisão ou a fugida de López do território paraguaio."[477] Dois meses depois voltava a insistir: "Você não deve nem pode, se não quiser ser contraditório, deixar o Comando quando há que debelar quatro mil homens de López, e mesmo estando você aí, com a sua autoridade e prestígio, terão que custar a reunir os meios necessários para prosseguir na tarefa, cuja perfeita solução *todos* esperam de você. Se não confiasse no seu patriotismo, muito desanimado estaria; mas estou certo de que você não me abandonará nesta empresa de honra e, agora, de sossego *verdadeiro* para o Brasil, principalmente."[478]

Esta carta iria cruzar-se com a que lhe escreveria o Príncipe a 28 do mesmo mês: "Quanto à minha permanência aqui, resigno a ela, enquanto houver Voluntários da Pátria, pois tomei a peito protegê-los. Mas persisto em julgá-la sem utilidade para o prosseguimento das operações... Eu mesmo já não me sinto capaz de dar quaisquer ordens. Aqui pois estou peando o Vitorino,[479] o qual, sem que ele confesse sonha com ocupar o primeiro lugar. Sem lhe reconhecer uma grande inteligência, o considero muito próprio para a atual situação, onde já não há que recear do inimigo, pois tem energia, atividade e desejo de brilhar, qualidades estas que já me vão faltando."

No mês seguinte, ainda lhe ponderava o Imperador: "Além das considerações que lhe fiz quanto à necessidade de seu comando do Exército, reflita sobre o que sucederá com outro comandante em chefe, quando você me diz do Vitorino o que leio na carta a que respondo. O desejo de mando e a insubordinação hão de revelar-se claramente em muitos chefes, e a causa disto seria a retirada de você, o que por todos os motivos afligir-me-á dolorosamente."[480]

IX

A decisão de não descansar as armas enquanto não se verificasse a derrota completa do Ditador paraguaio, de *ir até o fim*, custasse o que custasse, jamais diminuiu, como se vê, no ânimo do Imperador. Por isso acusaram-no de crueldade, não tanto para com o Exército inimigo, mas sobretudo para com Solano López, que fugira para as matas de Leste com um troço de homens decididos a lutar até morrer.

Não resta dúvida em que a perseguição tenaz, inexorável, a Solano López, só se fez porque assim o quis o Imperador. "Com López não trataremos, cumpre que saibam isto lá bem claramente", já prevenira ele a Saraiva em 1866. E quatro anos depois, em carta ao genro, dizia: "O fim do Tratado da Aliança é a destruição do poder de López, de modo a que os Aliados não se vejam obrigados a manter forças suas no Paraguai, a fim de impedir o restabelecimento desse poder. [481]

Qual seria, afinal, o verdadeiro objetivo do Imperador, com essa perseguição impolítica, se se pode dizer assim, e que só serviu ou serviu sobretudo para emprestar à memória do caudilho paraguaio uma auréola que esteve longe de merecer? Para explicação dessa teimosia do Imperador teceram-se toda a sorte de versões, não sendo das menos inverossímeis uma suposta desafronta imperial, ofendido que se sentira o Monarca com a pretensão de López à mão de uma das princesas brasileiras.

"A atitude que o Governo brasileiro assume nessa questão — dirá Joaquim Nabuco — foi sempre imputada ao Imperador e a verdade é que exceto o Imperador, nenhum estadista se preocupava da sorte de López, uma vez o Paraguai vencido. O Imperador, porém, não queria recomeçar; a paz definitiva era para ele inseparável da deposição de López e de seu afastamento do Paraguai."

É que ele queria uma paz que fosse realmente *definitiva*, com a vitória do Brasil e a pacificação completa do Paraguai, e que ficasse, ao mesmo tempo, como um exemplo a todo caudilho dos Estados vizinhos, que tentasse repetir contra o Império a triste proeza de López. Desde o começo da guerra que ele se manifestou decidido a só fazer a paz nas condições que entendia serem as mais honrosas para o Brasil e para o conceito da Monarquia brasileira na América. Estava-se ainda em outubro de 1866, e já ele recomendava a Caxias, então em véspera de seguir para a guerra, que não se afastasse em nada, neste assunto, das instruções que levara do Governo. *Não lhe dou liberdade neste ponto*, dizia.

Quando o General Mitre entrou a confabular pessoalmente com López, naquele ano de 1866, o Imperador, no Rio, começou a recear que o Ditador paraguaio pudesse persuadir Mitre de assinar uma paz em separado, e obrigar assim o Brasil a depor as armas. "Mitre é arrastado (escrevia ele a Paranaguá), e me pretende arrastar a uma paz que a nossa honra não nos permite aceitar."[483] Desde então, ele ficou de sobreaviso, e uma possível defecção do General argentino é uma hipótese que não sai mais de suas cogitações. É preciso que Caxias se convença bem da firmeza de resolução do Governo, e no caso de poder operar sem Mitre o faça para conseguirmos o que a nossa honra exige: ou a derrota de López numa batalha ou o seu rendimento sem condições. Tenho muito medo da diplomacia e de Mitre."[484]

326

A Saraiva ele já dissera, um ano antes: "Receio muito da diplomacia em certos casos."[485]

O medo da diplomacia era o receio de ser moralmente forçado a aceitar os bons ofícios de alguma Nação estrangeira, neutra no conflito. *Nada de diplomacia nos negócios da guerra* — era a frase que usava em carta a Sá e Albuquerque, Ministro de Estrangeiros, em 1861. No ano seguinte, rematando um bilhete a Paranhos (Rio Branco), dizia: "Remessa de forças e mais forças, que é a melhor diplomacia na atualidade."[486]

Quando os Estados Unidos nos ofereceram sua mediação, declinada, aliás, como haviam sido e seriam as de outros países, o Imperador mandou que dissessem a Caxias: "Saiba que por ora ganhamos tempo, e depois não havemos de aceitar mediação, devendo ele proceder sempre conforme as instruções que levou, a fim de quanto antes conseguir qualquer dos dois resultados que unidos me farão depor as armas" .[487] Os dois resultados eram: deposição ou expulsão de López do Paraguai. O mesmo dirá ao genro três anos mais tarde: "Somente considerarei o nosso empenho satisfeito em qualquer das hipóteses que já lhe figurei numa de minhas cartas."[488]

Em março de 67 , a mediação americana continuava a preocupá-lo: "Ainda pensei na mediação americana a noite passada" (escrevia a Sá e Albuquerque). "Cumpre não lhe dar a menor aberta" [489] E quando previa a vitória de Humaitá, pouco depois, ele punha em guarda o mesmo Ministro: "É preciso estar tudo prevenido para o caso do Ministro americano querer oferecer mediações ou bons ofícios depois de uma vitória nossa, mesmo López caia do Poder."[490]

X

As forças de nossos dois Aliados diminuíam de dia para dia. O peso enorme da guerra recaía, assim, aos poucos, sobre os ombros do Brasil. "Penso que ficaremos quase sós contra o exército de López", já previra o Imperador em janeiro de 1867.[491] Pouco mais tarde escrevia a Sá e Albuquerque: "Se mostrarmos energia, os Aliados nos acompanharão ou terminaremos sós e ainda com mais glória a guerra de honra em que estamos empenhados. É preciso que saibam no Rio da Prata de nossa firme resolução e vejam que temos meios de levá-la a cabo."[492]

Essa sua certeza no sucesso final de nossas armas, com Aliados ou sem Aliados, era inabalável. Tinha em seu povo uma fé *robusta*, como dizia. "Ninguém é mais pacífico do que eu — escrevia a Paranhos (Rio Branco), porém creio que tenho feito bem em conservar sempre a mesma fé no resultado da nossa guerra de honra e de política também."[493] No mês seguinte insistia: "Bem sabe que não sou dos desanimados; mas a minha sofreguidão de ver a guerra concluída *como ela deve e há de ser* concluída, é natural."[494]

A Cotegipe, escrevia em outubro de 68. "Quanto ao fim da guerra, já tenho dito o que penso, estando certo de que Caxias à testa do Exército, entusiasmado pelos recentes feitos, se apressará em livrar o Paraguai de López, vencendo os últimos obstáculos que restam." E em janeiro seguinte voltava: "Não posso considerar a guerra terminada com menoscabo de nossa honra, sobretudo quando creio que, persistindo, se conseguirá o fim da guerra como todos desejamos."[495]

Um mês depois, quando Caxias se dispunha a abandonar o Paraguai, sob o pretexto de que a guerra findara praticamente com a ocupação de Assunção pelas nossas forças, o Imperador fazia sentir a Paranhos (Rio Branco), em missão especial ao Prata: "López e sua influência representam um sistema de governo com o qual não podemos ter segurança, ao menos enquanto os anos não operarem uma mudança. Cumpre, pois, destruir completamente essa influência, direta ou indireta,capturando ou expelindo López, por meio do emprego da força, do território paraguaio. "[496]

Quando o desenlace da luta começou, afinal, a tornar-se uma coisa certa, e ficou de antemão assegurada a vitória completa de nossas armas, a preocupação do Imperador foi toda para o destino de López, acuado nas matas pelas forças do Conde d'Eu. Solano López era certamente um homem bravo, e disto deu várias provas, sendo a última e a mais impressionante delas a sua própria morte; e tinha, a par disso, outras qualidades não comuns. Mas era sem nenhuma dúvida um sanguinário, que a História, infelizmente, está acostumada a encontrar de vez em quando, um pouco em toda a parte, mesmo nos países de grande cultura. Foi esse sanguinário, que pelos seus próprios atos se colocara fora da lei natural, que o Imperador quis a todo o custo castigar.

Ninguém pode dizer, honestamente, que ele desejasse a morte do tirano. A cultura de seu espírito, os princípios cristãos que a alimentavam, a generosidade, sempre grande, de seu coração, como ainda todos os atos de sua vida, tudo nele se revoltaria contra um sentimento menos humano para com o ditador paraguaio. Mas ele exigia o seu castigo, que devia consistir unicamente na deposição e expulsão para fora do país que tanto infelicitara.

Quando correu o boato de que López conseguira escapar-se a bordo de um vapor americano, o Imperador escreveu a Muritiba, então Ministro da Guerra: "A notícia da fugida de López para fora do Paraguai será uma boa notícia..." (Carta de 9 de outubro de 1868).[497] E noutra carta, do dia seguinte, ao mesmo Ministro: "Bem conhece qual minha opinião sobre o aprisionamento deste [*López*], que devemos soltar, com a condição de ir para a Europa, caso caia em nosso poder." A Cotegipe ele escrevia, em fevereiro do ano seguinte: "Todos os instantes se deveriam aproveitar para a captura ou expulsão de López do território paraguaio." E a 31 de agosto: "As notícias são excelentes, mas López não foi ainda expelido do Paraguai."[498]

XI

Afinal, depois de lutar bravamente até o fim, o Tirano é morto em combate, de espada na mão, como devem morrer os militares. O Imperador recebe a grande notícia. Regozija-se com isso? Não. Certamente congratula-se com o feito, não por ele mesmo· mas porque representa o fim real de uma luta na qual o Brasil empenhava, havia cinco anos, enormes sacrifícios de vida e de dinheiro, todo o futuro da nacionalidade.

Na carta que escreveu ao genro, no momento preciso em que recebeu a notícia da morte de López, não há uma só palavra que possa ferir a memória do Ditador desaparecido: "caro filho. Tudo é alegria por aqui, e não posso melhor exprimir o que sinto por você do que dando-lhe um abraço. Não devia acusar-me de descrenças e outras criançadas,[499] quando eu só pensava na felicidade de meus patrícios e na de meu genro, cuja missão terminou tão gloriosamente. Câmara[500] teve o título do avô, Visconde de Pelotas com grandeza, e brevemente será marechal como você, e todos julgam que ele o merece. Quando o vir, dê-lhe um abraço de minha parte. Assim como a Paranhos,[501] que tanto fez para o brilhante resultado que os brasileiros alcançaram contra López."[502]

Longe de rejubilar-se com a morte do tirano, nas trágicas condições que a cercaram, ele teria preferido vê-lo antes prisioneiro, como o confirmará mais uma vez nesta carta ao Conde d'Eu: "Sei pelo José Simeão,[503] que assistiu à perseguição e ouviu a Câmara o que se passou depois que ele o deixara, como sucedeu a morte de López, que podia ter sido feito prisioneiro." E acrescentava, receoso, com justa razão, de que essa morte em combate não ficasse amplamente reconhecida, e pudesse, mais tarde, ser fantasiada num assassinato: "Infelizmente perdeu-se todo o Arquivo, segundo parece, e não se fez exame do cadáver de López, para ficar reconhecido por um auto, e saber-se que feridas o mataram, e talvez os Paraguaios já o tivessem desenterrado e feito desaparecer."[504]

A perfeita compostura do Imperador foi a ponto de recusar aceitar para si a espada de López, apanhada no acampamento do Ditador, e guardar um álbum, objetos que lhe mandavam do Paraguai, como troféus de guerra: "Entregaram-lhe a caixa e a espada que foi de López?" indagava ele a Muritiba. O Álbum contém atas de oferecimentos que fizeram as paraguaias dos diversos partidos territoriais, de suas joias e alfaias, para sustentação da guerra. Entendo que deve ser entregue ao Governo paraguaio, mas intercedendo o nosso Ministro a favor dessas paraguaias, e sobretudo dos membros de suas famílias, varões, a fim de que não sofram por causa de tal oferecimento, se isso for preciso. Eu, em nenhum caso, fico com o álbum. A espada, embora não tomada em combate, talvez possa ir para o Museu Militar."[505]

NOTAS

1 - Havia nascido em Lisboa, e sua mulher, Dona Mariana de Verna, em Elvas. Esta era filha de um Coronel que, incorporado à Legião Portuguesa do Rossillon, havia morrido na guerra peninsular. Quando chegaram ao Rio, trazia o casal dois filhos, Ernesto e Maria Antônia, tendo nascido no Brasil uma outra filha, Leopoldina Isabel, que iria casar-se três vezes, sendo o terceiro marido, um sobrinho do mordomo Paulo Barbosa. Dona Mariana deixara em Lisboa duas irmãs e um irmão, cujos quatro filhos, duas raparigas e dois rapazes, viriam depois para o Brasil, constituindo aí família e ficando todos mais ou menos sob a proteção da tia Dona Mariana. Um desses sobrinhos, Ernesto Frederico de Verna e Bilstein, casaria com uma sobrinha da Marquesa de Santos. — Ao chegar ao Rio, José de Magalhães Coutinho recebeu, por doação do Príncipe Regente Dom João, uma chácara no Engenho Novo, na estrada do Cabuçu (depois Rua Barão do Bom Retiro), fixando aí a residência da família. Iria falecer, vítima de uma congestão cerebral, na Igreja da Glória, em 9 de agosto de 1823.

1a - O Sr. Dom Pedro I aparecia de quando em vez na chácara da Sra. D. Mariana, situada no Engenho Novo. S. M. vinha a cavalo, apenas acompanhado por seu camarista. Gostava de merendar perto do pequeno rio atravessando a propriedade, designado em diversos mapas como Rio Jacaré, mas que no tempo d'El-Rei no Brasil, seu Augusto Pai, ele denominara Rio do Príncipe, assim como, em atenção a seu irmão Dom Miguel, dera então o nome de Regato do Infante ao córrego ali próximo, hoje reduzido a uma simples vala, bem como o Rio do príncipe se acha reduzido a insignificante córrego, se tanto pode ser chamado. Conhecemos *de visu* esse rio e o regato, e também a mangueira que o Sr. Dom Pedro I plantou na dita chácara em 1823 ou 1824" (Henri Raffard, *Apontamentos acerca de Pessoas e Cousas do Brasil*). — A chácara de Dona Mariana ficava entre as chácaras do General Bellegarde e da Condessa de Beaurepaire, sogra do Conde d'Escragnolle, avô materno do Visconde de Taunay. Nas vizinhanças estava a chácara da família do Desembargador Pedreira, onde viviam Dona Josefina e Dona Guilhermina Amália Correia Pedreira (falecida em 1835), respectivamente avó e mãe do depois Visconde de Bom Retiro. Nos primeiros anos da República, essa chácara continuava na posse da família da Condessa de Belmonte.

2 - ''É uma tradição na — ordem, que indo um leigo Franciscano pedir esmola a Dom João IV, Rei de Portugal, sendo ainda, 8^0 Duque de Bragança, em um dia em que este se achava de mau humor, impacientado despediu o pobre leigo, dando-lhe um pontapé na canela, que o molestou, e levantando-lhe a epiderme em forma de peixe. Ressentido o Frade da sem-razão com que fora molestado, rogou a seguinte praga: que a descendência varonil dos Braganças nunca passaria pelos primogênitos — o que realizou, sem exceção alguma" (Melo Morais, *Brasil Histórico*). —— De fato, o próprio Dom João IV foi um segundo filho. Dom Pedro II, que o sucedeu, foi também um segundo filho, o futuro Dom João V, que por sua vez foi sucedido pelo segundo filho, ao depois Dom José I este não teve filho varão, sucedendo-lhe a filha Dona Maria I, que foi sucedida pelo segundo filho, futuro Dom João VI. O primogênito deste, Infante Dom Antônio, Príncipe da Beira, não chegaria a reinar, pois iria falecer aos seis anos de idade, em 1801. Tão pouco não reinou em Portugal seu filho Dom Pedro (Dom Pedro IV em Portugal), mas a filha deste, Dona Maria II. Esta, é verdade, foi sucedida pelo filho mais velho, Dom Pedro V — exceção à regra — mas que só reinaria sete anos.Sucedeu-o irmão Dom Luís I, que teve como sucessor o filho mais velho (outra exceção), Dom Carlos I, assassinado, com o seu primogênito, em 1908, sendo sucedido pelo segundo filho, Dom Manuel II, último Rei de Portugal. — E quanto aos Braganças do Brasil, cabe dizer que Pedro I, como se disse não foi o primogênito de Dom João VI. Como Dom Pedro II não foi o primogênito de Dom Pedro I, e que o primogênito de Dom Pedro II, falecido na primeira infância, não o seu sucessor.

2a - Max Fleiuss, *Contribuições para a biografia de Dom Pedro II*. — Conta Alberto Rangel (*A Educação do Príncipe*), que, algum tempo antes do nascimento do filho que se esperava de Dona Leopoldina, apareceu no Paço de São Cristóvão uma senhora chamada Goufferteau de Chateauneuf Longchamp, "que pretendia haver um segredo, o qual, confiado a Dona

Leopoldina, lhe permitiria a escolha do sexo dos filhos." E, depois do nascimento do "desejado Príncipe masculino", a referida dama aparecia de novo no Paço "para reclamar os seus honorários por esse serviço prestado à Imperatriz. Bem pensado, por pouco que fizesse, devia-lhe muito... O certo é que Dom Pedro I favoreceu-a pondo-lhe o filho na Academia de Marinha." Rangel acrescenta que o Padre Boiret, que seria professor de Francês do futuro Dom Pedro II, "teria andado no segredo desse negócio." — Assistiu a Imperatriz, no nascimento desse filho, o Dr. Domingos Ribeiro dos Guimarães Peixoto, médico da Imperial Câmara, o mesmo que havia assistido o nascimento das Princesas Dona Januária e Dona Francisca. Diz Pereira da Costa no seu *Dicionário Biográfico*: "Consta que, estando a Imperatriz com as dores do parto, o Imperador disse para o Dr. Guimarães Peixoto que, se lhe trouxesse a notícia do nascimento de um filho varão, poderia pedir o que quisesse; e, por isto, verificado o caso, obteve para seu filho, com seis anos de idade, o hábito da Ordem de Cristo." Nascido em Pernambuco em 1790, formou-se em Medicina pela Escola Médica do Rio de Janeiro, tendo sido médico da Casa Real em 1817 e cirurgião da Real Câmara em 1820. Teve dois filhos, Luís e Francisco, tendo ambos seguido a carreira militar; e o segundo morreu em combate na batalha de Estero Bellaco (24 de maio de 1866), com as divisas de Major. O Dr. Guimarães Peixoto assistiu ainda ao nascimento do Príncipe Dom Afonso, em 1845, filho de Dom Pedro II e da Imperatriz Dona Teresa Cristina, quando foi feito Barão de Igaraçu. Iria falecer em abril do ano seguinte. Seu pai, Luís Ribeiro Peixoto dos Guimaraes, é o 5º. avô materno do Autor.

2b - Chamava-se Marie Catherine Equey, e viera, em 1819, da Suíça com o marido, Claude Joseph Equey, no contigente de Suíços agenciados por Sebastião Nicolau Gachet, para a instalação da colônia de Nova Friburgo, na Capitania do Rio de Janeiro. Claude era de profissão serralheiro. Transportando-se com a mulher para a Corte, enquanto ela era instalada no Paço de São Cristóvão, ele se estabelecia com uma oficina na Rua Miguel Frias 28. Catarina passou a ser ama de leite do herdeiro da coroa depois de este batizar-se, em 9 de dezembro de 1825. Seu marido iria falecer no Rio em 16 de agosto de 1851. Viúva, o Imperador deu à Catarina um aposento no Paço da Cidade, onde ela faleceria com 80 anos de idade, em 19 de julho de 1878. Pagava-lhe o Estado uma pensão de 24 $ 000 mensais, e o Imperador, do seu "bolsinho", 12$ 000 também mensais (Henri Raffard, *Pessoas e Coisas do Brasil*).

2c - José Schiavo, *A Família Real Portuguesa e a Imperial Brasileira*.

2d - Alberto Rangel, *A Educação do Príncipe*.

2e - De fato não mudaram: seus olhos conservaram sempre um bonito azul.

2f - Alberto Rangel, *op. cit.*

3 - Legitimada em 4 de julho de 1826, receberia na mesma ocasião o título de Duquesa de Goiás, que iria perder quando do seu casamento na Europa com o Conde de Treuberg. Passaria desde então a ser chamada Condessa de Treuberg até seu falecimento em maio de 1867. Dos filhos que a Marquesa de Santos teve com Dom Pedro I, o único — no caso a única que sobreviveu, além da Duquesa de Goiás, foi uma outra filha, Maria Isabel, nascida em São Paulo em 28 de fevereiro de 1830. Legitimada como a outra, iria casar-se no Rio, com Pedro Caldeira Brant, Conde de Iguaçu, fibo do Marquês de Barbacena.

3a - com o anúncio da próxima chegada ao Rio da nova Imperatriz, a Princesa Dona Amélia de Leuchtemberg, Dom Pedro I decidiu acabar sua ligação com a Marquesa de Santos, afastando ao mesmo tempo do Rio todos os seus filhos naturais. Mandou que a Marquesa se transferisse para São Paulo. Grávida nessa ocasião, iria ter naquela cidade um outro fruto de seus amores com o Imperador — Maria Isabel, nascida em 1830 e futura Condessa de Iguaçu. A Duquesa de Goiás foi mandada para a cidade vizinha da Praia Grande, depois Niterói, sendo em seguida levada para a Europa, de onde nunca mais voltaria ao Brasil, casando-se e constituindo ali família. Foi também mandado para a Europa o filho que Dom Pedro tivera com a Baronesa de Sorocaba, irmã da Marquesa de Santos, e se chamava Rodrigo Delfim Pereira. Quanto ao outro filho natural da costureira Clémence Saisset, Pedro de Alcântara Brasileiro — iria nascer em Paris em 1829, para onde o Imperador havia mandado a mãe, já grávida desse menino.

3aa - Conhecendo-se a si próprio, Dom Pedro I dizia que ele "e o mano Miguel" seriam os últimos "malcriados" da família. E por acaso foram...

3b - Alberto Rangel, *op. cit.*

3C - Voyage dans le District des Diamants.

3d - Alberto Rangel, *op. cit.*

4 - Idem.

4a - Dizia Dom Pedro I no ato de abdicação: "Usando do direito que a Constituição me concede, declaro que hei, mui voluntariamente, abdicado na pessoa de meu muito amado e prezado filho o Sr. Dom Pedro de Alcântara. Boa Vista, em 7 de abril de 1831, décimo da Independência e do Império." — Helio Vianna, baseado em documentos que encontrou no Arquivo da Casa Imperial (+), diz que Dom Pedro I, ao abandonar o Brasil em 1831, já tinha intenção, desde 1827, de abdicar a coroa e ir para a Europa defender a coroa de sua filha Maria da Glória. Alberto Rangel também se refere a essa versão (+ +), dizendo que "a ideia de abdicar, havia anos, andava a ferver nos projetos de Dom Pedro I." Cita, a este propósito, a notícia, dada por alguns jornais franceses, de uma possível volta do Imperador à Europa, entre outros o *Moniteur Universel*, em seu número de 27 de junho de 1827, que perguntava — "Que virá ele fazer aqui?" Por outro lado, Rangel cita um documento (transcrito depois por Helio Vianna em sua citada obra), também existente no Arquivo da Imperial, intitulado Plano (+ + +), todo ele redigido pela mão do Imperador, de uma viagem deste à Europa em 1828, a fim de obter o apoio dos Soberanos europeus para a manutenção da Monarquia no Brasil, ameaçada que estava pelos Republicanos e as Repúblicas americanas que a cercavam. Aproveitaria também essa viagem para novamente casar-se; para casar sua filha com o Duque de Nemours (filho do Rei dos franceses Luís Filipe e futuro pai do Conde d'Eu, que realmente se casaria com a Princesa Dona Isabel); e ajustar o casamento da filha Januária com o Duque de Bordeaux (neto do Rei Carlos X de França), posteriormente Conde de Chambord. Mas, para ausentar-se do Brasil, precisaria do consentimento da Assembleia Legislativa Brasileira; se não lho dessem, acrescentava — *abdico infalivelmente*, ficando assim livre de agir como bem entender.

4aa - Depois Barão da Barra Grande e pai do futuro Duque de Caxias. Ficou conhecido pelo apelido 'Chico Regência."

4b - Essa Regência governou pouco mais de dois meses, já que em 17 de junho de 1831 era eleita pela Assembleia Geral Legislativa uma Regência Permanente, composta do mesmo General Lima e Silva e dos Deputados José da Costa Carvalho, depois Marquês de Monte Alegre e João Bráulio Moniz. Em 12 de outubro de 1835, em cumprimento de uma disposição do Ato Adicional, a Regência passou a ser composta de um único membro, sendo empossado como tal o Senador Padre Diogo Antônio Feijó, que governou até 18 de setembro de 1837, quando foi eleito, para sucedê-lo, o Senador Pedro de Araújo Lima (depois Marquês de Olinda), que deixaria o governo em 24 de julho de 1840, com a declaração da maioridade de Dom Pedro II.

5 - Agradecendo a sua designação para Tutor, José Bonifácio havia escrito ao ex-Imperador em 8 de abril: "Confie V.M. em mim, que nunca enganei ninguém e soube desamar a quem uma vez amei; iguais votos encaminha aos céus o meu sincero coração pelo Soberano que foi da minha escolha e pelo meu amigo" (Carta no Arquivo da Casa Imperial). A carta de protesto de José Bonifácio, pela recusa de aceitá-lo como Tutor, foi datada da Ilha de Paquetá, no Rio de Janeiro (onde ele vivia), 17 de junho de 1831 (Ver em Henri Raffard, *Apontamentos acerca de Pessoas e Cousas do Brasil*).

(+)   *Dom Pedro I e Dom Pedro II, acréscimos às suas biografias.*
(++) *A Educação do Príncipe.*
(+++) Mano que eu entendo ser necessário seguir-se para felicidade do Império, e do qual não posso despersuadir-me."

5a - Nascido em Pernambuco em 1782, fora mandado pelo pai (que descendia de Vasco da Gama), estudar Direito em Coimbra, de onde voltara, já em 1808, com a Família Real portuguesa. Um tipo curioso, com uma vida de altos e baixos, sempre se queixando e se considerando prejudicado, apesar dos vários cargos que ocupou em vida. Gozava das simpatias de Dom Pedro I, como iria também gozar as de Dom Pedro II. Voltando de Coimbra, entrou para a carreira de magistrado. Em 1823, foi Deputado por Pernambuco à Constituinte, pouco depois, dissolvida pelo Imperador. Regedor das Justiças na Corte, redigiu um vasto projeto de Código do Processo Civil e Criminal, mas que, apresentado à Câmara dos Deputados, não ignorou ser aprovado. Feito Visconde de Goiana em 1830, desempenhou em seguida, por duas vezes, o cargo de Ministro do Império, a primeira vez no penúltimo Ministério de Dom Pedro I, e na segunda vez na Regência Provisória. Foi nessa qualidade que a Regência o designou para Tutor interino da Família Imperial, enquanto não fosse decidida, pela Assembleia Geral a nomeação de José Bonifácio. Ainda como Ministro do Império, coube-lhe a honra de suspender nos braços e apresentar ao público, da varanda do chamado Palacete do Campo de Santana (depois demolido), para ser aclamado pela multidão, o menino de seis anos que era o novo Imperador. Nomeado Presidente do Pará, foi pouco depois deposto por uma rebelião popular — uma "sedição lusitana", dizia ele se justificando e acusando os seus adversários. Em 1834 voltava à Câmara como Deputado por essa Província, e em 1846 como Deputado por Pernambuco. Como Deputado pelo Pará apresentou, em 1837, um projeto propondo que o Imperador-menino, então com 12 anos de idade, assistisse aos despachos do Governo, para que o Monarca pudesse "desenvolver as augustas funções do trono." Foi a primeira ideia que apareceu na Câmara e viria a concretizar-se, três anos depois, na antecipação da maioridade do Imperador. Goiana, foi em seguida Inspetor da Caixa de Amortização da Corte, cargo que exerceu até 1849. Nesse ano, foi designado Diretor do Curso Jurídico de Olinda, depois Faculdade de Ciências Sociais e Jurídicas. Já idoso, nessa época, cheio de achaques, iria morrer no Recife em agosto de 1854. Apesar dos diversos cargos que ocupou e dos mandatos legislativos, morreu pobre. E teria deixado a família desamparada se não a socorresse Dom Pedro II. Já em 1842, este mandava estudar em França, à sua custa, no Colégio de Fontenay-aux-Roses, o filho mais velho de Goiana, Aires de Albuquerque Gama, então com 9 anos de idade; e quando esse filho voltou para o Brasil, em 1848, a fim de cursar o Colégio de Pedro II, o Imperador dava ordem à Mordomia da Casa Imperial para custear, com 500$ 000, as despesas de enxoval do rapaz. Morrendo-lhe o pai em 1854, mandava o Monarca que se pagasse por sua conta as mesadas desse filho do Visconde, "as devidas e as futuras." Ele fazia então o Curso Jurídico de Olinda. Helio Vianna, que cita esses fatos, dedica todo um capítulo de *Vultos do Império* ao Visconde de Goiana, chamando-o de "Pedinchão-Mor do Reino e do Império." De fato ele andava sempre às voltas com pedidos e requerimentos, as mais das vezes, porém, pedindo o que era justo e reclamando o que lhe era devido, já que nem sempre lhe faziam justiça.

6 - Pinto de Campos, *O Senhor Dom Pedro II.*

7 - Alberto Rangel, *op. cit.*

8 - Arquivo da Casa Imperial.

8a - Como tivesse nascido em França, houve certa relutância da Regência no Brasil em considerá-la brasileira. Amélia, já de volta para Lisboa, fez ver ao nosso Ministro aí, Antônio de Meneses Vasconcelos de Drummond, o insustentável de semelhante relutância, já que o pai da menina, o ex-Imperador Dom Pedro I, sempre fora tido, depois da proclamação da Independência do Brasil, como brasileiro. Afinal, com a declaração da maioridade de Dom Pedro II, em 1840, Aureliano Coutinho, depois Visconde de Sepetiba, novo Ministro dos Negócios Estrangeiros, resolveu liquidar a questão propondo à Assembleia Geral Legislativa que essa filha do ex-imperador fosse considerada princesa brasileira, o que foi facilmente aceito e aprovado. Iria morrer, como sabemos, vítima de uma tuberculose pulmonar, na Ilha da Madeira, em 4 de fevereiro de 1853, com apenas 22 anos de idade.

9 - Carta do Rio, 23 de outubro de 1831, no Arquivo da Casa imperial.

10 - Max Fleiuss, *op. cit.* — O Ministro do Brasil em Paris, nessa época, era o Conselheiro José Joaquim da Rocha, nascido em Minas Gerais e antigo Deputado às Cortes Constituintes de Lisboa. Tinha sido nomeado Ministro em Paris, em abril de 1831, pelo governo da Regência, que em 1834 o transferiria a nossa Legação na Santa Sé.

11 - Carta de 9 de janeiro de 1832, no Arquivo da Casa Imperial.

12 - Carta de 10 de junho de 1832, no mesmo Arquivo.

12a - Refere-se Dom Pedro à chamada revolta da *Abrilada* (abril de 1832), chefiada pelo Coronel alemão Augusto de Hoisier que se intitulava Barão de Bulow, e na qual estava implicado José Bonifácio. Denunciado à Assembleia Geral e pedida sua destituição de Tutor, negara-o o Senado, se bem que pela maioria de apenas um voto.

12b - Carta de 16 de outubro de 1832, no Arquivo da Casa Imperial

13 - *Um Estadista do Império.*

14 - *Op. cit.*

15 - Discurso na Câmara dos Deputados, em 1885. Aliás, o próprio Nabuco confessará mais tarde, destruindo ele mesmo esse falso conceito: "Entre a democracia e a monarquia no Brasil houve por vezes desinteligências e rupturas, mas nunca verdadeiro antagonismo" (*Um Estadista do Império*).

16 - Rocha Pombo, *História do Brasil.*

17 - Ficou desde então a praxe de passarem aí alguns meses, geralmente os mais quentes do ano. Isso até 1847 quando, pela primeira vez, a Família Imperial foi passar uma temporada em Petrópolis. O Palácio Imperial nessa última cidade só ficou inteiramente acabado em 1856.

18 - *O Antigo Regime.*

18a - O pai de Varnhagen, mineiro profissional, servira em Portugal na Fábrica de Ferro de Figueiró dos Vinhos, que achava sob a fiscalizacao de José Bonifácio, então Intendente-Geral das Minas. Desde então se tornaram amigos, e José Bonifácio, já então no Brasil, quando la a São Paulo, não deixava de ir visitar o pai de Varnhagen na Fábrica de Ferro do Ipanema, da qual era Diretor.

19 - Essa lenda nascera um ano antes, em 1832, da fantasia de um pintor, quando pusera um quadro na Rua do Ouvidor, com a figura de José Bonifácio encimada do título *Patriarca da Independência*. Sua grande parentela e afeiçoados apadrinharam logo a ideia, espalhando-a e dando-lhe foros de verdade histórica (Testemunho do Marechal de Beaurepaire-Rohan, então estudante de Engenharia, citado por Assis Cintra, em *No Limiar da História*).

19a - *José Bonifácio e a Organização Social.*

20 - *cit.* por Carlos Maul, *Gonçalves Ledo, Varão Máximo da Independência do Brasil.*

21 - O chamado foi seu irmão Martim Francisco, mas que, estando doente, pediu a José Bonifácio que o fosse substituir. Dos três Andradas, José Bonifácio, que vivera longos anos ausente do Brasil e só regressara havia dois anos, era nessa época o menos conhecido.

22 - *Estudos Históricos e Políticos.*

23 - Hildebrando Accioly, *O Reconhecimento da Independência do Brasil.*

24 - Ofício de 16 de novembro de 1821. Cópia no Arquivo do Itamaraty.

25 - Assis Cintra, *op. cit.* — Ver essas instruções na Biblioteca Nacional.

26 - Hildebrando Accioly, *op. cit.*

27 - Ofício de 24 de setembro de 1822, referido por H. Accioly, *op. cit.*

28 - Ofício de 13 de outubro de 1822, *idem.*

28a - Diz Helio Vianna (*Correspondência de Joe Bonifácio. 1810-1820*) que em 1809 José Bonifácio havia tentado, mas 'inutilmente", regressar ao Brasil, sem dar porém, este autor os motivos que o não deixaram partir nessa data. Entretanto, em carta de 30 de julho de 1813 (citada pelo mesmo Helio Vianna), dirigida ao Conde de Funchal, Embaixador em Londres, que ele supunha fosse suceder no Rio ao irmão Conde de Linhares (falecido em janeiro de 1812), como Ministro do Príncipe Regente, José Bonifácio diz que lhe roía a consciência não se ter aproveitado da licença real para viajar para o Brasil — o que prova que se deixara ficar em Portugal unicamente interesse ou desejo seu. Aliás, nessa mesma carta, ele acrescenta não ter querido deixar o Reino antes de Aia completa "Restauração", quer dizer, antes de se terem expulsado os invasores franceses e restabelecido, em sua plenitude, o Poder Real português, o que de fato se daria em 1815 — sem que isso influísse, entretanto, para decidir Joé Bonifácio a voltar para o Brasil. De resto, nessa mesma carta a Funchal, ele explica, como que se justificando, porque se deixou ficar em Portugal: porque Dom José de Meneses e Sousa Coutinho, principal Diácono da Patriarcal de Lisboa, irmão de Funchal e, desde 24 de maio de 1810 um dos govenadores do Reino, "a quem devo mil atenções e fiel amizade, emperrou-se em me ter a seu lado." Mas isso, acrescenta José Bonifácio, "enquanto durasse a borrasca, que graças a Deus já vai abonançando." Sem embargo, continuou em Portugal, que só se decidiria a deixar em 1819.

28b - É possível que fosse sua intenção voltar um dia para o Brasil, muito embora só o tivesse feito em 1819. Porque na citada carta ao Conde de Funchal, de julho de 1813, ele dizia que já estava velho e mal acostumado para sabujo e galopim de antessalas; e que, se lhe quisessem dar algum "governilho subalterno", folgaria muito ir morrer na Pátria e viver o resto de seus dias debaixo do seu "natural Senhor" [o Príncipe *Regente Dom João*], pois era um "Português castiço." "Peço um governilho (acrescentava) porque detesto o ser Desembarcador de presente e de futuro. Um pequeno país que me convinha era Santa Catarina. Se V. Exª aprovar esta minha lembrança e lá me quiserem, estou prontíssimo"

28c - Dois anos antes, ou seja maio de 1820, escrevendo ao seu amigo Tomás Antônio Vilanova Portugal, José Bonifácio pedia que fosse aposentado nos lugares que tinha em Portugal, conservando, porém, todos os ordenados e vencimentos que recebia, ou parte deles. Helio Vianna diz que no ano seguinte, 1821, ele seria aposentado com metade dos vencimentos que tinha em Portugal — muito embora o próprio José Bonifácio confessou (em fevereiro de 1825, em carta escrita do exílio ao sobrinho José da Costa Aguiar de Andrada) que "o Ministério Imperial" lhe deixara com a "magra pensão de 3.000 cruzados", o terço, portanto, de seus vencimentos da atividade (Helio Vianna, *José Bonifácio e os Imperadores Dom Pedro I e Pedro II*).

29 - Relato do Padre Belchior, em Assis Cintra, *op. cit.*

30 - Assis Cintra, *op. cit.*

30a - José Schiavo, *A Família Real Portuguesa e Imperial Brasileira.*

30b - "Uma das acusações frequentemente feitas a José Bonifácio é a referente ao fato de ter-se servido de capangas de baixo nível, desordeiros que não só o ajudavam em manifestações políticas de seu interesse, como em agressões físicas a adversários seus. Ficaram famosas as assuadas e ameaças que, em 10 de Outubro de 1822, contra os partidários do juramento prévio de uma Constituição, realizaram apaniguados do então Ministro do Reino e Estrangeiros. E a 30 do mesmo mês participaram de outras, as da chamada *bonifácia*, tendo em vista forçar a permanência de seu chefe no Governo" (Helio Vianna, *Dom Pedro I, Jornalista*). Diz Melo Morais que eram conhecidos esses capangas de José Bonifácio, "uma troça de mulatos, composta de um torneiro denominado *Miquelina, Orelhas, Lafuente*, cantador de modinhas, Porto Seguro, *José dos Cacos* e outros. Constituíam a coorte de caceteiros que espancavam as pessoas desafetas de José Bonifácio, formando o seu consistório privado" (*A Independência e o Império do Brasil* — A propósito desse capanga de José Bonifácio, chamado Porto Seguro (José de Oliveira Porto Seguro), que pedia em vozes a cabeça de Gonçalves Ledo (Nota do Barão do Rio Branco à *História da Independência do Brasil*, de Varnhagen), vem ao caso a frase deste Históriador, quando foi feito Visconde de Porto Seguro: "A lembrança de haver estado este nome já associado a um tal esbirro, não deixou de concorrer a esfriar um pouco a satisfação que tivemos ao receber um título associado aos nossos trabalhos históricos de toda a vida" (*Op. cit*).

31 - Assis Cintra, *op. cit.*

32 - Ofício de 4 de dezembro de 1821, idem.

33 - J. P. Calógeras, *A Política Exterior do Império.*

34 - Os Moderados ou Liberais Moderados, também chamados *chimangos*, eram o partido que galgara o poder com a abdicação de Dom Pedro I. Quem provocou a Abdicação foi o partido chamado dos Liberais Exaltados, ou dos *Jurujubas*, ou ainda dos *Farroupilhas*, que não souberam, porém, tirar vantagens dessa vitória. Prepararam a cama para os outros. Para eles, é o que o 7 de Abril foi uma *journée des dupes*. O terceiro partido dessa época era o dos Restauradores ou Caramurus, a cuja frente estavam os irmãos Andradas, e pugnavam ou fingiram pugnar, pela volta do ex-Imperador. Moderados, Exaltados e Caramurus: essas designações refletiam a tendência de cada um deles, tendência, aliás, de puro oportunismo, pois no fundo todos se rotulavam segundo as ambições faciosas que os dominavam. Os dois Andradas mais moços, Martim Francisco e Antônio Carlos, Caramurus em 1833, seriam Liberais Exaltados, verdadeiros revolucionários, em 1840.

35 - Carta de janeiro de 1832, já citada.

36 - Arquivo da Casa Imperial. — É difícil dizer, tratando-se de um caráter volúvel como o de Dom Pedro I, até quando ele era sincero nas expansões de seus sentimentos. Contudo, é certo que nessa época, pelo menos, fazia o melhor conceito de José Bonifácio, cujas virtudes exaltava. Em carta do Porto, de 3 de janeiro de 1833, escrita ao filho, salientando os bons sentimentos deste, acrescentava: "Era impossível que tão bons sentimentos, como tu sempre tiveste, não fossem aperfeiçoados pelo teu digno Tutor, que eu, por conhecer o amor que ele sempre patenteou por tudo que me diz respeito e a ti, com muita especialidade nomeei com o fim de que tu sejas educado naqueles sentimentos que convém ter todo aquele cujo destino é vir um dia a governar. É muito para lamentar que sua idade esteja tão avançada; mas ao menos a sua robustez promete ainda longa duração; o que Deus permita para que eu possa estar descansado que tu e tuas irmãs estão bem tratados como se eu mesmo aí estivesse. Peço-te que lhe não dês desgostos, que o trates com respeito e amizade, que sigas seus ditames, e que te apliques aos teus estudos" (Arquivo citado).

36a - Sobretudo Antônio Carlos, que advogava abertamente a volta de Dom Pedro, não tendo outro fim a missão que o levou a Lisboa em setembro de 1833, com resultados, aliás, negativos, pois Dom Pedro declarou-lhe que voltaria ao Brasil, não para cingir novamente a Coroa brasileira, mas na qualidade de Regente durante a menoridade do filho, e assim mesmo somente se a Assembleia Geral declarasse *solenemente* que a sua volta era conveniente aos interesses do Brasil, enviando-lhe ao mesmo tempo uma deputação para dar-lhe parte dessa resolução. Dizia depois: "Minha abdicação está valiosa, e jamais tive a intenção de a declarar nula. Amo muito o Brasil, amo muito a meus filhos e a todos os meus concidadãos; amo muitíssimo a minha honra e a minha reputação; e respeito sobremaneira o juramento que voluntariamente prestei à Constituição brasileira, para ir empreender coisas que não sejam legais e não sejam conforme com a vontade geral da Nação brasileira a que pertenço" (Carta a Antônio Carlos, de Lisboa, 14 de setembro de 1833, no Arquivo da Casa Imperial). — Por outro lado, a ex-Imperatriz Dona Amélia, em carta ao irmão o Duque Augusto de Leuchtenberg, relatando sua viagem da Inglaterra para Lisboa, diz que Dom Pedro estaria em princípio inclinado a voltar para o Brasil, *pour le bien de ses enfants et de sa Patrie*; mas, acrescenta, *quil soit bien preuve que ce voeu est national et pas provenant d'un parti* (Carta de 4 de outubro de 1833, no Arquivo de *Wittelsbach*, em Munique, comunicada por Mário Calábria).

37 - O Paço tornara-se faccioso. Formaram-se ali duas correntes, uma contra e outra a favor do Tutor. Até as senhoras que ali serviam se tinham dividido: Dona Romana de Aragão Calmon, Condessa de Itapagipe, estava à frente das damas que apoiavam José Bonifácio; e Dona Mariana de Verna, Condessa de Belmonte, das que lhe faziam oposição. Dona Romana tinha a plena confiança do Tutor, ao passo que Dona Mariana lhe era, em todos os sentidos, suspeita, sobretudo por suas relações com as famílias de Aureliano Coutinho e Paulo Barbosa, em cujas casas se fazia aberta oposição a José Bonifácio.

38 - *Antiqualhas e Memórias do Rio de Janeiro.*

38a - Presidente da Sociedade Militar.

39 - Ofício de 31 de dezembro de 1833. Este e os demais ofícios dos agentes diplomáticos franceses no Rio de Janeiro, citados daqui por diante, encontram-se no Arquivo do Ministério dos Negócios estrangeiros de França (*Quai d'Orsay*).

40 - Eusébio de Queirós Coutinho Matoso Câmara.

40a - Rocha Pombo, *História do Brasil.*

41 - "Reuniu-se o Ministério na noite desse dia, 14 de dezembro de 1833, em casa do Ministro da Justiça, Aureliano, que ali, durante um sarau, assinou os Decretos suspendendo o Tutor e nomeando, para substituí-lo, o Marquês de Itanhaém" (Moreira de Azevedo, Apontamentos Históricos).

41a - Alberto Rangel, *A Educação do Príncipe.*

41b - Henri Raffard, *Pessoas e Coisas do Brasil.*

41c - *Op. cit.*

41d - Carta da Ilha de Paquetá, 4 de dezembro de 1834, no Arquivo da Casa Imperial.

41e - Dona Ana Romana de Aragão Calmon, camareira-mor. Era uma protegida de José Bonifácio e tinha o ordenado de 110$000 mensais, o que era enorme para o tempo.

41f - Alberto Rangel, *A Educação do Príncipe.*

42 - Maria Graham, *Journal of a voyage to Brazil.*

42a - Diz Alberto Rangel, em *A Educação do Príncipe,* que a 15 de abril de 1827 uma Jeanne Seignot, "amásia do editor francês Pierre Plancher, fundador do O Spectador Braziliero, que se transformaria no *Jornal do Commercio,* assinando-se indevidamente Plancher de la Noe, se oferecera ao Imperador para professora de Francês das princesas brasileiras. Não diz, mas supõe-se que Dom Pedro I teve o bom senso de não aceitá-la, apesar do interesse que Pierre Plancher devia ter de introduzi-la no Paço. Ainda porque as princesas, nessa época, eram ainda muito novas, sendo que a mais velha, Dona Januária, tinha apenas 5 anos de idade. Rangel se refere também a uma emigrada francesa, de nome Manchoux, que dava lições de Francês às princesas em 1825. E Rodolfo Garcia, reportando-se a um Ofício de Maler, representante francês no Rio, de 18 de junho de 1818, diz que tinha estado com o primeiro marido dela, um francês, na campanha do Egito comandada pelo General Bonaparte, com o qual ela "tivera relações de galanteria." E que, no Rio de Janeiro, andara ligada aos elementos que projetavam favorecer a evasão de Napoleão da Ilha de Santa Helena, onde este estava prisioneiro dos ingleses.

42b - *O Imperador e os Artistas.*

42bb - Visconde de Taunay, *Memórias.*

42bbb - *Op. cit.*

42c - Afonso de E. Taunay, *Cartas de Dom Pedro II ao Barão de Taunay.*

42cc - Alberto Rangel, *op. cit.*

42d - Alberto Rangel, *op. cit.*

42e - Idem.

42f - Alberto Rangel, *op. cit.*

42g - Helio Vianna, *Dona Amélia, Duquesa de Bragança.*

43 - De fato, numa carta de Dona Amélia à sua enteada Dona Januária, datada de Lisboa, 29 de setembro de 1834, comunicando o falecimento do Duque de Bragança, ela diz que este, "em seu testamento, me nomeou Tutora de todos vós, e este sinal de seu afeto me tocou muito." E acrescenta: "Quanto serei feliz de poder voar [*sic*] meus amados filhos para vos provar ao menos que vós ainda tendes uma mãe que vos ama e quer votar-se a vós" (Carta citada por Alcindo Sodré em *A Imperatriz Amélia*).

43a - Helio Vianna (*op. cit.*) observa, com razão, que ela se tornara de fato brasileira por seu casamento com Dom Pedro I, e que este, muito embora nunca renunciasse à sua condição de português, dizia reiteradamente "Brasileiro." — Quanto a ser tido Dom Pedro I como "funcionário português", Helio Vianna observa que tendo ele sido, depois que deixara o Brasil, Regente do Reino de Portugal em nome de sua filha Dona Maria II, não podia ser tido apenas como um grande funcionário português."

43b - Helio Vianna, *op. cit.*

43c - Em virtude do Ato Adicional à Constituição do Império, de 12 de agosto de 1834, a Regência passara a ser composta de uma só pessoa, sendo eleito Regente em outubro de 1835, o Padre Diogo Antônio Feijó, que iria desempenhar esse mandato até 18 de setembro de 1837.

43d - Helio Vianna, *Dona Amélia e a tutela dos enteados.*

43e - *Op. cit.*

43f - A assinalar que, depois da abdicação e morte do ex-Imperador, o Governo da Regência se recusava chamar Dona Amélia de ex-Imperatriz ou de Imperatriz-viúva, tratando-a sempre por *Duquesa de Bragança*, muito embora chamando-a de *Majestade Imperial*, o que muito contrariava a viúva do ex-imperador. Inconformada com esse fato, decidiu esta escrever uma longa carta ao seu enteado Dom Pedro II, em data de 29 de dezembro de 1842, reclamando os seus direitos e o título de Imperatriz-viúva. Dizia, nessa carta, ter observado, .com admiração e desprazer, que, desde a abdicação de teu pai, tanto ele como eu fomos eliminados da Família Imperial, tendo igualmente observado, com o mesmo desgosto, que, depois daquela triste época e morte do ex-imperador, se tem constantemente evitado, em todos os documentos oficiais, designar-me o título de Imperatriz do viúva, que nem só uma vez se encontra, nem na lei pela qual se me manda pagar as minhas arrais refere-se ao Decreto de 19 de junho de 1838, que concedia a Dona Amélia urna pensão anual de 50 contos de réis, nem na disposição legislativa pela qual se fez o reconhecimento da tua mana Maria Amélia, como Princesa do Brasil [Ver neste volume o cap. III". E concluía perguntando com que fundamento lhe negavam o título de Imperatriz-viúva. Depois de citar mais de um precedente em famílias reais europeias, que lhe davam razão, pedia que Dom Pedro II, ouvido os seus Ministros, resolvesse "como deve ser esta questão, em que estão interessados não menos do que o meu, o teu decoro e o do Império do "À vista desta reivindicadora carta de sua madrasta — diz Helio Vianna — deu-lhe inteira razão Dom Pedro II, passando Dona Amélia a figurar na Família Imperial do Brasil com o seu exato título de Imperatriz-viúva, além do tratamento, que desde o casamento não deixou de ter, de Majestade Imperial" (Helio Vianna, *Dona Amélia e o título de Imperatriz*). — Aliás, pouco antes de Dona Amélia escrever a este respeito a Dom Pedro II, já ela se tinha queixado a Vasconcelos de Drummond, Ministro do em Lisboa, da falta do tratamento adequado que lhe dava o Governo Imperial (ofício de Drummond, de 25 setembro de 1841), o que motivou uma resposta de Aureliano Coutinho, Ministro dos Negócios Estrangeiros (Despacho, de 13 de dezembro de 1842), dizendo ao nosso representante diplomático em Portugal, que "fora por inadvertência que um tal fato tivera lugar, e que os direitos de Sua Majestade a Imperatriz são incontestáveis, e as suas distintas qualidades merecem o Espeito da Família Imperial e de todos os brasileiros. E, a fim de prevenir que para o futuro se possa repetir essa falta involuntária, determinou Sua Majestade o Imperador que se comunicasse por cópia o referido Ofício de Vossa Excelência a todos os Ministros de Estado, para que a tal respeito hajam de expedir às suas Repartições as ordens que forem convenientes — O que tudo participo para sua inteligência, cumprindo que Vossa Senhoria procure obter a honra de uma audiência da Senhora Imperatriz-Viúva o expendido ao seu Alto conhecimento" (Helio Vianna, *Dona Amélia e Dom Pedro II*).

43g - Antônio Teles da Silva Caminha e Meneses, nascido em Portugal em 1790. Era filho do 3^0 Marquês de Penalva e de sua mulher, filha do 2^0 Marquês de Lavradio. Vindo para o Brasil ainda rapaz, em 1808, com a Família Real portuguesa, tornou-se amigo pessoal e "companheiro de infância e de estripulias (diz Helio Vianna) do Príncipe Dom Pedro, que com ele se correspondia em termos da mais completa licenciosidade" (*Dona Amélia, Imperatriz Viúva do Brasil*). Tendo aderido à independência do Brasil, foi feito, em 1825, Visconde, e, em 1826, Marquês de Resende. Nomeado em 1823 para representar-nos em Viena, couber-lhe obter do Governo austríaco o reconhecimento da independência e do Império do Brasil, em 1825. Foi depois Ministro em Paris (em 1828) e em São Petersburgo (em 1830). Com a abdicação de Dom Pedro I, iria fixar-se em Lisboa. Morto este em 1834, passaria a ser camarista da Imperatriz-viúva, com a qual serviria até o falecimento desta, em 1873. Resende morreria em Lisboa dois anos depois, com 85 anos de idade.

44 - Itanhaém tinha pedido a vários membros do Senado que lhe sugerissem o nome de uma pessoa qualificada, em condições de ser o preceptor ou diretor dos estudos do Imperador. Conhecemos as respostas de dois desses senadores, Antônio Rodrigues de Carvalho e o Marquês de Maricá. O primeiro, antigo magistrado e deputado à Constituinte, respondeu que para o cargo em questão não era mister "homem enciclopédico ou um sábio consumado", mas apenas um "homem instruído, com uma cópia de conhecimentos gerais, que seja dotado de virtudes, de gênio dócil, caráter amável e com jeito de transmitir o que sabe a seu Augusto Educando." Assim que indicava o nome do Brigadeiro Francisco Cordeiro da Silva Torres (futuro Visconde de Jurumirim), nascido em Portugal, engenheiro e lente da Escola Militar. Fora em 1827 Ministro da Guerra, cargo onde ficaria apenas oito dias, dizendo, ao largá-lo: *Um cordeiro não serve para a guerra.* Quanto ao Marquês de Maricá, o autor das Máximas, por alcunha o *Biscoitinho* (alcunha que lhe davam por ser filho de um padeiro), fugiu a dar uma resposta, dizendo que para tanto precisava ser inspirado pelo Espírito Santo, e que seria melhor que Itanhaém dirigisse à Câmara dos Deputados, que sem dúvida lhe proporia o nome de uma pessoa capaz de habilitar a "Sua Majestade Imperial para vir a ser, na época da sua maioridade, um digno presidente da República Imperial do Brasil" (Alberto Rangel, *A Educação do Príncipe*).

44a - Rodolfo Garcia, *op. cit.*

44b - *Op. cit.*

44c - Alberto Rangel, *op. cit.*

44d - Num dado momento, pouco tempo depois de ser admitido no Paço, ou seja, em 1836, Frei Pedro pensou em deixar as funções que ali desempenhava e voltar para o recolhimento do seu Convento. Na sua humildade e grande modéstia, julgava acima de seus méritos e de suas forças a responsabilidade por assim dizer total de zelar pelos estudos, pela educação e num certo sentido pelo futuro do seu imperial discípulo, do homem que estava destinado a ser o chefe poderoso de um dos maiores Impérios do mundo. Itanhaém, receoso de que ele levasse por avante essa ideia, foi procurar o prior do Convento de Santo Antônio, Frei José de Santo Eufrásio Peres, para que este usasse de sua autoridade a fim de evitar que tal acontecesse. Não o encontrou; mas, sabedor da visita do Tutor, Frei José lhe escrevia no dia seguinte: "Sinto muito que V. Exª tivesse o incômodo de procurar-me, e não me achasse no Convento. Não é novo para mim o desejar o nosso

Frei Pedro largar o emprego que ocupa, mas posso assegurar a V. Exª que não é por motivo de mau acolhimento que ele encontre no Paço, mas antes o agrado e até o respeito com que ele vê tratado é quem o embaraça de pôr em prática este desejo. Mas de vez em quando ocorrem-lhe escrúpulos de que ele não é capaz, por falta de conhecimentos próprios, de estar encarregado da educação de um Imperador, e então aviam-se-lhe os desejos e saudades da cela. Ainda na última vez que ele falou comigo, tocou-me nisso. Eu opus-me a semelhante pretensão, e fiz-lhe ver que devia continuar, mesmo por escrúpulo, no seu emprego. Ele calou-se, e depois disso nada mais sabia" (Alberto Rangel, *op. cit.*).

44e - *Op. cit.*

45 - Após a morte do Marquês de São João da Palma (Dom Francisco de Mascarenhas), em 1843, não se preencheria, no 2º Reinado, o cargo de Mordomo-Mor, exercendo o mesmo, nas solenidades da Corte, o Camarista da semana, salvo quando o Imperador designava para o mesmo fim o Mordomo da Casa Imperial, Paulo Barbosa da Silva.

45a - Desses companheiros de infância do Imperador, o único que sobreviveu a ele foi João Pedreira do Couto Ferraz, que seria secretário do Supremo Tribunal de Justiça e iria falecer em 1910. Dom Manuel de Assis Mascarenhas, nomeado senador pelo Rio Grande do Norte em 1850, faleceria em 1867. Francisco Otaviano de Almeida Rosa, diplomata e político de nomeada, negociador em Buenos Aires do Tratado da Tríplice Aliança, Senador pela Província do Rio em 1867, iria falecer em 1889. De todos esses antigos companheiros de Dom Pedro II, o único que ficou seu amigo até o fim de seus dias (faleceria em 1886), seu companheiro em suas viagens pelo Brasil e pelo Estrangeiro, foi Luís Pedreira, senador pela Província do Rio em 1867, Barão do Bom Retiro nesse mesmo ano e Visconde do mesmo nome em 1872.

45aa- Henri Raffard, *Pessoas e Coisas do Brasil.*

45b - Quer dizer, as Princesas Dona Januária, depois Condessa d'Aquila, e Dona Francisca, chamada a *Chica*, em família, depois Princesa de Joinville. Porque a outra irmã, Dona Paula, morreria no Paço de São Cristóvão, vítima do tifo, em 16 de janeiro de 1833, com apenas dez anos de idade. Foi enterrada no Convento da Ajuda, do Rio de Janeiro. E quando este foi demolido, em 1911, para dar lugar à chamada Cinelândia, seus restos foram transladados para o Convento de Santo Antônio, também no Rio, onde permanecem, juntamente com os de sua mãe, a Imperatriz Dona Leopoldina, até a remoção destes em 1954 para a Capela Votiva construída no bojo do Monumento do Ipiranga, em São Paulo.

45c- Rodolfo Garcia, *Os Mestres do Imperador.*

46 - Dona Januária, futura Condessa d'Aquila, sendo a herdeira presuntiva do trono, tinha nessa época o título de Princesa Imperial, que só viria a perder com o nascimento do primeiro filho do Imperador. Recuperou-o, pouco depois, com o falecimento prematuro dessa criança; mas iria perdê-lo definitivamente com o nascimento da Princesa Isabel, que passaria a ser, até o fim do Império, a Princesa Imperial.

46a - Alberto Rangel, *A Educação do Príncipe.*

47 - *Op. cit.*

48 - *A mana pequena* era a filha do segundo casamento de Dom Pedro I com a Imperatriz Dona Amélia — Maria Amélia, nascida em Paris a 1º de dezembro de 1831. Iria falecer em 1853, na Ilha da Madeira, vitimada pela tuberculose, o mesmo mal que havia matado o pai em 1834. A *Mamã* era a madrasta, a Imperatriz Amélia, agora Duquesa de Bragança.

49 - Henri Raffard, *Pessoas e Coisas do Brasil.*

49a - Alberto Rangel, *A Educação do Príncipe.*

49aa- Pinto de Campos, *O Sr. Dom Pedro II, Imperador do Brasil.*

49b - Múcio Teixeira, *O Imperador visto de perto.*

49c - *A Educação do Príncipe.*

50 - Depois chamado São Pedro de Alcântara, e atualmente João Caetano.

51 - Lafaiete Silva, *O Teatro Nacional*

52 - *Three Years in the Pacific, including notices of Brazil, Chile, Bolivia and Penz.* By an Officer of the U.S. Navy.

52a - *Journal du Séjour au Brésil*, publicado por Lourenço Luís Lacombe no *Anuário do Museu Imperial.*

52b - Era, de fato, o antigo Colégio dos Jesuítas, que, depois de expulsos os religiosos, fora incorporado aos bens da Coroa portuguesa. A propriedade ficara depois abandonada, apesar do muito que fizera o Conde de Linhares para transformá-la numa granja modelo, aproveitando para isso os colonos chineses importados de Macau. Mais tarde, em 1817, quando se preparava o casamento do Príncipe Pedro com uma arquiduquesa austríaca, Dom João encarregou o Visconde do Rio Seco de melhorar a propriedade, sofrendo então a casa, radical transformação, com amplos aposentos e pinturas nos principais salões. Com essas benfeitorias, o antigo Colégio ganhou foros de Palácio, passando a ser, antes de Petrópolis, residência habitual de verão da Família Imperial.

52c - Não parece que o Regente Olinda e os Ministros tenham causado boa impressão ao Príncipe. *Je l'ai trouvé au Conseil avec ses Ministres*, diz ele depois que o foi visitar; *tout cela n'a aucune teinture de bonnes manières, à l'exception de ceux qui ont été en Europe.* Acontecia, porém, que tanto Olinda como os seus Ministros tinham estudado e se formado em Coimbra, como Bernardo de Vasconcelos (Império e Justiça), Maciel Monteiro, futuro 2º Barão de Itamaracá (Estrangeiros), Miguel Calmon, futuro Marquês de Abrantes (Fazenda), Rodrigues Torres, futuro Visconde de Itaboraí (Marinha) e Sebastião do Rego Barros (Guerra). A menos que Joinville achasse que Portugal não era a Europa. Mas ainda assim, alguns deles, como Maciel Monteiro e Calmon, tinham estado também em França.

52d - Fisico e naturalista francês (1683 — 1757), inventor do termómetro que tem o seu nome.

52e - Maciel Monteiro, depois 2º Barão de Itamaracá. Morreu em Lisboa, em 1868, como Ministro do Brasil. Não era formado em Medicina, mas em Direito.

52f - Marcos Antônio Portugal, que já ensinava música a Dom Pedro I.

52g - Luís Lacombe, madrilenho nomeado professor de danças das Princesas em 1825.

52h - Fazenda dos Correias, que havia pertencido ao Padre Aquino Correia(aí falecido em julho de 1824) e à sua irmã Arcângela, casada com José da Cunha Barbosa e falecida, já viúva, em setembro de 1836. Assim que a fazenda pertencia, quando aí esteve o Príncipe de Joinville, em 1838, aos filhos de Dona Arcângela (Carlos Rheingantz, *Ascendência e Descendência de Dona Arcângela, irmã do Padre Correia*). Dom Pedro I, antes e depois de casar-se com a Imperatriz Dona Amélia, costumava ir passar uns dias nessa fazenda. Foi numa dessas ocasiões que estando na Fazenda do Córrego Seco, treze quilômetros antes da Fazenda dos Correias, a Imperatriz se encantou do local; decidiu então Dom Pedro I comprar o Córrego Seco ao seu proprietário, Sargento-Mor José Vieira, por 20 contos de réis (em 6 de fevereiro de 1830). Foi onde se instalaria, anos depois, a colônia de alemães do Major Koeler, transformada mais tarde na atual cidade de Petrópolis.

52i - Voltaria ao Brasil, mas escalando apenas na Bahia, como comandante da fragata *Belle Poule*, a caminho da Ilha de Santa Helena, a fim de transladar para París o corpo de Napoleão I, falecido naquela ilha em 1821. Por sinal que o Príncipe teve, na Bahia, um sério e ao mesmo tempo pitoresco incidente. Como a população da cidade estivesse ainda excitada com as eleições que tinha havido ali na véspera, pensaram que o Príncipe e seus companheiros de bordo fossem agentes dos oposicionistas. Levado, no meio de grande tumulto, e colocado diante de um muro para ser fuzilado, não foi sem custo que Joinville provou sua identidade se livrou da morte. Depois disso ele voltaria uma vez mais ao Brasil, em 1843, para casar-se, no Rio de Janeiro, com a Princesa Dona Francisca, irmã de Dom Pedro II.

53 - O primeiro barco a vapor que navegou em águas brasileiras, em 4 de outubro de 1819, pertencia a Felisberto Caldeira Brant Pontes, depois Marquês de Barbacena; fez o percurso de São Salvador à cidade da Cachoeira, na Capitania da Bahia. Em 9 de fevereiro de 1851 inaugurava-se o primeiro serviço transatlântico de paquetes a vapor entre o Brasil e a Europa (Southampton, na Inglaterra), pela companhia da Mala Real Inglesa, que até hoje mantém esse serviço. Substituía uma linha de navios à vela, estabelecido em 1810, entre Falmouth (Inglaterra) e o Rio de Janeiro.

53a - *Biblioteca Exótico-Brasileira.*

53b - Helio Vianna, *Dom Pedro I, Jornalista.*

53c - *Efemérides Brasileiras.*

53d - *Contribuições à História da Imprensa Brasileira.* — Salvador de Mendonça dizia em *Coisas do Meu Tempo*, a propósito de Justiniano José da Rocha: "Escrevia em todo e qualquer lugar, a toda e qualquer hora do dia e da noite: em casa, na Câmara dos Deputados, no Teatro, sobre as costas de sua cadeira, sobre a perna, em um peitoril de janela, no silêncio do gabinete, na varanda, no meio do chilrear dos pássaros e das correrias e barulho das crianças. Dizia Francisco Otaviano de Almeida que quando Justiniano acordava, de manhã, a primeira coisa que fazia era ver onde havia deixado a pena na véspera; e não garantia que não escrevesse enquanto dormia."

53e - *Op. cit.*

53f - A moda dos banhos de mar só começou, no Rio, por volta de 1850. Tornavam-se banhos nas Praias do Caju, do Boqueirão do Passeio, de Santa Luzia, do Flamengo e de Botafogo. Para isso, formara-se uma empresa que tinha *barcas para banhos* forradas de cobre e divididas em camarotes, com banheiras suspensas por correntes de ferro. Uma dessas barcas estacionava na Praia do Caju, outra no Boqueirão do Passeio e uma terceira na Praia do Flamengo, entre a Glória e Botafogo (Gastão Cruz, *O Rio de Janeiro no primeiro quarto do Século XIX*).

53g - Dom Francisco de Assis Mascarenhas, sexto Conde de Palma e primeiro Marquês de São João da Palma, nascido em Portugal em 1779 e falecido no Rio de Janeiro em 1843

53h - *Views of South America.*

53i - *Viagem de um naturalista em volta do mundo.*

53j - *Rio de Janeiro wie es ist.*

53k - O chafariz é geralmente chamado "do Mestre Valentim", mas na realidade não foi feito por ele. Foi executado em Lisboa, por um artista ignorado, a mando de Gomes Freire de Andrade. Trazido para o Rio, foi colocado no Largo do Carmo, depois Largo do Paço. Mais tarde, necessitando o Vice-Rei Dom Luís de Vasconcelos e Sousa aproveitar o largo para manobras militares, encarregou Mestre Valentim de remover o chafariz para junto do cais, o que ele fez, substituindo as inscrições primitivas pelas atuais e gravando as armas do Vice-Rei no alto e é tudo que existe ali de sua mão.

53l - *Descrizione del viaggio a Rio de Janeiro della flotta di Napoli.*

53ll- O mais antigo Teatro do Rio foi a Casa da Ópera, no Largo do Capim (depois Praça General Osório), dirigida pelo Padre Ventura. Já existia no governo do Vice-Rei Conde da Cunha. Destruída por um incêndio ao tempo do Marquês de Lavradio, foi construída uma nova Ópera junto ao palácio dos Vice-Reis (depois Paço da Cidade e hoje Repartição-

Geral dos Telégrafos), que foi fechada em 1813, passando o edifício a ser ocupado por criados do Paço e, depois, até 1889, pela Tesouraria da Casa Imperial. O Teatro Real de São João, depois São Pedro de Alcântara, na atual Praça Tiradentes, foi inaugurado em 13 de outubro de 1811, sendo destruído por três incêndios, em 1824, 1851 e 1856. Em seu lugar está hoje o Teatro João Caetano. A assinalar que em 17 de janeiro de 1844 representou-se ali, pela primeira vez no Rio, a ópera *Norma*, de Bellini, com a soprano italiana Candiani, que fazia então, aí a estreia na Corte com grande sucesso. Não deixaria mais o Brasil, falecendo no Rio em 1890. Quem fazia nos anos de 1847 a crônica teatral, no *Jornal do Commercio* da Corte era Martins Pena, autor dramático e criador da comédia brasileira, que iria falecer no ano seguinte. Fazia a crônica teatral tanto das peças líricas como das dramáticas, que se representavam nos Teatros São Pedro de Alcântara e São Francisco. Eram folhetins redigidos "numa linguagem despretensiosa, sem maiores preocupações literárias, mas com viveza e agradável nota de ironia", diz-nos Maria Filgueiras em *Folhetins de Martbzs Pena*. Em suas crônicas, este exaltava o papel da Candiani no papel de Beatriz da ópera *Beatrice di Tenda*, levada em janeiro de 1847.

53m- O primeiro baile de máscaras que houve no Rio foi no Teatro São Januário, na Rua do Cotovelo, depois chamada Vieira Fazenda e posteriormente desaparecida com o arrasamento do Morro do Castelo.

53n - Wanderley Pinho, *Salões e Damas do Segundo Reinado.*

53o - Vieira Fazenda, *op. cit.*

54 - A iluminação a gás foi inaugurada no Rio a 25 de março de 1854.

54a - Renard Pérez, *Machado de Assis e a circunstância.*

54b - Mais tarde 1º Março.

55 - Vieira Fazenda, *Aspectos do Período Regencial.*

56 - Justiniano José da Rocha, *Ação, Reação, Transação.*

57 - *Um Estadista do Império.*

57a - *Conselhos Imperiais.*

58 - Rocha Pombo, *A Maioridade.*

59 - A Constituição cogitava da Regência na *menoridade* do Imperador, quando então ela caberia ao seu parente mais próximo "maior de 25 anos", ou no *impedimento* dele, quando então pertenceria ao Príncipe Imperial. Dona Januária era, de fato, nessa época, a Princesa Imperial. Mas não tinha ainda alcançado a idade de 25 anos. Não se verificavam, portanto, nem a primeira, nem a segunda hipótese.

60 - Relatório de Manuel Alves Branco, segundo Visconde de Caravelas.

61 - Rocha Pombo, *História do Brasil.*

62 - Ver página seguinte.

62a - É interessante acompanhar a evolução da ideia da Maioridade sobretudo no terreno parlamentar, onde aliás nasceu e se concretizou. Quatro anos depois do 7 de Abril, isto é, em 1835, o Deputado Luís Cavalcanti, de Pernambuco, formulava um projeto declarando a maioridade do Imperador aos 14 anos (em 1839); não foi julgado objeto de deliberação. — Surgiu então, nesse mesmo ano, a ideia de se entregar a Regência do Império à Princesa Dona Januária, que acabara de ser reconhecida Princesa Imperial, isto é, como herdeira presuntiva do trono. Bernardo de Vasconcelos, deputado mineiro, fora, no jornal *Sete de Abril*, o inspirador dessa ideia, que no fundo encobria o propósito de hostilizar Feijó, então Regente e seu adversário político. A oposição de Evaristo da Veiga matou-a, porém, no nascedouro. — Em maio de 1837, Vieira Souto, deputado pela Província do Rio, apresentava um projeto declarando maior o Imperador, que então contava apenas 12 anos de idade; foi rejeitado, alcançando apenas o apoio de nove votos. — Em 1839, Montezuma, depois Visconde de Jequitinhonha, deputado pela Bahia, renovava, inutilmente, esse projeto. Em maio de 1840 a ideia da maioridade do Imperador voltava a agitar o ambiente parlamentar, quando Aureliano Coutinho, futuro Visconde de Sepetiba, deputado pela Província do Rio, propunha, como relator da resposta à Fala do Trono, um tópico dizendo que a Câmara via com prazer aproximar-se a maioridade do Imperador. Esse tópico levantou acalorada discussão. No dia 13 desse mês, os dois Cavalcanti e outros Senadores apresentavam um projeto declarando o Imperador maior *desde já*. Esse projeto, que partia da oposição, visava evidentemente o Regente Olinda. Foi por isso tenazmente combatido pelos amigos deste, caindo, afinal, por dezoito votos contra dezesseis. Foi uma vitória dificilmente conquistada, de que logo se aproveitaram os governistas para obterem na Câmara a retirada do tópico incluído por Aureliano na resposta à Fala do Trono. A votação obtida no Senado pelo projeto dos Cavalcanti mostrava, porém, o progresso que a ideia da Maioridade fizera nos meios parlamentares. Foi do que logo se aperceberam os seus defensores, que já não se contentaram mais com o projeto de Honório Hermeto Paraná), de antecipar a maioridade do Imperador por meio de uma reforma constitucional. Conscientes de sua força, preferiram tentar o golpe final com o projeto de Antônio Carlos, declarando o Imperador maior *desde já*. Foi a vitória.

63 - *Circular aos Eleitores de Minas Gerais.*

64 - Essa mesma versão consta, aliás, das atas do Clube da Maioridade.

65 - O Conselheiro Alencar Araripe lia certa vez, em sessão do Instituto Histórico, uma memória sobre a Maioridade, na qual referia a versão de que os Liberais só haviam precipitado o movimento depois de se certificarem a aquiescência do Imperador. Este, presente à sessão, observou "não ser exata a circunstância referida; não se recordava de ter sido jamais procurado por pessoa alguma do Paço para pronunciar-se acerca da projetada declaração da Maioridade, nem de que alguém lhe fizesse declarações manifestando desejos de ver essa providência realizada." Terminou assegurando que a respeito desse assunto "apenas se pronunciou quando, no dia 22 de julho, a comissão do Senado e o Regente foram ao Paço da Boa Vista" (Rocha Pombo, *op. cit.*). — Posteriormente, nas *notas* ao livro de Tito Franco, *O Conselheiro Francisco José Furtado*, o Imperador completaria essa declaração, negando que tivesse tido *arrebatamento* em julho de 1840, conforme disse. Mas num certo sentido se contradizendo, pois confessaria ter sido, de fato, aconselhado por diversas pessoas a aceitar a maioridade. São suas palavras: "Se não fosse aconselhado por diversas pessoas que me cercavam, teria dito que não queria." Num outro papel que confiaria ao Visconde de Sinimbu, ele repetiria isso: "Se não fosse mais de criança, em 1840, eu não cederia a tantos pedidos" (Arquivo da casa Imperial). Finalmente, numa nota à margem do livro *Datas e Fatos Relativos à História Política e Financeira do Brasil,* assinado por "Um Brasileiro" (que Tancredo de Barros, em suas *Achegas a um Dicionário de Pseudônimos*, atribui ao pernambucano Pedro Correia de Araújo), Dom Pedro II voltaria a afirmar: "Se não fosse inexperiente e não tivesse de ceder aos conselhos dos que respeitava, não anuiria às solicitações." E, quanto a ter dito o famoso *quero já*, ele acrescentaria nessa mesma obra: "Não me exprimi assim, e, se disse que preferia imediatamente, é porque os que me aconselhavam — apenas tinha catorze anos e sempre retirado da sociedade política — disseram-me que era preciso para evitar a desordem"; concluindo: "Quanto tenho aprendido e modificado meu modo de pensar, durante 44 anos!" (Ver a este propósito, Helio Vianna, *Notas do Imperador a um folheto de 1885*). Parece que, diante de tão claras e repetidas afirmações, não há por que insistir na lenda do *quero já* inventada por Monsenhor Pinto de Campos e que tomou depois foros de verdadeira.

66 - Ofício de 15 de março de 1840. — Os originais deste e dos demais Ofícios dos agentes diplomáticos austríacos acreditados no Rio de Janeiro, citados daqui por diante, se encontram no Arquivo do antigo Ministério dos Negócios Estrangeiros da Áustria-Hungria, o *Staatsarchiv*, em Viena.

67 - Rocha Pombo, *op. cit.*

68 - *O Império Brasileiro.*

69 - Não precisava tanto. Bastava que se esperasse até dezembro daquele ano, isto é, um prazo de apenas cinco meses, quando o Regente parece concordava em entregar o Governo ao Imperador. Longe disso, os Liberais precipitaram os acontecimentos na esperança de que, assim, se insinuariam no espírito do jovem Monarca, a quem atribuíam ambições que nunca tivera. E, para justificarem essa sofreguidão, inventaram a lenda do *quero já*. Tem-se a convicção de que o Regente podia ter evitado o golpe de força dos Liberais, se tivesse agido com mais firmeza, sobretudo junto ao próprio Imperador. Este, aliás, confessaria mais tarde, com uma sinceridade que não se pode pôr em dúvida, que, se tivesse sido aconselhado a opor-se à declaração de sua maioridade, teria certamente obedecido. Olinda *largou*, por assim dizer, o jovem Monarca de menos de quinze anos. Nessas circunstâncias, que podia este fazer senão aceitar a imposição dos Liberais? A fraqueza de Olinda deixou desconfiar que ele fosse cumplice do movimento maiorista. A verdade, porém, é que o Regente, deixando de assumir uma atitude de franca reação, o fez na persuasão de que assim melhor se insinuaria no espírito do jovem Monarca. De tudo, tira-se uma conclusão: Dom Pedro II, com aquele seu ar reservado, tímido, modesto, enganou, sem querer, a Liberais e Conservadores, pois ambos estavam convencidos, erradamente, aliás, de que, provocando a subida ao poder do Monarca, melhor se insinuariam em suas boas graças. A Maioridade foi, assim, uma *journée de dupes* para ambos os partidos, como a caracterizou *Timandro* (Sales Torres Homem).

70 - *Op. cit.*

71 - Ofício de 31 de julho de 1841.

72 - de 15 de junho do mesmo ano.

73 - Abreu e Lima, cit. por R. Galanti, *História do Brasil.*

73a- Era compositor muito em voga no tempo. Combatente da Independência, era autor de hinos, valsas, minuetos e *modinhas.* Foi o autor dos *Hinos* da Maioridade e do Dois de julho (Maciel Pinheiro, *Músicos Brasileiros*).

74 - Rouen, ofício de 31 julho de 1841.

75 - Atualmente Niterói.

76 - Ofício de 7 de agosto de 1841.

77 - Ofício de 30 de novembro de 1840.

78 - Ofício de 1º de julho de 1842.

78a - Ofício de 26 de maio de 1844 — Dando conta, pouco antes, do seu estado de saúde, dizia o Joaquim Cândido Soares de Meireles, médico da Casa Imperial, nascido em Minas Gerais em 1771 e formado pela Academia Médico-Cirúrgica criada no Rio de Janeiro em fevereiro de 1808: "O Sr. Dom Pedro II, de idade de catorze para quinze anos, é dotado de uma constituição linfático-sanguínea, possuindo uma cabeça assaz desenvolvida e bem organizada, tendo começado em mui tenra idade sua educação literária. Esse ardor pelo estudo fez com que S.M.I. não achasse tanto prazer nos brinquedos de sua idade, como acontece às outras crianças, e se desse aos trabalhos literários apenas acabava de comer. Daqui começou a resultar uma digestão tardia e constipações do ventre, como sucede às pessoas cujo cérebro se exerce mais do que os outros órgãos, ou aparelhos orgânicos de economia, e maiormente com S.M.I., cuja massa encefálica é tão desenvolvida" (Alfredo Teodoro Rusins, *O Casamento de Dom Pedro II*).

79 - *Souvenirs de Voyage.*

80 - Ofício de 20 de junho de 1840.

80a - *Memórias.*

81 - Ofício de 31 de maio de 1843.

82 - Ofício de 19 de outubro de 1843.

83 - *Dom Pedro II.*

84 - Ofício de 20 de novembro de 1840.

85 - Ofício de 20 de novembro de 1840.

85a - *Dom Pedro I e Dom Pedro II, acréscimos às suas biografias.*

85b - "Navarro" — Antônio Navarro de Abreu, Deputado por Mato Grosso, partidário vee-mente da antecipação da Maioridade. Iria enlouquecer pouco depois. — Não é provável (ou pelo menos não se sabe) que ele tenha sido atendido em sua pretensão de "Oficial de Gabinete" do Imperador. Ainda porque o cargo, que sob o Primeiro Reinado fora ocupado pelo Conselheiro Francisco Gomes da Silva (*o Chalaça*), não consta ter sido restabelecido depois que este partiu para a Europa, em 1830. É o que diz Helio Vianna na sua cit. obra. Aliás, grande parte das notas aqui dadas a propósito de *Diário* de Dom Pedro II, nessa época, foram tiradas dessa obra. "As Manas" eram, como se sabe, Dona Januária e Dona Francisca. A que lhe virou as costas, talvez tenha sido a segunda, que ti-nha muito mais personalidade do que Dona Januária. "Dona Mariana" era Dona Mariana Carlota de Verna Magalhães Coutinho, antiga aia do Imperador, quando este era criança, e elevada, em 1844, a Camareira-Mor e Condessa de Belmonte. Dom Pedro II lhe era muito afeiçoado. "Dona Intrigante" devia ser uma das damas a serviço no Paço de São Cristóvão. "Semanários" eram os gentis-homens da Imperial Câmara quando prestavam ali serviço semanal. Finalmente, o "Doutor" era um dos médicos da Casa Imperial.

85c - "Não se tome por vã empáfia a afirmação Imperador" — observa Helio Vianna, lembrar que, quando isso escrevia, era um rapazola que então completava quinze anos de idade, o qual, quatro meses antes, fora inopinadamente chamado a exercer as funções de Chefe de Estado, que só deveria assumir aos dezoito anos. Mais tarde, várias vezes, se queixaria Dom Pedro II, por ter chegado tão cedo àquela posição (*Op cit.*). Menos do que uma em-páfia, poder-se-ia talvez chamar de uma infantil pretensão, essa do Imperador, de achar que o dia do seu aniversário natalício era uma data *memorável* da História do Brasil, muito embora fosse num certo sentido justificada, dada a sua pouca idade, mas sobretudo a maneira insensata e enfática com que era tratado pelos cortesãos, a maior parte idosos, que o cercavam e o bajulavam nas salas de São Cristóvão.

85d - O "Estado" era o cortejo de carruagens que saía com o Monarca, suas irmãs e os principais dignitários da Casa Imperial. "Porteiro da Casa" era o dignitário que guardava as portas interiores do Paço para impedir a passagem de pessoas que não tinham direito de acesso ali. Eram vários os Porteiros da Casa, e um acompanhava sempre o Imperador nos atos púbicos que este presidia. "Camaristas" eram os gentis-homens da Imperial Câmara. "Estribeiro-Mor" era o que superintendia as cocheiras do Paço, com os animais, coches e liteiras. Nessa época, o cargo era ocupado pelo Marquês de Itanhaém, ex-Tutor de Dom Pedro II.

85e - "Mata-Porcos" era a rua, batizada depois (em 1872) Estácio de Sá. "Rossio Pequeno" era uma parte da depois Rua de São Pedro, desaparecida com a abertura da Avenida Presi-dente Vargas. "Largo do Capim" era um outro logradouro desaparecido com a abertura da mesma Avenida. "Rua Direita" era a atual 1º de março, batizada como tal para come-morar o fim da Guerra do Paraguai.

85f - "Paço" era o Paço da Cidade, sede, depois, da Repartição-Geral dos Telégrafos, na atual Praça 15 de Novembro, antigo Largo do Paço.

85g - O Barão Achille Rouen era o Ministro de França desde setembro de 1837. Era o decano do Corpo Diplomático acreditado no Rio de Janeiro porque naquele momento não havia aí Núncio Apostólico, que, por consenso de todos os países, é sempre considerado decano do Corpo Diplomático, não importando a data da chegada ao porto. O último Núncio no Rio antes de 1840 fora Monsenhor Orsini, que deixara o Brasil em 1832, e só iria ter substituto em 1853, na pessoa de Monsenhor Berrini. Nesse intervalo de tempo, a Nunciatura do Rio fora chefiada por Internúncios, que não podiam ter prerrogativas de decanatos.

85h - "Parede" eram as pessoas que permaneciam na Sala do Trono em dias de cortejo, geralmente os "Grandes do Império" (condecorados com títulos de grandeza, numa imitação dos "Grandes" de Espanha). Tinham o tratamento de "Excelências."

85i - Bento Antônio Vaía e Pedro Caldeira Brant eram Gentis-Homens da Imperial Câmara. Brant era o segundo filho do Marquês de Barbacena. Nessa ocasião, casado, fazia dois anos, com Cecília Vaía, filha do citado Bento Vaía. Falecendo esta em 1846, o Conde de Iguaçu se casaria, em segundas núpcias, em 1848, com Maria Isabel de Bragança, filha Legitimada de Dom Pedro I e da Marquesa de Santos, irmã, portanto, de Dom Pedro II. *O Despertador* era um dos melhores e mais conhecidos jornais que publicavam então na Corte. Fora fundado em 1º de abril de 1838, pelo advogado português José Marcelino da Rocha Cabral, tendo como principais redatores José da Gama e Castro, Miguel Burnier e Francisco de Sales Torres Homem, mais tarde segundo Visconde de Inhomirim. Não teria, porém, vida longa, pois iria extinguir-se em 19 de outubro de 1841. Desaparecido o jornal, vários de seus redatores se passaram para o *Jornal do Commercio*, que já se publicava na Corte. Gama e Castro iria mais tarde se instalar em Paris, como correspondente desse último jornal, ali falecendo em 1873.

85j - Note-se a alusão clássica à *Odisseia* e o Latim de algibeira que a segue.

85k - Arquivo de Dom Pedro II, *apud* Helio Vianna, *op. cit.*

85l - "Dr. Tomás Gomes dos Santos. Até o fim da sua vida, como atestam os *Diários* de 1890-1891, manteve Dom Pedro II o costume de ler e ouvir leitura." (*Op. cit.*)

85m - Arquivo da Casa Imperial, *apud* Helio Vianna, *op. cit.*

85n - No que se referia aos "dias de gala" na Corte, seguia-se ainda, nessa época, o cerimônial adotado depois da abdicação de Dom Pedro I. Havia os dias de "grande gala" e os dias de "pequena gala" Os dias de "grande gala" eram. 1º. de janeiro, para os "cumprimentos de bons anos" ao Imperador; 25 de março, aniversário do juramento da Constituição; 7 de abril, ascensão ao trono de Dom Pedro II; 3 de maio, abertura da Assembleia Geral Legislativa; 7 de setembro, aniversário da Independência; e 2 de dezembro, aniversário do Imperador. Os dias de "pequena gala" eram: 11 de março, aniversário da Princesa Dona Januária; e 2 de agosto, aniversário da Princesa Dona Francisca.

86 - Ofício de 12 de agosto de 1842.

87 - Ofício de 10 de dezembro de 1842.

88 - Ofício do Conde Giorgi a Metternich,de 27 de maio de 1843.

89 - Ofício de 12 de agosto de 1840.

90 - "Chama a atenção semelhança física que existe entre o Imperador do Brasil e o seu avô Dom João VI. Parece aliás, que se poderia assinalar entre os dois Soberanos mais de um traço de analogia, e que no neto, como no avô, a teimosia se uniria à indolência e à fraqueza, escreve o Conde de Suzannet em 1846 (*Souvenirs de Voyage*).

91 - *Of.cit.*

91a - Ofício a Guizot, de 1º. de julho de 1842.

92 - *Diário*, no Arquivo da Casa Imperial.

92a - Natural da Saxônia, Planitz chegara ao Rio de Janeiro em janeiro de 1831, jovem de 26 anos de idade, dizendo-se "mestre de desenho." Homem erudito, facilmente se impôs no meio intelectual e artístico da Corte, sendo admitido como sócio do Instituto Histórico Brasileiro. Dom Pedro II o estimava, mostrando-se admirador de seus trabalhos. Encomendou-lhe, entre outros, várias litografias do Rio de Janeiro, quatro das quais figuravam num dos salões do paço de São Cristóvão, além de uma árvore genealógica da Casa da Áustria, "obra muito apreciada pelo Imperador", diz-nos Guilherme Auler. Naturalizado brasileiro, Planitz foi nomeado *Escrivão dos Brasões e Armas da Nobreza e Fidalguia do Império*, cargo que já existia no Primeiro Reinado, mas que Planitz foi o primeiro a ocupar sob Dom Pedro II. Vitimado pela febre o artista iria morrer em 7 de junho de 1847, com apenas trinta e nove anos de idade. Ver sobre ele os apontamentos de Guilherme Auler: *Presença de alguns artistas germânicos no Brasil e o Imperador e os Artistas.*

93 - Carta de 20 de outubro de 1841 ao Barão Daiser, no Arquivo de Estado de Viena.

93a - Ofício do Rio, 20 de novembro de 1840.

94 - Dr. José Francisco Xavier Sigaud, nascido em Marselha em 1796, formado em Medicina em Estrasburgo e chegado ao Brasil em 1825, ano do nascimento de Dom Pedro II. Foi um dos fundadores da Academia Imperial de Medicina da Corte e o primeiro a publicar no Brasil jornais em língua francesa, como *L'Independant e L'Echo de L'Amérique du Sud.*

94a - Um Colégio existente numa casa da Quinta da Boa Vista, destinado aos filhos dos empregados do de São Cristóvão.

94b - Conceito puramente infantil, próprio da idade. A assinalar a triste infância desse menino de apenas quinze anos de idade: não conhecera a mãe, e do pai e da madrasta só podia ter uma vaga e distante ideia, pois os perdera quando andava ainda pelos seus cinco anos. Toda a sua família no Rio de Janeiro ficara, assim, reduzida: às duas irmãs, uma três anos mais velha e outra, um ano mais moça do que ele. E se tinha, para distraí-lo e acompanhá-lo em seus brinquedos alguns meninos mais ou menos da sua idade, todas as demais pessoas com quem convivia no e fora do Paço, eram *gente grande*, de idade madura, quando não francamente velhas ou envelhecidas. Tendo, além do mais, os mais pesados encargos sobre os ombros, era obrigado a assumir papéis e responsabilidades completamente inadequados para um menino da sua idade e sobre os quais não podia ter senão uma ideia algo confusa e cheia de incertezas, sem saber exatamente como devia comportar-se, quer perante aqueles que o cercavam e assessoravam na sua vida no Paço — professores, mordomos, camaristas, como na vida pública — Ministros de Estado, e altas personalidades do clero e da administração pública.

94c - Carruagem da corte importada da Inglaterra.

94d - Dom Manuel do Monte Rodrigues de Araújo, Bispo Capelão-Mor do Rio de Janeiro, feito Conde de Irajá em 1845.

94e - Francisco Vilela Barbosa, primeiro Marquês de Paranaguá. Tinha, nesse ano de 1842, setenta e dois anos incompletos, e iria morrer cinco anos depois. Apesar de ser, nessa época, Ministro da Marinha, está-se vendo que Dom Pedro II não o identificava como tal, o que não era, aliás, de estranhar, já que Paranaguá ocupava esse cargo há pouco mais de um ano, e só agora, depois de declarado maior e assumir as rédeas do Governo, é que o Imperador la conhecendo e identificando os principais políticos do tempo.

94f - O Conde de San Martino era o Encarregado de Negócios (depois Ministro) do Reino da Sardenha no Brasil. — Bayard (Conselheiro Ildefonso Leopoldo), era o Ministro de Portugal, e não havendo então um Núncio Apostólico no Rio, tinha o papel de Decano do Corpo Diplomático aí acreditado.

94g - O Instituto Histórico e Geográfico Brasileiro fora criado em 1838 durante a Regência.

94h - Arquivo da Casa Imperial, *apud* Helio Vianna, *op. cit.* — Nota deste autor: Cumpriu Dom Pedro II essa promessa, tendo, até 1889, presidido a mais de trezentas sessões do Instituto."

94i - Estas cartas estão hoje depositadas no Arquivo Nacional, tendo sido publicadas por Helio Vianna sob o título *Cartas de Dom Pedro II ao Ministro José Clemente.*

94j - Era costume de Dom Pedro II nessa época, designar-se por iniciais maiúsculas nas cartas que escrevia aos seus Ministros, o que podia ser interpretado como uma afirmação de autoridade, da superioridade, que entendia afirmar, de seu cargo, sobre os demais dirigentes do Império. Mais tarde, firmada essa autoridade, ele abandonaria essa prática.

94k - "Lembrança, talvez, do medo que estas lhe causavam, quando criança"— observa Helio Vianna (*op. cit.*) *— que antigamente até me faziam ver ter lágrimas de terror*, confessara o Imperador em seu *Diário*; "a menos que se tratasse de simples medidas de economia ou diminuição de honrarias, a seu ver, exageradas."

95 - "Tudo se passa como dantes, e o Imperador saiu de uma tutela para cair noutra. Asseguram-me mesmo que Sua Majestade teria dito que em vez de um Tutor tinha agora diversos" (Daiser a Metternich, Ofício de 11 de janeiro de 1841).

96 - Ofício de fevereiro de 1842.

97 - Ofício de 4 de abril de 1844,

98 - Ofício do Conde Ney, de 26 de maio de 1844.

99 - Paulo I ou Pedro II. Ofício citado.

100 - Vide neste volume o capítulo *José Bonifácio, Tutor de Dom Pedro II.*

100a- Helio Vianna, *Visconde de Sepetiba.*

101 - "O que é a Joana?" perguntava o *Publicador Mineiro*, jornal da cidade de Ouro Preto. E ele mesmo explicava: "O arrogante Paulo Barbosa reside no Rio de Janeiro em uma chácara que foi de uma mulher chamada Joana, e aí congrega os Srs. Aureliano e Saturnino, com os quais concerta as intrigas que convêm, os boatos que interessa circular etc. etc. Essa súcia, sem mérito algum real, busca governar o Brasil servindo-se dos homens políticos, enquanto se não opõem eles à sua política. Espalham esses velhacões, que exercem no ânimo do Imperador alta influência.... que a um só aceno seu se destituem Ministérios, se dissolvem Câmaras" (Nelson Lage Mascarenhas, *Um Jornalista do Império, Firmino Rodrigues Silva*).

101a- Discurso citado na *Revista do Instituto Histórico Brasileiro.* — "Os sorvetes, diz Helio Vianna (*op. cit.*), continuaram em moda entre os políticos das Regências, como prova a publicação, em fins de 1835 e início de 1836, de dois números do pasquim de combate aos Chimangos: *O Sorvete de Bom Gosto e Último Sorvete de Bom Gosto.* — Bernardo Pereira de Vasconcelos, adversário político de Aureliano, acusava-o, num folheto da época, entre outras coisas, de ter gasto, só em sorvetes, numa das suas recepções mais de 200$000, quantia enorme para aquele tempo, e evidentemente exagerada pelo seu adversário. — O uso dos sorvetes ou "gelados" na capital do Império, datava de 1834, quando o aventureiro genovês José Estêvão Grondona requereu licença para ter o privilégio de fabricar gelo por meio de uma máquina pneumática. Mas como ele dizia, no requerimento, que uso dos gelados tinha um caráter sensual, seu requerimento foi indefinido. Mas, voltando à carga para melhor explicar seu pensamento, obteve finalmente o privilégio que desejava. (Helio Vianna, *Vultos do Império*).

102 - *O Visconde de Sepetiba.*

102a- *Um Estadista do Império.*

102b- *O Império Brasileiro.*

103 - Ofício de 12 de agosto de 1840.

104 - *Um Estadista do Império.*

104a- Sublinhado no original.

105 - Helio Vianna, *op. cit.*

105a- Ver neste Capítulo algumas páginas atrás.

105b- O missivista queria referir-se à atuação de Aureliano como Intendente-Geral da Polícia da Corte, ao lado de Feijó, Ministro da Justiça, na chamada tentativa de golpe de Estado, de 30 de julho de 1831, com o fim de instalar no Brasil uma República Federal, o que significaria a deposição do jovem Imperador, então com a idade de seis anos.

105c- Carta sem data e sem assinatura, em Otávio Aires, *Cartas Anônimas à Família Imperial.*

106 - "O Sr. Ferraz: *A que grupo pertence o Sr. Aureliano, cuja posição era e é sempre excelente?* O Sr. Sebastião do Rego Barros: *Não Ei.* Uma voz: *Ao do Paço* (Sessão da Câmara dos Deputados, de 24 de maio de 1843, citada por Joaquim Nabuco).

106a -Aureliano fora nomeado Desembargador em 1833, pertencendo à Relação da Corte, lugar em que se manteria, com as interrupções políticas, até a sua morte, em 1855.

107 - Ofício de 1º De julho de 1842.

108 - Nota a Tito Franco, em *O Conselheiro F. J. Furtado.*

108a- *Op. cit.*

109 - Nota a Tito Franco, *op. cit.*

110 - "É a verdade histórica — reconheceria, aliás, o próprio Tito Franco, quase trinta anos depois (*Monarquia e Monarquistas*), penitenciando-se de haver perfilhado a acusação de Teófilo Ottoni — e o proclamo hoje, que o preclaro Monarca já não existe, nem a sua Dinastia impera no Brasil. Reconheci que não era acertado o juízo de T. Ottoni, que escrevera, aliás, em 1860, como eu em 1867, sob as impressões apaixonadas que nos levavam a culpar somente o Governo Imperial, não a Monarquia, dos erros que eram também perfilhados pelo Partido Liberal." Tito Franco, que conheceu pessoalmente Ottoni, e gostava de ouvi-lo narrar os acontecimentos políticos em que fora parte, acabou reconhecendo que lhe faltara serenidade, como a tantos outros de nossos políticos, liberais e Conservadores, no julgamento do Imperador, de seus atos e intenções: "Deixava-se arrastar pela paixão do momento, tornando-se injusto." Defendendo o Imperador da acusação, que lhe fizera Ottoni, de ter imposto o nome de Aureliano para o Ministério da Maioridade, salienta Tito Franco, com todo o fundamento, que Aureliano, naquela época, não podia ser suspeito ao Partido Liberal. "Havia Ministro do Império, da Justiça e de Estrangeiros no período regencial em que governavam os liberais. Foi quem atirou no tapete da discussão parlamentar, como relator da comissão de resposta à fala do Trono, a ideia da declaração da Maioridade em 1840, com a inclusão destas palavras — *vendo com prazer aproximar-se a maioridade de Vossa Majestade Imperial* (palavras que foram suprimidas por 42 votos contra 37, em virtude de uma emenda de Honório Hermeto, futuro Marquês de Paraná).Era, portanto, natural e político que, saindo dos que fizeram a Maioridade o primeiro Ministério do Segundo Reinado, fosse nele contemplado Aureliano." — Esses argumentos, trazidos mais tarde por Tito Franco, em reforço ao desmentido categórico de Dom Pedro II, parecem irrespondíveis, e não há, em face deles, como sustentar ainda a acusação de Ottoni. Aliás, a atitude política deste, em 1840, em face do Ministério da Maioridade, de que fazia parte Aureliano não combina com a que assumiu vinte anos depois, em sua célebre Circular.

De fato. Em 1860 Ottoni acusava Aureliano de se ter introduzido no Ministério de 1840 por capricho do Imperador-menino, de cuja boa-fé abusara, e que sua presença ali era motivo para Ottoni cobrir a cabeça. Mas a atitude que este manteve naquela época não estava de acordo com tais sentimentos. Subira Ottoni alguma vez à tribuna, como lhe fora lícito fazer, para acusar o Ministério ou os Ministros, especialmente Aureliano, de palacianos, de áulicos, de invenções do poder pessoal? Não. Se recusara ser *seu colaborador oficial*, como diz, mantivera-se, contudo, no mais significativo silêncio, e não guardara somente esse silencio aprovador, dera repetidamente aos Ministros o seu voto — *dei-lhes constantemente o meu voto*. E não foi só. Nesses Ministros, dentre os quais estava Aureliano, a quem ele acusava vinte anos depois, de ser um bastardo no Gabinete, um intruso, produto do poder pessoal do Monarca, o próprio Ottoni, atestando as dificuldades com que eles lutavam, reconhecia, naquela época, *a pureza de intenções*. — Com que autoridade, portanto, podia ele levantar em 1860 uma acusação que a sua atitude em 1840 desmente? Quem guardou, como ele, nessa época, inteiro silêncio, e não desmascarou o intruso na ocasião em que o capricho imperial o encaixava no Ministério, antes reconheceu-lhe a pureza de intenções e deu-lhe constantemente o voto, não pode, vinte anos depois, levantar a acusação que se contém em sua *Circular*, fruto unicamente da paixão política do momento e do feitio impetuoso do seu liberalismo.

111 - "Estava seguro de que teria um grande papel por ocasião da maioridade do Imperador para a qual, disse-me ele, se reservava, não querendo aceitar até então nenhuma pasta, o que efetivamente se deu" (Daiser, ofício de 12 de agosto de 1840).

112 - Ofício de 20 de novembro de 1840.

113 - Ofício de 15 de junho de 1841.

114 - Daniel de Carvalho, num estudo sobre o chefe liberal mineiro (*Teófilo Ottoni, campeão da Liberdade*), insiste na acusação, e diz que Aureliano "havia de ser no Ministério um fermento de dissolução." Daniel de Carvalho é também dos que sustentam a acusação de Ottoni, de ter o Imperador imposto o nome de Aureliano para Ministro, em 1840. "Adoto a narrativa liberal — diz ele — porque as razões apresentadas, se justificam aparentemente a escolha, não provam que ela não fora da autoria do jovem Imperante." Às observações que fez o Autor (ver página anterior) e que figuraram, antes, à da obra citada de Daniel de Carvalho, responde este: "Se Ottoni escrevera em 1860 dominado pela paixão política, que dizer de Tito Franco em 1894? A linguagem da Circular nem compara, em severidade, com o ardor de cristão-novo do panfleto *Monarquia e Monarquistas*. Finalmente o silêncio de Ottoni, em 1849, apenas serve para atestar a sua superioridade moral e o seu patriotismo. Previa o malogro, mas desejava o êxito do Ministério híbrido." Daniel de Carvalho termina por observar que os argumentos trazidos em 1894 por Tito Franco, em seu trabalho *Monarquia e Monarquistas*, em defesa do Imperador, penitenciando-se do que escrevera em 1867, constavam já de um livro publicado em resposta à *Circular* de Ottoni e ao *Conselheiro Furtado de Tito Franco*, intitulado *Páginas da História Constitucional do Brasil*. Não dá o nome do autor. Esses argumentos são para Daniel de Carvalho *a versão conservadora dos acontecimentos* de 1840.

115 - "O Sr. Aureliano está longe de aprovar tudo o que fazem os Andradas, que são ambos de caráter violento e vingador, sobretudo o Sr. Antônio Carlos" (Ofício de Daiser, de 20 de novembro de 1840).

116 - Ofício de 20 de março de 1841.

116a - Segundo o jornal *O Brasil*, redigido por Justiniano José da Rocha, o irmão de Aureliano, Saturnino de Sousa e Oliveira, que tinha sido Presidente do Rio Grande do Sul, teria dito ao Imperador que "a Maioridade não influíra para mudar o ambiente ali dominante" (Helio Vianna, *Da Maioridade à Conciliação*).

116b - Rocha Pombo diz o mesmo por outras palavras: "Entendeu Aureliano Coutinho que se impunha a retirada do Comandante das Armas; mas os colegas repeliram esse alvitre. O Ministro de Estrangeiros expõe o caso ao Imperador, e pede demissão, porque não quer carregar com a responsabilidade da conservação daquele General (Brigadeiro João Paulo dos Santos Barreto), que estava comprometendo a sorte do Império. Adotando o voto singular de Aureliano, recusa-lhe o Imperador a demissão, preferindo demitir o Ministério" (*História do Brasil*).

117 - Conhece-se um bilhete do Monarca a Araújo Viana, dizendo que na opinião do Capitão-Tenente Ernesto Frederico de Verna (sobrinho de Dona Mariana de Verna, futura Condessa de Belmonte e antiga aia de Dom Pedro II), recém-chegado do Rio Grande do Sul, "o que mais desejavam os rio-grandenses" era Saturnino novamente na presidência da Província (Helio Vianna, *op. cit.*), bilhete que era uma clara insinuação ao Ministro do Império a favor dessa nomeação.

118 - A opinião que os contemporâneos faziam de Sapucaí não era lisonjeira. O Imperador o estimava, e tinha certamente em boa conta seus conhecimentos em Linguística e em Literatura.Victor Viana, seu descendente, disse, no discurso de recepção da Academia Brasileira (10 de agosto de 1935), que as ligações pessoais do Imperador com o seu antigo mestre criaram "uma incompatibilidade política para Sapucaí, anulando relativamente cedo a sua projeção partidária." Isso se disse com relação a Pedreira, Visconde de Bom Retiro; e é em parte exato. Mas, com relação a Sapucaí, resta a apurar. E é o caso de perguntar-se não teria ido antes a fraqueza de caráter de Sapucaí que tivesse influído para o seu afastamento das posições de destaque? Há, sobre isso, um fato significativo. Quando se cuidou de dar substituto ao Visconde de Maranguape na pasta da Justiça, em junho de 62, o Imperador sugeriu a Olinda, Presidente do Conselho, o nome de Sapucaí. E Olinda, com aquele seu feitio independente, logo respondeu que "Sapucaí não sabia sustentar suas opiniões por fraqueza de caráter, e não traria força ao Ministério." O testemunho disso é do próprio Imperador, que o dá em seu *Diário*. Nada mais acrescenta, o que deixa supor não tenha levantado nenhuma objeção ao veto de Olinda (Arquivo da Casa Imperial). De fato, Sapucaí não foi nomeado Ministro, e Maranguape foi substituído por Sinimbu. Sapucaí tinha sido Ministro pela última vez em 1841, fazia, portanto, vinte e um anos, e não mais voltaria aos Conselhos da Coroa, apesar de só vir a falecer em 1875.

119 - Chegou a formar-se um começo de rivalidade entre Aureliano e Calmon, devido à situação de certo relevo que este se fizera na roda palaciana, e também às relações de amizade com Vasconcelos, sempre suspeitas a Aureliano. Daiser, em seu ofício de 15 de junho de 41, nos dá conta disso, quando se refere a Vasconcelos, a quem qualifica de "maior inimigo do Sr. Aureliano." Diz que Vasconcelos não o atacava abertamente, mas por intermédio de jornais e insinuaçoes entre os corifeus da oposição parlamentar. Ele tem talvez um aliado no próprio Ministério, o Sr. Calmon, atual Ministro das Finanças, que não cessou de ter relações com ele, e rivaliza com o Sr. Aureliano nas boas graças do Imperador, o qual o acolhe favoravelmente porque ele o diverte. Creio, entretanto, que esse jovem Soberano tem mais confiança no seu Ministro dos Negócios Estrangeiros, sobre cuja devoção pode contar com toda a certeza."

120 - Daiser diz que Aureliano foi quem inventou esse Ministério, como inventara o anterior, embora um e outro o recusassem por pai (Ofício de 14 de janeiro de 1843).

121 - "Um dos assuntos mais debatidos na tribuna da Câmara dos Deputados é a prorrogação do Tratado de comércio até o fim de novembro de 1844, prazo desejado pela Grã-Bretanha. Essa discussão parece tomar um aspecto bastante hostil ao Sr. Aureliano, o que, penso, a maioria dos Ministros seus colegas não vê com desprazer" (Ofício de Daiser, de 14 de janeiro de 1843). A oposição a Aureliano não era movida apenas na Câmara. Também na imprensa do Rio. Saint-Georges, Ministro de França, escrevia a Guizot em 9 de outubro de 1842: "Basta a ideia de um novo tratado com a Inglaterra para pôr os redatores fora de si, e a *Sentinella da Monarchia* explica essa disposicção de espírito contra o Sr. Aureliano acusando-o, o mais gratuitamente no mundo, de estar secretamente em entendimentos com o Sr. Hamilton" — Ministro da Inglaterra. Esse jornal obedecia à orientação de Bemardo de Vasconcelos, inimigo figadal de Aureliano e de seus companheiros do Clube da Joana: "Já não temos Imperador," dizia; "quem manda é Aureliano, Paulo Barbosa e Saturnino" (irmão de Aureliano). A 13 do mesmo mês de

outubro, voltava a escrever o Ministro de França: "A acusação levantada contra o Sr. Aureliano a propósito do Tratado com a Inglaterra... Essa acusação, aliás, não é senão uma arma de que se servem contra o Sr. Aureliano, que, não tendo nunca assumido compromissos políticos com nenhum partido, sobretudo depois da Maioridade, não se apoia senão sobre a boa vontade do Imperador e na influência do Paço, que ele divide com o Sr. Paulo Barbosa." — Nessa questão do Tratado com a Inglaterra, o que se dava era que esta achava que o tratado só devia expirar quinze anos depois de sua *ratificação*, isto é, depois de sua entrada em vigor, e não depois de sua *assinatura*, como entendia o Ministério. Aureliano ainda propôs que essa divergência fosse resolvida por arbitragem, com o que, entretanto, não concordou a Inglaterra. Ora, diante dessa intransigência, e com receio de que a assinatura de um novo Tratado com esse país abrisse a questão do tráfico de escravos com possíveis ameaças inglesas de represálias, Aureliano achava melhor, *para evitar um mal maior*, concordar com o ponto de vista da Inglaterra quanto à vigência do Tratado. "Os fatos posteriores (diz Helio Vianna) inclusive o famoso *Bill Aberdeen*, plenamente justificariam a orientação seguida por Aureliano Coutinho." (*Da Maioridade à Conciliação*).

121a- "A Coroa entendeu que o Gabinete estava dividido — dirá Honório Hermeto na Câmara."E, malogradas as tentativas de o harmonizar, julgou que convinha a dissolução" (L. de Carvalho Melo Matos, *Páginas de História Constitucional do Brasil — 1840-1848*).

122 - *Um Estadista do Império.*

122a- Rigorosamente falando, Aureliano podia ser tido como um Liberal, mas que guardava sua liberdade de ação e a sua tolerância, que estavam um pouco na sua formação política. Helio Vianna (*op. cit.*) diz que, sendo um Liberal, ele se distinguia dos que haviam feito a revolução de 1842. Era um antigo Liberal e Maiorista, quer dizer partidário da declaração da Maioridade, mas sem se misturar com os demais Maioristas, também Liberais, do grupo dos Andradas. Com a dissolução do Gabinete anterior, onde ele ocupara a pasta dos Negócios Estrangeiros, conservou-se, com os Liberais de uma e de outra feição, afastados do Poder, quer os que se haviam comprometido naquela revolta, quer os que estavam ainda sendo julgados pelo crime de rebelião" (Helio Vianna, op. cit.).

122b- Helio Vianna e Melo Matos, *ops cits.*

123 - Refere-se aos *Luzias*, Liberais de Minas Gerais, implicados na revolta de 1842.

124 - Ofício de 15 de março de 1844.

125 - Nota em Tito Franco, *op. cit.* — Nessa nota o Imperador acrescentava: "Depois que o meu caráter foi conhecido, eu teria acedido, mesmo porque a experiência me tem provado que os vaivéns políticos reparam, em mais ou menos tempo, os atos injustos que originam. O *Marquês de Paraná* relevou-me de qualquer falta que eu houvesse cometido com relação ao *Carneiro Leão*."

125a- Notas, no Arquivo da Casa Imperial.

126 - "O Imperador deve certamente desconfiar de todo o mundo", dizia Daiser no seu Ofício de 22 de fevereiro de 1842. E o Barão Ney, representante francês, escrevia para Paris: "Os Ministros que tiveram a honra de fazer parte de seu Gabinete concordam em que Sua Majestade tem uma vontade firme, quase sempre encoberta, e da qual nada o faz desviar" (Ofício de 26 de maio de 1844).

126a- *Honório Hermeto no Rio da Prata.*

126b- "Um menino não tem o direito de zombar de homens encanecidos no serviço da Nação, este, pela segunda vez, declarara ter de refletir sobre o decreto de demissão de Saturnino de Sousa e Oliveira Coutinho do lugar de Inspetor da Alfândega (Nelson Lage Mascarenhas, *Um jornalista do Império, Firmino Rodrigues Silva).*

127 - Ofício de 2 de junho de 1847.

127a- Ofício de 4 de abril de 1844.

127b- Não se conhecem até hoje as razões que levaram o Ministério a conceder à antiga aia do Imperador esse título de "Belmonte." Nascida, como se sabe, em Portugal, ela nada tinha de comum com a vila de Belmonte, nesse país, pois era originária da cidade de Elvas. E ainda menos com a vila de Belmonte, na Província da Bahia. Acresce que já havia em Portugal uma Condessa de Belmonte, que era a mulher do Conde desse nome, Dom Vasco Manuel da Câmara, descendente em linha reta do irmão mais velho de Pedro Álvares Cabral.

127c- Joaquim Nabuco, *Um Estadista do Império*.

127d- Rigorosamente falando, esse Ministério se constituiu em 2 de maio de 1846, mas passou a ser chamado "de 5 de maio", sobretudo depois que essa data ficou consagrada no célebre panfleto *A Dissolução do Gabinete de 5 de maio ou a Facção Áulica*, publicado no Rio de Janeiro, sem nome do autor, em 25 de maio de 1847. Só mais tarde é que se veio a saber que fora escrito pelo jornalista e político mineiro Firmino Rodrigues Silva. Há uma segunda edição desse folheto datada de 1901.

127e- Nelson Lage Mascarenhas, *op. cit.*

127f- Eleições, aliás, que seriam anuladas pelo Senado. Ferreira França não chegaria a ser Senador, mas Chichorro seria nomeado pelo Espírito Santo em 1865.

127g- Firmino Rodrigues da Silva, *A dissolução do Gabinete de 5 de maio ou a Facção Áulica*.

127h- Nomeado Senador em 11 de outubro de 1847, quando ocupava a pasta dos Negócios Estrangeiros, não chegou a tomar posse da cadeira, por ter falecido em 18 de abril do ano seguinte, com apenas quarenta e quatro anos de idade. Foi substituído na pasta de Estrangeiros pelo Deputado Pimenta Bueno, futuro Marquês de São Vicente. Aliás, essa nomeação de Saturnino para o Senado não se fez sem levantar uma grande celeuma entre partidários e adversários seus, pois foi seu concorrente nessa eleição um outro homem do Paço — José Alexandre Carneiro Leão, Visconde de São Salvador de Campos, que fora o enviado especial para ir a Nápoles buscar a Imperatriz Teresa Cristina, em 1843, para vir casar-se no Rio de Janeiro. E, quando o Imperador partiu para o Sul do país, dois anos depois, Carneiro Leão ficou no Rio para zelar, com Paulo Barbosa, pelo Príncipe Imperial Dom Afonso, nascido naquele ano. Carneiro Leão era tio e cunhado da Marquesa de Maceió, dama do Paço. Entretanto, como assinala Helio Vianna (Visconde de Sepetiba) o nomeado Senador por Dom Pedro II foi o irmão de Aureliano. É verdade que ele foi muito mais votado do que o seu concorrente, o que não obrigava necessariamente o Imperador a nomeá-lo, já que podia escolher qualquer um da lista tríplice. A propósito dessa nomeação de Saturnino há uma carta de Araújo Porto Alegre, Barão de Santo Ângelo, Cônsul-Geral do Brasil em Lisboa, à esposa de Paulo Barbosa, então Ministro na Rússia. Diz assim: "o Paço de São Cristóvão andou em um reboliço terrível. O mulherio todo assanhou-se e dividiu-se em dois partidos: um queria o São Salvador de Campos, para nos salvar no Senado; o outro queria que os Salvadores não se salvassem. O Imperador não quis salvar o Campos, antes quis arruiná-lo, pois o filho de Saturnino, que dizem ser bom rapaz, de quarenta e tantos 301 anos. Estamos à espera de ver o que passa em Maceió, pois tinha esta terra por si e, com grande afinco, a Imperatriz. O Salvador é natural que fique Republicano por quinze dias; e depois se vá acostumando a ver a toga senatorial nas costas do Saturnino, que dizem todos ser muito bem empregada, e eu também" (Carta de Lisboa, 15 de setembro de 1847, citada por Helio Vianna, *op. cit.*).

128 - Fora,de fato, reconhecida princesa Imperial e a sucessora do trono, por Carta do Rei de 10 de outubro de 1835.

128a- Cabe dizer que a primeira vez que cuidou, *nos meios oficiais brasileiros*, do casamento do Imperador, foi um ano antes, num Despacho de 28 de março de 1839, de Maciel Monteiro (futuro Barão de Itamaracá) à Legação do Brasil em Madrid, sobre a possibilidade de se fazer o casamento com uma Infanta de Espanha (Bourbon), possibilidade, aliás, que nunca se concretizou, não passando tudo de conversas informais do nosso Encarregado

355

de Negócios em Madrid com membros do Governo espanhol. Ver sobre o assunto um relato circunstanciado desse casamento de antemão falhado, no livro de Argeu Guimarães, intitulado *Em torno do casamento de Pedro II.*

129 - Ofício de 14 de março de 1840.

130 - Ofício citado.

131 - Idem.

132 - Ofício de 8 de maio de 1840.

133 - Idem.

134 - Idem, de julho seguinte.

135 - Ofício de 12 de agosto de 1840.

136 - Idem.

137- Ofício de 26 de maio de 1844.

138 - Ofício de 22 de setembro de 1840.

139 - Ofício de 30 de agosto de 1841.

140 - Ofício de 1^0 de julho de 1842.

140a- Com relação à Princesa Januária, cabe dizer que seu pai já havia pensado, quando ela tinha apenas sete anos de idade, em casá-la futuramente com o filho do finado Duque de Berry e neto do Rei Carlos X de França, o Príncipe Henrique de Bourbon, Duque de Bordeaux e depois Conde de Chambord, o mesmo que iria recusar o trono francês depois da queda do Segundo Império, por não aceitarem em França a bandeira branca dos Bourbons e preferirem a bandeira tricolor da Revolução, do Império e de Luís Filipe. Ver a este respeito Helio Vianna em *Dom Pedro I e Dom Pedro II, acréscimos às suas biografias.*

141 - Não é possível chegar-se a um resultado exato sobre os bens do Imperador na época de seu casamento. A escrituração da tesouraria da Casa Imperial deixa muito a desejar. Pode-se contudo, obter um resultado aproximado, em números redondos, com os dados colhidos nos balanços da tesouraria da Casa Imperial e nos relatórios da Tutoria. Assim, de herança paterna recebeu o imperador: bens no Brasil, 36 contos; bens na Europa, 28 contos; joias, baixelas, móveis etc., calculados com largo exagero 1.300 contos. De herança materna: bens na Áustria, 15 contos; apólices da Dívida Pública, 193 contos; joias e outros objetos, 20 contos. Recebeu ainda, por herança de sua irmã Dona Paula, 10 contos.Não há elementos para afirmar se nos bens deixados por seu pai e situados no Brasil, avaliados em 36 contos de réis, estavam incluídas algumas propriedades que couberam ao Imperador, como os palacetes chamados da Joana e São Domingos, e a Fazenda do Córrego Seco (que é hoje a cidade de Petrópolis) avaliada então em cerca de 14 contos e arrendada por 1:700$000 anuais.

142 - Ver a respeito o Capítulo *Os Paços e a Família Imperial*, no volume II desta *História.*

143 - Por ocasião das negociações com Portugal, para o reconhecimento do Império e da Independência do Brasil, o Governo imperial concordou em pagar a Dom João VI a soma de 250 mil libras esterlinas, como indenização pelos "prédios, pratas, joias, alfaias, carruagens e biblioteca", de propriedade do Rei, que haviam ficado no Brasil. Essa soma fazia parte dos célebres dois milhões de esterlinos que o Brasil pagara a Portugal pela sua independência — com que comprara a sua independência... Apesar disso, Dom Pedro I, quando se retirou do Brasil, em 1831, entendeu de reclamar "todas as joias da Coroa, deixando apenas o que coube em partilha a seus augustos filhos (partilha que não sei como foi feita), e levou mais toda a prata aparatosa chamada do lava-pés, que El-Rei Dom João VI lhe não podia dar, nem abonar, senão pela maneira semiforçada

por que o fez" (Ofício de Paulo Barbosa, Mordomo da Casa Imperial, ao Marquês de Itanhaém, Tutor do Imperador, do Rio, 1º de fevereiro de 1834). — Não contente ainda, mandou Dom Pedro I reclamar mais tarde outros objetos que tinham ficado no Brasil, pertencentes outrora a Dom João VI mas incorporados depois à Coroa imperial. Deve-se à energia com que Paulo Barbosa lhe defendeu o patrimônio não ter ela sofrido mais essa espoliação. "Julgando que S.M. Imperial já está lesado suficientemente, julguei não dever entregar coisa alguma do resto que ora exige", dizia ele a Itanhaém; parece-me que a Coroa do Brasil tem muito a reclamar do ex-Imperador, que levou tudo que havia de mais precioso e que lhe não pertencia, mas sim ao fausto da Casa Brasileira, pois assim o quis a Nação quando pagou aquelas 250 mil libras." Dom Pedro I reclamava até mesmo os quadros que guarneciam as paredes do Paço e do Museu imperial. A isso replicava Paulo Barbosa: "Não posso admitir que os quadros que ornam o Paço e o Museu pertençam ao ex-Imperador, porque eles foram implicitamente envolvidos nas 250 mil libras, assim como tudo que pertencia então ao Sr. Dom João VI, ignorando-se o valor do que levou o dito ex-Imperador e que pertence ao Sr. Dom Pedro II" (Ofício citado, no Arquivo do Itamaraty — *Papéis da Casa Imperial*).

144 - Daiser, ofício de 22 de setembro de 1840. Essas três propriedades eram as principais. A Coroa possuía ainda cerca de uma dúzia de outras, de proporções mais modestas, situadas na Capital, e de cujo usufruto dispunha o Imperador. Desses imóveis se falará mais adiante, a propósito do dote da Imperatriz.

145 - Daiser, ofício de 22 de setembro de 1840.

146 - Ofício citado.

147 - Idem.

148 - Ofício de 17 de outubro de 1840.

149 - Idem, de 26 de novembro de 1840. — A opinião lisonjeira que Daiser fazia de Cairu não era compartilhada por muita gente na Corte. Quando ele voltaria a ser Ministro dos Negócios Estrangeiros no Ministério de 5 de maio de 1846, Firmino Rodrigues da Silva dizia dele no famoso libelo *A dissolução do Gabinete de 5 de Maio ou a Facção Áulica*: "É uma mediocridade com a energia própria dos caracteres fracos e irresolutos. Nauta atirado pela tormenta em mares desconhecidos, não sabe para onde se dirigir; cada ponto que divisa no horizonte lhe parece terra conhecida; mas, apenas se lhe aproxima, conhece o erro, e de novo se amarra e se perde nas vastas solidões do oceano. Nulidade política, assim na tribuna como no Parlamento, bebia apenas inspiração da rotina da Secretaria onde tinha servido."

150 - A carta de Dom Pedro II ao tio, o Imperador Fernando I da Áustria, cuja minuta fora redigida por Daiser, era do seguinte teor: "15 de setembro de 1840 — Senhor meu irmão muito querido, tio e padrinho. — Vossa Majestade deu-me tantas provas de sua terna afeição e de sua constante solicitude em tudo que diz respeito a mim e minhas irmãs, que é com inteira confiança que me dirijo diretamente a Vossa Majestade Imperial para pedir seu apoio e intervenção num assunto da mais alta importância, tanto para mim quanto para as Princesas minhas irmãs. — Depois de ter assumido o Governo de meu Império, os meus Ministros fizeram-me sentir a necessidade de pensar, desde já, na minha situação futura, assim como na das minhas irmãs. — Não pude deixar de reconhecer a justeza de suas observações, e estou decidido a ocupar-me delas sem tardança. Penso, entretanto, que para alcançar o fim desejado da maneira mais conveniente para garantir a felicidade de minha pessoa e de minhas queridas irmãs, não posso fazer melhor do que pedir a Vossa Majestade que se encarregue da escolha de uma esposa para mim e de dois príncipes para minhas irmãs Januária e Francisca. — O meu maior desejo é realizar esses três casamentos, sobretudo o meu, na augusta Casa da Áustria, à qual já estou ligado pelo mais próximo parentesco, e pela qual tenho sempre os mais vivos sentimentos de afeto e veneração, não somente pelas grandes virtudes que a distinguem, como

357

pelo respeito à memória de minha falecida mãe, que não cessamos de chorar e cuja lembrança está eternamente gravada em nossos corações e, posso afirmar, também no dos Brasileiros. — Na certeza de que Vossa Majestade Imperial não se negará a satisfazer-me, autorizei o meu Ministro dos Negócios Estrangeiros a entrar em negociações sobre este assunto com o Barão Daiser, e eu mesmo encarreguei este último de dar conta a Vossa Majestade Imperial destes primeiros passos. Enviarei sem tardança a Vossa Majestade Imperial uma pessoa de minha confiança, que será portadora de meus poderes e instruções para entrar em negociações e dar os detalhes e informações que poderão ser necessárias. — Aproveito esta ocasião para pedir a Vossa Majestade aceitar novamente a segurança dos sentimentos de minha consideração a mais distinta e da afeição a mais sincera, com que sou, de Vossa Majestade Imperial, o bom irmão e muito afetuoso sobrinho e afilhado — PEDRO."

A carta de Aureliano Coutinho a Metternich, cuja minuta é de Bento Lisboa e se encontra no Arquivo do Itamaraty (*Papéis da Casa Imperial*), salienta "as qualidades preciosas e as virtudes" dos três príncipes brasileiros. Sobre o Imperador, diz: "S.M. o Imperador Pedro II, cuja saúde é cada vez mais robusta, tem o corpo bem proporcionado e elegante. A tez é branca (clara), muito rosada, e seus cabelos são louros. Seus traços são muito regulares e delicados, e seu porte é majestoso. Pode-se dizer que já é e se torna cada vez mais um belo homem. Tanto o físico como o moral têm um desenvolvimento muito além do que era de esperar-se em sua idade. É dotado de maneiras as mais afáveis e corteses, e sabe muito bem combiná-las sem perda de sua dignidade soberana. Não se ouviu ainda uma palavra desagradável da boca do Imperador. Posso assegurar a Vossa Alteza que aqueles que têm a honra de se aproximar de S.M.I. o amam sinceramente pela amabilidade tão em harmonia com a dignidade que convém a um Imperador. S.M. tem igualmente muito critério. Encara os objetos pelos seus verdadeiros pontos de vista, refletindo maduramente sobre eles. Sua modéstia é apreciada. Não ouve um elogio sem corar. A primeira vez que tive a honra de falar-lhe sobre a necessidade de pensar em seu casamento, baixou as olhos e corou. Aprecia muito as Letras, bem como a conversa com os homens instruídos e circunspectos. Quero crer que na sua idade não exista um príncipe que possua tão considerável soma de conhecimentos como a tem o Imperador; e mostra o maior desejo de esclarecer e enriquecer cada vez mais o espírito. A maior regularidade e circunspecção se refletem em todos os seus atos, e até mesmo em seus divertimentos. Todas essas qualidades do Imperador farão sem dúvida a felicidade da augusta esposa que lhe será destinada, desde que, possuindo idênticas, saiba apreciá-las em seu augusto esposo mais ainda do que a coroa imperial."

151 - Ofício de 12 de dezembro de 1840.

152 - Idem de 11 de junho de 1841.

153 - Ofício de 30 de agosto de 1841.

154 - Idem. — Ver sobre essas negociações, Heitor Lyra, *Ensaios Diplomáticos*.

155 - Ofício de 20 de outubro de 1841.

156 - Ofício de 22 de fevereiro de 1842.

157 - Ofício de 25 de abril do mesmo ano.

158 - Ofício de 25 de abril de 1842.

159 - Idem.

160 - Ofício de Daiser, de 13 de julho de 1842.

161 - José Ribeiro da Silva era Secretário da Legação do Brasil em Viena. Seria, posteriormente e por muitos anos, nosso Ministro na Rússia, onde se casaria com uma Princesa Lubanoff de Rostoff. — O contrato de casamento do Imperador foi assinado em Viena, em 20 de maio de

1842, por Bento Lisboa e Vincenzo Ramirez. Por esse contrato, a futura Imperatriz recebia de seu irmão, o Rei das Duas Sicílias, o dote de 120 mil ducados napolitanos, ou cerca de 80 contos de réis brasileiros daquele tempo. Recebia do Imperador, como contradote e "para aumento do sobredito dote", 100 contos de réis brasileiros, ou cerca de 150 mil ducados napolitanos. "Para maior segurança, tanto do tal aumento como do dote", ficavam hipotecadas as rendas do Império e em particular os bens da Coroa brasileira. Além disso, o Imperador destinava à sua futura mulher, para "suprir às despesas do toucador e outras semelhantes", a quantia de 100 contos de réis brasileiros. "Bem entendido que esta pensão não lhe deverá servir senão para ornatos, vestidos, esmolas e outras despesas de pequena importância", devendo o Imperador "prover a tudo o que for relativo ao tratamento da casa e corte da sua futura esposa, como também à mobília das salas e câmaras, mesa e cavalariças." Prometia ainda o Imperador dar à futura Imperatriz, "depois do casamento, um presente de joias." No caso desta ficar viúva, receberia dos herdeiros do Imperador a soma de 100 contos de réis, igual a 150 mil ducados napolitanos, pagos trimestralmente, a título de pensão de viúva, ficando no gozo dela durante a viuveza, "com tanto que resida no Império do Brasil." Caso contrário, a pensão de viúva ficará reduzida à metade. Se ela morrer antes do marido deixando um ou mais filhos, sua herança passará para estes, caso ela não tenha usado do direito de dispor da terça parte da mesma.

Para garantia do dote, contradote e pensão de viúva, ficavam hipotecados os seguintes bens da Casa Imperial — cópia textual:

1 - Edifício da Rua de Bragança, avaliado em 50 contos de réis;

2 - Casa assobradada, contígua ao mesmo edifício, avaliada em 25 contos;

3 - Edifício grande na Rua Dom Manuel, onde funciona o Teatro São Januário, avaliado em 45 contos;

4 - Casa assobradada na Rua do Ouvidor, avaliada em 30 contos;

5 - Edifício nobre na Rua do Passeio, avaliado em 40 contos;

6 - Chácara da Lagoa de Freitas, na Rua da Floresta, adjacente ao Jardim Botânico, avaliada em 15 contos;

7 - Edifício nobre na Rua da Guarda Velha, que havia servido ao tempo do Rei Dom João, de Tesouro da Real Coroa, avaliado em 50 contos;

8 - Edifício de aspecto decoroso, também na Rua da Guarda Velha, avaliado em 45 contos. Somava tudo 300 contos de réis. Além do dote acima referido, punha-se à disposiçao da Legação Imperial em Londres, para compra das joias que o Imperador daria à sua esposa, conforme estipulava o contrato, a soma de 5 mil libras esterlinas. Recomendava-se que essas joias fossem "um *bandeau* e adereços de brilhantes" (*Papéis da Casa Imperial*, no Arquivo do Itamaraty).

A propósito dos haveres de Dom Pedro II, vem a propósito dizer, que a única herança que ele recebeu foi a que lhe deixou sua madrasta, a ex-Imperatriz Dona Amélia, quando do seu falecimento em Lisboa, a 26 de janeiro de 1873. Deixou-lhes então aos seus parentes luso-brasileiros, isto é, a Dom Pedro II, e a suas irmãs, a Condessa d'Aquila e a Princesa de Joinville, bem como aos quatro filhos ainda vivos da sua falecida enteada a Rainha Dona Maria II, a importância de 134 :000$000 fortes portugueses, em apólices da Dívida Pública brasileira. Dessa importância, caberia a Dom Pedro II a soma de 33:500$000. Mas tanto este como os demais herdeiros luso-brasileiros, deveriam pagar, com as somas recebidas, as pensões que Dona Amélia deixaria em Lisboa a alguns dos seus servidores ou servidoras, (das quais a principal era a Marquesa de Cantagalo, da qual descende hoje o Marquês de Viana, título português). O que foi feito pelo nosso Monarca pontual e integralmente, até a sua morte em Paris, em 1891. Cabe dizer que, por ocasião da proclamação da República no Brasil, em 1889, a importância acima citada, de 33 :500$ 000 estava reduzida a 32 :472$ 000. Depois da morte de Dom Pedro II, caberia ao Conde d'Eu fazer o pagamento das pensões, a princípio por intermédio do Barão de

Matosinhos (titular português, ex-comerciante em Pernambuco), residente em Lisboa. Falecendo este, tal pagamento passou a ser feito por intermédio do Banco Franco-Português de Lisboa, até que tudo cessou com o desaparecimento do último pensionista da Imperatriz Dona Amélia, em 1917 (Helio Vianna, *Pensões instituídas por Dona Amélia)*.

162 - Ofício de 4 de agosto de 1842.

162a- Oficialmente, o nome era Reino das Duas Sicílias. A Princesa Teresa Cristina, irmã do Rei Fernando II, ambos filhos do Rei Francisco I, das Duas Sicílias, e casado com a Princesa Maria Cristina de Savoia.

163 - Ofício de 13 de agosto de 1842.

164 - Paulo Barbosa.

165 - Aureliano de Sousa Coutinho.

166 - Aliás Teresa Cristina Maria.

167 - Cândido de Araújo Viana, então Ministro do Império e futuro Marquês de Sapucaí.

168 - Criados eram todos quantos desempenhavam um cargo no Paço, de imediata confiança do Monarca. Caxias fora nomeado nesse dia Ajudante de campo do Imperador. Tinha vindo de São Paulo, onde debelara a revolta dos Liberais, e partiria daí a dois dias para Minas Gerais, onde, a 20 do mês seguinte, venceria os revoltosos em Santa Luzia.

169 - Arquivo da Casa Imperial

170 - Ofício de 13 de agosto de 1842.

171 - Ofício de 30 de agosto de 1841.

172 - José Alexandre era filho de Brás Carneiro Leão, português, antigo comerciante no Rio de Janeiro, homem de grande fortuna, falecido em 1808. Sua casa era à Praça da Glória do Outeiro (atual Largo da Glória), a mesma que pertenceria depois a Meriti, sogro do Marquês de Abrantes, e serviria, mais tarde, por muito anos, de sede à Secretaria dos Negócios Estrangeiros. Em seu lugar eleva-se hoje o palácio arquiepiscopal. José Alexandre era casado com uma sobrinha, Elisa Leopoldina, filha de seu irmão Fernando e irmã da Marquesa de Maceió.

173 - Ofício de 20 de fevereiro de 1843.

174 - Arquivo do Itamaraty.

175 - Ofício de Daiser, de 13 de janeiro de 1843.

176 - "No Palácio de São Cristóvão fazem-se grandes preparativos para a recepção da Imperatriz, que o Imperador parece aguardar com a maior impaciência. Ele mesmo dirige os trabalhos para o embelezamento e a decoração do interior. Os móveis, que são de grande riqueza, provêm de nossas fábricas de Paris" (Ofício de Saint-Georges, 12 julho de 1843).

177 - Despacho de 23 de dezembro de 1843, no Arquivo do Itamaraty.

178 - Instruções a Carneiro Leão, no Arquivo citado.

179 - Ofício de 24 de maio de 1843, idem.

180 - Ministro do Brasil em Londres. Ofício de 30 de maio de 1843, idem.

181 - Ofício de Paulino da Silva Barbosa, Encarregado de Negócios do Brasil em Nápoles, de 4 de junho de 1843 ; Arquivo cit.

181a -Era o irmão mais velho. O mais moço, Luigi, Conde d'Áquila (nascido em 19 de julho de 1824), acompanharia a nova Imperatriz ao Brasil e se casaria com a Princesa Dona Januária, irmã mais velha de Dom Pedro II.

182 - Ministro dos Negócios Estrangeiros das Duas Sicílias.

183 - Ofício de Nápoles, 4 de junho de 1843, no Arquivo citado.

183a -A assinalar que, além do Conde d'Áquila, irmão da Imperatriz Teresa Cristina, seguia na divisão napolitana, como Segundo-Tenente, Edoard De Martino, que se deixaria ficar no Brasil. Casando-se com uma brasileira de Pernambuco, abandonaria a Armada para entregar-se à arte da pintura, na qual se tornaria um dos mais apreciados pintores marinhistas. Mais tarde iria passar a viver em Londres, onde seus quadros alcançariam o maior sucesso. No Paço de São Cristóvão havia numerosas telas suas, leiloadas em seguida à deposição e partida de Dom Pedro II para a Europa.

183b- Com o casamento do Príncipe de Joinville (1818-1900) com a Princesa Dona Francisca (1824-1898), nasceu a linhagem Bourbon-Orléans-Bragança: uma filha desse casamento, Françoise (1844-1925), casou-se com o Duque de Chartres (1840-1910) e tiveram um filho, Jean, Duque de Guise (1874-1925), o qual se casando com Isabelle de França (1878-1961), teve um filho, Henri, atual Conde de Paris. Este desposou Isabel de Orléans e Bragança, filha do Príncipe Dom Pedro de Alcântara, neto de Dom Pedro II, e assim sobrinha-bisneta de Dona Francisca, Princesa de Joinville.

184 - Arquivo do Itamaraty. Cabe assinalar que, um mês antes dessa data, ou seja, a 1º de agosto de 1843, era posto em circulação o primeiro selo postal brasileiro, chamado *Olho de Boi*, quer dizer, três anos depois de a Inglaterra, que foi o primeiro país no mundo a adotar o "selo adesivo." Nos selos ingleses aparecia a efígie da jovem Rainha Victória, enquanto os selos brasileiros ostentavam apenas os seus valores — 30, 60 e 90 réis. Na ocasião estranhou-se muito que em nossos selos não figurasse também a efígie de Dom Pedro II, correndo a versão de que isso fora proposital, pois seria "uma irreverência manchar-se a figura de Sua Majestade com carimbos." Sabemos hoje, porém, que não foi esta a razão; e a explicação do que fizemos vamos encontrar num Ofício de Camilo João de Valdetaro, provedor da Casa da Moeda, de 13 de fevereiro de 1843, que diz assim: "Na Inglaterra se usa em tais selos gravar a efígie da Rainha, com o valor da respectiva taxa. Isto pode ser muito próprio, e sou levado a crer que é fundado em utilidade pública. Mas entre nós, além de impróprio, pode dar lugar a continuadas falsificações e as razões em que me baseio são estas: usa-se aqui, por princípio de dever e respeito, pôr a efígie do Monarca só em objetos perduráveis e dignos de veneração, e nunca naqueles que, por sua natureza pouco tempo depois desfeitos, têm de ser necessariamente inutilizados. De mais a mais acresce a facilidade que há de se copiar um retrato por todos conhecido, coisa que pode ser executada por quem tem habilidade suficiente, o que não acontece com trabalhos meditados e complicados, que, além da perícia do artista, exigem maquinismos próprios para se levarem a efeito" (Roberto Thut, *Centenário dos primeiros selos do Brasil*). Razões naturalmente pouco convincentes. Tanto que poucos anos depois, em 1866, começou-se a pôr nos selos postais a efígie de Dom Pedro II.

185 - Ofício de 9 de setembro de 1843.

186 - Ofício de 11 de setembro de 1843.

187 - Ofício de 24 de novembro de 1844.

188 - O Barão Ney, Ministro de França, repetia essa versão quase um ano depois da primeira entrevista do Imperador com a Imperatriz: "Quando o Imperador se viu ao lado da jovem Princesa, a emoção, o espanto, o sentimento que sentiu, em suma, foi tal, que seus joelhos dobraram a ponto de obrigá-lo a sentar-se; e essa emoção não era de natureza carinhosa" (Ofício de 26 de maio de 1844).

189 - Ofício de 11 de setembro de 1843.

189a- *Descrizione del Viaggio a Rio de Janeiro della Flotta di Napoli.*

190 - Ofício de 9 de março do mesmo mês e ano.

192 - Ofício de 18 de julho de 1840. — Esse Arquiduque Frederico era filho do Arquiduque Carlos Luís (Carl Ludwig) e neto do falecido Imperador Leopoldo II da Áustria. Tinha então dezenove anos de idade.

193 - Ofício de 22 de setembro de 1840.

194 - Ofício de 24 de maio de 1842.

195 - Ofício de 25 de abril de 1842.

196 - Ofício de 24 de maio de 1842.

197 - Idem.

198 - Arquivo do Itamaraty.

199 - Ofício de 19 de fevereiro de 1844.

200 - Idem.

201 - Pietro Ulloa, *Un Re in Esilio.*

201a- Como vivessem em Londres, ele e a mulher, gastando mais do que podiam, obteve o Conde, de uma feita, do Encarregado de Negócios do Brasil na Inglaterra, um empréstimo de algumas centenas de libras, prometendo, por escrito, como garantia para o Tesouro brasileiro, os móveis e alfaias de sua casa — "e que já fizera o mesmo com diversas outras pessoas", diz-nos Renato Mendonça, em *Um Diplomata na Corte de Inglaterra.*

202 - Ofício de Rechberg, Ministro da Áustria no Rio, de 22 de outubro de 1844.

203 - Ofício de 14 de setembro anterior.

204 - Ofício de 12 de junho de 1844.

205 - Ofício de 22 de outubro de 1844.

206 - Ofício de 14 de setembro de 1844.

207 - Áquila e a mulher tinham-se retirado do Paço e alugado casa em Botafogo.

208 - Ofício de 14 de agosto de 1844.

209 - Ofício de 24 de agosto de 1844.

210 - Ofício de 22 de outubro seguinte.

211 - Ofício de Ney, de 26 de maio anterior.

212 - Ofício de Ney, de 8 de outubro de 1844.

213 - O Parlamento estava então em férias (outubro de 1844).

214 - Ofício de Rechberg, de 22 de outubro de 1844.

215 - Ney, Ofício cit.

216 - Idem.

217 - Rechberg, ofício de 22 de out. de 1844. Rechberg confirmaria isso mais tarde: "Foi somente pela ameaça de embarcar-se a bordo da fragata francesa, que o Conde d'Áquila arrancou do Imperador a autorização de deixar o país." (Ofício de 23 de abril de 1845). — O Ministério também acabou por ceder, "reconhecendo ser impossível obrigar o Conde a retardar sua partida, e querendo, antes de tudo, evitar o escândalo de ele partir sem autorização do Imperador" (Of. de 22 de out. cit.). — Concorreu também, muito possivelmente, para isso, a certeza, que já então se tinha, da gravidez da Imperatriz, o que assegurava a ordem direta da sucessão do trono. Dona Januária deixaria de ser a herdeira presuntiva, e ficaria, assim, livre de residir onde bem entendesse.

218 - Ofício de 19 de outubro de 1844.

219 - O Conde e a Condessa d'Aquila já se encontravam a bordo da *Reine Blanche* pronta a largar; e o Ministério, para salvar a responsabilidade e responder aos ataques da oposição, que o culpava de ter consentido em que a herdeira do trono viajasse a bordo de um navio estrangeiro, publicava a ordem do Ministro da Marinha, pondo à disposição dos príncipes a fragata *Constituição*, que só dentro de quinze dias estaria em condições de partir...

220 - Almirante Teodoro Alexandre de Beaurepaire, que emigrara com sua família para o Brasil, por ocasião da Revolução Francesa, e servira depois na Marinha de Guerra do Brasil. Fora o comandante da esquadra que trouxera de Nápoles a Imperatriz Teresa Cristina. Datavam daí as suas relações com o Conde d'Áquila.

221 - Ofício de Rechberg, de 22 de out. de 1844.

222 - Ofício cit.

223 - Idem.

224 - Ofício de 23 de outubro de 1844.

225 - Ofício de 10 de agosto de 1844.

226 - Ofício do Conde Ney, de 27 de fevereiro de 1845.

227 - Decretada a anistia pelo Governo Imperial, o General David Canabarro, chefe dos rebeldes, havia deposto as armas em 28 de fevereiro de 1845.

227a- Ofício de 22 de setembro de 1845.

228 - Pouco antes da derrota dos Farrapos, Caxias escrevia ao pai: "Os Farrapos continuam a falar em paz, e eu creio mais agora nisso. Vou dobrar de atividades durante o inverno, a ver se acabo de todo com isso, que já fede. Como tenho a fortuna de ser respeitado e ao mesmo tempo estimado de todos os meus subordinados, e não tenho medo de nada neste mundo, irei assim carregado com o meu andor" (Carta de 5 de maio de 1844, no Arquivo da Casa Imperial).

229 - Rechberg, *of. cit.*

299a- Helio Vianna, *Primeira viagem de Dom Pedro II ao Sul.*

229b -Helio Vianna, *op. cit.*

230 - Ofício de 6 de dezembro de 1845.

231 - Helio Vianna, *op. cit.*

231a- Helio Vianna, *op. cit.*

231b- O futuro segundo Visconde de Macaé tinha nessa época apenas 46 anos de idade — e já se considerava um velho... aliás, não viveria muito, pois iria morrer em 1850, com 51 anos.

231c- Tenente-General Manuel da Fonseca Lima e Silva, depois Barão de Suruí, que era Presidente da Província de São Paulo. Era tio do então Conde de Caxias.

231dRefere-se aos Liberais que promoveram a revolta de Sorocaba.

231e- Aureliano Coutinho, depois Visconde de Sepetiba, que presidia nessa ocasião a Província do Rio.

231f- Helio Vianna, *op. cit.*

231g- Era o médico que assistira a Imperatriz por ocasião do nascimento desse (que aliás iria ter uma curta vida, pois faleceria com pouco mais de dois anos de idade, em 11 de junho de 1847), o mesmo que havia assistido a Imperatriz Leopoldina por ocasião do nascimento de Dom Pedro II e de suas irmãs. Ver o que se diz sobre ele na descrição da viagem do Imperador às Províncias do Norte.

232 - O Palácio Imperial de Petrópolis começava a ser construído nesse ano de 45.

232a- Futura cidade de São Leopoldo, no Rio Grande do Sul, que era também, como Petrópolis nessa época, uma colônia de alemães.

232b- Carta no Arquivo da Casa Imperial, citada por Guilherme Auler em *O atentado do Mordomo Paulo Barbosa*.

232c- Carta do Rio, 30 de novembro de 1845, *op. cit.*

232d- *Op. cit.*

233 - Carta citada.

234 - Carta do Rio, 4 de janeiro de 1846, em *op. cit.*

235 - Helio Vianna, *op. cit.*

235a- Ofício de 8 de novembro de 1845.

236 - *A Quadrinha Imperial.*

236a- Estudo crítico de Alexandre Eulálio, na *Revista do Livro*.

237 - Ofício de 27 de abril de 1846.

237a- Pereira da Silva, *Ensaios Políticos e Discursos Parlamentares*.

237b- Nota a Tito Franco, *O Conselheiro F. J. Furtado*.

237c- Defendida no célebre folheto *A Dissolução do Gabinete de 5 de Maio ou a Facção Áulica*, de Firmino Rodrigues da Silva. Ver a edição de 1901, do *Alfarrabista Brasileiro*.

237d- Nota a Tito Franco, em *op. cit.*

237e- Idem.

238 - O declínio político de Aureliano fica patente meses depois da criação da Presidência do Conselho, em dezembro desse mesmo ano de 1847. Seu irmão, Saturnino, cuja entrada meses antes para o Ministério, como *candidato do Paço*, provocara a celeuma que se sabe, entra em divergência com Alves Branco, Presidente do Conselho. As coisas entre os dois não se consertando, Alves Branco leva o desentendimento ao conhecimento do Imperador, a quem põe diante desta alternativa: ou retirada do Ministério ou demissão de Saturnino. O Imperador dessa vez não hesita: dá a demissão de Saturnino, que é substituído por Pimenta Bueno, futuro Marquês de São Vicente. Aliás, como vimos atrás, Saturnino iria morrer pouco depois, isto é, em 18 de abril de 1848.

238a- Ofício de 27 de junho de 1846.

238b- O "Richelieu da Joana", como o chamava a *Sentinella da Maioridade*, jornal do Senador Bernardo Pereira de Vasconcelos.

239 - Ofício de 26 de maio de 1844. — Tratava-se de Dona Joaquina Adelaide de Verna e Bilstein, sobrinha de Dona Mariana de Verna, Condessa de Belmonte. Vide Capítulo anterior

240 - Antigo deputado pela Bahia e Ministro do Brasil nos Estados Unidos, em 1838. Fora, em 1844, Ministro dos Negócios Estrangeiros, no segundo Gabinete presidido pelo depois Visconde de Macaé. Excetuada Legação em Washington, não teria outro posto diplomático. Seu filho, também Ernesto Ferreira França, quando em viagem de estudos na Alemanha, em 1857, iria ter uma correspondência com Richard Wagner, a esse tempo exilado em Zurique, no sentido de este ir ao Brasil dirigir suas óperas. Ver o capítulo "Dom Pedro II e Richard Wagner".

241 - Como, de fato, voltaria, em 1º de janeiro de 1855, quer dizer, quase dez anos mais tarde, depois de servir nas Legações de São Petersburgo, Berlim e Viena. Quando se encontrava nesse último posto, seu amigo Aureliano pensou em tentar obter sua ida para Paris ou para Nápoles, onde teria um clima melhor para a sua saúde. Mas como não desfrutasse mais de situação política (governava o Gabinete de 29 de setembro de 1848, presidido pelo Visconde, depois Marquês de Olinda, estando na pasta de Estrangeiros o depois Visconde de Uruguai, seu adversário político na Província do Rio), desistiu da ideia. Em carta a Paulo Barbosa dizia: "Se a gente que hoje governa aqui fosse tua e minha amiga, poder-se-ia tentar tua remoção para Paris ou Nápoles. Mas eu creio que só te querem longe, e que, se lhes chegasse a notícia de que havias morrido, as palavras que lhes viriam logo aos lábios seriam — *Tanto melhor; pode-se agora dar o lugar a F.* "
(Carta do Rio, 4 de julho de 1850, citada por Helio Vianna, em *Visconde de Sepetiba*).-
De fato, nem Olinda nem Paulino de Sousa gostavam de Paulo Barbosa, que igualmente não os estimava. Ao primeiro, Paulo Barbosa só chamava de "Pedro Samouco" (alusão à sua conhecida surdez). Assim que em novembro de 1848 Paulo Barbosa era retirado da Legação em Viena e posto em disponibilidade. Velho, doente, meio paralítico, foi procurar melhoras para a saúde em Paris, onde permaneceu até 1850, quando regressou ao Brasil para reassumir a Mordomia Imperial, mas sem a sombra do prestígio que desfrutara antes. Em 26 de janeiro de 1868 ele entregava a alma ao Criador.

241a- Guilherme Auler, *op. cit.*

242 - Rechberg, Ofício de 27 de janeiro de 1846.

242a- Como se sabe, a Província do Rio de Janeiro só foi criada em 1834, quando da promulgação do *Ato Adicional* à Constituição do Império. Até então, ela era administrada pelo Governo Imperial. Em 1834 passou a ter, como as demais Províncias, uma Assembleia Legislativa e um Presidente, cujo primeiro a ocupar esse cargo foi o jovem Joaquim José Rodrigues Torres, futuro Visconde de Itaboraí, que se tornaria um dos mais conceituados estadistas da Monarquia. Criada a Província do Rio de Janeiro, a cidade desse nome, que era a capital do Império, continuou destacada da Província, formando um Município Neutro. A capital da Província passou a ser a cidade de Niterói.

243 - Alberto Lamego, *A aristocracia rural do café na Província do Rio.*

244 - Inácio Raposo, *História de Vassouras.*

245 - Idem

246 - Araújo Guimarães, *A Corte no Brasil.*

247 - Alberto Lamego, *op. cit.*

247a- Helio Vianna, *op. cit.*

248 - "A falta de energia contra os amotinadores de setembro também concorreu para a retirada desse Ministério", notou o Imperador (Tito Franco,— *O Conselheiro F.J. Furtado*). — O Imperador refere-se às cenas tumultuosas e degradantes, que se verificaram na Corte em 7 de setembro de 1848, por ocasião das eleições para a Câmara Municipal, quando o recinto da Câmara dos Deputados foi invadido pelos arruaceiros das galerias a soldo dos Liberais.

249 - "O nome do Imperador não pode ser trazido para a discussão", responde Teófilo Ottoni a Morais Sarmento, que alegava a prerrogativa constitucional do Imperador de escolher e demitir livremente os Ministros (Discurso de 2 de outubro de 1848).

250 - Ofício de 12 de outubro de 1848.

251 - Monte Alegre e Paula Sousa eram concunhados. Suas mulheres eram irmãs, filhas do Capitão Antônio de Barros Penteado.

252 - Cit. por Luís Vianna Filho, em *A Vida do Barão do Rio Branco*.

253 - Idem.

253a- Arquivo do Visconde de Rio Branco, no Itamaraty.

253b- Vicente Quesada, *Mis Memórias Diplomáticas*.

254 - Parecer de 20 de janeiro de 1848, no Arquivo do Itamaraty.

255 - Joaquim Nabuco, *Um Estadista do Império*.

256 - Pereira da Silva, *Memórias do Meu Tempo*.

257 - Joaquim Nabuco, *op. cit.*

258 - Pedro Calmon, em seu livro *O Marquês de Abrantes*, diz que Paulino de Sousa "que era o chanceler, a energia do Ministério, a personificação da política intervencionista, precisava afastar o antigo Regente para enfrentar o tigre de Palermo" [Rosas]. É evidentemente um engano do ilustre Históriador: Paulino, que era Deputado, só entrou para o Gabinete em 8 de outubro de 1849, para substituir justamente Olinda na pasta dos Negócios Estrangeiros, de que se tinha despedido dias antes. A assinalar que a expressão "Chanceler" emprestada aos Ministros dos Negócios Estrangeiros (e atualmente aos Ministros das Relações Exteriores) é uma pura invenção das Repúblicas Hispano-Americanas, copiada de idêntica expressão alemã, onde é atribuída somente aos chefes do Governo do *Reich*. Até poucos anos atrás não era usada no Brasil, e talvez o tenha sido pela primeira vez ao tempo do Barão do Rio Branco, quando este ocupava o Itamaraty. Mas nunca antes.

259 - Ofício de Saint-Georges, de 2 de julho de 1850.

260 - Ofício de 18 de julho de 1850.

261 - Ofício de 24 de janeiro do mesmo ano.

262 - J. P. Calógeras, *Formação Histórica do Brasil*.

263 - Ofício de 23 de julho de 1850.

264 - Ofício de 18 de julho de 1850.

265 - *A Escravidão Africana no Brasil*.

266 - Para se avaliar o que foi preciso de energia a Eusébio de Queirós para fazer cumprir a lei, basta considerar a reação que lhe opuseram as pessoas mais conceituadas do país que não mediram recursos em sua hostilidade ao Governo. Teófilo Ottoni refere o burlesco caso de um Senador do Império, que, para tomar pública a sua atitude contra a lei, e solidariedade com o tráfico, "fez entrada triunfal em uma povoação importante da Província do Rio, escoltando uma ponta de moleques de tanga e barrete vermelho, em um domingo, à hora em que o povo estava reunido para ouvir a missa" (*Circular aos Eleitores de Minas Gerais*).

267 - *Explorations on the Highlands of the Brazil*.

268 - Ofício de 23 de julho de 1850.

269 - Ofício de Saint-Georges, 4 de setembro do mesmo ano.

270 - Joaquim Nabuco, *O Abolicionismo*.

271 - *Civilização contra Barbárie*.

271a- *Três Panfletários do Segundo Reinado*.

271b- *Op. cit.*

271c- Entre os quais Rodrigo Silva, Jaguaribe, Saião Lobato, Pinto de Campos, Silva Paranhos (futuro Visconde de Rio Branco), Pedreira (futuro Visconde de Bom Retiro), Paulino de Sousa (depois Visconde de Uruguai) e Ribeiro da Luz.

271d- Coisa parecida, talvez até mais violenta contra os Reis portugueses, iria publicar-se em Lisboa no fim da Monarquia, num folheto de dez páginas intitulado *Os Barbadões*, alusão a Pero Esteves, sapateiro alentejano, conhecido pela alcunha *O Barbadão*, com cuja filha o Rei Dom João I teve um filho que foi o Conde de Barcelos e primeiro Duque de Bragança; este casando-se com a filha de Nuno Álvares Pereira, o Condestável, deu origem à dinastia dos Braganças. Seria autor do folheto *Os Barbadões* Dom Sebastião de Vasconcelos, Bispo de Beja e Par do Reino.

271e- *Reminiscências.*

271f- R. Magalhães Júnior, *op. cit.*

271g- Helio Vianna, *Vultos do Império.*

271h- *Ensaios e Estudos.*

271i- Helio Vianna, *op. cit.*

272 - Ofício de Sonnleithner, de 14 de janeiro de 1850.

273 - *Diário* de Dom Pedro II, no Arquivo da Casa Imperial.

273a- Bilhetes s/data, do Imperador a Capanema: "Capanema — Consultando o programa de estudos de minhas filhas, achei que a lição de Mineralogia e Geologia podia ser mais oportunamente dada nas 5as e sábados, do meio-dia à uma hora. Mande-me dizer se pode já começar a dar lição 5ª feira próxima, a fim de mandar o coupé a hora de estar cá ao meio-dia, ou antes, se julgar melhor. Estimo que vá melhor de saúde. Seu amigo — D. Pedro II" — Capanema — Logo que puder venha continuar as lições. Para minhas filhas tomarem gosto pela doutrina que o Sr. lhes há de ensinar, ler a obra de Figuier. Elas já concluíram o curso de Química e creio que com algum proveito, sobretudo da parte da mais velha. Adeus. Seu amigo — D. Pedro II." — Bilhete de 8 de maio de 1864: "Capanema" — Amanhã não há lição por causa das exéquias do Bispo." (*Cartas de Dom Pedro II ao Barão de Capanema, no Anuário do Museu Imperial*). O "Bispo", referido no último bilhete, era Frei Pedro de Santa Mariana, Bispo de Crisópolis *in partibus infidelium*, que fora professor de Dom Pedro II e morava no Paço de São Cristóvão, onde faleceu nesse ano de 1864.

274 - Carta s/data, no Arquivo da Casa Imperial, *cit.* por Helio Vianna em *Dom Pedro I e Dom Pedro II. Acréscimos às suas biografias.*

275 - Carta da Bahia, 4 de abril de 1856, *cit.* por Américo Jacobina Lacombe em *A Condessa de Barral.*

275a- Pelo Decreto nº 417, de 25 de setembro de 1856, a Condessa de Barral receberia, enquanto estivesse encarregada da educação das Princesas, a quantia de um conto de réis mensais, mais dois contos anuais a título de moradia. Paulo Barbosa ficava encarregado de mandar mobiliar o prédio destinado à residencia da Condessa. Além disso, estava autorizado a garantir à mesma a pensão de 6.000 francos franceses depois que o Imperador desse por concluída a educação de suas filhas.

275b- Arquivo da Casa Imperial. — Reproduzido por Lourenço Luís Lacombe, em *A Educação das Princesas*. Ao redigir esse Regulamento, definindo posições, deveres e atribuições das pessoas que lidavam com as filhas, era intenção do Imperador, ao que parece, acabar com a intromissão de açafatas das Princesas naquilo que era da exclusiva competência da Condessa de Barral, como já se tinha dado, conforme se pode concluir deste bilhete do Mordomo Paulo Barbosa, reproduzido por Américo Jacobina Lacombe em *A Condessa de Barral*: "S. M. o Imperador espera que a dama e as açafatas de quarto de Suas Altezas Imperiais não continuarão a contrariar com seus atos ou palavras a influência que deve a Condessa de Barral ter sobre a educação de Suas Altezas, que por S. M. o Imperador lhe foi cometida, evitando assim que o mesmo Augusto Senhor veja obrigado a tomar medida severa."

276 - Max Fleiuss, *Páginas Brasileiras.*

276a- Helio Vianna, *Bens que em 1831 Dom Pedro I pretendia vender.*

276b- L. de Vilhena Barbosa, *Arquivo Pitoresco.*

276c- Visconde de Taunay, *Trechos da Minha Vida.*

277 - Ver sobre os primeiros anos de Petrópolis: *A Construção do Palácio de Petrópolis*, de Guilherme Auler; *Primeiro Veraneio da Família Imperial em Petrópolis*, de Francisco Marques dos Santos; *Dom Pedro em Petrópolis*, de Alcindo Sodré; e o último trabalho citado de Helio Vianna.

279 - *Um Estadista do Império.*

280 - "É difícil tarefa de achar-se em uma opinião política sucessivamente três fileiras de homens capazes de entrarem no Ministério; e compreende que devia eu ter mais dificuldades no desempenho da incumbência, do que tiveram os Srs. Monte Alegre e Torres" [Rodrigues Torres, Visconde de Itaboraí] (Carta de Paraná a Paranhos, futuro Visconde de Rio Branco, de 12 de setembro de 1835, no Arquivo do Itamaraty).

281 - A primeira organização ministerial de Paraná, feita em 6 de setembro de 53, compreendia Pedreira na Pasta do Império; Nabuco na da Justiça; Limpo de Abreu na de Estrangeiros; e Bellegarde nas da Marinha e da Guerra; Paraná, Presidente do Conselho, guardava para si a da Fazenda. Em dezembro desse mesmo ano, Bellegarde cedia a Pasta da Marinha a Paranhos. Em junho de 55 Paranhos cedia-a, por sua vez, a Wanderley, e se passava para a de Estrangeiros, da qual se exonerava Limpo; e Bellegarde deixava a da Guerra, sendo substituído por Caxias.

281a- Sob o Ministério da Conciliação fez-se a reforma eleitoral, não "direta por círculos", como queria o Imperador, mas com o sistema indireto vigente, isto é, por dois graus; reformou-se o ensino primário e secundário da Corte (Município Neutro); autorizou-se a reforma das Secretarias de Estado, da Polícia do Rio e das províncias; criou-se o Instituto dos Cegos; mandou-se executar a lei de terras, de 1850; determinou-se que a petição de graça dos condenados à morte deveria ser instruída com o traslado de todo o processo; inovou-se o contrato para a navegação do Amazonas ; procedeu-se à substituição das embarcações à vela por navios a vapor; deram-se novos estatutos aos cursos jurídicos e às Faculdades de Medicina; aprovou-se o regimento de custas judiciárias, bem como os estatutos da Estrada de Ferro de Pedro II (depois Central do Brasil); criou-se na Corte o Conselho Naval; promulgou-se o Tratado de amizade, comércio e navegação entre o Brasil e a Argentina e os Tratados de amizade e de limites com o Paraguai. Foram os últimos atos de real importância assinados pelo Gabinete Paraná, em 14 de julho de 1856.

282 - *O Conselheiro F. J. Furtado.*

283 - *Estadistas e Parlamentares.*

284 - Joaquim Nabuco, *op. cit.* — De gênio impetuoso e desabrido, a pessoa de Ferraz era alvo de ataques e de epigramas de seus adversários políticos. Tomando por objeto o seu nome — Ângelo Muniz da Silva Ferraz, diziam: "Ângelo Muniz — não sabe o que diz; da Silva Ferraz — não sabe o que faz."

285 - Arquivo da Casa Imperial.

286 - Tito Franco, *op. cit.*

287 - Carta de Paris de 13 de novembro de 1856. Nessa mesma data escrevia do Rio o pai, Visconde de Uruguai, a Penedo: "A política e os embaraços internos dão que fazer ao Governo, e os próprios Ministros reconhecem que não podem ir além de maio, principalmente tendo perdido Paraná, que em o Ministério todo. Está tudo muito confuso e baralhado, e ninguém se entende nem sabe a quantas anda" (Arquivo do Itamaraty).

287a- Arquivo da Casa Imperial, apud Helio Vianna, *op. cit.*

287b- Helio Vianna, *idem.*

288 - Diz Joaquim Nabuco (*Um Estadista do Império*) que "para substituir Paraná, o Imperador, desde que não se podia inclinar para os Conservadores puros, incompatíveis com o espírito da nova Câmara, tinha que procurar um estadista que continuasse a política de Conciliação." É isso uma mera suposição de Nabuco, que não corresponde aos fatos. Tanto assim que o Imperador primeiro voltou-se para o Uruguai, um dos mais puros Conservadores, e só apelou para Olinda, como se verá adiante, por se ter Uruguai recusado a formar Gabinete.

289 - Seis meses antes da volta de Uruguai ou pouco depois da morte de Paraná, Sonnleithner previa que o Imperador teria de recorrer forçosamente a Uruguai. "Entre os atuais Ministros (escrevia ele) não há nenhum com prestígio bastante para dominar a situação. Minha impressão pessoal é que esse papel estaria reservado do Visconde de Uruguai, esperado agora de Paris" (Ofício de 13 de setembro de 1856).

289a - José Antônio Soares de Sousa, *A Vida do Visconde de Uruguai.*

289b- *Op. cit.*

290 - Diz-se que Uruguai não chegou a formar Governo porque lhe vetara o Imperador os nomes de sua organização. Uruguai nega isso, em carta a Penedo: "Não acredite o que insinua o *Mercantil*, a saber, que não organizei Ministério porque não foram aceitos os nomes que propus. Declinei liminarmente o encargo" (Arquivo do Itamaraty). — Entretanto, Sonnleithner, Ministro da Áustria no Rio, que mantinha as melhores relações com Uruguai, confirma até certo ponto a versão do *Mercantil*, em ofício para Viena, dizendo que Uruguai não pôde harmonizar os seus princípios políticos com os da fusão dos dois partidos, sobretudo diante de "novas e importantes concessões", que teria de fazer aos Liberais no novo Gabinete (Ofício de 14 de maio de 1857). Que concessões seriam essas? Muito possivelmente de pastas.

291 - Do Rio, 13 de maio de 1857 , no Arquivo do Itamaraty

292 - *Um Estadista do Império.*

293 - *Op. cit.*

294 - Citadas por Tito Franco, *op. cit.*

295 - A nova Câmara, saída das eleições de 1856, era ainda, em sua maioria, urna Câmara conservadora; mas os Liberais tinham obtido nela cerca de duas dezenas de cadeiras.

296 - Ofício de 14 de maio de 1857. — Olinda não era ainda um *Liberal*, na expressão partidária desse termo. Embora já estivesse, nessa época, se afastando de seus antigos companheiros do Partido Conservador, tinha ainda aí os seus principais interesses políticos.

297 - Nota a Tito Franco, *op. cit.*

298 - Idem.

299 - Nota do Imperador a Tito Franco: "Olinda não me propôs a dissolução da Câmara para consultar a Nação." Aliás, as novas eleições não teriam podido modificar sensivelmente a posição difícil em que se encontrava o Gabinete, uma vez que ela provinha da oposição que lhe movia o Senado vitalício, à qual dava apoio o Imperador.

300 - Nota a Tito Franco, *op. cit.*

301 - Joaquim Nabuco, *op. cit.*

302 - Joaquim Nabuco, *op. cit.*

303 - Arquivo da Casa Imperial.

304 - Carta de 13 de agosto de 1852, no Arquivo da Biblioteca Braidense, de Milão.

305 - Carta de 13 de setembro de 1853, idem.

306 - Carta de Lisboa, 10 de abril de 1857, no Arquivo da Casa Imperial.

307 - Ver, para outros detalhes, o capítulo *Os Sábios*, no segundo volume desta *História*.

309 - Carta do Convento de Santo Antônio, do Rio de Janeiro, agosto de 1854, no Arquivo citado.

310 - *Um passeio pela cidade do Rio de Janeiro.*

311 - *Correio Mercantil*, do Rio de Janeiro.

312 - *O Negro da Quinta Imperial.*

313 - *Diário* de Alexander, datado em 1852, comunicado por Alexandre Hasa, de São Paulo (*Correio da Manhã*, do Rio de Janeiro).

314 - *Etapas de una gran politica.*

315 - Ofício de Sonnleithner, de 14 de maio de 1855.

316 - Atualmente Rua Marquês de Abrantes. A residência do Marquês, um dos mais ricos palácios particulares do Rio, que faria honra a qualquer cidade, foi destruída há pouco tempo com o único fim de se vender em retalhos o respectivo terreno. Isso mostra o grau de cultura de um povo, ou melhor, de um Governo, consentindo, com absoluto desamor pelas relíquias do nosso passado, numa destruição verdadeiramente criminosa.

317 - Olarles Ribeyrolles, *Le Brésil Pittoresque.*

318 - *Diário*, no Arquivo da Casa Imperial.

318a- Pereira da Silva, *Escritos Políticos.*

319 - Era Ministro do Império desde setembro desse ano de 59, sendo Ângelo Ferraz, depois Barão de Uruguaiana, Presidente do Conselho desde agosto anterior. Governavam os conservadores. João de Almeida era deputado pela Província do Rio de Janeiro.

319a- Depois Marquês de Tamandaré, que se tornam, com o Almirante Barroso (Barão de Amazonas), as duas maiores figuras da Marinha de Guerra do Brasil.

319b- Essa fragata *Amazonas* teria um papel muito importante na Guerra do Paraguai, como navio chefe da esquadra brasileira vitoriosa na Batalha do Riachuelo, em 11 de junho de 1865. Era então seu comandante o mesmo Raimundo de Brito que a comandava agora, e nela tinha o seu posto de comando da nossa esquadra o Almirante Barroso, depois Barão do Amazonas.

319c - Futuro Barão da Passagem, título que lhe seria concedido por seu heroico comportamento na passagem do Humaitá, tomando-se um dos nossos mais brilhantes marinheiros na Guerra do Paraguai.

319d - Era filho do Vice-Almirante Joaquim José Inácio, depois Visconde de Inhaúma, que se destacaria na Guerra do Paraguai, entre outros feitos, por sua ação como comandante da esquadra brasileira na passagem do Curupaiti, em 15 de agosto de 1867. Seu filho Antônio Carlos teria uma morte trágica no começo da guerra, alvejado por uma bala paraguaia a bordo do *Tamandaré*, que ele comandava, perecendo com mais trinta e três camaradas.

A morte do jovem oficial seria muito sentida no Brasil, inclusive pelo Imperador, que em carta à Condessa de Barral, de 28 de abril de 1866, diria: "A desgraça sucedida a bordo do *Tamandaré* muito me penalizou. Mariz e Barros era um bravo oficial, e a Condessa devia conhecê-lo." Seu nome foi perpetuado num dos nossos couraçados e numa das principais ruas do Rio de Janeiro. — A assinalar que entre a oficialidade da *Belmonte* havia um Guarda-marinha, Frederico Guilherme de Lorena que anos depois, em 15 de novembro de 1889, iria juntar-se, como Capitão de Fragata, ao Almirante Wandenkolk, para sublevar a Marinha conta a Monarquia. Mas que, para mal de seus pecados, seria fuzilado, quatro anos mais tarde, durante a revolta da Armada, por ordem do Marechal Floriano Peixoto.

320 - Foram utilizadas, para a descrição dessa viagem do Imperador: Rodolfo Garcia, *Viagem de Dom Pedro II e Memória da Viagem de Suas Majestades Imperiais*. Mas sobretudo o Diário do Monarca e algumas de suas cartas à filha Dona Isabel, existentes no Arquivo da Casa Imperial e divulgadas por Guilherme Auler em *Dom Pedro II, viagem a Pernambuco em 1859*.

320a - O Imperador se refere aí a Monsenhor Joaquim Pinto de Campos, pernambucano de Pajeú das Flores, homem nessa época de cerca de 40 anos de idade, jornalista político, Históriador e orador sacro, que era o bibliotecário da Faculdade de Direito de Pernambuco e professor de Eloquência do Ginásio Provincial, além de Deputado por essa Província, eleito pelo Partido Conservador. Apresentado cinco vezes à escolha imperial para uma cadeira no Senado, nunca lograria ser nomeado pelo Imperador, apesar de sua fidelidade ao Monarca e à Monarquia. Desgostoso, retirou-se da política e do país, indo viver em Lisboa, onde publicaria, em 1871, uma biografia de Dom Pedro II, nem sempre fiel em suas afirmações. Iria falecer nessa cidade em 1887. "Um mês antes de sua morte, diz o Barão do Rio Branco (*Efemérides Brasileiras*), estando enfermo em Paris, o Sr. Dom Pedro II, também velho e enfermo, o foi visitar, sendo muito tocante, segundo dizem, essa cena de reconciliação"

320b - Nessa ocasião ou pouco antes, o governo da Província havia contratado, além de Cambronne, outros seis engenheiros franceses para execução de diversas obras no Recife: Vauthier, Millet, Boulitreau, Buessard, Morel e Porthier. Alguns desses voltariam para a França uma vez terminados seus contratos, enquanto outros ficariam em Pernambuco, casando-se com brasileiras e constituindo famílias brasileiras, como Millet, Porthier e Boulitreau.

320c - Bisavô materno do Autor. Era também professor do Colégio das Artes.

320d - Futuro Marechal de Campo e Barão de Jaguarão.

320e - *Apontamentos sobre Igaraçu*. Manuscrito dado ao Imperador nessa cidade, e hoje incorporado ao Arquivo Grão-Pará.

320f - Dr. Peixoto: trata-se do Dr. Domingos Ribeiro dos Guimarães Peixoto, Barão de Igaraçu (ver nota n[0] 2, no primeiro volume desta *História*). O afilhado de Dom Pedro I, a que se refere o Imperador, não era um seu sobrinho, mas seu filho Francisco, nascido em 1826 a bordo da nau *Dom Pedro*, surta no porto do Salvador da Bahia quando da visita do primeiro Imperador a essa cidade. Esse filho iria morrer em combate na Guerra do Paraguai.

320g- Que ainda vivia nessa época, com oitenta e sete anos de idade. Morava desde muito no Paço de São Cristóvão, onde iria falecer em maio de 1864.

320h- Quando se encontrava na Paraíba, o Imperador informava à filha Dona Isabel que tinha, afinal, recebido o original da provisão do Bispo. E dizia: "Guardarei como um documento precioso para mim. Dize-lhe isso da minha parte."

320i- Teatro Santa Isabel, construído em 1850 pelo arquiteto francês Vauthier. Exa, nessa época, a melhor sala de espetáculos do Brasil, superior ao Teatro São Pedro de Alcântara, do Rio. O Teatro Dom Pedro II, também no Rio, depois Teatro Lírico, ainda não existia, e o de Manaus só o seria muito mais tarde. Nessa noite em que o Imperador foi ao Teatro Santa Isabel, era ele iluminado pela primeira vez a gás, segundo nos diz Guilherme Auler.

320j- João Joaquim da Cunha Rego Barros, depois terceiro Barão de Goiana, era dono de oito engenhos, um dos senhores feudais da Província, cuja filha, Maria Eugênia, se casaria com João Alfredo Correia de Oliveira, futuro Ministro e penúltimo Presidente do Conselho do Império, em cujo governo se decretou a abolição da escravatura. Antônio Francisco Pereira era o futuro Barão de Bujari. O terceiro Barão de Goiana nada tinha a ver com o primeiro e segundo Barões (depois Viscondes) desse título. Não sendo a nobreza no Brasil hereditária, o Imperador podia, extinguindo-se um título, repeti-lo numa outra família. Foi o que se deu com Bernardo José da Gama: morto, em 1823, o primeiro Barão, recebeu ele, em 1829, idêntico título (elevado a Visconde em 1830). Nascido em Pernambuco, foi se formar em Coimbra, voltando ao Brasil com a Família Real portuguesa. Era amigo pessoal de Dom Pedro I, de quem foi Ministro, e talvez por isso desfrutava as simpatias de Dom Pedro II, que em 1842 tornava a iniciativa de mandar seu filho Aires de Albuquerque Gama, com apenas nove anos de idade, estudar às suas custas no Colégio de Fontenay-aux-Roses, em França (Carta do Visconde de Goiana ao Imperador, no Arquivo da Casa Imperial). Em 1859 o Imperador se encontraria com esse filho em Pernambuco, onde era Promotor. "É inteligente, mas pouco ativo", notava Dom Pedro II em seu Diário.

320k- *Morenos. Notas históricas sobre o Engenho, no centenário do atual solar.*

320l- Era a primeira mulher de Antônio de Sousa Leão, sua prima Maria Leopoldina, filha do coronel Francisco Antônio de Sousa Leão. Falecendo Maria Leopoldina, ele voltaria a casar-se, em 1864, com uma filha do Barão de Pinho Borges (não tivera filhos do primeiro casamento), de cujo casal provêm os atuais descendentes dos Barões de Morenos.

320m- *Op. cit.*

320n- Francisco Pais Barreto, Marquês do Recife, oitavo e último Morgado do Cabo, falecido em 1843. O "filho do Nabuco" era Joaquim Nabuco, que seria um dos chefes da campanha da Abolição e Embaixador do Brasil em Washington. Era filho do Conselheiro Nabuco de Araújo, nomeado, no ano anterior, Senador pela Bahia, que havia deixado a Pasta da Justiça (Gabinete Abaeté) em março desse ano de 59. Seu filho Joaquim tinha nessa época dez anos de idade, e vivera até então no Engenho Massangana, de sua madrinha Ana Rosa Falcão de Carvalho, já viúva de seu padrinho Joaquim Aurélio de Carvalho. Falecendo sua madrinha em 1857, o menino foi mandado para a companhia dos pais, no Rio de Janeiro. Uma sobrinha do Marquês do Recife, filha de sua irmã Maria José, era a mãe de Joaquim Nabuco. Sobre o Engenho Massangana, escreveu este um dos mais belos capítulos do seu livro *Minha Formação*, um dos altos momentos de memorialismo brasileiro.

321 - Estando o Imperador e a Imperatriz em viagem pelo Norte do Brasil, foram as Princesas suas filhas que receberam o Arquiduque em Petrópolis (estava-se no verão), naturalmente sob as vistas da Condessa de Barral, sua Governanta. O Arquiduque hospedou-se, em Petrópolis, no Hotel Oriental, depois Europa, do turco Said Ali. Bilhete da Barral ao Mordomo Paulo Barbosa, de 30 de janeiro de 1859: "Sua Alteza o Arquiduque convidou Madame Barbosa a vir *passer la soirée*, e eu julgo que às 7 horas. Muita sua amabilidade nos ajudaria a entreter o Sr. Arquiduque. Não temos *décolletés* aqui e todas estão *montantes*", quer dizer, com vestidos afogados (Américo Jacobina Lacombe, *A Condessa de Barral*).

321a - *Daily News*, de Londres, cit. por Pedro Calmon, *O Marquês de Abrantes*.

322 - Escreveu, é certo, a Abrantes, alegando motivo de saúde, mas que todo mundo sabia e ele não ocultava, ser inexato.

323 - Ofício de 8 de dezembro de 1862.

324 - Pereira da Silva, *Memórias do Meu Tempo*.

325 - *Diário* do Imperador, 27 de dezembro de 1862, no Arquivo da Casa Imperial.

326 - Presidente do Conselho e Ministro do Império.

327 - *Diário* do Imperador (31 de dezembro de 1862), no Arquivo cit.

328 - *Diário, cit.*

329 - *O Antigo Regime.*

330 - *Diário, cit.*

330a - Helio Vianna, *Capistrano de Abreu. Ensaio Biobibliográfico.*

331 - Ofício de 7 de janeiro de 1863.

332 - Pedro Calmon, *op. cit.*

333 - *Diario, cit.*

334 - Ofício de Saint-Georges, de 10 de março de 1863.

335 - Ofício de 7 de maio de 1863.

336 - Ofício de 13 de maio de 1857.

337 - Ofício de 7 de agosto de 1860.

338 - Casaria nove anos mais tarde, em Nova York, com Maria Amélia Hamel, feita Condessa di Rocca Guglielma.

338a - Iria casar-se, em segundas núpcias, com a Princesa Maria Anunciata de Bourbon-Sicilias.

338b- Alberto Rangel, *Gastão de Orléans.* O Conde de Flandres iria casar-se em 1867 com a Princesa Maria de Hohenzollern. Seriam os pais do Rei Alberto dos Belgas.

339 - Segundo diria Dona Isabel, numa entrevista concedida em 1920 ao Históriador Tobias Monteiro, o Imperador encarregara sua irmã Dona Francisca de arranjar maridos para as filhas, com a condição, porém, de eles irem primeiro ao Brasil, ''para conhecerem as meninas'', pois só queria casá-las com quem as visse e nelas achasse atrativos. Isso para evitar a decepção que ele próprio tivera, casando-se com uma mulher que apenas conhecera por um retrato generosamente favorecido. Ver, a propósito, Hélio Vianna em Entrevista com Dona Isabel — 1920.

340 - Alberto Rangel, *op. cit.* O Conde d'Eu era um Saxe Coburgo pela sua mãe.

341 - Era filho do Duque Augusto de Saxe e da Princesa Clementina, irmã do Duque de Nemours, pai do Conde d'Eu. Gastão e Augusto eram, portanto, primos-irmãos.

342 - *Op. cit.*

343 - Ofício de 9 de maio de 1864.

344 - Ofício de 23 de agosto de 1864. — Se não havia uma "desinteligência" entre os dois cunhados, é certo, entretanto, que nunca se estimaram. Dom Fernando dizia que Dom Pedro II não era um homem "civilizado" — porque, quando escrevia, empregava a areia para secar a tinta em vez de mata-borrão. . .

345 - Alberto Rangel, *op. cit.*

346 - Idem.

347 - *Alegrias e Tristezas,* manuscrito da Princesa Isabel no Arquivo da Casa Imperial.

347a- Helio Vianna, *Entrevista com Dona Isabel — 1920.*

347b- General Conde Dumas, representante do Duque de Nemours, pai do Conde d'Eu.

347c- Carta à Princesa Marguerite, sua irmã, do Rio, 6 de setembro de 1864, em Alberto Rangel, *op. cit.*

373

347d - Cartas de 18 e 19 de setembro de 1864, *op. cit.*

347e - Alberto Rangel, *op. cit.*

347f - Lourenço L. Lacombe, *Uma cerimônia na Corte em 1864.*

348 - Alberto de Faria, *Mauá.*

349 - Dados tirados por Alberto de Faria (*op. cit.*) da obra *Negociations between the Oriental Republic and the Empire of Brazil.*

350 - Discurso citado por Sousa Doca, *Causas da guerra com o Paraguai.*

351 - Alberto de Faria, *op. cit.*

352 - Idem.

353 - *Correspondência e documentos oficiais relativos à Missão especial do Conselheiro José Antônio Saraiva ao Rio da Prata em 1864, referidos por Joaquim Nabuco, Um Estadista do Império.*

354 - Ofício de 14 de maio de 1864, Joaquim Nabuco, *op. cit.*

355 - E de fato nunca o apareceria. O nosso primeiro entendimento com Flores, como se verá adiante, só virá a ser feito por Tamandaré, e ratificado mais tarde por Paranhos (Rio Branco), depois da retirada de Saraiva. O que não quer dizer que este não chegaria a tanto, se tivesse ficado no Prata, pois estava isso dentro da evolução natural dos acontecimentos. Auxiliar a Flores e depor Aguirre, como diz acertadamente Alberto de Faria (*op. cit.*), estava no *bojo*, era uma consequência da Missão Saraiva.

356 - Sousa Doca, *op. cit.*

357 - Nota citada por Joaquim Nabuco, *op. cit.*

358 - Sousa Doca, no excelente livro já citado, estuda exaustivamente este assunto, e prova, com o testemunho mesmo de Históriadores platinos, toda a maquinação de Aguirre e López contra o Brasil. Posteriormente, E. de Castro Rebelo (*Mauá*) pôs em evidência a atitude do Governo do Uruguai (quer dizer, dos *Blancos*) recusando aceitar a indicação do nome do Imperador, proposto pela Argentina, no protocolo de 20 de outubro de 1863, "como árbitro nas futuras divergências entre estes dois países, desde que não fosse dada idêntica função ao Presidente do Paraguai. "A ideia dessa ampliação do protocolo, já subscrito, – salienta mui oportunamente. Castro Rebelo evidencia a existência de um entendimento com o Governo de López" o que era tanto mais sintomático quanto isto se dava antes mesmo da subida de Aguirre ao Poder quando as relações entre o Império e o Uruguai eram ainda, se se pode dizer assim, excelentes. Provava pelo menos a acentuada simpatia dos *Blancos* pelo ditador paraguaio.

359 - Joaquim Nabuco, *op. cit.*

360 - É oportuno salientar o *memorandum* de outubro de 1864, dirigido pelo "representante diplomático do Uruguai em Assunção ao Governo Paraguaio, no qual se reconhece a *López o direito de invadir o Brasil em silêncio*, e se lhe aconselha a declarar-nos a guerra *antes mesmo das operações*. É uma das muitas provas do entendimento prévio de Aguirre com López contra o Brasil. Esse *memorandum* é referido por Sousa Doca (*op. cit.*). – Posteriormente, Ronald de Carvalho (*Estudos Brasileiros*), num interessante capítulo sobre a diplomacia secreta do Uruguai, transcreveu-o na Íntegra, tecendo a propósito comentários de toda a oportunidade.

361 - Rio Branco, *Biografia de José Maria da Silva Paranhos, Visconde de Rio Branco.*

362 - *Op. cit.*

363 - Rio Branco, *op. cit.*

364 - Arquivo da Casa Imperial.

365 - Idem.

365a- *Esses Conselhos* se encontravam no Arquivo da Casa Imperial, no Castelo d'Eu, em França. Foram depois incorporados ao Arquivo do Palácio Grão-Pará, em Petrópolis (antiga Casa dos Semanários), onde reside atualmente o Príncipe Dom Pedro Gastão de Orléans e Bragança, bisneto do Imperador. Daqui por diante, eles são citados nesta obra como *Conselhos à Regente.*

366 - Essas palavras, escritas no mesmo dia em que Zacarias deixava o Poder e era substituído pelo Conselheiro Furtado, deixam talvez supor que fossem um *vade mecum* para o novo Chefe do Governo, de modo a não haver, com a mudança de Gabinete, uma solução de continuidade na política externa. Mas isso era tanto menos provável quanto a subida de Furtado não alterava a situação dominante, que continuava nas mãos dos Liberais, nem se fazia por divergência acaso existente quanto à política externa do Governo.

367 - Notas do Imperador, no Arquivo citado.

368 - *Memórias do meu tempo.*

369 - Sousa Doca, *op. cit.*

370 - Lemos Brito, *Narração histórica dos prisioneiros do vapor "Marquês de Olinda"*

371 - Lemos Brito, *op. cit.*

372 - Sousa Doca, *op. cit.*

372a-Carta do Rio, 8 de julho de 1866, em R. Magalhães Júnior, *Dom Pedro II e a Condessa de Barral.*

373 - Joaquim Nabuco, *Um Estadista do Império.*

374 - Rio Branco, notas a Schneider, *A Guerra da Tríplice Aliança.*

375 - Revista do Instituto Histórico.

376 - Dizia Boa Vista ao Conselheiro Nabuco, pouco mais tarde, quando o Imperador já estava no Sul: "Sua Majestade continua a expor-se e vai marchar para São Gabriel, o que no entender de alguns é uma temeridade, como é mesmo sua avançada para pontos próximos das fronteiras, indefesas como estão" (Joaquim Nabuco, *op. cit.*)

377 - *Op. cit.*

378 - *O Império Brasileiro.*

379 - Joaquim Nabuco, *Agradecimento aos Pernambucanos.*

379a- O jovem casal chegaria de volta ao Rio em 22 desse mês de julho, seguindo o Conde d'Eu para o Rio Grande do Sul a 1º de agosto seguinte, acompanhado do Marechal Henrique de Beaurepaire Rohan, antigo Ministro da Guerra.

380 - Esta e outras transcrições sobre a viagem ao Rio Grande, foram colhidas na memória do Conde d'Eu: *Viagem militar ao Rio Grande do Sul.*

381 - Notas a Sinimbu, no Arquivo da Casa Imperial. Sem embargo, não faltou (e alguns jornais da oposição se fizeram especialmente eco disso) quem o acusasse de medroso, por sua atitude passiva defronte de Uruguaiana, e não ter desde logo investido contra a cidade. "O artiguinho falou do *herói de Uruguaiana,* dando a entender que, medroso, não recebi o povo em *massa.* Convém explicar bem o motivo do meu procedimento.

Em Uruguaiana fez-se o que se acordou entre o Ministro Ferraz, Porto Alegre e os dois Presidentes argentino e oriental. Eu nada disse em contrário porque entendi que, inutilizada essa força paraguaia para o resto da campanha, não se devia derramar sangue nem estragar ainda mais com o bombardeio de nossas peças uma cidade brasileira. Se tive medo, digam-no os que estiveram comigo em Uruguaiana." *Notas cit.* Os grifos são do original.

382 - Joaquim Nabuco, *Um Estadista do Império.*

383 - Idem.

384 - "Se estivesse no Rio, Saraiva não teria suspendido a vinda de Voluntários", escreveu à margem de Tito Franco (*op. cit.*); e noutra nota disse: "Saraiva pensava que tinha a guerra por assim dizer terminado"

384a- Arquivo do Itamaraty.

385 - David James, *op. cit.*

385a- R. Magalhães Júnior, *Dom Pedro II e a Condessa de Barral.*

385b- David James, *op. cit.*

386 - Joaquim Nabuco, *op. cit.*

387 - Minuta no Arquivo da Casa Imperial.

388 - Carta a Paranaguá, Ministro da Guerra. — Os originais das cartas do Imperador, citadas neste Capítulo, quando não se declare o contrário, pertencem ao Arquivo do Instituto Histórico Brasileiro.

389 - Carta de 7 de fevereiro de 1867.

390 - Carta de 26 do mesmo mês e ano.

391 - Carta de 25 de março de 1867.

392 - Carta de 3 de setembro do mesmo ano.

393 - Carta de Paranaguá.

394 - Idem.

395 - A Paranaguá, 16 de setembro de 1867.

396 - Carta a Penedo, de 12 de dezembro de 1859, no Arquivo do Itamaraty.

397 - "Caxias anda muito amuado (escrevia Ferraz a Nabuco). Em parte tem razão, mas ele é o culpado. Nunca se deve vir fazer de sota ou de valete no lugar onde se foi rei." (Vide *Um Estadista do Império*).

398 - *A Política Geral do Brasil.*

399 - Discurso de 8 de junho de 1868, no Senado do Império.

400 - Carta a Paranhos (Rio Branco), de 31 de Janeiro de 1869, no Arquivo do Itamaraty.

401 - Arquivo da Casa Imperial.

402 - Idem.

403 - Carta de 20 de agosto de 1868, no Arquivo do Itamaraty.

404 - Carta de outubro do mesmo ano, no Arquivo citado.

405 - Carta de novembro, idem. — Carta de 17 de agosto de 1868, também a Paranhos: "Estou certo de que Caxias há de empregar toda a diligência e tem as mesmas convicções que eu sobre o que se deve fazer até que possamos depor as armas" (Arquivo citado).

406 - Mesmo Arquivo.

407 - Vilhena de Morais, *O Duque de Ferro*.

408 - Citada por Vilhena de Morais, idem.

409 - *Diário*, no Arquivo da Casa Imperial.

410 - Carta referida por Vilhena de Morais, *O Gabinete Caxias*.

411 - Idem.

412 - Carta de Tuiucuê, 4 de fevereiro de 1868, transcrita por Wanderley Pinho, *Política e Políticos do Império*.

413 - Discurso de 6 de junho de 1868.

414 - Discurso de 8 seguinte. — Em sessão do Conselho de Estado, de 20 de fevereiro anterior, já explicara Zacarias que o Gabinete estava disposto a retirar-se se acaso Caxias manifestasse repugnância em servir com ele. "Para nós a guerra não é questão de partido, o essencial é acabá-la honrosamente, esteja quem estiver no Poder."

415 - Wanderley Pinho, *op. cit.*

416 - Discurso de 6 de junho de 1868, no Senado.

417 - Transcrita por Wanderley Pinho, *op. cit.*

418 - A resposta de Caxias ao apelo de seus correligionários só agora, entretanto, é publicada. Não se conhecia o teor desse documento, cujo paradeiro do original se ignora. O Autor conseguiu descobrir-lhe uma cópia no Arquivo da Casa Imperial, e a qual dá aqui publicidade.

419 - Idem.

420 - No Arquivo citado.

421 - "Vejo que o General compreende toda a lealdade do Governo, apesar de tanta intriga", – dizia Zacarias em carta ao Imperador (de 16 de julho de 1868, no Arquivo cit.).

422 - *Estadistas e Parlamentares*.

423 - No Arquivo do Itamaraty.

424 - Carta de 23 de junho de 1868, no mesmo Arquivo.

425 - Carta de 8 de julho de 1868, idem.

426 - Zacarias, falando na Câmara dos Deputados em junho desse ano, portanto, do incidente com Caxias, que se verificara em fevereiro, usara a expressão *caudilhagem*, de que tanto se serviram então os seus adversários políticos para o indisporem ainda mais com o General em chefe. Dissera Zacarias: "A mudança da política interna não se pode operar por influência da espada ou imposição da caudilhagem."*O Diário do Rio de Janeiro* logo se aproveitara dessa frase comprometedora para perguntar: "Quem é o caudilho? É o Marquês de Caxias! A caudilhagem é o Exército e a Armada."

427 - *Política e Políticos no Império*.

428 - Cristiano Ottoni, *Autobiografia*.

429 - *Política e políticos do Império*.

429a- Foi por essa ocasião que reaparecia em Diamantina, Minas Gerais, *O Jequitinhonha,* órgão liberal, em cujas páginas Joaquim Felício dos Santos, um antigo Deputado liberal mineiro, iniciava a publicação da sua *História do Brasil no ano 2000,* "talvez a mais longa e uma das a mais violentas sátiras políticas escritas no reinado de Dom Pedro II", no dizer de Alexandre Eulálio (*Revista do Livro*). Nessa *História,* o autor imaginava uma viagem de Dom Pedro II, à posteridade para ver a sua fama, que — já se vê —, não tinha nada de invejável, antes pelo contrário, no parecer do desabusado Républicano norte-mineiro.

430 - Discurso de 17 de julho de 1868. — Ver no capítulo *O clima político,* no volume II desta obra, as considerações em torno deste princípio.1, s. e

431 - Visconde de Taunay, *Reminiscências.*

432 - Carta de 23 de julho de 1868, no Arquivo do Itamaraty.

433 - Carta de Montevidéu, 20 de fevereiro de 1865, no Arquivo da Casa Imperial.

434 - "O Otaviano tornou a me mandar dizer que se retira. O homem ficou despeitado por eu não o deixar comandar, de meias comigo, o Exército, como até agora acontecia." (Carta de Caxias a Inhaúma, de 11 de janeiro de 1867, cit. por Pinheiro Guimarães, *Um Voluntário da Pátria*).

435 - Carta a Sá e Albuquerque, Ministro de Estrangeiros, de 4 de janeiro de 1867.

436 - Carta de 20 de junho de 1866, no Arquivo da Casa Imperial. — Sobre as últimas linhas, ver no Capítulo seguinte até onde iam as ilusões do Imperador e de todos os que o cercavam.

437 - Os grifos estão no original. Carta de 28 de setembro de 1867.

438 - Carta a Paranaguá, de 1⁰ de março de 1868.

439 - Carta a Cotegipe, de 13 de dezembro de 1869, no Arquivo do mesmo.

440 - Carta citada.

441 - Carta de 29 de dezembro de 1867, no Arquivo do Instituto Histórico.

442 - Carta de 25 de dezembro de 1869, citada por Wanderley Pinho, *Cartas do Imperador Dom Pedro II ao Barão de Cotegipe.*

443 - Carta de 15 de novembro de 1869, no Arquivo da Casa Imperial.

444 - O grifo está no original. Carta de 25 de dezembro cit.

445 - Carta de 30 de janeiro de 1870, no Arquivo citado.

446 - Carta de 25 de janeiro de 1869, em Wanderley Pinho *op. cit.*

447 - O original no Arquivo do Itamaraty.

448 - Esta carta e outras do Imperador a Muritiba foram encontradas pelo Autor no Arquivo da Casa, Imperial então depositado no Castelo d'Eu, em França. Comunicadas pelo Autor a Wanderley Pinho, a seu pedido, este se antecipou em publicá-las no seu livro *Política e Políticos do Império,* sem dar, entretanto, nenhuma indicação da origem nem dizer quem lhas forneceu...

449 - Idem.

449a- Evidentemente no caso de morte ou doença grave de Caxias.

450 - Carta de 26 de janeiro de 1869, no Arquivo citado.

451 - Idem, do mesmo mês e ano, no Arquivo do Itamaraty.

452 - Carta de 31 do mesmo mês e ano, idem.

453 - Carta de 8 de fevereiro de 1869, no Arquivo do Itamaraty. O grifo está no original.

454 - Carta citada por Rodrigo Octávio Filho em *Osório*. — Caxias não iria livrar-se da Pasta da qual tinha tanto medo, porque em junho de 1875 o Imperador iria incumbi-lo de formar um novo Gabinete, em substituição ao que presidira o Visconde de Rio Branco, aceitando Caxias o convite, e ficando, além de Presidente do Conselho, Ministro da Guerra do seu próprio Gabinete.

455 - Carta de 10 de setembro de 1868, em Wanderley Pinho, *op. cit.*

456 - Discurso de 15 de julho de 1870. — Em sua Ordem do dia de 14 de janeiro de 1869, Caxias havia dito: "Os importantíssimos acontecimentos e vitórias as mais completas por nós alcançados, durante os memoráveis vinte e cinco dias do mês de dezembro próximo passado, puseram termo, em minha opinião, à Guerra do Paraguai. O Ditador López foge atônito e espavorido diante de nossos soldados triunfantes, até que possa efetuar, se lhe for possível, sua fuga para fora do Paraguai. Nas condições críticas em que nossas manobras e a intrepidez de nossos soldados o colocaram, restar-lhe-ia a pequena guerra de recursos, se a República do Paraguai não estivesse, como está, completamente exausta deles. A guerra chegou ao seu termo, e o Exército e a Esquadra brasileiros podem ufanar-se de haver combatido pela mais justa e santa de todas as causas."— Apreciação errada, porque López, ainda nessa época, não fugia "atônito e espavorido diante de nossos soldados." Era evidente que evitava enfrentá-las, pois embora dispusesse ainda de cerca de quatro mil homens, aliás bem armados e municiados, as nossas forças eram de cerca de vinte e seis mil homens.

456a - Nascido em 1803, Caxias tinha, nessa época, sessenta e cinco anos de idade. Podia admitir-se que nessa idade, depois da dura luta que tivera no Paraguai, já se sentisse cansado. Mas não tão doente quanto quis fazer crer, pois ainda iria viver cerca de doze anos, só terminando os seus dias em 1880. Por coincidência que no mesmo ano em que morreria o Visconde de Rio Branco, nascido, entretanto dezesseis anos depois de Caxias.

457 - Carta de 8 de fevereiro de 1869, no Arquivo do Itamaraty. O grifo está no original.

458 - De fato, em seu Ofício de 24 de janeiro de 1869, datado de Montevidéu, ele dizia que se retirara de Assunção para aguardar na capital do Uruguai a "resolução do Governo Imperial a respeito da demissão que pedi do comando do Exército" que também não fez, porque deixou Montevidéu e largou-se para o Rio de Janeiro sem que tivesse recebido resposta ao seu pedido de demissão.

459 - Discurso de 18 de julho de 1870.

460 - Carta a Paranhos, de 22 de fevereiro de 1869, em Wanderley Pinho, *op. cit.*— Depois da partida de Caxias, diz o Visconde de Taunay, em suas *Memórias*, que "em Assunção e outros pontos ocupados pelas forças brasileiras ao longo do Rio, a desorganização era quase completa, ao passo que o Ditador López, ocupando a Cordilheira e o Interior, tratava de ajuntar e preparar, como melhor pudesse, os meios de defesa a todo o transe. No Exército brasileiro, acampado em Assunção e suas cercanias, reinava não pequena desmoralização, e não poucos oficiais também julgavam chegada a ocasião de se encetarem negociações a bem da completa suspensão de hostilidades e do estabelecimento da paz."

461 - Carta de 23 de março de 1869, no Arquivo do Itamaraty.

462 - Carta de 6 de abril do mesmo ano e no mesmo Arquivo. — Aliás, se Caxias se sentia doente e impossibilitado de continuar no comando do Exército, muito mais doente e mais velho do que ele estava Guilherme Xavier de Sousa, a quem ele entregou a chefia do Exército, e que depois da chegada do Conde d'Eu se retiraria para Santa Catarina, sua terra natal, onde iria morrer em breve. Façamos contudo justiça a Caxias, que era sob todos os sentidos um notável militar, que seria uma honra em qualquer Exército, por sua bravura e suas qualidades táticas e estratégicas. Sua marcha através do Chaco paraguaio, para contornar o Rio Paraguai e inutilizar as defesas paraguaias de Píquieiri e de Angustura, foi um feito

militar que honraria o mais brilhante General. "Ousadíssimo cometimento – diz o Visconde de Taunay em suas *Memórias*, cuja responsabilidade, no caso de desastre, cairia toda, implacável e pesadíssima, sobre o General em chefe que a ordenara."

462a- O Visconde de Taunay (*Memórias*) diz que ele era "frouxo e vacilante."

463 - Carta de fevereiro de 1869, no Arquivo da Casa Imperial.

464 - Luís da Câmara Cascudo, *O Conde d'Eu.*

465 - Joaquim Nabuco, *Um Estadista do Império.*

466 - Os originais das cartas trocadas entre o Imperador e Gastão de Orléans, citadas neste Capítulo, encontram-se no Arquivo da Casa Imperial.

467 - O grifo está no original

467a- Maximiliano da Áustria, que, em seguida à invasão do México pelas forças francesas, se deixara coroar Imperador desse país, mas seria, algum tempo depois, fuzilado pelos patriotas mexicanos. Estivera em visita ao Brasil em 1860 (ver Cap. XV deste volume).

467b- Luís Filipe I, Rei dos Franceses depois da queda dos Bourbons, em 1830. Era avô do Conde d'Eu. Filho de *Philippe Egalité,* que fizera causa comum com os revolucionários franceses de 1789, Luís Filipe, ao subir ao trono, pôde contar com a simpatia e o apoio dos bonapartistas e dos Repúblicanos, tornando-se le *Roi Citoyen.* Mas será destronado em 1848, para dar lugar à segunda República Francesa.

468 - J. Nabuco,*op. cit.*

469 - Ministro da Guerra.

470 - Polidoro, que embarcaria com o Conde d'Eu para a guerra, não ficaria, a igual de Osório, até fim da luta.

471 - *Seu* Caxias porque estava no Poder um Ministério Conservador, isto é, do mesmo Partido que Caxias, presidido pelo Visconde de Itaboraí.

472 - "A Marquesa podia também ir" — acrescentava a Princesa três dias depois; "e eu não iria com o meu Gaston? Se se vai supor quanta coisa há, também poderiam pensar que ela ira para lá para ser Imperatriz do Paraguai" (Carta de Petrópolis, 25 de fevereiro de 1869, no Arquivo da Casa Imperial).

473 - Dona Rosa de Santana Lopes, Baronesa de Santana, que vivia ao lado da Princesa, como dama de honra, desde o dia do nascimento de Dona Isabel.

474 - O Governo tinha consultado o Conselheiro Paranhos (Rio Branco), Ministro de Estrangeiros em missão especial no Prata, sobre a conveniência da ida do Conde d'Eu para o Paraguai, como Comandante-Geral.

475 - O Imperador procurava, naturalmente, justificar aos olhos da filha o procedimento de Caxias, abandonando a guerra, sem querer trair o descontentamento que isso lhe causara.

476 - Carta de Petrópolis, 22 de fevereiro de 1869, no Arquivo da Casa Imperial. — Encaminhando ao Imperador a carta da Princesa, dizia o Conde d'Lu na mesma data: "Juntamente com esta receberá Vossa Majestade a queixa da Isabel. Ela esteve muito comovida, e eu não quis impedir esse desabafo, que sempre pôs termo às lágrimas. Sobre o argumento da saúde, repetirei o que disse ontem: ele só poderia pesar na balança no caso em que eu estivesse em perigo de vida, o que felizmente está longe de ser. Tenho, segundo o Feijó me disse, a laringe e os nervos um pouco fracos, e este estado exacerba-se com a umidade, como exacerbou-se no ano passado. Mas este verão estou muito melhor, e demais a mudança de ar e o exercício a cavalo sempre me fazem bem. Enquanto à ida de Isabel a Assunção, escusado é dizer que de não a acho conveniente. Quando muito, poderia ir até

Buenos Aires. Mas eu não quis aumentar .o desgosto dela, entabolando sobre isto uma discussão que na ocasião ainda não é necessária" — É sabido que a Princesa Imperial não acompanhou o marido à guerra.

477 - Carta de 30 de Outubro de 69.

478 - Carta de 14 de janeiro de 70. — Os grifos estão no original.

479 - General Vitorino Monteiro, Barão de São Borja, comandante do segundo Corpo de Exército; Osório comandava o primeiro Corpo.

480 - Carta de 15 de fevereiro de 1870. — O Visconde de Taunay, que vivia nesse tempo no Paraguai ao lado do Conde d'Eu, refere-se aos acessos de melancolia e de apatia quase completa do Príncipe, que o seu médico, Dr. Ribeiro de Almeida, combatia quanto podia. "De tão vertiginosamente ativo que era (acrescenta Taunay), vimo-lo mudado em displicente e caprichoso, falando de contínuo na necessidade de regressar ao Rio de Janeiro, incorrendo, portanto, na mesma falta que tantas censuras haviam valido ao Duque de Caxias. Chegou mesmo a tocar nisso em despachos ao Governo, que repeliu semelhante ideia com energia. *Não tenho mais nada que fazer aqui!* repetia a cada instante" (Taunay, Memórias).

481 - Carta de 10 de março seguinte.

482 - *Um Estadista do Império.*

483 - Carta de 9 de dezembro de 1866, no Arquivo do Instituto Histórico.

484 - Carta de 12 de janeiro seguinte, idem.

485 - Referido por Wanderley Pinho *op. cit.*

486 - Carta de 17 de agosto de 1868, no Arquivo do Itamaraty.

487 - Carta de 27 do mesmo mês e ano.

488 - Carta de 10 de março de 1870.

489 - Carta de 22 de março de 1867.

490 - Carta de 4 de maio seguinte.

491 - Carta de 31 de janeiro do mesmo ano.

492 - Carta de 7 de março seguinte.

493 - Carta de 5 de outubro de 1868, no Arquivo do Itamaraty.

494 - Carta de 30 de novembro seguinte, no Arquivo citado. Os grifos estão no original.

495 - Wanderley Pinho, *op. cit.*

496 - Carta de 31 de janeiro de 1869, no Arquivo do Itamaraty.

497 - Carta de 9 de outubro de 1868, no Arquivo da Casa Imperial.

498 - Wanderley Pinho, *Cartas do Imperador Dom Pedro II.*

499a- Descrença, não em nossa vitória, mas na derrota completa dos Paraguaios e consequente prisão de López, chegou quase a invadir também o espírito forte do Imperador. Justamente no dia em que o ditador era morto às margens do Aquidabã, ele escrevia ao genro: "A prisão de López acho-a quase impossível; mas sua fugida para a Bolívia, para aquém do Paraná ou para onde absolutamente não possamos aniquilar o resto de sua força, que talvez não se saiba qual seja, mas, segundo os dados fornecidos, calculo de mil a dois mil homens, em geral mal armados, parece-me não só possível, mas provável" (Arquivo da Casa Imperial).

500 - General Correia da Câmara, depois segundo Visconde de Pelotas, que comandava o pelotão que enfrentara e matara López.

501 - O Rio Branco, como se sabe, organizava em Assunção o Governo Provisório paraguaio.

502 - Carta de 19 de março de 1870.

503 - Major José Simeão de Oliveira, que dirigira a perseguição a López.

504 - Carta de 5 de abril de 1870. Carta de Muritiba, Ministro da Guerra, a Paranhos (Rio Branco), do dia anterior: "O Imperador admirou-se de que o Câmara não fizesse autenticar a morte de López por meio de um exame em regra para ser devidamente publicado. Entende ele que isso ainda pode ter lugar, por saber-se que foi sepultado em uma choupana próxima à sua tenda, depois de se lhe sacar a sobrecasaca e o colete de pano azul, deixando o cadáver com as botas e a calça também azul agaloada. Se V. Ex³ pensar que é possível satisfazer o desejo de Sua Majestade, cuido que não será mau." (Cit. por Pinheiro Guimarães, *Um Voluntário da Pátria*).

505 - Carta de 20 de abril de 1870. — A referida espada fora encaminhada com a seguinte carta do Conde d'Eu ao Imperador, datada de Humaitá, 29 de março de 1870: "Pelo Maciel, do vapor *Alice*, mando a Vossa Majestade uma espada, apanhada no acampamento de López. Quando estive em Conceição, correu que tinha aparecido entre nossa gente uma espada de López muito rica. Mandei que Câmara a procurasse, e ele me disse que o Coronel Joca a tinha descoberto e me entregaria. Joca, porém, quando veio a Assunção, apresentou, em lugar da espada rica, essa que leva o escudo de armas usado pelos reis da Inglaterra nos princípios deste século. Não sei como veio parar no Paraguai. Quanto à verdadeira rica, foi descoberta depois em poder da Linch, a qual provavelmente a compraria de algum dos nossos, como fez para o álbum." — Tanto o álbum, a *espada rica* e a que tinha as armas inglesas, foram conservadas até recentemente no Museu Histórico do Rio. Seu antigo diretor, Gustavo Barroso, faz-lhe interessantes referências no livro — *O Brasil em face do Prata*. [Foram devolvidos ao Paraguai em 1975 pelo Presidente Geisel, quando de sua visita oficial ao país vizinho. N. do E. 1976].

DOM PEDRO II
FASTÍGIO
1870-1880

CRONOLOGIA
Fastígio
(1870-1880)

1870	1º Março	Morte de López e fim da Guerra do Paraguai.
	7 Junho	Falecimento no Rio do Marquês de Olinda.
	29 Setembro	Gabinete São Vicente.
	3 Dezembro	Manifesto dos Liberais Repúblicanos.
1871	7 Fevereiro	Falecimento em Viena da Princesa Dona Leopoldina Duquesa de Saxe.
	7 Março	Gabinete Rio Branco.
	25 Maio	Partida do Imperador para a Europa.
	28 Maio	Passagem pela Bahia.
	30 Maio	Passagem pelo Recife.
	12 Junho	Chegada a Lisboa.
	18 Junho	Primeira entrevista com Alexandre Herculano.
	22 Junho	Passagem por Madrid.
	26 Junho	Chegada a Hendaya e encontro com Gobineau.
	28 Junho	Passagem por Paris. Encontro com Thiers em Versalhes.
	29 Junho	St. Malo. Encontro com os Duques d'Áquila e partida para a Inglaterra.
	4 Julho	Entrevista com a Rainha Victória erm Windsor.
	18 Julho	Hóspede da Rainha Victória em Osborne, na Ilha de Wight.
	22 Julho	Visita à Universidade de Oxford.
	24 Julho	Edimburgo.
	1º Agosto	Visita à casa de Walter Scott (Abbotsford).
	11 Agosto	Volta a Londres e partida para a Bélgica.
	15 Agosto	Bruxelas. Entrevista com o Rei Leopoldo II.
	18 Agosto	Liège. Partida para a Alemanha.
	20 Agosto	Colônia.
	22 Agosto	Hamburgo.
	23 Agosto	Berlim. Encontro com Richard Wagner. Entrevista em Potsdam com o Imperador Guilherme I.
	5 Setembro	Karslbad.
	25 Setembro	Munich.
	29 Setembro	Promulgação da Lei do Ventre Livre.
	1º Outubro	Viena. Entrevista com o Imperador Francisco José I em Schoenbrunn.
	12 Outubro	Veneza.
	17 Outubro	Milão.
	18 Outubro	Entrevista com Alessandro Manzoni em Brusuglio.
	28 Outubro	Partida de Bríndisi para a Ásia Menor, Palestina e Egito.
	10 Novembro	Alexandria. O Imperador recebe a notícia da promulgação da Lei do Ventre Livre.
	15 Novembro	Cairo.

	23 Novembro	Nápoles. Volta à Europa.
	- Novembro	Roma. Entrevista com Vítor Emanuel II e Pio IX.
	Nov/ Dez	Perugia. Entrevista com o Cardeal Pecci, futuro Leão XIII.
	15 Dezembro	Florença. Pisa. Gênova. Turim. Aix-les-Bains. Genebra.
1872	8 Janeiro	Paris. Novo encontro com Gobineau.
	9 Fevereiro	Falecimento no Rio do Visconde de Itaboraí.
	11 Fevereiro	Marselha. Entrevista com Frederico Mistral.
	- Fevereiro	Cannes. Entrevista com Gladstone.
	29 Fevereiro	Bayona. Partida para a Espanha.
	1º Março	Madrid. Partida para Portugal.
	4 Março	Porto. Visita a Camilo Castelo Branco.
	4 Março	Coimbra.
	7 Março	Lisboa. Visita a Alexandre Herculano.
	13 Março	Partida para o Brasil.
	30 Março	Chegada ao Rio de Janeiro.
1873	26 Janeiro	Início da campanha de Dom Vital contra as irmandades religiosas.
	27 Janeiro	Falecimento em Lisboa da Duquesa de Bragança, ex-Imperatriz Dona Amélia.
1874	2 Janeiro	Processo contra os Bispos do Norte.
	21 Janeiro	Prisão dos Bispos.
	22 Junho	Inauguração do Telégrafo submarino entre o Brasil e a Europa.
1875	25 Junho	2º Gabinete Caxias.
	17 Setembro	Anistia aos Bispos.
	15 Outubro	Nascimento do neto do Imperador, herdeiro presuntivo do trono, Dom Pedro, Príncipe do Grão-Pará.
1876	26 Março	Partida do Imperador para os Estados Unidos e a Europa.
	15 Abril	Chegada a Nova York.
	16 Abril	Filadélfia.
	26 Abril	São Francisco.
	7 Maio	Washington.
	14 Maio	Saint-Louis.
	24 Maio	Nova Órleans.
	2 Junho	Washington.
	6 Junho	Montreal.
	8 Junho	Boston. Primeiro encontro com Alexander Bell, o inventor do telefone.
	12 Junho	Cambridge. Visita a Longfellou.
	20 Junho	Filadélfia. Revelação da invenção do telefone.
	12 Julho	Nova York. Partida para a Europa.
	- Julho	Frankfurt. Heidelberg. Karlsruhe. Munich.
	7 Agosto	Gastein. Entrevista com o Imperador Guilherme I.
	— Agosto	Bayreuth. Trilogia de Wagner.
	17 Agosto	Copenhague.
	20 Agosto	Estocolmo. Encontro com Gobineau.

	26 Agosto	Helsingfors (Helsinki), Finlândia.
	Agosto	São Petersburgo (Leningrado). Moscou. Kiev. Odessa.
	e Setembro	Sebastopol. Livádia. Entrevista com o Imperador Alexandre II.
	2 Outubro	Chegada a Constantinopla.
	5 Outubro	Partida para a Grécia.
	Out a Dez	Grécia e Ásia Menor. Palestina e Egito.
1877	Janeiro	Nápoles. Roma. Entrevista com Pio IX.
		Vila d'Este. Visita ao Cardeal de Hohenlohe.
	27 Fevereiro	Florença. Visita ao atelier de Pedro Américo.
	— Fevereiro	Siena. Veneza. Milão.
	20 Março	Viena.
	3 Abril	Berlim.
	19 Abril	Chegada a Paris.
	22 Maio	Paris. Primeira visita a Victor Hugo.
	29 Maio	Paris. Segunda visita a Victor Hugo.
	13 Junho	Partida para Londres.
	29 Junho	Londres.
	1º Julho	Partida para a Escócia e a Irlanda.
	13 Julho	Volta a Londres. Partida para a Holanda e a Suíça.
	17 Julho	Haia.
	4 Agosto	Berna.
	18 Agosto	Partida para Portugal.
	1º Setembro	Entrevista com Alexandre Herculano.
	8 Setembro	Partida para o Brasil.
	26 Setembro	Chegada ao Rio de Janeiro.
	12 Dezembro	Falecimento no Rio de José de Alencar.
	28 Dezembro	Falecimento no Rio de Zacarias de Góis.
1878	5 Janeiro	Subida dos Liberais com o Gabinete Sinimbu.
	19 Março	Falecimento no Rio de Nabuco de Araújo.
	29 Junho	Falecimento em Viena de Varnhagen, Visconde de Porto Seguro.
	5 Julho	Falecimento em Paris de Dom Vital.
	28 Setembro	Partida do Imperador para São Paulo.
	31 Outubro	Volta do Imperador à Corte.
1879	4 Outubro	Falecimento no Rio do General Osório, Marquês de Herval.
	30 Dezembro	Falecimento em Lisboa de Araújo Porto Alegre.
1880	1º Janeiro	Desordens e mortes no Rio em virtude do imposto do vintém.
	28 Março	1º Gabinete Saraiva.
	7 Maio	Falecimento em Santa Mônica do Duque de Caxias.
	17 Maio	Partida do Imperador para o Paraná.
	7 Junho	Volta do Imperador à Corte.
	1º Novembro	Falecimento no Rio do Visconde do Rio Branco.
1881	9 Janeiro	Lei da reforma eleitoral (eleição direta).

1. O centro da Corte. Litografia de Deroy segundo foto de Victor Frond. Em *Brazil Pittoresco*, 1861. São Paulo, Biblioteca Municipal Mário de Andrade.

O centro comercial da sede do Império aparece aqui, num dia de semana, em plena atividade, refletida no movimento de barcos e escaleres do primeiro plano. Por entre o casario, balisado pelas torres do Carmo, da Cruz dos Militares, de São Francisco de Paula, e da Candelária, destaca-se o Convento de Santo Antônio, recortado, no seu vulto, contra a vegetação dos morros; mais modesto, à esquerda, levanta-se o de Santa Teresa, no morro desse nome. Dois patachos ancorados diante da Alfândega juntam mastros e cordame à trama da cidade, próximo ao novo edifício em construção ao lado do trapiche.

2. Fotografia do Imperador por Stahl e Wahnschaffe, 1866. Pertenceu ao arquivo da Condessa de Barral. Rio de Janeiro, coleção particular. (Comunicada por Octavio Carneiro Lins).

Livros são acessórios frequentes da iconografia de Dom Pedro II por deliberação do modelo; mesmo posando em ateliês de fotógrafo quase nunca dispensa de colocá-los, mais ou menos canhestramente, ao alcance das mãos.

CAPÍTULO I
APOGEU DO IMPÉRIO

Idade de ouro da Monarquia. O Visconde do Rio Branco. O orador e o homem de Estado. Seus serviços ao país. Sentimento progressista do Imperador. Colonização. Vias de comunicação. Espírito individualista do brasileiro. Um conceito de Pedro Lessa. O "desembargadorismo" do Imperador. O Imperador e Mauá. Nacionalismo e centralização. Os Presidentes de Província. Os políticos. Os estadistas. Os generais. Literatos e artistas.

I

A terminação da Guerra do Paraguai marca o apogeu do regime imperial no Brasil. É a *idade de ouro* da Monarquia. O Império, pode-se dizer, alcança a sua plena madureza.

Depois de quase cinquenta anos de convulsões internas, de guerras civis e intervenções armadas no Prata, o País entrava definitivamente no regime da ordem e da paz, que iria se prolongar até o fim da Monarquia. "O reinado do Imperador — diz João Ribeiro — é a pacificação. Tudo volta ao trabalho. Os campos florescem e frutificam. A política, que transbordava e alagava as terras, restringe-se, então, aos seus canais próprios. Começou, então, de novo, a alegria de viver, que havia desaparecido no tumulto desordenado de quase meio século de reivindicações insólitas, absurdas e inoportunas."[1] Os alicerces da Nação, tão duramente abalados nos primeiros anos do Reinado, adquiriam uma solidez que nunca haviam tido antes. As Províncias, as mais vizinhas como as mais distantes da capital do Império, se congregavam num só pensamento e numa só aspiração em torno do governo central do Imperador. A unidade nacional, tantas vezes ameaçada, no Norte em 1824, com a Confederação do Equador; no Sul em 1835, com a Guerra dos Farrapos; e no Centro em 1842, com as revoluções de Minas e de São Paulo, parecia agora definitivamente assegurada. O Brasil era, realmente, uma só e única Nação — aquela *Democracia coroada* a que iria referir-se o General Bartolorné Mitre.

Firmávamos, no Exterior, um conceito que jamais tivéramos. A estabilidade das nossas instituições, sua natureza conservadora, a paz interna, a justa nomeada dos nossos estadistas, o requinte da nossa sociedade e, sobretudo, a personalidade inconfundível, frisante, respeitável em todos os sentidos de Dom Pedro II, tudo concorria para emprestar— nos lá fora uma reputação que, exceção dos Estados Unidos da América, a nenhum outro país da América era dado gozar.

No Continente, a nossa vitória sobre os paraguaios, e, mais do que essa vitória, o cavalheirismo com que tratamos os nossos inimigos derrotados, destruindo, assim, a acusação que nos faziam de conquistas territoriais, dava ao Império, junto às Repúblicas hispano-americanas, sobretudo às do Prata, nossas aliadas na guerra, um prestígio que só muito mais tarde, em virtude de vários fatores, é que nos seria arrebatado. Elizalde, Ministro de Estrangeiros da Argentina no governo de Mitre, declarava-se disposto a não se separar do Governo Imperial, no qual confiava, por ser "um Governo sério, presidido por um Soberano de grande merecimento." E Andrés Lamas, Ministro de Estrangeiros do Uruguai, dizia: "Deposito uma fé cega, uma confiança sem limites na inteligência e lealdade desse Soberano."[1a]

Na capital do Império iniciava, nessa época, sua longa administração, o mais fecundo e certamente o mais brilhante de todos os Ministérios da Monarquia. Presidia-o, com uma serenidade e uma elevação só comparáveis às dos estadistas da velha escola parlamentar britânica, José Maria da Silva Paranhos, Visconde do Rio Branco.

II

Rio Branco era um veterano da política. Mas só agora, na Presidência do Conselho de Ministros, é que la se revelar o mais completo dos nossos estadistas. De todos os outros, o único que teria podido, até certo ponto, emparelhar com ele, teria sido o Marquês de Paraná, morto prematuramente havia quinze anos. Mas Paraná, mesmo, não possuía nem a serenidade, nem a maleabilidade política, nem a visão objetiva de Rio Branco. Se o espírito de decisão em ambos era notável, faltara contudo a Paraná o senso prático das coisas, no grau elevado em que o possuía Rio Branco.

Em política., não vence sempre aquele que se mostra mais ardiloso, que sabe melhor contornar situações difíceis. Como o general, o político precisa também, por vezes, saber aproveitar da confusão e da indecisão do adversário, para dar-lhe o golpe pronto e certeiro, que o inutilizará para sempre. Rio Branco era desses. Tinha ousadia e presteza nos golpes como raros. "Tenho-me na conta de um valente", dizia ele a Cotegipe, quando este o acusava de timidez, perguntando, no mesmo tempo, se Cotegipe acaso não confundia timidez com prudência — "que é a minha balda", acrescentava.

Era um homem de Estado por excelência. Aliava a uma soma rara de qualidades pessoais, os mais sólidos predicados de cultura e de visão política. Todos o respeitavam pelos seus conhecimentos em administração pública, sobretudo em Ciências Administrativas, em Finanças e em Economia Política, disciplinas sem a posse das quais ninguém pode aspirar conscienciosamente ao título de estadista. Seus adversários os mais exaltados jamais deixaram de lhe tributar um respeito, que se não tem sempre na vida política do Brasil. Parecia repetirem a frase de Robert Peel, em pleno parlamento da Inglaterra, com relação a Palmerston, seu grande adversário: "Nós todos aqui nos sentimos orgulhosos dele."

Como orador parlamentar, era dos maiores do seu tempo. Os estudos de Engenharia que fizera, quer dizer, o trato com as Matemáticas[1b] davam-lhe aquela admirável força de argumentação, concisa, clara, incisiva, que raramente oferecia uma brecha por onde pudesse penetrar a contestação do adversário, e que o tornava, por isso, na tribuna do Parlamento, um orador realmente invulnerável. Tinha dessas eloquências perigosas — perigosas porque parecem estar sempre com a razão. Para esse orador tão completo não havia, a bem dizer, terreno falso. Todos eram igualmente transponíveis, graças à habilidade, aos artifícios, aos manejos, ao equilíbrio do seu brilhante talento de tribuno.

Meticuloso em tudo, no que revelava ainda um aspecto do homem de ciência pura, tinha o cuidado, em seus discursos como em suas explanações à mesa dos Ministros ou do Conselho de Estado, de proferir sempre a frase exata, apropriada, bem torneada, não caindo jamais em certos descuidos, tão comuns entre nós na linguagem parlamentar.

Aprendera esse hábito com o Marquês de Abrantes, com o qual, aliás, tinha muitos pontos afins, e que ele procurava, até certo ponto, imitar.

"Nada há que eduque um orador — dizia ele ao Visconde de Taunay — como esse cuidado e essa atenção até nas locuções mais triviais. Nem o senhor imagina quanto o velho Marquês era cauteloso em seu modo de dizer."[2]

III

Quando Rio Branco subia à tribuna, não se impunha somente pelo aticismo de seus discursos, pelo emprego sempre apropriado das expressões, pelo tom claro e incisivo da voz: também se fazia respeitar pela distinção de toda a sua pessoa, pela compostura de suas atitudes, pela sobriedade de seus gestos.

Todos admiravam-lhe a estatura elevada, o corpo bem proporcionado, esguio, de linhas elegantes, encimado por uma das mais belas cabeças do Parlamento do Império. Sua calva larga, ligeiramente arqueada, muito luzidia, dava-lhe um ar de impecável distinção, que ainda mais se acentuava quando ele começava a falar, e um leve rubor lhe tingia a fronte. "Nunca peço a palavra sem que fique com as mãos frias e o coração apertado", dizia, após quarenta anos de ininterrupta vida parlamentar, esse enamorado da tribuna. A frase fazia lembrar a de outro grande orador do Reinado, José Bonifácio o moço, que dizia: "Quando tenho a honra de falar nesta augusta Casa, meu coração passeia pelos meus lábios."

Rio Branco nunca se apresentava à Câmara que não fosse vestido de preto; trajava casaca, na qual se via, colocada discretamente, a grande placa da Ordem do Cruzeiro. Tinha por hábito sentar-se na primeira fila. De longe todos os reconheciam pela altivez do porte, o brilho da calva e a maneira graciosa de descansar a cabeça, levemente tombada para o lado. Quando se erguia, e pronunciava, com a voz clara e bem sonante, a frase tradicional — *Sr. Presidente, peço a palavra!* — a Casa toda se recolhia, num só movimento, como se obedecesse a uma ordem geral de silêncio.

"Falando bem de frente — conta o Visconde de Taunay — e dirigindo-se de contínuo, conforme a boa prática e a ficção parlamentar, ao Presidente da Câmara, e como que alheio aos Deputados presentes, ele estendia com frequência ora o braço esquerdo ora o direito, puxando de vez em quando os punhos, ou então levantando ao ar o dedo indicador da mão direita fechada."[3]

Ficou tradicional, e era motivo de glosa para os seus adversários, esse gesto de erguer o braço direito, tendo o indicador levantado ao ar. *Embainha, ó Rio Branco, esse teu dedo!* exclamava Joaquim Serra em seus célebres folhetins em verso. O próprio Rio Branco, aliás, era dos que mais se divertiam com a bulha em que o metiam por causa desse dedo espetado. "Quando a ideia não fala por si bastante alta — dizia — suspendo-a na ponta do dedo; faço como o Taiti."

Esse Taiti era um famoso tenor, que tivera o seu momento de popularidade. Certa ocasião o Imperador, que apesar do exterior austero gostava de provocar de vez em quando o espírito dos outros, perguntou ao Marquês de Abrantes que tal achava o Taiti. — "Excelente, respondeu-lhe o Marquês; quando ele não pode alcançar a nota que tem de dar, fisga-a na ponta do dedo e mostra-a ao público."

IV

Como muitos dos atuais chefes conservadores, Rio Branco era um antigo liberal. Iniciara nas fileiras desse partido a sua carreira política. Essa evolução é, aliás, da essência dos regimes representativos, e não reflete senão a maleabilidade que preside sempre os programas políticos nesses sistemas de governo. A história do governo representativo na Inglaterra, que procurávamos copiar no Brasil, estava cheia dos mesmos exemplos. Não raro era ver-se ali um político iniciar carreira nas hostes dos *Tories,* para terminá-la anos depois, no partido dos *Whigs.* O mesmo se dava em sentido contrário. Para não citar senão os astros de primeira grandeza, podia-se referir os nomes de Lorde Russel, de origem conservadora e, no entanto, um dos chefes, mais tarde, do Partido Liberal; de Palmerston, conservador sob as ordens de Canning e liberal depois de 1830. Disraeli fora liberal até 1848, o que não o impediu de vir a ser, no fim de sua carreira, quando feito Lorde Bea — consfield o chefe todo-poderoso do Partido Conservador. O contrário era Gladstone, seu grande antagonista conservador com Lorde Peel e depois chefe do Partido Liberal.

No Império verificavam-se idênticas evoluções partidárias. Zacarias, Nabuco e Saraiva foram a trindade conservadora que se passara, em 1862, para a facção progressista do Partido Liberal, logo imitados por Sinimbu, Paranaguá e Sousa Franco. Olinda, que era agora o chefe mais autorizado do Partido Liberal, fora Ministro conservador em 1848. Outro liberal antigo conservador era Ferraz, Barão de Uruguaiana. Evoluindo em sentido contrário podiam-se citar, entre outros, os nomes de Abaeté e Bom Retiro.

Mas apesar de ser agora um dos chefes do Partido Conservador, Rio Branco era, talvez, por suas atitudes, por seus atos de homem público, pela finalidade de sua política como por toda a sua vida de parlamentar, um autêntico liberal. Era desses conservadores como Disraeli, que costumava dizer: sou conservador para conservar o que é são e radical, para suprimir o que é mau. O liberalismo, no sentido exato da palavra, sempre fora o fundamento de sua natureza. Ele foi mesmo, possivelmente, um dos mais liberais dos nossos homens políticos, pelo menos tão liberal quanto os que mais o foram, como Saraiva, como Dantas, e indubitavelmente muito mais que Olinda, que Zacarias, que Sousa Franco, chefes consagrados do Partido Liberal.

Seu Ministério, o mais longo da Monarquia, iria manter-se no poder por mais de quatro anos, quando a média de existência, para os demais, não passara nem passaria de um ano. Marcava agora um grande sulco na história do regime imperial no Brasil. Era, realmente, um Gabinete digno desse período áureo do Reinado. Dava ao país um surto novo, que ficaria como um traço inapagável, marcando o limite divisório de duas épocas e duas mentalidades distintas. O Império até 1870 fora uma coisa; de 1871 em diante será outra bem diferente, por sua evolução, por suas finalidades, pelas novas exigências da Nação, pela própria mentalidade dos estadistas que a dirigiam. Como acontece, aliás, na história de outros povos, foi a guerra externa que marcou a divisa entre esses dois períodos distintos, cimentada logo em seguida pela administração do Ministério Rio Branco.

V

Demolidor e construtor a um tempo, é como o define Euclides da Cunha. De fato ele enfrentava, com um espírito de decisão bem raro entre nós, os problemas mais complexos da administração imperial. Nada o detinha em seu propósito de tudo renovar. É preciso considerar o que fora o Reinado nos trinta primeiros anos de sua existência, e o que será depois da administração Rio Branco, para julgar o que foi essa grande obra de renovação.

Um de seus primeiros atos, politicamente o mais importante, pelo menos o de maiores consequências para toda a evolução da nacionalidade, foi o golpe na instituição da escravidão, ferida de morte pela lei chamada do Ventre Livre. Desde então podia-se dizer que historicamente o Brasil entrava no rol das Nações de homens livres. Ao mesmo tempo substituía-se a justiça reacionária de 1841, o chamado *código russo,* pela justiça liberal da lei de 20 de setembro de 71, que ampliava o *habeas corpus,* instituía a fiança provisória e regulava definitivamente a prisão preventiva.

Outros atos, de largo alcance, que fixariam uma época, marcavam igualmente a passagem do Ministério pelo Poder: a política ferroviária, com o prolongamento e quase terminação da estrada de ferro do Rio a São Paulo, inaugurada pouco depois de Rio Branco deixar o Ministério, e que iria acelerar o desenvolvimento de toda a região agrícola do vale do Rio Paraíba; o primeiro recenseamento geral do Império; o fomento da imigração estrangeira, com a qual se pretendia substituir o braço escravo, que se tentava agora suprimir,[3a] o estabelecimento do primeiro cabo submarino entre o Brasil e a Europa,[3 b] o que aproximaria de uns poucos minutos a civilização europeia de nós, levando ao mesmo tempo o Brasil ao âmbito das Nações cultas; a introdução, na circulação monetária, das moedas de níquel, em substituição aos pesados *patacões* de cobre, herança da época colonial; finalmente, a remodelação geral da cidade do Rio de Janeiro, que se praticava agora pela primeira vez em larga escala, tirando-lhe as características do velho burgo dos Vice-Reis. A este propósito cumpre assinalar que o Rio de Janeiro passava a ser a quinta cidade do mundo possuidora de uma rede de esgotos sanitários, e a terceira a possuir uma estação de tratamento de esgotos.

O desenvolvimento geral do País sofria, assim, o seu primeiro grande impulso. Havia como que um renascimento geral. O Brasil entrava resolutamente no caminho largo e arejado do progresso, antecipando-se a muitas das Nações europeias. Sem que repetíssemos o caso dos Estados Unidos da América, onde se começava a processar a mais formidável transformação material que já se vira (e nem nos fora possível imitá-los, tão profundo era o fosso que nos separava), dávamos, contudo, o exemplo de um país desejoso de adaptar-se o mais prontamente possível, dentro das condições especiais que eram as nossas, ao temperamento progressivo da época.

Vinte e quatro anos antes, apenas, depois da primeira linha de caminhos de ferro estabelecida no mundo, quando esse meio de transporte era ainda combatido por alguns dos mais eminentes homens de Estado da Europa, corria no Brasil a primeira locomotiva, com a inauguração, em 1854, da estrada de ferro de Mauá; não a conheciam ainda grande parte dos países civilizados europeus. O navio a vapor, tivemo-lo quase concomitantemente com as primeiras linhas inglesas para o Canadá. Pouco antes, em 1865, tínhamos lançado ao mar, construído no Arsenal do Rio de Janeiro, o couraçado *Tamandaré,* o primeiro navio desse gênero lançado na América do Sul; e um ano depois abríamos os rios Amazonas e São Francisco à navegação universal. O telégrafo submarino, que nos ligava espiritualmente à Europa, suprimindo, por assim dizer, o largo fosso do Oceano Atlântico, era agora estabelecido, imediatamente depois do lançamento do cabo que unia os Estados Unidos à Inglaterra. A iluminação a gás do Rio de Janeiro (inaugurada em março de 1854); o serviço de bondes — dois empreendimentos que iriam revolucionar profundamente a vida da Corte; o telégrafo, como mais tarde o telefone[3c], em suma, as principais invenções do século, não duvidávamos em adotar *assim nos permitiam os nossos recursos e as condições especiais em que nos encontrávamos.* O que tudo provava que o Império, sob o ponto de vista do progresso e do desenvolvimento material do país, não foi o atraso e a estagnação, de que ainda hoje é acusado por quantos não se querem dar ao trabalho de estudar e conhecer melhor esse período da nossa História. E a verdade é que o Brasil era, de fato e de direito, sob este e outros aspectos, a primeira Nação da América Latina. Essa hegemonia ele iria conservar até o último dia da Monarquia.

VI

Por outro lado, a adoção das grandes invenções materiais do século mostrava que Dom Pedro II, apesar de seu apego às letras e às ciências, de seu amor aos livros e de sua aproximação com os homens de pensamento do Brasil e do Estrangeiro, estava longe de ser um refratário ao progresso e às iniciativas materiais reclamadas pelo Brasil. Ele nada tinha, é certo, de um homem audacioso. A intrepidez nunca fora uma de suas virtudes — salvo quando se tratava de defender o patrimônio nacional, a moralidade na Administração e na Justiça, a honestidade política e todos os direitos públicos.

Não se diga, por isso, que fosse avesso às tendências progressistas do tempo, nem que procurasse, de qualquer modo, impedir ou estorvar a ação dos Ministros no sentido de uma maior expansão agrícola, industrial e comercial do Império. Tanto assim que, logo que apareceu um estadista de vistas realmente largas, compenetrado das verdadeiras necessidades do país, como Rio Branco, e — e que era essencial — disposto a realizá-las, encontrou no Monarca todo o apoio e interesse. "É deveras um homem de ação e de vontade — dizia o Imperador a Itaúna, referindo-se ao Presidente do Conselho — no qual deposito hoje a mais completa e decidida confiança; sua missão não está acabada, e ainda vai longe." "É o meu homem — acrescentava depois — em que deposito toda a confiança e esperança que posso ter, nutrindo a crença de que ele não me abandonará no muito que temos a fazer... Cada dia tenho maior razão de crer no homem que tantos e tão grandes serviços me prestou, e ao país, no Paraguai." [4]

O Imperador bem que tinha compreensão dos problemas econômicos, das exigências materiais que o Império reclamava dentro do espírito progressista do século. O que lhe faltava, a esse respeito, não era propriamente uma mentalidade aberta às necessidades materiais do País, mas talvez uma dose mais forte de ousadia, um maior espírito de iniciativa. Podiam-se-lhe aplicar as palavras de Jules Cambon com relação a Luís XV: *Il eut souvent le sens des vrais interêts de l'État, mais il avait les intentions plutôt que les volontés.*

"A Agricultura — escrevia ele, com uma visão, que se não podia dizer fosse errada, antes, de todo oportuna, de um dos principais problemas brasileiros — a Agricultura reclama toda a atenção dos poderes do Estado, carecendo principalmente de vias de comunicação. Alguns melhoramentos se podem generalizar na cultura das terras. E a criação de escolas práticas, facilitando ao mesmo tempo aos fazendeiros, em mais adequadas circunstâncias, a aquisição de agricultores entendidos no emprego dos mais úteis processos, assim como dos instrumentos precisos, terá esse benéfico resultado." [5]

Sobre colonização, ele reconhecia a *urgente necessidade* de intensificar a estrangeira, sobretudo depois que se começou a cuidar seriamente do problema escravo.

A este propósito, o Imperador dizia nas notas dadas ao Marquês de Olinda, quando este assumiu a chefia do Ministério de 4 de maio de 1857:

"A colonização é uma das maiores necessidades do Império, convindo, sobretudo, cuidar do progresso dos núcleos coloniais existentes, estabelecido sob o princípio da propriedade das terras, e fundação de novos, perto das povoações e a margem de estradas ou de rios navegáveis" [5a].

Dois anos depois ele voltava ao assunto, nas notas dadas a Ângelo Ferraz, futuro Barão de Uruguaiana, quando este organizou o Ministério de 10 de Agosto:

"O sistema da Lei de 1850 é o único que nos poderá dar uma verdadeira colonização. Por isso é necessário favorecer o sistema de parceria e salário, apartando-se o menos possível da Lei de 1850. O projeto de Pecquet, mandado por Maciel Monteiro,[5b] encerra muitas ideias boas, mas não me parece prudente que tão grande massa de povo fique toda na dependência duma companhia estrangeira. As ideias de Gonçalves Martins[5c] são aproveitáveis, ainda que o ensaio seja em ponto muito grande. Digo *ensaio* porque duvido que os europeus só se possam aplicar à cultura da cana, inclinando-me à opinião de Pecquet. Além disso, será preciso contratar de modo que a introdução dos colonos não beneficie a um só fazendeiro. O que julgo merecer principalmente a solicitude do Governo, é a facilidade dos contratos dos colonos com os lavradores, por meio da Associação de Colonização, e o estabelecimento de núcleos coloniais bem situados, e mesmo já loteados e com habitação, para atraírem novos colonos, crescendo assim a venda de terras. Para conseguir-se esse último fim é da maior urgência apressar, por todos os meios, a medição de terras devolutas, contratando agrimensores onde os houver; e só depois que tivermos bastantes terras à venda é que se realizará a grande colonização, podendo-se adotar, com as necessárias modificações, as ideias de Pecquet para a mais fácil vinda de colonos, mas nunca tornando-nos dependente de uma companhia estrangeira e relacionada com os Estados Unidos.

"Os contratos com os fazendeiros carecem de reforma na legislação que regula a prestação de serviços, e a lei hipotecária *que não pode deixar de passar* na sessão seguinte, [como de fato passou] concorrerá muito para que os nossos lavradores se achem habilitados para tomar colonos.

"Há uma necessidade ainda mais urgente, a que se deve atender *quanto antes:* — é a falta de gêneros alimentícios, e um dos meios mais eficazes para remediá-la é o estabelecimento de colonos nas imediações das povoações; a compra de terrenos em tais circunstâncias, para neles se fundarem fazendas-modelos, cultivadas por colonos nacionais e estrangeiros, seria de grande vantagem, e creio que alguns favores do Governo chamariam para essa direção o espírito de ganho da época.

"Já se vê que adoto a ideia de colônias nacionais; mas para a povoação de localidades especiais, por causa da maior segurança futura, e facilidade de estabelecer-se, que apresenta semelhante colonização, que não aumenta a nossa diminuta população, a portuguesa poder-lhe-á ser comparada só nesse sentido.

"O Relatório da Repartição de Terras Públicas mostra que já se tem feito bastante, mas cumpre não descansar nessa tarefa; conviria, para animar o espírito público, escrever para os diários de maior circulação, apresentando o que já se conseguiu e se espera conseguir, e discutindo semelhante assunto com todos os dados que possui o Governo. Poucos terão lido o Relatório, e artigos de diários, pequenos e bem escritos, produzem muito efeito.

"Não bastará a distribuição de sementes se os colonos não tiverem condução para os gêneros, e não se estabelecerem em lugares onde irão comprar. Entendo que o fornecimento de colonos aos fazendeiros não deve ser feito pelo Governo, auxiliando-os, todavia, quando for possível, a Associação de Colonização; assim mesmo, sempre desconfio da eficácia desse meio de colonização, não receando tanto, como alguns, a falta de braços, porque será do interesse dos fazendeiros conservar e aumentar, com o maior cuidado, os escravos que possuem, convindo persuadi-los desde já de que a salvação de sua fortuna depende sobretudo do que fizerem para esse fim. O sistema de parceria ou salário encontra grandes tropeços, e a lei só vagarosamente é que poderá beneficiar. Todas essas questões devem ser ventiladas pela imprensa, com solicitude, podendo as sociedades que se ocupam de agricultura ajudar bastante o Governo, sob o impulso deste." [6]

Quando, em 1864, o Conselheiro Francisco José Furtado organizava o Ministério de 31 de Agosto, o Imperador mandou-lhe, como era seu costume, uma série de "sugestões", que entendeu fazer sobre assuntos da Administração Pública. Com relação à imigração ou incentivos para a entrada de colonos estrangeiros, a fim de irem substituindo o braço escravo fadado a desaparecer um dia do Brasil, ele dizia:

"Recomendo os Institutos Agrícolas e as Exposições Provinciais e Gerais. É preciso prosseguir na medição das terras, sobretudo para separá-las das particulares, organizar plantas circunstanciadas das que por sua localidade se prestem à venda, a fim de torná-las conhecidas nos países de onde nos possam vir colonos. Sem esse trabalho prévio e auxílio pecuniário que facilite o transporte dos colonos não haverá corrente de imigração para o Brasil. Também julgo preciso facilitar aos fazendeiros a aquisição de braços livres. Para se conseguir esses fins, é necessário ter muita persistência e despender dinheiro, porém muito produtivamente, segundo minha opinião. Convém cuidar do estabelecimento de colônias à margem de estradas de ferro." [7]

Como se vê, não se pode dizer que o Imperador não tivesse presente, que não cuidasse e não formasse uma concepção exata do problema da imigração no Brasil, visando sobretudo, não somente o aproveitamento, com a vinda de colonos estrangeiros, de terras férteis mas ainda inaproveitáveis, como daquelas já lavradas pelo braço escravo, que teria necessariamente de ser substituído pelo braço livre, no dia, que não devia estar longe, em que se acabasse para sempre com a chaga da escravidão, que tanto nos aviltava aos olhos das demais Nações. Essas sugestões do Imperador ao Conselheiro Furtado são, como dissemos, datadas de 1864; a escravidão só seria definitivamente suprimida em 1888, quer dizer, vinte e quatro anos depois, o que dava tempo de sobra para substituí-la pelo trabalho livre sem maiores abalos para a Economia e a Agricultura no Brasil. E, se acaso assim não se fez, não foi certamente por falta de diligência e de reiteradas recomendações do Monarca aos seus Ministros. Não diremos que estes subestimassem ou não dessem a devida atenção a tais problemas. Mas tê-los-iam possivelmente levado por caminhos mais rápidos e mais fáceis se grande parte de suas horas e de seus esforços não fossem absorvidos pelas tricas da política e luta entre os partidos.

Gobineau, que tinha sido Ministro de França no Rio e privado de perto com o Imperador, conhecendo, portanto, as suas ideias sobre o problema da imigração, iria escrever-lhe de Trye, perguntando se o Brasil não queria atrair para o seu solo despovoado os excelentes colonos da Baviera, do Wurtemberg, de Baden e das margens do Reno, todos católicos, acrescentando:

"Il aurait là un coup de partie à jouer qui pourrait, s'il était mené convenablement, tirer le Brésil de son isolement au point de vue de l'émigration générale, c'est-à-dire, des colons agricoles. Je verrais là le coloraire très heureux du grand travail d'émancipation qui occupe si justement les pensees de l'Empereur."[8]

Ainda sobre imigração, há esse tópico nos Conselhos dados à filha Dona Isabel, em 1876, quando esta assumia, pela segunda vez, a Regência do Império, com a partida do Imperador para os Estados Unidos. Insistia ele na sua velha ideia de se confiar o problema da vinda de imigrantes a uma grande companhia de colonização, coisa que seria tentada no começo da República, com a Companhia Metropolitana, mas que nunca conseguiria levar avante com resultados satisfatórios para as necessidades do país:

"Julgo que pouco se fará a bem da colonização, enquanto este serviço não for cometido a uma companhia dotada de grandes meios. Contudo, é urgente comprar terras à margem das estradas de ferro para estabelecer aí colônias. Escuso observar que as estradas são o mais importante melhoramento material."[9]

Aliás, no que se refere a companhias de imigração, vimos atrás que apesar das várias que foram autorizadas a se formarem no Brasil ao tempo do Ministério Rio Branco, bem poucas se concretizaram e deram resultados práticos, no todo ou em parte.

VII

"As estradas são o mais importante melhoramento material" — era uma das suas principais preocupações no governo. O Presidente Washington Luís teria dito uma frase que seria, no tempo, posta em ridículo, com o nosso péssimo costume de não levarmos nada a sério. Diria ele: "Governar é abrir estradas." Frase que devia estar no subconsciente do Imperador toda vez que ele insistia nesse problema por assim dizer essencial para o desenvolvimento material, econômico, comercial, militar, político e social do Brasil do seu tempo — o das vias de comunicação.

Quem conhecia tão bem o Brasil, como ele, e lhe percorreu grande parte de suas Províncias, para o grande andarilho que era o Imperador, a questão dos transportes, num país da vastidão do nosso, não podia deixar de ser uma das suas principais preocupações. E a animação que sempre dera, com o apoio de sua alta autoridade, a toda iniciativa no sentido de desenvolver a nossa rede de comunicações, era a prova disso.

A construção, por exemplo, e depois o seu prolongamento, da Estrada de Ferro de Pedro II, hoje Central do Brasil, se deve em grande parte à sua iniciativa, vencendo todas as dificuldades financeiras e materiais, para não falar também no espírito rotineiro e alérgico ao progresso de alguns de seus Ministros. Antes de partir para os Estados Unidos, ele chamava a atenção da filha para a necessidade de iniciar-se quanto antes a construção de uma estrada de ferro para Mato Grosso, que ligasse o litoral atlântico à nossa fronteira com a Bolívia, quer dizer, o que só seria uma realidade meio século mais tarde. Dava tamanha importância a essa estrada que, dizia, "não posso deixar de recomendar que se cuide de sua melhor direção e construção, embora lenta, conforme o permitam os meios do Tesouro."[10]

Uma outra recomendação que fazia à filha, no capítulo de estradas de ferro, era sobre a construção da que devia correr ao longo do trecho encachoeirado dos rios Madeira e Mamoré, na Província do Amazonas (cuja primeira tentativa datava de 1870, repetida em 1880, mas só realizada de 1906 a 1912, graças aos esforços do Barão do Rio Branco, quando Ministro das Relações Exteriores). "Recomendo, dizia o Imperador à filha, que se dê andamento aos projetos de lei das estradas de ferro do Madeira e da que deve ligar o alto da bacia do São Francisco ao longo da parte encachoeirada." Essa outra, de Petrolândia, no atual Estado de Pernambuco, a Piranhas, em Alagoas, ladeando a Cachoeira de Paulo Afonso, seria parcialmente inaugurada em 1880, para ser terminada depois de instituída a República.

Como se vê, não faltavam ao Imperador, no que se referia a vias de comunicação no Brasil, o verdadeiro sentido das nossas necessidades. Contudo e apesar disso, sua natureza precavida, com a preocupação de não gastar mais senão na medida das possibilidades do Tesouro, obrigavam-no, por vezes, a frear as intenções progressistas do seu espírito: a preocupação da economia ("O estado do Tesouro, dizia ele à filha, exige muita economia, isto é, gastar com o maior proveito"), o terror do *déficit,* a superstição do equilíbrio orçamentário — como se fosse possível obtê-lo num país como o Brasil, em plena formação, em plena crise de crescimento, cada vez mais exigente em suas necessidades de expansão de riqueza, de vias de comunicação, de braços, de portos, de aproveitamento do solo, de um sem número de soluções, que se não conseguem sem dinheiro, sem o emprego de grandes capitais. É nesta pequena nota, colhida por acaso no seu arquivo, que se reflete sua natureza precavida, o tímido de seu feitio, que lhe inutilizava, por vezes, as melhores intenções objetivas: "Enquanto não tivermos certeza de extinguir o *déficit,* não se devem conceder favores pecuniários a novas empresas, e mesmo às existentes só excepcionalmente, depois de muito sério exame"[11].

Seja, porém, como for, se ele não se mostrava mais arrojado do que os Ministros, é de justiça reconhecer que não lhes ficava também atrás, quando mesmo não os antecedia, levando-os de vencida, em seus preconceitos e prevenções, ou lutando por libertá-los das malhas absorventes da política partidária, que os esterilizavam e os consumiam. "Somente ele — dirá José Veríssimo — talvez cuidou de outra coisa que não fosse eleições, intrigas políticas, nomeações de funcionários e quejandos assuntos."

É preciso ter em conta a tradicional negligência dos nossos homens públicos pelos grandes problemas nacionais, na falta de continuidade de suas políticas, na ignorância de uns e indiferença ou ceticismo de outros, na indolência de muitos, para julgar da soma de esforços precisos para tocá-los pelo bom caminho e chamá-los às verdadeiras realidades do pais. "Há anos que se poderia ter feito tudo isso — acrescentava o Imperador; referindo-se aos problemas acima citados, mas tudo marcha entre nós de modo desanimador, apesar de eu empregar todos os esforços que posso na minha posição de Monarca constitucional"[12].

Ele lutava, sobretudo, contra o nosso estreito espírito individualista. O brasileiro é, de fato, um dos povos mais terrivelmente individualistas que se conhecem, tomando o individualismo no sentido exato da palavra. Não tem o sentimento do interesse geral. Temos vivido sempre em choque com a coletividade, num eterno desentendido entre a Nação e o cidadão, entre governos e governados, atritos que, à força de repetirem-se, acabaram por se tomar o estado normal do nosso *habitat* político.

"A falta de zelo, a falta de cumprimento do dever, é o nosso primeiro defeito moral", lamentava o Imperador. E, num dos raros momentos de desalento, escrevia em seu *Diário,* à data de 10 de janeiro de 1861: "Nada. Só muita tristeza, ainda que seja preciso mostrar cara alegre. Muitas coisas me desgostam; mas não posso remediá-las e isso me aflige profundamente. Se, ao menos, eu pudesse fazer constar geralmente como penso! Mas, para que, se tão poucos acreditariam nos embaraços que encontro para que se faça o que eu julgo acertado! Há muita falta de zelo, e o amor à Pátria só é uma palavra para a maior parte! Ver onde está o bem e não poder concorrer para ele senão lentamente, burlando-se muitas vezes os próprios esforços, é um verdadeiro tormento de Tântalo para o Soberano que tem consciência; mas a resignação é indispensável, para que a influência do Soberano vá produzindo, sem abalos, sempre maus, seus efeitos desinteressados do que não seja bem público — alvo necessário do Monarca constitucional"[13].

VIII

Pedro Lessa dizia que o Imperador não tinha a *envergadura de homem de Estado.* É certo, muito embora fosse provável que se tivesse por tal. Apesar de modesto, por natureza, sentia-se que ele se tinha na conta de superior, como homem de governo, a seus Ministros, e daí o fundo de despeito e a hostilidade latente que havia sempre nestes. A frase é de Madelin, com relação a Luís Filipe de França, com o qual, aliás, o Imperador tinha tantos pontos de contacto; mas adapta-se perfeitamente ao nosso Monarca: *Il se tenait pour un homme d'État, et par là, il a toujours été pour la plupart de ses Ministres, un Souverain incommode, car, par príncipe, il se tenait pour supérieur.*

Vicente Quesada, Ministro da Argentina no Rio, nos últimos anos do Reinado, um dos estrangeiros que melhor compreenderam Dom Pedro II, dizia que este não havia nascido homem de Estado, e que a distância que o separava de um Bismarck, por exemplo, nesse assunto, era um abismo imenso. "Como governante, não tinha vocação de estadista."

Se lhe faltava, contudo, a envergadura de homem de Estado, como queria Pedro Lessa, no que este não tinha razão era em classificá-lo como um tipo à parte da comunhão brasileira de seu tempo, no sentido de que representava entre nós "o tipo ancestral da metrópole portuguesa, o *desembargador,* a ocupar-se embevecidamente com traduções do grego e do hebraico, com as mais puras nugas a que se pode prestar o estudo do árabe ou do sânscrito, com a presidência de soporíficos cenáculos literários e a composição de uns versinhos de poeta de outeiro"[14].

398

Ora, esse tipo de desembargador não era apanágio de Dom Pedro II. Este não era nem menos nem mais *desembargador* do que grande parte dos estadistas do Império, os quais, se não tinham inclinação pelo sânscrito ou pelo árabe, não empregavam menos seus lazeres no cultivo de problemas abstratos, na interpretação de sistemas ou teorias de Direito Público e na composição (e aí o mal era, e é, essencialmente brasileiro) de *poesias de outeiro* — quando não se limitavam ao círculo acanhado da politicagem, vendo e interpretando tudo pelo que Guizot chamava *perspectiva de partido*.

Para examinarmos esse aspecto da personalidade do Imperador, será preciso que nos coloquemos dentro da mentalidade de sua época — e mais, dentro desse século de humanistas que foi o século XIX, sem o que todo e qualquer julgamento se tornará falso. O *desembargadorismo* de Dom Pedro II, tomando-o na acepção em que o queria Pedro Lessa, e dando, para argumentar, que assinalasse, de fato, um dos aspectos de sua personalidade, não era privilégio dele, nem nosso, nem mesmo de criação portuguesa — mas o tipo clássico do burguês culto daquele tempo, com o qual o Imperador tinha, realmente, muitas afinidades, produto da filosofia social do fim do século XVIII, esse homem médio que se encontrava um pouco em toda a parte, tanto nos países de formação e tradição aristocráticas, como nas Nações essencialmente burguesas e democráticas, filhas ou perfilhadas da Revolução Francesa.

Se o Imperador não tinha a envergadura de homem de Estado, era apenas neste sentido: que ele não percebia muito além das grandes necessidades de seu tempo. A visão que possuía das coisas presentes — para repetirmos uma apreciação já feita — era mais ou menos exata; faltava-lhe, entretanto, a intuição das coisas futuras. Ora, *gouverner c'est prévoir,* dizia Thiers.

Mas o grande serviço que ele nos prestava, não era tanto o de preparar um Brasil de amanhã, mas sobretudo o de consolidar o Brasil do presente, o Brasil do seu tempo; dar-lhe uma estrutura política e social bastante resistente, para que as gerações vindouras pudessem construir o grande edifício que seria o Brasil do futuro, sem receio de vê-lo um dia por terra. Ele era, neste particular, um dos grandes consolidadores dos alicerces da nossa nacionalidade, que uma política colonial sem método e sem finalidade, e um Primeiro Reinado turbulento, nos legara incompletos e já abalados. Era essa a tarefa civilizadora, a grande obra que consciente ou inconscientemente nos prestava o Imperador.

Octávio Tarquínio de Sousa dizia que ele se orgulhava de ser o primeiro funcionário do País — "primeiro na soma dos deveres e no peso das obrigações", não se imobilizando na mesa de trabalho nem se fazendo sedentário. Ao contrário, "com os limitados meios de transporte de então percorreu todo o Brasil[14a] para inteirar-se das necessidades de cada lugar, regozijar-se com o conhecimento da terra que tanto amava e não para o deambular de cigano incapaz de fixar-se fosse onde fosse." "Durante cinquenta anos de reinado fez de sua vida um longo e constante dever cumprido sem impaciência, sem dilação, sem preguiça. Sem dúvida faltou-lhe audácia para propor reformas no plano social, visão mais aguda para antecipar conquistas no plano econômico. Homem de vontade, perseverança, sabendo mais resistir do que mandar, era por ventura um espírito tímido e foi mais administrador do que estadista. Mas essa timidez proviria também do seu quase fetichismo pelas normas da Constituição, de sua estreita obediência ao papel que nela lhe atribuíam"[14b].

IX

Analisando, ainda, esse aspecto de sua personalidade, diremos que, se não lhe faltava, como já se viu, o sentido exato das necessidades presentes de um país como o Brasil, em pleno desenvolvimento; o seu constante escrúpulo, porém, possivelmente um tanto exagerado, o levava a desconfiar de toda iniciativa por demais arrojada: não por ela mesma, mas pelo que pudesse conter, em seu bojo, de apetites imoderados de fortuna rápida, quase sempre inconfessáveis.

Um homem como ele, avesso ao luxo, inimigo do supérfluo, arredio a toda preocupação de grandeza, que tinha o maior desprezo pelo dinheiro, viesse de onde viesse, fosse qual fosse seu modo de aquisição, e com mais forte razão se ilícita — que admiração, mesmo que simpatia podia nutrir pelos fazedores de fortuna rápida, que são em geral os homens de grandes negócios, os iniciadores de grandes empreendimentos práticos?

Não estará aí a explicação do seu pouco entusiasmo pelos projetos grandiosos do Visconde de Mauá? Não há uma prova de que o Imperador movesse guerra a Mauá. Mas, indiscutivelmente, não o tinha em grande admiração. Dizer que alimentava *ciúmes* do banqueiro, como se escreveu, porque este recebera, em 1859, uma grande manifestação na Bahia, quando o Imperador, que por ali passara pouco antes, fora acolhido com menos entusiasmo, é desconhecer o espírito despido de toda ambição popular de Dom Pedro II. A acusação é pueril. O Imperador era um homem que mostrara sempre a maior indiferença pela popularidade, *a popularidade*, como dizia José de Alencar. O que se chama *delírio das multidões,* era coisa que jamais o sensibilizara. Em sua alma de céptico, ele nutria completa indiferença pelo entusiasmo popular, pelos aplausos das *massas,* o mais precário, aliás, dos sentimentos coletivos. Dom Pedro II não seria nunca,como Luís Filipe, um *Roi de la canaille.*

O Imperador temia, provavelmente, os arrojos de Mauá; não lhe inspiravam confiança. Eis tudo. Mas nisto, como em tantas outras coisas, ele não estava só, nem no Reinado, nem no século. Preconceitos pelas grandes empresas industriais, pelas empreitadas de largo vulto, que marcavam a evolução material do século, tiveram-nos os homens mais eminentes dos países cultos da Europa. O Marquês de Paraná, um dos nossos maiores estadistas, dos mais ousados, não duvidou menos do que o Imperador dos empreendimentos de Mauá. Sem falar em muitos outros políticos, como Itaboraí, como Zacarias, como o velho Nabuco, como Ouro Preto, que manifestaram idênticas prevenções. Pode-se dizer que, em rigor, o único que confiou realmente em Mauá, que compreendeu Mauá foi Rio Branco, o homem de maior visão objetiva que já governou o Brasil.

Deve-se ainda buscar a explicação do retraimento do Imperador para com Mauá em certas atitudes políticas deste, que não podiam deixar de chocar o espírito visceralmente patriota do Monarca, sobretudo o seu sentimento de grandeza da pátria, inseparável, para ele, da unidade e do sossego do país.

Ora, Mauá não escondera, como se sabe, suas simpatias pelo movimento separatista do Rio Grande do Sul, na segunda fase da Revolta dos Farrapos. Conspirara, então, quase que abertamente, contra a integridade do Brasil, trabalhando em favor da formação de uma república no Sul. Socorrera os muitos revolucionários vindos prisioneiros para a Corte, e dera mesmo asilo em sua casa de Santa Teresa — chamada por isso o *quilombo rio-grandense* — a um certo número deles.[15]

X

Bastava um motivo desta ordem para indispor quem quer que fosse com o Imperador. Outros, porém de natureza diversa, iriam divorciá-lo ainda mais de Mauá.

Por ocasião da Questão Christie, em 1862, que tão profundamente ferira o patriotismo do Imperador e dos brasileiros e, como se sabe, por um triz não levara o Império à guerra com a Inglaterra, Mauá se metera a mediador, sem audiência nem ciência do Monarca. Andara em entendimentos secretos com o insolente diplomata inglês, e teria arrastado consigo o Marquês de Abrantes, se não fora a intervenção pronta e enérgica do Imperador, no sentido do Ministro de Estrangeiros *cumprir o seu dever, repelindo* — são as expressões textuais do Imperador — *a intervenção intempestiva de Mauá*[16].

Pouco depois Mauá se levantou contra a política de intervenção no Uruguai, a qual se tornou, como se sabe, para o Governo Imperial, uma questão de honra nacional, e, consequentemente, contra a Guerra do Paraguai, em que se empenhara todo o patriotismo da Nação. O que sobretudo devia ter escandalizado o espírito honesto do Monarca foi o motivo, mais que suspeito, que ditou a atitude de Mauá na questão chamada *uruguaia*. De fato, não era segredo para ninguém que, defendendo o partido e o governo dos *Blancos*, contra os quais se levantara o Império, e indo, assim, de encontro não somente à opinião de sua Província natal, o Rio Grande do Sul, que o elegera para a Câmara dos Deputados, mas também contra a opinião pública do país, Mauá tivera, sobretudo, o intuito de defender os seus *milhões* e o seu próprio prestígio de banqueiro internacional, grandemente *comprometidos* — *é* a expressão de que usa — no Uruguai[17].

Mas não ficavam ainda aí os motivos de desconfiança do Imperador contra Mauá. Outros havia, como certos processos deste, de verdadeiro suborno, que punha em prática sempre que pretendia interessar os Gabinetes no sucesso de suas empresas, e receber, assim, do Estado, favores que outros meios possivelmente não lhe dariam. Neste particular, e apesar dos reais serviços prestados por Mauá ao desenvolvimento econômico do Brasil, ele aparece, entre nós, como um elemento altamente nocivo. Não se pode dizer que o tenha inaugurado, mas foi, em todo o caso, o grande animador do péssimo sistema, que tanto proliferou depois, de interessar os homens públicos, direta ou indiretamente, em empresas que dependiam, para viver, dos favores do Governo.

Assim, ao fundar no Rio a casa bancária Mauá, Mac Gregor & Cia., em 1854, é para os parentes próximos do Marquês de Paraná, Presidente do Conselho, que ele se volta, interessando-os na sociedade recém-formada: ao filho de Paraná dá cinco quinhões da sociedade, ao genro três, e ao pai deste outros cinco. Dois anos depois, é a "duas eminências da política", Monte Alegre e Pimenta Bueno (São Vicente) que ele recorre para figurarem, de parceria com o seu nome, na concessão para a construção da estrada de ferro de Santos a Jundiaí[18].

Seus processos no Uruguai não diferem destes. Quando organizava o serviço de iluminação a gás de Montevidéu, o homem que ele logo põe-lhe à frente é Herrera, político e diplomata, um dos mais influentes esteios da gente *blanca,* então no Poder. E, ao formar a companhia telegráfica entre o Uruguai e a Argentina, seu primeiro cuidado é chamar para a sua direção um filho de Andrés Lamas. "Sabe como os negócios se fazem — dirá Castro Rebelo — neles se vai metendo com a gente poderosa do país."

Por tudo isso, Mauá e o Imperador eram dois homens colocados em polos diametralmente opostos. Não se compreendiam, nem podiam, de modo algum, se compreender. O que os separava, de uma maneira tão frisante, não era uma questão de ciúmes, mas uma diferença visceral de temperamentos, de mentalidade, de educação, de processos, de ideais, de percepção das coisas. O *homme d'affaires,* o banqueiro, que foi sempre e sobretudo o Visconde de Mauá, e o espírito idealista, romântico, como muito bem o define Fernando Magalhães, desprendido de toda ambição de dinheiro de Dom Pedro II, repeliam-se naturalmente.

401

XI

Quer-se apresentar hoje Mauá como um dos grandes consolidadores da unidade nacional. Sem dúvida, certas de suas empresas, não visando embora esse fim, são eminentemente nacionais. Mas Mauá era antes de tudo um espírito cosmopolita, em que pese a atitude regionalista que assumiu ao tempo da Revolta dos Farrapos, obra, sobretudo, de sua irrefletida mocidade. O nacionalismo nunca fora uma de suas virtudes — ou de seus defeitos. O conceito de Pátria era para ele uma coisa muito relativa, como o é, aliás, em geral, para todos esses homens de grandes negócios. O caráter internacional de muitas de suas atividades o prova. Mais do que um brasileiro, ele foi um americano, um grande americano, se quiserem.

E ainda aí sua mentalidade chocava-se com a do Imperador, cujo nacionalismo, uma das formas de seu patriotismo, tinha quase os exageros de jacobinismo, tal como é entendido entre nós. Era esse nacionalismo que o punha em luta constante com o nosso estreito espírito regionalista, fruto, em grande parte, da divisão administrativa defeituosa que herdamos do tempo colonial, e da qual nunca nos foi possível libertar. A divisão territorial do Brasil, com exceção das duas Províncias do Amazonas e do Paraná, que o Governo Imperial desmembrara de outras, era a mesma, então como ainda hoje, do tempo de Dom João III, antiga, portanto, de trezentos anos.[18a]

Aos estadistas que fizeram a Independência cabe, em grande parte, entre outros erros, como a manutenção integral — o tráfico inclusive — do regime escravocrata, o de não terem querido aproveitar a oportunidade para destruírem a velha divisão administrativa que Portugal nos dera. Não souberam imitar os homens da Revolução Francesa, que coroaram a obra dos grandes Reis modernos acabando com o regionalismo feudal da França, com as semipátrias da Normandia, da Borgonha, da Provença, e sobrepondo a todas, unida física e espiritualmente, a *Nação francesa*.

Infelizmente não os imitamos nesse exemplo. Em 1822 havíamos proclamado, não a independência dos brasileiros, mas a dos baianos, dos pernambucanos, dos paulistas, dos rio-grandenses, dos paraenses etc. Deixamos subexistir essas *pátrias,* territorialmente grandes, que eram as principais Províncias, mas de espírito acanhado; e, ao lado delas, outras *pátrias* menores, que eram as Províncias secundárias, pequenas em espírito e em território, pátrias raquíticas e estéreis, vivendo parasitariamente à sombra das maiores, e, por isso, abastardadas, resmungando um eterno e insofrido despeito.

A nossa sorte foi o regime de centralização imperial, instituído pela Constituição de 1824, justamente o que os Repúblicanos da propaganda, imbuídos do sectarismo positivista, e partidários, por isso, das *pequenas pátrias,* iriam combater com tanto calor às vésperas de 1889. Era, no entanto, graças a essa centralização que podíamos contrabalançar o espírito regionalista das Províncias, abafar-lhes as explosões, no Rio Grande como em São Paulo, em Minas como em Pernambuco, e mantermos a pátria unida e forte. O Imperador, pela função de seu cargo, pela serenidade de suas atitudes, pelo seu alto senso patriótico foi o agente propulsor dessa centralização, quer dizer, da unidade nacional, solidificada pela espada e pelo bom senso de Caxias.[18b]

A consolidação da nossa unidade política foi uma empresa gigantesca, e nela cooperaram todos quantos compreenderam os recursos inestimáveis que nos dera, para esse fim, o regime da Constituição de 24. Veja-se, por exemplo, os Presidentes de Província, esses procônsules do Governo Imperial: foram, possivelmente, os agentes mais poderosos da união e articulação das Províncias. *É* esse, aliás, um aspecto de nossa evolução histórica, que não foi ainda devidamente apreciado.

O Governo Imperial pôde dispor, geralmente, de uma numerosa *Equipe* de homens públicos, que independentemente de quaisquer preocupações regionalistas, eram despachados para administrar as várias Províncias do Império, levando, cada qual, não o facciosismo de campanário ou os interesses de clã, mas a mentalidade do governo central do Império, quer dizer, do governo da Nação.

Sem dúvida, eram eles criaturas dos Gabinetes, órgãos políticos eminentemente partidários. Mas os Gabinetes imperiais eram os instrumentos menos regionais que tínhamos sob a Monarquia. Se não exprimiam a vontade da opinião pública do país,porque essa opinião pública não chegara a educar-se para tanto conseguir, também é certo que não refletiam os interesses de tais ou quais Províncias, segundo os estadistas que os presidiam, porque esses homens, quando eram chamados à Presidência do Conselho, abstraíam logo de si toda e qualquer preocupação de política regional. Tornavam-se instrumentos exclusivamente nacionais. A política, que eles faziam no poder, ou melhor, que predominava em seus governos não era uma política de Província, que interessasse exclusivamente ou quase exclusivamente essa ou aquela determinada circunscrição do Império, mas uma política mais elevada, de horizontes mais largos, de interesse coletivo e nacional.

Veja-se, por exemplo, o Gabinete de 7 de Março de 1871: acaso a presença, em sua chefia, do Visconde do Rio Branco, político originário da Bahia, dava-lhe o caráter de um *governo baiano?* Teriam sido, igualmente, *baianos,* os governos de Saraiva e de Cotegipe, que, mais do que Rio Branco, estavam ligados, por uma larga tradição política, aos interesses e aspirações de sua Província? E foram *pernambucanos,* os quatro governos presididos pelo Marquês de Olinda, ou o que João Alfredo irá presidir em 1888? Será *mineiro* o último da Monarquia, formado por Ouro Preto? Não. Foram todos, antes de tudo, *governos imperiais.*

XII

Eis porque os Presidentes de Província, criaturas políticas e administrativas desses Gabinetes, não se identificavam nunca com o espírito regional das circunscrições que governavam. Aliás, eles eram em regra despachados para Províncias que não as de seu nascimento, e isso era já uma garantia, senão de completa imparcialidade, ao menos de que ficariam acima e fora, portanto, das paixões estritamente locais. São Paulo, por exemplo, foi governado por políticos de fora de suas fronteiras, como Nabuco, como Saraiva, como Monte Alegre, todos baianos; como Itaúna, fluminense; como João Alfredo e Soares Brandão, pernambucanos. Rio Grande do Sul, a mais regionalista, talvez das Províncias do Império, teve por Presidentes, entre outros São Vicente, Sinimbu, Muritiba, Boa Vista, Homem de Melo, Barros Pimentel, Figueira de Melo, Soares Brandão, Lucena, todos políticos originários de outras Províncias. Nem por isso se soube que eles tivessem podido melindrar os brios dos gaúchos.

As presidências de Província eram, para esses homens, uma espécie de aprendizado político, de escola preparatória, que os adestrava para ocuparem mais tarde os altos conselhos da Coroa. Raros foram os Ministros de Estado que não fizeram antes esse estágio, que não passaram por esse curso preliminar de administração pública. Despachados, indiferentemente, para essa ou aquela Província, conforme reclamassem as circunstâncias políticas do momento, eles acabavam aptos, ao fim de alguns anos, senhores que estavam já das necessidades do país, a assumir, com pleno rendimento, mercê desse tirocínio preparatório de administração pública, a direção dos altos departamentos ministeriais. Daí, talvez, a razão de eles se mostrarem, geralmente à altura de suas pastas, e brilharem com tanto sucesso, na administração central. Para só citarmos dois dos mais traquejados políticos do Império: veja-se, por exemplo, Saraiva, que foi sucessivamente Presidente do Piauí, de Pernambuco, de Alagoas e de São Paulo; ou Sinimbu, que presidiu Alagoas, Sergipe, Bahia e Rio Grande do Sul. E quando se considera que Saraiva, além daqueles cargos de Presidente de Província, ocupou mais seis Ministérios de Estado, quer dizer, quase todas as pastas ministeriais, e que Sinimbu presidiu cinco delas — Justiça, Estrangeiros, Guerra, Fazenda e Agricultura — pode-se calcular a soma de praticagem que possuíam esses dois notáveis estadistas.

Havia, entre nós, uma verdadeira *carreira* de presidentes de Província, verdadeiro corpo de profissionais, especializados nesse ramo da administração pública, e aos quais os Gabinetes sempre recorriam. Ninguém melhor do que eles conhecia as necessidades do país. Percorrendo o Império de alto a baixo, de Província a Província, varando-lhe as fronteiras, transpondo-lhe as serras, penetrando-lhe os rios, eles acabaram por ficar imbuídos de um verdadeiro sentimento nacional, e por ser, indubitavelmente, os mais eficazes agentes da unidade da Pátria e do Império. Homem de Melo, Ministro do Império no primeiro Gabinete Saraiva, administrou sucessivamente quatro Províncias: Manuel Felizardo, Ministro em 48 e 58, presidiu cinco Províncias; o Barão de Caçapava, seis; Pires da Mota, sete; Herculano Ferreira Pena, que bateu sem dúvida o *recorde* nesse particular, administrou, sucessivamente, oito Províncias: Amazonas, Pará, Maranhão, Pernambuco, Bahia, Espírito Santo, Minas Gerais e Mato Grosso. Até o fim do regime, se contará por 595 o número de presidentes de Província da Monarquia.

O ideal, para o Imperador, seria haver um corpo especializado desses administradores. "Uma Carreira administrativa para presidentes de Província, que os poria mais arredados da política, isto é, das eleições, cuidando eles assim mais dos interesses provinciais (que também melhor estudariam), e não estando, como agora, nas Províncias senão, por assim dizer, de passagem, pois que a política, principalmente entre nós, é volúvel, e dessa volubilidade se ressente tudo aquilo sobre que ela influi"[19].

XIII

Cercava o Imperador, nessa época, ajudando-o na obra de consolidar a nossa nacionalidade em formação, uma brilhante coleção de homens públicos, sem dúvida a mais completa que já nos foi dado possuir. Nunca se vira, nem se veria depois no Brasil, como nesse período áureo da Monarquia, semelhante galeria de estadistas, notáveis pelo talento, pelo senso da medida, pelo amor à causa pública, pelo desinteresse pessoal, pela rigidez de costumes, pela austeridade de suas vidas privadas.

Com exceção de alguns, já falecidos, como Bernardo de Vasconcelos, Aureliano (Visconde de Sepetiba), Paula Sousa, Monte Alegre, Paraná, Eusébio, Abrantes, Uruguai, mas cujos exemplos de patriotismo estavam ainda vivos na memória dos presentes, e de Olinda e Furtado, ambos falecidos em 1870, os demais estavam ainda em pleno vigor, na posse completa de todas as qualidades.

Se Abaeté, São Vicente e Itaboraí haviam já passado os sessenta anos (de resto Itaboraí iria morrer dentro de dois anos); Sinimbu mal alcançara essa idade. Torres Homem, Visconde de Inhomirim, tinha então cerca de 58 anos, Nabuco de Araújo cerca de 57, Zacarias e Cotegipe cerca de 55. Rio Branco, Chefe do Governo, notável, já, entre os mais notáveis, completara apenas meio século de existência.

Outros eram ainda mais moços, ostentavam aquela *bienveillante jeunesse* de que nos fala Voltaire, mocidade cheia de entusiasmo e de ambição, idealista e abnegada. Dantas, Martinho Campos, Lafayette, Saraiva, Paranaguá (o segundo), eram homens apenas chegados à madureza. Alguns eram quase rapazes, apesar de possuírem já uma fé de ofício digna de um ancião, como Paulino de Sousa, ex-Ministro da Justiça do Gabinete Itaboraí, que contava 36 anos, e chefiava agora a dissidência conservadora na Câmara; como João Alfredo, que era o Ministro do Império, com 35 anos apenas; como Afonso Celso, o futuro Visconde de Ouro Preto, ex-Ministro da Marinha — e grande Ministro! — na fase mais crítica da guerra do Paraguai, que ostentava vaidosamente os seus 33 anos!

Ao lado dos civis figurava o elemento militar, os generais de terra e mar, guerreiros na acepção verdadeira da palavra, homens do seu ofício, não maculados ainda pelo ácido corrosivo da política, e gozando, por isso, de todo o prestígio na opinião pública do país. Eram homens que se haviam feito nos campos de batalha, conquistado os galões a golpes de bravura, nas guerras da Cisplatina, de Rosas, do Uruguai e do Paraguai. Eram: Caxias, o .filho predileto da Fortuna, que jamais sofrera um revés, o pacificador do Império, um dos grandes obreiros da unidade nacional; Osório, Marquês de Herval, o ídolo da tropa, guerreiro *sans peur et sans reproche;* Polidoro, Visconde de Santa Teresa; Andrade Neves, Barão do Triunfo; Porto Alegre; Vitorino, Barão de São Borja;Caldwell; Argolo, Barão de Itaparica... E os dois grandes marinheiros — Tamandaré e Barroso. Esses homens acabavam de voltar dos campos paraguaios, onde se haviam batido pela glória do Brasil e da mais alta nomeada do Império. Estavam cobertos de glórias, eram quase legendários, na imaginação caprichosa do povo. Os que não haviam tombado sob as balas inimigas, como Andrade Neves, voltavam cheios de cicatrizes, quando não ostentavam ainda seus ferimentos abertos.

XIV

Na literatura e nas artes o Império alcançava igualmente a plena florescência, devido, sobretudo, ao incentivo que lhe dispensava esse Monarca humanista, amigo dos poetas, dos artistas, dos homens de ciência, que a todos acolhia com um sorriso animador, encorajando a uns, amparando a outros.

Álvares de Azevedo, cantor das *Lira dos Vinte Anos,* falecera havia dois decênios; Casimiro de Abreu seguira-o no túmulo dez anos depois; e Gonçalves Dias, fazia pouco, fora tragado pelas águas do Atlântico. Castro Alves (que iria morrer no ano seguinte — 1871), apenas completara 24 anos de idade; mas já havia publicado as *Espumas Flutuantes,* através de cujas estrofes a causa dos escravos iria penetrar na imaginação popular. Fagundes Varela não tinha ainda completado 30 anos. Eram jovens, como dirá Afrânio Peixoto, contaminados de literatura, que padeciam da *weltschmerz,* que outra coisa não era senão o *mal do século.*

Almeida Seabra, esse delicioso poeta das *Flores e Frutos,* estava em plena voga nos salões das Laranjeiras e do Catete, onde se repetiam os versos famosos da *Moreninha,* nos saraus das noites de inverno:

— Moreninha, dá-me um beijo?
— E o que me dás, meu senhor?
— Este cravo. . .

      — Ora, este cravo!
De que me serve uma flor?
Ha tantas flores nos campos!
Hei de agora, meu senhor,
Dar-lhe um beijo por um cravo?
É barato: guarde a flor.

Gonçalves de Magalhães, Visconde de Araguaia, que desde 1857 se impusera como nosso projeto oficial de épico, com a publicação da *Confederação dos Tamoios,* revela-va— se agora um dos nossos mais completos diplomatas, à frente, primeiro da Legação em Washington, e depois em Buenos Aires, no crítico período de após-guerra, quando se liquidava o acervo da Aliança e por um triz o Império não se batia pelas armas com a Argentina de Sarmiento. Outro diplomata era Varnhagen, Visconde de Porto Seguro, então nosso Ministro em Viena, cuja obra monumental, a *História Geral do Brasil,* lhe dera desde muito foros de grande Históriador.

José de Alencar era já, a esse tempo, o mais festejado dos prosadores, e seus romances indianistas, *O Guarani,* publicado havia quatorze anos, e *Iracema,* havia cinco, faziam as delícias de toda uma geração. Ninguém diria que o romancista tão celebrado fosse aquele homem de pouco mais de quarenta anos, quase um rapaz, cuja mocidade ainda mais se caracterizava na pequenez da estatura e delicadeza das feições. Outro romancista muito popular era Bernardo Guimarães. De seus livros sobre a vida e costumes sertanejos, aquele que seria tido como o melhor, *O Garimpeiro,* publicava-se justamente nessa época. Joaquim Manuel de Macedo completava essa brilhante trindade de prosadores; não chegara ainda aos 50 anos, mas já se impunha por duas obras primas, *A Moreninha* e *O Moço louro.*

Do estrangeiro nos vinha o nome glorificado de Carlos Gomes. Graças à pensão que lhe dava o Imperador, o maestro acabara os estudos na Itália com o sucesso, jamais alcançado por qualquer outro compositor brasileiro, de *Il Guarany,* que se cantara, pela primeira vez, no Teatro Scala de Milão. Carlos Gomes era então um rapaz de 30 anos de idade[19a].

Na pintura, dois jovens brasileiros começavam a fixar na tela cenas da nossa História ou fatos heroicos dos nossos soldados. Chamavam-se Vítor Meireles e Pedro Américo. O primeiro doze anos mais velho do que o segundo. Vítor Meireles iria dar-nos, sucessivamente , entre outras telas, a *Primeira Missa no Brasil,* o *Combate de Riachuelo* e a *Batalha de Guararapes.* O segundo nos daria outras grandes telas: a *Batalha do A vaí,* o *Juramento da Princesa Isabel[19b],* a *Batalha do Campo Grande* (onde aparecia, montado num fogoso cavalo branco, a figura do Conde d'Eu) e o muito conhecido *Grito de Ipiranga.* Esta tela fora exposta pela primeira vez em Florença, onde o autor terminava seus estudos de pintura, e a igual de Carlos Gomes, por conta do *bolsinho de Sua Majestade.* A essa exposição estiveram presentes o Imperador e a Imperatriz, que andavam então de excursão pela Itália. Em Lisboa vivia, como Cônsul-Geral do Brasil, o velho Araújo Porto Alegre, Barão de Santo Ângelo, tradição viva de várias gerações de artistas, poeta, pintor, um pouco escultor e decorador, em suma, o *homem faz tudo,* autor,entre outras telas menores, do vasto painel sobre a coroação de Dom Pedro II (quadro que aliás ficou inacabado).

Sob o ponto de vista rigorosamente histórico, o *Grito do Ipiranga* de Pedro Américo era uma tela falsa. Falsa, sobretudo, tanto na apresentação dos personagens como com relação ao número e qualidade delas. E também quanto aos uniformes com que foram apresentados (inclusive o Príncipe Dom Pedro), pois sabemos hoje que em 7 de Setembro de 1822, data do *Grito,* não se tinha ainda criado a Guarda de Honra que aparece na tela. Segundo os testemunhos do tempo, entre outros o Barão de Pindamonhangaba e o Padre Belchior Pinheiro de Oliveira, que presenciaram a cena, Dom Pedro em Ipiranga "ia vestido com a fardeta de Polícia"; e, ao contrário do cavalo impetuoso com que foi apresentado pelo artista, estava montado "numa besta baia gateada."

Mas tais falsidades históricas em quadros como esse são geralmente consentidas, a bem da harmonia do conjunto, da beleza das cores e da postura dos personagens e animais. Porque, se fôssemos levar a rigor essas coisas, ter-se-ia então que condenar grande número de belas e célebres telas de pintores famosos, tanto brasileiros como estrangeiros. Para ficarmos entre nós, veja-se, por exemplo, a figura do Conde d'Eu no quadro *Batalha do Campo Grande,* de Pedro Américo: não correspondiam em nada à verdade digamos histórica, nem a farda que trazia nem o fogoso cavalo em que está montado (branco), pois, segundo os companheiros do Príncipe nesse combate, ele montava "um cavalo rosilho muito manso, dócil e calmo no meio do fogo, e que nunca se lembraria de empinar-se todo, tomando visos de verdadeiro repuxo, como imaginou o pintor." O testemunho é do Visconde de Taunay, presente na batalha.

Outros pintores brasileiros do Segundo Reinado, que merecem ser citados, foram José Ferraz de Almeida Júnior, paulista, autor, entre outras telas, de *Caipiras;* Rodolfo Bernardelli (irmão de Henrique, que era escultor), ambos nascidos no México mas naturalizados brasileiros; Rodolfo Amoedo, que depois de haver trabalhado em Paris, nos *ateliers* de Cabanel e Puvis de Chavannes, voltou para o Rio de Janeiro, onde nos deu uma grande produção de quadros de grande qualidade.

Entre os pintores estrangeiros que trabalharam no Brasil no decurso do Segundo Reinado, podemos citar o marinista, Edoardo De Martino, um italiano que chegara ao Brasil em 1868 e seguira para a Guerra do Paraguai, adido ao Quartel-General de Caxias, para reproduzir na tela vários dos nossos combates navais, como a *Passagem do Humaitá* e o *Combate do Riachuelo.* Terminada a guerra, De Martino voltaria para a Corte, onde iria atrair o interesse e a simpatia do Imperador, que no correr do tempo iria adquirir vários quadros seus, para ornamento das paredes do Paço da Boa Vista. Casado com uma pernambucana, da família Alcoforado, iria viver seus últimos anos em Londres, onde conquistaria a apreciação dos ingleses como pintor de *marinhas.* Seus quadros são tidos hoje ali como valiosos.

Outro pintor estrangeiro que viveu e criou uma relativa fama no Brasil imperial foi o francês François-René Moreaux, que, a igual de Pedro Américo e com a mesma liberdade de concepção, nos deixou uma tela com a famosa declaração da Independência nos campos do Ipiranga. Apenas a tela de Moreaux foi feita em 1844, enquanto o quadro de Pedro Américo é de 1888. Moreaux tinha vindo de França em 1838, jovem de 31 anos de idade, havendo descido primeiro no Recife, passando-se depois para Salvador e daí para o Rio de Janeiro, onde se fixaria em 1841 até sua morte em 1860. Em Paris tinha sido discípulo do célebre Barão de Gros. Deixou entre nós um grande número de telas sobre assuntos brasileiros, tais como a *Coroação de S. M. o Sr. Dom Pedro II,* que passou a figurar na Sala do Docel do Paço da Cidade: a *Visita do Imperador aos doentes de cholera morbus;* e uma coleção de desenhos intitulada *Souvenirs de Pernambuco.* Além disso, dava aulas de pintura no seu *atelier* da Rua do Rosário.

Ao lado desses dois pintores, são também merecedores de uma citação vários outros que viveram ou estiveram no Brasil no decurso do Segundo Reinado, e aqui deixaram suas obras. Entre eles, o velho Félix-Emílio Taunay, professor e amigo do Imperador-rapaz; Alessandro Cicarelli, que, depois de uma estada no Brasil, onde chegou em 1843 e foi hospedado pelo Imperador no Paço da Cidade, seguiu para o Chile, onde passaria a viver. Este deixou-nos, entre outros quadros, o *Casamento de Dom Pedro II na Capela Real de Nápoles.* Também foi para o Chile, após ter estado no Brasil, Raymond Monvoisin. Aqui chegando em 1847, foi muito bem acolhido pelo Imperador, que se deixou por ele retratar no Paço de São Cristóvão. Este quadro, no entender de David James e de Marques dos Santos, é "o mais belo e fiel retrato, até então executado, do Imperador moço", e figurou até o fim do Império na Sala dos Estrangeiros do Paço da Boa Vista, pertencendo hoje ao bisneto de Dom Pedro II, o Príncipe Dom João de Orléans e Bragança.

Mais artistas estrangeiros daquele tempo: François Biard, Henri Nicolas Vinet, Ferdinand Krumholtz, Jules Le Chevrel, Castagnetto, e alguns outros.

CAPÍTULO II

A VIDA NA CORTE

Polimento dos costumes. A sociedade elegante. Os salões. As senhoras. As moças. Costureiros e cabeleireiros. Alfaiates. Os pontos de reunião. A Confeitaria Carceler. Aspecto colonial do Rio. Nomenclatura das ruas. Comércio que desapareceu. Os títulos de nobreza. Os colégios. Os hotéis. Os jornais. Os teatros.

I

Por todo o Brasil pairava uma atmosfera generosa, cheia de otimismo e de bem estar. Havia como que um renascimento geral. O passado de revoluções, de incertezas e de mal-estar ficara definitivamente para trás. Caminhava-se agora por uma nova estrada, larga e desimpedida, com uma alegria geral e espontânea. Havia em todos a esperança de um futuro melhor. A fé nas instituições monárquicas renascia, e os verdadeiros patriotas sentiam-se orgulhosos ao constatar o prestígio que cercava o Império, tanto entre os vizinhos da América, como entre as velhas nações da Europa. Os mais observadores ficavam perplexos, vendo aparentemente firmada, no solo americano, a planta exótica de uma coroa imperial, desmentindo com isso os sociólogos mais perspicazes, que acenavam com o fracasso trágico de Maximiliano no México.

Nossos costumes se poliam com o refinamento da cultura geral, com uma melhor educação política e mais perfeito funcionamento do regime representativo, sobretudo com o contato mais seguido e direto com o ocidente europeu, graças, primeiro, à navegação a vapor, depois ao telégrafo submarino. Com a navegação a vapor encurtara-se extraordinariamente a distância entre o Brasil e a Europa, que se vencia agora em vinte e poucos dias, em vez de dois meses ou mais do tempo dos barcos a vela.

A sociedade elegante, que frequentava os teatros, os salões de baile e as festas religiosas, não se distinguindo embora por um luxo ou um trem de vida semelhante às velhas sociedades do bairro Saint-Germain ou do Mayfair, tinha, contudo, um quê de distinção, de boas maneiras, de alto requinte, como se não terá visto depois. "Era uma sociedade superiormente distinta e delicada, com hábitos de requintada sociabilidade. A galanteria era por tal forma o distintivo da época, que o Históriador tem que narrar a cada passo os saraus, as récitas, os bailes, se quiser pôr os acontecimentos políticos nos seus próprios cenários." [19c]

O Palacete Abrantes, na rua desse nome (antigo Caminho Novo de Botafogo), esquina da Praia de Botafogo, antigo solar da Rainha Carlota Joaquina,[19d] fora, durante os anos que precederam a Guerra do Paraguai, um dos ambientes mais faustosos e mais brilhantes na vida social do Rio de Janeiro no Segundo Reinado. Ali se respirara o verdadeiro mundanismo, no sentido elegante da palavra, "conjunto de sibaritismo, de arte, de gentileza", como diz Pedro Calmon; "salão que foi a moda, o bom gosto e a civilização, onde a palestra se desenvolvia fascinante, a música requintava a espiritualidade, os costumes elegantes davam à aristocracia um equilíbrio de velha raça prazenteira e dominante, e as letras renasciam como no seu milagroso ambiente."[20]

409

A dona da casa, a jovem e espirituosa Marquesa de Abrantes, filha dos riquíssimos Viscondes de Meriti, e pela qual se apaixonara o Marquês, já idoso, no fim de uma brilhante carreira política, animava aqueles belos salões com a sua mocidade sempre viva. Mas o velho Marquês morrera havia cinco anos, e o palacete perdera desde então os seus dias de esplendor. A Marquesa se casara pela segunda vez com o seu médico assistente, um jovem português, o Visconde de Silva (título português), e acabava agora os seus dias numa vida tranquila e retraída.

Esse segundo casamento fora o epílogo de um romance de amor, começado ainda ao tempo do primeiro marido. Contava-se que a Marquesa tudo fizera para que o Imperador concedesse um Marquesado ao segundo marido, graças ao qual ela pudesse conservar, na nobiliarquia imperial, a mesma categoria de antes. Mas Dom Pedro II, intransigente, como era, nessas coisas, opusera sempre uma tenaz resistência. É verdade que o Visconde de Silva acabaria sempre por ter um título brasileiro — o de Barão do Catete; mas concedido pela Princesa Imperial Regente em 28 de junho de 1876, quando o Imperador estava ausente nos Estados Unidos da América; como seria feito Grande do Império — mas também pela Princesa Regente, em 13 de outubro de 1887, quer dizer, também na ausência do pai, então em tratamento da saúde na Europa.

II

Outros eram agora os salões onde se reunia a sociedade carioca: a casa do Conselheiro Diogo Velho, também em Botafogo; a casa do Conselheiro Nabuco de Araújo, no Flamengo, com recepções às quartas-feiras; as casas de Belisário de Sousa, do Barão de Mesquita e do Conde de Estrela, situadas no Rio Comprido; a casa do Barão de Cotegipe, na Rua de São Clemente, onde se recebia às quintas-feiras para o jogo do voltarete[21]; a casa do Conselheiro Pereira da Silva, o Históriador da fundação do Império, o qual não perdera aquele ar romântico, de que se impregnara em Paris, sob a Restauração, ao tempo ali de seus estudos; a casa do Barão de Nova Friburgo (depois do seu filho, segundo Barão e mais tarde Conde de Nova Friburgo) no Catete, em frente ao Largo do Valdetaro, casa que será, muitos anos depois, a sede oficial do Governo da República[21 a]; a casa do Visconde de Sousa Franco, cuja mulher, tida como uma grande formosura, pertencente a uma família do Pará, era chamada a *Estrela do Norte*; a casa do Conde de Itamaraty, na Rua Larga de São Joaquim (hoje Marechal Floriano), e que se tornará depois famosa nos anais da política exterior do Brasil;[21 b] a casa do Visconde de Cavalcanti, Senador do Império e Veador da Imperatriz; a casa dos Haritoff, nas Laranjeiras.

Era nesses velhos solares que todo o mundo se via, onde todos se encontravam para as conversas, para as danças — saraus ou "partidas" — para os jogos e as charadas. Os homens jogavam o gamão, o xadrez, o voltarete, o *whist*; as moças o jogo das prendas, das flores, do bastão, do amigo ou amiga, do lenço queimado, da barquinha. Dançava-se a valsa, a quadrilha, os lanceiros, o galope, a polca. Faziam furor as duas últimas valsas chegadas de Viena — *Le beau Danube bleu* — *Ou sont les neiges d'antan?* Suas músicas voluptuosas e lânguidas arrebatavam os pares, que voltejavam num turbilhão de sensações indescritíveis.

O Cassino Fluminense, depois chamado Clube dos Diários, na Rua do Passeio, onde se instalara depois o Automóvel Club do Brasil, era o centro principal dos divertimentos sociais. Pertencer e frequentar o Cassino era já um título de sociabilidade. Cada ação do Clube custava um conto de réis. Presidia-o o Visconde de Nogueira da Gama, Camarista e futuro Mordomo do Imperador. Ali se formavam e se desfaziam amizades, se intrigavam políticas, se ensaiavam namoros e se assentavam casamentos. Havia em tudo um ambiente sadio e acolhedor. As boas maneiras, tradição do século XVIII, não excluíam a simplicidade, discreta e cheia de medida, que reinava entre toda essa gente da mesma roda e de uma mesma cultura social.

As grandes damas do tempo, as senhoras casadas, mulheres dos estadistas, dos Conselheiros de Estado, dos diplomatas, dos altos funcionários do Império, dos militares, de todos aqueles, em suma, que formavam a classe pensante e dirigente do país, é que davam a verdadeira nota de distinção. Seus penteados, o brilho e a feitura de suas joias, seus largos vestidos de damasco de seda ou de gaze de Chambéry, que lhes deixavam nuas as espáduas, cobertas negligentemente por longos xailes das Índias — todo o conjunto, enfim, dessas *toilettes* do Segundo Império francês, transplantadas para a nossa Corte, emprestavam-lhes um tão grande ar de respeitabilidade e de bom-tom, como não se terá visto depois. Joaquim Nabuco, que as conhecera na mocidade, frequentando a casa do pai, escreveria mais tarde: "Essas senhoras tem o hábito dos cortejos, muitas são damas do Paço, têm ainda o garbo, a mesura, o modo da antiga Corte, as tradições do manto verde; a linha de algumas, como a Viscondessa de Nogueira da Gama, é impecável, não a veem encostar-se na carruagem nem no camarote."[22]

As solteiras, as formosuras, que os poetas cantavam em versos românticos, com lamentos a Musset ou exaltações a Lorde Byron, formavam um grupo de moças cheias de uma vida sadia e buliçosa. Emprestavam a essas reuniões o colorido de sua mocidade, o ruído da alegria, a ligeireza dos corpos esguios, o brilho dos olhos negros e sonhadores. Eram vistas sentadas em volta dos salões, ao lado de mamães, com uns ares tímidos e inocentes; ou espalhadas, depois, pelo salão, sob as luzes das velas, que refletiam nos cristais dos candelabros, rodopiando nos braços dos cavalheiros, ao som das valsas lânguidas; ou ainda nas récitas do Pedro II, às *matinées,* dos domingos, sentadas ao longo da balaustrada dos camarotes, formando como que uma gigantesca guirlanda de rosas. Apontavam-se as mais em voga, a filha dos Viscondes de Maranguape, que se dizia perturbara um momento o coração tido como inacessível do Imperador; a filha dos Viscondes de Nogueira da Gama, incensada por José de Alencar, pouco depois Condessa de Penamacor; a filha dos Viscondes de Quaraim, a filha dos Barões de Amaratim, futura Condessa de São Clemente...

Todas essas formosas mulheres vestiam-se nas grandes costureiras do tempo. A moda era das saias amplas e longas, cobrindo pudicamente as pernas, com os largos xailes das Índias caindo sobre as espáduas. O chapéu era sempre pequeno, ajeitado deliciosamente no alto da cabeça, o que lhes dava, ao lado da amplidão das saias, a silhueta encantadora de umas ânforas.

A voga do Wallerstein e da Lecarrière, na primeira década do Reinado, já havia passado. As grandes costureiras eram agora a Coimatá, na Rua da Quitanda; a Ottiker, "modista, costureira de Sua Alteza a Princesa Imperial Senhora Condessa d'Eu"; a Guion e a Mme. Gudin, com *ateliers* na Rua do Ouvidor. Os artigos de moda eram vendidos nas lojas de Mme. Cretan, na Rua do Ouvidor, esquina de Latoeiros (atualmente Gonçalves Dias), "ponto dos bondes"; de Mme. Dol, do Gustavo Masset, do Chevalier, todas na Rua do Ouvidor, onde também se encontravam a *Notre Dame de Paris* e o *Palais Royal.*

Salgado Zenha e Gaffré tinham suas lojas na Rua da Quitanda. Mme. Charavel, na Rua dos Latoeiros, era a coleteira da moda — "coleteira de S. M. a Imperatriz"; ali se encontrava um grande sortimento de coletes, desde 10$ até 50$.[22a]

Os penteados eram armados por Charles Guignard, estabelecido na Rua do Ouvidor, que tinha como aprendiz o Schmitd, tão popular alguns anos mais tarde, à frente da casa que fundaria na Rua Gonçalves Dias. Bernardo era outro cabelereiro em voga — o célebre Bernardo da Rua do Ouvidor, "cabeleireiro de Suas Altezas", como se lia na fachada de sua casa. Bernardo era o mais popular dos comerciantes do Rio, verdadeira instituição. Ali se vendia de tudo. À sua porta reuniam-se os políticos, e eram vistos num mesmo grupo de estadistas do tempo, Cotegipe, Saraiva, Itaboraí, São Vicente, Rio Branco, em palestra animada, depois dos debates no Parlamento. À sombra do Bernardo desapareciam os partidos, esqueciam-se as desavenças, compunham-se os mal-entendidos. Os políticos não iam ali somente para as palestras; também para se munirem de baralhos de cartas e de tentos, para a partida de voltarete logo mais à noite, depois do jantar. Bernardo vendia ainda perfumarias, vendia rapé, vendia charutos — os deliciosos charutos de Havana, de Ramón Afonso ou de Pedro Múrias. Caxias era um dos seus fregueses mais assíduos; seus charutos, como os do Visconde do Rio Branco, tornaram-se célebres, e pagava, dizia-se, por cada um, a soma quase fabulosa, para o tempo, de dois mil réis.

Desmarais era o perfumista em moda, estabelecido na Rua do Ouvidor. Nessa rua se concentrava já, pode-se dizer, toda a vida da cidade, *rue des boutiques élégantes, lieu d'où se colportent les nouvelles, but de promenade, prétexte à flâneries...*[23], dizia um diplomata estrangeiro. A Rua dos Ourives, que a cortava à meia altura, era, como dizia o nome, o quartel-general dos artistas desse ofício. Brincos, correntões, pulseiras, camafeus, medalhões, guarneciam as vitrinas do Farani, do Boulte, do Moutinho, do Resse. Só nessa rua contavam-se para mais de oitenta joalherias.

Os homens vestiam-se no Raunier, no Bâillon, no Amiel, todos com lojas na Rua do Ouvidor. Alguns políticos eram apontados pelo talho de suas sobrecasacas ou o tecido de seus coletes, pelo apuro no trajar, como Zacarias, como Otaviano, como Rio Branco. Nesses alfaiates vestia-se também a mocidade elegante, a chamada *jeunesse dorée,* à frente da qual estava o filho do Presidente do Conselho, Juca Paranhos, que apesar de estroina incorrigível, frequentador das cervejarias do Rocio e dos bastidores do Alcazar, era já Deputado-geral por Mato Grosso e um dos mais brilhantes defensores, na Câmara, da política do Gabinete; e o filho do Conselheiro Nabuco, que as moças chamavam *Quincas o Belo,* pela elegância e beleza máscula do corpo, e se fazia vestir pelos modelos de Cumberland Street.

A Confeitaria Carceler. tradicional na história da cidade, na Rua Direita, batizada agora 1°. de Março, data da terminação da Guerra do Paraguai, era outro ponto preferido de reuniões, não somente da mocidade do tempo, como também dos políticos e das altas notabilidades. O Imperador tinha o costume, depois de visitar as igrejas na Quinta-Feira Santa, de ir ao Carceler para tomar sorvetes, ali afamados. Estes eram servidos em forma de pirâmide, nuns pequenos cálices, e custava cada um 320 réis, soma elevada, para o tempo, quando um par de botinas de verniz custava apenas oito mil réis. Mas é que não se fabricava ainda gelo no Brasil: importava-se dos Estados Unidos. A primeira máquina de gelo artificial aparecida no Rio, mais ou menos nessa época, ficaria exposta no vestíbulo da Escola Central, depois chamada Politécnica, e durante vários dias serviria de alvo da curiosidade pública, que ali se extasiaria, para ver a *maravilha.*

Foi a Confeitaria Carceler quem inaugurou no Rio a moda de se colocarem mesinhas e cadeiras na calçada, em frente ao estabelecimento, como se fazia nos *boulevards* parisienses. Foi um sucesso, que logo firmou a popularidade da casa. Datava de então o costume de chamar-se aquele local da Rua Direita de *boulevard Carceler,* ou simplesmente *Boulevard.* Ir ao *Boulevard,* marcar um encontro no *Boulevard,* já se sabia, era na calçada da Confeitaria Carceler.

Nos agitados dias da Questão Christie, o Carceler tornara-se o ponto de reunião predileto dos patriotas, que ali iam discutir e tramar represálias contra os ingleses. Naquele local falara mais de uma vez o Imperador ao povo,, que o aclamara, da portinhola da carruagem que o conduzia ou trazia do Paço da Cidade.

Outro ponto de reunião da rapaziada elegante era a Charutaria da Cristina, na Rua do Ouvidor, esquina da Rua. da Vala, chamada agora Uruguaiana. Ali se juntava ela, após o jantar, fazendo horas para os espetáculos do Eldorado ou do Alcazar. No Alcazar brilhava a célebre Mme. Aimé, intérprete das operetas francesas em voga, como a *Grande Duchesse de Gerolstein* ou a *Filie de Madame Angot,* que plateias sucessivas não se cansavam de aplaudir. Mme. Aimé fazia agora as suas despedidas, depois de encher os corações e esvaziar os bolsos de seus apaixonados admiradores. A *Revista Ilustrada* comemorava a partida da Francesa para a Europa com uma página de grande sucesso, na qual se via numeroso grupo de senhoras da sociedade, reunidas à Praia de Botafogo, soltando foguetes e dando expansão à sua alegria, por ocasião da passagem do paquete que levava, para sempre, barra fora, em direção às terras do Velho Mundo, aquela terrível rival.

Uma passagem para a Europa custava então setenta libras esterlinas, o que, ao câmbio do dia, importava em cerca de 700$000. Asseguravam o serviço de passageiros para o Velho Mundo cinco companhias, entre as quais a Companhia Inglesa e as Messageries Maritimes. Os vapores da primeira iam ter a Southampton, e os da segunda a Bordéus. A travessia do Atlântico era feita em vinte e poucos dias, tempo curtíssimo, em comparação com os dois meses ou mais de vinte anos atrás, ao tempo dos veleiros. A *United States* fazia a linha da América do Norte, com o percurso do Rio a Nova York em 28 dias.

III

O Rio de Janeiro guardava ainda o aspecto colonial, com as suas ruas mal calçadas ou não calçadas de todo, uma vala correndo-lhe ao meio, para escoamento das águas e das imundícies, encharcadas nos dias de aguaceiro, cobertas pelo barro que descia dos morros, com os seus passeios irregulares e sua escassa iluminação a gás, que só seria inaugurada em janeiro de 1874. Mas não deixavam de ter o seu pitoresco, a sua fisionomia própria; não se haviam ainda nivelado com o tipo uniforme e por vezes vulgar das monótonas avenidas modernas. O Ministério Rio Branco, com João Alfredo na Pasta do Império, empreendia agora a transformação da cidade[23a], com a abertura de novas artérias, o alargamento de outras e o ajardinamento de algumas praças, como a da Constituição (depois chamada Tiradentes), onde se erguia a única estátua então existente na Corte, de Dom Pedro I (obra do escultor Louis Rochet), montado a cavalo e exibindo um exemplar da Constituição, inaugurada em 30 de março de 1862, e que os seus adversários de então chamavam a *Mentira de bronze.* Por sua vez o poeta Sousândrade versejava:

Brônzeo está no cavalo
Pedro, que é fundador;
E... o Tiradentes,
 Sem dentes,
Não tem onde se pôr?. . .

O belo Campo de Santana, atual Praça da República, onde se situava, à esquina da Rua do Areal, o Senado do Império (na casa que fora do Conde dos Arcos), foi uma obra iniciada nessa época, traçada pelo arquiteto paisagista Glaziou, o mesmo que havia feito o grande e bonito parque da Quinta da Boa Vista, por iniciativa e sob as vistas de Dom Pedro II. O Campo de Santana era até então um terreiro abandonado, onde vinham pastar animais, e as lavadeiras lavarem as suas roupas.

A cidade propriamente dita não la além desse Campo de Santana para o lado oeste, e do Largo do Machado para o lado sul. Toda a vida da Corte se passava, pode dizer-se, nessa área limitada. Para lá de um e de outro lado estavam os arrabaldes distantes, ainda pouco habitados, onde as atuais ruas não passavam de estradas ou caminhos irregulares, ladeados de grandes chácaras ensombradas por velhas e copadas mangueiras.

Passara já o tempo das gôndolas, das maxambombas, das cadeirinhas e das liteiras. O bonde, de tração animal, inaugurado nessa época, era agora o principal meio de locomoção, e viera democratizar ainda mais os hábitos da população, misturando, em seus bancos, ricos e pobres, nobreza e populacho. A principal linha de bondes era a do Jardim Botânico — a *Botanical Garden*[24], que ligava o centro da cidade aos arrabaldes distantes, Laranjeiras, Botafogo e Jardim Botânico. Seus carros partiam da esquina da Rua do Ouvidor com a Rua dos Latoeiros. A outra linha,que servia o bairro de São Cristóvão, tinha seu ponto inicial, no Boulevard, em frente ao Carceler, na Rua Direita.

A denominação de *bondes* fora uma criação popular carioca. Devido ao som característico das campainhas dos animais que puxavam os carros, o povo lhes dera, a princípio, o nome de *vacas de leite*. Mas esse apelido não pegara. E como, na mesma ocasião, aparecessem os primeiros bilhetes (*bonds*, em inglês) do empréstimo municipal emitido pelo Ministério Itaboraí, parecidos com os que se davam aos passageiros dos carros da Companhia em troca do dinheiro das passagens, tornaram esses carros, na linguagem popular, o nome de *bondes*.

A nomenclatura das ruas conservava ainda a tradição colonial, com o pitoresco dos velhos nomes, tão expressivos e tão nossos. Assim, a depois Rua da Constituição chamava-se Rua dos Ciganos; a Rua Visconde de Inhaúma — Rua dos Pescadores; a Rua dos Andradas — Rua do Fogo; a Rua Evaristo da Veiga — Rua dos Barbonos; a Rua das Marrecas — Rua das Belas Noites; a Rua Estácio de Sá — Rua Mataporcos; a Rua Gonçalves Dias — Rua dos Latoeiros; a Rua Visconde de Itaúna — Rua do Sabão da Cidade Nova; a Rua Teófilo Ottoni — Rua das Violas; a Rua Senador Eusébio — Rua do Aterrado; a Rua Visconde de Maranguape — Rua das Mangueiras; a Rua Carioca — Rua do Piolho; a Rua 7 de Setembro — Rua do Cano. A antiga Rua da Praia dos Mineiros era agora a Rua Visconde de Itaboraí, em homenagem ao estadista fluminense falecido fazia pouco.

O arrabalde de Botafogo estava ligado ao Bairro do Catete por dois caminhos: o Caminho Velho de Botafogo, depois chamado Rua Senador Vergueiro, e o Caminho Novo de Botafogo, que passou a ser a Rua Marquês de Abrantes, falecido fazia poucos anos. Para se ir a Botafogo tinha que se transpor a ponte sobre o Rio do Catete, no Largo desse nome (depois chamado Praça José de Alencar), para o que os veículos de tração animal tinham de pagar uma taxa, só suprimida em 1886.

A influência da Guerra do Paraguai, terminada fazia pouco, não podia deixar de fazer-se sentir na nomenclatura das ruas. Assim, os nomes das principais batalhas e dos nossos mais eminentes Generais e Almirantes, como as datas das nossas vitórias, iam para as placas das ruas. A Rua Direita, que fora ao tempo de Dom João VI e do Primeiro Reinado a primeira e a mais rica das ruas da Capital, passava a ser a Rua 1º de Março, data da terminação da guerra; a Rua da Vala passava a ser a Rua Uruguaiana, em comemoração do cerco e subsequente derrota das forças de Estigarribia ali encurraladas; o Largo do Machado era agora a Praça Duque de Caxias (um nome, aliás, que "não pegou"); a Rua do Sabão da Cidade Velha, era agora a Rua General Câmara nome do comandante do destacamento que acabara com a vida de Solano López; o antigo Largo do Capim passou a ser a Praça General Osório; a Rua do Berquó, em Botafogo, ficaria com o nome de Rua General Polidoro; a Rua da Copacabana, que lhe ficava vizinha, Rua da Passagem, em comemoração da passagem do Humaitá; o Largo do Rocio Pequeno, Praça 11 de Junho, data da Batalha do Riachuelo, cujo nome substituía a antiga Rua de Matacavalos; a Rua Nova de São Joaquim, que ligava a Praia de Botafogo à Lagoa do Rodrigo, tornava o nome de Rua dos Voluntários da Pátria, em memória de tantos bravos que se haviam batido nos campos paraguaios.

As residências da gente boa, dos homens de Estado, dos diplomatas estrangeiros, dos altos funcionários, dos oficiais-generais, não estavam mais localizadas nas adjacências das Ruas do Riachuelo e do Resende, ou para os lados de São Cristóvão, nas vizinhanças do Paço da Boa Vista, como nos primeiros anos do Império. Haviam descido em direção ao sul,por influência talvez da Princesa Isabel, que tinha sua casa, ela e o Conde d'Eu, no Bairro das Laranjeiras, e se tornara agora o centro social da Corte: espalhavam-se por esse último bairro, pelo Catete e Botafogo.

IV

Se alguns poucos ainda viviam para os lados de São Cristóvão, como o Duque de Caxias, que morava na Rua do Andaraí; Osório, na Rua do Riachuelo (antiga Matacavalos); o Visconde do Rio Branco, que tinha casa na Rua do Cano, agora crismada com o seu nome; Zacarias de Góis, que morava na Rua do Conde d'Eu, depois chamada Frei Caneca; o Visconde de Bom Retiro, cuja chácara ficava no Engenho Novo, onde também tinham chácaras a Condessa de Belmonte, o Almirante Teodoro de Beaurepaire; ou José de Alencar, que morava na Rua do Resende — a grande maioria se transportara para as imediações do Flamengo, da praia de Botafogo ou das fraldas do Corcovado. Abaeté e Nabuco de Araújo moravam à Rua Bela da Princesa, também chamada Princesa do Catete e, muito posteriormente, Silveira Martins; Tamandaré e Cotegipe moravam à Rua São Clemente; Muritiba e Paraná na Rua da Glória; Paranaguá na Rua da Lapa; Itaboraí na Rua do Catete; São Vicente na Praia do Flamengo; João Alfredo na Rua das Laranjeiras; Paulino de Sousa no Caminho Velho de Botafogo, depois Rua Senador Vergueiro.

O Dr. Cruz Jobim, médico do Paço, Senador, Professor e Diretor da Faculdade de Medicina da Corte, tinha a sua chácara no Engenho Novo, vizinha à do Visconde de Bom Retiro, seu companheiro de gamão nas noites tranquilas de verão ou de inverno. Alcindo Sodré nos dá uma ideia de como era uma dessas chácaras, referindo-se justamente à do Dr. Jobim:

"A entrada era por um portão de ferro entre duas altas pilastras de pedra revestidas de massa caiada e sustentando cada qual um grande leão de faiança. Ao portão seguia-se extenso túnel de bambuzais, entre os desenhos do amplo jardim. Terminada a fresca sombra, um largo trecho iluminado, onde tosca ponte de madeira cortava um córrego. E em face, o grande sobrado da residência, com as varandas pontilhadas por vasos de begônias e avencas. Aos fundos, o pomar variado e a horta, com os longos canteiros contidos por tijolos. Por fim a casa da farinha, as cocheiras e os capinzais. No salão de visitas, os móveis antigos e muita renda do Ceará sobre os encostos. Nas paredes, ostentavam-se a óleo os retratos Famíliares, em vistosas molduras douradas. O piano, e a viola que nele repousava, tinham o aspecto de uso contínuo nos saraus íntimos. Ao lado, a saleta do oratório com círios acesos e jarras floridas, e no salão de jantar havia um canto ocupado por tradicional *marquesa,* destinada ao repouso de uma boa sesta. Todo o serviço dessa propriedade era feito pelo braço escravo. Na simplicidade de uma vida assim, não podia caber nobreza da qual a escravatura parecia ser a única justificativa legítima."

A vida de cada dia começava cedo; como diz Alcindo Sodré, "o sol não encontrava ninguém deitado." Almoçava-se às 10 horas, e jantava-se às 4 horas da tarde. "Na mesa, servia-se o *caldo de substância* composto de legumes, e a galinha trazia junto o *escaldado,* que era a farinha de mandioca com suco de carne. Velhas e frescas moringas de barro perfilavam-se ao longo da avantajada mesa. O vinho do Porto era obrigatório ao fim das frutas, do pudim de laranja ou do arroz de leite com canela. Se o traje escuro ou sobrecasaca era de rigor na cidade, em casa como nas chácaras o hábito era muito *à vontade*"[24 a].

Os senhores tinham os seus coches, suas tipoias, suas seges próprias, que os levavam diariamente ao Senado, à Câmara, ao Conselho de Estado ou às Secretarias de Estado. Para o serviço de aluguel havia os tuburis, estacionados nos pontos mais centrais da cidade, e cuja hora custava mil réis; ou os carros de cocheira, que cobravam, pelo mesmo tempo, o dobro do preço. Não se costumava dizer *saltar* do carro: dizia-se *apear.* Até nisso o tempo evoluiu. Os móveis chamavam-se *trastes:* "carregar os meus trastes" significava mudar-se de casa. Os negociantes de malas eram chamados *bauleiros,* porque não se dizia "mala", dizia-se *baú.* Os barbeiros também se chamavam *sangradores,* porque aplicavam ventosas e sanguessugas, quando não eram também dentistas, seguindo uma tradição que vinha da Idade Média europeia. Os comerciantes em objetos de Igreja e paramentos religiosos, numerosos e sempre procurados, chamavam-se *vestimenteiros.*

Como esse, havia um certo comércio que depois desapareceu de todo. Os "artistas em cabelo", por exemplo, que à força de paciência e de habilidade armavam cenas bucólicas em pequenos quadros, desenhavam objetos, ornamentavam retratos de entes queridos, tudo com fios de cabelo. Gillet, francês como os principais comerciantes da Corte, era o mais afamado nesse gênero, e se intitulava, numa frase que deixava margem a duas interpretações, "artista desenhador em cabelos da Casa Imperial."

Havia ainda o alugador de redes, o vendedor de rapé, o alugador de escravos, o armador de anjos de gala para as procissões. Estas, como as demais cerimônias religiosas, eram uma tradição na história da cidade. Serviam de pretexto, com os seus santos ricamente ornamentados, transportados em andores, sobre os ombros dos fiéis, com cavalos ajaezados, com os seus pajens de roupas coloridas, de divertimento para uma população sequiosa dessa espécie de cerimônias. O Imperador, como as principais figuras da sociedade e da política, não deixava nunca de tomar parte nelas.

O Conde d'Ursel, diplomata belga que residia a esse tempo entre nós, focalizou o desfile de uma dessas procissões no momento em que passava o Imperador:

Un escadron de cavallerie, diz ele, *précède les chevaux de l'Empereur, tenus en main par des valets de pied en grande livrée vert et or. Ces chevaux sont revêtus d'un caparaçon richement brodé et orné aux quatre coins des armes impériales en argent massif... Vient le Saint Sacrement, porté dévotement par l'évêque de Rio, qui marche sous un dais, dont les six montants sont tenus à droite par l'Empereur, à gauche par le vicomte de Rio Branco, président du Conseil, et derrière par les Ministres et des grands dignitaires. Je voudrais savoir peindre pour reproduire, d'après l'effet qu'il me fit, ce tableau que j'avais sous les yeux: le souverain en grand uniforme, sans se départir de son air imposant, tient son bâton des deux mains et regarde distraitement la foule qui l'entoure, ou les fenêtres garnies de monde. De l'autre côté, dans la même attitude, son Premier ministre sourit finement du haut de sa grande taille... "[25].*

Todos os anos, a 15 de Agosto, o Imperador acompanhava a Imperatriz às festas religiosas que se realizavam no alto do Outeiro da Glória, tradicionais desde o tempo do Primeiro Reinado; seguia nisso um costume instituído pelo pai. Em vida do Visconde de Meriti, o sogro do Marquês de Abrantes, era costume descerem depois os Soberanos para assistirem ao baile que aquele lhes oferecia em seu palacete situado nas proximidades, no Largo, onde se ergueria muito mais tarde o palácio do Arcebispado. 0 palacete era construído no alto, ao fundo de vastos e belos jardins; dava-lhe acesso uma longa escadaria, que partia do Largo da Glória. Posteriormente, o Visconde fez construir, por assim dizer, um outro palacete, em baixo, confinando com o Largo, diziam que para poupar à Imperatriz, nas noites de baile, o penoso sacrifício de subir a escadaria que dava acesso ao palacete do alto. Nessa casa funcionaria, anos depois, e antes de se transferir para o Palácio Itamaraty, o Ministério dos Negócios Estrangeiros, depois da Monarquia intitulado das Relações Exteriores.

V

Outra característica do Rio desse tempo eram as casas de banho, muito populares e sempre procuradas. Os Banhos *Dreux,* na Rua do Ouvidor, eram famosos por suas duchas. Havia também os tradicionais banhos da Rua do Carmo, situados nos fundos da Capela Imperial, onde se pagava mil réis por cada banho quente. Outro estabelecimento desse gênero era a chamada *Barca de Banhos,* no Cais Pharoux. — *Vá tomar banhos no Pharoux, que é do que o Senhor precisa*! exclamava, da tribuna da Câmara, o Deputado Fernando Chaves, respondendo, de mau humor, a um aparte do seu colega Nunes Machado. Um comerciante de banhos, estabelecido na chácara de Dona Águeda, na Rua de Matacavalos (hoje Riachuelo), anunciava: "Banhos frios de cachoeira corrente, a 200 réis cada um." Era pitoresco.

Outro comércio que desapareceu com a queda da Monarquia foi o de desenhar brasões e cartas de nobreza, traçadas geralmente em largas folhas de papel pergaminho, com arabescos e motivos heráldicos em volta. O mais procurado dos desenhadores de brasões era Luís Aleixo Boulanger, Francês de que já falamos, o qual José Bonifácio nomeara "mestre de escrita" do Imperador e suas irmãs; havia ele se instalado no Rio, à Rua da Ajuda, desde agosto de 1829, com uma oficina de litografia[26]. Desenhava "Cartas de nobreza e fidalguia, conforme os apelidos." Compunha também "armas novas"[26a].

Um título de nobreza, que se chamava *Carta de Mercê,* não se obtinha somente por empenhos e amizade com os Ministros. Custava também dinheiro, e não pouco para o tempo. Havia para isso uma tabela, estabelecida pelo Tesouro. Assim, o título de Duque, que não coube a ninguém mais além de Caxias, pagava de selo 1 conto de réis; o de Marquês, 800$000; o de Conde, 600$000; Visconde, com grandeza, 600$000; sem grandeza, 400$000. O título de Barão custava 300$000. Mas além desses títulos de nobreza propriamente ditos, havia outros títulos menores de fidalguia, que também pagavam selo aos cofres públicos, como o de Gentil-homem e de Veador, que pagavam 60$00; ou o de Açafata, que pagava 30$00.

O Imperador, pessoalmente descria da pompa e desprezava esse elemento decorativo do regime. Talvez por isso não fazia a política dos títulos e das condecorações, a igual de outros Soberanos, que se reservavam e defendiam o privilégio de distribuidor de graças, como acentua Américo Jacobina Lacombe.[26b] Nos últimos anos do Império deixava que a concessão de tais títulos ficasse ao critério exclusivo de seus Ministros. Quando o Conde de Gobineau, seu amigo, sugeriu-lhe a concessão de alguma condecoração brasileira a personalidades gregas que haviam acolhido o Imperador em Atenas, ele respondeu que se desinteressava do assunto — *je tiens à rester en dehors de cette affaire,* disse; e mandou que os interessados se dirigissem ao nosso Ministro dos Negócios Estrangeiros[26c].

Fazendo ironia, ele costumava dizer que o selo que os interessados pagavam por um título de nobreza "era a única renda recebida pelo Tesouro acompanhada da boa vontade do contribuinte"[26d]. Contava o Barão de Paranapiacaba, em suas *Memórias,* que, certa vez, em conversa com o Monarca, sugeriu que se desse o título de Barão a Salvador de Mendonça, que tão bons serviços estava prestando ao Brasil no Estrangeiro.

"Aí vem o Sr. com a mania das teteias! respondeu-lhe Dom Pedro II. Admira que certa classe de homens se enamore de embelecos! "

E, como Paranapiacaba ponderasse que os pobres mortais não desdenhavam essas provas de distinção que esses embelecos traduziam, o Imperador replicara:

"Eu sou como Carnot: não gosto das honras que se despem com a casaca."

Podia ser. Mas era sabido que ele trazia sempre na casaca o Tosão de Ouro, Ordem fundada no século XV por Filipe o Bom, com o carneirinho pendendo de uma fita vermelha — e que também se despia com a casaca. . .

VI

Apesar da fonte de renda que representava, para os cofres públicos, a concessão dos títulos de nobreza, não era ela feita a granel, como se veio a fazer, por exemplo, com as patentes da Guarda Nacional. Poderá ter havido, no fim do Reinado, um pouco de abuso na distribuição dos títulos de Barão, os quais, todavia, não chegaram ao número elevado que se pensa. É que o Imperador, embora desprezasse pessoalmente tais títulos, era muito cioso na sua concessão, e não deixava que os Ministros, por amizade ou interesses políticos, se excedessem em sua distribuição.

Para se ver quanto há de exagero no que se repete hoje sobre isso, basta considerar o número de títulos de nobreza concedidos no Império, depois de quase setenta anos de Monarquia. Somavam um total de 1.211 títulos, o que não se pode dizer que fosse exagerado. Assim, nesses títulos se incluíam 47 Marqueses, 51 Condes, 235 Viscondes e 875 Barões. Duque, como já dissemos, só houve um, que foi Caxias, falecido em 1880[26e]. E quando o Império foi extinto, em 1889, só restavam 7 Marqueses, 10 Condes, 54 Viscondes e 316 Barões.

A nobreza imperial era por vezes posta em ridículo por aqueles que se intitulavam democratas ou confessavam tendências Republicanas. Sales Torres Homem, ao tempo em que era o panfletista do *Libelo do Povo,* qualificava-a de "aristocracia de chinelos, alimentada pelo orçamento, e cujos brasões heráldicos o povo não podia contemplar sem rir." Pode

418

ser que ele tivesse em parte razão. Certos títulos, ou por seus nomes ou por sua significação, ou ainda pela feitura dos respectivos brasões, podiam, talvez, merecer essas críticas[26f]. Contudo, no que respeita a Torres Homem, resta saber se depois que o Imperador o agraciou com o título de Visconde de Inhomirim, ele dispensava o mesmo desprezo à nobreza imperial.

José de Alencar, este, tinha mais autoridade para criticar, porque, ao menos, nunca recebera ou quisera receber título nobiliárquico. Em discurso na Câmara, sob gargalhadas dos muitos Barões, Viscondes e Marqueses que lá havia, ele classificara os *títulos e as fidalguias* do nosso Império de "uma espécie de papel-moeda, nota fiduciária, cujo valor está na razão inversa do valor metálico, isto é, do merecimento que representa."

E Alencar era conservador. Que se dirá então dos liberais? Estes, sobretudo nos últimos tempos do Império, por influência, talvez, do sentimento Républicano, que apesar de relativamente brando começava já a insinuar-se na mentalidade da Nação, e um pouco por esnobismo, faziam praça de não aceitar títulos nobiliárquicos.

Exceção do 2º Paranaguá, por exemplo, que, apesar de Olinda dizer que não se deixava dominar, tinha muito de um áulico; do próprio Olinda, cujo título, aliás, aceitara antes de sua evolução para as fileiras do Partido Liberal, e de poucos mais, como Ouro Preto, Sinimbu, Abaeté, este, no entanto, de origem quase Républicana, os demais chefes liberais timbravam em conservar seus próprios apelidos, recusando-se ou desinteressando-se de um título de nobreza. Assim fizeram Saraiva, Zacarias, Dantas, Martinho Campos, Lafayette, Soares Brandão,Nabuco, Silveira Martins e muitos outros. Ou então, quando titulados, não usavam os respectivos títulos, como os Barões de Pacheco (Manuel Pacheco da Silva), de Guimarães (José Agostinho Moreira Guimarães) e de Ramiz (Benjamim Franklin Ramiz Galvão), sendo que este, como preceptor dos filhos da Princesa Isabel, era (podia dizer-se) uma pessoa do Paço.

A um titular, que se dizia constrangido em ostentar o título que tinha, perguntaram porque então o aceitara; a que ele respondeu que assim fizera unicamente para ser agradável à esposa, que adorava ser chamada de Viscondessa. A um outro perguntaram porque não mandava colocar seu brasão na porta da sua carruagem. Respondeu – *Porque a minha carruagem é muito mais antiga do que o meu título nobiliárquico*[26g].

"Ser nobre era pertencer a uma classe que não conservava mais nenhum monopólio essencial. A nobreza não constituía uma classe da sociedade. Era apenas uma honraria, que, não sendo um bem hereditário, não se transmitia de pai a filho"[26h].

Vicente Quesada, Ministro argentino no Rio nos últimos tempos do Império, chama a nossa nobreza de *caricatura de aristocracia,* no que ele não deixa de ter até certo ponto razão. Acentua que era uma aristocracia que não podia transmitir títulos aos filhos, nem vinculava tais títulos com propriedades territoriais, cuja renda desse brilho aos brasões. De fato, a nobreza era apenas vitalícia. Não tinha, assim, o prestígio social e político da tradição. O título se extinguia com o agraciado. O filho de um titular só se tornava nobre por seus próprios méritos, como foi o caso do filho do Visconde do Rio Branco, José da Silva Paranhos, feito Barão depois da morte do pai.Semelhante critério dava sem dúvida à nobiliarquia imperial, um caráter acentuadamente democrático, ainda que parecesse contraditória a convergência desses dois princípios, e foi certamente uma das muitas concessões que o sentimento monárquico dos constituintes de 1823 fez ao espírito liberal e quase Républicano de muitos estadistas da época.

Os filhos desses titulares, a criançada do tempo, que seria a geração chamada a ocupar os primeiros postos nos anos que se seguiriam imediatamente à proclamação da República, educavam-se ou com professores particulares, como Tautphoeus, Abílio e pouco mais tarde Kopke, ou em colégios, estabelecimentos afamados pela disciplina, pelo rigor dos estudos, pela excelência dos mestres. Para os meninos havia o célebre *Externato Aquino,* à Rua da Ajuda, depois 13 de Maio, na Chácara chamada da Floresta; havia o *Atheneu Fluminense,* no Rio Comprido, que Raul Pompeia devia mais tarde celebrizar. Mas o principal deles, o mais tradicional, era já o *Colégio Vitorio,* fundado por Vitorio da Costa, em 1840. Estava situado à Rua dos Latoeiros (Gonçalves Dias). Começara a funcionar com 5 alunos apenas, e agora, no fim de trinta anos, haviam passado por ali para mais de 10 mil. O externato custava 8$000 por mês, ou 96$000 por ano; o internato, 550$000 anuais.

As meninas se educavam de preferência no *Colégio de Botafogo,* dirigido por Mrs. Hittings, ou no Colégio da Baronesa de Geslin, no Catete. O internato custava 540$ 000 no primeiro, e 480$000 no segundo desses estabelecimentos. Havia ainda o Colégio da Imaculada Conceição, dirigido pelas Irmãs de São Vicente de Paula, e ainda hoje existente, à Praia de Botafogo. Regulava pelo mesmo preço do estabelecimento de Mme. de Geslin.

A educação que se ministrava nesses colégios era sobretudo moral. Havia empenho em fazer das meninas futuras "damas da sociedade." Ao lado do curso clássico de humanidades, elas aprendiam também trabalhos manuais apropriados a filhas de família, *próprios de uma senhora,* dizia um prospecto, tais como costura, *crochet,* trançados, bordado branco, matiz, ouro e froco, flores de papel, de pano e de couro.

VII

Os hotéis eram então pouco numerosos e geralmente inconfortáveis. O brasileiro, quando vinha ao Rio, hospedava-se quase sempre em casas particulares, de parentes ou de amigos. Não se compreendia mesmo que fossem procurar cômodos nos hotéis, destinados, de preferência, aos estrangeiros ou àqueles que não tinham relações na Corte. Para estes havia, entre outros, o Hotel de França, tradicional, dirigido por Mme. Chabrie, no Largo do Paço, afamado por sua excelente cozinha; o Hotel des Frères Provencaux, à Rua do Ouvidor, com entrada pela Rua dos Latoeiros. Naquela ma havia ainda o Hotel Ravot e o Hotel da Europa, este à esquina da Rua do Carmo.

Mas o melhor hotel da cidade era o Hotel dos Estrangeiros, situado "em frente ao Largo do Catete", que seria depois a Praça José de Alencar, e que durante muitos anos seria o mais conceituado do Rio. A diária custava ali de 6 a 12 mil réis. "É casa recomendável — anunciava o proprietário, João Mayall — e goza de justa nomeada pelas suas magníficas acomodações e excelente serviço. É a residência dos membros do Corpo Diplomático estrangeiro. Tem bom piano. O mar fica-lhe próximo. Os bondes da Companhia Botanical Garden passam pela porta de entrada do estabelecimento."

Fora da cidade havia, entre outros, o Hotel Aurora, na Tijuca, "com excelentes banhos frios, de chuva e de cachoeira." O quarto nesse hotel custava 30 mil réis por mês, dos quais a metade era paga adiantada, "salvo quando a pessoa for reconhecida ou recomendada."

Os Cafés abundavam. Havia o Alcazar, havia o Belle Helène, ambos à Rua Uruguaiana, onde ficava também o Imperial, fazendo esquina com a Rua do Ouvidor. Havia ainda o Café de la Paix, na antiga Rua do Cano, chamada agora 7 de Setembro. Alguns desses Cafés tinham serviço de restaurante. Uma xícara de café custava 60 réis; um copo de refresco, 200 réis; uma garrafa de cerveja, nacional, 400 réis, estrangeira — inglesa ou alemã — 11 a 1 $ 500 réis.

Almoçava-se das 10 às 11 horas da manhã; jantava-se das 3 para as 4 da tarde. As 8 horas da noite era servida a ceia, geralmente copiosa, que valia bem os jantares de hoje. Um almoço, nos principais restaurantes, custava 1$500; um jantar, 2$000 — " com vinho da lista." Nos estabelecimentos mais modestos podia-se almoçar por 600 ou 800 réis, e jantar por 800 ou mil réis.

Os principais jornais do tempo eram o *Jornal do Commercio,* ou simplesmente *O Jornal,* como o chamava o Imperador, lançado em 1827 por Pedro Plancher e ainda hoje existente; era, depois do *Diário de Pernambuco* (que também ainda subsiste), o mais antigo do Brasil e o terceiro (depois do *Mercúrio,* de Santiago do Chile) da América Latina. O *Diário do Rio de Janeiro,* aparecido em 1821, e dirigido por Saldanha Marinho, tinha a colaboração de Quintino Bocaiúva, Machado de Assis (que fazia a crônica parlamentar) e José de Alencar, que nele publicou, em folhetins,o seu romance *O Guarani.* O *Correio Mercantil,* que, conservador na sua primeira fase, com a colaboração do futuro Visconde do Rio Branco e de Sales Torres Homem (depois Visconde de Inhomirim), passaria a ser órgão liberal, tendo na redação Francisco Otaviano de Almeida Rosa e Aureliano Tavares Bastos; era revisor ali.Machado de Assis, e nele colaborava, escrevendo crônicas, Antônio Gonçalves Dias. O *Correio Nacional* e a *Opinião Liberal,* ambos liberais — radicais, de onde se destacaria Salvador de Mendonça, já evoluído para o Repúblicanismo, com Saldanha Marinho e Quintino Bocaiúva, para fundar, em 1870, *A República,* com a colaboração do mesmo Quintino, de Aristides Lobo, Famese e Lafayette R. Pereira. A *Reforma,* o principal órgão dos liberais, onde escreviam o citado Lafayette, Pedro Luís e Francisco Otaviano. Era órgão conservador A *Nação,* onde escrevia José Paranhos Júnior, o futuro Barão do Rio Branco e Gusmão Lobo. *O Apóstolo,* jornal católico, redigido pelo Cônego José Gonçalves Ferreira. *O Globo,* aparecido em 1874, de tendências Repúblicanas, tendo como redatores Quintino e Salvador de Mendonça, e onde, no ano seguinte, travaram acesa polêmica José de Alencar e Joaquim Nabuco. A *Gazeta de Noticias,* lançada em 1875 por Ferreira de Araújo, onde colaborou, durante longos anos, Eça de Queirós[27].

Pacificado definitivamente o país, arrefecidas as lutas políticas, passado o período de guerras civis, a imprensa perdia também aquele tom violento que a caracterizava no Primeiro Reinado e na Regência. Deixara de ser uma arma estritamente política, que só servia para excitar e exacerbar os ânimos. Não eram somente os homens e os partidos que agora a interessavam; também as questões sociais, os problemas da nacionalidade, os princípios, as ideias, os assuntos de literatura e de arte, a vida e os costumes estrangeiros. Sentia-se que a imprensa se humanizava, com a pacificação geral dos espíritos.

Ao lado dos jornais políticos ou de informação, havia as publicações ilustradas, como a *Semana Ilustrada,* onde colaboravam os lápis de Ângelo Agostini e de Henrique Fleiuss; e as revistas literárias, como a *Guanabara,* publicada sob a proteção do Imperador, onde escreviam, entre outros, Porto Alegre, Macedo, Gonçalves Dias e Joaquim Norberto.

Abundavam as folhas satíricas e caricatas, como o *Ba-Ta-Clan,* redigido em francês *(chinoiserie franco-brésilienne),* o *Mefistofeles,* o *Mequetrefe,* o *Mosquito,* o *Lobisomem,* o *Mundo da Lua,* o *Jornal da Galhofa,* que se intitulava "papelucho aristocrático" e era redigido pelo "Dr. Mentira"; a *Palestra das Priminhas,* "jornal divertido", a *Rabeca,* a *Cornédia Social...*

As moças e as senhoras da sociedade tinham também a sua imprensa, como o *Conselheiro das Damas,* que era igualmente musical, o *Jornal das Moças,* o *Jornal das Famílias,* o *Colibri* e a *Estrela Fluminense,* ambas dedicadas ao "belo sexo ", sendo a última dirigida por "mancebos dedicados às letras."

Havia ainda o *Anachoreta*, periódico da sociedade carnavalesca "Estudantes de Heidelberg"; o *Bons Exemplos*, "periódico da Congregação das Filhas de Maria"; e as folhas sobre assuntos puramente musicais, como o *Brasil Musical*; a *Lyra de Apoio*, "jornal de modinhas, lendas e recitativos"; o *Novo Álbum de Modinhas*; o *Salão*; o *Sorriso*, de "recitativos e lundus."[27a]

VIII

A Livraria Garnier, na Rua do Ouvidor, era já das mais procuradas, e servia de ponto de reunião dos literatos, jornalistas e artistas da época, que ali se avistavam às tardes, para troca de impressões sobre as novidades literárias e os assuntos mais palpitantes do dia. Na roda dos homens de letras, com o sorriso acolhedor de sempre, lá estava o fundador da casa, o velho Batista Luís Garnier, cuja firma comercial — B. L. Garnier, o povo traduzia, com um traço de maldade,*Bom Ladrão Garnier.*

Outra livraria conhecida era a dos Irmãos Laemmert, fundada em 1833 por Eduardo Laemmert, um alemão originário de Baden, que chegara ao Brasil em 1827 e iria falecer em 1880. A livraria (e papelaria) fora instalada a princípio na Rua da Quitanda, e só muito mais tarde é que passaria, em prédio próprio, para a Rua do Ouvidor. Publicava um *Almanaque Administrativo e Industrial,* o único no gênero existente no Brasil, com larga circulação e ainda hoje consultado para a colheita de dados e fatos dos muitos anos em que saiu publicado.

Os teatros eram relativamente numerosos para o Rio desse tempo. Os dois principais eram o Pedro II, também chamado Lírico da Guarda Velha, a maior sala de espetáculos da Corte, com lotação para duas mil pessoas; e o São Pedro de Alcântara, no Largo do Rocio[28]. Aí se exibira muitas vezes o ator João Caetano. Representava agora nesse teatro o célebre Vale .Três vezes o fogo destruíra a velha casa e três vezes ela fora reconstruída. Tinha uma lotação para cerca de 1.500 pessoas. Um camarote de primeira classe, com cinco lugares, custava 15 $000; uma poltrona, também de primeira, 3 $000.

Havia ainda o São Luís, inaugurado em 1870 com o Drama A *Morgadinha de Val-Flor,* de Pinheiro Chagas, pela Companhia Furtado Coelho, com Apolônia Pinto e Ismênia dos Santos. Ao lado do São Luís estava o Ginásio Dramático, com lotação para 600 pessoas. Fundado em 1832, fora reconstruído mais tarde por João Caetano. O Phênix Dramático, na Rua da Ajuda, uma das salas preferidas pelo público. Ali representava a célebre Ristori, Marquesa dei Grillo, que o Imperador e a Imperatriz tanto apreciavam; representava também o Vasquez, aplaudido por várias gerações de cariocas. Havia ainda o Lírico Fluminense, o antigo Provisório, de gloriosa memória nos fastos artísticos da cidade, ao Campo de Santana, chamado pelo povo de *Barracão,* afamado por sua ótima acústica, onde representavam nessa época a Candiani e a Tamberlinck. Nesse palco, a 2 de dezembro de 1870, aniversário natalício do Imperador, fora representada, pela primeira vez no Brasil, a ópera *Il Guarany,* do jovem maestro Carlos Gomes. Havia ainda o Teatro Cassino, chamado posteriormente Santana, na Rua do Espírito Santo; o Alcazar Fluminense, onde se exibiam as artistas francesas, a Delmary, a Rosa Villiot, a Aimé. Aí se reunia a mocidade do tempo. A Filarmônica era a sala preferida para os concertos; nela dera Gottschalk os seus célebres recitais de piano, levantando plateias com a interpretação caprichosa que soubera dar ao Hino Nacional. O Politeama era agora um circo.

Apesar do Rio ser uma cidade de, apenas, 400 mil habitantes, e dos hábitos caseiros da população, da escassa iluminação das ruas e deficiência de meios de transporte, os teatros andavam cheios, e as atrizes em voga tinham as suas noites de celebridade. Era moda oferecer-lhes, num dos intervalos da peça, coroas de flores ou de penas de pássaro.

Ristori. . . Rainha,

No palco do mundo inteiro,

receitava o Vasquez, numa noite de benefício no Phênix Dramático, oferecendo à célebre italiana uma coroa de penas de passarinho. De outra vez, era a Baronesa do Rio Negro que subia ao proscênio, para oferecer-lhe uma coroa formada de peitos de beija-flor.

Depois do espetáculo, era costume, nos dias de *benefício,* a mocidade acompanhar a atriz a casa, em alegre *marche aux flambeaux,* com archotes e balões de várias cores, ao som de músicas improvisadas ou do ruído dos foguetes e vivas.

IX

A cidade do Rio de Janeiro, chamada correntemente *a Corte,* era, nesse tempo — 1870-1880 — a primeira do país, quer pelo número de seus habitantes, quer por sua área demográfica, pela solidez, tamanho e beleza de seus edifícios públicos, como pelo encanto do seu cenário, colocada que estava à margem da baía da Guanabara e edificada entre montanhas e vales. Deixava longe as demais capitais das Províncias.

Como ainda hoje, o Brasil era formado de umas tantas Províncias (chamadas,depois da República, de Estados), de uma grande diversidade de tamanhos, de riqueza, de população e de prosperidade. Umas demasiado extensas, mas parcamente povoadas, como Mato Grosso, Goiás e Amazonas; e outras de áreas relativamente mais pequenas, como Espírito Santo, Sergipe, Alagoas, Paraíba e Rio Grande do Norte, desprovidas dos necessários recursos econômicos para acompanharem o ritmo de progresso das Províncias melhor aquinhoadas.

De modo geral havia uma marcante diferença entre as Províncias do Sul, Rio de Janeiro, São Paulo, Paraná, Santa Catarina e Rio Grande do Sul, e as Províncias do Norte e do Nordeste, não só sob o ponto de vista material, social e cultural, como pelas suas possibilidades de progresso. Umas eram consideradas Províncias pobres, e outras Províncias ricas.

Jacques Lambert dizia que o Brasil era "como uma Metrópole com suas próprias colônias, constituídas pelo Norte e o Nordeste, as quais apresentam tais desequilíbrios econômicos, que ameaçam ou podem ameaçar a unidade nacional." Salientava depois as enormes disparidades das taxas de crescimento e da distribuição regional da renda entre o centro econômico brasileiro e a zona Norte e Nordeste, que possuía 40% da população nacional[28a]. Restava dizer que em 1880 tínhamos 80% de analfabetos, com cerca de 10 milhões de habitantes.

Com exceção das Províncias do Amazonas, do Mato Grosso, de Goiás, e das pequenas do litoral atlântico — Maranhão, Piauí, Ceará e Rio Grande do Norte, todas as demais que constituíam o Brasil de então eram conhecidas e já tinham sido visitadas pelo Imperador; ou melhor, já tinham sido ou seriam visitadas pelo Monarca.

A primeira a receber sua visita fora a Província do Rio Grande do Sul, em 1845, quando, pouco tempo depois de casado, para ali se transportou com a Imperatriz, aproveitando o ensejo para visitar também Santa Catarina e São Paulo (a Província do Paraná ainda.não existia nessa época; era um município paulista que só seria constituído em Província em 1853).

Em 1847 o Imperador e a Imperatriz fizeram uma longa excursão pela Província do Rio. Em 1859 partiram ambos, de barco, para visitarem as Províncias da Bahia, de Alagoas, de Pernambuco, da Paraíba e, na volta ao Rio, a do Espírito Santo. Dez anos mais tarde, quando se abriram as nossas hostilidades com o Paraguai de Solano López, o Imperador partiu para o Rio Grande do Sul a fim de assistir ao cerco e à retomada da cidade gaúcha de Uruguaiana. A Imperatriz ficou no Rio, e ele teve a companhia, além de outras pessoas, de seus dois genros, recentemente casados, o Conde d'Eu e o Duque de Saxe.

Depois disso, nas duas vezes que deixou o Brasil para ir ao Estrangeiro, à Europa em 1871, e aos Estados Unidos e novamente à Europa em 1876, assim como na viagem que faria ainda à Europa, para tratamento de saúde, em 1887, ele e a Imperatriz voltariam a passar pela Bahia e Pernambuco; e pelo Pará quando de sua ida aos Estados Unidos. Em Minas Gerais esteve três vezes, a última em 1887.

Fizeram ainda curtas viagens às Províncias de São Paulo e de Minas Gerais, sendo a última nesta Província poucos anos antes da sua deposição e da implantação da República no Rio de Janeiro. É preciso dizer que viajar no interior do Brasil por essa época não era coisa fácil. Eram poucas as nossas estradas de rodagem e estradas de ferro, poucas e más. O percurso tinha, assim, que ser feito, em sua grande parte, em carros puxados por cavalos ou mulas, quando não montados nesses animais ou simplesmente a pé. Quando não em carros de bois. Não era certamente uma brincadeira.

No interior das Províncias, ou mesmo em suas capitais, não havia hotéis, pelo menos em condições de hospedarem os Monarcas. Assim, quando viajavam no Interior, eles eram recebidos em casas particulares, nas chamadas *casas-grandes* dos senhores de engenho no Norte ou fazendeiros e estancieiros do Sul. Para os donos dessas casas, era uma honra hospedarem os Monarcas, para o que exibiam ou desencaixotavam o que tinham de melhor em sanefas, pratas, porcelanas e objetos de cristal. E ainda hoje, depois de passados tantos anos, os descendentes desses senhores, que ainda estão de posse dessas casas, lembram o dia ou os dias em que elas tiveram a honra de hospedar os nossos Soberanos.

CAPÍTULO III

OS PAÇOS E A FAMÍLIA IMPERIAL

Situação social da Família Imperial. Seu modo de proceder. Simplicidade de costumes. O Paço da Cidade. O Paço de São Cristóvão. A vida interior nos Paços. Condições de fortuna do Imperador. Recepções nos Paços. Grande gala e pequena gala. O Conde de Gobineau. Os domingos de São Cristóvão. O Imperador. A Imperatriz. A Princesa Imperial. O Conde d'Eu. As recepções no Paço Isabel Vida diária do Imperador. A Família Imperial em Petrópolis.

I

A Família Imperial se compunha nessa época apenas do Imperador, da Imperatriz, da filha Dona Isabel e do genro o Conde d'Eu, casados estes últimos havia poucos anos, e cujo primeiro filho, o Príncipe do Grão-Pará, Dom Pedro, só viria a nascer 1875[29]. Ela era, naturalmente, o centro em torno do qual gravitava a vida social da Corte. Não tinha, é claro, o mesmo prestígio mundano de que gozavam em geral as famílias reinantes da Europa. Isso devido sobretudo à grande simplicidade, mesmo ao verdadeiro retraimento em que vivia a Família Imperial brasileira, simplicidade que se refletia desde os Paços, isto é, desde a vida palaciana propriamente dita.

Vicente Quesada nos fala dessa simplicidade de vida da Família Imperial: "Qualquer enriquecido, personagem improvisado, vive com maior esplendor; e era singular o contraste moral que exercia a carência de festas, a ausência de conforto, com o Imperador, de andar compassado, a tez branca, branco o cabelo e a larga barba, cujo aspecto saía do vulgar, parecendo morar no outro mundo; entre um poderoso que manda por direito hereditário e aquele cenário burguês, modestíssimo, no qual o poder era assinalado apenas pela casaca preta e a gravata branca das visitas oficiais no palácio sem esplendor"[30]. Oliveira Lima dirá que a vida da Família Imperial e da corte que a cercava nada tinha de suntuosa — "foi sempre singela, e tão virtuosa quanto pode caber na fragilidade humana, ao ponto de ser modelar."[31]

Se se viam por vezes no Paço as mesmas intriguinhas de todas as cortes, não passavam contudo de competições de caráter meramente individual, que refletiam apenas o feitio e o sentir de cada um. Não tinham nada do que se via nas europeias, com os seus partidos, suas *côteries,* seus grupos contra grupos, a se esforçarem cada qual por conquistar as boas graças ou os favores dos Monarcas. Isto porque sabiam que nem a Imperatriz, e muito menos o Imperador consentiriam jamais em ser manejados por quem quer que fosse, por nenhum palaciano ávido de mandar por trás dos reposteiros. Todos sabiam que não teriam nunca a exclusiva predileção do Soberano que sempre detestara essa classe parasitária de cortesãos. "Não tenho tido nem tenho validos", dizia ele, "caprichando mesmo em evitar qualquer acusação a tal respeito, sobretudo quanto a validos. Dizem que por esse nímio escrúpulo, não poderei criar amigos; melhor, não os terei falsos quando os haja granjeado."[32] Natureza insensível sob certos aspectos, nunca tolerou a adulação, que lhe causava simplesmente nojo. *Abominei-a* sempre, dirá ele, em Paris, depois de destronado, num comentário à margem de um livro do Republicano Alberto de Carvalho, que o acusava de

425

"ter propagado a necessidade da adulação"; defendendo-se ainda da "proteção escandalosa " que dispensava a amigos e parentes, dizendo: "Os meus amigos sempre se queixaram de que a não tinham"[32a].

O que se pode dizer de exato, nesse particular, é que depois que se extinguiu a chamada *Facção Áulica,* que outra coisa não foi senão o grupo de Aureliano de Sousa e de Paulo Barbosa, gozando de certa ascendência sobre o jovem Monarca logo depois da Maioridade, todos, indistintamente, que privaram mais de perto no Paço, passaram a desfrutar iguais favores do Monarca, as mesmas atenções sem preferências, as mesmas regalias sem privilégios. O Imperador se mostrara sempre completamente avesso a qualquer espírito de facção, e não tolerara jamais a formação de cortes dentro da sua própria corte. Amável e ao mesmo tempo severo para com todos, tratando sempre os servidores imediatos no mesmo pé de igualdade, mesmo com certa benevolência, ele timbrava contudo em não querer descer a camaradagens, a Familiaridades, como fizera e de que abusara o pai, preferindo guardar intacta a respeitabilidade e a dignidade de suas funções soberanas.

Não era diferente a atitude que mantinham a Imperatriz e a Princesa Imperial para com as damas e as criadas do Paço. Também elas não tinham preferidas, nem protegidas, nem validas. Se cultivavam um círculo restrito de amigas, como as tem, aliás, todo o mundo, de uma forma meramente pessoal e privada, não lhes faziam, mesmo a estas, outras concessões que não fosse a de um puro sentimento de amizade — amizade franca e desinteressada, de parte a parte, que se refletia apenas no círculo caseiro do Palácio, sem nenhum alcance lá fora, na política ou na administração, mesmo nas dependências do Paço.

Esse modo de proceder da Família Imperial dava-lhe, naturalmente, um grande prestígio moral, inatacável sob qualquer dos aspectos por que se lhe observasse, e Ia refletir nas várias camadas da Nação, servindo de exemplo a toda essa sociedade em formação, sujeita por isso a ser facilmente desvirtuada tanto na sua evolução como na sua finalidade. Alberto de Faria dirá com razão que a moral privada do Imperador deu força para criar um ambiente de moral privada que purifica todo o Reinado.

Ele era um exemplo raro de Soberano, do qual não se apontava, com provas convincentes, uma amante ou sequer uma *protegida:* vivia, pode-se dizer, exclusivamente para o lar e para o país. *Comment gouverner cet homme?* perguntava um dos Ministros de Luís Filipe: *Il n'a ni maîtresse ni confesseur*! Sob o reinado de Dom Pedro II o elemento feminino nunca contou como um fator de ordem pública. Não seria jamais a ele, por exemplo, que se poderia fazer aquela pergunta, lançada pela impertinente e espirituosa Duquesa de Borgonha em pleno rosto do velho Luís XIV, aconchegado às sedas de Mme. de Main tenon: *Savez-vous pourquoi[les peuples sont plus heureux sous les reines que sous les rois? C'est que sous les rois ce sont les femmes qui gouvernent, et sous les reines, ce sont les hommes.*

Se, todavia, nutrira algum sentimento mais íntimo por qualquer senhora da sociedade ou do mundo político do Império, como se mexericava à boca pequena, devia tê-lo feito de uma forma tão rigorosamente discreta, que até esse traço do seu feitio moral, longe de o desabonar, só pode dignificar-lhe ainda mais o caráter.

Foi o caso, por exemplo, da Condessa de Barral (Luísa Margarida, filha do Visconde de Pedra Branca)[32 b], casada com um nobre francês, o Conde de Barral, preceptora das Princesas imperiais quando solteiras e amiga chegada da Família Imperial. Naquele tempo, suspeitava-se, se não de amores propriamente ditos, ao menos de relações um pouco mais do que íntimas do Imperador com a bela Condessa. E uma vez ou outra vinha a coisa a público, como naqueles versos estampados no *O Corsário,* jornal de Apulcro de Castro (que seria assassinado por oficiais e praças do Exército às portas da Polícia da Corte), intitulados — *O Rei:*

> Onde estão tuas virtudes, ó Monarca?
> Onde se acastela o teu saber?
> Que títulos de bondade são os teus?
> Respondei ou mostrai! Queremos ver!
> > Não é por certo
> > Boa Moral
> > Trair a Esposa
> > Com a Barral!

Mas tudo não passava então de suspeitas; e só posteriormente, com a publicação das cartas de Dom Pedro II à Condessa de Barral[32c], é que se teria a certeza das verdadeiras relações que os ligaram durante tantos anos, e só terminariam com o falecimento da Condessa em janeiro de 1891, a que se seguiria o do Imperador em 5 de dezembro do mesmo ano. Sendo mais velha do que Dom Pedro II nove anos, iriam falecer quase ao mesmo tempo.

Diziam, durante o Império, e se repete ainda hoje, que a influência da Condessa de Barral sobre o Imperador la ao ponto de ela se meter em assuntos políticos, fazendo até Senadores, para o que não lhe faltavam espírito de decisão e uma certa ascendência sobre o Monarca. Ora, pelas cartas da Condessa de Barral a Dom Pedro II, pode-se concluir que essa acusação não tinha fundamento. E, quanto a fazer Senadores, é preciso não esquecer que eles precisavam antes ser eleitos por sufrágio popular para os seus nomes serem afinal submetidos à escolha do Monarca. E não é de crer que, para elegê-los, valessem alguma coisa as preferências da Barral.

II

Esse ambiente de simplicidade predominava em qualquer dos aspectos por onde se apreciasse o Paço. O Imperador, por feitio e por educação, timbrava em torná-lo, em suas linhas exteriores, o mais singelo possível. Nada de grandezas. Na sua pouca ou quase nenhuma propensão pelo luxo e ainda menos pelo fausto, ele se privava até de um relativo conforto material. Exagerava, mesmo, esse seu desprendimento.

Os Paços imperiais — o da Cidade, o de São Cristóvão e o de Petrópolis, sem falar na velha Fazenda de Santa Cruz — eram indiscutivelmente menos confortáveis do que muita residência particular do Rio, como, por exemplo, os solares do Marquês de Abrantes, do Conde de Bonfim, do Barão de Nova Friburgo, do Visconde de Meriti ou do Visconde de Itamaraty.

O Paço da Cidade fora a antiga residência dos Vice-Reis. Construíra-o Gomes Freire, Conde de Bobadela, ao tempo em que fora Governador do Rio de Janeiro, em meados do século XVIII. Posteriormente residira ali Dom João VI, antes de se passar para a Quinta da Boa Vista.

Era um casarão de estilo barroco, com três andares. Um passadiço, sustentado por três arcos, ligava-o ao antigo Convento do Carmo, que lhe ficava defronte, na Rua da

Misericórdia, transformado, ao tempo de Dom João VI, em dependência do Paço. Um outro passadiço, este de ferro, ligava o antigo Convento à Capela Imperial (mais tarde a Catedral Metropolitana), e por ele passava a Corte nos dias de cortejo. Um terceiro passadiço, de madeira, ligara outrora a sua direita do Paço à antiga Cadeia, depois Câmara Municipal e Câmara dos Deputados; mas fora destruído por ocasião da instalação da Assembleia Constituinte. Com exceção do passadiço que ligava o antigo Convento à Capela Imperial, construído no meado do Reinado, quando se abriu a Rua do Cano (atual 7 de Setembro), os demais eram obra do tempo de Dom João VI, e sua construção tivera em vista aproveitar os edifícios contíguos ao Palácio, para alojamento do numeroso séquito que viera de Portugal com o Príncipe Regente.

No andar térreo do Palácio moravam antigos empregados do Paço, bem como alguns artistas estrangeiros protegidos do Imperador, como o. escultor Pettrich[32d], e os pintores François Biard, francês, e Alessandro Cicarelli, napolitano, este chegado ao Rio em 1843, autor do quadro *O Casamento de Dom Pedro II na Capela Real de Nápoles,* adquirido pelo Monarca em 1847.

A entrada principal do Palácio fazia-se pelo pórtico chamado das Damas. Dava num saguão, de onde partiam as escadas para o pavimento superior. Aí se entrava no salão chamado dos Archeiros. Nos primeiros anos do Reinado o trono ocupava a sala chamada, no tempo dos Vice-Reis, das Audiências, porque nela se realizavam as recepções ordinárias. Foi Dom João VI quem mandou instalar aí o seu trono quando, depois da morte da mãe, foi aclamado Rei de Portugal: Desde então a Sala das Audiências passou a chamar-se Sala do Trono. Seu teto sofreu várias reformas, sendo a última feita por Araújo Porto Alegre, por ocasião da coroação de Dom Pedro II. As paredes da sala eram forradas de damasco vermelho, e ornadas com pilastras de capitéis dourados. O aspecto era agradável, e tinha alguma coisa de suntuoso. Três janelas abriam-se sobre a fachada principal.

Mas, com a má conservação do Palácio, o teto da sala começou a ameaçar ruína. Houve um certo alarma. Passou-se então o trono para a sala chamada Amarela, em virtude da cor do damasco que lhe cobria as paredes. Aí, conservou-se ele até o fim do Império. Essa sala era decorada com três grandes quadros, dois relativos à história portuguesa e um representando o juramento da Constituição por Dom Pedro I.

Da antiga Sala do Trono passava-se para a Sala do Docel, forrada de carmezim. Aí, existia um grande painel, representando a cena da coroação de Dom Pedro II. Seguiam-se à Sala Azul, também chamada da Tocha, a Sala Encarnada, onde se viam os bustos da Família Imperial, obra de Pettrich, e um painel comemorativo do casamento do Imperador com Dona Teresa Cristina; nessa sala celebraram-se, durante muitos anos, as sessões aniversárias do Instituto Histórico e da Academia de Medicina[33].

Havia ainda a Sala dos Camaristas, a Sala das Damas, onde se via um grande retrato da Rainha Dona Maria I, bisavó do Imperador, e a Sala chamada do Despacho, onde o Imperador costumava receber e conferenciar com os Ministros. Havia aí um belo retrato de seu pai.

Ainda nesse segundo pavimento havia os aposentos do Camarista, do Guarda Roupa, do Veador, do Mordomo, a Sala de Jantar e as salas ocupadas pela Condessa de Barral, governanta das Princesas antes de estas se casarem.

No terceiro pavimento estavam a sala chamada da Imperatriz, o Oratório e os aposentos das Princesas, das Damas de honor, das Açafatas e das criadas da Casa Imperial. Os aposentos particulares do Imperador, que os ocupava, aliás, raramente, pois ele residia quase sempre em São Cristóvão, ficavam no sobrado superior da fachada principal.

428

III

O Palácio de São Cristóvão estava situado na Quinta chamada da Boa Vista, devido à posição privilegiada que ocupava, no alto de uma pequena colina, dominando as terras circunvizinhas, onde mais tarde se elevaria o Bairro de São Cristóvão.

Essa Quinta fora propriedade do Conselheiro Elias Lopes, e dele passara para o Estado, a fim de servir de residência a Dom João VI. Existira ali, outrora, no começo do século XVII, uma capela sob a invocação de São Cristóvão, nome que passou, por extensão, a toda a região. Quando Dom João VI voltou para Portugal, seu filho, o Príncipe Dom Pedro, ficou residindo na Quinta. A velha casa de morada de Elias Lopes sofreu grande transformação em 1822, por ocasião da implantação do Império, quando Manuel da Cunha[34], arquiteto e decorador afamado no tempo, lhe deu o primeiro aspecto de Palácio. Mais tarde, no correr dos anos, sofreria novas e sucessivas modificações, no sentido sempre de ampliá-lo, inclusive com a construção dos dois Torreões, o do Norte, com 3 quartos e 2 salas, e o do Sul, com 5 salas e 1 saleta.

Nesse Palácio o Imperador nascera e se criara; e, salvo no curto período da tutoria de José Bonifácio e os meses de verão que passava em Petrópolis, era ali que ele e sua família habitualmente residiam. As filhas, Isabel e Leopoldina, também ali nascidas, tinham-lhe feito companhia até a época de seus casamentos, quando cada qual teve casa própria, a primeira nas Laranjeiras, e a segunda no mesmo Bairro de São Cristóvão, antes de se transferir para a cidade de Viena, capital da Áustria.

O Palácio se compunha de três pavimentos, sendo que no andar térreo estava a Capela, aberta a quantos quisessem assistir à missa dos domingos e dos dias santos. O Imperador tinha uma pequena Capela privada, no primeiro andar do Torreão do Norte. Continha o Palácio numerosas salas, sendo as principais as do Trono e dos Embaixadores, também chamada dos Estrangeiros. A Sala do Trono era forrada com um grande tapete aveludado, sobre o qual havia uma rica mesa oval, de jacarandá claro, envernizada, com finas esculturas, trabalho de *marquetterie* com um mosaico sobre o tampo. O trono era de marfim, ouro e esmalte azul, forrado de veludo verde com ramagens e sigla bordada a ouro, encimado por um docel de veludo verde, assente em estrado de veludo da mesma cor. Aos lados do trono, assentavam em colunas trabalhadas de jacarandá, dois vasos de Sèvres, com pinturas a esmalte e asas de bronze dourado. Na Sala dos Embaixadores havia duas magníficas tapeçarias de Gobelin.

Fora uma ou outra sala, decorada com certo requinte artístico, o Paço de São Cristóvão nada tinha que se pudesse chamar de luxuoso. Contudo, e ao contrário do que muita gente dizia, possuía grande quantidade de móveis de estilo, muitos dos quais esculpidos com as armas imperiais brasileiras, de excelentes madeiras europeias e brasileiras, contando numerosos móveis de jacarandá.

Como objetos de adorno havia de tudo, coisas de valor, de relativo valor, e sem valor algum. Dentre as primeiras, vários serviços de porcelana europeia, na sua grande parte brasonadas com as armas imperiais. Espalhados pelas salas, grande número de quadros e de esculturas, sobressaindo entre estas a célebre *Mima,* feita por Gobineau em mármore de Carrara, que o Imperador comprara ao diplomata francês; uma estátua de prata do Papa Pio IX e um *Giotto Fanciullo,* escultura da italiana Amalia Dupré, filha do também escultor Giovanni Dupré, que figurará no *Salon* de Paris de 1867, e que Dom Pedro II comprara à autora quando da sua viagem à Europa em 1877[34a].

Entre as pinturas, a maior parte a óleo, havia quadros de Weingartner, de Parreiras, de Almeida Júnior, de De Martino, de Debret, de Araújo Porto Alegre, de Monvoisin[34b], de

A. Vinet, de Insley Pacheco, de Biard, de Cicarelli, de A. Meyer (um artista francês que tinha vindo de Nápoles com a comitiva da Imperatriz, em 1843), de Decamps, de Frometin, de Isabey[34c], de Moreaux e muitos outros pintores brasileiros e estrangeiros.

"O Palácio não é belo nem suntuoso", escrevia o Almirante von Kraemer à mulher em abril de 1872; "o mobiliário é pobre e mal conservado"[35]. "Edifício que podia ser um Palácio" — diria Vicente Quesada anos mais tarde — "mas faltava-lhe o brilho, mais luz à noite, mais aparato monárquico. Porque as formas exteriores simbolizam o poder e impressionam o público"[36]. Ferreira Viana contava[37] que na sala onde os Ministros costumavam aguardar a chegada do Imperador, enquanto ele conferenciava com o Presidente do Conselho, "não havia móvel nenhum para descanso, nem sequer uma cadeira", situação que só se modificaria em 1878, depois de uma reclamação do General Osório, quando Ministro da Guerra do Gabinete Sinimbu.

Com o correr dos anos, as coisas só fizeram piorar. O pouco que lá havia, de decorações, de móveis, de tapeçarias, foi se gastando sem se renovar, a tal ponto que no fim do Império o velho solar seria quase uma casa em liquidação, *modeste bâtiment, bourgeoisement meublé,* como o viu Verschuur, *et ressemblant plutôt à un hôtel de Province qu'à la demeure d'un Souverain*[38].

"Só tinha de grandiosos os jardins", diria ainda Quesada. De fato, estes eram os mais belos do Rio de Janeiro, mesmo depois do ajardinamento do Campo de Santana. A princípio nada existira ali além de um grande terreno por assim dizer abandonado, onde crescia o mato e se erguiam alguns casebres. Quando o célebre paisagista francês Glaziou chegou da Europa, em 1863, encarregado de reformar o Passeio Público, o Imperador tomou a si transformar a antiga Quinta do Elias num parque que seria, para o Rio, o que era o Bois de Boulogne para Paris. Glaziou foi o encarregado dessa obra monumental, na qual o Imperador despendeu, de seu próprio bolso, uma verdadeira fortuna.

O Palácio era outrora ligado à entrada da Quinta por um caminho estreito e irregular, chamado Rua do Portão da Coroa[39]. Glaziou transformou esse caminho numa bela alameda, marginada de frondosas sapucaias, artisticamente alinhadas. Rememorando, no exílio, os dias felizes que passara em São Cristóvão, dirá a Princesa Imperial: "Na minha infância, o parque era famoso sobretudo pelas aléas ensombradas, feitas de mangueiras, de tamarineiros e de outras árvores. Havia uma soberba alameda de bambus, cujos cimos se cruzavam tão alto, que formavam uma verdadeira abóbada de catedral. Por inspiração de meu Pai, Glaziou traçou a linha plantada de árvores, que vai dar diante da bela fachada do Palácio. Dos,andares superiores desta fachada, vê-se ao longe uma parte do mar, do lado do Caju; das duas outras fachadas descobre-se o esplêndido panorama que tem por fundo a Tijuca e o Corcovado"[40].

No fim da alameda traçada por Glaziou estava um pórtico, sustentado por graciosas colunas, tendo ao centro um largo portão coroado pelas armas imperiais. Era cópia fiel do que existia em Sion House, e viera da Inglaterra no começo do século XIX, presente do Duque de Northumberland a Dom João VI quando ainda Príncipe Regente.

Nos terrenos da Quinta havia várias casas, para depósitos e residências de empregados do Paço e de suas famílias. "A Quinta da Boa Vista", diz Marques dos Santos, "era um feudo patriarcal, ocupado por antigos servidores, muitos dos quais, encanecidos no ofício de admirar e venerar Majestades, vinham do tempo de El-Rei. Desde a época de Dom João VI existiam casas que aquele Soberano dera ou permitira que construíssem seus criados, viúvas e inválidos, enfim, uma série de pessoas que protegia. Dom Pedro I continuara nessa benemerência. O próprio Marquês de Itanhaém, quando Tutor de Dom Pedro II, confirmara a praxe. Dom Pedro II, do mesmo modo, dava a desvalidos e até a poetas e literatos casas nos fundos e lados do Palácio, como foi o caso de Múcio Teixeira, o poeta das *Brasas e Cinzas*. Naquele fundão imenso morava, ao ser proclamada a República, gente que havia conhecido Elias Antônio Lopes, doador da primeira Quinta a Dom João, Príncipe Regente."[40a]

Havia ainda, nos terrenos de São Cristóvão, uma Escola-Modelo fundada e sustentada pelo Imperador, para o ensino dos filhos dos seus empregados, ou mesmo de estranhos à Casa Imperial. Ficava nos fundos, nos limites dos terrenos destinados a um Jardim Zoológico, e que era muito visitada por Dom Pedro II, inclusive na época dos exames, aos quais costumava assistir. Era o chamado Colégio do Anjo Custódio, destinado também, segundo projeto do Imperador (que afinal nunca se realizou), a "formar professores dos cursos superiores", e que, no dizer de Helio Vianna, era a primeira tentativa, no Brasil, de escolas desse gênero, mas que só seria efetivada em 1931, com a criação da Faculdade de Filosofia, Ciências e Letras.[40b]

IV

A vida que levava a Família Imperial era quase tão modesta quanto o aspecto de seus palácios. O Imperador nunca fora o que se chama um homem rico. Dezenas e dezenas de súditos em seu Império desfrutavam rendas superiores às suas. Quando o pai partiu para o exílio, depois da abdicação de 1831, não lhe deixou, a bem dizer, como herança, senão os encargos de uma coroa cheia de sacrifícios: pouco mais do que o estritamente necessário para o sustento de uma família modesta. Nada de rendas vultuosas, nada de vastas propriedades. O pequeno Imperador ficou numa verdadeira orfandade, e, se a Nação não o perfilhasse, ele certamente mal teria o que comer.

Com o correr dos tempos sua situação não melhorou muito. O desprezo que tinha pelo dinheiro nunca lhe consentiu reunir sequer alguns contos de réis. Na sua lista civil, aliás, não havia margem para tanto, apesar do escrupuloso cuidado com que a empregava. E como suas exigências pessoais eram modestas, não quis nunca reclamar mais do que lhe dava o Estado. *Com pouco me contento,* dizia.

Sua dotação orçava em cerca de 800 contos anuais, soma que, apesar de relativa—mente pequena, e das repetidas tentativas do Parlamento para aumentá-la, seria mantida igual durante os cinquenta anos de Reinado. "Tenho querido que todas as minhas despesas corram por conta da dotação — escreveria o Imperador em 1881 — que jamais quis, desde que ela foi votada, nem quero que seja aumentada. Até parei com as obras do Palácio de São Cristóvão; e se tem-se gasto com o jardim, tornando-o um dos mais belos do Rio, é porque desejo que aproveite ao público, que precisa desse passatempo higiênico. Nada devo, e quando contraio uma dívida, cuido logo de pagá-la, e a escrituração de todas as despesas de minha casa pode ser examinada a qualquer hora. Não junto dinheiro, e julgo que o que recebo do Tesouro é para gastá-lo *com o Imperador.* Quarenta anos de um tal procedimento devem ter criado hábitos que não se mudam facilmente."[41]

Pouco antes ele havia dito: "A casa não tem dívidas, a não ser a contraída por gastos de viagem de um ano e meio pelos Estados Unidos e a Europa,[42] onde se gastou o que era preciso para aproveitar todo o tempo possível, entretanto que a maior parte da dotação continuou a ser despendida no Brasil. Todos os meses se amortiza essa dívida, pagando-se os juros vencidos, e esta ficará paga com certeza. As contas da casa não estão em atraso e exige-se que se apresentem sem demora. A escrituração está em dia e pode ser examinada a qualquer momento..."[43]

As dotações dos demais membros de sua família eram igualmente modestas, orçando a da Imperatriz em cerca de 98 contos de réis anuais, e a da Princesa Imperial em cerca de 150 contos. Os outros Príncipes, à medida que nasciam, eram dotados de somas proporcionais a estas. O Gabinete Imperial tinha pouco mais de 2 contos de réis anuais!

V

Com tão limitados recursos, que podia, de fato, pretender essa família, senão a vida singela que levava no Rio e em Petrópolis? Apesar disso, toda preocupação do Imperador foi sempre para simplificá-la ainda mais. Nos primeiros anos do Reinado, ainda o cercou um certo aparato. Pouco a pouco, porém, ele foi suprimindo tudo quanto lhe pareceu supérfluo. Os cargos que entendia serem desnecessários em seus palácios, e só existiam por uma tradição da antiga corte, foram gradualmente cortados. Assim, foi extinta a Guarda Imperial de Archeiros, criada por Dom Pedro I por ocasião da fundação do Império, a qual, por uma dessas contradições da História, seria muito mais tarde restabelecida, já sob o regime Republicano, com o nome de Dragões da Independência. Suprimiu-se depois um grande número de cargos considerados inúteis na Casa imperial, como a de Mordomo-mor, de Camareiro-mor, de Estribeiro-mor e menor, de Sumilher da cortina, de Rei de armas; extinguiu-se ainda a classe efetiva dos Guarda Roupas do Imperador.

As economias que resultavam de tais supressões, ou as colhidas em outras fontes, não serviam para o proveito pessoal do Monarca nem de sua família. Tinham um emprego muito mais largo e generoso, de caráter estritamente humanitário. Eram, ou destinadas à Nação, como em 1843, quando o Imperador resolveu concorrer com a quarta parte da sua lista civil para melhorar as dificuldades do Tesouro público; ou como durante a Guerra do Paraguai, quando renovou, alargando, o seu gesto de patriotismo — ou iam servir para atenuar os sofrimentos dos pobres, ajudar a instrução dos necessitados, amparar os órfãos, medicar os enfermos, dar assistência aos inválidos ou a todos quantos recorressem à sua caridade.

Um exemplo entre muitos. Vejamos o orçamento da Casa Imperial para o ano de 1882, o único que temos em mão. Ele nos dá uma ideia do espírito de filantropia do Imperador. Assim, dos 800 contos de réis recebidos dos cofres públicos, sua dotação daquele ano, cerca de 130 contos são destinados a fins de assistência aos necessitados:

Mesada do bolsinho imperial .... 36:000$ 000

Pensões a estudantes .... 3:300$ 000

Donativos diversos a particulares e Províncias .... 15:300$ 000

Esmolas ordinárias .... 34:500$ 000

Donativos para as urgências do Estado .... 32:000$ 000

Escola imperial da Quinta .... 8:200$ 000

A caridade, aliás, era um dos traços do seu caráter. Pinto de Campos conta que, desde a mocidade, ele recomendava que ao sair lhe entulhassem os bolsos de moedas de prata, a fim de poder distribuí-las aos pobres e necessitados que encontrava. Certa vez, o administrador da Fazenda de Santa Cruz, propriedade da Coroa, apresentou-lhe um considerável saldo, fruto de uma administração honesta e laboriosa. — *Saldo, não o quero*, observou-lhe o Imperador; *dê de esmola aos pobres, porque não quero que se diga que estou entesourando capitais.*[44a]

Os sábados eram os dias que ele reservava para a distribuição de esmolas, feita, parte em seu nome e parte em nome da Imperatriz. Quando o Império cair por terra, o Governo provisório da República, assumindo uma atitude que só podia elevar os sentimentos humanitários do Monarca deposto, o que certamente não estava na intenção do novo regime, não ousará deixar ao desamparo os humildes pensionistas do Imperador; manterá as dotações que este destinava aos pobres necessitados de São Cristóvão, *para os quais esse subsídio se tornaria o único meio de subsistência e educação* — dirá o próprio Governo provisório.[44b]

VI

Dispondo de parcos recursos financeiros, desfalcada a sua já de si modesta lista civil, com as muitas esmolas que distribuía, e recusando sistematicamente qualquer outro auxílio que a Nação quisesse acaso dar-lhe, o Imperador tinha bem o direito de viver a vida modesta que levava. Não podia ser, assim, acusado de estar guardando para si ou para os seus descendentes o dinheiro que recebia dos cofres públicos, de estar, como ele dizia, *entesourando capitais.*

Embora tivesse confiança nos empregados da Mordomia, cuidava pessoalmente das contas da sua Casa. Uma vez por semana Ia à Mordomia para examinar os balancetes e conferir os documentos de despesas. Uma vez, chegando ali, perguntou ao tesoureiro João Batista da Fonseca:

"Como vão os negócios da minha Casa?"

"Vossa Majestade não sabe multiplicar, respondeu-lhe o Tesoureiro."

E ele:

"Isso é verdade, só sei dividir." [44c]

A não ser um ou outro jantar em São Cristóvão (nos dias de aniversário de seus sobrinhos os Reis de Portugal — Dom Pedro V, enquanto viveu, e Dom Luís I, que o sucedeu — ou da sua madrasta a Imperatriz-viúva Dona Amélia, até a sua morte em 1873 (quando compareciam, além da Família Imperial, a dama de honra da Imperatriz, Dona Josefina da Fonseca Costa, o Camarista de semana, os Ministros de Estado e o representante diplomático de Portugal); ou o banquete de Estado que o Imperador dava todos os anos em honra dos Chefes das Missões diplomáticas no Rio; ou ainda as recepções estritamente oficiais, quando havia cortejo e beija-mão — bem poucas vezes se abriam os salões de São Cristóvão.[45] Uma das últimas vezes que isso aconteceu foi no ano de 1883, quando o Imperador deu um jantar em honra do Príncipe Henrique da Prússia, irmão do Imperador Guilherme II da Alemanha. E, a tal ponto não se estava mais acostumado com essas coisas, que a *Gazeta de Noticias* não deixou passar o fato sem um comentário chistoso, dizendo: "Temos Príncipe, e Príncipe alemão na terra. O Paço foi varrido depois de não sei quantos anos, e o jantar imperial juntou à clássica canja, mais alguns pratos de ocasião." Baile em São Cristóvão era então coisa que nunca mais se vira.

Mas isso não queria dizer que o Imperador e sua família não aceitassem convites para bailes fora do Paço, realizados geralmente no Cassino Fluminense, na Rua do Passeio (no prédio ocupado hoje pelo Automóvel Clube do Brasil, onde havia a maior sala de danças da Corte), quando se tratava de uma data festiva ou da estada no Rio de alguma notabilidade estrangeira. Como foi o caso, por exemplo, da passagem pelo Brasil do Duque de Edimburgo, segundo filho da Rainha Victoria da Inglaterra, em julho de 1867. Aliás, segunda passagem, pois o Príncipe já havia estado no Rio em 1860, como aspirante naval, a bordo da fragata *Eryalus,* rapaz então de 16 anos de idade.

433

Dessa segunda vez, além de um jantar no Paço de São Cristóvão, houve um baile no Cassino Fluminense dado em honra ao Príncipe pela colônia inglesa do Rio, e ao qual compareceram os Monarcas brasileiros. Carta de Dom Pedro II à Condessa de Barral: "Ontem houve o esplêndido baile dado pelos ingleses ao Príncipe, e ao qual assisti, chegando à casa às 4 horas da madrugada. Creio que fui polido; mas infelizmente não se repetem provas semelhantes. Dançaram o *revel,* [aliás Reel] à escocesa no baile, e o *piper* do Príncipe, com a sua gaita, tocava a música. Muito me lembrei de Walter Scott. Creio que o Príncipe vai satisfeito do recebimento"[45a].

Mas isso era, como dissemos, fora do Paço Imperial. Porque nesse reinavam o silêncio e o recolhimento, de tal forma marcantes que chegava a dar a impressão de que se tratava de uma casa desabitada. "Paço severo e triste", como dizia o Visconde de Taunay, "sem mundanismo, sem moda, sem flores, sem festas", segundo o vira Ramalho Ortigão nos últimos anos do Reinado; "desterro mortífero para toda gente alegre, para todos os homens novos, para todas as mulheres bonitas."[45b] Vicente Quesada, que foi Ministro da Argentina no Brasil na última década da Monarquia, dá-nos uma ideia do que era a simplicidade que reinava no Paço de São Cristóvão. Tendo uma audiência com o Imperador marcada para as seis horas da tarde, ele chegava ali pouco antes. Dizia:

"No Palácio nada revela a essa hora uma residência imperial. E, apesar de haver ali estado mais de uma vez, não sabia o caminho, porque a escada, que nada tem de grandiosa, estava mal iluminada, e os porteiros e criados palacianos brilhavam pela ausência. Parece que a falta elementar de etiqueta impressionava desfavoravelmente o Estrangeiro, que não podia atravessar aquelas galerias apenas aclaradas, não sabendo qual a porta da sala onde devia ter lugar a cerimônia. Não havia meio algum visível para orientar-me no Palácio, que parecia abandonado àquela hora... Afinal entramos num salão, que parece o mesmo em que se recebe o Corpo Diplomático, forrado de damasco carmezim, com espelhos e móveis dourados. Naturalmente, com a nossa presença, se acenderam as luzes, não muito abundantes, apesar de havermos chegado à hora oficial fixada para a audiência. Pela larga galeria aparecem, abrindo-se alguma porta próxima, os veadores militares, e logo depois o próprio Imperador, cuja elevada estatura se destacava no pequeno grupo" [46].

VII

As recepções oficiais, em datas previamente estabelecidas, dividiam-se em duas categorias: as chamadas de *grande gala* e as de *pequena* ou *segunda gala.* Não havia um critério uniforme na escolha das horas e dos locais para essas recepções: umas se realizavam pela manhã; outras ao meio-dia, e outras à tarde, em São Cristóvão ou no Paço da Cidade.

As recepções de *grande gala,* que eram, naturalmente, as mais importantes, tinham lugar por ocasião dos aniversários de um fato ou acontecimento ligado de perto à vida do Império ou da Família Imperial (sem falar no dia 1° de janeiro, quando o Imperador recebia, à tarde, no Palácio de São Cristóvão, os votos de Ano Novo). Eram dias de *grande gala:* 9 de janeiro, aniversário do *Fico;* 14 de março, aniversário da Imperatriz; 25 de março, juramento da Constituição; 7 de abril, elevação de Dom Pedro II ao trono; 23 de julho, Maioridade; 29 de julho, aniversário da Princesa Imperial; 4 de setembro, casamento do Imperador; 7 de setembro, proclamação da Independência e do Império; 15 de outubro, festa de Santa Teresa; 19 de outubro, festa de São Pedro de Alcântara; e 2 de dezembro, aniversário do Imperador.

No dia do aniversário do juramento da Constituição e do nascimento do Imperador, além do cortejo de grande gala, ao meio-dia, no Paço da Cidade, havia *Te Deum* e beija-mão na Capela Imperial, para onde baixava a Corte. 19 de outubro, dia de São Pedro de Alcântara, era de todos o mais festejado: pela manhã, às 11 horas, grande gala e cortejo no Paço da Cidade; depois, cerimônia na Capela Imperial; e à tarde, das 5 às 7, novamente cortejo em São Cristóvão.

Os dias de *pequena gala* eram o Dia de Reis, de aniversário dos Príncipes da Família Imperial, e os dias da Semana Santa, quando o Imperador baixava à Capela Imperial, depois da recepção pela manhã no Paço da Cidade. Na Quinta-Feira Santa a Corte devia voltar a esse Paço à tarde, para acompanhar o Monarca na visita às sete igrejas. No dia de *Corpus Christi,* ele dava cortejo de pequena gala no Paço da Cidade, baixava depois à Capela Imperial, assistia à festa e acompanhava em seguida a procissão.

Mas o grande, senão mesmo o único verdadeiro cerimônial que mantinha em pleno vigor e todo o fausto desde os primeiros anos do Reinado, era a abertura do Parlamento, a 3 de maio de cada ano. Então o Imperador, a Imperatriz, a Princesa Imperial e o Conde d'Eu, acompanhados dos altos dignitários da Corte, se reuniam com os Ministros, Senadores, Deputados e membros do Corpo Diplomático, quase todos em uniforme de gala, na sala das sessões do Senado do Império, no velho palácio dos Condes dos Arcos, no Campo de Santana. Gobineau, que assistiu a esse espetáculo no ano de 1869, na sua qualidade de Ministro de França, deixou-nos a descrição da cena, que, pela rigorosa etiqueta e o grande aparato de que se revestia, podia ser tida como a única em todas as Américas, comparável, num certo sentido, à igual cerimônia da abertura do Parlamento na Inglaterra, a esse tempo com a imponente figura da Rainha Victoria. Conta Gobineau em carta à mulher, de 15 de maio de 69:

> *Figure-toi la Salle du Sénat, pas grande, mais charmante. Tout le monde en uniforme. Le corps diplomatique dans une loge tendue en velours rouge, un tapis charmant, des fauteuils dorés, une vue magnifique sur la place. Beaucoup de foule dehors. Tout à coup un escadron de cavalerie de ligne, quatre voitures de gala à quatre chevaux pleines de dignitaires, non pas en [ilegível] comme disait ce bon commandant Vrigreaud, mais en cordons, en plaques et en broderies; et puis une nouvelle voiture de gala avec les dames d'honneur ; ensuite une voiture a six chevaux, harnachement chargé de bosses et de houpes [sic] en argent, valets de pied vert et argent, cocher superbe sous une grosse housse, chapeau lampion avec glands brimballants aux trois coins; l'Impératrice brillant comme un soleil et madame la comtesse d'Eu comme une étoile de première grandeur. . .* [O Conde d'Eu tinha partido nessa ocasião para a Guerra do Paraguai] *Mais tout cela, rien du tout! N'y fait pas la moindre attention. Tout à coup voilà le rideau que se lève; deux lignes de hallebardiers; écuyers vert et or à cheval; valets d'écurie à pied; un attelage de huit chevaux montés à la Daumont, sans préjudice d'un immense cocher, avec un chapeau encore plus lampion et de glands encore plus brimballants que pour l'Impératrice, et des chevaux couverts de harnais de velours rouge écrasés d'or, en bosses, en ciselures, en figures, en rond, en cercle (sic), en tout et sur la tête des chevaux des panaches verts et blancs, hauts de deux pieds; et tout cela trainait le plus merveilleux carrosse qu'on ait pu voir du temps de Louis XIV (car il est de ce temps-là), doré, peint à miracle, avec des dessus en velours rouge. Je n'ai réellement rien vu de plus beau. Et là dedans l'Empereur tout seul, en costume de XVIe siècle: satin blanc, fraise, la couronne impériale en tête et un grand manteau de velours violet semé d'étoiles d'or et un grand sceptre d'or à la main, un griffon au bout. Il est grand, avec toute sa barbe, il est fort beau. Voilà ce que j'ai vu.*

VIII

Quando a corte estava de luto, por morte de algum parente próximo dos Monarcas, o que acontecia repetidamente, dadas as suas relações de sangue com quase todas as famílias reais da Europa, a grande gala suspendia, e a pequena gala aliviava o luto pesado ; e ambas suspendiam-no, se o luto era leve.

O uniforme era a regra para o traje dos homens nessas cerimônias no Paço. As senhoras traziam o manto verde. Até 1869 era obrigatório, para os gentis-homens, veadores, Guarda Roupas, moços fidalgos e todos os demais empregados de classe do Paço, nos dias de grande e pequena gala, o uso de calça de casemira branca; depois daquela data, porém, atendendo a pedido dos mesmos, o Imperador consentiu que se usassem calças azuis.

Todas essas recepções, no fundo, nada tinham de atraentes. Eram sempre as mesmas, com o mesmo desfile, mais ou menos os mesmos personagens, os mesmos uniformes e as mesmas conversas banais. Para o Imperador, era o que havia de mais cansativo; e, embora as suportasse heroicamente, como fazia, aliás, com todos os demais encargos que tinha como Soberano, não podia esconder, em sua fisionomia, um certo ar de enfado, sobretudo no fim do Reinado. Quase cinquenta anos de galas, grandes e pequenas, de cortejos, de beija-mão e de outras tantas cerimônias repetidas e estafantes, inclusive a abertura do Parlamento, quando ele era obrigado a cobrir-se, por vezes em dias de intenso calor, com o célebre manto de papos de galo da serra, representavam, certamente, um grande sacrifício.[46a]

A tudo isso, Dom Pedro II preferia viver sua vida caseira, nas salas privadas de São Cristóvão, recebendo, apenas, numa relativa intimidade, as pessoas que tinham o privilégio de gozar de suas relações pessoais. Bem poucos podiam ufanar-se disso. Frei Pedro de Santa Mariana, seu antigo preceptor, foi um desses. Até a morte, em maio de 1864, com cerca de 82 anos, o Imperador nunca deixou de tratá-lo com grandes provas de respeito e de sincera amizade, e cuja mão sempre beijava. Paulo Barbosa, Mordomo nos primeiros anos do Reinado, e Aureliano, com quem este formava a *Facção Áulica,* desfrutaram, por algum tempo, a simpatia do Monarca, de cuja vida Familiar participaram. Sapucaí, seu antigo mestre, e Bom Retiro, seu companheiro de infância, foram outros que viveram na intimidade do Imperador, os únicos a quem era permitido entrar pela porta que dava acesso ao Torreão do Sul, em que ficavam os aposentos privados do Monarca. Mas, com a morte de Sapucaí, em janeiro de 1873, e de Bom Retiro, em agosto de 1886, acabaria um tal privilégio.

Dentre os diplomatas estrangeiros acreditados no Rio de Janeiro, uns poucos, como Schreiner, Ministro da Áustria de 1875 a 1882, que ele conhecera no Cairo em 1871, e com o qual viajara de Alexandria a Bríndisi; como Matias de Carvalho, Ministro de Portugal de 1869 a 1877; ou como Vicente Quesada, Ministro da Argentina em 1883 e 1884, mantiveram relações com o Imperador um pouco mais que oficiais, de caráter estritamente privado. Schreiner fora mesmo, durante certo tempo, seu professor de árabe.

Mas o único que entreteve relações realmente amistosas com o Imperador foi o Conde Arthur de Gobineau, Ministro de França. Apesar do pouco tempo de estada entre nós — quatorze meses, apenas, de março de 1869 a maio de 1870, — soube ele conquistar a simpatia do Monarca. Simpatia que se transformaria depois em verdadeira amizade, através de longa correspondência epistolar e dos vários encontros que teriam na Europa.

IX

Avisado da próxima chegada ao Rio do novo Ministro francês, Dom Pedro II logo se mostrou interessado em conhecê-lo pessoalmente, antes mesmo da apresentação das suas credenciais. "Sabe se o Ministro francês Conde de Gobineau, veio no vapor de Bordéus? Não li seu nome na lista dos passageiros. Muito desejo falar-lhe, pois o conheço por diversas obras que publicou, e elogios que fazem dele, de seu talento e de sua instrução. É natural que a Legação brasileira em Paris [dirigida a esse tempo por Domingos José Gonçalves de Magalhães, futuro Visconde de Araguaia] tivesse dito o motivo que impediu Gobineau de vir para o seu posto no Rio de Janeiro."[47] Esse bilhete de Cotegipe a Rio Branco, Presidente do Conselho, é de janeiro de 1869. Reflete bem a ansiedade e as boas disposições em que ele estava para com o novo Ministro francês, sobre o qual, aliás, já lhe havia escrito de Paris, recomendando-o, calorosamente, a Condessa de Barral. Que melhor credenciais podia ele ter para a garantia de uma boa acolhida no Paço de São Cristóvão?[47a]

De fato ele não havia chegado no vapor em que era esperado. Designado, contra a vontade, para servir no Brasil, adiou o mais que pôde sua partida de Paris, na esperança de obter Constantinopla, que era o posto de suas ambições. Como nada conseguisse, acabou se conformando mesmo com a Legação no Rio, esperançoso, ao menos, de poder juntar aí algum capital para reforçar as suas finanças abaladas. "Resigna-se com esse exílio na esperança de poder restabelecer aí a sua fortuna", diz Jean Gaulmier.[47b]

Afinal, sempre chegou ao Rio a 20 de março de 1869. Apenas instalado no Hotel dos Estrangeiros, o melhor, nesse tempo, da capital do Império, é surpreendido com um recado vindo de São Cristóvão, dizendo que o Imperador desejava vê-lo no dia seguinte à tarde, no Paço da Cidade, antes mesmo da apresentação de suas credenciais. Surpreendido com uma tal acolhida, para ele de todo inesperada, é claro que se apressou em corresponder ao desejo do Monarca."[47c]

A acolhida que este lhe fez não podia ser melhor. "Eu não o conheço como diplomata", foi logo lhe dizendo Dom Pedro II, "mas desde muito que leio os seus livros e o conheço como escritor. Vamos nos sentar, assim conversaremos mais à vontade." Estavam na chamada Sala do Trono — contaria depois Gobineau à mulher. O Imperador o levou para um pequeno salão ao lado, sentou-se num sofá e o Francês numa poltrona. E por mais de uma hora teve uma longa conversa com Gobineau. Começou por pedir notícias de sua família (sobre a qual Dom Pedro II estava informado pelas cartas que lhe mandara de Paris a sua amiga a Condessa de Barral); enveredou depois pelos monumentos da idade da pedra; pela língua guarani; pelas opiniões de Agassiz sobre o período glacial;[47d] passou em seguida a falar dos estudos do dinamarquês Worsaae[47e] sobre a pré-história dos países nórdicos, que Gobineau citara no seu ensaio sobre a diversidade das raças; falou sobre Renan, que para Dom Pedro II era o único hebraísta em França — enfim, sobre os mais diversos assuntos, saltando de um para outro, com uma vivacidade, uma loquacidade e uma certeza em suas opiniões que não podia deixar de surpreender e impressionar o espírito em todos os sentidos culto do diplomata francês, predispondo-o a ver em Dom Pedro II mais do que um simples Soberano ou Chefe de Estado, um homem de profundo saber, com o qual toda conversa ou toda troca de ideias seria proveitosa e cheia de encantos. "Discutiremos tudo isso a fundo", disse o Imperador encerrando a conversa.

Terminada a audiência, levantou-se dizendo: "Venha ver-me todas as vezes que quiser, terei sempre prazer em vê-lo." E, dando-lhe uma das cartas da Condessa de Barral que Gobineau trouxera de Paris para a Família Imperial, acrescentou: "Penso que há de querer entregar em mão essa carta para a Imperatriz; ela está aqui no Paço." Feito o que, levou-o à sala onde estava Dona Teresa Cristina. E, conforme era seu costume, desapareceu logo em seguida, sem dizer-lhe um simples "até breve", deixando-o com a Imperatriz que estava acompanhada da sua dama de honra, Dona Josefina da Fonseca Costa, *petite, fort noirement brune, avec la mantille de dentelle noire et une fleur rouge* [47f]. Se Gobineau ficou, como racista que era, um pouco chocado com a pele escura da dama de honra da imperatriz, esta, em compensação, lhe deixou a melhor impressão: *une expression de bonté la plus bonne,* mandava dizer à mulher, *d'une douceur vraiment sympathique et pas les traits de la première femme venue.*

O Conde d'Eu, que não chegaria a conhecer Gobineau porque partiria para a Guerra do Paraguai dias depois da chegada do diplomata ao Rio, e quando voltaria, terminada a guerra, ele já não estava mais no Brasil, mandava dizer ao pai Duque de Nemours:

Je n'ai point vu ce nouveau diplomate. Mais l'Empereur fait le plus grand éloge de son mérite. Il a écrit un ouvrage qui a été annoté par Agassiz, et un voyage en Perse dont lEmpereur nous fait lecture lorsque nous allons le soir à Saint-Christophe. Il a été aussi chaudement recommendé par Mme de Barral. [47g]

X

Esse livro sobre a Pérsia, que o Imperador gostava de ler em São Cristóvão para a filha e o genro, eram *Les Religions et les Philosophies dans l'Asie* (1865). Mas a principal das suas obras, que lhe deu fama nos meios literários e científicos internacionais, era o *Essai sur l'Inégalité des Races,* publicado em 1855, onde ele se referia, com severidade, às populações dos países latinos da América. Defendia a tese de que eram impossíveis ordem e progresso na humanidade, sem o predomínio das raças fortes e puras sobre as raças fracas e mescladas. Bastava esse enunciado para julgar-se até quanto Gobineau devia sentir-se chocado nesse século de democratismo e de igualdade que era o século XIX.

Procurava ele demonstrar que a princípio só houvera raças fortes, raças chamadas superiores, selecionadas, inteiramente puras. Posteriormente é que elas entraram a misturar-se umas com as outras, provocando, com isso, a degenerescência de todas e, consequentemente, a corrupção e a decadência dos homens. Assinalava, nesse particular, o caso da raça branca, que minada pelo sangue semítico criara, entre outros males, o que ele chamava a *utopia moral* da igualdade e da democracia. A raça germânica ainda fora uma das que se conservaram por algum tempo imunes; mas, como as demais, acabou por misturar-se também com outras raças, perdendo com isso a sua primitiva pureza e, portanto, o vigor.

A consequência disso era que a humanidade, sob o pretexto de igualdade e de liberdade, mergulhava cada vez mais na anarquia. E onde a salvação? A salvação não era fácil, de tal maneira as raças se haviam entrelaçado e degenerado. Em todo o caso, ele não via senão um meio de pôr cobro a essa decadência geral: a dominação das raças que ainda conservavam uma relativa pureza, e a volta imediata ao regime de uma sociedade ao mesmo tempo autocrática e aristocrática.

Para esse apaixonado pelas raças puras, e inimigo do sangue semítico, o Brasil não devia ser certamente um país de eleição. De fato Gobineau jamais gostou nem da terra nem da gente, e o pouco tempo que esteve entre nós só pensou em safar-se o mais depressa do pais e de tudo o que o cercava no Rio de Janeiro[47h]. E que nada chocou tanto a sua sensibilidade e as teorias racistas que defendia como o caldeamento desordenado e ininterrupto que se processava entre as muitas raças povoadoras do nosso solo. A mestiçagem brasileira lhe provocava uma verdadeira repugnância — *une population jaune, brune, marron, capucine, bismarck, citron.* Na sua ojeriza pela mistura de sangues, caía logo no exagero: *Il n'y a pas une famille brésilienne qui n'ait du sang nègre et indien dans les veines; il en résulte des natures rachitiques, et sinon toujours repoussantes, au moins toujours désagréables à envisager*[48.].

438

Para ele, a população brasileira se compunha de um branco ou meio branco, para vinte mulatos ou negros. *Tout le monde ici est laid,* escrevia à mulher, *mais laid à ne pas le croire, des singes.* Noutra carta, dando conta de uma viagem que fizera com o Imperador à Província de Minas Gerais, ele diz que nessa excursão se convenceu mais do que nunca de *que le Brésil ne peut être quelque chose qu'à la condition de voir disparaître les Brésiliens;*[48 a] *c'est une population inepte, vicieuse jusqu'à la moelle, dont il est impossible de rien faire, pas plus de force au physique qu'au moral.* Um pais onde prostituição era um dos menores males; onde não se la à Igreja, não se confessava nem se comungava, e onde os padres, sempre vestidos como laicos, não traziam a batina senão no altar. De resto, acrescentava, viviam em família, povoando o Império de Negrinhos.[48b]

XI

A severidade com que nos julgava provinha também do fato de ele ter sido mandado para o Brasil contra a sua vontade. Gobineau era Ministro de França em Atenas, quando tivera notícia de que em Paris se tramava para dar-lhe novo posto. Seu desejo era conseguir Constantinopla, que fora sempre a sua grande ambição na carreira. Como todo diplomata que se prezava, também ele se julgava o mais indicado para preencher o posto de suas ambições. Constantinopla lhe iria, por assim dizer como uma luva. Não conhecia ele perfeitamente bem os turcos? Não falava, ou pelo menos não compreendia as principais línguas do Oriente Próximo? Sua residência na Pérsia, e depois na Grécia, não o enfronhara nos menores detalhes das complicadas questões políticas orientais? Enfim, com o seu talento, com a sua erudição, com todos os seus predicados, não estava ele naturalmente indicado para tratar e resolver os múltiplos problemas que a França sempre tivera no Bósforo? Quem melhor do que ele, portanto, podia ocupar o posto de Constantinopla?

Ora, em vez de Constantinopla deram-lhe o Rio de Janeiro!... Como posto diplomático era absolutamente nulo, não lhe oferecendo outro assunto para tratar que não fosse o "comércio do café e o curso do papel moeda", mandava dizer à mulher logo que chegara ao Rio[48c]. *Il n'y a pas d'affaires à remplir une coque de noix,* dizia. Depois, um país de selvagens, perdido nos confins do Atlântico, povoado de mestiços; e ainda por cima com um clima malsão, infestado de febres, sufocado pelo ambiente asfixiante dos trópicos! Se havia no mundo um posto contrário à sua índole, à sua educação, aos seus sentimentos e teorias, em suma, a toda a sua cultura — era certamente esse Rio de Janeiro. "Querem enterrar-me na América", queixava-se ele aos seus amigos do Quai d'Orsay[48d].

XII

Por tudo isso, Gobineau não se tornaria nunca um amigo nosso. Ainda porque, com o pouco tempo que esteve no Brasil, só podia ter nos conhecido superficialmente, através de uma visão deturpada por suas teorias racistas. Mas, se nunca nos amou ou teve sequer um mínimo de uma simpatia pelo Brasil, uma circunstância, entretanto, iria até certo ponto reconciliá-lo com a nossa terra e a nossa gente: sua admiração e amizade pelo Imperador — *le Prince le plus intelligent et le plus savant qui existe... Il a tout lu, et il lit tout: histoire, poésie, linguistique.*

Dom Pedro II foi assim o traço de união entre esse cérebro de revoltado e a fecunda e generosa terra brasileira. Logo na primeira audiência que lhe deu o Monarca no Paço da Cidade, o encantou. Esse Imperador de puro sangue azul, de olhos claros e cabelos louros; grande, forte, espadaúdo; a tez rosada, as maneiras delicadas, os gestos brandos, a voz suave; sempre cortês, extremamente amável; que se lhe revelara desde o primeiro instante um homem de erudição, amigo dos clássicos, amigo das artes, apaixonado pelas ciências; e que ainda por cima manifestara desde logo a sua admiração por toda a obra do pensador que era Gobineau, tão mal julgada ou desprezada alhures, sobretudo em sua própria pátria — que desejaria mais, de fato, este, para deixar-se docilmente vencer?

Em verdade, ele sentiu-se conquistado pelo Imperador. Esse Soberano era um achado! Era um raio de sol que lhe iluminava o espírito naquela escuridão estética que lhe pareceu ser o Brasil. Logo uma sincera e espontânea simpatia, cimentada mais tarde por uma real afeição, uniu essas duas criaturas, tão diferentes, entretanto, no fundo.

Para o Imperador, que fora dos livros, isto é, de suas horas de leitura, no ambiente quieto de biblioteca de São Cristóvão, nada mais havia, em matéria de distração espiritual, a companhia da personalidade complexa e cheia de surpresas que era Gobineau, fez-lhe o efeito salutar de um tônico num organismo anêmico. O espírito humanista deixou-se logo conquistar por esse diplomata entusiasta da civilização helênica, Históriador dos Persas, artista, filólogo, sociólogo, amigo de Tocqueville, de Merimée, de Renan, de Liszt, de Wagner — era um encanto!

Os dois homens passaram assim a se avistar todos os domingos — aqueles *domingos de São Cristóvão,* quando Gobineau subia as escadas do Palácio, para desfrutar longas horas de convívio intelectual na biblioteca privada do Imperador. Eles não esqueceriam mais essas horas de tão doces evocações: *Eu bem queria estar todos os domingos em São Cristóvão* — escreveria Gobineau a Dom Pedro II, dez anos mais tarde — *no meio dos livros de Vossa Majestade ou no pequeno salão de baixo.* O Imperador, por seu lado, lhe escreveria: *Como me lembro dos nossos domingos de São Cristóvão, e o que não teríamos a nos dizer sobre o que se passa na sociedade atual!* E, quase nas vésperas da morte de seu amigo, ainda recordaria: *Adeus; escreva-me mais vezes, se isto lhe dá prazer, e fale-me de tudo, como nos nossos domingos de São Cristóvão.*

XIII

Gobineau e o Imperador não estavam sempre de acordo na apreciação dos problemas que agitavam os homens. Apesar de seu entusiasmo pela obra do amigo, Dom Pedro II não a quis jamais aceitar integralmente, e, como um espírito emancipado, nunca deixou de protestar contra o que achava de *trop absolu* nas doutrinas do pensador. O rigorismo científico deste não se casava com o espírito liberal do Imperador, e muito menos as suas ideias exclusivistas sobre as raças humanas. E quando o seu amigo proclamava um sentimento absoluto, completo, absorvente, quase tirânico pelas artes, por todas as artes, eis que o Imperador de novo protestava contra essa outra espécie de exclusivismo, para proclamar, a seu turno, a superioridade das ciências, pelas quais confessava nutrir o mais fervoroso dos cultos, um entusiasmo, como ele dizia, *quase poético.*

Tais divergências de concepção, longe de os separar, serviam, ao contrário, para aproximá-los ainda mais. E ainda quando os distanciasse, um amor recíproco pela inteligência humana logo os atraía. A cultura era, no fundo, o traço que os unia.

O Imperador, quanto mais conhecia Gobineau, tanto mais lhe apreciava o espírito, a distinção de maneiras, sobretudo o encanto de sua conversa. Era terrivelmente sedutor, esse francês que sabia de tudo, que falava de tudo, sempre com a mesma *verve* inesgotável e surpreendente, com a mesma dose de ironia e a mesma vivacidade de espírito!

Era nesse doce convívio que se passavam os domingos de São Cristóvão. Gobineau lia ao Imperador alguns trechos de seus trabalhos ou traçava-lhe os planos de outros. O Imperador, por sua vez, recitava-lhe algumas de suas poesias, originais ou traduções; quando não se deixava levar, insensivelmente, longos quartos de hora, por sua prosa elevada e rica de citações, de pensamentos nobres, de fundas reflexões.

Com aquela voz fina, quase feminina, que contrastava com o seu vulto alto, o Imperador costumava palestrar longas horas a fio, recostado em sua poltrona, no suave comércio da palavra. D'Alembert dizia que a conversa de Saint-Hilaire tinha no mais alto grau o verdadeiro mérito que lhe era próprio, o de não se revestir nem do tom nem do caráter exclusivo. Podia-se dizer o mesmo da palestra do Imperador. Ele gostava de falar de tudo, mas sempre com simplicidade, com uma acentuada modéstia. Se contraditava o interlocutor, às vezes com vivacidade, nunca o fazia de uma maneira agressiva ou menos delicada, que o pudesse acaso chocar. Se, falando, dava sempre a impressão de superioridade, pela elevação dos pensamentos e pela nobreza dos propósitos, nunca ostentava traços de vaidade pretensiosa e arrogante. Era-lhe completamente estranho esse tom doutrinal e por isso mesmo antipático, tão comum, não raro, entre as pessoas de alta posição social e política como ele. Renan, que privaria com o Imperador por ocasião de sua primeira viagem à Europa, nos fala da impressão que lhe deixaram *cette chaleur et cette sincérité d'âme, cette élévation d'esprit et de coeur qui respirent tous ses entretiens[49].*

Embora grande falador, ele sabia também ouvir, e nisto se acentuava ainda a superioridade de sua pessoa. Ouvia a todos, simples ou poderosos, soberbos ou humildes, sempre com o mesmo interesse concentrado, o mesmo desejo de aprender, se tal fosse o caso, não assumindo jamais esse ar de altiva indiferença, que estraga por vezes o encanto de uma boa palestra[50]. *Bien écouter et bien répondre est une des plus grandes perfections qu'on puisse avoir dans les conversations,* dizia La Rochefoucauld.

XIV

A Imperatriz passava geralmente as tardes, ou em casa da filha, nas Laranjeiras, onde la frequentemente para tomar chá, ou então num pequeno salão dos seus aposentos privados, em São Cristóvão. Como a Rainha Catarina de Aragão, que se deixava esquecer longas horas, sentada ao lado de uma janela de Hampton Court, consertando as camisas do marido, aquele volúvel e malvado Henrique VIII, Dona Teresa Cristina distraía-se fazendo *crochet,* recostada num divã, à luz que entrava da varanda que dava sobre o parque da Boa Vista.

Aí recebia as amigas mais chegadas. Tinha quase sempre ao lado uma das suas damas de honor. A Viscondessa de Fonseca Costa (Dona Josefina) era das que a Imperatriz mais estimava. Ficar-lhe-á fiel até a queda do Império, quando, apesar de muito idosa e alquebrada, não deixará de acompanhá-la ao exílio.

Às vezes, quando lhe permitiam os negócios do Estado, ou desejava repousar entre duas leituras, o Imperador la passar uma boa meia hora na companhia da Imperatriz e de suas amigas. Vendo-os ali, os dois, na despreocupada intimidade do seu lar — a Imperatriz recostada no divã, simples como uma burguesa da Província, sem joias, quase sem enfeites, com aquele singelo vestido negro, quase sem adornos nem guarnições, a *robe ménagère,* como se dizia; e o Imperador de pé, ao seu lado, ligeiramente apoiado sobre o espaldar do divã onde repousava a mulher — dir-se-ia que se estava na presença do clássico e burguês *couple chez le photographe,* cujos retratos ornavam invariavelmente aqueles grossos álbuns de fotografias de família, objeto indispensável a todo salão de visitas burguês do século passado.

A Princesa Imperial, moça ainda, com cerca de trinta anos, e casada havia pouco, tendo um círculo mais numeroso de amigas, é que gostava de dar de vez em quando a sua festa. Ela representava, na vida do Paço, o elemento mundano.

Nada tinha de uma mulher bonita. Os traços do rosto eram antes comuns. Tinha o corpo demasiado grosso, e nisto não mentia à filiação bragantina, embora a origem germânica do sangue se denunciasse no alourado do cabelo e na brancura da tez. Mas era uma mulher simpática, muito afável e de natureza lhana e comunicativa. Gostava de conversar, como o pai, e, embora falasse com muita vivacidade, não perdia jamais e distinção que a caracterizava.

O Conde d'Eu — *o meu Gaston,* como ela o chamava, na intimidade — era antes um belo homem, de estatura alta e esguia, os traços delicados do rosto, as maneiras elegantes dos gestos. Tinha o bigode fino e longo dos franceses, um pouco caído sobre os lábios, e usava uma barbicha à moda do Segundo Império. Como sua mulher, era também muito conversador. Mas a surdez, defeito tradicional na família Orléans, tornava um pouco penosa toda conversação com ele. Possuía uma extraordinária memória, que ostentava sempre com indisfarçável vaidade, citando nomes e datas já de todos esquecidos. Enfronhava-se de tudo, e tudo discutia.Apesar de residir entre nós não havia muito tempo, conhecia já a geografia do Brasil melhor do que muitos brasileiros, bem como os nossos homens, nossos costumes e nossas coisas.

XV

As recepções da Princesa Imperial tinham lugar em sua casa das Laranjeiras, chamada Paço Isabel (depois da implantação da República crismado de Palácio Guanabara), solar que pertencera ao capitalista José Machado Coelho, construído em terrenos da antiga Chácara do Roso e comprado, em 1865, para residência da herdeira do trono. Era um edifício de linhas sóbrias, sem pretensões de estilo, que não tinha ainda sofrido as modificações que o transformariam, sob a República, no monstrengo que hoje é. Estava situado no centro de um belo parque, em frente do qual se estendia, até a baía da Guanabara, a Rua Santa Teresa do Catete, depois chamada Paissandu, com a dupla linha de palmeiras imperiais.

Os Príncipes recebiam quase sempre à noite. Costumavam dar uns três ou quatro bailes por ano, como foi, por exemplo, o de 5 de dezembro de 1875, dado por ocasião do batizado do seu primeiro filho, o Príncipe do Grão-Pará. Recebiam então o que havia de melhor na sociedade carioca, na alta administração do Estado, na política e na diplomacia[50a]. De outras vezes eram simples recepções, quando geralmente se fazia música, a que os donos da casa se mostravam afeiçoados. Dona Isabel era mesmo considerada exímia pianista. Nas recepções de caráter mais íntimo, ela costumava cantar as *romances* em voga.

Havia também os bailes que os Condes d'Eu davam no velho palácio da Fazenda de Santa Cruz, geralmente um ou dois por ano, e se prolongavam das oito horas até a meia-noite. "Se amanhã estiver melhor", escrevia a mulher do Conselheiro Soares Brandão (Dona

Maroca) ao filho estudante em Barbacena, "tencionamos ir a um baile que a Princesa dá na Fazenda de Santa Cruz. Vai-se em trem expresso, e a viagem é de mais de uma hora"[50b].

Predominava nessas festas um ambiente de grande distinção, que mais se acentuava com a presença do Imperador e da Imperatriz. Esta se deixava geralmente ficar a um canto de um dos salões, sentada numa poltrona, onde a rodeavam as principais damas da corte. Para tirar todo cunho oficial a essas recepções, não se usava ali o uniforme. O Imperador trazia, como sempre, a sua casaca preta, conservando à mão a tradicional cartola — "uma cartola típica, fora da moda, o que lhe dava um certo quê de elegante romântico e exótico, à moda de 1830", observava Vicente Quesada, Ministro da Argentina. Como era seu costume, saía a circular com desembaraço pela casa, recebendo os cumprimentos de uns, dirigindo-se espontaneamente a outros, sempre cortês, muito simples, muito abordável, cada vez mais despido dos *ouropéis da realeza,* sobretudo depois de sua primeira viagem à Europa, quando simplificará consideravelmente as pragmáticas da corte. Ouvia a todos com a mesma atenção, acatando sempre com respeito a opinião alheia, e não se furtando em desenvolver a sua, para melhor convencer, mesmo ao mais humilde convidado de sua filha.

O exercício prolongado do Poder não lhe dera ainda, como não lhe dará nunca, mesmo depois de quase cinquenta anos de governo, o desprezo pelos homens. Tinha e terá sempre um profundo sentimento de humanidade. Cumprimentava a todos indistintamente, até com uma certa exuberância, em todo o caso sem nenhuma atitude artificial, estendendo despretensiosamente a mão pequenina e bem talhada. Ao voltar da Europa, em 1872, abolirá o ato do *beija-mão;* e só muito mais tarde, nos últimos tempos do Reinado, quando a idade e a moléstia já começavam a pesar-lhe sobre os ombros, é que consentirá novamente que aqueles que lhe eram mais chegados beijassem-lhe as mãos, assim mesmo somente fora do público. Ele queria a todos altivos e dignos. Uma atitude servil, fosse mesmo do mais humilde empregado do Paço, longe de o cativar, deixava-o vexado e todo perturbado.

No meio do salão, sua alta figura dominava fartamente as demais. Dava bem, nesses momentos, a ideia que todos fazemos de um verdadeiro Soberano. Tudo nele se impunha. Tendo apenas cinquenta anos de idade, alcançara já todo o vigor da madureza. Magalhães de Azeredo focalizou-o num desses momentos:

"A cabeça pujante pousava com energia tranquila sobre os ombros largos. Os cabelos e as barbas fluentes, cedo encanecidas, de uma finura de seda e de uma brancura de prata, se harmonizavam com a tez alva, levemente rosada. A boca, de um desenho firme e delicado, era relativa de bondade, e o queixo, assaz saliente, denunciava uma vontade tenaz. Sobre a fronte ampla, elevada, um pouco saliente também, os olhos, muito azuis, brilhavam serenos, um tanto frios; fitavam o interlocutor decididamente, como buscando penetrar-lhe as paixões e os interesses reais através dos meandros da linguagem áulica; mas no silêncio facilmente se velavam de uma expressão pensativa, e como alheia ao ambiente. A voz, apenas, desorientava um instante a quem a ouvia pela primeira vez: era delgada, quase feminina; mas o tom seguro, e a rapidez da dicção corrigiam de pronto essa inferioridade"[51].

XVI

Desde cedo, criança ainda, ele se acostumara a levantar-se pela madrugada, muito embora fosse dormir muito depois da meia-noite. São conhecidos bilhetes seus aos Ministros, lembretes sobre assuntos de serviço público, assinalados — *5 horas da manhã.* Esse excelente hábito ele o conservaria até o fim da vida. Quatro ou cinco horas de sono lhe bastavam, sem ter necessidade de fazer a sesta. A mando seu, um empregado do Paço comprava, pela madrugada, os jornais do dia, para levá-los, a cavalo, à Quinta da Boa Vista, facilitando, assim, ao Imperador, a sua leitura pouco depois de levantar-se. Numa pequena sala, ao lado do seu quarto de dormir, onde também costumava tomar uma xícara de café puro, ele podia inteirar-se das principais notícias da imprensa.

Às nove horas descia, já vestido com a sua casaca preta, tendo na lapela a insígnia do Tosão de Ouro, para tomar, na companhia da Imperatriz, o almoço chamado *de garfo,* que se compunha geralmente de um bife, arroz na manteiga, frango assado ou ensopado, ovos variados, pão, chá e queijo de Minas. Nem frutas nem doces. E como bebida — água fresca ou um pequeno copo de vinho[51a].

Terminada essa primeira refeição, o Imperador passava para as "Audiências", quando recebia os Ministros e altos funcionários do Estado, membros do Parlamento, diplomatas estrangeiros, em suma, todos de uma certa categoria que tinham a tratar com ele de um assunto importante. Era costume apresentar-se nessas ocasiões de casaca, e os Ministros nos seus uniformes verdes com bordados dourados. Para as audiências com os diplomatas estrangeiros o Imperador vestia a farda simples de Almirante. De todos os uniformes que podia usar, como Soberano, era esse o que mais lhe agradava, ou melhor, o que menos detestava, pela discrição do corte e dos bordados: uma simples sobrecasaca com botões dourados, e um galão sobre os ombros, no lugar das dragonas.

Às quatro horas era a segunda refeição — sopa, bife, arroz com galinha, espinafre, marmelada ou doce de figo. A essa refeição tornavam também parte, às vezes, a Princesa Dona Isabel e o Conde d'Eu. O Imperador nada tinha de um *gourmand,* como o avô paterno, que engolia facilmente dois ou mais frangos. A mesa nunca fora uma de suas fraquezas. Ele bem que gostava de galinha principalmente em canjas — as célebres *canjas de Sua Majestade.* Mas comia geralmente muito pouco. Pouco e depressa. A bem dizer engolia. As pessoas de serviço no Paço queixavam-se constantemente desse mau hábito, que os forçava a acompanhá-lo na mesma medida, de tempo e de quantidade, com risco de passarem até pelo suplício da fome[51b].

O Barão de Itapagipe, seu camarista, obrigado quase a não comer à mesa, pela pressa com que o Imperador o reclamava sempre para sair, trazia, diziam, nas algibeiras, algumas provisões suplementares, que muito lhe serviam mais tarde, no correr do dia...

Depois do almoço o Imperador saía para as visitas oficiais aos estabelecimentos públicos, quartéis, arsenais, instituições de caridade, escolas, associações de cultura. Utilizava-se, para isso, de uma das carruagens do Paço, que era sempre precedida de dois cadetes batedores. Voltando da Europa, em 1872, faria batedor o seu sobrinho Dom Filipe, filho da Condessa d'Áquila.

Para não se atrasarem, e estarem sempre prontos à hora da saída do Monarca, esses cadetes tinham também de almoçar engolindo, numa precipitação de colegiais em época de exames. Um deles, meio século depois, ainda se lamentava disso com uma certa melancolia: "Data desse tempo o mau veso, que tomei, de comer às carreiras, e que tanto dano me tem causado na velhice"[52].

O carro do Imperador era geralmente seguido de um piquete de cavalaria e sua passagem pelas ruas da cidade anunciada pelo som estridente de um clarim. O americano Herbert Smith, que viajava então entre nós, nos dá um flagrante da passagem do carro imperial pela Rua do Ouvidor. "Um barulho de rodas e patas de cavalo, e passa rapidamente uma carruagem, seguida de uma escolta de guardas a cavalo. Arreios reluzentes e belas librés. No fundo do carro estava sentado um belo homem, de barbas brancas; trazia a cabeça descoberta"[53]. Era o Imperador, na luta diária de velar pelo

444

bem público e pela boa marcha de administração imperial. Nesse, como nos demais deveres de Chefe de Estado, ninguém o excedia em zelo ou boa vontade. 0 interesse público era para esse homem o drama de todos os dias.

XVII

As recepções solenes, nos dias de festa nacional, os cortejos chamados de *grande gala,* realizavam-se no Paço da Cidade, quando o Imperador comparecia vestido com o primeiro uniforme de Marechal do Exército, sob o peso de suas principais condecorações. A Imperatriz acompanhava-o ao lado. Vinham os dois de São Cristóvão à cidade cercados de grande cerimônial, precedidos dos altos dignitários do Paço. As carruagens de que se utilizavam nesses dias solenes, escoltadas por um regimento de cavalaria, eram as mesmas que haviam servido a Dom João VI, esculpidas em madeira, com dourados e pinturas de cores vivas, enormes, pesadas, com suas rodas de dois metros de diâmetro — "carruagens de vetustas formas e esquisitos arrebiques (proclamava o mau humor de um jornalista Repúblicano), dissonantes com os veículos em que toda a gente embarca, mas de molde a justificar as librés franjadas e surradas dos seus impávidos cocheiros."[54]

O Imperador era uma personalidade serena, mas faltava-lhe, no fundo, uma certa harmonia. Tinha algumas contradições desconcertantes. Veja-se este caso: era, sem dúvida, um homem desprovido de vaidade e gostava da simplicidade; mas, sem embargo, quando vinha à cidade nesses dias de grande gala, era cercado de um aparato complicado, numa carruagem que estaria melhor exposta num museu e que o espírito do século, sobretudo de um país como o Brasil, já não compreendia nem levava a sério.

Apenas duas vezes no ano ele se apresentava com todas as insígnias imperiais, isto é, com o manto, o cetro, a mão da justiça e a coroa: era por ocasião da abertura e do encerramento das Câmaras, quando comparecia à Assembleia Legislativa para ler a Fala do Trono. O manto imperial, forrado de penas[55], era quase sempre motivo de glosa, e a oposição servia-se dele, muita vez, como recurso partidário contra a Coroa. "Ainda ontem — voltava o jornalista Repúblicano — de coroa e cetro em punho, largo e roçagante manto recamado de ouro e pérolas, cingido em saio de alva seda e calções da mais apurada gala, penetrou Sua Majestade no recinto da Assembleia Geral, grave e solene, como ingressaria Júpiter no seu Olimpo."[56]

XVIII

No verão a Família Imperial subia como de costume, para Petrópolis. O Imperador desfrutava ali um sossego e uma tranquilidade de espírito que não tinha no Rio. Os Ministros folgavam com isso, porque não ficavam sob a vigilância diária e inexorável do Monarca. "Sua Majestade foi para Petrópolis (escrevia Cotegipe, com visível satisfação, ao seu compadre Penedo) e estamos agora mais aliviados de trabalho."

O Imperador teve sempre uma grande predileção por Petrópolis, que era, por assim dizer, uma criação sua. A origem da cidade fora, como se sabe, a antiga Fazenda do Córrego Seco, nome de um dos três rios que a banhavam, e situada num dos pontos mais pitorescos da Serra da Estrela.

O Imperador a herdara do pai. Este a comprara em 1830, a instâncias da Imperatriz Dona Amélia, que se encantara do local quando passara por ali a caminho da Fazenda dos Correias, na companhia da enteada Dona Paula, já gravemente enferma.

Com a partida de Dom Pedro I para a Europa, em 1831, fora a Fazenda do Córrego Seco arrendada a uma colônia de alemães, que ali se estabeleceram, com suas famílias, plantações e criações. Foi a origem da futura Cidade de Petrópolis.

A primeira vez que a Família Imperial passou ali o verão foi, como já dissemos, em 1847. Não havendo ainda o Palácio Imperial, ela ficou hospedada em casa do Major Koeler, administrador da Colônia. A Família Imperial só habitou o Palácio a partir de 1849, muito embora não se tivesse ainda terminado a sua construção. A proporção que os anos avançavam, esse pequeno recanto da serra tornou-se o refúgio predileto não só do Imperador e da sua família, como de muita gente abastada do Rio e dos membros do Corpo Diplomático estrangeiro, que fugiam do calor e da febre amarela que grassava na capital do Império, e que tinha aparecido no Brasil (na Província da Bahia) em 1849.

Apesar de denominado "Palácio", este era sobretudo uma excelente casa de residência, de proporções relativamente grandes, e construída com excelente material, inclusive preciosas madeiras brasileiras. Levantado em terreno de grande extensão, com várias outras construções anexas (Casa da Cozinha, Casa do Arquivo, Casa da Superintendência e Casa dos Semanários — atualmente Palácio Grão-Pará), era cercado de um belo parque, construção do paisagista João Batista Binot, que vivia no Brasil desde 1840.

Residência de verão da Família Imperial, com a queda da Monarquia o Palácio de Petrópolis passou a ser, sucessivamente, Colégio de Sion para meninas (de 1892 a 1908), Colégio de São Vicente de Paula (1909 a 1939) e, finalmente, a partir dessa última data Museu Imperial, recheado com tudo o que se relaciona com o Primeiro e o Segundo Reinados brasileiros, — móveis, quadros, roupas, objetos de arte e muitas outras coisas. Foi comprado pelo Governo brasileiro à Família Imperial por dois mil contos de réis, sendo o parque, com 22.260m^2, avaliado em 1.330 contos e o Palácio propriamente dito em 670 contos de réis.

XIX

Nos primeiros anos do Segundo Reinado a viagem do Rio a Petrópolis levava como já dissemos cerca de quatro horas. Tornava-se a barca a vapor na Prainha,[57] e com hora e meia de percurso na baía da Guanabara, alcançava-se o pequeno porto de Mauá, no fundo da baía. Aí embarcava-se no trem de ferro (o primeiro que correra sobre trilhos no Brasil) até a Raiz da Serra, onde se fazia a mudança para as diligências, as quais galgavam a montanha puxadas por duas vigorosas parelhas de animais, e deixavam os viajantes na Rua do Imperador, a principal da cidade (chamada hoje "15 de Novembro") defronte do Hotel Bragança, que era o melhor existente, um prédio de dois andares, construído pelo médico francês Dr. Thomas Charbonnier, e inaugurado em 1848. Em 1870, cobrava-se nesse hotel, por um "alojamento" com pensão completa, no pavimento térreo, 5 mil réis, no 1º pavimento 6 mil réis.

Rememorando esses bons tempos, dirá a Princesa Imperial no exílio:

"Durante o verão íamos para Petrópolis. Embarcados na galeota a vapor de meu Pai, navegávamos durante cerca de uma hora através das ilhas verdejantes, até Mauá. Em Mauá tomávamos o trem, e em duas horas nos achávamos em Petrópolis (havia o trajeto de carro, de uma hora e meia). Antigamente não se ia assim tão facilmente a Petrópolis. Houve um tempo, na minha infância, que se dormia no caminho, na Fábrica de Pólvora. Serviam-se então de carros puxados por cavalos ou mulas, ou então de liteiras."[58]

Naquele tempo, quer dizer por volta de 1870, pagava-se, do Rio (Prainha) à Raiz da Serra, com partidas aos domingos às seis horas da manhã, e nos dias úteis às duas horas da tarde, incluídos os trajetos de barca e de estrada de ferro, na 1ª classe, 8 mil réis, na 2ª 6 mil réis e na 3ª (passageiros descalços) 4 mil réis, preços relativamente elevados para essa época. Os trajetos nos carros, serra acima, custavam, na 1ª classe 4 mil réis e na 2ª 3 mil réis. O pessoal descalço subia a pé, pela Estrada União e Indústria.

A Família Imperial costumava subir para Petrópolis em dezembro e só descer para a Corte nos últimos dias de maio, quando não passava ali também o mês de junho. Diz-nos Alcindo Sodré:

A chegada, todos os anos, da Família Imperial a Petrópolis constituía uma ocorrência festiva que enchia de prazer toda a cidade. Antes da construção da Estrada de Ferro, as carruagens imperiais eram aguardadas no Alto da Serra, início da Vila Teresa. Grande parte da população transladava-se para a entrada da cidade, no termo da Estrada Normal da Estrela, onde o Presidente da Câmara, cercado dos Vereadores e outras autoridades do lugar, fazia entrega ao Imperador da chave simbólica da cidade.

Formava-se então imponente cortejo de carruagens que seguia em desfile até o centro urbano, onde as colchas de damasco nas sacadas e janelas, as folhagens pelo chão, o lance de flores, com os sorrisos das crianças e as aclamações do povo, exprimiam simpatia e apreço aos Imperadores, na alegria que a sua vinda ocasionava. À noite havia *Te Deum* na Matriz; pelas ruas, luminárias, girândolas e fogos de artifício, tocando na Praça a banda da Casa Imperial.[58a]

Apesar de estar fora da Corte e da simplicidade de vida que se levava em Petrópolis, as audiências ali no Palácio Imperial se revestiam do mesmo cerimônial usado no Paço de São Cristóvão. O traje era casaca com condecorações. O Imperador vestido com a sua indefectível casaca preta, com a placa da Ordem do Cruzeiro e a insígnia do Tosão de Ouro. Os criados vestiam a libré, e o camareiro de serviço apresentava-se como em São Cristóvão.

Fora das cerimônias oficiais, pouco frequentes, Dom Pedro II levava em Petrópolis uma vida especialmente marcante para si, sua família e sua cidade. Madrugador, seu almoço era **às** 9 e o jantar às 4 horas. Depois das refeições entretinha-se um pouco com o jogo do bilhar ou conversa com os Vereadores, Moços-fidalgos e médico de semana, bem com a leitura dos jornais. Às quintas-feiras jantava com a filha no Palácio da Princesa, onde ouvia música de excelentes concertos, exibindo-se muita vez Artur Napoleão .[58b]

O Imperador tinha assídua presença nos decantados saraus do Hotel Bragança, estabelecimento que por quarenta anos foi o microcosmo de Petrópolis. Bailes, companhias francesas de cornédia, teatro nacional, diferentes recitais de música, conferências, variedades, sucediam-se ali durante a estação, com o comparecimento da melhor sociedade e do Corpo Diplomático. Em carta a Gobineau ele dizia: *Aqui passeio a pé todas as manhãs. O tempo ontem esteve esplêndido e hoje tivemos nm pôr de sol de extasiar os artistas.*

Só nos derradeiros anos de sua residência em Petrópolis, após a moléstia, é que os hábitos do Imperador se modificaram em parte. Datam daí suas costumeiras caminhadas até as duchas, e o comparecimento à estação, na chegada do trem, local em que entretinha interessantes conversas reveladas nos *Diários* de Taunay e de Rebouças, e onde exprimia a hipótese de transferir para Petrópolis a sede da Capital do Império[58c].

Salvo nos dias em que tinha de descer ao Rio, para as audiências com os Ministros, (porque, para não incomodar os Ministros e distraí-los das suas funções oficiais, era ele que descia para os despachos, ao contrário do que fariam mais tarde os Presidentes da República), Dom Pedro II se deixava ficar em Petrópolis grande parte do verão, ocupado com o estudo dos negócios do Estado, as visitas dos que lhe pediam audiência, inclusive diplomatas estrangeiros, e com a leitura de seus autores prediletos. Duas vezes ao dia fazia uma caminhada pelas ruas da cidade, acompanhado geralmente por um ou dois de seus camaristas, parando aqui ou ali para saudar com dois dedos de prosa um conhecido, e não raro fazer uma visita.

Por vezes empreendia umas curtas excursões pelos arredores da cidade. Assim, de uma feita foi até Pedro do Rio, para ver como andavam os trabalhos da Estrada União e Indústria. De outra vez foi a Pati de Alferes, examinar os trabalhos da projetada estrada que ligaria Petrópolis à cidade de Vassouras.

A vida propriamente social ou mundana de Petrópolis se fazia sob a inspiração da Princesa Imperial, como, por exemplo, as exposições hortícolas. A primeira dessas exposições fora feita num pavilhão de ferro e vidro, chamado Palácio de Cristal, que se mandara vir de França, e para cuja inauguração a Princesa promovera um baile de beneficência, com a presença dos pais e de uma grande parte da sociedade que costumava subir para Petrópolis nos meses de verão. Para essa inauguração o Imperador mandou cunhar uma medalha na Casa da Moeda, paga do seu bolso. Outras festas promovidas pela Princesa, nos últimos anos do Império, eram as chamadas *kermesses,* quando ela própria vendia flores pelas ruas de Petrópolis, em benefício da libertação dos escravos da cidade. Para esse fim foi aberto um Livro de Ouro da Municipalidade, cuja primeira assinatura era do Imperador (sob o pseudônimo de *Um Brasileiro,* e ao qual se associava o *Correio Imperial,* um jornalzinho redigido pelos netos do Monarca). E a 1º de abril de 1888, nas vésperas, portanto, da assinatura da chamada Lei Áurea, realizava-se no Palácio de Cristal a cerimônia da entrega dos últimos 103 títulos de libertação dos escravos de Petrópolis, na presença da Princesa Imperial Regente, do Conde d'Eu, de seus filhos Dom Pedro e Dom Luís, e do Presidente do Conselho de Ministros, o Conselheiro João Alfredo Correia de Oliveira.

Nos últimos anos do Reinado, Petrópolis tornar-se-á, pode-se dizer, a sua residência habitual. Ali passará a grande parte do ano, num silêncio e num recolhimento que tão bem se casavam com a sua natureza reservada. E ficará de tal forma integrado na bela cidade serrana que não se compreenderá Petrópolis sem a figura popular de seu criador.

XX

Em junho de 1869, estando a Guerra do Paraguai a terminar com a vitória já assegurada das armas brasileiras, o Imperador decidiu fazer uma curta excursão pela Província de Minas Gerais, levando consigo a Imperatriz e o genro Duque de Saxe, que se tinha casado com a filha Leopoldina cinco anos atrás. Como seu convidado, foi também o Conde de Gobineau, Ministro de França no Rio, e que, embora recém-chegado ao Brasil, já tinha conquistado as simpatias do nosso Monarca, leitor e grande admirador de sua obra literária. E é justamente através de uma carta de Gobineau à mulher em França que temos o roteiro e um curto resumo dessa excursão imperial.

Segundo o diplomata francês, fizeram 130 léguas através da Província. Inauguraram uma Escola de Agricultura, uma nova igreja, um ramal de estrada de ferro, um novo hotel em Juiz de Fora; viram exposições de gado e produtos agrícolas; visitaram uma fazenda a doze léguas de Juiz de Fora; assistiram a uma caça de tapir, onde só faltou... a caça. Enfim, diz Gobineau, de 4 horas da manhã até ao meio-dia foi uma constante agitação.

O Imperador levou consigo um exemplar do *L'Abbaye de Typhaines,* romance de Gobineau publicado fazia dois anos; e o lia em estrada de ferro, em carro e em cada estação, fazendo constantemente observações ao autor. *Du reste,* confessa este, *ça a été un voyage de grandes taquineries et Sa Majesté s'amusait parfaitement, d'autant plus que l'Impératrice m'excitait sur certains sujets.* Ela se mostrava inquieta de ver o Imperador sempre em movimento, com medo que ele se fatigasse. Depois de um dia bem cheio, não contente de ter visitado toda a Fazenda de Santana, o Imperador queria ainda ir depois do jantar, ver as plantações ao luar. Os Veadores *étaient sur les dents;* a Imperatriz reclamava, e o Duque de Saxe dizia que ficava com ela. O Imperador voltava-se para Gobineau: *Venha você!*

"Ma foi, Sire, si Votre Majesté me le permet, moi je n'aime pas les plantations au clair de lune. Je resterai avec l'Impératrice."

Ele levava os seus Veadores, dizendo que os outros não tinham o sentido do belo. No dia seguinte lembrava-se de montar a cavalo para ir à caça do tapir, em plena floresta virgem. Gobineau se defendia, e se saía tão bem que conseguia o lugar de um dos veadores no carro da Imperatriz, com Dona Josefina da Fonseca Costa. Indignação do Imperador, que voltando-se para o diplomata dizia:

"Você tem talvez razão em se poupar. Receia fatigar-se, não tendo coragem de fazer algumas léguas a cavalo."

Mas Gobineau, como bom diplomata, preferia não responder. E guardava seu lugar no carro, com grande satisfação, aliás, da Imperatriz, com a qual iria ter uma grande *bavardage* sobre a Itália. Enquanto isso o Imperador galopava com sua gente durante três longas horas. "Abusava tanto dos seus veadores (diz Gobineau) que não seria de espantar se se soubesse que um ou dois tinham morrido. E esses infelizes sempre de casaca com placa, no fundo de florestas virgens, brancos de poeira, o chapéu deformado pelos galhos das árvores ; *on leur donnerait deux sous.* "O Duque de Saxe não se continha, e, voltando-se para Gobineau, perguntava: — "Fazia você ideia de estar num país como este com semelhantes roupas?" Gobineau dizia que o Saxe detestava o Brasil. *Il a l'horreur du Brésil, et part au mois d'août pour passer deux ans en Europe, et d'avantage, s'il peut.* [58d] Dizer que ele não gostava de viver no Brasil, podia bem ser. Agora, que tinha em horror o país, talvez fosse exagero da conhecida má língua de Gobineau. Em todo o caso, é certo que partiu para se fixar em Viena d'Àustria, com a mulher e os filhos, onde iria perdê-la no ano seguinte, vítima do tifo. Os dois filhos mais velhos voltariam para o Brasil a fim de serem educados sob as vistas do Imperador.

3. José Maria da Silva Paranhos, Visconde do Rio Branco. Foto de autor não identificado (Insley Pacheco?) Rio de Janeiro, Arquivo de Heitor Lyra.

4. Portrait-charge de Rio Branco por Pedro Américo. "A Comédia Social" (Rio de Janeiro) 1º de junho de 1871. Rio de Janeiro, Biblioteca Nacional. *Caricatura alusiva ao título e às armas do novel Visconde do Rio Branco, com a legenda: "O invicto general da pena disfarçado em Rio ." Jornalista extremamente brilhante, autor das notáveis Cartas ao amigo ausente, Paranhos Senior colocara no seu brasão, por sobre o rio de prata do título, a pena de ouro do intelectual e o compasso de engenheiro (e maçom).*

5. A Imperatriz com as Princesas Isabel e Leopoldina e os netos Saxe, Dom Pedro Augusto e Dom Augusto Leopoldo. Foto de Joaquim Insley Pacheco, c. 1871. *Dom Augusto, apoiado pela mãe, está sentado no pedestal de Boulle do ateliê.*

6-7. Cenas da vida rural. Fotografias de Victor Frond, litografadas por Pl. Benoist e Sorrieu. *A verdade sem disfarce destas estampas que retratam o trabalho escravo no campo certamente não deve ter chocado aos subscritores de Brazil Pittoresco (a elas habituados no cotidiano) senão pela estranha 'falta de interresse' dos temas escolhidos pelo fotógrafo.*

8. Cena da vida rural. Foto de Victor Frond, litografada por Sorrieu.

9. Cena da vida rural. Foto de Victor Frond, litografada por Benoist.

10. Cena da vida rural. Foto de Victor Frond, litografada por Sorrieu.

11. Alegoria à Lei do Ventre Livre com homenagem ao Gabinete que a promulgou. Cartel volante, março 1871. *A visão esperançosa da nova fase em que a Imigração e a Colonização (leia-se: europeias) virão fortalecer a Agricultura e o comércio completa-se com o Latim de algibeira do alto. Em meio a ele alada potestade — a Princesa Isabel rasgadamente abre braços e plumas de anjo apoteótico em alegoria de fim de espetáculo.*

12. O prédio da Escola Politécnica, no Largo de São Francisco, sede da Exposição Nacional. Litografia de H. Fleuiss e C. Linde. Em *Recordações da 1ª Exposição Nacional Brasileira. Rio de Janeiro, 1862.* Rio de Janeiro, Biblioteca Nacional.

13. Máquina a vapor. Das *Recordações*, cit. Rio de Janeiro. Biblioteca Nacional.

14. A Rua do Príncipe, na Colônia Dona Francisca, Província de Santa Catarina. Foto de Otto Niemeyer, 1866. Rio de Janeiro, Biblioteca Nacional.

15. Serraria na Colônia Dona Francisca, Província de Santa Catarina. Foto de Otto Niemeyer, 1866. Rio de Janeiro, Biblioteca Nacional.

16. Colônias na Fazenda Ibicaba, Província de São Paulo. Litografia de uma foto, c. 1862. Petrópolis, Museu Imperial. *As casas de colonos na fazenda do Senador Vergueiro eram consideradas modelares, e ajudavam a atrair mão de obra para a lavoura cafeeira, mostrando as condições razoáveis de vida que os imigrantes europeus teriam na nova pátria.*

17. Frutas da terra. Óleo de Agostinho da Mota, 1868. Petrópolis, Museu Imperial. *Em clave romântica, ligada ao ufanismo sentimental do período, o tópico dos produtos da natureza pródiga faz ressurgir, o tema iconográfico que um Albert Eckhout abordara de modo insuperável — com curiosidade científica e ênfase barroca — quase dois séculos e meio antes.*

18. *Irineu Evangelista de Sousa,* Barão e Visconde de Mauá. Litografia de Sisson, *da Galeria dos Representantes da Nação,* 1861. Rio de Janeiro, Biblioteca Nacional.

19. Fábrica da Ponta da Areia. Litografia de Rensburg sobre desenho de Bertichem, em *O Brazil Pittoresco e Monumental,* 1856. Rio de Janeiro, Biblioteca Nacional.

20. A Fábrica de Gaz, na Corte. Litografia de foto de Birannyi e Korny, 1860. Rio de Janeiro, Biblioteca Nacional.

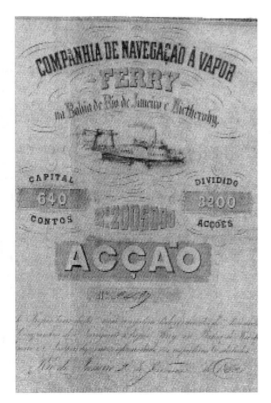

21. Ação da Companhia de Navegação a Vapor Ferry na baía do Rio de Janeiro e Nichterohy. (sic) Litografia de Roberto Logwood.

CAPÍTULO IV
REI QUE GOVERNA

Completa-se a evolução física e moral do Imperador. Impertinências dos Ministros. "Monarca indormido." Suas intervenções no Governo. As audiências de São Cristóvão. Visitas aos estabelecimentos públicos. A instrução e as escolas. O Imperador e os jornais. Liberdade de imprensa. Despacho com os Ministros. O Imperador e os Presidentes do Conselho. Suas relações com os Ministros. Sua vigilância. Sua tenacidade. A vontade imperial.

I

Quando terminou a guerra com o Paraguai, o Imperador contava 45 anos. Mas sua fisionomia parecia envelhecida. Os cabelos, aqueles belos cabelos louros, começavam a ser entremeados de fios de prata; e a sua longa barba parecia antes a de um ancião.

Ele estava, entretanto, em pleno vigor da idade. Em pleno viço. Completara-se a evolução física e moral de sua pessoa. O homem, inteiro, com a sua mentalidade e a sua estampa, se fixara definitivamente para a História. Pouco antes o tinha visto Agassiz: "A fisionomia pálida é cheia de nobreza. A expressão de seus traços, um pouco severa ao repouso, anima-se e adoça-se quando ele fala; e as suas maneiras corteses têm uma afabilidade sedutora"[59].

Não tinha mais aquela timidez de antes, dos primeiros tempos do Reinado, que o levava, muitas vezes, a agir caprichosamente, para não passar, aos olhos do grande público e dos políticos, por um pupilo de seus Ministros, *para que não me reputassem fraco,* como ele próprio confessaria mais tarde.

Desde cerca de 1850, que a natureza de suas intervenções no Governo era outra. Não receava mais que o tomassem por um instrumento dos estadistas. Estes já o sabiam obstinado, por vezes mesmo teimoso, em todo o caso muito seguro de si mesmo, com opinião e vontade próprias. Tinha já á consciência exata do papel que o destino lhe reservara no ambiente social e político do Brasil no século XIX. Firmara o conhecimento, que se irá sempre aperfeiçoando, das coisas e dos homens do país. Sua ingerência nos negócios públicos visava mais alto, tinha um raio de ação mais largo e mais generoso. Já em 1853 é o *pensamento augusto* do Monarca que decide o Marquês de Paraná a fazer a conciliação dos partidos políticos, permitindo ao país com essa trégua, depois da agitação do Primeiro Reinado e do período revolucionário da Regência, o primeiro avanço no caminho do progresso, o verdadeiro início da fase industrial na vida brasileira.

Agora ele se afirmava o verdadeiro chefe, o primeiro dentre todos. Acima dos homens, pela realeza; acima dos partidos, pela natureza de seu cargo. Pairando bem alto, constitucionalmente inacessível e inviolável, sua personalidade ainda mais se impunha ao país pelas qualidades morais de sua pessoa. Entendia ser, e era realmente o *Monarca*. A serenidade, que sabia guardar diante de qualquer ataque mais brusco,

461

que pretendesse atingi-lo, longe de o diminuir ou o depreciar no conceito de seus concidadãos, ainda mais o elevava e o impunha.

Os políticos, os Ministros, mesmo aqueles mais chegados à sua pessoa; os militares, o alto funcionalismo do Estado; as classes conservadoras, os particulares, todos, enfim, que privavam com ele, encontravam-no sempre cortês,sempre atencioso, delicado,simples, às vezes mesmo cordial. Mas também sempre em seu lugar, cheio de dignidade e de compostura. Não se rebaixava nunca a Familiaridades, como o pai. *Aucun prince ne fût à la fois plus abordable et plus inaccessible*, podia dizer dele Etienne Lamy. Oliveira Lima nos fala dessa elevação moral do Imperador, da respeitabilidade que sabia guardar, e com ela a dignidade de suas funções soberanas. O que era, sobretudo, notável, era que sabia se impor a todos sem gestos ou frases de arrogância, sem ostentação, sem excessos, simplesmente, naturalmente.

Essa simplicidade era, aliás, um dos aspectos de sua tolerância. Ele a manteria sempre no trato diário dos negócios públicos. Governava, pode-se dizer, quase com a humildade de um funcionário, honesto e laborioso, e nunca com imposições, com decisões bruscas, que pudessem chocar, de qualquer modo, as susceptibilidades, muitas vezes excessivas, de seus Ministros. Como confessaria Saraiva, "não entrava em seus hábitos constranger ou querer constranger quem quer que fosse."

Não leio pasquins, Senhor! fora a frase que ele ouvira calado, certa ocasião, de João Alfredo, quando aconselhava ao político conservador a leitura de um artigo contra o Governo, num jornal da oposição. De outra feita foi com Silveira Martins. Agastado com uma observação do Monarca, lançou-lhe estas palavras impertinentes, com tanto menos oportunidade quanto Silveira Martins aí se enganava redondamente, de vez que pela Constituição o Imperador tinha bem o direito de nomear e demitir fivremente os Ministros, os quais eram, assim, criaturas da Coroa: "Lembre-se Vossa Majestade que sou Ministro de Estado, e não Ministro de Vossa Majestade."

Durante o período mais crítico da Guerra do Paraguai ele escreveu, certa vez, um bilhete ao Ministro da Marinha, que era então Afonso Celso, futuro Visconde de Ouro Preto. Lembrava a remessa de uns objetos que Tamandaré, chefe da Esquadra, reclamava insistentemente do Sul. Respondeu-lhe o Ministro: "Senhor. — Os objetos pedidos pelo Almirante seguiram ontem. Fique Vossa Majestade tranquilo, certo da minha vigilância no pronto cumprimento de todos os meus deveres, mesmo quando não me lembram." Esta resposta era quase uma impertinência. Todo outro homem menos ponderado não se furtaria a pedir ao Ministro um pouco mais de *bonne grâce,* sobretudo quando esse Ministro era então um rapazola de 30 anos, que apenas estreava na alta administração do Império. O Imperador, não. Replicou quase se desculpando. Dir-se-ia até que os papéis estavam invertidos: "Sr. Celso. — Sei que a sua vigilância patriótica é tão grande quanto a minha. Mas, nesta quadra de dificuldades e preocupações, devemos todos, mais do que nunca, ajudarmos uns aos outros."

A verdade é que essas e outras impertinências de seus Ministros, ele acostumara-se a ouvir sem molestar-se. Guardava nessas ocasiões uma dignidade, uma reserva, uma compostura, que só o fazia elevar ainda mais no conceito de seus concidadãos. Jamais passou-lhe pela cabeça a ideia de um gesto ou um ato qualquer de represália por isso. E bem sabia ele a que ponto eram susceptíveis alguns de seus Ministros, que impertinências se permitiam fazer-lhe, a ponto de chegarem alguns ao limite do desrespeito. Itaboraí, Zacarias, Ferreira Viana, Caxias, Martinho Campos, Cotegipe, São Vicente, Alencar[60], além dos já citados, podiam ser incluídos nesse número.

II

Oliveira Lima dirá que, por ser discreta, não era a intervenção do Imperador menos obstinada. "Ninguém o dissuadia jamais do que uma vez empreendia como um dever, do que considerava sua tarefa"[61].

Desobrigar-se de sua tarefa — eis, em verdade, a preocupação moral que desde cedo o dominou na função de Chefe de Estado, e da qual nunca se apartaria durante os cinquenta anos de reinado. Era um dever que entendia não ceder a quem quer que fosse. Nisto, sim, era de uma obstinação invencível. Zelar pela causa pública, estimular a atividade às vezes sonolenta dos Ministros, ouvir as queixas de fora, defender os interesses dos fracos, reparar direitos lesados — eis uma espécie de atividade em que nenhum outro Chefe de Estado foi mais solícito, mais cuidadoso nem mais constante. *Monarca indormido,* é como o chama Pedro Calmon. Joaquim Nabuco dirá que o povo, durante cinquenta anos, o encontrou sempre de pé, na galeria de São Cristóvão, ou no Paço da Cidade, ouvindo a todos sem enganar a ninguém; "a sua porta esteve sempre mais franca do que qualquer outra no país; e quando se deixava de tratar com ele, para falar aos poderosos, todos sentiam que a vaidade da posição começava abaixo do trono"[62].

Sua atividade era sobretudo infatigável quando se tratava do interesse do povo, dos desprotegidos, dos humildes. Então era realmente invencível. Em seus Palácios, no da Cidade, no Largo do Paço[63], como no do campo, na Quinta da Boa Vista, atendia a todo o mundo, ouvia todas as queixas, mesmo as mais banais, mesmo as mais infantis. Nada mais fácil para o solicitante do que ir procurá-lo em pessoa. Em sua casa, não se cerravam portas nem se desciam reposteiros. Ter acesso junto ao Monarca era um favor de que todos gozavam, o mais graduado personagem como o mais humilde cidadão do Império. Ele parecia repetir aquelas generosas palavras de La Bruyère: *Entrez, toutes mes portes vous seront ouvertes; mon antichambre n'est pas faite pour s'y ennuyer en m'attendant. Vous m'apportez quelque chose de plus précieux que l'argent et l'or, si c'est une occasion de vous obliger: parlez, que voulez-vous que je fasse pour vous?*

III

Gustave Aimard, um romancista francês[63a], três vezes nos visitou, conta-nos com que edificante facilidade ele conseguiu entrar no Palácio de São Cristóvão, atravessar-lhe as salas sem guardas, e aproximar-se do Imperador, sem que para isso fosse molestado ou simplesmente embaraçado em seu caminho. Para um Estrangeiro, sobretudo para um Europeu, habituado a ver os Soberanos do Velho Mundo isolados do público, a tal ponto que mal se lhes vislumbravam os olhos, quando eles se aventuravam cá fora, através das florestas de baionetas, o fato era realmente inconcebível.

Conta Aimard;

Entrei no Palácio; subi uma larga escadaria atapetada, no alto da qual encontrei uma pessoa, que tomei por um porteiro, mas que era um camarista. Perguntei-lhe onde estava o Imperador. — *Em frente, na segunda porta à esquerda,* respondeu-me sorrindo esse desconhecido. Atravessei um imenso salão, que parecia estreito por causa de seu extenso comprimento. Estava deserto, completamente sem móveis, não tendo nem mesmo um banco. Em compensação, os muros se achavam cobertos de telas, das quais, quase todas me pareceram ser de bons mestres e várias escolas. Algumas delas chamaram minha atenção, parecendo-me de grande valor. Fiquei de tal modo absorvido por essas telas, que esqueci por muito tempo o que tinha ido fazer ali. Duas pessoas que saíam, conversando em voz alta, chamaram-me à realidade. Abri a porta que o desconhecido me tinha indicado, e achei-me noutro salão, esse mui bem mobiliado, no qual se via uma meia dúzia de Capuchinhos comodamente sentados, todos cochichando uns com os outros. Atravessei uma galeria bastante estreita[63b], mas muito longa, cheia de gente. O Imperador se encontrava no fim da galeria. Reconheci-o logo pela sua elevada estatura, pela barba loura entremeada de fios de prata, e pela fisionomia sorridente. [64]

Aimard surpreendia-o justamente num de seus dias de audiência pública, que se realizava geralmente às terças e aos sábados, das cinco às sete, na extensa galeria que ligava o gabinete de trabalho do Imperador ao salão de recepção da Imperatriz.

Essas audiências eram realmente *públicas,* no sentido exato da palavra. Todo o mundo, sem exceção de quem quer que fosse, podia ser facilmente admitido à presença do Monarca, não se precisando para isso nem de vestuário apropriado, nem de bilhete especial, nem de qualquer declaração ou outra formalidade, e muito menos de empenhos de políticos ou de gente do Paço. Bastava apresentar-se em Palácio, declinar o nome, que era lançado num grande livro, e penetrar naquelas salas abertas a todos. "Cada um pode apresentar-se como quiser, de casaca, de uniforme, de blusa, de roupa de trabalho; nem por isso deixa de ser recebido por Sua Majestade. O mais humilde negro, em chinelos ou pés descalços, pode falar ao Soberano"[65]. "Nenhum cerimônial (diz Escragnolle Dória); era só chegar e esperar a sua vez, certo de ser atendido. Cada qual trazia o seu interesse, e dava o seu recado sem vexame, na sua gramática[66]. O Imperador costumava chamar a essas audiências públicas — *receber a minha família basileira"[66a].*

Era realmente um homem simples, em suas maneiras e seus atos, muito embora não descesse a intimidades com ninguém e mantivesse sempre a dignidade do seu alto cargo. "Criado na América", diz João Ribeiro, "sem o convívio de cortes aristocráticas e exclusivas, parecia, de fato, um filósofo, inimigo de todas as toleimas e vaidades do mundo"[66b]. Quando recebia em São Cristóvão, indistintamente, gente de toda a espécie e a quantos iam ali procurá-lo, tratava-os sempre com igual deferência. Aos que já conhecia ou sabia serem merecedores de especiais atenções, estendia a mão; aos demais limitava-se a fazer um cumprimento com a cabeça. Mas a uns e a outros ouvia com toda a paciência, sem nunca dar mostra de cansaço ou de simples aborrecimento.

O Conde d'Ursel, diplomata belga que citamos atrás, focaliza-o numa dessas audiências:

Era um sábado, dia por assim dizer de audiência pública, porque todo o mundo pode falar a Dom Pedro II. Na extremidade de uma longa galeria, avistei o Imperador, vestido de preto, parando perto de cada pessoa, estendendo muitas vezes a mão e escutando sempre com visível atenção o seu interlocutor. Nada mais impressionante do que o espetáculo ao mesmo tempo simples e comovente que eu tinha sob os olhos: havia ali homens de condição bem modesta e vestidos pobremente, que esperavam a vez para submeter, sem intermediários, a sua súplica ao Soberano. O Imperador, com tanta benevolência como dignidade, deixa assim que venham a ele, uma vez por semana, todos aqueles dentre os seus súditos, que pensam ter uma reclamação a fazer ou um favor a solicitar[67].

Era, assim, aos humildes, aos desprotegidos da fortuna, aos desamparados, que a galeria de São Cristóvão estava sempre aberta — a todos quanto se apresentavam munidos da recomendação de seu desgosto ou da sua pobreza. "Certa vez, na varanda, falava ao Imperador uma mulher de cor, já idosa, cabeça nua, mãos trêmulas, xaile aos ombros, vestido de chita, sapatos e meias usados. Aproximou-se acanhada, dirigiu-se ao Soberano, e no perturbado da exposição deixou cair papéis sem dúvida de apoio à modestíssima pretensão. Apanhou-os o Imperador, restituiu-os, continuou a ouvir por

muito tempo, despedindo a suplicante entre sorriso de bondade e gesto de encoraja-
mento, ficando a segurar os documentos que ela lhe confiara"[68].

Certo, nem todos os pedidos eram satisfeitos. Nem todas as reclamações eram
atendidas. Mesmo nem todos os direitos eram reparados. Muitos tinham que se con-
formar com ò clássico — *Já sei! Já sei*[68a] com que o Imperador costumava acudir
logo às mágoas dos reclamantes. Mas poucos duvidavam de que ele não fizesse, por
cada um, tudo quanto lhe era possível fazer. Nenhuma reclamação fundada, contra
quem quer que fosse, sobre qualquer ramo da administração pública ou relativa a
qualquer interesse de ordem privada, deixava de ser levada ao conhecimento do Ministro ou do funcionário responsável. Se nem todos viam satisfeitos os seus desejos ou
reparados os seus direitos, nenhum, porém, deixava o Palácio de São Cristóvão sem a
certeza de que não falara em vão.

Tratava com especial atenção todos os servidores da Casa Imperial, sem distinção de classes ou de cores, inclusive os escravos, quando ainda os tinha, ou ex-es-
cravos, quando depois de libertos continuavam a serví-lo como empregados pagos[68b].
Quando, da capela da Quinta (onde se realizava missa todos os domingos, com a presença da Família Imperial, que tinha para isso uma tribuna própria), saía o Santíssimo
Sacramento para a casa de algum empregado doente, Dom Pedro II acompanhava o
padre, de tocha na mão, até o carro que o conduzisse. Como assistia aos casamentos
dos seus servidores quando previamente avisado das núpcias[68c].

IV

Seu desvelo pelos interesses do público manifestava-se também fora dos Paços, e era raro o dia em que não saía para visitar hospitais, quartéis, repartições públicas, estabelecimentos de instrução, arsenais, academias.

Não eram simples visitas protocolares, como os Chefes de Estado costumam
em geral fazer, com a mesma indiferença com que vão assistir à inauguração de uma
estátua ou ao lançamento de uma pedra fundamental. Eram verdadeiras visitas de inspeção; visitas de utilidade pública. Era raro que se retirasse de alguma delas (quando
de lá mesmo não providenciava), sem que no mesmo dia ou no dia seguinte algum de
seus Ministros não recebesse, de sua parte, uma observação, uma sugestão, um lembrete, um pedido qualquer de providência, relacionado com a visita imperial, visando
sempre o interesse geral ou particular.

Uma tarde, por exemplo, ele vai visitar o asilo dos Inválidos da Pátria, chamado Bom Jesus. E logo no dia seguinte parte este bilhete a Paranaguá, Ministro da
Guerra: "A limpeza do asilo e o bom tratamento dos inválidos dá-me muito cuidado, e
creio que, nomeando-se um diretor militar ativo, e encarregando-se o serviço que não
tivesse natureza militar às irmãs de caridade, tudo se conseguiria"[69].

Esse Asilo dos Inválidos, produto de sua iniciativa, era, aliás, uma de suas maiores
preocupações. Sabia que se não fosse o seu constante zelo, muito pouco se cuidaria de
velar pela sorte desses pobres desgraçados. Durante os tristes dias da Guerra do Paraguai,
o Imperador não se cansava de ir ao Bom Jesus, onde tudo observava, notando os inconvenientes, sugerindo aperfeiçoamentos, propondo modificações, no sentido, sempre, de
dar aos sacrificados da guerra um pouco de alegria e de conforto. "Estive no Bom Jesus —
escrevia ele assim voltava de outra visita; o que depende das irmãs de caridade vai muito
bem. Elas pedem um armazém, que fica perto da casa em que elas estão, para guardar

465

objetos dos inválidos que ocupavam os dormitórios. O seu colega da Marinha pode dá-lo, removido o que um armazém contém para outro, cujo telhado carece de conserto. As obras do Bom Jesus não mudam de lugar. O engenheiro consta-me que não vai lá há seis dias. O madeiramento carece de ser examinado. O barroteamento não está bom, assim como o assoalho. Recomende que ladrilhem ou asfaltem o pavimento térreo, mas por igual, e de modo que não pareça emplastrado"[70].

Um ano mais tarde, e ele não escondia o seu contentamento pelo bom andamento das obras que ordenara: "As obras do Bom Jesus vão bem, e a inauguração do Asilo pode ser no dia 29. Tem-se trabalhado com zelo e muito gosto." E não esquecia certos detalhes, talvez insignificantes para o chefe supremo da Nação, mas primordiais para os infelizes asilados: "É preciso que haja boas camas guarnecendo, ao menos, a enfermaria, e cumpre cuidar disso quanto antes. Também poderá haver mesas e bancos decentes nos refeitórios, do que urge também cuidar"[71].

No correr de outras visitas, seu desvelo pela sorte dos desprotegidos não se manifestava menos. Voltando da inspeção a uma das fortalezas do Rio, escrevia a Muritiba, Ministro da Guerra, esta carta, que pode ser um modelo de *gênio de bagatelas,* como se dizia, mas prova, em todo o caso, o carinho com que o Imperador defendia a triste situação desses presos do Estado, os quais, abandonados nos cubículos da fortaleza, só podiam contar e contavam de fato com a assistência e o interesse do Monarca. Pelos termos desta carta pode-se reconstituir facilmente a cena verdadeiramente patriarcal, do Imperador de pé no pátio interior da fortaleza, ou à porta dos cubículos, cercado pelos presos, seu alto vulto dominando os demais, recebendo, com aquela tradicional paciência, a queixa de um, o pedido de outro, animando a este, confortando aquele:

"Sr. Muritiba. Desejo saber o que sucedeu a respeito dos 50$ de que trata o telegrama dirigido ao Cadete Gama e Melo, que se acha preso na Fortaleza Sta. Cruz. — Como vai o negócio do Carazedo, que há tempos me pede seu perdão? Acha-se preso em Sta. Cruz. — O capelão da fortaleza deve residir nela, para ensinar doutrina cristã e primeiras letras aos que não as sabem. — Chamo a atenção para o requerimento de Manuel Joaquim Cavalcanti de Abreu. Os presos de Sta. Cruz queixam-se do almoxarife, que não distribui a devida ração. Vai havendo falta d'água nas cisternas, e um preso disse que era arraçoada. — O comandante ficou de informar ao Snr. do que houver sobre a ordem para deixar o preso Bastos vir à Cidade. Examine bem donde partiu a culpa." [72]

De outra vez seus passos se dirigem à Fortaleza de Villegaignon, que dependia do Ministério da Marinha. De volta ao Palácio, este bilhete ao respectivo Ministro, Cotegipe: "Estive hoje na Fortaleza de Villegaignon. Há presos com processos demorados, quando os da Marinha não são nulos. Falaram-me duas crianças de São João da Barra, a mais velha por nome Augusto Manuel de Paiva, irmãos, e netos de uma velha, que disseram-me ter-se apresentado por conselho do Vigário, receiosos de que os recrutassem. O mais moço prefere aprender ofício, e talvez fosse justiça e é certamente caridade fazê-los adquirir algum meio de vida no Arsenal."[73]

Durante a Guerra do Paraguai, suas visitas aos arsenais de Guerra e de Marinha eram por assim dizer diárias. Ele entendia ativar, com a sua presença, a preparação de todos os petrechos de guerra indispensáveis à terminação o mais breve possível e com a menor soma de sacrifícios, de uma luta que absorvia então todas as energias da Nação. "Estive ontem no Arsenal de Guerra e de Marinha — escrevia a Paranaguá. Poucos projetis por ora, e a Marinha pede à Guerra mais 100 mil libras de pólvora, mais do que tudo o que tem até agora a Guerra"[74].

Sua vigilância era realmente incansável! Alcançava todos os detalhes. Nada escapava ao seu olhar arguto. Carta a Paranaguá, de 13 de dezembro de 1867: "Estive na experiência do Andaraí. O diretor parece zeloso e inteligente. Ele já representou sobre as necessidades do estabelecimento. Veja se manda por lá um altar portátil, para dizer missa no estabelecimento,ao menos para os empregados. Também estive na Fábrica da Conceição. O edifício reclama reparação, e se esta se fizer numa parte dele que mais arruinada se acha, haverá quase espaço para armazéns." Tem-se às vezes a impressão de que só ele via os defeitos, de que só a sua vigilância contava: "No Quartel do Campo, há no depósito 300 e tantas praças e no Quartel de Cavalaria 164, se bem me lembro. Há um lugar, que por seu péssimo cheiro, quase constante, deve empestá-lo. O soalho do rancho também é depósito de sujidade, esburacado como está"[75].

V

A instrução pública foi sempre um dos seus mais constantes cuidados. Ele compreendia que um dos grandes problemas brasileiros estava na instrução do povo. Uma nação de ignorantes seria sempre como que um corpo debilitado e raquítico, aberto a todas as moléstias. Daí o ininterrupto desvelo pelas coisas de ensino, patenteado sobretudo na assiduidade com que acompanhava de perto os trabalhos dos principais estabelecimentos de instrução da Capital.

É certo que muitas de suas visitas às escolas se limitavam a interromper uma aula ou um exame, assistir a uma exposição ou à tradução de uma matéria, e retirar-se depois com o camarista que habitualmente o acompanhava. Mas o significado do gesto estava justamente no interesse que procurava mostrar, com a sua presença, pela instrução da mocidade brasileira. Uma visita sua, por curta ou menos aparatosa que fosse, era sempre um incentivo tanto para os professores como para os alunos.

Um destes, mais de quarenta anos depois, ainda tinha na retina a cena de uma dessas visitas imperiais, tão profunda e nitidamente se lhe ficara gravada na memória. Diz: "No Colégio [o *Colégio de Pedro II*], subitamente, a sineta, batendo o toque simples do início da aula e dobrado do fim do recreio, entrava a bimbalhar repetidamente num aviso de festa. Já se sabia — era a visita de Dom Pedro II. Ele a fazia frequentemente, corria todas as aulas, subia ao estrado do professor, sentava-se na cadeira ao lado e entrava a questionar os meninos como um mestre-escola cuidadoso e paciente. Tenho na memória a sua lembrança, tanto me impressionou a beleza singular daquele velho, plácido e corpulento, um grande corpo que as pernas já vacilavam em carregar[76], uns olhos que o tempo se comprazia em azular cada vez mais na suavidade, uma fronte larga e polida, barbas brancas de santo, rosto feliz de abnegado, atitude tranquila de justo, vulto inconfundível de nobre."[77]

"Tenho assistido a exames e concursos sobretudo para conhecer as habilitações individuais", dirá o Imperador certa vez, defendendo-se da acusação que lhe faziam (de que não se acusa um homem público no Brasil?) de ir perturbar com isso os trabalhos das escolas, "tendo assim reconhecido,desde então, por mim mesmo,muitas inteligências,que têm feito figura depois. Rio Branco (Paranhos), lembro, fez exame em minha presença na antiga Academia Militar." Mais adiante: "Se vou aos concursos e outras provas literárias ou científicas, é para poder dar minha opinião, que às vezes não se adota, sobre as provas, assim como conhecer as habilitações individuais. Quantos Ministros tenho eu conhecido desde o colégio? O tempo que nisso gasto é para mim quase que mero cumprimento de dever, tendo eu tantas vezes leituras ou estudos que de certo prefiro por gosto"[78].

Em seu diário, esta nota, lançada à data de 28 de novembro de 1862, e que ele terá certamente relido, vinte e sete anos depois, não sem um leve sorriso de resignação e ironia: "Assisti aos exames dos alunos mais adiantados do Instituto dos Cegos. Benjamim Constant Botelho examinou bem em Aritmética, mas em Cosmografia fez perguntas muito gerais. A Professora Benedita da Costa é faceira demais, e será bom que case com Benjamim, para quem parece há inclinação[79]. Recomendei a Benjamim que desse às matemáticas o caráter prático"[80].

Acontecia, sobretudo nos últimos anos, que esses exames, ou conferências, a que assistia, acabavam por cansá-lo, e ele não continha alguns cochilos discretos durante uma preleção mais longa ou uma exposição mais fatigante. Cá fora, entre alunos, professores e assistente, o fato era chistosamente comentado, e repercutia, como era natural, na imprensa de oposição[80a]. Meio ressabiado, o Imperador articulava a sua defesa: "Se cochilo, é porque também fico fatigado — *homo sumus*. Tenho ido a conferências e outros atos depois de despachos que duraram até madrugada, até duas e meia horas da manhã. Não o faço para mostrar robustez, mas porque desejei sempre animar, nessas conferências, as letras e as ciências"[81] — o que não deixava de ser, até certo ponto, (digamos entre parêntesis) uma animação *sui generis,* essa de estimular o conferencista ou o aluno com um cochilo, ainda que imperial...

VI

O mesmo carinho pela instrução, que lhe guiava os passos em direção a uma escola[81a] presidia-lhe o gesto de larga significação, recusando a estátua que lhe queriam elevar em regozijo pela terminação da guerra com o Paraguai, e pedindo que o produto da subscrição aberta para tal fim, fosse aplicado exclusivamente na construção de escolas.

"Leio no *Diário,* (escrevia ele a Paulino de Sousa, Ministro do Império) que se pretende fazer uma subscrição para elevar-me uma estátua. O Sr. conhece meus sentimentos, e desejo que declare, quanto antes, à comissão de que fala o mesmo *Diário,* que, se querem perpetuar a lembrança do quanto confiei no patriotismo dos Brasileiros para o desagravo completo da honra nacional e prestígio do nome brasileiro, por modo que não me contrarie na minha satisfação de servir a minha Pátria, unicamente por um dever de coração, muito estimaria eu que só empregassem seus esforços na aquisição do dinheiro preciso para a construção de edifícios apropriados ao ensino nas escolas primárias, e o melhoramento do material de outros estabelecimentos de instrução pública. O Sr. e seus predecessores sabem como sempre tenho falado no sentido de cuidarmos seriamente da educação pública, e nada me agradaria tanto como ver a nova era de paz firmada sobre o conceito da dignidade dos Brasileiros, começar por um grande ato de iniciativa deles a bem da educação pública"[82].

É que ele tinha a noção exata do que valiam ou podiam realmente exprimir esses gestos de cortesania,e no seu ceticismo filosófico pesava bem o que havia de inexpressivo e falso no levantamento de estátuas em vida, nessas glorificações contemporâneas, que bem poucos homens podiam realmente vangloriar-se de as ter merecido por um sentimento espontâneo e sincero de seus concidadãos. Ainda nesse mesmo ano de 70 ele recusava idêntica homenagem, de cuja promoção se ocupava a Câmara dos Deputados, com a votação do respectivo crédito. E a tal ponto se agastou com a ideia, que não hesitou em dar ordens contrárias a Muritiba, Ministro da Guerra, num tom imperativo que destoava da maneira com que costumava geralmente transmitir seus pensamentos aos auxiliares diretos:

"Não aprovo a despesa de 36 contos com a construção de minha estátua monumental e mais arranjos do quadro em frente ao Quartel do Campo. Dê as ordens para que tal não se faça, e sinto não ter sido prevenido desse projeto antes de apresentado o crédito. Comunique o pensamento desta carta à comissão da Câmara, a fim de que suprima a verba de 36 contos"[83].

Dez anos antes, regressando da viagem às Províncias do Norte, já ele escrevera ao Presidente do Conselho de então, recusando uma dessas manifestações mais que suspeitas do regozijo popular. Era de salientar que enquanto outras sumidades se deixavam — e se deixarão, enquanto o mundo for mundo — iludir por esses movimentos de pura hipocrisia humana, quando não os provocavam, fazendo-se então de empresários de suas próprias glórias — esse jovem Monarca de trinta e cinco anos, apenas, tinha bastante discernimento e consciência de si mesmo, de sua dignidade, para recusar altivamente tais gloríolas, e escrever estas linhas, que refletiam já o caráter do homem sisudo, modesto e indiferente a uma popularidade que se entendia dever cercar todo Soberano: "Sr. Ferraz — Vejo que se preparam aí grandes festejos por motivo de meu regresso, e, apreciando a intenção dos que concorrem para eles, não posso deixar contudo de testemunhar que estimaria que parte das despesas pelo menos tivesse útil emprego, o que aliás é difícil de conseguir da vaidade humana"[84].

VII

Era sabido o cuidado com que lia os principais jornais da Corte — o *Constitucional*, a *Actualidade*, o *Diário do Rio de Janeiro*, a *Gazeta da Tarde*, o *Correio Mercantil*, mas sobretudo o *Jornal do Commercio*, onde se publicava diariamente uma seção intitulada *Para Sua Majestade o Imperador*, à qual recorriam todos quantos tinham queixas a levar aos ouvidos do Soberano. Era uma espécie de Boca de Leão, onde cada qual deixava a sua acusação, reclamava a sua justiça, expunha uma mágoa ou formulava simplesmente uma queixa. Todos estavam certos de que ali não se escrevia em vão. À mesa dos despachos, o Imperador trazia essas queixas ao conhecimento dos Ministros, aos quais interpelava, ou para pedir um esclarecimento ou para exigir um inquérito ou ainda para reclamar uma providência qualquer. "Se eu lembro às vezes o que me consta a respeito de qualquer indivíduo proposto para emprego — explicava — é porque devo informar os Ministros do que sei, sem por isso deixar de admitir que os homens se regenerem. Até sou inclinado a desculpar e esquecer os fatos que não provam caráter *imoral*". E depois: "Ouço a todos, porém não posso senão por vezes valer-me disso, quando chamo a atenção dos Ministros e discuto com eles sobre o que a imprensa diz de importante"[85].

Muita vez um detalhe ou uma circunstância ignorada ou dada como ignorada pelo Ministro interessado, e referida pelo Imperador, deixava aquele numa situação de visível embaraço; como no dia em que Martim Francisco, o moço, Ministro da Justiça do terceiro Gabinete Zacarias, lhe submetia a nomeação a juiz de Direito de um candidato apresentado como paupérrimo, para melhor conquistar a assinatura imperial. *Não sofre tantas privações* — observou-lhe com mordacidade o Monarca — *a mulher ganha muito em quitandas* [86].

Com relação aos jornais das Províncias, era costume fazer-se um extrato dos principais artigos e notícias por eles publicados, para serem submetidos à apreciação do Imperador. Essa prática fora estabelecida em 1854, pelo Conselheiro Nabuco de Araújo, quando Ministro da Justiça do Gabinete da Conciliação. Formavam tais extratos ou recortes uma espécie de *dossiers*[87], aos quais recorria o Imperador sempre que precisava interpelar um Ministro a respeito dos assuntos neles referidos. "Tais recortes constituíam o desespero dos Ministros. Os recortes e a memória imperial vigiavam, implacáveis, para com os acobertadores de erros e violências partidárias"[88].

De fato, nada ali escapava à sua atenção. lia tudo, fosse qual fosse a natureza do assunto. Os comentários, as notícias ou os artigos que mais o impressionavam, costumava marcar com uma cruz ao lado do respectivo resumo (com o célebre *lápis fatídico*), que lhe servia mais tarde de lembrete, quando não os reclamava logo na íntegra, para melhor inteirar-se de seus dizeres, escrevendo ao lado: *Quero ver.* Sua atenção la sobretudo para as violências das autoridades públicas, as quais, como sempre, ficavam em sua maioria impunes ou, pelo menos, com a punição incompleta.

Era uma vigilância implacável! Implacável e ilimitada, que se estendia a fatos os mais insignificantes, passados em regiões as mais distantes do país. O zelo imperial não encontrava barreiras. Como a luz, que tudo invade, penetrava nas trevas mais espessas, alcançava os lugarejos mais longínquos e obscuros do Império. O *Correio de Minas,* por exemplo, dava notícia de assassinatos, cometidos nos confins da Província, os quais, tendo embora ficado impunes, haviam dado lugar à demissão do subdelegado local. Isto já era uma providência; mas que todavia não contentara o espírito de justiça do Imperador, que anotava então ao lado esta pergunta, para ser levada ao conhecimento das autoridades da Província: *E porque não processado?*

O *Jornal do Commercio,* do Recife, noticiava a perseguição sofrida por um certo Ponce de Leon, de parte do sogro, que queria à força que a filha divorciasse do marido. A questão fora entregue à Relação Metropolitana da Bahia, e o *Jornal* falava na corrupção do clero e da justiça do Império, interessados em proteger o sogro perseguidor. Notava ao lado o Imperador, mandando que se levassem essas acusações ao conhecimento do Presidente e do Bispo de Pernambuco, e Arcebispo da Bahia.

De outra vez era o *Cearense,* de Fortaleza, que publicava uma série de artigos, reclamando contra a carestia dos gêneros alimentícios em toda a Província; nota ao lado, traçada pelo Imperador — *Quero ver estes artigos.* No Maranhão, *O Progresso* queixava-se de perseguições movidas por autoridades, por causa de medição de terras: *Se não há informações, exijam-se,* escrevia à margem o Monarca. A *Estrela do Amazonas,* jornal que se publicava em Manaus, chamava a atenção das autoridades eclesiásticas e civis para a propaganda protestante que se fazia na Província, com larga distribuição de Bíblias. A vigilância do Imperador logo acudia: *É negócio que demanda vigilância,* escrevia ele com vistas ao Ministro do Império. Noutra ocasião ele duvidava que se tivesse feito o resumo fiel de um determinado artigo, publicado noutro jornal do Amazonas, e lançava ao lado: *Quero ver se o extrato contém todas as notícias.*

O *Tocantins,* folha insignificante, de Goiás, noticiava, em junho de 1857, a execução, pelo Presidente da Província, de uma ordem do Ministro do Império, datada de três anos atrás (setembro de 54). Tratava-se da construção ali de um presídio. Quer pela natureza da notícia, quer pela insignificância do fato a que ela se referia, quer pela distância da região, por tudo, enfim, o acontecimento não prenderia dois minutos da atenção de uma autoridade subalterna da Província. O Imperador, porém, tudo via. Para ele, não havia nada sem importância, desde que se tratasse de zelar pela causa pública. Uma ordem de construção de um presídio, que levava três anos para ser cumprida, era, de qualquer modo, sinal de desleixo da administração. E lançava ao lado a pergunta fiscalizadora, que tanto atrapalhava os Ministros: *Qual a causa de tão grande demora?* São notas suas repetidas, ao lado de cada resumo: *Exigiram-se informações em tal data — Exigiram-se informações — Informações em tal data.*

Mas não era somente para punir os culpados ou corrigir a displicência e o descaso das autoridades que o *lápis fatídico* estava sempre alerta: também para louvar ou premiar aqueles que o merecessem, estivessem eles nas regiões mais longínquas da capital do Império. Se aos Ministros tais atos passavam despercebidos ou eram ignorados, o *lápis* do Imperador estava ali para alertá-los. Exemplo: "No *Jornal do Amazonas,* lugar marcado (dizia Dom Pedro II para o Ministro interessado) achará os nomes de alguns indivíduos que, depois das necessárias informações, talvez mereçam medalhas concedidas por Atos Humanitários."

Para se avaliar da operosidade do Monarca nesse detalhe de administração pública do Império, e que aos displicentes se afigurava destituído de importância, mas que pertence, rigorosamente, à verdadeira ciência do governo, basta dizer que só no ano de 1857 ele percorria para mais de 400 folhas manuscritas de extratos de jornais das Províncias, deixando à margem de cada um, de seu próprio punho, observações que provavam, pelo menos, o cuidado e o interesse com que os lia. Os Ministros, premidos por essa fiscalização constante e indiscreta do Monarca, vingavam-se chamando-o *gênio das bagatelas...*

VIII

Mas ele, que tinha consciência do serviço que prestava com isso à causa pública e, portanto, do valor real da imprensa num país livre, não se cansava de apontar o jornal como um de seus mais eficazes colaboradores no governo. "A tribuna e a imprensa, escrevia, são os melhores informantes do Monarca." E nas notas que deixara em mãos de Sinimbu declarava:

Sou partidário da completa liberdade da imprensa, pois esta é a melhor fonte de informação para mim, sendo a única, porque não quero que se valham de minhas conferências e sobretudo que os Ministros julguem que eu desconfio da sua lealdade, em informarem de tudo o que eu deva saber, como Monarca constitucional. Ouço a todos, porém, não posso senão raras vezes valer-me disto, quando, pelo contrário, chamo a atenção dos Ministros e discuto com eles sobre o que a imprensa diz de importante.[88a] Não me escapam nem mesmo os jornais das Províncias, e leio todos os relatórios ministeriais, assim como quaisquer outros publicados, ou que obtenho dos Ministros.

O certo é que nunca Chefe de Estado ou autoridade pública no Brasil levou tão a sério o papel policiador da imprensa. Também nenhuma outra foi mais livre em nosso país do que a de seu tempo. Um só exemplo o prova. Durante a Guerra do Paraguai, publicava-se no Rio de Janeiro um jornal ilustrado redigido em francês, chamado *Bataclan,* no qual se ridicularizava, com ironias e pilhérias às vezes de mau gosto, inclusive com caricaturas, os principais chefes militares brasileiros, Caxias entre outros. No entanto o Imperador nunca consentiu que essa revista fosse perturbada em sua livre circulação.[90]

A liberdade de imprensa era para ele como que um dogma do regime representativo. "Sem liberdade de eleição e de imprensa não há sistema constitucional na realidade, — escrevia em suas notas — e o Ministério que transgride ou consente na transgressão deste princípio é o maior inimigo do Estado e da Monarquia."[91] Ele diria como D'Alembert: "Não sei se a liberdade de imprensa deve ser concedida; mas se a concedem, deve ser sem limites e indefinida."

Joaquim Nabuco diz em seu livro *Agradecimento aos Pernambucanos,* publicado pouco depois da queda da Monarquia, que nada abalava as duas ideias do Imperador — que se não devia tocar na imprensa, e que as opiniões Républicanas não inabilitavam nenhum cidadão para os cargos que a Constituição fizera só depender do mérito. À margem desse trecho, no exemplar de sua propriedade, escreveu o Imperador: *Assim foi.*

A liberdade de que gozava a imprensa, entre nós, feria até mesmo a atenção daqueles que estavam habituados a vê-la largamente praticada nos velhos países cultos da Europa. Schreiner, Ministro da Áustria no Rio, escrevia a este propósito ao Conde Andrassy, em junho de 75, isto é, durante o Governo conservador de um militar (segundo Ministério Caxias), que devera ser a expressão mais reacionária do poder entre nós: "O Imperador não goza de maior respeito (*Ehrfurcht*) do que o presidente de uma República americana.

Nos artigos dos jornais liberais, ele é atacado pessoalmente de uma forma que causaria ao autor de tais artigos, em toda a Europa, e até mesmo na Inglaterra, onde se tolera uma dose bastante forte de liberdade, um processo de alta traição."[92]

IX

Entre nós ninguém, ao menos com o assentimento ou conhecimento do Monarca, foi jamais perseguido ou simplesmente perturbado por delito de opinião escrita ou falada. Quanto à opinião falada, fosse em comícios de praça pública, fosse onde fosse, a opinião do Imperador era que ela devia ser a mais larga, sem nenhum entrave ou intromissão do poder público no sentido de perturbá-la ou contê-la em seus excessos — desde, naturalmente, que não concorresse para a intranquilidade pública. Mesmo os ataques à sua pessoa, deviam ser consentidos, já que ele os interpretava como simples "desabafo partidário." Nos conselhos dados à filha, quando esta ia assumir pela primeira vez a regência do Império, ele deixou claro o seu pensamento a este respeito:

> Entendo que se deve permitir toda a liberdade de manifestações, quando não se dê perturbação da tranquilidade pública, pois as doutrinas expendidas nessas manifestações pacíficas, ou se combatem por seu excesso ou por meios semelhantes menos no excesso. Os ataques ao Imperador, quando ele tem consciência de haver procurado proceder bem, não devem ser considerados pessoais, mas apenas manejo ou desabafo partidário. [92a]

Quanto a jornais, ele se opunha sempre a qualquer pressão sobre eles, ou sobre os jornalistas. Mesmo pressão *financeira*, tão do agrado dos políticos em geral, por entender que se devia combater a imprensa unicamente por meio da imprensa. Era esta uma opinião que se lhe enraizara desde cedo no espírito. Rapazola de trinta anos, ele escrevia, em 1856, a Caxias, quando este assumiu a chefia do Governo por morte de Paraná: "Devemos combater a imprensa por meio da imprensa, e não procurar calá-la pelo interesse. Os seus abusos puna-os a lei"[93].

Sua preferência era pela criação de uma folha oficial, à qual se confiaria a defesa dos atos do Governo, e a tarefa, mais do que todas delicada para uma nacionalidade em formação, de orientar a opinião pública no sentido dos verdadeiros interesses nacionais. As vantagens ou desvantagens de um tal sistema eram e serão motivos de eternas discussões. Mas tinha, para o Imperador, a conveniência de impedir o suborno dos jornalistas, arma sempre eficaz nas mãos dos políticos, e acabar, consequentemente, com a bastardia da imprensa. O aluguel ostensivo e confessado do jornalista pelo Governo, então como sempre, era já uma chaga do regime representativo. O Ministério da Justiça tinha, para isso, a sua conta corrente em dia. Só Justiniano José da Rocha custava ao país, mensalmente, a quantia de 400$ 000, o que era enorme para o tempo (1860). A *Marmota,* um jornaleco de Paula Brito, recebia, na mesma época cerca de 200$ 000.[94]

"Quando se tratou da criação de uma folha oficial — escrevia o Imperador em agosto de 64 — apoiei esta ideia, porque o que se houver de despender necessariamente com a imprensa bastará para sustentar na maior parte a folha oficial, e esta, sob as vistas imediatas do Governo, esclarecerá e defenderá mais convenientemente os atos perante a Nação, livrando-o, ao mesmo tempo, da maior ou menor pressão das outras folhas. A imprensa do Governo, dirigida como tem sido até agora, antes faz mal do que bem à administração."[95]

Essa preferência por uma folha oficial era uma velha ideia sua, quase diremos uma ideia fixa, que ele vinha advogando desde quando o Marquês de Olinda assumiu a chefia do

Gabinete de 4 de maio de 1857: "Uma folha oficial que defenda o princípio da autoridade, dizia ele, que é imutável, e aos que dirigirem qualquer Governo, assim como os atos deste, torna-se cada dia mais necessária, cumprindo que a sua linguagem não desonre o fim da sua fundação, que é a mantença do princípio da autoridade representante da justiça e da moderação"[95a]. Em 24 de maio de 1862, com a subida do Ministério presidido por Zacarias de Góis, que devia durar apenas uma semana e chamado por isso o "Ministério dos Anjinhos", o Imperador voltava ao assunto, insistindo sobre a criação dessa folha oficial, "no sentido que expus (dizia) e estou convencido de que não convém combater a imprensa senão por meio da imprensa."[95b] "Em seu *Diário de 1862,* assinala Helio Vianna, várias vezes deu o Imperador as razões por que preferia a publicação de uma folha do Governo, a continuar este subsidiando a imprensa particular, como então ocorria."[95c] Finalmente, quando a Princesa Dona Isabel assumia pela primeira vez a Regência do Império, em 25 de maio de 1871, ele insistia, uma vez mais, em sua opinião contrária a uma imprensa particular subsidiada dizendo:

Reprovo a despesa que se faça por conta do Ministério com a imprensa, mesmo que não seja para corrompê-la, exceto a do *Diário Oficial,* que deve ser publicador de tudo o que é oficial e defender o Governo como tal, e não como representante de um partido, que para esse fim devem os partidos ter periódicos seus, sustentados à sua custa. [95d]

X

Desde cedo, no Reinado, foram tradicionais as reuniões do Ministério no Paço de São Cristóvão, realizadas geralmente aos sábados. A princípio havia dois despachos por semana; mas os Ministros acabaram por convencer o Imperador da vantagem de reuni-los num só, ainda que mais prolongado, vantagem que no caso não era senão a comodidade deles. "Os Ministros preferem estar comigo só um dia na semana, — dizia Dom Pedro II, — embora por muito mais tempo que dantes, quando havia dois despachos por semana, e o Presidente do Conselho não tinha tornado tão necessário prolongar minhas conversas com ele."[9Se]

Os despachos se efetuavam geralmente pela manhã, cerca das 11 horas. Isso quando as Câmaras estavam em férias. Quando elas estavam abertas, os despachos tinham lugar à tarde, depois das 5 horas, a fim de dar tempo aos Ministros, sempre presentes às sessões da Câmara dos Deputados, de fazerem, em suas tipoias, o longo trajeto entre a Cadeia Velha (onde funcionava a Câmara) e o Paço de São Cristóvão. A menos que o despacho se realizasse no Paço da Cidade, situado nas imediações da Câmara, quando então se dava o contrário, isto é, o Imperador é que vinha de São Cristovão para o despacho ministerial. O que acontecia aliás, poucas vezes, porque em geral só se marcava despacho no Paço da Cidade quando o Monarca se achava, à hora da reunião, nas suas proximidades, visitando algum estabelecimento público ou particular, ou assistindo a uma aula ou a um exame no Colégio de Pedro II.

Na grande sala dos despachos de São Cristóvão, sala inconfortável e singela, mesmo quase pobre, como em geral toda a casa, reuniam-se os Ministros em redor de uma mesa, sob a presidência do Monarca. Antes, porém, de virem à presença imperial, já eles tinham discutido e esmerilhado entre si os assuntos de suas pastas, numa reunião prévia, que se realizava na Secretaria da Justiça. Dizia-se que haviam *estudado a lição.* A partir de 1862, essas reuniões passaram a ter lugar na Secretaria da Agricultura, criada naquele ano. Elas tinham partido de uma sugestão do Imperador a Olinda, quando este assumiu a presidência do Ministério depois da morte de Paraná e de uma curta interinidade de Caxias: "Quanto às relações entre mim e o Ministério, — disse então o Monarca,— insistirei sobre a necessidade de que todos os negócios de interesse geral sejam tratados em conferência

473

antes de virem à minha presença." E acrescentava, com a dose de presunção própria do rapazola que era então de 30 anos de idade: "Que se guarde segredo a respeito de qualquer resolução, até que ela não possa deixar de ser divulgada, não me devendo nunca, salvo caso urgente, ser apresentado qualquer ato para assinar sem que previamente haja manifestado a minha opinião, e tenha o Ministério tomado uma resolução?" [96]

Em Palácio, o primeiro a despachar com o Imperador era o Presidente do Conselho. Faziam-no a sós, enquanto os demais Ministros aguardavam o despacho coletivo numa sala ao lado. Este sistema não era do agrado de alguns Ministros. "Acham porventura constitucional os nobres Senadores, — perguntava Silveira Martins num discurso na Câmara Alta, — a prática das longas conferências do Imperador com os Presidentes do Conselho, enquanto os outros Ministros, membros de um mesmo Poder, esperam a passear pelos corredores, dormindo nas antessalas do Paço?"

Mas Silveira Martins não tinha razão. Porque, se os Ministros só eram admitidos a despacho com o Monarca depois que este, a sós com o Presidente do Conselho, havia discutido as decisões a tomar, isto não significava que os demais Ministros ficassem reduzidos a aceitar, sem mais outra, as deliberações assentadas. Ainda porque, como salientava o próprio Imperador em suas notas a Olinda, eles eram responsáveis por todo e qualquer ato do Chefe de Estado em sua qualidade de Poder Executivo. "Porque, — acrescentava o Imperador — ou não houve desacordo entre eles e o chefe do Poder Executivo ou, havendo-o, cedeu este por convicção ou justa conveniência; ou cederam aqueles por qualquer desses dois motivos. O Chefe do Poder Executivo não pode privar os Ministros da liberdade que lhes deu a Constituição, para que fossem responsáveis por todo e qualquer ato do Poder Executivo[96a], e a honra dos Ministros impõe-lhes a obrigação de se oporem às opiniões do chefe do Poder Executivo e de se retirarem do Ministério sempre que a consciência não lhes permitir ceder."[96b] Ora, sendo assim, é claro que os Ministros, uma vez sentados à mesa dos despachos, não ficavam ali reduzidos a simples autômatos, limitados unicamente a referendar, sem direito de opinar, não somente os atos de suas pastas, como das demais, já que o Gabinete formava um só bloco, trabalhando na base de equipe. Era assim mister que os principais assuntos em pauta fossem debatidos e ficassem no conhecimento de todos os Ministros, para o caso em que qualquer deles pudesse responder, quando interpelado o Gabinete na Câmara sobre assunto de um Ministério cujo titular não estava no momento presente.

Contudo, é certo que o Presidente do Conselho era, — desde que o cargo fora criado, em 1847, sob o Gabinete Alves Branco (Caravelas), — o principal traço de união entre o Imperador e o Ministério. A princípio, dada a pouca experiência que se tinha do regime representativo, quando o Parlamentarismo ensaiava os primeiros passos, o Presidente do Conselho não desfrutava da mesma autoridade que veio a ter depois. Olinda, Abaeté ou Sinimbu, por exemplo, Presidentes do Conselho no primeiro período, não tiveram, no exercício desse cargo, a mesma liberdade de ação que iriam ter mais tarde Rio Branco, Cotegipe ou João Alfredo, nos últimos anos do Reinado. É que o Imperador só progressivamente foi dando aos Presidentes do Conselho a autoridade e a liberdade que vieram a dispor depois.

Uma das suas principais prerrogativas constitucionais, por exemplo, na sua qualidade de Poder Moderador — a de nomear e demitir livremente os Ministros de Estado (art^0 101 da Constituição) — o Imperador só iria transferir para os Presidentes do Conselho de um certo tempo para cá. Não é que antes disso estes fossem obrigados a aceitar passivamente os nomes de seus colaboradores que acaso lhes indicasse o Monarca. Mas era costume, usado, aliás, até o fim do Império, submetê-los antes, para salvaguarda do princípio constitucional, à aquiescência do Chefe do Estado, sem o que não se podia dizer que o Ministério estivesse definitivamente organizado.

Dizia-se que Honório Hermeto já gozara de plena liberdade de escolher seus Ministros quando organizara o Gabinete de 1843. É possível, muito embora nessa época não existisse ainda a Presidência do Conselho. Mas o certo é que só bem mais tarde é que essa prática entrou definitivamente em nossos costumes políticos. Muito possivelmente por volta de 1862, por ocasião da organização do primeiro Ministério de Zacarias. Conhecido o caráter susceptível e absorvente deste, não é de estranhar que tivesse sabido *impor* ao Imperador todos os seus colaboradores de confiança. Quando, em 1883, o Conselheiro Lafayette, Presidente do Conselho, obrigou o seu Ministro da Guerra a demitir-se, sob a acusação de incompetente, recorreu este ao Imperador, pedindo reparação para a *afronta*. A resposta de Dom Pedro II foi que de há muito havia transferido aos Presidentes do Conselho o privilégio de proporem a nomeação e a demissão dos Ministros. Sem embargo, como toda regra tem exceção, veremos no ano seguinte o Imperador *vetar* (suas objeções a respeito não terão outro significado) o nome de Rui Barbosa, que o Senador Dantas procurava incluir no Gabinete.[97]

Até mesmo a escolha de Senadores, outra das principais prerrogativas constitucionais da Coroa, o Imperador acabou, senão por consentir em transferi-la ao exclusivo critério dos Presidentes do Conselho, ao menos em dividi-la com estes, sobretudo depois do sério incidente com Zacarias, por causa da escolha de Sales Torres Homem, e que tanta celeuma levantaria nos arraiais políticos do Império.

Seu desejo era que o Presidente do Conselho exprimisse cada vez mais o pensamento coletivo do Ministério, fosse o fiel reflexo do Gabinete, o espelho, por assim dizer, onde ele pudesse ver, para melhor julgar, e nortear-se, a orientação de seus colaboradores de Governo; sobretudo com relação aos problemas essencialmente políticos, quando a Coroa devia ficar a resguardo e, ao mesmo tempo, acima dos partidos ou dos interesses privados. São palavras suas:

As minhas relações com os Ministros terão lugar, quando for possível, por intermédio do Presidente do Conselho, para que melhor se realize a unidade de pensamento e fique mais a coberto a minha pessoa, principalmente nas questões em que se possam achar comprometidos interesses de partido ou de particulares.[98]

Em 1858 ele voltava ao assunto numas notas dadas ao Visconde de Abaeté, quando este organizava o Ministério de 12 de Dezembro:

Para que a opinião do Presidente do Conselho nunca se mostre em desacordo com a minha, nos assuntos de maior importância para a marcha da administração e, ao mesmo tempo, fique mais acobertada a Coroa, deve ela não manifestar a sua opinião sobre qualquer medida política ou nomeação de escolha [sic], sem que primeiramente nos tenhamos entendido a tal respeito. Poderei ouvir os Ministros também, mas a decisão sempre terá lugar de modo que não pareça que a opinião do Presidente do Conselho cedeu à minha, ou vice-versa. Todos os negócios que possam influir na marcha política ou de maior importância, assim como aqueles em que as decisões devem ser coerentes, serão necessariamente examinados pelo Presidente do Conselho.[98a]

No fundo, o objetivo do Imperador era aplicar entre nós a prática adotada na Inglaterra, segundo a qual o Soberano, em tudo o que for interesse político ou da administração pública, só se entende, no tocante às decisões a adotar, com o seu Primeiro Ministro. Mas em que pesem as queixas de Silveira Martins, nunca chegamos a nos adaptar a esse extremo do regime de Gabinete. Em verdade, o sistema que acabou prevalecendo no Império foi entre o rigorismo inglês e o liberalismo francês. Em França, tanto nos reinados de Luís XVIII e Carlos X como no de Luís Filipe, todos os Ministros gozavam da liberdade de entender-se diretamente com o Rei. Casimir Périer tentou modificar essa praxe, no sentido de adotar-se o sistema inglês. Mas não conseguiu senão durante o seu Ministério.

XI

Após o entendimento prévio entre o Imperador e o Presidente do Conselho é que se dava início ao verdadeiro despacho coletivo, quando todos os Ministros se sentavam em redor da grande mesa, de cada lado do Imperador. Aí observava-se uma precedência de pastas, desde muito estabelecida: Império, Fazenda, Justiça, Estrangeiros, Guerra, Marinha e Agricultura.

A pasta da Fazenda foi sempre considerada a mais importante. Era por isso a preferida pelos Presidentes do Conselho. Desde 1847, isto é, desde a criação deste último cargo, dezesseis vezes foi ela ocupada por Chefes de Governo. Paraná em 1853 e Rio Branco em 1871, os dois mais brilhantes Presidentes do Conselho da Monarquia, foram Ministros da Fazenda em seus respectivos Ministérios. Saraiva, nas duas vezes que presidiu o Governo, ocupou igualmente essa pasta. Paula Sousa, Olinda, Itaboraí, Ferraz (Uruguaiana), Zacarias, Martinho Campos, Paranaguá, Lafayette, Dantas, João Alfredo, Ouro Preto foram também, a um tempo, Presidentes do Conselho e Ministros da Fazenda.[98 b]

Depois da pasta da Fazenda, foi a do Império que deu maior número de Presidentes do Conselho: quatro vezes, sendo que três vezes na pessoa do Marquês de Olinda, e uma vez na pessoa de Zacarias. Justiça, Estrangeiros e Guerra deram, cada qual, dois Chefes de Governo; a última, por duas vezes, na pessoa de Caxias; a de Estrangeiros, na de São Vicente e Cotegipe; e a da Justiça, na de Furtado e Zacarias, sendo que este quando chefiou o célebre Gabinete de seis dias, morto, por assim dizer, ao nascer, e crismado por isso o *Ministério dos Anjinhos.* Finalmente, as pastas da Marinha e da Agricultura deram apenas, cada uma, um Presidente do Conselho: Abaeté e Sinimbu, respectivamente.

Essas reuniões do Ministério em São Cristóvão eram chamadas jocosamente pela gíria parlamentar, de *sabatinas,* pela gravidade com que as presidia o Imperador, sempre atento à exposição que os Ministros lhe faziam sobre os negócios públicos, incansável no esmiuçar dos problemas, nas providências a tomar, nas diretrizes a seguir. "Com o lápis (o *lápis fatídico* da lenda) entre os dedos da mão direita e, à esquerda, tirinha de papel para as notas, ouvia Dom Pedro II a exposição do negócio; inteirava-se do competente debate e, esticada que fosse a disputa sem resultado definitivo, adiava a papelada para outra sessão, com a infalível sentença — *está bem!* Não se fumava nessa sala dos despachos, mas num compartimento lateral, onde só a datar de 1866 apareceu água gelada."[99]

XII

Durante a discussão dos assuntos, era costume aceitar a intervenção de todos os Ministros presentes, qualquer que fosse a matéria em debate. Todos tinham o direito de falar e externar sua opinião. O Gabinete tornava-se assim homogêneo, associado e solidário em tudo e por tudo. Por mais especial que fosse a natureza de uma pasta, como a da Guerra, ou a da Marinha, ou a da Agricultura, nada impedia que os demais Ministros entrassem também na apreciação de seus problemas, emitissem suas opiniões, mesmo suas divergências com os respectivos titulares, e fizessem ainda, muita vez, prevalecer suas razões no ânimo do Imperador. Este ouvia a todos calado, muito atento, recostado na poltrona, para decidir depois em última instância.

O despacho era assim, de fato, coletivo. Tinha um tal sistema a vantagem de treinar todos os Ministros a um tempo nos mais variados assuntos da administração pública, e de prepará-los, portanto, para todas a eventualidades. Não somente ficavam aptos, como se via, a defender, no Parlamento, os assuntos de qualquer das pastas, quando ausente o titular ali atacado, como também se preparavam, com proveito, para dirigir qualquer das sete pastas de que se compunha o Gabinete. Graças a esse sistema, pôde Saraiva ocupar, sucessivamente, com a mesma eficiência, seis pastas diferentes, Cotegipe e Dantas cinco, e outros um menor número. As *sabatinas* de São Cristóvão eram, assim, a melhor escola de estadistas que já tivemos. Nelas se formaram todos esses Ministros de Estado que honraram os anais do Império, alguns verdadeiramente notáveis, a grande maioria excelente, outros passáveis, poucos medíocres e raros, raríssimos, incapazes.

"Com os seus sete colegas de poder Executivo, entretinha o Soberano relações de extrema cortesia, sendo natural que a gradação da afabilidade variasse conforme o indivíduo com quem tratava."[100] No primeiro período de seu reinado pessoal, que vai até o começo da Guerra do Paraguai, Paraná e Olinda são as duas figuras máximas do regime. Paraná desaparece em 1856, em plena glória. Fica Olinda, com o prestígio de um quase Vice-rei. Em 1870 morre o antigo Regente. Já então cercava o Imperador um grupo brilhante de homens de Estado, com os quais ele irá colaborar quase até o fim, na alta administração do Império. Destes, Caxias estava em primeiro plano pelo brilho de suas vitórias militares, dentro e fora do país. Emparelhava com ele, com um prestígio de outra natureza, o Visconde do Rio Branco, sem dúvida o mais completo dos estadistas do Império. Ambos desaparecem em 1880. Desde então até o fim do Reinado é Saraiva, cuja fama se afirma definitivamente com a vitória da eleição direta, que passa para o primeiro plano. Sendo, talvez, dos mais medíocres quanto à cultura em geral é, contudo, o mais avisado. É o preferido do Monarca.

Martim Francisco, o terceiro, diz muito bem: "Imagine-se de quanto tino deu provas Dom Pedro II, para lidar com 164 Ministros, para entender-se com tantas índoles diferentes, com tantas ilustrações e meias-ilustrações, sem padecer um gesto de desrespeito, uma réplica sequer dissonante da vivacidade tolerável entre pessoas de educação. Poucos ex-Ministros deixaram de ser seus amigos. Nenhum lhe ficou inimigo ostensivo."[101]

Esses Ministros podiam ter,e tinham sem dúvida seus defeitos. Mas por seu patriotismo e exata compreensão das necessidades nacionais, por sua capacidade de trabalho, por seu desprendimento pelos cargos públicos, e por toda uma soma de excelentes qualidades, formavam a mais brilhante coleção de homens públicos que já se vira em terras americanas. Podiam nem sempre estar isentos de culpa, mesmo de graves culpas, sobretudo quando eram julgados à luz da política partidária. Mas ainda aí, para sermos justos, devemos culpar mais a deficiente organização política da Nação, fruto da profunda ignorância das massas, do que propriamente os nossos homens de governo.

Não era fácil medir-lhes o grau de cultura. Em geral faltava-lhes uma boa base de educação literária. Com exceção de uns poucos, que não foram, aliás, como políticos, dos mais em evidência, como Alencar, como Otaviano, como Leão Veloso, os demais, que se gabavam de uma iniciação literária, não passavam, na realidade, de bons poetas. Foi o caso de José Bonifácio, o moço, cantor das *Rosas e Goivos;* de Pedro Luís tradutor do *Lago,* de Lamartine; de Franklin Dória, Barão de Loreto, o poeta dos *Enlevos;* outros ainda, como Homem de Melo, como o segundo, Martim Francisco, como Franco de Sá.

O que exprimia sobretudo o índice cultural dos estadistas do Império era a sólida base de conhecimentos gerais, produto de excelentes estudos de Humanidades, feitos geralmente nos seminários, sob a vigilância rigorosa dos Frades. E, ao lado disso, ou como complemento disso, largo e proveitoso conhecimento da literatura política da época: Thiers, Guizot, mas sobretudo dos Ingleses — Chatam, Fox, Burke, Canning, Stanley. Alguns deles tinham feito seus estudos na Europa, como Vieira da Silva, que viera da Alemanha, como Pereira da Silva, que viera da França. Outros formavam o numeroso grupo dos antigos estudantes de Coimbra, como Olinda, Baependí, Abaeté, Abrantes, Bernardo de Vasconcelos, Nébias, Silveira da Mota, Sapucaí, Cândido de Oliveira, outros mais. Coimbra foi durante muito tempo, sobretudo nos primeiros anos do Reinado, o grande fornecedor dos nossos homens de lei, portanto dos nossos homens de Estado. Mas, depois que se firma a reputação das nossas duas Faculdades de Direito, a do Recife e a de São Paulo, é delas que sai a grande maioria dos nossos estadistas. Pimenta Bueno, Marquês de São Vicente e Lafayette, dois grandes juristas do Reinado, são de formação exclusivamente nacional.

XIII

As reuniões de São Cristóvão prolongavam-se às vezes até tarde da noite, o que não deixava de ser um grande inconveniente para a volta dos Ministros, que ganhavam suas casas meio mortos de sono, às cambulhadas, nas caleças, pelos maus caminhos que naquele tempo ligavam o Paço da Boa Vista à Cidade. "O culpado é quem obriga a velhos conselheiros discutirem um projeto contencioso no dia seguinte ao de Natal e no meio destes ardores de dezembro", resmungava o Visconde do Rio Branco num bilhete ao Conselheiro Nabuco[102].

Reuniões houve, sobretudo durante o período mais trabalhoso da Guerra do Paraguai, que, iniciadas depois do jantar, se prolongaram até a madrugada. Imperador e Ministros cumpriam, realmente, os seus deveres. A Nação podia ter a certeza de que não os pagava em vão. Cada qual trazia, para essas reuniões, os recursos de suas luzes, os poderes de suas inteligências e os esforços de suas capacidades. Nelas se passavam em revista todos os problemas da administração pública. Examinavam-se todas as questões. Debatiam-se todas as necessidades. As grandes diretrizes da política do Império saíram dessas reuniões de São Cristóvão. O Imperador tinha nelas o seu verdadeiro papel de Rei constitucional. Intervinha repetidamente no debate, ora com uma ponderação, ora com uma observação mais forte, vigilante, meticuloso. Mas sempre cheio de moderação, num mesmo tom de voz, com aquela sua tradicional cortesia. Era-lhe constante a preocupação de não melindrar ninguém. Muitas vezes cedia em sua opinião. Outras vezes, quando percebia não ser possível um acordo com o Ministro, propunha, delicadamente, adiar a solução do "negócio" para o próximo despacho. E quando o assunto voltava, por insistência do Ministro interessado, uma semana depois, Dom Pedro II novamente ponderava na necessidade de examiná-lo melhor, para decidir mais tarde. O Ministro afinal compreendia. E não se falava mais no caso.

Durante tantos anos de seu Reinado nunca se viu, nesses despachos, um gesto mais brusco do Imperador. Tinha uma atitude sempre digna, severa, e ao mesmo tempo atenciosa, discreta, extremamente cortês, o que concorria para emprestar-lhe uma autoridade ainda maior e cercar-lhe de um respeito que jamais perderia. Podia-se-lhe aplicar estas palavras de Paul Cambon: "A distinção de seu espírito, tanto quanto a discreção e a medida de suas palavras, assegurava-lhe uma autoridade que a ninguém escapava."

XIV

Joaquim Nabuco dirá: "A lista das suas intervenções pessoais no desenvolvimento de nossa civilização, de 1840 a 1889, poderia quase ser feita pelo número de dias decorridos"[103].

Sem falar das três grandes questões políticas e sociais do Império, onde sua opinião prevaleceu ostensivamente, e que por isso podem ser chamadas as *questões imperiais* — a Guerra do Paraguai, a Questão dos Bispos e a emancipação dos escravos — sua intervenção se exercia tanto nos mais altos como nos mais insignificantes detalhes da administração pública.

Junto aos Ministros, essa vigilância era então sem limites. Não os deixava sossegados. Com cartas, com bilhetes — além das interpelações verbais — com lembretes, com arrazoados (que ele chamava *reflexões,* sempre preocupado em não chocar nenhuma susceptibilidade mais aguda, em não parecer que estava querendo impor sua opinião) o Imperador não dava uma folga naquilo que entendia ser, por excelência, o cumprimento de seu dever de Chefe de Estado. Nisto era infatigável, quase tirânico. Mais tarde se dirá que ele só exercera uma tirania: a da moralidade. "O Ministro desapareceu" — queixava-se, de mau humor, o seu Ministro da Guerra, durante a viagem de 1865 ao Rio Grande do Sul; "o Imperador lança-se a tudo. até aos menores detalhes — tudo atrapalha. Dispõe até dos meus Oficiais de Gabinete, dá ordens por via de Delamare e de qualquer modo"[104].

As provas desse interesse constante e sempre alerta pela causa pública, desse seu zelo infatigável, sem o qual entendia não cumprir com os deveres do cargo, estavam na sua correspondência com os Ministros. Apesar do contato diário que os unia, já nas conferências isoladas, já nos despachos coletivos, o Imperador não os deixava cochilar. Muita vez, mal um Ministro virava-lhe as costas, e já corria-lhe ao encalço um portador com um lembrete, com uma carta, um bilhete, onde ele insistia num pedido, reforçava um argumento expendido pouco antes, sugeria uma providência, dava uma ordem. O motivo era sempre o mesmo: o interesse público.

Essa correspondência diária com os Ministros partia de todos os lugares onde ele acaso se achasse, de seus Palácios como de casa de suas filhas, às vezes de uma escola, outras vezes de um teatro, de um hospital, de não importa onde. Para se ter uma ideia aproximada do que representavam essas suas intervenções cotidianas, basta dizer que a Cotegipe ele dirigiu nada menos de cerca de 200 cartas e bilhetes[105]. No entanto, Cotegipe não foi o estadista que mais repetidamente privou com o Imperador no trato dos negócios públicos. Saraiva e Rio Branco, por exemplo, tiveram com ele uma convivência muito maior. Se se pudesse reunir hoje toda essa documentação, ter-se-ia uma massa colossal de papel escrito.

XV

Nessa correspondência havia de tudo: os mais simples detalhes, como os mais altos problemas da administração pública. Tudo o interessava: desde a negociação do tratado da Aliança, em virtude do qual o Império figurou ao lado das duas Repúblicas do Prata contra o governo paraguaio de Solano López, e que pode ser tido como o mais importante dos nossos documentos diplomáticos de todos os tempos, até o reparo de um telhado de quartel ou o futuro de um menor, filho de um escravo da Nação. Sua atividade abrangia todos os campos, e se exercia sempre com o mesmo interesse e a mesma soma de boa vontade.

Se se tratava de fazer promoções, de premiar serviços, militares ou civis, sua preocupação em ser justo, em acertar, em defender o direito dos bons,ou afastar pretensões descabidas, era então inexcedível. Os exemplos são múltiplos. Já quase no fim da Guerra do Paraguai, Cotegipe apresentava-lhe uma proposta de promoções militares, de oficiais-generais da Armada. O nome do Almirante Barroso (Barão de Amazonas) era um dos primeiros da lista. O Imperador, depois de um exame longo e consciencioso, observava em carta ao seu Ministro: "Se o Amazonas tivesse prestado serviço de importância depois de sua última promoção, eu seria o primeiro a propô-lo para Almirante. Porém, em lugar de havê-lo prestado, retirou-se para o Rio da Prata." E Barroso não foi promovido. Com relação ao nome de Delfim Carlos de Carvalho, ele fazia a seguinte ponderação: "Sobre a promoção a Chefe de Esquadra, lembrarei o que já disse — o Barão da Passagem foi generosamente recompensado pelos serviços que prestou, e, se é proposto por ter comandado a Esquadra, mais a tem comandado Elisiário, que eu promoverei a Vice-Almirante, pelos serviços de importância que tem prestado depois que foi promovido a Chefe de Esquadra"[106].

Nas promoções dos oficiais de terra, seu escrúpulo não era menor. "Eu não hesitaria em promover em lugar do Barbedo Neto a Werneck Varela — dizia ele ainda a Cotegipe. Barbedo não tem propriamente serviços de guerra, apesar de ter passado Curupaiti." Não se diga que seu interesse se limitava a oficiais-generais. Descia também aos mais humildes: "Simplício Gonçalves de Oliveira não merecia por serviços tão relevantes, hábito do Cruzeiro, como a outros se deu em circunstâncias análogas? Creio que o César de Miranda já foi condecorado. É um nome que conheço muito pelos serviços desse oficial. A passagem de Angostura, por José Luís Teixeira, foi posterior à concessão do último hábito que teve?"

De outra vez não se tratava de proposta do Ministro: eram dois ex-prisioneiros do Governo paraguaio, que, não tendo alcançado êxito com o depoimento de seus sofrimentos feito perante o Ministério, recorriam, como tantos outros esquecidos, à solicitude imperial. O Imperador intervinha prontamente: "Muito me comoveu a narração dos sofrimentos do Coelho e do Arouca[107], prisioneiros do vapor *Marquês de Olinda*. Eles pedem: o primeiro, adiantamento de classe, o segundo, alguma graduação militar, e licença para ir ver a mãe, na Bahia, e provavelmente também passagem. Disse-lhes que os procurassem. Escuso recomendá-los. Disseram-me que tinham feito depoimento. Desejaria vê-lo."[108] Guiado pelo mesmo espírito de justiça, ele escrevia estas linhas a Paranaguá, depois de ouvir um oficial, que se queixava de reforma injusta: "Os tenentes-coronéis Maurício e Francisco Domingos dos Anjos são dois bons oficiais, que eu conheço do Sul. Custa-me acreditar que o primeiro fosse reformado sem pedi-lo, e eu não reparasse em tal, pois lembro-me muito do Maurício. Examine o negócio do Maurício"[109].

Com o mesmo interesse com que propunha a Cotegipe premiar os serviços de um dos mais gloriosos chefes do Exército, o General Osório — "cumpre recompensar o Herval, conforme seu merecimento, e quanto antes" — ele se dirigia a Paranaguá, enaltecendo os feitos de simples lanceiros: "Li com verdadeira emoção o sucesso que relata Caxias dos 18 lanceiros, que merecem ser condecorados. Proponha-me o que eles merecem, não tendo eu dúvida em agraciá-los com o hábito do Cruzeiro, como eles se igualaram em valentia"[110].

De outra feita sua preocupação voltava-se para uns pobres inválidos de guerra, que estavam para chegar ao Rio. Como acontecia muitas vezes, não precisava que os interessados chegassem à sua pessoa para obterem o amparo de uma assistência. O Imperador tornava ele própio a iniciativa de providenciar, adiantando-se em carta a Paranaguá: "Logo que os inválidos chegarem devem ser fornecidos de roupa sem dependência de ajuste de contas de fardamento. As irmãs de caridade devem ficar incumbidas de cuidar de tudo o que não for disciplina do asilo e trabalho dos inválidos. Lembro a conveniência de ter alguns livros, cuja leitura sirva de instrução e recreio aos inválidos"[111].

Enfim, *last but not least:* em novembro de 66 — *às 5 horas da manhã* — ele escrevia, ainda a Paranaguá: "Lembro-lhe as providências para que não falte de comer e agasalho assim como de roupa aos que forem designados... Cumpre não demorar essas medidas." De quem se tratava aí? De filhos de Grandes do Império, que seguiam para os campos paludosos do Paraguai? Nada disso! A providência visava o conforto de simples escravos, a classe mais degradada da Nação, que deixavam a Fazenda Imperial de Santa Cruz e partiam para a guerra.

XVI

O relatório de um ministro diplomático, então como agora, era uma peça escrita para ficar as mais das vezes esquecida na gaveta de um amanuense da Secretaria. Não chegava mesmo às vistas do Diretor da Seção, e muito menos do Ministro de Estado. Pois mesmo os relatórios diplomáticos não escapavam à sede imperial de tudo ver, de tudo querer saber e de tudo se inteirar. E não somente lia os que lhe mandavam, como ainda reclamava outros! "O relatório do Chile é interessante — escrevia ele a Sá e Albuquerque, Ministro de Estrangeiros em 1867 —; desejo ver sempre os que vierem das diversas Legações, caso não sejam publicados no *Diário Official.*"

Com os relatórios dos próprios Ministros de Estado, era o mesmo interesse, apesar de serem documentos de caráter individual, pelos quais respondiam unicamente os seus respectivos autores. Mas o Imperador não se conformava com que eles fossem apresentados às Câmaras sem passarem antes sob suas vistas, e sofrerem as intervenções do *lápis fatídico:* "Quando puder — escrevia a Cotegipe — mande as provas de seu relatório, que eu mesmo a lápis farei as reflexões que me ocorrem e serão atendidas como merecem"[112].

Serão atendidas como merecem... Eis aí um período que revela a discreção, o cuidado — quase ditemos a cerimônia — com que ele emprestava sua colaboração aos Ministros. Porque a grande preocupação, que o movia, fora sempre a de não melindrar os seus colaboradores. Sentia que a susceptibilidade dos Secretários de Governo era maior do que a dele, Monarca e Chefe do Estado, e tudo fazia para poupá-la. Chegava mesmo, não raro, a apagar-se diante do Ministro, como neste trecho de carta a Itaboraí: "Pelos motivos que lhe tenho exposto, e entre os quais o Sr. bem sabe que não tem senão a menor importância para mim o meu modo de pensar...." Ou neste, a Cotegipe: "Vai o artigo do relatório da Marinha. Se concordar ou não concordar com o que observei, apague-o." Ainda neste, também a Cotegipe: "Vai o pouco que notei, e concorde ou não concorde, apague depois." Neste outro, a Paranaguá, que era no entanto um dos estadistas mais chegados à sua amizade; e aqui então era quase com timidez que ele arriscava um parecer: "Se concordar com as reflexões que faço à confidencial Caxias...." Finalmente, ainda neste trecho de carta a Cotegipe, divergindo de uma opinião do Gabinete: "Contudo, façam o que lhes parecer mais acertado, tendo eu, como sempre, apenas dito o meu parecer a respeito de semelhante negócio."

Essa amenidade no trato com os Ministros, essa quase timidez com que lhes expunha uma opinião ou arriscava uma divergência, não significava que o Imperador não soubesse também querer, e que de fato não se impusesse naqueles assuntos de alta importância, dos quais dependia, no seu entender, a própria sorte do regime e da nacionalidade. A *vontade imperial* tornava-se então uma realidade. Chegava o momento de ele agir; e agia — sem tropeços, sem movimentos bruscos, sem atropelos, quase sempre com muita diplomacia — mas agia. E a sua opinião, em última análise, prevalecia.

Todos haviam sentido isso durante a Guerra do Paraguai, quando teve que ser levada até o seu último termo. Sentiriam de novo, quando se começou a pensar seriamente na solução do problema dos escravos, como sentiriam mais tarde, na questão com os dois Bispos do Norte.

CAPÍTULO V
OS SÁBIOS

O Imperador não era um sábio. O homem erudito. O poeta. O poliglota. O Instituto Histórico e Geográfico. Artistas e homens de letras Carlos Gomes Os pensionistas do Imperador na Europa. Gonçalves Dias e o Imperador. Domingos Gonçalves de Magalhães Alexandre Herculano e a "Confederação dos Tamoios."

I

Debicava-se muito o interesse que o Imperador dispensava aos artistas, aos homens de letras, aos cientistas — aos *sábios,* como se dizia, ou aos *doutores,* como os chamava a Imperatriz. Uma caricatura da época ficou célebre: o Imperador desembarcando num porto estrangeiro; apenas põe o pé em terra volta-se incontido e meio decepcionado, para as autoridades locais que o recebem: *Onde estão os sábios? Neste país não há sábios? Quero ver os sábios*!

O Imperador não era certamente um sábio, muito embora se dissesse, para amofiná-lo, que ele a tanto aspirava. Nuns papéis que confiara ao Visconde de Sinimbu quando este era Presidente do Conselho, uma espécie de autodefesa sua, que contrariamente ao desejo do Monarca não fora, ao que parece, aproveitada, ele confessa, exagerando um pouco, a sua *falta de estudos:* "Dizerem que eu pretendo ser sábio é tão infundado como acusarem-me de aspirar ao poder pessoal. Até minha maioridade, poucos anos tive para aprender; e, depois, o cumprimento dos deveres do meu cargo não me deixou muita folga para *estudar.* Apenas leio, quando posso; e por isso hei de ter sabido tudo quanto me falta aprender para ser sábio? As conversas com os que muito mais sabem do que eu — disso mesmo me tenho convencido — obrigam-me a ler ainda mais. Não repilo nem busco seduzir ninguém, preferindo, sem dúvida, a conversa daqueles que possam instruir-me. Sempre condenei as *perguntas de algibeira,* e até tenho censurado, quando assim se procede, em exames ou concursos.

"Quando censurarem qualquer escrito meu, que as mais das vezes não foi limado para se mostrar, transcrevam *tudo.* Transcrevam o que dirigi em francês à Academia das Ciências, e não somente *j'állègue ma qualité.* Consultem o Dicionário de Littré sobre estas palavras. *Resto,* com significado de *outros,* creio até que é empregado na tradução do *Novo Testamento* pelo Padre Antônio Pereira. O *resto* dos Apóstolos ou dos discípulos? Minha memória pode falhar."

E mais adiante: "Quem *foi colocado* à testa do Governo — e falo assim porque posso dizer que, se não fosse pouco mais de uma criança em 1840, eu não cederia a tantos pedidos — na idade de 14 e meio anos, não pode ter aprendido bastante para que, sendo dotado de bom senso, se considere sábio. Nunca desejei amesquinhar ninguém, quando não posso deixar de reconhecer que só os homens de grande mérito e prestígio praticam ações correspondentes; e sempre pensei que minha intervenção apenas teria o valor de revelar a boa vontade que nunca me faltou, nem faltará, para servir o Brasil. Durante minhas viagens não tive tempo senão para tomar mais conhecido o Brasil, e travar relações pessoais que já lhe têm sido úteis. Se procurei mostrar aí o que já sabia, foi para que se visse que no Brasil também se estuda, ainda mais em outras condições que não as minhas, e evitar que tomassem o meu tempo, que era tão curto, ou que gastassem inutilmente em explicar-me o que eu já conhecia"[113].

Escrevendo à Condessa de Barral ele dizia: "Cada vez reconheço mais que sei muito menos do que muita gente, e que não é pela inteligência que me distingo, muito embora com perseverança tudo possa aprender. Acostumei-me, e mesmo a posição em que nasci muito me ajudou, a não gastar tempo com pequenas coisas. E por isso pude saber alguma coisa. Vivi desde menino até os quinze anos afastado da sociedade, convivendo com bons livros e muito aproveitando sempre das conversas com o Taunay[113a]; é verdade que um pouco urso, mas gostando dos lugares elevados"[113b].

Dois anos antes, quando a Academia das Ciências da Bélgica o elegeu seu associado, tendo-o felicitado por isso a Condessa de Barral, ele respondeu:

"Agradeço-lhe os parabéns pela escolha da Academia das Ciências de Bruxelas. Mas creia que não sei como hei de estudar o bastante para compreender semelhantes provas de apreço que me dão. Cada vez reconheço mais quanto me resta aprender para saber um pouco das ciências que mais me agradam"[113c].

II

Sim, o Imperador não era certamente um sábio. Não porque tivesse recebido, na juventude, uma instrução como qualquer outro menino da sua idade; os sábios não são produtos dos mestre-escolas. Mas asssim como encontrou tempo, apesar dos encargos que o absorviam, para aperfeiçoar e completar a sua instrução, mesmo elevá-la a um nível não comum, poderia também, com a paciência e a perseverança que nunca lhe faltaram, e auxiliado pela extraordinária memória, tornar-se um verdadeiro sábio num determinado ramo do conhecimento humano.

Mas, se não chegou a ser um sábio, tão pouco se limitou a ser apenas um homem instruído. Foi mais do que isso: foi um verdadeiro erudito. Do erudito possuía aquela sede insaciável de saber, aquele interesse, jamais diminuído, por tudo quanto se relacionava com as coisas da inteligência. Podia-se-lhe, a este propósito, aplicar o conceito que Agripino Grieco faz do filósofo Castro Lopes: o Imperador era mais um homem erudito do que um homem sábio, porque lhe faltava aticismo, finura de gosto literário, e nele a mentalidade do pedagogo, do professor, superava a do humanista.

"Era um exímio vernaculista — dizia João Ribeiro. Versava, com mão diurna e noturna, os velhos clássicos. E não permitia deslises de linguagem, nem galicismos, exceto os que ele empregava, por serem consagrados. Conta-se que depois de assistir à preleção de um dos nossos professores de Medicina, admoestara o orador que acabava de falar e de tossir: *Tome o meu amigo umas taboinhas de ipecacuanha. São boas para a tosse.* O professor havia cometido a irreverência de traduzir *tablette* por taboinha"[113d].

Se eu não fosse Imperador, disse ele certa vez, *queria ser mestre-escola. Não conheço missão mais nobre do que essa de dirigir as inteligências moças e de preparar os homens do futuro*[114]. Essa predileção pela cátedra ele a manifestaria toda a vida. Aliás, o seu principal papel entre nós não foi senão o de ensinar os homens públicos brasileiros a governarem um país de regime constitucional representativo. Quando ele os continha em seus atos de perseguição aos adversários; quando os apeava do poder, independentemente do voto de desconfiança das Câmaras (que, *fabricadas* pelo partido então no Governo, dificilmente lhe dariam), para que o partido contrário pudesse também subir e ter um lugar ao sol; quando forçava os Ministros a nomearem para os cargos públicos os mais dignos — o Imperador não fazia senão ensinar-lhes as boas normas de se governar uma democracia. Agora, se essas lições não deram o resultado que era de esperar, é outra coisa; se o fruto não germinou, não foi porque a semente fosse má ou o semeador inábil, mas sim porque o terreno não estava preparado para uma produção dessa natureza. O Imperador teimava em querer-nos ensinar a governar uma democracia. Somente esquecia que faltava ao Brasil o principal requisito, que era, afinal, a própria democracia. Daí dizer-se, com todo o fundamento, que ele levou cinquenta anos a *fingir* que governava um povo livre. Seria talvez mais exato dizer, em vez de um povo livre, um povo culto, porque a liberdade não pode existir onde não há cultura. E o Brasileiro de então não era, como não é ainda hoje e não o será tão cedo, um povo culto.

Dizia-se do Imperador que a sua ciência tinha pouca profundidade, mas abrangia uma larga superfície. O conceito é exato. E nesse particular, como em tantas outras coisas, ele era ainda uma exceção entre os nossos homens de Governo, aos quais só interessavam, ou interessavam sobretudo, como ainda hoje, os assuntos de política partidária. Viviam quase, exclusivamente de política, para a política e com a política — e muitas vezes a pior e a mais bastarda das políticas, a politicagem. Fora daí bem poucas coisas os interessavam. A vida pública, então como agora, formava como que uma muralha intransponível a toda manifestação erudita. A grande maioria limitava a sua *sede de saber* a uma rápida leitura de jornais e de revistas.

"Uma Nação composta de bacharéis gárrulos", já nos definira, em 1824, esse grande ironista que foi o Visconde de Pedra Branca, pai da Condessa de Barral e nosso primeiro Ministro em França. Percorrendo as cartas do Imperador a Gobineau, Tristão de Ataíde o sente submergido por esse bacharelismo do nosso mundo político — "bacharelismo sem largueza intelectual e sem gosto pela atividade livre do espírito", e que o levava a louvar o povo sueco, livre de semelhante praga: *Que ce peuple doit être heureux de ne pas souffrir du fléau des avocats!*[115].

José Veríssimo dizia que somente o Imperador cuidou, talvez, de outra coisa que não fossem eleições, intrigas políticas, nomeações de funcionários e quejandos assuntos. "Os seus Ministros não ocultavam sempre a má vontade por isso; e alguns haveria que deviam achar singularmente estranho que ele viesse lhes falar no último livro de Renan ou a última publicação da Academia das Ciências"[116].

Num artigo a propósito da deposição do Imperador, Eça de Queirós dizia, com certa razão que "os políticos mais cultos reconheciam os seus serviços ao Império; mas seu feitio excessivo de sócio do Instituto de França desagradava-os"[116a]. E acrescentava: "O Imperador se concentrava na especialidade da Arqueologia, da Filosofia e da Astronomia" — o que o tornava pouco estimado como homem superior, uma vez que "nas manifestações da inteligência, os Brasileiros só se entusiasmam pela Eloquência e pela Poesia." E concluía: "O Imperador só seria realmente popular se tivesse publicado uma coleção de Líricas"[116b]. Faltou dizer que Dom Pedro II bem que escrevia versos; mas era positivamente um mau poeta, o que era pior do que não sê-lo de todo.

Se a erudição do Imperador despertava pouco interesse entre os nossos políticos, menos ainda estes compreendiam o significado de certos gestos do Monarca, procurando distinguir os homens de pensamento mais eminentes da sua época. Ele nunca fora pródigo na distribuição das Ordens honoríficas do Império, sobretudo entre os Estrangeiros. Submetia-os a uma seleção rigorosa. Apesar disso, nem sempre encontrava boa acolhida nos Ministros, quando se tratava de homenagear um sábio ou um homem de letras que realmente merecesse a distinção. Tinha, nessas ocasiões, de defender o seu *candidato* com as razões as mais convincentes. Foi o que se deu, por exemplo, com o nome de Renan, proposto pelo Imperador para a Ordem da Rosa, e combatido pelo Gabinete do Visconde do Rio Branco.

Não deixa, aliás, de ser uma inconsequência, que fosse justamente esse Ministério, presidido pelo Grão-Mestre da Maçonaria brasileira, perseguidor dos Bispos católicos até levá-los à prisão, que se opusesse à concessão de uma comenda a Renan, sob o pretexto de serem as suas doutrinas demasiado materialistas.

Se persistir esse escrúpulo — escrevia o Imperador a Rio Branco — então também Jules Simon não deve ser agraciado. Ninguém é mais católico do que eu, e, se lembrei Renan para dignitário, foi pelo motivo que apontei. Mas o Ministério sabe como eu sempre procedo. A responsabilidade é dele. Direi que combati mesmo, pessoalmente, as doutrinas de Renan quando com ele me encontrei; que lamento o emprego que ele tem dado a seu talento tão belo, e que o lembrei porque presidiu a Academia das Inscrições e Belas Artes, uma das do Instituto, quando assisti à sua sessão anual, pela mesma razão porque se agraciaram outros, que aliás não procuraram obsequiar-me como aquele. Renan nunca foi materialista, como, por exemplo, Jules Simon em certo tempo, ao menos [117].

Deve ter sido depois disso que o Imperador tomou a decisão de não propor mais nenhum nome estrangeiro para as Ordens honoríficas brasileiras. Deixou esse encargo aos Ministros de Estado e às Legações do Brasil. Assim, quando, em 1878, Gobineau pediu-lhe o apoio para a concessão de condecorações a alguns Franceses, o Imperador respondeu se excusando. E declarou: "Depois de minha primeira viagem à Europa, não fizeram o que eu queria, e tive ainda a este respeito outras contrariedades. Quero, portanto, conservar-me alheio a tais assuntos"[118].

Já antes disso, ou seja em 1877, estando o Imperador em Inglaterra, o Barão de Penedo, nosso Ministro em Londres, havia transmitido ao Monarca, o desejo manifestado pelo então Príncipe de Gales (depois Rei Eduardo VII), de ver seu irmão o Duque de Connaught e o Príncipe Leopoldo, bem como o seu primo o Duque de Cambridge, condecorados com a Ordem do Cruzeiro. Respondera então Dom Pedro II que, achando-se fora do Brasil, nada lhe competia fazer, e que Penedo se dirigisse diretamente ao Governo brasileiro, presidido então pelo Duque de Caxias[118a]. Não sabemos se essas condecorações foram concedidas. O autor abaixo citado nada mais diz sobre o assunto[118b].

Depois da primeira viagem do Imperador à Europa, e para não estar assediado por pedidos dos interessados ou seus amigos, assentou-se o critério de só condecorar personalidades estrangeiras que prestassem honras ou serviços ao Monarca no correr de suas viagens, ficando as nossas Legações com o encargo de indicar os nomes dessas personalidades. Mas esse critério nem sempre prevalecia, porque a Mordomia Imperial e pessoas chegadas ao Paço também se arrogavam esse direito, resultando daí, por vezes, erros ou confusões na distribuição de nossas ordens honoríficas. Foi o que se deu, por exemplo, em Viena, depois que o Imperador passou por essa cidade e Varnhagen era ali o nosso Ministro. Assim que em 24 de julho de 1872 este recebia um Ofício do Ministro do Império, Conselheiro João Alfredo, concedendo ao Conde de Beust a

Grã-Cruz do Cruzeiro, e ao General Príncipe de Hohenlohe a Grã-Cruz da Rosa. Ora, a Grã-Cruz do Cruzeiro era reservada, pelo costume adotado no Brasil, aos Chefes de Estado e aos Príncipes de Sangue, e de Beust não era nem uma nem outra coisa; ao passo que Hohenlohe, além de Mordomo-Mór do Imperador da Áustria, era possuidor da comenda do Tosão de Ouro, uma das menos concedidas Ordens europeias. Era evidente que não recebendo a Grã-Cruz do Cruzeiro, dada tão generosamente a Beust, ele se sentiria diminuído — e foi justamente o que disse ele a Varnhagen, ficando este sem saber o que responder, limitando-se a dizer que a concessão dessas Ordens tinha vindo do Rio de Janeiro, não tendo tido ele, no caso, nenhuma intervenção.

III

Vem a propósito alguns esclarecimentos a respeito das Ordens honoríficas brasileiras que existiam no tempo do Império. Como é geralmente sabido, elas eram três: a Ordem de Pedro Primeiro; a Ordem Imperial do Cruzeiro; e a Ordem da Rosa. Sem falar, naturalmente, das antigas Ordens portuguesas, que os nossos dois Imperadores também concediam, embora em menor número e até um determinado ano: a Ordem de Nosso Senhor Jesus Cristo, chamada geralmente Ordem de Cristo; a Ordem de Santiago da Espada; e a Ordem de São Bento de Aviz, ou simplesmente Ordem de Aviz.

Quando Dom João VI estava no Brasil, era ele, naturalmente, quem concedia essas Ordens, na sua qualidade de Grão-Mestre. Quando voltou para Portugal, e pouco depois Dom Pedro foi proclamado Imperador do Brasil, este o sucedeu nesse mister em tudo o que se relacionasse com Brasileiros ou Estrangeiros residentes no Brasil. Não como Grão-Mestre dessas Ordens, que de direito continuava pertencendo ao pai, mas como Chefe de Estado, autorizado por Dom João VI pelo Decreto de 22 de abril de 1821, reforçado pouco depois pela Carta Patente de 13 de maio de 1825, assinada igualmente por seu pai, que lhe *delegava* "toda a jurisdição e poder para conferir os benefícios da primeira Ordem e os hábitos de todas elas no dito Império." Morto o Rei de Portugal, o Soberano brasileiro, como seu natural sucessor, obtinha do Papa Leão XII a Bula de 15 de maio de 1827, reconhecendo-o como Grão-Mestre das Ordens honoríficas portuguesas, ou melhor, das Ordens de Cristo, de Aviz e de Santiago da Espada, que foram as únicas, das portuguesas, que se concederam no Império do Brasil. Quando Dom João VI ainda vivia, mas já de volta do Brasil, estranhou-se que os dois Soberanos, ele e Dom Pedro I, se dividissem no direito de conceder essas Ordens, um em Portugal e outro no Brasil. Mas em rigor não havia nisso nada de estranhável. A Ordem do Tosão de Ouro era igualmente concedida, tanto pelo Rei da Espanha como pelo Imperador da Áustria. E, com relação à Ordem de Cristo, era sabido que a Santa Sé, pela Bula de 14 de março de 1319, se reservava também o direito de concedê-la.

No curto período do 1^0 Reinado, de nove anos, foram feitas, pelo Imperador, 3.139 concessões dessas Ordens, sendo 2.630 da Ordem de Cristo, 500 da Ordem de Aviz e 9 de Santiago da Espada. Mas a partir de 1827 essas concessões diminuíram sensivelmente, já que nessa época tínhamos, criado duas das nossas três Ordens honoríficas: a Imperial do Cruzeiro e a de Pedro Primeiro.

A do Cruzeiro foi criada, em 1^0 de dezembro de 1822, para comemorar "a aclamação, sagração e coroação" de Dom Pedro I. Foi o seu inspirador o pintor Debret, que tomou como modelo a Legião de Honra da França. E Julien Pallière foi o autor dos respectivos desenhos. Seguiu-se depois a Ordem de Pedro Primeiro, criada em 16 de abril de 1826, para "marcar, de uma maneira distinta, — diz o Decreto da sua criação, — a época em que foi reconhecida a Independência deste Império." Como se sabe, a Independência do Brasil só foi reconhecida por Portugal (primeiro país que o fez) em 29 de agosto de 1825. Mas o regulamento da Ordem só foi aprovado em 19 de outubro de 1842, quer dizer, no começo do reinado efetivo de Dom Pedro II. A concessão dessa Ordem foi, no decurso de todo o Império, muito limitada. Brasileiros, só dois a receberam, o Marquês de Barbacena no ano da sua criação, e o Duque de Caxias em 1868. Quanto aos Estrangeiros, só a tiveram o Imperador Francisco I da Áustria (pai da Imperatriz Leopoldina), em 1827; o Príncipe Augusto de Leuchtenberg (Duque de Santa Cruz no Brasil, irmão da Imperatriz Dona Amélia e marido da Rainha Dona Maria II de Portugal), em 1830; o Duque de Nemours (pai do Conde d'Eu), em 1864; o Rei Fernando das Duas Sicílias (irmão da Imperatriz Teresa Cristina), em 1866; e o Czar Alexandre III da Rússia, em 1883. Não sabemos quem foi o inspirador das insígnias dessa Ordem, nem tão pouco quem as desenhou. Marques dos Santos diz que foi o pintor francês Pallière, baseado num desenho do mesmo, mas que nunca o divulgou. Finalmente, a Ordem da Rosa, criada em 17 de outubro de 1829, para comemorar o segundo casamento de Dom Pedro I (com a Princesa Amélia de Leuchtenberg). As insígnias foram inspiradas e desenhadas por Eugène Hubert de la Michellerie, um pintor francês que havia chegado ao Brasil em 1826, lecionava desenhos e fazia retratos, com *atelier* na Rua do Ouvidor 126,1° andar[118b].

Sob a Regência não foram concedidas Ordens honoríficas, por estar ela proibida de o fazer pela Assembleia Geral Legislativa. Estava proibida de conceder "títulos, honras e Ordens militares." Sem embargo, sempre concedeu a Ordem do Cruzeiro ao General Lima e Silva, antigo membro da Regência, e a dois funcionários belgas que negociaram o Tratado de Comércio e Navegação de 22 de setembro de 1834, entre o Brasil e a Bélgica — mas depois de devidamente autorizada pela Assembleia Geral.

Três anos depois da coroação de Dom Pedro II, ou seja a 9 de setembro de 1843, lavrou-se um Decreto pelo qual se declarava que "ora em diante, as Ordens de origem portuguesa seriam tidas no Brasil como meramente civis e políticas, destinadas para remunerar serviços feitos ao Estado, tanto por súditos do Império como por Estrangeiros beneméritos."

Das três Ordens portuguesas existentes no Império, a mais distribuída no 2º Reinado foi a de Cristo. Contra uma única mercê de Santiago da Espada, (reservada exclusivamente para os militares) concedida em 1840 ao Alferes Francisco Antônio de Carvalho, do Batalhão n⁰ 12 sediado em Mato Grosso, e de 2.190 Ordens de Aviz, foram concedidas 7.199 Ordens de Cristo.

A igual dos títulos nobiliárquicos, a concessão de Ordens honoríficas era uma fonte de renda para os cofres do Estado, em virtude das somas que lhe pagavam os beneficiados. Havia, para isso, uma tabela para a cobrança do respectivo imposto do selo. Temos sob as vistas a tabela posta em vigor pelo Decreto 15 de novembro de 1879, que supomos não tenha sido modificada até o fim do Império. Assim, uma Grã-Cruz do Cruzeiro ou da Rosa pagava 1:195$000; um Grande Dignitário da Rosa, 950$ 000; Dignitário do Cruzeiro ou da Rosa, 735$000; Comendador da Rosa, 405 $000; do Cruzeiro, 330$000; Oficial do Cruzeiro ou da Rosa, 405$000; e Cavaleiro do Cruzeiro ou da Rosa, 195$000. Além disso, pagavam ainda os interessados 25% de selo correspondente aos graus anteriores das Ordens que lhes houvessem sido conferidas.

Por esse mesmo Decreto de 15 de novembro de 1879, os cidadãos brasileiros que aceitassem "distinções honoríficas" de Governos estrangeiros tinham que pagar ao Tesouro, obtida uma licença do Governo Imperial, Marquês, 8:000$000; Conde, 6:000$000; Visconde, 4:000$ 000; Barão, 2:000$000; Comendador 500$000;e qualquer distinção inferior ao título de Comendador, 250$000.

No *Memorial Orgânico*, que Varnhagen (depois Visconde de Porto Seguro) publicara em 1849[118c], ele achava que os Soberanos do Brasil e de Portugal, Grão-Mestres das Ordens honoríficas brasileiras e portuguesas, deviam restringir suas faculdades de conferi-las indistintamente a todos, a não ser aos Príncipes de Sangue. O Brasil ficaria com a Ordem de Santiago, e Portugal com as de Aviz ou Torre e Espada. Varnhagen era pela extinção da Ordem da Rosa, na qual não via mais o menor significado; ou então transformá-la numa Ordem com o nome de Teresa Cristina, destinada exclusivamente a damas estrangeiras. Entendia que a do Cruzeiro devia ser conservada tal qual era. E propunha a criação de uma nova Ordem, chamada *Esperança do Império,* para recompensar serviços que tivessem por objetivo o desenvolvimento material do Brasil. Mas tais ideias, um pouco extravagantes, não tiveram, como sabemos, a menor acolhida.

IV

O Imperador era, sobretudo, um grande leitor. Quando não atendia a cerimônias oficiais ou não o prendiam os despachos com os Ministros, quase todo o seu tempo disponível era dado à leitura de livros e revistas. Deixava-se ficar horas a fio, numa das salas da biblioteca de São Cristóvão — sem dúvida a mais rica biblioteca particular do Império e, possivelmente, das melhores do mundo[119] — recostado numa poltrona ou debruçado sobre uma mesa, um livro aberto, o clássico *pince-nez* de tartaruga caindo-lhe sobre o nariz, e um lápis à mão, com o qual la anotando os trechos que mais o interessavam. "Afigurava-se-me (contará mais tarde o Visconde de Taunay) vê-lo levantar-se de alguma das compridas mesas, carregadas de preciosos álbuns, gravuras, mapas e fotografias que, de espaço a espaço, cortam a solene sala, ou antes aquela sucessão de salas, cuja ligação ocupa quase toda a extensa frente do Palácio, no terceiro pavimento"[120].

Lia de tudo — História política e religiosa, Filosofia, Geografia, Medicina, Direito, Antropologia, Geologia, Astronomia, Ciências Físicas e Naturais, Literatura, História da Arte. Tinha uma curiosidade insaciável de saber. "Meu pai lia muito e lia de tudo", — dirá mais tarde a filha. Uma de suas leituras favoritas, e que ele costumava recomendar, eram as *Variations,* de Bossuet[121].

Encantava-o sobretudo, a leitura da Bíblia. Via no grande livro o pacto fundamental da nossa religião, como dizia, mas também os mais admiráveis modelos de estilo. Chamava os Profetas de primeiros poetas do Mundo. Fosse Jeremias, deplorando a sorte da pátria, fosse Isaías, na *Ruína de Babilônia,* fosse Daniel anunciando a vinda do Messias e as revoluções dos quatro grandes Impérios — todas essas páginas provocavam-lhe a mais profunda emoção. São páginas — dizia — de que o espírito humano se ensoberbeceria, ainda quando não fossem revelações divinas"[122].

Dos Históriadores da Antiguidade, seu preferido era Tucídides, "o modelo de Demóstenes", como ele dizia, e que o podia ser também de todos os Históriadores, pelo método, pelo bom juízo com que escrevia o que o Imperador chamava as causas, as molas e as consequências dos sucessos. Durante algum tempo andou traduzindo o grande Históriador grego, e no seu entusiasmo escrevia a Gobineau: "Nos meus momentos de folga traduzo Tucídides; como desejaria reler o discurso dos funerais diante das ruínas da Acrópole!"[123]. Tácito era para ele o "conciso, o imparcial, o filósofo, o verdadeiro."

Encantava-o por sua natureza pacífica e tolerante, sobretudo por ser ele, como dizia, "o eloquente profligador do crime e da tirania."[124]

De como assimilava tais leituras, eram provas as numerosas anotações que lançava à margem desses livros, e a maneira pela qual surpreendia os especialistas dessas disciplinas quando, no correr de uma palestra, tinha oportunidade de fazer uma citação ou de externar uma opinião ou um pensamento seu.

> Possuía prodigiosa ilustração em muitos ramos de ciência" — dirá um dos que melhor lhe estudaram as qualidades. E não exagerava Ferreira de Araújo, o grande jornalista, considerando-o um dos Brasileiros mais eruditos de sua época. Falava e escrevia como próprias as principais línguas europeias; conhecia o Latim, o Grego, o Árabe, o Hebraico, o Sânscrito. Não era menor o seu conhecimento das Matemáticas; dedicou-se com ardor à Astronomia. Estendia de contínuo as suas leituras de História, nacional e universal. Na Filosofia, na Sociologia, na observação dos três reinos da natureza, movia-se como em ambiente Famíliar, do qual, em diuturno estudo de anos e lustros, acompanhava as correntes novas, os progressos .[125]

Sendo um homem sabidamente erudito, e leitor de uma grande parte das obras que se publicavam no seu tempo, acompanhava assim o pensamento contemporâneo em todos os setores do conhecimento humano. Ivan Lins, no discurso de recepção no Instituto Histórico e Geográfico Brasileiro, pronunciado em 17 de setembro de 1969, indagava que ligações espirituais teria havido entre Dom Pedro II e a doutrina positivista, sem, contudo, achar uma resposta para tal pergunta. Que o Imperador conhecia essa doutrina e os seus principais pregadores em França, como Auguste Comte e Pierre Laffitte, não haverá certamente quem duvide. Como teria possivelmente conhecido outros autores positivistas, inclusive a Brasileira Nísia Floresta, aluna em Paris de Auguste Comte, como Miguel Lemos e Teixeira Mendes no Brasil.

No discurso acima citado, Ivan Lins reproduz uma conversa que o Imperador havia tido com Miguel Alves Feitosa, um jovem aluno da Escola Politécnica da Corte, imbuído de ideias positivistas, que tinha publicado, em 1878, um opúsculo intitulado *Os Três Estados,* e do qual mandara um exemplar ao Monarca. No correr da conversa que este teve com o jovem estudante, Dom Pedro II lhe teria dito que só tinha uma dúvida com relação ao Positivismo: a necessidade de uma religião como um freio para a humanidade, a que Feitosa respondera que o Positivismo era também uma religião.

A isso ponderara o Imperador que havia necessidade de um Deus e de outra vida, não compreendendo que pudesse haver uma moral superior à moral cristã. Replicara Feitosa que a moral cristã era egoísta, ao passo que a moral positivista era altruísta, respondendo-lhe o Monarca que não via como o homem pudesse ter um freio só com a prática do bem, sem uma recompensa futura. Observou-lhe então Feitosa que "em primeiro lugar havia o prazer em praticar o bem, como ele, Imperador, sabia; e, em segundo lugar havia a recompensa de viver na memória dos outros", e a prova de que essa moral bastava era que todos os positivistas conhecidos eram homens sérios. — *Ah, sim,* rematara Dom Pedro II, *eu os respeito.* Dessa conversa podia-se tirar uma conclusão: que o Imperador conhecia bem a doutrina positivista, respeitava-a como tal, mas não a aceitava como religião.

Ainda a este propósito, Ivan Lins citava uma carta de L. A. Segond a Pierre Laffitte, chefe do Positivismo francês depois da morte de Auguste Comte, em 1853, carta datada do Rio de Janeiro a 14 de setembro de 1857. Segond era membro da Sociedade Positivista de Paris e tinha sido bibliotecário da Faculdade de .Medicina dessa cidade, lugar que abandonara para se integrar, como cantor, numa companhia lírica que nessa data aparecera no Rio. Dizia ele a Laffitte:

O que há de notável aqui é a veneração unânime que o Imperador e a mulher inspiram. Sua vida privada é sem mácula. Vivem retirados, fora da cidade, num palácio inacabado e muito simples. O Imperador anima, com sua presença, todas as instituições que julga úteis para melhorar o país, e a modesta dotação que lhe é fixada no orçamento é absorvida por obras de caridade. Dom Pedro possui conhecimentos muito amplos, e, se preside ao Instituto Histórico e Geográfico todas as sextas-feiras, é menos por pedantismo do que para estimular os trabalhos especiais relativos ao Brasil .

V

O Imperador gostava de fazer versos. Sofria, como o geral dos Brasileiros cultos do seu tempo, dessa doce e inocente mania. Fazia-os ao correr da pena, rabiscando em quanto papel encontrava, sem maiores preocupações de forma ou de estilo. Deixava-se levar livremente pela imaginação (aliás bem pobre, no sentido poético), no que era, certamente, mais espontâneo e, portanto, mais humano, do que muito poeta digamos profissional, cujas poesias não passam, em geral, de belas e bem trabalhadas fachadas.

Modesto, entretanto, como era, jamais se considerou um poeta, na verdadeira acepção do termo. Faltavam-lhe, de fato, para isso, não poucos predicados. Seus versos são, com raríssimas exceções de uma ou outra estrofe, francamente medíocres. "Bem sei que não sou poeta, confessou ele certa vez, na Ópera de Paris. Escrevo versos, uma vez ou outra, apenas como exercício intelectual, e somente quando não tenho mais o que fazer, mas não se lhes pode dar o nome de poesia. Mostro essas produções a alguns íntimos, mas de forma alguma desejaria vê-las publicadas."[126] Noutra ocasião dirá: "Nunca tive presunção de poeta, e, se tenho feito versos, é como qualquer outro que ame as letras."[127] "Se versejei — disse um dia a Alexandre Herculano —, quem não o terá feito amando as letras?"

Apesar de dizer que nunca tivera a presunção de ser poeta, era natural que se sentisse lisonjeado toda vez que, por cortesania ou simples desejo de lhe ser agradável, alguém louvava o seu pendor para as letras, lamentando que os deveres do seu alto cargo não lhe permitissem empregar a maior parte de suas horas na cultura do espírito e da sua inteligência. A este propósito, Francisco Otaviano (de Almeida Rosa), também poeta nas suas horas vagas, e seu companheiro de jogos infantis, escrevia em 22 de julho de 1874:

Cada dia me convenço mais que sofreram as letras com o ter aquele homem nascido para Rei. Se há mais tempo eu houvesse conhecido o que ele vale realmente, eu, desse no que desse, o teria induzido, animado, aconselhado e até obrigado a tomar no mundo literário a posição que lhe competia ,[127a]

Mas, por outro lado, a malevolência e a pura má fé se juntavam, por vezes, para deturparem a seu modo a inofensiva mania poética do Imperador. E o obrigavam a defender-se, dizendo que nunca dera como seus os versos de Garção,[128] "que aliás quase todos conhecem e sempre achei muito belos." Acrescentando: "Escrevi-os apenas num álbum, dizendo a quem pediu-me o autógrafo que os versos não eram meus, mas sim do autor da *Cantata de Dido.*" De outra vez foi com a tradução que ele fizera do Hino Americano, quando em viagem para os Estados Unidos. A tradução foi maldosa e propositalmente estropiada na cópia dada à publicidade, obrigando o Imperador a defender-se, dizendo que a fizera o mais *literalmente possível,* de modo a poder ser cantada com *a mesma música do original.* E repetia o que mais de uma vez dissera: "Nunca tive a pretensão de ser poeta e, se tenho feito versos, é como qualquer outro que ame as letras."[129]

491

Algumas de suas poesias não são, realmente, modelos de arte poética. Mas não deixam de ter, contudo, um suave perfume de melancolia que não é detestável. Como este soneto, escrito por ocasião da morte prematura de seu filhinho, o Príncipe Dom Afonso:

Pode o artista pintar a imagem morta
Da mulher, por quem dera a própria vida;
À esposa que a ventura vê perdida,
Casto e saudoso beijo inda conforta.

A imitar-lhe os exemplos nos exorta
O amigo na extrema despedida...
Mas dizer o que sente a alma partida
Do pai, a quem, oh Deus, tua espada corta

A flor de seu futuro, o filho amado;
Quem o pode, Senhor, se mesmo o Teu
Só morrendo livrou-nos do pecado?

Se a terra à voz do Gólgota tremeu,
E ao sangue do Cordeiro Imaculado
Até o próprio Céu enegreceu![130]

As traduções que fazia de poesias estrangeiras, geralmente de poesias francesas, não valiam mais, sob o ponto de vista poético, do que seus próprios versos. Sem embargo, algumas delas mereceram generosas palavras de seus autores, nas quais, entretanto, deve-se descontar o natural sentimento de cortesia.

Longfellow, por exemplo, escrevia-lhe a propósito da tradução que lhe fizera o Imperador da *Story of King Robert of Sicily,* sob o título *O Conde Siciliano:*

The translation is very faithful and very successful. The double rhymes give a new gràce to the narrative, and the old legend seems very musical in the soft accents of the Portuguese.[131]

Uma outra tradução de poesia inglesa, *The Cry of a Lost Soul,* sob o título *Alma Perdida,* mereceu igualmente de seu autor, John G. Whittier, francos elogios. Whittier não compreendia o português, ao contrário de Longfellow; mas se louvou num seu amigo "qualificado", que a achou *very perfect.*[131 a]

Dentre as traduções que fez, de poesias francesas, contavam-se as de Théodore de Bainville. Mas aí os elogios que lhe teceu o poeta eram de outro gênero: notava-se a exuberância francesa. Já não se tratava de cortesia; era pura cortesanice:

Être traduit par Votre Majesté, n'est-ce pas le plus grand honneur que puisse recevoir un écrivain? Illustre parmi les Souverains du monde, bienfaiteur de vos peuples, esprit initié à toutes les sciences, vous avez bien voulu vous souvenir pour moi que vous êtes poète, que vous avez droit à ce glorieux nom. Et combien mes vers m'ont paru embellis et transfigurés dans votre langue admirable, pleine de soleil![132]

VI

Ainda a respeito da "veia poética" do Imperador, vem a pelo referir a história meio séria e meio burlesca de uma depois célebre quadrinha por ele escrita na mocidade, e que a cortesania de alguns áulicos, perpetuando-a num quadro emoldurado, longe de enaltecer ou valorizar a lírica do Monarca, só serviu para pô-la em ridículo, servindo de pretexto político para os que o combatiam e procuravam incompatibilizá-lo com a opinião pensante do país.

O fato passou-se em março de 1846, quando os Monarcas visitavam a Província de São Paulo, de volta da viagem que haviam feito ao Rio Grande do Sul. No dia 25 desse mês chegaram à cidade de Itu. Recebidos com vivas, palmas e flores, foram hospedar-se na casa do Capitão-Mor Bento Pais de Barros, feito pouco depois 1º Barão de Itu. Depois de várias cerimônias para festejarem a presença dos Monarcas, inclusive o tradicional *Te Deum* com sermão na Matriz, houve, na noite seguinte, em casa do Capitão-Mor, um sarau literário, no qual, entre outras coisas, os poetas locais deram largas, numa folha de papel, aos seus pendores líricos.

Ora, aconteceu que o jovem Imperador — tinha ele então 21 anos de idade — não se sabe se a rogo de alguém ou por iniciativa própria, deu a sua parte de colaboração nessa espécie de torneio poético. E escreveu esta quadra:

> O sincero acolhimento
> Do fiel povo ituano,
> Gravado fica no peito
> Do seu grato Soberano.

Uma das predileções do Imperador era o estudo das línguas estrangeiras. Neste particular passava, com justa nomeada, pelo maior poliglota do país e, possivelmente, dos maiores do seu tempo. "Amo o estudo das línguas, sobretudo na sua comparação", dizia; e acrescentava sem falsa modéstia: "Traduzo a livro aberto o Latim e o Inglês, os quais posso falar sem maior dificuldade; o Grego, finalmente o Alemão, que posso falar, porém mal, como também falo o Francês desde minha infância; e desde jovem o Italiano e o Espanhol. Não me refiro a outras línguas porque só me tenho ocupado delas propriamente em relação à Filologia, ainda que as tenha traduzido eu mesmo."[133]

Seu interesse pelas línguas estrangeiras, sobretudo pelas chamadas línguas mortas, estava no auxílio que elas podiam trazer-lhe ao aperfeiçoamento de sua instrução em geral. Por isso, talvez, ele não tinha um empenho especial em conhecê-las a fundo. Bastava compreendê-las. Renan dizia que todo homem devia saber literariamente apenas duas línguas, o Latim e a sua, mas devia compreender todas as que lhe fossem úteis aos seus negócios ou à sua instrução.

Foi possivelmente com esse intuito que o Imperador se dispôs a estudar o Tupi— guarani, o Árabe, o Provençal, o Hebraico e o Sânscrito. "Encontrei um Alemão muito entendido nos estudos filológicos — escrevia ele a Gobineau em janeiro de 75 — o Dr. Henning, e me pus a estudar o Sânscrito."

Desses idiomas, talvez o Hebraico e o Provençal o tenham preocupado mais. Levado pela curiosidade que lhe inspiravam a história e a literatura dos Hebreus, chegou a conhecer o Hebraico em muitos de seus segredos, e na Sinagoga Central de Londres como mais tarde na de São Francisco da Califórnia, foi visto traduzindo em primeira leitura páginas da Bíblia ou velhos papéis semíticos. Dos progressos feitos nessa língua são ainda provas as traduções que deixou de poesias hebraico-provençais, publicadas mais tarde em França, ao tempo de seu exílio.[134]

O Hebraico começou a preocupá-lo durante a Guerra do Paraguai, nos serões de Petrópolis. Foi seu primeiro mestre dessa língua um judeu sueco, Akerblom. Mais tarde seria outro professor na pessoa de um ministro protestante alemão, Koch, preceptor do filho da Condessa de Barral, governanta da Princesa Dona Isabel. Quando Koch faleceu, substituiu-o o Dr. Carlos Henning, que lhe ensinava já o Sânscrito e, pouco depois, o Dr. C. F. Seybold, homem grandemente erudito, professor de línguas orientais.

Seybold ensinou-lhe também o Árabe, cujos estudos haviam sido iniciados em 1875, com o Ministro da Áustria no Rio, o Barão Schreiner, que o Imperador conhecera quatro anos antes, por ocasião de sua primeira viagem ao Egito.[135] "O Imperador visita-me todos os dias para tomar lição de Árabe, e nem mesmo hoje interrompeu as lições, que parece o interessam muito", escrevia Schreiner no dia do nascimento do Príncipe Dom Pedro, primogênito da Princesa Isabel. E quando Schreiner se ausentou para a Europa, em junho de 76, Dom Pedro II escrevia a Gobineau: "O meu mestre de árabe, o Ministro da Áustria, partiu em férias, mas procurarei não perder o que já aprendi. Conheço algumas fábulas de Loqman, publicadas numa crestomacia. Traduzo os contos das *Mil e uma Noites,* que possuo na edição de Habicht. Meu dicionário é o Freitag, e a gramática onde aprendi a de Flaize."

Lá fora, sobretudo no mundo político, essa predileção do Imperador pelas línguas exóticas era motivo de pilhérias, quando não a levavam abertamente em derissão. Mas ele não se importava. Sabia bem o que havia por trás dessas pilhérias, mesmo aquelas de mau gosto, uma grande dose de incompreensão pelas coisas de espírito. Gobineau lhe dissera um dia, referindo-se à má vontade com que haviam acolhido em França o livro de Renan sobre as línguas semíticas: "Numa sociedade como a que chegou a ser a sociedade francesa, aquele que conhece o árabe é um insolente, porque sabe o que ninguém sabe."

VII

"Nascera para aprender e ensinar", diz Pedro Calmon. "O estudo das línguas mortas apaixonavam-no. Era um pouco bibliógrafo, astrônomo e helenista. Uma permanente curiosidade pelas descobertas científicas aproximou-o de todos os grandes espíritos da época."[136] "Nasci para consagrar-me às letras e às ciências", confessou ele em seu *Diário.[137]* E, na *Fé de ofício* que redigirá nas vésperas de morrer, reafirmará, uma vez mais esse seu amor às ciências, amor *quase poético,* conforme disse uma vez em carta a Gobineau, "cujo estudo tanto me tem consolado, preservando-me igualmente das tempestades morais."[138]

Esse interesse pelas coisas do espírito revelou-se desde a primeira mocidade. Não tinha ainda completado trinta anos de idade e já Alexandre Herculano o chamava de "Príncipe a quem a opinião geral coloca entre os primeiros de sua época pelos dotes de espírito, pela constante aplicação desses dotes à cultura das ciências e das letras."[139] Mas nada o prova melhor do que o amor — e aí a expressão é perfeitamente adequada — que devotou desde os primeiros anos de rapaz e por toda a vida, ao Instituto Histórico e Geográfico Brasileiro.

Essa instituição é, por assim dizer, uma obra sua. Fundado o Instituto em 1838, ele logo aceita, antes mesmo de ser declarado maior e assumir as rédeas do Estado, ser o protetor da nova sociedade. No ano seguinte chama-a a si, instalando-a numa das salas do Paço da Cidade. Em 1842 institui vários prêmios para os melhores trabalhos sobre História, Geografia e Etnografia brasileiras, figurando entre os primeiros galardoados Martius, Varnhagen (depois Visconde de Porto Seguro) Machado de Oliveira, Gonçalves de Magalhães (depois Visconde de Araguaia), Conrado Niemeyer e Joaquim Norberto.[139a]

De então para diante seu interesse pela instituição é constante. Doa-lhe a biblioteca que pertencera a Von Martius, uma das mais ricas em obras americanas; a coleção de manuscritos mandada reunir pelo Governo Imperial; a biblioteca que reunira por ocasião de sua viagem ao Norte; sua coleção de medalhas e moedas; cópias de documentos de interesse para a História do Brasil mandadas tirar nos arquivos portugueses, além de muitos outros livros e manuscritos raros. Contribuiu ainda do seu bolso para a melhoria das instalações do Instituto, e rara foi a sessão ali a que não compareceu, animando, com sua presença, a quantos se consagravam ao estudo da História e da Geografia do Brasil.[139b]

Nessas ocasiões não raro tornava parte nos debates, apresentando por vezes sugestões, como foi o caso com a língua Tupi, objeto de uma proposta que apresentou para o Instituto encarregar alguns dos seus sócios da investigação sobre a gramática dessa língua, um dicionário geral com as alterações dos diferentes dialetos, para o que oferecia uma medalha de prêmio "para aquele que concorrer com o melhor trabalho."[139c]

De outra vez intervinha no debate sobre a admissão de novos sócios, matéria que fiscalizava com o maior cuidado, com aquele escrúpulo que punha na nomeação dos funcionários do Império, aquela *tirania moralizadora* de que nos fala Oliveira Lima. Terminadas as sessões, deixava-se quase sempre ficar ali por algum tempo. Era então comum vê-lo despreocupada e simplesmente, numa roda de sócios, palestrar com animação, interpelando e respondendo aos que o cercavam. D'Avezac, que o viu numa dessas ocasiões, dá-nos o seu testemunho:

Não se pode deixar de ter um profundo sentimento de respeito e de simpatia pelo Príncipe esclarecido, que transformava em doce passatempo essas lutas corteses, esses torneios literários, onde se debatem, com dupla vantagem para a cultura intelectual e o desenvolvimento do espírito nacional, questões que, para serem abordadas, exigem sérios estudos preliminares e erudição especial.[140]

Não poucas pessoas estranhas aos trabalhos do Instituto solicitavam permissão para assistir-lhe as sessões, para aproveitarem a oportunidade de falarem com o Monarca, a quem expunham o assunto que as interessava. Nunca se soube de qualquer gesto ou palavra sua com o intuito de acabar com tal prática.

No Colégio de Pedro II era encontrado geralmente às noites, misturado aos professores, alunos e intelectuais, em animadas palestras literárias, nas quais cada qual, ele inclusive, lia e comentava suas próprias produções. Eram os chamados *saraus literários,* promovidos em 1852 pelo Conselheiro Eusébio de Queirós, então Deputado e futuro Senador pela Província do Rio, com a participação de, entre outros intelectuais, o escritor português José Feliciano de Castilho, irmão do Visconde desse nome[140a] e sob a presidência do Monarca. Reuniam-se ali duas vezes por semana, e isso durante vários anos; depois do que passaram-se para a Escola da Glória, no Largo do Machado, (hoje Escola Amaro Cavalcanti) construída em 1874 com o dinheiro reunido para a elevação de uma estátua ao Imperador, e que este recusara.

Entre as obras lidas nos *saraus* do Pedro II contavam-se *O Evangelho das Selvas,* do poeta Fagundes Varela, lido por seu tio Carlos Busch Varela; o prefácio do *Vocabulário Etimológico, Ortográfico e Prosódico das Palavras Portuguesas Derivadas do Grego,* de Ramiz Galvão; uma tradução de alguns cantos da *Divina Cornédia,* de Dante, por Manuel Jacinto Ferreira; e uns fragmentos do poema *Gonzaga,* de José Maria Velho da Silva.[140 b]

VIII

As reuniões na Escola da Glória, uma iniciativa do Senador Francisco Correia, consistiam sobretudo em conferências, cerca de oito por mês, feitas pelo Barão de Taut-phoeus, Nuno de Andrade, Ouro Preto, Ferreira Viana, Joaquim Caminhoá e outros intelectuais da época. Joaquim Nabuco falou uma vez sobre as ciências e as artes em Veneza; Oliveira Belo sobre o papel da América no mundo; o Conselheiro Pereira da Silva sobre o reinado de Dom Pedro I e o governo do Marquês de Pombal; o Conselheiro e Senador Cruz Jobim, médico de Dom Pedro II, sobre assunto da sua especialidade. No decurso de muitos anos fizeram-se ali cerca de 400 conferências, parte delas presididas pelo Monarca.

Seu espírito indagador de tudo se ocupava. Herdara da mãe uma predileção pelas ciências naturais, como herdara também um herbário, que mantinha com extremo carinho no Paço de São Cristóvão. Nas belas noites tropicais subia ao pequeno observatório astronômico que fizera instalar na parte mais alta do Paço a fim de observar e estudar os mistérios dos astros, tendo mesmo chegado a descobrir no firmamento um novo cometa.[141]

Essa sua predileção pela Astronomia era também motivo de críticas e de sátiras, com o propósito de amofiná-lo ou simplesmente como assunto para divertimento público. Num dos carnavais do Rio fez sucesso um carro alegórico, no qual se via um boneco, que devia ser o Imperador, de óculo à vista, tentando descobrir, com o auxílio de lentes indiscretas, as intimidades de uma Vênus que, envolta no "manto diáfano da fantasia", brilhava, tentadora, no horizonte...

Na sua Capital era certo achá-lo em todas as festas acadêmicas. Estudava, com prazer extraordinário para um Soberano, as línguas e a literatura antigas, festejava os homens de letras, considerava quantos se lhe apresentavam como tais. Mantinha correspondência ativa com sábios estrangeiros, na Europa escandalizou as cortes, os conservadores e a gente *bem pensante,* visitando rabinos e os livre-pensadores, os Repúblicanos, os ímpios, como Renan, como Hugo, como Littré. [142]

O Imperador foi acusado de não ser sempre sincero no interesse que manifestava pelas coisas e pelos homens de pensamento. Havia quem visse nesses gestos um puro *snobismo,* uma atitude simplesmente de *poseur,* aspirando passar, sobretudo aos olhos do estrangeiro, por um Monarca protetor das artes e das ciências, uma espécie de novo Augusto, transplantado e ressuscitado nas terras incultas da América.

Devia haver nele, até certo ponto, a vaidade desse sentimento. *Feliz Augusto, que tratou, premiou e inspirou tais vultos como Virgílio e Horácio!* exclamara ele certa vez. O que se devia ter em conta, porém eram os benefícios que essa suposta vaidade trazia para o desenvolvimento das artes, das letras e das ciências do Império, em suma, para o melhoramento do grau de cultura de um povo, como o nosso, tão desprovido dela. E nesse particular, como na política e na administração pública, a ação do Imperador foi, entre nós, sobretudo civilizadora.

Em setembro de 1880 reunia-se no Rio o primeiro Congresso Nacional de Medicina. Terminados os trabalhos, e desanimada de obter dos cofres públicos os necessários recursos para impressão dos Anais, resolveu a comissão organizadora apelar para o Imperador. "Desde que foi por falta de verba que o Governo mandou sustar a publicação dos trabalhos do Congresso, — respondeu ele. — não posso eu, primeiro guarda das leis do país, concorrer para fazerem-se despesas não decretadas; amigo, porém, da ciência e dos progressos de minha terra, terei muito gosto em tomar a mim essa despesa." Vinte e quatro horas depois, conta Oscar Silva Araújo, eram dadas as ordens para a impressão dos trabalhos do Congresso.[143]

Gestos seus como esse, de proteção às coisas do espírito, podem ser citados às dezenas. De onde quer que um artista, um homem de letras ou ciência, ou simplesmente um erudito, apelasse para a sua generosidade, era certo vê-lo aparecer pressuroso, com a melhor e a mais decidida boa vontade. Era um Monarca que não hesitaria em abaixar-se para apanhar o pincel de um artista ou a pena de um escritor, nem em prestar-se, como simples aprendiz, aos papéis mais modestos no laboratório de um sábio. Soberano à maneira desse outro da Baviera, amigo e protetor de Goethe, que, entrando certa vez no *atelier* do escultor Thorwaldsen, na Via Sixtina, em Roma, colocou uma condecoração no peito do grande artista dizendo .*Decoro o soldado no campo de batalha.*

IX

Proteger os artistas, tirá-los da obscuridade ou auxiliá-los no estudo ou divulgação de suas obras, era para o Imperador quase uma obrigação; era, pelo menos, um dever ao qual entendia estar ligado pela condição mesma do cargo de Chefe de Estado.

Quando a família desse grande artista da cena que foi João Caetano se debatia nas maiores dificuldades, quase morrendo à míngua, o Imperador correu-lhe em auxílio com uma pensão anual, paga do seu bolso, de 800$000, o que naquele tempo era uma quantia considerável.

Em dezembro de 1877 ele escrevia a Gobineau, que residia então em Roma: "Peço-lhe dar-me informações sobre um artista nascido no Brasil[144] mas de família italiana, que estuda no *atelier* de Monteverde. Creio que é dotado de muito talento." Gobineau não tardou em mandar as informações. Fora ele próprio procurar o artista: "Vi em sua casa um grande baixo-relevo começado, que se destina à Academia do Rio — *O martírio de São Sebastião*. Há muito talento nessa obra." Respondeu-lhe o Imperador: "Estou muito contente com o que você me diz do pequeno Bernardelli." Tratava-se, de fato, daquele que viria a ser o maior escultor brasileiro do seu tempo, e que o Imperador descobrira, obscuro e modesto, ainda um rapazola, trabalhando no *atelier* de Monteverde.

Pedro Américo de Figueiredo foi outro artista revelado pelo Imperador. Conhecera-o o Monarca por ocasião de uma de suas visitas ao Colégio de Pedro II; ali o surpreendera, na aula de Matemática, fazendo o seu retrato às escondidas, numa folha de papel. Impressionado com as qualidades de desenhista do rapaz, logo promovera sua matrícula na Escola de Belas Artes, tomando a si o encargo de custeá-la.[144 a]

Pouco depois mandava-o estudar pintura na Europa, às suas custas. A ordem é de 9 de outubro de 1858, ano em que Pedro Américo seguiu para Roma. Em maio de 60 o Imperador mandava pedir "as notas de aproveitamento do estudante de pintura Pedro Américo de Figueiredo, para saber se deve continuar a merecer a proteção de S. M. o Imperador."[145]

X

Carlos Gomes, aos 23 anos, abandonava a casa paterna em Campinas, Província de São Paulo, e largava-se para o Rio. Daí escrevia ao pai: "Minha intenção é falar ao Imperador para obter dele proteção, a fim de entrar no Conservatório desta cidade."[146] Já antes, aos 16 anos, havia composto valsas e modinhas, e três anos depois compunha uma *Missa*.

Levado ao Paço pela Condessa de Barral, dali saía com um bilhete do Imperador para Francisco Manuel da Silva, autor do Hino Nacional Brasileiro e diretor do Conservatório depois chamado Escola Nacional de Música, onde de fato foi matriculado o jovem campineiro. Pouco depois ele compunha a sua primeira ópera, *A Noite no Castelo*, libreto de Antônio Feliciano de Castilho, representada no Teatro Provisório em 1861[146a] com a presença do Imperador. E dois anos depois punha em cena *Joana de Flandres* (libreto de Salvador de Mendonça), assistida igualmente pelo Monarca, o que lhe valeu o prêmio de uma viagem à Europa, válido por quatro anos, com a pensão anual de . . . 1.800$000, destinados a custearem seus estudos na Itália. Parece que o Imperador, que já nessa época se interessava pela música de Wagner (ver o Capítulo deste volume "Richard Wagner e Dom Pedro II"), preferia que Carlos Gomes fosse estudar na Alemanha, e, se se decidiu pela Itália, foi por insistência da Imperatriz.[147]

Partia, assim, o maestro para a Europa em novembro de 1863, levando cartas de recomendação de Dom Pedro II para o seu cunhado Dom Fernando de Portugal e para o diretor do Conservatório de Música de Milão, Lauro Rossi. Depois de dois anos de estudos nessa cidade, Carlos Gomes escrevia ao Imperador anunciando ter recebido o diploma de "Maestro-compositor"[147a]. E em maio de 67 voltava a escrever ao Monarca para agradecer a concessão por mais um ano da pensão que lhe fora concedida para finalizar e fazer executar *Il Guarany*[147b], que seria levado em cena no Scala de Milão sob estrondosos aplausos, consagrando-o como um dos mais festejados compositores da época[148].

No Rio, a estreia dessa ópera deu-se no antigo Teatro Lírico, em 2 de dezembro de 1870 (aniversário natalício do Imperador), dirigida pessoalmente pelo autor, que para isso viera da Itália. Foi outro grande sucesso. A ópera foi repetida em sucessivas noites, sempre com a presença do Monarca[149].

Em fevereiro de 1871 voltava o maestro para a Itália. Apesar dos benefícios financeiros que obtivera com *Il Guarany*, suas finanças eram precárias. No Rio vivera todo tempo num quarto emprestado por seu amigo Júlio de Freitas. O Imperador perdoara-lhe uma dívida de 5 contos de réis. Voltava agora para a Itália fiado nas palavras do Conselheiro João Alfredo, Ministro do Império, que lhe prometia uma pensão do Governo. Mas, uma vez reinstalado em Milão, logo percebeu que a promessa desse Ministro não fora além de uma simples intenção: deixara-o completamente esquecido, quase sem meios de subsistência. João Alfredo lhe havia prometido, além de uma pensão de mil francos mensais, condecorações para os amigos e protetores de Carlos Gomes na Itália[150]. Mas, logo que o maestro lhe virara as costas, tudo esquecera.

Nessas difíceis circunstâncias, ele novamente apelou para a generosidade do Imperador. "Sem aquela promessa tanto formal, — dizia-lhe Carlos Gomes, — eu teria ficado em Campinas, sem perigo de fazer má figura e livre da responsabilidade com os Brasileiros, que sem dúvida esperavam novas produções do autor do *Guarany"*[151]. Graças porém, aos esforços do seu amigo o Visconde de Taunay, que apresentou a respeito um projeto na Câmara dos Deputados, foi-lhe obtida uma pensão oficial para o prosseguimento de seus trabalhos na Itália. "Quanto me custou conseguí-la" — dirá Taunay ."Se não fora a intervenção habilíssima e encapotada do Imperador, a ideia teria logo naufragado"[152]. "Sei que tão grande benefício me impõe perante Vossa Majestade Imperial e a generosa Nação brasileira o dever de trabalhar incessantemente para ilustrar o meu país" — confessava Carlos Gomes, agradecido, em carta ao Imperador. E acrescentava, como que ressuscitado em suas ambições artísticas:

"Ocupo-me neste momento da composição de uma ópera, *Salvador Rosa,* que irá à cena em janeiro de 1874 no Teatro Cario Felice, de Gênova. Depois de cumprido esse compromisso com aquele Teatro e com o editor Ricordi, de Milão, tratarei de aproveitar os meios, de que ora disponho, para aperfeiçoar-me na arte musical e realizar, tanto quanto me for possível, as esperanças de V.M.I. e de meus caros patrícios"[153].

XI

Mas se *Salvador Rosa* iria obter um fácil sucesso em Gênova, já o mesmo não se daria com a *Fosca*. Carlos Gomes compusera *Salvador Rosa* em seis meses, dizia ele em carta ao seu amigo Taunay[153a], trabalho que nada lhe custara, que escrevera apenas num momento de bom humor; "ao passo que a *Fosca,* que é um trabalho sério, conscencioso e cheio de valor, foi recebida friamente." Mas nem por isso o maestro desanimava. Ocupou-se, de 1875 a 1878, da composição de outra ópera, *Maria Tudor*, que, levada a cena no Scala de Milão, também não despertou o entusiasmo que ele esperava. Se foi para ele uma nova desilusão, ainda não bastaria, entretanto, para abalar-lhe o ânimo. Ao contrário, recebeu o insucesso com espírito de humor. "Uma ópera nova é como um queijo de Minas, — escrevia nessa carta a Taunay; há quem goste fresco e quem prefira passado, ardido ou com bichos! São infinitas as coisas que conduzem ao insucesso de uma ópera nova: uma das principais é o grau em que se acha um compositor; outra são os amigos aparentes, os inimigos dos artistas, do empresário, do editor, ou a rivalidade dos editores... Que gente, essa! "

Mas agora não eram somente as suas óperas que lhe davam preocupações com o pouco sucesso obtido nas plateias italianas. Eram também os seus dissabores de família, com a morte da mulher e a doença grave da filha. E pouco depois era a vez do Imperador, seu protetor, cair gravemente enfermo no Brasil e embarcar para a Europa, em busca de melhoras para a saúde. Pouco antes de Dom Pedro II seguir para o Velho Continente, Carlos Gomes escrevia-lhe uma longa carta de Milão, queixando-se da má sorte que o perseguia, das grandes despesas que tinha na Itália e do pouco ou quase nulo resultado financeiro que lhe davam agora suas óperas, tanto pela ganância dos empresários como por sua própria culpa. Apesar de tudo, estava entregue de corpo e alma à composição de uma nova ópera, *Lo Schiavo,* cuja parte musical estava concluída, só faltando passar a ópera em partitura .de orquestra. E concluía:

É uma coincidência singular. Em 1870, V. M. I. abriu as portas do Scala para o *Guarany*; hoje, o *Escravo*, que é o meu segundo *Guarany*, não poderá viver sem ser libertado, sem que V. M. I. lhe estenda a mão benéfica. Até aqui pude calar-me para não afligir V. M. I. Hoje, porém, sou obrigado a confessar toda a verdade. Conhecendo o coração magnânimo de Vossa Majestade, e quanto me é amigo, ouso pedir e suplicar que me empreste a quantia de 50 mil francos, que me são indispensáveis para me salvar da triste posição em que me acho. Com mais esta imensa graça, Vossa Majestade salva um pai de família, um amigo, um artista e um escravo [154].

Não sabemos se esse novo apelo ao Imperador foi atendido. É possível que não, estando já o Monarca cansado de ajudar o maestro em suas aperturas, na vida dispersiva e esbanjadora que levava. O que sabemos é que em 20 de julho de 1888 ele dirigia nova carta de Milão, dessa vez à Princesa Imperial Regente (o Imperador tinha partido para a Europa), pondo a seus pés o *Escravo,* e dizendo que era uma homenagem que prestava àquela que acabara com a escravidão no Brasil. E, a 27 de setembro do ano seguinte, a ópera era levada em cena do Teatro Pedro II (depois chamado Lírico), no Rio de Janeiro, graças a uma subscrição aberta por essa ocasião, encabeçada pelo Imperador e pela Imperatriz, com 500$000 cada um, pelo Príncipe Dom Pedro Augusto, com 400$000, e por vários amigos do maestro — Oscar Guanabarino, o Visconde de Taunay, André Rebouças (que era padrinho do filho mais velho de Carlos Gomes — Carlos André), Francisco Castelões e Salvador de Mendonça, entre outros.

Carlos Gomes veio da Itália especialmente para dirigir a ópera. Ligando esta à promulgação da Lei de 13 de Maio de 1888, que abolira a escravatura, o "Tesoura", no *O Pais,* do Rio, compunha as seguintes quadras:

> Ele chega, ele vem hoje,
> Dentro em pouco está aqui
> O autor do *Salvador Rosa*
> Que é também do *Guarani.*
> Levanta-se enorme grita,

Há festas por toda a parte
Para receber com estrondo
O nosso Messias de arte.

Incrível anomalia,
Contradição... não sei,
Festejar assim um homem
Que vem transgredir a lei!

Fazer pomposa homenagem
Da música pátria, o bravo,
Quando ele, após a Lei Áurea,
Ainda nos traz o *Escravo*!

No ano seguinte a República era instituída no Brasil. Vivendo sempre à beira da pobreza, Carlos Gomes iria tentar obter, para sustentar-se, o lugar de Diretor do Conservatório de Música do Rio, vago com a morte do Maestro Francisco Manuel da Silva. Mas, já não tendo mais o amparo do seu imperial protetor e pouco se incomodando com músicas os novos donos do Poder, nada conseguiu. Decidiu então voltar para Milão, em cujo Teatro Scala seria encenada a sua última ópera — *Condor,* em 21 de fevereiro de 1891.

Feito isso, voltaria ao Rio, em junho desse ano, onde obteria, para justificação de uma ajuda de custo, ser nomeado comissário brasileiro para a Exposição Universal Colombiana, a ser aberta em Chicago, Estados Unidos. De conformidade com as instruções recebidas do Governo Provisório da República, vinham ordens para retomar à Itália, onde esperaria outras que lhe seriam mandadas por intermédio do nosso Ministro em Roma, o Barão de Tefé. Mas, ali chegando, nada de virem as prometidas ordens! Inconformado, Carlos Gomes abria-se ao seu velho amigo de Campinas, o Dr. Arlindo de Sousa:

Meu querido Arlindo. — Antes de tudo te abraço, com Isabelinha e cunhadinha. — Escrevo-te muito agitado, e por isso peço-te desculpar a falta de clareza que sem dúvida encontrarás, pois bem conheces as injustiças de que sou vítima.

Embarquei no Rio para Roma intimado pelo Governo a fim de aguardar aqui as ordens por intermédio do nosso Ministro residente na capital italiana. O Governo, isto é, Serzedelo[154b], que domina sobre todos, me intimou *carrancudamente* de seguir para Roma, e esperar. Obedeci e embarquei precipitadamente, sem ter tempo de me despedir dos poucos amigos. Não ignoras como os Ministros todos, insinuados pelo Dr. Serzedelo, me mandaram de Herodes para Pilatos; de Secretaria para Secretaria; de porteiros a porteiros de Repartições; e, por fim, dessas para o olho da rua!

Seria longo contar-te tudo, pois bem conheces o costume dos homens do atual Governo. Se não querem a representação do *Guarany* em Chicago (para não gastar), porque não me declararam isso desde o princípio? Hoje, entretanto, vejo-me comprometido com o povo brasileiro e o Congresso Nacional, ao passo que todos os Deputados ignoram até hoje o logro do qual sou vítima por parte dos Srs. Ministros.

A última hora, pouco antes do meu embarque, reconheci que o próprio Sr. Floriano Peixoto[154b] era contra mim. Porque será? Que mal lhe fiz eu? O fato é que procurei-o repetidas vezes sem ser recebido! (Falo aqui do Sr. Floriano porque, se não me engano, és amigo pessoal do Sr. Presidente, ou pelo menos tens a felicidade de poder encontrá-lo).

Mas falemos da minha viagem a Roma por ordem verbal do Sr. Serzedelo em nome do Governo. Cheguei a Roma, e nada havia, como não há até hoje, nada de ordens do Governo a meu respeito! Fica portanto justificada a minha suspeita, que o Governo me empurrou para fora do Brasil a fim de criar *dificuldades com a distância e com a minha ausência.* O plano de todos os Ministros era, como é, o de conservar absoluto silêncio até me desenganar... Eles devem estar agora satisfeitos! Outro plano do Governo será certo o de dar a culpa a mim, por ter partido do Brasil sem uma *carta credencial,* documento que eles mesmos me negaram a pé firme. Negaram-me até um cartão de apresentação ao nosso Ministro em Roma, ao mesmo tempo que me intimaram de seguir para receber ordens do dito Ministro!...

Logo que tive, porém, a certeza do logro que o Sr. Serzedelo me preparou, mandando-me para Roma perder tempo, escrevi ao Presidente da Comissão Brasileira de Chicago, o Marechal Simeão, pedindo-lhe de dar ordens para o pagamento dos meus vencimentos como *membro da Comissão*. A resposta do Sr. Simeão foi a presente carta, da qual te remeto cópia. Conheci o Marechal Simeão em casa do nosso Júlio Freitas[154c] e por ele apresentado. O Simeão me fez então muitos oferecimentos naquele tempo em que era simplesmente Senador. Hoje, que ele está no caso de me atender sem sacrifício algum, responde como podes ler nessa carta [154d]. Não há dúvida alguma que todos, Governo, Comissão, Ministros etc. etc., estão de acordo para judiarem comigo.

Quem pode agora avaliar o colossal prejuízo que me deu esse acontecimento? Não há justiça, nem de Deus nem dos homens, para punir a malvadez de quem abusa de semelhante modo do poder em barba da vontade nacional? Não, não há. O meu destino é o de sofrer. Seja feita a vontade do destino. Arlindo, nada mais te digo. Só te peço de conversar imediatamente com o compadre Manduca. Ele já está informado, não só deste triste fato, mas também de outro a respeito do meu futuro negócio com o Duca. Fale com o Manduca. Adeus. Estou resolvido a voltar ao Rio quanto antes e... até breve, muito breve.

Mais um abraço para ti, Isabelinha e cunhadinha, do sempre teu, do coração,
Carlos Gomes [154e]

XII

Evidentemente. Carlos Gomes era vítima do descaso e da indiferença das novas autoridades do país. Mas não é de crer que, designando-o para essa Comissão em Chicago, quisessem simplesmente enganá-lo, como ele diz nessa carta ao seu amigo de Campinas, com o único propósito de se livrarem dele e o verem longe, fora do Brasil. Na vida dispersiva e desorganizada que sempre levara, precisando sempre de dinheiro para o sustento seu e da família (nessa época já estava viúvo), é de crer que assediasse os membros do Governo. No Império, havia sempre o Imperador, seu protetor e amigo, sincero admirador da sua arte. Mas agora já não tinha mais esse amigo, e os Ministros do Exterior, Serzedelo Correia, e da Agricultura, Antão de Faria, a igual do Presidente da República, Floriano Peixoto, pouco se importavam com a sua música. Mas se depois de sair do Brasil o deixaram abandonado e sem recursos na Itália, isso se devia à desordem e desorientação que reinavam na administração pública do Brasil nos anos que se seguiram imediatamente à instalação da República. E a prova era o abandono em que deixavam também em Chicago a Comissão Brasileira para a Exposição Colombiana, a começar pelo Marechal Simeão, que era um homem da situação que mandava no Brasil.

Em todo caso, apesar de abandonado pelas nossas autoridades, Carlos Gomes era ainda o *Tonico* de Campinas, e nada perdera do seu antigo espírito brincalhão, como mostrava na carta seguinte que mandaria ao seu amigo Arlindo de Sousa, onde dizia:

Meus queridos amigos Arlindo e Isabelinha. — Lá vai ele! — Ele quem? — É o libreto do *Colombo*. Bem vindo seja! E com ele, notícias diretas do caipira. Vocês, Arlindo e Isabelinha, preparem-se para arregalar os olhos ao receber e virar as 206 páginas da partitura do tal *nhô* Colombo, o famoso descobridor de mel de pau, isto é, o matador de Tamanduá em 1492. Ele, o *nhô* Colombo, desde 4 séculos passados, andou nos pegando pelo mato... Mas eu, macaco velho, esperei, resmungando. .. Até que me vinguei agarrando no nome dele e o pondo em música pela Rua da amargura!...

Preguei mesmo uma peça no tal Genovês pelo desaforo de ter vindo nos descobrir na toca. Botei a música no homem desde o *dó* até... o mais agudo assovio da cabra! Estou vingado, arre diabo! Mas ai de mim: Rua da Amargura, disse. Amargura, sim, mas para mim só. Amargura porque só eu sei disfarçar com as chalaças do meu gênio brincalhão as amarguras da minha vida íntima. Só eu sei carregar o peso da indiferença dos meus homens do Governo.

22. Locomotiva saindo do túnel. E. F. de D. P. II. Litografia de Henrique Fleuiss, c. 1860. Rio de Janeiro, Biblioteca Nacional.

23. Folha de propaganda da Estrada de Ferro de Dom Pedro II. Litografia do Imperial Instituto Artístico, c. 1860. Petrópolis, Palácio Grão-Pará.

Brevemente lá chegarei, pois creio embarcar com a Companhia Ducci a 24 do corrente ou 3 de julho. Levo para a minha Pátria mais uma ópera nacional com o título *Colombo,* mas o título verdadeiro eu trago guardado no coração. *Arte e Lágrimas*! Este é o seu verdadeiro título. Vão dois exemplares do libreto. Um é para Maria Eugênia, juntamente a carta, pedindo-te o favor de entregar.

Meu bom Arlindo, tenho tuas espirituosas cartas de 16 de março etc. Recebi também e te agradeço muitíssimo. Deus queira que encontre o estado político por lá no *reino da razão e da calma.* O que mais desejo é abraçar vocês de perfeita saúde, e rirmo-nos um pouco da nossa vingança contra o *nhô Colombo,* descobridor de...

Adeus, até muito breve. Sempre teu grato amigo, — Tonico [155].

Nada conseguindo do Governo brasileiro, Carlos Gomes decidiu voltar para Milão, em cujo Teatro Scala iria ainda obter que fosse encenada sua última ópera — *Condor,* como de fato o foi em 21 de fevereiro de 1890. Foi o seu canto de cisne. Com a saúde abalada, iria finar-se seis anos depois na cidade de Belém do Pará, onde, na falta de melhor, tinha aceito o lugar de Diretor do Conservatório de Música do Estado.

A generosidade de Dom Pedro II ia, assim, indistintamente, a quantos dela necessitavam, grandes e pequenos, célebres ou ainda obscuros. Naquelas três fases da vida de Carlos Gomes, quando a ação do Imperador foi-lhe decisiva, está toda a obra do grande maestro, toda a história musical, para não dizer toda a glória musical do Reinado.

Pensionava às suas custas um grande número de brasileiros, pobres e ainda obscuros, que mandava estudar ou completar seus estudos na Europa. Fazia isso, pode dizer-se, desde a mocidade. Rapaz de 21 anos de idade, mantinha na Europa, "pagando do seu bolso, o médico baiano (um preto) Caetano Lopes de Moura, a fim de pesquisar nos arquivos, bibliotecas e museus da França, Holanda, Bélgica, Espanha, Itália e Portugal." Pesquisas que eram dirigidas do Brasil pelo próprio Monarca, "como se poderá ver em numerosas cartas" desse médico e estudioso. Nesta, por exemplo, datada de Paris, 30 de janeiro de 1847: "Cumprindo ordens do V. M. I., tenho compulsado os diversos estabelecimentos científicos e literários desta capital..." Enviou ao Imperador vários capítulos da obra de Barléus, acompanhados de tradução portuguesa. Guilherme Auler, que cita esses fatos, diz que esse Preto era um "latinista completo"[1554]. Quando o ex-Mordomo da Casa Imperial Paulo Barbosa adoeceu em Paris, em 1854, o Dr. Lopes de Moura foi o seu médico assistente.

Outro pensionista do Imperador, mandado por ele estudar na Europa, foi o filho de Roque Schuch, Guilherme Schuch, que entraria depois para a nobreza imperial (em 1881) com o título de Barão de Capanema, e seria, nos últimos anos da Monarquia, o Diretor-Geral dos Telégrafos.

Outro ainda dos seus protegidos foi Aires de Albuquerque Gama, filho dos Viscondes de Goiana, mandado pelo Imperador estudar em França, conforme se pode ver de uma carta do pai, datada de 27 de março de 1842, agradecendo a generosidade imperial.

XIII

Não poucos desses protegidos do Imperador honrarão mais tarde os anais científicos, literários e artísticos do país. Dava a Pedro Américo 400 francos mensais para estudar pintura em Roma; 200 francos a Castagnetto, para estudar pintura em Florença; 300 francos a Almeida Júnior, também para estudar pintura; a Francisco Franco de Sá, "para estudar pintura"; a Daniel Bérard, para "estudos de desenho e pintura." À Luísa, filha de Vitorino Leonardo, mandava 300 francos mensais "para que estudasse música em Paris";

24. *O Aterro Grande.* Litografia de Henrique Fleuiss segundo óleo de Carlos Linde. C. 1860. Rio de Janeiro, Biblioteca Nacional.

25. Ponte sobre o Rio Paraibuna, na estrada "União & Indústria." Lito de Hubert Clerget sobre foto de V. Frond. *Em Brazil Pittoresco, Album.*

26. Mazeppa. Diligência da "União & Indústria." Petrópolis, Museu Imperial.

27. Hospício de Pedro II, na Praia Vermelha da Corte. Lito de Bachelier sobre foto de Victor Frond. Em *Brazil Pittoresco*.

28. Marca de Stahl & Wahnschaffe, photographos de *S. M. O Imperador*, Rua do Ouvidor, 117.

29. Dom Pedro II em trajes campestres. Óleo de Courtois sobre foto de Carneiro & Gaspar. Petrópolis, Palácio Grão-Pará.

30. Fazenda São Fidélis. Lito de Jacottet sobre foto de Victor Frond. Em *Brazil Pittoresco*.

31. "A tríade romântica": Gonçalves Dias, Araújo Porto Alegre e Gonçalves de Magalhães. Foto tirada em Carlsbad, 1858. Rio de Janeiro, Museu Histórico Nacional.

32. Capa em brochura da edição *princeps da História* (1855) composta por "Um sócio do Instituto Histórico Geográfico Brasileiro", ou seja, Varnhagen. São Paulo, coleção particular.

33. Folha de rosto da primeira edição de *As Primaveras*, 1859. Rio de Janeiro, Biblioteca Nacional.

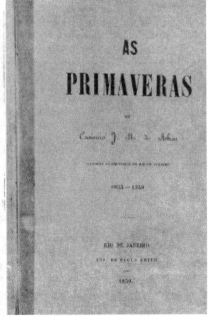

300 francos igualmente a José de Lima Fleming, "para estudos de música em Paris"; 100 francos a Henrique Oswald, para estudar música "enquanto durarem as precárias circunstâncias em que se acha", e que fizeram mais tarde o compositor optar pela nacionalidade brasileira. Pensionava ainda Manuel Caetano da Silva Lara, para estudar Engenharia civil em Paris. Outro pensionista de Engenharia "com 300 francos mensais" era José Gomes Calaça, "natural de Alagoas." A Júlio César Ribeiro de Sousa pensionava com 100 francos mensais "para estudar na Escola de Aeronáutica de Paris a direção dos aerostáticos, e submeter, como pretende, a sua teoria à Academia das Ciências"[155b]. A Adolfo José Soares de Melo mandava dar 300 francos mensais "para estudar Medicina em Louvain"; 250 francos também mensais, a Pedro Gonçalves da Silva, "para estudar Medicina em Graz"[156].

Em 1857 Gonçalves Dias andava viajando pela Europa. Fora mandado em missão arranjada pelo Imperador, destinada oficialmente a coligir documentos de interesse para a História do Brasil, à qual, aliás, deu cabal desempenho, mandando para o Rio para mais de 40 volumes de cópias[157], mas na realidade para facilitar ao poeta a publicação de suas obras e o tratamento da saúde da mulher[157a].

De Paris escrevia-lhe Gonçalves Dias:

Escrevo a V.M. à última hora, para mais uma vez lhe beijar as augustas mãos. Graças a V.M. fiz por minha mulher o que era possível tentar-se; o mais depende de Deus [158].

Meses depois comunicava-lhe de Viena:

O meu poema está já impresso até o fim do quarto canto. Não sei se haverá tempo para continuar por agora com essa impressão, ainda que com mais algum trabalho poderia fazer imprimir também o quinto e o sexto cantos. O dicionário caboclo está pronto, e na mão do livreiro: em dois meses ficará pronto. Digo — dois meses — porque os portes de correio são caros na Áustria, e eu preciso de sair daqui para continuar a rever provas [159].

Mais tarde mandava-lhe de Paris:

A coleção das minhas poesias teve alguma demora em chegar às augustas mãos de V. M. I., porque foram recebidas em Londres, como depois me comunicaram, horas depois de se ter expedido a mala da Legação. Os primeiros cantos do meu poema estão igualmente impressos, e o livreiro[160] escreveu-me que, com o volume das poesias, havia também remetido alguns exemplares do poema, que se puderam aprontar às pressas.

Eu teria preferido não mandá-los, a não irem acompanhados do volume que V. M. I. me permitirá oferecer-lhe, o qual não poderá partir senão com o primeiro paquete; mas dos que foram, não se terá esquecido o Dr. Capanema[161], a quem foram dirigidos, de levar sem demora algum exemplar à augusta presença de Vossa Majestade, enquanto se fica aprontando o outro.

Oferecê-lo a V. M. I. era rigoroso dever meu: dever tanto mais fácil e grato, que a manifestação do meu reconhecimento não pode ser considerada senão como um novo obséquio de sua augusta bondade [162]

Quando, anos depois, gravemente doente, Gonçalves Dias teve que voltar à Europa, em busca de alívio para o seu mal, foi ainda o Imperador quem lhe veio em auxílio, mandando dar-lhe uma pensão de seu bolso:

O Sr. Gonçalves Dias acha-se em precisão — escrevia o Mordomo da Casa Imperial à nossa Legação em Paris — e Sua Majestade ordenou-me que por intermédio de V. Ex. lhe mandasse dar o equivalente a 100$ 000 brasileiros por mês. Como talvez o Sr. Gonçalves Dias tenha de se demorar na comissão, V. Ex. continuará a dar a quantia referida, e se lhe pague igualmente sua viagem para o Maranhão [163].

Pobre poeta! Não teria que pesar por muito tempo nos cofres do seu imperial amigo! Essa viagem de volta ser-lhe-ia fatal. O navio que o traria à pátria iria naufragar nas costas maranhenses, levando para o fundo do mar o maior poeta do Brasil.

XIV

Outro notável escritor que mereceu a proteção imperial foi Domingos José Gonçalves de Magalhães, futuro Visconde de Araguaia. Diplomata de carreira, era, em janeiro de 1855, nosso Encarregado de Negócios em Turim quando obteve licença, com o apoio do Imperador, para ir ao Rio oferecer ao Monarca o seu poema *A Confederação dos Tamoios,* começado em 1837, em Bruxelas, e que ele iria ler, numa das salas do Paço de São Cristóvão e pelo espaço de sete longas horas, os dez cantos do seu poema. Interessado na divulgação da obra, custeou-lhe Dom Pedro II a sua publicação pela Livraria Paula Brito, assim como duas traduções em italiano, uma de Ricardo Cerani e outra de L. De Simoni. E quando um grupo de críticos e literatos, entre os quais o jovem José de Alencar[164] saiu a combater o poema, o Imperador foi dos primeiros que se colocaram ao lado dos defensores[165].

Mandou um exemplar da obra a Alexandre Herculano, cuja opinião solicitou. A resposta de Herculano devia tê-lo decepcionado um pouco, porque era no fundo uma crítica ao poema. Herculano dizia-lhe sem rodeios o que pensava, com uma independência de julgamento que honrava a sua probidade de crítico.

E não se limitava à isso. Com uma elevação de ideias realmente magistral, estendia-se depois em considerações sobre a inoportunidade da epopeia nos tempos modernos, o que era ainda, até certo ponto, uma crítica ao poema de Magalhães.

A nossa época tem paixões ardentes — dizia Alexandre Herculano — tem afetos variados e complexos; mas faltam-lhe o grandioso solene e o crer profundo das gerações virgens. A nossa geração não é épica. Eis porque a poesia é hoje quase exclusivamente lírica e dramática[166]. As amarguras e os contentamentos do coração, a luta das ideias, o próprio ceticismo, limbo intolerável onde o espírito geme suspirando pela certeza, inspiram cantos que o poeta sente e que a sociedade compreende. O drama, que substituiu a tragédia clássica (fórmula literária da religião do destino),nasceu do mesmo fato, expulsou-a da cena pelo mesmo motivo. É que o poeta há de forçosamente harmonizar-se com o seu século, sob pena de não ser escutado, e o que é mais, de não atingir nem à verdadeira inspiração, nem à verdadeira poesia.

Se não creio possível a epopeia humana no meio das Nações transformadas, polidas, argumentadoras, voluptuosas, incrédulas da velha Europa, menos possível ainda a creio na América. As sociedades da América não representam a desenvolução das raças autóctonas: são vergônteas das árvores seculares do mundo antigo, plantadas no solo do novo mundo, e que mataram e matam crescendo e bracejando as plantas espontâneas e indígenas. Entre as tribos selvagens da América e os povos dos Estados Unidos, das repúblicas espanholas e das vastas províncias a quem a Providência na sua infinita bondade concedeu por Soberano um príncipe como V. M. I., não há, não tem havido, em geral, outras relações que não sejam as da guerra e do extermínio. Podem os conquistadores, as raças que foram sobrepor-se às raças primitivas, aniquilando-as, herdar-lhes o cúmulo dos seus poucos ou muitos haveres materiais: o que não lhes herdam, não apropriam a si, é o cúmulo das suas tradições, das suas saudades, dos seus afetos coletivos; em suma a sua poesia épica. Entre o povo brasileiro e os aborígines do Brasil falta a identidade de sangue, de língua, de religião, de costume; falta tudo o que constitui a unidade nacional na sucessão dos tempos.

Na minha opinião, as eras heróicas e as gerações épicas do Brasil ficariam sendo as do primitivo Portugal, se uma raça, outrora única, não constituísse hoje duas nacionalidades distintas. Nem os vultos nem os fatos que sobressaem no estabelecimento de colônias, que deviam em menos de três séculos constituir um opulento Império, são assaz grandiosos para darem assunto a uma epopeia, supondo-a aliás possível. Mem de Sá, Estácio de Sá e os outros capitães que lançaram o fundamento das colônias brasílicas e as defenderam contra as tribos selvagens e contra os Franceses, foram chefes mais ou menos hábeis, caracteres mais ou menos valorosos, mas estão longe do tipo ideal das personagens épicas. Seria mais fácil achar manifestações desse tipo entre os chefes índios, e o autor dos *Tamoios* forcejou por delineá-lo em Aimbira; mas aqueles que se conservaram fiéis às tradições da pátria americana não tem identidade nem unidade nacional com os Brasileiros de hoje, e os que traíram os interesses da sua gente e a religião dos seus antepassados para se aliarem aos conquistadores, são, poeticamente considerados, uma completa negação da generosidade e do heroísmo da epopeia.

Duvido de que o gênio pudesse vencer estas repugnâncias, porque as reputo insuperáveis. O que porém sei de certo é que ele não poderia vencer a desarmonia do espírito público. O Brasil é um Império novo; mas os Brasileiros são apenas europeus na América. Não é, sob todos os aspectos, a sua civilização a mesma que a nossa? Não se confunde a classe média do Brasil com esta classe média da Europa, a um tempo ardente nas suas paixões e céptica e fria nas suas opiniões e ideias? Como estabelecer aí uma harmonia entre o poeta épico e o público, que seria impossível aqui?

Entrava depois Herculano na apreciação daquilo que entendia ser a verdadeira poesia brasileira, para concluir pela necessidade de o Brasil nacionalizar a sua poesia. Dizia:

Uma coisa que também me parece carecer o Brasil é de nacionalizar a sua poesia no que é possível nacionaliza-la. O que eu acho nos poetas da América, salvas algumas honrosas exceções, devidas principalmente a Gonçalves Dias, é a constante recordação da Europa. Resulta isto das origens da sociedade brasileira, das suas relações íntimas com as sociedades do mundo antigo. É o mesmo defeito dos nossos poetas moços em relação à literatura francesa. Falta-lhes autonomia. Os nossos bosques, o nosso céu, as nossas montanhas, os nossos rios em miniatura, os nossos hábitos, os nossos interesses, os nossos destinos não são os mesmos do Brasil...

Deixe-nos a América as nossas arcarias góticas, as nossas catedrais ameiadas, os nossos castelos esboroados e pendidos, a nossa vegetação raquítica. Deixe-nos os vestígios de um passado remoto, ruínas espalhadas sobre um solo exausto, marcos miliários de muitas gerações travadas umas nas outras, transformadas ou dissolvidas. Estas coisas são ricas de poesia e de saudade, mas é para nós que vivemos no meio delas. Em compensação o Brasil tem os mistérios dos desertos profundos, os murmúrios vagos das selvas virgens, as lutas, desconhecidas entre nós, da civilização contra a barbárie e do homem moderno com a natureza primitiva: tem as margens desses rios semelhantes a mares, o sol nessas campinas e cordilheiras, o luar nessas florestas. Como Nação tem um futuro indefinido de esperanças, a sua mocidade em vez da nossa velhice, a sua primavera em vez do nosso outono.

Não conheço assaz a situação das tribos bárbaras que ainda estanciam pelas regiões mais incultas do Império de V. M. I: ignoro quais sejam os contrastes e as dificuldades morais entre essas tribos e os homens civilizados que constituem a população brasileira; mas, por certo, tais contrastes e afinidades existem. O poema lírico, o poema romance, e até o poema dramático poderiam talvez retirar deles imensa vantagem. Tanto o poeta como o público crê-los-iam e senti-los-iam, porque são um fato atual O pensamento que inspirou os *Natchez* parece-me que seria largamente fecundo se o gênio brasileiro se apoderasse dele. É aos poetas americanos que pertence decidí-lo[167].

Antônio Gonçalves Dias, Domingos José Gonçalves de Magalhães... Estes eram os poetas. E ao lado deles o maior dos nossos Históriadores, Francisco Adolfo de Varnhagen, futuro Visconde de Porto Seguro. Mas este, por sua obra histórica e a numerosa correspondência que teve com o Imperador, merece um capítulo à parte.

CAPÍTULO VI
DOM PEDRO II E VARNHAGEN

A obra e a ação do Históriador. Origens e educação. Primeiros trabalhos. Volta ao Brasil e ingresso na diplomacia. Correspondência com o Imperador. Em Madrid. A elaboração da História Geral do Brasil. *Impressões do Plenipotenciário Solano López. O aparecimento da* História. *Removido para Assunção. Seus postos na América Latina: Caracas, Santiago, Lima. O casamento chileno. Transferência para Viena d'Áustria. Novas pesquisas. Criado Barão (depois Visconde) de Porto Seguro. Reedição da* História. *Regresso ao Brasil e viagem pelo Planalto Central. Falecimento em Viena (junho de 1878).*

I

Francisco Adolfo de Varnhagen, Barão e Visconde de Porto Seguro, pode ser tido, sem favor, como o maior, ou um dos maiores, Históriadores brasileiros. Além de Históriador, foi também um dos nossos mais capazes diplomatas, dos mais ativos e também dos mais viajados, pois conhecia quase toda a Europa, exclusão apenas de alguns países balcânicos, e toda a América, tendo servido, em quase todos eles. Mas o que sobretudo interessa, no que se refere a Dom Pedro II, é que ele foi também, dentre todos os intelectuais brasileiros e estrangeiros, o que mais se carteou com o Imperador, quero dizer, o que maior número de cartas escreveu ao Monarca. Levando em conta apenas as que foram dadas à publicidade, elas se contam hoje em cerca de 37 cartas, mais ou menos longas, escritas dos diversos países por onde andou. É possível que houvesse ainda outras, depois extraviadas ou simplesmente perdidas.

Filho de Alemão, educado em Portugal, vivendo quase toda a vida no Estrangeiro, Varnhagen era apesar disso, um autêntico e sincero Brasileiro, patriota como os que mais o foram, que não somente conhecia e havia trilhado uma grande parte do nosso País, inclusive a zona central, como era aquele que melhor conhecia os fatos e os acontecimentos que se tinham passado no Brasil desde a época do Descobrimento até os seus dias; que conhecia esses fatos e tinha escrito sobre os mesmos livros, folhetos, memórias e um número incalculável de monografias. Contam-se elas por mais de uma centena, mas certamente houve outras ainda, ignoradas ou perdidas em jornais e revistas do tempo. Sua *História Geral do Brasil,* obra em dois volumes, que vai de 1500 a 1820, é até agora a melhor, a mais completa e mais autorizada que temos, dentre todas as que se publicaram no Brasil ou no Estrangeiro, de autoria de Brasileiros ou de pessoas de outras nacionalidades.

O valor dessa obra, como de resto de tudo o que escreveu a respeito do Brasil, está em que não há nada nela que não seja absolutamente exato, colhido nas melhores e mais autorizadas fontes, seja nos arquivos, seja nos autores dignos de fé. Nas pesquisas que fazia nesses arquivos, ninguém mais o igualou e muito menos o

511

superou. Levado por uma incontida curiosidade, ou pelo desejo de acertar e de apurar a verdade dos fatos, nada o detinha nessas buscas, transpondo todas as dificuldades e empecilhos. Nisso ele foi, sem nenhuma duvida, insuperável. Certamente tivemos ou temos ainda outros grandes pesquisadores de arquivos, como Pereira da Costa, como Capistrano de Abreu, como Oliveira Lima, como Rio Branco, como Tobias Monteiro ou como Helio Vianna, estes nos dias atuais. Mas todos eles limitaram suas pesquisas a determinadas épocas. Enquanto que Varnhagen se interessava pela História do Brasil em seu conjunto, por toda a nossa História, desde a época das Descobertas até os tempos em que vivia.

Era filho de um Sargento-Mor de engenheiros, natural de Wettenburg, Alemanha, chamado Frederico Luís Guilherme de Varnhagen, ao tempo do nascimento do filho, Diretor da Real Fábrica de Ferro São João de Ipanema, na Capitania de São Paulo. Tendo ido a princípio para Portugal, a fim de trabalhar na fábrica de ferro de Figueiró dos Vinhos, aí se casou com uma senhora portuguesa e constituiu família. Em 1809 se transportou para o Brasil, contratado para trabalhar na Fábrica de Ipanema, onde lhe nasceu o filho Francisco em 1816. Em 1822 voltaria para Portugal, com a família, indo residir novamente em Lisboa, aí falecendo em novembro de 1842. Seu filho, o futuro Históriador, iria fazer nessa cidade todos os estudos, formando-se em Engenharia militar.

Quando foi da campanha constitucionalista dirigida pelo Duque de Bragança (ex— Imperador do Brasil), Francisco Adolfo não hesitou: alistou-se nas fileiras do Exército libertador que combatia Dom Miguel. "Estava eu em férias, — dirá ele, — quando, pouco depois, sucedeu a restauração de Lisboa pelas armas do imortal e augusto fundador do nosso Império; e eu, levado com muitos outros Brasileiros pelo entusiasmo de uma luta tão justa contra um tirano usurpador do nosso solo, julguei dever empunhar as armas"[167a]. Fez toda a campanha, como 2.° Tenente de Artilharia, "achando-se, assim, (dirá ele mais tarde) quase sem pensar, engajado no serviço de um Reino estranho, sem me haver lembrado de munir-me para isso da necessária licença do nosso Governo,como manda a lei"[167b]. Esse fato iria custar-lhe mais tarde não poucas dificuldades para o reconhecimento da sua nacionalidade brasileira, apesar de ter nascido no Brasil numa ocasião em que estávamos ainda sujeitos à coroa de Portugal.[167c]

Pouco tempo depois vamos encontrá-lo estudando Paleografia e Economia Política, num curso mantido pela Associação Mercantil de Lisboa. Começava a interessar-se pelo estudo das matérias relacionadas com o Brasil, sobretudo de ordem geográfica. Preparava uma monografia intitulada *Reflexões Críticas* sobre um escrito do Século XVI, impresso sob o título *Notícia do Brasil,* que em seguida apresentava e foi lida em sessão pública da Academia das Ciências, com numerosos aplausos, o que lhe valeu ser aceito, em 1839, sócio correspondente da referida Academia. Animado com esse prêmio, mandou uma cópia do seu trabalho ao Instituto Histórico e Geográfico Brasileiro, que acabava de ser fundado no Rio de Janeiro, merecendo um parecer elogioso da comissão encarregada de opinar sobre ele, e da qual fazia parte Cândido José de Araújo Viana, professor do jovem Dom Pedro II e futuro Visconde e Marquês de Sapucaí. Foi essa a primeira vez que Varnhagen teve seu nome conhecido nas rodas palacianas do Paço de São Cristóvão.

Por essa época Varnhagen, que residia temporariamente em Santarém, descobria ali, na sacristia do Convento da Graça, o túmulo de Pedro Álvares Cabral (talvez a mais importante das suas descobertas arqueológicas) o qual havia centenas de anos ninguém mais sabia onde se encontrava. Nesse ano, 1839, publicava o *Diário de Navegação de*

Pero Lopes de Sousa (1530-1532), prefaciada e enriquecida por ele com muitos documentos e anotações de seu punho. Dizia Varnhagen no prefácio dessa obra:

É este livro, que o público vê pela primeira vez, um dos que, por mau fado encerrados e quase desconhecidos, atravessando séculos, aparecem como enviados para esclarecer pontos controversos e aliviar a crítica, e que, rasgando assim de um golpe folhas de enfadonhas polêmicas e certames literários, fornecem documentos irrefragáveis sobre que por uma vez se descanse firme .

Por sua vez dirá Clado Ribeiro de Lessa:

A estampa do *Diário de Pero Lopes* veio abrir novos rumos ao estudo das questões da história geográfica do Brasil no Rio da Prata, e principalmente do São Paulo quinhentista, rompendo de vez com muitas hesitações e conjecturas, e pondo fim às intermináveis discussões sobre os primórdios da vida da Capitania de São Vicente que entretinham os cronistas anteriores, inclusive o mais capaz e atilado deles, Frei Gaspar da Madre de Deus.[167d]

Na carta-prefácio à 3ª edição do *Diário,* Varnhagen dizia que nenhum outro documento tinha até então lançado mais luz sobre várias questões intrincadas da primeira época da nossa História, porquanto serviu para esclarecer um período de mais de vinte anos dela, quando a carta de Pero Vaz Caminha era apenas a revelação do que se passara durante dias.

II

Em 1840 Varnhagen decidia ir ao Brasil, recusando viajar para a Alemanha, como lhe oferecera o Rei Fernando de Portugal, a fim de preparar-se para mestre dos filhos do Rei. Preferia partir para o Brasil com os seus próprios recursos, para reivindicar perante as nossas autoridades a sua nacionalidade brasileira. Levava cartas de apresentação do ex-Regente Costa Carvalho, mais tarde Marquês de Monte Alegre, que se encontrava em Lisboa naquela ocasião, e de Vasconcelos de Drummond, nosso Ministro em Portugal.

Encontrou no Rio um ambiente favorável, para o que muito serviu um Ofício que Drummond mandara a Lopes Gama, futuro Visconde de Maranguape, que era então Ministro dos Negócios Estrangeiros, e no qual dizia sobre Varnhagen:

Recusa qualquer emprego português, procura o Brasil, sua Pátria de nascimento, por amor e porque promete engrandecimento e elevação. É por isso que emprega seu talento em coisas de interesse do Império. E ninguém melhor do que ele está em circunstâncias de prestar importantes serviços neste gênero histórico e geográfico, não só pelas relações íntimas que tem com os empregados dos arquivos e bibliotecas deste Reino e da Academia Real das Ciências, de que é membro, mas também porque conhece praticamente tudo quanto existe acerca do Brasil, de que faz seu particular estudo em qualquer parte deste Reino. O Rei Dom Fernando ofereceu mandá-lo para a Alemanha aperfeiçoar a sua educação para vir a ser mestre dos Príncipes seus filhos. Varnhagen recusou a oferta do Rei: pretende ser empregado no serviço do Brasil, sua pátria de nascimento, e nós ganharíamos com isso, suponho eu, mormente se ele fosse empregado com o título de Adido a esta Legação, com encargo especial de coligir documentos e diplomas para a História do Brasil, coordená-los e analisá-los de modo que certifique datas e acontecimentos, e apure a verdade do fabuloso. Um ordenado de 800 \$000 anuais seria, quanto a mim, suficiente recompensa para adquirir já esse moço de tanto talento e trabalho, posto que em tenra idade, e que nos tem prestado bons serviços com a publicação de suas obras a respeito do Brasil.

Fazendo esta proposta a V. Ex., com a mira de animar e proteger um engenho pátrio, que pode vir a ser honroso ao nosso país, não pretendo de forma alguma prejudicar a nomeação já feita em outro digno patrício. Observo somente que José Maria do Amaral[167e] foi encarregado de uma missão de que não pode dar satisfação senão com o andar do tempo, visto não ser coisa fácil orientar-se com brevidade em três países estrangeiros para chegar ao termo de fazer profícuas indagações, e descobrir inéditos nos arquivos e bibliotecas, mormente em Portugal, aonde as repetidas modernas revoluções e a abolição dos conventos confundiram todos os papéis públicos e deslocaram todos os depósitos e arquivos, a ponto de ser este mesmo Governo obrigado a mendigar agora cópia de tratados e outros diplomas que não acha na Secretaria de Estado nem na Torre do Tombo. Não falta em que aproveitar o talento de Amaral nesta Legação, aonde muito desejo tê-lo, e nas mesmas indagações históricas na Espanha e na França. V. Ex. fará o que for mais justo .

Munido de tão prestigiosas credenciais, não foi difícil a Varnhagen trabalhar a seu favor no Rio de Janeiro, onde chegou a 13 de julho de 1840, depois de uma viagem de 50 dias de mar. Nesse tempo agitavam-se os meios políticos da Corte com a questão da maioridade do menino Imperador, que de fato seria logo em seguida solucionada com a declaração da sua maioridade e entrega das rédeas do Governo ao jovem Monarca de 15 anos de idade. A assinalar que Varnhagen era nove anos mais velho do que ele. Andava, assim, pelos seus 24 anos.

Apenas chegado, dirigiu-se ao Instituto Histórico (do qual já era membro), a fim de ler uma carta que trouxera do naturalista Von Martius, agradecendo o terem feito sócio da instituição; e aproveitou a oportunidade para falar em defesa da civilização dos nossos índios, que a seu ver estavam em perigo de se extinguir. Ainda nessa sessão foi designada uma deputação de vinte sócios do Instituto para ir ao Paço de São Cristóvão apresentar cumprimentos ao Monarca por ter. assumido a plenitude de suas funções constitucionais, sendo Varnhagen incluído nessa deputação. O Imperador a recebeu no dia 4 de agosto desse ano de 1840, e foi esta a primeira vez que o futuro Históriador e diplomata se encontrava pessoalmente, ou melhor, contemplava a figura do jovem Soberano. Não é de crer que este o tivesse identificado na deputação do Instituto. Mas para Varnhagen foi um dia que ficaria marcado em sua vida, mal prevendo os laços espirituais que iriam mais tarde uní-lo ao Imperador.

Dias depois fazia ele entrega a Antônio Carlos, novo Ministro do Império, do requerimento em que pedia ao Soberano o reconhecimento da sua nacionalidade brasileira. "O suplicante — dizia — nasceu Brasileiro e Brasileiro quer morrer." Feito o que, partiu para visitar sua terra natal, a Província de São Paulo. E,já se vê, aproveitar sua estada ali para pesquisar nos arquivos das cidades. Mas não foi só. Com tendência para andarilho, percorreu vários sítios da Província, inclusive São João do Ipanema, onde nascera, entrando depois pelos campos do Paraná. Foi uma longa excursão, de onde só voltaria para estar novamente na Corte em fevereiro de 1841.

III

Nessa altura soube que seu pai estava gravemente doente em Lisboa, o que o levou a partir sem demora para Portugal, sem aguardar a decisão do Governo sobre a questão da sua nacionalidade. Chegando a Lisboa no meado de 1841, viu seu pai falecer na Marinha Grande em novembro do ano seguinte. Já então Varnhagen tinha sabido que o requerimento pedindo o reconhecimento da sua nacionalidade brasileira havia sido despachado favoravelmente. E em maio seguinte recebia a notícia da sua nomeação de Adido de 1ª classe da Legação do Brasil em Lisboa. Estava assim resolvido esse outro problema seu, isto é, não precisava mais de empregos portugueses.

Corria-lhe agora, a vida fácil e agradável. Além das ocupações que tinha na Legação, continuava nas suas pesquisas históricas sobre coisas brasileiras e na redação de memórias e de artigos para jornais e revistas de Portugal e do Brasil. Em janeiro de 47 era removido para a Legação em Madrid, e em junho desse ano promovido a 1° Secretário. Como não houvesse muito que fazer no novo posto, ocupava grande parte do tempo na redação da sua *História Geral do Brasil.* Ou então viajando pela Europa. Foi, assim a Paris, avistar-se com o seu amigo Paulo Barbosa da Silva, Mordomo da Casa Imperial

34. Capa do "Archivo Contemporâneo", de 30 de janeiro de 1873. Rio de Janeiro, Biblioteca Nacional.

35. Carlos Gomes. Litografia de Sisson, c. 1867. Rio de Janeiro, Biblioteca Nacional.

36. Capa de "O Mosquito." Litografia de Bordalo Pinheiro em homenagem a Pedro Américo, edição de 23 de fevereiro de 1876.

37. Brasileiros Ilustres. Montagem de fotografias atribuída a *Augusto Riedel*. Em torno do Imperador veem-se trinta e três personalidades destacadas do tempo. *Nas fotos maiores:* Homem de Melo, João Alfredo e Cotegipe. *Nas menores, entre outros:* Joaquim Manoel de Macedo, Visconde de Abaeté, Visconde de Inhomirim, Antônio Pereira Rebouças, Pedro Luís, Lima Duarte, Dom Pedro Maria de Lacerda.

38. Os Arcos da Lapa. Lito de Bachelier sobre foto de Victor Frond. Em *Brazil Pitoresco*.

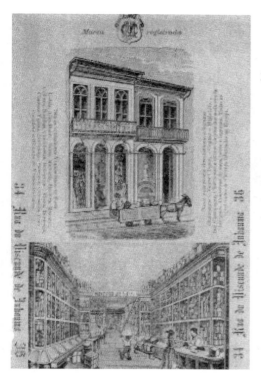

39. Uma grande loja importadora do Rio de Janeiro. Gravura de Ad. Hirsch. Anúncio em revista ilustrada, c. 1870.

40. Tabuleta de cabeleireiro com armas acostadas da Princesa Imperial, Condessa d'Eu. Petrópolis. Museu Imperial.

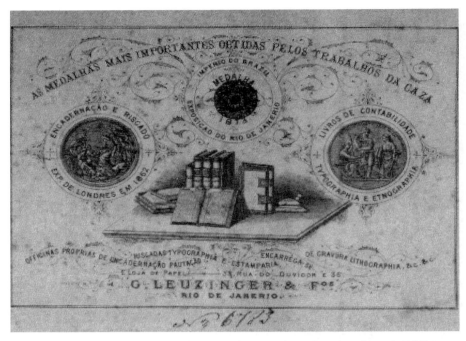
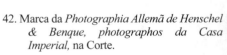

41. Etiqueta da Tipografia e Estamparia G. Leuzinger, na Corte. Em um volume da Biblioteca Nacional, Rio de Janeiro.

42. Marca da *Photographia Allemã de Henschel & Benque, photographos da Casa Imperial,* na Corte.

que se preparava para chefiar a Legação em São Petersburgo. Foi à Inglaterra, à Bélgica e à Alemanha. Em Neuwied foi avistar-se com o seu amigo, o velho Príncipe Maximiliano, com o qual almoçou, recordando este sua estada no Brasil ao tempo de Dom João VI. De volta à Espanha, percorreu, por assim dizer, quase todo o país.

Assim lhe corriam os anos quando, chamado ao Brasil, embarcou em Lisboa em março de 1851, sobraçando 916 páginas de documentos copiados no arquivo de Simancas, além de mapas, livros e manuscritos adquiridos em Espanha. Em maio desse ano estava no Rio de Janeiro. A 6 de junho seguinte apresentava-se no Instituto Histórico para ler algumas páginas do borrão da sua *História Geral do Brasil,* estando presente à sessão como de costume, o nosso Imperador, o que deu margem a Varnhagen se aproximar outra vez do Monarca, mas agora mais à vontade, sem os limites protocolares de São Cristóvão.

Promovido a Encarregado de Negócios e com ordem de voltar para a Espanha, Varnhagen seguiu para seu posto em janeiro de 1852, via Lisboa, e, chegando a Madrid, escrevia a sua primeira carta a Dom Pedro II. Dizia:

Eu, que me criei entre papéis e correspondências daqueles séculos de mais lealdade e civismo, em que os súditos escreviam aos Reis, como Vaz Caminha ao Senhor Dom Manuel, ou como Duarte Coelho ao piedoso João III; eu, que amo tanto a justiça e a verdade, e que tendo encontrado no mundo poucos discretos e superiores às mesquinhezas dele, como é o augusto Monarca brasileiro, aprecio a honra de escrever a Vossa Majestade Imperial quanto o maior dom de quantos me poderá, em seu vasto domímio, outorgar o punho imperial. E isso tanto mais quanto, não sendo uma honra pública, não pode excitar invejas — que às vezes não deixam saborear completamente as próprias recompensas ganhas com o suor do rosto em risco da vida .

Dizia depois que, ao passar por Lisboa, fora beijar as mãos da Rainha Dona Maria II e da ex-Imperatriz Dona Amélia, Duquesa de Bragança, tendo ainda conversado longamente com o Rei Dom Fernando — "e não necessito dizer que a maior parte da prática versou sobre Vossa Majestade, que ele estima e aprecia"[168].

Passados poucos dias se dirigia novamente ao Monarca para encaminhar uma carta que recebera do Príncipe Maximiliano de Neuwied, "que foi, como V. M. I. bem sabe, o verdadeiro precursor de todos os viajantes alemães que vieram a concorrer para que o Brasil fosse cientificamente mais estudado e conhecido." Acrescentava que, conhecendo o generoso coração de Dom Pedro II, estava certo de que ao acabar a leitura da carta do Príncipe, lhe dará alguma prova de que o nome dele é mais honrado e conhecido no Brasil do que ele pensa em sua modéstia, e que todos sabiam que ele converteu em museu e biblioteca da América o palácio de seus antepassados em Neuwied. Tornava assim Varnhagen a liberdade de levantar a ideia, que produziria na Alemanha muito bom efeito, de o Imperador mandar ao velho Príncipe, no seu retiro do Reno, alguns dos nossos livros, acompanhados do hábito de Pedro I ou da Grã-Cruz de uma das nossas Ordens. Finalmente, anunciava que a joia que a Imperatriz do Brasil mandara à Rainha Cristina[168a] fora estreada no primeiro baile, e que a Rainha tivera a delicadeza de chamar sobre ela a sua atenção, a que Varnhagen se limitou a dizer que era um presente digno de sua majestade e da augusta pessoa que o mandara.[168b]

O apelo de Varnhagen a Dom Pedro II, no sentido de este mandar uma condecoração brasileira para o Príncipe Maximiliano, não ficou sem resposta. Apenas não foi a Ordem de Pedro I, a preferida pelo Monarca, mas a Grã-Cruz da Ordem de Cristo, o que daria lugar a Varnhagen deslocar-se a Neuwied para entregar pessoalmente ao Príncipe a Ordem com que fora agraciado.

No dia seguinte a essa carta, Varnhagen escrevia uma outra ao Monarca, informando-o do atentado de que fora vítima a Rainha Isabel II da Espanha, do qual aliás escapou. A este propósito, suplicava ao Imperador que se precavesse contra tais atentados, lembrando-se de que "fanáticos há em todo o mundo", e que a vida de Dom Pedro II não era só dele, mas também de todo o Brasil; e que, com mais de 40 ou 50 anos de reinado, ele tinha de aparecer entre os Soberanos "organizadores de Impérios."

IV

Na carta que se segue, de 4 de março de 1853, Varnhagen anunciava que a sua *História do Brasil* estava concluída. Era seu desejo ir até o ano de 1825, incluindo a Constituição, o reconhecimento da Independência por parte de Portugal e o nascimento de Dom Pedro II. Mas não foi possível. "Tão espinhosa é por enquanto a tarefa da imparcial narração desse período, sobretudo para um nacional. Daqui a anos não o será." Contava imprimir a obra em Paris, para o que pedia ao Imperador uma ordem para Caetano Lopes de Moura se interessar pela edição. Com Ferdinand Denis já ele contava.

Carta de 6 de maio de 1853. Dizia que os originais da sua *História do Brasil* tinham sido postos sob a guarda da Academia de História da Espanha. Não era assim fácil que se extraviassem. E acrescentava que, se acaso amanhã ele faltasse, "uma pessoa de saber e consciência e bom amigo como o Dr. Silva[168c] ou outra que V. M. I. indicasse,"se encarregaria de imprimi-la. Pensava nisso porque pertencia a uma família em geral pouco feliz: perdera, na flor da idade, seus dois irmãos mais velhos; e ainda havia pouco caíra de um cavalo em Aranjuez. Lembrando-se do trabalho que tinha tido para juntar documentos para esse livro, desde quase a infância, e dos estudos históricos a que se tinha dedicado, era sua convicção que, se o seu trabalho se perdesse, ficaria a nossa História ainda por depurar de erros — quem sabe lá por quanto tempo...

Na carta seguinte, escrita de Madrid em 2 de dezembro de 1853, ele, depois de felicitar o Monarca pelos seus 27 anos de idade, dava conta da viagem que fizera a Paris, para "tratar da publicação da *História Geral"*Além disso, só tivera tempo de avistar-se com Ferdinand Denis, "literato que vive bastante modestamente, e que não pode imprimir o que tem escrito quando não encontra editor,"como acontecia com uma *Bibliografia do Brasil,* que tinha pronta, mas que não podia estampar por falta de uns dois contos de réis. De Paris Varnhagen passou-se para a Holanda, para comprar folhetos antigos e cartas geográficas do Brasil. Em seguida esteve em várias cidades holandesas, Rotterdam, Leyde, Delft, Utrecht, Zeist e Nimega. Foi depois para a Alemanha, passando por Dresde, Berlim, Potsdam e Munich. Foi a Praga e a Viena; e, antes de voltar para Madrid, ainda teve tempo de ir a Berna, a Genebra, Lião, Avinhão, Montpilher, Perpinham e Barcelona. "Tudo isso rapidamente, já se vê, e só à força de atividade, e de considerar o viajar e o tempo uma espécie de obrigação." Dizia que talvez um dia, com os apontamentos que tornava, escrevesse algumas linhas sobre essa viagem, o que de fato não escreveu. "Por agora, acrescentava, estou de todo na *História Geral."*

V

Em 2 de maio de 1852 Varnhagen voltava a escrever ao Imperador. Desta vez para tocar num ponto delicado, que possivelmente não foi do agrado do Monarca, dado que havia nele um fundo de verdade. Dizia Varnhagen que tinha, por vezes, de rebater a ideia de que o Imperador "agasalhava pouco aos Estrangeiros", a começar "pelos indivíduos do Corpo diplomático acreditado em sua Corte, com os quais não usa das atenções a que estão acostumados em outras, quando se mostram polidos e agradáveis." Por sua parte, acrescentava, "ignorando o que haja a tal respeito, tenho começado por duvidar e negar até onde posso estes boatos; mas, informando deles a Vossa Majestade Imperial, creio que cumpro como seu leal servidor."

O que Varnhagen tinha como "boatos" era a pura verdade. E ele devia saber disso, do contrário não ousaria levá-los ao conhecimento do Monarca. Não era verdade quanto a certos Estrangeiros, cientistas, artistas, homens de letras ou jornalistas que nos visitavam, porque a esses o Imperador dispensava a melhor acolhida, recebendo-os em seu Palácio, não se retraindo em conversas com eles e dispensando-lhes toda a consideração de que eram merecedores. Mas, com os diplomatas acreditados no Rio de Janeiro, já ele era outro. E, se não os evitava, porque não lhe era isso possível, os tratava à distância e com um mal disfarçado indiferentismo. Procedia assim desde a sua juventude, desde o primeiro dia em que havia assumido o poder. Citamos no começo dessa obra a maneira com que ele, ainda rapaz, tratou o Barão Daiser, representante no Brasil do seu tio o Imperador da Áustria, quando o diplomata deixou o Brasil e se retirou para Viena, depois de servir anos seguidos entre nós. E mais ou menos da mesma maneira tratava os demais diplomatas estrangeiros. E eles se queixavam disso. Salvo algumas pouquíssimas exceções, como o Conde de Gobineau, Ministro de França, o Conselheiro Matias de Carvalho e Vasconcelos, Ministro de Portugal, o Barão Schreiner, Ministro da Áustria e algum tempo seu professor de árabe, e Vicente Quesada, Ministro da Argentina nos últimos anos do Império, os demais — eram todos tratados, não diremos com desprezo, mas com uma absoluta falta de simpatia e de calor humano. Durante algum tempo ainda houve no Paço de São Cristóvão um banquete anual aos chefes de Missão acreditados no Rio de Janeiro. Depois foi esse banquete suprimido, e os diplomatas estrangeiros só tinham acesso no Paço quando pediam audiência ao Imperador, que não lhes podia ser negada. E nessas ocasiões Dom Pedro II que era, por natureza, um homem loquaz e comunicativo, se limitava unicamente a ouvir e a responder sobre o assunto da audiência. Assim que o reparo que faziam à frieza do tratamento do Imperador com relação aos diplomatas estrangeiros, e fora objeto dessa carta de Varnhagen, era em tudo procedente.

Nessa mesma carta Varnhagen advogava a adoção pelo Brasil de uma coisa que só dezenas de anos depois, já sob o regime Republicano, é que iríamos ter — um *Código Civil.* Referindo-se à elaboração da sua *História do Brasil,* dizia que ela "avançava a passos largos." E acrescentava:

Nunca pensei que me veria obrigado a folhear tanto os cinco livros das Ordenações Manuelinas, que para esse fim trouxe comigo; e confesso a V.M.I. que hoje sinto o maior prazer em o haver feito, pois dão elas lugar a muita reflexão. Estou certo que V.M.I. passaria horas muito agradáveis correndo-as pelos olhos, se é que já não o fez. E tenho mesmo para mim que uma tal leitura lhe faria, ou terá já feito, nascer desejos de prestar ao país uma dádiva análoga à do 1^0 Rei D. Manuel — um Código Civil, pelo menos. Não concebo como nossos jurisconsultos não se tenham balançado à grande e honrosa empresa de reformar para o Brasil a parte das Ordenações ainda vigentes entre nós, apesar das penas ridículas que contém, de degredos *para o Brasil,* para a África e para Castro Marim — Ordenações que até por infelicidade se *chamam Filipinas,* quando os jurisconsultos do Reinado castelhano pouco mais fizeram do que aditar, e algumas vezes *modernizar* a redação do Código Manuelino. Para colaboradores de uma nova recopilação, que as Câmaras previamente autorizassem, teríamos os Srs. Pimenta Bueno, Figueira de Melo, Taques, Campos Melo e outros não menos trabalhadores e entendidos .

Em suas cartas de Madrid, Varnhagen la informando ao Imperador do andamento da sua *História do Brasil*. Na carta de 18 de junho de 1852 ele dizia: "Imagino que V.M.I. me terá feito ocupado na continuação do meu trabalho, como efetivamente tenho estado, de forma que, sem haver descuidado os negócios da Legação, já me acho no importante governo do autor da obra *Razão do Estado do Brasil,* Dom Diogo de Meneses, quando na Bahia se instalou a primeira Relação que teve o Brasil, em 1610."

Mas não era este, porém, o assunto principal da carta. Eram os artigos acerca do Brasil e de Dom Pedro II publicados numa revista espanhola, *Reyes Contemporâneos,* saída, ao que parece, em fascículos, e que Varnhagen já vinha remetendo ao nosso Monarca. O autor do artigo era "o Sr. Mora, Deputado às Cortes, ex-oficial de Secretaria e atual primeiro redator do *Heraldo,* filho de um literato distinto, cujo nome creio que V.M.I. conhece."

Varnhagen pedia que o Imperador galardoasse generosa e benevolamente esse Sr. Mora, pela "generosidade e benevolência" com que tratara o Brasil e o seu Imperador. Pedia para ele "uma de nossas Ordens; ou algum presente, por exemplo, uma caixa com o seu retrato ou as iniciais de seu augusto nome, no módico valor de 1 a 2 contos de réis."

A 2 de novembro de 1852, nova carta. Antes de tudo para felicitar o Monarca pelo seu aniversário natalício, que iria ser a de 2 de dezembro. Falava em seguida da sua *História do Brasil,* que *"já* está em 1654." Liquidara, dizia, com os Holandeses, que "se foram embora." A essa célebre *guerra* (o grifo é do autor) dedicava três capítulos. Ao Conde de Nassau, "primeiro Príncipe das casas reinantes da Europa que pôs os pés na América, e a cuja só presença Pernambuco deveu tanto", dedicava um desses capítulos. Esperava que dentro de um ano teria chegado "à declaração da Independência e do Império, onde conto dar fim, visto que o resto já tem muito de contemporâneo."

A 2 de dezembro desse mesmo ano, outra carta, toda ela dedicada à sua *História,* detalhando como ela se comporia, com mapas, gravuras etc. Não sabia se teria dinheiro para imprimir "uma edição digna do século em que vivemos. Entretanto — acrescentava — para uma empresa destas eu não devo deixar de contar, em caso de necessidade, com a proteção do Governo e em todo o caso conto, e creio que conto bem, com a munificência de Vossa Majestade Imperial."

Em 7 de fevereiro de 1853 Varnhagen escrevia ao Imperador para agradecer-lhe "a graça feita ao Sr. Mora." Não sabemos qual foi essa graça. Mas devia ter sido, ou uma condecoração ou uma caixa, como sugerira Varnhagen. Possivelmente uma condecoração. Estendia-se depois em considerações a respeito do Instituto Histórico Brasileiro. Sabendo que o Secretário do Instituto ia deixar o cargo, ele sugeria ao Monarca, para substituí-lo, o nome de Cândido Mendes de Almeida, "do Maranhão." Falava da sua erudição e do seu espírito de ordem. Cândido Mendes era, a esse tempo, professor de Geografia e Secretário da Província do Maranhão, e Varnhagen achava que ele trocaria com prazer esses cargos com "um posto de Oficial da Secretaria do Império, vindo ao mesmo tempo para ser Secretário do Instituto. Referia-se ainda aos méritos do seu candidato, às obras que escrevera e outras qualidades que o recomendavam. Por fim sugeria que, se o Imperador aceitasse a sua sugestão, o nome de Cândido Mendes fosse apresentado como uma ideia de Sua Majestade, "para ter maior força moral."

A propósito de viagens, Varnhagen perguntava ao Imperador porque este não fazia "um pequeno giro pela Europa?" Bastavam-lhe, para isso, dizia, quatro ou cinco meses de ausência, para ver tudo quanto devia ver, para conhecer os Monarcas mais célebres da atualidade, e para que estes o conhecessem. Era a seu ver uma viagem "necessária". O Brasil ganharia em que a Europa conhecesse o seu Soberano. Além do que, uma tal viagem poderia ser favorável à futura emigração para o Brasil. Durante

522

os meses de sua ausência, a Imperatriz seria uma "fiel depositária do poder imperial." Dom Pedro II faria um giro pelos principais países da Europa, inclusive a Rússia, e na entrada do inverno europeu estaria de volta ao Brasil. Varnhagen se oferecia para traçar o itinerário do Monarca.

Tal viagem só poderia ser do agrado de Dom Pedro II. Mas, dados os problemas do Estado e do Governo que o preocupavam em sua terra, não lhe seria possível ausentar-se dela, mesmo por uns poucos meses. E, como sabemos, somente dezoito anos mais tarde é que ele iria empreendê-la, com a Imperatriz, quando então se ausentaria dezenove meses percorrendo quase todos os países europeus, o Oriente Próximo e o Egito.

Em outra carta, de 5 de fevereiro de 1854, ele dava conta ao Monarca de uma visita que fizera em Sevilha à Princesa de Joinville, irmã de Dom Pedro II. Achara a Princesa "satisfeita de ver-se em uma terra cujas palmeiras e laranjeiras lhe causam mais alegria do que os nevoeiros de Londres."[168 d] Dava frequentes passeios com o marido, às vezes a cavalo, pelos campos e ruas de Sevilha. A Princesa não aprovava uma viagem do Imperador à Europa, mas aprovava uma visita do Monarca às Províncias brasileiras do Norte.[168 e]

Tanto a Princesa como o Príncipe de Joinville surpreenderam-se por não achar Varnhagen "estrangeiro ou ao menos estrangeirado", parecendo-lhes que ele não correspondia pessoalmente à ideia que, pelo seu nome, haviam anteriormente formado, imaginando-o um Holandês. A este propósito, isto é, tendo em vista seu nome *estrangeiro,* dando lugar a equívocos, Varnhagen pensou em omiti-lo na sua *História do Brasil.* E dizia: "Sem o meu nome, a obra seria apenas de *um Brasileiro,* sócio do Instituto Histórico do Brasil e, por conseguinte, de *todo o Brasil. "*

Nessa ocasião era Ministro do Paraguai em Madrid Francisco Solano Lopez, filho do ditador do Paraguai, o mesmo que iria desencadear uma guerra contra o Brasil e seus aliados. Estava ali tratando do reconhecimento pela Espanha da independência do Paraguai, o que de resto não obteria, pois a Espanha se recusara aceitar a imposição do Paraguai de ser reconhecidos como paraguaio todo indivíduo nascido no seu território. Varnhagen não gostou de Solano Lopez. Comunicando ao nosso Governo o teor de uma entrevista que tivera com ele, dizia saber que o Governo espanhol se queixava da "nímia desconfiança do jovem Lopez, que em tudo via ofensa à sua dignidade de Plenipotenciário noviço, ou à sua pequena e moderna República." E continuava:

Assim, ainda nas expressões mais insignificantes encontrava motivos para julgar que o queriam enganar ou ofender. Tratei de perto esse moço, e *tive ocasião de conhecer seu pouco fundo e sua vaidade,* que mal reveste de certo véu misterioso e inculcada circunspecção. É dos que julgam que ser diplomata consiste nesse ar de mistério, e tratar de enganar os outros. Disse-me que o princípio da desavença do Paraguai conosco procedera de os não havermos deixado ir contra Rosas com 32 mil homens que tinha na fronteira...

Por fim veio despedir-se, dando-me a notícia de como a República Oriental se levantaria contra as nossas tropas, e de como pensava passar a Londres para *tratar negócios de importância* com Palmerston, e para agenciar a compra de barcos e canhões. Com a maior calma simulei não entender a alusão. Felicitei-o pela intenção de sua República de ir ter alguma Marinha, e acrescentei que o Brasil seguia tanto no propósito de aumentar a sua que acabava de comprar quatro corvetas a vapor. Quanto às revoluções no Estado Oriental, disse-lhe que o Brasil *não as temia; que naturalmente não se incomodaria muito com elas,* que se limitaria a ocupar com tropas os pontos importantes, e que os *revoltosos se cansariam primeiro de devastar a campanha e o seu próprio pais, e que o Brasil cumpriria o prometido;* que finalmente o melhor modo de se guerrear, com muita vantagem, nos Estados da América, era, não o embrenhar-se, mas, sim, o de ocupar algumas paragens importantes e deixar que os do país se cansassem. Acrescentei ainda que, quanto ao mais, *guerra hoje em dia significava dinheiro,* e que *melhor guerreava quem tinha mais rendas.* Pareceu-me que não lhe agradou esta última proposição, que eu proferi com ar tão inofensivo quanto me foi possível, mudando logo de conversação.[168f]

Em 20 de junho de 1855 Varnhagen escrevia a Dom Pedro II dizendo que precisava ir a Lisboa, para "dar uma vista de olhos" em documentos da Biblioteca Pública e da Biblioteca da Ajuda, necessários para o 2° volume, em preparação, da sua *História do Brasil.* Sugeria que fosse mandado como Adido à Comissão que devia representar o Brasil na cerimônia da aclamação de Dom Pedro V. Obteve, de fato, a licença desejada, conforme se depreende da carta que escreveria ao nosso Monarca agradecendo esse favor, e na qual, referindo-se à sua *História,* dizia que ela era uma prova "de que me ocupo deveras do nosso país, e que não peço licença para passeios." Antecedia-se assim com essas palavras às críticas que José de Alencar, seu desafeto, iria fazer-lhe dezessete anos mais tarde, como adiante veremos.[168g]

VI

A carta seguinte, de 20 de agosto de 1855, dirigida ao Imperador, era marcante na vida do Históriador, porque anunciava ao seu imperial correspondente a publicação da sua *História Geral do Brasil,* obra da qual se vinha ocupando desde os primeiros dias da juventude, lhe tirara horas e horas de trabalho e seria na sua opinião um monumento que deixaria ao seu País e a todos os estudiosos e homens de cultura.

"Era a primeira *História* global da nossa terra que aparecia, digna desse nome, escrita de acordo com a lição dos documentos originais e os bons cânones da heurística e da crítica. Além do mais, assinava-a um escritor brasileiro já fartamente conhecido por seus meritórios trabalhos originais de pesquisa em vários campos da erudição. O público ilustrado, as maiores sumidades de ambos os Continentes, acolheram-na com entusiasmo, consagrando definitivamente, como pai da História brasileira, esse estudioso no vigor da idade."[168h]

De fato a obra de Varnhagen iria ser por toda a parte, acolhida com os maiores elogios, entre outros pelo Barão de Humboldt, que escreveria ao autor dizendo que a sua *História* se baseava em sérias pesquisas nos arquivos, e oferecia a rara vantagem de ser inspirada pela impressão individual da fisionomia do País. A Academia das Ciências de Munique o admitiria entre os seus sócios. Von Martius, o grande naturalista bávaro, segundo uma carta de Varnhagen ao Imperador, proporia mandar traduzí-la para o alemão, o que parece, entretanto, não se levou a efeito. Dentre os Brasileiros, há que citar Gonçalves Dias, então em comissão na Europa e amigo de Varnhagen que, embora divergindo do modo por que este considerava os índios do Brasil, não lhe pouparia os elogios, dizendo que era uma *História* que "se lia de cadeira", e que marcava uma "magnífica estreia de Ano Bom"[168i].

Ao mandar a obra a Dom Pedro II, Varnhagen implorava a indulgência do Monarca; contava com ela como o maior consolo às críticas que pudessem vir. Reconhecendo no Imperador a ilustração, o patriotismo e a imparcialidade, reunidos como em ninguém, implorava agora a sua soberana censura. Pedia que Dom Pedro II guardasse o possível segredo acerca da recepção desse volume, pois que, podendo tardar no caminho o caixão onde iam reunidos outros exemplares, dirigidos à Casa Laemmert, no Rio de Janeiro, e destinados ao público, não convinha privar este da ilusão benéfica da novidade.

Dizia Varnhagen que não hesitara em responsabilizar-se por todos os gastos da obra, que saíra cara, e mais cara ficaria com o acréscimo do transporte e com o tributo de cada exemplar, de entrada na Alfândega. E perguntava ao Imperador se o Governo Imperial não podia dispensar a obra dos direitos de entrada? Mas fosse como fosse, com o trabalho que agora apresentava, pensava provar que se ocupava deveras do nosso País.

Como o Imperador não costumava responder às cartas de Varnhagen, e não sabemos disso por nenhuma outra fonte, ignoramos que reação teve o Monarca ao receber a grande obra do seu correspondente, muito embora seja de supor que ela tenha merecido os louvores merecidos. Não sabemos tão pouco se lhe foi concedida a isenção de direitos aduaneiros para entrada dos volumes no Brasil. Ainda porque, depois dessa carta acima citada, vão se passar dois anos sem nenhuma carta de Varnhagen ao Imperador, a não ser umas curtas palavras, mandadas em junho de 1857, anunciando a morte em Lisboa da mãe do Históriador. Assim que a próxima carta ao Monarca era de Madrid, 14 de julho de 1857.

Era outra data memorável na vida do Históriador, porque anunciava nessa carta haver terminado o 2^0 volume da sua grande obra. Carta escrita em termos de humildade e de satisfação própria, que vale a pena transcrever em alguns de seus trechos. Dizia, assim, Varnhagen:

Chegou a hora de poder, humildemente, comparecer ante o trono de V. M. I. com o 2^0 volume concluído da *História Geral do Brasil,* depois de haver trabalhado às vezes vinte horas por dia, de forma que quase sinto que esses últimos seis anos de vida me correram tão largos como todos os trinta e tantos anteriores. Ao ver, afinal, concluída a obra, não exclamei, Senhor, cheio de orgulho, *Exegi monumentun aere perennius* à minha triste peregrinação pela terra. Porém caí de joelhos, dando graças a Deus não só por me haver inspirado a ideia de tal grande serviço à Nação e às demais Nações, e concedido saúde e vida para o realizar (sustentando-me a indispensável perseverança para convergir sobre a obra desde os anos juvenis, direta e indiretamente, todos os meus pensamentos), como por haver permitido que o pudesse escrever e ultimar no Reinado de V. M. I., cujo excelso nome a posteridade glorificará, como já o universo todo glorifica a sua sabedoria e justiça.

Enlevado em tão lisonjeiros pensamentos, la eu quiçá a desvanecer-me com a ideia de que também a *História Geral,* por um súdito seu, amparado por V. M. I., viria a ajudar ao universal aplauso quando, não sei porque mau pressentimento, caí no presente. Pus-me a pensar na dádiva que sem ter honras nem deveres de *cronista-mor* ia, depois de tantos sofrimentos, de tantos suores, de tanto duvidar, de tanto errar e corrigir, de tanto arrepender, de tanto cortar e riscar, de tanto colocar e deslocar — ia, digo, fazer as turbas invejosas e geralmente daninhas... e então, Senhor, sem vergonha o digo, desatei a chorar como uma criança, apesar das cãs que já aparecem...

A carta é longa. Nela Varnhagen se abria em confidências ao Imperador, mas não sem pedir-lhe antes, "encarecidamente, pela alma de seu honrado Avô, e pelas de seu heroico Pai e chorados filhinhos, desditosamente malogrados, que não revele a ninguém as minhas expansões, rasgando, pelo contrário, esta, quando se haja inteirado de quanto vou expor-lhe."

Dizia, em seguida, que não haveria quem tivesse pretendido fazer crer que ele já estaria bem recompensado pelos serviços feitos ao Império e ao Imperador. Que em verdade assim fora se considerassem que tais, serviços fossem "de tão súbito quilate", que chegavam a não ter preços os favores que lhe vinha sempre dispensando o Imperador. Mas que, se queriam referir-se a que, com mais de 40 anos de idade (Varnhagen tinha então 41 anos), ele estava muito elevado com o modesto cargo de Encarregado de Negócios e o hábito de Cristo (tudo quanto possuía de honras), de certo muito se enganavam. Porque, em consciência, achava que tinha prestado melhores serviços do que outros contemporâneos seus, contemplados com títulos do Conselho, com crachás e com fidalguias.

Dir-se-ia que ele era um ambicioso. E porque não? Guizot não dizia que a maior glória do homem era ser ambicioso? O Imperador não era também ambicioso de glória? E mal daqueles que não fossem ambiciosos, dentro, evidentemente, de certos limites! Sabia que muita gente o tinha como *meio literato,* e o chamavam de "diplomático de cortesias"[168J], esquecendo ou subtraindo o grande serviço que ele havia prestado ao Brasil com a obra agora terminada. E, não se escondendo atrás de uma falsa modéstia, fazia valer o quanto tinha trabalhado politicamente em favor do Imperador e do Império, enumerando os serviços que prestara nos diversos cargos diplomáticos que ocupara. Referia-se, entre outros, às três *Memórias* sobre os nossos limites, publicadas em 1849, e sobretudo ao *Memorial Orgânico,* de 1849,[168k] no qual salientara, com razão, que o Império não tinha ainda fixado definitivamente as suas fronteiras, "o que em parte provocara os exames sobre tal assunto e as negociações dos Tratados de 1850 em diante." E acrescentava:

Sobre este ponto nada mais digo, quando V.M.I. sabe tudo, e quando não desconhece que o empenho principal que me guiou a pena no *Memorial Orgânico* foi o de promover desde já, com a maior segurança possível, a unidade e a integração do Império *futuro* (grifado no original), objeto constante do meu cogitar. A possibilidade e a conveniência de tal unidade, ainda na época do porvir em que o Brasil possa chegar a contar mais de cem milhões de habitantes, quando o espírito público se forma pela história de um modo idêntico, foi por mim sustentada tenazmente em 1851 em muitas discussões com os meus amigos Deputados pelo Norte, e não perco ocasião de a pregar na *História Geral* .

Terminava essa carta confessando-se mais aliviado do que quando a iniciara. "Usei do desafogo que a própria Igreja reconheceu profícuo quando instituiu a confissão", dizia. E acabava intitulando a carta como testamento da sua glória de hoje avante, se o Imperador não lhe levantasse o espírito da prostação em que irá cair depois do grande esforço que vencera para não desfalecer antes de ultimar a obra.

O que se podia concluir, dessa longa carta, era que Varnhagen, ao mesmo tempo que tinha consciência do seu próprio valor, como Históriador e diplomata cumpridor de seus deveres, e honrado com a simpatia que lhe dispensava o Imperador, achava que merecia muito mais do que o pouco que alcançara, sobretudo naquilo que dependia da vontade ou do querer do Governo Imperial. E, para acentuar o pouco que obtivera, referia-se a compatriotas e colegas seus de carreira (mas sem declinar nomes) que tinham recebido títulos do Conselho, crachás e fidalguias, honrarias que até então ele não recebera

Mas quanto a isso ele não tinha razão, ao menos com relação aos seus colegas e contemporâneos na carreira diplomática. Fiquemos na questão de "fidalguias", isto é, de títulos nobiliárquicos. Sabemos que uma das ambições de Varnhagen era receber um desses títulos, com um nome genuinamente brasileiro, que substituísse o seu nome paterno, nome *estrangeiro.* E era a falta desse título que o impacientava. Mas a verdade é que nessa época, 1857, nenhum de seus colegas mais ou menos da sua idade, havia recebido título de nobreza, que só lhes seria concedido de 1860 para diante.

Assim que foi nesse ano que Maciel Monteiro teve o título de Barão de Itamaracá; e oito anos depois (junho de 1868) seria a vez de Marcos de Araújo, feito Barão de Itajubá, para passar a Visconde em julho de 1872, justamente quando Varnhagen recebia o seu ambicionado título — Barão de Porto Seguro. Aliás na mesma ocasião em que Gonçalves de Magalhães seria feito Barão de Araguaia; que Miguel Maria Lisboa seria Barão de Japurá, e Almeida Areias-.Barão de Ourém. Daí por diante seria mais frequente a concessão de títulos nobiliárquicos aos nossos diplomatas: José Bernardo de Figueiredo seria Barão de Alhandra; Cesar Sauvan Viana de Lima, Barão de Jauru; e Ponte Ribeiro, Barão desse nome. Finalmente, em maio de 1874 Varnhagen seria elevado a Visconde de Porto Seguro, conjuntamente com Joaquim Tomás do Amaral, que seria feito Barão de Cabo Frio (Visconde em maio de 1889) e Araújo Porto Alegre, Barão de Santo Ângelo. De tudo se conclui que, se Varnhagen só foi enobrecido em 1872, com o título de Barão de Porto Seguro, todos os seus demais colegas, a exceção de Itamaracá e de Itajubá, aliás ambos bem mais velhos do que ele, só o foram ou com ele ou posteriormente a ele.

Em carta de Madrid, de 21 de novembro de 1857, Varnhagen dizia ao Imperador que necessitava ir ao Brasil. Mas, se fosse pedindo licença, perderia, pelo novo regulamento diplomático, a sua antiguidade, o que não lhe convinha. Sugeria então que o trocassem com Miguel Maria Lisboa (depois Barão de Japurá), que ocupava então a Legação no Peru, passando este, com promoção a Ministro Plenipotenciário, à capital da Áustria, que se tornaria assim Legação de 1ª classe. Quanto a ele, já cumprira sua promessa em Viena, e "iria de bom grado estudar os Andes, passando pelo Rio e atravessando daí todo o Brasil." Mas só gostaria de ir para o Peru como Plenipotenciário, quer dizer, com promoção.

VII

O pedido de remoção de Varnhagen só seria atendido em dezembro de 1858, mas designado para a Legação em Assunção, no Paraguai, e não para Lima, como desejara. De toda a maneira, em julho de 59, ele seguia para o seu novo posto, interrompendo a viagem com uma parada de alguns dias em Montevidéu, onde aproveitou para tomar conhecimento do país e dos seus homens. De lá escrevia ao Imperador (carta de 30 de julho de 1859) dizendo que pelas conversas que tivera chegara à conclusão "de que tanto os Blancos como os Colorados eram nossos inimigos, e que quanto menos *com esses países* contratássemos e interviéssemos, tanto melhor"[168l]. Como se vê, não era com boas disposições que ele la para o Paraguai.

De fato não gostou do país nem da sua gente. E quanto à cidade de Assunção, achou-a inconfortável e de vida caríssima. Assim que, chegando ali a 14 de agosto, deixava o posto em novembro seguinte, sem ordem ou autorização do Governo Imperial, embarcando para o Rio por sua própria conta e risco, e onde chegaria a 23 de dezembro. Sinimbu, então Ministro dos Negócios Estrangeiros, não gostou da maneira pela qual Varnhagen abandonara o posto. Mas o Históriador nada sofreu, talvez porque soubessem, no Ministério, que ele tinha a simpatia e o amparo do Imperador. Passou, assim, o ano de 1860 no Brasil, ou melhor, em Petrópolis, por ele preferido pela benignidade do clima, caçando antas ou convivendo com velhos amigos, como o antigo Mordomo Paulo Barbosa, de cuja casa era assíduo frequentador[168m]. Antônio Jacobina, filho adotivo deste, era o companheiro de caça de Varnhagen[168n].

Em fevereiro desse ano o Imperador e a Imperatriz tinham voltado da viagem às Províncias do Norte. E como se estivesse ainda em pleno verão, subiram para a sua residência em Petrópolis, o que daria lugar a Varnhagen avistá-los aí uma vez ou outra. Um dia foi ao Palácio mostrar ao Monarca o manuscrito que havia trazido da Espanha, do *Cancioneiro de Antigos Trovadores Portugueses,* copiado de um códice pertencente ao Duque de Ribas. Entusiasmado com o documento, propôs-se o Monarca mandar imprimi-lo a sua custa, numa tiragem de luxo, na tipografia do jornal *Mercantil,* de Petrópolis. Mas com a partida de Varnhagen para o seu novo posto, Venezuela, em 1861, a impressão não se fez.

De fato, em março desse ano ele seguia, via Europa, para Caracas, lugar determinado para sua futura residência, visto ser também acreditado na Colômbia e no Equador. Já era então Ministro Plenipotenciário. Vamos encontrá-lo em Caracas em outubro de 1861. Mas, como bom andarilho, não sossegou nessa cidade. Ia no ano seguinte ao Equador, de onde se passaria para Lima, no Peru, onde tinha a intenção de publicar um folheto, *Os índios Bravos,* mas que só o faria em 1867, quando já era ministro em Santiago do Chile. No começo de 1863 Varnhagen estava em Cuba, visitando e estudando as plantações de cana e de tabaco, e em meados desse ano vamos encontrá-lo em Bogotá, na Colômbia, onde estava também acreditado como Ministro do Brasil.

Aproveitara sua presença nesse país para informar-se da vida que levara ali, nas lutas pela independência da Nova Granada, o refugiado político brasileiro José Inácio de Abreu e Lima, filho do célebre Padre Roma, revolucionário pernambucano em 1817, fuzilado nesse ano a mando do Conde dos Arcos. Abreu e Lima se intitulava "General da Grã-Colômbia, por mercê de Simão Bolivar." Mas Varnhagen verificou que ele não passara de Coronel — o que comunicava ao Imperador em carta de Bogotá, 20 de julho de 1863, dizendo: "Aqui vim casualmente recolher curiosas notícias para a biografia do *meu amigo* [sublinhado no original] Abreu e Lima. Nunca foi General. Entrou de Capitão, serviu sempre no Quartel da Saúde, e chegou a Coronel, quando o expulsaram de Cartagena em 1831." Varnhagen tivera uma violenta polêmica com Abreu e Lima em 1844.

Estava na Colômbia quando recebeu a notícia da sua remoção para o Chile, com credenciais também para o Peru e o Equador. Uma remoção que receberia com satisfação, pois, entre as Repúblicas espanholas, era a do Chile que mais o atraía e merecia as suas melhores simpatias. Já quando estivera na Ilha de São Tomás, escrevera a Dom Pedro II: "Chile é a que dá mais garantias de prosperidade. Rico por suas minas de cobre e de prata, não esbanja. Seu orçamento é uma realidade, e gasta em obras produtivas. A Capital, Santiago, é uma cidade de grandes palácios, e todos do outro dia"[1680].

Assim que, tendo o espírito já predisposto para aceitar e gostar do País e da sua gente, foi-lhe fácil a adaptação ao novo posto. E logo no ano seguinte ao da sua chegada, ele marcava uma data memorável na vida: o seu casamento com uma moça chilena (em 28 de abril de 1864), Dona Carmen Ovalle y Vicuña, pertencente a uma das melhores e mais distintas famílias de Santiago. Contava ele 48 anos de idade. Como dirá Celso Vieira, era "o outono coberto de rosas nupciais."

Estando acreditado também no Peru, Varnhagen costumava residir de tempos em tempos em Lima. De lá escrevia ao seu amigo Sá da Bandeira, em Lisboa, dizendo que estava "tão afeito a estes países, que pouco ambicionava passar a servir na Europa." Pouco depois, em 1865, abria-se um conflito entre o Chile e a Espanha, queixosa esta dos maus tratos que tinham sido vítimas os seus nacionais residentes no Chile. E, como não recebesse satisfações que exigira, mandou que uma esquadra espanhola fosse bombardear o porto de Valparaíso, resultando daí um protesto do Corpo Diplomático estrangeiro acreditado no Chile, a que se associou Varnhagen, apesar de o Brasil ter declarado a sua neutralidade no conflito hispano-chileno, motivando daí ser censurado pelo Governo Imperial.

Pouco depois eram as nossas relações com o Peru que se deterioravam, por termos recusado a mediação oferecida por esse país na guerra que tínhamos com o Paraguai. Despeitado com essa recusa, o Presidente da República Peruana, numa mensagem ao Congresso do seu país, entendeu referir-se ao Brasil em termos descorteses, salientando a justiça da causa defendida pelo Paraguai e protestando contra o *escândalo* da nossa atitude combatendo-o pelas armas, o que motivou um enérgico protesto do nosso Ministro em Lima e subsequente interrupção das nossas relações diplomáticas com o Peru. Estando Varnhagen acreditado também no Chile, nada impedia que se retirasse para esse país. Mas o Governo Imperial preferiu chamá-lo ao Rio, seguindo ele, portanto, com a família, via Panamá e Estados Unidos, para a Corte, onde chegou a 20 de outubro de 1867.

Sua demora, dessa vez, entre nós, não foi longa, porque a 20 de fevereiro de 1868 seria removido para a Legação em Viena d'Áustria, em substituição ao futuro Barão de Araújo Gondim, designado para Montevidéu, e que fora seu antigo colega na Legação em Lisboa, quando ambos iniciavam a carreira diplomática.

VIII

Nomeado para Viena, que era até então uma Legação de 2ª classe, isto é, de Ministros Residentes, Varnhagen tratou de ver se seria possível elevá-la à 1ª classe, sendo ele, consequentemente, promovido a Ministro Plenipotenciário. Falou a respeito com o Imperador (o qual seria, diga-se de passagem, com a Imperatriz, o padrinho de batismo da filha do casal Varnhagen, Maria Teresa, que, nascida nessa ocasião no Rio, iria morrer em Viena, vítima de escarlatina, com três anos de idade). Falou com o Visconde, depois Marquês de Paranaguá, que respondia, interinamente, pelos Negócios Estrangeiros. Mas sem resultado. A elevação da Missão em Viena só iria fazer-se três anos depois de Varnhagen estar ali.

Partindo para a Europa, fez escala em Lisboa, onde teve o prazer de avistar-se com o seu velho amigo Araújo Porto Alegre (futuro Barão de Santo Ângelo), que era ali o nosso Cônsul-Geral. De Lisboa rumou para Paris, onde encontrou outro velho amigo, Ferdinand Denis, ainda Diretor da Biblioteca de Santa Genoveva. E depois — Viena!

Após tantas andanças pela América Latina e de todos os contratempos que por aí sofrera, chegara a Viena com o espírito deprimido, sem muita vontade de trabalhar, inclusive nos seus trabalhos e pesquisas históricas. De lá escrevia ao Imperador:

Ah, Senhor, se Vossa Majestade soubesse quanto necessita de estímulos o meu pobre espírito que decai! Sinto-me nervoso, doença que nunca sofri, e toda a aplicação me cansa e me causa tédio, inclusivamente a dos estudos históricos, cujos trabalhos aturados eram antes para mim um encanto em que passava o tempo sem o notar! Se sigo neste andar, com semelhante relação do espírito para outro ano mais, creio que me despedirei das letras e começarei a duvidar de mim mesmo[168p].

Mas tudo isso não durou muito. Essa carta é de outubro de 1869. Nesse mesmo ano nascia-lhe em Viena o segundo e último filho, Luís, que, indo com a mãe para o Chile, depois da morte do pai, adotaria a nacionalidade chilena, muito embora conservando o nome paterno — Porto Seguro. (Seguiria depois no Chile a carreira diplomática.) Vencido o período de descrença que atravessara nos primeiros tempos de sua residência na Áustria, Varnhagen logo voltou aos seus estudos prediletos, dando, entre outros trabalhos, uma monografia em que procurava explicar definitivamente a primeira viagem de Américo Vespúcio ao continente americano.

Em abril de 1871 era promovido a Ministro Plenipotenciário, sendo a nossa Legação em Viena elevada finalmente à primeira classe. Mas antes disso, em 7 de fevereiro desse ano, iria passar pelo desgosto de assistir naquela cidade à morte da Princesa Dona Leopoldina, casada com o Duque de Saxe. Faleceu em Viena vítima do tifo. Em carta dessa cidade datada de 15 deste mês, Varnhagen relatava ao Imperador a doença e a morte da filha. Dona Isabel, com o marido, o Conde d'Eu, que andavam de passeio pela Europa, e passavam justamente por Viena, iria também assistir à morte de Dona Leopoldina, que, já muito mal, não chegara a reconhecer a irmã.

Em outra carta, de 4 de março desse mesmo ano, Varnhagen, referindo-se ainda ao desaparecimento da filha do Imperador, dizia a este ter sabido que o viúvo "tornará a casar-se quando se apresente a ocasião oportuna", escolhendo "uma Princesa de grandes dotes e fortuna — se puder encontrar." Mas que podia também deixar-se arrastar, como os tios paternos, Fernando e Leopoldo, a alguma aliança morganática[168q]. Adiantava que o pensamento de se casar novamente "já devia existir na mente do Duque de Saxe", visto o empenho deste em retirar do inventário da mulher uma "parte das joias, só próprias para uso de senhoras, como um colar e coroa de brilhantes e esmeraldas, e um adereço de brilhantes e turquesas", além de outras joias da mulher que ele dizia 'lhe pertencerem" Referia-se ainda Varnhagen nessa carta aos filhos que Dona Leopoldina tivera com o Duque seu marido. Dizia que, se houvessem de ser um dia Príncipes do Império, todos os Brasileiros desejariam que eles fossem criados e educados no Brasil; que, se eles já tivessem adquirido amor ao Brasil, não haveria risco de que o mais velho que sobrevivesse não viesse a preferir ficar no Brasil, não parecendo a Varnhagem que o pai dele pusesse embargos nisso[168r].

IX

Em maio de 1871 o Imperador e a Imperatriz haviam deixado o Brasil e viajavam para a Europa. Varnhagem se regozijava de antemão com a possibilidade de os receber em Viena; e anunciava a Dom Pedro II que o Duque de Saxe tinha já partido para Lisboa a fim de encontrar-se aí com os sogros[169]. Enquanto isso, Varnhagen partia numa rápida viagem para Lisboa, onde iria descobrir, na Biblioteca Nacional, um exemplar da *Prosopopeia*, de Bento Teixeira, e da qual não se conhecia até então nenhum outro exemplar, resolvendo de vez a intrincada questão da autoria do livro e da sua confusão com o *Naufrágio da Nau Santo Antônio*, obra devida à pena do piloto Afonso Luís, e que apenas tinha de comum com a *Prosopopeia* o serem compostas para glorificação de Jorge de Albuquerque Coelho, e terem sido impressas juntas, em 1601, no mesmo corpo do livro[169a]. Em torno desses livros havia uma grande confusão entre os Históriadores do Brasil e de Portugal. Uns identificavam uma obra com a outra; outros supunham-nas distintas; outros, do mesmo autor; e Bernardo Gomes de Brito publicara um texto incorreto do *Naufrágio*, atribuindo-o a Bento Teixeira, dizendo que este se encontrava no dito naufrágio, o que era falso. Mas tudo isso ficaria esclarecido com o achado de Varnhagen.

Em agosto de 1872 este foi à Rússia representar o Brasil no Congresso Estatístico de São Petersburgo (hoje Leningrado). Achou o povo russo o mais devoto e supersticioso da Europa. Esteve depois em Moscou e em Níjni Novgorod. Ainda nesse mesmo ano era agraciado com o título de Barão de Porto Seguro (elevado a Visconde em 1874). Agradecendo essa honraria a Dom Pedro II, ele diria:

Ainda que muitas vezes me incomodei vendo-me considerado aos olhos da Europa, e especialmente da Alemanha, em virtude do meu apelido, como menos brasileiro, não pensava, já agora, separar— me, sem saudades nem estranheza, desse nome que durante perto de quarenta anos procurei ilustrar e honrar, ilustrando-me e honrando-me. E confesso a V. M. I. que já não tinha esperança, nem aspiração de o ver trocado por outro. Porém o mágico nome de Porto Seguro, tão querido para quem tinha levado esses quarenta anos sempre ocupado da região de Cabral, operou o prodígio, e até me obrigou a mais, na minha 2ª edição da *História Geral* [169aa].

Em 1874 abria-se em Viena uma Exposição Universal, com uma numerosa representação do Brasil, composta do Duque de Saxe, genro do Imperador; do Barão de Porto Seguro; de Manuel de Araújo Porto Alegre, futuro Barão de Santo Ângelo, que era o nosso Cônsul-Geral em Lisboa; do Barão de Carapebús, Veador da Imperatriz do Brasil; de José de Saldanha da Gama, botânico, lente da Escola Central do Rio de Janeiro; de Guilherme Schiich de Capanema, depois Barão desse nome, Diretor Geral dos Telégrafos do Brasil; de Benjamim Ramiz Galvão, depois Barão de Ramiz, Diretor da Biblioteca Nacional; de João Pizarro, Doutor em Medicina; de Joaquim Caminhoá, lente da Faculdade de Medicina da Corte; de Rufino de Almeida, Bacharel em Direito; e do Capitão-Tenente e futuro Almirante Luís Filipe de Saldanha da Gama. O Brasil participava da Exposição com vários dos nossos produtos, que aliás chegaram a Viena muito atrasados, não permitindo assim que tivéssemos um pavilhão próprio, tendo de ser exibidos no Palácio da Indústria.

Ainda nesse ano — a 10 de setembro, Varnhagen pedia licença ao Imperador para ir a Roma a fim de tomar posse de membro da Sociedade de Geografia da Itália, e presidir ali uma sessão sobre Américo Vespúcio. Depois iria a Paris. Bem, foi a Roma, mas desistiu de ir a Paris, para não interromper a elaboração da sua *História da Independência* e da 2ª edição da *História Geral*[169b]. No ano seguinte fez uma viagem à Escandinávia. Descobriu, no museu de Copenhague, os quadros de Eckout, pintor que acompanhara o Conde Maurício de Nassau ao Brasil. Eram vários quadros sobre os nossos índios. Parece que foi Varnhagen quem chamou a atenção do Imperador para esses quadros. Dom Pedro II, ao passar por Copenhague três anos depois, os faria copiar para o Instituto Histórico Brasileiro, onde ainda hoje se acham.

Se Varnhagen não foi a Paris em 1874, vamos encontrá-lo ali no ano seguinte, como Delegado do Brasil no Congresso de Geografia que se reunia na capital francesa. Apesar das suas repetidas ausências de Viena, não descurava as pesquisas históricas sobre coisas brasileiras, sobretudo para a 2ª edição da sua *História Geral*. Em março de 1877 chegavam a Viena, no decurso da viagem que empreendiam pela segunda vez na Europa, os nossos Monarcas com a comitiva. Varnhagen foi esperá-los em Salzburgo. Mas o Imperador pouco se demoraria na capital austríaca: deixaria ali a Imperatriz, e seguiria para Bayreuth, a fim de assistir ao festival wagneriano. Depois empreenderia uma longa viagem pela Escandinávia e a Rússia, para de novo juntar-se à Imperatriz em Constantinopla (hoje Istambul).

X

Na 2ª edição da *História Geral do Brasil* (terminada em 1876, mas só publicada em princípios de 1877), Varnhagen, referindo-se aos perigos oferecidos pelo Rio de Janeiro aos inimigos que o quisessem atacar, advogava a transferência da capital do Brasil para o interior do país. Dizia que a "Providência nos concedera uma paragem mais central, mais segura, mais sã e mais própria a ligar entre si os três grandes vales do Amazonas, do Prata e do São Francisco, nos elevados chapadões, de ares puros, de boas águas e até de abundantes mármores, vizinhos do triângulo formado pelas três lagoas, Formosa, Feia e Mestre de Armas, das quais manam águas para o Amazonas, para o São Francisco e para o Prata." Publicou sobre isso um folheto, intitulado *A questão da Capital marítima ou no interior.* Era, como se vê, a transferência da Capital do Brasil para o Planalto Central, coisa que só viria a fazer-se quase cem anos depois.

Entusiasmado com essa sua ideia, pediu uma licença ao Governo Imperial para ausentar-se do posto e ir em pessoa percorrer o interior do Brasil, tudo cobrindo à sua custa. "Queria observar diretamente — dizia ele — as paragens escolhidas e verificar se aquilo, que a melhor contemplação e o estudo dos melhores mapas lhe revelam, realmente correspondia às condições topográficas e climatéricas realizadas para a futura Capital."

Obtida a autorização pedida, Varnhagen deixava a família em Viena e partia para o Brasil em meados de 1877. A 14 de junho já se achava no Rio. Antes de lançar-se para o Interior, foi ver em Ipanema a fábrica de ferro que o pai dirigira, e estava agora sob a direção do Major de Sousa Mursa, recordando nessa visita os seus tempos de criança. Depois do que, largou-se para o interior, por Mogi Mirim e Franca, e daí para o Planalto Central do Brasil, justamente a região que lhe parecia indicada para a nova capital do país. Varnhagen tinha então 61 anos de idade, e era uma temeridade para um homem dessa idade meter-se em tamanha aventura, quando todas as condições de transporte, com tudo o mais, lhe eram francamente adversas. Mas, para uma criatura da sua têmpera e o espírito de aventura que sempre mostrou em todas as suas viagens, tanto no Brasil como no geral da América do Sul, não existia, no seu vocabulário, a palavra *impossível.*

Concluída a sua missão no Planalto Central, não voltou ao Rio de Janeiro. Preferiu enveredar pelo interior da Bahia, que atravessou de lado a lado, para chegar à Capital da Província em fins desse ano de 1877. Demorou-se aí uns poucos dias, a fim de assistir à recepção que o Presidente da Bahia, Henrique Pereira de Lucena, depois Barão desse nome, daria no Palácio do Governo em homenagem ao Imperador e à Imperatriz, que, voltando da Europa no vapor *Orénoque,* passariam por Salvador a 25 do mesmo mês.

Essa viagem pelo interior do Brasil, feita nas condições precárias daquele tempo, e na idade que tinha, foi-lhe fatal à saúde. Voltou a Viena afetado dos pulmões. Nada aproveitou com uma excursão que fez com a família pela Itália, a Trieste, Veneza, Bolonha, Florença, Pisa e Luca. Quando voltaram a Viena, os médicos disseram que Varnhagen estava atacado de uma *anemia progressiva.* Ainda tentou os banhos sulfurosos em Baden-Baden. Mas sem benefícios. Assim que, depois de uma operação cirúrgica, falecia em Viena a 29 de junho de 1878. Tinha 63 anos. Foi enterrado no cemitério da cidade, sendo os seus despojos levados depois para o Chile pela viúva.

No seu testamento declarava não desejar que a Viscondessa contraísse novo casamento, e que em São João do Ipanema fosse erguido um monumento à sua memória, disposições que foram fielmente cumpridas. A viúva ocupou-se de educar os dois filhos que lhe restavam, e em 1882 inaugurava-se, na fábrica de ferro do Ipanema,uma coluna tendo numa das faces os seguintes dizeres: *À memória de Varnhagen, Visconde de Porto Seguro, nascido na terra fecunda descoberta por Colombo, iniciado por seu pai nas coisas grandes e úteis. Estremeceu sua Pátria e escreveu-lhe a História. Sua alma imortal reúne aqui todas as suas recordações.*

CAPÍTULO VII

AINDA OS SÁBIOS

*Araújo Porto Alegre. Os estrangeiros. Contribui-
ções do Imperador. Alexandre Herculano e a Ordem da Rosa. Trabalhos literários do Imperador. O
ambiente desanimador do Rio. Seu desejo de atrair
os estrangeiros. Edison. Longfellow. Agassiz.*

I

Araújo Porto Alegre foi outro protegido do Imperador. Um dos homens mais interessantes do seu tempo. O *homem faz-tudo,* como o chamava Max Fleiuss. Pintor, decorador, arquiteto, poeta, teatrólogo, acabou Cônsul-Geral em Lisboa, onde faleceu em 1877.
Com tudo isso, um desencantado da vida e dos homens. Os políticos nunca o toleraram,
menos por seu feitio de um eterno revoltado do que por sua natureza altiva e independente.

O Imperador foi talvez dos poucos que o hajam compreendido, e é certo que o
tinha em grande estima, a que Porto Alegre dava, aliás, o justo valor. Sua admiração
pelo Imperador era tanto mais sincera e desinteressada quanto timbrou sempre em
não solicitar— lhe favores nem graças, apesar de todas as dificuldades em que vivia.
"As vezes tenho vontade de pedir ao Imperador" — confessava ele a um amigo; "mas
logo digo a mim mesmo: não, ao Soberano, só grandes coisas"[169c]. Mas nunca chegou
a fixar no pensamento essa *grande coisa.*

Talvez porque soubesse da altivez do artista é que o Imperador acabou por
ir ao seu encontro. Conhecedor das aperturas em que vivia, mandou chamá-lo e encomendou-lhe um plano de reforma da Academia de Belas Artes. No fundo era um
pretexto para nomeá-lo diretor e professor da Academia. Foi de fato o que aconteceu.
Mas, como da primeira vez que ocupou esse cargo, não o conservou por muito tempo.
Seu caráter independente e susceptível entrou em turra com a autoridade do Ministro
do Império, por causa da nomeação de um professor da Academia, ato que ele julgou
"ofensivo à lei, à inteligência e à moralidade." Reclamou, e, não sendo atendido,
exonerou-se. "Não lhe valeu o apelo do Imperador que, numa franqueza de amigo fez
ver-lhe que assim ele não *podia acabar nada."* Ao que Porto Alegre respondeu que
não o deixavam concluir[169d].

Antes de ser transferido para Lisboa, fora Cônsul do Brasil em Dresde, onde
compusera o seu poema *Colombo.* De lá escrevera ao Imperador: "Se eu estivesse aí,
talvez tivesse a fortuna de alcançar grandes melhoramentos na forma e na matéria do
meu poema, como alcançaram Magalhães e Macedo[169e], que tiveram a felicidade de
ouvir e aceitar os conselhos daquele que sobreleva a majestade com o tríplice diadema
da ciência, do heroísmo e da benignidade"[169f].

533

Dizia que o reinado de Dom Pedro II devia estudar-se à luz do mal que evitou de preferência ao bem que não pôde fazer. "O que tem salvado o Brasil, escrevia a um amigo, é o nosso homem de São Cristóvão. E se muito esperei dele, agora mais, porque o vejo caminhar de dia em dia melhor, e fazer o seu ofício de Rei longe das tradições portuguesas, filhas de uma falsa doutrina e de um prestígio mal entendido."

Residindo há vários anos em Lisboa e mantendo as melhores relações com os intelectuais portugueses, irritava-se quando certa imprensa lisboeta pretendia dar lições de procedimento aos Brasileiros. Logo explodia:

A dívida da Independência está bem paga, e ninguém mais do que eu deplora este crescente antagonismo, resultante da ignorância e das paixões vulgares. Este povo, na constante saudade do seu nobre passado, na invocação de tempos que nunca mais se renovarão, e na esperança de uma ilusão não realizada, afigura-se-me nesta ocorrência ver a Itália do século passado a crer-se ainda o Império Romano! O Brasil, que já é alguma coisa no mundo, deve ser respeitado aqui mais do que em outras partes. A indulgência continuada cai na fraqueza, assim como a demasiada urbanidade cai na subserviência[169g].

Deu o Imperador, como recompensa a Araújo Porto Alegre, o título de Barão de Santo Ângelo. Como faria a Varnhagen Visconde de Porto Seguro, visconde e barões, outros poetas, como Gonçalves de Magalhães (Araguaia), Cardoso de Meneses (Paranapiacaba), Franklin Dória (Loreto). Teria feito príncipe a Camões, se este vivesse no seu tempo. Mas Bernardo Guimarães recusou polidamente a sua coroa de cinco pontas, dizendo a um amigo não desejar ser "barão sem baronato."

II

Aos Estrangeiros, não podendo integrá-los na nobreza do Império, distinguia com as condecorações de suas Ordens, como a Pasteur, como a Herculano; ou então com o simples presente de seu retrato, como a Manzoni, como a Victor Hugo; ou ainda com dádivas de objetos, como a Agassiz, para o museu que este organizara em Cambridge, nos Estados Unidos; ou, finalmente, com dinheiro, como ainda a Pasteur, para o Instituto que o sábio fundara em Paris, como a Lamartine, quando este lutava bravamente contra a adversidade, crivado de dívidas, abandonado pelos amigos dos tempos prósperos, perseguido pelos credores, moral e financeiramente abatido.

Voltaire — escrevia-lhe o poeta francês reconhecido — foi encorajado por aquele a quem chamam o grande Frederico; mas Voltaire era jovem e feliz. Sou consolado em minha velhice e minhas adversidades pela magnificência de Vossa Majestade. Voltaire distribuía a glória, e eu não tenho senão a gratidão a dar. Os favores de seu real amigo eram interessados; os de Vossa Majestade são gratuitos. O príncipe filósofo ultrapassa o poeta coroado de Potsdam[170].

Quando Gobineau se viu posto em disponibilidade por intrigas no Quai d'Orsay, e lutava, sem recursos, contra a adversidade, foi para o seu amigo de São Cristóvão que ele logo se voltou:

Se Vossa Majestade se dignasse de entregar-me quinze mil francos, autorizando-me a restituí-los logo que me fosse possível, dar-me-ia uma grande ajuda, e de um modo que dobraria o preço do favor .

Gobineau andava querendo vender na Inglaterra e nos Estados Unidos as suas coleções de pedras gravadas asiáticas e de manuscritos árabes, persas e afgãs, que reunira durante as peregrinações que fizera pela Ásia Menor. Mas, enquanto isso, era necessário viver.

O Imperador mandou dar-lhe os 15 mil francos. Mas, para não vexá-lo com uma dívida tão elevada, os deu a título de pagamento de um trabalho de escultura que havia tempo lhe encomendara.[171] Retirado da vida diplomática, Gobineau podia entregar-se agora inteiramente às suas atividades artísticas.

Ele desobrigou-se, aliás, e integralmente, do encargo que lhe deu o Imperador. Algum tempo depois mandava-lhe o trabalho, a estátua de uma rapariga, de uma escrava, a *Mima,* considerada sua obra prima em escultura.[172]. Em janeiro de 80 escrevia-lhe o Imperador:

A Mima já está colocada em seu pedestal. Agrada-me muito. Tem expressão: alguma lembrança, ou mesmo um retrato? Ela exprime bem a ação. A magreza dos braços e das pernas indica a sua condição, mas acharei talvez os seios demasiado cheios. Estou sempre a fitá-la, sobretudo do lado direito, que prefiro .[173]

A generosidade da bolsa do Imperador ia indistintamente a tudo quanto estivesse ligado, de qualquer forma, às coisas do pensamento.

Assim que subvencionava largamente a edição da *Flora Brasiliensis,* de Martius, como prestigiava e dava todas as facilidades ao sábio dinamarquês Guilherme Lund (que já havia estado no Brasil no ano do nascimento do Monarca — 1825) quando, voltando ao Brasil em 1833, fora estabelecer-se na Lagoa Santa, em Minas Gerais, para iniciar seus estudos de Paleontologia brasileira.

Por outro lado, assim que sabia se projetava perpetuar a memória de um poeta, de um artista, de um homem de letras ou de um político notável, que por suas obras ou por seus atos havia concorrido para o bem estar moral ou material da humanidade, ele aparecia, pressuroso, com a sua contribuição.

Para o monumento que se projetava levantar em Bolonha a Galvani, o grande físico, cujas experiências tanto contribuíram para a descoberta de Volta sobre a eletricidade produzida pelo contato dos metais, concorria com 200 francos. Idêntica quantia mandava para o monumento a Boccaccio, o poeta do *Decameron,* na Toscana; para o monumento a Tommaseo, o homem político; para a estátua de Rabelais. o criador do *Pantagruel;* para o monumento a Becquerel, um dos precursores da telegrafia. Para a Fundação Mozart, em Salzburgo, concorria com 200 florins; com 400 francos para o monumento a Carpeaux, o grande escultor, autor da *Dansa,* na Ópera de Paris, e para o monumento a Watteau; com 500 francos para a estátua de Thiers; com 1.000 francos para o monumento a Elias de Beaumont, o geólogo; e para o monumento à memória de Monsenhor Dupanloup, o Bispo de Orléans orador e polemista, defensor do catolicismo liberal.[174]

III

Quando o Imperador mandou a Ordem da Rosa a Alexandre Herculano, o velho romancista relutou em aceitá-la; e de sua modesta morada do Vale de Lobos escreveu ao Monarca:

Não tenho ideia de haver feito serviço algum ao Brasil, e as distinções honoríficas, onde e quando não significam o meio de um vil mercadejar de consciências, são haveres que pertencem aos beneméritos da Pátria, haveres depositados nas mãos do Soberano, para solver dívidas de gratidão à sociedade.

Fazendo depois uma distinção sutil entre o homem privado e o Soberano, acrescentava:

Receio muito que o coração de Dom Pedro de Alcantara o iludisse, e o levasse, inconscientemente, a abusar de sua intimidade com o Imperador, em proveito de uma afeição particular.

Mas o que sobretudo julgo para mim grave é que, no meu país e na família de Bragança, houve outro Dom Pedro de quem fui mais amigo, porque essa amizade chegou quase a tocar as raias da cegueira.[175] Também casualmente era Soberano. la às vezes conversar comigo na minha modesta morada, e durante largas horas. Um dia pediu-me aceitasse uma dessas mesmas distinções honoríficas com que o Imperador do Brasil quis honrar-me. Recusei e expus-lhe, pareceu-me então que singelamente, parece-me hoje que rudemente, os motivos da minha recusa. Insistiu, com os olhos arrasados de água. Continuei a recusar tenazmente, porque as minhas convicções neste ponto eram já, como são agora, inabaláveis. Seguidamente, sem me consultar, fez-me nomear Par do Reino. Recusei oficialmente ao Governo a mercê. Não me disse uma única palavra sobre isso, nem ficou mal comigo, como Vossa Majestade não há de ficar numa situação análoga. Passados tempos, o desventurado mancebo sentiu realizar-se a sua suprema ambição de morrer. E eu, que na minha vida, por severa ou, talvez, ruim condição, poucas vezes tenho chorado, chorei muito por ele a ocultas: a ocultas porque foi moda por muito tempo chorá-lo na praça pública.

... Quer Vossa Majestade fazer-me uma dádiva enorme, e que eu aceitarei com a mesma ansiosa avidez com que um dos nossos mais intratáveis Repúblicanos aceitaria o diploma de camarista do Rei? É fácil. Dom Pedro V deu-me uma coisa só na vida, o livro de Tocqueville sobre o antigo regime anotado por ele. Possuo poucas coisas de valor, porque não sou rico. É aquela a maior preciosidade que posso legar aos meus. Vossa Majestade há de ter algum livro assim, ou o original de qualquer trabalho literário seu, ou a fotografia do Imperador do Brasil, no alto da qual escreva estas palavras ou outras semelhantes — *Dado por Dom Pedro de Alcântara ao seu amigo o lavrador de Val de Lobos.* [176]

Respondeu-lhe o Imperador, com delicadeza de sentimentos e elevação de espírito, de que raramente se tem exemplo:

Sr. Herculano. — Logo que recebi sua carta de verdadeiro amigo, mostrei-a ao Imperador. A afeição que ele e eu lhe votamos não podia de nenhuma sorte ressentir-se de sua determinação; porém eu, que sou o mesmo de Val de Lobos[177] e conheço quantos corações, como o seu, prezam a franqueza, hei de necessariamente discutir as razões apresentadas para não aceitar a alta prova de consideração dada pelo governo do Brasil ao ilustre literato duma Nação tão ligada à minha.

Começo pela defesa do Imperador, que lhe é muito afeiçoado; mas sempre procurou evitar a influência de sentimentos pessoais nas ações do governo de sua Nação. Propôs ele seu nome para uma condecoração poucas vezes concedida; por isso que entende que os serviços às letras e às ciências são feitos a todas às Nações, e os testemunhos públicos de apreço dados àqueles, revertem em honra destes, que além disso devem empenhar-se em promover mútuas relações da mais cordial estima. Sua modéstia, aliás tão louvável, não pode deixar de concordar que o Imperador procedeu por considerações de interesse nacional, embora estas lisonjeassem a amizade que lhe vota há tantos anos.

... Sua carta quase que revela a condenação dessas provas de apreço de mérito individual. Não estou longe de acompanhá-lo em tal juízo, e o Imperador também violenta bastante sua opinião quando cede ao satisfazer a vaidade humana. A sociedade porém não peca, pela maior parte das vezes, infelizmente, só por esse lado...

Sinto não poder enviar-lhe algum trabalho literário de minhas horas vagas; mas sempre receei perder assim o tempo, sem proveito para os outros nem para mim, e se versejei, quem não o terá feito amando as letras? Meu retrato irá brevemente. Ponha-o no seu gabinete de estudo, onde já passei momentos por demais rápidos, porém de constante lembrança, e olhando para ele, como eu olho agora para o seu, conversemos do único modo que a ausência consente" [178].

IV

Nada o cativava mais ou o seduzia tanto como esse comércio com os homens de letras, com os artistas, com os cientistas, com todos quantos se ocupavam das coisas do espírito, Brasileiros e Estrangeiros. Podiam eles ter e tinham de fato a certeza de encontrar sempre no Monarca a mais favorável e decidida acolhida. "O mundo civilizado, — dizia-lhe Agassiz em carta de 17 de junho de 1862, — admira em Vossa Majestade não somente o Soberano paternal e generoso de um povo cheio de amor e devotamento, mas também o homem instruído, protetor das letras e das ciências, o amigo de tudo que tende a elevar o gênero humano." Referindo-me às cartas que lhe escrevia o Imperador, acrescentava, em carta posterior, que elas lhe faziam esquecer que partiam de um Soberano, tanto transpiravam *o ar do gabinete de um filósofo.*[179]

Por seu lado, Quatrefages, o grande naturalista, escrevia-lhe de França: "Estar em correspondência direta com Dom Pedro de Alcântara é um desses privilégios que nos honram, e, se seguirmos os nossos desejos, ficaremos logo tentados de abusar."[179a]

Essa correspondência com os homens eruditos do tempo era, aliás, dos seus mais cativantes passatempos; dava-lhe um verdadeiro prazer espiritual. O Soberano, nessas ocasiões, desaparecia, para dar lugar ao amigo dos livros, dos artistas, dos poetas, dos cientistas; tratava a todos no mesmo pé de igualdade, com simplicidade, com extrema cordialidade, "como se conversassem dois vizinhos, ao pôr do sol, depois dos trabalhos rurais", para usarmos de suas próprias expressões em carta a Herculano.

O interesse com que esses homens lhe informavam do andamento de seus trabalhos, do acabamento de outros, de seus projetos, de seus sucessos, de suas aflições, são a prova de como tais cartas eram acolhidas pelo Soberano. Havia em suas páginas como que confidências de confrade a confrade, esse desejo, quase essa necessidade de falar de si e de seus trabalhos, que tem sempre os homens de uma mesma profissão. Não se diria, por exemplo, lendo-se esta carta de Renan, que era endereçada a um velho confrade seu da Academia Francesa, como ele Históriador dos tempos antigos? E como se nota o prazer, a confiança com que Renan dá conta ao Imperador dos detalhes de sua obra! Dizia ele:

Meu principal trabalho é uma história do povo de Israel, desde os tempos em que se começa a entrever qualquer coisa de certo, até a aparição do Cristianismo. Terei tempo e força para acabar semelhante obra? Duvido muitas vezes. Quero ao menos consagrar-lhe o que me resta de atividade. Creio que a obra comportaria três volumes. Os dois que estimaria realmente escrever são os primeiros, onde procuraria contar o período mais brilhante do profetismo, de cerca de 800 a 500 antes de J. C. É a época, penso, da verdadeira fundação do Judaísmo, o momento em que o povo de Israel se torna um povo autônomo, entra num caminho que nenhum outro povo semítico percorreu.[181]

No outono de 1874 Gobineau redigia a *Fleur d'Or,* uma larga síntese dos homens e das coisas italianas ao tempo do Renascimento. E do seu canto de Estocolmo dirigia ao Imperador uma carta impregnada de melancolia, lamentando a distância que os separava, e que o impedia de trocar com o amigo tão caro aquelas impressões que enchiam outrora as tardes de domingo em São Cristóvão: "Como sinto a perda desses domingos, no estado de espírito em que me encontro! Imagino que encanto não teria para mim, como facilitaria o meu trabalho, e que constante estímulo seria a conversa com Vossa Majestade sobre a natureza, a espécie e o fundo do temperamento de Maquiavel, Júlio II, Leão X e dos artistas! Não esquecerei jamais esses domingos!" [182]

V

Pouco antes Gobineau escrevera ao Imperador animando-o a que não abandonasse os estudos; receava que os afazeres políticos do Monarca, sempre crescentes, pudessem vir a prejudicar-lhe os labores literários: "Gostaria de ver concluídos os trabalhos do Imperador no domínio intelectual. Gostaria por dois motivos: primeiro porque é preciso que as árvores frutíferas deem frutos; em seguida porque vejo nisso uma glória efetiva e toda pessoal. Ficarei extremamente alegre, contente, feliz, quando puder ver a obra direta, pessoal e unicamente possível do Sr. de Alcântara."[183]

Já vinte anos antes Alexandre Herculano lamentara que "o laborioso mister de Chefe de Estado" não permitisse ao Imperador "dedicar-se a obra de maior vulto"[184], querendo com isso referir-se aos trabalhos literários do jovem Monarca de 29 anos.

Esses trabalhos não se contavam por numerosos nem de grande valor. Resumiam-se, afinal, em algumas poesias, geralmente medíocres; traduções de poesias estrangeiras; em algumas notas de viagem; notas sobre a língua Tupi; e anotações deixadas à margem de alguns livros, inspiradas por sua leitura ou pelos fatos neles referidos.[184a]

"Gostaria de saber como vão os trabalhos de Vossa Majestade — escrevia-lhe Gobineau em abril de 73. — Há muito tempo já que o Imperador não me dá mais notícia de suas *notas de viagem* [184b]. Espero, entretanto, que esteja adiantada a arrumação de todos esses documentos, que não deve ser muito retardada, para que as lembranças que lhe deram origem não se apaguem um pouco e, o que é sempre mais grave, não se deformem."

Durante muito tempo o Imperador ocupou-se de uma tradução livre do *Prometeu*, a tragédia de Esquilo. "Vossa Majestade nunca mais me falou no *Prometeu* — escrevia Gobineau em julho daquele ano. É uma pena interromper um trabalho tão adiantado e mesmo quase terminado." Na verdade a tradução em prosa já estava terminada, e o Imperador pensava agora em versificá-la[184c], o que afinal não chegou a realizar. Acabou por dar esse encargo a Cardoso de Meneses, Barão de Paranapiacaba, o poeta da *Harpa gemedora* [184d]

Porque a política e a administração pública eram, de fato, os piores inimigos do Imperador para essas suas veleidades literárias, roubando-lhe quase todas as suas horas e lazeres. "A Política não é para mim senão o duro cumprimento de um dever — escrevia ele a Gobineau no dia do aniversário da Maioridade. Eu o sinto bem neste dia, quando faz 33 anos que carrego a minha cruz." Minha cruz... Era bem um desencantado dessa coroa que lhe roubava quase todo o tempo, quase todas as atividades, e raras horas livres lhe deixava para entregar-se aos trabalhos e estudos de sua predileção, às leituras dos bons livros, ao comércio epistolar com os amigos — *suas boas cartas,* como ele dizia a Gobineau, *que me consolam dos dissabores da minha posição!*

E como o Imperador invejava a sorte do seu amigo, livre desses encargos, sem o duro labor quotidiano a pesar-lhe sobre os ombros, podendo dispor larga e livremente de todas as suas horas! "Como você é feliz de poder ocupar-se apaixonadamente dessas coisas!", exclamava o Imperador referindo-se aos trabalhos intelectuais de Gobineau. "Como você é feliz — voltava a dizer-lhe noutra ocasião — de poder aplicar a atividade do espírito em novas obras literárias e artísticas! "

Como você é feliz! *Como você é feliz!* é a frase que ele sempre repete, é a sua constante exclamação, o *leit-motiv* de todos os seus momentos, traindo a estreiteza da vida que levava no Rio. "Como você deve estar consolado com o amor pelas belas-artes, escrevia a Gobineau, e como lastimo não poder refugiar-me algumas vezes sob a sua influência tão sã!" E volvia: "Como você é feliz de poder entregar-se inteiramente às suas preferências artísticas e a uma literatura digna do espírito humano! Quase não tenho tempo para esses estudos que tanto me seduzem. Faço, entretanto, o que posso para livrar-me dessa política que por vezes me asfixia."

A política, sempre a política! *Os miasmas da política,* como ele dizia. Gobineau reclamava produções literárias, e para animá-lo dava-lhe o exemplo de seus próprios labores. O Imperador respondia-lhe: "Você compreende que sendo obrigado, na minha posição, a me por ao corrente de tantas coisas, quase não posso viver para mim." E lamentava, noutra carta: "Ah! Se minhas ocupações não me forçassem a uma existência bem diversa, como eu seria feliz e minhas leituras se harmonizariam com as suas!" Acrescentava, depois, com o espírito voltado para a vida tranquila e independente que Gobineau levava na Cidade Eterna: "Quando você não encontra mais sociedade (o que assim chamamos) em Roma, corre a Paris. E eu? Quase não tenho outro recurso senão os livros — quando disponho de tempo e lazer para eles" (Carta de 5 de agosto de 78).

VI

Era para atenuar um pouco a estreiteza da vida intelectual que levava no Rio, e distrair-se dos dissabores da política e do governo, que o Imperador procurava atrair a si os *sábios* estrangeiros. Não podendo nem sempre ir procurá-los lá fora, para desfrutar-lhes a companhia e o ambiente de alta espiritualidade que os cercava, chamava-os ao seu convívio, ao seu círculo, para os ter à sombra de seu Palácio e de sua personalidade acolhedora.

Seu desejo seria viver rodeado de sábios, de artistas, de homens de letras e de ciência, de eruditos como ele, transformar o ambiente momo e vazio das salas de São Cristóvão, numa atmosfera de alta e refinada cultura, uma espécie de Academia, que acolhesse os homens de pensamento de todas as partes do mundo.

Tinha um pouco daqueles príncipes italianos do Renascimento, que entendiam ser e eram, além de Chefes de Estado, grandes favorecedores do pensamento humano. Como eles, gostava de cercar-se de escritores, de músicos, de poetas, de prosadores, de filósofos, de matemáticos, e ao lado do seu trono, nas salas do seu palácio, mantinha bibliotecas, um museu, um laboratório e um observatório astronômico. Ainda como aqueles Príncipes, seus Embaixadores e seus Ministros acreditados no Estrangeiro, tinham ordem de adquirir e mandar-lhe tudo quanto aparecesse de novo, capaz de favorecer a expansão e a riqueza do pensamento humano.[185] "No Paço Imperial se renova a escola palatina (escrevia Manuel de Araújo Porto Alegre); o Príncipe estuda e abre conferências; discute o passado e prepara o futuro; compra livros na Germânia e engrandece a nossa biblioteca americana."

Suas preferências iam indistintamente para todos quantos estivessem ligados a uma manifestação científica, literária ou artística. Chamava a Palácio a grande trágica italiana Ristori, a quem acolhia com honras de grande dama. "Honrou-me com a sua amizade, — dirá ela mais tarde, —.da qual me sinto orgulhosa. Nem o tempo, nem a distância poderão fazer-me esquecê-la"[186].

Mandava convidar o escritor e pedagogo português Antônio Feliciano de Castilho (Visconde de Castilho) para vir ao Brasil estabelecer o programa de ensino primário de sua autoria, que havia feito tanto sucesso em Portugal. Era o chamado *Método Castilho.* Foi transmissor do convite imperial Antônio Gonçalves Dias, que andava naquele tempo em comissão na terra lusa, encarregado de copiar documentos nos arquivos europeus de interesse para a História do Brasil. Já desde muito antes, porém, Castilho testemunhara sua admiração por Dom Pedro II. Quando Castilho estava nos Açores, em 1849, dedicara ao Monarca brasileiro, jovem de 24 anos de idade, um volume que escrevera sobre Luís de Camões, e no qual dizia:

> Se o destino um Diadema em teu berço há lançado,
> Desse dom casual não me atrai o esplendor;
> Tens mais nobre Diadema, eterno, conquistado!
> Quem mete em ti o Sábio, esquece o Imperador!

No fim desse livro,[186a] esclarecia Castilho:

Nenhum motivo me induziu a dedicar este poema a Sua Majestade Imperial o Senhor Dom Pedro II senão o desejo de dar público e solene testemunho de veneração a um Príncipe que na flor da idade é já maduro para a sabedoria; que ama e pratica as letras, como as virtudes; e põe que o maior Império se tornará também o mais ditoso. Escritor sempre amante desta famosa língua de Camões, eu devia também esta homenagem ao espírito distinto que, Famíliarizado com as mais opulentas literaturas desta Europa, compreendendo e avaliando as belezas de seus idiomas, se delicia com uma espécie de preferência filial, nos livros bons da língua de seus avós. Em suma, e porque tudo diga, era já de muito para mim imperiosa necessidade do coração pregoar alto o meu enterneci-do agradecimento para com um gênio, que ainda sem coroa seria admirado, o qual, entre os cuidados de reger um mundo, não desdenha por algumas vezes olhos benévolos nos meus escritos.

E mais adiante:

O primeiro ouvinte deste poema foi Sua Majestade Imperial, que na sua Chácara de Santa Cruz teve a bondade de permitir se lesse inteiro e de um só fôlego, na sua augusta presen-ça; e, consinta-se-me a gloriosa revelação, o honrou com reflexões ao mesmo tempo de profun-do juiz e de protetor benévolo, permitindo a final que, sob tal e tamanho nome, e auspícios tão faustos, saísse, como sai, a público.

Recebendo o convite de Dom Pedro II para vir ao Brasil, Castilho não pôde, ao princípio, realizar a viagem, como desejava e já estava, para isso, preparado; afa-zeres e compromissos imprevisíveis o prenderam em Portugal. Assim que somente em 1855 é que partiria com a família para o Rio de Janeiro, onde, por interferência do Imperador iria reger um curso normal de seu método de ensino primário, a igual de outros cursos regidos em diversas das nossas Províncias. Contudo, por motivos que seria longo enumerar, o *Método Castilho* não deu, no Brasil, o resultado que prometia.

De volta a Portugal, Castilho entreteve seguida correspondência com o Impera-dor (algumas vezes indiretamente, por intermédio do Barão, depois Visconde de Bom Retiro), dando conta ao Monarca de seus trabalhos literários, enviando-lhe versos, re-cordando sua estada no Brasil e a aplicação entre nós de seu método de ensino. Numa carta referia— se à sua tradução das *Geórgicas,* o poema de Virgílio, e informava ao Monarca do seu plano de traduzir o teatro de Molière. Quando soube que o Governo Imperial pretendia, por sugestão do Imperador, conceder-lhe a Grã-Cruz da Ordem da Rosa, delicadamente declinou, dizendo: "As insígnias de que eu só necessito, e que sobre todos aprecio, são as que dentro no coração se arrecadam, e não quebram olhos a ninguém: são as demonstrações de estima que me liberalizam os beneméritos com quem lidei. Entre essas ficam avultando, e no lugar principalíssimo, as cartas, tão ge-nerosas e tão amigas, com que Vossa Majestade aprouve engrandecer-me[186b].

Numa carta anterior, de 4 de junho desse ano de 1872, Castilho dava conta ao Imperador do concurso realizado em Lisboa para provimento da cadeira de Literatura Moderna no Curso Superior de Letras, e no qual, tendo se apresentado três candi-datos, Teófilo Braga, Pinheiro Chagas e Luciano Cordeiro, o júri colocara Teófilo em primeiro lugar, sendo este, portanto, nomeado professor da cadeira. Castilho não gostava de Teófilo Braga, o que o levou, nessa carta, a fazer carga contra o mesmo. Achava que fora uma decisão "iníqua e tremendamente estúpida, que me traz pasma-do, e consternou a toda a gente sisuda." Ele achava que, se não fosse a parcialidade do júri, o merecedor da cadeira era Pinheiro Chagas. Que Teófilo era um "materialista declarado, partidário da Comuna em todos os artigos do seu credo, negador acintoso de tudo quanto são glórias do passado, presunçoso e vaidoso como Lúcifer"; que se apregoava "a si mesmo de grande homem, e pela calculada velhacaria de escrever sempre de modo oracular e ininteligível, de inventar história e de falsificar crítica, tem conseguido, entre os idiotas, uma celebridade já hoje incontestável e não sei se destrutível." "Aprovou— se, — acrescentava Castilho, — para ensino oficial em um país onde a religião do Estado é a cristã, um materialista declarado; aprovou-se, para um curso oral, um homem que reúne à obscuridade das ideias indigestas e nevoentas, uma recitação monótona e adormentadora, e uma pronúncia tão desleixada e confusa que muitas vezes em cada 10 ou 12 palavras, ficam 3 ou 4 que se lhe não percebem."

Castilho iria morrer em Lisboa em 1875. Deixaria dois filhos, Júlio e Augusto.[186c] O primeiro, 2º Visconde de Castilho, era um poeta e escritor de algum mérito, autor,entre outras obras, sobre a história de Lisboa, de um drama intitulado *Inês de Castro*. Agradecendo ao Imperador a acolhida por este dispensada a esse filho, Castilho mostrava-se reconhecido ao Monarca, a quem dizia que, assim fosse recebida de Paris essa obra impressa, não deixaria de mandar a Dom Pedro II um dos primeiros exemplares.[186d]

VII

Entre os intelectuais portugueses que se corresponderam com Dom Pedro II podia-se ainda incluir, além de Herculano e de Castilho, já citados, José da Silva Mendes Leal,[186e] que escrevia cartas extensíssimas ao Monarca, todas de 1872 a 1885, ou seja, no ano anterior à sua morte em Lisboa. O assunto era geralmente Literatura e História contemporânea, a que o Imperador não deixava de responder, entrando por vezes em matéria exclusivamente brasileira, como, por exemplo, a nossa questão com os Bispos, o que não deixava de lisonjear Mendes Leal, deixando-o, como ele próprio dizia a Dom Pedro II, desvanecido e confundido.

Dom Pedro II o conhecera quando estivera pela primeira vez em Madrid, e era Mendes Leal ali o Ministro de Portugal. Em suas cartas desse tempo, o Imperador não deixava de lembrar os homens ilustres espanhóis que conhecera em sua curta passagem pela capital da Espanha, citando, entre outros, a Bretón de los Herreros (o Scribe espanhol, como o chamava Mendes Leal) e ao qual o Imperador, acompanhado deste, visitara em sua casa, quando o "velho e venerando reformador do teatro de seu país já se aproximava do fim da sua vida terrestre."[187]

Numa longa carta de 14 de março de 1874, escrita de Lisboa ao Imperador,[187a] e em resposta à que lhe mandara o Monarca, Mendes Leal se estendia longamente sobre a nossa questão com os Bispos. Para ele, o procedimento dos dois prelados obedecia (como na Prússia, na Áustria e na França) a uma palavra de ordem que rompia com a tradição da Igreja católica, e era a supremacia teocrática erigida em único princípio político; e que, para granjear força (força demolidora, sempre), estava secretamente aliada à demagogia. Dizia depois Mendes Leal: "Domina hoje o Vaticano uma seita pouco escrupulosa e singularmente hábil em revolver o espírito da plebe, excitando-lhe os instintos ávidos, as cóleras cegas, os fanatismos sanguinários, todos os apetites e todas as sensualidades."

Como se poderá ver quando tratarmos, em capítulo à parte, dessa nossa questão com os Bispos do Norte, a opinião de Dom Pedro II não se afastava muito da que lhe expunha nessa carta Mendes Leal. Para este, a corrente que dominava no Vaticano, "legião sombria e suspeitosa", tinha por verdadeiro instinto e especial encargo, "derrocar pelos alicerces a sociedade atual, destruir até os monumentos que possam recordar as suas origens e modo de ser, debelar os poderes constituídos, expurgar sobretudo as dinastias liberais. Para conseguir este fim, todos os meios se empregam — sátira, calúnia, corrupção, turbação — tudo. A quem pode aproveitar esse trabalho de Proteu? *Cui podest? Ao* mundo moderno certamente não.

Mais adiante dizia Mendes Leal: "As instruções secretas dos Prelados hão de ser para cooperar, por todos os modos, para a confusão da sociedade que se quer substituir, para destruição dos poderes que é preciso expurgar; ou, por outra, ajudar com a luta religiosa, a luta social, lutas que são dois ramos do mesmo tronco. Este, creio, o segredo das provocações episcopais, que tomam caráter de generosidade. O Papa, único infalível, ordena. A Igreja, tornada instituição passiva, ao seu aceno, invade. Quando o Estado tenta defender-se da invasão, a Igreja declara-se perseguida, e brada que a martirizam... De contínuo, pesa a Igreja sobre o Estado, não só com os ordinários meios de influxo político, de que ela não deixa de servir-se frequente e sagazmente, não só com todos os gêneros de imprensa de que se usa e se abusa, não só com a urna eleitoral, não só com a intriga mundana — mas sobretudo com o púlpito e o confessionário, onde domina sem fiscalização e sem debate — privilégio enorme que destrói a igualdade de considerações e, portanto, a possibilidade de concorrência."

VIII

Em 1880, o Imperador encarregava Salvador de Mendonça, nosso Cônsul-Geral em Nova York, de convidar em seu nome Thomas Alva Edison, já afamado como inventor do fonógrafo, para vir ao Brasil. Penhorado com esse convite, Edison se via, entretanto, obrigado a decliná-lo pelos muitos trabalhos que o prendiam nos Estados Unidos, "que ainda tem presentemente a seu cargo, — dizia Salvador de Mendonça, — que não lhe deixam férias, sendo, porém, sua intenção ir cumprimentar Sua Majestade apenas possa ter algum repouso"[188]. Nunca lhe seria dada essa ocasião. "Todavia, diz Helio Vianna, quando passou a ter caráter prático o seu invento do fonógrafo, recebeu o Imperador um desses aparelhos, o qual, diante de diversos convidados, com bom êxito experimentou no Rio de Janeiro"[188a].

Nessa mesma ocasião, Salvador de Mendonça dava conta de outra visita que fizera em nome do Imperador, esta a Longfellow, e com idêntico fim:

Só a semana passada pude ausentar-me de Nova York por um dia, para ir especialmente a Boston, visitar em nome de Sua Majestade o Sr. Longfellow. Fui a Cambridge, transmitir-lhe o convite que Sua Majestade lhe fazia, para ir ao Brasil; disse-lhe que Sua Majestade se lembrava da conversa que havia tido na varanda da casa do poeta, e que no Palácio da Boa Vista havia outra varanda, em que Sua Majestade desejava também conversar com ele. Repeti-lhe que, se fosse preciso, Sua Majestade escreveria para o poeta uma descrição da baía do Rio de Janeiro, a fim de induzí-lo a ir vê-la.

O Sr. Longfellow, que aliás ainda percorre todas as alamedas de sua chácara com passos largos e seguros, disse-me que a idade já não lhe deixava a possibilidade do prazer que essa visita a Sua Majestade lhe daria[188b], e, depois de recordar minuciosamente todos os incidentes da visita com que Sua Majestade o honrara, disse-me que desde então a sua casa, que foi por algum tempo a residência de Washington, guardava religiosamente a lembrança do nosso augusto Soberano, que era fortuna sua, dada a nenhum outro, poder assim associar a lembrança dos dois ilustres chefes das duas Nações americanas. Pediu-me que fizesse chegar ao conhecimento de Sua Majestade — e dou disto o testemunho pessoal — que a recordação de sua visita àquela casa conservava-se tão viva como a gratidão do dono dela, pela cordialidade tão honrosa com que Sua Majestade o distinguira então e continuava ainda a distinguí-lo [189].

Se nem todos podiam atender aos convites desse Imperador amigo e obsequioso, não poucos deixavam as suas casas e suas famílias, para virem visitá-lo. Assim fizeram Castelnau, Peter Lund, Jacques Arago, Louis Agassiz, entre outros.

Agassiz apareceu no Rio em abril de 1865. Veio com a mulher e um grupo de artistas e cientistas. Essa viagem ao Brasil fora um desejo acalentado durante muito tempo, que lhe despertara o espírito desde 1828, quando, estudante em Munich, tivera oportunidade de ler as obras de Spix sobre a bacia do Amazonas. O Imperador, por outro lado, com quem ele desde antes se correspondia, não deixara nunca de animá-lo a empreender uma tal viagem, convidando-o, sobretudo, a visitá-lo em seu Palácio de São Cristóvão. Mas o estado, sempre precário, da saúde do cientista e os seus muitos afazeres em Cambridge só o deixaram realizar o duplo desejo do Imperador naquele ano de 1865.

Dom Pedro II acolheu Agassiz da maneira a mais bondosa, liberal e generosa — conta-nos Jules Marcou. Era um grande prazer para ele, cientista *dilettante,* receber um tal naturalista sob o seu teto e seu Império. Desde o primeiro encontro os dois homens ficaram amigos. Sua Majestade apreciou muito a soma de conhecimentos de Agassiz, seu espírito brilhante e o encanto de sua conversa, enquanto que Agassiz ficou sobretudo surpreendido ao deparar com uma testa coroada *(crowned head)* tão instruída em geologia, na teoria sobre os gelos e em outras questões científicas. Dom Pedro II fez o possível para auxiliar a expedição[190]; e desde o dia em que Agassiz pôs os pés no solo brasileiro até deixá-lo, o Imperador mostrou o maior interesse pelo sucesso e conforto de Agassiz e de seus companheiros. A esse respeito ele foi admiravelmente bem sucedido [191].

Logo na manhã seguinte à sua chegada ao Rio, o Imperador convidava Agassiz e à mulher a irem ao Paço de São Cristóvão ver, em seu observatório, o eclipse do sol. "As nuvens são, porém, más cortesãs, — diz a mulher do sábio: desceu um nevoeiro sobre São Cristóvão que infelizmente interceptou a vista do fenômeno no momento de maior interesse [192].

A pedido do Imperador, Agassiz deu um curso no Colégio de Pedro II. Essas conferências, prestigiadas com a presença do Monarca e sua família, foram um sucesso, não somente científico como também mundano, pela presença nelas de senhoras, fato que não era comum na vida pacata da capital do Império. Particularidade que não escapou à mulher de Agassiz, que dirá: "É digno de notar-se, como prova da simplicidade do Imperador, que instado a ocupar, com sua família, o estrado elevado que lhe tinham reservado, preferiu que as cadeiras fossem colocadas no mesmo nível que as demais, querendo, com isso, mostrar que para a ciência não havia distinção de classes."

Carta de Elizabeth Agassiz à irmã Sara:

Agassiz está proferindo aqui três ou quatro conferências, mas apenas uma por semana, atendendo, assim, a um desejo do Imperador, o que ele faz com muito prazer. Sua Majestade tem sido tão amável para com ele e tão generoso para com a expedição, que para Agassiz é realmente um grande prazer expressar, desta maneira, a sua gratidão. Queria que visses a Família Imperial, tão simples e tão gentil em seus modos. Ainda não tinha visto nenhum de seus membros, embora já houvesse o Imperador dito a Agassiz que me levasse à Imperatriz. Quando eles entraram na grande sala onde ficaram antes de ir para a conferência, atravessaram Suas Majestades o aposento e vieram conversar comigo por algum tempo. A filha mais moça *[Dona Leopoldina]*, que eu conhecera antes, apresentou-me à Princesa Imperial, que estava na Europa quando aqui cheguei na primavera passada. Não direi que se trata de uma especial distinção para comigo, porquanto teriam feito o mesmo a qualquer outro que merecesse essa atenção; mas quero mostrar-te as maneiras afáveis e gentis que os distinguem [193].

43. Caricatura de propaganda antirepúblicana, litografia de "A Vida Fluminense", de 14 de agosto de 1875. (Luigi Borgonainerio ?).

44. Cédula de 500 réis, c. 1875. Fabricada pela American Bank Note Co., Nova York.

45. Palacete Mauá, em Petrópolis. Desenho de Otto Reymarus datado de 15.3.1854. Petrópolis, Museu Imperial.

46. Dom Pedro II, por Victor Meireles. Óleo assinado e datado 1864. São Paulo, Museu de Arte Assis Chateaubriand.
Um dos mais sugestivos retratos executados pelo artista, que nele conseguiu captar muito a personalidade complexa de D. Pedro II, e a tela possui o interesse de reproduzir, deliberadamente, o interior do Paço, permitindo distinguir quadros, esculturas e mobiliário num trecho da biblioteca. Como que surpreendido na sua intimidade, o Imperador aí nos aparece – se se substrair o bicórnio – com a sua atitude habitual durante as audiências públicas dos sábados, das quais Gustave Aimard nos deixou saborosa reminiscência.

47. O chafariz e o portão de honra do Paço de São Cristóvão. Litografia de Aubrun, com figuras de Duruy, segundo foto de Victor Frond. Em Brazil Pittoresco.
A esplanada dianteira do Palácio e o parque rústico da Quinta Imperial, antes da intervenção paisagística de Glaziou, que o reformulou à inglesa. À direita, ao fundo, em meio ao casario de São Cristóvão, destacam-se o parque e o Palacete do Caminho Novo (então residência do Barão de Mauá), que o primeiro Imperador fizera levantar para a Marquesa de Santos em 1826.

48. *Mima*, escultura de Arthur de Gobineau, c. 1878. Museu Imperial.
Desejando compensar a dedicação do amigo escritor, que o acompanhara, durante a segunda viagem à Europa, da Escandinávia à Grécia, e logo depois se incompatibilizaria de vez com o Quai d'Orsay, do qual era funcionário, Dom Pedro II adquiriu do escultor diletante esta peça. Para Gobineau, que ingenuamente pensava poder viver da Escultura ao deixar a Diplomacia, a aquisição da Mima foi decisiva, pois lhe permitiu, durante algum tempo, enfrentar sem sufoco a difícil situação econômica que atravessava, conforme transparece na sua correspondência com a irmã monja, Mère Benedicte de Gobineau.

49. A Imperatriz Teresa Cristina, por Victor Meireles. Óleo assinado e datado 1864. Florianópolis, Casa de Victor Meireles (por empréstimo do Museu de Arte Assis Chateaubriand, de São Paulo).
A Imperatriz veste aqui trajes de gala.

50. A Família Imperial. Foto de Henschel & Benque, 1872. Rio de Janeiro, coleção particular.
Certamente uma das mais belas fotos de grupo da Família reinante.

51. Princesa Isabel, Condessa d'Eu. Fotografia colorida a mão, possivelmente de Augusto Stahl, c. 1864. Petrópolis, Palácio Grão-Pará.

52. Gastão de Orleans, Conde d'Eu. Fotografia colorida a mão, possivelmente de Augusto Stahl, c. 1864. Petrópolis, Palácio

53. Palácio Isabel, nas Laranjeiras. Óleo de Angèle Hosxa (1870). Petrópolis, Palácio Grão-Pará.

CAPÍTULO VIII

DOM PEDRO II E RICHARD WAGNER

Wagner, refugiado político em Zurique. O que ele diz em suas Memórias. Falsa interpretação de um suposto convite de Dom Pedro II. Quem era Ernesto Ferreira França. Seus estudos e comportamento na Alemanha. Sua correspondência com Wagner. Tristão e Isolda para ser representada no Rio de Janeiro. Concorrência para a construção de uma nova Ópera na capital do Império. O resultado dessa correspondência entre Ferreira França e Richard Wagner. As razões de um tal silêncio. Wagner, homem suspeito, com mandato de prisão da Polícia alemã. Dom Pedro II já era, em 1857, um conhecedor e amante da música de Wagner? Sua correspondência com Gobineau a propósito de Wagner e do Parsifal. Morte de Gobineau em Turim e de Wagner em Veneza.

I

Correu, durante muitos anos, a notícia de que Dom Pedro II, admirador da obra musical e do gênio de Richard Wagner, numa ocasião em que este era ainda em grande parte discutido ou simplesmente negado, mandara convidá-lo para ir ao Rio de Janeiro reger as suas óperas — que eram então *Rienzi, Navio Fantasma, Tannhäuser* e *Lohengrin,* sendo que as três primeiras haviam sido representadas em Dresde, e a última em Weimar.

Nesse tempo, 1857, Wagner vivia em Zurique. Comprometido com a revolução de Dresde, de 1849, com os seus panfletos Repúblicanos e seus contatos com o anarquista Bakunin, passara a ser perseguido pela Polícia alemã. Refugiara-se então na Suíça, só voltando à Alemanha depois da decretação da anistia, em 1862. Em 1857, ele tinha 44 anos de idade. Vivia em precárias condições financeiras, a bem dizer a custa de empréstimos, já que não era fácil encontrar empresários para encenação de suas óperas, que, além de dispendiosas, eram de um compositor de pouca nomeada, suspeito como subversivo e com má nota na Polícia.

Em Zurique compunha Wagner o *Anel dos Nibelungos,* mas logo interrompe o *Lohengrin.* Tomado de uma grande paixão por Mathilde Wesendonck, passa a ser absorvido por *Tristão e Isolda,* por ela inspirada. "Escreveu-o de um jato, — diz Aldo Oberdofer, — no verão de 1857, trabalhando com tal entusiasmo que já nos primeiros dias de 1858 podia mandar a Mathilde o esboço musical do primeiro ato da ópera"[194].

A versão que correu mundo, de que o Imperador do Brasil o convidara para ir reger suas óperas no Rio de Janeiro, deve-se, ao que parece, ao próprio Wagner, ao que ele deixou dito em suas memórias, publicadas sob o título *Minha Vida,* dando margem a que vários autores, que se ocupassem dele ou de Dom Pedro II, insistissem nessa falsa afirmativa"[195]. Diz Wagner em suas memórias:

O malogro dos meus esforços para conseguir o apoio do Grão-Duque de Weimar para os *Nibelungen*, tornou-se-me um desgosto permanente. Sentia um pesado fardo sobre os ombros, e não tinha meios de alijá-lo. Foi por essa época que me chegou uma notícia alviçareira: certo tipo, que se chamava Ferrero, tinha-se dirigido a mim, de Leipzig, como Cônsul do Brasil, e me informava da viva simpatia do Imperador do Brasil pela minha música. Esse homem sabia muito bem responder às minhas dúvidas concernentes a este caso estranho: o Imperador gostaria do alemão, e desejaria receber-me no Rio de Janeiro, onde eu poderia dirigir as minhas próprias óperas. Como lá só se cantava em italiano, os textos deveriam ser traduzidos, coisa fácil e até muito vantajosa para as minhas obras. O que há de estranho é que esta ideia, em verdade, me agradou muito. Parecia que eu seria capaz de compor um poema musical apaixonado que, adequado ao idioma italiano, faria boa figura. Uma vez mais pensei, com preferência sempre renovada, em *Tristão e Isolda*. Mas antes, para por a prova a generosa simpatia do Imperador, enviei ao Sr. Ferrero os arranjos para piano de minhas três óperas mais antigas, magnificamente encadernados: e aguardei muito tempo a notícia agradável de um acolhimento gracioso e esplêndido no Rio. Mas nunca mais na minha vida ouvi algo, nem desses arranjos, nem do Imperador, nem do seu Cônsul Ferrero. Só Semper teve ligação arquitetural com esse País dos trópicos:um concurso se abrira para a construção de uma Casa da Ópera no Rio. Semper participou desse concurso e tinha feito planos maravilhosos para essa construção. Muito nos divertimos com esses planos. Pareciam, na opinião do Dr. Wille[196], oferecer tarefa particularmente interessante. Ele supunha que era empresa nova para um arquiteto, a de construir uma Ópera para um público negro. Não cheguei a saber se o resultado das suas relações com o Brasil fora mais satisfatório que o meu. Em todo o caso, sei que o Teatro não foi construído [197].

Como se vê, foi o próprio Wagner (ou quem escreveu por ele as suas memórias) que, interpretando a seu modo e falsamente a carta que recebera desse tal "Ferrero", suposto Cônsul do Brasil em Leipzig, concluiu que se tratava de um convite (ou de um desejo) do Imperador do Brasil de vê-lo no Rio de Janeiro à frente de suas óperas. Ora, Wagner incidia aí em três enganos:

1º — Esse Brasileiro, que lhe havia escrito de Leipzig, não se chamava Ferrero, mas sim *Ferreira,* engano, aliás, desculpável a quem não conhecia a nossa língua. *2º* — Esse Ferrero, aliás Ferreira, não se intitulava Cônsul do Brasil, e ainda menos em Leipzig, onde só iríamos ter um Consulado dez anos mais tarde; aí a confusão de Wagner podia explicar-se com o fato de Ferreira, que não tinha pouso certo na Alemanha, ter dito ao compositor, na segunda carta que lhe dirigiu, que mandasse sua resposta para Dresde, "aos cuidados do Sr. Cônsul do Brasil", onde de fato tínhamos um Cônsul, mas que não era evidentemente Ferreira. 3º — Em suas cartas a Wagner, como iremos ver, Ferreira nunca transmitira nem falara em *convite* de Dom Pedro II; dissera apenas que este era um grande apreciador de sua música, e estimaria vê-lo no Rio dirigindo as óperas que ele compusera.

E quanto a Wagner dizer que nunca mais na sua vida ouvira algo, nem desses arranjos, nem do Imperador, nem do Cônsul "Ferrero", vamos ver que nada disso corresponde à verdade dos fatos, pois não somente houve uma troca de várias cartas entre ele e o tal "Ferrero" (aliás Ferreira) como o compositor iria conhecer Dom Pedro II em Berlim, em 1871, em casa da Condessa de Schleinitz, e ter com ele um novo encontro em 1876, por ocasião da inauguração do Teatro de Bayreuth; para não falar na contribuição em dinheiro, dada pelo Imperador do Brasil, para a construção desse Teatro. De onde se conclui que o citado livro de memórias de Wagner, intitulado *Minha Vida,* não devia ter sido escrito por ele. Teria sido escrito quando muito sob sua inspiração, ou com informações por ele fornecidas, mas nem sempre exatas e correspondentes à verdade dos fatos, pelo menos no que se referia às relações do maestro com Dom Pedro II.

II

Antes de prosseguirmos, diremos desde logo que esse Brasileiro que se correspondia nessa época com Richard Wagner, a propósito de sua possível ida ao Brasil, chamava-se Ernesto Ferreira França. Nascido na cidade do Recife, em 1828, pertencia a uma conhecida e conceituada família baiana. Seu pai, também Ernesto Ferreira França, era um magistrado, tendo sido nomeado, em 1857, para o Supremo Tribunal de Justiça. Fora antes Deputado por Pernambuco e Ministro dos Negócios Estrangeiros do Gabinete formado, em 1844, pelo futuro Visconde de Macaé, além de Deputado pela Bahia em várias legislaturas. Este era, por sua vez, filho do Dr. Antônio Ferreira França, um antigo médico do Paço, Deputado pela Bahia na Constituinte de 1823 e reeleito pela mesma Província em 1826, 1830 e 1834, com a particularidade de que nessa última legislatura tivera como colegas na Câmara dos Deputados, como ele representantes da Bahia, os seus dois filhos, Ernesto, acima citado, e Cornélio. Nesse ano de 1834 o pai Antônio e o filho Ernesto apresentavam uma indicação à Câmara dos Deputados propondo a mudança da Capital do Império para o Interior. Propunham que se mandasse imprimir um antigo projeto de José Bonifácio sobre a edificação da Capital no Interior do país, que tornaria o nome de Petrópole ou de Brasília.

Seu filho Ernesto (o correspondente de Wagner) era um rapaz de talento, excepcionalmente culto, estudioso, com uma boa base de estudos humanistas. Em 1851, com apenas 24 anos de idade, fora nomeado professor do Colégio de Pedro II. Em 1853, diz Ernesto Feder, "aproveitando-se das boas relações da família com a Coroa e com o Governo", obteve ser mandado em comissão à Europa. Viajou antes para os Estados Unidos; de lá se passou para a França, onde desembarcou em fins desse mesmo ano. Aproveitou a estada em Paris para imprimir suas primeiras produções poéticas, tendo publicado um volume de 300 páginas intitulado *O Livro de Irtília*. Em abril de 1854 seguia para a Alemanha, cuja língua, literatura e cultura em geral já desde muito o atraíam. Nessa altura se mostrava muito interessado por música e composições musicais. Aliás, antes, no Rio de Janeiro, em 1851, tinha concorrido a um concurso do Conservatório Dramático Brasileiro com um drama lírico em 4 atos, intitulado *Lindoia,* inspirado no poema de Basilio da Gama, e que, ainda no dizer de Ernesto Feder, acabava com a apoteose de Dom Pedro II, profetizado como Príncipe da Paz no futuro:

> Eu vejo, eu vejo um Príncipe
>
> De essência divinal,
>
> Erguer o sólio olímpico
>
> De um cetro sem rival.
>
> Dele ao abrigo a América
>
> Da guerra se esqueceu.
>
> E reina a Paz esplêndida
>
> Neste hemisfério seu.

Mas, apesar desses versos apologéticos endeusando Dom Pedro II, apesar do fundo patriótico do drama, não conseguiu sensibilizar os jurados do Conservatório, que muito simplesmente rejeitaram *Lindoia,* obtendo ele ali o mesmo insucesso que o seu amigo Gonçalves Dias, que também nada alcançara com o seu primeiro drama, *Beatriz Cenci.* Mas Ernesto não era homem para desanimar com um insucesso: refez o *Lindoia,* corrigindo-lhe os possíveis defeitos, e voltou com a peça a um novo concurso no Conservatório, obtendo dessa vez o ambicionado prêmio.

Enquanto isso percorria a Alemanha. Instruía-se e aperfeiçoava-se nas línguas estrangeiras, tornando-se um verdadeiro poliglota, com o domínio do Alemão, do Latim, do Italiano, do Húngaro, do Inglês, do Flamengo, do Polonês, do Rumeno. Enfronhava-se na literatura alemã, lendo e traduzindo Goethe, Heine, Uhland, Bürger, Lenau. Não gostava de Goethe como poeta. Achava que faltava ao autor do *Werther* as imagens e o sentimento que encontrava, por exemplo, em Byron. Natureza dispersiva e inconstante, não se detinha num ramo só de estudos, achando ele próprio que gastava os esforços em muitas direções. Confessava em seu *Diário:* "Devo seguir os meus planos com mais firmeza; fazer menos projetos, mas levá-los todos a efeito."

Mas qual! Dizia uma coisa e fazia outra. Correspondente do jornal *Correio Mercantil,* do Rio de Janeiro, mandava, em 1854, uns apontamentos sobre a instrução pública na Europa. Para o *Indépendance Belge,* de Bruxelas, escrevia um artigo sobre o movimento literário europeu. Num outro trabalho, para a *Gazeta de Augsburgo,* se ocupava da "crise alimentar." Mas, ao mesmo tempo que escrevia esses trabalhos, fazia preleções públicas sobre assuntos brasileiros. Interessava-se por questões de emigração, colaborando com a missão brasileira do Conselheiro Lopes Gama, Visconde de Maranguape, que negociava com a Dieta da Confederação Alemã a supressão das dificuldades que alguns Estados alemães, a Prússia entre outros, punham na emigração para o Brasil.

Embora se ocupasse de questões tão diversas, não descurava, entretanto, os estudos de Direito. Assim que em 1857 obtinha o grau de Doutor em Direito Civil e Canônico pela Universidade de Leipzig, com uma dissertação em língua latina, *De Jure et Civitate,* publicada nessa cidade no ano seguinte, seguida de um Apêndice em alemão, *Grundrissen Völkerrecht,* dedicado a Dom Pedro II. Ainda nesse mesmo ano de 58 publicava dois outros trabalhos em Latim, um destinado à aquisição do direito de ensinar numa Universidade alemã, e o outro dedicado ao catedrático de Direito Romano em Goettingen, Professor Wilhelm Francke. Em 1859 — último da sua estada na Alemanha — publicaria ainda três outros livros: o primeiro foi uma nova edição da sua *Lindoia;* o segundo, em língua alemã, foi uma carta aberta às redações da imprensa alemã, sob o título de *O Brasil e a Alemanha;* e o terceiro foi uma *Crestomatia da língua brasileira,* baseada, como ele dizia, num manuscrito encontrado no Museu Britânico e na obra *Tesouro de la língua guarani,* de Montoya.

Todas essas obras foram publicadas pelo famoso editor de Leipzig, F. A. Brockhaus, o mesmo que editara a 2.ª edição dos *Cantos,* de Gonçalves Dias, amigo e companheiro de Ferreira França em Dresde. O poeta maranhense andava nesse tempo em viagem de estudos pela Europa, comissionado pelo Governo Imperial. Brockhaus era cunhado de Wagner, casado com sua irmã Luísa[198].

III

Como e porque teria ocorrido a Ernesto Ferreira França a ideia de sugerir a Wagner que fosse ao Brasil dirigir as suas óperas? Sobre isso não se tem nenhuma informação segura. Temos que ficar no terreno das hipóteses. Ora, esse jovem Brasileiro, homem de uma cultura invulgar para a sua idade, 26 anos, musicista ele próprio, gostando de ouvir música, espírito curioso, aberto para tudo o que se referia às artes, vivendo numa época que marcava o despertar da música Wagneriana, era natural que se mostrasse entusiasmado com a revolução que Wagner imprimia na arte dos sons, ao lado da profunda poesia que se continha em suas óperas.

Quando ele chegou à Alemanha, em 1854, já se tinham ali representado as quatro primeiras óperas de Wagner — *Rienzi*, em 1842; o *Navio Fantasma*, em 1843; *Tannhäuser*, em 1845, todas essas em Dresde; e *Lohengrin*, em 1850, em Weimar. Wagner era portanto conhecido (e discutido) pelo menos nos meios musicais da Alemanha, e Ferreira França, que vivia um pouco nesses meios, já devia ter tido ocasião de ouvir uma ou mais dessas óperas, já podia ter uma opinião assentada sobre o valor do novo compositor, que para uns era um gênio e para outros não passava de um embusteiro, cheio de ousadia e de cabotinismo. Ora, sabemos, pelo que se vai passar nas relações de Wagner com Ferreira França, que a opinião deste sobre o maestro excedia at**é** os limites da admiração.

Por outro lado, dadas as suas relações com Brockhaus, França devia saber das precárias condições de vida em que se achava o cunhado Wagner no seu exílio de Zurique, vivendo de empréstimos, já que as suas óperas, dispendiosas na sua exibição, não lhe davam o bastante para a subsistência. Crise financeira agravada pela crise artística, sobretudo nesse ano de 1857, quando ele teve que deixar de lado o projeto do *Anel dos Nibelungos* pela falta do prometido apoio do Grão-Duque Frederico de Baden.

Foi quando ocorreu a Ernesto Ferreira França tentar qualquer coisa para tirar o maestro dessa angustiosa situação. Ocorreu-lhe a hipótese de uma viagem ao Brasil, para dirigir no Rio de Janeiro as suas óperas, certo de que teria ali a melhor acolhida, a começar pelo Imperador do Brasil, que, apesar de ter apenas 32 anos de idade, era já um apologista da cultura alemã. Decidiu ele então escrever uma carta a Wagner, datada de Dresde, 9 de março de 1857:

Prezado Senhor.

Sendo um dos admiradores do seu talento e de suas produções quer musicais quer literárias, e sabendo que o Sr. está em Zurich, talvez sem se achar hoje em dia preso ao seu País por laços que nele o confinem, tive a ideia de conquistá-lo para minha Pátria, associando no meu pensamento a natureza tão linda do Sul a esse belo gênio que ninguém lhe pode contestar.

Pensei, pois, que o Sr. talvez pudesse decidir-se a fazer uma viagem ao Brasil, cuja capital, Rio de Janeiro, tem, como o Sr. sabe, uma Ópera italiana muito bem instalada, onde suas produções poderiam ser representadas e onde o Sr. sem dúvida encontraria no Imperador, protetor zeloso das letras e das artes, um apoio e uma proteção.

Tomei então a liberdade de consultá-lo nesse sentido, e, se o Sr. quiser autorizar-me, escreverei a 24 deste mês à direção do Teatro Lírico do Rio de Janeiro, o que o Sr. tiver por bem que eu diga. Não estou encarregado de tomar, nesse sentido, nenhuma iniciativa. Mas acreditarei ter prestado um serviço à minha Pátria, dando-lhe a oportunidade de apreciar um talento como o do Sr..

Vim a saber que o Sr. está dando a última demão a uma grande obra cujo título é digno do Sr. — *Die Niebelungen.* Se, por acaso, o Sr. quisesse dedicar essa nova ópera a Sua Majestade o Imperador, eu me encarregaria, com muito prazer, de fazer chegar seu pedido à Sua Majestade, cujas qualidades e ilustração se acham acima de todos os elogios. Neste caso, seu requerimento deveria ser acompanhado de um exemplar de todas as suas obras musicais e poéticas.

Espero que o Sr. terá a bondade de desculpar a liberdade que tomei, e de aceitar a homenagem da alta consideração com que tenho a honra de ser o seu mais humilde servidor.

(a) *Dr. Ernesto Ferreira França*

"Qual a impressão do compositor — pergunta Ernesto Feder — à leitura dessa carta supreendente, que parecia abrir-lhe, na situação delicada e sem saída em que estava o maestro,novas perspectivas? A primeira reação devia ser negativa. Sua música no Brasil? Música de futuro para a qual na própria Alemanha faltavam as condições indispensáveis para um possível sucesso? Como na capital brasileira se poderia realizar uma tal representação? Música totalmente alemã? Como conseguiriam cantores italianos para reproduzí-la? Mas... e a proteção do Imperador, dono desse Reino dos diamantes e do ouro? Não lhe aumentaria o prestígio na Pátria ingrata? Não lhe proporcionaria a *flux,* os recursos que sempre lhe faltavam? Porque não aceitar um Mecenas sul-americano, uma vez que

553

lhe faltava o apoio dos patrícios? Dedicar àquele, com este intuito, a nova ópera? Porque não? Os *Niebelungen*? Impossível. O assunto não era adequado e o trabalho exigiria ainda muito tempo. Mas o *Tristão*? Não viria a calhar?"[199].

IV

Depois de refletir uns poucos dias, Wagner respondia a Ferreira França:

Zurich, 15 de março de 1857.

Prezado Senhor.

Surpreso e contente com a sua sugestão e apoio, devo contudo lamentar não poder aceder a um convite para ir ao Rio. O caráter particular da minha tendência artística me encerra unicamente na Alemanha. E especialmente as minhas composições dramáticas dificilmente se tornariam compreensíveis por cantores italianos.

Quanto à minha obra mais recente, que é muito complicada e que precisa ao menos de dois anos de trabalhos [os *Niebelungen*], não posso acreditar que seja própria para ser dedicada a Sua Majestade o Imperador do Brasil. Só em circunstâncias extraordinárias ela poderia ser representada no teatro. E essas circunstâncias só poderiam ocorrer na Alemanha.

Mas a perspectiva que o Sr. me abre, de encontrar na pessoa do seu Imperador, conhecedor das artes, um protetor generoso, seria para mim, na minha situação permanentemente difícil, um grande prazer se eu realmente pudesse merecer o seu favor. Se o Sr. acredita que a oferta das minhas obras musicais e poéticas poderia ser aceita favorável e vantajosamente por Sua Majestade, eu lhe pediria que me informasse até que dia deveria eu mandar-lhe os exemplares apropriados, caso o Sr. quisesse ter a bondade de tomar a si a expedição. Se essa oferta fosse bem aceita, reservar-me-ia para dedicar ao Imperador uma outra obra já projetada, que será executada mais tarde, e que me parece mais apta para esse fim[200].

Termino essas linhas com a segurança repetida de que a sua oferta me deu uma alegria extraordinária. Acrescento à minha gratidão a minha expressão da mais alta consideração com que sou, o seu

(a) Richard Wagner.

Como se vê, Wagner se excusava de ir ao Rio de Janeiro, o que realmente seria para ele uma aventura cheia de imprevistos e de incalculáveis contratempos. Mas não afastava a hipótese de merecer a proteção de Dom Pedro II, a que seria, nas condições precárias de dinheiro e de ostracismo em que ele se encontrava em Zurique, um verdadeiro dom caído do céu. Não lhe parecia ser o caso de dedicar ao Imperador os *Niebelungen,* que de fato estavam na ocasião muito longe de uma conclusão, e ele ainda esperava que o Grão-Duque de Baden acabasse por lhes dar o prometido apoio. Mas não sendo os *Niebelungen,* talvez pudesse dedicar ao Imperador do Brasil essa outra ópera "já projetada", e que não era outra senão *Tristão el solda,* que ocupava então todos os seus pensamentos.

Nesse entretempo, chegou-lhe a resposta de Ferreira França:

Dresde, 22 de março de 1857.

Prezado Senhor,

Tive a honra de receber a sua carta de 15, e peço-lhe desculpar se não lhe respondi imediatamente. Ponho-me, com muito prazer, à sua disposição para fazer chegar a Sua Majestade tudo o que o Sr. me confiar para esse fim. Estou convencido de que o Imperador, dotado de muito talento e de um gosto decidido pelas letras e belas-artes, encontrará um duplo interesse nas suas obras.

Sua Majestade acolhe sempre com muito prazer o mérito que, na opinião de Sua Majestade, dá o direito de cidadão em todas as partes do mundo. Ponho-me, então, como tive a honra de dizer-lhe, completamente à sua disposição. O Sr. poderá mandar-me o que tem a intenção de apresentar a Sua Majestade aqui para Dresde, Racknitzstrasse 6 — ao cuidado do Sr. Cônsul do Brasil.

Ser-me-á também muito agradável tornar conhecidas no Brasil as suas obras, e muito longe de recear, como o Sr. parece crer, que elas não correspondam ao nosso gosto, creio ao contrário, que lograrão muito êxito. Julgo-o por mim mesmo: sua música é uma daquelas que desde muito tempo mais me tem encantado. A única dificuldade na representação de suas obras no Rio está na tradução do texto. Mas essa dificuldade não é invencível. Quanto à *mise en scène*, o Teatro está bastante bem provido, e os artistas, em geral, são bons.

Quanto à obra futura que o Sr. talvez queira dedicar a Sua Majestade, pode dispor de mim em qualquer ocasião , pois sempre me será muito agradável mostrar-lhe quanto admiro o seu belo talento.

É uso, apresentando uma obra a Sua Majestade, escrever algumas linhas na primeira página branca. O Sr. pode fazê-lo em alemão, visto que é uma língua da qual o Imperador gosta e que fala com facilidade, como aliás lhe acontece com a maioria das línguas modernas da Europa. O Imperador é não só um homem de muitos dons naturais, mas também muito culto.

Congratulando-me com o ensejo que tive de travar conhecimento com pessoa tão digna de estima, peço-lhe crer na alta consideração com que tenho a honra de ser o seu muito humilde servidor,

(a) *Dr. Ernesto Ferreira França*

(Wilsdruffergasse 3).

V

Não se conhece a resposta de Wagner a essa carta, dada, aliás, em duas sucessivas cartas. Mas conhecemos a carta seguinte de Ferreira França, de 16 de junho do mesmo ano de 57, com que ele respondeu àquelas, e vai transcrita abaixo. Por essa carta ficamos sabendo que Wagner lhe confiara, para que ele mandasse para o Rio, os arranjos das suas óperas e uma carta para Dom Pedro II.

A assinalar que, no intervalo entre essas cartas, França publicava um artigo no *Magazine para a Literatura Estrangeira* (editado em Berlim), em abril de 1857, sob o pseudônimo de C. Colss, intitulado *O Brasil — O Dr. Ferreira França e A. Gonçalves Dias*. Na primeira parte desse artigo ele elogiava Dom Pedro II, "de origem alemã pelo lado materno, e um dos mais inteligentes Príncipes, que se esforça a bem do seu povo, já fundando estabelecimentos científicos, já rodeando-se de sábios e de artistas." E acrescentava: "Assim é que foi dirigido um convite para ir ao Rio de Janeiro a um célebre compositor de que muito se fala." Era evidente que se tratava aí de Wagner, muito embora não tivesse havido rigorosamente um convite (e ainda menos do Imperador), mas apenas uma insinuação, por parte do próprio Ferreira França, no sentido de o compositor ir ao Rio dirigir uma de suas óperas, para o que — dizia França — podia contar com "o apoio e a proteção" do Monarca brasileiro.

Mais adiante, nesse mesmo artigo, Ferreira França dizia que se faziam "negociações?' com um dos primeiros arquitetos da Alemanha. Aí se tratava de Semper, amigo de Wagner, que trabalhava numas construções em Zurique. Tendo França sabido, por uma notícia saída no *Tageblatt* de Leipzig, que se havia aberto um concurso no Rio para a construção de um novo Teatro, aconselhara ao arquiteto que se apresentasse nesse concurso. Eram essas as "negociações." Como vimos atrás, Semper aceitou a ideia e inscreveu-se no concurso, não logrando porém, ver seu projeto aprovado. De resto o Teatro em questão não seria afinal construído.

Carta de Ferreira França a Richard Wagner, datada de Iena, 16 de junho de 1857:

Prezado Senhor,

Tive a honra de receber suas duas cartas, assim como a remessa destinada a Sua Majestade o Imperador. Já me apressei em dirigí-la para Hamburgo, e ela partirá para o Rio a 20 deste. Quanto à sua carta endereçada a Sua Majestade, mando-a, com minha correspondência, à minha família, e ela será entregue por meu pai, pessoalmente, nas mãos do Imperador.

Peço-lhe mil desculpas por não ter podido responder imediatamente à sua gentil carta. Estive em viagem a Bonn, e acho-me aqui só muito recentemente. Não obstante, dei logo as ordens necessárias no sentido de que sua remessa não fosse atrasada.

Ontem tive ainda a oportunidade de poder apreciar seu belo e grande talento. Deu-se *Tannhauser* no Teatro de Weimar, e eu que ouvi os primeiros maestros e os primeiros cantores da Europa, e que, para falar assim, estou um pouco desencantado em coisas de música, fiquei todo comovido e extático de admiração. Sua música produziu em mim um efeito que certamente não produzem as composições de muitos outros grandes mestres. E, se fosse conhecedor de música, diria que o Sr. compreendeu a verdadeira linguagem e a poesia da arte, ao passo que muitos dos outros não fazem senão um ruído sem discordâncias patentes. *Tan-nhauser é* uma dessas composições que se podem ouvir sem olhar para o relógio, do início até o fim, com viva alegria, e isso diz tudo. Mas peço ao Sr. desculpar essa digressão, que todavia só representa a pura expressão dos meus sentimentos. Creio poder predizer-lhe um imenso êxito no Rio de Janeiro.

Remetendo a sua carta, terei também o ensejo de mandar uma pequena nota sobre o Sr. e suas obras a um dos nossos principais jornais. Não duvido do prazer que Sua Majestade terá recebendo as obras que o Sr. lhe mandou; e terei a honra de dar-lhe notícias logo que será comunicada sua entrega ao Imperador. Terei sempre o mesmo vivo prazer recebendo diretamente notícias suas, e peço-lhe que todas as vezes que o Sr. quiser honrar-me com suas cartas, sirva-se de dirigí-las ao Senhor Sturz, em Dresde, no endereço que já tive a honra de dar-lhe.

Disponha, prezado Senhor, de meus fracos serviços, e receba a homenagem da verdadeira estima e da alta consideração com que tenho a honra de ser seu servidor

(a) *Dr. Ernesto Ferreira França.*

VI

Se havia carta que pudesse dar ânimo, levantar o moral e encher de esperanças Richard Wagner, era esta. Até então tudo la às mil maravilhas em seus contatos com esse Brasileiro; suas óperas já representadas na Alemanha, que ele mandara para Ferreira França enviar ao Rio de Janeiro, tinham seguido para o diretor do Teatro Lírico da capital do Império; sua carta para o Imperador Dom Pedro II seria entregue em mãos pelo pai do rapaz brasileiro; e, não contente com isso, este enviara para um importante jornal do Rio uma notícia esclarecedora sobre Wagner e as suas óperas (já se vê que laudatória), o que seria da maior valia e de grande repercussão num País onde sua música devia ser certamente pouco conhecida ou mal julgada, como de resto se passava ainda nessa época nos meios musicais da velha Europa, onde só era aceita e recebia os aplausos nas plateias a música italiana.

Persuadido, pelos termos das cartas de Ferreira França, que o convite para ir ao Rio de Janeiro partia de Dom Pedro II, Wagner se apressava em escrever ao seu amigo Liszt, que vivia em Weimar: "O Imperador do Brasil acaba de convidar-me para ir ao Rio de Janeiro. Há promessas de maravilhas. Assim, para o Rio de Janeiro em vez de Weimar!"[200a]. E a tal ponto se animou com o interesse e a simpatia que lhe dispensava esse Brasileiro amável, que era agora todo o seu desejo conhecê-lo pessoalmente. "Desejava falar pessoalmente com Ferreira França" — diz-nos Ernesto Feder. Desejava falar-lhe sobre os planos artísticos, linguísticos e econômicos de suas óperas, assuntos que só numa conversa pessoal podiam ser discutidos. Já que a Alemanha lhe estava interditada, era preciso que o Brasileiro fosse vê-lo em Zurique. Tenho um projeto interessante acerca de Tristão e Isolda, escrevia Wagner a Liszt, em 26 de junho de 57. Penso na sua versão para o italiano, e oferecerei a estreia ao "Teatro do Rio de Janeiro, onde provavelmente será precedida pela Tannhäuser. Vou dedicá-lo ao Imperador do

Brasil, que ultimamente recebeu exemplares de minhas óperas mais antigas. E tudo isso, ao meu entender, terá excelentes resultados para mim"[200b].

Nesse mesmo dia Ferreira França voltava a escrever-lhe de Iena:

Prezado Senhor,

Tive a honra de receber a sua gentil carta. Foi minha correspondência com o Brasil que não me permitiu responder-lhe como era do meu dever. Peço-lhe desculpas.

Estou disposto a entrar em qualquer plano que lhe possa ser agradável, tendo ao mesmo tempo a convicção de que o Brasil irá agradecer-me a oportunidade de apreciar os seus grandes méritos. Pode crer: Nação jovem e gozando desde pouco tempo de um regime liberal e de uma ordem regular das coisas públicas, temos não obstante um vivo sentimento do belo. Será minha tarefa aproveitar esse sentimento para a cultura da minha Pátria, abrindo ao mesmo tempo à Alemanha hospitaleira um novo horizonte num novo hemisfério. Isso — seja dito de passagem — não é propaganda, coisa que não tenho em mente: é a ciência, é a cultura alemã que eu desejaria ver renascer no Brasil sob felizes auspícios. É o espírito alemão, corretivo necessário do das raças romanas, cheias de riquezas intelectuais, mas que, infelizmente, muitas vezes se reduzem a faculdades inoperantes. Não me refiro às multidões; elas ocupam-se de si mesmas, e se governam pela opinião pública, que sempre esteve ou está, mais ou menos, com a razão.

Estou, como já disse, completamente ao seu dispor em tudo o que possa ir ao encontro dos seus desejos. Tratemos agora de minha viagem à Suíça. Quanto a este assunto, acho-me, infelizmente, neste momento, na impossibilidade total de empreendê-la. Uma publicação, que iniciei, impede-o. Mas uma vez ela terminada, o Sr. pode estar certo de que vou fazer todo o possível para fazer-lhe uma visita, o que será para mim grande prazer. O Sr. pode dirigir-se diretamente para Iena, onde devo ficar por algum tempo, quando quiser honrar-me com suas cartas.

(a) *Ernesto Ferreira França.*

VII

Como se vê, Ferreira França excusava-se de ir ter com Wagner em Zurique. A razão que ele dava para isso não passava, ao que parece, de um mero pretexto. Zurique ficava a algumas horas de Iena, e não era crível que ele não dispusesse de um ou dois dias para "dar um pulo" até a Suíça, a fim de tratar pessoalmente com Wagner de um assunto do qual, afinal, fora ele mesmo que tornara a iniciativa e sobre o qual se mostrara tão interessado.

Mas Wagner não tinha menos interesse nele, e, já que a coisa tinha chegado a essa altura, era tocar para diante. Assim, mandou dizer a Ferreira França quais eram os principais esclarecimentos que ele desejava ficassem definidos no caso de suas óperas virem a ser representadas no Rio de Janeiro:

1º — Estaria o Imperador disposto a aceitar a dedicatória do *Tristão e Isolda,* e em que forma essa dedicatória devia ser feita?

2º — Estaria o Teatro Lírico disposto a representar essa ópera e, antes dela, *Tannhauser,* que ainda não fora acabada?

3º — Que compensação financeira o Teatro lhe poderia dar?

4º — Onde e por quem seria feita a tradução italiana?

5º — Pedia a Ferreira França uma estrita discreção, pondo nele uma absoluta confiança.[200c]

Ferreira França, sempre atrasado em sua correspondência, só respondeu a Wagner em 12 de julho desse ano de 57. Respondeu-lhe nestes termos, em carta datada de Iena:

Prezado Senhor,

Uma vez mais mil desculpas de não ter podido responder imediatamente à sua amável carta. Estive em Goettingen, onde tinha que fazer pesquisas na Biblioteca, e recebi a sua amável carta só na minha volta. O projeto que teve a bondade de me comunicar me encantou, e acredito que será acolhido no nosso País com grande satisfação.

Não querendo escrever-lhe sem lhe comunicar que me tivesse ocupado sem demora em satisfazer os seus desejos, acabo de terminar, há um momento, minha carta à direção do Teatro Lírico do Rio de Janeiro. Escrevo ao mesmo tempo ao meu pai, encarregando-o de apressar esse negócio. Ele vai manifestar igualmente a Sua Majestade o desejo que o Sr. me exprime de dedicar-lhe *Tristão e Isolda*. Mas nesse assunto acredito que o Sr. deveria escrever pessoalmente a Sua Majestade, e expor— lhe seu pedido. Encarregar-me-ei, com muito prazer, de fazer chegar sua carta ao seu alto destino.

Quanto aos seus termos, como o Sr. me falou nesse assunto na sua última carta, devo dizer que devem ser os que o Sr. escolher. Abster-me-ei de fixar regras a quem possui a imaginação rica e a linda linguagem que deram tanto êxito aos seus textos. Será sempre para mim motivo de viva e sincera satisfação o conseguir tornar conhecidas no Brasil suas óperas em geral, e particularmente essa nova obra que se anuncia sob tão felizes auspícios.

Creio igualmente que será muito útil tomar, daqui por diante, a deliberação de traduzir seus textos para o italiano, visto que desta maneira suas obras podem ser representadas com muito maior facilidade na Itália, na França etc. Quanto ao tradutor, acredito que será melhor que o Sr. mesmo o escolha pessoalmente, e que o trabalho seja feito sob sua direção. Esteja certo de nada do que se passou entre nós transpirará aqui na Europa. Pode acreditar que sua carta me foi muito agradável devido à confiança que depositou em mim.

Espero que a Direção no Rio lhe fixe uma compensação honrosa para ela, e digna de ser oferecida ao Sr. Não vejo motivo por que o Sr. se sentisse embaraçado neste assunto: toda religião subvenciona os seus ministros. Poderia mesmo o Sr. dar-me, neste assunto, como se diz em alemão — *Ein Wink* — para que eu pudesse insinuar algo no sentido que lhe parecesse mais conveniente.

Desculpe-me a pressa destas linhas e esteja certo da perfeita amizade com que tenho a honra de ser seu muito atencioso,

(a) *Dr. Ernesto Ferreira França.*

Passada uma semana, Ferreira França voltou-lhe a escrever de Iena (carta de 20 de julho de 1857). Limitava-se a dizer que já tinha escrito para o Rio de Janeiro sobre o assunto de *Tristão e Isolda;* que fizera chegar às mãos do Imperador o pedido do compositor de dedicar a ópera a Dom Pedro II. E acrescentava: "Se o Sr. quiser escrever diretamente a Sua Majestade sobre o caso, ponho-me completamente à sua disposição para a expedição da carta."

Mas Wagner, ao que parece, não aceitou a sugestão de Ferreira França. Preferiu aguardar a resposta que lhe dariam do Rio de Janeiro sobre a possibilidade de se representar aí *Tristão e Isolda*. Nessa altura apareceu-lhe em Zurique o diretor do Teatro de Karls ruhe, perguntando-lhe para que Teatro ele destinava *Tristão*. Wagner respondeu-lhe: "Só para um Teatro cujas representações me seja possível assistir. Seria o caso do Brasil ou, como o território da Confederação Alemã me está fechado, num Teatro perto da fronteira alemã, como Estrasburgo"[200d]. Deduz-se daí que Wagner, que, a princípio não se dispunha a ir ao Rio de Janeiro, já nessa altura encarava essa viagem como uma possibilidade.

Esperava, — diz Ernesto Feder. Começou o trabalho do *Tristão;* no fim de agosto a redação do texto, no mês de outubro a composição da música. Em fins de 1857 acabara o primeiro ato. Nenhuma notícia concernente ao assunto brasileiro chegara nem do Rio nem da Alemanha, nem do Imperador nem do seu súdito zeloso. A decepção de ver malograr-se a aventura pela qual, pouco a pouco, se apaixonara, diminuiu com o progresso do trabalho, sobretudo porque cada vez se convencia mais de que *Tristão e Isolda* não convinha ao ambiente carioca. "Com sorriso singular (diz ele em sua autobiografia), pensei na minha primeira veleidade de escrever com esta obra uma espécie de ópera italiana. Minha inquietação por não ouvir nada do Brasil, foi se tornando cada dia menor.

VIII

O curioso em toda essa história é que, depois dessa carta de Ernesto Ferreira França (de 20 de julho de 1857), este cessou de repente e para sempre toda a correspondência com Wagner. Pode-se compreender, até certo ponto, o desinteresse do compositor, que ficou esperando em Zurique que lhe mandassem do Rio uma palavra que fosse sobre as suas óperas, sobre o suposto interesse de Dom Pedro II por sua obra musical. O que se compreende menos,entretanto, é o súbito e completo silêncio de França para com o compositor alemão, depois de se ter mostrado tão entusiasta por sua música e pela possibilidade de ela ser executada no Brasil. Não se compreende tampouco o silêncio do Rio, tanto do Teatro Lírico com relação às óperas de Wagner, como do Imperador sobre a carta que o mesmo lhe escrevera. "Quem está Famíliarizado com os hábitos e costumes de Dom Pedro II, — diz Ernesto Feder, — sabe com que cuidado minucioso o Soberano tratava todos os seus negócios, e a atenção que dedicava às cartas e mensagens que recebia." Lembra esse autor que durante a estada do Imperador em Paris em 1877, eram cuidadosamente examinadas as numerosas cartas que ele recebia, "em grande parte fúteis e sem importância", mas que nos casos dignos de atenção jamais deixavam de ser respondidas.

"Se Dom Pedro II tivesse recebido a carta de Wagner, diz ainda Feder, principalmente vinda por intermédio de seu antigo Ministro dos Negócios Estrangeiros, de certo teria dado resposta ao grande artista. Se lhe tivessem chegado os arranjos musicais das três óperas que Wagner, com tanto gosto, tinha preparado para ele, certamente teria manifestado ao compositor a sua gratidão, com aquele modo cavalheiresco e cheio de compreensão, de que conhecemos muitos exemplos. Se não respondeu, se não agradeceu, o seu silêncio só pode ser explicado pelo fato de que nem a carta nem os arranjos lhe chegaram."

Salienta ainda Ernesto Feder, aliás com toda a razão, que no Arquivo da Casa Imperial, no qual se contém toda a correspondência pública e particular de Dom Pedro II, não se encontra nenhum documento assinado ou relacionado com Wagner, nem cartas nem arranjos musicais. Há nesse arquivo várias cartas vindas da Alemanha ou mandadas por Alemães ao Monarca brasileiro, sobre os mais variados assuntos, alguns de menor importância, mas não há um só de Wagner ou a respeito de Wagner e de suas óperas. De onde tirar-se uma única possível conclusão: que o pai de Ernesto Ferreira França, que com certeza recebeu, por intermédio do filho, a carta e os arranjos musicais mandados por Wagner a Dom Pedro II, não os fez chegar às mãos do Monarca, quer direta quer indiretamente.

Porque? Aí, para respondermos, na falta da correspondência entre o pai e o filho, quando este se encontrava na Alemanha, e que seria talvez elucidativa, só podemos ficar no terreno das conjecturas. E a mais plausível é que o pai de Ernesto, não aprovando as andanças do filho na Alemanha nessa aproximação com Wagner, para levar suas músicas ao Brasil, recusara ser o intermediário entre Wagner e Dom Pedro II, considerava talvez uma leviandade do filho querer conquistar para o Brasil um homem, como Wagner, que, não desfrutando ainda fama de grande compositor que teria mais tarde, não passava de um refugiado político, mais conhecido por suas opiniões Republicanas, por seus conluios com os anarquistas da Saxônia, do que pelo mérito de suas composições musicais; um revolucionário, comprometido com o levante de 1849, banido por isso do seu país e com a cabeça posta a prêmio pela Polícia de Berlim. Era, portanto, por todos os motivos um indesejável, um homem suspeito e perigoso, contra o qual corria na Alemanha um mandato de captura com a exibição de seu retrato nos jornais de Dresde, para maior facilidade da sua identificação. Por essas razões, admite-se que o pai de Ferreira França não tivesse querido levar ao

Imperador a carta que Wagner lhe escrevera, nem se interessado pelas músicas vindas de Zurique. Teria ele destruído uma e outras coisas? É possível, mas nada de certo sabemos sobre isso .Tudo o que sabemos é que tais documentos desapareceram.

Teria Ernesto Ferreira França deixado a Alemanha e voltado para o Brasil depois daquela sua última carta a Wagner, o que explicaria em parte a suspensão da sua correspondência com o maestro alemão? Não, porque sabemos de suas estadas em várias cidades alemãs, sobretudo em Teplitz e em Leipzig posteriormente à referida carta, quer dizer, em 1858 e 1859. Nesse ano ele publicava em Leipzig uma *Biblioteca Brasiliense*.

E foi somente em meados desse ano de 1859 (março ou abril) que, chamado pelo Governo Imperial, ele abandonou a Alemanha e voltou para o Brasil. Em 1860 vamos encontrá-lo em São Paulo, defendendo uma tese na Faculdade de Direito para obtenção do doutoramento em ciências jurídicas. No ano seguinte era nomeado lente dessa mesma Faculdade. Em 1867, caindo gravemente doente, mudava-se para o Rio de Janeiro, onde vamos encontrá-lo mais tarde com uma banca de advogado. Em 1885 apresentava-se candidato a deputado-geral por São Paulo, não logrando entretanto ser eleito; e em dezembro de 1888 morria na capital do Império, no estado de solteiro, com 60 anos de idade.

Nessa data Wagner também já não mais existia. Havia falecido em Veneza em 1883, cercado de plena glória, depois de assistir em Bayreuth à apoteose do *Parsifal*.

IX

Resta indagar se Dom Pedro II já era, de fato, nessa época (1857, quando ele tinha 32 anos de idade) um conhecedor e amante da música de Wagner, como Ferreira França dava a entender em suas cartas ao compositor. Não é de crer, nem era provável. Comecemos por dizer que, não tendo Dom Pedro II se ausentado ainda do Brasil, não se lhe oferecera por isso, ocasião de assistir a nenhuma representação das óperas do compositor. Aliás, como já dissemos, nessa época, 1857, apenas quatro óperas wagnerianas tinham sido representadas, e todas elas na Alemanha. A primeira a ser exibida fora da Alemanha foi *Tannhauser* na Ópera de Paris,em março de 1861, seguida, dois meses depois, por *Lohengrin* na Ópera de Viena, onde Wagner tentaria, aliás, fazer representar também *Tristão e Isolda,* mas sem êxito.

Admitamos, entretanto, que o Imperador já tivesse ouvido no Rio de Janeiro, nesse ano de 1857, vários trechos das quatro primeiras óperas de Wagner, tocados por orquestras ou simplesmente ao piano, e se mostrado entusiasmado pela sua música. Mas isso é apenas uma mera suposição, sem que se tenha nada que a confirme.

Do que, porém, não resta dúvida é que a partir, pelo menos, da inauguração do teatro de Bayreuth, para cuja construção, aliás, o Imperador concorreu com seu dinheiro, e cuja estreia assistiu em 1876, Dom Pedro II se mostraria um dos Brasileiros mais apaixonados pela música wagneriana. Temos sucessivas provas disso nas cartas que ele escreveria a Gobineau, amigo e também admirador de Wagner.

Assim, a 7 de agosto de 1876, ele escrevia de Gastein a Gobineau: "Vou a Bayreuth para a abertura do Teatro do *músico do futuro* (o grifo está no original). Em dezembro do mesmo ano ou janeiro de 1877, mandava dizer do Cairo que contava ir a Berlim ouvir a *Tetralogia.* Em fevereiro seguinte (carta sem data, possivelmente de

Florença), dizia que, se não pudesse ouvir a *Walkiria,* ficaria satisfeito com *os Mestres Cantores.* De retorno ao Brasil, voltava a escrever a Gobineau (carta do Rio, 5 de agosto de 1878), participando a inauguração da temporada lírica italiana na Corte. E logo acrescentava: "Mas nada de *Tannhäuser,* nem mesmo o que ouvimos juntos em Estocolmo."

Carta de Petrópolis, de 24 de fevereiro de 1879, sempre dirigida a Gobineau: "Acabo de receber o jornal de Bayreuth, inspirado por Wagner, mas não sei quando cantarão *Parsifal.* Talvez Liszt [também amigo de Gobineau] possa informá-lo, se você o encontrar em casa do amável Cardeal de Hohenlohe." Mas que poderia dizer Liszt, se o próprio Wagner não sabia ainda quando e como iria terminar o *Parsifal.* Nessa data ele já havia acabado a tessitura musical do drama, o trabalho propriamente de criação, e começava a se ocupar da instrumentação da ópera, da sua orquestração, tarefa que iria dar-lhe meses e meses de trabalho. Mas o Imperador, na sua impaciência, não deixava sossegado o seu amigo Gobineau. "Que notícias artísticas me dá?" — indagava em carta do Rio, de 15 de junho de 1879. "Que sabe do *Parsifal* de Wagner?"

A essa altura Wagner deixava o seu palácio em Veneza, passava uns dias em Roma e se instalava provisoriamente numa quieta vila dos arredores de Nápoles; depois novamente em Roma, para voltar, no inverno de 1880, à sua querida Veneza, onde, finalmente, terminaria *Parsifal.* "Quando escrever a Wagner", voltava Dom Pedro II a dizer a Gobineau, "lembre-lhe minha curta estada em Bayreuth. Diga-lhe que estou ansioso para ler o que dizem da execução do *Parsifal"* (carta de 7 de fevereiro de 1881). E em maio desse ano, nova carta a Gobineau: "Vá a Bayreuth ouvir o *Parsifal.* Sente-se na primeira fila, perto da balaustrada, onde ouvi o *Rheingold,* e pense na minha mágoa por não estar também lá." Em novembro de 81 nova carta, dizendo que tinha ouvido no Rio o *Mefistofele,* de Boito, — e gostaria de saber qual a opinião que Wagner fazia da música de Boito. Como já se anunciasse que o *Parsifal* seria finalmente levado à cena de Bayreuth em 26 de julho de 1882, Dom Pedro II dizia a Gobineau: "Aguardo com impaciência o que me vai dizer de Bayreuth, onde certamente terá exprimido a Wagner a estima em que tenho o seu talento."[200] e Mas o pobre de Gobineau não teria o prazer de estar presente na estreia do *Parsifal,* como ele tanto desejava: quando se dirigia para Bayreuth, nesse verão de 1882, a morte o fulminava num quarto de hotel em Turim. E em fevereiro do ano seguinte era a vez de Wagner extinguir-se em Veneza. Entretanto, a representação tão esperada e tão desejada do seu *Parsifal,* em Bayreuth, iria sagrá-lo o maior compositor do século, só comparável a Beethoven sessenta anos atrás, mas que ele só desfrutaria pelo espaço de apenas sete meses. Quanto a Dom Pedro II, não teria jamais o prazer de ver *Parsifal* representado em teatro, porque até o seu falecimento em Paris, em 1891, só o representavam em Bayreuth; e na viagem que o levaria à Europa em 1888, para tratamento da saúde, não tivera ocasião de ir ouví-lo naquela cidade, como tão pouco nos dois anos de exílio e últimos da sua vida. Ainda porque *Parsifal* só seria representado pela primeira vez fora da Alemanha em 1903, na Ópera Metropolitana de Nova York;e em Paris só seria levado à cena em janeiro de 1914.

54. Caricatura alusiva à Fala do Trono de 1874, por Angelo Agostini. "O Mosquito", 9 de maio de 1874. Rio de Janeiro, Biblioteca Nacional.
Enquanto o soberano, vestido a caráter, recita para o teatro político o papel de rei constitucional (o ponto é Rio Branco), um dos ministros (Duarte de Azevedo) subtrai, sem que ele o perceba, a 'folha' do casamento civil da Fala do Trono.

55. Primeira página do caderno preenchido com os "conselhos à Regente", manuscrito autógrafo do Imperador. Petrópolis, *Trata-se de documento capital para a compreensão da personalidade política do monarca: os "Conselhos à Regente." O título foi cunhado por João Camilo de Oliveira Torres (que o utilizou na edição em forma de livro desse documento, por ele preparado e editado em 1958) e logo se tornou definitivo. Observações escritas em caráter confidencial para a filha e herdeira, constituem verdadeiro breviário político em que Dom Pedro tenta expor racionalmente o seu modo de agir enquanto soberano constitucional e torná-lo atraente para a sua sucessora presuntiva, separada ideologicamente do pai tanto pelo temperamento passional como pela inclinação ultramontana. Transcrevemos aqui o conteúdo dessa primeira página, cuja extrema delicadeza no sugerir a imparcialidade partidária e a moderação não transige com as próprias ideias.*
"Minha filha
O sentimento inteligente do dever é o nosso melhor guia, porém os conselhos de seu Pai poderão aproveitar-lhe.
O sistema político do Brasil funda-se na opinião nacional, que, muitas vezes, não é manifestada pela opinião que se apregoa como pública. Cumpre ao Imperador estudar constantemente aquela para obedecer-lhe. Dificílimo estudo, com efeito, por causa do modo por que se fazem as eleições; mas enquanto estas não lhe indicam seu procedimento político, já conseguirá muito se puder atender com firmeza ao que exponho sobre as principais questões, mormente no ponto de vista prático. Para ajuizar bem delas, segundo os casos ocorrentes, é indispensável que o Imperador, mantendo-se livre de prevenções partidárias, e portanto não considerando também como excessos as aspirações naturais e justas dos Partidos, procure ouvir, mas com discreta reserva das opiniões próprias, às pessoas honestas e mais inteligentes de todos os partidos; e informar-se cabalmente de tudo o que se disser na imprensa de todo o Brasil, e nas Câmaras Legislativas da Assembleia Geral e provinciais. Não é prudente provocar qualquer outro meio de informação, e cumpre aceitá-lo cautelosamente."

56. Retrato da Princesa Imperial Isabel. Foto Joaquim Insley Pacheco, c. 1874. Petrópolis, Palácio Grão-Pará.

57. Partida dos Imperadores na primeira viagem à Europa. Tela de Edoardo De Martino, assinada, e datada *"giugno del 1871."* São Paulo, Coleção Paulo D. Villares.
O pintor procurou tirar partido da densa névoa seca que enfarruscava a baía, esbatendo a paisagem numa muralha alvacenta, contra a qual as embarcações embandeiradas que vivam os viajantes imperiais e os rolos escuros da fumaça do vapor Douro e do ferry-boat de Niterói se recortam com vivacidade. Uma fragata salva à passagem do vapor inglês. Na proa recortam-se as silhuetas minúsculas da comitiva imperial, que retribui as manifestações de apreço.

58. A comitiva imperial no Egito. Fotógrafo cairota não identificado (Hélios?), 1871. *Da direita para a esquerda: a Viscondessa de Fonseca Costa, o Visconde de Bom Conselho, a Imperatriz, o Barão de Itaúna, o Imperador. Entre os seus guias oficiais encontra-se o arqueólogo Auguste Mariette, 'Mariette Bey.*

59. Tecido chamalotado, impresso em prosa e verso, latim e português, celebrando o regresso dos imperantes à Corte, em 1872. Petrópolis, Palácio Grão-Pará.

60. Capa da "Vida Fluminense" de 4 de dezembro de 1875. Litografia não assinada (Luigi Borgomainerio?).
O tempo inscreve, num medalhão rodeado de flores, o milésimo do cinquentenário do monarca, enquanto raia um sol de esperança sobre uma criança que brinca com guirlandas de rosas — provável alusão ao nascimento, no último outubro, do filho primogênito da Princesa Imperial, o Príncipe do Grão-Pará, agora a segunda figura na sucessão ao trono.

61. *A grande orquestra.* Charge de Bordalo Pinheiro, "O Mosquito", março 1876. Rio de Janeiro, coleção particular.

62. A Regência. Cartel volante. Litografia de Assis, 1876. Com a Princesa Regente, o terceiro Gabinete de Caxias: Cotegipe, José Bento, Tomás Coelho, Diogo Velho e Pereira Franco.

63. Portrait-charge do viajante imperial, por Pereira Neto. Em "A Cornédia Popular", 15 de setembro de 1877.

CAPÍTULO IX

EMANCIPAÇÃO DOS ESCRAVOS — LEI DO VENTRE LIVRE

*O Imperador decide encaminhar a questão da emancipa-
ção dos escravos. Verdadeiro motivo dessa decisão. Ideias
abolicionistas do Imperador. Os projetos de São Vicente.
Atitude de Olinda. Mensagem da Junta Francesa de Emancipação. Resposta do Imperador. Sua repercussão no meio
político. A Emancipação e a Guerra do Paraguai. Demissão de Olinda e chamada de Zacarias. A Emancipação no
Conselho de Estado. Retirada de Zacarias, Gabinete Itaboraí. Sua significação para o problema da Emancipação. A
personalidade de Itaboraí. Desinteligências com o Imperador. Demissão de Itaboraí. Gabinete São Vicente. Gabinete
Rio Branco. Novas diretrizes à questão da Emancipação.
Partida do Imperador para a Europa e primeira Regência
da Princesa Isabel. Lei do Ventre Livre.*

I

Os cinco anos de guerra com o Paraguai foram talvez os mais penosos da
vida do Imperador, não falando, é claro, nos tristes meses do exílio e últimos de sua
existência. Os dissabores, as vigílias, as preocupações de toda a espécie, os prejuízos físicos e morais que a luta prolongada lhe causou, melhor do que tudo se refletiram em sua própria fisionomia. "Em 1865, quando o Brasil foi obrigado a aceitar a
tenebrosa luta, acabara o Imperador de completar 40 anos — esplêndido tipo, então,
de homem em pleno vigor, magníficos cabelos e barbas louros a ornar um rosto liso,
cheio de serenidade e majestosa irradiação. Ao terminar a guerra, cinco anos depois,
transformara-se Dom Pedro II num velho, testa sulcada de fundas rugas, cabeça totalmente branca, barbas sem mais um fio dourado, tudo a indicar bem claro quanto
padecera por todo o seu povo e de que maneira com ele se sentia identificado."[201]

Foi logo depois de terminada a guerra, que o Imperador resolveu vencer a
obstinação dos Ministros, e encaminhar a questão da Escravatura para a solução
prática da liberdade dos nascituros.

Sua preocupação pelo maior problema político e social que jamais abalou
o Brasil vinha, como se sabe, de longa data; pode-se dizer que desde os primeiros
anos do Reinado. No começo, tanto ele como os estadistas que o cercavam, tiveram a atenção voltada unicamente para a questão do tráfico dos Negros. E aquilo
que o preocupa, criança ainda, apenas inicia o governo. A liberdade dos recém-
nascidos, depois a dos velhos e, finalmente, a abolição total de todos os escravos,
são questões que só depois e progressivamente ocorrem e amadurecem em seu
espírito; que só mais tarde serão cogitadas, agitadas e, por fim, resolvidas.

II

Foi por ocasião da Guerra do Paraguai, ou, mais precisamente, nas vésperas dessa luta, que o Imperador começou a considerar a possibilidade de libertar o ventre da mulher escrava. Em 1850 ele conseguira, graças à energia de Eusébio de Queirós, acabar com a principal fonte de escravos — a importação. Voltava-se agora para a outra fonte — os nascimentos. Extintas uma e outra, a solução do problema servil seria uma questão apenas de tempo.

A bem dizer, foi a guerra civil norte-americana (a Guerra de Secessão), que veio despertar novamente a consciência emancipadora do Imperador. Ele viu os horrores que a luta provocava nos Estados Unidos, com risco até de desmembrar o país, e receiou que o mesmo pudesse vir a acontecer entre nós, se continuássemos a retardar indefinidamente a solução do problema. Em janeiro de 64 escrevia a Zacarias, quando este organizava o seu segundo Gabinete:

> Os sucessos da União Americana exigem que pensemos no futuro da escravidão no Brasil, para que não nos suceda o mesmo a respeito do tráfico dos Africanos. A medida que me tem parecido profícua é a liberdade dos filhos das escravas, que nascerem daqui a certo número de anos. Tenho refletido sobre o modo de executar a medida; porém é de ordem das que cumpre realizar com firmeza, remediando os males que ela necessariamente originará, conforme as circunstâncias o permitirem [202]

Estas palavras do Imperador tem hoje uma dupla significação. Antes de tudo, são a prova de que partiu dele, e não de São Vicente (Pimenta Bueno), como se disse e se repete ainda hoje a primeira sugestão, nas esferas oficiais, em prol da Lei do Ventre Livre. É ele, como se vê, quem convida o Presidente do Conselho a enfrentar corajosamente o problema. Por outro lado, essas palavras a Zacarias, escritas em *janeiro de 1864,* vem mostrarmos que a ideia da emancipação não começou a agitar-lhe o espírito por ocasião de sua volta de Uruguaiana, ou, mais precisamente, em fins de 1865; não foi nele uma *sugestão da guerra,* como quer Joaquim Nabuco, provocada pelo fato de se encontrar entre Presidentes e Generais dos países nossos aliados, onde desde muito fora abolida a escravidão, e de sentir por isso a injúria "que se nos atirava e ao nosso Exército, de *pais de escravos".*[203] É possível que esta circunstância tenha concorrido para provocar uma "consciência emancipadora" em alguns de nossos estadistas; mas não no Imperador, que a tinha formada desde, pelo menos, um ano antes, isto é, quando não se cogitava nem mesmo de guerra. Concorreu sobretudo para a evolução do espírito liberal de Rio Branco, o futuro autor da Lei do Ventre Livre, que dirá: "Eu me achei entre não menos de 50 mil Brasileiros, que estiveram em contato com os povos dos Estados vizinhos, e eu sei por mim, e por confissão de muitos dos mais ilustrados dentre eles, quantas vezes a permanência dessa instituição odiosa no Brasil nos vexava e nos humilhava ante o Estrangeiro."[204]

As ideias abolicionistas do Imperador não foram, assim, uma sugestão da guerra. Pelo contrário; foram, senão prejudicadas, ao menos grandemente retardadas, em sua realização prática, pela luta que travamos com o Paraguai.

Sugeridas, como se disse, a Zacarias, em janeiro de 1864, este não as pôde aproveitar, porque seu Ministério durou apenas seis meses. Sucedeu-lhe o Senador Furtado, em agosto daquele ano. Mas nessa ocasião já estávamos a braços com a política de intervenção armada no Uruguai, e logo depois com os Exércitos invasores de Solano López. Nessa emergência, era impossível pensar sequer no problema dos escravos. Toda a Nação, todas as suas energias, a atenção geral do país, estavam voltadas unicamente para a guerra que se iniciava. Desde esse momento devia ter ficado decidido no espírito do Imperador não reabrir o problema da emancipação senão depois de terminada a luta.

III

Mas reabrí-lo ou, melhor, levá-lo para o terreno parlamentar era uma coisa; e outra coisa era não afastá-lo de suas cogitações, era prepará-lo com vagar, à medida que a guerra se desenvolvia, até que, terminada esta, o problema pudesse ser apresentado, já maduro, à deliberação das duas Casas do Parlamento.

Foi o que procurou realizar o Imperador, assim que voltou do teatro da luta, em fins de 1865. Sugeriu ao Marquês de São Vicente (Pimenta Bueno) a organização de uns anteprojetos de lei, nos quais se estabelecesse, entre outras providências, a liberdade dos filhos nascidos da mulher escrava[205].

A questão de saber-se se tais projetos foram de iniciativa de São Vicente, ou de inspiração do Imperador, é um ponto ainda hoje controvertido[206]. Não há, certamente,uma prova de que eles tenham sido inspirados de fato pelo Imperador. Mas tudo faz crer que assim se deu. A medida tinha na época uma tal importância que não é de crer que São Vicente, em geral tão reservado, a tivesse tomado sem uma sugestão qualquer do Imperador. Joaquim Nabuco deu sobre isso as mais convincentes provas circunstanciais: "Segundo toda probabilidade, essa tarefa lhe foi incumbida pelo Imperador: Pimenta Bueno é o redator imperial... De Pimenta Bueno não se sabe, antes disso, nenhum impulso abolicionista; do Imperador há a sua constante atitude (quando não fosse senão a reserva) em relação à escravidão. Nem se pode explicar como de repente, sem nenhuma circunstância conhecida, que o convertesse às ideias,nesse tempo, apenas de Jequitinhonha, Silveira da Mota, Perdigão Malheiros, Tavares Bastos e poucos mais entre os nomes conhecidos do país, Pimenta Bueno podia aparecer em São Cristóvão sobraçando cinco projetos"[207].

Em começos de 1866, São Vicente apresentava ao Imperador os tais projetos de lei[207a]. Dom Pedro II não demorou em passá-los ao Marquês de Olinda, que sucedera a Furtado na chefia do Governo, para que a respeito fosse ouvido o do Conselho de Estado pleno. Olinda, porém, fez corpo mole.

Ele era radicalmente contrário a qualquer projeto sobre escravidão. Nesta matéria, conforme declarara certa vez ao próprio Imperador, não admitia nem que se lhe tocassem[208]. "A opinião de Olinda era, em substância, a mesma que depois ele expressou no Conselho de Estado, em abril de 1867: *Uma só palavra que deixe perceber a ideia de emancipação, por mais adornada que ela seja, abre a porta a milhares de desgraças[209].*

Olinda limitou-se, assim, a enviar os projetos de São Vicente à Seção de Justiça do Conselho de Estado, composta de Sousa Franco e Sapucaí, aos quais formulou, vagamente, uma consulta *reservadíssima,* sobre "a conveniência, ensejo e modo de apressar a extinção do cativeiro." Quanto à reunião do Conselho de Estado pleno, sugerida pelo Imperador, o velho estadista, com a teimosia que o caracterizava, foi deixando que ficasse para as calendas. O mais, a que se prestou, foi mandar a todos os Conselheiros o parecer daquela Seção sobre os projetos de São Vicente. É verdade que esse parecer opinava que se não devia cuidar do assunto. ..

IV

Foi nesse intervalo, que o Imperador recebeu a mensagem da Junta francesa de Emancipação, assinada, entre outros, por Guizot, os dois Broglie, Laboulaye, Henri Martin e Montalembert. Nessa mensagem, os abolicionistas franceses concitavam o Monarca a fazer alguma coisa de prático pelos escravos.

Nada podia estimular melhor as boas disposições em que já se encontrava o Imperador, a tal respeito, do que um documento dessa natureza, vindo de um país como a França, que desde muito o alimentava espiritualmente, e assinado por tão notáveis personalidades, uma das quais, aliás, Henri Martin, entraria mais tarde para o rol de seus correspondentes intelectuais.

O Imperador respondeu logo aos Franceses:

"A emancipação dos escravos, consequência necessária da abolição do tráfico, não é senão uma questão de forma e de oportunidade. Quando as circunstâncias penosas (referia-*se à Guerra do Paraguai)* em que se encontra o país o permitirem, o Governo Brasileiro considerará objeto de primeira importância a realização daquilo que o espírito do Cristianismo há muito reclama do mundo civilizado."

O fato de Martim Francisco ter assinado essa resposta, na qualidade de Ministro de Estrangeiros, poderia parecer que ela não passava de um documento de simples expediente do Ministério, redigido, como tantos outros, numa das Seções da Secretaria de Estado e submetido depois à assinatura ministerial. Semelhante versão, se tivesse fundamento, tiraria, de fato, toda a significação do documento. A verdade, porém, é que, se ele não foi redigido pelo próprio Monarca, foi por este largamente modificado em sua primitiva redação. Refletia, assim,rigorosamente, a sua opinião pessoal sobre o assunto.[210]

Essa resposta do Imperador só foi conhecida do público e da maioria dos políticos no Brasil de torna-viagem. Para aqueles que não podiam compreender qualquer manifestação oficial sobre o problema dos escravos, e muito menos partindo do Chefe de Estado ou do seu Ministro responsável, ela fez o efeito, como se disse, de um "raio caindo de um céu sem nuvens." A estupefação foi de fato geral. Provocou o maior alarma nos meios políticos do país. "Ninguém esperava um tal pronunciamento. Tocar assim na Escravidão pareceu a muitos, na perturbação do momento, uma espécie de sacrilégio histórico, de loucura dinástica, de suicídio nacional."[211] O Senador Furtado, crendo e, ao mesmo tempo, descrendo da sinceridade da resposta do Imperador, declarava da tribuna: "Esta carta fora um simples ato de fanfarrice abolicionista, ou de vaidade à cata de louvores, se não trouxesse perigos e desar ao Estado, no caso de ser cumprida a promessa."[212]

V

A verdade é que não há exagero na afirmativa de Joaquim Nabuco: a posição tomada pelo Imperador, em 1866, pública e abertamente favorável aos escravos, pareceu a quase todos um suicídio nacional. Se bem que ninguém,no Brasil, com responsabilidade nos destinos do país, advogasse o instituto da escravidão,[213] apesar de ele ser perfeitamente legal entre nós, embora injusto e imoral, o certo é que,naquele ano, pelo menos, a possibilidade de uma lei como a do Ventre Livre se afigurava a todos ou quase todos como uma medida absolutamente inconcebível.

A mentalidade jurídica dos estadistas não estava ainda suficientemente preparada para impugnar, senão como imoral, ao menos como inadmissível nas sociedades organizadas, o princípio secular de Direito Romano que a todos se afigurava então eterno e intangível, *partus ventre sequitur.* A destruição de semelhante conceito era uma dessas coisas que só parecem concebíveis depois de realizadas.

Por outro lado, os escravos formavam então a quarta parte da população total do Brasil. Eram, por assim dizer, os únicos trabalhadores agrícolas existentes, quando toda a riqueza do país estava precisamente na cultura da terra. Por isso, os homens de Estado não ousavam encarar de frente a solução de um problema que iria afetar os alicerces da Nação. Todo o seu cuidado era evitar qualquer ato que pudesse perturbar o equilíbrio dos dois pratos da balança: a Agricultura de um lado, e a Escravidão do outro. Cogitar apenas do problema, cercando-o embora de todas as garantias e cautelas, era já considerado um grande arrojo. O próprio Imperador, que dentre todos era o que mais ousava, recomendava, cauteloso: "É preciso preparar essa reforma com prudência..."[214]

Em agosto de 1866 o Marquês de Olinda deixava o Poder. Foi chamado para substituí-lo o Conselheiro Zacarias de Góis.

Zacarias não nutria ideias abolicionistas. Mas apesar de seu temperamento ríspido, era, nesse terreno, muito mais acomodatício do que o seu antecessor. Concordou, assim, em estudar e encaminhar a questão dos escravos, na direção desejada pelo Imperador. Este, aproveitando tão boas disposições, conseguiu que os projetos de São Vicente fossem afinal submetidos ao exame do Conselho de Estado.

O parecer do Conselho de Estado foi-lhe favorável em tese: aceitava as ideias capitais dos projetos. Apenas divergia na fixação do prazo para a abolição total[215]. Opinava também que só se iniciasse a discussão dos projetos no Parlamento, depois de terminada a guerra com o Paraguai, e propunha, ainda, a elaboração de um projeto definitivo, o qual deveria ser submetido oportunamente à apreciação das Câmaras.[216]

Tudo isso era demasiado vago; mas representava um grande passo à frente. O Imperador, embora estivesse de acordo com que se esperasse a terminação da guerra para apresentação dos projetos ao Parlamento, não deixou que se dormisse sobre esses primeiros louros. Seu cuidado era que as coisas não caíssem no esquecimento, como acontece muitas vezes entre nós, quando, a um impulso inicial, promotedor dos melhores resultados, sucede uma sonolência definitiva. No Brasil, sobretudo nos negócios da administração pública, esse fenômeno é tradicional. Assim, ele não deixava de *apertar* o Presidente do Conselho, como diz Evaristo de Morais; e Zacarias, por seu turno, *apertava* Nabuco de Araújo, relator dos projetos no Conselho de Estado. E *aperta* dali, *aperta* daqui, o projeto caminhava.

Marchavam as coisas nesse bom caminho quando, em 1868, houve a desinteligência entre Zacarias e Caxias, Comandante-chefe das forças em operações de guerra. A situação política tornou-se subitamente grave. Por uma questão de prestígio, de uma parte e de outra, o Chefe do Governo ficou incompatível com o chefe militar. Um dos dois teve que se retirar. Empenhado, antes do mais, em terminar rápida e vitoriosamente a guerra, o Imperador não duvidou em sacrificar o Chefe do Gabinete e poupar o Militar.[217] E, como o sacrifício daquele importava também no do seu partido, incompatibilizado com o General do partido oposto, vieram os conservadores para o Governo, na pessoa do Visconde de Itaboraí, chamado pelo Soberano para organizar o novo Ministério.

VI

Itaboraí era sabidamente infenso aos projetos de São Vicente. É certo que opinara, num sentido geral, favoravelmente aos mesmos, quando dera, em 1867, o seu parecer a respeito; mas fizera depender a Liberdade do Ventre de tantas medidas acauteladoras, que a tornavam, praticamente, irrealizável. Sem essas medidas, ele temia que a emancipação dos nascituros provocasse os piores males — "assassinatos, insurreições mais ou menos extensas, e que sabe mesmo a guerra civil." Em suma, o mais que propusera, em matéria de emancipação, conforme declarou em Conselho de Estado, fora *não fazer recuar a questão.*[218]

Sua chamada ao poder pareceu, por isso, a muitos, significar uma repentina mudança do Imperador na questão dos escravos; julgou-se que a natureza precavida do Monarca houvesse recuado diante do perigo que todos acenavam de se tocar de frente em tão delicado problema.

Mas não. O Imperador não mudara. Chamando Itaboraí, seu primeiro cuidado fora mesmo preveni-lo: "Não desisto do projeto do Elemento Servil, para ser apresentado em tempo oportuno."[219] *Em tempo oportuno,* porque seu interesse principal, como aliás o de todos, naquele momento, estava na terminação rápida da guerra. Esta resolvida, seria então *oportuno* cuidar-se da questão dos escravos. A guerra, portanto, antes de tudo; seu desfecho, com a vitória final do Brasil, era a necessidade maior, a mais urgente, que primava e *se* sobrepunha a todos os demais problemas do momento.

Se a vinda de Itaboraí para o Governo podia significar um possível atraso na Questão Servil, dadas as ideias até certo ponto intransigentes do novo Presidente do Conselho, ela representava, por outro lado, com a certeza de uma estreita colaboração entre o Gabinete e o general-comandante do Exército e, portanto, de um fim mais próximo da guerra, a garantia de uma breve discussão do projeto servil, de vez que esta ficara subordinada à pacificação geral do país.

A guerra, de fato, não demorou em acabar. Em março de 1870 eram vencidos os últimos esforços dos Paraguaios. O Imperador logo *apertou* Itaboraí.[220] Mas este estava longe de ter, nas mãos do Monarca, a docilidade do seu antecessor. Aliás, Itaboraí era sabidamente um dos estadistas mais *duros* do Império. Sem possuir aquela rispidez de Zacarias, que não tinha, aliás, para com o Imperador, a agressividade que se dizia, nem a soberba de Olinda, Itaboraí não deixava de ser um homem de trato difícil, dessas criaturas que a gente precisa abordar com cuidado, com mil rodeios, e procurar conquistá-la pelos poucos pontos acessíveis de seu temperamento. Era desses homens cuja energia é feita, sobretudo, de teimosia.

Veterano na política do Império, desfrutava então um prestígio como raros. Desde os dias da Regência Trina Permanente, quando fora Ministro da Marinha no Gabinete de Julho de 1831, havia quase quarenta anos, portanto, que todos se tinham acostumado a vê-lo sempre nos altos postos da administração pública. Ministro da Guerra, Ministro da Fazenda, Ministro da Marinha, cuja pasta ocupara por cinco vezes, Deputado durante dez anos, Senador, Presidente de Província, Conselheiro de Estado e agora Presidente do Conselho de Ministros, ele pisara, todos esses degraus, percorrera todas as etapas da carreira política e administrativa do Império.

VII

Na ocasião em que era chamado para organizar o novo Governo, podia ser tido como o chefe do Partido Conservador. Olinda, desde 1849 evoluíra para os liberais; Vasconcelos, Paraná e Uruguai tinham já desaparecido; Eusébio de Queirós, enfermo de longa data, estava politicamente inutilizado — de resto faleceria nesse ano de 68. Restava, portanto, Itaboraí. Nenhum dos demais chefes conservadores, nem Furtado, nem Cotegipe, nem Paranhos (Rio Branco), homens, aliás, de geração mais recente, podia disputar—lhe o lugar proeminente que ocupava no partido e fora dele. Caxias tinha certamente um prestígio imenso entre os conservadores, mas o brilho do militar ofuscava o do político; e

Caxias não era, em rigor, um homem de partido. Enquanto que Itaboraí não fizera, em toda a sua longa vida pública, outra coisa senão política.

O que caracterizava, sobretudo, Itaboraí, era a sua grande independência de atitude. *Paraná não se curvava,* dizia o Imperador do grande chefe da Conciliação. Outro tanto seria lícito dizer-se de Itaboraí. Numa época, já de si tão rica em homens políticos altivos e independentes, quando Afonso Celso (Ouro Preto), então um rapazola de menos de trinta anos, mas já Ministro da Marinha, e José de Alencar, outro moço e outro Ministro estreante, se permitiam escrever com uma impertinência rara ao Imperador, Itaboraí era apontado como um dos mais orgulhosos e altivos dos nossos estadistas.

Um fato, até hoje desconhecido, revelado por uma simples troca de cartas, mais do que qualquer outra, provava esse feitio independente de Itaboraí; e mostrava por outro lado, até quanto o Imperador sabia ser condescendente com as susceptibilidades sempre vivas de seus Ministros. Foi um pequeno incidente de política provinciana, mas que podia bem ter degenerado numa grave crise de regime, se outro fosse o feitio de Dom Pedro II.

Era sabido o rigor com que este encarava toda e qualquer violência partidária, sobretudo contra a liberdade eleitoral. Ele não se cansava de aconselhar aos políticos, sobretudo aos políticos da oposição, mais ameaçados do que os outros de violências e de compressões, que não deixassem nunca de representar-lhe contra todo e qualquer excesso acaso praticado pelos agentes do poder público. Ele estaria sempre ali para amparar o direito e a liberdade do voto.

Por ocasião das eleições de 1868, processados pelo Partido Conservador, então no Poder sob a chefia de Itaboraí, o Imperador reiterou aquelas recomendações a vários chefes liberais, entre os quais Sinimbu, que partira para disputar as eleições em Alagoas. Ora, aconteceu que o delegado de uma das Comarcas daquela Província, exorbitando as funções, entrou a praticar violências contra o pleito. Sinimbu, seguindo o conselho do Monarca, encaminhou a este a representação da Câmara local, com uma acusação fundamentada contra o delegado culposo.

O Imperador passou-a imediatamente a Itaboraí, a quem sugeriu fosse o delegado não somente demitido, mas ainda responsabilizado, "porque julgo provada a ostentação de forças durante o processo eleitoral" — acrescentava. O Juiz de Direito diz apenas que o delegado é *bem morigerado;* porém não basta a honestidade particular neste caso."[221]

Para um político menos susceptível do que Itaboraí, para um caráter dócil e acessível, como Dantas, por exemplo, ou como Cotegipe, a sugestão do Imperador valia como uma ordem. A punição do delegado culpado, isto é, a sua exoneração, pelo menos, seria a única resposta à carta do Monarca.

Itaboraí, porém, não somente não o atendeu, como fez mais: devolveu-lhe imediatamente a representação da Câmara Municipal, dizendo que não a aceitava, visto ter ela vindo particularmente e por intermédio do Monarca, e não encaminhada oficialmente por via do Ministério, como devera ter feito Sinimbu. "Enviou a representação não aos Ministros, mas direta e particularmente a Vossa Majestade, desconhecendo assim e fazendo a Câmara desconhecer a autoridade do Presidente da Província, desconsiderando, na Augusta Pessoa de V. M. I. os seus Ministros, e dando outrossim motivos para acreditar-se que eles são instrumentos, mas não agentes responsáveis do Governo." E terminava: "Os Ministros de V. M. I. não podem aceitar a posição humilhante em que parece querer colocá-lo o Conselheiro Sinimbu, nem concorrer para que de tal modo se procure descobrir a Coroa."[222]

VIII

A um homem dessa têmpera não era fácil demover das firmes prevenções em que estava contra os projetos de São Vicente. De fato. Itaboraí continuou irredutível. Não consentiu nem mesmo que se referisse o assunto na Fala do Trono a ser recitada na próxima abertura das Câmaras.[223]

Esse caso da Fala do Trono, que a muitos pareceu um incidente entre o Imperador e Itaboraí[224], explorado e largamente divulgado pela imprensa, é outra prova do caráter indiferente de Itaboraí. O Imperador havia-lhe escrito pouco antes: "Muito estimarei concorde comigo na necessidade, que sempre lhe tenho exposto, de alguma coisa dizer na Fala do Trono a respeito do assunto de que todos parecem ocupar-se menos o Governo."

Pouco depois, reunidos em despacho ministerial, Itaboraí, fazendo-se surdo aos rogos do Monarca, apresentou-lhe o projeto da Fala sem a menor referência à questão dos escravos. O Imperador notou-lhe logo a omissão. E objetou:

Por ocasião da anterior sessão legislativa, concordara com que não se tocasse no assunto, em consequência do estado de guerra; mas desaparecido esse obstáculo, agitando-se a opinião em favor da emancipação, era preciso encaminhá-la e tranquilizar os proprietários rurais. Caso o Gabinete não quisesse propor a Liberdade do Ventre, ao menos deixasse declarar na Fala do Trono que se cuidava da questão.

Um dos Ministros presentes ao despacho,[225] ainda observou "que a questão da emancipação era semelhante à pedra que rolava da montanha"; que, portanto, não se devia precipitá-la porque todos seriam esmagados. O Imperador respondeu prontamente que não duvidava em expor-se à queda da pedra, ainda que fosse esmagado! Considerando, porém, que essas suas palavras podiam assustar ainda mais os Ministros, já tão inquietos com a sua obstinação na questão dos escravos, logo acrescentou que "era mister ter fé, sem o que nada se faria; os Ministros conheciam suas ideias; ele estava disposto a persistir nelas. Mas também não iria além; e para tanto opor-se-ia até a última."

Essa insistência do Imperador, essa sua tenacidade, era a prova de que a questão da emancipação acabara afinal por conquistá-lo definitivamente. Ele nunca se daria por vencido, apesar da resistência continuada, cada vez mais firme, deliberada, do Ministério. Cotegipe conta, a propósito, outro fato. "Como o Imperador declarasse que estava disposto a aplicar aos escravos de sua casa a medida da liberdade do ventre, objetou-lho o Visconde de Muritiba[226] que, no nosso sistema, ele não podia tal praticar, abundando todos os Ministros na mesma consideração. Replicou então o Monarca que, se não tivesse o direito de dar liberdade aos escravos de sua casa, renunciaria aos seus serviços, e os mandaria para os Arsenais; mas que não se lhe podia contestar o direito a que aludia, e que o manteria, mesmo a custa de sua dotação."

IX

Todos esses fatos, pequenos incidentes que se davam com os membros do Gabinete, acentuavam cada vez mais a incompatibilidade que se criara entre o Imperador e o Visconde de Itaboraí. Todos sentiam que o Ministério estava com os dias contados. A divergência que se abrira entre ele e o Imperador era profunda, e não havia mais como saná-la. Já se apontava mesmo o chefe do futuro Ministério — o Marquês de São Vicente, "que inspirado pelo Imperador, andava já à cata de companheiros para organizar o novo Gabinete."[227]

Afinal, uma nova divergência entre o Imperador e o Presidente do Conselho, ainda por causa da questão da Emancipação[228], veio decidir definitivamente a sorte do Ministério. *Magoado* com Dom Pedro II (a expressão é de Pereira da Silva), Itaboraí apresentou- lhe o pedido de demissão coletiva.

Perguntou-lhe o Monarca a quem aconselhava se chamasse para o substituir. Caxias — respondeu-lhe Itaboraí. Mas o Imperador ponderou-lhe que Caxias estava demasiado idoso para arcar com as responsabilidades de organizar governo numa situação difícil como aquela; além do mais andava sabidamente doente. Indicou então Itaboraí o nome de Paranhos (Rio Branco). Retorquiu-lhe o Imperador que Paranhos era seu colega no Ministério (Estrangeiros), fora solidário com ele nos atos e nas opiniões do Gabinete, parecendo-lhe, assim, que se devia recorrer a outro nome, alguém que não estivesse comprometido com o Ministério que se retirava.

Itaboraí então compreendeu: indicou São Vicente, que foi logo aceito pelo Imperador.

A vinda de São Vicente pareceu a muitos que se iria entrar decisivamente na questão da Emancipação. São Vicente era o autor dos projetos emancipadores, que o Imperador porfiava em levar para diante; seu nome, se não fora de fato escolhido previamente pelo Monarca, para Chefe do Gabinete, é certo que estava dentro das cogitações imperiais; e, além do mais, ele era, dos estadistas da época, um dos mais chegados à estima de Dom Pedro II, gozando deste a mais larga e fundada confiança.

Mas São Vicente, por culpa sua, não pôde manter-se no Governo. Faltou-lhe sobretudo espírito de decisão. Apenas no Poder, viu-se logo peado com os maiores embaraços: "Lá está o São Vicente (que se preparava, desde maio, para assumir o poder)," escrevia Cotegipe a Penedo, "em grandes apertos para sustentar-se e isto em menos de 3 meses e com as Câmaras ausentes."[229]

São Vicente não era, aliás, por seu feitio, o homem indicado para um momento como aquele, sobretudo para nortear um Parlamento agitado e profundamente dividido como iria ser essa Câmara de 1871. Era demasiado espírito de gabinete, desses estadistas que fazem política teórica, fechado entre quatro paredes, e que dificilmente compreendem as flutuações e as contradições do mundo parlamentar. Um discurso do adversário, um pouco mais incisivo, habilmente recitado, deixava-o completamente desnorteado. Com toda a sua grande cultura jurídica, São Vicente era incapaz de enfrentar com vantagem um ambiente político um pouco mais movimentado. Não era, portanto, o homem indicado para vencer as cerradas fileiras que se levantavam nos corredores parlamentares contra os seus próprios projetos emancipadores, mesmo dentre os seus correligionários do Partido Conservador. Teve, assim, de retirar-se, antes mesmo da reunião das Câmaras, em março de 71. Seu Ministério não durou sequer meio ano. Nasceu e morreu no lusco-fusco das férias parlamentares.

X

Ao retirar-se, indicou para substituí-lo o nome do Visconde do Rio Branco, que foi, dessa vez, logo aceito pelo Imperador. Dotado de uma energia como poucos, de uma visão política como nenhum outro dos nossos estadistas, conhecedor do ambiente parlamentar, ninguém era mais indicado do que ele para enfrentar e levar de vencida a formidável oposição parlamentar daquela sessão de 1871, contra os projetos emancipadores de escravos.[230]

Rio Branco no poder, o Imperador iria contar decididamente com ele para a aprovação final do projeto emancipador. A certeza de que a sua presença à frente do governo bastava, por si só, para garantir a vitória, estava na resolução, que tornara o Monarca, de embarcar para a Europa no momento mesmo em que o projeto la ser submetido à apreciação do Parlamento. Ausentando-se pela primeira vez do Brasil, e deixando a Regência nas mãos estreantes da filha, ele dava ao Gabinete Rio Branco a melhor prova da sua confiança; dava-lhe a certeza absoluta na vitória.

De fato. Cinco meses depois de subir ao poder, após uma luta talvez a mais encarniçada e a mais violenta que jamais houve no Parlamento do Império, Rio Branco conseguia submeter à assinatura da Princesa Imperial Regente a Lei de 28 de setembro de 1871, chamada desde então a Lei do Ventre Livre.[230 a] "Soube mostrar-se digno da honrosíssima confiança da Coroa — dirá o filho, por ocasião de seu falecimento. Não recuou em presença dos obstáculos que lhe suscitaram as paixões partidárias e as apreensões naturais de interesses valiosos, que se fundavam na organização mais que secular do trabalho entre nós. Lutou, e a grande data de 28 de setembro de 1871 ficou sendo, e será para sempre, uma das mais belas do Segundo Reinado e da primeira Regência de Sua Alteza, a Princesa Imperial."[231]

Os louros da vitória cabiam certamente ao Presidente do Conselho, ou melhor, a todos quantos bem se houveram nessa rude peleja, desde São Vicente, que primeiro esboçara a futura lei, até Rio Branco, que a tornara, seis anos depois, graças às suas qualidades de estadista, uma feliz realidade. Mas o verdadeiro vencedor, o general-chefe, o estrategista da campanha, que lhe traçara os planos, com uma fé, com uma luz, uma constância e uma inflexibilidade jamais diminuídas, era sem dúvida aquele viajante, de grande porte e longas barbas brancas, que no mesmo dia em que a lei era votada no Brasil desembarcava, despreocupado, bem longe, no velho cais de Alexandria...

CAPÍTULO X

PELA PRIMEIRA VEZ NA EUROPA

Gosto pelas viagens. "Sua Majestade itinerante." Repercussão no país da notícia da viagem do Imperador. Apreensões dos políticos e do Ministério. Razões dessa viagem. Chegada a Lisboa. Quarentena no Lazareto. Acorrem os sábios. Primeira entrevista com Alexandre Herculano. Madrid. Passagem pela França e visita à Inglaterra. A Escócia e Walter Scott. Alemanha. Madame Schleinitz e Richard Wagner. Notícia da promulgação da Lei do Ventre Livre. Expansões efusivas do Imperador. Volta à Itália. Roma e Pio IX. Perugia e o futuro Leão XIII. O Imperador e o nosso hino. Paris. O companheiro Bom Retiro. Gobineau e os sábios. As recepções no Grande Hotel. Diplomas científicos e literários. Outra anedota sobre o nosso hino. Visita a Pasteur. Pelo Sul da França. Entrevista com Mistral. A Côte d'Azur. Gladstone e Alphonse Karr. Montpellier. Espanha e novamente Portugal. Porto. Visita a Camilo Castelo Branco. Coimbra. Lisboa. Visita a Alexandre Herculano. Partida para o Brasil e chegada ao Rio de Janeiro.

I

Os Reis são em geral grandes passeadores. O Imperador não escapava à regra. Era mesmo, muito possivelmente, nos últimos anos de vida, um dos Monarcas mais viajados do seu tempo.

Ele gostava, aliás, de locomover-se. Sem ter nada de um agitado, e apesar de ser, antes de tudo, um homem de gabinete, sua mobilidade era proverbial. Sua Majestade itinerante, era como o chamavam, para debicá-lo. Adaptava-se a todos os meios de transporte, — navio, caminho de ferro, carro, ônibus, cavalo. Gostava sobretudo de caminhar. Como uma criança, tudo quanto encontrava no caminho o interessava, prendia-lhe a atenção; e essa eterna distração do espírito tornava suas pernas infatigáveis. Andar sempre foi o seu exercício favorito. Sendo um medíocre cavaleiro, apesar das lições do Roberto, seu mestre de equitação na mocidade, e estranho, como a generalidade dos Brasileiros do seu tempo, a outro gênero de sport, desde cedo se afeiçoara às longas caminhadas a pé, tão de gosto, aliás, dos homens meditativos como ele. Seus passeios pelas ruas sossegadas de Petrópolis eram tradicionais. Tornaram-se mesmo populares.

Sendo um espírito curioso e indagador, era natural que tivesse esse amor pelas viagens, que tanto mais o seduziam quanto mais longas eram elas. Feliz, quem, como Ulisses, perfez longa viagem! exclamava Joachym du Bellay. Quando viajava, o Imperador era incansável. Queria ver tudo, embora quase sempre o fizesse um pouco superficialmente. Inquiria de tudo, a tudo se prestava, desde que se tratasse de examinar uma ruína, de pisar as ruas de uma velha cidade, de galgar a torre de um castelo ou embeber-se na contemplação de um belo panorama. Gobineau, que seria mais tarde, em 1877, seu companheiro de viagem à Rússia, refere-se um pouco decepcionado a essa pressa do Imperador, que "queria ver tudo, de preferência a ver qualquer coisa." No Brasil caçoava-se muito dessas viagens apressadas, desespero, por vezes, daqueles que o deviam acompanhar. Um médico um pouco fantasista, como são em geral eles todos, chegou mesmo a tentar demonstrar que o Imperador sofria de uma moléstia incurável, a que chamou mania ambulatória.

II

Desde muito que ele acalentava o projeto de uma longa viagem pelo continente europeu. Visitar aqueles países de velha civilização, de onde vinha a luz que lhe esclarecia a imaginação, onde colhia quase toda a sua cultura, e de onde recebia, por assim dizer, o alimento que desde a infância lhe nutria e solidificava o espírito, era para ele como que a realização de um grande sonho.

Quando terminou a Guerra do Paraguai, e ficou assentado com o Gabinete Rio Branco o plano de ação parlamentar em torno da Lei do Ventre Livre, o Imperador pôde, enfim, efetivar o seu projeto de viagem.

Assim que a notícia tornou-se pública não tardaram os ataques. A imaginação pessimista do Brasileiro entrou logo em ebulição. Os mais exagerados tentaram mesmo fazer crer que a ausência do Imperador — sua primeira ausência do país — iria dar lugar a tenebrosos acontecimentos, havendo até quem acenasse com o espantalho da fragmentação do Império e a formação, do Norte ao Sul, de várias Repúblicas independentes...

Nos círculos políticos a notícia da viagem não teve também boa acolhida. "Causa admiração, — escrevia Sinimbu a Penedo, — empreender o Imperador essa viagem, quando o país se mostra tão pouco satisfeito do modo porque está sendo governado"[232]. E o Conselheiro Nabuco dizia: "É para deplorar que o Imperador nos deixe nestas circunstâncias, levando o seu grande prestígio, levando a sua longa experiência, que ele não pode transmitir." Carregando depois no pessimismo, acrescentava: "Pode ser que eu seja visionário; mas a época que se desenha no horizonte parece a mais difícil deste Segundo Reinado"[233].

A falta de simpatia dos políticos pela viagem do Imperador à Europa era tanto maior quanto a notícia de que ele já reservara passagens a bordo de um vapor inglês aparecera nos jornais antes do Parlamento lhe dar, na forma da lei, o indispensável consentimento para ausentar-se do Império. A opinião liberal logo explorou o fato. A *Reforma*, jornal que obedecia à orientação de Sinimbu e Nabuco, taxava-o de crime — "Crime porque, carecendo o Chefe de Estado do consentimento da Assembleia Geral para sair do Império, o fato de tomar passagem com antecipação indica, ou que tem na conta de mera formalidade o direito dos representantes da Nação, ou que a viagem se fará ainda que sem autorização."

Era evidente a exploração política, visando sobretudo indispor o Ministério com o Monarca. Foi o que este logo percebeu, e se apressou em destruir em carta a Rio Branco, Presidente do Conselho:

Não mandei tomar passagens, propriamente falando: disse ao Mordomo da minha casa que se informasse de quando seria indispensável prevenir a agência dos paquetes de Southampton, para que eu não ficasse sem camarotes para a minha viagem à Europa, caso obtivesse licença precisa e pudesse partir a 23 de maio pelos motivos que ao Snr. expus. O Mordomo da minha casa soube que não havia tempo a perder, e preveniu o agente, no dia 18, com todas as reservas, que ele se comprometeu guardar. Se não fosse a saúde da Imperatriz, principal razão de minha viagem, eu não teria feito o que fiz senão depois da licença concedida embora o meu procedimento em nada a prejulgue [234].

Em todo o caso, quaisquer que fossem as razões políticas ou outras que pudessem dificultar ou retardar a concessão da Câmara dos Deputados para a sua saída do Império, essa concessão não lhe seria certamente negada. Assim que em 24 de abril de 1874 o Imperador podia escrever a Louis Agassiz, residente em Boston:

Se eu obtiver a licença das Câmaras e os deveres do meu cargo não me impedirem de partir, conto deixar o Rio em 24 de maio [*de 1871*], dirigindo-me à Inglaterra. A necessidade de estar aqui de volta no começo de abril do próximo ano e tudo o que tenho a fazer na Europa não me consentirão talvez visitar também, desta vez, os Estados Unidos, como tanto desejo [234a].

A licença foi, de fato, concedida, e o Imperador pôde, com a ajuda do Conde d'Eu, traçar definitivamente o itinerário dessa sua projetada viagem. Dizemos que a licença foi, finalmente, concedida, e é certo. Mas não sem que se levantassem as mais diversas e inoportunas reservas sobre a conveniência dessa viagem, partidas não somente da oposição liberal, o que até certo ponto era compreensível, mas também dos próprios conservadores detentores do poder, o que não deixava de ser, sob certo sentido, uma incoerência política. Mas é que, nesse como em muitos outros casos entre nós, a coerência política ou simplesmente partidária nem sempre contava quando se tratava de interesses pessoais em jogo ou simples recalques difíceis de conter.

III

Andrade Figueira, por exemplo, porque divergisse do Gabinete na questão dos escravos, exclamava da tribuna da Câmara: "Compreendo que há o maior empenho em que o paquete, que está próximo a partir para a Europa, leve do Brasil essa tão almejada carta de crédito *(referia-se à Lei do Ventre Livre),* que a impaciência do servilismo procura dirigir ao Chefe de Estado." José de Alencar era outro conservador que se levantava contra a viagem imperial. Mas o sentimento que o movia não era o mesmo do seu colega e correligionário. O Conde Ludolf, Ministro da Áustria no Rio, escrevia ao seu Governo: "Um deputado conservador e dos literatos mais estimados do Brasil, o Sr. José de Alencar, achou poder ostentar o seu despeito, por não ter sido nomeado Senador, num discurso altamente inconveniente, onde ele classifica essa viagem, entre outras coisas, de uma aprendizagem útil ao Imperador, desde que ela lhe oferece a ocasião de *ver os homens e as coisas não somente de alto a baixo, mas também horizontalmente."* E acrescentava: "Cito essa censura inepta e puramente gratuita, unicamente para mostrar o calibre dos homens que se dizem conservadores e sustentáculos da Coroa."[235]

O próprio Ministério, enfim, não escondeu suas apreensões com essa viagem. Havia nele o receio sobre a possível atitude que o Conde d'Eu assumiria, ao lado da mulher, a Princesa Imperial, quando esta assumisse a chefia do Estado. Era a primeira vez que Dona Isabel desempenharia esse cargo, e o Ministério receava que o marido dela se tornasse um estorvo em suas relações com o Gabinete Rio Branco; ao que se disse, o Presidente do Conselho abriu-se a respeito francamente com o Imperador sobre esse delicado assunto. — *Fique tranquilo, nada receie,* teria dito o Monarca; *tudo há de correr bem.[236]* Aliás, Dom Pedro II, prevendo justamente esse receio, havia fixado, nuns conselhos que dera à filha, a posição desta e do marido em suas relações com o Gabinete. Dizia nesse documento:

Para que qualquer Ministério não tenha o menor ciúme da ingerência de minha filha nos negócios públicos, é indispensável que o meu genro, aliás conselheiro natural de minha filha, proceda de modo que não se possa ter certeza de que ele influiu, mesmo por seus conselhos, nas opiniões de minha filha. Além disso, a Constituição assim o quer, e meu genro, ou antes, meu filho sabe, mesmo antes de poder-lhe eu dar esse nome, e disso fique certo, e mais robusteci minha convicção pelas qualidades que lhe reconheci depois, que ele seguiria o exemplo do esposo da Rainha Victoria, Príncipe Alberto [236a].

O Imperador já la distante, a caminho da Europa, e Pedro Luís ainda lamentava da tribuna da Câmara:

> Neste oceano político, que me parece cavado, como que a náu do Estado vaga desmastreada. O comandante amestrado, que nos acompanhara em todos os tempos, foi em demanda de plagas estranhas. .. Não pretendo lançar sobre essa figura pecha de qualquer natureza; desejo simplesmente significar que o assombro, de que se acham possuídas as duas classes aqui representadas, sobe de ponto quando se considera que o augusto personagem, que costumava dirigir os destinos desta Nação, viaja por terras estrangeiras na hora mais crítica para o seu país... O Imperador nos deixou no momento mais grave; se Sua Majestade previsse a onda de resistência que se está levantando a este projeto *(da Lei do Ventre Livre),* certamente não nos deixaria.

IV

Em verdade, o momento podia não ser talvez o mais aconselhável para a realização de uma tal viagem. Era natural que o Imperador tivesse o maior empenho em conhecer de perto os países e a civilização da Europa, sentisse mesmo a necessidade de tonificar o organismo com os ares do Velho Mundo, sobretudo depois dos cinco anos de graves preocupações e pesados encargos que lhe dera a campanha do Paraguai. Acrescia que a Imperatriz não andava bem de saúde, que mais se agravara ultimamente, com a notícia da morte da filha mais moça, Dona Leopoldina Duquesa de Saxe, falecida de tifo em Viena; a saúde da Imperatriz, a necessidade de tratá-la na Europa, era mesmo, ao menos oficialmente, a razão única da projetada viagem. "A Imperatriz não se separaria certamente de mim para fazer essa viagem, — escrevia o Imperador a Rio Branco — e o Snr. bem disse que ficaríamos aqui se eu reconhecesse que o interesse público exigia o sacrifício da saúde da Imperatriz, muito mais preciosa para mim do que a própria"[237].

Mas, por outro lado, cumpria pensar na gravidade do momento político por que atravessava o país, e indagar se ele tinha, realmente, o direito de ausentar-se justo quando, devido à sua influência, senão à própria iniciativa, o Parlamento do Império iria votar uma lei cujas consequências teriam, necessariamente, que refletir nos alicerces da nacionalidade, e quando o Partido Conservador, que detinha o Poder, e assumira a responsabilidade de fazer passar a Lei, estava dividido e seriamente enfraquecido por sucessivas crises ministeriais.

Joaquim Nabuco dirá que a partida do Imperador num tal momento era uma prova de confiança dada a Rio Branco; e, "mais ainda, de confiança na estabilidade, no funcionamento, sem atritos, do nosso sistema político, sobretudo devendo discutir-se, durante sua ausência, a lei da Emancipação."

Assinalando a relação entre a viagem do Imperador e a lei sobre o Elemento Servil, Joaquim Nabuco dirá ainda que o pensamento de Dom Pedro II, ao sair do Império naquele momento, não era, como dissera Andrade Figueira, colher lá fora os aplausos dos abolicionistas europeus; mas sim provavelmente popularizar o futuro reinado de sua filha, a Princesa Isabel.

Não era essa, certamente, a razão da viagem, que já vimos, foi motivada pelo desejo do Imperador de conhecer o Velho Mundo e de tratar,ao mesmo tempo, a saúde da Imperatriz. Mas não há dúvida em que, tendo resolvido partir, o Imperador estava desejoso de ver a filha colher, na Regência do Império, os frutos que a vitória da Lei do Ventre Livre certamente lhe daria, e que só podiam refletir proveitosamente sobre o seu futuro Reinado. Por outro lado, a Regência de Dona Isabel, num período como aquele, de grande agitação política e social, iria concorrer para a sua melhor aprendizagem da administração do país. A Princesa era então uma moça de 26 anos, cheia dos melhores predicados. Uma lição como essa, dar-lhe-ia um tirocínio que não se tem sempre nessa idade.

Apesar da opinião contrária de alguns políticos, que entendiam não competir ao Parlamento marcar os limites da autoridade da Regência,[238] visto não ser ela eletiva, o Imperador, escrupuloso como sempre fora com as liberdades públicas, fez empenho em que a autoridade da Princesa Imperial, como Regente, ficasse clara e expressamente definida pelas Câmaras. "Desde que não se podiam ampliar os poderes da Constituição, mas só restringí-los, era princípio mais liberal fazer dessa autoridade uma espécie de delegação do Parlamento. Ao passo que se evitava a arguição de usurpação constitucional, rendia-se homenagem ao princípio parlamentar. Por isso Rio Branco recorreu às Câmaras, para que dessem à Princesa a plenitude dos poderes do Imperador."[239]

V

O fato de ter Dom Pedro II recusado um navio de guerra nacional para seu transporte ao Estrangeiro foi causa de novos ataques da oposição. "Mas se ele tivesse feito o contrário — ponderava judiciosamente o Conde Ludolf — não deixariam certamente de gritar contra as despesas ocasionais por semelhante meio de transporte, porque nada pode satisfazer quem não quer nunca estar contente."[240]

Pois não se protestou até mesmo contra a ajuda de custo que o Imperador *recusou* para as despesas da viagem, e que alguns Deputados achavam que o Parlamento devia conceder-lhe?[241] "Dois mil contos de impostos do povo, — exclamava, de mau humor, um jornalista, — que a representação nacional, humilde e servil concílio de um pontífice severo e intransigente, oferece para os gastos de viagem do autocrata."[242]

Abrindo mão desse auxílio, bem como do aumento que se pretendia fazer na dotação da Princesa, já havia antes escrito o Imperador a João Alfredo, Ministro do Império: "Espero que o Ministério se apresse em fazer desaprovar quanto antes semelhantes favores, que eu e minha filha rejeitamos. Respeito a intenção de todos; mas respeitem também o desinteresse com que tenho servido à nação"[243]. Ao Presidente do Conselho ele dissera: "Agradeço-lhe suas intenções, mas não preciso felizmente de pesar sobre o Tesouro por causa de minha viagem, e, mesmo que outras fossem as circunstâncias, preferiria fazer qualquer sacrifício, sobretudo a bem da saúde da Imperatriz."[244]

O Imperador estava com pressa de partir. Por falta de tempo, já renunciara ao primitivo projeto de visitar também os Estados Unidos. A viagem ficara limitada a um prazo de apenas dez a onze meses.

"Tenho muita coisa a ver, dizia ele ao Ministro da Áustria, e disponho de mui pouco tempo. Em abril do ano vindouro devo estar de volta aqui. Assim, espero que depois de me ter desobrigado dos deveres de polidez — acrescentava, referindo-se aos Monarcas europeus — me permitirão dirigir-me como simples particular, que não tem por objetivo senão instruir-se o mais possível nos curtos momentos de que dispõe.[245]"

Sua partida verificou-se a 25 de maio de 1871, pelo vapor Douro, assumindo a Princesa Imperial, pela primeira vez, a Regência do Império.[246] Acompanhavam o Imperador seu camarista, o futuro Visconde de Nogueira da Gama, que levava consigo a mulher e a filha; seu veador Luís Pedreira, depois Visconde do Bom Retiro; seu médico, o Dr. Cândido Borges Monteiro, depois Visconde de Itaúna, com a filha; e vários outros servidores subalternos, somando todos uma comitiva de umas quinze pessoas. Na Europa, a Condessa de Barral iria incorporar-se à comitiva imperial.

VI

A 28 de maio, passaram pela Bahia; a 30, pelo Recife. E a 12 de junho, pela madrugada, a torre de São Julião da Barra salvava, em Lisboa, a chegada dos Monarcas brasileiros. Pouco depois, o *Douro* ancorava em frente ao Lazareto, onde os passageiros deviam fazer uma estada de oito dias, por motivo da febre amarela que reinava, então, no Brasil. Sabedor disso, o Imperador foi logo dizendo que não aceitava se abrissem exceções para ele e sua comitiva, os quais deviam sujeitar-se, como os demais passageiros, à quarentena no Lazareto.

Feitas as visitas das autoridades do porto e da saúde, as primeiras pessoas a subirem a bordo, para saudarem os Monarcas foram, como era de esperar, o Ministro do Brasil em Lisboa, Miguel Maria Lisboa, futuro Barão de Japurá, acompanhado do Cônsul-Geral do Brasil em Portugal, Manuel de Araújo Porto Alegre (depois Barão de Santo Ângelo), o "homem faz-tudo", que Dom Pedro II conhecia desde a meninice. Ao Ministro Lisboa, ele já havia escrito dizendo:

> Minha viagem é em caráter inteiramente particular, e chamo-me, como assino *(Dom Pedro de Alcântara)*. Não devo pois aceitar as honras que pretendem fazer-me por qualquer consideração que não respeite aquele caráter, sendo-me, todavia, muito gratas, as demonstrações de estima e amizade de nossos caros patrícios, de meus parentes, a quem tanto prezo, e dos Estrangeiros, sempre bem acolhidos por mim e pelos Brasileiros. Vou para o hotel e hei de alugar trem [*carro*] mesmo porque não desejo atribuir senão a mim qualquer embaraço, embora involuntário, à realização do meu programa de viagem. Não deixarei, como Brasileiro, de ir à casa da Legação. Tendo, provavelmente, de haver quarentena, irei para o Lazareto, e muito me afligirei se qualquer exceção a meu respeito contrariar o intuito da legislação portuguesa [247].

Depois do Ministro e do Cônsul-Geral do Brasil, apareciam a bordo, o Rei Dom Fernando em companhia do filho, o Infante Dom Augusto[248]: Feitos os cumprimentos, Dom Fernando declarou que o Governo português fizera preparar a corveta *Estefânia*, para o Imperador e sua comitiva fazerem ali, a quarentena de oito dias. "Respondi (escreveu Dom Pedro II em seu *Diário)*, que a minha viagem é de caráter particular, e que não aceitava exceção para mim"[249], acrescentando: "Aqui não há Imperador nem Imperatriz. Chamo-me Dom Pedro de Alcântara, e minha mulher Dona Teresa Cristina. Hei de sujeitar-me à lei comum, cumprindo a quarentena com os meus companheiros de viagem"[249a].

Manifestando a Dom Fernando o desejo de avistar-se com o Duque de Loulé e os Marqueses de Ficalho e de Sá da Bandeira, que tinham sido companheiros de seu pai na campanha liberal, Dom Fernando respondeu-lhe que certamente não deixariam de vir saudar o Imperador a bordo do *Douro*. Perguntou depois Dom Pedro II se havia muitos Brasileiros moradores em Lisboa, a que o cunhado respondeu pela afirmativa: "Sim, ponderou o Imperador; mas são Portugueses que residiram no Brasil e voltam chamando-se Brasileiros. Conheço muitos, alguns estimáveis, e desejaria vê-los" [249b].

Apareceram em seguida, o Presidente do Conselho de Ministros, Marquês de Ávila e Bolama, acompanhados dos Ministros da Marinha, da Guerra e da Justiça. A pessoa do Marquês não agradou muito ao Imperador, ao que parece, achando que ele tinha *um pouco de embófia,* quer dizer, era cheio de vaidade. Vieram também o Conde de Campanhã, o Conde das Alcáçovas, o Marquês de Sá da Bandeira e o Marquês de Ficalho, todos quatro antigos companheiros do Duque de Bragança (Dom Pedro I do Brasil), na campanha do Liberalismo, fato que causou grande prazer ao Imperador. Campanhã andava pelos seus 80 anos de idade, mas estava forte e vigoroso, felicitando-o Dom Pedro II pela "vigorosa disposição física em que se encontrava"[249c]. Ficalho tinha sido ajudante de campo de Dom Pedro; era agora mordomo-mor da Casa Real. Dom Pedro II achou-o de "fisionomia muito simpática, e na sua alegria, disse-me que eu pouco diferia em feições do que ele vira-me há dez anos no Rio de Janeiro."[250] Quando foi da morte do Duque de Bragança, Ficalho e Campanhã foram encarregados de levar para o Porto, o seu coração, depositando-o na Igreja da Lapa, onde ainda se encontra.

Mais visitas: o Conde de Vale de Reis, os Viscondes de Soares Franco e da Praia Grande; o Marquês de Resende, que vinha cumprimentá-lo, na qualidade de seu camarista, em nome da Duquesa de Bragança, a ex-Imperatriz Dona Amélia, madrasta do Imperador. Quando anunciaram que o Rei e a Rainha de Portugal se aproximavam do *Douro*, o Imperador, acompanhado pelo Barão, depois Visconde de Bom Retiro, desceu a escada do portaló até o.último degrau, ficando a Imperatriz um pouco acima. Troca de abraços entre o tio e o sobrinho[250a]. Dom Luís reiterou o convite, já feito por seu pai Dom Fernando, de o Imperador e sua comitiva irem fazer a quarentena a bordo da corveta *Estefânia,* que fora preparada para recebê-los. Mas, o Imperador repetiu o que já havia dito:

"Agradeço muito tamanho obséquio, mas não posso aceitar. Hei de sujeitar-me à lei comum, cumprindo a quarentena com os meus companheiros de viagem. Aqui, não sou mais que Pedro de Alcântara."

E acrescentou:

"Finda a quarentena, só me demoro um dia em Lisboa, para os visitar e a Sua Majestade, a Imperatriz-viúva Dona Amélia; vou aproveitar a estação na visita ao norte da Europa e suas principais cidades. À volta, hei de então demorar-me mais aqui, em sua companhia, e visitar Lisboa, Coimbra, onde quero ver a Universidade, o Porto, aquela nobre terra de tantas recordações, e outras ainda.[250b]"

Depois da volta dos Reis para a terra, prosseguiram as visitas a bordo. Chegava o 5º Marquês de Pombal, a quem o Imperador disse que se lembrava muito de seu pai, e que, quando passou em frente à Quinta de Oeiras, lá tinha visto a histórica residência do grande Ministro de Dom José I.[250c] Vinha depois, uma delegação da Câmara Municipal de Lisboa, conduzida pelo seu presidente, o Conde de Rio Maior, trazendo desfraldado o seu estandarte. Mas, justamente nessa ocasião, o Imperador e a Imperatriz embarcavam num escaler da corveta *Estefânia* para irem para o Lazareto, o que obrigou a embarcação que levava a Câmara, retroceder caminho e se dirigir também ao Lazareto, onde sempre conseguiu encontrar-se com o Monarca e apresentar-lhe as saudações de boas vindas da Cidade de Lisboa.

Do *Diário* do Imperador: "Estou no Lazareto. Uf!... Custou-me desvencilhar-me das cerimônias, mas tudo corre bem." Corria bem,é verdade, mas continuava assediado pelas numerosas e sucessivas visitas. Havia uma grande curiosidade em conhecer de perto esse Imperador americano, ramo desgarrado dos Braganças, que timbrava em aparecer na Europa, despido de todos aqueles apanágios e aparatos majestáticos, ainda enraizados nas cortes europeias, onde exceção da Suíça e da França, esta mesma de recentíssima data, eram ainda Monarquias apegadas a velhos preconceitos, algumas delas, governadas sob regimes absolutos.

Diário do Imperador: "Ontem foi dia de muita confusão. Vieram o Luís (o *Rei Dom Luís*) e o Fernando *(o Rei Dom Fernando)*, e conversei sobretudo com este, muito tempo. O Luís não me agrada de fisionomia e modos. Tem pouco assunto. O Fernando é muito fanhoso e lento na fala. Porém, seu olhar revela inteligência, que se descobre melhor na conversa."

Voltou a vê-lo o Marquês de Ficalho, acompanhado do filho, que seria o 4º. Marquês desse nome, mordomo-mor da Casa Real e um dos companheiros de Eça de Queirós nos *Vencidos da Vida*. Apareceu depois, o Conde de Casal Ribeiro, Ministro de Estado honorário e par do Reino, "que pelo físico e talento chamarei um fraquinho de espírito. Descrê da política e faz vinho perto de Alenquer, na Crujeira, assim como Alexandre Herculano faz azeite em Val de Lobos, perto de Santarém" *(Diário)*. Voltou também a aparecer o Rei Dom Luís, interrompendo o jantar do Imperador. "Pareceu-me o mesmo, — diz Dom Pedro II em seu *Diário*, — e já vai se acomodando a respeito da minha ida para o hotel", por julgar, talvez, que era um desprimor para a Casa de Bragança que o seu tio Imperador reinante fosse hospedar-se numa casa por assim dizer aberta a toda a gente.

VII

Com isso os dias iam passando, e esse enclausuramento no Lazareto — *a minha gaiola,* no dizer do Imperador, — começava a impacientá-lo, ansioso que estava por safar-se dali, e ir conhecer Lisboa. Do *Diário:* "Não sei quando sairei desta prisão, que só me atormenta por ver, somente de óculo, Lisboa, e não ter exercício senão nestes corredores e escadas."

Numa manhã apareceu-lhe uma senhora dizendo-se sua irmã por parte do pai, sendo filha natural de Dom Pedro I com uma Dona Mariana Carolina de Albuquerque Meneses, esta filha do General José Severino de Albuquerque. "Procurou-me antes do almoço (diz o Imperador no *Diário*) contando-me uma história de nascimento que talvez seja invenção. Chorou muito, chamando-me *meu amor.* O Alcáçovas disse-me que só conhecia a moça como afilhada dos Duques da Terceira, e que julgava-a recatada." Dizendo-se desamparada, pedia a proteção do Imperador. Este, em parte interessado com a história da rapariga, perguntou-lhe de que vivia — "trabalhando, disse ela, e também ensinando a uma sobrinha do Dr. Barral." Indagou-lhe "se tinha sido sempre senhora." Que sim, respondeu, "à custa de infinitas lágrimas." Perguntou-lhe ainda o Imperador se ela estava legitimada e por quem. Respondeu que estava por um senhor que já tinha morrido, sendo sua educação provida por seu padrinho o Duque da Terceira, que a havia enclausurado num Convento onde vivera toda a mocidade, escondendo quanto possível a origem do seu nascimento. Por fim, desejando o Imperador saber se ela tinha alguém que "provasse o seu caráter", indicou o Conde das Alcáçovas. "Agora aqui não lhe posso fazer nada, rematou o Imperador bondosamente; tome sentido, depois farei o que puder."[2SOd]

Apareceu o poeta Mendes Leal, o autor dos *Cânticos,* para quem o Imperador recitou a tradução que fizera do *Cinco de Maio* de Manzoni. Também romancista e autor dramático, Mendes Leal acabaria se destacando na política do país, sendo Ministro de Estado sucessivas vezes. Nessa ocasião, era Ministro de Portugal em Madrid. Depois de Mendes Leal, outras visitas: os Viscondes de Asseca, que descendiam diretamente, por linha varonil, de Mem de Sá, terceiro Governador-Geral do Brasil (de 1558-1572); Soares Franco e de Andrade Pinto; os Condes de Penamacor, de Casal Ribeiro, de Castelo Branco e de Parati; os Viscondes de Valmor e de Algés; os Duques de Loulé e de Palmela; os Marqueses de Sá da Bandeira, de Niza e da Praia Grande. O Duque de Loulé era casado com a Infanta Ana de Jesus Maria, filha de Dom João VI. Era, portanto, tio-a fim do Imperador. "Belo homem, — diz este em seu *Diário,* — mas de olhar pouco leal. Parece-se, no geral da fisionomia e metal de voz, com o Caxias." Loulé havia conhecido Dom Pedro II ainda criança, no Rio, no fim do reinado de Dom Pedro I, do qual seria, em Portugal, Ajudante de campo. Outras visitas: o Conselheiro Antônio Maria Fontes Pereira de Melo, que seria depois Presidente do Conselho de Ministros; Augusto Soromenho, que representava a Academia das Ciências de Lisboa; o jornalista e homem de letras Brito Aranha, Antônio de Serpa Pimentel, Salomão Saraga (conversa de duas horas); vários membros da colônia brasileira e alguns chefes das Missões diplomáticas estrangeiras, acreditadas em Lisboa, a começar pelo Núncio do Papa, Monsenhor di San Stefano, "muito risonho e esperto (anotava o Imperador) que não se saiu [bem] em querer sustentar que as ideias liberais são incompatíveis com a ordem"; Ministros da Inglaterra, dos Estados Unidos da América, da Espanha e da Itália, que era o Marquês d'Oldoni, muito popular e estimado em Lisboa.

Apareceu também, o velho Visconde de Castilho que Dom Pedro II conhecera no Rio de Janeiro, quando ele ali, chegara, em 1855, e fora um dos frequentadores dos saraus literários de São Cristóvão.[250e] Era então, um dos chefes da escola romântica portuguesa. Cego, apareceu conduzido por um dos filhos. "Está bem abatido (notou o Imperador no *Diário*) e cuida agora da tradução das *Fourberies de Scarpin."* Uma entrevista de três horas.

Enquanto isso, tocava, todas as tardes, no Lazareto, a banda do batalhão de caçadores.

Diário do Imperador:

Veio também Inocêncio Francisco da Silva (levado por Araújo Porto Alegre, Barão de Santo Ângelo, Cônsul-Geral do Brasil em Lisboa), e falamos longamente sobre dicionários e publicações literárias. É um pouco mordaz. Contou-me que os dicionários são muitas vezes como o de Morais (que, aliás, julga será por muito tempo o único), o qual traz *abrixar* e *agudar-se,* porque assim são escritos nos clássicos da língua, mas unicamente por erros de imprensa .

Mas, de todas as visitas que la recebendo, a que o Imperador mais estimou e lhe proporcionou maior prazer foi a de Alexandre Herculano. Herculano em Lisboa e Manzoni na Itália, o conhecimento pessoal com esses dois grandes espíritos do século, que o seduziam desde os anos da sua juventude, valiam qualquer sacrifício que acaso tivesse feito para ausentar-se do Brasil. Sua admiração por Herculano vinha de longe. Há quase vinte anos que os dois se correspondiam num tom de uma larga e cordial amizade. Herculano tinha por Dom Pedro II, uma espécie de admiração carinhosa e ao mesmo tempo respeitosa, e já o chamava, em 1854, quando o Imperador não passava de um rapaz de 19 anos de idade, "Príncipe a quem a opinião geral coloca entre os primeiros de nossa época pelos dotes de espírito e pela constante aplicação desses dotes à cultura das ciências e das letras."[251]

O homem de 46 anos,que ele via agora pela primeira vez, não podia senão confirmar o bom conceito que fizera outrora do rapaz. 0 Imperador estava então na força da idade, em pleno vigor de suas qualidades. Por duas vezes, Herculano foi procurá-lo no Lazareto, e longas horas se deixaram ficar os dois,esquecidos dos homens e do mundo, num convívio que tinha um pouco o sabor dos tempos patriarcais. Como o Imperador se queixasse da qualidade do azeite que lhe serviam no Lazareto, Herculano trouxe-lhe uma bilha de azeite de sua terra de Vale de Lobos.

Diário do Imperador: 19 de junho de 1871: "Ontem conversei longamente com Alexandre Herculano sobre especialidades e negócios de Portugal. Tem escrita grande parte do tomo 5⁰ *da História e* outros trabalhos, um dos quais era uma *narrativa* em que ele pintava o estado de Portugal. Horrorizou-se e rasgou esse manuscrito. Nas horas de descanso traduz Ariosto, que ele diz agradar mais em verso solto. Falou muito de Pedro V, e recomendou-me que levasse para o Brasil a cópia do processo dos fidalgos que tentaram matar Dom José, única que existe, e muito curiosa pelos depoimentos do Rei.[252] Como Herculano fala entusiasmado da Batalha![253] Hei de ir ver o Convento dos Jerônimos com ele. Se tiver tempo, hei de visitar Herculano em Val de Lobos; ele ficou de ler-me e traduzir Ariosto quando lá nos acharmos. Herculano falou com muita moderação. Descrê de Portugal, sobretudo porque há falta de religião e péssimo clero — e de instrução, dando as eleições, quando libérrimas, como agora, piores resultados quanto aos méritos dos eleitores. Elogiou os seminários, todavia. Estigmatizou a *igualdade em todo o Reino* do sistema das escolas, com *obrigação de frequentá-la,* pois torna-se assim o maior vexame da população agrícola..." [254].

Informado da chegada do Imperador a Lisboa, foi ter aí com ele o seu genro, Luís Augusto, Duque de Saxe, viúvo da Princesa Dona Leopoldina, a segunda filha de Dom Pedro II, falecida no começo desse ano em Viena d'Áustria. Iria instalar-se no Lazareto, para fazer melhor companhia aos sogros. O Imperador lhe dedicava uma sincera afeição, um pouco,talvez, com pena dele, por ter perdido poucos anos depois de casado, uma mulher que adorava.

Num outro dia, aparecia novamente o Rei Dom Luís, dessa vez com a mulher e os dois filhos, "que são lindíssimos", notou Dom Pedro II. Eram os Príncipes Dom Carlos, futuro Rei, que seria assassinado em 1908, ao voltar de Vila Viçosa, e Dom Afonso, Duque do Porto.

Nota do Imperador em seu Diário, referindo-se à Rainha Maria Pia: "Assenta-se que parece padecer da moléstia dos homens sedentários. Não gosto dela, mas tem sofrível corpo e revela inteligência, embora não haja sacarrolha para fazê-la falar um pouco mais." Nessa ocasião a Rainha tinha apenas 24 anos de idade, e era casada fazia nove anos. Era tida como uma mulher bonita, com um grande charme, e, segundo a opinião insuspeita do Imperador, não desprovida de inteligência. Este confessava que não gostava dela. No silêncio em que se fechava diante dele, recusando entrar em conversa, não estaria a recíproca desse sentimento? Essa mulher teria um fim de vida, trágico, com a morte do marido, o assassinato do filho e do neto querido e a extinção da Monarquia, seguida da deposição do outro neto, o Rei Dom Manuel II, obrigando-a a fugir para a Itália, onde iria falecer. Nos seus últimos anos de Lisboa, vivia numa meia demência no vasto Palácio da Ajuda, percorrendo aquelas grandes salas vazias e silenciosas, com um pequeno regador na mão, a regar as flores tecidas nos tapetes que cobriam o chão.

VIII

Terminada a quarentena, pôde, enfim, o Imperador conhecer Lisboa. Desembarcou na companhia da Família Real portuguesa, cercado de muita gente, e logo se formou um longo cortejo de cerca de 100 carros para acompanhá-lo pela cidade. Deu algumas voltas pelo centro. Foi ao Rossio, contemplar a coluna encimada pela estátua do pai. Dirigiu-se em seguida a visitar a madrasta, a ex-Imperatriz Dona Amélia, agora Duquesa de Bragança, que terminava seus dias de vida no Palácio das Janelas Verdes, antiga residência do Marquês de Pombal. Dona Amélia tinha então cerca de 59 anos de idade. Viúva havia trinta e sete anos, tendo perdido a única filha que tivera de Dom Pedro I, morta de tuberculose (a mesma moléstia que vitimou-lhe o pai) na Ilha da Madeira, vivia a sua tristeza enclausurada naquele casarão (hoje Museu de Arte Antiga), cercada de uma pequena "corte"[254 a]. Dom Pedro II, a bem dizer, não a conhecia, pois tinha apenas cinco anos, quando ela deixara o Brasil em 1831, com a abdicação de Dom Pedro I. Embora, possuidora de muitos haveres, continuava a receber do Tesouro Brasileiro uma pensão anual de 40 contos de réis, estabelecida numa lei de 19 de dezembro de 1834.

"Chorei de alegria e também de dor" (dizia o Imperador em seu Diário, referindo-se a essa visita a Dona Amélia), "sendo minha mãe tão carinhosa para mim, mas tão avelhantada e doente! "

Das Janelas Verdes, o Imperador foi à Igreja São Vicente de Fora (para onde ele mesmo iria, depois de morto), onde repousavam os últimos Braganças, a fim de rezar junto aos túmulos do pai, da irmã Dona Maria II e do filho desta, Dom Pedro V.

Foi depois aos Paços da Ajuda e das Necessidades, retribuir as visitas que lhe haviam feito os Reis Dom Luís e Dom Fernando. Do Palácio das Necessidades "todo arte por dentro, onde Fernando apresentou-me à mulher", (que era a Condessa d'Edla) *(Diário)*, dirigiu-se para o Convento dos Jerônimos, em companhia de Alexandre Herculano, que se fez uma espécie de guia do Imperador. Do *Diário:* "Que mimosa arquitetura, sobretudo a parte inferior do claustro! A parte moderna do templo desdiz muito do resto, e a torre, cujo risco deu o Cinatti, é muito graciosa. No claustro, há um baixo-relevo do sol e dos navegadores, dos quais só um — Pedro Alves Cabral, *(sic)* olha para o lado oposto. O suposto sepulcro de Dom Sebastião nada tem."

À noite, houve iluminação festiva nas principais ruas da Lisboa e em algumas casas particulares, sobressaindo-se o Palácio do Visconde de Ouguela, no Chiado. O Imperador foi dar uma volta pelo Passeio Público, cujo diretor, um Dr. Cardim, insistia por que ele sentasse numa cadeira que lhe estava ali reservada. Respondia-lhe o Monarca: "Não me sento porque não estou cansado. Demoro-me no Passeio e quero ver e ouvir os coros. Vá tratar da sua vida, que eu me sentarei depois em qualquer parte."[255]

No dia seguinte, 21 de junho, Dom Fernando la ao Hotel de Bragança, às seis horas da manhã, buscar Dom Pedro II a fim de darem um passeio pelas ruas centrais de Lisboa. Sairiam a pé, em direção à Praça Luís de Camões, cuja estátua foi muito apreciada pelo Imperador. Desceram depois pela Rua do Alecrim até o Cais do Sodré, e de lá pelo Aterro (atual Avenida da índia) até o Paço das Necessidades, de onde voltaram num carro para o Hotel de Bragança, retirando-se em seguida o Rei Dom Fernando. Depois de almoçar no Hotel, Dom Pedro II e a Imperatriz voltaram a visitar a ex-Imperatriz Dona Amélia, nas Janelas Verdes. Em seguida, Dona Teresa Cristina la ao Hotel dos Embaixadores visitar a Viscondessa de São Salvador de Campos,[255a] sogra do antigo Ministro de Portugal no Brasil, Conselheiro José de Vasconcelos e Sousa. Enquanto isso, o Imperador la fazer a prometida visita à Escola Politécnica, onde o esperava o Rei Dom Luís, visita que se prolongou por mais de duas horas, fazendo Dom Pedro II, questão de percorrer todos os laboratórios e grande parte das salas de aulas.

À noite, desse dia, houve um jantar íntimo no Paço da Ajuda, que, apesar da relutância do Imperador, seu sobrinho, Dom Luís, fez empenho em dar em sua honra. Jantar de 34 pessoas, do qual participaram, além da Família Real e do Duque de Saxe, os Marqueses de Ávila, de Pombal e de Ficalho; os Condes de Mafra, de Ficalho e da Ponte; a Condessa de Vila Real, a Viscondessa de Asseca, o Ministro do Brasil Miguel Maria Lisboa com a mulher, e outras pessoas do séquito dos Monarcas brasileiros e da Casa Real portuguesa. Terminado o jantar, cerca das 11 horas da noite, Dom Pedro II, com Dom Luís, o Duque de Saxe e o Marquês de Ficalho, foram visitar a Tapada da Ajuda, de onde só voltaram pouco antes da 1 hora da madrugada.

No dia seguinte, pelas 4 horas da manhã, o Imperador já estava de pé no Hotel de Bragança. E, às sete e meia, partia com a sua comitiva, da Estação Santa Apolônia; em direção à Espanha.

IX

Passou apenas por Madrid. Foi acolhido pela Academia Espanhola numa sessão em sua honra. Demorada visita ao Museu do Prado. Depois do que, foi visitar Amadeu I, Rei da Espanha, que estava no segundo ano do seu reinado e devia abdicar a coroa daí a dois anos. Um Rei que a História esqueceu.

De Madrid seguiu para a França, chegando a Hendaya a 26 de junho. Aí o esperava Gobineau, que arranjara para isso uma missão Oficiosa do Governo Francês.

A França acabara, havia pouco, de ser derrotada em Sedan pelos Exércitos prussianos. Napoleão III fora levado prisioneiro para a Alemanha, e o novo governo da Defesa Nacional, com Thiers e Gambetta, negociavam em Versalhes, a evacuação do território pelas tropas inimigas. Meses antes Paris estivera entregue à efêmera dominação da Comuna, que depois do sítio dos Prussianos só servira para trazer novos sofrimentos à população da Capital.

Dirigindo-se à Inglaterra, o Imperador limitou-se a atravessar rapidamente o território francês. Passando por Paris, foi recebido em Versalhes por Thiers. Em Rouen encontrou-se com os Condes de Trápani; o Conde era irmão da Imperatriz. Rouen estava ainda ocupada pelos Alemães. O comandante da praça apressou-se em anunciar ao Imperador que uma guarda de honra seria posta à frente de seu hotel. Recusou-a. Penhorado, embora, com essa homenagem dos Alemães, declarou que não a recusaria, se estivesse na Alemanha; mas estava na França, e não podia consentir em que os vencedores viessem homenageá-lo no solo dos vencidos.[256]

A excursão pelo Reino Unido durou pouco mais de um mês — o mês de julho e a primeira quinzena de agosto. Em Londres conheceu a Rainha Victoria, com a qual passaria dois dias no Castelo de Osborne, na Ilha de Wight. Conheceu também o Príncipe Real da Suécia, que pouco depois seria o rei Oscar II, poeta e Historiador, um Soberano que tinha com ele não poucas afinidades, não só pelo amor às letras e às ciências, mas ainda pelo seu espírito justo, por sua serenidade e prudência com que governava o seu povo.

Na capital inglesa, logo de chegada, o Imperador escandalizou o puritanismo inglês e a *Royal Family,* sobretudo aquela Soberana cheia de preconceitos, assistindo ao ofício divino na Sinagoga Central, de Great Portland Street, onde surpreendeu os Rabinos, traduzindo do hebreu, uma página da Bíblia.

Procurou avistar-se com Darwin, mas o grande sábio estava ausente, no Estrangeiro. Sabedor dessa intenção, de lá, escrevia ao seu amigo J. D. Hooker: "O Imperador fez tanto pela ciência que todo sábio lhe deve o maior respeito. Peço-lhe que lhe exprima, da melhor maneira e com a maior sinceridade, quanto me sinto honrado com o seu desejo de ver-me, e quanto lamento estar ausente."[257] Darwin tinha estado no Rio em 1832, cerca de três meses, quando o Imperador era uma criança de sete anos de idade. Voltaria mais tarde, em 1836, mas dessa vez estivera apenas na Bahia, e não se avistara com o Monarca.

Em Londres foi procurado pelo Ministro dos Estados Unidos, Robert C. Schenck, que, na qualidade de membro da comissão do *Alabama (Alabama Claims),* pediu que Dom Pedro II designasse um Brasileiro para compor o tribunal que se devia reunir brevemente.[258] O Imperador, logo protestou "que nada tinha a ver com os assuntos do Governo, pois que no Estrangeiro não era o Imperador do Brasil, mas tão somente um cidadão como outro qualquer." E quando Schenck la ponderar-lhe — *Mas Vossa Majestade pode naturalmente aconselhar...* — ele o interrompeu com vivacidade:

"Não. Afirmo-lhe que não escrevi uma linha sequer acerca de negócios do Estado, desde que parti do Rio de Janeiro, e não é absolutamente minha intenção escrever.[259]"

A 24 de julho, o Imperador chegava a Edimburgo. A Escócia o seduziu. Aqueles lagos azuis, as montanhas selvagens das Highlands, cheias de uma doce poesia, a singeleza dos bravos habitantes, tão diferentes dos frios e impassíveis Ingleses das planícies... Mas, o que realmente o encantou, foi a peregrinação aos lugares imortalizados por Walter Scott, nos quais reviveu emocionado as páginas daqueles romances que haviam feito as delícias de sua adolescência. Sua emoção foi grande, sobretudo, quando penetrou na velha morada de Abbotsford, *onde se fala do bom e nobre senhor,* e onde a bisneta do grande romancista o acolheu como um velho amigo da casa, fazendo-o percorrer as salas agora desertas, sentando-o na mesma poltrona onde outrora, descansara o romancista; deixando-o, depois, apoiar-se naquela mesa agora venerada, onde ele escrevera tantas e tão belas histórias, e sobre a qual fora encontrado, poucas horas antes de morrer, debruçado numa folha de papel em branco, a pena na mão, chorando baixinho, pelo desgosto de constatar que o seu cérebro, tão rico outrora de imaginação e engenho, estava agora ressequido, de todo, esterilizado pela moléstia que lhe vinha desde muito minando o forte organismo de montanhês.

Como lembrança dessa visita, a bisneta de Walter Scott deu ao Imperador um manuscrito autógrafo do romancista sobre o sítio da Ilha de Malta.

Como eu me lembro do seu *Ivanhoé!* — evocaria mais tarde o Imperador a Gobineau.— Como ele o começa bem,descrevendo a chegada dos viajantes em casa de Cedrico! A paisagem é ali maravilhosamente descrita, quando o terrível Templário e o alegre Abade encontram Gurth. Leia também *Waverley,* e pensando nos lagos das Highlands vá admirá-los depois ao natural. Não esqueça *Mid Lothian's Hearst.* Fiz a minha peregrinação a São Lázaro, onde conservam ainda a casa de Jennie Dean. Escondi-me também atrás de uma das pilastras da cripta de São Mungo, em Glasgow... [260]

Do diário da Condessa de Barral, que se juntara à Imperatriz na Inglaterra: "2 de agosto. Edimburgo. Só saímos depois do almoço, e isso só para ver o *Castel* com *os Regalia Rooms,* onde se guardam a coroa de Roberto Bruce e várias joias do tempo de Elizabeth e de James IV da Inglaterra. Fizemos compras de xailes escoceses. o Imperador foi ver os sábios."[261]

Os sábios... No caso, era Sir William Thompson, futuro Lord Kelvin, físico famoso, matemático e professor da Universidade de Glasgow, e que era já uma autoridade em cabos submarinos. O Imperador foi procurá-lo para pedir-lhe que fosse ao Brasil, como de fato iria em 1874, examinar o cabo telegráfico submarino que por iniciativa do Monarca se estava estendendo ao longo da costa brasileira.

X

Da Inglaterra, passaram para o Continente. Na ânsia de tudo ver, a viagem fazia-se, — para usar uma expressão militar perfeitamente adequada, apesar da visceral ojeriza de Dom Pedro II por tudo o que era guerra, — *a toque de caixa.* Assim que, a 11 de agosto, o Imperador deixava Londres para atravessar a Mancha e desembarcar na Bélgica, em Ostende. A 14, passava por Gand e no dia seguinte, em Bruxelas. Pela manhã, visitava o campo de batalha de Waterloo (seu pai era um grande entusiasta de Napoleão I, mas ele apenas o apreciava como homem de Estado que foi, superior, por vezes, ao militar), e a noite la jantar em Laecken com o Rei Leopoldo II da Bélgica, então, um rapaz de trinta anos de idade (dez anos mais moço do que Dom Pedro II), casado com uma sua prima Arquiduquesa da Áustria. Leopoldo impressionou o Imperador apenas por sua "calma imperturbável." A 18, chegava a Liège. Gobineau escrevia-lhe de Paris:

Só faço pensar em si e não tenho coragem de escrever-lhe. Sinto que deve estar inteiramente dominado pela quantidade de coisas novas que vê. Os quadros que se deparam a seus olhos dão-lhe um tão grande interesse, que não tenho, por assim dizer, vontade de fazê-lo pensar em mim. O que desejo, e espero obter um dia, é o conhecimento das impressões que tudo isso lhe haja dado, o mundo intelectual que o Sr. tenha construído, as conclusões que venha a tirar. Não é seguramente das coisas menos raras, entre as coisas raras, esse exame feito pelo Sr., na sua idade, pela primeira vez, armado como está de tantos meios de julgamento, e julgando, enfim,da posição que desfruta. Não me lembro de coisa comparável. Talvez, quando Carlos-Quinto se foi das Flândrias à Espanha e da Espanha à Itália, terá tido ocasião de passar por lugares também novos para ele. Não vejo na História outra analogia. O Sr. encontrará certamente muita coisa digna de estima, mas também de desprezo. Talvez, e estou mesmo quase a dizer provavelmente, o que lhe parecer como sendo o mais considerável não seja absolutamente o que os políticos põem no primeiro plano. Não ficarei surpreendido se o Sr. achar que Walter Scott deixou traços mais fundos no Espírito inglês e sua cultura do que os dois Pitt reunidos no dos políticos [262].

Deixando a Bélgica, entraram na Alemanha por Aix-la-Chapelle (Aachen), Colônia, Dusseldorf, Essen, Hamburgo e Berlim, onde chegaram a 22 de agosto. No dia seguinte, às 5 horas da manhã, o Imperador saia do Hotel de Rome, onde se hospedara, para iniciar as visitas programadas: Escolas, Ginásios, Academias, Museus, a Bolsa, o Paço Municipal, a Universidade, o Castelo Real, para terminar o dia em Tegel, nos arredores da Capital, a fim de homenagear a memória de Alexandre de Humboldt. No dia 25, continuava a correria, dessa vez pelos arsenais e quartéis do Exército, não se esquecendo, é claro, de ir visitar a Sinagoga[262a].

Foi depois a Potsdam, encontrar-se com Guilherme I, que, de Rei da Prússia passara, fazia sete meses, a Imperador da Alemanha, graças ao gênio político de Bismarck, que, aproveitando a vitória das armas alemãs sobre os Franceses, unificara os Estados da Alemanha e constituíra o Império Alemão. "Não conheci velho mais amável", diria Dom Pedro II, de Guilherme I[263], que andava nessa época nos seus setenta e quatro anos (iria morrer em 1888).

Dessemelhantes sob muitos aspectos, havia, entretanto, entre Guilherme I e Dom Pedro II uma grande afinidade de maneiras, de sentir, e de compreensão. Eram dois homens que podiam ser colocados num mesmo nível, humanamente falando. O Príncipe de Bulow, que conheceu de perto o primeiro, traça-lhe um perfil que parece calcado sobre o nosso Imperador:

Era uma personalidade harmoniosa e bem equilibrada. Por isso, foi um Monarca bom e justo. Raramente um homem se esforçou como ele para se aperfeiçoar. Instruiu-se antes de tudo para a vida, pela experiência boa e penosa, e isso até a velhice. Podia-se dizer dele como de Sólon, que envelhecia aprendendo sempre. Raramente também um homem foi tão senhor de si mesmo e habituado a disciplinar-se; dessa disciplina resultava suas atenções para com os outros, mesmo para com os pequenos, sua bondade e sua paciência. Era, no fundo, de uma tocante modéstia. Um dia em que meu Pai, que nunca foi inclinado a cumprimentos, lhe exprimia sua sincera admiração por essa modéstia, o Imperador, que era um octogenário, respondeu-lhe: *Como não seria, eu modesto quando lá no Alto o meu criado terá talvez um lugar melhor do que o meu, porque ele vale mais do que eu e terá cumprido o seu dever?*

O Príncipe de Bismarck foi para Dom Pedro II um personagem incômodo. *Evitei- o*, disse ele; *"admiro o homem, mas não o estimo[264]*. Compreende-se. Essa falta de simpatia pelo *Chanceler de Ferro* e unificador da Alemanha, podia ser atribuída ao procedimento deste, provocando a guerra contra a França e esmagando-a em Sedan. Como sabemos, o Imperador era um grande amigo da França, que ele considerava a sua segunda pátria. Solidário com o sentimento dos Franceses, não podia, é claro, estimar o Príncipe de Bismarck, a quem se devia a derrota das armas gaulesas e a perda para a Alemanha, da Alsácia-Lorena, cuja recuperação passaria a ser, depois disso, a esperança de um grupo de patriotas franceses, Deroulède e Maurice Barrès, entre outros, mas só alcançada com a paz de 1918.

Voltando de Potsdam, os Imperadores do Brasil deram uma grande recepção no Hotel de Rome, com a presença das autoridades do Governo, do Corpo Diplomático estrangeiro acreditado na capital da Alemanha, sociedade, artistas, homens de letras e de ciências. Mas, antes dessa recepção, Dom Pedro II fez questão de ir com a Imperatriz e todos os membros da sua comitiva, visitar o Ministro do Brasil em Berlim, César Sauvan Viana de Lima, depois, Barão de Jauru, que se encontrava doente e impossibilitado de sair

O *Novo Jornal da Prússia,* que se publicava na capital do Império, escrevia a propósito dessa visita de Dom Pedro II:

Durante toda a sua curta estada, revelou o Imperador Dom Pedro um extraordinário interesse pelos nossos institutos científicos, artísticos e beneficentes, manifestando, ao visitá-los, espantosos conhecimentos. Mais importante do que a longa série de visitas, é o conhecimento e o sobejo saber que o Imperador demonstrara no correr das mesmas. Ele falou aos Embaixadores reunidos juntos a ele, na maioria das vezes em suas próprias línguas. Mostrou, na Sinagoga, o seu profundo conhecimento da língua hebraica. Indagou, nos Museus, sobre obras e coleções de arte que já conhecia de nome. Conversou com o Embaixador americano Bancroft e o Professor von Ranke[265] sobre assuntos históricos. Com o Conselheiro secreto da Corte, Schneider, abordou as obras sobre assuntos militares, lamentando, que não se encontrassem em Berlim, naquele momento, muitas das nossas celebridades literárias e artísticas [265a].

Foi em Berlim que ele iria conhecer pessoalmente Richard Wagner, que revolucionava então a arte dos sons. O encontro teria lugar em casa da Condessa de Schleinitz, amiga do maestro, e onde se reunia então, tudo que a Alemanha tinha de artistas, de literatos, de homens de ciência, sem exclusão do mundo puramente político e social da época. Frau von Schleinitz era tida como uma das mulheres mais cultas e mais inteligentes de Berlim desse tempo, e possivelmente das mais brilhantes da Europa. "Senhora de muito espírito, amiga da Kronprinzessin (que era a Princesa Victoria, filha mais velha da Rainha da Inglaterra) e de Wagner", diria Dom Pedro II em carta ao Barão de Taunay.

O que, porém, o seduziu, não foi tanto a personalidade interessante dessa mulher, mas o ambiente acolhedor do seu salão, a sociedade que nele se dava *rendez-vous:* músicos, pintores, diplomatas, jornalistas, atores, generais, homens de ciência e homens políticos, nobreza e alta burguesia. Apesar de heterogêneo, o ambiente ali, não era contrafeito. Ao contrário, graças ao espírito liberal da dona da casa, havia entre todos, uma inteira liberdade de pensar. Ninguém se vexava de emitir uma opinião mais radical, nem contradizer um argumento menos sólido, porque a todos acolhia, encorajando-os, o sorriso gracioso e animador da Baronesa de Schleinitz.

A admiração e a amizade que ela tinha por Wagner[266] devia ter sido outro laço que a aproximou de Dom Pedro II, já então, um grande admirador daquele a quem chamava o músico do futuro. Não sendo um grande conhecedor da arte dos sons, o Imperador foi dos primeiros a compreender e a admirar o gênio de Wagner. Não o afastou, como a Rainha Victoria da Inglaterra, que, durante muito tempo ainda, não lhe queria sequer ouvir o nome e muito menos a música, "completamente incompreensível", dizia; e quando alguém observava que era, possivelmente, a que dominaria no futuro, ela respondia: "O futuro me aborrece e dele não desejo falar."

XI

Deixando Berlim, o Imperador e comitiva rumaram para Coburgo, passando por Dresde e Eisenach. Em Coburgo os Imperadores interrompem a viagem para o cumprimento de um dever piedoso: o de visitar e orar junto ao túmulo da filha Dona Leopoldina, que, casada com o Duque de Saxe. havia falecido em Viena e fora sepultada na Igreja de Santo Agostinho, em Coburgo, lugar do eterno repouso dos Príncipes de Saxe-Coburgo.

À estação de Coburgo, esperavam os Monarcas brasileiros: os Duques reinantes de Saxe-Coburgo-Gotha, Ernesto II e Alexandrina, nascida Duquesa de Baden, o Duque de Saxe, viúvo de Dona Leopoldina e seu filho Dom Pedro Augusto, os avós paternos deste, Príncipe Augusto e Princesa Clementina, esta filha do ex-Rei Luís Filipe de França. *Diário* da Duquesa Alexandrina: "Ao meio-dia, doze horas, na estação para a recepção das Majestades, que nos cativaram muito pela sua simplicidade. À uma hora, deixo-as no Hotel Lenthaussen."[266a]

Na mesma tarde, os Imperadores e o Duque de Saxe foram à Igreja de Santo Agostinho, onde repousam os restos da Princesa Dona Leopoldina. Ficaram a sós, sem o séquito, orando no silêncio glacial daquela cripta. Podemos imaginar a emoção daqueles pais extremosos diante da tumba da filha querida. Assim que regressaram ao Hotel, foi a vez do séquito, no qual figurava também a Condessa de Barral, antiga preceptora da Princesa, que levava uma coroa de flores. Em seguida, a palavra da Duquesa: *Ernesto segue para a cidade a uma hora, a fim de conduzir as Majestades para a fortaleza.* A fortaleza é o imponente castelo-forte, de onde se descortina uma vista maravilhosa e que contém notáveis coleções acumuladas durante gerações e gerações dos Duques reinantes [266b].

De Coburgo, os Imperadores seguiram para Karlsbad, para fazerem uma cura de águas. *Diário* da Condessa de Barral:

Partimos de Karlsbad às 10h05min. Acompanhamento e carga de *bouquets*. Despedida da Princesa Dona Januária. Mudamos de carro em Eger. Jantamos em Swandorf às 3 horas. Telegramas do Príncipe Luitpold, convidando Suas Majestades para jantar amanhã. Vai, não vai — afinal a resposta foi de outra estação, dizendo que sim, mas o Imperador dizendo que não. Chegamos a Munique às 8 e meia. Príncipe Adalberto e a Princesa. Príncipe Luitpold e filhos. Conde de Trápani. Princesa de Ysenbourg. Rei de Nápoles. Conde de Caserta e Visconde de Santo Amaro, Siqueiras, Villeneuves, todos estavam na estação. O Imperador recusou os carros [267].

Praga, Salzburgo, Linz, Viena — 1º de outubro de 1871.

Em Viena, conheceu o ramo Habsburgo da família de sua mãe. O Imperador, Francisco José, chefe da Casa, era então um jovem de 41 anos de idade, pouco mais moço, portanto, do que ele. Estava no auge de seu prestígio político, graças à posição que o Império Austro-Húngaro desfrutava ainda no cenário europeu. Apesar da derrota de Sadowa, cinco anos antes, em virtude da qual a Áustria fora excluída da Confederação Germânica, ela era ainda, depois da Inglaterra, a primeira Nação da Europa, o que queria dizer, do mundo, pois que os Estados Unidos não contavam ainda no cenário da política internacional e o Japão vivia isolado no Extremo Oriente. De fato: a Alemanha acabara apenas de realizar a sua unificação, graças ao gênio de Bismarck; a Itália, também, recentemente unificada, depois da vitória sobre o Papado, nascia então para a vida independente; e a França, esmagada em Sedan, estava completamente por terra. A Áustria não tinha assim concorrentes.

Dom Pedro II encontrou em seu primo, Francisco José, um homem afável, extremamente cortês para com todos, mas terrivelmente egoísta, frio como uma lâmina de aço, e insensível a todas as misérias e fraquezas humanas. A dureza do seu coração era, aliás, proverbial. Contava-se a crueldade com que despedira o seu Ministro Goluchowski, que depois de longos anos de leais e fecundos serviços ao país e ao Imperador, encontrara certa manhã, chegando ao seu gabinete, aberta sobre a mesa de trabalho, uma carta de demissão, na qual só faltava a assinatura. Goluchowski compreendeu imediatamente de quem partira a insinuação: assinou a carta sem pestanejar. Depois, retirou-se e nunca mais apareceu em público. Fora esse o seu último gesto de lealdade e de submissão ao Monarca.

Bom Retiro, em Viena, queixava-se mais uma vez do pouco tempo que o Imperador, "levado não sei por que informante", destinava à visita dos grandes centros. O mal, decididamente, era incurável. Dele se queixaria igualmente o Visconde de Itaúna, pouco depois. Também Bom Retiro era exigente, e parecia esquecer que o seu amo tinha um emprego a desempenhar no Brasil. Aliás, ele próprio era o primeiro a reconhecer: "Tara ver-se o principal com olhos de ver e de aproveitar, nem em um mês..." Ora, o tempo era escasso. Cumpria, portanto, tocar para diante.

XII

Viena, Budapest, Trieste, Veneza. Veneza ficava perto de Milão. Ora, vizinho a Milão, no doce recanto de Brusuglio, morava havia muito tempo Alessandro Manzoni, o poeta que encantara, vinte anos atrás, a imaginação do menino Imperador. Manzoni tinha agora cerca de 86 anos e desfrutava, no glorioso retiro, aquela velhice feliz a que se referia Voltaire em carta a Mme. du Deffand, *consolation de nos misères et appui de notre faiblesse.*

Estar, assim, tão perto do poeta e não conhecê-lo pessoalmente ,não apertar-lhe a mão, da qual saíram tantas e tão belas páginas, eis com que não podia conformar-se esse Monarca amigo das letras. De Veneza mesmo, escreveu a Manzoni:

Senhor. — Numa viagem assim tão rápida, não posso senão escrever-lhe poucas linhas. A 17 estarei em Milão, e pela manhã do dia seguinte far-lhe-ei uma visita em sua casa, onde espero encontrá-lo gozando uma próspera velhice. Estou certo de que me receberá na mera qualidade de um dos seus mais afeiçoados, e serei então muito feliz em conhecer outros amigos seus. Recebi notícias suas em Londres, pelo Abade Caceia [268].

Que encanto, essa visita ao velho poeta! Horas inteiras deixaram-se ficar os dois, num doce idílio intelectual, *all'ombra amica degli alberi di Brusuglio,* como dirá mais tarde o Imperador em carta a Manzoni, a quem surpreendeu com a notícia de que preparava uma tradução portuguesa de sua ode *Al Cinque Maggio.* Como Goethe e tantos outros poetas europeus, como Araguaia, como Paranapiacaba, como Varnhagen, entre nós, também ele se deixava tentar pelo desejo de traduzir a ode famosa, sobre a qual exclamara Lamartine, ainda dominado pela emoção da primeira leitura — "Quisera ter escrito este poema! "

Mas a tradução imperial não estava ainda terminada. Precisava de alguns retoques, que seriam feitos no correr da próxima excursão ao Oriente[268a]. Manzoni, confundido com tantas homenagens, desfez-se em agradecimentos ao Imperador. "Sou eu que me honro de ter sido aqui recebido — respondia-lhe o Monarca com uma modéstia que nem por ser exagerada deixava de cativar o recluso de Brusuglio. Os séculos lembrar-se-ão de Alessandro Manzoni, enquanto que os anos farão desaparecer a memória de Dom Pedro de Alcântara"[269].

Apenas chegado a Milão, de volta de Brusuglio, o Imperador recebia de Manzoni, como lembrança, um retrato de Beccaria, o grande filósofo, que tanto fizera por humanizar o direito penal. Havia no presente do poeta uma homenagem a esse Imperador amigo e defensor dos fracos, cuja mão, há tantos anos, não assinava uma sentença de morte.

Nenhuma visita podia ser-me mais agradável — respondia-lhe o Imperador — do que a efígie de Beccaria, o avô de Manzoni, o homem que tanto se esforçou por convencer a sociedade de que a pena capital não é necessária nem útil. Agradecendo-lhe tão grande testemunho de afeição, espero que não serei acusado senão de ousar confiar por demais em sua benevolência, reservando para pouco mais tarde, a remessa da minha tradução da ode *Cinco de Maio.* Animado pela lembrança de Brusuglio, creio que me sairei bastante bem desse trabalho, o qual não terá, entretanto, outro mérito senão o dos sentimentos com que me recomendo à sua preciosíssima família [270].

XIII

Do norte da Itália o Imperador rumou para o Oriente Próximo. Atravessou o Adriático, o Jônio e o Mediterrâneo Oriental. "Durante a rude travessia — escrevia ele a Gobineau — ao sair do Adriático, contemplei de longe as Jônias, o cabo Matapan e vi de perto, sob o belo luar destas paragens, a Ilha de Creta, com o Monte Ida. Quanto lamento não visitar a Grécia!"[271]. Mas Gobineau, que era um apaixonado do helenismo, não se conformava com esse simples lamento, nem com a desculpa, que lhe dava depois o Imperador, de ter ainda que ver o Egito e o Canal de Suez; não admitia que, passando perto das águas da Hélade, não descesse àquelas terras legendárias. E exclamava: "Não ver a Grécia! E ter traduzido *Prometeu*! Isso me parece uma verdadeira infelicidade! Estou certo de que se arrependerá sempre de haver passado à vista do trajeto e de não ter aí desembarcado! Compreendo que o istmo de Suez seja interessante; mas a Grécia! Não me consolo de não poder falar de Atenas consigo"[272].

O tempo, porém, era curto. Apesar dos protestos de Bom Retiro, cumpria andar correndo. A visita à Grécia tinha, infelizmente, de ser deixada para outra ocasião. Por agora, era contentar-se com o Egito. De Alexandria, o Imperador escrevia a Gobineau: "Parto amanhã para Suez em caminho de ferro, e percorrerei todo o canal, voltando em caminho de ferro a Ismaília, e de lá ao Cairo. As pirâmides de Gizeh e Sokarch, assim como a necrópole de Beni Hassan, não ficarão esquecidas."

Gobineau, que era uma espécie de seu guia espiritual, recomendava-lhe de França: "Por favor, não deixe, quando estiver no Cairo, de entrar na mesquita d'El-Ahzar. E a Universidade do país. Verá ali, os professores ensinando no pátio, ao pé das colunas. Qualquer que seja a ciência, é toda a ciência da África Oriental; e, depois, tantas recordações, e um aspecto tão antigo! Estou certo de que vai ficar entusiasmado com o Egito, com Suez, com o Cairo. É tão belo! Vai preferir essa morte ao que chamamos a vida"[273].

Em Alexandria o Imperador recebeu a notícia da promulgação da Lei do Ventre Livre. Foi para ele um dia de grande satisfação. Era a conquista de outra etapa na obra da emancipação do Negro. Desde aquele momento, ninguém mais nascia escravo no Brasil! Rio Branco bem que correspondera à confiança que lhe depositara o Monarca!

Itaúna a Rio Branco:

Logo ao desembarcar, recebeu o Imperador dois telegramas, um de Florença e outro de Milão, anunciando-lhe que a Lei acerca do elemento servil havia passado no Senado. Apenas foi lido esse telegrama, Sua Majestade correu para mim, deu-me para ler, abraçou-me, e em verdadeira explosão de prazer, disse o seguinte -.*Escreva já ao Rio Branco, enviando-lhe este abraço que lhe dou, e diga-lhe, na linguagem a mais positiva, que estou penhorado e desejava abraçá-lo agora pessoalmente, o que farei logo que o aviste em minha volta. Diga-lhe mais, que o considero como meu homem, em que deposito toda a confiança e esperança que posso ter, nutrindo a crença de que ele não me abandonará no muito que temos a fazer; diga-lhe mais, que conte comigo como me apraz contar com ele, e acrescente que deixando-o à frente do Governo na minha ausência, cada dia tenho mais razão de crer no homem que tantos e tão grandes serviços me prestou e ao país, no Paraguai.* Quem proferiu tais palavras, — rematava o Visconde de Itaúna, — não é fácil fazê-lo. Nunca tenho visto o Imperador entregue a tão violenta expansão [274].

A excursão ao Egito durou pouco mais de quinze dias. Foi uma correria desenfreada por desertos e por cidades, por vales e por montes, o Imperador à frente, arrastando atrás de si uma comitiva que protestava impaciente e já quase esgotada de cansaço. "Percorremos todo o Egito, — resmungava Nogueira da Gama — desde Alexandria até o Cairo, novo e velho, a Arábia, Mênfis, suas pirâmides e antiquíssimas sepulturas, atolados até os joelhos em montes de areia movediça e abrasadora, sob aquele clima africano, e imagine-se o que sofremos! "[275].

O que sofremos? — *O que aprendemos*! exclamaria o Imperador. Sim, porque a excursão ao Egito valeu-lhe por uma grande e proveitosa lição. Desenvolveu-lhe os conhecimentos de Egiptologia, na companhia dos mestres eminentes, Mariette e Brugsh, de escrita copta, de mitologia do Nilo, história dos Faraós, gramática hieroglífica — essa gramática que fora a glória de Champollion, e que ele praticava desde 1856.

Em Ismailia encontrou-se com o Quediva, do qual, aliás, não gostou. Podia ter-se deixado atrair pelo homem que abriu o Canal de Suez; mas o fausto, o esplendor do luxo, dos tapetes, do interior dos palácios do soberano do Egito, contrastando com as ruínas e quase abandono em que se encontravam os monumentos antigos, chocaram a sensibilidade do Imperador, seu amor às velhas civilizações, às pedras patinadas pelos séculos, a tudo que a antiguidade nos legara. "O Quediva podia gastar um pouco menos com os seus palácios, — disse ele com severidade — e despender um pouco mais com a conservação desses monumentos"[276].

XIV

Do Egito, voltou à Europa, desembarcando em Nápoles a 15 de Novembro. Apenas chegou a Nápoles, mandou a Manzoni a tradução prometida:

"De regresso à bela Itália, dou-me pressa em oferecer-lhe o pequeno trabalho literário de que lhe falei. O seu único mérito é o verdadeiro sentimento para consigo que o inspirou, e talvez que a vista dos soberbos e vetustíssimos monumentos do Egito tenha deixado nele um pouco de sua obra poética"[277].

Roma. Em Roma Pio IX iniciava, com a perda do poder temporal, a série dos Papas reclusos. Foi procurá-lo o Imperador. À noite, nesse mesmo dia, recebia em seu hotel a visita de Victor Emanuel, o novo soberano italiano, *il Re galantuomo.*

O Imperador encontrou em Pio IX um velhinho afável, vivo como todos os Italianos, homem de espírito, mordaz e malicioso. Para Garibaldi, ele era o *Vampiro do Vaticano.* Mas o povo de Roma o estimava. Não tanto como chefe da Cristandade, mas sobretudo pelo seu espírito jovial, pelo seu bom humor, por sua presença de espírito e a malícia, essencialmente latina, do seu temperamento.

Nos corredores e nos pátios do Vaticano os jovens prelados, os *monsignori,* a nobreza negra, os oficiais da guarda, todos, em suma, repetiam à boca pequena os ditos espirituosos do Papa, que iam depois servir de assunto nos salões romanos, nos velhos solares do Corso ou das ruas estreitas do Borgo. Contava-se que um dia, no começo do pontificado, os admiradores romanos da célebre bailarina Fanny Elsler, a mesma que inspirara aquela paixão romântica ao *Aiglon,* filho de Napoleão I, quiseram oferecer-lhe uma coroa de prata. Pediram antes o consentimento do Santo Padre.

"Não é o caso do meu consentimento (respondera este). Parece-me, porém, que seria mais próprio oferecer-lhe um par de sandálias, porque a coroa se adapta à cabeça e não aos pés."

Vivia em Roma, nesse tempo, um certo Antônio Gallo, pobre padre, sem padrinhos, sobretudo sem madrinhas, que o fizessem ir para diante em sua carreira de sacerdote. Havia muito que o digno homem pleiteava o título de Monsenhor. Afinal, depois de muito

595

insistir, acabou por conseguí-lo. Foi a Pio IX agradecer a suspirada honraria. Este o recebeu com o melhor dos sorrisos, dizendo-lhe:

"Bravos! *Monsenhor* Gallo! Quem sabe se em breve não poderemos dizer — o Bispo Gallo? E depois, se obtiveres a púrpura — o Cardeal Gallo. Mas, se chegares a Papa, como será então — o Papa Gallo? *(Pappagallo,* papagaio em italiano). Isto não pode ser!"

A entrevista entre Dom Pedro II e Pio IX foi longa, e teria certamente o maior significado para a história da Igreja se não fosse a intransigência do Sumo Pontífice. É que o Imperador alimentou a esperança de conciliá-lo com o Rei Victor Emanuel II, e obter assim, a paz entre o trono e o altar. Discreto e jeitosamente insinuou ao Papa a oportunidade de este receber o Rei. Pio IX, porém, replicou com a sua costumada vivacidade:

"*È inutile che Vostra Maestà mi faccia questa domanda. Quando il Re dei Piemonte avrà fatto il debito suo, allora lo riceverò. Prima non posso*[278]."

Na tarde do dia seguinte foi recebido na Universidade de Roma. "Conversou com os sábios, discutiu Matemáticas, Arqueologia, Arte, Helenismo e Hebraico, numa roda de corteses e velhos mestres, que se admiravam daquele Soberano erudito e curioso, lisonjeado com a atenção que lhe davam, mais contente disto que das homenagens e cerimônias das duas cortes que lá havia!"[279].

O Imperador não quis deixar Roma sem ir visitar o escultor Ferdinand Pettrich, que ele outrora acolhera e protegera no Rio, dando-lhe um aposento no Paço da Cidade para servir de seu *atelier.*

Conforme vimos atrás, Pettrich fora o autor da estátua de mármore de Dom Pedro II, concluída em 1846, a primeira dessa espécie que se fizera no Brasil. Deixando o Rio de Janeiro em 1861, depois de uma estada entre nós de vinte anos, Pettrich voltara para Roma, onde estivera, na mocidade, trabalhando no atelier do escultor dinamarquês Thorwaldsen. Nessa cidade iria terminar seus dias, dois meses depois de receber a visita do Imperador. Sobre essa visita diz um manuscrito de Luís Aleixo Boulanger[279a]:

Antes de partir, Sua Majestade quis deixar uma prova de seu nobre e bondoso coração. Sua Majestade soubera, indiretamente, que um escultor, que tinha habitado outrora por muitos anos no Rio de Janeiro, e que então residia em Roma, provava reveses de fortuna, e achava-se enfermo, carregado de família e sem meios de sustentá-la. O Imperador, antes de tudo, mandou-lhe uma avultada quantia, com delicadeza tal, que o pobre artista não pôde ofender-se, nem corar. De manhã, bateu à porta da modesta morada do escultor Pettrich. Abrem a porta e o Imperador entra sem ser esperado e sem se ter feito anunciar.

A cena que se seguiu não pode ser bosquejada: o pobre do velho estava lá, no leito de dor, com metade do corpo paralisado; seus filhos estavam em derredor. Quando o velho ouviu a voz do Imperador, voz que ele não ouvia há dez anos, os soluços lhe cortaram a palavra, enquanto o Imperador comovido lhe apertava as mãos, na cabeceira da cama, e lhe prodigalizava palavras de consolação .

"Dois meses mais tarde, diz Guilherme Auler, a 14 de fevereiro de 1872, falece Ferdinand Pettrich, cuja arte sempre louvada, permanece entre nós através das suas esculturas, admiradas na Reitoria da Universidade, na Escola de Belas-Artes, no Museu Imperial, na Câmara de Petrópolis etc."

Depois de Roma, Perugia. Em Perugia foi procurá-lo o arcebispo da cidade, então o Cardeal Joaquim Pecei, seria daí a sete anos, o grande Papa Leão XIII. Este confessaria mais tarde ao Visconde de Araguaia, Ministro do Brasil na Santa Sé, quanto apreciara "o vasto saber e as eminentes qualidades do nosso Monarca, tão digno da estima e da grande veneração de que goza"[280].

Diziam que Pio IX não estimava Monsenhor Pecci, sobretudo pela oposição sistemática que este lhe fazia. Contava-se, a propósito (o que certamente é uma anedota) que, ao elevá-lo ao cardinalato, mandara-lhe um bilhete, mais ou menos nestes termos: "Pensamos elevá-lo à púrpura no próximo Consistório; esperamos que seja esse o único ato do nosso Pontificado que não sofra a sua crítica."

O Imperador deixou-se cativar pelo grande espírito que era já esse prelado humanista, poeta e filósofo como ele. Não esqueceria mais as gratas recordações desse primeiro encontro. Vinte anos depois, destronado e exilado, escrevendo a Leão XIII uma carta para apresentar-lhe o Barão de Loreto, de viagem para Roma, chamava-o *mio amico l'arcivescovo di Perugia.*[281]

Florença, a velha cidade dos Médicis. Quando o Imperador chegou a Florença, no mês de novembro de 71, De Gubernatis inaugurava ali, em honra de Dante, uma *Esposizione Beatrice.* Dom Pedro II, que era um apaixonado por Dante, prometera-lhe, desde Roma, ir visitar a Exposição.

Conta-se que De Gubernatis, para prestar homenagem ao Imperador, determinara que uma banda de música fosse posta à entrada principal da Exposição, no dia da visita do Soberano, com o encargo de saudá-lo com o hino imperial brasileiro. Nesse sentido instruíra antecipadamente o chefe da banda, dizendo-lhe, ao distribuir-lhe os exemplares do hino, que o fizesse tocar assim visse descer do carro um personagem respeitável, alto, de longas barbas brancas.

Ora, aconteceu que o Imperador, para melhor e mais desembaraçadamente apreciar os preciosos documentos dantescos ali expostos, chegou antes da hora aprazada com De Gubernatis, entrando por uma porta lateral da Exposição; e sozinho, a pé, com a maior simplicidade, como era do seu gosto, passou facilmente despercebido no meio dos muitos visitantes. Não teve por isso o seu hino.

Horas depois, De Gubernatis o surpreende, despreocupado, visitando a Exposição. Ao sentir-se descoberto, o Imperador não pôde conter a curiosidade, perguntou-lhe: — "Explique-me uma coisa, meu caro professor: por que é que de quando em quando ouço tocar lá fora o hino do meu país? ."

De Gubernatis, um pouco confuso, explicou ao Imperador a homenagem projetada da banda de música. E adiantou: como chegassem de carro vários personagens respeitáveis, altos, de longas barbas, o chefe da banda, com medo de enganar-se, resolvera receber cada um ao som do hino brasileiro. De forma que a única barba branca que não tivera o seu hino fora justamente o Imperador do Brasil — porque havia entrado despercebido por outra porta![282].

Depois de Florença — Pisa, Gênova, Turim. Chegou a Turim a 3 de dezembro de 1871, dia seguinte ao do seu aniversário natalício. Foi à Academia das Ciências para assistir às aulas de russo, depois do que, foi se avistar com Vegezzi Ruscalla, filólogo italiano muito ligado aos meios literários portugueses, tendo assistido à aula dada por ele na Escola de Filosofia da Universidade de Turim sobre a língua moldo-valaca (rumeno).

Em Turim (escrevia Bom Retiro, que era um pouco o cronista da viagem) começou a apertar o frio. Seguimos assim mesmo em uma madrugada horrível, e viemos a Aix-les-Bains, para vermos os gigantescos trabalhos do Mont Cenis, que foram minuciosamente examinados, e para mim constituem uma glória para a engenharia e o esforço humano, ainda maior do que a abertura do Canal de Suez. De Aix-les-Bains seguimos para Genebra[282a] e Bâle, demorando-nos em ambos os lugares; para Estrasburgo em um dia, e em uma assentada transpusemos toda a distância que há até Paris .

XVI

Enfim, Paris! Paris com os seus museus, suas academias, bibliotecas, salas de conferências, com os seus homens de letras e de ciências, Paris fez o encanto do Imperador. Ele podia repetir aquelas palavras de Balzac: "Paris é o país dos escritores, dos pensadores, dos poetas. Somente aí, os escritores podem achar, nos museus e nas coleções, as obras vivas dos gênios do tempo passado, que excitam e estimulam as imaginações. Somente aí, as imensas bibliotecas, sempre abertas, oferecem ao espírito público tudo quanto ele necessita de alimento."

Mas Paris sofria ainda, nessa época, as consequências da fome, do frio, da miséria — consequência dos incêndios e dos assassinatos da Comuna. Lá estavam ainda sangrando as ruínas do Hotel de Ville e dos escombros das Tulherias. "Paris não é o que foi. Assim o mostram algumas ruínas ainda bem visíveis. Mas ainda é Paris — observava o avisado Bom Retiro. Há aqui de tudo, muito onde estudar, muito onde divertir-se a gente honestamente, e também onde perder-se..."

Esse Bom Retiro era o companheiro ideal para o Imperador. Madrugador, como ele, era também um grande pesquisador, que queria ver tudo, que sabia de tudo alguma coisa, mexedor, indagador. Tinha por Dom Pedro II uma amizade sincera, o que provava o despreendimento que sempre mostrara pelos cargos púbicos. "A confiança e a amizade do Imperador constituíam para ele um privilégio que preferia à posição de Ministro. Sabia que o Imperador tinha a preocupação de não ter validos, e, para aspirar a uma posição política, ser-lhe-ia preciso pelo menos renunciar por vezes às suas entradas francas em São Cristóvão"[283].

O Imperador era-lhe muito afeiçoado. Depois do bom do padre-mestre, ao tempo de sua infância, e do professorado de Aureliano, Bom Retiro foi, talvez, a sua única verdadeira afeição, fora do círculo limitado da família. O desinteresse de Bom Retiro dava-lhe autoridade para aspirar à amizade do Monarca sem precisar descer até o aulicismo. Podia-se repetir, com relação a ele, o que se disse do velho Marechal von Bulow — "Foi um perfeito cortesão, guardando contudo a franqueza e a energia de um gentil homem."

De fato, Bom Retiro timbrou sempre em mostrar-se um emancipado. Mantinha diante do Imperador, seu amigo, uma atitude de profundo respeito, mas perfeitamente digna de seu caráter de homem bem formado. Aliás, atitude mais ou menos igual tiveram quase todos os estadistas do Império, mesmo aqueles que mais de perto e assiduamente privaram com o Monarca. Essa independência de caráter era um traço que honrava todos esses homens, em geral pobres e dependentes, politicamente falando, dos caprichos e desejos do Soberano.

XVII

Em Paris, o Imperador teria a companhia do seu caro Gobineau. Desde quando se encontraram, na estação da estrada de ferro, à chegada do Monarca, não mais se separaram. Realmente, Gobineau em Paris, aquela alma de artista, aquele espírito culto, o amigo e comensal dos homens do Instituto de França, que melhor guia e perfeito companheiro podia aspirar o Imperador? E eis Gobineau a desempenhar o papel de introdutor, a trazer-lhe os artistas, os homens de letras, os homens de ciência — os *doutores,* como dizia a Imperatriz.

Gobineau cumpria, aliás, essas funções com muita inteligência. Seu primeiro cuidado era organizar, *ad usum Delphini,* uma lista das notabilidades francesas *apresentáveis* — Renan, Dumas, Mignet, Pasteur, Gauthier, Taine, Claude Bernard, Berthelot, Guizot; lançava depois, ao lado de cada nome, para melhor conhecimento do Imperador, suas impressões pessoais sobre o indicado. Destaquemos algumas delas.

Sobre Claude Bernard: "Da Academia Francesa e da Academia das Ciências. Não creio que neste país alguém possa disputar-lhe a preeminência como fisiólogo."

Sobre Berthelot: "Entre os químicos e sobretudo os químicos dotados de espírito filosófico (variedade bastante rara em França, onde a mania da especialidade impera de maneira tal, que rebaixa sensivelmente o nível da inteligência), o Sr. Berthelot é, penso, um dos que melhor falam e mais clara e utilmente expõem ideias dignas de atenção."

Ao lado do nome de Taine: "O Sr. Taine parece dever também provocar a curiosidade de Vossa Majestade. É um dos homens mais brilhantes da nova escola, e daqueles que tem se ocupado de maior número de objetos."

Vinham depois estas observações maliciosas: "Sou obrigado aqui a observar a Vossa Majestade que alguns homens conhecidos e mesmo célebres me parecem de um comércio mais difícil do que agradável. O Sr. Teophile Gautier, por exemplo. O aspecto desses Senhores não é igual ao espírito que lhes emprestam, e é impossível convencê-los de lavar as mãos, física e moralmente falando. Entretanto, Vossa Majestade, que viaja não apenas por prazer mas também para instruir-se, achará talvez que a observação desses aspectos menos nobres da literatura importa pouco para a ideia completa que quer fazer dela; neste caso, nada será mais fácil do que trazer esses Senhores."[284]

A Condessa e a filha de Gobineau estavam também em Paris. Depressa a Imperatriz tornou-se de amizade pelas duas, que doravante são figuras indispensáveis nas recepções das quatro às cinco, no Grande Hotel.

Essas recepções de Dona Teresa Cristina eram, aliás, deliciosas. A atmosfera de certa liberdade que ali reinava, sem prejuízo da distinção do ambiente, fazia o encanto de todos. Enquanto a Imperatriz recebia as senhoras, o Imperador "deixava-se ficar, quase sempre, num salão vizinho, com algumas personalidades das ciências e das letras, que Gobineau lhe apresentava.

"Onde está o Imperador?"

"Está com os doutores" respondia a Imperatriz.

O Príncipe de Joinville dava uma gargalhada.

"Diga-me uma coisa, Chicá, — perguntava ele à mulher, — se tu me tivesses perdido, irias procurar-me entre os doutores?"

"Eu te procuraria por toda a parte" respondia a Princesa sorrindo."[285]

XVIII

O Imperador mostrava-se realmente incansável! Todos os dias eram visitas a fazer e visitas a receber. Um dia, aparecia-lhe Paulina Shaw, filha do seu amigo Agassiz, casada com Quincy Adams Shaw, e ali residentes. Noutro dia, recebia a visita do Dr. Brown-Séquard, amigo e antigo médico de Agassiz. que se tinha transferido, em 1867, da Universidade de Harvard para a de Paris, onde era professor de Fisiologia, além de grande mestre em Neurologia.[285a] Quem iria também procurá-lo era um outro amigo de Agassiz, o Dr. Gérard Paul des Hayes, naturalista francês, do Museu de História Natural de Paris.

Mas não eram só as visitas dos sábios que lhe ocupavam as horas; eram também suas idas aos museus, aos teatros; eram as conferências, as recepções nos institutos científicos e literários da capital francesa; eram longas horas de permanência nas bibliotecas. Sensíveis aos interesses que lhes dispensava esse Monarca erudito, amigo dos sábios, que não cessava de manifestar uma profunda simpatia por tudo quanto era atividade da inteligência humana, essas associações científicas e literárias, grandes e pequenas, logo se apressaram em chamá-lo para o seu grêmio.

Desde o Instituto de França, que o admitiu como membro correspondente na seção de Geografia da Academia das Ciências, e a *Royal Society,* de Londres, até as sociedades mais modestas, todas se adiantaram em incluir-lhe o nome na lista de seus associados honorários. Raramente se terá visto alguém recolher um tão grande e tão variado número de títulos e diplomas.

O feitio *blagueur* do Parisiense não deixava, naturalmente, escapar esse detalhe da visita do Imperador. Um jornal humorista da Capital, *La Constitution,* escrevia a propósito dos numerosos diplomas que o Monarca recebia das academias e outras associações francesas:

Depois de uma visita à Biblioteca Mazarina, visita durante a qual deu provas de conhecimentos bibliográficos extensos, o Imperador do Brasil foi nomeado — bibliotecário honorário. Não se riam. É uma mania do augusto viajante, e toda as manias inofensivas são respeitáveis. O Imperador do Brasil coleciona títulos, como Nestor Roqueplan colecionava bacias! É incalculável a quantidade de nomeações, de pergaminhos, de alvarás, de diplomas honoríficos, com que ele se recolherá ao seu país.

Assim é que na semana passada, depois de uma visita à Academia das Ciências, onde deu provas de conhecimentos geográficos extensos, foi nomeado — acadêmico honorário. Na mesma noite, foi ao Teatro Francês. Em um entretanto levaram-no a visitar os camarins. Aí, ele deu provas de conhecimentos literários extensos; foi nomeado — ator honorário. No dia seguinte, dirigiu-se a Versalhes, onde assistiu à sessão, deu provas de conhecimentos políticos extensos; saiu do recinto — deputado honorário. De uma parada voltou general honorário; de uma visita ao Tribunal de Justiça — juiz honorário. Enfim, como quis ver também Bullier e os bailes da *Barrière,* conta-se que ele deu provas de conhecimentos coreográficos tão extensos que, não sabem? pois adivinhem... voltou à casa *chicard* honorário.

XIX

Outra anedota sobre o nosso hino:

Na véspera do dia em que Dom Pedro II devia ser recebido no Eliseu, Mouseur Thiers[286] verificou, apreensivo, que não se tinha a menor ideia sobre o que podia ser o hino brasileiro. Chamou às pressas Gobineau em seu socorro. O hino brasileiro? Diabo! Certamente que havia um hino brasileiro. Talvez Gobineau pudesse reconhecê-lo, mas lembrar-se, nunca! Thiers estava desconsolado. Era-lhe preciso um hino, custasse o que custasse. Impossível receber o Imperador sem o seu hino. Gobineau, acompanhado por Madame Thiers, põe-se em campo. É uma corrida louca através de Paris, por todos os comerciantes de música. *Avez-vous l'hymne brésilien? Hélasl* ninguém o conhece. Enfim, um fio de esperança: em casa de Durand descobre-se umas músicas, que vieram lá de longe. Gobineau gosta muito de música, mas não a pode 1er. Como saber então se essas notinhas pretas sobre o papel branco representam o hino brasileiro? Carregam-se com as músicas para a casa de uma amiga, Lady Blunt, sobrinha de Byron e excelente musicista. Lady Blunt põe-se ao piano, decifra. Bravos! Ele reconhece a ária. É sem nenhuma dúvida o hino brasileiro! Levam-no triunfalmente ao Eliseu. E a banda da Guarda Républicana passa a noite a orquestrá-la. A honra da presidência da República estava salva! [287]

O Imperador não quis deixar Paris sem conhecer pessoalmente Pasteur. Foi procurá-lo no laboratório da Escola Normal. Pasteur tinha então cerca de 50 anos. Já era célebre pelos estudos que vinha fazendo na transmissão das moléstias contagiosas. Aos 26 anos de idade descobrira as leis da assimetria, e fizera da Estereoquímica uma ciência nova. Tempos depois, pela primeira vez no mundo, conseguiria explicar cientificamente a hereditariedade e o contágio das doenças.

Quando o Imperador o conheceu no seu laboratório — *o templo do futuro,* como ele dizia — a atenção de Pasteur começava a voltar-se para o estudo da moléstia da raiva, que, mais do que qualquer outra de suas descobertas, devia glorificar-lhe para sempre o nome, tomando-o um dos maiores benfeitores da humanidade.

A impressão que o Imperador recebeu desse primeiro contato com Pasteur foi a mais profunda. Nenhum dos *sábios* com quem privou lhe deixou, talvez, igual. Os laços que o prendiam a Gobineau eram, sobretudo, de ordem sentimental, embora ele nunca escondesse o entusiasmo que tinha pela inteligência, cultura, e o encanto pessoal do diplomata francês. Mas o Imperador devotava-lhe sobretudo amizade, uma amizade sincera e desinteressada. O sentimento que o uniu a Pasteur foi de natureza diversa. Foi, antes de tudo, de admiração, quase diremos de devoção ao homem — ao seu gênio, aos seus trabalhos, à sua obra de beneditino da ciência, à sua modéstia. Quando deixou o gabinete do grande sábio, lamentava que a posição de Imperador não o consentisse acompanhá-lo em suas pesquisas de laboratório.[288]

De volta ao Rio, meses depois, mandou a Pasteur a comenda da Ordem da Rosa. "Felicitar-me-ei sempre, respondeu-lhe o sábio, por ter recebido um testemunho da estima de um Soberano que durante sua estada em França deu prova de uma tão alta inteligência e de um sentimento tão esclarecido das ciências e de sua influência na prosperidade das nações."[289]

XX

O Imperador ficou em Paris cerca de dois meses. Em fevereiro de 72, seguia para o Sul da França, a caminho da Côte d'Azur.

Lyon. Do *Courrier de Lyon:*

Achando-se o Imperador do Brasil no Hotel Collet, pediu que fossem buscar um carro para dar uma volta pela cidade. Vendo, porém, depois de alguma espera, que custavam a anunciar-lhe a chegada do carro, resolveu sair. À porta do Hotel, toma, com o seu camarista, sem nada dizer ao cocheiro, um fiacre que ali estacionava. O cocheiro, não recebendo ordens, parte e se dirige para um templo israelita. Mas para logo adiante, e pergunta ao Imperador e seu companheiro se eles fazem parte do casamento. Do casamento? Que casamento? O Imperador não compreende. Então se explicam, e o cocheiro volta ao Hotel Collet com seus dois viajantes, para se pôr à disposição dos convivas de um casamento que se fazia no Hotel, e para o serviço dos quais estacionava ali à entrada. O cocheiro não tinha dado pelo engano senão quando, voltando-se para trás não se viu seguido de nenhum outro carro do casamento.

A curiosidade do Imperador era insaciável. Chegando a Saint Etienne, quis ver a célebre manufatura.

Dom Pedro II — narra o *Mémorial de la Loire* — saltou um pouco antes da grade. No quarteirão, muita gente vinha até à porta para melhor avistá-lo; muitas mulheres, operárias, muitas crianças, mas nenhuma manifestação. A um certo momento, os olhos do Imperador se fixam sobre um garoto de três ou quatro anos, que se põe a sorrir, e que lhe diz: — *Bonjour, Monsieur, c'est ici ma maison, entrez donc chez moi.* Encantado com essa ingênua recepção o Imperador entrou na habitação. Ninguém: o pai no trabalho, e a mãe lá fora, para as necessidades da casa. Num berço, uma outra criança. Depois de ter lançado um olhar pela sala, e satisfeito sem dúvida por ter visto um interior de operários, o Imperador dá um tapa na bochecha do garoto que o introduziu, e parte deixando-lhe um bilhete de cem francos, a título de lembrança.

Em Marselha. Mal chega, dirige-se o Imperador para o Liceu. Aula de grego moderno. Recusa o lugar de honra que o professor da cadeira lhe oferece.

Prefere sentar-se entre os alunos, com aquela simplicidade desconcertante. Interpela depois um dos alunos em grego moderno. Espanto, naturalmente, do professor e alunos."— Estudei o grego moderno, explica ele, e fiquei muito desapontado não encontrando em Paris nenhum curso dessa língua. Vejo agora com prazer que Marselha, que tanto deve à Grécia, não esqueceu sua origem."

Ir a Marselha, ou melhor, ir à Provença e não ver Frédéric Mistral era o mesmo que ir a Roma e não ver o Papa. Mistral estava então em plena glória. Depois de uma campanha memorável, de mais de vinte anos, conseguira afinal vencer todos os preconceitos, todas as más vontades, todas as invejas, e dar à língua provençal o brilho e a plena riqueza que ela continha ignorados, em seu seio, reabilitando-lhe as expressões tidas como grosseiras e ressuscitando-lhe a verdadeira ortografia, que era a mesma usada outrora pelos velhos Trovadores da Provença. E à maneira daqueles antigos Rumaicos, que, para reerguerem sua língua nacional corrompida pelas classes burguesas das cidades, tinham ido procurá-la nos campos e nas montanhas, com os rústicos trabalhadores do solo, Mistral e seus discípulos libertaram o Provençal da grafia afrancesada, rejuvenescendo-lhe as expressões, isolando-as das formas bastardas das ruas, e apresentando essa língua cheia de luz, de movimento, de graça, de riqueza, maleável e franca, cuja glória o mestre firmara para sempre nas páginas douradas do *Mireio*.

Apenas chegado a Marselha, o Imperador fazia saber a Mistral o desejo que tinha de visitá-lo. O poeta não tardou em vir. A entrevista foi longa e cordial: foi mesmo encantadora! Dom Pedro II soube cativar Mistral; disse-lhe que viajara de Nunes a Nice com *Mireio* e as *Calandas* abertas, e que, atravessando o Grau, o Cassis e o Esterel, reconhecera as paragens tão bem descritas pela musa do poeta.[290]

Mistral não fugiria ao clássico interrogatório: ideias do Felibrígio, importância do movimento, obras e números dos poetas provençais, especialmente dos jovens poetas — nada escapou à terrível curiosidade imperial. "O Imperador perguntou-me depois se tínhamos escritores em prosa. Insistiu muito neste ponto. Deu o conselho de empregar sempre a nossa língua, principalmente nos trabalhos de história, caso tivéssemos empenho no futuro da nossa causa." A Imperatriz disse a Mistral que *Magali* tinha sido cantado em seu palácio do Rio. A conversa versou depois sobre Camões, do qual o Imperador falou a Mistral com verdadeiro entusiasmo.

Com muito menos se cativa um poeta! Um Imperador e uma Imperatriz que vão visitá-lo em sua terra natal, que se deixam ficar longos quartos de hora conversando sobre suas obras, seus trabalhos, sua língua e seus projetos; que o convidam depois para jantar, e ainda lhe agradecem, com fortes e afetuosos apertos de mão — como esquecer Mistral tão generosos admiradores? Sentiu-se, de fato, profundamente sensibilizado com essa visita do Monarca. Quarenta anos depois, já glorificado pelo mundo inteiro, ainda se referia a ela com uma mal coberta vaidade, ao mesmo tempo que lembrava, desvanecido e com um certo carinho, *mon ami Dom Pedro, l'emperaire d'ou Brasil, que me vengue veire en Provenço.*[291]

XXI

A costa do Mediterrâneo era, realmente, uma mina para esse Imperador curioso de celebridades. Depois de Mistral em Marselha, era Gladstone em Carmes. Dom Pedro II tivera oportunidade de conhecer Disraeli meses antes em Londres.[292] Mas o chefe conservador falara-lhe menos à imaginação do que o grande chefe liberal, o grand old man, que se refazia agora das lutas da oposição no clima reparador da Côte d'Azur. A entrevista do Imperador com Gladstone foi longa: durou todo um dia. Começou nos apartamentos do Monarca, para acabar com um estimulante passeio à beira mar.

Saint Raphael. Saint Raphael era a terra de Alphonse Karr, que ali se instalara, havia quinze anos, cultivando e vendendo flores. As violetas de seus jardins eram famosas em toda a França; e a profusão era tal, que se vendiam aos quilos. A Côte d'Azur não era então o que seria infelizmente mais tarde, vulgarizada pelo turismo barato e pouco asseado. Era um recanto de eleição, verdadeiro paraíso terrestre, onde a doçura do clima, o azul do céu, a clientela escolhida e *raffinée*, o luxo das vilas, as colinas verdejantes, o mar de esmeralda, as flores perfumadas, tudo se conjugava para tornar aquelas praias um verdadeiro encantamento. Théodore de Bainville dizia que, se a Côte d'Azur devesse desaparecer algum dia, seria certamente esmagada pelas flores!

Alphonse Karr chegava naquela tarde de Nice. Apenas saltava do trem, na pequena plataforma florida de Saint Raphael e o chefe da estação corria-lhe ao encontro. Contou— lhe a história confusa de um Imperador que passara por ali a sua procura. Eis a história do chefe da estação:

"Quando hoje de manhã parava aqui, vindo de Cannes, o trem das 8h19min, um cavalheiro muito delicado perguntou-me se o Sr. estava em Saint Raphael. Respondi que estava ausente. — *Tenha então a bondade de dizer-lhe, quando voltar* — acrescentou ele — *que lamentei muito não o ter visto.* — Então, disse eu por minha vez, o Sr. queira dizer o seu nome. — *É verdade* — replicou o viajante sorrindo — *sou o Imperador do Brasil*. E o trem das 8h19min seguiu com ele o seu caminho."

Alphonse Karr não tinha ainda começado a compreender essa história realmente misteriosa quando, chegando em casa, encontrou o seguinte telegrama assinado Condessa de Barral: "Um dos vossos leitores prediletos, o Imperador do Brasil, passará na quinta-feira por Saint Raphael, e ficará encantado de fazer o seu conhecimento pessoal. Sua Majestade deixará Cannes pelo trem das 7h19min."[293]

XXII

Montpellier, a velha cidade universitária. O Imperador chega tarde da noite. Ainda assim, arranja um meio de avistar-se com o Dr. Benoît, da Universidade, a quem pediu organizasse um *programa científico* para o dia seguinte.

"Tenho muito tempo: vim a Montpellier sobretudo para conhecer a Faculdade de Medicina e a coleção mineralógica da Faculdade das Ciências."

O Prof. Benoît sugeriu que a Faculdade, reunida, recebesse solenemente o Imperador."Não, não, replicou vivamente o Monarca. Recebam-me como uma visita qualquer, que deseja instruir-se, sem nenhuma cerimônia. Essas coisas oficiais só servem para perder-se tempo e distrair a atenção."

Conversando, em seguida, com o Prof. Benoît, o Imperador fez-lhe várias perguntas sobre o ensino universitário, e sobre as modificações nele introduzidas. Benoît não deixou de manifestar certa surpresa, ao ver Dom Pedro II tão bem informado sobre as coisas de Montpellier, a ponto de citar uma *Memória* toda especial do Prof. Lordat.

"Não se espante, observou-lhe o Imperador, porque devo a Montpellier o meu primeiro médico, o Dr. Gomes dos Santos, que aqui se formou, e que sempre me referiu seus antigos professores, sobretudo Baumes, Lallemand, Delpech e Lordat."[294]

A correria pelo sul da França continuava cada vez mais ativa. Era um quase não parar nas cidades que se atravessava. O Imperador, decididamente, levava a todos de vencida. Seus companheiros de jornada começavam a dar de si. De França, passaram-se para a Espanha. Em fevereiro, já estavam em Madrid. Itaúna, quase desfalecido, de tanto correr, escrevia ao Visconde do Rio Branco:

Continua-se, meu caro amigo, com o mesmo vigor, a horrível conspiração contra a vida, pois que não há repouso possível, e nem probabilidade de que deixemos de imitar o Judeu errante: caminhar, caminhar e caminhar sempre! Estes últimos dias têm sido de uma carreira extrema: de Paris a Toulon, de Toulon a Marseille, de Marseille a Tarascon, de Tarascon a Nimes, de Nimes a Montpellier, de Montpellier a Toulouse, de Toulouse a Bayonne, de Bayonne a Burgos, de Burgos a Madrid — e isto em 14 dias!!

Se ao menos neste voar repousássemos nos diversos lugares por onde passamos, vá... mas não! Logo que se chega, às vezes mesmo sem lavar o rosto ou comer, parte-se a examinar tudo quanto de curioso há nesses lugares, quer faça sol (é raro nesta estação) quer chova, seja dia seja noite! Para mim está resolvido e provado que se pode viver sem comer e dormir! A viagem, sobre todas, de Bayonne para Burgos, e daí para aqui, foi de uma violência quase insuportável. Chegamos a Burgos debaixo de copiosa chuva, e de um frio excessivo, e de lá partimos para aqui às 10 e meia da noite com a mesma chuva, e chegamos ao Escurial às sete da manhã. A passagem dos Pirineus foi cruel por causa do frio, e apesar, porém, disso, chegando-se ao Escurial não se tratou ao menos de tomar uma xícara de café quente, e marchou-se para o palácio, em cujo exame ficamos até as 11 horas, hora em que, finalmente, almoçamos. Creia, creia firmemente, que, se desta escapo, terei vida para cem anos. [295]

XXIII

Depois de oito meses de correrias por quase todos os países da Europa e pelo Egito, voltava o Imperador, com a sua comitiva, à terra portuguesa, aí entrando a 29 de fevereiro de 1872 pela cidade de Elvas — depois de Dom Pedro II recusar o trem real que estava em Badajoz à sua espera. Com uma curta parada em Coimbra, seguiram todos para a cidade do Porto, que acolheu o filho do herói da campanha liberal com arcos de triunfo, coretos, bandeiras, galhardetes e uma farta iluminação festiva. A memória de Dom Pedro IV (Dom Pedro I no Brasil), cujo coração, a cidade venerava na Igreja da Lapa, era ali ainda bem viva; e todos quantos estimavam o pai queriam testemunhar esse sentimento ao filho. Filium cor patris possidentes salutant (os que possuem o coração do pai saúdam o filho) — era a inscrição que se lia num dos arcos triunfais da cidade,

... leal cidade, donde teve

origem (como é fama) o nome eterno

de Portugal...

Chegado ao Porto, a primeira visita dos Monarcas brasileiros foi para a Igreja da Lapa, onde se guardava o coração de Dom Pedro IV. Estava depositado ali desde o dia 7 de fevereiro de 1835, sob a guarda da *invicta* e *leal cidade,* num vaso de cristal encerrado numa urna de prata dourada, que por sua vez descansava sobre um pedestal de ordem jônica. Ao lado esta inscrição em latim:

Eis o coração daquele varão tão grande que, inflamado no amor da glória e de gênio singularmente liberal para todos, primeiro, 1826, outorgou a liberdade aos Portugueses; depois, 1832, oprimidos estes pelo mais acerbo cativeiro, por armas e conselho os restituiu de novo à liberdade; então, 1834, batidas e de todo desbaratadas as inúmeras tropas do tirano, derrubado este do sólio e expulso do Reino, e colocada no sólio de seus avós, Maria II, sua caríssima filha, convocou as Cortes e consolidou o Império conforme as exigências do tempo; e por último, 1834, quebrantado por tais e tantos trabalhos, e arrebatado por uma morte prematura, ao passar desta para melhor vida, 24 de setembro, legou a esta nossa antiga, muito nobre, sempre leal e invicta cidade, esta melhor porção de si mesmo, este tão grande penhor do seu amor.

Depois de orarem junto à urna que encerrava o coração de Dom Pedro IV, os Monarcas assistiram à missa celebrada pelo cônego da Sé, no fim da qual houve o *Te Deum*.

Deixando a Igreja da Lapa, o Imperador iniciou as costumeiras visitas: à Bolsa, ao Ateneu, à Academia das Belas Artes, à Biblioteca Pública. No Ateneu, foi-lhe mostrado o chapéu, as lunetas e a bengala que haviam pertencido ao pai, guardados numa urna. O Imperador observou que na inscrição que a circundava havia alguns erros de datas.

Voltando ao Hotel do Louvre, onde se hospedara com a comitiva,[296] Dom Pedro II recebeu a visita de várias personalidades da terra, inclusive de uma delegação de estudantes brasileiros do Porto.

Em Portugal, mais do que em qualquer outra parte, o Imperador timbrou em ser, apenas, Dom Pedro de Alcântara. Atravessando-lhe a fronteira na altura de Badajoz, recusou, como dissemos, o trem real que o Governo português pusera à sua disposição. No Porto, como nas demais cidades, foi hospedar-se em hotel, onde todos o viram entrar e sair com a simplicidade de um viajante qualquer. "O traje e as maneiras do Imperador, — confirmava uma testemunha, — eram como sempre, despretensiosos e simples: fato preto, chapéu baixo e manta de xadrez branca e preta em volta do pescoço; a sua mala de couro preto na mão direita, chapéu de chuva na esquerda, sobraçando um embrulho de papel, não desdizia da mais natural singeleza de qualquer outro viajante."[297]

À noite, foi ao Teatro Baquet, assistir à representação da cornédia O Caminho da Porta, de Machado de Assis.[298] Foi à cidade de Braga visitar a Sé, onde estava a capela de Dom Gonçalo Pereira, um dos progenitores da Casa de Bragança, como avô que era de Dom Nuno Álvares Pereira, Conde de Barcelos.

Morava nesse tempo no Porto, à Rua de São Lázaro, Camilo Castelo Branco, já afamado por sua obra de romancista. Fez-lhe saber o Imperador, que estimaria receber sua visita, para conhecê-lo pessoalmente. Mas Camilo, sob o pretexto de doença, excusou-se de ir visitá-lo. Mandou-lhe dizer então Dom Pedro II, que, neste caso, seria ele que iria procurá-lo em casa. Não podendo fugir ao encontro, o romancista respondeu-lhe que sua casa "era pequena e bastante pobre para receber o Imperador; mas tal como era, estava às ordens de Sua Majestade"[299].

Estava ainda na lembrança de todos em Portugal, com grande repercussão no Brasil, o escândalo do processo de adultério de Camilo, a fuga de Ana Plácido da casa do marido para ir juntar-se ao romancista. O marido ultrajado era Pinheiro Alves, do qual fora testemunha no processo contra ela, o Vice-Cônsul do Brasil no Porto, Agostinho Francisco Velho. Ora, todos esses fatos estrondosos eram ainda recentes, e deviam ser do conhecimento do Monarca brasileiro, e não foi possivelmente por outros motivos que Camilo se excusara de ir procurá-lo no Hotel do Louvre. Acrescia que o autor do *Amor de Perdição* fustigava então os Braganças, querendo com isso atingir o Rei Dom Luís, a quem atribuía a recusa em conceder-lhe o título de Visconde, quando tal título não fora negado a Castilho e Garrett[2998]; e, nessas condições, como justificar sua ida ao Hotel do Louvre, para render homenagem a esse Bragança brasileiro? Mas, se era este que o iria procurar em sua casa, já a coisa era diferente, e não havia por que Camilo fechar-lhe as portas.

Apareceu-lhe, assim, o Monarca, acompanhado do seu médico, o Barão de Itaúna. Na sala modestíssima, encontravam-se, com o romancista, o seu sobrinho, então, um estudante de Medicina, José de Azevedo Castelo Branco[300], e o poeta Guilherme Braga. Ana Plácido não ousou naturalmente aparecer, conservando-se num quarto ao lado. Dom Pedro II demorou-se em conversa com Camilo cerca de duas horas. Falaram sobretudo de Arte e de Literatura, evocando as figuras de Gonçalves Dias e de Júlio Dinís, há pouco tempo falecidos. Mostrando-se conhecedor de arquitetura, Camilo disse ao Imperador que não deixasse de visitar o Mosteiro da Batalha, "onde se acharia entre os seus, no meio dos túmulos de avós." Notando que a curiosidade de Dom Pedro II se voltava para um quadro do tempo de Dom João IV, em que se viam os vinte e um primeiros Reis de Portugal, Camilo pediu permissão para oferecê-lo[301]. Perguntou-lhe o Imperador qual a obra em que estava trabalhando naquela ocasião. Camilo confessou-lhe, com um certo constrangimento, que tinha, sob impressão, um romance intitulado *A Infanta Capelista,* no qual se ocupava da vida de uma bastarda do Rei Dom Miguel.[301a]

Essa visita do Imperador do Brasil ao grande romancista podia não o ter reconciliado com os Braganças. Mas fê-lo um amigo de Dom Pedro II. E, por amor a este, quis poupar aqueles. Em carta ao seu amigo, o Visconde de Castilho, escrita pouco depois de o Imperador embarcar para o Brasil, Camilo dizia:

Diga-me: o aparecer um romance meu, relatando uma por uma as tradições vilipendiosas da Casa de Bragança, desde o fundador da atual dinastia, não será feia ingratidão daquele que recebeu do Imperador o maior testemunho de estima? Se eu, em minha humildade, visitasse um outro, e ele me esbofeteasse publicando a vida repreensível de meus avós, que nome daria eu ao vilão? Que me diz V. Exª? Aconselhe-me. V. Exª? vai dizer-me que queime os 3.000 exemplares das folhas impressas. A despesa não pequena que fiz é a mais barata satisfação de consciência que tenho comprado. Figura-se-me que choraria a alma se um dia o Imperador lesse o romance e dissesse: *Visitei este homem, que por amor de mim não respeitou as cinzas dos mortos e fraqueza dos vivos*[301b].

A propósito de certas críticas impiedosas e por vezes maldosas que se faziam em Portugal sobre o Imperador, o romancista voltava a escrever a Castilho:

Consta-me, pelos anúncios das Gazetas, que eles publicaram opúsculos contra o Imperador. Roubo e depois insulto. O Porto está coroando a nomeada que tem no Brasil. Lá, apodam de Galegos, estes Cafres. Que injúria à laboriosa Galiza, donde importamos tanto homem de bem que morre obscuro com o pescoço no chouriço! Que dirão os jornais brasileiros, quando lá, virem os panfletos gasalhosos desta bengalé de burros, por entre os quais o Imperador passou como nós passaríamos na *Carreira dos Cavalos* em dia de feira — depressa e com cautela! [301c]

E em carta do mês seguinte:

Tenho lido com espanto, e até com lágrimas no coração, o que aí se imprime contra o Imperador. A garotice das *Farpas* [301d] não tem sequer graça que lhe descontemos. As caricaturas[301e] não chegaram cá, por enquanto; mas deste chafurdeiro, já, esparinhou lama que farte. Há dois opúsculos à competência de sórditos. Em um, eu sou escouceado por besta anônima; noutro, que se chama *O Palhaço, é* Dom Pedro assobiado com desbragada gaiatice. A maioria destes cidadãos gostam e aplaudem. Que infeliz ideia teve o Imperador de vir a esta estrebaria! [302]

XXIV

Quando ainda no Porto, o Imperador teve ocasião de encontrar um velho conhecido seu, James Cooley Fletcher, que era ali Cônsul dos Estados Unidos desde 1869, e onde ficaria no cargo até 1873[303]. Esse Fletcher era um antigo missionário da União Cristã e Capelão da Sociedade Protetora dos Marítimos, que fora mandado para o Rio de Janeiro em fevereiro de 1852, com apenas 29 anos de idade, exercer a sua missão religiosa. Originário de Indianápolis, Estado de Indiana, havia residido alguns anos em Massachusetts, onde conhecera e privara de perto com Agassiz, Longfellow, Whittier e outros intelectuais da Nova Inglaterra.

Chegando ao Rio e tendo tido acesso junto ao Imperador, captou as simpatias do jovem Monarca. Sabendo-o homem dado aos estudos e às leituras literárias e científicas, valeu-se das boas relações que tinha com os intelectuais americanos de Boston para se tornar uma espécie de intermediário entre eles e Dom Pedro II, tanto na troca de cartas como nos livros que aqueles lhe mandavam para serem oferecidos ao Imperador. Tornou— se assim, para este, um homem útil e grandemente apreciado, com idas frequentes ao Paço de São Cristóvão, para o qual, as portas estavam sempre abertas e o acesso junto ao Monarca, o mais fácil possível.

Fletcher esteve várias vezes no Brasil, e de tudo o que viu entre nós, deixou um livro, publicado em 1856 e intitulado *Brazil and Braziliam.* Numa obra do professor David James, intitulada *O Imperador do Brasil e seus amigos da Nova Inglaterra,* está reproduzida quase toda a correspondência de Fletcher com o Imperador e os seus amigos de Boston, copiada dos arquivos dessa cidade, de Cambridge e outros norte-americanos, bem como do próprio arquivo de Dom Pedro II, depositado hoje no Museu Imperial de Petrópolis.

Deixando o Porto, o Imperador seguiu para Coimbra, onde o foi encontrar uma carta de Fletcher, sugerindo o nome de Longfellow para sócio correspondente da Academia das Ciências de Lisboa, na vaga aberta com a morte recente do Históriador americano George Ticknor, autor da *Spanish Literature* e professor de Literatura Estrangeira na Universidade de Harvard. Lembrava que Longfellow, além de eminente poeta, fizera belas traduções de poesias portuguesas. "Deixo em suas mãos essa sugestão" — acrescentava Fletcher — "para que a faça a Latino Coelho ou algum outro membro da Academia".[303a]

Na Universidade de Coimbra Dom Pedro foi recebido com todas as honras pelos Professores e festejado pelos alunos, a cujas aulas, fez empenho em assistir, assim como à cerimônia do doutoramento, na famosa Sala dos Capelos, acompanhado por Araújo Porto Alegre e pelos Barões de Bom Retiro e de Itaúna. E, com possível escândalo para a austeridade do professorado, apareceu nessa cerimônia, com o seu traje de todos os dias de simples viajante, ao em vez de tradicional casaca com gravata branca.

Esse quase desprezo do Imperador por certos rigores da etiqueta, inclusive com a sua maneira *burguesa* de vestir-se quando viajava no Estrangeiro (no Brasil, quando não estava de uniforme, que ele detestava, ou com os trajes imperiais na abertura do Parlamento, trazia sempre a sua indefectível casaca preta e fitinha também preta à guisa de gravata), estivesse onde estivesse, se era por vezes motivo de pilhérias, era também razão de estranheza ou mesmo de censuras, inclusive, de pessoas da sua intimidade — como foi o caso com a Condessa de Barral, que o acusou de querer com isso, passar unicamente por um original. Com o que ele, naturalmente,não concordou,mostrando-se até mesmo melindrado. 'Também me dói, escrevia-lhe o Monarca, que você admita que meus trajes durante a viagem passada fossem adotados por originalidade." E, como justificativa de assim proceder, dava uma explicação que no fundo não explicava coisa alguma, isto é, que se achando livre da posição que ocupava em seu Império queria, no Estrangeiro, "aproveitar inteiramente das minhas férias."

A sua presença nessa cerimônia de doutoramento na Sala dos Capelos da Universidade de Coimbra, "trajando jaquetão de viagem, com um chapéu desabado e um saco à tiracolo (como o focalizou Eça de Queirós), com a mesma Famíliaridade com que se sentaria na almofada da diligência dos Arcos de Valdevez", longe de ser objeto de censura do autor das *Farpas,* era, ao contrário, louvado por este, naturalmente num tom de pilhéria, já que entendia ser o bastante "para aturar uma enfiada de carões sorumbáticos e de batinas caturras, imóveis num estrado; para ouvir uma charanga torpe dilacerando a golpes de figle um minuete da Senhorá Dona Maria I;para admirar quatro archeiros sebáceos perfilados entre ramos de louro murchos."

E assim continuava Eça: "Pois que! Recebe a Universidade um sábio, e em lugar de se perder com ele nos retiros difíceis das mais sérias questões do saber — recua e exclama, com uma exigência mundana de cocote: *Para trás! Que horror! Vós não estais de casaca!* E não compreende o que havia de intencional, de amável, na *toilette* de Pedro! Ele quis apresentar-se entre os sábios, na rabona de sábio! Ele não quis humilhar nenhum Senhor Doutor pelo asseio da sua roupa branca. Vestiu-se com o rigor científico. Antes de sair para o Capelo, em lugar de molhar os dedos num frasco de Água-de-Colônia (sabe-se isso), ensopou as mãos num tinteiro. Ele seguiu a velha tradição universitária — que o rasgão *é* uma glória e a tomba na bota, uma respeitabilidade. E, se a Universidade tivesse lógica, devia escandalizar-se e corar — não por ele se ter abstido da gravata, mas por ousar entrar naquele recinto clássico da porcaria, com tão poucas nódoas no fato"[303b].

Na Universidade, foi festejado pelos estudantes brasileiros que seguiam ali, os cursos, e entre os quais se contavam Antônio Cândido Gonçalves Crespo (que se casaria com a escritora portuguesa Maria Amália Vaz de Carvalho); Bernardino Luís Machado Guimarães (que, embora nascido no Rio de Janeiro, numa conhecida família brasileira, tornaria a nacionalidade portuguesa e seria, por duas vezes, Presidente da República Portuguesa); e Eduardo Simões dos Santos Lisboa (que entraria para a carreira diplomática, tendo servido em vários postos, e acabaria como Ministro do Brasil em Lisboa, em 1912). A dois outros alunos brasileiros da Universidade, Nuno Freire Dias Salgado, sobrinho-neto por afinidade do Visconde de Sapucaí e Luís Militão Pereira de Aquino, que dispunham de parcos recursos para os estudos, ele concederia, a cada um, enquanto cursassem a Universidade uma pensão mensal de 200 $ 000, para pagamento das respectivas matrículas e livros[303c].

Foi depois à Sé Velha, à Igreja da Santa Cruz, para ver o túmulo de Afonso Henriques, e ao Convento de Santa Clara, onde estava sepultada a Rainha Santa Isabel, mulher do Rei Dom Dinís. E, como todo viajante que ia a Coimbra, foi à Quinta das Lágrimas e à Fonte dos Amores, ligadas à vida da bela e infeliz Inês de Castro, aquela que

Depois de morta, foi Rainha.

Era proprietário da Quinta das Lágrimas, Miguel Osório,que ao receber ali, o Imperador exibiu-lhe uns fios de cabelos dourados, dizendo que haviam pertencido à Inês de Castro. E para explicar-lhe a origem, dizia que haviam sido colhidos por seu pai, Antônio Maria Osório, antigo Par do Reino e Coronel ao tempo da invasão de Portugal pelos Franceses, em 1810, quando estes violaram o túmulo de Inês de Castro, cena a que ele presenciara.

XXV

Deixando Coimbra, os Monarcas brasileiros e comitiva se dirigiram para Lisboa, passando por Leiria, Batalha, Alcobaça e Caldas da Rainha. Chegaram à Capital do Reino na noite de 6 de junho, onde foram recebidos por diversas personalidades do Governo e da vida social lisboeta, tendo à frente, o Rei Dom Luís. Iriam ficar em Lisboa cerca de uma semana. Para o Imperador, foram sete dias de libertação, livre das cerimônias oficiais e dos rigores do protocolo do Estado. Andou por toda a parte e onde queria. Foi visto e abordado por todo mundo. "A sua entrada no Café Martinho", relatava a Distração Portuguesa, "onde se sentou, placidamente, e tomou um refresco como qualquer lisboeta, levantou um sussurro mexeriqueiro."

Na manhã seguinte, à chegada a Lisboa, os Monarcas foram ver a Duquesa de Bragança (ex-Imperatriz Dona Amélia) em seu Palácio das Janelas Verdes. Encontraram-na doente, de cama, prenúncio da moléstia que a devia vitimar, pois iria falecer dentro de sete meses. Nessa mesma noite, o Imperador foi assistir a uma sessão ordinária da Academia das Ciências, presidida pelo Marquês de Ávila e Bolama e secretariada por Latino Coelho. Falaram vários acadêmicos: Antônio Augusto de Aguiar, eminente médico e professor da Escola Politécnica, sobre várias experiências químicas, tendo versado sobre o mesmo assunto o Professor Antônio Maria Barbosa; seguiu-se Rodrigo de Lima Felner, especializado nos estudos sobre as conquistas e descobertas portuguesas, que falou sobre a família de João Fernandes Vieira, um dos heróis brasileiros da Restauração Pernambucana; foi depois a vez de Sílvio Túlio, que se ocupou do Padre Antônio Vieira, assunto também do seguinte acadêmico a falar, (o Visconde de Seabra, autor do Código Civil português), para o qual Vieira podia ser considerado o principal conselheiro político de Dom João IV; falaram ainda Mendes Leal sobre documentos da Inquisição; o médico e literato Tomás de Carvalho, que leu uma tradução sua de *O Bicho da Seda,* do poeta latino J. Vida; José de Lacerda, sobre a instrução primária em Portugal; Pedro da Costa Alvarenga, médico português nascido no Brasil, sobre a influência que a temperatura exercia na respiração humana; e finalmente, Miguel Maria Lisboa (depois Barão de Japurá), Ministro do Brasil, sobre a ortografia portuguesa. Apesar de ser uma sessão ordinária foi, como se vê, cheia de assuntos do maior interesse, de onde se conclui que a Academia, pelo menos nesse tempo, não era um órgão simplesmente decorativo, como se tornaria depois.

O Imperador foi em seguida, visitar a Infanta Isabel Maria, que fora Regente do Reino depois da morte de seu pai, Dom João VI, em 1826, e vivia na antiga quinta dos Marqueses de Abrantes, em Benfica. Tinha ela então, 71 anos de idade, e iria morrer em 1876. Era a filha mais velha e a preferida de Dom João VI. Sofrendo desde criança de ataques histéricos, não quis nunca se casar. Tendo ido a Benfica, o Imperador aproveitou para ver ali a Igreja do Convento de São Domingos, fundada no Século XIV por Dom João I, e onde repousavam os restos de Frei Luís de Sousa e de João das Regras.

Sabendo que o Visconde de Castilho não pudera ir na véspera à Academia das Ciências, por estar doente, Dom Pedro II decidiu vê-lo em sua casa da Rua do Sol, acompanhado pelo Barão (depois Visconde) de Itaúna e pelo Ministro do Brasil, M.M. Lisboa. Falaram, como era de se esperar, de literatura, tendo Castilho recitado para o Imperador a sua tradução de *Sonho de uma Noite de Verão,* de Shakespeare, que devia ter lido na Academia, se não tivesse caído doente.

O resto do tempo, o Monarca empregou visitando o Palácio das Cortes, as principais igrejas da cidade, o bairro da Alfama, a Academia das Belas-Artes. Foi a Queluz e a Sintra na companhia de Dom Fernando e da Condessa d'Edla. Foi a Santarém, para ver na Igreja da Graça, o túmulo de Pedro Álvares Cabral. Aproveitou estar em Santarém para visitar Alexandre Herculano em sua quinta de Vale de Lobos, sabendo que estava doente e impedido de sair. "O Herculano não pode vir a Lisboa?" dissera ele ao sair do Hotel de Bragança. "Pois então vou eu lá." Almoçou com o Histioriador seu amigo, em cuja mesa só havia "iguarias feitas de produtos de sua lavra ou de aves apanhadas na sua propriedade"[304].

Antes de deixar Lisboa, aceitou, como uma exceção, um banquete no Palácio da Ajuda, dado pelo seu sobrinho, o Rei Dom Luís, seguido de um concerto, com a presença de cerca de mil pessoas do Governo e da sociedade lisboeta. E, depois de ir novamente a São Vicente de Fora render homenagem às cinzas de seu pai, embarcou, a 13 de março de 1872, com sua comitiva, de volta ao Brasil.[304a]

XXVI

Chegando ao Rio, a 30 de março desse ano de 72, a capital do Império o acolhia com marcada satisfação, vendo-o restituído à Pátria e aos negócios do Estado, depois de uma tão longa separação. Mas, os adversários do regime tinham sempre motivos de queixas. E resmungavam: "Chega o Imperador de longa excursão, vergando ao peso dos diplomas científicos, dos livros e artigos economiásticos fabricados em sua honra. Mas nada altera nas práticas anacrônicas da sua corte a Dom João VI: continua com o beija-mão, continua com a política pessoal, reorganizando o Ministério, que deixara confiado a um dos seus mais dedicados áulicos, encartando nele um dos criados que o serviu na viagem"[305].

CAPÍTULO XI
A QUESTÃO DOS BISPOS

Impetuosidade de um jovem prelado. Propósitos de paz de João Alfredo. Intransigência de Dom Vital. A culpa da Santa Sé. Atitude do Internúncio no Rio. O erro do Gabinete. Conflito de jurisdição. Política intransigente e inoportuna. "Ultimatum" à Santa Sé. Responsabilidade do Imperador. Sua intolerância e teimosia. Explicação dessa atitude. Seu regalismo. Sentimentos católicos do Imperador. Seu apregoado anticlericalismo. Como entendia a função dos padres. Poder do Estado e poder da Igreja. Conselhos à Princesa Isabel. As ordens religiosas. As irmãs de caridade. O ensino religioso. Retirada de Rio Branco e chamada de Caxias. Senso político do General. Necessidade de uma anistia. Intransigência do Imperador. Vencido, mas não convencido.

I

Pouco depois de chegar ao Brasil, o Imperador se viu a braços com um dos problemas mais delicados de quantos abalaram o Reinado e o regime. Foi a chamada "Questão dos Bispos."

Tudo se originou em março de 1872, quando, no dia 3 desse mês, a loja maçônica da Corte, Vale do Lavradio, promoveu uma festa em honra ao Visconde do Rio Branco, Presidente do Conselho de Ministros e Grão-Mestre da Maçonaria Brasileira; e o Padre Almeida Martins pronunciou um discurso enaltecendo o Visconde e sua obra, à frente do Governo. Não gostou da atitude do Padre, o Bispo do Rio de Janeiro, Dom Pedro Maria de Lacerda: intimou o sacerdote a abjurar a Maçonaria. E como este se recusasse, suspendeu-lhe as ordens, o que logo provocou grandes protestos do Grande Oriente do Vale do Lavradio, seguidos por todas as lojas maçônicas brasileiras.

Dias depois, ou seja a 22 de maio do mesmo ano, chegava a Olinda, em Pernambuco, o novo Bispo para ali nomeado, Frei Vital Gonçalves de Oliveira, jovem prelado, que, influenciado pela atitude de Dom Pedro Maria de Lacerda contra os maçons, logo no mês seguinte à sua chegada a Olinda, entendeu ordenar que o clero da sua Diocese não frequentasse as lojas maçônicas, e abjurasse a Maçonaria. Mas, não contente com isso, ordenou que as Irmandades expulsassem de seus grêmios, os membros sabidamente maçons. Não sendo obedecido, suspendeu as Irmandades, lançando contra as mesmas um interdito. Foi o bastante: uma fagulha que iria acender o conflito.

II

Cabe dizer de início, para um melhor julgamento desse conflito, que a Maçonaria havia desempenhado no Brasil, nos primeiros decênios do Século XIX, um relevante e importante papel, tanto político como social, com um número sem fim de adeptos (inclusive sacerdotes católicos), tornando-se, com a estreita união e solidariedade de seus membros, uma força que fazia sombra, num certo sentido, ao prestígio e influência que a Igreja de Roma sempre tivera no Brasil desde os primeiros anos da nossa descoberta.

Para se ter uma ideia do que valia a Maçonaria Brasileira no começo do Século XIX, basta dizer que foi, em 1822, o elemento decisivo na declaração da nossa separação de Portugal, tendo sido por iniciativa da Maçonaria que, em 12 de outubro daquele ano, o Príncipe Regente Dom Pedro foi proclamado Imperador do Brasil.

Mas isso era naquele tempo e no terreno exclusivamente político. Em 1872, a Maçonaria já não desfrutava a mesma importância nem tinha o mesmo prestígio de antes, se bem continuasse a ser, de um certo modo, uma força no meio político brasileiro, invadindo, por vezes, esferas as quais a Igreja Católica entendia lhe pertencerem. A começar pelas Irmandades, de que faziam parte não poucos maçons, a igual das Maçonarias, onde eram encontrados membros, até mesmo altamente qualificados, do clero católico[305a] Daí, a guerra que lhe movia o Papado, lançando contra as mesmas, as suas Bulas, mas que não tinham no Brasil nenhum efeito legal, por não receberem a indispensável aprovação — o *placet* — do Governo Imperial.

Era essa a situação em Pernambuco, como no Brasil em geral, quando Frei Vital chegou a Olinda e lançou o interdito sobre as Irmandades. Proibir, como ele fez, que o clero da sua Diocese comparecesse a cerimônias promovidas por maçons, era sem dúvida da alçada espiritual de seu governo. No que ele se excedeu foi em querer obrigar, primeiro, que os maçons das Irmandades abjurassem suas crenças; depois, quando viu que não fora obedecido, ordenar a expulsão desses membros das Irmandades; terceiro, e diante de novas recusas, em lançar interditos não somente contra as Irmandades, mas também contra certas igrejas da sua Diocese. Em todos esses atos, teve apenas a solidariedade de um único Bispo brasileiro, Dom Antônio Macedo Costa, Bispo do Pará.

Apesar de Frei Vital ter tido o cuidado para evitar complicações com o Governo Imperial, de declarar que a interdição das Irmandades só se referia à parte espiritual, quer dizer, religiosa[305b], não lhe foi possível conter a questão dentro de tão estreitos limites.

Uma das Irmandades interditadas, a de Santo Antônio, do Recife, recorreu ao Bispo solicitando o levantamento da interdição. Dom Vital mostrou-se inflexível só o faria se "os irmãos maçons abjurassem, como deviam, ou então fossem eliminados." Vendo-se desatendida, a Irmandade recorreu ao Presidente da Província de Pernambuco, Henrique Pereira de Lucena (futuro Barão de Lucena). Este pediu ao Bispo que "falasse a respeito." O Bispo respondeu em termos lacônicos, dizendo apenas que o recurso da Irmandade era "condenado por várias disposições da Igreja." Em vista dessa resposta, Lucena encaminhou o recurso para o procurador da Coroa em Pernambuco, que deu cabimento ao mesmo, visto entender "que o Bispo exorbitara de suas funções", contrariando as leis do Império que permitiam e regulavam o funcionamento das Irmandades.

Fortalecida em seu direito, resolveu a Irmandade de Santo Antônio recorrer ao Governo Imperial, alegando que o ato do Bispo, eliminando-lhe os membros maçons e a interditando, contrariava a lei civil que a regulava; e que, além disso, tentava executar no Brasil as Bulas que excomungavam os maçons, Bulas inadmissíveis no Império, por não terem tido o indispensável *placet* do Governo Imperial.

III

Levada a questão para esse terreno, ela assumiu um aspecto de extrema gravidade. Rio Branco sentiu-se tanto mais predisposto a agir contra os Bispos quanto ele era, como dissemos, o Grão-Mestre da Maçonaria Brasileira. Contudo, é certo que o Governo Imperial procedeu, a princípio, com grande moderação e espírito de transigência. João Alfredo, Ministro do Império, a quem estava afetada a questão, e era amigo e parente próximo de Frei Vital[305c], tentou negociar com este um acordo amigável. Fez-lhe ver a gravidade do conflito que se abria entre a Igreja e o Governo, e a necessidade de Frei Vital moderar sua intransigência. Acrescentando:

Até que, pelo tempo, pela reflexão e por meio de providências mais oportunas, cesse o Governo a obrigação de conjurar os perigos de ordem pública, e se ofereça a V. Exª. Revma. uma ocasião de conseguir de suas ovelhas, pacificamente, pela autoridade moral da Igreja, que lhe aceitem os conselhos e as determinações [306].

Frei Vital, porém, não somente foi surdo a esse apelo de paz, como se colocou até numa posição ainda mais intransigente. Cortou todo e qualquer caminho para uma possível retirada. "Ceder e não ir avante é impossível" — declarou. "Lavre antes o meu decreto de prisão e de ostracismo, porque o apoio prestado à Maçonaria pelo Governo Imperial, não me fazendo de modo algum ceder, dará infalivelmente ocasião a conflitos lamentáveis"[307].

Assim que, não contente em desafiar as leis do Império e se fazer surdo às tentativas de acordo que lhe faziam Lucena em Pernambuco e João Alfredo no Rio, Frei Vital enveredava por novos atos de rigor, privando do uso de ordens, por motivo de desobediência, ao Deão da Sé de Olinda, Francisco de Faria, o que provocou grandes protestos, inclusive nas praças públicas do Recife, a quantos, maçons ou não maçons, não lhe davam razão[307a].

Enquanto isso, o Visconde do Rio Branco, prevendo o pior, escrevia ao Presidente de Pernambuco:

A decisão do Governo sobre a questão do Bispo com as Confrarias, será tomada por toda a semana que começa amanhã *(12 de junho)*. É preciso ouvir o Conselho de Estado Pleno, e o parecer da Seção do Império levou muito tempo, porque estudou profundamente os pontos de Direito. Creio que a grande maioria do Conselho de Estado reconhecerá, como a Seção, que S. Exª. Revma. exorbitou.

Deus queira que o nosso prelado pratique o que ensinou na sua última Pastoral: que respeite a decisão competente do poder civil. Eu respeito conscienciosamente as instruções do prelado, mas receio muito que ele nos crie grandes dificuldades com o rigor que vem desenvolvendo contra os maçons e contra o clero, que se não reforma da noite para o dia e tem verdadeira influência entre o povo. Isso, ainda que a política não auxilie a iniciativa. Veja V. Exª. se pode conseguir que o prelado, com melhores intenções, não seja causa de sérias perturbações sociais no Brasil. [307b]

Por sua vez, João Alfredo voltava a escrever a Lucena:

Não se poderá obter dele que se humanize? Que considere que é cidadão brasileiro e que deve obedecer às leis do Estado? É possível que ele pense que há glória em combater a Maçonaria e em consumir nessa luta forças que deveriam ser poupadas para tantas coisas do seu sagrado ministério? Eu, se estivesse aí, faria perante ele algumas tentativas até desenganar-me [307C].

Pura ilusão do Ministro do Império! Pois se ele próprio, logo no início da questão, não conseguira conter o ímpeto de Frei Vital contra a *peste* da Maçonaria, apesar de ser seu amigo, parente e protetor, como esperar agora que Lucena, com o clero pernambucano senão contra ele ao menos numa posição de mera expectativa, a ver em que dava tudo aquilo; e, ainda por cima, combatido por seus adversários políticos, os liberais — pudesse chamar Frei Vital às boas razões, fazendo-o ver o caminho errado que o tomando? Persuadido de que nada mais podia fazer no sentido de um acordo com o prelado recalcitrante, ele escrevia a João Alfredo:

Não me tem sido possível convencê-lo. À urbanidade, retruca com uma severidade nas relações. Ante os testemunhos da razão estatal, ante lógicos pronunciamentos oficiais, retruca com uma energia e firmeza que impressionam. Não posso imaginar até onde ele quer chegar. Nada mais me é possível fazer[307d].

Assim que, esgotadas todas as tentativas de acordo, o Governo Imperial submeteu o recurso da Irmandade ao parecer do Conselho de Estado; e este, baseado nos seguintes princípios, deu provimento ao recurso:

1º — Nenhuma bula do Papa podia ser executada no Brasil antes de receber o beneplácito imperial; ora, as bulas que excomungavam os maçons não tinham sido submetidas a essa formalidade. Logo, os Bispos, aplicando a pena de excomunhão as Irmandades, procediam com excesso de jurisdição, não devendo, portanto, seus atos produzir efeito, segundo o direito brasileiro.

2º — As Irmandades, embora tivessem uma natureza mista, contudo, pelo direito vigente e de longa data, só dependiam dos Bispos na parte religiosa, constante de seus compromissos, estando em tudo o mais sujeito ao poder temporal do Imperador. Consequentemente, os Bispos, ordenando a exclusão de irmãos, fora dos casos estabelecidos no seu compromisso, invadiam o poder temporal e davam uma ordem ilegal, a que as Irmandades não deviam obedecer.

3º — Os Bispos, negando a legitimidade do beneplácito imperial, declarando-o *monstro, doutrina herética, falsa, perniciosa,etc.,* insubordinavam-se contra as leis do Estado, devendo esse procedimento ser desaprovado para não criar um precedente perigoso[308].

Conformando-se com o parecer do Conselho de Estado, o Governo Imperial ordenou aos Bispos que levantassem os interditos. Opuseram-se. Diante dessa recusa, foi expedido mandato de prisão contra os mesmos. Ao ser preso, na Diocese do Recife, Dom Vital lavrou, por escrito, um protesto, declarando que só deixava a Diocese "porque dela somos arrancados violentamente pela força do Governo." Protestava, assim, "com todas as forças da minha alma contra essa violência, que em nossa humilde pessoa acaba de ser irrogada à Santa Igreja Católica Apostólica Romana, violência que jamais será capaz de alienar os nossos direitos, privilégios e prerrogativas de Supremo Pastor desta Diocese"[308a].

Preso, Frei Vital foi embarcado no Recife, chegando à Corte a 19 de janeiro de 1874, enquanto o Bispo do Pará, preso em Belém, chegaria ao Rio, a 19 de maio, desse mesmo ano. Submetidos a julgamento pelo Supremo Tribunal de Justiça, foram ambos condenados a 4 anos de prisão com trabalhos, pena comutada, pouco depois, em prisão simples. Cerca de um ano depois, ou seja em 3 de setembro de 1875, foram ambos anistiados. Já não era mais do Governo o Visconde do Rio Branco, mas o Duque de Caxias, que o sucedera como Presidente do Conselho de Ministros. Foi o último ato desse lamentável drama.

IV

Todo o conflito provocado pelo Bispo de Olinda se resumia, como se vê, numa questão de princípio, isto é, em saber-se se o funcionamento das Irmandades era da esfera do poder temporal ou da esfera do poder espiritual, ou ainda, como parece certo, se era de ambos esses poderes. Não se tratava de uma questão "pessoal", que dissesse respeito unicamente à atitude de Frei Vital, ou uma questão de "corporações", conforme reconheceria, aliás, o próprio Governo Imperial nas instruções expedidas ao Barão de Penedo. Ora, precisamente porque se tratava de uma questão de princípio, é que desde o começo ela tomou um caráter difícil de conciliar as duas partes em luta.

O que havia era sobretudo um conflito de prescrições canônicas e civis; e, dada a imperfeição da nossa legislação sobre as relações entre o poder temporal e poder espiritual, pela falta de uma Concordata com a Santa Sé, qualquer solução jurídica que se pretendesse dar ao caso, não contentaria evidentemente nenhuma das duas partes.[309]

Todo esse dissídio, porém, não teria aparecido se não fora a atitude imprudente e irrefletida do Bispo de Olinda, que na sua impetuosidade quis modificar, *a golpes de interditos* — a expressão é de Joaquim Nabuco — e da noite para o dia, um estado de coisas, imemorial nos anais católicos brasileiros. Todo o mundo sabia da existência de Bulas, condenando a presença de maçons nas Irmandades. Mas, eram Bulas que nunca haviam tido o *placet* do Governo Imperial, indispensável para serem executadas no Brasil. E, talvez, por isso a própria Santa Sé jamais fizera empenho em que elas fossem obedecidas entre nós. Por que então mexer agora com essa espinhosa questão, num gesto de quase desafio ao Governo Imperial? Seria melhor, como diria o Conselheiro Nabuco de Araújo no Senado, "deixar as Bulas dormirem, como dormiram até então; ou representar ao Santo Padre sobre a não aplicação delas."

Mas Frei Vital, na sua irreflexão, não compreendeu isso. Não compreendeu que era muito mais político, para não dizer muito mais útil à Igreja, deixar que os maçons continuassem a pertencer às Irmandades, mesmo ao clero católico, visto que daí, não resultava nenhum dano à religião de Roma, do que guerreá-los com um fervor e uma intransigência desconhecidas no Brasil, que fazia lembrar um pouco a intolerância da Inquisição, ou então aqueles Bispos da Idade Média, de quem se dizia que traziam a batina escondida sob a cota de malha, o capacete em lugar da mitra, e usavam mais as armas de guerra do que o báculo pastoral.

Ele pecou por excesso de zelo. Quis combater no Brasil um regime que, afinal, a Santa Sé sempre tolerou, fazendo embora reservas sobre a sua legitimidade. Tornou-se, assim, mais papista do que o Papa. Por outro lado, revoltando-se contra o princípio do padroado, tradicional do Direito Público brasileiro, com o qual estavam identificados os estadistas do Império, ele, não somente se colocou numa atitude de insubordinação contra o Estado que o nomeara e o acolhera, como ainda, investiu contra uma regalia que a própria Santa Sé jamais negara ao Imperador do Brasil.

Tanto era falsa a posição em que se colocou o Bispo de Olinda, que a Santa Sé não ousou nunca assumir, em toda essa questão, uma atitude de inteira solidariedade com o seu representante espiritual em Pernambuco. Por isso, talvez, a ação dela no conflito foi desde o começo contraditória, com avanços e recuos, ora apoiando ora desaprovando a atitude dos prelados. Sentia-se que toda a sua política tinha em vista não se indispor com o Governo Imperial. Por outro lado, também não queria *largar* o Bispo recalcitrante. Realmente, não lhe era fácil equilibrar-se num terreno tão falso.

V

A principal culpa da Cúria Romana nessa questão, foi não ter desde logo sabido ou querido conter o excesso de zelo de Frei Vital. Quando este, no início ainda do conflito, consultou-a sobre a atitude que assumira em Pernambuco contra os maçons, a resposta da Santa Sé foi dúbia, cheia de entrelinhas e de intenções veladas. "A Santa Sé devia ter examinado atentamente a questão, verificado as condições peculiares da Maçonaria Brasileira, pesado as possíveis vantagens e gravíssimos inconvenientes de uma luta com o poder temporal e, somente depois desse estudo, traçar em termos claros e positivos, a linha de conduta que deveria ser seguida por todos os Bispos brasileiros."[310]

Ao em vez disso, o que fez ela? Na carta que dirigiu a Frei Vital, o Cardeal Secretário de Estado, ao mesmo tempo que condenava o procedimento dos Bispos contra as Irmandades, louvava o zelo com que eles defendiam a religião católica contra a *peste antiga* da Maçonaria. Como dirá, resumindo, Basílio de Magalhães, "o Vaticano se adstringiu a consolar os Bispos, sem que assumisse, como naturalmente lhe cumpria, a defesa dos seus gestos"[311].

Pela voz do Internúncio Apostólico no Rio, sua ação não foi menos censurável. Se Monsenhor Sanguigni incitava Frei Vital a estar preparado para tudo e a agir *com constância,* por outro lado induzia-o a que desertasse a causa que tornara a peito, prestando-se mesmo a intermediário de uma *combinazione* pouco elegante, de que o dinheiro era a mola. Mais tarde, quando os Bispos foram condenados, articulou um protesto. Mas, "mesmo protestando, não quis o Internúncio que o Governo Imperial o considerasse solidário com os Bispos, e se apressou em reconhecer que as razões aduzidas pelo Governo, em apoio de sua autoridade, eram mui valiosas e doutas."

VI

A terceira parte de culpa, na questão dos Bispos, cabe ao Ministério Rio Branco, solidário coletivamente em todas as medidas tomadas contra os dois prelados. Se Frei Vital pecou por excesso de zelo, por excesso de zelo, pecou, igualmente, o Gabinete.

É certo que este tentou, no começo, a realização de um acordo, que não se fez porque não encontrou eco na intransigência do Bispo. Mas, falhado o recurso conciliatório, Rio Branco se mostraria politicamente irredutível, durante todo o curso do conflito, até chegar à prisão dos Bispos.

E ainda aí ele não se mostraria tolerante com a concessão de uma anistia, que era, já nessa época, a medida política mais aconselhável. Teimou no encarceramento dos Bispos. A única concessão que fez foi concordar com a comutação da prisão com trabalhos em prisão simples, "em alguma fortaleza, enquanto durarem as circunstâncias atuais" que são de completa obstinação do condenado e manutenção de todos os atos condenados" [sic]. Sua obstinação foi a ponto de preferir, se fosse necessário, sacrificar o Gabinete a ter que transigir nessa matéria, que era, dizia ele ao Imperador, "da maior importância para mim, que aceitarei todas as consequências, inclusive a dissolução do Ministério."[312] Iria mesmo além: promoveria até o degredo dos Bispos, medida reclamada por alguns de seus Ministros, se com ela concordasse o Imperador.[313]

A ida do Barão de Penedo a Roma, em missão especial, para obter do Santo Padre uma solução para o conflito, longe de ser uma prova do espírito de conciliação do Ministério, o foi de sua ferrenha intransigência.

Antes de tudo, a negociação em Roma devera ter tido lugar muito antes dessa época. Devera ter sido o primeiro ato do Governo, uma vez falhado o acordo direto com Frei Vital. Rio Branco devera ter compreendido desde logo que não se tratava apenas de um capricho do Bispo, mas de uma questão que tinha um caráter muito mais delicado e menos pessoal. Se era certo que o Bispo de Olinda usurpara direitos exclusivos do Estado publicando e tentando fazer executar Bulas não placitadas, não era menos certo que tal não se daria se outro fosse o estado das nossas relações com a Santa Sé. O Governo devera ter compreendido que não se tratava apenas de um *crime civil* dos Bispos; que a questão se apresentava também e sobretudo como um verdadeiro conflito de jurisdição, onde se chocavam as leis canônicas com as leis do Império. Para resolvê-lo, portanto, o caminho a seguir não era a prisão dos Bispos, nem a retratação deles. O caso era político, e como tal, devera ter sido apresentado em Roma, para sobre ele, acordarem as duas partes em litígio, os dois poderes em choque, o poder espiritual do Papa e o Poder temporal do Imperador.

Ora, que fez o Governo?

Só mandou a Roma o seu representante depois que se decidiu a instaurar o processo dos Bispos. Até isto valia, antes do mais, como uma prova do espírito intransigente que dominava no Ministério. Queria dizer que não se pretendia buscar um acordo em Roma, mas tão somente conseguir da Santa Sé a desautoração dos Bispos, que, desautorados ou não, teriam de sofrer no Rio, a condenação que se lhes preparava. Nada mais impolítico. De resto, as instruções dadas a Penedo provavam melhor do que tudo, a irredutibilidade do Gabinete.

VII

"Não eram instruções para uma negociação, mas para um *ultimatum* ", dirá Joaquim Nabuco, porque a prisão dos Bispos era como que represálias espirituais contra o Papa; *não era uma missão, era uma provocação.*" "Devo prevenir a V. Exª. — diziam as instruções — de que o Governo ordenou o processo do Bispo de Pernambuco; e, se for necessário, empregará outros meios legais de que pode usar, embora sejam mais enérgicos, sem esperar pelo resultado da missão confiada ao zelo e às luzes de V. Exª." Pior, como se vê, do que um *ultimatum*. Num *ultimatum*, dá-se sempre um prazo mais ou menos curto para a resposta, no correr do qual todas as providências e decisões ficam em suspenso. Aí não. Ia-se além. A represália podia verificar-se antes mesmo da chegada do enviado junto ao Governo com quem se tentava confabular. Não eram instruções para um embaixador, mas para um General. "Encarregando-o dessa missão — insistia-se depois — não pensa o Governo suspender a ação das leis. É do seu dever fazer que estas se cumpram... Não envio a V. Exa. plenos poderes por que, tratando-se de conseguir que sejam respeitadas a Constituição e as leis, não há ajuste algum possível..." Não restava dúvida: o Governo não queria acordo; fazia simplesmente uma intimação ao Vaticano. Terminava dizendo: "O Governo Imperial não pede favor, reclama o que é justo e não entra em transação."[314]

Que reclamava ele, afinal? Que os Bispos fossem constrangidos a obedecer às leis do Império? Muito bem. E se a Santa Sé se negasse a fazê-lo? Se outros Bispos, encorajados por essa atitude do Vaticano, seguissem o exemplo dos dois prelados do Norte? Evidentemente, para ser consequente, o Gabinete teria que aplicar-lhes o mesmo castigo, quer dizer — tribunal e prisão. E depois? Se eles, uma vez cumpridas as penas, voltassem a assumir a mesma atitude de antes?

Na precipitação em salvar, custasse o que custasse, a dignidade da Coroa e o prestígio da lei, o Ministério não cogitou de nenhuma dessas hipóteses. Entendeu que bastava despachar Penedo para Roma, muni-lo de um *ultimatum*, e fechar-lhe simplesmente a retirada.

Para sorte do Governo, Penedo era um dos mais hábeis diplomatas do Império. Ele compreendeu desde logo, que nada conseguiria se se apresentasse no Vaticano com as ameaças contidas em suas instruções.[314a] Como diplomata profissional, sabia que o sucesso da missão dependia, não tanto de argumentos e muito menos de ameaças, mas sobretudo de *souplesse*. Tomou, assim, a responsabilidade de atenuar as instruções que lhe deram — de "dissimular com mel, o agro de suas instruções", como diria Dom Antônio de Macedo Costa.[314b]

Fazendo entrever à Santa Sé a possibilidade de novos rigores contra os Bispos, deu, porém, a entender que, se estes voltassem ao bom caminho, tudo se normalizaria no Brasil. Era esta, realmente, a única base em que se podia ainda negociar qualquer coisa útil. A Santa Sé, que nada mais desejava senão entrar num acordo com o Governo Imperial, não hesitou em atender ao desejo de Penedo: numa carta endereçada a Frei Vital, o Cardeal Secretário de Estado dizia que o Papa desaprovava a sua atitude interditando as Irmandades, e mandava que as coisas fossem repostas em seu antigo estado.[314 c] Mas, justamente, quando a Santa Sé manifestava esses propósitos de paz, os Bispos eram processados, condenados e encarcerados no Rio de Janeiro, perdendo-se, com isso, todo o fruto colhido pela missão de Penedo em Roma.

VIII

O principal culpado dos erros do Ministério foi, sem dúvida, o Imperador. Como dirá Joaquim Nabuco, sua atitude em toda essa questão foi *decisiva*.

Era sabido quanto ele se mostrava às vezes tolerante, mesmo em suas opiniões mais enraizadas, e como transigia com os Ministros, a ponto de ceder em assuntos sobre os quais tinha ideias solidamente assentadas. Mas nessa questão dos Bispos se mostraria de uma teimosia inabalável. Só cedeu à última hora, e ainda assim bem a contragosto, quando o Gabinete Caxias lhe impôs — pode dizer-se — a anistia dos Bispos. Em tudo, o mais foi de uma irredutibilidade que só se tinha visto no último período da Guerra do Paraguai, quando se fazia a perseguição a López.

O Visconde do Rio Branco foi, certamente, o responsável por tudo quanto fez o Governo, e a sua intransigência, no caso, não foi menor do que a do Imperador. Mas, pelo que se sabe do feitio condescendente de Rio Branco, é possível que não tivesse levado a sua teimosia ao ponto em que levou, se não contasse, para isso, com o incentivo do Monarca. Este, de fato, não o deixou esmorecer. Estimulou-o a todo instante: "Medidas enérgicas e prontas!", dizia. "A Questão dos Bispos nunca foi de Maçonaria e ainda menos de Religião, unicamente de cumprimento da lei, que nas circunstâncias atuais ainda cumpre fazer respeitar com maior empenho." Pouco antes escrevera: "Não há de ser por falta de apoio de minha parte que o Ministério deixará de ser enérgico."[315]

Para o Imperador, toda a ação dos Bispos se traduzia numa única palavra — crime[316]. Os prelados eram dois criminosos que cumpria a todo custo castigar. "Não posso deixar de repetir que os Bispos praticaram um crime (dirá ele a Cotegipe) excluindo das Irmandades membros delas, sem ser em virtude dos compromissos aprovados pelo poder civil, e fazendo-o eles, em cumprimento de bulas não placitadas"[317]. Nestas palavras, está a explicação de toda a sua atitude. É a tese que ele abraça, e da qual não se arredará até o fim, isto é, até obter que a Justiça condene e aprisione os dois Bispos.

Não há negar que o Imperador, em princípio, estava com a razão. Posta a questão nos termos exclusivamente jurídicos, a responsabilidade dos Bispos era patente. Somente, o Imperador, como o Ministério, não ponderava em que a causa determinante do *crime* dos Bispos fora a contradição existente entre as leis do Império e as leis da Igreja, entre as leis civis e as leis canônicas; e que, para conciliar as duas legislações, cada qual com razão no seu ponto de vista especial, o remédio estava num entendimento político em Roma; era mesmo em rigor o único possível, e não na prisão dos Bispos, medida, quando menos não fosse, claramente impolítica, que só servia para prestigiar ainda mais na imaginação popular, o *martírio* dos prelados tidos como criminosos pela Coroa.

IX

É certo que no pensamento do Imperador cumpria, sobretudo, salvar a *dignidade do Poder Civil* — é a expressão de que ele usa em carta a Caxias: "Nunca me agradaram os processos, mas só vi e vejo dois meios de solver a questão dos Bispos: ou uma energia leal e constante, que faça a Cúria Romana recear as consequências do erro dos Bispos, ou uma separação, embora não declarada, entre o Estado e a Igreja, o que sempre procurei e procurarei evitar, enquanto não o exigir a independência e, portanto, a dignidade do Poder Civil."[318]

Certamente que cumpria salvaguardar a "independência e a dignidade do Poder Civil"; mas não cumpria menos, no interesse mesmo da ordem pública do Império, salvaguardar a independência e a dignidade da religião católica, fundamento da sociedade sobre a qual assentava aquele Poder Civil. E o prestígio da religião católica tinha muito pouco a ganhar, só tinha mesmo a perder, com o *castigo* de seus Bispos, cuja prisão, por maior razão que tivesse o Governo leigo, não podia deixar de afetar a própria dignidade da Igreja.

Todo raciocínio levava, portanto, à única solução possível para o conflito, porque era também a única que salvaguardava a *independência* e a dignidade de ambas as partes: o acordo político com a Santa Sé. O erro do Imperador foi não ter querido compreender isso desde logo, antes mesmo de tomar qualquer medida coercitiva contra os Bispos;[319] errou novamente, quando, em vez de ir buscar a paz em Roma, apresentou-se lá com ameaças e imposições.

A paz em Roma não lhe seria difícil conseguir. Que Pio IX se mostrou predisposto a um acordo, é um fato indiscutível. Durante todo o desenrolar do conflito, do começo ao fim, seus propósitos de paz são patentes. Se é certo que os primeiros passos do Papa, quando consultado por Frei Vital, no início da questão, são indecisos, e, até certo ponto, contraditórios, não é menos certo que, se naquele momento, a diplomacia imperial tivesse logo intervido, para solicitar os bons ofícios do Sumo Pontífice, consegui-los-ia com relativa facilidade. A boa vontade e a solicitude com que Pio IX atendeu aos desejos de Penedo, mesmo quando o conflito já iniciara a sua fase aguda com o processo movido contra os Bispos, e uma ação conciliatória sua se tornava mais difícil, são uma prova dos sentimentos pacíficos do Santo Padre, que estava disposto, declarou o Cardeal Secretário de Estado ao Barão de Penedo, a "empregar os meios que em sua alta sabedoria e fraternal benevolência julgasse apropriados para pôr termo ao deplorável conflito."

Mas, logo depois, vieram a condenação e a prisão dos Bispos, o que levou Pio IX a suspender toda a sua ação conciliatória.[320]

X

Ora, como se explica que um espírito eminentemente liberal e tolerante, como Dom Pedro II, assumisse essa atitude de intransigente regalismo diante dos atos dos Bispos? "Há um tanto de dignidade imperial ofendida na atitude do Imperador" — dirá Joaquim Nabuco; — "ele sente pessoalmente a ofensa, recebe o desafio e logo avoca a si a questão. A submissão dos Bispos, *per fas et nefas,* como a Guerra do Paraguai, como a emancipação dos escravos, torna-se um caso reservado à Coroa."[321]

Certamente que há, na atitude do Imperador, um pouco da dignidade imperial ofendida. Dom Pedro II nada tinha desse orgulho que o Príncipe de Bulow chamava a *chaga* dos Soberanos. Seu feitio estava longe de ser agressivo; nada tinha de truculento.

Tinha antes a natureza de um funcionário modesto e consciencioso — *empregado público consciencioso,* era como ele próprio gostava de chamar-se, cumpridor de seus deveres, e sem outras ambições que não fosse uma vida pacífica, longe de complicações e de violências.

Mas ele tinha, ao lado desse feitio burguês, uma grande susceptibilidade moral, herança, talvez, do ramo Habsburgo de sua família materna, e que o fazia sentir profundamente, sempre que o desrespeitavam ou o menosprezavam em suas prerrogativas majestáticas. Não o movia, então, um sentimento qualquer de vaidade, coisa estranha ao seu feitio, mas sim um zelo algum tanto exagerado por aquilo que ele entendia ser a dignidade de suas funções soberanas.

Madelin, estudando a personalidade de Luís Filipe de França, salienta o feitio burguês Républicano que ele tinha na vida privada, muito embora fosse *un prince très féru de sa naissance*. A observação não seria fora de propósito com relação a Dom Pedro II. Contudo, como estavam distanciados daquele Jaime I da Inglaterra, que dizia: "Assim como é ateísmo e blasfêmia criticar as ações de Deus, assim há rebelião e usurpação em discutir um súdito o que faz o Rei na altura do seu poder!" Não levando o seu regalismo a tais exageros, que aliás a mentalidade da época e do meio não o consentiriam, o Imperador não deixava de ser, para servirmo-nos, ainda, de um conceito relativo a Luís Filipe, *très prince sous ses dehors bourgeois,* e ninguém, no Império, se mostraria tão cioso de sua autoridade.

Ora, foi justamente essa autoridade, menoscabada, no seu entender, pelos dois Bispos, que ele quis restabelecer integral e efetiva com a punição dos culpados.[322]

XI

Conta o Príncipe de Bulow que, pouco antes da entrada da Itália na 1ª Grande Guerra, quando hesitava ainda entre a neutralidade e a beligerância contra os Impérios Centrais, o Papa Bento XV encarregou o Cardeal Piffl, Arcebispo de Viena, de procurar o Imperador Francisco José, para induzi-lo a fazer alguma das concessões territoriais reclamadas pelos Italianos, em troca da neutralidade da Itália, evitando, com isso, que o conflito se estendesse também à Península. "O Imperador, então com a idade de 84 anos, recebeu o Cardeal, que lhe repetiu, com timidez e modéstia, o desejo do Santo Padre; mas Francisco José não o deixou concluir: pegou o Cardeal pelo braço e o pôs literalmente fora. Francisco José era um filho fiel à Igreja, um católico muito praticante; mas os seus sentimentos de Soberano eram ainda mais fortes do que as suas crenças religiosas."

Esses dois sentimentos coexistiam igualmente preponderantes nesse outro Habsburgo, que era Dom Pedro II. Este se considerava certamente um filho de Deus, no qual depositava toda a esperança, como, aliás, deixará dito em sua *Fé de Ofício;* era uma criatura religiosa, no sentido de que praticava, em grau não comum, aquelas três principais virtudes de que nos fala Oliveira Lima, a resignação, a caridade e o esquecimento de si mesmo. Mas era, no fundo, o que Joaquim Nabuco chamava um espírito *emancipado,* que preferia organizar ele mesmo a sua própria crença, como organizava, aliás, toda a sua filosofia.[323] "A Igreja não tinha, na concepção de Estado do Imperador, senão uma parte secundária, quase rudimentar e provisória, como a religião católica, com os seus mandamentos e tribunais terrestres, não tinha, em sua vida íntima, verdadeiro poder coercitivo. Como ente religioso ele dependia só e exclusivamente de Deus, o Criador."[324]

Fazia lembrar aqueles *católicos leigos,* de que nos fala Renan, que ignoravam a Teologia e a Exegese, admitiam tal dogma e repudiavam tal outro;e depois não gostavam que se lhes dissesse que não eram verdadeiros católicos. Ora, observa muito justamente Renan, para aqueles que conhecem a Teologia, não pode haver a menor dúvida quanto à infalibilidade da Escritura e da Igreja; é inconcebível pôr-se de lado um dogma qualquer, seja ele qual for, um só ensinamento da Igreja; para uma instituição fundada sobre a autoridade divina, tão herético é o que lhe nega um só de seus dogmas quanto o que lhe nega todos.

XII

Acusavam o Imperador de ser anticlerical. Mas o seu anticlericalismo, se se pode chamar assim, era apenas no sentido de achar que o Padre não passava de um elemento de ordem social, professor de moral e pregador de fé católica, necessário certamente à educação e sossego do povo, mas que fora daí não podia nem devia contar. E como a maioria dos Brasileiros cultos, ou que se tem como tais, ele dispensava, na prática da religião, o concurso do Padre, espiritualmente falando. Entendia-se diretamente com Deus. Se frequentava a missa e outras cerimônias da Igreja, com um verdadeiro sentimento de catolicidade, era antes por um prazer espiritual, digamos puramente estético, do que por qualquer outro motivo mais profundo. A liturgia devia falar-lhe mais á imaginação do que os dogmas ao raciocínio. Sua fé religiosa era feita sobretudo de sentimento; o raciocínio agia noutras paragens. Sofria daquela *fé preguiçosa* de que nos fala André Siegfried.

Outro aspecto de seu apregoado anticlericalismo era a prevenção que nutria — e a questão dos Bispos se lhe apresentava como um exemplo frisante — contra o perigo sempre crescente de um poder demasiado forte da Igreja, invadindo e comprimindo o poder do Estado ou indo além dos limites espirituais da sua alçada, como se está dando atualmente (1969), com a nova orientação que lhe vem imprimindo o Papa Paulo VI. Neste particular o Imperador era de uma intransigência radical. Entendia dever guardar, custasse o que custasse, a plena autoridade do poder temporal. Escrevendo nessa época a Gladstone, para agradecer-lhe a remessa de uma brochura, ele dizia:

As relações entre os Governos onde há católicos e a Santa Sé vão-se tornando difíceis. E eu não vejo outro remédio senão na vigilância dos Governos, para não se deixarem invadir em suas atribuições. O direito do *placet* foi sempre reconhecido no Brasil, e é mesmo um dos princípios da Constituição. Mostrastes que a declaração da infalibilidade da Santa Sé pode dar lugar a abusos: mas compete ao poder temporal não consentir neles [325].

Era para evitar tanto quanto possível essa invasão do poder da Igreja no poder do Estado, o velho problema do Sacerdócio e do Império, que ele não se cansava de insistir junto aos Ministros na necessidade de leis bem claras, que definissem, sem deixar dúvidas, nos casos possíveis de confusões, a autoridade e o limite de cada um.

Pouco antes de partir para os Estados Unidos, em março de 1876, ele recomendava à filha, que la assumir pela segunda vez a Regência do Império:

A questão dos Bispos cessou. Mas receio ainda do de Olinda, quando voltar à Diocese. Entendo que é urgente tornar os efeitos civis dos atos desta natureza independentes da autoridade eclesiástica. Se se tivesse seguido o meu parecer, ter-se-ia votado já o projeto de lei do casamento civil, apresentado às Câmaras pelo Ministério de 1875. Adoto inteiramente as ideias desse projeto.[325a] O católico deve casar-se catolicamente; mas não pode ser obrigado a isso pela lei civil, para que esse ato da vida civil tenha efeitos civis. O registro civil já está regulamentado em virtude de lei; e é apenas preciso fazer executar o regulamento.[325b] Nos cemitérios já há lugar reservado para quem a Igreja não possa ou queira enterrar em sagrado; e só é necessário regular esse assunto.[325c] Ainda com estas medidas poderá haver usurpação do poder civil pelas autoridades eclesiásticas, e para isso cumpre que fique bem estabelecido o recurso à Coroa. O Ministro do Império[325d] ficou de apresentar-me um projeto de lei a tal respeito. Talvez o possa estudar antes da minha partida. O Bispo do Maranhão está gravemente enfermo. Todo cuidado na escolha de um novo Bispo.[325e] Há Padres dignos do cargo sem serem eivados de princípios ultramontanos.[326]

XIII

Era ainda pelo receio de ver as ordens religiosas se intrometerem cada vez mais na economia do Estado, senão também por sua improdutividade na vida civil da Nação, que o Imperador se inclinava por uma gradual extinção das mesmas. "Dói-me ver como são desaproveitados os bens das ordens religiosas."— escrevia ele em 1861; "e, aprovando as ideias contidas no relatório de Nabuco, para que o valor de parte desses bens sirva para a educação do clero secular, oponho-me à entrada de noviços e noviças, a fim de que as ordens se vão extinguindo."[327]

Quanto às irmãs de caridade, sua preocupação era a mesma: entendia que o institu-to era excelente em si, "nos ofícios próprios de seu nome", mas que cumpria "cortar a sua tendência a estender sua influência além desses limites." Sua vigilância, como se vê, na defesa das prerrogativas do Estado e da vida civil da Nação, em conservá-los, pelo menos, tanto quanto possível livres e desembaraçadas do poder da Igreja, estava sempre alerta. Nem era por outro motivo que pugnava, no caso ainda das irmãs de caridade, por uma direção exclusivamente brasileira, ou melhor, independente do órgão central francês. Só assim poderiam elas submeter-se melhor e mais docilmente às leis do Império. "Deveria existir aqui — escrevia ele — uma direção independente da de Paris, como eu e José Cle-mente [*Pereira*] quisemos desde o princípio, e este tinha esperança de conseguir, segundo me disse, quando para virem as irmãs se tratou da questão. Creio que houve tal promessa da parte das irmãs de caridade, e assim têm elas procurado estender seu predomínio. Tenho seguido seus passos, e advertido os provedores da Misericórdia."[328]

No que dizia respeito ao ensino religioso, seu cuidado era idêntico. Ele não lhe era contrário; admitia-o nas escolas do Império, livre, mas — acentuava, "sujeito à inspeção da autoridade." O que realmente temia, era que o ensino religioso fosse cair nas mãos dos padres estrangeiros, com os perigos que se concebem para a formação da nacionalidade. Queria, por isso, rodeá-lo das maiores precauções. Nestas palavras, colhidas em seu *Diário,* se contém todo o pensamento do Imperador a respeito: "Não sou contrário à instrução religiosa e missão de Padres estrangeiros, sob a vigilante inspeção dos Bispos e do Gover-no, enquanto não se habilitarem padres nacionais."[329]

XIV

Foi agindo, portanto, como um espírito emancipado, perfeitamente à vontade com a sua consciência de católico que o Imperador moveu toda a ação contra os dois Bispos do Norte. Mesmo quando se voltou para Roma, quis ainda aí firmar essa independência, acentuando que não solicitava perdão nem reclamava justiça de um tribunal cuja compe-tência não reconhecia no caso em debate, mas tão somente esperava que a Cúria Romana cumprisse com o que lhe parecia ser o dever dela, isto é, chamasse à ordem, os seus dois delegados no Império, os quais, com seus atos, atropelavam o poder civil e turbavam a liberdade de consciência e de associação dos Brasileiros, assegurada pela Constituição.

Em meados de 1875, com a mudança de Ministério, a questão tornaria novo rumo. Quatro anos de uma fecunda e brilhante administração já haviam fatigado a Rio Branco, e ele aspirava deixar definitivamente o poder. "Sabe Vossa Majestade, escrevia em maio daquele ano, que eu desejo entregar o meu posto a quem melhor possa ocupar. Se não enfermei ainda em público, não é duvidoso que estou cansado."[330] No mês seguinte, este seu desejo era satisfeito: o Imperador concedia-lhe exoneração e chamava o Duque de Caxias para organizar o novo Governo.

Caxias, como de resto quase todos os estadistas do Império, fora um antigo maçom; chegara mesmo à categoria de Grão-Mestre. Mas eram coisas da mocidade. Agora ele era tido por um espírito profundamente católico, e ninguém punha em dúvida o vigor e a extensão de sua fé.

Foi esse sentimento, e também o senso político, mais vivo no guerreiro do que no grande estadista civil,[331] que o fizeram compreender a necessidade de sair-se do beco em que se havia colocado o Governo anterior. A medida da anistia apareceu-lhe, então, como a única possível de conseguir da Santa Sé o levantamento dos interditos e, consequentemente, a pacificação dos espíritos.

A anistia não partiu, como se disse, de uma inspiração da Princesa Imperial, muito embora ela se mostrasse favorável ao perdão dos Bispos, que recomendava a sua fé religiosa, ainda que admitisse terem eles sido levados a erros nas suas relações com o Poder Temporal, conforme confessaria, muitos anos depois (em 1920) ao Históriador Tobias Monteiro. Dona Isabel estava certa de que o pai acreditava em todos os dogmas da Igreja, e as declarações a respeito, que este lhe fazia, mais fortificaram a sua própria fé, pois via que, apesar de tanto ler e estudar, ele não descria. Admitia que o Imperador fosse cioso de seu poder, e por isso tivesse aceito a luta com os Bispos; mas sem prejuízo de sua crença.[332]

A concessão da anistia foi assim uma iniciativa exclusiva do Ministério, que dela fazia, como declarou Cotegipe, Ministro dos Negócios Estrangeiros, em discurso ao Senado, uma *questão sua*. "Conscienciosa e livremente — acentuaria, por sua vez, o Conselheiro Diogo Velho, Ministro da Justiça, ela foi submetida à aprovação do Imperador. O Ministério estava persuadido de que a prisão dos Bispos era a única razão pela qual a Santa Sé negava-se a consentir no levantamento dos interditos;[333] atendendo, portanto, a esta consideração, e tendo em conta também que os prelados já haviam sofrido, moral e fisicamente, o devido castigo, ele solicitou do Imperador a concessão da anistia.

XV

Com isso não concordou o Monarca. Manteve firme o seu ponto de vista. Para ele, a pacificação não viria com a anistia, como acreditava o Ministério. Os Bispos persistiriam certamente na interdição das irmandades e das igrejas.

Caxias, porém, insistiu. Ele não via outra saída honrosa para ambas as partes que não fosse a anistia. "O bem do Estado e a humanidade aconselham o emprego de tão salutar providência — escrevia ao Imperador. Ela trará o esquecimento dos incidentes que mais exaltaram os espíritos, produzirá no ânimo do Sumo Pontífice favorável disposição para prestar seu proveitoso concurso ao restabelecimento da paz civil e religiosa, e não deixará de fazer também com que os Bipos reflitam melhor sobre os males que têm causado e que poderão ainda causar o conflito que eles imprudentemente suscitaram."[334]

O Imperador ainda aí, não se converteu a tão judiciosas razões. Continuou inabalável no seu ponto de vista. Schreiner, Ministro da Áustria, a quem ele fazia de vez em quando as suas confidências, dava-nos bem a medida dessa intransigência, quando escrevia para o seu Governo: "Sua Majestade exprimiu-me sua convicção, de que a Santa Sé acabava sempre cedendo quando se lhe opunha um certo grau de resistência; mas se mostrava de ordinário muito teimosa diante da fraqueza. Disse-me o Imperador que ele não acreditava ainda no bom resultado de suas negociações com a Santa Sé. Explicou-me que a franco-maçonaria era estranha à religião e que a Igreja nada tinha que ver ali. Observei a Sua Majestade que a franco-maçonaria fora posta no *index* pela corte de Roma, que lhe atribuía todos os atuais sofrimentos da Igreja Católica. O Imperador respondeu-me que não estava absolutamente obrigado a compartilhar dos preconceitos da Santa Sé."[335]

Esgotados, por fim, todos os recursos persuasórios, Caxias colocou a questão no terreno da confiança governamental: ou anistia ou retirada do Gabinete.Posto diante do dilema, o Imperador teve que ceder. "Fui sempre contrário a toda ideia de anistia ou de perdão — dirá ele pouco depois a Schreiner, com uma franqueza desassombrada — e não fiz nesse particular senão ceder, contra as minhas próprias convicções, às instâncias reiteradas do Ministério"[336].

Cedeu. Mas sugerindo ainda que a concessão da anistia ficasse dependendo claramente do levantamento dos interditos. Ainda aí Caxias ficou firme. O Imperador teve então que capitular. Declarou ao Presidente do Conselho: "Tudo disse no sentido da minha opinião contrária à do Ministério; porém, entendo que este não deve retirar-se." E, como sempre, dando-se por vencido, não se dava por convencido: "Faço votos para que as intenções do Ministério sejam compensadas pelos resultados do ato de anistia; mas não tenho esperança disto"[337].

XVI

Soltos os dois Bispos, com a concessão da anistia, voltariam para as suas respectivas Dioceses, sendo que Dom Vital partiria seis meses depois, para Roma, aliás sem pedir para isso a necessária licença do Governo Imperial, limitando-se apenas a comunicar-lhe que se ausentava para a Europa, o que motivou um protesto do Governo junto ao Vaticano, por intermédio do nosso Ministro ali, o Visconde de Araguaia. Levando esse protesto ao Secretário de Estado de Pio IX, o Cardeal Antonelli observou-lhe que "as visitas dos Prelados *ad limina apostolorum* é uma obrigação que não pode ficar dependendo do consentimento dos Governos, como qualquer outra ausência; mas que mesmo naquele caso, é louvável um ato de deferência à suprema autoridade civil, e que sobre isso se entenderia com os Bispos"[337a].

Depois de uma estada em Roma, Frei Vital viajaria para a França, onde iria falecer em 4 de julho de 1878, com apenas 34 anos de idade. A Sé de Olinda ficaria vacante pelo espaço de três anos, só sendo preenchida depois da morte de Pio IX, pelo Papa Leão XIII, em 20 de maio de 1881, quando Dom José Pereira da Silva Barros foi nomeado Bispo de Olinda.

Para final liquidação dessa "Questão dos Bispos", restava o caso das côngruas a que eles se julgavam com direito, mas que não se lhes tinham sido pagas desde que haviam sido libertados. Dom Vital, como dissemos, tendo viajado para Roma,[337b] possivelmente, não as recebeu nem as reclamou. Mas, Dom Antônio de Macedo Costa as reclamou numa carta ao Barão de Cotegipe, Ministro dos Negócios Estrangeiros, escrita da Bahia, quando em caminho para a sua Diocese no Pará. Dizia ele:

Desde que fui posto em liberdade até hoje, estou sem receber minhas côngruas. Pode V. Exª fazer uma ideia dos embaraços e vexames em que me tenho visto, pois não tenho outros recursos. Parece que há dificuldades para o pagamento das côngruas durante a prisão, pagamento com que eu contava, segundo me afiançaram algumas pessoas e parece de justiça. Tenho tido verdadeiro desgosto com isso, pois contraí a alguns empenhos, confiado na promessa que V. Exª. fez aos meus amigos, e agora há quem se oponha a isso,se é verdade o que me informaram[338]. Por quem é, Exmo. Sr. e muito digno amigo, tome em consideração o meu pedido, e, se vir que não tem cabimento o pagamento das côngruas durante meu injusto cativeiro, tenha a bondade de me mandar dizer com toda a franqueza, e ao mesmo tempo providenciar para que com urgência me sejam pagas aqui as côngruas que me são devidas depois da anistia [338a].

XVII

Coincidindo, e, num certo sentido, ligado à condenação dos Bispos apareceu em fins de 1874, um movimento sedicioso nas Províncias da Paraíba e de Pernambuco. Era um "movimento tipicamente popular, logo apelidado de *quebra-quilos,* contra a decretação de novos impostos e o estabelecimento do novo sistema métrico decimal, completamente incompreensível para o povo ignorante daquelas redondezas"[338b].

O Visconde do Rio Branco escrevia ao Imperador:

Apareceu um movimento sedicioso na Paraíba. A Capital está ameaçada por mil sediciosos, vindos de Campina Grande e Ingá. O Presidente[338c] requisitou forças de Pernambuco[338d]. Quis este mandar o *Recife,* mas estava em conserto. Fretou então um navio mercante e enviou cem praças de Imperiais Marinheiros e um dos dois batalhões de linha. O Presidente da Bahia[338e] faz seguir amanhã a corveta *Paraense,* com uma sua do 18º. Em Pernambuco, apareceu agitação do mesmo caráter em Bom Jardim. O pretexto é o recrutamento, os novos pesos e medidas e a Questão Religiosa [338f].

Rio Branco achava que os gritos dados pelos sediciosos, de *morram os maçons!* mostravam que a questão era religiosa e serviam para mostrar à Santa Sé e aos Bispos a "sua imprudência." Noutra carta ao Monarca, de 28 de novembro de 1874, ele dizia: 'Para mim, é evidente que a causa principal é o manejo dos ultramontanos; o mais serve para excitar os que não compreendem a Questão Religiosa."

À proporção que se desenrolavam os acontecimentos nas Províncias do Nordeste, Rio Branco ia-se convencendo de que os Jesuítas eram os agentes ou os motores desse movimento sedicioso. Já a essa altura — dezembro de 1874 — havia sublevações em Goianinha, no Rio Grande do Norte e em Nazaré, e Timbaúba, Caruaru, Bezerros, Bom Jardim, Bonito, Bom Conselho, em Pernambuco, com queima dos arquivos das coletorias e Câmaras Municipais. "Direi a Vossa Majestade, escrevia Rio Branco ao Imperador, o meu parecer: ou os Padres são cabeças da sedição ou não. No primeiro caso, tratando-se de instaurar processo, fora dificultar o conhecimento da verdade e subtraí-los à ação da lei penal; no segundo caso, não sendo eles pronunciados, por falta de provas, poder-se-á, então, usar daquele meio, pela fundada presunção ou certeza de que eles auxiliam a resistência dos Bispos e são, portanto, Estrangeiros perigosos"[338g].

Rio Branco acabara se convencendo de que os instigadores desses movimentos eram, realmente, os Padres jesuítas, entre os quais havia um certo número de Estrangeiros. "Está evidente — dizia ao Imperador — que o plano é jesuítico, com o auxílio de alguns políticos desabusados" — quer dizer, os liberais,que se serviam dessa sedição (que chamavam de *quebra-quilos,* para ligarem-na à questão dos novos pesos e medidas) e criarem dificuldades à situação conservadora presidida pelo Visconde do Rio Branco.

Afinal, numa reunião do Gabinete, presidida pelo Visconde, decidiu-se a tomar medidas enérgicas contra os Padres jesuítas estrangeiros implicados no movimento: "Resolvemos (dirá ele em carta ao Imperador) em conferência de ontem à noite, que os Jesuítas estrangeiros sairiam de Pernambuco e da Paraíba para fora do Império no primeiro paquete que seguir para a Europa[338h]. "Minha convicção, voltará o Visconde a dizer ao Monarca, justificando essa decisão, é que os impostos e os pesos foram pretextos habilmente escolhidos, mas que o movimento foi preparado pelos Padres" — "sendo os Jesuítas de Triunfo", dizia Rio Branco ao Presidente Lucena, "os mais perigosos", que deviam ser presos e expulsos.

Em janeiro de 1875, mercê dessas medidas de rigor, os movimentos sediciosos na Paraíba e em Pernambuco estavam praticamente dominados, o que não era, aliás, sem tempo, já que se desenhava um outro em Santa Catarina, onde o Padre Jesuíta João Maria Cibeu andava pregando contra o Governo e as instituições do país. "Esse Padre, escrevia João Alfredo a Rio Branco, levou seu arrojo na prática de ideias contrárias às nossas instituições políticas, a ponto que o povo levantou-se, ameaçou-o e la havendo desordem. Esse Jesuíta está na Capital sob vigilância da Polícia, e creio que será deportado. E acrescentava:

Consta-me que um dos Bispos presos [Dom *Vital ou Dom Antônio]* mostrava-se esperançoso de um movimento geral. Alguém diz que lhe ouvira entre risos anunciar que tudo estaria concluído em março; que *alguém [evidentemente Dom Pedro II]* teria de deixar o Brasil, e que brevemente falariam Minas, Bahia e Rio Grande do Sul. Custa a crer que isso seja verdade, e eu duvido ainda que um Bispo se manifestasse assim por atos violentos e criminosos. O do Pará consta-me que não cessava de lamentar que se pudesse crer que os Padres animavam, promoviam ou aceitavam a sedição.

A opinião que V. Exª. manifesta a respeito da origem do movimento é hoje quase geralmente aceita: o negócio vem do confessionário, dizem quase todos [338i].

626

CAPÍTULO XII

SEGUNDA VIAGEM AO ESTRANGEIRO

Preparativos de viagem. Programa assentado com o Minis-
tro da Áustria. Despedidas em Petrópolis. Chegada a Nova
York. Simplicidade do Imperador. Filadélfia e a invenção do
telefone. Longfellow em Cambridge. Em Washington. Par-
tida para a Inglaterra. Estada em Gastein. Dom Pedro II
e Guilherme I. Em Bayreuth. Na Escandinávia. Gobineau.
Ministro em Estocolmo. Através da Rússia. Visita à Grécia.
Palestina. Impressões de Jerusalém. No Egito. Itália. Roma
e a Villa d'Este. O Cardeal de Hohenlohe. Florença. No ate-
lier de Pedro Américo. Viena e Berlim. Paris. Os museus e
as academias. Os sábios. Na Academia Francesa e na Aca-
demia das Ciências. Visitas a Victor Hugo. As cartas dos
pedintes. His Excellency Dom Pedro, Emperor — Londres.
Gladstone. Baile em Buckingham. Oxford. Holanda e Suíça.
Portugal. Camilo Castelo Branco. Volta para o Brasil.

I

Em meados de 1873, quando la mais acesa a Questão dos Bispos, a saúde do Imperador, em geral tão robusta, começou a causar uma certa inquietação. Em verdade, não era nada de grave, apenas a inchação de uma das pernas, proveniente do fundo linfático de seu organismo. O representante diplomático da Áustria escrevia para Viena:

A saúde do Imperador não tem sido muito satisfatória nestes últimos tempos. Sua Majestade; que não gosta senão de carnes leves, e que não bebe vinho senão raramente, sofreu, sem contudo ficar preso ao leito, de um mal linfático, que produziu a inchação de uma perna; mas asseguram que em consequência de um regime mais forte, sua cura é quase completa [339].

De fato, ele logo se restabeleceu. Bastaram-lhe alguns dias de repouso, sacrifício não pequeno para um homem como Dom Pedro II. Mas nem por isso a fantasia popular deixou de trabalhar. Começou a circular a notícia de que o Imperador voltaria breve à Europa, para melhor curar sua perna; e, como se estava em plena discórdia com os Bispos, não faltou quem emprestasse intuitos políticos a essa viagem. C. W. Gross transmitia esse boato para Viena, não sem ter o cuidado de o desmentir imediatamente:

O rumor que aqui correu que Sua Majestade, por causa de seus sofrimentos, pediria à Assembleia Legislativa permissão para realizar uma viagem à Europa, deixando, como conselho de Regência, um Triunvirato, composto do Presidente do Conselho de Ministros, Visconde do Rio Branco, do Marechal do Exército Duque de Caxias, e do Conselheiro de Estado Senador Visconde de São Vicente, não tem o menor fundamento; e a alegação de que essa viagem teria por fim permitir ao Triunvirato agir vigorosamente contra as medidas que alguns Bispos do Brasil tornaram ultimamente contra os Maçons deixa perceber de onde partiram tais boatos [340].

A única verdade que havia em tudo isso, era o desejo do Imperador de voltar pela segunda vez à Europa. Ele alegava que a saúde da Imperatriz reclamava essa viagem. De fato, Dona Teresa Cristina não estava passando bem, e pouco lucrara com a estada que fizera

627

ultimamente em Nova Friburgo. Mas o que influía realmente no ânimo do Imperador era o desejo de completar sua visita ao continente europeu, feita um pouco precipitada e incompletamente da primeira vez e também aproveitar a oportunidade para ir afinal aos Estados Unidos, que a escassez de tempo não lhe permitira visitar em 1871 — visita que desde muito ele acalentava, e pela qual Louis Agassiz vinha insistindo em repetidas cartas que lhe escrevia de Cambridge. Na primavera de 1876, devia inaugurar-se em Filadélfia, a Exposição Universal comemorativa do 1º Centenário da Independência Americana. Que melhor oportunidade do que essa podia oferecer-lhe para uma visita à grande República do Norte?

II

Em maio de 1875, o Imperador tinha a viagem como decidida. Recebendo, nesse mês, o novo Ministro da Áustria, Barão de Schreiner, seu conhecido desde 1871, quando da excursão ao Egito, e, que seria em Petrópolis seu professor de árabe, ele lhe confiava o desejo de visitar novamente a terra dos Faraós.

Sua Majestade, — escrevia Schreiner ao seu Governo, — me disse que contava fazer a viagem ao Alto Egito no mês de dezembro de 1876, subindo até as segundas cataratas. — *Não quero morrer, disse-me ele, sem ter visto Tebas.* O Imperador me disse que contava deixar o Brasil no fim de maio do próximo ano, e dirigir-se primeiro à exposição de Filadélfia"[341].

No fim do ano, ele escrevia a Gobineau: "Estou pensando na minha viagem aos Estados Unidos e à Europa; mas isso não depende só de mim." Dependia sobretudo do bom sucesso da Princesa Imperial, cujo primeiro filho era esperado para essa época. No mês seguinte — outubro de 1875 — ele dava a boa nova ao seu amigo: "Eis-me feliz. Minha filha deu-me um belo neto[342]. O Sr. já deve saber disso. Os dois vão excelentemente bem." E, com uma precipitação quase infantil, acrescentava: "Uma outra notícia que lhe dará certamente prazer: vou aos Estados Unidos, e de lá à Europa, onde conto revê-lo. Visitarei Estocolmo[343] em agosto do próximo ano. A segunda quinzena de abril e o mês de maio de 1877, eu os passarei em Paris."

Meticuloso como era, o Imperador já desde essa época assentava o roteiro da projetada viagem. Schreiner, homem erudito e grande viajante, colaborava com ele nesse traçado. "Sua Majestade — dizia o diplomata austríaco — dá-me a honra de vir ver-me frequentemente à casa em que moro com a minha família, em Petrópolis, e se digna consultar-me durante horas inteiras sobre a sua viagem à Europa e ao Oriente"[344].

A dificuldade de Schreiner estava em combinar o desejo do Imperador de ver tudo com o relativo pouco tempo de que este dispunha para a viagem. "É muito difícil projetar uma viagem tão extensa num espaço de tempo tão limitado, e persuadir o Imperador de que certas partes dessa viagem, como por exemplo a Trôade, o Éfeso e o Alto Egito são incompatíveis com o desejo seu de demorar-se mais tempo nas principais capitais da Europa"[345].

Pelo projeto de lei submetido às Câmaras, concedendo permissão ao Imperador para ausentar-se do país, a viagem devia durar um ano e meio. Ora, segundo o desejo do Imperador, nesse curto espaço de dezoito meses, ele tinha que visitar um mundo e meio de países. Afinal, depois de muito estudar o mapa e medir distâncias, ele e Schreiner conseguiram sempre assentar um roteiro: grande parte dos Estados Unidos; parte do Canadá; quase toda a Europa (Inglaterra, Bélgica, Holanda, Alemanha, Dinamarca, Suécia, Noruega, Rússia, Turquia, Grécia, Itália, Áustria, Suíça, França e Portugal); a Ásia Menor; a Palestina e parte do Egito. Schreiner escrevia para Viena:

O Imperador quer ver tudo e tudo estudar; não receia a fadiga, e suas viagens se assemelham sempre mais ou menos a *courses à clocher.* Durante os debates desta questão no Senado, o Sr. Zacarias disse que o fim alegado, de obter melhora no estado de saúde da Imperatriz, é sempre frustrado pela agitação febril com que se fazem as viagens do Imperador [346].

III

Dias antes da partida do Imperador, foi vê-lo em São Cristóvão James O'Kelly, correspondente especial do *New York Herald,* um norte-americano de origem irlandesa, que tinha ido ao Rio, mandado por seu jornal, para *cobrir,* como se diz hoje, essa viagem de Dom Pedro II aos Estados Unidos.

Sobre a sua visita ao Paço, deixou-nos O'Kelly uma descrição bastante pitoresca, que vale a pena reproduzir em suas linhas gerais, pois dá-nos uma ideia do que se passava naquele Paço e nessa época, para se ter uma audiência com o Monarca. Depois de se alongar, descrevendo o exterior do Palácio, acrescenta o jornalista:

Entra-se através de um importante portão de granito, onde existe um corpo de guarda, cujos soldados se espalham preguiçosamente em redor. Pouco ligam à minha carruagem penetrando na larga avenida em direção ao Paço. Próximo ao portal, há um segundo corpo de guarda, mas nem o oficial comandante nem as sentinelas prestam a mínima atenção ao visitante que chega. Os soldados são, evidentemente, mais de enfeite que de utilidade. A carruagem para diante de uma porta na sua esquerda do Palácio. Não se veem criados, de sorte que o visitante é obrigado a procurar por si mesmo o caminho da sala de espera. Não acha dificuldade graças a uma escadaria de largos degraus que termina numa extensa galeria de pintura, ao fim da qual está a sala de espera ou antecâmara.

Já havia aí dois visitantes. O primeiro era um velho oficial de Marinha, sobraçando considerável calhamaço. O segundo era um tipo miúdo, nervoso, em rigoroso traje de corte, tendo provavelmente em mente uma questão importante, pois não cessava de martelar com os calcanhares no soalho encerado, e grossos pingos de suor lhe escorriam da testa, exigindo o uso incessante do lenço *[estava-se no mês de março, em pleno verão carioca].* A audiência estava marcada para as 5 da tarde, e, enquanto eu subia os degraus da escadaria, os relógios da cidade soavam aquela hora.

A sala de recepção, muito exígua, onde estávamos reunidos, possui um balcão, através do qual se veem três lados de um pátio, com um chafariz cujas águas produziam brando e aprazível murmúrio. O quarto lado do pátio corresponde à capela privada do Imperador, encimado o modesto portal pela inscrição latina — *Ecce Agnus Dei.* Tudo quanto diz respeito ao Paço é sugestivo pela simplicidade do viver. Em coisa alguma se evidencia o esplendor e o luxo que estamos habituados a associar à ideia da realeza.

Estava o jornalista entregue às suas reflexões, quando aparece "um camarista imperial, envergando fardão verde-escuro bordado a ouro, um tanto incômodo para quem o veste. Cumprimenta-me com polidez, recebe o meu cartão, examina-o com curiosidade e leva-o sem parecer muito convencido, talvez, da minha identidade, não querendo, todavia, comprometer-se com perguntas indiscretas. Havia decorrido uma boa meia-hora desde a minha chegada, sem que o Imperador desse sinal da sua presença.

... Nesse instante vem ao nosso encontro um cavalheiro velho e obeso, tendo na botoeira as fitinhas de qualquer Ordem. Dirige a todos um olhar esquadrinhador e, reconhecendo o velho oficial da Armada, senta-se a seu lado. Entra uma viúva, de luto pesado, tendo na mão um rolo de papel, provavelmente uma petição. Vem acompanhada de vários membros da família, de lúgubre aparência, sobretudo um rapaz todo vestido de preto, inclusive a camisa.

Um movimento na galeria e súbita agitação de criados prenuncia a aproximação da realeza. A uma voz anuncia: *Sua Majestade o Imperador*! Todos nos pomos de pé. E seguindo o gesto do camarista, nos precipitamos na galeria, onde damos de face com Sua Majestade o Imperador Constitucional e Defensor Perpétuo do Brasil. Dom Pedro II é alto e bem proporcionado. Os cabelos e as barbas brancas lhe dão o ar mais idoso do que é em realidade *[o Imperador tinha então 51 anos de idade],* impressão, aliás, que se corrige diante do seu porte ereto e da sua robusta compleição. Deve ter mais de seis pés de altura, com ombros largos e forte arcabouço. De gesto nobre, seu passo, firme embora, perdeu a agilidade da juventude. A barba e a cabeça brancas suavizam a fisionomia. A cabeça é grande, a boca se arqueia na extremidade dos lábios, o queixo voluntarioso denota uma personalidade disposta em qualquer condição da vida a fazer sentir a sua vontade. Em suma, Dom Pedro é um governante generoso e esclarecido. Embora simples e democrático nas maneiras e modo de vida, dizem-no despótico em certo sentido. Cumpre esclarecer, entretanto, que essa não é a opinião de toda a gente. Ninguém põe em dúvida a popularidade da sua pessoa, ninguém teme pela sua segurança individual. Passeia em Petrópolis sozinho, sem acompanhantes ou guardas de qualquer espécie; e dizem-me serem frequentes os encontros inesperados nas ruas da Capital. Ricos e pobres são admitidos à sua presença e afirma-se em seu louvor que jamais deixou de dar ouvidos ao apelo de qualquer infeliz.

Vindo da sua oposta àquela onde estávamos, parou a meia distância da galeria. Não houve ordem de apresentações. O mais esperto foi o primeiro recebido; e, dando conta do recado, eclipsou-se para dar lugar a um outro. Adiantou-se um rapaz muito moço, de bigodinho encerado, que fora dos últimos a entrar. Não tinha muito a contar e foi quase em seguida recambiado. O Imperador acenou então para o velho marujo, disse-lhe palavras afáveis, tomou-lhe das mãos os papéis e, em um minuto, também este terminou. Tocou então o turno a um senhor de idade, muito teso, interessado na apresentação de um jovem escritor. Após animada palestra com o Imperador, trouxe à frente o protegido, que teve, assim, o privilégio de entregar em pessoa o seu livro ao Soberano. A viúva e parentela foram conduzidas a outro destino, para averiguar, talvez, o respectivo caso. Seis horas tinham batido e o número de visitantes aumentava a todo instante.

O velho cavalheiro de fita na lapela, que se entretivera dando pancadinhas nas costas do oficial da Armada, fez um passo à frente. Um dos camaristas, que evidentemente o conhecia, insinuou-me ao ouvido que passasse adiante; mas, como eu ardia em curiosidade por assistir até o fim à cerimônia, cedi a precedência ao velhote. Era sem dúvida uma pessoa de importância. O Imperador acolheu-o com afabilidade, falou-lhe longamente; mas antes não o tivesse feito. O homenzinho palrou, palrou e palrou, até que nós, à espera, acabássemos de derreter num suadouro. Eu me perfilava, ora em uma, ora em outra perna, mas o cacete do velho continuava a discursar, a ponto de supormos que estivesse resolvido a monopolizar o Imperador pelo resto da tarde. Afinal disse adeus a S.M., e os que estavam cansados de esperar viram-no sair com uma sensação de alívio.

Escurecia rapidamente e cada pessoa era despachada sem demora após as habituais cortesias. Durante toda a recepção o Imperador se conservou de pé. Atrás dele, a certa distância, perfilavam-se dois criados, e no outro extremo da galeria via-se a farda de um guarda. Dois contínuos permaneceram todo o tempo na sala de espera. Cada pessoa que se aproximava era saudada com uma reverência ou um aperto de mão, conforme a posição ou o grau de intimidade.

Quando chegou o meu turno, o Imperador esboçou o gesto de saudação. Mas, ao saber que eu era o correspondente especial do *New York Herald,* estendeu-me a mão, não disfarçando o agrado em receber-me. Em nome do *Herald* e da imprensa norte-americana, exprimi a satisfação geral que havia causado a notícia da próxima visita imperial aos Estados Unidos, sendo as minhas palavras ouvidas com visível satisfação. Sua Majestade informou-me que não pretendia fazer qualquer digressão através das Províncias do Império, mas com toda a probabilidade desceria à terra em Pernambuco e no Pará [*só desceu na última],* a caminho de Nova York, onde esperava chegar antes da abertura da Exposição de Filadélfia.

Durante a entrevista, S.M. timbrou em mostra^r-se acolhedor. E, ao concluir, informou-me que, costumando ficar aos sábados na cidade, teria prazer em rever-me. Depois do que, com um aperto de mão de despedida, minha primeira entrevista com S. M. o Imperador do Brasil chegou ao fim[346a].

IV

Dom Pedro II partiu a 26 de março de 1876, a bordo do vapor *Hevelius.* Acompanhavam-no, como da outra vez, a Imperatriz com sua dama de honra e velha amiga Dona Josefina da Fonseca Costa, e o fiel Bom Retiro[347].

O Imperador e a Imperatriz despediram-se do Corpo Diplomático em Petrópolis — escrevia para Viena o Ministro da Áustria. — A febre amarela faz tais estragos no Rio de Janeiro que o Imperador, assustado com a morte do Cônsul italiano, não quis expor os membros do Corpo Diplomático a um perigo evidente recebendo-os na própria Capital. Depois da recepção do Corpo Diplomático, Sua Majestade deu-me ainda a honra de vir à minha casa, onde passou uma hora comigo e com minha família. O Ministro de Portugal, Matias Carvalho[347a] — acrescentava Schreiner com indisfarçável vaidade — foi o único dentre os meus colegas que dividiu essa honra comigo. No dia seguinte, pela manhã, fui ainda ao Palácio com minha família, para assistir à partida da Família Imperial de Petrópolis. Éramos os únicos ali. A despedida da Família Imperial foi das mais cordiais. A Imperatriz, cuja bondade de coração é proverbial, chorou copiosamente *(à chaudes lannes)* ao dar-nos pela última vez a mão, que beijamos com efusão. A lembrança de nossas relações com toda a Família Imperial durante os onze meses de nossa residência no Brasil, a bondade de que ela nos encheu, ficarão eternamente gravadas em nossos corações. O Imperador, antes de partir, escreveu-me ainda um bilhete dos mais amáveis, cujo original tenho a honra de submeter a V. Exª, e com o qual me enviou uma pequena brochura sobre línguas indígenas do Brasil. Acabo de receber a notícia oficial de que a Princesa Isabel, Condessa d'Eu, assumiu a Regência do Império durante a ausência do Imperador[348].

A viagem do Rio a Nova York durou cerca de vinte dias, com escalas em Salvador, (Bahia), Recife e Belém do Pará, não tendo o Imperador saltado nessas duas primeiras cidades, que já conhecia, mas descido na última, onde foi recebido com grandes manifestações de regozijo, inclusive pelo Governador da Guiana Francesa, que se havia deslocado de Caiena, a mando do governo de Paris, para o fim especial de saudar o Imperador do Brasil.

A viagem no seu todo correu sem maiores transtornos. Havia a bordo muitos passageiros norte-americanos, com os quais o Imperador tratou logo de fazer relações, visando sobretudo aperfeiçoar o seu inglês, que ele falava correntemente, mas tinha certa dificuldade em compreender o sotaque norte-americano. "Há Americanos a bordo, — escrevia ele à Condessa de Barral, — e eu procuro falar inglês com eles o mais que posso, pedindo que me corrijam, o que eles fazem com o meu desejo. Um deles é o correspondente do *New York Herald*[348a]. Além disso, procurava ler e traduzir algumas produções literárias nessa língua, como se deu com o Hino Nacional dos Estados Unidos *(Star Spangled Banner)*, cuja letra não lhe foi fácil, a princípio, encontrar a bordo, porque nenhum dos norte-americanos de bordo a possuía. Finalmente, um passageiro de Nova York embarcado no porto do Pará, pôde fornecer-lhe o desejado Hino, cujas palavras verteu para o português sob o título *Bandeira Estrelada*[348b].

Tendo sabido que se representava em Nova York o drama *Júlio Cesar,* de Shakespeare, mostrou, desejo de ir assisti-lo, para o que gastou algumas horas de bordo lendo-o num exemplar ali encontrado. "Consagrou o tempo entre o almoço e o jantar lendo a obra-prima de Shakespeare, diz o jornalista O'Kelly, tendo como mestra uma das senhoras americanas, traduzindo Sua Majestade, em francês, algumas passagens que lhe pareceram obscuras, a fim de saber ao certo o exato significado."

Outras horas ele dedicava a tomar lições de sânscrito com o Dr. Henning. "Todas as manhãs o Imperador lê sânscrito com o Dr. Henning. Nisso, como em todas as demais coisas, age com a regularidade de um relógio. Durante a lição ocorrem, não raro, entre o Imperador e o Professor, divertidas trocas de armas; Sua Majestade sustenta com vigor as suas opiniões, mas o Professor é um paciente persistente. Como não quer ser batido, o resultado é geralmente uma batalha indecisa"[348c].

Essa simplicidade de maneiras, esse *à vontade* do Imperador, aproximando-se e conversando animadamente com seus companheiros de bordo, sem distinção de pessoas ou de hierarquias, eram um dos aspectos que maiores simpatias provocavam no correspondente do *New York Herald:* "Não se retraiu nas alturas da sua hierarquia, aproximando-se, em vez disso, dos demais passageiros, para animá-los e tratá-los no mesmo pé que qualquer outro. Conversava com as senhoras e era, invariavelmente, a mais afável e jovial pessoa a bordo, pronto sempre a rir de uma anedota ou a ouvir uma cantiga."

631

Como era de esperar do homem insaciável de curiosidade que sempre foi Dom Pedro II, em suas conversas a bordo com O'Kelly, era este o seu principal fornecedor de notícias e de coisas americanas, com um nunca acabar de perguntas do Imperador — como vivia o povo americano, quais eram os melhores teatros e os melhores hotéis de Nova York, quais as horas das refeições, o que se poderia fazer depois do jantar, se havia Teatros, Óperas ou Casas de Concertos.

"Possuímos em Nova York vinte e dois Teatros — informava-lhe 0'Kelly — muitos dos quais ótimos."

"Então está bem. Não faltará com que nos entretermos."

A uma observação do jornalista, de que havia também *Cafés Concerto,* mas frequentados sobretudo por operários, que podiam talvez não ser do agrado do Monarca, este respondia que por isso não: até gostava de ir a essa espécie de espetáculos,para ver o povo, o qual em nada o incomodava, podendo olhá-lo tanto quanto quisesse. E, se acaso fosse incomodado por essa gente, sabia bem como escapar-se.

Passando a outro assunto, veio a questão da escravidão no Brasil, que fazia pouco tinha sido resolvida pelas armas nos Estados Unidos. O Imperador declarou que fora sempre contrário ao trabalho escravo, que desanimava tanto o escravo como o homem que o utilizava, não pondo em dúvida a vantagem da imigração branca, tal como já se estava fazendo nas Províncias do Sul do Brasil, apesar das dificuldades provindas do clima, da natureza das culturas e da alimentação.

V

Noutra ocasião, a conversa versava sobre Literatura, a propósito de um livro de versos de Fagundes Varela, que O'Kelly estava lendo. O Imperador disse que havia conhecido bastante o poeta, "um moço de real talento, que se tivesse vivido mais tempo teria produzido grandes coisas; não era, porém, o melhor dos nossos poetas."

Falou-se depois de Byron, do qual o Imperador exaltou *Childe Harold* e *Manfred;* de Thomas Moore, que Dom Pedro II conhecia através de *Lalla Rookh.* Veio à baila, Walter Scott, escritor que sempre fora da sua especial predileção desde seus tempos de criança. Lembrou que tinha ido a Abbostsford especialmente para ver a casa do romancista, de onde trouxera um arbusto que ele mesmo plantara no parque do seu palácio de Petrópolis.

Longfellow era outro grande escritor que tinha a sua admiração. Pretendia ir vê-lo em Cambridge. "Se ele não vier ao meu encontro, irei ao encontro dele", acrescentou. Havia traduzido para o português alguns de seus poemas. Procurara interessá-lo numa tradução dos *Lusíadas,* que ele poderia fazer melhor do que ninguém, conhecedor que era do italiano e do espanhol. Mas não tivera sucesso. Por fim falou-se da teoria de Darwin. Ela, em si mesma, estava certa, disse o Monarca. Com o que não concordava era com as deduções de alguns de seus continuadores. "Costumo recomendar muitas vezes aos meus jovens patrícios a conveniência de lerem as obras de Darwin, porque sou adepto da verdade; e quanto mais leio me convenço de que toda a verdade é uma só, e de que todas as ciências se encontram nesse ponto — o da Verdade." Seguindo esse raciocínio, acrescentava o Imperador, nenhum obstáculo se levantaria no caminho do desenvolvimento de qualquer ciência.

"O Imperador é certamente a pessoa mais viva e mais jovial de bordo" — escreve o cronista O'Kelly; "mas, apesar de seus esforços para atenuar a severidade opressiva que a todos acabrunha, sente-se tão fracamente secundado, que o resultado é desalentador. A tentativa de organizar saraus musicais falhou, sendo afinal abandonada. Dominava (a *bordo)* uma completa despreocupação de etiqueta, e muito Repúblicano da cidade de Nova York teria sido mil vezes menos acessível do que Suas Majestades o Imperador e a Imperatriz do Brasil, cuja maneira suave e inalterável bonomia, granjeou a estima e o respeito das senhoras passageiras, e fez de todos nós, radicais e Repúblicanos, seus dedicados súditos, como se, de fato, tivéssemos a honra de pertencer à Imperial Câmara."

No correr da viagem, um único acidente nas sem maiores consequências: estava o Imperador sentado numa cadeira do tombadilho superior, conversando com algumas senhoras norte-americanas, quando a cadeira cedeu ao seu peso e quebrou-se, caindo o Monarca no chão. Alvoroço, naturalmente, das pessoas presentes, procurando, cada qual, ajudar o Imperador a levantar-se, o que não foi, aliás, preciso, porque ele, apesar do grande volume do corpo, pôde erguer-se sozinho. Constatado que o Monarca nada sofrera, o caso foi tomado pilhericamente, dizendo-se que fora a *queda do trono brasileiro,* sendo Dom Pedro II o primeiro a achar graça na pilhéria[349].

VI

Para recebê-lo em Nova York, o Governo de Washington havia constituído uma Comissão composta do Secretário de Estado Hamilton Fish; do Secretário da Marinha George Robenson; do Secretário da Guerra Alphonse Taft (pai do futuro Presidente dos Estados Unidos); e do General Hanck, Comandante da Região Militar do Atlântico e herói da guerra da Secessão.

Recebidos pelo Imperador a bordo do *Hevelius* e feitos os cumprimentos usuais, eles lhe disseram que estavam ali para levar o Monarca e sua comitiva para terra, a bordo da fragata de guerra *Alert,* que os trouxera e estava acostada ao *Hevelius.* Declarou-lhes Dom Pedro II que agradecia a atenção, mas dispensava a condução oficial;que o Imperador ficara no Brasil, e ele era ali um viajante como outro qualquer, preferindo, assim, prosseguir até o cais de desembarque no mesmo vapor que o trouxera do Brasil.

Meio decepcionados com essa inesperada recusa, os membros da Comissão ficaram indecisos sobre como proceder. E, antes de qualquer outra indagação, o Imperador perguntou-lhes pelo General Sherman, que se conduzira com tanto brilhantismo na Guerra Civil, dizendo que gostaria de avistá-lo. Indagou da saúde do poeta Longfellow, que também esperava ver, e teve palavras de afeto para o finado professor Agassiz, a quem conhecera no Brasil, sabendo que a sua viúva morava em Cambridge, perto de Boston, onde pretendia ir vê-la.

Afinal, constatando que sua tarefa estava finda (mas não cumprida), a Comissão americana decidiu retirar-se e reembarcar na *Alert,* voltando para a terra sem os Imperadores do Brasil! No trajeto para o cais, a corveta, tendo ainda à popa, a bandeira brasileira, passou sob uma algazarra de apitos estridentes dos muitos barcos espalhados pelo Hudson, sendo depois recebida no cais debaixo das ovações da gente ali apinhada, certa de que ela trazia os Soberanos brasileiros. Mas grande foi a decepção de todos quando viram que a Comissão voltava sem os esperados imperantes... Foi então uma dispersão geral, inclusive da tropa que formara para prestar continência ao Imperador.

Sabia-se, porém, que este ficaria hospedado no Fifty Avenue Hotel. Assim que, uma grande multidão e muitos dos que tinham ido inutilmente ao cais, deslocaram-se para a entrada principal do Hotel, a fim de verem e saudarem o Soberano. "Filas de povo ardente em curiosidade na antevisão de um espetáculo maravilhoso", dizia o cronista O'Kelly. Longa espera. Mas nada de aparecer o Imperador! Até que anunciaram do Hotel que ele já se achava acomodado em seus aposentos, com surpresa e nova decepção de seus admiradores.

O que se passara fora que, ao desembarcar do *Hevelius* no cais deserto de Brooklin, o Imperador tomou, com a Imperatriz, um carro de aluguel ali estacionado, e se fez transportar ao Fifty Avenue Hotel, mas tendo o cuidado de entrar pela porta lateral da Rua 33, a fim de despistar os que deviam estar àquela hora à sua espera, na porta principal.

VII

Era a primeira vez que um Soberano reinante aparecia nos Estados Unidos. Príncipes e outros membros de Casas reais já lá haviam estado, inclusive uns poucos que iriam depois cingir a coroa, como o Príncipe de Gales de então, depois Rei Eduardo VII da Inglaterra; o Príncipe Luís Napoleão, depois Imperador Napoleão III; o Príncipe Luís Filipe, depois Rei dos franceses; o Príncipe Guilherme de Nassau, depois Rei dos Países Baixos; ou o Grão-Duque Alexis, depois Imperador Alexandre III da Rússia. Ou então Monarcas destronados, como o Príncipe Jerônimo Bonaparte, ex-Rei da Westfália e irmão de Napoleão I. Mas Dom Pedro II era a primeira *testa coroada* que pisava o solo norte-americano. Sua visita provocou por isso uma grande curiosidade. Para muitos americanos, a figura *viva* de um Imperador, que reinava sobre milhões de homens e num grande país, era uma coisa inconcebível, da qual só tinham ideia pelos livros de História ou do noticiário dos jornais. Dom Pedro II os trazia assim à realidade. "O primeiro Imperador que vemos nesta terra — dizia o *New York Herald* — onde todos se creem imperadores." Logo conquistou a simpatia de todos. Fez-se conhecido e foi visto por toda a parte. Sua popularidade impôs-se rapidamente. Os americanos ficaram encantados com esse Monarca despido de preconceitos, sem etiquetas, quase sem séquitos, de maneiras afáveis, chão e cordial para com todos, que lhes estendia confiadamente a mão e não se perfilava diante de cortesias e de curvaturas. Longe de aparecer apertado num vistoso fardão ou vestido de general, ao peso de condecorações, com uma espada ameaçadora ao lado, solene e teatral, como se afigurava a muitos dever ser um Imperador de verdade, foi visto percorrendo a pé as ruas das cidades, com a roupa burguesa de toda a gente, um modesto chapéu de feltro na mão, simples e atencioso, e o indefectível guarda-chuva debaixo do braço[349a].

"Quando ele desembarcou nesta cidade — conta uma testemunha de Nova York — vindo do Brasil, apareceu à porta do seu Hotel vestindo uma roupa de linho e carregando uma maleta. Um único outro grande homem desembarcou cercado de tanta modéstia — foi Herbert Spencer. Todos nos lembramos de como Dom Pedro II empregou aqui o seu tempo: saía a rua às seis horas da manhã, quando a comitiva estava ainda na cama, e dirigia-se a toda a parte, observava tudo e a todos inquiria. Se ele não fosse um Rei, daria um *repórter* de primeira ordem"[350].

A observação era bem americana. Mas, em verdade, um dos maiores prazeres do Imperador, nessas viagens, era poder circular em toda a liberdade, ver e saber de tudo, sem os entraves dos áulicos ou dos secretas da Polícia. Embora gozasse em seu país da mais larga liberdade de locomoção, saindo quando bem lhe aprouvesse e andando onde bem entendesse, não tinha no Brasil a mesma liberdade que no Estrangeiro em cujas cidades procurava passar geralmente despercebido.

Recusava invariavelmente honras e apanágios, mesmo quando o oferecimento partia de um de seus parentes mais próximos, como o Rei de Portugal ou o Imperador da Áustria. Tinha por princípio não incomodar ninguém, nem de ninguém depender. Desnorteava a todos com essa simplicidade, esse absoluto desapego às franquias majestáticas. Queria ser, nessas viagens, rigorosamente um particular e nada mais.

"Deleitava-se em ignorar quanto possível as regras consagradas da realeza *(the accepted code for royalty);* e era, até certo ponto, o seu próprio criado. Carregava ele mesmo, a maleta e o guarda-chuva, e nos hotéis tinha o hábito de descobrir-se quando se dirigia aos empregados. Ao visitar a Exposição de Viena, preferiu comprar seu bilhete de entrada e penetrar pela porta destinada ao grande público a entrar pela porta reservada à Família Imperial. Tinha sincero interesse em ficar desconhecido, em evitar as cerimônias e as multidões, embora fosse às vezes traído pelo seu porte pouco comum e a aparência distinta de sua pessoa"[351].

Em Lisboa recusou interromper, a seu favor, a quarentena imposta aos demais passageiros do vapor em que viajava; recusou depois os aposentos no Palácio Real, preferindo ir para um quarto do Hotel de Bragança. Na Inglaterra, recusou as carruagens do palácio e a guarda real, como recusou a hospedagem da Rainha, indo, como qualquer outro viajante de distinção, para o Hotel Claridges. Em França, recusou as homenagens do Governo, e na Suécia e na Dinamarca a hospedagem real. E assim em toda a parte.

O Príncipe de Bülow, referindo-se a esse aspecto simplório de alguns Soberanos, mesmo dos mais autocratas, lembra o doce consolo que tinha o Czar Nicolau II, quando podia fugir ao rigorismo das cortes europeias para ir gozar plena liberdade na pacata cidade de Dalmstadt, no Ducado de Hesse, em companhia do cunhado o Grão-Duque, e juntos irem em segunda classe de um trem de subúrbios, comprar gravatas no Zeil de Francoforte.

VIII

O Imperador demorou-se nos Estados Unidos cerca de três meses. Foi uma correria através de grande parte dos Estados da União Americana — sem falar numa rápida estada no Canadá, Cincinatti, Baltimore, Nova York, Washington, Chicago, Filadélfia, Saint-Louis, Nova Orleans, Pittsburgo, São Francisco, Salt Lake City, Boston...

Por sua simplicidade de maneiras, seu desembaraço e completa despreocupação pelas regras da etiqueta, conquistou a simpatia de todo o mundo. Foi logo chamado de *Imperador ianque,* que se transportava nas ruas em carros de aluguel e que ao atravessar um rio pagava a passagem na barca. Um Imperador "que não sai para valsar todas as noites, nem caçar ursos ou tigres, ou matar javalis durante o dia — mas para realizar sempre um trabalho útil. E, quando voltar à Pátria, saberá mais acerca dos Estados Unidos do que dois terços dos membros do Congresso."

O nosso Imperador americano — dizia um outro jornal — reservou apenas um tempo limitado para este grande Continente. Por isso, não perde um minuto. Quer penetrar pela terra a dentro até a Califórnia, voltar ainda a tempo para ver Sherman[352] e Longfellow, que deseja conhecer pessoalmente, e em seguida precipitar-se para a Exposição do Centenário. Confessamos que nos dá orgulho o nosso Imperador americano ao fazer tanta coisa. É exatamente o tipo de Imperador que podíamos esperar de um grande país, como o Brasil. Viaja sem ruído nem cerimônia. Vai ao fundo de cada questão. Vê tudo o que é possível ver. Não desperdiça tempo com Secretarias de Estado ou meros títeres de gabinete. Corre para assistir ao espetáculo de Shakespeare; daí passa a ver como é feito um grande jornal e, ao amanhecer do dia seguinte entra na igreja como bom Cristão.

O nosso Imperador americano... Sousândrade lançava o seu versinho:

Agora a União é Império
Dom Pedro é nosso Imperador.
Nominate him President,
Resident. . .
Que o povo ame muito o Senhor.

Ao chegar a Nova York, depois de recusar as homenagens que lhe queria prestar a Comissão de recepção chefiada pelo Secretário de Estado, como vimos atrás, recusava igualmente a hospedagem oficial que lhe queria oferecer o Prefeito da cidade, preferindo, como sempre, ficar num hotel da sua escolha; como recusara o trem especial que lhe ofereceram para o seu transporte a Chicago.

Nos poucos dias que ficou em Nova York, foi um nunca acabar de coisas. Madrugador como de costume, já estava na rua às primeiras horas da manhã, quase sempre acompanhado do Visconde de Bom Retiro, seu fiel escudeiro e amigo de infância. Avistou-se com um mundo de gente, de toda a espécie ou de toda a condição social, tendo para com todos uma palavra amável ou um gesto de cortesia, inclusive para uns poucos brasileiros que encontrou em Nova York, como Salvador de Mendonça, jornalista e homem de letras, que, apesar de professar ideias Repúblicanas, era ali, com o consenso do Imperador, o Cônsul-geral do Brasil; ou como o Capitão-tenente José da Costa Azevedo, futuro Almirante e Barão de Ladário, último Ministro da Marinha da Monarquia, que naquela ocasião comandava a corveta brasileira *Niterói,* ancorada no porto de Nova York.

Ao visitar nessa cidade a Casa dos Jornalistas, foi-lhe apresentado um rapazinho de 20 anos de idade, que lhe chamou a atenção por sua vivacidade e maneiras desembaraçadas. Chamava-se Theodore Roosevelt e seria, vinte e quatro anos mais tarde, o poderoso Presidente dos Estados Unidos e abridor do Canal do Panamá (era tio do futuro Presidente Franklin Roosevelt). Um outro americano, que também conheceu em Nova York, foi Samuel C. Lewis, homem já idoso, com cerca de 73 anos de idade, que era Cônsul dos Estados Unidos no Rio ao tempo do nascimento de Dom Pedro II, em 1825. Tendo residido muitos anos no Brasil, lembrava-se dos sucessos que levaram Dom Pedro I a abdicar o trono, bem como dos anos turbulentos da Regência, que tanta impressão causavam no espírito da criança que ele revia agora em Nova York, um esbelto e vigoroso homem de 50 anos, considerado pelos americanos como um modelo de Imperador.

Alguns dos bairros de Nova York eram já ligados, nessa época, por uma estrada de ferro elevada. Ao ver pela primeira vez esse meio fácil de comunicação, e compreendendo o serviço que ele prestava ao desafogo e presteza do tráfico, o Imperador declarou que era sua intenção fazer coisa semelhante no Rio de Janeiro, ligando, por exemplo, a Estação da Estrada de Ferro de Pedro II (depois chamada Central do Brasil) ao Cais Pharoux (atual Praça 15 de Novembro) — obra, aliás, em que sempre se pensou e nunca se fez...

IX

Em 6 de maio, Dom Pedro II estava em Washington. Sua primeira visita foi para a Igreja Católica de São Mateus, onde assistiu missa. Achou os cânticos "péssimos"; o sermão dito por um Padre já muito idoso — menos do que medíocre. Foi depois ao Capitólio (Casa do Parlamento), cuja estatuária pereceu-lhe "mesquinha" — *Nada tenho visto de mais medíocre,* foi a sua impressão. E os baixos-relevos da Rotunda francamente ruins. Dirigiu-se depois ao Tesouro Federal. Achou o edifício "esplêndido", e excelente a distribuição das seções. Mas declarou que o Tesouro do Rio de Janeiro tinha uma melhor maquinaria. De fato, nesse tempo, tanto as notas do nosso Tesouro como os selos do Correio eram modelos de perfeição e de bom gosto, em comparação ao péssimo trabalho e péssimo gosto com que emitimos hoje as nossas notas e os nosso selos — estes, então, um dos mais feios e de pior qualidade do mundo.

Na tarde do dia seguinte foi, com a Imperatriz, à Casa Branca, visitar o Presidente dos Estados Unidos, que era então o General Ulisses S. Grant, o qual desfrutava uma certa auréola por sua ação militar na guerra civil. Eleito Presidente em 1862, seria reeleito quatro anos depois. Era três anos mais velho do que Dom Pedro II, e iria falecer em 1885. Grant os recebeu acompanhado da mulher e do Secretário de Estado Fish. Conversaram cerca de meia-hora, não se mostrando o Presidente muito loquaz; ao contrário, pouco falou. O Imperador não teve boa impressão dele. Achou-o com aspecto grosseiro. E a mulher, francamente feia; e, ainda por cima, vesga. "Mas faz o que pode para ser amável", disse Dom Pedro II.

A propósito dessa visita, Sousândrade fez a seguinte quadrinha:

> Desde Christie, a Grã-Bretanha
> Se mede com o Império que herdei. . .
> Rainha-Imperatriz.. .
> Os Brasis
> Vos farão Imperador-Rei.

Quer dizer: desde Christie, isto é, desde a Questão Christie, que tivéramos com a Inglaterra, e esta perdera. Rainha-Imperatriz: a Rainha Victoria, que se tornava Imperatriz das Índias. Assim que, Dom Pedro II, vencedor na Questão Christie, passaria a ser — Imperador-Rei.

Um jornal de Nova York estranhou que este, chegando aos Estados Unidos,não se apressasse em ir visitar o Presidente da União Americana, e se largasse antes para a Califórnia, o que o jornal achava que era uma descortesia para com o Presidente Grant.

> "*Off! Off!* para São Francisco *off,*
> Sem primeiro a Grant saudar!"

versejava Sousândrade. Mas José Carlos Rodrigues (depois proprietário e diretor do *Jornal do Commercio* do Rio de Janeiro), que dirigia naquele tempo em Nova York um semanário em língua portuguesa intitulado *Novo Mundo* (do qual Sousândrade era secretário), escreveu uma carta ao *New York Herald,* explicando que a viagem do Imperador do Brasil aos Estados Unidos era estritamente particular, não estando ele, portanto, nem mesmo obrigado a visitar o Presidente Grant. Fizera-o, entretanto, no dia seguinte de sua chegada a Washington por um simples dever de cortesia. Acrescentava J.C. Rodrigues que na anterior viagem que Dom Pedro II fizera a vários países da Europa — Inglaterra, França, Itália, também a título particular, não se julgara obrigado a fazer sua primeira visita aos respectivos Chefes de Estado.

Do Diário da Ministra da Dinamarca em Washington:

"O Imperador e a Imperatriz do Brasil estão aqui visitando Washington. Visitam-no de tal maneira, que já não resta quase nada para ver. O Ministro brasileiro[353] está que já não pode mais. Cada dia é um jantar ou uma recepção. O Imperador quer ver tudo e a todos conhecer. Não deixa de lado nenhuma instituição, e todos os estabelecimentos são detalhadamente examinados. Vai quase sempre ao Senado, onde se deixa ficar durante toda a sessão, com o desejo de tudo compreender. Apega-se a todos quantos possam dar-lhe boas informações sobre cada assunto. Dom Pedro II é muito popular; é visto em toda a parte. No baile que o Ministro inglês[353a] ofereceu a Suas Majestades, um cavalheiro, ao ser apresentado à Imperatriz, declarou-lhe: *Je suis le Sénateur qui parle français.* A Imperatriz disse ao Johan[354]: "Peço-lhe que fique perto de mim e que fale sempre comigo; só assim o *Sénateur qui parle français* desistirá de perseguir-me"[355].

O Imperador foi ver a estátua equestre de Washington, que os Americanos tanto elogiavam. Não gostou. "Uma caricatura", disse, sendo que o cavalo tinha o focinho de hipopótamo. Se não gostou da estátua do Patriarca americano, menos ainda do túmulo, que achou "tristemente abandonado." E a comissão de senhoras encarregada de sua conservação, ao reparo feito por Dom Pedro II, justificou esse abandono com a falta de verba!

Levaram-no depois ao Observatório, que, dado o seu conhecido interesse por tudo o que se relacionava com Astronomia, sofreu do Monarca brasileiro uma detalhada e radical revista. Como se sabe, ele mesmo tinha, para seu uso pessoal, um pequeno observatório instalado num dos torreões do Paço de São Cristóvão. De uma maneira geral achou o de Washington "bem montado." Mas o regulador elétrico da hora, a que correspondiam quatro relógios da cidade, não lhe pareceu tão perfeito quanto o do Observatório do Rio de Janeiro. Achou o cosmógrafo colocado sem a necessária estabilidade, e o relógio Standard, para observações, "mal colocado." Mostram-lhe o grande relógio, em caixa de mármore, que trinta anos antes gozara de grande celebridade por ter sido o primeiro instrumento desse gênero que por meio de eletricidade registrava observações astronômicas; mas que de algum tempo para cá se desarranjara, deixando de marcar horas. E como ninguém ali soubera consertá-lo, conservavam-no, apenas, como um simples ornamento.

"Qual não foi o nosso assombro (disse o astrônomo Newcomb, que acompanhava o Imperador em sua visita) quando vimos Dom Pedro II pôr-se de joelhos junto ao móvel e, metendo uma das mãos por baixo, começar a examinar pacientemente a base que suportava o relógio. Feito o que, levantou-se, mostrando-se admirado de que usássemos um aparelho desnivelado como aquele" — e que era, afinal, todo o defeito que ele tinha e não o deixava funcionar!...

Pouco adiante, quando o Imperador examinava um telescópio, Newcomb referiu-se à função dos *verniers* (instrumento para medir as frações de uma divisão numa escala matemática). O Monarca brasileiro prontamente observou:

"Por que lhe dá esse nome? Este aparelho chama-se *nonio,* porque foi inventado pelo Português Pedro Nunes, que lhe deu esse nome. Vernier, o astrônomo francês, foi apenas o aproveitador do invento[356]."

X

Foi procurá-lo, dias depois, o General Sherman, que o Imperador desejava muito conhecer. Gostou do homem, "que lhe causou a melhor impressão pelos seus gestos francos e marciais, e pela mordacidade de suas palavras", acentuava o jornalista O'Kelly.

Outra pessoa que o foi procurar na capital americana foi Sir Edward Thornton, que era ali o Ministro da Inglaterra. Mas este era um velho conhecido seu, o mesmo que ele recebera em sua barraca de guerra de Uruguaiana, no Rio Grande do Sul, mandado pela Rainha Victoria para reatar as relações diplomáticas com o Brasil, dando todas as satisfações que exigíamos do governo de Londres depois da ruptura provocada pelos desatinos do Ministro Christie[356a]. Longas conversas com Thornton sobre coisas brasileiras. O diplomata convidou-o para honrar com sua presença o banquete que ele pretendia dar em Filadélfia por ocasião da Exposição, e para o qual já havia convidado o poeta Longfellow. O Imperador aceitou o convite, com tanto maior prazer quanto seria uma ótima oportunidade para conhecer pessoalmente o poeta. De fato, o banquete iria realizar-se dias depois, com a presença de cerca de 250 pessoas, inclusive do Presidente Grant. Mas Longfellow, por estar doente, não pôde comparecer, o que foi para Dom Pedro II grande decepção, e tirou-lhe todo o interesse pelo banquete. "Jantar que muito me maçou", dirá em carta à filha Dona Isabel.

XI

A Exposição de Filadélfia foi inaugurada a 10 de maio de 1876, se bem que a data exata do 1º Centenário da Independência dos Estados Unidos fosse 4 de julho. Na solenidade da abertura, o Imperador e a Imperatriz se incorporaram à comitiva oficial, precedida pelo Presidente Grant, que levava pelo braço Dona Teresa Cristina, seguido de Dom Pedro II, que por sua vez dava o braço a Srª. Grant. Desfilaram ao som da *Marcha do Centenário*, composto especialmente para esse ato por Richard Wagner[357]. No cortejo, muito ovacionados, os dois heróis da Guerra Civil, Generais Hancock e Sherman.

"A fisionomia fina, inteligente e franca de Dom Pedro II — dizia o *Herald Trihune* — e sua estatura imponente foram logo reconhecidas, tendo ele sido calorosamente ovacionado em todo o percurso. Dom Pedro tirou o chapéu e inclinou repetidamente a cabeça com um largo e brilhante sorriso, como se sentisse a simpatia vinda do coração entre os que o aplaudiam."

O cortejo presidencial la percorrendo ao longo das várias seções dos países estrangeiros. Quando chegou à do Brasil, houve uma pausa maior, porque o Imperador queria mostrar ao Presidente os produtos brasileiros ali expostos. Ao percorrer esses *stands,* "o Presidente era obrigado a parar de vez em quando — dizia o *Herald* — devido à tendência do Imperador de descobrir velhos conhecidos e discutir com eles sobre a Exposição, indagando o significado de produtos que via pela primeira vez."

Quando o cortejo entrou no *Machinery Hall,* e foi mostrada a Dom Pedro II uma portentosa máquina, que era o principal sucesso da Exposição, e o seu inventor explicava, possivelmente exagerando, o número de "revoluções" que ela fazia, o nosso Monarca comentou com uma ponta de malícia: *São mais numerosas do que as da Colômbia...*

Tínhamos mandado, para ser exposta na Exposição de Filadélfia, como amostra da nossa arte, uma tela do pintor Pedro Américo, *A Carioca,* uma mulher inteiramente despida. Sousândrade não deixou, já se vê, escapar a oportunidade para compor, a propósito, uma das suas quadras, "confrontando malicioso o puritanismo norte-americano, no momento de sua afirmação industrial, e o tropicalismo brasileiro, representado pela exuberância do nu de Pedro Américo"[357a].

> Antedilúvio, paleosauro,
> Indústria nossa na Exposição. . .
> Que coxas!
> Que trouxas!
> De azul vidro é o sol patagão!

Inaugurada oficialmente a Exposição, Dom Pedro II deixou Filadélfia (voltaria mais tarde a essa cidade, para melhor ver o certame, livre de protocolos e atos oficiais), para prosseguir sua excursão pelos Estados da União Americana. Seguiu para São Francisco, acompanhado pelo fiel Bom Retiro e por O'Kelly, que, como bom repórter, não cessava de pedir ao Monarca impressões sobre coisas e gente americanas. Perguntou-lhe se não achava os seus patrícios "um tanto ásperos de maneiras," quando o interpelavam ou puxavam conversa com ele. Algo embaraçado, o Imperador saiu-se com uma tangente, dizendo:

"Sim, são muitos enérgicos. . . É o caráter deles. Um povo dotado de grande energia de caráter não pode ter maneiras delicadas. Possui *les défauts de leur caractère*."

Apesar de conviver com o Imperador desde seu embarque no Rio de Janeiro, e se fartar de conversar com o Monarca, o jornalista insistia em tratá-lo de *Vossa Majestade*. Afinal, mostrando-se agastado com tal tratamento, Dom Pedro II acabou por dizer-lhe:

"Não me trate de Vossa Majestade. Chamo-me *Monsieur de Alcântara,* que é o nome sob o qual faço as minhas viagens; e não gosto de ser tratado por outro."

Dizia que a *Majestade* ficara no Brasil, e que ele era ali um simples viajante. "O Imperador está no Brasil, como ele próprio disse — comentava o *Herald* — e quer também, por sua própria determinação, tomar assento entre os comissários do seu País na Exposição de Filadélfia, tendo sido emitido um bilhete de convite em nome de "Pedro de Alcântara", exatamente como poderia ser "Joe Smith." Sousândrade glosava:

> Oh! Cá está um Pedro de Alcântara!
> O Imperador está no Brasil.
> Não está! Cristova
> É a nova,
> De lá vinda em Sete de Abril!.

No trajeto para São Francisco, o balanço e a trepidação do trem eram tais que não o deixou dormir. "Balanço pior do que no mar", observou o Imperador. Ao chegar à grande cidade da Califórnia, as autoridades locais quiseram homenageá-lo com uma parada militar. Mas Dom Pedro II, que detestava essa espécie de espetáculo, disse que era ali um particular que visitava o país, e preferia ter suas horas vagas para ver outras coisas. E, em vez de ver soldados que lhe apresentavam armas, foi ter com os Judeus da Sinagoga Emanuel, onde surpreendeu os presentes traduzindo para o inglês alguns versículos em hebraico da *Ark,* o livro santo hebraico.

Esteve em Salt Lake City, a terra dos Mórmons, que o escandalizou com a prática ali da poligamia, em pleno meado do Século XIX e em terras tidas como civilizadas na América. "Não compreendo — escrevia à filha Dona Isabel — como podem os Iangues permitir a poligamia no coração mesmo dos Estados Unidos. Em Constantinopla nunca vi um harém, e seria o cúmulo que o fosse ver aqui."

Muito embora não poupasse elogios ao progresso e às boas coisas que via no correr dessa excursão pelos estados americanos, também não se furtava de criticar aquilo lhe parecia menos bom ou francamente ruim. Assim, quando lhe mostraram o Paço Municipal (*City Hall*) de Pittsburgo, disse que exteriormente era muito bonito e sobretudo muito grande, mas que por dentro havia muita sujeira. A Penitenciária de Alleghany City achou que era bem dirigida; mas nada comparável com a sua congênere no Rio de Janeiro, "incomparavelmente superior."

Em Pittsburgo, iria ver pela primeira vez a extração do petróleo das profundezas da terra, e onde se dava início a uma das mais futurosas fontes de riqueza dos Estados Unidos da América. Em Nova Orléans chamou-lhe a atenção a falta de asseio e quase abandono das ruas, onde crescia largamente o capim. Aproveitando sua estada nessa cidade, Dom Pedro II tentou obter informações da Junta de Saúde sobre os meios de evitar e de com-

640

bater a febre amarela, que tanto mal havia feito ali e muito mais ainda no Brasil, onde se espalhara por todo o país. Mas não lhe disseram nada de novo, ou melhor, nada do que ele já não soubesse. Vem ao caso assinalar que a febre amarela, que por tantos anos foi um verdadeiro flagelo entre nós, havia entrado no Brasil trazida justamente por um barco proveniente de Nova Orleans.

XII

Em 7 de junho de 1876 o Imperador e comitiva chegavam a Boston, a já famosa cidade universitária americana, capital do estado de Massachusetts. Foi a cidade dos Estados Unidos que mais o encantou — *and Boston liked the Emperor.* No dia seguinte, pelas seis da manhã, ele saía para visitar o Bunker Hill Monument, comemorativo da independência americana. Tirou para isso da cama o pobre do guarda, que mal dormido e ignorando de quem se tratava, exigiu o pagamento dos 50 centavos de entrada. O Imperador costumava andar sem dinheiro no bolso. Como se fizesse quase sempre acompanhar por um membro da comitiva, geralmente o seu amigo Bom Retiro, cabia a este a responsabilidade do pagamento dessas pequenas despesas. Mas naquela manhã, em Boston, ele saíra só do Hotel. Assim que, intimado a pagar o bilhete de entrada e não querendo se identificar, foi preciso ir pedir os centavos ao cocheiro do carro que o trouxera. Pouco depois, quando já havia iniciado a visita ao Monumento e assinado o livro dos visitantes, aparecia o Históriador Richard Frothingham, que, alertado da presença ali de Dom Pedro II, perguntou ao guarda onde se achava o Imperador do Brasil. — *Imperador?* exclamou o outro meio irritado, colocando os óculos para examinar a assinatura imperial. *Esse camarada não passa de um vagabundo, sem um centavo no bolso!* [358]

Cambridge era, naquele tempo, um arrabalde de Boston. Seria depois absorvido pela cidade. Em Cambridge morara, durante muitos anos, Louis Agassiz, o naturalista e sábio suíço, morto havia três anos, que o Imperador conhecera no Rio de Janeiro, em 1865, a ele e à mulher Elizabeth, quando da primeira excursão científica de Agassiz ao Brasil.[358a] Desde aí se tornara de grande afeição pelo sábio, cimentada por uma longa e seguida correspondência epistolar, iniciada, aliás, em 1863, quer dizer, antes de se terem conhecido pessoalmente no Rio.[359] Verdadeiro sábio em tudo o que dizia respeito às ciências naturais — "o rei dos naturalistas", como o classificava James C. Fletcher, amigo de Martius, de Rugendas, de George Cuvier e de Auguste de Sainte-Hilaire, Dom Pedro II foi talvez um dos seus maiores admiradores.

Quando Agassiz realizou sua segunda viagem científica no Brasil e esteve novamente no Rio, em janeiro de 1872, o Imperador se encontrava na Europa;e quando este voltou, em abril do mesmo ano, Agassiz já nos havia deixado; empreendia uma viagem de exploração científica pelos países americanos do Pacífico. Assim que, não tiveram mais ocasião de se avistarem, e toda a esperança de Dom Pedro II era ir ter com o sábio suíço em sua casa de Cambridge , quando realizasse a projetada viagem aos Estados Unidos, viagem, aliás, por que tanto se interessava o seu amigo. "Se fossem os Estados Unidos que V.M. se dispusesse a visitar — escrevia ele em 1866 — estou certo de que sua viagem seria uma marcha triunfal de um extremo a outro do país." Já antes, em outubro de 1865, Agassiz havia escrito ao Imperador dizendo que tendo falado com o Senador Greene Arnold, de Rhode-Island[360] , sobre essa viagem, este lhe dissera "que seria um acontecimento histórico da maior importância", e que o Monarca brasileiro teria nos Estados Unidos "ovações as mais brilhantes"[360a]

Grande foi, assim, a satisfação de Agassiz quando Dom Pedro II anunciou-lhe, em 1873, que estava decidido a visitar a União Americana, contando ir assistir,em Boston, a um dos cursos que o sábio suíço costumava dar nessa cidade sobre suas viagens científicas, inclusive sobre o Brasil.[360b] Mas assim não quis, entretanto, o destino, pois seu amigo iria morrer justamente naquele ano (em 14 de dezembro de 1873), sendo enterrado no cemitério de Mount Auburn, em Cambridge. Aliás, a projetada viagem do Imperador aos Estados Unidos só se faria, como sabemos, três anos mais tarde.

XIII

Chegando a Boston, o primeiro cuidado de Dom Pedro II foi visitar o túmulo do seu amigo, em Cambridge. Depois foi ver a viúva, que ficara morando em Cambridge e fora prevenida, pelo próprio Imperador, de sua próxima chegada a Boston,[360c] a qual o iria receber para almoçar, na companhia do filho Alexandre, naturalista como o pai e um pouco continuador da sua obra científica. É curioso constatar como os Americanos, pelo menos os daquele tempo, apesar de sua formação democrática e patriarcal Repúblicanismo, se enchiam de medidas e ficavam desorientados, quando se tratava de falar ou de receber em suas casas uma testa coroada, no caso Dom Pedro II.

Veja-se, por exemplo, os cuidados e a excitação em que ficou Elizabeth Agassiz quando soube que o Imperador do Brasil chegava a Boston e iria vê-la em sua casa de Cambridge. Note-se que ela já havia conhecido e se encontrado mais de uma vez com Dom Pedro II, quando estivera com o seu marido no Rio, em 1865. Pois, apesar disso, ficou completamente *affolée* ao saber que teria o Imperador para almoçar em casa. Em carta, que escreveria à irmã Carolina (Sra. Charles B. Curtis), contando como se tinha comportado com a sua *experiência imperial* (palavras suas): "Apesar de ter feito o possível para deixar de lado a etiqueta e tudo ignorar, a não ser as relações meramente humanas — diria ela — há sempre pequenos obstáculos quando se tem que receber Imperadores e Imperatrizes, que complicam os acontecimentos e proporcionam as mais cômicas (*ludicrous*) situações. Entretanto, o Imperador facilitou-me o melhor que ele pôde. Ao chegar a Boston escreveu-me imediatamente, pedindo a Alexandre que o procurasse, pois não faria plano algum antes de vê-lo. Acolheu-o calorosamente, abraçou-o e beijou-o à francesa, e enquanto esteve em Boston nada fez sem ele."[361]

"Chega-se por uma rua de *cottages* à casa de Agassiz" — escrevia Dom Pedro II em seu *Diário*. Foi em casa de Elizabeth Agassiz e à noite em casa de Henry Longfellow, que o Imperador iria encontrar alguns dos seus amigos da Nova Inglaterra, de cujas obras era, possivelmente, o melhor conhecedor no Brasil e com os quais se carteava desde alguns anos. A começar pelo próprio Longfellow, que podia bem ser tido como um *velho amigo*, pois com ele se correspondia desde 1855, quer dizer, havia mais de vinte anos, quando Dom Pedro II era ainda um rapaz, mas já conhecedor de quase toda a obra poética do autor de *Evangeline*, inclusive dos cantos e dramas sobre a escravidão nos Estados Unidos, tema de especial predileção do Monarca. "Foram amigos por correspondência durante vinte anos — diz David James — antes de se encontrarem em junho de 1876 em Cambridge, primeiro em casa da Senhora Agassiz e depois na sala de estar da casa de Longfellow, na Rua Brattle."[362]

Quando o Imperador se avistou com Longfellow, andava este pelos seus sessenta e nove anos (era viúvo desde 1861, tendo a mulher sido vítima de um incêndio), e era já consagrado o maior poeta dos Estados Unidos. Além da sua própria obra poética, tinha uma magistral tradução da *Commedia*, de Dante, em três volumes. Sabendo-o conhecedor profundo da língua italiana, além do muito que sabia do espanhol, Dom Pedro II achava que ele tinha todas as condições para traduzir também *Os Lusíadas*, de Camões, e mais de uma vez tentara encorajá-lo nessa empreitada, embora sem êxito. "Que notícias me dá de

Longfellow?" — perguntava o Imperador a Agassiz. A tradução da *Divina Cornédia* faz-me sempre pensar naquela ideia a que me referi numa das minhas cartas.[362 a] Sua realização faria de Longfellow um poeta quase nacional para o Brasil e Portugal.[362 b] Mas a "ideia" do Imperador não teria seguimento. Ainda porque à data dessa carta — dezembro de 68 — o poeta tinha partido para a Europa na companhia de uma filha.

Um dos mais conhecidos poemas de Longfellow, *King Robert of Sicily,* havia sido traduzido para o português por Dom Pedro II, sob o título *O Conde Siciliano.* Essa tradução foi feita em julho de 1864. *Beautiful version,* disse dela Longfellow em carta ao Imperador, de 25 de novembro desse ano, acrescentando: *The translation is very faithful and very successful. The double rhymes give a new grace to the narrative, and the old Legend sounds very musical in the soft accents of the Portuguese .*[362c]

XIV

Nas proximidades da casa de Agassiz ficava o *cottage* de Longfellow. Este já havia estado na véspera com Dom Pedro II em casa da viúva de Agassiz. Fora a primeira vez que se haviam encontrado. No dia seguinte, cabia ao poeta receber o Imperador em sua casa. "Almocei com Longfellow" — escrevia Dom Pedro II em seu *Diário.* "Deu-me dois livros da sua livraria. E depois passeamos bastante na varanda ao lado da casa, fazendo-me bastantes perguntas sobre o Brasil."[362d] "Muito gostei do respeitável velho (Longfellow era dezoito anos mais velho do que o Imperador), escrevia Dom Pedro II à Condessa de Barral, que o esperava naquela ocasião na Europa. Por sua vez, Longfellow dizia do Imperador em seu *Diário:* "Um Harum-al-Rachid moderno, errando pelo mundo como simples viajante, e nunca como um Rei. Ele é franco, é bom, é uma nobre pessoa, muito liberal em seus sentimentos."[363] Esse encontro em Cambridge iria selar, por assim dizer, uma amizade que se vinha formando numa longa correspondência epistolar entre os dois,e só se encerraria com a morte do poeta, em 24 de março de 1882. Longfellow nunca mais o esqueceria, e mais de uma vez o havia de lembrar em suas cartas ao Imperador. "Com que prazer recordo sua visita aqui — dizia ele em junho de 1878 — nossa conversa nesta sala, nosso passeio na varanda!"[363a] Por sua vez, Dom Pedro II lhe escreveria no ano seguinte: "Não me esqueço nunca minhas visitas em sua casa. Imagino-me ainda conversando consigo nessa *varanda,* que me faz lembrar sua paixão pela poesia e a arte meridional."[363b] Em junho de 1880, o Imperador encarregava Salvador de Mendonça, que era o nosso Cônsul-Geral em Nova York, de ir fazer uma visita pessoal a Longfellow para convidá-lo, em seu nome, para ser seu hóspede no Rio de Janeiro. *Diário* de Longfellow; "Salvador de Mendonça, Cônsul-Geral do Brasil, visitou-me com sua senhora, trazendo uma mensagem de lembrança amiga do seu Imperador Dom Pedro II, convidando-me para ser seu hóspede por um mês no Rio de Janeiro."[363c] Como era de esperar, o convite não pôde ser aceito. Longfellow andava pelos seus setenta e quatro anos, e sua saúde estava longe de ser animadora, não o deixando afastar-se da sua querida Cambridge. De resto, iria morrerem menos de dois anos. "A morte de Longefellow, escreveria por essa ocasião o Imperador à sua amiga Elizabeth Cary Agassiz é profundamente sentida por quantos tiveram a felicidade de o conhecer e lhe devem tantos testemunhos de simpatia. Peço que transmita a expressão de meus sentimentos às filhas de Longfellow."[363d]

XV

Como dissemos, foi em casa da viúva de Agassiz e de Longfellow, em Cambridge, que Dom Pedro II teve ocasião de conhecer pessoalmente os seus amigos da Nova Inglaterra, com muitos dos quais mantinha desde alguns anos uma assídua correspondência epistolar. Assim que conheceu Oliver Holmes, o poeta e ensaísta, presidente da Universidade de Harvard[363e], Ralph W. Emerson, o filósofo; Charles Norton, editor da *North American Review,* especializada nos estudos das artes na Itália; Guemey, professor de literatura grega; James Russel Lowell, poeta e publicista, que sucederia a Longfellow na cadeira de Literatura Moderna na Universidade de Harvard — "um velho todo vivacidade", dizia o Imperador em seu *Diário;* Alvian Clark, astrônomo e poeta; Appleton, editor e jornalista; e, por fim, J. T. Fields, literato e chefe da principal livraria de Boston.

Um outro dos seus amigos da Nova Inglaterra que o Imperador desejava encontrar em Boston, era John G. Whittier, com o qual se correspondia desde alguns anos. Whittier era, depois de Longfellow, o mais festejado dos poetas americanos românticos. Seus sentimentos abolicionistas tinham contribuído para aproximá-lo espiritualmente do Monarca brasileiro, conhecido que era, inclusive nos meios cultos dos Estados Unidos, o seu desgosto por ser chefe de uma Nação em que pesava ainda a chaga negra da escravidão.

O poema de Whittier, *The Cry of a Lost Soul,* publicado nos anos sessenta e baseado na lenda brasileira sobre o canto do pássaro que chamamos *cuco,* tivera um grande êxito entre nós, merecendo ser traduzido para o português não só pelo poeta e homem político fluminense Pedro Luís (Pereira de Sousa), que seria Ministro dos Negócios Estrangeiros do 1º Gabinete Saraiva, em 1880, como pelo próprio Dom Pedro II, com o título *Alma Perdida,* e cuja tradução, para maior satisfação do poeta, o Imperador lhe enviara conjuntamente com dois cucos empalhados[364]. "Sinto dizer que não sou capaz de a ler — dizia Whittier ao Monarca referindo-se a essa versão — mas um literato amigo meu, qualificado para emitir uma opinião, disse-me que ela é muito perfeita e fiel ao original"[364a]

Quando Dom Pedro II chegou a Boston, Whittier estava ausente da cidade. Mas o empenho do Imperador em conhecê-lo era tanto, que preferiu adiar sua partida de Boston por mais uns dias, para esperar a vinda do poeta. Whittier, apesar da fama de grande poeta, era um homem extremamente modesto e de feitio retraído. Assim que, ao saber que o Imperador vinha a Boston, ficara naquela mesma aflição que dera em Elizabeth Agassiz quando Dom Pedro II lhe dissera que la almoçar em sua casa. Cheio de dúvidas sobre como se comportar diante do Monarca brasileiro, Whittier escrevera ao seu amigo J.T. Fields:

O Clube Atlântico receberá Dom Pedro como convidado? Parece-me que ele apreciará mais isto do que ser guiado por um cicerone olhando os monumentos públicos de Boston. Eu gostaria muito de encontrá-lo, apesar de não falar outra língua a não ser a minha, e esta, não muito bem. Se ele não fosse quem é, eu gostaria que você e Mrs. Fields o acompanhassem aqui, onde poderíamos vê-lo, longe da confusão e das galas das cerimônias, por uma ou duas horas. No entanto, devido à *divindade que deve encerrar um Rei,* isto não é possível. Não tentarei vê-lo através das cerimônias de Boston e das etiquetas da corte. Ele é um ótimo homem, deixando de parte seu título de linhagem [364aa].

Felizmente para Whittier, sua amiga Bertita Sargent (Mrs. John T. Sargent) arranjou uma pequena recepção de poucas pessoas em sua casa, antes de Dom Pedro II deixar Boston, facilitando assim o encontro do poeta com o Imperador do Brasil. Encontro que foi muito simples, despido da "divindade que deve encerrar um Rei." Ainda porque o Imperador, que ao chegar à casa de Bertita já lá o esperava Whittier, desarmou a timidez deste adiantando-se e abraçando-o com *latina efusão* — como diz Bertita. Encorajado com esse — *Tenho grande interesse na flora e na fauna da América do Sul. Quando V.M. regressar aos trópicos, gostaria que me mandasse outros pássaros empalhados.* "Não é preciso acrescentar — diz Bertita — que Dom Pedro II prometeu e cumpriu antes de terminado o ano"[364b].

Antes de deixar Boston, Dom Pedro II ainda visitou ali vários estabelecimentos públicos: a Biblioteca Pública, a Penitenciária, o Instituto dos Cegos e a Escola Municipal dos Surdos-Mudos. Aí conheceu um jovem professor que lhe expôs, com modéstia e um certo embaraço, uma invenção sua sobre a audição por meios artificiais. Chamava-se Alexandre Graham Bell. O Imperador voltaria a encontrá-lo quando de sua segunda visita à Exposição de Filadélfia, como veremos logo adiante.

XVI

Depois de uma rápida passagem por West Point e Newport, voltava Dom Pedro II, com a sua comitiva a Filadélfia. Livre das cerimônias oficiais, podia ele agora percorrer à vontade toda a Exposição. E, para dispor de todo o seu tempo para ver tudo o que ali podia interessá-lo, obteve do diretor do certame que lhe fosse permitida a entrada bem cedo, pela manhã, antes da abertura dos portões para o grande público.

Foi assim numa dessas manhãs que, parando diante de um *stand,* ele viu atrás do balcão um rapazinho magro, de ar modesto, que o fitava com muita atenção, mas sem dizer palavra. Não foi difícil ao Imperador reconhecê-lo.

"Oh, Mr. Bell — exclamou o Monarca com vivacidade — como vai passando? Como deixou os nossos surdos-mudos de Boston?"

"Majestade, os meus surdos-mudos ficaram bem" — respondeu-lhe Alexandre Bell encorajado com a acolhida do Monarca brasileiro, que destoava do desinteresse que despertava ali a sua invenção. Desta vinha ele se ocupando há alguns anos, com não poucos sacrifícios e não menores despesas para os seus magros bolsos de professor de uma Escola de surdos-mudos, "Estou aqui — concluiu ele — com uma pequena máquina que Vossa Majestade gostará certamente de ver e... de ouvir!" — "E para que serve a sua máquina? — indagou o Imperador. Para torrar pão?"

Ouçamos a narração, talvez um pouco fantasiosa, que nos dá Bertita Harding:

Estava Mr. Bell tão absorvido com o seu trabalho que nem podia prestar atenção ao diálogo. Ajustando inúmeras bobinas, elétrodos e discos de metal, preparava-se para demonstrar a invenção. — *Dei a isto o nome de telefone*, anunciou por fim, estendendo ao Imperador um objeto em forma de taça e pedindo para conservá-lo pegado ao ouvido. Retirou-se depois à regular distância e falou para o outro objeto de forma similar que levava nas mãos, enquanto os espectadores de pé observavam-no com mal dissimulada incredulidade. De repente, Dom Pedro deu um pulo:

"Santo Deus! Isto fala!. .."

"Sim, respondeu pelo fio a voz suave de Bell, isto fala."

Os olhos de Dom Pedro brilhavam de admiração e surpresa. Segurou com força o aparelho, na extensão do braço, com medo de deixá-lo cair, enquanto os membros da comitiva o cercavam para ver e ouvir o milagre. Agora Mr. Bell se sentia com melhor disposição. Afastou-se mais dos ouvintes e desapareceu atrás de uma porta, a uma distância de 500 pés. A transmissão prosseguiu, clara, nítida, incrível.

"Não tardará muito, dizia Bell, que o telefone seja uma necessidade em todas as casas."

Fora-se a surpresa do Imperador, que manifestava a sua franca admiração. Alguns instantes pousou o aparelho na mesa e caminhou resoluto na direção da porta distante, atrás da qual o inventor continuava a falar.

"Meus parabéns, Mr. Bell, quando a sua invenção for posta no mercado, o Brasil será o seu primeiro freguês."

Cumpriu a palavra, — terminava Bertita Harding. Em Boston foram recebidas encomendas do Rio muito antes que o telefone fosse comercialmente explorado. [364c]

Consignando o fato em seu *Diário* (sem as fantasias, naturalmente, de Bertita Harding), dizia o Imperador:

O telefone não deu um perfeito resultado, mas assim mesmo duas pessoas leram *[ouviram]* uma quase nada, duas mensagens que mandei ao mesmo tempo, aplicando o ouvido a um dos tubos acústicos. Em todo o caso, ficou demonstrado a sua aplicação ao telefone, bem como sua praticabilidade. Depois examinei com Sir William Thompson o aparelho elétrico automático e a aplicação que Bell (o mesmo do Instituto dos Surdos-Mudos de Boston), fez do princípio de Koning, a transmissão dos sons pelo fio elétrico. Seu aparelho é mais simples que o outro, porém não é, como este, aplicável à telegrafia[364d].

Em conclusão: foi Dom Pedro II quem, graças à sua incansável curiosidade científica, pôs em relevo e valorizou, com o seu interesse, a descoberta do jovem professor de Boston, chamando a atenção do Júri da Exposição para o seu invento, que dentro em pouco iria revolucionar o processo de transmissão da voz pelo fio. "O telefone ficou sendo uma das sensações da Exposição, e, quando ele se tornou um objeto de comércio, o Imperador foi dos primeiros a utilizá-lo na prática"[364e].

Em Filadélfia, Dom Pedro II encontrou-se com Emile Levasseur, Históriador e geógrafo francês, membro do Instituto de França, que havia conhecido em Paris por ocasião de sua primeira viagem à Europa. Em Filadélfia, estava como comissário francês para a Exposição do Centenário. Foi por intermédio do Imperador que Levasseur iria conhecer Longfellow. Anos mais tarde, em Paris, o geógrafo francês travaria amizade com Eduardo Prado e o Barão do Rio Branco, sendo, a pedido dele, que este dirigiu e organizou a parte referente ao Brasil da *Grande Encyclopédie* (um magistral resumo da história do Brasil), com a colaboração de Prado e do Visconde de Ourém, que tinha sido nosso Ministro em Londres e deixou depois a carreira para instalar-se em Paris. Era Levasseur que dizia, referindo-se aos nossos selvagens: *ces anthropophages aux moeurs assez douces...*[364f]

XVII

Finalmente, no começo de julho de 1876, o Imperador e comitiva se preparavam para embarcar em Nova York em direção à Inglaterra, onde iriam iniciar a segunda parte dessa viagem ao Estrangeiro, que só iria terminar com a chegada ao Rio de Janeiro em 26 de setembro de 1877.

Antes de deixar Nova York o Imperador ainda teve ali vários dias cheios, no seu incessante empenho de tudo ver e tudo conhecer. Uma noite foi com a Imperatriz ao Jardim de Gilmore para ouvir o *Hino do Centenário* que, a seu pedido, Carlos Gomes havia mandado de Milão, e que muito agradou ao Imperador. Já havia sido tocado dias antes, em Filadélfia, ou melhor, a 4 desse mês justamente no dia em que se comemorava o 1º Centenário da Independência Americana. Em Nova York, ele foi tocado por uma banda de 180 instrumentos, com um coro de cerca de 500 vozes.

Numa outra noite, o Imperador esteve presente à sessão solene que a Sociedade Americana de Geografia promovia em sua honra. "Não me lembro de qualquer outra eventualidade da História — disse em discurso o presidente da Sociedade — em que um grande Chefe de Estado fosse alguma coisa mais que um mero protetor do estudo e da ciência, sendo ele próprio um erudito e um investigador científico." Falou depois Bayard Taylor, famoso viajante americano, ressaltando a atividade de Dom Pedro II nessa sua excursão pelos Estados Unidos, que deixava a energia nacional americana na penumbra, bem como o feitio de uma simplicidade quase Repúblicana do nosso Monarca. Prosseguindo, disse:

Estudou a nossa geografia, a nossa indústria e as nossas instituições e ainda achou tempo para travar relações pessoais, posto que já lhes conhecia as obras, com os nossos poetas — Bryant, Longfellow, Whittier e Lowell. Estou seguro de que jamais outro notável estrangeiro veio até nós para, ao cabo de três meses, parecer tão pouco estrangeiro e tão provado amigo do povo americano como Dom Pedro II do Brasil. Não poderíamos dizer melhor os votos para que Deus o acompanhe, agora que está em vésperas de abandonar as nossas praias, do que recitando o nosso salmista Whittier, nos versos dedicados à assinatura do decreto que aboliu a escravidão no seu Império[364g].

De fato, raros Estrangeiros, e certamente, nenhum outro Chefe de Estado desfrutou, até hoje, nos Estados Unidos da América, uma tão grande popularidade e foi acolhido ali com tão expressivas provas de respeito e mesmo de amizade. Acolhido não somente nos meios oficiais, políticos, intelectuais e outros, como igualmente na massa do povo, nas camadas mais modestas da União Americana. E, tirada a parte de exagero da sempre amável Bertita Harding, podia-se repetir o que ela deixou dito, isto é, que aberta uma campanha presidencial nos Estados Unidos, o candidato com maiores probabilidades de ser eleito seria Dom Pedro II. "Estamos cansados de gente comum — dizia ela — e dispostos a mudar de estilo."

Nas vésperas de sua partida, o Imperador ainda teve tempo de visitar algumas redações de jornais de Nova York, inclusive a do semanário, redigido em português, intitulado *Novo Mundo,* dirigido por José Carlos Rodrigues, o qual seria, anos mais tarde, diretor e principal proprietário do *Jornal do Commercio,* do Rio de Janeiro.

Finalmente, a 12 de junho de 1876 o Imperador e comitiva partiam para a Europa.

XVIII

Na Inglaterra, dessa vez, Dom Pedro II não fez senão passar. Sua intenção era voltar mais tarde, como de fato voltaria, depois da excursão ao Oriente Próximo. Agora preferia ir diretamente para a Alemanha. Em Bonn, começou a subir o Reno. Depois Francoforte, Heidelberg, Karlsruhe, Munique e Salzburgo. Passou o mês de fevereiro em Gastein, cujas águas os médicos haviam aconselhado à Imperatriz. Ali, encontrou-se com o Imperador Guilherme I da Alemanha, já velho e no fim de uma vida longa e agitada, mas ainda forte, com aquele bom humor e a alegria jovial que o caracterizavam. Desfrutava, na paz do seu povo, a glória que lhe deram a vitória sobre os Franceses e a unificação da nação alemã.

Dom Pedro II a Gobineau:

Não o esqueci, não; mas o Sr. sabe que o tempo é demasiado curto para se ver tudo. Tenho gostado de Gastein. Amo este pitoresco um pouco selvagem, e pertinho de meu Hotel há uma magnífica cascata. O ar é muito puro, e acredito que minha mulher ganhará muito com a estada aqui. Vou a Bayreuth, para a abertura do teatro do músico do futuro, mas a 17 ou 18 estarei em Copenhague. O Sr. sabe como executo os meus programas. Conto chegar a Estocolmo a 20,e o rever, pelo menos, mas para ficar pouco tempo na Suécia, onde espero que me pouparão tudo o que tem caráter oficial. Encontrar-nos-emos de novo em França, e lá por algum tempo. A visita às duas Universidades de Bonn e de Heidelberg foi muito interessante para mim. Falaremos disso, assim como do resto da minha viagem [364h].

O *músico do futuro,* a que se referia o Imperador, era Wagner, que havia conhecido seis anos antes em Berlim, em casa da Condessa de Schleinitz. Agora teria a oportunidade de revê-lo à frente de suas óperas, na inauguração do teatro de Bayreuth, quando ouviria também, pela primeira vez, Liszt tocar ao piano. Recordando essa visita de 1876, o Imperador escreveria, cinco anos mais tarde, a Gobineau: "Se for a Bayreuth ouvir o *Parsifal,* sente-se na primeira fila bem perto do palco, de onde ouvi o *Rheingold,* e pense no meu pesar por não estar também aí."

647

Enquanto Dom Pedro II se deliciava em Bayreuth com as audições wagnerianas, um navio de guerra dinamarquês o esperava em Rostock, para transportá-lo a Copenhague. Mas ele só apareceu ali a 17 de agosto, quando o jornal mais importante da cidade noticiava a sua chegada sob o mais *rigoroso incógnito*. Esse rigor, aliás, se limitava a uma ligeira dissimulação nos verdadeiros nomes do Imperador e de seus companheiros de viagem. Bom Retiro e Arthur Teixeira de Macedo, que apareciam na imprensa local e na lista do hotel, com os nomes de Dom Pedro d'Alcântara, Visconde de Retiro e Secretário de Macedo[365].

Apesar de Sua Majestade ter manifestado o desejo de conservar-se em Copenhague no mais absoluto incógnito, era natural que um hóspede assim ilustre não passasse desapercebido e a sua presença despertasse a mais viva curiosidade popular. Sua Alteza o Príncipe Regente[366] convidou logo Sua Majestade Imperial para um banquete no castelo de Charlottenlund. Acompanhado pelo representante diplomático do Brasil junto ao nosso Governo,[366a] o Imperador conheceu os nossos museus e as mais famosas coleções de arte.

Argeu Guimarães, ao referir esta notícia da imprensa de Copenhague sobre a visita ali do Imperador, "embaixador da nossa civilização e da nossa cultura", como justamente o chama, põe em destaque o interesse com que o Monarca percorreu os museus da cidade, acabando por descobrir uma coleção de quadros do Brasil holandês, assinados por Eckhout, em 1641, presente do Conde João Maurício de Nassau a Frederico III da Dinamarca. "Na impossibilidade de adquirir as telas, tratou imediatamente um pintor para copiá-las e enviá-las ao Brasil, um famoso miniaturista e pintor de gênero, Niels Aargaard Lytzen, e os quadros lá se encontram no Rio, nas salas no Instituto Histórico"[367].

Três dias de permanência em Copenhague, e o Imperador seguia seu caminho, em direção à Suécia.

XIX

Gobineau, que tinha ido ao seu encontro em Copenhague, fez-lhe as honras de Estocolmo. Felizmente, que o Rei Oscar compreendera a necessidade de deixar o Imperador entregue a si mesmo, não o sacrificando com as fatigantes e sempre repetidas cerimônias que caracterizavam todas essas visitas de Soberanos. Aliás, Dom Pedro II, muito avisadamente, já pusera em guarda, desde antes, o caro Gobineau, para que este conseguisse do Rei, um *habeas corpus* salvador. E Gobineau tranquilizara-o:

O Rei mostrou-se interessado em fazer tudo que puder agradar a Vossa Majestade, e, para começar, perguntou-me como devia interpretar a palavra *incógnito,* sublinhada por Vossa Majestade. Respondi que tanto quanto a experiência do passado respondia pelo futuro, Vossa Majestade tornava essa expressão no sentido mais rigorosamente estrito; quer dizer, desejava em geral que as homenagens fossem simplificadas, não gostava das grandes revistas de tropas, e estimava sobretudo a liberdade de ver e ouvir o que o interessasse diretamente. O Rei perguntou-me se Vossa Majestade aceitaria ficar em Palácio. Respondi que não sabia, sobretudo tendo em vista que havia aqui o Grande Hotel, que é muito bom, e onde Vossa Majestade seria mais senhor do seu tempo [368].

Apesar do programa absorvente que o Imperador estabelecera para cada dia de Estocolmo, Gobineau estava encantado com a companhia ali do seu amigo. As horas se passavam numa eterna correría, através de coleções, academias, palácios, torres, castelos, minas, observatórios, sábios.

Nos intervalos, geralmente de um ou dois minutos, escrever ainda cartas para Sua Majestade. À noite, no teatro, até meia noite.[368a] Eis o que é a vida desses vagabundos de cortesãos! É verdade que o chefe tem mais de Teodorico Rei dos Godos, do que de um príncipe empomadado... Tudo isso seme-ia insuportável se fosse forçado a fazê-lo; mas assim, diverte-me muito. Dom Pedro II ouve tudo, discute tudo, admite as contradições e vos deixa com a vossa opinião. É um Soberano feito para mim. Ele acha que sou capaz de tudo e que teria podido roubar os chinelos de Ivan o Terrível! [369]

Visita à Universidade de Upsala, nos arredores de Estocolmo:

"Foi um dia memorável. Recebido pelo Reitor, percorreu infatigavelmente todos os edifícios, a Catedral, a Sala de Anatomia, Carolina Rediviva, o Chemicum, o Observatório, as escolas, detendo-se e fazendo repetidas perguntas em torno das coleções regionais de Ostgota, Varmland e outras. Examinou com cuidado especial as coleções e relíquias de Lineu. Saudado pelo Prof. Glas, respondeu em francês com palavras que surpreenderam pela cultura e erudição do Monarca americano."[370]

Gobineau era um companheiro por demais precioso para que o Imperador o deixasse entre os livros de seu apartamento de Estocolmo e não se sentisse tentado de o levar também, com Bom Retiro e Macedo, através das planícies moscovitas. Convidado, Gobineau não soube resistir à tentação.

"Era difícil declinar um convite imperial como esse, sobretudo sabendo-se que o coração colaborara nele."[371] Sua partida de Estocolmo ficou, porém, dependendo de autorização do Governo francês.

Mas, enquanto não vinha a licença, o Imperador la tocando para diante. O tempo fora sempre o seu maior inimigo, fora mesmo, a bem dizer, o seu único verdadeiro inimigo. Era preciso, portanto, vencê-lo. Gobineau o alcançaria mais tarde, em São Petersburgo. Já em águas da Finlândia, escrevia-lhe o Imperador:

Aproximo-me de Hango, onde conto pôr o pé em terra firme às três horas, depois de ter sido bastante sacudido até despejar tudo o que tinha no estômago. Não foi em nada uma continuação de Estocolmo, senão apenas em lembranças. Espero que essa recepção por parte da Rússia seja em breve compensada (não em imaginação) por agradáveis contrastes, e que o Sr me chegue breve. Tenho a bordo um orientalista inglês que se prepara para o Congresso de São Petersburgo. Ele parece-me bem profundo, ao menos pelo calhamaço de jornais em língua da índia que está sempre a folhear em uma atitude impressionante. A bordo do *Express,* 22 de agosto de 1876 .

XX

Depois de uns poucos dias na Finlândia, o Imperador e comitiva seguiam de trem para São Petersburgo (hoje Leningrado), ali chegando a 30 de agosto. No dia seguinte, cedo (cinco horas da manhã) ele já estava de pé. Deixando o Hotel da Europa, começou a costumada correria através de museus, bibliotecas, escolas, centros de cultura, igrejas, mosteiros. Foi ao Mosteiro de Santo Alexandre Nevski, construído por Pedro, o Grande — um mundo, "com uma catedral, onze igrejas, muitos oratórios, residência do Metropolita, celas dos monges, um seminário, uma academia eclesiástica e três necrópoles."[371a]

Visita de três horas na Universidade de Petersburgo, discutindo com o professor Vassilev problemas das línguas chinesas. Apareceu na Biblioteca Imperial às onze horas da manhã, de lá saindo passadas as três da tarde, depois de surpreender o bibliotecário com o seu conhecimento do russo, do árabe, do hebraico, do baixo-alemão, do samaritano e de outros textos de línguas exóticas que lhe vinham trazer. Era surpreendente a facilidade com que versava importantes questões; e, não raro, os sábios especialistas que o seguiam e lhe facilitavam explicações, eram induzidos a desistir, porque o Imperador já conhecia todos os assuntos e la mesmo além das explicações dadas.

Foi a Tsarskoie-selo com o Grão-Duque Constantino, irmão do Czar. Hora e meia através das salas do museu. E, ao sair, quebrava pela primeira vez nessa viagem, o incógnito com que se cobria, assinando no livro dos visitantes — *Dom Pedro II*. Fora, era ovacionado pela multidão que o esperava.

No dia 2 de setembro, assistia como hóspede de honra, à inauguração do 3°. Congresso de Orientalistas, convocado pela Universidade de São Petersburgo, e onde se la discutir a Rússia Asiática. Passava toda a tarde do dia seguinte em Peterhof, residência de verão dos Czares. Era o lugar preferido pela grande Catarina, uma espécie de Versalhes, com o grande palácio no centro e os pequenos palácios dos Grãos-Duques em volta.

XXI

Gobineau, em Estocolmo, se preparava para juntar-se ao seu amigo Imperador, obtida que fora a licença do Governo francês. "Parto esta noite para São Petersburgo — escrevia ao seu colega austríaco, Prokesch-Osten — onde vou encontrar-me com o Imperador do Brasil. Ele esteve aqui oito dias e pediu a Paris que eu lhe seja emprestado. Vamos fazer juntos uma viagem pela Rússia, sem que eu saiba até onde."[371b]

No dia 5 de setembro, apareceu-lhe o seu caro Gobineau. Foi, então, uma longa viagem — que era quase uma correria — através das vastas planícies do Império dos Czares. As velhas cidades de cúpulas douradas, os campos cobertos de trigo, a variedade de raças e de costumes, o interior faustoso das igrejas com a sua liturgia imponente — tudo foi pretexto para exclamações, para frases de admiração, para fortes e imorredouras emoções.

Depois de São Petersburgo — Moscou. No seu último dia nessa cidade, surpresa e desconcerto das religiosas do Orfanato, quando, mal despertava a manhã, vão acordar a Superiora para dizer-lhe que ali estava o Imperador do Brasil desejoso de visitar o Orfanato. Alvoroço da Superiora e das irmãs, que foram tiradas dos leitos para receberem o régio visitante. "Calcule-se o reboliço e azáfama com que se vestiram a correr para fazerem as honras da casa a Dom Pedro II! [371c]"

Kourah, Kiev... Depois a marcha para o Sul: Odessa, Sebastopol, Livádia. Em Odessa, que era, por assim dizer, um grande armazém de trigo, os viajantes foram ver as montanhas de grãos acumulados. "Sua Majestade — conta Gobineau — quis subir até o cimo em passos contados, e enterrava a perna até o joelho sem conseguir avançar. Tive então a honra de inventar subir correndo; caí por duas vezes, mas consegui afinal chegar ao alto!"[372] Dois colegiais, em dia de saída, não se divertiriam com uma alegria mais sã e mais espontânea.

Em Livádia, nas margens floridas do Mar Negro, Dom Pedro II iria avistar-se com o Imperador da Rússia, Alexandre II, esse Monarca de espírito justo e de larga inteligência, que desde 1855 tivera a coragem de abolir a escravatura em seus Estados, destruindo, assim, um dos mais enraizados privilégios das classes nobres do Império. Não escaparia, apesar disso, ao destino cruel que lhe estava reservado, e iria cair assassinado pelos Niilistas.

A 2 de outubro, o Imperador e Gobineau chegavam a Constantinopla, onde iriam encontrar a Imperatriz e ali ficariam até o dia 5. Visita à cidade, visita ao Sultão Abdul-Hamid, o *Sultão Vermelho,* que acabava de subir ao trono. Depois do que, partida de toda a comitiva para Atenas.

XXII

A visita à Grécia foi para Dom Pedro II, como que a realização de um sonho. Tudo ali o encantou, desde a pedra mais singela de uma ruína abandonada, até as belas colunas do Partenon. Deixando Gobineau em Atenas, na companhia da filha ali residente, prosseguia viagem através da Ásia Menor. Mas antes, escrevia à Condessa de Barral, de Náuplia:

> Saindo de Atenas alonguei vistas saudosas para o Pireu. A lua prateava as águas tranquilas do Golfo de Náuplia. A cidade de Atenas, envolvendo-se em delgado céu luminoso entre a Acrópole e o Licopódio, como o crescente através um nevoeiro, embelezava-se, e só tarde olhei para o lado aonde me dirigia. Em Dafne, que não é a de Apolo, visitei um convento de Beneditinos quase em ruínas, mas que ainda conserva belos mosaicos, e uns pórticos, escadinhas e pequenas células de fazerem a vontade de aí passar dois ou três dias imaginando um viver da Idade Média. Há neste convento, guardado por uma freira velha, alguns túmulos dos De La Roche, Duques de Atenas. Diversas trepadeiras, de viçoso verde, são quase a única animação desse recinto religioso colocado na Via Sacra de Eleusis.

Beirute. Carta a Gobineau:

> Tudo vai bem. O passeio a Esmirna interessou-me muito. O museu desta cidade foi muito bem iniciado. Há nele alguns mármores notáveis, sobretudo uma estátua de Baco e uma cabeça de Aureliano. Lastimo que não esteja aqui. A acrópole da velha Esmirna tem muralhas ciclópicas e muito curiosas, a 1.300 pés acima do nível do mar. A montanha está cheia de túmulos. Creio que o que chamam de Tântalo tem uma falsa atribuição, e que ele deve estar do lado de Magnésia. Vi o baixo relevo de Níoba, do qual lhe mostrarei um debuxo feito por mim. As minas de Sardes não são muito interessantes.
>
> Em Éfeso, o que mais me impressionou foram as minas do Estádio, e sobretudo as do Teatro. No lugar do Templo de Diana não há senão uma grande depressão cheia de destroços. Vê-se muito bem o imenso recinto, essa espécie de cidade santa, assim como a profanada. O Odeon, onde pregou São Paulo, distingue-se muito bem; mas não se reconhece em nenhum lugar o cuidado com que fizeram surgir, por assim dizer da terra, o teatro de Baco em Atenas.
>
> Que recordações inestinguíveis me deixou essa cidade e toda a minha excursão helênica! A partir de hoje começa um mundo novo. O Líbano ergue-se diante de mim com seus cimos nevados, seu aspecto severo, como convém a essa sentinela da Terra Santa. [373]

Ainda de Beirute. Carta a Longfellow:

> Depois de admirar a Acrópole de Atenas sob o belo céu da Grécia, dando os tons os mais adoráveis *(ravissants)* às montanhas e às linhas as mais arquitetuárias (sic), estive em Esmirna, e indo daí para Éfeso, parei na gruta chamada de Homero, sobre as bordas do Melés. Minha viagem foi muito interessante e sinto muito não poder contar por escrito minhas impressões sobre uma porção de coisas. O Bósforo me encantou; as planícies de Brousse e de Argos são esplêndidas; o lago de Niceia parece um canto de céu o mais límpido caído entre as montanhas; e o Líbano se apresenta agora diante de mim com os seus cumes nevosos qual o guardião da Palestina, que eu percorrerei indo antes a Damasco e a Balbeck.[373a]

Os lugares bíblicos da Palestina emocionaram o seu espírito cristão. Não pela beleza dos sítios ou o pitoresco da paisagem, em geral sem atrativos, mas pela relação com o caráter dos fatos ali desenrolados há quase dois mil anos, e que tão sensivelmente influíram nos destinos da Humanidade.

No dia 26 de novembro, os Imperadores chegavam pela primeira vez a Jerusalém, hospedando-se em casa dos peregrinos austríacos.

"Essa visita a Jerusalém — escreve um trineto de Dom Pedro II — foi um dos marcantes acontecimentos locais da época. Para somente citar um exemplo, basta dizer que a Imperatriz Dona Teresa Cristina, conforme sublinham as crônicas locais, foi a primeira Imperatriz, depois de Santa Helena, mãe do Imperador Constantino, que pisou naquelas terras tão áridas, mas tão caras a todos os Cristãos."[373b]

No dia seguinte ao da chegada, o Imperador e comitiva foram assistir à missa no Calvário; e à tarde, incorporaram-se à procissão dos Santuários. Frei Mameto Ezquiú, franciscano de Córdova, anotava em seu *Diário:*

> Ouvi dizer esta tarde que o Imperador do Brasil deve comungar no Santíssimo Sepulcro; que ontem pela manhã assistiu missa no Calvário, e à tarde acompanhou a procissão na visita aos Santuários. Os que o viram dizem que ele se comportou com grande devoção e recolhimento.[373c]

2 de dezembro era o dia do aniversário natalício de Dom Pedro II. Fazia 51 anos, mas na aparência era um ancião. Indo confessar e comungar na Igreja do Santo Sepulcro, foi à tarde em peregrinação a Belém.

Em Belém, o Imperador festejou o seu aniversário. Todos os Santuários e Institutos foram meticulosamente visitados. No dia 5 de dezembro, a caravana se pôs novamente em movimento. Um longo cortejo de animais com caixas e cargas, liteiras, bagagens com tendas etc., balançava e desaparecia ao som de sino pela estrada de Jafa. O Imperador e os senhores do séquito cavalgavam. O próximo alvo era o Egito, para onde uma permanência demorada está prevista.[374]

Ao deixar Jerusalém, o Imperador escrevia a Gobineau:

> Jerusalém, pela sua posição muito elevada, domina quase toda a Terra Santa, e produz o efeito mais surpreendente, qualquer que seja o lado pelo qual se lhe aproxime. Ali cheguei três vezes. Da primeira vez, pelo lado onde Alexandre, o Grande ficou justamente impressionado pelo aspecto venerável do Jado, correndo ao seu encontro sobre o alto da colina, diante da qual a cidade *[aparece]* quase subitamente. Voltava do Convento de Santa Sabéa, desse ninho de águia debruçado sobre os rochedos, onde corre impiedoso o Cedrão, quando seu leito não é mais do que um amontoado de pedras enegrecidas, depois de ter atravessado desfiladeiros áridos. Jerusalém, cercada de oliveiras que cresciam entre as pedras, pareceu-me um oásis celeste. Segui quase o caminho dos Israelitas ao chegar à terra de Canaã e vi tudo o que havia de mais importante[375].

XXIII

A excursão pelo Egito foi das que mais o interessaram nessa viagem. Logo ligou-se aos sábios egiptólogos, a Guillardot, a Rougé, a Mariette, a Brugsh.Este o conhecia da viagem anterior. "Ia à modesta morada de Brugsh, no quarteirão Koladi, tomar chá e discutir ciências — conta-nos Nicolau Debbané, numa conferência realizada no Instituto Egípcio. Essas reuniões eram para o Soberano banhos de vida natural, que lhe penetravam por todos os poros, embebendo-o de humanidade e dando-lhe novas formas para o duro labor do trono, a que novamente se devia entregar."

"Discutia gramática de língua copta com Brugsh Bey", diz Pedro Calmon. "Remexia, em companhia de Mariette, o Vale dos Reis. Achou o Quediva muito fútil, e as antiguidades tão atraentes, que prometia estudar melhor as múmias do Museu Nacional do Rio de Janeiro. Procurou, à luz dos archotes, em Luqsor, a decoração de Amenofis. Notou no canhenho: *Senti não ter encontrado a inscrição citada por Mariette.* [375a]

De Wadi Halfa, cidade hoje inundada pela grande represa do Nilo, na altura da segunda catarata, o Imperador escrevia à sua amiga, a Condessa de Barral:

"1º de janeiro de 1877 — Senhora — É bem longe; mas apresso-me a desejar-lhe o Ano Bom, que talvez será aquele em que terei a felicidade de encontrá-la [de fato encontrar-iam-se em Paris em 19 de abril desse ano de 77].

Minha viagem tem sido muito interessante. A fachada do templo de Ibsamboul, que visitei anteontem à tarde e ontem pela manhã, com seus colossos admiráveis pela expressão do rosto, em estátuas de 20 metros de altura, produziu-me a mesma ou uma impressão mais forte que as ruínas de Karnac. Espero que queira minhas notas de viagem, e nelas verá, com exatidão, pelo menos o que observei. Irei, dentro em pouco, à Segunda Catarata, e amanhã descerei o rio, esperando encontrar-me a 7 no Cairo.

652

Não imagina a beleza das cores do sol e do luar sobre o Nilo. Lamento infinitamente não partilhar essas impressões com quem as sentiria ainda mais vivamente do que eu, por sua natureza privilegiada pelo belo e tudo o que eleva a alma.

Estive também no deserto, na estrada de ferro, percorrendo 28 quilômetros, dos que se constroem para Khartoun. Pela manhã fui à segunda catarata, que via fazer seus redemoinhos a várias centenas de metros abaixo de mim. Do alto da colina de Abousidon, avistava uma grande extensão do deserto e das montanhas de Dorgolah, na extremidade do horizonte. Peço-lhe guardar esta pedrinha a que as águas do Nilo deram forma, como lembrança dessa excursão que me interessou. Quando poderei mostrar-lhe meu *Diário*? Temo enviá-lo pelo correio, pois me é impossível dele fazer uma cópia.

A carta — redigida em francês — é longa, e segundo Helio Vianna, que a traduziu e publicou em folhetim do *Jornal do Commercio* do Rio, é "uma peça muito importante para que se possam compreender as relações de amizade do Imperador e sua correspondente. Apenas em alguns pontos secundários repetiu alusões também contidas em outra carta, esta redigida em português, igualmente começada no primeiro dia daquele ano (janeiro de 1877), e reproduzida nos livros de Alcindo Sodré e Magalhães Júnior *[Abrindo um Cofre* e *Dom Pedro II e a Condessa de Barral]*. Continua o Imperador na carta, cujo começo foi acima transcrito:

Estou perto de Siout,[375b] e amanhã chegarei onde espero ter suas notícias. Desfrutei, esta tarde, de um pôr do sol admirável. O céu tinha todos os matizes das cores do arco-íris, e perto da terra parecia abrasá-la. A noite é soberba. As estrelas espelham sobre o leito do rio majestoso, e a ideia que me acompanha sempre o único motivo de não lastimar, senão momentaneamente, este país cheio de interesse.

O Imperador chegou ao Cairo na noite de 6 de janeiro de 1877. Dali, continuou a carta que estamos transcrevendo, dizendo:

Como fui feliz de encontrar a sua carta de 11 de dezembro! Não pode duvidar da confiança que lhe tenho; mas sinto felicidade em queixar-me consigo do que possa embaraçar nossas relações de perfeita amizade. Meu total devotamento não me permitirá jamais perturbar conscientemente a tranquilidade de seu espírito, e penso que nunca tenha notado, na minha conduta, algo que seja contrário aos desejos de um amigo leal.

Logo que estiver em Paris, farei o que me aconselha, e nada faltará para que nós possamos nos encontrar como nossa afeição merece. Permita que lhe peça também tornar fáceis nossas conversas escrevendo algumas vezes à minha mulher, como já tem feito. Para nossa correspondência, sabe por que ela a mantenho nesse caráter[375c], até que tenhamos falado pessoalmente. Não temo — *senão por si* — a maledicência daqueles que não são dignos de gozar de semelhante amizade. A Legação do Brasil, em Paris ou em Roma não presta atenção ao envio de suas cartas, que poderá escrever às vezes pelo correio o número de sobrescritos que julgar mais conveniente. Enfim, tenho confiança em sentimentos tais como os nossos. Estou certo de que nós conseguiremos neles todas as calmas satisfações que eles fornecem. Ainda uma vez peço-lhe que não consideremos qualquer reflexão que lhe pareça de menos confiança em Clara,[375d] sempre a mesma para Dom Pedro, como uma expansão no coração de uma amiga. Se a defende, fale-me francamente, e eu me submeterei alegremente, pois há para mim uma felicidade que ninguém me arrancará — a de ser-lhe o Amigo mais devotado que tenha conhecido. [375e]

Agradeço-lhe por ter procurado um pouco de consolação no que me contou da conduta de Danyra[375f]. Não a compreendo e, como tudo o que não é natural, espero que ela não mudará, numa amizade de verdadeira moça. Se eu pudesse para isso concorrer de qualquer maneira, por minhas palavras persuasivas, bastará somente uma palavra para eu dizer.

Irei para o Grand Hotel quando estiver em Paris, daqui a menos de quatro meses, e lá terá o mesmo amigo devotado que sempre conheceu. Adeus, amiga *inafeccionável,* — quer dizer, que se não pode, jamais, afecionar bastante — ainda melhor, *inapreciável,* mas não por quem lhe deve os mais belos anos de sua vida, em que o devotamento depurou todos os seus sentimentos[375g]. Posso pois esperar tudo de sua amizade, e não seja nunca maldosa, mesmo sorrindo, para seu devotadíssimo, Dom Pedro de Alcântara [375h].

XXIV

Era Quediva do Egito o já então célebre Ismail Pachá. "Administrador sem dúvida progressista, mas inclinado ao fausto e às realizações de caráter suntuário. Introduziu melhoramentos e indústrias no Cairo e em Alexandria, onde construiu magníficos palácios e teatros. Ao tornar-se mais cioso de sua autoridade, a pressão britânica fê-lo renunciar ao Poder, sucedendo-o seu filho Twefik, em favor de quem abdicou dois anos depois da última passagem de Dom Pedro II pelo Egito."[376]

Carta do Imperador à Condessa de Barral: "O Quediva é inteligente e amigo do progresso; porém aproveita *demais*[376a] os gozos do Oriente. Cansa facilmente quando sobe, mesmo devagar, uma escada, e tem engordado bastante. Receio que não viva muitos anos."[376b] Morreria, de fato, oito anos depois, exilado na Turquia, com 65 anos de idade. Depois de uma série de acontecimentos, seu filho Fuad iria recuperar o trono egípcio, sendo sucedido por Faruk, o último Quediva, destronado pela revolução que levou o General Nasser ao Poder.

Mas tanto o Egito propriamente dito, que ele revia agora depois de cinco anos, como o Alto Nilo, que só agora conhecia, com os seus monumentos milenários, deram-lhe emoções bem diferentes das que sentira diante das ruínas gregas. As Pirâmides, a esfinge de Gizeh, a necrópole de Beni Hassan, todos esses vestígios da civilização faraônica não deixaram, é certo, de impressionar-lhe o espírito saturado de cultura. Mas nenhum deles podia fazer-lhe mudar de opinião sobre a *Grécia sem rival* (sua expressão), terra, realmente, de eleição, onde as artes floresceram outrora em suas formas mais elevadas e puras. "É em vão — escrevia ele do Egito a Gobineau — que procuro varrer de meu espírito a lembrança da Acrópole, para melhor julgar a beleza especial destes monumentos." Debalde! A grandeza ciclópica das ruínas egípcias dificilmente podia fazê-lo esquecer aqueles mármores de formas jamais igualados em seus contornos, na suavidade de seus tons e na graça de seus relevos, que do outro lado do Mediterrâneo estavam expostos à luz dourada do sol da Ática.

Escrevendo ao seu antigo professor, o Barão de Taunay, ele dizia:

Escrevo-lhe descendo o Nilo, que eu subi até a segunda catarata. [...] Fiquei maravilhado com a grandeza das ruínas de Karnak, sua sala de 134 imensas colunas, e vi ontem pela terceira vez, e de uma maneira feérica a luz do magnésio.

O túmulo do Rei Seti I, em Bab el Molock, vale rochoso com perto de 12 quilômetros de extensão sem um único fio de erva, muito mais mortuário do que o de Josafá, é também um monumento único no seu gênero. É quase um palácio subterrâneo, no qual se desce por três longas rampas com degraus, tudo cavado na rocha. [...] Depois da primeira catarata, perto da qual se encontra a Ilha de Filae com os seus templos, onde vi as inscrições da comissão francesa e da expedição de Dessaix, em 1799, admirei um dos monumentos mais admiráveis do país dos Faraós, o grande templo de Abu Simbel (Ibsamboul), com a sua fachada imensa aberta na pedra e ornada de quatro colunas, de 20 metros de altura.

Conto ir ao Serapeum de Mênfis num desses próximos dias, para ver se ele produz em mim o mesmo efeito de quando visitei pela primeira vez o Egito, quando não tinha ainda admirado os monumentos do Alto Nilo. Conto chegar amanhã à noite ao Cairo e estar no dia 16 em Messina. Depois do que, minha viagem não passará de um passeio.*[376c]*

O Imperador deixou, escrito em francês, um longo diário de sua viagem no Alto-Nilo, do qual apenas foi publicada a primeira parte, na *Revista* do Instituto Histórico Brasileiro, por iniciativa de Afonso de E. Taunay. Eis alguns trechos desse *Diário:*

11 de dezembro de 1876. — Partida do porto de Gesirch, no vapor *Ferouz* (turquesa) às 2h. ³/⁴. O céu, ao cair da tarde, era uma beleza. Os cachos de tâmaras pareciam inflamados sob os raios do sol. Vi à direita, ao longe, as pirâmides formando os degraus de Saqquarah. Ancorados à Marguna pelas 5 ³/⁴, tendo percorrido 22 milhas inglesas.

12 — [...] Leio no guia de Mariette Bey, que se pensa, com razão, que a pirâmide de Meidour é do Rei Snefrou, predecessor de Queops, o da grande pirâmide Queops, 4ª dinastia, 4.255 a J. C.. A pirâmide Sarquarat pode, segundo Mariette, atribuir-se ao Rei Ivenneohes, da 1ª dinastia, 5.000 a. J.C.

13 — [...] Esta viagem me encanta. Mas fico triste pensando nos amigos que não podem ter o mesmo prazer. Não posso dizer como o filho do faraó Aen: *Que a tua face esteja alegre enquanto viveres. Será que alguém saiu do túmulo depois de ter entrado nele?*

14 — ... O cavalo e o camelo não aparecem nas imagens dos monumentos egípcios senão depois da décima dinastia, 3.000 an. de J.C. [....] Sob este Rei Amenofis IV, como sob Ramsés II, os artistas representavam as figuras com os traços do Soberano, e veem-se personagens enterrados nas grutas com cabeças de eunuco e corpos cheios de gordura. Na Rússia, ao tempo da Imperatriz Elisabeth, foi editado um *ukase* declarando ser oficial um dos retratos da Imperatriz e condenando um outro retrato que era muito feio. Vi o original desse *ukase* na Biblioteca Imperial de São Petersburgo. Amenofis IV devia também proibir a imitação de seus traços grosseiros. [....] Antes de dormir, estudo a gramática hieroglífica de Brugsh. Reconheço que se fez muito progresso na interpretação dos hierográficos, mas é preciso confessar que adivinharam muita coisa. Meu amigo Brugsh parece-me ser o mais erudito, mas Mariette fez as mais belas descobertas em questão de monumentos, e me parece mais prático. Ele é também um dos meus afeiçoados desde o meu primeiro dia aqui.

15 — Antes de chegar a Siout, vi do lado direito a entrada de um bonito canal que comunica com o do Tayoum, uma das regiões mais férteis do Egito, que pretendo ver quando do meu regresso. Foi lá que Amenemhat III, da 12ª dinastia (3.000 a. J.C.), fez o Lago de Méris *(Méri* significa lago, em egípcio) e construiu o labirinto de 3.000 salas e quartos em cima e em baixo. A palavra labirinto provém do egípcio *rape-ro-hunt* ou *lape-ro-hunt,* que quer dizer *o templo do orifício do desaguadouro.* O nome moderno do lugar é *Ellahoun.*

16 — [....] Comecei meu exame pelo templo de Osiris. [....] Esse templo foi construído e dedicado a Osiris, o Sesostris dos Gregos (1.400 a. J.C.); é contemporâneo do obelisco da Praça da Concórdia, de Paris. Foi nesse templo que encontraram a mesa chamada de Abydos, que está no British Museum. — Fui ao templo de Seti, pai de Ramsés II, chamado Memnonnien, de Memnon — monumento, em egípcio — por Estrabão. É um dos mais belos monumentos que tenho visto. [...] Li os Evangelhos. É minha ocupação nos domingos desta viagem. Fixará minhas ideias sobre a minha excursão na Terra Santa. [...] Na parede exterior do Oeste do templo de Osiris, perto de dois ângulos, veem-se as imagens de Cleópatra e de seu filho. A Rainha tem uma fisionomia bem sensual. Infelizmente estragaram as figuras, assim que elas parecem picadas pela varíola. A Denderah, como a Abydos, não faltam os traços de um incrível vandalismo, e o Quediva podia bem gastar um pouco do dinheiro que ele emprega em palácios na conservação desses monumentos tão interessantes para o conhecimento da Alta Antiguidade.

18 — [...] Chegados às 11 1/2 a Luqsor. Fui ver logo os templos Amenofis III da 18ª dinastia (1.500 a. j. c.). Construíram o santuário e o corpo principal. A alta coluna que domina o rio é do reinado de Horus (1.480 a. J.C.) e Ramsés II fez os dois obeliscos, o da esquerda companheiro do que se acha na Praça da Concórdia. Fui a Kamat. *Kamat é a mais maravilhosa das ruínas que se possa ver,* disse Mariette. Não há exagero nisso. É impossível fazer-se uma descrição compreensível dessa Babilônia em ruínas. Basta dizer-se que o grande templo, desde o pórtico exterior até o extremo do edifício, tem 365 metros. O total cerca de 950 metros. A sala das colunas, construída sob o reinado de Seti I, pai de Ramsés, é a mais vasta de todos os monumentos do Egito. Tem 102 metros de largura e 53 de extensão, com 134 colunas de grandes proporções suportando o telhado, que tem 23 metros de altura na parte central. Doze dessas colunas formam uma avenida central, iguais em grossura àquela da Praça Vendôme. Todas essas colunas são do estilo egípcio.

Deixando o grande templo, admirei sobre o primeiro pilone[376d] o magnífico pôr de sol [...] Do alto desse pilone, adorei Deus, criador de tudo o que é belo, voltando o espírito para as minhas duas pátrias, o Brasil e a França; esta pátria da minha inteligência, e a outra a pátria do meu coração e do meu nascimento. — Faltam-me muitos livros para coordenar minhas lembranças. Se não me apresso, outras mais recentes ameaçarão confundir as anteriores.

22 — Largamos às 12 1/4. Tocarei em El-Kal para visitar os túmulos, dos quais um é de Ankmés, que foi objeto de uma memória do Sr. de Rougé, que me enviou, com outras, por ocasião da Exposição Universal de Paris, quando lhe pedi esses trabalhos. Foi um dos primeiros que estudei quando comecei a ocupar-me um pouco de Egiptologia. Conheci o Sr. de Rougé em 1872, e foi talvez a meu pedido que ele inaugurou, nesse ano, seu curso no Colégio de França, quando já estava bem doente. Faleceu pouco depois da minha volta para o Brasil.

XXV

Em janeiro de 1877 o Imperador já estava de volta à Itália. As cidades greco-romanas da Sicília, depois Nápoles, Roma, Florença, Sena, Veneza, davam-lhe emoções sobre emoções, surpresas sobre surpresas, com essa variedade de luzes e de cenários que encontramos sempre na Itália, onde um canto de rua, uma ruína, uma árvore manchando a linha do horizonte, por muito vistos que sejam, nos dão sempre as mais agradáveis emoções. "Minhas impressões sucedem-se em tão grande número — escrevia Dom Pedro II a Gobineau, de Veneza — que me é realmente impossível resumi-las numa só palavra."

Roma. "Tudo vai bem, mandava dizer à Condessa de Barral[376e]; tenho visto muito de Roma. Ontem à noite houve um interessante sarau em casa de Mme Ristori." Era a célebre trágica italiana, agora residindo na Cidade Eterna, e que Dom Pedro II havia conhecido no Rio de Janeiro quando da sua primeira *tournée* ao Brasil, em 1869, e se tornara de grande simpatia por ela, renovada por ocasião da volta da artista ao Rio, em 1874, quando ele a convidara para recitar no Paço de São Cristóvão e a distinguira com um valioso presente. Ela não esqueceria mais tão honrosas homenagens, e anos depois diria em suas *Memórias:*

> Que alma gentil, que Espírito essencialmente culto encontrei no Imperador! Ele me honrou com a amizade, da qual me sinto orgulhosa, e nem o tempo, nem a distância puderam desfazê-la na minha alma. Recebida na corte com o meu marido e meus filhos, não poderei descrever quanta bondade e afabilidade encontrei naquela angélica família! Quantas ocasiões tive para admirar o profundo saber de Sua Majestade! [376].

Num outro dia, o Imperador se deslocava ao Vaticano, para visitar o Santo Padre, que era o mesmo Pio IX que ele havia conhecido em 1871. Achou o Papa com um ar bem disposto (tinha 85 anos de idade, e morreria dentro de um ano). Se Pio IX o recebeu dessa vez com *vivos sinais de prazer e com todas as atenções,* no dizer do Visconde de Araguaia, nosso Ministro da Santa Sé, a verdade é que, dificilmente, poderia ter esquecido os dissabores que tivera com o Brasil havia apenas dois anos, em consequência do regalismo do Imperador e da intransigência de seus Ministros, processando e encarcerando os dois Bispos do Norte. "A minha visita ao Papa — dizia ele à Barral na citada carta — nada teve de interessante. Ele puxou conversa, mas eu já tinha lhe dito o bastante da outra vez para ele não se enganar a respeito do meu modo de pensar. Mudou pouco, fisicamente, desde 1871."

Meu modo de pensar: certamente o Imperador queria referir-se à debatida *questão romana,* quer dizer, ao divórcio que existia entre o Papado e o Estado italiano desde a conquista de Roma pelas tropas de Victor Emanuel II, e sobre o qual Dom Pedro II se externara francamente com Pio IX por ocasião de sua estada anterior em Roma, quando não encontrou aliás, da parte do Pontífice reinante a menor acolhida para o seu desejo de se fazer um acordo amigável entre o Papa e o Rei da Itália.

Sobre essa visita de Dom Pedro II a Pio IX (em fevereiro de 1877), há umas interessantes reminiscências do Conde Soderini, naquela ocasião guarda nobre do Papa, que foram anos depois reproduzidas na *Revista do Brasil.* Podem elas não ser rigorosamente fiéis em certos detalhes ou datas, o que se explica pela idade avançada do Conde e o longo tempo decorrido desde quando os fatos se passaram. Mas, descontadas essas inexatidões, vale a pena reproduzí-las, ainda que seja apenas a título de curiosidade. Dizia o Conde Soderini:

> Estávamos no último quartel do ano de 1877 [*aliás no começo desse ano, em fevereiro*]. Foi pela manhã, e eu era então guarda nobre de Pio IX, e me achava de serviço no Vaticano. Lembro-me como se fosse hoje — era uma manhã friíssima e ainda cedo, talvez sete horas da manhã. O dia não tinha clareado de todo, tanto que a escadaria do Vaticano ainda estava iluminada pela luz

dos lampiões. Estava de inspecção no apartamento do Papa. Sua Santidade Pio IX levantava-se cedíssimo, e, às 7 e meia celebrava a missa. A capela de S.S. era, como ainda é hoje, vizinha à sala do trono. Eu, no meu dever de guarda, antes que o Papa passasse, inspeccionava aquela sala. la no cumprimento dessa obrigação quando, com grande surpresa, na sala do trono, vi um senhor desconhecido, com uma bela barba branca, que passeava gravemente de um para outro lado. Parei maravilhado ante aquele vulto estranho ali, em uma hora tão matinal. Um camareiro secreto do Papa aproximou-se e disse:

"Aquele senhor está aqui há quase uma hora, mas nenhum de nós sabe quem ele é."

"E quem o fez entrar?" — perguntei.

Precisamente nesse instante abriu-se uma porta e um dos secretários do Papa advertiu-me rapidamente a não perturbar aquela personagem, *que devia continuar desconhecido.*

Todo esse mistério fez aumentar a minha curiosidade. Quem podia ser aquele homem? Olhava-o com admiração. E ele continuava sempre no seu passeio, indo e vindo, com muita gravidade. Não me lembro de ter visto nunca uma figura assim tão solene, tão nobre. Parecia a encarnação de uma figura daqueles grandes quadros de Ticiano ou de Veronese, em que vêm retratados os maiores personagens da história do mundo.

O Papa celebrava a missa, e o desconhecido foi introduzido, com grandes reservas, na capela onde nenhum estranho jamais pusera os pés. Entrou e ouviu devotamente a missa. Depois Pio IX retirou-se, e o personagem desconhecido seguiu-o até seus apartamentos privados, onde ambos ficaram em palestra por mais de três horas.

Quando o desconhecido saiu da câmara particular de Pio IX, eu montava guarda à sua porta. Então ele parou e me disse, amavelmente:

"Sua Santidade falou-me do senhor; eu sou o Imperador do Brasil. Venha ao Hotel Bristol beijar a mão da Imperatriz e almoçar conosco."

Depois, voltando-se rapidamente, desapareceu pela grande sala do Vaticano .

Daqui por diante Soderini embaralha um pouco os fatos e inventa outros. Diz ter ouvido, "da viva voz do Imperador do Brasil e de S.S. Pio IX, a explicação da natureza daquela misteriosa visita de Dom Pedro ao Vaticano" — o que se pode pôr em dúvida, pelo menos com relação ao Imperador, que, sendo um homem discreto e extremamente reservado, não iria relatar a um simples guarda nobre que acabara de conhecer naquela ocasião, a conversa em todos os sentidos reservada que tivera com o Santo Padre. Acrescenta Soderini que "o Imperador do Brasil era amado em todo o mundo, e que era, naquele tempo, juntamente com o Papa, a maior autoridade moral entre os homens de todos os países" — o que estava certo; que tinha "relações íntimas, até de parentesco, com Victor Emanuel II, por isso que a Imperatriz do Brasil era sobrinha do primeiro Rei da Itália" (não eram sequer parentes); que Pio IX admirava e amava profundamente Dom Pedro II — o que talvez não fosse absolutamente certo, depois, pelo menos, dos dissabores que o Imperador dera ao Papa com a severidade de sua atitude para com os dois bispos do Recife e do Pará, na chamada Questão dos Bispos, e que, concebendo Dom Pedro II a "grande ideia de promover a conciliação entre o Papado e o novo Rei da Itália, mas não querendo perder tempo, fixou-se, incógnito, em Roma, começando o seu dificílimo trabalho diplomático num encontro com o Papa e o Rei da Itália."

Aqui, Soderini se enganava: não foi em 1877 que Dom Pedro II tentou junto de Pio IX a conciliação entre este e o Rei Victor Emanuel II, mas em 1871, isto é, quando do seu primeiro encontro com esse Pontífice, conforme vimos no capítulo "Pela primeira vez na Europa", deste volume, não se mostrando este, entretanto, nada inclinado a entrar em acordo com o Soberano italiano. Enganou-se também Soderini ao dizer que Dom Pedro II esteve *incógnito* em Roma em 1877: ao contrário, sua presença nessa cidade e nesse ano era sabida por todos, inclusive, naturalmente, pelas muitas pessoas que recebeu em seu hotel, e outras tantas que tiveram a sua visita. Finalmente, não consta que em 1877 ele tentasse novamente conciliar Pio IX com Victor Emanuel II. Na citada carta à Condessa de Barral Dom Pedro II diz apenas, como vimos, que, embora o Papa tivesse "puxado conversa" na entrevista que tivera com ele, o Pontífice já sabia (desde o seu encontro em 1871, é claro), *o seu modo de pensar* sobre a *Questão Romana,* dando, assim, a entender que não valia a pena voltar ao asssunto nessa segunda entrevista com o Papa.

Soderini conclui suas reminiscências:

Dom Pedro tinha confiança em realizar esse acordo e em concluir, assim, um dos maiores fatos históricos dos tempos modernos. Surgiram, entretanto, dificuldades de caráter nacional e internacional que ele, sem se sentir cansado, afrontava e superava. Aconteceu, porém, que o papa Pio IX, já adoentado naquele tempo, piorou e morreu. Poucos meses depois morria também Victor Emanuel, e toda a obra de conciliação, iniciada com tanta sabedoria pelo grande Imperador do Brasil, ficou então interrompida.

A verdade, porém, é que a chamada *Questão Romana* não chegou sequer a ter um começo de conclusão, não passando da sondagem que Dom Pedro II fez, em 1871, junto a Pio IX, mas que não foi por diante em face da intransigência do Sumo Pontífice. Assim que somente sessenta anos depois ela seria liquidada com os tratados de Latrão, mas já sob o pontificado de Pio XI e por iniciativa de Mussolini, Chefe do Governo italiano.

XXVI

As melhores horas romanas passou-as o Imperador na Villa d'Este, em Tívoli, naquele encantador cenário de verduras e águas cantantes, cercado pelas suaves montanhas da Sabina. Ali, privou com aquele grande purpurado que era o Cardeal de Hohenlohe, fiel e dedicado amigo de Pio IX, sobretudo nos dias difíceis em que este Pontífice lutava contra a investida dos garibaldinos; foi dos poucos que o seguiram em sua retirada de Roma e o acompanharam a Gaeta. Agora, passada a grande tormenta, o Cardeal de Hohenlohe desfrutava uma paz merecedora nas alamedas verdejantes da Villa d'Este.

Amigo de Wagner, de Liszt, de Gregorovius, de Gastão Boissier, de Mommsen, ele vivia cercado de artistas, de Históriadores, de poetas e homens de ciência. Prelado erudito, fazia lembrar a figura desse outro grande cardeal, Alessandro Farnese, depois Papa sob o nome de Paulo III, que também gostava de rodear-se nas salas do seu belo *palazzo* romano (sede, hoje, da Embaixada francesa junto ao Governo italiano), do que havia de mais brilhante entre os homens de espírito da sua época, esse século de estudiosos que foi o Século XVI.

Gobineau, que fora o introdutor de Dom Pedro II no cenário da Villa d'Este e desfrutava a estima do Cardeal Hohenlohe, não deixava de fazer-se lembrado sempre que se encontrava nos domínios do grande prelado. "Isto aqui, escrevia ele ao Imperador em abril de 1877, é seguramente um dos lugares mais admiráveis do mundo, pela beleza da natureza que nos cerca e a magnificência dum horizonte que engrandece a cúpula de São Pedro, e por todas as lembranças históricas, desde o tempo do Imperador Adriano. As pinturas do quarto onde me encontro são do mais puro século XVI, e foram executadas por ordem do Cardeal de Ferrara, filho de *Madama Lucrezia"*[377].

Respondia-lhe o Imperador em dezembro do mesmo ano: "Minha lembrança da Villa d'Este está bem viva, e peço dizer ao Cardeal de Hohenlohe que eu o queria ver Papa para a felicidade do mundo católico." E noutra carta, de agosto de 1878: "Lembre-me ao excelente Cardeal e à sua sociedade, tão bem escolhida"[378]. Pouco tempo depois, era a vez de Gobineau voltar a escrever-lhe sobre Hohenlohe: "Acabo de chegar de Tívoli, onde passei algumas horas com o Cardeal de Hohenlohe e Liszt. Este último é sempre admirável. Está fazendo neste momento, música de câmera e arranja, ao mesmo tempo, para piano, os quartetos de Beethoven. O Cardeal é sempre bom e amável como Vossa Majestade sabe"[379]. Em agosto de 1879, escrevendo do Rio à Condessa de Barral, que se encontrava em Roma, Dom Pedro II mandava dizer-lhe que la escrever a alguns de seus amigos ali; "um deles, dizia, é o Cardeal de Hohenlohe, em cuja linda casa, fora de Roma, estive eu. Reúne conhecidos meus, alguns dos quais não são *papalinos"* — quer dizer, não eram afeiçoados ao novo Papa, Leão XIII, que o Imperador conhecera como Arcebispo da Perugia.

A visita de Dom Pedro II à Villa d'Este deixaria um traço inesquecível no espírito do Cardeal de Hohenlohe. Em 1886[379a], ele escreveria ao Monarca: "O Oceano nos separa, mas estou sempre em espírito perto do grande Imperador, que admiro como um farol de ciência e de bom senso (*sagesse*) no Novo Mundo"[380].

Depois de avistar-se com o escultor Prosper Epinay, autor da *Cintura dourada* (e que iria depois se fixar na Inglaterra), e de estar com Pietro Cossa, "dramaturgo de muito talento", como diria Dom Pedro II em carta ao Barão de Taunay, autor de *Messalina* e de *Cleópatra,* dirigiu-se para Florença, onde fez empenho de ir ver Pedro Américo no seu *atelier,* onde se aperfeiçoava na arte da pintura graças à munificência imperial. Nessa ocasião, Pedro Américo estava terminando a grande tela da *Batalha do Avaí,* que iria depois ser exposta no Rio de Janeiro. Contava-se que, quando o Imperador foi vê-lo na companhia do Duque de Caxias (que é, como se sabe, a figura proeminente na tela), virou-se para este e perguntou que tal achava o quadro.

"Desejava saber — respondeu-lhe o Duque, à meia voz, para não melindrar Pedro Américo ali presente — onde o pintor me viu de farda desabotoada. Nem no meu quarto."

No quadro, com efeito, Caxias tem a túnica presa unicamente pelo primeiro botão.

Em Milão, o Imperador iria avistar-se com Carlos Gomes, outro artista que desfrutava da generosidade de Sua Majestade[381]. Da Itália, seguiu para Viena, onde depois de se reunir à Imperatriz e demais pessoas da comitiva imperial, partiram todos juntos para Berlim. De Berlim, o Imperador escrevia ao fiel Gobineau, que o aguardava ansioso em Paris:

Obrigado por sua boa carta. Cheguei ontem, e somente hoje começarei realmente os meus passeios. A Princesa Imperial[382] já me falou de você da maneira que esperava, e prometi-lhe as suas *Novelas Asiáticas*. Envie-me um exemplar. Chegarei a Paris a 19, o mais tardar. Adeus. Até breve[383].

Dois longos e proveitosos meses em Paris. Paris, para o Imperador, eram as Academias, os Museus, as Bibliotecas, as salas de conferências, os teatros, os homens de letras e de ciência. "Em Paris — dirá mais tarde Arsène Houssaye — o Imperador visitava três ou quatro monumentos por dia, e recebia tres ou quatro homens de elite. Despia-se com a maior simplicidade do manto imperial, e esse homem, que governa o Império mais vasto do globo depois da Rússia e da China, tornava-se um simples viajante,espirituoso e erudito. O que surpreendia um pouco os que tinham a fortuna de conversar com ele, é que conhecia todos os Franceses de destaque, como se tivesse vivido entre nós. Tinha a gentileza de lembrar-lhes obras, livros, discursos que eles próprios haviam mais ou menos esquecido. E falava a língua francesa do melhor tempo, como um verdadeiro diletante"[384].

Gobineau, naturalmente, não o deixava. Nada se fazia mesmo sem esse excelente Gobineau. Quase diariamente eram bilhetes como este:

Gobineau — Estive ontem em sua casa, mas você só devia voltar de Trye à noite. Quer encontrar-se daqui a pouco comigo, no espetáculo do Vaudeville, que começa à uma e meia? Ocupo os camarotes de *avant-scène*, primeira classe, números 20 e 22.

Ou como este outro:

"Gobineau — Você dirá que eu escrevo algumas vezes, por assim dizer, num minuto. Depois de sua partida, verifiquei que podia ir à sua casa amanhã, à uma e meia, e de la à casa dos Majolins. Peço preveni-los da minha visita. Adeus"[385].

Gobineau não se limitava a pilotá-lo pelos museus e galerias oficiais; também o acompanhava às coleções particulares. Conhecendo, afinal, todo o mundo, ele era, assim, o melhor dos introdutores. Levava-o um dia a visitar a galeria de quadros do filho de Horace Vernet, seu colega na diplomacia, tida por uma das mais apreciadas de Paris, não só pelas telas dos três Vernets, que ali se encontravam (as chamadas pinturas da família — Vernet, Moreau le Jeune e Paul Delaroche), como pelos trabalhos de Reynolds, de Boucher, de muitos outros. O neto do grande pintor, criança, então, de seus dez anos, não esquecerá essa visita do Imperador, que se tornará, assim, histórica, no solar daquela família de artistas. "Lembro-me ainda — dirá ele mais de meio século depois — de ter visto em nosso salão da Rua du Bac, 110, a silhueta elevada e majestosa de um homem com uma longa barba e de cerca de cinquenta anos de idade, a quem meus pais chamavam *Sire,* enquanto meu irmão mais moço lhe dizia, sem preocupações de protocolo: *Bonjour Monsieur*! "[386].

Num outro dia, era para a casa de Gaston Planté que o Imperador se dirigia. O grande físico, primeiro construtor do acumulador, residia então na velha Place des Vosges, a antiga *Place Royale,* do tempo de Luís XIII. "Se tivesses chegado cinco minutos antes, terias encontrado o Imperador Dom Pedro do Brasil" — dizia Plante ao seu jovem sobrinho Léon-Dufour, que não esqueceria a emoção que lhe dera então esse quase encontro com um verdadeiro Imperador[387].

De outra vez, la procurar Camille Flamarion, e surpreendia a todos pela Famíliaridade com que se servia dos instrumentos do observatório astronômico do sábio, sobretudo da grande equatorial, o que até certo ponto se podia explicar pelo manejo, que aprendera, desses instrumentos, no modesto observatório que entretinha no Paço de São Cristóvão.

Procurou avistar-se com Alphonse Karr. Uma simples gripe não consentira que o romancista atendesse o convite do Imperador para encontrá-lo na estação de Cannes, em fevereiro de 72. Dom Pedro II não foi melhor sucedido desta vez. Alphonse Karr explicou-lhe o motivo:

Je suis de nouveau très désolé et Votre Majesté seule peut me consoler. Il est vrai qu'il lui suffira, pour faire évanouir mon chagrin, de le toucher du bout du doigt, comme faisaient nos vieux rois de France qui touchaient — et, dit-on, guérissaient certaines maladies de leurs sujets — ce qui devait être plus répugnant.

Voici le fait:

Il se trouve, fatalement pour moi, que ce dimanche est le seul jour de la semaine, le seul jour du mois, le seul de l'année, le seul peut-être de ma vie entière où je ne sois pas libre d'en profiter.

Notre Roi Henry IV fut un jour surpris par un Ambassadeur d'Espagne faisant le tour de sa chambre à quatre pattes, et portant son fils à cheval sur son dos.

"Monsieur l'Ambassadeur, dit-il sans se relever, avez-vous des enfants?"

"Sire, j'en ai bien."

"Alors je peux continuer et terminer le tour de la chambre."

J'ai un petit fils de treize ans; nous avons dû tout récemment lui faire quitter la maison et la vie libre et presque sauvage des grèves et de la mer, pour la vie renfermée et studieuse du collège. Or, précisément dimanche prochain il a congé et viendra passer douze heures à la maison, au milieu de la famille, et il aurait du chagrin de n'y pas trouver son grand père.

C'est pourquoi je viens, moi, prier instamment Votre Majesté de m'accorder un autre jour pour que je puisse "terminer le tour de la chambre", sans avoir fait un trop grand sacrifice. [388]

XXVII

Durante essa estada em Paris, o Imperador foi visto frequentemente na Academia Francesa e na Academia das Ciências. Apareceu na Academia Francesa acompanhado por Gobineau. Alexandre Dumas Filho, que era então o Presidente, desceu para recebê-lo à entrada. O Imperador apertou a mão a cada um dos confrades presentes, tomando depois assento entre eles, *como um simples imortal,* diz espirituosamente Dumas Filho, que acrescenta:

O Conde de Houssonville lia precisamente nesse dia uma parte da interessante notícia sobre o pai, que o Imperador aplaudiu várias vezes, como todos nós. Terminada a sessão ele partiu a pé, fazendo-se seguir por seu carro, muito simples, conversando com alguns de nós. Voltou daí a dois dias, pedindo dessa vez que não se preocupassem com ele, que o recebessem como se fosse realmente um dos quarenta. Tomou parte nos trabalhos correntes do dicionário histórico, e ao deixar-nos disse-nos até logo [389].

O Imperador fazia parte da Academia das Ciências desde 1875, quando fora admitido como membro correspondente — "escolha (disse ele então em carta de agradecimento à Academia) que não pode, em verdade, se explicar senão pelo desejo, tão caro a todo coração brasileiro, de testemunhar em minha pessoa a estima da Academia pelos sábios do meu país que ela não está em situação de conhecer"[390].

O título de membro da Academia das Ciências foi uma distinção que sempre o envaideceu. Era uma vaidade um pouco ingênua, pois essa honraria visara mais o Soberano do que propriamente o homem erudito. Certa vez, ele dizia ufanar-se mais do título de membro do Instituto de França do que do de Imperador; a que sua filha, a Princesa Isabel, observou, não sem malícia, que ele era membro do Instituto de França devido, sobretudo, ao fato de ser Imperador[391].

Sem dúvida, ela tinha razão. Mas sua admissão entre os maiores homens de ciência da França não deixava de ser, apesar disso, para ele como para qualquer outro Chefe de Estado, uma honra das mais elevadas. Honra, aliás, raramente concedida a Soberanos. Que outros, além dele, a mereceram? Pedro, o Grande, da Rússia, e Napoleão I. Este, aliás, tinha entrado para a Academia ao tempo em que era ainda o General Bonaparte, sucedendo a Carnot. Foi ao tempo de sua volta da guerra da Itália. Seu sobrinho, Napoleão III, bem que aspirou igual honra. Para facilitar-lhe ou justificar-lhe a admissão na Academia, pensou-se até na criação ali de uma seção de arte militar. O segundo Imperador dos Franceses tinha, como se sabe, estudos sobre artilharia. A Academia, porém, num gesto de independência que muito a honrava recusou o alvitre. E Napoleão III nunca lhe transpôs as portas.

Acusaram Dom Pedro II de ter solicitado ou insinuado a honra de ser membro da Academia, o que era tanto menos verdade quanto semelhante gesto iria de encontro a todos os seus preconceitos, a todos os seus sentimentos a este respeito. Ele, de resto, contestou formalmente a intriga:

"Nunca supus que me escolhessem membro da Academia das Ciências de Paris. Nunca me falaram antes em tal, e quando recebi a notícia, não acreditei nela. Isto foi um ano depois de minha primeira visita à Europa"[392]. Seria então em 1873. Mas é engano do Imperador. Ele foi primeiramente eleito "membro correspondente", na sessão de 24 de fevereiro de 1875, por indicação do Almirante Francisco Edmundo Pâris, na vaga do Almirante Wrangel. Dois anos depois, ou seja, em 25 de junho de 1877, passaria a membro associado estrangeiro, em substituição a Ehremberg, indicação aprovada por decreto de 30 do mesmo mês e ano, do Ministro da Instrução Pública de França[392a]. Quando Berthelot fez-lhe saber que era intenção da Academia elegê-lo associado estrangeiro, o que valia por uma promoção, o Imperador respondeu que já se tinha admirado da eleição de correspondente; que "não tinha sido consultado daquela vez, nem queria ter a menor parte nessa segunda demonstração de estima, que aliás só poderia considerar como dada ao Brasil, onde aliás achariam realmente sábios"[393].

A Academia contou-o sempre como um dos membros mais ativos. Toda vez que se lhe oferecia uma oportunidade, ele não deixava de desobrigar-se do dever de sócio, mandando-lhe suas comunicações científicas[394].

Sua figura ali, nos últimos anos, acabou por tornar-se mesmo quase popular — aquele respeitável ancião, alto, burguesmente trajado, de longas barbas brancas, que entrava e la sentar-se discretamente, procurando passar desapercebido, numa das poltronas de sócio. Vexava-lhe aceitar o lugar de honra, que a diretoria da Academia se empenhava em dar-lhe. Preferia sentar-se ao lado de um dos confrades, geralmente daqueles mais chegados à sua simpatia, como Lesseps, Frank, Berthelot, Daubrée, Pasteur ou Henri Martin. "Essa honra — confessará um destes — não era uma sinecura, porque eu devia dizer-lhe os nomes de todos os meus confrades, e citar-lhe os títulos de suas obras. A sessão já de há muito estava levantada e a minha tarefa não havia terminado"[395].

XXVIII

O Imperador ansiava pelo desejo de encontrar-se com Victor Hugo, o velho glorioso, que depois da queda do Segundo Império representava em França a própria encarnação da Pátria e da liberdade. Victor Hugo era então Senador, um dos quatro representantes de Paris na Assembleia de Versalhes. Depois das desilusões do exílio, colhia agora as desilusões da política, muita vez, mais penosas e de mais difícil absorção. Sua natureza altiva e indisciplinada, de eterno revoltado, dificilmente podia adaptar-se ao partidarismo político a que o queriam submeter. Deixavam-no no segundo plano, quando ele aspirava representar o primeiro papel no cenário político da nova França, o papel de verdadeiro guia de seus destinos. E quanto mais altas eram as suas aspirações, mais fundas as desilusões. Como Veuillot, Victor Hugo via agora de perto "a baixa cozinha política, a fatuidade e a vaidade dos que estavam de cima, o egoísmo e a hipocrisia dos que formavam o país legal." Somente Veuillot tivera consciência disso aos 24 anos, a tempo, portanto, de poder recomeçar uma outra carreira, sadia e sem baixas competições, enquanto Victor Hugo só se dava conta da sordidez dos políticos aos 75 anos, no ocaso da vida. No fundo somos todos assim.

Ele morava então à Rua de Clichy, com os seus dois netinhos, Georges e Jeanne, que o poeta acabara de imortalizar na *Art d'être grand-père*. Discretamente, silenciosamente, com o mesmo amor e a mesma dedicação de sempre, fazia-lhe companhia na velhice aquela que lhe encantara os dias da mocidade, a boa Madame Drouet. Com a face enrugada e a cabeleira toda branca, as mãos trêmulas e o olhar apagado, ninguém diria que era a mesma bela Juliette dos tempos áureos do Romantismo, dos dias gloriosos da *Lucrécia Bórgia* e *Maria Tudor*, quando ela arrebatava as plateias do teatro da Porte Saint-Martin.

O Imperador mandou indagar se podia contar com a visita do poeta. Este respondeu que não la à casa de ninguém. *Não visito Imperadores!* — foi a frase que lhe atribuíram, o que seria, além de uma grosseria, uma pura inverdade. "Não visito ninguém" *(Je ne vais chez personne)* — foi de fato a sua frase. Combinou-se então um encontro em casa do poeta. Gustave Rivet, um dos jovens literatos que tinham entrada franca em casa de Victor Hugo, deixou-nos a narração da entrevista entre o Imperador e o poeta.

"Na terça feira, 29 de maio, às 9 horas da manhã, o Imperador do Brasil chegava à casa de Victor Hugo. Ao cumprimentar o poeta, ele disse esta frase, que a História deveria guardar:

"Monsieur Victor Hugo, rassurez-moi, je suis un peu timide"[396].

Victor Hugo fê-lo entrar para a sala, sentando-o a seu lado.

"Un fauteuil partagé avec Victor Hugo, disse o Imperador, *c'est la première fois que ça me fait l'effet d'un trône. "*

Depois, esses dois homens, a força e a grandeza, o poder e o gênio, puseram-se a conversar. Dom Pedro II mostrou-se tal qual era, um amigo da França, da luz e do progresso; referindo-se aos outros Soberanos, disse a Victor Hugo:

"Il ne faut pas trop en vouloir à mes collègues; ils sont tellement entourés, circonvenus, trompés, qu'ils né peuvent pas avoir nos idées. "

E Victor Hugo respondeu-lhe:

"Vous êtes unique. . . "

Victor Hugo acaba de publicar *L'art d'être grand-père.* Depois de exprimir sua admiração ao poeta, e de repetir-lhe os versos dessa obra deliciosa, Dom Pedro II pediu— lhe o favor de ser apresentado à Mademoiselle Jeanne. Victor Hugo mandou chamar os netos.

"Jeanne, disse o poeta, *je te présent l'empereur du Brésil.*

"Voulez-vous m'embrasser, Mademoiselle?" — disse Dom Pedro II.

E como Jeanne lhe apresentasse o rosto:

"Embrassez-moi donc", acrescentou.

Mlle. Jeanne deu-lhe então um abraço com tanta força, que Victor Hugo observou, rindo-se:

Est-ce que tu voudrais te donner le luxe d'étrangler um empereur?"

"Sire, disse o poeta em seguida, *j'ai l'honneur de présenter mon petit-fils Georges à Votre Majesté. "*

E o Imperador, então, voltando-se para Georges, e alisando-lhe os belos cabelos negros: *"Mon enfant, il n'y a ici qu'une majesté,* (mostrando Victor Hugo) — *la voici. "* Victor Hugo ofereceu ao Imperador *L'art d'être grand-père.*

"Qu'allez-vous écrire sur la première page?" — perguntou Dom Pedro II *"Votre nom et le mien. "*

"J'allais vous le demander..."

E Victor Hugo escreveu: *"A Dom Pedro de Alcantara, Victor Hugo. "*

A conversa continuou.

"Vous me préoccupez beaucoup, disse o Imperador ao poeta. *A chaque instant je me demande: que fait Victor Hugo à cette heure-ci? Je voudrais bien avoir une idée de l'emploi de votre journée."*

O poeta contou-lhe então sua vida, seu despertar cedo e seu trabalho de todos os dias.

"Après de léjeuner, vers une heure de l'après-midi, je sors, acrescentou sorrindo o poeta, *et je fais une chose que vous ne pourriez pas faire: je monte sur les omnibus!* "

"Pourquoi pas, replicou o Imperador, *cela me conviendrait parfaitement — l'impériale*[397]*."*

Vê-se por estes pequenos trechos da conversa, que Dom Pedro II não é somente um homem inteligente, mas um homem de espírito. Ele não representa certamente a ideia que estamos acostumados a fazer de um Soberano, vaidoso de seu nascimento, convencido de seu poder e desdenhoso dos humildes mortais.

O poeta perguntou ao Imperador se ele não ficava inquieto deixando seu Império por tanto tempo.

"Non, respondeu o Imperador, *les affaires se font très bien en mon absence; il y a là-bas tant de gens qui valent autant et plus que moi. "*

E ajuntou:

"Je ne perds pas mon temps ici. Je règne sur un peuple jeune, et c'est à l'éclairer, à l'améliorer, à le faire marcher en avant, que je fais servir mes droits.. . "

Retificando, depois:

"Pardon, je n'ai pas de droits; je veux dire le pouvoir que je tiens des hasards de la fortune et de la naissance. "

A estas palavras disse Victor Hugo:

"Sire, vous êtes un grand citoyen; vous êtes le petit-fils de Marc-Aurèle. "

Era meio dia quando o Imperador e o poeta se separaram; e alguns dias depois o neto de Marco Aurélio vinha de novo, como um simples cidadão, sentar-se à mesa do poeta"[398].

XXIX

Como acontece geralmente, os pedidos, as súplicas, vindas de toda a parte, em exposições, em memoriais, mais ou menos longos, em toda a sorte de documentos, não o deixavam um momento sossegado. O Imperador, é evidente, não tinha tempo para ler toda essa papelada; também não a queria desprezar sem tomar antes conhecimento dela, ao menos dos papéis mais importantes. Fez-se, então, de cada documento um pequeno resumo, com a sugestão da resposta a dar, se fosse o caso, para que ele decidisse afinal.

Eram cartas, requerimentos, memórias sobre os mais variados e surpreendentes assuntos: pedidos de dinheiro, antes de tudo, pedidos de empregos, ofertas de livros, de muitos livros e de toda a sorte de objetos, até de animais. Um tal participava ao Imperador uma descoberta científica, e pedia-lhe, naturalmente, o *apoio;* um outro solicitava-lhe cartas de recomendação para as autoridades dos países que ele atravessava; aventureiros pediam-lhe passagens para irem ao Brasil;hoteleiros ofereciam-lhe cômodos em suas casas; uma moça, de família pobre, noiva, queria casar-se e recorria para isso ao Imperador, solicitando-lhe um dote; uma outra, confessando-se seduzida e abandonada pelo amante, pedia-lhe recursos para "compensar o mal"; poetas ofereciam-lhe poesias, louvando o Monarca em versos que não primavam nem pela forma nem pelo fundo...

Nem todos esses correspondentes tinham noção exata sobre quem fosse esse Imperador, ao qual, no entanto, recorriam,porque era um Imperador. Alguns mal lhe conheciam, ou lhe desconheciam inteiramente o nome. Havia endereços realmente pitorescos. Um

664

Francês, escrevendo a Dom Pedro II, chamava-o *Sua Majestade o Senhor conde d'Eu, Imperador do Brasil.* Um americano do norte encabeçava sua carta com estas palavras: *Dr. Alcantara Pedro II.* Porém o mais pitoresco era sem dúvida esse outro Americano, que escrevia: *His Excellency Dom Pedro* — Emperor[399].

XXX

Em Junho de 1877 o Imperador se encontrava em Londres. Inaugurava-se ali a Exposição de Caxton, em honra de William Caxton, o introdutor da imprensa na Inglaterra. Gladstone, Primeiro Ministro, presidia a cerimônia. Ao seu lado, estava Dom Pedro II. Mas este pouco se demorou e se retirou antes de iniciados os discursos. Fazendo o brinde costumeiro à Rainha Victoria, Gladstone pediu permissão para atendê-lo ao Imperador do Brasil, dizendo:

É um homem (e tendo ele se ausentado, posso falar com mais liberdade), que é um exemplo para todos os Soberanos do mundo, pelo zelo que põe no fiel e cuidadoso cumprimento dos seus pesados encargos. É um homem de uma notável distinção, que possui as mais raras qualidades, entre as quais uma perseverança e uma força de trabalho hercúleas. Começa a jornada às vezes às 4 horas da manhã, para só terminá-la muito tarde da noite. É o que se pode chamar um grande e bom Soberano, um homem que, por sua conduta, pode tornar o alto posto que ocupa um modelo e uma felicidade para os seus [400].

Eça de Queirós escrevia de Londres, em 4 de julho de 1877, para o jornal *Atualidade,* de Lisboa, onde então colaborava:

O Imperador do Brasil continua a ser *favorito*, como aqui se diz, da sociedade de Londres. A sua atividade sobretudo é admirada: a pé, desde as seis horas da manhã, não há instituição, museu, galeria, biblioteca, palácio, hospital, curiosidade, homem ilustre, que não visite, que não estude. Em todas as agremiações de que é feito membro, tem sempre uma palavra interessante a dizer, uma comunicação curiosa a fazer. Com tudo isso, uma simplificação quase plebeia. A sua comitiva, porém, que ele traz nesta *roda viva* há um ano, começa a pender a cabeça, de fadiga e de estonteamento. No dia em que Suas Majestades tornavam o trem de Paris para Londres, alguém da comitiva la esquecendo na plataforma da estação uma pequena mala, contendo joias no valor de 120.000 libras! Felizmente, segundos antes da partida do trem, a Imperatriz deu pela falta, e as joias continuam a adornar as *toilettes* de Sua Majestade [400a].

Convidado para um concerto na corte inglesa, o Imperador lá apareceu de casaca e gravata preta, como usava todos os dias com um desconcertante desprezo pelas regras do cerimônial, o que escandalizou Paranhos Júnior (depois Barão do Rio Branco), nosso Cônsul em Liverpool, também ali presente. Sabe-se com que rigor a corte inglesa estabelecia, para essas cerimônias, o uso do uniforme ou da casaca, gravata branca e calções curtos. Um jornal londrino não deixou passar esse detalhe da visita do Monarca brasileiro. "Parece estranho, dizia, hoje em dia, que um Imperador possa viajar sem trazer uniforme para as festas de gala, e é absolutamente inacreditável que Sua Majestade Imperial não tenha podido munir-se, em toda Londres, de uma gravata branca"[400b].

Em Oxford, conquistou a simpatia dos alunos da Universidade pela simplicidade de suas maneiras. Surpreendeu-os durante as férias de verão, em meio de seus exercícios, de suas reuniões políticas e literárias, cantando, fumando, bebendo. O Imperador fez questão de conhecer, de ver tudo, penetrando, sem se anunciar, nos quartos dos alunos, com surpresa e depois com o embaraço das *vítimas.*

Foi depois à Irlanda, país que ainda não conhecia. Inesperadamente, ao retomar da Irlanda, Dom Pedro II quis ver Liverpool. O Visconde de Bom Retiro escrevia ao nosso Cônsul ali, que era o depois Barão do Rio Branco:

S. M. o Imperador resolveu a passagem por Liverpool, apesar de ser violentíssima a viagem que devemos fazer. S. M., somente comigo, conta aí chegar no dia 11 [*de Julho*] às 2 horas da tarde partindo de Hollyhead, onde espera estar antes das 10 horas da tarde daquele dia. Aí encontraremos sem dúvida V." ...."S. M. deseja que se guarde segredo e que nenhuma demonstração apareça indicando saber-se de antemão a sua chegada. Assim V. deve manter o Mayor em mera esperança até ao momento da chegada. Logo que chegue, S. M. tratará de jantar particularmente no Hotel, e às 3 pouco mais ou menos seguirá para a exposição, onde se demorará até 7 ou 8 da noite, hora que deverá partir para Londres em trem especial.[400c]

XXXI

Da Inglaterra, o Imperador passou-se para a Holanda, depois para a Suíça, de onde se dirigiu para Portugal. Inocêncio Francisco da Silva, autor do *Dicionário Bibliográfico,* que Dom Pedro II conhecera na sua anterior estada em Lisboa, havia aí falecido em 27 de junho de 1876.

Quando o Imperador voltou a Portugal, dessa vez, procedia-se ao inventário e catalogação da biblioteca de Inocêncio, calculada em cerca de 10 mil volumes. Sabendo disso, Dom Pedro II mostrou-se interessado em ir à casa do finado, tendo aparecido ali a 3 de setembro de 77, quando levou quase todo um dia a detalhar minuciosamente as coleções de manuscritos, de estampas e de obras raras do autor do *Dicionário*. Amigo que sempre fora dos livros, e possuidor, ele próprio, de uma das mais preciosas bibliotecas particulares do Brasil,[401] tudo o que dizia respeito a livros e a publicações em geral provocava-lhe grande curiosidade. Acrescia que sempre tivera uma grande estima por Inocêncio, a quem agraciara com a Ordem da Rosa, lisonjeando-o a ponto de ele recusar depois a Ordem de São Tiago, que lhe quis dar o Rei Dom Luís I, em 1866, dizendo que já era Cavalheiro da Rosa, e que essa comenda lhe bastava.

Procurou avistar-se com Alexandre Herculano. Mas o solitário de Val de Lobos não consentiu que dessa vez fosse o Imperador a deslocar-se para visitá-lo, como fizera em 1872: foi ele mesmo ao seu encontro, em Lisboa, apesar de já estar bem doente, a ponto de não poder quase se locomover. Foi ter ao Hotel de Bragança com o seu amigo Imperador — amizade que já vinha de vinte e cinco anos atrás. Conversaram um largo tempo. No dia seguinte, o Monarca foi almoçar com Herculano em Val de Lobos. Seria a última vez que se avistariam, já que Herculano morreria treze dias depois desse encontro, quando Dom Pedro II se achava em pleno Oceano Atlântico, de volta ao Rio de Janeiro, a bordo do *Orenoque,* e onde chegaria, com sua comitiva, em 26 de setembro de 1876.[402]

Dias antes de o Imperador deixar Lisboa, apareceu-lhe no Hotel de Bragança um jovem de 26 anos, modesto, humilde, de perfil judaico, que insistia em falar com o Monarca para oferecer-lhe um poema de sua autoria. Dom Pedro II recebeu-o sem pôr dificuldades, como fazia com quantos homens de letras o procuravam. Chamava-se o jovem poeta Guerra Junqueiro.

Pouco depois da chegada dos Monarcas ao Rio de Janeiro, Junqueiro mandava ao Imperador exemplares da *Morte de Dom João* e da *Tragédia Infantil,* de sua autoria, e um outro exemplar desse último livro para a Imperatriz. E solicitava ao mesmo tempo de Dom Pedro II obtivesse que o Governo Brasileiro comprasse 2 a 3 mil exemplares de um pequeno livro seu de versos para as Escolas, no gênero da *Tragédia Infantil*. "Será — dizia — um livro de 150 páginas, pouco mais ou menos, e em que nunca perderei de vista, como na *Tragédia Infantil,* o fim especial a que se destina." Não sabemos, entretanto, se o Imperador satisfez esse pedido de Guerra Junqueiro.[403]

XXXII

Essa viagem proporcionava-lhe horas de deliciosas evocações. Mas a realidade estava no tempo que corria, nos dias que passavam depressa, aproximando-o do momento de voltar à Pátria, onde o esperavam os encargos da sua profissão. A vida, infelizmente, não era só os passeios, as correrias apressadas pelos países estrangeiros ou o convívio estimulante para o espírito dos homens de cultura: era também, para ele, a labuta diária em São Cristóvão, as visitas aos estabelecimentos públicos, os despachos com os Ministros, as audiências na varanda do Paço da Boa Vista. Trabalho, sempre trabalho! Não era afinal esta a sua vida, a que lhe dera o destino e ele procurava cumprir com o zelo e a obediência de um servo? Gustave Flaubert dizia que o trabalho era o melhor meio de esCarnotear a vida. E para Leão Tolstoi era uma das condições de sua felicidade. "Estou contente por sabê-lo tão ocupado, escrevia certa vez o Imperador a Gobineau;o trabalho também é o meu grande consolo! "[404]

De Lisboa, nas vésperas de atravessar o Atlântico de volta ao Brasil, ele se despedia do amigo que deixava na velha Europa, do companheiro fiel de tantas horas agradáveis, e que a roda da fortuna não o deixaria mais abraçar:

No dia 8 parto para o Brasil, onde me lembrarei sempre dos dias excelentes que passamos juntos. Nossa correspondência atenuará um pouco o meu pesar; entretanto, desejo vivamente que nos encontremos de novo.[405]

E quatro dias depois de chegar ao Rio:

Eis-me restituído às minhas ocupações habituais. Como esperava, e lhe dissera durante um dos nossos passeios em Odessa, minha atividade adapta-se bem a elas. A viagem foi muito feliz, e encontrei todos os meus em perfeita saúde. No mar acabei a leitura do último livro de Renan, que me interessou muito, e onde ele cita bem a propósito o seu último livro sobre o *babismo*.[406]

64. O Pavilhão do Brasil em Filadélfia: gravura de Legg Brothers, em "Novo Mundo" (Nova York"), 1876. *Vê-se o momento em que o Presidente Grant e a Imperatriz, Dom Pedro II e Mrs. Grant, chegam ao pavilhão brasileiro e são cumprimentados pela delegação nacional.*

65. Litografia de Legg Brothers em "Novo Mundo" (Nova York), 1876.
Dom Pedro II e o Presidente Grant inauguram a Exposição do Centenário americano.

66. Foto por Adolphe Beau. Londres, 1876. (Comunicada por Lélia Coelho Frota).

67. Viagem imperial, Charge de Angelo Agostini, 1876. *No imaginário balão, além de Dom Pedro II com a "luneta para olhar o longe", veem-se o Almirante Delamare, Bom Retiro, o Dr Seybold e Artur de Macedo, secretário do viajante.*

68. Caricatura de Faria em "O Mosquito": alusões à luta entre a Igreja e Maçonaria, 1876. Rio de Janeiro Biblioteca Nacional. *O padre anafado, que representa tanto o partido ultramontano como a folha "O Apóstolo", enfrenta o Dr. Pelicano (a Maçonaria) de pince-nez e tudo. O último lembra o Grifo desenhado por John Tenniel para a contemporânea Alice de Lewis Carroll. Cura e pássaro aparecerão continuamente na berlinda de "O Mosquito" durante todo esse período.*

*69. O Conselheiro João Alfredo Correia de Oliveira em foto de Joaquim Insley Pacheco. Rio de Janeiro, Arquivo Heitor Lyra.

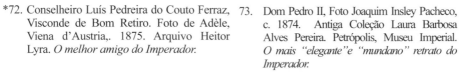

70. Dom Vital Maria Gonçalves de Oliveira, Bispo de Olinda. Litografia de Augusto Off, c.1875.

71. Caricatura de Dom Vital por Angelo Agostini em "O Mosquito" 19 de dezembro de 1874. Rio de Janeiro

*72. Conselheiro Luís Pedreira do Couto Ferraz, Visconde de Bom Retiro. Foto de Adèle, Viena d'Austria,. 1875. Arquivo Heitor Lyra. *O melhor amigo do Imperador.*

73. Dom Pedro II, Foto Joaquim Insley Pacheco, c. 1874. Antiga Coleção Laura Barbosa Alves Pereira. Petrópolis, Museu Imperial. *O mais "elegante" e "mundano" retrato do Imperador.*

*74. Conselheiro João Lins Cansanção de Sinimbu, Visconde de Sinimbu. Foto de Albert Henschel. Rio de Janeiro, Arquivo Heitor Lyra.

75. Dom Pedro II. Foto Paul Berthier, Paris, 4 de junho de 1877. Pertenceu ao Arquivo da Condessa de Barral. Rio de Janeiro, coleção particular. (Comunicado por Octavio Carneiro Lins).

76. Clube da Reforma. Caricatura de Âgelo Agostini, em "Revista Ilustrada", da Corte, 1883.

77. Esfinge representativa. Caricatura de Roth em "O Diabo a quatro" (Recife), 29 de setembro de 1878. Rio de Janeiro,

78. Telefônio de Paço da Cidade. Petrópolis, Museu Imperial.

79. A Vila de Vassouras. Lito de Cicéri sobre foto de Victor Frond. Em *Brazil Pittoresco*. Rio de Janeiro, Biblioteca Nacional.

CAPÍTULO XIII

REFORMA ELEITORAL

Gênese da eleição direta. Apoio de Liberais e Conserva-
dores. Ceticismo do Imperador. A oportunidade da Refor-
ma. Exoneração de Caxias. Volta dos Liberais ao Poder.
Chamada de Sinimbu e afastamento de Nabuco de Araújo.
A explicação disso. Espírito de moralidade do Imperador.
No campo político. Na diplomacia. Na magistratura. Na
nomeação dos Senadores. O caso de José de Alencar.
Prevenção do Imperador contra Nabuco. Uma opinião
desairosa de Caxias. Quem era o Visconde de Sinimbu.
Seu pensamento sobre a Reforma. A questão da revisão
constitucional. Razões do Imperador. Oposição dos Sena-
dores. Exoneração de Sinimbu. O Conselheiro Saraiva.
Condições para sua entrada para o Governo. Aprovação
da lei da reforma eleitoral O Imperador dá-se por venci-
do. Seu liberalismo.

I

Ao voltar da Europa, nesse fim do ano de 77, o Imperador encontrou a opinião pública do país agitada com a questão da reforma eleitoral. Essa agitação resultava da propaganda que os liberais vinham fazendo, havia bem dez anos, em prol da reforma do sistema eleitoral vigente. Queriam eles substituir a eleição chamada de dois graus, tradicional no regime eleitoral brasileiro, desde as eleições para as Cortes de Lisboa, por um novo processo, de eleição direta.

A ideia da eleição direta não era nova. Se não figurara no plano radical de reformas, elaborado pelos liberais em 1831, os progressistas, de onde se originara o atual Partido Liberal, já a haviam adotado desde 1862, como um dos números principais do seu programa político.

O início, porém, da atual campanha datava somente de 1868. Fora, a bem dizer, uma reação ao ato do Imperador substituindo o Gabinete Liberal de Zacarias de Góis pelo Gabinete conservador do Visconde de Itaboraí, apesar do primeiro deles gozar, naquela época, da inteira confiança do Parlamento. Já vimos[407] que a celeuma levantada por esse ato do Soberano foi enorme, e que raramente este sofreu no Parlamento tão rudes e numerosos ataques. Os liberais, dificilmente, se conformaram com o processo sumário pelo qual Dom Pedro II os pusera, da noite para o dia, no campo da oposição.

Foi dessa revolta que nasceu, pode-se dizer, a consciência de uma reforma do sistema eleitoral vigente, pelo qual se pudesse revestir as futuras Câmaras de uma autoridade bastante independente para tornar impossível, ou pelo menos mui difícil, a repetição de uma prepotência igual da Coroa contra o partido em maioria no Parlamento. O remédio que todos agora preconizavam para isso era a eleição chamada direta, ou de um grau.

Sua propaganda vinha sendo feita com um entusiasmo e uma decisão de vencer bem raros entre nós, sobretudo no campo político. Os liberais eram realmente incansáveis nessa luta, tudo fazendo por levá-la até a vitória final. Por toda a parte a ação deles foi sempre ininterrupta, abrangendo todos os campos, desde a tribuna do Parlamento ou as colunas da imprensa, onde dispunham de um jornal, *A Reforma*, fundado para a propaganda da ideia, até os clubes políticos, especialmente o *Clube da Reforma*, em cuja presidência estava o Conselheiro Nabuco de Araújo, autor do manifesto reformista, pelo qual se punha a Coroa diante do dilema: reforma ou revolução!

Durante todo o tempo em que os liberais se conservaram na oposição, isto é, desde a queda de 1868 até agora, a agitação pela Reforma se desenvolveu com uma tal eficiência que acabou por infiltrar-se na consciência política da Nação. Assim, quando o Imperador chegou da Europa, em setembro de 1877, encontrou a ideia já inteiramente amadurecida. Mesmo alguns dos mais autorizados chefes conservadores, como Cotegipe ou Rio Branco, e dos soldados graduados do partido, como João Alfredo ou Sales Torres Homem, Visconde de Inhomirim, estavam francamente conquistados aos novos ideais. Em tese, pode-se mesmo dizer, estes não tinham rigorosamente oposicionistas; eram aceitos por gregos e troianos. As divergências versavam apenas quanto a detalhes, sobretudo quanto ao processo pelo qual se achava dever ser feita a Reforma. Alguns políticos entendiam que não se podia modificar a lei eleitoral sem uma prévia revisão constitucional; outros — e estes formavam a grande maioria — achavam que bastava para isso uma simples lei ordinária, votada pela legislatura em curso. Estes dois pontos de vista dividiam tanto conservadores como liberais.

II

O Imperador não era partidário da Reforma. Não tinha nela a fé de seus apóstolos, os liberais; nem a simpatia com que a aceitavam os conservadores convertidos. Achava, com certa razão, que o sistema de eleição direta não convinha ao Brasil daquele tempo, com o baixo nível do nosso eleitorado, tanto em número como, sobretudo, em qualidade. Entendia, assim, que se devia manter o sistema de eleição indireto, ou eleição em dois graus, que sempre vigorara entre nós, de acordo com a chamada *Lei dos Círculos*, de 1860, reformada, em 1875, pela *Lei do Terço* ou da representação das minorias, mas também indireta.

Para ele, a causa do falseamento das eleições, que permitiam golpes como o de 1868, não estava na Lei que se pretendia agora reformar. Era bem mais profunda: estava na massa ignorante da Nação e nos péssimos costumes políticos dos nossos homens de Governo. "Confesso-lhe, — escrevia ele a Rio Branco em janeiro de 1875 — que cada vez me entristeço e me envergonho mais do que tem sido, e serão ainda por muito tempo, adotem-se as medidas que se adotarem,se não se corrigirem os costumes políticos, as eleições entre nós"[408]. Para se corrigirem tais defeitos, só uma reforma mais profunda e mais radical, que atingisse a essência mesma do mal. De nada ou, pelo menos, de muito pouco, valeria uma nova lei eleitoíal, no fundo um simples rótulo. "Não é o vestido — observava o Imperador — que tornará vestal a Messalina, porém sim a educação do povo e, portanto, a do Governo"[409].

A sua falta de fé na Reforma era, porém, uma coisa; e outra coisa era a esperança que depositava nela a opinião política do país. Era um fato que os homens e os partidos a reclamavam com insistência. Neste caso, não cabia a ele estorvá-la. "A reforma eleitoral — escrevia o Imperador a Gobineau em janeiro de 79 — agita um pouco os espíritos; mas, como os dois partidos a julgam necessária, é preciso que ela se faça. Em todo o caso, eu não tenho confiança senão na educação do povo."[410]

Tendo consultado a respeito os dois Presidentes do Parlamento, o 2^0 Visconde Jaguari, Presidente do Senado, e Conselheiro Paulino de Sousa, Presidente da Câmara, ambos declararam que a Reforma era oportuna, acrescentando que se fossem Presidente do Conselho não duvidariam em promovê-la na próxima sessão das Câmaras. Assim, mais do que oportuna, era urgente. Indagando depois de Paulino de Sousa qual era a opinião política do seu Partido, respondeu o chefe fluminense que os conservadores, em geral, queriam a Reforma. "Portanto, concluía o Imperador, ambos os partidos a desejam, e eu não tenho senão que achá-la oportuna, entendendo que deve ser o Partido Liberal, que primeiro e constantemente tem pugnado por ela, que a faça."[411]

III

O desejo do Imperador, de que fossem os liberais os autores da Reforma, não provinha apenas do fato de terem eles sido os propugnadores da ideia, senão também da intenção que tinha o Monarca de aproveitar a oportunidade para mudar a situação política, há quase dez anos nas mãos dos conservadores. No seu papel civilizador de balança do regime, de árbitro entre os dois partidos oficiais, velando por que nenhum deles se perpetuasse no poder, como era a tendência de ambos, o Imperador sentia-se à vontade para fazer agora a troca dos partidos. Pouco importava que a Câmara atual fosse na sua quase totalidade composta de conservadores. Com a vinda dos liberais para o Governo e fazendo-se novas eleições, a Câmara futura seria necessariamente — e unicamente, talvez — liberal. O processo era o mesmo já conhecido.

A retirada do atual Gabinete parecia-lhe tanto mais fácil quanto era patente o seu desprestígio, quer nos meios políticos quer no seio da opinião pública. Ninguém mais queria defendê-lo. Consideravam já uma carga ao mar. Era um Ministério, dizia-se, cuja única política fora não ter política alguma. E quanto ao Presidente do Conselho, o velho Marechal Duque de Caxias, os próprios amigos do Governo o deixavam inteiramente desamparado, quando não concorriam para o seu maior descrédito, repetindo, nas rodas dos íntimos, que era "um analfabeto e quase imbecil."[412]

Caxias, aliás, já não era mais, a bem dizer, o verdadeiro Chefe do Governo. Velho, doente, alquebrado por uma vida longa e cheia de tropeços, afastara-se temporariamente da Presidência do Conselho e se recolhera ao sossego de sua fazenda, em Santa Mônica. Cotegipe, Ministro da Fazenda, que desempenhava ao lado do Duque o papel *de brilhante segundo*, substituíra-o interinamente na Chefia do Gabinete.

Aliás, havia já quase dois anos que Caxias vinha insistindo por sua demissão. Nas vésperas do Imperador seguir para os Estados Unidos, ele lhe havia escrito: "Meu estado de saúde é tal, que me não dá esperanças de poder voltar ao Ministério, e por isso rogo a Vossa Majestade a minha demissão" (carta de 22 de fevereiro de 76). E a 12 de março seguinte insistia: "Peço a Vossa Majestade encarecidamente que me conceda a demissão do alto cargo que exerço, esperando que Vossa Majestade Imperial me faça a justiça de supor que só por não ter mais forças para o servir insisto nesse pedido."[413] O Imperador, porém, entendeu que não era conveniente dispensá-lo na ocasião em que ia afastar-se do Império, quando a presença, ainda que nominal, do velho Duque na chefia do Ministério, valia por uma garantia de tranquilidade para a Regência da Princesa Isabel.

Voltando da Europa em fins de 77, ele resolveu ir visitar Caxias, a fim de inteirar-se pessoalmente de suas condições de saúde. De fato, o Marechal estava bem mal, e não parecia poder resistir ainda muito tempo. Morreria, aliás, daí a dois anos.

O Imperador voltou convencido de que era mister tomar uma das duas soluções: ou substituir Caxias à frente do Ministério, ou organizar um Gabinete novo, dentro ou fora da situação conservadora. Cotegipe logo insinuou que fosse concedida a demissão de Caxias, sendo o Ministério, em seguida, remodelado sob a chefia dele, Cotegipe, o qual proporia às Câmaras a votação da eleição direta. Parece que semelhante manobra agastou o Imperador, que logo percebeu o verdadeiro intuito de Cotegipe: esCarnotear aos liberais a reforma da legislação eleitoral e firmar-se ele no Poder.[414]

Cotegipe se julgava tanto mais indicado para propor a eleição direta quanto ele fora e se dizia ainda, um antigo partidário dela. De fato, era sabido que, declinando o convite de Rio Branco para fazer parte do Gabinete de 7 de março de 71, ele lhe fizera um apelo no sentido de ser instituída a eleição direta, sem a qual, dissera, corriam riscos até mesmo as instituições monárquicas. Contudo (e era a prova da insinceridade de Cotegipe), entrando, quatro anos depois, para o Gabinete Caxias, com um prestígio político quase igual, senão, superior ao Presidente do Conselho, não mais insistiu em suas anteriores ideias.

E não somente não insistiu nelas, como iria pouco depois renegá-las, quando saiu a defender na Câmara, em 1875, a Lei do Terço em vez da eleição direta — "só para evitar que o poder passasse às mãos dos liberais, uma vez que Dom Pedro II, naquela época, ainda não queria a eleição direta."[415] 'Traiu os princípios que tinha esposado!" — diria Silveira Martins.[416] "Flagrante e tristíssima incoerência!" — exclamaria Martinho Campos na Câmara, acusando-o de ter capitulado com a Coroa.[417] A verdade é que Cotegipe só voltou a advogar a eleição direta, quando se viu ameaçado de deixar o Poder, e compreendeu que o Imperador a tinha definitivamente abraçado.

Não seria impossível que o Imperador acabasse por se deixar vencer pelas lábias do Ministro da Fazenda e o incumbisse de reorganizar o Ministério, consentindo em que ele propusesse depois a eleição direta. Mas, por infelicidade de Cotegipe, surgiu justamente nessa ocasião, o célebre escândalo das *popelines*, provocado por uma interpelação do Deputado Cesário Alvim. Foi o caso do contrabando de uma partida de fazendas de *popeline*, envoltas fraudulentamente em panos de algodão, passado por uma importante firma comercial da Corte, da qual fazia parte, como sócio comanditário, o próprio Cotegipe. Ninguém, de boa fé, punha em dúvida a honorabilidade do Ministro da Fazenda. Mas sua situação não deixou de se tornar a mais difícil, e, é certo, que esse escândalo concorreu para precipitar a retirada do Ministério e da situação conservadora.

IV

Chegava, assim, o dia tão ardentemente desejado pela oposição, de voltar aos conselhos da Coroa. E, agora, com tanto maior prestígio quanto iria realizar a reforma do sistema eleitoral, inaugurando um novo período político no Brasil, do qual todos auguravam os maiores e mais benéficos resultados. Há bem dez anos que os liberais se esterelizavam no ostracismo, e tão longo tempo contava muito na história do Partido.

O Conselheiro Nabuco de Araújo era o nome por todos apontado para presidir o novo Gabinete. Um dos chefes mais autorizados do Partido Liberal, presidente do Clube da Reforma, redator do Manifesto com que os liberais iniciaram, em 1868, a propaganda da eleição direta, Senador, Conselheiro de Estado, Ministro várias vezes, tudo estava a indicá-lo para tomar, nesse momento, a responsabilidade de fazer passar a Lei. "O salão e o vasto gabinete do sobrado da Rua Bela da Princesa,[418] esquina da Praia do Flamengo, donde raramente ele saía, estavam cheios, dia e noite. As notícias que chegavam de idas e vindas de São Cristóvão, não alteravam a confiante perspectiva. Nabuco explicava que o Imperador queria *vider la question*. Era a sua expressão textual. Essa espécie de certeza do Advento próximo aumentava o prestígio da sua figura. Todos lhe fitavam o belo porte, a cabeça bem formada, o rosto escanhoado, procurando advinhar nas palavras pontificais o segredo da futura organização. Muitos já se viam aproximar-se da pasta tantas vezes sonhada ."[419]

Ora, Nabuco não foi chamado. O Imperador encarregou o Visconde de Sinimbu de organizar o novo Ministério. Foi uma surpresa geral! O próprio Sinimbu não contava com isso. Pouco antes, Silveira Martins aludira à possibilidade de receber a herança do Ministério Caxias-Cotegipe, inaugurando a próxima situação liberal. Sinimbu respondera:

"Qual, o Sr. não pense nisso, pois bem deve saber que será o Nabuco!"

Sinimbu era, certamente, um dos mais autorizados chefes do Partido Liberal. Seu grande prestígio, dentro e fora do Partido, era incontestável. Mas Nabuco tinha prestado à propaganda da Reforma, serviços que nenhum outro chefe podia alegar. Se havia de fato um pai da Reforma, este era, sem nenhuma dúvida, o Conselheiro Nabuco de Araújo. Além disso, e embora pouco mais moço do que Sinimbu, ele tinha, ao lado deste, uma folha de serviços públicos, pelo menos igual. Fora mesmo Ministro de Estado mais vezes do que Sinimbu,[420] e servira com Paraná, Abaeté e Olinda, chefes cujo fulgor, na constelação política do Império, era imenso, e, até certo ponto, refletia nos seus antigos auxiliares de Governo. Nabuco fora o Ministro da Justiça do Gabinete Paraná, em 1853, o Ministério chamado da Conciliação, o qual, com o Gabinete de 1871, presidido pelo Visconde do Rio Branco, serão considerados os dois mais brilhantes e fecundos Governos da Monarquia.

Por tudo isso, a chamada de Nabuco, naquele momento, era um desses atos que se impunham por si mesmos. Ora, o Imperador voltou-se para Sinimbu. Para Nabuco, esse gesto do Monarca foi mais do que uma surpresa: foi uma dura decepção. Ele não deu mostra disso; guardou, pelo contrário, uma atitude rigorosamente esportiva, no sentido inglês da palavra, e logo se apressou em declarar que o nome de Sinimbu era realmente o indicado. Mas o gesto do Imperador devera tê-lo tanto mais magoado quanto o Monarca não se lembrara nem mesmo de ouvi-lo sobre a futura organização ministerial.

Chamou logo Sinimbu, e este, se procurou avistar-se com Nabuco antes de se apresentar no Paço de São Cristóvão com a lista dos novos Ministros, fê-lo mais por um gesto de pura cortesia do que com o propósito de ouvir-lhe os conselhos ou de assentar com ele a organização do Gabinete. Não há exagero em dizer-se que Nabuco foi posto inteiramente à margem. [421]

V

Como se explica essa atitude do Imperador, tratando Nabuco, num momento desses, como *quantité negligeable* quando, pelo seu passado de homem público, pelo seu presente, sobretudo por sua ação na propaganda da eleição direta, merecia bem outro tratamento? Se ele não reunia a soma de qualidades de um Rio Branco ou de um Paraná, nem tinha a tenacidade de um Zacarias, a flexibilidade de um Saraiva ou a comunicabilidade de um Cotegipe, não se impunha menos por sua ilustração, por suas boas maneiras, pela franqueza de suas atitudes políticas, pelo equilíbrio, enfim, de todas as suas qualidades. No Parlamento, era dos oradores mais escutados; e na imprensa ou no Forum sua pena inspirava o respeito dos adversários. Podiam-se-lhe aplicar aquelas palavras de Patru: *Il avait vieilli dans l'école de bien parler et de bien écrire.*

Oliveira Lima explica o ato do Imperador, pondo Nabuco de lado, dizendo que este "não era então alheio ao mundo dos negócios, como advogado de companhias e de interesses financeiros, dos quais Sinimbu se conservava a grande distância"; e que o Imperador "queria absolutamente que a política fosse feita tão imaculada quanto possível."[422]

Sobre isso, convém abrir aqui um parêntesis. De fato, o Imperador era de uma instransigência irredutível sempre que se tratava de isolar a política ou a administração pública de todo interesse que não fosse propriamente o do país. Nisto, o seu espírito de moralidade era insuperável. Pode nem sempre ter evitado que políticos menos escrupulosos, mesmo dos mais acatados, ou funcionários prevaricadores, fugissem a uma justa punição. Mas em regra, sempre que um fato menos justificável lhe vinha ao conhecimento, ele não hesitava em punir o responsável com os recursos que lhe dava a lei. É conhecido o fato de um diplomata nosso, que no correr de uma carreira sem mancha, fora nomeado Ministro em São Petersburgo (hoje Leningrado). Naquele momento, estava na Itália. Foi quando veio a público haver ele cometido irregularidades no jogo, num clube fechado de Roma, frequentado pela aristocracia romana. Sabedor do fato, o Imperador foi inexorável: mandou demiti-lo imediatamente da carreira, cassando-lhe ao mesmo tempo o título de Conselheiro.

Dom Pedro sempre exigia dos nossos representantes no Estrangeiro, a mais irrepreensível conduta, tanto na vida pública como na particular. O menor deslize, uma pequena falta era motivo, senão de uma demissão, se de fato não fosse o caso para tanto, ao menos de um longo ostracismo. A fiscalização na nomeação e promoção dos diplomatas era uma das suas maiores preocupações no Governo. Conhecia, pode-se dizer, a vida de cada um. É conhecida a constante relutância com que ele sempre se opôs à nomeação do futuro Barão do Rio Branco para Cônsul do Brasil em Liverpool, por se ter este amasiado no Rio com uma artista belga do Teatro Alcazar e já ter dela um filho — apesar de se tratar do primogênito do Visconde do Rio Branco, ex-Presidente do Conselho de Ministros e um dos mais proeminentes estadistas da Monarquia, cujos grandes serviços prestados ao País Dom Pedro II era o primeiro a reconhecer. Silva Paranhos conseguiria, é verdade, a tão aspirada nomeação; mas feita pela Princesa Imperial Regente, quando da primeira viagem do Imperador à Europa.

O resultado desse policiamento do Monarca era um Corpo diplomático ao mesmo tempo brilhante e capaz, moldado na melhor escola, onde cada qual se impunha pelo seu valor próprio e suas altas qualidades morais. Não se viam diplomatas sem um mínimo de moralidade, ostentando publicamente suas amantes; outros embriagados, praticando toda a espécie de desatinos; ou fazendo falcatruas, emitindo cheques sem fundo, fazendo dívidas de jogo, tudo à sombra das imunidades diplomáticas e amparados pelos Governos com o *mot d'ordre* do silêncio. Penedo, Teixeira de Macedo, Araguaia, Ponte Ribeiro, Japurá, os dois Itajubá, Varnhagen (Porto Seguro), Aguiar de Andrada, Areas (Ourém), para só falar nos de carreira, eram diplomatas que honravam de fato, no Estrangeiro, as tradições de cultura e de moralidade da diplomacia imperial.

O mesmo rigor que o Imperador aplicava na seleção do pessoal diplomático verificava-se na administração judiciária. O bom juiz era para ele a condição principal de uma boa justiça. "A magistratura vai provocando bastantes queixas — recomendava ele à filha ao partir para os Estados Unidos, em 1876. — Muito escrúpulo na primeira escolha; e, depois, a antiguidade para o acesso é o que me parece melhor. Não se apresse em anuir a despachos para a magistratura: exija informações seguras aos Ministros sobre os indivíduos propostos"[423].

Conhece-se o caso ocorrido em 1863, quando o Imperador exigiu de Olinda, Presidente do Conselho e de Sinimbu, Ministro da Justiça, a aposentadoria de alguns magistrados prevaricadores, Ministros do Tribunal de Justiça e Desembargadores da Relação da Bahia. Nada o pôde deter nessa medida violenta, mas da mais alta moralidade: nem a oposição tremenda que se levantou contra ele na imprensa e no Parlamento, nem a intervenção aberta e decidida do Presidente do Tribunal de Justiça, sob a razão de ser aquela medida inconstitucional.

Quando, em janeiro de 1864, Olinda teve que se retirar, coube a Zacarias de Góis, que o substituíra à frente do Governo, dar execução aos Decretos de aposentadoria exigidos pelo Imperador. Zacarias fora no Parlamento, um dos defensores dos privilégios da Magistratura, mas não ousou contrariar a vontade do Monarca, porque o sabia irredutível nessas questões de moralidade. Os magistrados prevaricadores foram, assim, aposentados, e o Presidente do Tribunal de Justiça obrigado moralmente a demitir-se.

VI

No terreno político, o *policiamento* do Imperador não era menos eficaz. Veja-se o que se passou com José de Alencar. O romancista era Ministro da Justiça do Gabinete Itaboraí, em 1869. Decidindo candidatar-se a uma cadeira no Senado, deu parte disso ao Imperador. Este, prontamente, o desaconselhou; estimaria mais, disse, que Alencar não se apresentasse candidato: *No seu caso, eu não me apresentaria.*

Era que o Imperador se opusera sempre a que Ministros de Estado concorressem a vagas no Senado. Entendia, com todo o acerto, aliás, que isso não era decente, dado o prestígio que representava o cargo de Ministro, e só servia para desacreditar ainda mais um regime cuja moralidade era um dos principais objetivos do seu Reinado. Seu desejo era que os Presidentes do Conselho exigissem dos Ministros "o compromisso de não se apresentarem candidatos a Senatorias"[424], muito embora não fosse isso impedido por lei. Assim como preferia que os Presidentes de Província não se candidatassem a Deputado[424a], para impedir que pusessem os cargos a serviço de suas próprias candidaturas. Mas tanto uma como outra coisa, nunca lhe foi possível obter. Os Ministros e os Presidentes do Conselho jamais o consentiram.

Conta o Visconde de Taunay em suas Memórias, que, conversando o Imperador com Alencar, lhe dissera: "Os senhores devem fazer passar nas Câmaras uma lei impedindo aos membros do Ministério à candidatura à eleição senatorial. A inclusão de um Ministro na lista tríplice, além de constituir verdadeiro escândalo eleitoral, tira ao Poder Moderador o direito de escolha, tolhe-o e inutiliza bem sábia disposição da Constituição." Tendo Alencar concordado com esse pensamento do Monarca, este acrescentará: "Já que o Sr. está tão de acordo comigo, encarrego-o de encaminhar esta nossa ideia a bom termo." Mas Alencar, apesar da promessa feita ao Monarca, nada fez[424b]. Ao contrário, passados poucos meses, apareceu em São Cristóvão para anunciar ao Imperador sua decisão de disputar uma das vagas abertas no Senado com as mortes de Antônio José Machado e Miguel

Fernandes Vieira. Foi quando, surpreendido ou desapontado com semelhante decisão de Alencar, contrária ao que este ouvira do Monarca, este o desaconselhou dizendo que no seu caso não se apresentaria, tanto mais quanto, sendo Alencar o Ministro da Justiça, iria presidir sua própria eleição. Era, portanto, patente a "incompatibilidade moral entre essa candidatura e a posição de Alencar", conforme observou-lhe francamente o Imperador e confirmou o próprio Alencar, em carta a Itaboraí[425].

Apesar disso, Alencar teimou em ser candidato. A única concessão que fez foi oferecer vagamente a demissão de Ministro, mas que logo retirou, quando o Monarca fez-lhe ver que não era esta, precisamente, a melhor solução para o caso[425a]. Sumamente vaidoso, de uma susceptibilidade à flor da pele, não quis retirar a sua candidatura. Em rigor, e desde que não efetivara a sua retirada do Ministério, não tinha mais autoridade para insistir nela, sobretudo porque a submetera antes à apreciação do Monarca, e este formalmente a desaconselhara[426].

As eleições realizaram-se em 12 de dezembro de 1869. Mas no mês seguinte, antes, portanto, de ser conhecido o resultado do pleito, Alencar se veria na contingência de abandonar a pasta da Justiça. Tendo apresentado ao Imperador, por três vezes, nomes diferentes para a Presidência do Ceará, Província onde, justamente, contava eleger-se Senador, três vezes o Monarca os recusara, por motivo de não lhe inspirarem confiança. "A persistência de Sua Majestade nesse ponto, dirá Alencar em carta a Itaboraí, revela um sentimento de desconfiança gerado por minha presença no Ministério. Entende a Coroa que a minha candidatura pode influir sobre a pureza da eleição no Ceará; e exige garantias na pessoa de certo e determinado Presidente. É, pois, do meu dever e da minha dignidade, retirar-me do Gabinete em que sou obstáculo, deixando assim o ânimo imperial perfeitamente tranquilo"[427].

VII

Apurado o pleito, Alencar foi, como era de esperar, um dos eleitos, ocupando o primeiro lugar na lista sêxtupla apresentada ao Imperador pelo Presidente do Conselho, Visconde de Itaboraí. E o Monarca, para ser consequente, deixou de o escolher, recaindo sua preferência nos nomes de Domingos Jaguaribe (depois Visconde de Jaguaribe) e Jerônimo Figueira de Melo, colocados, respectivamente, no 2º e no 5º lugares da lista sêxtupla.

Tendo em conta o feitio do homem e o fundo de vaidade que não sabia esconder, pode-se bem compreender a profunda decepção e incontido despeito de que ficou possuído com a recusa de Dom Pedro II de nomeá-lo Senador, quer dizer, cortando-lhe uma carreira política que ele, certamente, contava realizar com o mesmo brilho que já começava a desfrutar nas rodas literárias do país. Ainda porque, como, aliás, ele próprio confessaria[427a], era a curul senatorial que coroava, no Brasil, toda carreira política, dando prestígio e abrindo o caminho para a ocupação dos mais altos postos no governo da Nação. "Pode ter um Brasileiro — dizia ele — o mais elevado talento e especiais dotes políticos. Se não pertence à Câmara vitalícia, não passa de um *pau de laranjeira*. É a carta de Senador que faz dele um medalhão, um candidato a organizador de Gabinete, um homem da situação."

Renegando todo um passado de fidelidade à Coroa e entusiasmo por Dom Pedro II, desdizendo-se, contraditando-se e amargando horas de profundo rancor, passou a mover contra o Monarca uma fidalga e persistente oposição. "O ex-Ministro da Justiça, — dizia-lhe Zacarias de Góis no Senado — escolheu para entrar em luta com a Coroa uma base mesquinha, porque é um interesse individual seu." Foi, na verdade, um triste espetáculo dado por um homem de tanto talento, com tantos serviços prestados às letras nacionais [427b].

O que houvera sido, para o Imperador, uma questão de princípio, um incidente de moral política, de defesa do regime, Alencar transformou, com sua oposição sistemática à Coroa e seus ataques ao Monarca, numa questão pessoal, num suposto caso de perseguição contra ele, dando margem a que se arquitetassem sobre o assunto toda a sorte de fantasias, não sendo das mais ridículas uma imaginária inveja do Imperador da glória literária de Alencar.

O Visconde de Taunay, que o conheceu de perto, não esconde a pouca simpatia que tinha por ele, achando que não era *agradável* a sua convivência. "Conversava com dificuldade — diz Taunay em suas *Memórias* — além de ter pouca amabilidade natural. Dos seus modos ressumbrava o orgulho. Gostava de queixar-se amargamente, dizendo-se vítima da *conspiração do silêncio*, que se fazia em torno da sua personalidade." Com relação à sua obra de romancista, Taunay achava que era artificial, "fazendo dos índios brasileiros verdadeiras fábulas, oriundas dos *Natchez, Atala e René* de Chateaubriand, a falar uma linguagem poética e figurada, de exuberância e feição oriental." Não conhecia absolutamente a natureza brasileira, que tanto pretendia reproduzir,nem lhe sentia a possança e a verdade. "Descrevia-a do fundo do seu gabinete, lembrando-se muito mais do que lera do que daquilo que vira com seus próprios olhos. Parecendo muito nacional, obedecia mais do que ninguém à influência dos romances franceses."

Dizer que o Imperador tinha "ciúmes" da "glória literária" de Alencar, empreitando uma campanha contra ele, como diz Heron de Alencar em *José de Alencar e a ficção romântica*, vem a propósito assinalar, como fez muito a propósito Helio Vianna[427c], que essa "glória" só iria firmar-se depois da morte prematura do romancista (com apenas 48 anos de idade, em 1877). Pois não se chegou a inventar essa "tolice", no dizer de Hélio Vianna, de o Imperador *mandar vir* de Portugal o escritor e polemista José Feliciano de Castilho para atacar o romancista brasileiro, quando era coisa sabida que Castilho chegara ao Rio em 1847, quando o Imperador era um rapaz de 22 anos de idade, e Alencar não passava dos 18 anos, sem que tivesse ainda publicado um só livro?[427d]

A defesa do Imperador nessa sua divergência com Alencar estava, aliás, em sua própria atitude. Ele defendia, afinal, o crédito do regime monárquico, encarnado na sua pessoa e dogma da Constituição que jurara defender. Fazia-se guarda das instituições. Como em tantos outros casos de desinteligência com os seus Ministros, aliás nem sempre levados de vencida, ele se fazia um instrumento de civilização, um ditador de moral política. Coerente com o seu passado, como, de futuro, será coerente com o presente, ele se punha de guarda à Constituição, não somente à sua letra, mas sobretudo ao seu espírito, e era isso que tanto irritava os Ministros politiqueiros ou sem escrúpulos como Alencar.

VIII

A franqueza com que manifestara a este a sua opinião "sobre a inconveniência de Ministros se apresentarem candidatos" — expressões textuais — e não somente a Alencar, mas também ao Presidente do Conselho, responsável, politicamente, pelas atividades partidárias do Gabinete e de seus Ministros, era a melhor defesa do Monarca. E a sinceridade dela estará na posição de franca coerência que assumirá no ano seguinte, ainda sob o mesmo Ministério Itaboraí, quando se repetirá, com outro político, um caso idêntico ao de Alencar.

O caso se passaria com o Conselheiro Joaquim Antão Fernandes Leão, Ministro da Agricultura. Verificando-se duas vagas de Senador por Minas Gerais, Antão se apresentou candidato a uma delas, muito embora o tivesse desaconselhado o Imperador, como fizera antes com Alencar. Eleito, veio classificado com dois outros candidatos — Joaquim Delfino Ribeiro da Luz e Agostinho José Ferreira Bretas, para a escolha definitiva do Monarca. Coerente com a atitude que tivera anteriormente, este diria em carta a Itaboraí que dava preferência aos nomes de Ribeiro da Luz e Ferreira Bretas, explicando nessa carta as razões da sua não preferência por Antão:

Não é o conceito que faço em geral dos apresentados na lista que me aconselha a preferência dos Drs. Ribeiro da Luz e Bretas, embora reprove que houvesse uma chapa que venceu quase toda, expedida pela Secretaria da Presidência de Minas. A minha opinião contra a preferência do Antão funda-se, 1^0, no que ele, e sobretudo, o Alencar e o Sr. me ouviram antes do Antão, sobre a inconveniência de Ministros se apresentarem candidatos; princípio que, aliás, admite para mim exceções em casos especiais; e, 2°, no procedimento dele, no Ministério, do qual o Sr. por vezes falou-me, e que, por fim, motivaram sua retirada do Ministério [428].

Esta razão devia arredar de meu espírito o receio de que, não escolhendo o Antão, proviesse fraqueza para o atual Ministério, e principalmente suspeita de que minha confiança nele diminuíra. Contudo, se o atual Ministério persistir na sua desconfiança, atendendo a que outro, compostas como se acham as Câmaras, não levará tão depressa avante as reformas mais urgentes, mas de cujos projetos não posso formar ainda cabal juízo, e ao estado presente dos negócios do Rio da Prata[428a]— escolherei Senadores por Minas o Antão e o Dr. Ribeiro da Luz [429].

Um dos *casos especiais*, a que se referia o Monarca nessa sua carta, era justamente o que se iria passar, isto é, quando o Ministério, em seu todo, mesmo contra o parecer do Imperador, levasse a matéria para o terreno da confiança governamental, transformando-a, assim, numa *questão de Gabinete*. Só então, e uma vez constatada a inconveniência de uma mudança de Governo, é que o Imperador se julgaria obrigado a ceder: porque o candidato senatorial deixava de ser meramente individual para tornar-se do próprio Gabinete que estava no poder.

Foi, de resto, o que sucedeu no caso do Conselheiro Antão. Seu nome veio a ser, afinal, imposto ao Imperador pelo Presidente do Conselho Visconde de Itaboraí e, solidário com este, todo o Ministério. Mas, embora cedendo, não deixou o Monarca de insistir no princípio moralizador que procurara firmar quando da eleição de José de Alencar[429a].

Tobias Monteiro, referindo-se a desinteligência que se abrira entre o Imperador e José de Alencar, por causa da recusa do primeiro em nomeá-lo Senador, diz que Dom Pedro II ao saber, por Tomás Ribeiro de Almeida, Ministro da Agricultura do 2º Gabinete Caxias, da morte do romancista, em dezembro de 1877, se limitara a dizer: *Era um homem de grande valor e de grandes méritos, mas excessivamente susceptível*. E como Tomás Ribeiro procurasse conhecer as razões desse juízo, o Imperador se limitou a responder: *Pergunte ao Paulino* (Paulino José Soares de Sousa, Visconde de Uruguai, que fora colega de Alencar, como Ministro do Império, no Gabinete Itaboraí). Este, a uma indagação de Tomás Ribeiro, referiu que num dos primeiros despachos de Alencar com o Monarca, como Dom Pedro II objetasse sobre uns Decretos levados pelo romancista, este, estomagado e ferido na sua susceptibilidade, "guardou todos os papéis, deixando de apresentar os demais."

Helio Vianna, que reproduz essa versão de Tobias Monteiro, conclui: "Com aquela frase de julgamento do Imperador, cai por terra a versão até hoje a propósito muito divulgada e repetida, sem referências a fontes fidedignas, de Dom Pedro II ter dito, ao saber da morte de Alencar: *Era um homem de valor, mas muito malcriado.* Não era esta uma expressão de uso de Dom Pedro II. O *susceptível,* além de rigorosamente exato, é muito mais plausível"[430].

Ainda de Helio Vianna:

Alencar timbrava em excesso de independência junto ao Imperador, chegando às vezes à impolidez. Em despacho, quando acontecia o Imperador pedir-lhe para ler documentos a que aludia, Alencar passava-lhe os papéis, dizendo: *Eu já li; Vossa Majestade faz o favor de os examinar, porque eu sofro da garganta e não posso ler.*

Realmente, o escritor sofria de uma bronquite crônica, de que melhorou em tratamento feito na Europa, pouco antes de morrer de tuberculose mesentérica, aos 48 anos de idade. "A moléstia, ou sua própria natureza, explicam a habitual irritabilidade." — acrescentava Tobias Monteiro[430a].

Valendo-se aindas das notas deixadas por este Históriador, Helio Vianna repete o que o Marquês de São Vicente contava, que, cansado de pedir a Alencar a nomeação de um Juiz, recorreu ao Imperador, e que este o aconselhou: *Não insista. É um teimoso, esse filho de Padre.* Conclui Helio Vianna, que, sendo o Imperador sempre muito delicado, deveria estar furioso nessa ocasião com Alencar, o que raramente acontecia[430b].

IX

Joaquim Nabuco, explicando a exclusão do pai em 1878, alegou que este relutara sempre ser Governo: retraía-se, isolava-se em sua casa do Flamengo, receoso de que nem o vigor físico nem os meios de fortuna lhe permitissem cumprir satisfatoriamente com os pesados encargos de um ministro de Estado.

É sabido, de fato, que o cargo de Ministro, ao tempo do Império, longe de ser uma sinecura ou um meio de arranjar fortuna, era, ao contrário, um sorvedouro dela, e que quase todos os políticos que passavam pelo Poder deixavam as pastas mais empobrecidos do que quando as recebiam. Por isso, alguns recusavam ser Ministros, não se julgando bastante ricos para arcarem com as responsabilidades financeiras dos cargos. Foi, por exemplo, o caso de Joaquim Manuel de Macedo, o romancista da *Moreninha,* que recusou ser Ministro dos Negócios Estrangeiros do Gabinete Furtado, em 1864. O Visconde do Rio Branco foi, como se sabe, um dos homens que desfrutaram por mais tempo o Poder no Império, ocupando os mais importantes cargos, no Brasil e no Estrangeiro. No entanto, morreu pobre. Seu filho, o futuro Barão do Rio Branco, depois de ter sido Deputado e jornalista no Rio de Janeiro, precisou de um emprego (Cônsul do Brasil em Liverpool) para poder viver e sustentar a família. Morrendo-lhe o pai, foi preciso entregar a sua livraria ao martelo do leiloeiro para a família fazer face às primeiras despesas do luto. Buarque de Macedo, Ministro do Primeiro Gabinete Saraiva, morreu deixando 2$400 na carteira. O terceiro Martim Francisco, que cita o fato, refere-se a outro Ministro, que, para retirar-se da Corte, teve que aceitar de alguns amigos dinheiro para pagamento da passagem a bordo de um paquete[430c]. Finalmente, quando morreu o Senador Furtado, em 1870, chefe todo poderoso do Gabinete de 31 de agosto de 1864, antigo Ministro da Justiça, sua viúva ficou em tão precárias condições financeiras que o Imperador julgou dever escrever ao Presidente do Conselho Visconde de Itaboraí, lembrando a concessão de uma pensão para ela.

Contudo, a razão financeira não bastava, por si só, para explicar o sistemático afastamento de Nabuco.Tão pouco o motivo de saúde: não é de crer, com efeito, que uma pasta ministerial, mesmo uma presidência do Conselho, por mais sobrecarregada fosse ela, pesasse mais a Nabuco do que a grande Banca de Advogado que ele mantinha — além do compromisso, que assumira nessa época, para a feitura do Código Civil.

A explicação da sua exclusão em 1878, como talvez em outras ocasiões, devia ter, portanto, uma outra origem. Muito, possivelmente, pesou, como se disse, o escrúpulo do Imperador em associar o grande advogado de partido, que era Nabuco, ao Ministério destinado a executar a maior reforma política do Reinado depois do Ato Adicional. De toda a maneira, havia ou devia haver, uma prevenção qualquer do Imperador contra Nabuco. Aliás, é o próprio filho quem o diz: "Criara-se nas rodas políticas a crença de que ele não era *persona grata*, a mesma crença que existiu a respeito de Paraná, de Ottoni, dos dois Paulinos, de Eusébio, de Cotegipe, de outros. Nabuco,nas duas vezes que servira, nunca terá motivo de queixa do Imperador, nem o terá da terceira. As razões pelas quais o Imperador se dirigia a tantos outros de preferência a ele, lhe pareciam plausíveis do ponto de vista estritamente parlamentar, desde que ele se colocara em unidade, mesmo dirigindo a situação e pregoava o seu isolamento. Ele conhecia, entretanto, bastante os processos do Imperador para saber que, se este o tivesse alguma vez desejado para seu Ministro, teria ido buscá-lo ao seu retraimento, como fez tantas vezes com outros, até com estadistas que se haviam esquecido a si mesmos"[431].

X

Essa provável prevenção do Imperador contra Nabuco vinha, aliás, de longe. E não era somente do Monarca. Se alguns estadistas, como, por exemplo, Sinimbu, sempre o defenderam, outros, e dos mais respeitáveis, como Caxias, o tinham numa conta que não era certamente a melhor.

A má vontade de Caxias contra Nabuco ficou patente em maio de 1862. Nessa ocasião, Caxias, que se encontrava à testa do Governo desde cerca de um ano, se viu na contingência de retirar-se. A desinteligência que se abrira entre os seus Ministros provocara, na Câmara, a formação da chamada *liga*, composta de antigos liberais oposicionistas ao Gabinete e de um grupo de conservadores dissidentes. A oposição que a *liga* passara a mover a Caxias criara-lhe as maiores dificuldades, e, graças a uma emenda de Zacarias, cuja votação, aliás, não ficou jamais claramente definida, Caxias viu-se posto, afinal, em minoria na Câmara. Questão apenas de um voto, mas o bastante para obrigá-lo a retirar-se.

Foi nessas circunstâncias que o Imperador mandou chamá-lo. Pediu-lhe que dissesse o que se devia fazer — proponha o que entender melhor, foram suas expressões. Caxias sugeriu-lhe a dissolução da Câmara. A tanto, porém, não quis se arriscar o Imperador, que alvitrou, então, a formação de um novo Gabinete sob a chefia de Zacarias[432]. Zacarias, como se disse, fora o autor da emenda que determinara a crise ministerial. Era, portanto, politicamente, o responsável pela retirada do Gabinete. Além disso, como um dos principais conservadores dissidentes e maiorais da *liga*, tinha, na oposição, um lugar de destaque. A indicação de seu nome estava, portanto, estritamente dentro das mais puras formas de regime parlamentar.

Mas por que não o de Nabuco? Nabuco era, naquele momento, mais do que Zacarias, um dos *leaders* do movimento parlamentar contra o Gabinete Caxias. Deixara de ser, como ele próprio dissera, *ministerial*. É verdade que pertencia ao Senado, e sua oposição ali, só por isso, não lhe dava direito a aspirar à presidência do novo Ministério: *o Senado não faz política*, era um dos dogmas do regime, enunciado justamente por Nabuco. Mas, independentemente disso, não era ele um dos chefes mais acatados, talvez o verdadeiro chefe da *liga*, o novo partido que fora, a bem dizer, o responsável pela crise ministerial? Ainda na véspera, num memorável discurso, o discurso do *uti possidetis*, ele dera, da tribuna do Senado, o grito de união às oposições coligadas, preparando, assim, a atmosfera irrespirável em que logo se veria envolvido Caxias. Sua chamada ao poder, nessas circunstâncias, estaria, portanto, dentro do espírito político do regime.

Entretanto, como declara Joaquim Nabuco, "foi essa uma das seis ou sete vezes em que o Imperador podia ter recorrido a Nabuco sem se expor a nenhuma censura parlamentar, e em que o deixou de fazer"[433]. Deixou-o deliberadamente, aliás, é o que não diz Joaquim Nabuco, mas se pode saber hoje. O nome do pai bem que fora lembrado naquela ocasião; não pelo Imperador, mas pelo próprio Presidente do Conselho demissionário, o Duque de Caxias, o qual, porém, logo lhe fez uma tal restrição que praticamente o inutilizou. O Imperador consigna o fato em seu *Diário*, à data de 21 de maio de 1862, no trecho em que se refere à entrevista que tivera, naquele dia, com Caxias, sobre a crise ministerial. Sugerido, como se disse, pelo Imperador, o nome de Zacarias, Caxias lembrou-lhe imediatamente — *lembrou-me* (são palavras textuais do Monarca) *que chamasse também a Nabuco, mas logo depois refletiu que não goza do conceito de moralidade* [434]

A apreciação era dura, e precisaria que um homem da honestidade e da inteireza moral de Caxias a perfilhasse com sincera convicção, para externá-la assim, ao Imperador, tendo sobretudo em conta que ele era, como diz Joaquim Nabuco, um velho amigo de Nabuco[435]. O Imperador não faz, em seu Diário, nenhum comentário sobre isso. Limita — se a referir a apreciação de Caxias. Também não diz se objetou qualquer coisa à restrição deste sobre o caráter de Nabuco, silêncio que faz supor haverem os dois deixado cair, de comum acordo, o nome de Nabuco, sob o peso daquela dura acusação.

É oportuno associar esse fato a certas denúncias que o Imperador recebia contra Nabuco. Entre outras, acusaram-no, ao tempo em que fora Ministro da Justiça do Gabinete Abaeté, de ter removido determinado magistrado para favorecer a decisão de uma causa em que ele próprio funcionava como advogado.[436] Acusações como esta, costumam ser feitas levianamente a muito homem público, e Nabuco era, possivelmente, alvo aí da má vontade de um seu talvez inimigo político. Mas não calavam menos no espírito suspeitoso do Monarca, preocupado, sempre, em manter a maior moralidade política no regime.

XI

Chamando ao Poder o Visconde de Sinimbu, o Imperador não entregava o Governo a um desconhecido. Podia não ser ele o homem mais indicado para levar avante, num momento difícil como aquele, a lei da reforma eleitoral. Mas não se lhe podia esconder a considerável bagagem política que trazia, e que o fazia um dos mais respeitados estadistas do tempo.

A iniciação política de Sinimbu datava do Gabinete de 11 de maio de 52, formado por Rodrigues Torres, futuro Visconde de Itaboraí, na última fase da situação conservadora que antecedera a Conciliação. Fora então despachado Presidente do Rio Grande do Sul. Sua administração ali, sobretudo a política que desenvolveu contra um dos maiorais da

Província, o Barão de Quaraím, provocou os mais acesos debates no Parlamento do Império. Aliás, as suas administrações provinciais estavam destinadas a ser motivo de violentos ataques. Quando Presidente da Bahia, em 1855, sob o Ministério Paraná, ele se tornou novamente alvo de apaixonados debates, e o mesmo se daria mais tarde, em Alagoas.

Contudo Sinimbu revelou sempre ser um homem de grande bom senso. Tinha um caráter direito, dosado, embora, de uma certa porção de ingenuidade, e timbrava em manter alta a dignidade de sua pessoa, mesmo nas conjunturas as mais difíceis. Dará prova disso quando deixar a presidência do atual Gabinete. O Imperador, tão exigente nessas coisas, o teve sempre no melhor conceito, o seu caráter, a sua energia, a sua boa fé, seu juízo equilibrado e, sobretudo, o alto senso moral de seus atos. Já em 1862, quando acabou, afinal, por recorrer a Olinda, ele se lembrara de Sinimbu para organizar um Ministério à altura de presidir as eleições que se esperavam, com *imparcialidade e energia* — são as suas próprias expressões[437].

Além das presidências do Rio Grande do Sul, da Bahia e de Alagoas, Sinimbu ocupou ainda a chefia da Polícia da Corte. Serviu depois com Ângelo Ferraz, o futuro Uruguaiana, na pasta de Estrangeiros. De 62 a 64 foi Ministro do 3º Gabinete Olinda, ao lado de Maranguape, de Abrantes, de Albuquerque, veteranos da política; ocupou primeiro a pasta da Agricultura e se passou depois para a da Justiça. Nessa pasta, foi o promotor da aposentadoria compulsória dos magistrados tidos como prevaricadores, ato (a que nos referimos páginas atrás) de coragem cívica, que bem caracterizava o feitio independente e o grande patriotismo de Sinimbu.

Como tantos outros estadistas do Império, pertencia à *escola inglesa*, quer dizer, fora buscar no parlamentarismo da Inglaterra os padrões que lhe servirão depois de norma, na tribuna da Câmara e do Senado. Em Sinimbu, essa predileção pela Inglaterra era tanto mais acentuada quanto ele ali residira por algum tempo, em sua mocidade, e se casara depois com uma senhora originária desse país. "Perfeito *gentleman* da Câmara alta da Inglaterra", é como o chama Eunápio Deiró, quando nos fala de sua estampa, do seu nobre aspecto na tribuna do Parlamento, da medida de suas frases, seus raros gestos, seus movimentos comedidos.

Havia nele, possivelmente, ou melhor, nessas suas atitudes, medidas, bem pesadas, um pouco de artificial, como havia igualmente em outros políticos do tempo, em Rio Branco, por exemplo, em Saraiva, em Nabuco de Araújo, em Abrantes. Quanto eles eram diferentes dos Silveira Martins, dos Martinho Campos, dos Ouro Preto e de tantas outras naturezas irrequietas, sempre em fogo, que tão bem caracterizavam o nosso feitio de meridionais!

Mas não importa. A escola deles, quer dizer, a escola da justa medida, da compostura na tribuna, da moderação, será talvez, no fundo, artificial. Mas não caracterizam menos a maioria dos estadistas do Segundo Reinado, a feição parlamentarista da época. Havia, então, em regra geral, mesmo no trato privado, na troca de cartas ou no comércio da palavra, uma alta compreensão da dignidade alheia, do respeito mútuo. Raramente, esses homens baixavam ao terreno da descompostura, do fraseado de estalagem, como tanto se verá mais tarde. Guardavam geralmente um tom de elevação que os dignificava a todos, mesmo quando não comungavam no mesmo credo político. A este propósito, veja-se Silveira Martins, justamente um dos mais violentos parlamentares do tempo.

No mesmo dia em que atacava, da tribuna da Câmara, a política do Visconde do Rio Branco, Presidente do Conselho, la à noite jantar em sua casa, onde não se vexava de tributar-lhe a estima e o respeito que lhe mereciam suas grandes qualidades pessoais; é que essa atitude agressiva no Parlamento em nada afetava a grande amizade que o unia ao filho do Presidente do Conselho, o futuro Barão do Rio Branco. Uma coisa eram os debates no Parlamento, as incompatibilidades políticas, a liberdade de apreciação dos atos do Governo, e outra coisa eram as amizades pessoais, o respeito mútuo e a dignidade de cada um.

XII

Chamando Sinimbu para organizar o novo Ministério, o Imperador rendia-se aos partidários da eleição direta. Em compensação, exigia deles que ela se fizesse por meio de uma revisão da Constituição. A oportunidade da reforma eleitoral era para o Monarca uma questão de opinião: desde que os políticos responsáveis, tanto conservadores como liberais, entendiam que ela se fazia necessária, a bem da moralidade do regime, não seria ele, o mais esforçado campeão dessa moralidade, quem iria de qualquer modo dificultar-lhe a realização. O *processo*, porém, de alcançar-se a Reforma era, sobretudo, uma questão de princípio; e, neste caso, como chefe de Estado e defensor da Constituição que jurara, cabia-lhe bater-se pelo respeito rigoroso ao espírito e à letra da Carta Magna.

No seio do Partido Liberal, as opiniões se dividiam. Havia uma corrente que se opunha jibertamente à revisão constitucional. Entendia que uma lei ordinária, votada pelas duas casas do Parlamento, bastava para a reforma de legislação eleitoral. A revisão constitucional aparecia-lhe como um processo longo e cheio de surpresas, sujeito a intermináveis discussões, que só serviriam para dificultar ou inutilizar os esforços dos partidários da Reforma. Acrescia que iria encontrar os maiores tropeços no Senado *vitalício*, dado o receio, sempre latente entre os Senadores, de que fosse aproveitada a oportunidade para tocar-se também na velha ambição liberal da *temporariedade* da Câmara alta, recurso já tentado em 1831, e que só podia ser alcançado por meio de uma reforma constitucional.

Outro inconveniente estava em ir mexer com o amor próprio dos Senadores, que desde o Ato Adicional entendiam que o Senado devia sempre colaborar com a Câmara, não somente na lei que estabelecesse os pontos da Constituição susceptíveis de revisão, como era, aliás, a opinião geral, mas também no próprio ato da revisão. Ora, esta última presunção não a admitiam os liberais.

Sinimbu, pessoalmente, não tinha simpatia pelo processo da revisão constitucional. Não tinha, como ele dizia, os *escrúpulos constitucionais* do Imperador. Mas também não lhe tinha motivos sérios a opor. No fundo, era-lhe indiferente o meio por que se tentasse obter a reforma da legislação eleitoral. "Não fazia questão de forma", dirá ele na Câmara.[438] Sinimbu obedecia, nesse particular, à decisão tomada anteriormente pelo Clube da Reforma, segundo a qual o Partido não devia fazer "questão de meios" para obter a eleição direta. O fim visado é que era tudo. Aliás, na reunião havida em casa de Nabuco de Araújo, na véspera do dia em que o Imperador devia receber Sinimbu, e ao quesito feito por este — se me for dada a incumbència de organizar o Ministério, de que modo proporei a Reforma? — foi-lhe respondido que "seria inépcia, se o Partido Liberal, chamado ao poder, fizesse questão de forma a este respeito"[439].

Encontrando, porém, o Imperador apegado à ideia da revisão constitucional, Sinimbu não lhe quis opor obstáculos. Rendeu-se aos *escrúpulos constitucionais* do

Monarca. Este não se mostrava, em princípio, simpático a revisões constitucionais, que para uma natureza conservadora e tímida como a dele era sempre motivo de apreensões, um rochedo prenhe de perigos, de imprevistos, que convinha a todo custo evitar. Mas, desde que lhe fora forçado aceitar a ideia de uma reforma de legislação eleitoral, entendia do seu dever pugnar pela revisão, que era, para o Imperador, o único meio legal de obtê-la.

XIII

"Entendo que a reforma da eleição direta é constitucional. Os liberais a fariam como o entendessem, reservando eu, porém, minha opinião sobre o modo de realizá-la — por meio de reforma constitucional", já dissera o Imperador à filha, em março de 76, ao partir para os Estados Unidos, como que a instruindo previamente sobre o problema, para o caso de ele vir a ser agitado no Parlamento durante a Regência de Dona Isabel[440].

A argumentação do Imperador era esta: a Constituição do Império declarava invioláveis os direitos civis e políticos. Ora, nenhum direito era mais político do que o de votar e ser votado. Portanto, ele não podia ser modificado, como pretendiam agora os partidários da Reforma, sem que fosse revista também a parte da Constituição que o tornava intocável. A vantagem dessa inviolabilidade, estabelecida pela Constituição, estava, no parecer do Imperador, justamente em "dificultar reformas eleitorais, que só poderiam ser perfeitamente bem sucedidas quando a educação política for outra, que não a do nosso povo; evitar, portanto, suas alterações, sobretudo quando a tendência seria para o sufrágio universal"[441].

Rendendo-se Sinimbu facilmente às razões do Imperador, pelo desejo de realizar a Reforma, ficou, então, assentado que ele aceitaria o Poder com a condição de ela ser feita por meio de uma revisão constitucional. Para isso, convocar-se-ia uma Constituinte "com poderes limitados para tratar da Reforma nos termos em que ficavam previamente tratados"[442]. Essa ressalva foi ainda uma concessão de Sinimbu ao Imperador, o qual, insistindo na Constituinte, não a queria, contudo, para maior precaução, sem os poderes antecipadamente limitados. Assim, se lhe traçariam, de antemão, os limites; se lhe conteriam os possíveis excessos, evitando-se que ela fosse além dos objetivos visados. *Constituinte constituída* — foi a frase feliz com que a batizou, sarcasticamente, José Bonifácio, o moço.

O Imperador bem que pesou as dificuldades que uma revisão constitucional provocaria no Senado e não escondeu a Sinimbu o receio de que a opinião, sabidamente pouco simpática dos Senadores, pudesse vir a causar o fracasso da Reforma. Para evitá-lo, entendia que não bastava limitar-se previamente os poderes da Constituinte; devia-se ainda fazer ao Senado a concessão de deixá-lo colaborar também na revisão. Seria este o único meio de tranquilizá-lo contra o receio de um possível "golpe político dos liberais na vitaliciedade" de seus membros. Sinimbu, porém, não acedeu neste ponto ao desejo do Imperador, nem mesmo à ideia de Paranaguá, que Dom Pedro II logo aceitou, de "se fazer passar ao mesmo tempo ou mesmo antes da passagem do projeto da Reforma no Senado, um outro de interpretação da Constituição, no sentido da intervenção do Senado"[443].

Vencido nesse ponto da atuação do Senado, o Imperador deixou que Sinimbu se apresentasse às Câmaras condicionando a Reforma apenas a uma revisão constitucional. Foi essa a transação com a Coroa, consentida pelo Gabinete, e referida depois na Câmara por Silveira Martins. Outros diriam que a Coroa contratara com o Ministério "uma empreitada a tempo fixo"[444], querendo com isso se referir ao compromisso da *Constituinte constituída*.

XIV

Organizado definitivamente o Ministério, em janeiro de 1878, não quis Sinimbu esperar nem mesmo pela abertura da Câmara, no próximo mês de abril. Alegando que ela era formada em sua quase totalidade de conservadores — o que era exato — tratou logo de obter do Imperador o decreto de dissolução.

Em rigor, na técnica do regime representativo, Sinimbu devia antes apresentar-se à Câmara, sofrer aí o voto contrário da maioria conservadora e solicitar, então, mas só então, do Chefe de Estado, o recurso constitucional da dissolução.

Esse era, aliás, o seu parecer. Julgando, embora, a dissolução um *ato indispensável*, como dizia, reuniu antes os seus colegas de Gabinete, para indagar sobre se "não seria mais conveniente, antes de pedir ao Imperador a dissolução, apresentar-se o Ministério perante a Câmara, expor a situação dos negócios e pedir os meios de satisfazer as exigências do Estado." Os Ministros foram porém, de aviso contrário; entenderam que "a ter de entrar em luta com a Câmara, era melhor que o Gabinete solicitasse da Coroa o recurso constitucional da dissolução." "Ou isso — acrescentava Sinimbu em carta ao Imperador, dando conta da deliberação do Gabinete — ou a organização de um novo Ministério, que mereça a confiança da Câmara atual, para governar sem o emprego dos meios que o atual indica, ou possa obter dela aqueles que certamente nos serão negados"[445].

Para não ir contra a opinião da maioria do Ministério, e abrir logo uma crise, que se refletiria, necessariamente, sobre a marcha da questão da Reforma, o Imperador preferiu transigir em sua opinião, idêntica neste ponto à de Sinimbu, e conceder imediatamente a dissolução da Câmara[446]. Essa *dissolução prévia* podia ser e era certamente um contrassenso, sob o ponto de vista do regime representativo puro; mas não era uma novidade na história parlamentar do Império. O que os liberais faziam agora com essa Câmara de conservadores, haviam estes feito, anteriormente, com a Câmara liberal de 1842, dissolvida antes mesmo de reunir-se. *Árcades ambo*.

Realizadas as eleições, a nova Câmara veio, na sua quase totalidade, formada de liberais. Era fatal: da unanimidade conservadora passava-se para a unanimidade liberal. Não era por outra coisa que se estava agora querendo reformar a legislação eleitoral.

Apresentado o projeto de Reforma à nova Câmara, subordinado sempre à revisão constitucional, encontrou logo Sinimbu o embaraço dos liberais dissidentes, que pleiteavam, em vez de revisão, uma simples lei ordinária. Mas era um grupo pouco numeroso, de cerca de uns quinze deputados. Se bem que fizessem muito barulho, não conseguiram embargar os passos da Reforma. Sinimbu venceu-os com a ajuda de sua grande maioria. E dois meses depois podia já submeter a *Constituinte constituída* à alta deliberação dos Srs. Senadores.

XV

Mas no Senado é que estava o campo inimigo! O Presidente do Conselho sabia bem que lá é que se ia jogar a sorte da Reforma e do Gabinete. Prevendo o caso de uma rejeição pura e simples, ele quis *trancher*, desde logo, a questão, ameaçando ou deixando que ameaçassem o Senado com tantas dissoluções da Câmara quantas se fizessem necessárias para chamá-lo à política do Ministério. "A Câmara devia ser dissolvida, uma, duas vezes, até o Senado submeter-se à vontade manifesta da Nação, se esta se pronunciasse pela Reforma. A recusa do Senador, além desse limite, seria um pronunciamento faccioso, seria a revolução, pois que o Senado *não podia fazer política*"[441].

Tudo isso era muito bonito. Mas não impressionou em nada o Espírito dos Senadores, que rejeitaram pura e simplesmente o projeto do Gabinete. A Câmara Alta mostrava assim a quanto estava disposta, para impedir toda tentativa de revisão constitucional sem a sua prévia e efetiva colaboração. Prevalecia ali o princípio já anteriormente exposto por Rio Branco a Sinimbu: "O Senado só em duas hipóteses lhe daria aquiescência [*ao projeto*]: ou sendo a Reforma por lei ordinária, ou com a reforma constitucional e intervenção do Senado" [448].

Bem tinha razão o Imperador! Se o Gabinete tivesse adotado sua opinião a respeito da intervenção do Senado, talvez que este não tivesse assumido agora a posição radical que assumia. Em todo o caso, a intransigência dos Senadores não deixou de surpreendê-lo. Ele dirá: "Pensei até que houvesse mais prudência da parte daqueles, pela maneira por que ficava acautelado qualquer excesso da Câmara que devia dar à lei o caráter constitucional"[449].

XVI

Derrotado na Câmara Alta, com a retaguarda fechada, que irá fazer Sinimbu? Reclamar do Imperador um decreto convocando pura e simplesmente a Constituinte, independentemente da aquiescência do Senado, como queriam alguns de seus partidários? O Imperador não lhe daria jamais. Seria desconhecer a Dom Pedro II, pensar que ele pudesse prestar-se a cúmplice de semelhante ato, verdadeiro golpe de Estado parlamentar. Efetivar, então, a sua ameaça aos Senadores, dissolvendo pela segunda vez a Câmara?

O Imperador temia que fosse este, afinal, o recurso a que se apegasse o Visconde de Sinimbu. Ele estava muito pouco disposto a conceder-lhe uma nova dissolução; mas também não tinha por que retirar a confiança no Gabinete. No fundo, seu desejo era que Sinimbu pudesse ainda acomodar as coisas sem se indispor com os Senadores, encontrando um caminho honroso para todos, pelo qual pudessem sair do *impasse* em que se haviam metido. Em todo o caso, quando Sinimbu apareceu-lhe em São Cristóvão, após a derrota que lhe infligira o Senado, seu primeiro pensamento, cheio de apreensões, foi para um novo pedido de dissolução.

"Trouxe o decreto de dissolução? " — perguntou ele prontamente ao Presidente do Conselho.

E com grande prazer ouviu de Sinimbu esta resposta:

"Não, senhor, trago o decreto de adiamento"[450].

Fora este, de fato, o recurso que Sinimbu encontrara, fora da medida extrema de uma nova dissolução, para dar um pouco de ar ao Gabinete, sufocado, quase asfixiado com o recente voto do Senado. Adiando a reunião das Câmaras, ele disporia de alguns meses para melhor reconhecer o terreno difícil em que as circunstâncias o haviam posto, e tomar depois um rumo mais seguro e mais indicado.

Aconteceu, porém, que daí a pouco um imprevisto iria deslocar toda a base do Ministério, concorrendo para enfraquecer-lhe ainda mais o prestígio. Foram os tumultos provocados pelo imposto chamado do *vintém* (20 réis), lançado por Afonso Celso (futuro Visconde de Ouro Preto), Ministro da Fazenda, sobre cada passagem de bonde. Insuflados por jornais oposicionistas, como a *Gazeta da Noite*, e por oradores populares, como Lopes Trovão, espalhou-se o tumulto por várias ruas da Corte, com descarrilamento de bondes e levantamento dos trilhos na Rua Uruguaiana e no Largo de São Francisco. O Ministério, querendo dominar mais prontamente os tumultos, recorreu à força militar, resultando daí várias mortes. "Eu não admito populaça com *ar de ameaça*, como sucedeu domingo passado" — dizia o Imperador em carta à Condessa de Barral.

Contudo, esses fatos aborreceram muito o Imperador. "O dia foi de desordens, voltava a escrever à Barral. Felizmente durante quase 40 anos, que não foi preciso empregar a força como tal contra o povo. Muito me aflige isso, mas que remédio! A lei deve ser respeitada. Eu necessariamente hei de andar à baila.[450a] Difícil é a posição de um Monarca nesta época de transição. Muito poucas Nações estão preparadas para o sistema de governo para que se caminha, e eu por certo poderia ser melhor e mais feliz presidente da República do que Imperador constitucional. Não me iludo, porém não deixarei de cumprir, como até aqui, com os meus deveres de Monarca constitucional."[450b]

Por outro lado, escrevendo ao Conde de Gobineau, ele dizia: "Essas coisas me afligem profundamente. É a primeira vez que acontece no Rio desde 1840. Há quase 40 anos que aqui presido o Governo sem que tivesse sido necessário atirar sobre o povo."[451]

Não retirando sua confiança no Gabinete, é certo que desde essas ocorrências na Corte, o Imperador deixou de olhar Sinimbu com a mesma simpatia de antes. Pode-se mesmo dizer que a partir de então, os dias do Ministério passaram a estar contados. Aliás, Sinimbu sentiria isso logo depois. Convencido, afinal, de que não lhe restava outro recurso para fazer chegar o Senado às boas razões, resolveu solicitar do Monarca uma nova dissolução da Câmara, que justamente naquele momento entrava em férias parlamentares. Consultado, como de praxe, o Conselho de Estado, este foi francamente contrário: oito votos contra três, apenas, a favor da dissolução. Diante disso, o Imperador não hesitou: negou-a a Sinimbu. Ele sentia que o Presidente do Conselho se tinha comprometido demasiado e não queria complicar ainda mais a situação com uma nova dissolução. "Não lhe concedi a dissolução, dirá ele, não por falta de confiança, mas porque desejo que a Reforma não encontre embaraços e complicações, que não posso prever, por minha causa."[452]

XVII

A recusa do Imperador implicava a retirada imediata do Gabinete. Sem embargo, Sinimbu ainda tentou salvá-lo com uma possível reorganização. Ofereceu passar a Presidência do Conselho a um de seus colegas de Ministério, menos comprometido do que ele com a opinião parlamentar. Mas esse recurso também falhou.

Não lhe restou, então, outra coisa senão a retirada. Aliás, qualquer que fosse o expediente de que usasse, para manter-se no Governo, nada conseguiria com um Ministério como o seu, visivelmente enfraquecido, desprestigiado na opinião pública e solapado pelas repetidas desinteligências entre os seus próprios membros. Com menos de dois anos de existência, o Gabinete estava agora reduzido a dois titulares apenas, dos sete que lhe haviam formado a primeira organização. Os demais já o tinham abandonado, ou por morte, como foi o caso de Domingos de Sousa Leão, Barão de Vila Bela, de Osório, Marquês de Herval, falecidos em outubro de 1879; ou por incompatibilidades políticas ou administrativas, como Leôncio de Carvalho, Silveira Martins e Andrade Pinto.

Assentada a exoneração do Gabinete, foi sugerido, para presidir a nova organização ministerial, o nome do Visconde de Abaeté. Mas este se escusou. Pretextou a idade avançada; disse que estava muito velho para guiar homens novos que não conhecia. De fato, era já um ancião de mais de oitenta anos. Valia apenas pelo seu longo passado político. E indicou, para o caso, o Conselheiro José Antônio Saraiva, que, por ter estado ausente, na Província da Bahia, durante o período agudo da campanha parlamentar, não era ainda um homem gasto, parlamentarmente falando, e podia, assim, salvar o projeto de revisão constitucional.

XVIII

A indicação do nome de Saraiva não foi uma surpresa. Ele era já um dos mais prestigiados chefes liberais, e ninguém estava mais indicado para tentar salvar uma situação que a todos se afigurava das mais difíceis. Dentre tantos chefes e chefetes do Partido Liberal no fim do Império, Saraiva era o que desfrutava maior soma de autoridade. Nem Sinimbu, apesar de sua antiguidade política, nem Paranaguá, que se valia, para impor-se, das relações pessoais que o uniam à Família Imperial, nem Martinho Campos, nem Lafayette, nem Ouro Preto, nem Dantas, nenhum, em suma, desses generais do partido, podia disputar-lhe a primazia. Se não o reconheciam como chefe, ele de fato o era, e todos os acatavam pelo valor de seus conselhos, a oportunidade de suas decisões e pelo seu alto bom senso. *O Messias da Pojuca*, era como o chamavam. Pojuca era o nome do seu engenho na Bahia.

Dizia-se que o prestígio de Saraiva, no Partido Liberal, provinha mais da fraqueza do próprio Partido, da anarquia que lhe minava as bases e do desentendido que reinava entre os chefes, do que propriamente do valor ou das qualidades pessoais de Saraiva. A este respeito, não faltava, aliás, quem o acusasse de haver procurado, com o propósito justamente de destacar-se e melhor se impor a seus pares, desarticular e, portanto debilitar o Partido; dividindo os chefes, lançando entre eles a confusão e a rivalidade. Essa acusação talvez não deixasse de ter o seu fundo de verdade, e descobria um dos lados do egoísmo de Saraiva. Era um egoísmo que tinha o seu aspecto exterior na frieza do homem, no seu feitio reservado e retraído. No primeiro contacto, Saraiva era simplesmente glacial. E precisava-se de romper-lhe os primeiros gelos do temperamento, para encontrar-se o homem chão e acolhedor que era no fundo.

Nada tinha de um letrado: cultura parca, mal adquirida e quase superficial. Inteligência comum, *Ave de voo curto*, chamava-o Tavares Bastos. Mas tinha um grande bom senso, que era, no fundo, a sua principal qualidade. Uma grande serenidade. Um completo controle de si mesmo. E, ao lado disso, uma absoluta retidão de caráter. Podia ser tido, sem nenhum favor, por um dos mais honestos estadistas do Império, tomando-se esse expressão no sentido rigorosamente político. Talvez nenhum outro, além de Zacarias e de Caxias, ou de Paula Sousa, nos primeiros anos do Reinado, se lhe pudesse mesmo equiparar. Não apresentando uma vida política menos reta, menos nobre, menos sincera nem menos dirigida para os mais altos ideais, Saraiva tinha sobre os dois primeiros, seus contemporâneos, a vantagem de uma natureza mais equilibrada e mais serena, mais senhora de si, sem a impetuosidade ou, melhor dizendo, a agressividade de Zacarias e a grande susceptibilidade de Caxias; tampouco tinha a ingenuidade de Paula Sousa.

Seu prestígio, dentro e fora do Partido, provinha de tudo isso. Mas provinha também, e não podia deixar de ser assim, da simpatia marcada que lhe devotava o Imperador. Não é que os dois se estimassem muito. Eram duas naturezas frias e reservadas, que insensivelmente se excluíam. E talvez, por isso, se compreendiam. O Imperador sabia fazer justiça às qualidades de Saraiva. Homem sereno, sem paixões nem prevenções, estimava o equilíbrio do chefe liberal, a retidão de suas atitudes, o seu bom senso, a calma que sabia guardar diante das paixões e dos excessos dos nossos homens. Depositava-lhe por isso, uma larga confiança, que ficou inalterada até o último dia, a última hora, o último minuto do Reinado.

XIX

A carta que Sinimbu escreveu a Saraiva, *reservada e confidencial*, convidando-o, em nome do Imperador, a formar o novo Gabinete, reflete exatamente o pensamento de Dom Pedro II sobre a marcha da questão da Reforma e bem diz da ilusão, que este ainda alimentava, de salvar a todo o custo a *Constituinte constituída*.

SINIMBU a SARAIVA:

... Quando, em despacho anterior, expus a Sua Majestade o Imperador a conveniência e oportunidade de resolver-se esta matéria, ponderei que no ponto em que, com a votação do Senado, ficou a questão eleitoral, me parecia que a única solução natural era fazer um apelo à Nação por meio de dissolução, visto como, pela organização do Senado, não há nada contra este corretivo direto; solução de alguma sorte prevista pela solene declaração que eu havia feito em ambas as Câmaras. Que, sem embargo disto, eu não podia deixar de reconhecer os inconvenientes do meu projeto, em vista do nosso atual sistema eleitoral; e, portanto, parecia-me que algum alvitre poderia ser adotado por quem poderia executar.

Esse alvitre seria chamar Sua Majestade à Presidência do Conselho outro que, como eu, não estivesse comprometido com aquela declaração. Até por outro motivo me parecia aceitável este conselho, e é a persuasão em que estou de que grande parte da oposição que sofreu o projeto, foi devida à causa meramente pessoal, o que é fácil de reconhecer-se pelo modo agressivo e violento com que tenho sido tratado por conservadores e, até, por *liberais*. Por esta razão, a mudança sugerida me parecia aceitável, desde que essa pessoa se julgasse com força de apresentar-se perante o Senado, oferecendo de novo à sua aceitação o mesmo projeto da Câmara, reproduzido na seguinte sessão.

Sobre esta minha sugestão, declarou Sua Majestade que desejava ouvir a opinião do Ministério. Entendi-me a este respeito com os meus colegas, procurando convencê-los dos fundamentos daquela minha opinião, e da conveniência da minha retirada, assumindo algum deles a Presidência do Conselho. Recusaram todos aceitar o alvitre, alegando a nossa responsabilidade na gestão dos negócios. Malograda esta tentativa, só restava um recurso, era procurar fora do Ministério pessoa que pudesse desempenhar essa árdua tarefa.

Em tais circunstâncias, como era natural, todas as vistas convergiram para a pessoa de V. Ex.ª, que além de reunir todos os predicados tem demais em seu favor o fato de haver estado, por motivo forçado, ausente da luta, e nela não estar tão diretamente comprometido. O Imperador, que V. Exa. sabe propende sempre para o lado mais moderado, e que sem perder de vista a causa da Reforma, prefere alcançá-la pelos meios mais suaves, não deixou de prestar atenção ao alvitre sugerido. Assim, é que, depois de ter ouvido o Conselho de Estado, ordenou-me que dirigisse a V. Exa., a seguinte consulta :

Pode V. Exa. nas atuais circunstâncias prestar esse grande serviço, assumir a direção dos negócios, com intuito de fazer de novo passar na Câmara o projeto que ela votou no ano passado, e levá-lo ao Senado? V. Exa. terá talvez lido o último discurso que sobre a Reforma proferi no Senado; aí fiz novas concessões, a maioridade civil e admissão dos acatólicos no gozo dos direitos políticos.

Essas concessões, acrescentadas ao projeto, serão razões novas para fazê-lo admissível ao Senado. Removida a questão pessoal e alargado o projeto, é provável que o Senado o adote, pois dificilmente poderá justificar uma nova recusa.

Sua Majestade, que o honra com a mais plena confiança, muito estimará que V. Exa. possa prestar esse grande serviço, e quanto a mim, não tenho expressões para dizer-lhe quanto lhe ficarei obrigado . [453]

XX

Era, em verdade, uma ilusão, pensar que Saraiva pudesse fazer o Senado voltar atrás a sua resolução anterior, somente com a substituição do Ministério (que ficaria, de toda maneira, nas mãos dos liberais) e as concessões feitas anteriormente por Sinimbu sobre a maioridade civil e admissão dos acatólicos. Como se o desentendido entre o Senado e o Governo não fosse a questão da revisão constitucional!

Essa ilusão era tanto menos explicável no Imperador quanto Saraiva houvera escrito antes a Paranaguá, dizendo não poder tomar "a responsabilidade de organizar um Ministério que afrontasse todas as dificuldades que deviam provir da persistência em uma reforma constitucional", e o Imperador, pelas relações pessoais que mantinha com Paranaguá, não podia certamente ignorar os termos dessa carta.[454]

Mas, seja como for, a resposta negativa de Saraiva tirou-lhe as últimas esperanças de revisão constitucional.

SARAIVA a SINIMBU:

Sei que V. Exa. procede logicamente e com dignidade, quando julga a dissolução da Câmara indispensável à sua continuação no Ministério, pois isso resulta de sua declaração em ambas as casas do Parlamento, e é o único [recurso] de que pode dispor o Governo para impor ao Senado a reconsideração do projeto por ele rejeitado.

Mas posso eu proceder do mesmo modo? Posso eu aconselhar à Coroa o mesmo caminho a seguir-se na reforma eleitoral? V. Exa. sabe que gastei quase uma sessão do Senado a demonstrar que se podia fazer a reforma eleitoral sem o concurso de uma Constituinte. Como, portanto, posso eu comparecer perante esse mesmo Senado, para dizer-lhe que é constitucional o que eu declarei que não o é? Semelhante procedimento tirar-me-ia a força moral indispensável ao homem público para estar no Governo.

É certo que apoiei a V. Exa. e que continuarei a apoiá-lo na realização de seu programa de reforma; mas esse apoio não significara, nem pode significar senão que eu não quero embaraçar por forma alguma os Governos que tomarem a peito dotar o país de uma boa lei eleitoral. Deixo a cada um a escolha do caminho que lhe parecer mais seguro e melhor.

As considerações feitas me parecem suficientes para que Sua Majestade o Imperador se convença de que não me é possível aceitar a honra de organizar Gabinete que leve ao Senado o projeto de reforma constitucional, nem mesmo com as modificações que as circunstâncias exigirem. [455]

Noutra carta, que se cruzara com esta,[456] Sinimbu reiterava o convite do Imperador a Saraiva, para organizar o Ministério e obter "do Senado o projeto de Reforma com as bases com que foi adotado pela Câmara dos Deputados" (isto é, por meio de revisão constitucional). Mas, diante daquela recusa peremptória de Saraiva e da impossibilidade de recorrer-se a outro chefe liberal, pois Nabuco, o mais indicado, era morto há quase dois anos. Abaeté, muito idoso, se recusara, Dantas e Ouro Preto não tinham situação parlamentar assegurada, e Paranaguá e Lafayette, membros do Gabinete de Sinimbu, estavam tão comprometidos, politicamente, quanto este, foi forçoso ao Imperador persuadir-se, afinal, de que o único meio, de fato, viável de alcançar-se a eleição direta era, realmente, a lei ordinária, votada pela legislatura em curso. "Empreguei todos os meus esforços de opinião para que a Reforma se fizesse pelo modo que não só a mim como ao Ministério que se retira pareceu mais conveniente", dirá ele vencido.[457]

XXI

Saraiva teve então inteira liberdade de ação. O Imperador desembaraçou-o de qualquer compromisso antecipado; autorizou-o a promover a Reforma *pelo modo que lhe parecesse preferível*. "Tenho ordem de Sua Majestade para declarar a V. Exa., escrevia-lhe Sinimbu, que à vista da carta que aludis em vosso telegrama de ontem,[458] encarrega de organizar o novo Ministério para realizar a Reforma pelo modo que vos parecer preferível."[459]

Chegou-se a dizer que Saraiva exigira, e o Imperador acedera, a que a Reforma eleitoral se fizesse mesmo, caso necessário, por uma simples lei do Poder Executivo. Não houve tal. O Imperador o desmente categoricamente: "Saraiva não me propôs nem cogitou de reforma do sistema eleitoral por decreto do Poder Executivo, e tal ato seria o maior dos atentados à Constituição."[460]

De fato. Na liberdade dada a Saraiva para realizar a Reforma "pelo modo que lhe parecesse preferível" não se incluía, evidentemente, o recurso de um simples decreto executivo, que seria, sob todos os sentidos, um enorme contrassenso.

Mas nem por isso, a viravolta sofrida pela reforma do sistema eleitoral, com a vinda de Saraiva para o Poder, deixava de ser radical. Alterava-se completamente o rumo da questão: da revisão constitucional passava-se para a lei ordinária; em vez de uma Constituinte, a própria legislatura em curso. Isso valia por uma garantia antecipada da vitória. O fato mesmo de Saraiva subir ao Poder somente para fazer passar a Reforma por meio de um decreto legislativo, como queriam os liberais, como queriam os conservadores, como queria também o Senado — sobretudo o Senado — como acabou querendo o Imperador, era a segurança de que a eleição direta encontraria agora o seu caminho completamente desbravado. E assim foi.

Apresentado o projeto Saraiva à Câmara,[461] em dois meses, ele sofria ali as três discussões regimentais, sob o aplauso de todos, e era em seguida submetido à deliberação dos Senadores. A rapidez com que a Reforma passava agora na Câmara dos Deputados, sem encontrar obstáculos, provocava a seguinte reflexão: aqueles mesmos representantes da Nação, que meses antes entendiam, indispensável, uma revisão constitucional para votar-se a eleição direta, pensavam agora justamente o contrário, isto é, que bastava pura e simplesmente uma lei ordinária. Lorde Chetersfield escrevia certa vez ao filho, quando este iniciava a carreira política: "Eis você membro do Parlamento. Não vá, como certos aventureiros, votar de acordo com a sua consciência. Vote como um *gentleman*: com o seu Partido."

XXII

Aprovado o projeto pelo Senado, foi ele imediatamente sancionado pelo Imperador, em janeiro de 1881. Realizava-se, assim, uma das maiores reformas políticas do Reinado!

"Saraiva recebeu as palmas da vitória e bem mereceu todas as homenagens que lhe foram prestadas. Mas a justiça manda reconhecer que a sua ação segura e eficiente foi em grande parte devida à atitude decisiva de Dom Pedro II. Pouco importa que Sua Majestade tenha tido os escrúpulos constitucionais que determinaram o fracasso de Sinimbu diante da teimosia partidária do Senado e do receio que o *ramo vitalício* tinha de *bulir* na Constituição em vista da maturidade da ideia da temporariedade. O certo é que, sem Dom Pedro II, a eleição direta não teria sido votada: se, para que Saraiva a obtivesse do Senado sem a revisão constitucional, o Imperador não houvesse transigido com aqueles escrúpulos, a lei não passaria em 1881 e talvez não tivesse chegado a passar até 1889."[462]

De uma coisa, entretanto, se devia culpar o Imperador: de ter, com os seus escrúpulos constitucionais, exposto o país durante mais de dois anos a discussões políticas improdutivas, para chegar depois ao mesmo ponto de partida. Não tivesse ele tido aqueles escrúpulos, e Sinimbu teria obtido logo, em 1879, o que Saraiva só veio a obter em 1881.

Porque é certo que a não ser, realmente, o Imperador,e um ou outro parlamentar, ninguém mais fazia questão de Constituinte para votar-se a reforma da legislação eleitoral. A opinião da grande maioria era mesmo no sentido da completa inutilidade de uma revisão. No Partido Liberal, o desejo geral era que a Reforma se fizesse por qualquer meio, como ficara assentado desde 1877, não escondendo, contudo, os seus *leaders*, as preferências por uma simples lei ordinária. O próprio Sinimbu, como já se disse, era desse pensamento; se concordou depois em pleitear a revisão constitucional,[463] foi somente para ser agradável ao Monarca, e não perder assim a glória de fazer a eleição direta, toda sua ambição política no momento. *Transigiu com a Coroa*, como disse Silveira Martins. Essa sua transigência valeu-lhe ser acusado de *teléfono oficial do Paço*, na frase de Antônio Felício dos Santos, que pedia ao Partido Liberal esse *habeas corpus* ao Gabinete, para "tirá-lo de qualquer constrangimento e manter intacta a bandeira, demitindo-se."

Se, portanto, nem os liberais nem os conservadores tinham os escrúpulos constitucionais do Imperador (dos conservadores, raríssimos, como por exemplo, o Visconde do Rio Branco, eram partidários da Constituinte),[464] fica de pé a acusação: por culpa do Monarca, o país perdeu dois anos com debates políticos estéreis para, findo esse prazo, voltar ao ponto de partida da questão eleitoral.[465]

O que atenuava, até certo ponto, e desculpava a teimosia do Imperador, era o motivo que o guiava: o perigo do mau precedente. Ele se opunha à lei ordinária por estar persuadido de que ela, uma vez utilizada para reformar-se agora a legislação eleitoral, facilitaria novas reformas, com risco até de acabar-se no sufrágio universal. E o sufrágio universal, na opinião perfeitamente certa do Imperador, era um verdadeiro contrassenso num país como o Brasil,[466] onde a maioria analfabeta da população era simplesmente esmagadora, e onde a *elite*, isto é, a gente que sabia ler e escrever, só em proporção reduzida, como ainda hoje, tinha discernimento político. Fazendo a Reforma depender de uma revisão constitucional, ele pensava dificultar o perigo de novas leis eleitorais, "que só poderiam ser perfeitamente bem sucedidas — e vale a pena repetir suas palavras — quando a educação política for outra que não a do nosso povo."

XXIII

Relevada, porém, essa teimosia, toda a atitude do Imperador, no correr da campanha parlamentar pela eleição direta, só merece louvores.

Antes de tudo, ela destruía uma das muitas acusações lançadas pelos políticos contra o regime e a Coroa; esta: que o Senado não passava de um corpo de áulicos, simples prolongamento do Paço, criatura do Trono, e cuja existência no nosso sistema representativo, a serviço do Imperador, só servia para comprimir e asfixiar as liberdades públicas.

Isso ficava tanto menos provado quanto fora justamente o Senado que fizera frente e acabara vencendo o Imperador em seus escrúpulos constitucionais. O Senado não confiou em Dom Pedro II, quer dizer, temeu que o Monarca não tivesse bastante força moral para evitar, no caso de se fazer a revisão constitucional, um golpe dos liberais contra a vitaliciedade da Câmara Alta. Por isso, ele fechou o caminho à política do Visconde de Sinimbu. Mas, na realidade, quem teve os passos embargados pelos Senadores foi o próprio Monarca, inspirador da política constitucional do Gabinete. Foi a ele que o Senado fez retroceder, obrigando-o a voltar, desta vez com Saraiva, pelo caminho da lei ordinária. É certo, que o Senado agiu sobretudo — e mesmo exclusivamente — *pro domo suo*, por puro instinto de conservação. Defendeu o privilégio de vitaliciedade, entrincheirando-se contra um possível golpe de flanco dos liberais. Mas não importa: o Imperador não foi menos o derrotado.

Aliás, durante toda essa campanha parlamentar, quem mais cedeu foi justamente o Imperador. Cedeu, antes de tudo, à opinião política do país, aceitando a eleição direta, pela qual nunca nutriu entusiasmo, convencido como estava, e com razão, como se verá depois, de que nada nos adiantaria aperfeiçoar processos eleitorais, uma vez que o mal não estava na lei, mas sim na educação dos votantes e dos votados; cedeu depois aos liberais, abrindo mão de sua opinião no sentido de que cabia também ao Senado, colaborar com a Câmara na revisão constitucional;[467] cedeu, por fim, aos conservadores do Senado, desistindo de insistir por que a Reforma se fizesse por meio de revisão da Constituição, e conformando-se com o recurso da legislatura ordinária.

Em todos esses recuos, é que estava justamente o seu grande mérito, porque cedia sempre inspirado pelos interesses mais elevados, em favor daquilo que lhe parecia ser, mal compreendida embora, uma aspiração da maioria da Nação. Teimou dois anos por uma revisão constitucional; mas acabou cedendo. Abdicação que tinha tanto maior valor quanto fora longa a sua teimosia.

Ele não era nem nunca chegou a ser partidário da eleição direta. Com o seu ceticismo e o exato conhecimento que tinha de nossas deficiências culturais, não acreditava que ela pudesse melhorar os péssimos vícios eleitorais do país. Não seria nunca, como ele dizia, o vestido que faria vestal a Messalina.

Mas, desde quando se capacitou de que a Nação reclamava realmente essa Reforma, e tinha nela, com razão ou não, a visão de um futuro melhor para a liberdade e a moralidade das instituições políticas do Brasil, um dos seus ideais de Monarca, ele se pôs completamente a serviço do país, com toda a sua boa vontade, que era ilimitada, com toda a sua inteligência, com todo o seu amor ao trabalho. Cedeu, para isso, em toda a linha, abrindo mão, generosamente, de seus princípios contrários aos dos políticos, quer no que dizia respeito ao processo legislativo da Reforma, quer com relação à essência mesma dela. Cumpria, assim, nobremente, o que prometera a Saraiva, quando o chamara para organizar Gabinete: *Nenhum estorvo partirá de mim, direta ou indiretamente, para que se perca a oportunidade da Reforma, que me parece provada.*

80. Descascando mandioca. Lito de Duruy sobre foto de Victor Frond. *Em Brazil Pittoresco*. Rio de Janeiro, Biblioteca Nacional.

81. Foto de vagão da *São Paulo a Rio de Janeiro* privativo da Família Imperial. Construído pela American Car & Coundry Co. em 1875. Petrópolis, Museu Imperial.

82. Alemães imigrados em Santa Catarina. Foto de Otto Niemeyer. 1866, Rio de Janeiro, Biblioteca Nacional.

83. *Manipanço Brazileiro,* Caricatura de Faria, em "O Mequetrefe" 10 de janeiro de 1878. Rio de Janeiro, Biblioteca Nacional.

84. Cabeçalho e caricatura em "A Comédia Popular", da Corte, por Faria, 1878.

85. Entrada da barra do Rio de Janeiro. Estudo para um panorama circular de Victor Meireles, 1885. Rio de Janeiro, Museu Nacional de Belas Artes.

86. Dom Pedro II. Óleo de Edouard Viennot, datado 1868. Petrópolis, Museu Imperial.

87. Dona Teresa Cristina. Óleo de Edouard Viennot, datado 1868. Petrópolis, Museu Imperial.

88. O Imperador, litografia de Vale sobre foto de Joaquim Insley Pacheco, c. 1876. Rio de Janeiro, Biblioteca Nacional.

CAPÍTULO XIV

O CLIMA POLÍTICO

Entusiasmo pela reforma eleitoral. Seus resultados. Falta de educação política do povo. As eleições. Compressão eleitoral. "Câmara de servis." O Imperador e a liberdade eleitoral. Sua luta com os Ministros. O Imperador e os partidos. História dos partidos constitucionais. O jogo dos partidos. Liberais e Conservadores. Partido do Governo e Partido da Oposição. O poder pessoal. O Poder Moderador na Constituição de 1824. "O rei reina, governa e administra." O sorites de Nabuco de Araújo. Feitio absorvente do Imperador. O "imperialismo." Insinceridade dos políticos. Os exemplos: José de Alencar, Saraiva, Paraná, Zacarias, Nabuco de Araújo.

I

Sancionada a reforma eleitoral, que passou a ser a Lei Saraiva, a clientela política, que assistia o Imperador no governo da Nação, não escondeu o entusiasmo delirante pelos benefícios que se esperava ela trouxesse aos costumes políticos do país. Estava-se convencido de que a nova lei viria sanear definitivamente os nossos tão deploráveis processos eleitorais; e que, doravante, o Brasil poderia orgulhar-se de ser, realmente, aquela *democracia coroada,* de que falara o General Mitre.

Com os exageros próprios de nossa raça, os políticos cantaram ditirambos à Reforma. Nos seus entusiasmos líricos, chegaram até a ser cômicos. Como o segundo, Martim Francisco, por exemplo, que confessava a sua admiração comovida pela nova lei, não só por ela mesma como também por seus menores detalhes, por seus artigos, por seus parágrafos, "até por suas vírgulas!"

Rui Barbosa, jovem Deputado liberal baiano do grupo de Dantas, proclamava que era "a maior lei deste país depois do Ato Adicional", o que até certo ponto estava certo; mas logo caía no exagero e exclamava: "É o mais assombroso triunfo obtido pela causa liberal, é a Carta do sistema representativo e da liberdade religiosa no Brasil" (a lei, como se sabe, concedia direito de voto aos acatólicos). E la além: "É a mais alta culminação da liberdade e da democracia neste país, uma lei gigantesca, cuja importância há de crescer de dia para dia; uma lei que vale mais de meio século de reformas conservadoras, resgatando de um dia alguns anos de culpas liberais e 40 anos de maus governos conservadores." Rui Barbosa terminava assegurando que a nova lei criara, afinal, o parlamentarismo no Brasil.

Paulino de Sousa, chefe conservador, entendia que ela rejuvenescia a Nação; e Ferreira Viana, outro conservador, comparava-a a uma verdadeira revolução, tão radicais seriam as suas consequências. Paranaguá, liberal, achava que ela restituiria o prestígio essencial à verdade do sistema representativo. Martinho Campos, também liberal, dizia que, graças a ela, a Nação poderia governar-se como quisesse e como entendesse, pois nenhum Governo teria força no Brasil para introduzir no recinto do Parlamento a *peste* das Câmaras unânimes.

703

Isso se dizia em 1881.

Ora, o que iria acontecer? Que cinco anos depois o Barão de Cotegipe conseguiria eleger uma Câmara esmagadoramente conservadora, com apenas 20 deputados liberais; e que, em 1889, o Visconde de Ouro Preto, liberal, faria uma Câmara com quase a totalidade de seus partidários!

II

Não se podia dizer, entretanto, que a Lei Saraiva não tivesse dado os seus frutos. Mas teve a sorte precária de certas árvores, que nascem, um belo dia de sol, e crescem, e sobem, e vicejam, bonitas, galhardas, verdes, exuberantes de seiva, carregadas de frutos; depois, quando mais fartas são as esperanças nelas, começam a fenecer, os frutos caem, um a um, as folhas amarelecem, secam, deixam-se levar pelos ventos, os ramos se retraem, se retorcem, mirrados, enegrecidos. E a bela árvore, outrora frondosa e verde, não é mais do que meia dúzia de galhos podres e desfolhados.

De fato. A primeira eleição processada pela nova lei foi realmente o pleito mais liberal que já tinha havido no Brasil. Não se chegara ainda a resultados tão animadores, que dignificassem tanto os homens políticos e o sistema representativo do Império. A compostura, a irrepreensível linha de conduta que o Conselheiro Saraiva guardou na presidência dessa primeira eleição de 1881, deu-lhe um enorme e merecido prestígio nos meios políticos do país. O Imperador não lhe regateou os aplausos. Pode-se, talvez, dizer que desde então Saraiva ficou sendo o seu homem de Estado preferido. A *lei foi imparcial e fielmente cumprida,* disse o Gabinete, pela Fala do Trono de 1882. Era perfeitamente exato.

Uma prova disso estava na derrota de dois de seus Ministros[468], os quais tiveram, consequentemente, de abandonar as respectivas pastas. Mas a melhor prova foi o resultado total da eleição, pela qual os conservadores conseguiram fazer cerca de 50 deputados. Um partido de oposição elegendo tão grande número de correligionários era coisa jamais vista no Império.

Mas esses belos resultados tiveram a mais curta duração. Breve constatou-se que a nova lei só prestava pela honestidade com que a *quisessem* cumprir os seus manipuladores. Contra a ação desmoralizadora dos políticos, apesar de todas as perfeições, de todos os percalços, de todos os recursos de defesa, ela nada ou muito pouco valeria. Os mais avisados, quer dizer, os mais realistas, que não se deixavam ganhar por ilusões sonhadoras, depressa compreenderam isso. E quando o Senador Dantas, — Presidente do Conselho, assegurou à Câmara, em 1884, que a oposição teria do Governo, nas eleições daquele ano, as maiores garantias de liberdade, correu pelos bancos dos conservadores uma gargalhada geral: era porque os profissionais da fraude já estavam senhores das fraquezas da lei, portanto do segredo de burlá-la e sabiam o que podiam valer aquelas promessas de garantia.

Apesar de tudo, ainda nessa segunda experiência de 1884, os resultados não foram de todo desanimadores. Se não deram os mesmos frutos de 1881, foram ainda a melhor resposta que Dantas podia ter dado à *gargalhada conservadora:* a oposição fez cerca de 40 deputados.

Dois anos depois realizava-se a terceira experiência. Desta vez, eram os conservadores que estavam no Poder. Vivia-se em plena agitação abolicionista. A consciência política do país despertava ao clamor dos libertadores de escravos. Nunca, como então, o espírito liberal da Nação ostentara tanto a sua vitalidade. O velho Barão de Cotegipe fora chamado ao Governo para fazer passar no Senado, a lei que libertava os escravos sexagenários, que Saraiva não julgara possível levar ao último termo.

O que se viu então? Isto: a eleição de uma Câmara quase totalmente conservadora! Os liberais fazendo apenas umas dezenas de deputados. A sexta parte da Câmara! Que melhor gargalhada podiam, de fato, dar agora esses conservadores, às ilusões acaso ainda existentes nos autores da lei? É verdade que, nesse mesmo Gabinete, Cotegipe teve depois, em pleito singular, um de seus Ministros derrotado. Mas isso não significava grande coisa.

Tanto assim, que o Gabinete liberal do Visconde de Ouro Preto, cinco anos depois, conseguia fazer uma Câmara quase unanimemente governista, uma Câmara, por assim dizer, *sua*: era a *revanche* completa dos liberais. Mais do que nunca, ficava provado que, qualquer que fosse a lei eleitoral ou sistema que esta representasse,somente contava a decisão do Governo, a vontade do Governo, o querer do Governo. Essa Câmara do Visconde de Ouro Preto seria a última da Monarquia. Mas não se precisava de outra para prova de que a Lei Saraiva, com todos os seus recursos e engenhos, de nada ou muito pouco valia contra os manejos da politicagem.

III

Por culpa da lei? Não. Por culpa dos homens, votantes e votados, por culpa dos chefes, grandes, médios, pequenos; por culpa também dos Partidos, mal construídos, desarticulados, inorgânicos, inexpressivos — numa palavra, por culpa da escassa cultura política do país. "Sem educação generalizada nunca haverá boas eleições" — já dissera o Imperador em 1876[469]. Podia dizer-se então o que Gilberto Amado repetia há cerca de vinte e oito anos, isto é, que sem contar os habitantes das cidades, que não se pode dizer sejam cultos em sua maioria, a população do Brasil, politicamente falando, quase não existia.

De fato. Sob o ponto de vista exclusivamente político, no sentido elevado da palavra, o Brasileiro, então como ainda hoje, era lamentavelmente pouco desenvolvido, vegetava num atraso de quase dois séculos. Só o interessava, nesse particular, só contava para ele, só lhe despertava a consciência cívica, a mais daninha e a mais bastarda das políticas — a política oficial. Intelectualmente, ele se esterilizava no que Goethe chamava das *politische gerede,* isto é, na parolagem. "Uma Nação composta de bacharéis gárrulos e de povo ignorante", já nos definira, em 1824, aquele delicioso e sempre avisado Visconde da Pedra Branca.

Os vícios, portanto, as deficiências do sistema eleitoral vigente, não resultavam de leis nem de processos de eleição incompletos ou inadequados; eram, como muito bem dizia Joaquim Nabuco, uma questão de moral social, política e privada. É que, infelizmente, faltava aos nossos homens públicos essa probidade cívica, tão necessária na vida das Nações quanto à probidade moral na vida do homem livre. "Haja eleições como elas devem ser — dizia o Imperador em 1861 — e portanto todas as suas consequências, e o Brasil terá certo o seu futuro, e o Monarca dias serenos" [470].

Que a culpa era do relaxamento na educação política dos homens, e não de processos eleitorais, está a prova em que assim quiseram os chefes liberais em 1881, e a verdade das urnas tão sonhada, ou apenas sonhada, foi, de fato, uma bela realidade. No Brasil, houve eleições! Em 1884, quando da segunda experiência da lei sob o Gabinete Dantas, se as coisas não se passaram com os mesmos excelentes resultados da primeira vez, em todo o caso, o benefício que se colheu foi ainda animador. Mas, infelizmente, já se podia notar que o barco da eleição direta tinha falhas, como de resto todas as leis por mais perfeitas elas sejam e que só dependia, para que as águas da fraude não penetrassem por ali, da probidade e do escrúpulo de seus tripulantes. Foi essa probidade que faltou ao Barão de Cotegipe e seus comandados, quando da terceira viagem, em 1886; então o barco começou francamente a fazer água. E com o Visconde de Ouro Preto, em 1889, foi o naufrágio, o desastre final. Da bela obra de Saraiva não ficou senão a *épave*. Foi impossível salvá-la da malandrice dos políticos, que depressa haviam descoberto os meios de burlá-la, de torcê-la e de reduzi-la a um instrumento de fraude e de compressão eleitoral tão eficiente para eles e tão danoso para a coletividade quanto fora, durante quase sessenta anos de regime monárquico, a lei chamada dos dois graus.

IV

Que valiam, portanto, as eleições (esse *tifo eleitoral,* como dizia o Marquês de Abrantes), que podiam elas exprimir, se toda a sua evolução, do alistamento eleitoral à posse dos chamados eleitos da Nação não representava, em última análise, senão um conjunto de atos arbitrários, de violências e de compressões? "As eleições — confessava o Conselheiro Pereira da Silva, — realizavam-se pela corrupção das classes miseráveis, pelas violências de que eram alvo por parte das autoridades policiais e administrativas, pela ignorância do povo miúdo, que não conhecia sequer seus direitos e muito menos sabia defendê-los; pela facilidade, enfim, de falsificar os alistamentos e as atas paroquiais da eleição primária"[471]. Tudo isso, o Imperador resumia nestas poucas palavras, lançadas em seu *Diário: A nossa principal necessidade política é a liberdade de eleições"* [472].

Politicamente falando, o país vivia no regime da compressão eleitoral: compressão dos grandes chefes de partido contra os outros chefes menores; destes, contra os chefes provinciais, que por sua vez comprimiam os chefetes municipais, estes a outros, e assim por diante, até a compressão do cabo eleitoral contra o votante, o *homem da rua,* na maioria das vezes, senão mesmo com raras exceções, um ignorante, apesar de saber rabiscar o nome, um indiferente, de uma passividade quase budista, sem a menor consciência do valor moral e político, e muito menos do alcance social que devia representar o voto.

Esse estado de coisas, por todos os lados deprimente, só podia produzir as cenas edificantes que se viam no mundo político do Império, das quais as mais escandalosas eram as célebres *derrubadas.* Quando o partido chamado pelo Imperador para o Governo, não contava com uma maioria parlamentar que o apoiasse, e conseguia da Coroa o recurso constitucional da dissolução da Câmara, seu primeiro cuidado, antes do pleito, era fazer uma ceifa, em regra, no pessoal da administração geral, provincial e municipal do Império, enxotando dela todos quantos pudessem influir em seu prejuízo nas eleições, que se preparavam para a nova Câmara. Construía-se, assim, um vasto e sólido alicerce, sobre o qual iria repousar e funcionar a máquina eleitoral do partido governista. Semelhante sistema fazia lembrar o que se passava na Grécia parlamentar do Rei Jorge, onde o partidarismo político regulava a tal ponto a situação dos empregados públicos, que, quando um novo

Gabinete subia ao poder, até mesmo os míseros engraxates das ruas de Atenas perdiam o emprego que ocupavam por uma concessão da polícia.

Para se ter uma ideia das proporções que assumiam por vezes, entre nós, essas demissões em massa, basta citar este fato, contado por Joaquim Nabuco: durante o curto Governo de Manuel de Sousa, em Pernambuco, que não durou sequer dois meses, houve ali para mais de 200 demissões; substituiu-o, Chichorro da Gama, que, para não ficar atrás, "consumou a obra de devastação e deu cerca de 300 demissões"[473]. E Pernambuco passava por ser então a Província mais adiantada do Império!

Era com semelhantes processos que se obtinham as Câmaras unânimes ou quase unânimes, a *peste,* como dizia Martinho Campos, inteiramente conservadoras ou inteiramente liberais, conforme o partido que presidia as eleições; ou então as Câmaras subservientes, inconscientes de sua missão política, *Câmara de servis,* como as chamara Silveira Martins, que votavam hoje uma matéria de determinada maneira, para votarem amanhã essa mesma matéria de uma maneira diametralmente oposta. Teófilo Ottoni cita aquela Câmara, que "apoiou sem tergiversar o Ministério parlamentar de 1837, o Ministério oligárquico de 1840, e que em seguida, depois de haver alternadamente condenado e aplaudido a Maioridade, acompanhou servilmente o Ministério maiorista, e terminou sua carreira obnóxia como rabadilha do Ministério palaciano de 25 de março de 1841 "[474]. No Capítulo anterior, vimos com que desenvoltura, para não dizer com que irresponsabilidade, a Câmara que apoiou a *Constituinte constituída* reclamada por Sinimbu, deu uma radical volta-face, e passou a apoiar o processo diametralmente oposto da legislatura ordinária, pleiteado por Saraiva. Aliás, já Macaulay dizia que era inútil procurar lógica nos políticos[475].

V

O Imperador bem que empregava os melhores esforços para remediar esses deploráveis costumes, e sua obra mais meritória, como Chefe de Estado, estava sem dúvida nos entraves de toda a espécie que punha para impedir o nosso abastardamento político. Atendendo, com sua costumada benevolência e interesse pela causa pública, todos quantos o procuravam para queixar-se, ou intervindo junto dos políticos para punição dos culpados, ele praticava uma obra verdadeiramente saneadora e nacional. Na sua volumosa correspondência com os Ministros, uma grande parte, uma parte enorme, é relativa, exclusivamente a eleições, seus processos, suas falhas, fraudes, compressões, falsificações etc.

"Sempre falo no sentido da liberdade nas eleições" — escreveu ele à margem de Tito Franco — e alguma coisa tenho conseguido. A boa nomeação de Presidentes [*de Província*] é o meu maior empenho, e os que eu souber que intervieram em eleições nunca mais serão presidentes, se minha opinião prevalecer."

Sua luta com os Ministros, por uma escolha escrupulosa de Presidentes de Província, os quais eram, por assim dizer, como agentes diretos e da imediata confiança dos Gabinetes, os principais *fazedores* de eleições, foi de uma constância e de uma tenacidade realmente admiráveis. Todo o seu objetivo era que esses *procônsules* do Império estivessem sempre, por seus méritos, por sua moralidade pública e privada, por seu passado político, acima de qualquer suspeita. "Meu grande empenho é a liberdade das eleições" — dizia ele à filha, quando esta assumia pela segunda vez a Regência do Império, na véspera da partida do pai para os Estados Unidos, em 1876. "Para isso tenho sempre lembrado a boa escolha de Presidentes. Foram até consultados Conselheiros de Estado, que não quiseram aceitar esse encargo. Creio que o Ministério quer a leal execução da nova lei da eleição, mas é indispensável que as autoridades não contradigam esse desejo, por seu procedimento mais ou menos desleal. Toda a vigilância do Governo é pouca"[476].

Escrevendo ao Visconde de Itaboraí, então Presidente do Conselho, em outubro de 1868 sobre as eleições que se deviam realizar daí a três meses, dizia o Imperador:

"Escolham-se autoridades honestas *em todo o sentido*, punam-se as que abusarem ou consentirem em abusos como, os de andarem os seus inferiores cabalando por conta de qualquer dos Partidos, que devem dar força ao Governo, e não tirá-la dele, que as eleições, já começam a inspirar alguma crença... No meio da nossa desmoralização, seria difícil desde já reerguer a fé, que todos devem ter, na marcha regular das nossas instituições; porém ainda há felizmente muitas pessoas dotadas das melhores intenções, e eu espero tudo do empenho que o Sr. tem de que não se pratiquem certos atos e se reparem os que a experiência tem mostrado que foram errados"[477].

Esse empenho pela realidade das eleições, que era um aspecto, apenas, da moralidade política do regime, foi um dos traços principais do Imperador, visto como Chefe de Estado, e que o separara distintamente dos políticos do seu tempo. Preocupou-o, pode-se dizer, desde quando começou a ter a noção exata do seu papel civilizador, no centro de escassa cultura que havia então no Brasil. Quando Caxias assumiu o Poder por morte de Paraná, em 1856, foi o jovem Monarca quem lhe traçou uma espécie de norma de governo, na qual se lia este parágrafo, sem dúvida um pouco ingênuo, mas de um louvável bom senso para um rapaz de apenas trinta anos de idade:

"As eleições devem ter lugar com toda a liberdade de voto, cingindo-se a ação do Governo aos seguintes princípios: Nenhuma intervenção direta de qualquer membro do Ministério, e ainda menos deste; podendo contudo os Ministros pedir em favor de candidatos cujas relações pessoais com eles tirem todo e qualquer caráter oficial ao pedido. Pode haver intervenção indireta por meio dos Presidentes, entendendo-se estes com as influências locais, que não forem autoridades, e só nestes casos, e sob as seguintes condições: quando convenha opor a um candidato pouco digno de tomar assento entre os representantes da Nação ou que defenda interesses contrários às bases do nosso sistema político[478], outro que não esteja em tais circunstâncias, contando que este seja aceito pelo distrito eleitoral, e não se torne preciso empenhar meios de ação de qualquer gênero para evitar a eleição do adversário"[479].

Oliveira Viana diz bem que, durante os cinquenta anos de Reinado, a luta do Imperador contra o partidarismo, o nepotismo, o favoritismo, a politicagem dos Ministros não teve tréguas nem esmorecimentos, e que há nela *traços quase dramáticos*. Pode-se bem acrescentar que o Monarca era, nesse particular, a principal fonte de liberdade política do Império.

VI

Os Ministros, é claro, não aceitavam sempre de bom grado essa vigilância do Imperador, e até certo ponto, impertinente para eles, em favor dos adversários na oposição; e a acusação, sempre repetida, que lhe faziam, era de que o Chefe de Estado se tornava com isso um Imperador faccioso, saindo da posição imparcial e equidistante que lhe traçara a Constituição. Vistas as coisas em seus detalhes, pode ser que essa acusação tivesse por vezes fundamento; mas observadas em conjunto, como deviam ser, era francamente pueril. A soma dos atos do Monarca, e não somente de seus atos, de todas as suas intenções, repetidamente manifestadas, era a mais absoluta negação disso.

"Não sou de nenhum dos Partidos, dizia ele, para que todos apoiem nossas instituições; apenas os modero, como permitem as circunstâncias, julgando-os até indispensáveis para o regular andamento do sistema constitucional, quando, como verdadeiros partidos e não facções, respeitem o que é justo"[480]. E sobre distribuição de empregos públicos, fator que foi sempre da maior importância para a economia dos partidos, já ele *determinara* a Caxias, Presidente do Conselho em 1856: "O provimento de empregos, que não forem de confiança, se fará atendendo unicamente às qualidades do escolhido, e em igualdade de circunstâncias convirá satisfazer ambos os partidos[481]. Os de confiança também não serão vedados aos do partido oposto, desde que os nomeados mostrarem abraçar sinceramente a política do Governo"[482].

A grande preocupação do Imperador era que cada partido tivesse uma vida autônoma, livre de toda compressão oficial, do alto ou de baixo, sem o que lhe seria impossível preencher, no cenário político do país, o papel saneador e, por isso mesmo, civilizador, que lhe estava naturalmente reservado. "Não me compete reorganizá-los — dizia — mas apenas atender às suas manifestações legais"[483]. Seu empenho, que era aliás também o seu interesse, foi sempre colocar-se acima deles, num completo *isolamento partidário,* de forma a evitar quanto possível a camaradagem política, tanto com os partidos propriamente ditos, como com os homens que os formavam ou lhes dirigiam os destinos.

A melhor prova dessa sua posição imparcial no jogo dos partidos da Monarquia está em que desde 1862, isto é, desde quando eles começaram realmente a se revezar no poder, até o fim do Império, portanto durante cerca de 28 anos, liberais e conservadores governaram, cada qual, cerca de 14 anos — a metade exata do tempo para cada partido[484].

VII

A história dos dois partidos constitucionais não era longa. E sem o conhecimento dela é impossível compreender-lhes hoje o significado no cenário político e social da Monarquia brasileira.

Suas origens datavam da Regência. Anteriormente, isto é, sob o Primeiro Reinado, se havia indivíduos de tendências avançadas ou moderadas — constitucionais, reacionários (chamados depois restauradores ou caramurus), Repúblicanos unitários e Repúblicanos federalistas, liberais moderados e liberais exaltados — eles nunca chegaram a se agrupar em redor de determinados programas políticos, com organizações partidárias estáveis. Deixaram-se levar, quase exclusivamente, por ambições meramente pessoais ou pelas simpatias ou antipatias que lhes inspirava o primeiro Imperador. Visavam sobretudo a este. Sofriam a sua atração ou a sua repulsão.

Com a partida de Dom Pedro I para a Europa e a instituição do Governo Regencial, em 1831, começaram as primeiras tentativas sérias de organização partidária. As facções se atraíram umas às outras, segundo as tendências de cada uma. Assim, o grupo ou os grupos dos Repúblicanos uniram-se aos liberais exaltados, e dessa união surgiu o Partido Liberal; o grupo dos constitucionais juntou-se aos liberais moderados, originando-se daí, o Partido Conservador[485]. Os reacionários ou caramurus arvoraram durante algum tempo a bandeira restauradora, conspirando pela volta do primeiro Imperador. Mas, morto este, em 1834, eles se repartiram entre liberais e conservadores, conforme a tendência individual de cada um.

O programa político dos liberais da Regência era quase revolucionário. Entre outras coisas, pugnavam pela Monarquia federativa, a abolição do Poder Moderador, a temporariedade do Senado, a supressão do Conselho de Estado e a instituição de Assembleias provinciais.

O Ato Adicional, em 1834, satisfez-lhes na criação de um legislativo provincial, mas composto de uma só Câmara, e não com dois ramos, como queriam. Esse radicalismo liberal provocou, como era de esperar, a reação monárquica, que se batia pela conservação da ordem de coisas existentes e a intangibilidade da Constituição de 1824, reação que foi, em suma, o programa do Partido Conservador. Comprimidos, por este, em suas ambições, os liberais tiraram a desforra precipitando, com um golpe de Estado parlamentar, a maioridade do pequeno Imperador.

1840. Vitoriosos com o golpe da Maioridade, eles galgaram facilmente o poder, — principal finalidade de suas manobras políticas. Mas o sucesso foi-lhes de curta duração. Aureliano (Sepetiba), com o seu pequeno grupo, chamado a *facção áulica,* teve a habilidade de insinuar-se no espírito do jovem Monarca e de servir-se dessa circunstância para afastá-lo de toda pressão partidária, tanto dos liberais como dos conservadores. Não se pode dizer que o tenha isolado completamente dos partidos, nem seria possível dentro da organização política do Império: mas colocou-o a salvo das intrigas partidárias, e foi essa a grande obra patriótica de Aureliano. Defendendo o Soberano jovem e inexperiente, que era ainda Dom Pedro II, do *controle* que os partidos porfiavam exercer sobre ele, Aureliano defendia por igual o Trono e a Constituição, ou melhor, o regime que era então a nossa melhor senão a única garantia de liberdade. No fundo, essa política de Aureliano foi essencialmente conservadora.

Enxotados do Governo, os liberais não sossegaram. Passaram para o terreno das violências, provocando as revoluções de São Paulo, de Minas Gerais e, mais tarde, de Pernambuco. Mas nem assim, lograram seus intentos, e na última delas foram completamente destroçados.

Desmoralizados com sucessivas derrotas, desunidos, sem apoio na opinião pública, cansada, que estava, com tanta desordem, eles tiveram que sofrer um longo e penoso ostracismo, do qual só por volta de 1860 conseguiram de todo se libertar.

Durante os primeiros oito anos, após a Maioridade, os Ministérios que se substituíram no poder, na média de um por ano, não refletiram, a bem dizer, nenhuma cor partidária. Se a tendência deles era sobretudo conservadora, pela necessidade de resguardarem o trono e o regime do vendaval da desordem, lá se achavam homens de todos os matizes. Não havia ainda os *Gabinetes,* de feição mais ou menos parlamentar, que só começaram a se fixar depois de 1847, com a criação da Presidência do Conselho.

VIII

Passado o período, a bem dizer, revolucionário da Regência, que, politicamente, se prolongou ainda oito anos pelo governo pessoal de Dom Pedro II, o país cansado das lutas intestinas, passou a reclamar um período de paz, de congraçamento geral, que fosse também de reconstrução e de consolidação. Por suas tendências individuais, o jovem Monarca, como a maioria dos políticos, não desejava, em verdade, outra coisa. Desse estado de espírito foi que nasceu a chamada *Conciliação* dos partidos, inaugurada em 1853 pelo Marquês de Paraná. A política de Conciliação foi uma política essencialmente conservadora, uma vez que ela visava sobretudo a reconstrução da nacionalidade nos seus verdadeiros alicerces, abalados pelas dissenções partidárias. Para os liberais foi uma política de *détente,* graças à qual eles puderam se refazer das derrotas sofridas anteriormente.

A Conciliação durou praticamente até a queda de Abaeté, em agosto de 1859, quando Ângelo Ferraz (Barão de Uruguaiana), organizou o seu Gabinete; mas seus efeitos se fizeram ainda sentir até cerca de 1862. Nesse ano, foi que se verificou a separação entre os dois grandes partidos constitucionais. No seio dos conservadores deu-se a célebre cisão, originada de divergências com Caxias, então chefe do Gabinete, e em virtude da qual Sinimbu, Nabuco, Zacarias, Saraiva, Paranaguá e outros chefes conservadores formaram, sob a égide de Olinda, a chamada *Liga.* A Liga não foi, em suma, senão a ponte que permitiu àqueles estadistas passarem, com armas e bagagens, para as fileiras liberais. Uma defecção tão séria, sobretudo pelo valor pessoal de cada um deles, não podia deixar de abalar a estrutura do Partido Conservador. De fato, este se desarticulou, e teria por isso de sofrer um ostracismo de bem seis anos.

Durante esse tempo, o domínio dos liberais foi absoluto. A Liga perderia a sua razão de ser, porque os antigos conservadores que a haviam formado se afiaram definitivamente, sob o rótulo de *liberais progressistas,* aos liberais da velha guarda, intitulados os *históricos.* Históricos e progressistas pelejariam juntos, ainda algum tempo, sem contudo se confundirem num só e único partido.

Os conservadores só conseguiram voltar ao Poder em 1868, quando Zacarias, incompatibilizado com Caxias, pretextou a escolha de Sales Torres Homem (Inhomirim), feita pelo Imperador para uma cadeira do Senado, e retirou-se do Governo. Em rigor, não havia um motivo político para apear os liberais do Poder uma vez que a Câmara lhes era francamente fiel, numa proporção de 85 para 10. Mas o Imperador, cuja atenção estava voltada, nessa época, para a terminação da guerra com o Paraguai, entendeu dever poupar as susceptibilidades de Caxias, comandante-chefe, e filiado ao Partido Conservador. Chamou assim para o Governo o partido do Marechal, na pessoa do Visconde de Itaboraí.

Os liberais, naturalmente, protestaram. Mas tiveram que ir mesmo para a oposição. Foi quando, num movimento de defesa — *l'union fait la force* — uniram-se as duas facções do partido, progressistas e históricos, em volta de uma só bandeira, para poderem melhor combater a situação conservadora que se iniciava. Desse congraçamento de forças foi que resultou a reorganização do Partido Liberal ou, melhor dizendo, o novo Partido Liberal, que, salvo as dissidências passageiras de 1880, por ocasião da eleição direta, e de 1884, por causa da libertação dos escravos sexagenários, iria conservar-se mais ou menos unido até o fim do Império. Por ocasião da união dos progressistas com os históricos, destacou-se um pequeno grupo de liberais radicais, que, com outros elementos de fora, passou a formar o Partido Republicano — partido que. durante o resto todo do Reinado seria antes uma facção, sem grande ou quase nenhuma influência, politicamente falando, na consciência partidária do país.

Subindo ao Poder em 1868, os conservadores se mantiveram nele justos dez anos. Em 1871 abriu-se no Partido a cisão provocada pela Lei do Ventre Livre. Essa fenda foi mais prejudicial para os conservadores do que seriam para os liberais as dissidências de 1880 e 1884. Pode-se mesmo dizer que desde então o Partido Conservador entrou em franca decadência.

Os liberais foram chamados novamente ao Poder em 1878, com o encargo de realizarem a reforma do sistema eleitoral. Até 1885 o Governo seria deles. E não o teriam certamente abandonado se não fosse a dissidência provocada pela questão dos escravos, que obrigou a Coroa a recorrer ao Partido Conservador, na pessoa do Barão de Cotegipe, primeiro, depois do Conselheiro João Alfredo, para dar a ambos a glória das duas leis finais libertadoras do Elemento Servil.

Os liberais, entretanto, ainda voltariam ao poder. Viria Ouro Preto, em 1889, com todo um plano de grandes reformas políticas e administrativas, de cunho radicalmente liberal, e que estavam destinadas a mudar a estrutura do regime. Mas não houve tempo para tanto. Cinco meses depois, alguns oficiais do Exército dariam por terra com o Gabinete, o que permitiria ao pequeno grupo dos Repúblicanos aproveitar a confusão para derrubar a Monarquia e levantar sobre o terreno desimpedido o edifício da República.

Com a queda do Império, naufragariam para sempre os dois tradicionais partidos políticos. Chegaria a vez de subir o Repúblicano, que desde 1870 ensaiava dificilmente os passos, sem contudo ter chegado jamais a caminhar. Mas como a praia, que recebe, trazidos pelas ondas, os destroços dos barcos naufragados, a nova facção vitoriosa acolheria em seu seio os restos dos dois partidos submersos. Com esse material, já por assim dizer deteriorado, tudo que sobrava de um Império em decomposição, e uns poucos elementos novos, aderentes de última hora, é que foi construída a República.

IX

O jogo dos Partidos na Monarquia — a *gangorra política,* como causticava, espirituosamente, Silveira Martins, — só foi possível porque o presidia e regulava o Imperador. Sua habilidade estava em fazer com que as duas agremiações políticas se revezassem no Poder sem contudo se destruírem uma a outra, como era em geral a tendência de ambas. Com isso, ele desempenhava o que Oliveira Lima chamava a *função reguladora do Governo.* "Não sei qual seja o resultado das eleições — dizia o Imperador à filha, na véspera de partir para o Estrangeiro, em 1876 — mas se ele permitir que o Poder volte aos liberais, estimá-lo-ei. O que eu almejo é que os Ministérios se sucedam pela opinião da maioria da Câmara[486]. Embora a que vai ser eleita não seja liberal" (não era difícil um prognóstico: estava-se sob um Gabinete conservador...) "se a oposição for tal que embarace a marcha de um Ministério conservador, eu chamarei os liberais para o Governo, e sem condições" [487].

O Imperador não negava quanto havia de artificial nessa rotação dos partidos. Mas sabia também que não podia ser de outra forma. Se ele não estivesse ali para assumir essa função reguladora, era certo que o partido no Poder dele não sairia mais, ou sairia somente quando o partido adverso recorresse para isso à violência armada como acontecia nas Repúblicas vizinhas, e veio se dar mais tarde entre nós, sob o regime Repúblicano. Por isso é que ele não tinha constrangimento em *despedir,* como dizia o Conselheiro Nabuco, um partido e chamar um outro, sempre que entendia haver chegado para isso o momento oportuno.

O partido apeado do poder bem que gritava contra o *poder pessoal* do Soberano, contra o *imperialismo,* como dizia Tito Franco, e protestava que não era lícito ao Monarca atirá-lo para a oposição, quando a maioria da Câmara o apoiava e dava força. Mas o Imperador, que conhecia melhor do que ninguém a origem bastarda dessas maiorias parlamentares, como era fácil fabricá-las quando se estava no Poder, portanto o que elas realmente exprimiam, não entendia menos que era chegado o momento de trazer para o Governo o partido que se esterilizava nos bancos da oposição. De outra maneira, era certo que o país não se livraria jamais de uma mesma clientela política.

Nos sistemas representativos, ou melhor, quando estes são de fato e escrupulosamente praticados, as eleições é que presidem sempre a rotação dos partidos. Fazendo e desfazendo as maiorias parlamentares, elas decidem alternativamente da sorte dos Governos. Mas, no Brasil, isto era impossível. As nossas eleições pouco ou nada exprimiam. Não dariam nunca Câmaras independentes, que pudessem de fato controlar os partidos. Os raros exemplos das eleições de 1860, sob o regime de lei dos dois graus, ou das duas primeiras experiências da eleição direta, em 1881 e 1884, não serviam senão para confirmar a regra.

Que valia, portanto, a chamada *consulta à Nação,* "quando a fraude e a compressão fabricavam Câmaras quase unânimes, ao sabor da situação partidária de cima, e a voz pública, expressão da consciência nacional, não tinha quer a amplidão quer a força precisas para corrigir o pecado original do nosso sistema representativo?"[488].

A culpa do falseamento das eleições não era portanto do regime. E muito menos do Monarca. Ao contrário. Este bem que porfiava em anular, ou pelo menos atenuar os abusos sem número que se cometiam. Mas, tais vícios tinham causas tão profundas, que afinal escapavam à sua ação moralizadora. "No fundo — dirá Joaquim Nabuco — o que se imputava ao Imperador era ainda o defeito da má educação dos Partidos. Quando ele chamava ao Poder o Partido Conservador ou o Liberal em minoria na Câmara, e lhe concedia a dissolução, não lhe dava carta branca para eleger a nova legislatura à sua feição; se ela saía invariavelmente assim, é que não havia nas eleições outro molde em que se fundisse a opinião do país senão o do partido no Poder. A responsabilidade moral e política da candidatura oficial, exclusiva e triunfante, não era do Poder Moderador, mas da escola dos partidos, dos estadistas que dirigiam a opinião, e que entre si, uns e outros, uns contra os outros, faziam a política toda do país"[489].

De forma que não havia outro remédio senão conformar-se com o estado de coisas existentes, até que a cultura do povo chegasse a um nível tal, que lhe desse a exata consciência de seus deveres e de seus direitos.[490]. Até lá era bem forçoso pacientar, e não procurar ver nas eleições, tais como se faziam entre nós, senão um meio, como dirá ainda Joaquim Nabuco, de pôr de acordo a representação parlamentar e o partido no Poder, e transformar este num governo de maioria.

X

Presidindo a rotação dos partidos, Dom Pedro II desempenhava, portanto, entre nós, um papel essencialmente civilizador. Era graças a esse freio que a paixão partidária não chegava nunca, ou chegava raramente a cometer os excessos que num meio de escassa cultura como era o nosso, teriam necessariamente que explodir. Por outro lado, ele continha também os partidos nos seus limites objetivos, quer dizer, naqueles que honestamente lhes era lícito aspirar, dentro de um exato regime representativo.

Apreciada, sob esse aspecto, sua atuação política entre nós tinha o vício de não passar de um mero recurso de expediente, ao sabor das oportunidades que se lhe deparavam. Apoiando os ataques da dissidência conservadora de 1853, que pela voz de Ferraz, futuro Barão de Uruguaiana, censurava a política de Conciliação inspirada pelo Imperador, Oliveira Lima dirá que era uma política exclusivamente oportunista. De fato, e o Históriador

713

de Dom João VI teria completado o seu conceito se o tivesse estendido à política de todos os Partidos e de todos os tempos do Império.

Não havia, de fato, mais oportunismo na política da Conciliação do que na política conservadora de 71, de 85 e de 88, de onde resultaram as três leis libertadoras de escravos, ou na política liberal de 64, que nos levou à intervenção armada no Uruguai e, consequentemente, à Guerra do Paraguai, como ainda na política liberal de 80, que pleiteou a eleição direta por meio de reforma constitucional.

Tudo, portanto, oportunismo. E todos oportunistas. Aliás, não é o oportunismo, em suma, a grande mola da política? Saber esperar, e agir, depois, sem tardança, no momento propício, não é, realmente, a sua verdadeira ciência? O Príncipe de Bulow dizia que toda a dificuldade na vida estava em saber agir quando não fosse nem muito cedo nem muito tarde. E o Marquês de Olinda gostava de repetir, com razão, que em política não havia princípio justo nem injusto, tudo dependendo da mobilidade das circunstâncias; e que a transação era a única lei em moral política.

O Imperador, melhor do que ninguém conhecia todas essas fraquezas dos nossos homens e dos nossos partidos políticos, e o mal que consciente ou inconscientemente faziam ao regime, com os péssimos vícios de educação e organização que os marcavam. Sua longa prática dos negócios públicos e o trato com os homens de todos os tempos davam-lhe essa grande experiência. Ele podia bem dizer como aquele Padre Hardouin, de que nos fala Renan, que não se tinha levantado durante cinquenta anos às quatro horas da manhã para pensar como todo o mundo.

Como o Imperador, os políticos estavam persuadidos — ao menos no seu íntimo — de que dado o estado de cultura atrasado do corpo eleitoral brasileiro, não seria nunca possível uma rotação de partidos sem a intervenção direta e ostensiva do Chefe de Estado. Apenas eles só proclamavam essa verdade quando se encontravam na oposição, expostos à perseguição e à intolerância dos adversários; apelavam então para a intervenção do Monarca, cuja legitimidade reconheciam, convidando-o a que usasse do recurso que lhe dava a Constituição, na sua qualidade de Poder Moderador, a fim de atenuar ou fazer cessar as violências do partido adverso. Quando, porém, eram eles que estavam no Governo, e o Imperador procurava conter-lhes os excessos e as violências, era um vasto clamor contra a onipotência da Coroa, contra o imperialismo da Coroa, contra o malfadado poder pessoal da Coroa![491]. *Uma farsa!* exclamava o Conselheiro Nabuco de Araújo. *Acabou-se a farsa!* era como se exprimia um Ministro demissionário, vendo-se posto fora do poder.

Era, possivelmente, uma farsa. Mas não eram também uma farsa as eleições, portanto o mandato de que ele, Nabuco, fora investido? Não era outra farsa a própria Câmara dos Deputados, como expressão da vontade nacional? E o que eram, afinal os Gabinetes, os quais, em última análise, só existiam pelo bel-prazer de Sua Majestade Imperial?

Tudo, portanto, farsa, a começar pelo próprio regime parlamentar, filho bastardo da Constituição, que os nossos homens públicos jamais compreenderam e no qual o Monarca consentia — era bem uma concessão — representar um papel sob todos os pontos de vista artificial. *O Imperador levou cinquenta anos a fingir que governava um povo livre,* exclamou certa vez Ferreira Viana. Foi a maior verdade política que já se disse do regime constitucional representativo do Império.

Os nossos dois partidos eram bem rotulados de Liberal e de Conservador. Mas, no fundo, isso pouco ou nada significava. O que de fato havia era uma grande confusão de ideias e de programas, liberais fazendo política conservadora, e conservadores fazendo política liberal, quando ambos não faziam ou porfiavam fazer a mesma política, em concorrência aberta uns com os outros.[492]

Aliás, *liberais e conservadores* eram, a bem dizer, denominações que não tinham nem podiam ter, entre nós, grande significação diante dos largos princípios de liberdade política e social estabelecidos na Constituição do Império. Zacarias assinalava esse fato em 1870, dizendo que eram os princípios liberais da nossa Constituição que obrigavam insensivelmente os homens políticos, mesmo os conservadores, a aceitá-los e desenvolvê-los em seus programas ministeriais, sob pena de eles se divorciarem da Nação.

Vicente Quesada, Ministro argentino no Rio, que tão acertadamente focalizou o ambiente político e social do fim do Império, confessava que lhe seria difícil precisar os ideais políticos dos dois partidos monárquicos, parecendo-lhe que a diferença fundamental estaria mais nos homens do que nas ideias, porque os próprios conservadores eram, no fundo, progressistas[493]. A verdade é que ambos se norteavam por idênticos princípios e normas, ou, melhor dizendo, sem normas e sem princípios. Por isso, talvez, Lafayette e Leão Veloso costumavam dizer que tanto fazia ser de um ou de outro partido, ou governar um com os princípios ou chamados princípios do outro.

"O Partido Liberal — escrevia Schreiner, Ministro da Áustria — não é um Partido Liberal, nem o Partido Conservador um Partido Conservador, na acepção europeia da palavra. O Brasil é um país demasiado jovem para que tais contrastes possam aqui se formar. Todos os dois partidos são partidos monárquicos e constitucionais, e as *nuances* que os separam são muito imperceptíveis para um Estrangeiro"[494].

É porque não os dividia um fosso profundo, como, por exemplo, o problema das tarifas, entre *whigs* e *tories,* na Inglaterra, ou como a questão religiosa, entre liberais e católicos belgas. Entre nós eles mal se distinguiam. Afonso Celso Júnior acentuava isso, em 1886, dizendo que liberais e conservadores se revesavam no poder sem nada deixar que os diversificasse. Por isso, viviam ambos de meros expedientes.

"Os partidos — dirá Oliveira Lima — como os Ministérios, duravam e deviam durar o tempo que duravam as ideias que os legitimavam. Os partidos seriam portanto todos de ocasião, liberais ou conservadores, de acordo com as circunstâncias e os interesses, não de acordo com os princípios de doutrina ou escola, ou com as tradições históricas. A ausência de privilégios condenava os partidos a defenderem somente princípios de atualidade, ideias ondeantes, às quais não podiam sobreviver"[495]

Em suma, mais do que um Partido Liberal e um Partido Conservador, o que havia de fato entre nós era um partido de *governo* e um partido de *oposição,* não no sentido clássico do parlamentarismo inglês, mas no sentido puramente de política partidária. Ambos, no fundo, não existiam senão para usufruírem as vantagens do Governo. Movia-lhes, acima de quaisquer outros objetivos, o que se chamava entre nós a "fome do Poder." *Guerra das pastas* — era como qualificava Sousa Carvalho a luta entre liberais e conservadores, ambos visando quase exclusivamente as poltronas da Sala do Despacho de São Cristóvão. Schleinitz dizia que no fundo só havia duas espécies de homens públicos, os que estavam *in office* e os que estavam *out of office,* quer dizer, os que estavam no Poder e os que estavam fora do Poder: os primeiros a tudo louvando, achando que tudo estava no melhor dos mundos; os outros criticando tudo, achando que tudo que se fazia estava errado.

XI

Discursando certa vez no Senado, dizia Nabuco de Araújo, com acerto, que não via possibilidade de se formarem verdadeiros partidos no Brasil, transmissíveis de geração a geração, porque a sociedade brasileira era em geral homogênea, e não havia nela, portanto, nada que a pudesse dividir profundamente. "Essas denominações de conservadores e liberais — acrescentava — não consoem no presente, significam questões de outrora, que ou estão solvidas ou prejudicadas e abandonadas e, por conseguinte, pertencem à História."

É certo, que o Partido Liberal tinha um largo e substancioso programa político, traçado justamente pela mão de Nabuco, em 1869, quando o Partido fora reorganizado com a inclusão nele dos progressistas. Mas esse programa, salvo num ou noutro ponto, era mais ou menos o resumo do sentir da maioria dos nossos homens públicos, conservadores como liberais. Não era um privilégio destes últimos. Estava na consciência de toda a Nação. Mesmo em seus pontos mais extremados, e mais radicais, como a temporariedade do Senado, a extinção do Poder Moderador e a reforma do Conselho de Estado, muitos dos conservadores estavam dispostos a executá-lo; e tê-lo-iam, de fato, executado se tivessem obtido, para isso, a aquiescência do Imperador.

A prova de que o programa liberal não era apanágio do respectivo partido estava em que, com exceção da lei da eleição direta, todas as demais reformas por ele patrocinadas e levadas a efeito no Reinado, inclusive as quatro leis sobre os escravos, a de 50, que suprimiu o tráfico, a de 71, que libertou o ventre, a de 85, que alforriou os sexagenários, e a de 88, que deu o golpe final na instituição africana, foram obra do Partido Conservador. E mesmo a eleição direta, que Cotegipe, por exemplo, se dispunha a patrocinar, só não foi obra dos conservadores porque o Imperador a tanto se opôs. Joaquim Nabuco se refere ao Gabinete Rio Branco, que em quatro anos de governo esgotou, quase, o programa liberal de 1869. E salienta: "Foi o Gabinete chamado conservador que deu o golpe de 28 de Setembro na propriedade territorial; o golpe de prisão e processo dos Bispos no prestígio da Igreja; o golpe da reforma judiciária na lei 3 de dezembro de 1841, ao mesmo tempo que multiplicava e aperfeiçoava a instrução pública, e estabelecia o sistema de garantia de juros para a viação férrea do país" [496].

XII

O Imperador bem que conhecia a falta de consistência dos Partidos e de seus programas de governo. — *Mas, Sr. Honório, onde estão os nossos Partidos?* perguntava ele em 1853, quando Paraná lançava as bases de Conciliação. Sabia que debaixo dos rótulos de conservador e liberal só havia, ou havia sobretudo, o escopo de alcançar o beneplácito da Coroa, e, por este meio, as vantagens do Poder. Não ignorava que, quando a oposição acaso o poupava em seus ataques, não a levava o desejo de praticar o verdadeiro regime representativo, segundo o qual a Coroa devia ficar acima dos partidos, irresponsável e inviolável, mas tão somente o receio de uma indisposição irreconciliável com o Monarca. A este propósito, escrevia o Senador Dantas ao Conselheiro Nabuco: "Estou de acordo inteiramente na opinião de que a oposição não deve atingir a Coroa por modo que possa criar, entre ela e nós, um antagonismo ou separação que nos impossibilite de aspirar ao Poder no atual Reinado."[497]

Tirado o natural exagero do panfletista que foi Teófilo Ottoni em sua célebre *Circular* aos eleitores mineiros, não resta dúvida em que havia uma grande dose de verdade em suas palavras, quando afirmava que os nossos homens de Estado nunca diziam toda a verdade ao Imperador, porque lhes proibiam a ambição do Poder e o temor de que lhes faltassem os *graciosos sorrisos e boas graças de Sua Majestade*. No fundo, nenhum de seus Ministros tinha a certeza de lhe ser indispensável, e eles temiam sempre ser postos definitivamente de lado pelo exclusivo desejo do Monarca. Joaquim Nabuco atribui ao Imperador o fato do pai nunca ter chegado à presidência do Conselho de Ministros, que era como a coroação de toda carreira política na Monarquia. Não entrando, embora, aqui, na apreciação dos verdadeiros motivos que levaram o Imperador a assim proceder,[498] é fora de dúvida que a sua vontade de fato prevaleceu nisso. Saraiva acusava o Imperador de exercer no Brasil um poder absoluto, igual ao que em França praticava Napoleão III, e atribuía isso sobretudo à falta de liberdade eleitoral entre nós. Por outro lado, dizia Joaquim Nabuco: "O Governo era feito por todos desse modo: — o que é que o Imperador quer, o que é que ele não quer? Os que faziam política fora dessas condições estavam condenados a não ter nenhum êxito. É por isso, que os propagandistas de qualquer ideia não tinham nada conseguido, enquanto não despertavam o interesse do Imperador e não moviam a sua simpatia."[499]

Há nisso um certo exagero, sobretudo se considerarmos as últimas décadas do Reinado, quando o Imperador foi progressivamente cedendo à vontade dos homens e dos partidos; e a questão da eleição direta é disso, já vimos, o grande exemplo. Mas não resta dúvida em que tudo, ou quase tudo, politicamente falando, girava entre nós em torno do poder imperial: partidos, homens, ideias, programas, ambições. Quando a vontade do Trono coincidia com a ambição ou o interesse dos homens e dos partidos, tudo ia muito bem, e a ninguém ocorria malsinar essa preponderância senão de direito, ao menos de fato. Mas quando era o contrário que se dava, isto é, quando a vontade da Coroa tinha que ir de encontro aos interesses do partido, sobretudo os interesses pessoais ou políticos de seus homens, então era um Deus nos acuda! E o Poder Moderador, que antes fora louvado e festejado como a mais sábia criação do regime, passava a ser agora a sua ave negra, o instrumento mau de perversão, de desmoralização e de deturpação das instituições representativas no Brasil.

Até que ponto, afinal, eram exatas semelhantes acusações contra o Imperador, que encheram toda a literatura política de uma época, e que não pouco iriam servir mais tarde para o aniquilamento e, finalmente, a ruína do regime monárquico entre nós? Qual era a verdadeira significação política desse *Poder Pessoal* tão malsinado pelos homens da oposição, e sobre o qual Tito Franco de Almeida escreveu um dos mais famosos libelos contra a Coroa?

XIII

Foi, como se sabe, por influência da filosofia política da Revolução Francesa, que os autores da Constituição imperial instituíram, além da clássica construção tripartida de Poderes — Executivo, Legislativo e Judiciário — esse quarto Poder neutro, a que chamaram, com muita propriedade, de Moderador.[500] Esse Poder, conjuntamente com o Poder Executivo, foi confiado ao Chefe de Estado, isto é, ao Imperador.

Pelos termos mesmos da Constituição, o Poder Moderador era a *chave de toda a organização política do regime.* Ele era delegado privativamente ao Monarca para que este, como chefe supremo da Nação e seu primeiro representante, velasse incessantemente sobre a manutenção da independência, harmonia e equilíbrio dos outros três Poderes. São as próprias expressões da Constituição.

Conjuntamente com o Poder Moderador, exercia também o Monarca o Poder Executivo, o qual lhe dava atribuições ainda mais largas, de finalidades claramente definidas, muito embora de natureza diversa. Competia-lhe, assim, nomear e demitir os Ministros, nomear e suspender os Magistrados, nomear os Conselheiros de Estado e os Senadores, estes últimos tirados de uma lista de candidatos eleitos pelas Províncias, dissolver a Câmara dos Deputados, prorrogar e adiar a Assembleia Geral (Câmara e Senado reunidos). Como se vê, por este simples enunciado, a extensão de poderes confiados ao Imperador era enorme. Enfeixava ele em suas mãos uma soma tal de atribuições como não usufruía nenhum outro Chefe de Estado constitucional do seu tempo.

Só o direito de nomear Senadores e Conselheiros de Estado, nomear e demitir Ministros, adiar a Assembleia Geral e dissolver a Câmara temporária valia, a bem dizer, por sujeitar ao arbítrio do Monarca toda a organização constitucional do país. Num regime de centralização política e administrativa rigorosa, como era então o nosso, isso queria dizer que nenhuma nomeação se fazia, por mais insignificante que fosse, sem o beneplácito, sem a assinatura do Imperador. Ora, sabida a importância que tinham tais atos para a política partidária, sobretudo nas Províncias, onde o provimento de cargos públicos significava quase sempre expressão de influência política, não é difícil calcular até onde alcançava a sombra absorvente do prestígio imperial.

Acrescia, ainda, que todos esses atos *pessoais* do Monarca podiam e deviam ser praticados independentemente de qualquer justificativa sua. Pois a Constituição não o declarava sagrado e responsável? Era o privilégio monárquico constitucional, que os Ingleses resumiam na máxima *The King cannot be wrong* — o Rei não pode errar, e completavam: *because he does nothing* — porque ele não faz nada. No sistema parlamentar inglês, esta conclusão era perfeitamente exata, porque lá, realmente, o Rei não passava de um símbolo, e como tal não podia errar — porque na verdade não fazia nada.

Entre nós, porém, não se dava precisamente a mesma coisa. De fato, o Imperador *não podia errar,* pela ficção constitucional que o fizera sagrado e inviolável. Mas só por isso. Porque, ao contrário do Monarca inglês, ele *fazia,* e fazia muita coisa; não era apenas um símbolo, mas de fato o chefe supremo da Nação, de fato e de direito, a primeira autoridade política e administrativa do regime.

Sob este ponto de vista, o regime imperial era, portanto, um governo rigorosamente pessoal — era o governo do Imperador. Como chefe, simultaneamente, do Poder Executivo e do Poder Moderador, ele aparecia como o *Deus ex machina* do regime, o homem que faz e desfaz, que manda e desmanda. Era o relógio, o regulador, dirá Joaquim Nabuco, que "marca a hora e dá o ritmo." Rigorosamente falando, as instituições políticas do regime — Senado, Câmara, Conselho de Estado, Presidência de Província não formavam senão o cenário que mascarava o poder pessoal, quase absoluto do Monarca. E mesmo com relação à magistratura, que ficava, até certo ponto, a resguardo de uma possível intromissão indébita do Monarca, este não deixava de ter a sua ascendência, com o direito, que lhe dava ainda a Constituição, de nomear e suspender os magistrados.

XIV

Era portanto, por puro espírito de imitação, sem nenhum fundamento sólido, que se queria aplicar ao regime político do Brasil a máxima de Thiers — *O Rei reina e não governa.* Semelhante máxima teria sua razão de ser na Inglaterra, depois que ali se implantara o regime parlamentar, ou então, na França, sob a Monarquia de Julho. Mas nunca no Brasil de Dom Pedro II, onde, pela Constituição de 1824 o Soberano, embora irresponsável, era indiscutivelmente o chefe do Poder Executivo, e tinha, sobre os demais Poderes, uma ascendência inquestionável, uma liberdade de ação quase absoluta, senão mesmo absoluta. O equilíbrio de Poderes, entre nós, não passava de uma teoria. O que, portanto, em rigor, devia prevalecer no Brasil não era a máxima de Thiers,mas a máxima reacionária de Itaboraí — *O Rei reina, governa e administra.*

E, de fato, Dom Pedro II reinava; de fato, governava e administrava. Aqueles que queriam, por simples espírito de imitação, implantar entre nós o princípio político de Thiers, culpavam-no de estar a desvirtuar o regime, impondo a sua vontade — *o poder pessoal* — além dos limites que lhe traçara a Constituição. A este propósito, o Conselheiro Nabuco de Araújo expunha o seu famoso sorites: o Governo no Brasil procede do Poder Pessoal, isto é, da vontade do Imperador, que escolhe os Ministros, os quais nomeiam os Presidentes de Província, que, por sua vez, fazem as eleições, donde procedem as Câmaras, que apoiam os Gabinetes, criaturas do Poder Pessoal.

Este raciocínio era sem dúvida exato, quer dizer, todas as suas proposições de fato se verificavam. Mas o que convinha indagar era: por culpa do Imperador? Por culpa da Constituição? Ou por culpa da organização política falseada ou deficiente do país? Por culpa da escassa cultura das massas eleitorais?

Se as proposições que formavam o sorites de Nabuco se verificavam, de fato, uma delas, pelo menos, *de direito,* era falsa, e tirava assim, ao sorites, todo o fundamento legal. Os Presidentes de Província, dizia Nabuco, faziam as eleições. De fato, assim era: os Presidentes de Província *faziam* bem as eleições, a mando e sob o controle dos Gabinetes, que fabricavam eles mesmos as Câmaras, as quais, teoricamente, os deviam sustentar. Mas onde estava o fundamento legal da atribuição a que se arrogavam os Presidentes de Provmcia, de *fazerem as eleições?* Onde colhiam eles esse *direito?*

Se outro fosse o estado social do país e outra a educação, outra seria certamente a mentalidade das *elites,* e as eleições não exprimiriam nunca a vontade exclusiva dos Gabinetes, veiculada pelos Presidentes de Província, mas sim a vontade nacional, o sentimento real, livremente manifestado, dos eleitores. O resultado seria que a sorte dos Gabinetes, que constitucionalmente eram criaturas do Soberano, mas politicamente dependiam das Câmaras, isto é, dos verdadeiros representantes da Nação, não ficaria entregue exclusivamente ao critério do Imperador, mas também da massa eleitoral, portanto da Nação.

E então? Então não se verificaria o sorites de Nabuco, isto é, o chamado Poder Pessoal do Imperador não disporia, a seu bei prazer, da vida e da morte dos Gabinetes, pelos quais ele controlava as Províncias, as eleições, as Câmaras — numa palavra, o Poder Pessoal se restringiria exclusivamente ao seu papel constitucional, já de si mesmo, imenso, é certo, mas não de alcance quase infinito, como de fato se apresentava, não devido às tendências absolutistas do Monarca (que nunca as teve), mas à deficiente organização política da Nação.

XV

"Esse Poder era um fenômeno natural, espontâneo, e resultante de nosso estado social e político. Se era um Poder sem contraste, não era por culpa do Imperador, mas pela impossibilidade de implantar em uma população como a brasileira a verdade eleitoral. Só havia um meio de fazer render o Poder Pessoal: era fazer surgir, diante da Coroa onipotente, Câmaras independentes. Aí estava, porém, a impossibilidade: essa foi a grande quimera dos propagandistas da eleição direta... Nem mesmo o Imperador, propondo-se, no seu Reinado, exclusivamente, a fundar a liberdade de eleições, teria conseguido diminuir o seu Poder, porque para reduzi-lo, era preciso uma ditadura secular que resolvesse o problema nacional todo, o da raça, do território e do clima; que recolonizasse o Brasil com elementos capazes de *self government*, se tal problema não era, por sua natureza, insolúvel artificialmente, pela solução política de imigrantes que a mudança de país e de clima não desvirtuasse."[501]

O chamado Poder Pessoal não era, portanto, produto da vontade ou da ambição de mando do Imperador, mas dos defeitos da nossa organização constitucional, da falta de autoridade dos partidos, do falseamento das eleições e da própria culpa dos nossos políticos, que, receando cair no desagrado do Monarca, abriam mão de suas prerrogativas. Assim, se outras fossem as condições do país, o Imperador não teria necessidade de tecer, com suas próprias mãos, a teia artificial do regime representativo, metendo-se na economia dos partidos, elevando-os e apeando-os do poder, criando situações políticas e pactuando, até certo ponto, com os Gabinetes, na formação das maiorias parlamentares.

Discursando no Senado depois da implantação da República (discurso de 2 de setembro de 1891), dizia o Conselheiro Saraiva, que, se ele fosse escrever a História, diria que na Monarquia não havia governo pessoal; que isso era uma invenção dos Ministros. Para prova, citava um fato ocorrido quando ele era Presidente do Conselho e o Visconde de Pelotas o Ministro da Guerra. Este solicitara sua demissão, por julgar como falta de confiança o pedido de certos documentos que lhe fizera o Imperador. Saraiva observou— lhe que não havia falta de confiança, porque o mesmo se passara com Caxias, com Osório e outros militares; e aconselhou-o a não apresentar os documentos pedidos. Depois disso, estando com o Monarca, disse-lhe que ele ofendera a susceptibilidade de Pelotas. O Imperador lhe respondeu num ímpeto: *Sou o homem mais injustamente tratado. E o Sr. mesmo tem-me feito muitas injustiças, tem-me acusado de usar o poder pessoal.* Saraiva explicou ao Monarca que o que ele combatia não era o poder pessoal, mas o poder quase absoluto de Dom Pedro II, que provinha não de um querer deste, mas da fraqueza dos Ministros, cuja dignidade, aliás, o Monarca sempre respeitara."

O Imperador era, por índole e por educação, o avesso a toda ideia de absolutismo ou de opressão. É certo, que ele tinha uma natureza absorvente. Mas essa absorção se dava sobretudo no terreno puramente administrativo, e sua explicação estava na falta de confiança que tinha na diligência e num certo sentido na honestidade política de alguns de seus Ministros. Ele sabia que, se deixasse a estes a inteira liberdade de ação nesse terreno, depressa entrariam no regime das violências partidárias, das perseguições pessoais, do filhotismo, e não cuidariam senão, ou cuidariam sobretudo de seus interesses próprios, em prejuízo dos interesses da coletividade brasileira.

Os exemplos eram de todos os dias. Ele estava farto de conhecer o político brasileiro, o seu feroz individualismo, e a repulsa, ou pelo menos a indiferença que sempre manifestara pelo interesse geral da Nação. E era justamente para sanar tais defeitos, ou pelo menos para atenuar-lhes as tristes consequências, uma vez que a Nação se mostrava praticamente incapaz de reagir, que o Imperador tornava o lugar dos políticos e agia, decididamente, em benefício do interesse de todos.

Esse seu proceder era sem dúvida *absolutista,* e falseava, até certo ponto, o verdadeiro sistema representativo. A falsificação estava sobretudo em que o deputado, criatura do sufrágio da Nação e em teoria a figura central do regime representativo, como único mandatário direto da soberania popular, não gozava da independência a que tinha direito. Era forçado a ceder à vontade do Gabinete, que não passava, na realidade, direta ou indiretamente, de um prolongamento do poder imperial.[502] Teoricamente, o deputado devia ser a expressão mais legítima da soberania popular. Na prática, porém, tudo mudava, e o Imperador se via forçado — e neste sentido ele era certamente um espírito absolutista — a não reconhecer no povo, tal como este era no Brasil, uma fonte legítima de soberania, e muito menos em seus pseudomandatários.

Todo o vício original do regime estava portanto aí, como nele estava igualmente toda a explicação do chamado "imperialismo." Não fosse esta a triste realidade, e o Imperador não teria necessidade de sobrepor-se à vontade da Nação; teria se limitado ao seu papel, não diremos rigorosamente constitucional, mas, tal como o desejavam os propugnadores do regime representativo, de nomear os Ministros, e conservá-los no poder até quando uma Câmara verdadeiramente legítima, expressão da vontade da Nação, assim o consentisse. O trono, neste caso, não seria o *Deus ex machina* que de fato era, fazedor e desfazedor de situações políticas, improvisador de maiorias parlamentares, criador e mantenedor de Gabinetes artificiais; também não seria um trono vazio, como queriam os políticos profissionais, os rebelados contra o chamado Poder Pessoal. O verdadeiro Governo constitucional não consistiria nem em fazer prevalecer a vontade da Coroa sobre as Câmaras, nem a vontade das Câmaras sobre a Coroa — mas em reunir esses dois poderes sob um pensamento e sob uma conduta comum, realizando o ideal a que aspirara Guizot. Seria essa talvez a prática exata do regime que procuraram estabelecer no Brasil os constituintes de 1824. Não o regime rigorosamente parlamentar, que não era o da Constituição, e para o qual os políticos só apelavam quando sentiam aproximar-se o *fantasma,* como dizia o Imperador, do Poder Pessoal, mas um regime monárquico parlamentar, expressão de Joaquim Nabuco, em que o Soberano seria um diretor, um guia, e de parceria com o Parlamento governaria a máquina política e administrativa do país sem atritos, sem choques, sem malquerenças, e, sobretudo, sem o espantalho do Poder Pessoal, arma predileta e nem sempre sincera dos políticos feridos em seus interesses pessoais ou partidários.

XVI

De fato, se nas acusações que eles faziam ao absolutismo do Monarca, ao *imperialismo,* como o chamava Tito Franco, havia uma parte em todo procedente, havia também uma grande dose de insinceridade.

A insinceridade era daqueles políticos, ou melhor, daqueles Ministros que só achavam de levantar seus protestos quando se viam obrigados a largar o que Martinho Campos chamavam espirituosamente o *emprego,* isto é, a pasta. Só então, é que eles clamavam contra o Poder Pessoal da Coroa, contra o *imperialismo* do Monarca, acusando-o de desvirtuar a pureza do regime constitucional representativo.[503]

Quando, porém, era o contrário que se dava, isto é, quando era chegado o momento de esses acusadores voltarem ao Poder, trazidos pela mesma mão e pelos mesmíssimos processos por que haviam antes descido, quer dizer, o critério e o querer do Monarca, e de lá desalojarem os seus adversários políticos, então tudo corria no melhor dos mundos; e o poder da Coroa, que de novo os criara Ministros, não era agora senão a expressão exata do Poder Moderador, sabiamente introduzido na Constituição para o melhor equilíbrio dos demais Poderes. Essa atitude bifronte e contraditória era comum aos políticos de ambos os partidos, e raros foram os estadistas, no Império, que não a praticaram, com maior ou menor elegância moral.

José de Alencar apelava, nas *Cartas de Erasmo,* para a autoridade suprema da Coroa, "de que exaltava a excelência e o poder, a fim de corrigir a confusão dos partidos e a anarquia das ideias"[504] ; mas, contrariado, pouco depois, pelo Imperador, em sua ambição de ser Senador, e forçado, em virtude de manobras eleitorais no Ceará, a deixar a pasta da Justiça — o *emprego* — voltava-se, agressivo e despeitado, contra aquele mesmo Poder que antes exaltara, para acusá-lo de ser agora o maior dos males do regime.

Saraiva negava, em 1858, a existência do Poder Pessoal: ele era então Ministro do *2º* Gabinete Olinda. Mas dez anos depois, quando na oposição, fazia consistir a aspiração de sua vida pública em pôr fim ao *poder ditatorial* da Coroa.

Paraná, em 1846, apelava para a "fusão dos Brasileiros", a fim de acabar com o que chamava as "misérias do governo pessoal." Mas sete anos depois, era o "pensamento augusto", conforme suas próprias expressões, que iria consentir-lhe realizar a obra da conciliação geral dos partidos.

Silveira Martins aplaudia o Imperador em 1878, por ter este despedido do Governo os conservadores seus adversários e chamado os liberais para substituí-los, na pessoa do Visconde de Sinimbu; dizia que o Monarca agira como verdadeiro rei constitucional. Mas sete anos depois, quando chegou a vez dos liberais cederem o poder aos conservadores, na pessoa de Cotegipe, foi Silveira Martins quem mais alto levantou a voz, veemente e agressivo, como sabia ser, para acusar violentamente Dom Pedro II por essa mudança de partido, declarando que a mudança de que se fazia mister no país era do próprio Imperador.

Nabuco de Araújo, enfim, ao mesmo tempo que acusava o Imperador de absolutismo e prática de atos *ilegítimos,* como a substituição, no Poder, dos liberais pelos conservadores seus adversários, na crise de 1869, entendia que não se devia ferir diretamente a Coroa, e torná-la responsável por culpas que cabiam no fundo aos próprios partidos — porque, acrescentava, por esse caminho ia-se para a revolução.

Outra insinceridade desses políticos estava em que, quando no Governo, eles eram os mais maleáveis à vontade às vezes absorvente do Imperador, deixando-se vencer docilmente e prestando-se a instrumentos do mesmo governo pessoal que depois, na oposição, tanto profligavam.

A este propósito, basta ver-se Zacarias. Zacarias era tido como um dos mais duros estadistas do Império. Sua teimosia, sua agressividade, sua aspereza eram notórias. Altivo, irritável, era de um orgulho exagerado, consequência talvez do sentimento de inabalável confiança que tinha em seu alto valor. Como Gladstone, tinha uma eloquência intransigente e feroz para com os erros ou as faltas de seus adversários, uma eloquência amarga, quase azeda. Era um político cheio de arestas, seco como a sua figura, quase intratável, muito embora não deixasse de ser, com tais defeitos, um dos grandes, dos maiores e por isso dos mais respeitados estadistas brasileiros.

Entretanto, como assinala Joaquim Nabuco, nenhum outro se conformou mais inteiramente com a política pessoal do Monarca do que esse mesmo Zacarias, Presidente do Gabinete de 3 de Agosto de 66. Alijando Ângelo Ferraz (Uruguaiana) do Ministério para dar a Caxias o Comando-geral do Exército, perseguindo a López e fazendo o Conselho de Estado discutir os projetos abolicionistas de São Vicente, Zacarias não fez senão obedecer à vontade do Imperador, seguir docilmente a política da Coroa, mesmo quando em desacordo com suas próprias convicções, como foi o caso da aposentadoria forçada dos magistrados prevaricadores.

NOTAS

1 -   João Ribeiro, *O último Imperador.*

1a. -   Referências citadas por Alberto de Faria, *Mauá.*

1b. -   Paranhos tinha feito o curso de Engenharia na antiga Escola Militar, depois chamada Central e posteriormente Escola Politécnica, instalada num grande edifício do Largo de São Francisco de Paula, no Rio de Janeiro. A reforma da Escola Central tinha sido feita pelo Brigadeiro Manuel Felizardo de Sousa e Melo, quando Ministro da Guerra do Gabinete Abaeté, em 1859. Combatido violentamente pela oposição liberal, criara fundas inimizades, entre outras com o *poeta-lagartixa,* Laurindo Rabelo da Silva, que procurava ridicularizá-lo com quadrinhas como esta:

> Marciana diz que tem
> Sete varas de cordão.
> É mentira, não tem não,
> Nem dez réis para sabão.

2 -   Visconde de Taunay, *O Visconde do Rio Branco.*

3 -   *Op. cit.*

3a -   Cabe salientar que somente no Ministério Rio Branco foram assinados sete decretos para introdução de emigrantes no Brasil: o de 27 de novembro de 1872, para a entrada de 2.500 emigrantes da Alemanha e da Itália; o de 26 de abril de 1873, para a introdução de emigrantes da Inglaterra; o de 24 de maio do mesmo ano sobre a colocação de 10.000 emigrantes na Bahia e no Maranhão; o de 23 de julho seguinte, para introdução de 15.000 emigrantes em São Paulo; o de 7 de janeiro de 1874, sobre o recebimento de outros 15.000 emigrantes; o de 17 de junho desse ano, para a importação de 100.000 emigrantes "europeus"; e finalmente o de 31 de julho seguinte, para introdução de 4.000 emigrantes no Paraná. É certo que vários desses decretos não tiveram execução; mas eles mostram, em todo o caso, a preocupação e o interesse do Ministério pela política imigratória, e a necessidade de incentivá-la no Brasil a bem dizer despovoado, depois que se dava o primeiro passo para acabar com o braço escravo.

3b -   O cabo foi assentado nas vésperas de Rio Branco deixar o Governo; pouco antes tinha-se assentado o cabo submarino ligando a Corte ao Recife e à capital da Província do Pará, ao longo de toda a costa Norte do Brasil.

3c -   A respeito de telefone, cabe dizer que Dom Pedro II, além de ter alertado o Júri da Exposição de Filadélfia, quando aí esteve em 1876, para a importância e o valor prático da invenção do telefone por Graham Bell, ali apresentada, foi dos primeiros a adquirir um aparelho, instalando no Rio de Janeiro em 1880, isto é, quatro anos depois de ter visto em Filadélfia a invenção de Bell. Ver a este propósito o primeiro encontro de Dom Pedro II com Bell e o seu invento, na referida Exposição, no capítulo "Segunda Viagem ao Estrangeiro", neste volume.

4 -   Cartas de Itaúna a Rio Branco, de Alexandria, 28 de setembro de 1871, no Arquivo do Itamaraty.

5 -   Notas, datadas de 31 de dezembro de 1861, no Arquivo da Casa Imperial.

5a - Arquivo citado.

5b - Mandadas de Lisboa por Antônio Peregrino Maciel Monteiro, segundo Visconde de Itamaracá, que era Ministro do Brasil em Portugal.

5c - Francisco Gonçalves Martins, futuro Visconde de São Lourenço, Senador pela Bahia. Tinha sido Ministro do Império no Gabinete de 11 de maio de 1852, presidido por Joaquim José Rodrigues Torres, depois Visconde de Itaboraí.

6 - Arquivo da Casa Imperial.

7 - Arquivo citado.

8 - Carta de 2 de agosto de 1870, no mesmo Arquivo.

9 - Arquivo citado.

10 - Arquivo citado.

11 - Arquivo citado.

12 - Notas avulsas, idem.

13 - Arquivo da Casa Imperial.

14 - Discurso na Academia Brasileira.

14a- De fato conhecia todas as Províncias do Império, a exceção unicamente do Amazonas, Goiás e Mato Grosso.

14b - Otávio Tarquínio de Sousa, *Conselhos Imperiais.*

15 - Vide Alberto de Faria, *Mauá.*

16 - Vide o capítulo *Christie — Casamento das Princesas,* no volume I desta *História.*

17 - E. de Castro Rebelo, em seu livro Mauá, põe nos justos limites o papel deste ao tempo da questão uruguaia, e mostra que toda a sua atitude em prol da pacificação do país e apoio ao governo Blanco, não teve, sobretudo, outro intuito senão o de defender os interesses de sua casa comercial, empenhados largamente no Uruguai. Mauá acabara, justamente, de emprestar ao governo, que o Império combatia ali, a elevada soma de seis milhões de pesos, que serviram, naturalmente, para custeio da guerra civil contra os *Colorados* de Flores, entre os quais, como se sabe, combatiam centenas de compatriotas nossos, do Rio Grande do Sul. Estava, como ele mesmo o confessa, *comprometido com os Blancos*: "Estou demasiado comprometido, arrastado por sentimentos generosos e ardentes, porém, irrefletidos, que me levaram a pôr em movimento todos os meus recursos para sustentar a ordem legal nesta República", dizia ele em carta a Herrera, seu amigo, e um dos chefes do partido *Blanco*. Os interesses financeiros de Mauá empenhados no Uruguai eram de tal ordem que, pode-se dizer, neles está a origem de toda a sua ruidosa falência.

18 - Castro Rebelo, *op. cit.*

18a- Como se sabe, a Província do Grão-Pará foi desmembrada em 1850; passando a formar duas Províncias, a do Amazonas e a do Pará. A Província do Paraná foi desmembrada da de São Paulo em 1853, passando a ter autonomia administrativa.

18b - Uma centralização que se fazia mister nos primeiros anos do Segundo Reinado, quando o regionalismo provincial não tinha ainda o sentimento da unidade nacional, e o perigo do separatismo de uma ou mais Províncias era uma das preocupações dos nossos homens de Estado. Passado, porém, esse período crítico, a tendência dos nossos estadistas, como a do imperador, era para afrouxar gradualmente os laços que prendiam as Províncias à metrópole, dando-lhes cada vez mais autonomia política e administrativa, para o que, uma das principais condições, era aproximá-las, por vias de comunicação de fácil acesso, do Governo Imperial na Corte. Nas notas dadas pelo Imperador ao Marquês de Olinda, quando do este, depois da curta interinidade de Caxias, assumiu a Presidência do Ministério, vaga com a morte de Paraná, há este trecho: "As Províncias devem ser atendidas em suas justas reclamações, e convém sobretudo que se dê andamento a seus meios de comunicação, tanto quanto permitirem os recursos financeiros do Estado." E este outro: "O funcionalismo e suas despesas acarretam muita odiosidade ao Governo, e cumpre reduzí-lo, para mesmo pagá-lo melhor, diminuindo as acumulações. A dependência, nesse ponto, das Províncias para com a Corte não pode continuar como está; e, para que tenham a devida liberdade de ação, é preciso fazer melhor a divisão entre rendas gerais, provinciais e municipais" (Arquivo da Casa Imperial). Era a ideia da descentralização administrativa, que la aos poucos ganhando os nossos estadistas, para acabar com a ideia mais ampla do Federalismo, mas que só seria realizada com a implantação da República. Ainda do Imperador era este trecho, nas notas que dera, em 1859, a Ângelo Ferraz (depois Barão de Uruguaiana), quando o último assumiu a chefia do Gabinete de 10 de agosto: "Entendo que é preciso diminuir a centralização, relativamentc à nomeação de empregos nas Províncias" (Arquivo citado).

19 - *Conselhos à Regente,* no Arquivo do Palácio Grão-Pará.

19a - Sobre Dom Pedro II e Carlos Gomes, ver o Capítulo desta obra intitulado "Os Sábios."

19b - O quadro representa a Princesa Dona Isabel, na sala das sessões do Senado, jurando fidelidade à Constituição do Império. Isso quando da partida de Dom Pedro II para a Europa, em 25 de maio de 1871, e ela assumia, com a sua ausência, a regência da Monarquia.

19c - Elísio de Carvalho, *Esplendor e Decadência da Sociedade Brasileira.*

19d - E chamado por isso *Palacete da Rainha,* por ter sido a residência preferida da Princesa e depois Rainha Carlota Joaquina. Quando Dom João VI voltou para Portugal, em 1821, o palacete passou a ser propriedade do filho Dom Pedro. Nele se hospedou o segundo Duque de Lafões, quando esteve no Rio para anunciar oficialmente a morte de Dom João VI e a aclamação do seu filho Dom Pedro como Rei Dom Pedro IV de Portugal. Deixando este o Brasil, em 1831, pôs o palacete à venda pela exagerada soma de 300:000$000 com a mobília ou 200:000$000 sem a mobília. Não encontrou, como era de esperar, quem o comprasse. Posteriormente, já depois da morte de Dom Pedro IV, o prédio foi novamente posto à venda, adquirindo-o, em 1842, por 30:000$000 o Visconde e depois Marques de Abrantes, Ministro da Fazenda no 2º Gabinete da Maioridade, que aí residiu até a sua morte, em 1865. Foi a época de grande esplendor do palacete. Morta a antiga Marquesa, já então casada, em segundas núpcias, com o Visconde de Silva e Barão do Catete, e falecido também este titular (já sob a República), o palacete passaria para o seu irmão, o Comendador Silva, que mais de uma vez o cederia ao Governo para hospedar personagens ilustres estrangeiras de passagem, pelo Rio, como foi o caso do Presidente Júlio Roca da Argentina, em 1899, e do Secretário de Estado norte-americano Elihu Root, em 1906. Com a morte do Comendador Silva, pouco depois, o palacete seria demolido para dar lugar a uma casa de apartamentos, prova mais uma vez do desamor dos nossos Governos pelo nosso patrimônio histórico, que o devia ter comprado para residência de hóspedes ilustres de passagem pelo Rio, como já tinha servido mais de uma vez.

20 -   *O Marquês de Abrantes.*

21 -   Cotegipe mudou-se depois para a Rua Senador Vergueiro, onde morou nos últimos anos de vida. Depois de sua morte, a casa passou a pertencer ao governo argentino, que aí instalou sua embaixada no Brasil. Foi, mais tarde, demolida por um novo proprietário, para dar lugar a uma casa de apartamentos, com frente para a Praia do Flamengo.

21a -   O depois chamado Palácio do Catete, tivera sua construção iniciada em 1858 e terminada em 1865. Um palácio que Vicente Quesada, Ministro da Argentina no Rio, comparava ao palácio do Príncipe Giovanelli, em Veneza. Era a residência urbana do Barão de Nova Friburgo, que tinha a residência de campo num outro palácio, o chamado Solar do Gavião, em Cantagalo, Província do Rio. O Palácio do Catete era talvez, com a casa do Marquês de Abrantes e até certo ponto o Palácio Itamaraty, as residências particulares mais suntuosas do Rio desse tempo.

21b -   O Palácio Itamaraty pertencera a Francisco José da Rocha Filho, segundo Barão e depois Visconde e Conde de Itamaraty, nascido em Portugal mas naturalizado brasileiro. Era filho do primeiro Barão desse nome (título brasileiro) também nascido em Portugal, que viera para o Brasil com a Família Real portuguesa. Faleceu no Rio em 1853, depois de reunir grande fortuna com o comércio do café e das pedras preciosas. O Palácio foi construído ainda em vida do primeiro Barão, tendo ficado pronto no ano da morte deste. Foi construído sob a direção do arquiteto e professor da Academia de Belas Artes, José Maria Jacinto Rebelo, Major do Imperial Corpo de Engenheiros, antigo discípulo do arquiteto francês Grandjean de Montigny. Rebelo iria pouco depois trabalhar com o Major Koeler na construção do Palácio Imperial de Petrópolis. Casou-se com uma sobrinha do Conde de Itamaraty, — filha do Conselheiro Mayrink. Foi no Palácio Itamaraty que se realizou, em 19 de julho de 1870, um grande baile para comemorar o fim vitorioso da Guerra do Paraguai, com a presença dos monarcas e do Conde e Condessa d'Eu, sendo o Conde objeto de todas as honras, por ter sido o Comandante-Chefe das armas brasileiras que haviam colhido a vitória nos campos paraguaios.

22 -   *Um Estadista do Império.*

22a -   Como se sabe, para um comerciante ou industrial se intitular "Fornecedor da Casa Imperial" ou "Fornecedor de Sua Majestade o Imperador", ou "Fornecedor de Sua Majestade a Imperatriz", usando as armas imperiais nas fachadas de seus estabelecimentos e nos papéis de correspondência, precisava obter o competente alvará da Casa Imperial, nomeando-o como tal, — coisa que era muito cobiçada, "um prêmio — diz-nos Guilherme Auler — comparável aos títulos honoríficos." Num interessante e minucioso trabalho a este respeito *(Fornecedores Estrangeiros da Casa Imperial)*, esse incansável pesquisador nos arquivos imperiais dá-nos a relação dos comerciantes e industriais que obtiveram essa honraria no decurso do segundo Reinado, isto é, de 1840 a 1889. Vemos, assim, por essa publicação, que, nesses quase cinquenta anos, apenas 148 firmas estrangeiras conseguiram obtê-la. De onde se conclui que a Casa Imperial não foi pródiga nessas concessões, apesar da renda que lhe davam, já que o concessionário tinha que pagar uma determinada soma para obtenção do desejado alvará, soma que em 1870 era de dois mil-réis.
No que se refere à nacionalidade dos aquinhoados, estão assim repartidos: 64 franceses; 14 alemães; 11 austríacos; 10 portugueses; 9 italianos; 8 ingleses; 4 belgas; 3 holandeses; 3 argentinos; 2 norte-americanos; 2 húngaros; 2 luxemburgueses — e outros em menor quantidade. Quanto às profissões, salientamos apenas que os mais aquinhoados foram os fornecedores de vinhos — 16, seguindo-se os joalheiros — 11 e os alfaiates, também 11.

Da lista levantada por Guilherme Auler, constante do livro de registro dos alvarás existentes na Mordomia da Casa Imperial, conviria destacar o célebre pintor Edouard Viennot (residente em Paris), como *retratista;* o não menos célebre compositor e maestro Edward Strauss (de Viena), como *diretor de Orquestra Honorário;* o livreiro F. A. Brockhaus (de Leipzig), cunhado de Wagner e impressor dos *Segundos Cantos* de Gonçalves Dias, como *fornecedor de livros;* Maria Josefina Durocher, como *parteira;* Johann Maria Farina (de Colônia), o célebre fabricante de água-de-colônia; a conhecida Casa Leitão (do Porto), de pratarias e joias, como *ourives;* Madame Vignon (de Paris), como *modista;* o célebre camiseiro Doucet (de Paris); o também célebre Poole (de Londres), como *alfaiate;* Tiffany & C⁰. (de Nova York), como *joalheiros;* Pathek Philippe (de Genebra); e finalmente Henry Rost, proprietário do Hotel Beau Séjour, de Cannes (França), onde os Monarcas se hospedaram em novembro de 1887, como *fornecedor e hoteleiro* — todos da Casa Imperial ou de Suas Majestades Imperiais. A notar que algumas dessas firmas existem e são conhecidas até hoje. Sendo que o Poole era e continua a ser o mais famoso alfaiate do mundo; mas que, apesar de se intitular "alfaiate de Sua Majestade o Imperador do Brasil", era muito duvidoso que este ali se vestisse, já que nunca primou pela "elegância" da sua mais que surrada casaca preta de todos os dias.

23 - Conde D'Ursel, *Sud-Amérique.*

23a - O projeto de arrasamento dos Morros do Castelo e de Santo Antônio é dessa época (1873), isto é, do Ministério Rio Branco, mas que só teria execução meio século depois, já sob o regime Repúblicano.

24 - *The Botanical Garden Rail Road Company,* inaugurada em 1º de janeiro de 1879.

24a - *Um Médico da Monarquia.*

25 - *Op. cit.*

26 - Em 1862 Luís Aleixo era nomeado *Escrivão dos Brasões e Armas da Nobreza do Império,* em substituição a Luís Gaspar de Bivar. Exerceu esse cargo até a morte, em 6 de julho de 1874, sucedendo-o o filho Ernesto, que por sua vez ocuparia o emprego até a queda do Império. Era um cargo que já existia no primeiro Reinado, sendo que no Segundo Reinado seu primeiro ocupante fora o Barão de Planitz, referido capítulos atrás.

26a - As insígnias eram geralmente feitas em Paris, na Casa Lemaître, que obtivera alvará para intitular-se *Fornecedora da Casa Imperial do Brasil.*

26b - *A Nobreza Brasileira.*

26c - George Raeders, *Dom Pedro II e o Conde de Gobineau.*

26d - A. J. Lacombe, *op. cit.*

26e - E duas Duquesas, as de Goiás e a do Ceará, filhas legitimadas de Dom Pedro I e da Marquesa de Santos, muito embora a última não tivesse passado de uma intenção desse Imperador, não tendo sido jamais oficializado o título. Houve também um outro Duque, mas um estrangeiro, que foi o de Santa Cruz, concedido em 1829, por Dom Pedro I, ao irmão da sua segunda mulher, o Príncipe Augusto de Beauhamais, que se casaria com a Rainha Dona Maria II de Portugal (ver, a propósito de títulos de nobreza concedidos no Império, as obras *Titulares do Império,* de Carlos G. Rheingantz;o *Arquivo Nobiliárquico Brasileiro,*do Barão Smith de Vasconcelos; e o capítulo "Titulares do Império", do livro *Vultos do Império,* de Helio Vianna.

26f - A propósito da nossa nobreza, vem ao caso citar as *Farpas,* onde Eça de Queirós e Ramalho Ortigão põem em ridículo alguns títulos dos nossos Barões e Viscondes, que atestavam, pelo menos, o mau gosto de seus possuidores; títulos que se não eram propriamente ridículos, soavam estranhamente em nossos ouvidos. Eça e Ramalho se referem a Conde de Itapapá e Barões de Seriquitó e Minhinhonhá, nomes evidentemente inventados pelos dois panfletistas, para achincalho da nobreza imperial. Contudo, é forçoso convir que havia, de fato, alguns títulos dos nossos nobres que se prestavam a ser ridicularizados, como, por exemplo, os dos Viscondes de Aramaré e de Jurumirim, e os dos Barões de Aratanha, de Camanducaia, de Dores de Guaxupé, do Gorutuba, de Ibirapuitã, de Itapacorá, de Itapororoca, de Mambucaba, de Parangaba, de Piaçabuçú, de Piracicamirim, de Tacaruna etc. Sabemos que são quase todos nomes indígenas, muitos de origem guarani, que estavam então em moda no Brasil com os romances de José de Alencar e as poesias de Gonçalves Dias. Mas nem por isso não deixavam de ser, alguns deles, francamente ridículos. Houve, por exemplo, um Barão de Cascalho, o que significa, como sabemos, pedra britada ou lascada, e pertenceu ao paulista José Ferraz de Campos. O que levou o poeta satírico de Barbacena, Padre Correia de Almeida, a pô-lo em ridículo na seguinte sextilha:

> *Nascida entre o ruim povo,*
> *Escarnece gente tola*
> *De haver* Barão de Cascalho.
> *Para mim não será novo*
> *Se houver* Barão de Cebolas,
> *Ou* Barão de Cascas d'Alho! (*).

E quanto a brasões, veja-se o do Barão de Mauá, que, por estar ligado a negócios de caminhos de ferro, de navegação e iluminação, compôs suas armas com uma locomotiva e um vapor, ladeado este por 4 lampiões de gás!...

(*) — *Sátiras, Epigramas e outras poesias.*

26g - Américo Jacobina Lacombe, *op. cit.*

26h - Idem.

27 - Sobre os jornais do Rio de Janeiro, ver *Um Século e meio de Imprensa Carioca (1808-1965),* de Helio Vianna.

27a - Grande parte dessas folhas publicava-se no Rio em 1871, quando se organizou o Ministério Rio Branco. Nem todas, porém, tiveram uma vida longa.

28 - Atual Teatro João Caetano.

28a - *Brasil em 1880.*

29 - A outra filha dos Soberanos, Dona Leopoldina, que se casara, como se sabe, com o Duque de Saxe, no mesmo ano de sua irmã mais velha, passara desde algum tempo a residir na Europa. Falecera, de resto, prematuramente, em Viena, em 1871. Mais tarde, com o nascimento dos filhos dos Condes d'Eu, e a vinda para o Brasil de dois filhos da Duquesa de Saxe, a Família Imperial se tornaria mais numerosa. As duas irmãs sobreviventes do Imperador (a mais velha, a Rainha Dona Maria II de Portugal, havia morrido em Lisboa em 1853), suas companheiras de infância, a Princesa de Joinville e a Condessa d'Aquila, viviam desde muito na Europa. Ambas sobreviveriam ao Imperador.

30 - *Mis Memórias Diplomaticas.*

31 - *O Império Brasileiro.*

32 -   *Diário,* no Arquivo da Casa Imperial.

32a -   Ver Helio Vianna: *Notas de Dom Pedro II ao livro "Império e República Ditatorial."*

32b -   Domingos Borges de Barros, Visconde de Pedra Branca, antigo deputado pela Bahia às Cortes de Lisboa e nosso primeiro Ministro junto ao Governo francês, com o qual negociou o reconhecimento da Independência e do Império pela França. Foi depois Senador pela Bahia, sua província natal. Iria morrer em 1855.

32c -   *Abrindo um Cofre,* de Alcindo Sodré, e *Dom Pedro II e a Condessa de Barral,* de R. Magalhães Júnior.

32d -   Esse Pettrich (Ferdinand August) era um escultor natural da Saxônia, que, depois de praticar o seu ofício em Roma, no *atelier* do célebre escultor dinamarquês Thorwaldsen, se deslocara para os Estados Unidos e daí para o Brasil, chegando ao Rio de Janeiro em 1843. Passou logo a executar uma série de trabalhos, uns por iniciativa própria, e outros por encomenda — medalhões, bustos, estátuas. Em 1846 concluía uma estátua de Dom Pedro II, de mármore, *a primeira desse gênero feita no Brasil,* seguida de outra, igualmente de mármore, esta por encomenda do Imperador, de José Clemente Pereira, como uma homenagem ao provedor da Santa Casa da Misericórdia, em seguida ao seu falecimento, em 1854. Ambas as estátuas destinavam-se ao Hospício de Dom Pedro II, na Praia Vermelha (hoje sede da Universidade Federal do Rio de Janeiro). Entre os muitos bustos que executou, além dos de Paulo Barbosa e Aureliano Coutinho (Visconde de Sepetiba), duas poderosas sumidades na época, pertencentes ao célebre *Clube da Joana,* havia um do Imperador, feito em 1864, destinado ao Instituto Histórico Brasileiro, onde ainda se encontra. Depois de viver cerca de vinte anos no Brasil, Pettrich voltou para Roma, aí falecendo em fevereiro de 1872. Quando Dom Pedro II esteve nessa cidade, em dezembro de 1871, foi ver o seu antigo protegido, encontrando-o cercado dos filhos, velho e doente, entrevado numa cama. Morreria, aliás, daí a dois meses (ver a respeito o capítulo do segundo volume desta obra, intitulado "Pela primeira vez na Europa"). Sobre Ferdinand Pettrich, Guilherme Auler deixou-nos uma detalhada notícia biográfica em *Presença de alguns artistas germânicos no Brasil,* de onde tiramos esses dados.

33 -   As sessões ordinárias do Instituto realizaram-se, durante muito tempo, numa sala do antigo Convento do Carmo, contíguo ao Palácio.

34 -   Manuel da Cunha era um pintor fluminense que nascera escravo, mas que a golpes de talento conseguira impor-se como um dos melhores artistas do seu tempo. Entre outros trabalhos, deixou o teto da Capela do Senhor dos Passos, na Capela Imperial; o retrato do Conde de Bobadela, que durante muitos anos figurou na Câmara Municipal da Corte; as pinturas da capela contígua à sacristia da Igreja de São Francisco de Paula; e o retrato de Santo Avelino, existente outrora na Igreja do Morro do Castelo.

34a -   Sobre essa escultura, o poeta e crítico de arte italiano Gaetano Aleardi escrevera e fizera publicar um folheto de catorze páginas, no qual procurava explicar quem fora o *fanciullo* objeto dessa escultura: um menino da Toscana, filho de um camponês e pastor da sua infância, que se tornaria um dos grandes pintores da Idade Média italiana, Ambrogio Giotto. Quando Dom Pedro II esteve em Nápoles, em abril de 1888, a autora da escultura, Amalia Dupré, mandou-lhe o folheto de Aleardi sobre o *fanciullo,* e em cuja capa o Imperador deixou escrito: "Gosto mais dos versos de Aleardi, que ainda conheci na minha viagem passada [em janeiro de

729

1877], do que de suas críticas artísticas, como esta", datando, "Nápoles, 17 de abril de 1888."
(Ver *Giotto Criança, escultura comprada por D. Pedro II*, por Helio Vianna).

34b - Raymond Monvoisin, talvez o melhor pintor de retratos que havia no Brasil desse tempo, um francês, que depois de residir algum tempo entre nós se transportou para o Chile, onde pintou numerosos retratos de personalidades chilenas, inclusive um *Jovem Araucano,* quadro que seria depois oferecido ao Imperador por Carlos von Hock Kofler, Cônsul-Geral do Chile no Rio, e que passou a figurar no Paço de São Cristóvão. Monvoisin esteve no Rio em 1847, quando pintou um grande quadro de Dom Pedro II, "o mais belo e fiel retrato, até então executado, do Imperador moço", na opinião de David James e Marques dos Santos (*Raimundo Quinsac de Monvoisin).* "Comecei um grande retrato do Imperador em trajes majestáticos — escrevia Monvoisin ao irmão em França, em 29 de outubro de 1847. Fui afavelmente acolhido pelo Imperador, que se mostra satisfeito com o retrato que estou fazendo" (*Op. cit.).* Esteve exposto no *Salão* do Rio desse ano, passando depois a figurar no Salão dos Estrangeiros do Paço de São Cristóvão. Pertence hoje ao Príncipe Dom João de Orléans e Bragança.

34c - Esses três últimos quadros foram comprados, na Europa, por Dom Pedro II. Sabe-se o preço por ele pagos: o Decamps, *Paisagem do Oriente,* 15.000 francos; o Frometin, *Cavalos em liberdade,* 11.000; e o Isabey, *O duelo à noite,* 10.000 francos (Helio Vianna, *Aquisições artísticas de Dom Pedro II).*

35 - Carta comunicada por Temístocles da Graça Aranha.

36 - *Op. cit.*

37 - Suetônio, *O Antigo Regime.*

38 - *Aux Antipodes. Voyages,* etc.

39 - Chamou-se depois Rua Pedro Ivo e posteriormente Avenida Pedro II.

40 - *Alegrias e Tristezas,* manuscrito da Princesa Imperial, no Arquivo da Casa Imperial.

40a - *O leilão do Paço de São Cristóvão.*

40b - Helio Vianna, *Dom Pedro I e Dom Pedro II, acréscimos às suas biografias.* — A propósito das casas de residência existentes nos terrenos da Quinta da Boa Vista, que os antigos Imperadores do Brasil consentiram fossem habitadas por empregados do Paço e suas famílias, sem o pagamento de aluguéis, cabe referir a casa construída à esquerda da entrada da Cancela de São Cristóvão, ao lado da Casa da Guarda da mesma Cancela, chamada "Matias", e cujo terreno fora doado por Dom Pedro I a Manuel Joaquim de Paiva, que ali residia com os seus filhos, um dos quais, do mesmo nome que o pai, foi responsabilizado, em março de 1882, por um valioso roubo de joias pertencentes à Imperatriz e à Princesa Imperial. Descoberto o roubo, foram encontradas as joias, pelo que Dom Pedro II perdoou o criminoso, aliás, menos por esse fato do que por atenção aos bons serviços de seu fiel e dedicado criado particular Pedro Antônio de Paiva, irmão do criminoso, e também residente na mesma casa. (Ver Helio Vianna, *Doações de Dom Pedro I, em 1831.)*

41 - Apontamentos dados ao Conselheiro J. A. Saraiva, quando este foi Presidente do Conselho (no Arquivo de Dom Pedro II). — "Realmente, assinala Helio Vianna em *Dom Pedro I e Dom Pedro II, acréscimos às suas biografias,* a difícil situação financeira do Imperador, depois da proclamação da República, cabalmente demonstrou o fato de nunca ter ele feito economias, como aliás provam os livros da Mordomia da Casa Imperial. Acrescente-se que suas prodigalidades eram muitas vezes em benefício de estudantes, artistas, cientistas

etc., aos quais concedia pensões, como reconheceu o próprio Governo Provisório da República, e como comprovou, em vários trabalhos publicados na imprensa, Guilherme Auler" (ver segundo volume desta obra).

42 -   É de salientar que os seus escrúpulos com os dinheiros públicos chegava ao ponto de não consentir que a Nação lhe pagasse as despesas com suas viagens ao Estrangeiro, que corriam sempre por conta de seus vencimentos, como ele chamava a dotação que recebia do Estado, ou de empréstimos de caráter particular, para esse fim especialmente contraídos com capitalistas e casas bancárias do Rio de Janeiro (ver pags. adiante nesta obra); o Imperador timbrava sempre em pagá-los pontualmente, tanto o capital como os juros.

43 -   Notas, no Arquivo citado.

44 -   Papéis da Casa Imperial, no Arquivo do Itamaraty.

44a -   "É escusado dizer, aconselhava ele à filha, do que é propriamente seu, deve o Imperador ser generoso para com os dedicados à sua pessoa e à Nação, não guardando dinheiro que por esta lhe é dado para manutenção do cargo que ocupa; e por isso gastará, atendendo sempre a esta consideração, evitando ser pesado ao Tesouro Público, mesmo pelo que possa parecer despesa de ordem pública, ou aos particulares, e não aceitando favores destes, ou do Poder Legislativo em tal sentido. Com bem entendida economia, e fugindo o mais possível do que é luxo, chega sempre o dinheiro para muito, e estou certo de que minha filha não quererá qualquer aumento do que recebe do Estado" (*Conselhos à Regente,* no Arquivo Grão-Pará). As últimas palavras traduzem o receio de que a filha, aconselhada possivelmente pelo marido, pleiteasse o aumento da sua dotação de Princesa Imperial quando assumisse a Regência do Império — o que seria, aliás, de toda a justiça, já que os encargos da nova posição iriam acarretar-lhe maiores e novas despesas.

44b -   Decreto nº 5, de 19 de novembro de 1889. — Guilherme Auler, num trabalho exaustivo de pesquisa (intitulado *As últimas pensões e mesadas de Dom Pedro II),* conseguiu dar, pelo que apurou do *Livro de Pagamentos aos Reformados, Aposentados, Pensões e Mesadas da Casa Imperial,* a lista dos aquinhoados no mês de novembro de 1889, quer dizer, dias antes de o Imperador ser deposto e expulso do Brasil. Constavam dessa lista 2 reformados, 18 aposentados, 140 pensões e 21 mesadas. Somavam 181 os donativos distribuídos nessa época pelo Imperador. As mesadas variavam de 3$000 a 253$333. Mas a grande maioria recebia uma soma superior a 50$000. A notar que havia vários pensionistas que recebiam mesadas havia mais de meio século, como Maria Luísa Santana, que recebia desde novembro de 1836; como Delminda de Castro e Oliveira, que recebia desde janeiro de 1837. E cerca de 20 pensionistas que recebiam havia mais de 40 anos. Dentre estes cumpre destacar o colono alemão de Petrópolis, Eppelsheimer, serralheiro que fizera, em 1859, as grades do Palácio Imperial daquela cidade. Além de aceitar ser padrinho, com a Imperatriz, de batizado de um filho seu, Eduardo, custeou-lhe as despesas do enxoval para admissão no Colégio Kopke, e contemplou a irmã deste com uma pensão de 20$ 000 mensais, que lhe foi paga desde 1848 até o último dia da Monarquia. Dentre os aposentados que figuravam nessa lista estava Cândido José de Araújo Viana, filho do Marquês de Sapucaí, antigo mestre de Dom Pedro II e das Princesas suas filhas; recebia a mensalidade de 60$000 como administrador aposentado Imperial Quinta do Caju. A acrescentar que, além desses pensionistas e aposentados, havia ainda uma lista de mais de 100 nomes que em 15 de novembro de 1889 recebiam do bolso imperial a título de "esmolas." Guilherme Auler, para salientar a generosidade do Imperador, cita o mapa organizado por Luís Aleixo Boulanger (que acompanhou, em 1859, o Imperador na viagem às Províncias do Norte, como "mordomo itinerante") com a relação dos donativos e esmolas distribuídos por Dom Pedro II nessa viagem, com um total de 222293$ 300, "quantia elevadíssima para a época", como bem acentua Auler. A salientar que só em Pernambuco ele distribuiu 64:277$000, o que era considerável, tendo em vista que se demorou nessa Província apenas um mês. Nas cartas que Boulanger escrevia do Norte para Paulo Barbosa, mordomo da Casa Imperial, "alarmado com as esmolas e donativos do Monarca", ele ressaltava a magnanimidade de Dom Pedro II distribuindo dinheiro sem parar. *Hoje vou receber dinheiro do Tesouro,* dizia Boulanger numa dessas cartas, *porque o Imperador abre bem as mãos.* Noutra carta: *O Imperador tem dado muito dinheiro, e se isto continuar os meios não serão grandes.* Ainda outra carta: *Saquei 35 contos mais, e creio que não será o último dinheiro, porque Sua Majestade não pode conter seu imperial coração, por isso as mãos esvaziam-se.* Guilherme Auler lembra, muito a propósito, que essa generosidade de Dom Pedro II, retirando repetidamente os recursos da Mordomia da Casa Imperial para fins de caridade, desequilibrava as finanças do Imperador, obrigando-o a recorrer a empréstimos, dos quais cita alguns: com Samuel Phillips, em 1846; com o Barão de Guaratiba, em 1848 e 1853; com o Barão de Ipanema, em 1854; com Antônio José Alves Souto, em 1860 (quando voltou da viagem ao Norte); com o Visconde (depois Conde) de Bonfim, em 1867 e 1871 (para o gasto com a sua primeira viagem à Europa); com o Barão de Mesquita, em 1876 (para a segunda viagem ao Estrangeiro). E assim, abrindo um buraco aqui para tapar um buraco acolá, esse Soberano, que distribuía centenas e centenas de contos de réis pelos necessitados, ficou reduzido à pobreza quando foi deposto, mal tendo com que pagar, no exílio, o modesto quarto em que vivia em Paris, num hotel de segunda ordem, e onde afinal morreu.

44c - "Muito escrupuloso quanto a dinheiro, como com referência a tudo mais, o Imperador mandava que se pagassem as passagens e o transporte das bagagens dos que o acompanhavam em suas viagens. Também exigia que se pagassem direitos à Alfândega de tudo o que a Casa Imperial importasse do Estrangeiro. Nesse sentido determinou providências mais de uma vez. Até mesmo quanto à vinda de um simples xaile mandado da Europa por uma de suas irmãs, a Condessa d'Aquila, Dona Januária, ou a Princesa de Joinville, Dona Francisca" (Helio Vianna, *O Imperador visto pelo Almoxarife).*

45 - O almirante finlandês Von Kraemer, que esteve no Rio no inverno de 1872, comandando uma fragata a cujo bordo estava o Grão-Duque Aleixo, filho do Czar Alexandre II da Rússia, refere-se à vida retraída que levava a Família Imperial brasileira. Nas cartas escritas à mulher, ele se queixava do quase completo esquecimento em que ficara o Grão-Duque no Rio, que só fora distinguido por Dom Pedro II com um jantar em São Cristóvão. Von Kraemer descreve esse jantar: ele, o Grão-Duque, seus companheiros de bordo e a Família Imperial sentados de um lado da mesa; os Ministros e os dignatários do Paço, no outro lado. "Todo o jantar foi posto sobre a mesa, e servido desordenadamente, frio, por criados mal vestidos. A metade do menu não existia, e a comida era má: sorvetes, geleia, sopa, presunto servido ao acaso, como também os vinhos. Felizmente que tudo logo terminou, porque no fim de vinte minutos estava findo o jantar. O Imperador propôs um brinde à saúde do Grão-Duque, e se levantou tão depressa da mesa que não deu tempo de se responder ao brinde, nem de esvasiar o único e magro copo de *champagne.* Saímos da mesa em procissão, esfomeados e indignados, pois tínhamos vindo com a pretenção legítima de ter um jantar delicioso no palácio de Suas Majestades Imperiais do Brasil." — Von Kraemer não é sempre imparcial em suas cartas, e a má vontade para conosco é evidente. Deve-se, por isso, dar o desconto a tudo o que descreve. Mas não deixa de ser interessante a cena que ele refere no fim do jantar, depois que a Família Imperial e os convidados se passaram para o salão ao lado, quando os dignatários do Paço, "ministros inclusive", voltaram à sala de jantar "para acabarem com tudo o que tinha ficado sobre a mesa. E não apenas as bocas, também os bolsos se encheram do jantar imperial, que certamente não lhes é oferecido muitas vezes" (Carta comunicada por Temístocles da Graça Aranha).

45a - Carta de 23 de julho de 1867, em R. Magalhães Júnior, *Dom Pedro II e a Condessa de Barral.* Nota do autor a propósito da visita desse Príncipe, na *op. cit.:* "Visitou o Rio de Janeiro num gesto de cordialidade, para marcar de forma expressiva o reatamento, pouco antes, das relações diplomáticas entre seu país e o Brasil, interrompidas em consequência da *Questão Christie.* Chegou o Duque de Edimburgo a 15 de julho de 1867, como comandante do navio de guerra *Galathea,* e foi recebido, ao chegar, pelo Conde d'Eu e pelo Ministro dos Negócios Estrangeiros, que era o Senador Antônio Coelho de Sá e Albuquerque. Depois do desembarque no Arsenal de Marinha, dirigiu-se o príncipe inglês, em companhia de ambos, para o Paço de São Cristóvão, a fim de cumprimentar o Imperador e a Imperatriz. Várias foram as festividades promovidas em sua honra. Sendo o príncipe oficial de Marinha, foi levado a visitar os estaleiros da Ilha das Cobras, onde viu vários navios de guerra em reparos, entre os quais a corveta encouraçada *Vital de Oliveira,* antiga *Guanabara,* rebatizada em honra do bravo oficial, que perecera na luta diante de Curupaiti, quando comandava o *Herval.* Visitou também o navio escola *Constituição.* A colônia inglesa promoveu um baile em sua honra no Cassino Fluminense, inaugurando as danças o Imperador e a Imperatriz, o príncipe visitante e a Princesa Isabel. Esta, segundo a crônica do *Anglo-Brazilian Times,* estava elegantíssima, com um vestido de *satin with tulle trimmed with scarlet roses,* sendo que também usava essas rosas vermelhas no penteado. O Imperador, à mesa da ceia, fez breve discurso de saudação ao visitante e brindou à saúde da Rainha Victoria. O príncipe partiu a 23 de julho para o Cabo da Boa Esperança, com destino à Austrália e à India."

45b -   *Quadro Social da Revolução Brasileira.*

46 -   Vicente Quesada, *Mis Memórias Diplomáticas.*

46a -   Nos documentos existentes no Arquivo da Casa Imperial, sobre a coroação de Dom Pedro II, há uma referência à murça sobre "o manto do fundador" (Dom Pedro I), que era de penas de galo-da-serra, e que foi feita para o Sr. Dom Pedro I, mandada de Portugal a S. M. o Imperador pelo criado particular do Sr. Dom Pedro I, José Maria. Isso desmente a voz corrente de que o manto imperial era feito com papos de tucano.

47 -   Arquivo do Itamaraty.

47a -   *Au Brésil, il y a un siècle. Quelques Images d'Arthur de Gobineau.*

47b -   A Condessa de Barral entretinha boas relações em Paris com Gobineau e a mulher. Quando ele embarcara para o Brasil ela o fizera portador de algumas cartas para a Família Imperial, que o diplomata se apressara em mandar entregar em São Cristóvão no mesmo dia da sua chegada ao Rio.

47c -   Agassiz havia estado no Rio fazia três anos.

47d -   Carta de Gobineau à mulher, do Rio, 22 de março de 1869, no Arquivo da Universidade de Estrasburgo.

47e -   Jens Worsaae, arqueologista, diretor do Museu de Arqueologia de Copenhague e autor de várias obras sobre a pré-história na Dinamarca. Iria morrer nesse país em 1885.

47f -   Nas cartas mandadas do Brasil à mulher, Gobineau se refere, mais de uma vez, à cor escura da pele de Dona Josefina da Fonseca Costa — *brune, chocolat, plus chocolat versé que jamais,* dando a entender que a dama de honra, a amiga da Imperatriz, era uma mulata.

47g -   R. Magalhães Júnior, *Dom Pedro II e a Condessa de Barral.*

47h -   No entanto, na entrada da baía da Guanabara, no dia em que chegara ao Rio, sentiu-se deslumbrado com a grandiosidade do espetáculo. Mas nada de compará-la com a chegada à Constantinopla. *"C'est une sottise de comparer à Constantinople,* escrevia à mulher. *Les rapports sont aussi multipliés qu'entre un excellent poème et une excellente pièce de satin de la Chine. Qu'est-ce qui est le plus accompli des deux chefs d'oeuvre? Pas une montagne avec des lignes classiques, des cônes, des escarpements, des pains de sucre, des dentelures a l'infini, des nuages de travers, des brumes en manière de bonnets sur les pics dressés tout debout, n'en finissant plus, et des arbres grimpant jusqu'à la fine pointe et des baies dans des golfes et des golfes enchevêtres les uns dans les autres; rien de droit, ni de logique, tout tordu, découpé, déchiqueté, mais en très grand. C'est l'ultra-romantisme, le plus ultra du monde. Je trouve cela charmant, frappant, miraculeux, intéressant au suprême degré. On fait des découvertes inouies en fait d'entrecroisement de lignes qu'on avait supposé introuvable dans la nature; mais pour beau, ce n'est pas beau d'une telle manière qu'on le puisse mettre en relation quelconque avec Constantinople.* "A Charles de Rémusat ele dava a mesma opinião: *La baie de Rio de Janeiro est immense, mais c'est folie de la comparer au Bosphore. Ici il y a plus de grandeur et de magnificence que de beauté.*

48 - Faure-Biguet, *Gobineau.*

48a - Jean Gaulmier (*op. cit.*) refere-se a um estudo de Gobineau, sobre a emigração no Brasil, onde este *se livre à d'étranges calculs pour prouver que, selon lui, la population brésilienne, rendue stérile par des métissages croissants, aura disparu complètement jusqu'au dernier homme au bout de 270 ans.*

48b - Carta à mulher, em Jean Gaulmier, *op. cit.*

48c - Jean Gaulmier, *op. cit.*

48d - Carta à mulher, *op. cit.*

49 - Carta de Paris, 22 de setembro de 1872, no Arquivo da Casa Impérial.

50 - "Prefiro sem dúvida a conversa daqueles que possam instruir-me, dizia ele. Sempre condenei as perguntas de algibeira, e até tenho censurado quando assim se procede em exames e concursos." (Arquivo *cit.*).

50a - O último baile no Paço Isabel iria ter lugar no dia 16 de novembro de 1889, em homenagem aos oficiais do couraçado chileno *Almirante Cochrane*, então no Rio, mas que não pôde haver em virtude da queda da Monarquia e da implantação nesse dia do regime Repúblicano.

50b - Carta do Rio, 22 de agosto de 1885, citada por Francisco de Carvalho Soares Brandão Neto em *Documentário Histórico.*

51 - *Dom Pedro II.*

51a - Depoimento do almoxarife da Casa Imperial, Marcelino da Paixão, obtido por Tobias Monteiro e recolhido por Helio Vianna, *O Imperador visto pelo Almoxarife.*

51b - Nota de Tobias Monteiro na *op. cit.*: "O Imperador jantava em vinte minutos. Nos dias em que a Corte sentava à mesa, a preocupação de cada um era recolher um prato cuja mastigação fosse fácil. Ao entrar, lançavam os olhos para o *buffet* onde estavam depositados todos os pratos trazidos nas caixas, e aí viam o que seria melhor. Não havendo lista dos pratos, pedia-se o auxílio dos criados da mesa, que davam as informações.

52 - João do Rego Barros, *Reminiscências de há 50 anos.*

53 - *Brasil, the Amazon and the Coast.*

54 - Francisco Cunha, *Reminiscências.*

55 - Há engano em dizer-se que o manto imperial era forrado de papos de tucano. Por uma conta paga ao tempo do Primeiro Reinado, existente no arquivo imperial, verifica-se que se tratavam de papos de *galo-da-serra*.

56 - Francisco Cunha, *op. cit.*

57 - Atual Praça Mauá.

58 - Ver o capítulo "Educação das Princesas", no volume I desta obra.

58a - *Dom Pedro II em Petrópolis.*

58b - Célebre pianista, nascido em Portugal, mas que se transferindo para o Brasil na primeira mocidade, aí se fixaria para sempre.

58c - Alcindo Sodré, *op. cit.*

58d - Jean Gaulmier, op. *cit.*

59 - L. Agassiz, *Voyage au Brésil.*

60 - Cita-se como de José de Alencar uma frase impertinente, que ele teria dito ao Imperador, a uma observação deste sobre a candidatura de Alencar à senatoria cearense. É pura fantasia. Mesmo porque as restrições que o Imperador fez à candidatura senatorial de Alencar, não tinha nenhuma relação com a pouca idade deste; a suposta frase perdia, portanto, a sua razão de ser. Ver sobre isso o capítulo "Reforma Eleitoral", neste volume.

61 - O *Império Brasileiro.*

62 - *Agradecimento aos Pernambucanos.*

63 - Atual Praça 15 de Novembro. No antigo Paço da Cidade foi instalada, sob a República, a Repartição Geral dos Telégrafos.

63a - Jornalista e romancista (de seu verdadeiro nome — *Olivier Gloux)* com o qual simpatizara o Imperador, apesar do seu espírito um pouco aventureiro. Era essa a terceira vez que visitava o Brasil, e andava então por volta dos sessenta anos. Fez no Rio várias conferências, mas sem grande sucesso, como confessará Dom Pedro II em cartas à Barral. Carta de 15 de outubro de 79: "Está aqui o romancista Gustave Aimard, que tanto já tem romantizado a respeito da América do Norte e do Sul, por onde viajou, e é correspondente do *Temps* e outros jornais. Que dirá por lá? Tive longa conversa com ele, agradou-me o seu espírito. Disse-me ser filho natural do Marechal Sebastiani*, e isto explica a vida errante que tem levado. Já esteve aqui em 1837 e 49." Carta de 17 do mesmo mês e ano: "Gustave Aimard fez há pouco a sua primeira conferência. Que fiasco! Talvez o contrariasse a sala quase vazia. Tive pena dele. Não lhe falta talento, mas não é romancista como os bons. Veremos o que ele escreve para lá" (Alcindo Sodré, *Abrindo um Cofre).*

* Marechal de França e Ministro dos Negócios Estrangeiros com o Rei Luís Filipe. Nascido na Córsega e falecido em 1851.

63b - Tinha dois metros de largura, envidraçada do lado que dava para um pátio, ornado, no centro, de um bonito e copioso repuxo.

64 - Gustave Aimard, *Le Brésil Nouveau.*

65 -   B. Mossé, *Dom Pedro II.*

66 -   *Reminiscências do Palácio de São Cristóvão.*

66a -   "Vinham até duzentas pessoas, inclusive pedintes de esmolas e de auxílios, em requerimentos que ele passava ao Camarista de semana. Iam os papéis para a Mordomia da Casa Imperial, onde, às vezes, na mesma noite, o Imperador os examinava, marcando no verso a quantia a ser dada, de dez a cinquenta mil réis, que os interessados iam depois receber no Palácio. Uma vez ponderou-lhe o camarista Marechal Barão de Miranda Reis, que muitas esmolas por ele dadas não eram bem empregadas. Respondeu que, se dos contos de réis despendidos, somente dez mil réis calhassem bem, ficaria satisfeito. Além dos auxílios aos pedintes, mantinha o Imperador uma lista de pensionistas fixos, que recebiam mensalmente, inclusive a muitos estudantes pobres" (Depoimento do almoxarife Marcelino da Paixão, já citado neste volume). Referindo-se a esses pedintes que iam a São Cristóvão, Helio Vianna refere a que se passava com alguns veteranos da Guerra do Paraguai que lhe solicitavam auxílio monetário. "Usava o Imperador um curioso sistema. Interrogava-os sobre os combates e batalhas de que houvessem participado. Se errassem a respeito, mentindo ou exagerando quanto aos próprios feitos, Dom Pedro Ia sucessivamente dobrando a petição previamente entregue. Com uma dobra, a doação de cem mil réis ficava reduzida de vinte mil réis. E assim por diante. Terminava a conversa, mandava que o peticionário entregasse o papel dobrado ao Camarista que ficava à porta. Alguns mentiam tanto, que só recebiam o mínimo prefixado — dez mil réis." (Helio Vianna, *O Imperador visto pelo Almoxarife).*

66b -   *O Último Imperador.*

67 -   *Sud-Amerique.*

68 -   Escragnolle Dória, *Reminiscências do Palácio de São Cristóvão.*

68a -   Esse estribilho, *já sei, já sei!* tornou-se, à força de ser repetido, motivo de desespero para alguns que iam ao Paço falar com o Monarca, e não podiam, naturalmente, dizer tudo que queriam. Mesmo àqueles que o Imperador interrogava no correr de uma entrevista e começavam a responder com longas explicações, ele interrompia, cortando a conversa, com o tradicional: *já sei,* o que levou o malcriado Visconde de Carandaí a comentar: *"Se já sabe, por que pergunta?"* (Helio Vianna, *O Imperador visto pelo Almoxarife).*

68b -   "Um ex-escravo mereceu toda a atenção do Imperador: o gaúcho Rafael, personagem do livro *O Negro da Quinta Imperial,* de Múcio Teixeira, em certa época hóspede de São Cristóvão" (Helio Vianna, *op. cit.)*

68c -   Helio Vianna, *op. cit.*

69 -   Carta de 26 de outubro de 1866. — Os originais das cartas do Imperador aos Ministros, citadas neste capítulo, quando não se declare o contrário, pertencem ao Arquivo do Instituto Histórico Brasileiro. As do Arquivo Cotegipe foram publicadas por seu neto Wanderley Pinho, em *Cartas do Imperador Dom Pedro II ao Barão de Cotegipe.*

70 -   Carta a Paranaguá, de 26 de fevereiro de 1867.

71 -   Idem, de 9 de julho de 1868.

72 -   Carta de 28 de setembro de 1868, no Arquivo da Casa Imperial.

73 -   Carta de 11 de outubro de 1869.

74 -   Carta de 26 de fevereiro de 1867.

75 -   Carta de 25 de abril de 1867, a Paranaguá.

76 -   Refere-se ao Imperador nos últimos anos do Reinado.

77 -   Fernando Magalhães, *Discursos.*

78 -   Notas a Sinimbu, de 1880, no Arquivo da Casa Imperial.

79 -   Benjamim Constant casou-se em abril do ano seguinte, não com Maria Benedita, mas com a irmã Maria Joaquina, filha também do diretor do Instituto dos Meninos Cegos, Dr. Luís da Costa, cuja outra filha, mais velha, era casada com o poeta Antônio Gonçalves Dias (Ivan Lins, *Benjamim Constant).*

80 -   Arquivo citado.

80a - "Até querem que eu não pareça às vezes fatigado — dizia o Imperador nas *Notas* a Sinimbú— apesar de não me recusar a aparecer depois de trabalhos de mais de dez horas seguidas, e tendo dormido pouco." E mais adiante: "Desejaria que os que não me conhecem vissem de que modo emprego meu tempo. Nunca durmo de dia, apesar de fatigado às vezes, de alguns anos para cá, pois eles crescem também para mim. Trabalho muito bem de noite, porém menos agora, a não ser por obrigação."

81 -   Notas a Sinimbu, *cit.*

81a - A propósito de ensino e do desenvolvimento da instrução pública em geral, vem ao caso lembrar que o Imperador, em notas dadas a J. A. Saraiva, em 1881, quando este era Presidente do Conselho de Ministros, mostrava-se partidário da criação de uma Universidade que, "reunindo, como as circunstâncias o permitam, os diversos cursos superiores existentes na Capital, serão completados pelos que faltam" (Arquivo da Casa Imperial). Mais tarde, destronado e exilado em França, ele voltaria a se referir em sua *Fé de Ofício,* datada de 23 de abril de 1891, não mais a uma, mas a duas universidades. Diria: "Pensei no estabelecimento de duas universidades, uma no Norte e outra no Sul, com as faculdades e institutos necessários e, portanto, apropriados às diferentes regiões, sendo o provimento das cadeiras por meio de concurso" (Visconde de Taunay, *Dom Pedro II).* — De fato, suas intenções a este respeito eram as melhores. Mas não passaram de intenções, porque a primeira universidade que se criaria no Brasil só o seria em 1920, com a instalação da Universidade do Brasil, hoje chamada Federal do Rio de Janeiro. Alberto de Carvalho, num livro de ataque ao regime monárquico (*Império e República Ditatorial),* publicado em janeiro de 1891, censurava Dom Pedro II por não ter construído na Corte uma grande Biblioteca Nacional, nem ter dado uma sede definitiva e condigna ao Instituto Histórico e Geográfico Brasileiro, que ele tanto frequentara e prestigiara com a sua presença. Lendo essa obra em Paris (aliás no mesmo ano em que iria aí falecer), o Imperador se limitou, quanto à primeira censura, a anotar à margem do livro: *Todos sabem que cuidei disso;* e quanto à segunda, isto é, porque não deu ao Instituto Histórico uma sede adequada: *Não lhe quis tirar a feição por assim dizer dornéstica,* o que não passava, diga-se a verdade de uma dessas respostas ditas *esfarrapadas* (Helio Vianna, *Notas de Dom Pedro II ao livro "Império e República Ditatorial").*

82 -   Carta de 19 de março de 1870.

83 -   Carta de 13 de maio de 1870, no Arquivo da Casa Imperial.

84 -   Carta datada "1860", idem.

85 -   Notas a Sinimbu, no Arquivo citado.

86 - Martim Francisco, *Dom Pedro II, Partidos, Ministros.*

87 - Grande número desses *dossiers* se encontra ainda hoje no Arquivo da Casa Imperial.

88 - Escragnolle Dória, *op. cit.* — Talvez por isso José de Alencar resolvesse acabar com tão incômodo sistema de fiscalização imperial, quando Ministro da Justiça do Gabinete Itaboraí, em 1868. O fato tem sua significação pela impertinência de Alencar, que se permitiu dirigir a respeito uma carta ao Soberano, em termos e com argumentos que revelavam bem a estranha concepção que ele fazia dos deveres do Chefe do Estado. Como o Imperador notasse a falta de remessa dos extratos, Alencar, a quem competia organizá-los, como Ministro da Justiça, escreveu-lhe participando que tornara a iniciativa de suprimi-los. Alegava — o que era um mero pretexto — que se tratava de um serviço não previsto no regulamento de sua Repartição e, portanto, "de caráter clandestino, que repugna a um documento oficial, especialmente em um documento destinado ao Soberano." Entendia, por outro lado, que se tratava de uma praxe "inútil à administração e prejudicial à Coroa." E acrescentava: "Essa inspecção minuciosa que V.M.I. deseja exercer sobre o país na melhor intenção e com o pensamento de bem usar de sua alta e benéfica atribuição moderadora, toma aos olhos da Nação um aspecto que se não coaduna, nem com o espírito sinceramente constitucional do Soberano, nem com a dignidade de seu Ministro da Justiça. Entende a opinião pública, e mui sensatamente, que o zelo de V.M.I. em investigar do procedimento das autoridades subalternas é sintoma infalível, ou de uma incessante desconfiança no Ministro, ou de um exercício pessoal da atribuição executiva." E terminava: "O Ministro de V.M.I. faltaria à lealdade e dedicação devidas a seu Monarca, se não houvesse abolido um estilo que expunha a Coroa, desabando o seu Gabinete" (Carta de 27 de janeiro de 1869, comunicada por Wanderley Pinho).

88a - Segundo nota de Helio Vianna (*Dom Pedro I e Dom Pedro II, acréscimos às suas biografias),* havia aí uma alusão do Imperador ao ex-Ministro da Justiça José de Alencar, ao vingar-se do Monarca por não tê-lo escolhido Senador pelo Ceará.

89 - Notas citadas.

90 - Vide coleção completa, de quatro anos, na Coleção Teresa Cristina, da Biblioteca Nacional do Rio de Janeiro.

91 - No Arquivo citado.

92 - Ofício de 14 de junho de 1875.

92a - *Conselhos à Regente,* no Arquivo da Casa Imperial. — Era a sua maneira de ver quando se tratava de ataques à sua pessoa, mesmo ultrapassando todos os limites. Certa vez, o poeta Rosendo Moniz, em conversa com ele, lamentava "a falta de um corretivo eficaz à imprensa licenciosa e difamadora, porquanto, dizia o poeta, desde que no *Corsário* [um pasquim do Rio de Janeiro que vivia a difamar todo o mundo, e cujo diretor, Apulcro de Castro, acabaria assassinado, em 1883, por oficiais e praças do Primeiro Regimento de Cavalaria da Corte] se atiravam chufas e ultrajes ao Chefe do Estado, todos os cidadãos estavam expostos aos maiores insultos." Respondeu-lhe o Imperador que o jornal não atacava a sua pessoa, mas o cargo que ocupava. A que replicou Rosendo Moniz: "Ele ataca a reputação de vossa augusta filha e, portanto, não se trata de cargo." "Indulgente e razoável como sempre — acrescentava Rosendo — conformou-se o Príncipe com as razões que aduzi" (Carta de Rosendo Moniz, do Rio, de 11 de maio de 1891, no *Jornal do Commercio* do Rio de Janeiro).

93 - Arquivo da Casa Imperial.

94 - Arquivo citado. — Diz Joaquim Nabuco, em seu livro *Um Estadista do Império,* que a

questão da subvenção à imprensa era uma das mais delicadas que se podia dar para um Ministro, e que nas contas das verbas secretas dos diferentes Ministérios a que pertencera seu pai, nos anos de 1853, 1857, 1858 e 1865-1866, havia recibos de jornalistas a quem o Governo auxiliava. Nabuco acrescenta que não se tratava de comprar consciências, mas da necessidade da defesa que todas as administrações sentiam. O Marquês de Paraná confessava, em 26 de Maio de 1858, que o seu Ministério não era diferente dos outros nesse ponto. Em discurso pronunciado na Câmara dos Deputados, respondendo a uma interpelação, dizia: "O Sr. Deputado reconhece, e é sabido geralmente, que, em toda a parte onde há sistema representativo, o Governo não pode durar muito lutando com a imprensa, se em face dessa imprensa não houver quem o defenda, quem justifique e quem explique a sua política. Não pretendo que o meu Ministério seja diferente dos outros." — Anos mais tarde, em agosto de 1871, a uma interpelação de José de Alencar, então Deputado, acusando o Governo de subsidiar a imprensa, respondia-lhe o Visconde do Rio Branco, Presidente do Conselho, dizendo que em todos os países os Governos têm lançado mão desse recurso, e em parte alguma o Governo tem confiado unicamente a este ou àquele jornal a defesa de sua causa.

95 - Arquivo citado.

95a - Idem.

95b - Idem.

95c - *Dom Pedro I e Dom Pedro II, acréscimos às suas biografias.* — Quando se tratou da criação de uma folha oficial, diz o Imperador nesse *Diário de 1862,* em reunião do Ministério, ao tempo do segundo Gabinete Caxias, que ele foi vencido em sua opinião favorável, tendo consigo apenas os votos do Presidente do Conselho, de Sousa Ramos e de Saião Lobato. Os outros quatro Ministros, Paranhos (Rio Branco), Manuel Felizardo, Inhaúma e Taques, votaram contra. Sem embargo, o *Diário Oficial* seria finalmente criado em outubro desse ano de 1862, mas sob o Gabinete de 30 de maio, presidido por Olinda,o que não significou, entretanto, que se acabasse com a imprensa particular subsidiada pelos Governos, mal que persiste até hoje.

95d - *Conselhos a Regente,* no Arquivo Grão-Pará.

95e - Notas para Sinimbu, no Arquivo da Casa Imperial.

96 - Aliás, já antes, quando Paraná assumira o Gabinete da Conciliação, em 1853, o Imperador havia estabelecido: "Haverá conferências regulares entre os Ministros, para prepararem os negócios para o despacho, e onde, a não haver urgência, nada se decidirá sem ter sido primeiramente sujeito ao conhecimento de todos os Ministros. Só em caso de urgência me poderá ser apresentado qualquer papel para assinar, sem meu prévio conhecimento" (Arquivo citado). Visava o Imperador com isso dar uma melhor coesão ao Gabinete, no sentido de uma maior unidade de julgamento em tudo o que se referia aos problemas da administração.

96a - Artigo 135 da Constituição imperial: "Não salva aos Ministros de responsabilidade a ordem do Imperador, vocal ou por escrita."

96b - Notas para Olinda, no Arquivo da Casa Imperial.

97 - Ver capítulo *O Declínio,* no volume III desta obra. Sobre a escolha de Ministros, há esta nota nos papéis do Imperador: "Eu não posso formar estadistas. Desde a criação da Presidência do Conselho, no Ministério Paula Sousa, em 1848, é o Presidente do Conselho que tem es-

colhido os outros Ministros, sobretudo depois que foi tomando corpo a acusação infundada de *poder pessoal"* (Arquivo da Casa Imperial). Há aí um pequeno engano de memória do Imperador: a lei que criou a Presidência do Conselho é de 20 de julho de 1847, e não de 1848, e o Ministério que estava então no poder, era presidido por Alves Branco, segundo Visconde de Caravelas, e não por Paula Sousa. Este era o Ministro do Império, que pleiteara e referendara a lei da criação da Presidência do Conselho — o que é outra coisa.

98 - Notas para o Marquês de Paraná, no Arquivo citado.

98a - Arquivo citado.

98b - Isso correspondia, aliás, à própria opinião do Monarca: "Convém, dizia ele à filha, que seja quase sempre Presidente do Conselho e Ministro da Fazenda, para que este Ministério, onde se regulariza e examina toda a despesa, tenha mais prestígio em relação aos outros Ministérios." — *Conselhos à Regente* no Arquivo Grão-Pará.

99 - Martim Francisco, *op. cit.*

100 - Martim Francisco, *op. cit.*

101 - *Op. cit.*

102 - Joaquim Nabuco, *Um Estadista do Império.*

103 - Joaquim Nabuco, *Agradecimento aos Pernambucanos.*

104 - Joaquim Nabuco, *Um Estadista do Império.*

105 - Informação dada por seu neto, Wanderley Pinho.

106 - Carta de 1º de dezembro de 1869.

107 - João Pereira Arouca era piloto, e João Coelho de Almeida, oficial de Fazenda. Ambos ficaram prisioneiros no Paraguai durante cinco anos. Conseguiram escapar-se em 1869, depois da Batalha do Campo Grande.

108 - Carta a Cotegipe, de 17 de dezembro de 1869.

109 - Carta a Paranaguá, de 23 de dezembro de 1866.

110 - Carta de 14 de novembro de 1867.

111 - Carta de 23 de novembro de 1866.

112 - Os Ministros, susceptíveis como eram, nem sempre gostavam dessa ingerência do Imperador em seus relatórios. "Eles muitas vezes não aceitam as notas que faço aos relatórios", queixava-se o Imperador (Notas a Tito Franco).

113 - Os grifos estão no original existente no Arquivo da Casa Imperial.

113a - Félix Antoine Taunay, Barão de Taunay, seu professor de grego e de francês.

113b - Carta do Rio, 2 de dezembro de 1879, em R. Magalhães Júnior, *op. cit.*

113c - *Op. cit.*

113d - *O último Imperador.*

114 - B. Mossé, *Dom Pedro II.*

115 - Carta a Gobineau, Ministro na Suécia, de 5 de novembro de 1872, no Arquivo da Biblioteca de Estrasburgo.

116 - Artigo no *Jornal do Commercio,* do Rio de Janeiro.

116a - Desagradava não só aos políticos como a outros homens de pensamento do seu tempo, que não levavam a sério a apregoada cultura do Imperador. Como, por exemplo, Sílvio Romero e Tobias Barreto. Quando este publicou um opúsculo em língua alemã — *Ein Offner Brief an die Deutsche Presse,* refutando uns elogios laudatórios que um jornal da Alemanha estampara sobre o nosso Monarca, quando de sua estada nesse país em 1876, e onde se dizia que tanto no que se referia às línguas estrangeiras como à Astronomia, à Arqueologia, à História e às Ciências Naturais, Dom Pedro II revelava "uma assombrosa cópia de conhecimentos"; e que "em assunto algum se lhe pode fazer a censura de superficialidade" — Sílvio Romero dizia: "Essas vergonhas, mandadas escrever por penas mercenárias, não podem ter uma resposta séria. O Sergipano *[Tobias Barreto]* impôs-se a penitência de dá-la; o ridículo, contudo, essa arma que só sabem manejar os espíritos inteligentes, teve também entrada em seu trabalho" — a citada *Carta Pública à Imprensa Alemã(*).* Contava Tobias que um capuchinho italiano não Familíarizado com a nossa fauna, perguntara a alguém qual era o animal mais feroz do Brasil, e esse alguém respondeu-lhe, evidentemente a título de pilhéria, que era o *nambu,* um pássaro pequeno e tímido, espécie de perdiz. Tomando a pilhéria como coisa séria, subiu um dia o prelado ao púlpito e ameaçou os pecadores com as garras e dentes desse monstro; mas apenas pronunciou seu nome, rompeu entre os fiéis uma estrondosa gargalhada. "Ora, dizia Tobias, *mutato nomine de te fabula narratur.* É o que acontece aos amigos elogiastas do Imperador com a sua ingenuidade. Porquanto é tão estólido e ridículo proclamar o *nambu* fera monstruosa, como a Dom Pedro um monarca sábio e diligente." Mais adiante dizia Tobias: "Quando nos livraremos de semelhante farsa? Um Rei como filósofo, um Rei como pensador e desprezador das vaidades humanas não toca só ao absurdo:é para mim inteiramente ininteligível."

* Sílvio Romero, A *Filosofia no Brasil.*

116b - *Revista de Portugal.*

117 - Carta de 22 de julho de 1872, no Arquivo do Itamaraty.

118 - Carta de 8 de setembro de 1878, na Biblioteca de Estrasburgo.

118a - Renato Mendonça, *Um Diplomata na Corte de Inglaterra.*

118b - Haydée Di Tommaso Bastos, *Em tôrno das Ordens de Dom Pedro I e da Rosa.* As demais notas referentes a ordens honoríficas, foram tiradas da obra de Luís Marques Poliano, *Ordens Honoríficas do Brasil,* a mais completa que temos sobre o assunto.

118c - Publicado, aliás, em duas partes, uma em 1849 e outra em 1850. Ver neste volume, capítulo *Dom Pedro II e Varnhagen.*

119 - Havia, por assim dizer, três bibliotecas no Palácio de São Cristóvão: a biblioteca particular da Imperatriz, a chamada do *despacho ministerial* e a biblioteca do Imperador, que era, naturalmente, a mais rica, e ocupava a vasta sala do terceiro pavimento do Palácio, numa espécie de pavilhão. Na parte restante desse pavimento ele instalara o que chamava o seu *museu,* uma sala de física, um gabinete telegráfico e um observatório astronômico.

A origem desse museu remontava ao tempo da Imperatriz Dona Leopoldina, que reunira ali coleções numismáticas e mineralógicas, cujo primeiro a classificar tinha sido Roque Schüch, pai do futuro Barão de Capanema. Dom Pedro II enriqueceu-o com preciosidades artísticas e científicas. "Dentre os seus objetos notava-se um medalhão que o Imperador trouxera de uma de suas viagens à Europa, e que conforme ele próprio afirmara num rótulo escrito de seu punho: *Representa João Huss, e foi feito das cinzas da fogueira em que o Conselho de Constança mandou queimar o célebre heresiarca*. A caixa que encerrava essa medalha tinha no rótulo o seguinte: *Foi feita da madeira tirada das árvores próximas ao lugar do suplício*. Havia ainda ali duas bandeiras paraguaias tomadas na batalha de 24 de Maio (Tuiuti, em 1866), e duas estatuetas de Dom Pedro II criança, tendo a faixa do Cruzeiro a tiracolo, a brincar com folhas de loureiro" (Marques dos Santos, *O leilão do Paço de São Cristóvão;* Visconde de Taunay, *Pedro II.*

120 - Visconde de Taunay, *op. cit.*

121 - Notas da Princesa Imperial no Arquivo da Casa Imperial.

122 - Pinto de Campos, *O Sr Dom Pedro II.*

123 - Carta de 5 de novembro de 1872, na Biblioteca de Estrasburgo.

124 - Pinto de Campos, *op. cit.*

125 - Magalhães de Azeredo, *Dom Pedro II.*

126 - B. Mossé, *Dom Pedro II.*

127 - Notas a Sinimbu, no Arquivo da Casa Imperial.

127a - Arquivo da Casa Imperial.

128 - Pedro Correia Garção, poeta português do Século XVIII.

129 - Arquivo citado.

130 - Tem-se afirmado que uma grande parte das poesias hoje atribuídas ao Imperador pertence, na realidade, a autor anônimo (entre outros Franklin Dória, Barão de Loreto), que proposital e modestamente se escondeu. Sem entrar na apreciação dessa questão, por falta de provas, o Autor aceita como do Imperador todas as poesias que lhe são atribuídas. Sem embargo, concorda em que há, de fato, uma grande diversidade de técnica, de sentimento e de maneira entre várias dessas produções.

131 - Carta de Cambridge, Estados Unidos, de 25 de novembro de 1864, no Arquivo de Dom Pedro II. — Foi James C. Fletcher, missionário e depois cônsul americano no Rio de Janeiro, quem mandou essa tradução do Imperador a Longfellow. Este dizia que das três traduções em português, que conhecia, do seu poema *King Robert*, a melhor era a de Dom Pedro II (James C. Fletcher, *Brazil and Brazilians).*

131a - David James, *O Imperador do Brasil e os seus amigos da Nova Inglaterra.* Ver no capítulo deste livro "Segunda viagem ao Estrangeiro", seu encontro em Boston com Whittier.

132 - Carta sem data e sem indicação de lugar, no Arquivo citado.

133 - Notas a Sinimbu, no mesmo Arquivo. Não se referia o Imperador à língua inglesa, que também falava, muito embora só passasse a dominá-la depois da longa estada que fizera nos Estados Unidos da América, em 1876.

134 - *Poésies hebraico-provençales du rituel israelita contadin,* traduites e transcriptes par S. M. Dom Pedro d'Alcantara. Seguin Frères, imprimeurs-éditeurs, Avignon, 1891. No prefácio dessa obra o Imperador explica a origem de seus estudos hebraicos. Ver também sobre este assunto o folheto de Isaltino Costa, *Pedro II hebraísta.*

135 - "Guardarei a lembrança mais encantadora das conversas cordiais e espirituais, que tive com Sua Majestade por ocasião de nossa travessia de Bríndisi a Alexandria, e também no Cairo, em 1871" (Ofício de Schreiner, de 21 de maio de 1876).

136 - *O Imperador e o Segundo Reinado.*

137 - Arquivo da Casa Imperial.

138 - *Fé de Ofício.* Ver o texto exato em Rodrigo Octavio, *Minhas Memórias dos Outros.*

139 - Carta ao Imperador, de Lisboa, 4 de junho de 1854, no Arquivo citado.

139a - Max Fleiuss, *Pedro II e o Instituto Histórico.*

139b - De 15 de dezembro de 1849 a 7 de novembro de 1889, data da última sessão a que compareceu, presidiu a 506 sessões do Instituto. A assinalar ainda, frisando o seu apreço pela sociedade, que, tendo levado para o exílio o exemplar da primeira edição dos *Lusíadas* que lhe pertencia, legou-o para ser doado ao Instituto depois da sua morte, e onde de fato se encontra hoje, havendo a presunção de que se trata do exemplar que pertenceu ao grande épico português.

139c - Essa proposta do Imperador foi apresentada no Instituto na sessão de 16 de fevereiro de 1850 (ele tinha então vinte e cinco anos de idade), sendo acolhida "com geral satisfação pelos sócios presentes, escol da intelectualidade brasileira da época", diz Rodolfo Garcia *(Dom Pedro II e a língua tupi),* acentuando que, antes dessa proposta, em 1840, Varnhagen escrevera uma Memória sobre a necessidade do estudo e ensino das línguas indígenas do Brasil, proposta que ficara, porém, esquecida até a apresentação da proposta imperial. Acentua Garcia que em virtude dessa proposta começaram a aparecer no Brasil sucessivas publicações sobre a língua tupi. "A partir desse dia, verificar-se-á notável desenvolvimento da cultura nacional, de referência à etnografia indígena, em trabalhos meritórios, como os de Varnhagen, Von Martius, Charles Fred. Hartt, Freire Alemão, Brás da Costa Rubim, Batista Caetano, Couto de Magalhães, Macedo Soares, Beaurepaire-Rohan, Escragnolle de Taunay e outros." Tomando em consideração a proposta do Imperador, o Instituto constituiu uma comissão científica, formada de brasileiros, para explorar algumas províncias menos conhecidas do Império. Isso em 1856. Essa comissão, apelidada pelo povo de *Comissão das Borboletas,* limitou-se a fazer estudos no Ceará, encerrando seus trabalhos em 1861, sem resultados satisfatórios. Rodolfo Garcia assinala, para mostrar a predileção do Imperador por tais estudos, que em sua livraria particular na Quinta da Boa Vista, a linguística americana estava representada por quanto de mais procurado e raro existia no gênero. "Era no Brasil, talvez na América, a biblioteca melhor aparelhada nesse gênero, pela abundância e superioridade do material que o alto critério de seu proprietário soube recolher." Lembra ainda Garcia, como prova do conhecimento de Dom Pedro II da língua tupi, a *Memória* que este escreveu e seria publicada (sem o seu nome) por E. Levasseur, em Paris, 1889, na obra *Le Brésil,* intitulada *Quelques notes sur la langue tupi.* Nesse trabalho, o Imperador salientava a importância do Tupi para os brasileiros, sobretudo pelo fato de que numerosos nomes geográficos, da fauna e da flora brasileiras, são de origem tupi. Quando se pensou na criação de uma ou duas universidades brasileiras, Dom Pedro II sugeriu que se incluísse aí a aprendizagem da língua tupi. "Não tivesse caído o Império, diz A. Lemos Barbosa a propósito dessa Memória imperial, outra teria sido a sorte e o prestígio dos estudos do Tupi no Brasil. Enquanto se discute (quando se discute) se e como se deve estudar a língua brasílica, cresce em nossa admiração a inteligência desse rei sábio, que antecipou ao seu e ao nosso tempo." Para terminar: Rodolfo Garcia lembra que ainda no exílio o Monarca "se dedicava com afinco ao estudo do Tupi. Ao Visconde de Taunay, notável brasileiro e seu grande amigo, a propósito das *Curiosidades naturais do Paraná*, anotou o Imperador diversos topônimos tupis, interpretando-os etmologicamente."

140 -   *Considérations géographiques sur l'Histoire du Brésil.*

140a - Ver página 225 deste volume.

140b - Helio Vianna, *Letras Imperiais.*

141 -   Arquivo da Academia das Ciências de França. — Anuário Astronômico, de C. Flamma-rion.

142 -   José Veríssimo, *op. cit.*

143 -   *Atas e trabalhos.*

144 -   De fato nascido no México, mas naturalizado brasileiro.

144a - Mary W. Williams, *Dom Pedro, The Magnanimous.*

145 -   Ofício da Mordomia Imperial à Legação do Brasil em Paris, no Arquivo do Itamaraty.

146 -   Carta de 22 de junho de 1859, cit. por Boccanera Júnior, *Um Artista Brasileiro.*

146a - Que era, de 1852 a 1872, o teatro mais importante da Corte, onde se exibiam as cele-bridades da época — Adelaide Ristori, Ernesto Rossi, Thalberg, Gottschalk, Lagrange, Tamberlinck, e outras.

147 -   Sete anos mais tarde, quando Carlos Gomes triunfava no Rio com *Il Guarany,* o Imperador ainda o aconselhava a ir estudar na Alemanha (Rebouças, *Diário).*

147a - Carta de Milão, 21 de julho de 1866, no Arquivo da Casa Imperial.

147b - Carta de Milão, 22 de maio de 1867, no mesmo Arquivo.

148 -   Sem embargo, Carlos Gomes sempre diria que o *Guarany.* não era a sua melhor ópera, e até se irritava quando exaltavam a sua beleza, o que levava Artur Azevedo a pôr na boca de um personagem da revista *O Tribofe* os seguintes versos:

> *Entre os mais distintos nomes,*
> *Carlos Gomes*
> *Glória e fama goza aqui.*
> *Mas que querem que eu lhe faça?*
> *Foi desgraça*
> *Ter escrito o "Guarani."*

149 -   *Diário* de Rebouças à data de 13 de dezembro de 1870: "Às 5 e meia fui tomar em casa o simpático Maestro Carlos Gomes para levá-lo ao Paço de São Cristóvão. O Imperador conversou muito com ele e mui paternalmente. Disse brincando que não perdia uma noite do *Guarany,* e que dava toda a atenção para *pilhar o lugar onde ele copiou. "*

150 - Rebouças, *Diário.*

151 - Carta de Milão, 14 de novembro de 1871, no Arquivo da Casa Imperial.

152 - Boccanera Júnior, *Um Artista Brasileiro.* Parece que o Imperador não se mostrou, dessa vez, muito solícito em favor de Carlos Gomes, talvez por não ter aprovado o casamento do maestro com uma italiana, sua colega do Conservatório de Milão, rapariga de pouco mais de vinte anos. Rebouças, amigo muito chegado de Carlos Gomes, refere-se, em seu *Diário,* ao descontentamento que esse casamento causara ao Imperador, efetuado em Milão a 6 de dezembro de 1871, com Adelina Peri, também musicista e grande admiradora da obra musical de Carlos Gomes. Adelina (ou Adélia) iria morrer poucos anos depois de casada, deixando-lhe cinco filhos, dos quais apenas uma sobreviveria; Ítala, depois Ítala Vaz de Carvalho.

153 - Carta de Milão, 29 de agosto de 1872, no Arquivo da Casa Imperial.

153a - Luís Afonso d'Escragnolle, *Carlos Gomes e Pedro II.*

154 - Carta de Milão, 19 de setembro de 1885, no Arquivo citado.

154a - Serzedelo Correia era o Ministro do Exterior.

154b - Era o Presidente da República.

154c - Amigo fraternal de Carlos Gomes, em cuja casa no Rio ele costumava hospedar-se.

154d - Nessa carta (minuta no Arquivo do autor), escrita de Chicago, 4 de março de 1893, Simeão, Chefe da Comissão Brasileira para a Exposição Universal Colombiana, dizia a Carlos Gomes que tinha sido nomeado Comissário na dita Exposição, que não podia fazer nada em seu favor porque não recebera ordem para pagar-lhe os seus ordenados, além de que, já estava esgotada a verba para as despesas gerais posta à sua disposição pelo Ministro da Agricultura, e a Comissão estava sem receber ordenados desde o mês de dezembro do ano anterior.

154e - Carta de Milão, 30 de março de 1893. Original dado pelo Dr. Arlindo de Sousa ao autor, que a doou ao Museu Carlos Gomes em Campinas, Estado de São Paulo.

155 - Carta doada pelo autor ao Museu Carlos Gomes em Campinas.

155a - *Dom Pedro II. Viagem a Pernambuco em 1859.*

155b - O Imperador era um crente na navegação aérea: "Espero que brevemente se navegará em balão", escrevia a Gobineau em 1881. — A respeito de navegação aérea, cabe salientar uma carta ou uma comunicação escrita pelo Imperador a propósito de um artigo aparecido no jornal parisiense *La Presse,* silenciando a experiência feita por Bartolomeu de Gusmão. Nessa carta, Dom Pedro II reivindicava para esse brasileiro "a prioridade da invenção dos aerostatos, reivindicação fundada em provas tão convincentes que até calaram no ânimo dum compatriota do ilustre Mongolfier." Não se sabe se essa carta se destinava a ser publicada no Brasil ou em França; ou se era para ser lida num dos *saraus literários* do Colégio de Pedro II, a que ele costumava comparecer desde 1852 (ou numa das sessões do Instituto Histórico Brasileiro, que igualmente frequentava). O fato é que o documento autografado, provadamente de sua autoria, existe no seu Arquivo, e a ele se refere Helio Vianna em seu livro *Dom Pedro I e Dom Pedro II, acréscimos às suas biografias.*

156 - Ver a correspondência da Mordomia Imperial para a Legação do Brasil em Paris, no Arquivo do Itamaraty.

157 - Carta ao Imperador, de Lisboa, 6 de outubro de 1856, no Arquivo da Casa Imperial.

157a - Gonçalves Dias era casado, como dissemos atrás, com a filha mais velha do Dr. Cláudio Luís da Costa, diretor do Instituto dos Meninos Cegos, do Rio de Janeiro. Uma outra filha se casaria com Benjamim Constant Botelho de Magalhães, professor e futuro substituto do sogro na direção do mesmo Instituto, cargo que ainda exercia por ocasião da proclamação da República. Em sua sede, aliás, seriam assinados, nesssa ocasião, os primeiros decretos do Governo Provisório da República.

158 - Carta de 6 de março de 1857, idem.

159 - Carta de 5 de junho de 1857, idem.

160 - Brockhaus, de Leipzig; era cunhado de Wagner.

161 - Guilherme Schüch de Capanema, futuro Barão de Capanema.

162 - Carta de 5 de setembro de 1857, no Arquivo citado.

163 - Ofício de 22 de setembro de 1864, no Arquivo do Itamaraty.

164 - Sob o pseudônimo de *Ig* (Ignoto): *Cartas sobre a Confederação dos Tamoios,* publicadas no *Diário do Rio de Janeiro.*

165 - O primeiro que saiu a defender o poema de Magalhães foi Araújo Porto Alegre, sob o nome de *Um Amigo do Poeta.* Um outro foi Monte Alverne, este a pedido de Dom Pedro II. O Imperador escreveu seus artigos no *Jornal do Commercio,* do Rio, com o nome de *Outro Amigo do Poeta.* "Acontecimento extraordinário — diz Antônio Cândido — único no gênero em toda a história, o fato do próprio Pedro II tomar a pena e alinhar seis artigos ponderados, comedidos e de invariável dignidade, que honram o seu amor às letras e estão à altura da boa crítica brasileira do tempo" (*Formação da Literatura Brasileira).*

166 - Linhas atrás escrevera Herculano: "Nenhum dos sumos poetas contemporâneos, Goethe, Byron, Manzoni, Hugo, Lamartine, Garrett, tentou, que eu saiba, a epopeia. É que os seus altíssimos instintos poéticos lhes revelaram que o cometimento seria mais que árduo, seria impossível. A epopeia humana, que já não era do século passado (deu-nos triste documento disso, o gênio de Voltaire), menos é deste século. O passado ainda tinha as cóleras do filosofismo: este olha para tudo o que é heroico e sobre-humano com o frio desdém da indiferença e do ceticismo."

167 - Carta de Lisboa, 6 de dezembro de 1856, no Arquivo da Casa Imperial.

167a - Clado Ribeiro de Lessa, *Vida e Obra de Varnhagen.*

167b - *Op. cit.*

167c - Daria ocasião a Abreu e Lima de voltar-se contra ele, resultando daí séria polêmica entre os dois, o que dificultaria ainda mais o reconhecimento da sua nacionalidade brasileira, que afinal conseguiria obter como veremos adiante.

167d - *Op. cit.*

167e - Posteriormente Conselheiro José Maria do Amaral, irmão de Joaquim Tomás do Amaral, depois Visconde do Cabo Frio, como ele também diplomata. José Maria era três anos mais velho do que Varnhagen. Estava então em comissão na Europa, para fazer pesquisas nos arquivos de Portugal, da Espanha e da França, a pedido do Cônego Januário da Cunha

Barbosa a Aureliano Coutinho (Sepetiba), Ministro dos Negócios Estrangeiros. Nessa ocasião doutorou-se em Direito em Paris, entrando depois para a carreira diplomática, que iria fazer até sua morte, em 1885, depois de chefiar várias das nossas Missões.

167f - Ofício reservado de Lisboa, 14 de dezembro de 1839, no Arquivo do Itamaraty.

168 - Carta de Madrid, 1º de fevereiro de 1852, no Arquivo da Casa Imperial, onde se encontram (caso não se diga o contrário) todas as demais cartas de Varnhagen ao Imperador, citadas neste capítulo.

168a - Filha do Rei Francisco I das Duas Sicílias e irmã, portanto, da nossa Imperatriz Teresa Cristina. Fora a quarta e última mulher de Fernando VII, Rei da Espanha. Quando este morreu, em 1833, ela assumiu a regência do Reino (1833-1840) até a maioridade da sua filha, que seria a Rainha Isabel II da Espanha. Cristina era chamada no seu país a Rainha "governadora." Iria morrer em 1878, com 62 anos de idade.

168b - Carta de Madrid, 6 de fevereiro de 1852.

168c - Paulo Barbosa da Silva, seu amigo, Mordomo da Casa Imperial. Nessa época, ele estava licenciado desse cargo e ocupava postos diplomáticos na Europa. Era Ministro em Viena quando foi exonerado e posto em disponibilidade em novembro de 1851, indo residir em Paris até 1854, quando voltaria para o Brasil para reassumir seu cargo de Mordomo.

168d - Os Joinvilles, como todos os Príncipes Orléans, estavam proibidos de viver em França. Os Joinvilles viviam em Inglaterra.

168e - Iriam fazer essa visita em 1859.

168f - Ofício de Madrid, 27 de junho de 1854, no Arquivo do Itamaraty.

168g - A frase de Varnhagen acima citada era, como observa Clado Ribeiro de Lessa (*op. cit.*), uma resposta antecipada de dezessete anos "à deselegante alusão à sua pessoa do despeitado José de Alencar", que no prólogo do romance *O Garatuja*, que iria publicarem 1872, diria que, estando em Lisboa, aí encontrara na Biblioteca Pública um exemplar da *Prosopopeia*, de Bento Teixeira, acrescentando: "A minha preciosidade literária não custou nem mesmo o trabalho de andar cascavilhando papéis velhos em armários de secretarias; ou a canseira de trocar pernas pela Europa, cozido em fardão agaloado, a pretexto de representar o Brasil nas cortes estrangeiras."

168h - Clado Ribeiro de Lessa, *op. cit.*

168i - Carta no Arquivo de Varnhagen, guardado no Itamaraty.

168j - As relações de Varnhagen com alguns de seus colegas brasileiros não eram sempre boas, não importando saber se por culpa destes ou dele próprio. Não gostava, por exemplo, de Miguel Maria Lisboa (depois Barão de Japurá), com o qual "preferia não ter muitas correspondências", segundo dizia em carta ao seu compadre e amigo Araújo Porto Alegre (futuro Barão de Santo Ângelo), que aliás, não andava também em bons termos com o mesmo, quando ambos residiam em Lisboa, o futuro Japurá como Ministro do Brasil e Porto Alegre como nosso Cônsul-Geral ali. — Outro com o qual Varnhagen também não se entendia era com o seu colega José Maria do Amaral, desentendendo-se quando ambos serviam como adidos na Legação em Lisboa, e era nosso Ministro aí Vasconcelos de Drummond, que afastara Amaral da tarefa de pesquisar nos arquivos portugueses e a passara para Varnhagen. — Henrique de Montezuma, que fora secretário das nossas

747

Legações na Venezuela, Colômbia e Equador quando Varnhagen chefiava essas Missões, era outro que não gozava das simpatias deste. Montezuma não era muito entendido em Direito Constitucional, o que muitas vezes, irritava Varnhagen. Tendo Montezuma lido certo dia num jornal brasileiro que *as nossas Câmaras* tinham sido dissolvidas, disse para Varnhagen: "Então foram as duas", querendo com isso referir-se ao Senado e à Câmara dos Deputados, a que o seu colega observou-lhe que o Senado era, no Brasil, um órgão vitalício, só podendo ser dissolvida a Câmara dos Deputados. "Então — ripostou Montezuma — o Senado seguirá aberto, e estou curioso em saber o que dirá meu pai" — que era o Senador Francisco Acaiaba de Montezuma, Visconde de Jequitinhonha, — Outro colega com o qual não la Varnhagen, era Filipe Lopes Neto. "Aqui esteve o Lopes Neto — escrevia ele ao Imperador — regressando da Rússia, da Suécia e da Noruega, depois de haver estado no Egito. Parece não ter viajado senão para dizer que o fez, e que ninguém tem visto mais do que ele; e, se mais mundo houvesse, lá chegaria. Neste sentido, deu seu desfrute", (Carta de Viena, 1º de setembro de 1873). — Em Viena, Varnhagen tinha como secretário José Pedro Werneck Ribeiro de Aguilar. "Muito bom rapaz" — dizia em carta ao Imperador — mas que fazia ali um "triste papel", por se haver casado depois de já ter um filho, "com uma rapariga de baixa condição." O rapaz não desejava sair de Viena, e muito menos a mulher, mas o serviço lucraria com a saída de ambos (Carta de Viena, 9 de março de 1870). — Um outro desafeto de Varnhagen era Rufino Augusto de Almeida, também seu secretário em Viena. Este escrevia a um amigo no Brasil, dizendo que tinha lido um ofício de Varnhagen a Odorico José da Costa, Delegado do Tesouro Brasileiro em Londres, e que "o malvado nunca Oficiou ao Odorico a meu respeito, só o fazendo para me prejudicar" (Carta de Londres, 16 de outubro de 1873). — Finalmente: se Varnhagen não andava em bons termos com vários de seus colegas brasileiros, alguns destes também não o poupavam, como Carvalho Moreira, depois Barão de Penedo, nosso Ministro em Londres, que, escrevendo ao seu amigo o Barão de Cotegipe, chamava Varnhagen "o nosso grande charlatão." Com certeza, deviam ter chegado aos ouvidos de Carvalho Moreira certas referências pouco agradáveis a este feitas por Varnhagen, a propósito das comissões em dinheiro, que aquele recebia dos banqueiros em Londres, como agenciador dos nossos empréstimos em Inglaterra. Varnhagen se carteava a miúdo com o seu amigo o Barão de Nioac; e certa vez, escrevendo a este de Baden, estranhara "que ainda desta vez, para não desanimar o vaidoso barão, se escolhesse a Penedo como negociador de um empréstimo" (Carta de 24 de setembro de 1874, no Arquivo do Itamaraty). — Aliás, essa tendência de falar mal dos colegas, entre os diplomatas, não se dava somente entre os nossos: era também corrente entre os diplomatas de outros países. Pois não se dizia em França que havia duas classes de gente desunidas, o *corps diplomatique* e o *corps de ballet?* Diplomatas e bailarinas? Varnhagen, como Penedo, como Itajubá e tantos outros no tempo do Império não escapavam a essa regra.

168k - Publicado em duas partes, uma em 1849 e outra em 1850, ambas sob o nome de *Um amante do Brasil,* apresentado às Assembleias e Províncias do Império. Era uma obra notável por sua clarividência e espírito avançado, levando em conta que o Brasil não tinha então trinta anos de nação independente. Nela, Varnhagen estudava problemas da maior importância para nós, como limites, situação da Capital, comunicações e estradas interiores, divisão administrativa, defesa interna, povoamento do solo, tráfico de escravos, civilização dos nossos índios. Eram problemas que, passados mais de cem anos, ainda estão alguns por resolver. Ideias que provocavam debates e controvérsias, que nem todos aceitavam, e iam pesar em toda a vida de Varnhagen. Uma das mais debatidas foi a questão dos nossos índios, que, para o Históriador, não deviam ser tidos como *Brasileiros,* que só podiam ser civilizados por meio da força e que, tanto no presente como no passado, não podiam ser tomados em sentimentos de patriotismo ou em representação da nacionalidade, como bem acentua Clado Ribeiro de Lessa *(Op. cit.).*

168*l* - *Apud* Clado Ribeiro de Lessa, *op. cit.*

168m - Tendo estado na Europa cerca de dez anos, como nosso representante diplomático nas cortes de São Petersburgo, Berlim e Viena, Paulo Barbosa voltara para o Brasil em janeiro de 1855, velho, doente e meio paralítico. Como, ao partir, tivesse sido apenas licenciado na função de Mordomo da Casa Imperial, reassumiu o cargo ao voltar da Europa, mas sem a sombra do prestígio que gozara antes ali. Iria falecer em janeiro de 1868.

168n - Dr. Antônio de Araújo Ferreira Jacobina, conhecido educador, avô do Históriador Américo Jacobina Lacombe. Era também companheiro de caça do Duque de Saxe, genro do Imperador.

168o - Onde passara o aniversário do Imperador, 2 de dezembro, na Cordilheira do Puyal, "dormindo todo molhado, ao relento, e com o pobre animal ao seu lado, sem ter o que comer" (Carta ao Imperador, da Ilha de San Tomás, 25 de janeiro de 1863).

168p - Carta de 20 de outubro de 1869.

168q - O Rei-consorte Fernando tinha enviuvado da Rainha Dona Maria II de Portugal e se casado novamente com a Condessa d'Edla. Quanto ao Príncipe Leopoldo, era casado com a Baronesa Ruttensteind.

168r - Como se sabe, dos quatro filhos deixados pela Princesa Dona Leopoldina, Dom Pedro Augusto e Dom Augusto Leopoldo foram trazidos para o Brasil por Dom Pedro II depois da morte da mãe, e aqui educados.

169 - Carta de Viena, 30 de maio de 1871.

169a - Clado Ribeiro de Lessa, *op. cit.*

169aa - Tendo obtido o que tanto desejava, decidiu Varnhagen anexar o nome de Porto Seguro ao sobrenome dos filhos, diz Pedro Muniz de Aragão em *Cartas de Varnhagen ao Conselheiro João Alfredo,* contrariando a afirmativa de Ribeiro Lessa em sua *op. cit.,* quando diz que os filhos do Históriador passaram a usar o título paterno "para satisfazerem um pedido de Dom Pedro II à Viscondessa de Porto Seguro." Aliás, a igual do que fez Varnhagen, fizeram também os filhos e demais descendentes do Barão do Rio Branco, do Visconde de Ouro Preto, do Conde de Nioac, do Barão de Tefé e de outros titulares do Império.

169b - Terminada em 1877 a segunda edição da *História Geral,* só seria publicada apenas muito depois de sua morte, em 1920. E a *História da Independência* em 1917, na *Revista do Instituto Histórico,* com anotações do Barão do Rio Branco e Basílio de Magalhães. Seria reeditada na mesma *Revista,* em 1940.

169c - Hélio Lobo, *Manuel de Araújo Porto Alegre.*

169d - Idem.

169e - Gonçalves de Magalhães e Joaquim Manuel de Macedo.

169f - Carta de 14 de abril de 1866, no Arquivo da Casa Imperial.

169g - Hélio Lobo, *op. cit.*

170 - Carta de 24 de setembro de 1861, cit. por Pinto de Campos, *O Senhor Dom Pedro II.*

171 - Do Imperador a Gobineau: "Obrigado pelo apelo que faz à minha amizade, que nunca

faltou, e poderá queixar-se mais do que você da demora em dar esse passo *(cette démarche)... Para que tudo se faça com minha inteira satisfação, direi a Macedo (Artur Teixeira de Macedo, que acompanhava o Imperador na segunda viagem à Europa)* para escrever-lhe sobre uma escultura que lhe tinha encomendado há muito tempo, e pela qual ele deve entregar-lhe quinze mil francos" (Carta de Viena, 21 de março de 1877, no Arquivo da Biblioteca de Estrasburgo).

172 - Georges Raeders, *Le Comte de Gobineau au Brésil.*

173 - Está hoje no Museu Imperial de Petrópolis.

174 - Ver as respectivas comunicações, em ofícios da Mordomia Imperial às Legações do Brasil na Europa, no Arquivo do Itamaraty.

175 - Alexandre Herculano quer referir-se a Dom Pedro V, Rei de Portugal, filho da irmã mais velha do Imperador, a Rainha Dona Maria II.

176 - Carta de Val de Lobos, 20 de agosto de 1872, no Arquivo da Casa Imperial.

177 - Na viagem que fizera anteriormente à Europa, o Imperador fora a Val de Lobos visitar Herculano. Ver o capítulo deste volume, *Pela primeira vez na Europa.*

178 - Carta s/d. No Arquivo citado.

179 - Originais no Arquivo citado. — "Fez tanto pela ciência que todo sábio lhe deve o maior respeito", dizia Darwin em carta a Joseph Hooker (Francis Darwin, *The Life and letters of Charles Darwin*).

179a - Carta de 7 de janeiro de 1876, no Arquivo citado.

180 - É a *História do Povo de Israel*, obra que ficaria em cinco volumes, dois dos quais publicados depois da morte de Renan.

181 - Carta de Paris, 28 de março de 1884, no Arquivo citado.

182 - Carta de 15 de setembro de 1874, no Arquivo citado.

183 - Carta de 13 de dezembro de 1873, idem.

184 - Carta ao Imperador, de Lisboa, 4 de junho de 1854, no mesmo Arquivo.

184a - Dentre esses, podem ser citados: *O Erro do Imperador e Agradecimentos aos Pernambucanos,* de Joaquim Nabuco; *O Conselheiro F. J. Furtado,* de Tito Franco de Almeida, *Advento da República no Brasil,* de C. B. *Ottoni, Advento da Ditadura Militar no Brasil,* do Visconde de OuroPreto; *Império e República Ditatorial,* de Alberto de Carvalho; *Datas e Fatos relativos à História Política e Financeira do Brasil,* de "Um Brasileiro" (atribuído, por Tancredo de Barros Paiva, em suas Achegas *a um Dicionário de Pseudônimos,* ao pernambucano Pedro Correia de Araújo); *Os Cortesãos e a Viagem do Imperador,* de Landulfo Medrado; *História do Brasil de 1831 a 1840,* de J. M. Pereira da Silva; *Algumas Verdades* e *Curiosidades Naturais do Paraná,* do Visconde de Taunay; *Considerações sobre Poesia Épica e Poesia Dramática,* de J. M. Pereira da Silva; *Perfiles y Miniaturas,* de Martín Garcia Mérou; *Japonneries d'Automne,de* Pierre Loti; *Les Origines,* de E. de Pressencé; *Divina Cornédia,* de Dante (numa tradução espanhola que lhe enviara o General Bartolomeu Mitre); *Essais de Psychologie Contemporaine,* de Paul Bourget;*Description de La Sainte Chapelle,* de Guilhermy; *La France en 1889,* de Chandordy. Deve haver certamente outras obras, ou simples folhetos, com observações deixadas à margem pelo Imperador, frutos de suas leituras, mas que não tem maior valor literário, histórico ou científico, muito embora possa oferecer um certo interesse para um estudo profundo sobre a personalidade moral e intelectual do Imperador, o que não cabe, evidentemente, nos limites modestos desta história da sua vida e do reinado.

184b - Tratava-se de uma espécie de *journal,* que o Imperador trouxera de sua segunda excursão ao Egito, em 1876, redigido em francês. Versava quase exclusivamente sobre assuntos de egiptologia, ligados à região do Alto Nilo. Essas notas foram traduzidas e publicadas por Afonso d'E. Taunay, quer dizer, a primeira parte, única, parece, que foi terminada, na *Revista do Instituto Histórico Brasileiro.* Ver a respeito o capítulo deste volume, *Segunda viagem ao Estrangeiro.*

184c - "A tradução em prosa do *Prometeu* está feita desde muito tempo; mas não pude ainda pô-la em verso" (Carta do Imperador a Gobineau, de 5 de novembro de 1872, no Arquivo de Estrasburgo.

184d - A "trasladação poética" de Paranapiacaba está publicada na *Revista do Instituto Histórico e Geográfico Brasileiro.*

185 - Vide Ofício da Mordomia Imperial à Legação do Brasil em Paris, de 13 de junho de 1856, recomendando aos nossos agentes diplomáticos no Exterior que remetessem todas as obras *notáveis* que aparecessem e *merecessem* ser lidas pelo Imperador. Deviam comprá-las e enviá-las sem tardança, para que ele fosse o primeiro a ter conhecimento delas (Arquivo do Itamaraty).

186 - *Ricordi e Studi Artistici.*

186a - *Camões, estudo histórico-poético.*

186b - Carta de Lisboa, 1º de novembro de 1872, no Arquivo da Casa Imperial.

186c - Augusto de Castilho seguiria a carreira da Marinha. Seria, em 1893, comandante da divisão naval portuguesa surta no Rio de Janeiro durante a Revolta da Armada brasileira contra o Marechal Floriano Peixoto, quando acolheu a bordo de um de seus navios o almirante brasileiro Saldanha da Gama, chefe da revolta, levando-o, com outros asilados, para Montevidéu, o que motivou um protesto do Governo brasileiro e subsequente rompimento de relações entre Portugal e o Brasil. Submetido a conselho de guerra em Lisboa, Castilho foi absolvido por unanimidade. Seria por duas vezes Ministro da Marinha em Portugal.

186d - Carta de 10 de novembro de 1874, no Arquivo da Casa Imperial. Foi a última das muitas cartas do Visconde de Castilho a Dom Pedro II.

186e - Encontram-se também, no mesmo Arquivo, dirigidas ao Imperador, cartas de Almeida Garrett, de Latino Coelho, de Camilo Castelo Branco e de Ramalho Ortigão, mas apenas uma de cada um desses escritores. De João de Deus não há carta. Mas é conhecido o soneto por ele dedicado ao Imperador, em cujo fecho dizia:

> Regem os Reis pela sabedoria.
> Quem não a tem não pode ser Monarca.
> Vós sois digno de o ser no Novo Mundo (+).

A carta de Garrett era de agradecimento por sua nomeação para grã-cruz da Ordem da Rosa. A de Latino Coelho acusava a recepção da carta que lhe mandara o Imperador, quando de volta ao Brasil, de bordo do *Orenoco,* a respeito da oração sobre José Bonifácio, que Latino Coelho pronunciara na Academia das Ciências de Lisboa. A carta de Camilo Castelo Branco era para dissuadir Dom Pedro II de ir visitá-lo. Não tem data, mas devia ser escrita no fim de 1889 ou princípios de 1890. Vai transcrita no último volume desta obra. A carta de Ramalho Ortigão, datada de Lisboa, 27 de agosto de 1885, era para oferecer antecipadamente a Dom Pedro II o livro que ele iria publicar com a série de artigos sobre a visita que fizera recentemente ao Brasil, e teria por título *Quadro Social sobre a Revolução brasileira*. Finalmente, a carta de Guerra Junqueiro não era dirigida propriamente ao Imperador, mas a alguém da comitiva imperial, possivelmente o Visconde de Bom Retiro. Mandava para Dom Pedro II os seus dois livros, *A Morte de Dom João* e a *Tragédia Infantil*. Essa carta é referida no Capítulo "Segunda Viagem ao Estrangeiro", desta obra.

187 - Carta de Lisboa, 27 de novembro de 1873, no Arquivo da Casa Imperial.

187a - No Arquivo citado.

188 - Ofício de Nova York, 2 de julho de 1880, no Arquivo do Itamaraty.

188a - *Dom Pedro Augusto, estudante.*

188b - Longfellow tinha então setenta e cinco anos de idade.

189 - Ofício citado. Ver no capítulo desta obra, *Segunda viagem ao Estrangeiro,* seu encontro em Cambridge, Estados Unidos, com Longfellow.

190 - Expedição Thayer, confiada a Agassiz e outros cientistas, para o estudo da Ictiologia do Rio Amazonas.

191 - Jules Marcou, *Letters and Works of Louis Agassiz.*

192 - *A Journey in Brazil.*

193 - Elizabeth C. Agassiz, *Louis Agassiz, his life and correspondence.* — Ver no capítulo deste livro *Segunda viagem ao Estrangeiro* o encontro, em Cambridge, Estados Unidos, do Imperador com a viúva de Agassiz. Trecho de uma carta dela à mãe, dias depois de chegar ao Rio em companhia do marido: "Na terça-feira à tarde (9 de maio) fomos, Agassiz e eu, a Palácio, pois devia apresentar meus respeitos à Imperatriz, o que eu ainda não havia feito e era, na verdade, o que me parecia mais correto. O Imperador marcara essa tarde para a visita; estávamos, pois, certos de sermos recebidos. À porta do Paço se achavam apenas um ou dois homens fardados, e daí avistamos alguns compridíssimos corredores e uma ou duas antecâmaras onde uns poucos cavalheiros, de pé, estacionavam, formando pequenos grupos. Informou-me Agassiz tratar-se de camaristas ou coisa parecida. Julguei ser uma ocupação bastante monótona, e pareceu-me que era esta toda a etiqueta de corte aqui, sem a alegria e a grandeza que lhe é própria. Um desses senhores, convidando-nos a sentar, introduziu-nos em um salão que comunicava com uma grande galeria, de onde logo ouvimos passos muito apressados, vindos em nossa direção, supondo eu tratar-se de algum oficial que nos levaria à Imperatriz. Mas era o Imperador em pessoa, que nos saudou com toda a cordialidade e levou-nos a uma antesala, uma elegante peça, muito alta, com soalho formando desenhos e guarnecida de mobília escura e pesada. Sentamo-nos. Aí começava eu já a pensar que a Imperatriz era um mito, e iniciamos a conversa, a qual, por minha parte, limitei-me a ouvir. Passada uma meia hora de palestra, convidou-nos a entrar para estarmos com a Imperatriz e ele: introduziu-nos em um terceiro salão, de onde, por uma porta, chamou a esposa, como qualquer mortal o faria. Veio então ao nosso encontro, uma senhora de baixa estatura, com a mais doce expressão possível, de aspecto muito gentil e cordial. Convidou-nos a sentar — ou, se me é permitido assim dizer em presença da realeza: *estejam como em sua própria casa.* Realmente, se tivéssemos ido fazer uma visita social em casa de algum amigo, dificilmente achar-nos-íamos mais à vontade. O casal imperial possui, na verdade, uma educação tão esmerada, que não é possível sentir-se alguém constrangido. Sua simplicidade e franqueza são perfeitamente Republicanas, embora eu tenha que admitir que o elemento aristocrático sobressaía melhor, talvez, nessa fina educa-

ção. Possui a Imperatriz algo de amável e carinhoso que lhe é peculiar, com o seu aspecto tão simpático e maternal. Depois de uma visita, que não seria polido prolongar mais, fizemos nossos cumprimentos. Observou Agassiz a maneira engraçada com que o Imperador despede-se das pessoas, e acreditou ser esse o modo pelo qual procura não constranger os Estrangeiros a se virarem em sua presença. Depois de um aperto de mão, desaparece ele da sala com a pressa de quem tem de percorrer um quilômetro em um minuto para entregar uma mensagem de vida ou de morte. Julguei, inicialmente, que ele se tivesse afastado por qualquer motivo, mas que voltaria; era, porém, realmente, a despedida" (Lucy Allen Patton, *Elizobeth Cary Agassiz, a Biography).*

194 - *Wagner.*

195 - Entre outras afirmações sobre esse suposto convite de Dom Pedro II, citemos as de Adolphe Julien, em *A Vida de Wagner,* segundo a qual o Monarca brasileiro, que "já em 1857 reconheceu o gênio de Wagner e ofereceu ao compositor, desenganado e assobiado, a hospitalidade do Rio, de maneira que pudesse, com tranquilidade de espírito, terminar as obras-primas musicais que, certo dia, iriam conquistar o entusiasmo do mundo inteiro."

196 - Dr. Wille e a mulher, Elisa Wille, que era uma amiga e confidente de Wagner.

197 - O Governo Imperial havia aberto um concurso para a construção de um novo Teatro Lírico no Rio, e ao qual concorreu o arquiteto Semper, amigo de Wagner e, como este, residente em Zurique. Mas, voltando atrás à primitiva ideia, o Governo resolveu não mais construir o Teatro, alegando, para isso, escassez de verbas. Limitou-se então em premiar os três melhores projetos, num total de vinte e oito apresentados, não logrando, porém, Semper o almejado prêmio.

198 - "Visto que falei de brasileiros que nos achamos em Dresde, — dizia Gonçalves Dias em carta ao Imperador, datada dessa cidade, 4 de março de 1857, — aconteceu por casualidade que nos encontramos aqui os Drs. Sousa, França, Stockmayer e eu. O França tem dado umas pré-lições em língua francesa sobre a Constituição, Código Comercial e Literatura do Brasil. Quanto ao drama *Boabdil,* [que Gonçalves Dias pretendia imprimir na Alemanha] aconteceu que o lesse aos Drs. França e Sousa, que aqui se acham. Não desgostaram dele. O França traduziu-o para o alemão, e parece que não ficou mal. Ainda assim, vai ser novamente revisto, e supõe o tradutor que ele irá à cena aqui em Dresde e talvez também em Leipzig" (No Arquivo da Casa Imperial).

199 - Ernesto Feder, *Teria Dom Pedro II convidado Wagner para o Rio?* — A correspondência entre Ernesto Ferreira França e Ricardo Wagner foi revelada por Carlos Henrique Hunsche, num artigo intitulado *Ricardo Wagner e o Brasil,* publicado em 1939 no *Arquivo Ibero-Americano,* do Instituto Ibero-Americano de Berlim. Dessa correspondência se aproveitou Ernesto Feder, no artigo acima citado, para um longo trabalho sobre o suposto convite de Dom Pedro II a Wagner, com esclarecimentos muito interessantes, inclusive sobre quem era Ernesto Ferreira França.

200 - Tratava-se de *Tristão el solda.*

200a - Carta de Zurique, 8 de maio de 1857, em Ernesto Feder, *op. cit.*

200b - Ernesto Feder, *op. cit.*

200c - Idem.

200d - Ernesto Feder, *op. cit.* — como se sabe, a primeira representação de *Tristão* e *Isolda* só se faria em 1865, em Munique.

200e - Essa e outras cartas de Dom Pedro II ao Conde de Gobineau encontram-se na Biblioteca de Estrasburgo.

201 - Visconde de *Taunay, Reminiscências.*

202 - Notas, de 14 de janeiro de 1864, dadas ao Conselheiro Zacarias de Góis, Presidente do Conselho de Ministros (No Arquivo da Casa Imperial).

203 - *Um Estadista do Império.*

204 - Discurso proferido na Câmara dos Deputados, em 14 de junho de 1871.

205 - Por que São Vicente, e não qualquer outro dos Conselheiros do Estado? São Vicente não era então governo. Joaquim Nabuco diz que São Vicente era o *redator imperial,* quer dizer, que dele se servia o Imperador para a redação de certos projetos que o interessavam mais de perto. É sem dúvida, uma circunstância a considerar. A outra, e principal, não estaria em que São Vicente, dos estadistas daquele tempo, era um dos que mais de perto privavam com o Imperador, e gozavam, assim, da sua completa confiança? Acresce que a sua qualidade de grande jurisconsulto o recomendava, mais do que qualquer outro político, para redator de anteprojetos de lei. Seja, porém, como for, a escolha de São Vicente não significava que este estivesse, nessa época, conquistado as ideias abolicionistas. Nem ele, nem nenhum dos principais políticos do tempo. Esta última circunstância reforçava, sem dúvida, o significado da iniciativa tomada pelo Imperador.

206 - O Barão do Rio Branco, sempre bem documentado, atribui, nas *Efemérides Brasileiras,* a iniciativa dos projetos ao próprio São Vicente. Entretanto, não esconde o grande interesse que o Imperador logo tomou por tais projetos, insistindo, contra a manifesta vontade do Marquês de Olinda, por que eles fossem estudados no Conselho de Estado. Na pior das hipóteses, portanto, a conclusão que se tira da narração de Rio Branco é que, se o Imperador não inspirou, em verdade, os referidos projetos, perfilhou-os, em todo o caso. Aliás, na obra *Dom Pedro II,* publicada por B. Mossé, mas sabidamente escrita, em grande parte, pelo mesmo Rio Branco, está dito que "Dom Pedro II recebia, com tanto maior prazer, os projetos de Pimenta Bueno, quando estes projetos respondiam às suas próprias ideias, sobre que, aliás, já tinha conversado com alguns estadistas brasileiros, especialmente com o próprio Pimenta Bueno." Não estará nessa conversa prévia com São Vicente a origem, quer dizer, a inspiração mesma dos projetos? — Ver a respeito a obra de C. B. Ottoni, *Advento da República no Brasil.*

207 - Joaquim Nabuco, *op. cit.* — Nabuco desconhecia, como se vê, a sugestão que o Imperador havia feito a Zacarias em janeiro de 1864, e à qual deviam estar necessariamente ligados os atuais projetos de São Vicente.

207a - Em 23 de janeiro de 1866, diz Ottoni *(op. cit.).*

208 - Testemunho de Saraiva, Ministro dos Negócios Estrangeiros no Gabinete Olinda, cit. por Joaquim Nabuco, *op. cit.*

209 - Joaquim Nabuco, op. *cit.*

210 - Diz Joaquim Nabuco *(op. cit.)* que no arquivo do pai se encontra, "por letra do Imperador", a minuta da carta de Martim Francisco aos Franceses, "como a publicará o *Journal des* Débats." Deve ser uma cópia do texto definitivo, feita por mão do Imperador. A minuta original se encontra no Arquivo da Casa Imperial. Não tem a letra do Imperador, mas foi por este largamente emendada, e difere, sensivelmente, em alguns trechos, da redação

definitiva. É o seguinte o texto exato da minuta original, com as emendas e acréscimos do próprio punho do Monarca. As palavras entre parêntesis foram riscadas pelo Imperador, e substituídas pelas que vão transcritas em itálico:

"J'ai eu l'honneur de porter à la connaissance de Sa Majesté l'Empereur la lettre par laquelle vous exprimez vos voeux ardents pour l'abolition de l'esclavage au Brésil.

Chargé par Sa Majesté de vous répondre en son nom et au nom (de son) *du* Gouvernement *Brésilien,* je suis heureux de pouvoir vous donner l'assurance que votre démarche (a été prise dans la plus haute considération) a *trouvé l'accueil d'une juste sympathie.*

Il vous apartenait, Messieurs, à vous dont la noble voix s'élève toujours en faveur des grands PRINCÍPES d'humanité et de justice, de témoigner (au Governement Impérial) de tout l'intérêt que vou portez à l'acomplissement (de la) *d'une* tâche (qui lui a été imposée) *aussi grande que difficile,* et c'est avec la plus vive satisfaction (qu'il) *que le Gouvernement Brésilien* a vu que vous rendez justice (à l'Empereur) *aux sentiments personnels de Sa Majesté l'Empereur,* à ceux (de son Gouvernement) *des membres du Ministère,* ainsi qu'À (la tendance de) l'opinion publique au Brésil.

(En effet, la question de) L'émancipation des esclaves (est déjà jugée au Brésil), conséquence nécessaire de l'abolition de la traite, (elle) n'est (donc) plus qu'une question de (temps) *forme* et d'opportunité.

(Aussitôt) *Lorsque* les circonstances (difficiles) *pénibles* dans lesquelles se trouve le pays (permettent, *permettront,* le Gouvernement (Impérial) *Brésilien* (n'hésitera certainement pas et il n'épargnera ni efforts ni sacrifices pour se dépouiller du triste héritage que son passé lui a légué) *considera comme un objet de première importance la réalisation de ce que l'esprit du Christianisme réclame depuis longtemps du monde civilisé."*

211 -   J. Nabuco, *op. cit.*

212 -   Evaristo de Morais, *A Escravidão Africana no Brasil.*

213 -   Diria Rui Barbosa, em 1884: "Ninguém, neste país, divinizou jamais a Escravidão. Ninguém abertamente a defendeu, qual nos Estados separatistas da União Americana, como a pedra angular do edifício social. Ninguém, como ali, anatematizou na emancipação um atentado perturbador dos desígnios providenciais."

214 -   B. Mossé, *Dom Pedro II.*

215 -   Em resumo, os projetos de São Vicente estabeleciam: abolição do ventre; não separação do filho da família escrava; restrições da transmissão hereditária de escravos; garantia dos pecúlios constituídos por escravos; matrícula forçada; libertação dos escravos da Nação no prazo de cinco anos; extinção total da Escravidão em 31 de dezembro de 1899.

216 -   A opinião dos principais Conselheiros de Estado afinava mais ou menos pelo mesmo tom. Releva notar o receio de quase todos, em que o problema da Liberdade do Ventre pudesse provocar as mais sérias desordens no país, a ponto de se precisar recorrer às forças armadas. Itaboraí referia-se a "assassinatos, insurreições mais ou menos extensas, e quem sabe mesmo guerra civil." Eusébio sugeria, para garantia da ordem, o engajamento de soldados estrangeiros, visto como o nosso Exército estava distraído na guerra. Olinda la além: "Minha convicção é que qualquer que seja o sistema que se adote, de emancipação gradual ou sucessiva, as insurreições hão de surgir a cada canto do Império"; e sugeria a necessidade de se "montar um numeroso Exército", para dar guarda aos escravos. Rio Branco, que se manifestava então "muito cauteloso", entendia que se devia colocar nas Províncias guarnições bastante fortes para conterem os perigos possíveis de se realizarem. Nabuco temia

que o Brasil fosse precipitado "num abismo profundo e infinito", Bom Retiro sugeria a distribuição de forças militares pelas Províncias, para evitar-se a insurreição dos escravos.

217 - Ver, para maiores detalhes, o capítulo *Caxias contra Zacarias,* no 1° volume desta História.

218 - As ideias de Itaboraí, sobre o problema do elemento servil, estavam consubstanciadas nas palavras por ele pronunciadas na Câmara dos Deputados, em resposta a Teixeira Junior, futuro Visconde de Cruzeiro: em princípio não era contra a Escravidão; mas não achava conveniente tocar no problema sem preparar-lhe primeiro o terreno para sua solução — com *cautela e lentidão,* dizia, acrescentando: antes de tudo meios preparatórios. Como se vê, não era nada animador.

219 - Considerações do Imperador, apresentadas ao novo Ministério, em 14 de julho de 1868, no Arquivo da Casa Imperial.

220 - Pouco antes, isto é, em maio de 69, o Imperador observara a Saião Lobato "que não era mais possível que o Brasil fizesse exceção entre as Nações civilizadas: que cumpria fazer, desde já, alguma coisa em prol da Emancipação" (André Rebouças, *Diário).*

221 - Carta do Imperador a Itaboraí, 16 de outubro de 1868. Minuta no Arquivo da Casa Imperial. Os grifos estão no original.

222 - Carta de Itaboraí ao Imperador, sem data, no mesmo Arquivo.

223 - André Rebouças, em seu *Diário,* refere um fato que traduz bem o sentimento de Itaboraí com relação à emancipação dos escravos. "Fui à casa do Visconde de Itaboraí levar-lhe cópia dos projetos de lei sobre Emancipação. A princípio recusou até ficar com eles para ler, dizendo que estava velho e cansado, que queria largar o Governo, que não queria envolver-se em tão importante questão. Depois de longa e aturada discussão, resolveu-se a ficar com os projetos para ler e Deus queira para pôr em prática quanto antes."

224 - Carta de Cotegipe a Penedo, da Bahia, 26 de janeiro de 1871, no Arquivo do Itamaraty.

225 - Esses detalhes foram deixados por escrito pelo Barão de Cotegipe, Ministro da Marinha do Gabinete Itaboraí, em cujo Arquivo se encontram, e foram comunicados por seu neto, Wanderley Pinho. Cotegipe não diz quem tenha sido esse Ministro. Teria sido ele próprio? Muito possível. Suas ideias, nessa época, estavam longe de ser favoráveis aos projetos de São Vicente.

226 - Ministro da Guerra; depois Marquês.

227 - Pereira da Silva, *Memórias do Meu Tempo.*

228 - Por causa da aprovação que dera o Imperador a um projeto do Conselheiro Nabuco, consignando determinada quantia para a liberdade anual de certo número de escravos, e ao qual era infenso Itaboraí.

229 - Carta da Bahia, de 26 de janeiro de 1871, no Arquivo do Itamaraty.

230 - Tem-se afirmado (e Eunápio Deiró parece ter sido o inventor de tais balelas, em seu livro *Estadistas e Parlamentares),* e ainda hoje se repete, com o propósito, bem evidente, de desmerecer a ação parlamentar de Rio Branco, na sessão de 1871, que este mais de uma vez se sentiu tentado em abandonar o projeto emancipador, diante das mil e uma dificuldades que se lhe apresentavam nas Câmaras; o que só não levou a efeito em vista do incentivo que lhe dava o Conselheiro João Alfredo, seu Ministro do Império, quer pessoalmente, quer nos debates parlamentares, norteando e encorajando a maioria. É pura lenda, que uma simples consulta aos Anais da Câmara e do Senado do tempo facilmente destrói. O Barão do Rio Branco, filho do Presidente do Conselho e um dos mais empenhados defensores da

política do Gabinete na Câmara, opôs a isso formal desmentido, à margem do exemplar de sua propriedade do livro de Deiró, atualmente na biblioteca do Itamaraty: "Inexatidão. O Visconde do Rio Branco não teve um momento de desânimo, e foi ele quem sustentou a luta na tribuna, tanto no Senado como na Câmara dos Deputados. O Ministro do Império, Conselheiro João Alfredo, durante toda a sessão de 71, só pronunciou um discurso, defendendo o orçamento do seu Ministério." Deiró levou a sua fantasia a ponto de afirmar que o Presidente do Conselho chegou a confessar à Princesa Imperial Regente a impossibilidade de sustentar-se no poder. "É invenção, retruca o Barão do Rio Branco em outra nota. A Princesa Regente foi quem lembrou a conveniência de serem adiadas as Câmaras até a volta do Imperador. O Conselheiro João Alfredo concordou com isso. O Presidente do Conselho, Visconde do Rio Branco, foi de voto contrário, reuniu vários amigos, fortaleceu-se com o seu parecer e convenceu a Regente de que não havia tal necessidade de adiamento" — Pois não se chegou a afirmar que foi o Imperador quem norteou a política emancipadora do Gabinete Rio Branco, telegrafando-lhe assiduamente dos lugares onde se encontrava na Europa? Ora, é sabido que não existia ainda telégrafo entre o Brasil e a Europa, que só iria ser inaugurado em 1874, e que o Imperador, todas as vezes que se ausentou do Brasil, jamais se manifestou ou deu sequer uma opinião sobre a política dos Gabinetes que governavam o país, ou sobre a posição que teria nela a Princesa Imperial Regente.

230a - "A propósito da libertação dos filhos das escravas, disse Dona Isabel a Tobias Monteiro que, quando o Imperador partiu para a Europa, em 1871, deixando-a como Regente, não lhe revelou fazê-lo a fim de deixar-lhe a glória de assinar a Lei de 28 de setembro desse ano. Entretanto, nas Instruções escritas que então lhe entregou, não deixou de mencionar, entre as *medidas indispensáveis, a declaração da liberdade do ventre desde a data da lei, considerando-se ingênuos os nascidos depois, e havendo para os senhores das mães a opção entre uma quantia razoável paga pelo Estado, ou serviço obrigado até certa idade dos nascidos, como indenização dos gastos.* Exatamente como se fez, quase cinco meses depois" (Helio Vianna, *Entrevista com Dona Isabel — 1920).*

231 - Carta ao Conde d'Eu, do Rio, 25 de dezembro de 1880, no Arquivo da Casa Imperial.

232 - Carta de 22 de agosto de 1870 , no Arquivo do Itamaraty.

233 - Joaquim Nabuco, *Um Estadista do Império.*

234 - Carta de 24 de março de 1871, no Arquivo citado.

234a - David James, *The Emperor of Brazil and his New England Friends.* – O sábio suíço Louis Agassiz, que o Imperador tanto estimava desde quando estivera no Brasil, em 1865, e com o qual se carteava, vinha insistindo por que Dom Pedro II não deixasse de visitar os Estados Unidos (onde Agassiz se fixara desde 1863, aí se casando), na certeza de que teria ali uma recepção triunfal. O desejo do Imperador em realizar essa visita não era certamente menor, mas por motivos imperiosos ele a vinha sempre adiando, só a tendo levado a efeito em 1876, quando da sua segunda ausência do Império. Ver adiante.

235 - Ofício de 24 de maio de 1871. — "Os Romanos — dizia José de Alencar à Câmara, em discurso de 9 de maio — tinham seus *dias nefastos,* nos quais se velava a estátua da Lei e se impunha silêncio ao Pretor, para não administrar Justiça ao Povo. Para nós, o dia nefasto é o dia 24 de maio, então uma data gloriosa da nossa História [primeira batalha de Tuiutí, em 1866, na Guerra do Paraguai, ganha pelos Exércitos Aliados comandados pelo General Osório, então Barão do Herval, contra as forças de Solano López], mas que se tornou nefasta por ser a escolhida para a viagem imperial."

236 - Tobias Monteiro, *Pesquisas e Depoimentos.*

236a - *Conselhos à Regente,* no Arquivo Grão-Pará. Aliás cabe dizer que o Príncipe Alberto, longe de se manter afastado ou desinteressado dos assuntos do Governo, acabou por ter um papel saliente tanto na política como na administração inglesas do seu tempo, intervindo abertamente nelas, procedimento que certamente ainda mais se acentuaria se não fosse a sua morte prematura em 1861.

237 - Carta de 13 de maio de 1871, no Arquivo do Itamaraty.

238 - Outros iam mais longe, como Coelho Rodrigues, e entendiam que a ausência do Imperador não devia dar lugar a uma Regência.

239 - Joaquim Nabuco, *op. cit.*

240 - Ofício de 5 de Abril de 1871.

241 - O projeto propondo a abertura do crédito de 2 mil contos, para custeio da viagem imperial, foi de autoria de Teixeira Júnior, futuro Visconde de Cruzeiro e genro de Paraná. Melo Morais apresentou um outro, de 4 mil contos, destinado ao mesmo fim, e determinando que três navios de guerra acompanhassem o Imperador, a cuja disposição ficariam durante o tempo da viagem.

242 - Francisco Cunha, *Reminiscências.*

243 - Carta de 8 de maio de 1871, no Arquivo do Itamaraty.

244 - Carta a Rio Branco, da mesma data e no mesmo Arquivo. — Na opinião do Imperador, e desde que ele não desejava que essa viagem tivesse um caráter *oficial,* na sua qualidade de Chefe de Estado, mas de caráter rigorosamente *pessoal,* não lhe cabia receber um vintém que fosse dos cofres públicos, para custeio da viagem. Mas como, por outro lado, ele não dispunha para isso de economias, foi-lhe forçoso aceitar a generosa oferta do Conde de Baipendi, que lhe abriu um crédito de 50 mil libras esterlinas sobre a casa comercial Knowles & Foster, de Londres, para cobrir as despesas da viagem (Mordomia da Casa Imperial).

245 - Ofício de 7 de maio de 1871.

246 - O juramento da Princesa Imperial verificou-se na sala das sessões do Senado, que funcionava no antigo palácio do Conde dos Arcos, ao Campo de Santana. Era a primeira e única mulher que, na América, exercia as funções de Chefe de Estado. Numa tela hoje histórica, pintada em 1875, o pintor catarinense Vítor Meireles, por encomenda do Visconde de Abaeté, que era na época o Presidente do Senado, fixou na tela a cena. Pode-se ver aí a Princesa Imperial ajoelhada diante de uma mesa, lendo o auto do Juramento, na presença de Abaeté e demais Senadores, Ministros de Estado, Deputados e outras personalidades. Nas galerias, damas e cavalheiros; e na tribuna diplomática o Internúncio apostólico com os demais enviados estrangeiros. Não está o Conde d'Eu. Como não lhe quisessem dar um lugar no recinto do Senado, ao lado da mulher (que de direito e por cortesia lhe pertencia, como Príncipe consorte), mas sim numa das tribunas, ele preferiu não presenciar ao ato. "Pela primeira vez, — dirá Mário da Silva Cruz — manifestava-se de maneira pública e oficial, a animosidade dos políticos brasileiros para com o Príncipe estrangeiro" *(Vítor Meireles e Pedro Américo).*

247 - Minuta no Arquivo da Casa Imperial.

248 - Dom Fernando de Saxe Coburgo Gotha era o pai do Rei Dom Luís I, de seu primeiro casamento com a Rainha Dona Maria II, irmã de Dom Pedro II. Esta fora casada, em primeiras núpcias, com o Príncipe Augusto de Leuchtemberg, irmão da então Imperatriz Dona Amélia, e que ela conhecera, quando ambos viajavam para o Brasil na companhia de Dona Amélia. Em Lisboa, iria Dona Maria enviuvar dois meses depois do seu enlace — (1835), para, novamente, casar-se com o Príncipe Dom Fernando. Este recebeu o título honorífico de Rei.

249 - Arquivo da Casa Imperial. O *Diário* do Imperador, relativo a essa sua estada em Lisboa, foi publicado com anotações, por Lourenço Luís Lacombe, sob o título *A Primeira Visita do Imperador do Brasil a Portugal.* Infelizmente, perdeu-se o fim desse *Diário.*

249a - Corte Real, Silva Rocha e Simões de Castro, *Viagem dos Imperadores do Brasil em Portugal.*

249b - Havia então, uma colônia relativamente numerosa de Brasileiros distintos que viviam em Lisboa, entre os quais podiam ser citados o 3º Barão de São Francisco, que iria ser Presidente da Bahia em 1879; a Marquesa de Cantagalo, viúva do Marquês desse nome, que falecera em Lisboa em março de 1852; a Marquesa de Paranaguá, viúva do 1º Marquês desse nome, que fora várias vezes Ministro de Dom Pedro I e Ministro da Marinha da Regência; João Henrique Ulrich; João Bernardo Dias Berquó, da família dos Marqueses de Cantagalo; o Barão de Ouricuri, bisavô do Autor, e seu filho Francisco Inácio de Oliveira; Antônio Augusto Carvalho Monteiro, que, tendo se formado em Direito na Universidade de Coimbra, voltara para o Brasil, reuniria uma grande fortuna, e passando a ser conhecido em Lisboa como *o Monteiro dos Milhões,* comprando nessa cidade o Palácio Farrobo, na Rua do Alecrim, que fora a sede da Embaixada de França, ao tempo do General Junot;o Barão, depois, Conde de Nioac, o Visconde de Almeida. Cabe dizer que havia, nesse tempo, em Lisboa, uma Sociedade de Beneficência Brasileira, fundada em 1868 sob a proteção da Duquesa de Bragança (ex-Imperatriz Dona Amélia) e tendo como presidente do seu Conselho Diretor, o Ministro do Brasil Miguel Maria Lisboa, depois, Barão de Japurá e como sócios, os Brasileiros acima citados e diversos Portugueses que tinham vivido antes no Brasil, alguns dos quais titulares. Essa Sociedade existe até hoje, tendo comemorado o 1º centenário da sua fundação.

249c - *Diário,* no Arquivo da Casa Imperial.

250 - Idem.

250a - O Rei de Portugal, Dom Luís I, reinava, fazia dez anos, tendo sucedido ao seu irmão Dom Pedro V, morto prematuramente. Eram filhos da Rainha Dona Maria II, irmã do Imperador, falecida havia dezoito anos. A Rainha de Portugal, Dona Maria Pia, era filha de Victor Emanuel II, o primeiro Rei da Itália, em volta do qual se havia feito a unificação da Península italiana. Em França, depois dessa sua curta estada em Lisboa, Dom Pedro II iria avistar as suas duas irmãs sobreviventes, Dona Francisca, Princesa de Joinville, casada na família Orléans, e Dona Januária, Condessa d'Áqüila, casada com o irmão da Imperatriz Dona Teresa Cristina. Ambas, com suas famílias, o acompanhariam à Inglaterra. — Os Príncipes da família Orléans, como os demais Príncipes reais franceses, tinham estado, como se sabe, impedidos de pisar o solo de França durante todo o reinado de Napoleão III. Foi somente depois da queda do Segundo Império, que esse exílio foi revogado pelo voto de 8 de junho de 1871 da Assembleia Nacional Francesa, reunida em Bordéus, quer dizer, justamente, quando o Dom Pedro II iniciava essa viagem pela Europa.

250b - José Alberto Corte Real e outros, *op. cit.*

250c - Era uma grande quinta, residência de campo do Marquês de Pombal. Atualmente, pertence à Fundação C. Gulbenkian, que aí expõe diversas pinturas, móveis e tapeçarias da sua rica coleção.

250d - Lourenço Luís Lacombe, *op. cit.* — Essa senhora dizia chamar-se Mariana Amélia de Albuquerque, sendo nascida no Rio de Janeiro, de onde se podia concluir que tinha mais, nessa ocasião, de quarenta anos de idade.

250e - O Visconde de Castilho viajara para o Rio, em fevereiro de 1855, para encontrar-se com o irmão José Feliciano, que residia entre nós desde 1847 e iria morrer no Rio, em fevereiro de 1870. Era pai do futuro Almirante Augusto de Castilho, que, comandando uma esquadrilha portuguesa surta no Rio durante a revolta da Armada, em 1894, iria dar asilo nos seus barcos, aos revoltosos brasileiros contra o Marechal Floriano Peixoto, provocando com isso um sério incidente que levou o Brasil a cortar as relações com Portugal.

251 - Carta no Arquivo da Casa Imperial.

252 - Refere-se à conspiração dos Távoras.

253 - O célebre Mosteiro, construção do Rei Dom João I de Portugal, para comemoração da batalha da Aljubarrota.

254 - Arquivo citado. Para um homem como Dom Pedro II, que se esforçava no Brasil pela instrução do povo e dava todo o incentivo à criação de escolas, já se vê que não podia estar nada de acordo com essa opinião do seu amigo Herculano.

254a - Compunha-se do Marquês de Resende, já referido páginas atrás, que era o seu Camareiro-Mor, da Marquesa de Cantagalo, viúva, desde 1852, de João Maria da Gama Berquó, e do diplomata brasileiro Paulo Martins de Almeida, Visconde de Almeida desde 1846, que Dom Pedro II pusera à disposição de sua madrasta, como seu Camareiro. Era ele casado com a Condessa de Bayerstorff, filha do Príncipe Carlos Teodoro da Baviera e de sua mulher morganática, Baronesa daquele título. Em agosto de 1873, o Visconde se retirava do lugar que ocupava junto a Dona Amélia, e passava a viver na Baviera, onde o chamavam os interesses da família da mulher. — O Marquês de Resende iria morrer em 1875, com cerca de 67 anos.

255 - Corte Real e outros, *op. cit.*

255a - Era viúva de José Alexandre Carneiro Leão, Visconde de São Salvador de Campos, falecido no Rio de Janeiro em 1863. Sua mulher (e sobrinha) era filha dos Condes de Vila Nova de São José. O Visconde foi o encarregado de ir a Nápoles, buscar a nova Imperatriz do Brasil, Dona Teresa Cristina; sua mulher acompanhara a nova Soberana na qualidade de Dama de Honra. Daí os laços de amizade que as uniam. Viúva, a Viscondessa viajaria para Lisboa, onde foi morar com a filha, que se havia casado com o então, Ministro de Portugal no Brasil, Conselheiro José de Vasconcelos e Sousa.

256 - B. Mossé, *Dom Pedro II.* - Confirmado ao Autor por Gofredo de Taunay, que o ouviu do próprio Monarca.

257 - Francis Darwin, *The Life and Letters of Charles Darwin.*

258 - Tratava-se do tribunal arbitral, instituído em Washington, a 8 de maio daquele ano, para julgar as reclamações americanas, relacionadas com o cruzeiro do barco *Alabama,* armado pelos Estados Confederados por ocasião da guerra de secessão americana. Nesse tribunal, devia figurar um árbitro brasileiro, nomeado pelo Imperador do Brasil. Esse árbitro seria pouco depois, designado pelo Gabinete Rio Branco, na pessoa do Visconde de Itajubá, nosso Ministro em Paris, e em dezembro desse ano de 71 o tribunal arbitral se reuniria em Genebra

259 - Mary W. Williams, *Dom Pedro The Magnanimous.*

260 - Carta de 27 de setembro de 1879, no arquivo da Biblioteca de Estrasburgo.

261 - Arquivo da Casa Imperial.

262 - Carta de 17 de agosto de 1871, no mesmo arquivo.

262a - Dom Carlos Tasso de Saxe Coburgo e Bragança, *As Visitas de Dom Pedro II a Coburgo.*

263 - Pedro Calmon, *O Rei Filósofo.*

264 - *Op. cit.*

265 - George Bancroft, Históriador, homem de Estado e diplomata americano. Foi Ministro da Marinha do Presidente Polk, e como tal fundou a Escola Naval de Anápolis e promoveu a ocupação do Texas. Ministro dos Estados Unidos em Londres, de 1846 a 1849, foi transferido para Berlim, onde negociou e assinou os Tratados Bancroft, em virtude dos quais, os emigrantes entrados nos Estados Unidos podiam renunciar à sua nacionalidade de origem a fim de escaparem do serviço militar. Tinha, nessa época, 71 anos de idade e iria morrer no mesmo ano que Dom Pedro II, em 1891. — Leopold von Ranke, Históriador alemão, professor da Universidade de Berlim. Entre as muitas de suas obras destacam-se os *Nove Livros de História Prussiana*, publicados em 1847. Quando se avistou com Dom Pedro II andava pelos seus 76 anos de idade. Iria morrer em 1886. — O Conselheiro L. Schneider era o autor da *História da Guerra da Tríplice Aliança contra o Governo do Paraguai*, em 2 volumes, anotada em 1875-1876 por José Maria da Silva Paranhos Júnior, depois Barão do Rio Branco.

265a - Citado por Dom Carlos Tasso de Saxe Coburgo e Bragança, na *op. cit.*

266 - Ver o capítulo *Richard Wagner e Dom Pedro II,* neste volume.

266a - Dom Carlos Tasso de Saxe Coburgo e Bragança, *op. cit.* — Dom Pedro Augusto tinha então, 5 anos de idade, e seu irmão, Dom Augusto, 4 anos. Eram os filhos mais velhos deixados por Dona Leopoldina, falecida, como se sabe, em Viena, em fevereiro desse ano de 1871, e daí trasladada para a cidade de Coburgo. Órfãos de mãe, foi nessa ocasião que o Imperador assentou com o Duque de Saxe, seu genro, levar os dois meninos para o Brasil, em sua companhia, a fim de educá-los e tê-los sob sua guarda. Ainda porque, Dom Pedro Augusto era então o herdeiro presuntivo da coroa brasileira, uma vez que Dona Isabel, Condessa d'Eu, sua tia, e herdeira do trono, não tinha ainda filhos. — Esse Duque Ernesto II de Saxe era irmão do Príncipe Alberto, que fora casado com a Rainha Victoria da Inglaterra e falecera em 1861. Era sete anos mais velho do que Dom Pedro II, e sua mulher, a Duquesa Alexandrina, 5 anos mais velha do que o nosso Imperador. Não tinham filhos e iriam ambos morrer depois de Dom Pedro II, Ernesto II em 1893 e Alexandrina em 1904, sendo herdeiro do Ducado de Saxe Coburgo Gotha seu sobrinho o Príncipe Alberto, Duque de Edimburgo. 2º filho de seu irmão, o Príncipe Alberto e da Rainha Victoria. Luís, Duque de Saxe, viúvo de Dona Leopoldina, era primo em 2º grau de Ernesto II. Era filho do Duque Augusto (também presente, nessa ocasião, em Coburgo), este irmão do Rei Fernando de Portugal.

266b - *Op. cit.*

267 - Arquivo da Casa Imperial. — O Príncipe Luitpold era o Regente da Baviera, casado com Agostinha, Arquiduquesa da Áustria, nessa época, já falecida. O Príncipe Adalberto era um de seus filhos. Iria falecer em 1875. Era casado com Amélia, Infanta de Espanha. O Conde de Trápani era irmão da Imperatriz Teresa Cristina e do falecido Rei Fernando II de Nápoles. O então Rei de Nápoles era sobrinho da Imperatriz. Aliás, ex-Rei, pois fora deposto do trono por Garibaldi, em 1860. O Conde de Caserta era outro dos irmãos dela.

268 - Carta de 12 de outubro de 1871, no Arquivo da Biblioteca Nacional Braidense, de Milão. Tem-se dito que Dom Pedro II se apresentou de surpresa em casa de Manzoni; e que o criado, que o recebeu, foi participar ao poeta que à porta estava um homem de idade, possivelmente alienado, pois se intitulava Imperador do Brasil. É pura lenda, como se vê pela carta do Imperador escrita de Veneza, prevenindo Manzoni de sua visita a Brusuglio.

268a - O Imperador já havia feito, quando em viagem para a Europa, a bordo do *Douro,* algumas alterações em sua tradução do *Cinque Maggio.* Viajara com ele, a bordo desse vapor, o conhecido poeta Rosendo Moniz. Aproveitando essa circunstância, Dom Pedro II lhe pedira que recitasse o seu trabalho perante os demais passageiros, possivelmente para poder julgar do efeito que ele causaria, no que fora prontamente satisfeito pelo poeta, que, sem nenhuma intenção de lisonja (tanto mais quanto se tratava de um conhecido e confessado Repúblicano), declarara que a tradução imperial era a melhor de quantas conhecia, "não obstante a frouxidão ou dureza, ou dissonância de alguns versos, no que concordou comigo o próprio autor" (Carta de Rosendo Moniz a Saldanha Marinho, de 11 de maio de 1891), publicada no *Jornal do Commercio* do Rio por Helio Vianna, num artigo intitulado *Saldanha Marinho e Dom Pedro II*. Essa carta foi escrita pelo autor de *Tributos e Crenças,* para desfazer uma intriga lançada nessa época (depois da queda do Império) pela *Gazeta de Notícias,* do Rio, com o propósito de desmoralizar as pretensões poéticas do Imperador. Dissera esse jornal que, longe de aplaudir a tradução de Dom Pedro II, Rosendo Moniz dissera que ela não prestava; "que aquilo não era poesia nem nada." "Inteiramente falso quanto à grosseria da forma — dizia nessa carta o seu autor, — da qual sou incapaz de usar, mormente para com as pessoas distintas e delicadas, em cujo número sobressai, é notório, o Sr. Dom Pedro de Alcântara, dentro ou fora do Poder. Entre o bajulador e o grosseirão, há um justo meio, onde até hoje me tenho mantido."

269 - Moreira, *Cenni biografici di Dom Pedro II.*

270 - Carta de 19 de outubro de 1871, no Arquivo *cit.*

271 - Carta de 28 de outubro de 1871, no Arquivo da Biblioteca de Estrasburgo.

272 - Carta de 12 de novembro de 1871, no Arquivo da Casa Imperial.

273 - Carta de 7 de setembro de 1871, idem.

274 - Carta de Alexandria, 28 de outubro de 1871, no Arquivo do Itamaraty.

275 - *Minhas Memórias.*

276 - Pedro Calmon, *op. cit.*

277 - Carta de 15 de novembro de 1871, no Arquivo da Biblioteca Nacional Braidense, de Milão — Na revisão que se fez da tradução, durante o passeio ao Egito, o Imperador levou em conta as críticas que lhe fizera Rosendo Moniz, a bordo do *Douro.*

278 - Ofício de 15 de novembro de 1888.

279 - Pedro Calmon, *op. cit.*

279a - *Viagem de Suas Majestades Imperiais na Europa, 1871-1872,* no Arquivo Grão-Pará, *cit.* por Guilherme Auler em *Presença de alguns artistas germânicos no Brasil.* Ainda com relação a Pettrich, cabe acrescentar que, em 1883, seus filhos iriam recorrer novamente à generosidade de Dom Pedro II, confessando-se sem recursos, tendo o Monarca mandado entregar-lhes um donativo de 300 francos *(op. cit.).*

280 - Arquivo do Itamaraty.

281 - Carta de Cannes, 9 de fevereiro de 1890, no Arquivo de Leão XIII.

282 - Alberto Lombroso, *Intorno ad un Inno.*

282a - Em Genebra, esperava o Imperador, para almoçar, Augusto de la Rive, físico, químico e astrônomo suíço, pertencente à Academia das Ciências daquela cidade. Era amigo de Louis Agassiz, que, de Boston, já o havia prevenido da passagem por ali de Dom Pedro II (David James, *op. cit.).*

283 - Joaquim Nabuco, *Um Estadista do Império.*

284 - Carta de Paris, 6 de julho de 1871, no Arquivo da Casa Imperial.

285 - Faure-Biguet, *Gobineau.*

285a - Quando da terceira viagem do Imperador à Europa, em 1887, para tratar da saúde seriamente abalada, e se receiou por suas faculdades mentais, Brown Séquard seria uma das sumidades médicas consultadas em Paris, conjuntamente com Bouchard e Charcot, tendo ele opinado no sentido de que nada podia supor que as faculdades do Monarca estivessem afetadas.

286 - Adolfo Thiers era então o primeiro Presidente da Terceira República. Tendo convidado o Imperador para jantar, fizera empenho em apresentar-lhe o General du Barrail, *le premier général de cavallerie de l'Europe,* dissera-lhe Thiers. O Imperador, a quem isso pouco impressionara, referira depois o fato a Gobineau, acrescentando que teria sido melhor ter deixado "du Barrail" com o seu cavalo.

287 - Faure-Biguet, *op. cit.*

288 - *Correspondência entre Dom Pedro II e Pasteur.*

289 - Idem.

290 - *L'Armana Provençau,* de 1872, cit. por B. Mossé, *Dom Pedro II.*

291 - Carta ao Autor, escrita de Maiano (Mailland), a 3 de julho de 1909.

292 - Tem-se dito que Disraeli recusara aceitar a Ordem da Rosa, que lhe conferira o Imperador, pelo motivo de que o grau que lhe coubera não correspondia à sua categoria de Primeiro Ministro da Inglaterra. Nada menos certo. É mais uma das muitas inverdades que se dizem e se repetem, sem maiores indagações, sobre as coisas da nossa história. Há duas cartas do próprio Disraeli desmentindo essa lenda. A primeira, dirigida ao Barão de Penedo, então Ministro do Brasil em Londres, datada de Hughendon, 26 de janeiro de 1873, na qual o grande estadista confessa a sua profunda satisfação *(deep gratification)* pela *great distinction* que lhe conferira esse *Monarch of rare intelligence.* Na outra carta, datada de 31 do mesmo mês e ano, dirigida a João Alfredo, Ministro do Império, Disraeli pede que o seu reconhecimento seja transmitido ao Imperador. Na carta a Penedo, o Primeiro Ministro da Inglaterra declara haver-lhe sido conferido o *Highest grade* da Ordem brasileira. A primeira dessas cartas, pertencia ao Arquivo do Autor; a segunda se encontra no Arquivo do Itamaraty.

293 - *Les Guêpes.* — A verdade em tudo isso é que Alphonse Karr estava doente em casa, e não pôde ir à estação saudar o Imperador — "aproveitar assim com alegria os dois minutos (disse ele em carta ao Monarca), que a generosidade do chefe da estação teria estendido a três minutos." E acrescentou: "Estou doente há uma semana, condenado pelo médico à prisão celular; proibe-me de tomar ar e de falar, até nova ordem. Outrora, quando da minha primeira, da minha segunda e mesmo da terceira mocidade, um resfriado chamava-se simplesmente um resfriado: punha-se um lenço a mais no bolso e ia-se trabalhar ou divertir. Hoje chama-se bronquite, laringite etc. e prendem-nos em estufa quente" (Arquivo da Casa Imperial).

294 - *Le Messager du Midi,* de Montpellier. — O Imperador queria referir-se ao Dr. Tomás Gomes dos Santos, nomeado médico efetivo do Paço em 23 de julho de 1840.

295 -   Carta de 17 de fevereiro de 1872, no Arquivo do Itamaraty.

296 -   A proprietária desse Hotel, uma Sra. Alvelos, exigiu, depois da partida da comitiva imperial brasileira, a soma de "4:500$000" pela sua hospedagem de três dias, motivando daí um ruidoso processo, por ter o Cônsul do Brasil no Porto, Manuel José Rebelo, se recusado a pagá-la, achando-a exorbitante. Ver a este propósito um folheto publicado na época, intitulado *O Grande Hotel do Louvre ou a questão suscitada acerca da hospedagem de S. M. o Imperador do Brasil no mesmo Hotel,* por P. A. e S. S. Não conseguindo receber no Porto o que exigia, a Sra. Alvelos transportou-se pouco depois ao Brasil, onde o Imperador mandou que lhe pagassem a soma reclamada, com a qual ela iria abrir mais tarde um outro Hotel, em Carreiras.

297 -   Corte Real e outros, *Viagem dos Imperadores do Brasil a Portugal.*

298 -   Representada pela primeira vez no Rio de Janeiro em 1862, no Teatro Ateneu Dramático.

299 -   Rocha Martins, *O Imperador do Brasil Dom Pedro II, proscrito em Portugal.*

299a -   Uma quadra muito repetida na época:
> *Foge, cão,*
> *Que te fazem Barão!*
> *Mas para onde,*
> *Se me fazem Visconde!...*

De fato Camilo obteria, em 1885, o título de Visconde de Correia Botelho, mas pelo qual nunca seria chamado, e ele mesmo não usara. Num leilão em Lisboa, em fevereiro de 1968, foi vendida uma carta de Ana Plácido a Manuel Espinho (sem data), onde ela diz: "Camilo aceitou [o *título*] porque diz que quer casar comigo e deixar-me Viscondessa. Isto foi sem eu ser sabedora, porque na verdade (só para nós) eu nunca serei Viscondessa [...] Se o perco, que importam à mulher desterrada as glórias póstumas depois de uma vida de desgostos e amarguras?."

300 -   Seria depois Deputado, Par do Reino e o último Ministro dos Negócios Estrangeiros da Monarquia.

301 -   É a versão dada por Corte Real e outros, *op. cit.* – Mas Alberto Pimentel, em *O Romance do Romancista,* dá-nos outra, transcrevendo uma carta de Camilo Castelo Branco a Tomás Ribeiro que dizia assim: "Estou a vê-lo, o Imperador sentado no meu pobre canapé. Defronte de Sua Majestade, havia um quadro com os retratos de todos os Monarcas portugueses até o fundador da dinastia bragantina. Ali perto, estava o retrato gravado de poeta Béranger.
>   — Está Vossa Majestade contemplando os retratos de seus avós? perguntei.
>   — Não. Estava contemplando Béranger, respondeu o Imperador.

301a -   Camilo tinha também escrito, nessa ocasião, o romance *Livro de Consolação,* editado no Porto em 1872, e que ele dedicaria a Dom Pedro II, com as seguintes palavras: "Além de que, Senhor, quando eu escrevia estas unhas, em frente da cadeira onde Vossa Majestade se assentou, no escritório do operário..." etc. — Esse romance havia sido publicado originalmente e em parte no jornal do Porto *Primeiro de Janeiro,* sob o nome *Espelho de Desgraçados.*

301b -   Carta de Seide, 17 de março de 1872, no Arquivo da Casa Imperial. — Para tirar-lhe um peso da consciência, Camilo mandou suspender a impressão da *Infanta Capelista.* Salvaram-se, porém, algumas folhas (cerca de 128), que o seu admirador e amigo, José Cardoso Vieira de Castro, fez publicar nesse mesmo ano de 1872, já se vê com o consentimento do romancista, que, nessa altura, (Dom Pedro II já havia voltado para o Brasil) punha de lado a sua consciência; e ainda, no mesmo ano, o próprio

Camilo publicava a versão integral do romance (com pequenas alterações) na Livraria Chardron, do Porto, intitulando-o *O Carrasco de Victor Hugo José Alves.* — Quando da impressão das 128 folhas recolhidas por Vieira de Castro, José dos Santos diz que Camilo "não concluiu nem acabou de publicar" o romance "a pedido do Imperador do Brasil, Dom Pedro II, formulado por ocasião da visita que este Soberano fez, em 1872, ao grande romancista." Mas, pela carta deste a Castilho, reproduzida atrás, não parece que essa decisão de Camilo tenha sido a pedido de Dom Pedro II, mas, unicamente, de sua própria iniciativa, por um desencargo de consciência, mas a que logo voltou atrás assim que o Soberano embarcou para o Brasil. Publicou então o romance sob um outro título, feitas algumas alterações.

301c - Carta de Seide, 25 de março de 1872, no Arquivo citado.

301d - Redigidas por Eça de Queirós e Ramalho Ortigão. Há aí, entre outras, uma crônica espirituosa sobre a maleta de mão com que Dom Pedro II apareceu em Portugal. – Ver, a propósito, *O Brasil na Vida de Eça de Queirós,* de Heitor Lyra.

301e - Há uma, que se tornou célebre, no *Álbum das Glórias*, de Rafael Bordalo Pinheiro, onde aparece o Imperador com a sua indefectível maleta de mão.

302 - Carta do Porto, 1º de abril de 1872, no Arquivo da Casa Imperial.

303 - Da cidade do Porto Fletcher seria removido para Nápoles, onde iria ficar dezessete anos.

303a - Carta de 4 de março de 1872, em David James, *op. cit.* — A sugestão do Imperador, se foi levada à Academia das Ciências, não foi tomada por esta em consideração, pois Longfellow nunca pertenceu aos seus quadros.

303b - *As Farpas.*

303c - Corte Real e outros, *op. cit.*

304 - Corte Real e outros, op. cit.

304a - Levou consigo os dois netos Saxe Coburgo, filhos de sua falecida filha Dona Leopoldina — Dom Pedro Augusto e Dom Augusto Leopoldo. A Princesa Imperial, embora casada desde 1864, ainda não tinha filhos, e o Imperador queria ter esses netos para serem educados no Brasil sob seus cuidados, no caso de um deles vir a reinar, o que de fato não se verificaria, com o nascimento do Príncipe do Grão-Pará, em 1875, filho da Princesa Imperial e do Conde d'Eu.

305 - Francisco Cunha, *op. cit.* — O Ministério fora de fato reorganizado, entrando nele, como Ministro da Agricultura, o Visconde de Itaúna, que havia acompanhado o Imperador à Europa, como seu médico e amigo. Quanto ao *beija-mão,* a verdade é que foi depois dessa viagem que o Imperador o aboliu, só consentindo que voltasse a ser usado nos seus derradeiros anos de vida, já no exílio, pelos poucos Brasileiros que o procuravam. — O *beija-mão* era um costume de longa data usado na corte portuguesa, inclusive no Brasil, ao tempo do Príncipe Regente, depois Dom João VI. Com a partida deste para Portugal e as maneiras desabusadas do primeiro Imperador, cairia em desuso no Brasil, só voltando a praticar-se sob a Regência, quando um Ministro de Estado, num gesto de aulicismo, curvou— se diante do Imperador menino e beijou-lhe a mão. Em dezembro de 1835, o General Francisco de Lima e Silva, um dos membros da Regência Trina e pai do futuro Duque de Caxias, aconselhava se fizesse um decreto "proibindo o uso do beija-mão, costume bárbaro, que as luzes do Século XIX reprovam." Contudo, a partir de então, a prática generalizou-se,

inclusive nas cerimônias de colação de grau: quando o aluno recebia o grau de doutor, cujo diploma era-lhe entregue pelo Imperador, recebia-o beijando-lhe a mão. Numa dessas cerimônias, porém, realizada em 1848, alguns alunos se rebelaram contra essa prática, que entendiam ser "humilhante", o que levou a Congregação da Faculdade de Medicina, no ano seguinte, a baixar um Ato tornando-o obrigatório nessas ocasiões, "como sinal de respeito e gratidão à honra que recebiam", ficando "inibidos de receber o diploma, aqueles que se negassem a cumprir esse preceito." Mas, como dissemos, pouco depois de chegar dessa primeira viagem à Europa, o *beija-mão* foi definitivamente abolido no Brasil.

305a - "A Maçonaria no Brasil, escrevia ao Barão de Penedo, o Barão do Rio Branco, era e é uma simples sociedade de beneficência, cujos membros, em sua quase totalidade, são católicos, e até mesmo bons católicos, pois pertencem às Irmandades e acompanham com o maior interesse todas as cerimônias do culto. Quando morre um maçom, logo a sua loja manda celebrar uma missa. Todos os Bispos brasileiros compreenderam assim a Maçonaria, como a temos, não podendo ser equiparadas às sociedades secretas condenadas pelo Papa" (Carta de 17 de fevereiro de 1887, cit. por Renato Mendonça, *Um Diplomata na Corte de Inglaterra)*. Em apoio do que dizia Rio Branco nessa carta, o mesmo autor cita os nomes dos Bispos Conde de Irajá e Azevedo Coutinho e de diversos Frades: Monte Alverne, Francisco de São Carlos, Monte Carmelo e Frei Sampaio, que pertenciam à Maçonaria, vindo a propósito uns versinhos que eram repetidos nessa época:
Entram maçons na Igreja e Padres na Maçonaria.
A *santa* Maçonaria, como a evocava o Cônego Januário da Cunha Barbosa, no dizer de E. Vilhena de Morais, *O Gabinete Caxias e a Anistia aos Bispos.*

305b - "Não podendo comparecer a ato algum religioso — dizia a Diocese do Recife — com sinais que indiquem serem irmãos, como, por exemplo, acompanhar o Santíssimo, assistir às festividades e reuniões com opas, nem mesmo mandar tirar esmolas, vestido o esmoler com capa ou opa etc., ficando, porém, a Irmandade em pleno gozo de seus direitos na parte temporal e administração dos bens da mesma Irmandade."

305c - Parente e num certo sentido protetor, sabendo-se hoje que sua nomeação para Bispo de Olinda foi feita pelo Imperador por indicação ou sugestão de João Alfredo, em carta de 24 de abril de 1871 dirigida ao Monarca pouco antes da nomeação de Dom Vital para o Bispado de Olinda, efetivada em 21 de maio do mesmo ano. Nessa carta a Dom Pedro II, João Alfredo classificava Dom Vital de "homem inteligente e de raras virtudes", com "atos de caridade que fazem lembrar a vida de alguns Santos", apesar de não ter ainda trinta anos de idade (Arquivo da Casa Imperial).

306 - Carta de João Alfredo a Frei Vital, de 13 de fevereiro de 1873, citada por Viveiros de Castro, em *A Questão Religiosa.*

307 - Resposta de Frei Vital, de 27 de fevereiro de 1873, *apud op. cit.*

307a - "Sob pretexto de testemunhar apreço ao Padre Joaquim Francisco de Faria, Deão da Sé de Olinda, então suspenso por Dom Vital por suas ligações com os elementos em choque com a Igreja, os liberais do Recife, encabeçados por José Mariano, convocaram o povo para uma reunião na Rua da Aurora, onde se achava residindo o Padre maçom. Terminada a concentração, propôs José Mariano, em violento discurso, que se formasse uma passeata em direção do Colégio dos Padres Jesuítas, localizado perto. Ali chegando, a população prorrompeu em grande gritaria e insultou aos Padres, ao mesmo tempo que quebraram as vidraças e, arrombando as portas, fizeram depredação em móveis, quadros, tudo enfim que encontraram. Ato de pura selvageria que provocou a morte de um irmão jesuíta que se achava doente, e teve sua continuidade no assalto empastelamento das oficinas do jornal católico *A União"* (Flávio Guerra, *Um Estadista de Pernambuco).* — Cabe dizer que durante toda a chamada *Questão dos Bispos,* de todos os jornais do Recife, o único que defendeu Frei Vital e a sua atitude, foi esse jornal.

307b - *Apud* Flávio Guerra, *op. cit.*

307c - Idem.

307d - *Op. cit.*

308 - Viveiros de Castro, *op. cit.* — No Conselho de Estado, Abaeté votou contra o provimento do recurso. São Vicente foi a favor da admissão. Sousa Franco foi também pela admissão do recurso e pela expulsão dos Jesuítas. Nabuco de Araújo encarava o problema como um choque entre duas soberanias, a da Igreja e a do Brasil, entendendo que Frei Vital, tendo se rebelado contra essa última, devia ser deportado. Muritiba achava que a resistência do Bispo não podia ir mais longe do que fora, e não havia força humana que o obrigasse a levantar o interdito; contudo, era contrário ao processo por desobediência. Sapucaí admitia o recurso. Inhomirim foi pelo processo de desobediência. Bom Retiro, que fora o relator do processo, admitindo o recurso, sustentou as razões do seu parecer. Jaguari qualificou a atitude do Bispo de "crime de desobediência", entendendo que, devia ser processado perante o Supremo Tribunal de Justiça. Caxias concordou com o parecer de Bom Retiro. E Niterói votou no sentido de o Bispo ser julgado perante um Sínodo ou Concílio Provincial dos Bispos (Nilo Pereira, *Dom Vital e a Questão Religiosa no Brasil).*

308a - Machado de Assis, que tinha então pouco mais de 30 anos de idade, dá-nos a impressão que lhe causou Dom Vital, no dia em que o avistou à porta do Tribunal, "quando ele e o Bispo do Pará tiveram de responder no processo de desobediência. A figura do Frade, com aquela barba cerrada e negra, os olhos vastos e plácidos, cara cheia, moça e bela, desceu da sege com um grande ar de desdém e superioridade, alguma coisa que o faria contar como nada tudo o que se la passar perante os homens" (*Obras Completas).* — Os Bispos foram condenados na forma do artigo 96, do código Criminal do Império, que dizia: "Obstar ou impedir de qualquer maneira o efeito das determinações dos Poderes Moderador e Executivo" — "A condenação dos Bispos é a novidade do dia" — dizia João Alfredo ao Visconde de Camaragibe, Senador por Pernambuco. "A população parece ter recebido bem este fato. Eu não me alegro. A questão é má, é péssima. Entretanto, não é possível recuar, nem fazer concessões, quando os Bispos, até ao Papa, desobedecem ou sofismam as suas decisões, quando ele quer a Paz. Prosseguiremos. O Governo fará o que entenda que é o seu dever" (Carta no Arquivo do Instituto Histórico de Pernambuco, *apud* Nilo Pereira, *op. cit.)*

309 - O próprio Papa, em carta ao Imperador, confessaria: "Não concordando as leis civis com as leis canônicas, era impossível deixar de surgir um dissídio." Uma cópia autêntica dessa carta existe no Arquivo do Itamaraty.

310 - Viveiros de Castro, *op. cit.*

311 - Basílio de Magalhães, *Dom Pedro II e a Igreja.*

312 - Carta de 28 de fevereiro de 1874, no Arquivo da Casa Imperial.

313 - O Ministério dividiu-se nessa questão: Duarte de Azevedo (Justiça), Costa Pereira (Agricultura) e Oliveira Junqueiro (Guerra) eram pelo degredo em Santa Catarina ou no Paraná; Caravelas (Estrangeiros) e Ribeiro da Luz (Marinha) eram pela prisão simples, como aceitava Rio Branco; João Alfredo (Império) estava com o que resolvesse a maioria. Prevaleceu, como se sabe, a opinião do Imperador, com a qual acabaram concordando todos os Ministros. Oliveira Junqueiro ameaçou deixar o Ministério caso não fosse aceito o degredo; mas não realizou tal intento *[Doc. cit.)*

314 - Viveiros de Castro, *op. cit.*

314a - O Barão de Alhandra, nosso Ministro no Vaticano, numa carta confidencial ao Visconde de Caravelas, Ministro dos Negócios Estrangeiros, queixando-se, num certo sentido, de Penedo, por nunca o ter levado em suas audiências com o Papa, diz que nas diversas vezes que foram ambos ao Cardeal Antonelli, Secretário de Estado, "nada de especial trataram, apenas solicitaram urgência para a resposta ao *Memorandum* remetido à Congregação dos Cardeais; que Pio IX e Antonelli ignoravam a existência de um processo contra o Bispo de Olinda; e que o Barão de Penedo havia feito, por escrito e nos seguintes termos, esta declaração: "A desgraça foi meter-se os Bispos em processo e mandar a Roma negociar." Concluía Alhandra essa carta dizendo que, enquanto se perseguia criminalmente o Bispo de Olinda, era-lhe recomendado que explicasse no Vaticano se tratar apenas de sua pronúncia pelo Supremo Tribunal e não de prisão. Desgostoso com tudo isso, nosso Ministro pedia que o retirassem da Legação no Vaticano. Foi, de fato, transferido para São Petersburgo, onde iria falecer muitos anos depois, em março de 1885. A carta acima citada se encontra hoje no Arquivo da Casa Imperial. Possivelmente, foi mandada ao Imperador pelo próprio Caravelas.

314b - *O Barão de Penedo e a sua Missão em Roma.*

314c - Era o que dizia, entre outras coisas, a célebre carta de Antonelli, datada de 18 de dezembro de 1873, mas que só seria entregue a Dom Vital no Rio de Janeiro em 21 de janeiro do ano seguinte, isto é, quando este e o Bispo do Pará já tinham sido processados, condenados e encarcerados numa fortaleza, o que valia tornar a carta inoperante, e sem finalidade. Sabedor disso, em Roma, Pio IX mandou ordem a Frei Vital, por intermédio do Internúncio, para que essa carta fosse destruída, "por modo que dela não restasse vestígio algum" — o que foi feito. Foi só mais tarde, depois que os Bispos foram anistiados, que o Bispo do Pará, recebendo de Roma uma cópia autenticada dessa carta, mandada pelo próprio Cardeal Antonelli, estampou-a em seu livro *A questão religiosa perante a Santa Sé*. Nessa carta, o Cardeal Secretário de Estado dizia que o Papa, embora louvando "o empenho e zelo" de Dom Vital "para expulsar dentre as ovelhas de Cristo a perniciosa peste da seita maçônica, que cada dia mais se fortalece", não podia, entretanto, "de modo algum louvar os meios por vós empregados para atingirdes ao fim que vos propúnheis." "Portanto — acrescentava — convinha que procedêsseis gradualmente, escolhendo com prudência os meios, empregando-os com paciência e moderação, para então chegardes ao que desejais." O Santo Padre, dizia ainda a carta, conhecendo a "obsequiosa e filial dedicação" do Bispo de Olinda, confiava em que este, "dócil às suas paternais admoestações", haveria de aplicá-las "com o maior cuidado, declinando do modo severo com que começaste, a abraçar o recomendado caminho da moderação, para trazerdes de novo as coisas perturbadas à antiga concordância." Terminava dizendo que as Confrarias deviam ser postas "no seu antigo estado." — Penedo tinha mandado dizer de Roma que o Cardeal Antonelli lhe havia mostrado essa carta, com a reprovação da atitude de Dom Vital e a ordem para o levantamento dos interditos, o que valia com um bom resultado da sua missão. Mas, como Dom Vital havia negado a existência da carta (em obediência à ordem que lhe mandara o Papa), versão confirmada, para ser consequente, pela própria Santa Sé, Penedo foi acusado de ter mistificado o Governo Imperial, de ser, como diz Joaquim Nabuco *(Um estadista do Império)*, "um inventor ou simulador de Letras Apostólicas", incapaz de apresentar uma prova em contrário. Assim que só em 1886, quando Dom Macedo Costa estampou em seu citado livro essa famosa carta, é que se iria desfazer toda acusação de mistificador lançada contra Penedo, e provar-se, consequentemente, que ele falara a verdade quando revelara a existência da carta. Provava, por outro lado, que a falência de sua missão em Roma se devera unicamente ao fato de o Governo Imperial, contra toda expectativa da Santa Sé e do próprio Penedo, ter castigado os Bispos justamente quando o Papa os censurava e mandava que levantassem os interditos lançados contra as Irmandades.

315 - Cartas no Arquivo do Itamaraty.

316 - "Exibição intempestiva de uma força mal utilizada" — é a expressão de que ele usa em carta a Gobineau, de 4 de abril de 1874. E acrescenta: "A propósito de maçons, que, no Brasil pelo menos, nunca se preocuparam com doutrinas religiosas, os Bispos esquecem a Constituição e as leis do País. O Governo não faz senão manter a independência do poder temporal naquilo que não é puramente espiritual. Espero, contudo, que a energia e a moderação do Governo vencerão essa resistência, fazendo a Corte de Roma reconhecer os verdadeiros interesses do Catolicismo."

317 - Wanderley Pinho, *Cartas do Imperador Dom Pedro II.*

318 - Carta de 15 de Setembro de 1875, cit. Por Vilhena de Morais. *O Gabinete Caxias e a Anistia aos Bispos na Questão Religiosa* — O Imperador era partidário da separação da Igreja do Estado? Por essa carta a Caxias, vê-se que ele a aceitava, *embora não declarada.* A Schreiner, Ministro austríaco no Rio, ele confessava ser "completamente contrário a essa ideia, porque — dizia — não poderia senão aumentar, com a sua independência das leis do Estado, a influência do clero; e num país de pouca cultura como o Brasil, essa influência sem *controle* não poderia ser senão funesta, impedindo o progresso da Nação." (Ofício de 10 de outubro de 1875). — À margem do livro de "Um Brasileiro" (atribuído a Pedro Correia de Araújo), publicado em 1885 sob o título *Datas e Fatos Relativos à História Política e Financeira do Brasil,* o Imperador anotava a propósito da separação da Igreja do Estado: "A separação tem graves inconvenientes e pode sofrer com ela o Poder Civil." — Pouco antes de morrer, ao redigir a sua *Fé de Ofício,* diria Dom Pedro II, repetindo a fórmula de Cavour: *Igreja livre no Estado livre.* Mas logo ressalvava: "Mas isso quando a instrução do povo pudesse aproveitar de tais instituições. Acompanhava-me sempre a ideia de ver o Brasil, que me é tão caro, o meu Brasil, sem ignorância, sem falsa religião, sem vícios." — De tudo, conclui-se que ele era partidário dos dois poderes, Estado e Igreja, vivendo livre e harmoniosamente, cada qual com a sua esfera de ação, e cooperando ambos para o sossego e o bem estar comum de toda a Nação. Mas, para isso, precisaria que o Brasil atingisse um grau de cultura que estava ainda longe de ter.

319 - O Imperador foi acusado de ter influído até na decisão do Supremo Tribunal, que condenou os dois Bispos. Não há prova disso. Sem embargo, ele foi certamente precipitado, quando consentiu, se não sugeriu, que na Fala do Trono de 1874 se dissesse que cumpria que os Bispos não ficassem impunes, e isso, quando eles não tinham ainda recebido condenação.

320 - Numa audiência diplomática de fevereiro de 1875, Domenico Sanguigne, representante da Santa Sé observara ao Imperador que o Papa "tinha reprovado o procedimento dos Bispos, ordenando o levantamento dos interditos, mas não tornara efetiva essa deliberação por causa da prisão dos Bispos" (Carta do Imperador a Rio Branco, de 6 de fevereiro de 1875, no Arquivo do Itamaraty). Monsenhor Sanguigne, depois de Internúncio do Rio, foi feito Núncio em Lisboa e em seguida Cardeal, falecendo em 1879. O Imperador o estimava "pelo modo por que procedeu aqui na Questão dos Bispos", como ele diria à Condessa de Barral (Carta de 7 de agosto de 1879, em R. Magalhães Júnior, *op. cit.).*

321 - Um Estadista do Império.

322 - A atitude dos dois Bispos contra a Coroa, sobretudo a de Dom Vital, devia ter provocado no Imperador um ressentimento tanto maior quanto fora justamente por insistência reiterada do Governo Imperial que a Santa Sé acabara concordando, pouco antes do incidente, com a elevação de Frei Vital ao Bispado de Olinda. Pela sua pouquíssima idade, o jovem prelado não inspirava bastante confiança à Cúria Romana.

323 - Ele mesmo se confessava um *evolucionista.* À margem do livro de Pressensé, *Les Origines,* no qual esse escritor externava o conceito de que a História não é o jogo cruel de um Deus estúpido e perverso, pois que ela tende para a reparação universal, o Imperador lançou esta nota: *Sim, creio-o também, e por isso mesmo sou evolucionista, com as reservas que faço. O Criador tudo criou para um desenvolvimento progressivo e harmônico.*

324 -   Joaquim Nabuco, *op. cit.*

325 -   Carta de Petrópolis, 21 de janeiro de 1875; minuta no Arquivo da Casa Imperial.

325a - Esse projeto, de autoria do Deputado cearense Tristão de Alencar Araripe, estabelecia no seu artigo 1°: "Nenhuma crença religiosa servirá de obstáculo ao exercício de qualquer função política ou civil no Brasil", com o que concordava inteiramente o Imperador. Mas quanto ao artigo *2°.* do mesmo projeto, que estabelecia o casamento civil antes do religioso, ele, precavidamente, como assinala Helio Vianna (*Notas do Imperador a um Folheto de 1885 — II),* sugeria: "Por ora, os mesmos efeitos civis para quaisquer dos matrimônios, civil ou religioso, que se regularão, o primeiro pelas leis civis, e o segundo pelos cânones. Casamento civil ou religioso, à vontade dos nubentes." A assinalar que o casamento civil só seria adotado depois de instituída a República, com a separação da Igreja do Estado, em 1890.

325b - A lei que estabeleceu o registro civil dos nascimentos, casamentos e óbitos é de 9 de setembro de 1870, e o decreto que a regulamentou é de 25 de abril de 1874. Mas o registro civil só seria oficialmente adotado, depois de instituída a República.

325c - Era costume, nesse tempo, o sepultamento nas igrejas e conventos, para o que se necessitava de uma autorização das autoridades eclesiásticas. Conviria recordar a este respeito o caso da viúva Dona Maria Vanzeller, natural de Sabará, Minas Gerais, que, tendo trazido de Portugal o corpo do marido, o capitalista Francisco Pinho Vanzeller, que se suicidara em Lisboa em 1861, a diocese do Rio negara autorização para o seu sepultamento em lugar sagrado. Pelo que a viúva adquiriu um prazo de terras em Petrópolis, que doou para Cemitério, e onde foi enterrado o marido. Esse ato piedoso da viúva Vanzeller impressionou o espírito do Imperador, que para solidarizar-se com ela, sugeriu ao Marquês de Olinda, então Presidente do Conselho, fosse a mesma agraciada com o título de "Dona."

325d - José Bento de Figueiredo, depois Visconde de Bom Conselho.

325e - Morrendo o Bispo do Maranhão, Frei Luís da Conceição Saraiva, foi nomeado para substituí-lo Dom Antônio Cândido de Alvarenga.

326 -   Notas à Princesa Imperial, no Arquivo da Casa Imperial.

327 -   *Diário* do Imperador, idem.

328 -   Arquivo citado.

329 -   Idem.

330 -   Carta de 4 de maio de 1875, no Arquivo citado.

331 -   Não esquecer, todavia, que Caxias votara, em junho de 1873, no Conselho de Estado, a favor do processo de responsabilidade dos Bispos.

332 -   Helio Vianna, *Entrevista com Dona Isabel, 1920.* — Oliveira Lima, que não guarda parcialidade nessa questão, diz que a anistia foi uma medida da *Regência* da Princesa Isabel. É evidentemente um cochilo cronológico, que, aliás, não é o único na excelente obra *(O Império Brasileiro)* do Históriador. O decreto de anistia é de setembro de 1875, e a Princesa só assumiu a Regência em março do ano seguinte. Aliás, esse engano não foi só de Oliveira Lima; outros Históriadores que têm tratado dessa questão, como Capistrano de Abreu e Viveiros de Castro, o cometem ou o repetem.

333 -   Aliás, em carta dirigida a Dom Pedro II, datada de Roma, 9 de fevereiro de 1875,

portanto já conhecida no Rio, quando se organizou o Ministério Caxias (25 de junho do mesmo ano), Pio IX declarara não poder ordenar o levantamento dos interditos sem que fossem os Bispos restituídos à antiga liberdade. "Concedida essa graça — acrescentara, é certo que as igrejas, ora em parte fechadas, serão imediatamente reabertas." Pio IX condicionava, é verdade, logo depois, essa medida ao afastamento dos maçons das Irmandades; mas na realidade, não se tratava aí de uma *conditio sine qua,* mas tão somente de uma declaração de pura forma. Tanto assim, que ela não prevaleceu depois. Essa carta de Pio IX está reproduzida integralmente em Vilhena de Morais, *op. cit.*

334 - Vilhena de Morais, *op. cit.*

335 - Ofício de 10 de outubro de 1875, assumindo a posição que assumiu contra os Bispos, o Imperador defendia e prestigiava, *malgré lui,* a Maçonaria. Mas não se vá concluir daí, que ele fosse um maçom, como fora o pai e grande número dos nossos políticos, a começar pelo Presidente do Conselho, Visconde do Rio Branco, Grão-Mestre da Maçonaria Brasileira. É verdade que, por ocasião da sua primeira visita à cidade de São Paulo, em 1846, Dom Pedro II assistiria a uma sessão secreta da Buschenschaft, loja maçônica que existia na Faculdade de Direito daquela cidade. Mas o Imperador era então, um rapaz de 21 anos de idade, e tudo fazia supor que fora levado a essa sessão pelas pessoas que lhe guiavam os passos. Talvez pelo Presidente da Província, o Tenente-General Lima e Silva (depois Barão de Suruí), ou pelo Ministro do Império, José Carlos de Almeida Torres, futuro 2° Visconde de Macaé, que o acompanhava nessa sua viagem ao Sul. Em todo o caso, não se sabe que depois disso ele tenha estado presente a qualquer outra sessão maçônica, tanto da Corte como das Províncias.

336 - Ofício citado.

337 - Vilhena de Morais, *op. cit.* — Sua falta de confiança nos propósitos de paz da Santa Sé acompanhou-o até o fim. Schreiner nos dá a revelação disso: "o Imperador recebeu na minha presença um telegrama de Roma, anunciando que o Santo Padre tinha levantado os interditos dos Bispos. Dei-lhe os meus cumprimentos por esse fato, mas ele respondeu que não podia sentir nenhum prazer por isso antes de conhecer todos os detalhes, visto como era possível que houvesse ainda restrições e cláusulas frustrando todos os benefícios do Breve Pontifício." — Nilo Pereira, no livro anteriormente citado, aliás parcial e apaixonado na defesa dos Bispos, diz que a Princesa Imperial (cujos sentimentos católicos eram por demais conhecidos), havia intercedido junto a Caxias para que este obtivesse do Imperador o perdão dos Bispos, *démarche* feita através da Baronesa de Suruí, irmã de Caxias. O autor não nos dá, entretanto, prova disso, pelo que é um caso a apurar. — Por outro lado, R. Magalhães Júnior diz que, antes de Caxias ter conseguido do Imperador a anistia dos Bispos, a Condessa de Barral, que estava então no Rio, "com o gesto ousado de quem não mede consequências, por bem saber a força que possuía, havia traçado o rumo que o Imperador, só por orgulho e teimosia, não seguira: utilizando uma carruagem brasonada e conduzida por boleeiros com a libré do Paço Imperial, desafiando publicamente os melindres do Ministério *(era ainda o Ministério Rio Branco)* e a zanga do próprio Imperador, se dirigiu à prisão da Ilha das Cobras, onde se encontravam os Bispos, para visitá-los" (*Dom Pedro II e a Condessa de Barral*). Também este é outro fato que resta provar.

337a - Carta ao Barão de Cotegipe, de Roma, 14 de novembro de 1875, em Wanderley Pinho. *Cartas do Imperador Dom Pedro II ao Barão de Cotegipe.*

337b - Frei Vital chegou a Roma em 9 de novembro de 1875, hospedando-se no Colégio dos Missionários Capuchinhos. No dia seguinte, apresentou-se ao Cardeal Secretário de Estado e foi recebido pelo Papa. "Ontem recebi a visita do Sr. Dom Vital", informava o Visconde de Araguaia ao Barão de Cotegipe em carta de 14 de novembro de 1875.

Felicitei-lhe pela sua viagem a Roma, e por estar concluída a questão, tendo Sua Santidade mandado levantar os interditos. Perguntou-me se sem condições. Respondi-lhe que assim se me tinha anunciado, e que infalivelmente assim devia ser; porque de outro modo não estaria terminado o conflito. Replicou-me: *O que Sua Santidade tiver determinado está bem feito. Meu dever é cumprir suas ordens.* " (Wanderley Pinho, *op. cit.*)

338 - Quem se opunha ao pagamento das côngruas, correspondentes aos dias em que estiveram presos os dois prelados, era o próprio Imperador, que sabendo estar o Ministério inclinado a pagá-las, dissera em carta a Cotegipe : *"Eu não soube que se mandaram pagar as côngruas que os Bispos deixaram de perceber por estarem cumprindo sentença. Faça-o o Ministério; mas sem aprovação de minha parte a esse ato dele. Podia-se dar dinheiro aos Bispos para a viagem* [de regresso às suas dioceses], *sem se lhes pagarem côngruas, a que eles não tinham nenhum direito"* (Carta de 3 de outubro de 1875, *op. cit.)*

338a - Carta de Dom Antônio Macedo Costa ao Barão de Cotegipe, da Bahia, 6 de dezembro de 1875, *op. cit.*

338b - Flávio Guerra, *Um Estadista de Pernambuco.*

338c - Silvino Carneiro da Cunha, depois Barão de Abiaí.

338d - Henrique Pereira de Lucena, depois Barão de Lucena.

338e - Venâncio de Oliveira Lisboa.

338f - Carta de 22 de novembro de 1874, *no Anuário do Museu Imperial.*

338g - Carta de 15 de dezembro de 1874, idem.

338h - Carta de 18 de dezembro de 1874, *op. cit.*

338i - *A pud* Nilo Pereira, *op. cit.*

339 - Ofício de C. W. Gross, de 7 de maio de 1873.

340 - Ofício de 22 de maio de 1873.

341 - Ofício de 28 de maio de 1875.

342 - Que seria o Príncipe do Grão-Pará, Dom Pedro de Orléans e Bragança.

343 - Gobineau era então Ministro de França na Suécia.

344 - Ofício de 1º de outubro de 1875.

345 - Idem.

346 - Idem. Os políticos, em geral, não acolhiam bem os projetos de viagem do Imperador. Já vimos isso atrás, quando da primeira viagem à Europa. Agora era Zacarias de Góis, então um dos chefes da oposição liberal, que negava ela pudesse lhe servir de lição. "Que instrução vai o chefe do Estado ganhar, ele que tanto estuda, nessas rápidas viagens?" perguntava Zacarias. "Em que matéria vai ficar versado? Em matéria de forma de Governo?" Não acreditava, porque o Imperador ia atingir meio século e tinha já "a sua teoria de Governo feita, a sua regra de Governo assentada" (Discurso de 27 de setembro de 1875).

346a - Essa entrevista foi publicada no *New York Herald* de 21 de fevereiro de 1876, sob o título "Dom Pedro II — Um correspondente do *Herald* ao encalço de Sua Majestade Brasileira." — Ver Argeu Guimarães, *Dom Pedro II nos Estados Unidos.*

347 - Completavam a comitiva imperial o Almirante Joaquim Raimundo de Lamare, Veador da Casa Imperial e Guarda Roupa de Sua Majestade, Ministro da Marinha em 1862, futuro Senador por Mato Grosso e Visconde de Lamare; o Conselheiro, depois Visconde de Sousa Franco, médico da Família Imperial; o Professor Carlos Henning, antigo preceptor da Princesa Alice da Inglaterra (filha da Rainha Victoria) e que havia dois anos vivia no Rio dando lições de sânscrito e de grego ao Imperador; e Artur Teixeira de Macedo, filho do falecido diplomata Sérgio Teixeira de Macedo, e que ia, nessa viagem, como secretário de Dom Pedro II, E as senhoras: Dona Leonídia Loreto Esposel e Dona Joana de Alcântara. Havia ainda, na comitiva, James O'Kelly, correspondente especial do *New York Herald,* a que nos referimos atrás, e iria acompanhar o Imperador em quase toda a sua excursão pelos Estados Unidos.

347a - Conselheiro Matias de Carvalho e Vasconcelos. Foi Ministro de Portugal no Brasil, de 23 de outubro de 1869 a 4 de setembro de 1877, dos poucos diplomáticos estrangeiros com residência entre nós que desfrutaram da particular estima de Dom Pedro II. Foi escolhido como Árbitro pelos governos do Brasil e da Suécia e Noruega (nesse tempo estes dois países formavam uma união pessoal) para resolver sobre a questão apresentada em novembro de 1870 pelo Cônsul-Geral da Suécia e Noruega, no caso do abalroamento da barca norueguesa *Queen* pelo monitor brasileiro *Pará* no porto de Assunção Paraguai. Proferiu o seu laudo a 26 de agosto de 1872, favorável ao Brasil. Foi ainda Ministro em Berlim e em Roma, e em Portugal, Ministro da Fazenda e dos Negócios Estrangeiros. Nascido em 1832, iria morrer em Florença, Itália, em 1910.

348 - Ofício de 28 de março de 1876.

348a - Carta da Bahia, 29 de março de 1876, em R. Magalhães Junior, *op. cit.*

348b - Essa tradução, tornada pública no Brasil, seria aí propositalmente estropiada, para indispor o Imperador com a opinião pensante do país, obrigando-o a defender-se (ver o cap. "Os Sábios")

348c - As referências e citações feitas neste Capítulo sobre a visita de Dom Pedro II aos Estados Unidos da América, quando não se disser o contrário, foram tiradas do livro de Argeu Guimarães intitulado *Dom Pedro II nos Estados Unidos,* composto em grande parte com notícias de jornais americanos, com cartas do Imperador à filha Dona Isabel, escritas da União Americana, e trechos do *Diário* que o Monarca deixou sobre essa sua viagem.

349 - Vivia nesse tempo nos Estados Unidos um Brasileiro do Maranhão, Joaquim de Sousa Andrade (*Sousândrade,* como ele costumava assinar-se), homem de cerca de 43 anos de idade, e iria falecer no Maranhão em 1902. Era um poeta — "um surpreendente poeta, — dizem Augusto e Haroldo de Campos — cujo primeiro livro (*Harpas Selvagens* — 1857), antecede de dois anos a publicação das *Primaveras* de Casimiro de Abreu, autor de uma obra que não teve nem poderia ter o auditório que merecia" *(Sousândrade, o Terremoto Clandestino).* Camilo Castelo Branco, que iria conhecer-lhe a obra poética, diria, em 1887, no *Cancioneiro Alegre,* que Sousândrade era "o mais extremado, mais fantasista e erudito poeta do Brasil da atualidade." Depois das *Harpas Selvagens,* ele publicou, em 1858, os primeiros cantos do *Guesa,* onde atingiria o seu apogeu, com uma edição completa e definitiva em 1884, para acabar com o *Novo Éden,* publicado em 1893, composição alegórica dedicada à República recentemente implantada entre nós. Em suas poesias, Sousândrade mais de uma vez iria referir-se, com a sua maneira original de escrever, a essa viagem de Dom Pedro II pelos Estados Unidos. A propósito dessa queda do Imperador no *Hevelius,* ele diria:

"Agora o Brasil é República:
O Trono no *Hevilius* caiu...
But we picked it up!
Em farrapo,
Bandeira Estrelada se viu"(*)

(*) *Hevilius era Hevelíus* pronunciado à inglesa. "Bandeira Estrelada" era o hino norte-americano.

349a - É preciso dizer que o povo norte-americano em geral não tinha, na época, a menor ideia desse chamado Imperador do Brasil, salvo nos meios oficiais e parlamentares, onde Dom Pedro II era tido como um modelo de Soberano e Chefe de Estado, respeitado pelo seu saber, pelo senso político com que governava o país, seu amor à liberdade e seu respeito às leis e à Constituição do Império, qualidades essas que não se encontravam em nenhum outro chefe de Estado latino-americano ou mesmo em poucos Soberanos da Europa daquele tempo. Sobre o respeito e alta consideração em que Dom Pedro II era tido pelos homens públicos dos Estados Unidos de então, vem ao caso, recordar um fato que se deu durante a Guerra Civil americana. O fato se passou em Washington, em 19 de setembro de 1861, sob a presidência de Abraham Lincoln. Era Secretário de Estado William H. Seward, antigo Governador de Nova York, Senador e Chefe do partido antiescravista. Naquele dia, Seward se dirigia de carro para assistir a uma revista militar em Arlington Heights, levando em sua companhia o Príncipe de Joinville (casado com a Princesa Dona Francisca, irmã de Dom Pedro II), o Conde de Paris, este neto e aquele filho do ex-Rei Luís Filipe de França, e o Ministro do Brasil em Washington, Miguel Maria Lisboa, futuro Barão de Japurá. Governava a França o Imperador Napoleão III. No trajeto para Arlington Heights, Seward disse aos Príncipes franceses que "o Imperador do vosso país tinha oferecido a sua mediação para acabar com a guerra civil americana e restaurar a União", mas que o Governo de Washington tinha agradecido e declinado a oferta, porque o povo norte-americano não aceitaria a intervenção em seus negócios de uma Nação europeia. E, virando-se para Lisboa, acrescentou que se o Imperador do Brasil oferecesse ser o mediador para o restabelecimento dos laços da União, seria outra coisa bem diferente (*). Inteirado desse fato, o Governo Imperial se limitou a dizer a Lisboa que o Imperador "não tendo ainda pesado as consequências de uma mediação por sua parte naquele intuito, nem considerado os meios por que ela poderia ser levada a efeito com bom êxito, não podia por ora animar o desenvolvimento de um pensamento tão generoso." Mas que aguardava qualquer outra manifestação no sentido da conversa de Seward com o diplomata brasileiro (**). De fato naquela data, em plena Guerra Civil, não seria fácil a um mediador obter um mínimo que fosse de sucesso. E a chamada Guerra de Secessão americana só iria terminar, como sabemos, em 1865, com a morte do Presidente Lincoln.

(*) — Ofício de Miguel Maria Lisboa, de Washington, 20 de setembro de 1861, no Arquivo do Itamaraty.

(**) — Despacho n°. 6, de Magalhães Tacques, Ministro dos Negócios Estrangeiros, do Rio, 7 de novembro de 1861, no Arquivo citado.

350 - Frank Vincent, *In and out the Central America.*

351 - Mary W. Williams, *op. cit.*

352 - General William Sherman, um dos heróis da Guerra Civil americana.

353 - Barão de Carvalho Borges.

353a - Sir Edward Thornton, que tinha sido Ministro da Inglaterra no Brasil em 1865.

354 - Marido da autora.

355 - Hergermann Lindencrone, *The Sunny Side of Diplomatic Life.*

356 - Pedro Nunes, matemático e astrônomo português, cosmógrafo-mor do Reino em 1531 e autor, entre outras obras, de um *Tratado da Esfera.*

356a - Sir Edward era filho do diplomata inglês de igual nome, que fora Ministro no Brasil em 1819, e seria feito mais tarde, por Dom João VI, Conde de Cacilas, pelos serviços prestados a esse Rei por ocasião da chamada "Abrilada."

357 - Dom Pedro II havia telegrafado de Baltimore para Carlos Gomes, na Itália, pedindo que este compusesse uma partitura dedicada ao Centenário americano. Essa espécie de hino foi executada na Exposição na data do Centenário, pela banda militar de Gilmore.

357a - Augusto e Haroldo de Campos, *op. cit.*

358 - Mary W. Williams, *Dom Pedro II, the Magnanimous.*

358a - Ver, no capítulo intitulado "Os Sábios", deste livro, a visita de Agassiz ao Brasil e seu primeiro encontro com o Imperador.

359 - Essa correspondência, bem como muitas outras cartas trocadas entre Dom Pedro II e seus amigos de Boston, foram depois publicadas, com preciosas anotações, pelo professor David James, sob o título *The Emperor of Brazil and his New England Friends.*

360 - Esse Senador estivera no Rio em 1847, quando o Visconde, depois Marquês de Abrantes, o levara a São Cristóvão para encontrar-se com Dom Pedro II, que era então um rapaz de 22 anos.

360a - Carta de Cambridge, 29 de outubro de 1865, em *op. cit.*

360b - Agassiz havia dado em Boston um curso de 12 lições sobre suas viagens ao Brasil, com uma assistência de 1.500 a 1.800 pessoas. Essas lições seriam depois repetidas em Nova York. Sobre o mesmo tema ele publicou um livro — *A Journey in Brazil,* além de artigos na *Atlantic Monthly,* uma revista literária de Boston, onde colaboravam os intelectuais da Nova Inglaterra, Longfellow entre outros.

360c - "Pretendo estar em Boston de 8 a 10 de junho", mandara dizer Dom Pedro II a Elizabeth Agassiz quando ele se dirigia para Nova Orléans; "e me apressarei em ir à sua casa. *En attendant,* peço que me faça lembrado a toda a sua família" (David James, *op. cit.*)

361 - David James, *op. cit.*

362 - *Op. cit.*

362a - Carta de Dom Pedro II a Agassiz, do Rio, 25 de outubro de 1867, referindo-se a Longfellow: "Se eu tivesse a oportunidade de conversar com o autor de *Evangeline,* o animaria a traduzir o poema de Camões, o épico português. Que alta honra seria para todos os que falam a língua portuguesa! Se ele se apaixonasse pelo autor dos *Lusíadas,* que conversas interessantes eu teria com ele durante o trabalho da tradução!" (David James, *op. cit.)*

362b - Carta do Rio, de 25 de dezembro de 1868, em David James, *op. cit.*

362c - Trata-se de um manuscrito de 5 páginas, cujo original, encimado com a dedicatória — *To Mr. Henry Longfellow, Dom Pedro II* — acha-se hoje guardado na Longfellow House, em Cambridge. Que se saiba, nunca foi publicado.

362d - Arquivo da Família Imperial.

363 - David James, *op. cit.*

363a - *Op. cit.*

363b - Idem.

363c - Idem

363d - Idem. – Ver no capítulo *"Os Sábios"*, deste livro, a carta de Salvador de Mendonça dando conta de sua visita a Longfellow, para transmitir-lhe o convite do Imperador, e a resposta dada a este pelo poeta, excusando-se de não poder aceitar o convite.

363e - Era autor do poema, recitado em Cambridge, de adeus a Agassiz, quando de sua partida para a primeira viagem que fez ao Brasil, em março de 1865 (o original está no Arquivo da Casa Imperial).

364 - Um outro tradutor brasileiro de Whittier foi Miguel Maria Lisboa, futuro Barão de Japurá, que tinha sido Ministro do Brasil em Washington de 1859 a 1865, e iria morrer em 1880, como representante brasileiro em Portugal. Quando residia em Washington, traduziu para o português o poema *Red River Voyageur,* de Whittier.

364a - Carta de Annesburg, 18 de março de 1865,1« David James, *op. cit.*

364aa - Samuel T. Pickard, *Life and letters of John Greenleaf Whittier.*

364b - David James, *op. cit.*

364c - Argeu Guimarães, *op. cit.*

364d - Arquivo da Casa Imperial.

364e - Mary W. Williams, *op. cit.* — O primeiro aparelho e a primeira linha telefônica usados no Brasil, por iniciativa de Dom Pedro II, foram instalados no Rio em 1880 (entre o Paço de São Cristóvão e o Paço da Cidade), quatro anos, apenas, depois de o Imperador ter descoberto Bell ao lado do seu aparelho, ainda modesto e ignorado, num dos stands da Exposição de Filadélfia. Esse aparelho está hoje exposto no Museu Imperial de Petrópolis. Nascido na Escócia em 1847, Graham Bell tinha 29 anos quando o Imperador o conheceu em Boston. Iria morrer no Canadá em 1922.

364f - Raul do Rio Branco, *Reminiscências do Barão do Rio Branco.*

364g - Argeu Guimarães, *op. cit.*

364h - Carta de 7 de agosto de 1876, no arquivo da Biblioteca de Estrasburgo.

365 - As demais pessoas da comitiva imperial tinham ficado em Gastein, com a Imperatriz, para acompanhá-la a Coburgo. Estando na Alemanha, ela queria aproveitar para ir visitar pela segunda vez o túmulo de sua filha Leopoldina. Chegaram todos a Coburgo, em 12 de setembro de 1876. *Diário* desse dia da Duquesa Alexandrina de Saxe Coburgo: "No almoço, à 1 hora, recebo a noticia da chegada, às 2 horas, da Imperatriz do Brasil. Ela me visita às 4 horas, ficando até às 5 e meia. Eu como rapidamente e desço do castelo de Callenberg, situado numa colina às 6 horas, ao Hotel Leuthausser, para visitá-la." No dia seguinte, 13: "A Imperatriz passa o dia de hoje, dia do falecimento de sua mãe (*), e de luto pela sua filha, completamente retirada." A 14, parte Dona Teresa Cristina com a sua comitiva em direção a Egger, para encontrar-se dias depois em Atenas com o Imperador, Bom Retiro e o Secretário Macedo.

(*) Maria Isabel de Bourbon, filha do Rei Carlos IV, de Espanha.

366 - Depois Rei, sob o nome de Frederico VIII. Cristiano IX, que era então o soberano da Dinamarca, estava em visita à Rússia.

366a - Deve ter havido um engano, pois nessa ocasião não tínhamos representação diplomática na Dinamarca, interrompida de 1864 a 1889.

367 - *Op. cit.*

368 - Carta sem data, no Arquivo da Casa Imperial.

368a - Uma noite foi ouvir *Tannhäuser,* de Wagner, na companhia de Gobineau.

369 - Faure-Binet, *Gobineau.*

370 - Argeu Guimarães, *op. cit.*

371 - Faure-Binet, *op. cit.*

371a - Argeu Guimarães, *Dom Pedro II na Escandinávia e na Rússia.*

371b - *Op. cit.*

371c - *Op. cit.*

372 - Faure-Binet, op. *cit.*

373 - Carta de 11 de novembro de 1876, no Arquivo de Estrasburgo.

373a - David James, *Op. cit.*

373b - Dom Carlos Tasso de Saxe Coburgo e Bragança, *Dom Pedro II peregrino na Terra Santa.*

373c - Na Basílica do Santo Sepulcro, como no altar do Calvário, existia uma Nossa Senhora das Dores, com um diadema de ouro e pedras preciosas do Brasil, oferecidas por "Portugal e Domínios", conforme se podia ler numa inscrição que tinha gravada com data de 1770. A imagem foi oferta do Marquês de Pombal e o diadema da Rainha Dona Maria I. Outra imagem portuguesa muito venerada na Palestina, era o Cristo que servia na Semana Santa, na cerimônia da descida da cruz. Tinha os braços articulados e foi feito no reinado de Dom Manuel I por um irmão leigo franciscano de Varatojo; e ainda um quadro a óleo, oferecido ao tempo de Dom João VI, existente na Capela de Santa Maria Madalena, com as armas do Reino Unido de Portugal e do Brasil. (Informação de Frei José Montalverne, filho do Conde das Alcáçovas, engenheiro químico pelo Instituto Superior Técnico de Lisboa, que vestiu o hábito dos Franciscanos em setembro de 1928, e é hoje diretor do Instituto Paulo VI, em Damasco). Não sabemos se esses dons e essas imagens portuguesas ainda hoje estão nos seus lugares.

374 - *Op. cit.*

375 - Carta s/data, possivelmente de dezembro de 1876, no arquivo citado.

375a - Pedro Calmon, *op. cit.*

375b - Nota de Helio Vianna: "A atual Asyut, antiga Licópolis. O Imperador grafava à maneira francesa os topônimos egípcios."

375c - Nota do mesmo autor: "Em seus *Diários* e cartas à Condessa de Barral, habitualmente Dom Pedro II referia-se à Imperatriz escrevendo apenas a palavra *alguém*

375d - Nota de Helio Vianna: "Viscondessa Claire Benoist d'Azy, também correspondente de Dom Pedro."

375e - "Todo esse período, — diz Helio Vianna, — é de extraordinária importância para a explicação da natureza dos sentimentos de amizade mantidos pelo Imperador e a Condessa de Barral."

375f - Um pseudônimo. "Trata-se de uma jovem, (assinala Helio Vianna), conforme as palavras que se seguem no texto. Se se referir à Princesa Dona Isabel, já contava trinta anos de idade."

375g - Ambas as palavras grifadas no original. Diz Helio Vianna: "Na afirmativa de que à Condessa, devia Dom Pedro II *os mais belos anos de sua vida,* e, na ressalva seguinte, relativa à depuração de seus sentimentos pelo devotamento — contêm-se, talvez, na correspondência até agora conhecida, as mais importantes declarações do Imperador referentes à extensão da amizade que lhe dedicou."

375h - Carta, então inédita, publicada por Helio Vianna no *Jornal do Commercio* do Rio de Janeiro.

376 - R. Magalhães Júnior, *Dom Pedro II e a Condessa de Barral.*

376a - O grifo está no original.

376b - Carta de Alexandria, 16 de janeiro de 1877, em *op. cit.*

376c - Carta s/data, possivelmente fim de dezembro de 1876, em Afonso de E. Taunay, *Cartas de Dom Pedro II ao Barão de Taunay.*

376d - O pilone era uma construção maciça de quatro faces, formando a portada de um monumento egípcio.

376e - Carta de Roma, de 21 de fevereiro de 1877.

376f - As simpatias que o Imperador dispensava à Ristori, e eram por estas retribuídas, deviam ter levantado uma ponta de ciúmes na Barral, que numa certa vez não se conteve e desabafou em carta ao Monarca, aludindo ao *furore* que este mostrara pela artista num encontro em casa do Conde de Nioac, em Roma; a que respondera Dom Pedro II: "Nunca encontrei Mme. Ristori em casa do Nioac. Sou-lhe afeiçoado e penso que ela também o é a mim; porém, nunca houve *il furore* de que você fala" (Carta do Rio, de 15 de janeiro de 1880). Gobineau, que a vira representar, já em idade madura, no Alcazar do Rio de Janeiro, dizia que ela não passava de uma *jacasse italienne des plus communes."*

377 - Arquivo da Casa Imperial.

378 - Arquivo da Biblioteca de Estrasburgo.

379 - Carta de 1º de dezembro de 1878, no Arquivo da Casa Imperial.

379a - O Cardeal de Hohenlohe, nascido em Rotenburgo, Alemanha, em 1823 (era portanto dois anos mais velho do que Dom Pedro II), iria morrer em Roma em

1896, cinco anos depois do falecimento do Imperador em Paris. Era Cardeal desde 1866, criado por Pio IX. Amigo deste Pontífice, foi igualmente amigo do seu sucessor, Leão XIII. Quando Hohenlohe morreu, seu irmão, o Príncipe Clóvis de Hohenlohe, era o Chanceler do Império Alemão.

380 - Arquivo citado.

381 - Vide o capítulo *Os Sábios,* neste volume.

382 - Mulher do Príncipe herdeiro da Alemanha, depois Imperador Frederico III, o qual só devia reinar três meses, pois iria morrer em 1888, sucedendo-lhe o filho Guilherme II. A Princesa Imperial era filha da Rainha Victoria da Inglaterra.

383 - Carta de 4 de abril de 1877, no Arquivo da Biblioteca de Estrasburgo.

384 - B. Mossé, *Dom Pedro II.*

385 - Arquivo da Casa Imperial.

386 - Carta do Sr. Horace Delaroche-Vernet ao Autor, de Paris, 10 de agosto de 1931.

387 - Carta de Sr. Léon-Dufour ao Autor, de Saint Séver, 19 de agosto de 1931.

388 - Arquivo da Casa Imperial.

389 - Carta referida por B. Mossé, *op. cit.*

390 - Arquivo da Academia das Ciências de França.

391 - Defendendo-se, mais tarde, de certas críticas, ele confessaria: "Tenho bastante bom senso para considerar essa escolha como mero sinal de apreço pela ciência do Brasil. Quando conversava com os sábios da Europa, dizia-lhes muitas vezes que deviam conceder essas honras científicas a Brasileiros que podiam ocupar-se verdadeiramente de estudos científicos" (Notas a Sinimbu, no Arquivo da Casa Imperial).

392 - Notas, no Arquivo citado.

392a - Docs. fornecidos pela Academia das Ciências de França.

393 - Notas citadas.

394 - Sobre observações e descobertas de cometas, sobre um terremoto verificado no Brasil, em maio de 86, sobre os estudos de Faye relativos a globos elétricos, sobre trabalhos do Instituto Pasteur do Rio, sobre um projeto de dicionário climatológico universal, sobre a queda de um bólido no Brasil (Docs. no Arquivo citado).

395 - Carta de Adolfo Frank a B. Mossé, *op. cit.* — Daubrée, o célebre geólogo, diretor da Escola de Minas, era, dentre os confrades da Academia das Ciências, um dos que o Imperador mais estimava.

396 - Para não tirar o colorido do diálogo, ele é transcrito na língua original.

397 - Chamava-se *impériale,* em Paris, a parte superior do ônibus, também frequentada pelo público.

398 - Gustave Rivet, *Victor Hugo chez lui.* — Esta fiel narração de Rivet pode ser completada com as próprias notas de Victor Hugo, lançadas em seu diário, e reveladas por Louis Bar—thou *(Les carnets de Victor Hugo,* "Revue des Deux Mondes"). Eis o que dizem textualmente essas notas:

"22 mai — 9 heures du matin. — Visite de l'empereur du Brésil, longue conversation. Très noble esprit. Il a vu sur une table *l'Art d'être grand-père.* Je lui ai offert, et j'ai pris une plume. Il m'a dit: — *Qu'allez-vous écrire?* J'ai répondu: — deux noms, le vôtre et le mien. Il m'a dit. Il m'a dit: — *Rien de plus, j'allais vous le demander.* J'ai écrit: *A dom Pedro de Alcantara, Victor Hugo.* Il m'a dit: *-Et la date?* J''ai ajouté: *22 mai 1877.* Il m'a dit: — *Je voudrais un de vos dessins.* J'avais là un que j'ai fait du château de Vianden. Je le lui ai donné. Il m'a dit: *—A quelle heure dînez-vous?* J'ai répondu: — A huit heures. 11 m'a dit: — *Je viendrai un de ces jours vous demander à dîner.* J'ai répondu: — Le jour que vous voudrez, vous serez le bienvenu. Il a comblé de caresses Georges et Jeanne. Il m'a dit en entrant: — *Rassu—* rez-moi, je suis un peu timide. En parlant des rois et des empereus, il dut : — *Mes collègues.* Un moment, il a dit: — *Mes droits...* Il s'est repris: — *Je n'ai pas de droits, je n'ai qu'un pouvoir dû au hasard. Je dois l'exemple pour le bien. Progrès et liberté.* Quand Jeanne est entrée, il m'a dit: — *J'ai une ambition. Veuillez me présenter à Mlle. Jeanne.* J'ai dit à Jeanne: — Jeanne, je te présente l'empereur du Brésil. Jeanne s'est bornée à dire à demi-voix: — Il n'a pas de costume. L'Empereur lui a dit: — *Embrassez-moi mademoiselle.* Elle a avancé sa joue. Il a repris: — *Mais, Jeanne, jette tes bras autour de mon cou.* Elle l'a serré dans ses petits bras. Il m'a demandé leur photographie et la mienne et m'a promise la sienne. Il m'a quitté à onze heures. Il m'a parlé d'une façon si grave et si intelligente qu'en nous séparant, je lui ai dit: — Sire, vous êtes un grand citoyen. Encore un détail. En le présentant Georges, je lui ai dit: — Sire, je présente mon petit-fils à Votre Majesté. Il a dit à Georges: — *Mon enfant, il n'y a qu'une majesté, c'est Victor Hugo.*

"23 mai. — J'ai mis ma photographie (oú il y a Georges et Jeanne) sous une enveloppe avec inscription: *A celui qui a pour ancêtre Marc-Aurèle,* (*), et je l'ai portée au Grand Hotel, où demeure dom Pedro, et j'ai dit: — Remettez cela à l'empereur du Brésil.

"24 mai. — En rentrant, j'ai trouvé l'empereur du Brésil qui venait dîner avec moi. Il était accompagné du vicomte de Bom Retiro, qu'il m'a présenté en disant: — *Je vous amène mon ami.* M. de Bom Retiro est un homme fort distingué. L'Empereur m'a remis sa photographie signée *Pedro de Alcantara* et datée *22 mai 1877.* Nous avions Vacquerie et nos convives du mardi. Au dessert, j'ai porté un toast à mon *hôte ilustre.* Il m'a répondu par un toast à moi même. Causerie jusqu'à minuit. A minuit, luncheon. Il s'estretiré vers une heure."

399 - Papéis da Mordomia Imperial, no Arquivo do Itamaraty.

400 - Porque se tenha publicado incompleto e deturpado, dá-se aqui o texto original e completo desse discurso de Gladstone, tal qual foi publicado na época pelo *Times* de Londres: He is a man — being absent I can say it more freely than if I spoke it in his presence — who is a model to all the Sovereigns of the world in his anxiety for the faithful and effective discharge of his high duties — he is a man distinguished, if I am to descend to lower, but still remarkable peculiarities, for Herculean perseverance and strenght in the perfomance of labour, beginning, I believe, at about 4 o'clock in the morning, and ending very hard upon midnight. But that would be a small matter of praise to give if we did not consider the manner in which he consumes the 18 or 20 hours which form his ordinary day, and they are consumed in a succession of efforts to glean and gather through-out the world, from time to time, knowledge of very kind which he may make useful on his return to is own country in promoting the health and happiness on his people. That is what I call, ladies and gentlemen, a great and good Sovereign, and a man who, by his conduct, is enable to make the station which he holds a pattern and blessing to his race.

(*) Essa fotografia foi depois colada, pelo Imperador, no verso da capa do volume *L'Art d'être grand-père,* que lhe dera o poeta na mesma ocasião. Assim a viu o Autor, há alguns anos, na Biblioteca Teresa Cristina (antiga biblioteca particular do Imperador), existente na Biblioteca Nacional do Rio de Janeiro. Parece que o livro foi depois retirado dali, não se sabe porque nem por quem.

400a - *Crônicas de Londres.*

400b - *The Truth,* de 5 de julho de 1877.

400c - Arquivo do Barão do Rio Branco, no Palácio Itamaraty.

401 - Chamada hoje Biblioteca Teresa Cristina. Está incorporada à Biblioteca Nacional.

402 - Herculano tinha para Dom Pedro II atenções e delicadezas que certamente não dispensava a outros, como, por exemplo, não consentir que suas obras fossem dadas ao público antes de o Imperador receber o exemplar que lhe era destinado. Igual atenção só tinha para com o Rei Dom Fernando, cunhado de Dom Pedro II. "Peço o favor de não pôr à venda os exemplares do 1º volume de *Opúsculos* — escrevia Herculano ao seu editor — sem me mandar fazer uma encadernação *limpa* a dois exemplares, um para Dom Fernando e outro para o Imperador do Brasil (Carta de Val de Lobos, 29 de março de 1873, a João Augusto Martim, sobrinho de F. Bertrand, chefe da casa editora desse nome, em *Algumas cartas e papéis de Alexandre Herculano*, por Augusto Cardoso Pinto).

403 - Carta de Lisboa, 2 de setembro de 1877, no Arquivo da Casa Imperial. — Era um exemplar da 23 edição da *Morte de Dom João,* publicado no ano anterior. A 1ª edição saíra em 1874.

404 - Carta de 24 de dezembro de 1877, no Arquivo de Estrasburgo.

405 - Carta de 4 de setembro de 1877, no mesmo Arquivo.

406 - Carta de 1º de outubro do mesmo ano; idem.

407 - Ver Capítulo *Caxias contra Zacarias,* no volume I desta *História.*

408 - Carta de 24 de abril de 1875, no Arquivo do Itamaraty.

409 - Nota ao opúsculo de Joaquim Nabuco, *O erro do Imperador.*

410 - De Petrópolis, 10 de janeiro de 1879, no Arquivo da Biblioteca de Estrasburgo.

411 - Carta a Caxias, de 31 de dezembro de 1877; minuta no Arquivo da Casa Imperial.

412 - J.J. Silveira Martins, *Silveira Martins.*

413 - Arquivo citado.

414 - Diz Pereira da Silva que data de então a decisão do Monarca de entregar o Governo ao Partido Liberal. Aplaudindo essa atitude, Silveira Martins comparou-a à de Leopoldo I da Bélgica, que despedira certa vez um Gabinete conservador, apesar da maioria que o apoiava no Parlamento, por ter ele apresentado, como programa seu, uma reforma sabidamente de cor liberal. "O Sr. Dom Pedro II, — disse Silveira Martins — procedeu de um modo rigorosamente constitucional. Não criou novidade: imitou o Rei Leopoldo. Despediu o Partido Conservador, que queria realizar a ideia de seus adversários e chamou os liberais, a quem competia a responsabilidade dessa medida do seu programa político." A Cotegipe, ele lançava o exemplo de Robert Peel, "mais leal, mais patriota, mais homem de Estado, que resignou voluntariamente o Poder e lembrou à Rainha a chamada dos seus adversários" (Silveira Martins, *op. cit.*).

415 - Agenor de Roure, *A Eleição Direta.*

416 - *Op. cit.*

417 - Discurso de outubro de 1877.

418 - Atual Rua Silveira Martins.

419 - Tobias Monteiro. *Pesquisas e Depoimentos.*

420 - Tobias Monteiro *(op. cit.)* diz que Sinimbu fora Ministro com Paraná e Olinda. É evidentemente, um engano. Sinimbu foi bem Ministro com Olinda, em 1862, mas não com Paraná. Quem foi Ministro com Paraná,no Gabinete da Conciliação, foi justamente Nabuco. Nabuco foi Ministro três vezes, com Paraná em 53,com Abaeté em 58,e com Olinda em 65. Sinimbu, sem contar o Gabinete que iria agora presidir, fora Ministro apenas com Ferraz, em 1859, e com Olinda, em 1862.

421 - Joaquim Nabuco *(Um Estadista do Império)* assevera, para acentuar o abandono em que deixaram o pai, que Sinimbu só o foi procurar depois de ter estado com o Imperador e assentado com este a organização do Ministério. Sinimbu, porém, contesta isso, e há, para apoiá-lo, além do testemunho de Leão Veloso, em discurso na Câmara, o do seu próprio filho, João de Sinimbu, que diz ter descido com o pai de Friburgo para acompanhá-lo à casa de Nabuco. Precisa mesmo o dia: 2 de janeiro de 1878, isto é, na véspera de sua audiência com o Imperador. O filho de Sinimbu deve estar com a razão. Tem, em todo o caso, mais autoridade para depor neste assunto do que Joaquim Nabuco, que estava então no Estrangeiro, e *só depois da morte do pai,* ocorrida em março daquele ano, é que, de volta ao Brasil, pôde se inteirar dos acontecimentos que cercaram a chamada de Sinimbu ao Poder. Ver sobre isto: Craveiro Costa, *O Visconde de Sinimbu.*

422 - *O Império Brasileiro.*

423 - Notas do Imperador, no Arquivo da Casa Imperial.

424 - Reflexões do Imperador sobre a reforma eleitoral, citadas por Max Fleiuss em *Páginas Brasileiras.*

424a - *Conselhos à Regente,* no Arquivo da Casa Imperial.

424b - Confirmando o seu desejo de ver uma lei que estabelecesse as condições para se poder candidatar ao Senado, ele diria, anos depois, em nota à margem do folheto *Datas e Fato: Relativos à História Política e Financeira do Brasil,* escrito em 1885 por "Um Brasileiro" (Pedro Francisco Correia de Araújo): "Talvez se devessem exigir certas habilitações. Mas a questão é muito delicada, colide com o dogma da soberania popular, semelhante ao da infalibilidade do Papa" (Ver Helio Vianna, *Notas do Imperador a um Folheto de 1885*).

425 - Osvaldo Orico, *A Vida de José de Alencar* — Ver também a respeito o folheto de Tomás Rodrigues, intitulado *José de Alencar.*

425a - Segundo o Visconde de Taunay *(Memórias), o* Imperador lhe teria dito quando ele ofereceu demitir-se do Ministério: "Permita que lhe diga uma verdade: isso é capcioso. Por ventura não ficam os seus companheiros e amigos do Gabinete? Na minha opinião, o Sr., depois sobretudo do que conversamos, está moralmente inibido de se declarar candidato. Espere outra ocasião. Não faltará ensejo mais conveniente, em que nós dois fiquemos mais desafrontados."

426 - Alencar, em carta a Itaboraí, disse que não solicitara permissão do Imperador para candidatar-se ao Senado. "Não pedi vênia a Sua Majestade o Imperador, pois não a julgo necessária para exercer meu direito de cidadão." Mas, se não "pediu vênia" ao Monarca, *participou-lhe* que pretendia ser candidato, o que valia, quase, por um pedido de aquiescência, pelo menos por uma "consulta", dado que cabia à Coroa resolver, em última instância, sobre o sucesso final dessa candidatura, quer dizer, sobre a escolha, na lista tríplice ou sêxtupla (como foi o caso) dos eleitos, daquele que entendia merecer ser nomeado Senador. — O Visconde de Taunay, em suas *Memórias,* dá curso a um suposto diálogo entre o Monarca e Alencar, onde este, com uma marcada impertinência, contesta ao Imperador o direito de vetar-lhe a candidatura sob o pretexto de ser ele ainda "muito moço" (Alencar completava apenas 40 anos, idade mínima, exigida pela Constituição, para poder ser Senador), pois neste caso, Dom Pedro II também não podia aceitar ser declarado maior em 1840, por não ter ainda a idade legal — e no entanto nada objetaram contra isso. Diz Taunay ter ouvido a narração desse diálogo de um jornalista "muito relacionado", mas cujo nome não cita, pelo que pode-se bem pôr em dúvida a sua autenticidade. Hélio Vianna *(Dom Pedro I e Dom Pedro II, acréscimos às suas biografias),* a igual de outros escritores, reproduz esse diálogo, muito embora o considere "impossível", entre outras razões por não ter Alencar se exonerado de Ministro da Justiça, como lhe competia, se fosse verdadeira "a versão anedótica da malcriada alusão de Alencar à antecipação da maioridade de Dom Pedro II." Pensa Helio Vianna que a invenção desse diálogo decorreu de um artigo de Alencar estampado no jornal *Dezesseis de Julho* (dia da constituição do Gabinete Itaboraí com Alencar na pasta da Justiça — 16 de julho de 1868), em que este dizia, já depois de não ter sido nomeado Senador: "Quem assumiu o exercício de suas atribuições quatro anos antes da época estabelecida na lei, violando a Constituição, não tem o direito de achar precoce a ambição legítima do cidadão que aspira servir o país." Este artigo é de 6 de maio de 1870, quando Alencar já não era mais Ministro.

427 - Pereira da Silva diz que Alencar demitira o Chefe de Polícia do Pará, que denunciara ligações entre criminosos daquela Província e agentes de eleição no Ceará. "Suspeitando de todos os políticos que se envolviam em manejos eleitorais", o Imperador logo retirara sua confiança no Ministro da Justiça *(Memórias do Meu Tempo).* Pereira da Silva não é sempre exato em suas afirmações, e esta só vale como o testemunho de um contemporâneo. Não obstante, ela pode bem associar-se aos fatos acima narrados.

427a - Em discurso que ele contava pronunciar na Câmara dos Deputados, mas que, não o fazendo, inseriu num folheto que publicou em 1873.

427b - Quanto à campanha movida por Alencar contra o Imperador e o *Poder Pessoal,* acusando-o de falsear e exorbitar, ajustando ao seu desejo de mando, o Poder Moderador que lhe dava a Constituição do Império, são conhecidos os editoriais que, apesar de anônimos não escondiam a sua autoria, por ele escritos no *Dezesseis de Julho* — para não falar nos ataques lançados da tribuna da Câmara dos Deputados na sessão de 1870. Uns e outros, aliás, em contradita com a sua própria opinião nas *Cartas de Erasmo,* quando defendia as prerrogativas constitucionais que tinha o Monarca na sua qualidade de Poder Moderador — mas isso quando se confessava admirador e súdito submisso de Dom Pedro II. — Diz Taunay, em suas *Memórias:* "Doeu-se em extremo da não escolha senatorial, vendo-se preterido pelo primo Jaguaribe, que na verdade valia muitíssimo menos do que ele, sem comparação possível. E dessa data em diante, tornou-se inimigo irreconciliável do Imperador, a quem dirigira, contudo, as tão faladas e encomiásticas *Cartas de Erasmo."* E mais adiante: "Fez quanto mal pôde, na tribuna e na imprensa, ao Soberano, embora guardando formas respeitosas e declarando-se adstrito ao regime monárquico. Dotado, porém, de espírito cáustico, não perdia vaza de alfinetar o Monarca, que sentia bem vivamente os seus sarcasmos e doestos. Foi ele quem pôs em voga o *lápis fatídico* e o *ecce interum Crispinus,* depois explorados à saciedade. Vi certa vez o Duque de Caxias levantar-se colérico, ao ouvir-lhe proposições proferidas em tom da maior inocência e naturalidade. Falando baixo e descansadamente,

783

com gesticulação absolutamente nula, impunha-se José de Alencar à atenção do auditório, que o acolhia sempre silencioso e cheio de respeito. É que todos esperavam da figurinha a quem Joaquim Nabuco, numa polêmica literária, chamou de *Fauno de terracota."* Mas que tivera a contrapartida de Alencar, chamando a Nabuco *de Apoio de gesso.*

427c - *Op. cit.*

427d - É verdade que Castilho iria combater Alencar nas *Questões do Dia,* mas vinte e quatro anos depois de sua chegada ao Brasil. Um dos que levantaram essa calúnia positivamente idiota de "o Governo e o Monarca importarem um mercenário, José Feliciano de Castilho, para difamar e combater o romancista", foi Afrânio Peixoto numa conferência feita na Academia Brasileira de Letras por ocasião do 1º Centenário (1929) do nascimento de Alencar, levada sabidamente, por sua amizade com o filho do romancista, Mário de Alencar. — De todos os escritos de José de Alencar contra o Imperador, o único que ainda sobrevive é um romance-chave — o menos histórico de quantos escreveu Alencar — intitulado A *Guerra dos Mascates* (2 volumes, publicados em 1873 e 1874). Constitui, diz Helio Vianna (*op. cit.),* "a vingança literária do escritor." Embora Alencar dissesse que esse romance não personificava nem o Imperador nem os políticos do Império, eram mais do que evidentes os retratos que nele traçara, não só de Dom Pedro II, com o nome emprestado de Sebastião de Castro Caldas, como os de Rio Branco, Saião Lobato, São Vicente, Pinto de Campos e outros político do seu tempo, todos mascarados com outros nomes. Castro Caldas era *um cavalheiro de grande porte e alta estatura, com uma densa barba cinzenta, fina e macia, que disfarçando a aspereza das linhas inferiores, corrigia-lhe o oval do semblante. — De perfil, acentuava-se a projeção do queixo, bem como a proeminência da fronte.* No homem, o *talento do detalhe,* a *atividade sôfrega e volúbil,* o falar *rápido com a voz estridente; o hábito de, com um gesto, despedir-se de uma pessoa, logo se voltando para outra;* o seu traje, que apesar de novo *parecia, pelo desleixo com que o trazia, já amarrotado do muito uso.* Politicamente era um homem que *navegava a duas amarras, mantendo um partido com as mercês e outra com os afagos. Inculpava os subalternos com a desculpa de que o Rei constitucional não podia errar. —* Seu *talento pelas minudências e indiferença pelos mortos;* sua *frugalidade nas apressadas refeições de canja; os rabiscos que traçava durante os despachos; o acordar cedo e atender de pé aos que o procuravam. —* Enfim, um retrato, com todos os traços físicos e morais de Dom Pedro II, que não ficaria mais parecido nem mais fiel se fosse reproduzido numa fotografia.

428 - Helio Vianna, comentando essa carta em sua obra *Dom Pedro I e Dom Pedro II, acréscimos às suas biografias,* acha que um dos motivos que levaram o Conselheiro Antão a retirar-se do Ministério, foi a sua decisão de candidatar-se à Senatoria. Conviria, assim, salientar que: quando se realizaram as eleições senatoriais de Minas Gerais, Antão já havia se exonerado de Ministro da Agricultura, no mesmo dia, aliás, que Alencar — 10 de janeiro de 1870 — ao contrário, portanto, deste, que só deixaria a pasta da Justiça depois de realizada sua eleição no Ceará.

428a - A Guerra do Paraguai havia terminado com a morte de Solano López, e ia-se agora iniciar as condições de paz entre os países vencedores da Tríplice Aliança.

429 - Carta de 22 de maio de 1870; minuta no Arquivo da Casa Imperial.

429a - Nos conselhos dados à filha Dona Isabel, em abril de 1871, nas vésperas de sua partida para a Europa e já com o Gabinete Rio Branco no Poder, o Monarca se mostrará mais tolerante nessa questão dos Ministros se candidatarem ao Senado, entendendo que estes não estavam "privados" disso; "convindo, porém, que sua candidatura pareça, geralmente, a mais natural entre as que se apresentem como candidatos e, mesmo assim, e em todos os outros casos, o Imperador não deve manifestar sua escolha senão à última hora, mas de modo a ressalvar o direito dos Ministros segundo o admito, e em tempo de não trabalhar o Senado sem que a escolha lhe tenha sido apresentada." Contudo, coerente com suas ideias anteriores se felicitava com Duarte de Azevedo, Ministro da Marinha e Deputado por São Paulo, quando este lhe dissera que não mais se apresentaria à vaga de Senador por aquela Província, deixada por morte de José Manuel da Fonseca; e que nesse sentido iria escrever aos seus amigos paulistas. "Louvei sua abnegação, dirá o Imperador, e disse-lhe que me lembraria dessa ação quando ele viesse *naturalmente* (o grifo no original) em lista tríplice não sendo Ministro" (Arquivo Grão-Pará). Duarte de Azevedo não pensaria mais em candidatar-se ao Senado: continuaria como Deputado, e, quando deixou de ser reeleito, com a subida dos liberais (ele era um conservador), voltaria para a sua cátedra na Faculdade de Direito de São Paulo.

430 - Helio Vianna, *José de Alencar e Dom Pedro II.*

430a - *Op. cit.*

430b - Idem.

430c - Martim Francisco, *Pátria Morta?*

431 - *Um Estadista do Império.*

432 - *Diário* do Imperador, no Arquivo da Casa Imperial.

433 - *Op. cit.*

434 - Arquivo citado.

435 - *Op. cit.*

436 - No Arquivo citado.

437 - *Diário,* no arquivo *cit.*

438 - Craveiro Costa (O *Visconde de Sinimbu),* contestando a versão de Pereira da Silva *(Memórias do Meu Tempo),* diz que Sinimbu era favorável à revisão constitucional, e que fora ele quem a aconselhara ao Imperador, conforme tivera ocasião de declarar na Câmara. É preciso não confundir as coisas. O que Sinimbu de fato aconselhou ao Imperador foi que a revisão constitucional se fizesse sem o concurso e a responsabilidade do Senado, como preferia o Monarca. Sinimbu não tinha, aliás, por que advogar junto a Dom Pedro II a revisão constitucional: primeiro porque ela já estava implicitamente aceita pelo Imperador desde quando este dera seu apoio à Reforma e chamara Sinimbu para promovê-la ao Parlamento; não a admitia mesmo por outro processo. Segundo, porque, conforme atesta o próprio Craveiro Costa, ficara assentado, em casa de Nabuco de Araújo, na véspera da entrevista do Imperador com Sinimbu, que este não devia *fazer questão de forma* na obtenção da reforma eleitoral.
— Antes de Craveiro Costa, já Tavares de Lyra incidira no mesmo engano *(A Presidência e os Presidentes do Conselho de Ministros),* afirmando que Sinimbu "era inclinado" à revisão constitucional, e que, "para acalmar os temores do Imperador, *que receava a reunião de uma assembleia constituinte,* pleiteou a convocação desta com poderes limitados." A este respeito, é preciso acentuar que o Imperador não queria, em princípio, saber de revisões constitucionais: a sua natureza conservadora a isto se opunha. Mas, no caso em questão, que era a reforma eleitoral, já que fora forçado a aceitá-la, entendia que a revisão era indispensável. Pugnou, por isso, pela convocação do Constituinte, que ele queria com poderes limitados não somente por precaução, isto é, para impedir que se fosse além do objetivo visado, como, sobretudo, porque a matéria a rever se limitava exclusivamente ao direito de voto. Pelas suas *Reflexões* sobre a reforma eleitoral, citadas no correr deste Capítulo, ver-se-á

que ele entendia ser a matéria constitucional, portanto devia ser resolvida por meio de uma prévia revisão da Carta fundamental do Império. Aliás, é sabido que ninguém, quer dizer, nem os liberais nem os conservadores, ou pelo menos a grande maioria deles, desejava essa Constituinte: os primeiros por uma questão de princípio político, embora as questões de princípio nem sempre prevalecessem para os nossos homens públicos; os segundos por temerem que ela ultrapassasse os limites da matéria em debate e fosse mexer com a vitaliciedade do Senado, dogma conservador. Restava, portanto, o Imperador, cuja opinião iria prevalecer até se render a Saraiva. O que se pode dizer de certo é que o Imperador não era partidário nem de eleição direta nem de Constituinte, que no seu ponto de vista era uma consequência dela; não acreditava nos bons resultados de uma e de outra. Questão de preconceito. Mas, desde quando se rendeu à eleição direta, chamando Sinimbu, fincou pé na Constituinte, e daí não arredou, senão quando não teve outro remédio.

439 - Craveiro Costa, *op. cit.*

440 - Notas à Dona Isabel, no Arquivo da Casa Imperial.

441 - *Reflexões* dp Imperador, em Max Fleuiss, *op. cit.*

442 - Tobias Monteiro, *op. cit.*

443 - *Reflexões* do Imperador cit.

444 - Agenor de Roure, *A eleição direta.*

445 - Carta de 8 de abril de 1878, no Arquivo da Casa Imperial.

446 - Ou dissolução da Câmara ou demissão do Ministério. Demissão do Ministério, dizia o Imperador, *não era preciso,* "visto como o Poder Moderador não lhe dera a menor prova de desconfiança, e, se o Ministério não puder executar bem a lei da Reforma, a culpa não será do Poder Moderador. Mesmo porque, segundo a doutrina seguida por grande número de políticos de ambos os partidos, o Imperador não tem inteira liberdade no exercício das atribuições do Poder Moderador, que se fossem assim exercidas, razões teriam os que seguem aquela doutrina de queixar-se de invasões do Poder Moderador" (Notas, no Arquivo citado).

447 - Tobias Monteiro, *Pesquisas e Depoimentos.*

448 - Carta de Sinimbu ao Imperador, de 18 de setembro de 1879, no Arquivo citado.

449 - *Reflexões* do Imperador, *cit.*

450 - Tobias Monteiro, *op. cit.*

450a - "A imprensa publicou então a paródia de uma polca muito em voga, *Cri-Cri,* que pregava o arrancamento dos trilhos dos bondes e a certa altura dizia.
> *Cri-cri, cri-cri, cri-cri,*
> *Viva o Pedro Banana;*
> *Cri-cri, cri-cri, cri-cri,*
> *Que por tolo vai passando;*
> *Cri-cri, cri-cri, cri-cri,*
> *A todos vai enganando;*
> *Cri-cri, cri-cri, cri-cri,*
> *Ele é fino, vai andando.*
(Magalhães Júnior, *Dom Pedro II e a Condessa de Barral*).

450b - Carta de janeiro de 1880, *op. cit.*

451 - Carta de 3 de janeiro de 1880, no Arquivo da Biblioteca de Estrasburgo. — Anos depois, quando no exílio, em Paris, Dom Pedro II diria, em nota à margem do panfleto de Alberto de Carvalho, *Império e República Ditatorial,* publicado no Rio em 1891, que naquela ocasião (1880) havia divergido da "oportunidade" do imposto lançado por Afonso Celso. Diz Hélio Vianna, em comentários a essas notas do Imperador: "Atribuindo o panfletário a Dom Pedro II a responsabilidade pela reação militar aos manifestantes da Rua Uruguaiana, esclareceu: "Se soubesse a tempo o que havia, eu iria mesmo pessoalmente embaraçar e talvez evitar tal atentado. Sempre me opus a esse imposto." Contudo, não se soube, nem se disse, naquela época que ele se tinha oposto ao lançamento desse imposto, que de fato foi suspenso, mas depois dos lamentáveis sucessos por ele provocados.

452 - *Reflexões* citadas.

453 - Carta de 28 de fevereiro de 1880; cópia no Arquivo da Casa Imperial.

454 - E de fato, não ignorava, como se deduz da declaração feita por Sinimbu, muito mais tarde, (Tobias Monteiro, *op. cit.*), segundo a qual o Imperador, *ao sugerir-lhe* o nome de Saraiva para substituí-lo no Governo, lhe afirmara que o mesmo escrevera a Paranaguá "dizendo que faria a Reforma por lei ordinária." — Nesta, como noutras partes de suas confidências a T. Monteiro, há um pequeno engano de Sinimbu, explicável pela idade avançada, 93 anos, quase no fim da vida, com que as fez àquele nosso Históriador. Assim, não é certo que o nome de Saraiva tenha sido sugerido a Sinimbu pelo Imperador para organizar o novo Ministério; o Imperador não fez senão transmitir a Sinimbu a sugestão que lhe fizera antes Abaeté.

455 - Carta de 5 de março de 1880, no Arquivo citado.

456 - Referida por Max Fleuiss, *op. cit.*

457 - *Reflexões* citadas.

458 - Sinimbu telegrafara ainda a Saraiva, reiterando-lhe o convite do Imperador para organizar Gabinete, a que Saraiva respondera, também por telegrama, reportando-se aos termos de sua carta a Paranaguá. Esses telegramas constam igualmente da *op. cit.* de Max Fleuiss.

459 - Carta de 6 de março de 1880, no Arquivo da Casa Imperial.

460 - Notas do Imperador, no Arquivo citado.

461 - *Projeto Saraiva,* porque o novo Presidente do Conselho elaborara um projeto de Reforma *seu,* aproveitando a inteira liberdade de ação que lhe dera o Monarca. Nesse projeto, que foi depois a *Lei Saraiva,* além da eleição direta, estabelecia-se o alargamento do voto, o direito de voto aos naturalizados, aos acatólicos e aos libertos, a garantia da qualificação, as penalidades para as fraudes eleitorais e outras medidas visando o saneamento do voto.

462 - Agenor de Roure, *op. cit.*

463 - Martinho Campos acusou-o na Câmara dessa reviravolta, abandonando a lei ordinária para tomar o *caminho tortuoso* da revisão constitucional, sobretudo da *Constituinte constituída.*

464 - Rio Branco, aliás, se era, em tese, partidário da Constituinte, não fazia disso uma questão absoluta. Escrevendo de Paris ao Imperador, em dezembro de 1878, ele opinava, é certo, pela revisão constitucional, na forma do art. 177 da Constituição. Mas acrescentava: "A não seguir-se esta opinião, e nem também admitir-se que a autorização para a Reforma leve em

si bem definidos, assim o sentido da Reforma como os limites do censo eleitoral, então estabeleça-se (o que talvez convenha em todo o caso), que as legislaturas ordinárias serão competentes para alterar o censo e a forma da eleição, segundo o aconselharem as circunstâncias. Destarte, o mal que uma Câmara onipotente e mal inspirada (falo em tese) possa fazer sobre matéria tão vital para as instituições nacionais, encontrará remédio fácil a todo o tempo, sem que seja preciso tocar de novo em nossa lei fundamental, nem perturbar o curso regular da nossa vida parlamentar. É o que se pratica em quase todos os Estados de instituições parlamentares" (Carta de 9 de dezembro de 1878, no Arquivo da Casa Imperial).

465 - Agenor de Roure *(op. cit.)* diz que "a luta sustentada pelo Gabinete Sinimbu desbravou o caminho e facilitou enormemente a tarefa de Saraiva em relação à eleição direta." Não foi tanto assim, e a prova é que Saraiva teve que tomar, para vencer, um caminho inteiramente oposto, que foi, como se viu, o da lei ordinária. Aliás, é o próprio A. de Roure quem diz logo adiante: "Saraiva encontrou os caminhos que iam ter à Constituinte tomados pelos destroços de uma luta prolongada e *inútil."* Se foi inútil, não serviu, é claro, para facilitar a tarefa de Saraiva. É ainda A. de Roure quem diz em sua brilhante *Memória,* largamente utilizada neste capítulo: "A ideia da eleição direta era inadiável. Para chegar a ela, só havia dois caminhos: um estava *obstruído,* e Saraiva seguia pelo outro, que sempre fora preferido pelos liberais." Ora, se estava obstruído, como é certo, é que não fora *desbravado* por Sinimbu.

466 - Talvez esteja na oposição do Imperador a toda e qualquer ideia de sufrágio universal no Brasil um dos motivos pelos quais não chamou o Conselheiro Nabuco, em 1878, para organizar o Gabinete que devia reformar a legislação eleitoral. Nabuco, segundo se sabia, era partidário entusiasta do sufrágio universal. Bastava este fato para amedrontar o Imperador.

467 - Sobre a intervenção constitucional do Senado na discussão do projeto de Reforma, ele fez a seguinte reflexão: "Lendo com atenção os artigos da Constituição, nenhum encontro que exclua o Senado de tomar parte com a Câmara que vota a Reforma na última deliberação. A Constituição declara expressamente os atos de cada uma das Câmaras. Da comparação entre os artigos 176 e 177, poder-se-á quando muito sustentar, quando elas deliberam independentemente uma de outra, que o que se vencer em *ambas* as Câmaras não depende de sanção."

468 - Pedro Luís e Homem de Melo, respectivamente Ministros de Estrangeiros e do Império. Agenor de Roure *(A eleição direta)* salienta que, em seis anos da vigência da Lei Saraiva, cinco Ministros foram derrotados em eleições, enquanto, em quarenta e um da lei dos dois graus, apenas um Ministro perdera eleição.

469 - Notas à Dona Isabel, no Arquivo da Casa Imperial.

470 - *Diário,* idem.

471 - *Memórias do Meu Tempo.*

472 - Arquivo citado.

473 - *Um Estadista do Império.*

474 - *Circular aos aleitores da Minas Gerais.*

475 - O desprestígio dessas Câmaras provinha, em parte, da atitude de seus próprios membros, como se deu em 1879, quando um Deputado, para divertir a si e aos outros, entendeu de forjicar um diploma de Deputado para um tal Fagundes, que se intitulava Barão de Caiapó,

um pobre desequilibrado, que sonhava com umas minas no Xingu, para exploração das quais, aliás, a própria Câmara lhe dera, pouco antes, uma concessão. Com o falso diploma de Deputado, Fagundes tomou ingenuamente assento na Câmara; e, quando descoberta a pilhéria, não foi sem custo que o desalojaram de lá. *Câmara dos Fagundes*, foi como ficou conhecida essa Câmara de 1879. — Não é sem propósito focalizar uma atitude de Lafayette. Pronunciava um longo discurso no Senado e fora interrompido por um aparte intempestivo de Diogo Velho, Senador novato pelo Rio Grande do Norte. Interrompeu Lafayette o seu discurso, encarou fixamente o seu jovem interruptor, e lançou-lhe a célebre frase de Cícero, sob a risada geral do Senado: *Sacer locus, puer, extra migite* (o lugar é sagrado, menino, vá mijar lá fora).

476 - Arquivo da Casa Imperial.

477 - Minuta no Arquivo citado. O grifo está na minuta. Essa carta a Itaboraí foi escrita a propósito da conduta condenável do delegado de Palmeira dos Índios, Alagoas, do seu *caráter violento,* como diz o Imperador, que acrescenta: "O Juiz de Direito diz apenas que o Delegado é *bem morigerado;* porém não basta a honestidade *particular,* neste caso. Eu não tardaria em demitir tal Delegado, e mesmo mandá-lo responsabilizar, porque julgo provada a ostentação de forças durante o processo eleitoral. A demissão a pedido e antedatada, como a do delegado de Taubaté, não é satisfação cabal dada ao público." Pelos termos rigorosos dessa carta, no caso do procedimento reprovável de um simples Delegado de um modesto e longínquo lugarejo daquela Província, pode-se bem verificar a que ponto descia a fiscalização e o rigor imperial, sempre que se tratava de fraude ou de compressão eleitoral.

478 - Mais tarde o Imperador iria evoluir no sentido de uma liberdade ainda mais ampla, como se verá com as eleições de candidatos declaradamente Repúblicanos.

479 - No Arquivo citado.

480 - *Diário* do Imperador, no Arquivo citado.

481 - Não esquecer, entretanto, que se estava sob a política da *Conciliação.*

482 - Arquivo citado.

483 - Nota a Tito Franco, *O Conselheiro F. J. Furtado.*

484 - Os liberais governaram de 1862 a 1868; os conservadores de 1868 a 1878; os liberais de 1878 a 1885; os conservadores de 1885 a 1889; os liberais em 1889.

485 - A constatação da origem *liberal* dos dois grandes partidos é muito importante para a compreensão de suas atitudes políticas e de seus atos durante todo o Reinado.

486 - Era uma das suas muitas *ideologias.* A Rio Branco ele escrevera poucos anos antes: "Espero que não terei que escolher Ministérios senão na maioria das Câmaras, representante geralmente incontestada da maioria da Nação" (Carta de 21 de junho de 1872, no Arquivo do Itamaraty).

487 - Notas de Dona Isabel, no Arquivo da Casa Imperial.

488 - Oliveira Lima, O *Império Brasileiro.*

489 - *Um Estadista do Império.*

490 - Escrevendo a Gobineau por ocasião da reforma eleitoral, o Imperador manifestara-lhe a esperança de que o desenvolvimento da instrução pública pudesse influir na melhoria dos nossos costumes políticos. Gobineau, que nesse assunto tinha já ideias próprias, que formarão depois a tese do *gobinismo,* respondera-lhe "Não vejo em que a difusão dos conhecimentos pode servir às populações que a praticam, ao menos na vida política... Hei de morrer, como terei vivido, na mais perfeita convicção de que não há maior absurdo neste mundo do que o sistema representativo, quer dizer, no fato de se consultar e de se associar aos negócios públicos as massas populares, povo e burguesia. Na prática, não é esse senão um meio para certos intrigantes de fazerem fortuna, quer se intitulem conservadores, quer liberais." E rematara, fazendo uma previsão que nos dá hoje que pensar: "Tudo isso acabará na Europa pelo mais desenfreado despotismo do mundo" (Carta de Tívoli, de 16 de fevereiro de 1879, no Arquivo da Casa Imperial).

491 - Referindo-se às eleições de 1876, dizia o Ministro da Áustria no Rio para o seu Governo: "Apenas 10 ou 12 liberais sairão das umas eleitorais, e a Câmara será quase inteiramente governamental e conservadora. O Partido Liberal revolta-se contra a maneira pela qual, no seu entender, a opinião pública é falseada pelos manejos do Governo. É bem possível que o Partido Liberal não esteja completamente sem razão. Esquecem, porém, que o Partido procede da mesmíssima maneira todas as vezes que está no Poder. O Imperador mesmo me disse um dia que os partidos políticos no Brasil têm o hábito de se atacar mutuamente pelos erros que cada um deles não cessa de cometer."

492 - "Há no Senado uma aposta de liberais e conservadores, para ver quem tira a argolinha da Abolição" (Carta de Joaquim Nabuco ao Barão de Penedo, 24 de setembro de 1887, no Arquivo do Itamaraty).

493 - *Mis Memórias Diplomáticas.*

494 - Ofício de 6 de janeiro de 1876.

495 - *O Império Brasileiro.*

496 - *Op. cit.*

497 - Idem.

498 - Vide o Capítulo anterior.

499 - Idem.

500 - A ideia da criação desse quarto poder teve origem no Conselho de Estado que elaborou a Constituição de 1824, e não no projeto anterior de Martim Francisco, como procuraram fazer crer os Andradas. É o que atesta Aurelino Leal, na *História Constitucional do Brasil.*

501 - Joaquim Nabuco, *op. cit.*

502 - "Na degeneração do sistema representativo entre nós, o Gabinete não é comissão da Câmara, esta é que é feitura do Gabinete; a Câmara não indica à Coroa os chefes de partido, esta é que os designa" (Discurso de Silveira Martins na Câmara dos Deputados, em 31 de julho de 1873).

503 - Pois não havia Ministros que lançavam ou deixavam que lançassem contra o Imperador a responsabilidade até mesmo dos atos de inspiração deles — quando repudiados, já se vê, ou simplesmente censurados pela opinião pública? "Tem havido Ministros que lançam a

responsabilidade até de atos seus contra o Monarca", dirá o próprio Imperador em nota a Tito Franco. Há, sobre isso, o caso da imigração chinesa, dos *coolies,* preconizada pelo Gabinete Sinimbu. Quando a imprensa saiu a combatê-la, logo se disse que o projeto nascera de uma inspiração do Imperador, quando a verdade é que este sempre a ele se opusera — "os do meu Conselho, dirá o Monarca, bem sabiam quanto eu a combatia" (Ernesto Matoso, *Cousas do Meu Tempo).* — O Conde d'Eu dizia certa vez, em conversa com André Rebouças, que seria conveniente — "conviria que o Imperador se ausentasse por algum tempo do Brasil, para demonstrar até a evidência não ser ele o culpado da má direção dos negócios públicos, como propalavam os Ministros" (Rebouças, *Diário).* Está claro que, para aqueles que acompanhavam com isenção de ânimo a gestão do Imperador à frente dos negócios públicos e lhe rendiam a merecida justiça, tais ataques não tinham maior importância. Mas para outros, eles não deixavam de dar os seus frutos, sobretudo para o chamado "homem da rua", que não estava enfronhado nos negócios do Estado e tinham sobre Dom Pedro II uma opinião menos lisonjeira. A prova disso está nas cartas de ataques que escreviam, algumas dirigidas ao próprio Monarca. São cartas anônimas, quer dizer, seus autores não ousavam se descobrir — *et pour cause* —; mas não deixavam por isso de refletir o sentimento de uma parte, embora mínima, da opinião pública. Estampamos aqui, três dessas cartas, já dadas antes a publicidade(*). A primeira dirigida ao Monarca, sem data, assinada simplesmente *Um Brasileiro.* Diz assim: "A Nação brasileira não está satisfeita com o Governo de Vossa Majestade, porque Vossa Majestade é o protetor de ladrões e contrabandistas. Se Vossa Majestade tivesse vergonha, já teria se retirado deste País. Mas quem perde a vergonha nunca mais a encontra. Vossa Majestade julga-se sábio? Vossa Majestade é muito ignorante. Vossa Majestade é *burro;* porém mais burro é quem o atura. Morreu aquele seu amigo, Alexandre Herculano, o ímpio. Tem recebido cartas do seu amigo Victor Hugo, o comunista? Vossa Majestade é um Sandeu. Peço-lhe que entregue a inclusa carta a Sua Alteza Imperial a Senhora Princesa e futura Imperatriz Dona Isabel, e veja que o segredo das cartas é inviolável. De Vossa Majestade etc." — A outra carta era dirigida à Princesa Imperial. Também não tinha data, como não tinha igualmente assinatura. Dizia: "Senhora — O povo brasileiro não está satisfeito com o desgoverno de Sua Majestade o Imperador, e espera que Vossa Alteza se mostre já na estacada. A Nação já está cansada de se deixar roubar. É preciso Vossa Alteza salvar o trono do Senhor Príncipe do Grão-Pará. Tenho a honra etc." Finalmente, a terceira dessas cartas, dirigida à Imperatriz e assinada por *Um Brasileiro,* era datada da Bahia, 25 de outubro de 1877, quer dizer, dias depois de o Imperador voltar da Europa. Dizia assim: "Augusta Senhora. — O Povo brasileiro pede a Sua Majestade o Imperador que retire-se do País por uma vez. A Nação não está satisfeita com Sua Majestade o Imperador, e este teima em ficar no Brasil, deixando a companhia de seus amigos os comunistas e incendiários de Paris. Na opinião do Senador Zacarias de Góis e Vasconcelos, nunca Sua Majestade esteve doente. Foi *manha,* para o Imperador poder ir visitar o célebre Victor Hugo, o ladrão. Deus guarde etc."

504 - Oliveira Lima, *op. cit.*

(*) - Otávio Aires, *As Cartas anônimas à Família Imperial*

DOM PEDRO II
DECLÍNIO
1880-1891

CRONOLOGIA
DECLÍNIO
1880-1891

1881	1º março	Lei da reforma eleitoral (eleição direta).
	26 março	Partida do Imperador para Minas Gerais
	30 abril	Volta do Imperador à Corte.
	9 agosto	Nascimento do Príncipe Dom Antônio, caçula dos Condes d'Eu.
	9 agosto	Viagem a Minas Gerais.
1882	21 janeiro	Gabinete Martinho Campos.
	3 julho	Gabinete Paranaguá
	10 julho	Falecimento em Roma do Visconde de Araguaia.
1883	24 maio	Gabinete Lafayette Pereira.
	14 setembro	Falecimento no Rio do Visconde de Abaeté.
1884	6 junho	Gabinete Dantas.
1885	6 maio	Gabinete Saraiva.
	20 agosto	Subida dos Conservadores com o Gabinete Cotegipe.
	28 setembro	Libertação dos escravos sexagenários.
	— outubro	Partida do Imperador para Minas Gerais (Poços de Caldas). '
	— outubro	Volta do Imperador à Corte.
1886	12 agosto	Falecimento no Rio do Visconde de Bom Retiro.
1887	14 maio	Protesto dos Generais Câmara (Pelotas) e Deodoro.
	30 junho	Partida do Imperador para a Europa: terceira Regência da Princesa Imperial.
	15 julho	Chegada a Lisboa.
	21 julho	Paris.
	6 agosto	Baden-Baden.
	1º outubro	Paris
	5 outubro	Bruxelas.
	8 outubro	Paris.
	1º novembro	Cannes.
1888	10 março	Gabinete João Alfredo.
	2 abril	Partida do Imperador para a Itália.
	3 abril	Gênova.
	5 abril	Nápoles
	— abril	Florença
	23 abril	Bolonha.

	— abril	Veneza.
	29 abril	Milão.
	13 maio	Lei Áurea (abolição da Escravatura)
	23 maio	O Imperador em estado desesperador.
	4 junho	Aix-les-Bains.
	5 agosto	Bordéus. Partida para o Brasil.
	22 agosto	Volta do Imperador à Corte.
1889	13 fevereiro	Falecimento no Rio do Barão de Cotegipe.
	7 junho	Subida dos Liberais com o Gabinete Ouro Preto.
	22 junho	Partida do Imperador para Minas Gerais.
	— junho	Volta do Imperador à Corte.
	15 junho	Atentado no Rio de Janeiro contra o Imperador.
	15 novembro	Proclamação da República.
	17 novembro	Embarque do Imperador para o exílio.
	7 dezembro	Chegada a Lisboa.
	22 dezembro	Porto.
	28 dezembro	Falecimento da Imperatriz.
	— dezembro	Cannes.
1890	— julho	Versalhes. Paris. Cannes.
	— agosto	Baden-Baden.
	— setembro	Paris.
1891	— março	Cannes.
	— abril	Versalhes.
	— junho	Vichy.
	— outubro	Volta a Paris.
	5 dezembro	Falecimento do Imperador

CAPÍTULO I
EMANCIPAÇÃO DOS ESCRAVOS

Segundo período da história do abolicionismo. Duas fases distintas Intensidade e aspecto da campanha abolicionista. Posição assumida pelos Gabinetes. A atitude do Imperador. Parte que tomou nos antecedentes da Lei 13 de Maio. A explicação de sua atitude. Retirada de Lafayette e chamada de Sousa Dantas.Campanha dos abolicionistas extremados. "O erro do Imperador." Saraiva no Poder. Queda dos liberais. Gabinete Cotegipe. Ataques da oposição. Uma injustiça de Joaquim Nabuco. Defesa do Imperador. Emancipação dos sexagenarios. Periodo de tréguas. Moléstia do Imperador e sua partida para a Europa. Terceira Regência da Princesa Isabel. Precipitação dos acontecimentos. Demissão de Cotegipe. Gabinete João Alfredo. Lei 13 de Maio de 1888.

I

Depois que se votou a Lei do Ventre Livre, tanto o Imperador como os Ministros, acreditaram que o problema dos escravos estivesse definitivamente resolvido. Aquela lei representava a última palavra no assunto. A extinção da escravatura passava a ser, já agora, uma, questão apenas de tempo: dependia somente da execução da lei. Cessada que fora a importação dos Negros, e libertado depois o ventre da mulher escrava, ficavam consequentemente fechadas as duas únicas fontes de escravidão. O essencial agora era executar fiel e integralmente a lei de 1871. O problema se resolveria depois por si mesmo, à medida que os anos passassem, sem maiores abalos nem prejuízos para a ordem política, social e econômica do país. Não perturbem a marcha do elemento senil — fora a frase do Visconde do Rio Branco, agonizando, no seu leito de morte.

A persuasão em que estavam o Imperador e os políticos de que a Lei do Ventre Livre bastava para resolver o problema da escravidão era certamente exata em si mesma. Somente, nem ele nem os Ministros cogitavam de indagar se a Nação estava disposta a pacientar durante tantos anos, à espera de que se operasse lentamente o mecanismo daquela lei, até o desaparecimento do último escravo no Brasil. Não previam um desses acessos de consciência, tão comuns na história dos povos, em virtude do qual a Nação brasileira tornaria a si, um dia, precipitar quase violentamente uma solução que a Lei do Ventre Livre só lhe poderia dar num prazo de mais de meio século.

E foi precisamente o que aconteceu.

II

Durante cerca de oito anos, isto é, de 1871 a 1879, o país, na sua quase totalidade, aceitou como definitiva a solução que oferecera a Lei do Ventre Livre. A questão da abolição passou a ser apenas um tema de literatura, fora das cogitações diárias do Governo e do Parlamento. Se nem todos, principalmente os senhores de escravos, se conformavam voluntariamente com os efeitos daquela lei — e a prova é que procuravam burlá-la o mais possível — a maioria da Nação estava de acordo com os seus dirigentes quanto à certeza de que ela resolvera definitivamente o problema. "A chamada Lei do Ventre Livre — dirá mais tarde um estudioso do assunto — cujo projeto havia motivado cisões partidárias e malquerenças irredutíveis, passou a ser vista, nos primeiros tempos, e mesmo até alguns anos depois de promulgação, como obra perfeita, intangível. Não admitiam os seus propugnadores duvidasse da sua eficiência, tanto lhe parecia ser ela a última palavra para a solução do temeroso problema." [1]

Essa calmaria foi despertada com os primeiros arrancos do movimento chamado propriamente abolicionista, verificado nos fins de 1879 e princípios de 1880, coincidindo esse movimento com a presença no Poder do Partido Liberal.

Até certo ponto, ele não foi senão uma reação contra certas medidas de extremo

rigor, que o Gabinete liberal do Visconde de Sinimbu tomou contra os escravos. Viu-se então o Conselheiro Lafayette, antigo Republicano e agora Ministro da Justiça, confessar, (a fim de justificar a aplicação de castigos ainda mais severos) que a pena de galés equivalia, para os escravos, ao próprio cativeiro em que viviam; e um fazendeiro paulista, Moreira de Barros, ter a coragem de declarar, num congresso agrícola presidido pelo próprio Presidente do Conselho, referindo-se à escravidão: "Sistemas desta ordem não podem ser analisados à luz da civilização moderna, não se podem discutir nos jornais. Não é com o sistema ordinário de penalidade, não é com princípios filantrópicos que todos nós conhecemos, que podemos sustentar a existência desse fato, que se tem instituído como direito. Temos o fato, devemos aceitar as consequências." [2]

III

Esse período na história da libertação dos escravos no Brasil, do qual resultou a Lei 13 de Maio, pode ser dividido em duas fases acentuadamente distintas. Joaquim Nabuco traz-lhes os limites: "A primeira, de 1879 a 1884, em que os abolicionistas combateram sós, entregues aos seus próprios recursos; e a segunda, de 1884 a 1888, em que eles veriam sua causa adotada sucessivamente pelos dois grandes partidos do país. Em 1884 deu-se a conversão do Partido Liberal, e em 1888 a do Partido Conservador." [3]

Durante os nove anos daquele período, nove Ministérios sucederam-se no Poder, sendo os sete primeiros formados por liberais e os dois últimos por conservadores. Nunca se viu no Império, nem se veria depois, como nessa época, um movimento que empolgasse tanto a consciência da Nação. Do norte ao sul, de leste a oeste, no litoral como no interior, nas capitais como nos mais afastados recantos do país, o Brasil todo foi sacudido pela convulsão abolicionista. Nem o movimento pela Independência; nem a Maioridade; nem a guerra contra López; nem a própria Lei do Ventre Livre agitada em torno do mesmo tema social e humanitário; nem, pouco mais tarde, a propaganda jornalística pela República — nenhum desses acessos de consciência nacional conseguira ou conseguirá eletrizar a Nação com a intensidade e a quase unanimidade que se viu durante a campanha abolicionista.

A agitação partia das ruas, partia das salas, dos campos, dos jornais, dos clubes, de toda a parte, e la pouco a pouco se alastrando como uma gota de óleo, tudo invadindo, tudo embebendo, por todos os cantos, em todo o país. Um grupo de jovens decididos, oradores e jornalistas, levados mais pelo sentimentalismo da nossa raça do que pela razão do Estado, se dava a si mesmo a tarefa verdadeiramente gigantesca num país de civilização deficiente, como era então o Brasil, de abalar uma opinião pública amorfa, para com ela despertar a mentalidade anquilosada dos partidos e dos Governos. Se, no começo, muito poucos lhes deram atenção, em breve eles se faziam escutar. E os seus gritos, seus discursos, seus artigos, acabaram por vencer a resistência que lhes opunham os interesses conjugados dos políticos e dos fazendeiros. Foi forçoso, afinal, respeitar a tenacidade nunca vista desse grupo de fanáticos, que se propusera propagar a ideia por todos os meios adequados, sobretudo em conferências públicas, realizadas nos principais teatros das cidades. Se lhes recusavam uma sala, recorriam a uma segunda, depois a uma terceira, e desta para aquela, daquela para uma outra. Tinham uma tenacidade e uma fé de apóstolos. Nada os detinha. Nada os esmorecia. Prestavam-se a todos os papéis, e a tudo recorriam. Eles mesmo varriam os teatros ou as salas de conferência, abriam-lhes as portas, pregavam os cartazes, distribuíam os programas, vendiam os bilhetes. Nas quermesses, que promoviam em benefício dos Negros, eram eles os leiloeiros de sua ideia. Nos jornais, eram a um tempo os redatores, eram os revisores, os repórteres, os distribuidores. Nas ruas, nos cafés, nas salas de espetáculo como nas salas de baile, nos bondes, nos trens, nas estações das estradas de ferro, nas igrejas e, até mesmo, nos cemitérios, esse grupo se agitava, se oferecia, se impunha, agia, falava, reclamava, gritava — e pouco a pouco vencia...

A ideia caminhava. Como a torrente que, engrossada pelas águas da chuva, se arrasta barrenta, pesada como um manto de mercúrio, ela la lentamente, quase sorrateiramente, invadindo todas as consciências, absorvendo todas as energias, vencendo todas as resistências. Entre 1868 — quando Luís Gama, um antigo escravo liberto, fora demitido do emprego por professar ideias abolicionistas — e 1878, quando a imprensa, a rua, o campo, a sociedade, tudo enfim começava a ser minado pelo Abolicionismo, iam dez anos apenas, mas que pareciam um século pela marcha vertiginosa dos novos ideais. "A instituição estava definitivamente condenada na opinião pública, e foi somente apelando para o direito de propriedade, a necessidade de ordem, e a própria existência da Nação, que se havia conseguido, por tantos anos, o silêncio sobre ela. As afirmações dos emancipadores, qualificados pelos adversários de revolucionárias, de anárquicas, de incendiárias, não precisavam senão de ser repetidas algumas vezes para triunfar pela própria justiça e pela verdade. O sentimento já existia, só lhe faltava organização."[4]

IV

Essa agitação popular assumiu tais proporções que se tornou impossível aos diversos Gabinetes se sucederem no Poder sem manifestarem direta ou indiretamente uma opinião qualquer a respeito. De 1879 a 1884, isto é, do início da primeira fase da campanha até a vinda do Ministério Dantas, já declaradamente favorável aos escravos, cinco Gabinetes têm assento nos conselhos da Coroa. "Cada um deles, desde Sinimbu, ver-se-á doravante obrigado a explicar-se a respeito, e em geral ficará caracterizado no espírito popular por alguma frase sobre o assunto, citada e discutida pelos abolicionistas, como essa de Saraiva, respondendo a Nabuco. Seu Governo ficou sempre na imprensa democrática como o Ministério que não *cogita da questão*, exatamente como o do seu sucessor, Martinho Campos, será o *escravocrata da gema*. Depois, Paranaguá e Lafayette, procurando em ponto tão delicado não ferir nenhum modo de pensar, hão de contemporizar com a questão até a subida de Dantas." São cinco Ministérios liberais, que "procuram defender-se quer pela resistência quer mesmo pela transação, contra o perigo do Abolicionismo."[5]

No fundo, faltava-lhes ainda o que Joaquim Nabuco chamava uma consciência emancipadora. Era a ausência dela, ou melhor, de uma visão objetiva dos acontecimentos, que levava Martinho Campos a dizer da tribuna da Câmara, comparando a escravidão a um pântano, que no dia em que pudesse ver-lhe o fundo, a questão estaria resolvida — "quando pudermos descobrir lhe o fundo, então, ousados, faremos o mais..."

V

Durante os cinco primeiros anos da agitação, isto é, até 1884, o Imperador guardou uma atitude de discreta reserva. Embora fossem conhecidas suas ideias favoráveis aos escravos e o empenho que pusera na preparação da Lei do Ventre Livre, ele entendeu dever guardar, nessa primeira fase da campanha, a sua posição estritamente constitucional de Chefe de Estado. Deixou que os Gabinetes liberais que se sucederam no Poder julgassem por si mesmos da necessidade ou não de empenharem o Governo em qualquer compromisso emancipador. Manteve uma atitude de simples espectador. E se alguns de seus atos puramente pessoais — puderam significar uma franca simpatia pela sorte dos escravos, como Soberano, porém, como Chefe de Estado, nada há de que se lhe possa atribuir. Toda a sua ação até então, e mesmo até o fim da campanha, foi muito mais reservada, muito mais discreta, do que durante o período de elaboração da Lei do Ventre Livre, quando ele tomou não somente a iniciativa de sugeri-la, como acabou por patrociná-la abertamente, levando de vencida a tenaz resistência de seus ministros e conselheiros.

Sua parte nos antecedentes da Lei 13 de Maio foi muito menos importante, muito mais modesta. Por quê? Antes de tudo, sua idade era outra. Não tinha mais os ímpetos da mocidade. Por isso mesmo o lado sentimental, o lado idealista, que todo homem possui nessa fase da vida, estava sensivelmente diminuído.

A sorte dos escravos certamente o tocava tanto quanto na época da extinção do tráfico ou da votação da Lei do Ventre Livre. Somente, a sua sensibilidade, que nunca fora grande, era menor. Por outro lado, não sendo mais o rapaz de 25 anos, ou o jovem de 40 e poucos, ele pesava melhor as responsabilidades que cairiam sobre a Nação no dia em que o problema dos escravos sofresse uma solução mais radical do que a prevista na Lei do Ventre Livre — fosse para a sua extinção dentro de um prazo mais ou menos curto, fosse para a sua extinção imediata. Tímido, por natureza, e convencido, como os políticos que o cercavam e o aconselhavam, de que a extinção imediata da escravatura seria a morte da agricultura no Brasil, e por conseguinte a ruína do próprio país, o Imperador pensava duas vezes antes de dar um passo definitivo no sentido de prestigiar, com a sua grande autoridade, a campanha que se operava lá fora em prol da abolição total.[6]

Depois, havia ainda a considerar os deveres constitucionais a que estava necessariamente ligado. Na técnica do governo representativo, qualquer intromissão sua mais acentuada na direção parlamentar dos Gabinetes seria tida como intolerável. É certo que essa intromissão se fizera antes mais ou menos às claras, mais ou menos direta, algumas poucas vezes mesmo desassombrada, nessa ou naquela questão política. Fizera-se precisamente na elaboração da Lei do Ventre Livre. [7] Mas a situação agora não era exatamente a mesma. Os partidos, apesar de tudo, tinham presentemente uma consciência política bem diferente de há quinze anos atrás. As molas de suas engrenagens, de seu mecanismo, eram mais suaves, muito mais sensíveis, bem mais aperfeiçoadas. Não tinham mais a perronice do aço novo, ainda não suficientemente azeitado, não trabalhado. Quinze anos de fricção, de contato direto, de adaptação de umas às outras, haviam dado a essas molas uma *souplesse*, uma sensibilidade, que o Imperador certamente não ignorava.

Não se fazia, portanto, mister, como em 1871, que ele se substituísse, neste momento, aos partidos. Estes, bem ou mal, tão bem quanto possível, podiam já agora dirigir-se melhor; convinha mesmo que procurassem se adaptar por si sós e cada vez mais às formas do regime, se integrassem no mecanismo geral do sistema representativo, e fossem progressivamente refletindo, não a vontade do chefe da Nação ou o capricho dos ministros, como se dera, em regra geral, até então, mas as tendências e a mentalidade das Câmaras.

Mas uma atitude sua de rigorosa discrição não podia, certamente, prolongar-se indefinidamente. Ela se explicaria até quando a ideia abolicionista se agitasse apenas entre os seus próprios correligionários, nos corredores do Parlamento ou no seio dos dois partidos constitucionais. Uma vez, porém, que começasse a ultrapassar esses limites, e adquirisse proporções de uma verdadeira campanha nacional, cívica e social, transformando-se no que Graça Aranha chamaria mais tarde de *loucura da abolição*, o dever do Imperador, como chefe da Nação, era justamente o de abandonar sua linha de imparcialidade; e, senão intervir franca e diretamente na campanha, formando ao lado dos abolicionistas, assumir ao menos uma atitude claramente definida, atitude de equilíbrio, equidistante entre a perronice dos escravocratas e o radicalismo dos extremistas, de forma a poder com o seu prestígio, com a sua ponderação, encaminhar pouco a pouco a consciência da Nação na direção realmente reclamada pelos interesses nacionais.

Foi o que ele procurou fazer, quando o Conselheiro Lafayette deixou o Poder, em junho de 1884.

VI

"Foi por uma insistência particular do Imperador que, depois de cinco Ministérios escravagistas, ainda houve a consulta prévia a três chefes liberais (*Sinimbu, Ouro Preto e Dantas*), da qual resultou a chamada ao Poder do Sr. Dantas, com o programa que se conhece. Somente a intervenção do Imperador deu assim ao Partido Liberal, no fim de uma situação, ensejo de afirmar do modo tímido e fraco por que o fez, a sua aquiescência tardia ao movimento abolicionista."

O testemunho é dado por Joaquim Nabuco.

É o que o Imperador, pesando bem as proporções que assumia o movimento popular em prol dos escravos, e antes que dele resultassem excessos talvez irreparáveis, bem possíveis num meio tão propenso aos exageros como é o nosso, compreendeu que era mister, que era mesmo urgente que ele desviasse o problema da agitação revolucionária a que o levavam os acontecimentos, e o encaminhasse na direção de uma solução pacífica e conciliadora. Era indispensável, como dirá Evaristo de Morais, que ele *freasse* a questão.

Mas para isso fazia-se necessário encontrar um chefe liberal capaz de assumir aquela difícil responsabilidade perante o Parlamento e a Nação. Os três últimos que se haviam sucedido no Poder — Martinho Campos, Paranaguá e Lafayette — estavam ainda demasiado comprometidos com a opinião parlamentar, para poderem arcar com semelhante tarefa. O Imperador apelou então para o Conselheiro Saraiva, o chefe liberal de sua predileção, em cujo anterior governo se realizara brilhantemente a votação da nova lei eleitoral.

Saraiva, porém, escusou-se: alegou a impossibilidade de organizar Ministério homogêneo em torno de uma questão que dividia tão profundamente, não apenas o Parlamento, mas também o seu próprio partido. Afastado o nome de Saraiva, restavam os de Sinimbu, Ouro Preto e Dantas. O primeiro era sabidamente contrário a qualquer manifestação do Governo sobre a questão da escravatura; Ouro Preto entendia que não se devia assumir nenhum compromisso, sem que fosse antes resolvido o problema financeiro, o que valia adiar a solução, que era urgente, para uma época remota; restava, portanto, Dantas. Veio Dantas.

Dantas já era então dos chefes mais em evidência do Partido Liberal. Na política do Império, era veterano. Como Saraiva, como Rio Branco, como Abrantes, como Cotegipe, e tantos outros políticos do primeiro plano, pertencia à Província da Bahia, esse ninho de estadistas da Monarquia — *fonte de talento*, como a chamava o Conde de Arganil, Cardeal— Patriarca de Lisboa.

Apesar de suas maneiras aparentemente despretensiosas Dantas era guiado por uma grande ambição, talvez a única verdadeira ambição de sua vida: a de ser o chefe único do Partido Liberal, o *pontífice máximo* de sua grei, aquilo que todos reconheciam em Cotegipe, nos últimos anos do Império, dentro do Partido Conservador. Esse sonho ele o devia entreter toda a vida: não o realizaria jamais. Faltaram-lhe, para isso, não poucos predicados, sendo o principal deles, talvez, uma firmeza maior de convicções e, mesmo, de caráter. *O fofo ministro Dantas*, era como o chamava Rebouças. Dantas era desses políticos que raramente tomam uma posição definida, que vivem apalpando o ambiente, numa irrequieta maleabilidade, que só dizem e só pensam o que ouvem em redor de si. Extremamente oportunista, procurava sempre aproveitar-se da atmosfera que o cercava para nortear os seus passos. Um navegador a vela. Homem que raramente enfrentava uma situação ou atacava de frente um problema. Fugia sistematicamente às complicações. Na primeira dificuldade séria abdicava suas convicções, renunciava seus princípios e largava prontamente os amigos. Haja vista o que fez com Rui Barbosa, por ocasião da organização desse seu Ministério, quando, a uma leve insinuação do Imperador, deixou o seu correligionário e amigo de toda a sua família inteiramente à margem.[8]

Era entretanto, um dos estadistas mais populares do seu tempo; e, no fim do Reinado, nenhum outro, talvez, o sobrepujava nesse particular. Isso devia-se a seus dotes excepcionais de espírito. Num meio de políticos em geral carrancudos, onde a sisudez era a regra, Dantas salientava-se pela extrema afabilidade e expansão de seu temperamento. Era um homem que trazia sempre o sorriso nos lábios. Vivia aos abraços. Falava com todo o mundo. Dava razão a todos. Tinha, como ninguém, a paciência de ouvir fosse a quem fosse, ao mais humilde como ao mais graduado cidadão do Império; a coragem, na qual só o Imperador o ganhava, de aturar *os maçantes*, os pedintes, os intrusos de toda a espécie, a classe enfadonha dos que querem passar por íntimos dos grandes homens, a todos quantos, enfim, o procuravam, fosse nos arredores do Parlamento ou do Ministério, fosse nas salas de sua residência particular.

Aí, em sua casa, não se fechavam as portas. Não se recusavam visitas. Acolhia-se a todos generosamente, largamente, a gregos como a troianos. Respirava-se uma atmosfera de grande tolerância, de franco otimismo, reflexo do temperamento do dono da casa, uma simpatia e uma franqueza que eram como que refrigérios nas paixões intolerantes de certos meios extremados da Corte. Deiró chamava a Dantas um gênio de paciência, e dizia: "No meio da aluvião de pretensões, no atropelo dos negócios, nas irritações dos adversários, nas descomunais e insensatas exigências dos correligionários, o Sr. Senador Dantas ouve a uns, risonho; escuta a outros, atencioso; fala a todos e dá razão a todos, cheio de promessas e de esperanças."[9]

VII

Dantas, como de resto todos os chefes políticos dessa época não era ainda um convertido às ideias abolicionistas, e muito menos a medidas radicais de emancipação. Tinha sobre isto, os seus receios, as suas objeções de princípio. Mas o Imperador, que queria decididamente que o Governo a si encaminhar a questão no Parlamento, fortaleceu-lhe a tal ponto o espírito hesitante, prometendo-lhe o inteiro concurso da Coroa, desse no que desse que o chefe liberal baiano acabou por retirar todas as objeções e desfazer todas as dúvidas. Falou-se até num *pacto* assentado entre o Soberano e o Presidente do Conselho em Virtude do qual a Coroa assumia o compromisso de sustentar toda a linha a política emancipadora do Gabinete, a qual compreendia, além da extinção do tráfico interprovincial e da conversão do fundo de emancipação, a libertação incondicional dos escravos sexagenários.

A grande significação do gesto do Imperador, apelando para Dantas e prestigiando-o com a sua solidariedade pessoal e constitucional, estava em que doravante era o próprio Governo quem trazia para o Parlamento a questão da emancipação, "intervindo com a maior seriedade na solução progressiva do problema", conforme rezavam os termos da própria declaração ministerial; trazia-a da rua para o Parlamento, como dirá pouco depois Saraiva, evitando que ficasse entregue inteiramente às incertezas sempre perigosas da irresponsabilidade popular. "Neste assunto — dizia em resumo a declaração ministerial de Dantas — nem retroceder, nem parar, nem precipitar."

O Imperador, pelo apoio que dava à política do Gabinete foi, naturalmente, alvo dos ataques da oposição escravocrata, ou de quantos, de longe ou de perto, tinham interesses ligados ao trabalho do Negro. *Influência indébita, intromissão fatal e ruinosa, poder pessoal, príncipe conspirador,* e outras tantas acusações deste gênero foram as mais brandas que se ouviram. "Na Câmara — observa Oliveira Lima — houve violentos discursos contra o Monarca brasileiro, talvez os mais violentos que jamais foram pronunciados no nosso Parlamento. Para se avaliar o diapasão a que se elevaram, basta recordar que de alguns trechos desses discursos se utilizaram os propagandistas da República para combaterem Dom Pedro II"[10].

O Imperador, com aquela serenidade que sempre guardou diante dos ataques que lhe faziam, manteve com firmeza seu apoio ao Ministério. Sentia-se que ele estava decidido a encaminhar no Parlamento a questão da emancipação, e que esta decisão se lhe fixara definitivamente no espírito; que nada o demoveria dela. Assim, quando Dantas, depois de uma série de escaramuças com a facção dissidente do Partido (ante a neutralidade astuciosa dos Conservadores, que de indústria deixavam os Liberais se devorarem entre si), se viu, afinal, posto em minoria!"[11] e apelou para a dissolução da Câmara, o Imperador não duvidou em concedê-la, muito embora não fosse esse o parecer do Conselho do Estado.

Realizadas as eleições (era a segunda experiência da Lei Saraiva), a nova Câmara não veio, contudo, mais bem-disposta para com o Gabinete do que se mostrara a anterior. Novas escaramuças, novos embates parlamentares com a facção dissidente do Partido, e o Gabinete mais uma vez em minoria.[12] Em face disso, voltou-se outra vez para o Imperador, pedindo nova dissolução. Desta vez, porém, não foi possível ao Monarca atendê-lo. Ponderou-lhe "que a Câmara acabava de ser eleita, e o fora sob sua administração."[13] Desatendido, e impossibilitado de modificar em seu favor o sentimento parlamentar, Dantas teve que retirar-se.

803

VIII

Assim como sofrera pouco antes os mais violentos ataques pelo apoio que dera ao Ministério que retirava, pelo *pacto* que se dissera formara com ele, o Imperador via-se agora alvo de novas investidas por não haver consentido nessa segunda dissolução da Câmara reclamada por Dantas. Os abolicionistas extremados acusavam-no de haver rompido o suposto pacto, de haver abandonado e quase traído o Ministério, retirando-lhe a promessa formal de apoio. *O erro do Imperador*, foi a frase de que se serviu Joaquim Nabuco, num folheto do tempo, para resumir todas essas acusações contra o Monarca.

Ora, a defesa do imperador era muito simples: ele não podia conceder a nova dissolução solicitada por Dantas. Concedera-lhe a primeira porque a Câmara de então, eleita que fora sob uma situação conservadora, podia em verdade não exprimir mais o sentimento público da Nação; em rigor, mesmo, não a podia negar. O caso presente era, porém, outro: tratava-se de uma Câmara eleita sob o mesmo Gabinete liberal que estava no Poder. Ora, aberrava de todas as praxes, era contrário ao espírito do regime, senão à própria moralidade política, que uma situação liberal dissolvesse uma Câmara eleita não somente sob um governo liberal, mas sob a sua própria administração. Ele não consentira, cm 1880, em que Sinimbu dissolvesse, por causa da reforma eleitoral, a Câmara que o próprio Gabinete elegera pouco antes; agora, agindo coerentemente, negava o mesmo recurso a Dantas.

A culpa da queda do Gabinete Dantas, portanto, o *erro*, como chamava Joaquim Nabuco, devia ser atribuído não ao Imperador, mas exclusivamente à facção liberal dissidente, que, de parceria com os conservadores, ou melhor, fazendo inconscientemente o jogo destes, não somente dificultara o mais possível a ação do Ministério formado de seus próprios correligionários, como acabara mesmo por atirá-lo ao chão.

Retirando-se Dantas, veio Saraiva, que tentou ainda, para conciliar os pontos de vista das duas facções do Partido, restringir um pouco as medidas emancipadoras pleiteadas pelo Gabinete anterior, inclusive a idade dos escravos a serem imediatamente libertados, que passava de 60 para 65. Sempre conseguiu com isso que o projeto, assim modificado, fosse votado pela Câmara, apesar da terrível oposição que logo lhe moveu a facção abolicionista extremada do seu próprio Partido. Mas depressa percebeu que a maioria ocasional e toda fortuita que se formara na Câmara, expressamente para apoiar o projeto, não se manteria, certamente, assim que ele fosse encaminhado à deliberação dos Senadores. Nestas circunstâncias, como bom tático que sempre fora, preferiu retirar-se voluntariamente, a ter de sofrer na Câmara o voto de desconfiança.

Ao Imperador ele escrevia:

"A passagem do projeto servil na Câmara temporária só pôde ser levada a efeito pela união temporária e patriótica dos dois partidos constitucionais, cujos representantes constituíram até agora a grande maioria que apoiou a reforma e o Ministério contra a oposição também formada pelas minorias de ambos os partidos.

"Esta posição parlamentar, porém, que produziu a passagem de reforma na Câmara, não pode e nem deve continuar desde que o projeto está votado e entregue à prudência, sabedoria e patriotismo do Senado.

"Em tais circunstâncias, e não devendo o Ministério continuar sem a esperança de poder constituir a maioria, em nome da qual fora organizado, convoquei ontem o Conselho de Ministros, que resolveu o seguinte: 1^0 – que não podia o Ministério ter esperança fundada de reconstituir a maioria, em nome da qual fora organizado; 2^0 – que

804

era de alta conveniência sua retirada, e antes mesmo de um voto de desconfiança, para facilitar a organização de um Ministério que pudesse apresentar a tempo e organizar um orçamento regular."[14]

O Imperador bem que tentou a constituição desse Ministério, com os elementos ainda disponíveis no Partido Liberal. Seguindo a tradição parlamentar, pediu a Saraiva que indicasse o sucessor. Saraiva, porém, excusou-se: não quis assumir naquele momento uma tal responsabilidade, O Imperador apelou então para o único chefe liberal possível ainda de governar: Paranaguá. Mas este, pesando as mesmas dificuldades que forçaram a retirada de Saraiva recusou a investidura.

Paranaguá, aliás, não era o homem indicado para assumir o Governo numa ocasião difícil como aquela. Faltavam-lhe não poucas qualidades. No fundo, era um homem medíocre. Ganhara uma certa notoriedade quando Ministro da Guerra do 3^0 Gabinete Zacarias, cm 1866, na fase talvez mais difícil da Campanha do Paraguai. Mais tarde, em 1882, seria chamado para organizar Ministério, e durante quase um ano presidiria o Governo, com a modéstia e a desambição que o caracterizavam.

Em Paranaguá, como em muitos dos nossos homens públicos do Império, o magistrado sobrepujava o político. Era uma criatura dotada de bom caráter, e tinha uma justa compreensão dos homens e das coisas. De fundo honesto, talvez por isso não alimentasse grandes ambições. Desfrutando uma situação de extrema simpatia no Paço, graças ao doloroso acidente de que fora vítima ali sua filha, a futura Baronesa de Loreto, por uma infelicidade da Princesa Imperial, ele podia ter tido, na política geral do Império, uma situação bem mais destacada. Não quis. Preferiu limitar suas atividades públicas às reduzidas ambições de seu temperamento.

Com a recusa de Paranaguá, só restava ao Imperador fazer o que ele precisamente fez: apelar para os conservadores, que, desde a retirada de Caxias cm 1879, aspiravam voltar aos conselhos da Coroa.

Veio o Barão de Cotegipe.

IX

A agitação nos arraiais liberais foi tremenda! Todos caíram em cima do Monarca. Eles sentiam que a questão da abolição se encaminhava para uma solução final, e previam já que ela teria o mesmo destino que a Lei do Ventre Livre, isto é, o seio dos conservadores. Era isto que os exasperava. Na cegueira dessa desilusão, todas as suas investidas iam para o Imperador. Os liberais da facção abolicionista eram, então, os mais agressivos. "Os conservadores mais ferrenhos — dirá Oliveira Lima —, tinham-se esfalfado em denunciar o Soberano, atraindo sobre ele os senhores de escravos; agora fora a vez dos ultraliberais denunciá-lo ao rancor popular, concordando uns e outros em apresentá-lo como um tipo de astúcia, de maquiavelismo, de despotismo e de indiferença oriental."[15]

Joaquim Nabuco, que nessa fase de sua vida pública não era sempre justo para com o Monarca, salientou-se como um dos mais impetuosos no ataque. Com uma injustiça que depois reparou, acusou o Imperador, da tribuna da Câmara, de não ter dado, durante o Reinado, um minuto sequer de suas apreciações ao problema servil; de não ter pronunciado uma palavra que a História pudesse registrar como uma condenação formal da escravidão pela Monarquia, um sacrifício da Dinastia em favor da liberdade, um apelo do Soberano ao povo em prol dos escravos [16]. Os fatos, toda a vida publica do Imperador gritavam contra estas palavras de Nabuco. E ele bem o sabia. Mas, no desespero por ver os ideais abolicionistas adiados, sobretudo por vê-los entregues à decisão dos Conservadores. Nabuco perdia completamente o sentimento de justiça.

O que nem ele nem o seu grupo dos Liberais extremados perdoavam ao Imperador era o fato de este ter *largado* Dantas, como diziam, e chamado, depois da retirada voluntária de Saraiva, os Conservadores para os bancos ministeriais. "Substitui o Partido que comparecera perante os eleitores em nome da liberdade, chamando a si o patronato dos escravos — exclamava Nabuco — pelo Partido que não se opôs no Parlamento se não a ser o agente e o defensor da Escravidão — quer dizer, volta-nos as costas, a nós, que fomos acusados de ter com ele celebrado um *pacto*, no próprio dia da derrota, que nos devia ser comum e estimular a lealdade de um poder"

Havia uma grande injustiça em culpar o Imperador de ter ido o Governo parar nas mãos dos Conservadores, "quando o país estava cheio de aspirações liberais." Dom Pedro II bem que tentou, em seguida à demissão de Saraiva, conservar os Liberais no Poder. Pois não pediu a Saraiva que indicasse o seu sucessor, e Saraiva não recusou fazê-lo? E, apesar disso, não chamou depois Paranaguá? E Paranaguá não declinou da tarefa de organizar o novo Gabinete?

De resto, nem Paranaguá, nem Saraiva, nem de novo Dantas, nem Sinimbu memhum, em suma, dos chefes liberais de então podia, naquele momento, assumir a responsabilidade de conservar o Partido Liberal no Poder. A menos que fosse para se retirar no dia seguinte, como acontecera com Saraiva. Porque, se o país estava *cheio de aspirações liberais*, como se dizia (e as eleições feitas pouco antes por Dantas não haviam provado isso), o Parlamento, pelo menos, nos curtos dias do anterior Gabinete liberal, presidido por Saraiva, apresentava o verdadeiro aspecto de uma Câmara francamente conservadora. Saraiva bem que se apercebeu disso. A prova é que não quis enfrentar ali uma luta desigual. Preferiu retirar-se estrategicamente.

Os Liberais acusaram o Imperador de haver entregue o poder aos Conservadores. Mas, não foram eles, afinal, os culpados do enfraquecimento em que se encontrava agora o Partido e, consequentemente, da incapacidade para governar? Quem provocou a cisão no Partido Liberal? Quem combateu e afinal derrubou o Gabinete Dantas, impedindo depois que o seu sucessor, Saraiva, levasse a Lei dos Sexagenários à votação do Senado? Não foi sobretudo a dissidência liberal de 84 e o grupo dos liberais abolicionistas de 85?

Aliás, será o próprio Joaquim Nabuco quem dirá pouco mais tarde na Câmara, nas vésperas da votação da Lei de 13 de maio. "Se é o Partido Conservador que vai declarar abolida a escravidão no Brasil, a culpa dessa substituição dos papéis há de recair toda sobre essa dissidência liberal de 1884, que impediu o Ministério Dantas de vencer as eleições daquele ano... e de realizar uma reforma muito mais larga do que o seu projeto."

Que podia, portanto, fazer o Imperador, diante da situação em que o puseram, senão aquilo mesmo que fez? Deu ainda uma oportunidade aos Liberais, chamando Paranaguá. Este declinou da responsabilidade. Recorreu então aos Conservadores, na pessoa de seu *pontífice máximo*, o Barão de Cotegipe. Era interpretar rigorosamente o espírito do regime, de que os políticos se mostravam sempre tão ciosos.

Culpá-lo, como faziam agora os liberais abolicionistas, sobretudo Nabuco, por simples espírito de partido, de defender a escravidão para defender-se a si próprio, [17.] · era uma grande injustiça. Nabuco, que censurava o Imperador por não ter querido sustentar o Gabinete Dantas, *mesmo contra o voto da maioria da Câmara* — o que era uma contradição de quem o culpava ao mesmo tempo de fazer governo pessoal — estava esquecido de que lhe rendera, pouco antes, a devida justiça, quando escrevera: "Que a ação individual do Imperador foi empregada, sobretudo depois de 1845, até 1850, em favor da supressão e o tráfico, resultando naquele último ano nas medidas de Eusébio de Queirós, e de 1866 a 1871 em favor da emancipação dos nascituros, resultando nesse último ano na Lei Rio Branco, é fato que o Imperador, se quisesse escrever *Memórias* e contar o que se passou com os diversos Gabinetes dos dois partidos, poderia firmar historicamente com um cem número de provas. A sua parte no que se tem feito é muito grande é quase essencial, porquanto ele poderia ter feito o mesmo com outros homens e por outros meios, sem receio de revolução." [18]

Cotegipe conseguiu facilmente a aprovação da lei que emancipava os sexagenários (28 de setembro de 1885). Era a segunda grande vitória Conservadora na história da abolição da escravatura no Brasil. A terceira e última não tardaria a vir, três anos depois, com a Lei de 13 de Maio de 1888.

Durante esse curto espaço de tempo a agitação abolicionista serenou um pouco por toda a parte. Houve como que uma trégua geral. Dir-se-ia que a lei sobre os sexagenários contentara a gregos e a troianos. A Cotegipe pareceu até que essa parada era definitiva; e que toda a inquietação que lavrara antes no país fora puramente fictícia (sua própria expressão), produto apenas de uma agitação sem base e sem finalidade.

Mas não. Quem tinha razão era Cândido de Oliveira: a propaganda abolicionista estava apenas incubada, era uma brasa escondida sob cinzas fáceis de remover. De fato. As cinzas seriam em breve afastadas, e a chama renasceria com a queda do Gabinete Cotegipe, em consequência da desinteligência havida, na questão com os militares, entre a Princesa Imperial Regente e o velho chefe Conservador.

Já desde pouco antes a saúde do Imperador começara a declinar. Aquele organismo tão sólido, tão bem constituído e bem conservado, vinha cedendo lentamente. Datava de 1886, quando da sua viagem a Poços de Caldas, o depauperamento visível de suas forças físicas. Baldados, no país, os recursos para curá-lo, foi mister recorrer a uma viagem à Europa, para lá consultar os especialistas.

Sua partida foi prontamente resolvida. Em junho de 1887 lá se la o Monarca, sempre na companhia da velha consorte, triste, alquebrado, envelhecido... Deixava atrás de si o país na mais crítica situação. A inquietação dos espíritos era geral. Os partidos monárquicos divididos, quase em dissolução. Como não bastasse a fogueira dos abolicionistas, a questão com os militares viera agora aumentar ainda mais essa inquietação. Dir-se-ia que o *Gironde*, carregando em seu bojo o corpo alquebrado do velho Soberano, levava também barra fora a própria instituição monárquica. *Esquife da Monarquia* — foi aliás como o batizou Quintino Bocaiúva, numa frase quase profética.

X

A presença da Princesa Imperial à frente do Governo iria precipitar a marcha das ideias emancipadoras. Não que seus sentimentos, nesse particular, fossem mais profundos do que os do pai, mas porque sua sensibilidade feminina, sobretudo as tendências manifestamente católicas de sua educação dar-lhe-iam, na questão da Abolição, uma vontade de agir mais acentuada do que a que se notara até então no Imperador.

Cotegipe sentiu isso logo que ela assumiu a Regência. Aliás, já dias antes, nas vésperas da partida do Imperador, a Princesa manifestara ao Presidente do Conselho senão a sua divergência com o Ministério, no tocante às linhas gerais da política, pelo menos sua estranheza pela excessiva contemporização com que enfrentava os dois problemas palpitantes do momento — a Abolição e a questão com os militares. O velho e matreiro político baiano, como era seu costume, fugira habilmente à chamada: fizera ver à Princesa que a agir de outra forma poderia pôr em risco até mesmo a vida do Monarca — "*e assim tapou-me a boca*, dirá ela." [19]

Depois de assumir a Regência, Dona Isabel voltou a chamar a atenção de Cotegipe para a marcha, na opinião pública, da questão da emancipação, e para a necessidade de o Gabinete *fazer qualquer coisa* no sentido de facilitar-lhe os passos. "A questão da Abolição caminhava — dirá ela — suas ideias ganhavam-me cada vez mais, não havia publicações a respeito que não lesse, e cada vez mais me convencia de que era necessário fazer qualquer coisa nesse sentido"[20]

Cotegipe, cuja pouca vontade no assunto era manifesta, objetava-lhe não lhe possível ir de encontro à lei que emancipara os sexagenários, na qual ele fora parte preponderante; e que o mais que poderia fazer seria interpretá-la de modo a diminuir o prazo para a libertação. Ora, a Princesa não desejava outra coisa; mas Cotegipe, bem o sabia, não lhe fazia essas promessas senão com o intuito de amortecer-lhe: as impaciências abolicionistas. No fundo, ele não estava nada disposto a reabrir o problema dos escravos.

A Princesa, porém, que já começava a compreender o jogo de Cotegipe, não o deixava sossegado. Meses depois, no verão de 87, quando, encerradas as Câmaras, o Presidente do Conselho repetia-lhe as mesmas desculpas — *estar estudando a questão* — ela voltou à carga. "De novo chamei a atenção do Sr. Barão de Cotegipe para a questão; faltou dizer-lhe que devia retirar-se. Mas nada parecia compreender o Sr. Barão, e com muito boas palavras e muito jeito ainda desta vez foi mais fino do que eu. Dias depois, em despacho, julguei dever repetir diante de todos os Ministros (receosa de que o Sr. Barão guardasse só para si minhas ponderações) o que lhe dissera particularmente, acrescentando que o Ministério não podia continuar se não fizesse qualquer coisa a favor da emancipação; que seria um mal que o Partido Conservador se cindisse, e que julgava deveria aceitar as ideias dos Senadores João Alfredo e Antônio Prado. A isto não me lembra se foi o Sr. Barão ou Sr. Belisário,[21] que respondeu-me *não ter de ir atrás destes senhores*. [23]

A Princesa não o refere em suas notas, mas Cotegipe consignou o fato, que exprime, bem o desentendido que se abrira entre os dois: insistindo ela por que o Ministério assumisse uma posição mais decidida na questão da Abolição, sem o que sua força moral cada vez mais se perdia, aconselhou-lhe Cotegipe a manter-se neutra numa disputa que dividia tão profundamente os partidos — como a Rainha Victoria, acrescentou. A isto retorquiu-lhe a Princesa ter o direito de manifestar-se, e que a Rainha Victoria era justamente acusada por essa neutralidade prejudicial aos interesses da Inglaterra.[23]

XI

A incompatibilidade entre os dois era já, portanto, indisfarçável. O Ministério só se conservava no Poder graças ao malabarismo político de seu chefe, o qual, com a costumada habilidade, desviava sempre as interpelações da Princesa, para deixá-la na mesma situação de incerteza de antes.

Enquanto isso, dirá ela, "os acontecimentos precipitavam-se, tive vergonha de mim mesma, que talvez por um excesso de comodismo, para evitar uma estralada, o que sempre me é desagradável, descuidava fazer com que se retirasse um Ministério que sentia não fazia em primeiro lugar o bem do país, depois com ele me arrastava para o abismo. Do Sr. Barão de Cotegipe não obtinha esclarecimento algum sobre a questão da emancipação. Com muito jeito sempre deixava de fazer ver o que pensava, quando incitava a que ele se declarasse. Pelo pouco, porém, que obtive dele, e da atitude do Ministério, estava convencida de que nada fariam."[24]

Essas escaramuças entre Cotegipe e a Princesa teriam possivelmente se prolongado ainda por algum tempo, se não fora o incidente que sobreveio entre ambos, em março de 88, a propósito da prisão pela Polícia de um oficial do Exército, que logo degenerou numa nova questão militar, e levou a Princesa a tomar uma posição francamente contrária ao presidente do Conselho: escreveu ao Ministro da Justiça, Mac-Dowell, uma carta que valia pela demissão pura e simples do Ministério. Cotegipe, afinal, compreendeu. Propôs imediatamente a retirada do Gabinete, logo aceita pela Princesa.[25]

"A quem Vossa Alteza quer que eu chame?" perguntou.

Ela não hesitou; o nome que já desde muito estava nas suas cogitações: "O Sr. João Alfredo."[26]

No fundo, ela não tinha ainda uma opinião definitiva sobre o melhor meio de solucionar o problema da Abolição. Mas depositava uma grande confiança no chefe Conservador pernambucano; e isto era o principal, num momento em que se fazia mister sobretudo consertar o desentendimento constitucional que se criara entre a Regência e a Presidência do Conselho. "Conhecendo as ideias do Sr. João Alfredo (dirá ela) estava convencida de que o que ele fizesse seria bom."[27]

João Alfredo vinha disposto — era sabido — *a fazer qualquer coisa* em favor da Abolição. Contudo, ele não compreendeu desde logo o papel radical que lhe estava reservado. Não se apercebeu do fogo que já alastrava por todos os lados.[28] "Na questão do elemento servil, escrevia Rui Barbosa no *Jornal do Commercio* — o Sr. João Alfredo não sabe o que quer; mas da noite para o dia é capaz de querer tudo." Tendo formado Gabinete sem compromissos com a Regente, mas apenas com a promessa de tentar qualquer coisa pela sorte dos escravos,[29] ele quis, a princípio, contemporizar, adiando o desenlace fatal da questão: tentou espaçar de três a cinco anos a libertação final dos escravos; experimentou outras medidas dilatórias. Mas em vão. Já era tarde. As tergiversações de Cotegipe haviam provocado o amadurecimento rápido do problema. Foi forçoso, assim, tanto ao Ministério como à Regente, aceitarem a abolição imediata e sem indenização.

Esta, na realidade, já existia. O país todo, exceção de alguns interessados ou dos últimos intransigentes, se solidarizava sem rebuços com os libertadores de escravos. Magistraturas classes armadas, funcionalismo público, imprensa, mocidade das escolas, comerciantes, agricultores mesmo, todos se agitavam, conspiravam, cabalavam pela sorte dos Negros. A tal ponto que, pode dizer-se, a Lei de 13 de Maio de 1888, na sua redação clara e incisiva — *é declarada extinta a escravidão no Brasil*, — foi, rigorosamente, a sanção da vontade nacional.

Nesse mesmo dia, longe, no Estrangeiro, estendido sobre uma cama de hotel, o Imperador agonizava...

1. Dom Pedro II – Imperador do Brasil gravura em metal de Giesecke & Drevrient segundo foto de Fillon. *Lípsia*, 1880. Rio de Janeiro, Biblioteca Nacional. Ilustra a edição Emilio Biel de *Os Lusíadas*, impressa no porto para comemorar o tricentenário da morte de *Camões*. *O imperador havia sido o principal subscritor da mesma*

*2. "Já se, já sei ..." Caricatura do Imperador, no *Álbum das Glórias* de Bondalo Pinheiro, 1883.

3. O imperador e o Gabinete Saraiva. Homenagem por ocasião de Lei do Sufrágio Direto. Cartel volante, janeiro de 1881.
As fotos já então substituiam a litografia nesses quadros comemorativos a que o lápis litográfico de Sisson dera imensa voga. O fotografo é Alberto Hienrschel

4. "Ligação direta das eleições diretas." O Conselheiro Saraiva recebe notícias do sufrágio direto pelo tefônio. Caricatura de A. Agostini na *"Revista Illustrada"* janeiro de 1881.

5. Joaquim Nabuco. Foto de Galerie Duscastle (Recife), c. 1886. Petrópolis, Museu Imperial.

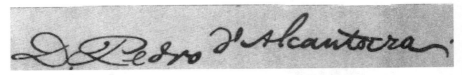

6. Autógrafo do Imperador enquanto particular. Petrópolis, Museu Imperial.

7. "O estado moral do nosso país." Caricatura de Ângelo Agostini na "Revista Illustrada" de 2 de setembro de 1882. [Agostini satiriza aqui a passagem do 60^0. aniversário da Independência, glosando a romântica estátua equestre do fundador do Império, esculpida por Louis Rochet para a Praça da Constituição da Corte (o Largo do Rossio, hoje Praça Tiradentes) — a mesma que os liberais exaltados de 1862 haviam crismado "mentira de bronze" e "o vício a cavalo. Na caricatura, carregada de jogos verbais traduzidos visualmente, Dom Pedro II olha o céu por um óculo de alcance (ou mais explicitamente, uma "estrela": Vênus), embora seja meio-dia, ao mesmo tempo que cavalga a lesma Constituição. Duas preguiças servem de tenentes às armas do Império; em lugar dos Aimorés e Goitacazes, do Tapir e do Tamanduá que Rochet foi espiar nos álbuns de Debret e Rugendas, a fim de os colocar no plinto do monumento, enquanto elementos de mítica cor local, estão dois membros do Gabinete, com os bicórnios da farda emplumaos, que ressonam sobre o jaboti Parlamento, pai da pátria e da grei. Dois ciprestes (importados) enquadram esse mausoléu do Império. Legenda: "O estado moral do nosso país pede quanto antes a execução desse monumento, cujo projeto apresentamos."]

CAPÍTULO II

EMANCIPAÇÃO DOS ESCRAVOS A CÉSAR O QUE É DE CÉSAR

Atitude dos políticos com relação à escravidão. Sentimento antiabolicionista do Parlamento. A Consciência jurídica dos bacharéis políticos. Medo de uma abolição imediata. Tentativa protelatória de João Alfredo. Opinião derrotista de Joaquim Nabuco. Atitude de Silveira Martins e de Saraiva. A influência do meio no Espírito do Imperador. Sua opinião com relação à abolição imediata. Apreciação errada de todos. Verdadeiros efeitos da Abolição. Justiça devida ao Imperador. A César o que é de César.

I

A lei de 13 de Maio só tinha um defeito: o de vir tarde. Com ela o Imperador resgatava, pelo mais tocante dos sacrifícios — dirá Oliveira Lima "pelo seu próprio holocausto, o erro da Independência, libertando politicamente o Branco sem libertar socialmente o Negro"[31]

O Imperador foi apontado como um dos culpados da permanência, entre nós, da escravidão. Por indolência ou má vontade, por timidez ou excessivo nacionalismo, que o levava a não querer trocar o trabalho do Negro nacional pelo do Branco estrangeiro,[32] por isso ou por aquilo, pretextos que cada qual não se cansava de fantasiar, ele era responsabilizado pelo tardio e quase trágico desenlace da questão dos escravos. Era certo que outros o culpavam justamente do contrário.

Nesse encontro de opiniões, porém, não era difícil *dar a César o que era de César.*Na história da abolição no Brasil, que era um pouco a história do Imperador, como dirá Batista Pereira, a parte de culpa de Dom Pedro II era fácil de focalizar-se. Em suma fora esta: ele nunca tivera a coragem ou a necessária decisão para enfrentar, mais decididamente do que o fizera, a formidável opinião política do Reinado contra a abolição da escravatura. "Ouviu os interesses de partido; cedeu à prudência dos seus estadistas; preferiu os emplastros contemporizadores da transigência política", dirá Batista Pereira, que acrescentará ainda esta verdade: "Essa culpa, porém, não foi só sua: compartilharam-na desde Bernardo de Vasconcelos até Cotegipe, os nossos maiores estadistas ."[33]

II

Não se pode dizer que os homens políticos do Império fossem partidários, por princípio, do sistema da escravidão. O sentimento deles, como de toda a Nação; condenava certamente um estado de coisas que tanto nos envergonhava. Mas é certo também que esse sentimento nunca, ou com raríssimas exceções, se refletiu nos seus atos de homens públicos.

E a verdade é esta: não houve um estadista, um político de responsabilidade nos destinos do Império, que não manifestasse ou a sua opinião contrária ou a sua má vontade ou ainda o seu desinteresse pelas medidas que se criavam em benefício da libertação dos escravos. [33a] Esta foi a regra. As exceções foram uns poucos, que desde 1865 vinham atacando abertamente a instituição servil, como Jequitinhonha, como Silveira da Mota, como Tavares Bastos; ou o grupo dos abolicionistas que mais tarde provocariam as leis de 85 e 88. Os demais só fizeram estorvar as iniciativas em prol dos escravos. E, se alguns mais esclarecidos acabaram cedendo no todo ou em parte, como Rio Branco, como Dantas, como João Alfredo, foi sobretudo graças à atitude propulsora do Imperador e, na última fase, de sua filha a Princesa Imperial.

Já a Lei do Ventre Livre fora votada sob a oposição parlamentar mais formidável que se vira nos anais de nossas Câmaras. Era quando Duque-Estrada a denunciava como "a centelha ateadora de um vasto incêndio", e Pereira da Silva declarava que ela seria "a causa de calamidades inauditas e de crimes medonhos..." Se essa Lei conseguiu, afinal, vencer a má vontade geral, foi graças, sobretudo, à decisão do Imperador, apoiando sem discrepância, a tenacidade e o valor combativo do Visconde do Rio Branco. É certo que ele estava na Europa justamente quando do mais aceso da luta parlamentar. Mas não era segredo para ninguém que o Gabinete não passava, nesse assunto, de um reflexo do seu pensamento.

Para se ter uma ideia do que era então o ambiente parlamentar, com relação à liberdade dos escravos, basta referir o seguinte. Cinco anos antes da votação da Lei do Ventre Livre, precisamente em 1866, quando, pela primeira vez, se tocou no assunto na Fala do Trono, assim mesmo em termos os mais cautelosos, para dizer-se apenas que os interesses ligados à emancipação deviam *merecer oportunamente a consideração do Parlamento*, o fato provocou um tal escândalo, que pareceu se estar na véspera de uma catástrofe nacional. Os menos assustados consideraram-no uma *temeridade*; "os Conservadores julgaram-no uma loucura, e houve Liberais que abandonaram a sorte do Gabinete (era o Ministério liberal de Zacarias), reputando-o uma ameaça à paz e à riqueza pública. José Bonifácio, o Moço, rompeu com o irmão Ministro, profligando a sua solidariedade em tão nefasta obra." [34]

Conseguiu-se, apesar de tudo, votar a Lei do Ventre Livre. Mas daí para diante foi quase impossível caminhar. Passado o período de calmaria, quando de novo se voltou a agitar o problema, o clamor que se levantou dos arraiais políticos foi simplesmente impressionante. Liberais e Conservadores, todos se solidarizaram, decididos que estavam a não consentir em nenhum avanço além daquela Lei.

Foi quando se viu um liberal de tradições como José Bonifácio, o Moço, meter-se de parceria com ferrenhos escravagistas, como Saião Lobato. Os mais ousados, como Jerônimo Sodré, considerado, no entanto, mais tarde, um abolicionista da primeira linha, "arriscavam-se a dizer apenas que a Lei de 1871 era manca, não protegia a condição do protegido e ainda menos a do possuidor; e que não seria possível nenhum progresso moral nem intelectual enquanto existissem escravos" [35] Rui Barbosa, outro liberal, que desde os bancos acadêmicos manifestara ideias abolicionistas, apreciava, no entanto, em 1880, toda a agitação em favor dos escravos sem dizer uma só palavra de apoio ao movimento.

Que dizer então de outros políticos, dos estadistas de maior prestígio, sabidamente pouco simpáticos, senão mesmo contrários às ideias liberais de abolição? Como Paulino de Sousa, por exemplo, de uma velha família conservadora e escravocrata; como Andrade Figueira, que, apesar de libertar seus escravos, para melhor atacar os dos outros,

814

vinha para a Câmara declarar, um ano apenas antes da Lei 13 de Maio, que o Abolicionismo era nada mais nada menos do que uma *exploração*; como Coelho Rodrigues, que em 1886 ainda tinha a cegueira de classificar esse movimento de *calamidade pública*?

Silveira Martins, liberal dos mais avançados, dizia amar mais a Pátria do que o Negro, para justificar sua oposição às medidas emancipadoras do Governo, esquecido de que o problema da liberdade dos escravos, deixado sem solução, acabaria por arruinar essa Pátria que ele dizia tanto idolatrar. "Todos nós nos levantaríamos contra quem lembrasse a ideia radical da Abolição" era a ameaça de outro liberal, Antônio Felício dos Santos. Martim Francisco, também liberal, protestava energicamente contra as opiniões temerárias dos abolicionistas. Seu filho la além: denunciava o grupo dos apóstolos libertadores como "gritadores de esquina, que se ostentavam na arena da imprensa, ao lado do jornalismo sério, com a mesma inconveniência com que um homem nu se apresentaria numa sala de baile." E Martinho Campos, quando Presidente do Conselho, apontava o mesmo grupo como "meia dúzia de moços e velhos maníacos", acrescentando que a agitação abolicionista não passava das confeitarias da Rua do Ouvidor.

Paranaguá sucedia, em 1882, a Martinho Campos. Sua declaração ministerial foi tida como *ousada*, quase inconcebível, porque se mostrara favorável a uma melhor execução da Lei do Ventre Livre, e concordara com a adoção de medidas que proibissem o comércio de escravos entre as Províncias. Era quando Antônio Carlos declarava, fazendo coro com a maioria parlamentar, que a Lei de 1871 bastava, e que já se tinha feito pelos escravos o que era possível fazer-se. Sinimbu, grande chefe liberal, era ainda mais intransigente: governo, dizia ele, não concorreria em nada para apressar o termo da escravidão!

III

A mentalidade do Parlamento era tal, que já se estava em 1883, e César Zama não conseguia nem mesmo fazer aprovar um projeto extinguindo as penas de açoite, de ferro ao pescoço e outros suplícios para o escravo, estabelecidas no Código Criminal, apesar da Constituição do Império considerar abolidas todas as penas dessa natureza. E Joaquim Nabuco não obtinha pouco antes, numa Câmara de Deputados liberal, senão *18 votos* favoráveis ao seu projeto determinando que a abolição total se fizesse num prazo de dez anos! Dois anos depois, só a muito custo, e por maioria apenas de cinco votos, passava o pequeno aumento que se destinava ao fundo de emancipação; e José Mariano, que só mais tarde seria um exaltado abolicionista, contentava-se simplesmente com esse pequeno aumento. Lafayette, antigo Republicano e liberal dos mais avançados, não compreendia, ainda nesse ano, outra solução para o problema senão "pelo desenvolvimento da Lei de 1871." E Liberais como Afonso Pena, João Penido, Valadares, Antônio Carlos e outros deputados mineiros preferiam derrubar o Ministério de seus próprios correligionários, presidido por Dantas, a se conformarem com a libertação dos escravos maiores de sessenta anos. À *consciência jurídica* dos bacharéis políticos, que só servia para entravar toda providência de caráter prático, reclamada pelas necessidades nacionais, e que tanto dano devia causar ainda ao Brasil, se opunha até mesmo a que se acabasse com o tráfico de escravos entre as Províncias, medida que eles consideravam, na estreiteza de suas doutrinas, como "atentatória do direito de propriedade."

IV

Toda essa gente, entretanto, não corava de ver, num país de regime democrático, regido por um sistema representativo, governado pelo mais liberal dos Monarcas, e quase às portas do século XX, anúncios como os que apareciam ainda na imprensa da capital do Império, pondo à venda, por algumas dezenas de mil réis, escravos octogenários, doentes, inválidos, cegos, cobertos de chagas."

A teimosia desses políticos tinha qualquer coisa de impressionante. Um ano antes da abolição total, quando o entusiasmo popular ganhara já todas as classes da sociedade e os escravos desertavam em massa as fazendas e os engenhos, eles ainda se conservavam como que numa ilha, bloqueados, sem luz e sem horizonte, envoltos em trevas, incapazes de compreender a verdadeira significação do movimento que os circundava por todos os lados! A abolição se faria dentro de vinte e quatro meses e João Alfredo, Presidente do Conselho, ainda cogitava de meios com que pudesse realizá-la em prazos mais ou menos longos ... De resto, como estranhar isso, quando um de seus Ministros de maior prestígio, Antônio Prado, tido como homem de vistas largas e espírito prático, se manifestara um ano antes, na Câmara dos Deputados, contra o projeto de Afonso Celso Júnior, marcando o prazo de dois anos para a completa libertação dos escravos, projeto que não fora, então, considerado nem mesmo objeto de deliberação?"

Cotegipe, governo pouco antes, não vira na agitação popular senão um movimento puramente fictício. E Antônio Felício dos Santos, deputado liberal, apavorava-se diante do projeto emancipador, no qual só via a "horrorosa perspectiva de um milhão de selvagens atirados sem freio sobre uma população apenas de dez vezes maior e disseminado em um vasto território; de um milhão de mendigos a sustentar; de uma luta medonha; do extermínio da raça ..."

A persuasão de que "a abolição arruinaria a lavoura e o crédito do país, ou que o Brasil não era bastante rico para pagar a libertação moral do seu território"[36], fazia recuar até mesmo aos mais ousados. O próprio Joaquim Nabuco, em 1879, acreditava que a emancipação imediata traria a suspensão repentina de todo o trabalho no país. E Silveira Martins, tido, entretanto, por um dos mais ousados estadistas do tempo, expli— cando, da tribuna da Câmara, sua retirada do Gabinete Sinimbu, perguntava: "Quem se atreverá a decretar de chofre uma medida que vai de encontro à vida da nossa Pátria, que será a morte da lavoura e da indústria, o esfacelamento, a destruição e a ruína deste vasto Império?" Saraiva, Presidente do Conselho em 1880, não queria nem mesmo cogitar da questão, porque entendia que ela viria desorganizar o trabalho, empobrecer o Tesouro e provocar a perda "do nosso crédito nos países estrangeiros, onde temos dívidas a pagar e que pagamos com as rendas tiradas da lavoura." Mais ainda: ameaçava retirar-se se a Câmara fosse além do Governo nessa questão, acrescentando que o projeto então apre— sentado por Joaquim Nabuco, para a abolição total no prazo de dez anos, estabelecia, no seu entender, "a luta entre o escravo e o senhor, talvez o extermínio de ambos." Com idêntico preconceito já formara Sinimbu o Gabinete anterior, comprometido de antemão com os lavradores reunidos em congresso, a não concorrer em nada para apressar o termo fatal da escravidão.

A desorganização do trabalho (desorganização daquilo que não estava organizado, dirá judiciosamente Agenor de Roure), e a ruína da agricultura, base da riqueza pública, eram os espantalhos que faziam recuar até mesmo os mais afoitos, e com os quais se embargavam os passos de todos quantos manifestavam ideias um pouco mais radicais em matéria de abolição.

V

Se, portanto, todos os estadistas do tempo, sobretudo os maiores dentre eles, se mostravam assim apavorados, acobardados diante do problema, incapazes sequer de encará-los, numa paralisia impressionante, porque estranhar que ele, o Imperador, afinal o maior responsável de todos perante a Nação, perante o futuro, temesse também precipitá-lo com medidas tidas por todos os homens de Estado que o cercavam como destruidoras não somente da riqueza mas também da integridade mesma do Império?

É certo que havia algumas vozes ousadas, espíritos mais abertos, mais objetivos, que insistiam na necessidade de se enfrentar o problema, e de resolvê-lo senão com medidas absolutamente radicais, ao menos de um alcance prático e positivo. Mas, que valor persuasivo podia ter, por exemplo, em 1871, a voz quase isolada e sem eco de um Silveira da Mota, apoiada apenas por três ou quatro políticos de segunda ordem, quando havia o tom categórico, definitivo, impressionante, quase oracular, de um Olinda, de um Itaboraí, de um Caxias, de um Furtado, mesmo de um Zacarias ou de um Sousa Franco, todos colunas-mestras do edifício político e do regime? E que impressão podiam causar mais tarde, no ânimo do Imperador, durante a campanha propriamente abolicionista, a retórica de um Jerônimo Sodré ou de um Fernando Osório, o valor combativo de um Joaquim Nabuco, o entusiasmo de um Ulisses Viana, de um Barros Pimentel, de um Afonso Celso Júnior, de um César Zama, todos levados pela exaltação e pelo sentimentalismo da mocidade — quando soavam do lado de lá, cheias de apreensão, temerosas, indecisas, as vozes dos grandes chefes, dos velhos estadistas, daqueles que tinham encanecido nos bancos do Governo, e com os quais o Monarca iria necessariamente dividir as responsabilidades de um passo menos ponderado, menos medido, menos previsto? E que homens eram esses? Eram Cotegipe, Saraiva, Paranaguá, Sinimbu, Lafayette, Ouro Preto, Martinho Campos, mesmo Dantas, mesmo João Alfredo que não são, afinal, senão convertidos de última hora, quase que heróis à força!

VI

Diante de tanta voz autorizada, acenando-lhe com os perigos sem fim de uma abolição imediata, ou mesmo a prazo curto, o Imperador, que já pecava por sua timidez, por uma excessiva ponderação, facilmente se convenceu de que ela traria de fato a desorganização completa do trabalho agrícola, a ruína da agricultura, a morte do comércio e da indústria, portanto de toda a riqueza do país. "A abolição imediata — dizia ele pouco antes do 13 de Maio — não pode decretar-se sem outra consulta que aos nobres e generosos sentimentos de coração, de que todos participamos. É mister prepará-la, para que a liberdade repentina dos escravos não prejudique profundamente grandes interesses que devem ser respeitados."[37]

Tais palavras, pronunciadas para sossego dos agricultores aterrorizados, seriam certamente exatas se ditas no começo do Reinado, quando era outra a mentalidade social da humanidade, para não dizer da Nação brasileira, e havia ainda tempo de se resolver o problema com método e ponderação. Mas ditas no fim do século, em plena agitação abolicionista, quando a pedra, que todos temiam, já rolava do alto da montanha, eram ocas e sem nenhum objetivo prático. Não exprimiam senão uma boa intenção. Ora, já Schopenhauer dizia que, se a boa intenção em moral é tudo, em matéria de execução nada vale.

Se a moléstia não tivesse forçado o Imperador a viajar para a Europa em 1887, e entregar o Governo à sua filha, qual teria sido o desfecho da questão da Abolição? Ao regressar do Estrangeiro, depois do problema liquidado da forma que se sabe pelo Gabinete João Alfredo, observou Dom Pedro II que, se tivesse estado presente, as coisas não se teriam passado do mesmo modo.[38] É pouco provável, porém, que ele tivesse podido evitar

817

o golpe de 13 de Maio, Em 1888 o impulso que os acontecimentos haviam tomado era tal que de duas uma: ou revolução ou abolição. De uma ou outra maneira, aliás, chegar-se-ia irremediavelmente à abolição total e imediata. Era de todo impossível deter ou mesmo atenuar a força propulsora da ideia. Não se governa um país contra o espírito dominante, ponderava o infeliz Luís XVI. Hackett dizia que um mecânico não pode nunca dirigir uma máquina sobre trilhos que se afastam. O caso do movimento abolicionista, entre nós, era exatamente este. "Em 1888 era tarde para se pleitear a equidade da desapropriação, diante de um movimento triunfante, quando já a maior parte dos escravos tinha sido liberalmente alforriada pelos senhores e o resto da escravidão estava em fuga, depois sobretudo de estar por lei consagrado o princípio de que a escravidão era urna propriedade anômala, a que o legislador marcava sem ônus para o Estado o prazo de duração que queria."[39]

VII

No que não há dúvida, é que, se Dom Pedro II tivesse podido sobreviver ainda uns trinta anos, não deixaria certamente de lamentar a data tardia em que se fizera afinal a abolição dos escravos no Brasil, mesmo da maneira precipitada e revolucionária por que a obtivéramos. Constatando os resultados benéficos que ela nos traria, acabaria por confessar francamente que errara, como os demais homens de Estado, na previsão sinistra, que fizera, de um país arruinado com a libertação de seus escravos.

Verificaria, por exemplo, que a nossa exportação duplicaria no primeiro quinquênio posterior à Lei 13 de Maio, e aumentaria mesmo de 320% nos 25 anos que se seguiriam a essa Lei, quando nos 25 anos anteriores tinha sido apenas de 95%. Melhor prova não havia de que a Abolição, se não tinha sido a causa dessa expansão de riqueza, tão pouco não concorrera para o atraso do progresso do país, e muito menos para a sua ruína, como apregoavam os principais chefes políticos do Império.

Aliás, essa previsão era tanto menos fundada quanto um simples olhar retrospectivo na nossa balança comercial, desde quando a questão dos escravos começou a ser objeto de medidas governamentais, isto é, desde a abolição definitiva do tráfico, em 1850, daria a prova de que a sua liquidação só podia concorrer para o desenvolvimento da riqueza e da expansão comercial do Império. Ver-se-ia assim que o valor da nossa exportação, se era de 55 mil contos no exercício anterior a 1850, subiria logo 5 mil contos no exercício seguinte, e a cerca de 113 mil contos no fim do decênio. Quer dizer: duplicaria nos dez anos seguintes à abolição definitiva do tráfico.

VIII

Quando os estadistas se opunham, ainda mesmo nas vésperas do 13 de Maio, a uma rápida extinção da escravatura, nenhum deles certamente ponderava no seguinte: antes da supressão definitiva do tráfico, apenas três exercícios financeiros haviam dado saldos à nossa exportação; a série de saldos só apareceria a partir de 1861; o desse ano fora de cerca de 10 mil contos. Pois bem, dez anos depois, quer dizer, em 1871, em plena agitação provocada pela votação da Lei do Ventre Livre, o saldo subira a 40 mil contos; e continuaria a subir. No período mais agitado da campanha abolicionista propriamente dita, quando os chefes políticos acenavam com a destruição da propriedade e a desorganização do trabalho, ruína econômica do país e muitos outros males, ele andava já em cerca de 54 mil contos.

Outro fato, talvez mais comprovante: o valor da nossa exportação em 1860, quer dizer, dez anos antes da campanha do Ventre Livre, orçava em cerca de 100 mil contos; ora, dez anos depois da Lei de 1871, quando uma grande parte da população escrava diminuíra sensivelmente, pela falta de novos nascimentos, aquele valor se contava por cerca de 222 mil contos!

Esses algarismos provavam o erro fundamental do Imperador e dos estadistas que o cercavam, quando procrastinavam a extinção da escravatura, mesmo imediata e sem indenização, como afinal se faria, pelo receio de que ela provocasse a ruína do país com a desorganização completa do trabalho e a depreciação repentina da lavoura. Depreciação da lavoura era justamente o que se dava com o regime da escravatura, como mostrava, aliás, nessa época, a Confederação Abolicionista. A prova: cerca de 700 fazendas das Províncias do Rio, São Paulo, Minas Gerais e Espírito Santo, com cerca de 35 mil escravos, estavam hipotecadas ao Banco do Brasil apenas por pouco mais de 29 mil contos de réis; no entanto, só o trabalho desses escravos, com o salário de 240$000 anuais para cada um, daria cerca de 8400 contos de réis, que deviam representar os juros de 6% de um capital de mais de 140 mil contos de réis, sem contar o valor das 700 fazendas hipotecadas.[40]

IX

Faça-se, apesar de tudo, uma justiça ao Imperador: se ele, impressionado com o clamor dos políticos, deixou-se amedrontar pelo problema dos escravos, ao menos dentre todos foi, ainda assim, o que mais ousou. Como diz Oliveira Lima, ele representou, na marcha da Abolição, o *grande irradiador de força*. Cândido de Oliveira o chama de *grande mágico*, para explicar a manipulação política do Imperador, metamorfoseando conservadores em paladinos de ideias libertadoras de escravos!

"Ninguém melhor do que o Sr. conhece quais foram sempre os meus sentimentos a respeito da escravidão", disse certa vez Dom Pedro II a Nogueira da Gama, seu Mordomo, querendo com isso referir-se ao prazer que lhe dera o avô deste, libertando toda uma família de escravos, em honra da visita que o Imperador fizera à Fazenda São Mateus, dos Nogueira da Gama[41]. E a Heitor Varela confessou (querendo, evidentemente, referir-se aos abolicionistas do grupo Joaquim Nabuco): "Ninguém deseja a abolição mais ardentemente do que eu. Os primeiros a sabê-lo são os mesmos que, à frente do belo movimento de emancipação, me atacam com tanta injustiça, acreditando que eu retardo a hora mais feliz do meu Reinado."

Os políticos, melhor do que ninguém, sabiam disso. Bem que sentiam a ameaça constante da vontade imperial, aquela *pressão* referida pelo Visconde do Rio Branco, que apesar de sensivelmente amortecida pelo terror que eles mesmos espalhavam, podia, contudo, vir ainda a pesar sobre a vontade sempre incerta do Parlamento. O mérito do Imperador estava justamente em não se deixar vencer totalmente pelo medo ou pela inércia dos estadistas. Se, até certo ponto, ele próprio fora contaminado pelo alarme que se apoderara dos políticos, era certo também que, se não fora ele, o problema servil teria provocado no Brasil uma luta armada talvez mais terrível, e certamente de muito piores consequências para nós do que fora para os Estados Unidos a Guerra de Secessão.

O serviço que nos prestou o Imperador foi, portanto, o de acordar a consciência entorpecida dos políticos, e de servir-se dela para obrigar o Parlamento a enfrentar corajosamente o problema, 1871, 1885 e 1888, para não citar também a primeira delas 1850, são datas que ficarão na História do Império a bem dizer traçadas pela mão de Dom Pedro II.

X

Quanto à liberdade do ventre da mulher escrava, já vimos que fora ele quem induzira o Marquês de São Vicente a redigir os primeiros projetos que neste sentido foram apresentados ao Parlamento; quem vencera, pouco depois, com aquela teimosia branda mas inflexível, a resistência, primeiro do Conselho de Estado, depois de Zacarias de Góis; e quem convencera, finalmente, o Visconde do Rio Branco da necessidade da Lei. Olinda, Furtado, Itaboraí, José de Alencar, Muritiba, Paulino de Sousa, para não citar outros menos intransigentes, como o próprio Zacarias, como Saraiva, como Cotegipe, como o velho Nabuco, bem que procuraram, com os mais variados artifícios, estorvar ou dificultar a evolução do Imperador na direção da liberdade progressiva dos escravos. Em vão. Dom Pedro II fora sempre para diante. E embora com timidez, com toda a precaução, como era do seu feitio, nem por isso caminhou menos decididamente, nem com menor vontade de chegar ao fim. *Impôs* a lei, como diz Pereira da Silva.

Votada a Lei do Ventre Livre, em sua ausência, os louros da vitória cobriram Rio Branco. Mas Rio Branco fora apenas — e fora muito — o general que comandara as tropas. O inspirador da campanha, o estrategista dela, a alma do movimento, aquele que buscara o general e o colocara à frente das hostes, que lhe armara o braço e o prestigiara na avançada, com uma decisão sempre firme, constante, fiel — fora o Imperador.

Quanto à liberdade dos sexagenários, vimos que fora ele ainda quem trouxera Dantas; quem animara o chefe liberal baiano não somente a enfrentar a opinião Conservadora do Parlamento como ainda os seus próprios correligionários dissidentes. Quando Dantas caiu, apesar da nova Câmara que lhe dera o Monarca, foi para Saraiva, o *Nestor dos liberais*, um dos seus prediletos, que ele se voltou. E quando Saraiva, numa retirada estratégica, se viu na contingência de abandonar o Governo, na véspera da votação da lei pelo Senado, o *grande mágico* correu para as reservas Conservadoras, e de lá tirou o velho Cotegipe, general de emergência, para entregar-lhe a vitória já madura.

Daí para o fim a estrada ficou praticamente aberta. A pedra, aquela pedra que os políticos tanto temiam, rolava afinal do alto da montanha. Impossível já agora estorvá-la em sua descida vertiginosa. Insensivelmente, por um desses movimentos instintivos, e apesar de todo o preconceito que se lhe enraizara no espírito contra a abolição imediata e sem indenização, ele se deixaria vencer, como afinal se deixaram a Princesa Regente e o seu Presidente do Conselho. E teria referendado a Lei de 13 de Maio.

Se, portanto, os louros da vitória afinal não lhe couberam diretamente, porque de direito pertencem aos agitadores abolicionistas, foi dele, indubitavelmente, a glória de haver sido o grande animador da ideia, o inspirador dela, o seu supremo artista; e era verdade que o clarão da Abolição jamais brilhara com grande estrépito no seu espírito, uma chama, porém, nunca ali se apagara. Apesar dos ventos contrários, por vezes impetuosos, que lhe vinham dos horizontes políticos, ela sempre resistira, bruxuleante, indecisa — mas viva, persistente, fiel. Sem ela, o incêndio final de 13 de Maio não teria nunca onde colher o seu fogo.

CAPÍTULO III

O DECLÍNIO

Primeiros sintomas do declínio do Império. A "fé monárqui-
ca." Futuro governo da Princesa Isabel. A mulher brasileira
e a política. Hostilidades a futura Imperatriz. O Conde d'Eu
e o sentimento nacional. O Imperador e o Terceiro reinado.
Apreensões de todos. A saúde do Imperador. Intrigas da opo-
sição. Seu divórcio do mundo objetivo. Tolerância e insensi-
bilidade. O Imperador em Petrópolis. Sua vida jornaleira. A
explicação da casaca preta. O Imperador e Pasteur. Moléstia
da raiva. O criminoso a serviço da humanidade. A pena de
morte no Império. Convite a Pasteur para visitar o Brasil.

I

Com a campanha abolicionista coincidem os primeiros sintomas de declínio do
Império. Começa-se a ter a noção de que as instituições monárquicas no Brasil já tinham dado o que deviam ou podiam dar; já haviam preenchido sua principal finalidade
histórica, que fora preservar e transmitir às gerações vindouras a unidade da raça e do
País, tão duramente abaladas nos anos difíceis de sua adolescência. A *fé monárquica* ou,
melhor dizendo, o sentimento monárquico nas tradições do nosso povo, se nunca fora
muito vivo, mesmo naqueles estadistas mais sabidamente afeiçoados ao trono, começava
francamente a desaparecer. "Eu vejo a Monarquia em sério perigo e quase *doomed*" —
escrevia Joaquim Nabuco ao Barão de Penedo, dez dias depois de 13 de Maio. "A Princesa tornou-se muito popular, mas as classes fogem dela e a lavoura está Republicana."[42]

O que se tinha ainda era, sobretudo, um resto de sentimento de fidelidade ao atual
Soberano e à sua Dinastia. Os mais otimistas chegavam mesmo a duvidar sobre se na
falta, amanhã, do velho Imperador, seria possível manter, entre nós, o sistema de governo
monárquico, a tal ponto ele estava identificado com a pessoa mesma de Dom Pedro II.

Silveira Martins referindo-se, certa vez, em discurso à Câmara, à precariedade,
em geral, do sistema monárquico constitucional, salientava, até certo ponto com acerto,
que ele não vingara completamente em *nenhum país da Europa*, à exceção da Inglaterra e da Bélgica.[42a] Neste último país, mesmo, segundo a opinião, que citava, de Lorde
Grey, aquele sistema não se podia dizer estivesse firmado, por isso que não sofrera ainda
nenhuma mudança de Soberano ou de Dinastia, "podendo-se atribuir, acrescentava, as
vantagens colhidas até agora à alta capacidade do Rei Leopoldo." Os fatos, mais tarde,
não iriam dar razão neste ponto a Lorde Grey; a sucessão do Rei Leopoldo se faria sem
nenhum dano para o regime político do país, muito embora a Primeira Grande Guerra,
quatro anos depois, e o papel heroico desempenhado pelo novo Rei, com a subsequente
vitória militar da Bélgica, fossem os verdadeiros fatores da consolidação do regime.

Mas, seja como for, a situação da Bélgica do Rei Leopoldo tinha, a esse respeito,
muita semelhança com a do Brasil de então, onde o governo monárquico representativo,
ou melhor, os bons resultados colhidos com tal sistema podiam ser atribuídos mais ao
alto senso político de Dom Pedro II do que propriamente a excelência das instituições.

Desaparecido que fosse o Imperador, quem nos diria que os belos resultados colhidos até então continuariam a produzir os seus frutos? Por tudo o que se via, pelo procedimento dos políticos profissionais, pelos vícios quase insanáveis de nossa organização de governo, pelo desinteresse e por vezes hostilidade dos homens públicos com relação à Coroa, podia-se talvez afirmar que na falta amanhã do atual Soberano, desse homem realmente providencial que o destino nos dera, o país constataria a absoluta falência do regime instituído em 1822.

E a Princesa Imperial? Esta, bem que era respeitada por suas excelentes virtudes pessoais. Mas politicamente apenas toleravam-na. Não era sem uma instintiva repulsa que os homens de Estado a viam desempenhar as funções que lhe atribuía a Constituição, inteirar-se dos negócios públicos, discutir e esmiuçar os assuntos da administração. A todos, ou quase todos, isso se afigurava uma intromissão indébita e intolerável.

A explicação de tal fato estava em que no Brasil, e numa sociedade como era então a nossa, onde o papel da mulher se limitava exclusivamente aos deveres de mãe de família, sem nenhuma ação lá fora, no mundo político ou oficial, dificilmente se podia conceber a ingerência dela no Governo da Nação.

II

É um fato a relevar que a mulher brasileira, apesar de seus dotes de inteligência, de sua vivacidade, de seu bom senso, até certo ponto, mesmo, em média, mais elevado do que o do homem, nunca desempenhou, ou nunca procurou desempenhar, ao que se sabe, papel de relevo no cenário político do país.

Com exceção da Marquesa de Santos, cuja ação pública, a bem dizer, não foi além de arranjadora de empregos para a família, nenhuma outra personalidade feminina do Paço ou fora do Paço teve jamais influência nos atos públicos dos dois Soberanos que nos governaram. Nem a primeira Imperatriz, Dona Leopoldina — apesar de se lhe terem querido emprestar um papel que não desempenhou na preparação da Independência — nem a que se lhe seguiu no trono, Dona Amélia; nem, no segundo Reinado, Dona Teresa Cristina, nem a filha Dona Isabel (salvo, naturalmente, nos seus governos regências), nenhuma dessas senhoras teve jamais, que se saiba, a menor participação na política ou na administração do país. O mesmo pode dizer-se de outras que estiveram ligadas, por laços de intimidade, à vida ou pessoas do Paço. Ou ainda das mulheres de nossos homens de Estado; e com maior razão daquelas que, estranhas embora a seus lares, tiveram sobre eles qualquer ascendência de ordem sentimental.

Assim que a mulher influindo mais ou menos abertamente na vida pública do estadista, a figura clássica da Egéria, como a tiveram em França Thiers e Guizot, para não citar também alguns chefes de Estado, foi uma criatura que jamais existiu no Império. Tão pouco havia o que se chamava na Europa um *salão político*, como em Paris, por exemplo, sob Napoleão III, o da Princesa Matilde, ou em Londres, sob Jorge IV, o da Princesa de Lieven.

Olinda, Aureliano, Monte Alegre, Abrantes, Nabuco, Cotegipe, Paranaguá (o segundo), Soares Brandão e outros estadistas, homens públicos e também homens do mundo, bem que abriam seus salões e neles acolhiam o que havia de melhor como elemento social e político do tempo; bem que neles se discutiam os problemas que interessavam o Império, se ventilavam intrigas partidárias, se faziam e desfaziam combinações ministeriais. Mas tudo isso não saia, ou saía raramente da atmosfera que cercava os homens de Estado. Poucas vezes chegava até a roda das damas, e assim mesmo como simples eco, como mero assunto de conversação, como matéria apenas para comentários. A mulher brasileira foi sempre e sobretudo a *dona de casa, a Hausfrau* dos alemães, sabendo receber e cativar os hóspedes, acolhendo os galanteios de uns, contradizendo as opiniões de outros, intervindo mesmo, por vezes, numa discussão política; mas nunca a mulher que atiça homens contra homens, que traz e leva intrigas políticas, que aproxima e afasta grupos parlamentares, cabala votos, lança candidatos, sugere atitudes, inspira atos.

III

Por isto se explica, não diremos a má vontade, mas a incompreensão com que os nossos homens de Estado viam a possibilidade de o Brasil ser governado por uma Soberana. Era-lhes de fato difícil imaginar que pudessem vir a ser obrigados a submeter-se à política de uma mulher, à sua intromissão na balança dos partidos, na formação das Câmaras e dos Gabinetes ou na economia das eleições. Não era a pessoa da Princesa Isabel, dona de tantos dotes, que eles viam com uma mal disfarçada apreensão, mas sim a mulher-Chefe de Estado, a mulher-Poder Executivo e Poder Moderador, a mulher-estadista — numa palavra, a Imperatriz reinante.

Esse sentimento de repulsa pela mulher dirigindo os negócios públicos estava de tal modo enraizado na mentalidade dos estadistas e do público em geral que vinha à tona mais ou menos periodicamente, toda a vez que, na ausência do Imperador, a Regência do Império passava às mãos da Princesa Imperial. Tudo era então pretexto para intrigalhadas e confusões. Ora acusavam-na de Clericalismo, chegando-se a inventar o boato de que levara o exagero a ponto de varrer o chão de uma igreja de Petrópolis; ora de fraqueza, deixando-se dominar pela vontade pirracenta do marido — "o Francês"; ora de querer impor arbitrariamente a vontade, mesmo contra a opinião política das Câmaras e dos Gabinetes.

Schreiner, Ministro da Áustria no Rio, insuspeito de nutrir má vontade pela Família Imperial, de quem se mostrara sempre amigo, e por quem fora recebido repetidamente com a maior cordialidade, traduzia bem esse sentimento de hostilidade à Princesa Imperial quando mandava dizer ao Conde Andrassy: "A ausência do Imperador é um mal incontestável para o país. O governo da Princesa reinante, que não parece munido de poderes suficientes, só serve para impopularizar sua pessoa. É de temer-se que a sua elevação futura ao trono do Império seja eriçada de dificuldades. Todo o mundo está de acordo em dizer que a ausência prolongada e reiterada do Imperador[43] é um grande erro político, e que pode trazer consequências funestas para a Monarquia".[44]

Chegou-se até, durante a moléstia de Dom Pedro II, em 1887, quando pareceu possível o seu falecimento, a cogitar-se do afastamento da Princesa Imperial da sucessão ao trono, para substituí-la pelo Príncipe Dom Pedro Augusto, filho da irmã Dona Leopoldina, Duquesa de Saxe, falecida em 1871. O Ministro de França, Conde de Chaillou, deu notícia ao seu governo dessa espécie de conspiração: "Forma-se já um partido, que quer substituir o Duque de Saxe, neto do Imperador, à sua tia a Condessa d'Eu, casada com um estrangeiro, e cuja popularidade é ainda duvidosa."[45]

Quer dizer, a má vontade contra a Princesa Isabel la ao ponto de não somente pretenderem afastá-la da sucessão, como igualmente a seus filhos, a começar pelo mais velho, o Príncipe do Grão-Pará, que era o herdeiro presuntivo do trono, para irem buscar o futuro Monarca na família de seus primos, os Saxes.

Escrevendo para Londres, o Ministro da Inglaterra acentuava que nos círculos da Corte não duvidavam discutir os méritos da "causa" de Dom Pedro Augusto, "Colocando-o ao lado da Princesa Imperial como candidato ao trono, ao mesmo tempo que censuravam as tendências clericais da Princesa e a influência do marido, um Príncipe estrangeiro, nos negócios do Estado, em detrimento da independência do Brasil."[45a]

O Ministro de França se referira a *um partido*. Mas a verdade é se tratava sobretudo de uma manobra que se vinha articulando desde algum tempo, e se infiltrara já no seio da Família Imperial. "Plantaram a discórdia na Família", lamentara uma vez a Imperatriz, "Não se pode desmentir, esclarecia o Ministro inglês, — que existe neste país um pequeno partido que prefere -se a Monarquia for mantida — ver a coroa passar para um sucessor varão, sobretudo quando está livre de influências clericais, o que parece ter prejudicado, em certa medida, a popularidade da Princesa herdeira."

IV

Dom Pedro Augusto andava então pelos seus 21 anos de idade. Formado em Engenharia Civil pela antiga Escola Politécnica, especializara-se nos estudos de Mineralogia, herança, possivelmente, de sua avó a Imperatriz Leopoldina. Era um rapaz culto, inteligente, dotado de um grande poder de simpatia, e muito estimado nas rodas sociais da Corte. Morava no Palácio Leopoldina, onde seus pais se haviam instalado logo depois de casados, na Rua Duque de Saxe, depois General Câmara [45b], na companhia do irmão Dom Augusto (em família, *Gusti*), oficial de Marinha, ambos solteiros, e onde se cercavam de um grupo de amigos mais chegados, formando ali, (como se dizia) uma pequena *corte* — o Visconde de Taunay, André Rebouças, Afonso Celso Júnior, Comendador Oliveira Catrambi, Octávio Joppert, os irmãos Barões de Estrela e de Maia Monteiro, França Júnior, Rodolfo Lahmeyer, Othon Leonardos, Manuel Buarque de Macedo, Carlos de Oliveira Sampaio, Antônio Roxo de Belfort (depois Príncipe de Belfort), Luís da Rocha Miranda, o Conde de Carapebus, Raimundo de Castro Maia, além de outros.

Fazendo-se mundano, dava suas partidas ou seus saraus, com músicas e danças, quando não reunia em torno de sua mesa as notabilidades do tempo, inclusive estrangeiros ilustres que passavam pelo Rio. "Está muito palaciano", observava o Imperador a André Rebouças. Como era sabido que não gostava do Conde d'Eu [45c] e muitos interpretavam essas festas no Palácio Leopoldina como uma resposta às recepções e concertos que aqueles davam no Paço Isabel, às Laranjeiras. Assim quando o Príncipe soube que a Princesa Isabel e o marido iriam recepcionar no dia 16 de novembro os oficiais chilenos do couraçado *Almirante Cochrane*, Dom Pedro Augusto antecedeu-se com um jantar à mesma oficialidade, realizado dez dias antes, com a presença de diversas personalidades de relevo na política, nas letras e nas classes armadas, inclusive o Visconde de Ouro Preto, Presidente do Conselho de Ministros [45d]

V

Tendo perdido a mãe em Viena, aos cinco anos de idade, o Imperador, que andava então pela Europa, trouxera-o para o Brasil, a fim de educá-lo e encaminhá-lo na vida, já que, não tendo tido ainda filhos a Princesa Imperial, esse menino era o herdeiro presuntivo da Coroa, condição, aliás, que só iria perder em 1875, quando nasceria Dom Pedro de Alcântara, filho da Princesa Dona Isabel. Nessa ocasião Dom Pedro Augusto já havia completado nove anos de idade.

O Imperador apegou-se a esse neto, que passou a ser aquele da sua predileção. E o rapaz, por seu lado, queria muito ao avô, "meu verdadeiro amigo e protetor, que sempre é o mesmo para comigo", diria ele ao Barão de Estrela."[45e] Eram laços de afeição que tinham, assim, sólidas raízes, para o que concorriam, além de outros fatores, certas afinidades entre os dois: o amor aos estudos, a predileção pelas Ciências Naturais e o sentimento humano dos homens e das coisas, para não falar também na semelhança física entre eles.

A afeição de Dom Pedro II por esse neto era tal que não poucos achavam que, se dependesse unicamente do Monarca, a sucessão do trono se faria a favor dele, com o afastamento da Princesa Isabel e dos filhos. "É inteligente, bastante instruído para a sua idade, muito simpático e popular", escrevia para Lisboa o Conselheiro Nogueira Soares, Ministro de Portugal. "Há neste país um grande número de monárquicos que entendem que, na falta do atual Imperador, a Monarquia ficaria mais solidamente construída com o Príncipe Dom Pedro Augusto do que com a Princesa Isabel."[45f]

Por sua vez dizia o Ministro da Bélgica: "Sabe-se que tem a predileção toda especial do avô. Passa por ser muito inteligente e bem iniciado nas questões de política interna. Para alguns, seria um digno sucessor do Imperador"[45g]. *Gode la simpatia di tutti i Brasiliani,* dizia o Almirante Mantese, chefe da Divisão Naval italiana na América do Sul, *e la sua candidatura, messa avanti, troverebbe non pochi seguaci*" [45h]

Com tudo isso, a manobra de afastar do trono a legítima herdeira e substituí-la pelo Príncipe Dom Pedro Augusto, acabou por este deixar-se levar pela miragem de suceder ao Imperador. A Max Leclerc, um jornalista francês que andava nessa época pelo Brasil, ele teve a franqueza de confessar que lhe era difícil esquecer que durante vários anos tinha sido o sucessor designado do avô.[45i] "Era um 'Pretendente', como dirá Clado Ribeiro de Lessa, que não se queria impor — mas que *sempre esperava.* [45j]

Sabe-se o triste fim desse infeliz rapaz. Pouco depois da morte do Imperador em Paris, começaram a acentuar-se os seus distúrbios mentais, até que, em outubro de 1892, teve que ser internado num Sanatório em Tulln, na Áustria, depois de uma tentativa de suicídio atirando-se de uma das janelas do Palácio Coburgo, em Viena. Iria ficar ali internado, com crises periódicas de loucura, anos e anos seguidos, até que em julho de 1934, com 68 anos de idade, chegaria o fim de seus tristes dias.

VI

O pouco entusiasmo que se tinha pelo futuro reinado de Dona Isabel provinha também da fraca simpatia com que todos olhavam para a presença, ao lado dela, do marido, Gastão de Orléans, Conde d'Eu.

O Conde d'Eu sofria no Brasil o inconveniente de todos os Príncipes-Consortes, que é o de não serem estimados no país a que ligam seu destino pelo casamento. Tenham eles embora todas as virtudes, e serão sempre tidos por estrangeiros, que pelos laços do matrimônio querem intrometer-se na vida íntima do país adotivo. Uns intrusos. Na maioria das vezes esse julgamento é injusto.

Muito especialmente no caso do Conde d'Eu. Nas três vezes em que Sila mulher assumiu a Regência do império, ele soube manter a atitude a mais correta[46]. Nunca nenhum político que foi Ministro nesses períodos disse o contrário. E, durante todo o tempo em que residiu no Brasil, seu comportamento esteve sempre acima de qualquer suspeita. "O que era possível fazer para conquistar o título de Brasileiro ele o fez — dirá um constituinte Repúblicano; regulamentos, projetos de lei para melhor organização do exército e aperfeiçoamento do seu material de guerra; escolas, bibliotecas, colônias orfanológicas para a infância desamparada; tudo enfim quanto podia falar à gratidão das massas na mais desprotegidas da sorte ou as diversas classes da sociedade, ele planejou ou executou na maior parte" [47]. Durante a campanha do Paraguai, se as circunstâncias militares e políticas lhe permitiram, mau grado dele, aliás, combater o inimigo do Brasil desde o início das hostilidades, sua ação, de comandante-chefe, na última fase da guerra quando escasseavam já, por doentes ou cansados, os nossos melhores generais, foi cheio de heroísmo e de dignidade, e nunca se soube que tivesse se exercido em desabono das tradições do Exército brasileiro.

Mas nada disso bastava. Ele era o marido da Princesa Imperial, da futura Imperatriz, e só este fato o indispunha com a grande maioria da Nação, que não o aceitava e nunca o aceitou como um Brasileiro, nem mesmo como um homem que tivesse sincera afeição ao país. Continuava a ser o *intruso*, a ser o estrangeiro indesejável — o *Francês Capitão marroquino*! foi como o chamou Silveira Martins, num tom pejorativo, querendo com isso referir-se ao tempo em que o Príncipe combatera em Marrocos, como oficial do Exército espanhol.

Seus atos, suas frases, o sotaque francês de suas palavras, seu modo de viver, suas atitudes, tudo era motivo para recriminações, para censuras, para críticas acerbas e desrespeitosas. Acusavam-no de um excessivo amor ao dinheiro, que o levava a praticar atos de quase avareza, em oposição à tradicional liberalidade do Brasileiro. As economias de sua casa, a parcimônia de suas gorjetas, sobretudo os célebres *cortiços*, casas de habitação coletiva, que se dizia o Príncipe explorava em benefício de sua bolsa particular, mas com prejuízo para a população pobre da cidade, tudo isso, mais ou menos fantasiado ou exagerado pela imaginação popular maldisposta, criava-lhe um ambiente quase irrespirável, cavava ainda mais o fosso que o separava do público.

E, como não podia deixar de ser, refletia sobre a popularidade, já de si precária, da Princesa Imperial. É esse um dos muitos inconvenientes das mulheres no trono. Por menos que queiram seus maridos, estes lhes prejudicam sempre o prestígio. Se a Rainha Victoria não tivesse enviuvado ainda moça, e se guardado, inteligentemente, de contrair novas núpcias, não teria, com certeza, granjeado o prestígio verdadeiramente nacional que teve mais tarde.

VII

Se a Constituição imperial, entre nós, tivesse adotado a lei sálica, Dona Isabel seria apenas a mãe do herdeiro presuntivo do trono, do futuro Imperador, o Príncipe do Grão-Pará. Tanto lhe bastaria para que desfrutasse, na massa da população e no mundo político do Império, a simpatia e o prestígio a que tinha direito.

Longe disso, o que se viam eram os seus atos, como os do marido, aqueles mais simples, aqueles mais inocentes, servirem de pretexto para toda sorte de críticas; deturpados ou envenenados, ecoavam imediatamente no seio da opinião pública, davam assunto para ataques da imprensa, sobretudo da imprensa Repúblicana, nos últimos anos do Reinado, quando não chegavam até mesmo à tribuna do Parlamento. Saldanha Marinho sob o pseudônimo de Ganganelli, ao tempo da Questão dos Bispos, em artigos publicados no *Jornal do Commercio*, do Rio, acusando a Princesa de clericalismo, levantava toda uma celeuma, castigando-a impiedosamente, pelo fato de ela ter feito sentar a seu lado, na carruagem, o Núncio do Papa, *um padre estrangeiro*, quando recusava sistematicamente essa honra a todo brasileiro por mais notáveis que fossem seus serviços ao país, os quais ocupavam sempre o assento da frente, em face dela, como acontecia com os camaristas.

De outra vez se explorava o fato de ter o Príncipe chamado da Europa, para assistir ao parto da mulher, um especialista francês, provocando com isso um grande ressentimento na classe médica do país. *Coronéis de bobagem*, foi a frase que atribuíram à Princesa, proferida, dizem, em pleno Conselho de Ministros, à face de Cotegipe, então Chefe do Gabinete, o qual se vira coagido a defender os brios da Guarda Nacional. A frase, em si, continha uma verdade, pois que eram, de fato, de bobagem esses coronéis da antiga Guarda Nacional, mas talvez não tivesse sido jamais proferida, ou se o fora, quando muito a título de pilhéria. Não importava: era suficiente inventá-la ou fantasiá-la; atribuí-la depois à Princesa, dar-lhe inspiração ao marido *estrangeiro*, e tanto bastava para indispor o casal com outra numerosa classe do país.

Até os menores incidentes, que se passavam em sua vida privada, eram motivos de exploração cá fora. Foi o caso do professor de música, um mulato originário das Antilhas, pelo qual se mostravam atenciosos e cheios de cuidado os moradores do Paço Isabel. Um dia vinha se dizer que a Princesa fora solicitar, pessoalmente, a mão da neta de uma das altas patentes do Exército, um titular do Império, para mulher de seu professor; outro dia comentava-se a consideração exagerada que ela lhe tributava nas recepções em seu palácio a ponto de fechar pessoalmente as janelas da sala de música, para que o ar da noite não molestasse o seu maestro.

Tudo isso era comentado e mal interpretado na cidade. Os inimigos do regime ou os desafetos dos Príncipes não se furtavam de logo envenenar as coisas, com o intuito preconcebido de indispô-los cada vez mais com a opinião pública brasileira. Preparavam, com isso, conscientemente ou não, a impossibilidade, quase de um terceiro Reinado no Brasil, do *reinado francês*, como diziam. Ao Príncipe, naturalmente, de tudo culpavam, até mesmo de ter provocado, com maneiras pouco hábeis, a desunião na própria Família Imperial, sendo certo que suas relações com o sobrinho, Dom Pedro Augusto, não eram nada boas. *Plantaram a discórdia na família*, lamentava-se a Imperatriz referindo-se a esses fatos.

O Visconde de Taunay, que conheceu de perto e era amigo e companheiro de guerra do Conde d'Eu, quando este comandou as nossas tropas no Paraguai, referindo-se ao casamento de Gastão de Orléans com a Princesa Imperial, em 1864, traça um paralelo entre o Eu e o primo Duque de Saxe, que desposara na mesma ocasião Dona Leopoldina, irmã mais moça de Dona Isabel. Paralelo a favor do Conde d'Eu. Diz que o Duque "só mostrava gosto e vocação para passar a vida folgada e divertida, muito amante de caçadas, apreciador acérrimo da Europa e dos muitos gozos que lá se podem desfrutar à farta, ao passo que o Conde d'Eu, com todos os defeitos que se lhe possam apontar, estremecia viva e sinceramente o Brasil e, acredito bem, ainda hoje (1892) o ame com intensidade e desinteresse."

Diz ainda Taunay, em suas *Memórias,* que, por ocasião do cerco e rendição de Uruguaiana, no começo da Guerra do Paraguai, quando estava ali o Imperador acompanhado dos dois genros, enquanto o Conde d'Eu "patenteava, em todas as ocasiões, grande interesse pelas coisas do Brasil, observando, perguntando, tudo visitando e tratando de colher minuciosas e exatas informações, o outro não mostrava senão desapego e indiferença. Aliás, quem sabe não viera da Europa com a ideia de desposar a herdeira do trono e afinal não se achou burlado nos cálculos?"— hipótese de resto nada impossível, pois, quando chegara ao Rio para casar, a noiva que lhe destinavam era de fato a Princesa Imperial, e só depois, por decisão do Imperador, é que Dona Isabel casaria com o Conde d'Eu.

Conhecedor como era deste Príncipe, Taunay reconhecia-lhe os defeitos e as qualidades, não se pejando, na sua imparcialidade, de os assinalar em suas *Memórias*. Enumera, assim, as qualidades do Conde d'Eu, que tanto quanto pudemos ainda hoje saber, corres, podem de fato à verdade:

"Gosto pelo trabalho, amor sincero ao estudo, consciência no saber, espírito inimigo da futilidade e cheio de modéstia. Muita ordem na vida econômica, aborrecimento à intriga e aos mexericos. Desconfiança de si mesmo, ambição de glória, desejo de servir bem e cumprir o dever. Absoluta simplicidade nos modos e sincero aborrecimento do fausto e luxo. Amigo da justiça nos conceitos, pouco propenso a ouvir e aceitar bajulações. Esposo exemplar, de fidelidade intangível, escrupulosíssima, excelente pai de família, impossível melhor, exagerado até no amor aos filhos e nos cuidados de que os rodeia incessantemente. Crença viva na religião. Discrição no falar, nenhum arrebatamento, paciente e nobremente resignado."

Vejamos agora os seus defeitos, segundo o conceito de Taunay:

"Coração no comum dos casos seco. Modos muito desajeitados, da maior inelegância. Tratamento aos outros em extremo variável, quer como General, quer como Príncipe; ora demasiado Famíliar e de expansiva amabilidade, ora esquivo e de alto a baixo. Surdez que, mais e mais, se vai agravando com os anos, e daí todos os inconvenientes de retraimento. Hábitos de apertada economia, em alguns casos até ridículos, mas singularmente irregulares nas manifestações e sem sistema seguido. Ânsia do poder e do mando, mas também sem persistência; nenhuma pertinácia no querer, e muito fácil, pelo contrário, de profundos e insanáveis desânimos. Caráter sobremaneira propenso à melancolia, o que lhe tira não pouco valor às qualidades de iniciativa e resolução. Carolismo demasiado acentuado."

Nos últimos anos do Império (ainda segundo Taunay), o Conde d'Eu não fazia senão ocupar-se com a criação e educação dos três filhos, "parecendo viver só e unicamente para isso." Ia com eles aos exercícios de ginástica em Petrópolis, dirigidos pelo Professor Stohl, acompanhando com gestos esquipáticos e desgraciosos, "que lhe foram sempre peculiares", os movimentos dos filhos. Era visto depois, pelas ruas da pequena cidade, de casaca e cartola, seguindo um carrinho puxado por carneiros em que iam os meninos, "o que de certo não concorria para o seu prestígio" — acrescentava Taunay.

Desde que o Conde d'Eu chegara ao Rio, "muito mocinho, desajeitado, desengonçado até no simples cumprimento, com a sua fardinha de oficial do Exército espanhol, causara impressão muito menos favorável que o primo o Duque de Saxe, que, além de simpática presença, diziam imensamente rico, filho como é da opulenta Princesa Clementina"[47a] . Outra coisa que não concorria a favor de Gastão de Orléans, isso depois de vários anos passados no Brasil, era o sotaque do seu português, que falando embora correntemente, era cheio de *rr*, em tom de choro, o que não concorria por certo para torná-lo simpático aos brasileiros. Fazia-se também notar pelos seus cabelos despenteados e arrepiados, suas botas sem polimento, o que denunciava o pouco cuidado que tinha com a sua aparência. Lembrava-se Taunay de uns dias em que tinham estado juntos em Buenos Aires, o "Príncipe vestido com mal assente sobrecasaca, cheia de pregas e dobras, bem como da cartola que usava, com bem claros sinais de amassada"[47b.] Enfim, uma série de coisas que muito concorria em seu desfavor, dele e da mulher, no ambiente do Brasil daquele tempo, ainda cheio de reservas para com os estrangeiros em geral, e particularmente para com ele, como marido que era da futura Imperatriz reinante.

Teria o Imperador exata consciência da pouca solidez que apresentavam os alicerces da Monarquia, nesses últimos anos do Reinado, sobretudo para o futuro governo da sua filha? Não é fácil responder. A Vicente Quesada, que tão bem focalizou certos sentimentos de Dom Pedro II, pareceu que este estava convencido de que a duração do Império dependia tão somente da própria vida. Podia bem ser. Não seria impossível que a intuição filosófica o tivesse desde algum tempo advertido da impraticabilidade do princípio monárquico no Brasil. Dizia Quesada:

"A Monarquia não tinha raízes profundas. Era uma instituição propriamente sem história, porque a independência do Brasil estava recente. Não criara partido militar, cujos heróis houvessem podido ser chefes e fundadores de uma aristocracia titular; esta era, portanto, pela forma transitória, movediça, sem vínculos que a unissem ao trono, e sem riquezas, pela divisão da herança que tornava impossível acumular grandes fortunas"[48]

Ajunte-se a isso o trabalho de solapamento das instituições a que se davam os próprios monarquistas, com as suas objurgatórias contra o regime, preparando, assim, consciente ou inconscientemente, a atmosfera que o virá destruir quase da noite para o dia. Pode-se, a este propósito, aplicar à Monarquia brasileira o que D'Elbée dirá mais tarde da Monarquia espanhola, isto é, que a ideia monárquica não repousava mais sobre nada; seus últimos defensores seriam esses liberais (entre nós o Ministério Ouro Preto), que haviam começado a miná-la, e tinham sido os seus primeiros térmitas, depois do que, os Repúblicanos não precisariam senão soprar sobre o edifício, a bem dizer uma simples fachada, para reduzi-lo praticamente a poeira.

O Imperador, com aquela dose apreciável de bom senso que nunca lhe faltou, devia ter compreendido que, apesar do sentimento de fidelidade que acaso se tinha ainda à Monarquia em geral e à sua família em particular, o futuro governo de sua filha iria lutar com dificuldades que não tivera o seu, quem sabe mesmo se insuperáveis; e, sobretudo, que o Terceiro Reinado não poderia, infelizmente, contar, ao menos em seus primeiros anos, com uma plêiade de homens públicos da envergadura moral e da capacidade profissional daqueles que lhe fora dado possuir durante todo o seu longo governo. E isto era um fator da maior importância.

De fato. Nesses últimos anos a morte inexorável já havia ceifado grande parte daqueles varões eminentes, notáveis estadistas, que, apesar de não poucos defeitos, formavam ainda a mais brilhante coorte de homens públicos que já se vira no continente americano. Bernardo de Vasconcelos, Aureliano, Paula Sousa, Monte Alegre, Paraná, Abrantes, Uruguai, Eusébio, Olinda, Furtado, Itaboraí, Torres Homem, Zacarias, Nabuco, São Vicente, para não citar outros, não contavam mais, já agora, entre o número dos vivos. Caxias e Rio Branco morriam ambos em 1880; Abaeté seguia-os três anos depois. O Imperador os vira partir, uns após outros, deixando, cada qual, no cenário político do Império, um vazio que dificilmente podia ser preenchido. *Nous mourrons tous et nous allons sans cesse au tombeau ainsi que des eaux qui se perdent sans retour (Bossuet).*

É certo que outros ainda lhe restavam, secundando-o na obra construtora da nacionalidade. Não teriam, possivelmente, salvo três ou quatro, as grandes qualidades da maioria daqueles que haviam partido, embora apresentassem ainda a mesma solidez de caráter e a forte estrutura moral dos antigos. Sem falar em Cotegipe e Sinimbu, já septuagenários, ali estavam ainda, atuando com a mesma eficiência, Paulino de Sousa, Muritiba, Andrade Figueira, Paranaguá, João Alfredo, Ouro Preto, Lafayette, Dantas, Martinho Campos, Silveira Martins, Saraiva, Exceção, porém de Ouro Preto, em pleno viço, não se podia contar com os demais ainda por muitos anos.

O Terceiro Reinado teria, portanto, de fornecer-se na geração que vinha, naquela que aparecia agora no cenário político do pais, e que estava longe de prometer homens da mesma massa dos que já haviam partido, ou partiam agora uns após outros. Eram certamente rapazes de inteligência viva, de fácil falar, de atitudes decididas e generosas, mas que não revelavam a igual solidez dos antigos. O aço que os fundira estava longe de ter a mesma têmpera dos moços da Regência e dos primeiros anos de governo do Imperador; suas virtudes, embora peregrinas, se amoldavam em bem diferentes formas, e eles não tinham, pela causa pública, a mesma paixão desinteressada, o mesmo desprendimento, o mesmo espírito de sacrifício.

Onde descobrir, de fato, dentre os jovens de agora que teciam suas primeiras armas no Parlamento e no Governo, futuros estadistas, precocemente revelados como o foram Aureliano, Paraná, Uruguai, Rio Branco, João Alfredo, Ouro Preto, todos Ministros de Estado antes dos 35 anos de idade? Sendo que Ouro Preto fora Ministro da Marinha, em plena Guerra do Paraguai, aos 29 anos apenas; Paraná, Ministro da Justiça aos 31; e Aureliano Ministro do Império aos 32. E não citamos Eusébio, Zacarias, Abaeté, Cotegipe, Paranaguá, que antes dos 40 anos já haviam tomado assento ao lado do Imperador, nos altos conselhos da Coroa.

VIII

Por tudo isso, esperava-se com as mais fundadas apreensões a vinda próxima do Terceiro Reinado. "Estou convencido — dizia Capistrano de Abreu em 1887 — que o Terceiro Reinado será uma desgraça, e esta opinião vejo-a cada dia espalhar-se e consolidar-se; mas não pode deixar de ser assim"[48a]. Essa inquietação aumentava quando se considerava o estado da saúde do Imperador. Muita gente fazia até depender a sorte da Monarquia da vida de Dom Pedro II. "Praza a Deus — exclamava na Câmara o deputado baiano César Zama — praza a Deus que o orador seja um falso profeta: no dia em que o venerando Monarca que nos rege fechar os olhos, talvez não se possa firmar o Terceiro Reinado."

Embora todos o vissem desenvolvendo ainda uma grande atividade, interessado nos assuntos da administração pública, era certo que o seu organismo não apresentava mais a solidez de antes. Podia-se mesmo dizer que ele era um homem precocemente envelhecido: com cerca de 60 anos apenas, em 1885, toda a sua aparência, nessa época, era a de um velho septuagenário.

Exageravam-se, contudo, as condições reais de sua saúde. Atribuíam-lhe uma decadência que nada fazia supor fosse exata. Acusavam o Imperador de ter perdido quase por completo o poder da vontade, e não raro o julgavam até afetado das faculdades mentais, sofrendo de uma senilidade precoce. Diziam que se deixava, por isso, dominar exclusivamente por certos comensais do Paço, sobretudo por seu médico de confiança, o Conde de Mota Maia, que a muitos se afigurava até o inspirador da política imperial.

Nada menos exato. Os documentos dessa época e dos anos subsequentes, hoje conhecidos, que passaram pelas mãos do Imperador, atestam o nenhum fundamento de tais acusações. Nem em suas cartas, nem nas considerações escritas, nem em muitas emendas que fazia, de seu próprio punho, à margem dos papéis do Estado, se pode notar qualquer decaída de Espírito. Apenas a letra é às vezes irregular, as linhas de sua escrita vacilantes, o que significa tão somente uma firmeza menor no pulso e nos dedos da mão.

No inverno de 1887, é certo, durante os meses de crise de febre palustre que o assaltou, sua memória, habitualmente tão lúcida, ficou bastante abalada. A filha Dona Isabel logo o notou quando chegou da Europa, a chamado de Cotegipe, para assumir a Regência do Império. Mas não passou isso de um desequilíbrio passageiro, que cessou com o fim da crise da moléstia. E nos últimos meses do Reinado, como até o fim de seus dias de vida, tanto a inteligência como a memória do Imperador nada deixaram a desejar.

Meses antes de sua morte, em junho de 1891, o Professor Charcot teria ocasião de examiná-lo em Vichy. Notando uma certa incontinência de urina, que lhe aparecera pouco antes, logo afirmaria "não estar ela ligada a nenhuma desordem cerebral." E acrescentaria: "Não se nota, de fato, nenhum desarranjo quanto ás funções cerebrais; tudo por ai está perfeito" [49]

Esses boatos sobre a incapacidade mental do Imperador, espalhados no fim do Reinado, não passavam, de simples arma política, forjados pelos próprios monarquistas e secundados, naturalmente, pelo elemento Republicano; pensavam com isso incompatibilizar a Coroa com os adversários que detinham momentaneamente o Poder, e mais facilmente desalojarem-no das posições de mando. Não percebiam esses Liberais e esses Conservadores que, no fundo, o que eles faziam, era cavar para ambos o fosso em que todos soçobrariam com a Monarquia e a Família Imperial.

IX

Rui Barbosa era um desses. Liberal do grupo de Dantas, confessadamente monarquista na véspera, ainda, da queda do Império,[50] não duvidava, para desmoralizar o Gabinete conservador do Barão de Cotegipe, então no Poder, de fantasiar uma suposta apatia mental do Imperador, a quem acusava de estar sendo sequestrado pela *"Herdeira Presuntiva*, pelo Príncipe Consorte e pelo aulicismo." *Achamo-nos sob o governo do Paço e não sob o governo do Rei!* exclamava. [51]

João Penido era outro. Deputado liberal mineiro, fazendo oposição ao Gabinete conservador do Conselheiro João Alfredo, declarava à Câmara: "Hoje Sua Majestade reina, mas não governa, nem administra como fazia antes: administram por ele, governam por ele. Isto é o que está na consciência de todos e é a voz pública. Pela enfermidade que o persegue, a ação de Sua Majestade limita-se a perguntar aos Ministros: Que *papéis tentos para assinar*? E assina-os sem discutir, sem dar mesmo a sua opinião. Diz-se, e eu tenho a coragem de repetir sob a minha responsabilidade, que o Imperador de fato é o Sr. Conde de Mota Maia! Sua Majestade move-se ao aceno do Sr. Mota Maia, a quem obedece como uma criança dócil e bem-educada. Se o Sr. Conde de Mota Maia diz que Sua Majestade saia, Sua Majestade sai; se diz que fique, Sua Majestade fica."

X

Joaquim Nabuco dirá que a moléstia que minava o organismo do Imperador, nesses últimos anos do Reinado, o tornava ainda mais tímido, "quase vexado de reinar na América à moda da Europa, querendo parecer uma espécie de arconte-rei, como José Bonifácio sonhara para Dom Pedro I, um Benjamim Franklin coroado"[52].

De fato o seu *paisanismo* cada vez mais se acentuava. O homem se retraía consigo mesmo, se concentrava, se recolhia timidamente nas dobras de seus sentimentos íntimos. Sua vontade, que nunca fora agressiva, tornava-se cada vez mais branda, mais tênue, mais inconsistente. Ampliando uma observação de Eunápio Deiró, diremos que o espírito que o animava, preparado que fora para nutrir-se de sua própria seiva, desprendia-se agora, progressivamente, da comunhão de sentimentos.

Sentia-se que ele cada vez mais se afastava do trono, se libertava da realeza. Procurava igualar o cidadão comum do seu Império. O *seu* Império: na verdade ele nunca dizia o *meu* Império, ou o *meu* povo, ou o *meu* governo. Certa vez, em conversa com Victor Hugo, alegara vagamente os *seus* direitos, querendo, com isso, referir-se aos poderes que lhe dera a Constituição; mas logo corrigira, meio vexado: "Perdão, eu não tenho direitos."

No fundo, nada mais oposto a um *Imperador*, no sentido histórico da palavra, do que aquele ancião de gestos brandos e lento caminhar, de aspecto pesado, sempre vestido de preto, com a sua indefectível casaca, que era visto passeando a pé pelas ruas quietas de Petrópolis, sempre polido, sempre cortês para com todos, muito simples e natural, mesmo um pouco acanhado, parecendo até vexado com a cerimoniosa atitude que lhe dispensavam os passantes. *Le Roi est desolé qu'on ne puisse pas le tutoyer, dissera Victor Cousin uma vez, referindo ao Rei Luís Filipe, le Roi citoyen.*

Vicente Quesada o chama de *descontente resignado*, cujo ideal teria sido governar sem maiores aborrecimentos ou mesmo não governar; sem preocupar-se de nada que pudesse perturbar a suave placidez de sua existência de filósofo prático. "Na vida privada houvera sido um excelente cavalheiro, culto, ilustrado, algo irônico, mui tolerante, quiçá indiferente, não pouco egoísta, não incomodando a ninguém para não ser por ninguém incomodado; um ideal à Renan. Mas na vida pública não podia abandonar-se a essa doce felicidade. Tinha que se ocupar do Governo, e isto o contrariava, o tirava de seus lazeres, perturbava-o não poucas vezes.

Foi um Monarca à força. Se tivera podido traçar ele próprio o seu destino, possivelmente não houvera jamais sonhado em gastar essa curta vida no governo de um povo que poucas vezes compreende o sacrifício que isso implica, e que quase nunca sabe agradecê-lo, na persuasão de que o Poder é um canonicato por todos ambicionado"[53].

R. Magalhães Júnior diz que prevalecia nele, acima de tudo, o *burguesismo* do seu espírito, "pois em verdade não era senão um burguês coroado, mais inclinado à vida simples do que às pompas da Corte, pompas que o vexavam e de que desdenhava. Parecia-lhe uma maçada, nada mais que uma maçada, a obrigação de ir ao primeiro baile do ano no Cassino Fluminense, como a comparecer a um jantar na Corte do Imperador da Áustria. Era menos um Soberano que um diletante das letras e das artes, pronto a conferir a realeza a Victor Hugo e a inclinar-se diante dele, na qualidade de simples admirador do seu talento"[53a].

XI

Esse seu divórcio do mundo objetivo, esse seu retraimento, concorria não pouco para fortalecer no espírito público a crença, que desde muito se formara, de ser o Imperador um homem insensível às vibrações do mundo exterior. É verdade que ele não se mostrará jamais o que se chama um *sentimental*. Por natureza, sobretudo por educação, criado num meio de suspeições e intrigas em que desabrochara a sua infância, Dom Pedro se revelara desde cedo de sentimentos retraídos, fechado em si mesmo, de feitio extremamente reservado e sempre guarda diante de quantos o cercavam e procuravam penetrar no seu pensamento. E desde então nunca mais mudara.

Assim que, fora dos assuntos puramente administrativos, não usava confiar aos que o rodeavam, mesmo àqueles que lhe eram mais chegados, como Bom Retiro, senão as suas ideias gerais. Rarissimamente fazia-lhes uma confidência ou manifestava-lhes um sentimento de natureza mais pessoal. Sua correspondência com esses poucos amigos o prova. Não há nela nenhum traço, não diremos de intimidade, mas simplesmente de franca e espontânea amizade. Apesar da simpatia que seguramente lhes tributava, que acreditamos fosse profunda, raramente os tratava no tom Famíliar de você, sempre ou quase sempre o cerimonioso Sr., mesmo para com Bom Retiro, que fora, entretanto, seu amigo e companheiro de infância. A este propósito é de salientar-se que Dom Pedro II rompeu com a velha tradição dos reis portugueses, mantida ainda por seu pai, de se dirigir aos seus súditos, quaisquer que eles fossem, na segunda pessoa do singular — tu. Foi uma prerrogativa real de que ele jamais quis usar.

"Cumpre ao Monarca ser franco para com os Ministros, — escreveu certa vez em suas notas mas, fora das ocasiões em que se resolvam os negócios, deve ser o mais reservado possível, ouvindo a todos e procurando esclarecer por todos os meios convenientes o seu juízo. A respeito do conceito que forma o Monarca dos indivíduos, todo o escrúpulo é pouco, e deve lembrar-se sempre de que os Ministros desculpam-se as mais das vezes com a opinião dele, ou que lhe imputam, quando se acham empenhados interesses individuais."[54] Esta nota fotografa o homem. De outra vez, escrevendo ao genro, resumia nestas palavras o mesmo sentimento suspeitoso: "Nunca me arrependi de evitar escrever o que se possa prestar a manejos políticos, e na nossa posição convém que nenhum partido se diga nosso com aparência de razão."[55]

Essa exagerada reserva era motivo para lhe atribuírem quadrinhas como a seguinte:

Muito vence quem se vence.

Muito diz quem não diz tudo:

A um discreto pertence

A tempo fazer-se mudo. [56]

XII

Essa desconfiança do Imperador, a quase impenetrável reserva que guardava para com todos, sempre que se tratava de seus sentimentos pessoais, ou saía do círculo limitado dos assuntos administrativos, devia ter concorrido para esfriar-lhe não pouco o coração. O Visconde de Taunay, que o conhecera de perto, dirá com razão que ele chegou ao fim da vida só, "isolado, sem um amigo pessoal, um coração grato e dedicado, vendo tão somente em torno de si a aridez afetiva de que propositalmente se rodeara." [57].

Aliás, mais do que frieza de coração, o que havia nele era sobretudo indiferentismo, uma espécie de preguiça sentimental, que o tornava arredio a toda expansão mais forte, mesmo com relação àquilo que mais de perto o interessava.

Ele não tinha, por exemplo, a insensibilidade do primo austríaco, o Imperador Francisco José, o qual, encontrando, depois de largos anos, o seu ex-Ministro Rechberg, a quem o haviam ligado outrora relações da maior cordialidade, não teve outra frase senão esta para dizer ao de estado então quase octogenário: *Há muito tempo que não nos vemos.* E foi passando adiante. O Príncipe de Bülow, que conheceu Francisco José de perto, dizia dele: "Seria ir muito longe pretender que não tivesse sensibilidade. Mas bem raros foram aqueles a quem a revelou. Nunca lhe aconteceu, talvez, numa entrevista pessoal, frente a frente, fazer de um adversário um amigo, seduzir um homem político; ele nada tinha de um conquistador de homens nem de almas."

De Dom Pedro II não se podia dizer precisamente o mesmo, embora não fosse tido jamais por um *charmeur*. É sabido, porém, que não poucos de nossos políticos, aos quais ele não era simpático, ou que lhe eram francamente contrários, deixaram-se vencer logo que tiveram um contato mais direto com o Monarca, e puderam, assim, conhecer-lhe as não poucas virtudes. Mas as armas do Imperador, nessas ocasiões, eram mais a sua bondade, a simplicidade de seu feitio e a profunda honestidade de seu caráter do que uma natureza expansiva ou conquistadora. Vencia pela doçura, pela dignidade de maneiras, pela elevação de espírito, muitas vezes pela persuasão, mas nunca por arroubos de expansão.

Não faltava quem o culpasse dessas conversões, de praticar uma espécie de corrupção, trazendo à sua órbita homens que se fartaram de o acusar e o difamar. Citam-se, a este propósito, os nomes de Sales Torres Homem, de Ferreira Viana, de Silveira Martins, em outros.

Que esses três acabaram, senão por renegar por completo todas as injustiças que haviam feito antes ao Monarca e à sua família, ao menos por se reconciliar pessoalmente com Dom Pedro II, é fato hoje sabido. Deixaram-se possivelmente levar um pouco pelo desejo de mando político, de posições no Governo, de postos na administração pública, e nisto está, talvez, a espécie de suborno que acaso os tenha abalado; mas se deixaram, também e sobretudo, impressionar pelo feitio moral do Imperador, pela dignidade de sua pessoa, a doçura de suas maneiras, a grande, a enorme, a inexcedível liberalidade de seu temperamento.

"O traço principal do seu caráter — dirá Joaquim Nabuco, — é uma tolerância inquebrantável, à prova de todas as tentações e de todos os gravames pessoais, e que por todos os títulos merece o nome de magnanimidade."[58] José Veríssimo dizia, com acerto, que o Imperador não era capaz de grandes ódios nem de grandes amores. *Il aimait les gens sans parâitre estimer personne tout à fai*t, é uma frase que se lhe podia muito bem aplicar. "Sou sensível às injustiças e me doem os apodos — confessou ele próprio, numa quase indisfarçável alusão a Torres Homem — mas o meu dever não permite que, por injúrias, prive o país dos serviços dos brasileiros distintos."[59]

Longe de procurar, de qualquer modo, subornar os que o atacavam ou lhe eram sabidamente desafetos, ele os queria independentes e altivos. Sabia bem distinguir onde estava a paixão política e onde estava a falta de caráter. Respeitava os que o combatiam de viseira erguida, sem nenhuma baixa preocupação, levados unicamente pela independência de seus temperamentos ou pelos ditames de suas consciências. O demais desprezava, quando podia. Não era de fato, um comprador de consciências quem tanto se esforçava por tornar os brasileiros dignos — dignos de si mesmos e dignos do seu país, moral e civicamente invulneráveis. Bunsen dizia que Bismarck tornara a Alemanha grande e pequenos os alemães. De Dom Pedro II não se poderá dizer o mesmo, porque os esforços de toda a sua vida, desde os dias da mocidade, foram sempre para tornar o Brasil grande e grandes os brasileiros.

XIII

A cidade de Petrópolis continuava a ser, nesse fim de Reinado, o seu refúgio predileto. Afastava-o da atmosfera fermentada da Corte, dos *miasmas da política*, como ele dizia. *Je suis heureux de savoir l'Empereur à Petrópolis*, escrevia-lhe Gobineau. *Certainement les ennuis montent jusque-là; mais je crois pourtant qu'il en reste quelquesuns en route et que heaucoup de ceux qui arrivent sont adoucis.*[60]

O Imperador sentia-se bem naquele ambiente são e tranquilo da serra. E era com ansiedade de um colegial em vésperas de férias que aguardava o momento de poder deixar o Rio, depois de encerrada a sessão legislativa, para retemperar o corpo e o espírito na montanha. "O tempo de Petrópolis se aproxima", escrevia a Gobineau em outubro de 1880, "e lá eu me pertenço mais."

Já não era mais o tempo de levar-se dois dias de barcaças e de diligências para se estar na cidade serrana, como nos primeiros anos do Reinado. Agora, o trajeto era mais curto, mais simples, mais rápido, mais confortável. Ou bem se la pela Estrada de Ferro chamada comumente do Norte (Estrada de Ferro Príncipe do Grão-Pará, e depois Leopoldina Railway), inaugurada em 20 de fevereiro de 1883, ou através da baía da Guanabara pelas barcas da Imperial Companhia de Navegação a Vapor. No primeiro caso partia-se da Estação da Praia Formosa, e através da chamada Baixada Fluminense, alcançava-se a Raiz da Serra, onde se baldeava para a Estrada de Ferro a cremalheira, a primeira que existiu no Brasil, e levava ao Alto da Serra, já às portas de Petrópolis. No segundo caso embarcava-se na Estação da Prainha (hoje Praça Mauá), até o porto desse último nome, no fundo da baía. "Os vaporezinhos eram rápidos, confortáveis e o serviço do restaurante a bordo nada deixava a desejar. A travessia, com tempo bom, era um encanto e durava uma hora."[60a]

A passagem de primeira classe da Prainha a Petrópolis custava 10$00. Havia uma barca por dia, em ambas as direções. Saía-se da Corte às 2 horas da tarde, e aos domingos e dias feriados, às 11 horas da manhã. No verão havia outra, às 6 e meia da manhã. Diz Gilberto Ferrez:

"Chegava-se ao fundo da baía. No primeiro plano, um terreno baixo e alagadiço, onde as capelinhas de Nossa Senhora dos Remédios, no alto de dois cômoros, assinalavam o Porto de Mauá. Chegando a Mauá, saltava-se na pequena ponte-embarcadouro, e adiante embarcava-se nos vagões da Estrada de Ferro Mauá. As instalações eram simples, sem conforto, tornando a operação do transbordo penosa às senhoras e crianças, especialmente em tempo chuvoso. Os carros eram do tipo inglês, de compartimentos. Em lugar das janelas havia portas que se trancavam à chave, dando entrada para cada compartimento. Só mais tarde é que vieram os vagões com o corredor central, findando assim o sistema perigoso de ficarem os passageiros trancafiados à chave em pequenos compartimentos. Esta foi a primeira estrada de ferro construída no Brasil, e inaugurada a 30 de abril de 1854, com a presença de S.S.M.M. e graças à iniciativa do Visconde de Mauá. A princípio só la até a Fazenda Fragoso, passando por Inhomirim, para pouco depois chegar à Raiz da Serra, na antiga Fábrica de Pólvora da Estrela, onde o Barão de Langsdorff, Cônsul da Rússia, possuía no princípio do século passado a famosa Fazenda de Mandioca" [60b].

Chegando à Raiz da Serra, depois de vinte minutos de viagem, passava-se para os carros da Estrada de Ferro de cremalheira, que, depois de subirem a Serra, deixavam os passageiros à entrada de Petrópolis. Gilberto Ferrez diz que Petrópolis era a mais aristocrática das nossas cidades. Podia-se dizer mais, que era a única que tínhamos verdadeiramente aristocrática, graças aos titulares da nobreza brasileira e a nossa alta burguesia que iam ali passar o verão, para não falar no Corpo Diplomático e, naturalmente, na Família Imperial, o Imperador, a Imperatriz, seus dois netos Saxe, Dom Pedro Augusto e Dom

Augusto, e o Conde e a Condessa d'Eu, – que todos iam para Petrópolis nos meses de calor na Cortes

Costumavam os veranistas dar passeios de carro ou a cavalo pelos arredores da cidade. Ia-se à Cascatinha, ao Retiro, à Crémerie Buisson, do francês Jules Buisson, famosa pelos seus queijos; ao Alto da Serra, à Quitandinha, de propriedade do Dr. José de Andrade Pinto. Os carros para passeios alugavam-se de 2 a 3 mil réis; os cavalos, de 3 a 5 mil réis. Os hotéis mais em vista, nesses últimos anos do Império, eram o velho Bragança, inaugurado em 1848, na Rua do Imperador (atual 15 de Novembro) e só extinto em 1924, Tinha 92 quartos, e um salão de refeições para cerca de 200 pessoas. Era o local preferido para festas, bailes e concertos. Depois do Bragança, o mais em voga era o Europa, antigo Oriental, pertencente ao turco Said-Ali. Aí se hospedara o Arquiduque Maximiliano, depois Imperador do México, quando estivera no Brasil em 1859. O Hotel anunciava que aos domingos tinha "excelentes empadas de galinhas e palmito com camarão". O prédio foi demolido em 1948. Havia ainda o Hotel Orléans, inaugurado em 1883, chamado depois Pálace-Hotel, à Praça Dom Afonso, centro de reunião da sociedade elegante depois da missa dos domingos. Havia o Hotel Mac Dowell, fundado em 1861, no prédio onde passou depois a funcionar a Pensão Geoffroy, e era a velha casa da antiga Fazenda do Córrego Seco, de onde se originou a cidade de Petrópolis. Esse prédio foi demolido em 1942. Um outro era o Hotel-Pensão Central, em frente à Estação dos Caminhos de Ferro, muito procurado pelas famílias da Corte. Fechou, com a demolição do prédio, em 1945. Finalmente, o Hotel Grão-Pará, na Rua do Imperador, em frente à chamada Bacia. Era o antigo Hotel Beresford, que pertencera a um inglês com esse nome.

Com a nossa mania de mudar os nomes das ruas, as de Petrópolis, no fim do Império, já não são mais os mesmos de agora. Assim, a Rua do Imperador passou a ser a de Quinze de Novembro; a de Toneleros, Doutor Porciúncula; a Bom Retiro, Floriano Peixoto; a da Imperatriz (onde estava o Palácio Imperial) Sete de Setembro; a dos Protestantes, Treze de Maio; a de Dom Afonso, Avenida Koeler; a da Westfalia, Barão do Rio Branco; a de Bragança, Primeiro de Março; a Dona Januária, Marechal Deodoro; a de Nassau, Avenida Piabanha; a do Mordomo (porque aí tinha casa o Mordomo Paulo Barbosa)passou a ter o seu próprio nome; a Bourbon foi depois Cruzeiro e é hoje João Pessoa; a Dona Francisca, General Osório; a Joinville, Avenida Ipiranga; a dos Artistas, depois Dona Leopoldina, é hoje Sete de Abril. As Praças passaram pela mesma devastação. Assim a Praça do Córrego Seco, nome que lembrava a velha fazenda onde nasceu a cidade, passou a ser Praça da Inconfidência. A Praça Dom Afonso, cujo nome se manteve tantos anos, mesmo depois de rebatizada, passou a ser Praça da Liberdade. A Praça Coblenz, Praça do Palácio de Cristal. E assim por diante.

Esse Palácio de Cristal, que nunca foi palácio, nem nunca foi de cristal, mas de vidro, foi inaugurado pelo Imperador em 1879. Nele costumavam-se fazer, por iniciativa da Condessa d'Eu, exposições de horticultura. Os Condes d'Eu, como já dissemos, tinham sua casa na Rua Dom Afonso (atual Avenida Koeler). Costumavam receber nas tardes das segundas-feiras, das 2 às 4 horas. Outras casas da nobreza tinham também seus dias de recebimento, como as do Visconde de Mauá, do Barão de Ubá, do Conde de Estrela, do Visconde de Cruz Alta.

Muito antes do Rio de Janeiro, Petrópolis tinha um Jóquei Clube, inaugurado em 1857, em cujo Prado do Fragoso se faziam corridas de cavalos, corridas que duraram até quase o fim do século. O *Mercantil*, jornal da cidade, estampava certa vez a seguinte quadra referindo-se à cidade:

Tem cavalos de corridas
E, portanto, um Prado tem.
Vai ter água, vai ter esgotos,
E água muita também.

Na Ponte do Retiro pagava-se pedágio para atravessá-la: 500 réis os carros e 80 réis os cavalos, tanto na ida como na volta. Havia dois teatros, o da Floresta e o Progresso, este inaugurado em 1858. A Casa das Duchas, na Rua Nassau (depois Avenida Piabanha), fundada em 1877 pelo francês Thomas Cameron, passou depois a outro francês, chamado Antoine Court, que acolhia ali, todas as manhãs, a sua grande clientela, inclusive os monarcas. Petrópolis começava a ser uma cidade industrial. Tinha duas fábricas de tecidos, a Dona Isabel e a de São Pedro de Alcântara, esta a mais importante, chegando mesmo a ser a maior da América Latina. Situava-se na Cascatinha, e trabalhava com cerca de 120 operários. Havia uma fábrica de cerveja, de Guilherme Lindscheid, depois chamada Boêmia. Havia lapidadores de vidro, entalhadores, dentre os quais o principal era Carlos Spangemberg. E a afamada Crémerie Buisson, com queijos e manteiga frescos, o que até então se importava da Europa.

XIV

Como é sabido, o Imperador gostava muito de Petrópolis. Seu costume era subir no começo do verão, e só descer definitivamente pouco antes da Semana Santa. Às vezes voltava ainda a Petrópolis depois dessa época; mas em meados de maio, ao mais tardar, estava definitivamente na capital do Império. Preocupado, sempre, em não incomodar ninguém, respeitoso, como poucos, do conforto alheio, preferia descer ao Rio uma vez por semana, para despachar com os Ministros em São Cristóvão a obrigá-los a fazer as quatro ou cinco horas de viagem a Petrópolis.

Ali recebia, porém, todos quantos o procuravam. Reservava, para isso, habitualmente, duas horas por dia. *Vá ao Palácio quando desejar*, dizia ele a Vicente Quesada, *o receberei das 11 até 1 hora*. Foi numa dessas ocasiões que o diplomata argentino o focalizou:

"Alto, um tanto grosso, de barba longa e basta, já branca, passo lento, finas maneiras, sem parecer pretensioso, embora no fundo do seu caráter fosse autoritário e cioso de que observassem os foros impostos pela etiqueta. Trajava habitualmente, desde as primeiras horas da manhã, casaca preta, e sempre à lapela o hábito do Tosão de Ouro. Para visitá-lo em seu palácio de verão, era preciso vestir casaca e gravata branca, embora fosse o palácio mobiliado modestamente, com as salas caiadas e os móveis de assento de palhinha, sem dúvida por causa do calor. Recebia de pé, e a visita se fazia de pé ... Encerrava-se a audiência com um sinal de cabeça e ao estender a mão com ar de benévola cortesia."[61]

Sua vida em Petrópolis era a de um verdadeiro *gentilhomme campagnard*, colhendo ou cultivando as flores do parque de seu palácio, passeando pelas ruas ou pelos arredores da cidade, e à noite, no meio da família, lendo os jornais ou comentando um livro de sua predileção. Não dava festas, observava Quesada, para quem o palácio em Petrópolis parecia mais a residência de um abastado fazendeiro do que o retiro de um Soberano. Frequentava, entretanto, os festivais que a filha promovia no Palácio de Cristal, com fins de caridade, onde geralmente se dançava, se fazia música e se improvisavam leilões de prendas. Ou então os bailes semanais do Hotel Bragança, onde comparecia com a família.

Nessa época o Imperador já não dançava mais. Limitava-se a conversar animadamente com todos, sem distinção de pessoa, com aquela singeleza que o caracterizava. "Chamava aí a minha atenção a modéstia do ambiente, aquele Monarca misturado a todos os assistentes, sem nenhuma cerimônia, nem luxo, nem brilhantismo. Era uma simples reunião para dançar-se, em verdade agradável, mas sem fausto, dominando nela a igualdade social."[62] Trajava nessas ocasiões o fraque. Assim procedia por solicitação, para que as senhoras e os cavalheiros presentes pudessem imitar-lhe o exemplo, e não se vexarem com os trajos de corte. Fora a explicação que ele mesmo dera a Vicente Quesada.

"A Imperatriz estava geralmente presente, já idosa, baixa, coxa, nada devendo à formosura, mas seu aspecto traduzia a estirpe real, o selo aristocrático, que não gosta de franqueza, embora fosse friamente amável. O Imperador estendia cortesmente a mão; à Imperatriz só me recorda de a haver dado uma única vez. "[63]

O passeio predileto do Imperador era pela manhã, naquelas manhãs de verão, quando a serra toda se despia da neblina da noite, e o sol varria, com seus raios dourados e cheios de uma alegria moça os vales verdejantes do Piabanha. Era quando o Imperador saía para as duchas. Caminhava a pé, pelo meio das ruas, seguido discretamente à distância pelo seu carro. Acompanhavam-no geralmente o médico, o Conde de Mota Maia, e o camarista de serviço. Quando este era o Conde de Aljezur, o contraste era interessante: um, alto, corpulento e grosso; o outro, pequeno, mirrado, quase sumido.

Cruzando com os transeuntes, o Imperador os cumprimentava com um largo gesto, cheio de cortesia. Outras vezes fazia parar a um conhecido, político ou diplomata estrangeiro, com os quais trocava algumas palavras. Não raro as crianças o rodeavam, fazendo algazarra; e era pitoresca, então, a cena daquele ancião respeitável, simples e desprevenido, cercado por uma meninada buliçosa, à qual distribuía pratinhas, com o seu retrato. Em certas manhãs acompanhavam-no a Imperatriz, com os Condes d'Eu e os pequenos Príncipes. "Caminhavam então em grupo, pelo meio da rua, Imperantes, Príncipes, Camaristas e Damas de companhia.[64]"

À tarde, o Imperador realizava novo passeio. Dirigia-se, de preferência, à pequena estação da estrada de ferro, para esperar o trem que vinha do Rio — *o trem dos maridos*, como era chamado, porque trazia de volta todos quantos haviam deixado suas famílias em Petrópolis, e descido, pela manhã, para a labuta diária na Corte. Esse costume de ir esperar o trem da tarde tornou-se desde então um dos hábitos da população elegante da serra. Na plataforma da estação o Imperador misturava-se às demais pessoas presentes; ouvia a uma, cumprimentava outra, dirigia-se ou interpelava a uma terceira, com simplicidade e desembaraço. Foi num desses momentos que o destacou Ramalho Ortigão, que visitava, então o Brasil: "Viu-se, no meio das cores alegres dos vestuários de campo, surgir e mover-se, entre os chapéus de palha, as umbrelas brancas, as flores e os leques, uma grande mancha negra e austera. Era Sua Majestade, que vinha Familiarmente conversar com as pessoas das suas relações, vestido de casaca, chapéu alto, trazendo debaixo do braço um guarda-sol, e ao peito a insígnia do Tosão de Ouro, que diziam ser uma relíquia de Carlos Quinto.?"

Aos domingos costumava ir com a Imperatriz jantar em casa da filha, que residia, com a família, nos meses de verão, no Palacete da Rua Dom Afonso, esquina da 13 de Maio[65a]. Após o jantar, saíam todos a passeio pelas ruas da cidade, num *landau* puxado por uma bela parelha de cavalos negros, pertencentes ao Conde d'Eu.

XV

Apesar do estado precário da saúde, a atividade do Imperador era a mesma. Nos meses que passava no Rio, era visto empenhado nos deveres do cargo com igual assiduidade e o zelo de sempre. A leitura dos jornais, os despachos com os Ministros, as audiências em São Cristóvão, as visitas às escolas, aos hospitais, aos estabelecimentos públicos, tudo era ainda motivo de seus cuidados, de sua atenção e insuperável curiosidade. Seu carro era visto por toda a parte, ora parado à porta de um hospital ou de uma escola, ora desfilando pelas ruas estreitas da Corte, precedido por dois cadetes, um dos quais era geralmente o seu neto Saxe, ladeado por um Capitão e seguido de uma escolta de cavalaria.

Nas horas de folga, ou à noite, após a labuta diária, refugiava-se no silêncio de sua biblioteca. E nada se comparava para ele ao doce encanto de se deixar ficar horas e horas entregue à leitura dos livros, das revistas científicas ou literárias, dos comunicados das academias; ou então à redação de sua volumosa correspondência (porque não tinha nem queria ter secretários) com os Ministros ou com os *sábios* estrangeiros.

O caro Gobineau morrera em 1882, num quarto de hotel em Turim. Agora era Pasteur o seu principal correspondente na Europa. Desde quando o conhecera, no laboratório da Escola Normal de Paris, por ocasião da primeira viagem ao Estrangeiro, o Imperador não o perdera mais de vista, e sua atenção estivera sempre voltada para os trabalhos e as descobertas científicas do grande sábio e benfeitor da humanidade. Dom Pedro II fora um dos primeiros grandes admiradores de Pasteur, dos que lhe acreditaram no valor dos seus trabalhos e deram apoio às suas famosas experiências. O Professor Roux, seu discípulo predileto, dirá muitos anos mais tarde: *Alors que mon maître Pasteur n'avait pas encore réussi à vaincre toutes les hésitations et tous les doutes, e'est votre Empereur, son ami, qui apporta les cent premiers mille francs nécessaires à la fondation de cet Institut.*[66]

Pasteur entregava-se naquela época aos estudos sobre a moléstia da raiva. Estava predestinado a realizar a profecia que lhe fizera Renan, ao recebê-lo na Academia Francesa: *L'hunanité vous devra la suppression d'un mal horrible, et aussi d'une triste anomalie, je veux parler de la défiance qui se mêle toujours un peu pour nous aux caresses de l'animal dans lequel la nature nous montre le mieux son sourire bienveillant.*

Mas, para chegar a tais resultados, quanto esforço não lhe seria necessário despender! Quanta etapa não teria que vencer! Ignorava-se então quase tudo sobre a terrível moléstia. A confusão era geral, a observação clínica existente praticamente inaproveitável, pois não se sabia nem mesmo em que parte do corpo do animal se elaborava o vírus antes de ele chegar à saliva.

Como acontece com todos os precursores de uma ciência nova, a grande luta de Pasteur era conquistar os incrédulos, os ignorantes, os apaixonados, os invejosos, convencê-los definitivamente do valor de suas descobertas. Essa tarefa era imensamente mais difícil do que a de estudar, atacar e dominar a própria moléstia.

"Há mais de um ano — escrevia ele ao Imperador, em julho de 82 — abstenho-me de comparecer às sessões da Academia de Medicina de Paris, onde cada semana devia defender a verdade contra as mais frívolas contradições. Minha saúde já se ressentia. Um dia mesmo, um cirurgião daquela academia propôs-me um duelo em plena sessão pública. Creio que se tomasse a resolução de assistir novamente às sessões da douta companhia, seria ali recebido com deferência, mesmo pelos meus teimosos contraditores, tanto a verdade caminhou nestes últimos anos."

E acrescentava, com um desses conceitos que calavam sempre no sentimento humanitário do Monarca:

"Não terminarei esta carta sem observar a Vossa Majestade que esse Imperador de um país tão distante, que manifesta interesse não somente pelas pesquisas dos sábios do seu Império, mas também dos sábios de todo o mundo, oferece um justo motivo de meditação a um cidadão de uma jovem República [*a República havia sido proclamada na França havia pouco mais de dez anos*], que tem muito trabalho neste momento para demonstrar a fecundidade de suas concepções."[67]

Em carta de 22 de setembro de 84, com uma ingenuidade de verdadeiro grande homem, ele confiava seus projetos ao Imperador:

"Vacinarei contra a raiva toda espécie de cães, cães de luxo e cães comuns. Trarão todos na fronte ou no flanco uma marca indelével atestando o seu estado refratário. Cederei esses cães, ao preço do custo, a quem os quiser comprar. Não me parece duvidoso que cada amador de cães queira que o seu animal seja refratário. Mas, como não há nada obrigatório, essa moda se espalhará pouco a pouco, sem que daí resulte demasiado acúmulo nos canis que o Estado, acredito, porá à minha disposição"

Na mesma carta ele fazia esta clara insinuação a Dom Pedro II:

"Se eu fosse rei ou imperador, ou mesmo presidente de República, eis como exerceria o direito de graça sobre os condenados à morte. Ofereceria ao advogado do condenado, na véspera de sua execução, escolher entre a morte iminente e uma experiência que consistiria em inoculações preventivas da raiva, para tornar a constituição do indivíduo refratária à raiva. Mediante essas provas, a vida do condenado seria salva."

A mesma sugestão Pasteur fazia com referência ao cólera:

"Dever-se-ia poder tentar a experiência, comunicando o cólera a condenados à morte, fazendo-os ingerir cultura de bacilos. Logo que o mal se declarasse, experimentar-se-iam os remédios aconselhados como sendo aparentemente os mais eficazes."

XVI

Pasteur queria que o criminoso, julgado e condenado pela sociedade, fosse posto a serviço da humanidade, pagando, assim, com os riscos da experiência, o mal que praticara. A incerteza dolorosa sobre o sucesso da experiência seria, afinal, o seu castigo.

A ideia, no fundo, não era nova. Já fora praticada na Inglaterra, no século XVIII, ao tempo das experiências de Jenner, das quais resultaria, como se sabe, a descoberta da vacina contra a varíola. Naquela ocasião o Rei da Inglaterra, dispondo-se a inocular os membros de sua própria família, tentou antes a experiência em seis condenados à morte. O sucesso foi completo. Os condenados foram salvos, e a Família Real inoculada.

No Brasil não havia oportunidade para semelhantes experiências, por isso que a pena de morte, apesar de legal, era desde muito tempo comutada pelo Imperador. O espírito eminentemente cristão de Dom Pedro II não se conformava com a supressão da vida do homem pelo próprio homem. Em tese, ele ainda a aceitava; mas na prática jamais. "Não sou partidário da pena de morte — lançava em suas notas em 1861 — mas o estado da nossa sociedade ainda não a dispensa, e ela existe na lei. Contudo, usando de uma das atribuições do Poder Moderador, comuto-a sempre que há circunstâncias que o permitam, e, para melhor realização deste pensamento, é sempre ouvida a seção de Justiça do Conselho de Estado sobre os recursos de graça, consultando-se ela nesse sentido. A ideia da consulta da Seção, para esse fim, foi minha."[68]

840

Pinto de Campos dá o testemunho de um Ministro de Estado, que, toda vez que por força de suas funções tinha que submeter à assinatura imperial uma sentença de morte, colhia sempre como resultado um adiamento da questão. "Se eu insistia – conta esse Ministro - passava Sua Majestade a um minucioso exame do assunto; depois vinham observações, dúvidas e pretextos morais, finalmente ponderava que não via mais formosa prerrogativa do Poder Moderador e até do majestático, do que a de perdão. Quando não havia mais discussão possível, recusava a assinatura em tais casos, quem geralmente em todos os outros tão ampla liberdade de pensamento e ação deixa aos Ministros responsáveis" [69]

A Pasteur ele respondia:

"Deveis saber que desde alguns anos, no meu país, a pena de morte é comutada pelo Soberano, ou sua execução suspensa indefinidamente. Se a vacina da raiva não é de um efeito incontestável, quem preferirá uma morte duvidosa a que seria quase irrealizável? Mesmo no caso contrário, quem consentiria num suicídio possível, senão provável? Estando provado que o efeito é indubitável, achar-se-á facilmente quem se preste a confirmar este resultado no homem."

O entusiasmo de Pasteur pelas experiências de inoculação preventiva da raiva e do cólera nos condenados à morte era tal, que ele se propunha até, "apesar da minha idade avançada e do meu estado de saúde", a empreender a longa viagem ao Rio de Janeiro, para entregar-se ali a tais estudos.

Recusando entrar em compromisso nesse terreno, Dom Pedro II não deixou entretanto escapar tão boas disposições do grande sábio: logo o induziu a vir prosseguir seus estudos no Brasil, não precisamente sobre a raiva ou o cólera, mas sobre um mal que dizimava então entre nós milhares de criaturas por ano — a febre amarela.

O Imperador estava persuadido, apesar da completa ignorância que se tinha então sobre a origem dessa moléstia, de que Pasteur podia bem isolar-lhe o bacilo, descobrindo depois uma vacina eficaz.

"Encontrareis aqui — escrevia ele em outubro de 84 — culturas feitas com o maior cuidado para o exame dessa questão, e ainda que não pudéssemos vos ser reconhecidos pela descoberta da vacina dessa moléstia, vossa visita ao meu país será um acontecimento que terá a maior influência sobre o progresso científico do Brasil. Meus sentimentos por vós e meu amor à ciência vos são bem conhecidos, e desde já me alegro de vos acolher aqui como mereceis, não fazendo com isso senão acompanhar o sentimento de todo o meu país."

Para melhor tentar o sábio, que se escusava, ele insistia noutra carta, procurando desfazer-lhe as apreensões:

"O Rio, nos meses de inverno que se aproximam, apresenta excelentes condições de salubridade, e a temperatura é muito agradável. A travessia é curta. Podeis fazê-la com todas as comodidades desejáveis. Aliás, vossos estudos tão importantes sobre a raiva não seriam abandonados senão por pouco tempo, e o serviço prestado à humanidade, preservando-a da febre amarela, seria pelo menos de idêntico alcance."

Mas todas essas tentações foram vãs. Pasteur não pôde atender aos desejos do Imperador:

"Depois de muitas reflexões e hesitações, devo render-me aos conselhos de meus médicos: tenho a profunda tristeza de não poder aceitar o oferecimento de Vossa Majestade."

8. O Quartel-General do Exército no Campo da Aclamação, Corte. Pormenor de foto de Eduardo Malta, 1906.
As mudanças sofridas pela capital até o decênio de 20 — com exceção do eixo da Avenida Central e da orla da baía entre o Flamengo e Botafogo — foram de tal maneira modestas que, em muitos logradouros, a atmosfera permaneceu praticamente intacta.

9. Tenente-general José Corrêa da Câmara, 2º Visconde de Pelotas. Litografia de Fleuiss. c. 1870.

10. Estudo para *A primeira emancipação municipal*, óleo de Pedro Peres, datado 1885. Petrópolis, Museu Imperial.

Por ocasião da cerimônia de entrega das primeiras alforrias de escravos coletivamente libertados no Município Neutro, que teve lugar no recinto da Câmara Municipal da Corte pelas mãos da Princesa Imperial, contando com a presença dos soberanos e do Príncipe Consorte, foi encomendada ao pintor de História Pedro José Pinto Peres vasta tela comemorativa do acontecimento, ainda hoje exposta no saguão nobre do Palácio Pedro Ernesto, do Rio de Janeiro, sede atual da vereança. Esta não possui, contudo, regra quase sem exceção no tempo — a qualidade, o frescor e o frêmito luminoso do estudo original, aqui reproduzido.

11. "A grande *degringolade*." Caricatura de Ângelo Agostini na "Revista Ilustrada", de 28 de julho de 1885. *A qualidade visionária e o mágico poder de convicção do traço de Agostini, inconfundível, alcança neste desenho um dos seus altos momentos.*

12-13. O Imperador e a Imperatriz. Óleos de Franco de Sá, datados *Paris*, 1887. Petrópolis, Museu Imperial. *O caráter oleográfico e quase devoto dos retratos executados em Paris por Francisco Peixoto Franco de Sá durante terceira viagem dos monarcas, tão próximo em espírito da fotografia mecânica, como que anuncia o estereótipo da saturna iconografia dos últimos anos do Imperador — aquela que na imagem da gente sobreviveu como a sua aparência definitiva.*

*14. O Imperador e a Imperatriz no parque do Palácio de Petrópolis no verão de 1887. Foto de A. De Perini. Rio de Janeiro Arquivo Heitor Lyra.

CAPÍTULO IV

PELA TERCEIRA VEZ NA EUROPA

Enfermidade do Imperador. Seu transporte para fora de Petrópolis. Decisão de levá-lo à Europa. Precauções de Cotegipe. Opinião dos médicos. Chamada ao Brasil da Princesa Dona Isabel. Partida do Imperador. Sua chegada a Paris. Os "sábios." Em Baden-Baden. A vida em Cannes. Partida para a Itália. Em Milão. Agravamento do estado do Imperador. Chamada de Charcot. Os telegramas da Imperatriz. Receio de um desenlace. Os últimos sacramentos. O organismo reage. Notícia da abolição da escravatura. Satisfação do Imperador. Entrada em convalescença. Aix-les-Bains. Volta para o Brasil e chegada ao Rio de Janeiro.

I

Era certo que a saúde do Imperador declinava. Em 1884 aparecera-lhe o primeiro sintoma de uma infecção palustre. Mas nada havia ocorrido então de anormal: alguns dias de febre, que logo cessara, e ele fora dado por completamente curado. *Graças a Deus* — escrevia a Imperatriz à Baronesa de Loreto, em janeiro daquele ano — *graças a Deus ele está restabelecido. Pode bem avaliar a minha inquietação vendo o Imperador com febre, três dias depois de sua vinda da cidade."*[70]

Três anos depois, em fevereiro de 87, quando assistia em Petrópolis a um concerto no Hotel Bragança, o Imperador sofria um segundo ataque de febre palustre, dessa vez de certa gravidade, que, sobre o fundo diabético, já debilitado do organismo, produziu logo as mais sérias consequências.

Não lhe tenho escrito estes dias — dizia a Imperatriz pouco depois à Baronesa de Loreto; *tenho estado muito atormentada e aflita por ver o Imperador gravemente doente, como seu pai*[71] *lhe terá escrito. Espero que em breve o Imperador se restabelecerá. Pode bem fazer ideia da falta que minha filha Isabel me faz, particularmente nesta ocasião. Ela mandou-me ontem um telegrama de Nice, pedindo-me notícias do pai, o que logo mandei.*

Uma semana depois ele ia melhor. *Graças a Deus*, escrevia a Imperatriz a 10 de março — *esta noite dormiu mais tranquilamente, alimentou-se bem e espero que em breve esteja restabelecido.*

As melhoras, de fato, se acentuaram. No dia 18 teve ainda um novo acesso de febre; mas dois dias depois o estado geral era relativamente bom, tanto assim que desceu pela primeira vez depois da doença à sala de bilhar do velho solar de Petrópolis.

Mas essas melhoras não prosseguiram. O mal depressa readquiriu a sua primitiva gravidade. Mota Maia, que era o médico assistente, decidiu então experimentar uma mudança de clima. E o Imperador foi transportado de Petrópolis para a Fazenda das Águas Claras, distante 60 quilômetros.

De lá escrevia a Imperatriz a 18 de abril: *Antes que receba esta minha carta, há de ter notícias do Imperador, as quais não tem sido como desejaria. No dia 16 às 11 horas da manhã, teve novo acesso de febre, que durou algumas horas. Ainda se sente muito fraco e tem um pouco de amarelidão na pele, tudo devido ao fígado. Pode bem fazer ideia de como estou sempre em agitação. Não cesso de pedir a Deus e à Santíssima Virgem que restituam a saúde ao Imperador, tão preciosa ao Brasil inteiro.*

Uma semana depois as notícias não eram mais lisonjeiras: Infelizmente, contra o que eu esperava, as melhoras do imperador não continuaria. *Esta manhã, de madrugada, teve um novo acesso de febre; mass agora, 3 horas, vai indo sem novidade e conversando com o seu veador de semana. Não posso exprimir o quanto me aflige ver o Imperador sempre no mesmo estado. Deus permita que breve o possamos ver de todo forte e de saúde.*

Apesar de a Fazenda das Águas Claras distar cerca de duas horas e meia de Petrópolis, em caminho de ferro, e do estado pouco lisonjeiro da saúde do Imperador, este não deixava de receber visitas. Apenas, para não cansá-lo, essas visitas eram feitas geralmente em grupos. O Barão von Seiller, Ministro da Áustria no Rio, foi vê-lo numa dessas ocasiões em companhia de seus colegas da Bélgica e da Alemanha. Depois escrevia para Viena:

"Fiquei muito mal impressionado com o aspecto do Imperador, o qual mudou muito nas últimas três semanas que não tive ocasião de o ver. Envelheceu muito, está magro, o rosto abatido (*eingefallene Gesichtszuge*), e não tem a mesma alegria de antes. Dá a impressão, às vezes, de que tem dificuldade em falar. Em suma, é um homem doente."

Esta é a impressão geral de todos quantos o visitam, que perguntam involuntariamente como permitem os médicos que o Imperador doente fique exposto diariamente à curiosidade de tanta gente desinteressada. A única explicação para isso é que essas visitas distraem o Imperador, e dão ao público a impressão de que suas condições de saúde são geralmente satisfatórias, já que ele está em condições de receber todas as pessoas cujos nomes são publicados diariamente nos jornais"[72]

Afinal, como nada se conseguisse do clima de Águas Claras, voltou o Imperador para São Cristóvão; e três dias depois se transportou para a casa da Condessa de Itamaraty, na Tijuca, nos arredores do Rio, onde se instalou em 1º de maio de 1887. Esperava-se que o ar vivificante da montanha e da mata que o cercava lhe trouxesse os maiores benefícios. De fato voltaram-lhe as melhoras, que chegaram a dar as mais positivas esperanças.[73] Recomeçou a sair, em curtos passeios na floresta, quase sempre de carro.[73 a]

Von Seiller escrevia para Viena:

"A estada na Tijuca tem produzido resultados muito favoráveis na saúde de Sua Majestade. Suas condições gerais têm melhorado. Há oito dias que não se repetem os ataques de febre; e o apetite voltou a ponto de Sua Majestade poder novamente alimentar-se. O Imperador faz passeios diários de carro com os seus médicos, e além disso está geralmente ao ar livre. Mas as forças, que caíram muito em consequência da moléstia, ainda não lhe voltaram. Por isso Sua Majestade deve observar um repouso absoluto. As visitas diárias foram suspensas por serem muito fatigantes para o Imperador, e as suas relações com os Ministros estão reduzidas ao estrito necessário?"[74]

II

Apesar dessas melhoras, seu estado não era tranquilizador. Os boletins médicos repetiam diariamente que esse estado era *satisfatório*, com uma monotonia que acabou provocando o debique e a impaciência do público. Mas era evidente que o restabelecimento da saúde do Imperador estava longe de ser completo. Havia, por isso, um desassossego geral.

"A moléstia do Imperador se prolonga mais do que se esperava (escrevia o Ministro da Áustria) e é mais séria do que fazem crer os comunicados oficiais. Se se fosse dar crédito a esses comunicados, as condições de saúde de Sua Majestade seriam bastante satisfatórias, a convalescença seguiria o curso normal e os ataques de febre seriam apenas a consequência da febre intermitente ou malária que atacou o Imperador. Se, ao contrário, se der ouvidos a outros médicos independentes, que têm opinião formada sobre a moléstia do Imperador, os ataques de febre de que ele sofre são uma consequência da diabetes e de sua moléstia de fígado. Se esse diagnóstico está certo, as condições do Imperador não deixam de ser sérias. Diz-se que uma autoridade médica que o visitara há pouco tempo afirmara o seguinte: *Se Sua Majestade não deixar o Brasil até o mês de junho, será um homem morto".*[75]

Por seu lado, o Ministro de França escrevia para Paris:

"O estado do Imperador não melhorou muito depois do último correio, e a inquietação do Governo e do país aumenta diariamente. A opinião pública, não sabendo a quem acusar, volta-se contra os médicos, que não parecem realmente à altura de suas responsabilidades. As consultas se sucedem com os diversos tratamentos e idênticos resultados. A moléstia persiste. Cada crise enfraquece o doente, que não recupera, depois do ataque, a soma de forças igual à que perdeu. Diante dessa situação torna-se necessário encarar os acontecimentos, e entrever mesmo um fim que pode ser fatal. O Sr. Barão de Cotegipe, Presidente do Conselho, entendeu dever chamar por duas vezes, pelo telégrafo, a sra Princesa Imperial, que estava ultimamente em Nice e está agora em Aix..."[76]

Não foi bem assim. Cotegipe, preocupado, embora, com o estado da saúde do Imperador, não quis, entretanto, tomar sobre si a responsabilidade de fazer a Princesa voltar a toda pressa da Europa. Receava alarmar não somente a opinião pública já desassossegada com o laconismo dos comunicados médicos, como também o próprio espírito da Princesa, que fundara suas esperanças nas últimas notícias recebidas sobre as melhoras da saúde do pai. No telegrama que passou ao Conde d'Eu, Cotegipe disse apenas que o Governo julgava conveniente que ele e a mulher apressassem o regresso, acrescentando, para não alarmá-los, que o Imperador, em *franca melhora*, continuava convalescendo.

Havia nesse despacho uma evidente contradição: se o Imperador continuava convalescendo, e a saúde em franca melhora, não havia necessidade do pronto regresso dos Príncipes. Foi o que deu a entender o Conde d'Eu, que não quis tomar a resolução de voltar sem receber antes declarações mais positivas de Cotegipe.

Este bem que temia a possibilidade do Imperador falecer de um momento para o outro, e a dificuldade em que logo se veria, com a Princesa distante na Europa, as Câmaras ainda fechadas e todo o governo do Império concentrado em suas mãos. Mas não ousava tomar a responsabilidade de o dizer claramente à Princesa.

Recorreu por isso aos médicos assistentes do Imperador. Escreveu a Mota Maia:

"Não posso responder à Sua Alteza sem que Vossa Excelência e o Sr. Conselheiro Alvarenga me declarem, por escrito, se devo insistir pelo regresso de Suas Altezas, e que razão me cumpre dar, que sem maiores cuidados a Suas Altezas, baste para que elas não prolonguem por mais tempo a sua estada na Europa." [78]

Responderam-lhe Mota Maia e Alvarenga:

"1^0 — S. M. o Imperador sofre há quatro anos de glicosuria, e foi acometido no dia 28 de fevereiro último de uma infecção palustre, denunciando-se por acessos bem característicos, necessitando de prolongado repouso, terminada a convalescença que deve ser longa;

2^0 — Seu repouso, do qual não pode absolutamente prescindir, não trará efeitos salutares ao restabelecimento, se o Governo Imperial não colocar o mesmo augusto senhor fora de todos os trabalhos da direção dos negócios públicos, e isso por um prazo razoável;

3^0 — Os abaixo-assinados não podem deixar de insistir pela vinda da Princesa Imperial, já como elemento necessário ao repouso que julgam urgente a Sua Majestade Imperial, já como um recurso precioso de terapêutica moral, indispensável ao restabelecimento do augusto doente."[79]

Essa resposta cobria inteiramente a responsabilidade de Cotegipe, que logo obteve o regresso dos Príncipes. De fato, estes chegaram ao Rio em começos de junho de 87.

Já então tinha assentado, entre o Governo e os médicos assistentes, a partida do Imperador para a Europa. Era o recurso que a todos pareceu o melhor para tentar-se o restabelecimento completo de sua saúde. "Os médicos pensam que uma viagem à Europa e o ar do mar poderão fazer cessar o progresso da anemia, que eles tratam como simples vertigens, provocadas pelo abuso de sulfato de quinino" [80]

Von Seiller, Ministro da Áustria, escrevia para Viena a 29 de junho de 1887:

"S. M. o Imperador embarcará, acompanhado de S. M. a Imperatriz do neto Dom Pedro da Duque de Saxe Coburgo Gotha, e de um pequeno séquito, na manhã de 30 do corrente, no vapor da Messagerie Francesa *La Gironde,* com destino a Lisboa, onde pretende demorar-se três dias. Prosseguirá viagem por Madrid, onde deverá descansar três dias, e depois para Paris. Aí haverá uma consulta com as sumidades médicas, para decidir-se o tratamento que deverá ser dado ao Imperador Parece que se pensa ainda em Carlsbad... Para o próximo inverno prevê-se uma estada no Egito, isto é, no Cairo, ou na Argélia.

Ontem estive na Tijuca, para despedir-me de Suas Majestades, que me receberam muito amavelmente. Faz agora justamente dois meses que não tinha a honra de ver o Imperador, e é com grande prazer que posso constatar a mudança para melhor no aspecto de Sua Majestade. Está mais forte fisicamente e sua cor tornou-se melhor. Em suma, dá a impressão de um convalescente, e não de um homem cujos dias estiveram contados.

Fiquei tanto mais satisfeito de poder constatar pessoalmente as condições de saúde de Sua Majestade, quanto circulam aqui as notícias mais alarmantes, e se fala do Imperador como de um homem cujas faculdades intelectuais estão de tal modo enfraquecidas que não poderá mais tomar por si uma decisão, e cujo governo pode considerar-se terminado. Felizmente todos esses rumores não passam de invenções maliciosas, e Sua Majestade nada perdeu de sua frescura intelectual (*geistigem Frische*). É de esperar, portanto que o Imperador recupere na Europa a sua primitiva saúde, e volte restabelecido ao seu Império." [81]

Partiram todos a 30 de junho de 1887, a bordo do paquete francês *Gironde*. Além do Imperador, da Imperatriz e do neto Dom Pedro Augusto de Saxe, seguiram na comitiva Mota Maia com a família, o Visconde e a Viscondessa de Carapebus, o Visconde de Nioac e o filho, e o professor de línguas orientais, Dr. C. Fritz Seybold, e, como tal, substituto do Dr. Carlos Henring.

III

Feitas as escalas em Dacar (9 de julho), chegaram a Lisboa a 15 desse mês, mas onde apenas passaram, porque seguiram logo para Paris, via Madrid. Em Paris o Imperador hospedou-se no Grande Hotel, como da última vez. Embora fisicamente alquebrado, o rosto emagrecido, o caminhar difícil, dava a todos a impressão de que o seu forte organismo vencia aos poucos a inclemência da moléstia.

Com a sua chegada a Paris, o Imperador encetou logo a sua costumada atividade, frequentando associações científicas e literárias, bibliotecas, teatros, recebendo e retribuindo visitas. Ao Grande Hotel afluíram os *sábios*: Pasteur, Ambroise Thomas, Levasseur, Sully-Prudhomme, François Coppée, Maspero, Quatrefages, Liais, Sardou, Dumas Filho, Leconte de Lisle, Maxime du Camp, Arsène Houssaye.

Diziam que o Imperador se parecia muito com Houssaye. Calmette, diretor do *Fígaro*, espalhara essa versão em seu jornal. Houssaye e Dom Pedro II eram dois velhos conhecidos. Quando este o viu chegar ao Grande Hotel, dise-lhe em tom de camaradagem, conduzindo-o para diante de um espelho :

"Veremos se de fato nos parecemos."

"Sim", observou Houssaye. "Ele bem que queria parecer, por vezes, com Dom Pedro II; mas este é que não desejaria sem dúvida parecer com Arsène Houssaye."

"Quem sabe? perguntou o Imperador. Todo homem tem a sua coroa de espinhos. Eis porque, embora trocássemos os papéis, não teríamos com certeza a coroa do homem feliz."

"Será que Vossa Majestade já encontrou o homem feliz?"

"Sim, respondeu o Monarca: sou eu, quando o meu povo está contente."[82]

Uma tarde apareceram-lhe os dois netos de Victor Hugo, que o Imperador afagara onze anos antes em casa do poeta, na Rua de Clichy. Hugo morrera havia dois anos. Noutra tarde era a vez de Guerra Junqueiro, o poeta de perfil semítico, que lhe entregara um poema, havia dez anos, em Lisboa, à porta do Hotel de Bragança. Certo dia o Imperador foi visitar Flammarion, no célebre observatório de Juvisy. Noutro dia foi ver o Professor Chevreul, seu velho amigo das viagens anteriores, e confrade na Academia das Ciências, que carregava o peso de 102 anos de idade. Chamavam Chevreul o "decano dos estudantes franceses." *C'est ma vieilesse, disse-lhe o Imperador, ao abraçá-lo, qui vient saluer votre jeunesse en cheveux blancs!*

Mota Maia, que tinha a grande responsabilidade de zelar pela saúde do Imperador, reuniu um grupo de notabilidades médicas francesas a fim de examinarem o Monarca: os professores Charles Bouchard, especialista em Patologia Geral; Michel Peter, antigo chefe de clínica do Professor Trousseau, no Hotel-Dieu; C. E. Brown-Séquard, sucessor de Claude Bernard na cátedra de Fisiologia Experimental do Colégio de França, e especialista em doenças dos nervos; e J. M. Charcot, mestre do Hospital da Salpêtrière, e também especializado em doenças nervosas. A opinião desses médicos foi que o estado de saúde de Dom Pedro II era satisfatório. O organismo, de fundo diabético, atacado meses antes por uma febre palustre, estava apenas ressentido. Foram todos de acordo em que se impunha uma cura em Baden-Baden, com aplicações de duchas, massagens e ginástica.[83]

IV

O Imperador ficou nessa estação de águas cerca de dois meses. "Está se fortalecendo cada vez mais", mandava dizer de Ebenthal, a Orville Derby, o Príncipe Dom Pedro Augusto."[83a] Hospedado no Hotel Stéphanie, o Monarca ficou sob os cuidados do Professor kuussmann, vindo para isso da Universidade de Estrasburgo, onde se especializara sobre lavagem gástrica. Recomendou que se desse ao doente uma alimentação tendo em vista a glicosuria, que ele tivesse um repouso intelectual, com frequentes passeios, mas sem se fatigar, gozasse ilimitadamente do ar fresco e puro de Baden-Baden, e tomasse duchas de curta duração. Era, enfim, a vida que faria ali o Imperador: saía pela manhã para as duchas e os exercícios de ginástica; dava depois um curto passeio pela principal alameda da cidade; e à tarde ou à noite, o tempo permitindo, saía novamente para a *Conversationshaus*, a ouvir os célebres concertos das bandas militares. No dia 7 de Setembro foi ali executado, a seu pedido, o hino brasileiro da Independência, composto por seu pai.

De Baden-Baden escrevia Dom Pedro Augusto:

"Achei o Imperador muito melhor no dia em que cheguei da Estíria. Noto, porém, que ele tem muitas alternativas de bom e de mau aspecto. [83b] cai às vezes em profundo sono. Estou com receio de que o Mota Maia esteja encobrindo a verdade."[83c] Conversei com o médico de Baden, que me disse primeiro que o doente estava muito forte; depois, vendo que eu não ignorava *certas coisas* "[83C], declarou que estava com os órgãos fracos. Ficou num estado de dúvida constante. No entanto, o estado do doente parece mui satisfatório "[83d], pelo menos na aparência. Tem muito vigor

849

para caminhar. Fui, porém, informado de que está tomando estriquinina, que é um excitante muito grande [83e]"

Em Baden-Baden Dom Pedro II avistou-se com o velho Imperador Guilherme I da Alemanha, que já conhecia das outras vezes que havia estado nesse país. Tinha ele então cerca de noventa anos de idade, e devia morrer dentro de poucos meses. Leopoldo 11, Rei dos Belgas, que Dom Pedro II também já conhecia, era outro de seus "colegas" que fazia ali cura das águas.

Antes de deixar Baden-Baden, fez com a Imperatriz uma curta visita a Coburgo, para novamente visitarem o túmulo da filha Leopoldina, ali chegando a 1^0 de outubro de 87, A Duquesa Alexandrina, sempre meticulosa e exata," como" assinala o Príncipe Dom Carlos, anotava no seu diário íntimo:

"Segui, por volta das 9 horas, para a estação, para a recepção do casal imperial do Brasil. Uma guarda de honra estava formada e entoava o Hino Nacional Brasileiro, assim que o trem chegou. Na sala de espera estavam o Conselheiro secreto Von Kethold e outros... A querida Imperatriz veio ao meu encontro com os braços abertos. O Imperador me aperta jubilosamente a mão. Após rápida apresentação, subiram em suas carruagens e seguiram para o Hotel. E eu para a casa. Muita satisfação tive também em ver o Pedro [Dom Pedro Augusto], o qual agora está com 21 anos."[83f]

No dia seguinte, pela manhã, dirigiram-se todos para a Igreja de Santo Agostinho em cuja cripta foi celebrada missa solene por alma da Princesa Dona Leopoldina, que ali repousava no seu sarcófago. "Após a missa, seguiu-se uma singela cerimônia fúnebre e, em seguida, os imperadores e demais membros da família depositaram coroas de flores sobre a tumba da Princesa e do Príncipe Augusto, seu sogro, que desde 1881 também repousava na cripta. Em seguida regressaram ao Hotel?" [83g] A Duquesa Alexandrina, que tudo anotava em seu *Diário*, escrevia:

"Às 12 horas fui ao Hotel Leuthausser e visitei o querido par imperial. Depois fui rapidamente visitar os filhos de Edimburgo,[83h] dos quais me despeço. Logo em seguida chegam os imperadores e o Pedro [Augusto] ; olham tudo com o maior interesse — quartos, quadros e vista, e depois regressam. Logo após, às 5 horas, voltam para o jantar de família. O Imperador sobe à torre do Castelo de Callenberg, nos arredores da cidade; depois seguiu, na mesa, uma animada e cordial conversação. Logo após as 7 horas, os queridos hóspedes voltam para Coburgo"[83i]

E novamente, no dia 3 de outubro, dia das despedidas, volta a Duquesa ao seu Diário:

"De manhã, às 7,$^{3/4}$, segui para a estação, onde o trem partiu às 8 horas. Já encontro os queridos viajantes na sala de espera. Estão presentes as mesmas pessoas que compareceram no dia da chegada, antes de ontem. O querido casal imperial me acumula de bondade e amabilidade, e se despede da maneira a mais comovente. A querida Imperatriz me deixou quatro maços de flores que eu, assim que fui para Coburgo, deixei na tumba de sua querida filha"[83j]

De Coburgo, Dom Pedro II e comitiva voltaram para Paris, passando, no caminho, três dias em Bruxelas. O Imperador trazia da Alemanha os melhores resultados para a sua saúde. Silva Paranhos, futuro Barão do Rio Branco, que fazia nessa época correspondência da Europa para o *Jornal do Commercio*, escrevia para o Rio:

"Sua Majestade lucrou muito com a sua cura em Baden-Baden. Os dois meses ali passados tranquilamente, foram-lhe patentemente proveitosos. Está mais forte do que ao deixar Paris, e com ótima aparência. Repetirei com Bouchard e Peter, que o Imperador não é um homem doente, mas apenas um homem fatigado. Ele carece, sobretudo, agora, de repouso, e mais tarde, ao voltar ao Brasil, desse regime higiênico e moderado trabalho que a sua idade impõe. O Imperador, chegado aos 62 anos, deve convencer-se de não ser mais o moço de 1840 a 1860, nem o homem excepcionalmente vigoroso que continuou a ser."

V

Sua estada em Paris, dessa vez, foi de cerca de um mês aí chegando a 8 de outubro,quando se avistou com suas irmãs Dona Januária e Dona Francisca, — respectivamente Condessa d'Áquila e Princesa de Joinville que residiam em Paris, com os respectivos maridos [84.] Depois do que, Pedro II seguiu para o sul da França, a fim de completar a convalescença em Cannes, onde chegou, com a comitiva, no começo de novembro. Hospedou-se no hotel Beau Séjour, indo aí vê-lo o estadista inglês Gladstone, que ele já conhecia da sua estada anterior na Inglaterra. A Imperatriz escrevia à sua amiga a Baronesa de Loreto:

"Aqui estamos mais tranquilos do que em Paris, o que é bom para o Imperador não se cansar à noite. De dia sai, de manhã, para as duchas, e à uma hora, de carro, comigo, vamos ver alguns jardins, que há muitos e mui bem tratados, com muitas flores e plantas do Brasil. Tudo me faz lembrar com intensas saudades o Brasil, onde espero o mais breve possível achar-me."

Quando ainda em Paris, o Imperador projetara uma excursão ao Egito. A terra dos Faraós, com os seus tesouros, seus monumentos, seus costumes milenários, não lhe saía da imaginação. Chegara a assentar a partida a partida para esse mês de novembro. Seria a sua terceira viagem ao Egito. Charcot, porém, de combinação com Mota Maia, tirou-lhe isso do espírito. Seria na realidade uma imprudência, já que nem a idade, nem o seu estado de saúde aconselhavam uma tal viagem. Assentou-se então ficar mesmo em Cannes por todo o inverno. Sua vida limitou-se, assim, a longas horas de descanso, com os seus caros livros, e a passeios a pé ou de carro pela cidade e seus arredores. Daí escrevia seu neto Dom Pedro Augusto para o Visconde de Taunay:

"0 Imperador tem levado uma vida tranquila. Recolhe-se cedo, antes do pôr do sol, e não frequenta teatros. Apenas vai comigo e a Imperatriz a Monte Carlo, todas as quintas-feiras, ouvir música clássica, excelentemente executada. Espero que os resultados desse regime de repouso sejam grandes."[84a]

Contudo, era sempre difícil convencer o Imperador de que ele devia atenuar um pouco a sua tradicional atividade.

"Atualmente — escrevia de lá o Visconde de Carapebus — a grande dificuldade está em se conseguir que o Imperador não se exceda na atividade em que quer viver, considerando-se completamente restabelecido, no entanto que os médicos são de opinião que ele nunca mais deve deixar de ter uma certa regularidade no seu modo de viver, por causa da diabetes, cujos efeitos se fazem sentir todas as vezes que Sua Majestade deixa de ser razoável." [85]

Um dos seus habituais passatempos era assistir a reuniões literárias, onde o recebiam com a simpatia que se tem pelos velhos amigos. Desde sua estada em Cannes, em 1872, que a Provença, toda a Côte d'Azur o tinha como um dos seus. Já pouco antes, em Marselha, o saudara Michel Savon:

> *Ainsi, dans ce siècle où la foule*
> *En grondant sur tous les chemins*
> *Fait que plus d'un trone s'écroule*
> *Au bruit des battements des mains;*
> *Vous, l'hôte illustre de Marseille,*
> *Vous, qu'un esprit large conseille,*
> *Vous êtes maître sans terreur*
> *Et vous promenez, souveraine,*
> *Populaire, auguste et sereine*
> *Votre Majesté d'Empereur!* [86].

VI

Uma manhã, em Cannes, os Monarcas foram despertados por uma alba (*aubade*), que lhes ofereciam os Felibristas da cidade, ainda lembrados de quando o Imperador estivera ali em 1872 e fora festejado por Frederico Mistral, o grande poeta provençal, tornando se nessa ocasião *sócio* do Felibrismo da antiga Província francesa. Promovido por M. Mouton, cabiscol da Escola de Lérins, a *aubade* começava pelo Hino Nacional brasileiro e terminava com cantos e recitativos provençais:

> *Ti Saludi, brave Emperaire,*
>
> *Tu que sounges ei Provençau,*
>
> *Qu 'an esta, quest 'estieu, pecaire!*
>
> *Arrouina per tant de mau!* [87]

À Imperatriz dedicaram este *Compliment:*

> *Sias la digno mouié que vou tout èstre.*
>
> *E que cerco partout per trouba lou bonur,*
>
> *Qu 'à soun pople devot voudrie leissa segur,*
>
> *Emé la douço pas, lou prougrès, lou bèn vestre.*
>
> *Longo-mai segoundês l'eisemplé de pertu*
>
> > *Que mostro un tant bèu paire*
> >
> > *À l'Univers tout esmougu:*
>
> *Es bèn, à nostis iue, lou Rêi dis Emperaire* [87a]

No Natal de 1887 a Imperatriz escrevia à Baronesa de Loreto: "Este ano não pudemos, o Imperador e eu, assistir à missa da meia-noite, porque teria sido grande imprudência expor o Imperador ao frio que fazia, mas fomos à missa das oito horas, e comungamos em uma pequena igreja bem perto do nosso hotel."

VII

Quando veio a primavera, no ano seguinte, resolveram os Soberanos fazer um passeio à Itália. O Imperador estava impaciente para viajar, e era difícil contrariá-lo. Já os médicos lhe haviam proibido a excursão ao Oriente. Consentiam agora, como uma transação, nesse passeio à Itália. A Imperatriz, por outro lado, não resistia ao desejo de rever sua bela terra de Nápoles.

Na tarde de 2 de abril deixavam todos a cidade de Cannes em direção à Itália. Viajaram por caminho de ferro. No dia seguinte estavam em Gênova. Dois dias depois em Nápoles. O Imperador fez empenho em visitar o Vesúvio, "viajando na emocionante estrada funicular, dispensando, no alto da montanha, as *cadeirinhas* e até os guias, nos quais entretanto os excursionistas, cada um com o seu, costumam ter apoio para galgar o forte declive que conduz à cratera"[88] . Visita a Pompéia. Visita a Capri. Na Universidade é recebido pelos professores e pelos alunos. Assiste a algumas das aulas. À saída, é ovacionado.

Florença. É recebido para almoçar no Palácio Pitti pelos reis da Itália. A Rainha Victoria da Inglaterra, que fazia uma temporada de inverno na Villa Palmieri, e a Rainha da Sérvia, ali a passeio, são convidadas para o almoço.

Em Florença trabalhava Pedro Américo, cujo *atelier* o Imperador visitara dezesseis anos antes, por ocasião da última viagem à Itália, quando o artista terminava a *Batalha de*

Avai. Desta vez Pedro Américo lhe apresentava a *Independência do Brasil*[89], onde a verdade histórica era sacrificada à beleza artística e à harmonia dos personagens. Deu-se à visita do Imperador o caráter de inauguração da famosa tela, tornada mais solene com a presença das Rainhas da Inglaterra e da Sérvia, do Rei e da Rainha do Wurtemberg.[90]

A 23 de abril chegavam todos a Bolonha. Como em Nápoles, o corpo docente e numerosos estudantes da Universidade acolhiam Dom Pedro II com grandes provas de atenção. À saída ovacionavam o *Imperador Sábio*[91].

Veneza. Hospedado no Hotel Danieli. Programa costumeiro: museus, academias, igrejas. Recepção aos *sábios*. É recebido na Sala do Senado pelo Istituto Veneto. E à noite vai ao teatro aplaudir Eleonora Duse. Na manhã de 29 de abril partida para Milão.

VIII

Na tarde desse mesmo dia chegava à grande cidade do Norte. Na estação, ao descer do trem, uma boa e inesperada surpresa para o Imperador: a presença de Cesare Cantù. O grande Históriador era já um ancião quase nonagenário.

Recolheram-se todos ao Hotel Milano. O dia seguinte foi para descanso. A 1º de maio o Imperador foi assistir à primeira representação da ópera *Carmosina*, do Maestro João Gomes de Araújo, de São Paulo. Carlos Gomes, que morava em Milão, foi visitá-lo na noite desse dia. Combinou-se então para a noite seguinte um grande concerto de música brasileira no salão nobre do Hotel, com o concurso de diversos outros artistas músicos brasileiros, que estudavam em Milão.

Esse concerto cansou um pouco o Imperador, que nessa tarde havia já feito longa excursão ao Lago de Como. Contudo, recolheu-se aos seus aposentos sem nada denunciar. A saúde, aliás, continuava satisfatória, e, dada a debilidade do organismo, não se podia exigir mais lisonjeira.

Subitamente, na manhã seguinte, 3 de maio, tudo mudava e se agravava. Notando que o Imperador não descia para as duchas, como era seu hábito, Mota Maia vai procurá-lo no quarto. Já a Imperatriz, aflita, o mandara chamar. Mota Maia encontrou o Imperador muito prostrado, num estado de meia inconsciência[91a]. E logo constatou a gravidade do mal, uma pleurite-seca. Chamou imediatamente os Professores Charcot, de Paris; Mariano Semmola, de Nápoles; e De Giovanni, de Pádua[92].

Durante cerca de duas semanas, o estado do Imperador deu as maiores preocupações, com momentos de esperança e momentos de desânimo. Os telegramas diários, expedidos de Milão para a Princesa Imperial, no Rio, davam bem a ideia desses instantes de aflição para todos, sobretudo para os brasileiros, que viam a todo o momento a possibilidade do falecimento do Imperador, com as mais sérias consequências para a estabilidade política do país.

A 10 de maio a Imperatriz telegrafava à filha: *Pleurite suit sa marche regulière mais preoccupation influence nerveuse générale*. Dois dias depois ela tranquilizava o espírito cristão da Princesa, preocupado com a possibilidade de o Imperador vir a falecer sem haver recebido antes os sacramentos da Igreja: *Soyez pleinement tranquille. Je connais bien vos sentiments qui sont aussi les miens, mais grâce à Dieu il n'est pas nécessaire pour le moment de faire Saint Sacrement Aujourd'hui mieux.*[93]

No dia seguinte, 13 de maio, justamente quando o Brasil todo se regozijava com a libertação final de seus escravos, as notícias transmitidas de Milão eram as mais animadoras: *Fièvre presque cessée. État nerveux calme.* Este telegrama estava assinado pelos quatro médicos que assistiam o Imperador: Charcot, Semmola, De Giovanni e Mota Maia. No dia seguinte era a Imperatriz quem de novo telegrafava: Vai bem, sem febre. *Melhoras continuam. Saudades. Tereza.* A presença de Charcot à cabeceira do enfermo era já considerada dispensável. Assim que o sábio francês deixava-o entregue aos cuidados de seus colegas, os quais telegrafavam a 17: *Très bonne nuit. Amélioration progressive rassurante.* E três dias depois: *Forces relevent. Amélioration de plus en plus rassurante.*

Na manhã de 22, porém; o estado do enfermo se agravava subitamente. Apareciam novos fenômenos de paralisia bulbar. Suas forças físicas caíam assustadoramente. A custo ele podia inalar o oxigênio que lhe administravam. Charcot é novamente chamado a toda pressa. Mota Maia, Semmola e De Giovanni telegrafavam pela manhã desse dia: *Noved accès paralisie bulhaire. Grand danger.* Horas depois era a Imperatriz quem mandava dizer à filha: *Pris tous les Sacrements muídi-clemi. Quelques améliorations.*

Ela contaria, pouco mais tarde, esse terrível dia 22, com suas horas de grande desespero, na carta que escreveria à Baronesa de Loreto: "De manhã deixei o Imperador sem novidade, e fui me vestir para ir à missa pelo aniversário da morte de meu mano o Rei Fernando, quando me vieram bater à porta, chamando-me que fosse ver o Imperador. Acabei a toda pressa o penteado e fui. O que devia achar? Meu marido rodeado dos quatro médicos[94] e ele sem sentidos e quase morto. Quando voltou a si, fui obrigada a pedir-lhe que se confessasse e tomasse o Sacramento, ao que logo disse que sim. O padre estava já em casa; se confessou enquanto foram à igreja, que está perto do hotel, para o vigário vir com o Sacramento. Tudo se passou tranquilamente, mas pode bem fazer ideia como eu podia estar vendo a todo o momento o instante de perdê-lo. Um padre dormiu em casa para administrar a Extrema-Unção no caso que fosse preciso. Graças a Deus o Imperador passou tranquilamente a noite."

De fato, com a aplicação de injeções de cafeína, substância que se começava então a usar na terapêutica, foi possível conjurar o mal. As melhoras logo se acentuaram, dessa vez positivas e duradouras.

Quando a Imperatriz recebera o telegrama participando a promulgação da lei que libertara definitivamente todos os escravos do Brasil, temera mostrá-lo ao Imperador, cujo espírito, já abatido com a moléstia, podia ficar fortemente emocionado. Diante, porém, do estado crítico em que ele logo se encontrou, com risco de falecer na ignorância de um acontecimento que era, afinal, a realização de um de seus ideais de homem cristão e de Chefe de Estado, ela aproveitou as melhoras que se acentuavam na tarde daquele dia; e, enchendo-se de coragem, debruçada sobre a cabeceira do marido, deu-lhe, com brandura, cheia de cuidados, a grande nova.

O Imperador abriu lentamente os olhos embaciados; depois perguntou, como que ressuscitado:

"Não há mais escravos no Brasil?"

"Não, – respondeu a Imperatriz – a Lei foi votada no dia 13; a escravidão está abolida."

"Demos graças a Deus! disse ele. Telegrafe imediatamente à Isabel enviando minha bènção, com todos os meus agradecimentos para o país."

Houve um curto silêncio. A emoção dos presentes era grande. Virando-se depois, ligeiramente, o Imperador acrescentou, uma voz quase sumida:

"Grande povo! Grande povo!"

E desatou a chorar. [95]

IX

A profunda satisfação que lhe deu a notícia da abolição da escravatura facilitou a benéfica reação do organismo. Suas melhoras se acentuaram ainda mais. Charcot fez vir de Paris a mulher e a filha, e todos acompanharam o Imperador e a Imperatriz a Aix-les-Bains, onde prosseguiu a convalescença.

A estada ali foi de cerca de dois meses. Valeu por uma forte ducha no organismo combalido do Monarca. Tendo vindo de Milão carregado, deitado numa maca que Mota Maia lhe fizera arranjar, depressa recuperou seus próprios movimentos. "Já anda por si (escrevia o neto ao Visconde de Taunay) e na aparência, até parece estar melhor do que em Cannes. Sua inteligência está perfeita, e isto é um verdadeiro milagre"[96]

Dom Pedro Augusto escrevia ao seu amigo Orville Derby:

"Sua Majestade vai melhor e já passeia a pé em casa, sustentado. Estou, porém, muito desiludido quanto a seu restabelecimento completo. Para mim ainda o havemos de ter por algum tempo, mas incapaz de *se cansar* em estudos sérios. Quanto à inteligência, conserva a sua clareza habitual. Ele próprio confessa-se cansado. Não desesperado. Há o melhor desejo de fazê-lo voltar para o Rio. Quando será isso? No estado em que está meu avô, não poso deixá-lo, e voltarei com ele." [96a]

"Tão doente há um mês, noticiava o jornal local, desceu a pé do Hotel Splendid para ir ao Cassino da Vila des Fleurs, na companhia do Sr. Visconde de Mota Maia, seu médico particular, e do Sr. Visconde de Nioac, seu camarista."[97]

Sua vida, em Aix-les-Bains, limitou-se assim a alguns passeios pela cidade e arredores, aos concertos no Cassino; a leituras leves e curtas, e ao convívio com as pessoas que o cercavam no Hotel — a comitiva, os estrangeiros, ou alguns brasileiros que ali o procuravam para visitá-lo, como a Condessa de Barral e o Conde de Villeneuve. Uma tarde apareceu-lhe Sadi Carnot, Presidente da República Francesa, que também fazia a sua cura de águas. *La France m'aura sauvé*, disse-lhe o Imperador.

Firmadas definitivamente as melhoras, tratou Mota Maia de cuidar da volta ao Brasil. Convocou, para isso, seus colegas Charcot, De Giovanni e Semmola. Todos concordaram em que o regresso podia efetuar-se, devendo, porém, o Imperador limitar-se, no Brasil, ao menos nos primeiros meses, à vida mais simples e higiênica possível.

"Quando Sua Majestade voltar para o Brasil, não deverá assumir imediatamente as rédeas do Governo. Durante dois meses, pelo menos, deverá ter uma vida igual à que teve em Aix-les-Bains. Não se entregará ativamente a leituras científicas, que exigem emprego de grande atenção, e se contentará quase sempre com leituras ligeiras, ou conversas que, podendo distrair-lhe o espírito, não lhe tragam fadiga. Terá que evitar a todo custo qualquer emoção mais forte, e não deverá nunca restringir as horas de sono," [97a]

A 3 de agosto de 1888 partia ele em trem especial para Bordéus, na companhia de Charcot, Mota Maia e Nioac. A Imperatriz os precedera dois dias antes. E a 5, embarcavam os Monarcas para o Brasil, a bordo do vapor francês *Congo*.

"Adeus. Charcot, você é um grande coração!" disse o Imperador ao grande sábio. no momento de abraçá-lo a bordo.

No dia 9, chegavam a Lisboa. O Imperador não desceu à terra. Recebeu a bordo todos que o procuraram. O Príncipe Real Dom Carlos, o futuro Rei, foi cumprimentá-lo em companhia da Princesa Dona Amélia. Apareceu-lhe também Ramalho Ortigão. O

855

Imperador recordou-lhe a primeira vez que o havia encontrado em Lisboa, na Academia das Ciências.

"Lembro-me bem, disse-lhe Ortigão; por sinal que eu estava em mangas de camisa,e tive de vestir-me à pressa para receber Vossa Majestade."

Uma curta escala em Dacar, e o *Congo* chegava ao Rio de Janeiro a 22 de agosto de 1888. O país todo o recebeu com um entusiasmo jamais visto. Da Corte, das Províncias, de toda a parte, chegavam-lhe provas de carinho e de veneração. A emoção dos que o viram desembarcar, alquebrado, magro, o corpo curvado, as pernas fracas, foi a mais profunda. A impressão geral era que o Imperador recolhia à pátria para nela exalar o último suspiro.[98]

X

Era evidente que, depois de ter estado, como se disse, às portas da morte, dava a impressão, quando de sua chegada ao Rio, que trazia a saúde em grande parte recuperada. Mas estaria ele em condições de retomar a chefia do Estado? De voltar àquela incessante atividade de antes, tudo vendo e de tudo querendo saber? Era o que muita gente perguntava, inclusive nas altas esferas da administração pública. Havia fundados receios de que ele não estivesse em condições de poder reassumir o pleno exercício de suas funções soberanas. Nesse caso, era mister encarar a possibilidade da sua abdicação, hipótese, aliás, de que já se cogitara na Corte antes mesmo da sua chegada da Europa, quando se soube de sua partida em França.

A este propósito, o Ministro da Bélgica, oficiando ao seu Governo nas vésperas da volta do Imperador, dizia que o estado de saúde do Monarca estava longe de ser satisfatório, já que a moléstia que o atacara havia feito grandes progressos. E adiantava:

Elle lui rendra très difficile l'exercice du pouvoir, surtout avec les habitudes de travail de ce Prince. Il est possible qu'on parvienne à déterminer l'Empereur à abdiquer, ou à consentir à la prolongation de la régence de La Princesse Impériale; mais on peut aussi se heurter contre un refus. L'Empereur est très jaloux de son pouvoir, et habitué depuis cinquante ans à agir très personnellement avec toutes les apparences de la correction constitutionnelle. Dans cette hypothèse, la solution de la crise présenterait des difficultés très considérables[98a].

Em conversa com Rodrigo Silva, Ministro dos Negócios Estrangeiros, este expôs claramente a questão ao representante belga. Encaravam-se as duas possíveis soluções: abdicação do Imperador ou seu afastamento temporário do trono, com a continuação da regência da Princesa Isabel. Certamente que a melhor solução seria a segunda, no entender de Rodrigo Silva. Mas teria essa solução a concordância do Monarca? Era o que não se sabia. Tinha havido até a ideia de se prorrogar sua permanência na Europa, continuando a filha na Regência, até que as melhoras na sua saúde consentissem que ele retomasse a chefia do Estado. Mas Sua Majestade não concordara com isso, acrescentava o Ministro da Bélgica:

Il y a un mois le Dr. Charcot avait réussi à empêcher le départ, mais cette fois ses efforts n'ont pas abouti. La question est donc délicate, et il faudra toute n'abilité des hommes d'État brésiliens pour la résoudre favorablement.

Amelot, Ministro da França, referindo-se à possibilidade de o Imperador prolongar sua estada na Europa, dizia também que era esse o desejo do Governo brasileiro, isto é, que o Presidente do Conselho e os Ministros desejavam que o Imperador passasse dois anos na Europa, a fim de completar sua cura, para garantia do restabelecimento da saúde contra uma possível recaída.[98b]

Mas se por um lado era essa de fato, a solução desejada pelo Governo, por outro lado ela não deixava de dar-lhe sérias preocupações, pois significaria o prolongamento por muito tempo da regência da Princesa Isabel. Ora, dada a sua impopularidade nos meios políticos e a indisfarçável má vontade com que ela era vista na chefia do Estado, era de receiar-se que sua presença por muito tempo à frente do Governo acabasse por criar dificuldades talvez insuperáveis, não só para ela mesma como para as próprias instituições monárquicas.

Pois não se chegou até a admitir a possibilidade de uma revolta contra o prolongamento desse estado de coisas, com a quase certeza de sucesso, já que se duvidava que o Governo dispusesse de recursos para vencê-la? O Ministro da Inglaterra se fez eco dessa hipótese, achando que nesse caso as forças de que dispunha o Governo, no Rio de Janeiro, no Rio Grande do Sul ou em Minas Gerais eram fracas, e teriam grandes dificuldades para enfrentar com sucesso qualquer tentativa de revolta. E acrescentava:

"O Brasil tem-se sujeitado, no presente Reinado, a uma influência quase despótica do Imperador, e o fim dessa influência poderá provocar uma grave crise política. É de esperar-se, por isso, que o Imperador esteja realmente em condições de assumir o governo do Império e de poder, com o seu prestígio e autoridade pessoal, desfazer todo esse trabalho de solapamento das instituições monárquicas." [98C]

15. Gastão de Orleans, o Príncipe do Grão-Pará (Dom Pedro), Dom Antônio, a Princesa Isabel e Dom Luís. Foto de Alberto Henschel, c, 1884. Petrópolis, Museu Imperial.

16. A Família Imperial na Tijuca (Alto da Boa Vista) em 1888. Foto de autor não identificado (Pacheco & Filhos) Rio de Janeiro . Arquivo Heitor Lyra.
Da esquerda para a direita: Dom Antônio, a Princesa Imperial, o Príncipe do Grão-Para, Dom Luís, Dom Pedro Augusto, o Imperador, o Conde d'Eu, a Imperatriz e Dom Augusto Leopoldo.

17. O Paço de São Cristovao c. 1888. Litografia de Sgad, segundo foto de Marc Ferrez. Petrópolis, Museu Imperial.

18. Foto do Imperador por J. H. . Papf. c. 1885. Petrópolis, Museu Imperial.
A qualidade excepcional desta foto coloca-a entre uma dos melhores imagens da vasta iconografia de Dom Pedro II.

19. O Imperador, comitiva e curiosos em visita às Águas Virtuosas de Poços de Caldas. Foto de autor não identificado, 1886 Petrópolis, Museu Imperial.
Próximo ao soberano, no centro da foto, à sua direita, o Dr. José de Carvalho Tolentino, diretor da Empresa das Águas termais, e, mais diante, o Presidente da Província de São Paulo, Corde de Parnaíba. Em primeiro plano, um mineiro velho envergando poncho, chapéu enterrado na cabeça.

20. A Mãe d'Água. Óleo de Augusto Rodrigues Duarte, datado 1884. Petrópolis, Museu Imperial.
Rodrigues Duarte foi um dos bolsistas do Imperador na Europa nos últimos tempos do regime.

CAPÍTULO V
DESAVENÇA COM OS MILITARES

Aparente estabilidade do Império. Rebeldia do brasilei-
ro. Espírito de indisciplina no Exército. Um gesto feio de
Caxias. Pobreza de chefes no Exército. O elemento civil e
o elemento militar. Perigo de um Exército fraco. O impe-
rador e os militares. Conflitos com o Governo. O Exército
e os políticos. Generais facciosos. Pelotas, Deodoro da
Fonseca. Período agudo da desavença com o Governo.
O Barão de Cotegipe. Seu espírito conciliador. O Gabi-
nete "arranhado." Partida do Imperador para a Europa.
A Princesa Imperial Regente. Demissão de Cotegipe. Ga-
binetes João Alfredo e Ouro Preto. Deodoro e os conspi-
radores. O Républicanismo de Deodoro. Benjamim Cons-
tant, bacharel de farda. Plano dos conspiradores.

I

A julgar pelas manifestações gerais de simpatia que acolheram o Imperador e a Imperatriz por ocasião de sua chegada da Europa, nesse inverno de 1888, nenhuma instituição política podia pretender estar tão forte quanto a Monarquia no Brasil. "Eu vi, dizia Carlos de Laet, em agosto de 1888, o povo desta Capital correndo atrás da carruagem que do Arsenal de Marinha conduzia o velho Imperador, convalescente da enfermidade que o assaltara em Milão e quase lhe arrancara a vida. Foi uma ovação legítima, espontânea, inesperada e que profundamente abalou o Soberano, dificultando-lhe a serenidade majestática, ao passo que em lágrimas não contidas se banhava o rosto da veneranda Imperatriz"[99]. De fato, com exceção dos dias da Questão Christie, desde a Maioridade (havia quase cinquenta anos) não se tinha visto ainda, na Capital do País, em torno do Soberano, um movimento tão intenso de entusiasmo popular. Sendo que no mês seguinte (28 de setembro de 1888), para maior prestígio da Monarquia, a Princesa Imperial recebia das mãos de Monsenhor Spolverini, Internúncio Apostólico, a Rosa de Ouro que lhe ofertava o Papa Leão XIII, realizando-se a cerimônia na Catedral Metropolitana, na presença do Imperador e da Imperatriz. Esse sentimento de fidelidade à Monarquia e ao seu Imperante voltaria a manifestar-se um ano mais tarde, quando Dom Pedro II escaparia à agressão de um rapaz português: um tiro de revólver contra o seu carro, numa noite de julho de 1889, ao sair, com a Imperatriz, do Teatro Santana.[99a]

Cumpria, porém, não se deixar levar por essas aparências. Já Erasmo dizia que a fraqueza se esconde sempre sob o exterior da força. O que importava indagar, era o que realmente sentia o país através dessa cortina ilusória que são todos os movimentos populares. O próprio Imperador, apesar do otimismo filosófico que o tornava, politicamente, um eterno ingênuo, e da moléstia que lhe minava o organismo, sem afetar-lhe, embora, o espírito de discernimento, podia constatar que atrás do regozijo popular que o acolhia — falsas colunas do templo monárquico — havia, em todo o país, uma atmosfera de inquietação. Era um mal-estar geral, que se refletia sobretudo no espírito, insatisfação que minava a ordem civil e, sobretudo, a ordem militar.

861

II

O brasileiro, em geral, quer se o examine coletiva quer individualmente, nunca foi um grande afeiçoado à disciplina. Nunca soube obedecer. Há sempre nele, mais ou menos mascarada, a natureza de um rebelde.

Esse defeito pode ser atribuído a muitas causas. Mas parece que uma delas, talvez a principal, seja uma educação errada, pela qual a criança, desde cedo, aprende a ser rebelde e a encarar a disciplina como um instrumento usado intencionalmente para ferir-lhe o amor próprio. Com um tal princípio de educação, atuando sobre indivíduos em cujas veias correm, na generalidade, o sangue latino e o sangue índio, isto é, de duas raças de insubordinados, não é de estranhar naturezas como as nossas, que vivem por assim dizer num estado latente de rebeldia, prontas a explodir à primeira pressão de elementos contrários à sua vontade.

O espírito de indisciplina que invadiu o Exército nos últimos anos do Império provinha em parte daqueles defeitos. Mas eles não bastavam para justificá-lo, porque tais defeitos já prevaleciam igualmente nos militares da primeira fase da Monarquia; e não se pode dizer que o Exército que fizera as campanhas da Cisplatina, de Rosas e de Oribe fosse um exército de insubordinados. A indisciplina só veio mais tarde. O Exército do Primeiro Reinado e da primeira metade do governo de Dom Pedro II, apesar dos pronunciamentos constitucionais de 31 e 40, a que ele deu apoio, das revoluções tramadas e realizadas pelos políticos e mesmo de alguns poucos motins de natureza puramente militar, se não foi um modelo de disciplina, esteve também longe de ser tido como um exército de insubordinados. Considerados, mesmo, aqueles nossos defeitos, e o ambiente que apresentava então o Brasil, refratário a todo espírito de ordem, onde os políticos eram os primeiros a dar o mau exemplo, parece um milagre que as nossas forças armadas tivessem podido subsistir até quase o fim do Império indenes do micróbio da indisciplina.

Dizer (como se disse e repete ainda hoje) que o vírus rebelde, que acabou por contaminar a tropa, proveio das guerras no Prata não parece ser uma justificação aceitável. O fato dos nossos militares terem estado, ao tempo das lutas no Sul, nos países platinos, onde o estado de anarquia era quase constante e o elemento civil estava normalmente dominado pelo caudilhismo militar, não parece ter influído grandemente na disciplina de nossas tropas. Se tal se desse, era o caso do mal se ter manifestado desde os primeiros anos do Império, isto é, desde quando por lá andaram nossas tropas. Perigo maior de contaminação não havia do que a Cisplatina do tempo de Artigas, do que a Argentina do tempo de Rosas e do Uruguai do tempo de Aguirre; no entanto, foi depois dessas lutas que fomos ao Paraguai e lá estivemos pelejando durante cinco longos anos, sem que nossas tropas dessem jamais exemplos graves de indisciplina. Longe de serem prejudiciais, essas guerras, sobretudo a campanha de 1865 contra López, serviram, pelo contrário, para fortalecer a disciplina do Exército, unindo estreitamente a tropa e a oficialidade na luta contra o Estrangeiro, em torno de uma aspiração nacional altamente patriótica, que era a vitória de toda a Nação.

III

O espírito de indisciplina no Exército só começou propriamente a aparecer cerca de quinze anos depois de terminada a luta com o Paraguai. Não podia ser, portanto, uma consequência da guerra. É certo que pouco antes de ela terminar vira-se o general comandante em chefe, que outro não era senão o glorioso Caxias, insurgir-se contra o Presidente do Conselho, obrigando o Imperador, pela necessidade de prosseguir na luta, a dar-lhe apoio, com sacrifício da autoridade do governo civil. E pouco depois, quando nossas tropas ocupavam Assunção, o mesmo Caxias tomar a iniciativa de dar por finda a guerra, quando sabia que era propósito do Imperador e do Governo levá-la, como levaram, com o concurso do Conde d'Eu, até a derrota final de Solano López. Recusando prosseguir na campanha, sob o pretexto de que não se prestava a *capitão do mato*, que tanto lhe parecia ser o papel de perseguidor de López, Caxias abandonou o Exército, e retirou-se para o Rio. Foi um gesto feio. *Général Bonaparte, cela n'est pas correct*, dizia Montron ao jovem Napoleão, quando este rasgava a Constituição do ano III e se apoderava, pela força, do governo do Diretório.

Mas aqueles dois exemplos, isolados, não contam para justificar o mal de indisciplina que atacaria mais tarde o Exército. Caxias reunia em si tão sólidas e brilhantes qualidades de militar, que esses dois fatos, dois senões, passam quase despercebidos na sua grande vida de soldado. Quando muito, a desavença com o Presidente do Conselho, em 1868, ficaria talvez na memória de seus camaradas que depois se insubordinaram contra o poder civil do Visconde de Ouro Preto.

Seja, porém, como for, o fato é que, quando o Imperador voltou da Europa, nesse ano de 1888, o Exército não era mais aquela mesma tropa aguerrida, que entrara em Buenos Aires em 1852, após a vitória de Caseros, nem a que desfilara, anos depois, pelas ruas de Montevidéu; e muito menos a que ocupara Assunção após cinco anos de brilhantes e repetidas vitórias nos charcos do Paraguai. Tudo mudara. O relaxamento tornara-se geral, tanto na tropa como no corpo de oficiais. O Marechal Visconde de Pelotas (General Câmara), que daria, ele mesmo, maus exemplos de indisciplina, citou, para prova do espírito de insubordinação que lavrara no Exército, o ano de 1884, em que houvera, nas fileiras, 7.526 prisões, das quais 54 de oficiais, quando o efetivo da tropa não passava então de uns 13.500 homens. [100]

IV

Notava-se, depois, uma grande pobreza de chefes. Pela sua má composição como pelo desvirtuamento que se estava dando aos deveres e obrigações militares, o corpo de oficiais-generais não tinha mais nem a qualidade nem o prestígio de antes. Os generais da velha guarda, que, pela forte estrutura de seus sentimentos cívicos, pela justa compreensão que tinham dos deveres de classe e acentuado amor às coisas militares, já não existiam mais: a morte os ceifara todos — Polidoro, Osório, Caldwell, Mena Barreto, Porto Alegre, Andrade Neves, Caxias.

O que se via agora, predominando no Exército, era um grupo de oficiais jovens, espíritos irrequietos e ambiciosos, "formando uma espécie híbrida de bacharéis de farda, militares pelo ofício, paisanos pela ambição de classe, que se entregavam muito mais aos debates acadêmicos do que às matemáticas, à estratégia e à balística. Essa oficialidade andava transviada da sua educação profissional pela cultura de doutrinas filosóficas. A Escola Militar tornara-se um viveiro de agitadores. Tenentes e capitães mostravam saber de cor Auguste Comte e Lafitte, em vez de Jomini e Von der Goltz. Frequentavam seus clubes, discutiam política e literatura, em vez de correrem aos campos de exercícios" [101]

Desvirtuados por esse péssimo sistema de educação militar, o oficial foi perdendo depressa suas melhores qualidades técnicas; e passou a ser invadido e sufocado pela erva daninha da política partidária. Logo se *abacharela* (como dirá Eduardo Prado) e o seu furor guerreiro muda-se num "furor politicante, discursante e manifestante"

Com semelhante mentalidade, não era de admirar que essa oficialidade entrasse mais cedo ou mais tarde em conflito com o elemento civil no Poder. Concorreu para isso, se não foi, até certo ponto, a causa inicial de todo o desentendido, o fato de o Governo, receoso de uma tropa demasiado forte e, o que é mais, prestigiada pelas vitórias no Paraguai, reduzir e fragmentar o Exército, para melhor enfraquecê-lo, distribuindo-o, depois, em pequenos contingentes, pelo vasto território do Império. O Exército ficou, assim, reduzido a uma tropa mal organizada, mal instruída e mal paga; onde havia um oficial para treze soldados; onde o pobre soldado vivia fora da vida do regimento, destacado em pequenas guarnições de 20, 10, 5 e até 2 homens, pelas vilas do interior, numa situação dissolvente de toda disciplina e destruidora de todo o respeito."[102]

O erro dos nossos estadistas era pensar que, quanto mais se tira a um exército a sua eficiência militar, mais inofensivo ele se torna para a ordem civil interna. Ora, o contrário é que se um exército poderoso e bem disciplinado; absorvido diariamente com as ocupações da caserna ou do acampamento; bem armado, bem nutrido e bem equipado; um exército em tais condições torna-se mui dificilmente um instrumento de guerra civil, e muito menos uma arma de exploração nas mãos malandras dos políticos profissionais. Um exército desses não tem tempo de distrair sua atenção para as coisas da rua.

O exército que conspira, que murmura, que vive descontente e insatisfeito, metendo-se nos assuntos da política e da administração civil, é justamente o exército que está divorciado dos misteres militares, que se sente fraco e desarmado, desocupado, desamparado pelas autoridades responsáveis do Governo, e cujos soldados passam os dias de braços cruzados nos pátios dos quartéis ou nas portas dos botequins, enquanto os oficiais, por falta de melhor, vão discutir e azedar-se nas mesas dos cafés e nas salas dos cassinos. Exército, é preciso que seja forte. E terá tanto menos perigo para a ordem civil interna quanto mais se sentir capaz de guerrear lá fora.

V

Foi isso o que os políticos do fim do Império não compreenderam. Dom Pedro II, que estimava o militar na guerra, mas que não lhe tinha amor na paz, deixou que se praticasse essa política de desprestígio para as chamadas classes armadas. Exército, para ele, "só em reserva, bem organizado e preparado para acudir em tempo de guerra externa", deixou ele dito a margem do livro de Alberto Carvalho, *Império e República Ditatorial*, sublinhando a última palavra — externa. O Barão do Rio Branco dizia que o Imperador era "refratário à marcialidade de nervos antipáticos ao ruído dos sabres, e não tinha Casa Militar"[102a] a caso talvez único entre os Soberanos desse tempo.

Se o Imperador não fosse um homem de pouca imaginação, teria compreendido a necessidade de uma transação entre o interesse da política dos partidos e as aspirações das classes militares. Em vez disso, cedeu. Dom Pedro II compreendia raramente a possibilidade de uma solução intermédia; ou ele teimava e acabava vencendo, ou cedia. Governar é transigir, dizia Burke. A transigência é da própria essência da política. Esta é a arte de adaptar certas condições imprescindíveis, inadiáveis ou intransponíveis, aos interesses em jogo.

Ora, essa arte não a tinha o Imperador. Ele era muito cioso de suas opiniões, e entendia que transigir com elas valia na aceitação das que lhes fossem contrárias. Preferia então abandoná-las pura e simplesmente. Daí os dois extremos: ou teimava e levava de vencida a sua vontade, ou cedia, quer dizer, retirava-se com a sua opinião intacta. Em sua profunda honestidade pessoal e política, não compreendia que transigir não implicava sempre mudança de opinião, senão apenas de partido, o que era coisa muito diversa. Bismarck dizia que a política não era uma ciência exata. E o Marquês de Olinda gostava de repetir, embora nem sempre seguisse esse conceito, que a transação era a única lei em moral política.

VI

Nesse ano da volta do Imperador da Europa, o desentendido entre a classe militar (ou o grupo saliente dessa classe) e o poder civil, agora nas mãos do Conselheiro João Alfredo, era já quase inconcertável. Os primeiros sintomas do mal se haviam verificado cerca de dois anos antes, em julho de 1886, em virtude da atitude de um Coronel Cunha Matos, militar turbulento e indisciplinado, em torno de uma questão de desvios de fardamentos numa companhia de Infantaria que ele comandava no Piauí. Entrando publicamente em desavença com o Ministro da Guerra — um civil, o Deputado Alfredo Chaves (Gabinete Cotegipe), este se viu na contingência de o punir, por infringir disposições militares vigentes, que proibiam aos oficiais alimentarem discussões pela imprensa sem prévia autorização de seus superiores.

Foi o bastante para o Marechal Câmara, Visconde de Pelotas,[102b] Senador pelo Rio Grande do Sul, subir à tribuna do Senado em defesa desse oficial, seu amigo, dizendo que ele fizera bem em desagravar sua honra pela imprensa, ainda quando não lhe permitissem as leis e os regulamentos militares. Ele assim o faria. *Ponho a minha honra acima de tudo,* disse.

Levada a questão para esse terreno, não foi difícil a esses militares, sob o pretexto sempre elástico de solidariedade de classe, obter o apoio de outros camaradas. A começar pelo Marechal Deodoro da Fonseca, Comandante das Armas do Rio Grande do Sul, que se apressou em solidarizar-se com o Marechal Câmara, muito embora fossem, politicamente, adversários, filiado este ao Partido Liberal, e o outro ao Conservador. O fato de se porem à frente da facção indisciplinada do Exército um Marechal conservador e um Marechal liberal fazia um grande efeito cá fora, pois dava a impressão de que as causas que os mesmos defendiam era nacional. Por outro lado, concorria para que os políticos de ambos os partidos lhe dessem abertamente a sua simpatia, com receio de desagradarem, cada qual, *o seu General.*

Pelotas era um militar *doublé* de legislador e político, eleito que fora pelo Partido Liberal da sua Província, o Rio Grande do Sul. Sua fama no país provinha do fato de ter comandado, no final da Guerra do Paraguai, o pelotão que liquidara com a vida de Solano López. O Imperador estimava-o de longa data. "Sempre gostei dele", — dizia em carta à Condessa de Barral, de 29 de abril de 1880. "Ainda era tenente-coronel quando levou-me à Caçapava, no Rio Grande do Sul, a notícia da derrota dos Paraguaios em Jataí, seguindo eu depois com ele para Uruguaiana."[102c]

VII

Assim como os políticos conservadores tinham o intuito de fazer de Deodoro o *General do partido*, depois da morte de Caxias, em 1880, tinham os liberais, depois do desaparecimento de Osório, em 1887, o mesmo propósito com relação a Pelotas. Mais inteligente do que Deodoro, menos impulsivo e com muito mais personalidade, coube a Pelotas uma grande parte de culpa no relaxamento da disciplina militar nesses últimos anos da Monarquia. Colocando, como dizia no Senado, até mesmo acima das leis do Império, o que no critério dele chamava a *honra militar*, Pelotas dava uma triste prova de quanto era precária a disciplina naquilo que se chamava o Exército no Brasil.

E a verdade é que tão desvirtuados andavam nessa época os deveres militares, que não surpreendeu a ninguém o fato desse General faccioso subir à tribuna do Senado, para dizer *em alto e bom som* que as classes armadas não depositavam a menor confiança no Governo do país. De outra feita, ameaçara, sempre em nome do Exército (esse recurso, de falar em nome da classe, apesar de sedições, impressionava sempre os políticos civis, os *casacas*, como eles diziam), o Imperador com a expulsão pura e simples do território nacional, caso não atendesse às exigências dos militares; e, para maior teatralidade da ameaça, acenara para o inofensivo Monarca, que arrastava a sua velhice nas salas vazias e silenciosas de São Cristóvão, com o espantalho de um novo 7 de Abril.

Deodoro, não se podia dizer que fosse um oficial indisciplinado, se bem que o seu passado militar não resistisse a um exame severo e imparcial. Mas tinha uma cabeça quente – *en turbulenter Kopf*, como dizia o Ministro da Áustria. Foi por aí que os oficiais que encabeçavam o grupo indisciplinado do Exército procuraram desvirtuá-lo. A tarefa tornou-se tanto menos difícil quanto Deodoro era uma natureza fraca, indecisa, que se deixava levar com relativa facilidade pelos que melhor lhe falavam ao ouvido. E não se pode dizer que fosse um homem inteligente. O Imperador dizia que ele era valente e tinha bons serviços, mas que era de uma "inteligência limitada"[102d]. Ora, homens desse feitio são homens de todos os partidos; e, desde que se deixam manobrar, tornam-se armas excelentes para os que dispõem de habilidade e de espírito de decisão. Por isso mesmo são as mais das vezes criaturas que acabam vítimas de suas próprias fraquezas.

VIII

A divergência sobre a validade ou não dos avisos ministeriais, que proibiam aos militares a discussão pela imprensa, como tantos outros pomos de discórdia entre o Governo e o grupo exaltado do Exército, não era senão um dos aspectos da incompatibilidade que já reinava entre ambos. A causa do mal estava sobretudo no relaxamento da disciplina militar, agravada pelo desprestígio dos políticos e dos partidos do fim do Império. A autoridade civil do Governo, pela *firmeza* com que ainda havia pouco procurava desarticular a eficiência do Exército, e a *fraqueza* com que cedia agora às imposições da oficialidade transviada, só podia concorrer, como de fato concorria, para desprestigiá-la ainda mais perante os olhos da Nação.

O período agudo da desavença com os militares foi certamente durante os três anos do Ministério presidido pelo Barão de Cotegipe, de 1885 a 1888.

Cotegipe — João Maurício Wanderley — era, então (pode dizer-se) um dos mais conceituados estadistas do Império. Descendia de uma velha família de capitães-mores originária da Bahia. Desde cedo se revelara na vida pública, desde quando subira, pela primeira vez, à tribuna da Câmara dos Deputados e pronunciara o seu *maiden speech*, terçando armas nada menos do que com Paraná, chefe todo-poderoso do Gabinete da Conciliação.

Durante mais de quarenta anos teria assento no Parlamento do Império. Considerava-se, por isso, no fim da carreira, um verdadeiro veterano. E, de fato, com exceção de Abaeté e de Muritiba, nenhum outro o ganhava em antiguidade. Gostava por isso de dizer, com a preocupacao sempre voltada. que tinham os nossos homens públicos, para a Inglaterra, e prevendo talvez a possibilidade de viver mais dez anos (o que afinal não se daria) que unicamente Lorde Russell, Palmerston e Gladstone haviam mantido por mais de meio século no Parlamento de Westminster,

Como Burke, Cotegipe gostava e por vezes abusava dos ditos espirituosos. Sabia dar aos discursos esses tons chistosos, esse *humour* todo especial, que os tornava amenos e cheios de interesse, mesmo quando ventilavam os mais áridos assuntos. Com isso prendia sempre a atenção de pares.

Como ninguém, ele tinha a arte de saber intercalar as orações de anedotas, de floreá-las com uma frase ou palavra espirituosa, às vezes mesmo picante. Nada daquela ironia ferina e mordaz de Zacarias, mas uma zombaria inocente, quase infantil, sadia como o seu temperamento de eterno jovem. Dizia-se que ele possuía a mocidade na alma, E era exato. "O que a Rainha estimaria dizer francamente a Lorde Rosebery — escrevia certa vez a Rainha Victoria ao seu Presidente do Conselho tão querido — é que ele devia dar um tom mais sério a seus discursos, e abandonar essa maneira irreverente que não convém a um Primeiro Ministro." Esse bilhete dir-se-ia dirigido a Cotegipe.

IX

Cotegipe não era homem de princípios, e em política não tinha escrúpulos. Ao contrário de Zacarias, seu terrível rival, tinha horror aos puritanos. Sabia acomodar-se a todas as situações. Haja vista o que se passaria nessa época, quando, fazendo ouvidos de mercador às insinuações da Princesa Imperial Regente para que abandonasse o Ministério, só deixaria o Governo quando ela, a bem dizer, o poria na rua. Em política ele era sobretudo utilitário — como Dantas, por exemplo; mas com muito mais astúcia do que este, com muito mais tática e espírito de aventura. Com muito mais inteligência, também.

Tinha dessas inteligências vivas e saltitantes, sobretudo uma grande lucidez de espírito, que lhe permitia não se dar ao labor de estudar profundamente o que então se chamavam os *negócios*. A facilidade de compreensão e a prontidão de raciocínio poupavam-lhe o trabalho de esmiuçar demoradamente os assuntos, de aprofundar-lhes os argumentos. Bastava-lhe, para ficar senhor da matéria, a rapidez de suas intuições. Seus discursos, por isso, não tinham a solidez de outros, como por exemplo, os de São Vicente ou de Lafayette. Mas não impressionavam menos a atenção, sempre superficial e movediça das assembleias políticas.

Sua dialética era terrível. Era capaz de sustentar, com uma habilidade inigualável, com os argumentos mais convincentes, com uma força de persuasão irresistível, não importava que tese ou doutrina. Era, por isso, um adversário que todos respeitavam, ou pelo menos temiam. Na tribuna comportava-se como verdadeiro esgrimista: a palavra era a sua arma. Servia-se dela com a agilidade de um mestre de florete. Sabia tocar o adversário no ponto sensível, na parte mais vulnerável; e sem penetrar aí profundamente, de leve, apenas, quase imperceptivelmente, num golpe ao mesmo tempo rápido e certeiro, desarmava-o para toda uma sessão.

Seus grandes sucessos na tribuna, como de resto em todos os atos da vida, eram devidos também ao grande poder de que irradiava de toda a sua pessoa. Cotegipe estava longe de ser tido como um homem "bonito", dadas sobretudo suas feições um tanto grosseiras. Como Dom Manuel de Assis Mascarenhas, o Visconde de Cachoeira, o Visconde de Inhomirim, e outros políticos em evidência nesse tempo, era difícil disfarçar o sangue negro que lhe corria nas veias. Mas Cotegipe sabia compensar esse traço que herdara dos pais com o apurado de suas roupas, sua delicadeza de maneiras e o encanto do espírito, com o que conquistava até mesmo aqueles que se lhe mostravam intratáveis.

Além disso, valia-se da fama (possivelmente bem adquirida), de ser cortejado pelas mulheres, condição de sucesso na carreira de todo homem público. Não era um "torturador de corações", como Maciel Monteiro, Barão de Itamaracá. Mas sabia como deixar-se amar por elas, como inspirar-lhes desejos, sobretudo ascender-lhes a curiosidade, que é a grande perdição do sexo frágil. Sexagenário já, aposentado, portanto, para a vida amorosa, não perdera, contudo, a predileção pelas mulheres. E disso fazia praça. Zacarias, que não deixava escapar nenhuma oportunidade para confundir os adversários, e cujas justas oratórias com Cotegipe ficaram famosas, aludiu certa vez, em discurso depois muito citado, resumindo nuns significativos etc. etc., às atividades galantes de Cotegipe, terminadas as labutas diárias. Longe de amofinar-se com as indiretas comprometedoras do colega, Cotegipe sentiu-se profundamente envaidecido, como velho galanteador de damas que era; e às disposições conciliadoras que depois demonstrou Zacarias, dizendo-se disposto a retirar do discurso aqueles etc. etc., Cotegipe respondeu que em tal não consentia, pois era o que de mais se ufanava.

Na última década da Monarquia, justamente nessa época do desentendimento com os militares, ele era geralmente reconhecido como o chefe do Partido Conservador do Império. Ao contrário do Partido Liberal, cuja direção era disputada e de fato se dividia por meia dúzia de chefes, o Partido Conservador tinha em Cotegipe o seu guia único e incontestado. Aliás, depois que desapareceram Rio Branco, São Vicente e Caxias, nenhum outro dentro do Partido podia disputar-lhe a primazia. Nem mesmo João Alfredo, destinado sem dúvida a um grande futuro político se a Monarquia não sossobrasse em 1889.[103]

Até certo ponto, e guardadas as proporções, Paulino de Sousa era o único que estaria em condições de fazer qualquer concorrência ao velho Cotegipe, menos por suas qualidades pessoais do que pelas sólidas e tradicionais amizades de família que o ligavam à Província do Rio, transmitidas por Uruguai e Itaboraí, e que lhe davam o prestígio de um dos mais importantes setores políticos do Império. Em todo o caso, o que se pode dizer com justeza, nesse particular, é que Cotegipe iria desaparecer em 1889 em pleno prestígio de grande chefe, como desaparecera Paraná em 1856 e Rio Branco em 1880. A fada da fortuna, que o acolhera no berço, ser-lhe-ia, assim, fiel até a morte.

X

O feitio condescendente e contemporizador de Cotegipe foi posto à prova durante esse difícil período de seu governo. Bem que procurou agir com as mais brandas maneiras, não levando nada ao trágico, como era seu costume, poupando melindres, insinuando-se por vias indiretas, que são sempre as mais suaves, tentando em tudo transigir. Em vão. O dissídio entre o poder civil e o grupo insubordinado do Exército já estava solidamente assentado, criara já um largo e intransponível fosso entre ambos; e a solução não dependia mais de meios de ação.

A tal ponto culminou a indisciplina militar que Deodoro, já de volta à Corte depois de exonerado do Comando das Armas no Sul, se atreveu a convocar uma reunião pública na capital do Império, com a presença de numerosos militares (cerca de uns 200, a maioria jovens), e onde sob sua presidência se declarou aberto o conflito entre o Exército e o Governo — Gabinete Cotegipe. Resolveram então apelar diretamente para o Imperador, passando acintosamente e desconhecendo a autoridade do Presidente do Conselho. Este, interpelado no Senado a respeito desse ato de indisciplina e falta de consideração à sua pessoa de Chefe do Governo, adotou a política do avestruz: declarou que oficialmente de nada sabia, pois estava informado apenas por notícias de jornais, acrescentando, entretanto, que não ficaria uma hora a mais no Poder se "acaso fosse privado de ser o canal competente para levar ao Imperador qualquer petição." Mas, quando pressionado pelo Senador Franco de Sá, que afirmava ter sido o documento entregue pessoalmente pelo Marechal Deodoro ao Chefe de Estado, fugiu o corpo, dizendo, com o ar displicente que sabia tomar nesses momentos, não saber, não haver visto nada nem ter estado presente quando Deodoro se avistara com o Imperador.

Chegado o conflito ao ponto que chegou, era já quase impossível encontrar-se uma solução airosa da qual saíssem bem as duas partes. Transigir, para qualquer delas, valeria por uma abdicação; portanto, um recuo.

Não teve outro significado a posição em que se viu posto o Gabinete, obrigado a cancelar *espontaneamente* (como se combinou dizer) para salvar as aparências, os tais *Avisos ministeriais* sobre a presença de militares na imprensa. O pretexto que motivou a moção apresentada no Senado, por liberais e conservadores, portanto sem cor partidária, *convidando* o Gabinete a cancelar os Avisos, foi o fato de ter o Conselho Supremo Militar considerado tais papéis como inconstitucionais. Mas, na verdade, o que houve foi simplesmente uma retratação do Ministério, sob a pressão dos militares. Cotegipe, aliás, com o seu bom humor de sempre, foi o primeiro a reconhecer que o Gabinete saíra *arranhado* em sua dignidade.

XI

Por desgraça, coincidiu que, justamente nesse período mais agudo, a saúde do Imperador se agravasse, a ponto de afastá-lo inteiramente dos negócios do Estado, acabando por obrigá-lo a viajar para fora do país, em busca de melhoras para o seu organismo seriamente abalado. Pela ponderação de seu espírito, pelo seu grande bom senso, sobretudo pelo prestígio pessoal que ainda desfrutava junto aos Oficiais e os laços de simpatia que o uniam ao Marechal Deodoro, não seria impossível que ele pudesse, senão consertar de todo o desarranjo, ao menos aplainá-lo em seus pontos de maior atrito. Poderia talvez conter um pouco todas essas ambições pessoais, que existem sempre dentro das classes e dos partidos que se agitam.

Infelizmente, porém, com a saúde abalada, sentia-se que lhe faltava aquele vigor moral dos bons tempos da Questão Christie e da Guerra do Paraguai. Seu domínio sobre os homens e os partidos não tinha mais a eficiência de antes. Para muitos, ele não passava agora do *velho*, como se dizia, quase uma sombra de si mesmo; era o *Pedro banana*, na expressão irreverente do povo, sempre impiedoso na apreciação daqueles que a fortuna abandona, mesmo transitoriamente[104]

Com a sua partida para a Europa, em junho de 87, a desavença com os militares só fez se agravar. Não que a Princesa Imperial, agora Regente pela terceira vez, fosse

869

suspeita aos homens de farda. É certo que a oficialidade jovem, sobretudo a mocidade da Escola Militar, imbuída de sectarismo filosófico, discípulos entusiastas de Auguste Comte, não a viam com simpatia, em parte devidos aos seus sentimentos sabidamente católicos, em parte pela atitude do marido, o Conde d'Eu, pondo-se francamente à frente de um movimento de reação ao sentimento Republicano da mocidade militar. No fundo, porém, todos guardavam ainda um sentimento de respeito pelas excelentes virtudes pessoais da Princesa. Não a tinham, de fato, por inimiga, e em verdade não o era; a prova é que, no primeiro novo desentendido entre o Governo e os militares, como se verá ela preferiu tomar decididamente o partido destes últimos.

A desinteligência com os oficiais *arranhara*, pouco antes, como se disse, a dignidade do Ministério Cotegipe. Agora seria pior: iria custar-lhe a própria vida. No fundo, foi uma simples questão de polícia, isto é, a prisão de um oficial reformado, encontrado a praticar desatinos na rua, em estado de embriaguez. Mas uma questão de polícia que logo se tornou uma nova *questão militar*. Porque um grande número de oficiais de terra e mar, solidários com o colega preso, passou a exigir que o Chefe de Polícia fosse punido com a pena de demissão. Cotegipe, como lhe competia, opôs-se: o Chefe de Polícia, dizia ele, cumprira o seu dever; o mais em que poderia consentir seria na demissão do comandante da Polícia Militar.

Mas a Princesa, preferindo solidarizar-se com os militares, ficou intransigente: "Ninguém mais do que eu deplora os tristes acontecimentos — escrevia a Mac Dowe!l, Ministro da Justiça —— mas não posso deixar de continuar a pensar que a Polícia, e mesmo o Chefe de Polícia tem culpa em tudo isso, não no momento em que as coisas se dão, estou convencida de que fazem o que podem, mas acorçoando-os, mesmo sem o quererem, pela falta de atenção dada a acontecimentos anteriores, procurando evasivas para inocentar os acusados, antes que seu crime ou inocência sejam provados, e quando a opinião pública e pessoas de conceito os acusam... Concordo em que possa haver no mundo confiança ilimitada, mas como esta é rara em produzir-se, e todos nós podemos ser enganados, é necessário não só ouvir os acusados, que necessariamente e, mesmo por não serem muitas vezes pessoas de consciência verídica, negarão o mal que fizeram, mas também os adversários."[105]

A gravidade desse novo incidente estava em que a Regente preferia solidarizar-se com o elemento indisciplinado das classes armadas, a dar razão ao velho e traquejado político que era o Chefe do Governo. "Deu mais crédito a outras informações que não às dadas sob a responsabilidade de seus conselheiros constitucionais", como ele diria à Princesa na carta transcrita páginas atrás.

XII

Resolvida a questão do elemento servil com a Lei 13 de Maio, e serenada a agitação nas fileiras do Exército com o afastamento da Corte do Marechal Deodoro todo o desejo de João Alfredo era largar o Governo. Já ele havia solicitado ao Imperador, por mais de uma vez, a sua exoneração; mas o Monarca não se mostrara disposto a dispensar-lhe os serviços. Achava *muito favorável* sua permanência no Poder, diz o Visconde de Taunay em seu *Diário*.

Com a abertura das Câmaras em maio de 1889, João Alfredo voltou a insistir em seu pedido de demissão. Fez ver ao Imperador que não lhe era mais possível governar sem uma maioria substancial no Parlamento, o que não lhe parecia possível obter tendo contra si, além de seus adversários os liberais, a dissidência de seu próprio partido-o Conservador. A menos que a Câmara dos Deputados fosse dissolvida e se recorresse a novas eleições, recurso que o Imperador certamente lhe daria, mas sobre o qual João Alfredo hesitava, dada a incerteza sobre o resultado do pleito. Enfrentar uma luta eleitoral naquele momento e nas circunstâncias em que estava o Ministério, ponderava o Ministro de Portugal, seria um grande erro. E ajuntava:

"Na opinião de todos os homens sensatos e imparciais, seriam eleições das quais resultariam as mais graves consequências. Quer dizer abrir luta com o grosso do Partido Conservador, com o Partido Liberal e o Partido Repúblicano coligados entre si, e reforçados pelos fazendeiros que, sentindo-se ainda profundamente feridos pela Lei 13 de Maio, não poupariam esforços para derrubar o Governo que a propusera e a referendara. Era essa uma verdadeira loucura, como a classificavam alguns jornais, e nela não só sucumbiria o Gabinete, como talvez a própria Monarquia."[107]

Depois de muita hesitação, João Alfredo acabou sempre concordando com a dissolução da Câmara dos Deputados. Não lhe restava outro recurso para tentar a última possibilidade de se manter no Poder — recorrer às eleições gerais. Mas, ouvido o Conselho de Estado, este se mostrou contrário. Nestas condições, não teve o Imperador outro remédio senão conceder a demissão do Ministério.

Para que não se alterassem as linhas gerais da política que se la fazendo, o Monarca tentou resolver a crise mantendo no Poder o Partido Conservador. Chamou primeiro o Conselheiro Manuel Correia, Senador pelo Paraná, o qual, porém, recusou organizar um novo Gabinete, alegando motivo de saúde. Recorreu então ao Visconde de Cruzeiro, Senador pela Província do Rio e genro do finado Marquês de Paraná. Mas Cruzeiro declinou igualmente a incumbència, atendendo ao seu estado valetudinário, como ele diria no Senado, o que não era senão um pretexto, dado que tinha boa saúde e não havia ainda alcançado os sessenta anos. [107a]

Sempre com o propósito de manter os conservadores no Poder, o Imperador apelou ainda para o Visconde de Vieira da Silva, Senador pelo Maranhão. Este tentou a constituição de um Gabinete com o apoio das duas facções dissidentes do seu partido, vale dizer, o concurso dos chefes dessas duas facções, João Alfredo e Paulino de Sousa. Mas, enquanto o primeiro queria que Vieira da Silva formasse um Ministério que nada mais fosse senão um prolongamento do seu, Paulino procurava "inutilizar essa aspiração.[107b] Vendo-se assim um joguete entre *alfredistas* e *paulinistas*, o Senador maranhense teve que confessar o seu fracasso, o que significava a última possibilidade de o Partido Conservador ser mantido no Poder.

XIII

Voltou-se então o Imperador para as fileiras liberais, mandando chamar o Conselheiro J. A. Saraiva, Senador pela Bahia. Apesar de pouco interessado em ser governo nessa ocasião, ainda porque não era promissor o seu estado de saúde, não quis, entretanto, Saraiva deixar de atender ao convite do Monarca. Foi assim procurá-lo em Petrópolis a 6 de junho, já com as ideias formadas sobre a difícil situação política por que passava o País e os tropeços de toda a ordem que teria de enfrentar para ser o chefe do novo Ministério.

Com relação aos conservadores, ele bem que previra a impossibilidade de eles manterem no Poder, obtivesse ou não João Alfredo a dissolução da Câmara. Numa conversa que tivera por essa ocasião com Salvador de Mendonça, seu vizinho no anexo do Hotel Vista Alegre, em Santa Teresa, Saraiva expusera as dificuldades em que aqueles encontravam: não podiam retroceder à situação anterior à Abolição nem tão pouco continuar a política que João Alfredo estava realizando. Por outro lado, o elemento reacionário do Partido, o chamado escravocrata, tendo à frente Paulino de Sousa e Francisco Belisário, estava em marcha para a República; e o elemento adiantado, presidido por João Alfredo, tinha as suas forças esgotadas, as quais provinham, aliás, muito mais da confiança que lhe dispensava a Coroa do que propriamente da opinião pública. Nessas condições, argumentava Saraiva, o único remédio para obstar ou pelo menos adiar o advento da República, perigo maior, era um programa democrático baseado na federação das Províncias, que, afastando a eventualidade de um movimento revolucionário, impedisse todo abalo capaz de atingir a Nação nos seus centros produtores, onde a desorganização do trabalho era mais evidente, e maior o descontentamento. [107b]

Imbuído de tais ideias, Saraiva foi, como dissemos, avistar-se com o Imperador em Petrópolis. Encontrou-o estirado numa chaise longue, tendo parte do corpo e as pernas envolvidas numa manta de lã. Estava-se no mês de junho, quer dizer, em pleno inverno, quando as casas daquela cidade se tornavam geralmente inconfortáveis por falta de aquecimento, e a residência da Família Imperial ali não se diferenciava, a este respeito, das demais.

O Imperador recebeu-o com "manifesta satisfação" — palavras de Saraiva. Fazendo o sentar-se a seu lado, dispôs-se a ouvi-lo com toda a atenção. Natureza pouco inclinada a sensibilizar-se com gestos ou palavras de cortesania, refrataria a toda forma de aulicismo, Dom Pedro II tinha especial predileção pelo feitio frio e distante de Saraiva, pela habitual franqueza com que emitia suas opiniões, sem a preocupação de ser agradável ou conquistar as simpatias do interlocutor, mas querendo unicamente ser compreendido e quanto possível acreditado.

Expôs, assim, Saraiva, com a maior franqueza, ao Monarca, o que pensava da situação do País — da difícil situação que ele atravessava e dos recursos de que se dispunha para enfrentá-la com sucesso. A República, para ele, estava perto. Teria certamente que vir, mas no País nada se fazia para recebê-la. Preocupava-o sobretudo a possibilidade de uma anarquia, consequência desse estado de impreparação, fazendo-se pois urgentes medidas que fossem ao encontro do novo regime, único modo de se evitar os abalos que ele por certo traria quando implantado no País.

"E o reinado da minha filha?" perguntou-lhe o Imperador interrompendo a exposição que lhe fazia Saraiva.

"O reinado de vossa filha não é deste mundo", respondeu o Senador baiano. Acrescentando, para justificar essa ousada afirmativa, que ela não era estimada pela Nação por seu "devotamento ao clericalismo"; e que "além do mais, o Príncipe consorte é muito impopular, achando o povo impróprios do Príncipe os negócios das chamadas estalagens em que ele anda metido."[107C]

Sem contestar as afirmações de Saraiva, nem se melindrou com a sua rude franqueza, limitou-se o Imperador a perguntar-lhe o que aconselhava então que se fizesse. "Democratizar o Império e não liberalizá-lo à moda de Napoleão III", respondeu Saraiva, querendo com isso aludir à política preconizada por Ouro Preto, para muitos o mais indicado para constituir o novo Governo.

"Pois, Sr. Saraiva, quero que se encarregue de formar o novo Gabinete", rematou o Monarca dando por finda a entrevista.

Saraiva ainda ponderou que só poderia aceitar esse encargo se lhe fosse consentido declarar no Parlamento que estava autorizado por Sua Majestade a realizar todas as reformas — inclusive a federação das Províncias — necessárias, segundo ele, a preparar a Monarquia a receber, sem maiores abalos, a República, e esta poder ser proclamada no Parlamento, por uma espécie de Constituinte para esse fim eleita, perante a qual o Imperador abdicaria seus poderes, coisa inédita nos anais da História e digna do seu reinado, dos seus serviços e do seu irredutível patriotismo.

"Dou-lhe carta branca", foi a resposta de Dom Pedro. [107d]

Ao descer de Petrópolis, recordando e pondo em ordem todos esses fatos, Saraiva ponderou de si para consigo que o encargo que lhe dera o Imperador, apesar do desprendimento e da rara superioridade moral com que o fizera, da *carta branca* que lhe dera para organizar o novo Governo, de nada ela valia se não pudesse contar com o apoio e a confiança da Princesa Imperial. E esse apoio era muito duvidoso, não só pela pouca simpatia em que o tinham no Paço Isabel, como porque não era de esperar que ela lhe desse sabendo que, formando o novo Gabinete, Saraiva partia do pressuposto de que não haveria um terceiro reinado. Ainda porque se falava nas rodas palacianas do Rio e de Petrópolis que as preferências da Princesa para chefiar o novo Ministério já estavam voltadas para o Visconde de Ouro Preto (Saraiva diz que ela "já estava de inteligência com o Visconde"), trabalhada que vinha sendo nesse sentido por Tito de Morais, do serviço de sua casa, e pelo Barão de Loreto, da sua intimidade.

Voltou ele assim a Petrópolis no dia seguinte para declinar a honra de ser organizador do novo Governo, decisão que ainda mais se firmou em seu espírito quando, antes de ser recebido pelo Monarca, se encontrou com a Princesa numa das salas do Palácio, e esta se limitou a fazer-lhe um cumprimento seco, deixando ver, assim, que conhecia os termos da conversa que ele havia tido na véspera com o Imperador. Desobrigado da incumbência que recebera, disse-lhe o Monarca que mandasse chamar o Visconde de Ouro Preto. Passou ele então dali mesmo um telegrama ao Senador mineiro, convidando-o, em nome do Imperador, a comparecer ao Paço Imperial de Petrópolis com a maior urgência[107e].

Do exposto se conclui que o Imperador não pôs objeção a que Saraiva dissesse no Parlamento, caso fosse o organizador do novo Ministério, que estava autorizado pelo Monarca a promover a federação das Províncias. Ora bem. Pergunta-se, então: queria isso significar que o Imperador se tinha afinal, convertido, nessa altura, à ideia federalista, o que significaria um passo à frente em direção à República? Era, pelo menos, o que se devia crer.

Sem embargo, uma resposta afirmativa arriscaria não corresponder rigorosamente aos fatos. Porque o certo é que nunca se soube exatamente qual era, afinal, a opinião do Imperador a respeito da Federação. O único indício que se tem sobre isso é um pedaço de conversa do Monarca com André Rebouças na Estação de Petrópolis, em março de 1889, e por este transcrito em seu *Diário*, pelo qual se pode concluir que o Monarca receava que "as pequenas Províncias não tivessem pessoal para a Federação, e seria um desgoverno que acabaria pela separação." Mas daí não se deduz necessariamente que o Imperador fosse, realmente, contrário à ideia federalista.

O próprio Ouro Preto, que se presumia ter referido esse assunto nos diversos encontros que teria com o Monarca no decorrer dos cinco meses de seu governo, nunca pôde saber exatamente qual era o pensamento de Dom Pedro II a respeito. Tanto assim que, já depois da queda do Império, quando ambos estavam exilados em Paris, entendeu de escrever uma carta ao Monarca, mas que, longe de esclarecer o assunto, só serviu para torná-lo ainda mais obscuro. Essa carta não foi conhecida durante muitos anos, e só foi tornada pública quando o autor a descobriu no Arquivo da Casa Imperial, guardado a esse tempo no Castelo d'Eu, em França, e a estampou na primeira edição desta *História de Dom Pedro II*, publicada em 1940. Tem a data de Paris, 15 de fevereiro de 1891, e diz assim:

"O Sr. Saraiva ainda ultimamente disse no Congresso que Vossa Majestade Imperial estava resolvido a realizar a federação do Império, o que aliás dera a entender anteriormente, quando explicou ao Senado a parte que teve na crise ministerial de junho de 89. Eu já contestei essa afirmativa, mas como apreciação ou crença minha, o que não tem a força de negativa formal e autorizada. Aguardarei as determinações de Vossa Majestade Imperial a esse respeito."

E logo adiante:

"Além de que a solene manifestação não se deu [*uma manifestação pública, no Brasil, pelo seu corpo eleitoral, a favor da Federação*], o Senhor Saraiva, se compreendi e me recordo do que ouvi, não falou a Vossa Majestade Imperial em federação."

Não tendo encontrado a resposta que o Imperador acaso tivesse dado a essa carta de Ouro Preto, o autor consultou, a respeito, o filho do estadista, que fazia companhia naquela época ao pai, exilado em França. Respondeu-lhe Afonso Celso: "S. M. respondeu verbalmente ao Visconde de Ouro Preto que era perfeitamente exato tudo quanto ele afirmava. Prometeu responder por escrito, quando tivesse conhecimento do discurso do Sr. Saraiva. Esse discurso, porém, nunca foi publicado na íntegra."

CAPÍTULO VI
MINISTÉRIO OURO PRETO

Antecedentes políticos de Ouro Preto. Na Presidência do Conselho. Plano de reformas radicais. Reforçar a Monarquia: sonho e realidade. Formação do Gabinete — as pastas militares. Maracaju no Ministério. Deodoro regressa à Corte. O seu papel na conspiração. A figura decisiva de Benjamin Constante

I

Não tendo uma folha de serviços como a de Saraiva, Ouro Preto era tido como um dos mais autorizados chefes do Partido Liberal. Sendo um homem de meia-idade (andava pelos 52 anos), podia ser tido como um veterano no cenário político do Império. Aparecera pela primeira vez na Câmara em 1864, como Deputado por sua Província natal, Minas Gerais, havia, portanto, um quarto de século, trazendo uma justa nomeada da Faculdade de Direito de São Paulo, onde fora estudante laureado, numa época em que a Academia contava talentos da ordem de Silveira Martins, Lafayette, Paulino de Sousa, Andrade Figueira e outros.

Ao surgir nessa Câmara de 1864, ele logo se impôs à atenção dos veteranos do Primeiro Reinado e da Regência pela impavidez com que se levantou para enfrentar a eloquência de Cristiano Ottoni na questão do prolongamento da Estrada de Ferro de Pedro II (hoje Central do Brasil). Foi quando o *marcou* Zacarias de Góis, Presidente do Conselho. Aquele rapaz sobranceiro e destemido, de feitio talvez um pouco agressivo, mas que lutava de lança em punho com a bravura de um veterano, impressionava o mais temido dos nossos estadistas.

Assim que dois anos mais tarde, em plena guerra com o Paraguai, quando Zacarias formava o seu terceiro Gabinete, em substituição ao quarto Ministério Olinda, praticamente decomposto, foi buscar o jovem Deputado mineiro para seu Ministro da Marinha. Isso quando a nossa Esquadra que combatia no Paraguai, considerada elemento decisivo para o êxito das operações de guerra, revelara-se incapaz de qualquer maior esforço. Os barcos eram poucos e ruins; suas tripulações desfalcadas e imprestáveis; a oficialidade mal aproveitada e desarticulada. Tudo, nela, era precário.

Tornava-se evidente a necessidade de um chefe à frente da Pasta da Marinha, de alguém à altura das necessidades da guerra, capaz de reerguer todo o aparelho marítimo destinado ao combate; que criasse ou reformasse os navios, que os equipasse, os armasse, os pusesse, enfim, em estado de eficiência; que reunisse ao mesmo tempo o espírito de decisão de um chefe à ponderação de um estadista. Zacarias não hesitou: o homem de que ele necessitava, o *seu homem*, era o jovem Deputado Afonso Celso. Entregou-lhe,assim, toda a aparelhagem marítima da guerra, fazendo-o o seu Ministro da Marinha, a pasta, naquele momento, de maior responsabilidade para o destino da Nação.

De então para diante a carreira política de Ouro Preto ficou praticamente aberta; e não tardou que depressa emparelhasse com os mais autorizados chefes do partido. Passaram a respeitá-lo por suas atitudes decididas, pela confiança que sabia inspirar aos seus pares, pelo ardor de suas convicções monárquicas. Na Câmara temporária, primeiro, depois no Senado, revelou-se como um dos oradores mais tipicamente parlamentares de tempo. Lafayette dizia que o talento oratório de Ouro Preto era a expressão de seu temperamento, e isso era exato. Sua palavra não chegava a ser agressiva, como a de Zacarias ou a de Silveira Martins. Mas tinha uma impertinência quase abusiva, que desarmava de pronto o adversário, sobretudo pela fina ironia com que sabia apresentá-la. Ao lado disso, uma agilidade que desnorteava os mais seguros opositores, e que se manterá viva até o fim de seus dias.[108]

Com o Gabinete Sinimbu, formado em 1876, Ouro Preto voltou aos conselhos da Coroa. Ocupou a Pasta da Fazenda, que era uma espécie de antessalas a uma futura Presidência do Conselho de Ministros. Foi quando se revelou o financista de grandes recursos, emparelhando com Itaboraí, Sousa Franco, Sales Torres Homem, Dias de Carvalho e outras autoridades na matéria. Finalmente, em 1882, era chamado pelo Marquês de Paranaguá para ocupar no seu Gabinete a Pasta da Guerra.

II

Assim que em junho de 1889 subia Ouro Preto, pela terceira vez, aos conselhos da Coroa. Mas agora com a grande responsabilidade da Presidência do Conselho de Ministros. O destino punha-lhe, assim, nas mãos, não somente o futuro do Partido Liberal, como o da própria Monarquia. Pedia-se ao espírito moço e sadio de Ouro Preto, à sua grande experiência, que salvasse o Império que o reerguesse e lhe fortalecesse as molas enferrujadas ou desarticuladas. Era, como se vê, uma tarefa imensa.

Tarefa que estava, sem dúvida, na medida da capacidade de Ouro Preto se outras fossem as circunstâncias e outras as possibilidades de sucesso. Compenetrado de suas responsabilidades, assumiu o Governo com um vasto plano de reformas radicais, disposto a reajustar todas as peças desarticuladas do regime.

Ninguém certamente punha em dúvida a necessidade de tais reformas; o que, porém, pareceu inoportuno foi o momento escolhido por Ouro Preto para tomar uma iniciativa de tal vulto. Temia-se, de fato, que as circunstâncias não lhe fossem favoráveis e que a ocasião fosse a menos indicada para uma renovação completa de toda a aparelhagem da Monarquia. Não seria mais prudente fixar-lhe primeiro os alicerces solapados pela facção indisciplinada do Exército, para cuidar depois das paredes mestras do edifício? Um erro de observação, a falta de senso da oportunidade, defeito capital em Ouro Preto, foi a causa de toda a ruína de seus planos.

Sua situação em 1889 é em tudo semelhante à de Emile Ollivier trinta anos antes, tentando salvar o Segundo Império francês. Ambos são jovens e decididos, confiantes em si mesmos; ambos se julgam predestinados a salvar um regime precocemente gasto, dentro do mais largo espírito do liberalismo moderno; ambos lutam por construírem, sobre alicerces imperecíveis, um monumento que será a síntese de uma grande aspiração política. São de fato dois predestinados: predestinados a serem os coveiros dos próprios sonhos.

Ouro Preto não teve maiores dificuldades para compor o seu Ministério. Alguns dos lembrados para Ministros não aceitaram os cargos, como o Visconde de Taunay e O Conselheiro Rui Barbosa. O primeiro fora convidado para a Pasta da Guerra. Era um conservador, e Ouro Preto queria, com o seu convite, convertê-lo, propondo que se passasse para o Partido Liberal, "Faça a evolução", lhe dissera[108a]. Mas a sedução, mesmo de uma pasta ministerial, não abalou as convicções partidárias do autor da Retirada da Laguna.

Quanto a Rui Barbosa, que dirigia, havia três meses, o *Diário de Notícias* (onde se manteria até 15 de novembro de 1889), não houve propriamente um "convite" de Ouro Preto. Tendo este pedido ao Conselheiro Dantas que lhe desse o nome de um de seus antigos políticos para incluído no Gabinete, Dantas indicou o nome de Rui Barbosa. Mas este, sabedor disso pelo próprio Dantas, apressou-se em escrever-lhe para recusar a honraria, dizendo que não podia ser membro de um Ministério "que não tomasse por primeira reforma a Federação"[108b] Não o convenceram as razões dadas por Ouro Preto, isto é, sendo ele um homem de partido, tinha que cingir-se no Governo ao programa aprovado pelo Congresso Liberal, e isso mesmo dissera ao Imperador, fazendo-lhe ver que só aceitava organizar Ministério sob essa condição. Não podia, pois, agora, mudar de orientação para satisfazer uma exigência de Rui. Mas este, mostrando-se irredutível, firmou-se no seu propósito de recusa. [108C]

Foi então convidado em seu lugar, e aceitou, o Barão de Loreto, advogado e talentoso homem de letras (Franklin Dória), genro do Marquês de Paranaguá e pessoa da intimidade do Paço Isabel. Sendo amigo particular do Conselheiro Saraiva, é possível que a indicação de seu nome tenha partido deste, quando da entrevista que Ouro Preto tivera com o chefe liberal baiano antes de levar ao Imperador a lista dos novos Ministros. Mas pode ter vindo também do Paço Isabel (a Baronesa de Loreto era uma das maiores amigas da Princesa), se era certa a notícia, que correra, de ter sido Loreto um dos defensores ali do nome de Ouro Preto para Chefe do Gabinete, notícia a que, como vimos, Saraiva dera foros de verdadeira.

Com a recusa de Taunay, lembrou-se Ouro Preto (*cogitou*, diz seu filho Afonso Celso) de convidar Floriano Peixoto para a Pasta da Guerra. Era um amigo de sua família e espécie de protegido de seu irmão Carlos Afonso, que la ser agora Presidente da Província do Rio. Mas acabou preferindo tê-lo como Ajudante-General do Exército. Foi então convidado para a Pasta da Guerra o Visconde de Maracaju. Se este, entretanto, por doença, não pudesse dar conta do recado, então se voltaria a pensar em Floriano.

Para a Marinha foi convidado, e aceitou, o Barão de Ladário.

III

A designação de oficiais-generais para as pastas militares foi uma grande surpresa, que não deixou de provocar toda a sorte de comentários, pois contrariava o costume por assim dizer já tradicional no Império, de se confiar essas pastas a políticos civis, geralmente membros ou ex-membros do Parlamento. O próprio Ouro Preto, ao tempo nem que era ainda o jovem Deputado Afonso Celso, fora, como sabemos, Ministro da Marinha de Zacarias, e anos depois Ministro da Guerra de Paranaguá. É verdade que no Primeiro Reinado, na Regência e nos primeiros anos do Segundo Reinado, quando não se tinha ainda adotado o regime parlamentar, foram frequentes as designações de militares para essas pastas. Mas, à medida que se foi aperfeiçoando o regime representativo, elas passaram a ser ocupadas, com raras exceções, por civis, em sua grande maioria membros do Parlamento, Senadores e Deputados, homens políticos no sentido partidário do termo, mas sem política nas classes armadas, o que os deixava fora dos grupos e grupinhos que sempre existiram nessas corporações.

Durante o Segundo Reinado, ou melhor, da declaração da Maioridade até as vésperas da queda da Monarquia, no espaço portanto de cinquenta anos, apenas 13 militares haviam desempenhado o cargo de Ministro da Guerra; ao passo que subia a 23 o número de civis que haviam ocupado esse posto. Na Pasta da Marinha a proporção em favor do elemento civil era ainda maior, pois apenas 7 militares, alguns dos quais do Exército, haviam sido Ministros da Marinha nesse espaço de tempo, número largamente ultrapassado por Ministros civis. O último militar Ministro da Guerra antes de Maracaju fora o Visconde de Pelotas, em 1880, no primeiro Ministério Saraiva, portanto nove anos antes; e o último Ministro da Marinha, também militar, havia sido o Almirante de Lamare, em 1862, no terceiro Ministério Olinda, quer dizer vinte e seis anos antes. Vem ao caso dizer que, quando o Visconde do Rio Branco organizava o seu Ministério em 7 de março de 1871 ele propusera, em carta ao Imperador, nomear para a Pasta da Marinha esse mesmo Ladário que era agora Ministro de Ouro Preto, ao tempo em que Ladário era o Capitão de mar e guerra José da Costa Azevedo. Mas o fato de não ter efetivado essa nomeação, faz crer que Dom Pedro II não lhe deu aprovação; tanto que Rio Branco acabou por nomear seu Ministro da Marinha o Deputado Duarte de Azevedo.

Pode-se, portanto, dizer que já era uma tradição o provimento dessas pastas por elementos civis, e a decisão tomada agora por Ouro Preto deu causa a toda espécie de conjeturas, deixando muita gente intrigada sem saber os motivos que o levaram a assim proceder. Procurou-se explicá-los com o feitio independente e audacioso do novo Presidente do Conselho, homem livre de preconceitos, desejoso de imprimir uma feição nova e toda pessoal à organização de seu Ministério. Mas isso não bastava para justificar a novidade. Ouro Preto devia ter tido um motivo qualquer para assim proceder, sobretudo numa ocasião como aquela, quando as pastas militares, a da Guerra antes de tudo, se revestiam de uma excepcional importância, não só por causa da indisciplina que reinava no Exército como das ideias Repúblicanas que se infiltravam entre a jovem oficialidade e os alunos das escolas militares.

IV

Uma outra explicação, que se procurou dar para a escolha desses militares, foi o desejo de Ouro Preto de que as classes armadas, através de seus Ministros, dividissem com ele as responsabilidades do Governo, para que os atos deste não fossem depois criticados ou mal interpretados pelos militares, sobretudo pelo grupo que cercava Deodoro, que vinha culpando os Gabinetes anteriores de má vontade sistemática para com as classes armadas. Se essa fora, de fato, a intenção de Ouro Preto, não se podia deixar de reconhecer que era altamente política, embora perigosa, pois valia mexer numa fogueira com um ferro em brasa.

A versão do Ministro de Portugal, Conselheiro Nogueira Soares, era outra. Segundo ele, a sugestão da entrada de militares para o Governo partira do Conde d'Eu, "ideia antiga de Sua Alteza", diz ele, já tentada quando Vieira da Silva fora encarregado de formar Ministério, razão pela qual declinara da incumbência, isto é, "por não querer aceitar a indicação de oficiais superiores para as Pastas da Guerra e da Marinha." O diplomata português não diz quais seriam esses oficiais superiores, mas com relação ao Ministério Ouro Preto diz que ambos os militares, Maracaju e Ladário, haviam sido indicados à "última hora, direta ou indiretamente por Sua Alteza o Conde d'Eu, a quem são muito dedicados", acrescentando com uma ponta de maldade que "só isso bastaria para não serem bem recebidos pela Câmara."[108d]

A essa versão do Ministro português, de que Vieira da Silva declinara organizar Gabinete por não querer pôr oficiais nas pastas militares, já nos referimos páginas atrás.

Quanto à outra parte dessa mesma versão, de que a inclusão de militares no Gabinete Ouro Preto fora uma sugestão do Conde d'Eu, ela foi, na verdade, muito repetida nessa ocasião, tanto na imprensa como nos meios políticos da Corte, e Cristiano Ottoni a confirma, pelo menos no que se refere à inclusão de Maracaju na Pasta da Guerra, que, segundo ele, resultou de um pedido (de uma *pressão*, diz ele) do Conde d'Eu, que procurava com isso ganhar as simpatias da facção descontente do Exército, sobretudo do Marechal Deodoro, primo, como dissemos (*Primo Rufino* o chamava Deodoro) e muito amigo de Maracaju.

Mas, apesar de tudo, é uma versão que se deve ter ainda hoje em quarentena, não só levando em conta os desmentidos de Ouro Preto como porque o marido da Princesa Imperial não tinha por costume, segundo é sabido, meter-se em organizações ministeriais, coisa, aliás, de que os nossos políticos eram demasiados ciosos para não consentirem. Acresce que, para fazer semelhante pedido, ou mesmo uma simples insinuação, precisaria que o Conde d'Eu tivesse relações muito chegadas com Ouro Preto, e todos sabemos que não as tinha. Ao contrário, este sempre timbrara em se mostrar arredio em suas relações com a Família Imperial, exagerando até esse retraimento. "Nunca vaguei pelas imediações dos Paços (dirá ele defendendo-se da acusação de aulicismo), nem nunca me fiz encontradiço na Estação de Petrópolis para exibir-me em palestra augusta"[108e]. E, quanto às suas relações com o Conde d'Eu e a mulher, dirá que muito pouco frequentou o Paço Isabel, acrescentando que "para os bailes e partidas que ali se davam, só tive a honra de dois convites, um em 1879, porque era Ministro [Ministro da Fazenda do Gabinete Sinimbu], e outro depois de ser Conselheiro de Estado." [108f]

A verdade é que Ouro Preto sempre negou que a inclusão de militares no seu Gabinete se devesse a qualquer interferência do Conde d'Eu, dizendo que este e a mulher só tiveram conhecimento da composição ministerial tarde, na noite de 7 de junho, em Petrópolis, depois que ele, Ouro Preto, estivera com o Imperador, e o Monarca lhe dera aprovação à lista dos novos Ministros. Não era assim cabível que a fosse modificar para satisfazer ao Conde d'Eu. E, quanto ao testemunho deste, conhece-se um seu desmentido, pelo menos implícito, dado em carta escrita ao pai uma semana depois de organizado o novo Ministério, onde diz, de uma certa maneira criticando, que os Ministros das pastas militares, "contrariando o costume usado desde muitos anos, são oficiais-generais e não pertencem ao Parlamento."

Afastada a hipótese da intervenção do Conde d'Eu, resta outra; essa muito provável: de que a ideia de se pôr militares nas pastas da Guerra e da Marinha tenha partido do próprio Imperador. Pelo menos no que se refere a Maracaju. Temos sobre isso o testemunho do Visconde de Taunay, quando diz que a indicação desse nome *partiu do Paço*. O testemunho de Taunay não deixa de ter um certo valor, não só por ser ele amigo ainda que não correligionário de Ouro Preto, (tendo sido até, como se viu, o primeiro lembrado pelo novo Presidente do Conselho para ocupar a Pasta da Guerra), como por suas relações pessoais com o Imperador, amigo chegado de sua família.

A hipótese de uma intervenção do Imperador é tanto mais aceitável quanto sabemos— ainda por Taunay que, quando Vieira da Silva tentava organizar o seu Gabinete, este lhe falara na "conveniência de entrar para a Pasta da Guerra um militar", e citara precisamente o nome de Maracaju, ao que Taunay ponderara que se tratava de um Liberal, "que era e sempre fora liberal." — *Não faz mal*, replicara Vieira da Silva, *é moderado, e eu lhe falarei*[108g]. Ora, a coincidência de tanto os Conservadores como os Liberais se lembrarem de Maracaju para a Pasta da Guerra, sem que houvesse uma razão imperativa para tanto, deixa supor que esse nome tenha partido de um terreno neutro; e este só podia ser, de fato, "o Paço", como diz Taunay. Sendo o Paço, e excluída a hipótese do Conde d'Eu ou da Princesa, a única pessoa ali com autoridade para fazer uma tal sugestão só podia ser mesmo o Imperador. Isso apesar de ele ter procurado sempre abster-se de influir nas organizações ministeriais, deixando essa tarefa ao exclusivo encargo dos políticos. O que não impedia, entretanto, de dar nessas ocasiões o seu parecer, ou melhor, de opinar sobre a conveniência ou não da inclusão de um nome (como fez, por exemplo, com relação a Rui Barbosa, quando o Conselheiro Dantas pensou em convidá-lo para Ministro), mas acentuando sempre que a responsabilidade final da composição ministerial cabia exclusivamente ao organizador do Gabinete.

V

Menos consistente do que a versão que correu a respeito de Maracaju foi essa outra, que igualmente se espalhou, de que a indicação do Barão de Ladário para a Pasta da Marinha tenha partido, para uns do Conde d'Eu, para outros do Imperador. Paulo Filho, confiado no que ouvira de Afrânio Peixoto, e este baseado não sabemos em quem, diz que o primeiro nome cogitado por Ouro Preto para essa pasta fora o do Barão de Tefé, seu parente, o que entretanto não vingou por oposição do Imperador. Tanto que Tefé, ressentido com o Monarca, chegou a pedir demissão da Armada, coisa que não se efetivou por haver chegado o seu pedido de demissão depois da queda da Monarquia, estando o Barão nessa época na Europa, em comissão do Governo.

Que a indicação de Ladário não partiu do Imperador, o próprio Ladário se encarregaria mais tarde de confirmar, dizendo que "jamais fui dos que tiveram as proteções do Sr. Dom Pedro II, e dele só recebi, e mais não pretendia ter, as atenções que suas qualidades e posição impunham dispensar-me"[108h]. Quando, na Câmara dos Deputados, o Padre João Manuel repetiu essa versão, Ouro Preto se apressou em desfazê-la, dizendo que jamais ouvira tal história. E, em carta a Paulo Filho, Paulo da Costa Azevedo, descendente de Ladário, igualmente a desmentiu, dizendo que sua indicação para a Pasta da Marinha foi uma iniciativa exclusivamente de Ouro Preto, seu amigo, por sinal que à sua revelia, pois só tivera conhecimento dessa indicação por uma carta que o novo Presidente do Conselho lhe mandara por intermédio de Cândido de Oliveira, Ministro da Justiça do Gabinete que estava sendo formado. Versão que foi confirmada por Ouro Preto.

Este, em discurso que pronunciou na Câmara dos Deputados apresentando o novo Gabinete, procurou defender-se da acusação de que não tivera liberdade para escolher seus auxiliares de governo.[108i] Mas defendeu-se limitando-se a dizer generalidades, isto é, que tudo não passava de "balelas da oposição, sem fundamento." Quanto à inclusão dos dois militares, disse apenas que nada o "proibia de escolher Ministros de outras classes que não sejam a dos bacharéis em Direito, a dos doutores em Medicina, dos banqueiros e dos Padres"; e que "os Ministros denominados *casacas*", quando colocados nas pastas militares, não sendo especializados nelas, consultam os entendidos; e que, se esses eram excelentes auxiliares como órgãos de consulta, mais valia dar-lhes autoridade própria, "porque deliberam por si, sem necessidade dos conselhos de quem saiba do ofício." Procurando depois fazer ironia, acrescentou que um Chefe de Esquadra ou um Marechal de Campo eram mais indicados para as Pastas da Marinha e da Guerra do que, por exemplo, um sacerdote, ainda que ardente, como aquele que acabara de falar querendo com isso referir-se ao Padre João Manuel, que num discurso inflamado, pronunciado pouco antes, se declarara Republicano.

Eram explicações que nada explicavam, como se vê, e deixavam tudo, portanto, na mesma. Mas há em tudo isso um pequeno detalhe esclarecedor que ele não referiu nesse discurso, mas que citou no livro que escreveria sobre os sucessos de 15 de novembro: foi após ter descido da primeira audiência que tivera com o Imperador em Petrópolis, no dia 6 de junho, quando não tinha ainda o Ministério composto, que fora consultar-se com Saraiva no seu Hotel de Santa Teresa, e este o aconselhara a "entregar as pastas militares a profissionais", o que já era, acrescentou, o seu pensamento. Pergunta-se: apesar de já ser este o seu pensamento, não teria sido Saraiva que o *decidira* a colocar militares nas pastas da Guerra e da Marinha?

O Conde de Afonso Celso, procurando justificar a decisão do pai, de nomear um militar para a Pasta da Guerra, diz que essa medida visava, antes de tudo, agradar ao Exército, o que num certo ponto confirma o que o próprio Ouro Preto dissera ao Visconde de Taunay, quando o convidara para ocupar a referida pasta, isto é, de que precisava "de um nome simpático ao Exército" (Taunay era, como se sabe, um antigo oficial do Exército, agora reformado). Afonso Celso acrescenta que não só a escolha de Maracaju entrava nesse plano de agradar ao Exército, como outras medidas tomadas então por seu pai com relação a militares, citando a este propósito a designação de Floriano Peixoto para Ajudante-General, a nomeação de oficiais do Exército para Presidente de Província, e a volta do Marechal Deodoro para o Rio de Janeiro, com as forças que ele comandava em Mato Grosso — forças que, observa melancolicamente o filho do antigo Presidente do Conselho, destituíam pouco depois o pai da chefia do Ministério e derrubavam a Monarquia.

VI

Foi esse um dos grandes erros de Ouro Preto, isto é, consentir que o Marechal Deodoro deixasse a sua comissão em Mato Grosso e voltasse para os meios já inflamados do Rio de Janeiro. Por motivos que não ficaram claros, nunca se soube a razão de semelhante decisão. Posteriormente à queda da Monarquia, Ouro Preto tentaria justificar-se dizendo que assim o fizera por sugestão do Ministro da Guerra, Visconde de Maracaju (primo de Deodoro). Concordara, por não ser mais precisa a presença do Marechal em Mato Grosso, depois que a Bolívia e o Paraguai haviam chegado a um acordo sobre a questão de limites que os dividia. Acrescia, diria ainda Ouro Preto, que "a permanência das nossas forças em paragens tão remotas ocasionava grandes despesas, e reclamações havia pela falta de recursos no acampamento."[108j]

Nada disso, porém, justificava o erro praticado. O Conselheiro Diana, Ministro de Estrangeiros, bem que fez ver ao Presidente do Conselho o perigo dessa decisão, ponderando que Deodoro de novo no Rio se deixaria certamente influenciar pelos elementos Republicanos que se agitavam na Corte. Respondeu-lhe Ouro Preto que o Governo não podia deixar-se levar por tais considerações, porque seria confessar a sua "covardia."[108k] Nessa resposta, tão de acordo com a intrepidez de seu feitio, talvez esteja toda a explicação do seu ato, consentindo na volta de Deodoro.

Erro fatal, pois, se Deodoro tivesse ficado em Mato Grosso, nesse mês de setembro de 1889, não teria havido o 15 de Novembro; e a República teria de esperar pelo falecimento do Imperador para ser implantada no Brasil. Porque, a não ser Deodoro, nenhum outro oficial-general daquela época se prestaria a sublevar o Exército para depor o Gabinete Ouro Preto; e sem essa deposição não haveria oportunidade para acabar com a Monarquia. Havia, é verdade, Pelotas, que se solidarizara com Deodoro em suas turras com Cotegipe; mas que não tinha, pessoalmente, nenhuma queixa de Ouro Preto, seu colega no Senado e correligionário político. E ainda menos do Imperador, que segundo declaração do próprio Pelotas, feita depois de 15 de novembro, não teria nunca sido deposto se tal coisa dependesse dele.

Restituído aos meios inflamados da Corte, Deodoro, como era de esperar, não sossegou. O que era grave, porém, é que ele não se limitava agora a gestos e atos de indisciplina: entrava também a conspirar contra o Governo.

Alguns civis Républicanos e uns poucos oficiais — a maioria gente moça — que rezava por esse credo político, procuraram, de fato, aproximar-se do velho soldado. Com habilidade, explorando-lhe a proverbial ingenuidade, mais facilmente manejável dada a sua irritação contra o Governo, meteram jeitosamente Deodoro nos conciliábulos onde se tramava contra as instituições monárquicas. O Império, diziam eles, era o inimigo do Exército; procurava o seu aniquilamento, cujo plano já estava sendo executado desde algum tempo, culminando agora com as repetidas retiradas de corpos da Capital e a reorganização da Guarda Nacional, que iria substituir o Exército na defesa do trono e da dinastia.

As conclusões a que chegavam os Républicanos eram certamente exageradas. Não visavam senão indispor a Monarquia com a Nação, ou, mais precisamente, com as classes armadas. Um simples jogo de partido, uma exploração política como muitas outras. Mas não resta dúvida em que Ouro Preto temia o Exército, e procurava transformar a Guarda Nacional numa espécie de guarda pretoriana, sobre a qual o trono pudesse se apoiar com toda a confiança. Ele próprio o confessara, dizendo que a reorganização, que projetava, da Guarda Nacional do Rio, tendo embora por fim imediato satisfazer necessidades por todos reclamadas, visava também — são as suas expressões, "não deixar o Governo à mercê da força de linha" (isto é, do Exército), "absolutamente sem outra qualquer em que se apoiasse para, se mister fosse, prevenir ou conter-lhe os desmandos." Referindo-se, em seguida, ao Gabinete Conservador que o antecedera no Governo, dirá que o mesmo lutara, com as maiores dificuldades e curtira as mais pungentes humilhações, por falta de uma força organizada que não pertencesse ao Exército."[109]

VII

Deodoro não era Républicano.[110] Como a maioria da Nação, ele não tinha certamente amor à Monarquia; mas também não lhe tinha rancor. Para a elite brasileira — e nessa elite estava, naturalmente, a oficialidade de terra e mar tanto fazia uma república como uma monarquia. Ela encarava essa questão de formas de governo com um quase completo indiferentismo. A não ser um pequeno grupo de oficiais e civis declaradamente Républicanos, e estes, mesmo, mais por sectarismo filosófico do que por princípios políticos, as outras classes dirigentes da Nação não tinham fé nem numa coisa nem noutra. Formas de governo, como dizia, aliás, o próprio Imperador, eram meras questões de estética. O que elas queriam era a liberdade, com trono ou sem trono e, com essa liberdade, um governo de fato, que não deixasse o país entregue à anarquia e à decomposição. Agora, que esse governo tivesse a coroa ou o barrete frígio, era o que pouco lhes interessava. A República aparecia-lhes como uma dessas coisas que a gente aceita conformado, mesmo com bom grado, porque é novidade, sobretudo por comodismo mas para a obtenção da qual não se está nada disposto a despender esforço.

Era, portanto, uma elite meramente contemplativa, politicamente falando. E quanto ao resto do país, isto é, à Nação propriamente dita, o grosso da população, este não contava, ou quase não contava, como ainda hoje, na solução dos problemas políticos. Era uma massa inorgânica, esparsa pela vastidão despovoada do território do Império, sem cultura, quase sem instrução, desarticulada, indolente, politicamente falando, em absoluto inacessível à menor compreensão do problema de formas de governo.

Deodoro não somente não alimentava rancor, mesmo nenhuma queixa contra a Monarquia, como nunca deixara, até então, de lhe fazer justiça. E sempre pusera timbre em manifestar o seu respeito, mais do que isso, a sua devoção ao Imperador, o *velho*, seu *amigo*, como dizia, cujo caixão estimaria acompanhar até a beira do túmulo.

Metido, quase arrastado, por sua fraqueza, para os conciliábulos onde o pequeno grupo de militares e civis conspirava contra o regime, ele manteve ali, apesar de tudo, a atitude a mais discreta, algo indecisa, deixando os conspiradores na dúvida sobre se de fato podiam ou não contar com o seu concurso. Pode-se mesmo dizer que até a hora do golpe de Estado, na manhã de 15 de novembro, eles não tinham certeza sobre se Deodoro estaria ou não disposto a fazer qualquer coisa pela queda da Monarquia e implantação da República.

A grande luta interior de Deodoro era conciliar seus sentimentos de afeição e respeito pelo Imperador, que realmente estimava, com o desejo premente dos conspiradores, que insistiam junto do velho soldado para que o movimento que se projetava não se limitasse a derrubar apenas o Ministério Ouro Preto, mas também o Império.[110 a]

VIII

Benjamin Constant era um dos *bacharéis de farda*, militar *doublé* de filósofo positivista, um daqueles que Oliveira Lima dizia que conheciam melhor as doutrinas de Comte do que a técnica de von der Goltz. Era um militar que não cuidava e possivelmente pouco entendia das coisas de sua profissão. Chegara ao posto de Tenente-coronel comandando uma escola de cegos, isto é, o que há de menos militar neste mundo. Fora daí não desenvolvia outra atividade que não fosse ensinar matemáticas na Escola Militar e propagar doutrinas positivistas pelos cafés da Rua do Ouvidor. Republicano por sectarismo filosófico, ele era a alma do pequeno grupo de conspiradores que fazia pressão sobre a vontade amolecida de Deodoro.

O estado de exaltação em que Benjamin Constant andava nesses dias de inquietações teve a sua nota de grande escândalo em outubro, por ocasião da visita de alguns oficiais da Armada chilena à Escola Militar da Praia Vermelha, quando ele pronunciou um violento discurso contra o Governo, em defesa, dizia, da classe militar. Não se deixou conter nem mesmo pela presença ali do Ministro da Guerra, que se viu na contingência de abandonar imediatamente o local. Os oficiais brasileiros, dizia Benjamin Constant, não eram insubordinados e desordeiros: "seriam sempre cidadãos fardados, mas nunca janízaros." Ora, um tenente coronel, professor da Escola Militar, que se permitia dizer isto aos seus alunos militares, diante de oficiais estrangeiros e do próprio Ministro da Guerra, e no tom em que o dizia, não podia exigir que o acreditassem, por melhor que fossem os seus argumentos. Mas longe de sofrer qualquer castigo, Benjamin foi, no dia seguinte, coberto de flores e ovacionado pelos alunos. Era a prova de que o Governo, ontem truculento, deitando energia a torto e a direito, caíra agora no exagero oposto; deixava-se, assim, aos poucos, decompor.

IX

No Rio continuava-se na indecisão. A revolta dos batalhões do Exército contra Gabinete Ouro Preto estava em princípio assentada. Mas não se sabia ainda quando isso se faria. Era preciso arranjar um pretexto, quando então se poderia fixar a data da sub levação.

Ouro Preto diz ter sabido, depois de proclamada a República, que havia, entre os conspiradores, a preferência pelo dia 16 de novembro, quando os Condes d'Eu pretendiam dar uma festa no Paço Isabel em honra dos oficiais chilenos, "sendo destarte, a um tempo, sequestrados toda a Família Imperial, os que Ministros e qualquer outras pessoas de quem pudessem recear."[110b] Versão, aliás, que é confirmada num Ofício do Ministro da Itália para Roma, três dias depois do golpe de Estado de Deodoro, e em que diz ter ficado assentado a noite de 16 para eclosão da revolta, *in cui la famiglia imperiale sarebbesi trovata tutta riunita presso S.A. 1ª PRINCÍPESSA ereditaria, per un concerto al quale anche il corpo diplomatico era invitato.*

O que sobretudo preocupava aos cabeças da revolta não era tanto a data em que ela devia explodir, mas a atitude que assumiria o Marechal Deodoro, sobre cuja decisão não se tinha ainda absoluta certeza, dado o seu feitio contraditório e por vezes indeciso; por outro lado, havia também a considerar o estado precário de sua saúde, não se sabendo se poderia estar em condições de montar a cavalo, no dia da revolta, e se pôr à frente dos batalhões.

Em todo o caso, a opinião geral entre os conspiradores era que antes do mês, o mais tardar, a procissão estaria na rua.

Estava-se agora nos primeiros dias de novembro. O Imperador, *naquele engano d'alma ledo e sego*, entretinha-se em Petrópolis com os seus estudos da língua tupi. Escrevendo à sua prima Teresa da Baviera, que em 1888 fora sua hóspede em São Cristóvão, dizia:

"Je vous envoie un article que j'ai écrit pour la Nouvelle Encyclopédie sur la langue que l'on appelle générale (Língua geral) des Indiens du Brésil. Vous Pourrez peut-être la faire connaître en Allemagne et engager vos bons linguistes à s'en occuper. Je crois que ça vaut la peine, surtout en rapport à la filiation que je crois y trouver entre cette langue et les langues asiatiques. Prochainement je vous remettrai l'édition à part de l'article Brésil dont je vous ai parié. Écrivez-moi régulièrement car je vous promets de vous donner des renseignements curieux sur mon pays."[110c]

CAPÍTULO VII

15 DE NOVEMBRO DE 1889

Denúncias de conspiração. Incredulidade de Ouro Preto. Uma advertência de Floriano Peixoto. A noite de 14 de novembro. Ouro Preto no Arsenal de Marinha. A atitude suspeita de Floriano. Ouro Preto no Quartel General. Hesitações de Deodoro. A tropa se subleva. Deodoro à frente dos revoltosos. Situação crítica do Ministério. Ouro Preto e Floriano Peixoto. Triunfo dos revoltosos. A cidade estranha aos acontecimentos. O Imperador em Petrópolis. Os telegramas de Ouro Preto. Ideia de uma resistência no Interior. O Imperador decide descer para a Corte. Chegada ao Paço da Cidade.

I

Já desde algum tempo o Visconde de Ouro Preto recebia denúncias de que andavam oficiais do Exército conspirando contra o Governo. O Presidente do Conselho não quis, a princípio, dar crédito a tais boatos; não aceitou a possibilidade de uma conspiração militar. Atribuía os avisos anônimos que recebia a intrigas de adversários políticos seus, ou a inimizades com as pessoas que eles apontavam como conspiradores. Além disso, Ouro Preto sabia que não lhe seria fácil perseguir ou punir os oficiais apontados como metidos na conjuração de que se falava, sem que houvesse, contra os mesmos, provas indiscutíveis, pois a tanto se oporia o Imperador, cuja propensão era sempre para as medidas conciliatórias. "Para entrar em um caminho de rigor (dirá Ouro Preto), praticando violências contra as pessoas que os boatos apontavam como envolvidas nos conciliábulos, eu teria que contar com a oposição do Imperador."[111]

À medida que corriam esses primeiros dias de novembro, as notícias que lhe chegavam das reuniões e conciliábulos de oficiais sabidamente contrários ao Governo iam se tornando cada vez mais repetidas. E, a não ser por um excesso de boa fé, já não era mais possível deixar de acreditar na veracidade de muitos desses boatos. Ainda porque aquelas reuniões se faziam abertamente, quase às barbas do Governo.

Assim que na noite de 9 de novembro um numeroso grupo de oficiais se reunia no Clube Militar, sob a presidência do Tenente-coronel Benjamin Constant, onde se decidia dar a este carta branca para a Questão Militar resolver "como entendesse" — o que, dado o sentimento que prevalecera nessa assembleia, só podia ser contra o Governo.

Por sinal que, nessa mesma noite, enquanto se conspirava contra as instituições nesse Clube de Oficiais, não longe dali, na Ilha Fiscal, dava o Governo um grandioso baile em honra dos oficiais do Cruzador chileno *Almirante Cochrane*, com a presença não só de toda a Família Imperial, como das mais altas autoridades civis e militares. "Festa maravilhosa de fausto, de luzes, de elegância, e que se constituiu, pelas circunstâncias, no derradeiro lampejo da Monarquia. Aí vi o Imperador cercado de sua família, de Ministros de Estado e de diplomatas. Salvo a imponência do porte, era o menos aparatoso naquela roda de fardões bordados e peitos engalanados de grã-cruzes e brilhantes veneras. Cabeça descoberta, casaca preta folgada,[111a] ostentava Dom Pedro no peito apenas um pendurucalho, o precioso carneirinho pendente da nobilíssima Ordem do Tostão de Ouro. Embevecido na maravilha daquela noite e no deslumbramento daquela festa, o velho Monarca não imaginava que, naquela mesma hora, se estava concertando, num pequeno sobrado do Campo de Santana, o trambolhão do Império, e que os dias do seu reinado estavam contados". [111b]

Cinco dias, ou seja, no dia 14, o Ministro da Justiça dava conhecimento ao Visconde de Ouro Preto de um bilhete que recebera na véspera do Marechal Floriano Peixoto, Ajudante-General do Exército, e pessoa da maior confiança do Governo (depois do Ministro da Guerra, Floriano era a maior autoridade militar do Império). Dizia nesse bilhete: "A esta hora deve V. Ex.ª ter conhecimento de que tramam algo por aí além: não dê importância, tanto quanto seria preciso, confie na lealdade dos chefes, que já estão alerta.[112]

Pouco depois de ter conhecimento desse bilhete, recebia Ouro Preto denúncias mais precisas. Resolveu, então, tomar precauções, pondo de prontidão o corpo de Polícia e a Guarda Cívica da Corte. E, apesar das declarações tranquilizadoras do Ministro da Guerra, Visconde de Maracaju, reiterou ao Chefe de Polícia as ordens dadas anteriormente, no sentido de "descobrir a verdade do que por ventura se tramasse"[113]. No fundo, Ouro Preto não acreditava ainda na possibilidade de qualquer movimento armado contra o Governo; e apesar das declarações positivas de Floriano Peixoto, continuava persuadido de que tudo não passava de *balelas da oposição*.

À noite desse dia 14, porém, as coisas começaram a piorar. Veio-lhe ao conhecimento o boato, espalhado na cidade e nos quartéis, e facilmente acreditado, tal era o estado de espírito de todos, de que o Governo decretara a prisão do Marechal Deodoro, bem como o embarque de vários batalhões da guarnição da Corte. Como se verificou depois, tais boatos foram intencionalmente forjados por alguns conspiradores Republicanos, com o intuito de precipitar os acontecimentos. De fato o plano surtiu efeito: cerca de 11 horas dessa noite, sublevava-se um regimento do Exército.

II

Ouro Preto decidiu partir incontinenti para o centro da cidade. Depois de passar pelo Quartel da Polícia, foi ter ao Arsenal de Marinha, onde logo inteirou-se da gravidade da situação. Floriano Peixoto, ali presente, a seu chamado, informou-o do levante não somente do 9^0. Regimento de Cavalaria, como também do 2^0. Batalhão de Artilharia. Soubera desses fatos por um aviso que lhe trouxera pessoalmente o ajudante de ordens do comandante da força sublevada.

"E por que não o prendeu?" perguntou-lhe Ouro Preto, fazendo ver que o fato da força armar-se, sem ordem superior, constituía já de si grave crime militar.

"Para ganhar tempo e se poder acautelar" respondeu-lhe Floriano, que acrescentou: "Porque se aquele oficial não regressasse ao Quartel, muito provavelmente os corpos, desconfiando de que o Governo estava prevenido, por-se-iam imediatamente em movimento, antes de reunidos e dispostos os meios de contê-los." E rematou que já tornara, para esse fim, as "providências precisas."[114]

886

Apesar das declarações tranquilizadoras de Floriano, que continuava assegurando confiar na guarnição, Ouro Preto achou avisado expedir dali um telegrama para o Imperador, que estava veraneando em Petrópolis, participando-lhe a revolta dos batalhões. Nesse despacho acrescentava: "O Governo toma as providências necessárias para conter os insubordinados e fazer respeitar a lei."

Assentado isso, e por sugestão do Ministro da Guerra, também presente no Arsenal, resolveu transportar-se, com os Ministros que o cercavam, para o Quartel General do Exército, no Campo de Santana. "A presença ali de V. Ex.ª, observara-lhe Maracaju, é necessária para animar a resistência." [115]

Quando Ouro Preto e os Ministros deixaram o Arsenal de Marinha, estava-se já na madrugada de 15 de novembro.

III

No Quartel-General é que o Presidente do Conselho teria o conhecimento exato da situação, que era de verdadeira paralisia para o Governo. Sabia-se ali que as tropas sublevadas marchavam de São Cristóvão em direção ao Campo de Santana, sem que no entanto nada se tivesse ainda feito para defender o Governo; nenhuma força partira ou se preparava para partir, a fim de enfrentar os revoltosos. As ruas adjacentes ao Quartel continuavam desguarnecidas. A tropa fiel ou suposta fiel ao Governo estava, é verdade, estendida no pátio interior ou na praça fronteira ao Quartel, mas em atitude de completa displicência, de braços cruzados e armas em descanso. "Quem contemplasse aquela força (palavras de Ouro Preto), suporia que ali se achava para uma simples parada ou acompanhamento de processão", [116] Uma testemunha de vista, criança, então, de seus onze anos, que ali passando a caminho do colégio se detivera alguns momentos, intrigada com o ajuntamento de tropas e curiosos no local, nos transmitirá mais tarde a impressão que lhe deixaram essa "displicência dos batalhões desalinhados" e a "esquiva curiosidade dos homens surpresos", agrupados nas esquinas das ruas que davam para o Quartel: "Nem a gente ávida nem a soldadesca inerte, acrescentará Fernando Magalhães, talvez explicassem bem a razão daquele aparato aguerrido mas silencioso."[117]

Assim que chegou ao Quartel-General, Ouro Preto entrou a dar ordens e a reclamar providências, com a energia que lhe era própria. Mas debalde. Todos lhe faziam corpo mole. Sentia-se que os militares, ali espalhados pelas várias salas, não estavam nada dispostos a enfrentar seus camaradas revoltados, em defesa do Ministério. Maracaju justificava-se de não ter feito ainda seguir tropa ao encontro dos sublevados, com a desculpa de "não confiar em toda a que se reunira no Quartel", o que era o mais alarmante sintoma da fraqueza do Governo; e quanto a preparativos de defesa, dizia, fugindo à responsabilidade, estava a cargo do Marechal Floriano Peixoto, que certamente a organizaria "do melhor modo."[118]

Floriano, como já notara, aliás, desconfiado, Ouro Preto, não perdia a sua habitual serenidade, apesar da gravidade do momento. "Cingindo a espada, pronto para montar a cavalo, dava frequentes ordens em voz baixa aos oficiais que encontrava ou mandava chamar. Não lhe pude ouvir uma só."[119] O General Almeida Barreto, que comandava a tropa tida como fiel ao Governo, destacada para sair e enfrentar os revoltosos, em vez de estar lá em baixo à frente de seus soldados, "passeava e conversava na extensa varanda", como se estivesse no mais calmo dos dias.[120]

Não tardou muito que Ouro Preto visse, afinal, toda a realidade: em breve chegariam em frente ao Quartel-General as primeiras vedetas das tropas revoltadas.

IV

Deodoro, ainda a 11 de novembro, persistia na opinião de que o conflito era simplesmente militar e que bastava ao Exército forçar a retirada do Ministério. "Eu queria acompanhar o caixão do Imperador, que está velho e a quem respeito muito", objetava às exortações que lhe faziam para que o movimento se estendesse também contra a Monarquia.

Afinal, tantas foram as súplicas de seus camaradas e dos civis conspiradores que ele acabou cedendo. E ao último apelo de Benjamim Constant declarou, já vencido: "Ele assim o quer, façamos a República. Benjamime eu cuidaremos da ação militar, o Sr. Quintino e os seus amigos organizem o resto."[121]

Faltava agora marcar o dia da sedição. A urgência era grande, sobretudo devido à saúde de Deodoro, cada vez pior. Perdido o seu concurso, a conspiração podia considerar-se de antemão fracassada. Na tarde de 14, Aristides Lobo encontrara Benjamim Constant na cidade, e este lhe dissera, muito comovido: "Venho da casa de Deodoro; creio que ele não amanhece, e, se morrer, a revolução está gorada."[122]

Afinal, assentaram o movimento para a noite de 15 a 16, quando o Ministério estaria reunido em conferência semanal, e seriam presos facilmente todos os Ministros. Mas na manhã de 15, como se viu, começou a circular a notícia, maliciosamente espalhada da ordem de prisão contra Deodoro, bem como do embarque de alguns corpos do Exército mais sabidamente comprometidos na conspiração.

Inteirado desses boatos, na mesma manhã, Deodoro não lhes quis, a princípio, dar crédito; mas logo mudou de opinião, e resolveu sair em direção aos quartéis, precipitando assim os acontecimentos. Parecia impossível que depois da noite de horríveis sofrimentos por que acabara de passar, ainda tivesse ânimo e forças físicas para tomar a responsabilidade de tamanha empreitada!

Quando Deodoro saiu de casa, já uma brigada, sabedora dos boatos de prisões e retiradas de tropas, havia deixado os quartéis e marchava para o centro da cidade. Encontrando-a no caninho, ele pôs-se logo à sua frente, e todos seguiram em direção ao Quartel-General, onde se sabia estava reunido o Ministério. Ali encontraram, dentro e fora do Quartel, as forças tidas como fiéis ao Governo. Mas, diante da atitude decidida de Deodoro, que desembocava no Campo de Santana, à frente da brigada revoltada, elas preferiram guardar uma postura de simples expectativa. Deodoro resolveu então despachar um oficial, com o pedido de uma conferência com o Marechal Floriano Peixoto.

V

Os Ministros, lá em cima, permaneciam numa atmosfera de penosa expectativa. Sentiam-se numa completa impotência. Já ninguém mais os obedecia. Ouro Preto continuava a dar ordens de ataque às forças sublevadas: não tinham eco. Praticamente, eram todos já prisioneiros. Vindos para o Quartel-General, tinham caído numa verdadeira ratoeira. Foi a própria expressão de Ouro Preto, que exclamava para Lourenço de Albuquerque, Ministro da Agricultura: "Fomos miseravelmente traídos. Chamaram-nos para esta ratoeira a fim de que não pudéssemos organizar lá fora a resistência. Antes me houvessem matado! [123]

Quando Floriano Peixoto adiantou-se dizendo que fora solicitado a um conferência com Deodoro, o Presidente do Conselho não se conteve:

"Conferência! Pois o Marechal Deodoro, não tendo recebido do Governo nenhum comando militar, aqui se apresenta à frente de força armada, em atitude hostil, e pretende conferenciar com o Ajudante-General do Exército!... Em tais circunstâncias não há conferência possível! Mande V. Ex.ª intimá-lo a que se. retire, e empregue a força para cumprir essa ordem, Esta é a decisão única do Governo!"[124]

Floriano, meio ressabiado, atrapalhado com semelhante ordem, fez parecer que la agir: dirigiu-se para a varanda vizinha da sala onde estavam os Ministros, voltou, tornou a ir, desceu depois as escadas, montou a cavalo e percorreu a frente da força estacionada no pátio interior do Quartel, tudo isso sob a maior calma, com a maior frieza, sem dar palavra, com aquela reserva que o caracterizava. Era claro que ele queria ganhar tempo, para ver em que dava tudo aquilo.

No salão dos Ministros, Ouro Preto continuava a dar ordens para o ar. No desespero de se ver desatendido, ele se arrogava, já agora, estrategista:

"Mas essa artilharia, exclamava, referindo-se às peças dos sublevados, e respondendo às objeções dos oficiais que o cercavam; mas essa artilharia pode ser tomada à baioneta! Na pequena distância em que se acha postada, entre o primeiro e o segundo tiro de uma peça, há tempo para cair sobre a guarnição!"

"É impossível, respondiam-lhe. As peças estão assentadas de modo que qualquer sortida será varrida à metralha."

"Por que deixaram então que tomassem tais posições? Ignoravam isso? Mas não creio na impossibilidade senão diante do fato. No Paraguai, os nossos soldados apoderavam-se de artilharia em bem piores condições!"[125]

VI

Nesse momento reaparecia Floriano. Vinha lá de baixo. Guardava sempre a mesma calma. Mas, ao ouvir as últimas palavras do Presidente do Conselho, resolveu, afinal, descobrir-se. Replicou:

"Sim, mas lá tínhamos em frente inimigos, e aqui somos todos brasileiros[126]."

Ouro Preto compreendeu, então, que tinha perdido a partida. Qualquer resistência seria já agora inútil. Diante da declaração de Floriano, de que Deodoro exigia a retirada do Ministério, e provada, que estava, a impossibilidade de qualquer reação por parte do Governo, redigiu e expediu para Petrópolis o seguinte telegrama ao Imperador:

Senhor, — O Ministério, sitiado no Quartel-General da Guerra, à exceção do Sr. Ministro da Marinha, que consta achar-se ferido em uma casa próxima [127], tendo por mais de uma vez ordenado, pelo órgão do Presidente do Conselho e do Ministro da Guerra, que se empregasse a resistência à intimação armada do Marechal Deodoro para pedir sua exoneração, diante da declaração feita pelos Generais Visconde de Maracaju, Floriano Peixoto e Barão do Rio Apa de que, por não contarem com a força reunida, não há possibilidade de resistir com eficácia, depõe nas augustas mãos de Vossa Majestade o seu pedido de demissão. A tropa acaba de confraternizar com o Marechal Deodoro, abrindo-lhe as portas do Quartel.[128]

De fato, naquele momento, ouviam-se aclamações no interior do Quartel, ao mesmo tempo que soavam clarins e salvas de artilharia: era o Marechal Deodoro que transpunha o portão principal, seguido de muita gente, e logo subia ao salão onde estavam reunidos os Ministros.

889

VII

Quando o grande vulto assomou à porta de entrada, e ele deu alguns passos em direção a Ouro Preto, fez-se na sala o mais profundo silêncio. Todos pressentiram o grande significado histórico da cena que se la passar.

Deodoro falou longamente. Pusera-se à frente do Exército, disse, para vingá-lo das gravíssimas injustiças e ofensas recebidas do Governo. Só o Exército sabia sacrificar-se pela Pátria e, no entanto, ele era maltratado pelos homens políticos, que até então haviam dirigido o país cuidando exclusivamente de seus interesses pessoais. Estava enfermo, mas nem por isso se excusara a dirigir seus camaradas, por não ser homem que recuasse diante de alguma coisa. Temia somente a Deus. Aludiu depois a seus serviços em campos de batalha: durante três dias e três noites combatera no meio de um lodaçal — "sacrifício que V. Exª não pode avaliar." Terminou por declarar que o Ministério estava deposto, e que se organizaria outro de acordo com as indicações que iria levar ao Imperador[129]. Os Ministros podiam retirar-se para suas casas, exceto o Presidente do Conselho, "homem teimosíssimo, mas não tanto quanto eu", e Cândido de Oliveira, Ministro da Justiça, os quais ficariam presos até serem deportados para a Europa. "Quanto ao Imperador — rematou — tem a minha dedicação, sou seu amigo, devo-lhe favores. Seus direitos serão respeitados e garantidos."[130]

Ouro Preto ouviu com grande serenidade a fala do Marechal Deodoro. Não esboçou sequer um gesto. Foi só quando Deodoro terminou que ele declarou, com a mesma dignidade com que se vinha portando desde o começo dos acontecimentos.

"Não é só no campo de batalha que se serve à pátria e por ela se fazem sacrifícios. Estar aqui ouvindo o Marechal, neste momento, não é somenos a passar alguns dias e noites num pantanal. Fico ciente do que resolveu a meu respeito. É o vencedor. Pode fazer o que lhe aprouver. Submeto-me à força."

A prisão de Ouro Preto e Cândido de Oliveira foi logo relaxada por intervenção de várias pessoas, inclusive Floriano. Pouco mais tarde, Ouro Preto seria novamente preso e deportado para o Estrangeiro. Naquele momento ele ainda foi conservado por algum tempo no Quartel-General, e cerca de duas horas da tarde consentiram em que se retirasse.

Deodoro abandonou logo o Quartel. Deixou que ali ficassem Benjamim Constant e seus companheiros civis, deliberando sobre os acontecimentos; e, depois de desfilar com as forças pelo centro da cidade, mandou que elas fossem recolhidas aos quartéis, retirando-se ele em seguida para a sua residência no Campo de Santana.

VIII

A cidade não havia dado ainda pela gravidade dos acontecimentos. As ruas começavam apenas a encher-se, com a notícia, celeremente espalhada, de haverem tropas sublevadas no Campo de Santana. Até então tudo se passara, por assim dizer, nos limites restritos do Quartel-General e de suas imediações, com a ignorância e, depois, com a surpresa de quase toda a gente. O país assistia *bestializado* à implantação da República — foi a expressão usada por um dos chefes civis do movimento e Ministro do Interior do Governo Provisório, Aristides Lobo, numa correspondência dessa época para o *Diário Popular*, de São Paulo. E o Visconde de Pelotas (General Câmara), que foi, como se sabe, um dos principais animadores do Exército contra o Governo Imperial, diria, menos de um ano depois da proclamação da República: "A Nação foi estranha a esse aconteci-mento, que aceitou como fato consumado. A sua indiferença foi injustificável" [131]

O Conde de Weisersheimb, Ministro da Áustria no Rio, mandava dizer para Vie-na, cinco dias depois dos acontecimentos: "A grande massa da população, tudo quanto não pertencia ao Partido Républicano, relativamente fraco, ou à gente ávida de novida-des, ficou completamente indiferente a essa cornédia, encenada *(inscenirten)* por uma minoria decidida."[132]

E o seu colega francês por sua vez escrevia:

"Dois mil homens, comandados por um soldado revoltado, bastaram para fazer uma revolução que não estava preparada, ao menos para já. Informações particulares permitem afirmar que os próprios vencedores não previam, no começo do movimento, as condições radicais que ele devia ter."[133]

De fato, foi só no correr do dia que, confirmando-se em público e destituição do Ministério, se soube do caráter Républicano que iam tornando os acontecimentos. Foi quando o jornalista José do Patrocínio, que se havia tornado, na sua condição de mula-to, um dos mais ardorosos entusiastas da Abolição e fervoroso apologista da Princesa Dona Isabel, a quem chamava "a Redentora", seguiu com uma malta de populares e uns poucos Républicanos em direção à Câmara Municipal, então instalada num palacete do Campo de Santana. Aí firmaram uma Ata (redigida às pressas, pouco antes, na redação da *Cidade do Rio*, jornal de Patrocínio), em que se dizia que "o povo, reunido em massa na Câmara Municipal, fez proclamar o regime Républicano."

A essa altura, cerca das seis horas da tarde, com a notícia do que se passava na Câmara Municipal, foram-se reunindo ali várias figuras Républicanas da Corte: Aníbal Falcão, Pardal Mallet, Silva Jardim, Lopes Trovão, Campos da Paz, Almeida Pernambu-co, João Clapp, Olavo Bilac, Luís Murat, Magalhães Castro e Alberto Torres.

Destacou-se então um numeroso grupo, e foram todos ter à casa de Deodoro, no outro lado do Campo, reclamando a presença do Marechal. Mas este se havia recolhido ao leito, atacado de uma forte dispneia. Apareceu-lhes então Benjamim Constant na sacada superior do prédio, que, em resposta a um discurso de Patrocínio, dizendo que o povo havia proclamado a República na Câmara Municipal, declarou que "o voto do povo seria tomado na devida consideração", o que levou as pessoas ali presentes a se dispersarem, algo decep-cionadas com a resposta vaga de Benjamim, indo cada qual para a sua casa.

IX

O Imperador, como se disse, estava veraneando em Petrópolis, longe de pressentir o drama que se desenrolaria no Rio dentro de poucas horas. Na véspera, isto é, no dia 14, estivera na Corte por algum tempo, mas apenas para assistir ao concurso da cadeira de Inglês do Colégio de Pedro II. Tanto assim que não se avistara com nenhum dos Ministros.

Parece certo que em Petrópolis, nas primeiras horas da manhã de 15 de novembro, ele não tinha conhecimento exato da situação. Disse-se mesmo que o primeiro telegrama que Ouro Preto lhe expedira do Arsenal de Marinha, naquela madrugada, não lhe fora entregue; que o seu médico, Mota Maia, julgando a situação na Corte pouco grave, achara não dever perturbar-lhe o espírito com a notícia da simples sublevação de um regimento, que se esperava, aliás, fosse logo dominada. "Grande parte das notícias que foram para Petrópolis pelo telégrafo — dirá mais tarde o Imperador — eu só vim a ler quando estava no Paço; se eu soubesse que as coisas tinham tamanha gravidade, ter-me-ia retirado para Minas"[135]. O mesmo ele dirá à filha: "Se soubesse exatamente como as coisas se achavam teria ficado em Petrópolis, de onde depois ter-me-ia internado mais e mais, se fosse necessário."[136]

Mota Maia contestou sempre que tivesse interceptado o primeiro telegrama de Ouro Preto. E o Imperador, por seu lado, o defenderia, dois anos depois, em carta a Ouro Preto, confessando, "para inteiro esclarecimento da verdade", ter recebido "em mão própria" os dois telegramas do Presidente do Conselho, entregues "por meu zeloso criado particular Candido José Freire."[137]

O que parece certo é que o Imperador fora, de fato, cientificado dos dois despachos de Ouro Preto. O primeiro, recebido em Petrópolis alta madrugada, só lhe fora entregue pela manhã de 15 de novembro, quando ele se levantou. Ao receber esse despacho, o Imperador não dera maior importância aos acontecimentos que se desenrolavam no Rio; mesmo porque o Presidente do Conselho o tranquilizara, dizendo que estava tomando as providências necessárias "para conter os insubordinados e fazer respeitar a lei." O Imperador estivera na véspera no Rio, encontrara ali tudo tranquilo, tão tranquilo que não precisara avistar-se com nenhum membro do Governo. Não acreditara, assim, que a indisciplina de alguns batalhões devesse obrigá-lo a descer precipitadamente para a Corte.

Foi só depois de receber o segundo telegrama de Ouro Preto, cerca de 11 horas do dia, em que este lhe participava a destituição do Ministério pela tropa sublevada, que ele se inteirou da gravidade da situação. Foi quando decidiu partir, e mandou preparar um trem especial. "A urgência do movimento — dirá o Imperador — não me consentiu, sem mais informações, senão responder que descia ao Rio imediatamente. Não o fiz como insensato, que só quer dar provas, não o sendo preciso, de que não tem medo, do contrário sendo testemunhos meus quase cinquenta anos de reinado efetivo; mas queria obter cabal informação que, se mesmo não pudessem dá-la, só obtê-lo-ia completa no meio dos acontecimentos. Vim ao Rio para que se resolvesse o que fosse aconselhado."[138]

A ideia de se deixar ficar em Petrópolis ou se retirar para o Interior, que o Imperador diz lhe teria ocorrido, se tivesse tido, desde logo, conhecimento exato da gravidade da situação, foi também a que primeiro acudiu ao Conde d'Eu, quando soube dos acontecimentos que se desenrolavam, naquela manhã, no Quartel-General do Campo de Santana. Ele e a Princesa estavam nessa ocasião no Rio, no Paço das Laranjeiras, onde preparavam a casa para a recepção que pretendiam dar na noite seguinte aos oficiais do encouraçado chileno *Almirante Cochrane*, surto no Rio.

Estavam assim tranquilos os Condes d'Eu, "sem sombra de preocupação", como dirá a Princesa à Condessa de Barra,[138a] quando lhes apareceram o Barão de Ivinheíma e o Visconde da Penha por volta das dez horas, "com ares esbaforidos", diz o Conde d'Eu, anunciando a revolta da 2ª Brigada e da Escola Militar da Corte, constando que Ladário, Ministro da Marinha, estava gravemente ferido ou mesmo morto. Mal se vinham a si, os donos da casa, de tais notícias, quando começaram a aparecer os Barões de Muritiba, Guilherme Lassance (Mordomo dos Condes d'Eu) os Calógeras, o Barão do Catete com o irmão Comendador Araújo Silva, o Barão de Ramiz, preceptor dos pequenos Príncipes, os Condes de Carapebus, o Visconde de Taunay e André Rebouças, cada um com a sua informação e cada qual com a sua versão[139]. E, quando chegou o Alferes Ismael Falcão, dizendo que o

892

Marechal Deodoro e Quintino Bocaiúva estavam no Quartel General do Campo à frente das tropas revoltadas, o Conde d'Eu exclamou: *Neste caso, a Monarquia está perdida!*

Pouco a pouco as notícias que ali chegavam iam se precisando. Sabia-se, assim, que o Ministério tinha sido derrubado; que o Marechal Deodoro, com Quintino Bocaiúva e Benjamim Constant, tinham desfilado pelas ruas centrais da cidade sob aplausos e vivas à República, A apreensão de todos, no Paço Isabel, começava a ser grande. Nada se sabia do Imperador, se ele tinha sido posto, em Petrópolis, a par dos acontecimentos. André Rebouças "que me abraça, segundo o seu costume, nas ocasiões solenes", dirá o Conde d'Eu à Condessa de Barral — de combinação com o Visconde de Taunay, expunha o plano de o Imperador se deixar ficar em Petrópolis, cercar-se ali de personagens importantes do regime e organizar um novo Governo para enfrentar a insurreição. O Conde achava o plano "judicioso." Mas como se comunicar com o Imperador? Tentou-se uma ligação telefônica, mas em pura perda. Receando pela sorte dos três pequenos príncipes (o mais velho, Dom Pedro, Príncipe do Grão-Pará, tinha então 14 anos de idade), decidiram os Condes d'Eu que o Barão de Ramiz, seu preceptor, os levasse para Petrópolis. "Ponhamos os meninos a bom recato (teria dito Gastão de Orléans), mandando-os já para Petrópolis com o Ramiz Galvão; assim evitaremos tê-los em balbúrdia."[139a] De fato o preceptor partiu com os meninos em direção à Praia do Flamengo, onde embarcaram num bote a remos que os levou ao couraçado *Riachuelo*, sob o comando do Capitão de mar e guerra Alexandrino de Alencar, para aguardarem a partida, às 4 horas, da barca para Petrópolis. Alexandrino não estava, porém, a bordo: havia desembarcado com parte da guarnição. Recebeu-os o oficial de dia, que iria pôr um escaler à disposição de Ramiz, guarnecido de marinheiros e ostentando a flâmula dos Príncipes, e os transportaria para a Estação da Praia Formosa, onde tornariam a barca para Petrópolis, "tudo se passando sem que recebessem qualquer notícia, nem mesmo um simples consta, a respeito da proclamação da República."[139b]

Tranquilizados por esse lado, estavam a Princesa e o marido se preparando para seguirem também para Petrópolis, quando receberam de lá um telegrama de Mota Maia, dizendo que Suas Majestades desciam pela Estrada de Ferro do Norte. Foram eles então ao encontro dos Soberanos na Estação de São Francisco Xavier. Partiram das Laranjeiras já depois do meio-dia no carro do Barão do Catete, com o Barão e a Baronesa de Muritiba. Num outro carro seguiram o Barão do Catete e o Conselheiro Marinho de Azevedo, tomando todos a direção do Morro da Viúva, onde os esperava uma lancha arranjada pelo Barão do Catete, rumando daí para a Praia do Caju. No Caju deviam estar os Calógeras com dois carros, para os levarem à Estação de São Francisco Xavier.

Ao passarem, porém, defronte da Praia de Santa Luzia, na altura da Santa Casa, avistaram a carruagem do Imperador, puxada a seis cavalos, que parecia encaminhar-se para o Paço da Cidade, "apesar de não ser esse o caminho.[139c.] *Ma première pensée*, conta, com certa graça, o Conde d'Eu, *a été que le président de la nouvelle République s'en était déjà saisi [da carruagem imperial]. Mais non, c'était bien l'Empereur.*[139d.] Rumaram então para o Cais Pharoux, onde avistaram, ao chegar, a carruagem do Imperador à porta do Paço. Antes de se dirigirem para lá e como medida de precaução, mandaram Muritiba dar umas vistas pelas imediações do Paço, a fim de saber se havia algo de anormal, inteirando-se depois se o Imperador estava mesmo em Palácio. Não. Não havia nada de anormal. Estava tudo tranquilo, como o aspecto de todos os dias, sendo exato que os Monarcas já se achavam realmente no interior do Paço. Encaminharam-se então todos para lá, onde entraram sem nenhuma dificuldade, saudados à porta pela respectiva guarda, nessa tarde comandada pelo Alferes Pereira Pinto, filho dos Barões de Ivinheíma.

*21. A bordo da Gironde, junho de 1887. Foto de autor não identificado. Rio de Janeiro, Arquivo Heitor Lyra.

No tombadilho do Gironde, sentados: a Imperatriz, o Imperador e o Príncipe Dom Pedro Augusto, em pé: a Viscondessa e o Visconde de Carapebus, o diplomata Souza Correia, o Visconde de Nioac, um oficial de bordo, o Comandante Minié. (Assim como Mota Maia, Nioac e Carapebus serão agraciados com titulo de Conde em agosto do ano seguinte, ao regressarem da viagem).

22. José Maria da Silva Paranhos Júnior, Barão do Rio Branco, nosso cônsul em Liverpool. Foto de 1888. Petrópolis Museu Imperial.

23. A Comitiva Imperial em Baden-Baden. Fotografia de autor não identificado, setembro de 1887. Petrópolis, Museu Imperial.
Da esquerda para direita: Nioac e Mota Maia, os Imperadores e o casal Carapebus.

24. Foto de F. Pesce . Nápoles, Abril de 1888.

25. A comitiva imperial em Pompéia. Foto de Giorgio Sommer. Nápoles, abril de 1888.
Visitando as escavações em curso na cidade soterrada vemos, no primeiro plano, da direita para a esquerda: o Visconde de Carapebus, o Príncipe Dom Pedro Augusto, o Imperador, o Visconde de Nioac, e o Reggio Senatore Fiorelli.
No mesmo sentido, na primeira plataforma, sentados: a Imperatriz, a Viscondessa de Carapebus, a Baronesa Enden e a Viscondessa de Mota Maia.

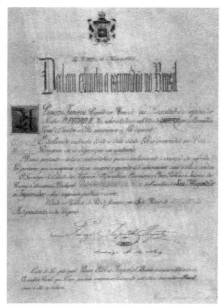

26. A Lei Áurea. Pergaminho caligrafado e iluminado por Leopoldo Heck. Rio de Janeiro, Arquivo Nacional.

CAPÍTULO VIII

O IMPERADOR NO PAÇO DA CIDADE

De Petrópolis ao Paço. Discussões e projetos no vácuo. O Imperador recebe Ouro Preto. Demissão formal do Presidente do Conselho e indicação do seu sucessor. Silveira Martins: um candidato impossível. Perplexidade no Paço. Convocação demorada do Conselho de Estado. O Imperador recorre a Saraiva. Um ministério in fièri. Saraiva comunica-se com Deodoro. Já agora era tarde: a República fora instituída à noite.

I

Os Monarcas haviam chegado ao Rio, na Estação de São Francisco Xavier, por volta das duas horas da tarde. Conta Mota Maia (que havia descido com o Imperador) que este não demonstrara, durante o percurso do trem que o trazia de Petrópolis, a menor preocupação. "Veio lendo jornais e revistas científicas, declarando que tudo se arranjaria bem; e nem mostrou preocupar-se muito com o tal telegrama." Chegados à Estação, tornaram o carro que os esperava. "E daí, sem o menor incômodo — diz ainda Mota Maia — fomos para o Paço da Cidade, onde a Guarda formou e fez as respectivas continências." Eram já cerca das três horas da tarde.

A essa altura já se tinha consumado toda a encenação militar daquela manhã no Quartel-General do Exército: o Ministério estava dissolvido e os Ministros cada qual em suas casas. As tropas que se haviam sublevado tinham sido recolhidas aos respectivos quartéis, e Deodoro, com os seus padecimentos cardíacos agravados, se havia metido na cama sem querer receber ninguém. Como não se tinha ainda proclamado a República, nem se havia constituído um outro Gabinete imperial, o País estava praticamente sem Governo. Sem Governo e sem Parlamento, porque, tendo havido pouco antes as eleições gerais, tanto a nova Câmara como o Senado se encontravam em sessões preparatórias para a abertura da nova legislatura, marcada para daí a cinco dias.

O País sem Governo e sem Parlamento, a República ainda inexistente e o homem do dia trancado em casa sem querer ver ninguém e sem nada resolver, o Imperador pôde descer livremente de Petrópolis e chegar sem obstáculos ao Paço da Cidade. Evitou apenas passar pelas ruas centrais da cidade.

Pouco depois de chegar ao Paço, mandou que o General Miranda Reis fosse chamar o Visconde de Ouro Preto. Enquanto isso, as várias pessoas que iam ali aparecendo trocavam impressões sobre os sucessos daquela manhã, sugerindo cada qual uma providência, aventando uma ideia ou propondo uma solução.[140] O Visconde de Taunay expunha o plano que Rebouças já havia levado pela manhã ao Conde d'Eu, de a Família Imperial se retirar para o Interior do país a fim de poder oferecer melhor resistência à insurreição militar. Mas o Imperador não lhe dava a mínima atenção[140a]. Naquele meio agitado e cheio de nervosismo, ele era o único que guardava a sua habitual calma. Dizia que tudo aquilo era "fogo de palha", não havendo motivo para maiores inquietações, sendo que tudo o que havia a fazer era "dissolver os batalhões."

897

"Dizer é fácil", ponderava o Conde d'Eu, "Como quer o Sr. dissolver tropas que estão contra nós? É preciso primeiro constituir um novo Governo, pois o anterior se demitiu".

"Mas eu não aceito essa demissão!" dizia o Imperador.

"Mas se os Ministros estão prisioneiros dos revoltosos, como quer o senhor que eles continuem a governar?[140b]

"Não, senhor! Ouro Preto virá falar-me."[141]

De fato, pouco depois chegava o Chefe do Governo demissionário. Seriam cerca das 4 horas da tarde. A ordem de prisão que lhe tinham dado no Quartel-General fora (conforme já dissemos) relaxada, e só mais tarde, por volta das 7 horas, é que ele seria novamente preso e em seguida deportado para o Estrangeiro.[141a]

Chegando ao Paço, Ouro Preto inteirou o Imperador de tudo o que se havia passado naquela manhã, acabando por renovar o seu pedido de demissão. Dom Pedro II ainda tentou dissuadi-lo disso; mas ele fez-lhe ver que, sendo o Ministério alvo das hostilidades das forças armadas, ser-lhe-ia impossível manter-se no Poder. Não poderia sequer responder pela ordem pública. O único serviço que ele podia prestar ao Imperador naquele momento, disse, era aconselhá-lo a que organizasse um novo Ministério. Perguntou-lhe o Monarca quem ele indicaria para substituí-lo. Respondeu que "o homem da situação" era o Senador Silveira Martins.

"Lembra bem, disse o Imperador. Avise-o para vir falar-me"

Ouro Preto ponderou que, estando Silveira Martins em viagem para a Corte, só devia chegar "amanhã" ou "depois."

"Bem, rematou o Monarca — logo que chegar diga-lhe que venha se entender comigo. Advirto-lhe, porém, que só lhe concedo demissão porque o senhor entende que não pode continuar"[141b]

Chefe liberal gaúcho, Gaspar da Silveira Martins acabava de deixar o governo da Província do Rio Grande do Sul, onde nascera e a qual representava no Senado do Império. Naquela ocasião estava justamente viajando para a Corte a fim de ocupar a cadeira no Senado. Embarcara em Porto Alegre no dia 12, na companhia dos novos deputados rio-grandenses que vinham para a abertura da Câmara no dia 20. Nesse dia 15 o navio que o transportava devia estar chegando à cidade de Desterro (atual Florianópolis). Não podia assim estar no Rio antes de 17 de novembro.[141C]

A indicação de Silveira Martins para Chefe do Governo, naquele momento, só podia ser classificada como verdadeiramente desastrosa. Antes de tudo, por estar ausente da Corte, onde só poderia chegar dentro dois ou três dias, quando o que era urgente e absolutamente imprescindível era a formação imediata de um novo Gabinete, já que o País estava desamparado, sem nenhum Governo, e os Republicanos livres de se aproveitarem desse caos para implantarem um novo regime, — como de fato iria acontecer. Porque a verdade é que a República seria instituída nessa noite de 15 de novembro menos pelo pouco que iriam fazer os Republicanos do que pelo nada que fizeram os monarquistas em defesa do Império ameaçado.

Por outro lado, havia a circunstância de Silveira Martins ser um inimigo figadal do Marechal Deodoro; por menos que se contasse o papel que este desempenhara pela manhã no Quartel-General do Exército e por menos valia que tivesse o seu golpe de Estado dissolvendo o Ministério, não se podia deixar de contar com ele na sequência dos acontecimentos, cujo concurso era imprescindível para recomposição da ordem constitucional destruída. E como contar com ele quando se la escolher para chefe do novo Governo justamente um de seus mais rancorosos inimigos?

Silveira Martins e Deodoro haviam cortado relações quando este se encontrava no Rio Grande na qualidade de Comandante das Armas da Província. Uma briga que não se perdoa, porque girara em torno de senhora pertencente a uma conhecida família da Província. Desde então nunca mais se haviam tolerado. Fazia três anos que Silveira Martins subira à tribuna do Senado para atacá-lo pela solidariedade que dera a Sena Madureira nas críticas que este fizera ao então Ministro da Guerra, criticando-o com palavras de extrema crueldade e pondo em ridículo suas qualidades militares. Sob risos de toda a sala, dissera que "quanto às habilitações desse Marechal em negócios de sua profissão, recordo que, comandante de uma Divisão de Observação, dividira-a em duas brigadas, confiando o comando de uma a um paralítico, e a outra a um octogenário, que caiu de um cavalo parado." Terminara dizendo que o Governo deverá ter demitido esse comandante, mandando o preso recolher à capital do Império e submetê-lo a Conselho de Guerra.

II

Justificando-se, mais tarde, de haver indicado o nome de Silveira Martins para substituí-lo no Governo, Ouro Preto dirá que "ignorava o estado de suas relações com Deodoro", o que surpreendia, pois era uma coisa sabida e comentada nos meios políticos do Rio Grande e da Corte, — tanto a briga em si como o fato que lhe dera motivo. A menos que a intenção de Ouro Preto, ao indicar Silveira Martins, fosse para que este enfrentasse e subjugasse a revolta dos batalhões, punindo Deodoro pelo seu ato de rebeldia, para o que não lhe faltavam espírito de decisão e suficiente coragem. Mas para isso precisaria que ele estivesse na Corte e agisse de imediato, sem dar tempo a Deodoro para solidificar a sua posição e, premido pelos Republicanos, implantar a República antes que se constituísse um novo Gabinete imperial — como de fato iria suceder.

Justificando-se ainda, Ouro Preto acrescentará que, ao indicar o nome do seu colega gaúcho, tivera em vista "a força que lhe daria a grande amizade que o ligava ao Visconde de Pelotas", o qual era, por sua vez, amigo de Deodoro. Mas também aí não havia justificativa, porque não seria Pelotas que iria predispor o espírito de Deodoro a favor de Silveira Martins, sabido que as relações entre os dois oficiais-generais, se eram de fato boas naquela ocasião, tinham estado antes estremecidas, e só se haviam restabelecido em data recente, quando Deodoro fora Comandante das Armas do Rio Grande do Sul.

Não havia assim nenhum motivo que justificasse a indicação de Silveira Martins para constituir o novo Governo. Havia ainda, como possível explicação para esse gesto de Ouro Preto, a circunstância de o Senador gaúcho desfrutar grandes simpatias nas fileiras Republicanas, não sendo um segredo os sentimentos que sempre nutrira por esse credo político. De fato, num discurso que pronunciara no Senado fazia agora quatro anos, condenando a Princesa Dona Isabel, então Regente, por haver obrigado Cotegipe a demitir-se de Chefe do Gabinete, ele dissera que o Brasil estaria "em breve" *libertado* do regime monárquico, para colocá-lo em igualdade política com os demais Estados americanos. E, como tantos políticos desse tempo, ele só transigia com a Monarquia enquanto vivesse o velho Imperador, a quem tributava pessoalmente um grande respeito por suas excelsas qualidades de homem público e de caráter. A *Gazeta da Tarde*, referindo-se a essa atitude bifronte do Senador gaúcho, dizia que ele era monarquista por fora e Republicano por dentro.

Podia-se portanto esperar que, organizando um novo Gabinete, incluísse nele alguns de seus amigos Republicanos, sobretudo os da corrente moderada, como Quintino Bocaiúva, que possivelmente não lhe recusaria o concurso, persuadido de que a esse novo Gabinete estaria destinada a missão de preparar o País para a adoção do novo regime, com o falecimento, que não devia tardar muito, do Imperador. Não nos esqueçanos de que àquela hora Deodoro não se havia ainda decidido pela República, e esta aparecia aos olhos dos Republicanos como quase inviável.

Mas tudo isso eram meras especulações. O que havia de positivo era o País inteiramente desamparado, sem Governo, à espera de que chegasse ao Rio o Senador Silveira Martins, tudo pelo erro fatal de Ouro Preto com a sua indicação, e uma quase inconsciência do Imperador em aceitá-la, só explicável pela falsa concepção que ele tinha da gravidade da situação, acreditando (como dizia) tudo não passasse de "fogo de palha", que se extinguiria logo chegasse Silveira Martins e organizasse o novo Ministério. Mas fosse o que fosse, o certo é que a indicação do nome do Senador gaúcho para novo Chefe do Governo precipitou os acontecimentos: levada ao conhecimento do Marechal Deodoro, este decidiu consentir na proclamação da República. Foi a gota d'água que fez transbordar o copo já cheio.

III

Quando o Conde d'Eu soube, pelo Conselheiro Olegário, que Ouro Preto indicara, para formar o novo Gabinete, o nome de Silveira Martins, correu ao Imperador e exclamou:

"Como pensar em ficar três dias sem Governo nas presentes circunstâncias?"
"Vamos esperar", respondeu-lhe serenamente o Imperador.

"Mas dizem que o Governo Provisório já está formado, com Deodoro, Bocaiúva e Benjamim Constant! Amanhã pela manhã, senão mesmo esta noite, o senhor verá as proclamações afixadas!"

E apoiado pela Princesa, que lhe estava ao lado:

"Convoque ao menos o Conselho de Estado para esclarecê-lo!"

"Mais tarde", respondia, sem se perturbar, o Imperador.

Não havia realmente meios de demovê-lo dessa passividade. Os Conselheiros Silva Costa e Olegário não eram mais felizes do que os Condes d'Eu [142]. Inclusive Lourenço de Albuquerque, que admitia a possibilidade de a República ser já uma realidade.

"Se assim for", dizia resignadamente o Imperador, "será a minha aposentadoria. Já trabalhei muito e estou cansado. Irei então descansar."[143]

Nesse momento aparecia Andrade Figueira, que, tendo estado pela manhã no Quartel-General do Campo, pôs-se a fazer ao Imperador o relato do que vira, acentuando na gravidade da situação, sobretudo na ameaça que representava a presença de Deodoro à frente das tropas sublevadas.

"Não acredite, Sr. Figueira!" ponderava-lhe o Imperador. "Manuel Deodoro é meu amigo; tenho-o protegido sempre e a toda a família."

Figueira não punha em dúvida a lealdade do Marechal. Mas era difícil, dizia, conciliá-la com o procedimento de um Marechal, que subleva o Exército contra o Governo legal para depô-lo pela força, saindo à testa das tropas pelas ruas da cidade e entrando pelas praças de guerra, quartéis e arsenais, cercado de indivíduos que faziam profissão de Republicanismo e vivavam em altas vozes a República, nas ruas e nas praças públicas.

900

"Mas ouviu-o proclamar à tropa?" perguntava o Monarca.

"Não, isso não ouvi", respondia Figueira. "Em minha presença, pelo menos, não."

"Aí está: é o que lhe digo", concluía o Imperador.[144]

Às cinco horas é anunciado o jantar. O Conde d'Eu ainda insistia:

"Permita-me, ao menos, que eu diga ao Olegário para convocar o Conselho de Estado!"

E o Imperador, com a sua impassibilidade:

"Veremos isso depois."

Afinal, cansados de inutilmente, os Condes d'Eu tornaram a iniciativa, quando se levantaram da mesa, de expedir uma circular aos Conselheiros de Estado presentes no Rio, convocando-os para uma reunião urgente no Paço da Cidade. Os exemplares dessa Circular foram levados em mão pelos empregados das cocheiras do Palácio. Eram assinados por Franklin Dória (Barão de Loreto), e neles se dizia, entre outras coisas, que o "Imperador e a Princesa estimariam que V. Exª viesse agora ao Paço da Cidade, no qual se espera compareça daqui a pouco o General Deodoro, a fim de apresentar a Sua Majestade a sua Mensagem" — o que provava que se tinha ainda ali, a essas horas, a esperança de não estar feita a República, tanto que se esperava aparecesse Deodoro com a lista dos novos Ministros, conforme ele dera a entender naquela manhã no Quartel-General.

À noitinha começaram a chegar os Conselheiros. Com exceção de uns poucos, entre os quais Sinimbu e Ouro Preto (este já novamente preso), a maioria dos que se achavam na Corte acudiu ao apelo da Circular. Apareceram também vários outros políticos, entre os quais o Conselheiro Saraiva, o qual, guardando a sua calma habitual procurava tranquilizar ainda mais o Imperador, dizendo que tudo sossegaria e se arranjaria[145]

Dantas era outro otimista. Já pela manhã desse dia 15, no Palácio Isabel, quando o Imperador se achava ainda em Petrópolis, e diante da aflição da Princesa, ele dissera, acalmando-a:

"Vossa Alteza não receie nada! Peço que tenha toda a confiança em mim, eu não quero República, não admito República!"[146]

O Visconde de Taunay estava também presente no Paço. Para ele, dever-se-ia procurar entrar desde logo em entendimento com Deodoro, que era, afinal, o senhor da situação. O Conde d'Eu apoiava essa ideia; mas a Princesa a ela se opunha terminantemente.

Depois de muita discussão — que se fazia agora numa das salas do Palácio, à revelia do Imperador — o Conde d'Eu chegou, afinal, a este resultado: os Senadores Dantas e Correia, como representantes dos dois grandes partidos constitucionais, iriam entender-se com Deodoro. Partiram ambos. Mas não tardaram em voltar, dizendo não lhes ter sido possível avistar-se com o chefe revoltoso. Encontraram sua porta fechada, e os criados, interpelados, responderam não saberem onde ele se encontrava.[147.]

Afinal, cerca de 11 e meia da noite, a Princesa Imperial, à força de súplicas, conseguia convencer o pai da necessidade de reunir imediatamente os onze Conselheiros de Estado ali presentes. [147a]

Essa reunião durou cerca de duas horas. O parecer unânime foi que o Imperador devia constituir o mais depressa possível um novo governo. Muitos foram de opinião que se devia antes entender-se a respeito com o Marechal Deodoro [148].

O Imperador decidiu-se pela escolha do nome de Saraiva. Este já se havia recolhido à sua residência, na Ladeira de Santa Teresa. Foi procurá-lo o Marquês de Paranaguá e, cerca de uma hora da madrugada de 16, estavam ambos de volta ao Paço.

"O Conselho de Estado", disse o Imperador a Saraiva, "acaba de aconselhar-me a organização de um novo Ministério, e mandei chamá-lo para encarregá-lo dessa tarefa. Conhece a confiança que me merece, e pois dou-lhe carta branca; farei tudo o que o seu patriotismo me aconselhar."

A que respondeu Saraiva:

"Nas circunstâncias difíceis que atravessamos, não faltará a Vossa Majestade a minha coadjuvação. Deus queira que eu tenha a felicidade de ser útil ainda ao país e a Vossa Majestade."[149]

IV

Por seu feitio moderado, e as relações de boa inteligência que mantinha com Deodoro, pareceu a todos que Saraiva era, de fato, a pessoa indicada para recompor ainda a situação difícil em que se encontrava o Governo. Contudo, ele fez depender a aceitação de formar Gabinete de um entendimento prévio com Deodoro. Ainda aí Saraiva mostrava ser o homem prudente e precavido de sempre. Redigiu então uma carta, pela qual participava a Deodoro ter sido encarregado pelo Imperador de constituir o novo Gabinete, mas que nada queria resolver de definitivo sem concertar-se antes com o Marechal. O Major Trompowski, genro de Andrade Figueira, encarregou-se de levar a missiva a Deodoro, e trazer ao mesmo tempo a resposta. Isto assentado, o Imperador foi dormir.

Cerca de três horas da madrugada, Trompowski estava de volta. Vinha visivelmente contrafeito. E logo comunicou o insucesso de sua missão: Deodoro, que o recebera no leito, declarara-lhe não ter nenhuma resposta a dar; que *já agora era tarde*, visto como a República era um fato absolutamente decidido. E, depois de repetir suas mágoas e queixas por tudo quanto se fazia "contra o Exército", atribuindo grande culpa disso ao Conde d'Eu e a Ouro Preto, despachara o emissário de Saraiva.[150]

V

A República, de fato, já fora instituída desde a noitinha da véspera, isto é, de 15. À tarde desse dia, é certo, a confusão reinante entre os elementos Republicanos ainda era grande. Deodoro havia deposto o Ministério; mas depois disso não houvera nenhum ato público instituindo a República. Ao contrário, sabia-se que os monarquistas ainda se concentravam no Paço, em volta do Imperador, para a organização de um novo Gabinete, E, como era conhecida a pouca propensão de Deodoro pela destruição da Monarquia ou melhor, pela deposição do Imperador, os elementos Republicanos não podiam deixar de estar, com justa razão, desassossegados e apreensivos.

"À tardinha — conta Tobias Monteiro — ainda muitos Republicanos andavam inquietos, na ausência de um ato positivo que proclamasse a República. De boca em boca passavam confidências, receios de uma desilusão. Dizia-se que, depois do fato consumado os chefes do movimento militar tinham encarado a gravidade da situação e hesitavam em arcar com as responsabilidades de uma subversão do regime. A manifestação da Câmara Municipal nada valera, se fosse essa a realidade. Nessas condições, o Senhor Glicério, que continuava na Rua do Ouvidor, foi reunindo os que apareciam; e todos, dai partindo à frente de muita gente, dirigiram-se à casa de Deodoro. Lembra-se o Sr. Glicério que entre os seus amigos iam os Srs. Alberto Torres e J. A. Magalhães Castro. Foi este quem falou em nome dos presentes, diante de Benjamim Constant, que aparecera à janela. Era intuito dos Republicanos provocar declarações, e a resposta de Benjamim Constant vinha justificar as apreensões que eles nutriam. Este não fez nenhuma afirmação categórica e chegou a declarar que o novo Governo consultaria em tempo a Nação, para que esta decidisse de seus destinos."[151]

Só à noite foi que a situação se esclareceu, com o assentimento definitivo de Deodoro na implantação da República. Foi quando Benjamim Constant levou seus companheiros para o Instituto dos Cegos, de que era diretor, a fim de lavrarem ali os novos decretos.

No dia seguinte o Governo Provisório iria incorporado à Câmara Municipal, prestar o juramento solene.

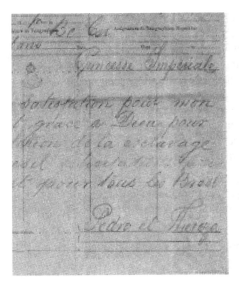

*27. Telegrama dos Imperadores, em Milão, à Princesa Imperial, em Petrópolis, recebido a 22 de maio de 1888, Petrópolis, Museu Imperial.
Transcrevemos ipsis litteris o texto, na grafia meio ca. penga do telegrafista:
"Grand satisfation pour mon coeur etgrace a Dieu pour la abolition de la esclavage au .Bresil felicitations pour vous et pour tous les Bresiliens
"Pedro et Thereza '90
Tendo recuperado a consciência apenas naquele dia, depois de letargo de mais de semana, o presente telegrama, representa a mensagem autêntica enviada por Dom Pedro à filha, traduzindo a forte emoção que então sentiu, Do telegrama anteriir de regozijo, assindo com o seu nome, ele só tornaria conhecimento mais tarde.

28. O Imperador em Aix-les-Bains. Foto de J. T. Hopwood, junho de 1888. Petrópolis, Museu Imperial.
Dom Pedro apontou na parte inferior da foto. "Feito em Aix-les-Bains, no Splendide Hotel, pelo Srt J. T. Hopwood, viajante inglês, aos 22 de junho de 1888

29. "Revista Illustrada", edição de agosto de 1888. Litografia de Ângelo Agostinie. Rio de Janeiro, Biblioteca Nacional.
Alunos da Escola Militar haviam escalado o quase inacessível Pão de Açúcar, onde acamparam na véspera da entrada do Congo na baía de Guanabara. Aí fixaram eles, no rosto da pedra que olha para nordeste, imenso painel de boas-vindas ao Imperador. Escrito com uma única palavra (SALVE), ela já poderia ser divisada de bordo do paquete ao atingir este a altura de Saquarema. Uma bandeira nacional de dimensões também fora do comum foi hasteada no topo da montanha.

30. "Ao feliz regresso de SS. MM., 22 de agosto de 1888" Litografia de Pereira Neto nas páginas centrais da "Revista Illustrada." Rio de Janeiro, Biblioteca Nacional.

Ao pé do medalhão com o retrato dos soberanos, a coroa de louros com a inscrição "AOS IMPERANTES DO BRAZIL LIVRE", alusiva ao recente 13 de maio. Na perspectiva entreaberta à direita da estampa vemos, no eixo do Pão de Açúcar, o recorte dos estandartes das associações populares, as lanchas e barcas cheias até a borda, os grandes navios embandeirados em arco.

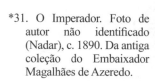

*31. O Imperador. Foto de autor não identificado (Nadar), c. 1890. Da antiga coleção do Embaixador Magalhães de Azeredo.

*32. A Família Imperial na varanda do Palácio da Princesa, em Petrópolis. Foto de Otto Hees, 1889.
Da esquerda para a direita: a Imperatriz, Dom Antônio, a Princesa Isabel, o Imperador, Dom Pedro Augusto, Dom Luís, o Conde d'Eu, o Príncipe do Grão-Pará.
A atmosfera sem a menor dúvida 'proustiana' desta fotografia, extremamente decantada na autenticidade integral de todos os seus elementos da expressão atenta ou distraída de cada um dos figurantes, aos pormenores, já agora mágicos (a luminária de opalina, as cortinas de renda alva, as bandeiras da janela escancarada, a cadeira toné, a cantaria da escada) dessa casa que se desfez no tempo, mesmo se o edifício sobrevive, — torna-a um dos altos momentos da iconografia brasileira do Século XIX, ao mesmo tempo resumindo e encerrando, de modo emblemático, exemplar, o ciclo do patriarcalismo caboclo. O momento de repouso profundo colhido pelo artista fotógrafo nesta tarde calmosa de uma Petrópolis que, para ter seus mesmos fundadores, "já não era mais a mesma", é extremamente reveladora, nos mais diversos níveis, devolvendo-nos, como nos devolve, e entregando-nos, como nos entrega, todo o complexo entrelaçamento, explícito e implícito, de uma realidade concreta, determinada.

33. Capa do convite para o baile da Ilha Fiscal. Petrópolis, Museu Imperial,
Sobre o perfil do pavilhão pseudogótico riscado pelo arquiteto Del Vecchio e construído na antiga Ilha dos Ratos, castelo de armar refletindo-se na água azul da baia as bandeiras entrelaçadas da "República Aristócrata" e da "Democrácia con corona"
.

CAPÍTULO IX
A DEPOSIÇÃO

O ambiente no Paço da Cidade. A Família Imperial prisioneira. Projetos de fuga. Intimação do Governo Provisório. Resposta do Imperador. O dia 16 de novembro. Serenidade do Imperador. Deliberações para a sua partida. Medidas de precaução. A madrugada de 17 de novembro. Chegada do Coronel Mallet ao Paço. A aflição da Princesa Imperial. Protesto do Imperador. A Família Imperial deixa o Paço. Embarque no Cais Pharoux. Chegada a bordo do Parnaíba. O ambiente a bordo. Partida para a Ilha Grande. Transbordo para o Alagoas. A caminho da Europa.

I

Quando o Major Trompowski, já na madrugada de 16, trouxe a resposta verbal de Deodoro ao bilhete de Saraiva, dizendo que *era tarde* para pensar-se na organização de um novo Ministério, visto como a República era um fato consumado, a consternação no Paço foi a mais penosa. Todos compreenderam afinal que o Império estava definitivamente liquidado. Aliás, os jornais que sairiam dentro de algumas horas dariam aos presentes a certeza disso, com a confirmação da proclamação da República e subsequente constituição do Governo Provisório.

Com exceção dos pequenos Príncipes filhos do Conde d'Eu, que estavam ainda em Petrópolis, toda a Família Imperial achava-se já agora reunida no Paço da Cidade. Na realidade estavam ali prisioneiros. Nas primeiras horas da manhã o oficial da guarda deixava ainda entrar os visitantes, mediante a constatação de sua identidade; mas pelas 10 horas veio ordem formal de não deixar entrar nem sair quem quer que fosse.

Contudo, o Conde e a Condessa de Carapebus sempre conseguiram, não se sabe como, penetrar até junto à Família Imperial[152]. Esta passava agora seus momentos mais terríveis; a consternação de todos aumentava de hora para hora. Através das janelas do Paço, eles viam lá fora várias pessoas de suas relações, detidas à distância pelas sentinelas; e a aflição de não poderem abraçar tais amigos, num momento como aquele, só fazia aumentar o infortúnio dos prisioneiros.[152a]

Foi nessa ocasião que correu a notícia — levada não se sabe bem por quem, talvez pelos Carapebus de que se cogitava de conduzir a Família Imperial para bordo do couraçado *Solimões*, "monitor de dimensões absolutamente exíguas diz o Conde d'Eu — que não podia navegar a bem dizer senão *debaixo d'água,* todas as escotilhas fechadas."[153]

Nessa perspectiva, que a alguns pareceu monstruosa, foi discutida a ideia de Carapebus, de se entender este com o Ministro do Chile para que obtivesse do Governo Provisório autorização para a Família Imperial recolher-se a bordo do couraçado chileno Almirante Cochrane, surto no porto do Rio, o mesmo a cuja oficialidade o Governo Imperial oferecera, dias antes, o famoso baile da Ilha Fiscal; ou então que, independentemente dessa autorização, fosse o Ministro do Chile esperar a todos numa das portas secretas do Palácio. "O Palácio ficando ao lado do mar — considerava o Conde d'Eu, que muito se empenhava por essa solução uma vez atravessada secretamente a linha de sentinelas, não haveria grande dificuldade de alcançar-se uma embarcação." [154] Era, como se vê, o projeto de uma fuga.

O Conde d'Eu encarregou-se de submetê-lo à aquiescência do Imperador. Seria iludir-se quanto ao caráter de Dom Pedro II supor que este fosse concordar com semelhante projeto, fato, como era de esperar, o Monarca o repeliu incontinenti. "Fui repelido com indignação — diz o próprio Conde d'Eu." "Ele não queria naquela emergência recorrer absolutamente a estrangeiros" [155] Apesar, porém, dessa formal recusa, o Conde d'Eu e a Princesa concordaram em que Carapebus falasse sempre com o Ministro chileno, *como coisa inteiramente sua*. Essa tentativa, entretanto, não pôde ser levada a efeito, visto como os acontecimentos logo se precipitaram.

De fato, aí pelas três horas da tarde, ouviu-se o estrépito de patas de cavalo. Era um esquadrão de cavalaria, que se apresentava diante do Palácio. Imediatamente o Major Sólon, seu comandante, subia as escadas e pedia para entregar uma mensagem ao Imperador. Foi logo introduzido no Salão chamado das Damas, onde se achava reunida a Família Imperial. "Por sua atitude respeitosa — observou a Princesa — parecia vir cumprir uma mensagem ordinária. Mostrava-se tão preocupado, que, ao entregar o papel a Papai, deu-lhe o tratamento de Vossa Excelência, de Vossa Alteza e, finalmente, de Vossa Majestade."

"Venho da parte do Governo Provisório", disse ele, "entregar respeitosamente a Vossa Majestade esta mensagem. Não tem Vossa Majestade uma resposta a dar?"

"Por ora não," respondeu-lhe o Imperador recebendo o documento.

"Então posso retirar-me?"

"Sim." [156]

II

Depois que Sólon se retirou, o Imperador e o Barão de Loreto se afastaram para um canto, e ambos tornaram ali conhecimento do documento. Voltando-se em seguida o Monarca para os presentes, que o observavam com visível emoção, declarou, em voz alta e firme, tratar-se de uma mensagem em que o Governo Provisório participava sua destituição e consequente proclamação da República, e lhe dava o prazo de 24 horas para deixar o país. [157]

Com imperturbável serenidade, o Imperador acrescentou não ter dúvida em acatar a decisão do novo Governo, estando pronto a partir naquela mesma noite. Depois afastou-se novamente com o Barão de Loreto, e puseram-se os dois a combinar a redação da resposta que se havia de dar ao Governo Provisório.

As emoções provocadas por esses fatos eram demasiado fortes, e a Imperatriz, habitualmente tão serena, não lhes pôde resistir: deixou-se cair prostrada numa poltrona; a Princesa Imperial e as demais senhoras presentes puseram-se todas num pranto convulso. "A ideia de deixar amigos, o país, tanta coisa que amo — dirá ela dias depois — que me lembra mil felicidades de que gozei, fez-me romper em soluços! Nem por um momento, porém, desejei uma menor felicidade para a minha Pátria, mas o golpe foi duro!" [158]

Depois de longo tempo, assentou-se finalmente a redação da resposta a dar ao Governo Provisório. O Imperador sentou-se para copiá-la. Apesar da serenidade que guardava, sentia-se, na incerteza da mão, que uma grande emoção o invadia. Sua letra desenhava-se hesitante, sobre a larga folha de papel, timbrado com as armas imperiais. Começou a copiar: *À vista da representação escrita, que me foi escrita...* A repetição involuntária desta última palavra, era o reflexo da emoção que o dominava. Foi forçoso por de lado essa primeira cópia inacabada. Tenta ele então uma segunda vez: *À vista da representação escrita que me foi entregue hoje às 3 horas da tarde, resolvo, cedendo ao...* Um borrão de tinta, nessa altura, veio inutilizar a segunda cópia. Loreto passou-lhe a terceira folha de papel. Dessa vez ele cópia integralmente a declaração: [159]

"À vista da representação escrita, que me foi entregue hoje às 3 horas da tarde, resolvo, cedendo ao império das circunstâncias, partir com toda a minha família amanhã, deixando esta Pátria, de nós estremecida, à qual me esforcei por dar constantes testemunhos de entranhado amor e dedicação durante quase meio século em que desempenhei o cargo de Chefe de Estado. Ausentando-me, pois, eu com todas as pessoas da minha família, conservarei do Brasil a mais saudosa lembrança, fazendo ardentes votos por sua grandeza e prosperidade."

"Rio de Janeiro, 16 de novembro de 1889. - D. Pedro d'Alcantara." [160]

III

Durante todo esse dia 16 a Família Imperial ficou detida no Paço. A aflição de todos era grande, sobretudo das duas senhoras, a Imperatriz e a Princesa Imperial. O Imperador guardou sempre uma serenidade impressionante. No meio do desconsolo geral, era expressiva a tranquilidade com que lia, sentado a um canto do salão, as suas habituais revistas científicas. Dir-se-ia que os acontecimentos daquelas horas trágicas não o afetavam como aos demais. A calma absoluta de seu rosto, a compostura de suas atitudes e a firmeza da voz emprestavam-lhe, naquele momento dramático, um respeito ainda maior do que nos dias mais prestigiosos do Reinado. Ao Visconde de Taunay, que lhe fazia sentir, talvez um pouco excitado, o desastre total da Monarquia, com a vitória dos Republicanos, ele declarou, com a mais tranquila serenidade:

"Pois se tudo está perdido, haja calma. Eu não tenho medo do infortúnio" [161] Resolvida, que estava, a partida para o Estrangeiro, era mister cuidar-se agora dos preparativos a que ela obrigava. A Imperatriz, já refeita, em parte, da comoção dos primeiros momentos, ditava instruções a Dona Rosinha Calmon, irmã da Condessa de Carapebus, ao mesmo tempo que assinava, com o Imperador, as procurações que o Mordomo, Visconde de Nogueira da Gama lhe apresentava para futura defesa de seus interesses privados.

O Conde d'Eu se ocupava de medidas análogas. Ditava instruções a José Calmon, marido de Dona Rosinha, o qual ficaria, na qualidade de assessor do velho mordomo seu pai, como encarregado principal da administração dos bens da Família Imperial.[161 a]

A Princesa, sempre aflita, queria por força ir à sua casa das Laranjeiras, trazer seus objetos preferidos. Depois de longo debate, foi-lhe dito que nenhum membro da Família Imperial podia ausentar-se do Paço, mas que as demais pessoas que a cercavam estavam autorizadas a sair e a entrar. A Baronesa de Muritiba encarregou-se então de ir ao Palácio Isabel recolher os objetos de que a Princesa necessitava.[162]

909

Como em todos os grandes momentos históricos, não faltou também aí a nota tragicrônica: foi o Visconde de Nogueira da Gama, mordomo, submetendo à assinatura do Imperador. numa ocasião como aquela, quando não havia mais de pé o próprio Império, umas nomeações de moços-fidalgos da Casa Imperial!

IV

Enquanto isso, o Governo Provisório deliberava rapidamente sobre as providências necessárias para a retirada da Família Imperial. Ansiava por vê-la afastada do país o mais depressa possível. A ordem na capital e no resto do Brasil era completa; a mudança da Monarquia para a República fazia-se sem nenhum embaraço. E, embora não se temesse, com bom fundamento, uma modificação nesse estado de coisas, era da maior conveniência para a segurança de todos, inclusive da própria Família Imperial, que esta deixasse com presteza o território do país.

O Imperador havia certamente declarado, em sua resposta à intimação do Governo Provisório para retirar-se do Brasil, que cumpriria essa ordem com toda a sua família. Mas se essas boas disposições mudassem? "Havia o propósito de não maltratar o Imperador, e a hipótese de uma resistência desesperada à última hora, desassossegava o Governo. Havia ainda outros perigos no ar. O Marechal Hermes, Comandante das Armas na Bahia, até aquele instante era infenso à proclamação da República, e queria apenas a deposição do Ministério Ouro Preto; entretanto, o Marechal Deodoro não se animava a demiti-lo, não achava forças para faltar ao respeito que se habituara tributar ao mais velho de seus irmãos." [163]

Para maior garantia da partida do Imperador e sua família, pensou-se em reter no Rio, como refém, o próprio genro do Monarca, o Conde d'Eu [164]. Mas à vista de novas declarações, vindas precisamente deste último, de que nada aconteceria, os membros do Governo Provisório determinaram que se preparasse tudo para o embarque antes do amanhecer do dia 17. Dessa tarefa foi encarregado o Coronel Mallet. — "Leve todos para bordo do cruzador *Parnaíba*", disse-lhe Wandenkolk, o novo Ministro da Marinha. Mallet devia fazê-los embarcar no Cais Pharoux, defronte do Paço da Cidade . [164 a]

V

Quando Mallet chegou ao Paço, acompanhado do General José Simeão, cerca de uma e meia da madrugada de 17, a Família Imperial e as pessoas que lhe faziam companhia estavam desde muito recolhidos aos seus respectivos aposentos.

Dominados pela emoção e o cansaço da véspera, tinham se deitado por volta de 11 horas da noite, depois que o Imperador fixara a partida para o dia seguinte às 2 horas da tarde, um domingo, tendo mesmo obtido permissão (diz o Conde d'Eu) para ir pela manhã ouvir missa na Capela do Carmo, vizinha ao Palácio. [165]

Não foi, portanto, sem grande surpresa que todos despertaram naquela madrugada com a inesperada chegada do Coronel Mallet. Narra o Conde d'Eu: ."Com efeito, a uma e meia do domingo, 17, batem à nossa porta. É Lassance.[166] Vou atendê-lo. Diz-me que com ele veio o Tenente-Coronel Mallet, enviado pelo Governo Provisório, para dizer-me que se receavam demonstrações da população em favor do Imperador no momento do embarque; que os estudantes se armavam com fuzis e metralhadoras para oporem a tais manifestações (e Lassance ajunta à meia voz ter ouvido falar no assassinato do Imperador). Em resumo, o Governo Provisório pede ao Imperador e sua família para embarcarem pela madrugada, a fim de evitar as efusões de sangue. Subi para prevenir Isabel, ainda deitada, e desci depois a bater na porta de cada um: Mota Maia, Pedro Augusto e os chambelães que quiseram dormir no Palácio, isto é, José Calmon, Penha com as filhas, Calógeras, Miranda Reis, Tamandaré, Aljezur. (Esqueceram o infortunado do Ivinheíma do qual ninguém me indicou o quarto!). Mota Maia foi despertar o Imperador e a Imperatriz."[167]

Enquanto esperavam por Dom Pedro II, os prisioneiros, mal despertados, foram-se reunindo no salão principal do Palácio, onde os aguardavam Mallet e José Simão. A Princesa Imperial, muito nervosa, interpelava-os quase em prantos:

"Sr. Mallet, como é isto, os senhores estão doidos? Que lhes fizemos nós? Sr. Mallet, é aqui que tenho minhas afeições! Os senhores estão doidos? Hão de se arrepender!"

A aflição da Princesa era tanto maior quanto seus três filhos ainda não haviam descido de Petrópolis. Mallet tranquilizava-a, dizendo que o Governo estava empenhado em que eles se reunissem o mais breve possível à Família Imperial. Mas Dona Isabel, inconsolável, deixava-se cair sobre uma poltrona, soluçando baixinho.

Passados alguns momentos, houve um rumor numa das portas interiores. E logo apareceu à frente do reposteiro o vulto alto do Imperador. Vinha vestido de casaca, como era seu costume, e trazia na mão a inseparável cartola. Tinha a fisionomia serena, embora revestida de severidade. Mal entrou, deu alguns passos à frente e, parando no meio da sala, a cabeça erguida, com o olhar fixo no Coronel Mallet, interpelou-o:

"Que é isto? Então vou embarcar a esta hora da noite?"

Mallet respondeu num tom respeitoso que o Governo pedia que Sua Majestade embarcasse antes da madrugada. Assim convinha.

"Que Governo?" indagou Dom Pedro II.

"O Governo da República."

"Deodoro também está metido nisso?"

"Está, sim, Senhor. Ele é o Chefe do Governo."

"Então estão todos malucos!" rematou o Imperador.[168]

Depois de protestar contra o adiantamento da hora da partida, dizendo que não era nenhum fugido para embarcar àquela hora da madrugada, clandestinamente, consentiu afinal em submeter-se à imposição do Governo Provisório, sobretudo para evitar possíveis conflitos ou derramamento de sangue.[169] À ponderação do Almirante Jaceguai, que lhe fazia sentir o receio de manifestações desagradáveis, sobretudo da parte de estudantes, o Imperador ainda objetou: *E quem faz caso de estudantes?*

Virando-se depois para Jaceguai, acrescentou:

"Tudo isso é obra da indisciplina do Exército e da Armada, que o senhor bem sabe, e de que tem alguma culpa."

O Almirante, fazendo-se desentendido, respondia que todos sabiam que Sua Majestade zelava o sangue do povo. A que o Monarca replicava com vivacidade:

"Não é o povo, mas sim a indisciplina do Exército e da Armada; e o senhor é um dos responsáveis."

Não podendo fugir à acusação, Jaceguai limitava-se a desculpar-se: "Eu, meu senhor?!"

911

"Não digo agora", observava o Imperador, "mas em outros tempos."

Jaceguai, meio atrapalhado e confuso, afastava-se para um canto, segundo nos conta a Baronesa de Muritiba.[169 a]

Não foi fácil convencer o Imperador que devia partir àquela hora. "Não sou nenhum *fugido*, não sou nenhum *fugido*!" repetia várias vezes.[169b] Precisou que Jaceguai voltasse a falar-lhe, fazendo ver o espetáculo que daria a Família Imperial embarcando em pleno dia, exposta à curiosidade de toda a população aglomerada nas ruas, nos telhados das casas e nos morros vizinhos, com possíveis manifestações de desagrado, em risco até de provocarem desordens ou mesmo derramamento de sangue, de que seriam vítimas, possivelmente, pessoas da sua maior afeição. Ou então deixando-o Brasil no meio de uma indiferença geral, de pouco caso pela sua sorte, o que não deixaria de afetá-la, vendo o desapego e o abandono pelo infortúnio que a atingia.

"O senhor tem razão", disse o Monarca após alguns momentos de reflexão. Acrescentando em seguida que só consentia em partir àquela hora para evitar conflitos inúteis .[169 c]

VI

A esse tempo já havia aparecido a Imperatriz, acompanhada de várias senhoras. Jaceguai procurava confortá-la, dizendo: *Resignação, minha senhora*. Respondia ela:

"Tenho-a sempre, mas como deixar de chorar ao ter de partir para sempre desta terra!"

Beijando as senhoras que a rodeavam, despediu-se de todas, uma a uma, bem como dos criados do Paço. Encaminharam-se todos, em seguida, para a porta da saída, "o Imperador tomando a Princesa pelo braço, e dando o Senhor Conde d'Eu o braço à Imperatriz, como era do estilo fazerem.[169d] Passando ao lado da mesa estilo Império onde Dona Isabel assinara a Lei da Abolição e que tinha gravada no mármore a data 13 de maio de 1888 parou um instante a Princesa Imperial e, apontando-a, disse que, se era por causa daquela Lei que eles se viam agora expulsos do País, não duvidaria, "repostas as coisas como dantes", em assiná-la novamente.[169e]

Quando o Imperador, com o seu grande vulto, apareceu no patamar da escada que dava para fora, sobre o Largo do Paço, estacou um momento, o busto erguido e a cabeça alta. E aos soldados, que em frente, lhe apresentavam armas, correspondeu, cheio de dignidade, erguendo o chapéu.

Nem um instante ele deu a impressão de estar sucumbido com a sua expulsão àquela hora e naquelas circunstâncias, sob a pressão de acontecimentos que, embora previstos, não havia talvez pensado o fizessem passar por tão cruciantes momentos. E a dignidade com que os enfrentou, a compostura com que soube submeter-se a todos esses vexames, longe de o diminuir aos olhos de seus adversários, só fizeram elevar e dignificar ainda mais a sua pessoa. "Afastou-se de sua Pátria — dirá um Estrangeiro, — com uma dignidade tão alta e emocionante, com uma grandeza de alma tão verdadeira e espontânea, que constituía, naquele momento, a melhor glória para o seu nome."[169f]

À porta do Paço havia apenas uma carruagem, trazida por Mallet, destinada evidentemente à Família Imperial, pois o resto da comitiva podia bem ir a pé, dado o curto trajeto até o cais do embarque. Acomodaram-se, assim, no carro, o Imperador, a Imperatriz, a Princesa Imperial, o Conde d'Eu e o Príncipe Dom Pedro Augusto, muito nervoso e assustado. O Conde d'Eu teria preferido ir a pé. "Não preciso de carro (disse), quero ir até a ponte do Cais com Jaceguai e Mallet."[170]

Quant à moi, dirá ele à Condessa de Barral, *j'eusse voulu aller à pied comme firent les autres honmes, la distance jusqu'au quai n'étant que de deux minutesl.*[170a] Mas o Imperador insistiu por que ele fosse tatul)ém no carro. Acomodaram-se, pois, ali, os cinco membros da Família linperial. Quando o veículo começou a mover-se, em direção ao Cais, a Princesa, voltando-se para Mallet, repetiu: "Os senhores hão de arrepender-se, Sr. Mallet" [170b]

"No Pharoux estava atracada a lancha do Arsenal de Guerra, cuja única guarnição consistia em quatro alunos da Escola Militar. Das pessoas presentes, só o Marquês de Tamandaré declarou que acompanharia a Família Imperial até a bordo. Além dele e dos exilados, embarcaram o Comandante Serrano e um oficial da Fazenda.

"A noite era chuvosa, tornava-se impossível, na escuridão, distinguir os navios. Ninguém da lancha conhecia a posição certa de cada um deles. Tateava-se nas trevas, lobrigando aqui e ali os faróis de bordo. Aproximavam-se de um, e logo reconheciam que não era o *Parnaíba.* Por fim, a lancha chegou perto deste. — *Arrie a escada!* gritou Mallet. — *Quem vem lá? Quem manda arriar a escada?* perguntaram do portaló. — *Arrie a escada!* repetiu com força Mallet, anunciando a sua autoridade.

"A lancha pode enfim atracar. Serrano pulou primeiro, galgando a base da escada para dar a mão ao Imperador. A escuridão era quase completa. Apenas uma pequena lâmpada espalhava na escada tênue claridade. Ajudado de um e outro lado por Mallet e Mota Maia, em vão o Imperador diligenciava passar da lancha à escada. Com um pé sobre a borda da pequena embarcação, dobrava-se para a frente, procurando livrar a cabeça de um golpe contra a tolda. O grande vulto, a fraqueza das pernas, a incerteza dos movimentos, tudo embaraçava o Imperador. Entre a lancha e a escada poderia ele cair e seria quase impossível salvá-lo.

"Mallet via com horror a perspectiva desse desastre e compreendia que estaria moralmente perdido se ocorresse tal desgraça. Não faltaria quem lhe atribuísse a ignomínia de ter afogado o Imperador. Na aflição desse momento angustioso, resolveu que, se ele caísse ao mar, cairia também, para salvá-lo ou morrer. Ligou-se ainda mais a ele e com o impulso que lhe emprestou um marinheiro, conseguiu por fim pô-lo livre sobre a escada.

"Daí o Comandante Serrano levou o Imperador até a tolda do navio. Foi então a vez da Princesa, que subiu sem auxílio, guiada pelo Conde d'Eu e seguida por Mallet. O embarque da Imperatriz foi igualmente penoso, pois, como se sabe, ela claudicava de uma perna. O Marquês de Tamandaré ajudou-a até enl cima."[170c]

Depois de ver reunidas a bordo a Família Imperial e as poucas pessoas autorizadas a acompanhá-la naquele momento, o Coronel Mallet deu por terminada a sua missão, e retirou-se do *Parnaíba.* Ficaram os prisioneiros entregues à vigilância da guarnição de bordo.

VII

O Imperador foi convidado a descer à câmara. Recusou; disse que preferia ficar ao ar livre. Foi então estendido um toldo sobre o tombadilho, para abrigá-lo da umidade da madrugada, mais forte ainda devido à leve garoa que caía. Dava guarda aos prisioneiros um destacamento de fuzileiros navais.

Cerca das 10 horas da manhã chegaram, finalmente, os pequenos Príncipes que estavam em Petrópolis, "conduzidos pelo Dr. Ramiz Galvão e M. Stoll [*professores dos príncipes*] – conta o Conde d'Eu – e acompanhados de Rebouças, que bizarramente declara associar sua sorte à da Família Imperial, visto como os Repúblicanos atuais não têm nada de comum, parece, com a República com que ele mesmo tinha sonhado há alguns anos. . ."[171]

Desceram todos para o almoço, no qual tomou parte também a oficialidade de bordo. "Os jovens oficiais faziam empenho em nos servir à mesa — conta o Conde d'Eu — e via-se nos seus bonés o lugar da coroa, que eles haviam arrancado na véspera. Quando passava um prato, um deles me disse:— *Faça o favor de não acanhar-se quando se está entre amigos*. Eles eram sinceros, concordo, mas era singular — *entre amigos!*"[172]

A compostura serena do Imperador, nesse momento trágico de sua prisão a bordo do *Parnaíba*, não deixou de impressionar o Conde Weisersheimb, Ministro da Áustria, que, tendo descido de Petrópolis com o Barão de Ramiz e os pequenos príncipes, ficara por algum tempo a bordo, na companhia da Família Imperial. "Nobre dignidade e perfeita segurança de si mesmo caracterizaram a compostura de Sua Majestade durante a minha permanência a bordo — dirá ele. Nem ao menos uma palavra de queixa ou de reprovação saiu de sua boca. Absteve-se, diante de mim, de qualquer observação relativa ao cruel destino que o atingia."

A Imperatriz dificilmente continha sua dor. *Mais qu'avons nous done fait* — dizia ela para Weisersheimb, com a voz entrecortada pelas lágrimas — *pour qu'on nous traite comme des criminels*! "A Princesa Herdeira não estava menos comovida, mas lastimava antes a cegueira e a ingratidão do seu país do que seu próprio destino. Profundamente emocionada, com os olhos cheios de lágrimas, tomou de minha mão e, com uma voz trêmula, repetiu, por duas vezes, esta frase, como se fosse para ela de uma extrema importância que eu me lembrasse bem do que me dizia: *Ne pensez pas trop mal de mon pays, ce n'est que dans un accès de folie qu'ils agissent!*"[173]

VIII

Cerca de meio dia o *Parnaíba* começou a mover-se em direção à saída da barra; e logo ganhou o alto mar. A viagem até a Ilha Grande não foi longa. Lá chegaram ao cair do sol. Antes de pensar-se no transporte para bordo do *Alagoas*, ali ancorado a poucos metros da distância, foi servido o jantar. Essa refeição, a última, por assim dizer, que a Família Imperial faria à vista da terra brasileira, correu num ambiente de grande tristeza. Uma forte comoção se estampava no rosto de todos, inclusive dos oficiais de bordo. O Imperador ainda era o que guardava uma atitude de maior serenidade. Como em todos os momentos de sua vida, mesmo nos mais angustiosos, como este, não mudava a sua natural compostura. Para quem não conhecesse o perfeito equilíbrio de seus nervos, ele daria a impressão de não estar afetado por tudo quanto se passava desde dois dias, quando sua vida, sua família e o seu futuro sofriam a mais radical das transformações.

Já caíra completamente a tarde quando se começou a preparar o transporte para bordo do *Alagoas*. E no momento em que os escaleres vieram acostar às escadas do *Parnaíba*, para receberem a Família Imperial, era noite fechada. No escaler do comandante embarcaram o Imperador e a Imperatriz; as demais pessoas seguiram nas embarcações dos oficiais. Partiram. A noite estava escura. No céu corriam nuvens baixas. De vez em quando brilhava uma estrela. No fundo do horizonte, para o lado da terra, desenhava-se o contorno negro das montanhas da costa. Soprava um vento fresco, que agitava um pouco a superfície das águas. Adiante, à pequena distância, via-se o bruxoleio, na escuridão da enseada, das luzes fracas do *Alagoas*... Nos escaleres, todos guardavam um profundo silêncio, quebrado apenas pelo bater cadenciado dos remos cavando as águas. A Imperatriz soluçava baixinho.

Poucos minutos depois as embarcações encostavam na escada do *Alagoas*, iluminada por uma fileira de pequenas lâmpadas. Saltaram todos, não sem dificuldade, dado o remoer das ondas. No alto, de pé no portaló, o Comandante Pessoa recebia os exilados.

Antes de descer ao interior do navio, o Imperador voltou-se para despedir-se, com um demorado aperto de mão, do comandante do *Parnaíba*, que, terminada a sua missão, se preparava para retirar-se. Ainda aí seu rosto não traiu a menor emoção. Guardou uma austera serenidade. Concitando o comandante e os oficiais que o haviam trazido até ali a continuarem a bem servir o Brasil, rematou: — "O meu maior desejo é ter notícia na Europa de que tudo se passou sem derrame de sangue."

Pouco mais tarde todos se achavam, afinal, acomodados a bordo do *Alagoas*. Estavam ali também, vindos do Rio para acompanharem a Família Imperial no exílio, o Barão e a Baronesa de Loreto, e o Barão e a Baronesa de Muritiba [174]. O Comandante Pessoa ofereceu seu camarote, em cima, ao Imperador. Mas este receou o frio que certamente iria encontrar nas *águas* europeias, e preferiu ficar em baixo, onde se conseguiu transformar, para ele, dois camarotes em um.

Finalmente, cerca de uma hora da madrugada, quando todos já se achavam desde muito recolhidos aos respectivos camarotes, fatigados das emoções da jornada, o *Alagoas* levantou ferros e começou lentamente a mover-se. Depressa ganhou o largo, em direção à Ilha Rasa, onde o couraçado *Riachuelo* o aguardava para comboiá-lo até que deixasse definitivamente as águas territoriais brasileiras.

Meia hora depois estava tudo tranquilo em volta da Ilha Grande. O silêncio voltara a pairar nas águas daquela enseada, que à luz fraca das lanternas de bordo haviam presenciado uma das cenas mais angustiosas desse drama histórico. Tudo retornara à normalidade. Tudo era quieto. Do *Alagoas*, que já la longe, nem mais um sinal. O manto escuro da noite tudo encobria. No céu pardacento continuavam a galopar nuvens baixas. De vez em quando, através de um rasgão mais largo, reluziam estrelas, essas eternas e silenciosas testemunhas de todas as tragédias humanas...

34. Deodoro aclamado diante do Quartel-General do Exército. Litografia segundo Facchinetti. Em *Quadro Histórico da Revolução Brasileira*, de Urias da Silveira, 1890. Rio de Janeiro, Biblioteca Nacional.

Mesmo não reproduzindo acuradamente os fatos que representa, as litografias de Facchinetti são muito expressivas do estado de espírito reinante do tempo e possuem viva expressividade popular.

*35. Telegrama do Visconde de Ouro Preto ao Imperador na manhã de 15 de novembro. Petrópolis, Museu Imperial.

O texto do telegrama "apresentado" às 10,30, recebido às 11 horas e expedido ao destinatário às 11, 05 da manhã (conforme consignado no seu cabeçalho) é o seguinte: "A Sua Majestade o Imperador
"Senhor. O Ministério, sitiado no Quartel-General da Guerra, a exceção do seu Ministro da Marinha, que consta achar-se ferido em uma casa próxima, tendo por mais de uma vez ordenado, pelo órgão do Presidente do Conselho e do Ministro da Guerra, que se empregasse a resistência à intimação armada do Marechal Deodoro para pedir sua exoneração, diante da declaração feita pelos Generais Visconde de Maracaju, Floriano Peixoto e Barão do Rio Apa de que, por não contarem com força reunida, não há possibilidade de resistir com eficácia, depõe nas augustas mãos de Vossa Majestade o seu pedido de demissão. A tropa acaba de confraternizar com o Marechal Deodoro, abrindo-lhe as portas do Quartel.

36. O Major Sólon entrega a Dom Pedro II a ordem de Banimento. Litografia segundo desenho de Facchinetti. Em *Quadro Histórico da Revolução Brasileira*, de Urias da Silveira, 1890.
Extremamente popular pelo seu conteúdo patético, esta litografia continua a ser muito divulgada por ser a única representação visual (contemporânea) do episódio. Além do Major Sólon Ribeiro e dois ajudantes de ordens estão representados na estampa, da direita para a esquerda, o Imperador, o Conde d'Eu, a Princesa Imperial, Mota Maia, Dom Pedro Augusto, Carapebus, Nioac e (provavelmente) a Baronesa de Loreto.

*37. A Rua Direita vista de uma sacada do Paço da Cidade. Foto de Eduardo Malta, 1906. *Neste ponto da cidade em que quase nada mudou, nos trinta anos que vão de 1876 ao princípio do século, distingue-se com nitidez a fachada e os pináculos laterais da Capela Imperial ombreando com o perfil elegante da Ordem Terceira e a velha torre aldeã do antigo Convento do Carmo. A este pertencem ainda as duas sacadas de moldura arqueada, risco de Alpoim ao tempo do Gomes Freire.*

38. Fotografia autografada pela Família Imperial e entregue ao Comandante do Alagoas a bordo do mesmo vapor em 24 de novembro de 1889. Doada ao Museu Imperial de Petrópolis pelo Presidente Getúlio Vargas, a quem fora oferecida pela família daquele oficial da Marinha.

Esta variante de uma foto de Hees anteriormente reproduzida (n. 31), foi presenteada ao Comandante Pessoa, com a assinatura de todos os membros da Família Imperial, no oitavo dia de navegação do Alagoas, quando este ultrapassou a Ilha de Fernando de Noronha — última porção do território brasileiro que veriam os banidos. Foi nessa altura que decidiu Dom Pedro II enviar a terra, por intermédio de um dos pombos-correios de bordo, a mensagem sem destinatário que seria a despedida dele do Brasil. Aberta a gaiola em presença de todos os deportados, o pombo alçou voo em direção a Fernando de Noronha. Depois de um bom momento, contudo, foi perdendo sempre mais altura até desaparecer em meio às ondas revoltas, sem poder atingir o litoral da ilha oceânica — "símbolo vivo das nossas esperanças", conforme um dos presentes escreveria mais tarde, sem a tinta da galhofa, mas com a pena da melancolia.

Parecem-nos dignas de nota, para uma inteira compreensão da personalidade compósita de Dom Pedro II, estas duas concessões a um ritualismo simbólico a cuja ênfase, inegavelmente declamatória, ele sempre se mostrou avesso. Tanto a mensagem levada pelo pássaro que cai — variante da mensagem na garrafa do náufrago —, como a fotografia oferecida ao comandante, quando se perdia de vista a última costa brasileira, só podem ser entendidos à luz da formação do homem. Membro da segunda geração romântica, nascido que era em 1825, desde cedo imbuiu-se do Ecletismo de Coustin e da sentimentalidade de Hugo. Vocação autêntica de intelectual, embora despido de todo e qualquer talento literário, soube ser leitor sensível e até agudo das composições dos outros. Se aquelas em que penosamente insistiu atingem quase sempre (sem favor nenhum), o nível do absurdo quando não o do patético e do grotesco, a visceral sobriedade, e mesmo a secura de temperamento que assumiu, sucumbem diante da emoção que toma corpo em momentos extremos. O caráter mozarlesco que lhe atribuía Manuel Bandeira — agora diríamos, no vienês da moda, Kitsch — desaparece se procurarmos compreender o aspecto lúdico da motivação profunda, a fiel permanência subterrânea à concepção do sublime contemporânea à sua adolescência. Esta ora se manifesta na carta à Barral escrita do Alto-Nilo, em que narra a visita feita, num contínuo transporte, aos templos da 18 Dinastia no Santuário de Qamat, depois de que, no silêncio agressivo do longo entardecer, "do alto do primeiro pilone do grande templo adorei a Deus, criador de tudo que é belo, voltando o espírito para as minhas pátrias, o Brasil e a França, a primeira pátria terra do coração, brasileira a segunda pátria da inteligência", ora ainda no pedido, pouco discreto depois de banalizado, do 'pugilo' da terra brasileira para ser colocada no seu leito de morte. Assim, o gesto de transposta autocomiseração cristalizado nesse enviar de mensagem aberta, que o pobre pombo entangido no Alagoas não conseguia nem mesmo levar a terra, ganha apenas a sua pulsação real quando nos lembramos do equilíbrio e da serenidade com que se comportara ele, oito dias antes, no momento da provação.

Ao que parece, o episódio do pombo precipitado no mar não transpirou na época além do círculo do Alagoas; se por pedido expresso do próprio expedidor ("carta que escrevo à posteridade sem esperar resposta", na fórmula telegráfica de Villa-Lobos), graças à discrição palaciana das testemunhas. Curioso pensar no frêmito de surpresa que sentiriam, ao saber do lance, os poetas cubanos Manuel Pichardo e Julián del Casal, os quais, emocionalmente sintonizados com esse Emperador del Brasil tão fora de esquadro, haviam então composto, simultaneamente, dois laboriosos poemas tardo-românticos, cuja aura sentimentalista — em particular aquele do gran Julián — estava perfeitamente de acordo com o clima psicológico do monarca banido. Em ambos la negra levita de Don Pedro e as suas brancas barbas eram revolvidas pelo vento do mar; em ambos o Imperador apostrofava amorosamente a terra que era forçado a deixar. Só que, fato frequente, a realidade era ainda mais imaginosa que a ficção: mesmo a ficção dos poetas.

CAPÍTULO X

OS DEMOLIDORES DO IMPÉRIO

Um Império sem defensores. Adesão em massa à República. Os três fatores que nos levaram à República. A propaganda Républicana. Sua origem e evolução. O Manifesto de 1870. A representação Républicana na Câmara. Espírito demolidor dos anarquistas. Facciosismo dos estadistas. A obra destruidora de Conservadores e de Liberais. O grito de Nabuco de Araújo. Protesto de Francisco Otaviano. Os discursos de Silveira Martins e de Ferreira Viana. A concepção de aulicismo de Ouro Preto. Displicência do Imperador. O Imperador e Sales Torres Homem. Explicação de sua atitude. Seu espírito de renúncia. O caso de Benjamim Constant. Defensor de todas as liberdades. O Républicanismo do Imperador. Carta a Alexandre Herculano. Sua concepção de formas de governo. O Imperador e a Federação.

I

Estava, portanto, instituída a República no Brasil, depois que um golpe de meia dúzia de capitães e tenentes do Exército, tendo à frente um General impetuoso e zangado, e outra meia dúzia de civis audaciosos, haviam posto por terra um Império que nos havia dado quase meio século de ordem interna, de prosperidade e de liberdade pública. E o Monarca que nos governara durante esse largo tempo, já velho, alquebrado e por assim dizer às portas da morte, era mandado para a Europa e para o exílio. Na capital do País o povo, pelas ruas, repetia uma quadrinha:

Saiu Dom Pedro Segundo
Para o Reino de Lisboa.
Acabou-se a Monarquia
E o Brasil ficou à toa.

Se o Brasil não ficou "à toa", é certo que, destruído o Império, não houve a menor sombra de reação em todo o território nacional. A Nação aderiu em massa à República, desde a população ainda há dois anos escrava e agora livre, graças sobretudo aos sentimentos humanitários do Monarca e de sua filha, até os políticos mais sabidamente afeiçoados ao regime imperial, e que ainda na véspera se acotovelavam nas antessalas do trono. "Quando ocorreu o pronunciamento que o derrubou — dirá Oliveira Lima — Dom Pedro II viu-se só e abandonado. Os seus partidários retraíram-se, e ninguém apareceu para defender o trono de semelhante Monarca. Câmara e Senado eclipsaram-se: o Senado, que era o cenáculo das sumidades políticas, não ousou formular um protesto. Atingira-o a passividade do Senado romano na Roma dos Césares."[175]

Esse *empressement* em aderir, sobretudo daqueles que mais fiéis deviam se ter mostrado ao trono, já o previra quatro anos antes Joaquim Nabuco; somente, o que este atribuíra, naquela ocasião, por espírito meramente de oposição, aos Conservadores, devia estender-se agora também aos Liberais: "Se a República viesse amanhã — dissera Nabuco à Câmara os primeiros Républicanos seriam os Conservadores, porque a

919

República constituiria o fato consumado, que eles adoram, a força, que eles veneram, os empregos e as posições."

Um dos estadistas mais intimamente ligados à sorte do Império, dos que melhores provas de confiança receberam do Monarca, o *Nestor dos Liberais*, como o chamava Rui Barbosa — Saraiva, enfim, o predileto do Imperador, aquele para o qual este se voltara à hora última, quando se vira na iminência de ser deposto, confiando em que ainda o pudesse salvar, a ele e à Monarquia, da investida militar de Deodoro, seria um dos membros da Assembleia Constituinte Repúblicana... *Les pertus se perdent dans l'interêt, comme les fleuves se perdent dans la mer,* dizia La Rochefoucauld.

Alberto de Carvalho, num livro apaixonado e, portanto, injusto para com Dom Pedro II, dizia, porém, toda a verdade, quando observava que esse Soberano, que reinara durante cinquenta anos, que criara gerações de Ministros, de Senadores, de Conselheiros de Estado de funcionários de todas as espécies e graduações, de magistrados de todas as instâncias, de oficiais de todas as patentes no Exército e na Armada, não vira em nenhuma dessas consciências formar-se o projeto de defendê-lo, *como todos o haviam jurado*, e não tivera a seu favor nenhum regimento, nenhum oficial, nem mesmo quem sugerisse a ideia de salvar-lhe a coroa em favor dos netos! "Não teve um sargento que desembainhasse a espada para defendê-lo."[176]

Como se explica que um Império de quase setenta anos de existência, e um Monarca cujo reinado, se não fora uma época de grande brilhantismo, de lances heroicos, de fausto e de largas farturas, fora, contudo, meio século de esforços em prol do progresso material e moral da Nação, do bem estar e sossego de todos, tivessem desaparecido da noite para o dia, diante da simples ameaça de alguns batalhões[177], reunidos numa praça publica em atitude quase de parada? Uma pedrada, dizia Voltaire, um pouco mais forte do que aquela que recebeu Maorné no seu primeiro combate, daria um outro destino ao mundo. Os grandes acontecimentos históricos, são na maioria das vezes produtos de pequenos incidentes, e a mola que os faz deflagrar não é senão um detalhe. O ambiente que os forma é que é tudo. A psicologia das revoluções está em que elas contam menos pelo que fazem os seus promotores do que pelo que deixam de fazer os seus adversários. Deixem amadurecer os acontecimentos, dizia Montesquieu, e eis as revoluções!

Sem referir os fatores já sobejamente conhecidos, diremos que nada concorreu tanto para preparar os acontecimentos que nos levaram à República do que o espírito *frondeur*, mais que isso, demolidor das instituições, que ostentaram os próprios estadistas da Monarquia. Isto por um lado. Por outro lado, não concorreu menos a displicência do Imperador, o seu indiferentismo quase budista pela sorte do regime. E, finalmente, se bem que em menor escala, a propaganda Repúblicana.

Observemos separadamente esses três fatores.

II

A propaganda Repúblicana, como elemento político organizado, datava, como se sabe, de 1870. Dois anos antes dera-se a cisão do Partido Liberal, com a formação de uma sua esquerda liberal radical. Fora essa facção que se transformara, em 1870, no Partido Repúblicano.

Data de então a primeira manifestação séria em favor da República. "Pela primeira vez a ideia Repúblicana figura na luta dos partidos políticos. As tentativas em nome dessa ideia, feitas no Império desde a Constituinte, não tinham consequência; eram, quando muito, apenas um perigo de conflito, de perturbação parcial da ordem, não afetavam os espíritos. Agora, porém, a aspiração Républicana manifestava-se sob a forma de uma desagregação do Partido Liberal, prometendo estender-se um dia ao Conservador."[178]

Durante alguns anos, porém, a atividade política dos Républicanos não iria além da formação, por assim dizer inofensiva e quase platônica daquele partido, do manifesto por eles lançado, e da agitação jornalística de uns poucos jovens sem prestígio para poderem influir na massa da população. Aliás, a confissão política de crenças Républicanas, ostentada pelo grupo dos liberais dissidentes, seria tomada, ainda por algum tempo, como um gesto puramente de forma, de simples doutrina política, sem nenhum efeito prático cá fora. Não passaria de uma manifestação um pouco mais radical daqueles mesmos princípios democráticos, que no fundo existiam latentes na consciência da maioria dos políticos do Império, Liberais como Conservadores. E a prova é que, fora o rótulo de *República*, — porque, em rigor, não passava de um rótulo — o programa político dos liberais Républicanos de 70 não se afastava muito do programa dos liberais monarquistas de 1831.

"Apesar do Manifesto e da separação, o Partido Républicano foi por algum tempo como que um *pronunciamento* do Partido Liberal, não se julgando impedimento para militar nesse partido a confissão de crenças Républicanas, como sempre tantos liberais tiveram, sobretudo na mocidade. É essa promiscuidade e velha camaradagem política que explica fatos como a entrada de Lafayette para o Gabinete Sinimbu, a eleição de Saldanha Marinho[178a] para a Câmara e a de Cristiano Ottoni para o Senado, pelo impulso da vitória libera1[179]. Entre um Républicano e um liberal adiantado, só mais tarde haverá antagonismo; por muito tempo, liberalismo e Républicanismo foram termos conversíveis."[180]

Aliás, os verdadeiros Républicanos, isto é, os Républicanos por convicção, os idealistas, os puros, sabidamente ligados aos ideais da Revolução Francesa, que aspiravam sincera e profundamente por uma mudança radical de regime político, na persuasão de que nela estava, realmente, o único meio de resolver-se o problema brasileiro, os que tinham *fé na República*, não passavam, afinal, de um simples pugilo de homens — *o pelotão Républicano*, como o chamavam Fernando Magalhães. Era um grupo extremamente reduzido, concentrados alguns no Rio, outros em São Paulo, outros no Rio Grande do Sul, uns poucos em Minas, e espalhado o restante, sem nenhuma coesão, sem a menor sombra de ligação partidária, pela vastidão quase despovoada do território do Império.[180a]

III

Só mais tarde, por sucessivas etapas, é que as fileiras Républicanas começaram realmente a contar no ambiente político e social do Brasil. Concorreram para isso diversos fatores, agindo com repercussões diferentes, como o golpe político da Coroa, em 1868, contra o Partido Liberal, a cisão conservadora em 1871, por causa da Lei do Ventre Livre, a Questão dos Bispos, a abolição imediata e sem indenização e, finalmente, a agitação militar dos últimos anos do Império.

Mas esses fatores, mesmo, com exceção do último, que foi o decisivo, eram antes de ordem puramente moral. Criavam, é certo, um *ambiente* de descrença no regime, uma atmosfera senão de hostilidade a ele, ao menos de indiferença; mas não chegavam a formar uma mentalidade Republicana bastante forte para se transformarem, pelo menos tão cedo, num sério perigo para a Monarquia. Criariam, no máximo, uma ameaça, que só com o tempo e à força de uma longa e eficaz propaganda, poderiam tornar-se uma realidade.

Mesmo mais tarde, logo depois da Abolição, portanto no período agudo da agitação Republicana, seus partidários não passavam, como elemento político que contasse de discursadores de praça pública e escrevinhadores de jornais. Estavam longe de poder desenvolver uma propaganda que pudesse abalar os alicerces do trono. Não tinham nem organização, nem coesão, nem imaginação para uma campanha de larga envergadura, como a que se havia feito, por exemplo, pela liberdade dos Negros.

Faltavam-lhes para isso, além dos meios materiais, que contam sempre nessas empreitadas, o elemento humano de peso, de real prestígio, sabido que o *grosso* da tropa Republicana era formado de rapaziada das Escolas, de valor politicamente nulo. E, se não fora o desentendido entre a classe militar e o Governo, de origem e evolução muito diversas, de que os chefes Republicanos do Rio e de São Paulo se aproveitaram *pro domo suo*, a Monarquia teria certamente teria durado mais alguns anos, pelo menos até o falecimento do Imperador.

Daí o pouco caso e o ar brejeiro com que o Conselheiro João Alfredo, chefe do penúltimo Gabinete da Monarquia, encarava o apregoado perigo de uma República prestes a vir. *Cresça*, primeiro, e depois *apareça*, foi a frase que lhe atribuíram, ao referir-se à vinda dessa República. É certo que ele desmentiu que a tivesse pronunciado. Mas, se isso é de fato verdade, o sentido de suas palavras no Parlamento, referindo-se a essa ameaça Republicana, levava a essa conclusão. Que queriam que ele dissesse, os que zelavam pela sorte da Monarquia, para obstar a vinda do novo regime? perguntava ele na Câmara dos Deputados. Que levantasse o Exército e chamasse as reservas às armas para combater essa República em embrião? "É melhor dizer que ela cresça; depois veremos com quem teremos de cruzar as nossas armas."[180b]

Politicamente falando, portanto, isto é, como expressão eleitoral, os Republicanos foram sempre de valor inapreciável — *agrupamento de sonhadores*, como os chama Vicente Quesada[181]. Basta dizer que a primeira vez que conseguiram eleger deputados foi somente por ocasião do segundo pleito processado pela Lei Saraiva. Nesse ano, 1884, tendo apresentado candidatos próprios, com doutrinas radicalmente contrárias ao regime monárquico, chegaram a eleger *três deputados*. Depois disso, porém, só conseguiriam voltar à Câmara em 1889, no pleito presidido pelo Ministério Ouro Preto, nas vésperas, portanto, do 15 de Novembro, e ainda assim graças ao apoio que lhes dariam os Conservadores em oposição ao Gabinete; elegeriam então *dois deputados*, num total de 125.

Não fossem, em suma, as fraquezas do próprio regime monárquico, agravadas por seus erros (o pior dos quais foi a péssima política adotada para com os militares) e a propaganda tal qual, a faziam os Republicanos — sem vigor e sem inteligência, sem um plano preconcebido, com muita parolagem e nenhuma ação prática — não teria bastado para impressionar a massa da população. Desesperados de abalar, com os seus discursos a consciência entorpecida da Nação, eles recorreram ao expediente, tradicional na América Espanhola, de explorar a proverbial ingenuidade política dos militares. E atrás do velho Deodoro, lá foram os *casacas* para o Campo de Santana proclamar a República.

922

"Os Repúblicanos declarados — dirá Joaquim Nabuco — seriam impotentes, qualquer que fosse o seu número, para produzir a queda da Monarquia, se a atitude dos monarquistas tivesse sido previdente e precavida contra semelhante perigo. O instinto, o sentimento da Nação, em sua quase totalidade, era de adesão e lealdade às instituições que por exceção na América Latina tinham tocado ao Brasil no ato de se tornar independente; a crença, porém, que essas instituições não corriam verdadeiro perigo, a certeza de cada partido, de cada político, de poder ele salvar a Monarquia, em qualquer momento ou transe que esta recorresse a eles, fazia os nossos partidos constitucionais em oposição olharem com simpatia as dificuldades que os Repúblicanos criavam ao Governo, e o concurso que indiretamente lhes prestavam.[182] A ideia Repúblicana, apenas defendida e advogada por homens que renunciavam a tudo para servi-la, era quase um solilóquio; o que a engrossava, lhe dava um som profundo, como a máscara grega, eram os ataques dos que, monarquistas, hostilizavam a Monarquia, por impaciência de subir, susceptibilidade ofendida, e incapacidade de tolerar que os outros tivessem a sua vez."[183]

Pode, de fato, dizer-se, que, com raríssimas exceções, quase todos os estadistas do Império deram, cada qual por sua vez, a sua pancada nas instituições monárquicas. Procurando passar por desencantados dos processos políticos em uso no Brasil, cuja deturpação era, aliás, obra muito mais deles do que do Monarca, o que esses estadistas faziam, com tais objurgatórias, era enfraquecer e destruir o próprio regime que tinham fundado ou ajudado a fundar, e do qual, afinal de contas, viviam. No fundo, praticavam um verdadeiro suicídio. "Maldito sistema!" desabafava Cotegipe a Penedo; "tudo entre nós há de se fazer tarde ou a más horas!"[184] *Uma podriqueira* — era como o classificava Uruguai; "desculpe o termo, acrescentava, o único que pinta a coisa."[185]

"De 1822 a 1889 — escreve Oliveira Lima — a Monarquia foi a *cabeça de Turco* dos publicistas. Quase todos sobre ela experimentaram a força do pulso, com mais ou menos sinceridade, com mais ou menos talento. A propaganda antidinástica era feita pelos próprios monarquistas, quer dizer, pelos homens políticos que se diziam partidários do regime, posto que adversários ocasionais do Soberano. Os Conservadores foram até os mais desapiedados."

V

De fato. Liberais e Conservadores não se fartaram, sempre que se tratava de defender interesses de suas políticas, de maldizer do Soberano e da Monarquia, muita vez até com uma rudeza e, mesmo, com uma injustiça de que só usaram os inimigos mais declarados do regime. Nessa obra de dissolução das instituições colaboraram indistintamente quase todos os estadistas.

Oliveira Lima chama a isso a *campanha demolidora do Império*, e data a última delas da substituição do Gabinete liberal de Zacarias, em 1868, pelo Gabinete conservador de Itaboraí, sendo certo que os Liberais, vendo-se postos fora do Poder, exploraram o mais largamente possível esse fato. Foi quando o Conselheiro Nabuco de Araújo levantou o grito de *Reforma ou Revolução*!; e da tribuna do Senado acusou o Imperador de despachar Ministros como se despacham delegados de Polícia, declarando que o regime não passava de uma farsa. Semelhante opinião derrotista partia de um dos mais autorizados chefes do Partido Liberal. Outro chefe, mas conservador, este, o Visconde de Camaragibe, no mesmo ano de 68, deixava que o seu jornal acusasse o Imperador de fazer " política de proscrição, de corrupção, de venalidade e de cinismo."[186] Como se vê, gregos e troianos eram estreitamente solidários nessa obra de destruição.

Um outro jornal conservador, inspirado por um dos cardeais da política, apresentava o governo do país como uma ditadura disfarçada, na qual o que se via era o desprezo das leis, era a desgraça privada, era o rebaixamento da dignidade nacional. De outro lado, via-se Francisco Otaviano, que pouco antes negociara em Buenos Aires, em nome do Imperador, o tratado da Tríplice Aliança, protestar contra o que ele chamava as "fórmulas aparentes de um governo livre, última homenagem que a hipocrisia rende ainda à opinião do século: as grandes instituições políticas anuladas, e a sua ação constitucional substituída por um arbítrio disfarçado" [187]. Em São Paulo, era o próprio órgão oficial do Partido Conservador, então na oposição, é claro, que lançava um artigo intitulado *O Baixo Império*, no qual se dizia: "Haverá ainda quem espere alguma coisa do Sr. Dom Pedro II? Para o Monarca brasileiro só há uma virtude — o servilismo! Para os homens independentes e sinceros — o ostracismo! Para os lacaios e instrumentos da sua grande política — os títulos e as condecorações!"

Em discurso pronunciado num dos teatros do Rio, Silveira Martins, então Deputado liberal pelo Rio Grande do Sul e mais tarde Ministro de Estado, Conselheiro, Senador e chefe de um dos partidos monárquicos, se excedia a tal ponto nos ataques à obra verdadeiramente civilizadora e saneadora do Monarca, que seu filho se verá mais tarde obrigado a confessar que linguagem *tão enérgica* contra o regime imperial não a usaram nunca os mais extremados propagandistas da República. "A ignorância, a desmoralização, a bancarrota, o ódio dos estrangeiros e o descrédito de tudo e de todos, são os funestos resultados dos 25 anos do governo do Sr. Dom Pedro II", exclamava esse político gaúcho, ao qual não repugnaria, entretanto, sentar-se, anos depois, à mesa do Imperador, como seu Ministro de Estado.

<h2 style="text-align:center">VI</h2>

Os inimigos de uma instituição, dizia Joaquim Nabuco, são, no sentido vulgar, os que a combatem, mas, no sentido preciso, os que a destroem. Esses monarquistas, ou tidos como tais, que não se cansavam de maldizer do regime, de lançar contra o Imperador as mais injustas acusações, toda vez que se sentiam feridos em seus interesses partidários ou em seu amor-próprio, senão também em seus interesses pessoais, como foi o caso de José de Alencar — eram certamente os piores inimigos da Monarquia. Porque os ataques lançados pelos Republicanos, embora impiedosos e quase sempre infundados, não impressionavam tanto a grande maioria da Nação, acostumada a ver neles apenas um recurso como qualquer outro de oposição. Ao passo que às agressões dos monarquistas, isto é, daqueles que lhe frequentavam os Paços e dividiam com o Imperador os encargos do Governo, não havia porque deixar de lhes dar fé.

Como não acreditar, por exemplo, nestas palavras, quando elas partiam de um político como Ferreira Viana, sabidamente afeiçoado ao regime, ou tido como tal que daí a quatro anos seria Ministro da coroa de um Gabinete conservador presidido por João Alfredo, quer dizer, um dos estadistas mais insuspeitamente identificados com a Monarquia: "Liberais e Conservadores, Republicanos, homens de todas as seitas, congregados em redor do estandarte da liberdade constitucional, é tempo de sacudir o jugo de uma onipotência usurpadora e ilegal, que arruinou todas as forças vivas da Nação! Estou farto de representar um papel nesta comédia política! Se fosse moço, saberia por ventura lavrar o meu protesto com o meu próprio sangue, porque a liberdade vale bem tal preço!"

Não lavrou. Pura retórica. Preferiu aceitar os fatos consumados e sentar-se também, como tantos outros, à mesa do despacho com o Imperador. "Quarenta anos de opressões — continuava ele da tribuna da Câmara — de arbítrio e de vitórias incruentas do Poder armado contra a opinião desorganizada do país; quarenta anos de desfalecimentos, de submissões, de murmúrios, de tímidos protestos; quarenta anos de usurpações bem sucedidas, de liberdade constitucional quase oprimida, terão talvez animado o Poder a fazê-lo arrostar a opinião do país e desferir sobre a Câmara o golpe mortal da dissolução."

Ferreira Viana terminava esse discurso invectivando o Imperador com a expressão que ficou célebre, de *César caricato*, e que muito bem se casava, em sinceridade, com essa outra, igualmente célebre, de Sales Torres Homem, referindo-se à Família Imperial — *estirpe sinistra*... Sales Torres Homem não seria apenas Ministro do Imperador, como Ferreira Viana, que a queda do Império não consentiu recebesse outros empregos da Coroa, mais ainda Conselheiro de Estado, Senador e Visconde de Inhomirim.

VII

"Alguns chefes jactavam-se de nunca irem apresentar cumprimentos ao Imperador, evitando, no seu dizer, a atmosfera pestilencial do Paço", conta-nos Oliveira Lima. Ouro-Preto, por exemplo, Ministro de Estado aos 29 anos de idade e Presidente do Conselho aos 52, o que quer dizer que militara na vanguarda da política e da administração do Império pelo espaço de cerca de um quarto de século, dirá, depois de 15 de novembro, com um orgulho incompreensível até mesmo num trabalhista inglês, que rarissimamente fora ao Paço, e sempre por dever; durante 10 anos, de 1868 a 1878, só lá aparecera duas vezes, a primeira para dar pêsames à Família Imperial, pela morte da Princesa Leopoldina, e a segunda para solicitar providências contra a compressão eleitoral que se exercia na sua Província. "Nunca vaguei pelas imediações dos Paços da Cidade — acrescentará; nunca me fiz encontradiço na estação de Petrópolis, para exibir-me em palestra augusta."[189]

A isso chamava Ouro Preto não ser *áulico do imperialismo*. Era certamente uma estranha concepção de suas relações sociais e políticas com o Chefe de Estado. E note-se que o Ouro Preto era um monarquista sobre cuja sinceridade não pairava a menor dúvida, e da qual deu provas indiscutíveis no ostracismo em que propositalmente se manteve, depois do 15 de Novembro, até os últimos dias de vida.

Essa desconcertante tarefa de desmerecer um regime e um homem aos quais serviam, a cujos favores ou pelo menos boa vontade era forçoso recorrerem, e de fato recorriam, pois deles dependia o sucesso de suas políticas, não se cansaram de desempenhá-la com maior ou menor brilho, com mais ou menos elegância moral, os mais modestos como os mais graduados políticos do Império. É deles, sobretudo, a obra de solapamento das instituições monárquicas no Brasil.

"O Imperador foi mais hostilizado pelos homens que o serviam e que sentaram-se nas suas Câmaras e nos seus conselhos — dir-se-á mais tarde — do que pelos adversários do regime que ele representava. Foi no *Libelo do Povo* que se fez a mais cruenta análise da Dinastia e do Imperador, e o livro era de um Deputado que foi Senador, Conselheiro de Estado e titular. Foi na *Conferência dos Divinos* que se sintetizou a política do novo

Augusto. Nos *Anais* do Parlamento, cada página é a crucificação não só do Imperador como do homem, e feita por personagens que deviam conhecê-lo de perto" [190]

VIII

Quando o Partido Repúblicano, constituído com os elementos da facção dissidente dos liberais, lançou o seu manifesto 1870, o Marquês de São Vicente, então Presidente do Conselho, observou ao Imperador:

"Senhor, os Repúblicanos publicaram o seu manifesto, e uma das medidas que o Governo Imperial devia adotar, por norma invariável, é de não prover nos empregos públicos quem tiver opiniões Repúblicanas. Nem o governo da Inglaterra, com todas as suas garantias de liberdade, admite que sirvam empregados públicos com opiniões Repúblicanas, nem os Estados Unidos, também com as suas liberdades, admitiriam que ocupasse empregos públicos quem tivesse opiniões monárquicas."

Respondeu-lhe Dom Pedro II:

"Sr. São Vicente, o país que se governe como entender e dê razão a quem tiver." O Presidente do Conselho insistiu:

"Vossa Majestade não tem direito de pensar por este modo. A Monarquia é um dogma da Constituição, que Vossa Majestade jurou manter: ela não está encarnada na pessoa de Vossa Majestade".

"Ora", disse-lhe rindo Dom Pedro II, "se os Brasileiros não me quiserem para seu Imperador, irei ser professor!."[191]

Esse indiferentismo do Imperador pela sorte do regime foi também um dos fatores que mais contribuíram para o desprestígio e, portanto, para a queda da Monarquia. Sua tolerância, nesse ponto, desnorteava até mesmo aqueles que mais se mostravam desafeiçoados ao regime. Não fosse ele, afinal, o chefe da Monarquia brasileira, e dir-se-ia até que estivesse solidário com os propagandistas da República!

O Imperador nunca tolerou que se criasse o menor embaraço e muito menos se impedisse a propaganda aberta, na imprensa e nos comícios, da substituição da Monarquia pela República. Ouro Preto conta que seu irmão Carlos Afonso, então Presidente da Província do Rio, proibira se fizesse, numa praça de Campos, uma anunciada conferência Repúblicana. E disto dera parte ao Monarca.

"Pois fez muito mal!" observou-lhe o Imperador. "Devia deixar que falassem."

Ouro Preto conta ainda que, em uma de suas visitas semanais, Basson, Chefe de Polícia da Corte, comunicou ao Imperador que a Polícia estava resolvida a impedir as manifestações com que os estudantes projetavam comemorar a data Repúblicana e revolucionária de 14 de julho. Objetou-lhe o Imperador:

"Não faça isso, Sr. Basson, deixe os rapazes!"[192]

IX

Já vimos atrás porque forma os mais conceituados estadistas do Império se referiam à Monarquia e ao Monarca, sempre que por iniciativa ou não do Imperador os interesses partidários deles não corriam inteiramente satisfatórios. No entanto nunca se soube que Dom Pedro II tivesse tido urna palavra sequer de censura ou de queixa de tais excessos, e muito menos que tivesse procurado afastar dos conselhos da Coroa os que mais diretamente o atingiram em seus ataques.

Pelo contrário. O caso de Sales Torres Homem ficou célebre, e vale por um exemplo da magnanimidade e da condescendência imperial. Torres Homem fora o "Timandro", autor do célebre *Libelo do Povo*, publicado após a queda dos Liberais, em 1848, onde ele nada poupara ao Imperador e à sua família, desde o Avô, o bastardo João VI, *pusilânime e incapaz*, até o irmão da Imperatriz, o Rei Fernando II das Duas Sicílias, *déspota atrozmente beato e beatamente verdugo, dilapidador do povo e rei parricida*. A Imperatriz e suas filhas, com essa sensibilidade feminina sempre viva, não esconderam jamais sua repugnância em tratar com Sales Torres Homem. — *Essas senhoras não gostam de mim*. . . dizia ele, meio contrafeito, quando, mais tarde, já penitenciado, sentia, no Paço, a frieza de seus cumprimentos.

O Imperador, porém, foi de uma generosidade sem par. Quando Abaeté organizava o Ministério de 1858, ele logo sugeriu a inclusão do nome de Sales Torres Homem, então Diretor-Geral do Tesouro, para ocupar a Pasta da Fazenda. Abaeté confiou este fato a Uruguai, dizendo que o Imperador lhe acrescentara não guardar na memória as ofensas recebidas de Sales Torres Homem; e que tinha por princípio aceitar o concurso de todos quantos lhe parecessem necessários ao País.

Sua generosidade para com o antigo autor do *Libelo* não ficou nisso. Mais tarde iria nomeá-lo Senador, mesmo contra a vontade de Zacarias, Presidente do Conselho, provocando, com isso, uma das mais sérias crises políticas do regime, e sacrificando a vida do Gabinete e da situação liberal então dominantes. "Enquanto reinou, (dirá Capistano de Abreu) os insultadores encontraram nele uma equanimidade irnpertubável."[192a]

X

A explicação de uma tal condescendência estava em que o Imperador entendia não lhe caber o direito, por causa de oposição, mesmo violenta, à sua pessoa, ao regime ou à sua família, de sacrificar o Estado com o afastamento dos homens de reconhecido valor. E, se alguma vez manifestou certa repugnância em sentar-se à mesa dos despachos com determinados políticos, como Ferreira Viana, foi sobretudo, como disse, "pelo receio de ser penosa a convivência com eles[193], que não podiam deixar de sentir-se contrafeitos ao seu lado. No que aliás se enganava.

A superioridade moral de Dom Pedro II, nesses casos por assim dizer pessoais, estava em que ele não era uma dessas criaturas visceralmente insensíveis. Sofria, também, como a generalidade dos homens, as fraquezas e as injustiças dos outros. Mas tinha a grande virtude de saber perdoar. Preferia, como Warwick, o orgulho de perdoar ao orgulho de punir. "Doem-me as injustiças que se me fazem — disse ele certa vez — e sou, como todos, sensível às ofensas que me são dirigidas. Mas ainda assim sei relevar as fraquezas, bem como os excessos das paixões humanas." Um homem honesto, dizia Molière, está acima de todas as injúrias que se lhe podem fazer, e a resposta que deve dar a esses ultrajes é a moderação e a paciência.

Ouro Preto conta que uma vez ousou externar ao Imperador a opinião de que a impunidade, em que ficavam aqueles que combatiam ou caluniavam as instituições e seus representantes, não pouco havia contribuído para desenvolver a propaganda Republicana. Respondeu-lhe Dom Pedro II:

927

"Sou sensível às injustiças e doem os apodos; mas o meu dever não permite que, por injúrias pessoais, prive o país dos serviços de Brasileiros distintos. As coisas únicas de que posso dispor livremente, conferindo-as aos que sei não me serem infensos, são os cargos da minha casa, que não dão proventos nem privilégios."[194]

Ressentindo-se sem se vingar, o Imperador praticava, como dizia Oliveira Lima, as virtudes verdadeiramente cristãs do perdão e da misericórdia. Porque, apesar de tudo, ele nunca fora um descrente dos homens. Sabia bem ver, nos ataques que lhe dirigiam, onde estava a paixão política e onde estava o sentimento mau; e a ambos perdoava. Perdoava porque confiava em que nem tudo estava ainda perdido na natureza humana; sabia que, se atirasse uma sonda nas profundezas dessas almas tão turvadas na superfície, era raro não colher algum sentimento puro — para servimo-nos de um belo conceito de Maurois.

XI

Politicamente, porém, essa tolerância do Imperador valia por uma renúncia. Ele renunciava não somente ao título de Imperador, que, afinal, significava, na nossa organização política, muito mais do que um simples rótulo, a mais alta autoridade da Nação, o chefe incontestado do Estado, como renunciava por igual ao dever primordial que lhe impunha o exercício desse cargo, e que era o de prestigiar e dar força ao princípio monárquico que representava. Ora, essa tolerância do Imperador não era a política de um Soberano, como dirá Joaquim Nabuco, convencido da falta que a Monarquia fazia ao país.

Vicente Quesada, que foi, dos diplomatas que o conheceram de perto, o que talvez melhor lhe penetrou os verdadeiros sentimentos, tarefa bem difícil numa natureza fechada como a do Imperador, sobretudo aos estrangeiros, era de parecer que este não tinha fé nas instituições monárquicas brasileiras, e, se as mantinha, faziam como um filósofo budista, sem preocupar-se maiormente com o dia de amanhã.

Contudo, deve-se acentuar que o Imperador sempre se manifestou no sentido de achar que a Monarquia era ainda necessária entre nós. "Sempre tenho defendido de convicção — dizia ele — e nunca por interesse próprio ou de família, a necessidade da Monarquia para o Brasil nas circunstâncias atuais"[195]. Mas era também verdade que essa convicção de nada valia na prática, numa vez que ele próprio concorria, com os seus repetidos exemplos, para animar os que destruíam ou procuravam destruir o regime que nos governava. E a tal ponto que Ouro Preto acabou por se capacitar de que era caminho seguro para chegar-se prontamente às altas posições, a agressão aberta à Monarquia.

Há o caso, realmente edificante, do Imperador ir buscar para mestre de seus netos, filhos do Duque de Saxe, um dos adversários mais intransigentes do regime, e pouco depois mais ativos propagandistas da República — Benjamim Constant. Conta-se que este bem que tentou esquivar-se de tarefa tão delicada. Alegou não desejar ter discípulos aos quais não pudesse tratar como aos demais; alegou nas próprias crenças Republicanas; alegou a obrigação moral, que lhe incumbia, de incutir tais ideias, embora incidentalmente, no espírito de seus futuros discípulos. Debalde. Dom Pedro II cedeu em tudo. "Ele punha o saber e a moralidade do professor acima de suas ideias políticas" — dirá Tobias Monteiro. [196]

XII

Quando esse mesmo Benjamim Constant pronunciou na Escola de Guerra aquele célebre discurso de censura ao Governo, Ouro Preto, Presidente do Conselho, propôs que se afastasse da direção da Escola o respectivo diretor, Marechal Miranda Reis, que não soubera fazer calar imediatamente o oficial indisciplinado.

"Quer o Sr. desconsiderar o Miranda Reis, — objetou-lhe logo o Imperador, — que tem tantos serviços e foi tão bravo na guerra?"[197]

Que não, respondeu-lhe Ouro Preto, mas apenas afastá-lo de um cargo militar que a sua idade e o serviço da Casa Imperial, onde ele era dignitário, não lhe permitiam cuidar. "Um novo diretor (acrescentou o Presidente do Conselho) advertiria, nos termos do Regulamento, o Tenente-Coronel Benjamim Constant da sua falta. Se ele mostrasse não atender, fá-lo-ia diante da congregação. Se ele ainda não compreendesse o erro, nomear-se-ia um conselho de lentes e far-se-ia o julgamento.

Dom Pedro II o atalhou:

"Qual, Sr. Ouro Preto, não vá por aí. O Sr. acredita no resultado desse Conselho? Lobo não come lobo! Olhe, o Benjamim é uma excelente criatura, incapaz de violências, é homem de x mais b, e além disso muito meu amigo. Mande chamá-lo, fale com franqueza, e verá que ele acabará voltando ao bom caminho"[198]

Quando, alguns anos depois, já no exílio em França, Dom Pedro II teve conhecimento da notícia da morte de Benjamim Constant, longe de exprimir qualquer palavra de recriminação contra um dos principais inspiradores do movimento militar que o derrubara, só teve conceitos brandos, para lamentar o seu prematuro desaparecimento. O Barão de Penedo, que lhe estava ao lado, estranhou essa atitude, e lembrou a ação de Benjamim Constant contra a Monarquia e a Família Imperial.

"Nada tem uma coisa com outra" — foi a resposta do Imperador. "Esse era o homem político, não o discuto. Deploro a morte do homem de ciência, que estimei, e que era muito boa criatura."

Outro Republicano e positivista, Martins Júnior, tendo prestado concurso para uma cadeira de lente na Faculdade de Direito do Recife, lograra obter o primeiro lugar na lista dos classificados, acima do filho de um dos maiorais da Província. O Ministro da Justiça, que era Ferreira Viana, o mesmo que atacara tão duramente *as injustiças e os arbítrios da Coroa*, tentou preterir Martins Júnior para dar preferência ao filho do político pernambucano. Mas o Imperador não o consentiu: declarou que os pretextos alegados contra Martins, isto é, a sua fé Republicana, não o impediam de ser um bom professor, e ainda menos o da crença positivista, que, embora a religião do Estado fosse a católica, sendo sincera, devia ser admitida.[199]

Foi sempre essa a sua opinião. Não perturbar, não punir a liberdade de opinião, qualquer que ela fosse ou forma de sua exteriorização. Para ele, essa liberdade era sagrada. Abafá-la ou somente cerceá-la, como dizia Lacordaire, era violar a justiça e a razão. Uma Nação nobilita-se pelo uso da liberdade, de todas as liberdades, a liberdade natural que é a do homem, a liberdade civil que é a do cidadão e a liberdade política que é a do povo.

Esse sentimento do Imperador era sem dúvida louvável. Ele entendia que a liberdade da imprensa era um dos dogmas do regime representativo, e, como tal, intocável. Mas tudo na vida tem seus limites, e essa liberdade só devia ser tolerada até quando não entrasse pelo terreno da licença e do insulto pessoal. E era justamente o que se dava com certa imprensa nos últimos anos da Monarquia, sem que sofresse, entretanto, por isso, qualquer medida de repressão. Não falemos da série de artigos de Rui Barbosa no *Diário de Noticias* do Rio de Janeiro, enfeixados depois em dois volumes sob o título de *Queda do Império*, em que ele procurava incompatibilizar o Imperador e a Princesa Imperial com o Exército, recorrendo para isso a todos os recursos da intriga, do sofisma e da mentira mascarada de verdade. Fiquemos no famoso pasquim *O Corsário*, contumaz difamador, e cujo redator-chefe, Apulcro de Castro, seria barbaramente assassinado às portas da Polícia da Corte em 1883, por um grupo de oficiais do 1º Regimento de Cavalaria, em revide aos ataques de citado jornal. Um crime covarde inqualificável, mas que o Gabinete de então, presidido pelo Conselheiro Lafayette Rodrigues Pereira, deixou que ficasse impune e fosse abafado, sob pretexto de poupar as susceptibilidades das classes militares, ou melhor, do Exército, único responsável pelo revoltante crime. Com a agravante de o Imperador ir, no dia seguinte, visitar o Quartel daquele Regimento,[199a] "uma humilhação da Coroa perante a rebelião militar", como bem disse Andrade Figueira na Câmara dos Deputados. Uma das poucas vozes — senão única — no Exército a condenar esse crime foi a do General Tibúrcio em carta ao seu amigo João Brígido, quando escreveu: "Sou talvez o único militar na Corte que lamenta esses excessos. Quero ser unidade. Prefiro lamentar o assassinato do Apulcro a incensar a vaidade de poderosos que atiram meus irmãos de armas à liça vergonhosa do celerado e do bandido."[199b]

Lamentando Rosendo Moniz um dia, em conversa com o Imperador, "essa falta de corretivo à imprensa licenciosa e difamatória, porquanto desde que no *Corsário* se se atiravam chufas e ultrajes ao Chefe do Estado, estavam todos os cidadãos expostos aos maiores insultos", respondeu-lhe Sua Majestade: *Ele não ataca a minha pessoa, mas o cargo que ocupo.* A que Rosendo replicou: "Ele ataca a reputação de vossa Augusta Filha e, portanto, não se trata de cargo", com o que, acrescenta Rosendo "indulgente e razoável como sempre, conformou-se o Príncipe com as razões que aduzi." [199c]

XIII

Seria acaso, o Imperador, por convicção, um Repúblicano? Em tese, quer dizer na acepção larga que se costuma dar a esse termo, ele o era, sem dúvida, e o confessaria mais de uma vez. Acusaram-no de ter gabado disso a Victor Hugo numa de suas visitas ao poeta; não há, porém, uma testemunha autorizada que o confirme. Nem François Coppée nem Gustave Rivet, os dois homens de letras que privaram de perto Victor Hugo e nos deixaram referências detalhadas das duas visitas do Imperador ao poeta, nem este, em suas notas diárias, publicadas mais tarde por Louis Barthou, se referem a tal fato.

De resto, o próprio Imperador o desmentiu implicitamente nestas palavras, referindo-se ao seu propalado sentimento Repúblicano: "Nunca o disse, porque jamais gostei de bravatas. Desejaria, repito, que a civilização do Brasil já admitisse o sistema Repúblicano, que para mim é o mais perfeito, como podem sê-lo as coisas humanas. Tenho acrescentado que para mim seria melhor que houvesse República no Brasil, e, caso pudesse ser Presidente, mais facilmente fariam justiça à minha dedicação."[200]

Rebouças, que privou um pouco de perto com o Monarca nos últimos anos do Reinado, conta, em seu *Diário*, que certa vez, na estação de Petrópolis, ele lhe declarara ser Repúblicano: "Sou Repúblicano, todos o sabem. Se fosse egoísta, proclamava a

930

República para ter as glórias de Washington... somente, sacrificava o Brasil à minha vontade." Pode ser que no fundo ele tivesse dito mais ou menos o que aí está. Mas esta forma dogmática e pretensiosa de exprimir-se nunca foi do Imperador; e nada tão contrário ao feitio modesto e até mesmo humilde, senão também à sua constante e quase impenetrável reserva, do que essa fanfarrice Republicana.

Certa vez, em Montevidéu, um político uruguaio chamou-o de "príncipe ilustre e grande Republicano", cuidando, com isso, prestar uma homenagem aos sentimentos liberais do Monarca. Silveira Martins, ali presente, observou, porém, muito a propósito que o Imperador era um homem de bem, e não podia, portanto, ser a um tempo na Chefia do Estado Republicano e Monarca. E citou o exemplo de José II, que, felicitado por uma dama francesa pelos triunfos que os Republicanos norte-americanos alcançavam contra ingleses, seus inimigos, respondera com uma grande presença de espírito: *Madame, mon métier à moi est d'être royaliste.* "O Imperador do Brasil não é somente monarquista por ofício, concluiu Silveira Martins, é, principalmente, pelas ideias, pela família, pela tradição."[201]

Que ele fosse, teoricamente, um Republicano ou não, pouco importa; o que é certo é que sempre repetiu, com toda a razão, aliás, que a Monarquia constitucional era o melhor sistema de governo para um país nas condições políticas em que estava então o Brasil. Cumpre que se convençam, escrevia certa vez a Sinimbu, — e hão de convencer-se, que o nosso sistema de governo é o mais conveniente ao estado do Brasil."[202]

A Alexandre Herculano, que declinara aceitar a Ordem da Rosa, por uma questão de princípio político, escrevia o Imperador: "Também eu não sou partidário em absoluto de nenhum sistema de governo; mas creio igualmente que o de nossas Nações é o que mais convém às neolatinas, cujos sentimentos ardentes exigem que se infunda o respeito ao princípio desse governo por atos de maior interesse, e mesmo de abnegação." E acrescentava que, na sua opinião de homem e de Monarca, o melhor de governo para o Brasil devia ser uma república de presidente hereditário.[203] Aliás, o que vinha a ser, afinal, senão isso o Império do Brasil, com Dom Pedro II à frente de seus destinos? *Foi-se a única República da América!* exclamou Rojas Paul, Presidente da Venezuela, ao ter notícia da queda da Monarquia no Brasil. Agripino Grieco observa, não sem fundo de verdade, que o Imperador foi talvez "o único Republicano que o Brasil já teve, pela sua liberalidade, pela sua aversão à pompa palaciana e pelo seu amor ao povo."[204]

XIV

A preferência que ele manifestava às vezes pelo cargo de Presidente da República ao de Monarca não era um sentimento de puro esnobismo, como a muitos parecia. Refletia, sobretudo, a tendência, que sempre existiu no Imperador, de se despregar, ao menos em imaginação, de uma posição que, pela tradição histórica e significação política, era a menos compatível com a sua natureza patriarcal e inteiramente desambiciosa. "Estou cansado de vida oficial!" lamentava ele a Vicente Quesada, que o chama, por isso, de *Monarca à força. "Como Monarca, acrescenta, carecia dos preconceitos da estirpe e do temperamento especialíssimo que engendra o exército da realeza durante várias gerações."*[205]

Em seu *Diário*, à data de 31 de dezembro de 1861, com menos, portanto, de 40 anos de idade e apenas duas dezenas de governo, ele confessava preferir, *quanto à ocupação política, a de Presidente de República ou Ministro à de Imperador.* Era já, portanto, um desencantado da Coroa que o destino lhe pusera na cabeça. E, como se ela de fato lhe pesasse desde muito, acrescentava, com um indisfarçável sentimento de desconsolo: "Se ao menos meu pai imperasse, ainda estaria eu há onze anos com assento no Senado, e teria viajado o mundo!" [206]

Não seria impossível, se ele tivesse a considerar somente os interesses de família, e se as condições sociais e políticas do Brasil o consentissem, segundo sua opinião, que acabasse por ter o gesto único em toda a história, de um Monarca que um dia resolve abrir mão, espontaneamente, de todos os direitos dinásticos, para convidar a Nação a escolher, em toda a liberdade, num grande plebiscito, uma outra forma de governo. Aliás, uma tal possibilidade não deixava de ser prevista no seio mesmo de sua família, o que deixa pensar que entrava também em suas próprias vistas. Referindo-se à implantação da República em 1889, dirá a Princesa Imperial no momento de partir para o exílio: Pensei que essa transformação se daria, mas por outro modo: a Nação iria elegendo cada vez maior número de deputados Republicanos, e estes, tendo a maioria, nós nos retiraríamos." [207]

Formas de governo, escreveu certa vez o Imperador, são meras questões de estética! E numa de suas notas deixou dito: "Se o procedimento errado dos partidos monárquicos der a vitória ao Republicano — que provará isso? O Monarca não deixará de ser o homem honesto e desinteressado — não do bem de sua pátria, que para ele não pode existir fora da Constituição." Joaquim Nabuco, que cita estas palavras, observa: "Esta sua dependência voluntária, íntima, da boa vontade do país é tal que, deposto do trono, não afirmará uma só vez o seu direito de reinar em virtude de qualquer dos antigos pactos, da Independência, da constituição, de 7 de abril, da Maioridade, e muito menos pelo direito tradicional português."[208]

Nos últimos anos do Império, pela evolução natural de seu Governo, e também pelas condições sociais do Brasil, influindo, cada vez mais, na liberalidade de seu espírito, se ele não chegou a consentir numa mudança de regime político, mesmo pela forma reclamada por algumas municipalidades, isto é, por uma Constituinte, é quase certo, em todo o caso, que acabaria por aceitar a Federação, que, embora com as insígnias imperiais, como dizia Rui Barbosa, seria um eufemismo de República.[209] Reconheceria que o país a reclamava, e não lhe caberia estorvar uma aspiração dessa ordem. "O Sr. sabe melhor do que ninguém que eu nunca serei embaraço à vontade da Nação", dizia ele a Saraiva, quando este lhe dava conta do voto em separado do congresso liberal, no qual se continham as ideias da Federação. Ainda aí, a liberalidade de sua política refletia a concepção que tinha da soberania popular, que sempre declarou aceitar como um dogma, tão sagrado em política como a infalibilidade do Papa em religião.

A Federação seria então das últimas abdicações do Imperador. Há bem dez anos que ele não fazia senão ceder progressivamente diante das exigências que o tempo, com as suas mudanças, traz sempre consigo. Eram capitulações sobre capitulações! Como o próprio Império, que ele encarnava, e onde tudo se dissolvia — os partidos, as classes armadas, a propriedade territorial, os políticos, os órgãos constitutivos do Estado — também sua vontade entrara na derradeira fase da dissolução. Era bem o fim!

CAPÍTULO XI

VIAGEM PARA O EXÍLIO

Marcha vagarosa do Alagoas. Ao longo da costa brasilei-
ra. Última Mensagem. No alto mar. Passatempo do Impe-
rador. Preocupação pelos livros. Suas poesias de bordo.
Possibilidade de uma resistência a Deodoro. A Imperatriz
e a Princesa Imperial. O Conde d'Eu e os filhos. Chegada
a São Vicente. O caso dos cinco mil contos. Recusa do Im-
perador. Mensagem a Ouro Preto. Oferta de hospedagem
pelo Rei Dom Carlos. Aniversário natalício do Imperador.
Chegada a Lisboa. Despedida do pessoal de bordo.

I

O *Alagoas* navegava em águas brasileiras. Os dias se sucediam com a regularidade e a monotonia de todas as vidas de bordo.

Nos primeiros dias a viagem tornara-se aborrecida pela marcha vagarosa do navio. Não que ele fosse um barco de lento caminhar, mas porque o seu comandante tinha
severas instruções para não se adiantar demasiado ao couraçado *Riachuelo*, que o comboiava, e este, sim, tinha uma marcha por demais vagarosa.

O Imperador, sempre tão sereno, acabou por agastar-se com tanta morosidade.
No desconforto moral e material daquela viagem, o interesse de todos, dele sobretudo,
era chegar o mais depressa possível ao porto de destino.

"Quantas milhas faz o Riachuelo?", perguntou ele ao comandante.

"Sete, oito..."

"Só? Mas ela andava dezesseis!", observou Dom Pedro II, cuja memória se revelava ainda prodigiosa.

A coisa chegou a ponto de o *Alagoas* receber, mais de uma vez, ordem para parar, a fim de permitir que o *Riachuelo* consertasse um desarranjo nas máquinas ou nas
caldeiras. Era demais!

Um dia o Imperador impacientou-se :

"Diga a esse moço que vem a bordo[210] que, se o *Riachuelo* é honraria, eu dispen-
so; se quer dizer receio, eu não quero voltar. O Brasil não me quer; vou-me embora!."

Afinal, os comandantes do *Alagoas* e do *Riachuelo* entenderam-se no sentido de
ficar o primeiro desses navios livre de ser comboiado, podendo, portanto, seguir sozinho
seu destino. E horas depois, já à noite, o *Riachuelo* foi ficando cada vez mais para trás
até desaparecer de todo.

933

"Corria agora enfim o *Alagoas*, livre dessa guarda formidável, que tantos dias o detivera à meia marcha. Sem dúvida a monotonia de bordo não la mudar; mas a certeza de avançar, a esperança de chegar mais depressa, faziam certo bem aos ânimos abatidos."[211]

Nos primeiros dias, o *Alagoas* navegou ao longo da costa brasileira, que lhe aparecia ao longe, na linha do horizonte, como uma baixa e sombria nesga de terra. O Imperador distraía-se procurando precisar a região a que pertencia — Caravelas, Porto Seguro, Salvador, Barra do São Francisco. . .

Na altura de Pernambuco o *Alagoas* começou a afastar-se da costa. Pouco depois passava ao largo da Ilha Fernando de Noronha, última terra brasileira à vista. Quando a Ilha não era mais do que uma pequena mancha no horizonte, e o *Alagoas* rumava definitivamente para as águas europeias, foi sugerido que se soltasse um pombo com uma última mensagem dos exilados. Escolheu-se um dos mais vigorosos da capoeira de bordo. O Imperador escreveu num pedaço de papel — *Saudades do Brasil!* e todos, com ele, assinaram o adeus à terra natal. Ligado o papel à asa do pombo, foi este solto e logo largou o voo, impelido por uma rajada de vento. Mas não tardou em cair pesadamente e desaparecer nas águas do mar, sob as vistas emocionadas do grupo que no tombadilho cercava o Imperador[212]. Perdia-se, assim, a última possibilidade de comunicação com a terra brasileira. Era bem o exílio!

Em Havana, o poeta cubano Julián del Casal, autor das *Hojas de Viento*, evocaria, pouco depois, um *Adiós al Brasil del Emperador Don Pedro II*:

> *Solitario, en la popa de la nave,*
> *Del poniente a los cárdanos reflejos,*
> *Habló el Emperador, con su voz grave,*
> *Mirando us dominios a lo lejos:*
>
> *País de promisión idolatrado,*
> *Obediente a la bárbara consigna,*
> *Me alejo de tuas playas desterrado*
> *Con alma triste, pero siempre digna.*
>
> *Déjame que recuerde mis hazañas*
> *Y hacia el passado el pensamiento vuelva,*
> *Como el hombre sube a tus montañas*
> *Vuelve la vista a la cruzada selva.*
>
> *La sentencia final que me destrona*
> *Sólo inspia desdén al Soberano:*
> *Y aunque Ilevé en la frente uns corona*
> *Yo he sido tu primer Repúblicano!*
>
> *El vasto Imperio que mi vista abarca,*
> *Guardará el sello de mi nombre impreso,*
> *Porque hasta elfin de su última comarca,*
> *Difundi los fulgores del progreso.*

Hice de tu riqueza elfirme emporio,
Alentéel heroismo de los bravos Y proclame:
en el ancho territorio,
La ansiada libertad de los esclavos.
Dicté a mi pueblo salvadoras leyes,
Inspiré us pacíficas conquistas, Y más
que Ias coronas de los Reyes,
Los lauros envidié de los artistas.

A unque recuerde mis gloriosos hechos,
No impetro mi pasado poderío:
Y la súplica no brota de los pechos
Viriles y altaneros como el mío!

Nadie vea em mi fuga una derrota.
Yo prefiero alejanne desterrado
Antes de derramar sólo una gota
De la sangre del ultimo soldado.

Ya los años inclinan mi cabeza
Sobre un sepulcro ante mis pies abierto,
Y sólo me acompaña a la tristeza
De no quedar em mis dominios muerto.

Y terra adorada, adiós! Ya la amargura
Sofoca mis lamentos de proscrito.
Y engrandecerte fué mi desventura!
Y amarte siempre mi único delito! [212a]

Na mesma ocasião e na mesma data (dezembro de 1889), outro poeta, também cubano, entoava o seu canto de adeus ao Imperador deposto, dizendo:

....
....

Hoy en su albor el pueblo brasileño,
Con digno arranque tiéndete su mano;
Dice adiós para siempre al viejo dueño,
Y saluda al moderno ciudadano.

En todo lo que encierra la comarca
Se conserva el respecto de tu nombre;
Despedimos corteses al Monarca,
Puede quedarse á nuestro lado el hombre.

Guardo como un deber tu amor profundo,
Y al llegar á tus puertas no me arredro:
Y rasgo el manto del rey Pedro Segundo,
No la noble levita de Dom Pedro!

En tus manos están bastón y espada
Y elegir entre ambos te es forzoso;
Deja la espada que gobierna airada,
Toma el bastón que manda generoso.
Mas si quieres partir, adiós. Al irte,
Del mar inmenso en las rugientes olas,
Son, para saludarte y despedirte,
Pañuelos de dolor, las banderolas.

Estos marinos, para ti tan caros,
Homenajes te dán con desconsuelo,
Y parecen sus ultimos disparos,
Mas que salva de honor, salva de duelo.

Mira como sin dar sólo una queja,
Adiós te dicen los ayer esclavos,
Cual tiembla la correinte que se aleja,
Que es de la patria manatial de bravos!

Pronto verás, cuando alejado te hayas,
Entre las pardas y ,wtiles brumas,
Llegar desde estas amorosas playas
A besar tu bajel, blancas espumas.

Como aqui, siempre allá siga tu vida,
Sin que un agravio á tu dolor demandes;
Que ser fuerte, detrás de la caída,
Es la divisa de las almas grandes!. . .
Y si afin de volver afán te acosa,
Y con morir entre nosotros sueñas,
Pondrán galones tristes en tu fosa,
Las hermosas mujeres brasileñas! [212b]

II

O *Alagoas* navegava já agora em pleno alto mar. Todos se preparavam para os dias monótonos da travessia. Grande madrugador, o Imperador era o primeiro a aparecer em cima, no tombadilho. Estava sempre atento a tudo quanto, no mar, pudesse chamar-lhe a atenção. Se divisava um navio na linha do horizonte, logo tentava identificá-lo, se era um barco de carga ou de passageiros, se la ou vinha do Brasil, em que latitude navegava, a que nacionalidade pertencia.

Fazia empenho em receber diariamente, numa folha de papel que lhe fornecia o Comandante, a posição exata do *Alagoas*, com o número de milhas percorridas nas últimas 24 horas. Nestes papéis distraía-se fazendo depois seus cálculos para apurar o número de milhas já realizadas desde o início da viagem e o número das que faltavam para alcançar-se o próximo porto.

A grande parte do dia, porém, o Imperador passava sentado ao lado de uma mesinha, colocada no tombadilho, perto do portaló, sobre a qual havia sempre livros e papel. Horas e horas deixava-se ficar ali, lendo ou escrevendo. Nos primeiros dias entreteve-se com a leitura dos *Estudos brasileiros*, de José Veríssimo[213]. Seu amor pelos livros em nada diminuíra. Tornava sempre notas de obras, dos títulos e dos nomes dos autores que lhe ocorriam, para mandar adquiri-las assim que chegasse à Europa. Eis algumas dessas notas, lançadas em pedaços de papel hoje conservados no Arquivo da família: *Études littéraires sur le XXe siècle*, par Faguet — *Étude sur D'Alembert*, par Bertrand — *Some eminent women of our times,* by Mrs. Francey — *Polémiques d'hier,* par d'Aurevilly —*A life of John Davis*, by Northam (nota do Imperador: 'E o que se for publicando da coleção") — *Christina, Queen of Sweden*, by Bain — *Récits de campagne*, par le Duc d'Orléans.

Anotava, como era seu costume, muitos dos livros que lia. Eram curtas observações ou reflexões que lançava à margem, a lápis, sugeridas por uma passagem ou uma citação mais sugestiva. As notas que deixou à margem do livro de Chandordy, La France en 1889, foram lançadas no correr dessa viagem para o exílio.

Em pedaços de papéis rascunhava poesias, sonetos em grande parte, com uma letra irregular, cheia de emendas e substituições de vocábulos, a tal ponto que muitos desses escritos se tornaram depois quase ilegíveis. Os assuntos prediletos, por assim dizer únicos, dessas poesias, são a honestidade do seu procedimento, como Chefe de Estado e como homem, o cumprimento do dever, o respeito à liberdade e, sobretudo, o seu constante, desvelado e nunca desmentido amor pelo Brasil.

Começo de uma poesia:

> *A linha do dever, nosso equador,*
>
> *Nunca passaste e agora bem o mostras*
>
> *Quando com o teu caráter belo arrostras*
>
> *Gelos de indiferença...*

Outra, datada de 23 de novembro:

> *Vamos deixar de ver nosso Brasil*
>
> *Levando-o aliás no coração...*

Do dia seguinte :

> *Breve não avisto mais a pátria brasileira...*

Jamais se lhe ouviam uma censura qualquer ou uma frase menos agradável contra os homens e os fatos relacionados com a sua deposição. Certa vez alguém aventou a hipótese de um fracasso do novo regime, e subsequente restauração da Monarquia. Perguntaram se ele estaria disposto a subir novamente ao trono: que sim, respondeu, se o chamassem, voltaria. De outra vez deixaram insinuar que, se ele tivesse querido resistir ao golpe de Estado de Deodoro, talvez saísse vitorioso. Respondeu prontamente:

"Resistir, para quê? O Brasil há de saber governar-se; não precisa de tutor. Olhe, a minha preocupação é ser sempre coerente."

Por sua serenidade, pela despreocupação de seu espírito e perfeita segurança de si próprio, dir-se-ia, vendo-o ali sentado, entretido com livros e papéis, que ele se achava numa das salas de sua biblioteca de São Cristóvão, nos dias mais tranquilos do Reinado. Guardava sempre a calma impressionante do rosto, onde raramente aparecia um traço de emoção. Apenas, de vez em quando, notava-se cobrindo-lhe a face, uma leve sombra de tristeza. Deixava então cair o livro sobre os joelhos, um dedo marcando a página interrompida, e fitava demoradamente, com um olhar profundo, a linha distante do horizonte, atrás da qual sabia estar a sua terra.

III

A Imperatriz fazia-lhe geralmente companhia numa cadeira ao lado. Parecia resignada, embora muito abatida. Um dia, conversando com o Comandante Pessoa, do *Alagoas*, referiu-se ao fuzilamento, pelos mexicanos, do Imperador Maximiliano, primo de Dom Pedro II, e à triste situação em que ficara a viúva, a pobre Imperatriz Carlota, abandonada num velho castelo à margem do Adriático, com as faculdades mentais irremediavelmente abaladas.

E comparando, maquinalmente, a sua com a sorte da pobre Imperatriz, refletiu, como que conformada:

"Podia ser pior..."

Dona Isabel não se mostrava tão forte. Estava profundamente ressentida. Sua amargura era grande, e dificilmente podia consolar-se com a sorte ingrata que lhe dava o destino. Lamentava as afeições que deixara no Brasil, e tinha palavras severas para as pessoas que ela beneficiara, pelas quais se vira abandonada no momento da aflição. Quando a desgraça que nos fere é aumentada pela ingratidão, dizia Sheridan, a ferida torna-se cada vez mais viva.

O Conde d'Eu tinha a sua principal preocupação voltada para os filhos, por cuja educação zelava. Diante do acabrunhamento da mulher, ele mesmo cuidava de todos os detalhes da vida das crianças a bordo, e procurava instruí-las sempre que um incidente ou outro lhe dava ocasião.

IV

Depois de quatorze dias de mar, chegou-se a São Vicente. O Imperador e todos da comitiva logo desceram à terra, para ouvir missa e fazer uma excursão pela cidade. "Fizemos uma *tournée* conscienciosa pela Câmara Municipal, Biblioteca, Alfândega, Mercado, Palácio do Governo, como se estivéssemos numa Província do Brasil", observava, não sem uma certa graça, o Conde d'Eu[215]. Dom Pedro II deixou ali, para os pobres do lugar, 160$000. Não era muito. Mas era enorme, se se considerasse o estado crítico de finanças em que se encontrava naquele momento a Família Imperial.

O Governo Provisório da República resolvera conceder-lhe uma ajuda de custo de cinco mil contos de réis, para que ele pudesse instalar-se condignamente na Europa. O Imperador como só tivera conhecimento dessa dotação pouco antes de zarpar do Rio, quando ainda se encontrava a bordo do *Parnaíba*, não lhe fora possível, então, tomar nenhuma decisão a respeito. Achando-se, porém, agora, no primeiro porto que tocava depois da partida precipitada do Rio, apressou-se a escrever ao seu procurador no Brasil, recusando categoricamente a generosidade do Governo Provisório[216]. Dizia ele:

"Tendo tido conhecimento, no momento da partida para a Europa, do decreto pelo qual é concedida à Família Imperial, de uma só vez, a quantia de cinco mil contos, mando que declare que não receberei, bem como minha família, senão as dotações e mais vantagens a que temos direito pelas leis, tratados e compromissos existentes; e, portanto, se tiver recebido aquela quantia, deverá restituí-la sem perda de tempo. Recomendo outrossim que, cingindo-se aos termos desta comunicação, dirija ofício, que fará imediatamente publicar, e do qual me remeterá cópia. — D. Pedro d'Alcântara. Bordo do *Alagoas*, ao chegar a São Vicente das Ilhas do Cabo Verde, novembro de 1889."[217]

Pouco depois de o *Alagoas* fundear em São Vicente, chegava ali o paquete alemão *Montevideo*, no qual viajava, também exilado, o Visconde de Ouro Preto. Não lhe sendo permitido comunicar-se pessoalmente com o Imperador, mandou-lhe o antigo Presidente do Conselho algumas palavras escritas. Respondeu-lhe Dom Pedro II: "Console-se, como eu, servindo lealmente o Brasil em todas as partes do mundo." [218]

Ainda em São Vicente, recebeu o Imperador um telegrama do sobrinho, o Rei Dom Carlos de Portugal, o qual punha à sua disposição, para futura residência da Família Imperial, um dos palácios reais de Lisboa. Confirmava a oferta de hospedagem que o Ministro de Portugal no Rio houvera feito já em seu nome ao Imperador, no momento de este partir para o exílio. Dom Pedro II, porém, preferiu, como de costume, guardar livres os seus movimentos. Sua preocupação, sobretudo numa ocasião como aquela, era não criar dificuldades a ninguém.

Recusou, assim, a hospedagem do sobrinho português, como já declinara antes a que lhe oferecera o Ministro da Áustria no Rio, em nome do Imperador Francisco José. E às instâncias da filha, que entendia não se dever abrir mão da residência que lhe oferecia Dom Carlos, e apelava para a reconsideração do *papai*, ele respondia, em forma definitiva: *Não há papai, nem meio papai, não aceito e não vou!*

V

Mais alguns dias de mar, e o *Alagoas* chegava finalmente a Lisboa. Durante o trajeto, entre São Vicente e Portugal, comemorou-se a bordo, no dia 2 de dezembro, o aniversário do nascimento do Imperador. Fazia ele 64 anos. Combinou-se, para festejar a data, que cada um preparasse qualquer coisa escrita para entregar ao Imperador, uma saudação em prosa, um pensamento, uma poesia. A Princesa Imperial escreveu uma pequena saudação, que recitou em nome dela, e outra em nome dos filhos. O Barão de Loreto fez um soneto, cujos primeiros versos diziam:

> *A Nação brasileira, que amparada*
> *Por ti, seu previdente e sábio guia,*
> *No fim de meio século atingia,*
> *A raia do progresso disputada...*

O Imperador logo glosou-os:

> *A Nação brasileira, consultada,*
> *Serviu-me nas ações sempre de guia,*
> *E folgava ver que ela atingia*
> *A raia do progresso disputada...* [219]

Ao jantar dessa noite, a mesa foi ornamentada com flores, gentileza do Comandante Pessoa, que ao Champagne bebeu pela saúde do Imperador. Este respondeu bebendo *pela prosperidade do Brasil*. Do seu lugar, Dona Isabel levantava também a taça, brindando o papai. Ele respondeu: *Menina! Ouça o meu brinde: à prosperidade do Brasil!*

A 7 de dezembro o *Alagoas* ancorava em frente ao Cais do Sodré, em Lisboa. Nesse tempo os transatlânticos ficavam ao largo, por falta de calado e de um cais de desembarque. Antes de ir para a terra, o Imperador quis despedir-se pessoalmente de toda a oficialidade de bordo, entregando uma lembrança pessoal aos três oficiais mais graduados. Para a tripulação, reservou uma determinada quantia de dinheiro, tendo tido o cuidado de mandar organizar, para esse fim, uma lista com os nomes de todos os marinheiros e empregados de bordo. Como de costume, nenhum detalhe lhe escapou: *Falta o homem que trata dos bois, disse ele, examinando a lista do pessoal; não o esqueça.*

39. "O Marechal Deodoro, acompanhado pelo Governo Provisório, entrega à Nação Brasileira a bandeira da nova República enquanto a Família Imperial parte para o exílio." Tela de Anônimo Baiano, 1890. São Paulo, Coleção Renato Magalhaes

    O quadro em epígrafe é eloquente documento da pintura popular relativamente à forte impressão que os acontecimentos políticos de novembro de 89 causaram ao público semiletrado. O pintor da cena — nem tão distante, enquanto domínio de técnica e composição do poder expressivo de Tirone (Ver O juramento da Herdeira Presuntiva, vol. I) aparece dividido entre o entusiasmo pelos acontecimentos e piedade pela dinastia destronada. O cenário lembra a cidade baixa de Salvador, Bahia, não apenas pelas duas mães de santo que comentam a expulsão da 'Redentora', mas pelas próprias características dos sobrados que, com a igreja entrevista — uma outra Conceição da Praia — fazem fundo a metade da tela. A configuração da paisagem lembra também mais as costas de Itaparica que Niterói. Aparecem distintamente reconhecíveis o baiano Rui da Barbosa, Benjamin Constant (um pouco recuado), Deodoro da Fonseca, Quintino Bocaiúva e Floriano Peixoto: o primeiro, o quarto e o último saúdam com as cartolas e o bicórnio a Nação Brasileira, a qual estende o braço a fim de receber o pavilhão do novo regime, o qual, aliás, não trás inscrito o dístico Comteano. Repúdio, religioso, ou ético do pintor, à polêmica imposição do mesmo ao novo pavilhão nacional, ou mera simplificação geometrizante — retângulo, losango, círculos inscritos um no outro. — cara a pintura popular. Deodoro que com braço direito sustenta a haste da bandeira, segura com o esquerdo a coroa Imperial; por sua vez a mao da Previdência impõe o barrete frígio, a cabeça de nação, a qual muito digna traja, a antiga, peplum manto de purpura om bordadura em ouro (folhas de louro e trevos) além de sandálias de trágica. O entusiasmo popular é moderado; veem-se alguns militares; diversos paisanos agitam chapéus baixos; outros aprovam os acontecimentos acenando educadamente de sacadas e janelas dos sobrados — duas senhoras com os respectivos lenços. Alguém, que não se enxerga, deve ter abanado a mão ao Imperador deposto, pois este, a cartola enterrada na cabeça, está retribuindo o gesto, coisa que de outro modo não se justificaria em semelhante e tão grave ocasião. O Conde d'Eu, absorvido com os filhos, conforme o seu costume, ajuda Dom Luís entrar na lancha, que os levará a um dos vapores ancorados à vista da terra; sua atitude contrasta com o pranto solto da Princesa Isabel, que enxuga os olhos desavoradamente, e a apagada e vil tristeza da Imperatriz. As baianas do primeiro plano — a mais velha pitando — comentam entre si, condoídas, a cena para a qual apontam. Ao lado delas, dois molecotes, devidamente enchapelados, conforme exigia o decoro dos pobres menos pobres, são talvez netos da velha de cachimbo, e filhos da mais moça. Nascidos depois do Ventre Livre, representam, com elas, o zé-povinho, ao tempo em que este ainda não embarrigara no povão. Querem significar os novos pobres do futuro, ou a (imaginária) ascensão vertical da gente de cor no regime que se instalava? O que é certo é que o pintor não os colocou aqui gratuitamente.

    Por todos estes motivos o presente quadro representa ao vivo perplexidades e esperanças da esfera popular, cuja criatividade registou poderosamente essa mudança de comando no remoto empíreo dos donos do poder.

40. O grupo dos exilados em Cannes, no Hotel Beau-Séjour. Foto de autor não identificado, 1890.
Da esquerda para a direita: Dom Augusto Leopoldo, Conde de Aljezur, Dom Pedro Augusto, Conde d'Eu, Príncipe do Grão-Pará. o Imperador, Dom Antônio, Princesa Isabel, Baronesa de Muritiba, Baronesa de Loreto, Dom Luís, Barão de Loreto, Conde de Mota Maia, Barão de Muritiba, Conde de Riancey.

41. O Imperador, a Princesa Imperial e o Príncipe do Grão-Pará no exílio. Foto de Numa Blanc Fils (Paris, 1890). Petrópolis, Museu Imperial.

42. O Imperador, foto de Pierre Petit (Paris, 1891). Rio de Janeiro, coleção particular.

43. O Imperador no leito de morte. Pormenor de foto de Nadar, 6 de dezembro de 1891. Rio de Janeiro, Arquivo Heitor Lyra.

Nadar fotografou o Imperador em outras ocasiões. É conhecida a foto de c. 1890, Dom Pedro sentado de frente numa cadeira Luís XIII, a expressão grave, o fundo simetricamente dividido por intenso claro-escuro.

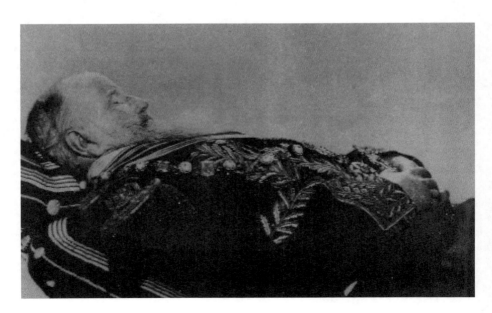

CAPÍTULO XII
EXÍLIO E MORTE

Estada em Lisboa Visita ao túmulo do pai. Suas declarações no Hotel Bragança. Seu manifesto. Possibilidade de volta ao Brasil. Repugnância por uma conspiração. Chegada ao Porto. Falecimento da Imperatriz. Uma página dolorosa de seu diário. Visita de Ouro Preto. Partida para a França. Com Silveira Martins e Ferreira Viana em Baden-Baden. Em Vichy e em Paris. Suas condições financeiras. A ajuda de um estrangeiro. Ingratidão dos monarquistas. Uma carta do Barão de Ladário. Atitude de Homem de Melo e de Enéas Galvão (Rio Apa). Generosidade do Imperador. O Imperador e o novo regime. Ainda a possibilidade de sua volta. Seu passatempo em Paris. Convívio com os homens de letras Declínio de sua saúde. Seu isolamento. A fé de Ofício. Esperança que se desvanece. Uma tarde fria de outono. Seu último passeio. Última página de seu diário. O mais triste dos aniversários natalícios. Os últimos momentos. Morte serena e justa.

I

Uma vez ancorado, o *Alagoas* foi invadido por numerosas pessoas, brasileiros que vinham saudar a família Imperial, jornalistas desejosos de entrevistar o Imperador sobre os sucessos do 15 de Novembro, portugueses que já o conheciam do Brasil ou de Portugal, e os curiosos que aparecem sempre nessas ocasiões.

De pé, no salão do navio, o Monarca acolhia a todos com a sua proverbial cortesia, tendo uma palavra amável para os que o vinham cumprimentar. Sua alta estatura, com a larga barba branca caída sobre o peito, abafado num grosso sobretudo preto e tendo em volta do pescoço um cachecol azul de pintas brancas, tornava-se alvo da curiosidade de quantos enchiam ali o salão. Rodeavam-no os seus companheiros de viagem — o Conde d'Eu, Mota Maia, Aljezur, Loreto, Muritiba, além do neto Dom Pedro Augusto. Num dos cantos do salão viam-se a Imperatriz com a Viscondessa de Fonseca Costa, as Baronesas de Loreto e de Muritiba e a Condessa d'Eu com os três filhos pequenos.

O primeiro a saudar o Imperador foi o Ministro do Brasil em Lisboa, Francisco Aguiar de Andrada, bisneto do Patriarca da Independência, acompanhado do Secretário da Legação, o poeta Luís Guimarães, e do Cônsul-Geral do Brasil, Paulo de Porto Alegre, filho e sucessor do Barão de Santo Ângelo, que fora nosso Cônsul em Lisboa cerca de treze anos e aí falecera em 1879. Apareceram depois alguns brasileiros monarquistas — Eduardo Prado, Santana Nery, o Conde de Nioac e os Barões de Estrela e de Penedo, vindos todos de Paris para receberem o Monarca destronado.[220.] A colônia brasileira de Lisboa era pouco numerosa, e nem todos queriam ser vistos a bordo do *Alagoas*, receosos de se indisporem com o Governo Républicano agora instalado no Brasil. Fialho de Almeida, em *Os Gatos*, escrevia causticante e impiedoso:

"À sua chegada a Lisboa, o Imperador do Brasil não viu à roda de si senão personagens de caráter oficial e noticiaristas e repórteres ávidos de novidades com que fazer aumentar a venda aos seus jornais. Colônia brasileira, muito pouca, e essa constrangida e remordendo contra o Soberano deposto um desdém, que nem por ter nascido à véspera deixava de ter todas as aparências dum ódio antigo e figadal.

"Compreende-se entanto a vilania. O velho Príncipe, que protegera e acarinhara muitos daqueles egoístas, auxiliando-lhes o acesso à riqueza ou para os cargos públicos, o velho Príncipe descia a Portugal exautorado, e já não era para eles no Império o esteio da Ordem, já não garantia com o seu Governo a alta dos fundos, já não podia dar pensões a estudantes e a escritores, já não fazia cônsules nem despachava plenipotenciários; e, desembarcando pobre, era uma espécie de *cousin Pons*, de cuja estima nenhum brasileiro autêntico ou português abrasileirado podiam auferir vanglória ou espórtula de vulto!"

"Em termos que fora do carinhoso circuito dos três ou quatro amigos leais que vinham a bordo, a Família Imperial só achou ao desembarcar em Lisboa, as caras de cortiça do séquito do Sr. Dom Carlos, e a refilante matilha de repórteres, ávida de conspurcar a majestade do infortúnio com a inexprimível solércia das *interviews*, obscenizada por essa absoluta falta de pudor dos que fazem da alcovitice um ganha-pão."

Oliveira Lima, o futuro diplomata e Históriador, era nesse tempo um jovem estudante de 20 anos, que, terminando em Lisboa os estudos secundários ostentava o seu *panache* Republicano, a igual de grande parte da mocidade portuguesa de então. E, mais por curiosidade do que por admiração por Dom Pedro II, sentimento que só lhe viria depois, foi um dos que se transportaram ao Alagoas para ver os Monarcas depostos. Ele mesmo nos dá o relato dessa visita, que, pelo muito que sensibilizou as cordas do seu coração, há de ter contribuído para a sua futura conversão ao monarquismo:

"Quando cheguei a bordo, onde me conduziu um sentimento de respeitosa piedade, o Imperador estava no último convés, sentado num banco entre Penedo e Aguiar de Andrada, conversando. Sua nobre fisionomia não denotava o menor constrangimento: era de uma serenidade olímpica, como a de Goethe, de quem Henri Heine escrevia que, ao vê-lo, teve um impulso de dirigir-se lhe em grego, julgando estar na presença de Júpiter. Dir-se-ia de fato uma divindade superior, pelo caráter, dos acontecimentos, se bem que fosse humana pois que o seu coração sangrava. Logo depois desceram todos para o almoço, Dom Pedro sentando-se à cabeceira da mesa, no lugar do Capitão. Ele simbolizava na verdade o piloto que o Brasil indiferente e ingrato, desembarcara quando julgara passado todos os escolhos. Ao subirem de novo, aproximei-me do grupo de exilados, entre eles o Barão de Muritiba, de quem depois fui amigo, casado com uma senhora das mais distintas e inteligentes [220a], e os Barões de Loreto (Franklin Dória, o tradutor da *Evangelina*, e Dona Amanda Paranaguá, cujo encanto de bondade é irresistível), com os quais mais tarde estreitei relações. A Imperatriz fez-me grande pena. Essa princesa napolitana estremecia o Brasil, e o seu coração estalou de dor por ter que o deixar. Estava eu trocando com ela algumas palavras, quando vieram perguntar-lhe pelas chaves da bagagem, e não se me despega da memória o ar de profunda tristeza com que ela respondeu docemente: Chaves das malas? Como saber de chaves nas condições em que saímos? Voltei para a terra pesaroso e envergonhado."[220b]

Aos jornalistas, que o interpelavam sobre os acontecimentos do 15 de Novembro, o Imperador "calava-se ou desviava a conversa para a Literatura ou para as Ciências. Fazia perguntas rápidas, saltava de assunto; voltando-se para Luís Guimarães pôs-se a falar de poesia. Quando um jornalista alvitrou a possiblidade de ele voltar a reinar no Brasil, respondeu:

"Se me chamassem, iria. E por que não?"

Insistindo o jornalista sobre quais os seus planos para o exílio, ele respondeu que só pensaria nisso quando estivesse em Lisboa. Perguntado se era verdade que iria fixar-se no porto, (clara alusão a outro Soberano destronado, Carlos Alberto de Savoia, que, forçado a abdicar a coroa do Piemonte, fora viver na capital portuguesa do Norte, onde iria falecer) o Imperador limitou-se a responder:

"Não, de forma alguma. Portugal é já um país bastante civilizado. Mas há outros."

Voltando um outro jornalista à revolução que derrubara o Império, ele desviava novamente a conversa, interpelando Tomás de Carvalho, Diretor da Escola Médica de Lisboa, e Brito Aranha, jornalista e escritor, ambos membros da Academia das Ciências, sobre os trabalhos desse instituto, do qual se honrava de ser membro honorário. Elogiou depois o método de leitura de João de Deus, o poeta do *Campo de Flores*; referiu-se em termos lisonjeiros à oratória então famosa de Antônio Cândido, Par de Reino e um dos Chefes do Partido Progressista. E, voltando-se para o Barão de Marajó, antigo Presidente do Pará e do Amazonas, que se fixara em Lisboa, discorreu sobre Ciências Naturais, assunto da predileção daquele titular brasileiro.[220c]

Quando lhe disseram que se aproximava o Rei Dom Carlos com os membros do Governo, o Imperador se adiantou para recebê-lo no portaló, indagando, ao avistá-lo de sua saúde e da sua família, inclusive o pequeno Infante Dom Manuel (depois Rei Dom Manuel II), nascido no mesmo dia em que Dom Pedro II era destronado no Rio de Janeiro.

Como o Rei oferecesse hospedá-lo num dos palácios reais portugueses, o Imperador, agradecendo, respondeu que já tinha mandado reservar, aposentos para ele e sua família no Hotel de Bragança, o mesmo onde sempre se hospedara nas vezes em que tinha estado em Lisboa.

"Começaram os preparativos da partida para a terra. O Imperador, envergando grande sobretudo, dava passagem à esposa, muito acabrunhada, e que Dom Carlos amparava. O exilado despedia-se do comandante do *Alagoas*, que relatou à imprensa ter sido presenteado pelo augusto proscrito com um relógio de ouro cravejado de brilhantes. A galeota singrava as águas do Tejo abaixo, puxada pelo rebocador, a caminho do Arsenal. Abrigado do frio no seu sobretudo grosso de cor preta, o lenço de fundo azul com pintas brancas ao pescoço o proscrito entretinha-se a conversar com Dom Carlos acerca de que se tencionava fazer." [220d]

II

Pouco depois de descer à terra, o primeiro cuidado do Imperador foi dirigir-se à Igreja de São Vicente de Fora, para rezar junto ao túmulo do pai, que ali descansava, em seu último sono, havia bem cinquenta anos.

O quadro daquele ancião de longas barbas brancas, alquebrado pela idade e pela moléstia, sobretudo pelas emoções das últimas semanas, ajoelhado junto ao corpo do pai, não podia deixar de ter a sua expressiva grandeza. Quase sessenta anos depois que Dom Pedro I fora forçado a abandonar o Brasil e abdicar a coroa, ali estava agora o filho, que ele deixara no Brasil ainda na primeira infância, como ele também exilado, como ele, vítima da inconstância e do capricho dos homens! Que profunda emoção não devia ter invadido a alma serena do velho Monarca, pondo-se em contato espiritual, num momento de tantas amarguras, com o pai que ele tão pouco conhecera, que a sorte lhe roubara no verdor dos primeiros anos, mas cuja memória jamais deixara de respeitar!

No Hotel de Bragança foi preciso, para que ele tivesse ali um melhor conforto, aceitar a generosa oferta do Ministro dos Estados Unidos em Lisboa, George B. Laring, ali residente, que se transferiu, com a família, para um andar de cima[220e]. Uma vez instalado para os poucos dias que pretendia aí ficar, passou a receber no hotel quantos o procuravam para levar-lhe uma palavra amável ou colher impressões de seus sofrimentos. Guardava sempre a sua natural dignidade. Não tratava nunca de política ou da sua situação de exilado. Preferia estender-se sobre assuntos de arte, de literatura ou de ciência. Quando saía, suas visitas eram de preferência para os estabelecimentos de ensino ou institutos de cultura. Na Academia das Ciências foi visto assistindo a uma das sessões ordinárias. Foi à Escola Politécnica, na companhia de seu neto Dom Pedro Augusto, assistir à aula de Física do Professor Morais de Almeida. Os estudantes o aclamaram, lançando-lhe aos pés algumas flores colhidas no Jardim Botânico que ficava ao lado. "Saudaram e festejaram o velho Monarca, dizia o *Jornal do Commercio*, de Lisboa, tão filósofo no seu infortúnio como o fora no auge do seu poderio, e que vem a caminho do exílio tão sereno e tão risonho como quando subia os degraus do trono."

Foi à Escola Médica, assistir a uma lição do Professor Sousa Martins. Apareceu de surpresa no Castelo São Jorge, onde estava aquartelado o Regimento de Caçadores 5, o mesmo que comandara seu pai e trazia o uniforme com que se batera no cerco do Porto. O comandante mandou que lhe fossem prestadas as mesmas honras militares a que teria direito se ainda fosse um Soberano reinante. O Imperador pediu que lhe mostrassem o retrato do mais antigo soldado do Regimento, aquele que seu pai abraçara pouco antes de morrer e ficou sendo o símbolo da bravura militar.

Foi ao Mosteiro dos Jerônimos depositar uma coroa de folhas de carvalho no túmulo do seu amigo Alexandre Herculano, que ali jazia havia cerca de um ano, trasladados que tinham sido os despojos da Igreja de Azoia, onde o haviam enterrado depois de sua morte em Val de Lobos. Da coroa pendia uma fita, onde o Monarca fizera gravar os nomes das principais obras do Histórioador, acrescidas das palavras —*Só rico em saber. 16 de dezembro de 1889. Pedro.*[220f]

III

Uma nota dissonante nessa atmosfera de respeito e de tocante consideração e carinho com que cercavam em Lisboa o Monarca sem trono, "quando o imperial exilado se consumia na enfermidade, curtindo enormes desgostos"[220g] foram as irreverências supostas espirituosas com que lhe brindou o caricaturista Rafael Bordalo Pinheiro. Bordalo tinha estado, anos atrás, no Brasil, onde não agradara nem à colônia portuguesa do Rio nem aos próprios brasileiros, o que o obrigara a voltar para Portugal cheio de ressentimentos e de amargas queixas contra o Brasil e as nossas coisas. Assim que, à chegada do Monarca exilado a Lisboa, entendeu de atingi-lo com algumas charges da sua pena envenenada e algo despeitada. Apresentou-o, nas páginas de uma revista, metido num barco de papel recitando:

Di bordo do paquete que me leva
Vejo di ti longe minha ingrata Patria,

Ilha das Cobras, Niterói, Catete
Onde nasci [220h], onde brinquei oh...

Numa outra caricatura, aparecia o Imperador a bordo do Alagoas, fumando um charuto em cujo fumo se via desenhado o barrete frígio, e trazendo na mão a célebre maleta com o dístico pendente onde se lia — 5.000 contos, alusão maldosa ao subsídio que o Governo Repúblicano do Rio quis dar ao Monarca, *mas que este recusou*, fato que sabia em Lisboa e que só podia honrar o espírito de independência e de renúncia do Monarca, pois se aceitasse aquela soma, enorme, para a época, não faltaria quem o acusasse de se ter deixado subornar pelo Governo Repúblicano e de ter vendido a este a sua coroa. Bordalo sabia disso, e, apresentando o Imperador levando consigo aquele dinheiro para o Exterior, era uma pura perfídia, aliás de mau gosto. Abaixo dessa caricatura ele pusera a seguinte legenda: *Em 1889 o neto vem di la para cá; e vem fumando o "puro" do exílio com o subsídio do Governo*[220i].

Com a partida dos Condes d'Eu e o Príncipe Dom Pedro Augusto para a Espanha, a fim de se encontrarem com os primos Duques de Montpensier (o Duque era casado com a Infanta Luísa Fernanda, irmã de Isabel II), o Imperador e a Imperatriz ficaram sós em Lisboa, para assistirem, a 28 de dezembro, no Palácio de Belém, ao batizado do Infante Dom Manuel, segundo filho do Rei Dom Carlos, nascido a 15 de novembro de 1889. Dom Manuel, o último Rei de Portugal, seria deposto em 1910, pela proclamação da República. O batizado do Infante foi muito despido de toda pompa, visto a corte estar de luto por morte do Rei Dom Luís, ocorrida dois meses antes. Seus padrinhos foram a avó paterna, a Rainha Dona Maria Pia, e o avô materno, o Conde de Paris. Chovia e fazia frio; o tempo ajudou a tirar qualquer realce à cerimônia, já por si algo triste, obrigados como eram todos os presentes a trazerem luto fechado. Terminada a cerimônia, o Imperador e a Imperatriz recolheram ao Hotel de Bragança.

Desde que chegara a Lisboa, Dom Pedro II voltara a ser assediado pelos jornalistas, desejosos de o ouvirem sobre os acontecimentos do Brasil, a que ele sistematicamente se recusava, sobretudo no que dizia respeito às horas dramáticas da proclamação da República. Mesmo nas rodas que lhe eram mais chegadas, jamais proferiu uma frase ou uma palavra mais severa contra os que o haviam posto fora do país. Dias depois de chegar à capital portuguesa recebeu ele um telegrama do neto, o Príncipe Dom Augusto de Saxe, que realizava, como oficial da nossa Marinha de Guerra, uma viagem mundial de instrução. Dizia a mensagem, enviada de Colombo no Ceilão — *Sei de tudo. Peço conselho. Saudades a todos.* Respondeu-lhe imediatamente o Imperador: *Sirva ao Brasil. Saudades. Seu avô Pedro.*[221]

IV

Pouco depois, ao ter conhecimento da resolução do Governo Provisório, de o banir e à família, definitivamente, do território nacional, voltaram a indagar-lhe se não pensava em lançar um manifesto. Ele repetiu a mesma verdade:

"O meu Manifesto será a minha vida."

Perguntado se o Governo Provisório prestara-lhe todas as homenagens a que devia aspirar, respondeu :

"Não nos tratou mal, não."

"E se os brasileiros reconsiderassem o ato e o chamassem?"

Ele acudiu com vivacidade:

"Se me chamassem, iria; por que não?"

Aliás, durante esses dois anos de exílio, últimos da sua vida, o Imperador se mostraria sempre disposto a retornar *ao Brasil se de lá o chamassem*. Não manifestaria a menor sombra de despeito ou de rancor. A possibilidade de rever a Pátria seria quase uma ideia fixa nele. Voltaria — mas se o chamassem; era a condição que punha. Não tentaria jamais obrigar ninguém a aceitá-lo. De conspirações para o restabelecimento da Monarquia e de sua família no trono, nem queria ouvir falar.

"Jamais conspirarei para voltar (disse uma vez em Lisboa). Nem desejo que conspirem em meu nome. Mas, se me chamarem espontaneamente, não hesitarei um segundo: regressarei sem detença e com satisfação."

Em Paris, pouco depois, repetiria:

"Conspirar, jamais. Não se coaduna com a minha índole, os meus precedentes e o meu caráter. Seria a negação da minha vida inteira. Nem autorizo a conspirar em meu nome ou no dos meus. Ao povo brasileiro assiste pleno direito de se governar como julgar mais acertado. Se desejar de novo a minha experiência e a minha dedicação por ele, à festa da sua administração, que o diga claramente e sem constrangimento: obedecerei, à custa embora de árduos sacrifícios. Do contrário, não e não. A História me fará justiça, eis a minha fé consoladora."

Essa mesma esperança ele manifestaria mais tarde, naqueles versos.

Sereno aguardarei no meu jazigo,
A Justiça de Deus na voz da História.

V

Fazia quinze dias que o Imperador estava em Lisboa. Aproximavam-se as festas da coroação do Rei Dom Carlos, e ele achava não dever estorvá-las com a sua presença de tio destronado. Preferiu, assim, seguir para o norte de Portugal — Coimbra e depois o Porto — onde, longe de toda agitação, poderia esconder melhor o seu infortúnio.

Tendo sabido, porém, que Camilo Castelo Branco estava em Lisboa, não quis deixar a capital sem ir ver o romancista, que ele sabia cego, doente e com o moral absolutamente abatido. Camilo vivia no andar térreo de uma velha casa apalaçada, em terrenos da Quinta de Retroseiro, que a Câmara de Lisboa adquirira para o prolongamento da Avenida da Liberdade, e um sobrinho do romancista, subdiretor da Penitenciária, obtivera para ele morar. "Camilo vivia nos aposentos inferiores do palacete. Aninhava-se num canto preferido e, nesse desolador inverno, sentado na sua cadeira, segurava horas a fio a mão da esposa que lhe lia crônicas antigas. De quando em quando, a casa era aTrôade pelos gritos do enfermo, clamando até contra o Céu. Queria que o levassem para Seide[221a] onde passara grande parte da vida. A cidade fazia-lhe mal. Perdera a confiança no médico. Sentia-se condenado. Não podia ler e alucinava-se."[221b]

Dom Pedro II, que o conhecia desde sua primeira estada em Portugal, em outubro de 1871, e sempre fora um grande admirador de sua obra literária (havia-o condecorado com a Ordem da Rosa), não quis, assim, deixar Lisboa dessa vez, sem ir ver o seu velho amigo, e nesse sentido mandou dizer-lhe que era essa a sua intenção. Mas Camilo reagiu: escreveu-lhe uma carta fazendo-o saber que, no estado precário de saúde em que estava, preferia que o Imperador se dispensasse de o procurar. "A visita de Vossa Majestade — dizia — na dolorosa situação em que me encontro, seria para os meus cruéis padecimentos uma exacerbação. Além das nevralgias que me forçam a gritar, estou febril, cego e surdo. Não queira Vossa Majestade presenciar este horrendo espetáculo. Rogo, pois, meu Senhor, que neste acerbo lance não repita a honra que me fez no Porto em condições relativamente felizes e tão saudosas para mim."[221c]

Sem embargo Dom Pedro II foi vê-lo, acompanhado do Visconde de Aljezur. Surpreendeu-o com a mulher, Ana Plácido, agora Viscondessa de Correia Botelho (título nobiliárquico com que o grande romancista fora agraciado, em 1885, pelo Rei Dom Luís), e de uma sobrinha, Ana Correia, a qual daria depois a Rocha Martins a narrativa desse encontro entre os dois.

"Meu Camilo", foi-lhe dizendo o Imperador, "console-se...Há de voltar a ter vista"

"Meu senhor, a cegueira é a antecâmara da minha sepultura."

"Perdi o trono", retorquiu-lhe Dom Pedro II, "estou exilado, e não voltar à Pátria é viver penando".

"Resigne-se Vossa Majestade. Tem luz nos seus olhos."

"Sim, meu Camilo, mas falta-me o sol de lá."

E erguia as mãos em vagos gestos, acompanhando os seus lentos e magoados dizeres. "Meu senhor, meu senhor.."

"Despediram-se, chorando, aqueles dois velhos, cujas coroas tinham sido de amarguras. Um outro Rei morrera, há dois meses[221d]. A cidade soubera do seu fim ao som das salvas e vestira-se de luto. Na casa onde morava o gênio, dois Soberanos choravam e sofriam sem que o Mundo escutasse as suas penosas confidências."[221e]

Ao regressar ao Hotel de Bragança, ainda sob a forte emoção que lhe causara o estado de infortúnio em que encontrara o "seu Camilo", o Imperador lançou num papel com o timbre do hotel este soneto, que mandou depois entregar ao romancista com a carta reproduzida em seguida:

Já falei do Camilo com o talento,
E nas suas dores mais brilha a doutrina
Que a alma é tudo, e em tudo nos domina,
  Sendo o corpo infeliz revestimento.

Quanto mais abatido num momento
O seu tão cego olhar se lhe ilumina,
A pronta animação logo destina
A quem de assim o ver tem desalento.

Não receie, portanto, do amanhã
  Quem do que vale deve ter consciência
  Do Eden não traga a cruel maçã.

Antes a saboreie com impaciência,
  Pois a mente, possuindo sempre sã,
  Só lhe é transitória esta existência.

Não se pode dizer que seja um modelo de arte poética... . Mas é certamente um soneto. Acompanhava-o esta carta:

"Sr. Camilo Castelo Branco. — Aqui lhe mando o soneto hodierno. Se vale alguma coisa, devo-lhe. Espero que esteja melhor das suas dores, e lembre-se que o amanhã é de Deus.

"Hoje parto para a Lusa Atenas e depois para a cidade heroica. Daí sigo por Espanha para Cannes. Dê-me sempre notícias suas, e eu lhe comunicarei como puder minhas impressões. Creio que a palavra já está legítima, de região tão pitoresca. Lembranças a toda a sua família. — Seu afeiçoado,

D. Pedro de Alcântara.

Lisboa, 22 de dezembro de 1889".[221f]

Estavam em Lisboa, nessa época, os Condes de Paris, pais da Rainha Dona Amélia, que tinham vindo assistir à aclamação de Dom Carlos I como Rei de Portugal. Dessa cidade escrevia o Conde ao Príncipe de Gales, depois Rei Eduardo VII de Inglaterra:

"Não consegui ainda avistar-me com o Imperador do Brasil, que passa o dia a correr a visitar tudo, como o último dos turistas. Estive com o Conde e a Condessa d'Eu, que são, no seu infortúnio, cheios de dignidade, de força e de resignação. Sofrem cruelmente da inação que lhes foi imposta, e não lhes permitiu prever a catástrofe de 15 de novembro.

"O Imperador recusou o dinheiro que o Governo insurgente lhe ofereceu no momento do seu embarque, caindo assim todas as acusações que lhe faziam a seu desfavor. Simplesmente declarou que, não tendo abdicado, ele só aceitaria a sua lista civil no caso que lhe quisessem pagar. Mas, se sua conduta nesse ponto foi correta, não é menos certo que sua cegueira, sua inconsciência e sua indiferença pelo Exército, sua condescência com os Repúblicanos e suas ideias tidas como liberais, que consistiam em declarar que ele não se defenderia se fosse atacado, prepararam, facilitaram e trouxeram a Revolução.

"Parece que ele perdeu quase todo um dia em hesitações, deixando passar a ocasião de tratar com Deodoro, que não queria senão ser Ministro da Monarquia. Este último, aliás, está na iminência de morrer. Vomita sangue e passou quase todo o dia 15 no leito. Os dois que nortearam o movimento são um chamado Benjamim Constant e o atual Ministro das Finanças, Sr. Barbosa. No último momento o Imperador veio imprudentemente se jogar na goela do lobo, descendo de Petrópolis para o Rio com a sua família. Eram em seguida cercados no Palácio e tratados como prisioneiros.

"A revolução foi obra exclusiva de jovens oficiais, alunos das Escolas que eram há dez anos focos abertos de Repúblicanismo. Os próprios chefes militares foram levados mais longe do que queriam. Agora o Exército é senhor do Rio, e por enquanto sustenta a ditadura por ele estabelecida. Dizem que é possível provocar em muitos lugares um movimento de reação em favor da Monarquia. Mas o Imperador do Brasil não faz nada nem deixa os outros fazerem. Dizem que ele está sob a dependência exclusiva de seu médico, que tem sobre ele a mais completa e perniciosa influência. Dizem até que esse médico está de acordo com os Repúblicanos, mas isso parece duvidoso.[221g] Seja, porém, como for, o Imperador, ao chegar aqui, declarou à Amélia [a Rainha Dona Amélia] que ele estava encantado, porque a revolução lhe dera novas férias. Depois, seu primeiro interesse foi para saber o que estavam dando na Ópera.

"O Conde e a Condessa d'Eu encaram as coisas de outra maneira, principescamente. Mas que podem eles fazer? Partiram ontem à noite para a Andaluzia, com seus filhos e seu sobrinho Pedro [de Saxe-Coburgo] que, coisa singular e inexplicável para mim, não os deixa um instante. Ninguém conhece os projetos do Imperador, que dentro de poucos dias partirá para Cannes.

.... "Essa nova República é vista geralmente com muito mau olho, pois se espera com razão barulhos que prejudicarão o comércio lucrativo de Portugal com o Brasil. Assim que o exemplo do Brasil não produzirá, creio, nenhum efeito aqui. Aliás, todos sabemos que as coisas não se passam aqui como no Rio. O Rei é realmente o Chefe do Exército. Ele está acordado, e, se necessário, saberá defender-se."[221h]

VI

No dia seguinte, 23, o Imperador chegava a Coimbra. "A guarda de honra do 23 de Infantaria apresentou-lhe armas na estação. Os lentes da Universidade ergueram-se cedinho para receber o proscrito. O Governador civil, os militares, o funcionalismo tinham também comparecido à estação."[222] Horas depois ele la ao Convento de Santa Clara, na companhia do bispo-conde de Arganil. Foi-lhe aberto o túmulo da Rainha Santa Isabel. O Imperador beijou-lhe a mão descarnada.

Chegada ao Porto. Noite muito fria. O Imperador foi à Igreja da Lapa render homenagem ao coração do pai, ali depositado desde sua morte em Lisboa, em 1834. Dirigiu-se em seguida para a casa em que morara o Rei Carlos Alberto da Sardenha, exilado (como faria, muitos anos depois o seu trineto o Rei Humberto II da Itália) depois que perdeu a coroa, e ali falecido em 1849. A Senhora Pinto Basto, proprietária da casa, ofereceu a Dom Pedro II um ramo de camélias.

"Obrigado", disse o Imperador. "Não são para mim, mas para a Rainha Maria Pia, neta de Carlos Alberto."

Foi ao Paço do Conselho, onde o receberam com todas as honras. Dirigiu-se em seguida ao Consulado do Brasil, sem se importar com a nova bandeira Republicana ali arvorada. Ele não era Imperador ou ex-Imperador do Brasil, mas um brasileiro como outro qualquer, que la prestar homenagem ao representante consular da sua Pátria, que era então o Cônsul-Geral Manuel José Rebelo.

28 de dezembro de 1889. Nesse dia realizava-se em Lisboa a cerimônia da aclamação do Rei Dom Carlos I, cercada de grande aparato o movimento de tropas, e quase toda a população da cidade nas ruas, para ver a passagem do cortejo real. No mesmo dia, pela manhã, no Porto, o Imperador deixava o Hotel para ir à Escola de Belas Artes, acompanhado do Conde de Mota Maia, seu médico assistente. A Imperatriz, já mal disposta desde que saltara em Lisboa, preferiu ficar nos seus aposentos do Grande Hotel. Fazia muito frio, e ela não ousava sair com receio de piorar a bronquite que a atacara em Coimbra[222a]. Eis senão quando apareceu na Academia o Cônsul Rebelo, dizendo que a Imperatriz tinha tido uma síncope. De fato, seu coração, doente desde algum tempo, não resistira às repetidas emoções por que vinha passando desde sua partida do Brasil. Contudo, ela sempre teve tempo de pedir que lhe trouxessem um padre. Veio às pressas o Padre Conceição, de Braga, de passagem pelo Porto, que lhe administrou a extrema-unção. Chamaram também um médico, o Dr. Henrique Maia. Mas este já a encontrou morta.

Desorientado com a notícia, mal escondendo a emoção que lhe la na alma, o Imperador correu ao Grande Hotel. Mas também chegou tarde: a Imperatriz já não tinha mais vida. Não há palavras que exprimam melhor os seus sentimentos nessa ocasiao do que o que escreveu no Diário, no momento mesmo em que era tão rudemente ferido, e o corpo inerte da sua mulher jazia ainda quente no aposento ao lado. Os desordenados da letra dessas páginas retratam bem toda a aflição de que estava possuído:

Não sei como escrevo. Morreu haverá meia hora a Imperatriz, essa Santa! Tinha ido à Academia de Belas Artes. Ao sair, foi chamar-me o Rebelo; a Imperatriz tinha tido uma síncope. Já achei o prior da Freguesia, que lhe acudira com os ofícios extremos da Igreja. Ninguém imagina a minha aflição. Somente choro a felicidade perdida de 46 anos. Nada mais posso dizer. Custa-me a escrever, mas preciso não sucumbir. Não sei o que farei agora. Só o estudo me consolará de minha dor.

Custa-me a crer. Sempre desejei precedê-la na morte. Abriu-se na minha [vida] um vácuo que não sei como preencher. Que me tarda abraçar minha filha [223]! Se pudesse desafogar minha dor! Nada pode exprimir quanto perdi! Que noite vou Passar! Dizem que o tempo tudo desfaz. Mas poderei viver tempo igual ao da minha felicidade?

Não; não posso crer que meus patrícios talvez concorressem para a morte de quem verdadeiramente mais amei. Foi uma crueldade, e eu a causa por me ter dado quase 50 de venturas! Quando deverei mitigar com lágrimas essa última dor que ela quis compartilhar! Ninguém sabe como era boa, e sofria mais pelos outros do que por si. Como madrinha, a Rainha de Savoia, merece ser santificada. Se ainda exprimo [o que] sinto é porque a conheceram e quero que me façam justiça [sic] Estou certo de que no Brasil sentirão como eu.

Quero ler; não posso.... Que fez ela para sofrer por mim? Tornara que chegue minha filha[224].

VII

O Visconde de Ouro Preto, também exilado em Portugal, foi procurá-lo nesse momento de dura provação. Acompanhava-o o filho, Afonso Celso. Foram ambos recebidos no aposento do Imperador, no modesto quarto de Hotel.

Afonso Celso nos descreve a cena pungente desse encontro. Diz ele:

"A um canto a cama desfeita, em frente um lavatório comum, no centro larga mesa coberta de livros e papéis. Um sofá, algumas cadeiras completavam a mobília. Tudo frio, desolado e nu."

"Os joelhos envoltos numa coberta ordinária, trajando velho sobretudo, Dom Pedro II lia sentado à mesa um grande livro, apoiando a cabeça na mão. Ao nos avistar, acenou para que nos aproximássemos. Meu pai curvou-se para beijar-lhe a testa. O Imperador lançou lhe os braços aos ombros e estreitou-o demoradamente contra o peito. Depois ordenou que nos sentássemos perto dele. Notei-lhe a funda lividez. Calafrios arrepiavam-lhe a cútis por vezes. Houve alguns minutos de doloroso silêncio. Sua Majestade quebrou-o, apontando para o livro aberto:

"Eis o que me consola..." disse com a voz cava.

"Vossa Majestade é um espírito superior", replicou meu pai, "achará em si mesmo a necessária força."

Não respondeu. Depois de novo silêncio, mostrou-nos o título da obra que percorria — uma edição recente, formosamente impressa, da *Divina Cornédia*. Então, com estranha vivacidade, pôs-se a falar de literatura, revelando, a propósito do poeta florentino, rara e vasta erudição.

Após uma pausa, perguntou a meu pai:

"E não pensa regressar ao Brasil?"

"Estou banido, senhor."

"É exato. . . Estamos. Nem me lembrava", concluiu com tristíssimo sorriso.

E, mudando de assunto, discorreu sobre várias matérias, enumerando as curiosidades do Porto, indicando-me o que de preferência deveríamos visitar. Não aludiu uma única vez à Imperatriz. Só quando, ao cabo de meia hora, nos retirávamos, baixinho:

— A câmara mortuária é aqui ao lado. Amanhã, às 8 horas, há missa de corpo presente.

"Saímos. No corredor verifiquei que o meu chapéu havia caído à entrada do aposento imperial. Voltei para apanhá-lo, e pela porta entreaberta deparou-se-me tocantíssima cena. Ocultando o rosto com as mãos magras e pálidas, o Imperador chorava. Por entre os dedos corriam-lhe as lágrimas, deslizavam-lhe ao longo da barba nívea e caíam sobre as estrofes de Dante."[225]

Ele choraria, nestes versos a perda da velha Imperatriz:

Corda que estala em harpa mal tangida,
Assim te vais, ó doce companheira
Da fortuna e do exílio, verdadeira
Metade de minh'alma entristecida!

De augusto e velho tronco haste partida
E transplantada à terra brasileira,
Lá te fizeste a sombra hospitaleira,
Em que todo o infortúnio achou guarida.
Feriu-te a ingratidão no seu delírio;
Caíste, e eu fico a sós, neste abandono,
Do teu sepulcro vacilante círio!

Como foste feliz! Dorme o teu sono...
Mãe do povo, acabou-se o teu martírio;
Filha de reis, ganhaste um grande trono!

O corpo da Imperatriz, depois de embalsamado, foi exposto primeiro na Igreja da Lapa, no Porto. Benedita de Castro, testemunha dessa cerimônia, mandava dizer à irmã em Paris, mulher de Eça de Queirós:

"O enterro da Imperatriz foi um acontecimento. Foi feito com muito respeito, e todos mostraram muito sentimento. As Irmãs estiveram a velar a Imperatriz morta, na Igreja da Lapa. Dom Pedro Augusto, neto dos Imperadores, tem uma cara de apetite, simpática e bonita. Esta é a minha opinião de relance. As Irmãs de Caridade são da mesma opinião."[225a]

Satisfazendo o desejo de Dom Pedro II, o corpo da Imperatriz foi depois transportado para Lisboa e depositado na Igreja de São Vicente de Fora, que era o Panteão dos últimos reis portugueses. Acompanhou-o o Imperador com os Condes d'Eu e o Príncipe Dom Pedro Augusto.

Seus funerais, em Lisboa, revestidos de uma certa pompa, efetuaram-se com a presença da Família Real portuguesa, dos principais membros do Governo e de altas individualidades. O préstito foi dirigido pelo Infante Dom Afonso, irmão do Rei Dom Carlos. Transportaram o caixão para São Vicente de Fora os Duques de Loulé e de Palmela; os Marqueses de Fronteira e de Ribeira; e os Condes de Alte, de Bretiandos e de Linhares, da melhor nobreza do Reino. O Arquiduque Eugênio representou o Imperador da Áustria, e o General Winterfeldt, o Imperador da Alemanha.

Dom Pedro II, abrindo dessa vez uma exceção, aceitou ser hóspede do Rei no Palácio das Necessidades; mas apenas nos poucos dias que la ficar em Lisboa, porque

953

pouco depois, a 10 de janeiro de 89, deixaria Portugal em direção a Cannes, no sul da França, na companhia dos Condes d'Eu, do neto Dom Pedro Augusto e dos Condes de Mota Maia e de Aljezur, onde iria passar o resto desse inverno, hospedado no Hotel Beau Séjour. Ali foi-lhe ter sua velha amiga a Condessa de Barral.

Nessa ocasião — março de 1890 — ele teve conhecimento, pela imprensa, de que o Governo Provisório da República, havia decidido adiantar-lhe a importância de 100 contos de réis, pagos em quotas de 30 contos mensais, sobre o valor dos bens da Família Imperial existentes no Brasil, e que deveriam, por decisão do mesmo Governo, ser liquidados no prazo de dois anos. Conhecedor dessa medida, o Imperador se apressou em escrever ao ex-Mordomo da Casa Imperial, Nicolau Nogueira da Gama, Visconde do mesmo nome:

"Nicolau.

Acabo de ser informado, pela imprensa, do Decreto pelo qual me é concedida uma antecipação de meus haveres no Brasil.

"Persistindo, porém, enquanto a Nação, regularmente consultada, não se pronunciar, na intenção por mim manifestada a 29 de novembro [*ao chegar a São Vicente, a bordo do Alagoas, recusando os 5 mil contos que lhe pretendia dar o Governo Provisório*] de não receber, bem como minha família, senão as quantias a que tenhamos direito pelas leis, tratados e compromissos, e também não podendo admitir o Decreto anterior, que marcou o prazo de dois anos para a liquidação dos ditos haveres, recomendo-lhe que não receba nenhuma dessas quantias"

Por sua vez o Conde d'Eu escrevia ao Conselheiro José da Silva Costa, advogado e procurador de Dom Pedro II no Brasil:

"Cannes, 31 de março de 1890.

"Sr. Dr. Silva Costa,

"Remeto-lhe, por ordem de S. M. o Imperador, cópia da carta que S. M. dirige ao Visconde de Nogueira da Gama e deseja seja publicada.

"No caso de não se achar mais o dito Visconde à testa do inventário aberto por motivo do falecimento de S. M. a Imperatriz, o Sr. se servirá transmitir iguais instruções ao respectivo inventariante.

"Escuso repetir-lhe que a Princesa [*Princesa Imperial Dona Isabel*] e eu acompanhamos o Imperador nos sentimentos que inspiraram sua carta, não podendo admitir o Decreto de 21 de dezembro que, em todos os pontos, ofendeu profundamente nosso amor à Pátria, ferindo nossos sentimentos e direitos de brasileiro."[225b]

VIII

Destronado e deportado para o Estrangeiro, sem ter mais as múltiplas ocupações que o absorviam no exercício da chefia do Estado, sem os seus livros e os papéis que tanto o distraíam no Paço de São Cristóvão, e confinado agora num quarto de hotel, teve que fazer uma radical transformação no seu viver de cada dia, reduzindo-o a curtos passeios de carro pelos arredores de Cannes, à convivência com os poucos fiéis que lhe faziam companhia no hotel; ou então a passar o resto de suas horas com a leitura de livros e com os seus estudos de Linguística, notadamente do *Árabe*, do Sânscrito e do Guarani.

A propósito da pena de morte, anotava em seu *Diário* que havia mais de trinta anos não deixava que a aplicassem no Brasil: quando não podia comutar as sentenças, *prendia* os respectivos processos e deixava que as penas de morte se transformassem em prisões perpétuas[225b]. A notícia do suicídio em Portugal, a 1º de janeiro de 1890, de Camilo Castelo Branco, que fazia pouco ele visitara em Lisboa, muito o impressionou. Referindo-se em seu *Diário*, a esse trágico desenlace do romancista português, dizia o Imperador que havia pedido lhe mandassem os artigos que os jornais de Portugal publicassem a respeito.[255 c] Outro suicídio que também o impressionou foi o do ex-ajudante da Biblioteca do Paço da Boa Vista, Augusto César Raposo. [255cc] Anotava depois em seu *Diário* o duelo que se dera no Rio de Janeiro, entre os oficiais de Marinha Alexandrino de Alencar e Frederico Guilherme de Lorena.[225d]

Ainda nesse mês de junho de 1890, o Imperador deixava Cannes e seguia para Paris, indo morar em casa dos Condes de Nioac. Pouco depois, Rio Branco, que sempre se mostrara afeiçoado ao Imperador, escrevia-lhe dizendo que, passadas "as ingratidões do período agitado que atravessamos, não haverá uma pessoa que possa igualar em grandeza ao Soberano ilustre." Ao que este respondia: "Paranhos. Recebi sua carta de 22 [julho de 1891]. Só cumpri o dever de Brasileiro, e ainda espero prestar, embora exilado, os serviços possíveis. Continuo nos meus estudos prediletos, e parto amanhã para Baden-Baden, a fim de avigorar minha saúde, aliás boa." [225 e]

Partiu para Baden-Baden em setembro desse ano. la fazer uso das águas que tão bom resultado lhe deram em 1887. Acompanharam-no os Condes de Mota Maia e de Carapebus. Pouco depois iria ter com eles os Conselheiros Silveira Martins e Ferreira Viana, este com o genro Pires Brandão. Silveira Martins estava exilado na Europa pelo Governo Republicano (cabe dizer aqui que, durante os quase cinquenta anos do Reinado de Dom Pedro II, não houve um só brasileiro que fosse exilado). Uma tarde, a convite do Imperador, foram todos a um concerto que se realizava na praça principal da cidade. Conta Pires Brandão:

"Quando a imponente figura do Imperador apareceu no recinto, todos se levantaram como se uma mola os tivesse impelido ao mesmo tempo. O regente da orquestra veio ao encontro do Imperador, e fez-lhe entrega do programa do concerto. Sua Majestade, visivelmente comovido, voltando-se para o Conselheiro Silveira Martins, que colocou à sua direita, disse-lhe: *Isto não é feito a mim, mas ao nosso Brasil.*" [226]

Terminada a cura em Baden-Baden, Dom Pedro II voltou para Paris. Foi visita-lo Eça de Queirós, o grande romancista, que era ali o Cônsul-Geral de Portugal. Conversaram sobre "fatos portugueses." Referindo-se a Eduardo Prado, grande amigo de Eça, o Imperador disse que lhe era muito grato pelo que havia escrito a seu respeito (*Diário*). Em Paris havia, nessa época, várias famílias brasileiras fervorosamente monarquistas que cercavam o ex-Monarca de atenções que muito o sensibilizavam, atenuando, num certo sentido, as tristezas do exílio: os Condes de Mota Maia e de Estrela, o Visconde de Ouro Preto, os Barões de Guamá, de Jaguarão e do Rio Branco, os Conselheiros Silveira Martins e Ferreira Viana, Sebastião Guimarães, Hermano Ramos, entre outros. Sem falar naturalmente de Eduardo Prado, em cujo apartamento, na Rua de Rivoli, os brasileiros costumavam se reunir para se inteirarem e comentarem os acontecimentos que se davam no Brasil com a adaptação do país ao novo regime.

Quando chegou a Paris a notícia de que o Congresso Constituinte, reunido no Rio de Janeiro, havia revogado as penas de banimento decretadas pelo Governo Provisório houve, como era natural, um movimento de satisfação nas rodas monarquistas da capital francesa, inclusive da parte do Imperador, que antevia já a possibilidade de voltar à Pátria, como simples particular, é claro, já que ele continuava a afirmar que só voltaria a reinar se fosse para isso expressamente solicitado pela Nação brasileira. Mas a notícia era verdadeira apenas em parte porque a decisão da Constituinte só se referia aos políticos exilados, não abrangendo a Família Imperial, cujo exílio forçado somente seria revogado em 1920, no governo do Presidente Epitácio Pessoa, muitos anos depois, portanto, da morte do Imperador.

A 2 de dezembro desse ano de 1890 comemorava-se, no pequeno círculo que cercava em Paris, a Família Imperial, o segundo aniversário passado no exílio do nascimento de Dom Pedro II. Completava ele 65 anos de idade.

Sessenta e cinco anos e exilado,

Só a Pátria posso ver no meu amor,

cantava ele tristemente num soneto. Podendo ser tido, naturalmente, por um ancião, dava, contudo, a impressão, pelo aspecto avelhantado, sua máscara com aquelas longas barbas brancas e a lentidão e incerteza dos passos, de um homem de oitenta anos. Esse dia 2 de dezembro era antes, no Brasil, uma festa nacional, com a ocorrência de várias solenidades. Agora, porém, tudo se limitava a uma melancólica reunião de família com os poucos amigos que ainda lhe restavam fiéis. A Imperatriz Dona Teresa Cristina — "a minha santa", como a chamava o Imperador jazia no seu sarcófago de São Vicente de Fora, em Lisboa. Assim a família Imperial estava reduzida, em Paris, ao Monarca, à sua filha Dona Isabel, com o marido e os três filhos, e aos dois netos Saxe-Coburgo, Dom Pedro Augusto e Dom Augusto Leopoldo, cujo pai, o Duque de Saxe, viúvo de Dona Leopoldina, vivia ainda em Viena d'Áustria.

Por essa ocasião Dom Pedro Augusto começava a dar novos sintomas inquietantes de desequilíbrio mental, muito embora ainda fosse apresentar, no dia 22 desse mês de dezembro, uma comunicação ao Instituto de França sobre matéria mineralógica (do milerito de Morro Velho, na Província de Minas Gerais), sendo o apresentante o geólogo francês Gabriel Daubrée, membro daquele Instituto, muito afeiçoado ao Imperador. Mas a inteligência do Príncipe la aos poucos mergulhando na escuridão de uma próxima loucura, e foi esse um dos mais dolorosos dissabores que iriam aumentar a tristeza do exílio do velho Monarca.[226 a]

O Natal de 1890 foi encontrá-lo em Cannes, em companhia dos netos Saxe e dos Condes de Mota Maia. Embora conservasse a lucidez de espírito, física e moralmente estava cada vez mais abatido. E aqueles que o avistavam nessa época foram concordes em constatar o envelhecimento cada vez mais acentuado do Monarca. Pires Brandão, que tinha ido a Cannes nesse fim do ano, na companhia do sogro, o Conselheiro Ferreira Viana, justamente para o visitarem, dirá, anos depois, a Paulo Filho, quanto o encontrou *alquebrado*. 'Tinha quase um ano de exílio. Parecia, entretanto, que o suportava há dez ou vinte. Conversava pouco no modesto salão do pequeno hotel onde se hospedara. Mesmo assim, nos intervalos, cabeceava, dormia e roncava. Os circunstantes, penalizados, iam-se retirando.[226 aa]

"Comovia (dirá Luís Viana Filho) aquele velho Rei deposto, cheio de dignidade, sem uma queixa, a arrastar consigo a melancolia e a decadência, que não podia esconder"[226 b]. De Paris o Barão do Rio Branco mandava-lhe um álbum com a reprodução de moedas e medalhas do Império. Respondia-lhe o ex-Monarca: Passo bem e continuo meus estudos. Estou pronto a ajudá-lo nos seus quanto puder." De outra vez Rio Branco mandava-lhe o livro *Le Brésil*. Escrevia-lhe Dom Pedro II: "Ao que diz do meu Reinado, acompanhando a voz da minha consciência, só acrescentarei que busquei cumprir o meu dever, e que, mesmo de longe, sempre me esforçarei por contribuir para a prosperidade da nossa Pátria. Assim Deus me dê vida e fortifique minha saúde."[226bb]

Ainda nesse mês de dezembro de 1890, o Imperador anotava em seu *Diário* o falecimento, em Bruxelas, da Condessa de Villeneuve (Ana Maria Cavalcanti de Albuquerque), nascida em Madrid em 1838, quando o pai era ali o nosso Encarregado de Negócios, e casada em Washington, em maio de 1857, com o diplomata brasileiro Conde de Villeneuve, um dos proprietários do *Jornal do Commercio* do Rio de Janeiro, e o último representante do Império na Bélgica onde, depois de aposentado, fixaria residência. Ana Maria era tida como uma mulher de grande beleza. E no dizer de Afrânio Peixoto, ela e duas outras brasileiras, igualmente bonitas, eram chamadas, na Exposição Universal de Paris de 1867 – *As Três Graças*. As duas outras eram Carolina Bregaro Pereira, casada com Rodrigo Delfim Pereira, filho legitimado de Dom Pedro I e da Baronesa de Sorocaba, e Maria Lopes Gama, filha dos Viscondes de Maranguape, casada em primeiras núpcias com o banqueiro Guedes Pinto, e em segundas núpcias com um negociante de nome Jones.[226c] A assinalar que tanto a Jones como a Villeneuve eram apontadas como tendo merecido especiais simpatias de Dom Pedro II. No entanto o Imperador anotava em seu *Diário* a morte dessa última, sem fazer um só comentário e muito menos exprimir uma palavra que fosse de pesar.

À morte da Villeneuve, nesse fim do ano 90, seguiu-se, em janeiro de 91, o falecimento de outra amada do Monarca, a sua velha amiga e confidente de todos os tempos — a Condessa de Barral, à qual estava ligado, desde quase meio século, por uma amizade jamais desmentida e sempre viva em seu coração. A Barral morria em sua propriedade no Grand Garonne a 14 de janeiro daquele ano, em consequência de uma congestão cerebral. Ia completar 75 anos de idade. Como se sabe, ela era nove anos mais velha do que o Imperador, que, aliás, também desapareceria onze meses mais tarde. Dias depois, aparecia, assinado Saint-George um artigo na *Revue Mensuelle du Monde Latin* sobre a Barral, e que Dom Pedro II citava em seu *Diário*, dizendo: "Talvez eu ainda escreva alguma coisa a respeito dessa amiga de quase meio século." Mas não escreveria. Ainda porque antes de findar esse ano de 1891, chegaria a sua vez de entregar também sua alma ao Criador.

Apesar da idade, do moral afetado com os dissabores e as tristezas do exílio, seu estado geral não era então muito precário. Tanto que pensava até em dar um passeio marítimo pelas ilhas do Mediterrâneo. "Passo bem, escrevia à sua prima a Princesa Teresa da Baviera, — e estudo melhor. Gozo também o mais que posso do pitoresco desta região. Pretendo breve ir ver as ilhas do Mediterrâneo que não conheço."[226cc] "Papai, felizmente, vai bem", — escrevia por sua vez Dona Isabel; — e não sei quem pôde inventar uma horrível mentira sobre o seu estado, que tem corrido em vários jornais." [226d] E o neto Dom Pedro Augusto, também à Pincesa Teresa: "O Imperador continua a passar bem, ocupado com as suas leituras científicas e literárias.[226 dd]

IX

Uma outra morte anotada pelo Imperador em seu *Diário* foi a de Rodrigo Delfim Pereira, ocorrida em Lisboa — "meu Irmão (dizia ele), embora o pai não o declarasse em ato público", e do qual Dom Pedro II dizia: "É o que se chama um bom rapaz".[226e]

Em maio de 1891 o Imperador deixava Cannes, e, de Paris, viajou para a Alemanha, a fim de assistir em Dusseldorf a um casamento na família Krupp, e possivelmente rever em Munique a sua prima Teresa, a quem escrevia de Versalhes: "Mande-me seus trabalhos de História logo que haja publicado. Desejaria que me enviasse o que pudesse dar-me uma ideia do estado científico, literário e dos progressos em todo o gênero na sua Pátria, não esquecendo, bem entendido, as belas-artes. Espero ir lá, e quero estar preparado para melhor aproveitar a viagem."[226f]

De volta da Alemanha, ele passou umas semanas em Paris. E, para ocupar suas horas, dava lições de História do Brasil às filhas do Conde de Mota Maia, anotando em seu *Diário* que se utilizava para isso das *Lições* de Joaquim Manuel de Macedo, da *História Geral* de Varnhagen e da *História do Brasil* de Southey. Referindo-se a uma carta do chefe Repúblicano Saldanha Marinho, afirmou que ele, Imperador, aceitaria ser Presidente da República se tivesse certeza de que não o suspeitassem de querer atraiçoá-la.

Em junho de 91 o Imperador estava em Vichy, para fazer uso das águas, na esperança de que lhe trouxessem algum bem para o estado, cada vez mais precário, da sua saúde. Sentia-se que aquele grande corpo cedia aos poucos à inclemência da diabetes, que desde uns poucos anos lhe vinha minando o organismo. Enquanto isso, traduzia a *Bíblia e as Mil e Uma Noites*, "tendo mandado procurar em Paris, (escrevia ele ao Visconde de Taunay) alguns livros Famíliares para explicar aos companheiros um pouco de egiptologia."[226g]

Suas condições financeiras continuavam a ser pouco brilhantes; e nos primeiros meses de exílio chegaram mesmo a ser precárias.[227] Apesar da vida modesta que se dera, vira-se forçado a recorrer à generosidade alheia; e, o que é mais, de um capitalista português, Manuel Joaquim Alves Machado, Conde desse nome, que fizera fortuna no Brasil e lhe abrira, na Europa, um crédito de 20 contos de réis fortes,[227a] em pouco tempo, aliás, esgotado.

Aliás, cumpre assinalar, a respeito das dificuldades financeiras de Dom Pedro II no exílio, que já nos primeiros tempos de sua estada em Paris ele se vira forçado a vender, "a preço de prata", vários objetos desse metal que tinha no Paço de São Cristóvão e lhe haviam mandado do Rio por intermédio do joalheiro Luís de Resende; entre outras peças, uma baixela de Dom João V e um par de castiçais de Dom João VI.[227b] Para não falar de outros objetos de valor que lhe pertenciam, e dos quais também fora obrigado a se desfazer para seu sustento no exílio. A este propósito vem ao caso indagar se ele não se desfez também da Grã-Cruz da Ordem de Pedro I, fundada e usada por este no Brasil, e que anos depois seria deixada para Dom Pedro II por sua madrasta a ex-Imperatriz Dona Amélia, quando de sua morte em Lisboa, em 1873.[227c]

Num dado momento, antes de sua ida para Vichy, havia-lhe chegado a notícia, em Paris, de que o Congresso Constituinte do Rio de Janeiro votaria o projeto de uma pensão de 120 contos para o seu sustento no Estrangeiro. Sabedor disso, o Imperador diria em seu *Diário* que a aceitaria "por partir da Nação." (Cabe lembrar que ao rejeitar os 5 mil contos, que o Governo Provisório propusera dar-lhe quando de sua partida para o exílio, Dom Pedro II declarara que o fazia "por incompetência de quem os concedia"). Mas quando soube, em Vichy, que a proposta de revogação do banimento da família Imperial havia sido rejeitado pela Constituinte, por 163 votos contra 10, declarou que diante disso também não aceitaria a pensão que lhe queriam dar.[227d]

Sem embargo; nas Disposições Transitórias da Constituição de 1891 foi encaixada uma disposição fixando em 120 contos anuais uma pensão destinada ao sustento do Imperador, mas que não chegou a ser paga em virtude da morte do beneficiado.

X

Se as suas condições financeiras eram então precárias, também o eram as do seu estado de saúde e os momentos de depressão moral que o afetavam, motivos de repetidas referências no seu *Diário* de Vichy. Queixava-se, por exemplo, de insônias, com a agravante de não poder ler nas madrugadas que passava acordado, julgando insuficiente o *pince-nez* que usava. E quando precisava. à noite, do criado que o atendia no hotel, um tal Guillerme, natural de Andrianopla, este não aparecia, fingindo que dormia. Lamentava-se da solidão em que ficava, depois do jantar. "Estou sozinho — dizia — mas tenho os livros, amigos indefessos." Entre os livros lidos em Vichy contavam-se *Perfiles y Miniaturas*, de Martín Garcia Merou; *Libertad*, de José Tomás Guido; *Tabaré*, de Zorilla de san Martin; e os *Fastos da Ditadura Militar no Brasil*, publicados por Frederico de S., sabidamente pseudônimo de Eduardo Prado.

Continuava anotando em seu *Diário* a morte de pessoas suas conhecidas, colhida nos jornais que lia. Assim o fez quando soube que o propagandista Repúblicano Silva Jardim, um dos que mais violentamente o haviam atacado e à sua família, havia morrido em Nápoles tragado pelo Vesúvio. Mas se escusou de fazer comentários sobre esse trágico acidente.

Outra morte que assinalava era a de Maria da Glória de Buschenthal, ocorrida em Madrid em 20 de junho de 1891, filha dos Barões de Sorocaba e irmã, por parte da mãe, do já citado Rodrigo Delfim Pereira. Dom Pedro II havia conhecido Maria de Buschenthal no Rio de Janeiro, nas vezes que ela aí estivera transitoriamente, pois, casada no verdor dos anos com o banqueiro e homem de negócios José de Buschenthal, fixara residência em Madrid. Mulher de rara beleza, tinha aí um *salão*, onde recebia o que havia de melhor na alta sociedade, na alta finança, na política e nas letras da capital espanhola.[228]

Os dias de exílio iam assim passando, cada vez mais envoltos num véu de tristezas que o Imperador, apesar de seu estoicismo, nem sempre podia dissimular. Em setembro de 1891 ele estava novamente em Paris, dessa vez hospedado no Hotel Bedford, na Rue de l'Arcade. A cura em Vichy pouco adiantara para a sua saúde."Minha vida deu-me outro norte", anotava em seu *Diário*, "porém infelizmente obscureceram as trevas do sepulcro." Tinha agora um abcesso no pé, que o impedia de andar e o obrigava a transportar-se carregado. *Acordei muito estrompado*, dizia ele a 17 de outubro de 91.

Uma das coisas que mais o afetavam era o esquecimento em que o tinham deixado quase todos que o cortejavam outrora nos tempos da Monarquia, e se atropelavam agora no Rio nas antessalas do Governo Provisório.[228a] "Onde estão os monarquistas? Por que hão de abandonar os seus princípios?" — perguntava da Europa o Príncipe Dom Pedro Augusto, em carta ao Comendador Catrambi. O Barão de Ladário, último Ministro da Marinha do Império, escrevia do Rio de Janeiro para o Imperador, com a rude franqueza de marinheiro, sobretudo com a autoridade de ter sido a única pessoa que na manhã de 15 de Novembro de 89 versara seu sangue em defesa das instituições monárquicas:

"O primeiro telegrama que da Europa recebe o Ditador, felicitando-o *por haver libertado a pátria da opressão*, foi o do Barão de Tefé, que só havia tido abundâncias de provas de proteção de Vossa Majestade e de seus Governos, muitas vezes causando justos desgostos de melhores e mais honestos servidores do país.[229] O Barão da Passagem,[230] que tanto e tão sem razão foi distinguido pelos governos de Vossa Majestade, de pronto prostra-se antes os dominadores, os endeusando *por terem libertado a pátria de um domínio intolerável...* O Barão de Ivinheíma conchega-se o mais que o permitem aos homens da Ditadura, os adulando vilmente, no intuito de continuar a ter sua família acomodada e a contento[231].

Pelo Exército Vossa Majestade terá feito juízo certo de Benjamim Constant, desde quando ficou à evidência conhecido o seu traiçoeiro procedimento contra quem por anos sucessivos dera-lhe derrames de favores particulares e do governo do país, bem assim distinções bem especiais do Monarca!... O General Miranda Reis, Barão, gentil-homem da Casa Imperial e ajudante de campo de Vossa Majestade; e apenas pelo que disse dos serviços daquele outro ingrato e desleal, minando a Monarquia "para estabelecer as liberdades de que o país necessitava ter", — quando recebia, destinada à Escola Superior de Guerra, a bandeira bordada pelos filhos, bandeira da *Ordem e Progresso...*

Na classe civil, Senhor, vimos também e desgraçadamente deserções feias. Conselheiros de Estado, Senadores, Deputados e altos funcionários silenciosos assistiram a essa revolta e mudança das instituições que se haviam comprometido manter."

XI

E não poucos se limitaram a *assistir silenciosos:* o Barão Homem de Melo, por exemplo, ex-Ministro e por quatro vezes Presidente de Província, não conteve, e enfileirou com a tropa sublevada que depusera o Governo Imperial na manhã de 15 de Novembro, através das ruas da cidade, ostentando um entusiasmo que, apesar de ele classificar de delirante, dificilmente podia inspirar crédito aos homens honestos. *Meu particular amigo o cidadão Quintino Bocaiúva*, é como chama a um dos chefes vitoriosos da sedição militar esse antigo Ministro da Coroa, sete dias apenas depois de 15 de Novembro. [232]

Enéas Galvão, Brigadeiro, Barão do Rio Apa, assegurava a Ouro Preto, em carta de 11 de novembro, a fidelidade ao Governo Imperial das tropas sob seu comando, com as quais podia *sempre contar:* "A disciplina é uma religião para o soldado — acrescentava — e eles amam muito sua bandeira para darem-se em espetáculo triste, à vista da população, desobedecendo ao seu Governo." Oito dias depois, derrubada a Monarquia e vitoriosa a República, o mesmo Rio-Apa lançava uma Ordem do dia, na qual declarava que a sedição militar de 15 de Novembro devia ficar gravada, com letras de ouro na história da Pátria." [233]

B. F. de Ramiz Galvão, que na qualidade de preceptor dos filhos da Princesa Imperial vivera os últimos anos do Império na intimidade dos Paços e tivera sempre a boa acolhida do Imperador, renunciava ao seu título de Barão de Ramiz, e num discurso pronunciado um ano depois da proclamação da República comparava o Marechal Deodoro a Washington...

Ora, se esse foi o procedimento dos monarquistas com relação às instituições depostas, que há de admirar que tivessem abandonado o Monarca agora exilado e definitivamente afastado da posição de mando? De fato, de quantos haviam sido seus Ministros e Conselheiros, lhe frequentado os Paços, devendo-lhe favores e situações, bem poucos se lembraram do *velho*, uma vez este deposto e mandado para fora do país. "Todos os amigos têm mudado muito", anotava ele em seu *Diário*. "Veremos quais ficam joeirados pela minha mudança de posição." [233a] Nem a generosidade de umas poucas linhas escritas,[234] ou o presente de um simples livro,[234a] coisa que ele tanto apreciava — nada que exprimisse uma lembrança, por mais insignificante que fosse, iria reconfortar as tristes horas daquele que durante cinquenta anos fora o distribuidor de bens e de empregos, de mercês e de recompensas.

"É singular", observava o Imperador a Afonso Celso. "Não tive uma só carta ou uma única folha do Brasil! É singular que ninguém mais se lembre de mim para me dirigir duas linhas. Esqueceram-me mais depressa do que eu esperava."

Afonso Celso, num gesto de delicadeza, procurava atenuar a má impressão do Imperador assegurando-lhe que o amor e o respeito público do Brasil por sua pessoa eram ainda os mesmos.

Ele objetava, com um traço de ironia:

"Mas então isso se dá de modo assaz platônico e demasiado abstrato. Por que não me escrevem? Há pessoas cujas cartas me dariam tanto prazer!"

"Receiam comprometer-se, incorrer em punição..."

"Qual! Há assuntos que não comprometem ninguém! Nem acredito que o Governo levasse a mal que meus amigos indagassem, por exemplo, da minha saúde, e me enviassem notícia da própria. Não; é singular, é muito singular que já não exista no Brasil quem se recorde de mim para enviar-me uma carta ou um jornal". [235]

"As ingratidões do período agitado que atravessamos hão de passar" dizia-lhe, consolando-o, o Barão do Rio Branco, e possivelmente sob a penosa impressão que lhe causara pouco antes as cartas do Barão Homem de Melo — "e Vossa Majestade pode encarar com ânimo sereno o futuro, e descansar no juízo da posteridade e no respeito e, reconhecimento dos brasileiros. Na nossa História, quando a pudermos ter livre e imparcial, não haverá nome que possa igualar em grandeza ao Soberano ilustre, que durante quase meio século presidiu aos destinos da Nação brasileira, dando-lhe, com os maiores exemplos de patriotismo, de desinteresse à religião do dever, um governo liberal e honesto e tantos dias de glória que contam e contarão sempre entre os primeiros do Brasil." [236e] E Capistrano de Abreu, que nem sempre lhe fez justiça quando ele reinava, dirá depois de o ver destronado: "Mostrou-se na adversidade o varão forte de Horácio, a quem as ruínas do seu fastígio não esmagam, mas ao contrário exaltam, como um pedestal." [236a]

XII

A generosidade do seu coração não o deixava, apesar de tudo, proferir uma palavra mais severa de acusação aos que tão depressa lhe haviam voltado as costas. É que ele sabia praticar a filosofia de Renan, para quem toda criatura humana devia ser tida por boa e tratada com benevolência. Não estava em seu feitio ser áspero para com quem quer que fosse, se não houvesse um motivo realmente severo para tanto. Partia do pressuposto de que todo homem, em regra geral, era um homem de bem.

Só uma vez manifestaria, e assim mesmo ao seu próprio íntimo, a profunda decepção que lhe la na alma; seria nestes versos cheios de um verdadeiro sentimento de dor:

Não maldigo o rigor da minha sorte,
Por mais atroz que fosse e sem piedade,
Arrancando-me o trono e a majestade
Quando a dois passos só estou da morte.

A roda da fortuna não tem norte;
Conheço-lhe inconstante variedade,
Que hoje nos dá contínua felicidade
E amanhã nem um bem que nos conforte.

Mas a dor que excrucia e que maltrata,
A dor cruel que o ânimo deplora,
Que fere o coração e quase mata,

É ver na mão cuspir à extrema hora
A mesma boca, aduladora e ingrata,
Que tantos beijos nela deu outrora.

Na sua bondade, — essa bondade de que nos fala Tolstoi, que consiste em dar aos outros mais do que se costuma receber — longe de maldizer os infiéis, ele procurava ainda atenuar-lhes as faltas. Assim, quando alguém, certo dia, se referiu às numerosas adesões que o Governo Républicano recebia de antigos e zelosos monarquistas, e repetiu, a propósito, a frase de Carlos de Laet — *estendeu-se sobre o país um enorme emplastro adesivo,* — o Imperador observou, com uma voz branda:

"Isso que ora se dá em nossa Pátria, sempre se deu e se há de dar em todos os séculos e em todas as regiões. Que sol nascente deixou jamais de produzir calor e movimento? Deve-se julgar os homens pelo que eles são realmente, e não pelo que desejamos ou sonhamos que sejam. Não se pode exigir de ninguém heroicidades. Não é pouco o cumprir deveres comezinhos, seguir sem hesitações a linha reta da probidade vulgar.

E, depois de uma pausa, acrescentou este belo conceito:

"Feliz a consciência, onde a recordação de todos os atos, não já de uma vida, mas de um simples dia, calmo e normal, não projetar alguma sombra de dúvida!

Para o Imperador, as adesões dos monarquistas à República provinham de condições naturais. E explicava:

"O novo regime surgiu revestido de aparato, apoiado na força pública, rico de recursos que lhe deixamos, fértil em esperanças e valiosas promessas. O modo inopinado como a mudança se efetuou feriu as imaginações, atribuindo-lhe foros de maravilhoso. Daí o magnetismo que ele exerce, perfeitamente explicável."

E concluía como o mais sábio dos filósofos:

"Não condenemos a quem quer que seja: lamentemos apenas a ilusão em que se acham, e meditemos sobre a contingência das situações humanas. Virá em seguida o arrependimento. Se a Monarquia voltar, de adesões não há de sentir falta, e igualmente espontâneas, com idêntico entusiasmo e verdade."

XIII

Na minha fronte enrugada
Trago a vigília estampada,
Pela febre devorada,
Num sofrimento sem calma;
Como o cipreste, pendente
Sobre uma lousa silente,
Sou a sombra, unicamente,
Do cadáver de minh'alma.

Pouco a pouco iam-se lhe apertando as amarguras do exílio. Mas sua resignação era a mesma. Conservava a atitude serena de sempre. Não se lhe mudara o caráter; guardava ainda aquela altiva nobreza que o caracterizava, e que não era senão o reflexo da probidade de seu espírito. Jamais se lhe ouvia uma queixa; jamais uma crítica severa.

Destronado, julgava-se apenas um homem *desimpedido*: "Se eu houvesse ficado desimpedido mais moço..." observara certa vez. Com um estoicismo digno de um Antigo, ainda achava que passara a ganhar com a perda da coroa:

"Sob o ponto de vista individual, lucrei imensamente. Vivo como entendo, satisfazendo as minhas vontades à lei das minhas inclinações, sem despertar críticas, nem incorrer em pesadas responsabilidades. Leio, estudo, passeio e movo-me desembaraçadamente. Não me vejo forçado a sacrificar a devoção à obrigação. Gozo, demais, de repouso, de que já la precisando. Creio que não me negam o título de empregado público conscencioso. Desempenhava escrupulosamente as funções de que me incumbiam. E aquilo era trabalhoso bastante![237] Aqui queixo-me de nada fazer."

E com uma ponta de ironia, o que não estava, aliás, em seu feitio demasiado severo, aludia, embora de leve, às acusações de absolutismo que se lhe faziam outrora:

"Vivo numa absoluta ociosidade, exercendo genuíno poder pessoal, pois realizo tudo quanto me apraz."

Mas a possibilidade de voltar ao Brasil estava sempre presente em seu espírito. Ainda alimentava a ilusão de novamente reinar. Repetia:

"Se me chamarem, estou pronto. Seguirei no mesmo instante e contentíssimo, visto poder ser útil ainda à minha terra. Mas se me chamarem espontaneamente, notem.

Puseram-me para fora... Tornarei se se convencerem de que me cumpre tornar."[238]

Quando se teve em Paris a notícia, dada pelo telégrafo, do golpe de Estado do Marechal Deodoro dissolvendo o Congresso, Silveira Martins foi procurá-lo, na companhia dos Barões de Penedo e de Estrela. Fizeram-lhe ver a necessidade de o Imperador partir imediatamente para o Brasil, a fim de salvar o país da desordem e do militarismo."

Não me chamaram, foi a sua resposta.

No dia seguinte foi vê-lo Gofredo de Escragnolle Taunay, irmão do Visconde, que abundou nas mesmas considerações, isto é, na necessidade de o Imperador "tomar passagem para o Brasil imediatamente, e de lá apresentar-se cercado de monarquistas fiéis e dedicados." Taunay falou-lhe longamente, expondo com franqueza e desembaraço as suas razões. Ouviu-o calado e pensativo o Imperador. Depois fitou-o demoradamente, como que a coordenar os pensamentos. E pôs-se, afinal, a falar, um pouco abstrato, visando circunstâncias absolutamente impossíveis de se realizarem, o que mostrava até quanto ele estava longe da triste realidade, que eram, no caso, sua idade avançada e o estado mais que precário de sua saúde:

"Sim, acho também que poderei apresentar-me lá. Mas não sou só, nem inteiramente livre. Preciso ouvir os meus a respeito, em particular a Isabel, tão preocupada com a educação do primogênito. Se o Pedro não puder ir, por causa de seus estudos aqui, vai ser difícil ela ir. O Luís[239] também deve ir. Precisa preparar-se para a sucessão, no caso em que fique assentado que o Pedro não herdará a coroa. Sim, iremos todos. Mas não ocuparei o trono. Ficarei ao lado de meu neto para guiá-lo e amestrá-lo... Visitarei as três Províncias do Brasil que ainda não conheço. E disporei as coisas de modo a tornar à França de tempos a tempos. . ."[241]\[241a]

XIV

Em Cannes, como depois em Paris, em Baden-Baden e em Vichy, seu passatempo predileto era o mesmo de sempre — as Academias, as reuniões científicas e literárias, as conferências, os museus, as bibliotecas, ou o encontro com intelectuais franceses. "Entre os sábios e literatos que nos últimos tempos privaram com o Monarca destronado — escreve Rodolfo Garcia figurou Stéphane Liègeard, autor de dois livros apreciados: *Côte d'Azur e Grands Coeurs.* Para uma conferência que esse literato proferiu sobre o Brasil a pedido de Dom Pedro, forneceu estes dados sobre as línguas dos indígenas brasileiros. Em artigo de *L'Autorité,* de Paris, 2 de fevereiro de 1892, sob o título *Dom Pedro II d'Alcantara, patriote et poête,* Liègeard refere-se mais de uma vez àqueles apontamentos, que o informaram sobre o idioma primitivo das gentes do Brasil."[241b]

Quando o Imperador ficava em casa, no hotel ou em casa Condes de Nioac, em Paris, entretinha-se com a leitura de quanto livro lhe caía nas mãos, anotando, por vezes, muitos deles, como por exemplo, a tradução da *Odisseia,* por Odorico Mendes; *a História Universal* de Riancey; a tradução dos *Lusíadas,* por Richard F. Burton, que ele reputava a melhor na língua inglesa; a *História Financeira,* de Liberato de Castro Carreira; os *Perfiles y Miniaturas,* de Martin García Mérou; *o Império e República Ditatorial,* de Alberto de Carvalho; *o Advento da República no Brasil,* de C. B. Ottoni; *o Advento da Ditadura Militar no Brasil,* do Visconde de Ouro Preto.[241C]

Por vezes rabiscava poesias e conceitos de moral em todo papel que encontrava. Era uma espécie de mania de velho. Outras vezes entregava-se a traduções poéticas. As poesias de Lucrécio ocuparam-no durante algum tempo. Sully Prudhomme, a quem ele antecipara a notícia dessas traduções, escrevia-lhe em abril de 1890:

Je verrais avec le plus grand plaisir Votre Majesté mettre à exécution son projet de traduire à son tour ce poème superbe, dont elle est bien preparée à interpréter le sens et rendre la beauté avec la précision et le goût d'un esprit scientifique et littéraire à la fois. Si elle entreprend cette tache difficile, elle rendra aux Brésiliens de haute culture un service digne de tous les autres qu'ils lui doivent déjà.[242]

Em julho seguinte o Imperador escrevia ao poeta, pedindo-lhe um exemplar de uma de suas obras *(Le Bonheur);* e como confessasse, uma vez mais, seu amor à poesia, respondia-lhe Sully Prudhomme: *Puisse ce culte, auquel Votre Majesté voue, désormais, sans partager, ses studieux loisirs, adoucir pour elle le double veuvage de la compagne auguste et de la patrie sacrée![243]*

Nada estimava mais do que receber a visita de seus patrícios, fossem de que credo político fossem, mesmo os Republicanos. Um destes, Francisco Cunha, jornalista ao tempo da Monarquia, fora dos que mais rudemente haviam investido contra o Imperador e a sua Dinastia; todo meio de ataque lhe parecera bom, desde que alcançasse o alvo visado, que era o regime. Não obstante, tendo o Imperador sabido de sua presença em Paris (o antigo jornalista fora feito diplomata pelo Governo Provisório), manifestou logo desejo de o ver. O Barão de Penedo encarregou-se de o procurar.

"Designados dia e hora, veio o Barão de Penedo procurar-me, e juntos nos dirigimos à residência do Imperador, que tinha marcado às cinco horas da tarde para receber-me. Esperamos alguns minutos na sala, enquanto terminava a operação da massagem a que se estava submetendo.

Entrando em seu aposento, acompanhado do Barão, vi que ali se achava o Conde de Nioac. O Imperador já se tinha acomodado em seu leito, sob as cobertas. Apertou-me a mão, e indicou-me uma cadeira próxima à cabeceira para sentar-me.

Depois de ter eu indagado da sua saúde, Sua Majestade começou a falar-me em termos gerais sobre a nossa Pátria, com referências aos últimos acontecimentos políticos, sendo o seu manifesto intento demonstrar-me que nunca tinha contrariado as liberdades consignadas na Constituição, e que o seu constante empenho tinha sido pugnar pela sinceridade das eleições, a fim de abrir margem às orientações da opinião pública. Acrescentou mais, que, dados os fatos já consumados, o seu desejo era (cito as suas próprias palavras) *que os senhores não quebrem as cabeças.*

Ouvi o Imperador com todo o acatamento, proferindo algumas palavras que lhe fossem agradáveis e que também exprimiam a minha convicção, tais como a justiça que a nação unanime fazia do seu acendrado patriotismo, às suas boas intenções, à sua invulnerável probidade, aos seus salutares exemplos de honestidade e de recato na vida pública, ao mesmo tempo que nas relações da sua vida privada."[244]

Uma só vez o Imperador referiu-se à sua expulsão do Brasil. Mas apenas para precisar um ponto. Disse ele:

"Atribuíram-me frases que não proferi, atos que não pratiquei. Aceitei os acontecimentos sereno e resignado. Uma coisa única me incomodou deveras: o aparato da força desenrolado em torno ao Paço da Cidade. Soldados a pé e a cavalo, guardando todas as portas, apontando para mim e para a minha família armas ameaçadoras, como se fôssemos réus e capazes de nos evadir. Pois não bastava para segurança deles a minha palavra? Havia um oficial de cavalaria, que da praça observava todos os meus movimentos, acompanhando-me como uma sombra se eu passava de uma sala para outra. Senti ímpetos de sair à rua para lhe dizer: "O Sr. não me conhece, certamente. Não sou homem que fuja ou me oculte. Escusa de molestar-se por minha causa. Fique tranquilo que me encontrará sempre no lugar que me compete!"[245]

A leitura e os estudos eram ainda os seus melhores divertimentos. Em Cannes tornava lições de línguas semíticas, ocupando-se ao mesmo tempo da impressão de umas traduções hebraico-provençais, publicadas pouco depois. Mas queixava-se sempre da falta de livros, habituado, que fora, com a magnífica biblioteca de São Cristóvão. Era raro não ser visto com um livro ou uma revista na mão, mesmo quando de carro, em seus passeios pelos arredores de Paris ou pelas belas estradas da Côte d'Azur.

XV

Corriam, assim, os dias, e pouco a pouco o seu organismo, já afetado desde a crise de 1887, la cedendo à diabetes que o minava. Seu passo era agora mais trôpego. Seus pés quase se arrastavam. Ele sentia que não estava muito longe desse porto de todas as dores, que é para nós a morte.

Também o pequeno grupo dos fiéis que o cercavam no exílio la aos poucos se restringindo, e cada dia lhe aparecia menos numeroso. Um a um, eles voltavam para a pátria distante. Cada despedida era, para o grande exilado, um novo motivo de tristeza e de nostalgia do Brasil. Cada nova partida era o círculo estreito dos companheiros que se apertava, era um coração que deixava de palpitar, era um rosto amigo que desertava. Todos partiam, e só ele ficava.

No seu isolamento, sempre mais largo, sempre mais profundo, mitigado apenas pelo grupo limitado da família — a filha, o genro e os netinhos — ou os raros fiéis, ele se sentia, cada vez mais, um abandonado, um desconhecido naquele meio de desconhecidos, rodeado de estrangeiros, numa terra que não era a sua terra, sob um céu que não era o seu belo céu azul do Brasil, à sombra de árvores bem diferentes das velhas mangueiras do parque da Boa Vista, que o abrigara desde os anos de sua meninice. J'ai passé à travers les peuples, et ils m'ont regardé, et je les ai regardé, et nous ne nous sommes point reconnus. (Lamennais)

Como sentisse aproximar-se lhe o fim, redigiu uma *Fé de Ofício*, documento da mais alta elevação moral, pelo qual se confessava sua própria consciência de Homem e de Chefe de Estado. Ela podia resumir-se numa única frase: sempre cumprira com o que lhe parecera ser o seu dever. Fez vir depois um punhado de terra do Brasil, do seu querido Brasil, que guardou discretamente no armário do quarto, num pequeno embrulho, ao lado do qual foi encontrado, depois de sua morte, um papel com estas palavras: *É terra do meu país; desejo que seja posta no meu caixão*. E pela última vez tangiu as cordas — bem frágeis eram agora essas cordas! — da sua lira:

> *Perdida é para mim toda esperança*
> *De voltar ao Brasil! De lá me veio*
> *Um pugilo de terra, e nesta, creio,*
> *Brando será meu sono e sem tardança!*

XVI

Por essa época, pouco antes do seu falecimento, o Conde de Nioac escrevia ao Barão do Rio Branco: "O Imperador vai bem, boa aparência, ainda que muito enfraquecido das pernas." Aparência enganosa diz Luís Viana Filho. "Na realidade, acelerada pelos sofrimentos, a antiga enfermidade caminhava a passos largos, e não custava perceber a rápida decadência de Dom Pedro II que, bem certo de se abeirar do fim da jornada, escrevera a *Fé de Ofício*, nobre documento dirigido à posteridade, e fizera vir do Brasil um punhado de terra."[246a]

Nesse outono de 1891 ele ainda se encontrava em Paris. O frio tardara em chegar, e por isso Dom Pedro II adiara sua volta para Cannes. Paris, com as suas conferências, suas academias, suas bibliotecas e o círculo, agora bem restrito, de brasileiros, tentava-o sempre. Corria já o mês de novembro, e ele ainda lá se achava.

No dia 23 desse mês, uma segunda-feira, havia sessão na Academia das Ciências. Tratava-se de eleger um novo membro. O Imperador não queria faltar ao dever de associado: foi votar em Gaston Boissier, autor de *Cicéron et ses amis e das Promenades Archéologiques*. Ao sair do Palácio Mazarino, a mudança brusca de temperatura provocou-lhe um ligeiro resfriamento. Não lhe deu, porém, maior importância. Tanto assim que, sentindo-se *muito bem*, quis realizar, no dia seguinte, um passeio de carro a Saint-Cloud, insistindo em caminhar algum tempo a pé.

Era uma dessas tardes cinzentas de outono, quando o vento frio que anunciava o inverno, agitava os galhos nus dos castanheiros; quando os pardais se agrupavam silenciosos, de penas arrepiadas, nos cantos dos parques sem flor; quando a luz do sol era mortiça, e as sombras das casas se estendiam, compridas, no asfalto umedecido das avenidas.

O Imperador fez um longo passeio pelo parque. Quando voltou ao Hotel Bedford, já quase noite, sentiu uns arrepios de frio. Mas no dia seguinte estava relativamente bem disposto. Tanto que saiu para um curto passeio. A 24, porém, apareceu-lhe a febre, e logo se declarou uma gripe. Apesar de tudo, seu organismo reagiu outra vez. E a 30 la ele melhor.

No dia seguinte, 1º de dezembro, o Imperador lançava em seu *Diário* o que seriam as últimas palavras traçadas por sua mão: "Ano melhor do que o passado para mim desejo a todos a quem estimo. Não canso de falar da família. Não vi os títulos dos livros que mandei vir ultimamente." E preocupado com a volta para o sul da França, a fim de fugir do inverno de Paris, acrescentava em francês: *Je ne pars plus aujourd'hui, mais peutêtre le 6 décembre je pense partir pour Cannes*. E repetia: Je partirai le 6 de ce mois.[247]

Ao cair dessa tarde, começou a sentir uma grande fraqueza. Pareceu-lhe que seu fim se aproximava. O Padre David, Lazarista, seu confrade no Instituto de França, veio ouvi-lo em confissão.

No outro dia, 2 de dezembro, era o seu aniversário natalício. Fazia ele 66 anos, mas dava a todos a impressão de um homem mais velho. Havia vinte e quatro meses definhava na terra ingrata do exílio. Pela manhã ouviu missa no próprio quarto. E à tarde, apesar da grande fraqueza, ainda teve ânimo para receber as pessoas que o foram cumprimentar. À noite sentiu-se pior. No dia seguinte, seu estado de saúde começou a preocupar os que o rodeavam. Sobreveio-lhe uma pneumonia.

No dia 4 os médicos assistentes perderam a esperança de salvá-lo. Preso de uma febre de 41 graus, o Imperador caíra numa grande prostração, desinteressando-se de quanto se passava ao seu redor. Foram chamados os Professores Charcot e Bouchard, que depois de um rápido exame declararam que nada mais havia que fazer. Era, portanto, o fim. De fato, para a tarde desse dia seu estado foi declarado desesperador. E no começo da noite, serenamente, sem um gemido, entrava em agonia.

Á cabeceira do leito modesto em que jazia, confinado no quarto de um hotel de segunda ordem, e exilado em terra estranha — ele, que possuíra, no Brasil, para viver, quatro palácios! — magro, o corpo estendido, as barbas muito brancas empastadas sobre o largo peito, velavam sua querida Isabel, Gaston de Orléans, os netos Pedro Augusto e Pedro de Alcântara e alguns poucos fiéis, chorando em silêncio o findar daquela grande e nobre vida.

À noite, por volta das dez horas, ele ainda teve um momento de consciência. Justamente quando o cura da Igreja da Madalena lhe administrava a extrema-unção. Mas logo depois caía novamente em prostração. A respiração fazia-se cada vez mais imperceptível. O pulso mais fraco. Inconsciente, tinha a cabeça branca pendida sobre o ombro esquerdo. Os olhos semicerrados, apagavam-se. Até que silenciosamente, suavemente, sem uma contração, ele rendia, no silêncio daquela triste madrugada de inverno, sua grande alma ao Criador.

XVII

Assistiram-lhe a morte, além dos Condes d'Eu e os filhos, seu neto Dom Pedro Augusto, suas irmãs Dona Januária, Condessa d'Áquila e Dona Francisca, Princesa de Joinville, acompanhadas de seus respectivos maridos, e os poucos brasileiros que o cercavam nesses últimos dias: os Condes de Mota Maia, de Aljezur, de Nioac; Viscondes de Cavalcanti e da Penha; Barões de Estrela, de São Joaquim, de Muritiba, de Penedo e de Albuquerque; Conselheiro Silva Costa, Sebastião Guimarães e Fernando Hex.

O Barão do Rio Branco, que compareceu ao hotel pouco depois da morte do Imperador, deixou-nos o seu testemunho. Disse:

"Ao lado da cama, sobre uma mesinha, viam-se um crucifixo de prata, alguns círios e muitos livros e cadernos de notas. Sobre o assoalho, no meio da sala, iluminado pelo clarão de várias tochas, via-se o caixão ainda aberto. Ao lado, de joelhos, a Princesa Isabel chorava em silêncio. A alguma distância, também ajoelhados, estavam o Conde d'Eu e o Príncipe do Grão-Pará [filho deste]. Os brasileiros presentes, trinta e tantos, foram desfilando um a um, lançando água benta sobre o cadáver e beijando-lhe a mão. Eu fiz o mesmo. Despediam-se do grande morto."[247a]

Sobre a tampa de madeira do caixão, numa chama de prata com as armas imperiais, o Barão de Penedo e o Dr. Seybold, fizeram gravar esta inscrição:

D.O.M.

Hic

Requiescit in pax aeterna menioria pie colendus

Augustissimus Dominus

Petrus Secundo,

Brasiliae Imperator.

Inteirado do seu falecimento, Sadi Carnot, Presidente da França, mandou seu ajudante de ordens ao Hotel Bedford apresentar os pêsames do Governo francês, com a declaração de que este decidira prestar a Dom Pedro II as honras de Chefe de Estado. Freycinet, Presidente do Conselho de Ministros, foi inscrever-se no livro aberto no Hotel para aqueles que quisessem exprimir o seu pesar.

Embalsamado o corpo pelo Dr. Poirier, foi ele transportado para a Igreja da Madalena, transformada em câmara-ardente, e onde a 9 de dezembro se realizaram as solenes exéquias. Viam-se na igreja, além dos membros da família e as pessoas que lhe assistiram a morte, alguns brasileiros residentes ou de passagem por Paris, como Eduardo Prado (que ali esteve acompanhado do seu amigo Eça de Queirós, Cônsul-Geral de Portugal em Paris), os irmãos Miguel e Pandiá Calógeras, Alfredo Rocha, Paulo Prado, Escragnolle Taunay, Sousa Dantas. Numerosos estrangeiros, como as ex-Rainhas Isabel de Espanha e Maria Bárbara das Duas Sicílias esta sobrinha-a fim da Imperatriz Teresa Cristina, além de vários confrades do Imperador do Instituto de França. O General Bruyère representava o Presidente Carnot. Presidiu a cerimônia fúnebre o Arcebispo de Paris. No catafalco, Dom Pedro II jazia vestido com a farda de Marechal do Exército brasileiro. "Parecia dormir. A longa barba, a sua romântica cabeleira de filósofo, já prateada, ganhavam tons dourados. Pareciam por vezes louras, à luz das velas que rodeavam o corpo."[248]

Terminadas as exéquias, o corpo foi transportado, num carro fúnebre, com os seus acompanhantes, para a Estação de Orléans, a fim de seguir, num trem especial, para a cidade de Lisboa. Ao passar o cortejo pela Praça da Concórdia, foram-lhe prestadas honras por sete regimentos de Infantaria, um de Couraceiros e uma bateria de Artilharia, cujas peças deram as salvas de estilo.

Três dias depois os restos do Imperador chegavam a Lisboa. A maioria dos brasileiros acima citados se havia incorporado ao enterro até a capital portuguesa. Um pouco antes de ali chegar, na Estação do Entroncamento, aguardavam o corpo do Monarca o Infante Dom Afonso, irmão do Rei Dom Carlos, com os Ministros dos Negócios Estrangeiros, Conde de Valbom, e o das Obras Públicas, que era o poeta Tomás Ribeiro. À chegada do Imperador à Estação de Santa Apolônia, em Lisboa, aguardavam-no o Rei Dom Carlos, com o Presidente do Conselho, General Abreu e Sousa, e os demais Ministros de Estado. Daí foi o corpo do Monarca trasladado, seguido de um grande cortejo, para a Igreja de São Vicente de Fora, onde o esperavam a Rainha Dona Amélia, acompanhada das Marquesas de Pombal e da Foz, e das Condessas de Valbom, de Sabugosa e das Alcáçovas. Presentes ainda os Chefes das missões diplomáticas acreditadas em Lisboa (o representante brasileiro absteve-se de comparecer), membros do Parlamento, altas autoridades do Reino e uma grande parte da colônia brasileira residente em Lisboa. Dentre os representantes da nobreza portuguesa destacavam-se os Duques de Palmela e de Loulé, os Marqueses de Fronteira, de Angeja, da Valada e do Faial, e o Conde de Ficalho.

Na urna contendo o corpo do Imperador colocada ao lado da que guardava o de Dona Teresa Cristina, foi pregada uma placa de prata com a seguinte inscrição; redigida por Seybold:

AETERNA MEMORIA PIE COLENDUS

AUGUSTISSIMUS DOMINUS

PETRUS SECUNDUS

BRASILIAE IMPERATOR

PETRI PRIMI, IMPERII BRASILIENSIS FUNDATORIS

ET LEOPOLDINAE FILIAE FRANCISCI, GERMANIAE

POSTEA AUSTRIAE IMPERATORIS, FILIUS

JUSTITIA, CLEMENTIA, LIBERALITATE, HUMANITATE, POPULI SUI
PATER, SERVORUM AD LIBERTATEM PRUDENTISSIMUS CONDUCTOR;
LITTERARUM ARTIUMQUE PER VASTISSIMUM IMPERIUM PROPAGATOR
ANIMI MAGNITUDINE, INGENII ACUMINE, MEMORIAE IMMENSITATE,
SCIENTIAE VARIÉTATE INCOMPARABILIS.
NATUS, ANTE DIEM IV NONAS DECEMBRES
A. D. MDCCCXXV IN CIVITATE FLUMINENSI,
REGNUM MINOR ACCESSIT AO D. MDCCCXXXI
MAIOR A. D. MDCCCXL
OPTIME SEMPER PER REGNUM PLUS QUAM SEMISAECCULARE
DE PATRIA MERITUS RERUM ILLIUS A. D. MDCCCLXXXIX
CONVERSIONIS TURBINI CESSIT; UT ILLUSTRISSIMUM
SERENISSIMAE BENIGNITATIS, CONSTANTIAE, PATIENTIAE,
SAPIENTIAE EXEMPLAR, SINCERO AMBORUM ORBIUM PLANCTU
LUCTUQUE DEPLORATUS,
FORTITER AC PIE PARISIIS
NONIS DECEMBRIBUS A. D. MDCCCXCI.[249]

44. O Esquife do Imperador, levado para carro fúnebre, desce a escadaria da igreja da Madaleine. Foto de autor não identificado. Paris, 1891
A importância das exéquias públicas do Imperador deposto, decidida pelo governo francês, e as homenagens póstumas de que foi alvo, causaram a maior irritação no representante em Paris da novel República, que energicamente representou ao Quai d'Orsay os protestos do seu Governo.

NOTAS

1 - Evaristo de Morais, *Dom Pedro II e o Movimento Abolicionista*.

2 - Evaristo de Morais, *op. cit.*

3 - Joaquim Nabuco, *Minha Formação*.

4 - Carolina Nabuco, *A Vida de Joaquim Nabuco*.

5 - Idem.

6 - Ao voltar para o Brasil, de sua terceira viagem à Europa, em 1888, depois da promulgação da Lei 13 de Maio, o Imperador dirá a Gofredo Taunay, irmão do Visconde de Taunay, estas palavras, transmitidas pelo próprio Gofredo Taunay ao Autor: "Estimei naturalmente saber que não há mais escravos no Brasil. Mas acho que a solução foi precipitada. Não se precisava ter ido tão longe, assim de uma só vez. A escravatura é uma das bases da riqueza do país e a sua extinção radical de uma só vez poderá trazer as mais graves consequências. Afinal, o país sempre viveu com a escravatura, e não faria mal que depois de tantos séculos de existência ela durasse ainda uns poucos anos."

7 - Na *elaboração*, e não na *votação*, que se processou, como se sabe, na ausência do Imperador.

8 - Ver o capítulo *O Declínio*, neste volume.

9 - Timon [Eunápio Deiró]. *Estadistas e Parlamentares*.

10 - *O Império Brasileiro*.

11 - 59 votos contra, dos quais 42 conservadores, 16 liberais e 1 Republicano; 52 votos a favor, dos quais 48 liberais e 4 conservadores.

12 - 52 votos contra, dos quais 43 conservadores, 8 liberais e 1 Republicano; 48 votos a favor, dos quais 43 liberais, 3 conservadores e 2 Republicanos.

13 - Pereira da Silva, *Memórias do Meu Tempo*.

14 - Carta de 15 de agosto de 1885 , no Arquivo da Casa Imperial.

15 - *Op. cit.*

16 - Discurso de 24 de agosto de 1885.

17 - "Há neste país instituições que se aliam para dominá-lo inteiramente: a Monarquia, isto é, o governo de um só homem, e a Escravidão, isto é, o predomínio de um só interesse" (Discurso de J. Nabuco, de 24 de agosto de 1885).

18 - Joaquim Nabuco, *O Abolicionismo.*

19 - Notas da Princesa Imperial no Arquivo da Casa Imperial.

20 - Idem.

21 - Deputado Francisco Belisário Soares de Sousa, Ministro da Fazenda.

22 - Notas da Princesa Imperial, no Arquivo citado.

23 - Notas de Cotegipe, comunicadas ao Autor por seu neto, Wanderley Pinho.

24 - Notas citadas da Princesa Imperial.

25 - Eis a carta de demissão de Cotegipe, datada de 7 de março de 1888, cujo original se encontra no Arquivo da Casa Imperial: "O meu colega Ministro da Justiça comunicou-me, e eu apresentei ao Conselho dos Ministros, a carta que V. A. I. lhe dirigiu em data de 4 do corrente, sobre os distúrbios nestes últimos dias. — Resultando do seu contexto que a V.A.I. podem merecer mais crédito outras informações que não as dadas sob a responsabilidade dos seus conselheiros constitucionais, não resta ao Gabinete outro alvitre senão o de pedir, como pede respeitosamente, a V.A.I., a sua demissão coletiva, sentindo, contudo, ter de tomar esta resolução quando temos a consciência de que nem nos falta o apoio da verdadeira opinião pública, nem os recursos necessários para manter a ordem. — Julgo não dever entrar em justificações e explicações, por desnecessárias, visto que pareciam ter por fim permanecermos numa posição que aceitei unicamente por dedicação à causa pública e obediência a S. M. o Imperador." — O verdadeiro e principal motivo da má vontade da Princesa contra Cotegipe, nesse momento, foi mais a questão da abolição da escravatura do que o incidente com os militares. No fundo, ela estava impaciente por se descartar de Cotegipe, cujo Ministério, a seu ver, não satisfazia mais as aspirações abolicionistas dela e da Nação. Mas o traquejado político baiano fazia-se de desentendido, para não ter de largar o Poder. Afinal, sobreveio esse incidente com os militares: foi o momento que ela achou mais propício para despedir Cotegipe. Eis como ela relata a cena, e consta das notas que deixou escritas (Arquivo da Casa Imperial): "No dia em que desci de Petrópolis, o Sr. Barão de Cotegipe quis falar-me em particular antes do despacho, como muitas vezes o fazia. Começou por relatar-me os fatos e propôs a demissão do Comandante da Polícia, Coronel Lago e do Alferes Batista. A isto respondi que sim, mas que exigia também a do Chefe da Polícia. O Sr. Barão ainda tentou salvá-lo, mas não o conseguindo puxou do bolso a carta de demissão do Ministério, que já trazia pronta, mas que creio bem não teria apresentado se eu tivesse deixado ficar o Sr. Coelho Bastos [*Chefe da Polícia*] — Mais adiante ela indaga de si para consigo: "Teria sido melhor deixar continuar as coisas até a época da abertura das Câmaras, em que, visto o emperramento do Ministério, eu o teria obrigado a pedir demissão? Não o creio. Não sei como o País teria suportado os dois meses que faltavam; e além disso, tinha tanta consciência do jeito tradicional do Sr. Barão de Cotegipe que não temo confessá-lo — receei que, ainda dessa vez, me enrodilhasse, e não achasse eu meio de dar o golpe que julgava necessário." Foi, sem dúvida, um ato de coragem da Princesa, assumindo, na ausência do Imperador, a inteira responsabilidade de obrigar o velho político baiano a largar o Poder. Mas ela sabia que agindo assim correspondia em grande parte aos anseios da Nação. "A Princesa Imperial prestou um grande serviço à causa da ordem e da liberdade, — escrevia Joaquim Nabuco ao Deputado Ferreira Martins, demitindo o Ministério Cotegipe.Entendo que devemos sustentar e não impugnar aquele ato de tão grandes vantagens para o País" (Carta do Rio, 5 de maio de 1888, em *Cartas a Amigos).*

26 - Como se sabe, o Imperador costumava solicitar ao Presidente do Conselho demissionário que indicasse o nome do seu sucessor. A Princesa Imperial Regente foi acusada de não ter seguido essa praxe por ocasião da demissão de Cotegipe, em março de 1888, indicando ela mesma

o nome de João Alfredo para seu substituto. Silveira Martins se fez eco dessa acusação em discurso proferido no Senado, dizendo que tinha disso a confirmação do próprio Cotegipe. Parece que assim foi, e João Alfredo, no discurso de apresentação do novo Gabinete, confessou que a Princesa o escolhera —"escolhera-me para organizar o novo Gabinete."

27 - Notas *cit.*

28 - João Alfredo só será um *convertido* às medidas radicais de abolição dois meses depois de ser Governo, isto é, quando teve de se apresentar perante às Câmaras, abertas, como de costume, em maio. Seu Gabinete fora formado em 10 de março.

29 - "Muitos dias e semanas, — dirá a Princesa, — levei sem ousar perguntar positivamente o que faria o novo Ministério; queria deixar-lhe toda a liberdade" (Notas *cit.*)

30 - Sobre indenização, ela dirá: "Apesar de nesse ponto jamais antes de ser formulado o projeto tivesse emitido minha opinião, não o poderia admitir como conveniente e justo. Certos escrúpulos poder-me-iam ter vindo, porém logo os arredei: o país não poderia indenizar senão de uma maneira ilusória, nem nunca mais" (Nota *cit.*).

30a - Anos depois, em 1920, sendo entrevistada no Castelo d'Eu por Tobias Monteiro, Dona Isabel diria ter querido que "a Abolição se fizesse porque via que ela tinha de ser feita, talvez revolucionariamente, pois as fugas de negros das fazendas faziam-na temer que tivéssemos cenas como as da Guerra da Secessão nos Estados Unidos. No dia 13 de maio sentiu-se feliz, vendo que com um traço de pena libertava 700 mil criaturas. Não receava com isso sacrificar o Trono, antes acreditava que o seu ato a recomendaria à estima da Nação" (Ver Hélio Vianna, *Entrevista com Dona Isabel — 1920*).

31 - *O Império Brasileiro.*

32 - Foi uma presunção que se espalhou desde o tempo do Império e se repete ainda hoje, mas sem nenhum fundamento, encampando-a Históriadores como Oliveira Lima (Op. cit.), onde diz que Dom Pedro II não era grande amigo da colonização estrangeira: era em demasia nacional para isso. "De imigração amarela (que no seu tempo queria dizer a chinesa, porque o Japão ainda não entrara na fase de expansão) nem queria ouvir falar. Foi ele quem mais contribuiu para fazer gorar o plano de Sinimbu. Da branca, receava, no seu vibrante patriotismo, que se distinguisse sobre o caráter histórico da população e lhe emprestasse um ar cosmopolita." — Quanto à imigração amarela, é provável que Oliveira Lima estivesse com a razão. Mas quanto à branca, pelo que se conhece hoje do pensamento do Imperador, não se pode afirmar o mesmo. Nos *Conselhos* dados à filha Dona Isabel, em 1871, ele dizia, com toda a razão, que colonização e emancipação dos escravos eram assuntos que se prendiam entre si, e que o principal embaraço para introdução de imigrantes no Brasil era o preconceito, espalhado entre nós, de que o trabalho escravo não havia de faltar. E acrescentava: "Cumpre destruir quanto antes esse preconceito", obrigando os lavradores a "substituírem o trabalho escravo pelo livre, facilitando os meios de contratar e colocar os colonos, assim como de estabelecê-los nas terras devolutas", pondo-os "em contacto, por meio de prontas vias de comunicação, com os mercados. Boas estradas, que se construam, ou perto das quais, bem como de águas facilmente navegáveis, se estabeleçam os colonos, conseguirão esse fim, para o qual concorrerá também o imposto sobre o território que bem situado mas, por qualquer motivo, não aproveitado, seria necessariamente ou utilizado ou vendido a quem não pagasse por ele sem tirar lucros." Mas não bastava isso: convinha que o colono encontrasse em sua nova Pátria o livre gozo de todos os direitos que a nossa Constituição concedia aos estrangeiros. Sendo os colonos, na maior parte, de religiões diferentes da nossa, convinha também que não tivessem dificuldades para se casarem, com relação aos efeitos civis, permitindo-se-lhes o matrimónio civil entre quaisquer cônjuges. Devia-se ainda promover "a organização de uma ou mais companhias, que contratem com o Governo a colonização em grande, o que trará também a vantagem de não estar o plano desse serviço sujeito ao modo de pensar de repetidos Ministros." Depois acrescentava: "Alguns preconizam, como

medidas indispensáveis à colonização, o gozo de todos os direitos de cidadão brasileiro para os estrangeiros naturalizados brasileiros, e a igualdade de todas as religiões perante a lei" (Como se sabe, no Império, a religião católica era a religião do Estado). Quanto a isso, o Imperador receava que "sendo conveniente não exigir quase senão a declaração para que os estrangeiros possam naturalizar-se brasileiros; e pecando estes já por indiferentes, tais medidas aumentem a falta de patriotismo e de religião." A redação do Imperador nem sempre era clara. De uma maneira geral ele redigia mal, era confuso no expressar o pensamento. Mas por tudo que deixou dito neste documento (*Conselhos à Regente*, no Arquivo Grão-Pará), não se poderá dizer que fosse contrário à imigração estrangeira, mas ao contrário, com os percalços, evidentemente, que lhe ditavam seu espírito prudente e conservador, e por vezes cheios de preconceitos.

33 -   *Civilização contra Barbárie.*

33a -   O mesmo se podia dizer do episcopado brasileiro, ou da Igreja Católica, que era a religião do Estado, e que não somente se abstinha de condenar a escravidão, como não abria mão de seus próprios escravos. "Em outros países — dizia Joaquim Nabuco — a propaganda da emancipação foi um movimento religioso, preparado do púlpito e sustentada com fervor pelas diferentes igrejas e comunhões religiosas. Entre nós, o movimento abolicionista nada deve, infelizmente, à Igreja do Estado; pelo contrário, a posse de homens e mulheres pelos conventos e por todo o clero secular, desmoralizou inteiramente o sentimento religioso dos senhores de escravos. No sacerdote, eles não viam senão um homem que os podia comprar, e aqueles a última pessoa que se lembraria de acusá-los. A deserção, pelo nosso clero, do posto que o Evangelho lhe marcou, foi a mais vergonhosa possível: ninguém o viu tomar a parte dos escravos, fazer uso da religião para suavizar-lhe o cativeiro, e para dizer a verdade moral aos senhores. Nenhum Padre tentou nunca impedir um leilão de escravos, nem condenou o regime religioso nas senzalas. A Igreja Católica, apesar do seu imenso poderio em um país ainda em grande parte fanatizado por ela, nunca elevou no Brasil a voz em favor da Emancipação" (Joaquim Nabuco, *o Abolicionismo*).

34 -   Tobias Monteiro, *Pesquisas e Depoimentos.*

35 -   Agenor de Roure, *A agitação abolicionista.*

36 -   Joaquim Nabuco, *Minha Formação.*

37 -   Vide *Jornal do Commercio*, do Rio.

38 -   Oliveira Lima, *op. cit.* — Sem embargo, na Fala do Trono redigida por João Alfredo para o encerramento da sessão legislativa de 1888, o Imperador intercalou as seguintes palavras no tópico que aludia à Lei 13 de Maio: "cuja decretação tanto me consolou das saudades da Pátria, minorando meus sofrimentos físicos" (Tobias Monteiro, *op. cit.*)

39 -   Joaquim Nabuco, *op. cit.*

40 -   Os dados citados neste Capítulo foram tirados da excelente memória de Agenor de Roure, anteriormente referida.

41 -   Visconde Nogueira da Gama, *Minhas Memórias.*

42 -   Carta do Rio, 23 de maio de 1888, no Arquivo do Itamaraty — Afonso Celso Júnior. que será monarquista sob o regime Repúblicano, mas que era Repúblicano sob a Monarquia, dizia, até certo ponto com razão, nos últimos anos do Império, que a Monarquia mantinha-se entre nós por mero espírito de tolerância dos brasileiros, pois que não havia na alma nacional nenhum esteio ou ponto onde ela se apoiasse. Referindo-se aos dois Partidos constitucionais, salientava que nenhum deles era, a bem dizer, monarquista convencidamente monarquista. "Quando está no Poder qualquer deles, como a Monarquia e os seus interesses coincidem num ponto de interseção, ele a defende. Mas, se deixa o Poder aquele partido torna-se, senão hostil, pelo menos indiferente, não só à forma de governo mas até à pessoa do Monarca. Ninguém toma a sério as ficções que constituem a essência do atual regime. É unânime o ridículo provocado pelas suas práticas. Não há uma classe, um grupo de homens diretamente interessados na manutenção do sistema monárquico." (*Oito Anos de Parlamento.*)

42a - Dizer que o sistema monárquico constitucional não vingara completamente em nenhum país da Europa, a exceção da Inglaterra e da Bélgica, era procurar tapar o sol com uma peneira ou querer enganar aos tolos, porque na ocasião em que Silveira Martins pronunciava esse discurso, a Europa quase toda ainda era monárquico constitucionalista; e ainda hoje, passados quase cem anos, se várias Monarquias europeia foram extintas depois das duas grandes guerras, ainda existem na Europa, com um regime liberal constitucional, além da Inglaterra e da Bélgica, — a Holanda, o Luxemburgo e as três Monarquias escandinavas. Para não falar nas que também subexistem na África e na Ásia.

43 - Dom Pedro II estava então pela segunda vez no Estrangeiro.

44 - Ofício de 20 de fevereiro de 1877.

45 - Ofício de 5 de abril de 1887.

45a - Ofício de 27 de maio de 1887, no Record Office, de Londres, onde se encontram igualmente os demais Ofícios da Legação Inglesa no Rio, citados daqui por diante.

45b - "Apropriado pela República pelo Decreto n.⁰ 447, de 18 de julho de 1891, a pretexto de que, com a proclamação do novo regime, extinguira-se o direito de propriedade dos Príncipes de nossa Monarquia. Mais tarde, argumentar-se-ia que Dom Pedro Augusto só tinha o direito de *habitar* o Palácio, construído com o dinheiro do dote legalmente dado à Princesa Dona Leopoldina por ocasião de seu casamento, em 1864. — Foi depois a Escola Venceslau Brás, e é hoje, muito transformado, a Escola Técnica Federal." (Helio Vianna, *Dom Pedro Augusto, estudante*).

45c- Quando o Imperador caiu doente, em janeiro de 1887, e se receou por sua vida, discutiu-se muito, no Palácio Leopoldina, a questão da sucessão do trono, para o que se admitia abertamente a exclusão da Princesa Imperial e de seus filhos. Contava Carlos Buarque a Juca Paranhos, futuro Barão do Rio Branco, que, ouvindo uma noite "o Príncipe falar mal da tia, à qual chamava de beata, estreita de espírito, antipática ao País, mormente por causa do marido, que era um estrangeiro, o Príncipe Dom Augusto atalhou o irmão dizendo: *Deixa disso, que a sucessão não é dela, nem do maneta, nem do surdo, nem tua também"* (*), querendo talvez com isso significar que não haveria um Terceiro Reinado.

(*) — Cit. por Rodrigo M. F. de Andrade, *Rio Branco e Gastão da Cunha. O maneta* era Dom Pedro de Alcântara, Príncipe do Grão-Pará; *o surdo* era o Conde d'Eu.

45d - Entre os presentes nesse jantar estava o Chefe de Divisão Eduardo Wandenkolk, sob cujas ordens servira o irmão Dom Augusto, e que, aproveitando a presença ali de Ouro Preto, lembrara a este quanto lhe ficara grato pelos postos e condecorações que o mesmo lhe dera quando Ministro da Marinha, ao tempo da Guerra do Paraguai (Ouro Preto, *Advento da Ditadura Militar no Brasil*). A acrescentar que nessa ocasião Wandenkolk já estava metido na conspiração que se tramava para depor Ouro Preto e o seu Governo.

45e - Cit. por Clado Ribeiro de Lessa, *Aspectos da vida de um Príncipe brasileiro.*

45f - Ofício de 7 de maio de 1887, no Ministério dos Negócios Estrangeiros de Portugal, onde se encontram os demais. Ofícios da Legação Portuguesa no Rio, citados daqui por diante

45g - Ofício de 20 de outubro de 1889, no Ministério dos Negócios Estrangeiros da Bélgica, onde se encontram os demais. Ofícios da Legação da Bélgica no Rio, citados daqui por diante.

45h - Ofício de 7 de maio de 1887, no Ministério dos Negócios Estrangeiros da Itália, onde se encontram os demais Ofícios do Almirante Mantese citados daqui por diante.

45i - Max Leclerc, *Lettres du Brésil.*

45j - *Op. cit.*

46 - O que não quer dizer que se desinteressasse completamente dos assuntos da política e da administração pública, entregues ao governo da Princesa. Durante as Regências desta, o Conde d'Eu costumava mesmo corresponder-se diretamente, por escrito, com os Ministros, embora o fizesse declarando sempre que a sua opinião era a da mulher; e os Ministros, por sua vez, também a ele se dirigiam (quando não o faziam diretamente à Princesa Regente), discutindo ou assentando medidas de ordem pública.

47 - José Avelino, *Cartas do Rio.*

47a - Filha do Rei Luís Filipe I dos Franceses.

47b - Visconde de Taunay, *Memórias.*

48 - *Mis Memórias Diplomáticas*

48a - Carta a José Maria da Silva Paranhos Júnior, depois Barão do Rio Branco, no Arquivo do Itamaraty.

49 - Carta de Charcot a Mota Maia, de Vichy, 17 de junho de 1891, no Arquivo da Imperial.

50 - Enganam-se os que pensam que Rui Barbosa foi um Repúblicano histórico. A verdade é que não foi nem uma nem outra coisa. Aderiu, como tantos políticos do tempo, Liberais e Conservadores, à República, certo de que a extinção da Monarquia era um caso consumado. Oito meses antes da implantação do novo regime ele ainda dizia: "Nunca advogaremos a desordem nem nos alistamos na bandeira Repúblicana" (*Queda do Império*). E, uma vez feita a República, teria a franqueza de declarar: "Não tenho a honra de pertencer aos Repúblicanos históricos; sou Repúblicano da hora." Da última hora, aliás, porque foi somente na noite de 11 de novembro, quando Benjamim Constant o levou pela primeira vez (primeira e última) à casa de Deodoro, e ali se encontrou com os chefes civis Repúblicanos, que ele se convenceu de que, tendo a Monarquia contra si uma parte da oficialidade jovem do Exército, podia ser tida como liquidada. Poucos anos depois de implantada a República, quando ele entrou em luta com o governo de Floriano Peixoto e se considerou vítima do novo regime, Rui iria renegar seu curto passado Repúblicano, dizendo que nunca havia "advogado" a República; ao contrário, sempre a declarara "intempestiva" (Discurso de 30 de maio de 95). Num outro discurso, contra o militarismo, ele diria que a proclamação da República não passara de uma "revolta de baionetas, um espetáculo, uma surpresa, um sonho passado fora da Nação", que, contando "sessenta anos de ordem constitucional com a Monarquia", dela passara, "subitamente, para uma novidade que não tinha a menor radícula na História ou no temperamento nacional". E, fazendo justiça ao Império, voltaria a dizer noutro discurso feito no Senado: "Não é com o exemplo de uma ou outra injustiça, uma ou outra fraqueza, uma ou outra pequenez do Imperador, que se há de caracterizar o Reinado e o sistema de governo. O Império se definia com a sua alta moralidade, a elevação do crédito nacional e os grandes nomes que ilustram o regime." — Não estaria, talvez, longe da verdade quem procurasse ligar a má vontade de Rui contra o Imperador, nos últimos anos da Monarquia, a sua exclusão do Gabinete Dantas, em 1884, sabidamente provocada por Dom Pedro II. Tem havido muito debate sobre este assunto. Rui Barbosa contestou sempre que seu nome tivesse sido vetado naquela época pelo Monarca. Muito pelo contrário, disse ele. Dantas lhe participara que o seu nome, *primeiro lembrado*, fora acolhido *com aplauso* pelo Imperador. A narração de Rui Barbosa é esta: "Fora eu o primeiro lembrado. O Imperador acolhera com aplauso a indicação do meu nome. Estavam-me duas pastas à escolha: a da Agricultura e a do Império. O organizador convidado queria-me antes na da Agricultura, que era a pasta da emancipação [*dos escravos*]. Mas Sua Majestade me preferia na do Império, a fim de executar os meus projetos de reforma do ensino, já submetidos à Câmara. Só de uma condição dependia tudo. E, baixando a voz, indagou o meu eminente interlocutor [*Dantas*]: — "Mas, Rui, tens segura a reeleição?" Ao que prontamente eu: — "Ninguem pode responder a esta pergunta como V. Exª mesmo, chefe do Partido Liberal, que me tem elegido." Não me replicou; porque mal me calava, quando já um dos presentes, interpondo-se com vivacidade, o atalhava nomeando certo político baiano, a quem atribuía eleição segura. Silêncio geral de um momento, que o dono da casa logo se deu pressa em cortar, acudindo: — "Vamos refletir." Mas nunca mais, nem ali nem noutro qualquer ensejo, até ao termo das nossas relações em 1890; nunca mais se me tocou naquilo." — É difícil conciliar esta narrativa de Rui Barbosa com o testemunho trazido pelo próprio filho do Senador Dantas, J. P. de Sousa Dantas, e estampado no *Jornal do Commercio*, do Rio. Diz ele ter ouvido do pai, no dia mesmo em que fora este chamado a São Cristóvão para conversar com o Imperador sobre a organização do futuro Ministério, a

declaração de que *entrara em divergência com o Imperador* sobre a admissão de Rui Barbosa. Dantas apresentara ao Monarca o nome do Deputado liberal baiano, presença no futuro Ministério, dizia ele, *valia uma Câmara inteira*. A que o Imperador objetara: — *Mas o seu Rui não tem a reeleição certa: o Sr. vai expor-se a uma derrota, ou a uma acusação de intervir no pleito com os meios de governo*. Dantas, desviando a dificuldade, replicara: — "Mas Vossa Majestade não se dignou ainda de me dar a incumbência de organizar o Gabinete; e essas questões só oportunamente podem ser resolvidas." J. P. de Sousa Dantas acrescenta que esse fato causou grande consternação no seio da família Dantas, onde Rui Barbosa era muito estimado, sobretudo por Rodolfo Dantas, que logo profligou à *ingerência do Monarca* na organização do Ministério, *o capricho* do Imperador, terminando por declarar que "não teria a coragem de lhe (*a Rui Barbosa*) anunciar o Gabinete sem o seu nome." Dantas rematou então a discussão com estas palavras: — "Bem: todos vocês, mesmo Rodolfo, não podem querer ao Rui mais do que eu; serei eu que irei falar-lhe, e não há necessidade de o pôr a fogo aceso com o Imperador. Estou certo de que ele aceitará sem queixa o que eu lhe disser, como partindo de mim mesmo, e que terei toda a sua dedicação, esteja ele ou não no Governo." — Parece que esta deve ser a versão exata. Não é impossível que Dantas, para poupar a sabida susceptibilidade de Rui Barbosa, e não o *pôr a fogo aceso com o Imperador*, lhe tivesse dito que o seu nome fora bem acolhido pelo Monarca, deixando-lhe, todavia, perceber, no indagar sobre as probabilidades de reeleição do seu correligionário e amigo, o receio que tinha de efetivar a escolha do seu nome como Ministro do Gabinete em formação. Dois fatos, em todo o caso, são positivos nesta questão: que o nome de Rui Barbosa, depois de lembrado por Dantas para Ministro, foi por este posto definitivamente de lado; que Rui Barbosa, como previra ou não o Imperador, não foi reeleito Deputado nas eleições daquele ano. Que concluir, portanto? Isto: que Dantas desejou realmente incluir Rui Barbosa no Gabinete, mas desistiu assim que percebeu ou lhe fizeram perceber a pouca probabilidade que tinha o seu candidato de ser reeleito deputado. Que foi o Imperador que lhe chamou a atenção nesse ponto é mais que provável, não só pela narrativa do filho de Dantas, como sobretudo pelo silêncio que este sempre guardou perante Rui Barbosa sobre os motivos da sua exclusão do Ministério. O fato de *largar* Rui Barbosa, embora seu correligionário e amigo, assim percebeu que ele não era, naquela ocasião, *persona grata* ao Monarca, estava bem, aliás, nos moldes de Dantas. — Não é fora de propósito recordar aqui os ataques que Rui Barbosa lançava contra o Imperador, em março de 1889, da tribuna da Câmara, quando, dizendo-se embora *ainda monarquista*, gritava, nadando em contradições, contra "as revoluções sucessivas dos Partidos atirados à oposição pelo arbítrio imperial, a absorção progressiva da autoridade ministerial no elemento pessoal do Poder Moderador, a ingerência inconstitucional da Coroa em todas as esferas da vida governativa, a corrupção exercida pelo Trono sobre o caráter dos estadistas. — Ainda sobre os sentimentos monárquicos de Rui Barbosa, mesmo nas vésperas do 15 de Novembro, não deixa de ser uma prova o fato de ele se ter recusado a entrar no Ministério Ouro Preto, *cinco meses* antes da proclamação da República, apenas por não ter o novo Presidente do Conselho querido aceitar o programa federativo, votado pela minoria do Partido Liberal, à qual pertencia Rui Barbosa. Ora, se o único motivo foi este — e não se alegou outro — é claro que não havia nenhuma incompatibilidade de crenças políticas. De resto, não seria cabível que Ouro Preto, de sentimentos tão sabidamente monárquicos, fosse lembrar-se de um Republicano para o seu Ministério. Ouro Preto acentua (*Advento da ditadura militar no Brasil*), com toda a oportunidade, que Rui Barbosa "protestava até à última hora", isto é, até as vésperas do 15 de Novembro, pertencer ao Partido Liberal, apesar do mesmo Partido não o ter apresentado na lista de seus candidatos à Câmara temporária, nas eleições de 1889. Rui Barbosa teve de pleitear eleição no Rio de Janeiro, sempre sob o rótulo de *liberal*, onde aliás não foi eleito.

51 - Rui Barbosa, *op. cit.*

52 - *Um Estadista do Império.*

53 - *Op. Cit* — Sua pouca propensão pelo Poder deu lugar a que se dissesse que era intenção do Imperador abdicar a Coroa em favor da filha, a Princesa Imperial. Alguns jornais da Europa chegaram a dar curso a tais boatos — porque semelhante notícia não passou, evidentemente,

de um boato. "Não tem nenhum fundamento", mandou dizer para Viena o Encarregado de Negócios da Áustria no Rio. "Dada a inclinação do Imperador pela literatura e pela ciência, não é impossível que a ideia da abdicação lhe tenha ocorrido alguma vez. Mas uma decisão dessa natureza será muito difícil dada a inexistência quase completa de qualquer patrimônio privado do Imperador" (Ofício de 22 de março de 1875). — Isso se dizia em 1875. Sem embargo, treze anos mais tarde, quando o Imperador voltou da Europa, a possibilidade de sua abdicação passou a ser considerada nas altas esferas do Governo. Ver, a propósito, o capítulo "Pela terceira vez na Europa", desta obra.

53a - *Dom Pedro II e a Condessa de Barral.*

54 - Arquivo da Casa Imperial.

55 - Idem. — Uma das raríssimas vezes em que Dom Pedro II se abriu um pouco com referência aos fatos e homens do seu tempo, dizem que foi na correspondência que entreteve, nos últimos anos de vida, com o seu camarista o Conde de Nioac. Talvez por isso determinou a este último, que as suas cartas não fossem jamais reveladas, nem no todo nem em parte. O Conde de Nioac observou escrupulosamente a vontade do Imperador, e no mesmo propósito se manteve seu filho, o Barão de Nioac, em posse do qual ficou aquela preciosa correspondência. O Autor, apesar de seus esforços, não conseguiu, infelizmente, convencer o Barão de Nioac do caráter histórico e, portanto, público dessa correspondência.

56 - A atribuição dessa quadra ao Imperador vai contra a verdade. Provou-o Lindolfo Gomes, no seu interessante trabalho *Nihil novi...* fazendo ver que ela pertence de direito ao poeta quinhentista Dom Francisco de Portugal.

57 - *Reminicências* – "Partiram-lhe as fibras da sensibilidade, e viveu no nosso país tropical sem paixões, sem afetos, frio e glacial como um homem do Norte" (Alberto de Carvalho, *Império e República Ditatorial*).

58 - *Agradecimento aos Pernambucanos*

59 - *Cit.* por Max Fleuis, *Páginas brasileiras.*

60 - Carta de 9 de fevereiro de 1878, no Arquivo da Casa Imperial.

60a - Gilberto Ferrez. *Um passeio a Petrópolis em companhia do fotógrafo Marc Ferrez.*

60b - *Op. cit.*

61 - *Mis Memórias Diplomáticas*

62 - V. Quesada, *op. cit.*

63 - Idem.

64 - Arrojado Lisboa, *O Imperador em Petrópolis.*

65 - *Quadro social da Revolução Brasileira* — Censurava-se, quando não se ridicularizava, o costume, que adotara o Imperador, de vestir-se habitualmente de preto (casaca preta), o que lhe dava um aspecto ainda mais austero, e emprestava um certo ar de tristeza ao ambiente que o cercava. É possível que houvesse nisso apenas o desinteresse do Monarca por questões de indumentária. Mas a razão da casaca preta não estaria antes na obrigação, que tinha o Imperador, de andar quase sempre de luto pela morte de seus muitos parentes europeus? O Imperador era aliado pelo sangue a quase todas as famílias reinantes da Europa. Só as suas ligações com os Bourbons e Habsburgos, ou com os Coburgos, por exemplo, que se haviam tornado, num dado momento, fornecedores de Reis e Rainhas dos países do Velho Continente, lhe davam um nunca acabar de parentes. Ora, toda vez que um desses primos graduados morria, eram tantos dias de luto para a Família Imperial brasileira. Esse luto variava, conforme o grau de parentesco ou o caráter oficial do falecido, de uma semana a três, quatro ou mais meses.

Havia ano em que a Família Imperial passava, pode dizer-se, quase todo ele de luto oficial. Tomemos, por exemplo, ao acaso, o ano de 1877: em janeiro, luto pela morte da Duquesa do Porto; em março, luto pela morte da Princesa Maria da Rússia; em junho, pela morte de Guilherme de Hesse; em agosto, era a Rainha dos Países Baixos que falecia; em novembro, a Rainha-viúva da Saxônia — todos seus parentes. O ano seguinte, 1878, não foi mais alegre.

Pelo contrário. Em fevereiro morriam o Papa Pio IX, o rei da Itália Victor Emanuel II e o Príncipe Maximiliano da Rússia. São, ao todo, 21 dias de luto para a Família Imperial. Em abril falecia o Arquiduque Francisco Carlos: dois meses de luto. Em junho, a Rainha Dona Maria da Espanha: um mês de luto. Em julho, o Rei Jorge V do Hanover: vinte dias. Em agosto, a Rainha Dona Maria Cristina da Espanha: quatro meses de luto. Em dezembro, o Duque Carlos da Dinamarca e a Princesa Alice da Inglaterra: sete dias pelo primeiro, e quatorze dias de luto pela segunda. Só nesse ano de 1878, como se vê, dos seus 365 dias, a Família Imperial tomou luto num total de, nada menos, 272 dias (Vide as respectivas participações oficiais ao Corpo Diplomático estrangeiro acreditado no Rio de Janeiro).

65a - Esse palacete era geralmente conhecido em Petrópolis como o "Palácio da Princesa." Pertencera ao Barão de Pilar, que o vendera, em 1871, por 12.500$000, a Rodrigo Delfim Pereira, filho legitimado de Dom Pedro I e da Baronesa de Sorocaba (irmã da Marquesa de Santos), e que, por sua vez, o venderia ao Conde d'Eu em 1876. Continua hoje na posse da Família Imperial.

66 - Carta de Roux, diretor do Instituto Pasteur de Paris, a Afrânio Peixoto, na *Revista da Academia de Letras*. O Rio de Janeiro, por iniciativa do Imperador, foi das primeiras cidades do mundo a possuírem um Instituto Pasteur..

67 - A correspondência entre o Imperador e Pasteur acha-se publicada na *Revista da Academia brasileira de Letras.*

68 - Arquivo da Casa Imperial. — Desde 1856 a pena de morte deixou de ser aplicada no Brasil

69 - Pinto de Campos, *O Senhor Dom Pedro II.*

70 - As cartas da Imperatriz à Baronesa de Loreto, citadas neste Capítulo, foram publicadas por Max Fleiuss, em *Páginas de História.*

71 - O 2º Marquês de Paranaguá.

72 - Ofício de 24 de abril de 1887.

73 - M. V. da Mota Maia, *O Conde de Mota Maia.*

73a - Chegou até a restabelecer as reuniões com um grupo de intelectuais e escritores brasileiros, inclusive da nova geração, como Raimundo Correia, Franklin Dória (Barão de Loreto) e Carlos de Laet, quando foram lidas traduções do árabe, de autoria do Imperador, episódios das *Mil e Uma Noites* (O Barão de Paranapiacaba, "Introdução" ao *Prometeu Acorrentado*, de Ésquilo, trasladação poética do original traduzido por Dom Pedro II). Como era distante da cidade o local, na Tijuca, onde se encontrava o Imperador, conta-nos Hélio Vianna, providenciou-se "para que às cinco horas da tarde estivessem alguns carros junto ao ponto final dos bondes do Andaraí, para condução dos convidados à Chácara, aí os levando de volta, às dez horas da noite, terminada a reunião" (*Letras Imperiais*).

74 - Ofício de 16 de maio de 1887.

75 - Ofício de 24 de abril de 1887.

76 - Ofício de maio de 1887.

77 - Conselheiro Albino de Alvarenga, depois Visconde de Alvarenga, médico do Paço desde 1880.

78 - Carta de 19 de abril de 1887, no Arquivo do Itamaraty (*Papéis da Casa Imperial*).

79 - Carta de 20 de abril de 1887, idem.

80 - Ofício do Conde de Chaillou, Ministro de França, de 29 de maio de 1887.

81 - Staatsarchiv, de Viena,

82 - B. Mossé, *Dom Pedro II.*

83 - Mota Maia, *op.cit.* — Opinião do Professor Bouchard, dada em 29 de julho de 1887: *Sa Majesté a été atteinte de glycosurie depuis l'âge de 57 ans.... Au cours de cette glycosurie, un traumatisme a provoqué une ulcération de la jambe. Récemment, une affection aigiie, grave, caractérisée par des accès de fièvre, avec tumefaction douloureuse du foie, a ébranlé la santé de l'Empereur... Les reflets tendineux sont totalement abolis... Bien que le diabête se présente actuellement dans une phase favorable de glycosurie intermittente, on doit reconnaître qu'il s'accompagne d'un trouble particulièrement fâcheux: la perte des reflets rotuliens. Ce úne, a lui seul, Suffirait pour justifier l'emploi de la strychnine, la douche froide. Je conseil-lerais une station à altitude moderée, à l'air frais et à proximité des forêts.* (Carlos da Silva Araújo, *Grave doença do Imperador do Brasil em Milão, em 1888. Médicos italiano que o trataram).*

83a - Carta de 17 de agosto de 1887, em *Dom Pedro Augusto e Orville Derby*, de Dom Carlos Tasso de Saxe-Coburgo e Bragança.

83b - Já nessa altura Dom Pedro Augusto não gostava de Mota Maia, atribuindo-lhe culpas de coisas que ao seu ver o médico do Imperador encobria. Eram os primeiros sintomas da demência em que o Príncipe iria cair poucos anos depois.

83c - Sublinhado no original.

83d - Idem.

83e - Carta de 21 de setembro de 1887, ao Barão de Estrela, então em Paris. Citada em *Trabalhos de Mineralogia e Numismática*, de Dom Pedro Augusto de Saxe-Coburgo e Bragança.

83f - *As Visitas de Dom Pedro II a Coburgo.*

83g - *Op. cit.*

83h - Duque de Edimburgo, segundo filho do Príncipe Alberto e da Rainha Victoria da Inglaterra, que havia sucedido ao seu tio paterno, falecido sem deixar filhos, Ernesto II, na regência do Ducado de Saxe-Coburgo-Gotha. Edimburgo havia estado no Rio de Janeiro em 1867, comandando uma fragata inglesa.

83i - *Op. cit.*

83j - Idem.

84 - Dona Francisca e o marido, François d'Orléans, Príncipe de Joinville, residiam em Paris, no n⁰ 65 da Avenida d'Antin. Mas tinham também uma casa de campo, o Castelo d'Arc-en-Barrois, nos arredores da cidade de Chaumont. Tanto Dona Francisca como a irmã, assim como seus maridos, iriam sobreviver ao Imperador. O Conde d'Áquila morreria em 1897, e sua mulher, em Cannes, em 1901, com, respectivamente, 73 e 79 anos de idade; Dona Francisca iria morrer em sua casa de Paris, em 1898, com a mesma idade que a irmã;Joinville em 1900, com 82 anos de idade.

84a - Cit.por Afonso de E. Taunay, *Cartas de Dom Pedro Augusto.*

85 - Carta ao Conde d'Eu, 16 de março de 1888, no Arquivo da Casa Imperial.

86 - Arquivo citado.

87 - Idem. — Tradução "Saúdo-te, bravo Imperador/ Tu que pensas nos Provençais/ Que ficaram este verão, coitados!/ Arruinados por tantos males!" — O Imperador havia mandado um óbulo para os Provençais atacados de cólera.

87a - B. Mosé, *op. cit.* — Tradução: "Sois a digna esposa daquele que quer saber tudo/ E que procura por toda a parte a felicidade/ Que ele gostaria de dar a seu devotado povo/ Com a doce paz, o progresso e o bem-estar/ Possais vós por muito tempo a igualar o exemplo de virtude/ Que um tal pai mostra/ A um Universo emocionado/ Ele é bem, para nós, o Rei dos Imperadores!"

88 - Olímpio da Fonseca, *Moléstia do Imperador.*

89 - *Independência ou Morte!* Atualmente exposta no Museu do Ipiranga, em São Paulo, e largamente reproduzida no Brasil.

90 - Mota Maia, *op. cit.*

91 - Idem.

91a - "Nesse dia se manifestou o delírio, ameaça de congestão etc. O gelo foi posto logo na cabeça, e não o tiraram mal durante 15 dias!" (Carta de Dom Pedro Augusto ao Barão de Maia Monteiro, de Aix-les-Bains, 25 de junho de 1888, citada por Hélio Vianna, em *Cartas do Príncipe Infeliz*).

92 - Como Charcot não tivesse podido vir imediatamente, por se achar à cabeceira de um doente, Semmola aconselhou a Mota Maia que chamasse De Giovanni, o qual deixou-se ficar em Milão, ao lado do Imperador. (*Op. cit.*)

93 - Os originais desses telegramas encontram-se no Arquivo da Casa Imperial, e são aqui transcritos nos idiomas em que foram transmitidos.

94 - Na realidade três médicos, pois que Charcot não havia ainda voltado.

95 - No dia 15 de maio haviam passado à Princesa Imperial, com a assinatura do Imperador, o seguinte telegrama de Milão: *Parabéns pelo triunfo da grande causa sob seus auspícios* Mas, em verdade, ele só veio a ter conhecimento da Abolição no dia 22, quando, estando às portas da morte, a Imperatriz julgou não dever ocultar-lhe por mais tempo a grande notícia. Foi quando se expediu de Milão este telegrama: *Princesse Impériale. Grande satisfaction pour mon coeur et gráce à Dieu pour I 'abolition de l'esclavage.au Brésil. Félicitations pour vous et pour tous les Brésiliens. — Pedro et Tereza.* Os originais desses telegamas estão conservados no Arquivo da Casa Imperial. — A versão dada pelo neto Dom Pedro Augusto, que acompanhava o Imperador, referindo-se a esse angustioso dia 22 de maio, é a seguinte: "Pela manhã fui acordado de repente pelo meu criado em pranto e gritando: *o Imperador está morrendo!* Eu, perturbadíssimo, corri mal vestido para os aposentos do doente, que já tinha recuperado os sentidos mas estava moribundo. Não se movia, pálido, com as extremidades frias e roxas, todo envolvido em éter volátil, digo, envolvido em algodão nessa substância embebido. Estava com a sua inteligência perfeita. Sacramentou-se com toda a calma. Nessa ocasião comunicaram-lhe a *Lei da Abolição.* A princípio não fez caso, estando ainda entorpecido. Despertando, compreendeu o que se lhe dizia. Falou em voz distinta: Graças a Deus! Grande consolação! Levou a repetir essas palavras a miúdo. Foi uma cena comovente. Não podia conter o pranto" (Carta de Aix-les-Bains, 18 de junho de 1888, ao Visconde de Taunay, em *Cartas de Dom Pedro Augusto*). — Conhece-se outra carta do mesmo Príncipe, ao Barão de Maia Monteiro, escrita também de Aix-les-Bains, em 25 de junho de 88, relatando mais ou menos nos mesmos termos o fatídico dia 22 de maio, quando o Imperador esteve às portas da morte (Ver Helio Vianna, *op. cit.*).

96 - *Cartas de Dom Pedro Augusto* cit .

96a - Carta de Aix-les-Bains, 17 de junho de 1888, em Dom Pedro Augusto e Onille Derby, por Dom Carlos Tasso de Saxe-Coburgo e Bragança.

97 - *Avenir*, de 1[.0] de julho de 1888.

97a - Relatório dos médicos assistentes, Mota Maia, *idem.*

98 - Nessa ocasião fez-se uma espécie de álbum, onde numerosas pessoas escreveram saudando

o Imperador por sua volta ao Brasil. Quando, anos depois, ele estava exilado em Paris, decidiu publicar esse álbum. Mas a publicação só ficou pronta depois de sua morte. Foi quando a filha a Princesa Dona Isabel mandou um exemplar à sua prima a Princesa Teresa de Baviera, precedida da seguinte carta, datada de Paris, 7 de setembro de 1893: "Envio-te uma publicação que meu querido Pai mandara fazer e só ficou pronta depois de sua morte. É a publicação de um álbum, onde os principais personagens do Brasil escreveram por ocasião de sua volta ao Brasil em 1888. Quantos acontecimentos depois disso! E infelizmente várias das pessoas, que tantos elogios escreveram, não são as mesmas para nós! " (Carta do Arquivo Wittels-bach, em Munique, comunicada por Mário Calábria).

98a - Ofício de 15 de agosto de 1888.

98b - Ofício de 12 de janeiro de 1888.

98c - Ofício de 4 de agosto de 1888.

99 - Cit. por Ferreira da Rosa, *Memorial do Rio de Janeiro*.

99a - Não é sem propósito reproduzir aqui a carta *confidencial* que o Marechal Floriano Peixoto, Ajudante-General do Exército, escreveu nessa ocasião ao Chefe de Polícia da Corte, e que provava como ele não era ainda, quatro meses antes do 15 de Novembro, um convertido à República: "Exmo. Amigo Dr. Chefe. O nosso Imperador, bem que estimado e venerado, deve ser vigiado de perto por certo número de amigos de toda a confiança, que façam frustrar todo e qualquer desacato. — Sei que V. Exª tornará as medidas precisas, mas eu quisera secundá-lo com um pequeno mas forte contingente, que entender-se-á com as autoridades de serviço. — Se aceita esse concurso, peço que, a começar de hoje, remeta-me um bilhete de cadeira e duas entradas gerais todas as vezes que S. M. tenha de assistir representações teatrais" (Afonso Celso, *O Imperador no Exílio*).

100 - Tobias Monteiro, *Pesquisas e Depoimentos*.

101 - Oliveira Lima, *O Império Brasileiro*.

102 - Eduardo Prado, *Fastos da Ditadura Militar.*

102a - Cit. por Luís Viana Filho, *A Vida do Barão do Rio Branco*.

102b - Costuma-se dizer — "General Câmara" ou "General Osório", referindo-se a esses e outros oficiais-generais da Monarquia. Mas é preciso assinalar que na hierarquia militar do Império não havia nem nunca houve o posto de *General*. Esse posto foi instituído em 1836 unicamente no governo da chamada República Rio-grandense, quando da Revolução Farroupilha, desaparecendo depois da derrota dos Farrapos, para só renascer com a instituição da República, em 1889. sob a Monarquia, eram os seguintes os postos dos oficiais generais: Marechal do exército, Tenente-General, Marechal de Campo e Brigadeiro. O posto de Marechal do Exército só seria preenchido em 2 de dezembro de 1862, com a promoção de Tenente-General Luís Alves de Lima e Silva, Marquês e depois Duque de Caxias. E assim mesmo apenas graduado, só sendo efetivado quatro anos mais tarde, quando comandante-chefe das forças em operações de guerra no Paraguai. Depois de Caxias, foram Marechais do Exército o Conde d Eu, o Visconde, depois Marquês da Gávea, o Barão de Itapagipe, o Marquês do Herval (Osório), o Visconde de Pelotas (Câmara) e Soares de Andréa.

102c - Alcindo Sodré, *Abrindo um Cofre.*

102d - Palavras que o Almirante Jaceguai ouviria do Monarca na tarde de 15 de novembro, quando este chegaria ao Paço da Cidade e lhe diriam que Deodoro era o chefe da revolução."

103 - Na realidade, e sobretudo nos últimos anos do Império, os dois partidos constitucionais não tinham, a bem dizer, um chefe seu, que fosse reconhecido por todos como tal, salvo em circunstâncias especiais, como essa, em que Cotegipe dirige de fato o Partido Conservador.

O que se dava, a este respeito, era o seguinte. Quando o partido estava na oposição, tinha a dirigir-lhe vários chefes e chefetes, que no fundo se disputavam uns aos outros. Quando estava no Poder, o chefe geralmente reconhecido era o que estava à frente do Gabinete. Como os Ministérios se sucediam com grande frequência, mesmo numa única situação política, quase um por ano, o partido no Poder mudava frequentemente de chefe.

104 - *O rei Caju* — era como o apelidavam (devido à forma de sua cabeça, que se assemelhava, diziam, a uma castanha de caju) numa revista célebre do tempo, *A Princesa dos Cajueiros*, de Artur Azevedo. Nessa revista havia o médico do Paço, o Dr. Escorrega, que podia ser Mota Maia, o qual cantava para os cortesãos que em buliçosa reunião aguardavam, impacientes, na antecâmara da Rainha, o nascimento da Princesa:

> Senhores, não façam tamanho barulho,
>
> Que nada de novo por ora não há...
>
> *Senhores, estamos a quinze de julho;*
>
> *Há ja nove meses que... trá, Id, lá, lá!*

105 - Carta de 4 de março de 1888 (minuta no Arquivo da Casa Imperial).

106 - Deodoro fora mandado para Mato Grosso comandar uma expedição militar de observação, sob o pretexto de que o desentendido entre o Paraguai e a Bolívia, por questões de limites, ameaçava levá-los à guerra, com perigo para a integridade das nossas fronteiras naquela região.

107 - Ofício de 17 de junho de 1889.

107a - A verdade é que Cruzeiro se escusou pela impossibilidade de formar um Governo com viabilidade de sucesso, que ele só via em duas hipóteses, como ele próprio confessaria ao Visconde de Taunay, e este publicou em *Homens e Coisas do Império*: "Ou a ditadura, sem a qual não é possível governar neste País; ou a união e o acordo sincero dos dois partidos constitucionais " — quer dizer, uma nova Conciliação, nos moldes da que fizera o sogro Paraná em 1853, que, não sendo propriamente uma ditadura, era o que se chama hoje um 'Governo forte." Mas ditadura, com todos os seus disfarces, era coisa de nem pensar com Dom Pedro II no trono; e uma nova política de *fusão* era o que havia de menos viável no ambiente político do fim do Império. Pois, se não era sequer possível conciliar as duas facções conservadoras em torno de um programa de Governo, como pensar num congraçamento dos dois partidos constitucionais?

107b - Salvador de Mendonça, *A Abdicação do Sr. Dom Pedro II*.

107c - Quando foram publicadas essas declarações de Saraiva, anos depois, elas seriam contestadas por Múcio Teixeira, um poeta que desfrutara, nos últimos anos do Império, uma certa facilidade de acesso junto ao Imperador. Segundo Múcio, Saraiva não seria capaz de se tornar o eco odioso da vil calúnia com que espíritos menos refletidos procuravam tisnar os gloriosos bordados da farda de um dos nossos mais ínclitos Marechais [leia-se: o Conde d'Eu]; nem a sua fina educação lhe permitiria dizer ao Imperador essas repugnantes coisas com expressões tão pouco palacianas", Mas que apesar de tudo, tivesse ousado externá-las, "Sua Majestade saberia imediatamente corrê-lo da sua presença, quando não com palavras de merecida retaliação, ao menos por gesto de visível contrariedade dando-lhe às costas" (Contestação publicada em 1913, no jornal *O Imparcial*, do Rio de Janeiro, sob o título *Para a História*), Mas Salvador de Mendonça, que dera publicidade àquelas palavras de Saraiva, voltou à imprensa para confirmá-las, dizendo que as ouvira, de fato, de Saraiva, "Não sei ao certo se o Sr. Conde d'Eu tinha ou não estalagens e cortiços (disse ele), mas sei positivamente que o Conselheiro Saraiva falou nisso ao Imperador, pela simples razão de me haver dito que o fizera." E acrescentou que ao lado de muita veneração ao velho Monarca, a quem sempre falara a linguagem da verdade, Saraiva nutria certo desdém em relação aos Príncipes, aos quais o ouvi mais de uma vez chamar *estes berinjelas"* (Salvador de Mendonça, *op. cit.*).

985

107d - Salvador de Mendonça, *op. cit.* — Essa a versão dada por Salvador de Mendonça. A. Coelho Rodrigues, em sua obra *A República na América do Sul*, repete mais ou menos a mesma coisa, isto é, que Saraiva teria dito ao Imperador, por ocasião dessa entrevista, que o advento da República lhe parecia próximo, e que se tornava necessário "preparar o País para ela, fazendo a federação das Províncias e abdicando em seguida a coroa nas mãos do Parlamento." Foi então que o Imperador perguntou: E minha filha? Ao que Saraiva respondeu: *O reino de Sua Alteza não é deste mundo.*

107 - Defendendo-se da acusação de Alberto de Carvalho no livro publicado em 1891, *Império e República Ditatorial*, de que fora um erro do Imperador chamar Ouro Preto para formar o Gabinete de 7 de junho, pois que este não era um estadista a que se pudesse confiar "prudentemente os destinos de um Partido e o futuro de uma Nação", Dom Pedro II anotou à margem do livro: *Chamei-o por conselho de João Alfredo*, o que não era verdade, e só se explica por um lapso de memória ou uma confusão do Monarca. Porque a verdade é que depois da recusa dos três Senadores conservadores — Correia, Cruzeiro e Vieira da Silva — o Imperador perguntando a João Alfredo: *E os Liberais?* este se limitou a responder: *A estes competirá indicá-los.* Foi quando o Monarca chamou o Conselheiro Saraiva e, com a recusa deste, o Visconde de Ouro Preto (Hélio Vianna, *Notas de Dom Pedro II ao livro "Império e República Ditatorial"*).

108 - O Autor, que foi aluno do Visconde de Ouro Preto, no primeiro ano jurídico, dá testemunho disso, e aproveita a oportunidade para render aqui um preito de profundo respeito às inigualáveis qualidades morais e cívicas de tão grande cidadão.

108a - Taunay, *Diário.*

108b - Carta de 7 de junho de 1889, no *Diário de Notícias*, do Rio de Janeiro.

108c - Essa recusa de Rui, em virtude de seu apaixonado Federalismo, o indispusera desde então com a corrente liberal que ascendia ao Poder, não tendo sido por isso seu nome incluído na chapa de Deputados liberais baianos para as eleições gerais promovidas pelo novo Gabinete, o que muito o estomagou, dadas, sobretudo, as relações que tinha com Saraiva e as de grande intimidade com Dantas, que eram então os dois chefes liberais baianos. "Excluído, como inimigo do trono, do seio dos liberais [dirá ele anos mais tarde (marcado na entrevista, posto fora da sua chapa na Bahia, mandando-me fechar o Parlamento e apontando-me como inimigo das instituições." — Ainda com relação à entrada de Rui para o Gabinete Ouro Preto, vem ao caso referir uma declaração que Eduardo Jacobina fez a respeito, e foi reproduzida por Gilberto Freyre no seu livro *Ordem e Progresso*. Segundo ele, Rui, convidado (aliás indicado) para Ministro foi, antes de decidir aceitava ou não, avistar-se com o Imperador, a quem disso que iria para o Governo realizar a Federação dentro da Monarquia, o que provocou, de parte do Monarca, esta exclamação: O Sr. está maluco? Em vista do que Rui declinou Ministro. Ora, semelhante versão não tem sombra de verdade. Primeiro porque todos sabemos que, indicado o seu nome pelo Conselheiro Dantas, Rui se apressou om dizer quo não aceitava o cargo por não querer Ouro Preto incluir Federação no seu programa de governo. Depois, porque saía fora de todas as normas, destoava de todas as praxes para chegar às raias do absurdo, que aceitando entrar para o novo Governo Rui se tenha permitido ir procurar o Imperador (que não estava, aliás, no Rio, mas em Petrópolis naquela ocasião), para dizer-lhe que ele, Rui, la "realizar" a Federação, leviandade tanto maior quanto a promoção de uma tal "realização" não lhe caberia a ele, simples Ministro, mas ao Presidente do Conselho; e este, todos o sabiam, não estava nada com essa disposição, Acresce que, admitida como verdadeira essa suposta entrevista de Rui com o Imperador, não é crível que este lhe tenha respondido com aquela frase, não só por ela mesma, isto é, por destoar da conhecida maneira de exprimir-se do Monarca, sobretudo com uma pessoa com quem mantinha relações muito limitadas ou que mal conhecia, como porque o próprio Rui sempre afirmara que o Imperador era partidário da Federação, não sendo assim possível que ele fosse empregar tal frase. Finalmente, cabe acentuar que na introdução à *Queda do Império*, onde Rui nos conta detalhadamente tudo o que se passou com ele por ocasião da subida ao Poder do Visconde de Ouro Preto, não há a menor referência a essa suposta entrevista sua com o Imperador, como também a ela não faz menção o escritor Lourenço Luís Lacombe no trabalho intitulado *Rui Barbosa e o Imperador.*

108d - Ofício de 17 de junho de 1889.

108e - Como se sabe, o Imperador costumava, quando se achava em Petrópolis, no verão, ir todas as tardes à Estação da estrada de ferro esperar o trem que vinha do Rio, com os veranistas descidos pela manhã para as suas obrigações diárias na Corte. Era o trem chamado geralmente dos *diários* ou dos *maridos*. Esse costume, adotado pelas famílias e amigos desses veranistas, fazia, nessas ocasiões, da pequena Estação, um centro de reunião mundana, tornando-se tradicional até ser inaugurada a estrada de automóveis ligando o Rio a Petrópolis. A presença do Imperador na Estação realçava ainda mais o significado social e mundano dessas reuniões, e dava lugar a que muito político, desejoso de falar ou de se exibir com o Soberano, o fosse ali procurar para esse fim.

108f - *Advento da Ditadura Militar do Brasil.*

108g- Visconde de Taunay, *Diário.* — Ainda a propósito da intenção de Vieira da Silva de incluir Maracaju no seu Ministério, dizia Taunay que era isso uma prova de que seu nome fora "apontado na conferência imperial", concluindo daí que ele devia "entrar por força" na organização ministerial.

108h- Discurso no Senado, de 5 de novembro de 1894.

108i - "Acreditou galgar o Poder com um Gabinete formado de acordo com os seus amigos, (disse o Padre João Manuel em discurso na Câmara), quando teve que submeter-se à vontade da Coroa, que lhe impôs companheiros com que não contava."

108j - *Advento da Ditadura Militar no Brasil.*

108k - J. J. Silveira Martins, *Silveira Martins.*

109 - *Op. cit.*

110 - "República no Brasil é coisa impossível (escrevia ele ao seu sobrinho Clodoaldo da Fonseca, cerca de um ano antes de ser proclamada a República), porque será uma verdadeira desgraça. Os brasileiros estão e estarão muito mal educados para Republicanos." E pouco depois recomendava: "Não te metas em questões Républicanas, porquanto República no Brasil e desgraça completa é a coisa: os brasileiros nunca se prepararão para isso, porque sempre lhes faltarão educação e respeito para isso" (Viriato Correa, *A Questão Militar*).

110a - Sobre a exata posição e os sentimentos do Marechal Deodoro nos dias que precederam a proclamação da República, ver Heitor Lyra, *História da Queda do Império.*

110b - Ouro Preto. *Advento da Ditadura Militar no Brasil.*

110c - Carta de 11 de outubro de 1889, no Arquivo Wittelsbach, em Munique, comunicada por Mário Calábria. A Princesa Teresa era filha do Príncipe Regente Luitpold, da Baviera. Estivera no Brasil cm 1888, tendo depois (em 1897) escrito um livro sobre essa sua viagem, intitulado *Meine Reise in der Brasilianischen Tropen*, que ela dedicaria à memória de Dom Pedro II, do qual se mostrou sempre amiga. Sobre o nome da Enciclopédia referida pelo Imperador, há um engano de sua parte: não se chamava *Nouvelle Encyclopédie*, mas *Grande Encyclopédie*, para a qual o Barão do Rio Branco, em Paris, escreveu um longo capítulo sobre o Brasil, intitulado *Esquisse de l'Histoire du Brésil*, incluindo nele o trabalho de Dom Pedro II sobre a língua tupi-guarani.

111 - Tobias Monteiro, *Pesquisas e Depoimentos*

111a - Engano do memorialista: o Imperador trajava nessa noite o uniforme de Almirante.

111b - Rodrigo Octávio, *Minhas Memórias dos Outros.*

112 - Citado por Ouro Preto, *Advento da Ditadura Militar no Brasil.*

113 - Ouro Preto, *op. cit.*

114 - Idem.

115 - Idem. — Maracaju contestou posteriormente que houvesse feito essa declaração a Ouro Preto, posto não negasse o tivesse convidado a transportar-se, com os demais Ministros, para o Quartel-General do Campo de Santana, onde estava instalada a sua repartição, que era o Ministério da Guerra. Mas além do testemunho de Ouro Preto, há o de Cândido de Oliveira, Ministro da Justiça, que, em carta ao Presidente do Conselho (transcrita no *Advento da Ditadura Militar*), confirmou a frase de Maracaju. — Concorreu também, para a resolução tomada por Ouro Preto de transportar-se para o Quartel-General, o seu próprio feitio, destemido e impulsivo. "Se ficarmos aqui hão de dizer que temos medo", declarara ele no Arsenal de Marinha, an tes de ir para o Quartel-General, segundo refere Tobias Monteiro (*op. cit.*). Cândido de Oliveira, na carta acima referida, confirma igualmente essa declaração.

116 - *Op. cit.*

117 - *Discursos.*

118 - Ouro Preto, *op. cit.*

119 - Idem. — Hoje está provado que desde a antevéspera, pelo menos, isto é, desde o dia 13, justamente quando escrevia aquele bilhete ao Ministro da Justiça, Floriano já andava em entrevistas com os conspiradores. Naquele dia tivera um encontro reservado com Deodoro, a pedido deste. Posto a par do que se tramava, ainda quis convencer Deodoro da possibilidade de uma transação, oferecendo-se mesmo para servir de intermediário. Deodoro recusou: já não queria mais saber de palavras, disse, o momento era de ação; e ainda que só pudesse contar com *quatro gatos pingados*, por-se-ia à frente da revolta. Foi então que Floriano decidiu-se: "Enfim, disse ele, se a coisa é contra os casacas, lá tenho ainda a minha espingarda velha" (Tobias Monteiro, *op. cit.*). — A impressão, tida dos depoimentos das testemunhas, é que Floriano, na realidade, não *conspirou* contra o Governo. Desempenhando então um cargo de grande autoridade no Exército, seu concurso era desejado e mesmo esperado pelas duas partes em jogo, o Governo e os revoltosos. A indecisão de Floriano, resultado de seu propósito de não se comprometer nem com uns nem com outros, foi que iludiu Ouro Preto. No sentido rigoroso, ele traiu certamente a este último. Mas, no fundo, agiu apenas como um oportunista que era: ficou com os pés nos dois lados, até o fim a ver em que davam as coisas, pronto a saltar para o que saísse vitorioso. Venceram os Republicanos: Floriano pulou definitivamente para estes, e largou Ouro Preto e a Monarquia. Se fosse o contrário que se desse, ele depressa saltaria para o lado do Gabinete; e os revoltosos, vencidos, é que passariam então a acusá-lo de traição.

120 - O General Almeida Barreto, conforme ele próprio confessaria depois ao *Jornal do Commercio*, do Rio, já desde a noite da véspera hipotecara a Deodoro o apoio da tropa sob seu comando, e que era, na opinião de Ouro Preto, "a melhor força de que dispunha o Governo" (*op. cit.*) Bem se vê a que ponto o Ministério ficou abandonado.

121 - Tobias Monteiro, *Pesquisas e Depoimentos.*

122 - Idem.

123 - Tobias Monteiro, *op. cit.*

124 - Ouro Preto, *op. cit.*

125 - Idem.

126 - Idem.

127 - É sabido que o Barão de Ladário, quando chegava ao campo de Santana em direção ao

Quartel, fora intimado a render-se por um oficial revoltoso; negando-se, e tentando atirar contra o oficial, fora alvejado por tiros de fuzil.

128 - Esse telegrama histórico tem sido reproduzido com várias incorreções, inclusive no livro de Ouro Preto, *Advento da Ditadura Militar*, muito embora se declare aí ser o texto exato. Damo-lo agora, copiado do original entregue ao Imperador na manhã de 15 de novembro e conservado no Arquivo da Casa Imperial. Vide fotografia reproduzida.

129 - Foram as palavras que Ouro Preto disse ter ouvido. Parece certo que Deodoro voltou atrás nesse momento, de sua anterior resolução de derrubar a Monarquia, chegando mesmo a organizar uma lista de novos Ministros, encabeçada pelo nome do Conselheiro Paulino de Sousa, um dos chefes conservadores da Província do Rio. Convém não esquecer que Deodoro militava nas fileiras desse partido. Que ele, só à noite, se decidiu definitivamente pela República, é coisa fora de dúvida. Ver-se-á isso mais adiante

130 - Ouro Preto, *op. cit.*

131 - Tobias Monteiro (*op. cit.*) diz que a expressão *fato consumado* foi muito empregada na época, principalmente pelos adesistas à República, por considerarem que já não era possível fazer-se alguma coisa pela Monarquia.

132 - Ofício de 20 de novembro de 1889.

133 - Ofício de 18 de novembro de 1889.

135 - Declaração feita ao Comandante Pessoa, do *Alagoas*. Ver Tobias Monteiro, *Pesquisas e Depoimentos*.

136 - Papéis da Princesa Imperial, no Arquivo da Casa Imperial. — Anos depois, em 1891, em Paris, ele escreveria à margem do livro de Alberto de Carvalho *Império e República Ditatorial*: "Sabem os que estavam comigo então que, se não fosse a minha repugnância a tudo o que pudesse derramar sangue, minha intenção em Petrópolis, quando recebi de noite o telegrama de Ouro Preto, era retirar-me para o Interior e formar aí, como poderia, um núcleo de resistência." Há nessa nota um pequeno equívoco do Imperador: o telegrama, ou melhor, os dois telegramas que Ouro Preto lhe mandou para Petrópolis só lhe chegaram às mãos na manhã de 15 de novembro.

137 - Mota Maia, *O Conde de Mota Maia*.

138 - Notas autógrafas do Imperador, escritas a bordo do *Alagoas*, no Arquivo citado. — De uma nota da Princesa Imperial, existente no mesmo Arquivo: "Papai diz, naturalmente para não aumentar a culpa, que Ouro Preto não o chamou ao Rio, mas que pensou com a sua presença tudo serenar e, portanto, não duvidou em descer para o foco, onde estaria mais perto dos acontecimentos e mais depressa poderia providenciar." A Princesa não tem aí razão. Se a descida para o Rio não foi uma resolução do Imperador, o que parece difícil de ser contestado, também não o foi de Ouro Preto, que nem mesmo a insinua em nenhum de seus dois telegramas para Petrópolis. Por tudo que se sabe hoje, parece não haver dúvida de que o Imperador *decidiu* descer para o Rio, assim que recebeu o segundo despacho do Presidente do Conselho, e é fato provado que foi ele próprio à estação do caminho de ferro encomendar o trem especial que o levaria à Corte. Não sendo um homem de bravatas, o Imperador timbrou certamente em mostrar que não receava a insurreição. Numa das notas da Princesa Imperial há este trecho: "Gaston foi de opinião de conservarmo-nos em Petrópolis, mas não houve meio de comunicar com Papai; e, quanto a mim, que sempre vejo tudo pelo melhor, estava longe de pensar que sucederia o que sucedeu, e, portanto, atuou muito no meu espírito a ideia de não fazermos um papel que mais tarde tornasse menos fácil nossa posição, podendo-se nos acusar de pusilanimidade" (Arquivo da Casa Imperial).

138a- Numa entrevista dada a Tobias Monteiro, muitos anos depois (em 1920), a Princesa diria que nunca tivera, antes de 15 de novembro de 89, "notícias de conspirações militares", nem por seu sobrinho o Príncipe Dom Augusto, oficial de Marinha, nem por intermédio do Chefe de Esquadra João Mendes Salgado, Barão de Corumbá, amigo pessoal dos Condes d'Eu. Não acreditando, assim, em conspirações militares, a proclamação da República foi, para ela, uma surpresa (Hélio Vianna, *Entrevista com Dona Isabel — 1920*).

139 - Carta que o Conde d'Eu escreveria à Condessa de Barral, com a narração dos acontecimentos de 15 de novembro, de bordo do vapor *Alagoas*, em 19 do mesmo mês (Arquivo da Casa Imperial). — *Notas que tomei exatamente a 15 de novembro e dias seguintes*, pela Baronesa de Muritiba, publicadas no *Jornal do Commercio*, do Rio de Janeiro. — *Apontamentos sobre o 15 de novembro de 1889*, do Barão de Muritiba, publicados na Revista do Instituto Histórico e Geográfico Brasileiro.

139a - *Notas* citadas da Baronesa de Muritiba. — Parece que a primeira ideia do Conde d'Eu foi confiar os filhos ao Visconde de Taunay, para que este os levasse para bordo do couraçado chileno *Almirante Cochrane*, e os embarcasse depois para a Europa, num vapor que era esperado da Nova Zelândia. Foi, pelo menos, o que o Conde de Carapebus, presente, como dissemos, naquela manhã, no Paço Isabel, contou a Taunay, e este repetiu em seu *Diário*. Contudo, nem o Conde d'Eu nem a mulher se referem a isso.

139b- W, de S. Ramiz Galvão, Ramiz Galvão, Preceptor dos Príncipes Imperiais Brasileiros.

139c- "Mota Maia, pensando que devia evitar a passagem do Imperador pelo Campo de Aclamação, havia mandado dar essa volta pela Rua do Riachuelo e Praia de Santa Luzia. Foi nessa ocasião que Pandiá e Titinha [*Pandiá Calógeras e a mulher*] encontraram o Imperador na Rua do Riachuelo o que o Imperador lhe disse que avisasse à Princesa de que ele la para o Paço da Cidade. Mais tarde se disse que tinha sido um grande erro não passar pelo Campo. Mas nem sempre acerta, mesmo corn as melhores intenções" (*Notas*, da Baronesa de Muritiba), Se o Imperador tivesse passado pelo Campo de Santana, Rua Larga de São Joaquim e Rua 1^0 de Março, — o caminho para o Paço, — era provável que tivesse se encontrado com as forças de Deodoro vindas do Arsenal de Marinha. Neste caso a evolução dos acontecimentos do 15 de novembro teria sido certamente outra.

139d- Carta *cit.* à Condessa de Barral.

140 - Quando espalhou a notícia de que o Ministério havia sido deposto e que o Imperador se encontrava no Paço da Cidade, acorreram ali numerosas pessoas, para emprestarem sua solidariedade à Família Imperial. Assim que na tarde e à noite desse dia 15 e no correr do dia seguinte, até quando o acesso ao Paço ficou impedido pelas autoridades Republicanas, apareceram ali os Conselheiros Olegário, Andrade Figueira, Correia, Dantas, Silva Costa, Soares Brandão (Veador da Casa Imperial), Saraiva; os Conselheiros de Estado convocados para uma reunião na noite de 15; os Marqueses de Paranaguá, de Tamandaré (Ajudante de Campo do Imperador); os Condes de Carapebus (a Condessa, Dona Francisca, era filha dos Condes de Baipendi e dama da Casa Imperial com exercício junto à Imperatriz); Mota Maia c Aljezur, que haviam descido de Petrópolis com o Imperador; a velha Condessa de Baipendi; os Viscondes da Penha (com as duas filhas, as "gêmeas"), de Nogueira da Gama (Mordomo do Imperador), de Taunay, de Garcez (Veador da Casa Imperial); a Viscondessa de Fonseca Costa (Dona Josefina, dama de honra e amiga da Imperatriz); os Barões do Catete, de Jaceguai, de Loreto (Ministro do Império, único membro do Ministério deposto, exceção de Ouro Preto e de Lourenço de Albuquerque, que apareceu nessa ocasião no Paço da Cidade), com a mulher, Amadinha, talvez a maior amiga da Princesa Isabel; o Barão de Muritiba (Veador da Casa Imperial), com a mulher (dama da Casa Imperial a serviço da Princesa); o Barão de Ivinheíma (moço-fidalgo da Casa Imperial); Baronesa de Suruí (irmã do Duque de Caxias e dama da Casa Imperial a serviço da Princesa); Comendador Sousa Ferreira; Caetano da Fonseca Costa, Tomás Coelho, Maria Cândida de Araújo Viana (dama da

Casa Imperial); Pandiá Calógeras e a mulher (Titinha, amiga chegada da Princesa); José Calmon, filho do Mordomo Nogueira da Gama, com a mulher Dona Rosinha também amiga da Princesa; o Coronel Lassance, Mordomo do Conde d'Eu. Alguns dos antigos frequentadores do Paço, prevendo que havia chegado o fim da Monarquia e receando cair no desagrado dos novos donos do País, evitaram cautelosamente aparecer, dando para isso os mais variados pretextos, como aquele a que se refere o Visconde de Taunay (*Pedro II*), que alegou não poder ir ao Paço porque estava de calças azuis alecrim, e "era contra a etiqueta apresentar-se assim." A que Taunay observou, indignado: "Mas quem é que repara em cor de calças neste dia de terremoto!"

140a- Mais tarde, quando no exílio, Dom Pedro II diria, à margem do livro de Alberto de Carvalho (*Império e República Ditatorial*) publicado em 1891, que não se havia retirado para o Interior do país, em 15 de novembro de 1889, para oferecer resistência à insurreição militar, "combatendo ou morrendo", como queria o Autor, "por lhe repugnar a possibilidade de derramamento de sangue, embora passasse com isso por um *covarde* — "mas a sacrifícios tais nos força o dever", acrescentaria (Ver Hélio Vianna, Notas de *Dom Pedro II ao livro "Império e República Ditatorial"*).

140b - Na verdade eles já haviam sido soltos.

141 - Narração do Conde d'Eu em cartas escritas de bordo do *Alagoas* e dirigidas à Condessa de Barral, hoje depositadas no Arquivo da Casa Imperial.

141a - Seria preso em casa do cunhado, o barão de Javari, e recolhido ao Quartel do 1º Regimento de Cavalaria. Deportado, embarcaria para a Europa no dia 19, num vapor alemão, cujo comandante teria ordem de não tocar em nenhum outro porto brasileiro. Quintino Bocaiúva o novo Ministro das Relações Exteriores, iria buscá-lo ao Quartel e o conduziria em seu carro até o Arsenal de Marinha, lugar do embarque, sendo a despedida entre os dois, no dizer de Rocha Pombo (*História do Brasil*), "bastante cordial."

141b - Ouro Preto, *op. cit.* A título de curiosidade, aqui se transcreve a impressão que Gaspar da Silveira Martins causou ao Imperador quando este o viu pela primeira vez em janeiro de 1862. Gaspar tinha então 27 anos de idade. Era Juiz Municipal na Corte, e fora ao Imperador queixar-se dos prejuízos que lhe dava a substituição dos Juízes de Direito. "Fala com vivacidade e bem — disse o Monarca — dotado, de inteligência pouco comum e muito estudioso, segundo me disse o Siqueira [*José Joaquim de Siqueira, seu camarista*]. É moço aproveitável, mas que por ora, ao menos, deve ser tratado em prudente distância, pois não conhece o *suaviter in modo*" (*Diário* de Dom Pedro II, ano de 1862).

141c - O vapor que o trazia chegou, de fato, a Desterro no dia 15, quando lhe foi entregue um telegrama de Porto Alegre, dizendo que a Tropa de Linha (o Exército) da Corte se havia revoltado, Ladário tinha sido assassinado e Ouro Preto destituído e preso; e instando por que Silveira Martins voltasse imediatamente para o Rio Grande. Embora apreensivo com tais notícias, não se deixou deprimir: disse que o seu dever era prosseguir viagem para o Rio. E, desistindo de descer à terra para pernoitar, como pretendia, deixou-se ficar a bordo, esperando que o viessem prender, como o tinham prevenido. Seus companheiros de bordo ainda insistiram por que ele ficasse em terra e se subtraísse à prisão, para o que não lhe faltavam possibilidades. Recusou, dizendo que não era homem para fugir ou se esconder. Assim que na madrugada de 16 ele foi retirado de bordo e recolhido preso ao quartel da guarnição militar de Desterro, até a chegada da comissão de oficiais do Exército que vinha no cruzador *Parnaíba*, e o levaria para a Corte, onde chegaria a 27. Recebido a bordo por Quintino Bocaiúva, este o acompanhou até a sua casa à Praia de Botafogo, onde ficaria detido, sob palavra, sendo, em seguida, deportado para o Estrangeiro pelo Governo Provisório.

142 - Ouro Preto, *op. cit.*

143 - Cartas do Conde d'Eu à Condessa de Barral. — É positivo que o Imperador não deu, a princípio, a menor importância ao gesto de rebeldia de Deodoro, achando que ele visava unicamente afastar Ouro Preto do Governo. Weisersheimb, Ministro da Áustria, diz que uma pessoa da sua confiança e amizade, que se encontrava no Paço da Cidade, ouviu o Imperador declarar, referindo-se aos acontecimentos da manhã daquele dia: "Coisas como essa já se deram no passado mais de uma vez. Conheço os brasileiros: tudo passará tão depressa quanto veio" (Ofício de 20 de novembro de 1889). Por outro lado, o Monarca diria ao Comandante Banner, do couraçado chileno *Almirante Cochrane*: "Isso é fogo de palha. Conheço os meus patrícios" (*Notas*; da Baronesa de Muritiba). E, a uma observação do Conselheiro Andrade Figueira, insistindo na gravidade da situação, ele respondera: "Não há nada, acredite; não sou marinheiro de primeira viagem" (João Dornas Filho, *Apontamentos para a História da República*).

144 - Revelações de Andrade Figueira publicadas no *Jornal do Commercio*, do Rio de Janeiro.

145 - Cartas citadas.

146 - Papéis da Princesa Imperial, no Arquivo da Casa Imperial.

147 - Deodoro, doente, e recolhido já ao leito, recusou recebê-los.

147a - Bom Conselho (José Bento da Cunha e Figueiredo), Correia e Olegário, já se haviam retirado, cansados de tanto esperarem,

148 - Eis o resumo das opiniões dos Conselheiros presentes à reunião, segundo as notas autógrafas, a lápis, tomadas pelo Imperador no correr dos debates, e hoje guardadas no Arquivo da Casa Imperial:

Conde d'Eu – Organizar novo governo para não irritar Deodoro. Apele-se para os bons sentimentos deste.

Páldino – haja governo, A primeira necessidade é constitui-lo. O chamado não chegou e não pode deixar de haver governo.

Cruzeiro — Sedição. Cumpre ter ministros responsáveis, c não há ministros, E convém que o novo Ministério se entenda com Deodoro.

Dantas – Chamar alguém, que de acordo com Deodoro trate de organizar o Ministério. Desde amanhã deve estar tudo feito.

João Alfredo – Pensa como os anteriores.

Paranaguá – Ministério de coalisão, que inspire confiança a todos.

Leão Veloso – Pensa como os outros.

Cavalcanti – De acordo.

Duarte de Azevedo – Idem.

Beaurepaire – Idem.

Andrade Figueira – Idem. Entenda-se com os sediciosos, que consta que se expediu ordena de prisão contra ele (sie), que é inimigo de Deodoro. Não acha conveniente Ministério de coalisão.

Silva Costa – Pensa do mesmo modo. Incumba-se o organizador de ver os melhores meios.

149 - Narrativa de Saraiva, no *Jornal do Commercio*, do Rio.

150 - Cartas à Condessa de Barral. Narrativa da Princesa Imperial. — Tobias Monteiro, *op. cit.* - Narrativa do Major Trompowski, no *Jornal do Commercio*, do Rio.

151 - *Op. cit.*

152 - Cartas do Conde d'Eu à Condessa de Barral, no Arquivo da Casa Imperial.

152a - Em grupos, na praça diante do Palácio, viam-se os Conselheiros Paulino, Saraiva e Correia, entre outros. O Almirante Salgado, Barão de Corumbá, estava trepado numa árvore, para poder ver melhor o que se passava no interior do Paço.

153 - Cartas citadas.

154 - Idem.

155 - Idem. - Na esperança de que o Imperador acabasse concordando com essa fuga, chegou-se a redigir uma proclamação ao país, que devia ser assinada pelo Monarca, na qual este dizia que buscava "abrigo sob o pavilhão de uma Nação amiga, enquanto não me é dado tomar outra deliberação." Fez-se também o projeto de uma segunda proclamação, na qual não havia nenhuma referência a abrigo sob pavilhão estrangeiro, mas dizia-se apenas ao país, que o Imperador estava *pronto a prestar ainda quaisquer serviços que ele por ventura reclamasse.* As minutas dessas proclamações depositadas no Arquivo da casa Imperial.

156 - Narrativa da Princesa Imperial, escrita a bordo do Alagoas, a 22 de novembro de 1889, no Arquivo da Casa Imperial.

157 - Eis o texto dessa mensagem, datada de 16 de novembro de 1889, e assinada pelo Marechal Deodoro da Fonseca:

"Senhor – Os sentimentos democráticos da Nação, há muito tempo preparados, mas despertados agora pela mais nobre reação do caráter nacional contra o sistema de violação, de corrupção de todas as leis, exercido em um grau incomparável pelo Ministério de 7 de Julho; a política sistemática de atentados do Governo Imperial, nestes últimos anos, contra o Exército e a Armada, política odiosa à Nação e profundamente repelida por ela; o esbulho dos direitos dessas duas classes que, em todas as épocas, têm sido, entre nós, a defesa da ordem, da Constituição, da liberdade e da honra da pátria; a intenção manifestada nos atos dos vossos Ministros e confessada na sua imprensa, de dissolvê-las e aniquilá-las, substituindo-as por elementos de compressão oficial, que foram sempre entre nós objeto de horror para a democracia liberal, determinaram os acontecimentos de ontem, cujas circunstâncias conheceis c cujo caráter decisivo certamente podeis avaliar.

"Em face desta situação, pesa-nos dizer-vo-lo, e não o fazemos senão em cumprimento do mais custoso dos deveres, a presença da Família Imperial no país ante a nova situação que lhe criou a resolução irrevogável do dia 15, seria absurda, impossível e provocadora de desgostos que a salvação pública nos impõe a necessidade de evitar.

"Obedecendo, pois, às exigências do voto nacional, com todo o respeito devido à dignidade das funções públicas que acabais de exercer, somos forçados a notificar-vos, que o Governo Provisório espera do vosso patriotismo o sacrifício de deixardes o território brasileiro, com a vossa família, no mais breve termo possível. Para esse fim se vos estabelece o prazo máximo de vinte e quatro horas, que contamos não tentareis exceder.

"O transporte vosso e dos vossos para um porto da Europa correrá por conta do Estado, proporcionando-vos para isso o Governo Provisório um navio com a guarnição militar precisa, efetuando-se o embarque com a mais absoluta segurança, de vossa pessoa e de toda vossa família, cuja comodidade e saúde serão zeladas com o maior desvelo na travessia, continuando-se a contar-vos a dotação que a lei vos assegura, até que sobre este ponto se pronuncie a próxima Assembleia Constituinte.

"Estão dadas todas as ordens a fim de que se cumpra esta deliberação. O pais conta que sabereis imitar na submissão aos seus desejos o exemplo do primeiro Imperador em 7 de abril de 1831 ". (Tobias Monteiro, *op. cit.*).

158 - Narrativa citada.

159 - Domiciano Cardoso. *As cenas tristes da nossa história.*

160 - A forma pela qual o Imperador assinou esta declaração prova que ele não se considerava mais Chefe de Estado, nem revestido de qualquer caráter majestático. Ele usava em geral três formas diferentes de assinatura. Nos atos rigorosamente oficiais, tais como decretos, mensagens etc., assinava simplesmente a palavra — *Imperador.* Seguia aí a tradição ibérica. É sabido que os Reis de Portugal não assinavam os atos oficiais com os seus nomes de batismo, como acontecia e acontece nas outras Monarquias; assinavam simplesmente — *O Rei;* como os reis de Espanha, que assinavam — *Yo el Rey.* Dom João VI, quando Príncipe regente, assinava-se — *O Príncipe,* e Dom Pedro I — *O Imperador.* — Na correspondência com os Ministros, de natureza oficial, isto é, quando versava sobre matéria de interesse público, em suma, quando era o Chefe de Estado que escrevia, o Imperador usava assinar *D. Pedro II* ou *D. Pedro 2,0,* Enfim, quando se tratava de correspondência particular ou de outro qualquer documento sem caráter oficial, sua assinatura era a mesma agora usada na resposta ao Governo Provisório *Dom Pedro d'Alcântara.* Este era também o nome usado nas viagens ao Estrangeiro, viagens todas de caráter privado. — Na sua primeira mocidade, isto é, até cerca dos trinta anos, ele assinava-se simplesmente — *D. Pedro,* ou *Pedro.* É o que se vê na correspondência dessa época, dirigida seja a parentes, como ao pai, às irmãs e à madrasta, seja a particulares, como Manzoni. Algumas de suas cartas a Gobineau, de época posterior, as primeiras da série, datadas de 72 e 73, trazem ainda essa mesma assinatura. Mas de 73 em diante e sempre – *D. Pedro d'Alcântara* — Houve quem dissesse que o Imperador se apresentava em 1877 ao Papa Pio IX com o nome de Conde de Alcântara. E pura Lenda. "Meu pai nunca tomou o título de Conde de Alcântara, disse a Princesa Imperial, ele sim assinava Pedro de Alcântara porque era seu nome de batismo. – Na longa correspondência que manteve com a Condessa de Barral, em cerca de dezoito anos, ele usou diversos modos de assinar suas cartas: *D. Pedro 2º, D. Pedro, Pedro 2º, D.P., II, D.P. 2º ou simplesmente P.*

161 - Visconde de Taunay, *Pedro II.*

161a - José Calmon Nogueira da Gama, filho do Visconde Nogueira da Gama, era casado IX)com Dona Rosa Nogueira da Gama, sua prima, filha de Brás Carneiro Nogueira da Gama, 2º Conde e 2º Visconde de Baipendi, Senador do Império. José Calmon foi um dos fundadores do Jóquei Clube do Rio de Janeiro. É bisavô do Históriador Pedro Calmon.

162 - Cartas do Conde d'Eu à Condessa de Barral, no Arquivo citado. – Além dos membros da Família Imperial (exceção dos pequenos príncipes filhos do Conde d'Eu, que não tinham ainda voltado de Petrópolis), estavam naquele momento no Paço as seguintes pessoas: Mota Maia, Nogueira da Gama, José Calmon, Penha e as filhas, Calógeras, Miranda Reis, Tamandaré, Aljezur, Ivinheíma, Loreto, Muritiba, Dona Josefina da Fonseca Costa e Carapebus. Como este, alguns estavam acompanhados de suas senhoras.

163 - Tobias Monteiro, *op. cit.*

164 - Diz Tobias Monteiro (*op. cit.*), sempre bem documentado. Entretanto, em nota à margem de um exemplar desse livro, que existia na biblioteca do Castelo d'Eu, em França, onde o encontrou o Autor, o Conde d'Eu assegura nunca ter sabido do propósito do Governo Provisório de retê-lo como refém.

164a - Diz o Conde d'Eu, em Carta à Condessa de Barral, que ficou grandemente surpreendido quando soube que iriam embarcar no cruzador *Parnaíba,* pois Mallet lhe havia dito que a Família Imperial embarcaria no vapor *Alagoas,* que era o melhor paquete da Companhia de Navegação, o mesmo em que o Conde d'Eu havia viajado para o Norte, e acabaria como alvo em manobras da Marinha de Guerra brasileira. Não menos surpreendida ficou a Princesa Imperial. Disse ela que somente na hora de embarcar no Cais Pharoux soube que iam para bordo do *Parnaíba*. De fato, era intenção do Governo Provisório embarcar o Imperador e os que o acompanhavam no *Alagoas*, surto na baía da Guanabara, o que foi anunciado a todos os interessados. Mas veio depois a precipitação da hora da partida, "pandegamente precipitada", como diria o Príncipe Dom Pedro Augusto em carta ao Barão de Maia Monteiro, (Hélio Vianna, *Cartas do Príncipe Infeliz - II*), resultando daí uma grande confusão. Como não era possível embarcar a Família Imperial àquela hora antecipada no *Alagoas*, ainda em preparativos de viagem, com abastecimento de víveres, de combustível e de tudo o mais indispensável para a travessia do Atlântico, ficou decidido que embarcariam no *Parnaíba*, o qual iria ter em seguida à Ilha Grande, onde estaria o *Alagoas*, já pronto para a viagem transatlântica. Mas tudo isso foi decidido precipitadamente à última hora, com o desconhecimento de quantos estavam interessados no embarque da Família Imperial e não haviam dormido no Paço da Cidade. Assim que cerca do meio dia começaram a aparecer no Arsenal de Marinha diversas pessoas, crentes de encontrarem ali a Família Imperial se preparando para embarcar no *Alagoas* — os Carapebus, o Barão de Mamoré, o Conselheiro Marinho de Azevedo. o Visconde de Beaurepaire-Rohan, Miranda Jordão, Dinis Cordeiro, "todos cuidando encontrar a bordo a Família Imperial, ignorando que já seguira no *Parnaíba*" dirá o Barão de Muritiba (*Apontamentos* citados). Estavam também vários membros do Corpo Diplomático, assim como os Barões de Loreto e de Muritiba, com as respectivas esposas, estes já decididos a acompanharem a Família Imperial à Europa. A eles e ao Coronel Amarante, segundo preceptor dos filhos dos Condes d'Eu, foi consentido o acesso a bordo do Alagoas, sendo, porém, impedido aos demais. Cerca das duas horas da tarde, esse vapor levantava ferros em direção à Ilha Grande, para esperar ali pela Família Imperial.

165 - Cartas, *Condessa de Barrai,*

166 - Major Guilhenne Lassancc, Mordomo do Conde d'Eu.

167 - Cartas citadas.

168 - Tobias Monteiro, *op. cit.*

169 - Narrativa da Princesa Isabel, já citada.

169a - *Notas que tomei exatamente a 15 de novembro e dias seguintes,* publicadas no *Jornal do Commercio*, do Rio. Jaceguai havia sido preso ao cair da tarde, por ordem de Wandenkolk, que, informado de que desembarcavam forças de Marinha, receava que seu camarada se pusesse à frente delas numa tentativa de Restauração. Mas, apurada a sua inocência, fora ele solto nessa mesma noite. Apressou-se então em ir ao Paço da Cidade juntar-se à Família Imperial. — A acusação que Dom Pedro II fazia a Jaceguai referia-se à atitude que este havia tomado em outubro de 1886, quando se prestara a presidir uma reunião de militares de Terra e Mar, na qual fora aprovada uma moção, redigida por Benjamim Constant, dando completa solidariedade às manifestações de indisciplina da guarnição militar de Porto Alegre, encorajadas pelo Marechal Deodoro.

169b - "O Imperador, — dizia o Ministro da Itália —, que não havia perdido um instante a sua filosófica calma durante o desenrolar dos fatos gravíssimos que o interessavam, mostrou-se indignado e quase disposto a resistir materialmente logo que soube que devia embarcar durante a noite. Protestava que não queria fugir de seu País como um malfeitor" (Ofício de 18 de novembro de 1889).

169c - Narrativa de Jaceguai ao Visconde de Taunay, e repetida por este em seu *Diário*. Narrativa da Princesa Isabel no Arquivo da Casa Imperial: "Nunca meu Pai teria consentido nessa partida prematura, se não estivesse convencido da inutilidade de qualquer resistência, que só iria derramar inutilmente sangue. Saindo do Palácio, disse meu Pai aos

Generais Mallet e Simeão que, se tinham algum sentimento de lealdade, dissessem os motivos dessa sua atitude" (*Alegrias e Tristezas*, no Arquivo da Casa Imperial).

169d - Baronesa de Muritiba, *op. cit.*

169e - Taunay, *Diário*. — Confirmando o fato, diria o Ministro da Itália em seu citado ofício:

"La PRINCÍPESsa Imperiale, al momento de lasciare il Palazzo, passo per caso vicino al tavolo sul quale aveva apposto, como Reggente, la sua firma alla legge d'emancipazione degli schiavi, e disse:Benchè pure possa essere in causa di quella Legge che noi ce ne dobbiamo andare, sarei pronta a sottoseriverla ancora una volta.

169f - Ramon J. Cárcano, *Mis Primeros 80 años*.

170 - Jaceguai, *De Aspirante a Almirante.*

170a - Carta citada.

170b - Tobias Monteiro, *Pesquisas e Depoimentos.*

170c - Tobias Monteiro, *op. cit.*

171 - Cartas à Condessa de Barral, já citadas.

172 - Idem.

173 - Ofício para Viena, de 20 de novembro de 1889.

174 - Compunha-se a comitiva dos exilados, além da Família Imperial, das seguintes pessoas: os Barões e as Baronesas de Muritiba e de Loreto; Conde de Mota Maia, médico do Impera_ dor, acompanhado do filho mais velho; Viscondessa de Fonseca Costa (Dona Josefina), que, apesar dos seus 81 anos de idade, fez empenho em acompanhar a Imperatriz, de quem era, desde muitos anos, camareira e velha amiga; Conde de Aljezur, camarista do Imperador; André Rebouças e M. Stoll, professor dos pequenos Príncipes filhos do Conde d'Eu.

175 - *O Império Brasileiro.*

176 - *Império e República Ditatorial.*

177 - *A República foi feita por um pronunciamento militar representado pela quinta parte do Exército* — declarou o insuspeito General Câmara. Ouro Preto vai mais longe, e diz (*Advento da Ditadura Militar no Brasil*) que "a coluna que partiu de São Cristóvão, posto constasse de dois regimentos de Cavalaria e um batalhão de Artilharia, compunha-se apenas de 450 praças e 50 oficiais da Escola Superior de Guerra, que faziam o serviço de artilheiros. Contavam, porém, com os alunos da Escola Militar, que de fato se insurgiram e saíram armados para fazer junção com aquelas forças", o que afinal só conseguiram depois de destituído o Ministério pelo Marechal Deodoro. Assim que, se não tornaram parte na "revolta" propriamente dita, serviram para desfilar depois da vitória, atrás do Marechal rebelado, pelas ruas centrais da cidade.

178 - Joaquim Nabuco, *Um Estadista do Império.*

178a - Com relação a Saldanha Marinho, não estaria longe da verdade quem dissesse que a sua adesão ao Repúblicanismo (foi o primeiro signatário do Manifesto Repúblicano de 1870) fora sobretudo um gesto de despeito por não ter sido nomeado Senador no ano anterior — não propriamente contra Dom Pedro II, pois este estava disposto a nomeá-lo para o Senado, mas contra o Partido Conservador (e em parte também contra o seu próprio partido, o Liberal), com a anulação das eleições senatoriais do Ceará, onde Saldanha fora o mais votado, encabeçando por isso a lista sêxtupla. Profundamente ferido com essa decisão do Senado, voltou-se contra a Monarquia e se alistou nas fileiras

Repúblicanas, publicando em agosto de 1869 o libelo *O Rei e o Partido Liberal*, onde dizia que a Monarquia importava na decadência do País. Anos depois, em 1885, publicava um outro folheto, intitulado *A Monarquia e a Política do Rei* (insistia em chamar sistematicamente o Imperador de *Rei*), onde repetia os mesmos ataques ao regime, preconizando a formação de uma República da América do Sul. — Quando pretendera ser nomeado Senador, em 1869, Saldanha Marinho era um homem de 44 anos de idade, e até então, se não se mostrara muito afeiçoado à Monarquia, não desdenhava os títulos e as mercês imperiais. Ao contrário. Conhece-se uma carta sua, de 25 de novembro de 1865, dirigida ao Marquês de Olinda, presidente do Conselho de Ministros, onde ele pedia que este obtivesse do Imperador o título de Conselheiro, aproveitando para isso o próximo aniversário natalício do Soberano, a 2 de dezembro daquele ano. "Não possuo sequer um Ofício do Governo em que ao menos sejam confessados os serviços que tenho prestado." Mas Dom Pedro II, "que não gostava que lhe solicitassem graças", diz Hélio Vianna, só iria satisfazer Saldanha Marinho dois anos depois, quando o nomeou membro do Conselho Naval, cargo que lhe dava o título de Conselheiro.

179 - As convicções políticas de Lafayette sofreram uma grande evolução. Signatário do manifesto Républicano de 70, ele escrevia nessa época a Silveira Martins, a propósito da proclamação da República em França, pressupondo os "magníficos efeitos" que o fato provocaria no Brasil e, referindo-se depois ao Imperador, dizia: "o homem de São Cristóvão deve andar com as calças na mão" (Silveira Martins *op. cit.*), Sete anos depois Lafayette estava sentado na mesa dos despachos, ao lado do Imperador, como Ministro da Coroa, E em 1885 escrevia uma carta a Paranaguá, Ministro de Estrangeiros e pessoa chegada ao Monarca, certamente para que fosse lida por este. De fato, a carta foi parar em seu Arquivo, onde ainda hoje se encontra. Nela dava conta Lafayette de uma visita que fizera no Presidente do Chile, país onde então se achava, e da defesa que fizera da ordem e do Império do Brasil, "ambos definitivamente fundados sobre uma base perfeitamente sólida, sendo esta base a convicção profunda dos brasileiros, de que sem o Império e a sua integridade, o Brasil se dissolveria em pequenas nacionalidades, que viveriam uma vida de misérias e de anarquia" (Arquivo da Casa Imperial).

180 - Joaquim Nabuco, *op. cit.*

180a - O Autor é insuspeito, e fala com conhecimento de causa: seu Pai foi um desses Repúblicanos, considerados depois *históricos*, isto é, professou ideias Repúblicanas nos últimos anos do Império c foi eleito sob esse rótulo político, embora ajudado pelos elementos liberais da Província de Pernambuco (estava-se sob uma situação conservadora...), para a Assembleia Provincial em Recife.

180b - Pedro Moniz de Aragão, seu neto, num escrito intitulado *Cresça e Apareça*, destrói essa lenda, mostrando que a frase fora atribuída erradamente a João Alfredo pelos jornais da época, inclusive o *Diário do Parlamento*. Na verdade, confessadamente fora o Deputado João Penido, quem a pronunciara na Câmara dos Deputados; referira-se a um anão, que, dirigindo facécias a uma rapariga, ouvira esta: *Cresça, menino, e depois apareça*. Fora reportando-se a essa frase que ele se dirigira a João Alfredo, quando este dissera que a República *crescesse* primeiro, para se ver depois com quem se teria de cruzar armas: "É melhor dizer a República que cresça e depois apareça"; a que João Alfredo não protestou, "antes acolheu o meu dito com alacridade", concluía João Penido, referindo-se a esse fato.

181 - O Conde de Chaillou, Ministro de França, mandava dizer para Paris cinco dias depois da proclamação da República: "Segundo confessaram os atuais chefes do Governo, a ideia Repúblicana não estava ainda madura no Brasil. Se a mocidade das escolas e alguns oficiais recentemente promovidos se diziam seus representantes, o Partido não tinha homens para colocar à frente, não dispunha de imprensa séria além do jornal. *O Paiz*, nem de fundos necessários para fazer uma campanha."

182 - "Bater o Governo a todo o custo, ainda que em benefício dos candidatos Repúblicanos, tal foi a senha de combate dada pelos chefes mais proeminentes do Partido Conservador", diz o Visconde de Ouro Preto (*Advento da Ditadura Militar*), referindo-se às eleições de 1889. Faltou acrescentar que os chefes liberais não lhes ficavam atrás sempre que se tratava de eleições numa situação conservadora.

183 - Joaquim Nabuco, *op. cit.*

184 - Carta de 10 de março de 1873, no Arquivo do Itamaraty.

185 - Carta a Penedo, de 12 de setembro de 1857, idem.

186 - Cit. por Rocha Pombo, *História do Brasil.*

187 - Idem.

188 - No que se refere a Silveira Martins, é certo que declarou mais de uma vez preferir *em princípio* a República à Monarquia, mas acrescentando que era um crime tentar destruir a instituição monárquica no Brasil — *tão livre instituição,* dizia — por uma questão apenas de forma. No fundo, os seus ataques ao Imperador e à Monarquia, como de tantos outros estadistas do Império, não passavam de recursos de oposição. Em consciência, eles eram os primeiros a reconhecer quanto havia de injusto nesses ataques, e a proclamar os benefícios que davam ao Brasil as instituições monárquicas. "Tive ocasião de manifestar e celebrar a liberdade de que goza o povo brasileiro", dirá Silveira Martins no Senado, referindo-se a um discurso seu pronunciado em Montevidéu, onde confessara que sob o ponto de vista "dos direitos individuais, de propriedade, de segurança e garantias do cidadão é a maior das injustiças dizer-se que este país não é livre. Entre nós não há oprimidos, porque não há opressores."

189 - *Op. cit.*

190 - Artigo de Máximo Job*, no Tempo*, do Rio.

191 - Notas de Oliveira Borges, *apud.* J. Nabuco, *op. cit.*

192 - Tobias Monteiro, *Pesquisas e Depoimentos.*

192a - Hélio Vianna, *Capistrano de A breu. Ensaio Bibliográfico.*

193 - Tobias Monteiro, *A Tolerância do Imperador.*

194 - Declarações de Ouro Preto no Instituto Histórico, referidas na respectiva *Revista.*

195 - Nota de Dom Pedro II à margem do livro de "Um Brasileiro" (atribuído a Pedro Correia de Araújo), intitulado *Datas e Fatos Relativos à História Política e Financeira do Brasil,* e referida por Tobias Monteiro em *A Tolerância do Imperador.*

196 - Idem.

197 - Ver o que Ladário diz do procedimento de Miranda Reis, depois da queda da Monarquia, no capítulo *Exílio e morte*, deste volume.

198 - Tobias Monteiro, *op. cit.*

199 - Com relação a Ferreira Viana deu-se outro fato não menos significativo. Conta-o André Rebouças em seu *Diário*: "2 de fevereiro de 1889. O Imperador repreendeu ao Ministro da Justiça Ferreira Viana o proceder da Polícia no conflito provocado pelos Repúblicanos numa conferência de Silva Jardim ".

199a - A assinalar que. esse Regimento foi um dos que iriam sublevar-se na manhã de 15 de novembro, contra o Gabinete Ouro Preto e a Monarquia.

199b - Carta de 28 de outubro de 1883, no *Jornal do Commercio* do Rio de Janeiro.

199c - Hélio Vianna, *Saldanha Marinho e Dom Pedro II.*

200 - Nota à margem do.referido livro de *"Um Brasileiro"* e repetida por Tobias Monteiro na obra citada. — Alguns dos nossos Républicanos, tendo em conta as qualidades de homem de Governo de Dom Pedro II, seu grande patriotismo seu espírito liberal e inexcedível tolerância, se não o queriam como Monarca, por uma questão de princípio, o aceitariam como Presidente da República, caso ele não se deixasse iludir por algumas das suas apreciações. Saldanha Marinho, por exemplo, diria, depois da queda do Império, que "desejaria vê-lo Presidente da República Brasileira se não temesse que, mais uma vez, ele, iludido, causasse à Pátria e a si próprio maiores infortúnios" (Carta a Rosendo Moniz, datada do Rio, 8 de maio de 1891 , publicada no *Jornal do Commercio* da mesma cidade).

201 - J. J. Silveira Martins, *Silveira Martins.*

202 - Notas, no Arquivo da Casa Imperial.

203 - Minuta s/d, possivelmente de agosto ou setembro de 1872, no mesmo Arquivo.

204 - *Evolução da prosa brasileira.*

205 - Vicente Quesada, *Mis Memórias Diplomaticas.*

206 - Arquivo da Casa Imperial — O Imperador nunca escondeu a sua simpatia pelo Senado, que era, dos órgãos constitutivos do Estado, o que mais lhe feria a imaginação. Daí talvez o cuidado com que ele procurava preencher-lhe as vagas, escolhendo tanto quanto possível os mais dignos. "No Brasil, dizia ele, só há duas posições invejáveis, Senador e professor do Colégio de Pedro II" (Taunay, *Reminiscências*).

207 - "Minhas conversas a bordo do *Parnaíba*", manuscrito da Princesa Dona Isabel no Arquivo da Casa Imperial. — Aliás o próprio Imperador, numa nota escrita à margem do livro *Império e República Ditatorial*, de Alberto de Carvalho, confessava que era seu desejo elevar o Brasil a um estado social que permitisse a implantação da República. São estas as suas palavras: 'Creiam que eu só desejava contribuir para um estado social em que a República pudesse, plantada, por assim dizer, por mim, dar sazonados frutos. Como seria ela produção natural, não poderiam preocupar-me os direitos de minha filha e netos." "Onde se confirma (acrescenta Hélio Vianna ao transcrever essa nota) o que mais tarde dele diria Ferdinando, Tzar dos Búlgaros: Foi um *antidinasta*" (Helio Vianna, *Notas de Dom Pedro II ao livro "Império e República Ditatorial"*). — Ainda no referido livro de Alberto de Carvalho, este lamentava que Dom Pedro II não tivesse sabido abdicar e fundar a República, para se tornar maior do que Washington, que pacificara a Pátria, e nela fundara, para séculos, a liberdade pela paz e pela concórdia. À margem dessa página, o Imperador deixou dito: *Sempre olhei para ele.*

208 - *Um Estadista do Império.*

209 - Rui Barbosa declarou que o Imperador chegara a *subscrever* o programa federalista, votado pela minoria do congresso liberal e aceito por Saraiva; disse também que o próprio Saraiva assegurara isso, em discurso ou declaração ao Parlamento. Não se deu tal. O que Saraiva afirmou, conforme salienta Ouro Preto (*Advento da Ditadura Militar*), foi que ele, Saraiva, *conjeturava* que o Imperador *anuísse* ao programa federalista. Nada mais vago, como se vê. Aliás, em discurso de 11 de junho de 89, Saraiva já declarara que "*não falara a Sua Majestade em Federação.*" — Sobre este assunto, existe no Arquivo da Casa Imperial uma carta de Ouro Preto ao Impera dor, datada de Paris, 18 de fevereiro de 1891, na qual o último Presidente do Conselho do Império declara: "O Sr. Saraiva ainda ultimamente disse no Congresso que Vossa Majestade Imperial estava resolvido a realizar a federação no Império, o que aliás dera a entender anteriormente, quando explicou ao Senado a parte que teve na crise ministerial de junho de 89. Eu já contestei essa afirmativa, mas como apreciação ou crença minha, o

que não tem a força de negativa formal e autorizada. Aguardarei as determinações de Vossa Majestade Imperial a esse respeito." E logo adiante: "Além de que a solene manifestação não se deu (*uma manifestação pública, no Brasil, pelo seu corpo eleitoral, a favor da Federação*), o Senhor Saraiva, se compreendi e me recordo do que ouvi, não falou a Vossa Majestade Imperial em Federação." Não tendo encontrado a resposta que o Imperador acaso tivesse dado a essa carta de Ouro Preto, o autor deste livro consultou, a respeito, o filho do estadista, que fazia companhia naquela época ao pai, exilado em França. Respondeu-lhe Afonso Celso: "S. M. respondeu verbalmente ao Visconde de Ouro Preto que era perfeitamente exato tudo quanto ele afirmava. Prometeu responder por escrito, quando tivesse conhecimento do discurso do Sr. Saraiva. Esse discurso, porém, nunca foi publicado na íntegra."

210 - Havia a bordo do *Alagoas* um oficial, o Tenente Amorim Rangel, comissionado pelo Ministério da Marinha. Era uma espécie de representante do respectivo Ministro, encarregado de zelar pelo exato cumprimento das instruções do Governo Provisório. Quando o *Riachuelo* dispôs-se a abandonar a rasteira do *Alagoas*, veio de lá um outro oficial, o Tenente Magalhães Castro. O Imperador sempre tratou muito bem a esses dois Delegados da República, fazendo com que eles sentassem a sua mesa, às horas das refeições.

211 - Tobias Monteiro, *Pesquisas e Depoimentos*.

212 - Tobias Monteiro, *op. cit.* — Confirmado por Dom Pedro de Orléans e Bragança e Mary W. Williams, *Dom Pedro The Magnanimous* e rememorado em *Sous la Croix du Sud de Dom Luís de Orléans e Bragança*.

212a - Julián del Casal, *Poesias Completas*. Comunicada ao Autor por Robert Jay Glickman, da Universidade de Toronto, Canadá.

212b - Poesia de Manuel Serafín Pichardo, publicada no jornal cubano *La Habana Elegante*, e comunicada ao Autor pelo referido Prof. Robert Jay Glickman.

213 - Cartas do Conde d'Eu à Condessa de Barral, no Arquivo da Casa Imperial.

214 - No Arquivo citado.

215 - Cartas à Condessa de Barral, cit. — Quando o *Alagoas* fundeou em São Vicente, o Vice-Cônsul do Brasil ali subiu a bordo para participar ao Imperador que, segundo ordens recebidas de Quintino Bocaiúva, Ministro das Relações Exteriores, o *Alagoas* estava autorizado a arvorar a "antiga bandeira brasileira", tanto ali como em Lisboa. Mas os dois Tenentes de Marinha que vinham a bordo não consentiram em tal, e por isso o *Alagoas* não arvorou nenhuma bandeira brasileira.

216 - Esse documento foi redigido pelo conde d'Eu, em colaboração com a mulher. Antes de assiná-lo, porém, o Imperador inteirou-se sobre se ele ressalvava os direitos da Imperatriz, consagrados no tratado de casamento. O Conde d'Eu era de parecer que se devia aceitar os 5 mil contos, "a título de garantia pelas vantagens que as leis asseguravam à Família Imperial." Mas a Princesa se opôs, apoiada por Muritiba e Loreto. E, como se sabia que o Imperador houvera dito antes a Mota Maia não querer aceitar *nada daquilo*, foi a carta escrita nessa conformidade. É o que se conclui das notas do Conde d'Eu, existentes no Arquivo da Casa Imperial.

217 - Dom Pedro II foi acusado de ter aceitado e gradecido no Rio de Janeiro, por ocasião de queda, essa dotação de 5 mil contos depois, quando já em viagem para a Europa; foi mesmo acusado de ter mandado solicitar esse auxílio aos membros Governo Provisório. – O caso foi muito debatido, mas pode ser hoje definitivamente esclarecido. De uma coisa não resta a menor dúvida: o Imperador não somente não solicitou nem mandou que solicitassem coisa alguma do Governo Provisório, como também só teve conhecimento da referida dotação quando já encontrava a bordo do navio de guerra que logo depois zarpava para a Ilha Grande, a encontrar-se com o *Alagoas*. Do testemunho das pessoas envolvidas no caso, notadamente o General Lassance e Rui Barbosa, a conclusão que

se tira é a seguinte: O Conde d'Eu queixara-se, no decorrer do dia 16 de novembro, entre pessoas do Paço, da crítica situação financeira em que ficaria a Família Imperial, inclusive ele próprio, se o Governo Provisório confiscasse lhes os bens que possuíam no Brasil, ou lhes negasse os direitos oriundos de contratos, leis, etc. À vista disso, o General Lassance, seu Mordomo, "convencido de que tudo se poderia arranjar", *tomou a iniciativa* de ir consultar a respeito alguns membros do Governo Provisório, o que fez na noite daquele mesmo dia. Levou para isso algumas notas, com esclarecimentos sobre bens e direitos da Família Imperial, especialmente do Conde d'Eu. Recebido e ouvido por Rui Barbosa e Quintino Bocaiúva, foi-lhe dito que o novo Governo não deixaria a Família Imperial ao desamparo, sendo mesmo sua intenção conceder-lhe uma larga ajuda de custo para o seu primeiro estabelecimento na Europa. Satisfeito, Lassance retirou-se. Pouco mais tarde aquela declaração dos dois Ministros era confirmada, primeiro com a notícia, que o General Simeão dava ao Conde d'Eu, no momento de a Família Imperial deixar definitivamente o Paço, da oferta de 5 mil contos; e mais tarde com a assinatura do respectivo decreto, entregue ao Imperador a bordo do Parnaíba. Em nota à margem do livro de Tobias Monteiro, de sua propriedade (*Pesquisa e Depoimentos*), conservado na biblioteca do Castelo d'Eu, escreveu o Conde d'Eu: "Descia as escadas do Paço, atrás do Imperador, com destino ao embarque resolvido, quando o General José Simeão alguma coisa me disse no sentido do decreto. Limitei-me a responder-lhe: — *Ora, não é ocasião de tratar-se disso!* " Quanto ao Imperador, ele só teve conhecimento do assunto a bordo do couraçado *Parnaíba*, quando o Tenente Teixeira França, encarregado pelo Governo, lhe fez entrega ali do respectivo decreto de doação. Tobias Monteiro (*op. cit.*) narra detalhadamente essa cena, baseado nas declarações que esse oficial lhe fez, dias depois do fato ocorrido. É a seguinte. — "Ao entrar abordo do Parnaíba, encontrou ele sentados em semicírculo o Sr. Dom Pedro de Alcântara e quase todos os membros de sua família. Achavam-se todos pálidos. A consternação, a angústia profunda, manifestavam-se visivelmente em todas as fisionomias. Dom Pedro de Alcântara, se bem que muito impressionado, conservava-se aparentemente tranquilo; e sua cabeça, parecendo não querer curar-se ao peso da idade e da impressão angustiosa, que o dominava, mantinha-se levantada, ostentando altivez e nobreza de caráter. Acercando-se do grupo que se achava no tombadilho, o Tenente França curvou-se mas sem exagero, e disse o seguinte a Dom Pedro de Alcântara:

"O Governo concedeu-me a honra de vir respeitosamente depor nas vossas mãos o documento que aqui apresento."

"Que Governo?" perguntou Dom Pedro.

"O Governo do Brasil", repetiu simplesmente o oficial.

"Mas esse documento o que é?" perguntou Dom Pedro, hesitando receber a folha de papel em que fora lavrado o primeiro decreto dos Estados Unidos do Brasil, e que lhe oferecia de braço estendido o encarregado dessa missão espinhosa.

"Este documento, contestou-lhe, é o decreto que regula o futuro de vossa família."

"O decreto que regula... .?" replicou Dom Pedro em dúvida.

"O futuro de vossa família", acrescentou o portador do Governo, completando a sua primeira frase. Em seguida, vendo que o Sr. Dom Pedro de Alcântara hesitava ainda em aceitar o papel que lhe era estendido, acrescentou o Tenente França, com entonação convicta:

"Podeis, Senhor, aceitar esse documento; ele é muito honroso para vossa pessoa."

Foi então que o Sr. Dom Pedro de Alcântara se decidiu aceitá-lo, proferindo a seguinte frase:

"Está bom, dê cá."

Em seguida o Tenente França desejou boa viagem a toda a família, fez uma cortesia e dirigiu-se ao portaló para tomar a lancha que estava atracada a boreste do *Parnaíba*."

A esta narração podem-se acrescentar, para completá-la, as palavras do Conde d'Eu: "O Imperador depois de ter lido esse papel, entregou-o a Mota Maia, que mo veio dar, e combinamos guardá-lo na mala do chambelan Aljezur." (Cartas à Condessa de Barral). Foi certamente no momento de passar o papel a Mota Maia que o Imperador teria dito como se viu anteriormente, não querer aceitar *nada daquilo*. Numa de suas notas, conservadas no Arquivo da casa Imperial, há esta declaração: "Rejeitei os cinco mil contos por incompetência de quem os concedera."

Em confirmação da versão dada por Tobias Monteiro, de que o Imperador, ao receber o decreto de doação, apenas proferiu as palavras está bom, *dê cá*, há o testemunho de Welsersheimb, Ministro da Áustria no Rio, que descera pouco antes de Petrópolis em companhia dos Príncipes filhos dos Condes d'Eu e se encontrava então a bordo do *Parnaíba* Presenciaria, portanto, a cena. Escrevendo ao seu Governo nove dias depois (25 de novembro de 1889), ele desmentia a versão, data pelo Governo Provisório, de que o Imperador aceitava e agradecera a doação:"Não corresponde à verdade. Sua Majestade, ao aceitar o referido decreto, pouco tempo antes de partir [*do Parnaíba partir para a Ilha Grande*], e sem tomar conhecimento do seu conteúdo, disse simplesmente ao oficial encarregado de entregar-lhe o documento: *está bem" (es ist gut* - as redação em alemão de Welsersheimb). - Finalmente, para encarar o assunto, cabe dizer que, ao lex, no exílio em França, ao livro de Alberto de Carvalho, *Império e República Dilatorial*, a referência feita pelo autor à doação dos 5 mil contos. "que o Governo Provisório falsamente fez propalar que antes aceitara", o Imperador se limitou a escrever à margem: *Infâmia!*

218 - Ver o *facsímile* desse bilhete em Afonso Celso, *O Visconde de Ouro Preto*.

219 - Arquivo da Casa Imperial.

220 - O Barão do Rio Branco era ainda, nesse tempo, nosso Cônsul em Liverpool, e sua família morava em Paris. Vendo que vários de seus amigos, a começar por Eduardo Prado, se deslocavam a Lisboa a fim de receberem o Imperador deposto, sua primeira ideia foi fazer o mesmo. Mas, como era um funcionário do Governo brasileiro, e tirava do Consulado os proventos de que precisava para viver e sustentar a família, receou que sua presença a bordo do *Alagoas* pudesse acarretar-lhe a perda do emprego. Preferiu, assim, mandar uma carta ao ex-Soberano, dando-lhe razões da sua ausência e manifestando os seus sentimentos de dedicação e reconhecimento, "que são e serão sempre os mesmos, pelo Monarca agora destronado", razões que ele dera também ao Conde de Nioac, com o pedido de as transmitir em Lisboa a Dom Pedro II. Este iria responder-lhe em telegrama expedido dessa cidade: "Sei de tudo, quero-lhe muito. Digo que fique, peço que fique, é seu dever, sirva ao país." (Luís Viana Filho, *A Vida do Barão do Rio Branco*.

220a - Maria José de Avelar, filha dos Viscondes de Ubá.

220b - *Memórias*

220c - Rocha Martins, *O Imperador do Brasil Dom Pedro II proscrito em Portugal*.

220d - *Op. cit.*

220e - Quando John Whittier, o último sobrevivente dos seus amigos da Nova Inglaterra, (iria morrer em setembro de 1892, nove meses depois de Dom Pedro II), soube em Amesbury, do gesto do seu compatriota Laring, escreveu a este dizendo que "fora uma bela coisa oferecer seus aposentos a Dom Pedro — o nobre ex-Imperador, que levou consigo, para o exílio, o amor e o respeito do mundo"; e que "se o caro Longfellow fosse ainda vivo [*havia morrido fazia sete anos*], unir-se-ia a mim em afetuosa lembrança." — "Senti-me feliz, (respondia-lhe Laring) de poder dar conforto ao velho Imperador. Ele parece muito idoso, não há luz nem alegria no seu rosto, e vive do passado com tocante devoção.

Fala no Sr., em Long fellow Agassiz e Quincy Shaw [*genro de Agassiz*] como se todos tivessem sido seus irmãos" (Carta de Lisboa, 22 de dezembro de 1889, em Samuel T. Pickard, *Life and Letters of John G. Whittier,* cit. por David James, *op. cit.*)

220f - Rocha Martins, *op. cit.*

220g - *Op. cit.*

220h - Aliás o Imperador não nasceu nem brincou no Catete. Nasceu e passou a infância na Quinta da Boa Vista, em São Cristóvão

220i - Rocha Martins, *op. cit.*

221 - Arquivo da Casa Imperial.

221a - São Miguel de Seide, terra onde sempre vivera e tinha a sua casa.

221b - Rocha Martins, *op. cit.*

221c - Arquivo da Casa Imperial. — Acompanhava essa carta um exemplar em língua sueca do romance de Camilo *Amor de Perdição*, impresso em Estocolmo em 1889, sob o título *En Karlekens Martyr* ("Um Mártir do Amor"), com 169 páginas, por P. A. Norsted e Soners, e que Camilo oferecia ao Imperador, dizendo: "Provavelmente é Vossa Majestade o único intérprete que esse livro terá em Portugal."

221d - Dom Luís 1º.

221e - Rocha Martins, *op. cit.*

221f - Rocha Martins, *op. cit.*

221g - Foi uma versão que correu no tempo, mas hoje se sabe que não tinha nenhum fundo de verdade.

221h - No entanto o trono português cairia em 1910, sem que o Exército fizesse o que fosse para sustentá-lo ou restabelecê-lo. Carta do Conde de Paris, de Lisboa, 10 de dezembro de 1889, no Arquivo Real de Windsor, comunicada ao Autor por Joaquim de Sousa Leão.

222 - Rocha Martins, *op. cit.*

222a - "Sua Majestade a Imperatriz, que tem estado com uma bronquite que ainda a obriga a não prosseguir na viagem e está bastante fraca, vai hoje alguma coisa melhor" (Carta do Conde de Aljezur ao Barão de Ivinheíma, do Porto, 27 de dezembro de 1889. Em "Carta aberta" ao Autor, de H. Pereira Pinto).

222 - O Conde e a Condessa d'Eu que tinham ido à Espanha, em visita aos tios Montpensier, de lá acudiram buscar o Imperador, assim tiveram notícia da morte da Imperatriz.

223 - Arquivo da Casa Imperial.

224 - Afonso Celso, *O Imperador no Exílio.*

225a - Carta de 8 de janeiro de 1890, comunicada pela Sra. Maria d'Eça de Queirós.

225aa - Carta de Cannes, 30 de março de 1890, no Arquivo Grão-Pará, citada por Helio Vianna em *Recusas do Imperador a auxílios pecuniários da República.*

225b - *Op. cit.*

225bb-Com relação à pena de morte, vale a pena referir as declarações que a Princesa Dona Isabel fez a Tobias Monteiro em 1920. Disse ela então que, quando era Regente do Império em 1871, o Visconde de Niterói (Saião Lobato), Ministro da Justiça do Gabinete Rio Branco, "pleiteava com calor a execução da pena de morte de um escravo, pelo crime do assassinato do seu senhor." E, como ela recalcitrasse, Saião Lobato disseralhe: "A trisavó de Vossa Alteza, a Rainha Dona Maria I, procurada por uma mãe que lhe pedia a graça para um filho condenado à morte, recusando perdoá-lo, declarara: *O meu coração de mãe se enternece, mas a minha cabeça de Rainha ordena-me que não o perdoe.* A que Dona Isabel respondeu: "Mas, Senhor Lobato, minha avó era doida!" (Helio Vianna, *Entrevista com Dona Isabel* — 1920).

225c - *Apud* Helio Vianna, *Dom Pedro I e Dom Pedro II, acréscimos às suas biografias.*

225cc-"Fiquei horrorizado com a morte do Raposo. Por que suicidou-se? Imagino que foi por não ter de que viver! ", comentava o Príncipe Dom Pedro Augusto em carta ao seu amigo Catrambi (Dom Pedro Augusto, *Trabalhos de Mineralogia e Numismática*).

225d - A assinalar que Alexandrino de Alencar, então Capitão de Mar e Guerra era, em 15 de novembro de 1889, o comandante do couraçado *Riachuelo*, ancorado na baía da Guanabara quando o Barão de Ramiz, preceptor dos filhos dos Condes d'Eu, apareceu naquele barco, na manhã do mesmo dia, com os Príncipes, procurando ali um refúgio. Não estando Alexandrino a bordo, recebeu-o o oficial de dia, que, não querendo assumir a responsabilidade de asilar os Príncipes, fê-los transportar num escaler para a Estação da Praia Formosa, onde os mesmos tornaram uma barca em direção a Petrópolis. Alexandrino de Alencar seria mais tarde, como Almirante, Ministro da Marinha de três Presidentes da República — Afonso Pena, em 1906; Nilo Peçanha, em 1909; e de Hermes da Fonseca, em 1913. Iria falecer em 1927, com 79 anos de idade. — Quanto a Frederico Guilherme de Lorena, era Guarda Marinha da canhoneira *Belmonte* (comandada pelo Primeiro-Tenente Mariz e Barros, que iria morrer na Guerra do Paraguai, em 1867), um dos barcos de guerra que comboiavam o *Apa*, a cujo bordo la o Imperador visitar as Províncias do Nordeste do Brasil, em 1859. Anos depois, como Capitão de Fragata, seria um dos poucos oficiais de Marinha que conspiraram contra o Império, aderindo em seguida à República. Mas, por mal de seus pecados, tendo participado da revolta da Armada contra o Marechal Floriano Peixoto, foi fuzilado, a mando deste, no Estado do Paraná.

225e - Luís Viana Filho, *A Vida do Barão do Rio Branco.*

226 - *O Imperador em Baden-Baden*, no *Correio da Manhã*, do Rio de Janeiro.

226a - Os primeiros sintomas do desequilíbrio mental de Dom Pedro Augusto tinham aparecido no Rio nos últimos anos do Império, quando o Príncipe começou a acusar os Condes d'Eu de o quererem envenenar. Voltaram a aparecer a bordo do *Alagoas*, na travessia do Atlântico, quando sua mania de perseguição fixou-se também nos Condes de Mota Maia e de Nioac, além do Comandante Pessoa, do *Alagoas*. Serenado seu espírito nos primeiros meses de exílio em França, voltaria pouco depois a exacerbar-se, para acabar mergulhando definitivamente numa loucura que só teria fim com sua morte num sanatório austríaco, em 1934, tendo ele 68 anos de idade.

226aa - João Paraguaçu (M. Paulo Filho), *O Grande Gaspar.*

226b   *A vida do Barão do Rio Branco.*

226bb- Miguel do Rio Branco, *Correspondência entre Dom Pedro II e o Barão do Rio Branco.*

226c - Afrânio Peixoto, *Uma mulher como as outras.*

226cc- Carta de Cannes, 16 de fevereiro de 1891, no Arquivo dos Wittclsbach, em Munique, comunicada ao Autor por Mário de Calábria.

226d - Carta de Cannes, 9 de maio de 1891, no Arquivo cit.

226dd- Carta de Cannes, 10 de maio de 1891, idem.

226e - Era filho de Dom Pedro I e da Baronesa de Sorocaba, irmã da Marquesa de Santos. Quanto à sua filiação, se não havia de fato um *ato público* do primeiro Imperador reconhecendo a sua paternidade, seu nome foi contemplado no testamento de Dom Pedro I, feito em Paris cm 1832, juntamente com os outros filhos ilegítimos do Monarca, cabendo a Delfim um terço da terça parte da herança do pai. Nesse documento, ele recomendava à mulher, a ex-Imperatriz Dona Amélia, que dispensasse ao menino os mesmos cuidados que a seus outros filhos ilegítimos — a Duquesa de Goiás (depois, pelo seu casamento na Alemanha, Condessa de Treuberg e Baronesa de Halsen); a depois Condessa de Iguaçu (de seu posterior casamento com o titular desse nome, filho do Marquês de Barbacena); e Pedro de Alcântara Brasileiro, filho da costureira francesa Clémence Saissct (*). — Dom Pedro I mostrou-se muito afeiçoado ao filho que tivera com a Sorocaba. Nascido cm 1823, teve a princípio o nome de Rodrigo Pedro de Alcântara Brasileiro, passando depois a chamar-se Rodrigo Delfim Pereira (nome do pai putativo, o português Boaventura Delfim Pereira, em 1826 Barão de Sorocaba). Tendo a idade de 6 anos, foi mandado pelo Imperador educar-se na Europa. "Pelo paquete *Lapwing*" (escrevia em 10 de abril de 1829 o secretário do Monarca, Francisco Gomes da Silva, intitulado o Chalaça, ao Marquês de Barbacena, nosso representante diplomático em Londres) "vai o Sr. Rodrigo Pedro de Alcântara Brasileiro, filho natural do nosso Amo, e vai por V. Ex.ª ser mandado educar em qualquer colégio que for da sua aprovação, seja na Inglaterra ou em outra parte do continente europeu". Em 12 do mesmo mês e ano outra carta, essa do próprio Imperador para Barbacena, dizendo: "Ainda que o Gomes já lhe escreveu a respeito de meu filho Rodrigo Pedro de Alcântara Brasileiro, não quero deixar de falar-lhe acerca dele nesta carta. Ele ainda não sabe ler nem escrever. Portanto, bem vê quais serão seus princípios religiosos. Esperando que se não escandalize comigo pela minuciosidade, peço-lhe que o mande aprender a nossa língua, além de tudo que deve estudar, pois não quero que *depois de grande* me apareça por cá dizendo *minha cavalo, minha pai etc...* Se o mandasse estudar em França, achava melhor, pois, pelo pouco que sei desse país, vejo que o Governo muito tem cuidado nos colégios, e, como a moda é ser religioso, moda que Deus desse no Brasil, me parecia melhor ser educado em França. Em suma, é lá que eu quero que ele seja educado, seguindo todos os estudos que lhe possam ser necessários para qualquer carreira política, mas com muita especialidade para a militar, quer a marítima, quer a terrestre"(**). Dois anos e pouco depois, com data de 14 de outubro de 1831 (já depois, portanto, da abdicação do Imperador, quando ele residia temporariamente em Paris), escrevia-lhe o filho da Inglaterra, em inglês, uma carta, diz Helio Vianna, "um tanto caligrafada", dizendo: "É meu primeiro dever, tendo aprendido a escrever, dirigir-me a Vossa Majestade para agradecer-vos por vossa bondade, outorgando-me uma boa educação, e assegurar-vos que eu estou me esforçando, tanto quanto posso, para progredir em meus estudos, e particularmente na língua portuguesa, para que eu possa futuramente tornar-me merecedor do favor e amparo de Vossa Majestade. E espero que Vossa Majestade e vossa ilustre Consorte estejam no gozo de perfeita saúde; e, implorando a benção de Vossa Majestade, tenho a honra de subscrever-me, de Vossa Majestade, obediente e devotado subdito, Rodrigo." — Falecendo Dom Pedro em 1834, foi a Baronesa de Sorocaba quem passou a se interessar pela educação e futuro do filho, inclusive sobre o recebimento da parte da herança que lhe deixara o pai, havendo a este respeito várias cartas dela para o *Chalaça*, que, depois da morte do ex-Imperador, ficara em Lisboa cuidando dos interesses da viúva, a Duquesa de Bragança, ali também residente. "Pretendia a Sorocaba que Rodrigo fosse estudar no Brasil; mas depois concordou com que o fizesse em Paris", diz Helio Vianna. Terminados os estudos cm França, foi para o Rio de Janeiro, onde se casou, em 1851, com Carolina Maria Bregato, rapariga de 15 anos de idade, de grande beleza, filha do rico negociante Manuel Maria No Rio tiveram várias residências, inclusive na cidade de Petrópolis onde foram proprietários de um palacete na então Rua Dom Afonso, hoje Avenida Koeler), comprado posteriormente pelo conde d'Eu, e conhecido no Império por *Palácio da Princesa*, hoje sede da Companhia Imobiliária de Petrópolis. Não ficaram muitos anos no Brasil, pois em 1876 já se achavam residindo definitivamente em Lisboa, onde Rodrigo iria falecer em meados de 1891. Carolina Maria Bregaro Pereira viveria até os 79 anos de idade, que completaria em 1915. Deixaram em Portugal numerosa descendência, a maioria da qual se casou nas melhores famílias nobres do Reino, tais como Seisal, Mangualde,

Asseca, Palmela, Carnaxide, Arnoso e outras. É de assinalar que esta descendência já atinge várias gerações. Tiveram duas filhas, Carolina Maria e Maria Germana, e um filho, Manuel, que se casou com Cecília van Zeller. Deste casal está ainda viva a maior parte dos muitos filhos que lhe nasceram, entre os quais se conta João Castro Pereira, em quem recaiu a representação da família; é casado com Maria Eugenia (Pilita) Correia de Sampaio (dos Viscondes de Castelo Novo), e já é avô, pois seu filho Manuel Rodrigo (casado com Maria José Guedes de Sousa) assegura a continuação de sua gente com cinco rebentos, sendo João Rodrigo Castro Pereira o primogênito. — Alguns dados acima citados sobre Rodrigo Delfim Pereira foram tirados de um trabalho de Helio Vianna intitulado *O filho da Sorocaba e de Dom Pedro I*. As cartas do primeiro Imperador e do *Chalaça*, por ele referidas, estão no Arquivo da Casa Imperial.

(*) - Alberto Rangel, *Dom Pedro I e a Marquesa de Santos*.

(**) - Não seguiu nem uma nem outra carreira. Em 1857 era adido de 1a classe na Legação do Brasil em Berlim.

226f - Carta de 14 de maio de 1891, no Arquivo de Wittelsbach, em Munique, comunicada por Mário Calábria.

226g - Carta de Vichy, 15 de setembro de 1891, cit. por A. de E. Taunay, *Um Diário de Viagem de Dom Pedro II*.

227 - *Pour ce qui est de la situation financière,* escrevia o Conde d'Eu ao pai, o Duque de Nemours, elle est en ce moment réduite à zero (Alberto Rangel, *Gastão de Orléans*) — O Governo Provisório, que a princípio oferecera 5 mil contos para a Família Imperial instalar-se condignamente no Estrangeiro, despeitado com a recusa de Dom Pedro II, entendeu dever cassar-lhe a dotação que lhe cabia na lista civil. Disse, nessa época, um escritor Republicano, portanto insuspeito, Alberto de Carvalho, (*Império e República Ditatorial*), que o Governo Provisório quisera a princípio mostrar-se magnânimo para com o Imperador; "no entanto, desaproveitou a ocasião de sê-lo, quando em um Decreto irritado retirou-lhe a sua lista civil, reduzindo quase à pobreza aquele mesmo Soberano descoroado, que havia apenas dias ele cobriria com o ouro desses 5 mil contos de réis". — Era perfeitamente defensável o ato do Governo Provisório negando-se a pagar a lista civil do ex-Chefe de Estado, uma vez que este deposto, não exercia mais esta função. Menos defensável, porém, era a contradição entre tal ato e a liberalidade dos 5 mil contos, dias antes. É claro que houve despeito. Para guardar uma atitude de superioridade ao mesmo tempo equitativa, sem exageros de magnanimidade nem de mesquinhez, o que o Governo Provisório deve ter feito, era em vez de tentar comprar por 5 mil contos o trono imperial e, vendo-se recusado, deixar à míngua no Estrangeiro aquele que fora durante 50 anos o poder supremo no Brasil, reduzir desde logo a lista civil do Imperador a uma quantia razoável, de forma que este pudesse viver na Europa na situação de um *aposentado*, que ele bem merecia, e que era, na verdade, a sua situação depois de deposto. Aliás, em nota que deixou escrita, disse Dom Pedro II que não lhe cabia a dotação "pelos atos anteriores de justiça e generosidade do Brasil para comigo, reconhecendo o zelo e isenção com que me esforcei por servi-lo." (Arquivo da Casa Imperial).

227a - Nascido em Trás-os-Montes em 1826, Alves Machado partira para o Brasil em 1838, empregando-se, a princípio, como caixeiro em várias casas comerciais portuguesas da Corte, conseguindo reunir considerável fortuna, sendo eleito presidente da Real Associação Portuguesa da capital do Império. Voltaria definitivamente para Portugal em 1870, sendo feito Visconde em 1879 e Conde de Alves Machado em 1880 pelo Governo português. Iria falecer no Porto em 4 de abril de 1915.

227b - Alcindo Sodré, *Objetos Históricos Brasileiros na Corte da Suécia.*

227c - Essa joia, cravejada de brilhantes e outras pedras preciosas, foi levada para o Rio, depois da morte de Dona Amélia, e entregue ao Imperador pela Baronesa de Japurá, mulher do Ministro do Brasil em Portugal. Disse sobre a joia Helio Vianna, em outubro de 1969: "Não constando que pertença atualmente, ou que tenha pertencido antes a qualquer dos descendentes de Dom Pedro II, poder-se-á supor que tenha sido desmontada para a venda dos respectivos brilhantes, a fim de serem pagas as despesas do Imperador no exílio. Sabe-se que, em 1890 e 1891, passou por sérias dificuldades financeiras, pois nunca fez economias com o que recebia de dotação, em grande parte destinada a generosas pensões, nem aceitou o oferecimento, que lhe fez o Governo Provisório da República, de 5.000 contos de réis para estabelecer-se no Estrangeiro" (*Presentes de Dona Amélia a Dom Pedro II*).

227d - Helio Vianna, *Recusas do Imperador a auxílios pecuniários da República.*

228 - Nascida no Rio Grande do Sul em 1817, iria morrer em Madrid, depois de uma longa doença, em 20 de junho de 1891 , com 74 anos de idade. Amiga íntima da Rainha de Espanha Isabel II, tinha em sua casa da *Calle* Antocha uma espécie de salão político-literário, do qual eram frequentadores, entre outros, o General Espartero, Regente do Reino na menoridade da Rainha, Emílio Castellar, a Condessa de Montijo, (mãe da Imperatriz Eugenia, mulher de Napoleão III) e da Duquesa de Alba. Valendo-se das relações que mantinha com a corte de Madrid, José de Buschenthal andou metido numa tentativa (aliás falhada) de casar o Imperador Dom Pedro II com uma das Infantas Bourbon de Espanha, como vimos no 1^0 volume desta *História*. Sobre essa tentativa de casamento, ver o livro de Argeu Guimarães, *Em torno do casamento de Pedro II.*

228a - Heitor da Silva Costa, em "Carta Aberta" ao Autor, publicada no *Jornal do Commercio*, do Rio, reivindicou, a justo título, para o pai, Conselheiro Silva Costa, com fidelidade nunca desmentida ao Imperador e à Família Imperial, de quem passou a ser, depois de 15 de novembro, advogado e procurador no Brasil, sofrendo, com isso, os maiores aborrecimentos. Acrescentou Heitor da Silva Costa que, tendo seu pai se transferido para Paris em julho de 1891, privou ali repetidamente com Dom Pedro II. Morto este, manteve-se um fiel amigo da Família Imperial.

229 - Os grifos estão no original. Carta de 28 de julho no Arquivo da Casa Imperial. — Relativamente ao Barão de Tefé, cabe dizer que, estando nessa época em comissão na Europa, dirigia, em 1888, cartas ao Imperador e ao Conde d'Eu, pedindo o cargo de ajudante de campo de Dom Pedro II. Essas cartas estão no Arquivo da Casa Imperial. Tefé era veador da Imperatriz. Com a subida ao poder do Ministério Ouro Preto, iria ser dispensado sumariamente da comissão que tinha na Europa, por um ato do novo Ministro da Marinha, Barão de Ladário, seu desafeto de longos anos, com ordem de regressar ao Brasil "no mais curto prazo." Indignado, passou um telegrama pedindo demissão da Armada, o que não chegou, entretanto, a ser efetivado, porque pouco depois proclamava-se a República no Rio de Janeiro, e ele aderia ao novo regime num telegrama ao Almirante Wandenkolk, novo Ministro da Marinha. A Srª Tetrá de Tefé, nora do Barão de Tefé, nega que o tenha feito nos termos referidos pelo Barão de Ladário; e que a verdade foi que, em resposta a uma indagação do Marechal Deodoro, transmitida por Wandenkolk, sobre se ele aderia à República, respondeu que o Marechal podia contar com os seus serviços na Europa (Tetrá de Tefé, *Tefé, Ladário e a primeira crise do último governo da Monarquia*). Foi talvez em vista desse oferecimento que o novo Governo Republicano decidiu manter o Barão de Tefé na Europa, mas já então como Ministro do Brasil na Bélgica, em 12 de fevereiro de 1891.

230 - Delfim Carlos de Carvalho, Barão da Passagem.

231 - O neto de Ivinheíma, Pereira Pinto, desfez as acusações de Ladário em carta aberta ao Autor, publicada no *Jornal do Commercio*, do Rio. Transcrevendo a correspondência

trocada entre o avô e a Família Imperial, após o 15 de Novembro, deixou patente a fidelidade de Ivinheíma ao ex-Imperador. Por outro lado, traçando a carreira pública do avô sob o regime Repúblicano, H. Pereira Pinto provava a dignidade e a discrição com que ele se houve sempre perante os novos dirigentes do Brasil.

232 - Carta de 22 de novembro de 1889, ao Barão do Rio Branco. "Quanto a mim, acrescentava, Repúblicano convicto desde muitos anos, tive a fortuna de incorporar-me à tropa, no glorioso dia 15 de Novembro, acompanhando-a em sua marcha triunfal pelas ruas desta cidade, no meio das aclamações delirantes da população. Foi um espetáculo nunca visto, e esse o maior dia de minha vida pública. Estou verdadeiramente ufano de trazer a farda de oficial do Exército da República." Essa carta retrata bem o homem. Há outra, não menos significativa, também a Rio Branco, de 7 de dezembro do mesmo ano, que diz: "Tornei-me Repúblicano no exercício de minhas funções de Ministro da Coroa, por me ter convencido que era impossível conciliar com a preocupação autocrática do ex-Imperador e com as suas persistentes tentativas de invasão às atribuições dos Ministros; conciliar, digo, com tudo isso, o regime de que cogitou a Constituição, que é o governo da Nação." (Docs. no Arquivo do Itamaraty).

233 - Ouro Preto, *Advento da Ditadura Militar no Brasil.*

233a - Arquivo da Casa Imperial.

234 - Dentre as raras cartas que o Imperador recebia do Brasil nesses meses de exílio e últimos de sua vida, e hoje conservadas em seu Arquivo, contavam-se as de Paranaguá, Ivinheíma, Tamandaré, Ladário, Ouro Preto, Taunay e poucos outros.

234a - Se os monarquistas o abandonavam, em compensação os Repúblicanos não o esqueciam, fazendo justiça aos seus méritos e serviços prestados ao Brasil. Rosendo Moniz, (filho do poeta repentista Francisco Muniz Barreto, falecido em 1868), por exemplo, mandava-lhe, em meados de 1891, o seu livro de poesias *Tributos e Crenças*, o que levava outro Repúblicano, Saldanha Marinho, a louvar-lhe o gesto, dizendo: "A dedicatória do livro ao ilustre brasileiro Dom Pedro de Alcântara vos eleva no conceito de todos quantos guardam religiosamente os preceitos da gratidão e da justiça. Não se trata de quem reina, e sim de quem já reinou e que não tem graças a prodigalizar. Trata-se de um Brasileiro ilustre que, abandonado em momento crítico de vida política por seus cortesãos, foi arrastado para o exílio, onde, sem renegar à Pátria, mantém-se na dedicação que sempre lhe consagrara. Levado a erro pelos interesseiros que o cercavam, viu-se um dia isolado, admirando a ingratidão dos que após — *Vivas ao Rei!* — não duvidaram acompanhar os que o exilaram. Meus sentimentos de puro Repúblicanismo não me impedem de afirmar que o Brasil, na quadra mais difícil de sua organização política, lhe deveu grandes serviços; e que, ainda agora, mesmo no exílio, são confirmados por sua abnegação e patriotismo. Rei, que se retira pobre, é honrado. Mais de uma vez lhe disse a verdade, porém a nuvem negra de aduladores, que se interpunham entre ele e o povo brasileiro, o levou a não poder avaliar bem o que de real se passava neste país. Hoje ele conhecerá os erros de apreciação que cometeu. Praz-me ter como compatriota esse homem honesto que, no exílio, vale para mim, ao menos, mais do que como se ainda ocupasse o trono" (Carta do Rio, 10 de maio de 1891 publicada no *Jornal do Commercio* do Rio de Janeiro e comentada por Helio Vianna em *Saldanha Marinho e Dom Pedro II.*

235 - Ouro Preto, *op. cit.*

236 - Carta de Paris, 22 de julho de 1890, no Arquivo da Casa Imperial.

236a - Helio Vianna, *Capistrano de A breu. Ensaio biobibliográfico.*

237 - "Como é difícil governar! dizia ele nessa época a Gofredo Taunay. Vocês pensam que é fácil, e não calculam quanta dificuldade existe no Governo!" Palavras repetidas por Taunay ao Autor.

1008

238 - Afonso Celso, *op. cit.*

239 - Seu outro neto, segundo filho dos Condes d'Eu.

240 - Por causa de um defeito físico no braço direito (o que aliás não o impossibilitaria de reinar, como se viu com o Imperador Guilherme II da Alemanha, que tinha o mesmo defeito), pensou-se, num dado momento, afastá-lo da sucessão do trono. Dom Pedro, como se sabe, abriria mão mais tarde, depois de seu casamento com uma senhora que não pertencia a nenhuma casa reinante, dos seus direitos ao trono em favor do seu irmão Dom Luís.

241 - Narrativa de Gofredo Taunay ao Autor.

241a- Cinco dias antes da morte do Imperador, G. H.Wyndham, Ministro da Inglaterra no Brasil, e nessa ocasião de passagem em Paris, avistava-se nessa cidade com o Conselheiro Silveira Martins, aí exilado. Dizia-lhe Martins que aconselhado pelo Imperador fora ter com a Princesa Imperial para falar-lhe sobre a possibilidade de a Monarquia ser restaurada. Dizendo-lhe que nesse caso ela teria todo o seu apoio, a Princesa respondeu-lhe:— Sim, mas, embora Brasileira, sou, antes de tudo, católica; e com relação a meu filho ir para o Brasil, jamais o ponderou:"Então, Senhora, seu destino é a salvação da alma". A que Silveira Martins ponderou: "Então, Senhora, seu destino é o Convento". Wyndham acrescentava que tanto o Duque de Nemours como o seu filho o Conde D'Eu, eram tão beatos quanto a Princesa, e que os brasileiros não estavam inclinados a aceitá-loa como Imperatriz reinante, nem o seu filho Dom Pedro, preferindo a este o seu primo Dom Augusto (filho da falecida Duquesa de Saxe, irmã de Dona Isabel), incorporado, naquela ocasião, à Marinha austríaca (Ofício de 7 de janeiro de 1892, dirigido ao Foreign Office, e comunicado ao Autor por J. de Souza Leão).

241b- Rodolfo Garcia, *Dom Pedro II e a lingua tupi.*

241c- Essas duas últimas obras, largamente anotadas pelo Imperador, em Cannes, pertenciam ao Conde de Mota Maia. Estão hoje na posse do Autor, que as comprou num livreiro antiquário do Rio de Janeiro.

242 - Carta de Paris, 28 de abril de 1890, no Arquivo da Casa Imperial.

243 - Carta de Lyon, no mesmo Arquivo.

244 - Francisco Cunha, *Reminiscências.*

246 - Afonso Celso, *op. cit.*— Foi publicada e diversamente comentada, em maio de 1891, por vários jornais do Rio de Janeiro, inclusive pelo *O Brasil,* que interpretou erradamente as partes referentes ao ensino leigo e à propriedade literária, o que levou o Imperador a esclarecer o seu pensamento numa carta mandada de Vichy (de 22 de junho de 1891, com a minuta no Arquivo da Casa Imperial) ao Visconde de Taunay, dizendo: "O Brasil, de 29 e 30 de maio, obriga-me a escrever-lhe o seguinte, de que fará o melhor uso. — Minhas palavras sobre o ensino leigo e a separação da Igreja do Estado não podem ser consideradas confirmação de ideias revolucionárias. Sempre quis que prevalecessem tais princípios; porque os *impunha* minha razão. Nada tem isso com a frequência de sacramentos, matéria de fé, e só os atos religiosos do culto externo. — A propriedade literária nunca foi, para mim, a verdadeira propriedade, admitindo, como Herculano, a ideia de prêmio, se não fosse em geral a ideia financeira e a dificuldade de concessão de prêmio em relação ao mérito." — *Na Fé de Ofício*, o Imperador dizia que sempre "propendera para a instrução livre, havendo somente a inspeção do Estado quanto à moral e à higiene, devendo pertencer a parte religiosa às famílias e aos ministros das diversas religiões. Igreja livre no Estado livre; mas isso quando a instrução do povo pudesse aproveitar de tais instituições. Quanto à legislação sobre privilégios, opus me aos que se ligam à propriedade literária, sustentando, assim, as opiniões de Alexandre Herculano, antes que ele as tivesse manifestado" (no seu livro — *Da Propriedade Literária).*

246á - *Op. cit.*

247 - Arquivo da Casa Imperial. — As últimas palavras do seu *Diário*, em franca, foram escritas por sua filha, a quem ele ditara.

247a - *Cartas de França.*

248 - Rocha Martins, *op. cit.*

249 - O Autor, em sua primeira passagem por Lisboa, em fevereiro de 1911, vindo do Brasil' ainda teve a oportunidade de ver, na Igreja São Vicente de Fora, através do vidro colocado sobre o caixão onde repousava Dom Pedro II, o seu rosto e a sua longa barba branca empastada sobre o peito do uniforme. Fazia vinte anos que estava ali. Pouco depois, em vista da deterioração do cadáver, foi tapada toda a tampa do caixão, deixando o seu corpo de estar exposto ao público. O caixão da Imperatriz, colocado ao lado, já estava nessa época de todo tapado. Como sabemos, os corpos dos Monarcas repousam hoje na catedral da cidade de Petrópolis, Estado do Rio de Janeiro.

ARQUIVOS UTILIZADOS PELO AUTOR

— Da Casa Imperial do Brasil. Outrora no Castelo d'Eu (França), hoje dividido entre o Museu Imperial e o Palácio Grão-Pará — Petrópolis, Estado do Rio. Designado no texto como *Arquivo da Casa Imperial.*

— Do Ministério das Relações Exteriores do Brasil. Hoje dividido entre os dois Palácios Itamaraty— o do Rio de Janeiro (Estado do Rio) e o de Brasília (Distrito Federal). No texto, designado como *Arquivo do Itamaraty.*

— Do Ministério dos Negócios Estrangeiros de França, no Quai d'Orsay — Paris.

— Do Ministério dos Negócios Estrangeiros da Áustria-Hungria, no Staatsarchiv — Viena d'Áustria.

— Do Ministério dos Negócios Estrangeiros de Portugal, no Palácio das Necessidades — Lisboa.

— Da Academia das Ciências de França — Paris.

— Da Academia Brasileira de Letras — Rio de Janeiro.

— Do Instituto Histórico e Geográfico Brasileiro — Rio de Janeiro.

— Da Biblioteca Nazionale di Brera — Milão.

— Do Papa Leão XIII — Perugia.

— Da Casa Real da Baviera, em Munique. No texto designado *Arquivo Wittelsbach.*

— Do Conde de Gobineau, na Biblioteca de Estrasburgo — França.

— Do Barão de Cotegipe, então na posse do seu neto, o Históriador Wanderley Pinho.

— Do Barão de Penedo, no Palácio Itamaraty.

— Do Visconde do Rio Branco, no Palácio Itamaraty.

— Do Barão do Rio Branco, no Palácio Itamaraty.

— Do Autor.

BIBLIOGRAFIA

Na 1ª Edição (1938-1940).

AGASSIZ, Elisabeth Cary — *Louis Agassiz, his life and correspondence* — Boston, 1895.

Paris, AGASSIZ, Louis — *Voyage au Brésil* — Paris, 1869.

AIMARD, Gustave — *Le Brésil Nouveau* — Paris, 1886.

ARARIPE, Alencar — *Notícias sobre a Maioridade* — na R. I. H. G. B.

ARAÚJO, Oscar Silva — *Actas e Trabalhos* — Rio de Janeiro, 1923.

AVELINO, José — *Cartas do Rio* — no "Correio Paulistano", de São Paulo.

AZEREDO, Magalhães de — *Dom Pedro II* — Rio de Janeiro, 1923.

AZEVEDO, Moreira de — *Apontamentos históricos* — Rio de Janeiro, 1861.

BARBOSA, Rui — *Queda do Império* — Rio de Janeiro, 1921.

BARROS, João do Rego — *Reminiscências de há 50 anos* — na R. I. H. G. B.

BARROSO, Gustavo — *O Brasil em face do Prata* — Rio de Janeiro, 1930.

BARTHOU, Louis — *Les carnets de Victor Hugo* — na "Revue des Deux Mondes", Paris.

BOCCANERA JÚNIOR, Sílio — *Um artista brasileiro* — Bahia. 1913.

BONIFÁCIO, José (o Moço) — *Discursos parlamentares* — Rio de Janeiro, 1880.

BRANDÃO, Pires — *O Imperador em Baden-Baden* — na R. I. H. G. B.

BRANDENBURGER, C. — *Imigração e Colonização sob o Segundo Reinado* — na R. I. H. G. B.

BRITO, Lemos — *Narração histórica dos prisioneiros do vapor "Marquês de Olinda* — Bahia, 1907.

BURTON, Sir Richard Francis — *Explorations on the Highlands of the Brazil* — Londres, 1869.

CALMON, Pedro — *O Imperador e o Segundo Reinado* — no Jornal do Commercio do Rio de Janeiro.

CALMON, Pedro — *O Marquês de Abrantes* — Rio de Janeiro, 1933.

CALMON, Pedro — *O Rei Filósofo* — Rio de Janeiro, 1938.

CALÓGERAS, Pandiá — *Formação histórica do Brasil* — Rio de Janeiro, 1930.

CALÓGERAS, Pandiá — *A política exterior do Império* — Rio de Janeiro, 1928.

CALÓGERAS, Pandiá — *Estudos históricos e políticos* — São Paulo, 1936.

CAMPOS, Humberto de — *O Brasil anedótico* — Rio de Janeiro, 1936.

CAMPOS, Pinto de — *O Sr. Dom Pedro II, Imperador do Brasil* — Porto, 1871.

CARDOSO, Domiciano — *As cenas tristes da nossa história* — "Jornal do Brasil", do Rio de Janeiro.

CARVALHO, Alberto de — *Império e República ditatorial* — Rio de Janeiro, 1891.

CARVALHO, Daniel de — *Teófilo Ottoni, campeão da liberdade* — Rio de Janeiro, 1934.

CARVALHO, Elísio de — *Esplendor e decadência da sociedade brasileira* — Rio de Janeiro, 1911.

CARVALHO, Ronald de — *Estudos brasileiros* — 3ª série. Rio de Janeiro, 1937

CASCUDO, Luís da Câmara — *O Conde d'Eu* — Rio de Janeiro, 1933.

CASTRO, Viveiros de — *A questão religiosa* — na R. I. H. G. B

CELSO, Afonso — *O Visconde de Ouro Preto* — Porto Alegre, 1935.

CELSO, Afonso — *Oito anos de Parlamento* — Rio de Janeiro, 1901.

CELSO, Afonso — *O Imperador no exílio* — Rio de Janeiro, 1893.

CINTRA, Assis — *No limiar da História* — Rio de Janeiro, 1923.

CORRÊA, Viriato — *A questão militar* — no"Jornal do Brasil", do Rio de Janeiro.

CORRESPONDÊNCIA e *documentos oficiais relativos à Missão Especial do Conselheiro José Antônio Saraiva ao Rio da Prata em 1864* — Bahia, 1872.

CORRESPONDÊNCIA *entre Dom Pedro II e Pasteur* — na "Revista da Academia Brasileira", Rio de Janeiro.

CORTE REAL, José Alberto, e outros — *Viagem dos Imperadores do Brasil a Portugal* — Coimbra, 1872.

COSTA, Craveiro — *O Visconde de Sinimbu* — São Paulo, 1937.

COSTA, Isaltino — *Pedro II, hebraísta* — Rio de Janeiro, s/d.

CUNHA, Francisco — *Reminiscências* — Rio de Janeiro, 1914.

DARWIN, Francis — *The Life and Letters of Charles Darwin* — New York, 1893

D'AVEZAC — *Considérations géographiques sur l'Histoire du Brést* — Paris, 1867.

DOCA, Sousa — *Causas da Guerra com o Paraguai* — Porto Alegres 1911,

DÓRIA, Escragnolle — *Reminiscências do Palácio de São Cristóvão* — na R. l. H, G, B.

FARIA, Alberto de — *Mauá* — Rio de Janeiro, 1926.

FAURE-BIGUET — Gobineau — Paris, 1930.

FAZENDA, Vieira — *Antiqualhas e memórias do Rio de Janeiro* — na R. I. H. G. B.

FLEIUSS, Max — *Contribuições para a biografia de Dom Pedro II* — na R. I. H. G. B.

FLEIUSS, Max — *Páginas brasileiras* — Rio de Janeiro, 1919.

FLEIUSS, Max — *Páginas de História* — Rio de Janeiro, 1936.

FLETCHER, J. — *Brazil and Brazilians* — Boston, 1879.

FONSECA, Olímpio da — *Moléstia do Imperador* — na R. I. H. G. B.

FRANCISCO, Martim (III) — *Pátria Morta?* — Santos, 1902.

FRANCISCO Martim, (III) — *Pedro II, Partidos, Ministros* — na R. l. H. G. B.

GALANTI, Rafael — *História do Brasil* — São Paulo, 1913.

GARCIA, Rodolfo — *Dom Pedro II e as línguas americanas* — na R. I. H. G. B.

GARCIA, Rodolfo — *Viagens de Dom Pedro II* — na R. I. H. G. B.

GASTÃO DE ORLÉANS, Conde d'Eu — *Viagem militar ao Rio Grande do Sul* — na R. I. H. G. B.

GOMES, Lindolfo — *Nihil novi. . .* — Juiz de Fora, 1927.

GRIECO, Agripino — *Evolução da prosa brasileira* — Rio de Janeiro, 1933.

GUIMARÃES, Argeu — *A sereia scandinava* — Lisboa, 1932.

GUIMARÃES, Pinheiro — *Um voluntário da Pátria* — Rio de Janeiro, 1936.

IG (José de Alencar) — *Cartas sobre a "Confederação dos Tamoios"* — Rio de Janeiro, 1856.

JULIEN, Adolphe — *Richard Wagner, sa vie et ses oeuvres* — Paris, 1886.

KARR, Alphonse — *Les Guêpes* — s/d.

LAMAS, Pedro — Etapas de una gran política — Sceaux, 1908.

LEAL, Aurelino — *História constitucional do Brasil* — na R. I. H. G. B.

LIMA, Oliveira — *Formation historique de la nationalité brésilienne* — Paris, 1911.

LIMA, Oliveira — *O Império Brasileiro* — São Paulo, 1927.

LINS, Ivan Monteiro de Barros — *Benjamin Constant* — Rio de Janeiro, 1936,

LISBOA, Arrojado — *O Imperador em petrópolis* — na R. I. H. G. B.

LOBO, Hélio — *Manuel de Araújo Porto Alegre* — Rio de Janeiro, 1938.

LUMBROSO, Alberto — *Intorno a un inno no "Messagero"* — de Roma.

LYRA, Tavares de — *A Presidência e os Presidentes do Conselho de Ministros* — na R.I..B. H.G

MACEDO, Joaquim Manuel de — Um passeio pela cidade do Rio de Janeiro — Rio de Janeiro, 1863.

MAGALHÃES, Basílio de — *Dom Pedro II e a Igreja* — na R. I. H. G. B.

MAGALHÃES, Fernando — *Discursos* — 3ª série. Rio de Janeiro, 1930.

MARCUS, Jules — *Life, letters and works of Louis Agassiz* — New York, 1896.

MARTINS, J. J. Silveira — *Silveira Martins* — Rio de Janeiro, 1929.

MATOSO, Ernesto — *Cousas do meu tempo* — Bordeaux, 1916.

MAUL, Carlos — *Gonçalves Ledo, varão máximo da Independência do Brasil* — no Correio da Manhã", do Rio de Janeiro.

MEMÓRIA — *da viagem de Suas Majestades Imperiais* — Rio de Janeiro, 1867.

MONTEIRO, Mozart — *A infância do Imperador* — na R. I. H. G. B.

MONTEIRO, Tobias — *A tolerância do Imperador* — na R. I. H. G. B.

MONTEIRO, Tobias — *Pesquisas e depoimentos* — Rio de Janeiro, 1913.

MORAIS, Evaristo de — *A escravidão africana no Brasil* — São Paulo, 1933.

MORAIS, Melo — *Brasil histórico* — Rio de Janeiro, 1867.

MORAIS, Vilhena de — *O Duque de Ferro* — Rio de Janeiro, 1933.

MORAIS, Vilhena de — O Gabinete Caxias e a Anistia aos Bispos — Rio de Janeiro, 1930.

MOREIRA, C. — *Cenni biografici di Dom Pedro II, Imperatore del Brasile* — Roma, 1871.

MOSSÉ, Benjamin — *Dom Pedro II* — Paris, 1889.

MOTA MAIA, M. V. da — *O Conde de Mota Maia* — Rio de Janeiro, 1937.

NABUCO, Carolina — *A vida de Joaquim Nabuco* — São Paulo, 1928.

NABUCO, Joaquim — *Agradecimento aos Pernambucanos* — Londres, 1891.

NABUCO, Joaquim — *O Abolicionismo* — Londres, 1883.

NABUCO, Joaquim — *Um Estadista do Império* — Rio de Janeiro, 1898.

NABUCO, Joaquim — *Minha formação* — Rio de Janeiro, 1900.

NOGUEIRA DA GAMA, Visconde de — *Minhas memórias* — Rio de Janeiro, 1893.

OCTÁVIO, Rodrigo — *Minhas memórias dos outros* — 1ª série. Rio de Janeiro, 1934

OCTÁVIO FILHO, Rodrigo — *Osório* — Rio de Janeiro, 1931.

ORICO, Oswaldo — *A vida de José de Alencar* — São Paulo, 1929.

ORTIGÃO, Ramalho — *Quadro Social da Revolução Brasileira* — na "Revista de Portugal", Pari

OURO PRETO, Visconde de — *Advento da Ditadura Militar no Brasil* — Paris, 1891.

OTTONI, Teófilo — *Circular aos eleitores de Minas Gerais* — Rio de Janeiro, 1916.

PEREIRA, Batista — *Civilização contra Barbárie* — São Paulo, 1928.

PINHO, Wanderley — *Cartas do Imperador Dom Pedro II ao Barão de Cotegipe* — Rio de Janei
1933.

PINHO, Wanderley — *Dom Pedro II e Cotegipe* — na R.I.H.G.B.

PINHO, Wanderley — *Política e políticos do Império* — Rio de Janeiro, 1930.

POMBO, Rocha — *História do Brasil* — Rio de Janeiro, s/d.

POMBO, Rocha — *A Maioridade* — na R. I. H. G. H.

PRADO, Eduardo — *Fastos da ditadura militar no Brasil* — São Paulo, 1902.

QUESADA, Vicente — *Mis memórias diplomaticas* — Buenos Aires, 1908.

READERS, Georges — *Le comte de Gobineau au Brésil* — Paris, 1934.

RAFFARD, Henri — *Pessoas e cousas do Brasil* — na R. I. H. G. B.

RANGEL, Alberto — *Gastão de Orléans, o último Conde d'Eu* — São Paulo, 1935.

REBELO, E. de Castro — *Mauá* — Rio de Janeiro, 1932.

REBOUÇAS, André — *Diário e notas biográficas* — Rio de Janeiro, 1938.

REVISTA BRASILEIRA DE MÚSICA, *número especial consagrado a Carlos Gomes* — Rio
Janeiro, 1936.

RIBEIRO, João — *O último Imperador* — em "O Imparcial", do Rio de Janeiro.

RIBEYROLLES, Charles — *O Brazil Pittoresco* — Rio de Janeiro, 1859.

RIO BRANCO, Barão do — *Efemérides brasileiras* — Ed. do Instituto Histórico e Geográfi
Brasileiro.

RIO BRANCO, Barão do — *Biografia de José Maria da Silva Paranhos, Visconde do Rio Branco*
na ''Revista Americana", Rio de Janeiro.

RISTORI, Adelaide — *Ricordi e Studi artistici* — Torino, 1887.

RIVET, Gustave — *Victor Hugo chez lui* — Paris, s/d,

ROCHA, Justiniano José da — *Ação, Reação, Transação* — Rio de Janeiro, 1901.

RODRIGUES, Tomás — *José de Alencar* — Rio de Janeiro, 1929.

ROURE, Agenor de — A agitação abolicionista — na R. I. H. G. B.

ROURE, Agenor de — *A eleição direta* — na R.I.H.G.B.

SAINT-HILAIRE, Auguste de — *Voyage dans le district des diamants* — Paris, 1833.

SANTOS, José Maria dos — *A política geral doBrasil* — São Paulo, 1930.

SCHNEIDER, Ludwig — *A guerra da Tríplice-Aliança* — Rio de Janeiro, 1902.

SILVA, Firmino Rodrigues — *A dissolução do Gabinete de 5 de Maio ou a Facção Áulica* — 2ª ed., Rio de Janeiro, 1901.

SILVA, Lafayette — *O teatro nacional* — no "Correio da Manhã", do Rio de Janeiro.

SILVA, Pereira da — *Ensaios políticos e discursos parlamentares* — Rio de Janeiro, 1862.

SILVA, Pereira da — *Escritos políticos* — s/d.

SILVA, Pereira de — *Memórias do meu tempo* — Rio de Janeiro, 1896.

SMITH, Herbert H. — *Brazil, the Amazon and the Coast* — New York, 1879.

SUETÔNIO (A. Ferreira Viana) — *O antigo regime* — Capital Federal, 1896.

SUZANNET, Conde de — *Souvenirs de voyage* — Paris, 1846.

TAUNAY, Afonso de E. — *Cartas de Dom Pedro Augusto* — no "Jornal do Commercio", Rio de Janeiro.

TAUNAY, Visconde de — *O Visconde do Rio Branco* — Rio de Janeiro, s/d.

TAUNAY, Visconde de — *Pedro II* — São Paulo, 1933.

TAUNAY, Visconde de — *Reminiscências* —São Paulo, 1933.

TAUNAY, Visconde de — *Trechos de minha vida* — São Paulo, 1922.

TEIXEIRA, Múcio — *O negro da Quinta Imperial* — Rio de Janeiro, s/d.

TIMON (Eunápio Deiró) — *Estadistas e parlamentares* — 1ª série. Rio de Janeiro, 1867.

FRANCO, Tito — *Monarquia e monarquistas* — Pará, 1895.

THRE *years in the Pacific, including Notices of Brazil, Chile, Bolivia and Peru — by an Officer of the U. S. Navy* — Philadelphia, 1834.

ULLOA, Pietro — *Un re in esilio* — Bari, 1928.

URSEL, Conde de — *Sud-Amérique* — Paris, 1879.

VERSCHUUR — *Aux antipodes* — Voyages etc. Paris, 1891.

VINCENT, Frank — *In and out of the Central America* — New York, 1890.

WAGNER, Richard — *Ma vie* — paris, 1927.

WILLIAMS, Mary W. — *Dom Pedro the Magnanimous* — Chappell Hill, N. C., 1937

ZANETTI, Francisco — *Nella Cittá dei vaticano* — Roma, 1929.

Na 2ª Edição (1977)

ACCIOLY, Hildebrando — *O Reconhecimento da Independência do Brasil* — Rio de Janeiro, 1945.

AIRES, Octávio — *As cartas Anônimas à Família Imperial* — no "Anuário do Museu Imperial"

ANDRADE, Rodrigo M.F. de — *Rio Branco e Gastão da Cunha* — Rio de Janeiro, 1953.

ARAGÃO, Pedro Muniz de — *Cartas de Varnhagen ao Conselheiro João Alfredo* — na R.I.H.G.B.

ARAGÃO, Pedro Muniz de — *Cresça e Apareça* — na R.I.H.G.B.

ARAÚJO, Carlos da Silva — *Grave doença do Imperador do Brasil em Milão, em 1888. Médicos italianos que o trataram,* — no "Anuário do Museu Imperial."

AULER, Guilherme — *O atentado ao Mordomo Paulo Barbosa* — na "Tribuna de Petrópolis."

AULER, Guilherme — *A construção do Palácio de Petrópolis* — no "Anuário do Museu Imperial."

AULER, Guilherme — *Fornecedores estrangeiros da Casa Imperial* — na "Tribuna de Petrópolis"

AULER, Guilherme — *O Imperador e os Artistas* — Petrópolis, Cadernos do Córrego Seco, agosto de 53.

AULER, Guilherme — *Dom Pedro II: Viagem a Pernambuco em 1859* — Recife, 1959.

AULER, Guilherme — *Presença de alguns artistas germânicos no Brasil* — na Revista "Vozes", Petrópolis.

AULER, Guilherme — *As últimas pensões e mesadas de Dom Pedro II* — na "Tribuna de Petrópolis."

BARBOSA, L. de Vilhena — *Arquivo Pitoresco.*

BASTOS, Haydée Di Tommaso — *Em torno das Ordens de Dom Pedro I e da Rosa.*

CAMPOS, Augusto & Haroldo de — *Sousândrade, o terremoto clandestino* — na "Revista do Livro", Rio de Janeiro.

CÂNDIDO, Antônio — *Formação da Literatura Brasileira* — 2 vols. São Paulo, 1956.

CÁRCANO, Ramon J. — *Mis primeros 80 años* — Buenos Aires, 1943.

CARLOS TASSO DE SAXE-COBURGO E BRAGANÇA — *As visitas de Dom Pedro II a Coburgo* — na R.I.H.G.B.

CARLOS TASSO DE SAXE-COBURGO E BRAGANÇA — *Dom Pedro II, peregrino na Terra Santa* — na Revista "Vozes", de Petrópolis.

CARLOS TASSO DE SAXE-COBURGO E BRAGANÇA — *Dom Pedro Augusto e Orville Derby* — no "Jornal do Commercio", do Rio de Janeiro.

CARVALHO, Alfredo de — *Biblioteca Exótica Brasileira* — 4 vols. Rio de Janeiro, 1939-40.

CORRÊA FILHO, V. — *A Questão Política. COSTA, Antônio Macedo, Bispo* — O Barão de Penedo e a sua Missão em Roma Pará, 1887.

COSTA, Pereira da — Dicionário Biográfico de Pernambucanos célebres — Recife, 1882.

CRULS, Gastão — *O Rio de Janeiro no primeiro quartel do século XIX* — no "Anuário do Museu Imperial", Petrópolis.

CRUZ, Mário da Silva — *Vitor Meireles e Pedro Américo* — no "Anuário do Museu Imperial", Petrópolis.

DARWIN, Charles — *A naturalist voyage* — Londres, 1890,

DEL CASAL, Julián — *Poesias completas* — La Habana, 1939.

ESCRAGNOLLE, Luís Afonso de — *Carlos Gomes e Pedro II* — na R.I.H.G.B.

EULÁLIO, Alexandre — *As 'Páginas do Ano 2000', de Joaquim Felício dos Santos* — na "Revista do Livro", Rio de Janeiro.

FAZENDA, Vieira — *Aspectos do Período Regencial* — na R. I. H. G. B.

FEDER, Ernesto — *Teria Dom Pedro II convidado Wagner para o Rio.*

FILGUEIRAS, Maria — *Os folhetins de Martins Pena* — na "Revista do Livro", Rio de Janeiro.

FLEIUSS, Max — *Pedro II e o Instituto Histórico* — na R. I. H. G. B.

FRANÇOIS D'ORLÉANS, Príncipe de Joinville — *Journal du Séjour au Brésil* — no "Anuário do Museu Imperial", Petrópolis.

FREYRE, Gilberto — *Ordem e Progresso* — 2 vols. Rio de Janeiro, 1957.

GALVÃO, W. de S. Ramiz — *Ramiz Galvão, preceptor dos Príncipes Imperiais brasileiros* — no "Jornal do Commercio", Rio de Janeiro.

GARCIA, Rodolfo — *Os mestres do Imperador* — no "Anuário do Museu Imperial"

GARCIA, Rodolfo — *Memória da viagem de Suas Majestades Imperiais* — no "Anuário do Museu Imperial"

GARCIA, Rodolfo — *Dom Pedro II e a Língua Tupi.*

GAULMIER, Jean — *Au Brésil, il y a un siècle. Quelques images d'Arthur de Gobineau* — em "Travaux de l'Institut Latino-Americain de Strasbourg" IV.

GRAHAM, Maria — *Journal of a voyage to Brazil* — Londres, 1826,

GUERRA, Flávio — *Lucena, um estadista de Pernambuco* — Recife, 1959,

GUIMARÃES, Araújo — *A Corte no Brasil,* no "Anuário do Museu Imperial."

GUIMARÃES, Argeu — *Em torno do casamento de Dom Pedro II* — Rio de Janeiro, s/do

GUIMARÃES, Argeu — *Dom Pedro II nos Estados Unidos* — Rio de Janeiro, 1958.

GUIMARÃES, Argeu — *Dom Pedro II na Escandinávia e na Rússia* — Rio de Janeiro, 1945.

HUNSCHE, Carl Heinrich — *Richard Wagner und Brasilien* — em "Ibero-Amerikanischcs Archiv", Berlim, 1939.

ISABEL, Princesa Imperial do Brasil, Condessa d'Eu — *Alegrias e Tristezas* — na "Tribuna de Petrópolis."

ISABEL, Princesa Imperial do Brasil — *Minhas conversas a bordo do "Parnaiba."*

JACEGUAI, Almirante Barão de — *De Aspirante a Almirante* — Rio de Janeiro, 1906.

JAMES, David — *The Emperor of Brazil and his New England Friends/Dom Pedro II e os seus amigos da Nova Inglaterra* — no "Anuário do Museu Imperial", Petrópolis.

LACOMBE, Américo Jacobina — *A Condessa de Barral, no "Anuário do Museu Imperial."*

LACOMBE, Américo Jacobina — *A Nobreza Brasileira, no "Anuário do Museu Imperial."*

LACOMBE, Lourenço Luís — *Uma cerimônia na Corte em 1864* — no "Anuário do Museu Imperial ", Petrópolis,

LACOMBE, Lourenço Luís — *A Educação das Princesas* — no "Anuário do Museu Imperial", Petrópolis.

LACOMBE, Lourenço Luís — *A primeira visita do Imperador do Brasil a Portugal* — Lisboa, 1962

LACOMBE, Lourenço Luís — *Rui Barbosa e o Imperador* — no "Anuário do Museu Imperial " Petrópolis.

LAMBERT, Jacques — *O Brasil em 1880.*

LAMEGO, Alberto — *A aristocracia rural do Café na Província do Rio.*

LECLERC, Max — *Lettres du Brésil.*

LESSA, Clado Ribeiro de — *Aspectos da vida de um Príncipe brasileiro.*

LESSA, Clado Ribeiro de — *Vida e obra de Varnhagen* — na R. I. H. G. B.

LINDENCRONE, Hergermann — *The sunny side of diplomatic life.*

LUÍS DE ORLÉANS E BRAGANÇA, Príncipe Imperial do Brasil — *Sous la Croix du Sud* — Tours, 1913

LYRA, Heitor — *O Brasil na vida de Eça de Queiros* — Lisboa, 1967.

LYRA, Heitor — *História da Queda do Império* — São Paulo, 1964.

MAGALHÃES JR., Raimundo — *Dom Pedro II e a Condessa de Barral* — Rio, 1956.

MAGALHÃES JR., Raimundo — *Três Panfletários do Segundo Reinado* — São Paulo, 1956.

MARTINS, Rocha — *O Imperador do Brasil Dom Pedro II proscrito em Portugal* — Porto, 1949.

MASCARENHAS, Nélson Lage — *Um jornalista do Império. Firmino Rodrigues Silva* — São Paulo, 1961.

MATOS, L. de Carvalho Meio — *Páginas de Hitória Constitucional do Brasil* — 1840-1848.

MENDONÇA, Renato — *Um diplomata na Corte de Inglaterra* — São Paulo, 1942.

MENDONÇA, Salvador de — *Coisas do meu tempo* — na "Revista do Livro", Rio de Janeiro.

MONTEIRO, Tobias — *A tolerância do Imperador.*

MORAIS, Evaristo de — *Dom Pedro II e o movimento abolicionista.*

MORAIS, Meio — *A Independência e o Império do Brasil* — Rio de Janeiro, 1877.

MOTA FILHO, Cândido — *José Bonifâcio e a organização social.*

MURITIBA, Barão de — *Apontamentos sobre o 15 de novembro de 1889* — na R. I. H. G. B.

MURITIBA, Baronesa de — *Notas que tomei exatamente a 15 de novembro e dias seguintes* — no "Jornal do Commercio ", Rio de Janeiro.

NABUCO, Joaquim — *Cartas a amigos* — 2 vols. São Paulo, 1949.

NÓBREGA, Meio — *A Quadrinha Imperial* — na revista "Anhembi ", São Paulo.

OBERDOFER, Aldo — *Wagner.*

OTTONI, Cristiano Benedito — *Advento da República no Brasil* — Rio de Janeiro, 1908.

OTTONI, Cristiano — *Autobiografia* — Rio de Janeiro, 1893.

OUSELEY, W. G. — *Views in South America* — Londres, 1852.

PARAGUAÇU, João (pseud.) ver Paulo Filho, M.

PATTON, Lucy Allen — *Elizabeth Cary Agassiz;*

PAULO FILHO, M. — *O Crande Caspar* — no "Correio da Manhã", Rio de Janeiro.

PEDRO II , Imperador do Brasil — *Conselhos à Regente* — Introdução de João Camilo de Oliveira Torres. Rio de Janeiro, 1958.

PEDRO II , Imperador do Brasil — *Cartas ao Barão de Capanema* — no "Anuário do Museu Imperial ", Petrópolis.

PEDRO II, Imperador do Brasil — *Viagem a Pernambuco em 1859* — Recife, 1959.

PEDRO AUGUSTO DE SAXE-COBURGO E BRAGANÇA — *Trabalhos de Mineralogia e Numismática* — São Paulo, 1959.

PEIXOTO, Afrânio — *Uma mulher como as outras* — Rio de Janeiro, 1928.

PEREIRA, Nilo — *Dom Vital e a Questão Religiosa no Brasil* — Recife, 1966,

PEREZ, Renard — *Machado de Assis e a circunstância.*

PICHARDO, Manuel Serafín — *Poesia em La Habana Elegante 1891*

PICKARD, Samuel T. — *Life and letters of John Greenleaf Whittier.*

PINHEIRO, Maciel — *Músicos brasileiros.*

PINHO, Wanderley — *Salões e Damas do Segundo Reinado* — Rio de Janeiro, 1942.

PINTO, Augusto Cardoso — *Algumas cartas e papéis de Alexandre Herculano.*

POLIANO, Luís Marques — *Ordens Honoríficas do Brasil* — Rio de Janeiro, 1942.

RANGEL, Alberto — *A Educação do Príncipe* — Rio de Janeiro, 1945.

RANGEL, Alberto — *Dom Pedro I e a Marquesa de Santos* — 2ª ed. Tours, 1928.

RAPOSO, Inácio — *História de Vassouras.*

REBELO, E. Castro — *Mauá* — Rio de Janeiro, 1932.

RHEINGANTZ, Carlos — *Ascendência e descendência de Dona Arcângela, irmã do Padre Correia,* — no "Anuário do Museu Imperial".

RHEINGANTZ, Carlos G. — *Titulares do Império* — Rio de Janeiro, 1960.

RIO BRANCO, Barão do — *Cartas de França* — no "Jornal do Commercio do Rio de Janeiro.

RIO BRANCO, Miguel do — *Correspondência entre Dom Pedro II e o Barão do Rio Branco* — São Paulo, 1957.

RIO BRANCO, Raul do — *Reminiscência do Barão do Rio Branco* — Rio de Janeiro,1942.

RODRIGUES, A. Coelho — *A República na América do Sul* — Einsibel, 1906.

RODRIGUEZ, Eugenio — *Descrizione del viaggio a Rio de Janeiro della flotta di Napoli* — Nápoles, 1844.

ROMERO, Sílvio — *A Filosofia no Brasil* — Porto Alegre, 1878.

ROSA, Ferreira da — *Memorial do Rio de Janeiro.*

RUSINS, Alfredo Teodoro — *O Casamento de Dom Pedro II* — no "Anuário do Museu Imperial Petrópolis.

SANTOS, Francisco Marques dos — *O leilão do Paço de São Cristóvão* — no "Anuário do Museu Imperial", Petrópolis.

SANTOS, Francisco Marques dos — *Primeiro veraneio da Família Imperial em Petrópolis* — no "Anuário do Museu Imperial", Petrópolis.

SCHIAVO, José — *A Família Real Portuguesa e a Imperial Brasileira*

SCHLICHTHORST, Carl — *O Rio de Janeiro como é* — Rio de Janeiro, 1942.

SODRÉ, Alcindo — *Abrindo um cofre. Cartasde Dom Pedro II à Condessa de Barral* — Rio de Janeiro, 1956.

SODRÉ, Alcindo — *A Imperatriz Amélia* — no"Anuário do Museu Imperial", Petrópolis

SODRÉ, Alcindo — *Um médico da Monarquia* — no "Anuário do Museu Imperial", Pe trópolis.

SODRÉ, Alcindo — *Dom Pedro II em Petrópolis* — "Anuário do Museu Imperial", Petrópolis.

SODRÉ, Alcindo — *Objetos históricos brasileiros na Corte da Suécia* — "Anuário do Museu Imperial", Petrópolis.

SOUSA, José Antônio Soares de — *Honório Hermeto no Rio da Prata (Missão especial de 1851-52)* — São Paulo, 1959.

SOUSA, José Antônio Soares de — *A Vida do Visconde de Uruguai* — São Paulo, 1944.

SOUSA, Octávio Tarquinio de — *Conselhos Imperiais* — em "O Estado de São Paulo", Suplemento Literário.

SOUSA-LEÃO, Joaquim de — *Morenos. Notas históricas sobre o Engenho, no centenário do atual solar.*

TAUNAY, Afonso d'E — *Cartas de Dom Pedro II ao Barão de Taunay* — Rio de Janeiro, no "Jornal do Commercio", do Rio de Janeiro.

TAUNAY, Visconde de — *Homens e coisas do Império* — São Paulo, 1924.

TEFÉ, Tetrá de — *Ladário e a primeira crise do último governo da Monarquia.*

TEIXEIRA, Múcio — *O Imperador visto de perto* — Rio de Janeiro, 1917.

TERESA DE WITTELSBACH, Princesa da Baviera — *Meine Reise im der Brasilianischen Tropen* — Munique, 1896.

THUT, Roberto — *Centenário dos primeiros selos do Brasil* — Rio de Janeiro, 1959.

VARNHAGEN, Francisco Adolfo — *Correspondência ativa. Anotada por Clado Ribeiro de Lessa* — Rio de Janeiro, 1959.

VIANNA, Helio — *Dona Amélia, Duquesa de Bragança* — no "Jornal do Commercio", Rio de Janeiro.

VIANNA, Helio — *Dona Amélia, Imperatriz-viúva do Brasil* — no "Jornal do Commercio", Rio de Janeiro.

VIANNA, Helio — *Dona Amélia e Dom Pedro II* — no "Jornal do Commercio", Rio de Janeiro.

VIANNA, Helio — *Dona Amélia e o título de Imperatriz* — no "Jornal do Commercio", Rio de Janeiro.

VIANNA, Helio — *Dona Amélia e a tutela dos Enteados* — no "Jornal do Commercio", Rio de Janeiro.

VIANNA, Helio — *Aquisições artísticas de Dom Pedro II* — no "Jornal do Commercio", Rio de Janeiro,

VIANNA, Helio — *Bens que em 1831 Dom Pedro I pretendia vender* — no "Jornal do Commercio", Rio de Janeiro.

VIANNA, Helio — *Cartas de Dom Pedro II ao Ministro José Clemente* — no "Jornal do Commercio", Rio de Janeiro.

VIANNA, Helio — *Capistrano de Abreu. Ensaio Bibliográfico* — Rio de Janeiro, 1955.

VIANNA, Helio — *Cartas do Príncipe Infeliz* — *(I e II)* — no "Jornal do Commercio", do Rio de Janeiro.

VIANNA, Helio — *Correspondência de José Bonifácio, 1810-1820* — no "Jornal do Commercio", Rio de Janeiro,

VIANNA, Hélio — *Da Maioridade à Conciliação, 1840-1857* — Rio de Janeiro, 1945.

VIANNA, Helio — *Doações de Dom Pedro I em 1831* — no "Jornal do Commercio do Rio de Janeiro.

VIANNA, Helio — *Entrevista com Dona Isabel, 1920* — no "Jornal do Commercio ", do Rio de Janeiro.

VIANNA, Helio — *O filho da Sorocaba e de Dom Pedro I* — no "Jornal do Commercio", do Rio de Janeiro.

VIANNA, Helio — *"Giotto criança", escultura comprada por Dom Pedro II* — "Jornal do Commercio", do Rio de Janeiro.

VIANNA, Helio — *O Imperador visto pelo Almoxarife* — do "Jornal do Commercio ", Rio de Janeiro.

VIANNA, Helio — *José de Alencar e Dom Pedro II* — no "Jornal do Commercio ", Rio de Janeiro.

VIANNA, Helio — *José Bonifácio e os Imperadores Dom Pedro I e Dom Pedro II* — do "Jornal do Commercio", Rio de Janeiro.

VIANNA, Helio — *Letras Imperiais* — Rio de Janeiro, 1961.

VIANNA, Helio — *Notas de Dom Pedro II ao livro "Império e República Ditatorial"* — no "Jornal do Commercio", do Rio de Janeiro.

VIANNA, Helio — *Notas do Imperador a um folheto de 1885* — (I e II) no "Jornal do Commercio", do Rio de Janeiro.

VIANNA, Helio — *Vultos do Império* — São Paulo, 1964.

VIANNA, Helio — *Dom Pedro I jornalista* — São Paulo, 1967.

VIANNA, Helio — *Dom Pedro I e Dom Pedro II, acréscimos às suas biografias* — São Paulo, 1966.

VIANNA, Helio — *Dom Pedro Augusto, estudante* — no "Jornal do Commercio", do Rio de Janeiro.

VIANNA, Helio — *Pensões instituídas por Dona Amélia* — no "Jornal do Commercio", do Rio de Janeiro.

VIANNA, Helio — *Presentes de Dona Amélia a Dom Pedro II* — no "Jornal do Commercio", do Rio de Janeiro.

VIANNA, Helio — *Primeira viagem de Dom Pedro II ao Sul* — no "Jornal do Commercio", do Rio de Janeiro.

VIANNA, Helio — *Recusas do Imperador a auxílios pecuniários da República* — no "Jornal do Commercio", do Rio de Janeiro.

VIANNA, Helio — *Saldanha Marinho e Dom Pedro II* — no "Jornal do Commercio", do Rio de Janeiro.

VIANNA, Helio — *Um século e meio de Imprensa Carioca (1808-1965)* — no "Jornal do Commercio", do Rio de Janeiro.

VIANNA, Helio — *O Visconde de Sepetiba* — Petrópolis, 1943.

VIANNA FILHO, Luís — *A vida do Barão do Rio Branco* — Rio de Janeiro, 1959.

VINCENT, Frank — *Around and about South America* — New York, 1890.

Este livro foi composto com a tipografia Times New Roman
e impresso pela Promove Artes Gráficas e Editora Ltda.